U0026736

中華大字典索引

上册

下册

中華民國四年四月

中華大字典

吳芝瑛署檢

敍一

許君之言曰。字者言孳乳而寖多也。箸於竹帛謂之書。書者如也。謂如其事物之狀。然則狀情態。狀事理。匪不恃書以傳。顧中國無所謂字母。可以拼音而成義。必使童子苦憶而得。而常用之字。又屬無多。許書九千三百五十三。亦未有盡識之者。此外加以新坿之字。與古書中所未收采者尤多。安能一一舉而盡識之。童子就傅以後。授以六經語孟。講解其義。尙不盡悉。烏能盡括字書而語之耶。卽使盡識諸字。而未通文法。其又奚用。古有廣均集均及爾雅廣雅說文方言諸書。皆字書也。檢之殊難。而寒櫥中。又不能徧購。於是字典始出。可以按部數畫而求索。然實爲官書。旣名官書。則視專家之聚精殫神。畢一生之力成之。相去殊遠。但以道光字典言之。其駮正康熙字典。不下二千餘條。顧前清愛重祖烈。以爲書經欽定。無敢斥駮。遂匿其訛謬。以病後人。何其悖也。僕嘗謂外國之字典。有括一事爲一字者。猶電報中之暗碼。但摘一字而包涵無盡之言。其下加以界說。審其界說。用字不煩。而無所不統。中國則一字但有一義。非聯合之不能成文。故繙譯西文。往往詞費。由無一定之名詞。故與西文左也。且近日由東文輸入者。前清之詔勅。民國之命令。亦往往采用。舊學者讀之。又瞠不能解。索之字典。決不可得。則不能不捨其舊而新是謀矣。今中華書局有大字典之宏著。又附以中小兩字典。其要義曰。備事物之遺亡。求知識之增廣。偉哉言乎。夫曰字典。若專爲通人而設。則說文廣雅具在。可以毋須於此。所以能推而廣者。正欲使市井間。亦收其用。故本書合舊有者。新增者。輸入者。下至俗字。亦匪所不括。俾稗販之夫。亦得按部數畫。向書而求。爲益溥矣。然鄙意終須廣集海內博雅君子。由政府設局。製新名詞。擇其醇雅。可與外國之名詞通者。加以界說。以惠學者。則後來譯律譯史譯工藝生植諸書。可以彼此不相齟齬。爲益不更溥乎。雖然中國文明方胎。卽請以中華書局之字典爲萌芽可也。閩縣林紓

敘二

字典何爲而作也。讀書必先識字。字固不盡可識。將据字形以求其音與義。則必檢字書而後得之。而檢字之便否。則視乎其書體例之疏密。形式之良窳焉。中國文字之興遠矣。治文字學者來矣。文字之本原。爲形聲義三事。字書主形。音均主聲。訓詁主義。自漢以降。小學專門。綜其大要。不出三科。許君說文解字。始以偏旁爲主。分別部居。不相雜厠。卓然成統系之學。後世字書。未有能離其宗者也。第以形聲義三事。與時變遷。古籀篆隸。厥體各殊。於是字林玉篇以下諸書。部首偏旁。不能悉沿許例矣。此形變也。古今異讀。方言歧出。四聲繼作。紐弄相續。於是切韻廣韻以下諸書。均部分合。互有出入矣。此聲變也。古人字簡。通叚爲多。而一字引申。動函數義。閱時既久。叚義盛行。本義轉沒。或增立偏旁。以標新誼。或隨俗沿譌。承用僞體。迄今世界棣通。人事繁博。譯籍錯出。名物創見。文字孳乳。莫可窮詰。繩以故訓。不無虛造之嫌。揆乎時宜。宜居新坿之列。字義之變。斯爲劇矣。且中國文字。形聲並演。（近人有謂西文演聲中文演形者非是）攷其聲系。乃屬單音。與歐羅合音。淵源特異。故凡譯音之字。歐文本以一字而具者。譯文必合數字以當之。至於學術用語。雖有義可迹。然對譯一字。畸而不完。必合綴兩文。始足一義。若斯之類。字雖固有。誼則新成。自非條舉類聚。詳爲說解不可矣。中華書局新纂大字典一書。閱時六載。都四百餘萬言。敘例自備。比舊字典音切明確。義訓增廣。引證省約。疏解清析。添收新文。刪剏僻字。是書之善。數言盡之。其於學者檢字可云

至便。洵近世未有之作也。廣州李家駒

敍三

陸費君伯鴻以所纂中華大字典告成。屬序於余。且言是書前後凡亙六年。與事者三四十人。都四百餘萬言。編輯印刷之費四五萬。亦可謂巨矣。昔南閣祭酒爲說文解字。僅十三萬餘言。歷二十有二年乃成。余竊疑之。證以陸費君之言。則知鴻篇鉅製。欲責之一手一足之烈。爲難能。而先民著作之業。爲可念也。吾國字書均書。爲類蓋夥。而搜羅較廣。條理較密。檢索較便者。不能不推康熙字典。顧紕謬百出。不適於用。久爲世病。一義之釋。類引連篇。重要之義。反多闕漏。一音之辨。反切重疊。然如一字而音瀹入聲。是欲使人明一畫之字。而轉以十餘畫之字與音切晦之。其戾於教育原理者甚矣。若夫近世新增之術語。百科之名詞。與夫數百年來俗語之遷變。此皆非求之康熙字典所能得者也。余嘗謂一國文化愈進。其字書辭書愈益繁夥。即以我國字書而言。廣均、集均、爾雅、廣雅、說文、康熙字典。與今大字典之作。類不過供文人學士搜檢考證之用。而中小學校與夫販豎婦女所用之字典。則字數宜較少。義解宜較顯。音證宜較簡。方適於用。是書有裨文化。無待言矣。而余爲普及教育之故。其希望於陸費君中小字典之作。尤無窮也。鳳凰熊希齡

敍四

環球各國。無論其建立新舊。程度優絀。皆以方言拼音。有音無字。公穀所謂耳治。六書所謂象聲。惟吾國六書以圖畫補耳目之窮。四象之中。聲占其一。正名繙經。冠絕全球。易曰。後世聖人易之以書契。（或以六書見周禮爲孔子以前事、說詳周禮凡例、）說者据史記八引古文。歸功至聖。（僞經攷以此八條爲歆竄、今以專指孔氏六書爲古文、）

非但人言。且代天語。去年余以讀音統一會赴京。會中紛拏含意未申。說者謂語言合一。則識字易。可以普及文明。按語文通俗則便於鄉音。致遠則貴乎形象。吾國文字之美。冠絕各國。說者謂吾字母不如異邦。殊不知吾國文字本亦字母。特因進化而改用象形耳。當未有六書以前。實爲字母時代。所謂孔氏古文不能不由結繩而改進。湘潭王氏以結繩爲字母、始皇同文以後。百家雜語。至子雲譒爲方言而盡絕。若東方曼倩、太史公皆於孔經外讀異書識異字。史公所謂文不雅馴、薦紳先生難言之、余嘗主此義。命及門李堯勳撰爲文字問題三十論。刊入雜誌。在京晤新城王君晉卿。以鄙論持之有故。言之成理。然非有古用字母之實蹟。不足以厭服人心。當時無以應也。今年與二三同學研究。共得十六證以應之。一象聲。四象由拼音而變、形卽名詞、事卽動詞、意爲形容詞、聲卽字母拼音法、二畫卦。舊說以八卦消息爲十文、三舊史。莊子天下篇、舊法世傳之史尙多有之、又詩書禮樂、鄒魯之士能言之、蓋孔氏古文、物則行於鄒魯一隅之地、外人不能識不能讀也、四論語闕文。吾猶及、與莊子尙多有之同、史與上同、謂字母音、闕文指字母、有馬者、馬卽今之碼字、字母爲馬號、備禮一馬二馬同此、借人乘之、數母拼音爲借人乘、今往古來、今指俟世、亡、中國字母自揚子雲以古文譯方言、其字遂絕矣、讀作俟、謂下俟百世也、五馬號。儀禮所謂馬、今作I II III X、古作弌弍弎貳、與亞拉伯字同、六魯鼓薛鼓。以口○記節奏、附工尺。以五七馬號記音、如字母、七掌紋。左傳所謂掌紋、如魯友虞、皆以字母音、非掌紋同於古篆之魯友虞也、八花紋。苗人銅鼓花紋皆苗字、古鐘鼎花紋卽字也、今人所藏器間有眞者、古文則作僞者、不知花紋卽古字母、九符籙。古人所書、魏晉六朝間有存者、人皆不識、或以爲符籙、十方音。左傳楚人謂虎曰於菟、在中文只一虎字、楚語則作二字、此如今中文西文之別、譯于方言乃以古文盡譯異方雜語、字母變爲六書、揚子之力大矣、十一異文。三傳地名人名音同字異、常例也、正文又不如此、可見古文無定字、皆因馬號拼音、旣譯成定文、則彼此不一、亦如譯書外國名詞、十二合讀。二音合一字、卽拼音法之僅存者、如不律爲筆、邾婁爲鄒、猶後世之反切、十三切韻。有音無字之○與、等韻七音之○◎●◐⊖◑◒七式十四譯官。立官專掌、則語言文字當并繙之、史公稱其不與秦文合者、又云文字異形、是諸侯竝作語、卽竝作文字、如今世界各國文字、十五語傳。孟子有齊語傳、楚語傳、卽今言譯學堂、旣以文書往來、非徒學其語言、並當通其科學文字、十六同文。必先有不同、如今海外各國文字異形而後可言同文、使古中國同用古字、則秦不得云謂其不與秦文合者矣、未嘗無蹤跡可尋也。（當作十六論以發明之、至於金石文字、謂有孔子前者非僞器、則誤譯更不足難矣、）然則吾古人所爲。寧遽不彼若邪。發輝光大。正有待於賢能。今中華書局新出大字典。古音古訓。搜集詳博。新語新詞。皆歸附屬。於兼通博采之中。寓保存國粹之意。兼用圖書。尤與四象相發明。可謂獨見本源。超超元箸者矣。惟文化愈進。文字以孳乳而愈多。字典均書之用。亦遂日繁。此編以較康熙字典。倍詳盡矣。然全球語言。日益新出。數千百年後。繼長增高。雖重至百四五十斤。千四五百斤。亦當有不足之患。此非余戲言也。當西漢末。字數猶僅三千。許氏加入流俗異體。數乃近萬。許氏引漢初法。必讀九千。乃得爲吏。所謂九千字者。後人据說文改易。其初固不過一二千字。孳乳相生。繁衍眾多。既有事物。不厭其推廣。是書所收之字。至四萬餘。較之西漢。已逾十倍。詞語孳乳。不啻百倍。若無祖龍復生。則他日之字書。其浩博眞無涯涘也。區區數十百斤。又烏足以盡之哉。余喜是書有裨字學。不惟國粹賴以保存。抑且有廣大之溝通之之益也。故述其一得之愚以爲之序。井研廖平

敍五

歲甲寅。中華大字典將版行於世。其書凡二千餘篇。四百餘萬言。閱六寒暑而蕆事。與編校之役者。百數十人。可謂勤矣。書局主者陸費君伯鴻屬余爲序。余惟書契之作。肇自史皇。五帝三皇。改易殊體。封泰山者七十二代。靡有同焉。蓋命書之始。依賴象形。其後形聲相益。乃謂之字。始皇焚書。古文熸焉。靡得言矣。秦時字書。李斯蒼頡。趙高爰歷。毋敬博學。流衍當代。都其文字。纔三千三百耳。漢興三百餘年之間。古書稍出。相如子長揚雄班固之徒。綴述古籀。搜剔彝鼎。遞有增益。許君苴而合之。成說文一書。爲文九千三百五十。其於秦篆殆三之矣。小篆既微。隸書攸盛。野王玉

篇。祖述許書。寫爲隸體。升降損益。頗有異同。而分部悉合。故後世語小篆者宗說文。言隸書者稱玉篇。六書之指。略備於斯。夫史有闕文。見吾宣聖。嚮壁虛造。鴻生所譏。後有蔑舊藝而善野言。據俗書而亂古誼。斯則許君所謂未覩字例之條。而翫於所習者也。欲以袪謬誤。達神恉。不亦悖乎。有明一代。小學放絕。梅氏字彙。張氏正字通。獨行於世。其建立部首。間出己意。嗜古之士。羣焉訾謷。以爲分合乖宜。復傷蕪雜。夫六書八體。今皆殊形。由簡之繁。久而愈賾。繩以舊例。詎可盡通。必執古以例今。膠柱而鼓瑟。斯亦未免高論矣。清初康熙字典。分別部居。獨取正字通條例。殆有見也。茲編匡俗正謬。遠稽舊文。名物訓詁。時標新解。下至域內方言。海邦術語。兼搜博采。致資研索。倘所謂凌越前賢。以述爲作者耶。抑猶有進者。近代詞典。月異日新。博贍精宏。詞事並著。東西學生。循是形聲文字之原。以漸通夫天地人物之故。而周知當世之務。豈止廣知識備遺忘已哉。陸費君沾漑學者。宏願靡涯。然則是編之作。殆猶大輅之椎輪已耳。新會梁啓超

敘六

字學之書。古今作者如林。以要言之。不外兩類。卽字書與詞書是也。講明字之形體音讀及意義者。爲字書之類。講明二字以上連綴之成語者。爲詞書之類。二者之範圍各不相涉。至字書之類。細別之又可分爲兩種。有解字之書。有檢字之書。一則學有專家。一則用貴通俗。其旨趣不同。其體裁因之而有異。此則精微之區別。苟不明乎此。要未可輕事評論也。吾國字學書之流傳最古者。殆莫過於爾雅。其大體爲詞書。然時涉及字書之範圍。古人著書體例不精。固宜若是。厥後揚子方言。實擬爾雅而作。亦詞書之類。不過供文章之資料而已。於字學之淵源。似無足重。史游急

就。僅紀字名。字數既少。音義不詳。雖屬檢字之書之權輿。而疏漏已甚。殆難語夫作者。其爲後世字書之鼻祖者。其惟許氏說文一書乎。顧說文實解字之書也。若以檢字之書繩之。則說文所收之字不過九千餘。見於經典之字往往不載。其音讀之疏。意義之略。決非所以謀檢查之便利者。然古者六書之精義。盡在說文一書。學者苟能窮研而貫通之。則字之形體音讀及意義。無不能觸類旁通。且可以之解釋古書之故訓。故曰說文爲解字之書。而非檢字之書也。說文而後。代有字書。直至前清。始名字典。凡皆檢字之書而非解字之書。何以言之。檢字之書。泛論之凡有三善。而解字之書皆無之。一曰形體備。凡字之古文今體簡筆俗作。靡不搜輯。二曰音讀詳。凡字之讀法及聲音之差異。靡不音切。三曰意義博。凡字之本義及引伸借假之意。靡不臚列。此三善外。復有一長。卽古今之字。靡不賅載。使人遇不識之字。一經檢查卽能通其意而用之。後世文字孳乳繁多。文學專家。亦難盡識。故檢字之書。宜雅宜俗。苟能具此三善一長者。卽爲最良之檢字書。若以解字之書繩之。則檢字書之分別部居。乃因隸體之變。取便檢查。往往與六書相背。卽所收字義。或出自文人虛造。或見諸今世方言。謂之爲陋。謂之爲俗。其又奚辭。然惟其如是。所以成其爲檢字之書耳。顧以檢字之書而言。其善本蓋亦鮮矣。廣韻玉篇等古書之不完不備無論已。卽如康熙字典。搜羅鴻富。不可謂非一時之傑作。然其缺點甚多。略如陸費君本書序言所舉。況康熙字典行之已二百餘年。則後此所增之名物訓詁。亦必俟諸字學家之補輯。顧當前清時代。因係官書。莫敢修正。遂致二百餘年後。仍僅有此一書。直至民國成立。偶有一二作者。然簡陋殊甚。豈非字學中之憾事耶。試觀英國當一千七百五十五年。有負一時盛名之文學博士江生者。始作一字典。去今百六十年。其著作時代。後於康熙字典數十年。而英人之繼江生而作字典者。殆難更僕而數。無不以訂正舊學增益新知爲事。且編輯體例有普通專門之分。又有版本大小之異。近更有奧司佛大字典集全國之大學問家從事於斯者數年。已出數鉅册。其餘尙在編輯中。將來成書當有十餘鉅册。可爲世界字典之冠。洵能極字學書之巨觀矣。嚮使英人對於江生之書。如吾國人之對於康熙字典。幾如金科玉律一字不能改移。則其文學中用字之錯誤。已成謬種流傳。遑論凡百科學之日新而月異耶。是故字典一書。小之繫於字學之進步。大之卽關於全國文化思想之發達。用字典者。亦必須具有能用書而不用於書之眼光。始能逐漸改進。馴至與世界爭衡也。否則吾國雖有康熙字典一書。然二百餘年。不能改進。則爲書所用。終不能出其範圍耳。中華書局有鑒於此。爭發宏願。殫數年之力。竭鉅萬之資。乃成中華大字典一書。所收之字。達四萬餘。無音不詳。無義不載。並能矯正前此字典之失。而爲最新適用之書。且倣外國字典之體例。於字義之後。益以典要之成語。並附精美之畫圖。實爲吾國空前之作。比之外國字典。雖不克云完善。然已可與相提並論。足洗吾國無字典之譏矣。余於字學罕所研究。聊舉字典之關係。以告世之用是書者。苟善用之而改進焉。則他日吾國之字書。何嘗不能步武歐美哉。東莞王寵惠

敘七

余母幼時。就學不及三年。學力皆得諸自修。余之兒時。余父常遊他方。余弟兄恆受母訓。余母不敢自信。稍有疑義。卽檢查字典及類書。余遂習焉。成童之際。輒恃字典以閱讀書報。余所用之字典。今存吾局字典部。破舊不堪。不啻韋編之絕矣。顧康熙字典有四大病。爲吾人所最苦。解釋欠

詳確。一也。訛誤甚多。二也。世俗通用之語。多未采入。三也。體例不善。不便檢查。四也。在當時固爲集大成之作。然二百餘年未之修改。宜其不適用矣。弱冠前後。每以餘暇治英日語文。受課之時少。自修之時多。英日字典。恆朝夕不離左右。見其體裁之善。注釋之精。輒心焉向往。以改良吾國字典爲己任。癸卯在鄂。忽發大願。期以十年編纂一新字典。學力薄弱。贊助無人。不數月而困難百出。遂以中輟。宣統之季。陳君協恭曾約同志有字典之輯。吾局成立。遂歸局中。大輅椎輪。缺點滋多。適友人歐陽仲濤來客滬上。爰以修訂之事屬之。當時未嘗此中甘苦。視之甚易。余與仲濤預算六閱月當可蕆事。遂售預約。料量印刷。印竣若干頁。閱之頗不稱意。而仲濤以病返贛。乃移字典編輯部於南昌。重事修訂。閱二年而成。郵寄來滬。余與范君靜生。抽閱數卷。仍多可商之處。於是又加修訂。蓋至是五易其稿矣。秋來歐戰方亟。余與仲濤皆慮曠日持久。將來大局不可預料。決意速付剞劂。以就政於當世。顧排版極難。欲速不達。吾國通用鉛字。不足七千。吾局字數較多。亦不過萬餘而已。字典所用之字。凡四萬餘。臨時彫刻。費巨而時緩。益以校對甚艱。校至二十餘次。尙不能必其無誤。此書前後凡亘六年。與其事者至三四十人。凡二千餘頁。四百餘萬言。裒然一巨冊。重至十四五斤。編輯印刷之費至四五萬元。亦可謂艱巨之業矣。夫人事日繁。語亦日增。人之腦力有限。安能盡數記憶。故世界愈文明。字典之需要愈急。學子之求學。成人之治事。皆有一日不可離之勢。歐美諸國之字典。體例內容之精善。固不待言。其種類之多。亦非吾人所能夢見。即日本區區五島。近年詞書之發行。大有一日千里之觀。獨吾國寂然無聞。斯亦文野盛衰所由判歟。仲濤此書。與東西名著比。不知若何。然在吾國。固堪稱爲前無古人者矣。念往者用字

典之困難。數年經營之艱辛。今幸覩厥成。故述其經過。以爲讀者告。桐鄉陸費逵

敍八

往者吾王父云没。家毁於寇。先君子年才十二。貧而耆讀。餒敗絮。內足其中。晝夜哦誦。亡師友。恃殘本康熙字典半部以求聲訓。溥存成童。先子授以說文爾雅。則爲言前事。且云字典本用吾南昌張自烈正字通以成書。王引之勘正二千五百餘事。顧皆在區區字句之微。非能有所更張也。抑卽其間義旨外誤。應加刪改者。皆屈於時王。罔敢議焉。吾老矣。後生有志者。異日圖之。溥存不肖。材質疏野。不克深與許郭之傳。契年十七。從善化皮先生問西漢微言大義之學。又好言論古今。旁涉諸流。與叔重景純益以疏矣。先子旣棄世。老弱之命。縣於短翰。求適時以自售。因悉力攬譯籍。肄和文。嗣此貧笈東走海。橐筆出塞。頓轡陰山之下。憶念先訓。忽忽已二十稔。舊業胥荒。不獨六書之故。瞢然勿識已也。伯鴻不諒其陋。屬以中華大字典。中間固辭。而伯鴻以執不可。罷不能。淑固已。上尋鄉先賢之前武。繹先子之遺訓。無一當焉者。內負友託。外辜海內之望。躬臨鉛槧。我釋也。賴諸友之力。僅以成編。一得之愚。具載凡例。是役之難。視清室當日所爲。毋慮十倍。其不中彌媿恚。惟綜覽始終。竊因之有感焉。字書亦天下事物之至繁難者矣。然天下事物。皆各有其自然之條理。循而分之。雖不能善。將皆可以物安其所。苟不深察事物之條理。而惟吾意之所欲爲。未有不潰敗決裂者也。且清室以帝力勒爲字典一書。意將範夫萬世。豈知羣制變遷。事物滋長。卽無今日之舉。而康熙字典者。亦必不足以久垂。以此見一於竺古懷舊者。終無當於世變也。夫此二解。又豈獨字書爲然也哉。烏乎。中華民國三年九月豐城歐陽溥存

凡例

一中文無字母。形聲各自爲系。隸楷變遷。今形又殊於古。分別部居。勢不得不循梅膺祚張自烈所爲。以便當世。惟本編每集所列同畫數各部首字撲。遇有意致可以聯屬者。必令相蒙爲次。如手毛心爪以物同、入八儿几以形近、許君據形。顧氏據義。蓋略兼其意焉。

一仍分十二集。各紀以辰名。用便檢索。

一除正文本字外。其籀古省或俗譌諸字。竝皆甄錄。但須音義證三事、具有其二者、近今之方言。翻譯之新字。亦均加收列。

一倭人拜郎振動。見經典釋文、高麗好讀爲姦。見正字通、引東國異聞說字。由來久矣。本編於日本創製之字。特別之義。均擇要登錄。藉廣新知。

一聲韻依時地而各有不同。今編中音切。一宗司馬溫公集韻。集韻書成於中州。宋去今未遠。其詳確又本非元明人所爲韻書所逮也。集韻所無。乃別采廣韻以下各韻書爲用。

一音切既宗集韻。復取溫公切韻指掌圖列於編首。以明翻切。

一形體雖同。而音義並異者。另爲一字。複列其次。其義同音異者。止列一字。兼存諸音。至叶韻乃後人執隋唐之韻以讀古經者所作。於古音今音俱無當。茲悉不錄。

一自古字書韻書。分塗異撰。今敍合諸文。本從形體。更用韻府百六部目、題識各字之下。藉以通其溝徑。利彼學人。其字爲韻府所未列者。依所音字補。所音字又爲府韻所無。或有切無音者。以學韻收讀若某者。不列韻。音切原闕一者。仍其舊。

一舊字書往往壘列數義。類引諸證。鈔纂連篇。卒難裁取。今每字諸義。分條列證。不相混函。每義祇證一條。間有未晰。彙及箋疏。或別引加按。然惟以證明本義爲止。其一義有異說宜兩存者。亦竝箸之。

一以兩字或重文成義者。（兩字重文皆須成義乃錄、其割裂書文以爲故實謎語者則否、）與天象、地理、朝代、國邑、官爵、姓名、動植物、及各科專門名詞。均次於單文各義之後。

一各字無須音義證竝列者。悉依其偏旁筆畫。歸諸各部各畫之末。其列次首本字。次古文。次籀文。次同字。次或體。次省文。次俗字。次譌字。竝詳所出。

一字之通同或作。各有分辨。不可不詳。本書初稿將集韻本或通同別作等字。悉載韻目之下。復加參考。有全體相同。而無全體可通者。設如縣懸二字。本屬相通。今則縣可通懸。而縣邑不能作懸邑。凡稱本字者。亦多類此。其或體別作之偶爾假借者。更無論矣。故特於韻目下。槩行删去。仍將少義之同通或別。以次坿於條文之末。全同之字。如乙同甲。卽將音韻義證。全列甲字之下。於乙下僅載同甲二字。少數音義相同之字。特於同某上。標以音韻。以明其餘不同。至本古籒同或省俗譌等字。但注某本字。古某字。某籒文。同某。某或字。某省字。某俗字。某譌字。各載所見書名。不箴音義。庶詳略得宜。不眩心目。若所同之字。無可印證。如康熙字典火部之熔同𤎼。毛部之毰同毿。而不列𤎼毿本文。今均分別删增。庶無迷罔。

一地名音讀有異常音。不加采輯。則鄮之爲沛、郿爲南陽、不分。漢、鄚、鄚亭、致多聚訟。故凡古今中外之地名。悉詳沿革。標明今地。依字采輯。其不可考者。則詳所出何書。山川之名。亦仿乎此。

一姓氏廣陳名系。則類譜牒。但曰姓也。亦嫌疏略。今之所注。依其顯晦。以爲簡詳。

一方域官司及各種法度。均引今制。爲之疏證。年代竝注明當民國紀元前若干年。各宿度次。皆於最近據中星推算。

一天象地質理化等科之字。固皆取新說。生理博物等科諸字。有舊說較爲翔實者。間亦采錄。

一舊字書收字。有義與本部無涉者。如啡字訓聲。應載口部。乃入非部。緌字訓綏。不歸糸部。而收頁部。均與義指不合。今分別移置。俾從其類。

一字書宜歸一律。庶音義不致紊亂。如匚匸異部。夾夾殊音。失之毫釐。差以千里。此類不勝枚舉。略指以例。其餘又若臣字爲六畫部首。而他部从臣之字。或歸七畫。溫旁本皿上作囚。乃別見从𥁕之字。間亦作昷。今竝改正遷列。

一康熙字典於或體古體。皆彙陳於一字之下。又復依各字偏旁筆畫別列。今惟各依其偏旁筆畫列部。以趨簡明。

一康熙字典兩部竝收之字。今悉删正。如穌禾革竝收。辮糸辛竝收之類。

一康熙字典删易正字通而譌謬者。今皆按原書訂正。（如蘇下注蘇本字、蘇下注同蘇、而蘇義解穰字注詳其字注、而其下正字通引蘇軾曰劉買父戲謂黎爲黎穰子、一日閩市有唱是果稱之者、晉謫南海居、有此穰貨桑以高數尺有刺閑花落穫則爲于九月閒紅熟可生采食皆呼夢子、其實即穰子也、康熙字典删之、於是穰字無義矣、又如正字通執下云、執失、代北高姓、而康熙字典誤爲執失代三字姓、）

一舊字書有見於注中之字。而正文弗列者。今悉詳加檢尋。依部登補。（如康熙字典誽下云、說文作誽、而言部七畫無誽字是也）

一舊字書引證。多相承襲。譌誤滋多。今凡引證。悉載原書。其爲逸文或他書所引。竝注明某書引某書作某。今本作某。其或一書各本互異。而於字形聲誼有關者。亦注明某本作某。

一字見說文者。仿韻會擧要例。首錄許解。昌明本義。其部居與本編不同者。仿原本玉篇例。標明說文部目。

一字書宜祖說文矣。然說文音則朱翺孫愐之互異。注則庾儼默大徐小徐之不同。形則李陽冰之改作。敍次則張次立李燾改編。其舊不得見矣。其後戴侗周伯琦趙宧光諸說紛紜。而正字通且多排斥之詞。及至近代。惠段桂王錢姚嚴朱鈕苗鄭諸家。辨證爲精。然去古遼遠。傳鈔多異。辨正既多。益棼絕說。（如錄下諸以二王筠書說文句讀依集韻改二爲一而方成珪之集韻正又以爲當從說文若斯之類不知凡幾）諸家所作校勘記。與今所傳見之本不合。今所傳見之本。各栞互異。執一以求。斯亦難能。今之所撰。二徐而外。旁及諸家。諸家之說。異則兩存。若段氏所改。王氏所增。汲古閣所剜。朱駿聲所易。不苟從也。

一經傳本文有自爲訓詁者。如周書和會也。勤勞也。古籍引書有以訓詁代正文者。如史記引書克明俊德作能明馴德。慎徽五典作慎和五典。此類均依本文。

一前人詁字之例。有以形聲皆同之字爲訓者。如易序卦蒙者蒙也。詩毛傳虛虛也。有以形聲皆異之字爲訓者。如爾雅初始也。說文丕大也。有以同聲爲訓者。如易彖晉進也。說文士事也。有以聲近爲訓者。如孟子畜君者好君也。（畜好疊韻、）爾雅疇誰也。（疇誰雙聲、）有以字所自出之聲爲訓者。如禮記祖者且也。釋名妣比也。有以原出一聲而增入形旁之字爲訓者。如白虎通帝者諦也。釋名丙炳也。有以原出一聲而所从異形之字爲訓者。如說文揆葵也。釋名功攻也。有以字所自出之形爲訓者。如說文璐玉也。私禾也。有以原出一形而增入聲旁之字爲訓者。如說文手拳也。仌凍也。有以原出一形而所得異聲之字爲訓者。如爾雅詁䧺也。說文嘅嘆也。編中亦已略明其指。茲爲會發其凡於此。俾覽者有以攷見文字本原。知本編之不同野言肊說。

一引經。易書詩舉一字。周禮左氏等舉二字。考工記不稱周禮。亦舉官名。前漢書稱漢書。後漢書稱後漢。陸德明經典釋文祗稱釋文。尙書大傳稱書大傳。大戴禮記稱大戴記。逸周書稱周書。淮南子稱淮南。呂氏春秋稱呂覽。

一引書皆載篇目。但不用篇字。易舉卦名。彖象亦通稱某卦。如易乾易坤是。太玄同。惟文言繫辭之類。則稱易文言。易繫辭。易序卦。易說卦。易雜卦。周禮舉大宰少宰等名。不用天官地官春官等字。呂覽但載孟春本生等小篇名。不載孟春紀有始覽開春論等總題。猶書但稱堯典禹貢。不稱虞書夏書。詩但稱關雎鵲巢。不稱周南召南也。春秋三傳舉某公某年。爾雅舉釋詁釋訓之類。廣雅釋名同。論孟諸子山海經楚辭離騷經則但稱離騷、亦皆各舉篇名。史稱某某紀某某傳及、某某志某某書。諸集稱某某論某某賦某某詩之類。各從其體。其在文選中者。或冠以文選二字。惟孝經、老子、書大傳、韓詩外傳。不載篇章。

一十三經舊注。以前代立學官者列前。餘依時次。如易詁先王弼而後荀虞。書詁先孔傳而後馬鄭。王左氏先杜預而後賈服。爾雅先郭璞而後舍人樊光李巡孫炎。有不詳姓氏者。但稱舊注。

一羣籍本注。皆不稱姓。非本注則稱姓以別之。如易王弼韓康但稱注。慈明仲翔則稱荀注虞注。書僞孔但稱傳。季長康成則稱馬注鄭注。詩毛傳稱傳。鄭箋稱箋。餘稱注。周禮鄭大夫鄭司農。則稱大夫注司農注。杜子春注則稱杜注。河上公章句。但稱老子注。王弼注則稱王注。郭象但稱莊子注。司馬彪則稱司馬注。

一前後漢書有總題小題。今亦單舉小題。不稱總題。如景十三王。單稱河間獻王傳。不稱景十三王。儒林單稱楊何傳。丁寬傳。不稱儒林。循吏但稱文翁傳。王成傳。不稱循吏。諸史準此。

一說文大小徐注、惟稱注。段玉裁注等段注。桂馥義證、稱桂注。王筠句讀、稱王注。朱駿聲通訓定聲、稱通訓定聲。鈕樹玉說文新附攷、稱鈕氏新附攷。鄭珍說文新附攷、稱鄭氏新附攷。

一有同一文詞而諸書竝見者。（例如屈平漁父、史記楚辭文選皆登錄之、）本編或因版本字句不同。或因連引其注解之故。均各依所据分別稱舉。

一每字各義分條。依次編數。冠以陰文。所引書名及按語。槩施括弧。句讀均加圈點。

一各條義解中。遇其本字。皆寫作｜。惟所引書名篇名則否。如（詩丰）子之｜兮之類是也。

一字義涉外國事物及地名人名。譯音譯義多歧者。竝坿注英文。

一依小徐本說文寫爲篆字。謄一通。坿訂編尾。以備參稽。

一日月星辰山川河嶽鳥獸艸木蟲豸衣冠鍾鼎等字。悉爲之圖。或坿見各字各訓之下。或總輯載諸卷末。

一列新式檢字一卷。不問偏旁部首。按字畫數檢之。卽得其居某集幾葉。

坿言

本編大小字共四百餘萬。匆促付排。譌漏知必不免。又因隨編隨印。校改時有不及。卽當重加檢勘。仍乞海內宏雅。隨時賜教。俾再版時得更正焉。

切韻指掌圖敘

仁宗皇帝詔翰林學士丁公度李公淑增崇韻學自許叔重而降凡數十家總爲集韻而以賈公昌朝王公洙爲之屬治平四年予得旨繼纂其職書成上之有詔頒焉嘗因討究之暇科別清濁爲二十圖以三十六字母列其上推四聲相生之法縱橫上下旁通曲暢律度精密最爲捷徑名之曰切韻指掌圖嗚呼韻學之廢久矣士溺於所習讀書綴文趣了目前以至覽古篇奇字往往有含胡囁嚅之狀是殆天造神授以便學者予不敢祕也涑水司馬光書

檢例上

溥存按此圖據豐城熊氏刻本迻印中間稍有補正惟此節原闕五字仍之

先求上切居何母次求引韻去橫搜且如德紅切東字須先求德字記在端字母下次求紅字橫過至端字下卽是東字它皆倣此本眼空時上下取此葉全無前後收見字偶然又不識平上去入可尋求東董凍督是也照禪五母下韻居三等二相侔第一等或無引第三等引韻切第二等字其音相近仄九切擲之類是也

檢例下

凡切字以上者爲切下者爲韻取同音同母同韻同等四者皆同謂之音和取脣重脣輕舌頭舌上齒頭正齒三音中清濁同者謂之類隔

協聲　德字與揯庚字協聲在第十六圖內
洪字與公弓字協聲在第二圖內

歸母　德字屬舌頭音歸端字母
洪字屬喉音歸匣字母

四聲
平上去入
登等鐙德
平上去入
洪澒鬨穀

一音
德翁
忒烘
特洪
螚○

謂如德洪切東字先調德字求協聲韻於圖中尋德字屬端字母係入聲內第一等眼內字又調洪字求協聲韻於圖中尋洪字卽自洪字橫截過端字母下平聲第一等眼內卽是東字此乃音和切萬不失一其間有字不在本等眼內者必屬類隔及廣通侷狹之例與匣喻來日字母下字或不識其字當以類四聲調之一音二音者必有一得也

音和切

丁增切登字

緣用丁字爲切丁字歸端字母是舌頭字用增字爲韻增字亦是舌頭字所以切登字登字歸端字母亦是舌頭字三字俱在舌頭詩云音和遞用聲者此也

類隔切

丁呂切貯字

緣用丁字爲切丁字歸端字母是舌頭字用呂字爲韻呂字亦是舌頭字所以切貯字貯字雖歸知字母緣知字與端字俱是舌頭中純清之字詩云類隔傍求韻者此也

辨五音例

欲知宮舌居中（喉音）　欲知商開口張（齒頭 正齒）
欲知角舌縮卻（牙音）　欲知徵舌柱齒（舌頭 舌上）
欲知羽撮口聚（脣重 脣輕）

辨字母清濁歌

橫偏第一是全清　第二次清總易明
全濁第三聲自穩　不清不濁四中成
齒中第四全清取（心審）第五從來類濁聲（禪斜）
唯有來日兩箇母　半商半徵濁清平

辨字母次第例

辨字母者取其聲音之正立以爲本本立則聲音由此而生故曰母以三十六字母演三百八十四聲取子母相生之義是故一氣之出清濁有次輕重有倫合之以五音運之若四時故始牙音春之象也其音角其行木次曰舌音夏之象也其音徵其行火次曰脣音季夏之象也其音宮其行土次曰齒音秋之象也其音商其行金次曰喉音冬之象也其音羽其行水所謂五音之出猶四時之運者此也

辨分韻等第歌

見溪羣疑四等連　端透定泥居兩邊
知徹澄娘中心納　幫滂四等亦俱全
更有非敷三等數　中間照審義幽玄
精清兩頭爲眞的　影曉雙飛亦四全
來居四等都收後　日應三上是根源

辨內外轉例

內轉者取脣舌牙喉四音更無第二等字唯齒音方具足外轉者五音四等都具足舊圖以通止遇果宕流深曾八字括內轉六十七韻江蟹山臻效假咸梗八字括外轉一百三十九韻

辨廣通偈狹例

所謂廣通者第三等字通及第四等字也偈狹者第四等字少第三等字多也

歌曰

支脂眞諄蕭仙祭　清宵八韻廣通義
正齒第二爲其韻　脣牙喉下推尋四（余支切移 撫昭切漂）

歌曰

鍾陽蒸魚登麻尤　之虞齊鹽偈狹收
影喻齒頭四爲韻　卻於三上好推求（居容切恭 居悚切拱）

辨獨韻與開合韻例

總二十圖前六圖係獨韻應所切字不出本圖之內其後十四圖係開合韻所切字多互見如眉箭切面字其面字合在第七干字圖內明字母下今乃在第八官字圖內明字母下蓋干與官二韻相爲開合他皆倣此

辨來日二字母切字例

來日二切則是憑韻與內外轉法也唯有日來却與泥孃二字母下字相通蓋日字與舌音是親而相隔也

歌曰

日下三爲韻　音和故莫疑如六切肉 如精切寧

二來孃處取　一四定歸泥仁頭切糯 日交切鐃

辨匣喻二字母切字歌

匣闕三四喻中覓　喻虧一二匣中窮

上古釋音多具載　當今篇韻少相逢戶歸切幃 于古切戶

雙聲疊韻例

和會二字爲切同歸一母只是會字更無切也故號曰雙聲如章灼良略是矣商量二字爲切同出一韻只是商字更無切也故號曰疊韻如灼略章良是矣

歌曰

和會徒勞切　商量亦莫尋

驗八端的處　下口便知音

三十六字母圖　引類清濁

牙音	舌頭音	舌上音	脣音重	脣音輕	齒頭音	正齒音	是喉音	舌齒音
見 經堅 全清	端 丁顛 全清	知 珍邅 全清	幫 賓邊 全清	非 分番 全清	精 津煎 全清	照 眞饘 全清	影 因煙 全清	來 鄰連 不清不濁
溪 輕牽 次清	透 汀天 次清	徹 癡脠 次清	滂 繽篇 次清	敷 芬蕃 次清	清 親千 次清	穿 嗔蟬 次清	曉 馨軒 次清	日 人然 不清不濁
羣 勤乾 全濁	定 廷田 全濁	澄 陳纏 全濁	並 貧便 全濁	奉 墳煩 全濁	從 秦前 全濁	牀 崢潺 全濁	匣 刑賢 全濁	
疑 銀研 不清不濁	泥 寧年 不清不濁	孃 紉尼 不清不濁	明 民綿 不清不濁	微 文亡 不清不濁	心 新先 全清	審 身羶 全清	喻 寅延 不清不濁	
					斜 餳涎 半清半濁	禪 脣蛇 半清半濁		

類隔二十六字圖

脣重	脣輕	舌頭	舌上	齒頭	正齒
幫	非	端	知	精	照
滂	敷	透	徹	清	穿
並	奉	定	澄	從	牀
明	微	泥	孃	心	審
				斜	禪

應屬二十六字母下字謂之類隔或切在幫字母下而韻不可歸者卽於非字母下求之或切在非字母下而韻不可歸者卽於幫字母下求之佗皆倣此蓋幫滂並明非敷奉微皆脣音端透定泥知徹澄孃皆舌音精清從心斜照穿牀審禪皆齒音但分清濁輕重爾

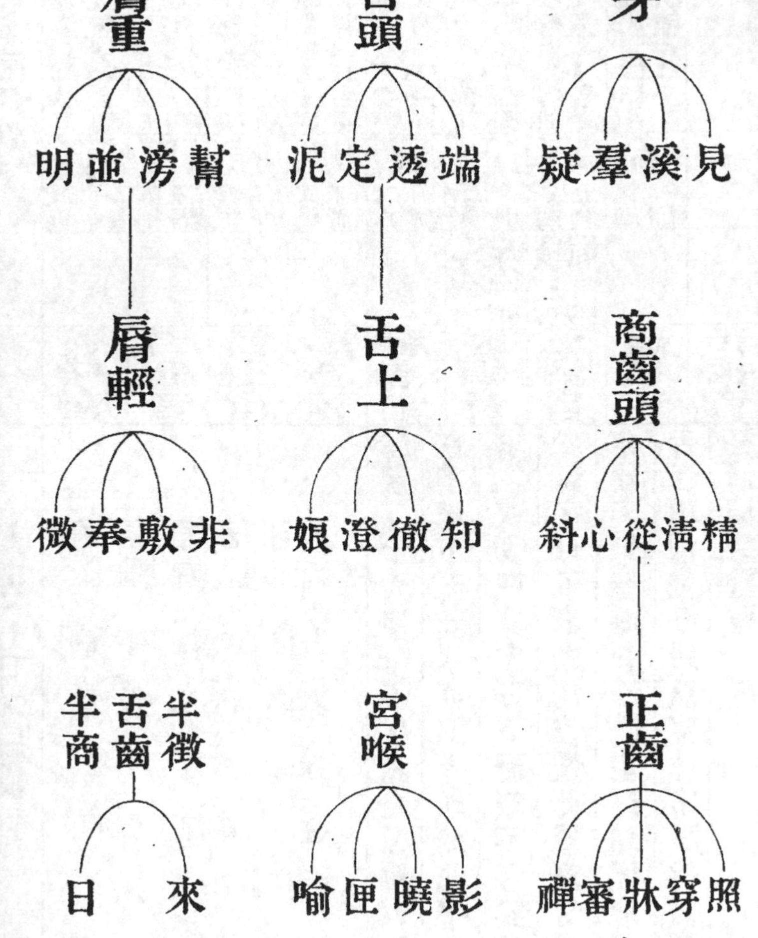

角牙
見溪羣疑
徵舌頭
端透定泥
羽脣重
幫滂並明
商齒頭
精清從心斜
舌上
知徹澄娘
脣輕
非敷奉微
正齒
照穿牀審禪
宮喉
影曉匣喻
半徵
半舌齒
半商
來
日

二十圖總目

一	獨	高	交	嬌	驍	暠	絞	矯	皎	告	教	〇	叫	各	覺	脚	〇
二	獨	公	〇	弓	〇	〇	〇	拱	〇	貢	〇	供	〇	谷	〇	菊	〇
三	獨	孤	〇	居	〇	古	〇	舉	〇	故	〇	據	〇	谷	〇	菊	〇
四	獨	鉤	〇	鳩	樛	耇	〇	久	糾	構	〇	救	〇	祴	〇	訖	吉
五	獨	甘	監	〇	兼	敢	減	檢	嬐	紺	鑑	劒	兼	閤	夾	劫	頰
六	獨	〇	〇	金	〇	〇	〇	錦	〇	〇	〇	禁	〇	〇	〇	急	〇
七	開	干	姦	犍	堅	笴	簡	寋	蠒	旰	諫	建	見	葛	戛	揭	結
八	合	官	關	勬	涓	管	〇	卷	畎	貫	慣	眷	絹	括	刮	厥	玦
九	開	根	〇	斤	〇	頣	〇	謹	緊	艮	〇	靳	呁	祴	〇	訖	吉
十	合	昆	〇	君	均	袞	〇	〇	〇	睔	〇	攈	〇	骨	〇	亥	橘

十一	開	歌	加	迦	〇	哿	假	〇	〇	箇	駕	〇	〇	葛	戛	揭	結
十二	合	戈	瓜	〇	〇	果	寡	〇	〇	過	〇	〇	〇	括	刮	厥	玦
十三	開	㓻	〇	薑	〇	䴚	〇	繈	〇	鋼	〇	彊	〇	各	〇	脚	〇
十四	合	光	江	〇	〇	廣	講	獷	〇	桄	絳	誑	〇	郭	覺	玃	〇
十五	合	觥	肱	〇	扃	礦	〇	〇	囧	〇	〇	〇	〇	虢	國	〇	郥
十六	開	揯	庚	驚	經	〇	耿	景	頸	亘	更	敬	勁	祴	格	殛	激
十七	開	該	皆	〇	〇	改	解	〇	〇	蓋	懈	〇	〇	葛	戛	〇	〇
十八	開	〇	〇	基	雞	〇	〇	紀	〇	〇	〇	記	計	〇	〇	訖	吉
十九	合	傀	〇	歸	圭	〇	〇	詭	癸	膾	〇	貴	季	骨	〇	亥	橘
二十	合	〇	乖	〇	〇	〇	丫	〇	〇	〇	怪	〇	〇	〇	刮	〇	〇

一	見	溪	羣	疑	端	透	定	泥	知	徹	澄	娘	幫	滂	並	明	非	敷
平	高	尻	○	敖	刀	饕	淘	猱					褒	橐	袍	毛		
	交	敲	○	聱					嘲	颵	桃	鐃	包	胞	庖	茅		
	嬌	趫	喬	○					朝	超	鼂	○	鑣	○	○	苗	○	○
	驍	鄡	翹	堯	貂	祧	迢	○					飈	漂	瓢	[illegible]		
上	暠	考	○	䫜	倒	討	道	惱					寶	○	抱	務		
	絞	巧	○	咬					獠	○	○	獿	飽	○	鮑	卯		
	矯	○	蹻	鱎					○	巐	肇	○	表	皫	藨	○	○	○
	皎	䂲	○	磽	鳥	朓	窕	嬲					褾	縹	摽	眇		
去	告	犒	○	傲	到	韜	導	腝					報	○	暴	帽		
	教	敲	○	樂					罩	趠	棹	橈	豹	砲	靤	貌		
	○	趬	嶠	虓					○	朓	召	○	裱	剽	驃	廟	○	○
	叫	竅	轎	顤	弔	糶	蓧	尿					○	○	○	妙		
入	各	恪	○	咢	○	託	鐸	諾					博	頼	泊	莫		
	覺	㲉	○	嶽					斲	逴	濁	搦	剝	璞	雹	邈		
	脚	却	噱	虐					芍	[illegible]	著	逽	○	○	○	○	○	○
	○	○	○	○	○	○	○	○					○	○	○	○		

二	見	溪	羣	疑	端	透	定	泥	知	徹	澄	娘	幫	滂	並	明	非	敷
平	公	空	○	峴	東	通	同	農					○	○	蓬	蒙		
	○	○	○	○					○	○	○	○	○	○	○	○		
	弓	穹	窮	顒					中	忡	蟲	濃	○	○	○	瞢	風	豐
	○	○	○	○	○	○	○	○					○	○	○	○		
上	○	孔	○	○	董	桶	動	癑					琫	○	菶	蠓		
	○	○	○	○					○	○	○	○	○	○	○	○		
	拱	恐	梁	○					冢	寵	重	○	○	○	○	鴋	覂	捧
	○	○	○	○	○	○	○	○					○	○	○	○		
去	貢	控	○	○	涷	痛	洞	齈					○	○	○	幪		
	○	○	○	○					○	○	○	○	○	○	○	○		
	供	焪	共	○					中	蹱	仲	拭	○	○	○	夢	諷	賵
	○	○	○	○	○	○	○	○					○	○	○	○		
入	穀	哭	○	櫂	豰	禿	獨	○					卜	扑	瀑	木		
	○	○	○	○					○	○	○	○	○	○	○	○		
	菊	麴	駶	玉					竹	畜	逐	朒	轐	○	僕	目	福	蝮
	○	○	○	○	○	○	○	○					○	○	○	○		

韻	日	來	喻	匣	曉	影	禪	審	牀	穿	照	斜	心	從	清	精	微	奉
豪		勞	○	豪	蒿	鏖						○	騷	曹	操	糟		
爻		顟	○	肴	虓	[illegible]	○	梢	巢	謿	嘌							
宵	饒	燎	鴞	○	囂	妖	韶	燒	○	怊	昭						○	○
蕭宵		聊	遙	○	膮	幺						○	蕭	樵	鍬	焦		
晧		老	○	晧	好	襖						○	嫂	皁	草	早		
巧		○	○	澩	○	拗	○	數	[illegible]	煼	爪							
小	擾	○	○	○	○	夭	紹	效	肇	麨	沼						○	○
篠小		了	鷕	皛	曉	窅						○	篠	○	悄	勦		
號		嫪	○	號	耗	奧						○	喿	漕	操	竈		
效		○	○	効	孝	靿	○	稍	巢	鈔	抓							
笑	饒	尞	○	○	○	要	邵	少	○	○	照						○	○
嘯笑		顟	耀	○	歊	○						○	嘯	噍	陗	醮		
鐸		落	○	涸	臛	惡						○	索	昨	錯	作		
覺		犖	○	學	吒	握	○	朔	浞	娖	捉							
藥	若	略	○	○	謔	約	妁	爍	○	綽	灼						○	○
藥		○	藥	○	○	○						○	削	嚼	鵲	爵		
韻	日	來	喻	匣	曉	影	禪	審	牀	穿	照	斜	心	從	清	精	微	奉
冬東		籠	○	洪	烘	翁						○	檧	叢	葱	㚇		
東		○	○	○	○	○	○	○	崇	○	○							
鍾東	戎	隆	○	容	肯	邕	鱅	舂	重	充	終						○	馮
鍾		○	融	○	○	○						松	嵩	從	樅	蹤		
董		曨	○	澒	嗊	蓊						○	敵	○	○	總		
		○	○	○	○	○	○	○	○	○	○							
腫	冗	隴	○	○	洶	擁	尰	○	○	[illegible]	腫						○	奉
腫		○	勇	○	○	○						○	悚	○	慫	縱		
送		弄	○	鬨	烘	瓮						○	送	[illegible]	謥	糉		
送		○	○	○	○	○	○	○	剬	○	○							
用送	鞲	曨	○	○	趬	雍	○	○	重	銃	眾						○	鳳
用送		○	用	○	○	○						誦	○	從	○	縱		
沃屋		祿	○	縠	嚳	屋						○	速	族	瘯	鏃		
屋		○	○	○	○	○	○	縮	○	珿	縅							
燭屋	肉	六	○	○	蓄	郁	孰	叔	○	俶	粥						○	伏
燭屋		○	育	○	○	囿						續	肅	歜	鼀	足		

三	見	溪	羣	疑	端	透	定	泥	知	徹	澄	娘	幫	滂	並	明	非	敷
平	孤	枯	○	吾	都	琭	徒	奴					逋	鋪	酺	模		
	○	○	○	○					○	○	○	○	○	○	○	○		
	居	胠	渠	魚					豬	攄	除	袽	○	○	○	○	夫	泭
	○	○	○	○	○	○	○	○					○	○	○	○		
上	古	苦	○	五	覩	土	杜	努					補	普	簿	姥		
	○	○	○	○					○	○	○	○	○	○	○	○		
	舉	去	巨	語					貯	楮	佇	女	○	○	○	○	甫	撫
	○	○	○	○	○	○	○	○					○	○	○	○		
去	顧	袴	○	誤	妬	兔	渡	怒					布	怖	捕	暮		
	○	○	○	○					○	○	○	○	○	○	○	○		
	據	去	具	御					著	絮	住	女	○	○	○	○	付	赴
	○	○	○	○	○	○	○	○					○	○	○	○		
入	穀	哭	○	擢	豰	禿	獨	○					卜	扑	暴	木		
	○	○	○	○					○	○	○	○	○	○	○	○		
	菊	麴	驧	玉					竹	畜	逐	朒	○	○	○	目	福	蝮
	○	○	○	○	○	○	○	○					○	○	○	○		

四	見	溪	羣	疑	端	透	定	泥	知	徹	澄	娘	幫	滂	並	明	非	敷
平	鉤	彄	○	齵	兜	偷	頭	羺					○	○	裒	謀		
	○	○	○	○					○	○	○	○	○	○	○	○		
	鳩	丘	求	牛					輈	抽	儔	惆	○	○	○	○	不	颩
	樛	恘	虯	聱	○	○	○	○					彪	○	滮	繆		
上	苟	口	○	藕	斗	黈	穤	㝅					掊	剖	部	母		
	○	○	○	○					○	○	○	○	○	○	○	○		
	久	糗	舅	○					肘	丑	紂	狃	○	○	○	○	缶	紑
	糾	○	蟉	○	○	○	○	○					○	○	○	○		
去	遘	寇	○	偶	鬭	透	豆	耨					○	仆	胎	茂		
	○	○	○	○					○	○	○	○	○	○	○	○		
	救	䡱	舊	鼽					晝	俞	胄	糅	○	○	○	○	富	副
	○	䠗	斣	○	○	○	○	○					○	○	○	謬		
入	祴	刻	○	○	德	忒	特	䘌					北	覆	蔔	墨		
	○	○	○	○					○	○	○	○	○	○	○	○		
	訖	乞	起	疙					窒	扶	秩	[illegible]	○	○	○	○	○	○
	吉	詰	姞	耴	○	○	○	○					○	○	○	○		

韻	日	來	喻	匣	曉	影	禪	審	牀	穿	照	斜	心	從	清	精	微	
模		盧	○	胡	呼	烏						○	蘇	徂	麤	租		
魚		○	○	○	○	○	○	蔬	鋤	初	菹							
虞魚	如	臚	于	○	虛	於	蜍	書	廚	貙	諸						無	鳧
魚		○	舁	○	○	○						徐	胥	○	疽	苴		
姥		魯	○	戶	虎	鄔						○	○	粗	麄	祖		
語麌		○	○	○	○	○	貗	所	齟	楚	阻							
麌語	汝	呂	雨	○	許	庾	豎	暑	○	處	煑						武	父
麌語		○	與	○	○	○						敘	諝	聚	取	苴		
暮		路	○	護	謼	汙						○	訴	祚	醋	做		
御遇		○	○	○	○	○	○	疏	助	楚	詛							
御遇	茹	慮	○	○	嘘	飫	署	恕	筯	處	翥						務	附
遇御		○	喻	○	○	○						屐	絮	聚	覷	怚		
沃屋		祿	○	穀	嚳	屋						○	速	族	瘯	鏃		
燭屋		○	○	○	○	○	○	縮	○	珿	縬							
燭屋	辱	六	○	○	旭	郁	熟	叔	○	俶	粥						○	伏
燭屋		○	○	○	○	囿						續	肅	○	鼀	蹙		
韻	日	來	喻	匣	曉	影	禪	審	牀	穿	照	斜	心	從	清	精	微	
侯		樓	○	侯	齁	謳						○	涑	鯫	謅	緅		
尤		○	○	○	○	○	○	搜	愁	篘	鄒							
尤	柔	留	尤	○	休	憂	讎	收	○	犨	周						○	浮
幽尤		鏐	由	○	飍	幽						四	脩	酋	秋	揫		
厚		塿	○	厚	吼	歐						○	叟	鯫	趣	走		
有		○	○	○	○	○	○	溲	棷	鞇	掫							
有	蹂	柳	有	○	朽	颵	受	手	○	醜	帚						○	婦
黝		○	酉	○	○	黝						○	滫	湫	○	酒		
候		陋	○	候	詬	漚						○	嗽	剟	輳	奏		
宥		○	○	○	○	○	○	瘦	驟	簉	皺							
宥	輮	溜	又	○	齅	○	授	狩	○	臭	呪						莓	復
宥幼		○	狖	○	○	幼						岫	秀	就	趥	僦		
德		勒	○	劾	黑	餩						○	塞	賊	墄	則		
櫛		○	○	○	○	○	○	瑟	齜	刹	櫛							
質迄	日	栗	○	○	迄	乙	實	失	○	叱	質						○	○
質		○	逸	○	欯	一						○	悉	疾	七	喞		

五	見	溪	羣	疑	端	透	定	泥	知	徹	澄	娘	幫	滂	並	明	非	敷
平	甘	坩	○	[illegible]	擔	舑	談	男					○	○	○	姏		
	監	嵌	○	巖					詀	○	○	喃	○	○	[illegible]	○		
	○	㦓	箝	嚴					霑	覘	[illegible]	黏	砭	○	○	○	○	芝
	兼	謙	鍼	[illegible]	[illegible]	添	甜	拈					○	○	○	○		
上	敢	坎	○	顉	膽	菼	噉	腩					○	○	○	媏		
	減	㞗	○	○					○	[illegible]	湛	[illegible]	○	○	○	○		
	檢	[illegible]	儉	顩					○	諂	○	○	貶	○	○	○	腇	釩
	嬐	嗛	○	○	點	忝	簟	淰					○	○	○	○		
去	紺	闞	○	儑	擔	賧	淡	妠					○	○	○	○		
	鑑	歉	○	[illegible]					[illegible]	○	賺	諵	○	○	[illegible]	○		
	劒	欠	芡	驗					○	覘	○	○	窆	○	○	○	○	泛
	兼	傔	○	○	店	㮇	磹	念					○	○	○	○		
入	閤	榼	○	儑	[illegible]	榻	蹋	納					○	○	○	○		
	夾	恰	○	[illegible]					劄	[illegible]	渫	図	○	○	○	○		
	劫	㾀	跲	業					輒	鍤	牒	聶	○	○	○	○	法	[illegible]
	頰	愜	[illegible]	○	跕	帖	牒	苶					○	○	○	○		

六	見	溪	羣	疑	端	透	定	泥	知	徹	澄	娘	幫	滂	並	明	非	敷
平	○	○	○	○	○	○	○	○					○	○	○	○		
	○	○	○	○					○	○	○	○	○	○	○	○		
	金	欽	琴	吟					砧	琛	沈	[illegible]	○	○	○	○	○	○
	○	○	○	○	○	[illegible]	○	○					○	○	○	○		
上	○	○	○	○	○	○	○	○					○	○	○	○		
	○	○	○	○					○	○	○	○	○	○	○	○		
	錦	坅	噤	僸					戡	踸	朕	拰	稟	品	○	○	○	○
	○	○	○	○	○	○	○	○					○	○	○	○		
去	○	○	○	○	○	○	○	○					○	○	○	○		
	○	○	○	○					○	○	○	○	○	○	○	○		
	禁	○	[illegible]	吟					揕	闖	鴆	賃	稟	○	○	○	○	○
	○	○	○	○	○	○	○	○					○	○	○	○		
入	○	○	○	○	○	○	○	○					○	○	○	○		
	○	○	○	○					○	○	○		○	○	○	○		
	急	泣	及	岌					縶	湁	蟄	孨	鵖	○	[illegible]	○	○	○
	○	○	○	○	○	○	○	○					○	○	○	○		

韻	日	來	喻	匣	曉	影	禪	審	牀	穿	照	斜	心	從	清	精	微	奉
覃談		藍	○	酣	蚶	諳						○	三	慙	參	鐕		
銜咸		○	○	銜	蝛	猎	○	衫	巉	攙	○							
凡嚴	髯	廉	炎	○	杴	淹	棎	苫	○	韂	占						○	凡
沾鹽		鬑	鹽	嫌	馦	懕						燅	銛	潛	籤	尖		
感敢		覽	○	頷	喊	掩						○	糝	歜	黲	餐		
檻豏		臉	○	檻	玁	黯	○	摲	瀺	臘	斬							
范琰	冉	斂	○	○	險	奄	剡	陝	○	○	颭						鋄	范
忝琰		稴	琰	鼸	○	魘						○	○	漸	憸	○		
闞勘		濫	○	憨	顑	暗						○	三	暫	謲	篸		
鑑陷		○	○	陷	𠏉	黯	儳	釤	鑱	懺	蘸							
梵驗豔	染	殮	豔	○	姭	厭	贍	苫	○	襜	占						菱	梵
豔㮇		稴	○	○	○	酓						○	殲	暫	塹	僭		
盍合		臘	○	盍	欱	鰪						○	僷	雜	囃	匝		
狎洽		○	○	狎	呷	鴨	○	歃	煠	插	眨							
乏業	讘	獵	曄	○	脅	敏	涉	攝	○	謵	讋						○	乏
帖葉		甄	葉	協	弽	靨						○	燮	捷	妾	浹		

韻	日	來	喻	匣	曉	影	禪	審	牀	穿	照	斜	心	從	清	精	微	奉
		○	○	○	○	○						○	○	○	○	○		
侵		○	○	○	○	○	○	森	岑	嵾	簪							
侵	任	林	○	○	歆	音	諶	深	○	覘	斟						○	○
侵		○	淫	○	○	愔						尋	心	鮗	侵	祲		
		○	○	○	○	○						○	○	○	○	○		
寑		○	○	○	○	○	○	痒	頣	墋	○							
寑	荏	廩	○	○	廞	飲	甚	沈	葚	瀋	枕						○	○
寑		○	潭	○	○	○						○	罧	蕈	寑	醋		
		○	○	○	○	○						○	○	○	○	○		
沁		○	○	○	○	○	○	滲	○	讖	譖							
沁	任	臨	許	○	○	蔭	甚	深	○	○	枕						○	○
沁		○	顊	○	○	○						鐔	○	○	沁	浸		
		○	○	○	○	○						○	○	○	○	○		
緝		○	○	○	○	○	○	澀	霰	扉	戢							
緝	入	立	熤	○	吸	邑	十	濕	○	斟	執						○	○
緝		○	熠	○	○	揖						習	靸	集	緝	噍		

七

	見	溪	羣	疑	端	透	定	泥	知	徹	澄	娘	幫	滂	並	明	非	敷
平	干	看	○	豻	單	灘	壇	難					○	○	○	○		
	姦	慳	○	顏					譠	○	聯	嘫	○	○	○	○		
	犍	愆	乾	言					邅	脠	纏	○	○	○	○	○	○	○
	堅	牽	○	妍	顛	天	田	年					○	○	○	○		
上	笴	侃	○	○	亶	坦	但	戁					○	○	○	○		
	簡	齦	○	眼					○	○	○	○	○	○	○	○		
	蹇	綣	件	齴					展	搌	邅	趁	○	○	○	○	○	○
	繭	遣	○	齞	典	腆	殄	撚					○	○	○	○		
去	旰	看	○	岸	旦	炭	憚	難					○	○	○	○		
	諫	○	○	鴈					○	㬋	綻	○	○	○	○	○		
	建	○	健	彥					驏	○	纏	輾	○	○	○	○	○	○
	見	俔	○	硯	殿	瑱	電	晛					○	○	○	○		
入	葛	渴	○	嶭	怛	闥	達	捺					○	○	○	○		
	戛	稭	○	齾					哳	○	○	痆	○	○	○	○		
	揭	朅	傑	孼					哲	屮	轍	○	○	○	○	○	○	○
	結	揳	○	齧	國	鐵	垤	湼					○	○	○	○		

八

	見	溪	羣	疑	端	透	定	泥	知	徹	澄	娘	幫	滂	並	明	非	敷
平	官	寬	○	岏	端	湍	團	渜					般	潘	盤	瞞		
	關	𧾸	𨘈	頑					○	○	窀	奻	班	攀	○	蠻		
	勬	弮	權	元					𨘈	猭	椽	○	○	○	○	○	藩	翻
	涓	○	○	○	○	○	○	○					邊	篇	駢	眠		
上	管	款	○	○	短	疃	斷	暖					粄	坢	伴	滿		
	○	○	○	齗					○	○	○	赧	版	眅	○	𩈩		
	卷	綣	圈	阮					轉	○	篆	○	辡	鴘	辯	免	反	○
	畎	犬	蜎	○	○	○	○	○					匾	○	辮	緬		
去	貫	鑬	○	玩	鍛	彖	段	偄					半	判	叛	縵		
	慣	○	○	薍					○	○	○	奻	扮	盼	辦	慢	販	嬔
	眷	券	倦	願					囀	猭	傳	輾	變	○	卞	○		
	絹	縓	○	○	○	○	○	○					徧	片	便	面		
入	括	闊	○	枂	掇	侻	奪	○					撥	鏺	跋	末		
	劀	䯏	○	𪘐					窡	𩑛	○	豽	八	汃	拔	𠐿		
	厥	闕	掘	月					輟	皺	○	吶	䇷	○	別	○	髮	怖
	玦	闋	○	○	○	○	○	○					彆	瞥	蹩	蔑		

韻	日	來	喻	匣	曉	影	禪	審	牀	穿	照	斜	心	從	清	精	微	奉
寒		蘭	○	寒	頇	安						○	珊	殘	餐	○		
刪山		爛	○	閑	羴	黰	○	山	潺	貚	○							
元仙	然	連	○	○	軒	焉	禪	羶	○	燀	饘						○	○
僊先		蓮	延	賢	祆	煙						涎	先	前	千	箋		
緩旱		嬾	○	旱	罕	○						○	散	瓚	○	饡		
產		○	○	限	○	○	○	產	棧	剗	醆							
阮獮	蹨	輦	○	○	幰	㫃	善	燃	○	闡	膳						○	○
銑獮		○	衍	峴	顯	蝘						緩	銑	踐	淺	翦		
換翰		爛	○	翰	漢	按						○	散	攢	粲	贊		
襉諫		○	○	莧	○	晏	○	訕	輚	鏟	○							
線願	○	連	○	○	獻	堰	繕	扇	○	硟	戰						○	○
線霰		練	衍	見	韅	宴						羨	霰	荐	蒨	薦		
曷		辢	○	曷	喝	遏						○	薩	巀	攃	拶		
鎋黠		○	○	黠	瞎	軋	鐁	殺	○	刹	扎							
月薛	熱	列	○	○	歇	謁	舌	設	○	掣	晢						○	○
薛屑		奊	拽	頁	眘	噎						○	屑	截	切	節		

韻	日	來	喻	匣	曉	影	禪	審	牀	穿	照	斜	心	從	清	精	微	奉
桓		鑾	○	丸	歡	剜						○	酸	欑	攛	鑽		
先刪		[illegible]	○	還	○	彎	○	櫺	狗	○	跧							
元僊	堧	攣	員	○	翾	娟	船	栓	遄	穿	專						樠	煩
僊先		○	沿	玄	鋗	淵						旋	宣	全	詮	鐫		
緩		卵	○	緩	○	椀						鄹	算	○	○	纂		
潸		○	○	僩	○	綰	○	○	撰	[illegible]	酢							
阮獮	輭	臠	遠	○	烜	婉	腨	○	篆	喘	轉						晚	飯
獮銑		○	○	泫	蠉	兖						○	選	雋	○	臇		
換		亂	○	換	喚	惋						○	筭	攢	竄	穳		
襉諫		○	○	患	○	綰	○	孿	饌	篡	○							
願線	[illegible]	戀	遠	○	楦	怨	捷	○	○	釧	剸						萬	飯
線霰		○	掾	縣	絢	餶						旋	選	○	縓	○		
末		捋	○	活	豁	斡						○	○	拙	撮	繓		
鎋黠		○	○	滑	傄	婠	○	刷	○	篡	茁							
月薛	爇	劣	越	○	颰	噦	啜	說	○	歠	拙						韈	伐
屑薛		○	悅	穴	血	抉						[illegible]	雪	絕	膬	蕝		

九	見	溪	羣	疑	端	透	定	泥	知	徹	澄	娘	幫	滂	並	明	非	敷
平	根	○	○	垠	○	呑	○	○					○	○	○	○		
	○	○	○	○					○	○	○	○	○	○	○	○		
	巾	○	勤	銀					珍	獜	陳	紉	○	○	○	○	○	○
	○	○	○	○	○	○	○	○					○	○	○	○		
上	頣	墾	○	○	○	○	○	○					○	○	○	○		
									○	○	○	○	○	○	○	○		
	謹	赾	近	听					屒	辴	紖	○	○	○	○	○	○	○
	緊	螼	○	○	○	○	○	○					○	○	○	○		
去	艮	○	○	饐	○	○	○	○					○	○	○	○		
	○	○	○	○					○	○	○	○	○	○	○	○		
	靳	螼	近	垽					鎮	疢	陣	○	○	○	○	○	○	○
	呁	菣	○	○									○	○	○	○		
入	裓	刻	○	○	德	忒	特	螚					○	○	○	○		
	○	○	○	○					○	○	○	○	○	○	○	○		
	訖	乞	趌	疙					窒	抶	秩	暱	○	○	○	○	○	○
	吉	詰	姞	耴	○	○	○	○					○	○	○	○		

十	見	溪	羣	疑	端	透	定	泥	知	徹	澄	娘	幫	滂	並	明	非	敷
平	昆	坤	○	僤	敦	暾	屯	黁					奔	濆	盆	門		
	○	○	○	○					○	○	○	○	○	○	○	○		
	君	囷	羣	○					屯	椿	䤕	○	彬	砏	貧	珉	分	芬
	均	○	○	○	○	○	○	○					賓	繽	頻	民		
上	袞	閫	○	○	○	㖔	囤	炳					本	栩	獖	懣		
	○	○	○	○					○	○	○	○	○	○	○	○		
	攟	趣	菌	齳					○	偆	○	○	○	○	○	愍	粉	忿
	○	麇	○	○	○	○	○	○					○	○	牝	泯		
去	睔	困	○	顐	頓	○	鈍	嫩					奔	噴	坌	悶		
	○	○	○	○					○	○	○	○	○	○	○	○		
	攈	○	郡	○					○	○	○	○	○	○	○	○	糞	忿
	○	○	○	○	○	○	○	○					儐	闠	○	○		
入	骨	窟	○	兀	咄	宊	突	訥					○	䭯	勃	沒		
	○	○	○	○					○	○	○	○	○	○	○	○		
	亥	屈	倔	崛					怞	黜	术	○	筆	○	弼	密	弗	拂
	橘	○	○	○	○	○	○	○					必	匹	邲	蜜		

韻	日	來	喻	匣	曉	影	禪	審	牀	穿	照	斜	心	從	清	精	微	奉
魂痕		○	○	痕	○	恩						○	○	○	○	○		
臻		○	○	○	○	○	○	莘	榛	瀙	臻							
欣眞	人	鄰	○	○	欣	殷	臣	申	神	瞋	眞						○	○
諄眞		○	寅	礥	○	因						○	新	秦	親	津		
很		○	○	很	○	○						○	○	○	○	○		
準		○	○	○	○	○	○	○	濜	齓	[illegible]							
軫隱	忍	嶙	○	○	[illegible]	隱	腎	矧	○	○	軫						○	○
準軫		○	引	○	○	○						○	○	盡	笉	[illegible]		
恨		○	○	恨	○	[illegible]						○	○	○	○	○		
稕		○	○	○	○	○	○	○	○	櫬	○							
稕釁	刃	吝	○	○	焮	[illegible]	愼	胂	○	○	震						○	○
稕震		○	胤	○	○	印						贐	信	○	親	晉		
德		勒	○	劾	黑	餩						○	塞	賊	墄	則		
櫛		○	○	○	○	○	○	瑟	齜	[illegible]	櫛							
質迄	日	栗	○	○	迄	乙	實	失	○	叱	質						○	○
質		○	逸	○	欯	一						○	悉	疾	七	喞		

韻	日	來	喻	匣	曉	影	禪	審	牀	穿	照	斜	心	從	清	精	微	奉
魂		論	○	魂	昏	溫						○	孫	存	村	尊		
		○	○	○	○	○	○	○	○	○	○							
魂諄	犉	淪	筠	○	薰	贇	純	○	脣	春	諄						文	汾
文諄		○	勻	○	○	氳						旬	荀	鷷	逡	遵		
混		[illegible]	○	混	[illegible]	穩						○	損	鱒	忖	剸		
		○	○	○	○	○	○	○	○	○	○							
隱準	蝡	輪	殞	○	○	蘊	盾	賰	○	蠢	準						吻	憤
準		○	尹	○	○	○						○	筍	○	○	○		
慍慁		論	○	慁	惛	搵						○	巽	鐏	寸	捘		
		○	○	○	○	○	○	○	○	○	○							
稕問	閏	○	運	○	訓	醞	順	舜	○	○	稕						問	分
稕		○	○	○	○	○						殉	峻	○	○	儁		
沒		[illegible]	○	麧	忽	頞						○	窣	捽	猝	卒		
質		○	○	○	○	○	○	率	齜	○	[illegible]							
質物迄術	○	律	颶	○	[illegible]	鬱	術	○	○	出	○						物	佛
質術		○	聿	○	獝	○						○	卹	崒	焌	卒		

十一

聲調	見	溪	羣	疑	端	透	定	泥	知	徹	澄	娘	幫	滂	並	明	非	敷
平	歌	珂	○	莪	多	他	駝	那					○	○	○	○		
	嘉	⿰齒可	○	牙					奓	侘	茶	拏	○	○	○	○		
	迦	呿	伽	○					○	○	○	○	○	○	○	○	○	○
	○	○	○	○	○	○	○	○					○	○	○	○		
上	哿	可	○	我	嚲	袉	柁	娜					○	○	○	○		
	假	跒	○	雅					觰	奼	○	絮	○	○	○	○		
	○	○	○	○					○	○	○	○	○	○	○	○	○	○
	○	○	○	○	○	○	○	○					○	○	○	○		
去	箇	坷	○	餓	跢	柂	大	奈					○	○	○	○		
	駕	髂	○	迓					吒	詫	⿰虫宅	胗	○	○	○	○		
	○	○	○	○					○	○	○	○	○	○	○	○	○	○
	○	○	○	○	○	○	○	○					○	○	○	○		
入	葛	渴	○	嶭	怛	闥	達	捺					○	○	○	○		
	戛	⿰禾曷	○	齾					哳	○	○	痆	○	○	○	○		
	揭	朅	傑	孽					晢	屮	轍	○	○	○	○	○	○	○
	結	挈	○	齧	国	鐵	姪	涅					○	○	○	○		

十二

聲調	見	溪	羣	疑	端	透	定	泥	知	徹	澄	娘	幫	滂	並	明	非	敷
平	戈	科	○	訛	⿰阝朶	詑	○	○					波	坡	婆	摩		
	瓜	誇	○	佽					○	○	○	○	巴	葩	爬	麻		
	○	骪	瘸	○					○	○	○	○	○	○	○	○	○	○
	○	○	○	○	○	○	○	○					○	○	○	咩		
上	果	顆	○	扼	捶	妥	墮	⿰女厄					跛	叵	爸	麽		
	寡	髁	○	瓦					○	[illegible]	○	○	把	○	跁	馬		
	○	○	○	○					○	○	○	○	○	○	○	○	○	○
	○	○	○	○	○	○	○	○					○	○	○	乜		
去	過	課	○	臥	剁	唾	惰	愞					播	破	縛	磨		
	○	跨	○	瓦					○	○	○	○	霸	帊	杷	禡		
	○	○	○	○					○	○	○	○	○	○	○	○	○	○
	○	○	○	○	○	○	○	○					○	○	○	○		
入	括	闊	○	枂	掇	侻	奪	○					撥	鏺	跋	末		
	劀	⿰骨力	○	⿰骨出					窡	⿰叕頁	○	豽	八	汃	拔	⿰亻密		
	厥	闕	鱖	月					輟	⿰叕皮	○	吶	箭	瞥	別	○	○	○
	玦	闋	○	○	○	○	○	○					彆	撆	蹩	蔑		

韻	日	來	喻	匣	曉	影	禪	審	牀	穿	照	斜	心	從	清	精	微	奉
歌		羅	○	何	訶	阿						○	娑	醝	蹉	嵯		
麻		○	○	遐	煆	鵶	○	沙	槎	叉	樝							
麻	若	○	○	○	○	○	闍	奢	○	車	遮						○	○
麻		○	耶	○	○	○						邪	些	査	脞	嗟		
哿		攞	○	荷	歌	閜						○	縒	蒫	瑳	左		
馬		藞	○	下	啁	啞	○	灑	槎	○	鮓							
馬	惹	○	○	○	○	○	社	捨	○	奲	者						○	○
馬		○	野	○	○	○						灺	寫	○	且	姐		
過箇		邏	○	賀	呵	侉						○	些	○	磋	佐		
禡		○	○	暇	嚇	亞	○	嗄	乍	○	詐							
禡	○	○	○	○	○	○	射	舍	○	趚	柘						○	○
禡		○	夜	○	○	○						謝	卸	褯	笡	借		
曷		剌	○	曷	喝	遏						○	薩	巀	攃	拶		
黠鎋		○	○	黠	瞎	軋	鐁	殺	○	剎	札							
月薛	熱	○	○	○	歇	謁	舌	設	○	掣	晢						○	○
薛屑		列	枻	纈	奆	噎						○	屑	截	切	節		

韻	日	來	喻	匣	曉	影	禪	審	牀	穿	照	斜	心	從	清	精	微	奉
戈		騾	○	和	○	渦						○	莎	矬	蹉	侳		
麻		○	○	華	花	窊	○	○	○	○	髽							
戈	○	臁	○	○	鞾	肥	○	○	○	○	○						○	○
麻		○	○	○	○	○						○	○	○	○	○		
果		裸	○	禍	火	婐						○	鎖	坐	脞	硰		
馬		○	○	踝	○	○	○	○	○	○	○							
馬	○	○	○	○	○	○	○	葰	○	硰	○						○	○
馬		○	○	○	○	○						○	○	○	○	○		
過		臝	○	和	貨	涴						○	膹	座	剉	挫		
禡		○	○	摦	化	攨	○	誜	○	○	○							
	○	○	○	○	○	○	○	○	○	○	○						○	○
		○	○	○	○	○						○	○	○	○	○		
末		捋	○	活	豁	斡						○	○	柮	撮	繓		
鎋黠		○	○	滑	傄	婠	○	刷	○	纂	茁							
月薛	爇	劣	越	○	颰	噦	啜	說	○	歠	拙						○	○
屑薛		○	悅	穴	血	○						茷	雪	絕	膬	蕝		

十三	見	溪	羣	疑	端	透	定	泥	知	徹	澄	娘	幫	滂	並	明	非	敷
平	剛	康	○	昂	當	湯	唐	囊					○	○	○	○		
	○	○	○	○					○	○	○	○	○	○	○	○		
	薑	羌	彊	卬					張	募	長	娘	○	○	○	○	○	○
	○	○	○	○	○	○	○	○					○	○	○	○		
上	骯	慷	○	駠	黨	儻	蕩	曩					○	○	○	○		
	○	○	○	○					○	○	○	○	○	○	○	○		
	繈	[illegible]	詰	仰					長	昶	丈	○	○	○	○	○	○	○
	○	○	○	○	○	○	○	○					○	○	○	○		
去	鋼	抗	○	枊	讜	儻	宕	儾					○	○	○	○		
	○	○	○	○					○	○	○	○	○	○	○	○		
	彊	唴	弶	仰					帳	悵	仗	釀	○	○	○	○	○	○
	○	○	○	○	○	○	○	○					○	○	○	○		
入	各	恪	○	咢	○	託	鐸	諾					○	○	○	○		
	○	○	○	○					○	○	○	○	○	○	○	○		
	腳	却	噱	虐					勺	皀	著	逽	○	○	○	○	○	○
	○	○	○	○	○	○	○	○					○	○	○	○		

十四	見	溪	羣	疑	端	透	定	泥	知	徹	澄	娘	幫	滂	並	明	非	敷
平	光	觥	○	○	○	○	○	○					幫	滂	傍	忙		
	江	腔	○	峴					椿	惷	幢	膿	邦	胮	龐	厖		
	恇	匡	狂	○					○	○	○	○	○	○	○	○	方	芳
	○	○	○	○	○	○	○	○					○	○	○	○		
上	廣	懬	○	○	○	○	○	○					榜	髈	○	莽		
	講	○	○	○					○	○	○	○	絜	○	棒	[illegible]		
	獷	恇	俇	○					○	○	○	○	○	○	○	○	昉	髣
	○	○	○	○	○	○	○	○					○	○	○	○		
去	桄	曠	○	○	○	○	○	○					謗	膀	傍	漭		
	絳	○	○	○					戇	惷	橦	○	○	胖	○	○		
	誑	眶	狂	○					○	○	○	○	○	○	○	○	放	訪
	○	○	○	○	○	○	○	○					○	○	○	○		
入	郭	廓	○	瓁	○	○	○	○					博	頼	泊	莫		
	覺	㱿	○	嶽					斲	逴	濁	搦	剝	璞	雹	邈		
	玃	躩	戄	○					○	○	○	○	○	○	○	○	縛	薄
	○	○	○	○	○	○	○	○					○	○	○	○		

韻	日	來	喻	匣	曉	影	禪	審	牀	穿	照	斜	心	從	清	精	微	奉
唐		郎	○	杭	炕	鴦						○	桑	藏	倉	臧		
陽		○	○	○	○	○	○	霜	牀	瘡	莊							
陽	穰	○	○	○	香	央	常	商	○	昌	章						○	○
陽		良	陽	○	○	○						祥	襄	牆	槍	將		
蕩		朗	○	沆	汻	坱						○	顙	奘	蒼	駔		
養		○	○	○	○	○	○	爽	○	磢	○							
養	壤	○	○	○	響	鞅	上	賞	○	敞	掌						○	○
養		兩	養	○	○	○						像	想	蔣	搶	奬		
宕		浪	○	吭	○	盎						○	喪	藏	槍	葬		
漾		○	○	○	○	○	○	灀	狀	剏	壯							
漾	讓	○	○	○	向	怏	尙	餉	○	唱	障						○	○
漾		諒	漾	○	○	○						○	相	匠	蹡	醬		
鐸		落	○	涸	臛	惡						○	索	昨	錯	作		
覺		○	○	○	○	○	○	朔	浞	擉	斮							
藥	若	○	○	○	謔	約	妁	爍	○	綽	灼						○	○
藥		略	藥	○	○	○						○	削	嚼	鵲	雀		

韻	日	來	喻	匣	曉	影	禪	審	牀	穿	照	斜	心	從	清	精	微	奉
唐		○	○	黃	荒	汪						○	○	○	○	○		
江		瀧	○	降	肛	胦	○	雙	淙	窻	○							
陽	○	○	王	○	○	○	○	○	○	○	○						亡	房
		○	○	○	○	○						○	○	○	○	○		
蕩		○	○	晃	慌	汪						○	○	○	○	○		
講		○	○	項	傋	㦖	○	○	○	○	○							
養	○	○	往	○	○	枉	○	○	○	○	○						罔	○
		○	○	○	○	○						○	○	○	○	○		
宕		○	○	攩	荒	汪						○	○	○	○	○		
絳		○	○	巷	○	○	○	○	○	○	○							
漾	○	○	旺	○	況	○	○	○	○	○	○						妄	防
		○	○	○	○	○						○	○	○	○	○		
鐸		硦	○	穫	霍	臒						○	○	○	○	○		
覺		犖	○	學	吒	握	○	朔	浞	娖	捉							
藥	○	○	籰	○	矆	嬳	○	○	○	○	○						○	縛
		○	○	○	○	○						○	○	○	○	○		

十五

聲	見	溪	羣	疑	端	透	定	泥	知	徹	澄	娘	幫	滂	並	明	非	敷
平	觥	○	○	○	○	○	○	○					○	○	○	○		
	肱	䡏	○	○					○	○	○	○	○	○	○	○		
	○	○	○	○					○	○	○	○	○	○	○	○	○	○
	扃	傾	瓊	○	○	○	○	○					○	○	○	○		
上	礦	臩	○	○	○	○	○	○					○	○	○	○		
	○	○	○	○					○	○	○	○	○	○	○	○		
	○	○	○	○					○	○	○	○	○	○	○	○	○	○
	囧	褧	○	○	○	○	○	○					○	○	○	○		
去	○	○	○	○	○	○	○	○					○	○	○	○		
	○	○	○	○					○	○	○	○	○	○	○	○		
	○	○	○	○					○	○	○	○	○	○	○	○	○	○
	○	○	○	○	○	○	○	○					○	○	○	○		
入	虢	○	[illegible]	○	○	○	○	○					○	○	○	○		
	國	○	○	○					○	[illegible]	○	○	○	○	○	○		
	○	○	○	○					○	○	○	○	○	○	○	○	○	○
	郥	闃	○	○	○	○	○	○					○	○	○	○		

十六

聲	見	溪	羣	疑	端	透	定	泥	知	徹	澄	娘	幫	滂	並	明	非	敷
平	搄	○	○	○	登	鼟	騰	能					崩	漰	朋	瞢		
	庚	阬	○	娙					䞓	瞠	棖	獰	閍	烹	彭	盲		
	京	卿	擎	迎					貞	檉	澄	○	兵	砯	平	明	○	○
	經	輕	頸	○	丁	汀	庭	寧					并	竮	瓶	名		
上	○	肯	○	○	等	○	○	能					○	倗	○	猛		
	耿	○	○	○					盯	○	瑒	檸	浜	皏	倂	黽		
	警	○	檠	○					○	逞	徎	○	丙	○	○	皿	○	○
	頸	謦	痙	脛	頂	珽	梃	[illegible]					餅	頩	竝	茗		
去	亘	○	○	○	鐙	澄	鄧	○					堋	○	倗	懜		
	更	○	○	硬					憕	牚	瞪	○	迸	○	倂	孟		
	敬	慶	競	凝					○	覴	鄭	○	柄	○	病	命	○	○
	勁	罄	○	○	矴	聽	定	寗					倂	聘	庰	暝		
入	裓	刻	○	○	德	忒	特	[illegible]					北	覆	蔔	墨		
	格	客	○	額					磔	拆	宅	搦	伯	拍	白	陌		
	殛	隙	極	逆					陟	敕	直	匿	逼	愊	愎	[illegible]	○	○
	激	喫	○	○	的	惕	狄	溺					壁	霹	擗	覓		

韻	日	來	喻	匣	曉	影	禪	審	牀	穿	照	斜	心	從	清	精	微	奉
耕庚		○	○	橫	轟	泓						○	○	○	○	○		
登		○	○	弘	薨	○	○	○	○	○	○							
耕	○	○	榮	○	兄	○	○	○	○	○	○						○	○
青淸		○	營	熒	眴	縈						○	騂	○	○	○		
梗		○	○	○	○	○						○	○	○	○	○		
梗		○	○	○	澋	○	○	○	○	○	○							
梗	○	○	永	○	克	○	○	○	○	○	○						○	○
靜梗迥		○	潁	迥	詗	濴						○	○	○	○	○		
諍映		○	○	橫	轟	竑						○	○	○	○	○		
		○	○	○	○	○	○	○	○	○	○							
映勁	○	○	詠	○	敻	○	○	○	○	○	○						○	○
徑		○	醟	○	○	瑩						○	○	○	○	○		
麥陌		○	○	獲	剨	擭						○	○	○	○	○		
麥德		○	○	或	𢧢	○	○	攄	趚	○	○							
職	○	○	域	○	洫	○	○	○	○	○	○						○	○
昔錫		○	役	○	○	○						○	○	○	○	○		

韻	日	來	喻	匣	曉	影	禪	審	牀	穿	照	斜	心	從	清	精	微	奉
登		楞	○	恒	○	○						○	僧	層	○	增		
耕庚		○	○	行	亨	罌	○	生	崢	琤	爭							
蒸蒸	仍	陵	蠅	○	興	英	成	聲	磳	稱	征						○	○
青淸		靈	盈	形	馨	嬰						餳	星	情	淸	精		
等		○	○	○	○	○						○	○	○	○	○		
梗耿		○	○	幸	○	䁝	○	省	○	○	○							
靜梗	○	冷	○	○	○	影	○	○	○	○	整						○	○
迥靜		領	郢	婞	○	○						○	省	靜	請	井		
嶝		倰	○	○	○	○						○	[illegible]	贈	蹭	增		
諍映		餕	○	行	諄	嫈	○	生	○	瀙	諍							
證勁映	認	餕	○	○	興	應	乘	勝	○	稱	正						○	○
證勁徑		零	孕	脛	○	○						○	醒	淨	靘	甑		
德		勒	○	劾	黑	餩						○	塞	賊	墄	則		
職陌麥		○	○	覈	赫	啞	賾	色	崱	測	側							
昔職陌	○	力	○	○	赩	憶	食	識	○	尺	職						○	○
錫職		○	弋	檄	欶	益						席	息	寂	戚	卽		

十七

	見	溪	羣	疑	端	透	定	泥	知	徹	澄	孃	幫	滂	並	明	非	敷
平	該	開	○	皚	[illegible]	胎	臺	能					○	○	○	○		
	皆	揩	○	崖					齜	搋	○	搱	○	娃	排	埋		
	○	○	○	○					○	○	○	○	○	○	○	○	○	○
	○	○	○	○	○	○	○	○					○	○	○	○		
上	改	愷	○	顗	等	㙁	殆	乃					○	○	○	○		
	解	楷	箉	騃					○	○	廌	○	擺	俖	犕	買		
	○	○	○	○					○	○	○	○	○	○	○	○	○	○
	○	○	○	○	○	○	○	○					○	○	○	○		
去	蓋	磕	○	艾	帶	泰	大	柰					○	○	○	○		
	懈	繫	○	睚					儈	蠆	○	褹	拜	派	敗	賣		
	○	○	○	○					○	○	○	○	○	○	○	○	○	○
	○	○	○	○	○	○	○	○					○	○	○	○		
入	葛	渴	○	嶭	怛	闥	達	捺					○	○	○	○		
	戛	鴶	○	齾					哳	○	○	痆	八	汃	拔	傛		
	○	○	○	○					○	○	○	○	○	○	○	○	○	○
	○	○	○	○	○	○	○	○					○	○	○	○		

十八

	見	溪	羣	疑	端	透	定	泥	知	徹	澄	孃	幫	滂	並	明	非	敷
平	○	○	○	○	○	○	○	○					○	○	○	○		
	○	○	○	○					○	○	○	○	○	○	○	○		
	基	欺	其	疑					知	癡	持	尼	○	○	○	○	○	○
	雞	溪	祇	倪	低	梯	蹄	泥					○	○	○	○		
上	○	○	○	○	○	○	○	○					○	○	○	○		
	○	○	○	○					○	○	○	○	○	○	○	○		
	紀	綺	技	蟻					㨖	褫	豸	狔	○	○	○	○	○	○
	几	企	○	蜺	邸	體	弟	禰					○	○	○	○		
去	○	○	○	○	○	○	○	○					○	○	○	○		
	○	○	○	○					○	○	○	○	○	○	○	○		
	記	亟	忌	[illegible]					置	眙	值	膩	○	○	○	○	○	○
	計	棄	○	詣	帝	替	地	泥					○	○	○	○		
入	○	○	○	○	○	○	○	○					○	○	○	○		
	○	○	○	○					○	○	○	○	○	○	○	○		
	訖	乞	趌	疙					窒	抶	秩	暱	○	○	○	○	○	○
	吉	詰	姞	耴	○	○	○	○					○	○	○	○		

韻	日	來	喻	匣	曉	影	禪	審	牀	穿	照	斜	心	從	清	精	微	奉
咍		來	○	孩	咍	哀						○	鰓	才	猜	栽		
佳皆		唻	○	諧	俙	挨	○	崽	豺	差	齋							
咍佳	腝	○	○	○	○	○	移	○	○	犓	○						○	○
		○	○	○	○	○						○	○	○	○	○		
海		唻	佁	亥	海	欸						○	賽	在	采	宰		
海駭蟹		○	○	駭	○	矮	○	灑	○	茝	○							
薺	○	○	○	○	○	○	○	○	○	○	垷						○	○
		○	○	○	○	○						○	○	○	○	○		
代泰		賴	○	害	餀	藹						○	賽	在	菜	載		
怪夬卦		○	○	邂	譮	隘	○	曬	寨	瘥	債							
祭	○	○	○	○	○	○	○	○	○	○	○						○	○
		○	○	○	○	○						○	○	○	○	○		
曷		剌	○	曷	喝	遏						○	薩	巀	攃	拶		
黠瞎		列	○	黠	瞎	軋	鍘	殺	○	剎	札							
	○	○	○	○	○	○	○	○	○	○	○						○	○
		○	○	○	○	○						○	○	○	○	○		

韻	日	來	喻	匣	曉	影	禪	審	牀	穿	照	斜	心	從	清	精	微	奉
支之		○	○	○	○	○						詞	思	慈	雌	茲		
脂支		○	○	○	○	○	漦	師	茬	差	菑							
脂支	兒	釐	移	○	僖	醫	時	詩	○	眵	之						○	○
脂齊		黎	頤	兮	醯	鷖						○	西	齊	妻	齎		
旨紙		○	○	○	○	○						兕	死	○	此	紫		
紙		○	○	○	○	○	俟	躧	士	剶	滓							
紙止	耳	里	矣	○	[illegible]	倚	是	弛	○	齒	紙						○	○
紙薺		邐	迤	徯	○	[illegible]						○	枲	薺	泚	濟		
志至		○	○	○	○	○						寺	笥	自	載	恣		
志		○	○	○	○	○	○	駛	事	廁	胾							
至志	二	利	○	○	憙	意	示	試	○	熾	志						○	○
祭霽		吏	異	系	歖	縊						○	細	嚌	砌	濟		
德		勒	○	劾	黑	餩						○	塞	賊	墄	則		
櫛		○	○	○	○	○	○	瑟	齜	剶	櫛							
質	日	栗	○	○	迄	乙	實	失	○	叱	質						○	○
質		○	逸	○	欯	一						○	悉	疾	七	唧		

十九

	見	溪	羣	疑	端	透	定	泥	知	徹	澄	娘	幫	滂	並	明	非	敷
平	傀	恢	○	嵬	磓	蓷	頹	[illegible]					杯	肧	裴	枚		
	○	○	○	○					○	○	○	○	○	○	○	○		
	歸	蘬	逵	巍					追	○	鎚	○	碑	鈹	皮	糜	非	霏
	圭	睽	葵	○	○	○	○	○					[illegible]	磇	鼙	迷		
上	○	[illegible]	○	隗	埻	腿	鐓	餧					○	啡	琲	浼		
	○	○	○	○					○	○	○	○	○	○	○	○		
	詭	跪	跪	蔿					○	○	○	○	彼	[illegible]	被	靡	匪	斐
	癸	跬	揆	○	○	○	○	○					比	諀	婢	渳		
去	儈	檜	○	外	對	蛻	兌	內					貝	沛	倍	昧		
	○	○	○	○					○	○	○	○	○	○	○	○		
	貴	喟	匱	僞					綴	出	墜	諉	賁	帔	髲	魅	廢	肺
	季	○	悸	○	○	○	○	○					臂	譬	鼻	寐		
入	○	○	○	兀	咄	宊	突	訥					不	誖	勃	沒		
	○	○	○	○					○	○	○	○	○	○	○	○		
	亥	屈	倔	崛					㤕	黜	朮	○	筆	○	弼	密	弗	拂
	橘	○	○	○	○	○	○	○					必	匹	邲	蜜		

二十

	見	溪	羣	疑	端	透	定	泥	知	徹	澄	娘	幫	滂	並	明	非	敷
平	○	○	○	○	○	○	○	○					○	○	○	○		
	乖	咼	○	○					[illegible]	搋	[illegible]	○	[illegible]	排	○	埋		
	○	○	○	○					○	○	○	○	○	○	○	○	○	○
	○	○	○	○	○	○	○	○					○	○	○	○		
上	○	○	○	○	○	○	○	○					○	○	○	○		
	[illegible]	○	○	○					○	○	[illegible]	○	擺	俖	憊	買		
	○	○	○	○					○	○	○	○	○	○	○	○	○	○
	○	○	○	○	○	○	○	○					○	○	○	○		
去	○	○	○	○	○	○	○	○					○	○	○	○		
	怪	蒯	○	聵					○	○	○	○	拜	湃	敗	賣		
	卦	○	○	○					○	○	○	○	○	○	○	○	○	○
	○	○	○	○	○	○	○	○					○	○	○	○		
入	○	○	○	○	○	○	○	○					○	○	○	○		
	劀	[illegible]	○	聉					窡	[illegible]	○	豽	八	汃	拔	[illegible]		
	○	○	○	○					○	○	○	○	○	○	○	○	○	○
	○	○	○	○	○	○	○	○					○	○	○	○		

韻	日	來	喻	匣	曉	影	禪	審	牀	穿	照	斜	心	從	清	精	微	奉
灰		雷	○	回	灰	隈						○	膗	摧	崔	峻		
支		○	○	○	○	○	○	衰	○	吹	○							
支微脂	甤	羸	幃	○	揮		誰	○	○	推	錐						微	肥
脂齊支		○	惟	攜	睢	烓						隨	綏	○	○	檇		
賄有		磊	儰	瘣	賄	猥						○	漼	罪	皠	摧		
		○	○	○	○	○	○	○	○	揣	○							
尾旨紙	蘂	累	洧	○	毀	委	菙	水	○	○	捶						尾	朏
紙		○	唯	○	瞞	○						○	髓	惢	趡	觜		
泰隊		酹	○	會	晦	憒						○	碎	蕞	襊	最		
至寘		○	○	○	○	○	睡	帥	曬	吹	惴							
至未寘	枘	累	胃	○	諱	餧	○	稅	○	毳	贅						未	味
霽寘		○	遺	慧	侐	○						遂	邃	萃	翠	醉		
沒		勑	○	麧	忽	頞						○	崒	捽	猝	卒		
質		○	○	○	○	○	○	率	叏	○	黜							
質物術	○	○	颶	○	颮	○	術	○	○	出	○						物	佛
質術		律	聿	○	獝	鬱						○	卹	崪	焌	卒		

韻	日	來	喻	匣	曉	影	禪	審	牀	穿	照	斜	心	從	清	精	微	奉
																	○	○
																	○	○
																	○	○
																	○	○

中華大字典檢字

【一畫】 一子一 丨子一八 丶子二〇 丿子二二 乀子二二 ⺁子二二 乙子二五 ⺄子二五 乚子二六 亅子一九 𠄌子一九 𡿨寅一六七 【二畫】 丁子二 丂子三 七子三 丆子三

丩子一八 𠁽子一八 乂子二二 乃子二二 𠂇子二三 𠂈子二三 乂子二三 乜子二六 九子二六 乙乙子二六 乚子二六 了子一九 𠄌子一九 𠄎子一九 𠄐子一九 二子三〇 亠子三四 人子三九

入子九四 八子九七 儿子一〇三 几子一〇八 几子一〇八 刀子一一〇 刁子一一〇 刂子一一〇 力子一三六 勹子一四六 匕子一五〇 七子一五〇 匚子一五三 𠤎子一五三 匸子一五六 凵子一五八 厶子一五八 凵子一五八

冂子一〇六 冖子一〇六 厂子一六五 卩子一七四 㔾子一七四 十子一七九 卜子一八四 丷子一八七 厶子一九二 又子一九五 彑丑一〇八 巛寅一七六 【三畫】 万子三 丈子三 三子三 上子三 下子三

丌子四 丑子四 个子一八 丫子一八 丰子一八 丷子二〇 丸子二〇 凡子二〇 久子二二 乇子二二 么子二二 夂子二三 乞子二六 也子二六 乜子一九 亍子三〇 于子三〇 亏子三二

亡子三四 亼子三九 天子三九 个子三九 亾子九五 入子九五 丌子九七 兀子一〇三 凡子一〇八 刃子一一〇 尢子一三六 𠢁子一三六 勺子一四六 匹子一三六 冃子一〇六 冂子一七四 卩子一七四 千子一七九

孔子一七九 廾子一七九 去子一九二 厷子一九二 厶子一九二 叉子一九五 口丑一 囗丑八二 尸丑九一 己丑一〇五 已丑一〇五 巳丑一〇八 弓丑一〇七 弋丑一二八 广丑一三〇 宀丑一三七 山丑一六二 屮丑一九二

少丑一九二 屯丑一九二 巾丑一九五 廾丑二二四 六丑二二四 廿丑二二四 尢丑二二七 子寅一 孑寅一 孓寅二 寸寅一〇 小寅一六 大寅三〇 女寅三八 土寅八九 士寅一三二 干寅一三六 工寅一三九

彐寅一四二 㐄寅一四三 幺寅一四四 夕寅一四六 夊寅一五〇 干寅一五〇 又寅一五一 廴寅一五四 彳寅一五六 彡寅一七二 巛寅一七六 川寅一七六 才卯一 少巳二八五 卩酉一三 【四畫】 不子四 与子四

丏子四 丐子四 丑子五 丘子五 且子五 中子一八 丯子一九 丰子一九 丮子一九 丹子二〇 之子二三 卂子二七 凢子二七 𠄐子二九 予子二九 叺子二九 𠄔子二九 云子三二

互子三二 五子三二 井子三二 㐅子三二 亓子三二 亖子三二 亢子三四 亣子三五 什子三九 仁子三九 仂子四〇 仄子四〇 仆子四〇 仇子四〇 仉子四〇 今子四〇 介子四〇 仍子四一

仈子四一 仌子四一 从子四一 仃子四一 仧子四一 仏子四一 仅子四一 内子九五 仐子九五 㐺子九五 公子九七 兮子九八 六子九八 𠔀子九八 兮子九八 允子一〇三 元子一〇三 先子一〇三

冗子二〇三 宄子二〇九 开子二一二 分子二一一 切子二一三 刈子二一四 刑子二一三 刁子二一三 㓚子二一六 冂子二一三 瓜子二一三 㓝子二一三 㔃子一三六 劶子一三六 匀子一四七 匃子一四七 勽子一四七 勾子一四七 勿子一四七 匆子一四七

化子一五二 乇子一五二 凶子一五八 㐫子一五八 由子一五八 凷子一五八 冃子一六〇 冄子一六〇 冋子一六〇 丹子一六〇 冘子一六三 宂子一六三 冗子一六三 广子一六五 厄子一六五 厄子一六六 卬子一七四 卯子一七五 卯子一七五 协子一七九

升子一七九 午子一八〇 卅子一八〇 廿子一八〇 卄子一八〇 卆子一八〇 卝子一八四 卞子一八四 仃子一八七 厷子一九二 厹子一九二 𠫔子一九二 瓜子一九二 从子一九二 厺子一九三 叉子一九五 及子一九五 叏子一九五 艮子一九六 収子一九六

友子一九六 㕛子一九六 反子一九六 叐子一九七 叏子一九七 圣子一九七 收子一九七 双子一九七 叱丑一 叭丑一 匸丑一 石丑一 囚丑六二 回丑六二 尹丑七二 尺丑七二 巴丑一〇六 㠯丑一〇八 弓丑一〇八 弔丑一〇八

引丑一〇八 弖丑一〇九 弓丑一〇九 弓丑一〇九 弓丑一〇九 式丑一一九 弌丑一一九 屹丑一六五 屺丑一六五 屯丑一九二 屮丑一九三 帀丑一九五 市丑一九五 廿丑二〇四 廾丑二〇四 尤丑二二七 孔寅二 少寅一七 少寅一七 不寅一七

太寅二〇 天寅二二 夫寅二三 夭寅二三 夭寅二三 夬寅二三 夲寅二三 夬寅二三 丮寅八〇 壬寅八〇 瓦寅八〇 壬寅一三三 𡭔寅一三九 王寅一三九 巳寅一三九 幻寅一四四 乎寅一四四 㣺寅一七六 手卯一 扎卯一

毛卯一〇三 毛卯一〇四 忄卯二一 心卯二一 爪卯一七〇 爫卯一七〇 牙卯一七三 丬卯一七三 爿卯一七四 日卯一七四 片卯一七六 斤卯一八〇 斤卯一八〇 戶卯一八四 歹卯一八八 歺卯一八八 方卯一九七 无卯二〇六 旡卯二〇六 氏卯二〇七

比卯二〇九 气卯二二二 日辰一 曰辰一六 月辰三三 毋辰三九 毌辰三九 父辰四二 爻辰四三 文辰四五 欠辰四七 支辰六〇 攴辰六二 攴辰六二 攵辰六五 殳辰八一 戈辰八七 火巳一 灬巳一 水巳四三

氿巳四四 木巳二六 朩巳二七 不巳二七 朮巳二七 斗巳三六 斗巳三六 牛巳三九 犬巳五三 止巳八三 㐁巳九〇 王午七六 𤓰午一七三 月未一 **五畫** 且子五 丕子六 世子六 丘子六 丙子六

北子七 世子七 丱子九 丫子九 主子一一 丼子一一 甘子一三 乍子一四 朿子一四 乎子一四 乏子一四 乑子一四 夬子一四 㐲子一七 氹子一七 㐄子一九 㞢子二三 仔子二三 仕子二三 他子二三

仗子二三 付子二三 仙子二三 仚子二三 仛子二三 仜子二三 仝子二三 仞子二三 仟子二三 仠子二三 仡子二三 伏子二三 仦子二三 仢子二三 代子二三 令子二四 以子二四 仫子二五 参子二五 仭子二五

仮子二五 仑子二五 仪子二五 仝子二五 𠈌子二五 弁子九八 兄子一〇三 光子一〇三 尻子一〇九 凤子一〇九 凧子一〇九 処子一〇九 冚子一〇九 㓛子一一三 刊子一一三 刋子一一三 㐬子一一三 刏子一一三 扫子一一三 㓜子一一三

刊子一二三 冂子一二三 刎子一二三 刉子一二三 功子一二六 劧子一二六 加子一二六 劜子一二七 团子一二七 炮子一二七 匃子一四七 匄子一四八 包子一四八 甸子一四八 匊子一四八 匆子一四八 匆子一四八 北子一五一 㐌子一五三 匳子一五三

匠子一五三 匝子一五三 医子一五三 卤子一五八 甾子一五八 凸子一五八 凹子一五八 出子一五八 㓀子一五九 𠙶子一五九 冉子一六〇 冊子一六〇 同子一六〇 冋子一六〇 冋子一六〇 冋子一六〇 冄子一六〇 冗子一六五 厇子一六六 厇子一六六

厇子一六六 厌子一六六 厈子一六六 厍子一六六 厄子一六六 危子一七五 卯子一七五 卬子一七五 半子一八〇 朮子一八〇 冬子一八〇 丰子一八〇 世子一八〇 卉子一八〇 外子一八四 占子一八四 卡子一八五 㓜子一八五 冬子一八七 太子一八七

去子一九四 厺子一九五 麦子一九七 发子一九七 冋子一九七 叐子一九七 反子一九七 叏子一九七 古丑一 句丑一 另丑三 另丑三 叨丑三 叩丑三 只丑三 叫丑三 召丑三 叭丑三 谷丑三 叮丑三

可丑三 台丑四 叱丑四 叱丑四 史丑四 右丑四 叴丑五 叵丑五 司丑五 号丑五 叼丑五 另丑五 叽丑五 叺丑五 叻丑五 叾丑五 各丑五 叶丑五 叭丑五 呈丑五

叫丑六 囚丑六二 回丑六二 因丑六二 回丑六三 四丑六二 尻丑六二 尼丑六三 尸丑六三 戹丑六三 户丑六三 尺丑六三 目丑一〇八 弗丑一〇九 弘丑一〇九 弘丑一〇九 弓丑一〇九 弔丑一〇九 弘丑一〇九 㢴丑一〇九

弘丑一〇九 令丑一〇九 式丑一〇九 庀丑一二〇 庁丑一二〇 庆丑一二〇 宁丑一二七 宂丑一二七 宅丑一二七 宄丑一二七 穴丑一二七 安丑一二七 岙丑一三三 岁丑一三三 𡵂丑一三三 屺丑一三三 岂丑一三三 火丑一三三 屿丑一三三 岁丑一三三

屺丑一六三 岙丑一六三 凷丑一六三 半丑一九三 市丑一九五 布丑一九六 帆丑一九六 帄丑一九六 帀丑一九六 币丑一九六 弁丑二二四 地丑二二七 㞢丑二二八 孕寅三 孑寅三 禾寅三 孙寅三 尔寅一七 尒寅一七 本寅二三

介寅二四 央寅二四 失寅二四 夯寅二五 夬寅二五 夳寅二五 奴寅三九 奵寅三九 妃寅三九 奶寅三九 伇寅三九 她寅三九 奶寅三九 圣寅九〇 圢寅九〇 圤寅九〇 圦寅九〇 尢寅九〇 圩寅九一 羊寅一二六

平寅一二六 左寅一二九 叫寅一四〇 巧寅一四〇 巨寅一四〇 幼寅一四四 务寅一四四 外寅一四六 夗寅一四七 外寅一四七 夘寅一四七 夙寅一四七 夃寅一五〇 务寅一五一 彴寅一五六 行寅一五六 彵寅一五六 㐁寅一七三 执卯二 乳卯二

扎卯三 毛卯三 扑卯三 扒卯三 打卯三 扔卯三 扐卯三 扏卯三 払卯三 扐卯四 扔卯四 必卯一二 忉卯一二 切卯一二 忙卯一三 忊卯一三 忆卯一三 斥卯一八〇 尼卯一八四 户卯一八四

卢卯一八八 步卯一八八 氐卯二〇七 民卯二〇八 且辰一 旦辰一 旧辰一 甲辰二六 月辰三三 母辰三九 毋辰四〇 戊辰八七 戊辰八七 㕛巳一 承巳四四 永巳四四 氷巳四四 冰巳四四 氿巳四四 氾巳四四

氿巳六四 汀巳六五 汁巳六五 汃巳六五 汉巳六六 汎巳六六 汸巳六六 汴巳六六 汄巳六六 汅巳六六 未巳一一八 末巳一一八 本巳一一八 札巳一二九 朮巳一二九 平巳四〇 犮巳五五 犯巳五五 犳巳五四 犰巳五四

犰巳五四 犸巳五四 正巳八三 此巳八四 五巳八四 瓜午一 皮午五 疋午九 癶午一二 穴午一四 疒午二 立午五五 玄午七三 玉午七五 王午七六 石午一二 白午四〇 瓦午四九 矛午〇〇 矢午一〇五

生午一六八 甠午一六九 示午一七一 禾午一八九 禾午一八九 田午三二五 由午三二七 甲午三二八 申午三二九 用午三四一 甘午三四三 目午三四四 目午三四四 皿午一六九 肊未一 血未二四 艸未一二五 聿未一五〇 身申一一 邛申三九五

邝申三九五 邗申三九五 邓申三九五 阢酉一三 防酉一三 阞酉一三 阡酉一三 阨酉一三 阿酉一三 阞酉一三 阢酉一三 彐戌一六六 尸戌一六六

六畫

承子七 丙子七 丟子七 北子七 丕子七 兆子七

串子九 弁子二 辰子四 丞子四 曲子四 乒子四 乓子四 㐆子四 自子四 乱子七 乢子七 乩子七 乑子七 乔子九 亘子三 亙子三 亙子三 亘子三 亚子三 交子三

亥子三五 亦子三六 亦子三六 仯子三五 仰子三五 伃子三五 仲子三五 伲子三六 仵子三六 件子三六 优子三六 价子三六 伕子三六 任子三六 份子三七 仿子三七 伀子三七 企子三七 伂子三七 伃子三七

佣子三七 伅子三七 伆子三七 役子三七 伀子三七 伉子三七 伊子三七 伬子三八 伌子三八 伍子三八 伎子三八 伏子三八 伐子三八 休子三九 伔子三九 伻子三九 伶子三九 㑊子三九 併子三九 佀子三九

任子三九 众子三九 伓子三九 优子三九 伒子三九 伓子三九 伕子三九 似子三九 伒子三九 伫子三九 伧子四〇 仺子四〇 伎子四〇 伴子四〇 仮子四〇 伖子四〇 夾子四〇 伭子四〇 尬子四〇 全子九五

兊子九六 夽子九六 㐫子九六 共子九八 关子九九 芙子九九 伞子九九 充子一〇三 兜子一〇三 兆子一〇三 兕子一〇四 先子一〇四 兵子一〇五 兇子一〇五 光子一〇五 兂子一〇五 兂子一〇五 兀子一〇九 凫子一〇九 兏子一〇九

凬子一〇九 刎子一一三 刉子一一三 刑子一一三 刜子一一四 初子一一四 划子一一四 刓子一一四 刖子一一四 列子一一四 刬子一一四 刿子一一五 刐子一一五 刌子一一五 刻子一一五 刔子一一五 刈子一一五 刕子一一五 刟子一一五 刺子一一五

別子一一五 剬子一一五 刘子一一五 剀子一一五 刖子一一五 刞子一一五 刱子一一五 剉子一一五 劣子一三七 劫子一三七 劢子一三七 劭子一三七 劤子一三七 劦子一三七 劧子一三七 劸子一三七 匋子一四八 匌子一四八 匍子一四八 旨子一五三

匛子一五三 匥子一五三 匸子一五三 匠子一五三 匡子一五三 匢子一五三 匼子一五三 医子一五三 匽子一五六 由子一五九 酉子一五六 内子一五九 册子一六〇 再子一六一 冎子一六一 内子一六一 完子一六三 宊子一六三 宊子一六三 厍子一六六

六畫

厏子一六六 屏子一六六 屏子一六六 辰子一六六 反子一六六 厍子一六六 㕇子一六六 㕕子一六六 序子一六六 庆子一六六 底子一六六 卯子一七五 印子一七五 危子一七五 归子一七六 弜子一七六 即子一七六 卌子一八〇 冉子一八一 市子一八一

芈子一八一 丕子一八一 串子一八一 半子一八一 开子一八一 犴子一八一 夅子一八一 卍子一八一 友子一八五 皮子一八五 卡子一八五 冰子一八七 冱子一八七 冲子一八七 浮子一八七 决子一八七 㐬子一九三 㐬子一九三 光子一九三 乭子一九三

殳子一九七 叒子一九七 叓子一九七 叚子一九七 叏子一九七 叜子一九七 㕟子一九七 叿丑五 吁丑五 旨丑六 吃丑六 各丑六 吅丑六 合丑六 吉丑七 同丑七 名丑六 后丑六 吏丑六

吐丑九 向丑九 吒丑九 否丑九 吐丑九 吋丑九 吞丑九 吕丑九 叩丑九 呀丑九 吆丑九 吴丑九 吠丑一〇 忍丑一〇 吉丑一〇 吓丑一〇 号丑一〇 吁丑一〇 吻丑一〇 吮丑一〇

旱丑一〇 叾丑一〇 吊丑一〇 看丑一〇 回丑一二 因丑一三 囟丑一三 囝丑一三 冊丑一三 囱丑一三 囪丑一四 目丑一四 囡丑一四 戾丑一三 居丑一三 屖丑一三 户丑一三 屌丑一三 尾丑一三 犀丑一三

屍丑一三 尽丑一三 厄丑一八 弙丑一九 弛丑一九 弜丑二〇 弓丑二〇 弔丑二〇 弛丑二〇 弜丑二〇 弜丑二〇 弜丑二〇 弝丑二〇 弞丑二〇 式丑二九 式丑二九 庍丑三〇 庄丑三〇 庋丑三〇 庇丑三〇 庆丑三〇

店丑三〇 庑丑三〇 序丑三〇 戊丑三〇 庀丑三〇 庞丑三〇 庠丑三〇 宅丑三七 灾丑三七 字丑三八 守丑三八 安丑三八 宇丑三九 屯丑三九 宋丑三九 宎丑三九 宇丑三九 屹丑三九 屺丑六三 屼丑六三

屽丑六三 屾丑六三 屶丑六三 岊丑六四 岙丑六四 屼丑六四 屽丑六四 岇丑六四 岦丑六四 岔丑六四 芝丑六四 岘丑六四 岕丑六四 岡丑六四 峀丑九三 岸丑九三 岺丑九三 州丑九三 岈丑九六

帄丑九六 帉丑九六 帍丑九六 帆丑九六 忏丑九六 彤丑九七 帇丑九七 帐丑九七 帆丑九七 希丑九七 帑丑九七 帅丑九七 忙丑九七 异丑一一五 帇丑一一五 帛丑一一五 尥丑一一八 尪丑一一八 尪丑一一八 孖寅一

字寅三 存寅三 學寅三 孜寅三 寺寅一〇 尖寅一七 尗寅一八 示寅一八 肖寅一八 尘寅一八 夷寅三五 夸寅三六 关寅三七 奸寅三九 妐寅四〇 妊寅四〇 好寅四〇 改寅四〇 妁寅四〇 如寅四〇

妃寅四一 妄寅四一 妒寅四二 奸寅四二 她寅四二 妏寅四二 妩寅四二 妯寅四二 好寅四二 妭寅四二 妓寅四二 妖寅四二 妅寅四二 妄寅四二 妍寅四二 姁寅四二 在寅九一 圩寅九一 圪寅九一 圭寅九二

圮寅九一 地寅九一 圯寅九一 圬寅九二 圳寅九二 均寅九二 青寅九二 圵寅九二 圶寅九二 圱寅九二 圫寅九二 圩寅九二 至寅九二 壮寅一一三 声寅一一三 声寅一一三 年寅一一七 开寅一一七 巩寅一四〇 㐆寅一四〇

六畫

归 寅一四三	玫 寅一四三	丝 寅一四四	凨 寅一四七	多 寅一四七	夠 寅一四七	弜 寅一四七	夆 寅一五一	夅 寅一五一	夌 寅一五一	麦 寅一五一	延 寅一五四	代 寅一五六	彴 寅一五六	彵 寅一五六	𢓊 寅一五六	㐱 寅一七三	州 寅一七六	巟 寅一七七	屰 寅一七七
夛 寅一七七	扞 卯四三	扣 卯四三	扤 卯四三	扚 卯四三	扦 卯四三	抪 卯四四	托 卯四四	刋 卯四四	扏 卯四四	扠 卯四四	扡 卯四四	扢 卯四四	扛 卯四四	扝 卯四四	扙 卯四四	扜 卯四四	⿰扌寸 卯四四	扨 卯四四	抓 卯四四
⿰扌才 卯四四	扤 卯四四	扷 卯四四	扡 卯四四	抖 卯四四	扗 卯四五	扫 卯四五	扦 卯四五	扎 卯四五	毡 卯一〇四	毛 卯一〇四	忍 卯一二三	忘 卯一二三	忥 卯一二三	忕 卯一二三	忖 卯一二三	忙 卯一二三	忉 卯一二三	忏 卯一二三	忕 卯一二三
忏 卯一二三	忓 卯一二四	㠯 卯一二四	忔 卯一二四	忟 卯一二四	忊 卯一二四	忋 卯一二四	忦 卯一二四	忚 卯一二四	忄少 卯一二四	忹 卯一二四	忉 卯一二四	忺 卯一二四	叔 卯一七四	厍 卯一八四	歺 卯一八八	殀 卯一八九	死 卯一八九	歼 卯一八九	劲 卯一八九
歺 卯一八九	放 卯一九九	孚 卯二〇八	氣 卯二二一	㫐 辰一	早 辰一	旬 辰一	旭 辰二	明 辰二	旱 辰二	旵 辰二	叶 辰二	助 辰二	旮 辰二	旨 辰二	旪 辰二	曲 辰六	曳 辰七	史 辰七	有 辰三二
肒 辰三三	次 辰四七	歧 辰六一	歨 辰六一	收 辰六五	攷 辰六五	戌 辰八八	戍 辰八八	戎 辰八八	戕 辰八九	戒 辰八九	戈 辰八九	灯 巳一	灰 巳一	凬 巳一	切 巳一	光 巳一	灵 巳一	災 巳一	灸 巳一
炎 巳一	匈 巳一	灯 巳二	休 巳四	氽 巳四	求 巳五	床 巳六	夾 巳六	汊 巳六	汋 巳六	汍 巳六	汎 巳六	汏 巳六	汝 巳七	汒 巳七	汔 巳七	汕 巳七	汗 巳七	汙 巳八	污 巳八
汛 巳八	汜 巳八	汝 巳八	江 巳九	池 巳九	汓 巳一〇	沙 巳一〇	汌 巳一〇	汗 巳一〇	汷 巳一〇	汪 巳一〇	汈 巳一〇	汽 巳一〇	汑 巳一〇	汥 巳一〇	汲 巳一〇	朱 巳一九	杁 巳一九	朴 巳二〇	朵 巳二〇
朷 巳二〇	切 巳二〇	朸 巳二〇	机 巳二〇	朻 巳二一	朼 巳二一	朽 巳二一	朾 巳二一	朹 巳二一	朳 巳二一	杙 巳二一	利 巳二一	束 巳二一	朶 巳二一	朼 巳二一	牝 巳四〇	牟 巳四〇	牞 巳四〇	㸨 巳四〇	邪 巳五四
犯 巳五四	犺 巳五四	犳 巳五四	犴 巳五四	犵 巳五四	犮 巳五四	犴 巳五四	犲 巳五四	犱 巳五四	此 巳八四	正 巳八四	乇 巳八四	疋 午一〇	空 午一四	疙 午三一	辛 午六六	玐 午七七	玉 午七七	乱 午一二	百 午一四一
乩 午一四三	阜 午一四三	皂 午一四三	至 午一六九	祀 午一七三	礼 午一七六	禾 午一八九	由 午二三〇	用 午二四一	甩 午二四六	肉 未一	肋 未一	肌 未二	肒 未二	肌 未二	肍 未二	肐 未二	肝 未二	育 未二	肬 未二
肎 未二	肛 未二	血 未四〇	而 未五五	耳 未五五	自 未六七	臼 未六八	舌 未七〇	色 未七三	老 未七五	考 未七六	孝 未七六	屯 未七八	羊 未八六	虫 未九七	羽 未一五〇	竹 未一六三	艸 未二一五	芀 未二一五	艾 未二一五

芁未二二六 芉未二二六 芋未二二六 芀未二二六 芲未二二六 芍未二二六 艿未二二六 芄未二二六 才未二二六 芓未二二六 艼未二二六 艾未二二六 艽未二二六 芎未二二六 舟未三七一 衣未三八二 糸未四二七 米未四九五 耒未五二二 禾未五二三

白未五一八 凹未五一八 缶未五二六 年未五二六 网未五二九 兕未五二九 巴未五二九 而未五三九 西未五三九 行未五四二 舛未五四八 艮未五四九 聿未五五〇 臣未五五三 匝未五五四 至未五五六 豕申一 豖申一 身申五一 辺申一〇八

边申一〇八 迉申一〇八 辻申一〇八 込申一〇八 亯申一四九 言申一四九 屃申一六八 邦申一九五 邛申一九六 邙申一九六 叩申一九六 即申一九六 邢申一九六 邶申一九六 邚申一九六 耶申一九六 邪申一九六 邦申一九六 邢申一九六 邪申一九六

郑申一九六 邦申一九六 阡酉二一三 阤酉二一五 阮酉二一三 阩酉二一三 阠酉二一三 阡酉二一三 阢酉二一三 阬酉二一三 阣酉二一三

七畫

此子七 丣子七 兑子七 两子七 串子九 中子一〇 乎子一四 乱子一七

乱子一七 𠃓子一九 用子一九 兒子二三 些子二三 亘子二三 亚子二三 亨子二六 㐬子二六 㐫子二六 做子四〇 伯子四〇 估子四〇 伱子四〇 伴子四〇 伶子四〇 伸子四〇 伹子四一 伺子四一 伻子四一

似子四一 伽子四一 佅子四一 伿子四一 佁子四一 佂子四一 佃子四一 休子四一 但子四二 佇子四二 佈子四二 佉子四二 佋子四二 佊子四二 佌子四二 位子四二 低子四三 住子四三 佐子四三 佑子四三

佚子四三 体子四三 佔子四三 何子四三 佖子四四 佗子四四 余子四四 佘子四四 佚子四四 佛子四五 作子四五 佝子四五 佞子四六 佪子四六 佟子四六 佡子四六 佤子四六 佄子四六 佊子四六 佡子四六

佀子四六 佶子四六 佮子四六 佥子四六 佾子四六 龛子四六 俩子四六 伽子四六 佱子四六 佃子四六 体子四六 伲子四六 傍子四六 佗子四六 佢子四六 你子四六 伭子四六 兩子九六 伞子九六 仓子九六

岙子九六 兵子九六 谷子九六 兵子九六 兌子九六 皃子九六 皀子九九 克子一〇五 兑子一〇六 兎子一〇六 光子一〇六 侊子一〇六 兄子一〇六 庑子一〇六 克子一〇六 兕子一〇六 凧子一〇九 兊子一〇九 兇子一〇八 凬子一〇九

風子一〇九 刡子一一五 刺子一一五 初子一一三 刪子一一五 判子一一五 別子一一六 刦子一一六 刮子一一六 利子一一六 刨子一一七 刱子一一七 刜子一一七 刞子一一七 刻子一一七 刟子一一七 刡子一一七 刻子一一七 刷子一一七 剁子一一七

刨子一一七 刢子一一七 刭子一一七 刑子一一七 刪子一一七 𠛏子一一七 刨子一一七 利子一一七 创子一一七 刻子一一七 刻子一一八 刧子一一八 勆子一二七 助子一二七 努子一二七 劫子一二七 劫子一三八 劬子一三八 劭子一三八 劮子一三八

劾子一三八 劮子一三八 劭子一三八 助子一三八 男子一三八 匋子一四八 匆子一四八 仓子一五三 仑子一五三 㕁子一五三 匧子一五三 匣子一五三 匥子一五四 匠子一五四 匤子一五四 匣子一五四 匜子一五四 匦子一五六 医子一五六 匣子一五六

七畫

匜子一五六 冏子一六二 同子一六二 兩子一六二 罔子一六二 底子一六六 厏子一六六 居子一六六 应子一六六 㕁子一六七 厍子一六七 居子一六七 岸子一六七 厞子一六七 卵子一六七 郊子一六七 卲子一六七 即子一六七 却子一六七 華子一八二

丕子一八二 牀子一八二 卣子一八五 卲子一八五 肉子一八五 虍子一八五 卤子一八五 卥子一八五 冶子一八七 冷子一八七 冸子一八七 冹子一八七 冱子一八八 洞子一八八 冸子一八八 冷子一八八 况子一八八 冺子一八八 帝子一九三 烼子一九七

叐子一九七 吏子一九八 豉子一九八 吩丑一二〇 吚丑一二〇 君丑一二〇 吝丑一二〇 吞丑一二一 吟丑一二一 吠丑一二一 否丑一二一 吪丑一二一 含丑一二一 呈丑一二一 吳丑一二二 吾丑一二二 告丑一二二 呀丑一二三 吻丑一二三 呂丑一二三

听丑一二四 吭丑一二四 吸丑一二四 吹丑一二四 吺丑一二四 吻丑一二四 吼丑一二四 吽丑一二四 吵丑一二五 吶丑一二五 呐丑一二五 呋丑一二五 呃丑一二五 吸丑一二五 咨丑一二五 吰丑一二五 呕丑一二五 吭丑一二五 居丑一二五 咬丑一二五

呋丑一二五 呟丑一二五 吱丑一二五 呅丑一二六 味丑一二六 呴丑一二六 杏丑一二六 咽丑一二六 呾丑一二六 咩丑一二六 吮丑一二六 呼丑一二六 呇丑一二六 吟丑一二六 呸丑一二六 旱丑一二六 呾丑一二六 吧丑一二六 吨丑一二六 昏丑一二六

吆丑一二六 后丑一二六 呍丑一二六 吡丑一二六 杏丑一二六 呲丑一二六 吲丑一二六 呁丑一二六 吒丑一二六 咞丑一二七 吹丑一二七 咋丑一二七 吃丑一二七 呰丑一二七 呈丑一二七 呑丑一二七 岊丑一二七 吡丑一二七 呆丑一二七 呋丑一二七

呏丑一二七 吣丑一二七 呟丑一二七 呍丑一二七 吩丑一二七 呎丑一二七 吽丑一二七 吴丑一二七 呀丑一二七 吼丑一二七 囮丑一六四 囧丑一六四 国丑一六四 园丑一六四 囮丑一六四 困丑一六四 囪丑一六四 囫丑一六四 困丑一六五 囤丑一六五

囬丑一六五 囦丑一六五 囻丑一六五 囲丑一六五 囧丑一六五 囥丑一六五 回丑一六五 囯丑一六五 囻丑一六五 囻丑一六五 尾丑一九三 局丑一九四 尿丑一九四 屁丑一九四 屍丑一九四 屖丑一九四 眉丑一九五 弟丑二一〇 弝丑二一〇 弞丑二一〇

弞丑二一〇 弚丑二一〇 弡丑二一〇 弥丑二一〇 弜丑二一〇 弦丑二一〇 弤丑二一〇 弢丑二一九 弣丑二一九 弤丑二一九 武丑二一九 庇丑二二〇 庵丑二二〇 庋丑二二〇 庌丑二二三 序丑二二三 庎丑二二三 庍丑二二三 庳丑二二三 庄丑二二三

庑丑二二三 戊丑二二三 床丑二二三 庈丑二二三 庅丑二二三 庰丑二二三 庋丑二二三 庭丑二二三 庆丑二二三 床丑二二三 宋丑二三九 完丑二三九 实丑二三九 宏丑二四〇 宑丑二四〇 宑丑二四〇 宅丑二四〇 実丑二四〇 宎丑二四〇 岕丑二四〇

安丑二四〇 宊丑二四〇 妄丑二四〇 岃丑二四〇 守丑二四〇 宦丑二四〇 宍丑二四〇 岌丑二六四 岏丑二六四 岐丑二六四 岑丑二六四 岜丑二六五 岔丑二六五 岈丑二六五 岉丑二六五 岎丑二六五 岅丑二六五 岻丑二六五 岋丑二六五 岎丑二六五

岰丑二六五 岏丑二六五 岆丑二六五 岩丑二六五 岈丑二六五 岇丑二六五 岓丑二六五 岍丑二六五 岘丑二六五 岬丑二六五 岫丑二六五 旨丑二六五 岼丑二六五 岭丑二六五 岓丑二六五 岕丑二六六 岂丑二六六 岦丑二六六 岅丑二六六

七畫

岐丑一六六 炏丑一六六 岍丑一六六 岌丑一六六 岕丑一九三 岦丑一九三 甹丑一九三 券丑一九三 帙丑一九七 希丑一九七 帊丑一九七 帹丑一九七 帉丑一九七 帎丑一九七 帙丑一九七 帉丑一九七 帔丑一九七 帐丑一九七 帍丑一九七 帅丑一九七

帋丑一九七 岭丑一九七 帉丑一九八 帔丑一九八 帋丑一九八 帏丑一九八 帑丑一九八 帚丑一九八 帒丑一九八 命丑一九八 佘丑一九八 帑丑一九八 希丑一九八 弄丑二一五 弅丑二一五 弆丑二一五 弇丑二一五 弉丑二一五 弊丑二一五 尨丑二二八

尨丑三二八 尪丑三二八 尫丑三二八 尬丑三二八 尮丑三二八 尯丑三二八 旭丑三二八 尥丑三二八 尳丑三二八 孚寅三 孛寅三 孜寅四 孝寅四 孞寅四 孟寅四 孥寅四 孠寅四 孤寅四 孖寅四

孚寅一〇 𡗜寅一〇 尖寅一八 尖寅一八 尗寅一八 尐寅一八 夾寅二七 夾寅二七 夽寅二七 夰寅二七 奆寅二七 奀寅二七 奄寅二八 奅寅二八 奈寅二八 夶寅二八 肉寅二八 夵寅二八 夸寅二八 夲寅二八

夲寅三八 弅寅三八 奷寅四二 妋寅四二 姘寅四二 妢寅四二 姘寅四三 妏寅四三 妐寅四三 妃寅四三 妒寅四三 妓寅四三 妔寅四三 妖寅四三 妗寅四四 妙寅四四 妜寅四四 妝寅四四 妠寅四四 妣寅四五

妤寅四四 妟寅四四 妦寅四四 妨寅四五 妜寅四五 妯寅四五 妢寅四五 妘寅四五 㚢寅四五 敀寅四五 妟寅四五 妡寅四五 妁寅四五 妧寅四五 妉寅四五 妛寅四五 妀寅四五 妞寅四五 姭寅四五

妛寅四五 妍寅四五 妘寅四五 妮寅四五 圻寅九二 址寅九三 坂寅九三 坄寅九三 均寅九三 坈寅九三 坉寅九三 坊寅九三 坋寅九四 坌寅九四 坎寅九四 坏寅九四 坐寅九五 坑寅九五 坒寅九五 坁寅九五

坍寅九五 坅寅九五 坽寅九六 坑寅九六 坱寅九六 坳寅九六 㘸寅九六 厎寅九六 圪寅九六 坣寅九六 坓寅九六 至寅九六 坐寅九六 坙寅九六 坔寅九六 坃寅九六 坆寅九六 坧寅九六 坪寅九六 坳寅九六

圾寅九六 坨寅九六 坒寅九六 抖寅九六 星寅九六 坐寅九六 尪寅一二六 㐲寅一二八 垂寅一二八 巩寅一四〇 巫寅一四〇 孚寅一四一 夋寅一四三 纱寅一四四 幽寅一四四 舛寅一四七 忽寅一四七 夆寅一五一 夋寅一五一 夌寅一五一

延寅一六四 延寅一六四 廷寅一六四 役寅一六六 彷寅一六六 彴寅一六六 往寅一六七 彶寅一六七 彾寅一六七 彸寅一六七 彽寅一六七 彸寅一六七 彵寅一六七 彺寅一六七 彸寅一六七 彻寅一六七 彼寅一六七 形寅一七三 形寅一七三 彣寅一七三 巠寅一七七

巡寅一七七 㞓寅一七七 炁寅一七七 扭卯五五 扮卯五五 抪卯五五 扰卯五五 扱卯五五 扲卯五五 扳卯五五 扶卯五五 批卯五六 抵卯五六 抶卯五七 扼卯五七 抍卯五七 扽卯五七 找卯五七 技卯六八 拌卯六八

抃卯六八 抄卯六八 技卯六八 扫卯六八 抈卯六八 抉卯六八 把卯六八 扖卯六九 扰卯六八 扷卯六九 拼卯六九 抎卯六九 抏卯六九 抐卯七〇 抑卯七〇 抒卯七〇 抓卯七〇 投卯七〇 抗卯七二 折卯七二

抔卯二二三 抄卯二二三 扐卯二二三 抋卯二二三 批卯二二三 扰卯二二三 抂卯二二三 托卯二二二 抖卯二二二 抝卯二二三 抗卯二二三 扲卯二二三 扶卯二二三 扷卯二二三 担卯二二三 抈卯二二三 拏卯二二三 技卯二二三 抚卯二二三 抙卯二二三

扲卯二二三 抚卯二二三 捽卯二二三 扯卯二二三 乖卯二二三 抇卯二二三 抅卯二二三 扮卯二二三 捡卯二二三 抡卯二二三 毡卯二〇四 毣卯二〇四 毑卯二〇四 忌卯二二三 忍卯二二三 忒卯二二三 志卯二二三 忘卯二二三 忡卯二二四 忈卯二二四

忤卯二二四 忞卯二二四 忩卯二二四 忥卯二二四 忑卯二二四 忐卯二二四 忎卯二二四 忖卯二二四 忻卯二二五 忧卯二二五 忨卯二二五 忪卯二二五 快卯二二五 忮卯二二五 忣卯二二五 忯卯二二五 忹卯二二五 忻卯二二六 忼卯二二六

怲卯二二六 忶卯二二六 怉卯二二六 怖卯二二六 忬卯二二六 忭卯二二六 忰卯二二六 忱卯二二六 忲卯二二六 忬卯二二七 忪卯二二七 忳卯二二七 忴卯二二七 忶卯二二七 忺卯二二七 忸卯二二七 忺卯二二七 忟卯二二七 忾卯二二七

忕卯二二七 怀卯二二七 忿卯二二七 忮卯二二七 恼卯二二七 忣卯二二七 忤卯二二七 忹卯二二七 物卯二二七 忰卯二二七 忼卯二二七 忱卯二二七 戼卯二七七 戽卯二七七 戼卯二七四 牤卯二七四 牠卯二七六 旍卯二七六 戹卯二八四 戾卯二八四

卵卯二八四 厄卯二八四 屁卯二八四 屖卯二八四 犾卯二九九 敁卯二九九 殀卯二九九 叙卯二九九 叄卯二九九 殁卯二九九 殂卯二九九 死卯二九九 歼卯二九九 殃卯二九九 於卯二九九 旁卯二九九 呇卯三〇六 旴辰二 旱辰三 旴辰三

昇辰三 旲辰三 昊辰三 旷辰三 旼辰三 的辰三 昆辰三 吃辰三 香辰三 否辰三 各辰三 旦辰三 杏辰三 昌辰三 呈辰三 回辰三 更辰七 亙辰七 昱辰七 肎辰三

肙辰三 有辰三 肌辰三 明辰三 朋辰三 每辰四〇 毐辰四一 毒辰四一 欣辰四八 欧辰四八 欣辰四八 吹辰四八 屎辰四八 欲辰四八 欪辰四八 欸辰四八 斋辰五一 攸辰五三 改辰五三 攷辰五四

攻辰五四 攸辰五四 攱辰五四 攺辰五四 改辰五四 攽辰五四 攼辰五四 攲辰五四 攳辰五四 争辰五四 殴辰六二 戋辰六九 成辰六九 我辰六九 戒辰七〇 或辰七〇 戓辰七〇 灯巳一 灵巳一 灭巳一

灸巳一 灶巳一 灼巳二 災巳一 灷巳一 灺巳二 炎巳一 灹巳一 灿巳一 炁巳一 炎巳一 炙巳一 灶巳一 汞巳二〇 泶巳二〇 汖巳二〇 泉巳二〇 汥巳二〇 泜巳二〇

汩巳二〇 汨巳二一 汪巳二一 汭巳二一 汯巳二一 汰巳二二 汱巳二二 汲巳二二 汴巳二二 汵巳二二 汶巳二二 沠巳二二 決巳二三 汻巳二三 沟巳二三 汸巳二三 汷巳二三 沜巳二三 汼巳二三 汽巳二三

汾巳二四 沁巳二四 沂巳二四 沃巳二四 沄巳二五 沅巳二五 沆巳二五 沇巳二五 沈巳二五 沋巳二六 沌巳二六 沍巳二七 沏巳二六 沐巳二六 沑巳二六 没巳二六 沔巳二七 沕巳二八 沖巳二八 沘巳二八

七畫

沙巳一八八 沘巳一八九 沚巳一八九 沛巳一九〇 沶巳一九〇 沂巳一九〇 浮巳一九〇 泾巳一九〇 沘巳一九〇 洂巳一九〇 斗巳一九〇 汏巳一九一 洶巳一九一 泒巳一九一 浮巳一九一 泙巳一九一 淞巳一九一 沂巳一九一 汶巳一九一 杇巳二二一

杅辰二三一 杆辰二三三 杈辰二三三 杉辰二三三 杌辰二三三 李辰二三三 杏辰二三三 材辰二三三 村辰二三三 杒辰二三四 杓辰二三四 杕辰二三四 杖辰二三四 杙辰二三四 杚辰二三四 杜辰二三五 杝辰二三五 杞辰二三五 束辰二三六 杠辰二三六

杘辰二三六 杄辰二三六 杪辰二三六 杊辰二三七 杍辰二三七 杔辰二三七 宋辰二三七 杩辰二三七 杮辰二三七 杋辰二三七 呆辰二三七 松辰二三七 束辰二三七 朿辰二三七 枀辰二三七 条辰二三七 杉辰二三七 舛辰二三六 牡巳二四〇

牢巳二四一 物巳二四一 牪巳二四一 牣巳二四一 牠巳二四六 牠巳二四一 犺巳二五四 狮巳二五五 狍巳二五五 犾巳二五五 犺巳二五五 狭巳二五五 狂巳二五五 狃巳二五六 狄巳二五六 狙巳二五六 猔巳二五六 犹巳二五六 狮巳二五六 犹巳二五六

狉巳二五六 犼巳二五六 狄巳二五六 犻巳二五六 狖巳二五六 狌巳二五七 狍巳二五七 狁巳二五七 狗巳二五七 狆巳二五七 狂巳二五七 犹巳二五七 狃巳二五七 狀巳二五七 狎巳二五七 猦巳二五七 犺巳二五七 狐巳二五七 狍巳二五七

狉巳二五七 步巳二六五 𣥌巳二六五 𣥂巳二六五 歪巳二六五 𡭖巳二六五 芈巳二六五 此巳二六五 灯午六 劮午六 登午一二 究午一四 学午一五 穸午一五 究午一五 疔午二一 疠午二一 疙午二一 疓午二一 疔午二一

疚午二一 疠午二一 疫午二一 疔午二一 疥午二一 氿午六 犴午六 玑午七 弘午七 玥午七 玒午七 功午七 玐午七 矸午一一 矶午一一 矴午一一 砒午一二 砚午一二 启午一二 矼午一三

阜午一四三 皀午一四一 兒午一四二 皁午一四二 皂午一四三 瓨午一四七 瓪午一四九 瓯午一四九 奂午一六四 医午一六四 奂午一六四 祁午一七三 礽午一七三 秃午一八九 秀午一八九 私午一九〇 秃午一九〇 秆午一九〇 秒午一九〇 秋午一九〇

男午二三〇 何午二三一 粤午二三一 粤午二三一 町午二三一 盹午二三四 甫午二四一 甬午二四三 盱午二四六 盰午二四六 盱午二四七 旬午二四七 取午二四七 旱午二四七 皀午二四七 合午二四七 盯午二四七 盅午二六九 盆午二六九 盂午二六九

肌未二 肑未二 肔未二 肕未二 肖未二 肐未三 肘未三 肚未三 肛未三 肝未三 育未三 肒未四 肐未四 肓未四 肒未四 肕未四 肙未四 肝未四 肒未四 肖未四

肜未四 肱未四 耴未五六 耵未五六 飢未六八 百未六八 卤未六八 皁未六八 芈未八七 芊未八七 虹未九七 虫未九七 虬未九七 茅未一二六 芃未一二六 芄未一二七 芊未一二七 芋未一二七 芍未一二七 苄未一二八

芭未一二八 芒未一二八 芋未一二九 芥未一二九 芝未一二九 芪未一二九 艾未一二九 芇未一三〇 芈未一三〇 芼未一三〇 苫未一三〇 芎未一三〇 芏未一三〇 芫未一三〇 芙未一三〇 苡未一三〇 芌未一三〇 芨未一三〇 芞未一三〇 芩未一三〇

七畫

八畫

剎子一二〇　剏子一二〇　剚子一二〇　剝子一二〇　刷子一二〇　剳子一二〇　則子一二〇　剆子一二〇　耵子一二〇　剄子一二〇　剡子一二〇　剜子一二〇　刑子一二〇　剮子一二〇　剉子一二〇　例子一二〇　刮子一二〇　刪子一二〇　剛子一二〇　刹子一二〇

刻子一二〇　剛子一二〇　剅子一二〇　制子一二一　剑子一二一　劾子一二八　㔓子一二八　劼子一二八　列子一二八　㔕子一二八　劶子一二八　券子一二八　励子一二八　劲子一二八　㔛子一二九　劷子一二九　勅子一二九　勈子一二九　勃子一二九　効子一二九

効子一三九　匔子一四八　匊子一四八　匌子一四八　匍子一四九　匐子一四九　甸子一四九　阜子一五三　匽子一五四　匼子一五四　匳子一五六　函子一五九　梟子一六二　罔子一六二　㒼子一六二　冐子一六二　冑子一六五　采子一六五　厗子一六七　厓子一六七　厎子一六七

厔子一六七　㕇子一六七　厓子一六七　㕈子一六七　厙子一六七　厛子一六七　厞子一六七　厜子一六七　卷子一七六　卸子一七七　卹子一七七　卻子一七七　卽子一七七　卺子一七七　卑子一八一　卒子一八一　卒子一八二　卓子一八二　協子一八二　卌子一八二

臬子一八二　乖子一八三　乒子一八三　卦子一八五　兆子一八六　卣子一八六　卤子一八六　直子一八六　卣子一八六　卥子一八六　亯子一八六　卣子一八六　厇子一八六　冚子一八六　冋子一八八　冹子一八八　洞子一八八　洛子一八八　洗子一八八　洒子一八八　洪子一八八

冽子一八八　洽子一八八　津子一八八　洤子一八八　修子一八八　沴子一八八　冲子一八八　叓子一九三　叀子一九三　奐子一九三　叐子一九三　㕚子一九三　叁子一九三　叔子一九八　取子一九八　叕子一九八　叚子一九八　受子一九八　叒子一九九　叙子一九九

叓子一九九　叔子一九九　周丑一七　呪丑一八　呬丑一八　呢丑一八　呢丑一八　呤丑一八　味丑一八　响丑一九　呵丑一九　呶丑一九　呷丑一九　呻丑一九　呼丑一九　命丑二〇　和丑二一　咍丑二二　咎丑二三　咄丑二三

咆丑二三　咇丑二三　咈丑二三　咋丑二三　咀丑二三　咉丑二三　咕丑二三　呰丑二三　呦丑二三　呥丑二三　呧丑二三　昭丑二三　杲丑二三　咢丑二三　吃丑二三　唸丑二三　咊丑二三　杏丑二三　哇丑二四　呿丑二四

咀丑二四　咂丑二四　咏丑二四　咐丑二四　咠丑二四　咉丑二四　咜丑二四　味丑二四　咾丑二四　咪丑二四　呭丑二四　呗丑二四　呢丑二四　呱丑二四　呲丑二四　咙丑二四　咂丑二四　咛丑二四　咳丑二四　咗丑二四

呼丑二四　呸丑二四　咓丑二五　呃丑二五　咋丑二五　咛丑二五　号丑二五　咕丑二五　咖丑二五　咪丑二五　咠丑二五　吟丑二五　咨丑二五　际丑二五　咠丑二五　呰丑二五　呡丑二五　吻丑二五　咥丑二五　咽丑二五

咁丑二五　音丑二五　咧丑二五　㕹丑二六　咱丑二五　咢丑二五　困丑八五　固丑八五　囥丑八五　囼丑八五　囪丑八五　囸丑八五　圀丑八五　囲丑八五　回丑八五　圅丑八五　圓丑八六　居丑八六　屆丑九五　屇丑九五

屍丑九六　屋丑九六　屌丑九六　屉丑九六　屄丑九六　屃丑九六　屡丑九六　屃丑九六　屆丑九六　尾丑九六　屄丑九六　戽丑九六　屌丑九六　弝丑二〇六　弢丑二一〇　弦丑二一〇　弭丑二一一　弢丑二一一　弧丑二一一　弨丑二一一

八畫

妭寅五〇 妿寅五〇 妖寅五〇 姊寅五〇 姾寅五〇 姘寅五〇 姏寅五〇 娍寅五〇 姛寅五〇 姑寅五〇 姉寅五〇 妒寅五一 要寅五一 姘寅五一 婭寅五一 㛐寅五一 娊寅五一 姽寅五一 婟寅五一 委寅五一

姻寅五一 姷寅五一 妭寅五一 娼寅五一 姤寅五一 娅寅五一 妗寅五一 姗寅五一 妳寅五一 坡寅九六 坪寅九六 坤寅九六 坦寅九六 坦寅九七 坪寅九七 坫寅九七 坯寅九七 坰寅九七 块寅九七 坭寅九七

坷寅九七 坴寅九七 坺寅九八 坻寅九八 坼寅九八 坿寅九八 坪寅九八 坎寅九八 垂寅九八 坳寅九八 坴寅九九 坶寅九九 坢寅九九 坲寅九九 坺寅九九 坽寅九九 坾寅九九 坑寅九九 坬寅九九 坭寅九九

坧寅九九 坩寅九九 坨寅九九 坺寅九九 至寅九九 型寅九九 坐寅九九 坒寅九九 坍寅九九 坽寅九九 坴寅九九 坄寅九九 坸寅九九 坰寅九九 坴寅九九 垚寅九九 坼寅九九 尾寅九九 埒寅九九 坵寅九九

壳寅一三三 弃寅一三八 幸寅一三八 卒寅一三八 者寅一四三 录寅一四三 哥寅一四三 舌寅一四三 沙寅一四四 光寅一四四 娈寅一四四 夜寅一四八 姓寅一四八 翏寅一四八 夜寅一四八 麦寅一五一 叐寅一五一 珍寅一五五 彼寅一五七 往寅一五七

征寅一五七 徂寅一五七 衲寅一五八 位寅一五八 低寅一五八 佮寅一五八 彿寅一五八 油寅一五八 征寅一五八 彵寅一五八 作寅一五八 徇寅一五八 佔寅一五八 彭寅一七三 彭寅一七三 畫寅一七三 形寅一七三 巠寅一七七 承卯七 抱卯一三

敌卯一三 拼卯一三 拜卯一三 抨卯一四 拺卯一四 披卯一四 抳卯一四 拙卯一四 抵卯一四 拕卯一五 抹卯一五 抽卯一五 抾卯一五 拔卯一六 押卯一六 拂卯一六 拄卯一七 担卯一七 抳卯一七 拆卯一七

拇卯一七 拈卯一七 拉卯一七 拊卯一八 抛卯一八 拌卯一八 拍卯一八 拐卯一九 拑卯一九 拒卯一九 拓卯一九 拔卯二〇 抲卯二〇 拖卯二〇 拗卯二〇 拘卯二一 拹卯二一 拙卯二一 拼卯二一 招卯二一

抭卯二三 抮卯二三 抯卯二三 抹卯二三 抌卯二三 抰卯二三 抓卯二三 柄卯二三 抧卯二三 抲卯二三 抶卯二三 抷卯二三 抻卯二三 拾卯二三 抑卯二三 拃卯二三 抈卯二三 抓卯二三 拣卯二三 拼卯二三

斨卯二三 抬卯二三 挖卯二三 抶卯二三 抲卯二三 抿卯二三 抭卯二三 抪卯二三 抛卯二三 拐卯二四 毡卯一〇四 毦卯一〇四 毟卯一〇四 毣卯一〇四 毞卯一〇四 毪卯一〇四 毡卯一〇四 毢卯一〇四 毦卯一〇四 氐卯一〇四

忝卯一一四 忞卯一一四 忠卯一一四 忥卯一一五 念卯一一五 忽卯一一六 忿卯一一六 忿卯一一六 忢卯一一六 忠卯一一七 怍卯一一七 忐卯一一七 忑卯一一七 忘卯一一七 忍卯一一七 忎卯一一七 忍卯一一七 忝卯一一七 忩卯一一七 忩卯一一七

快卯一一八 怕卯一一八 怖卯一一八 怗卯一一八 怛卯一一八 怙卯一一八 怡卯一一九 性卯一一九 怪卯一一九 怫卯一一九 怯卯一一九 怔卯一二〇 怳卯一二〇 怵卯一二〇 怋卯一二〇 怊卯一二〇 怇卯一二〇 佟卯一二〇 怶卯一二〇 怀卯一二〇

八畫

怞卯一二〇	怵卯一二〇	怢卯一二〇	怦卯一二〇	怗卯一二〇	怴卯一二〇	怮卯一二一	怚卯一二一	怾卯一二一	怽卯一二一	怉卯一二一	怌卯一二一	怐卯一二一	怑卯一二一	㤩卯一二一	怓卯一二一	怬卯一二一	恒卯一二一
恰卯一二一	怈卯一二一	伸卯一二二	怟卯一二二	怤卯一二二	怩卯一二二	怭卯一二二	怴卯一二二	怬卯一二二	怭卯一二二	怜卯一二二	怲卯一二二	怍卯一二三	命卯一二三	拴卯一二三	㤔卯一二三	侖卯一二三	怈卯一二三
怓卯一二三	怗卯一二三	爬卯一七〇	争卯一七〇	全卯一七〇	股卯一七〇	氜卯一七〇	股卯一七〇	牀卯一七四	牀卯一七四	牂卯一七四	版卯一七六	版卯一七六	股卯一七七	牊卯一七七	欣卯一七七	牉卯一七七	朐卯一七七
牀卯一七七	所卯一八〇	斧卯一八〇	斯卯一八〇	斦卯一八二	祈卯一八二	戾卯一八四	房卯一八五	所卯一八五	戻卯一八六	戽卯一八六	扆卯一八六	戺卯一八六	殁卯一八九	殀卯一八九	殃卯一八九	殄卯一八九	殅卯一八九
殉卯一八九	殂卯一九〇	殴卯一九〇	殇卯一九〇	殹卯一九〇	残卯一九〇	殙卯一九〇	殍卯一九〇	殉卯一九〇	殁卯一九〇	殀卯一九〇	殁卯一九〇	斻卯一九九	旂卯一九九	於卯一九九	旁卯一九九	旼卯二〇八	旻卯二〇八
旹卯二一〇	旿卯二一〇	旸卯二一〇	氛卯二一一	氣卯二一一	氢卯二一一	氦卯二一一	氣卯二一一	氤卯二一一	氥卯二一一	旺辰一三	旻辰一三	昄辰一三	昂辰一三	昆辰一三	昇辰一三	昈辰一三	昉辰一三
昊辰一三	昌辰一四	昍辰一四	明辰一四	昏辰一五	昃辰一五	易辰一五	昔辰一六	昕辰一六	昨辰一六	昚辰一六	映辰一六	旻辰一六	旼辰一六	昫辰一六	昞辰一六	昫辰一六	昧辰一六
昄辰一六	杳辰一六	昐辰一七	昈辰一七	昳辰一七	昑辰一七	昒辰一七	昖辰一七	昛辰一七	昅辰一七	昔辰一七	昚辰一七	哥辰一七	昕辰一七	昆辰一七	昒辰一七	昨辰一七	皆辰一七
晬辰一七	冒辰一七	留辰二七	良辰二八	畢辰二八	朋辰三三	服辰三三	朊辰三四	肸辰三四	肬辰三四	肦辰三四	朐辰三四	朒辰三四	毒辰四一	毗辰四一	毐辰四一	爸辰四三	麦辰四三
癹辰四三	校辰四三	欣辰四八	吹辰四九	欧辰四九	欽辰四九	欱辰四九	欨辰四九	欥辰四九	欤辰四九	欦辰四九	欣辰四九	欬辰四九	欸辰四九	蚗辰四九	欦辰四九	欥辰四九	欣辰四九
欧辰四九	欪辰四九	炊辰四九	敂辰六一	攽辰六四	敁辰六四	攽辰六四	放辰六四	政辰六五	故辰六五	敆辰六五	变辰六五	敃辰六五	敀辰六五	敁辰六五	拔辰六五	枚辰六五	攽辰六五
政辰六五	敄辰六六	煅辰八一	殷辰八一	戔辰九〇	戕辰九〇	戕辰九〇	或辰九〇	戗辰九一	我辰九一	戔辰九一	戚辰九一	戚辰九一	戔辰九一	戒辰九一	戕辰九一	戗辰九一	炂巳一三
炅巳一三	炊巳一三	炎巳一三	炕巳一三	炖巳一三	炘巳一四	炙巳一四	炪巳一四	炜巳一四	炒巳一四	炁巳一四	炗巳一四	炓巳一四	炄巳一四	炆巳一四	炈巳一四	炳巳一四	炋巳一四

炌一〇四四	炍一〇四四	炏一〇四四	炑一〇四四	炓一〇四四	炔一〇四四	旼一〇四四	炎一〇四四	炗一〇四四	焚一〇四四	炁一〇四四	炊一〇四四	炉一〇四四	杳一〇五七	淋一〇六〇	杍一〇六〇	炪一〇六〇	沝一〇六一	余一〇六一	荼一〇六一
沬一〇六一	沫一〇六一	沃一〇六一	沮一〇六一	沰一〇六三	沱一〇六三	河一〇六三	沴一〇六四	泝一〇六四	泼一〇六四	沸一〇六五	油一〇六五	沼一〇六五	沽一〇六五	治一〇六五	沾一〇六六	況一〇六六	沿一〇六六	洞一〇六六	泄一〇六七
泃一〇六七	洑一〇六七	泊一〇六八	泲一〇六八	泌一〇六八	沐一〇六八	泏一〇六九	泐一〇六九	泑一〇六九	泓一〇六九	泔一〇六九	法一〇六九	泖一〇七〇	泗一〇七〇	泙一〇七〇	泚一〇七〇	泛一〇七一	泜一〇七一	泝一〇七一	泞一〇七一
泟一〇七一	泠一〇七一	泡一〇七二	波一〇七二	泣一〇七二	泥一〇七三	泦一〇七三	泧一〇七三	泩一〇七三	注一〇七三	泫一〇七四	泬一〇七四	泮一〇七四	泯一〇七五	泰一〇七五	泱一〇七五	泲一〇七五	沶一〇七六	泅一〇七六	沺一〇七六
汌一〇七六	洼一〇七六	沭一〇七六	泝一〇七六	洰一〇七六	洇一〇七六	洴一〇七六	沛一〇七六	泎一〇七六	浃一〇七六	泒一〇七六	浮一〇七六	泈一〇七六	洗一〇七六	沆一〇七六	泳一〇七六	洞一〇七六	泂一〇七六	泘一〇七六	泾一〇七六
河一〇七六	汎一〇七六	沖一〇七六	洰一〇七六	浅一〇七六	沦一〇七六	沲一〇七七	沵一〇七七	泪一〇七七	洛一〇七七	沔一〇七七	泥一〇七七	沍一〇七七	泅一〇七七	涂一〇七七	洍一〇七七	沿一〇七七	杪一一二七	杭一一二七	柹一一二七
東一一二七	杲一一二八	杳一一二八	枕一一二八	杵一一二八	杶一一二九	杷一一二九	杼一一二九	柔一一二九	松一一二九	板一一三〇	茉一一三〇	枂一一三〇	枆一一三〇	枉一一三〇	枊一一三一	枋一一三一	枌一一三一	枎一一三一	析一一三一
桠一一三二	枒一一三二	料一一三二	枕一一三二	林一一三三	林一一三三	柄一一三三	枚一一三三	果一一三四	枝一一三四	杜一一三五	杬一一三五	杯一一三五	杰一一三五	枕一一三五	杸一一三五	梜一一三五	枇一一三五	杺一一三六	栩一一三六
柤一一三六	桴一一三六	极一一三六	杓一一三六	构一一三六	枇一一三六	柴一一三六	柢一一三六	柃一一三六	柑一一三六	柃一一三六	枕一一三六	枖一一三六	栀一一三六	柧一一三六	枬一一三六	梓一一三六	栟一一三七	校一一三七	杫一一三七
桄一一三七	栈一一三七	米一一三七	粂一一三七	椒一一三七	杯一一三七	枡一一三七	斜一一三六	牭一一四一	牧一一四一	犺一一四二	物一一四二	牞一一四二	牥一一四三	牨一一四三	牰一一四三	牦一一四三	粑一一四三	牟一一四三	粉一一四三
牣一一四三	犾一一四三	牷一一四三	料一一四三	犴一一四三	犖一一四三	牞一一四三	牪一一四三	牟一一四三	戕一一四三	斫一一四三	栿一一五五	炏一一五五	狀一一五五	狂一一五七	狊一一五七	狳一一五七	狑一一五七	狎一一五七	狁一一五七
狓一一五八	狔一一五八	狘一一五八	狗一一五八	狒一一五八	狐一一五九	狙一一五九	狚一一五九	狊一一五九	狴一一五九	狣一一五九	狤一一五九	狂一一五九	狌一一五九	狉一一六〇	狢一一六〇	狍一一六〇	狴一一六〇	狛一一六〇	狜一一六〇

猏巳一六〇 狘巳一六〇 狦巳一六〇 狆巳一六〇 狫巳一六〇 狵巳一六〇 狧巳一六〇 狖巳一六〇 狛巳一六〇 狋巳一六〇 狇巳一六〇 狜巳一六〇 狚巳一六〇 狒巳一六〇 狭巳一六〇 狟巳一六〇 狘巳一六〇 狳巳一六〇 狦巳一六〇

猫巳一六〇 武巳一八五 歧巳一八六 此巳一八六 罡巳一八六 㞣巳一八六 肯巳一八六 弆巳一八六 炢巳一八六 㞷巳一八六 岜巳一八六 岵巳一八六 峚巳一八六 岦巳一八六 岦巳一八六 峕巳一八六 禹巳一九〇 禺巳一九〇 禽巳一九〇

㽶午一 瓬午一 㼝午六 忓午六 皷午六 財午六 彼午六 㸒午六 疌午一〇 穸午一五 穹午一五 空午一五 窒午一六 穻午一六 姿午一六 窀午一六 岤午一六 李午一六 㝑午一六 突午一六

窅午一六 疙午二一 疚午二一 疛午二一 疜午二一 疝午二一 疗午二一 疟午二一 疢午二一 疙午二一 疞午二一 疝午二一 疨午二一 疣午二一 弃午一六六 竟午一六六 奸午一六六 叩午一六六 玒午七 玖午七

玕午七 玘午七 玑午七八 玹午七八 玐午七八 玓午七八 玒午七八 玔午七八 玗午七八 玞午七八 玤午七八 玡午一二三 矶午一二三 矷午一二三 砓午一二三 砇午一二三 矻午一二三 矺午一二三 矼午一二三 矸午一二三

矽午一二三 矿午一二三 的午一四三 旴午一四三 肩午一四三 项午一四九 武午一四九 垣午一四九 帕午一五〇 肵午一五〇 帆午一五〇 旺午一五〇 矸午一六〇 矧午一六〇 知午一六四 弦午一六五 矬午一六九 敃午一六九 社午一七三 祈午一七三

祀午一七三 祁午一七四 秄午一九〇 秅午一九〇 秜午一九一 秆午一九一 秉午一九一 秅午一九一 秄午一九一 秆午一九一 和午一九一 秋午一九一 杓午一九一 秅午一九一 季午一九一 秊午一九一 秋午一九一 秕午一九一 畀午二二三 畋午二二三

旺午二二三 盱午二二三 旱午二二三 畁午二二三 畄午二二三 昭午二二三 昀午二二三 昫午二二三 盵午二二三 昆午二二三 畐午二二三 画午二二三 畀午二二三 早午二二三 画午二二四 角午二二四 肙午二二四 旿午二二四 旺午二二四 香午二二四

盼午二二七 盰午二二七 盱午二二七 盰午二二七 盲午二二七 眈午二二七 直午二二七 眏午二二八 眂午二二八 眅午二二八 眒午二二八 昆午二二八 盹午二二八 盵午二二八 昕午二二八 省午二二八 眩午二二八 眆午二二八 导午二二八 睃午二二九

眺午二二八 盂午二六九 盂午二六九 盂午二六九 盂午二六九 盍午二六九 盅午二六九 盉午二六九 盃未二 盆未二 股未四 肢未五 肹未五 肥未五 肦未五 朏未六 肚未六 肧未六 肨未六 肩未六

胴未六 肫未七 肬未七 肯未七 胘未七 肴未七 肵未七 肸未七 肺未八 肶未八 肱未八 肮未八 肦未八 肤未八 服未八 肷未八 朊未八 朌未八 肭未八 胝未八

肰未八 肮未八 朋未九 肳未九 肱未九 肶未九 肷未九 肸未九 肹未九 肸未九 肺未九 肫未九 胆未九 肯未九 肤未九 肯未九 肥未九 育未九 肴未九 学未一〇

孶未五一 勈未五一 耐未五四 匭未五四 耵未六六 聋未六六 肂未六六 耷未六六 尫未六六 直未六八 舍未七〇 刮未七一 耉未七六 耇未七七 老未七七 虎未七八 虍未七九 羌未八七 㸚未八八 羕未八八

傘未八八 蚏未九七 蚪未九七 虹未九七 匼未九七 虮未九七 虱未九七 蚕未九七 虿未九七 竺未一〇三 笏未一〇三 竿未一〇三 笂未一〇三 笅未一〇三 竻未一〇三 筓未一〇三 弄未一二六 芘未一三〇 芚未一三〇 芝未一三〇 芟未一三二

芰未一三二 芊未一三二 苿未一三二 芫未一三二 芣未一三二 芥未一三二 芣未一三二 芩未一三二 芪未一三三 芜未一三三 芬未一三三 芭未一三三 芮未一三三 芰未一三三 花未一三三 芳未一三四 芴未一三四 芷未一三四 芸未一三四 芹未一三四

芺未一三五 芼未一三五 芽未一三五 芾未一三五 芿未一三六 芗未一三六 芙未一三六 芛未一三六 芜未一三六 芞未一三六 芶未一三六 芡未一三六 芒未一三六 芾未一三六 茺未一三六 戋未一三六 芤未一三六 芧未一三六 芩未一三七 芨未一三七

芀未一三七 芊未一三七 苛未一三七 苴未一三七 英未一三七 苐未一三七 苟未一三七 苆未一三七 芫未一三七 芸未一三七 芾未一三七 芾未一三七 苜未一三七 芙未一三七 芨未一三七 苖未一三七 苁未一三八 苒未一三八 井未一三八 苹未一三八

茾未一三八 卉未一三八 芜未一三八 芰未一三八 芦未一三八 苍未一三八 剃未一七三 舸未一七三 舠未一七三 舢未一七三 舡未一七三 卒未一八二 尧未一八三 斉未一八三 衬未一八三 衦未一八三 衫未一八三 衩未一八三 衭未一八三 衹未一八四

衪未三八四 衩未三八四 神未三八四 衽未三八四 衲未三八四 衧未三八四 秫未三八四 衭未三八四 糺未四二七 紆未四二七 紂未四二七 紅未四二七 紃未四二七 紈未四二七 紉未四二七 紈未四二七 畢未四三五 籴未四九五 籵未四九五 籶未四九五

籸未四九五 罣未四九五 耓未五二二 耒未五二二 和未五二二 申未五一八 臽未五一九 罔未五二九 罕未五三〇 罗未五三〇 罘未五三〇 罕未五三〇 罟未五三〇 罡未五三〇 罙未五三〇 胃未五三〇 覔未五三九 衒未五四三 衍未五四三 衎未五四三

聿未五四四 勒未五五四 臥未五五四 臤未五五四 臿未五五六 豕申一 舡申三九 采申四九 足申五四 跀申五四 卷申六〇 乩申六〇 逋申一一〇 迋申一一〇 逕申一一〇 近申一一〇 迎申一一〇 返申一一〇 迒申一一〇 迓申一一一

迕申一一一 迒申一一一 迖申一一一 迅申一一一 迒申一一一 迠申一一一 迣申一一一 迡申一一一 迂申一一一 迊申一一一 迎申一一一 迦申一一一 迋申一一一 达申一一一 迣申一一一 迭申一一一 訇申一四九 皃申二二八 軋申二三九 辛申二六一

辰申二九八 郇申二九九 郙申二九九 部申三〇〇 邲申三〇〇 邳申三〇〇 邵申三〇〇 邸申三〇〇 郃申三〇一 鄉申三〇一 邮申三〇一 邫申三〇一 邱申三〇一 郎申三〇一 郱申三〇一 鄂申三〇一 邾申三〇一 邦申三〇一 郖申三〇一 邙申三〇一

邰申三〇一 耶申三〇一 邶申三〇一 邽申三〇一 鄂申三〇一 郁申三〇一 邲申三〇一 邹申三〇一 金戌一 門戌六四 雨戌八六 隶戌二〇七 長戌二〇八 镸戌二一〇 阜戌二一二 阺戌二一五 陋戌二一五 阸戌二一五 陆戌二一六 阺戌二一六

臾子一八六 卣子一八六 𠧪子一八六 逌子一八六 浗子一八六 浸子一八八 浹子一八八 涇子一八八 涊子一八八 浇子一八八 洦子一八八 涑子一八八 洞子一八八 洤子一八八 浼子一八八 巹子一九三 疣子一九三 叛子一九九 叚子一九九 㪚子一九九

娶子一九九 报子一九九 吞子一九九 旻子一九九 叜子一九九 秊子一九九 叙子一九九 聑丑二五 眀丑二五 咢丑二五 咸丑二五 咹丑二六 咤丑二六 咥丑二六 咦子二六 咧丑二六 咨丑二六 咫丑二六 哉丑二七 咺丑二七

咻丑二七 咼丑二七 咽丑二七 哀丑二八 品丑二八 咬丑二八 咭丑二八 咮丑二八 咰丑二八 咶丑二九 咳丑二九 哄丑二九 哆丑二九 哇丑二九 哈丑二九 咩丑三〇 咪丑三〇 呢丑三〇 哵丑三〇 哂丑三〇

哦丑三〇 㖃丑三〇 哃丑三〇 咊丑三〇 响丑三〇 味丑三〇 唏丑三〇 咱丑三〇 哚丑三〇 咾丑三〇 咿丑三〇 咱丑三一 噴丑三一 㖑丑三一 咣丑三一 嗅丑三一 昝丑三一 哾丑三一 咷丑三一

㖆丑三一 嘛丑三一 咪丑三一 哆丑三一 咶丑三一 哤丑三一 咵丑三一 咯丑三一 哊丑三一 哹丑三一 嚈丑三一 嘸丑三一 呯丑三一 音丑三一 沓丑三一 啍丑三一 㖄丑三一 胥丑三二 唱丑三二

㖿丑三二 哇丑三二 風丑三二 呇丑三二 周丑三二 唉丑三二 哅丑三二 䎽丑三二 啇丑三二 𠯑丑三二 呈丑三二 哶丑三二 哷丑三二 咉丑三二 咅丑三二 哂丑三二 嘐丑三二 嗉丑三二 喝丑三二 囿丑八六

囸丑八六 囲丑八六 国丑八六 困丑八六 囦丑八六 圂丑八六 圂丑八六 囵丑八六 图丑八六 屋丑九六 屑丑九七 屍丑九七 屎丑九七 屭丑九七 屗丑九七 屑丑九八 屇丑九八 眉丑九八 屌丑九八 屎丑九八

屐丑九八 屖丑九八 屑丑九八 屍丑九八 尾丑九八 屙丑九八 层丑九八 亭丑九八 屡丑九八 展丑九八 屏丑九八 巹丑一〇六 巷丑一〇七 巸丑一〇七 巼丑一〇七 弭丑一一二 弮丑一一三 弳丑一一三 弸丑一一三 弫丑一一三

弭丑一一三 弯丑一一三 弱丑一一三 弳丑一一三 異丑一一三 弢丑一一三 弩丑一一三 鬲丑一一三 張丑一一三 戚丑一一九 戋丑一一九 庞丑一二三 庢丑一二三 庡丑一二三 府丑一二三 庢丑一二三 康丑一二三 庤丑一二三 麻丑一二三 度丑一二三

庥丑一二四 庠丑一二四 庬丑一二四 庫丑一二四 度丑一二四 扃丑一二五 府丑一二五 庴丑一二五 庵丑一二五 廖丑一二五 庿丑一二五 庭丑一二五 客丑一四三 室丑一四四 宣丑一四四 宥丑一四五 宦丑一四五 宧丑一四五 宨丑一四五 宣丑一四五

安丑一四五 宋丑一四五 容丑一四五 宝丑一四五 宄丑一四五 宸丑一四六 宅丑一四六 宓丑一四六 宴丑一四六 窑丑一四六 家丑一四六 害丑一四六 容丑一六九 客丑一六九 峋丑一六九 峒丑一六九 峙丑一六九 峛丑一六九 峆丑一六九 峈丑一六九

峊丑一六九 峕丑一六九 峒丑一六九 峌丑一六九 峍丑一六九 峣丑一六九 崀丑一六九 峬丑一六九 峒丑一六九 峐丑一七〇 峑丑一七〇 峡丑一七〇 峔丑一七〇 峻丑一七〇 峡丑一七〇 峻丑一七〇 峗丑一七〇 峘丑一七〇 峅丑一七〇 峑丑一七〇

崟丑一七〇　崗丑一七〇　崦丑一七〇　峷丑一七〇　峚丑一七〇　脊丑一七〇　岡丑一七〇　嵒丑一七〇　巎丑一七〇　巻丑一七〇　巸丑一七〇　毙丑一七〇　峗丑一七〇　豈丑一七〇　岂丑一九三　巻丑一九四　巹丑一九四　卑丑一九四　峕丑一九四　帝丑二〇〇

帢丑二〇〇　帝丑二〇〇　帨丑二〇〇　帢丑二〇〇　帮丑二〇〇　帤丑二〇一　帥丑二〇一　帞丑二〇一　帤丑二〇一　帹丑二〇一　帕丑二〇一　帍丑二〇一　帣丑二〇一　帡丑二〇一　帬丑二〇一　帙丑二〇一　帳丑二〇一　帬丑二〇一　帪丑二〇一　帽丑二〇一

帣丑二〇一　帍丑二〇一　帓丑二〇一　帲丑二〇一　弇丑二二五　弈丑二二六　弇丑二二六　弇丑二二六　弇丑二二六　廼丑二二八　尳丑二二九　尯丑二二九　尰丑二二九　尳丑二二九　尰丑二二九　尯丑二二九　尳丑二二九　孨寅六　孩寅六

孚寅六　孥寅六　孶寅六　孚寅六　孖寅六　孫寅六　封寅一一　村寅一一　帮寅一一　馬寅一九　鈢寅一九　紂寅一九　皃寅一九　奎寅三〇　查寅三〇　奕寅三〇　奓寅三〇　奔寅三二　契寅三二　奐寅三三

奏寅三三　奊寅三三　奒寅三三　奔寅三三　奢寅三三　奆寅三三　姦寅三三　姚寅五一　姛寅五一　姜寅五一　姝寅五一　姞寅五二　姬寅五二　姡寅五二　姣寅五二　姤寅五二　姥寅五二　姦寅五二　姿寅五二　姨寅五三

娃寅五三　姬寅五三　姚寅五三　姰寅五三　姈寅五三　姶寅五三　姸寅五四　姺寅五四　姻寅五四　姼寅五四　姿寅五四　威寅五四　娱寅五五　姷寅五五　娃寅五五　娄寅五五　姟寅五五　姛寅五五　娶寅五五　娍寅五五

娴寅五五　姅寅五五　姿寅五五　姮寅五五　姲寅五五　姳寅五五　娶寅五五　姵寅五五　姍寅五五　姹寅五五　姊寅五五　姽寅五五　姾寅五五　娀寅五六　娟寅五六　娧寅五六　姶寅五六　嫡寅五六　姝寅五六　媦寅五六

姄寅五六　姝寅五六　姘寅五六　敂寅五六　姘寅五六　婁寅五六　娄寅五六　姲寅五六　姫寅五六　姯寅五六　姫寅五六　姸寅五六　嫂寅五六　娘寅五六　敃寅五六　敁寅五六　娟寅五六　型寅九九　垌寅九九　垍寅九九

垓寅九九　垔寅一〇〇　垗寅一〇〇　垙寅一〇〇　垛寅一〇〇　垝寅一〇〇　垞寅一〇〇　垟寅一〇〇　垠寅一〇〇　垈寅一〇〇　垢寅一〇〇　垣寅一〇一　垤寅一〇一　垐寅一〇一　垑寅一〇一　垎寅一〇一　垒寅一〇一　垩寅一〇一　埔寅一〇一　城寅一〇一

垥寅一〇一　垌寅一〇一　垚寅一〇一　垊寅一〇一　垩寅一〇一　垭寅一〇一　垒寅一〇一　垡寅一〇一　垦寅一〇一　垭寅一〇一　垙寅一〇一　垍寅一〇一　垦寅一〇一　垪寅一〇一　垫寅一〇二　垫寅一〇二　垩寅一〇二　垩寅一〇二　垹寅一〇二　垛寅一〇二

垗寅一〇二　壴寅一三〇　竖寅一三八　家寅一四二　彖寅一四二　彖寅一四二　幽寅一四四　豹寅一四八　夆寅一五一　夏寅一五一　爰寅一五三　建寅一五五　廻寅一五五　俗寅一五八　待寅一五八　徇寅一五八　很寅一五九　徉寅一五九　徕寅一五九　律寅一五九

後寅一五九　徒寅一六〇　徊寅一六〇　很寅一六〇　徇寅一六〇　徐寅一六〇　洲寅一六〇　徆寅一六〇　徊寅一六〇　往寅一六〇　徬寅一六〇　從寅一六〇　徃寅一六〇　徕寅一六〇　徍寅一六〇　徘寅一六〇　彦寅一七三　賁寅一七七　賁寅一七七　彣寅一七七

挙卯二一八 拏卯二一九 拳卯二二三 批卯二二三 [illegible]卯二二三 [illegible]卯二二三 [illegible]卯二二三 拜卯二二三 拫卯二二四 括卯二二四 拭卯二二四 拮卯二二四 拯卯二二四 推卯二二四 㧉卯二二四 拱卯二二四 拴卯二二五 [illegible]卯二二五 拶卯二二五 拷卯二二五

拸卯二二五 捒卯二二六 拾卯二二六 持卯二二六 挂卯二二六 挃卯二二六 [illegible]卯二二七 [illegible]卯二二七 指卯二二七 按卯二二七 挋卯二二八 挌卯二二八 挍卯二二八 挎卯二二八 挏卯二二八 挑卯二二九 挒卯二二九 [illegible]卯二二九 挓卯二二九 括卯二二九

[illegible]卯二二九 [illegible]卯二二九 [illegible]卯二三〇 挖卯二三〇 [illegible]卯二三〇 [illegible]卯二三〇 [illegible]卯二三〇 [illegible]卯二三〇 [illegible]卯二三〇 拹卯二三〇 [illegible]卯二三〇 振卯二三〇 [illegible]卯二三〇 拽卯二三〇 [illegible]卯二三〇 [illegible]卯二三〇 [illegible]卯二三〇 [illegible]卯二三〇 [illegible]卯二三〇 [illegible]卯二三〇

挽卯二三〇 [illegible]卯二三〇 捍卯二三〇 [illegible]卯二三〇 [illegible]卯二三一 [illegible]卯二三一 [illegible]卯二三一 [illegible]卯二三一 [illegible]卯二三一 [illegible]卯二三一 [illegible]卯二三一 [illegible]卯二三一 [illegible]卯二三一 [illegible]卯二三一 [illegible]卯二三一 [illegible]卯二三一 [illegible]卯二三一 [illegible]卯二三一 [illegible]卯二三一 [illegible]卯二三一

[illegible]卯二三一 [illegible]卯二三一 [illegible]卯二三一 [illegible]卯二三一 [illegible]卯二三一 [illegible]卯二三一 [illegible]卯二三一 [illegible]卯二三一 [illegible]卯二三一 押卯二四八 [illegible]卯一〇四 [illegible]卯一〇四 [illegible]卯一〇四 [illegible]卯一〇四 [illegible]卯一〇四 [illegible]卯一〇四 [illegible]卯一〇四 [illegible]卯一〇四 [illegible]卯一〇四 [illegible]卯一〇四

[illegible]卯一〇四 [illegible]卯一〇四 [illegible]卯一〇四 [illegible]卯一〇五 [illegible]卯一〇五 [illegible]卯一〇五 [illegible]卯一〇五 [illegible]卯一〇五 怒卯一二七 思卯一二八 [illegible]卯一二八 [illegible]卯一二九 急卯一二九 [illegible]卯一三〇 [illegible]卯一三〇 [illegible]卯一三一 [illegible]卯一三一 [illegible]卯一三一 [illegible]卯一三一 [illegible]卯一三一

[illegible]卯一三一 [illegible]卯一三一 [illegible]卯一三一 [illegible]卯一三一 [illegible]卯一三一 [illegible]卯一三一 [illegible]卯一三一 [illegible]卯一三一 [illegible]卯一三一 [illegible]卯一三一 [illegible]卯一三一 [illegible]卯一三一 恃卯一三一 [illegible]卯一三一 [illegible]卯一三二 [illegible]卯一三二 [illegible]卯一三二 [illegible]卯一三二 [illegible]卯一三二 [illegible]卯一三二

[illegible]卯一三三 [illegible]卯一三三 [illegible]卯一三四 [illegible]卯一三四 恨卯一三五 [illegible]卯一三五 [illegible]卯一三五 恬卯一三五 恰卯一三六 [illegible]卯一三六 [illegible]卯一三七 [illegible]卯一三七 [illegible]卯一三七 [illegible]卯一三七 [illegible]卯一三七 [illegible]卯一三七 [illegible]卯一三七 [illegible]卯一三七 [illegible]卯一三七 [illegible]卯一三七

[illegible]卯一三七 [illegible]卯一三七 [illegible]卯一三七 [illegible]卯一三七 [illegible]卯一三七 [illegible]卯一三七 [illegible]卯一三七 [illegible]卯一三七 [illegible]卯一三七 [illegible]卯一三七 [illegible]卯一三八 [illegible]卯一三八 [illegible]卯一三八 [illegible]卯一三八 [illegible]卯一三八 [illegible]卯一三八 [illegible]卯一三八 [illegible]卯一三八 [illegible]卯一三八 [illegible]卯一三八

[illegible]卯一三八 [illegible]卯一三八 [illegible]卯一三八 [illegible]卯一三八 [illegible]卯一三八 [illegible]卯一三八 [illegible]卯一三八 [illegible]卯一三八 [illegible]卯一三八 恒卯一三八 [illegible]卯一三八 [illegible]卯一三八 [illegible]卯一三八 [illegible]卯一七一 [illegible]卯一七一 [illegible]卯一七一 [illegible]卯一七一 [illegible]卯一七一 [illegible]卯一七一 [illegible]卯一七一

[illegible]卯一七一 [illegible]卯一七一 昭卯一七四 [illegible]卯一七五 [illegible]卯一七五 [illegible]卯一七五 [illegible]卯一七五 [illegible]卯一七五 [illegible]卯一七七 [illegible]卯一七七 [illegible]卯一七七 [illegible]卯一七七 [illegible]卯一七七 [illegible]卯一七七 [illegible]卯一七七 [illegible]卯一八一 [illegible]卯一八一 斫卯一八一 [illegible]卯一八一 [illegible]卯一八六

扃卯一八六 [illegible]卯一八六 屋卯一八七 [illegible]卯一八七 屏卯一八七 [illegible]卯一八七 [illegible]卯一八七 [illegible]卯一八七 [illegible]卯一八七 [illegible]卯一八七 [illegible]卯一九〇 殆卯一九〇 [illegible]卯一九〇 [illegible]卯一九〇 [illegible]卯一九〇 [illegible]卯一九〇 [illegible]卯一九〇 [illegible]卯一九〇 [illegible]卯一九〇 [illegible]卯一九〇

殊卯一九○ 𣧛卯一九一 殅卯一九一 𣧑卯一九一 𣧔卯一九一 𣧒卯一九一 殌卯一九一 𣧒卯一九一 𣧓卯一九一 𣧕卯一九 殂卯一九 𣧖卯一九一 𣧗卯一九一 殄卯一九一 殎丑一九一 殉卯一九一 𣧘卯一九一 施卯一九九 斿卯二○○ 旃卯二○○ 旁卯二○○

𣧙卯二○○ 𣧠卯二○八 𣧡卯二○八 𣧢卯二○八 𣧣卯二一○ 𣧤卯二一○ 𣧥卯二一○ 氣卯二一三 星辰七 映辰七 春辰七 昧辰七 昪辰八 昛辰八 昫辰八 昭辰八 昜辰九 是辰九 昵辰九 𥝖辰九

昳辰九 眂辰一○ 昡辰一○ 昢辰一○ 昣辰一○ 昑辰一○ 昜辰一○ 昦辰一○ 昹辰一○ 昵辰一○ 見辰一○ 昛辰一○ 昭辰一○ 昱辰一○ 昹辰一○ 昷辰一○ 昌辰一○ 晋辰一○ 昹辰一○ 昴辰一○

㫮辰一○ 昞辰一○ 昢辰一○ 昪辰一○ 是辰一○ 春辰一○ 昞辰一○ 是辰一○ 昺辰一○ 昵辰一○ 旻辰一○ 昷辰一○ 界辰一○ 昇辰一○ 昏辰一○ 景辰一○ 昔辰一○ 曷辰一六 晉辰一六 䀴辰一八

㬰辰二八 胐辰三四 朐辰三四 胗辰三四 脱辰三四 朊辰三四 朗辰三四 胎辰三四 肥辰四一 殂辰四三 好辰四四 延辰四四 歌辰四九 欲辰五○ 欮辰五○ 歁辰五○ 欯辰五○ 歅辰五○ 歂辰五○ 欧辰五○

歕辰五○ 欯辰五○ 欻辰五○ 欽辰五○ 欣辰五○ 欬辰五○ 欷辰五○ 欻辰五○ 欸辰五○ 契辰五○ 欶辰五○ 欬辰五○ 発辰五○ 歧辰六一 跂辰六一 皾辰六六 敀辰六六 故辰六六 敃辰六六 敕辰六六

故辰六六 敂辰六六 敃辰六六 敄辰六七 敁辰六七 敂辰六七 敖辰六七 敗辰六七 㪉辰六七 敏辰六七 敂辰六七 段辰八一 毀辰八一 毀辰八一 投辰八一 哦辰九一 戚辰九一 戚辰九一 我辰九一 滅辰九一

戕辰九一 戚辰九一 戎辰九一 炟巳四 炠巳三 炢巳三 炤巳三 炥巳三 炪巳三 炫巳三 炬巳三 炭巳三 炮巳三 炯巳六 炰巳六 炱巳六 炳巳六 炵巳六 炷巳六 炴巳六

烶巳六 炸巳六 炣巳六 炦巳六 炑巳六 炶巳六 炩巳六 炬巳六 炪巳六 炏巳六 炶巳六 炻巳六 炧巳七 炨巳七 炩巳七 炲巳七 炱巳七 炸巳七 炸巳七 炙巳七

点巳七 焱巳七 粢巳一二 泉巳一七 盎巳一六 梳巳一六 泵巳一六 泉巳一七 衆巳一七 昝巳一七 浪巳一七 渦巳一七 洄巳一七 洇巳一七 洊巳一七 洋巳一七 洌巳一八 洍巳一八 洸巳一八 洎巳一八

涵巳一八 洑巳一八 洒巳一八 涑巳一九 洔巳一九 洗巳一九 洙巳一九 洚巳一九 洛巳一九 洝巳二○ 洞巳二○ 洟巳二○ 洡巳二○ 津巳二一 洦巳二一 洧巳二一 洨巳二一 洴巳二一 滲巳二二 洩巳二二

洪巳二二 洫巳二二 渢巳二二 洟巳二二 洮巳二二 絜巳二三 洱巳二三 洣巳二三 洲巳二三 洳巳二三 洵巳二三 洶巳二三 涇巳二四 洸巳二四 洹巳二四 洛巳二四 活巳二四 洼巳二四 洽巳二五 派巳二五

疺午五四 痕午五四 疣午五四 痤午五四 疢午五四 疧午五四 竑午六六 弝午六六 㢺午六六 弸午六六 毨午六六 戕午六七 殷午六七 妙午七四 玫午七八 玟午七八 玠午七八 玢午七八 玣午七八 玤午七九

玦午七九 玧午七九 玩午七九 玞午七九 玥午七九 玜午七九 玪午七九 瑿午七九 玡午七九 玻午七九 珇午七九 珏午七九 玲午七九 玭午七九 瑴午八〇 珋午八〇 珊午八〇 玞午八〇 玫午八〇 玨午八〇

珃午八〇 珎午八〇 珖午八〇 砍午一二三 砐午一二三 砕午一二三 砋午一二三 砌午一二三 砏午一二三 砂午一二三 研午一二三 砆午一二三 砶午一二三 砅午一二三 砿午一二三 砄午一二三 砈午一二三 砉午一二三 砑午一二三 砊午一二三

砍午一二三 砎午一二三 破午一二三 砑午一二三 砭午一二三 砓午一二三 砢午一二三 砣午一二三 砒午一二三 砓午一二四 皆午一二四 皇午一二四 皈午一二四 皏午一二四 皊午一二四 皅午一二四 皉午一二四 皍午一二四 皐午一二四 皅午一二四

毦午一二四 臭午一二四 瓬午一五〇 瓪午一五〇 瓭午一五〇 瓴午一五〇 瓮午一五〇 瓷午一五〇 瓵午一五〇 瓯午一五〇 瓶午一五〇 瓵午一五〇 瓮午一五〇 瓰午一五〇 瓱午一五〇 甡午一六〇 牸午一六〇 甦午一六〇 殺午一六〇 牸午一六〇

矧午一六五 癸午一六五 矨午一六五 矦午一六五 癹午一六五 效午一六五 眭午一六九 祅午一七四 祇午一七四 祈午一七四 祊午一七五 祊午一七五 祋午一七五 祑午一七五 祆午一七五 祉午一七五 祕午一七五 神午一七五 祈午一七五 衮午一七五

禺午一七五 禹午一七五 禸午一七九 秕午一七九 秋午一九一 秎午一九二 秐午一九二 科午一九二 秓午一九二 秖午一九二 种午一九二 秏午一九二 秐午一九三 秛午一九三 秐午一九三 秅午一九三 秒午一九三 秔午一九三 秐午一九三 秎午一九三

秕午一九三 秢午一九三 秖午一九三 秉午一九三 秐午一九三 秒午一九三 秋午一九三 科午一九三 秌午一九三 秗午一九三 秎午一九三 秅午一九三 秄午一九三 乘午一九三 畎午二二四 畇午二二四 畈午二二四 畋午二二四 界午二二四

昳午二二四 畏午二二五 畒午二二五 盼午二二五 眣午二二五 眇午二二五 映午二二五 畓午二二五 畐午二二五 畢午二二五 畊午二二五 畫午二二五 畓午二二六 畊午二二六 盱午二二六 畠午二二六 畢午二二六 眈午二二六 盼午二二六 畝午二二六

畏午二三六 泉午二三六 畓午二三六 畝午二三六 要午二三八 甚午二四四 昏午二四四 狀午二四四 相午二四九 盻午二五〇 育午二五〇 盹午二五〇 映午二五〇 盺午二五〇 盼午二五〇 盼午二五〇 眗午二五〇 盾午二五〇 旻午二五一 省午二五一

眂午二五一 眄午二五一 眅午二五一 眆午二五二 眇午二五二 眈午二五二 眉午二五二 昒午二五二 眊午二五三 看午二五三 眖午二五三 眗午二五三 眣午二五三 県午二五三 眒午二五三 眏午二五三 眑午二五三 眹午二五三 眦午二五三 明午二五四

香午二五四 眩午二五四 昂午二五四 眆午二五四 首午二五四 眸午二五四 睂午二五四 眼午二五四 野午二五四 眻午二五四 眲午二五四 睏午二五四 眡午二五四 眘午二五四 眻午二五四 昇午二五四 眬午二五四 眍午二五四 昏午二五四 昇午二五四 眪午二五四

眫 午二五四	旻 午二五四	眘 午二五四	眖 午二五四	䀨 午二五四	睟 午二五四	眩 午二五四	眢 午二五四	䀡 午二五四	䀾 午二五四	盅 午二八九	盆 午二八九	盈 午二九〇	盇 午二九〇	盋 午二九〇	盄 午二九〇	盍 午二九〇	盎 午二九〇
盔 午二九〇	盉 午二九〇	敨 未四	敧 未四	胂 未九	胃 未九	胄 未一〇	胅 未一〇	胉 未一〇	胸 未一〇	胋 未一〇	背 未一〇	胎 未一一	胂 未一一	胐 未一一	胑 未一一	胒 未一一	胕 未一三
胘 未一二	胙 未一二	胚 未一三	胜 未一三	胝 未一三	胞 未一三	胠 未一三	胡 未一三	胤 未一四	胥 未一四	胅 未一五	胗 未一五	胆 未一五	胫 未一五	胆 未一五	胛 未一五	脊 未一五	胈 未一五
脉 未一五	胹 未一五	胻 未一五	胺 未一五	胥 未一五	胵 未一五	胴 未一五	胍 未一六	胣 未一六	胇 未一六	胋 未一六	服 未一六	胦 未一六	胑 未一六	背 未一六	胥 未一六	胊 未一六	胷 未一六
胜 未一二六	胼 未一二六	胢 未一二六	胨 未一二六	胐 未一二六	盁 未五一	步 未五一	郵 未五一	要 未五四	彨 未五四	耐 未五四	耑 未五四	嫲 未五五	姬 未五五	耶 未五六	耽 未五七	耵 未五七	耷 未五七
取 未五七	臭 未六八	臬 未六八	䑛 未七一	者 未七六	耇 未七七	耈 未七七	虐 未七九	虒 未七九	虔 未七九	虖 未七九	奎 未八八	美 未八八	羑 未八八	羍 未八八	幸 未八八	狣 未八八	虵 未八八
虹 未九七	虾 未九七	虻 未九七	虷 未九八	虺 未九八	虹 未九八	虴 未九八	虽 未九八	虴 未九八	虸 未九八	蚄 未九八	虶 未九八	虲 未九九	虳 未九九	虿 未九九	虵 未九九	蚤 未九九	虮 未九九
虼 未九九	虷 未九九	虵 未九九	虮 未九九	羿 未一五一	翁 未一五一	翂 未一五一	翃 未一五一	翅 未一五一	翄 未一五一	翆 未一五一	翇 未一五一	翈 未一五一	竽 未一六三	竿 未一六三	笂 未一六四	笃 未一六四	学 未一六四
笆 未一六四	笈 未一六四	笎 未一六四	笏 未一六四	笆 未一六四	笅 未一六四	笋 未一六四	笄 未一六四	茻 未三二九	苑 未三二八	苒 未三二八	荅 未三二八	苔 未三二九	苕 未三二九	苗 未三二九	苙 未三三〇	苛 未三三〇	苜 未三三〇
苞 未三三〇	苟 未三三一	苡 未三三一	苣 未三三一	若 未三三一	苦 未三三三	苧 未三三四	茋 未三三四	芮 未三三四	苫 未三三四	茲 未三三四	英 未三三四	茌 未三三五	苴 未三三六	苋 未三三七	茶 未三三七	苹 未三三七	苺 未三三七
苻 未三三八	苽 未三三八	苾 未三三八	茉 未三三八	茀 未三三九	茁 未三三九	茂 未三四一	范 未三四一	茄 未三四一	茅 未三四一	茆 未三四一	茇 未三四一	茈 未三四二	茀 未三四二	芝 未三四二	苗 未三四二	苘 未三四二	芓 未三四二
荖 未三四二	茎 未三四二	花 未三四三	茛 未三四三	茦 未三四三	苜 未三四三	茵 未三四三	茢 未三四三	茩 未三四三	茶 未三四三	茱 未三四三	茬 未三四三	茭 未三四三	茯 未三四三	茨 未三四三	英 未三四三	苷 未三四三	菜 未三四三

芭未三二四 苍未三二四 荣未三二四 荐未三二四 茉未三二四 茍未三二四 茶未三二四 苓未三二四 芸未三二四 般未三七四 航未三七四 舡未三七四 舡未三七四 彤未三七四 舵未三七四 舦未三七四 舢未三七四 表未三八四 衰未三八四 衺未三八四

裘未三八四 袂未三八五 衯未三八五 袢未三八五 袓未三八五 衿未三八五 衽未三八五 袂未三八六 衲未三八六 衳未三八六 衱未三八六 衹未三八六 袡未三八六 衼未三八六 衿未三八七 袀未三八七 袏未三八七 袆未三八七 袚未三八七 袥未三八七

神未三八七 袴未三八七 衪未三八七 衹未三八七 衩未三八七 袱未三八七 衎未三八七 袋未三八八 衸未三八八 衶未三八八 衲未三八八 袄未三八八 被未三八八 紀未四二七 紂未四二八 紃未四二八 約未四二八 紅未四二九 紆未四二九 紇未四二九

紈未四二九 紉未四二九 紋未四二九 紓未四三〇 紆未四三〇 紌未四三〇 紒未四三〇 紘未四三〇 紡未四三〇 紂未四三〇 紬未四三〇 紌未四三〇 紂未四三〇 紃未四三〇 紀未四三〇 粔未四九六 粎未四九六 粗未四九六 粘未四九六 粉未四九六

敉未四九六 粆未四九六 籸未四九六 粑未四九六 粍未四九六 类未四九六 弅未四九六 耔未五一二 耗未五一二 耙未五一二 臾未五一八 曳未五一九 亜未五一九 缸未五一九 缻未五二六 罕未五二六 罘未五三〇 罛未五三〇 罕未五三〇 罔未五三〇

罡未五三〇 罕未五三〇 罘未五三〇 罟未五三〇 罡未五三〇 罝未五三〇 罦未五三〇 罛未五三〇 罢未五三〇 罣未五三一 罠未五三一 罡未五三一 罥未五三一 要未五三九 要未五三九 覂未五四〇 衍未五四四 衎未五四四 術未五四四 衏未五四四

衏未五四四 哏未五五〇 肆未五五〇 豈未五五四 致未五五六 豻申一 豹申一〇 貞申一九 負申一九 貟申二〇 貝申二〇 貞申二〇 貣申二〇 觓申一三九 觔申一三九 觕申一三九 觓申一三九 趴申五四 趴申五四 趴申五四

剄申五四 趸申五四 赳申四〇 赴申四〇 赹申四〇 赳申四〇 赳申四〇 迢申二二一 迣申二二一 迥申二二一 迤申二二三 迱申二二三 速申二二三 迡申二二三 迨申二二三 迦申二二三 迗申二二三 迪申二二三 迫申二二三 迭申二二三

迮申二二四 逃申二二四 迟申二二四 退申二二四 迡申二二四 迸申二二四 延申二二四 迻申二二四 廼申二二四 迴申二二四 迌申二二四 迠申二二四 迷申二二四 迯申二二四 迹申二二四 迬申二二四 追申二二五 迷申二二五 迾申二二五 連申二二五

逃申二二五 退申二二五 迸申二二五 訂申一四九 訒申一四九 訃申一四九 訓申一五〇 訇申一五〇 計申一五〇 訌申一五〇 訕申一五〇 訖申一五〇 訛申一五一 軌申二二九 軍申二三〇 軋申二三〇 軒申二三〇 軓申二三〇 軔申二三〇 軎申二三〇

軓申二三〇 酋申二七〇 酊申二七〇 酐申二七〇 重申二九一 邦申三〇一 邾申三〇一 郴申三〇二 邿申三〇二 郁申三〇二 郃申三〇二 郅申三〇二 郜申三〇二 郇申三〇二 郈申三〇二 郊申三〇二 郎申三〇三 郋申三〇三 郏申三〇三 郗申三〇三

郷申三〇三 郊申三〇三 郤申三〇三 郝申三〇三 娜申三〇三 郲申三〇三 耶申三〇三 郈申三〇三 郎申三〇三 郎申三〇三 郛申三〇三 郟申三〇三 郵申三〇三 郵申三〇三 邹申三〇四 邿申三〇四 郝申三〇四 郭申三〇四 鄙申三〇四 鄃申三〇四

中華大字典檢字　九畫　十畫

鄐申三〇四　郙申三〇四　郲申三〇四　郯申三〇四　欷申三三一　壴申三二七　瓮申三二七　珠申三三一　籸申三三一　釓酉三　閃戌五六四　閂戌五六四　門戌五六四　覘酉二一〇　陊酉二一〇　陋酉二一六　陌酉二一〇　降酉二一〇　陝酉二一三　隟酉二一三

限酉二一三　陒酉二一三　陔酉二一三　陖酉二一三　陎酉二一三　陜酉二一三　陷酉二一三　哄酉二一三　陑酉二一三　陏酉二一三　陓酉二一三　陀酉二一三　隋酉二一三　陓酉二一三　陑酉二一三　陖酉二一三　陗酉二一三　除酉二一三　陯酉二一三　陶酉二一三

陜酉二一三　非戌一　面戌三　首戌五　頁戌六　革戌二六　韋戌五四　音戌六〇　香戌六三　風戌六六　飛戌七六　飛戌七七　食戌七七　飠戌七八　飡戌七八　飱戌七八　飤戌七八　**十畫**　乘子一一〇　乘子一一〇

乘子一一〇　乘子一二五　亟子一四四　亳子一五七　亭子一五七　修子一五九　俯子一五九　俱子一五九　俳子一五九　倰子一五九　傷子一五九　俶子一五九　俷子一五九　俸子一五九　俺子一六〇　倣子一六〇　俾子一六〇　倀子一六〇　併子一六〇　偺子一六〇

脩子一六〇　倅子一六一　倉子一六一　倌子一六一　倍子一六一　倏子一六一　倒子一六二　倈子一六二　個子一六二　倕子一六二　倗子一六二　倘子一六二　候子一六二　倚子一六二　倛子一六三　倜子一六三　倝子一六三　倞子一六三　借子一六三　倡子一六三

倢子一六三　値子一六四　倥子一六四　倦子一六四　倨子一六四　倩子一六四　倪子一六四　倫子一六四　倬子一六五　倭子一六五　倮子一六五　倰子一六五　倳子一六五　倯子一六五　俵子一六五　倱子一六五　倲子一六五　倠子一六五　做子一六五　倻子一六五

偺子一六五　倸子一六五　偓子一六五　御子一六六　偺子一六六　倆子一六六　假子一六六　倇子一六六　倊子一六六　倎子一六六　們子一六六　倧子一六六　倻子一六六　偃子一六六　倚子一六六　倵子一六六　倭子一六六　偓子一六六　倡子一六六　使子一六六

倯子一六六　倮子一六六　夾子一六六　個子一六六　俴子一六六　倰子一六六　傍子一六六　倖子一六六　偌子一六六　倪子一六六　倈子一六六　偰子一六六　倔子一六六　倄子一六六　俻子一六六　倏子一六六　倷子一六六　倠子一六六　森子一九七　侖子一九七

兼子二〇〇　冓子二〇一　冔子二〇一　冓子二〇一　党子二〇七　冦子二〇七　冠子二〇七　冢子二〇七　鳳子二一〇　冡子二一〇　剒子二一三　剚子二一三　剄子二一三　剔子二一三　剖子二一三　剗子二一四　剘子二一四　剚子二一四　剛子二一四　剙子二一四

剝子二一四　剞子二一五　剟子二一五　剧子二一五　剡子二一五　剮子二一五　剭子二一五　剢子二一五　剣子二一五　剫子二一五　剬子二一五　剠子二一五　剕子二一五　剘子二一五　契子二一五　剴子二一五　剏子二一五　則子二一五　剖子二一六　剜子二一六　剕子二一六

剳子二一六　剫子二一六　剚子二一六　割子二一六　剩子二一六　剳子二一六　剤子二一六　剾子二一六　剷子二一六　創子二一六　剶子二一六　券子二一六　剠子二一六　剝子二一六　則子二一六　剶子二一七　勌子二四〇　勍子二四〇　勈子二四〇　勅子二四〇　勑子二四〇

勌子二四〇　勨子二四〇　勔子二四〇　勒子二四〇　勍子二四〇　勵子二四〇　勐子二四〇　勒子二四〇　勐子二四〇　匐子二四九　匒子二四九　匑子二四九　匔子二四九　匓子二四九　匊子二四九　匍子二四九　匌子二四九　匏子二五三　匐子二五三　匪子二五四

匯子一五四 隨子一五四 匫子一五四 匽子一五四 頋子一五四 虒子一五六 凷子一六〇 冓子一六一 冢子一六三 冔子一六三 侖子一六三 冢子一六四 冢子一六四 冣子一六四 冤子一六四 冥子一六四 冧子一六五 厘子一六八 厝子一六八 厚子一六九

厦子一六九 厩子一六九 原子一六九 厠子一六九 厔子一六九 厔子一六九 厞子一六九 厚子一六九 雁子一六九 厥子一六九 摩子一六九 厭子一六九 厢子一六九 厚子一六九 盾子一六九 斛子一八三 卣子一八六 奥子一八六 粤子一八六 彖子一八六

豙子一八六 澳子一八八 凄子一八八 凑子一八九 凋子一八九 凔子一八九 淞子一八九 凈子一八九 涼子一八九 凊子一八九 淬子一八九 凋子一八九 凌子一八九 凍子一八九 凍子一八九 淫子一八九 准子一八九 涵子一八九 凘子一八九 單子一九三

單子一九三 朵子一九三 叟子一九九 叕子二〇〇 叓子二〇〇 叐子二〇〇 叚子二〇〇 咢子二〇〇 叡子二〇〇 雯子二〇〇 員丑二三 唐丑二三 哥丑二三 格丑二三 哨丑二三 哩丑二四 哮丑二四 哭丑二四 哯丑二四 哶丑二四

哼丑二四 哲丑二四 哺丑二四 哽丑二四 哏丑二五 哵丑二五 唆丑二五 哱丑二五 哈丑二五 唆丑二五 唇丑二五 哿丑二五 唁丑二五 咯丑二五 唉丑二五 唊丑二五 唌丑二五 唏丑二六 唈丑二六 哤丑二六

哻丑二六 喊丑二六 呦丑二六 晳丑二六 唇丑二六 哂丑二六 唍丑二六 唋丑二六 唔丑二六 唎丑二六 咚丑二六 唏丑二六 粤丑二六 哪丑二六 啜丑二六 唲丑二六 唖丑二六 啞丑二六 咮丑二七 唿丑二七

唆丑二七 唽丑二七 啤丑二七 哼丑二七 哦丑二七 唔丑二七 唲丑二七 啐丑二七 唻丑二七 唄丑二七 啈丑二七 唑丑二七 唒丑二七 哇丑二七 唖丑二七 咟丑二七 咰丑二七 啾丑二七 唲丑二七 哖丑二七

啇丑二七 啤丑二七 啎丑二七 截丑二七 啖丑二七 啓丑二七 香丑二七 响丑二七 咚丑二七 啃丑二八 啍丑二八 啾丑二八 啫丑二八 啼丑二八 嘀丑二八 啰丑二八 喣丑二八 啅丑二八 唤丑二八 咻丑二八

唠丑二八 啞丑二八 咰丑二八 咽丑二八 圂丑二八 圃丑二八 圊丑二八 函丑二八 圔丑二八 圄丑二八 圇丑二八 圁丑二八 圃丑二八 圁丑二八 圂丑二八 屑丑二八 展丑二八 屔丑二九 屖丑二九 屓丑二九

屦丑二九 屎丑二九 屗丑二九 屡丑二九 屏丑二九 屐丑二九 屟丑二九 屖丑二九 屄丑二九 岵丑三〇〇 屄丑三〇〇 屗丑三〇〇 屘丑三〇〇 卷丑三〇六 弱丑三一二 弲丑三一三 弳丑三一三 弴丑三一三 弸丑三一三 弶丑三一三

教丑三一三 弦丑三一三 圖丑三一三 哲丑三一三 弴丑三一三 毗丑三一九 座丑三二五 庳丑三二五 底丑三二五 庚丑三二五 度丑三二五 庾丑三二五 庠丑三二五 庫丑三二五 庵丑三二五 庭丑三二六 庘丑三二六 庠丑三二六 宨丑三二六 庙丑三二六 庄丑三二六

康丑三二六 康丑三二六 慶丑三二六 庫丑三二六 庸丑三二六 庫丑三二六 庮丑三二六 廆丑三二六 廛丑三二六 扁丑三二六 庡丑三二六 宬丑三四六 宮丑三四六 宰丑三四六 宷丑三四七 実丑三四七 害丑三四七 宴丑三四七 宵丑三四七 家丑三四八

宬丑二四八 容丑二四九 宭丑二四九 害丑二四九 㘴丑二四九 宼丑二四九 察丑二四九 寓丑二四九 寉丑二四九 宯丑二五〇 賓丑二五〇 宸丑二五〇 宭丑二五〇 宷丑二五〇 窠丑二五〇 逭丑二五〇 冢丑二五〇 宅丑二五〇 宒丑二五〇 实丑二五〇

寱丑二五〇 宩丑二五〇 寋丑二五〇 峨丑二七〇 峪丑二七一 峭丑二七一 峯丑二七一 猫丑二七一 峴丑二七一 峻丑二七一 峻丑二七一 峽丑二七一 峿丑二七二 峌丑二七二 峗丑二七二 崠丑二七二 峘丑二七二 峢丑二七二 哪丑二七三 峫丑二七三

峼丑二七三 崖丑二七三 嵦丑二七三 峬丑二七三 崍丑二七三 崌丑二七三 嵢丑二七三 峊丑二七三 峅丑二七三 峣丑二七三 𡷈丑二七三 峲丑二七三 捘丑二七三 徍丑二七三 峭丑二七三 崽丑二七三 峎丑二七三 峵丑二七三 崒丑二七三 峸丑二七三

崟丑二七四 峺丑二七四 嵦丑二七四 峼丑二七四 峆丑二七四 𡶲丑二七四 𡶳丑二七四 𡶭丑二七四 崀丑二七四 崞丑二七四 峗丑二七四 峍丑二七四 崂丑二七四 嵗丑二七四 嶨丑二七四 豈丑二七四 峢丑二七四 崔丑二七四 岦丑二七四 峀丑二七四

崮丑二七五 峭丑二七五 峩丑二七五 峰丑二七五 峹丑二七五 崑丑二七五 𡶫丑二七五 岑丑二七五 嵾丑二九四 峯丑二九四 𡶃丑二九四 嵒丑二九四 帨丑三〇一 帵丑三〇一 帪丑三〇一 師丑三〇二 帬丑三〇二 帹丑三〇二 席丑三〇二 帆丑三〇二

帽丑三〇三 𢃗丑三〇三 帼丑三〇三 帩丑三〇三 帢丑三〇三 幌丑三〇三 帑丑三〇三 㡁丑三〇三 𢃐丑三〇三 𢃒丑三〇三 𢃊丑三〇三 㡊丑三〇三 𢂽丑三〇三 㡎丑三〇三 帬丑三〇三 𢃙丑三〇三 帹丑三〇四 帠丑三〇四 帣丑三二六 常丑三二六

弫丑三二六 粵丑三二六 徔丑三二九 徒丑三二九 徢丑三二九 徾丑三二九 𢓸丑三二九 徏丑三二九 𤝟寅六 孫寅六 挽寅七 孨寅七 厚寅七 降寅七 孫寅七 晉寅七 㝃寅七 射寅一二 専寅一二 导寅一三

尅寅一三 𡬺寅一三 兑寅一九 臮寅一九 奘寅二三 奚寅二三 奞寅二三 奝寅二三 奎寅二三 奄寅二三 奐寅二三 套寅二三 奞寅二三 𡗶寅二四 娉寅五六 娊寅五六 娑寅五六 娒寅五七 娓寅五七 娑寅五七

姮寅五七 娓寅五七 娗寅五七 娘寅五七 娙寅五八 娛寅五八 娜寅五八 娷寅五八 婷寅五九 娟寅五九 娠寅五九 娥寅五九 娩寅五九 娩寅五九 娫寅五九 娭寅五九 娼寅五九 娕寅五九 娋寅五九 娕寅五九

娸寅五九 娌寅五九 娍寅五九 娶寅五九 娚寅五九 娛寅五九 娭寅五九 娡寅五九 娪寅五九 娽寅五九 娀寅五九 娦寅五九 娬寅六〇 婆寅六〇 娽寅六〇 娙寅六〇 娖寅六〇 娣寅六〇 娊寅六〇 娪寅六〇

娕寅六〇 姚寅六〇 婷寅六〇 娣寅六〇 娓寅六〇 娟寅六〇 娘寅六〇 娫寅六〇 娱寅六〇 娙寅六〇 娬寅六〇 娙寅六〇 婁寅六〇 婚寅六〇 婴寅六〇 婅寅六〇 娍寅六〇 婴寅六〇 娍寅六〇 婢寅六〇

娏寅六〇 婘寅六〇 婚寅六〇 娄寅六〇 娠寅六〇 娸寅六〇 埋寅一〇二 埠寅一〇二 埧寅一〇二 埌寅一〇二 垸寅一〇二 垸寅一〇二 埄寅一〇二 埃寅一〇二 埇寅一〇二 埔寅一〇二 埋寅一〇二 埍寅一〇三 城寅一〇三 埏寅一〇三

悎卯一二九 悒卯一二九 悔卯一二九 悕卯一三〇 悖卯一三〇 悅卯一三〇 悩卯一三〇 悛卯一三〇 悝卯一三〇 悞卯一三〇 悟卯一三〇 悢卯一三一 悜卯一三一 悈卯一三一 悇卯一三一 悁卯一三一 悐卯一三一 悃卯一三一 悿卯一三一 悭卯一三一

悟卯一三一 悙卯一三二 悺卯一三二 悙卯一三二 悻卯一三二 悚卯一三二 恰卯一三二 悜卯一三二 悠卯一三二 悒卯一三二 悾卯一三二 悚卯一三二 悑卯一三二 悦卯一三二 悷卯一三二 悆卯一三二 悑卯一三二 悒卯一三二

惺卯一三二 悏卯一三二 悜卯一三二 愷卯一三二 恪卯一三二 悓卯一三二 憱卯一三二 悚卯一三二 悇卯一三二 雩卯一七一 柔卯一七二 猳卯一七四 舂卯一七四 䠷卯一七五 䂄卯一七五 脒卯一七七 腊卯一七七 腡卯一七七 胗卯一七七

脤卯一七七 胸卯一七七 脁卯一七七 斨卯一八一 扆卯一八七 扇卯一八七 扃卯一八七 扅卯一八七 扊卯一八七 扂卯一八七 启卯一八七 扉卯一八七 殉卯一九一 殊卯一九一 殆卯一九一 殊卯一九一 殆卯一九一 殘卯一九一 殍卯一九一

殑卯一九一 殈卯一九一 殌卯一九一 殒卯一九一 殏卯一九一 殐卯一九一 殗卯一九一 殎卯一九二 殔卯一九二 殃卯一九二 殕卯一九二 殏卯一九二 殎卯一九二 旁卯二〇〇 旂卯二〇一 旃卯二〇一 旄卯二〇一 旆卯二〇一 旅卯二〇一 旂卯二〇三

放卯二〇二 㞃卯二〇一 旃卯二〇三 旅卯二〇三 旆卯二〇三 䑧卯二〇六 亀卯二〇六 趺卯二〇八 䏌卯二一〇 斉卯二一〇 皃卯二一〇 氣卯二二一 氤卯二二二 氦卯二二二 氥卯二二二 氧卯二二二 晁辰一一 時辰一一 晅辰一一 晋辰一一

晊辰一一 晌辰一二 晏辰一二 晐辰一二 晘辰一二 晙辰一二 晃辰一二 晄辰一二 晆辰一二 晇辰一二 晈辰一二 晉辰一二 晙辰一二 晜辰一二 晗辰一二 晠辰一二 晛辰一二 晡辰一二

晒辰一二 晜辰一二 晢辰一二 晣辰一二 晤辰一二 晥辰一二 晦辰一二 晧辰一二 晨辰一二 晩辰一二 晪辰一三 晫辰一三 晬辰一三 書辰二八 曹辰二八 畣辰二九 朒辰三五 朓辰三五 朔辰三五

朕辰三五 朖辰三五 朗辰三五 朘辰三五 朏辰三五 毒辰四一 㝹辰四三 毣辰四三 毤辰四三 毥辰四四 毦辰四六 毧辰四六 毨辰四六 毩辰四六 桒辰四六 欸辰五〇 欵辰五一 欶辰五一 欷辰五一 欸辰五一

欱辰五一 欲辰五一 欳辰五一 欴辰五一 欵辰五一 欶辰五一 欷辰五一 欸辰五一 欹辰五一 欺辰五一 欻辰五一 欼辰五一 欽辰五一 款辰五一 欿辰五一 歀辰五一 歁辰五一 歂辰五一

欲辰五二 殷辰六一 殺辰六一 殻辰六一 殼辰六二 殽辰六二 殾辰六二 毀辰六七 毁辰六七 毃辰六七 毄辰六七 毅辰六七 毆辰六七 毇辰六七 毈辰六七 毉辰六七 毊辰六七 毌辰六七

敉辰六七 效辰六七 敦辰六八 敨辰六八 敩辰六八 敪辰六八 敫辰六八 敬辰六八 敭辰六八 殸辰八二 殹辰八二 殺辰八二 殻辰八二 戚辰九一 戜辰九一 戝辰九一 戞辰九一 戟辰九一 戠辰九一 戡辰九一

十畫

烖巳九一 烈巳七 烊巳七 烋巳七 烎巳七 烏巳八 烓巳八 炵巳九 烕巳九 烗巳九 㷀巳九 烘巳九 烙巳九 烜巳九 烝巳九 烼巳九 烄巳九 烅巳九 烆巳九 衮巳九

烇巳一〇 㶳巳一〇 㶴巳一〇 烌巳一〇 烍巳一〇 烐巳一〇 烑巳一〇 烒巳一〇 㶵巳一〇 威巳一〇 烚巳一〇 烛巳一〇 烞巳一〇 烟巳一〇 烠巳一〇 烔巳一〇 㷓巳一〇 烢巳一〇 烤巳一〇 煩巳一〇

烖巳一〇 焦巳一〇 家巳一〇 熖巳一〇 烎巳一〇 秋巳一〇 烙巳一〇 焌巳一〇 粟巳八八 洿巳八八 浘巳八八 浙巳八八 浚巳八八 浛巳八九 浜巳八九 浞巳八九 浟巳八九 浡巳八九 浣巳八九 浤巳九〇

浥巳九〇 浦巳九〇 湿巳九〇、 浩巳九〇 浪巳九一 浮巳九一 浬巳九一 浮巳九二 浯巳九三 浰巳九三 浲巳九三 浴巳九三 海巳九三 浸巳九四 浹巳九四 浼巳九五 浽巳九五 涓巳九五 涀巳九五 涂巳九五

涅巳九六 浒巳九六 涇巳九六 消巳九六 涉巳九七 涊巳九七 涍巳九七 涌巳九七 涎巳九八 涏巳九八 涑巳九八 涒巳九八 涓巳九八 涔巳九九 涕巳九九 涖巳九九 涗巳九九 涸巳一〇〇 涻巳一〇〇 澎巳一〇〇

浢巳一〇〇 涗巳一〇〇 涞巳一〇〇 涃巳一〇〇 涽巳一〇〇 滅巳一〇〇 浭巳一〇〇 涖巳一〇〇 滑巳一〇〇 淠巳一〇〇 澎巳一〇〇 涏巳一〇〇 淋巳一〇〇 涏巳一〇〇 涸巳一〇〇 涑巳一〇〇 澎巳一〇〇 湧巳一〇〇 酒巳一〇〇 浬巳一〇〇

淀巳一〇一 泆巳一〇一 涐巳一〇一 涘巳一〇一 涉巳一〇一 浗巳一〇一 涕巳一〇一 涯巳一〇一 涃巳一〇一 涺巳一〇一 浨巳一〇一 浘巳一〇一 浞巳一〇一 浪巳一〇一 涏巳一〇一 浶巳一〇一 涙巳一〇一 涰巳一〇一 涅巳一〇一 浠巳一〇一

泄巳一〇一 浇巳一〇一 浅巳一〇一 涫巳一〇一 涬巳一〇一 浱巳一〇一 泒巳一〇一 淋巳一〇一 洋巳一〇一 浣巳一〇一 涸巳一〇一 淚巳一〇一 洵巳一〇一 淢巳一〇一 浀巳一〇一 淹巳一〇二 涅巳一〇二 栒巳二四八 栓巳二四九 栔巳二四九

栖巳二四九 栗巳二四九 栘巳二四九 栛巳二五〇 栣巳二五〇 桭巳二五〇 栜巳二五〇 栝巳二五〇 栞巳二五〇 校巳二五〇 株巳二五一 栫巳二五一 梵巳二五一 栭巳二五一 核巳二五二 柬巳二五二 根巳二五二 格巳二五二 栽巳二五二 桀巳二五二

桁巳二五三 桂巳二五四 栵巳二五四 桃巳二五四 桄巳二五四 桅巳二五五 框巳二五五 架巳二五五 案巳二五五 桉巳二五五 桍巳二五五 桎巳二五五 桐巳二五五 桑巳二五六 桓巳二五七 桔巳二五七 栩巳二五七 㭘巳二五七 梔巳二五七 栭巳二五七

桻巳二五七 梾巳二五七 桒巳二五八 梼巳二五八 栞巳二五八 栟巳二五八 㭴巳二五八 栥巳二五八 栦巳二五八 栧巳二五八 械巳二五八 栨巳二五八 栬巳二五八 栮巳二五八 栯巳二五八 㮄巳二五八 栰巳二五八 栱巳二五八 桊巳二五八 栲巳二五八

栳巳二五八 栴巳二五八 栫巳二五八 栵巳二五八 栖巳二五九 栶巳二五九 样巳二五九 㮚巳二五九 栺巳二五九 栻巳二五九 栿巳二五九 桼巳二五九 桋巳二五九 桏巳二五九 栅巳二五九 桕巳二五九 桗巳二五九 桖巳二五九 梂巳二五九 栟巳二五九

楔巳三五九 梳巳三五九 㮚巳三五九 染巳三五九 櫻巳三五九 桼巳三六〇 春巳三六〇 桌巳三六〇 椎巳三六〇 林巳三六〇 株巳三六〇 桏巳三六〇 栟巳三六〇 栖巳三六〇 栢巳三六〇 栾巳三六〇 柏巳三六〇 桨巳三六〇 析巳三六〇 料巳三六六

科巳三三七 斜巳三三七 斞巳三三七 𣂁巳三三七 斛巳三三七 牟巳三三七 牷巳三四四 牯巳三四四 犎巳三四四 牸巳三四四 特巳三四四 牞巳三四五 犈巳三四五 㸯巳三四五 犐巳三四五 𤘾巳三四五 牶巳三四五 𤘝巳三四五 牰巳三四五 犗巳三四五

狪巳三四五 牪巳三四五 狌巳三六三 𤞞巳三六三 㹴巳三六三 狼巳三六三 狽巳三六三 狾巳三六三 狹巳三六三 猂巳三六四 狷巳三六四 𤞓巳三六四 狳巳三六四 𤞭巳三六四 狵巳三六四 𤞻巳三六四 𤟃巳三六四 𤞣巳三六四 狟巳三六四 猄巳三六四

𤞤巳三六四 𤟆巳三六四 𤞑巳三六四 𤝼巳三六四 𤟉巳三六四 狻巳三六四 浴巳三六四 𤞪巳三六五 狳巳三六五 狾巳三六五 猷巳三六五 猊巳三六五 狱巳三六五 狶巳三六五 豨巳三六五 狸巳三六五 猂巳三六五 峙巳三八六 发巳三八七 𢻉巳三八七

𣁬巳三八七 𢍏巳三八七 𡵻巳三八七 𡶬巳三八七 𡴨巳三八七 离巳三九〇 离巳三九〇 瓞午二 瓟午二 瓝午二 瓠午二 瓡午二 瓤午二 瓢午二 瓣午二 瓨午二 瓬午六 破午六 皮午六 跛午六

皰午六 被午六 破午七 皮午七 皯午七 皮午七 癸午一三 発午一三 弦午一三 窅午一八 窇午一八 窈午一八 窉午一八 窊午一八 窋午一八 窌午一九 窆午一九 窄午一九 窊午一九 窄午一九

窔午一九 窆午一九 窞午一九 窞午一九 窐午一九 窆午一九 窕午一九 窒午一九 窓午一九 窑午一九 窖午二〇 窗午二〇 窘午二〇 痁午二四 疲午二四 痄午二四 瘋午二四 痃午二五 痘午二五

痯午二五 疹午二五 痉午二五 痃午二六 疾午二六 疴午二六 痃午二六 病午二六 痆午二七 痾午二七 痄午二七 痀午二七 痂午二七 疴午二七 痃午二七 痐午二七 疾午二七 痗午二七 痎午二七

痋午二七 痊午二七 疱午二七 痕午二八 疼午二八 痏午二八 痊午二八 痛午二八 痬午二八 痈午二八 痂午二八 痁午二八 痱午二八 痖午二八 痮午二八 痣午二八 痔午二八 痒午二九 瘒午二九 痒午二九

痳午二九 痸午二九 痲午二九 症午二九 竘午六七 站午六七 竚午六七 竩午六七 竝午六七 竛午六七 竬午六七 竢午六七 竧午六七 竤午六七 竮午六七 竚午六七 竜午六七 竪午六七 竑午六七

玲午八〇 珀午八〇 玹午八〇 珧午八〇 珂午八〇 玠午八〇 珆午八〇 珇午八一 珈午八一 珊午八一 珉午八一 珌午八一 珍午八一 珠午八一 珙午八二 珊午八二 坐午八二 玷午八二 玻午八二 珣午八二

珋午八二 珛午八二 珀午八二 珚午八二 珪午八二 珅午八二 珋午八二 珑午八二 珈午八二 珊午八二 珂午八二 琚午八二 珥午八二 珇午八二 珌午八二 珁午八二 珠午八二 珎午八二 璽午八二 砟午一二三

砢午二一三 砣午二一四 砥午二一四 砧午二一四 砭午二一四 砮午二一四 砰午二一四 砱午二一四 破午二一四 砛午二一五 砙午二一五 砝午二一五 砬午二一五 砞午二一五 砠午二一五 砮午二一五 砡午二一五 砆午二一五 砄午二一五 斫午二一五

砽午二一五 砎午二一五 砨午二一五 砩午二一五 砪午二一五 砕午二一五 硐午二一六 砓午二一六 砰午二一六 砲午二一六 砌午二一六 硢午二一六 砽午二一六 砯午二一六 砤午二一六 砌午二一六 砦午二一六 砹午二一六

砷午二一六 砯午二一六 砐午二一六 砌午二一六 砨午二一六 砥午二一六 砍午二一六 砲午二一六 砫午二一六 砬午二一六 皋午一四四 皉午一四五 皅午一四五 皌午一四五 皊午一四五 皇午一四五 皀午一四五 皍午一四五 昤午一四五

瓴午一五○ 瓳午一五一 瓵午一五一 瓸午一五一 瓹午一五一 瓶午一五一 瓷午一五一 瓺午一五一 瓻午一五一 瓾午一五一 瓿午一五一 甀午一五一 瓭午一五一 矧午一六一 矤午一六一 矦午一六一 矨午一六一 矩午一六五 矫午一六五

矨午一六五 矬午一六五 矧午一六五 矤午一六五 矩午一七○ 牲午一七○ 毒午一七○ 祏午一七五 祓午一七六 祔午一七六 祕午一七六 祖午一七六 祗午一七七 祙午一七七 祚午一七七 祛午一七七 祜午一七七 祝午一七七 神午一七七 祠午一七八

祏午一七八 祑午一七八 祟午一七八 祒午一七八 祠午一七八 祉午一七九 祊午一七九 祈午一七九 祟午一七九 祡午一七九 祝午一七九 祩午一七九 袖午一七九 祇午一七九 祐午一七九 祢午一七九 祤午一七九 祥午一八○ 秘午一九三

租午一九四 秴午一九四 秣午一九四 秧午一九四 秨午一九四 秩午一九四 秬午一九四 秭午一九五 秡午一九五 秙午一九五 秫午一九五 秛午一九五 秤午一九五 秜午一九五 秝午一九五 秕午一九五 秞午一九五 秠午一九五 秡午一九五

秤午一九五 秥午一九五 秦午一九五 秳午一九六 秪午一九六 秫午一九六 秙午一九六 秵午一九六 秖午一九六 秘午一九六 秶午一九六 秷午一九六 秭午一九六 畔午二三六 畚午二三六 畛午二三六 畟午二三六 畜午二三七 畝午二三七 畗午二三八

畋午二三八 畕午二三八 畖午二三八 畐午二三八 畈午二三八 畑午二三八 畊午二三八 畟午二三八 畠午二三八 畇午二三八 畓午二三八 畚午二三八 畞午二三八 留午二三八 畦午二三九 畜午二四二 瓶午二四四 瞀午二五四

眎午二五四 眐午二五五 眗午二五五 眑午二五五 眒午二五五 眓午二五五 眕午二五五 眖午二五五 眘午二五五 眙午二五五 眚午二五五 眛午二五六 眝午二五六 眞午二五六 眠午二五六 眢午二五七 眣午二五七 眣午二五七 眥午二五七 眨午二五七

眩午二五七 眇午二五八 眪午二五八 眡午二五八 眢午二五八 眔午二五八 眗午二五八 眖午二五八 眛午二五八 眬午二五八 眜午二五八 眝午二五八 眲午二五八 眳午二五八 昭午二五八 眘午二五八 眞午二五八 眨午二五八 督午二五九

眬午二五九 眿午二五九 眄午二五九 眅午二五九 着午二五九 眤午二五九 眕午二五九 眙午二五九 眮午二五九 眦午二五九 眧午二五九 眫午二五九 眹午二五九 眥午二五九 㫮午二五九 真午二五九 眠午二五九 益午二九○ 盍午二九一 盎午二九一

盈午二九一 盌午二九一 盉午二九二 𥁓午二九二 盎午二九二 盍午二九二 盓午二九二 盆午二九二 盋午二九二 盁午二九二 盄午二九二 盅午二九二 𥁑午二九二 盛午二九二 盇午二九二 盃午二九二 㿿午二九二 盕午二九二 禽未八 离未八

䏚未九 胭未一六 胰未一六 胲未一六 胳未一六 胦未一六 䏯未一六 胕未一七 䏰未一七 能未一七 脊未一七 䏦未一七 脂未一七 脃未一八 脅未一八 脈未一八 脊未一八 脁未一九 胸未一九 脉未一九

脴未一九 脩未一九 胮未一九 䏝未一九 胯未一九 胱未一九 胴未一九 胫未一九 胑未一九 胉未一九 胹未一九 胎未一九 胺未一九 䏬未一九 胖未一九 䏶未二〇 胼未二〇 脥未二〇 胿未二〇 脀未二〇

胑未二〇 䏔未二〇 脎未二〇 脉未二〇 胼未二〇 胅未二〇 胿未二〇 䏙未二〇 胻未二〇 脇未二〇 胸未二〇 䏺未二〇 䏳未二〇 脆未二〇 脈未二〇 衄未五一 衃未五一 衂未五一 衁未五一 衂未五一

衉未五一 耎未五五 耐未五五 耹未五五 耺未五七 耼未五七 耽未五七 耾未五七 耿未五七 䎹未五七 䎷未五八 聃未五八 䎼未五八 聊未五八 䎵未五八 聅未五八 䎳未五八 耸未五八 䎽未五八 聑未五八

耻未五八 臬未六八 臭未六八 𦤃未六八 臯未六八 𦤏未六八 𦧇未七一 𦧆未七一 敌未七一 舑未七一 𦧅未七一 䑝未七一 䑟未七一 舐未七一 舚未七一 䑛未七三 耄未七六 耆未七七 耈未七七 耊未七八

虒未七九 虓未七九 虔未八〇 虑未八〇 㷃未八〇 䖍未八〇 䖏未八〇 羒未八九 𦍧未八九 羔未八九 羖未八九 羓未八九 羜未八九 䍧未八九 兼未八九 䍩未八九 䍫未八九 牂未八九 䍮未八九 羛未八九

𦍑未八九 羝未八九 𢼸未八九 羗未八九 蚄未九九 蚊未九九 蚌未九九 蚍未九九 蚑未九九 蚓未九九 蚳未一〇〇 蚖未一〇〇 蚘未一〇〇 蚗未一〇〇 蚢未一〇〇 蚙未一〇〇 蚚未一〇〇 蚜未一〇〇 蚝未一〇〇 蚟未一〇〇

蚠未一〇〇 蚡未一〇〇 蚣未一〇一 蚤未一〇一 蚥未一〇一 蚦未一〇一 蚧未一〇一 蚩未一〇一 蚅未一〇二 蚆未一〇二 蚇未一〇二 蚐未一〇二 𧈮未一〇二 䖶未一〇二 蚕未一〇二 蚵未一〇二 𧈯未一〇二 蚒未一〇二 蚞未一〇二 蚎未一〇二

𧈩未一〇二 蚢未一〇二 蚻未一〇二 蚨未一〇二 蚪未一〇三 𧉊未一〇三 蚯未一〇三 𧈬未一〇三 䖹未一〇三 𧈠未一〇三 蚿未一〇三 𧈳未一〇三 𧈫未一〇三 胄未一〇三 虵未一〇三 䖝未一〇三 蚕未一〇三 蚒未一〇三 䖿未一〇三 䖸未一〇三

蚏未一〇四 蚸未一〇四 蚤未一〇四 蚋未一〇四 蚈未一〇四 𧈭未一〇四 蛧未一〇四 蚚未一〇四 𧉂未一二六 翁未一五一 翁未一五一 翂未一五一 翄未一五二 翍未一五二 翅未一五二 翐未一五二 翈未一五二 翃未一五二 翉未一五二 翇未一五二

翀未一五二 翇未一五二 翋未一五二 翌未一五二 翊未一五二 翍未一五二 翆未一五二 翄未一五二 翂未一五二 狐未一五二 笈未一六四 笆未一六四 笑未一六四 笇未一六四 笐未一六四 笃未一六四 笊未一六四 笔未一六五 笏未一六五 笍未一六五

笐未一六五 笑未一六五 笒未一六五 筓未一六五 笰未一六五 笈未一六五 笉未一六五 笲未一六五 笷未一六五 笌未一六五 笫未一六五 笎未一六五 笑未一六五 笓未一六六 笱未一六六 笨未一六六 笶未一六六 𥬂未一六六 笄未一六六 笸未一六六

笵未一六六 笺未一六六 笇未一六六 笙未一六六 笢未一六六 笔未一六六 筝未一六六 筦未一六六 芻未二二五 奘未二二八 𦬁未二二八 茾未二二八 荅未二四五 茗未二四五 荔未二四五 茙未二四五 苴未二四五 茵未二四五 菫未二四五 茝未二四六

華未二四六 荝未二四六 茧未二四六 荚未二四六 茫未二四六 革未二四七 荾未二四七 茯未二四七 兹未二四七 茼未二四七 茵未二四八 茶未二四八 茷未二四八 茸未二四八 茹未二四九 茽未二四九 荀未二四九 萊未二四九 荃未二五〇 荄未二五〇

荅未二五〇 荆未二五〇 荇未二五一 草未二五一 荋未二五三 荍未二五三 茎未二五三 荏未二五三 荐未二五三 荑未二五三 荒未二五三 䓖未二五四 茜未二五四 莤未二五四 茞未二五四 莘未二五四 莛未二五四 茠未二五四 䓗未二五四 莉未二五四

𦰡未二五四 華未二五四 莠未二五四 茤未二五四 荲未二五四 苳未二五四 莭未二五五 莩未二五五 莦未二五五 莙未二五五 莞未二五五 莌未二五五 荏未二五五 荐未二五五 荼未二五五 苦未二五五 茱未二五五 茳未二五五 荓未二五五 盍未二五五

荻未二五五 荛未二五五 荈未二五五 茼未二五五 莽未二五六 荓未二五六 莐未二五六 荳未二五六 莒未二五六 荂未二五六 荾未二五六 䓘未二五六 莔未二五六 荽未二五六 荷未二五六 莘未二五六 莆未二五六 䪢未二五六 莒未二五六 䓫未二五六

荓未二五七 莝未二五七 莇未二五七 荖未二五七 茂未二五七 莧未二五七 莰未二五七 荒未二五七 莄未二五七 蒿未二五七 荼未二五七 荄未二五七 萓未二五七 茵未二五七 莤未二五七 茇未二五七 茀未二五七 荳未二五七 莦未二五七 荀未二五七

荴未二五七 莱未二五七 荗未二五七 莽未二五七 萸未二五七 荔未二五七 茁未二五七 莋未二五七 舨未三七四 航未三七四 舫未三七四 般未三七四 舥未三七五 舤未三七五 舳未三七五 舦未三七五 舲未三七五 舨未三七五 舣未三七五 舧未三七五

舭未三七五 艆未三七五 般未三七五 舩未三七五 舤未三七五 舸未三七五 舡未三七五 舦未三七五 衮未三八四 衰未三八四 衷未三八四 衺未三八五 袁未三八六 衾未三八七 袋未三八七 袌未三八七 衷未三八七 袓未三八七 脊未三八七 表未三八七

表未三八七 袈未三八七 衮未三八七 裒未三八八 衾未三八八 裘未三八八 衪未三八八 袍未三八八 袑未三八八 袒未三八八 袓未三八九 袖未三八九 袗未三八九 祓未三八九 袢未三八九 袥未三八九 袪未三九〇 被未三九〇 袨未三九〇 衿未三九一

袷未三九一 袎未三九一 袏未三九一 䘹未三九一 袜未三九一 袔未三九一 袕未三九二 裺未三九二 袙未三九二 袾未三九二 袟未三九二 袣未三九二 袩未三九二 袛未三九二 袉未三九三 䘸未三九三 袐未三九三 袡未三九三 袘未三九三 袝未三九三

袱未三九三 袉未三九三 袘未三九三 袦未三九三 袧未三九三 祠未三九三 𧘼未三九三 袡未三九三 衹未三九三 袢未三九三 䘱未三九三 𧙊未三九三 裺未三九三 紋未四三〇 納未四三〇 紏未四三〇 紐未四三〇 紛未四三〇 紓未四三〇 純未四三〇

紕未四三二 紗未四三二 紘未四三二 屎未四三三 紙未四三三 級未四三三 紜未四三三 紞未四三三 素未四三三 綏未四三三 紡未四三三 索未四三三 絚未四三四 紊未四三四 紌未四三四 紋未四三四 紉未四三四 紑未四三四 紸未四三四

紊未四三四 紻未四三四 紖未四三四 紨未四三四 紩未四三四 約未四三四 絣未四三四 紝未四三四 紷未四三四 紋未五三四 紙未四三四 紒未四三四 緊未四三四 紘未四三四 絨未四三四 綈未四三四 紤未四三五 紇未四三五 統未四三五 綳未四三五

紾未四三五 綏未四三五 桑未四三五 紼未四三五 綽未四三五 網未四三五 紛未四三五 紺未四三五 絆未四三五 紩未四三五 紛未四三五 紙未四三五 紞未四三五 累未四三五 粉未四九六 桀未四九六 粃未四九六 粇未四九六 粪未四九六

粍未四九六 粗未四九六 粆未四九七 粋未四九七 粉未四九七 粄未四九七 粅未四九七 粌未四九七 粊未四九七 粎未四九七 粐未四九七 粏未四九七 粀未四九七 粑未四九七 耕未五一二 耗未五一三 耘未五一三 耖未五一三 耙未五一三

罝未五一九 眎未五一九 㫃未五一九 帚未五一九 𦉭未五一九 眈未五一九 欧未五一九 缺未五二六 缶未五二六 鈙未五二六 欽未五二六 缽未五二六 缾未五二六 瓴未五二六 罡未五三一 罠未五三一 罟未五三一 罝未五三一 罟未五三一

罟未五三一 圀未五三一 罟未五三一 罣未五三一 罝未五三一 罘未五三一 罟未五三一 罜未五三一 罦未五三一 罘未五三一 罣未五三三 罥未五三三 罥未五四〇 罪未五四〇 罥未五四〇 衙未五四四 衙未五四四 衚未五四四 衏未五四四

衙未五四四 罼未五五〇 建未五五〇 壁未五五四 豩未五五七 豝申一 豜申一 豥申一 豚申一 豢申一 豹申一〇 豺申一〇 豺申一〇 豻申一一 財申一〇 貢申一〇 貣申一〇 貤申一〇 貨申一一 貤申一一

負申一一 鳳申一一 財申一一 舳申一四 般申一四 舫申一四 舡申一四 舩申一五 躬申一五 躰申一五 郳申一五 舨申一五 跔申一五 跋申一五 趼申一五 趵申一五 跎申一五 跐申一五 跑申一五

屋申一五 赶申九〇 起申九〇 起申九〇 趄申九一 赳申九一 赳申九一 赳申九一 趁申九一 趂申九一 赴申九一 起申一〇九 迷申一一五 追申一一五 迹申一一五 退申一一六 逃申一一六 送申一一六 逆申一一七 逆申一一七

迴申一一七 迴申一一七 逅申一一八 适申一一八 迺申一一八 迾申一一八 迨申一一八 逢申一一八 迲申一一八 建申一一八 逖申一一九 逷申一一九 迵申一一九 迋申一一九 迸申一一九 迎申一一九 迺申一一九 逐申一一九 迶申一一九 迠申一一九

迹申一一九 巡申一一九 迆申一一九 迣申一一九 迻申一一九 迣申一一九 速申一一九 迺申一一九 迸申一一九 迻申一一九 迸申一一九 迥申一一九 迸申一一九 訊申一五一 訇申一五一 訡申一五一 訬申一五一 訌申一五一 討申一五一 訌申一五一

討申一五三 訐申一五三 訑申一五三 訒申一五三 訓申一五三 譽申一五三 譽申一五三 訕申一五三 訖申一五三 託申一五三 記申一五三 訊申一五三 設申一五三 訃申一五三 訏申一五三 訦申一五三 訏申一五三 訙申一五三 訖申一五三 訪申一五三

彭申一五四 覔申二一八 覍申二一八 覎申二一八 尋申二一八 財申二一八 峴申二一八 覓申二一八 軑申二三〇 軒申二三〇 軔申二三一 軎申二三一 軏申二三一 軕申二三一 軓申二三一 軒申二三二 軞申二三二 軖申二三二 辝申二六一 辱申二六八

酌申二七〇 配申二七〇 酎申二七一 酏申二七一 酒申二七一 酐申二七二 酐申二七二 酖申二七二 酨申二七二 酕申二七二 量申二九五 邕申二九五 邦申三〇三 郲申三〇四 郗申三〇四 郥申三〇四 郙申三〇四 郛申三〇四 郶申三〇四 郝申三〇四

郎申三〇四 郙申三〇五 郟申三〇五 郡申三〇五 郢申三〇五 郣申三〇五 郤申三〇五 郷申三〇五 郢申三〇五 郗申三〇六 郖申三〇六 郈申三〇六 郘申三〇六 部申三〇六 郚申三〇六 郠申三〇六 郠申三〇六 郠申三〇六 都申三〇六 鄧申三〇六

郞申三〇六 郷申三〇六 郢申三〇六 郱申三〇六 邦申三〇六 郘申三〇六 郲申三〇六 郫申三〇六 郕申三〇六 郎申三〇六 郯申三〇六 鄀申三〇六 郗申三〇六 郭申三〇六 郛申三〇六 谸申三一二 谹申三一三 谺申三一三 谻申三一三 谼申三一三

欲申三一三 豈申三一七 豇申三一七 豊申三一七 豈申三一七 豇申三二三 釗四二 釘四二 釜四二 針四二 釟四二 釞四二 釔四二 釘四二 釙四二 釚四二 釛四二 金四二 釗四二 閃戌一六五

閃戌一六五 閁戌一六五 兩戌一六五 閄戌一六五 閉戌一六五 雫戌一六六 勘戌二二〇 陵戌二二三 陏戌二二三 陘戌二二三 陛戌二二三 陜戌二二三 陞戌二二三 陟戌二二三 陧戌二二三 陠戌二二三 陡戌二二三 院戌二二三 陣戌二二四 除戌二二四

陪戌二二四 陬戌二二四 陲戌二二四 陙戌二二四 陚戌二二四 陪戌二二四 陑戌二二五 陰戌二二五 陮戌二二五 隆戌二二五 陋戌二二五 陷戌二二五 陘戌二二五 降戌二二五 陝戌二二五 隆戌二二五 墜戌二二五 隉戌二二五 隼戌二四六 隻戌二四七

雀戌二四七 雄戌二四七 雄戌二四七 雅戌二四七 唯戌二四七 隽戌二四七 兆戌二六六 非戌二六六 瞢亥一 飢亥七八 骨亥一〇〇 髟亥一一一 鬯亥一三三 鬲亥一一四 鬼亥一一八 馬亥一三四 高亥一六四 門亥一六六 麦亥九八 鹵亥一〇七

十二畫

盟子七 乘子一五 乾子一七 亂子一八 乿子一八 皂子一八 亀子一八 厣子一八 剩子二〇 敏子二四 兗子二七 亭子二七 兜子二七 亶子三一 傋子六六 傌子六六 偃子六六 傭子六七 倕子六七 倴子六七

假子六七 偈子六八 偉子六八 偶子六八 偌子六八 偎子六八 偒子六八 偹子六八 偏子六八 偒子六九 偓子六九 偕子六九 偭子六九 停子六九 偖子六九 偞子六九 偟子六九 偄子六九 健子六九 偵子六九

偪子六九 偫子七〇 偬子七〇 偭子七〇 偰子七〇 偲子七〇 側子七〇 偵子七〇 偶子七〇 偷子七一 偻子七一 偖子七一 傚子七一 偈子七一 偡子七一 偢子七一 偣子七一 偺子七一 偯子七一 偂子七一

偄子七一 偅子七一 偍子七一 偮子七一 修子七一 佩子七一 偆子七一 偱子七一 偳子七一 傲子七一 俠子七一 偦子七一 修子七一 偏子七一 偨子七一 傫子七一 偨子七一 偉子七二 偐子七二 偵子七二

嗙丑一三四 圈丑一八七 圍丑一八七 圊丑一八七 國丑一八八 圇丑一八八 圉丑一八八 圅丑一八八 圂丑一八八 圇丑一八八 圇丑一八八 圉丑一八八 圂丑一八八 圌丑一八八 扇丑二〇〇 屏丑二〇〇 屜丑二〇〇 屙丑二〇〇 屐丑二〇一 屙丑二〇一

屚丑二〇一 屖丑二〇一 屗丑二〇一 屘丑二〇一 屟丑二〇一 屚丑二〇一 屢丑二〇一 屣丑二〇一 屣丑二〇一 屌丑二〇一 巽丑二〇七 巸丑二〇七 巷丑二〇七 巻丑二〇七 巻丑二〇七 張丑二一三 弸丑二一四 弶丑二一四 強丑二一四

弸丑二一四 弸丑二一四 彌丑二一四 號丑二一四 彈丑二一四 弸丑二一四 弸丑二一四 弸丑二一四 弸丑二一五 弸丑二一五 弸丑二一五 弸丑二一五 弸丑二一五 弸丑二一五 弸丑二一五 弸丑二一九 庰丑二二六 庪丑二二六 庲丑二二六

庳丑二二六 庵丑二二七 庶丑二二七 康丑二二七 庸丑二二七 庝丑二二八 廖丑二二八 庿丑二二八 庢丑二二八 庥丑二二八 庣丑二二八 庪丑二二八 庭丑二二八 庨丑二二八 庱丑二二八 庬丑二二八 廊丑二二八 庣丑二二八 廑丑二二八 庴丑二二八

庡丑二二八 庞丑二二八 庮丑二二八 庚丑二二九 庲丑二二九 庰丑二二九 庳丑二二九 庯丑二二九 庩丑二二九 庴丑二二九 宿丑二三〇 寁丑二三一 寂丑二三一 寄丑二三一 寅丑二三一 密丑二三一 寇丑二三三 寋丑二三三 寍丑二三三 窕丑二三三

寚丑二三三 寀丑二三三 寁丑二三三 寂丑二三三 寈丑二三三 寉丑二三三 害丑二三三 宷丑二三三 寏丑二三三 宺丑二三三 宼丑二三三 寇丑二三三 寏丑二三三 寃丑二三三 崇丑二七三 崆丑二七四 崎丑二七四 崐丑二七四 崨丑二七四

崒丑二七四 崓丑二七五 崔丑二七五 崕丑二七五 崖丑二七五 崛丑二七五 崫丑二七五 崑丑二七五 崝丑二七五 崞丑二七五 崟丑二七五 崤丑二七六 崥丑二七六 崧丑二七六 崨丑二七六 崩丑二七六 崵丑二七六 崸丑二七六 崊丑二七六 崷丑二七六

嵴丑二七六 崹丑二七六 崋丑二七六 崊丑二七六 崴丑二七六 崰丑二七六 崣丑二七六 崌丑二七六 崍丑二七七 崶丑二七七 崰丑二七七 崘丑二七七 崚丑二七七 崜丑二七七 崗丑二七七 崕丑二七七 崖丑二七七 崒丑二七七 崳丑二七七 嵏丑二七七

崢丑二七七 崣丑二七七 崦丑二七七 崦丑二七七 崋丑二七七 崴丑二七七 崠丑二七七 崺丑二七七 崡丑二七七 崮丑二七七 崶丑二七七 崶丑二七七 崹丑二七七 崧丑二七八 崵丑二七八 崐丑二七八 崷丑二七八 崗丑二七八 崳丑二七八

崾丑二七八 崯丑二七八 崚丑二七八 崓丑二七八 崑丑二七八 崛丑二七八 崈丑二七八 崪丑二七八 崏丑二七八 崙丑二七八 崨丑二七八 崤丑二七八 崗丑二七八 崲丑二七八 豎丑二八〇 嵶丑二八〇 嵩丑二九四 巂丑二九四 嵱丑二九四 崆丑三〇三

帲丑三〇三 帳丑三〇三 帴丑三〇三 帶丑三〇三 常丑三〇四 帷丑三〇四 帷丑三〇五 帺丑三〇五 帹丑三〇五 帻丑三〇五 帼丑三〇五 帲丑三〇五 帣丑三〇五 帿丑三〇五 帽丑三〇五 幍丑三〇五 幘丑三〇五 幗丑三〇五 帿丑三〇五

帺丑三〇五 帹丑三〇五 帼丑三〇五 帢丑三〇五 帽丑三〇五 幄丑三〇五 幃丑三〇五 帳丑三二六 帶丑三二六 帑丑三二六 孳丑三二六 尰丑三二九 尳丑三二九 尲丑三二九 尬丑三二九 尮丑三二九 尷丑三二九 尨丑三二九 孫寅七 孯寅七

彩寅一七三　彪寅一七三　彫寅一七四　彬寅一七四　𢒼寅一七四　㣵寅一七四　㣲寅一七四　影寅一七四　𢒽寅一七四　巢寅一七七　戚寅一七八　雖寅一七八　掔卯三八　挲卯三八　挈卯三八　撘卯三八　掾卯三八　㨖卯三八　捦卯三八　捧卯三八

捨卯三八　捩卯三九　揔卯三九　捫卯三九　捭卯三九　拂卯三九　据卯三九　捰卯三九　捱卯三九　捲卯三九　捷卯三九　捶卯四〇　捺卯四〇　捻卯四〇　捼卯四〇　捽卯四〇　捾卯四〇　掀卯四〇　掁卯四一　掃卯四一

掄卯四一　掇卯四一　授卯四一　掉卯四一　掊卯四一　掳卯四二　掅卯四二　掍卯四二　掎卯四二　掏卯四二　掐卯四二　排卯四二　掕卯四三　掖卯四三　掗卯四三　掘卯四三　掛卯四四　掜卯四四　掞卯四四　掠卯四四

採卯四四　掤卯四四　接卯四四　控卯四五　推卯四五　掩卯四六　措卯四六　掫卯四六　掬卯四六　掚卯四七　掟卯四七　探卯四七　揩卯四七　搖卯四七　掁卯四七　捵卯四七　㨟卯四七　捹卯四七　㨔卯四七　掾卯四七

揕卯四七　掎卯四七　掻卯四七　掠卯四七　掉卯四七　掂卯四七　拼卯四七　掴卯四七　掋卯四七　掎卯四七　掑卯四七　掓卯四七　掆卯四七　掙卯四七　掚卯四七　掝卯四八　掔卯四八　掮卯四八　掛卯四八　揚卯四八

揁卯四八　掭卯四八　掘卯四八　掀卯四八　掋卯四八　掋卯四八　掀卯四八　拳卯四八　掛卯四八　掇卯四八　掏卯四八　捯卯四八　掦卯四八　捰卯四八　掉卯四八　掖卯四八　掋卯四八　掤卯四八　掣卯四八　揔卯四八

掾卯四八　掴卯四八　毫卯一〇五　毦卯一〇五　毤卯一〇五　毬卯一〇五　毞卯一〇五　毦卯一〇六　毫卯一〇六　毪卯一〇六　毯卯一〇六　毰卯一〇六　毤卯一〇六　毥卯一〇六　毟卯一〇六　毢卯一〇六　毩卯一〇六　毵卯一〇六　毧卯一〇六　毨卯一〇六

毸卯一〇六　毶卯一〇六　毷卯一〇六　毹卯一〇六　猿卯一二八　悉卯一二九　悘卯一三〇　悠卯一三〇　患卯一三一　悤卯一三一　悤卯一三一　悆卯一三一　憂卯一三一　悐卯一三一　惁卯一三二　惪卯一三二　悹卯一三二　恐卯一三二　惢卯一三二　恭卯一三二

惁卯一三二　悥卯一三二　悬卯一三二　惡卯一三二　㦐卯一三二　悳卯一三二　惓卯一三二　悆卯一三二　悊卯一三二　悡卯一三二　悉卯一三二　悠卯一三三　悰卯一三三　悱卯一三三　悷卯一三三　惓卯一三三　悵卯一三四　悸卯一三四　悻卯一三四

悼卯一三三　悽卯一三三　惺卯一三三　情卯一三四　惆卯一三四　惇卯一三四　惋卯一三四　惏卯一三四　惓卯一三五　惔卯一三五　惕卯一三五　惈卯一三五　惍卯一三五　惘卯一三五　㥦卯一三五　惚卯一三五　惛卯一三五　惜卯一三六　惝卯一三六　惟卯一三六

悹卯一三七　悴卯一三七　惃卯一三七　惈卯一三七　惓卯一三七　惉卯一三七　惊卯一三七　惏卯一三七　惀卯一三八　惂卯一三八　惃卯一三八　惏卯一三八　惍卯一三八　惊卯一三八　惜卯一三八　惕卯一三八　惆卯一三八　惆卯一三八　惆卯一三八　惝卯一三八

惚卯一三八　惊卯一三八　惐卯一三八　惧卯一三八　惆卯一三八　惰卯一三八　惏卯一三八　惟卯一三八　惰卯一三八　惏卯一三八　惲卯一三八　惡卯一三八　惣卯一三九　惽卯一三九　悺卯一三九　惆卯一三九　惏卯一三九　惧卯一三九　惈卯一三九

們卯一三九 憦卯一三九 㞑卯一三九 愡卯一三九 㦒卯一三九 悁卯一三九 㥦卯一三九 惰卯一三九 悈卯一三九 愛卯一七二 屔卯一七二 肇卯一七二 牃卯一七五 牒卯一七五 牐卯一七五 牋卯一七五 牾卯一七五 牏卯一七七 牉卯一七七 牀卯一七七

歸卯一七七 斬卯一八一 斪卯一八一 訢卯一八一 斱卯一八一 斮卯一八一 断卯一八一 扈卯一八七 跕卯一八八 殑卯一九二 殍卯一九二 殑卯一九二 殍卯一九二 殌卯一九二 殕卯一九二 殔卯一九二 殘卯一九二 殏卯一九二

殜卯一九二 殗卯一九二 殑卯一九二 殕卯一九二 壼卯一九二 殟卯一九二 殍卯一九二 斯卯一九二 旋卯二〇三 旋卯二〇三 旌卯二〇三 族卯二〇三 旍卯二〇三 旂卯二〇三 旎卯二〇三 専卯二〇三 旙卯二〇三 旆卯二〇三 旃卯二〇三

旒卯二〇四 旇卯二〇四 既卯二〇六 㒸卯二一〇 㐬卯二一〇 氣卯二一一 氪卯二一一 晚辰一一三 晛辰一一三 晷辰一一三 晝辰一一三 晞辰一一三 晟辰一一三 晠辰一一三 晭辰一一三 晦辰一一三 晨辰一一三 晤辰一一四 晥辰一一四 晙辰一一四

暴辰一一四 晧辰一一四 晛辰一一四 晢辰一一四 晰辰一一四 曼辰一一四 晷辰一一四 晬辰一一四 晗辰一一四 晘辰一一四 㫰辰一一四 晃辰一一四 昌辰一一四 晡辰一一四 晱辰一一四 豈辰一一四 晶辰一一四 魁辰一一四 晴辰一一四 暈辰一一四

設辰一一四 晬辰一一四 皆辰一一四 晲辰一一四 昏辰一一四 量辰一一四 晸辰一一四 曼辰一一九 望辰一三五 朗辰一三六 朚辰一三六 朓辰一三六 朘辰一三六 朖辰一三六 朗辰一三六 脂辰一三六 朎辰一三六 奮辰一四一 龕辰一四一 夆辰一四三

奞辰一四三 爽辰一四四 婆辰一四四 斌辰一四六 敘辰一四六 奮辰一四六 欲辰一五一 欧辰一五二 歃辰一五二 欶辰一五二 欻辰一五二 欷辰一五二 欵辰一五二 欹辰一五二 欳辰一五二 飲辰一五二 欹辰一六二 欸辰一五二 救辰一五二 欸辰一五二

敇辰一六二 敕辰一六二 敔辰一六二 敍辰一六八 敎辰一六八 敏辰一六八 敓辰一六八 敉辰一六八 敗辰一六八 敱辰一六九 敊辰一六九 敖辰一六九 敗辰一六九 敌辰一七〇 敯辰一七〇 敵辰一七〇 敝辰一七〇 敳辰一七〇 斁辰一七〇

敡辰一七〇 敕辰一七〇 敒辰一七〇 敨辰一七〇 敺辰一七〇 散辰一七〇 欲辰一七〇 敤辰一七〇 敷辰一七〇 敫辰一七〇 敳辰一七〇 敝辰一七〇 散辰一七〇 敦辰一七〇 敫辰一七〇 敩辰一七〇 戟辰一七〇 敪辰一七〇 殺辰一八三

毆辰一八三 毀辰一八三 殹辰一八三 殸辰一八四 殿辰一八四 殽辰一八四 殿辰一八四 殼辰一八四 殺辰一八四 殷辰一八四 戚辰一九一 戛辰一九二 戟辰一九二 戜辰一九二 戣辰一九二 戠辰一九二 烯巳一〇 焠巳一〇 焆巳一一 煙巳一一

焗巳一一 烼巳一一 羨巳一一 烽巳一一 焘巳一一 焬巳一一 焥巳一一 烯巳一一 煮巳一一 焅巳一一 焞巳一一 焆巳一一 焇巳一一 焉巳一一 焚巳一二 焜巳一二 焜巳一二 焛巳一二 焫巳一二 焮巳一二

焴巳一二 烹巳一二 焥巳一三 焬巳一三 焌巳一三 焜巳一三 焐巳一三 焧巳一三 焰巳一三 焢巳一三 焠巳一三 焌巳一三 焫巳一三 焰巳一三 焣巳一三 焮巳一三 焯巳一三 焸巳一三 焛巳一三

登巳二三 豥巳二三 烤巳二三 㷅巳二三 烕巳二三 熞巳二三 焊巳二三 燹巳二三 烴巳二三 臭巳二三 絰巳二〇一 餐巳二〇一 沓巳二〇二 涯巳二〇二 液巳二〇二 涳巳二〇二 涖巳二〇二 涴巳二〇二 涵巳二〇二 涶巳二〇三

浧巳二〇三 涑巳二〇三 涹巳二〇三 涾巳二〇三 浸巳二〇三 涮巳二〇三 𨛦巳二〇三 淆巳二〇三 淇巳二〇三 洴巳二〇四 淝巳二〇四 淉巳二〇四 淊巳二〇四 淋巳二〇四 涯巳二〇四 淑巳二〇四 淒巳二〇五 淮巳二〇五 淕巳二〇五 淳巳二〇五

淘巳二〇五 淙巳二〇六 淚巳二〇六 淛巳二〇六 淢巳二〇六 淣巳二〇六 淤巳二〇六 淥巳二〇六 淦巳二〇七 淨巳二〇七 淩巳二〇七 涪巳二〇七 涫巳二〇八 涬巳二〇八 涼巳二〇八 涽巳二〇八 㳫巳二〇八 涿巳二〇八 淀巳二〇九 淩巳二〇九

淃巳二〇九 淄巳二〇九 淅巳二〇九 淜巳二〇九 淞巳二一〇 淟巳二一〇 淠巳二一〇 淍巳二一〇 淡巳二一〇 淪巳二一一 淒巳二一二 淫巳二一二 淬巳二一三 淶巳二一三 淮巳二一三 渝巳二一三 淰巳二一三 深巳二一三 淲巳二一四 淳巳二一四

淴巳二一四 淵巳二一四 混巳二一五 清巳二一五 淹巳二一七 淯巳二一七 淺巳二一七 添巳二一八 淝巳二一八 渚巳二一八 涸巳二一八 淌巳二一八 淬巳二一八 浸巳二一八 浴巳二一八 涑巳二一八 湴巳二一八 涗巳二一八 淠巳二一八 淨巳二一八

淚巳二一八 涜巳二一八 淾巳二一八 涅巳二一八 淫巳二一八 渫巳二一八 淐巳二一八 淦巳二一八 淂巳二一九 淞巳二一九 淍巳二一九 淎巳二一九 淐巳二一九 淏巳二一九 涝巳二一九 淘巳二一九 淝巳二一九 湾巳二一九 滤巳二一九 淯巳二一九

涄巳二一九 淊巳二一九 淚巳二一九 淶巳二一九 淼巳二一九 淺巳二一九 淬巳二一九 淜巳二一九 涅巳二一九 淠巳二一九 淥巳二一九 淄巳二一九 涹巳二一九 渚巳二一九 淨巳二一九 淦巳二二〇 淯巳二二〇 淠巳二二〇 淍巳二二〇

滜巳二二〇 粱巳二二〇 淳巳二二〇 淛巳二二〇 淫巳二二〇 淦巳二二〇 淢巳二二〇 淤巳二二〇 涫巳二二〇 涳巳二二〇 渦巳二二〇 淙巳二二〇 淼巳二二〇 涑巳二二〇 淝巳二二〇 淀巳二二〇 淣巳二二〇 淥巳二二〇 涸巳二二〇

浘巳二二〇 淛巳二二〇 淋巳二二〇 淄巳二二〇 淛巳二二〇 淶巳二二〇 淚巳二二〇 游巳二二〇 淀巳二二〇 杪巳二六〇 桭巳二六〇 梠巳二六〇 桯巳二六〇 梆巳二六〇 梧巳二六〇 桱巳二六〇 桴巳二六一 棒巳二六一 桴巳二六一 梈巳二六一

桶巳二六一 桷巳二六一 桸巳二六一 桹巳二六一 桿巳二六一 梁巳二六二 梂巳二六二 梃巳二六二 梅巳二六三 梆巳二六三 栟巳二六三 梋巳二六三 梌巳二六三 梍巳二六三 梏巳二六四 梐巳二六四 梓巳二六四 桅巳二六四 梗巳二六四 梱巳二六五

梜巳二六五 條巳二六五 梞巳二六五 梟巳二六五 梠巳二六六 梡巳二六六 梢巳二六六 梧巳二六六 梩巳二六七 梪巳二六七 梭巳二六七 梯巳二六七 梛巳二六七 紫巳二六七 械巳二六七 梱巳二六八 梲巳二六八 梳巳二六八 梴巳二六八 梵巳二六八

梥巳二六八 桜巳二六八 補巳二六九 桻巳二六九 桼巳二六九 梐巳二六九 梺巳二六九 梮巳二六九 椓巳二六九 梾巳二六九 梈巳二六九 梑巳二六九 棄巳二六九 梂巳二六九 桧巳二六九 梕巳二六九 梖巳二六九 梣巳二六九 梘巳二六九 梘巳二六九

琙午八六 琗午八六 琕午八六 砦午二一四 砒午二一五 硃午二一六 硅午二一六 硈午二一六 硉午二一六 硊午二一七 硋午二一七 硌午二一七 硍午二一七 硎午二一七 砮午二一七 研午二一七 硪午二一七 砝午二一七 硗午二一七 硇午二一七

硤午二一八 硧午二一八 硗午二一八 硂午二一八 磅午二一八 硚午二一八 硆午二一八 硫午二一八 硌午二一八 硘午二一八 砮午二一八 硇午二一八 硑午二一八 硝午二一八 破午二一八 硐午二一八 硏午二一八 硎午二一八 硎午二一八 硃午二一八

硫午二一八 硢午二一九 硟午二一九 硝午二一九 硒午二一九 硑午二一九 硑午二一九 硂午二一九 硃午二一九 皎午二四五 皏午二四五 皓午二四五 皖午二四五 皐午二四五 皋午二四五 瓷午二五一 瓶午二五一 瓻午二五一 甌午二五一 瓸午二五一

瓷午二五一 瓶午二五一 甆午二五一 瓶午二五二 甌午二五三 瓷午二五三 瓶午二五三 瓺午二五三 瓸午二五三 瓴午二五三 瓶午二五三 移午一六一 移午一六一 竧午一六一 竩午一六五 竫午一六五 竮午一六五 竱午一六五 竬午一六五 竛午一六五

笑午一六五 笄午一六六 笆午一六六 笉午一六六 笈午一六六 笊午一六六 産午一七〇 竦午一七〇 笲午一七〇 竟午一七〇 竣午一七〇 祥午一七九 祧午一七九 票午一八〇 祶午一八〇 祭午一八〇 祲午一八〇 祤午一八〇 祡午一八〇

祼午一八〇 祩午一八〇 祮午一八〇 祿午一八〇 祲午一八〇 祰午一八〇 祪午一八二 祵午一八二 祳午一八二 祬午一八二 秸午一九六 秴午一九六 秺午一九六 移午一九六 秡午一九七 秱午一九七 稀午一九七 秵午一九七 秲午一九七

稒午一九七 稊午一九七 稝午一九七 桼午一九七 稃午一九七 稄午一九七 程午一九七 稍午一九七 案午一九七 稆午一九七 秸午一九七 粢午一九七 稚午一九七 稦午一九七 稓午一九七 秩午一九七 稭午一九七 粟午一九七 稅午一九七

稇午一九七 稒午一九七 畢午二三九 晩午二三九 時午二三九 略午二四〇 睬午二三一 哄午二三一 習午二三一 畨午二三一 畡午二三一 畦午二三一 畣午二三一 畟午二三一 畬午二三一 畫午二三一 晥午二三一 畇午二三一 備午二三一 晧午二四四

甜午二四四 眭午二五九 眃午二五九 眮午二五九 眯午二五九 眱午二五九 眶午二五九 眙午二六〇 眲午二六〇 眰午二六〇 眩午二六〇 眳午二六〇 眴午二六〇 眶午二六〇 眷午二六〇 眸午二六〇 眹午二六一 眺午二六一 眻午二六一 眽午二六一

眼午二六一 眾午二六二 眹午二六二 眻午二六二 眵午二六二 眱午二六二 眮午二六二 眡午二六二 眿午二六二 眽午二六二 眹午二六二 眭午二六二 眶午二六二 眮午二六二 眴午二六二 眺午二六二 眷午二六二 眳午二六三 眷午二六三 胡午二六三

眢午二六三 眪午二六三 眠午二六三 睊午二六三 眓午二六三 眹午二六三 眥午二六三 眱午二六三 眤午二六三 睅午二六三 眲午二六三 略午二六三 眘午二六三 睊午二六三 着午二六三 睍午二六三 睃午二六三 睋午二六三 睃午二六三 盔午二九二

盒午二九二 盓午二九二 盜午二九二 盛午二九二 盝午二九二 盒午二九二 盔午二九二 盠午二九二 盓午二九二 盒午二九二 盒午二九二 盔午二九二 盡午二九二 盒午二九三 砦未一 賀未一五 脛未二〇 脟未二〇 脡未二〇 脶未二一 脂未二一

筶 未一六六九　笙 未一六六九　笲 未一六六九　笧 未一六六九　𥬹 未一六六九　笛 未一六六九　笜 未一六六九　笿 未一六六九　笈 未一六六九　笩 未一六六九　筟 未一六七〇　𥬲 未一六七〇　筋 未一六七〇　笞 未一六七〇　筎 未一六七〇　筍 未一六七〇　笩 未一六七〇　筊 未一六七〇　笄 未一六七〇　笳 未一六七〇

笴 未一六七〇　笎 未一六七〇　笡 未一六七〇　筽 未一六七〇　笶 未一六七〇　笱 未一六七〇　筍 未一六七〇　筿 未一六七〇　筯 未一六七〇　筤 未一六七〇　笣 未一六七〇　笙 未一六七〇　笠 未一六七〇　笠 未一六七〇　笶 未一六七〇　筑 未一六七〇　荳 未一二五七　菍 未一二五八　萵 未一二五八　菥 未一二五八

菥 未一二五八　荷 未一二五八　荻 未一二五八　葸 未一二五八　荼 未一二五八　菱 未一二五九　荊 未一二五九　黄 未一二五九　莅 未一二五九　莆 未一二五九　莊 未一二六〇　荏 未一二六〇　莎 未一二六〇　莒 未一二六一　莓 未一二六一　莔 未一二六一　莝 未一二六一　莘 未一二六二　莙 未一二六二　莛 未一二六二

莖 未一二六二　莞 未一二六二　莟 未一二六二　莠 未一二六二　莡 未一二六三　莢 未一二六三　莣 未一二六三　莥 未一二六三　莧 未一二六三　莨 未一二六三　莩 未一二六四　莪 未一二六四　莫 未一二六四　莊 未一二六五　莀 未一二六五　莇 未一二六五　萯 未一二六五　莄 未一二六五　莈 未一二六五　莰 未一二六五

莕 未一二六五　荸 未一二六五　莿 未一二六五　莯 未一二六五　莂 未一二六五　莌 未一二六五　莍 未一二六五　莦 未一二六六　莀 未一二六六　莁 未一二六六　莒 未一二六六　莉 未一二六六　莐 未一二六六　菩 未一二六六　莕 未一二六六　莁 未一二六六　莋 未一二六六　菥 未一二六六　莝 未一二六六　莇 未一二六六

萘 未一二六六　蔆 未一二六六　蓧 未一二六六　茀 未一二六六　莉 未一二六六　莬 未一二六七　菉 未一二六七　著 未一二六七　莎 未一二六七　菂 未一二六七　菪 未一二六七　菼 未一二六七　菮 未一二六七　菶 未一二六七　萋 未一二六七　菩 未一二六七　菪 未一二六七　菲 未一二六七　萁 未一二六七　草 未一二六七

莚 未一二六七　菝 未一二六七　菅 未一二六七　菁 未一二六八　葹 未一二六八　菆 未一二六八　菩 未一二六八　菟 未一二六八　荕 未一二六八　莿 未一二六八　菂 未一二六八　萸 未一二六八　菫 未一二六八　萉 未一二六八　菤 未一二六八　菿 未一二六八　菻 未一二六八　荼 未一二六八　菴 未一二六八　菜 未一二六八

菹 未一二六八　菶 未一二六八　萎 未一二六八　菈 未一二六九　菴 未一二六九　菡 未一二六九　菧 未一二六九　萤 未一二六九　萅 未一二六九　菲 未一二六九　萁 未一二六九　菍 未一二六九　菌 未一二六九　菽 未一二六九　菻 未一二六九　萍 未一二六九　菜 未一二六九　萄 未一二六九　菱 未一二六九

葸 未一二六九　菊 未一二六九　莽 未一二六九　菟 未一二六九　菁 未一二六九　菔 未一二六九　菸 未一二六九　萆 未一二六九　華 未一二六九　菓 未一二六九　菰 未一二六九　菌 未一二六九　萵 未一二六九　菀 未一二六九　菇 未一二六九　莱 未一二六九　莾 未一二六九　菭 未一二六九　菩 未一二六九　舲 未一三七五

舶 未一三七六　船 未一三七六　舥 未一三七六　𦨳 未一三七六　舷 未一三七六　𦨹 未一三七六　𦨵 未一三七六　舳 未一三七六　舴 未一三七六　䑢 未一三七六　舵 未一三七六　舷 未一三七六　舸 未一三七六　舺 未一三七六　舲 未一三七六　𦨣 未一三七六　舶 未一三七六　舺 未一三七六　舵 未一三七六　舰 未一三七六

袤 未一三八八　衮 未一三八九　袈 未一三九一　袋 未一三九一　装 未一三九一　袠 未一三九一　䘡 未一三九二　袈 未一三九三　䘮 未一三九三　袁 未一三九三　袁 未一三九三　衰 未一三九三　袠 未一三九三　裒 未一三九三　袠 未一三九三　夏 未一三九三　裹 未一三九三　衮 未一三九三　袞 未一三九三　袳 未一三九三

裕 未一三九四　袾 未一三九四　袴 未一三九五　裤 未一三九五　袥 未一三九五　袼 未一三九五　䙌 未一三九五　裀 未一三九六　裃 未一三九六　裍 未一三九六　袺 未一三九六　䘾 未一三九六　裓 未一三九六　裎 未一三九六　裋 未一三九六　裌 未一三九六　裓 未一三九六　裲 未一三九六　裲 未一三九六　褓 未一三九六

袮六三九六 裖六三九六 衽六三九六 裓六三九七 袿六三九七 裗六三九七 袧六三九七 裂六三九七 袣六三九七 裓六三九七 裪六三九七 袵六三九七 裥六三九七 紺六四三五 綮六四三五 紪六四三五 紩六四三五 紫六四三五 紬六四三五 紙六四三六

絃六四三六 紮六四三六 綖六四三六 累六四三六 細六四三六 紱六四三六 紲六四三六 紳六四三六 紷六四三七 紹六四三七 紼六四三七 絨六四三七 紾六四三七 紶六四三七 絁六四三七 絀六四三七 紻六四三八 紘六四三八 組六四三八 絆六四三八

絇六四三八 絮六四三八 紙六四三八 絅六四三八 紕六四三八 紩六四三八 絨六四三九 紤六四三九 紵六四三九 絚六四三九 紶六四三九 絅六四三九 組六四三九 紼六四三九 紸六四三九 紺六四三九 絨六四三九 紽六四三九 絅六四三九 絈六四三九

絨六四三九 結六四三九 絖六四三九 絑六四三九 絧六四三九 絪六四三九 絁六四三九 絀六四三九 絭六四三九 紷六四三九 絃六四三九 絎六四三九 絙六四三九 紹六四三九 絭六四四〇 粗六四九七 粕六四九七 粃六四九七 粊六四九七

粘六四九七 粉六四九七 粕六四九七 粜六四九七 粒六四九七 粘六四九七 粔六四九七 粜六四九八 粕六四九八 粒六四九八 粰六四九八 粹六五九八 粒六四九八 粦六四九八 架六四九八 粞六四九八 粘六四九八 粘六四九八 粰六四九八

粘六四九八 粮六四九八 肅六四九八 粱六四九八 巢六四九八 栅六四九八 粘六五一三 粮六五一三 粹六五一四 粘六五一四 粗六五一四 粆六五一四 粔六五一四 耕六五一四 粃六五一四 昇六五一九 春六五一九 昧六五二〇 是六五二〇 胥六五二〇

眕六五二〇 眈六五二〇 觟六五二六 訖六五二六 詉六五二六 訾六五二七 鈙六五二七 鉱六五二七 紵六五二七 鈴六五二七 訝六五二七 罤六五二七 罡六五三一 罝六五三一 罛六五三一 罝六五三一 罟六五三一 罠六五三一 罣六五三一 罘六五三一

罜六五三三 罣六五三三 哢六五三三 罡六五四〇 罜六五四〇 罨六五四〇 術六五四四 術六五四四 衕六五四四 衒六五四五 畫六五五四 跡六五五四 跙六五五四 跳六五五七 豚六六一一 豝六六一二 豝六六一二 貌六六一二 豝六六一二 豝六六一二

豢六六一三 豙六六一三 豜六六一三 豞六六一三 豟六六一三 象六六一三 豥六六一三 貆六六一三 豠六六一三 豢六六一三 豣六六一三 豤六六一四 貀六六一四 狐六六二二 豻六六二二 豻六六二二 豝六六二二 貂六六二二 豣六六二二

貆六六二一 豰六六二一 豵六六二一 豻六六二一 豼六六二一 豩六六二一 貦六六三二 貯六六三二 貧六六三二 貨六六三二 貪六六三二 貫六六三二 責六六三三 貺六六三三 販六六三三 貝六六三三 貣六六三三 貼六六三三 貲六六三三 貶六六三三

貥六六三三 貫六六三三 貓六六四〇 䑞六六四〇 䑞六六四〇 舭六六四〇 舭六六四〇 舭六六四〇 船六六四〇 舭六六四〇 舫六六四〇 舭六六四〇 舶六六四〇 舭六六四〇 舨六六四一 舳六六四一 舵六六四一 舶六六四一 舸六六四一 舴六六四一

宋六六五〇 殺六六五〇 躬六六五一 躭六六五一 躲六六五一 躴六六五二 躷六六五二 躶六六五二 䠐六六五二 軀六六五二 軀六六五二 躭六六五二 趺六六五五 跌六六五五 跌六六五五 跈六六五五 跌六六五五 跀六六五五 跡六六五五 跡六六五五

趾酉二五五 𧿹酉二五五 跀酉二五五 跁酉二五六 跂酉二五六 跔酉二五六 趿酉二五六 跃酉二五六 跙酉二五六 𧿽酉二五六 跏酉二五六 跐酉二五六 跉酉二五六 趹酉二五六 䟓酉二五六 跀酉二五六 跈酉二五六 𨀁酉二五七 𧿴酉二五七 𧿭酉二五七

跒酉二五七 𧿲酉二五七 趼酉二五七 䟌酉二五七 距酉二五七 跍酉二五七 趵酉二九一 趁酉二九一 𧺆酉二九一 𧺣酉二九二 𧺤酉二九二 趜酉二九二 䞘酉二九二 赻酉二九二 赽酉二九二 赾酉二九二 趄酉二九二 赺酉二九二 䞕酉二九二 赿酉二九二

䞢酉二九二 𧺠酉二九二 𧺮酉二九二 赸酉二九二 超酉二九二 䞠酉二九二 赶酉二九二 趆酉二九二 𧺇酉二九二 赦酉二九二 谹酉二一二 逌酉二一九 逋酉二一九 逐酉二一九 透酉二二〇 退酉二二〇 追酉二二〇 逎酉二二〇 逑酉二二〇 途酉二二〇

逕酉二二一 逃酉二二一 逗酉二二一 這酉二二一 通酉二二一 䢙酉二二二 逞酉二二二 逝酉二二三 速酉二二三 造酉二二三 逪酉二二四 逡酉二二四 逢酉二二四 連酉二二五 逧酉二二六 送酉二二六 逈酉二二六 逛酉二二六 逆酉二二六 逩酉二二六

逍酉二二六 𨓾酉二二六 適酉二二六 逖酉二二六 逜酉二二六 逸酉二二六 逷酉二二六 逹酉二二六 逬酉二二六 逯酉二二六 𨓈酉二二七 逾酉二二七 週酉二二七 遞酉二二七 遉酉二二七 詖酉一五四 訿酉一五四 詉酉一五四 訥酉一五四 訜酉一五四

訝酉一五四 䚱酉一五四 訞酉一五四 訤酉一五四 訟酉一五四 訒酉一五五 訡酉一五五 詅酉一五五 訢酉一五五 訣酉一五五 訥酉一五五 詑酉一五五 訧酉一五五 証酉一五七 訔酉一五七 訩酉一五七 訪酉一五七 訫酉一五七 訬酉一五七 䚷酉一五七

設酉一五七 訰酉一五七 許酉一五七 訾酉一五七 䛊酉一五七 訲酉一五七 訣酉一五七 訛酉一五七 䚾酉一五七 䛔酉一五七 詛酉一五七 託酉一五七 訯酉一五七 䛀酉一五七 訏酉一五八 訃酉一五八 訮酉一五八 詨酉一五八 覔酉一五八 訽酉一五八

訖酉一五八 誀酉一五八 詧酉一五八 訇酉一五八 評酉一五八 註酉一五八 訍酉一五八 訳酉一五八 脂酉一五八 詃酉一五八 詟酉一五八 詷酉一五八 訢酉一五八 詽酉一五八 規酉二二八 覒酉二二九 覞酉二二九 覓酉二二九 覛酉二二九 覎酉二二九

覓酉二二九 峴酉二二九 現酉二二九 覓酉二二九 覑酉二二九 貶酉二二九 䝲酉二二九 覘酉二二九 覔酉二二九 焸酉二二九 覠酉二二九 䡊酉二三三 軜酉二三三 軧酉二三三 軞酉二三三 𨊴酉二三三 軖酉二三三 𨊲酉二三三 軗酉二三三 較酉二三三

軘酉二三三 軏酉二三三 軛酉二三三 䡓酉二三三 軐酉二三三 𨊻酉二三三 軠酉二三三 軡酉二三三 軿酉二三三 𨋅酉二三三 軼酉二三三 軗酉二三三 䡆酉二三三 䡉酉二三三 軙酉二三三 軥酉二三三 軓酉二三三 䡈酉二三三 𨊾酉二三三 𨋄酉二三三

軙酉二三三 䡌酉二三三 𨋇酉二三三 䡎酉二三三 軟酉二三三 軚酉二三三 軪酉二三三 乳酉二六一 犹酉二六一 貪酉二七二 酛酉二七二 酨酉二七二 酏酉二七二 䣐酉二七二 酖酉二七二 酌酉二七二 𤈳酉二七三 酥酉二七三 酚酉二七三 酕酉二七三

酗酉二七三 㶡酉二七三 酘酉二七三 𨠘酉二七三 𨟻酉二七三 𨠚酉二七三 酒酉二七三 粟酉二七三 酼酉二七三 酛酉二七三 䣷酉二七三 䤀酉二七三 𨠐酉二七三 𨠕酉二七三 酔酉二七三 野酉二九一 𤇽酉二九三 量酉二九三 䏙酉二九三 臯酉二九九

巹酉二九九 郮酉三〇六 部酉三〇七 郗酉三〇七 郪酉三〇七 郫酉三〇七 郭酉三〇七 郯酉三〇八 郰酉三〇八 郲酉三〇八 郴酉三〇八 郵酉三〇八 郶酉三〇八 都酉三〇八 鄏酉三〇九 郱酉三〇九 郿酉三〇九 郞酉三〇九 郲酉三〇九

郣酉三〇九 郗酉三〇九 郭酉三〇九 郹酉三〇九 郶酉三〇九 郻酉三〇九 郛酉三〇九 郯酉三〇九 郚酉三〇九 郳酉三〇九 郲酉三〇九 郖酉三〇九 郪酉三〇九 郭酉三〇九 郹酉三〇九 郮酉三〇九 郶酉三〇九 郶酉三二三 谹酉三二三

谺酉三二三 谻酉三二三 䜪酉三二三 谸酉三二三 谽酉三二三 豉酉三二七 欶酉三三二 䜭酉三三二 䜬酉三三三 釣戌三 鈔戌三 釦戌三 釧戌三 釩戌三 釪戌三 釬戌三 釭戌四 釱戌四 釲戌四 釵戌四

釪戌四 釤戌四 釳戌四 釾戌四 釘戌四 釫戌四 釬戌四 釱戌四 釭戌四 釹戌四 釸戌四 金戌四 釶戌四 釿戌三 釴戌三 閈戌六 閉戌六五 閎戌六五 閏戌六六 閔戌六六

陑戌六六 問戌六六 閅戌六六 雩戌六六 雪戌六六 雱戌六七 雯戌六七 陵戌一一〇 陷戌一一〇 陸戌一一〇 陼戌一一〇 陽戌一一〇 陿戌一一〇 陬戌一一〇 陪戌一一五 陘戌一一五 陜戌一一五 陭戌一一五 陮戌一二六 陝戌一二六

陰戌一二七 陶戌一二七 陳戌一二七 陵戌一二七 陶戌一二八 陷戌一二九 陸戌一二九 陷戌一三〇 陫戌一三〇 陪戌一三〇 陯戌一三〇 陰戌一三〇 陻戌一三〇 隃戌一三〇 隊戌一三〇 陻戌一三〇 陣戌一三〇 陹戌一三〇 陲戌一三〇 隊戌一三〇

隅戌一三〇 隇戌一三〇 隉戌一三〇 隊戌一三〇 隆戌一三〇 隈戌一三〇 隔戌一三〇 隋戌一三〇 隍戌一三〇 隄戌一三〇 隀戌一三一 陰戌一三一 隔戌一三一 雅戌一四七 雃戌一四七 雀戌一四七 雀戌一四八 雄戌一四八 雄戌一四八 雌戌一四八

雁戌一四八 雅戌一四八 彭戌一六三 晴戌一六四 菁戌一六六 扉戌一六六 悲戌一六六 棄戌一六六 輩戌一六六 韃戌一六七 韓戌一六七 項亥七六 項亥七六 頎亥七七 頓亥七七 頍亥七七 頂亥七七 軒亥七六 颰亥七六七 颱亥七六七 飢亥七七八

飥亥七八 飫亥七八 飯亥七八 飲亥七八 飩亥七八 飭亥七八 飪亥七九 飩亥七九 亂亥一〇一 鬲亥一一六 馮亥一七六 魚亥一二一 鳥亥一四〇 鹿亥一八九 麀亥一九〇 麥亥一九八 麻亥二〇四 鹵亥二〇七 黑亥二一四

十二畫

啐子二〇 乾子二八 孫子三〇 嵆子三六 奡子三六 甦子三六 堯子三六 斮子三六 傳子七三 傛子七三 傍子七三 傀子七三 傁子七三 傢子七三 傎子七三 傷子七三 傿子七三 傴子七三 傔子七三 傕子七三

傑子七三 傜子七四 傘子七四 備子七四 傜子七四 傚子七四 傛子七四 傜子七四 傷子七四 傴子七四 傭子七五 傥子七五 傑子七五 傓子七五 傞子七五 傖子七五 傒子七五 傛子七五 傓子七五 傲子七五

傍子七五 傈子七五 傳子七五 傌子七五 傗子七五 傂子七五 傛子七五 傝子七五 傛子七五 傟子七五 傣子七五 傕子七五 傛子七五 傻子七五 傞子七五 傶子七五 傂子七六 傛子七六 俁子七六

圕丑一九八	圖丑一九八	國丑一九八	圗丑一九八	圛丑一九八	屠丑二〇一	屚丑二〇一	屜丑二〇一	屡丑二〇一	屖丑二〇一	屛丑二〇一	屟丑二〇一	屧丑二〇一	屎丑二〇三	敚丑二〇三	屛丑二〇三	屐丑二〇三	屣丑二〇三	屒丑二〇三	屩丑二〇三
屭丑二〇三	屢丑二〇三	㞾丑二〇三	屬丑二〇三	巽丑二〇七	異丑二〇七	彌丑二一五	彏丑二一五	弴丑二一五	彄丑二一五	彖丑二一五	弳丑二一五	彈丑二一五	弸丑二一五	翳丑二一五	弻丑二一五	弼丑二一五	强丑二一五	甙丑二一九	庾丑二一九
㢊丑二二九	廔丑二二九	廖丑二二九	廮丑二二九	廧丑二二九	廁丑二二九	廠丑二二九	廟丑二二九	廂丑二二九	廣丑二二九	廖丑二二九	廢丑二二九	唐丑二二九	廣丑二二九	扁丑二三〇	廟丑二三〇	廛丑二三〇	庫丑二三〇	唐丑二三〇	膺丑二三〇
廚丑二三〇	廟丑二三〇	廙丑二三〇	廖丑二三〇	廙丑二三〇	廑丑二三〇	廡丑二三〇	富丑二五三	盜丑二五三	寎丑二五三	寐丑二五三	寏丑二五三	寑丑二五三	寒丑二五三	寓丑二五三	寔丑二五四	寁丑二五四	寋丑二五四	貧丑二五四	窨丑二五四
寳丑二五四	寔丑二五四	寞丑二五四	寖丑二五四	寢丑二五四	寬丑二五四	家丑二五四	寠丑二五四	寀丑二五四	寪丑二五四	寘丑二五四	寶丑二五四	寓丑二五四	崩丑二七八	崦丑二七八	崽丑二七八	嵁丑二七八	嵂丑二七八	嵺丑二七八	嵆丑二七八
嵌丑二七八	嵎丑二七八	嵘丑二七八	嵐丑二七九	嵑丑二七九	嵔丑二七九	嵒丑二七九	嵯丑二七九	嵲丑二七九	崳丑二七九	崴丑二七九	崵丑二七九	嵎丑二七九	嵦丑二七九	嵙丑二七九	嵿丑二七九	嵴丑二七九	嶅丑二七九	嶇丑二七九	崻丑二七九
嵢丑二八〇	嵣丑二八〇	嶁丑二八〇	嶉丑二八〇	嶀丑二八〇	嶡丑二八〇	嵋丑二八〇	嶙丑二八〇	嵃丑二八〇	嶐丑二八〇	嵸丑二八〇	翟丑二八〇	嵑丑二八〇	嵷丑二八〇	嵱丑二八〇	嶚丑二八〇	嶖丑二八〇	嵋丑二八〇	嵊丑二八〇	嶇丑二八〇
嵏丑二八〇	嵆丑二八〇	嵤丑二八〇	嵒丑二八〇	嵬丑二八〇	嵠丑二八〇	嵩丑二八〇	嵲丑二八〇	嶫丑二八〇	嵥丑二八〇	嵇丑二八〇	崙丑二八〇	嵛丑二八〇	嵈丑二八〇	嵲丑二八〇	嵇丑二九四	嵯丑二九四	嵳丑二九四	幬丑三〇五	帽丑三〇五
帹丑三〇六	幗丑三〇六	帑丑三〇六	幃丑三〇六	幄丑三〇六	幅丑三〇六	愉丑三〇六	幇丑三〇六	幅丑三〇六	帑丑三〇六	嵃丑三〇六	帿丑三〇六	幀丑三〇七	帕丑三〇七	幁丑三〇七	幉丑三〇七	幝丑三〇七	幝丑三〇七	幞丑三〇七	祀丑三〇七
幍丑三〇七	幗丑三〇七	幫丑三〇七	幆丑三〇七	幐丑三〇七	幃丑三〇七	幋丑三〇七	幍丑三〇七	幙丑三〇七	幏丑三〇七	幐丑三〇七	幓丑三〇七	幒丑三〇七	帶丑三〇七	幁丑三〇七	幖丑三〇七	幇丑三〇七	尋丑三二六	尋丑三二六	彝丑三二六
彝丑三二六	弊丑三二六	就丑三二九	箟丑三二九	尳丑三三〇	就丑三三〇	尯丑三三〇	尲丑三三〇	孱寅七	孫寅七	孱寅七	巽寅七	羿寅八	孱寅八	孳寅八	孶寅八	尊寅一四	尋寅一五	尋寅一五	尌寅一五
尞寅一九																			
奠寅一一九	奢寅一一九	㝴寅一一九	奡寅一三五	奠寅一三五	奥寅一三五	奤寅一三五	奢寅一三五	奣寅一三五	夏寅一三五	奢寅一三五	報寅一三五	奥寅一三六	奠寅一三六	㚏寅一三六	媧寅一六六	婺寅一六六	嫂寅一六六	媮寅一六六	媁寅一六六
婷寅一六六																			

揑卯五二　揚卯五二　揆卯五三　換卯五三　揜卯五三　揟卯五三　揠卯五三　揈卯五四　握卯五四　搭卯五四　揆卯五四　揣卯五四　揤卯五五　搓卯五五　揪卯五五　揺卯五五　揥卯五五　揨卯五五　揩卯五五

挾卯五六　揭卯五六　揮卯五七　揠卯五七　揖卯五八　揰卯五八　揲卯五八　揳卯五八　援卯五八　揵卯五八　擻卯五九　㨔卯五九　搜卯五九　摙卯五九　掾卯五九　揹卯五九　揁卯五九　揞卯五九　揃卯五九

揃卯五九　揞卯五九　揟卯五九　揠卯五九　揌卯六〇　揗卯六〇　揣卯六〇　揺卯六〇　揔卯六〇　揙卯六〇　揆卯六〇　揞卯六〇　揪卯六〇　揲卯六〇　揪卯六〇　搼卯六一

揥卯六一　揁卯六一　摵卯六一　揇卯六一　揆卯六一　揬卯六一　揣卯六一　揺卯六一　揭卯六一　揞卯六一　揆卯六一　揌卯六一　揆卯六一　揘卯六一　揧卯六一　揋卯六一　揜卯六一　揆卯六一　揊卯六一

揆卯六一　撓卯六一　揀卯六一　搽卯六一　揉卯六一　揫卯六一　撓卯六一　揀卯六一　揊卯六一　揶卯六一　揀卯六一　揶卯六一　揣卯六一　捏卯六一　揞卯六一　揙卯六一　揆卯六一　揆卯六一　秏卯一〇六

毱卯一〇六　毲卯一〇六　毹卯一〇六　毳卯一〇六　毿卯一〇七　毽卯一〇七　毱卯一〇七　毻卯一〇七　毷卯一〇七　毸卯一〇七　毰卯一〇七　毭卯一〇七　毯卯一〇七　毵卯一〇七　毶卯一〇七　毬卯一〇七　毰卯一〇七　毸卯一〇七　毷卯一〇七

毳卯一〇七　氂卯一〇七　毬卯一〇七　毬卯一〇七　悲卯一三一　惖卯一三三　惁卯一三三　悶卯一三三　惌卯一三四　惑卯一三四　惄卯一三四　惎卯一三四　惠卯一三六　惡卯一三六　惪卯一三七　惢卯一三七　愆卯一三七　惠卯一三七　怗卯一三八　惹卯一三八

悳卯一三八　惎卯一三八　悬卯一三八　悠卯一三八　惉卯一三八　惡卯一三八　扈卯一三八　愜卯一三九　惚卯一三九　愜卯一三九　惰卯一三九　愿卯一三九　惱卯一三九　惢卯一三九　愚卯一三九　惫卯一三九　愗卯一三九　愍卯一三九　憊卯一三九　惷卯一三九

惒卯一三九　惷卯一三九　惪卯一三九　愛卯一三九　惪卯一三九　惻卯一三九　悳卯一三九　惣卯一三九　怗卯一三九　惪卯一三九　惣卯一三九　惖卯一三九　惒卯一三九　惡卯一三九　惌卯一三九　惠卯一三九　閟卯一三九　愁卯一三九　惲卯一四〇　惴卯一四〇

惵卯一四〇　惶卯一四〇　惇卯一四〇　惺卯一四〇　惻卯一四〇　惼卯一四〇　惆卯一四一　惛卯一四一　惵卯一四一　愯卯一四一　惿卯一四一　愀卯一四一　惕卯一四一　愃卯一四一　愅卯一四一　愉卯一四三　愋卯一四三　愔卯一四三　愊卯一四三

愎卯一四三　愐卯一四三　愒卯一四三　愓卯一四三　愔卯一四三　愕卯一四三　愖卯一四三　愘卯一四四　愝卯一四四　惰卯一四四　愫卯一四四　愭卯一四四　愢卯一四四　愱卯一四四　愯卯一四四　愮卯一四四　愲卯一四四　愰卯一四四　愥卯一四四　愱卯一四五

愷卯一四五　愫卯一四五　愸卯一四五　愹卯一四五　愾卯一四五　慂卯一四五　慅卯一四五　慄卯一四五　愭卯一四五　慆卯一四五　慇卯一四五　慉卯一四五　慊卯一四五　慌卯一四五　慍卯一四五　慎卯一四五　慓卯一四五　慔卯一四五　慕卯一四五　慖卯一四五

懤卯一四五 愪卯一四五 憸卯一四五 惐卯一四五 懷卯一四五 ⿰忄男卯一四五 ⿰忄柬卯一四五 憢卯一四五 愜卯一四五 懼卯一四五 情卯一四五 慍卯一四五 ⿰忄擧卯一四六 ⿰忄侯卯一四六 ⿰忄叚卯一四六 惇卯一四六 ⿰忄怱卯一四六 爲卯一七一 發卯一七一 [illegible]卯一七三

⿰牜羍卯一七三 犄卯一七四 牚卯一七四 ⿰片空卯一七五 ⿰片彖卯一七五 ⿰片戔卯一七五 ⿰片果卯一七五 ⿰片耑卯一七五 ⿰片犬卯一七五 ⿰片兼卯一七五 ⿰片夌卯一七七 ⿰片虎卯一七七 牌卯一七七 ⿰片奄卯一七七 ⿰片咅卯一七七 ⿰片宛卯一七七 ⿰片畓卯一七八 ⿰片戔卯一七八 ⿰片定卯一七八 ⿰片非卯一七八

⿰片遂卯一七八 ⿰片柬卯一七八 斮卯一八一 斯卯一八一 厮卯一八二 ⿰𤴓斤卯一八二 ⿰奇斤卯一八二 ⿰兹斤卯一八二 ⿰豖斤卯一八二 ⿰卓斤卯一八二 扉卯一八六 扊卯一八六 ⿸戶憂卯一八六 ⿸戶鹿卯一八六 ⿰歹叟卯一九二 ⿰歹析卯一九二 ⿰歹委卯一九二 ⿰歹隶卯一九二 ⿰歹咅卯一九二

殖卯一九三 殗卯一九三 殘卯一九三 殙卯一九三 ⿰歹矢卯一九三 ⿰歹卒卯一九三 ⿰歹奇卯一九三 ⿰歹夜卯一九三 ⿰歹炎卯一九三 ⿰歹夆卯一九三 殤卯一九三 ⿰歹必卯一九三 ⿰歹斦卯一九三 ⿰歹罔卯一九三 ⿰歹戓卯一九三 ⿰歹委卯一九三 ⿰歹宛卯一九四 ⿰歹京卯一九四 ⿰歹朋卯一九四 ⿰歹定卯一九四

⿰歹多卯一九四 ⿰歹宋卯一九四 旒卯三〇四 ⿰方彖卯三〇四 ⿰方奄卯三〇四 ⿰方爰卯三〇四 施卯三〇四 旃卯三〇四 旌卯三〇四 ⿰方京卯三〇六 就卯三〇六 [illegible]卯三二 普辰一五 景辰一五 晳辰一五 晴辰一五 晶辰一五 ⿱日易辰一五 晷辰一五 暘辰一五

智辰一六 晬辰一六 ⿰日隹辰一六 晻辰一六 晉辰一六 ⿰日侖辰一六 ⿰日非辰一六 ⿰日帚辰一六 ⿰日尚辰一六 ⿰日奐辰一六 晫辰一六 晲辰一六 ⿰日垂辰一六 ⿰日矣辰一六 ⿰日疌辰一六 晋辰一六 ⿰日制辰一六 晰辰一六 晱辰一六 春辰一六

⿰日果辰一六 ⿰日亭辰一六 ⿱日取辰一六 ⿰日彔辰一六 晼辰一六 ⿰日朱辰一七 ⿱日隶辰一七 晾辰一七 ⿰日昏辰一七 ⿰日昌辰一七 ⿱日弄辰一七 [illegible]辰一七 ⿱日兴辰一七 晅辰一七 晵辰一七 ⿱日炅辰一七 ⿱日具辰一七 ⿰豈几辰一七 晭辰一七 ⿱皆日辰一七

⿰日岡辰一七 ⿱日吊辰一七 ⿰日忽辰一七 ⿰日束辰一七 量辰一七 曾辰二九 替辰三〇 最辰三〇 朁辰三〇 ⿱𡗗曰辰三〇 ⿱聿曰辰三〇 朝辰三六 期辰三七 朞辰三七 ⿰月享辰三八 ⿰月怱辰三八 ⿰月尨辰三八 脞辰三八 ⿱罒月辰三八 ⿰月扁辰三八

[illegible]辰三六 ⿰日电辰四四 斐辰四六 斑辰四六 欽辰四三 款辰四三 欻辰四三 欺辰四三 ⿰咅欠辰四四 ⿰或欠辰四四 欲辰四四 欸辰四四 欹辰四四 ⿰巠欠辰四四 ⿰念欠辰四四 ⿰兑欠辰四四 ⿰𡵂欠辰四四 ⿰豖欠辰四四 ⿰來欠辰四四 欲辰四四

[illegible]辰四四 ⿰⿱艹月欠辰四四 歃辰四四 ⿰娄欠辰四四 ⿸厂欣辰四四 ⿰癸欠辰四四 歎辰四四 歔辰四四 ⿰豆攴辰六三 敧辰六三 ⿰果攴辰六三 ⿰幸攴辰六三 散辰六三 殿辰七〇 敛辰七一 敞辰七一 敝辰七一 [illegible]辰七一 [illegible]辰七一 ⿰兒攴辰七一

⿰彖攴辰七一 敢辰七一 [illegible]辰七一 [illegible]辰七一 散辰七二 [illegible]辰七二 敘辰七二 敦辰七二 [illegible]辰七三 [illegible]辰七三 ⿰豖攴辰七三 ⿰車攴辰七三 啟辰七三 ⿰借攴辰七三 敗辰七四 [illegible]辰七四 ⿰至攴辰七四 [illegible]辰七四 ⿰叕攴辰七四 [illegible]辰七四

[illegible]辰七四 [illegible]辰七四 [illegible]辰七四 ⿰車攴辰七四 ⿰壴攴辰七四 [illegible]辰七四 敧辰七四 [illegible]辰七四 ⿰豈攴辰七四 ⿰壴攴辰七四 [illegible]辰七四 [illegible]辰七四 熬辰七四 教辰七四 ⿰柬攴辰七四 ⿰朿攴辰七四 殽辰八四 毀辰八四 ⿰食殳辰八四 [illegible]辰八四

㱿辰八四　殼辰八四　𣪠辰八四　毅辰九二　戟辰九二　戴辰九二　戚辰九二　散辰九二　戥辰九二　戢辰九二　戚辰九二　戞辰九二　焚巳一一三　廚巳一一四　焜巳一一四　焞巳一一四　焟巳一一四　焠巳一一四　無巳一一四　焦巳一一五

𤈦巳一一六　𤎕巳一一六　焭巳一一六　焮巳一一六　爽巳一一六　焯巳一一六　焱巳一一六　焵巳一一六　然巳一一六　焷巳一一七　焙巳一一七　㷑巳一一七　閃巳一一七　㷉巳一一七　煤巳一一七　煋巳一一七　㷋巳一一七　熈巳一一七　㷏巳一一七　焨巳一一七

焯巳一一七　焴巳一一七　焆巳一一七　焖巳一一七　焩巳一一七　𠛰巳一一七　焪巳一一七　焫巳一一七　煬巳一一七　焥巳一一七　敥巳一一七　㷛巳一一八　焿巳一一八　焬巳一一八　㷇巳一一八　焢巳一一八　敞巳一一八　聽巳一一八　煬巳一一八　劉巳一一八

焙巳一一八　鳥巳一一八　賁巳一一八　負巳一一八　熘巳一一八　焳巳一一八　焨巳一一八　罵巳一一八　煉巳一一八　彙巳一二〇　畬巳一二〇　棥巳一二〇　楙巳一二〇　保巳一二〇　聚巳一二〇　渙巳一二〇　潛巳一二〇　減巳一二一　渜巳一二一　渟巳一二一

渠巳一二三　渡巳一二三　渢巳一二三　渣巳一二三　渤巳一二三　渥巳一二三　渦巳一二四　渧巳一二四　渨巳一二四　渪巳一二四　渫巳一二四　渭巳一二四　湏巳一二五　渲巳一二五　測巳一二五　港巳一二五　渳巳一二五　渴巳一二五　游巳一二六　渹巳一二七

渚巳一二七　渺巳一二七　渼巳一二七　湊巳一二七　湚巳一二七　渾巳一二七　渿巳一二八　湃巳一二八　湄巳一二八　湅巳一二九　湆巳一二九　湉巳一二九　湋巳一二九　湍巳一二九　湊巳一二九　湎巳一二九　湏巳一三〇　湑巳一三〇　湒巳一三〇　溢巳一三〇

湍巳一三〇　湖巳一三一　湗巳一三一　溱巳一三一　湘巳一三一　湛巳一三一　湞巳一三二　湟巳一三二　湠巳一三二　湡巳一三二　湢巳一三三　湣巳一三三　湤巳一三三　湩巳一三三　湪巳一三三　湫巳一三三　湭巳一三四　湮巳一三四　湯巳一三四　渚巳一三六

湳巳一三五　湴巳一三六　湵巳一三六　湶巳一三六　湸巳一三六　湹巳一三七　滑巳一三七　湰巳一三七　湲巳一三七　湝巳一三七　湇巳一三七　湨巳一三七　湱巳一三七　湶巳一三七　湙巳一三七　湁巳一三七　湝巳一三七　湒巳一三七　湑巳一三七　湚巳一三七

澳巳一三七　湕巳一三七　溇巳一三七　湜巳一三七　渫巳一三七　湑巳一三八　湨巳一三八　湫巳一三八　澤巳一三八　溦巳一三八　溽巳一三八　湟巳一三八　湽巳一三八　湈巳一三八　湇巳一三八　湾巳一三八　湚巳一三八　湦巳一三八　湲巳一三八　湖巳一三八

灘巳一三八　湚巳一三八　漯巳一三八　澆巳一三八　湃巳一三八　浞巳一三八　滯巳一三八　湔巳一三八　湯巳一三八　渫巳一三八　渫巳一三九　湫巳一三九　湷巳一三九　湖巳一三九　滋巳一三九　津巳一三九　湋巳一三九　淩巳一三九　溙巳一三九　湈巳一三九

溢巳一三九　湡巳一三九　湅巳一三九　淳巳一三九　湶巳一三九　漏巳一三九　浣巳一三九　湌巳一三九　湓巳一三九　湘巳一三九　谿巳一三九　湬巳一三九　湧巳一三九　湪巳一三九　湊巳一三九　湊巳一三九　溫巳一三九　棃巳一七一　棗巳一七一　棉巳一七一

棊巳一七一　棋巳一七二　棌巳一七二　棍巳一七二　棎巳一七二　棐巳一七二　棑巳一七二　棒巳一七二　棓巳一七二　棖巳一七二　棗巳一七二　棘巳一七三　棙巳一七三　棵巳一七三　棚巳一七三　棜巳一七三　棟巳一七三　棠巳一七四　棣巳一七四　棥巳一七四

機巳二七四 槩巳二七五 棫巳二七五 森巳二七五 棱巳二七五 棲巳二七五 棴巳二七五 棸巳二七六 棹巳二七六 棺巳二七六 棼巳二七六 椀巳二七六 椁巳二七六 椄巳二七六 椅巳二七六 椆巳二七七 椇巳二七七 暴巳二七七 椊巳二七七 椌巳二七七

植巳二七七 椎巳二七七 椐巳二七八 椑巳二七八 楊巳二七八 椒巳二七八 椽巳二七九 梚巳二七九 椋巳二七九 椄巳二七九 椏巳二七九 梍巳二七九 奞巳二七九 棗巳二七九 椕巳二七九 棟巳二七九 棆巳二七九 椶巳二七九 棈巳二七九 椎巳二七九

椖巳二七九 椗巳二七九 椈巳二七九 椷巳二七九 棋巳二七九 棨巳二七九 棄巳二七九 椰巳二七九 棓巳二七九 棪巳二七九 棠巳二七九 棕巳二七九 棚巳二七九 棰巳二七九 棃巳二七九 棒巳二七九 棻巳二八〇 楠巳二八〇 椓巳二八〇 棥巳二八〇

棶巳二八〇 棽巳二八〇 椔巳二八〇 棗巳二八〇 棏巳二八〇 犖巳二四七 犐巳二四七 犍巳二四八 犋巳二四八 犄巳二四八 犂巳二四八 犃巳二四七 犄巳二四七 犅巳二四七 犆巳二四七 犀巳二四七 犇巳二四七 犉巳二四七 犖巳二四七

犎巳二四八 犑巳二四八 犒巳二四八 犗巳二四八 犕巳二四八 犗巳二四八 犍巳二四八 犙巳二四八 犉巳二四八 犐巳二四八 犊巳二六七 犒巳二六七 犐巳二六七 犓巳二六七 犘巳二六七 猢巳二六八 猥巳二六八 猩巳二六八 猦巳二六八 猫巳二六八

猭巳二六八 猵巳二六八 猰巳二六八 猲巳二六九 猴巳二六九 猶巳二六九 猷巳二七〇 臭巳二七〇 猣巳二七〇 猫巳二七〇 猤巳二七〇 猷巳二七〇 猪巳二七〇 猦巳二七〇 猾巳二七〇 猧巳二七〇 猨巳二七〇 猛巳二七〇 猈巳二七〇 猬巳二七〇

猩巳二七〇 猰巳二七〇 猱巳二七〇 猲巳二七〇 猵巳二七一 猰巳二七一 猬巳二七一 猇巳二七一 猴巳二七一 猣巳二七一 猷巳二七一 猼巳二七一 猨巳二七一 猷巳二七一 猗巳二七一 猶巳二七一 猏巳二七一 猿巳二七一 猿巳二七一 猩巳二七一

猓巳二七一 猳巳二七一 猥巳二七一 猪巳二七一 猨巳二七一 崒巳二六七 棠巳二六七 崚巳二六七 嵆巳二六七 嵖巳二六七 崷巳二六七 嵂巳二六七 豢巳二六七 嵁巳二六七 崼巳二六七 嵋巳二六七 嵃巳二六七 猌巳二六七 嵐巳二六七 貪巳二七〇

獡巳二七〇 瓠午二五 瓡午二五 瓤午二五 瓟午二五 皷午二五 皴午七 皶午七 皵午七 皷午七 皴午七 皺午七 皷午七 皻午七 疎午二一 疐午二一 疏午二一 登午二三 發午二三 䕘午二三

𤼴午二三 癹午二三 窗午二三 窖午二二 窗午二二 窖午二二 窨巳二二 窦午二三 窬午二三 窕午二三 窘午二三 窝午二三 窖午二三 窣午二三 窘午二三 窕午二三 窗午二三 窖午二三 窬午二三 窠午二三

窘午二三 窘午二三 窡午二三 窣午二三 窖午二三 窛午二三 窖午二三 窙午二三 窘午二三 窤午二三 窖午二三 窓午二三 窗午二三 窖午二三 窊午二三 窔午二三 窖午二三 窖午二三 窚午二三 痛午四一

痞午四一 痞午四一 痛午四一 痝午四一 痛午四一 痞午四一 痏午四二 痠午四二 瘄午四二 痣午四二 痙午四二 痜午四二 痘午四二 痤午四二 痒午四三 痕午四三 痯午四三 痞午四三 痒午四三 痒午四三

𤸱午四三 瘖午四三 㾄午四三 㾀午四三 㾂午四三 痱午四三 㾌午四三 㾖午四三 㾛午四三 㾜午四三 痛午四三 瘌午四三 㾓午四三 㾍午四三 㾃午四四 㾘午四四 痠午四四 㾆午四四 痤午四四 痧午四四

瘊午四四 瘦午四四 㾨午四四 㿄午四四 瘓午四四 痃午四四 痸午四四 瘦午四四 痋午四四 竣午六九 童午六九 竦午六九 竢午七〇 竮午七〇 竨午七〇 竤午七〇 竰午七〇 竬午七〇 𥩾午七〇 竪午七〇

竫午七〇 端午七〇 竨午七五 珵午八六 珹午八六 斑午八六 現午八六 珽午八六 琁午八六 球午八七 琄午八七 琅午八七 理午八七 琇午八八 琈午八八 琊午八八 琜午八八 珴午八八 珶午八九 珷午八九

琊午八九 珕午八九 珸午八九 珺午八九 珻午八九 現午八九 琝午八九 琜午八九 琀午八九 琋午八九 琿午八九 琹午八九 琤午八九 爽午八九 琜午八九 琝午八九 琈午八九 琟午八九

現午八九 硜午一二九 硞午一二九 硍午一二九 硡午一二九 硤午一二九 硅午一二九 硧午一二九 硩午一二九 硬午一三〇 𥒑午一三〇 硯午一三〇 硝午一三〇 碑午一三〇 𥐝午一三〇 碙午一三〇 硟午一三〇 硊午一三〇 䂾午一三〇 硢午一三〇

硟午一三〇 硣午一三〇 䃂午一三一 𥑚午一三一 硑午一三一 硶午一三一 硋午一三一 𥒉午一三一 硨午一三一 硪午一三一 硭午一三一 𥑈午一三一 硱午一三一 硙午一三一 䃑午一三一 䃊午一三一 䃓午一三一 䃗午一三一 硰午一三一 桎午一三一

磈午一三一 磬午一三一 皓午一四五 皔午一四六 皖午一四六 皕午一四六 皒午一四六 皛午一四六 瓻午一五三 瓶午一五三 𤬿午一五三 𤭁午一五三 瓴午一五三 瓵午一五三 瓯午一五三 甀午一五三 瓿午一五三 𤭞午一五三 甒午一五三

甂午一五三 瓬午一五三 甄午一五二 甀午一五三 甄午一五三 喬午一六一 猬午一六一 狻午一六一 𤞟午一六一 狠午一六一 狻午一六一 狾午一六一 猎午一六一 猗午一六一 矬午一六六 短午一六六 䂐午一六六 䠶午一六六 䂓午一六六

甌午一六六 甥午一七〇 𤯓午一七一 甡午一七一 𤯮午一七一 甦午一七一 𥛅午一八一 祲午一八一 祮午一八一 𥚃午一八一 祰午一八一 禐午一八一 祱午一八一 祳午一八一 祴午一八一 𥛱午一八一 𥚝午一八一 𥙰午一八一 新午一八一 𥛍午一八一

禉午一八二 禉午一八二 禒午一八二 禶午一八二 𥚴午一八二 祼午一八三 稀午一九八 稅午一九八 稊午一九八 程午一九八 稍午一九八 𥟍午一九九 𥞦午一九九 稂午一九九 䅚午一九九 稃午一九九 秸午一九九 䅌午一九九 𥞿午一九九 𥟎午一九九

稈午一九九 稜午一九九 䅙午一九九 稛午一九九 程午一九九 𥞐午一九九 稄午一九九 稧午一九九 稌午一九九 稢午一九九 稨午一九九 𥟖午一九九 𥞵午一九九 稖午一九九 䅐午一九九 粱午一九九 䅊午一九九 秳午一九九 稾午一九九 𥝮午一九九

稷午二〇〇 番午二三一 畫午二三二 畯午二三二 異午二三三 畱午二三三 𤱳午二三四 畲午二三四 𤱒午二三四 𤱿午二三四 畮午二三四 畭午二三四 甯午二四二 䀰午二六三 睊午二六三 睆午二六三 睇午二六三

瞁午二六三 睲午二六三 睉午二六三 睙午二六三 晢午二六四 眀午二六四 睯午二六四 省午二六四 䀹午二六四 督午二六四 睁午二六四 䀶午二六四 睼午二六四 魌午二六四 睍午二六四 睎午二六四 督午二六五 眏午二六五 晡午二六五 睩午二六五

䁁午二六五 睃午二六五 睁午二六五 睅午二六五 晦午二六五 睋午二六五 睘午二六五 睖午二六五 睟午二六五 勖午二六五 夐午二六五 睭午二六五 晥午二六五 睚午二六五 屇午二六五 睋午二六五 睋午二六五 睋午二六五 睋午二六五 叟午二六五

睫午二六五 䀿午二六六 斷午二六六 眇午二六六 瞅午二六六 晵午二六六 睚午二六六 晗午二六六 督午二六六 睍午二六六 睊午二六六 睰午二六六 睷午二六六 語午二六六 睐午二六六 睆午二六六 睪午二六六 睪午二六六 睐午二六六 睥午二六六

睆午二六六 睿午二六六 盛午二九三 盜午二九三 盞午二九三 盜午二九四 盜午二九四 盛午二九四 盜午二九四 盟午二九四 盟午二九四 盡午二九四 盦午二九七 盜午二九七 臧未二〇 臂未二〇 膷未二四 脹未二四 脺未二五 脼未二五

腓未二五 脾未二五 腎未二五 腁未二五 腄未二五 腅未二五 腂未二五 腆未二六 腰未二六 腡未二六 腦未二六 腊未二六 腋未二六 腌未二六 腫未二六 腍未二六 腑未二六 腎未二六 腏未二七 腐未二七

腒未二七 腓未二七 腔未二七 腕未二七 腂未二七 腰未二七 腍未二八 腖未二八 腳未二八 腨未二八 腦未二八 腦未二八 腱未二八 腤未二八 腠未二八 腀未二八 腠未二八 腒未二八 腧未二八 腳未二八

腁未二八 腺未二八 腥未二八 腭未二八 腶未二八 腈未二八 腜未二八 腕未二八 腔未二八 腖未二八 腺未二八 腸未二八 腷未二八 腸未二九 胸未二九 脊未二九 腿未二九 腮未二九 腯未二九 䐊未二九

腂未二九 腷未二九 脊未二九 舶未二九 腂未二九 腂未二九 脾未二九 聑未五一 聤未五一 聗未五一 聚未五一 聖未五一 聟未五五 聎未五九 聐未五九 聑未五九 聒未五九 聅未五九 聠未五九 聣未五九

聓未五九 䏕未五九 胔未六八 皐未六八 舄未六九 參未六九 舁未六九 舒未七一 䑛未七三 詹未七三 舑未七三 舙未七八 舝未七八 舜未七八 舞未七八 虛未八一 虜未八二 虎未八二 虒未八二 虘未八二

虩未八二 羠未九〇 䍮未九〇 羘未九〇 羛未九〇 羢未九〇 羥未九〇 羦未九〇 羜未九〇 羡未九〇 羢未九〇 䍶未九〇 翔未九〇 羧未九〇 羮未九一 羭未九一 羭未九一 蛑未一〇七 蛒未一〇七 蛘未一〇七

蛙未一〇七 畫未一〇七 蝉未一〇八 蛞未一〇八 蛟未一〇八 蛶未一〇八 蛣未一〇八 蛤未一〇八 蛥未一〇八 蛦未一〇八 蛚未一〇八 蛪未一〇九 蛫未一〇九 蛭未一〇九 蛢未一〇九 蛐未一〇九 蛓未一〇九 蛸未一〇九 蛬未一〇九

蛯未一〇九 蛗未一〇九 蛮未一〇九 蛚未一〇九 蛛未一〇九 蛵未一一〇 蛝未一一〇 蜓未一一〇 蜮未一一〇 蜙未一一〇 蛐未一一〇 蜎未一一〇 蛥未一一〇 蛘未一一〇 蜂未一一〇 蛇未一一〇 蜑未一一〇 蜩未一一〇 蜀未一一〇 蛢未一一〇

蝡未二一〇 蝓未二一〇 蝅未二一〇 蝁未二一〇 蜾未二一〇 蚤未二一〇 蛑未二一〇 蛾未二一一 蛫未二一一 蛸未二一一 蛟未二一一 蜱未二一一 蛚未二一一 蛪未二一一 蛾未二一一 蜬未二一一 蛪未二一一 蚺未二一一 蚮未二一一

衕未二一一 蛋未二一一 蛘未二一一 蛩未二一一 蛔未二一一 蜆未二一一 蓋未二一一 蛢未二一一 蛕未二一一 蛮未二一一 蛷未二一一 蛘未二一一 蚉未二一二 翖未一五四 翃未一五四 翋未一五四 翎未一五四 翑未一五四 翐未一五四 翗未一五四

翍未一五四 翍未一五四 翎未一五四 翙未一五四 翗未一五五 翔未一五五 翕未一五五 羿未一五五 翐未一五五 習未一五五 翏未一五五 翋未一五五 翆未一五五 翎未一五五 翢未一五五 翑未一五五 翛未一五五 絡未一五五 第未一六八 笿未一七〇 筧未一七〇

筃未一七〇 筅未一七〇 筆未一七一 筇未一七一 筈未一七一 筌未一七一 等未一七一 筊未一七一 筋未一七二 筍未一七二 筏未一七二 筐未一七二 筑未一七二 筒未一七二 笄未一七二 答未一七三 策未一七三 篆未一七三 筗未一七三 箐未一七三

筃未一七三 筝未一七三 筆未一七四 笛未一七四 筌未一七四 筏未一七四 筎未一七四 筦未一七四 策未一七四 筄未一七四 筣未一七四 筨未一七四 筌未一七四 筡未一七四 筎未一七四 筓未一七四 筅未一七四 筑未一七四 筕未一七四

算未一七四 筵未一七四 筝未一七四 筛未一七四 筑未一七四 筭未一七四 筡未一七四 筘未一七五 筴未一七五 筂未一七五 筎未一七五 筵未一七五 筓未一七五 筃未一七五 筧未一七五 筅未一七五 筷未一七五 舞未二四九 帣未二五七 莽未二六九

莉未二七〇 菀未二七〇 菁未二七〇 菈未二七〇 菅未二七〇 菆未二七一 菉未二七一 菈未二七一 菊未二七一 菌未二七一 菔未二七二 菀未二七二 菕未二七二 菖未二七二 菗未二七二 菩未二七二 菜未二七二 菞未二七三 菟未二七三 菥未二七三

菮未二七三 菩未二七三 菫未二七三 菭未二七四 菬未二七四 華未二七四 菰未二七五 菰未二七五 菲未二七五 菳未二七六 菴未二七六 菶未二七六 菸未二七六 菻未二七六 菽未二七六 菿未二七六 菎未二七七 萁未二七七 萃未二七七 萄未二七七

萆未二七〇 萇未二七八 萅未二七八 萊未二七八 萋未二七八 萌未二七八 萍未二七八 萎未二七九 萑未二七九 萏未二七九 萒未二七九 萓未二七九 萔未二七九 萕未二七九 萜未二七九 萗未二七九 萘未二七九 萙未二七九 萛未二七九 荷未二七九

萋未二八〇 菓未二八〇 菓未二八〇 菘未二八〇 菲未二八〇 菙未二八〇 菚未二八〇 菹未二八〇 菛未二八〇 菝未二八〇 菠未二八〇 菢未二八〇 菡未二八〇 菤未二八〇 菦未二八〇 菧未二八〇 菥未二八〇 菦未二八一 菧未二八一 菨未二八一

萋未二八一 萺未二八一 萻未二八一 萿未二八一 萹未二八一 萾未二八一 萷未二八一 萸未二八一 萹未二八一 萺未二八一 萻未二八一 萬未二八一 萭未二八一 萮未二八一 萯未二八一 萰未二八二 萱未二八二 萲未二八二 萳未二八二 萵未二八二

萹未二八二 萺未二八二 萌未二八二 茹未二八二 萏未二八二 萔未二八二 萓未二八二 莞未二八二 萳未二八二 萱未二八二 萯未二八三 萲未二八三 萬未二八三 萵未二八三 萶未二八三 萷未二八三 萸未二八三 萹未二八三 萺未二八三

十二畫

衖未五四五 街未五四五 衕未五四五 衘未五四五 衙未五四五 衚未五四五 舜未五四八 舜未五四八 畫未五五一 𦤶未五五四 臵未五五七 臷未五五七 臶未五五七 臸未五五七 臺未五五七 象申十二 豨申十三 豚申十三 豿申十三 毅申十三

豠申十三 豯申十三 豨申十三 豰申十四 豬申十四 象申十四 豫申十四 豦申十四 貂申十二 貀申十二 貁申十二 貃申十二 貄申十二 貆申十三 貅申十三 貉申十三 貊申十三 貋申十三 貌申十三 貏申十三

貁申二二 貜申二二 貁申二二 貂申二二 貅申二二 貁申二二 貯申二三 貫申二三 賊申二三 貰申二三 貳申二三 貴申二三 貶申二四 買申二四 貸申二四 貹申二四 貺申二四 貺申二五 費申二五 貼申二五

貽申二五 貿申二五 賀申二五 貾申二五 貽申二五 賁申二五 貼申二六 賍申二六 賅申二六 賆申二六 賃申二六 賅申二六 賂申二六 賄申二六 賄申二六 貼申二六 毁申二六 貢申二六 貸申二六 貿申二六

䑰申四一 躺申四一 軀申四一 躳申四一 艇申四二 艄申四二 軀申四二 艏申四二 躬申四二 艉申四二 舷申四二 艅申四二 艂申四二 艁申四二 艅申四二 艇申四二 粬申五〇 躭申五二 駐申五二 躲申五二

躬申五二 躰申五二 躭申五二 躯申五二 躰申五二 躯申五二 躺申五二 躹申五二 跆申五七 跋申五七 跚申五七 趺申五七 踌申五七 跋申五七 跌申五七 跟申五七 跏申五八 跐申五八 跑申五八 跬申五八

跔申五八 跕申五八 跫申五八 跗申五八 跚申五八 距申五八 跈申五九 跉申五九 跖申五九 跒申五九 跡申五九 跜申五九 跠申五九 跳申五九 跦申五九 跬申五九 跦申五九 跴申五九 跚申五九 跕申五九

跐申五九 跮申五九 跬申五九 跂申五九 跴申五九 跙申五九 跳申五九 跸申五九 跘申五九 跜申六〇 跙申六〇 跚申六〇 跛申六〇 跪申六〇 跦申六〇 跳申六〇 跟申六〇 跪申六〇 跦申六〇 跲申六〇

跛申六〇 跫申六〇 跎申六〇 越申九二 趁申九二 趑申九三 趄申九三 越申九三 超申九三 超申九三 越申九三 趄申九三 趆申九三 趍申九三 趋申九四 趔申九四 越申九四 趙申九五 趌申九五 趀申九五

趌申九五 趋申九五 迮申九五 超申九五 趀申九五 趐申九五 趇申九五 趄申九五 趍申九五 超申九五 超申九五 趆申九五 趀申九五 迷申一二七 逵申一二七 遺申一二七 逯申一二七 迸申一二七 逭申一二七

逮申一二七 進申一二八 逕申一二八 逭申一二八 透申一二八 逵申一二八 遏申一二九 逴申一二九 逸申一二九 逩申一二九 逢申一二九 淵申一二九 逺申一二九 週申一二九 遡申一二九 遈申一二九 遝申一二九 逪申一三〇 逮申一三〇 適申一三〇

遡申一三〇 逘申一三〇 逄申一三〇 遷申一三〇 逖申一三〇 逃申一三〇 運申一三〇 逩申一三〇 逯申一三〇 遷申一三〇 逯申一三〇 逬申一三〇 逆申一三〇 逵申一三〇 遊申一三〇 過申一三〇 訴申一三八 諷申一三八 訶申一三八 誂申一三九

詘申一五九 訴申一五九 訹申一五九 詒申一五九 診申一五九 註申一五九 証申一五九 評申一五九 訾申一五九 詀申一六〇 詁申一六〇 詠申一六〇 詂申一六〇 詃申一六〇 詄申一六一 詄申一六一 詅申一六一 詆申一六一 詇申一六一 詪申一六一

詈申一六一 詨申一六一 詎申一六二 詑申一六三 詐申一六三 詒申一六三 詔申一六三 詸申一六三 詋申一六三 評申一六三 詖申一六三 詷申一六三 詘申一六三 詛申一六三 詙申一六四 詝申一六四 詞申一六四 [illegible]申一六四 訷申一六四 詢申一六四

詓申一六四 詎申一六四 詉申一六四 許申一六四 誠申一六四 誇申一六四 說申一六四 詌申一六四 詘申一六四 詤申一六四 詏申一六四 詭申一六五 訹申一六五 詓申一六五 詾申一六五 詑申一六五 詖申一六五 詛申一六五 詚申一六五 詨申一六五

詉申一六五 詑申一六五 謳申一六五 詏申一六五 詈申一六五 詧申一六五 譬申一六五 詥申一六五 誂申一六五 該申一六五 諡申一六五 詧申一六五 訾申一六五 覞申二二九 覘申二二九 覤申二二九 覢申二二九 覞申二二九 視申二三〇 悓申二三〇

覗申二三〇 覘申二三〇 覝申二三〇 覓申二三〇 覡申二三〇 覣申二三〇 覤申二三〇 規申二三〇 覝申二三一 覦申二三一 覜申二三一 軥申二三三 軨申二三四 軫申二三四 軦申二三四 軬申二三五 軒申二三五 軱申二三五 軲申二三五 軳申二三五

軜申二三五 軵申二三五 軝申二三五 軷申二三五 軸申二三五 軹申二三六 軺申二三六 軳申二三六 軻申二三六 軼申二三六 軯申二三七 軦申二三七 軧申二三七 軦申二三七 軲申二三七 軪申二三七 軎申二三七 軮申二三七 軷申二三七 軖申二三七

軻申二三七 軶申二三七 軦申二三七 軱申二三七 軸申二三七 軸申二三七 軥申二三七 軬申二三七 軿申二三七 軞申二三七 軖申二三七 軽申二三七 輩申二三七 軟申二三七 輸申二三七 辠申二六一 辤申二六二 酟申二七三 酌申二七三 酢申二七三

酣申二七三 酱申二七四 酟申二七四 酥申二七四 酡申二七四 醃申二七四 酦申二七五 酬申二七五 酸申二七五 䤇申二七五 酤申二七五 酬申二七五 酡申二七五 酠申二七五 酃申二七五 酡申二七五 酩申二七五 酥申二七五 酢申二七五 酮申二七五

酟申二七五 酥申二七五 酊申二七五 酭申二七五 僮申二九三 量申二九五 鲎申二九四 量申二九四 郢申三〇一 鄐申三〇一 鄁申三〇一 都申三〇九 鄅申三一〇 鄂申三一〇 鄆申三一〇 都申三一〇 鄍申三一〇 鄧申三一〇 鄹申三一〇 鄲申三一一

鄏申三一一 都申三一一 鄃申三一一 鄄申三一一 鄅申三一一 鄎申三一一 郿申三一一 鄖申三一一 鄠申三一一 鄭申三一一 鄒申三一一 郾申三一一 鄐申三一一 鄏申三一一 郗申三一一 鄞申三一一 部申三一一 鄉申三一一 鄸申三一一 鄐申三一一

鄉申三一一 鄑申三一一 鄛申三一一 鄄申三一一 鄇申三一一 鄘申三一一 鄙申三一一 鄜申三一一 鄐申三一一 甜申三一三 睿申三一三 鈾申三一三 豿申三一七 豋申三一六 豉申三一六 登申三一六 豻申三三三 豝申三三三 貅申三三三 鋲四五

釿四五 鈀四五 鈁四五 鈂四五 釬四五 鈆四五 鈇四五 鈉四五 鈋四六 鈌四六 鈍四六 鈐四六 鈑四六 鈒四六 鈔四六 鈕四七 鈚四七 鈎四七 鈜四七 鈘四七

十三畫

傭子七六 僧子七六 傰子七六 傲子七六 傳子七六 傴子七七 債子七七 傄子七七 傷子七七 傺子七七 傻子七八 傸子七八 偉子七八 傪子七八 傾子七八 傿子七八 僕子七八 僑子七八 傒子七八 僂子七八

僄子七八 僅子七九 僆子七九 僒子七九 僇子七九 優子七九 偋子七九 僉子七九 傶子七九 僋子七九 僊子七九 僌子八〇 僙子八〇 僟子八〇 僱子八〇 僁子八〇 從子八〇 僭子八〇 偺子八〇 僘子八〇

僬子八〇 僷子八〇 僘子八〇 僜子八〇 傽子八〇 僔子八〇 僟子八〇 僨子八〇 僚子八〇 僐子八〇 僎子八〇 僳子八〇 僁子八〇 僚子八〇 僡子八〇 備子八〇 俾子八〇 僞子八〇 倖子八〇 僓子八〇 儁子八〇

僪子八〇 僆子八〇 僆子八〇 僞子八〇 僘子八〇 働子八〇 僌子八四 儀子八四 僉子九七 僉子九七 僉子九七 㒸子一〇二 冀子一〇二 冟子一〇八 剺子一二九 剽子一二九 剺子一二九 剸子一二九 剺子一三〇 劉子一三〇

剿子一三〇 剷子一三〇 剸子一三〇 剹子一三〇 剻子一三〇 剽子一三〇 劅子一三〇 剾子一三〇 劀子一三〇 劁子一三〇 劆子一三〇 劃子一三〇 劊子一三〇 劋子一三〇 劏子一三〇 劌子一三〇 劐子一三〇 劒子一三〇 劓子一三〇 募子一四三

勦子一四三 勠子一四三 勵子一四三 勢子一四三 勷子一四三 勢子一四三 勣子一四三 勤子一四三 勥子一四四 勩子一四四 勧子一四四 勨子一四四 勪子一四五 匓子一五〇 匔子一五〇 匒子一五〇 匑子一五〇 匐子一五〇 匑子一五〇 匯子一五五

匳子一五五 匶子一六二 嵬子一六三 㔿子一六三 匱子一六五 厤子一七〇 厥子一七〇 厨子一七〇 厩子一七一 厫子一七一 厩子一七一 厰子一七一 翱子一七九 餕子一七九 斬子一八四 率子一八四 華子一八四 㽦子一八四 推子一八四 亶子一八六

滲子一九〇 溼子一九〇 減子一九〇 灌子一九〇 滲子一九〇 澳子一九〇 滜子一九〇 滲子一九〇 㬎子一九〇 絲子一九四 埤子一九四 袁子一九四 叡子二〇〇 发子二〇〇 雛子二〇〇 㪟子二〇〇 雍子二〇〇 數子二〇〇 喋丑二五三 桑丑二五四

嗃丑二五四 嗆丑二五四 嗹丑二五四 嗇丑二五四 嗉丑二五五 嗜丑二五五 嗌丑二五五 嗐丑二五五 嗑丑二五五 嗒丑二五五 嗓丑二五五 嗔丑二五五 嗕丑二五五 嗦丑二五五 嗉丑二五五 嗝丑二五五 嗙丑二五六 嗚丑二五六 嗕丑二五六 嗻丑二五六

嗛丑二五六 嗜丑二五六 嗤丑二五六 嗞丑二五六 嗟丑二五六 嗡丑二五七 嗢丑二五七 嗣丑二五七 嗗丑二五七 嗙丑二五七 嗂丑二五七 嗵丑二五七 嗖丑二五七 嗝丑二五七 嗀丑二五七 嗤丑二五七 嗁丑二五七 嗂丑二五七 嗉丑二五七 嗄丑二五七

嗥丑二五七 嗅丑二五七 嗶丑二五七 嗍丑二五七 嗔丑二五七 嗜丑二五七 嗅丑二五八 嗶丑二五八 嗓丑二五八 嗤丑二五八 嗎丑二五八 嗶丑二五八 嗘丑二五八 嗩丑二五八 嗚丑二五八 嗒丑二五八 嗡丑二五八 嗡丑二五八 嗑丑二五八 嗽丑二五八

嗲丑二五八 嗋丑二五八 嗍丑二五八 嗶丑二五八 嗄丑二五八 嗒丑二五八 嗙丑二五八 喀丑二五八 嗅丑二五八 嗵丑二五八 嗖丑二五八 嗘丑二五八 嗅丑二五八 嗩丑二五八 嗇丑二五八 嗉丑二五八 嗅丑二五八 嗓丑二五八 嗉丑二五八 嗃丑二五八

嚣丑五九　嘷丑五九　㗛丑五九　嗀丑五九　嗇丑五九　嗏丑五九　嗿丑五九　嗋丑五九　聚丑五九　嗁丑五九　嗒丑五九　嗸丑五九　嗂丑五九　嗱丑五九　嗎丑五九　嗼丑五九　嗜丑五九　嗷丑五九

嗙丑五九　嗸丑五九　圓丑六八　圓丑六九　園丑六九　圖丑六九　嗇丑六九　圕丑六九　團丑六九　圔丑六九　圚丑六九　圙丑六九　屆丑一〇三　屜丑一〇三　屜丑一〇三　屢丑一〇三　屣丑一〇三　屧丑一〇三

屍丑一〇三　屜丑一〇三　屛丑一〇三　屚丑一〇三　彀丑一二五　彍丑一二五　彏丑一二五　彋丑一二五　彍丑一二五　彄丑一二五　彅丑一二五　號丑一二五　弑丑一二九　弒丑一三〇　廍丑一三〇　廔丑一三〇　廈丑一三〇　廉丑一三〇　廊丑一三〇

廋丑一三〇　廆丑一三〇　廘丑一三二　廚丑一三二　摩丑一三二　廈丑一三二　廏丑一三二　廜丑一三二　㡎丑一三二　廗丑一三二　廜丑一三二　廝丑一三二　麻丑一三二　寖丑一五四　寗丑一五四　索丑一五四　寘丑一五五　寙丑一五五　寐丑一五五　窠丑一五五

㝒丑一五五　寱丑一五五　寐丑一五五　㝚丑一五五　寬丑一五五　寘丑一五五　寠丑一五五　寠丑一五五　寠丑一五五　窫丑一五五　寗丑一五五　窶丑一五五　塞丑一五五　蜜丑一五九　嵤丑一八一　嵥丑一八一　嵩丑一八一　嵪丑一八一　嵫丑一八一

嵬丑一八一　嵯丑一八一　嵘丑一八一　嵞丑一八一　嵞丑一八一　嵣丑一八一　嵩丑一八一　嵮丑一八一　嵟丑一八一　嵠丑一八一　嵡丑一八一　嵡丑一八二　嵲丑一八二　嵣丑一八二　嵕丑一八二　嵢丑一八二　嵣丑一八二　嵦丑一八二

嶅丑一八二　嵧丑一八二　嵨丑一八二　嵥丑一八二　嵰丑一八二　嵱丑一八二　嵲丑一八二　嵴丑一八二　嵳丑一八二　嵻丑一八二　嵭丑一八二　嵠丑一八二　嵬丑一八二　嵲丑一八二　嵲丑一八二　嵩丑一八二　嵰丑一八二　嵱丑一八二

嶭丑一八二　嶆丑一八二　嵊丑一八二　嵮丑一八二　嵦丑一八二　嵫丑一八二　嵹丑一八二　帣丑一九四　幏丑二〇七　幐丑二〇七　幏丑二〇七　幓丑二〇八　幌丑二〇八　幍丑二〇八　幎丑二〇八　幌丑二〇八　幐丑二〇八　幒丑二〇八

幍丑二〇八　幏丑二〇八　幓丑二〇八　幊丑二〇八　幋丑二〇八　幐丑二〇八　幓丑二〇八　幑丑二〇八　幌丑二〇八　幋丑二〇八　幌丑二〇八　幪丑二一六　幪丑二一六　幬丑二三〇　幭丑二三〇　幮丑二三〇　幯丑二三〇　幰丑二三〇　幱丑二三〇

㢊丑二三〇　廅丑二三〇　孶寅八　孷寅八　孵寅八　孳寅八　孴寅八　孲寅八　孱寅八　孴寅八　孶寅八　孿寅八　㝅寅一五　㝛寅一五　對寅一五　尠寅一九　尟寅一九　奧寅五六　奞寅五六　奚寅五六　奠寅五六

奮寅五六　奩寅五六　媺寅七一　嫋寅七一　嫇寅七一　媸寅七一　媵寅七一　嫁寅七一　媺寅七一　嫈寅七一　媼寅七一　媾寅七三　媿寅七三　嫁寅七三　媱寅七三　嫈寅七三　嫉寅七三　嫛寅七三　嫋寅七三　嫈寅七三　嫌寅七三

嫀寅七三　嫌寅七三　嫄寅七三　媲寅七三　嫠寅七三　媳寅七三　嫁寅七三　媶寅七三　媷寅七三　婆寅七三　媹寅七三　媼寅七三　嫏寅七三　媜寅七三　嫓寅七三　嫣寅七四　媷寅七四　嫄寅七四　媤寅七四

嬎寅七四 嫃寅七四 嫄寅七四 嫅寅七四 嫆寅七四 嫊寅七四 㜍寅七四 嫍寅七四 嫓寅七四 嫎寅七四 娾寅七四 媺寅七四 嫏寅七四 嫭寅七四 嫌寅七四 嫌寅七四 嫢寅七四 嫃寅七四 嫑寅七四 嫂寅七四

嫕寅七四 媂寅七四 嫛寅七四 嫡寅七四 嫸寅七四 溼寅二一四 塊寅二一四 塋寅二一五 塲寅二一五 塑寅二一五 塡寅二一五 塔寅二一五 塕寅二一五 塗寅二一五 塘寅二一六 塙寅二一六 塝寅二一六 塞寅二一六 塉寅二一六 塠寅二一七

塤寅二一七 塢寅二一七 塥寅二一七 塈寅二一七 塼寅二一七 塍寅二一七 塌寅二一七 塔寅二一七 塏寅二一八 塉寅二一八 塛寅二一八 塚寅二一八 塒寅二一八 㙇寅二一八 塑寅二一八 塇寅二一八 塹寅二一八 塍寅二一八 塖寅二一八 墚寅二一八

墍寅二一八 塡寅二一八 墅寅二一八 塦寅二一八 堙寅二一八 塒寅二一八 墁寅二一八 埲寅二一八 臺寅二一八 塗寅二一八 塱寅二一八 塸寅二一八 塤寅二一八 塬寅二一八 墬寅二一八 墓寅二一八 墊寅二一八 壇寅二一八 堅寅二一八 塀寅二一八

墜寅二一八 墊寅二一八 塚寅二一八 堦寅二一八 壺寅二三四 壸寅二三四 壹寅二三四 幹寅二三八 㡘寅二三九 幁寅二三九 詔寅二四三 彙寅二四三 幆寅二四六 𢅙寅二四九 𢐞寅二四九 㣌寅二四九 彜寅二五一 彨寅二五三 慶寅二五三 𢐑寅二五三

超寅二五三 彊寅二五五 循寅一六七 徬寅一六七 徭寅一六七 微寅一六七 徯寅一六七 徲寅一六八 𢕒寅一六八 𢔮寅一六八 律寅一六八 得寅一六八 徥寅一六八 徑寅一六八 𢔦寅一六八 𢕠寅一六八 𢒼寅一七五 彰寅一七五 影寅一七五 㣍寅一七五

劉寅一七五 摯卯五〇 掔卯五三 𢲸卯五六 搫卯五八 𣪊卯六〇 掣卯六〇 𢱤卯六一 揆卯六二 摧卯六二 擉卯六二 摟卯六二 搋卯六二 搌卯六二 𢳆卯六二 損卯六二 揁卯六二 𢲋卯六二 搽卯六二 搏卯六二

𢴪卯六三 揖卯六三 撈卯六三 摑卯六三 搔卯六三 搕卯六三 搖卯六三 搡卯六四 搢卯六四 搣卯六四 搤卯六四 搦卯六四 搨卯六四 搪卯六四 搬卯六五 搭卯六五 搯卯六五 搰卯六五 搵卯六五 搶卯六五

搷卯六五 搸卯六六 搆卯六六 搇卯六六 搈卯六六 擋卯六六 搉卯六六 撊卯六六 揍卯六六 搎卯六六 撜卯六六 撰卯六六 揹卯六六 摇卯六六 搐卯六六 搓卯六六 揩卯六六 搙卯六六 搚卯六六 搛卯六六

搥卯六六 搜卯六六 搸卯六七 換卯六七 搞卯六七 搟卯六七 𢴉卯六七 𢳒卯六七 搥卯六七 搧卯六七 搩卯六七 摽卯六七 提卯六七 𢴬卯六七 撼卯六七 搳卯六七 搠卯六七 擥卯六七 搻卯六七 搞卯六七

搃卯六七 摱卯六七 𢱋卯六七 𢲤卯六七 撥卯六七 𢴊卯六七 搲卯六七 搽卯六七 𢳩卯六七 𢱉卯六七 揀卯六七 𢴎卯六七 搝卯六八 㨨卯六八 搶卯六八 搲卯六八 搜卯六八 㨗卯六八 𢲼卯六八 摟卯六八

搼卯六八 𢵧卯六八 搹卯六八 搗卯六八 搱卯六八 𢴧卯六八 携卯六八 擊卯六八 撟卯六八 髦卯六八 髢卯一〇七 毷卯一〇七 毸卯一〇七 毹卯一〇七 毦卯一〇七 毼卯一〇七 毽卯一〇七 毺卯一〇七 毻卯一〇七 毳卯一〇八

歕辰五六 歛辰五六 欵辰五六 歃辰五六 歁辰五六 敢辰六二 敨辰六二 毄辰七四 毃辰七四 殿辰七四 敦辰七四 敬辰七四 敕辰七五 殺辰七五 數辰七五 毆辰七五 穀辰七五 殸辰七五 散辰七五 殿辰七五

毆辰七五 飲辰七五 散辰七五 嵌辰七五 敵辰七五 敨辰七五 鼓辰七五 欺辰七五 數辰七五 敦辰七五 敨辰七五 散辰七五 毀辰七五 數辰七五 殺辰七五 殿辰八五 毀辰八五 殺辰八五 穀辰八五 殿辰八五

殿辰八五 殺辰八五 毅辰八五 戠辰九二 戡辰九三 戢辰九三 戭辰九三 戩辰九三 戚辰九三 戣辰九三 戥辰九三 戤辰九三 戧辰九三 戫辰九三 戨辰九三 戳辰九三 戴辰九三 煆巳一八 煇巳一八 煌巳一八

煎巳一八 煮巳一九 煒巳一九 煓巳一九 煔巳一九 煕巳一九 煖巳一九 煙巳二〇 煚巳二〇 煜巳二〇 煝巳二〇 煞巳二〇 煟巳二〇 煠巳二〇 煢巳二〇 煣巳二一 煤巳二一 煥巳二一 煤巳二一 煦巳二一

照巳二一 煨巳二一 煯巳二二 煩巳二二 煬巳二二 煭巳二二 煰巳二二 煁巳二二 煒巳二二 煃巳二二 煄巳二二 煪巳二二 煱巳二二 煲巳二二 煉巳二二 煊巳二二 煍巳二二 煏巳二二 煓巳二二 煐巳二二

煼巳二三 煉巳二三 煟巳二三 煐巳二三 煚巳二三 煣巳二三 煝巳二三 煠巳二三 煜巳二三 煡巳二三 煢巳二三 煇巳二三 煬巳二三 煛巳二三 煯巳二三 煁巳二三 煰巳二三 煏巳二三 煓巳二三 煒巳二三

煦巳二三 照巳二三 煭巳二三 煘巳二三 煕巳二三 煆巳二三 煌巳二三 煢巳二三 煠巳二三 煫巳二三 煫巳二三 煯巳二三 煎巳二三 煚巳二三 煰巳二三 煝巳二三 煲巳二三 煲巳二三 煍巳一三八 煭巳一三八

溹巳一三九 溦巳一三九 溨巳一三九 溕巳一三九 源巳一三九 溫巳一四〇 滇巳一四〇 溺巳一四一 溠巳一四一 溧巳一四一 溱巳一四一 溳巳一四二 滮巳一四三 湞巳一四三 溓巳一四三 準巳一四三 溜巳一四三 溝巳一四四 溢巳一四五 溥巳一四五

溾巳一四六 溦巳一四六 溟巳一四六 溷巳一四六 溲巳一四七 溶巳一四七 溼巳一四七 溽巳一四八 滃巳一四八 滂巳一四八 滄巳一四九 滅巳一四八 滈巳一四八 滋巳一四八 滌巳一五〇 滙巳一五〇 滎巳一五〇 滑巳一五一 滓巳一五三 滔巳一五三

滑巳一五三 溯巳一五三 溮巳一五三 溳巳一五三 溏巳一五三 溔巳一五三 溗巳一五三 溘巳一五三 溙巳一五三 溭巳一五三 溛巳一五三 溚巳一五三 溴巳一五三 溪巳一五三 溪巳一五三 溲巳一五三 溡巳一五三 澥巳一五三 溯巳一五四 溰巳一五四

溴巳一五四 溹巳一五四 溾巳一五四 滀巳一五四 滁巳一五四 滍巳一五四 滉巳一五四 滐巳一五四 滐巳一五四 滓巳一五四 溷巳一五四 滉巳一五五 滋巳一五五 滊巳一五五 滙巳一五五 滏巳一五五 溛巳一五五 溕巳一五五 溶巳一五五 溚巳一五五

溞巳一五五 溣巳一五五 溤巳一五五 溦巳一五五 溸巳一五五 滶巳一五五 滬巳一五五 滭巳一五六 滮巳一五六 滯巳一五六 滬巳一五六 滵巳一五六 滶巳一五六 滷巳一五六 滸巳一五六 滹巳一五六 滻巳一五六 滽巳一五六 滾巳一五六 滿巳一五六

滸巳一五六 㴰巳一五六 滆巳一五六 滒巳一五六 滊巳一五六 滶巳一五六 溢巳一五六 滏巳一五六 漬巳一五六 滙巳一五六 潑巳一五七 滐巳一五七 滾巳一五七 溯巳一五七 滝巳一五七 溼巳一五七 溷巳一五七 滅巳一五七 涵巳一五七 瀏巳一五七

湊巳一五七 滏巳一五七 溥巳一五七 漫巳一五七 淋巳一五七 漫巳一五七 溧巳一五七 漳巳一五七 滴巳一五七 淨巳一五七 漭巳一五七 澀巳一五七 澆巳一五七 潛巳一五七 漣巳一五七 椯巳二八〇 椵巳二八〇 椴巳二八〇 樓巳二八〇 槭巳二八〇

椹巳二八一 椽巳二八一 楁巳二八一 楂巳二八一 㮢巳二八一 楅巳二八一 楆巳二八一 楊巳二八一 楧巳二八二 楎巳二八二 楑巳二八二 楩巳二八二 楔巳二八二 楕巳二八二 楖巳二八二 楗巳二八二 棨巳二八三 楙巳二八三 楚巳二八三 楛巳二八三

楝巳二八三 楞巳二八四 楟巳二八四 楡巳二八四 楣巳二八四 楥巳二八四 楰巳二八四 楨巳二八五 楪巳二八五 楫巳二八五 楬巳二八五 業巳二八五 楮巳二八六 楯巳二八六 楲巳二八六 楴巳二八六 極巳二八六 楈巳二八七 楷巳二八七 楹巳二八七

楸巳二八七 棗巳二八八 椱巳二八八 楄巳二八八 椶巳二八八 椢巳二八八 椰巳二八八 椲巳二八八 楢巳二八八 椳巳二八八 椸巳二八八 椺巳二八八 椻巳二八八 楰巳二八八 椿巳二八八 楀巳二八八 楈巳二八九 楮巳二八九 楦巳二八九 梟巳二八九

楃巳二八九 楄巳二八九 楱巳二八九 楮巳二八九 楢巳二八九 楯巳二八九 椙巳二八九 楇巳二八九 椮巳二八九 楏巳二八九 棨巳二九〇 橦巳二九〇 楒巳二九〇 楓巳二九〇 椽巳二九〇 樺巳二九〇 楘巳二九〇 棸巳二九〇 椉巳二九〇 楸巳二九〇

椿巳二九〇 楀巳二九〇 槁巳二九〇 棯巳二九〇 楜巳二九〇 檜巳二九〇 楞巳二九一 椅巳二九一 梗巳二九一 楴巳二九一 楧巳二九一 楼巳二九一 榧巳二九一 楶巳二九一 楋巳二九一 㯃巳二九一 罧巳二九一 楺巳二九一 楲巳二九一 楙巳二九一

楻巳二九一 椕巳二九一 粭巳二九一 椑巳二九一 楽巳二九一 楡巳二九一 桑巳二九一 楙巳二九一 㪉巳二九一 楘巳二九一 楍巳二九一 椊巳二九一 榔巳二九一 楅巳二九一 楧巳二九一 榼巳二九一 梓巳二九一 楤巳二九一 榛巳二九一 楳巳二九一

薁巳二九一 槌巳二九一 檉巳二九一 楔巳二九一 植巳二九二 楦巳二九二 樟巳二九二 楹巳二九二 楠巳二九二 楤巳二九二 楧巳二九二 牒巳三三八 牓巳三三八 牎巳三三八 牐巳三三八 牏巳三三八 犍巳三四八 犟巳三四八 犎巳三四八 犗巳三四八

犗巳三四八 犌巳三四八 犝巳三四八 犓巳三四八 犖巳三四八 犙巳三四八 犏巳三四八 犐巳三四九 犑巳三四九 犤巳三四九 犪巳三四九 犜巳三四九 犡巳三四九 犗巳三四九 犚巳三四九 猒巳三七〇 煇巳三七一 献巳三七一 獖巳三七一 獙巳三七一

㺨巳三七一 猼巳三七一 猽巳三七一 猿巳三七二 猾巳三七二 獀巳三七二 獃巳三七二 獂巳三七二 獓巳三七二 獄巳三七二 獅巳三七二 猻巳三七二 猳巳三七二 獡巳三七二 猷巳三七二 猰巳三七三 獶巳三七三 獦巳三七三 獇巳三七三 獩巳三七三

猺巳三七三 㲉巳三七三 猹巳三七三 獡巳三七三 猿巳三七三 獫巳三七三 獀巳三七三 獉巳三七三 獁巳三七三 猭巳三七三 獄巳三七三 㺳巳三七三 獈巳三七三 獋巳三七三 㺷巳三七三 獢巳三七三 獔巳三七三 獉巳三七三 㺴巳三七三 歲巳三八七

㠖巳三八七　嵕巳三八七　嵜巳三八七　𡺲巳三八七　鸒巳三九〇　瓡午三　瓠午三　盌午三　甈午三　皵午七　𡱝午七　皷午七　皺午七　鞁午七　皻午八　皽午八　瞛午二一　樕午二一　䡔午一四　窟午三

寠午三三　窣午三三　窴午三三　鍪午三三　窬午三三　窨午三三　䆝午三三　窫午三三　窠午三三　竁午三三　窦午三三　竈午三三　窾午三三　窳午三三　窞午三三　䆗午三三　窡午三三　窢午三三　窵午三三　窶午三三

寱午三三　窪午三三　竀午三三　䆧午三三　窬午三三　瘷午四四　瘍午四四　痕午四四　痰午四四　痱午四四　痲午四五　痳午四五　瘁午四五　痤午四五　瘵午四五　瘛午四五　瘌午四五　瘐午四五　瘤午四五　痾午四六

痾午四六　瘘午四六　瘑午四六　瘁午四六　瘹午四六　痊午四六　瘡午四六　瘩午四六　痴午四六　瘞午四六　痯午四六　瘶午四七　瘷午四七　瘝午四七　瘓午四七　瘖午四七　瘕午四七　瘼午四七　瘨午四七　瘥午四七

瘢午四七　瘩午四七　瘖午四七　瘭午四七　瘠午四七　瘤午四七　瘲午四七　瘰午四七　瘻午四七　瘸午四七　瘴午四七　瘀午四七　瘂午四七　瘃午四八　瘙午四八　瘣午四八　瘵午四八　瘛午四八　瘯午四八　瘸午四八

瘢午四八　瘰午四八　瘢午四八　瘦午四八　瘥午四八　竫午七〇　竱午七〇　竦午七〇　竬午七〇　竮午七〇　竰午七〇　竴午七〇　竵午七〇　竲午七〇　竣午七一　竢午七二　竫午七二　竤午七二　竧午七二　竪午七二

瑚午八九　瑍午八九　瑎午九〇　瑑午九〇　瑓午九〇　瑒午九〇　瑢午九〇　琦午九〇　琨午九〇　琪午九〇　琫午九一　琬午九一　琭午九一　琮午九一　琯午九一　琰午九一　琱午九一　琲午九一　琳午九二　琴午九二

琵午九二　琔午九二　琕午九二　琤午九二　琺午九二　琛午九二　琡午九二　琖午九二　琙午九二　琟午九二　琚午九三　瑬午九三　瑖午九三　琭午九三　琟午九三　琠午九三　琡午九三　琣午九三

堅午九三　璺午九三　琩午九三　琸午九三　琶午九三　琝午九三　瑿午九三　琡午九三　琹午九三　磲午一二三　碌午一二三　碱午一二三　磬午一二三　硼午一二三　碃午一二三　碍午一二三　碏午一二三　磐午一二三　碊午一二三

碌午一二三　碰午一二三　碏午一二三　碎午一二三　碑午一二三　碾午一二三　碒午一二三　碱午一二三　碕午一二三　碖午一二三　碒午一二四　磁午一二四　碌午一二四　碌午一二四　硗午一二四　碟午一二四　碗午一二四　碓午一二四　碚午一二四　碂午一二四

碂午一二四　磐午一二四　碑午一二四　碑午一二四　碃午一二四　碄午一二四　碡午一二四　碙午一二四　碌午一二四　碇午一二四　碡午一二四　碉午一二四　碕午一二四　碯午一二四　碊午一二五　碓午一二五　碟午一二五　碘午一二五　碌午一二五　碰午一二五

碊午一二五　碗午一二五　碁午一二五　碍午一二五　碑午一二五　碗午一二五　瞯午一四六　睛午一四六　晳午一四六　睢午一四六　晚午一四六　睩午一四六　睥午一四六　睆午一四六　睯午一四六　睲午一四六　睯午一四六　普午一四六　甞午一五三　甀午一五三

瓿午一五三　𩣡午一五三　甆午一五三　𤭢午一五三　甀午一五三　瓶午一五三　𤭦午一五三　𤭛午一五三　𤮏午一五三　甄午一五三　𤭾午一五三　𤭯午一五三　𤭑午一五三　甂午一五三　𤮀午一五四　甄午一五四　甅午一五四　𤭲午一五四　猎午一六二　䊐午一六二

粈午一六二　稔午一六二　𦒃午一六六　煟午一六六　烽午一六六　煁午一六六　煠午一六六　煙午一六六　煒午一六六　焬午一六六　燬午一六六　肄午一六六　戣午一六六　畫午一七一　畵午一七一　禑午一八一　禇午一八一　祺午一八二　䙡午一八二　祿午一八二

禁午一八二　禴午一八二　禨午一八二　禍午一八二　祴午一八三　福午一八三　祼午一八三　祽午一八三　禂午一八三　𥜽午一八三　禝午一八三　禃午一八三　禊午一八三　禍午一八三　稟午一八三　禊午一八三　稲午二〇〇　稔午二〇〇　稚午二〇〇　稜午二〇〇

棚午二〇〇　稟午二〇〇　稠午二〇〇　稗午二〇〇　稛午二〇〇　稞午二〇〇　稖午二〇〇　稑午二〇〇　稐午二〇〇　稓午二〇〇　稑午二〇一　稠午二〇一　䅖午二〇一　稓午二〇一　稕午二〇一　稑午二〇一　稂午二〇一　䅌午二〇一　稖午二〇一　穖午二〇一

稙午二〇一　稍午二〇一　稘午二〇一　稙午二〇一　稛午二〇一　種午二〇一　稑午二〇一　稞午二〇一　稬午二〇一　秼午二〇一　稐午二〇一　稡午二〇二　稶午二〇二　黎午二〇二　稗午二〇二　稇午二〇二　稛午二〇二　稼午二〇二　稈午二〇二　稑午二〇二

槩午二〇二　稊午二〇二　稤午二〇二　𥟖午二〇二　稑午二〇二　稗午二〇二　稛午二〇二　稯午二〇二　當午二二四　畸午二二六　畹午二二六　畩午二二六　畢午二二六　畷午二二六　畔午二二六　畊午二二六　畷午二二六　疉午二二六　畹午二二七

督午二二七　睭午二二七　睐午二二七　睔午二二七　畬午二二七　睟午二二七　畲午二二七　睍午二二七　睖午二二七　睯午二二七　畢午二二七　睃午二二七　畵午二二七　睁午二二七　睒午二三四　睢午二三四　睷午二三四　睻午二三四　睓午二六六　睓午二六六

睔午二六六　睆午二六六　睟午二六六　睭午二六六　睗午二六七　睔午二六七　睚午二六七　睛午二六七　睖午二六七　睐午二六七　睿午二六七　督午二六七　睟午二六七　睡午二六七　睢午二六七　督午二六八　睤午二六八　睦午二六八　睧午二六九　睆午二六九

睩午二六九　睨午二六九　睪午二六九　睫午二六九　睯午二六九　睦午二六九　昭午二六九　睥午二六九　睬午二七〇　睽午二七〇　睖午二七〇　睕午二七〇　睕午二七〇　睯午二七〇　睓午二七〇　睮午二七〇　睿午二七〇　睏午二七〇　睶午二七〇　睎午二七〇

睜午二七〇　睭午二七〇　睉午二七〇　睚午二七〇　睔午二七〇　睬午二七〇　睪午二七〇　睃午二七〇　睕午二七〇　睇午二七〇　睗午二七〇　睽午二七〇　睘午二七〇　睟午二七〇　睕午二七〇　睆午二七〇　睍午二七〇　睒午二七〇　睯午二七〇　睠午二七〇

睯午二七〇　睥午二七〇　睘午二七〇　睛午二七〇　盞午二九四　盝午二九四　盞午二九四　盟午二九四　盡午二九五　盏午二九五　盬午二九五　盟午二九五　盞午二九五　盓午二九五　監午二九五　盤午二九五　盞午二九五　禽未二四　腴未二九　腜未二九

腠未二九　腤未二九　腥未二九　腜未二九　腦未二九　腨未二九　膝未三〇　腩未三〇　腊未三〇　腫未三〇　腏未三〇　腥未三〇　腫未三〇　腯未三〇　腰未三〇　腱未三〇　腮未三一　腎未三一　腳未三一　腴未三一

腰未一三一 䐾未一三一 腷未一三一 腸未一三一 腹未一三一 𦝤未一三二 腴未一三二 腞未一三二 腧未一三二 腷未一三二 腪未一三二 腵未一三二 腶未一三二 膃未一三二 腱未一三二 腥未一三二 腝未一三二 腤未一三二 腭未一三二 膣未一三二

腫未一三三 腿未一三三 腡未一三四 腢未一三四 腣未一三四 腟未一三四 䐆未一三四 腠未一三四 腬未一三四 腇未一三四 腯未一三四 腦未一三四 腹未一三四 腢未一三四 腮未一三四 腳未一三四 腩未一三四 腸未一三四 腶未一三四 腍未一三四

腡未一三四 腒未一三四 腳未一三四 䐓未一三四 䐈未一三四 腹未一三四 腭未一三四 腸未一三四 䏷未一三四 腤未一三四 腬未一三四 腥未一三四 腷未一三四 腜未一三四 腄未一三四 胺未一三四 胥未一三四 腦未一三四 腺未一三四 腮未一三四

皖未一五一 峻未一五一 臯未一五一 盟未一五一 盜未一五一 峰未一五一 䎗未一五五 聖未一五九 聝未一六〇 聘未一六〇 聒未一六〇 聜未一六〇 聗未一六〇 聛未一六〇 聏未一六〇 聨未一六〇 聊未一六〇 聬未一六〇 聋未一六〇 聛未一六〇

聡未一六〇 聪未一六〇 聤未一六〇 聧未一六〇 臭未一六九 䑜未一七二 辞未一七二 䒈未一七四 艴未一七四 艳未一七四 虞未一八二 號未一八三 虡未一八三 虢未一八三 虣未一八三 虠未一八三 虤未一八三 虦未一八三 虥未一八三 虪未一八四

肅未一八四 虒未一八四 虓未一八四 羣未一九一 羦未一九一 羧未一九一 羨未一九一 義未一九一 羥未一九二 羬未一九三 羭未一九三 羯未一九三 羰未一九三 善未一九三 羱未一九三 羲未一九三 羳未一九三 羴未一九三 群未一九三 蝝未二一一

蛷未二一二 蛸未二一二 蜈未二一二 蛹未二一二 蛾未二一二 蜀未二一三 蜂未二一三 蜃未二一三 蜆未二一三 蜇未二一三 蛺未二一三 蜉未二一三 蜊未二一三 蜋未二一三 蜌未二一三 蛻未二一三 蜎未二一三 蜓未二一三 蜐未二一三 蜒未二一四

蛵未二一四 蜉未二一四 蜍未二一四 蜑未二一四 蛺未二一四 蜆未二一四 蜉未二一四 蜜未二一四 蜱未二一四 蜥未二一四 蜒未二一五 蜄未二一五 蜅未二一五 蜦未二一五 蜙未二一五 蜨未二一五 蜈未二一五 蛾未二一五 蜡未二一五 蜓未二一五

蜀未二一五 蛞未二一五 蜜未二一五 蜺未二一五 蜗未二一五 蜢未二一五 蜓未二一五 蜿未二一五 蜘未二一五 蜩未二一五 蛉未二一五 蜭未二一六 蝍未二一五 颯未二一五 蜶未二一五 蜈未二一五 蜲未二一五 蜰未二一五 蛩未二一五 蜤未二一五

蜚未二一五 蛒未二一五 蝨未二一五 蛋未二一五 蜰未二一五 蜎未二一五 翟未一五五 翛未一五五 翩未一五五 翪未一五五 翨未一五五 翦未一五五 翧未一五五 翭未一五五 翬未一五五 翮未一五五 翫未一五五 翰未一五五 翱未一五五 翁未一五五

翹未一五五 箏未一七五 筠未一七五 筡未一七五 箊未一七五 筣未一七五 筸未一七五 箠未一七五 筫未一七五 筥未一七六 箟未一七六 筦未一七六 箣未一七六 筫未一七六 筬未一七六 筵未一七六 筯未一七六 筰未一七七 筲未一七七 筳未一七七

筴未一七七 筵未一七七 筩未一七七 等未一七七 筞未一七七 筃未一七七 筢未一七七 筩未一七七 筠未一七七 箌未一七七 筣未一七七 箁未一七七 筭未一七七 箐未一七七 筦未一七八 箸未一七八 答未一七八 筭未一七八 筥未一七八 筲未一七八

十三畫

筧未一七八 䈂未一七八 答未一七八 箟未一七八 筎未一七八 箆未一七八 筲未一七八 笲未一七八 筴未一七八 筭未一七八 箁未一七八 筱未一七八 篗未一七八 箅未一七八 筱未一七八 篠未一七八 筮未一七八 箞未一七八 艉未一七八

箇未一七八 筷未一七八 筆未一七九 箟未一七九 箘未一七九 箽未一七九 筧未一七九 築未一七九 箂未一七九 瑩未二六九 覽未二六九 萩未二八四 莉未二八四 菽未二八四 萬未二八四 萬未二八五 蕎未二八五 蕢未二八五 蕄未二八五 萴未二八五

萶未二八五 萷未二八五 萸未二八五 萺未二八五 落未二八五 萙未二八六 菔未二八六 菲未二八六 葆未二八六 菜未二八七 葉未二八七 菱未二八七 葎未二八七 葢未二八七 著未二八八 葯未二八八 葛未二八九 葛未二八九 葡未二八九 董未二八九

葕未二九〇 葥未二九〇 葝未二九〇 葦未二九〇 葩未二九〇 葫未二九一 葭未二九一 葯未二九一 蔥未二九一 葳未二九一 葴未二九一 葵未二九二 葷未二九二 葸未二九二 葹未二九二 葺未二九二 萲未二九二 葽未二九二 蓄未二九三 蒐未二九三

萶未二九三 萱未二九三 葌未二九三 南未二九三 葷未二九三 萵未二九三 葮未二九三 蒗未二九三 蒍未二九三 普未二九三 葶未二九三 葢未二九三 葀未二九三 落未二九三 葀未二九四 萋未二九四 菡未二九四 蒽未二九四 葹未二九四 葄未二九四

葉未二九四 葉未二九四 葉未二九四 葽未二九四 萷未二九四 葛未二九四 遒未二九四 葎未二九四 葎未二九四 葑未二九四 葒未二九五 葔未二九五 葹未二九五 葯未二九五 葌未二九五 葵未二九五 葜未二九五 葵未二九五 葙未二九五

葸未二九五 葚未二九五 葷未二九五 葛未二九五 葜未二九五 葝未二九五 葛未二九五 葞未二九六 葪未二九六 葉未二九六 葎未二九六 葵未二九六 葡未二九六 葝未二九六 葬未二九六 葭未二九六 葰未二九六 葉未二九六 葶未二九六 葳未二九六

萩未二九六 蔻未二九六 葱未二九七 葿未二九七 葹未二九七 葐未二九七 葓未二九七 葜未二九七 葕未二九七 蓏未二九七 蓼未二九七 葙未二九七 眷未二九七 葉未二九七 遵未二九七 葉未二九七 葡未二九七 葆未二九七 葽未二九七 著未一九七

葴未二九七 葺未二九七 蒖未二九七 蔁未二九七 蓊未二九七 葾未二九七 蓛未二九七 蓄未二九七 葦未二九七 葍未二九七 葛未二九七 蓄未二九七 葹未二九七 葹未二九七 蓇未二九七 蕘未二九七 普未二九八 莞未二九八 葹未二九八 葆未二九八 蓐未二九八

蔁未二九八 葛未二九八 葢未二九八 葾未二九八 葓未二九八 莾未二九八 蒂未二九八 葟未二九八 葙未二九八 葛未二九八 葥未二九八 蕈未二九八 葹未二九八 葥未二九八 葬未二九八 蔓未二九八 若未二九八 曼未二九八 蕢未二九八 蕢未二九八

蔚未二九八 菌未二九八 葵未二九八 著未二九八 蒙未二九八 葕未二九八 葦未二九八 葢未二九八 葐未二九八 葴未二九八 葜未二九八 葛未二九八 葛未二九八 葍未二九八 莨未二九八 葉未二九八 葬未二九八 蔍未二九八 莔未二九八 葯未二九八

葸未二九八 蒳未二九八 蓑未二九八 蓱未二九八 葛未二九八 蘇未二九九 蘢未二九九 蕎未二九九 美未二九九 艀未三七七 艆未三七七 艇未三七七 艄未三七七 艀未三七七 艃未三七七 艄未三七七 艈未三七七 艅未三七七 艀未三七七 艁未三七七

艇 未三七七　艀 未三七七　裏 未三九八　裔 未三九八　裛 未三九八　裝 未三九九　裘 未四〇〇　裊 未四〇〇　裒 未四〇〇　裟 未四〇一　裝 未四〇一　裵 未四〇一　裒 未四〇一　裘 未四〇一　裕 未四〇一　裌 未四〇一　裠 未四〇一　裴 未四〇一　裨 未四〇三　裯 未四〇三

褳 未四〇二　裸 未四〇二　裾 未四〇三　裼 未四〇三　裺 未四〇三　裧 未四〇四　裕 未四〇四　裪 未四〇四　裍 未四〇四　裮 未四〇四　裱 未四〇四　裓 未四〇四　裲 未四〇四　裶 未四〇五　裷 未四〇五　裿 未四〇五　裻 未四〇五　裱 未四〇五　䘼 未四〇五　裞 未四〇五

裿 未四〇五　褔 未四〇五　裀 未四〇五　裍 未四〇五　裭 未四〇五　裕 未四〇六　裼 未四〇六　裫 未四〇六　裬 未四〇六　裰 未四〇六　裨 未四〇六　裬 未四〇六　裺 未四〇六　裎 未四〇六　裡 未四〇六　裞 未四〇六　裰 未四〇六　裷 未四〇六　襄 未四〇六　裩 未四〇六

襪 未四〇六　裬 未四〇六　褳 未四〇七　裭 未四〇七　裬 未四〇七　裶 未四〇七　棚 未四〇七　裩 未四〇七　裕 未四〇七　裮 未四〇七　祺 未四〇七　補 未四〇七　褡 未四〇七　袷 未四〇七　緦 未四四五　絹 未四四五　綈 未四四五　綄 未四四六　綤 未四四六　綠 未四四六

練 未四四六　綃 未四四六　綈 未四四六　綊 未四四六　綮 未四四六　綍 未四四六　綏 未四四六　經 未四四七　綐 未四四八　綒 未四四八　綖 未四四八　綌 未四四八　綝 未四四八　綒 未四四八　絕 未四四八　絿 未四四八　綁 未四四八　綄 未四四八　綅 未四四八　綆 未四四八

綇 未四四八　綎 未四四九　綉 未四四九　綌 未四四九　綎 未四四九　紗 未四四九　綑 未四四九　綒 未四四九　綮 未四四九　紕 未四四九　綀 未四四九　綠 未四四九　綑 未四四九　經 未四四九　綀 未四四九　綖 未四四九　綑 未四四九　綍 未四四九　綑 未四四九　綦 未四四九

絺 未四四九　綷 未四四九　綒 未四四九　綋 未四四九　絭 未四四九　綗 未四四九　綥 未四四九　綮 未四四九　綘 未四四九　綻 未四四九　綝 未四四九　綃 未四四九　綈 未四四九　綠 未四四九　綎 未四四九　絝 未四四九　綗 未四四九　綄 未四四九　綌 未四四九　繼 未四四九

粲 未五〇〇　粱 未五〇〇　粳 未五〇一　粰 未五〇一　粮 未五〇一　粭 未五〇一　粿 未五〇一　粺 未五〇一　粢 未五〇一　粪 未五〇一　粷 未五〇一　梳 未五〇一　粿 未五〇一　稅 未五〇一　粹 未五〇一　粹 未五〇一　粯 未五〇一　粡 未五〇一　粮 未五〇一　粮 未五〇一

粼 未五〇一　粢 未五〇一　粳 未五〇一　粆 未五〇一　糠 未五〇一　粱 未五〇一　粡 未五一四　耢 未五一四　稍 未五一四　耟 未五一四　舅 未五二〇　留 未五二三　舍 未五二三　甥 未五二三　舒 未五二七　舒 未五二七　經 未五二七　舉 未五三三　器 未五三三　罨 未五三三

罨 未五三三　罩 未五三三　罪 未五三三　置 未五三三　蜀 未五三三　罧 未五三三　罟 未五三三　罹 未五三三　罨 未五三三　罫 未五三三　罬 未五三三　罭 未五三三　罯 未五三三　罬 未五三三　罩 未五三三　罪 未五三三　罨 未五三三　罬 未五三三　罶 未五三四　衙 未五四五

衙 未五四五　衙 未五四五　衛 未五四五　衛 未五四五　衝 未五四五　肇 未五四八　肆 未五五一　肅 未五五一　肆 未五五一　肅 未五五三　贼 未五五七　群 未五五七　墓 未五五七　豛 申四　豢 申四　豧 申四　豣 申四　豤 申四　豦 申四　豨 申四

豪 申四　豨 申四　豨 申四　豥 申四　豩 申四　豭 申四　豢 申四　貆 申四　貄 申四　貆 申一一　貈 申一一　貉 申一一　貊 申一一　貅 申一一　貓 申一一　貓 申一一　貄 申一一　貊 申一一　貅 申一一　貅 申一一

中華大字典檢字

十三畫

七十九

貀申二三 ⿰豸同申二三 ⿰豸后申二三 豜申二三 貇申二三 ⿰豸合申二三 資申二六 賂申二六 賃申二七 賄申二七 賅申二七 資申二七 賈申二七 賊申二八 ⿰貝句申二八 ⿰貝开申二八 ⿰貝寺申二八 賧申二八 ⿰貝安申二八 ⿱癶貝申二八

賑申二八 ⿱至貝申二八 ⿱亥貝申二八 ⿱代貝申二八 ⿰貝耳申二八 賊申二八 ⿱夾貝申二八 ⿰貝兒申二八 ⿱𠂉貝申二八 ⿰貝危申二八 ⿰貝兆申二八 ⿰貝血申二八 ⿰貝吉申二八 ⿰貝責申二八 ⿱⿰亻責貝申二八 ⿱谷貝申二八 賍申二八 觟申四二 觡申四二 解申四二

艈申四三 艆申四四 觸申四四 衙申四四 ⿱⿰奴貝申四四 艇申四四 艈申四四 ⿱叔貝申四四 艋申四四 艊申四四 ⿰夕匃申四四 艉申五三 艄申五三 ⿰身牛申五三 ⿰身它申五三 ⿰身朵申五三 ⿰身京申五三 艀申五三 ⿰身舌申五三 ⿰身亥申五三

船申五三 跟申六〇 ⿰足夷申六〇 跣申六〇 跦申六〇 跧申六〇 ⿰山犬申六〇 跨申六一 跪申六一 跬申六二 跮申六一 路申六一 跰申六二 跱申六二 跳申六二 跢申六二 跡申六二 ⿺走堂申六二 距申六二 ⿰足戕申六二

跂申六三 跺申六三 跤申六三 跸申六三 跴申六三 跍申六三 ⿰足孚申六三 ⿰足同申六三 ⿰足僉申六三 ⿰足聿申六三 跣申六三 ⿰足戈申六三 ⿰足斥申六三 ⿰足朱申六三 ⿰足并申六三 ⿰足列申六三 ⿰足巫申六三 跈申六〇 ⿰足另申六〇 跹申六三

⿰足隹申六三 ⿰足斤申六三 ⿰足卓申六三 ⿰足旡申六三 ⿰足夅申六三 跧申六三 ⿰足次申六三 ⿰足夅申六三 跡申六三 ⿰足朋申六三 跦申六三 ⿰足曲申六三 ⿺走吉申九五 ⿺走登申九五 ⿺走并申九六 ⿺走圭申九六 ⿺走参申九六 ⿺走束申九六 ⿺走刃申九六 ⿺走西申九六

⿺走首申九六 ⿺走斤申九六 ⿺走盈申九六 ⿺走朱申九六 ⿺走舌申九六 ⿺走隹申九六 越申九六 ⿺走炎申九六 ⿺走回申九六 ⿺走兆申九六 ⿺走直申九七 ⿺走匠申九七 ⿺走盈申九七 ⿺走列申九七 ⿺走戔申九七 ⿺走句申九七 ⿺走邑申九七 ⿺走愈申九七 ⿺走夷申九七 ⿺走廷申九七

逼申一三〇 ⿺辶若申一三〇 逾申一三〇 遢申一三〇 遁申一三〇 遄申一三一 運申一三一 遇申一三一 遺申一三二 遊申一三三 過申一三三 遏申一三三 遐申一三四 遑申一三五 遒申一三五 道申一三五 達申一三四 遂申一三五 違申一三五 遝申一三六

遁申一三六 ⿺辶堪申一三六 遹申一三六 ⿺辶伽申一三六 遂申一三六 逭申一三六 遈申一三六 遉申一三六 遈申一三六 遌申一三七 遍申一三七 遒申一三七 ⿺辶娄申一三七 遞申一三七 遡申一三七 遛申一三七 遟申一三七 遳申一三七 遲申一三七 遱申一三七

遡申一三七 遴申一三七 遷申一三七 逢申一三七 遁申一三七 遜申一三七 遲申一三七 遍申一三七 邀申一三七 詠申一六五 詡申一六五 詢申一六六 詵申一六六 誤申一六六 詣申一六六 詥申一六六 試申一六六 詀申一六六 誑申一六六 詧申一六六

詨申一六六 詩申一六六 詪申一六七 詫申一六七 詬申一六七 詭申一六七 誅申一六八 詮申一六八 詯申一六八 訾申一六八 詠申一六八 詰申一六八 話申一六八 該申一六八 詳申一六八 詵申一六九 詶申一六九 詷申一六九 諫申一六九 詸申一六九

詩申一六九 詹申一六九 詻申一六九 詽申一六九 詻申一六九 詠申一七〇 詾申一七〇 誄申一七〇 誀申一七〇 詽申一七〇 誂申一七〇 詿申一七〇 誄申一七〇 誅申一七〇 誇申一七一 詞申一七一 詥申一七一 誃申一七一 詼申一七一 詺申一七一

諑申一七一　詫申一七一　詭申一七一　詗申一七一　䛫申一七一　諸申一七一　詧申一七一　詶申一七一　誅申一七一　詯申一七一　誃申一七一　詺申一七一　誷申一七一　訴申一七一　誐申一七一　詡申一七一　誉申一七一　読申一七一　詹申一七一　詨申一七一

詾申一七一　叡申一七一　詥申一七三　詍申一七三　詸申一七三　詽申一七三　誙申一七三　詎申一七三　諨申一七三　誶申一七二　詳申一七三　誴申一七三　說申一七三　諛申一七三　詛申一七三　誒申一七三　詑申一七三　覛申二三一　覠申二三一　規申二三一

覞申二三一　覒申二三一　覜申二三一　覟申二三一　覝申二三一　覗申二三一　覚申二三一　覓申二三一　軾申二三七　輁申二三八　較申二三八　軫申二三八　輅申二三八　輆申二三八　輇申二三八　輈申二三九　載申二三九　蛩申二四〇　輊申二四〇

輒申二四〇　輛申二四〇　輂申二四〇　衛申二四〇　輥申二四〇　輇申二四〇　輗申二四〇　輂申二四〇　輓申二四一　輈申二四一　輚申二四一　輋申二四一　輞申二四一　輟申二四一　輂申二四一　輕申二四一　輡申二四一　輢申二四一　輙申二四一

軨申二四一　輧申二四一　輚申二四一　辠申二六三　辟申二六三　辤申二六四　辢申二六二　辞申二六四　農申二六八　農申二六八　農申二六八　農申二六八　酪申二七五　酬申二七五　截申二七五　酤申二七六　酭申二七六　酰申二七六　酥申二七六　酮申二七六

醀申二七六　酯申二七六　酩申二七六　酰申二七六　酷申二七六　酸申二七六　酲申二七七　酡申二七七　晒申二七七　醍申二七七　酵申二七七　卷申三〇三　截申三〇三　踊申三〇四　鬳申三〇四　鄗申三一一　鄐申三一三　鄔申三一三　鄒申三一三　鄔申三一三

鄉申三二三　鄖申三二三　鄗申三二三　部申三二三　鄒申三二三　鄙申三二三　鄟申三二三　鄭申三二三　鄚申三二三　鄔申三二三　鄘申三二三　鄜申三二三　鄞申三二三　鄛申三二三　御申三二三　鄝申三二三　鄠申三二三　鄘申三二三　鄡申三二三　鄭申三二三

鄰申三二三　鄘申三二三　鄹申三二四　鄌申三二四　鄒申三二四　鄖申三二四　鄄申三二四　鄞申三二四　鄧申三二四　鄭申三二四　祺申三三三　給申三三三　衙申三三三　織申三三三　降申三三八　登申三三八　豊申三三八　登申三三八　戴申三三八　艴申三三三

鹹申三三三　桐申三三三　報申三三三　鈴酉一八　鈮酉一八　鉆酉一八　鋸酉一九　鈷酉一九　鈹酉一九　鈺酉一九　鉚酉一九　鉀酉一九　鈌酉一九　鉅酉一九　鈷酉二〇　鉉酉二〇　鉋酉二〇　鉍酉二〇　鉏酉二一　鉑酉二一

鈺酉二一　鉗酉二一　鉛酉二三　鉗酉二三　鉞酉二三　鉢酉二三　鉤酉二三　鉥酉二三　鉦酉二三　鉨酉二四　鈫酉二四　鋆酉二四　鈰酉二四　鉱酉二四　鉤酉二四　鉶酉二四　鉛酉二四　鉚酉二四　鉌酉二四　鉬酉二四

鉓酉二四　鉈酉二四　鉄酉二四　鉈酉二四　鉊酉二四　鉌酉二四　鉒酉二四　鉐酉二四　鉔酉二四　鉕酉二四　鉖酉二四　鉓酉二五　鉡酉二五　鉟酉二六　鉰酉二五　鉚酉二五　鉝酉二五　鉟酉二五　鉄酉二五　鉡酉二五

鉉酉二五　鉧酉二五　鈾酉二五　鉬酉二五　鉅酉二五　鉀酉二五　鉣酉二五　鉥酉二五　鉰酉二五　鉼酉二五　鉡酉二五　鉄酉二五　鉱酉二五　鉧酉二五　鉩酉二五　鉁酉二五　鉇酉二五　鉶酉二九　閒酉六九　閘酉六九

骫戌二〇三　骬戌二〇三　骭戌二〇三　髡戌二一一　髢戌二一一　髦戌二一一　髤戌二一一　鬲戌二二四　鬲戌二二四　鬽戌二二八　鬿戌二二八　媿戌二二八　魁戌二二八　魃戌二二八　瑰戌二二八　蒐戌二二八　嵬戌二二八　魁戌二二八　隗戌二二八　馯戌二二七

馱戌二二七　馳戌二二七　馴戌二二八　馵戌二二八　馰戌二二八　馻戌二二八　馺戌二二八　馲戌二二八　奠戌一六五　奡戌一六五　献戌一六五　劍亥三　釘亥三　釗亥三　釚亥三　釵亥三　釟亥三　釓亥三　覓亥四一　勛亥四三

鳩亥四三　塢亥四三　鳴亥四三　鳰亥四三　鳲亥四三　鳶亥四三　鳦亥四三　鳨亥四三　鳫亥四三　鳷亥四三　鳭亥四三　麂亥九〇　麀亥九〇　麁亥九一　虒亥九一　勦亥九八　黎亥九八　黹亥九八　房亥一〇五

黿亥二一四　鼂亥二一〇　鼠亥二二三　鼎亥二二〇　鼏亥二四一　鼓亥二四三　鼓亥二四三

十四畫

亂子一八　亂子一八　亂子一八　圖子二四　僎子八〇　像子八一　僑子八一　僨子八一　僔子八一　僕子八一　僖子八一　僁子八一

僚子八一　僞子八二　僟子八二　僜子八二　僤子八二　僥子八二　僦子八二　僧子八二　僬子八三　僫子八三　僮子八三　僢子八三　僪子八三　僭子八三　僴子八三　傺子八三　絫子八三　儆子八三　儆子八三　儥子八四

僭子八四　僯子八四　僰子八四　㑋子八四　僘子八四　僜子八四　僝子八四　僪子八四　僘子八四　僷子八四　僣子八四　僸子八四　僿子八四　僾子八四　僶子八四　儇子八四　儈子八四　儃子八四　儋子八四　僬子八四

儁子八四　僺子八四　儊子八四　儎子八四　僽子八四　僛子八四　僼子八四　僗子八四　儉子八四　儛子八四　儊子八四　儔子八四　儛子八四　儷子八四　儢子八四　儣子八四　僾子八四　儡子九七　冀子一〇一　冀子一〇一

興子一〇一　兢子一〇八　兢子一〇八　兟子一〇八　凳子一一〇　凴子一一〇　劀子一二〇　劂子一二〇　劁子一二〇　劃子一二〇　劄子一二〇　劅子一二〇　劆子一二〇　劇子一二〇　劈子一二〇　劉子一二一　劋子一二一　劌子一二一　劍子一二一　勞子一二一

劂子一二二　劃子一二二　劃子一二二　劀子一二二　劍子一二二　劃子一二二　劊子一二二　劋子一二二　劐子一二二　劇子一二二　劐子一二二　劉子一二二　劕子一二二　劖子一二二　劗子一二二　劑子一二二　劈子一二二　劌子一二三　劑子一二三　劒子一二四

勞子一二四　勛子一二四　勢子一二四　勣子一二四　勦子一二四　勥子一二四　勤子一二四　勨子一二四　勩子一二四　勫子一二四　勬子一二四　勭子一二四　勬子一二四　勲子一二四　勶子一二五　匓子一二五　匔子一二五　匔子一二五　匲子一二五　匱子一二五

匱子一五五　匯子一五五　匭子一五五　匲子一五五　匳子一五五　區子一六〇　冪子一六三　匷子一六五　厬子一七一　厭子一七一　厭子一七一　厮子一七二　厯子一七三　厲子一七三　厤子一七三　厥子一七三　厱子一七三　厲子一七三　厴子一七三　厰子一七三

嘅子一七九　嘂子一八六　嘦子一八六　嘶子一九〇　滄子一九〇　漆子一九〇　漩子一九〇　潔子一九〇　覢子一九四　嫯子一九四　叡子二〇〇　嘉丑二九　嘔丑二九　嗎丑三〇　嘖丑三〇　嘗丑三〇　嘘丑三〇　嘐丑三〇　嘞丑三〇　嘆丑三一

嚾子五六一 嘸子五六一 嗼子五六一 嗽子五六一 嗾子五六一 嘁子五六一 嗃子五六一 嗚子五六一 嘈子五六一 嘌子五六二 嘍子五六二 嘏子五六二 嘐子五六二 𠹸子五六二 嘒子五六二 嚓子五六二 嘆子五六二 嘇子五六二 嘟子五六二 噫子五六二

嚴子五六三 㬎子五六三 𠼞子五六三 嘖子五六三 㗒子五六三 嘀子五六三 嗿子五六三 嘶子五六三 嗷子五六三 嗁子五六三 嘃子五六三 嗦子五六三 嘍子五六三 嘇子五六三 嗤子五六三 嘒子五六三 嘓子五六三 嘆子五六三 噉子五六三 嘣子五六三

嗺子五六四 嗷子五六四 嘀子五六四 嗆子五六四 嗶子五六四 嗛子五六四 嗪子五六四 慼子五六四 嘯子五六四 嘅子五六四 嘎子五六四 嗩子五六四 嘌子五六四 嘐子五六四 嘎子五六四 嘜子五六四 嘛子五六四 疊子五六四 嘷子五六四 暮子五六四

嚶子五六四 嘼子五六四 嚳子五六四 嘒子五六四 嗸子五六四 嘵子五六四 嘑子五六四 嘧子五六四 嘂子五六四 嘙子五六四 嘛子五六四 嘽子五六四 嘍子五六四 嘈子五六四 圖子五九〇 團子五九〇 圔子五九〇 圖子五九〇 圙子五九〇

彄子五九〇 圖子五九〇 圓子五九〇 圖子五九〇 圖子五九〇 屢丑一〇三 屨丑一〇三 屣丑一〇三 屧丑一〇三 屬丑一〇三 屛丑一〇三 屜丑一〇三 屢丑一〇三 屣丑一〇三 彈丑一一五 彄丑一一五 彌丑一一五 彇丑一一六 彆丑一一八 彯六一一六

彉丑一一六 彍丑一一六 彋丑一一六 廖丑一三一 廛丑一三一 廝丑一三一 廚丑一三一 廓丑一三一 廈丑一三一 廕丑一三一 廖丑一三一 廎丑一三三 廔丑一三三 廜丑一三三 廞丑一三三 廙丑一三三 廠丑一三三 廘丑一三三 廡丑一三三

廫丑一三三 廗丑一三三 廑丑一三三 廟丑一三三 廝丑一三三 廞丑一三三 廐丑一三三 康丑一五五 敹丑一五五 寞丑一五五 察丑一五五 寠丑一五六 寡丑一五六 寢丑一五六 寣丑一五七 寤丑一五七 寥丑一五七 實丑一五七 寧丑一五八 寨丑一五八

寱丑一五八 寮丑一五八 寰丑一五八 寭丑一五八 寵丑一五八 寷丑一五八 竅丑一五八 寴丑一五八 寬丑一五九 寮丑一五九 嶁丑一八二 嶂丑一八二 嶁丑一八三 嶂丑一八三 嶄丑一八三 嶁丑一八三 嶇丑一八三 嶈丑一八三

嶍丑一八三 嶋丑一八三 嶇丑一八三 嶃丑一八三 嶅丑一八三 嶄丑一八三 嵷丑一八三 嶆丑一八三 嶁丑一八三 嶕丑一八三 嶗丑一八三 嶔丑一八三 嶓丑一八三 嶙丑一八三 嶠丑一八三 嶝丑一八四 嶚丑一八四 嶛丑一八四 嵺丑一八四

嶢丑一八四 嶥丑一八四 嶤丑一八四 嶟丑一八四 嶛丑一八四 嶜丑一八四 嶡丑一八四 嶇丑一八四 嶩丑一八四 嶪丑一八四 嶫丑一八四 嶬丑一八四 嶭丑一八四 嶮丑一八四 嶯丑一八四 嶰丑一八四 嶱丑一八四 嶲丑一八四 嶳丑一八四

嶴丑一八四 嶵丑一八四 嶶丑一八四 嶷丑一八四 嶸丑一八四 嶹丑二〇八 嶺丑二〇八 幕丑二〇八 幏丑二〇八 幐丑二〇九 幑丑二〇九 幒丑二〇九 幓丑二〇九 幔丑二〇九 幕丑二〇九 幗丑二〇九 幘丑二〇九 幙丑二〇九 幚丑二〇九 幛丑二〇九

幝丑二一〇 幞丑二一〇 幟丑二一〇 幠丑二一〇 幡丑二一〇 幢丑二一〇 幣丑二一〇 幤丑二一〇 幥丑二一〇 幦丑二一〇 幧丑二一〇 幨丑二一〇 幩丑二一〇 幪丑二一六 幫丑二一六 幬丑二二〇 幭丑二二〇 幮丑二二〇 撆寅八

𡦹寅八 學寅八 對寅一五 𡬶寅一六 對寅一六 尌寅一六 尠寅一九 尠寅一九 綠寅一九 奬寅三六 奪寅三六 奩寅三六 奮寅三七 奫寅三七 契寅三七 奪寅三七 奧寅三七 嫕寅七四 嫖寅七四 嫗寅七四

嫚寅七五 嫜寅七五 嫞寅七五 嫟寅七五 嫠寅七五 嫡寅七五 嫛寅七五 嫣寅七六 嫥寅七六 嫧寅七六 嫫寅七六 嫪寅七六 嫭寅七六 嫮寅七六 嫂寅七六 嫘寅七六 嫙寅七六 嫡寅七六 嫛寅七七 嫌寅七七

嫱寅七七 嫌寅七七 嫪寅七七 嫭寅七七 嫤寅七七 嫳寅七七 嫩寅七七 嫭寅七七 嫱寅七七 嫫寅七七 嫪寅七七 嫲寅七七 嫴寅七七 嫵寅七七 嫶寅七七 嫷寅七八 嫸寅七八 嫹寅七八 嫺寅七八 嫻寅七六

嫽寅七八 嫾寅七八 嫿寅七八 嬁寅七八 嬂寅七八 數寅七八 嬄寅七八 嬅寅七八 嬆寅七八 嬇寅七八 嬈寅七八 嬉寅七八 嬊寅七八 嬋寅七八 嬌寅七八 塵寅一一八 塸寅一一九 塹寅一一九 壓寅一一九 墐寅一一九 墑寅一一九

塼寅一一九 墊寅一一九 塿寅一一九 墀寅一一九 墁寅一一九 境寅一二〇 墅寅一二〇 墆寅一二〇 墉寅一二〇 墊寅一二〇 墋寅一二〇 墍寅一二〇 墐寅一二〇 墓寅一二〇 墕寅一二一 墔寅一二一 墜寅一二一 墘寅一二一 墮寅一二一 尋寅一二一

墉寅一二一 塲寅一二一 墬寅一二一 墟寅一二一 墥寅一二一 墶寅一二一 墣寅一二一 墈寅一二一 墦寅一二一 墧寅一二一 墎寅一二一 墷寅一二一 墁寅一二一 墚寅一二一 墛寅一二一 墜寅一二一 墩寅一二一 墦寅一二一 墫寅一二一 墺寅一二一

墭寅一二二 墓寅一二二 墼寅一二二 墱寅一二二 墻寅一二二 墳寅一二二 墲寅一二二 塲寅一二二 塹寅一二二 墹寅一二二 壽寅一三四 鼓寅一三五 鼕寅一三五 臺寅一三五 叒寅一四三 夤寅一四六 夥寅一四六 夢寅一四六 夢寅一四九 夤寅一四九

夥寅一五〇 募寅一五〇 䶂寅一五〇 鉉寅一五〇 裸寅一五〇 夠寅一五〇 夤寅一五〇 夢寅一五〇 夐寅一五三 夔寅一五三 徫寅一六八 徬寅一六八 徭寅一六八 徯寅一六八 徱寅一六八 徲寅一六八 徳寅一六八 徹寅一六八 徻寅一六八 徸寅一六八

得寅一六八 德寅一六八 復寅一六八 復寅一六八 御寅一六八 僄寅一六八 微寅一六八 徫寅一六八 徸寅一六八 徶寅一六八 徛寅一六八 彯寅一七五 彰寅一七五 彭寅一七五 彸寅一七五 彰寅一七五 巢寅一七八 巢寅一七八 摮卯六五 擊卯六五

擀卯六七 摯卯六八 拿卯六八 摋卯六八 摝卯六八 摎卯六八 摏卯六八 摐卯六八 摑卯六八 摑卯六八 摓卯六九 摘卯六九 摚卯六九 摛卯六九 摜卯六九 摟卯六九 摠卯六九 摡卯六九 摧卯六九 摧卯六九

摝卯七〇 摌卯七〇 摲卯七一 摳卯七一 摴卯七一 摵卯七一 摶卯七一 摷卯七一 摺卯七二 摻卯七二 摽卯七二 摾卯七二 摿卯七二 撀卯七二 撁卯七二 撂卯七三 撃卯七三 撄卯七三 撅卯七三 摔卯七三

撇卯七三 摖卯七三 撖卯七三 撍卯七三 撐卯七三 撒卯七三 撓卯七三 撔卯七三 撕卯七三 撗卯七三 撘卯七三 撙卯七三 撚卯七三 撛卯七三 撜卯七四 撝卯七四 撞卯七四 撟卯七四 撠卯七四 撡卯七四

嬖辰五四三 爾辰五四四 歌辰五五六 歇辰五五六 歊辰五五六 歉辰五五六 歙辰五五六 歆辰五五六 歇辰五五六 欽辰五五六 歎辰五五六 歟辰五五六 歐辰五五六 歊辰五五七 歛辰五五七 歜辰五五七 歎辰五五七 歷辰五五七 歐辰五五七 歊辰五五七

歟辰五五七 鬖辰五五七 欽辰五五七 款辰五六十 歐辰五六十 歊辰五六十 歎辰五五七 欲辰五五七 穀辰五六二 毅辰五七五 數辰五七五 敳辰五七五 敲辰五七六 穀辰五七六 殼辰五七六 殺辰五七六 敲辰五七六 鼓辰五七六 毆辰五七六 殷辰五七六

毆辰五七六 戲辰五七六 藏辰五七六 乾辰五七六 殿辰五七六 敷辰五七六 斅辰五七六 戟辰五七六 毅辰五七六 斁辰五七六 夔辰五七六 敷辰五七六 戳辰五七六 嚴辰五七六 僦辰五七六 殘辰五八五 敲辰五八五 轂辰五八五 穀辰五八五 殼辰五八五

毀辰五八七 鍛辰五八五 毅辰五八五 毀辰五八五 轂辰五八五 戩辰五九三 截辰五九三 駭辰五九四 誐辰五九四 馘辰五九四 械辰五九四 威辰五九四 臧辰五九四 韓辰五九四 鉞辰五九四 戟辰五九四 戴辰五九四 穀辰五九四 燐巳三三 煻巳三四

熵巳三四 熀巳三四 熁巳三四 熃巳三四 熄巳三四 熰巳三四 熇巳三四 熊巳三四 熏巳三五 熑巳三五 熒巳三五 熵巳三五 燧巳三五 熵巳三五 䁎巳三五 赟巳三六 熣巳三六 寏巳三六 熨巳三六 熮巳三六

熬巳三六 熣巳三六 熻巳三六 熿巳三六 熗巳三六 熨巳三六 熯巳三六 熡巳三六 熳巳三六 熔巳三六 熵巳三六 熹巳三六 熩巳三六 熼巳三六 熒巳三六 熚巳三六 熐巳三六 熛巳三六 熧巳三六 熟巳三六

熙巳三六 熚巳三六 熠巳三六 爆巳三六 熙巳三六 熔巳三六 臯巳一五七 穀巳一五七 滑巳一五七 漏巳一五七 準巳一五七 滮巳一五八 滯巳一五八 滾巳一五八 滲巳一五八 潑巳一五八 滷巳一五八 滴巳一五八 滲巳一五八 瀘巳一五八

濟巳一五八 澾巳一五九 滽巳一五九 浪巳一五九 滿巳一五九 漁巳一六〇 漂巳一六〇 漱巳一六一 漆巳一六一 漼巳一六一 漈巳一六一 漉巳一六一 漊巳一六二 漌巳一六二 澒巳一六二 漏巳一六二 漑巳一六二 滋巳一六三 漓巳一六三 演巳一六三

漕巳一六三 漚巳一六三 澄巳一六四 潛巳一六四 滰巳一六四 漠巳一六四 漄巳一六四 漢巳一六四 漣巳一六五 漊巳一六五 澮巳一六五 漥巳一六五 漨巳一六五 漩巳一六五 漪巳一六七 漫巳一六七 漬巳一六七 漮巳一六七 漯巳一六七 瀾巳一六八

潄巳一六八 漲巳一六八 漳巳一六八 濼巳一六八 潡巳一六八 潓巳一六八 漷巳一六八 漸巳一六九 澳巳一六九 漻巳一六九 灌巳一七〇 漾巳一七〇 蕖巳一七〇 瀉巳一七〇 潞巳一七〇 澇巳一七〇 澆巳一七〇 滷巳一七一 澹巳一七一 潳巳一七一

澂巳一七一 漳巳一七一 潹巳一七二 澇巳一七二 濂巳一七二 磬巳一七二 潾巳一七二 濮巳一七二 滢巳一七二 瀾巳一七二 澗巳一七二 澠巳一七二 滑巳一七二 潃巳一七二 澈巳一七二 潧巳一七二 滑巳一七二 漙巳一七三 潊巳一七三 減巳一七三

潗巳一七三 潮巳一七三 瀅巳一七三 潒巳一七三 潰巳一七三 潬巳一七三 熒巳一七三 潁巳一七三 澒巳一七三 潸巳一七三 潡巳一七三 潄巳一七三 潮巳一七三 澡巳一七三 離巳一七三 滑巳一七三 潭巳一七三 滅巳一七四 潼巳一七四 瀉巳一七四

潺巳一七四　潸巳一七四　潩巳一七四　澌巳一七四　盪巳一七四　潯巳一七四　漼巳一七四　潡巳一七四　漇巳一七四　潏巳一七四　潒巳一七四　澍巳一七四　澮巳一七四　漎巳一七四　澝巳一七四　濇巳一七四　潍巳一七四　瀆巳一七四　樉巳二九二

穀巳二九二　榿巳二九二　榛巳二九二　榡巳二九二　樢巳二九二　橎巳二九二　榥巳二九二　榦巳二九三　榨巳二九三　樓巳二九三　榪巳二九三　樑巳二九三　榱巳二九三　榭巳二九三　槊巳二九三　榯巳二九四　榗巳二九四　榲巳二九四　榶巳二九四

榸巳二九四　榹巳二九四　榻巳二九四　槅巳二九四　榼巳二九五　榽巳二九五　榾巳二九五　槀巳二九五　槃巳二九五　槇巳二九五　槊巳二九五　構巳二九五　榔巳二九六　槌巳二九六　槍巳二九六　槏巳二九六　槐巳二九六　槓巳二九七　榐巳二九七

檻巳二九七　槎巳二九七　榕巳二九七　槩巳二九七　榗巳二九七　槭巳二九七　榙巳二九七　樫巳二九七　榚巳二九七　榏巳二九八　榞巳二九八　榠巳二九八　榹巳二九八　榛巳二九八　樓巳二九八　槾巳二九八　榤巳二九八　㮩巳二九八　榧巳二九八

榫巳二九八　榛巳二九八　榁巳二九八　榗巳二九八　榫巳二九八　槼巳二九八　榹巳二九八　槡巳二九八　構巳二九八　槔巳二九八　槔巳二九八　槶巳二九八　槐巳二九八　榛巳二九九　榩巳二九九　榿巳二九九　㮯巳二九九　榼巳二九九　榕巳二九九

榒巳二九九　樛巳二九九　㮲巳二九九　槈巳二九九　槔巳二九九　槓巳二九九　榛巳二九九　槾巳二九九　榃巳二九九　槑巳二九九　槀巳二九九　對巳二九九　榍巳二九九　榎巳二九九　榝巳二九九　槐巳二九九　榿巳二九九　㮣巳二九九　槠巳二九九

彙巳二九九　榿巳二九九　槖巳二九九　槼巳二九九　榜巳二九九　橇巳二九九　槸巳二九九　槁巳二九九　榞巳二九九　槧巳二九九　槔巳二九九　櫞巳三〇〇　榢巳三〇〇　槖巳三〇〇　槷巳三〇〇　榴巳三〇〇　槐巳三〇〇　樬巳三〇〇　幹巳三三八

犒巳三四九　犚巳三四九　犕巳三四九　犖巳三四九　犙巳三四九　犛巳三四九　犐巳三四九　犙巳三四九　犗巳三四九　犝巳三四九　犘巳三四九　犔巳三四九　犑巳三四九　犕巳三四九　犆巳三四九　㲉巳三四九　犡巳三四九　犤巳三四九　犪巳三四九　犞巳三四九

犓巳三四九　犣巳三四九　犗巳三五〇　獃巳三七二　獀巳三七三　獠巳三七三　獟巳三七三　獏巳三七四　獑巳三七四　獡巳三七四　獗巳三七四　獍巳三七四　獞巳三七四　獝巳三七四　獿巳三七四　獓巳三七四　獛巳三七四　獥巳三七四　獠巳三七四

獰巳三七四　獐巳三七四　獑巳三七四　獬巳三七四　獴巳三七四　獥巳三七四　獼巳三七四　獋巳三七四　瑟巳三八七　睘巳三八七　瓟午三　瓛午三　瓤午三　瓥午二　瓡午三　瓟午三　皸午八　䩉午八　䪸午八

皵午八　皶午八　皹午八　皺午八　皸午八　皷午八　寋午二一　疑午二一　疐午二二　窩午二三　窪午二三　窫午二三　窬午二四　窪午二四　窴午二四　窨午二四　窖午二四　窦午二四　窳午二四

窶午二四　窴午二四　窵午二四　窸午二四　瘓午四八　瘉午四八　瘋午四八　瘌午四八　瘍午四八　瘏午四八　瘊午四八　瘀午四九　瘐午四九　瘩午四九　瘕午四九　瘋午四九　瘦午四九　瘖午四九　瘧午四九

瘤午五〇 㿈午五〇 瘇午五〇 瘍午五〇 瘏午五〇 瘴午五〇 瘊午五〇 瘑午五〇 瘷午五〇 瘃午五〇 瘉午五〇 瘟午五〇 瘥午五〇 瘒午五〇 瘍午五〇 瘋午五〇 瘺午五〇 瘈午五〇 瘓午五〇 瘠午五〇

瘕午五〇 瘃午五〇 瘓午五一 瘖午五一 瘕午五一 瘍午五一 瘢午五一 瘣午五一 瘑午五一 瘈午五一 瘨午五一 瘟午五一 瘟午五一 瘥午五一 瘥午五一 瘵午五一 瘑午五一 瘓午五一 瘖午五一 瘃午五一

瘖午五一 竭午七一 端午七二 竵午七二 𥪕午七二 頊午七二 竮午七二 竷午七二 豎午七二 竰午七二 蝸午七五 瑓午九三 瑟午九四 瑁午九四 瑇午九四 瑃午九四 瑄午九四 瑅午九四 瑋午九四 瑍午九四

瑍午九四 瑑午九四 瑒午九四 瑔午九四 瑕午九五 瑕午九五 瑗午九五 瑙午九五 瑚午九五 瑛午九五 瑜午九六 瑞午九六 琾午九六 瑎午九六 琿午九六 瑀午九六 瑂午九六 瑆午九六 瑈午九六 瑉午九六

瑊午九六 瑦午九六 瑎午九六 瑢午九六 瑜午九六 瑓午九六 瑿午九七 瑛午九七 瑝午九七 瑤午九七 瑈午九七 璞午九七 瑱午九七 瑨午九七 瑭午九七 瑘午九七 瑧午九七 碶午一二五 碟午一二五 碣午一二五

碯午一二五 碤午一二五 碥午一二五 碦午一二五 碧午一二五 碨午一二六 碩午一二六 碓午一二六 碭午一二六 碮午一二六 碆午一二六 碏午一二六 碞午一二六 碶午一二六 碠午一二六 碡午一二七 碢午一二七 碪午一二七 碣午一二七 碝午一二七

碹午一二七 碫午一二七 碬午一二七 碰午一二七 碌午一二七 磣午一二七 碾午一二七 磁午一二七 碦午一二七 碎午一二七 碊午一二七 鋈午一二七 碷午一二七 碒午一二七 碑午一二七 碲午一二七 碫午一二七 磆午一二八 碙午一二八 碢午一二八

碃午一二八 碏午一二八 碱午一二八 碖午一二八 碑午一二八 磔午一二八 碟午一二八 碰午一二八 碱午一二八 暍午一四六 暉午一四六 睧午一四六 罵午一四六 暘午一四六 甄午一五四 甃午一五四 瓿午一五四 甂午一五四 瓹午一五四 甈午一五四

甌午一五四 甄午一五四 甍午一五四 甊午一五五 甋午一五五 甎午一五五 甇午一五五 毾午一五五 匰午一五五 毷午一五五 穊午一六三 種午一六三 稯午一六三 猴午一六三 犍午一六三 猳午一六三 稷午一六三 稘午一六三 稓午一六三 稍午一六三

豯午一六三 猲午一六七 㺄午一六七 歔午一六七 焟午一六七 脊午一七一 壁午一七一 甦午一七一 禍午一八三 禎午一八三 福午一八三 禔午一八三 禕午一八四 禖午一八四 覬午一八四 禪午一八四 禓午一八四 禐午一八四 禊午一八四 禋午一八四

禡午一八四 禌午一八四 禐午一八四 禑午一八四 禒午一八四 禓午一八四 禢午一八四 禗午一八四 禘午一八四 鼓午一八五 禛午一八五 禽午一八五 禧午一八五 禎午一八五 禕午一八五 禬午一八五 禝午一八五 鼏午一八五 禇午一八五 禮午一八五

稞午二〇三 程午二〇三 稴午二〇三 種午二〇三 稯午二〇三 稱午二〇三 稩午二〇三 稍午二〇三 稒午二〇三 稹午二〇三 稷午二〇三 稪午二〇三 稉午二〇三 稸午二〇三 稫午二〇三 稲午二〇四 稧午二〇四 稽午二〇四 稬午二〇四 曷午二〇四

穑午二〇四 稸午二〇四 稰午二〇四 稠午二〇四 稭午二〇四 稞午二〇四 稓午二〇四 積午二〇四 秷午二〇四 穤午二〇四 稧午二〇四 稨午二〇四 禕巳二〇四 禔午二〇四 稿午二〇四 氣午二〇四 䅺午二〇四 䅵午二〇四 稼午二〇四 秸午二〇四

穇午二〇五 暘午二三七 嗓午二三七 嘌午二三七 唾午二三七 嗣午二三七 嘚午二三七 唑午二三八 嗎午二三八 畫午二三八 噯午二三八 睹午二五五 睃午二七〇 暗午二七一 睸午二七一 瞀午二七一 睲午二七一 睦午二七一 瞍午二七一 暆午二七一

暉午二七一 曔午二七一 暙午二七一 睹午二七一 睺午二七一 瞍午二七一 睼午二七一 暌午二七二 暋午二七二 睾午二七二 睿午二七二 瞀午二七二 暼午二七三 瞸午二七三 瞌午二七三 瞜午二七三 睮午二七三 瞀午二七三 睹午二七三 蓄午二七三

暇午二七三 暪午二七三 暵午二七三 煦午二七三 瞡午二七三 睻午二七三 瞒午二七三 瞜午二七三 暎午二七三 瞠午二七三 暔午二七三 暘午二七三 暡午二七三 暐午二七三 暍午二七三 暖午二七三 暊午二七三 暕午二七三 暝午二七四 曃午二七四

暱午二七四 暗午二七四 奭午二七四 綤午二七四 棗午二七四 睦午二七四 暥午二七四 暍午二七四 睺午二七四 暵午二七四 暄午二七四 暻午二七四 暠午二七四 畀午二七四 睟午二七四 暚午二七四 畟午二七四 㚖午二七四 盞午二九五 盡午二九五

監午二九五 盬午二九六 盡午二九六 盞午二九六 臀未二八 臋未二九 膀未三四 膹未三四 膓未三四 膂未三四 膃未三四 膄未三四 朚未三四 膓未三四 膆未三四 膸未三四 膭未三四 膈未三四 臉未三四 膰未三五

膈未三五 膊未三五 膵未三五 轂未三五 膋未三五 膌未三五 膯未三五 膿未三五 膆未三五 膏未三六 膁未三六 膭未三六 膗未三六 膅未三六 膡未三六 膾未三六 膹未三六 膩未三六 膳未三六 膕未三七

膶未三七 臚未三七 臘未三七 膕未三七 膰未三七 膣未三七 膗未三七 腔未三七 膋未三七 臉未三七 膱未三七 膘未三七 胷未三七 腿未三七 膭未三七 膸未三七 脾未三七 胥未三七 腦未三七 膝未三七

膳未三七 䐑未三七 膢未三七 峪未五一 嵅未五二 峆未五二 盬未五二 崡未五二 盟未五二 㪣未五二 聊未六〇 聚未六一 聝未六一 聕未六一 聞未六一 聙未六二 聵未六二 聣未六二 聛未六二 聐未六二

聜未六二 聕未六二 聀未六二 聠未六二 聠未六二 聊未六二 聝未六二 聤未六二 聰未六二 欺未六二 聖未六二 聘未六二 聆未六二 䏴未六九 聒未七二 赭未七二 䞓未七二 赤舌未七二 赤孫未七二 赤求未七二

毃未七二 毯未七二 䝈未七四 貌未七四 䜤未七四 䝕未七四 䬞未七八 虒未八四 虞未八四 虢未八四 虐未八四 勴未八四 虙未八四 虤未八四 虘未八四 虡未八四 羫未九三 羧未九三 羥未九三

羘未九三 羛九九三 羭未九三 羷未九三 羬未九三 羚未九三 羣未九三 羨未九三 蜚未一一五 蜜未一一六 蜚未一一六 蜡未一一六 蜢未一一六 蜇未一一六 蛳未一一六 蝡未一一六 蝈未一一六 蜮未一一六 蜂未一一七 蠋未一一七

蝸未二一七 蜷未二一七 蜺未二一七 蜻未二一七 蜿未二一七 蜙未二一七 蜣未二一七 蜥未二一七 蜦未二一七 蜩未二一八 蜱未二一八 蜳未二一八 蝓未二一八 蛢未二一八 蜌未二一八 蜾未二一八 蜚未二一八 蜘未二一八 蜨未二一八 蜫未二一八

蜛未二一八 蝂未二一九 蜻未二一九 蛙未二一九 蜠未二一九 蜮未二一九 蟚未二一九 蜇未二一九 蜯未二一九 蜈未二一九 蝘未二一九 蜺未二一九 蝝未二一九 蜡未二一九 蝔未二一九 蛾未二一九 蠳未二一九 蜎未二一九 蝹未二一九 蜯未二一九

蜇未二一九 蜲未二一九 蝫未二一九 蜴未二一九 蜬未二一九 蜸未二一九 蝳未二一九 蜈未二二〇 蝻未二二〇 蜎未二二〇 蜨未二二〇 蝀未二二〇 蝂未二二〇 蝃未二二〇 蝒未二二〇 蝍未二二〇 蝬未二二〇 蝴未二二〇 蜸未二二〇 蜂未二二〇

蜪未二二〇 蜦未二二〇 蝦未二二〇 蜶未二二〇 蜹未二二〇 蛩未二二〇 蜊未二二〇 蜯未二二〇 蜱未二二〇 蜥未二二〇 蜸未二二〇 蝱未二二〇 蝥未二二〇 蜮未二二〇 蝨未二二〇 蜷未二二〇 蝕未二二〇 蛻未二二〇 蜚未二二〇 蜞未二二〇

蜎未二二〇 蜭未二二〇 蜃未二二〇 蝛未二二〇 蝍未二二〇 蜫未二二〇 蛤未二二〇 蜑未二二〇 蜉未二二〇 蜎未二二〇 猴未二二五 翟未二二五 翠未二二六 翣未二二六 翰未二二六 翮未二二六 猿未二二六 獉未二二六 猜未二二六 翱未二二六

翡未二二六 猣未二二六 獄未二二六 翣未二二六 獅未二二六 雅未二二六 獮未二二六 翩未二二七 翾未二二七 獮未二二七 翮未二二七 箙未二七九 箅未二七九 箄未二七九 箕未二七九 箕未二七九 箇未二七九 箈未二七九 箋未二七九 箍未二七九

箏未二七九 箑未二八〇 箒未二八〇 箬未二八〇 箕未二八〇 箖未二八〇 算未二八〇 箘未二八一 箚未二八一 箛未二八一 箜未二八一 箝未二八一 管未二八一 箢未二八二 箣未二八二 箸未二八二 箮未二八二 箠未二八二 箁未二八二 箞未二八二

箂未二八二 箪未二八二 箅未二八二 箭未二八二 箈未二八二 箈未二八二 箈未二八二 於未二八二 箈未二八三 箈未二八三 箙未二八三 箈未二八三 箄未二八三 箷未二八三 箎未二八三 箮未二八三 箸未二八三 箞未二八三 箹未二八三 箓未二八三

箵未二八三 箛未二八三 箙未二八三 箞未二八三 箈未二八三 箹未二八三 箊未二八三 箯未二八三 箻未二八三 箤未二八四 箬未二八四 箮未二八四 箺未二八四 箕未二八四 箊未二八四 箈未二八四 箬未二八四 箵未二八四 箾未二八四 箳未二八四

箺未二八四 篡未二八四 箟未二八四 箕未二八四 箆未二八四 箐未二八四 箹未二八四 箇未二八四 箹未二八四 箛未二八四 箞未二八四 箑未二八四 箳未二八四 箞未二八四 箍未二八三 箋未二八三 箙未二八三 箞未二八三 箋未二八三 箍未二八四

蓉未二八四 蒐未二九九 蓛未二九九 蒔未二九九 蒙未二九九 蒿未三〇〇 蒢未三〇〇 蓀未三〇〇 蓄未三〇〇 蒧未三〇〇 蒜未三〇〇 蒝未三〇一 蒟未三〇一 蒡未三〇一 蒨未三〇一 蒩未三〇一 蒳未三〇一 蒯未三〇一 蓄未三〇一 蒰未三〇二

蒳未三〇二 蒲未三〇二 蒸未三〇二 蒻未三〇三 蒼未三〇三 蓀未三〇三 蓁未三〇三 蒿未三〇四 蓄未三〇四 蒖未三〇四 蓆未三〇四 蓉未三〇四 蓋未三〇四 蓐未三〇五 蓑未三〇五 蓓未三〇六 蓏未三〇六 蓌未三〇六 蓠未三〇六 蓓未三〇六

十四畫

蘓未三〇六 蒖未三〇六 蔋未三〇六 蓶未三〇六 蓳未三〇六 蔳未三〇六 蓨未三〇六 蓸未三〇六 蓧未三〇六 蔓未三〇六 蓁未三〇六 蓾未三〇六 蔞未三〇七 蔌未三〇七 菆未三〇七 蕜未三〇七 葠未三〇七 蒠未三〇七 莘未三〇七 蒩未三〇七

蓴未三〇七 蓳未三〇七 蒬未三〇七 蓶未三〇七 蔀未三〇七 蒐未三〇七 䓛未三〇七 蒯未三〇七 蒿未三〇七 蒲未三〇七 蒦未三〇七 蒴未三〇七 蕢未三〇七 蓊未三〇七 蔜未三〇七 蔦未三〇八 蘱未三〇八 蒺未三〇八 蔻未三〇八 蕟未三〇八

蓫未三〇八 蓕未三〇八 蒳未三〇八 蕧未三〇八 薄未三〇八 蓇未三〇八 蓢未三〇八 蔴未三〇八 蕡未三〇八 蓊未三〇八 蔞未三〇八 蒜未三〇八 蓍未三〇八 蓎未三〇九 蒻未三〇九 菰未三〇九 蓒未三〇九 萃未三〇九 蒸未三〇九 蔐未三〇九

蒸未三〇九 蓄未三〇九 蓕未三〇九 蒶未三〇九 蓜未三〇九 蒄未三〇九 蓥未三〇九 蔱未三〇九 蒚未三〇九 蒹未三〇九 蒽未三〇九 蓮未三〇九 蓅未三〇九 蔬未三〇九 蓙未三〇九 蓓未三〇九 蓑未三〇九 蒁未三〇九 蔀未三〇九 䔲未三〇九

蓱未三〇九 營未三〇九 蘄未三〇九 蓫未三〇九 蓠未三一〇 蓰未三一〇 蓝未三一〇 蕒未三一〇 蓟未三一〇 蓋未三一〇 蕻未三一〇 蒴未三一〇 蓖未三一〇 蔗未三一〇 蔽未三一〇 蓍未三一〇 蒐未三一〇 蓨未三一〇 蔽未三一〇 薛未三一〇

蔙未三一〇 蓊未三一〇 蕐未三一〇 蒣未三一〇 菫未三一〇 蕭未三一〇 萯未三一〇 蓁未三一〇 蓝未三一〇 蔱未三一〇 蓬未三一〇 蓻未三一〇 蒺未三一〇 蓛未三一〇 蒎未三一〇 蓺未三一〇 蘜未三一〇 蒚未三一〇 蓿未三一〇 萄未三一〇

蕿未三一〇 蓄未三一〇 艵未三七七 艒未三七七 艁未三七八 艓未三七八 艌未三七八 艥未三七八 艙未三七八 䑧未三七八 艍未三七八 艩未三七八 艋未三七八 艀未三七八 艤未三七八 艊未三七八 艃未三七八 艄未三七八 裴未四〇三 裳未四〇三

裹未四〇三 褩未四〇三 製未四〇四 褎未四〇四 褧未四〇六 裻未四〇六 褻未四〇六 製未四〇六 賓未四〇六 褏未四〇六 褰未四〇七 複未四〇七 褆未四〇七 褈未四〇七 褊未四〇七 褸未四〇七 褋未四〇七 褌未四〇九 褓未四〇八 褐未四〇八

褔未四〇八 袷未四〇八 褕未四〇八 褸未四〇九 褗未四〇九 褉未四〇九 褘未四〇九 褍未四〇九 褙未四〇九 褫未四〇九 褚未四〇九 褖未四〇九 䙌未四一〇 襀未四一〇 䙇未四一〇 䙓未四一〇 褋未四一〇 褪未四一〇 褑未四一〇 䙁未四一〇

褅未四一〇 褆未四一〇 褠未四一〇 䙐未四一〇 褠未四一〇 褉未四一〇 褫未四一〇 補未四一〇 褡未四一〇 褯未四一〇 褷未四一〇 裡未四一〇 褟未四一〇 褸未四一〇 襋未四一〇 綜未四四九 綝未四四九 綟未四五〇 綠未四五〇 結未四五〇

綈未四五〇 綢未四五〇 綣未四五〇 綦未四五〇 䋊未四五一 綒未四五一 綩未四五一 綪未四五一 綬未四五一 維未四五一 緊未四五二 纍未四五二 緉未四五二 綀未四五三 綰未四五三 綱未四五三 網未四五三 綴未四五三 綵未四五三 綷未四五三

綝未四五四 綹未四五四 綺未四五四 綻未四五四 綼未四五五 綽未四五五 綾未四五五 縷未四五五 緁未四五五 緂未四五五 緄未四五五 緅未四五五 緆未四五五 緇未四五六 緉未四五六 緊未四五六 緋未四五六 緌未四五六 縕未四五六 緫未四五六

緈未四五六　縺未四五六　緟未四五六　縂未四五七　綡未四五七　絟未四五七　紺未四五七　緂未四五七　綪未四五七　綫未四五七　絰未四五七　絟未四五七　綶未四五七　緒未四五七　綺未四五七　綻未四五七　緘未四五七　總未四五七　緅未四五七　緢未四五七

綩未四五七　緤未四五七　緜未四五七　絣未四五七　緊未四五七　綫未四五七　綫未四五七　綳未四五七　綿未四五七　緍未四五七　繼未四五七　綝未四五七　綨未四五七　綷未四五七　圂未四五七　綗未四五七　緫未四五七　綮未四五七　絽未四五七　緊未四五八

絵未四五八　精未五〇一　粹未五〇二　粼未五〇二　粻未五〇二　粦未五〇二　粿未五〇二　精未五〇二　粫未五〇二　粿未五〇二　粱未五〇二　粺未五〇二　粽未五〇三　粲未五〇三　糁未五〇三　粴未五〇三　糈未五〇三　糊未五〇三　粱未五〇三　糗未五〇三

粡未五〇三　粸未五〇三　裴未五〇三　粸未五〇三　槖未五〇三　粺未五〇三　粿未五〇三　糟未五〇三　粺未五〇三　粡未五〇三　粽未五〇三　格未五〇三　粆未五一四　綸未五一四　糨未五一四　糰未五一四　糈未五一四　糈未五一五　粺未五一五　棘未五一五

粨未五一五　粷未五一五　糐未五一五　糧未五一五　粿未五一五　粴未五一五　糝未五一五　與未五二〇　譽未五二三　奧未五二三　舉未五二三　暱未五二三　習未五二三　貂未五二三　覷未五二三　罨未五二三　罾未五二三　鍼未五二七　鍋未五二七　鉼未五二七

鋊未五二七　鏈未五二七　譽未五二七　罃未五二七　餞未五二七　鋼未五二七　罭未五三三　罬未五三三　罪未五三三　罹未五三三　罩未五三三　罨未五三三　罧未五三三　置未五三三　罰未五三三　署未五三四　罯未五三四　罰未五三四　罱未五三四　罯未五三四

罳未五三四　罺未五三四　罶未五三四　罽未五三四　罸未五三四　罵未五三五　罦未五三五　罷未五四一　翡未五四一　罿未五四一　衙未五四五　舞未五四八　舜未五四八　壽未五五三　肇未五五三　肇未五五三　臧未五五四　臺未五五七　臺未五五八

豨申一五　豩申一五　豪申一五　豧申一五　豨申一五　豨申一五　豪申一五　豬申一五　豱申一五　豯申一五　豮申一五　貅申一五　貗申一五　貊申一五　貋申一八　貌申一二三　貍申一二四　貌申一二四　貉申一二四　貊申一二四

豨申一二四　貌申一二四　貔申一二四　貐申一二四　貕申一二四　貋申一二四　發申一二四　賑申一二八　賂申一二九　賒申一二九　賓申一二九　賕申一二九　賨申一二九　賥申一二九　睍申一二九　賍申一二九　賙申一二九　賦申一二九　賊申一二九　賄申一二九

實申一二九　賓申一二九　賓申一三〇　賽申一三〇　賏申一三〇　賚申一三〇　賄申一三〇　賧申一三〇　賆申一三〇　鮮申一四四　鮚申一四四　鮡申一四四　鮴申一四四　鮨申一四四　鮹申一四四　鮰申一四四　鯟申一四四　鱷申一四四　鯷申一四四　鷟申一四四

鯀申一四四　鯫申一四五　鯖申一四五　鴛申一五〇　番申一五〇　艇申一五三　躴申一五三　躵申一五三　艀申一五三　躿申一五三　躶申一五三　躷申一五三　踢申一六三　踞申一六三　踏申一六四　踁申一六四　跧申一六四　踉申一六四　踥申一六四　跰申一六四

踆申一六四　路申一六四　跟申一六四　踊申一六四　跱申一六四　踂申一六五　踶申一六五　蹂申一六五　踓申一六五　踍申一六五　踐申一六五　踀申一六五　踤申一六五　蹄申一六五　蹊申一六五　踏申一六五　踈申一六五　跟申一六五　跦申一六五　跿申一六五

踆申六五 踥申六五 踸申六五 踉申六五 踇申六五 踒申六五 踆申六五 踊申六五 踖申六五 踍申六五 踔申六五 踑申六五 踐申六五 踦申六五 踿申六五 踶申六五 趕申九七 趣申九七 趖申九七

趛申九七 趕申九七 趚申九七 趙申九七 趙申九七 趙申九八 趕申九八 趕申九八 趙申九八 趚申九八 趙申九八 趕申九八 趙申九八 趕申九八 趙申九八 趕申九八 趙申九八 趙申九八 趚申九八

趕申九八 趠申九九 趙申九九 趙申九九 趔申九九 趣申九九 遣申一三七 遘申一三七 遙申一三七 遜申一三七 遝申一三七 遞申一三七 遠申一三八 遡申一三八 遢申一三八 遣申一三八 遥申一三八 遦申一三八 遛申一三八

遭申一三八 遲申一三八 遴申一三八 遬申一三九 遺申一三九 遳申一三九 遷申一三九 遵申一三九 遶申一三九 遷申一三九 遹申一三九 遭申一三九 遲申一三九 遷申一三九 遷申一三九 遷申一三九 遷申一三九 誋申一七三 誌申一七三

認申一七三 誯申一七三 誶申一七三 誒申一七三 誎申一七三 誏申一七三 誐申一七三 誑申一七三 誒申一七三 誓申一七三 誕申一七三 誕申一七三 誖申一七三 誗申一七三 誜申一七三 誃申一七三 誆申一七四 誙申一七四 誔申一七四

誐申一七四 誒申一七四 語申一七四 誢申一七四 誨申一七四 誤申一七四 誥申一七四 誠申一七五 誣申一七五 誥申一七五 誦申一七六 誧申一七六 誦申一七六 誦申一七六 誩申一七六 說申一七六 誠申一七七 誅申一七七 誅申一七七

誃申一七七 誘申一七七 誑申一七七 誨申一七七 誨申一七七 誤申一七七 誹申一七七 誑申一七七 誹申一七七 誧申一七七 誩申一七七 誨申一七七 誤申一七八 誘申一七八 誥申一七八 誓申一七八 誑申一七八 誒申一七八 誓申一七八

誕申一七八 誩申一七八 誽申一七八 誤申一七八 誐申一七八 誣申一七八 誒申一七八 誃申一七八 誑申一七八 誥申一七八 誩申一七八 覡申二三二 覢申二三二 覣申二三二 覤申二三二 覥申二三二 覦申二三二 覧申二三二 覨申二三二

覩申二三二 覜申二三二 覝申二三二 覞申二三二 覟申二三二 覠申二三二 覡申二三二 輒申二四二 輓申二四二 輔申二四二 輕申二四二 輓申二四三 輦申二四三 輩申二四三 輪申二四三 輬申二四三 輮申二四三 輯申二四三 輷申二四三

輗申二四三 輒申二四三 輥申二四三 輙申二四三 輜申二四三 輝申二四三 輞申二四三 輛申二四三 輜申二四三 輟申二四三 輠申二四三 輡申二四三 輢申二四三 輣申二四三 輤申二四三 輥申二四三 輦申二四三 辢申二六四 辡申二六四

辣申二六四 辣申二六四 辳申二六八 酮申二七七 醒申二七七 酺申二七七 酴申二七七 酵申二七七 酶申二七七 酷申二七七 酸申二七八 酺申二七八 酹申二七八 酲申二七八 酳申二七八 酸申二七八 酹申二七八 鄘申三一四 鄙申三一四

鄚申三一四 鄞申三一四 鄟申三一四 鄡申三一四 鄢申三一五 鄣申三一五 鄤申三一五 鄥申三一五 鄦申三一五 鄧申三一五 鄨申三一五 鄩申三一五 鄪申三一五 鄫申三一五 鄬申三一五 鄭申三一六 鄮申三一六 鄯申三一六 鄰申三一六

頓戌二四 頜戌二四 顧戌二四 頳戌二四 䩑戌三九 鞍戌三九 鞎戌三九 鞄戌三九 鞔戌三九 鞂戌三九 靻戌三九 鞑戌三九 靾戌三九 鞀戌四〇 鞊戌四〇 鞫戌四〇 鞁戌四〇 鞅戌四〇 靻戌四〇

鞞戌四〇 鞋戌四〇 鞞戌四〇 韋戌四〇 鞠戌四〇 鞈戌四〇 鞄戌四〇 鞔戌四〇 鞃戌四〇 鞥戌四一 鞄戌四一 鞦戌四一 鞆戌四一 鞄戌四一 鞀戌四一 鞏戌四一 鞄戌四一 鞭戌四一 鞄戌四一 鞊戌四一

鞋戌五五 韍戌五五 韎戌五五 韐戌五五 韠戌五六 韩戌五六 韍戌五六 韒戌五六 韌戌五六 韏戌五六 韐戌五六 韘戌五六 韗戌五六 韚戌五六 韶戌六一 韷戌六一 韸戌六一 韻戌六一 韹戌六一 韺戌六四 韼戌六四

頗戌六四 頧戌六四 頟戌六四 頫戌六四 酥戌六四 颳戌六八 颱戌六八 颲戌六八 颳戌六八 颵戌六八 颶戌六八 颸戌六八 颯戌六八 颻戌六九 颼戌六九 颶戌六九 颮戌六九 颰戌六九 颲戌六九 颺戌六九

颾戌六九 颿戌六九 飇戌六九 飀戌六九 颸戌六九 颭戌六九 颻戌六九 飂戌六九 飃戌六九 餁戌八一 飫戌八一 飴戌八一 飵戌八二 飽戌八二 飾戌八二 餘戌八二 飳戌八二 餅戌八二 飿戌八二 餃戌八二

餸戌八二 餌戌八二 餛戌八二 飷戌八二 餅戌八二 餡戌八三 餘戌八三 餛戌八三 餕戌八三 餇戌八三 餈戌八三 餉戌八三 餎戌八三 餇戌八三 餌戌八三 餉戌八三 餅戌八三 餘戌八三 餇戌八三 餈戌八三

餂戌八三 餍戌八三 餡戌八三 餈戌八三 餀戌八三 餖戌八三 餇戌八三 餕戌八三 餈戌八三 餒戌八三 餄戌八三 餐戌八三 餅戌八三 餘戌八三 餃戌八三 骩戌一〇三 骫戌一〇三 骹戌一〇三 骰戌一〇三

骿戌一〇三 骯戌一〇三 骸戌一〇三 骭戌一〇三 骰戌一〇三 骱戌一〇三 骳戌一〇三 骶戌一〇三 骷戌一〇三 骻戌一〇三 骶戌一〇三 骬戌一〇三 髤戌一一二 髥戌一一二 髦戌一一二 髤戌一一二 髤戌一一三 髢戌一一三 髡戌一一三 髿戌一一三

髻戌一一三 髮戌一一三 髯戌一一三 髤戌一一三 髮戌一一三 髲戌一一三 髿戌一一三 髳戌一一三 髧戌一一三 髡戌一一三 髥戌一一三 鬦戌一二四 鬧戌一二四 鬩戌一二四 鬨戌一二四 魁戌一二八 魃戌一二八 魁戌一二八 魇戌一二九

魄戌一二九 魄戌一二九 魁戌一二九 魁戌一二九 魃戌一二九 魃戌一二九 魂戌一二九 魅戌一二九 魂戌一二九 魁戌一二九 魄戌一二九 魁戌一二九 魅戌一二九 魁戌一二九 魅戌一二九 魃戌一二九 魅戌一三八 駇戌一三八 駝戌一三八

駁戌一三八 駮戌一三八 駉戌一三九 駝戌一三九 駈戌一三九 駉戌一三九 駐戌一三九 駟戌一三九 駘戌一三九 駊戌一三九 駐戌一三九 駔戌一三九 駐戌一三九 駛戌一三九 駬戌一三九 駃戌一三九 駗戌一四〇 駟戌一四〇 駍戌一四〇

駖戌一四〇 駕戌一四〇 駙戌一四〇 駏戌一四〇 駃戌一四〇 駇戌一四〇 駈戌一四〇 駉戌一四〇 鬲戌一六五 鬳戌一六五 鬲戌一六五 鬲戌一六五 鬲戌一六五 鬲戌一六五 鬧戌一六六 鬩戌一六六 鬪戌一六六 鬨戌一六六 鮀亥三 魟亥三 鮈亥三

噌丑一九八 噈丑一九八 嘥丑一九八 嘵丑一九八 嗒丑一九八 嚩丑一九八 嘴丑一九八 噐丑一九八 嚜丑一九八 嘿丑一九八 噂丑一九九 嘻丑一九九 嗀丑一九九 圓丑二〇〇 圖丑二〇〇 圝丑二〇〇 層丑二〇二 履丑二〇三 屨丑二〇三 屢丑二〇三

履丑二〇三 屩丑二〇三 屧丑二〇三 彈丑二一六 彈丑二一六 彉丑二一六 彎丑二一六 彇丑二一六 彏丑二一六 彍丑二一六 彌丑二一六 彌丑二一六 猷丑二二〇 廛丑二二三 廙丑二二三 廚丑二二三 廝丑二二三 廞丑二二三 廟丑二二三

廠丑二二三 廡丑二二三 廢丑二二三 廣丑二二三 廥丑二二四 廜丑二二四 廧丑二二四 廮丑二二四 廯丑二二四 廩丑二二四 廦丑二二四 廬丑二二四 廗丑二二四 廞丑二二四 審丑二二九 寫丑二二九 寫丑二二九 寬丑二二九 寮丑二二九

寯丑二六〇 寴丑二六〇 寶丑二六〇 寱丑二六〇 寷丑二六〇 寳丑二六〇 寠丑二六〇 寠丑二六〇 寡丑二六〇 寶丑二六〇 寭丑二六〇 寮丑二六〇 寨丑二六〇 寫丑二八四 嶋丑二八四 嶤丑二八四 嶔丑二八四 嶕丑二八五 嶗丑二八五

嶒丑二八五 嶝丑二八五 隋丑二八五 嶟丑二八五 嶠丑二八五 嶏丑二八五 嶂丑二八五 嶘丑二八五 嶙丑二八五 嶘丑二八五 嶐丑二八五 嶧丑二八五 嶜丑二八五 嶚丑二八六 嶜丑二八六 嶆丑二八六 嶓丑二八六 嶓丑二八六 嶓丑二八六

嶴丑二八六 嶩丑二八六 嶰丑二八六 嶡丑二八六 嶪丑二八六 嶫丑二八六 嶸丑二八六 嶬丑二八六 嶭丑二八六 嶢丑二八六 嶤丑二八六 嶷丑二八六 嶮丑二八六 嶯丑二八六 嶼丑二八六 嶙丑二八六 嶶丑二八六 嶼丑二八六 嶻丑二八六

嶍丑二八六 嶴丑二八六 嶍丑二八六 嶔丑二八六 嶗丑二八六 嶢丑二八七 嶫丑二八七 嶨丑二八七 嶲丑二九四 嶲丑二九四 嶲丑二九四 嶲丑二九四 幜丑三一〇 幞丑三一〇 幟丑三一〇 幠丑三一〇 幡丑三一〇 幢丑三一一 幣丑三一一

幨丑三一一 幭丑三一一 幝丑三一一 幰丑三一一 幡丑三一一 幧丑三一一 幑丑三一一 幕丑三一一 幩丑三一一 幟丑三一一 幢丑三一一 覦丑三二二 幨丑三二二 幦丑三二二 幢丑三二二 幡丑三二二 幣丑三二六 幠丑三二七 壜丑三三〇

壇丑三三〇 戲丑三三〇 櫨丑三三〇 彄寅八 彊寅八 璹寅八 勤寅一九 勤寅一九 鼏寅一九 奭寅三七 奮寅三七 奰寅三七 奭寅三七 奱寅三七 嫜寅七八 嫵寅七八 嫶寅七八 嫸寅七八 嬉寅七八

嫖寅七八 嫽寅七八 嬗寅七九 嫣寅七九 嫛寅七九 嬅寅七九 嬃寅七九 嬇寅七九 嬈寅七九 嬌寅七九 嬉寅七九 嬋寅八〇 嬌寅八〇 嬔寅八〇 嫛寅八〇 嫹寅八〇 嬗寅八〇 嬇寅八〇 嫺寅八〇 嫜寅八〇

嫼寅八〇 嬗寅八〇 嬎寅八一 嬛寅八一 嬏寅八一 嬁寅八一 嬃寅八一 嬇寅八一 嬉寅八一 嬗寅八一 嬶寅八一 嬖寅八一 嬏寅八一 嬖寅八一 嬚寅八一 嬠寅八一 嬝寅八一 嬛寅八一 嬪寅八一

嫛寅八一 嬰寅八一 嬰寅八一 嬰寅八一 嬃寅八一 嫺寅八一 嫛寅八一 嬬寅八一 嬊寅八一 嬓寅八一 墦寅二一三 墜寅二一三 增寅二一三 墥寅二一三 墟寅二一三 墠寅二一三 墱寅二一三 壘寅二一三 墄寅二一三 墮寅二一三

墱寅二三四　墤寅二三四　[illegible]寅二三四　墝寅二三四　墥寅二三四　墡寅二三四　墣寅二三四　墦寅二三四　[illegible]寅二三四　[illegible]寅二三四　[illegible]寅二三四　墰寅二三四　墩寅二三四　墜寅二三四　[illegible]寅二三五　墲寅二三五　[illegible]寅二三五　[illegible]寅二三五　[illegible]寅二三五　墻寅二三五

墽寅二三五　墑寅二三五　墼寅二三六　墧寅二三五　[illegible]寅二三五　[illegible]寅二三六　墬寅二三五　墳寅二三六　墒寅二三五　[illegible]寅二三五　[illegible]寅二三五　墴寅二三五　墫寅二三五　[illegible]寅二三五　[illegible]寅二三五　[illegible]寅二三六　墢寅二三五　[illegible]寅二三五　[illegible]寅二三五　[illegible]寅二三五

墧寅二三五　[illegible]寅二三五　[illegible]寅二三五　臺寅二三五　[illegible]寅二四二　[illegible]寅二四二　[illegible]寅二四四　[illegible]寅二五〇　[illegible]寅二五〇　[illegible]寅二五〇　[illegible]寅二五三　徵寅一六八　德寅一六九　[illegible]寅一七〇　[illegible]寅一七〇　[illegible]寅一七〇　[illegible]寅一七〇　[illegible]寅一七〇　[illegible]寅一七〇　[illegible]寅一七〇

[illegible]寅一七〇　[illegible]寅一七〇　[illegible]寅一七〇　[illegible]寅一七〇　[illegible]寅一七〇　[illegible]寅一七〇　[illegible]寅一七〇　影寅一七五　[illegible]寅一七五　[illegible]寅一七五　[illegible]寅一七五　[illegible]寅一七五　[illegible]寅一七五　彰寅一七五　[illegible]寅一七六　[illegible]寅一七八　[illegible]卯六八　摩卯七〇　[illegible]卯七〇　摹卯七三　擊卯七三

摮卯七四　[illegible]卯七四　[illegible]卯七四　摯卯七四　[illegible]卯七四　[illegible]卯七五　[illegible]卯七五　[illegible]卯七五　撅卯七五　撊卯七六　撍卯七六　撐卯七六　撒卯七六　撓卯七六　撩卯七七　撖卯七七　撙卯七七　撚卯七七　撛卯七七　撞卯七七

撟卯七七　撠卯七八　[illegible]卯七八　撣卯七八　撤卯七八　撥卯七九　撏卯七九　[illegible]卯七九　撨卯七九　撩卯七九　撫卯八〇　撮卯八〇　播卯八一　撰卯八一　撲卯八二　[illegible]卯八二　撈卯八二　[illegible]卯八二　[illegible]卯八二　撌卯八二

[illegible]卯八二　撎卯八三　[illegible]卯八三　[illegible]卯八三　[illegible]卯八三　[illegible]卯八三　[illegible]卯八三　[illegible]卯八三　[illegible]卯八三　撕卯八三　[illegible]卯八三　[illegible]卯八三　[illegible]卯八三　[illegible]卯八三　[illegible]卯八三　撘卯八三　[illegible]卯八三　[illegible]卯八三　撢卯八三　[illegible]卯八四

[illegible]卯八四　[illegible]卯八四　[illegible]卯八四　[illegible]卯八四　[illegible]卯八四　[illegible]卯八四　[illegible]卯八四　[illegible]卯八四　[illegible]卯八四　[illegible]卯八四　[illegible]卯八五　[illegible]卯八五　[illegible]卯八五　[illegible]卯八五　[illegible]卯八五　[illegible]卯八五　[illegible]卯八五　[illegible]卯八五　[illegible]卯八五　[illegible]卯八五

[illegible]卯八五　[illegible]卯八五　[illegible]卯八五　[illegible]卯八五　[illegible]卯八五　[illegible]卯八五　[illegible]卯八五　[illegible]卯八五　[illegible]卯八五　[illegible]卯八五　[illegible]卯八五　[illegible]卯八五　[illegible]卯八五　[illegible]卯八五　[illegible]卯八五　[illegible]卯一〇八　[illegible]卯一〇九　[illegible]卯一〇九　[illegible]卯一〇九　[illegible]卯一〇九

[illegible]卯一〇九　[illegible]卯一〇九　[illegible]卯一〇九　[illegible]卯一〇九　[illegible]卯一〇九　[illegible]卯一〇九　[illegible]卯一〇九　[illegible]卯一〇九　[illegible]卯一〇九　[illegible]卯一〇九　[illegible]卯一〇九　[illegible]卯一〇九　[illegible]卯一〇九　[illegible]卯一〇九　[illegible]卯一〇九　[illegible]卯一〇九　[illegible]卯一五一　[illegible]卯一五一　[illegible]卯一五一　[illegible]卯一五一

慧卯一五二　[illegible]卯一五三　[illegible]卯一五三　[illegible]卯一五三　[illegible]卯一五三　憂卯一五三　[illegible]卯一五三　慶卯一五三　[illegible]卯一五三　[illegible]卯一五四　[illegible]卯一五四　[illegible]卯一五四　[illegible]卯一五四　[illegible]卯一五四　[illegible]卯一五四　[illegible]卯一五四　[illegible]卯一五五　[illegible]卯一五五　[illegible]卯一五五　[illegible]卯一五五

[illegible]卯一五五　[illegible]卯一五五　[illegible]卯一五五　[illegible]卯一五五　[illegible]卯一五五　[illegible]卯一五五　[illegible]卯一五五　[illegible]卯一五五　[illegible]卯一五五　[illegible]卯一五五　[illegible]卯一五五　[illegible]卯一五五　[illegible]卯一五五　[illegible]卯一五五　[illegible]卯一五六　[illegible]卯一五六　[illegible]卯一五六　[illegible]卯一五六　[illegible]卯一五七　[illegible]卯一五七

攜巳二九　嘗巳二九　燻巳二九　穌巳二九　爐巳二九　燦巳二九　滕巳一三三　感巳一五七　爇巳一六三　樕巳一七四　潏巳一七四　潐巳一七四　潑巳一七四　潒巳一七五　澱巳一七五　潕巳一七五　潔巳一七五　潗巳一七五　潘巳一七五　瀟巳一七六

澰巳一七六　潞巳一七六　潙巳一七六　潠巳一七六　潢巳一七七　潦巳一七七　澗巳一七八　潻巳一七八　潹巳一七八　澼巳一七八　潬巳一七八　潭巳一七八　潛巳一七九　潰巳一七九　潤巳一八〇　潯巳一八〇　潲巳一八〇　潮巳一八〇　潺巳一八〇　潼巳一八〇

潾巳一八二　澀巳一八二　澂巳一八二　澄巳一八二　澆巳一八二　澇巳一八二　澈巳一八三　潡巳一八三　澋巳一八三　澍巳一八三　澎巳一八三　澒巳一八三　澓巳一八三　潽巳一八三　澌巳一八三　澉巳一八三　潓巳一八三　澴巳一八三　澾巳一八三　潧巳一八三

湉巳一八三　循巳一八三　濇巳一八三　澃巳一八三　潙巳一八三　濊巳一八三　滈巳一八三　澈巳一八三　潣巳一八三　澗巳一八三　潤巳一八三　澮巳一八四　潥巳一八四　澤巳一八四　潩巳一八四　澘巳一八四　潫巳一八四　澊巳一八四　濆巳一八四　澧巳一八四

澿巳一八四　澘巳一八四　潳巳一八四　澰巳一八四　澉巳一八四　濸巳一八四　澔巳一八四　溆巳一八四　濜巳一八四　灢巳一八四　潔巳一八五　澉巳一八五　潓巳一八五　潭巳一八五　潫巳一八五　潁巳一八五　澚巳一八五　澕巳一八五　潦巳一八五

潣巳一八五　澢巳一八五　潊巳一八五　澣巳一八五　澥巳一八五　潃巳一八五　澪巳一八五　澬巳一八五　潓巳一八五　澟巳一八五　濊巳一八五　漆巳一八五　澧巳一八五　滑巳一八五　潺巳一八五　滅巳一八五　潽巳一八五　濟巳一八五　澾巳一八五

澯巳一八五　滑巳一八五　澶巳一八五　澯巳一八六　澥巳一八六　澮巳一八六　澝巳一八六　澗巳一八六　潹巳一八六　澋巳一八六　澨巳一八六　澡巳一八六　潐巳一八六　潭巳一八六　潛巳一八六　澀巳一八六　澠巳一八六　潞巳一八六　澤巳一八六　漆巳一八六

濕巳一八六　澮巳一八六　潲巳一八六　涿巳一八六　槽辰二〇〇　樋辰二〇〇　槤辰二〇〇　槦辰二〇〇　槩辰二〇〇　椒辰二〇〇　械辰二〇〇　槮辰二〇〇　標辰二〇一　樺辰二〇一　槲辰二〇一　樁辰二〇一　槽辰二〇一　樌辰二〇一　樀辰二〇一　樂辰二〇一　槐辰二〇二

樅辰二〇二　槜辰二〇二　檜辰二〇二　樉辰二〇二　樊辰二〇二　榕辰二〇三　樏辰二〇三　樓辰二〇三　龠辰二〇三　樗辰二〇三　標辰二〇三　樛辰二〇三　樍辰二〇四　樞辰二〇四　模辰二〇四　槸辰二〇四　樣辰二〇四　樤辰二〇四　樟辰二〇四　椅辰二〇四

槳辰二〇五　樺辰二〇五　槧辰二〇五　櫸辰二〇五　概辰二〇五　樧辰二〇五　槫辰二〇五　椓辰二〇五　樧辰二〇五　槯辰二〇五　樞辰二〇五　樒辰二〇五　樘辰二〇五　槺辰二〇五　槳辰二〇五　樞辰二〇五　槵辰二〇五　槶辰二〇五　槲辰二〇五　樃辰二〇六　槺辰二〇六

樟辰二〇六　槐辰二〇六　樠辰二〇六　槾辰二〇六　橡辰二〇六　椿辰二〇六　棚辰二〇六　楝辰二〇六　樆辰二〇六　樈辰二〇六　槃辰二〇六　樢辰二〇六　椅辰二〇六　樋辰二〇六　樌辰二〇六　樧辰二〇六　榜辰二〇六　椁辰二〇六　槷辰二〇六　積辰二〇六　樾辰二〇六

樰辰二〇六　樑辰二〇六　槭辰二〇六　樠辰二〇七　櫟辰二〇七　樒辰二〇七　棚辰二〇七　椨辰二〇七　槩辰二〇七　樸辰二〇七　樕辰二〇七　樌辰二〇七　橙辰二〇七　樜辰二〇七　椁辰二〇七　槨辰二〇七　號辰二〇七　橋辰二〇七　槝辰二〇七　榮辰二〇七

縝巳三〇七　橼巳三〇七　槿巳三〇七　橄巳三〇七　樳巳三〇七　槷巳三〇七　榟巳三〇八　榕巳三〇八　樜巳三〇八　榑巳三〇八　櫳巳三〇八　樾巳三〇八　榍巳三〇八　槽巳三〇八　櫏巳三〇八　樵巳三〇八　樟巳三〇八　橳巳三〇八　槲巳三〇八

槕巳三〇八　槃巳三〇八　樀巳三〇八　槨巳三〇八　槊巳三〇八　樕巳三〇八　樘巳三〇八　對巳三三八　斛巳三三八　尉巳三三八　慘巳三五〇　憧巳三五〇　慄巳三五〇　犖巳三五〇　慪巳三五〇　慖巳三五〇　憕巳三五〇　憍巳三五〇　麾巳三五〇　墛巳三五〇

慛巳三五〇　犖巳三五〇　犢巳三五〇　慵巳三五〇　犛巳三五〇　憍巳三五〇　犏巳三五〇　憆巳三五〇　㦂巳三五〇　獒巳三七四　獎巳三七四　獘巳三七四　獝巳三七五　獐巳三七五　獡巳三七五　獹巳三七五　獳巳三七五　獗巳三七五　獭巳三七五　獨巳三七五

獚巳三七五　獕巳三七五　獫巳三七五　獮巳三七五　獛巳三七五　獜巳三七五　獦巳三七五　獷巳三七五　獠巳三七六　獪巳三七六　獥巳三七六　獞巳三七六　獤巳三七六　獲巳三七六　獰巳三七六　獧巳三七六　獯巳三七六　獪巳三七六　獺巳三七六　獢巳三七六

獮巳三七六　獠巳三七六　獦巳三七六　獧巳三七六　獬巳三七六　獶巳三七六　獷巳三八七　殗巳三八七　殣巳三八七　殤巳三八七　殦巳三八七　𣰕午三三　瓬午三三　甂午一四　甃午一四　甌午一四　甇午一四　甈午一四　甏午八　甑午八

毅午八　皺午八　皸午八　皹午八　皛午八　毫午一二　窮午二四　窯午二五　窳午二五　窴午二五　窵午二五　窻午二五　窶午二五　竊午二五　窂午二五　窾午二六　窿午二六　竂午二六　窽午二六　窣午二六

寣午二六　窸午二六　窽午二六　窶午二六　窬午二六　窖午二六　窡午二六　窶午二六　窵午二六　窨午二六　窳午五一　瘲午五一　瘯午五一　瘛午五二　瘞午五二　瘡午五二　瘟午五二　瘠午五二　瘢午五二　瘥午五二

瘢午五二　瘣午五二　瘵午五三　瘥午五三　瘨午五三　瘠午五三　瘤午五三　瘯午五三　瘴午五三　瘳午五三　瘼午五三　瘶午五三　瘸午五三　瘰午五三　瘻午五三　瘿午五三　瘾午五四　瘭午五四　瘲午五四　癉午五四

瘺午五四　瘵午五四　瘟午五四　瘡午五四　瘝午五四　瘌午五四　瘦午五四　瘢午五四　瘤午五四　瘧午五四　瘙午五四　瘜午五四　瘞午五四　瘨午五四　瘖午五四　瘵午五五　瘠午五五　瘭午五五　瘦午五五　瘤午五五

瘯午五五　瑝午七二　瑱午七二　瑸午七二　瑣午九七　瑤午九七　瑲午九八　瑩午九八　瑬午九八　瑰午九八　瑱午九八　瑲午九九　瑳午九九　瑴午九九　瑵午九九　瑢午九九　瑠午九九　瑥午九九　瑺午九九　瑪午九九

瑭午九九　璅午九九　瑧午九九　璟午九九　璓午九九　璃午九九　璐午九九　璒午九九　璴午九九　璄午九九　璆午九九　瑱午一〇〇　確午一二八　碼午一二八　磧午一二八　磇午一二八　磯午一二八　磺午一二八　磶午一二八

磁午一二八　磄午一二九　磅午一二九　碼午一二九　磈午一二九　磩午一二九　磊午一二九　磋午一二九　磌午一三〇　碻午一三〇　磏午一三〇　磏午一三〇　磐午一三〇　磑午一三〇　磒午一三〇　磓午一三〇　磔午一三〇　磕午一三一　磌午一三一　磤午一三一

磓午一三一 磶午一三一 碚午一三一 䃅午一三一 磬午一三一 磃午一三一 磂午一三一 磆午一三二 磈午一三一 磔午一三一 磤午一三一 磪午一三二 磿午一三二 磠午一三三 磩午一三三 磱午一三三 䃝午一三三 㲉午一三三 磟午一三三 磌午一三三

䁗午一四六 皛午一四六 皠午一四七 皙午一四七 皜午一四七 皞午一四七 皝午一四七 甇午一五五 瓬午一五五 甀午一五五 甈午一五五 甂午一五五 甋午一五五 甆午一五五 甌午一五五 甐午一五五 甄午一五五 甊午一五五 甏午一五五 甍午一五五

稘午一六二 穖午一六二 稭午一六二 穅午一六二 穦午一六二 穃午一六二 稧午一六七 䍤午一六七 𦈽午一六七 𦉈午一六七 禡午一八五 禚午一八五 禛午一八五 禜午一八五 禢午一八五 禝午一八五 禩午一八五 禥午一八五 禧午一八五 禠午一八五

禓午一八五 禝午一八五 禔午一八五 禠午一八五 禤午一八五 禞午一八五 禮午一八六 稴午二〇五 稵午二〇五 稷午二〇五 稗午二〇五 穖午二〇六 稻午二〇六 稽午二〇六 稾午二〇六 穀午二〇六 稼午二〇七 䅽午二〇七 穅午二〇七 䅭午二〇七

穄午二〇七 稽午二〇七 䅵午二〇七 穑午二〇七 穏午二〇七 稛午二〇七 稭午二〇七 䅮午二〇七 䅔午二〇七 䅢午二〇七 稸午二〇七 穇午二〇七 稼午二〇七 稹午二〇八 䅏午二〇八 穏午二〇八 穁午二〇八 䆂午二〇八 穀午二〇八 䅶午二〇八

𥣫午二〇八 黎午二〇八 稱午二〇八 穖午二〇八 穣午二〇八 稿午二〇八 䅔午二〇八 𥢵午二〇八 稿午二〇八 稺午二〇八 皆午二三八 瞮午二三八 㿟午二三八 皛午二三八 皛午二三八 皛午二三八 暸午二三八 皤午二三八 皦午二三八 皤午二三八

皭午二三八 䁧午二四五 歑午二四五 瞀午二七四 䁫午二七四 瞉午二七四 瞋午二七四 瞍午二七四 睾午二七四 䁛午二七五 瞎午二七五 瞜午二七五 瞏午二七五 瞘午二七五 晶午二七五 瞑午二七五 瞀午二七五 瞙午二七六 瞇午二七六 瞪午二七六

瞈午二七六 瞜午二七六 瞋午二七六 瞢午二七六 瞎午二七六 瞟午二七六 瞔午二七六 瞌午二七六 瞜午二七六 瞥午二七六 瞔午二七六 瞤午二七六 瞒午二七六 瞗午二七六 瞜午二七六 瞜午二七六 瞝午二七六 瞎午二七六 睨午二七六 瞨午二七六

䁱午二七六 瞰午二七六 睨午二七六 瞀午二七六 瞜午二七七 瞌午二七七 瞜午二七七 瞜午二七七 瞗午二七七 瞞午二七七 瞜午二七七 瞣午二七七 瞭午二七七 瞎午二七七 瞌午二七七 瞝午二七七 瞜午二七七 瞜午二七七 瞜午二七七 瞖午二七七

翰午二七七 瞵午二七七 盤午二九六 䡔午二九七 盪午二九七 盩午二九七 膹未三七 膳未三七 膧未三七 膚未三七 膛未三八 膠未三八 膜未三八 膝未三八 膞未三八 膵未三八 膠未三八 膌未三九 膢未三九 膣未三九

臓未三九 膦未三九 膘未三九 膘未三九 膕未三九 膒未三九 膭未三九 膔未四〇 膖未四〇 膞未四〇 膠未四〇 膖未四〇 膧未四〇 膮未四〇 膗未四〇 膮未四〇 膟未四〇 膭未四〇 膞未四〇 膔未四〇

膲未四〇 膂未四〇 膠未四〇 膥未四〇 膐未四〇 膳未四〇 膰未四〇 膣未四〇 膓未四〇 峈未五二 𡾰未五二 監未五二 嵬未五二 嵣未五二 巀未五二 彯未五五 嶙未五五 嶙未五五 聜未六二 聧未六二

聲未六二　聕未六二　聅未六二　聖未六二　聤未六二　聙未六二　聜未六二　𦗜未六二　聛未六二　聝未六二　聺未六二　䎾未六二　聬未六二　䎱未六二　聰未六二　臯未六九　敫未六九　臱未六九　䑇未六九　𦤶未六九

碟未七二　碮未七二　題未七二　舖未七二　艴未七四　頤未七四　鶱未七八　號未八四　虤未八四　虩未八四　䖘未八四　䖑未八四　虜未八四　虤未八四　䖓未八四　䖔未八四　䝜未九三　耯未九三　耰未九三　耣未九三

䎫未九四　䎬未九四　䌬未九四　耤未九四　臺未九四　䎭未九四　羹未九四　蝌未一二三　蝩未一二三　蝍未一二三　蝎未一二三　蝏未一二三　蝓未一二三　蝕未一二三　蝘未一二三　蝴未一二三　蝚未一二三　蝢未一二三　蝟未一二三

蝠未一二三　蝡未一二三　蝥未一二三　蝦未一二三　蝨未一二三　蝭未一二三　蝮未一二三　蝰未一二四　蝱未一二四　蝸未一二四　蝶未一二四　蝧未一二四　蝐未一二四　蝑未一二四　蝒未一二四　蝍未一二四　蝔未一二四　蝯未一二四　蝗未一二四　蝗未一二四

蝙未一二四　蝫未一二四　蝛未一二四　蝝未一二四　蝞未一二四　蝬未一二四　蝤未一二四　蝵未一二四　蝷未一二四　蝪未一二四　蝺未一二四　蝻未一二四　蝷未一二四　蝹未一二四　蝘未一二四　蝪未一二四　蝩未一二四　蝬未一二四　蝎未一二五　蝳未一二五

蝖未一二五　蝝未一二五　蝙未一二五　蝿未一二五　蝹未一二五　蝵未一二五　蝶未一二五　蝷未一二五　蝨未一二五　蝩未一二五　蝲未一二五　蝭未一二五　蝐未一二五　蝥未一二五　蝺未一二五　蝜未一二五　蝑未一二五　蝯未一二五　蝴未一二五　蝖未一二五

蝲未一二五　蝓未一二五　蝰未一二五　蝤未一二五　蝸未一二五　蝻未一二六　蝳未一二六　蝶未一二六　蝧未一二六　蝘未一二六　蝷未一二六　蝭未一二六　蝹未一二六　蝩未一二六　蝥未一二六　蝸未一二六　蝶未一二六　蝗未一二六　蝍未一二六　蝤未一二六

蝗未一二六　蝘未一二六　蝷未一二六　蝻未一二六　蝨未一二六　蝪未一二六　蝵未一二六　蝥未一二六　蝩未一二六　蝤未一二六　蝥未一二六　蝥未一二六　蝥未一二六　蝤未一二六　蝴未一二六　蝹未一二六　蝺未一二六　蝧未一二七　翦未一五七　翫未一五七

翩未一五七　翬未一五七　翨未一五七　翪未一五七　翫未一五七　翬未一五八　翭未一五八　翯未一五八　翰未一五八　翱未一五八　翲未一五八　翳未一五八　翴未一五八　翵未一五八　翶未一五八　翷未一五八　翸未一五八　翹未一五八　翺未一五八　翻未一五八

翼未一五八　翽未一五八　翾未一五八　翿未一五八　耀未一五八　箬未一八四　箭未一八四　篙未一八四　篡未一八五　篢未一八五　篠未一八五　篤未一八五　箱未一八五　篋未一八五　篏未一八五　箶未一八五　篌未一八五　箞未一八五　箸未一八五　篌未一八六

篕未一八六　節未一八六　篁未一八七　篚未一八七　範未一八七　篗未一八七　篛未一八七　篆未一八七　篇未一八七　築未一八八　篟未一八八　篊未一八八　篋未一八八　篍未一八八　篓未一八八　篓未一八八　箹未一八八　篕未一八八　箕未一八八　篙未一八八

篁未一八八　篾未一八八　篢未一八八　篙未一八八　篮未一八八　節未一八九　篣未一八九　箲未一八九　葛未一八九　箸未一八九　篪未一八九　篚未一八九　箹未一八九　篬未一八九　篳未一八九　篷未一八九　篹未一八九　箾未一八九　篝未一八九　篣未一八九

箅未一八九 篦未一八九 䈉未一八九 算未一八九 箪未一八九 䈜未一八九 箵未一八九 紓未一八九 篒未一九〇 篷未一九〇 箟未一九〇 簊未一九〇 篧未一九〇 篈未一九〇 䈋未一九〇 篆未一九〇 䈫未一九〇 篗未一九〇 管未一九〇 篺未一九〇

箕未一九〇 簧未一九〇 箭未一九〇 篌未一九〇 𥷱未一九〇 篓未一九〇 篵未一九〇 篻未一九〇 箑未一九〇 箃未一九〇 箸未一九〇 箶未一九〇 程未一九〇 篍未一九〇 筋未一九〇 箭未一九一 簹未一九一 篡未一九一 箋未一九一 箱未一九一

篏未一九一 篙未一九一 篌未一九一 篻未一九一 篎未一九一 篒未一九一 笲未一九一 箋未一九一 箳未一九一 箹未一九一 筍未一九一 箂未一九一 寄未一九一 勬未二九八 蓨未三二〇 蓩未三二〇 蓫未三二一 遣未三二一 蓬未三二一 蓮未三二二

蓯未三二二 蓰未三二二 蓹未三二二 藍未三二二 蔛未三二三 蓴未三二三 蓺未三二三 蔀未三二三 蔘未三二三 華未三二三 蓾未三二三 葦未三二四 蔌未三二四 蔍未三二四 蔎未三二四 蔏未三二四 蔑未三二四 蔓未三二四 蔔未三二五 䕠未三二五

蔘未三二五 蔚未三二五 蔞未三二五 蔟未三二五 蔡未三二六 蔣未三二六 蓽未三二七 蔤未三二七 蔪未三二七 蔬未三二七 蔱未三二七 蔭未三二七 蔥未三二七 蓧未三二七 蓪未三二七 蓮未三二七 蓭未三二七 菼未三二七 蔯未三二七 蔻未三二七

蓵未三二八 蓷未三二八 蘅未三二八 蔻未三二八 蓺未三二八 蓓未三二八 蔓未三二八 蓿未三二八 蕈未三二八 蔣未三二八 蔃未三二八 蓧未三二八 蓨未三二八 薐未三二八 蓏未三二八 蔬未三二八 蔈未三二九 蔂未三二九 蓉未三二九 蔥未三二九

蔁未三二九 蔽未三二九 蔬未三二九 蓷未三二九 蓙未三二九 蔑未三二九 蔎未三二九 蓁未三二九 蔕未三二九 蔻未三二九 蔏未三二九 蔪未三二九 蔗未三三〇 蔣未三三〇 蔙未三三〇 蔵未三三〇 蔃未三三〇 蔇未三三〇 蒣未三三〇 蔓未三三〇

鄞未三三〇 蔜未三三〇 蓿未三三〇 蓐未三三〇 紫未三三〇 蔽未三三〇 蔈未三三〇 蘇未三三〇 蔘未三三〇 蔆未三三〇 移未三三〇 蔦未三三〇 覓未三三一 蔧未三三一 蔐未三三一 蔺未三三一 蔶未三三一 蕲未三三一 蔍未三三一 蔦未三三一

蔵未三三一 蔗未三三一 蓄未三三一 蔯未三三一 蔵未三三二 蔣未三三二 蔻未三三二 蔓未三三二 蔁未三三二 蔞未三三二 蔯未三三二 蔬未三三二 蔾未三三二 蔓未三三二 曹未三三二 薔未三三二 蔬未三三二 蔄未三三二 莧未三三二 蓀未三三二

薭未三三三 蔾未三三三 蔆未三三三 蔙未三三三 蔯未三三三 蔯未三三三 蔐未三三三 蔶未三三三 蔓未三三三 蔞未三三三 蓥未三三三 蔘未三三三 蔜未三三三 蔣未三三三 蔥未三三三 蔡未三三三 蔂未三三三 蔞未三三三 蔁未三三三 藻未三三三

蔆未三三三 蔪未三三三 蔎未三三三 蔐未三三三 蔵未三三三 蔤未三三四 蔻未三三四 蔥未三三四 蔧未三三四 蕁未三三四 䑰未三七八 艘未三七八 艘未三七八 艄未三七八 艐未三七八 艎未三七八 艒未三七八 艘未三七八 艑未三七八 艕未三七九

艒未三七九 艏未三七九 艌未三七九 艎未三七九 艋未三七九 艓未三七九 艖未三七九 艛未三七九 艓未三七九 艕未三七九 艖未三七九 艗未三七九 艋未三七九 艒未三七九 艘未三七九 艓未三七九 褒未四〇八 褒未四〇八 褺未四一〇 褻未四一〇

十五畫

十五畫

猧申二五 獐申二五 貏申二五 雅申二五 貎申二五 虢申二五 豣申二五 犄申二五 貛申二五 猱申二五 睭申三〇 賚申三〇 賜申三〇 睬申三〇 賤申三〇 賞申三〇 睕申三〇 睏申三〇 賡申三〇 賑申三一

賢申三一 賣申三一 賓申三一 賤申三一 賦申三一 質申三二 賨申三三 賫申三三 賀申三三 賠申三三 賟申三三 賂申三三 賥申三三 睛申三三 賧申三三 睚申三三 發申三三 賚申三三 賕申三三 贅申三三

實申三三 貸申三三 賝申三三 賫申三三 賬申三三 賈申三四 觪申四五 觭申四五 觬申四五 觛申四五 觶申四五 䚥申四五 觸申四五 觳申四五 觫申四五 觲申四五 觼申四五 觨申四五 觧申四五 觻申四五

觰申四五 觤申四五 觶申四五 觥申四五 觜申四五 觫申四五 觟申四五 觽申四五 觹申四五 稀申五〇 畚申五〇 騎申五三 躸申五三 躶申五三 躺申五三 躹申五三 躻申五三 闒申五三 躴申五三 躷申五三

躲申五三 踏申六六 踐申六六 踿申六六 踓申六六 踔申六六 踖申六七 踶申六七 踻申六七 踂申六七 踄申六七 躧申六七 踐申六七 踸申六七 踣申六七 踝申六八 踞申六八 踠申六八 踡申六八 踢申六八

踣申六八 踤申六八 踥申六八 踦申六八 踧申六九 踱申六九 踑申六九 踒申六九 踩申六九 踙申六九 踗申六九 踧申六九 踺申六九 踰申七〇 踼申七〇 踦申七〇 踚申七〇 踒申七〇 踑申七〇 踗申七〇

踟申七〇 踚申七〇 踤申七〇 踊申七〇 踘申七〇 踌申七〇 踣申七〇 踧申七〇 蹄申七〇 踶申七〇 踩申七〇 踱申七〇 踤申七〇 踘申七〇 踞申七〇 踐申七〇 踘申七〇 踐申七〇 楚申七〇 踶申七〇

踪申七〇 踫申七〇 踳申七〇 踩申七〇 跽申七〇 踽申七〇 趣申九九 趙申九九 趠申九九 趝申九九 趟申九九 趫申九九 趞申九九 趡申一〇〇 趣申一〇〇 趢申一〇〇 趛申一〇〇 趤申一〇〇 趣申一〇〇 趦申一〇〇

趞申一〇〇 趙申一〇〇 趫申一〇〇 趣申一〇一 趟申一〇一 趠申一〇一 趚申一〇一 趡申一〇一 趞申一〇一 趑申一〇一 趍申一〇一 趠申一〇一 趞申一〇一 趣申一〇一 趣申一〇一 趥申一〇一 趛申一〇一 趣申一〇一 趢申一〇一 趣申一〇一

遳申一三九 適申一三九 遨申一四〇 遪申一四〇 遭申一四〇 遯申一四〇 遮申一四〇 遰申一四〇 遱申一四一 遳申一四一 遢申一四一 遦申一四一 遪申一四一 遬申一四一 遺申一四一 遲申一四一 遶申一四一 遵申一四一 遷申一四一 遨申一四一

遱申一四一 遳申一四一 遶申一四一 遴申一四一 遽申一四一 遾申一四一 遹申一四一 遼申一四一 遲申一四一 遺申一四一 遻申一四一 遳申一四一 遵申一四一 遷申一四一 誶申一七八 誰申一七八 課申一七八 諏申一七八 諂申一七八 誶申一七九

諆申一七九 諄申一七九 誹申一七九 誺申一七九 諂申一七九 諸申一七九 諔申一七九 諞申一七九 調申一八〇 諒申一八〇 諢申一八〇 諂申一八〇 諄申一八〇 諄申一八〇 諃申一八一 諳申一八一 談申一八一 誰申一八一 諉申一八一 請申一八一

諍申一八二	諦申一八二	諏申一八二	諑申一八二	諒申一八二	諓申一八三	諕申一八三	論申一八三	諘申一八四	諕申一八四	諗申一八四	諲申一八四	諹申一八四	隂申一八四	諫申一八四	諚申一八四	誴申一八四	請申一八四	諸申一八四	謚申一八四
說申一八四	諁申一八五	諰申一八五	諯申一八五	諅申一八五	諟申一八五	諆申一八五	譡申一八五	諄申一八五	諱申一八五	讌申一八五	諛申一八五	諳申一八五	諛申一八五	諮申一八五	諑申一八五	諫申一八五	諎申一八五	諞申一八五	諜申一八五
諔申一八五	諼申一八五	諡申一八五	諝申一八五	諡申一八六	諓申一八六	設申一八六	諼申一八六	諳申一八六	諡申一八六	語申一八六	諛申一八六	諢申一八六	諦申一八六	諦申一八六	諮申一八六	諫申一八六	諺申一八六	譽申一八六	諦申一八六
諞申一八六	諫申一八六	諗申一八六	諛申一八六	謀申一八六	警申一八六	諗申一八六	諳申一八六	諤申一八六	諳申一八六	諱申一八六	諭申一八六	諠申一八六	諷申一八六	謚申一八六	諧申一八六	譽申一八六	親申二三三	親申二三三
覣申二三三	覞申二三三	覨申二三三	覦申二三三	覤申二三三	覥申二三三	覢申二三三	覗申二三三	覘申二三三	覛申二三三	覔申二三三	覒申二三三	覕申二三三	覟申二三三	覜申二三三	覡申二三三	覝申二四三	輞申二四三	輗申二四三	輘申二四四	輚申二四四
輛申二四四	輊申二四四	輜申二四四	暈申二四四	輝申二四四	輞申二四四	輟申二四五	輠申二四五	輡申二四五	輢申二四五	輤申二四五	輥申二四五	輦申二四五	輧申二四五	輨申二四六	輩申二四六	輪申二四六	輬申二四七	輫申二四七	輓申二四七
輦申二四七	琿申二四七	輯申二四七	輪申二四七	輪申二四七	輥申二四七	韓申二四七	輅申二四七	輣申二四七	輤申二四七	輮申二四七	輫申二四七	輧申二四七	輛申二四七	輯申二四七	輕申二四七	轍申二四七	輯申二四七	輔申二四七	輸申二四八
輟申二四八	輶申二四八	輴申二四八	輩申二四八	輖申二四八	鞏申二四八	簞申二四八	輸申二四八	輷申二四八	靡申二四八	轃申二四八	輾申二四八	轁申二四八	輹申二四八	輸申二四八	辟申二六四	辟申二六四	辥申二六四	辣申二六四	辨申二六四	辱申二六九
醆申二七九	醇申二七九	醂申二七九	醃申二七九	醇申二七九	醉申二七九	醊申二七九	醋申二七九	醁申二八〇	醃申二八〇	醓申二八〇	醞申二八〇	醛申二八〇	醁申二八〇	醍申二八〇	醬申二八〇	醐申二八〇	醅申二八〇	醄申二八〇	醂申二八〇
醋申二八〇	醬申二八〇	醊申二八〇	醬申二八〇	醺申二八〇	醅申二八〇	醳申二八〇	醱申二八〇	醬申二八〇	醇申二八〇	醬申二九四	醬申三〇六	醬申三〇八	醭申三〇九	醍申三〇九	醍申三〇九	鄧申三一六	鄧申三一六	鄴申三一六	鄭申三一六	鄲申三一七
鄯申三一七	鄰申三一七	鄱申三一七	鄫申三一七	鄉申三一七	鄒申三一七	鄙申三一七	鄢申三一七	鄧申三一七	鄭申三一八	鄱申三一八	鄰申三一八	鄶申三一八	鄴申三一八	鄲申三一八	鄺申三一八	鄣申三一八	鄒申三一八	鄭申三一八
鄯申三一八	鄭申三一八	鄧申三一八	鄧申三一八	鄭申三一八	鄲申三一八	鄰申三一八	鄱申三一八	鄫申三一八	鄯申三一八	鄰申三一八	錮申三三四	鬲申三三四	錡申三三四	鍋申三三四	錢申三三四	鋡申三三四	碗申三三八	豎申三三八	踖申三三八

䩨戌四二　䩷戌四二　䩟戌四二　䩠戌四二　鞈戌四二　鞊戌四二　鞣戌四二　鞎戌四二　䩡戌四二　鞍戌四二　䩼戌四二　䩦戌四二　䩍戌四二　䩵戌四二　鞍戌四二　䩗戌四二　䩾戌四二　鞏戌五六　鞈戌五六　鞎戌五六

䩰戌五六　䩐戌五六　韡戌五六　鞭戌五六　鞢戌五六　鞇戌五六　鞦戌五六　鞜戌五六　鞓戌五六　韎戌六一　韍戌六一　韜戌六一　韙戌六一　韚戌六一　韾戌六一　韎戌六四　颱戌六九　颰戌六九　颸戌七〇　颭戌七〇

颳戌七〇　颹戌七〇　颸戌七〇　颻戌七〇　颵戌七〇　颿戌七〇　颼戌七〇　颽戌七〇　旒戌七七　餀戌八三　餩戌八四　餂戌八四　餋戌八四　餉戌八四　䬷戌八四　養戌八四　餌戌八五　䭇戌八五　餕戌八五　餑戌八五

餃戌八五　餄戌八五　餓戌八五　餇戌八五　餛戌八五　餒戌八五　餅戌八五　餡戌八五　餈戌八五　餕戌八五　饕戌八五　餘戌八五　餛戌八五　餡戌八五　餗戌八五　餟戌八五　餐戌八五　餁戌八五　餅戌八五　餑戌八五

餓戌八五　餇戌八五　骫戌一〇三　骯戌一〇三　骴戌一〇三　骵戌一〇三　骲戌一〇三　骳戌一〇三　骳戌一〇三　骹戌一〇三　骶戌一〇三　骸戌一〇三　骴戌一〇三　骺戌一〇四　骷戌一〇四　骻戌一〇四　骱戌一〇四　骲戌一〇四　骷戌一〇四　骯戌一〇四

骷戌一〇四　骨戌一〇四　骰戌一〇四　骼戌一〇四　骿戌一〇四　骭戌一〇四　骵戌一〇四　髫戌一一三　髬戌一一三　髮戌一一三　髲戌一一三　髴戌一一三　髳戌一一三　髶戌一一三　髿戌一一三　鬖戌一一三　髫戌一一三　髹戌一一三　髯戌一一三　髻戌一一三

髹戌一一三　髲戌一一三　髫戌一一三　髶戌一一三　髱戌一一三　髽戌一一三　髺戌一一三　髷戌一一三　髻戌一一三　髬戌一一三　髫戌一一三　髯戌一一三　髲戌一一三　髳戌一一三　鬦戌一二三　鬧戌一二三　鬨戌一二三　鬩戌一二三　鬲戌一二五　融戌一二五

魅戌一二九　魄戌一三〇　魅戌一三〇　魃戌一三〇　魊戌一三〇　魃戌一三〇　魄戌一三〇　魁戌一三〇　魀戌一三〇　魆戌一三〇　魋戌一三〇　魈戌一三〇　魌戌一三〇　魆戌一三〇　魂戌一三〇　魁戌一三〇　魋戌一三〇　魆戌一三〇　魃戌一四〇　鬄戌一四〇

駐戌一四〇　駑戌一四〇　駒戌一四〇　駓戌一四〇　駔戌一四一　駕戌一四一　駭戌一四一　駘戌一四一　駙戌一四一　駃戌一四三　駛戌一四三　駜戌一四三　駝戌一四三　駟戌一四三　駊戌一四三　駉戌一四三　駏戌一四三　駎戌一四三　駋戌一四三　駠戌一四三

駕戌一四三　駢戌一四三　駍戌一四三　駎戌一四三　駥戌一四三　駯戌一四三　駑戌一四三　駿戌一四三　駒戌一四三　駖戌一四三　駗戌一四三　駵戌一四三　駡戌一四三　駠戌一四三　駱戌一四三　駜戌一四三　駐戌一四三　駝戌一四三　駢戌一四三　駕戌一四三

駢戌一四三　騆戌一四三　駢戌一四三　駏戌一四三　駼戌一四三　駐戌一四三　駽戌一四三　鬧戌一六五　鬩戌一六五　鬧戌一六七　鬩戌一六七　魰亥三　魦亥三　魪亥三　魧亥三　魬亥三　魭亥三　魮亥三　魿亥三

魯亥三　魬亥四　魴亥四　魵亥四　魶亥四　魭亥四　魳亥四　魣亥四　魿亥四　魨亥四　魾亥五　魧亥五　魩亥五　魪亥五　魵亥五　魬亥五　魼亥五　魚亥五　魫亥五　魰亥五

噈丑七一　噶丑七一　噰丑七一　噫丑七一　噭丑七一　噉丑七一　觭丑七一　噲丑七一　噴丑七二　嘗丑七二　嚳丑七二　噿丑七二　嚉丑七二　嘯丑七二　嚦丑七二　噠丑七二　噪丑七二　嚘丑七二　嚷丑七二　嚐丑七二

噉丑七二　嚗丑七二　嚱丑七二　噲丑七二　嘰丑七二　嚮丑七二　噠丑七二　嚗丑七二　噲丑七二　嚳丑七二　嘽丑七二　噶丑七二　噈丑七二　嚾丑七二　嚌丑七三　嚽丑七三　噣丑七三　壘丑七三　嚮丑七三　嚪丑七四

嚴丑七四　嘛丑七四　嚌丑七四　嚳丑七四　導丑七四　噗丑七四　遷丑七四　噜丑七四　嘯丑七四　噱丑七四　龢丑七四　圜丑一九〇　圛丑一九一　圝丑一九一　屧丑二〇三　屨丑二〇三　屩丑二〇三　彊丑二一六　彎丑二一七　彎丑二一七

彋丑二一七　彊丑二一七　彍丑二一七　彉丑二一七　廬丑二二四　廥丑二二四　廧丑二二四　廩丑二二四　廦丑二二四　廢丑二二四　廠丑二二五　廡丑二二五　廨丑二二五　廞丑二二五　廜丑二二五　廛丑二二五　廚丑二二五　廟丑二二五　寯丑二六〇　寰丑二六〇

窾丑二六〇　寢丑二六〇　寪丑二六〇　寫丑二六〇　窽丑二六〇　賓丑二六〇　寰丑二六〇　憲丑二六〇　甜丑二八六　嶋丑二八六　巇丑二八七　嶧丑二八七　巢丑二八七　嶭丑二八七　嶮丑二八七　嶰丑二八七　嶱丑二八七　嶦丑二八七　嶨丑二八七　嶔丑二八七

業丑二八七　嶒丑二八七　嶟丑二八七　嶠丑二八七　嶧丑二八七　嶬丑二八七　嶸丑二八七　嶯丑二八七　嶼丑二八七　嶽丑二八八　嶩丑二八八　嶢丑二八八　嶬丑二八八　嶧丑二八八　嶻丑二八八　嶰丑二八八　嶺丑二八八　嶼丑二八八　嶹丑二八八　嶾丑二八八

幗丑二八八　嶪丑二八八　嶭丑二八八　嶼丑二八八　巇丑二八八　巋丑二八八　嶬丑二八八　嶸丑二八八　嶫丑二八八　嶠丑二八八　嶁丑二八八　幦丑三一二　幧丑三一二　幨丑三一二　幢丑三一二　幪丑三一二　幩丑三一二　幭丑三一二　幯丑三一二　幡丑三一二

幝丑三一二　幕丑三一二　幡丑三一二　幨丑三一二　幩丑三一二　幪丑三一二　幝丑三一三　幟丑三一三　龍丑三一三　罕丑三二七　幦丑三二七　軒丑三二七　罕丑三二七　罕丑三二七　幹丑三二七　尵丑三三一　就丑三三一　學寅八　孷寅九

豬寅九　穜寅九　孺寅九　孳寅九　對寅一六　導寅一六　尉寅一六　奲寅一九　奮寅二七　奭寅二七　奠寅二七　奩寅二七　奯寅二七　奱寅二七　媮寅八一　嬁寅八一　嬖寅八一　嬗寅八一　嬙寅八一

嬰寅八二　嬚寅八二　嬛寅八二　嬜寅八二　嬡寅八二　嬝寅八二　嬞寅八二　嬙寅八二　嬈寅八二　嬋寅八二　嬘寅八二　嬁寅八二　嬖寅八二　嬗寅八二　嬛寅八二　嬲寅八二　嬢寅八二　嬗寅八二　嬙寅八三　嬢寅八三

嬛寅八三　婆寅八三　嬪寅八三　媚寅八三　嬻寅八三　嬰寅八三　嬰寅八三　嬬寅八三　嬬寅八三　嬉寅八三　嬬寅八三　嬐寅八三　嬃寅八三　墺寅一二五　墼寅一二五　墩寅一二五　墾寅一二五　壇寅一二五　壁寅一二五　壓寅一二六

壅寅一二六　壇寅一二六　壈寅一二六　壆寅一二六　壞寅一二七　壕寅一二七　壢寅一二七　壑寅一二七　增寅一二七　壞寅一二七　墻寅一二七　壑寅一二七　墬寅一二七　壋寅一二七　墤寅一二七　壜寅一二七　臺寅一二七　嬴寅一二七　戴寅一二七　壒寅一二七

壃寅一二七　塲寅一二七　墻寅一二七　𡒊寅一二七　壀寅一二七　𡓏寅一二七　壅寅一二七　壄寅一二七　圙寅一三五　壼寅一三五　犀寅一三五　緜寅一四三　毅寅一五三　徤寅一七〇　𢖍寅一七〇　徼寅一七〇　徻寅一七一　𢖁寅一七一　徿寅一七一　𢕢寅一七一

徹寅一七一　彯寅一七五　彲寅一七五　𣫄寅一七六　旐寅一七六　擊卯七六　擎卯八二　𢸫卯八四　擊卯八五　擧卯八五　擘卯八五　撻卯八六　撼卯八六　擖卯八六　撿卯八六　擁卯八六　擃卯八六　擣卯八六　擅卯八六　擌卯八六

操卯八六　擐卯八七　擿卯八七　擨卯八七　㩃卯八七　擔卯八七　擕卯八七　擗卯八八　據卯八八　撽卯八八　擀卯八九　擂卯八九　擗卯八九　擷卯八九　擇卯八九　㩌卯八九　擉卯八九　攪卯八九　撽卯八九　擹卯八九

擮卯八九　擬卯八九　擋卯八九　擙卯八九　撡卯八九　擒卯八九　㩆卯八九　擒卯八九　擓卯八九　㰉卯八九　擙卯八九　擛卯八九　擤卯八九　擴卯八九　擜卯九〇　擕卯九〇　擭卯九〇　擯卯九〇　擳卯九〇　擻卯九〇

擓卯九〇　擡卯九〇　擡卯九〇　擄卯九〇　擈卯九〇　擽卯九〇　擻卯九〇　擨卯九〇　攜卯九〇　擕卯九〇　攟卯九〇　擫卯九〇　擾卯九〇　擹卯九〇　擷卯九〇　攑卯九〇　㩼卯九〇　氃卯一〇九　氄卯一〇九　氅卯一〇九　氆卯一〇九

氉卯一〇九　氈卯一〇九　氊卯一〇九　氇卯一〇九　氈卯一〇九　氌卯一〇九　氎卯一〇九　氋卯一一〇　氀卯一一〇　氂卯一一〇　氀卯一一〇　㲫卯一一〇　愋卯一五五　憗卯一五五　憖卯一五五　憛卯一五六　憖卯一五六　憙卯一五六　憲卯一五七　憝卯一五七

憨卯一五七　憠卯一五八　憲卯一五八　憋卯一五八　憁卯一五八　憥卯一五九　憩卯一五九　憑卯一五九　憒卯一五九　憲卯一五九　憝卯一五九　懃卯一五九　懇卯一五九　憙卯一五九　懟卯一六〇　懇卯一六〇　憶卯一六〇　懁卯一六〇　懎卯一六〇　憾卯一六〇

懇卯一六〇　懋卯一六〇　懇卯一六〇　懃卯一六〇　懇卯一六〇　憩卯一六〇　懋卯一六〇　懋卯一六〇　懇卯一六一　懁卯一六一　懂卯一六一　懅卯一六一　懈卯一六一　懫卯一六二　懌卯一六二　懆卯一六二　懊卯一六二　懨卯一六二　懔卯一六三

懧卯一六三　懩卯一六三　懪卯一六三　懰卯一六三　懦卯一六三　懷卯一六三　懺卯一六三　懮卯一六四　懜卯一六四　懞卯一六四　懯卯一六四　懰卯一六三　懏卯一六四　懳卯一六四　懹卯一六四　懬卯一六四　懪卯一六四　懏卯一六四　懝卯一六四　懠卯一六四

懷卯一六五　懒卯一六五　龠卯一七三　㦒卯一七三　膓卯一七三　膩卯一七五　膷卯一七五　膪卯一七五　膽卯一七九　臏卯一七九　膿卯一七九　臉卯一七九　臁卯一七九　臆卯一七九　斲卯一八三　斳卯一八三　斴卯一八三　斵卯一八三　斶卯一八三　殨卯一九五

殫卯一九五　殪卯一九五　殫卯一九五　殧卯一九五　殨卯一九六　殯卯一九六　殭卯一九六　殮卯一九六　殩卯一九六　殬卯一九六　殫卯一九六　殯卯一九六　殰卯一九六　旚卯二〇五　旛卯二〇五　旝卯二〇五　旞卯二〇八　旟卯二一〇　曆辰三

曇辰三　曉辰三　暨辰三　暰辰三　暹辰三　嘯辰三　曀辰三　曄辰三　曀辰三　曈辰三　暸辰三　曋辰三　曊辰三　曏辰三　曇辰三　曔辰三　曒辰三　曒辰三　曒辰三　曾辰三

曠辰三三 曥辰三三 瞟辰三三 曈辰三三 靜辰三三 朤辰三三 曎辰三三 晉辰三三 㬥辰三三 曖辰三三 奮辰三三 曥辰三三 暜辰三三 曌辰三三 曅辰三三 瞖辰三三 暩辰三三 㬛辰三三 暫辰三一 瞰辰三八

膘辰三八 朣辰三八 膪辰三八 朦辰三八 朧辰三八 朋辰三八 鈝辰四三 嫳辰四七 敹辰四七 歙辰五八 歎辰五八 默辰五八 歖辰五八 獻辰五八 歗辰五八 欲辰五八 歜辰五八 歔辰五八 歊辰五八 歛辰五八

趪辰六二 㱤辰六二 敵辰七八 敲辰七八 散辰七八 整辰七八 歗辰七八 敹辰七八 鼓辰七八 歛辰七八 鼔辰七八 敳辰七八 斆辰七八 斀辰七八 敝辰七八 肇辰七八 敕辰七八 敺辰七八 敽辰七八 斁辰七八

數辰七八 歏辰七八 敾辰七八 毇辰八六 數辰八六 毈辰八六 磬辰八六 磬辰八六 縠辰八六 縠辰八六 縠辰八六 毃辰八六 毄辰八六 鼕辰八六 戰辰九四 戩辰九四 戫辰九四 戴辰九四 餓辰九四

燹巳九 戳辰九四 戲辰九四 戧辰九四 羼巳九 熺巳九 熹巳九 燏巳九 燥巳九 熾巳九 燒巳九 熿巳九 燀巳九 燁巳一〇 燂巳一〇 燚巳一〇 燇巳一〇 燈巳一〇 餤巳一〇 燉巳一〇

燊巳一〇 燋巳一〇 燎巳一一 燏巳一一 燐巳一一 燒巳一一 燔巳一一 燕巳一一 熥巳一二 燜巳一二 燾巳一二 燙巳一二 燁巳一二 熔巳一二 燖巳一二 燴巳一二 燏巳一二 貉巳一二 爆巳一二 燧巳一二

儯巳一三 熮巳一三 燌巳一三 熬巳一三 燓巳一三 燩巳一三 燊巳一三 燨巳一三 爆巳一三 燽巳一三 燡巳一三 燶巳一三 熙巳一三 燑巳一三 燼巳一三 燲巳一三 燦巳一三 燮巳一三 炎巳一三 彪巳一三

爂巳一三 燚巳一三 㸇巳一三 熹巳一四 燧巳一四 燊巳一四 燕巳一四 熱巳一四 燸巳一四 燗巳一四 燯巳一四 燜巳一四 燃巳一四 爀巳一四 爦巳一四 熬巳一四 燙巳一四 燮巳一四 燙巳一八二 爨巳一八五

澿巳一八五 澟巳一八六 澠巳一八六 澡巳一八六 澼巳一八六 澥巳一八六 澂巳一八六 澒巳一八六 澧巳一八六 澲巳一八七 澐巳一八七 濟巳一八七 澈巳一八七 澮巳一八七 澯巳一八七 澰巳一八七 澱巳一八八 澳巳一八八 澴巳一八八 澤巳一八八

澹巳一八八 澹巳一八九 濄巳一九〇 濄巳一九〇 濆巳一九〇 激巳一九〇 濁巳一九一 澞巳一九一 澘巳一九一 濉巳一九一 濈巳一九一 濊巳一九一 澆巳一九一 澪巳一九二 澕巳一九二 灌巳一九二 澘巳一九二 澹巳一九二 澨巳一九二 澞巳一九二

澮巳一九二 澬巳一九二 澒巳一九二 澔巳一九二 漱巳一九二 澮巳一九二 灕巳一九二 澱巳一九二 濮巳一九二 濊巳一九二 澶巳一九二 澧巳一九二 濊巳一九二 濊巳一九二 澼巳一九二 璧巳一九二 澤巳一九二 澤巳一九二 濾巳一九二 澾巳一九二

澿巳一九三 澲巳一九三 澳巳一九三 澺巳一九三 濃巳一九三 湯巳一九三 澾巳一九三 澸巳一九三 鼎巳一九三 澍巳一九三 澀巳一九三 澈巳一九三 澄巳一九三 淨巳一九三 潘巳一九三 瀼巳一九三 瀣巳一九三 瀶巳一九三 澘巳一九三 澾巳一九三

濿巳一九三 澕巳一九三 濾巳一九三 濩巳一九三 澷巳一九三 濆巳一九三 激巳一九三 澟巳一九三 澫巳一九三 澷巳一九三 澀巳一九三 澢巳一九三 濳巳一九三 澾巳一九三 澳巳一九四 濫巳一九四 濈巳一九四 澨巳一九四 潞巳一九四 瀏巳一九四

澷巳一九四 漸巳一九四 濊巳一九四 機辰三〇八 樵辰三〇八 樸辰三〇八 樹辰三〇八 樺辰三〇九 樾辰三〇九 㯕辰三〇九 橈辰三〇九 橉辰三〇九 橊辰三〇九 橋辰三一〇 橮辰三一〇 樿辰三一〇 橐辰三一〇 橇辰三一〇 橏辰三一〇 槖辰三一〇

橑辰三一一 檄辰三一一 檽辰三一一 橚辰三一一 橛辰三一一 橜辰三一一 橘辰三一二 橦辰三一三 橪辰三一三 橫辰三一三 機辰三一三 橡辰三一三 樽辰三一三 檜辰三一三 樴辰三一三 樳辰三一三 橛辰三一四 蕺辰三一四 橤辰三一四 樻辰三一四

橁辰三一四 榼辰三一四 模辰三一四 橃辰三一四 橨辰三一四 構辰三一四 橔辰三一四 橆辰三一四 櫂辰三一四 樠辰三一四 橖辰三一四 麭辰三一四 橾辰三一四 橯辰三一四 檖辰三一四 櫳辰三一四 棘辰三一四 橪辰三一五 楝辰三一五 檕辰三一五

橽辰三一五 樶辰三一五 橐辰三一五 樻辰三一五 橘辰三一五 橋辰三一五 樂辰三一五 橓辰三一五 橁辰三一五 橍辰三一五 樬辰三一五 機辰三一五 橒辰三一五 橵辰三一五 撤辰三一五 橏辰三一五 橄辰三一五 樸辰三一五 樸辰三一五 橖辰三一五

橳辰三一五 橍辰三一五 橳辰三一五 樔辰三一五 橝辰三一五 橡辰三一六 檍辰三一六 橞辰三一六 橙辰三一六 橣辰三一六 橛辰三一六 橀辰三一六 橦辰三一六 機辰三一六 樻辰三一六 橪辰三一六 橒辰三一六 橿辰三一六 橬辰三一六 橆辰三一六

橺辰三一六 橺辰三一六 橺辰三一六 橇辰三一六 橛辰三一七 橎辰三一七 橰辰三一七 橐辰三一七 橬辰三一七 橋辰三一七 橑辰三一七 橐辰三一七 毅辰三一七 橴辰三一七 樌辰三一七 樚辰三一七 橡辰三一七 檏辰三一七 橨辰三一七 橾辰三一七

橖辰三一七 橤辰三一七 橊辰三一七 橗辰三一七 橑辰三一七 橋辰三一七 橀辰三一七 橋辰三一七 猿辰三一七 橱辰三一七 黇辰三二八 犢巳三五〇 犤巳三五〇 犧巳三五〇 犏巳三五〇 犪巳三五〇 犢巳三五一 犛巳三五一 犥巳三五一 犝巳三五一

犞巳三五一 犆巳三五一 犦巳三五一 犙巳三五一 奬巳三七四 獃巳三七六 獻巳三七六 獄巳三七六 獖巳三七六 獮巳三七七 獯巳三七七 獨巳三七七 獪巳三七七 獫巳三七七 獬巳三七七 獢巳三七七 獦巳三七七 獥巳三七八 獡巳三七八 獶巳三七八

獾巳三七八 獩巳三七八 獢巳三七八 獬巳三七八 獲巳三七八 獺巳三七八 獸巳三七八 獼巳三七八 獷巳三七八 獵巳三七八 獴巳三七八 獫巳三七八 獯巳三七八 獹巳三七八 獽巳三七八 歷巳三八八 獢巳三八八 𤢿巳三八八 𤣩巳三八八 璱午四

瓢午四 甗午八 瓳午八 甂午八 甋午八 甈午八 甑午八 甎午八 甏午八 甓午八 甓午一三 甓午一三 甒午一四 甕午二六 窯午二六 窻午二六 窺午二六 窸午二六 窶午二六 窾午二六

窹午二七 窺午二七 窵午二七 窶午二七 窻午二七 窩午二七 窸午二七 窺午二七 窬午二七 窴午二七 窶午二七 窻午二七 窯午二七 窵午二七 窶午二七 窹午二七 窫午二七 窨午二七 窠午二七 窾午二七

窯午二七 窸午二七 窖午七七 瘮午五五 瘺午五五 瘦午五五 瘱午五五 瘳午五五 瘵午五五 瘯午五五 瘤午五五 瘸午五五 瘼午五五 瘴午五五 瘽午五五 瘭午五六 瘶午五六 瘯午五六 瘲午五六

瘷午五六 癀午五六 瘧午五六 瘍午五六 瘄午五六 瘷午五六 瘆午五六 瘸午五六 瘺午五六 瘻午五六 瘢午五七 癃午五七 瘤午五七 瘳午五七 癘午五七 瘵午五七 癯午五七 瘯午五七 瘦午五七

瘟午五七 瘨午五七 癰午五七 疃午七三 豎午七三 嫥午七三 瑹午一〇〇 瑽午一〇〇 璡午一〇〇 璀午一〇〇 璧午一〇〇 璃午一〇〇 璥午一〇〇 璄午一〇〇 璆午一〇〇 璇午一〇〇 璉午一〇〇 璊午一〇一 璋午一〇一

瑞午一〇一 瑼午一〇一 璭午一〇一 瓘午一〇一 璁午一〇一 璂午一〇一 璓午一〇一 璪午一〇一 璥午一〇一 璸午一〇一 甈午一〇一 璘午一〇一 璷午一〇一 璲午一〇一 璝午一〇二 瑻午一〇二 璒午一〇二 瑾午一〇二 臺午一〇二

瑿午一〇二 璭午一〇二 璨午一〇二 璊午一〇二 礁午一三三 礉午一三三 磞午一三三 䃚午一三三 磏午一三三 磣午一三三 磧午一三三 磨午一三三 磪午一三三 磫午一三四 磬午一三四 礊午一三四 磚午一三四 磛午一三四 磥午一三四

礤午一三三 磟午一三三 礓午一三三 磠午一三三 礚午一三三 磳午一三三 磸午一三三 磵午一三三 𥖗午一三三 磬午一三三 礡午一三四 硻午一三四 磥午一三四 礖午一三四 磭午一三四 磦午一三四 磝午一三四 磩午一三四 磼午一三四

碧午一三四 磶午一三四 硜午一三四 磛午一三四 磱午一三四 瞔午一三七 瞗午一三七 瞟午一三七 瞴午一四七 瞖午一四七 瞀午一四七 舅午一四七 甏午一五五 甇午一五五 甑午一五五 甋午一五六 甐午一五六 甌午一五六 甗午一五六

甂午一五六 甏午一五六 甈午一五六 甊午一五六 甒午一五七 甍午一五七 甄午一五七 甦午一六二 積午一六二 穗午一六二 獲午一六二 矯午一六七 矰午一六七 禯午一八五 禧午一八五 禫午一八六 禦午一八六 禪午一八六 禮午一八六

禤午一八六 禠午一八六 禭午一八六 禨午一八六 禩午一八六 禬午一八六 禥午一八六 禓午一八六 禖午一八七 穅午二〇八 穆午二〇八 穌午二〇八 積午二〇九 穎午二〇九 穊午二〇九 穄午二〇九 穓午二〇九 稽午二〇九 稗午二〇九

稶午二〇九 穤午二〇九 穯午二一〇 穄午二一〇 穗午二一〇 穚午二一〇 穡午二一〇 穈午二一〇 穃午二一〇 穖午二一〇 穉午二一〇 穋午二一〇 穩午二一〇 穕午二一〇 穮午二一〇 穛午二一〇 穫午二一〇 穇午二一〇 穠午二一〇

𥡯午二一〇 穙午二一〇 𥢸午二一〇 𥣧午二一〇 穌午二一〇 豯午二一〇 穆午二一〇 穀午二一〇 穁午二一〇 馞午二一〇 稑午二一〇 䆉午二一〇 皭午二三八 皧午二三八 皝午二三八 皒午二三八 皩午二三八 皬午二三八 奮午二三八

皏午二三八 盡午二四三 盧午二四三 盫午二四三 𥋱午二七七 䁦午二七七 瞖午二七七 瞲午二七七 瞶午二七七 瞛午二七七 憨午二七七 瞜午二七七 瞞午二七八 瞟午二七八 瞠午二七八 瞡午二七八 瞢午二七八 䁱午二七八 瞔午二七八

瞕午二七八　瞺午二七八　䁪午二七九　瞨午二七九　䁧午二七九　䁍午二七九　䁉午二七九　瞠午二七九　䁃午二七九　䁯午二七九　䁥午二七九　䁖午二七九　䁭午二七九　䁈午二七九　瞘午二七九　瞙午二七九　䁲午二七九　䁊午二七九　瞝午二七九　䁠午二七九

瞖午二七九　䁒午二七九　督午二七九　瞀午二七九　䁩午二七九　瞢午二七九　瞳午二七九　瞜午二七九　瞼午二七九　學午二七九　䁡午二七九　瞛午二七九　䁦午二七九　盥午二九七　監午二九七　盦午二九七　盧午二九七　盬午二九九　盪午二九九　奮午二九九

盩午二九九　盫午二九九　盟午二九九　監午二九九　盭午二九九　醜未三七　醟未三七　䤘未三七　膨未四〇　膩未四〇　膫未四〇　膭未四〇　膮未四〇　䐹未四一　䐲未四一　膰未四一　膟未四一　膝未四一　膱未四一　臂未四一

膳未四一　膴未四一　膻未四二　膲未四二　䐷未四二　膧未四二　膽未四二　膹未四二　膾未四二　膦未四二　臍未四二　䐠未四二　臈未四二　膬未四二　膯未四二　臑未四二　臚未四二　䐤未四二

臄未四二　膺未四二　䐷未四二　臃未四二　䑄未四二　䐿未四二　䑂未四二　䑇未四二　䐻未四二　臂未四二　臍未四二　臉未四二　䑏未四二　胼未四二　蓋未五二　幾未五二　㟶未五二　濾未五二　盡未五三

齝未五五　肅未五五　瞑未六三　聤未六三　聳未六三　䎺未六三　聯未六三　聺未六三　䏋未六三　聊未六三　聽未六三　䏂未六三　䏝未六三　聢未六三　聐未六三　聸未六三　鵵未六九　䰢未六九　𩴵未六九　䃎未七二

䃁未七二　䯋未七二　䑗未七二　䑛未七四　䑕未七四　䑚未七四　䑝未七四　䑞未七四　艏未七八　䖇未八四　䖈未八五　䖉未八五　䖊未八五　虤未八五　䖋未八五　䖌未八五　䖍未八五　䖎未八五　䖏未八五　䖐未八五

䖑未八五　䖒未八五　䖓未八五　䖔未八五　䖕未九四　䖖未九四　䖗未九四　䖘未九四　䖙未九四　䖚未九四　䖛未九四　䖜未九四　螃未一二六　螇未一二六　螈未一二六　螉未一二六　螆未一二六　融未一二六　螅未一二七　螓未一二七

螔未一二七　螢未一二七　螞未一二七　螟未一二七　螣未一二七　螎未一二七　螐未一二七　螌未一二七　螑未一二七　螗未一二七　螘未一二七　螖未一二七　螙未一二七　䗃未一二八　螈未一二八　螧未一二八　螗未一二八　螝未一二八　螠未一二八　螢未一二八

螄未一二八　螥未一二八　螦未一二八　螺未一二八　螵未一二八　螩未一二八　螭未一二八　螏未一二八　螪未一二八　螬未一二八　螫未一二八　螐未一二八　螮未一二八　螬未一二八　螰未一二八　螱未一二八　螲未一二八　螳未一二八　螴未一二八　螶未一二八

螷未一二八　螸未一二九　螹未一二九　螻未一二九　螿未一二九　蟁未一二九　蟂未一二九　蟃未一二九　蟄未一二九　蟅未一二九　蟆未一二九　蟇未一二九　蟈未一二九　蟉未一二九　蟊未一二九　蟋未一二九　蟌未一二九　蟍未一二九　蟎未一二九　蟏未一二九

蟐未一二九　蟑未一二九　蟒未一二九　蟓未一二九　蟔未一二九　蟕未一二九　蟖未一二九　蟗未一二九　蟘未一二九　蟙未一二九　蟚未一二九　蟛未一二九　蟜未一二九　蟝未一二九　蟞未一二九　蟟未一二九　蟠未一二九　蟡未一二九　蟢未一二九　蟣未一二九

蝶未二三九　蜜未二三九　蝨未二三九　螣未二三九　蟦未二三九　螢未二三九　螳未二三九　螹未二三九　蠑未二三九　螏未二三九　蠍未二三九　豧未一五八　翮未一五八　翵未一五八　翯五一五八　翰未一五八　翲未一五九　翷未一五九　闟未一五九　翹未一五九

翰未一五九　翻未一五九　翯未一五九　翿未一五九　翷未一五九　翮未一五九　翱未一五九　翻未一五九　翰未一五九　獮未一五九　篙未一九一　篪未一九一　篰未一九一　篛未一九一　篝未一九一　篛未一九一　篟未一九一　篠未一九一　篡未一九一

錄未一九二　篔未一九二　篣未一九二　篟未一九二　篤未一九二　篦未一九二　篸未一九二　篻未一九二　篼未一九二　篧未一九二　篠未一九二　篩未一九二　篪未一九三　篡未一九三　篢未一九三　篚未一九三　篕未一九三　篏未一九三　箁未一九三

穅未一九三　篒未一九三　篗未一九三　篘未一九三　篑未一九三　篖未一九三　篙未一九三　篱未一九三　篏未一九三　篜未一九三　篧未一九三　篽未一九三　篰未一九三　篓未一九三　篋未一九三　篼未一九三　篟未一九四　篢未一九四　篘未一九四　算未一九四

篆未一九四　篘未一九四　篒未一九四　篘未一九四　篝未一九四　弅未一九四　鑒未一九四　篆未一九四　篘未一九四　篊未一九四　篫未一九四　篔未一九四　篬未一九四　篘未一九四　篡未一九四　篸未一九四　篣未一九四　篜未一九四　篡未一九四

篆未一九四　篨未一九四　篴未一九四　篳未一九四　篧未一九四　箸未一九五　篹未一九五　篺未一九五　篕未一九五　篟未一九五　篗未一九五　篖未一九五　篭未一九五　篡未一九五　篕未一九五　篗未一九五　篪未一九五　篟未一九五　篘未一九五

蕿未三三○　蕒未三三○　鷊未三三○　蔽未三三三　蕩未三三三　蕃未三三四　蕿未三三四　蕪未三三四　蕊未三三五　蕉未三三五　蕑未三三五　蕕未三三五　蕏未三三六　蕢未三三六　蕡未三三六　蕎未三三六　蕁未三三六　蕎未三三七　蕖未三三七　蕆未三三七

蕔未三三七　蕞未三三七　蕨未三三七　蕕未三三八　蕁未三三八　蕧未三三八　蕬未三三八　蕠未三三八　蕩未三三八　蕀未三三八　蕟未三三八　蕢未三三八　蕓未三三八　蕦未三三八　蕠未三三八　蕗未三三八　蕺未三三八　蕘未三三八　蔦未三三八

薮未三三八　蕔未三三八　蕘未三三八　蕣未三三八　蕻未三三八　蕣未三三八　蕣未三二九　蕿未三二九　薄未三二九　蕮未三二九　蕸未三三○　蕨未三三○　蕤未三三○　蕩未三三○　蕷未三三○　蕼未三三○　蕯未三三○　蕵未三三○　蕑未三三○　蕍未三三○

蕭未三三一　蕫未三三一　蕆未三三一　蕈未三三一　蕛未三三一　蕅未三三一　蕰未三三一　蕭未三三一　蕠未三三一　藤未三三一　蕣未三三二　蕁未三三二　蕼未三三二　蕙未三三二　蕕未三三二　蕨未三三二　薵未三三二　蕃未三三二　薤未三三二

蕇未三三二　蔬未三三二　當未三三二　蕥未三三二　蕎未三三二　蕳未三三二　蕒未三三二　蕞未三三二　蕻未三三二　蕺未三三二　蕊未三三二　蕙未三三二　蕟未三三二　蕡未三三二　蕢未三三二　蕉未三三二　蕥未三三二　蕧未三三二　蕅未三三三

蕗未三三三　蕃未三三三　蕚未三三三　蕘未三三三　蕣未三三三　蕫未三三三　蕭未三三三　蕺未三三三　蕻未三三三　蕼未三三三　蕽未三三三　蕾未三三三　蕿未三三三　薀未三三三　薁未三三三　薂未三三三　蕃未三三三　蕭未三三三　蕙未三三三

贅未三三三 蘸未三三三 藈未三三三 蕲未三三三 蕭未三三三 藎未三三三 蟄未三三三 蘋未三三三 蘢未三三三 蘭未三三三 蘧未三三三 蕬未三三三 藤未三三三 蕐未三三三 藏未三三三 蘯未三三三 蘦未三三三 蘹未三三三 蘏未三三三 蕟未三三三

蘗未三三三 蕺未三三三 蘧未三三三 藸未三三三 藃未三三三 藬未三三三 蘘未三三三 蘟未三三三 蘣未三三三 蕬未三三三 蔱未三四四 艕未三七九 艥未三七九 艜未三七九 艘未三七九 艚未三七九 艙未三七九 艓未三七九 艠未三七九 艪未三七九

觿未三八〇 艓未三八〇 艗未三八〇 艒未三八〇 艕未三八〇 艚未三八〇 艙未三八〇 褢未四一二 褧未四一二 褭未四一三 褰未四一三 褱未四一三 髮未四一三 褩未四一三 褩未四一三 褩未四一三 褒未四一三 褕未四一三 褺未四一三

襁未四一三 褵未四一三 褶未四一四 褷未四一四 褸未四一四 襂未四一四 襆未四一五 襅未四一五 褿未四一五 襒未四一五 襀未四一六 襊未四一六 褔未四一六 褻未四一六 襍未四一六 襟未四一六 襂未四一六 褌未四一六 襤未四一六 褃未四一六 褡未四一六

褐未四一六 襂未四一七 襒未四一七 褳未四一七 襚未四一七 褸未四一七 褥未四一七 褡未四一七 褫未四一七 褵未四一七 褍未四一七 褲未四一七 褊未四一七 褯未四一七 褶未四一七 褸未四一七 襖未四一七 繼未四六六 縈未四六六

縦未四六六 縊未四六六 縋未四六六 縐未四六六 縹未四六六 縿未四六六 縩未四六七 縮未四六七 縛未四六七 縞未四六七 縝未四六七 縟未四六七 縳未四六七 縠未四六八 緯未四六八 縢未四六八 縣未四六八 絡未四六九 縷未四六九 縱未四六九

縉未四六九 縍未四六九 縗未四六九 縏未四六九 縒未四六九 縓未四六九 縬未四六九 縟未四六九 縤未四六九 縥未四六九 縩未四六九 縪未四六九 緼未四六九 縎未四六九 縡未四七〇 絹未四七〇 絜未四七〇 纍未四七〇 縭未四七〇

縩未四七〇 縁未四七〇 縤未四七〇 縎未四七〇 縿未四七〇 縕未四七〇 縣未四七〇 總未四七〇 緐未四七〇 縨未四七〇 縚未四七〇 縕未四七〇 縶未四七〇 繗未四七〇 繇未四七〇 縐未四七〇 縍未四七〇 縟未四七〇 縐未四七〇 纖未四七〇

縞未四七〇 縩未四七〇 縶未四七〇 縈未四七〇 緑未四七〇 糗未五〇五 糒未五〇五 糔未五〇五 糠未五〇五 糖未五〇五 糕未五〇五 糒未五〇五 糙未五〇五 糐未五〇五 糏未五〇五 糍未五〇五 糞未五〇六 糲未五〇六 糗未五〇六 糢未五〇六

糯未五〇六 糠未五〇六 糰未五〇六 糧未五〇六 雜未五〇六 糞未五〇六 穀未五〇六 耬未五一六 耨未五一六 耩未五一六 耩未五一六 耤未五一六 耨未五一六 耪未五一六 耮未五一七 耪未五一七 興未五二三 興未五二三 瞠未五二四 歛未五二四

罥未五二四 罾未五二四 罽未五二四 罼未五二七 罿未五二七 罬未五二八 罺未五二八 罹未五二八 罵未五三五 罷未五三五 罹未五三五 罳未五三五 罶未五三五 罦未五三五 罥未五三五 罠未五三五 罩未五三五 罹未五三六 罻未五三六 罽未五三六

罷未五三六 罯未五三六 罝未五三六 罷未五三六 羅未五四一 衛未五四六 衡未五四六 衢未五四七 衞未五四七 衠未五四七 羼未五四八 覦未五五三 覬未五五四 蕖未五五八 蟄未五五八 語未五五八 望未五五八 豫申六 豬申六 豨申七

豱申七 豮申七 豨申七 䝐申七 豭申七 豰申七 䝕申七 豵申七 豳申七 豩申七 貑申一五 䝟申一五 貓申一五 䝤申一五 貏申一五 貐申一五 貖申一五 貗申一五 貒申一五

豫申一六 豬申一六 䝲申一六 䝭申一六 䝮申一六 貓申一六 䝯申一六 賭申三三 賺申三三 賷申三三 賴申三三 貸申三三 賵申三三 䞃申三四 賰申三四 賰申三四 䞁申三四 賱申三四 䞔申三四

賵申三四 䞋申三四 贊申三四 䞉申三四 賾申三四 䞐申三四 䞊申三四 䞍申三四 賵申三四 䞎申三四 䞏申三五 躾申四五 䠓申四五 鶩申四五 躶申四六 䠐申四六 䠏申四六 䠒申四六 躵申四六

䠕申四六 䠔申四六 䠖申四六 䠗申四六 䠘申四六 䠙申四六 䠚申四六 䠛申四六 軗申四六 橐申五〇 軀申五三 䠜申五三 䠝申五三 軗申五三 䠞申五三 軇申五三 踰申七〇 踱申七一

踳申七一 踶申七一 踹申七一 踼申七一 蹈申七一 踥申七一 踾申七二 踽申七二 蹀申七二 蹁申七二 蹂申七二 踳申七二 踵申七二 䟸申七二 䠑申七二 踤申七二 䟱申七二 䠂申七二 蹬申七二

踩申七三 䟺申七三 踷申七三 蹢申七三 踸申七三 踻申七三 踺申七三 踛申七三 蹞申七三 䠁申七三 䟼申七三 蹀申七三 躊申七三 蹁申七三 踔申七三 踿申七三 跰申七三 蹄申七三 䠆申七三

踊申七三 蹅申七三 蹐申七三 跭申七三 䠇申七三 踊申七三 䟫申七三 踤申七三 蹏申七三 踴申七三 亶申七三 趨申一〇一 趲申一〇一 趤申一〇一 趝申一〇一 趢申一〇一 趡申一〇一 趙申一〇一 趯申一〇一

趞申一〇一 䞶申一〇二 趧申一〇二 趧申一〇二 趏申一〇二 趠申一〇二 趪申一〇二 趪申一〇二 趬申一〇二 趉申一〇二 趜申一〇二 趟申一〇二 趤申一〇二 趝申一〇二 趦申一〇二 遴申一四一 遵申一四一 遷申一四三

選申一四三 遹申一四三 遺申一四三 遷申一四四 遻申一四四 遴申一四四 遼申一四四 達申一四四 邕申一四四 遳申一四四 遯申一四四 遠申一四四 遝申一四四 遭申一四四 逢申一四四 𨗾申一四四 還申一三四 遵申一四四 過申一四四

遭申一四四 遵申一四四 邀申一四四 邐申一四四 適申一四四 邁申一四四 邅申一四四 邋申一四四 遒申一四四 邀申一四四 邎申一四四 避申一四四 還申一四四 遹申一四五 邎申一四五 諛申一八六 諲申一八六 諜申一八六 諝申一八七

諠申一八七 諢申一八七 諤申一八七 諥申一八七 諧申一八七 諫申一八七 諮申一八八 諯申一八八 諭申一八八 諰申一八八 諟申一八八 諱申一八八 諳申一八八 諴申一八八 諵申一八九 諶申一八九 諹申一八九 諷申一八九 諸申一八九

諍申一九〇 諻申一九〇 謖申一九〇 諡申一九〇 諱申一九〇 諾申一九〇 諿申一九一 謀申一九一 諉申一九一 諹申一九一 謂申一九一 謔申一九二 譮申一九二 謅申一九二 𧪏申一九二 𧩼申一九二 䜋申一九二 諞申一九二 謏申一九二

錆四三三 錧四三三 錩四三三 錪四三三 鍥四三三 鍳四三三 錢四三三 鍟四三三 鍒四三三 錳四三三 鍵四三三 鋻四三三 鍂四三三 鋈四三三 鍪四三三 鍑四三三 鋻四三三 錭四三三 鋺四三四 錴四三四

錄四三四 錴四三四 鍜四三四 鍊四三四 閵四七四 閛四七四 閶四七四 閶四七四 閹四七四 閹四七五 閻四七五 閼四七五 闇四七五 閽四七六 闌四七六 闃四七六 闍四七六 闋四七六 閾四七六 閿四七六

閿四七六 閬四七六 閫四七六 閭四七六 閣四七六 閾四七六 閫四七六 閹四七六 開四七六 閱四七六 闖四七六 閥四七六 闌四七六 閧四七六 閿四七六 閿四七六 霎四九三 霻四九三 霱四九三 霍四九三

霍四九四 霎四九四 霏四九四 霖四九四 霈四九四 霑四九五 霓四九五 霆四九五 霖四九五 霨四九五 霘四九五 霊四九五 霖四九五 霳四九五 霣四九五 霙四九五 霫四九五 霶四九五 黔四九五 電四九六

黕四九六 勳四九六 霕四九六 霹四九六 霄四九六 霉四九六 霢四九六 霎四九六 霈四九六 霫四九六 隸四二〇七 隸四二〇七 隸四二〇七 踖四二一一 踖四二一一 蹝四二一一 餶四二一〇 隧四二一一 隨四二一一 陾四二一三

險四二一三 隩四二一三 隮四二一三 隥四二一三 隧四二一三 隩四二一三 隧四二一三 隣四二一三 隱四二一三 隮四二一三 隰四二一三 隤四二一三 隊四二一三 隆四二一三 雞四二一四 雜四二一四 雔四二一四 雒四二一五 雕四二一五 鷙四二一五

隱四二一五 雗四二一五 雁四二一五 雔四二一五 雃四二一五 雕四二一五 雗四二一五 錐四二一五 雖四二一五 雅四二一五 雓四二一五 雋四二一五 雖四二一五 雒四二一五 離四二一五 雟四二一五 雛四二一五 雞四二一五 雅四二一五 雛四二一五

雕四二一五 雠四二一五 靜四二一四 靛四二一六 靘一五一一 靔一五一一 靘一五一三 靦一五一三 靧一五一三 靦一五一三 靧一五一三 靦一五一三 靧一五一三 靦一五一三 靦一五一三 靦一五一六 韹一五一六 頹一五一七 頰一五一七 頻一五一七

頭一五一七 頭一五一七 頯一五一八 頰一五一八 頷一五一九 頭一五一九 頞一五一九 頷一五一九 頸一五一九 頹一五二〇 頻一五二〇 頫一五二〇 顧一五二〇 頤一五二〇 頤一五二〇 頰一五二〇 頳一五二〇 頦一五二二 頰一五二二 頼一五二二

頴一五二二 頼一五二二 頤一五二二 頗一五二二 頴一五二二 頤一五二二 頼一五二二 頶一五二二 頴一五二二 頻一五二二 頷一五二二 頦一五二二 頼一五二二 頴一五二二 頤一五二二 頤一五二二 頻一五二二 鐸一五二二 頷一五二二 頷一五二二

頴一五二二 頼一五二二 頹一五二二 頤一五二二 頴一五二二 鞁一五四三 鞔一五四三 鞒一五四三 鞖一五四三 鞕一五四三 鞔一五四三 鞘一五四三 鞘一五四三 鞘一五四三 鞍一五四三 鞍一五四三 鞛一五四三 鞚一五四三 鞚一五四三 鞛一五四三

鞙一五四三 鞴一五四三 鞍一五四三 鞍一五四三 鞝一五四四 鞓一五四四 鞳一五四四 鞴一五四四 鞴一五五六 鞍一五五六 鞢一五五六 鞘一五五六 鞔一五五六 鞚一五六一 鞚一五六一 鞘一五六一 鞘一五六一 鞘一五六四 鞘一五六四 鞘一五六四

酳戌六四　颵戌七〇　颯戌七〇　颶戌七〇　颻戌七〇　颸戌七〇　颼戌七〇　颽戌七〇　颾戌七〇　颺戌七〇　飁戌七〇　颿戌七〇　颷戌七〇　飂戌七〇　飃戌七〇　颹戌七〇　颳戌七〇　颴戌七一　颭戌七一　颲戌七一

颸戌七一　颹戌七一　餇戌八六　餢戌八六　餐戌八六　餟戌八六　餑戌八六　餛戌八六　餈戌八六　餔戌八六　餕戌八七　䭃戌八七　䬳戌八七　餘戌八七　餒戌八七　䬾戌八七　䬹戌八七　餓戌八七　䭇戌八七　䭑戌八八

餐戌八八　䭀戌八八　餮戌八八　餖戌八八　餗戌八八　䬻戌八八　䬽戌八八　餶戌八八　餱戌八八　養戌八八　餥戌八八　䭌戌八八　䭅戌八八　䬵戌八八　䬿戌八八　䭒戌八八　䭁戌八八　餪戌八八　餛戌八八　䯋戌一〇四

骸戌一〇四　骳戌一〇四　骯戌一〇五　骱戌一〇五　骷戌一〇五　骹戌一〇五　骾戌一〇五　骰戌一〇五　骻戌一〇五　骼戌一〇五　骳戌一〇五　骲戌一〇五　骴戌一〇五　骺戌一〇五　骶戌一〇五　骼戌一〇五　骵戌一〇五　髳戌一一三　髲戌一一三　髴戌一一四

髶戌一一四　髹戌一一四　髻戌一一四　髺戌一一四　髽戌一一四　髾戌一一四　鬀戌一一四　鬁戌一一四　鬂戌一一四　鬃戌一一四　鬅戌一一四　鬇戌一一四　鬆戌一一四　鬈戌一一四　鬉戌一一四　鬊戌一一四　鬋戌一一四　鬌戌一一四　鬍戌一一四　䰉戌一一三

鬳戌一二四　鬵戌一二四　鬶戌一二五　鬷戌一二五　鬸戌一二五　鬹戌一二五　鬺戌一二五　鬻戌一二五　鬼戌一三一　魄戌一三一　魅戌一三一　魆戌一三一　魈戌一三一　魊戌一三一　魋戌一三一　魌戌一三一　魍戌一三一　魎戌一三一　魏戌一三一　䭷戌一四四

駥戌一四四　駛戌一四四　駜戌一四四　駧戌一四四　駫戌一四四　駭戌一四四　駮戌一四四　駰戌一四四　駱戌一四四　偶戌一四五　䮂戌一四五　駡戌一四五　駪戌一四五　䭿戌一四五　駥戌一四五　駒戌一四五　駘戌一四五　駩戌一四五　駢戌一四五

駰戌一四五　駬戌一四五　駯戌一四五　駼戌一四五　䮊戌一四五　駹戌一四六　䮍戌一四六　䮘戌一四六　駾戌一四六　駚戌一四六　駟戌一四六　駻戌一四六　駺戌一四六　駷戌一四六　駲戌一四六　騂戌一四六　騃戌一四六　騄戌一四六　騃戌一四六　騋戌一四六

駒戌一四六　駆戌一四六　䮉戌一四六　騂戌一四六　駿戌一四六　鳥戌一四六　駢戌一四六　騺戌一四六　騎戌一四六　䯁戌一六五　䯂戌一六五　閴戌一六七　闍戌一六七　鮣亥五　鮒亥五　鮃亥五　鮎亥六　鮐亥六　鮑亥六　鮏亥六

鮌亥六　鮍亥六　鮅亥六　鮆亥七　鮀亥七　鮊亥七　鮋亥七　鮍亥七　鮐亥七　鮑亥七　鮒亥八　鮟亥八　鮃亥八　鮄亥八　鮭亥八　鮇亥八　鮁亥八　鮌亥八　鮮亥八　鮂亥八

鮢亥八　鮇亥八　鮈亥八　鮋亥八　鮉亥八　鮎亥九　鮏亥九　鮓亥九　鮔亥九　鮑亥九　鮒亥九　鮓亥九　鮕亥九　鮚亥九　鮖亥九　鮱亥九　鮝亥九　鮣亥九　鮖亥九　鮀亥九

鮋亥九　鮍亥九　鮄亥九　鮔亥二四　魭亥二四　鴇亥四九　鴒亥四九　鴛亥四九　鴦亥四九　鴝亥四九　鴞亥四九　鴟亥五〇　鴠亥五〇　鴡亥五〇　鴣亥五〇　鴥亥五〇　鴦亥五〇　鴨亥五一　鴭亥五一　鴣亥五一

鴂亥五一 馱亥五一 駕亥五一 塢亥五一 鴑亥五一 駇亥五一 駝亥五一 鴡亥五一 碼亥五一 鴽亥五二 鴹亥五二 鳿亥五二 鴱亥五二 駊亥五二 碼亥五二 駉亥五二 鳧亥五二 鴦亥五二 嶋亥五二 駅亥五二

鴫亥五三 鴒亥五三 駈亥五三 鴨亥五三 鴐亥五三 駗亥五三 鴝亥五三 鴑亥五三 鳶亥五三 駥亥五三 駘亥五三 駃亥五三 鴋亥五三 鴭亥五三 鴫亥五三 鵈亥五三 鴲亥五三 鴙亥五三 鴾亥五三

鴄亥五三 鴆亥五三 鴣亥五三 駒亥五三 鴴亥五三 鴳亥五三 駓亥五三 鴜亥五三 鼻亥五三 駬亥五三 駒亥五三 鴈亥五三 鴦亥五四 鴿亥五四 麋亥九一 麈亥九一 麃亥九一 麈亥九一 麇亥九一 麌亥九二

麞亥九二 麔亥九二 麐亥九二 麮亥九九 麧亥九九 麱亥九九 麭亥九九 麫亥九九 麰亥九九 麲亥九九 麮亥九九 麲亥九九 麨亥九九 麯亥九九 麳亥九九 麴亥九九 麬亥九九 魔亥一〇五 麼亥一〇五

黂亥一〇五 黁亥一〇五 黏亥一〇七 黐亥一〇七 黔亥一〇七 䵶亥一〇七 盧亥一〇七 𪐀亥一〇七 黔亥一一三 黕亥一一三 黖亥一一三 黊亥一一三 黗亥一一三 黖亥一一三 黔亥一一五 默亥一一五 黖亥一一五 默亥一一五 黗亥一一六 默亥一一六

點亥一一六 黓亥一一六 默亥一一六 黖亥一一六 默亥一一六 黗亥一一六 黙亥一一六 黎亥一二七 黹亥一二七 黺亥一二七 黻亥一二七 黼亥一二七 黹亥一二七 香亥一二七 黺亥一二九 鼩亥一三五 鼨亥一三五 鼢亥一三五 鼤亥一三五

鼐亥一四一 鼎亥一四三 鼎亥一四二 鼎亥一四三 鼏亥一四三 鼒亥一四三 鼖亥一四六 鼓亥一四六 鼔亥一四六 鼕亥一四六 齋亥一五〇 齔亥一五三 龍亥一六二 **十七畫** 𤘯子一八 儹子九〇 儠子九〇 偪子九〇 儢子九〇 償子九〇

儦子九〇 儥子九一 優子九一 儴子九一 儷子九一 儵子九一 儶子九一 儺子九一 儽子九一 儹子九一 儻子九一 償子九一 儰子九一 儌子九一 儯子九一 儵子九一 優子九二 優子九二 聳子九七 劚子一二四

黎子一二四 劆子一二四 劇子一三五 劙子一三五 劗子一三五 劐子一三五 劓子一三五 劕子一三五 勵子一四五 勸子一四五 勵子一四五 勱子一四五 勳子一四六 勴子一四六 勷子一四六 勸子一四六 勶子一四六 勸子一四六 勳子一四六 銅子一五〇

匶子一五〇 匷子一五〇 匵子一五五 融子一六〇 盧子一六〇 斀子一六五 濆子一九一 濾子一九一 澳子一九一 髏子二〇一 甕子二〇一 嚂丑七三 嚆丑七三 嚄丑七三 嚇丑七三 嚀丑七三 嚌丑七四 嚗丑七四 嚎丑七四 嚧丑七四

嚊丑七四 嚈丑七四 嚉丑七四 嚗丑七四 嚅丑七四 嚍丑七四 嚊丑七四 嚐丑七四 嚌丑七四 嚈丑七四 嚀丑七四 嚋丑七四 嚏丑七四 嚄丑七四 嚍丑七四 嚗丑七四 嚘丑七四 嚝丑七四 嚀丑七五 嚯丑七五

遝丑七五 嚛丑七五 嚋丑七五 嚊丑七五 嚶丑七五 嚕丑七五 嚘丑七五 嚜丑七五 嚛丑七五 䵹丑七五 嚩丑七五 嚙丑七五 嚐丑七五 嚲丑七五 嚮丑七五 嚬丑七五 嚫丑七五 嚻丑七五 圝丑九一

屨丑二〇三 𡳳丑二〇三 彌丑二一七 𢐅丑二一八 𢐄丑二一八 廦丑二三五 廮丑二三五 𢋁丑二三五 𢋜丑二三五 廯丑二三五 寱丑一〇六 寲丑一〇六 𡫬丑一〇六 𡬈丑一〇六 𡫸丑一〇六 𡾊丑一八八 𡾋丑一八八 𡾉丑一八八 嶺丑一八八 𡾰丑一八八

嶼丑一八八 嶽丑一八八 𡾺丑一八九 𡿅丑一八九 𡿂丑一八九 巔丑一八九 𡿄丑一八九 𡾯丑一八九 巍丑一八九 𡿇丑一八九 巏丑一八九 嶨丑一八九 巆丑一八九 嶬丑一八九 嶹丑一八九 𡾴丑一八九 嶢丑一八九 巇丑一八九 巉丑二二二 巖丑二二二

幫丑二二三 幭丑二二三 幬丑二二三 幪丑二二三 幪丑二二三 𢅲丑二二三 幭丑二二三 𢅶丑二二三 𢇓丑二二七 孺寅九 𡥧寅九 𡥨寅九 導寅一六 𡬲寅一六 奮寅三七 𡚾寅三七 奭寅三七 㚇寅三七 嬬寅八三 嬥寅八三

嬿寅八三 嬪寅八三 嬬寅八三 嬸寅八四 嬭寅八四 嬮寅八四 嬰寅八四 𡣤寅八四 嬴寅八五 𡣸寅八五 嬺寅八五 嬦寅八五 嬚寅八五 嬩寅八五 嬫寅八五 嬛寅八五 嬶寅八五 𡤓寅八五 嬸寅八五 𡤏寅八五

嬳寅八五 嬃寅八五 嬗寅八五 𡤋寅八五 嬆寅八五 嫛寅八五 嬣寅八五 嬘寅八五 𡢿寅八六 嬖寅八六 嬞寅八六 嬽寅八六 嬖寅八六 𡤀寅八六 壎寅一二七 壏寅一二七 壂寅一二七 壏寅一二七 壒寅一二八 壓寅一二八

壔寅一二八 壕寅一二八 壖寅一二八 壙寅一二八 壍寅一二八 壞寅一二八 𡒊寅一二八 壝寅一二八 𡒄寅一二八 壘寅一二八 壜寅一二八 𡓓寅一二九 𡔈寅一二九 𡓿寅一二九 壐寅一二九 壑寅一二九 壍寅一二九 𡓋寅一二九 壓寅一二九 壑寅一二九

壐寅一二九 𡓵寅一二九 壖寅一二九 𡕁寅一四三 𡕏寅一五〇 𡕐寅一五〇 夥寅一五〇 𡖿寅一五三 徽寅一七一 𢕶寅一七一 𢕹寅一七一 𢕷寅一七一 𢖁寅一七一 徽寅一七一 彯寅一七六 𢖆寅一七八 擊卯八六 擊卯八七 擘卯八八 擎卯八八

擊卯八八 擊卯九〇 擎卯九〇 擠卯九〇 擡卯九〇 擢卯九〇 擣卯九〇 擥卯九〇 擈卯九一 擨卯九一 擩卯九一 擫卯九一 擬卯九一 擨卯九一 擯卯九一 擟卯九一 擭卯九一 擾卯九一 擤卯九二 擦卯九二

擱卯九二 擩卯九二 擕卯九二 擭卯九二 擹卯九二 擦卯九二 擰卯九二 擽卯九二 擽卯九二 擼卯九二 擾卯九二 擄卯九二 擟卯九二 擖卯九二 擳卯九二 擲卯九二 擨卯九二 擻卯九二 擨卯九二 擛卯九二

擿卯九二 擮卯九二 擰卯九二 擱卯九二 氉卯一一〇 氋卯一一〇 氀卯一一〇 氊卯一一〇 氈卯一一〇 氄卯一一〇 懯卯一六〇 應卯一六一 懇卯一六一 懋卯一六一 懃卯一六一 懕卯一六三 懲卯一六三 懟卯一六三 懛卯一六三 懝卯一六三

懥卯一六三 懨卯一六三 憲卯一六三 懃卯一六三 懟卯一六三 懕卯一六三 懫卯一六三 懪卯一六三 懠卯一六四 懦卯一六四 懞卯一六四 懢卯一六四 懡卯一六四 懱卯一六四 懩卯一六四 懭卯一六四 懝卯一六四 懨卯一六四 懞卯一六四 懵卯一六四

懢卯一六四 懰卯一六四 懤卯一六四 懭卯一六四 懪卯一六四 懵卯一六五 懥卯一六五 懯卯一六五 懙卯一六五 懫卯一六五 懷卯一六五 懨卯一六五 鍆卯一七三 牆卯一七六 臟卯一七六 膌卯一七六 膽卯一七六 膿卯一七九 臁卯一七九 臆卯一七九

礏卯一七九　斳卯一八五　斶卯一八五　斷卯一八五　斵卯一八五　屬卯一八八　殲卯一九六　殭卯一九六　殬卯一九六　殲卯一九六　殜卯一九六　殮卯一九六　貌卯一九六　殨卯一九六　孼卯一九六　殜卯一九六　旞卯二〇五　旝卯二〇五　旚卯二〇五　鑾卯二三〇

魯卯二三〇　嚮辰三三　噭辰三三　嚗辰三三　噭辰三三　嚘辰三三　嚐辰三三　嚃辰三四　嚜辰三四　噢辰三四　嚏辰三四　嚌辰三四　嚑辰三四　嚨辰三四　嚳辰三四　嚀辰三四　嚷辰三四　嚓辰三四　嚛辰三四　嚽辰三四

曦辰三四　嚹辰三四　軆辰三二　軆辰三二　膵辰三八　臘辰三八　麰辰四五　歖辰五八　歛辰五八　歊辰五八　歜辰五八　歔辰五八　歗辰五九　歞辰五九　歎辰五九　歠辰五九　歕辰五九　歟辰五九　歛辰五九　歔辰六二

殼辰六二　斀辰七八　斂辰七八　斃辰七九　斁辰七九　斄辰七九　斅辰七九　斆辰七九　斁辰七九　斀辰七九　斃辰七九　斄辰八六　斅辰八六　戲辰九五　戴辰九五　戭辰九五　戴辰九五　營巳三四　燠巳三四

燡巳三五　燥巳三五　燦巳三五　燧巳三五　燩巳三五　燴巳三五　燨巳三五　燬巳三五　燭巳三五　燮巳三六　燮巳三六　爂巳三六　燿巳三六　爄巳三六　燽巳三六　燸巳三六　爀巳三六　爁巳三六　爄巳三六　爆巳三六

爂巳三六　爅巳三六　爈巳三六　爊巳三六　燺巳三六　爏巳三六　爕巳三六　爕巳三六　爗巳三六　爃巳三六　爍巳三六　爎巳三六　爓巳三六　爚巳三六　爔巳三六　爕巳三六　爗巳三六　爘巳三六　鱗巳一八五

濼巳一九七　瀰巳一九四　濭巳一九四　濕巳一九四　濘巳一九四　濚巳一九五　濛巳一九六　濟巳一九六　濠巳一九六　濡巳一九六　濤巳一九七　濥巳一九七　濧巳一九七　濩巳一九七　濫巳一九七　濬巳一九八　濮巳一九八　濯巳一九八　濰巳一九九　濱巳一九九

濲巳一九九　濴巳一九九　濞巳一九九　濾巳一九九　濿巳一九九　瀁巳二〇〇　濺巳二〇〇　瀄巳二〇〇　瀃巳二〇〇　濽巳二〇〇　濆巳二〇〇　濻巳二〇〇　濹巳二〇〇　瀚巳二〇〇　濦巳二〇〇　瀎巳二〇〇　瀊巳二〇〇　瀑巳二〇〇　瀧巳二〇〇　瀹巳二〇〇

濊巳二〇一　濫巳二〇一　辯巳二〇一　濼巳二〇一　濤巳二〇一　瀫巳二〇一　瀀巳二〇一　瀾巳二〇一　澳巳二〇一　瀏巳二〇一　瀐巳二〇一　瀘巳二〇一　瀒巳二〇一　瀅巳二〇一　瀞巳二〇一　瀠巳二〇一　瀥巳二〇一　瀾巳二〇一　瀹巳二〇一　瀞巳二〇一

瀣巳二〇二　瀳巳二〇二　瀵巳二〇二　濆巳二〇二　潛巳二〇二　檬巳二一七　櫑巳二一七　檀巳二一七　檗巳二一七　檄巳二一八　櫝巳二一八　檟巳二一八　檉巳二一八　櫃巳二一八　檜巳二一八　檣巳二一八　檽巳二一八　檥巳二一八　檾巳二一八　檔巳二一八

檕巳二一九　檖巳二一九　橐巳二一九　檜巳二一九　檈巳二一八　檠巳二一九　檡巳二一九　檢巳二一九　檥巳二二〇　櫉巳二二〇　檍巳二二〇　檿巳二二〇　檣巳二二〇　櫍巳二二〇　檜巳二二〇　檟巳二二〇　權巳二二〇　檑巳二二〇　檯巳二二〇　檪巳二二〇

檐巳二二一　檩巳二二一　檂巳二二一　檝巳二二一　檄巳二二一　蘢巳二二一　檥巳二二一　檮巳二二一　檷巳二二一　檻巳二二一　櫼巳二二一　檯巳二二一　櫸巳二二一　檬巳二二一　檍巳二二一　檓巳二二一　檕巳二二一　檗巳二二一　檦巳二二一　檏巳二二一

豫午一六三 獮午一六三 獞午一六三 [illegible]午一六三 [illegible]午一六三 [illegible]午一六三 獑午一六七 矯午一六七 獛午一六七 矰午一六七 [illegible]午一七一 [illegible]午一八六 禧午一八六 禪午一八六 禫午一八六 [illegible]午一八七 [illegible]午一八七 禨午一八七 [illegible]午一八七 鬃午一八七

[illegible]午一八七 [illegible]午一八七 [illegible]午一八七 [illegible]午一八七 [illegible]午一八七 禩午一八七 穛午二一〇 穗午二一〇 [illegible]午二一一 穜午二一一 穓午二一一 積午二一一 穔午二一一 [illegible]午二一一 穕午二一一 [illegible]午二一一 稽午二一一 稗午二一一 [illegible]午二一一 穖午二一一

穉午二一一 [illegible]午二一一 [illegible]午二一一 [illegible]午二一一 [illegible]午二一一 [illegible]午二一一 穘午二一一 穙午二一一 穚午二一一 [illegible]午二一二 穛午二一二 [illegible]午二一二 [illegible]午二一二 [illegible]午二一二 [illegible]午二一二 穌午二一二 [illegible]午二一二 曈午二三九 [illegible]午二三九 罶午二三九

[illegible]午二三九 [illegible]午二三九 [illegible]午二三九 竲午二三九 竳午二三九 [illegible]午二三九 [illegible]午二三九 [illegible]午二三九 [illegible]午二四五 [illegible]午二四五 瞤午二七九 [illegible]午二七九 瞥午二八〇 [illegible]午二八〇 瞦午二八〇 [illegible]午二八〇 瞫午二八〇 瞬午二八〇 瞭午二八〇 瞯午二八〇

瞰午二八〇 瞳午二八〇 [illegible]午二八一 瞴午二八一 瞵午二八一 瞶午二八一 [illegible]午二八一 [illegible]午二八一 [illegible]午二八一 [illegible]午二八一 [illegible]午二八一 瞺午二八一 [illegible]午二八一 [illegible]午二八一 瞧午二八一 瞨午二八一 [illegible]午二八一 [illegible]午二八一 瞈午二八一 瞪午二八一

[illegible]午二八一 [illegible]午二八一 [illegible]午二八一 [illegible]午二八一 [illegible]午二八二 [illegible]午二八二 瞱午二八二 [illegible]午二八二 [illegible]午二八二 [illegible]午二八二 [illegible]午二八二 瞿午二八二 [illegible]午二八二 [illegible]午二八二 [illegible]午二八二 瞟午二八二 [illegible]午二八二 [illegible]午二八二 [illegible]午二八二 [illegible]午二八二

矚午二八二 瞯午二八二 [illegible]午二八二 瞽午二八二 [illegible]午二八二 盩午二九九 盪午二九九 盦午二九九 [illegible]午二九九 [illegible]午三〇〇 [illegible]午三〇〇 盬午三〇〇 [illegible]午三〇〇 盡午三〇〇 盤午三〇〇 [illegible]午三〇〇 監午三〇〇 [illegible]午三〇〇 [illegible]午三〇〇 盧午三〇〇

臀未四〇 膜未四〇 臈未四三 [illegible]未四三 膷未四三 臏未四三 膺未四三 膻未四三 膽未四三 [illegible]未四四 臇未四四 膾未四四 膿未四四 臂未四四 臁未四四 [illegible]未四四 [illegible]未四四 臃未四四 臄未四四 臆未四四

臍未四五 [illegible]未四五 [illegible]未四五 [illegible]未四五 [illegible]未四五 臅未四五 [illegible]未四五 臉未四五 [illegible]未四五 [illegible]未四五 朧未四五 [illegible]未四五 [illegible]未四五 [illegible]未四五 [illegible]未四五 [illegible]未四五 膝未四五 [illegible]未五二 [illegible]未五二 [illegible]未五五

聯未六三 聰未六三 聱未六三 [illegible]未六三 [illegible]未六四 [illegible]未六四 聲未六四 聳未六四 [illegible]未六四 [illegible]未六四 [illegible]未六四 [illegible]未六四 [illegible]未六四 [illegible]未六五 [illegible]未六五 [illegible]未六五 [illegible]未六五 [illegible]未六五 [illegible]未六九 [illegible]未六九

[illegible]未六九 [illegible]未七二 虧未八五 虨未八五 [illegible]未八五 [illegible]未八五 羲未九四 [illegible]未九四 [illegible]未九四 [illegible]未九四 摯未九四 擎未九四 [illegible]未九四 擊未九五 [illegible]未九五 [illegible]未一二九 蟜未一二九 [illegible]未一二九 螯未一三〇 蟶未一三〇

螺未一三〇 蟌未一三〇 螻未一三〇 蠙未一三〇 蟃未一三〇 蟄未一三〇 [illegible]未一三〇 蟈未一三〇 螭未一三〇 螪未一三〇 蟓未一三一 [illegible]未一三一 蟬未一三一 [illegible]未一三一 [illegible]未一三一 [illegible]未一三一 螯未一三一 螬未一三一 螮未一三一 蠊未一三一

[illegible]未一三二 蟰未一三二 [illegible]未一三二 蟶未一三二 [illegible]未一三二 螵未一三二 [illegible]未一三二 [illegible]未一三二 [illegible]未一三二 [illegible]未一三二 蟖未一三二 [illegible]未一三三 [illegible]未一三三 蠊未一三三 蟳未一三三 蟪未一三三 蝛未一三三 [illegible]未一三三 蟞未一三三 蜂未一三三

蟦未一三三 [illegible]未一三三 蟓未一三三 [illegible]未一三三 [illegible]未一三三 蟆未一三三 蟉未一三三 [illegible]未一三三 [illegible]未一三三 蟋未一三三 [illegible]未一三三 蟱未一三三 [illegible]未一三三 蟌未一三三 [illegible]未一三三 [illegible]未一三三 螺未一三三 蟤未一三三 [illegible]未一三三 [illegible]未一三三

[illegible]未一三三 [illegible]未一三三 [illegible]未一三三 [illegible]未一三三 [illegible]未一三三 [illegible]未一三三 [illegible]未一三三 [illegible]未一三三 [illegible]未一三三 [illegible]未一三三 蠦未一三三 [illegible]未一三三 [illegible]未一三三 [illegible]未一三三 [illegible]未一三三 [illegible]未一三三 [illegible]未一三三 螯未一三三 [illegible]未一三三 [illegible]未一三三

[illegible]未一三三 [illegible]未一三三 [illegible]未一三三 [illegible]未一三三 [illegible]未一三三 [illegible]未一三三 [illegible]未一三三 [illegible]未一三三 [illegible]未一三三 蠁未一四四 [illegible]未一五九 [illegible]未一五九 獏未一五九 [illegible]未一五九 [illegible]未一五九 [illegible]未一五九 [illegible]未一五九 [illegible]未一五九 [illegible]未一五九 [illegible]未一五九

[illegible]未一五九 [illegible]未一九五 [illegible]未一九五 [illegible]未一九五 [illegible]未一九五 [illegible]未一九五 [illegible]未一九五 [illegible]未一九五 [illegible]未一九五 [illegible]未一九五 [illegible]未一九六 [illegible]未一九六 [illegible]未一九六 [illegible]未一九六 [illegible]未一九六 [illegible]未一九六 [illegible]未一九六 [illegible]未一九六 [illegible]未一九六 [illegible]未一九六

[illegible]未一九六 [illegible]未一九七 [illegible]未一九七 [illegible]未一九七 [illegible]未一九七 [illegible]未一九七 [illegible]未一九七 [illegible]未一九七 [illegible]未一九七 [illegible]未一九七 [illegible]未一九七 [illegible]未一九七 [illegible]未一九七 [illegible]未一九七 [illegible]未一九七 [illegible]未一九八 [illegible]未一九八 [illegible]未一九八 [illegible]未一九八 [illegible]未一九八

[illegible]未一九八 [illegible]未一九八 [illegible]未一九八 [illegible]未一九八 [illegible]未一九八 [illegible]未一九八 [illegible]未一九八 [illegible]未一九八 [illegible]未一九八 [illegible]未一九八 [illegible]未一九八 [illegible]未一九八 [illegible]未一九八 [illegible]未一九八 [illegible]未一九八 [illegible]未一九八 [illegible]未一九八 [illegible]未一九八 [illegible]未一九八 [illegible]未一九八

[illegible]未一九八 [illegible]未一九八 [illegible]未一九八 [illegible]未一九九 [illegible]未一九九 [illegible]未一九九 [illegible]未一九九 [illegible]未一九九 [illegible]未一九九 [illegible]未一九九 [illegible]未一九九 [illegible]未一九九 [illegible]未一九九 [illegible]未一九九 [illegible]未一九九 [illegible]未一九九 [illegible]未一九九 [illegible]未一九九 [illegible]未一九九 [illegible]未一九九

[illegible]未一九九 [illegible]未一九九 [illegible]未一九九 [illegible]未一九九 [illegible]未一九九 [illegible]未一九九 [illegible]未一九九 [illegible]未一九九 [illegible]未一九九 [illegible]未一九九 [illegible]未一九九 [illegible]未一九九 [illegible]未二〇〇 [illegible]未二〇〇 [illegible]未二〇〇 [illegible]未二〇〇 [illegible]未二〇〇 [illegible]未二〇〇 [illegible]未二〇〇 [illegible]未二〇〇

[illegible]未二〇〇 [illegible]未二〇〇 [illegible]未二〇〇 [illegible]未二〇〇 [illegible]未二三三 薄未二三四 [illegible]未二三五 [illegible]未二三五 薑未二三五 薩未二三六 蕭未二三六 [illegible]未二三六 薇未二三六 [illegible]未二三七 [illegible]未二三七 薪未二三七 [illegible]未二三七 薏未二三八 [illegible]未二三八 [illegible]未二三八

[illegible]未二三八 [illegible]未二三八 [illegible]未二三九 [illegible]未二三九 [illegible]未二三九 [illegible]未二三九 [illegible]未二三九 [illegible]未二三九 [illegible]未二三九 [illegible]未二三九 [illegible]未二三九 [illegible]未二三九 [illegible]未二四〇 [illegible]未二四〇 [illegible]未二四〇 [illegible]未二四〇 [illegible]未二四〇 [illegible]未二四〇 [illegible]未二四〇 [illegible]未二四〇

[illegible]未二四〇 [illegible]未二四一 [illegible]未二四一 [illegible]未二四一 [illegible]未二四一 遵未二四一 [illegible]未二四一 [illegible]未二四一 [illegible]未二四一 [illegible]未二四一 [illegible]未二四一 [illegible]未二四一 [illegible]未二四一 [illegible]未二四一 [illegible]未二四一 奠未二四一 [illegible]未二四一 敷未二四一 蕩未二四一 [illegible]未二四二

糛未五〇七 積未五一七 穆未五一七 穪未五一七 穚未五一七 穫未五一七 穜未五一七 糭未五一七 耨未五一七 耬未五一七 舉未五二三 舋未五二四 樂未五二四 醮未五二四 醬未五二四 醙未五二四 罄未五二八 罅未五二八 罐未五二八 罇未五二八

缾未五二八 罷未五三六 罻未五三六 羅未五三六 罿未五三六 罽未五三六 罬未五三六 羆未五三六 罼未五三六 罾未五三六 𦌝未五三六 罿未五三六 罽未五三六 𦍊未五三六 壐未五四一 衛未五四七 衞未五四七 艱未五五〇 歔未五五三 臨未五五五

𦒻未五五五 鑿未五五八 豰申七 豳申七 豲申八 貕申八 豁申八 貘申八 豻申八 豸申八 貔申八 豯申一六 豯申一六 豵申一六 豱申一六 豯申一六 豨申一六 豭申一六 豲申一六 豱申一六

豲申一六 豯申一六 豵申一六 豷申一六 貕申一七 膽申二四 購申二四 賻申二四 賽申二四 賺申二四 賂申二四 贅申二四 賸申二五 賾申二五 臟申二五 贖申二五 賧申二五 賵申二五 贄申二五 豐申二五

貧申二五 贅申二五 賣申二五 賫申二五 賺申二五 艦申四六 毅申四六 艗申四七 艚申四七 艓申四七 艘申四七 艒申四七 艙申四七 艜申四七 艑申四七 艕申四七 艕申四七 艓申四七 艢申五〇 艄申五三

軆申五三 軀申五三 軃申五三 軂申五三 軁申五三 蹌申七三 蹓申七三 蹉申七四 蹊申七四 蹌申七四 蹇申七四 踏申七四 蹋申七五 蹌申七五 蹍申七五 蹟申七五 蹠申七五 蹐申七五 蹤申七五 蹂申七五

蹈申七五 蹺申七五 蹡申七五 蹠申七五 蹓申七五 蹤申七五 蹗申七五 蹘申七五 蹙申七五 蹩申七六 蹬申七六 蹭申七六 蹩申七六 蹯申七六 蹻申七六 蹼申七六 蹤申七六 蹟申七六 蹕申七六 蹣申七六

蹬申七六 蹝申七六 蹗申七六 蹫申七六 蹣申七六 蹤申七六 蹧申七六 趚申一〇三 趨申一〇三 趬申一〇三 趥申一〇三 趦申一〇三 趧申一〇三 趮申一〇三 趯申一〇三 趲申一〇三 趭申一〇三 趦申一〇三 趰申一〇三 趚申一〇三

蹇申一〇三 趨申一〇三 趧申一〇三 趬申一〇三 趮申一〇三 趪申一〇三 遽申一四五 遻申一四五 避申一四五 遾申一四五 邀申一四五 邁申一四五 還申一四五 邅申一四六 邆申一四六 邉申一四六 邂申一四六 邅申一四六 遵申一四六 邅申一四六

遼申一四六 遹申一四六 遺申一四六 邂申一四六 遵申一四六 遷申一四六 遶申一四六 邇申一四六 邈申一四六 邃申一四六 遻申一四六 遷申一四六 膽申一九三 謅申一九三 謉申一九三 謇申一九三 諜申一九三 誉申一九四 謐申一九四

謑申一九四 謓申一九四 謏申一九四 謕申一九四 謎申一九四 謖申一九四 謗申一九四 謘申一九四 謙申一九四 講申一九五 謜申一九五 謝申一九五 謞申一九五 謚申一九五 謟申一九六 謠申一九六 謪申一九六 謒申一九六 謄申一九六 謎申一九六

謫申一九六 謬申一九六 謹申一九六 謦申一九六 謟申一九六 謎申一九七 謏申一九七 謥申一九七 謩申一九七 謨申一九七 謫申一九七 謎申一九七 謳申一九七 謱申一九七 謰申一九七 謠申一九七 謽申一九七 謷申一九七 謵申一九七 謮申一九七

謣 申一九七	譃 申一九七	謼 申一九七	譁 申一九七	謷 申一九七	謎 申一九七	謥 申一九七	謐 申一九七	諡 申一九七	斳 申一九七	講 申一九七	論 申一九七	諰 申一九七	謵 申一九七	謮 申一九七	謌 申一九七	謿 申一九七	謝 申一九七	謉 申一九七	謞 申一九七
謣 申一九七	覬 申二三三	覬 申二三四	覭 申二三四	覯 申二三四	覮 申二三四	覦 申二三四	覞 申二三四	覰 申二三四	覩 申二三四	覷 申二三四	覼 申二三四	䚊 申二三四	轃 申二五〇	轊 申二五〇	轋 申二五〇	輿 申二五〇	轂 申二五一	鶇 申二五一	轑 申二五一
轄 申二五一	轘 申二五二	轃 申二五二	轉 申二五二	轝 申二五二	輪 申二五二	轀 申二五二	轁 申二五二	轄 申二五二	輾 申二五二	轀 申二五二	輦 申二五二	輯 申二五二	轁 申二五二	轆 申二五二	轒 申二五二	轏 申二五二	輾 申二五二	鶇 申二五二	轉 申二五二
轋 申二五三	轋 申二五三	轄 申二五三	轄 申二五三	轍 申二五三	轍 申二五三	輦 申二五三	轀 申二五三	轎 申二五三	轄 申二五三	轃 申二五三	轁 申二五三	辨 申二六五	辦 申二六六	辧 申二六六	醘 申二六二	轂 申二六二	醨 申二六二	醜 申二六二	醒 申二六三
醖 申二六三	醬 申二六三	醡 申二六三	醞 申二六三	醋 申二六三	醯 申二六三	醫 申二六四	醓 申二六四	醚 申二六四	醽 申二六四	醝 申二六四	醴 申二六四	醉 申二六四	醣 申二六四	醆 申二六四	醭 申二六四	醣 申二六四	鹹 申二六四	醩 申二六四	醵 申二六四
醫 申二六四	醕 申二六四	醜 申二六四	黔 申二九四	鄹 申三一九	鄯 申三一九	鄧 申三一九	鄰 申三一九	鄗 申三一九	鄪 申三一九	鄭 申三一九	鄧 申三一九	鄦 申三一九	鄰 申三一九	鄴 申三一九	鄹 申三二〇	鄺 申三二〇	鄘 申三二〇	鄙 申三二〇	谿 申三二四
谿 申三二五	豁 申三二五	谿 申三二五	豁 申三二五	鋒 申三二五	頭 申三二九	豁 申三二九	谦 申三二九	蹈 申三二九	豐 申三二九	諫 申三二九	諲 申三二九	豔 申三二九	豐 申三二九	豐 申三二九	穗 申三三五	穀 申三三五	豨 申三三五	豬 申三三五	錨 四三三
鍇 四三四	鍉 四三四	鍊 四三四	鍋 四三四	鍔 四三四	錂 四三五	鍗 四三五	鍚 四三五	鍛 四三五	鍝 四三五	鍠 四三五	鍤 四三五	鍥 四三五	鍫 四三六	鍎 四三六	鑯 四三六	鍭 四三六	鍮 四三六	鍰 四三六	鍱 四三六
鍵 四三六	鍸 四三七	鍼 四三七	鍾 四三七	鍜 四三八	鍏 四三八	鍈 四三八	鍍 四三八	鍎 四三八	鍏 四三八	鍑 四三八	鍒 四三八	鍕 四三八	鍖 四三八	鍘 四三八	鍙 四三八	鍞 四三八	鍟 四三八	鍣 四三八	鍻 四三八
鍧 四三八	鍈 四三八	鍩 四三八	鍪 四三八	鍺 四三八	鍴 四三八	鍯 四三八	鎐 四三九	鍷 四三九	鍹 四三九	鎄 四三九	鍺 四三九	鄉 四三九	鍥 四三九	鍋 四三九	鍓 四三九	鐅 四三九	鍽 四三九	鏒 四三九	鍙 四三九
鍩 四三九	鍐 四三九	鍡 四三九	鍱 四三九	鍿 四三九	鍪 四三九	鎵 四三九	鍢 四三九	鍬 四三九	鍺 四三九	鍈 四三九	鍐 四三九	鄉 四三八	鍬 四三九	鍅 四三九	鍌 四三九	鍓 四三九	闇 四七六	闒 四七六	䌙 四七六
闍 四七七	闉 四七七	闆 四七七	闈 四七七	闉 四七七	闌 四七七	闌 四七八	闋 四七八	闐 四七八	闟 四七八	闌 四七八	闍 四七八	闊 四七八	闆 四七九	闃 四七九	闋 四七九	闋 四七九	闊 四七九	闇 四七九	闔 四七九

中華大字典檢字　十七畫　一百三十一

餧戌九〇　䭈戌九〇　餸戌九〇　餡戌九〇　餥戌九〇　餢戌九〇　餣戌九一　餗戌九一　餷戌九一　餞戌九一　餯戌九一　餱戌九一　餟戌九一　餶戌九一　餲戌九一　餘戌九一　餩戌九一　餃戌九一　餯戌九一　饖戌九一

餝戌九一　饙戌九一　䭅戌九一　餜戌九一　餡戌九一　餮戌九一　餳戌九一　䯨戌一〇五　髀戌一〇五　骯戌一〇五　髆戌一〇五　骾戌一〇五　骸戌一〇六　髁戌一〇六　骶戌一〇六　髈戌一〇六　髃戌一〇六　髂戌一〇六　髌戌一〇六　髈戌一〇六

髏戌一〇六　骼戌一〇六　骹戌一〇六　髋戌一〇六　髽戌一一四　髮戌一一四　髾戌一一四　髯戌一一五　髫戌一一五　髻戌一一五　髮戌一一五　髹戌一一五　髼戌一一五　髽戌一一五　髮戌一一五　鬆戌一一五　鬃戌一一五　鬈戌一一五　鬇戌一一五　鬍戌一一五

鬐戌一一五　鬙戌一一五　鬌戌一一五　鬎戌一一五　鬘戌一一五　鬗戌一一五　鬋戌一一五　鬒戌一一五　鬴戌一一五　鬁戌一一五　魈戌一三一　魍戌一三一　魏戌一三一　魎戌一三一　魑戌一三一　魋戌一三一　魌戌一三一　魊戌一三一　魖戌一三一　魕戌一三一

魒戌一三一　魓戌一三一　騋戌一四六　騀戌一四六　騃戌一四六　騂戌一四六　騅戌一四六　騆戌一四六　騄戌一四七　騇戌一四七　駿戌一四七　騑戌一四七　騁戌一四七　騈戌一四七　駢戌一四七　駱戌一四七　騠戌一四七　駶戌一四七　騇戌一四七　騳戌一四七

騞戌一四八　騎戌一四八　騊戌一四八　騱戌一四八　駸戌一四八　騂戌一四八　騈戌一四八　騉戌一四八　騐戌一四八　騗戌一四八　騘戌一四八　騚戌一四八　騝戌一四八　騖戌一四八　騑戌一四八　騥戌一四八　騠戌一四八　騢戌一四八　騤戌一四八　鬶戌一六五

鬷戌一六五　鬮戌一六七　鮇亥九　鮧亥一〇　鮔亥一〇　鮫亥一〇　鮭亥一〇　鮮亥一〇　鮩亥一一　鮮亥一一　鮨亥一一　鮪亥一一　鮰亥一一　鮱亥一一　鮸亥一一　鮸亥一一　鮷亥一一　鮹亥一一　鮣亥一一　鮤亥一一

鮚亥一二　鮥亥一二　鮦亥一二　鮨亥一二　鮩亥一二　鮪亥一二　鮟亥一二　鮬亥一二　鮯亥一二　鮆亥一二　鮵亥一二　鮭亥一二　鮊亥一二　鮃亥一二　鮚亥一二　鮛亥一二　鮟亥一二　鮭亥一二　鮰亥一二　鮠亥一二

䱇亥一三　鮢亥一四　鮮亥一四　鮀亥一四　鮗亥一四　鮝亥一四　鮁亥一四　鮮亥一四　鮣亥一四　鬖亥一五四　鴯亥一五四　鴱亥一五四　鵁亥一五四　鴻亥一五四　鴿亥一五五　鴷亥一五五　鴲亥一五五　鴳亥一五五　鵃亥一五六　鴮亥一五六

鵂亥一五六　鵃亥一五六　鷗亥一五六　鴾亥一五六　鴰亥一五六　鵐亥一五六　鴱亥一五六　鴽亥一五六　鴹亥一五六　鴶亥一五六　鴽亥一五六　鵑亥一五六　鵋亥一五七　鵈亥一五七　鵌亥一五七　鵒亥一五七　鵀亥一五七　鵅亥一五七　鵏亥一五七　鵜亥一五七

鵝亥一五七　鵞亥一五七　鵡亥一五七　鵤亥一五七　鵦亥一五七　鵧亥一五七　鵥亥一五七　鴽亥一五七　鵟亥一五七　鵬亥一五八　鵩亥一五八　鵫亥一五八　鵩亥一五八　鵭亥一五八　鵭亥一五八　鵔亥一五八　鵱亥一五八　鵸亥一五八　鵾亥一五八　鵡亥一五八

鵣亥一五八　鵰亥一五八　鶇亥一五八　鶆亥一五八　鶇亥一五八　鶉亥一五八　鵻亥一五八　鵼亥一五八　鶈亥一五八　鶄亥一五八　鶅亥一五八　鶋亥一五八　鶀亥一五八　鵿亥一五八　鶃亥一五九　鶂亥一五九　鶌亥一五九　麋亥一九二　麈亥一九二　麌亥一九二

擨卯九三 擇卯九三 擺卯九三 擻卯九三 撽卯九三 擛卯九三 擾卯九三 擿卯九三 擮卯九三 攂卯九四 擫卯九四 擦卯九四 攄卯九四 攁卯九四 擳卯九四 擴卯九五 擶九五 擸卯九五 擵卯九五 擩卯九五

擳卯九五 攐卯九五 擅卯九五、擼卯九五 㩮卯九五 擮卯九五 擕卯九五 撥卯九五 攋卯九五 擾卯九五 擙卯九五 擭卯九五 攋卯九五 攇卯九五 攄卯九五 擧卯九五 擪卯九五 擽卯九五 攦卯九五 擮卯九五

擽卯九五 氄卯一一〇 氅卯一一〇 氃卯一一〇 氉卯一一〇 毹卯一一〇 氈卯一一〇 氎卯一一〇 氍卯一一〇 氂卯一一〇 氀卯一一〇 毿卯一一〇 懸卯一六三 懟卯一六三 懣卯一六四 懕卯一六四 絬卯一六四 纆卯一六四 辮卯一六四 懸卯一六四

慯卯一六四 懋卯一六四 懃卯一六四 懇卯一六五 懇卯一六五 懯卯一六五 懿卯一六五 懋卯一六五 懋卯一六五 懇卯一六五 懭卯一六五 懰卯一六五 懩卯一六五 懪卯一六五 憪卯一六五 懫卯一六五 懅卯一六五 懆卯一六六 懮卯一六六 懾卯一六六

懰卯一六六 懱卯一六六 懙卯一六六 懺卯一六六 懻卯一六六 懜卯一六六 懴卯一六六 懤卯一六六 懦卯一六六 爵卯一七二 𥀿卯一七三 臚卯一七九 膞卯一七九 辦卯一七九 斷卯一八三 斲卯一八三 勵卯一八三 殯卯一九六 殭卯一九六 殲卯一九六

殮卯一九六 殯卯一九六 殭卯一九六 旛卯二〇五 旚卯二〇五 旟卯二〇五 旜卯二〇五 旞卯二〇五 旝卯二〇五 [illegible]卯二〇八 曜辰二四 曝辰二四 曥辰二四 曙辰二四 曛辰二四 [illegible]辰二四 曘辰二四 曠辰二四 曚辰二四 曥辰二四

曓辰二四 曨辰二四 羸辰三一 朦辰三八 臀辰三八 罶辰三八 歗辰五九 歐辰五九 歎辰五九 歡辰五九 徵辰七九 斃辰七九 毄辰八〇 毀辰八〇 毃辰八〇 毉辰八〇 鼔辰八〇 毇辰八〇 毈辰八〇 毊辰八六

毃辰八六 穀辰八六 毇辰八六 毅辰八六 毆辰八六 戳辰九五 戴辰九五 燹巳二九六 燣巳二九七 燢巳二九七 燽巳二九七 燾巳二九七 燿巳二九七 爃巳二九七 爁巳二九七 燸巳二九七 爈巳二九七 燻巳二九七 爅巳二九七 爂巳二九七

爆巳二九七 爂巳二九七 爍巳二九八 爕巳二九八 爊巳二九八 燫巳二九八 燼巳二九八 爛巳二九八 燩巳二九八 [illegible]巳二九八 爀巳二九八 燴巳二九八 燐巳二九八 燹巳二九八 [illegible]巳三〇〇 辯巳三〇一 濺巳三〇一 瀙巳三〇一 瀐巳三〇一 瀃巳三〇一

濼巳三〇二 濾巳三〇二 瀀巳三〇二 瀁巳三〇二 瀇巳三〇二 瀕巳三〇二 瀄巳三〇二 漻巳三〇二 [illegible]巳三〇二 瀆巳三〇二 瀣巳三〇三 瀉巳三〇三 瀊巳三〇三 瀹巳三〇三 瀋巳三〇三 瀌巳三〇三 [illegible]巳三〇三 瀾巳三〇三 瀎巳三〇三 瀏巳三〇三

瀑巳三〇四 瀨巳三〇四 瀃巳三〇四 瀢巳三〇四 [illegible]巳三〇四 濿巳三〇四 瀬巳三〇四 [illegible]巳三〇四 瀩巳三〇四 瀘巳三〇四 瀸巳三〇四 [illegible]巳三〇四 瀅巳三〇四 瀓巳三〇四 [illegible]巳三〇四 濱巳三〇四 瀾巳三〇四 瀍巳三〇四 瀥巳三〇四 [illegible]巳三〇四

瀵巳三〇五 [illegible]巳三〇五 瀱巳三〇五 瀏巳三〇五 瀈巳三〇五 谿巳三〇五 [illegible]巳三〇五 瀹巳三〇五 [illegible]巳三〇五 瀿巳三〇五 瀲巳三〇五 瀏巳三〇五 瀧巳三〇五 瀳巳三〇五 瀞巳三〇五 瀫巳三〇五 瀂巳三〇五 瀆巳三〇五 瀪巳三〇五 灒巳三〇五

瀐巳三〇五 瀪巳三〇五 濵巳三〇五 檫巳三一三 檬巳三一三 櫊巳三一三 檮巳三一三 檯巳三一三 檏巳三一三 檳巳三一三 檶巳三一三 檸巳三一三 檹巳三一三 檻巳三一三 檼巳三一三 䌨巳三一三 櫂巳三一三 櫜巳三一三 樺巳三一三 檍巳三一四

繗巳三一四 諨巳三一四 檏巳三一四 檽巳三一四 檨巳三一四 樹巳三一四 櫋巳三一四 櫏巳三一四 櫟巳三一四 檶巳三一四 櫊巳三一四 櫄巳三一四 檖巳三一四 檣巳三一四 檴巳三一四 檯巳三一四 檕巳三一四 㰁巳三一四 檷巳三一四 檕巳三一四

檿巳三一四 檬巳三一四 檖巳三一四 櫃巳三一四 檹巳三一四 櫁巳三一四 櫙巳三一五 樹巳三一五 檕巳三一五 編巳三一五 檾巳三一五 櫇巳三一五 檏巳三一五 櫳巳三一五 穌巳三一五 棚巳三一五 囊巳三一五 覽巳三一五 檡巳三一五 檕巳三一五

櫶巳三一五 檬巳三一五 檱巳三一五 檱巳三一五 檦巳三一五 櫄巳三一五 櫒巳三一五 檉巳三一五 櫆巳三一五 檴巳三一五 檤巳三一五 檬巳三一五 樹巳三一五 懦巳三五一 懤巳三五一 懽巳三五一 獵巳三七九 獶巳三八〇 獷巳三八〇 𤢖巳三八〇

獹巳三八〇 獽巳三八〇 獺巳三八〇 獪巳三八〇 獄巳三八〇 獠巳三八〇 獵巳三八〇 獵巳三八〇 歸巳三八八 䳄巳三八九 躰巳三八九 壓巳三八九 瓣午四 瓤午四 瓥午四 皺午九 皺午九 皻午九 皷午九 嬶午九

竄午二八 竅午二九 竉午二九 瘳午二九 竅午二九 癉午六〇 癑午六〇 癓午六〇 癖午六〇 癘午六〇 癜午六〇 癀午六〇 瘠午六〇 癉午六一 癒午六一 癘午六一 癡午六一 癔午六一 癕午六一 瘼午六一

癅午六一 瘻午六一 癲午六一 癜午六一 癡午六一 癗午六一 癆午六一 癖午六一 瘍午六一 癆午六一 癨午六一 癬午六一 贏午七三 韻午七三 墜午七三 巂午七三 巇午七三 瓔午一〇四 璧午一〇四 璩午一〇四

璪午一〇四 璃午一〇四 璫午一〇五 璗午一〇五 璯午一〇五 環午一〇五 璱午一〇六 璲午一〇六 璥午一〇六 璬午一〇六 璭午一〇六 璥午一〇六 璹午一〇六 璺午一〇六 瓂午一〇六 瓀午一〇六 璹午一〇六 璹午一〇六 璸午一〇六 瓃午一〇六

璝午一〇六 瓌午一〇六 磬午一〇六 瑯午一〇六 瑛午一〇六 礋午一二六 礒午一二六 礐午一二六 磽午一二六 磹午一二六 礉午一二六 磬午一二六 礣午一二六 礑午一二七 礌午一二七 礧午一二七 礫午一二七 礓午一二七 礪午一二七 碧午一二七

礎午一二七 礫午一二七 礌午一二七 礓午一二七 礴午一二七 礕午一二七 磈午一二七 礘午一二七 礎午一二七 礆午一二七 礛午一二七 礑午一二七 礜午一二七 磅午一二七 礪午一二七 礈午一二七 礦午一二七 礊午一二七 嗷午一四八 礫午一四八

皦午一四八 皐午一四八 皤午一四八 頸午一五七 甗午一五八 甑午一五八 覺午一五八 甕午一五八 豔午一五八 甗午一五八 甌午一五八 甌午一五八 甗午一五八 豐午一五八 禮午一六三 穫午一六三 禬午一八七 禮午一八七 禪午一八七 禮午一八七

禭午一八七 禮午一八七 禦午一八七 禱午一八七 禨午一八七 禮午一八七 禬午一八七 穡午二二二 穢午二二二 穟午二二二 稽午二二二 贏午二二二 釋午二二二 穭午二二二 穡午二二二 穚午二二二 穖午二二二 穠午二二二 藁午二二三 穜午二二三

穳午二二三 穖午二二三 穙午二二三 穕午二二三 積午二二四 醫午二二四 穧午二二四 竅午二三九 竈午二三九 竮午二三九 竂午二三九 癖午二四五 瞸午二八二 瞹午二八二 謷午二八二 矖午二八二 瞿午二八二 瞻午二八二 瞼午二八三 瞽午二八三

矅午二八三 瞸午二八四 瞺午二八四 矃午二八四 瞹午二八四 瞯午二八四 䁯午二八四 矇午二八四 瞽午二八四 䁥午二八四 矆午二八四 瞰午二八四 䁵午二八四 瞢午二八四 曦午二八四 矚午二八四 瞻午二八四 䁿午二八四 題午二八四 瞞午二八四

瞾午二八四 矚午二八四 礜午二八四 礛午三〇〇 礐午三〇〇 礞午三〇〇 礊午三〇〇 礦午三〇〇 礬午三〇〇 礎午三〇〇 臍未四四六 臎未四四六 臏未四四六 臕未四四六 臗未四四六 朦未四四六 臑未四四六 臑未四四六 臒未四四六 臞未四四六

膞未四四六 臾未四四七 臑未四四七 臆未四四七 臚未四四七 膷未四四七 臊未四四七 臕未四四七 臘未四四七 臈未四四七 臑未四四七 胥未四四七 臟未四四七 螬未五五二 盩未五五二 盞未五五二 蟣未五五二 瞰未五五二 聶未六六五 䮰未六六五

職未六六五 瞶未六六六 瞫未六六六 瞎未六六六 聳未六六六 聹未六六六 聯未六六六 瞏未六六六 聲未六六六 聴未六六六 聹未六六六 聵未六六六 聽未六六六 囍未七七二 聵未七七二 聵未七七二 聹未七七二 艶未七七四 艷未七七四 艶未七七四

虩未八八五 虪未八八五 虧未八八五 虢未八八五 虤未八八五 虪未八八五 虜未八八六 虧未八八六 虡未八八六 虞未八八六 虦未九九五 播未九九五 撅未九九五 韓未九九五 撞未九九五 燚未九九五 擯未九九五 攪未九九五 擠未九九五

叢未九九五 擅未九九五 擷未九九五 擂未九九五 擦未九九五 擷未九九五 蟣未一一三三 蟙未一一三三 蟜未一一三三 螢未一一三四 蟟未一一三四 蟠未一一三四 蟬未一一三四 蟥未一一三四 蟦未一一三四 螃未一一三四 蟫未一一三四 蟯未一一三五 蟮未一一三五

蟲未一一三五 蟒未一一三五 蠓未一一三五 蟢未一一三五 蟳未一一三五 蟣未一一三五 蟨未一一三五 蟗未一一三五 蟦未一一三六 蟚未一一三六 蟝未一一三六 蟷未一一三六 蠂未一一三六 螞未一一三六 蟻未一一三六 蟤未一一三六 蟹未一一三六 蟩未一一三六 蟦未一一三六 蟤未一一三六

蟀未一一三六 蟸未一一三六 蟪未一一三六 蟠未一一三六 蟀未一一三六 蟫未一一三六 蟞未一一三六 蟨未一一三六 蟲未一一三六 蟯未一一三六 蟣未一一三七 蟭未一一三七 蟰未一一三七 蟯未一一三七 蟗未一一三七 蟻未一一三七 蠨未一一三七 蟰未一一三七 蟳未一一三七 蟗未一一三七

蟻未一一三七 蟮未一一三七 蟠未一一三七 蟧未一一三七 蟫未一一三七 蟢未一一三七 蟮未一一三七 蟹未一一三七 蟧未一一三七 蟦未一一三七 蟪未一一三七 蟳未一一三七 蟺未一一三七 蟦未一一三七 蟢未一一三七 蠱未一一三七 蟹未一一三七 蟅未一一三七 蟮未一一三七 蟮未一一三七

翹未一一三七 翻未一一三七 翻未一一三七 翹未一一三七 蟣未一一三七 蟭未一一三七 塵未一一三七 蟻未一一三七 鬍未一一三七 蟒未一一三八 蠟未一一三八 蟛未一一三八 螢未一一三八 蠅未一一三八 蟲未一一三八 翻未一一六〇 翹未一一六〇 翹未一一六〇 翱未一一六〇 翻未一一六〇

翻未一一六〇 翼未一一六〇 翻未一一六一 翻未一一六一 翹未一一六一 翻未一一六一 翻未一一六一 翻未一一六一 翻未一一六一 翻未一一六一 翻未一一六一 翻未一一六一 翻未一一六一 翱未一一六一 翟未一一六三 簡未二〇〇 篌未二〇〇 簞未二〇〇 簞未二〇〇 簎未二〇〇

篠未三〇〇　簡未三〇〇　簣未三〇一　簩未三〇一　簦未三〇一　簞未三〇一　簗未三〇一　簀未三〇一　籛未三〇一　篼未三〇一　簭未三〇一　簪未三〇二　簬未三〇二　簫未三〇二　籤未三〇二　簳未三〇二　簸未三〇二　簛未三〇二　簱未三〇二　簜未三〇二

簑未三〇二　簵未三〇三　簶未三〇三　簼未三〇三　簿未三〇三　簰未三〇三　簠未三〇三　簽未三〇三　簡未三〇三　籈未三〇三　簨未三〇三　簾未三〇三　籍未三〇三　簢未三〇三　籕未三〇三　簲未三〇三　簯未三〇三　簴未三〇三　簻未三〇三　簹未三〇三

籓未三〇三　籔未三〇三　籜未三〇三　簚未三〇三　籐未三〇三　籑未三〇三　籌未三〇三　籏未三〇三　籒未三〇三　籛未三〇四　籝未三〇四　籚未三〇四　籛未三〇四　籜未三〇四　籟未三〇四　籠未三〇四　籙未三〇四　籥未三〇四　籮未三〇四　籬未三〇四

簕未三〇四　簺未三〇四　籦未三〇四　籌未三〇四　籧未三〇四　籩未三〇四　籫未三〇四　籪未三〇四　籯未三〇四　籱未三〇四　籲未三〇四　籴未三〇四　籵未三〇四　籶未三〇四　籷未三〇四　籸未三〇四　籹未三〇四　籺未三〇四　籼未三〇四　籽未三〇四

籍未三〇四　籛未三〇四　籤未三〇四　籣未三〇四　籧未三三三　薰未三三三　藉未三四六　藍未三四六　藏未三四六　藁未三四六　薹未三四七　藐未三四七　薯未三四七　薱未三四七　藗未三四七　藖未三四七　薵未三四七　藋未三四七　藎未三四七　薺未三四八

薹未三四八　藉未三四八　藊未三四八　藙未三四八　蔡未三四八　藃未三四八　藖未三四八　薷未三四八　藻未三四八　藾未三四九　藺未三四九　藂未三四九　藹未三四九　藼未三四九　藽未三四九　藿未三四九　蘀未三四九　蘁未三四九　蘄未三四九　蕩未三四九

蕐未三四九　蕫未三四九　蕮未三四九　蕻未三四九　蕵未三四九　蕸未三五〇　蕹未三五〇　蕼未三五〇　蕽未三五〇　蕾未三五〇　蕿未三五〇　薀未三五〇　薁未三五〇　薂未三五〇　薃未三五〇　薄未三五〇　薅未三五〇　薆未三五〇　薇未三五〇　薈未三五〇

夢未三五〇　截未三五一　薉未三五一　薋未三五一　薌未三五一　薍未三五一　薎未三五一　薏未三五一　薐未三五一　薑未三五一　薓未三五一　薔未三五一　薕未三五一　薖未三五一　薗未三五一　薘未三五一　薙未三五一　薚未三五一　薛未三五一　薜未三五一

蒐未三五一　薝未三五一　薞未三五一　薟未三五一　薠未三五一　薡未三五一　薢未三五一　薣未三五一　薤未三五一　薥未三五一　薦未三五一　薧未三五一　薨未三五一　薩未三五一　薪未三五一　薫未三五一　薬未三五一　薭未三五一　薮未三五一　艦未三八〇

艤未三八〇　艥未三八〇　艦未三八〇　艧未三八〇　艨未三八〇　艩未三八〇　艪未三八〇　艫未三八〇　艬未三八〇　艭未三八〇　艮未三八一　良未三八一　艰未三八一　艱未三八一　艳未三八一　艴未三八一　艵未三八一　艶申四一八　襄申四一九　襃申四一九

襲申四一九　襗申四一九　襘申四一九　襙申四一九　襚申四二〇　襛申四二〇　襜申四二〇　襝申四二〇　襞申四二〇　襟申四二〇　襠申四二〇　襡申四二〇　襢申四二〇　襣申四二〇　襤申四二〇　襥申四二一　襦申四二一　襧申四二一　襨申四二一　襩申四二一

襪申四二一　襫申四二一　襬申四二一　襭申四二一　襮申四二二　襯申四二二　襰申四二二　襱申四二二　襲申四二二　繏申四七八　繐申四七八　繑申四七九　繒申四七九　繓申四七九　織申四七九　繕申四七九　繖申四七九　繗申四七九　繘申四七九　繙申四八〇

十八畫

繖未四八〇 𦆝未四八〇 繙未四八〇 繫未四八〇 繚未四八〇 繜未四八〇 繞未四八一 繟未四八一 縈未四八一 繡未四八一 續未四八一 繣未四八二 繪未四八二 纇未四八二 繐未四八二 纀未四八二 纆未四八二 繑未四八二 繬未四八二 繏未四八二

繳未四八二 繙未四八二 纊未四八二 辮未四八二 繯未四八二 繝未四八二 繨未四八二 縿未四八二 繰未四八二 綹未四八二 總未四八二 繕未四八二 繠未四八二 纈未四八二 纇未四八二 編未四八二 縱未四八三 䌛未四八三 緈未四八三 繇未四八三

𦇁未四八三 繰未四八三 繑未四八三 繻未四八三 纂未四八三 縭未四八三 繶未四八三 糧未五〇八 糦未五〇八 𥻸未五〇八 糣未五〇八 糤未五〇八 𥼶未五〇八 糩未五〇八 𥼫未五〇八 𥼗未五〇八 𥽀未五〇八 𥽉未五〇八 𥽌未五〇八 𥽍未五〇八

𥽤未五〇八 𥽈未五〇八 𥽊未五〇八 羸未五〇八 𥽙未五〇八 𥽥未五〇八 𥻲未五〇八 𥽴未五〇八 糯未五〇九 𦔉未五一七 𦓺未五一七 𦔍未五一七 𦔎未五一七 𦔒未五一七 𦔊未五一七 𦔌未五一七 耮未五一七 𦔏未五一七 𦔋未五一七 𦑃未五二四

𦒠未五二四 舉未五二四 𦒘未五二四 舊未五二四 𦒟未五二四 𦒞未五二四 聮未五二八 聹未五二八 聹未五二八 壘未五三六 聲未五三六 臋未五三六 𦢊未五三六 𦢑未五三六 臏未五三六 臂未五三六 𦢅未五三六 𦣀未五三六 𦢍未五三六 𦢡未五三六

𦣦未五三六 𦣫未五四一 衛未五四七 衜未五四七 𦤶未五五五 𦤸未五五五 蟲未五五八 𦧏未五五八 𦨈申八 𦨉申八 𦨊申八 𦨋申八 𦨌申八 𦨍申八 𦨎申一六 𦨏申一六 𧲿申一七 𧳀申一七 𧳁申一七

𧳂申一七 𧳃申一七 𧳄申一七 𧳅申一七 𧳆申一七 贇申三五 贄申三五 𧷺申三五 𧸃申三五 贖申三五 𧸘申三五 贊申三五 贉申三五 𧸗申三五 𧸔申三五 𧸕申三五 𧸖申三五 贓申三六

贇申三六 賣申三六 𧸨申三六 𧸩申三六 觴申四七 𧥂申四七 𧤻申四七 𧥃申四七 觧申四七 軀申五三 𨊥申五三 𨊦申五三 𨊨申五三 𨊧申五三 𨆙申七六 𨆚申七六 𨆛申七六 𨆜申七六 𨆝申七六 𨆞申七七

𨆟申七七 𨆠申七七 𨆡申七七 蹢申七七 蹤申七八 蹠申七八 蹟申七八 𨇟申七八 蹡申七八 𨇣申七八 𨇤申七八 蹶申七八 𨇥申七八 𨇦申七八 蹽申七八 𨇨申七九 𨇩申七九 𨇪申七九 𨇫申七九 蹁申七九

𨇬申七九 𨇭申七九 𨇮申七九 𨇯申七九 𨇰申七九 𨇱申七九 𨇲申七九 𨇳申七九 𨇴申七九 𨇵申七九 𨇶申七九 𨇷申七九 𨇸申七九 𨇹申七九 𨇺申七九 𨇻申七九 𨇼申七九 𨇽申七九 𨇾申七九 𨇿申七九

𨈀申七九 𨈁申七九 𨈂申七九 𨈃申七九 趯申一〇三 趰申一〇三 趲申一〇三 趫申一〇三 䟪申一〇三 趬申一〇四 𧼰申一〇四 𧼱申一〇四 𧼲申一〇四 𧼳申一〇四 𧼴申一〇四 𧼵申一〇四 𧼶申一〇四 𧼷申一〇四 𧼸申一〇四 𧼹申一〇四

𧼺申一〇四 𧼻申一〇四 𧼼申一〇四 𧼽申一〇四 趕申一〇四 遂申一四六 邇申一四六 邀申一四六 遹申一四六 遴申一四七 遵申一四七 遷申一四七 邁申一四七 遺申一四七 遼申一四七 遲申一四七 選申一四七 遶申一四七 遜申一四七 遯申一四七

譴申一四七　讉申一四七　譸申一九七　謦申一九七　讕申一九八　𧬊申一九八　謨申一九八　謫申一九八　謮申一九八　譔申一九八　謬申一九八　讀申一九八　靡申一九八　譽申一九八　謰申一九八　謱申一九九　謲申一九九　謳申一九九　謀申一九九　謵申一九九

諲申一九九　譙申一九九　謷申一九九　謦申二〇〇　謹申二〇〇　謺申二〇〇　譯申二〇〇　謻申二〇〇　譁申二〇〇　譽申二〇一　謾申二〇一　謤申二〇一　謥申二〇一　謫申二〇一　譙申二〇一　譀申二〇一　競申二〇一　譏申二〇一　讙申二〇一　譩申二〇二

譞申二〇二　謆申二〇二　譭申二〇二　讀申二〇二　謙申二〇二　譂申二〇二　繇申二〇二　謎申二〇二　譄申二〇二　譜申二〇二　讅申二〇二　譍申二〇二　譨申二〇二　謫申二〇二　譐申二〇二　譈申二〇二　譀申二〇二　譿申二〇二　識申二〇二　譖申二〇二

謝申二〇二　讞申二〇二　譎申二〇二　講申二〇二　暮申二〇三　謗申二〇三　譇申二〇三　譍申二〇三　譲申二〇三　譯申二〇三　謀申二〇三　謰申二〇三　護申二〇三　覷申二二四　覽申二二四　覲申二二四　覲申二二四　覺申二二四　覿申二二四　覶申二二五

覽申二二五　懇申二二五　覶申二二五　轆申二五三　轉申二五三　轆申二五四　轉申二五四　轅申二五四　轄申二五四　轍申二五四　轊申二五四　轇申二五四　轚申二五四　轋申二五四　鑿申二五四　轗申二五四　轔申二五四　轆申二五四　轉申二五四　轎申二五四

轆申二五四　轎申二五五　轍申二五五　轉申二五五　轉申二五五　辯申二六六　辦申二六六　辮申二六六　醞申二六四　醣申二六四　醪申二六四　醫申二六四　醬申二六五　醳申二六五　醨申二六五　醻申二六五　醶申二六五　醭申二六五　醦申二六五　醇申二六五

醻申二六五　醵申二六五　醶申二六五　醲申二六五　醨申二六五　醰申二六五　醭申二六五　醣申二六五　醱申二六五　醞申二六五　醬申二六五　醢申二六五　醵申二九四　轟申二九四　罶申二九四　隸申二九四　跡申三一五　鶩申三一六　鶩申三一六

鄺申三三〇　鄙申三三〇　鄰申三三〇　鄴申三三〇　鄹申三三〇　鄺申三三〇　鄲申三三〇　鄞申三三〇　鄭申三三〇　鄭申三三〇　鄧申三三〇　鄰申三三〇　鄺申三三〇　鄭申三三〇　鄠申三三〇　鄰申三三〇　鄱申三三〇　繆申三三五　䝼申三三五　䞍申三三五

豐申三二九　䣍申三三〇　醴申三三〇　䩞申三三〇　彈申三三〇　獻申三三〇　藥申三三五　槃申三三五　鎌酉三九　鎊酉三九　瀅酉三九　料酉四〇　鏍酉四〇　鎖酉四〇　鎗酉四〇　鑢酉四〇　鎚酉四〇　鏽酉四〇　鎛酉四〇　鎝酉四一

鎞酉四一　鎵酉四一　鎡酉四一　鎢酉四一　鎏酉四一　鎦酉四一　鎧酉四一　鏄酉四二　鎪酉四二　鎬酉四二　鎭酉四二　鎰酉四三　鎳酉四三　鏈酉四三　鏋酉四三　鍚酉四三　鏴酉四三　鏤酉四三　鏂酉四三　鎐酉四三

鎑酉四三　鏄酉四三　鎓酉四三　鎤酉四三　鏁酉四三　鎦酉四三　鏞酉四三　鎘酉四四　鏆酉四四　鏰酉四四　鏊酉四四　鐯酉四四　鏉酉四四　鏤酉四四　鏒酉四四　鏡酉四四　鏃酉四四　鑒酉四四　鏵酉四四　鏱酉四四

鄉酉四四　鐒酉四四　鏡酉四四　鐯酉四四　鏡酉四四　鏾酉四四　鏓酉四四　鏫酉四四　鏞酉四四　鑒酉四四　鏊酉四四　鏨酉四四　鬧酉四四　鏳酉四四　鏤酉四四　鏓酉四四　鑒酉四四　鏨酉四四　鎮酉四四　闐酉六九

鳸亥六二　鵑亥六二　鵝亥六二　鵜亥六二　鵞亥六二　鵚亥六三　鵖亥六三　鵟亥六三　鵙亥六三　鵩亥六三　鵾亥六三　䳏亥六三　鵟亥六三　鵌亥六三　鵐亥六三　鵄亥六三　鵁亥六三　麎亥九三　麗亥九三　麌亥九三

麌亥九三　麇亥九三　麎亥九三　麏亥九三　麐亥九三　麕亥九三　麔亥九三　麖亥九三　麑亥九三　麓亥九三　麐亥九三　麮亥二〇〇　麨亥二〇〇　麫亥二〇〇　麧亥二〇〇　麷亥二〇〇　麳亥二〇〇　麴亥二〇〇　麵亥二〇〇　麶亥二〇〇

麰亥二〇〇　麲亥二〇〇　麱亥二〇〇　麳亥二〇〇　麵亥二〇〇　䴡亥二〇六　鹻亥二〇六　䵅亥二〇七　黌亥二〇七　黊亥二一三　黋亥二一三　黈亥二一三　黉亥二一三　黇亥二一三　黌亥二一三　黊亥二一三　黠亥二一八　䵝亥二一八　黫亥二一八　黟亥二一八

黮亥二一八　黤亥二一八　黥亥二一八　黗亥二一八　䵕亥二一八　黓亥二一八　黝亥二一八　黍亥二二七　黎亥二二七　黐亥二二九　鼃亥二三〇　鼂亥二三〇　鼄亥二三〇　鼅亥二三一　鼆亥二三一　鼇亥二三一　鼈亥二三三　鼎亥二三三　鼏亥二三六

鼪亥二三六　鼩亥二三六　鼨亥二三六　鼫亥二三六　鼬亥二三六　鼦亥二三七　鼧亥二三七　鼤亥二三七　鼥亥二三七　鼣亥二三七　鼢亥二三七　鼛亥二三七　鼜亥二三七　鼝亥二三七　鼞亥二三七　鼟亥二三七　鼠亥二三七　鼕亥二四三　鼖亥二四三　鼗亥二四三

鼙亥二四三　鼚亥二四三　鼛亥二四三　鼜亥二四三　鼽亥二四七　鼿亥二四七　齁亥二四七　鼾亥二四七　齀亥二四七　齂亥二四七　齋亥二五一　齌亥二五一　齕亥二五三　齔亥二五三　齘亥二五三　齗亥二五三　齓亥二五三　齙亥二五三　龜亥二六七　龝亥二六七

龝亥二六七　十九畫　乾子一八　亹子二六　儳子九三　儵子九三　儶子九三　儴子九三　儯子九三　儱子九三　儮子九三　儽子九三　冪子一〇一　冀子一〇一　劖子一二五　劗子一二五　劘子一二五　劙子一二五　劚子一二五

勷子一四六　勸子一四六　勵子二四六　匶子一五六　厴子一七四　㕍子一八四　㵗子一九一　灜子一九一　變子二〇一　嚭丑七六　嚮丑七七　嚧丑七七　嚬丑七七　嚫丑七七　嚪丑七七　嚥丑七七　嚲丑七七　嚳丑七七　嚯丑七七　嚥丑七七

嚦丑七七　嚨丑七七　嚩丑七七　嚪丑七七　嚬丑七七　嚱丑七七　嚫丑七七　嚵丑七七　嚴丑七七　嚶丑七七　嚳丑七七　嚲丑七七　嚭丑七七　嚬丑七七　嚱丑七七　嚳丑七七　嚫丑七七　嚵丑七七　囊丑九二　壘丑二〇四

壚丑二〇四　壛丑二〇四　壜丑二〇四　粥丑二一八　鬻丑二一八　虢丑二一八　虪丑二一八　寵丑二二五　寶丑二二五　寴丑二二五　巑丑二三六　巒丑二三六　廬丑二三六　廮丑二三六　龐丑二三六　竉丑二六〇　寵丑二六一　寶丑二六一　寴丑二六一　寶丑二六一

寶丑二六一　寵丑二六一　寷丑二六一　寶丑二六一　寴丑二九〇　巃丑二九〇　巄丑二九〇　巇丑二九〇　巆丑二九〇　巋丑二九〇　巊丑二九〇　巍丑二九〇　巏丑二九〇　巀丑二九〇　巉丑二九〇　巈丑三一三　幨丑三一三　幰丑三一三　幱丑三一四

幮丑三一四　嶠丑三一四　孽寅九　孼寅一六　嬾寅八六　嬹寅八六　嬿寅八六　嬽寅八六　孃寅八七　孅寅八七　孂寅八七　孆寅八七　孇寅八七　孋寅八七　孌寅八七　孍寅八七　孎寅八七　孏寅八七　孏寅一二九

壛寅一二九 壞寅一三〇 壠寅一三〇 壝寅一三〇 壢寅一三〇 [illegible]寅一三〇 [illegible]寅一三〇 [illegible]寅一三〇 [illegible]寅一三〇 [illegible]寅一三〇 [illegible]寅一三〇 壟寅一三〇 壥寅一三〇 壤寅一三〇 [illegible]寅一三五 [illegible]寅一三五 壐寅一四三 [illegible]寅一四三 [illegible]寅一四三 [illegible]寅一五〇

夒寅一五三 夓寅一五三 徿寅一七二 [illegible]寅一七二 [illegible]寅一七三 [illegible]寅一七三 [illegible]寅一七八 [illegible]卯九二 攀卯九四 [illegible]卯九五 攇卯九五 [illegible]卯九五 攐卯九五 攉卯九五 [illegible]卯九六 [illegible]卯九六 [illegible]卯九六 [illegible]卯九六 攎卯九六 攏卯九六

[illegible]卯九六 [illegible]卯九六 [illegible]卯九六 [illegible]卯九六 攊卯九六 [illegible]卯九六 攋卯九六 [illegible]卯九六 [illegible]卯九七 [illegible]卯九七 [illegible]卯九七 [illegible]卯九七 [illegible]卯九七 [illegible]卯九七 [illegible]卯九七 [illegible]卯九七 [illegible]卯九七 [illegible]卯九七 [illegible]卯二一〇 [illegible]卯二一〇

[illegible]卯二一〇 [illegible]卯二一〇 [illegible]卯二一〇 [illegible]卯二一〇 [illegible]卯一六五 懲卯一六五 [illegible]卯一六五 [illegible]卯一六五 [illegible]卯一六五 懷卯一六六 [illegible]卯一六六 [illegible]卯一六六 [illegible]卯一六六 [illegible]卯一六六 [illegible]卯一六六 [illegible]卯一六六 [illegible]卯一六六 [illegible]卯一六六 [illegible]卯一六六 [illegible]卯一六六

懸卯一六六 [illegible]卯一六六 [illegible]卯一六六 [illegible]卯一六六 [illegible]卯一六六 [illegible]卯一六七 [illegible]卯一六七 [illegible]卯一六七 [illegible]卯一六七 [illegible]卯一六七 懶卯一六七 [illegible]卯一六七 [illegible]卯一六七 [illegible]卯一六七 [illegible]卯一六七 [illegible]卯一六七 [illegible]卯一六七 [illegible]卯一六七 [illegible]卯一六七 [illegible]卯一六七

[illegible]卯一六七 [illegible]卯一六八 [illegible]卯一六八 [illegible]卯一七三 [illegible]卯一七六 [illegible]卯一七九 [illegible]卯一八三 [illegible]卯一九六 [illegible]卯一九六 [illegible]卯二〇五 [illegible]卯二〇五 [illegible]卯二〇五 [illegible]卯二一一 曠辰二五 [illegible]辰二五 [illegible]辰二五 曬辰二五 [illegible]辰二五 [illegible]辰二五 [illegible]辰二五

[illegible]辰二五 [illegible]辰二五 [illegible]辰二五 [illegible]辰二五 曝辰二五 [illegible]辰二五 [illegible]辰四一 [illegible]辰四七 [illegible]辰五九 [illegible]辰五九 [illegible]辰五九 [illegible]辰八〇 [illegible]辰八〇 [illegible]辰八〇 [illegible]辰八〇 [illegible]辰八〇 [illegible]辰八〇 [illegible]辰八〇 [illegible]辰八六 [illegible]辰八六

[illegible]辰八六 [illegible]辰九六 [illegible]辰九六 爆巳三八 [illegible]巳三八 爈巳三八 爊巳三八 爌巳三八 爍巳三九 爄巳三九 [illegible]巳三九 [illegible]巳三九 [illegible]巳三九 [illegible]巳三九 [illegible]巳三九 爋巳三九 [illegible]巳三九 [illegible]巳三九 [illegible]巳三九 [illegible]巳三九

[illegible]巳三九 瀕巳三〇五 [illegible]巳三〇五 [illegible]巳三〇五 瀘巳三〇五 瀚巳三〇五 瀛巳三〇五 瀝巳三〇五 瀟巳三〇六 [illegible]巳三〇六 瀧巳三〇六 瀨巳三〇六 [illegible]巳三〇六 瀦巳三〇六 [illegible]巳三〇六 [illegible]巳三〇六 [illegible]巳三〇六 [illegible]巳三〇六 瀙巳三〇六 [illegible]巳三〇七

[illegible]巳三〇七 [illegible]巳三〇七 [illegible]巳三〇七 [illegible]巳三〇七 [illegible]巳三〇七 [illegible]巳三〇七 [illegible]巳三〇七 [illegible]巳三〇七 瀤巳三〇七 [illegible]巳三〇七 [illegible]巳三〇七 [illegible]巳三〇七 [illegible]巳三〇七 [illegible]巳三〇七 [illegible]巳三〇七 [illegible]巳三〇七 [illegible]巳三〇七 [illegible]巳三〇七 [illegible]巳三〇七 [illegible]巳三〇七

[illegible]巳三〇七 [illegible]巳三〇七 [illegible]巳三〇七 [illegible]巳三〇七 [illegible]巳三〇七 [illegible]巳三〇七 櫌巳三二五 [illegible]巳三二五 [illegible]巳三二五 [illegible]巳三二五 [illegible]巳三二五 [illegible]巳三二五 [illegible]巳三二五 [illegible]巳三二六 [illegible]巳三二六 櫨巳三二六 [illegible]巳三二六 櫛巳三二六 櫜巳三二六 櫟巳三二七

[illegible]巳三二七 [illegible]巳三二七 [illegible]巳三二七 [illegible]巳三二七 [illegible]巳三二七 [illegible]巳三二七 [illegible]巳三二七 [illegible]巳三二七 [illegible]巳三二七 [illegible]巳三二八 [illegible]巳三二八 [illegible]巳三二八 [illegible]巳三二八 [illegible]巳三二八 [illegible]巳三二八 [illegible]巳三二八 [illegible]巳三二八 [illegible]巳三二八 [illegible]巳三二八 [illegible]巳三二八

櫢辰三六　櫇辰三六　櫮辰三六　櫪辰三六　櫰辰三六　藟辰三六　櫳辰三六　櫵辰三六　櫝辰三六　櫹辰三六　櫜辰三六　櫼辰三六　櫩辰三六　櫞辰三六　櫭辰五一　櫭辰五一　櫕辰五一　櫏辰五一　櫳辰五一

犥巳三一　犦巳三二　犤巳三三　犣巳三三　犧巳三三　犪巳三三　獸巳四○　獥巳八一　獹巳八一　獺巳八一　獼巳八一　獻巳八一　獾巳八一　獶巳八一　瓣午四　甗午九　甖午九　甕午九　甗午二九　甓午二九

竆午二九　竊午二九　竇午二九　竈午二九　竉午二九　癠午六一　癡午六一　癢午六一　癤午六一　癥午六二　癧午六二　癩午六二　癟午六二　癦午六二　癨午六二　癮午六二　癭午六二　癬午六二　癰午六二

癳午六二　癴午六二　癵午六二　皫午七三　皭午七三　臺午七三　瓄午一○六　璽午一○六　瓅午一○六　瓊午一○七　瓇午一○七　璺午一○七　瓏午一○七　瓈午一○七　瓆午一○七　瓍午一○七　瓑午一○八　瓓午一○八　瓔午一○八

瓖午一○八　瓘午一○八　瓗午一○八　瓓午一○八　瓛午一○八　礨午一○八　礙午一二七　礛午一二七　礜午一二七　礞午一二七　礊午一二七　礡午一二七　礦午一二七　礥午一二八　礤午一二八　礥午一二八　礩午一二八　礪午一二八　礫午一二八

矇午一三八　矚午一四八　矐午一四八　矓午一四八　矔午一四八　矕午一四八　矑午一五八　矒午一五八　矘午一五八　禰午一六三　禱午一六三　禲午一六三　禴午一六三　禵午一六三　穫午一七七　禳午一八七　禴午一八八　禮午一八八　禰午一八八

穪午一八八　穧午一八八　穬午二二三　穮午二二三　穩午二二三　穨午二二三　穦午二二三　穱午二二三　穲午二二三　穳午二二三　穭午二二三　穯午二二三　穰午二二三　穳午二二三　穵午二二三　穴午二二三　鬍午二二三　穫午二二三　穮午二二三

穧午二二三　疆午二三九　疇午二三九　疊午二四○　疃午二四○　疄午二四○　疅午二四○　疀午二四○　疁午二四○　疂午二四○　疆午二四○　疇午二四三　疉午二八四　疊午二八四　疈午二八四　疍午二八五　疎午二八五　疏午二八五　疐午二八五

瞭午二八五　瞰午二八五　瞯午二八五　瞎午二八五　瞱午二八五　瞶午二八五　瞲午二八五　瞳午二八五　瞴午二八五　瞵午二八五　瞷午二八五　瞸午二八五　瞹午二八五　瞺午二八五　瞻午二八五　瞼午二八五　瞽午二八五　瞾午二八五　盪午三○○

盧午三○○　盦午三○○　盩午三○○　稽未四五　犧未四五　䇶未四五　簳未四七　簹未四七　簿未四七　簸未四七　籀未四七　籁未四七　籂未四七　籄未四七　籅未四七　籈未四八　籉未四八　籊未四八　籋未四八

臄未四八　臅未四八　臆未四八　盥未五三　螭未五三　聵未六六　聶未六六　聸未六六　聹未六六　聾未六六　㦸未六六　聾未六九　鶋未六九　璿未七三　艷未七四　襲未八六　襺未八六　襻未八六　襼未八六

攟未九五　羹未九五　羸未九六　羺未九六　羻未九六　羼未九六　羷未九六　羶未九六　蠟未一三八　蠛未一三八　蠜未一三八　蠡未一三八　蠅未一三八　蠢未一三八　蠆未一三八　蠉未一三九　蠋未一三九　蠏未一三九　蟹未一三九

十九畫

⿱戔䖵未一三九 蟺未一三九 蟼未一三九 蟾未一三九 蟿未一三九 ⿰虫意未一三九 蠂未一三九 蠄未一三九 ⿰虫歷未一三九 ⿰虫過未一三九 蠇未一三九 蠁未一三九 ⿱雍虫未一三九 蠊未一三九 蠌未一四〇 蠡未一四〇 蠍未一四〇 蠉未一四〇 蟽未一四〇 ⿰虫嗇未一四〇

⿱雨䖵未一四〇 ⿱容䖵未一四〇 ⿰虫爾未一四〇 ⿱叕䖵未一四〇 ⿰虫胃未一四〇 ⿰虫鄉未一四〇 ⿱侖䖵未一四〇 ⿱癸䖵未一四〇 ⿰虫塵未一四〇 ⿰虫莽未一四〇 ⿱虍䖵未一四〇 ⿱罒䖵未一四〇 ⿱熒虫未一四〇 ⿱臺虫未一四〇 ⿰舟蚤未一四〇 ⿰金蚤未一四〇 ⿱窑虫未一四〇 ⿰虫颿未一四〇 ⿸屖䖵未一四〇 ⿰虫敫未一四〇

蠘未一四〇 ⿰虫䜌未一四〇 ⿱耳䖵未一四〇 ⿱登虫未一四〇 ⿰虫龠未一四〇 ⿰虫嶌未一四〇 ⿸尾䖵未一四〇 ⿰豆蚤未一四〇 ⿱苷䖵未一四〇 ⿰虫脊未一四〇 ⿱冒䖵未一四〇 翾未一六一 ⿰貴羽未一六一 ⿰豈羽未一六一 ⿰虘羽未一六一 翽未一六一 ⿰留羽未一六三 獨未一六三 ⿱艹幹未三〇五 ⿱艹豪未三〇五

薝未三〇五 蕺未三〇五 ⿱艹壅未三〇五 薟未三〇五 薆未三〇五 薕未三〇五 薜未三〇五 薄未三〇五 蔿未三〇五 薹未三〇五 薁未三〇五 ⿱艹廣未三〇六 ⿱艹稚未三〇六 薙未三〇六 ⿱艹谿未三〇六 ⿱艹膧未三〇六 ⿱艹閒未三〇六 ⿱艹義未三〇六 ⿱艹愆未三〇六 ⿱艹遂未三〇六

⿱艹獲未三〇六 ⿱艹當未三〇六 薖未三〇六 ⿱艹徵未三〇六 ⿱艹隔未三〇六 ⿱艹邁未三〇六 ⿱艹殿未三〇六 ⿱艹稿未三〇六 ⿱艹猼未三〇六 ⿱艹麑未三〇六 薦未三〇六 ⿱艹亶未三〇六 ⿱艹慾未三〇六 ⿱艹鉤未三〇六 蕎未三〇六 ⿱艹蓑未三〇六 ⿱艹蹟未三〇六 ⿱艹慈未三〇六 ⿱艹幾未三〇七 ⿱艹豬未三〇七

⿱艹廇未三〇七 ⿱艹業未三〇七 ⿱艹資未三〇七 ⿱艹輅未三〇七 ⿱艹肄未三〇七 ⿱艹養未三〇七 ⿱艹粲未三〇七 ⿱艹⿰王尊未三〇七 ⿱艹滌未三〇七 ⿱艹辨未三四四 ⿱艹慮未三五一 ⿱艹閣未三五二 藜未三五二 藝未三五二 藟未三五二 ⿱艹截未三五二 蘢未三五二 籐未三五二 藥未三五三 ⿱艹摩未三五三

藩未三五三 ⿱艹敷未三五三 藰未三五四 ⿱艹閵未三五四 ⿱艹潚未三五四 ⿱艹誰未三五四 ⿱艹贊未三五四 ⿱艹齒未三五四 ⿱艹夐未三五四 ⿱艹輿未三五四 ⿱艹奮未三五四 ⿱艹鼠未三五四 ⿱艹遯未三五四 藤未三五四 ⿱艹敫未三五四 ⿱艹豰未三五四 ⿱艹蹄未三五四 藚未三五四 ⿱艹舃未三五四 ⿱艹閱未三五四

⿱艹隸未三五四 ⿱艹膺未三五五 ⿱艹軼未三五五 ⿱艹楚未三五五 ⿱艹磊未三五五 ⿱艹嗇未三五五 ⿱艹磋未三五五 ⿱艹徹未三五五 ⿱艹稷未三五五 薰未三五五 ⿱艹魏未三五五 ⿱艹讀未三五五 藫未三五五 ⿱艹隤未三五五 ⿱艹翦未三五五 ⿱艹勢未三五五 ⿱艹乾未三五五 蕙未三五五 ⿱艹慈未三五五 ⿱艹輙未三五五

⿱艹蝨未三五五 ⿱艹審未三五五 ⿱艹緹未三五六 ⿱艹憂未三五六 ⿱艹夒未三五六 ⿱艹穀未三五六 ⿱艹賜未三五六 ⿱艹樊未三五六 ⿱艹儋未三五六 ⿱艹憲未三五六 藎未三五六 ⿱艹幹未三五六 ⿱艹隧未三五六 ⿱艹穡未三五六 ⿱艹劊未三五六 ⿱艹龠未三五六 ⿱艹潟未三五六 ⿱艹鞋未三五六 蘡未三五六 ⿱艹牆未三五六

⿱艹適未三五六 ⿱艹懃未三五六 蕁未三五六 ⿱艹篠未三五六 ⿱艹遮未三五六 藕未三五六 蕰未三五六 ⿱艹鄲未三五六 藭未三五六 ⿱艹鄭未三五六 ⿱艹廢未三五六 ⿱艹躁未三五六 ⿱艹禡未三五六 ⿱艹穗未三五六 ⿱艹潦未三五六 ⿱艹殤未三五六 ⿰舟睪未三八一 ⿰舟敫未三八一 ⿰舟虜未三八一 艤未三八一

艡未三八一 ⿰舟條未三八一 ⿰舟達未三八一 艠未三八一 ⿰舟霤未三八一 艢未三八一 ⿰舟戠未三八一 ⿰舟賁未三八一 羸未四〇 襞未四二 ⿱毄衣未四二 褱未四二 ⿱癹衣未四二 ⿱發衣未四二 ⿱敻衣未四三 襄未四三 襦未四三 襤未四三 ⿰衤鼻未四三 ⿰衤察未四三

⿰衤與未四三 ⿰衤蒙未四三 ⿰衤翏未四三 ⿰衤戠未四三 ⿰衤霝未四三 ⿰衤嬰未四三 ⿰衤燕未四三 ⿰衤隰未四三 ⿰衤蓋未四三 ⿰衤齊未四三 ⿰衤業未四三 ⿰衤遲未四三 ⿰衤播未四三 ⿰衤德未四三 ⿰衤標未四三 ⿰衤爾未四三 繩未四八三 繪未四八三 繫未四八四 ⿰糹萬未四八四

十九畫

[illegible]未四八四 纀未四八四 繯未四八四 繰未四八五 繱未四八五 繲未四八五 繫未四八五 繳未四八五 繵未四八五 [illegible]未四八五 繁未四八五 繶未四八六 繹未四八六 織未四八六 [illegible]未四八六 [illegible]未四八六 繇未四八六 繿未四八七 繮未四八七

[illegible]未四八七 [illegible]未四八七 [illegible]未四八七 繄未四八七 繴未四八七 [illegible]未四八七 [illegible]未四八七 繷未四八七 [illegible]未四八七 [illegible]未四八七 繸未四八七 [illegible]未四八七 [illegible]未四八七 [illegible]未四八七 [illegible]未四八七 [illegible]未四八七 纏未四八七 [illegible]未四八七 繝未四八七

纆未四八七 [illegible]未四八七 繹未四八七 繕未四八七 [illegible]未四八八 [illegible]未四八八 糫未五〇九 [illegible]未五〇九 [illegible]未五〇九 [illegible]未五〇九 [illegible]未五〇九 糲未五〇九 [illegible]未五〇九 糪未五〇九 [illegible]未五〇九 [illegible]未五〇九 [illegible]未五〇九 [illegible]未五〇九 [illegible]未五〇九

[illegible]未五〇九 [illegible]未五〇九 [illegible]未五〇九 [illegible]未五〇九 [illegible]未五〇九 [illegible]未五〇九 [illegible]未五〇九 [illegible]未五一七 [illegible]未五一七 [illegible]未五一七 罌未五二五 [illegible]未五二五 [illegible]未五二五 [illegible]未五二五 [illegible]未五二五 [illegible]未五二五 罊未五二八 罏未五二八 [illegible]未五二八

羃未五三六 羅未五三六 羆未五三七 [illegible]未五三七 [illegible]未五三七 [illegible]未五三七 [illegible]未五三七 [illegible]未五三七 [illegible]未五三七 [illegible]未五三八 [illegible]未五三八 [illegible]未五四二 [illegible]未五四二 [illegible]未五四二 衞未五四七 [illegible]申八 [illegible]申八 [illegible]申八 [illegible]申八

[illegible]申八 [illegible]申八 [illegible]申八 [illegible]申九 [illegible]申九 [illegible]申一七 [illegible]申一七 [illegible]申一七 [illegible]申一七 [illegible]申一七 [illegible]申一七 [illegible]申一七 [illegible]申一七 [illegible]申一七 [illegible]申一七 [illegible]申一七 贈申三六 贉申三六 贊申三六

[illegible]申三六 [illegible]申三六 [illegible]申三六 [illegible]申三六 [illegible]申三六 [illegible]申三六 [illegible]申三六 [illegible]申三六 [illegible]申三六 [illegible]申三六 [illegible]申三六 [illegible]申三六 [illegible]申三六 [illegible]申三六 [illegible]申三六 [illegible]申三六 [illegible]申四七 [illegible]申四七 [illegible]申四八

[illegible]申四八 [illegible]申四八 [illegible]申四八 [illegible]申四八 [illegible]申四八 [illegible]申四八 [illegible]申五三 [illegible]申五三 [illegible]申五三 [illegible]申五三 [illegible]申五三 [illegible]申五三 [illegible]申五三 [illegible]申七九 [illegible]申八〇 蹻申八〇 蹭申八〇 蹯申八〇 蹲申八〇

蹴申八〇 蹵申八〇 蹶申八一 蹷申八一 [illegible]申八一 蹩申八一 [illegible]申八二 [illegible]申八二 [illegible]申八二 [illegible]申八二 [illegible]申八二 [illegible]申八二 [illegible]申八二 [illegible]申八二 [illegible]申八二 蹬申八二 [illegible]申八二 [illegible]申八二 [illegible]申八二

[illegible]申八三 [illegible]申八三 [illegible]申八三 [illegible]申八三 [illegible]申八三 [illegible]申八三 [illegible]申八三 [illegible]申八三 [illegible]申八三 [illegible]申八三 [illegible]申八三 [illegible]申八三 [illegible]申八三 [illegible]申八三 [illegible]申八三 [illegible]申八三 [illegible]申八三 [illegible]申八三 [illegible]申八三

[illegible]申八三 [illegible]申八三 [illegible]申八三 [illegible]申八三 [illegible]申八三 [illegible]申八三 蹼申八三 [illegible]申八三 [illegible]申八三 [illegible]申八三 [illegible]申一〇四 [illegible]申一〇四 [illegible]申一〇四 [illegible]申一〇四 [illegible]申一〇四 [illegible]申一〇四 趬申一〇五 趭申一〇五 [illegible]申一〇五

[illegible]申一〇五 [illegible]申一〇五 [illegible]申一〇五 [illegible]申一〇五 [illegible]申一〇五 [illegible]申一〇五 [illegible]申一〇五 [illegible]申一〇五 [illegible]申一〇四 [illegible]申一四七 邊申一四七 [illegible]申一四七 [illegible]申一四七 [illegible]申一四七 [illegible]申一四七 [illegible]申一四七 [illegible]申一四七 [illegible]申一四七 還申一四七

遵申一四七 [illegible]申二〇三 謿申二〇三 譁申二〇三 譆申二〇三 譚申二〇三 譂申二〇三 讃申二〇三 譄申二〇三 譯申二〇三 讀申二〇三 譇申二〇三 䜌申二〇三 譈申二〇三 證申二〇四 譊申二〇四 譌申二〇四 譎申二〇四 譜申二〇四 [illegible]申二〇四

[illegible]申二〇四 譏申二〇四 譑申二〇五 譒申二〇五 [illegible]申二〇五 譓申二〇五 譬申二〇五 [illegible]申二〇五 譔申二〇五 譕申二〇五 譖申二〇五 譙申二〇五 識申二〇五 譚申二〇六 [illegible]申二〇六 譀申二〇六 [illegible]申二〇六 譸申二〇六 譴申二〇六 [illegible]申二〇六

[illegible]申二〇六 [illegible]申二〇六 [illegible]申二〇六 [illegible]申二〇六 [illegible]申二〇六 譯申二〇七 [illegible]申二〇七 [illegible]申二〇七 [illegible]申二〇七 [illegible]申二〇七 [illegible]申二〇七 [illegible]申二〇七 警申二〇七 [illegible]申二〇七 [illegible]申二〇七 譟申二〇七 [illegible]申二〇七 調申二〇七 [illegible]申二〇七 [illegible]申二〇七

譳申二〇七 [illegible]申二〇七 覵申二三五 覷申二三五 覶申二三五 [illegible]申二三五 [illegible]申二三五 覴申二三五 [illegible]申二三五 覸申二三五 覿申二三五 [illegible]申二三五 覻申二三五 覺申二三五 覰申二三五 轍申二五五 轎申二五五 轏申二五五 轑申二五五 轒申二五五

轓申二五五 轔申二五五 [illegible]申二五六 [illegible]申二五六 [illegible]申二五六 [illegible]申二五六 [illegible]申二五六 [illegible]申二五六 [illegible]申二五六 轘申二五六 [illegible]申二五六 [illegible]申二五六 轐申二五六 [illegible]申二五六 轚申二五六 [illegible]申二五六 轊申二五六 [illegible]申二五六 轒申二五六 辭申二六六

[illegible]申二六六 [illegible]申二六六 [illegible]申二六九 [illegible]申二六九 醨申二八五 [illegible]申二八五 醭申二八六 [illegible]申二八六 [illegible]申二八六 醮申二八六 [illegible]申二八六 醰申二八六 醱申二八六 [illegible]申二八六 [illegible]申二八六 [illegible]申二八六 [illegible]申二八七 [illegible]申二八七 [illegible]申二八七 [illegible]申二八七

[illegible]申二八七 [illegible]申二八七 [illegible]申二八七 醫申二八七 醹申二八七 [illegible]申三一七 [illegible]申三一八 鄭申三二〇 鄰申三二〇 鄦申三二〇 鄧申三二〇 鄘申三二〇 鄱申三二〇 [illegible]申三二〇 [illegible]申三二〇 [illegible]申三二〇 [illegible]申三二〇 [illegible]申三二〇 [illegible]申三二〇 [illegible]申三二五

[illegible]申三二六 [illegible]申三二六 [illegible]申三二六 [illegible]申三二六 [illegible]申三二六 [illegible]申三二六 [illegible]申三二六 [illegible]申三三〇 [illegible]申三三〇 [illegible]申三三〇 [illegible]申三三〇 [illegible]申三三〇 [illegible]申三三五 [illegible]申三三五 鎩酉四四 鏀酉四五 鏂酉四五 鏃酉四五 鏆酉四五

鏇酉四五 鏈酉四五 鏉酉四五 鏊酉四五 鏌酉四五 鏵酉四六 鏐酉四六 鏑酉四六 鏒酉四六 鏓酉四六 鏹酉四六 鏖酉四六 鏗酉四六 鏰酉四六 [illegible]酉四七 鏜酉四七 鏝酉四七 鏞酉四七 鏠酉四七 鏡酉四七

鏢酉四八 [illegible]酉四八 鏤酉四八 鏦酉四八 鏨酉四八 鏕酉四八 鏻酉四九 [illegible]酉四九 鏄酉四九 鏅酉四九 鏋酉四九 鏎酉四九 鏷酉四九 鍽酉四九 鏔酉四九 鏙酉四九 鏠酉四九 [illegible]酉四九 [illegible]酉四九 [illegible]酉四九

鏥酉四九 鏧酉四九 鏪酉四九 [illegible]酉四九 [illegible]酉四九 [illegible]酉四九 [illegible]酉四九 [illegible]酉四九 [illegible]酉四九 [illegible]酉四九 鏍酉四九 [illegible]酉四九 [illegible]酉四九 鐀酉四九 鏚酉四九 鏸酉四九 [illegible]酉四九 [illegible]酉四九 鐊酉四九 [illegible]酉五〇

闚酉八一 關酉八一 闞酉八三 闘酉八三 闛酉八三 闟酉八三 闖酉八三 [illegible]酉八三 [illegible]酉八三 [illegible]酉八三 [illegible]酉八三 霧酉九九 霩酉九九 霫酉九九 [illegible]酉九九 [illegible]酉九九 [illegible]酉九九 [illegible]酉九九 霨酉九九 [illegible]酉九九

霣酉一九九 瑴酉一九九 霏酉一九九 霪酉二〇〇 霻酉二〇〇 霯酉二〇〇 靂酉二〇〇 霐酉二〇〇 霙酉二〇〇 霎酉二〇〇 霳酉二〇〇 霩酉二〇〇 霖酉二〇〇 霱酉二〇〇 䨢酉二〇〇 霸酉二〇〇 贙酉二〇八 璙酉二一二 蹻酉二一二

璔酉二一二 瓃酉二一二 瞜酉二三八 瞖酉二四〇 隴酉二四五 隳酉二四六 隱酉二四六 隫酉二四六 險酉二四六 隮酉二四六 隩酉二四六 離酉二五九 難酉二六〇 鏦酉二六一 靡酉二六一 雛酉二六一 雝酉二六一 離酉二六一 雚酉二六一

難酉二六一 𩀍酉二六一 雚酉二六一 離酉二六一 蘁酉二六一 雞酉二六一 鏞酉二六一 雛酉二六一 雝酉二六一 靡酉二六七 嚁戌一 檵戌一 龠戌一 鼞戌一 欁戌一 醍戌四 醍戌四 鞘戌六 鞜戌六

頪戌二六 顗戌二七 顇戌二八 顧戌二八 顏戌二八 願戌二八 顡戌二八 顙戌二八 顛戌二八 顝戌二八 顢戌二八 額戌二八 類戌二八 邇戌二九 顗戌二九 顮戌二九 顜戌二九 顩戌二九 顓戌二九

曠戌二九 顗戌二九 顯戌二九 顲戌二九 顯戌二九 顪戌二九 顴戌二九 顣戌二九 頤戌三〇 顗戌三〇 顙戌三〇 顛戌三〇 顡戌三〇 顖戌三〇 顥戌三〇 額戌三〇 韇戌四九 鞳戌四九 鞴戌四九

韠戌四九 韡戌四九 鞶戌四九 韥戌四九 鞭戌四九 韇戌四九 韢戌五〇 韝戌五〇 韁戌五〇 韛戌五〇 韞戌五〇 韓戌五〇 韕戌五〇 韖戌五〇 韗戌五〇 韘戌五〇 韐戌五〇 韜戌五〇 韜戌五〇

韝戌五〇 韜戌五〇 韙戌五〇 韜戌五八 韞戌五八 韞戌五八 韜戌五八 韝戌五八 轄戌五八 韛戌五八 韢戌五八 韡戌五八 韙戌五八 韞戌五八 韜戌五八 譽戌六二 韻戌六二 韶戌六二 譜戌六二

翰戌六五 韡戌六五 韽戌六五 韾戌六五 韻戌六五 韺戌六五 颼戌七三 颾戌七三 颿戌七三 飀戌七三 飁戌七三 飂戌七三 飃戌七三 飄戌七三 飅戌七三 飆戌七三 飇戌七三 飈戌七三 飉戌七三

颻戌七三 颺戌七三 颸戌七七 颹戌七七 饂戌九二 饃戌九二 饉戌九三 饅戌九三 饆戌九三 饇戌九三 饈戌九三 饊戌九三 饋戌九三 饌戌九三 饍戌九三 饎戌九三 饏戌九三 饐戌九三 饑戌九三

饈戌九四 饋戌九四 饌戌九四 饍戌九四 饎戌九四 饏戌九四 饐戌九四 饑戌九四 饒戌九四 饓戌九四 饔戌九四 饕戌九四 饖戌九四 饗戌九四 饘戌九四 饙戌九四 饚戌九四 饛戌九四 髐戌一〇七

髆戌一〇七 髏戌一〇七 髐戌一〇七 髑戌一〇七 髒戌一〇七 髓戌一〇七 體戌一〇七 髕戌一〇七 髖戌一〇七 髗戌一〇七 髆戌一〇七 髇戌一〇七 髈戌一〇七 髉戌一〇七 髊戌一〇七 髋戌一〇八 鬄戌一一六 鬊戌一一六 鬋戌一一七

鬈戌一一七 鬉戌一一七 鬊戌一一七 鬋戌一一七 鬌戌一一七 鬍戌一一七 鬎戌一一七 鬏戌一一七 鬐戌一一七 鬑戌一一七 鬒戌一一七 鬓戌一一七 鬔戌一一七 鬕戌一一七 鬖戌一一八 鬗戌一一八 鬘戌一一八 鬙戌一一八 鬚戌一一八

鬉戌二一八 鬅戌二一八 鬖戌二一八 鬘戌二一八 鬷戌二二五 䰛戌二二五 䰝戌二二五 䰞戌二二五 魌戌二三三 䰫戌二三三 䰳戌二三三 魑戌二三三 魖戌二三三 魓戌二三三 魒戌二三三 魍戌二三三 䰾戌二三三 騋戌一五一 騺戌一五一 騞戌一五一

騣戌一五一 䮡戌一五一 騟戌一五一 騢戌一五一 騤戌一五一 騪戌一五一 騧戌一五一 騔戌一五一 騷戌一五一 騿戌一五一 騕戌一五一 騨戌一五一 䮹戌一五一 騾戌一五一 騭戌一五一 騮戌一五一 騲戌一五一 騛戌一五一 䮷戌一五三 騜戌一五三

騝戌一五三 騠戌一五三 䮾戌一五三 騤戌一五三 騙戌一五三 騥戌一五三 䯂戌一五三 騚戌一五三 䮵戌一五三 騘戌一五三 騸戌一五三 䮽戌一五三 騶戌一五三 騺戌一五三 騴戌一五三 騹戌一五三 騵戌一五三 騱戌一五三 騤戌一五三 騸戌一五三

騙戌一五三 驄戌一五三 騯戌一五三 騶戌一五三 騚戌一五三 騻戌一五三 顏戌一六五 鯔亥二十 鯕亥一七 鯘亥一七 鯫亥一八 鯛亥一八 鯝亥一八 鯢亥一八 鯤亥一八 鯪亥一八 鰍亥一九 鯙亥一九 鯖亥一九 鮒亥一九

鯌亥一九 鯗亥一九 鵯亥一九 鯚亥一九 鯮亥一九 鯜亥一九 鯏亥一九 鯩亥一九 鯦亥二〇 鯞亥二〇 鯇亥二〇 鰊亥二〇 鯉亥二〇 鯛亥二〇 鯠亥二〇 鯡亥二〇 鯣亥二〇 鱇亥二〇 鯥亥二〇 鯥亥二〇

鯖亥二〇 鯙亥二〇 鮥亥二〇 鯦亥二一 鯧亥二一 鯨亥二一 鯩亥二一 鯫亥二一 鯊亥二一 鯐亥二一 鯭亥二一 鯵亥二一 鯳亥二一 鯤亥二一 鯨亥二一 鯪亥二一 鯯亥二一 鯛亥二一 鯙亥二一 鯽亥二一

鯻亥二二 鯇亥二二 鯩亥二二 鯰亥二二 鯦亥二二 鯨亥二二 鯠亥二二 鯢亥二二 鯩亥二二 鯷亥二二 鯧亥二二 鯖亥二二 鯳亥二二 鯮亥二二 鯡亥二二 鯊亥二二 鯸亥二二 鯥亥二二 鯤亥二二 鶌亥六三

鶓亥六三 鶖亥六三 鶉亥六三 鶏亥六三 鶒亥六四 鶔亥六四 鶕亥六四 鶖亥六四 鶗亥六四 鶘亥六四 鶚亥六四 鶛亥六四 鶜亥六四 鶝亥六五 鶞亥六五 鶟亥六五 鶠亥六五 鶡亥六五 鶢亥六五 鶣亥六五

鶤亥六五 鶥亥六五 鶦亥六五 鶧亥六五 鶨亥六五 鶩亥六五 鶪亥六六 鶫亥六六 鶬亥六六 鶭亥六六 鶮亥六六 鶯亥六六 鶰亥六六 鶱亥六六 鶲亥六六 鶳亥六六 鶴亥六六 鶵亥六六 鶶亥六六 鶷亥六六

鶸亥六六 鶹亥六六 鶺亥六六 鶻亥六六 鶼亥六七 鶽亥六七 鶾亥六七 鶿亥六七 鷀亥六七 鷁亥六七 鷂亥六七 鷃亥六七 鷄亥六七 鷅亥六七 鷆亥六七 鷇亥六七 鷈亥六七 鷉亥六七 鷊亥六七 鷋亥六七

鷌亥六七 鷍亥六七 鷎亥六七 鷏亥六七 鷐亥六七 鷑亥六七 鷒亥六七 鷓亥六七 鷔亥六七 鷕亥六七 鷖亥六七 鷗亥六七 鷘亥六七 鷙亥六七 鷚亥六七 鷛亥六七 鷜亥六七 鷝亥六七 鷞亥六七 鷟亥六七

麓亥九三 麮亥九三 麗亥九三 麛亥九四 麜亥九四 麝亥九四 麞亥九四 麟亥九四 麠亥九五 麡亥九五 麢亥九五 麣亥九五 麤亥九五 麥亥九五 麧亥九五 麨亥一〇〇 麩亥一〇〇 麪亥一〇一 麫亥一〇一 麬亥一〇一

朧辰六八　歛辰五九　歡辰五九　歠辰五九　斀辰六二　戲辰八〇　斅辰八〇　斆辰八〇　斄辰八〇　殿辰八〇　黴辰八〇　斃辰八〇　斁辰八〇　斆辰八〇　殽辰八六　殼辰八六　鹹辰九六　戴辰九六　爐巳三九　爛巳三九　燹巳三九

爔巳四〇　爤巳四〇　爆巳四〇　繙巳四〇　爖巳四〇　爏巳四〇　斅巳四〇　爑巳四〇　爓巳四〇　爛巳四〇　爒巳四〇　爕巳四〇　爑巳四〇　爕巳四〇　爆巳四〇　爖巳四〇　爕巳四〇　爖巳四〇　燹巳四〇

爗巳四〇　爆巳四〇　燹巳四〇　離巳四〇　燹巳四〇　燹巳四〇　燹巳四〇　燹巳四〇　燹巳二〇七　灐巳二〇八　瀰巳二〇八　瀾巳二〇八　灂巳二〇八　瀶巳二〇八　瀘巳二〇八　瀵巳二〇八　瀷巳二〇八　瀸巳二〇八　瀹巳二〇八

瀺巳二〇九　瀼巳二〇九　瀻巳二〇九　瀾巳二〇九　瀹巳二〇九　瀳巳二〇九　瀴巳二〇九　瀻巳二一〇　瀸巳二一〇　瀼巳二一〇　瀺巳二一〇　瀵巳二一〇　瀻巳二一〇　瀲巳二一〇　瀸巳二一〇　瀾巳二一〇　瀷巳二一〇　瀱巳二一〇　瀻巳二一〇　灅巳二一〇

瀾巳三一〇　瀿巳三一〇　瀟巳三一〇　瀼巳三一〇　瀷巳三一〇　瀵巳三一〇　瀳巳三一〇　瀹巳三一〇　瀸巳三一〇　瀺巳三一〇　櫚巳三二八　櫪巳三二八　櫫巳三二八　櫨巳三二八　櫬巳三二九　櫴巳三二九　櫰巳三二九　檕巳三二九　櫟巳三二九

櫳巳三二九　龔巳三二九　櫨巳三二九　櫧巳三三〇　櫰巳三三〇　櫿巳三三〇　櫭巳三三〇　櫺巳三三〇　蘭巳三三〇　櫯巳三三〇　櫱巳三三〇　櫪巳三三〇　櫛巳三三〇　櫰巳三三〇　櫞巳三三〇　櫂巳三三〇　櫹巳三三〇　櫥巳三三〇　櫟巳三三〇　櫍巳三三〇

櫜巳三三〇　櫳巳三三〇　樹巳三三〇　櫫巳三三〇　櫰巳三三〇　櫲巳三三〇　櫼巳三三〇　櫹巳三三〇　櫟巳三三〇　櫴巳三三〇　犧巳三五三　犨巳三五三　犫巳三五三　犪巳三五三　懷巳三五三　犥巳三五三　犦巳三五三　獻巳三八〇　獻巳三八〇　獽巳三八一　獮巳三八一

獵巳三八一　獶巳三八一　玃巳三八一　獼巳三八一　獺巳三八一　皫午九　皬午九　皭午九　皯午九　皪午九　皫午九　竇午二九　竊午二九　竆午二九　竈午二九　竅午三〇　竇午三〇　竊午三〇　竊午三〇　竇午三〇

癄午六三　癢午六三　癥午六三　癧午六三　癤午六三　癭午六三　癬午六三　癩午六三　癮午六三　癯午六三　癱午六三　癰午六三　瓆午七三　瓌午七三　瓊午一〇八　瓍午一〇八　瓏午一〇八　瓔午一〇八　瓕午一〇八　瓖午一〇九　瓓午一〇九

瓔午一〇九　瓏午一〇九　瓕午一〇九　瓖午一〇九　瓗午一〇九　瓘午一〇九　瓙午一〇九　礦午一三八　礪午一三八　礬午一三八　礩午一三八　礨午一三八　礪午一三八　礩午一三八　礫午一三八　礬午一三八　礦午一三八　礤午一三九　礥午一三九　礧午一三九

礙午一三九　礹午一三九　礫午一三九　礬午一三九　礭午一三九　礩午一三九　礪午一三九　礬午一三九　礮午一三九　礫午一三九　礪午一三九　礩午一三九　矗午一四八　礫午一四八　礩午一四八　甗午一五九　甗午一五九　獴午一六三　獼午一六七　獽午一六八　禱午一八八

穲午一八八　穱午一八八　穬午二二三　穮午二二三　穭午二二四　穰午二二四　穯午二二四　穲午二二四　穪午二二四　穫午二二四　穩午二二四　穧午二二四　穬午二二四　穨午二二四　穪午二二四　穳午二二四　穲午二二四　穱午二二四　穵午二〇四　穵午二〇三

矙午二四〇　疊午二四〇　曠午二八五　曯午二八六　疊午二八六　曦午二八六　曗午二八六　曆午二八六　曥午二八六　曞午二八六　曤午二八六　曗午二八六　曾午二八六　聽午二八六　曨午二八六　曩午二八六　曬午二八六　曪午二八六　矊午二八六　曫午三〇一

鹽午三〇一　壘午三〇一　罍午三〇一　盧午三〇一　盭午三〇一　饕未四七　臙未四八　臅未四八　臚未四八　臟未四八　臛未四八　臝未四八　臢未四八　臏未四八　臏未四八　朧未四八　臟未四八　臚未四八　歷未五三　嚱未五三

聹未六六　聾未六六　聶未六六　聯未六六　聳未六六　聵未六九　聰未六九　聸未六九　鑱未七三　艷未七四　豔未七四　聲未八六　聽未八六　聾未八六　聦未八六　聹未九六　聱未九六　聶未九六　聽未九六

蠐未二四〇　蠻未二四〇　蠍未二四〇　蠓未二四〇　蠕未二四〇　蠖未二四一　蠗未二四一　蠱未二四一　蠊未二四一　蠑未二四一　蠙未二四一　蠔未二四一　蠓未二四一　蠶未二四一　蠟未二四一　蠹未二四一　蠡未二四一　蠣未二四一　蠛未二四一　蠒未二四一

蠔未二四一　蠘未二四一　蠱未二四一　蠙未二四一　蠚未二四一　蠶未二四一　蠡未二四一　蠥未二四一　蠛未二四一　蠑未二四一　蠱未二四一　蠓未二四一　蠕未二四一　蠨未二四一　蠘未二四一　蠶未二四一　蠲未二四一　耀未一六三　翿未一六三　翻未一六三

翿未一六三　鑑未二〇七　籲未二〇七　籌未二〇七　籍未二〇七　籙未二〇八　籓未二〇八　籠未二〇八　籤未二〇八　籅未二〇八　籦未二〇八　籧未二〇八　籑未二〇八　籔未二〇八　籛未二〇八　籜未二〇八　籋未二〇八　籌未二〇八　籀未二〇八　籍未二〇八

鐏未二〇八　籒未二〇八　籃未二〇八　籄未二〇八　籛未二〇八　籛未二〇八　籗未二〇八　籔未二〇八　籐未二〇八　籜未二〇八　籪未二〇八　籲未二〇八　籥未二〇八　籦未二〇八　籧未二〇八　籤未二〇九　籚未二〇九　籯未二〇九　籜未二〇九　籚未二〇九

籍未二〇九　籲未二〇九　譽未二〇九　籀未二〇九　蘄未三五一　藤未三五六　藹未三五六　蘭未三五六　藻未三五七　蘭未三五七　蘿未三五七　蘀未三五七　藥未三五七　藪未三五七　蘄未三五七　蘆未三五八　蘇未三五八　蘧未三五九　蘊未三五九　蘋未三五九

蘑未三五九　蘢未三五九　蘞未三五九　蘚未三五九　獨未三五九　諸未三六〇　蕱未三六〇　蘱未三六〇　蘈未三六〇　蘐未三六〇　蘗未三六〇　蘀未三六〇　蘠未三六〇　蘜未三六〇　蘛未三六〇　蘝未三六〇　蘗未三六〇　衡未三六〇　藻未三六〇　蕊未三六〇

蘓未三六〇　蘧未三六〇　蘋未三六〇　蘅未三六一　蘩未三六一　蘑未三六一　蘯未三六一　蘬未三六一　蘭未三六一　蘪未三六一　蘫未三六一　蘯未三六一　蘴未三六一　蘵未三六一　蘶未三六一　蘷未三六一　蘸未三六一　蘹未三六一　蘺未三六一　蘻未三六一

蘼未三六一　蘽未三六一　蘾未三六二　蘿未三六二　虀未三六二　虁未三六二　虂未三六二　虃未三六二　虄未三六二　虅未三六二　虆未三六二　虇未三六二　虈未三六二　虉未三六二　虊未三六二　虋未三六二　虌未三六二　虍未三六二　虎未三六二　虏未三六二

艦未三六二　虒未三六二　蠧未三六二　虓未三六二　虔未三六二　變未三六二　艦未三八一　艫未三八一　艨未三八一　艪未三八一　艤未三八一　要未四三三　覆未四三三　覈未四三三　覊未四三三　覇未四三三　覈未四三三　覆未四三三　覊未四三三　襭未四三三

醲申二八八	醴申二八八	醶申二八八	醵申二八八	醻申二八八	醹申二八八	醷申二八八	齅申三一八	虩申三一九	鄙申三三〇	𨟻申三三一	酇申三三一	鄽申三三一	鄿申三三一	鄉申三三一	鄬申三三一	酈申三三一	襴申三三六	譣申三三〇	釋申三三〇
[illegible]申三三〇	[illegible]申三三〇	鐢申三三〇	鏵酉五〇	鏽酉五〇	鏷酉五〇	鏸酉五〇	鐖酉五〇	鐍酉五〇	鐀酉五〇	鐃酉五〇	鐄酉五〇	鐇酉五一	鐈酉五一	鐉酉五一	鐩酉五一	鐏酉五一	鐍酉五一	鐐酉五一	鐕酉五一
[illegible]酉五一	鐔酉五一	鐓酉五二	鐘酉五二	鐙酉五二	鏊酉五二	鐧酉五二	鐖酉五三	鏳酉五三	鐷酉五三	鏻酉五三	鐮酉五三	鐴酉五三	鐰酉五三	鏍酉五三	鏧酉五三	鐁酉五三	鐅酉五三	鐵酉五三	鐖酉五三
[illegible]酉五三	鐗酉五三	鐘酉五三	鐎酉五三	鐓酉五三	鑄酉五四	鐥酉五四	鐼酉五四	鐨酉五四	鐵酉五四	鐕酉五四	鐠酉五四	鐳酉五四	鐊酉五四	鐢酉五四	壓酉五四	鐺酉五四	鐭酉五四	鑒酉五四	鐓酉五四
[illegible]酉五四	鐒酉五四	鐯酉五四	鐶酉五四	鏷酉五四	鐩酉五四	鐌酉五四	鐍酉五四	鐕酉五四	闡酉八三	闟酉八三	闞酉八三	闢酉八三	闠酉八三	闙酉八四	闤酉八四	闣酉八四	闛酉八四	闡酉八四	闞酉八四
[illegible]酉八四	闢酉八四	闠酉八四	闥酉八四	闡酉八四	霌酉二〇〇	霫酉二〇〇	霰酉二〇〇	露酉二〇〇	䨷酉二〇一	霸酉二〇一	霳酉二〇一	霪酉二〇一	霼酉二〇一	霱酉二〇一	霦酉二〇一	霿酉二〇一	霵酉二〇一	霧酉二〇一	霺酉二〇一
[illegible]酉二〇一	䨻酉二〇一	䨼酉二〇一	霪酉二〇一	霢酉二〇一	霷酉二〇一	隸酉二〇八	璩酉二一二	隮酉二四一	隳酉二四三	闌酉二四三	隵酉二四六	隱酉二四六	徽酉二六一	離酉二六一	難酉二六一	雛酉二六一	鞾酉二六一	鞼酉二六一	鞿酉二六一
[illegible]酉二六一	離酉二六一	雜酉二六一	難酉二六一	鸛酉二六一	難酉二六一	靨酉二六一	攡酉二六一	鼇酉二六一	鬢酉二六八	鑾酉二六八	鞴酉二六八	韁戌一	韉戌一	韃戌一	韈戌四	韊戌四	韅戌四	韆戌四	韇戌六
[illegible]戌三〇	贅戌三〇	顲戌三〇	類戌三〇	顯戌三〇	顰戌三〇	頲戌三〇	顩戌三〇	顥戌三〇	類戌三〇	顪戌三〇	顮戌三〇	顛戌三一	顫戌三一	顧戌三一	顦戌三一	顥戌三一	顛戌三一	鞿戌五〇	鞴戌五〇
[illegible]	韂戌五〇	韉戌五〇	韃戌五一	韀戌五一	韁戌五一	韆戌五一	韇戌五一	韈戌五一	韊戌五一	韋戌五一	韞戌五一	韤戌五一	韛戌五一	韣戌五一	韝戌五一	韥戌五一	韨戌五一	韙戌五一	韗戌五一
[illegible]	韟戌五一	韜戌五一	韝戌五一	韡戌五一	韢戌五一	韙戌五一	韛戌五一	韠戌五八	韡戌五九	韣戌五九	韤戌五九	韨戌五九	韞戌五九	韹戌六二	馨戌六二	韺戌六二	韻戌六二	韾戌六二	馨戌六五
[illegible]	飄戌六六	飂戌七三	飃戌七三	飅戌七三	飆戌七三	飇戌七四	飈戌七四	颾戌七四	飀戌七四	飅戌七四	飄戌七四	飆戌七四	颻戌七四	飂戌七四	飉戌七四	饈戌九四	饊戌九四	饅戌九四	饁戌九四

饇戌九五 䭨戌九五 𩞄戌九五 𩝧戌九五 饉戌九五 𩞞戌九五 𩞖戌九五 饆戌九五 䭪戌九五 𩞯戌九五 𩞏戌九五 𩟅戌九五 𩞤戌九五 𩞣戌九五 𩟗戌九五 𩟐戌九五 𩞵戌九五 饄戌九五 𩞿戌九五 𩞀戌九五

𩞖戌九五 𩟋戌九五 𩞰戌九五 𩟑戌九五 𩟄戌九五 𩞲戌九五 𩟈戌九五 髆戌一〇七 𩩲戌一〇七 𩩶戌一〇七 髊戌一〇七 髇戌一〇七 髓戌一〇七 𩪟戌一〇七 𩪍戌一〇八 髈戌一〇八 𩩴戌一〇八 𩪄戌一〇八 䯢戌一〇八 䯪戌一〇八

髗戌一〇八 𩮰戌二一八 鬎戌二一八 鬊戌二一八 鬋戌二一八 𩯘戌二一八 𩯗戌二一八 𩯙戌二一八 𩯆戌二一八 𩯤戌二一八 𩯥戌二一八 鬑戌二一八 𩯡戌二一八 𩯦戌二一八 𩯠戌二一八 鬏戌二一八 𩯨戌二一八 鬐戌二一九 𩯰戌二一九 𩯱戌二一九

𩯴戌二一九 𩰃戌二一九 鬘戌二一九 𩯷戌二一九 鬙戌二一九 𩰚戌二二三 𩰠戌二二三 鬷戌二三六 𩰪戌二三六 𩰫戌二三六 𩰬戌二三六 鬵戌二三六 𩰲戌二三六 鬾戌二三三 𩲸戌二三三 𩳁戌二三三 𩳂戌二三三 𩳃戌二三三 𩳄戌二三三 騩戌一五三

騪戌一五三 𩦠戌一五三 騅戌一五三 騡戌一五三 騠戌一五三 騰戌一五三 騤戌一五三 騣戌一五四 騜戌一五四 騞戌一五四 騷戌一五四 騙戌一五五 騛戌一五五 騵戌一五五 騲戌一五五 騋戌一五五 𩧻戌一五五 騢戌一五五 騌戌一五五 騸戌一五五

騊戌一五五 䮭戌一五五 驉戌一五五 騯戌一五五 騂戌一五五 騎戌一五五 䮾戌一五五 騗戌一五五 騖戌一五五 騞戌一五五 䮼戌一五五 騵戌一五五 䮞戌一五五 騂戌一五五 騯戌一五六 騠戌一五六 騎戌一五六 驆戌一五六 騗戌一五六 驎戌一五六

騖戌一五六 騶戌一五六 騞戌一五六 騜戌一五六 騪戌一五六 驄戌一五六 騱戌一五六 騫戌一五六 騝戌一五六 驂戌一五六 驉戌一五六 驌戌一五六 驍戌一五六 軼戌一六五 𧀎戌一六六 鬫戌一六七 鬮戌一六七 鬭戌一六七 鰖亥三三 鰤亥三三

鰌亥三三 鯑亥三三 鰐亥三三 鰓亥三三 鰕亥三三 鰏亥三四 鰒亥三四 鯷亥三四 鰍亥三四 鰛亥三四 鰆亥三四 鰁亥三四 鰂亥三四 鰥亥三四 鯾亥三五 鯿亥三五 鰂亥三五 鰈亥三五 鰅亥三五 鰆亥三五

鰇亥三五 鰝亥三五 鰈亥三五 鰉亥三五 鰓亥三六 鰊亥三六 鰫亥三六 鰛亥三六 鰁亥三六 鰟亥三六 鰠亥三六 鰨亥三六 鰽亥三六 鰾亥三六 鰀亥三六 鰭亥三六 鰝亥三六 鰩亥三六 鰻亥三六 鰄亥三六

鰊亥三六 鰯亥三六 鰴亥三六 鰲亥三六 鰹亥三六 鰍亥三六 鰎亥三六 鰑亥三六 鰒亥三六 鰔亥三六 鰫亥三六 鰪亥三七 鰬亥三七 鰡亥三七 鰻亥三七 鰷亥三七 鰲亥三七 鰹亥三七 鰗亥三七 鰭亥三七

鰋亥三七 鰟亥三七 鰈亥三七 鰉亥三七 鶩亥六七 鶈亥六八 鶉亥六八 鷉亥六八 鶒亥六八 鶖亥六八 鶓亥六八 鶘亥六八 鶗亥六八 鶪亥六八 鶬亥六八 鶭亥六八 鶡亥六八 鶤亥六八 鶥亥六八 鶧亥六八

鶨亥六八 鶩亥六八 鶫亥六八 鶬亥六八 鶮亥六九 鶯亥六九 鶴亥六九 鶲亥六九 鶳亥六九 鶵亥六九 鶶亥六九 鶷亥六九 鶸亥六九 鶹亥六九 鶺亥六九 鶻亥六九 鶼亥六九 鶽亥六九 鶾亥六九 鷔亥六九

巎丑一九一 巏丑一九一 巕丑一九一 巙丑一九一 𡾾丑一九一 巍丑一九一 巎丑一九一 蘬丑一九一 巑丑一九四 巎丑二一四 巎丑二二四 欃丑二三一 對寅一六 奮寅三八 孎寅八八 孋寅八八 孇寅八八 孅寅八八 孏寅八八 孆寅八八

孉寅八八 孆寅八八 壛寅一三二 壜寅一三二 壞寅一三二 壥寅一三二 壨寅一三二 壦寅一三二 壟寅一三二 壪寅一三二 壧寅一三二 壁寅一三一 夒寅一五五 𢖍寅一七二 徿寅一七二 徽寅一七二 彲寅一七六 攣卯九六 孽卯九六

擧卯九七 擠卯九九 攎卯九九 攖卯九九 擢卯九九 攜卯九九 攝卯九九 攂卯一〇〇 擴卯一〇〇 擥卯一〇〇 攉卯一〇〇 攦卯一〇〇 擾卯一〇〇 擷卯一〇〇 攍卯一〇〇 攊卯一〇〇 攤卯一〇〇 攡卯一〇〇 斄卯一一〇 鐵卯一一〇

曡卯一一〇 戀卯一六八 懇卯一六八 懼卯一六八 懰卯一六八 懽卯一六八 懾卯一六八 懮卯一六八 懠卯一六九 懷卯一六九 懪卯一六九 懷卯一六九 懱卯一六九 儀卯一七九 屬卯一八八 殲卯一九七 殰卯一九七 旟卯二〇五 斴卯二二一 總卯二二二

曩辰三五 曝辰三五 鞸辰三一 爛辰四七 歔辰五九 歡辰五九 歟辰五九 毆辰六〇 殿辰六〇 數辰六〇 數辰六〇 變辰八六 戲辰九六 爚巳四〇 爛巳四一 爔巳四一 爙巳四一 爊巳四一 爝巳四一 燹巳四一

爞巳四一 燮巳四一 𤏸巳四一 𤏩巳四一 濟巳二一〇 瀾巳二一〇 澗巳二一〇 瀝巳二一一 濯巳二一一 灘巳二一一 瀟巳二一一 灘巳二一一 灌巳二一一 灕巳二一二 灃巳二一二 灃巳二一二 瀸巳二一二 灆巳二一二 瀼巳二一二 瀲巳二一二

瀵巳二二二 灡巳二二二 灑巳二二二 瀺巳二二二 瀸巳二二二 灋巳二二二 瀛巳二二二 灈巳二二二 灉巳二二二 瀹巳二二二 灖巳二二二 瀑巳二二二 瀿巳二二二 瀼巳二二二 灁巳二二二 灙巳二二二 瀾巳二二二 灟巳二二二 櫺巳二四〇 欞巳二四〇

櫻巳三三一 櫼巳三三一 櫝巳三三一 櫞巳三三一 櫰巳三三一 欂巳三三一 欃巳三三一 櫚巳三三一 欏巳三三二 櫸巳三三二 欄巳三三二 櫳巳三三二 櫸巳三三二 欂巳三三二 櫨巳三三二 欆巳三三二 鐮巳三三二 欅巳三三二 櫱巳三三二 櫾巳三三二

欒巳三三三 櫱巳三三三 欐巳三三三 槳巳三三三 鸋巳三三三 欑巳三三三 欇巳三三三 欉巳三三三 欃巳三三三 欌巳三三三 欆巳三三三 欋巳三三三 犦巳三五三 犩巳三五三 玁巳三八二 獾巳三八二 玃巳三八二 獼巳三八二 玀巳三八二 獵巳三八二

瓟午四 瓤午四 瓥午五 瓛午九 瓡午九 瓗午二九 竈午三〇 竉午三〇 竊午三〇 竇午三〇 竄午三〇 竅午三〇 竆午三〇 竇午三〇 窾午三〇 癉午六三 癩午六三 癧午六三 癭午六三 癬午六三

癠午六三 癟午六三 癢午六三 癥午六三 瘝午六三 癬午六三 癡午六三 顫午七三 瓏午一〇九 瓗午一〇九 瓓午一〇九 瓙午一〇九 瓖午一〇九 瓚午一〇九 瓘午一〇九 瓛午一〇九 瓔午一〇九 礤午一二九 礨午一二九 皪午一二九

礶午一二九 礹午一二九 礫午一二九 礳午一二九 礷午一二九 礸午一二九 礹午一二九 礵午一二九 礲午一二九 矐午一四八 礰午一四八 甗午一五九 甗午一五九 甗午一五九 甗午一五九 蠶午一七一 禰午一八八 禳午一八八 穰午二二四 穫午二二四 穱午二二四

[illegible] 午二一四　礰 午二一四　蠦 午二四〇　鼺 午二四〇　[illegible] 午二四〇　闥 午二四五　矐 午二八六　矑 午二八六　[illegible] 午二八七　[illegible] 午二八七　矉 午二八七　[illegible] 午二八七　瞖 午二八七　曦 午二八七　蘢 午二八七　矔 午二八七　[illegible] 午二八七　羸 未四八　臟 未四九　臕 未四九

[illegible] 未四九　膠 未四九　[illegible] 未四九　[illegible] 未四九　[illegible] 未四九　[illegible] 未四九　蛾 未五二　蘁 未五三　聵 未六六　聳 未六七　䔁 未七三　[illegible] 未七八　[illegible] 未八六　[illegible] 未八六　[illegible] 未八六　[illegible] 未八六　[illegible] 未九六　[illegible] 未九六　[illegible] 未九六　飄 未九六

[illegible] 未一四二　[illegible] 未一四二　蠟 未一四二　蠼 未一四二　[illegible] 未一四二　蠢 未一四二　蠆 未一四二　蠣 未一四二　[illegible] 未一四二　蟻 未一四三　蠷 未一四三　蝠 未一四三　蠁 未一四三　蠨 未一四三　蠩 未一四三　蠱 未一四三　[illegible] 未一四三　[illegible] 未一四三　蠦 未一四三　蠕 未一四三

[illegible] 未一四三　[illegible] 未一四三　蠕 未一四三　[illegible] 未一四三　蠮 未一四三　[illegible] 未一四三　[illegible] 未一四三　[illegible] 未一四三　蟰 未一四三　[illegible] 未一四三　蠡 未一四三　蠙 未一四三　[illegible] 未一四三　[illegible] 未一四三　蠹 未一四三　[illegible] 未一四三　[illegible] 未一四三　蠐 未一四三　蟻 未一四三　劉 未一六三

[illegible] 未一六三　[illegible] 未一六三　翻 未一六三　翱 未一六三　醫 未一六三　[illegible] 未二〇九　[illegible] 未二〇九　[illegible] 未二〇九　[illegible] 未二〇九　[illegible] 未二〇九　[illegible] 未二〇九　[illegible] 未二〇九　劉 未二〇九　[illegible] 未二〇九　[illegible] 未二〇九　[illegible] 未二〇九　[illegible] 未二〇九　[illegible] 未二〇九　[illegible] 未二〇九　[illegible] 未二〇九

[illegible] 未二〇九　[illegible] 未二〇九　[illegible] 未二〇九　籓 未二〇九　[illegible] 未二〇九　[illegible] 未二〇九　[illegible] 未二〇九　[illegible] 未二〇九　[illegible] 未二一〇　籠 未二一〇　[illegible] 未二一〇　[illegible] 未二一〇　[illegible] 未二一〇　[illegible] 未二一〇　[illegible] 未二一〇　[illegible] 未二一〇　[illegible] 未二一〇　[illegible] 未二一〇　[illegible] 未二一〇　[illegible] 未二一〇

[illegible] 未二一〇　[illegible] 未二一〇　[illegible] 未二一〇　[illegible] 未二一〇　[illegible] 未三五六　[illegible] 未三六二　[illegible] 未三六二　[illegible] 未三六二　[illegible] 未三六二　[illegible] 未三六三　龍 未三六三　[illegible] 未三六三　[illegible] 未三六三　[illegible] 未三六三　[illegible] 未三六三　蘇 未三六四　[illegible] 未三六四　[illegible] 未三六四　蘭 未三六四　蘗 未三六五

[illegible] 未三六五　[illegible] 未三六五　[illegible] 未三六五　[illegible] 未三六五　[illegible] 未三六五　[illegible] 未三六五　[illegible] 未三六五　[illegible] 未三六五　[illegible] 未三六六　[illegible] 未三六六　[illegible] 未三六六　[illegible] 未三六六　[illegible] 未三六六　[illegible] 未三六六　[illegible] 未三六六　[illegible] 未三六六　[illegible] 未三六六　[illegible] 未三六六　[illegible] 未三六六　[illegible] 未三六六

[illegible] 未三六六　[illegible] 未三六六　[illegible] 未三六六　[illegible] 未三六六　[illegible] 未三六六　[illegible] 未三六七　[illegible] 未三六七　[illegible] 未三六七　[illegible] 未三六七　[illegible] 未三六七　[illegible] 未三六七　[illegible] 未三六七　[illegible] 未三六七　藻 未三六七　[illegible] 未三六七　藉 未三六七　[illegible] 未三六七　[illegible] 未三六七　[illegible] 三六七　[illegible] 未三六七

[illegible] 未三六七　[illegible] 未三六七　[illegible] 未三六七　[illegible] 未三六七　[illegible] 未三六七　[illegible] 未三六七　[illegible] 未三六七　[illegible] 未三六七　[illegible] 未三六七　[illegible] 未三六七　[illegible] 未三六七　[illegible] 未三八一　[illegible] 未三八一　[illegible] 未三八一　[illegible] 未四二三　[illegible] 未四二三　[illegible] 未四二三　[illegible] 未四二三　[illegible] 未四二三　襯 未四二四

[illegible] 未四二四　[illegible] 未四二四　[illegible] 未四二五　[illegible] 未四二五　[illegible] 未四二五　[illegible] 未四二五　[illegible] 未四二五　[illegible] 未四二五　[illegible] 未四八九　[illegible] 未四八九　纊 未四九〇　續 未四九〇　[illegible] 未四九〇　纏 未四九〇　[illegible] 未四九一　纖 未四九一　[illegible] 未四九一　纏 未四九一　[illegible] 未四九一　[illegible] 未四九一

[illegible] 未四九一　[illegible] 未四九一　[illegible] 未四九一　[illegible] 未四九一　[illegible] 未四九一　[illegible] 未四九一　[illegible] 未四九一　[illegible] 未四九一　[illegible] 未四九一　[illegible] 未四九二　[illegible] 未四九二　[illegible] 未四九二　[illegible] 未五一〇　[illegible] 未五一〇　[illegible] 未五一〇　[illegible] 未五一〇　[illegible] 未五一〇　[illegible] 未五一〇　[illegible] 未五一〇

醶戌四 鬠戌四 醼戌四 嚶戌四 鬺戌四 顧戌三一 顪戌三一 顩戌三一 顡戌三一 顥戌三二 𩕳戌三二 顜戌三二 顢戌三二 顤戌三二 顙戌三二 顝戌三二 顦戌三二 顬戌三二 顨戌三二

顠戌三三 顑戌三三 顅戌三三 顗戌三三 顛戌三三 顲戌三三 顚戌三三 顮戌三三 顡戌三三 韇戌五一 韡戌五一 韤戌五二 韈戌五二 韂戌五二 韄戌五二 韅戌五二 韃戌五二 鞨戌五二

鞪戌五二 韉戌五二 韀戌五二 韤戌五二 韡戌五九 韢戌五九 韈戌五九 韇戌五九 韗戌五九 韛戌五九 韄戌五九 韓戌五九 韼戌六三 醳戌六六 䬑戌六六 飁戌七四 飃戌七四 飆戌七四 颾戌七四

飁戌七五 飅戌七五 颽戌七五 飋戌七五 颸戌七五 飂戌七五 飉戌七五 飈戌七五 颷戌七五 飆戌七五 颺戌七五 飀戌七五 颾戌七五 飄戌七五 颼戌七五 飇戌七五 饔戌七七 饊戌九五 饌戌九六

饓戌九六 饙戌九六 饌戌九六 饎戌九六 饞戌九六 饛戌九六 饒戌九六 饕戌九七 饆戌九七 饜戌九七 饋戌九七 饑戌九七 饐戌九七 饑戌九七 饙戌九七 饌戌九七 饖戌九七 饎戌九七 饍戌九七

饊戌九七 饚戌九七 饔戌九七 饕戌九七 髓戌一〇八 髎戌一〇八 髍戌一〇八 髒戌一〇八 髗戌一〇八 髐戌一〇八 鶩戌一〇八 髕戌一〇八 髏戌一〇八 髏戌一〇八 髖戌一〇八 髓戌一〇八 髑戌一〇八 髐戌一〇八 髒戌一〇八

鬕戌一一九 鬖戌一一九 鬗戌一一九 鬘戌一一九 鬖戌一一九 鬠戌一一九 鬙戌一一九 鬞戌一一九 鬠戌一一九 鬛戌一一九 鬢戌一一九 鬟戌一一九 鬚戌一一九 鬘戌一一九 鬡戌一一九 鬑戌一一九 鬤戌一一九 鬫戌一二三 鬺戌一二六

鬻戌一二六 鬺戌一二六 鬷戌一二六 鬻戌一二六 魍戌一三三 魔戌一三三 魕戌一三三 魖戌一三三 魑戌一三三 魑戌一三三 魒戌一三三 魒戌一三三 魓戌一三三 魕戌一三三 魑戌一三三 蹔戌一三三 鶩戌一五六 騻戌一五六 騽戌一五六

驁戌一五六 驃戌一五七 驅戌一五七 騱戌一五七 驟戌一五七 騴戌一五七 驥戌一五七 騺戌一五七 驕戌一五七 騻戌一五七 驅戌一五七 騺戌一五七 驔戌一五七 驀戌一五七 驂戌一五八 驄戌一五八 驈戌一五八 騿戌一五八 驃戌一五八

驟戌一五八 驚戌一五八 驛戌一五八 驖戌一五八 驤戌一五八 驉戌一六六 驂戌一六六 鬩戌一六七 鬫戌一六七 鬮戌一六七 鰈亥二七 鰻亥二七 鰭亥二七 鰜亥二八 鰯亥二八 鱒亥二八 鰝亥二八 鰲亥二八 鰝亥二八

鰽亥二八 鰃亥二八 鰟亥二八 鰠亥二八 鰝亥二八 鰢亥二八 鰣亥二八 鰴亥二八 鰤亥二八 鰦亥二八 鰲亥二九 鰯亥二九 鰨亥二九 鰩亥二九 鱧亥二九 鰿亥二九 鰫亥二九 鰪亥二九 鰫亥二九

鰦亥二九 鰥亥三〇 鱶亥三〇 鱀亥三〇 鰭亥三〇 鰒亥三〇 鰖亥三〇 鰿亥三〇 鱁亥三〇 鰡亥三〇 鯷亥三〇 鰲亥三〇 鰛亥三〇 鱶亥三〇 鰱亥三〇 鰢亥三〇 鰻亥三〇 鱨亥三〇 鱃亥三〇

二十二畫

鐵酉四五九　鑋酉四五九　鑗酉四五九　鑮酉四五九　鑒酉四五九　鑩酉四五九　鏷酉四五九　鑵酉四五九　鑇酉四五九　鐁酉四五九　鐟酉四五九　閾酉八一　闟酉八五　闠酉八五　闑酉八五　闥酉八五　霽酉一〇三　霾酉一〇三　霿酉一〇六　霧酉一〇三

霥酉一〇三　靆酉一〇三　霧酉一〇三　霿酉一〇三　靃酉一〇三　霽酉一〇三　霹酉一〇三　靇酉一〇三　靄酉一〇三　靈酉一〇三　靉酉一〇三　靊酉一〇三　靋酉一一三　闤酉一四五　雜酉一六三　雛酉一六三　罍酉一六三　離酉一六三

鑾酉一六三　難酉一六三　護酉一六五　醲戌四　顫戌三三　頷戌三三　顛戌三三　顲戌三三　顧戌三三　顥戌三四　頟戌三四　顣戌三四　顙戌三四　顋戌三四　類戌三四　韄戌五二　韃戌五二　韊戌五二　韡戌五二

韉戌五二　韣戌五二　韝戌五二　鼕戌五二　韢戌五二　韠戌五二　韥戌五二　韄戌五二　韣戌五二　韟戌五二　韇戌五三　韞戌五三　韛戌五三　韜戌五三　韝戌五三　韍戌五三　韡戌五三　韗戌五九　韘戌五九　韙戌五九

韐戌五九　韟戌五九　韠戌五九　韣戌五九　讋戌六三　讄戌六三　讜戌六三　讀戌六三　讇戌六三　讁戌六六　飈戌七五　飇戌七五　飋戌七五　飜戌七七　飝戌七七　飌戌七七　饛戌九七　饎戌九七　鑯戌九七　饌戌九七

饗戌九七　饙戌九八　饋戌九八　饘戌九八　饕戌九八　饖戌九八　饈戌九八　饐戌九八　饓戌九八　饜戌九八　饑戌九八　饘戌九八　饛戌九八　饝戌九八　饖戌九八　饟戌九八　饙戌九八　饗戌九八　饒戌九九

饉戌九九　髒戌一〇八　體戌一〇八　髐戌一〇八　髓戌一〇八　髏戌一〇九　髒戌一〇九　髕戌一〇九　髑戌一〇九　鬻戌一一九　鬠戌一一九　鬢戌一一九　鬣戌一二〇　鬤戌一二〇　鬚戌一二〇　鬟戌一二〇　鬘戌一二〇　鬞戌一二〇　鬕戌一二〇　鬖戌一二〇

鬙戌一二〇　鬛戌一二〇　鬝戌一二〇　鬡戌一二〇　鬢戌一二〇　鬙戌一二〇　鬟戌一二〇　鬠戌一二三　鬨戌一二六　鬪戌一二六　鬫戌一二六　鬮戌一二六　魕戌一三三　魖戌一三三　魑戌一三三　魒戌一三三　魕戌一三四　魕戌一三四　魖戌一三四

鬷戌一三四　魓戌一三四　魘戌一三四　魕戌一三四　魔戌一三四　魖戌一三四　魏戌一三四　驗戌一五八　驍戌一五八　驎戌一五八　驐戌一五八　驔戌一五八　驕戌一五八　驕戌一五九　驌戌一五九　驙戌一五九　驊戌一五九　驌戌一五九　驛戌一五九　驟戌一五九

驃戌一五九　驐戌一五九　驑戌一五九　驓戌一五九　驏戌一五九　驙戌一五九　驒戌一五九　驖戌一六〇　驗戌一六〇　驍戌一六〇　驎戌一六〇　驚戌一六〇　驈戌一六〇　驑戌一六〇　驎戌一六〇　驕戌一六〇　驔戌一六〇　驛戌一六〇　驊戌一六〇　驕戌一六〇

驕戌一六〇　驛戌一六〇　驕戌一六六　驩戌一六六　驪戌一六六　鬮戌一六七　鬭戌一六七　鰲亥三〇　鰷亥三〇　鰹亥三〇　鰻亥三〇　鰼亥三一　鱄亥三一　鱁亥三一　鱃亥三一　鱅亥三一　鰱亥三一　鱇亥三一　鰧亥三一　黴亥三二

鰻亥三二　鰲亥三二　鰶亥三二　鰲亥三二　鱗亥三二　鰸亥三二　鱔亥三二　鱒亥三二　鱈亥三二　鱒亥三二　鰾亥三二　鱌亥三二　鱝亥三二　鱗亥三二　鱳亥三二　鱀亥三二　鱞亥三二　鱆亥三二　鱑亥三二　鱶亥三二

鱋亥二三三 鰤亥二三三 鏇亥二三三 鱉亥二三三 鱅亥二三三 鰸亥二三三 鰒亥二三三 鱄亥二三三 鰴亥二三三 鯶亥二三三 鯊亥二三三 鰵亥二三三 鱃亥二三三 鰺亥二三三 鰲亥二三三 鱘亥二三三 鷖亥二七六 鷗亥二七六 鷏亥二七六 鶩亥二七六

鶔亥二七六 鷊亥二七六 鷎亥二七六 鶼亥二七七 鷚亥二七七 鷀亥二七七 鷟亥二七七 鷘亥二七七 鷆亥二七七 鷢亥二七七 鷞亥二七七 鷓亥二七七 鷔亥二七七 鷘亥二七七 鷂亥二七七 鷭亥二七七 鷊亥二七七 鷀亥二七七 鷈亥二七七 鷸亥二七七

鷔亥二七七 鷂亥二七七 鷺亥二七七 鷙亥二七七 鷯亥二七七 鷒亥二七七 鷞亥二七七 鷚亥二七七 鸇亥二七七 鷶亥二七七 鷖亥二七七 鷤亥二七七 鷥亥二七八 鷳亥二七八 鷫亥二七八 鷦亥二七八 鷳亥二七八 鷩亥二七八 鷕亥二七八 鷘亥二七八

鷔亥二七八 鷊亥二七八 鷉亥二七八 鷸亥二七八 鷟亥二七八 鷙亥二七九 鷘亥二七九 鷾亥二七九 鷬亥二七九 鷚亥二七九 鷛亥二七九 鷗亥二七九 鸎亥二七九 鷭亥二七九 鷊亥二七九 鸂亥二七九 鷼亥二七九 鷽亥二七九 麜亥二九六 鹽亥二九六

麠亥二九六 麡亥二九六 麷亥三〇二 麴亥三〇二 麱亥三〇二 麶亥三〇二 麴亥三〇二 麳亥三〇二 麵亥三〇二 麱亥三〇二 麶亥三〇二 麯亥三〇二 麰亥三〇二 麲亥三〇二 麷亥三〇二 麴亥三〇二 麳亥三〇二 麱亥三〇二 麰亥三〇二 麡亥三〇八

黂亥三〇八 黀亥三〇八 黐亥三一二 黇亥三一二 黊亥三一二 黱亥三一二 黕亥三一二 黱亥三一二 黰亥三一三 黲亥三一三 黷亥三一三 黮亥三一三 黯亥三一三 黳亥三一三 黵亥三一三 黶亥三一三 黴亥三一三 黻亥三一三 黹亥三一三 黺亥三一三

黭亥三一三 黼亥三一三 黺亥三一六 黹亥三一六 黺亥三一六 鼉亥三二三 鼆亥三二三 鼇亥三二三 鼈亥三二三 鼊亥三二三 鼉亥三二三 鼈亥三二三 鼇亥三二三 鼊亥三二三 鼆亥三二三 鼙亥三二八 鼷亥三二八 鼸亥三二八 鼹亥三二九 鼺亥三二九

鼸亥三二九 鼹亥三二九 鼷亥三二九 鼶亥三二九 鼴亥三二九 鼵亥三二九 鼳亥三二九 齌亥三四五 齎亥三四五 齏亥三四五 齍亥三四五 齋亥三四五 齏亥三四五 齌亥三四七 齍亥三四七 齋亥三五一 齕亥三五六 齖亥三五六 齗亥三五六

齘亥三五六 齙亥三五六 齚亥三五六 齛亥三五六 齜亥三五七 齝亥三五七 齞亥三五七 齟亥三五七 齡亥三五七 齣亥三五七 齤亥三五七 齥亥三五七 齦亥三五七 齧亥三五七 齨亥三五七 齩亥三五七 龔亥三六四 龕亥三六四 龖亥三六四

龗亥三六四 龘亥三六四 龔亥三六四 龕亥三六四 龓亥三六四 龒亥三六四 龖亥三六六 龗亥三六六 龝亥三六七 龞亥三六七 龜亥三六七 龝亥三六七 龟亥三六七 龞亥三六七 龜亥三六七 龝亥三六七

二十三畫

儽子九四 儾子九四 儺子九四

儷子九四 儼子九四 劙子一三五 劘子一三五 劚子一三五 劙子一四六 勷子一四六 囌丑六〇 囐丑六一 囓丑六一 囒丑六一 囍丑六一 囐丑六一 囏丑六一 囑丑六一 孍丑一一八 孏丑一三六 孇丑一三六 孈丑一六三 巖丑一九一

巘丑一九一 巙丑一九一 巚丑一九一 巑丑二二四 彏寅三六 孊寅八八 孌寅八八 嬿寅八八 戁寅一二一 戄寅一二一 戃寅一二一 戅寅一二一 攫寅一四三 攪寅一七三 攣卯一〇一 攢卯一〇一 攦卯一〇三 攧卯一〇三 攩卯一〇三 攪卯一〇三

𩯁戌一二〇　𩯭戌一二〇　鬟戌一二〇　鬠戌一二〇　鬡戌一二〇　鬞戌一二〇　鬮戌一二二　鬫戌一二三　𩰫戌一二六　𩰬戌一二六　鬺戌一二七　䰜戌一二七　鬻戌一二七　𩱜戌一二七　𩱝戌一二七　魒戌一三四　魖戌一三四　髑戌一六〇　𩪘戌一六〇　髒戌一六〇

驗戌一六〇　髕戌一六〇　髞戌一六一　髗戌一六一　䯫戌一六一　𩪿戌一六一　髖戌一六一　䯭戌一六一　髓戌一六一　䯬戌一六一　𩫃戌一六一　髐戌一六一　䯩戌一六一　髍戌一六一　䯪戌一六一　髖戌一六一　髕戌一六一　𩪲戌一六二　髁戌一六六　䯌戌一六六

鰄戌一六六　䯱戌一六六　鰝亥三三　鱡亥三三　鱍亥三三　鱓亥三三　鱗亥三四　鱉亥三四　鱋亥三四　鮹亥三四　鱉亥三四　鱛亥三四　鱪亥三四　鱌亥三四　鱎亥三四　鱏亥三四　鱭亥三四　鱐亥三四　鱝亥三四　鱜亥三四

鱒亥三四　鱩亥三五　鱖亥三五　鱚亥三五　鱕亥三五　鱖亥三五　鱞亥三五　鱮亥三五　鱳亥三五　鱓亥三五　鱍亥三五　鱌亥三五　鱘亥三五　鱟亥三五　鱎亥三五　鱛亥三五　鱔亥三五　鱙亥三五　鱏亥三五　鱛亥三五

鱔亥三五　鰹亥三五　鱥亥三六　鱵亥三六　鷝亥七九　鷫亥七九　鷮亥七九　鷭亥七九　鷯亥七九　鷲亥八〇　鷰亥八〇　鷴亥八〇　鷳亥八〇　鷵亥八〇　鷷亥八一　鷸亥八一　鷹亥八一　鷺亥八一　鸇亥八一　鷻亥八一

鷿亥八一　鷼亥八一　鸀亥八一　鸁亥八一　鸂亥八二　鸃亥八二　鸄亥八二　鸅亥八二　鸆亥八二　鸈亥八二　鸉亥八二　鸊亥八二　鸋亥八二　鸌亥八二　鸍亥八二　鸎亥八二　鸐亥八二　鸑亥八二　鸒亥八二　鸓亥八二

鸔亥八二　鸖亥八二　鸗亥八二　鸘亥八二　鸙亥八二　鸚亥八二　鸛亥八二　鸜亥八二　鸝亥八二　鸞亥八二　鸕亥八三　鸒亥八三　鸓亥八三　鸔亥八三　鸖亥八三　鸗亥八三　鸘亥八三　鸙亥八三　鸚亥八三　鸛亥八三

鸜亥八三　鸝亥八三　鸞亥八三　鸕亥八三　鸒亥八三　鸓亥八三　鸔亥八三　鸖亥八三　鸗亥八三　鸘亥八三　鸙亥八三　鸚亥八三　鸛亥八三　鸜亥八三　鸝亥八三　麟亥九六　麢亥九六　麡亥九六　麠亥九六　麜亥九六

麝亥九六　麣亥九六　麤亥九六　麧亥一〇三　麮亥一〇三　麯亥一〇三　麰亥一〇三　麱亥一〇三　麲亥一〇三　麳亥一〇三　麛亥一〇六　麜亥一〇六　黀亥一〇八　黂亥一〇八　黃亥一〇九　黄亥一〇九　黅亥一〇九　黆亥一一一　黇亥一一三　黈亥一一三

黴亥一一三　黵亥一一三　黶亥一一三　黷亥一一三　黸亥一一三　黹亥一一三　黺亥一一三　黻亥一一三　黼亥一一三　黽亥一一三　黾亥一一八　黿亥一一八　鼀亥一一八　鼁亥一一八　鼂亥一一八　鼃亥一二〇　鼄亥一二〇　鼅亥一二三　鼆亥一二三　鼇亥一二三

鼈亥一二九　鼉亥一二九　鼊亥一二九　鼋亥一二九　鼌亥一二九　鼍亥一二九　鼎亥一二九　鼏亥一二九　鼐亥一二九　鼑亥一二九　鼒亥一二九　鼓亥一二九　鼔亥一二九　鼕亥一四〇　鼖亥一四七　鼗亥一四七　鼘亥一四七　鼙亥一四七　鼚亥一四七　鼛亥一五一

齮亥一五七　齬亥一五七　齭亥一五七　齮亥一五七　齯亥一五七　齰亥一五七　齱亥一五七　齲亥一五七　齳亥一五七　齴亥一五七　齵亥一五七　齶亥一五七　齷亥一五七　齸亥一五八　齹亥一五八　齺亥一五八　齻亥一五八　齼亥一五八　齽亥一五八　齾亥一五八

雔亥二五八　鬮亥二五八　龔亥二六四

二四畫

儾子九四　𠒎子一〇八　劚子一三五　𠫭子一七四　厴子一七四　變子二〇一　𠭥子二〇一　囑丑八一　囐丑八一　囂丑八一　囋丑八一　囆丑八一　巖丑八一　囓丑八一　𡅽丑八一　囒丑八一

𡅾丑八一　𡈼丑二〇五　壧丑一六三　𡗖丑一九三　𡗗丑一九三　𡗘丑一九三　𡗙丑一九三　𡦐丑一九四　𡦑丑三二四　孇寅三八　𡤼寅三八　孎寅八九　孆寅八九　𡤻寅八九　孏寅八九　𡾍寅一三一　巕寅一三一　巘寅一三一　𡿊寅一三一

攬卯一〇三　攭卯一〇三　攮卯一〇三　攝卯一〇三　攤卯一〇三　攢卯一〇三　操卯一〇三　戇卯一六九　戆卯一六九　戃卯一六九　懶卯一六九　懨卯一六九　曭辰二六　曮辰二六　曯辰二六　曬辰二六　朧辰三九　戴辰八六　𣀵辰八六　𣂓辰八六

爣巳四三　爔巳四三　灝巳二一四　灣巳二一五　灢巳二一五　灤巳二一五　灦巳二一五　灨巳二一五　灟巳二一五　灡巳二一五　灩巳二一五　灒巳二一五　灑巳二一五　灐巳二一五　欞巳三二四　欙巳三二四　欚巳三三五　欗巳三三五　欛巳三三五　欘巳三三五

櫢巳三三五　欜巳三三五　欏巳三三五　犨巳三三五　𤜼巳三三五　獽巳三六三　獾巳三六三　矡巳三六三　犩巳三八九　𤛮巳三九一　瓛午五　瓗午五　甗午九　𤮹午九　𤰥午三〇　𤺥午三〇　癲午六四　癰午六五　癱午六五　癬午六五

癭午六五　癮午六五　璊午一一〇　瓚午一一〇　礭午一四〇　礹午一四〇　礸午一四〇　礷午一四〇　礵午一四九　矚午一五九　𥌮午一六三　禶午一八八　禷午一八八　禴午一八八　禳午一八八　𥞿午一八九　𥢶午二一五　穳午二一五　籚午二四〇　籛午二六八

𥸊午二六八　𥸎午二六八　矙午二六八　𦢨未五〇　𦢩未五〇　𦢪未五〇　𦢫未五三　𦢬未五三　艷未七四　𦪗未一四七　𧗙未一四七　蠧未一四七　蠵未一四七　蠶未一四七　蠷未一四七　蠸未一四七　蠹未一四七　蠻未一四七　𧕿未一四八

蠼未一四八　𧗖未一四八　蠳未一四八　蠲未一四八　蠱未一四八　𧔼未一四八　𧕾未一四八　蠺未一四八　𧕔未一四八　𥽪未二一三　𥽷未二一三　𥽸未二一三　𥾂未二一三　𥾁未二一三　𥾀未二一三　𥽿未二一三　𥽾未二一三　𥽽未二一三　𥽼未二一三

𦆵未二一三　𦆶未二一三　𦆷未二一三　𦆸未三七一　𦆹未三七一　𦆺未三七一　𦆻未三七一　𦆼未三七一　𦆽未三七一　𦆾未三七一　𦆿未三七一　𦇀未三七一　𦇁未三七一　𦇂未三七一　𦇃未三七一　𦇄未三七一　𦇅未三七一

艭未三八二　襶未四二六　襴未四二六　襹未四二六　襷未四二六　襸未四二六　襺未四二六　襻未四二六　襼未四二六　襽未四二六　𧟌未四二六　纒未四九三　纓未四九三　纔未四九三　纕未四九四　纖未四九四　纗未四九四　纘未四九四　纙未四九四　纚未四九四

𧭈未四九四　𧮍未五一二　𧮎未五一二　𧮏未五一二　𧮐未五一八　𧮑未五一八　𧮒未五二九　𧮓未五二九　𧮔未五二九　𧮕未五三八　𧮖未五三八　𧮗未五三八　𧮘未五三八　𧮙未五三八　𧮚未五三八　𧮛未五三八　𧮜未五四二　𧮝未五四七　𧮞申九

𧮟申三八　𧮠申三八　𧮡申四九　𧮢申八七　𧮣申八七　𧮤申八八　𧮥申八八　𧮦申八八　𧮧申八八　𧮨申八八　𧮩申八八　𧮪申八八　𧮫申八八　𧮬申八八　𧮭申一〇七　𧮮申一〇七　𧮯申一〇七　𧮰申一四八　𧮱申一四八

邋申一四八　遭申一四八　論申二二五　讒申二二五　讓申二二五　讔申二二五　讕申二二五　讗申二二五　讖申二二五　譻申二二六　讘申二二六　讙申二二六　讆申二二六　讛申二二六　讟申二二六　譸申二二六　讚申二二六　覾申二二七　覿申二二七　觀申二二七

轞申二五九　羸申二五九　轗申二五九　轔申二五九　轥申二五九　轠申二五九　轜申二六〇　轢申二六〇　轟申二六〇　醽申二八九　釀申二八九　醹申二八九　醫申二八九　醾申二八九　醶申二八九　醻申二八九　釂申二八九　釃申二八九　釄申二九〇　酆申三三一

鑨申三三六　鑯申三三一　艷申三三一　鑪酉六〇　鑱酉六〇　鑵酉六〇　鑳酉六〇　鑴酉六〇　鑫酉六〇　鑰酉六〇　鑲酉六〇　鑣酉六〇　鑠酉六〇　鑽酉六〇　鑶酉六〇　鑸酉六一　闤酉八五　靈酉一〇四　靄酉一〇四　韇酉一〇四

靈酉一〇四　露酉一〇五　靃酉一〇五　靂酉一〇五　靉酉一〇五　靆酉一〇五　靇酉一〇五　靅酉一〇五　靄酉一〇五　靎酉一〇五　靆酉一〇五　闢酉一四六　雥酉一六二　雦酉一六二　雛酉一六二　離酉一六二　爟酉一六二　璗戌二　礦戌四　礴戌四

鬱戌六　顠戌四四　顬戌四四　顥戌五五　顫戌五五　顱戌五五　顴戌五五　顯戌五五　顳戌五五　韈戌五三　韊戌五三　韉戌五三　韅戌五三　韆戌五三　韂戌五三　韇戌六〇　韄戌六〇　韉戌六〇　韊戌六五　飍戌七五

颮戌七五　颶戌七五　飀戌七五　颻戌七五　饁戌九九　饋戌九九　饌戌九九　饍戌九九　饎戌九九　饐戌九九　饑戌九九　髏戌一一〇　髐戌一一〇　髑戌一一〇　髓戌一一〇　鬣戌一一三　鬢戌一一三　鬚戌一一三　鬟戌一一三　鬤戌一一三

鬡戌一一三　鬠戌一一三　鬟戌一一三　鬣戌一一三　鬻戌一一七　鬺戌一一七　鬹戌一一七　魖戌一二四　魕戌一二四　魘戌一二四　魙戌一二四　魗戌一二四　魒戌一二四　魓戌一二四　魑戌一二四　魕戌一二四　魌戌一二四　魖戌一二四　魔戌一二四　魕戌一二四

驟戌一六二　驟戌一六一　驥戌一六一　驤戌一六一　驢戌一六一　驪戌一六一　驦戌一六一　驩戌一六一　驣戌一六二　驤戌一六二　驧戌一六二　驩戌一六二　驥戌一六二　驪戌一六二　驩戌一六二　驢戌一六二　驧戌一六六　鬭戌一六七　鬮戌一六八　鬮戌一六八

鱁亥三六　鱅亥三六　鱃亥三六　鱄亥三六　鱇亥三六　鱊亥三六　鱉亥三六　鱌亥三六　鱍亥三六　鱎亥三六　鱏亥三六　鱐亥三六　鱑亥三六　鱒亥三七　鱓亥三七　鱔亥三七　鱕亥三七　鱖亥三七　鱗亥三七　鱢亥三七

鱇亥三七　鱤亥三七　鱥亥三七　鱡亥三七　鱧亥三七　鱨亥三七　鱩亥三七　鱪亥三七　鱫亥三七　鱬亥三七　鱭亥三七　鱮亥三七　鱯亥三七　鷹亥八三　鷸亥八三　鷿亥八三　鸀亥八三　鸁亥八三　鸂亥八三

鸃亥八四　鸄亥八四　鸅亥八四　鸆亥八四　鸇亥八四　鸈亥八四　鷺亥八四　鸉亥八四　鸊亥八四　鸋亥八四　鸌亥八四　鸍亥八四　鸎亥八四　鸏亥八四　鸐亥八五　鸑亥八五　鸒亥八五　鸓亥八五　鷔亥八五　鸂亥八五

鸔亥八五　鷄亥八五　鸕亥八五　鸖亥八五　鸗亥八五　鸘亥八五　鸙亥八五　鸚亥八五　鸛亥八五　鸜亥八五　鸝亥八五　鸞亥八五　鸉亥八五　鸊亥八五　鸋亥八五　鸌亥八五　鸍亥八五　鸎亥八五　鹽亥八五　鹼亥九六

轎申三六〇	轔申三六〇	釁申三九〇	醻申三九〇	邐申三三一	䢮申三三一	鑭酉六一	鏻酉六一	鑯酉六一	鑰酉六一	鑱酉六一	鑲酉六一	鑋酉六一	鑾酉六一	鑣酉六一	鑹酉六一	鑷酉六三	鑼酉六三	闤酉八五	闟酉八五	闥酉八五
霰酉二〇五	霳酉二〇五	霹酉二〇六	霿酉二〇六	靃酉二〇六	靄酉二〇六	靆酉二〇六	霽酉二〇六	靇酉二〇六	靉酉二〇六	韃酉二一三	韈酉二四六	雞酉二六三	雡酉二六三	靈戌三	顥戌三五	顦戌三五	顧戌三五	顩戌三五	顬戌三五	轅戌五四
韣戌五四	韤戌五五	韥戌五五	韇戌六〇	飃戌七五	飆戌七六	飋戌七六	饋戌九九	饌戌九九	饑戌九九	饘戌九九	饛戌九九	饍戌九九	饎戌九九	饐戌一一〇	饑戌一一〇	饒戌一一〇	鬤戌一三一	鬟戌一三一	鬣戌一三一	
鬢戌一三一	鬠戌一三一	鬡戌一三一	鬣戌一三一	鬱戌一二七	鬻戌一二七	鬺戌一二七	魑戌一三四	魒戌一三四	驎戌一六三	驏戌一六三	驐戌一六三	驑戌一六三	驖戌一六三	驓戌一六三	驖戌一六三	驔戌一六三	驕戌一六三	驛戌一六三	驟戌一六三	
鰥戌一六六	鱜亥三七	鱎亥三七	鱝亥三七	鱒亥三八	鱏亥三八	鱓亥三八	鱧亥三八	鱞亥三八	鱗亥三八	鱟亥三八	鱠亥三八	鱣亥三八	鱘亥三八	鱙亥三八	鱥亥三八	鱦亥三八	鱫亥三八	鶴亥八五	鷃亥八五	
鷈亥八五	鷀亥八六	鷁亥八六	鷂亥八六	鷃亥八六	鷄亥八六	鷇亥八六	鷊亥八六	鷋亥八六	鷌亥八六	鷍亥八六	鷎亥八六	鷏亥八六	鷐亥八六	鷑亥八六	鷒亥八六	鷓亥八六	鷔亥八六	鷕亥八六	鷖亥八六	鷗亥八六
鷘亥八六	鷙亥八六	麠亥九七	麡亥九七	麢亥九七	麣亥九七	黐亥一〇五	黵亥一一〇	黶亥一一〇	黷亥一一〇	黸亥一二四	黹亥一二四	黺亥一二四	黻亥一二四	黼亥一二四	黽亥一二四	黿亥一二四	鼀亥一二四	鼁亥一二四	鼂亥一二四	
鼃亥一二四	鼄亥一二四	鼅亥一二四	鼆亥一二四	鼇亥一二四	鼈亥一二八	鼉亥一二八	鼊亥一三四	鼋亥一三四	鼌亥一四〇	鼍亥一四〇	鼎亥一四〇	鼏亥一四〇	鼐亥一四五	鼑亥一四五	鼒亥一四八	鼓亥一四八	鼔亥一四八	鼕亥一五一	鼖亥一五三	
齉亥一五九	齆亥一五九	齇亥一五九	齈亥一五九	齉亥一五九	齱亥一五九	齲亥一五九	齳亥一五九	齴亥一五九	齵亥一五九	齶亥一六〇	齷亥一六〇	齸亥一六〇	齹亥一六〇	齺亥一六〇	齻亥一六〇	齼亥一六〇	齽亥一六〇	齾亥一六〇	龤亥一六〇	
龥亥一六七	龠亥一六八	龡亥一六八	龢亥一六八	龣亥一六八	二十六畫	儾子九四	劘子一三五	劙子一三五	匷子一三五	犨子一八四	囔丑六一	囕丑六一	囍丑六三	囐丑六三	囒丑六三	囓丑六三	圞丑九一	廲丑一三六	躞丑一六三	
孋丑一六三	孈丑一六三	孊寅五九	孌寅五九	孏寅一四五	孎寅一四五	髭卯二一	曯辰三六	曮辰三六	歡辰六〇	變巳三	灎巳三一五	灓巳三一五	灔巳三一五	灕巳三一六	灖巳三一六	灗巳三一六	灘巳三一六	灙巳三一六	灚巳三一六	灛巳三一六
灜巳三一六	欞巳三三五	欟巳三三五	爵巳三三五	爨巳三三五	爩巳三三五	廳午五	鬱午五	鑿午五	竊午三〇	癵午六五	癰午六五	瓛午一一〇	瓚午一一〇	瓙午一一〇	瓘午一四〇	瓕午一四〇	矚午一八九	矙午一八九	矘午一八九	

中華大字典檢字　二十五畫　二十六畫　一百七十三

中華大字典檢字　三十三畫—五十二畫　一百七十七

中華大字典總目

中華大字典 子集

※一 部※

【一】益悉切音壹質韻

(一)惟初大始道立於一。造分天地化成萬物。見〔說文〕。

(二)數名。數之始也。〔老子〕道生一。一生二。

(三)道也。〔呂覽論人〕知神之謂得一。

(四)統一也。〔孟子梁惠王〕定於一。

(五)著也。〔周書命訓〕其極一也。

(六)不變也。〔荀子禮論〕古今之所一也。

(七)無敵也。〔淮南詮言〕一也者、萬物之本也。無敵之道也。

(八)純也。〔易繫辭〕天下之動。貞夫一者也。

(九)獨也。〔方言〕一。蜀也。南楚謂之獨。

(十)誠也。〔禮記中庸〕所以行之者一也。

(十一)同也。〔孟子離婁〕先聖後聖。其揆一也。

(十二)齊也。〔唐書薛平傳〕徭賦均一。

(十三)皆也。〔大戴記衛將軍文子〕則一諸侯之相也。

(十四)專也。〔禮記禮運〕欲一以窮之。

(十五)質也。〔說苑反質〕一者質也。

(十六)分也。〔呂覽舉難〕故擇務而貴取一也。

(十七)猶乃也。〔呂覽知士〕一至此乎。

(十八)猶常也。〔淮南說林〕而又況一不信者乎。

(十九)猶等也。〔呂覽情欲〕欲之若一。

(二十)謂無也。〔管子內業〕一物能化謂之神。一物能變謂之智。

(廿一)樂譜也。度曲協音。其聲凡十。曰五、凡、工、尺、上、一、四、六、勾、合。〔宋史樂志〕黃鐘用合字。太呂太簇用四字。夾鐘姑洗用一字。夷則南呂用工字。無射應鐘用凡字。各以上下分為清濁。其中呂蕤賓林鐘不可以上下分。中呂用上字。蕤賓用勾字。林鐘用尺字。其黃鐘清用六字。大呂太簇夾鐘清各用五字。而以下上緊別之。〔按此譜宋遼史互見。宋詞話、有理會五凡工尺上語。即此。通俗編云。此乃朱子所謂半字譜也。古作樂譜者。初以△口形狀為識。如禮投壺篇魯鼓薛鼓之法。尋以音調各出。二文未足於用。乃即二文增損乘積用之。〕

(廿二)一一逐一也。〔韓非內儲〕潛王立好一一聽之。

(廿三)一人。天子也。〔書君奭〕故一人有事於四方。〔又〕一丈夫亦天子之稱。見〔周書文傳從生蠡以養一丈夫注〕。

(廿四)一日猶昨日也。〔後漢李充傳〕一日聞足下與鄧將軍說士未究。〔又〕一昨。義同。如宋史定安國傳一昨出師之類是。〔又〕甲子之日也。見〔國策秦策領戰一日注〕。

(廿五)一切。謂權時也。見〔後漢李通傳注〕。〔按光武紀一切勿案義同。今言一切。但用大學朱注壹是一切之義。〕

(廿六)一月周之正月也。〔書武成〕惟一月。

(廿七)三一。天一、地一、及天地未分之元氣也。〔漢書郊祀志〕以太牢祀三一。

(廿八)天一、太一、均星名。見〔星經〕。

(廿九)空之謂一。見〔鶡冠子環流〕。

(三十)尺一。版長尺一以寫詔書也。〔後漢陳蕃傳〕尺一選舉。

(卅一)近世公牘帳簿記數。通作壹。商碼作一。亞拉伯字作1。

(卅二)姓也。明一炫宗。〔又〕三字姓北魏一那婁氏。後改婁氏。

一畫

【丁】當經切音釘青韻

(一)夏時萬物皆丁實。見〔說文〕。〔按丁實小徐本作丁壯成實。史記律書曰丁者言萬物之丁壯也。〕

(二)十干之一。〔爾雅釋天〕太歲在丁曰強圉。〔又〕月在丁曰圉。

(三)柔也。見〔淮南天文〕。

(四)強也。見〔廣雅釋詁〕。

(五)當也。〔詩雲漢〕寧丁我躬。〔按唐道因碑云。於內艱世稱遭父母喪曰丁艱。亦曰丁憂。即此意。〕

(六)丁年。壯年之人也。〔文選李陵書〕丁年奉使。

(七)庖丁。庖夫也。〔莊子養生主〕庖丁解牛。

(八)祭名。仲春仲秋。以上丁祭孔子。稱丁祭。蓋本於月令上丁。釋菜先師之義。

(九)述義不克曰丁。迷而不悌曰丁。見〔周書謚法〕。

(十)魚枕也。〔爾雅釋魚〕魚枕謂之丁。〔注〕枕在魚頭骨中形似篆書丁。

字。

(十一)｜爻。蘧草也。見〔御覽引廣雅〕。

(十二)｜寧。謂再三告誡也。俗作叮嚀。〔漢書谷永傳〕以｜寧陛下。〔又〕鉦也。〔左宣四年傳〕著於｜寧。

(十三)零｜。失志貌。或作伶仃。〔晉書李密傳〕零｜孤苦。至於成立。

(十四)烏｜。茶名。見〔本草〕。

(十五)｜東。當皆聲也。今俗語猶然。

(十六)地｜。田賦之名。蓋昔時田地人｜。各有賦稅。後併｜於田。總稱地｜。〔又〕藥名。見〔本草〕。

(十七)丙｜。屬火。俗引伸謂火為丙｜。〔呂覽孟夏〕其日丙｜。〔注〕丙｜。火日也。

(十八)五｜。力士也。〔杜甫詩〕論功超五｜。

(十九)六｜。神名。〔道書〕陽官六甲。陰官六｜。謂六甲中｜神也。

(二十)肉｜。瘡名也。〔物類相感賦〕身上生肉｜。芝麻花擦之。

(廿一)｜子。科斗也。初生如｜有尾。〔莊子天下〕｜子有尾。

(廿二)姓也。齊｜公後。因以為氏。

〔丁〕中莖切音朾庚韻

｜｜。伐木聲。〔詩伐木〕伐木｜｜。

〔丂〕苦浩切音考皓韻

氣欲舒出。ㄅ上礙於一也。古文以為亐字。又以為巧字。見〔說文〕。

〔七〕戚悉切音漆質韻

(一)陽之正也。从一。微陰从中衺出也。見〔說文〕。

(二)數名。六加一之數也。〔詩無衣〕豈曰無衣｜兮。

(三)西方謂之｜。〔素問五常政大論〕眚於｜。〔注〕｜、西方也。

(四)詞家以｜名篇。始於枚乘｜發。後傅毅｜激。崔駰｜依。曹植｜啟。張協｜命。繼之。凡十餘家。

(五)｜｜。人名。〔續仙傳〕殷｜｜。名文祥。又名道筌。不知何所人也。

(六)三｜。藥名。〔本草〕言葉左三右四。故名。一說本名山桼。

(七)近世公牘帳簿記數作柒。商碼作〧。亞拉伯字作7。古或作桼漆。

(八)姓也。明｜希賢。

〔𠀀〕虎何切音訶歌韻

(一)反丂也。讀若呵。見〔說文〕。

(二)氣舒也。〔精蘊〕氣出而易也。反丂見意。𠀀之為大笑聲。借作譴怒聲。皆勸於聲氣也。

二畫

〔万〕同萬。見〔廣韻〕。〔又〕三字姓。西魏柱國｜紐于謹。

〔万〕密北切音墨職韻

｜俟。複姓。俟音其。今讀木其。北齊特進｜俟普。

〔丈〕雉兩切長上聲養韻

(一)十尺也。見〔說文〕。〔按民國三年三月新頒權度條例。營造尺庫平制。五尺為一步。二步為一｜。萬國權度通制。十新尺為一新｜。〕

(二)｜者。長也。見〔大戴記本命〕。

(三)｜者。張也。見〔漢書律曆志〕。

(四)朋友之尊稱曰｜。〔長編〕富鄭公稱范文正公曰范十二｜。

(五)老人之通稱曰｜人。〔六書正譌〕｜借為扶行之杖。老人持杖。故曰｜人。〔又〕嚴莊之稱。見〔易師〕｜人吉注。

(六)男子謂之｜夫。見〔廣雅釋親〕。〔又〕大人稱也。見〔公羊定八年傳〕如｜夫何注。

(七)方｜。方一｜也。〔孟子盡心〕食前方｜。〔又〕佛門長老居室也。〔叢林盛事〕歸方｜一住三十年。〔又〕神山名。〔史記秦始皇紀〕海中有三神山。名曰蓬萊、方｜、瀛洲。仙人居之。〔按俗稱和尚之住持者曰方｜〕。

(八)百｜。牽船筏也。〔杜甫詩〕百｜牽來上瀨船。

(九)函｜。師之尊稱。因古者講席間。相對容｜也。〔禮記曲禮〕席間函｜。

(十)岳｜。｜人。皆世俗妻父之稱。

〔三〕蘇甘切音彡覃韻

(一)天地人之道也。見〔說文〕。〔按｜兼陰陽之數言。老子曰。一生二。二生｜。｜生萬物。此釋｜之義。或曰一耦二為｜。即以一儷二也。｜畫而｜才之道在焉。故曰天地人。又〔史記律書〕數始於一。終於十。成於｜。蓋謂以陽之一。合陰之二。次第重之以成｜數也。〕

(二)終也。〔太玄進〕｜歲不還。

(三)東方謂之｜。〔素問五常政大論〕眚於｜。〔注〕｜、東方也。

(四)姓也。明｜成志。〔又〕複姓。｜閭氏。屈原之後。｜飯氏、｜飯繚之後。｜

州氏、丨州孝子之後也。

㊄近世公牘帳簿記數。多作叁。商碼作川。亞拉伯字作3。

㊅通作參。〔廣雅釋言〕參、丨也。〔按攷工記輪人。參分其股圍。及漢書刑法志。秦造參夷之誅。參並與丨同。〕

【三】蘇暫切音散勘韻

再三也。〔論語公冶長〕季文子丨思而後行。

【上】時亮切音尙漾韻

㊀高也。見〔說文〕。

㊁首也。〔呂覽義賞〕雍季在丨。

㊂天也。〔書文侯之命〕昭升於丨。

㊃君也。〔易剝〕丨以厚下安宅。〔按秦漢以來。遂爲皇帝之通稱。〕

㊄尊也。〔獨斷〕丨者。尊位所在也。

㊅最也。〔淮南氾論〕而今行爲丨。

㊆重也。見〔方言〕。

㊇豐也。〔禮記禮器〕與年之丨下。〔注〕丨下年之豐凶也。

㊈盛也。〔淮南時則〕堅致爲丨。

㊉古也。〔呂覽蕩兵〕兵之所自來者丨矣。

⑪猶前也。〔呂覽安死〕自此以丨者。

⑫猶遠也。〔儀禮喪服傳〕尊者尊統丨。

⑬猶尙也。貴也。〔史記平津侯主父傳〕丨篤厚。

⑭猶始也。〔公羊成十七年傳〕郊用正月丨辛。〔注〕丨辛。猶始辛。〔按如丨丁、丨戊又丨日、謂朔日。丨春爲孟春。皆是。〕

⑮陽也。見〔禮記少儀皆尙左手注〕。

⑯面也。〔易渙〕風行水丨。渙。〔按管子注。陽凍地。丨陰凍地下。亦此義。說文。丨、高也。下、底也。此互文見意。有高則有卑。有底則有面。如天丨、山丨。皆高也。波丨、冰丨、市丨、場丨。皆言其表。推之則有側畔之義。〕

⑰側畔也。〔史記孔子世家〕唯子貢廬於冢丨。〔按如川丨、汶丨。皆是。〕

⑱長也。〔呂覽論威〕君臣丨下。

⑲丨國。中國也。〔呂覽知化〕必行於丨國。

⑳丨人。僧之尊稱。〔能改齋漫錄〕唐時多以僧爲丨人。〔按世俗卑幼稱尊長。僮僕稱主人。亦用之。〕

㉑丨天。冬天也。見〔爾雅釋天〕。〔按李巡云。冬、陰氣在丨。萬物伏藏。故曰丨天。〕

㉒歲陽。〔爾雅釋天〕太歲在庚曰丨章。〔按史記曆書作商橫。〕

㉓姓也。漢丨雄。明丨覲。丨志。〔又〕丨官。複姓。

【上】是掌切商上聲養韻

㊀升也。〔易需〕雲丨於天。

㊁加也。〔論語顏淵〕草丨之風必偃。

㊂陵也。〔國語周語〕民可近也。而不可丨也。

㊃大也。〔淮南說山〕是以能丨之。

㊄進也。如言丨策丨書。〔漢書東方朔傳〕朔丨三千奏牘。

㊅四聲之一。高呼而猛烈者爲丨。

㊆仰也。〔周禮卜師〕辨龜之丨下左右陰陽。

㊇樂譜也。〔宋史樂志〕中呂用丨字。〔餘詳一字㊃〕。

㊈丨氣。逆喘也。〔周禮疾醫〕冬時有嗽丨氣疾。

㊉通尙。〔詩陟岵〕丨愼旃哉。

【下】亥雅切遐上聲馬韻

㊀底也。〔見說文〕。〔如呂覽功名。出魚乎十仞之丨。是其義也。〕

㊁逕也。〔淮南脩務〕墝埆高丨。

㊂地位也。〔素問五運行大論〕何謂丨。

㊃臣也。〔呂覽圜道〕所以立上丨。

㊄凡庶也。〔易繫辭〕丨交不瀆。

㊅足也。〔素問厥論〕陽氣衰於丨。則爲寒厥。

㊆藪澤也。〔國語周語〕歸物於丨。

㊇後也。〔詩下武〕丨武維周。

㊈猶近也。〔儀禮喪服傳〕卑者卑統丨。

㊉陰也。見〔禮記少儀皆尙左手注〕。

⑪賤也。〔左襄二十三年傳〕丨妾不得與郊弔。

⑫屬也。〔蘇軾詩〕强將之丨無弱兵。

⑬幼也。〔呂覽論威〕君臣上丨。

⑭末也。〔論語憲問〕小人丨達。

⑮丨天。謂人主也。〔老子〕天丨多忌。〔俗稱世界曰天下。又謂中國曰天下。〕

⑯席丨。席西也。〔禮記燕禮〕降席丨。

⑰丨陳。後列也。〔史記李斯傳〕後宮充丨陳。

⑱丨女。謂神女之侍女也。〔離騷〕相丨女之可貽。〔今日本稱侍女曰丨女。義本此。〕

⑲丨關。唐時分天下之關爲二十六。分上關、中關、丨關。丨關令一人。〔按我國南京有丨關地。日本地名。

亦有—闕。

⑪—手書。〔周禮質劑注〕質劑一札而別之也若今—手書。〔疏〕漢時—手書卽今之指畫券也。〔按古時印章不盡人有。多以手畫券爲記。又日本語謂拙爲—手。〕

【下】亥駕切遐去聲禡韻

①降也。〔禮記射義〕—而飮。

②降於敵也。〔呂覽爲欲〕七日而原不—。

③使敵降也。〔史記項羽紀〕已—東陽。

④謙也。〔荀子堯問〕賜爲人—而未知也。

⑤頒也。〔漢書文帝紀〕吾詔書數—。

⑥猶去也。〔周禮司士〕歲登—其損益之數。

⑦避也。〔呂覽愼人〕讓賢而—之。

⑧入地也。〔易繫辭〕上—無常。〔廣註〕入地爲—。

⑨猶滅也。〔國策西周策〕溫囿不—。

⑩猶出也。〔國策秦策〕—兵三川。

⑪猶隕也。〔呂覽功名〕—鳥乎百仞之上。

⑫落也。見〔爾雅釋詁〕。

⑬俯也。〔周禮卜師〕辨龜之上—左右陰陽。

【丌】居之切音姬支韻

①下基也。薦物之—。見〔說文〕。

②姓也。唐—賓—士能。

【丒】古且字。見〔集韻〕。

三畫

【不】必墨切音北職韻分物切音弗物韻〔案—音滋歧異。古多讀平上二聲。切韻指掌圖定爲逋骨切。今讀與之合。惟今北方讀如叔鋪切。南方亦有異讀。此音北從段玉裁。〕

①鳥飛上翔。—下來也。从一。一猶天也。象形。見〔說文〕。

②弗也。〔禮記射義〕好學—倦。好禮—變。〔—訓作弗。〕

③無也。〔詩君子于役〕—日—月。〔言無一定之日月。序所謂行役無期度也。凡經傳—字他本亦多引作無。〕

④非也。〔禮記中庸〕苟—至德。至道不凝焉。〔疏〕—、非也。

⑤反語詞。如—亦、亦也。—有、有也。—盈、盈也。—顯、顯也。—難、難也。

⑥發聲詞。〔爾雅釋魚〕龜左倪—類。右倪—若。〔疏〕—、發聲也。

⑦不然也。不可也。見〔韻會〕。

⑧未也。見〔正韻〕。

⑨毋也。〔書召誥〕王—敢後。〔言毋敢或後也。〕

⑩勿也。〔孟子滕文公〕夷子—來。〔言夷子勿來也。〕

⑪—周。山名。〔淮南原道〕觸—周之山。〔注〕在崑崙西北。〔按方輿紀。崑崙山在陝西肅州衛西北。後肅州衛爲甘肅酒泉縣。山當在今甘肅境。〕

⑫通丕。〔書康誥〕惟乃丕顯考文王。〔丕通作—。—顯顯也。—顯考。顯考也。〕

【不】俯九切音缶有韻

①弗也。見〔廣韻〕。

②同否。〔詩何人斯〕否難知也。〔箋〕否。不通也。我與汝情不通。汝與於諸我與否。復難知也。

【不】芳無切音夫虞韻

華—注。山名。〔左成二年傳〕三周華—注。〔一名靡笄山。在今山東歷縣東北十五里。〕

【不】方鳩切音浮尤韻

①夫—。鳥名。隹也。或作鳺鴀。〔爾雅釋鳥〕鵖其鳺鴀。〔疏〕陸璣云。今小鳩也。一名鵓鳩。幽州人或謂鷎鵴。梁宋間謂之隹。揚州人亦然。

②未定之辭。〔陶潛詩〕未知從今去。當復如此—。

【不】補靡切音彼紙韻

①鄙也。〔荀子賦論〕君子所敬而小人所—者與。〔注〕謂小人所鄙也。

②—借。卽麻作之履也。見〔方言〕。

【不】必幽切音彪尤韻

姓也。晉汲郡人—準。〔正字通〕—姓之—。轉注古音音彪。

【与】演女切音予語韻

賜予也。一勺爲—。見〔說文〕。〔按—與予三字古通。〕

【丏】彌殄切音眄彌兗切音緬銑韻

①不見也。象擁蔽之形。見〔說文〕。〔謂左右壅蔽而不分也。〕

②避箭短牆也。見〔字彙〕。

【丐】居太切音蓋泰韻居曷切音葛曷韻〔本作匃〕。

(一)乞也。〔史記外戚世家〕｜沐沐我。
(二)予也。見〔廣雅釋詁〕。
(三)乞人曰｜。〔柳宗元書〕皁隸傭｜。皆得上父母邱墓。
(四)求願曰｜。見〔一切經音義〕。〔卽今請願之意。〕
(五)人名。齊張｜。楚屈｜。
(六)屈｜。北方言卑下也。見〔北史僭僞附庸傳〕。

【丑】敕久切音醜有韻

(一)紐也。十二月萬物動用事。見〔說文〕。
(二)太歲在｜曰赤奮若。見〔爾雅釋天〕。
(三)日辰名。雞鳴爲丑。卽今云午前一小時二小時也。
(四)牛也。見〔論衡物勢〕。
(五)械也。〔六書正譌〕｜、手械也。从又。手也。有物以縶之。
(六)畜也。〔太玄玄數辰戌丑未注〕｜之言畜也。畜養萌芽也。
(七)戲劇腳色之一。〔堅瓠集〕優伶有生旦淨｜之名。樂記注謂俳優雜戲。如獮猴之狀。乃知生、狌也。旦、狚也。淨、狰也。｜、狃也。謂俳優如四獸。
(八)姓也。周｜父元｜閭明｜成。
(九)別作丒。〔楊統碑〕三月癸丒。〔丒卽丑〕

【丘】同丘。〔道藏洞靈經〕黃帝得常仙。封鴻龐容｜。

【旦】古旦字。見〔玉篇〕。

四畫

【且】淺野切音姐馬韻

(一)所以薦也。〔段玉裁云〕｜古音俎。所以承藉進物者。引伸之。凡有藉之詞皆曰｜。凡語助云｜者。必其義有二。有藉而加之也。云姑｜、苟｜者。謂僅有藉而無所加。粗略之詞也。
(二)況也。〔論語季氏〕｜在邦域之中矣。
(三)兼也。〔春秋文五年〕王使榮叔歸含｜賵。
(四)尚也。〔易乾文言〕天｜不違。
(五)借也。〔公羊隱元年傳〕｜如桓立。則恐諸大夫之不能相幼君也。
(六)此也。〔詩載芟〕匪｜有｜。〔言非獨此處有此稼穡之事也。〕
(七)然也。〔詩閟宮〕孔曼｜碩。
(八)更端之詞也。〔論語季氏〕｜爾言過矣。
(九)將也。〔國策秦策〕城｜拔矣。
(十)猶復也。〔國語齊語〕｜有後命。
(十一)猶抑也。〔禮記曾子問〕葬引至於堩。日有食之。則有變乎。｜不乎。
(十二)猶夫也。〔墨子非攻〕今｜天下之王公大人士君子。〔今｜、今夫也。〕
(十三)猶若也。〔公羊隱三年傳〕｜使子而可逐。則先君其逐臣矣。
(十四)姑｜也。〔詩山有樞〕｜以喜樂。｜以永日。
(十五)苟｜也。〔莊子庚桑楚〕與物｜者。其身不容。焉能容人。
(十六)發語辭。〔荀子性惡〕｜順情性。好利而欲得。
(十七)未定之辭。〔禮記檀弓〕夫祖者｜也。胡爲其不可以反宿也。
(十八)句中語助詞。〔莊子齊物論〕誰獨｜無師乎。
(十九)取也。〔老子〕舍慈｜勇。
(二十)始也。〔莊子庚桑楚〕與物｜者。〔釋文〕｜訓始。
(廿一)姓也。宋｜讙修。明｜儋。
(廿二)通宜。〔詩假樂〕宜君宜王。〔釋文〕｜君｜王。一本｜並作宜。

【且】子余切音疽魚韻

(一)薦也。从几。足有二橫。一、其下地也。見〔說文〕。〔按｜爲俎本字。互詳俎字。〕〔正字通云〕｜音阻。韻會入馬韻。孫愐用子余切。
(二)多貌。〔詩韓奕〕籩豆有｜。
(三)語餘聲。〔詩朱傳〕乃見狂｜。其樂只｜。匪我思｜。椒聊｜。曰父母｜。諸｜字皆語餘聲。
(四)往也。〔詩溱洧〕士曰既｜。〔釋文〕｜、往也。音疽。
(五)月名。〔爾雅釋天〕六月爲｜。〔或云一作焦月。〕
(六)同趄。〔易夬〕其行次｜。〔釋文〕｜、本作趄。又作跙。
(七)蝍蛆、亦曰蝍｜。〔史記龜筴傳〕騰蛇之神而殆於蝍｜。
(八)巴｜。草名。〔漢書司馬相如傳〕諸柘巴｜。〔按巴｜、草。一名巴蕉。史記作蒩。今作芭蕉。〕

【且】此與切音苴語韻

敬慎貌。〔詩有客〕有萋有｜。

【且】叢租切音徂虞韻

同徂。往也。見〔集韻〕。

【丕】攀悲切音胚支韻

(一)大也。見〔說文〕。〔按書大禹謨、嘉乃—績。傳云、—大也。又爾雅釋訓曰、——大也。此類並是其義〕。

(二)奉也。〔漢書郊祀志〕—天之大律。

(三)元也。〔書金縢〕是有—子之責于天。

(四)莊也。見〔小爾雅廣言〕。

(五)姓也。晉大夫—鄭。亦作平。

(六)同坏。山名。大邳山。〔國語周語〕檮杌次於—山。〔史記〕—作伾。

(七)通不。詳不字。

【世】始制切音勢霽韻

(一)三十年爲一—。从卅而曳長之。見〔說文〕。

(二)父子相繼爲一—。〔周禮大行人〕—相朝也。〔注〕父死子立曰—。

(三)不毀曰—。〔禮記明堂位〕文—室也。〔注〕—室者不毀之名也。

(四)朝代也。〔易繫辭〕其當殷之末—。

(五)歲也。〔禮記曲禮〕去國三—。〔釋文引盧王注〕—、歲也。萬物以歲爲—。

(六)嗣也。〔國語晉語〕非德不及—。

(七)一身也。〔國策秦策〕負芻必以魏歿—事秦。

(八)繼存也。〔國語吳語〕吳國猶—。

(九)後代也。〔國策秦策〕澤可以遺—。

(十)猶嫡也。〔禮記喪服小記〕—子不降妻之父母。〔注〕—子、天子諸侯之嫡子也。〔按爾雅釋親。父之晜弟先生爲—父。父之兄妻爲—母。亦嫡長之意〕。

(十一)過去現在未來之流轉。〔法華經〕汝於來—當得作佛。〔來—、即未來世也。未來—之前曰現在—。現在—之前曰過去—〕。

(十二)同居天地之間。〔維摩經〕大千—界。〔注〕—、謂同居天地之間。界、謂各有彼此之別。

(十三)姓也。秦大夫—鈞。

(十四)醫師有三—之說。〔禮記曲禮〕醫不三—。不服其藥。〔疏〕古醫師必通於三—之書。三—者。一曰黃帝鍼灸。二曰神農本草。三曰素問脈訣。

(十五)春秋學有三—之說。〔公羊隱元年哀十四年傳〕所見異辭。所聞異辭。所傳聞異辭。〔按所見、謂昭定哀之—。所聞、謂文宣成襄之—。所傳聞、謂隱桓莊閔僖之—。春秋繁露云。所見六十一年。所聞八十五年。所傳聞九十六年。凡二百四十二年〕。

(十六)與先輩有交誼者稱—。如言—交—誼。

(十七)厭—辭去—間也。〔文選王融歌〕感運復來儀。且厭人間—。〔近世學者所謂厭—主義。即厭惡世間。齷齪不欲競爭之意。與辭世意不同〕。

(十八)通生。〔列子天瑞〕亦如人自—之老。皮膚爪髮。隨—隨落。〔注〕—與生同。

(十九)通時。〔書呂刑〕刑罰—輕—重。〔後漢應劭傳〕作時輕時重。

【丘】祛尤切音蚯尤韻

(一)土之高也。非人所爲也。一曰四方高中央下爲—。見〔說文〕。〔按周禮大司樂。凡樂。冬日至於地上之圜—。而奏之。疏云。土之高者曰—。因高以事天。故於地上。又爾雅釋—非人爲之—。又淮南墬形。和—在其東北陬。注云。四方高曰—。並與說文合〕。

(二)山亦稱—。〔漢書司馬相如傳〕以登介—。〔注引服虔說〕—、山也。

(三)大也。〔管子侈靡〕鄉—老不通。

(四)聚也。〔書孔安國序〕九州之志、謂之九—。—、聚也。言九州所有皆聚此書也。

(五)長也。〔漢書楚元王傳〕過其—嫂食。〔注〕—嫂、長嫂之稱。

(六)古時田里之區劃。〔漢書刑法志〕四井爲邑。四邑爲—。—、十六井也。

(七)比—、梵語僧之義。〔魏書釋老傳〕比—爲行乞。

(八)地名。如葵—、商—、楚—、虎—之類。

(九)姓也。如左—、瓏—、咸—、虞—、梁—、毋—、陶—、浮—、麥—、水—、吾—、陵—、皆複姓。清雍正四年諭。—改作邱。

【丙】補永切音炳梗韻

(一)位南方。萬物成炳然。陰氣初起。陽氣將虧。見〔說文〕。

(二)十干之一。〔爾雅釋天〕太歲在—曰柔兆。〔又〕月在—曰修。

(三)光明也。見〔玉篇〕。

(四)魚尾謂之—。見〔爾雅釋魚〕。

(五)上天名青—。見〔周髀算經〕。

(六)俗謂—爲火。因—丁於五行屬火。

故云付—即付火焚之也。〔淮南時則〕其日—丁。〔注〕—丁、火日也。

⑦大—。神名。〔文選張衡賦〕大—弭節。風后陪乘。

⑧姓也。齊大夫—歡。漢丞相—吉。

⑨地名。〔文選揚雄賦〕嘉魚出於—穴。〔劉注〕—、地名也。

【丙】陂病切音柄敬韻

日名。〔見集韻〕

【北】同丘。〔風俗通〕二人立一上。一者地也象形。

【丗】同世。見〔集韻〕。

五畫

【丞】辰陵切音承蒸韻

①本作𠬸。〔說文収部〕𠬸翊也。

②佐也。〔呂覽介立〕爲之—輔。

③承也。〔漢書百官表〕—相秦官。金印紫綬。掌—天子助理萬機。〔注〕應劭曰。—者、承也。相者、助也。

④沒也。見〔廣雅釋詁〕。

⑤星名。〔宋史天文志〕紫微垣西蕃七星。第七星爲上—。東蕃八星。第八星爲少—。

⑥門構也。〔廣雅釋宮〕限謂之—。〔俗云門限。〕

⑦通承。〔史記張湯傳〕於是—上指。〔今本或作承。〕

⑧淸官名。分左—右—位在各部侍郎之次。又府—縣—亦淸官名。位在府尹知縣之次。

【丞】之郢切正上聲迥韻

通拯。〔文選揚雄賦〕—民於農桑。〔注引聲類〕—亦拯字。

【丙】他點切音忝琰韻

舌貌。見〔說文〕。〔段注〕魯靈光殿賦。玄熊舑談以齗齗。善曰。舑談吐舌貌。吐琰、吐點。二切。舑蓋即—之俗也。〔按六書精蘊〕—以舌在口外。露舌端舐物。〕

【丟】丁羌切尤韻

—去不返也。見〔方言〕。〔俗作丟。非。〕

【北】丘本字。又補過切。音播。關東謂塚大曰—。見〔集韻〕。

【丕】古不字。見〔玉篇〕。

【兲】古天字。見〔玉篇〕。

六畫

【此】津私切音貲支韻

定也。見〔篇海〕。

【丣】以久切音有有韻

古文酉。从丣。丣爲春門。萬物已出。—爲秋門。萬物已入。一。閉門象也。見〔說文〕。〔按六書正譌云。後人以此字類丣。故加西字別之。酉乃古酒字。象器中半水。既以酉字爲—。復加水旁作酒字。〕

【兲】古天字。見〔玉篇〕。〔正字通〕云。兲、—、皆俗字。

【两】兩俗字。

七畫

【卤】古西字。〔說文〕讀若三年導服之導。一曰竹上皮。讀若沾。一曰讀若誓。弼字从此。

【𢆉】古平字。見〔玉篇〕。

【𠀾】古賓字。見〔字彙補〕。

【丽】古麗字。見〔說文〕。

【並】竝俗字。見〔正字通〕。

十畫

【𠁁】徒口切音鋀有韻

酒器也。〔石經毛詩〕酌以大—。〔今作斗。〕鋀或字。見〔說文金部〕。

十五畫

【𠁈】壼俗字。見〔正字通士部〕。

※丨部※

【丨】古本切讀若袞阮韻

(一)下上通也。引而上行。讀若囟。引而下行。讀若退。見〔說文〕。

(二)象數之縱也。見〔集韻〕。

一畫

【丩】居尤切音鳩居虯切音樛尤韻巨天切音橋篠韻

相糾繚也。一曰瓜瓠結丨起。象形。見〔說文〕〔按集韻云延蔓也。瓜藤之屬。遇他物縈繞之。乃得上引。象牽連交繚形。丩收糾等字從此。又與糺糾通。〕

【卜】古卜字。見〔玉篇〕。

二畫

【个】居貨切音箇箇韻

(一)同箇。枚也。〔儀禮特牲饋食禮〕俎設三丨。〔注〕丨猶枚也。今俗言物數有若干個者。此讀然。

(二)旁舍也。〔禮記月令〕孟春天子居青陽左丨。季春居右丨。〔注〕明堂傍舍也。

(三)牲體包之數也。〔禮記檀弓〕國君七丨、〔注〕丨謂所包遣奠牲體之數也。

(四)竹一枝也。〔史記貨殖傳〕竹竿萬丨。〔按說文、箇竹枝也。今或作丨、丨半竹也。又鄭康成云俗呼丨爲個。按個、爲後人增加。從箇爲正〕。

(五)一丨一人也。〔左昭三年傳〕又弱一丨焉。

(六)通介。〔史記陳餘傳〕獨介居河北。〔注〕介、特也。與丨通。

【个】古案切音幹翰韻

通幹。射侯之舌。〔考工記梓人〕上兩丨與其身三。下兩丨半之。〔司農注〕兩丨謂布可以維持侯者也。〔後鄭注〕丨讀若齊人搚幹之幹。上丨下丨。皆謂舌也。

【丫】於加切音鴉麻韻

(一)初結髮之名。俗呼婢曰丨頭。

(二)物之歧頭。見〔集韻〕。〔按正字通云。凡物丫分者皆曰丨。同文備考。草木之枝。歧而上徹。舊注。木歧頭。專指艸木並非〕。

【丯】干譌字。見〔正字通〕。

三畫

【中】陟隆切音忠東韻

(一)和也。見〔說文〕〔段注〕和也非是。當作內也。宋麻沙本作肉也。一本作而也。正皆內之譌。

(二)方位也。四方之丨央爲丨。左右之間亦爲丨。

(三)等別也。官有丨士。將論人有丨材。丨姿之稱、

(四)內也。〔易坤〕黃裳元吉。美在丨也。

(五)間也。〔荀子非相〕五帝之丨無傳政。〔如云六朝丨五代丨。卽言六朝間五代間也〕。

(六)精神也。〔莊子田子方〕爾其丨也殆矣。

(七)心也。〔史記韓安國傳〕深丨寬厚。

(八)身也。〔禮記檀弓〕文子其丨退然如不勝衣。

(九)臟也。〔素問陰陽類論〕五丨所主。

(十)性情之正。〔禮記中庸〕丨也者、天下之大本也。

(十一)正道也。〔論語子張〕允執厥丨。

(十二)正氣也。〔左成十三年傳〕民受天地之丨以生。

(十三)猶忠也。〔周禮大司樂〕丨和祗庸孝友。

(十四)順也。〔莊子在宥〕丨而不可不高者德也。

(十五)正也。〔禮記儒行〕儒有衣冠丨。

(十六)直也。〔禮記玉藻〕頭頸必丨。

(十七)可也。〔左成二年傳無能爲役注〕不丨爲之使役。〔俗謂不可不行俱曰不丨〕

(十八)半也。〔列子力命〕得亦丨。亡亦丨。〔舊曆八月十五稱丨秋。謂秋之半也。年四十稱丨年。謂人生之半也〕

(十九)成也。〔禮記禮器〕因名山升丨於天。〔謂祭告成功〕

(二十)藏也。〔禮記鄉飲酒義〕冬之爲言丨也。

(二十一)滿也。〔漢書百官表〕秩丨二千石。

(二十二)穿也。〔考工記桃氏〕丨其莖。

(二十三)當也。〔史記孔子世家〕折丨於夫子。

(二十四)受獄訟之成也。〔周禮鄉士〕士師受丨。

(二十五)盛算器。〔禮記投壺〕司射奉丨。〔

䖘〕—之形。刻木爲之。狀兕鹿而伏。背上立圜圈以盛算。

鹿中　兕中

盛算器圖

(廿六) 關與婚姻事曰—。〔穀梁桓九年傳〕爲之—者歸之也。

(廿七) 居間曰—。俗所謂—人是也。

(廿八) —飽。謂吏胥隱蝕稅課也。又無論何人。無論何事。凡陰蝕公利者。皆謂之—飽。

(廿九) —立。謂甲乙國有戰爭。其外丙丁國。不左右祖也。〔又〕比利時爲永久—立國。

(卅) —民。善治民也。〔莊子徐無鬼〕—民之士榮官。

(卅一) 國—。城內也。〔考工記匠人〕國—九經九緯。

(卅二) —國。對外國而言也。〔禮記中庸〕是以聲名洋溢乎—國。施及蠻貊。〔又〕謂徧國也。〔孟子離婁〕得志行乎—國。

(卅三) —朝。卽—央政府。對省而言也。

(卅四) 政權集—。對地方而言也。

(卅五) 姓也。漢—京。又—行、—野、—英、—梁、—壘。皆複姓。

(卅六) 通忠。〔古本孝經聖治章〕難進而盡—。〔釋文〕—古與忠通用。

【中】 陟仲切音妕送韻

(一) 矢至的曰—。〔史記周本紀〕養由基去柳葉百步射之。百發百—。

(二) 合也。〔左定元年傳〕未嘗不—吾志也。〔前代科舉稱—式。言合程式也。俗云不—意。不—選。—均有合之意〕。

(三) 傷也。〔莊子達生〕身當心則爲病。〔猶醫書言—風—暑〕。

(四) 應也。〔禮記月令〕律—大簇。

(五) 適也。〔淮南原道〕動靜不能—。

(六) 要也。〔周禮天府〕凡官府鄉州及都鄙之治—。受而藏之。〔司農注〕治—。謂治職簿書之要。

(七) 再也。〔通鑑〕周宣王成—興之名。〔案—酒之—。俗讀去聲。古亦讀平聲。—興之—。俗讀平聲。古亦讀去聲〕。

(八) 得也。〔周禮師氏〕掌國—失之事。〔校勘記〕—失猶得失。〔—杜音得〕。

【丯】 居拜切音介卦韻

丯蔡也。象丯生之散亂也。見〔說文〕。〔凡經傳言土芥草芥。皆—之假借。芥行而—廢矣〕。

【丰】 敷容切音峯冬韻符風切音馮東韻

(一) 丰盛——也。見〔說文〕。

(二) 豐滿貌。〔詩丰〕子之—兮。〔傳〕—、豐滿也。〔釋文〕方言作妦。

(三) 階也。見〔廣雅釋宮〕。

【丮】 訖逆切音戟陌韻

(一) 持也。象手有所—據也。見〔說文〕。

(二) 執本字。〔元包經〕—之撫。〔傳〕手之掇也。〔按正譌云。持物也。從有所—。象形。隸作執。凡勢孰等字從此。皆取—持義〕。

四畫

【丱】 古患切音慣諫韻

兩角貌。又幼稚也。〔詩甫田〕總角—兮。

【丱】 古猛切音憬梗韻

古礦字。亦作卝。〔周禮地官序官〕卝人。〔注〕卝之言礦也。〔按正韻。上聲梗韻。礦亦作卝。去聲諫韻。卝亦作—〕。

【丫】 乖買切音拐蟹韻

——。羊角開貌。見〔廣韻〕。〔按玉篇云。——。兩角貌。其義亦同〕。

【丫】 古買切音枴蟹韻古瓦切音寡馬韻公懷切音乖佳韻

羊角也。見〔說文〕。

五畫

【𠁩】 古中字。〔說文〕籀文中作𠁩。〔按—卽中之變體〕。

六畫

【串】 古患切音丱諫韻

(一) 通慣。習也。〔荀子大略〕國法禁拾遺。惡民之—以無分得也。

(二) 親狎也。〔謝惠連詩〕聊用布親—。〔言賦詩布與親狎之人〕。

(三) —夷。國名。〔詩皇矣〕—夷載路。〔箋〕—夷卽混—。西戎國名也。

【串】 樞絹切音釧諫韻

(一) 物相連貫也。如錢一貫曰一—。珠一貫亦曰一—。

(二) —戲。編演戲劇也。俗以生淨扮旦爲反—。

(三) 俗謂相通舞弊爲—。如云—賣—。

騙丨拐。

(四)契帖之屬。通作券。別作䝴。今錢糧收據曰丨票。亦曰丨紙。

(五)通穿。〔漢書司馬遷傳〕貫穿經傳。〔卽貫丨意。言博通也。〕

【[illegible]】古中字。見〔說文〕。

七畫

【丳】楚限切音鏟潸韻 炙肉器。〔一切經音義引字苑〕丨謂以籤貫肉炙之者也。〔按韓愈詩云。試將詩義授。如以肉貫丨。卽用此義。〕

八畫

【[illegible]】中籒文。見〔說文〕。

【[illegible]】巨支切音歧支韻 參差也。見〔廣韻〕。

【[illegible]】古叔字。見〔集韻〕。

九畫

【丵】仕角切音浞覺韻 叢生艸也。象丵嶽相並出也。見〔說文〕。〔段注〕丨嶽疊韻。或作嶽。嶽與語不繹見者謂丨嶽。〔按正字通云。丨昔卜。艸木叢生。象根株附麗。借爲叢雜煩瀆。或作丵。〕

【[illegible]】古乖字。見〔急就章〕。

【[illegible]】同事。〔道藏洞靈經〕人含本而丨末。

十一畫

【[illegible]】古[illegible]字。見〔說文〕。

※丶部※

【丶】冢庾切音主麌韻

(一)有所絕止。丶而識之也。見〔說文〕。

(二)鐙中火。丶象形。借爲主宰字。見〔六書正譌〕。〔按正字通云。丶爲字畫之毋。既立主字。不必專指主宰之丶。鐙中之丶。點識之丶。丶之爲點畫。猶丨之爲直畫。無異義也。〕

二畫

【⺀】於宜切音伊支韻 梵語五十字母之一。佛書伊字。〔苑咸詩〕三點成伊猶有想。一觀如幻自忘筌。〔按正字通云。三點成伊。無義理。〕

【丸】胡官切音完寒韻〔本作丸。丨乃俗字。承用已久。姑仍之。〕

(一)圜也。傾側而轉者。从反仄。見〔說文〕。〔注〕仄者一向敧而不可回。故仄而可反爲丨。丨可左可右也。

(二)完也。見〔廣雅釋詁〕。

(三)專也。〔太玄干〕丨鑽于內。

(四)彈子也。〔漢書尹賞傳〕長安少年羣輩。相與探丨爲彈。

(五)凡物圜轉者皆曰丨。如蠟丨。艾丨之類。

(六)丨丨。易直也。〔詩殷武〕松柏丨丨。〔言木幹圜圜中度也。〕

(七)[illegible]也。見〔後漢南匈奴傳注〕。

(八)通垸。〔列子黃帝〕五六月累垸二而不墜。〔垸與丨同〕。

(九)通桓。〔漢書匈奴傳〕之烏桓。〔三國志〕作烏丨。

(十)借作圜。王叔和脈經中丨字。宋本多作圜。

(十一)古卵字。〔呂覽本味〕流沙之西。丹山之南。有鳳之丨。

(十二)日本語讀若馬魯。一種接尾語。於人名、刀劍器物名、船名、犬名、之尾。多繫以丨。

【凡】丸本字。見〔說文〕。

三畫

【丹】多寒切音單寒韻

(一)巴越之赤石也。見〔說文〕。〔段注〕巴郡南越皆出丨沙。〔蜀都賦〕丨沙赩熾出其坂。謂巴也。〔吳都賦〕赬丨明璣。謂越也。丨者石之精。故凡藥物之精者曰丨。〔按丨砂赤色礦

石。混合於水銀硅石等品中。書禹貢礪砥砮—是也。〕
（二）以朱色塗物也。〔文選揚雄解嘲〕朱—其轂。
（三）道家之藥也。道家以烹鼎金石爲外—。吐故納新爲內—。
（四）赤心無僞也。〔謝朓詩〕既秉—石心。
（五）牡—。灌木名。爲吾國特產。莖高葉歧。花大至六七寸徑。色分紅白紫。略似芍藥。故又名木芍藥。根入藥用。名牡—皮。

牡丹圖

秋牡丹

（六）卷—。草名。形類百合。惟花帶赤黃色。上有紫點。鱗莖。味微苦。可供食用。

卷丹圖

（七）渥—。美顏也。〔詩終南〕顏如渥—。
（八）契—。種族名。〔唐書契丹傳〕元魏時。〔當民國紀元前一千五百年。〕自號曰契—。距京師東北五千里。〔當今遼東一帶。〕射獵居處無常。
（九）—田。當臍下一寸五分。
（十）—陽。郡名。漢武帝改鄣郡爲—陽郡。晉武帝分立宣城毗陵二郡。〔今江蘇—陽縣。卽其一小部分。〕
（十一）姓也。漢—玉。宋—山。明—衷。
（十二）—麥。歐洲北方小王國。一譯稱丁抹。亦曰嗹國。英文Danmark。

四畫

【主】腫庾切音麈麌韻
（一）鐙中火—也。見〔說文〕。
（二）天子侯王元首之通稱。諸侯爲一國之—。天子爲天下共—。國家有不立君。—由民選。大總統爲元首者曰民—。英文Republic。
（三）天子之女稱公—。其姊妹稱長公—。其姑稱大長公—。諸侯之女稱翁—。凡娶天子女曰尙公—。娶諸侯女曰承翁—。
（四）大夫之敬稱。〔國語晉語〕再世以下—之。
（五）大夫妻之敬稱。〔國語晉語〕—孟昭我。〔又〕婦人之尊稱見〔漢書高帝紀注〕
（六）家長之稱。〔詩載芟〕侯—侯伯。
（七）父之稱。〔太玄夾〕內有—也。
（八）有其物者之稱。〔柳宗元記〕問其—。曰唐氏之棄地。
（九）被害者亦稱—。如命案之苦—。盜案之失—。
（十）僕之對稱。〔韓愈文〕入者—之。出者奴之。
（十一）客之對稱。〔禮記檀弓〕賓爲賓焉。—爲—焉。
（十二）從之對稱。如云—法從法。—物從物之類。
（十三）性也。〔呂覽審分〕亦不傷其耳目之—。
（十四）正也。〔國語周語〕今細過其—。
（十五）親也。〔論語學而〕—忠信。
（十六）尙也。〔國語晉語〕—言而無謀。
（十七）守也。〔易序卦〕—器者莫若長子。
（十八）坐也。〔禮記曲禮〕居不—奧。
（十九）主張也。如云—戰。—和。
（二十）猶領也。〔史記天官書〕太白—中國。
（二十一）宗要也。〔易繫辭〕樞機之發榮辱之—也。
（二十二）計度也。〔春秋元命苞〕漢—河渠。
（二十三）—臣。惶恐之詞。漢人上書恆用之。
（二十四）神—。〔史記伯夷列傳〕武王載木—而東征。〔按神—宗廟立以棲神。用栗木爲之。故稱木—。〕
（二十五）宗—。被保護之國稱保護之國。曰宗—國。如前朝鮮之對於日本是。
（二十六）姓也。隋—肖明。—問禮。〔又〕—父複姓。漢—父偃。

【主】陟慮切音鑄御韻
同注。〔荀子宥坐〕—量必平似法。

【丼】子郢切精上聲梗韻
井本字。〔說文〕八家爲一—。古者伯益初作—。

【丼】都感切丹上聲感韻
（一）投物井中聲。見〔集韻〕。

(三)日本盛肴瓷缽名。—夾袋被亦名—。又稱字紙簏爲—。讀若唐步利。

【冃】古丹字。見〔說文〕。

五畫

【𡚁】古終字。〔亢倉子亞道〕禮虖堯舜之間。其—存虖千代之後。

七畫

【兩】古麗字。見〔集韻〕。

十二畫

【䍃】呼官切。音歡。寒韻。—兜。四凶名。古文尙書作䍃。見〔廣韻〕。〔按集韻云通作鴅。今通作驩。〕

※丿部※

【丿】匹蔑切。音瞥。屑韻。於兆切。音殀。篠韻。右戾也。象左引之形。見〔說文〕。〔段注〕右戾者自右而曲於左也。

【乀】餘制切。音曳。霽韻。至也。見〔廣韻〕。

【乀】分勿切。音弗。物韻。力結切。音列。屑韻。左戾也。从反丿。見〔說文〕。〔段注〕左戾者自左而曲於右也。

【乁】余支切。音移。支韻。流也。從反𠂆。見〔說文〕。

【𠂆】以制切。音曳。霽韻。抴也。明也。象抴引之形。見〔說文〕。〔按正字通云以上四文。與—、同類。偏旁蠧毋也。〕

一畫

【乂】魚刈切。音詣。隊韻。

(一)芟草也。見〔說文〕。

(二)治也。〔書堯典〕有能俾—。

(三)賢才之稱。〔書臯陶謨〕俊—在官。

(四)條理也。〔書洪範〕從作—。

(五)通刈。互詳刈字。

【乂】牛蓋切。音艾。泰韻。

(一)懲戒也。〔劉向九歎〕壓懲—而不改。

(二)借作艾。互詳艾字。

【乃】囊亥切。柰上聲。賄韻。

(一)曳詞之難也。見〔說文〕。〔如春秋宣八年雨不克葬。戊午日下昃。—克葬。公羊傳曰。—者何。難也。是其義。〕

(二)承上起下之辭。〔左襄七年傳〕吾—今而後知有卜筮。

(三)繼事之辭。〔書堯典〕—命羲和。〔王引之云〕猶於是也。

(四)緩辭也。〔書禹貢〕作十有三載—同。〔王引之云〕猶然後也。

(五)急辭也。〔大戴記夏小正〕—瓜。—者急瓜之詞也。

(六)轉語詞也。〔書康誥〕—不可不殺。

(七)猶則也。〔易繫辭〕見—謂之象。形—謂之器。

(八)猶而也。〔儀禮燕禮〕大夫不拜—飲。

(九)猶其也。〔書多士〕爾—尙有爾土。爾—尙寧幹止。

(十)猶是也。〔左成二年傳〕子以衆退。我此—止。〔王引之云〕言我於此是止也。

(十一)猶及也。〔莊子逍遙遊〕然後—今培風。

(十二)猶方也。〔穀梁莊十年傳〕—深其怨於齊。又侵宋以衆其敵。

(十三)猶若也。〔書盤庚〕女萬民—不生生。

(十四)猶且也。〔書大誥〕厥子—弗肯堂。矧肯構。

(十五)猶寧也。〔左襄三十年傳〕國之禍難。誰知所敝。或主彊直難—不生。〔此言禍難未知所敝。雖或主彊直之人。難寧不生乎。詩寧不我矜。箋云。昊天—不矜哀下民。是知寧、—本可互訓。〕

(十六)語已辭。〔韓愈詩〕再接再厲—。

(十七)助辭。〔禮記雜記〕子孫曰哀。夫曰—。〔疏〕—者言之助也。

(十八)哉也。〔呂覽義賞〕天下勝者衆矣。而霸者—五。

(十九)往也。見〔一切經音義引蒼頡〕。

(二十)遠也。見〔一切經音義引蒼頡〕。

(廿一)至也。見〔一切經音義引聲類〕。

㉒彼也。〔莊子大宗師〕孟孫氏人哭亦哭是自其所以—。

㉓汝也。〔書大禹謨〕惟—之休。

㉔異之之辭也。〔書盤庚〕女—不憂朕心之攸困。—咸大不宣乃心。

㉕來—勝勢也。〔唐書南蠻傳〕昔有人見二羊鬭海岸強者則見。弱者入山。時人謂之來—來—者。勝勢也。

㉖—情猶竭情也。〔後漢袁安傳〕—情帝室。

㉗馬—國名。〔見元史地理志〕。

㉘特—子果名。狀似樝。而圓長端正。見〔桂海虞衡志〕。

㉙古作迺。互詳迺字。

【乃】依亥切哀上聲賄韻

欸—。棹船相應之聲。又湖中節歌聲。〔柳宗元詩〕欸—一聲山水綠。

【才】子我切音佐哿韻。

—手也。見〔說文〕。〔按玉篇云。今作左。〕

【㐅】古殄字。見〔說文〕。

【乂】古五字。見〔說文〕。〔今商碼用作四字。又西式算學。乘數符號作乂。〕

二畫

【久】巳有切音九有韻

①從後灸之也。象人兩脛後有距也。見〔說文〕。〔段注〕—灸疊韵。灸有迫箸之義。故以灸訓—。距當作歫。止也。相歫則其候必遲。故又引伸爲遲。—遲—之義行而本義廢矣。

②待也。〔左昭二十四年傳〕寡君以爲盟主之故。是以—子。

③留也。〔孟子公孫丑〕可以—則—。

④猶長也。〔呂覽誣徒〕雖賢者猶不能—。

⑤滯也。〔文選張衡賦〕遊都邑以永—。〔言淹滯於京都也〕。

⑥恆也。暫之反。〔易繫辭〕恆—而不已也。

⑦行遲也。〔史記天官書〕—而至。

⑧通灸。〔儀禮士喪禮〕夏祝鬻餘飯。用二鬲于西牆下。冪內用疏布—之。〔注〕—讀爲灸。〔疏〕灸、塞義●謂直用麤布蓋鬲口爲塞也。

⑨通有。〔列子天瑞〕道終乎本無始。進乎本無—。〔注〕—當爲有。

【乇】陟格切音磔竹尼切音摘陌韻

①艸葉也。从𠂹穗上貫一。下有根。見〔說文〕。〔段注〕葉當作華。華則有穗。葉不當言穗也。一者地也。

②借爲寄—委—字。隸別作侂、託、通。

見〔六書正譌〕。

【么】俗幺字。見〔韻會〕。

【久】久譌字。見〔正字通〕。

三畫

【之】眞而切音枝支韻

①本作㞢。〔說文㞢部〕㞢出也。象艸過屮。枝莖漸益大有所—也。一者地也。

②往也。適也。〔禮記檀弓〕若魂氣則無不—也。

③至也。〔詩柏舟〕—死矢靡他。

④變也。〔易繫辭〕辭也者各指其所—。〔按孫奕示兒編—訓爲變〕。

⑤是也。〔詩桃夭〕—子于歸。〔注〕—子。是子也。

⑥遂也。〔法言五百〕或問孔子知其道之不用也。則載而惡乎—。曰—

後世君子。

⑦就也。〔孟子告子〕則六師移—。

⑧猶其也。〔詩旄邱〕旄邱之葛兮。何誕—節兮。〔王引之云〕下—字訓其。言旄邱之葛。何疏闊其節而不相附。

⑨猶於也。〔禮記大學〕—其所親愛而辟焉。

⑩猶用也。〔國策齊策〕—其所短。

⑪猶若也。〔書盤庚〕邦—臧。惟汝衆。〔王引之云〕言邦若臧也。

⑫猶與也。〔書立政〕其勿誤于庶獄。惟有司—牧夫。〔王引之云〕言有司與牧夫也。

⑬猶兮也。〔左昭二十五年傳〕鸜—鵒—。公出辱—。〔王引之云〕三—字皆與兮同義。

⑭指事之辭。〔論語公冶長〕老者安—。朋友信—。少者懷—。

⑮語助辭。〔詩蓼莪〕不如死—久矣。〔王引之云〕言不如死久矣也。

⑯間辭。〔詩關雎〕在河—洲。

⑰姓也。漢—馬字明—輔。

⑱通諸。〔詩伐檀〕寘—河之側兮。〔漢書地理志〕作寘諸河之側。

四畫

【乍】助駕切槎去聲禡韻

㊀止也。一曰亡也。見〔說文〕。〔段注〕—無亡義。當作止亡詞也。四字有人逃亡而一止之。其言曰—。蓋咄咄逼人之語。以其事在倉猝。故引伸爲倉猝之稱。〔—篆作乍。从亾一〕。

㊁暫也。忽也。〔孟子公孫丑〕今人—見孺子。

【乍】即各切臧入聲藥韻

同作。三代鐘鼎等文款識。作皆書爲—。

【𠂔】壯仕切音滓紙韻

止也。从木盛而一橫止之也。見〔說文〕。〔篆作巿。隸變作—〕。或作朿。

【乎】洪孤切音胡虞韻

㊀語之餘也。象聲上越揚之形也。見〔說文〕。

㊁狀事之詞。如易確—其不可拔。論語煥—其有文章之類。

㊂疑辭。如論語君子者—色莊者—之類。

㊃疑問之反語。如論語可謂仁—。史記可謂孝—之類。

㊄詠歎辭。如論語使—使—之類。

㊅反語之詠歎。如論語不亦樂—不亦說—之類。

㊆呼聲。如論語參—之類。

㊇猶於也。如孟子莫大—尊親。莫大—以天下養之類。

【乎】荒烏切音呼虞韻

於—。歎息之辭。〔詩抑〕於—小子。告爾舊止。〔按經史於—、於戲、於虖、於呼、嗚嘑、相通。皆歎辭。〕

【乏】扶法切音伐洽韻

㊀反正爲—。見〔說文正部〕。

㊁暫無也。〔禮記月令〕命有司振—絕。

㊂虛匱也。〔左成二年傳〕攝官承—。

㊃廢也。〔國策燕策〕不敢以—國事。

㊄射者所蔽。〔周禮車僕〕大射共三—。〔注〕—一名容。用皮爲之。王大射張三侯。每侯有—。使持旌告獲者。藉以蔽矢也。〔按通志謂正乃射侯。正以受矢。—以藏矢。〕

射者所蔽圖

㊅勢—。疲也。〔五代史周德威傳〕因其勢—而乘之可以勝也。

【𠂕】古矢字。見〔集韻〕。

【𠂖】古弟字。見〔集韻〕。

五畫

【𠂢】派本字。〔說文〕水之衺流別也。从反永。〔注〕永、長流也。反則分派也。

【乑】魚音切音吟侵韻

乘立也。从三人。見〔說文〕。

【𠂬】披班切盼平聲刪韻

同攀。〔揚雄反騷〕紛既—夫傅說分。〔師古注〕—、古攀字。

【乑】邱林切音欽侵韻

眾也。見〔玉篇〕。〔—乑竝偕隸變〕。

【乪】臧宗切音恖東韻

從也。見〔五音集韻〕。

【乒】娉平聲俗字

—乓。聲也。〔餘詳乓字〕。

【乓】音滂俗字

乒—玩具。英名Ping-Pong。

【㐆】於希切音衣微韻

歸也。从反身。見〔說文〕。〔注〕古人所謂反身修道。故曰歸也。

【𠂤】堆本字〔說文〕。小阜也。〔𠂤即阜字〕。

六畫

【𠂦】俗乖字。見〔正字通〕。

七畫

【乖】公懷切怪平聲佳韻

㊀戾也。見〔說文〕。

㊁[illegible]也。〔楚辭怨世〕吾獨—剌而無當兮。

㊂逆也。〔左昭三十年傳〕楚執政眾而—。

㊃離也。〔漢書敘傳〕官失學微。六家分—。

㊄背也。〔白帖〕情非哀矜理—明哲。

㊅—舛不齊也。〔文選潘岳賦〕人度量之—舛。

㊆—方舉止不正也。

㊇—西。貴州縣名。〔在今貴州開縣境。距省二百二十五里。〕

【乑】古𠂢字。見〔字彙補〕。

【𡗕】古總字。見〔集韻〕。

八畫

【𠂤】下耿切音倖梗韻

本作𡴘〔說文夭部〕𡴘。吉而免凶也。从屰从夭。夭死之事。故死謂之不—。〔玉篇〕云或作𡴘。今作幸。按𡴘。盜不止也。字亦作𡴘。然則—𡴘二字篆文有別。而隸楷已無別矣。

九畫

【乘】神陵切音繩蒸韻

(一)覆也。從入桀。桀。黠也。軍法曰入桀。見〔說文〕。

(二)用也。〔漢書司馬相如傳〕—絳螭之素蜺兮。

(三)上也。登也。〔禮月令〕天子始—舟。

(四)因也。〔孟子公孫丑〕不如—勢。

(五)治也。〔詩七月〕亟其—屋。

(六)守也。〔漢書高帝紀〕興關中卒—邊塞。

(七)陵也。〔國語周語〕—人不義。

(八)計也。〔周禮槀人〕—其事。

(九)逐也。〔漢書陳湯傳〕吏士喜。大呼。—之。

(十)加也。〔淮南氾論〕强弱相—。

(十一)進也。〔史記高帝紀〕淮陰侯復—之。

(十二)勝也。〔書西伯戡黎序〕周人—黎。

(十三)御也。〔易乾〕時—六龍以御天。

(十四)—法之略稱。以甲數倍乙數也。日本謂之掛算。以其本數—本數者。曰自—。自—得積。復以本數—之。曰再—。

(十五)姓也。漢煮棗侯—昌。

【乘】石證切音剩徑韻

(一)物雙數曰—。〔方言〕雙雁曰—。

(二)物四數曰—。〔孟子離婁〕發—矢而後反。

(三)車也。〔詩六月〕元戎十—。以先啟行。

(四)記載也。〔孟子離婁〕晉之—。〔又〕諸牒曰家—。〔按韵會〕—者載也。取載事為名。

(五)禪家階級之稱。〔傳燈錄〕禪有淺深階級。一小—。一大—。頓悟自心無漏智。此心即佛。曰最上—。

(六)—丘。地名。〔春秋莊十二年〕敗宋師於—丘。〔爾雅釋地注〕—丘形似車—也。〔在今山東滋陽縣西北五十五里〕

(七)—車。草名。〔爾雅釋草〕望。—車。〔注〕可以為索。長丈餘。

乘車草圖

【𠂹】乖本字。〔說文〕草木華葉—。象形。〔按俗用𠂹乃邊乖也〕

【𠁾】古思字。見〔集韻〕。

十畫

【𠂺】古𠂢字。見〔玉篇〕。

※乙部※

【乙】億姞切音鳦質韻

(一)象春艸木冤曲而出。陰氣尚彊。其出—也。—承甲。象人頸。見〔說文〕。

(二)十干之一。〔爾雅釋天〕大歲在—。曰旃蒙。〔又〕月在—。曰橘。

(三)讀書以筆志其止處也。〔史記東方朔傳〕讀之止。輒—其處。

(四)文有脫字。勾其旁而增之也。唐試士式。—幾字。字有遺脫。勾其旁而增之。曰—。

(五)魚腸也。一曰魚腮骨。〔禮記內則〕魚去—。

(六)虎—。〔芥亭客話〕虎有骨如—字。長三寸許。在脇兩傍皮下。人取佩之。臨官足以威眾。無官佩之。無憎疾者。

(七)甲—。次第也。如文選賦甲賦—。古律令甲令—。漢制甲帳—帳之類。

(八)姓也。漢南郡太守—世。前燕護軍—逸。明—瑄。—山。

(九)太—。山名。一作太一。

【乚】乙黠切音軋黠韻

(一)鳥名。一作鳦。〔說文〕玄鳥也。齊魯謂之—。取其鳴自呼。

(十二)—｜—。難出貌。〔文選陸機賦〕思—｜—其若抽。〔一本作軋軋〕

【乚】倚謹切音隱吻韻

匿也。象迟曲隱蔽形。見〔說文乚部〕。〔玉篇云今作隱〕

一畫

【乜】毋也切音咩馬韻

(一)眼—。斜也。見〔集韻〕。

(二)西夏謂以巫爲厮—。見〔遼史〕

(三)姓也。見〔姓譜〕

【九】巳有切音久有韻

(一)陽之變也。象其屈曲究盡之形。見〔說文〕。

(二)陽數也。〔易文言〕乾元用—。

(三)奇數也。〔素問三部九候論〕天地之至數始於一。終於—焉。

(四)多數之稱。〔公羊僖九年傳〕葵丘之會。桓公震而矜之。叛者—國。〔按言叛者衆。非實有—國也。〕

(五)久也。〔洪容齋五筆〕—作久。陽數—取老久義也。

(六)南方也。〔素問五常政大論〕眚于—。

(七)究也。見〔廣雅釋詁〕。

(八)—｜—。算法也。〔韓詩外傳〕有以—｜—見者。〔注〕—｜—若今九章算法。〔夏至及冬至後八十一日亦曰—｜—〕。

(九)—疑。山名。〔淮南原道〕—疑之南。〔注〕在蒼梧。虞舜所葬處也。

(十)陽—。窮厄也。〔文天祥歌〕嗟予遘陽—。〔按道書靈寶云天厄謂之陽—。地厄謂之百六〕。

(十一)近世公牘帳簿記數作玖。商碼作文。亞拉伯字作9。

(十二)姓也。唐—嘉。宋—眞。明—焯。〔又〕—百。複姓。〔又〕秦—方。梁善相馬。

【九】渠尤切音仇尤韻

國名。殷有—侯。見〔史記殷本紀〕。

【九】居尤切音鳩尤韻

通鳩。〔莊子天下〕禹親操橐耜以—雜天下之川。〔釋文〕本亦作鳩。聚也。

【乙乙】古會字。見〔字彙補〕。

【乣】俗丩字。見〔正字通〕。

二畫

【乞】欺訖切音芞物韻

(一)求也。〔禮記內則〕三王有—言。

(二)—食者。〔淮南盜跖〕盜財而予—。〔亦曰—人—匄〕

(三)姓也。五代將—力明。洪武中沁水令—賢。〔又〕—伏。複姓。

【乞】丘既切音器未韻

本作气。〔說文〕气。雲气也。〔按气本爲雲气。引伸爲凡气之稱。後借爲气與之气。又省作—。鄭樵通志云。气。氣也。因聲借爲與人之—。音氣。如杜甫詩賴有蘇司業時時—酒錢。注云—與。給同。〔給亦與也〕。

【也】以者切音野馬韻

(一)女陰也。从乁。象形。見〔說文乁部〕。

(二)決辭。〔孟子梁惠王〕吾之不遇魯侯。天—。

(三)結上之辭。〔論語學而〕亦不可行—。

(四)起下之辭。〔論語學而〕夫子至於是邦—。

(五)句中助辭。〔論語學而〕其爲人—孝弟。

(六)疑問詞。〔漢書賈誼傳〕身死人手。爲天下笑者何—。

(七)猶邪也。〔禮記曲禮〕奈何去社稷—。

(八)猶乎也。〔論語爲政〕子張問十世可知—。

(九)猶亦也。〔岑參詩〕—知鄉信日應疏。

(十)猶焉也。〔論語里仁〕見賢思齊焉。見不賢而內自省—。〔王引之云〕樂記瞻其顏色而弗與爭—。望其容貌而民不生易慢焉。亦焉—互文耳。

(十一)猶矣也。〔禮記樂記〕而貫革之射息—。〔王引之云〕祭義可謂能終矣。大戴記作—。孟子民不可得而治—。中庸作矣。

(十二)猶者也。〔禮記檀弓〕古—墓而不墳。

(十三)猶耳也。〔論語先進〕未入於室—。〔馬注〕升我堂矣。未入於室耳。

(十四)猶兮也。〔淮南詮言〕其儀一—。心如結—。

(十五)盟器也。〔六書正譌〕—古匜字。借爲助辭。助辭之用既多。故正義爲所奪。又加匚爲匜以別之。實一字也。

(十六)姓也。明—伯先。

【也】羊謝切音夜禡韻
猶亦也。〔杜甫詩〕青袍—自公。〔劉攽曰〕詞人多以—字作夜音。

三畫

【乣】居幽切音鳩尤韻
目綠也見〔篇海〕。

【乢】古州字見〔集韻〕。

四畫

【乸】余支切音移支韻
(一)粵中猪種見〔類篇〕。
(二)人名。後魏虫猗—見〔北史〕。

【[illegible]】古禮字見〔說文〕。

【[illegible]】同也〔說文〕秦刻石也字。

五畫

【乩】堅奚切音雞齊韻
(一)本作卟〔說文〕卟卜以問疑也。〔按通雅〕—與卟同。通典西國用羊卜。謂之跋焦。卜師謂之厮。—後世稱扶—。今猶盛行。
(二)稽古作—見〔楊備古書釋文〕。

【乪】奴當切音囊陽韻
粵俗稱水之曲折爲—。〔見觚賸〕。

【乨】古始字見〔玉篇〕。

【[illegible]】古荒字見〔字彙補〕。

【[illegible]】古舉字見〔字彙補〕。

六畫

【[illegible]】奚結切音頁屑韻
—毒國名。見〔集韻〕。〔按正字通云。乩乱二字之譌。—毒國名誤。〕

【乱】俗亂字見〔正字通〕。

七畫

【乳】蘂主切音擩虞韻
(一)人及鳥生子曰—。獸曰產。見〔說文〕。〔正字通云。人亦曰產。獸亦有—。產分屬人鳥獸泥。〕
(二)人之胸前之一部。左右各一。獸類腹胸左右其數頗多。女子之—大。而有汁。獸類之雌亦然。汁所從出曰—房。
(三)—汁亦曰—。〔魏書王琚傳〕常飲牛—。色如處子。
(四)洞穴礦物之液。滴下凝成種種形狀者。曰石鐘—。
(五)鐘之篆間亦曰—。〔考工記鳧氏〕鐘帶謂之篆。篆間謂之枚。〔司農注〕枚。鐘—也。〔按鐘聲之震動在—以凸點可數故曰枚〕。
(六)雞伏卵亦曰—。〔呂覽季冬紀〕雞—。〔注〕—卵也。
(七)字也。見〔一切經音義引倉頡〕。
(八)滋生也。〔說文序〕孳—而浸多。
(九)—哺類動物也。動物學上分類。謂哺—而生之動物也。
(十)—齒。—名。謂哺—時之齒與名也。
(十一)天—。星名。〔列星圖〕天—。明則甘露降。〔按天—星在氐宿北〕。
(十二)稚—。稚子也。〔韓愈詩〕懷裹稚—。
(十三)馬—。蒲萄子別名。〔本草圖經〕子似馬—。
(十四)日本語謂之其其。起于小兒之語。

【[illegible]】似絕切音[illegible]屑韻
拈也。見〔類篇〕。

【[illegible]】以冉切音广琰韻
進也。見〔字彙補〕。

【[illegible]】古始字見〔韻會補〕。

八畫

【[illegible]】渠尤切音仇尤韻
匹也。〔太玄內〕謹於嬰—。初貞後寧。〔范注〕—、匹也。謹其妃匹。男女道正。夫婦別。家室安。

【[illegible]】古殖字見〔玉篇〕。

【[illegible]】同截。〔漢度尙碑〕—彼海外。

【乹】俗乾字見〔集韻〕。

十畫

【乾】渠焉切音虔先韻
(一)上出也。見〔說文〕。
(二)卦名。乾下乾上。〔易彖〕大哉—元。萬物資始。乃統天。
(三)西北之方位。〔易說卦〕—、西北之卦也。
(四)天也。〔太玄玄文〕乘—之剛。
(五)君也。見〔廣雅釋詁〕。
(六)——。行不息也。〔易乾〕君子終日——。
(七)連—。馬飾也。〔顧況詩〕金鞍玉馬錦連—。
(八)—吉。鳥名。食其子。不擇肉。見〔列女傳仁智〕。
(九)州名。漢屬左馮翊。唐置—州。今屬陝西—縣治。

【乾】居寒切音干寒韻

●一燥也。〔詩中谷有蓷〕暵其—矣。●二猶枯也。〔左僖十五年傳〕外彊中—。●三得利曰—。〔史記張湯傳〕始為小吏—沒。〔注〕言掩取貨利沒為己有。如水之盡涸也。〔如淳曰〕得利為—。失利為沒。●四—侯。春秋時晉邑名。言其水常渴也。〔左昭二十八年傳〕公如晉次于—侯。〔今屬直隸成安縣東南十三里〕●五河名。〔山海經北山經〕敦水出焉。是水冬—而夏流。實惟—河。〔注〕今聞喜縣東北有—河口。又桑—。河名。卽濕水。見〔水經濕水注〕●六—昧。山名。〔山海經東山經〕㯉蠡之山北臨—昧。●七俗呼義父母曰—爺—娘。義子曰—兒。又無功受利益曰—俏—倖。●八—電。電池之一種也。●九—季。冬季嚴寒之季節也。是季空中之水分多結成冰。空氣—燥。故謂之—季。

【亂】郞項切央上聲講韻

悖—。很戾也。見〔篇海〕

【乱】古治字。見〔集韻〕

【𠃧】古思字。見〔集韻〕

【𠂬】古龜字。見〔玉篇〕

【㐁】同愞。見〔集韻〕

十一畫

【乾】俗乾〔音干〕字。

十二畫

【亂】盧玩切巒去聲翰韻

●一治也。從乙。乙、治之也。見〔說文〕〔按—之訓治如論語武王曰予有—臣十人是也〕●二不治也。凡事物不治皆曰—。〔爾雅釋訓〕夢夢訰訰—也。●三事未定之時。〔禮記檀弓〕夫婦方—。〔注〕喪次男女哭位未成列也。●四橫流而濟也。〔書禹貢〕—於河。●五不安也。〔王逸大招章句〕屈原流放九年憂思煩—。●六迷離也。〔劉長卿詩〕衡岳千峰—。譚房何處尋。●七樂之末章。〔論語泰伯〕關雎之—。〔古賦篇末皆有—以總發其要旨〕●八霍—。病名。中暑而吐瀉也。〔通典〕夏月暑時歐洩。霍—之病。相隨屬也。●九兵寇也。〔左文七年傳〕兵作於內為—。

【乿】乙冀切衣去聲寘韻

●一貪也。〔方言〕荊汝江湘之間。凡貪而不施者謂之—。●二—費。錦文貌。〔文選左思賦〕篩其華質。則—費錦繢。

【亃】里忍切吝上聲軫韻

憂也。見〔集韻〕

【𠃤】良忍切軫韻

獸名。似㲋。身黃尾白。見〔五音集韻〕

【亁】乾籀文。見〔字彙補〕

十三畫

【𠃵】逆怯切音業洽韻

引也。見〔集韻〕

【𪠯】同酪。亦省作貉。見〔集韻〕

【𪠰】同𠃵。見〔五音集韻〕

十六畫

【𪠱】同湩。見〔集韻〕

十八畫

【𪠲】乾籀文。見〔說文〕

十九畫

【𠄎】古乾字。見〔集韻〕

✱亅部✱

【亅】其月切音橛月韻
逆鉤者謂之亅。象形。見〔說文〕。

【乚】居月切音厥月韻
鉤識也。从反亅。讀若捕鳥罬。見〔說文〕。

一畫

【了】郎鳥切聊上聲篠韻
㊀尥也。見〔說文〕〔段注〕尥。行脛相交也。牛行腳相交爲尥。凡物二股或一股結糾紾縛不直伸者曰—戾。
㊁解也。〔爾雅序〕其所易—。
㊂明也。〔隋書經籍志〕惟周易紀年最爲分—。
㊃快也。秦曰—。見〔方言〕
㊄畢也。〔晉書傅毅傳〕官事未易—也。
㊅——。慧也。〔後漢孔融傳〕小而——。大未必奇。
㊆秦吉—。鳥名。似鸚鵡。能言笑。見〔仇池筆記注〕
㊇—蔦言緊牽其衣也。〔魏志明帝紀〕—蔦其衣。〔或作—鳥〕。

【𠄌】居竭切音訐月韻
—乚也。動貌。从亅乚相向。見〔集韻〕。〔按正字通云。二字經史不載。乚丩分音合訓。並無據。〕

【𠄎】古乃字。見〔集韻〕。〔按說文小篆乃字亦類此。〕

【𠄏】丁了切音鳥篠韻
㊀懸也。見〔集韻〕。
㊁男子陰。見〔六書畧〕。

二畫

【乜】居月切音厥月韻
—丩。動皃。从乚亅乚。見〔集韻〕。

三畫

【予】羊諸切音余魚韻
我也。自稱也。〔論語述而〕天生德於—。〔按〕—、余同義非同字。鄭康成云—余古今字。非是。

【予】演女切予上聲語韻
㊀推—也。象相—之形。見〔說文〕。
㊁通與。賜也。〔詩采菽〕君子來朝。何錫—之。
㊂謂許之也。〔漢書外戚傳〕春秋—之。
㊃大—。樂名。〔廣雅注〕漢明帝永平三年秋八月。改大樂爲大—樂。

【𠄐】幻本字。見〔說文〕。

【𠄑】古州字。〔靈洞經〕才行化於一—。委之—。

【𠄒】古垂字。一曰。古文殺字。見〔說文我部我下注〕

五畫

【𠄓】乃籀文。見〔字彙補〕。〔按說文籀文乃字亦類此〕

六畫

【𠄔】離呈切音靈青韻
擁—。見〔廣韻〕。

【𠄕】古周字。見〔字彙補〕。

七畫

【事】仕吏切音示寘韻
㊀職也。見〔說文〕。
㊁爲也。〔呂覽論大〕故務在—。
㊂奉也。〔禮記曲禮〕年長以倍。則父—之。
㊃任也。〔荀子解蔽〕故羣臣去忠而—私。
㊄治也。〔史記曹參世家〕見參不——。
㊅業也。〔周書周祝〕夫工匠農賈未嘗不可以相爲—也。
㊆役使也。〔史記傅靳蒯成傳〕坐—國人過律。
㊇政事也。〔國策宋策〕則君不奪太后之—矣。
㊈職事也。〔國語魯語〕卿大夫佐之受—焉。
㊉三—。三公也。〔詩雨無正〕三—大夫。〔又〕三農之事也。〔詩常武〕三—就緒。
⑪官治物則曰知—。見〔大戴記小辨〕。〔按今縣令稱知—本此〕
⑫參—。簽—。主—。皆官名。於各部設之。萬—理—於公私法人團體多設之。
⑬通剚、傳。〔漢書蒯通傳〕慈父孝子不能—刃於公之腹者。畏秦法也。

【𠄖】時與切音序語韻
豺山有堪—之魚。見〔山海經東

山經。〕〔按張自烈云。俗本譌作抒。畢沅云。俗本譌作—。从二予。致玉篇、有矛無訓。集韻類篇引山海經、皆作从子从予。字不作二予。〕

【事】古爭字。見〔玉篇〕。

十畫

【[illegible]】他丁切。音汀。青韻。平議也。見〔五音集韻〕。

十一畫

【[illegible]】古豫字。見〔類篇〕。

十五畫

【[illegible]】同豫。〔廣雅釋言〕勑、豫也。〔字彙補〕引廣雅作—。

※二部※

【二】而至切。音樲。寘韻。〔按二字上下畫均齊。上畫短者古上字。下畫短者古下字。今相仍上短下長作二。古文作弍。或借貳。〕

(一)地之數也。見〔說文〕。

(二)再也。〔蘇洵文〕—敗而三勝。

(三)次也。〔韓詩外傳〕君行一。臣行—。

(四)疑也。〔呂覽應言〕令—輕臣也。

(五)並也。〔史記韓信傳〕功無—於天下。

(六)巽—。風神名。見〔幽怪錄〕。

(七)謂乾坤也。〔易繫辭〕因—以濟民行。

(八)謂異端也。〔荀子儒效〕并一而不—。

(九)謂青黃也。〔呂覽順民〕色禁—。

(十)或爲三。〔禮記郊特牲〕天子存—代之後。

(十一)近世公牘帳簿記數作貳。商碼作〢。亞拉伯字作2。

【亍】丑玉切。音棟。沃韻。中句切。音駐。遇韻。

(一)步止也。从反彳。見〔說文〕。

(二)稍停也。〔文選左思賦〕澤馬—阜。

(三)彳—。行貌。〔正字通〕一說左步爲彳。右步爲—。合則爲行。

【于】雲俱切。音迂。虞韻。

(一)於也。發端語。〔詩采蘩〕—以采蘩。〔傳〕—。於也。〔王引之云〕—猶聿。聿以采蘩也。聿、—、一聲之轉。

(二)句中指事字。亦於也。〔孟子梁惠王〕邑—岐山之下居焉。

(三)句中倒用字。亦於也。〔詩崧高〕四國—蕃。四方—宣。〔箋〕言蕃—四國。宣—四方也。

(四)曰也。〔詩六月〕王—出征。〔箋〕王曰。令汝出征玁狁。

(五)未定辭。〔公羊僖二十八年傳〕歸—者。罪未定也。

(六)爲也。〔詩定之方中〕作—楚宮。〔疏〕作爲楚邱之宮。

(七)猶乎也。〔呂覽審應〕然則先生聖—。〔注〕—、乎也。

(八)猶如也。〔易繫辭〕易曰。介—石。不終日。貞吉。介如石焉。寧用終日。

(九)猶是也。〔詩出車〕玁狁—夷。〔王引之云〕言玁狁是夷也。

(十)猶越也。與也。連及之詞。〔書康誥〕告女德之說—罰之行。〔王引之云〕言告汝德之說與罰之道也。

(十一)猶爲去聲也。〔孟子萬章〕女其—予治。〔王引之云〕—、爲也。爲、助也。

(十二)往也。〔詩桃夭〕之子—歸。

(十三)大也。〔書大傳〕名曰朱—。〔注〕—。大也。

(十四)鐘兩角之間。〔考工記鳧氏〕銑間謂之—。〔疏〕銑謂鐘之兩角。

(十五)—喁。聲相和也。〔莊子齊物論〕前者唱—。而隨者唱喁。

(十六)——。行貌。〔韓愈書〕——焉而來矣。〔又〕痴狀也。〔莊子應帝王〕其臥徐徐。其覺——。

(十七)諸—。大掖之衣。〔漢書元后傳〕衣絳緣諸—。

(十八)單—。匈奴酋長。〔漢書匈奴傳〕匈奴大單—。

(十九)—思。多鬚之貌。〔左宣二年傳〕—思—思。

(二十)木名。〔爾雅釋木〕棧木—木。〔注〕僵木也。

(廿一)草名。〔爾雅釋草〕藚蕍—。〔注〕生水中。一名軒—。

于草圖

⑳ 姓也。周武王第二子邘叔之後。以國爲氏。後因去邑爲—。〔又〕淳—宜—鮮—闖—多—皆複姓。〔又〕三字姓勿忸—阿伏—見〔魏書官氏志〕。

㉑ 通迂〔禮記文王世子〕况—其身以善其君乎。

【吁】休居切音虛魚韻

通吁。嘆聲〔詩麟之趾〕—嗟麟兮。

【于】醟俱切音紆虞韻

廣大貌。〔禮檀弓〕諸侯之來辱敝邑者易則易—則—。〔正字通云〕—猶迂也。有廣遠之意。

【亏】亐本字。、於也。象氣之舒。从丂从一。一者其氣平也。見〔說文亏部〕。

二畫

【云】于分切音雲文韻

① 古雲字〔說文〕雲、山川氣也。古文省雨。象回轉形。〔按—字後借作曰字用〕。

② 言也。〔書微子〕我舊—刻子。

③ 猶是也。〔詩正月〕伊誰—憎。

④ 猶有也。〔書秦誓〕雖則—然。

⑤ 猶或也。〔詩抑〕爽予—覯。

⑥ 猶如也。〔列子力命〕—至于大病。則寡人惡乎屬國而可。

⑦ 猶然也。〔史記周本紀〕其色赤。其聲魄—。〔王引之云〕言魄然也。

⑧ 發語詞。〔詩卷耳〕—誰之思。

⑨ 句中助詞。〔詩四月〕曷—能穀。〔王引之云〕言何能穀也。

⑩ 足句詞。〔史記封禪書〕其聲殷—。

⑪ 猶友也。〔詩正月〕昏姻孔—〔箋〕謂相親友。

⑫ 運也。〔管子戒〕天不動。四時—下。而萬物化〔注〕—、運動貌。

⑬ 旋也。〔左襄二十九年傳〕晉不鄰矣。其誰—之。〔注〕—猶旋。旋歸之也。

⑭ 遠也。〔爾雅釋親〕仍孫之子爲—孫。〔按今本作雲孫〕。

⑮ ——猶言如此如此也。〔史記汲黯傳〕吾欲——。〔又〕山名。〔漢書郊祀志〕吾欲封太山禪——。〔注〕——太山下小山也。〔又〕興作貌。〔呂覽圜道〕雲氣西行——然。

⑯ —乎。爾語已詞。〔公羊莊十四年傳〕然則曷用棗栗—乎。〔論語〕述而〕不知老之將至—爾。

⑰ —翔。猶解散也。〔國策秦策〕—翔不敢校。

⑱ 紛—亊盛貌。〔漢書司馬相如傳〕威武紛—。〔俗作紜〕。

⑲ 姓也。漢—敞明—復誠。

⑳ 通芸。盛貌〔莊子在宥〕萬物——。〔老子作芸芸〕

㉑ 通員。助句詞也。〔詩東門〕聊樂我員。〔疏〕—、員古今字也。

【互】胡故切音護遇韻

① 本作笠。〔說文〕笠、可以收繩也。從竹象形。中象人手所推握也。—笠或省。

② 各也。〔周禮修閭氏〕邦有故則令守其閭—。〔疏〕則命各守其閭也。

③ 對也。見〔周禮籩人釋文引干注〕。

④ 代也。〔書日中星鳥以殷仲春疏〕秋冬相與—。

⑤ 雜也。〔書濬哲文明溫恭允塞疏〕錯—爲文。

⑥ —物有甲之物也。〔周禮籩人〕掌取—物。〔司農注〕—物謂有甲滿胡龜鼈之屬。

⑦ 𨊠—迫隘處也。〔周禮野廬氏〕凡道路之舟車𨊠—者敘而行之。〔疏〕謂水陸之道舟車往來狹隘之所。更—相𨊠。故云。

⑧ 懸肉格也。〔周禮牛人〕凡祭祀供其牛牲之—。〔注〕—者楅衡之屬。若今屠家懸肉格。

⑨ 行馬也。〔周禮修閭氏〕掌比國中宿—㯹者。〔司農注〕—、謂行馬。所以障—禁止人也。

懸肉格

行馬

⑩ 三—法。後漢制。謂婚姻之家及兩州人士。不得交—爲官。

(十一)—選。今世令同資格之人—相投票。曰—選。單記連記皆有之。

(十二)—參。猶交互也。〔周禮司會〕以參—考日成。〔按商法上交—計算。乃商人間。或商人與非商人間。將平時交易之帳目。於一定時間結算。各補清餘欠也。〕

(十三)—鄉。地名。〔論語述而〕—鄉難與言。〔在今河南項城縣北一里。〕

(十四)舛—。言棟宇交錯也。「文選左思賦」飛甍舛—。

(十五)或作牙。謂若犬牙相交入之意也。見〔漢書劉向傳宗族磐—注〕。

【五】阮古切音午麌韻

(一)五行也。從二。陰陽在天地間交午也。見〔說文〕。〔按水、火、木、金、土。相尅相生。即陰陽交午也。〕

(二)中數也。〔易繫辭〕天數—。地數—。〔同文舉要〕聖人畫卦由四而—。有君道故曰—。位天地之中數也。

(三)數之奇也。〔詩南山〕葛屨—兩。

(四)屢也。〔蘇洵文〕—戰於秦。

(五)樂譜也。〔宋史樂志〕大呂、太簇、夾鐘、淸各用—字而以下上緊別之。緊—者夾鐘聲。〔餘詳一字〕

(六)九—。喩君位也。〔易莫大乎富貴疏〕以王者居九—。富貴之位。

(七)三—。爲十五夜也。〔謝靈運詩〕朞在三—夕。〔又〕謂三皇—帝也。〔漢書司馬相如難蜀父老〕上咸—。下登三。

(八)—百。猶今之問事也。見〔後漢書禰衡傳注〕。

(九)通午。〔左成十七年傳〕晉夷羊—。〔國語晉語〕作夷陽午。

(十)通伍。〔孫叔敖碑〕伍舉作—舉。

(十一)姓也。漢—京。明—滍。〔又〕第—、—鹿。皆複姓。

(十二)近世公牘帳簿記數作伍。商碼作〥。亞拉伯數字作5。

【井】子郢切精上聲梗韻

(一)本作丼。〔說文〕丼。八家一丼。古者伯益初作丼。〔段注〕穀梁傳曰。古者公田爲居。—竈葱韭盡取焉。風俗通曰。古者二十畝爲一—。此類皆謂八家共一—也。

(二)方一里之地。即九百畝也。〔孟子滕文公〕方里而—。—九百畝。〔按—乃方一里。九夫所治之田。故又云九夫爲—。此古—田之制。因象形而命之也。〕

九夫爲井

夫	夫	夫
夫	公	夫
夫	夫	夫

井田圖

(三)二十八宿之一。今小寒節子初初刻十三分之中星。

井星圖

(四)淸也。〔釋名釋宮室〕—淸也。泉之淸潔者也。

(五)靜也。見〔廣雅釋言〕。

(六)通也。見〔易離卦〕。

(七)深也。見〔廣雅釋詁〕。

(八)——。整齊貌。〔荀子儒效〕——兮其有條理。

(九)市—。——之間立市也。〔後漢馬援傳〕不操市—之利。〔按市爲交易之處。—爲共汲之所。因—成市。故云。〕

(十)天—。穴地水出。不事穿掘也。〔山海經中山經〕帝囷山有—焉。名天—。〔按俗謂屋內洩水池爲天—。日本人謂樓板爲天—。〕

(十一)法也。節也。言法制居人。令節其飲食。無窮竭也。見〔初學記〕。

(十二)姓也。百里奚原爲—伯奚支子。爲—氏。

(十三)地名。〔史記刺客傳〕暴其尸於—。〔按—即軹縣之深—里。在今河南濟源縣境。〕

【𠄡】五本字。亦作㐅。見〔說文〕。

【亓】古其字。見〔集韻〕。〔又〕姓也。唐—志紹。宋—賛。明—宣。—驥。

【亖】四籀文。關東謂四數爲—。見〔集韻〕。

三畫

【亗】古歲字。見〔崔希裕略古〕。

四畫

【亘】荀緣切音宣先韻

本作亘。〔說文〕亘求亘也。象亘回之形。上下所求物也。〔按亘回猶回轉也。〕

【亘】胡官切音完寒韵

同桓。烏一。國名。〔在今直隸承德縣。〕

【亙】居鄧切音艮徑韻

㊀本作𠄨。〔說文木部〕柩竟也。𠄨古文柩。〔注〕鍇曰。舟竟兩岸也。

㊁徧也。〔詩生民〕恒之秬秠。〔釋文〕恒古鄧反。又作亘。〔案亘係亙之譌。亙為一之本字。〕

㊂連也。通也。〔唐書貴妃楊氏傳〕第舍聯一。

㊃姓也。漢、盧江丞一寬。

【亙】亙本字。月弦也。見〔正字通〕。〔按舊注云。說文木部。柩、竟也。古文作𠄨。从从舟。二部。𠄨、常也。从心从舟。在二之間。獨恆字古文作𠄨。注从月。詩小雅如月之恆。據此則去聲亙。从舟。竟岸本義也。平聲恆。从心。亙聲。訓常。本義也。詩如月之恆。先儒以為月上弦而就盈。取漸進之義。此借義也。讀去聲者。亙字加心。轉平聲者。恆字形變音變。義因之而變。不相蒙也。謂恆从舟。亦从月。兩存備考可也。必存亙廢一。正字通之誤也。欲存一廢亙。遂謂詩如月之恆。恆當作一。譌加心作恆。心部恆注。謂詩不當將一字譌借恆。則誤甚矣。又集韻柩字古文又作𠄨。則从舟又从月矣。存以備考。〕

【𠄢】古純字。見〔集韻〕。

五畫

【兄】虛放切音眖漾韻

發端語。〔詩常棣〕一也永歎。〔與況況二字少異。俗互用誤。〕

【兄】之六切音祝屋韻

借為祝。〔漢魯相謁孔廟碑〕祝基作一其。

【些】思遮切寫平聲麻韻〔古作𡋯。或作呰。𨑋奀非。〕

少也。〔辛棄疾詞〕而今較減一。〔又〕一一少許也。〔白居易詩〕一一口業猶誇詩。〔俗語〕一微、一須、皆少許之義。

【些】蘇箇切娑去聲箇韻

㊀語辭也。〔楚辭招魂〕何為四方一。

㊁止一。山名。〔博物志〕止一山多竹。長千仞。

【些】桑荷切音娑歌韻

㊀送葬挽歌聲。見〔集韻〕。

㊁邏一。吐蕃城名。〔杜甫詩〕和親邏一城。又麼一。禿光一。蠻族名。

【些】息計切音細霽韻

何也。此也。見〔集韻〕。

【亘】亘本字。从二从回。回古文回。象亘回形。上下所求物也。見〔說文〕。〔注〕从回。象風回轉。所以宣陰陽也。〔按正字通云。一宣本字。从二从回。六書本義。从回於二中。雷行天地。宣布之意。篆作亘。段玉裁云。一字經典不見。易屯卦盤桓。當作般一。般者辟也。一者回也。存此二說以備參考。〕

六畫

【𠄨】古恆字。見〔說文〕。

【亝】古齊字。俗用作齋。軒齋。齋戒之齋。誤。

㊀禾麥吐穗上平也。象形。見〔說文〕。〔从二者。象地有高下也。〕

㊁勃一。山名。見〔山海經東山經〕。

【亞】衣駕切雅去聲禡韻

㊀醜也。象人局背之形。見〔說文亞部〕。

㊁少也。見〔增韻〕。

㊂次也。〔論語微子〕一飯干適楚。〔一父。一卿。亞皆此義。〕

㊃就也。見〔廣韻〕。

㊄通婭。兩壻相謂曰一。〔詩節南山〕瑣瑣姻一。〔別作婭〕

㊅通稏。䆉一。稻名。見〔韻會〕。

㊆一細一。五大洲之一。吾人所居者是。亦略稱曰一洲。英文 Asia。

㊇一當。人名。耶穌教典稱為人類始祖。英文 Adan。

㊈一銀。金屬鑛物。工作上用之最廣。

㊉一拉伯。即天方國。在亞州西南。為一大土股。英文 Ardbia。

⑪一爾然丁。一作阿根弟那。一稱銀國。南美洲第二之大民主國。英文 Argentine。

【亞】於加切音鴉麻韻

㊀歧也。〔趙古則云〕物之歧者曰一。〔俗作丫椏。〕

㊁伊優一者。辭未定也。見〔漢書東方朔傳〕。

【亞】通壓。〔杜甫詩〕花一欲移竹。〔郝敬讀書通曰。壓通作一。〕

【亞】烏落切音鄂藥韻

㊀通堊。塗牆之飾也。見〔六書正譌〕。

㊁通惡。〔語林〕宋人有獲玉印。文曰周惡夫印。劉原父曰。漢條侯有周—夫印。惡、古通—。

【[illegible]】莫可切音懡哿韻

語助也。見〔篇海類編〕。

七畫

【亟】訖力切音棘職韻

㊀敏疾也。从人。从口。从又。从二。二、天地也。見〔說文〕。〔注〕乘天之時。因地之利。口謀之。手執之。時不可失。疾也。〔段注〕今人—分入聲去聲。入之訓、急也。去之訓、數也。古無是分別。數亦急也。非有二義。

㊁急也。〔詩靈臺〕經始勿—。

㊂敬也。〔廣雅釋詁疏證〕—者。說文。敬、肅也。從苟。苟、自急敕也。玉篇。苟亦作—。說文。㥛、敬重貌。苟、—、㥛、並同義。

㊃愛也。〔方言〕東齊海岱之閒曰—。自關而西秦晉之閒凡相敬愛謂之—。

㊄受也。〔列子仲尼〕先—犇佚。〔釋文〕—、受也。

㊅通極。〔荀子賦論〕反覆甚極。〔注〕極、與—同。

㊆通棘。〔詩文王有聲〕匪—其欲。〔釋文〕—本作棘。〔今本仍作棘〕

㊇通革。〔禮記檀弓〕夫子之病革矣。〔釋文〕革紀力反。徐又音極。急也。

【亟】去吏切音器寘韻

屢也。〔孟子公孫丑〕—問—餽鼎肉。

【[illegible]】弋之切支韻

陽氣也。見〔玉篇〕。

八畫

【[illegible]】古老字。見〔玉篇〕。

【[illegible]】古聖字。〔漢桂陽太守周府君碑〕懿賢后兮發—熒。

九畫

【[illegible]】吳人褻—。見〔石鼓文〕。〔鄭樵云〕即亟字。〔按風雅廣逸又書作亟。〕

十二畫

【[illegible]】音圍。見〔玉篇〕。

※亠部※

【亠】徒鉤切音頭尤韻〔按此出字彙。正字通云。—字六書不用爲字母。本無音義。猶人字在下之文作儿。—、儿皆不獨用。不煩訓釋。非如冂匚凵宀广之各有所指。各具音義也。舊注迂泥。〕

一畫

【亡】武方切音忘陽韻

㊀逃也。見〔說文亾部〕。〔按—本作亾。从入。从乚。〕

㊁失也。〔穀梁定八年傳〕非其所以與人而與人謂之—。

㊂歿也。〔周禮大宗伯〕以喪禮哀死—。

㊃奔也。〔國語晉語〕請由此—。

㊄滅也。〔書五子之歌〕有一於此。未或不—。

㊅叛也。〔荀子王霸〕天下去之之謂—。

㊆樂酒無厭謂之—。見〔孟子梁惠王〕

㊇師行而糧食其民者謂之—。見〔管子戒〕

㊈猶輕蔑也。〔史記范睢傳〕—其言。臣者賤而不可用乎。

㊉猶亂也。〔淮南說林〕亂戎以美女—其國。

(十一)流—無定居也。〔漢書食貨志〕民人所以流—者也。

(十二)—命。謂變易姓名以出走也。〔史記張耳陳餘傳〕嘗—命遊外黃。

(十三)同忘。〔列子仲尼〕知而—情。

【亡】微夫切音無虞韻

通無。貧也。〔詩谷風〕何有何—。〔按—古作无。今作無。本作𣞤。段玉裁曰。雙聲相借也。〕

二畫

【亢】居郎切音岡陽韻

㊀人頸也。見〔說文亢部〕。〔按—或从頁作頏。〕

㊁人名。陳—。孔子弟子。

【亢】苦浪切音抗漾韻

㊀二十八宿之一。今穀雨節子正一刻二分之中星。

亢宿

亢星圖

(二)楝也。〔周書作[illegible]〕重—重郎。
(三)敵也。〔楊雄文〕威謀靡—。
(四)愆也。〔易乾〕—龍有悔。
(五)蔽也。〔左昭元年傳〕吉不能—身。焉能—宗。
(六)當也。〔左襄十四年傳〕戎—其下。
(七)高也。〔莊子人間世〕與豚之—鼻者。
(八)極也。〔左宣三年傳〕可以—寵。
(九)舉也。〔孝經注〕—尸而起也。
(十)旱也。〔庾信詩〕純陽是久—。〔旱亦曰—陽〕
(十一)無所卑屈也。〔唐書崔信明傳〕信明蹇—。以門望自負。
(十二)督—。龍—。俱地名。〔史記刺客傳〕燕督—之地圖。〔在今順天府固安縣〕又〔後漢郡國志〕龍—。向本國。〔在今安徽懷遠縣〕
(十三)姓也。明—思謙。

【亣】他達切音闥曷韻

籀文大。改古文。亦象人形。見〔說文亣部〕。〔按說文長箋云原本—佗蓋切。與大字徒蓋切。本作一字。異傍居上爲大。居下爲—。徐氏謬讀蓋爲盇。又改作佗達切。而歸之入聲。誤矣〕—

四畫

【交】居肴切音郊肴韻

(一)—脛也。見〔說文交部〕。〔按交脛乃—之本義。交脛謂之—。引伸之爲凡—之稱〕
(二)俱也。〔孟子梁惠王〕上下—征利。而國危矣。
(三)夾也。〔國語晉語〕齊楚又—輔之。
(四)晦朔之間也。〔國語晉語〕其九月十月之—乎。
(五)合也。〔易泰〕上下—而其志同也。
(六)齊也。〔國策秦策〕必割地以—於王矣。
(七)更也。〔呂覽務大〕—相爲贊。
(八)友也。〔楚辭湘君〕—不忠兮怨長。
(九)相接觸也。〔宋史王韶傳〕矢石既—。呼聲振山谷。
(十)相授受也。〔禮記坊記〕禮非祭。男女不—爵。
(十一)猶好也。〔史記晉世家〕鄭得爲東道—。
(十二)猶和也。〔法言吾子〕或問—五聲十二律也。
(十三)黨與也。〔文選顏延之誄文〕周衛是—。
(十四)此與彼也。〔宋史韓川傳〕雖曰平均物直而不免貸—以取利。
(十五)東西爲—。〔詩楚茨〕獻酬—錯。
(十六)會合處。〔典略〕戰於河渭之—。
(十七)衣領也。〔方言〕衿謂之—。
(十八)—鳥飛貌。〔詩黃鳥〕—黃鳥。〔又〕小貌。〔詩小宛〕—桑扈。
(十九)—酬相酬之幣也。〔國語周語〕—酬好貨皆厚。
(二十)—臂反縛也。〔莊子天地〕則是罪人—臂歷指。
(廿一)—讓。木名。兩樹對生。一樹枯則一樹生。〔文選左思賦〕—讓所植。
(廿二)—代。官吏新舊—替時。關於所管簿書錢穀之淸算也。
(廿三)—易。猶往來也。〔公羊宣十二年傳〕臣—易爲言。〔又〕謂買賣也。
(廿四)—涉。國際間相關涉之事。任其事者曰外—官。
(廿五)—通。轉運之事也。今世官制有專主—通之職者。
(廿六)—接。連結也。〔荀子王制〕諸侯莫不懷—接怨而不忘其敵。
(廿七)—竿。舞衣回轉狀。〔楚辭招魂〕衽若—竿。〔注〕言舞衣回轉如—竹竿。
(廿八)同鵁—精鳥名。〔文選司馬相如賦〕—精旋目。〔即鵁鶄〕
(廿九)同蛟。〔漢書高帝紀〕則見—龍於上。〔史記〕作蛟。
(三十)—州。地名。漢—趾日南二郡地。後漢爲—州。治晉以後因之。唐亦曰—州。調露初曰安南都護府。亦曰安南府。領宋平等縣八。後爲安南國都。清甲申之役。割讓于法。
(卅一)幾何學謂兩線於一點相接、曰—。

【亥】下改切音頦賄韻

(一)荄也。十月微陽起接盛陰。見〔說文亥部〕。〔段注〕荄者根也。陽氣根於下也。十月於卦爲坤。微陽從地中起接盛陰。即壬下所云陰極陽生也。
(二)太歲在—曰大淵獻。見〔爾雅釋天〕。
(三)日辰名。人定爲—。即今云午後九小時十小時也。
(四)該也。言陽氣藏於下。故該也。見〔史記律書〕。
(五)核也。收藏百物。核取其好惡眞僞也。亦言物成皆堅核也。見〔釋名釋天〕。

（六）水也。其禽豕也。均見〔論衡物勢〕。

（七）丁—。吉日也。〔大戴記夏小正〕丁—萬用入學。

（八）姓也。晉—唐。〔按孟子萬章作—唐。抱朴子道民作期唐。〕

【亥】居諧切音皆佳韻

—市。言間日一集也。〔青箱雜記〕蜀有—市。—音皆。言如痎瘧間日一發也。諱痎。故云—市。

【亦】夷益切音睪陌韻

（一）人之臂—也。从大。象兩—之形。見〔說文〕。〔按—篆作夾。—之本義爲臂。徐鉉等曰。—今別作腋。廣韻肘腋作此字。蓋俗用—爲語詞。乃又造腋字以別之耳。〕

（二）兩相須之意。〔公羊昭十七年傳〕北辰—爲大辰。

（三）總也。〔書臯陶謨〕—行有九德。〔注〕總言德之見於行者。其凡有九也。

（四）大也。〔詩豐年〕—有豐年。

（五）易也。〔素問氣厥論〕謂之食—。

（六）義如俗用之也字。〔孟子梁惠王〕—將有以利吾國乎。

（七）承上之詞也。〔書康誥〕怨不在大。—不在小。

（八）助語詞。〔詩草蟲〕—既見止。〔又〕句中助語詞。〔書盤庚〕予—拙謀作乃逸。

（九）本作易。〔列子黃帝〕二人—知。

（十）通射。〔漢書古今人表〕曹嚴公—姑。〔師古曰〕即射姑也。

（十一）通奕。〔詩文王〕不顯—世。〔後漢袁術傳〕作不顯奕代。

（十二）凡言不—者。以—爲語助。〔論語學而〕不—說乎。〔王引之云〕言不說乎。

（十三）凡言盍—者。亦以—爲語助。〔左僖二十四年傳〕盍—求之。〔王引之云〕言盍求之也。

（十四）姓也。宋進士—倘節。明叅將—孔昭。

【亣】古亦字。見〔字彙補〕。

五畫

【亨】虛庚切音哼庚韻〔按說文享篆作亯。其重文作亨。蓋亯爲籀文。亨爲小篆。隸書作—作享。乃小篆之變也。烹尤後出字。古多借—字爲之。〕

（一）通也。〔易坤〕品物咸—。

（二）通脝。腹大也。〔韓愈詩〕豕腹脹彭—。

（三）通烹。〔詩七月〕七月—葵及菽。

（四）通享。〔易大有〕公用—于天子。

【㐬】力求切音留尤韻

同旒。旌旗之旒也。見〔集韻〕。〔按字彙補云。與荒同。誤。〕

【⿱亠内】奴敎切音鬧效韻

不靜也。見〔五音篇海〕。

六畫

【享】許兩切音響養韻

（一）獻也。見〔說文亯部〕。〔如詩天保是用孝—之類。有獻義。〕

（二）祭也。〔易升〕王用—於岐山。〔按毛詩之例。祭神曰—。神食其所—曰饗。其餘經傳亦或通用。〕

（三）猶保有也。〔公羊僖十年傳〕桓公之—國也。

（四）受也。〔左僖二十三年傳〕而—其生祿。

（五）當也。〔書咸有一德〕克—天心。

（六）奉上之謂。〔書洛誥〕汝其敬識百辟—。〔傳〕奉上謂之—。

（七）大—。烝嘗也。〔書盤庚〕茲予大—於先王。

（八）不—。違上也。〔書洛誥〕亦識其有不—。〔注〕亦識其有違上者。

（九）—權利。謂—用分內之利益也。大概與盡義務相對待。

（十）通饗。〔儀禮聘禮〕小聘曰問。不—。〔釋文〕—本作饗。〔按或作鄉〕。

【京】居卿切音驚庚韻

（一）人所爲絕高丘也。从高省。象高形。見〔說文京部〕。〔按爾雅釋丘曰。絕高爲之—。注云。爲之者人力所作。疏云。言卓絕高大如丘。而人力所作。所作之者名—。〕

（二）大也。〔詩文王〕祼將于—。

（三）猶齊也。〔左莊二十二年傳〕莫之與—。

（四）大阜也。〔詩皇矣〕依其在—。

（五）大囷也。〔管子輕重〕有新成囷—者二家。

（六）數名。古以十兆爲—。今以萬兆爲—。

（七）——。憂也。〔詩正月〕憂心——。

（八）—室。王室也。〔詩思齊〕—室之婦。

（九）—師。王都也。〔公羊桓九年傳〕—

師者何。天子之居也。
⑩—兆尹。漢官名。張敞爲—兆尹。又章—。清官名。有軍機章—。總理章—之屬。又內官統名曰—曹。
⑪姓也。漢—房。宋—鏜。
⑫通鯨。〔漢書揚雄傳〕騎—魚。

【京】愚袁切音元元韻
同原。〔禮記檀弓〕以從先大夫於九—也。〔注〕晉大夫之墓地在九原。—蓋字之誤。當爲原。〔按九—山名。亦曰九原。在今山西新絳縣境。〕

【㐭】廩本字。〔說文㐭部〕—。穀所振入也。宗廟粢盛倉黃而取之。故謂之—。从入回。象屋形。中有戶牖。〔按振入卽收入。中庸注曰。振猶收也可證。中有戶牖者。小徐云。防蒸熱也。—與倉同類。六書略云。方曰倉。圜曰—。上象其蓋。〕

【亰】延知切音移支韻
花名。見〔五音篇海〕。

七畫

【亭】唐丁切音庭青韻
①民所安定也。—有樓。从高省。見〔說文〕。〔按釋名釋宮室曰。—停也。人所停集也。漢書百官公卿表曰。十里一—。十—一鄉。—有—長。〕
②郵書處。〔漢書平帝紀〕因郵—書以聞。〔按郵—傳書之舍。若前代之驛遞。〕
③宅中小樹也。〔漢書息夫躬傳〕寄居丘—。
④調也。〔淮南原道〕甘立而五味—矣。
⑤定也。〔漢書酷吏傳〕張湯平—疑法。
⑥直也。見〔史記五帝紀巳征不—享索隱〕。
⑦別也。〔老子〕—之毒之。
⑧—午。至午也。〔孫綽賦〕羲和—午。〔按正字通云。—午卽直午之義。停古作—。直與值同。〕
⑨—山。山名。〔史記封禪書〕封泰山。禪—。〔在今山東泰安縣境。〕〔又〕聳立貌。高貌。〔太公兵法〕高山盤石。其上—。〔又〕遠貌。一云。將至之意。〔文選司馬相如賦〕荒—而復明。〔又〕美麗貌。〔獨孤及詩〕玉顏—與花雙。
⑩—山。南巢之山。〔荀子解蔽〕桀死于—山。〔在今浙江臨海縣境〕
⑪街—。地名。〔蜀志諸葛亮傳〕亮使馬謖督諸軍與郃戰于街—。〔亦曰街泉。在今甘肅秦安縣境。〕
⑫蜻蜓一名靑—。見〔古今注〕。
⑬通渟。止也。〔漢書西域傳〕其水—居。
⑭—主。〔首楞嚴經〕掌—人都無所去。名曰—主。

【亮】力讓切音量漾韻
①信也。〔孟子告子〕君子不—。惡乎執。
②明也。〔文選嵇康詩〕皎皎—月。
③道也。見〔爾雅釋詁〕。
④翼—。佐輔也。〔晉書王導傳〕翼—三世。
⑤通諒。〔詩柏舟〕不—人只。〔釋文〕—本亦作諒。信也。〔今本仍作諒。〕

【亮】呂張切音良陽韻
—陰。卽梁闇。天子居喪也。見〔書說命注〕。

【亯】享本字。見〔說文〕。〔按亯享亨三字今別。說文惟作—。〕

【卣】其來—。見〔石鼓文〕〔薛作首。鄭作逌。卽卣字也。〕

【亯】古克字見〔玉篇〕。

【京】同京。京—古通假。正字通云。俗原字非是。

八畫

【亳】白各切音薄藥韻
①京兆杜陵亭名。見〔說文〕。
②商湯所都。一作薄。〔書說命〕自河徂—。〔在今河南商邱縣〕。
③國名。春秋陳地。後周改爲—州。今屬安徽—縣。
④三—。〔書立政〕三—阪尹。〔孔安國云〕—人歸文王者三所。爲之立監。故爲三—。

【亭】古亭京字見〔集韻〕。〔按—卽亭字之譌。〕

九畫

【兖】古乘字。見〔集韻〕。

【亮】古克字。見〔集韻〕。

【兗】同乘。見〔集韻〕。

【亶】篆文亯見〔說文〕。

十畫

【𠅩】博毛切音褒豪韻
吳景帝第四子名。見[集韻]。[按吳志作𠅩。通志作𠅩。稡史作陳王𠅩。]

【𠅪】魚救切音右宥韻
飛也。見[字彙補]。

【𠅫】古聒字。見[字彙補]。

【𠅬】古勝字。見[集韻]。

【𠅭】同孰。見[正字通]。

十一畫

【亶】黨旱切音儻旱韻
●一 多穀也。見[說文亩部]。[段注]多穀乃—之本義。故其字从亩。
●二 信也。[書盤庚]誕告用—。
●三 誠也。[詩祈父]祈父—不聰。
●四 葢也。[太玄玄瑩]君子所以—表也。
●五 通單。厚也。[詩昊天有成命]單厥心。[國語周語]作—厥心。
●六 通癉。病也。[禮記緇衣]下民卒癉。[釋文]癉本作—。
●七 海外國名。[韓愈序]夷—之州。[注]夷州。—州俱國名。
●八 姓也。東漢—誦。善律曆。

【亶】杜旱切音但旱韻
通但。[漢書賈誼傳]非—倒懸而已。

【亶】蕩旱切音膻旱韻
通袒。[荀子議兵]路—者也。[劉向新序云]路—。即露袒。

【亶】張連切音饘先韻
屯—。難行不進貌。[正譌]別作迍邅。非是。

【亶】時戰切音繕霰韻
通擅。[荀子強國]相國之於勝人之勢。—有之矣。[注]—、本亦或作擅。

【亶】虛延切音嫣先韻
通翾。飛也。[揚雄賦]堪巖—翔。

【亶】時連切音蟬先韻
—爰。山名。見[山海經南山經]。

十三畫

【𠆉】力果切音驘哿韻
●一 相承曰—。見[字彙補]。
●二 同蓏。見[篇海類編]。

【𠆄】古衰字。[字彙補]。亢倉子道政篇—末之世。

十四畫

【𠆅】古庸字。見[集韻]。

【𠆾】舊注。石林燕語。王起不識—角二字。今考列子。角音丙。—未見所出。存以備考。[按列子周穆王篇。主車則造父爲御。𠆾角爲右。注。淮南子云。鉗且泰丙。古之御也。考穆天子傳。泰丙又作卤卤。說文通訓定聲。泰下注。引列子作𠆾角。—字形相近。當是一字。存參。]

十七畫

【𠆌】同襄。見[集韻]。

十九畫

【亹】武斐切音尾尾韻［按廣韻—亦作亹。徐鉉曰。說文無—。當作娓。］
●一 ——不倦也。[易繫辭]成天下之——者。[又]勤勉也。[詩文王]——文王。[又]進貌。[楚詞九辯]時——而過中兮。[又]水流貌。[文選左思賦]清流——。[又]走貌。[文選陸士衡詩]——孤獸騁。
●二 斐—。緣繞貌。[孫綽賦]彤雲斐—以翼櫺。
●三 人名。楚士—申公子—。
●四 通亶。[左桓十八年傳]鄭子—。[韓子]作子亶。

【亹】謨奔切音門元韻
●一 山絕水也。[詩鳧鷖]鳧鷖在—。[釋文]—、山絕水也。[謂山當水路。令水勢斷絕也。]
●二 浩—。地名。[漢書地理志]金城有浩—縣。[注]在臨洮府金州。[在今甘肅碾伯縣境。]

【亹】同眉。[周韓城鼎銘]用祈—壽。

【人】 而鄰切音仁眞韻

(一)天地之性。最貴者也。象臂脛之形。見〔說文〕〔按性字古文以爲生字。許偁古語。不改其字也。〕

(二)仁也。仁生物也。故易曰立人之道。曰仁與義。見〔釋名釋形體〕

(三)衆辭。〔穀梁隱四年傳〕其稱—以立之何也。得衆也。

(四)謂朋友九族也。〔論語憲問〕修己以安—。

(五)謂人君百里諸侯也。〔老子〕—多技巧。

(六)謂道人也。〔老子〕—之所畏。

(七)謂凡人小人也。〔列子仲尼〕—之游也。

(八)猶言性質也。〔蘇軾文〕其爲—剛愎不遜。

(九)法律家謂主體曰—。有自然—法—之分。自然—謂權利義務之重要主體。通常但稱爲—。法—則依法律而有人格之團體也。

(十)古官屬之徵者多稱—。如周官庖—漿—之類是。

(十一)一—君也。〔書呂刑〕一—有慶。

(十二)良—夫也。〔詩綢繆〕見此良—。

(十三)—間。猶言世間也。莊子有—間世篇。

(十四)—兮。憐哀也。〔方言〕沅澧之原。凡言相憐謂之嘳。九疑湘潭之閒謂之—兮。

(十五)舊曆正月七日爲—日。〔董勛問禮俗〕一日爲雞。二日爲狗。三日爲豬。四日爲羊。五日爲牛。六日爲馬。七日爲—。

(十六)—魚。即鯢也。〔山海經北山經〕決決之水多—魚。

(十七)左—中。翟國二邑也。

(十八)姓也。明—傑。〔又〕左—聞。亻俱複姓。

一畫

【亼】 秦入切音集緝韻 〔按—字說文自爲部。今入人部。非是。因相承久。姑仍之。〕

說文。三合也。从入一。象三合之形。見〔說文〕〔段注〕从入一而非會意。則又足之曰象三合之形。謂似會意而實象形也。〔按正譌云。—古集字。凡會合等字。㚒從此。〕

二畫

从一从人。不曲腳。會孤子意。與兀別。見〔同文舉要〕〔按正字通云。同寡同文舉要說臆造。然同寡之說亦似臆造。〕

【个】 古丁字。見〔集韻〕〔按說文丁篆作个。象形。非从人—也。〕

【什】 是執切音十緝韻

(一)相—保也。見〔說文〕

(二)十倍也。〔孟子滕文公〕或相—百。

(三)十家也。〔管子立政〕十家爲—。

(四)十人也。軍中十人爲—。—有長。

(五)詩雅頌十篇爲—。後遂轉爲詩篇之稱。〔文選宋書謝靈運傳論〕紛披風—。〔按五經通義云。國風多寡不等。不偁—。雅頌每十篇偁—。〕

(六)—器。常用之器也。其數非一。故曰—器。若今之—物也。見〔史記五帝紀索隱〕〔按後漢宣秉傳師古注曰。古者師行二五爲—。食器之數必共之。故曰—物。〕

(七)鳩摩羅—。高僧名。始由天竺入中國。翻譯佛經者。

日以發寶革匱十重緹巾—襲。

(九)—麼。俗語疑問詞。猶言何也。

【仁】 而鄰切音人眞韻

(一)親也。見〔說文〕〔按親者密至也。二人爲耦。則相親密。故其字从人二。〕

(二)愛人利物謂之—。見〔莊子天地〕

(三)畜義豐功謂之—。見〔國語周語〕

(四)寬惠行德謂之—。見〔韓非子詭使〕

(五)爲天下得人者謂之—。見〔孟子滕文公〕

(六)信之器也。見〔大戴記四代〕

(七)義之本順之體也。見〔禮記禮運〕

(八)不忍也。見〔白虎通情性〕

(九)忍也。好生惡殺。善含忍也。見〔釋名釋言語〕

(十)有德者之稱。〔論語學而〕汎愛衆。而親—。

(十一)風俗醇厚也。〔論語里仁〕里—爲美。

(十二)憐也。〔韓愈書〕則將大其聲疾呼。而望其—之也。

(十三)猶存也。〔禮記仲尼燕居〕郊社之

禮所以—鬼神也。

⑭東方曰—。見〔論衡驗符〕。

⑮春爲—。見〔禮鄉飲酒義假之仁也疏〕

⑯貴賢親賢曰—。殺身成人曰—。見〔一切經音義引謚法〕

⑰果核中實有生氣者名爲—。〔顏氏家訓〕單服杏—。

⑱—者謂乳母也。〔大戴記保傅〕—者養之。

⑲—頻卽檳榔也。〔文選司馬相如賦〕—頻幷閭。

⑳不—手足痿痺貌。〔後漢班超傳〕兩手不—。

㉑通人。〔禮記禮運〕何以守位曰—。〔釋文〕—本作人。

㉒通信。〔易乾〕體—足以長人。〔釋文〕—荀京董本作信。

㉓姓也。五代時甘川回鶻可汗姓—。有—美—浛。

【仂】歷德切音勒職韻

㊀數之餘也。〔禮記王制〕祭用數之—。

㊁十分之一也。〔禮記王制〕喪用三年之—。

㊂三分之一也。通作阞。〔考工記輪人〕以其圍之阞捎其藪。

㊃謂脈理也。〔考工記匠人〕凡溝逆地阞。

【仂】六直切音力職韻

勤也。見〔廣雅釋詁〕。

【仄】壯力切音則職韻

㊀側傾也。見〔說文〕

㊁昃也。〔後漢光武紀〕每日視朝日—乃罷。

㊂傲也。〔宋書孝武帝紀〕無漏于幽—。

㊃陋也。見〔廣雅釋詁〕

㊄上去入之總稱。〔沈約四聲譜〕上去入爲—聲。

㊅稫—禾密貌。或作稄。非。見〔六書本義〕

㊆朔而月見東方謂之—慝。見〔漢書五行志引京房易傳〕

㊇湢—水流貌。或作汎。非。見〔六書本義〕

㊈亦—。漢時錢名。見〔漢書食貨志〕。

㊉—行。蟹屬也。〔考工記梓人〕卻行—行。

⑪通側。〔爾雅釋水〕穴出。—出也。〔釋文〕—本作側。

【仆】芳遇切音赴遇韻普木切音朴屋韻敷救切否去聲宥韻

㊀頓也。見〔說文〕〔段注〕頓者下首也。以首叩地謂之頓首。引伸爲前覆之詞。

㊁身倒也。〔素問經脈別論〕度水跌—。

㊂覆也。〔唐書房杜傳贊〕興—植僵。

㊃斃也。見〔漢書董仲舒傳〕

【仇】渠尤切音求尤韻

㊀讎也。見〔說文〕

㊁合也。見〔爾雅釋詁〕

㊂怨耦也。〔左桓二年傳〕怨耦曰—。

㊃匹也。〔詩無衣〕與子同—。

㊄怨也。〔書五子之歌〕萬姓—予。

㊅惡也。見〔廣雅釋詁〕

㊆—傲貌。〔詩正月〕執我——。

㊇姓也。宋大夫—牧。〔又〕章—複姓。

㊈通逑。〔詩關雎〕君子好逑。〔漢書匡衡傳〕作君子好—。

【仇】恭於切音居魚韻

挹也。〔詩賓之初筵〕賓載手—。〔箋〕—讀曰𣂪。〔釋文〕謂挹取酒。

【仉】止兩切音掌養韻

姓也。孟子母—氏。梁公子四人。一姓—。

【今】居吟切音金侵韻

㊀是時也。從亼從𠃉。𠃉古文及。見〔說文〕

㊁對古之稱。〔漢元帝詔〕是古非—。

㊂急辭。〔詩摽有梅〕迨其—兮。〔傳〕—急辭也。

㊃指事之詞猶是也。〔國語晉語〕—君之所聞也。〔猶言是君之所聞也〕

㊄猶卽也。〔書召誥〕治民—休。〔謂卽致太平之美也〕

㊅猶若也。〔禮記曾子問〕—墓遠。則其葬也如之何。

㊆發端之詞。如云—人主—先生之類。

㊇—昔。猶昨夜也。〔史記龜策傳〕—昔士子。

【介】居拜切音戒卦韻

㊀畫也。从八从人。人各有—。見〔說文〕。

㊁猶間也。〔左襄九年傳〕—居二大國之間。

㊂次也。〔左昭四年傳〕—卿以葬。

㊃助也。〔詩七月〕以—眉壽。

(五)因也。〔左文六年傳〕—人之寵非勇也。
(六)副也。〔禮記檀弓〕子服惠伯爲—。
(七)猶蔕芥也。〔後漢孔融傳〕往聞二君有執法之平。以爲小—。
(八)隔也。〔易兌〕—疾有喜。
(九)舍也。〔詩甫田〕攸—攸止。
(十)近也。〔穀梁文十五年傳〕不以難—我國也。
(十一)大也。〔易晉〕受茲—福於其王母。
(十二)小也。〔法言吾子〕升東嶽而知衆山之峛崺也。況—丘乎。
(十三)堅確也。〔易豫〕—于石。
(十四)特也。〔史記陳餘傳〕獨—居河北。
(十五)獨也。見〔廣雅釋詁〕。
(十六)善也。見〔爾雅釋詁〕。
(十七)側畔也。〔楚辭哀郢〕悲江—之遺風。
(十八)甲也。〔詩清人〕駟—旁旁。
(十九)甲蟲也。〔禮記月令〕其蟲—。
(二十)賓之輔也。〔禮記聘義〕上公七—。侯伯五—。大夫三—。
(廿一)操也。〔孟子盡心〕不以三公易其—。
(廿二)夾也。〔史記十二諸侯年表〕楚—江淮。
(廿三)刖也。〔莊子養生主〕惡乎—也。〔司馬注〕—、刖也。
(廿四)別也。見〔爾雅釋言李孫舍人注〕。
(廿五)節也。〔楚辭悲回風〕—眇志之所惑兮。
(廿六)紹—也。〔文選嵇康論〕不—而自親。〔按紹—亦作紹—〕。
(廿七)稱也。〔列子黃帝〕不用—意。
(廿八)自得也。〔文選嵇康書〕得并—之人。〔注〕并謂兼善天下。—謂自得無悶也。
(廿九)微也。〔列子楊朱〕無—然之慮者。
(三十)纖—。言細微之嫌怨也。〔漢書元后傳〕不以往事爲纖—。
(卅一)一—。一夫也。〔左襄八年傳〕亦不使一—行李辱在寡君。〔又〕猶一概也。〔公羊文十二年傳〕惟一—斷斷兮無他技。〔又〕謂一人也。〔國語吳語〕一—嫡女。
(卅二)—、猶耿耿也。〔後漢馬援傳〕—獨惡是耳。〔又〕有害也。〔太玄傒〕傒禍—。
(卅三)—然。堅固貌。〔荀子修身〕善在身。—然以自好也。
(卅四)—睨。猶睥睨也。〔莊子馬蹄〕而馬知—睨。
(卅五)木得雨而冰曰木—。〔漢書五行志〕木冰爲木—。〔按天文志注云。—者甲兵象也〕。
(卅六)圭長尺二寸謂之—。〔詩崧高〕錫爾—圭。
(卅七)獸無偶曰—。見〔方言〕。
(卅八)通个。〔書秦誓〕若有一—臣。〔釋文〕—、本作个。
(卅九)通芥。〔孟子萬章〕一—不以與人。一—不以取諸人。〔意林〕作不以一芥與人。亦不取一芥於人。
(四十)通分。〔莊子庚桑楚〕—倚離山。〔釋文〕—、本作分。
(四一)通兀。〔莊子德充符〕而未嘗知吾—者也。〔釋文〕—、本作兀。
(四二)通玠。〔書顧命〕太保承—圭。〔說文玉部〕作稱奉玠圭。
(四三)東方國名。〔春秋僖二十九年〕—葛盧來。〔注〕—、東夷國。在城陽黔陬縣。葛盧其名。〔在今山東高密縣境〕。
(四四)姓也。晉—之推。明—不易。—壽。
(四五)猶言狀也。曲本中多用之。如云飲酒—。伸舌—。

〔仍〕 如蒸切音艿蒸韻

(一)因也。見〔說文〕。
也。〔漢書王莽傳〕[illegible]
(三)就也。〔詩常武〕—執醜虜。
(四)重也。〔爾雅釋親〕晜孫之子爲—孫。
(五)乃也。〔史記淮南衡山傳贊〕—父子再亡國。〔謂乃至父子再亡其國也〕。
(六)從也。〔楚辭悲回風〕觀炎氣之相—兮。〔注〕相—者相從也。
(七)厚也。見〔爾雅釋詁〕。
(八)——。不得志貌。〔淮南精神〕乃性——然。〔又〕衆也。見〔廣雅釋訓〕。
(九)國名。〔史記夏本紀〕少康娶於有—氏。〔又〕姓也。

〔仈〕 布拔切音八黠韻

姓也。見〔字彙〕。

〔仌〕 悲淩切逼平聲蒸韻

凍也。象水冰之形。見〔說文仌部〕。〔按徐鍇曰。今以冰爲—字。熊忠曰。偏旁書作冫〕。

〔从〕 牆容切音從冬韻

相聽也。从二人。見〔說文从部〕。〔段注〕—者今之從字。從行而—廢矣。

【仃】當經切音丁青韻
伶—。獨也。見〔廣韻〕。

【仃】都挺切音頂迥韻
酩酊。醉甚。酊、或作—。見〔集韻〕。

【亾】乍本字。〔說文〕从亾从一。〔注〕出亾得一。則暫止也。

【仏】古佛字。〔正字通〕宋張子賢言京口甘露寺鐵鑊有文、梁天監造—殿前。

【仅】同奴。見〔集韻〕。

【仅】同付。見〔六書故〕。

三畫

【仔】祖似切音子紙韻子之切音賫支韻
①克也。見〔說文〕。
②任也。〔詩敬之〕佛時—肩。
③讀若宰。子也。粵語有豬—。

【仕】上史切音士紙韻
①學也。見〔說文〕〔段注〕訓—爲入官。此今義也。古義宦訓—訓學。若論語子夏曰。—而優則學。學而優則—。以—學分出處。起於此時矣。許說其故訓。
②察也。〔詩節南山〕弗問弗—。勿罔君子。〔箋〕不問而察之。則下民不罔其上矣。
③事也。〔詩文王有聲〕武王豈不—。〔傳〕—、事也。〔按日本語—事乃作事之意〕
④涖事。〔荀子大略〕移而從所—。〔注〕—與事同。
⑤—於朝也。〔論語公冶長〕子使漆雕開—。
⑥官名。登—郎。見〔隋書百官志〕。將—郎。見〔韓愈書〕。

【他】湯何切音拖歌韻俗讀若塔平聲
①本作佗。〔說文〕佗負何也。〔按佗本義爲負何其俗字爲駝、馱。隸變佗爲—。用爲彼之偁。古祇作它〕。
②別也。〔書秦誓〕無—技。
③彼之偁也。彼人亦云—人。彼處亦云—處。
④誰也。見〔玉篇〕。
⑤異也。〔呂覽貴生〕又況於—物乎。
⑥貳心也。〔詩柏舟〕之死矢靡—。
⑦猶其餘也。〔漢書陸賈傳〕—送亦千金。
⑧謂異族也。〔國語周語〕不出於—矣。
⑨非—。親之辭也。〔儀禮覲禮〕天子曰非—。
⑩人名。尹公—。見〔左襄十四年傳〕。

【他】唐佐切音馱箇韻
——。禽獸僵死。交相積也。〔文選司馬相如賦〕——藉藉。填坑滿谷。

【仗】直亮切長去聲漾韻雉兩切長上聲養韻
①刀戟總稱。兩軍相交曰開—。
②儀衛也。〔唐書儀衛志〕朝衛之—。三衛番上。分爲五—。皆帶刀捉—。列於東西廊下。
③通杖。倚任也。〔漢書李尋傳〕近臣已不足杖矣。〔俗稱仝—、仰—。亦此意〕
④玄—。道也。〔淮南原道〕無忘玄—。

【付】方遇切音傅遇韻
①予也。从寸持物以對人。見〔說文〕。〔按予者推予也。寸者手也〕。
②託也。〔曹冏論〕無所寄—。
③天—。即天性也。〔舊唐書僖宗紀〕天—忠貞。
④支—。凡立憲國家。君主或總統。當議會閉會時。如需經費甚急。得發支—命令。
⑤委—。〔易順以巽也注〕委物以能。〔疏〕謂委—事物與有能之人也。〔按商法有委—之文〕。
⑥通附。〔書梓材〕皇天既—中國民。
⑦同祔。祭名。〔周禮大祝〕—練祥。〔釋文〕—、馬本作附。〔司農注〕—當爲祔。
⑧姓也。明御史—吉。

【仙】蘇前切音先先韻
①同僊。〔說文〕僊長生僊去。〔按漢書郊祀志僊人羨門。師古曰。古以僊爲—。聲類曰。—、今僊字。蓋—行而僊廢矣〕。
②高尙人亦曰—。〔釋皎然文〕此爲詩中之—。
③輕舉貌。〔杜甫詩〕行遲更覺—。
④外國錢貨名。具言—。稊或言生式。美國銅貨百—當一圓。荷蘭、百—當一佛樂林。香港貨錢十—當一毫。英文Cent。
⑤—人掌。草本花名。葉缺如。花兩性。

盛于熱帶。

仙人掌

❻胎—。鶴也。〔八公相鶴經〕千六百年乃胎產。則胎仙之稱以此。❼—鼠。蝙蝠也。〔爾雅釋鳥〕蝙蝠服翼。〔郭注〕齊人呼為蟙蠌。或謂之—鼠。❽—居。—遊。俱縣名。—居今屬浙江—居縣。—遊今屬福建—遊縣。❾姓也。宋—源明—時忠—克謹。

【仚】虛延切音嫣先韻 ❶人在山上貌。見〔說文〕。❷高舉貌。〔鮑照書勢〕鳥—魚躍。

【仛】丑亞切音詫禡韻 ❶少女也。見〔集韻〕。〔按說文作奼。从女不从人。故訓少女。〕❷驕逸也。見〔玉篇〕。

【仛】達各切音鐸藥韻 ❶他也。見〔集韻〕。❷㑦侘寄也。見〔廣韻〕。

【仜】胡公切音紅東韻 ❶大腹也。見〔說文〕。❷有也。見〔廣雅釋詁〕。

【仝】徒紅切音同東韻 〔按正字通云。—從人從工。與仝異。仝音全。從入。〕❶道書同字。見〔廣韻〕。❷姓也。〔又〕人名。唐盧—。宋關—。

【仞】而振切音刃震韻 ❶伸臂一尋八尺。見〔說文〕。〔按程君數曰。說文筵字云。度堂以筵。筵一丈。以此例之。則知—字當云伸臂一尋。尋八尺。今本脫一尋字。本書尋下云。度人之兩臂為尋。八尺也。〕❷七尺也。〔論語子張〕夫子之牆數—。〔包注〕七尺曰—。〔按諸經傳注。或云八尺。或云七尺。孟子音義云。先儒以七尺為—。蓋其說已舊。故說文主八尺也。漢書食貨志注。亦引說文。又引應劭云。五尺六寸也。亦以周尺當漢志七寸。〕❸度深也。〔左昭三十二年傳〕—溝洫。❹通認。〔列子周穆王〕夢—人鹿。〔釋文〕—一本作認。❺通牣。滿也。〔史記司馬相如傳〕虛宮觀而勿—。❻通軔。〔孟子盡心〕掘井九軔。❼通刃。〔書旅獒釋文〕—本作刃。

【仠】古旱切音笴旱韻 長也。見〔集韻〕。

【仠】矦旰切音翰翰韻 技也。一曰衛也。扞。或作捍、—。見〔集韻〕。

【仟】蒼先切音千先韻 ❶千人之長曰—。〔史記陳涉世家〕俛仰—佰之中。〔索隱〕—佰謂千人百人之長也。❷南北曰—。〔漢書地理志〕開—佰。〔通作阡陌〕。❸同千。〔漢書食貨志〕有—佰之得。〔注〕—謂千錢。❹同芊。—草木生貌。〔潘岳詩〕稻栽肅—。

【仡】魚乞切音疙物韻 ❶勇壯也。見〔說文〕。❷舉頭也。〔史記司馬相如傳〕—以佁儗。❸—高大貌。〔詩皇矣〕崇墉—。〔按—說文土部引作圪圪。文選魯靈光殿賦注引作屹屹。〕

【仡】五忽切音兀月韻 ❶舟動貌。又不安貌。〔柳宗元詩〕巨舟軒昂——還。

【伏】徒蓋切音大泰韻 海中地名。見〔佩觿集〕。

【仉】符咸切音凡咸韻 扶汎切音梵陷韻 輕薄也。〔方言〕楚人相輕薄。謂之相—。

【仢】弼角切音雹覺韻 是若切音芍藥韻 —約。流星也。〔爾雅釋天〕奔星為—約。〔按玉篇引爾雅作—約。今本作彴約。段玉裁舉沅並云。从彳作彴。誤。〕

【仢】之若切音斫藥韻 橫木渡水也。見〔廣韻〕。〔按說文作榷。〕

【仢】徒歷切音狄錫韻 約也。見〔說文〕。〔或云。許本作—約也三字為句。〕

【代】待戴切音岱隊韻

(一)更也。見〔說文〕。
(二)替也。〔書皋陶謨〕天工人其—之。
(三)謝也。〔文選張衡賦〕四時迭—。
(四)繼也。〔孟子滕文公〕暴君—作。
(五)易也。〔漢書食貨志〕歲—處。
(六)世也。見〔後漢竇何傳注〕。
(七)脈候有—。〔王叔和云〕來數而中止。不能自還。因而復動者名—。者死。
(八)以異語相易謂之—。〔方言〕皆南楚江湘之間—語也。〔今謂之—名詞〕。
(九)—數。算學之一種也。謂以符號—所當用之數目字。而為算者也。
(十)—表。卽法律上之公私團體。舉出對外交涉之人也。
(十一)—議士。卽立憲國國民。舉出—議政事之人也。或謂之議員。
(十二)—五。謂唐虞夏殷周也。見〔後漢王符傳注〕。〔又〕宋人作五—史。稱梁唐晉漢周亦曰五—。
(十三)—九。馬名。見〔山海經海外西經〕。
(十四)國名。趙之先有—國。〔漢書地理志〕—郡亳丘有五原關。應劭曰。古—國。〔在今山西廣靈縣東六十里〕。
(十五)姓也。周—舉。明—賢。日本有千—姓。

【令】力正切零去聲敬韻
(一)發號也。从亼卪。見〔說文〕。〔注〕號—者。集而為之節制也。
(二)法律也。〔書冏命〕發號施—。
(三)命也。〔書說命〕臣下罔攸稟—。
(四)告也。〔詩東方未明〕自公—之。
(五)時禁也。〔禮記月令〕命相布德和—。
(六)善也。〔書太甲〕今王嗣有—緒。
(七)敎也。〔荀子議兵〕—不進而進。猶—不退而退也。
(八)使也。〔呂覽觀世〕不待—而—。
(九)領也。理領之使不得相犯也。見〔釋名釋典藝〕。
(十)伶也。見〔廣雅釋言〕。
(十一)縣官也。縣萬戶以上為—。見〔後漢光武帝紀注〕。〔後世稱縣官為縣—本此〕。
(十二)敬稱也。〔蘇轍欒城遺言〕貢父嘗謂公所為訓辭君所作、彊於—兄。〔世俗稱人父子兄弟之類輒以—冠之本此〕。
(十三)月—。所以紀十二月之政也。禮記有月—篇。
(十四)—辭。言語優美也。
(十五)三—。〔漢書宣帝紀〕—有先後。有—甲、—乙、—丙。
(十六)通—。對於一般下級官廳或人民。命其為某事或不為某事也。有法律性質。
(十七)指—。對於下級官廳之請示。准其照行與否也。亦有法律性質。
(十八)敎—。訓—。對於官廳或人民告誡其應如何也。此未有法律性質。即不遵照。亦非違法。自元首發之曰敎—。自各官發之曰訓—。
(十九)—法。木本花名。花皆兩性。產於溫帶及熱帶。

令法

(二十)姓也。漢—勉。明—曦。

【令】離身切音伶庚韻郎丁切音零青韻
(一)使—也。〔詩車鄰〕未見君子。寺人之—。
(二)——。繆環聲。〔詩盧令〕盧——。〔注〕盧田犬。——、犬頷下環聲。
(三)丁—。國名。〔文選張衡賦〕北燮丁—。〔善注〕漢書曰北服丁—。或作丁零。〔按通鑑地理今釋今俄羅斯國〕。
(四)—狐。地名。〔左文七年傳〕晉敗秦于—狐。〔闞駰曰〕—狐卽猗氏地。〔在今山西猗氏縣西十五里〕。〔又〕—狐。複姓。唐—狐綯。
(五)同鴒。鳥名。〔詩常棣〕脊—在原。

【令】郎定切音零徑韻
—支。地名。〔國語齊語〕桓公北伐山戎。刜—支。〔按漢置—支縣。屬遼西郡。後漢因之。在今直隸盧龍縣東北〕。

【令】陵延切音連先韻
—居。地名。〔後漢西羌傳〕武帝北卻匈奴。西逐諸羌。乃渡河湟。築—居塞。〔在今甘肅平番縣東北〕。

【以】羹里切怡上聲紙韻〔古作㠯〕
(一)用也。从反巳。見〔說文〕。
(二)故也。〔列子周穆王〕宋人執而問其—。
(三)為也。〔論語為政〕視其所—。

㊃因也。〔詩旄丘〕必有—也。
㊄此也。〔禮記射義引詩〕凡—庶士。
㊅太也甚也。〔左文五年傳〕嬴曰—剛。
㊆及也。〔易小畜〕富—其鄰。〔虞注〕—及也。
㊇由也。〔大戴記子張問入官〕距諫者慮之所—塞也。
㊈傭也。〔詩載芟〕侯彊侯—。〔箋〕—、謂閒民今時傭賃也。
㊉至也。〔老子〕—正治國。
⑪助詞。〔論語泰伯〕可—託六尺之孤。可—寄百里之命。
⑫語詞之用也。〔書堯典〕—親九族。
⑬猶而也。〔易繫辭〕蓍之德圓而神。卦之德方—知。
⑭猶使也。〔國策秦策〕向欲—齊事王。
⑮猶與也。〔詩擊鼓〕不我—歸。
⑯猶維也。〔韓愈表〕仸—佛者夷狄之一法耳。
⑰猶謂也。〔禮記檀弓〕吾—將爲賢人也。
⑱猶爲去聲也。〔左莊十年傳〕封疆社稷是—。
⑲用爲物事之區分。〔論語述而〕自行束脩—上。
⑳凡師能左右之曰—。見〔左僖二十六年傳〕。
㉑能東西之曰—。〔國語魯語〕魯人—莒人先濟。
㉒通似。〔易明夷〕文王—之。〔釋文〕—、荀向本作似。
㉓通巳。〔史記留侯世家〕般事—畢。

【阢】五忽切音兀月韻

通卼。臲卼不安也。〔易困〕困於臲卼。〔古文易〕作倪—。

【㐱】鬒本字。〔說文彡部〕稠髮也。詩曰。—髮如雲。

【㐰】古信字。見〔說文〕。

【攸】古侮字。見〔集韻〕。

【仺】同高。見〔鄭樵六書略〕。

【伇】俗擧字。見〔玉篇〕。

四畫

【仯】初敎切超去聲效韻

驚悚貌。見〔廣韻〕。

【仯】弭沼切音藐篠韻

僬—。小貌。見〔集韻〕。

【仰】語兩切音禦養韻

㊀擧也。見〔說文〕。
㊁特也。見〔廣雅釋詁〕。
㊂企慕也。〔詩車舝〕高山—止。
㊃俯—。猶瞬息也。〔王羲之序〕俯—之間。已爲陳迹。
㊄信—。猶皈依也。宗敎家對於所崇拜之敎曰信—。
㊅—秣。馬吹吐也。〔淮南說山〕駟馬—秣。〔注〕—秣。頭吹吐。謂馬笑也。
㊆上令下之辭。近世公家行令敎用之。如—某某准此之類。
㊇姓也。明大理卿—瞻。

【仰】魚向切音卬漾韻

恃也。倚也。〔史記平準書〕衣食—給縣官。

【仰】疑剛切音昂陽韻

㊀通昂。又作卬。〔詩北山〕或棲遲偃—。〔釋文〕—本又作卬。
㊁怒也。〔漢書揚雄傳〕激—萬乘之主。〔注〕—、怒也。〔—亦作卬〕。
㊂—軍氣勇貌。〔周禮保氏注〕軍旅之容闞闞—。

【仱】其淹切音箝鹽韻

—伴。樂人也。見〔集韻〕〔按正字通云。伶之譌—伴。卽伶倫。古樂師四人之一〕。

【仱】居陵切音兢蒸韻

大也。愼也。見〔集韻〕。

【仲】直衆切蟲去聲送韻

㊀中也。見〔說文〕。〔按伯—叔季爲長少之次。釋名釋親屬云。—中也。言位在中也。又月令之—春。—夏。—秋。—冬。亦皆當其時之中〕。
㊁居中爲介之意。日本語。如立於買賣之間爲之紹介成交曰—立。以自己名義代人買賣曰—買。居間調停曰—裁。
㊂百歲鼠。〔抱朴子對俗〕百歲鼠色白。善憑人而卜。名曰—。
㊃樂器。〔爾雅釋樂〕大籥謂之產。其中謂之—。
㊄翁—。銅人。〔魏志明帝紀注〕鑄作銅人二。號曰翁—。列坐於司馬門外。
㊅—呂。陰律也。〔呂覽孟夏〕律中—呂。〔注〕陽散在外。陰實在中。所以旅陽成功也。故曰—呂。
㊆通中。〔書序〕—虺作誥。〔史記殷

本紀〕作中。

⑧姓也。周—山甫。漢—光明—統。—昌〔又〕—孫複姓。

【仳】普弭切音諀紙韻

別也。見〔說文〕。

【仳】頻脂切音毗支韻

—倠。醜面也。見〔說文倠字解〕。

【仵】阮古切音五麌韻

①偶敵也。見〔玉篇〕。

②—作。驗屍者。今用檢驗吏。

③姓也。明—瑜。嘉靖中。以直諫廷杖死。

④通伍。〔宋史瀘州蠻傳〕三五嘯類。請比溼仵。〔正韻〕—作伍。

【仵】五故切音悟遇韻

同也。〔莊子天下〕以觭偶不—之辭相應。

【件】巨展切乾上聲銑韻

①分也。从人从牛。牛大物。故可分。見〔說文〕〔按—字徐鉉所加〕。

②物別也。如云名—。

③附欵也。如云條—。

④計衣物之數曰—。〔汪元量詩〕花毯褥裀三萬—。

【伔】徒感切音禫感韻

髮垂貌。〔詩柏舟〕髧彼兩髦。〔釋文〕髧本又作—。

【伔】杜覽切音噉感韻

止也。見〔正字通〕。

【价】居拜切音戒卦韻

①善也。見〔說文〕。

②通介。〔詩板〕—人維藩。〔箋〕—、甲也。〔段玉裁云〕鄭蓋以—為介也。

【仸】於兆切音夭篠韻〔按正字通云〕—與夭同。本作夭。又與妖、䄏、祅通〕。

①庇弱貌。見〔廣韻〕。

②—僑。不伸也。見〔集韻〕。

【任】如林切音壬侵韻

①保也。見〔說文〕。

②使也。見〔廣雅釋詁〕。

③當也。〔左傳十五年傳〕眾怒難—。

④堪也。〔史記白起王翦傳〕病不—行。

⑤信於友道也。〔周禮大司徒〕二曰六行。孝友睦婣—恤。〔注〕—、信於友道。

⑥大也。〔詩燕燕〕仲氏—只。

⑦載也。〔淮南道應〕於是為商旅將—車。

⑧猶抱也。〔詩生民〕是—是負。

⑨能也。〔莊子秋水〕—士之所勞。

⑩仁義修立謂之—。見〔賈子道術〕。

⑪古稱南夷樂曰—。見〔公羊昭二十五年傳以舞大夏注〕。

⑫遲—。古賢史。〔書盤庚〕遲—有言。

⑬通壬佞也。〔書舜典〕而難—人。〔注〕言拒絕佞人。

⑭國名。〔莊子外物〕—公子為大鉤。

⑮國姓。〔左隱十一年傳〕不敢與諸—齒。〔疏〕謝、章、薛、舒、呂、祝、終、泉、畢、過。此十國皆—姓也。

【任】如鴆切壬去聲沁韻

①職也。〔國語周語〕保—戒懼。

②事也。〔周禮大司馬〕以—邦國。

③委也。〔管子五行〕—君賜賞。

④勝也。〔國語魯語〕不能—重。

⑤保也。〔管子大匡〕吾權—子以死生。

⑥載也。〔呂覽傳志〕則不能數里—重也。

⑦負也。〔楚辭悲回風〕—重石之何益。

⑧當也。〔左成二年傳〕後之人必有—是夫。

⑨擔去聲也。〔孟子滕文公〕門人治—、將歸。

⑩授也。〔周禮大司馬〕以—百官。〔按民國官制有簡—、薦—、委—之別〕。

⑪恣意也。〔晉書張翰傳〕縱—不拘。〔按今謂放棄為放—。又詩句中—他、—使等字皆是〕。

⑫猶因也。〔文選謝惠連賦〕—地班形。

⑬用也。〔周禮司隸〕為百官積—器。

⑭信交道也。〔史記季布欒布傳〕為氣—俠。

⑮脈也。〔素問上古天真論〕—脈通。〔注〕—脈衝脈皆奇經脈也。

⑯保—。猶擔保也。〔唐書薛登傳〕漢法所舉之主終身保—。〔謂所—不善者罪之也〕。

⑰—子。猶蔭襲也。〔漢書哀帝紀〕除—子令。〔應劭曰〕漢儀注吏二千石以上視事滿三年得—同產子一人為郎。不以德選。故除之。

⑱通妊、姙。〔史記鄒陽傳〕紂刳—者。其胎產。

【份】悲巾切音豳眞韻 文質備也。彬古文—。見〔說文〕。〔俗以爲分子之分若干分作若干—〕。

【彷】撫兩切方上聲養韻 —佛。相似。視不諟也。見〔說文〕。〔此據段氏訂正本—佛別作彷彿、髣髴、方弗、俩佛、放弗、放患、悦歘。〕

【仿】符方切音房陽韻 同彷。—偟。徘徊也。〔史記荊軻傳〕—偟不能去。

【伀】諸容切音鐘冬韻 ❶志及眾也。見〔說文〕。❷夫之兄曰兄—。見〔釋名釋親屬〕。❸征—。惶遽也。見〔方言〕〔郭注〕征—即怔忪之聲。

【企】去智切音器寘韻 又丘弭切音跂紙韻 ❶舉踵也。見〔說文〕。〔按—从止。說文無趾。止即趾也。古文—从足作企。足亦止也。〔史記〕—作跂。〕❷立貌。〔文選潘岳賦〕如鳥斯—。❸望也。〔文中子天地〕程元不敢—董常。

❹心有所寄也。〔賈島詩〕仰—碧霞仙。❺舉首延望也。〔文選曹植賦〕登高—丘以延—。❻隥—。躃躄不能行也。〔方言〕東齊海岱北燕之郊委躄謂之隥—。❼—業。計畫而起事業者也。經濟學所謂—業者。蓋綜合資本、勞力、土地、三要素而爲生產之事者也。

【伂】博蓋切音貝泰韻 顛—。仆也。通作沛。見〔集韻〕。

【伃】羊諸切音余魚韻 ❶倢—。婦官也。見〔說文〕。〔按漢書外戚傳倢—。視上卿。比列侯。—亦作好。〕❷美稱也。見〔漢書外戚傳師古注〕

【伃】余呂切余上聲語韻 大也。〔方言〕燕人杼首杼首、長首也。楚謂之—。見〔方言〕〔注〕—音序。楚謂之—。

【佣】多嘯切音弔嘯韻 —儅。不常也。見〔玉篇〕〔今商界稱市面貨缺之時亦云—儅。〕

【伅】杜本切豚上聲阮韻 倱—。不慧也。或作渾敦。見〔集韻〕。

【伆】武粉均音吻吻韻 文拂切文入聲物韻 —邌。離也。吳越曰—。見〔方言〕。

【伇】營隻切音疫陌韻 ❶同役。〔說文殳部〕戍邊也。古文役从人。❷棄也。淮汝之閒謂之—。見〔方言〕。〔箋疏〕本作投。

【伈】斯荏切心上聲寑韻 七鴆切寑去聲沁韻 恐貌。〔韓愈文〕—伈。

【伉】口浪切康去聲漾韻 ❶人名。論語有陳—。見〔說文〕。〔按論語作陳亢。字子禽。漢書古今人表則陳亢、陳子禽爲二人〕。❷—儷。匹耦也。〔左成十一年傳〕不能庇其—儷。❸並也。〔文選張衡賦〕嚱可與乎比—。❹強也。〔漢書宣帝紀〕—健習騎者。❺賀也。〔法言吾子〕事勝辭則—。❻驕也。〔韓非子亡徵〕太子輕而庶子—。❼當也。〔國策秦策〕天下莫之能—。❽同閌。高大貌。〔詩緜〕皐門有—。❾同抗。敵也。〔儀禮燕禮注〕以其莫敢—禮也。❿姓也。漢—喜。晉—嘉。

【伉】居郎切音岡陽韻 正直貌。〔宋史唐介傳〕爲人簡—。

【伊】於夷切音咿支韻 ❶殷聖人阿衡尹治天下者。見〔說文〕。〔段注〕殷聖人之上當有—尹二字。傳寫奪之耳。❷發語辭。見〔爾雅釋詁注〕。❸是也。〔詩東山〕—可懷也。❹維也。〔詩何彼穠矣〕維絲—緡。❺因也。〔詩溱洧〕—其相謔。❻推也。〔周書大匡〕展盡不—。❼辭也。〔詩都人士〕匪—垂之。❽有也。〔詩頍弁〕豈—異人。❾吾—。讀書聲。〔黃庭堅詩〕北窗讀書聲吾—。〔俗作咿〕。❿軋—。繰車聲。〔馬祖常詩〕繰車軋—繭抽絲。⓫—鬱。不通也。〔文選王襃賦〕憤—鬱而酷䣴。〔又〕煩熱貌。〔文選何晏賦〕感乎溽暑之—鬱。⓬—威。委黍也。一名鼠婦。〔詩東山〕—威在室。〔按—威在壁根下夔。底土中生。如白魚者是也〕。

⑬ —耆古王者號。又姓。有—耆氏。見〔周禮秋官序官—耆氏注〕。

⑭ —蒲塞。卽優婆塞。中華譯爲近住。言受戒行。堪近僧住也。見〔後漢楚王英傳註〕。

⑮ 通繄。〔詩雄雉〕自詒—戚。〔左傳〕引作自詒繄戚。

⑯ 州名。唐置。今河南嵩縣治。〔又〕—州曲名。唐天寶樂曲皆以邊地名。若涼州甘州—州之類。

⑰ 水名。〔書禹貢〕—洛瀍澗。〔按山海經。熊耳之山。—水出焉。南入于洛。與洢同〕。

⑱ 姓也。—尹之後。

⑲ 木乃—久死人物之尸體也。歐西有以人物之死尸。浸於藥水。令久不敗。陳列以供學問家之研究。與宗敎家之信仰。今日本尙有埃及王之尸體。譯語爲木乃—。

【伋】 訖力切。音急。緝韻

人名。見〔說文〕。〔按玉篇。孔—。字子思。書顧命齊侯呂—。左昭十二年傳作呂級。左傳衞宣公太子急。詩二子乘舟序作—〕。

【伋】 極入切。音及。緝韻

——。虛詐貌。見〔集韻〕。

【伌】 烏懈切。音隘。卦韻

困也。見〔集韻〕。〔當從戹〕。

【伍】 阮古切。音五。麌韻

① 相參也。見〔說文〕。〔段注〕參、三也。五也。凡言參—者。皆謂錯綜以求之。

② 五人爲—。〔周禮諸子〕合其卒—。

③ 五家爲—。〔漢書尹翁歸傳〕盜賊發其比—中。

④ 八人爲—。見〔漢書律曆志〕。

⑤ 百二十五乘爲—。見〔左昭元年傳—於後服注〕。

⑥ 與衆雜處也。〔史記淮陰侯傳〕生乃與噲—。

⑦ 卒之行列也。〔文選潘岳賦〕整行—。

⑧ 通五。〔左昭十九年傳〕—奢。〔廣韻五字注〕作五奢。

⑨ 姓也。春秋—參之後。

【伎】 巨綺切。音芰。紙韻

① 與也。見〔說文〕。

② 智也。〔老子〕人多—巧。

③ 才也。〔法言重黎〕可謂—矣。

④ 藝也。〔法言君子〕通天地而不通人曰—。

⑤ 女樂也。〔唐書元載傳〕歌者名姝異—。〔俗作妓〕。

【伎】 巨支切。音奇。支韻

① 通跂。足多指也。見〔廣韻〕。

② ——。疾而舒貌。〔詩小弁〕鹿斯之奔。維足——。

【伏】 房六切。音服。屋韻

① 司也。見〔說文〕。〔段注〕司、今之伺字。凡有所司者。必專守之。—伺、卽服事也。

② 覆也。〔禮記曲禮〕寢毋—。

③ 匿藏也。〔書大禹謨〕嘉言罔攸—。

④ 屈服也。〔書康誥〕罪人黜—。

⑤ 猶處也。〔左定四年傳〕未獲所—。

⑥ 猶憑也。〔文選張衡賦〕—櫺檻而頫聽。

⑦ 不爲用也。〔周書史記〕其臣忠良皆—。

⑧ 去也。〔國語晉語〕宵靜女德。以—蠱慝。

⑨ 金氣—藏之日也。〔史記秦本紀〕德公二年初—。〔正義〕六月三—之節。起秦德公。故云初—。〔陰陽書曰。夏至後第三庚爲初—。第四庚爲中—。立秋後初庚爲後—〕。

⑩ —豹。〔封氏聞見錄〕節假直日。謂之—豹。

⑪ 姓也。漢—勝。—隆。〔又〕乞—。外國姓。鮮卑種。

⑫ 通宓。—羲。〔漢書古今人表〕作宓。

【伏】 扶富切。浮去聲。宥韻

禽覆卵也。〔漢書五行志〕雄雞—子。

【伏】 鼻墨切。音匐。職韻

同匐。〔史記范雎傳〕膝行蒲—。

【伐】 房越切。音罰。月韻

① 擊也。見〔說文〕。〔如詩甘棠、勿翦勿—。傳云。—擊也。是其義。說文又云一曰敗也。乃別一義〕。

② 擊刺也。〔書牧誓〕不愆於四—五—六—七—。

③ 功也。〔左莊二十八年傳〕且旌君—。

④ 誇也。〔書大禹謨〕汝惟不—。

⑤ 美也。見〔小爾雅廣詁〕。

⑥ 誅也。〔荀子議兵〕堯—驩兜。

⑦ 取也。〔老子〕不自—。故有功。

⑧ 斫也。〔呂覽上農〕山不敢—材下

木。

(九)凡師有鐘鼓曰—。見〔左莊二十九年傳〕。

(十)敵國相征討曰—。〔孟子告子〕天子討而不—。

(十一)—閱同閥閱。〔史記高祖功臣侯表〕古者人臣功有五等明其功曰—積日曰閱。

(十二)兵器。〔詩小戎〕蒙—有苑。〔傳〕—、中干也。〔釋文〕—本或作瞂。

(十三)星名屬白虎宿與參聯體而六星。〔考工記輈人〕熊旂六斿以象—也。

(十四)通茷。〔詩泮水〕其旂——。〔釋文〕—、本又作茷茷。

【休】虛尤切朽平聲尤韻

(一)息止也。從人依木。見〔說文木部〕。〔按—之重文从广作庥。五經文字云。—象人息木陰。爾雅釋言。庥、陰也。舍人云。庥、依止也。此可證—、庥、同字。〕

(二)美也。〔詩江漢〕對揚王—。

(三)慶也。〔國語周語〕以承天—。

(四)宥也。〔書呂刑〕雖—勿—。〔注〕宥之也。我雖以為宥爾惟勿宥。

(五)大也。〔蜀志楊戲傳〕允—允烈。

(六)福祿也。〔左襄二十八年傳〕以禮承天之—。

(七)暇也。〔後漢蔡邕傳〕長—百日。

(八)—沐。言—假也。一曰旬—。唐法。旬—者。一月三旬。遇旬則—沐。即十日一—沐也。

(九)戾也。見〔爾雅釋言〕。

(十)定也。〔詩民勞〕汔可小—。

(十一)喜也。〔國語周語〕為晉—戚。

(十二)遊息也。〔穆天子傳〕—羣玉之山。

(十三)壯盛貌。〔詩載見〕—有烈光。〔箋〕—者。—然壯盛。

(十四)李無實也。〔爾雅釋木〕—無實李。〔注〕一名趙李。

(十五)—樂道之心也。〔詩蟋蟀〕良士—。〔又〕儉也。〔爾雅釋訓李注〕—良士顧禮義之儉也。〔又〕寬容貌。〔書秦誓〕其心——焉。〔又〕美大貌。〔公羊文十二年傳〕其心—。〔又〕人名。見〔五代史〕。

(十六)蚤—。藥名。形與鬼芋、天南星、一類。

(十七)帝—。木名。〔山海經中山經〕其上有木焉。其名曰帝—。

(十八)溫—。幽婚也。見〔搜神記〕。

(十九)介—。縣名。秦置。以介山為名。山在縣東南二十五里。亦曰綿山。即介子推隱處。見〔方輿紀要〕、〔今屬山西介休縣〕。

【休】吁句切音煦遇韻

(一)溫之也。〔考工記工人〕燾於斟而—於氣。

(二)同咻。—燠。痛念聲。〔魏志蔣濟傳〕先料其民力而燠—之。

【伔】直深切音沈侵韻　推擊其要也。〔淮南說林〕解捽者不在於捌格。在於批—。

【𠇈】魚薑切庚韻　同偃。急也。見〔集韻〕。

【㑆】研奚切音倪齊韻　—俾。伴不知貌。見〔集韻〕。

【㐻】奴對切音內隊韻　人名。見〔集韻〕。

【㐼】書蒸切音升蒸韻　出水為—。見〔方言〕。

【仴】五活切音枂曷韻　地名。見〔玉篇〕。

【仼】雨方切音王陽韻　急行也。見〔字彙〕。〔按集韻作彺。正字通以為彺字之譌。俟考。〕

【众】魚琴切音吟侵韻　眾立也。見〔篇海類編〕。〔—、與眾異。俗書為眾字非。〕

【伭】胡涓切音懸先韻　很也。見〔說文〕。〔按六書故。今人以忿恨不可解為—。〕

【优】于求切音尤尤韻　五穀精如人髮白也。見〔篇海類編〕。

【伒】居欣切音靳問韻　相也。見〔集韻〕。

【伓】哺枚切音桮灰韻　山名。見〔集韻〕。

【伓】貧悲切支韻　同伾。見〔集韻〕。

【伓】部鄙切音否紙韻　坯或字。見〔集韻引爾雅〕。

【伕】風無切音夫虞韻　女夫壻也。見〔篇海〕。

【㐺】眾本字。〔六書本義〕从人三成類為意。象形。亦作㐺。

【𠈁】仡本字。見〔集韻〕。

【𠆴】古冋字。見〔集韻〕。

【㐌】古施字見〔集韻〕。

【仺】古倉字見〔集韻〕。

【伎】侮籀文。〔六書統〕籀文侮从人从支。戲以支擊人。與伎別。

【仹】同丰。見〔廣韻〕。〔又〕仙人名。見〔篇海〕。

【仮】同反。見〔集韻〕。

【伖】同祭。見〔韻會〕。

【叓】同[illegible]。見〔玉篇〕。

【仾】俗低字。見〔正字通〕。

【[illegible]】㫃訛字。見〔正字通〕。

五畫

【伮】農都切音孥〔虞韻〕本作努。勤力也。見〔集韻〕。

【伯】博陌切音百〔陌韻〕

(一)長也。見〔說文〕。〔按凡爲長者皆曰—。爾雅釋詁、—長也。舍人云。—、位之長也。〕

(二)白也。見〔白虎通爵〕。〔按古緯書引春秋元命苞云。—者、—之爲言白也。明白於德也。〕

(三)迫也。〔白虎通姓名〕—者、子最長。迫近父也。

(四)爵也。〔孟子萬章〕天子一位。公一位。侯一位。—一位。子男同一位。

(五)侯牧也。〔家語辨物〕則侯牽子男以見於—。

(六)王官也。〔家語辨物〕則—牽侯牧以見於王。

(七)三公也。〔禮記曲禮〕五官之長曰—。〔注〕—、謂爲三公者。

(八)妻目其夫曰—。〔詩伯兮〕—也執殳。〔箋〕—、君子字也。

(九)士牽眾時作曰—。見〔周書太子晉〕。

(十)馬祖天駟房星之神曰—。〔詩吉日〕既—既禱。

(十一)歗—。酒之異名。〔易林〕酒爲歗—。除憂來樂。

(十二)冥—。已沒之人。〔莊子至樂〕觀於冥—之丘。

(十三)方—。殷之州長也。〔禮記王制〕千里之外設方—。

(十四)—父。父之兄也。見〔釋名釋親屬〕。〔又〕同姓大國則曰—父。其異姓則曰—舅。見〔儀禮覲禮〕。

(十五)—强。疫鬼。〔楚辭天問〕—强何處。

(十六)—趙。鳥名。〔左昭十七年傳〕—趙氏司至者也。〔注〕—趙、勞也。

(十七)姓也。益之後春秋時—宗。—州犂。

(十八)通陌。〔史記酷吏傳〕置—格長。〔注〕言阡陌村落皆置長也。

(十九)通栢。〔書西—戡黎〕〔釋文〕—、亦作栢。

【伯】必駕切音霸〔禡韻〕同霸。諸侯之盟主。後世恐與侯—字混。故借霸字別之。〔荀子仲尼〕五尺之豎子言羞稱乎五—。

【估】果五切音古〔麌韻〕

(一)市稅也。〔唐書陸長源傳〕高鹽價。賤帛—。

(二)論物價也。〔五代史王章傳〕百官俸廩。皆取供軍之餘不堪者。命有司高—其價。—定又增。謂之擡—。〔按—售商賈。今都會猶行之。又建築先介工人—價。義亦本此。〕

(三)商—。商人也。〔北史邢巒傳〕商—交入。

【伱】乃里切泥上聲〔紙韻〕汝也。俗作你。〔通雅〕爾、汝、而、若、乃、一聲之轉。爾又爲尒。尒又作—。

【伴】蒲管切盤上聲〔旱韻〕薄半切盤去聲〔翰韻〕

(一)大也。見〔說文〕。〔按詩卷阿。—奐爾游矣。傳。—奐、廣大有文章也。〕

(二)侶也。〔蜀志李嚴傳〕思得良—。

(三)依也。〔楚辭悲回風〕—張弛之信期。

(四)陪也。〔孫逖詩〕清樽相—省他年。

【伶】郎丁切音零〔青韻〕郎定切音令〔敬韻〕

(一)弄也。見〔說文〕。〔注〕—人者弄臣也。

(二)—人。樂工也。—倫。古樂師。世掌樂官。故號樂官爲—官。今稱戲子曰—優。

(三)厮役也。〔白居易詩〕府—喚呼爭先到。

(四)—傳。行不正也。與竛竮同。

(五)—仃。獨行貌。與彾行同。

(六)水—。琴操。〔唐樂府序〕伯牙作水—操。

(七)—建。縣名。屬益州郡。〔在今雲南昆明縣境〕

(八)姓也。漢護光校尉—徵。〔又〕—舟。複姓。

【伸】升人切音身〔眞韻〕〔按古經傳。—皆作信。或用申爲之。宋毛晃云。古惟申字。後加立人以別之。是—申。爲古今字。

①屈—也。見〔說文〕。
②展也。見〔廣雅釋詁〕。
③理也。見〔廣雅釋詁〕。
④直也。見〔廣雅釋詁〕。
⑤盡也。〔易繫辭〕引而—之。〔疏〕謂引長八卦而—盡之。謂引之爲六十四卦也。
⑥體倦也。〔儀禮士相見禮〕君子欠—。〔注〕志倦則欠。體倦則—。
⑦明白也。〔後漢鄧騭傳〕罪無—證。
⑧姓也。宋政和進士—意。

【伹】千余切音疽魚韻

①拙也。見〔說文〕。
②鈍也。見〔廣雅釋詁〕。

【伺】相吏切音四寘韻 新茲切音斯支韻

①候望也。見〔說文新附〕。
②察也。〔五代史梁寇彥卿傳〕善—太祖意。
③—候。訪問也。〔韓愈書〕—候於公卿之門。〔俗云〕—候。乃侍候之意。與此義異。
④通司。偵候也。〔前漢灌夫傳〕候司至日中。丞相不來。

【伻】悲萌切音抨庚韻

使也。〔書洛誥〕—來以圖及獻卜。〔按字或作抨、拼。〕

【似】象齒切音己紙韻 相吏切音寺寘韻

①象也。見〔說文〕。〔段注〕象當作像。相像曰相—。古今無異詞。
②奉也。〔賈島詩〕今日把—君。
③嗣也。〔詩良耜〕以—以續。
④疑辭。〔世說〕吾—有一日之長。
⑤無—。不肖也。〔禮記哀公問〕寡人雖無—也。

【伽】求迦切音茄歌韻 具牙切音茄麻韻

①梵語。五十字母之一。
②釋氏徒眾稱曰僧—。〔韓愈詩〕僧—後出。
③頻—。人面鳥。〔舊唐書憲宗紀〕訶陵國獻僧祇僮頻—鳥二枚。
④稜—。西南海中山名。據佛書在今印度洋。佛嘗於此說經。即名曰稜—。一作楞—。
⑤畢楞—。草名。即覆盆子也。見〔本草〕。
⑥郁—。梵語威德也。見〔翻譯名義〕。
⑦提—。梵語國名。見〔五燈會元〕。
⑧阿—。人名。〔北史齊陽州公永樂傳〕弟長弼。小名阿—。

【伾】攀悲切音胚支韻 部鄙切音否紙韻 鋪枚切音坯灰韻

①有力也。見〔說文〕。〔按許又引詩、駉以車——。爲證。段氏云。本義謂人有力。引伸謂馬。〕
②——。眾也。見〔廣雅釋訓〕。
③大—。山名。〔書禹貢〕至于大—。〔按釋文云。本作岯。或作伓。史記作邳。山在何地。無確說。鄭玄謂在修武武德之界。張揖云。成皋縣山也。臣瓚云。黎陽縣山。〕

【伿】以豉切音傷寘韻

惰也。見〔說文〕。

【佁】夷在切讀若騃賄韻

癡貌。見〔說文〕。

【佁】養里切音以紙韻

固滯貌。見〔集韻〕。〔按張揖云。不前也。〕

【佂】諸盈切音征庚韻

①懼也。見〔廣雅釋詁〕。
②—伀。遑遽也。江湘之間。凡窘猝怖遽。或謂之—伀。見〔方言〕。
③—營。不自安也。〔後漢鍾離意傳〕不勝愚戇—營。〔或作征營、正營。〕

【佃】亭年切音田先韻 蕩練切音電霰韻

①中也。春秋傳曰。乘中—。一轅車也。見〔說文〕。〔注〕古戚物大車雙轅。乘車一轅。當中也。〔按段注云。廣韻曰。營田。玉篇曰。作田。今義也。許義非古義也。許支部自有畋字。不必用—爲之。許所說者相傳古義。〕
②治田也。〔漢書韓安國傳〕即上言方—作時。
③代耕農也。〔宋史食貨志〕訂其主—。
④田獵也。〔易繫辭〕以—以漁。〔亦作畋。〕
⑤通田。耕墾也。〔詩甫田〕無田甫田。〔疏〕上田謂耕墾。下田謂土地。
⑥通甸。詳甸字。

【佅】莫敗切音賣卦韻

東方樂名。〔文選班固賦〕僸—兜離。罔不具集。〔注〕東夷之樂曰—。

〔或作味、鉥。〕

【但】徒旱切音誕旱韻徒案切音憚翰韻

㊀裼也。見〔說文〕。〔按袒裼、古作—裼。六書正譌云偏脫衣袖也。〕

㊁語詞。猶言特也。第也。推也。就衆多之中。單指其一之詞。〔歐陽修論〕故爲人君者。—當退小人之僞朋。用君子之眞朋。

㊂凡也。〔王羲之帖〕—言此心以馳於彼矣。

㊃空也。徒也。〔漢書食貨志〕民欲祭祀喪紀而無用者。錢府以所入工商之貢。—賒之。

㊄通誕。詐也。〔淮南說山〕媒—者。非學謾也。—成而生不信。

㊅—馬。一名誕馬。散馬也。〔宋史江夏王義恭傳〕平乘誕馬不過二。〔程氏演繁露云。外官儀從。有散馬前行。名坐馬。亦曰引馬。即—馬。

㊆通澶。—曼。淫衍也。〔莊子馬蹄〕澶漫爲樂。〔崔注〕通作—曼。

㊇—書。法律於正文外。有別義綴附之者。稱—書。

㊈姓也。宋—忠。明—懋。

【伹】伊甸切音燕霰韻

人名。〔淮南說林〕使—吹竽。〔注〕—。古不知吹人。

【佇】丈呂切音宁語韻

㊀久立也。見〔說文新附〕。

㊁久也。見〔爾雅釋詁〕。

㊂待也。〔陸贄文〕虛襟以—。側席以求。

㊃停也。〔楚辭疾世〕—立兮忉怛。

㊄凝—。身不動貌。〔朱熹詩〕高軒坐凝—。

㊅欽—。寄思也。〔隋書煬帝紀〕常想前風。載懷欽—。

㊆夢—。夢禁也。〔梁武帝詔〕旌賢求士。夢—斯急。

【佈】博故切音布遇韻

通布。遍也。見〔廣韻〕。〔凡公—、—告。義本此。〕

【佉】丘於切音區魚韻

㊀薄—。羅國名。即月支也。見〔內典〕。〔在今土爾番地〕

㊁—盧。人名。造書凡三人。長曰梵。其書右行。次曰—盧。其書左行。少者倉頡。其書下行。見〔法苑珠林〕。

【佉】去伽切恰平聲歌韻

㊀—沙。國名。即疏勒也。〔唐書西域傳〕。疏勒、一曰—沙。環五千里。距京師九千里而贏。多沙磧。少壤土。〔在今喀什噶爾〕

㊁神名。轉輪聖王曰儴—。文殊眷屬曰—。普賢眷屬曰—咽。並見〔釋書〕。

㊂姓也。見〔集韻〕。

【佋】時昭切音韶蕭韻

廟—。穆父爲—。南面。子爲穆。北面。見〔說文〕。〔按說者多謂晉以前言昭。自晉文帝名昭。故改昭爲—。段玉裁謂晉人以凡昭字可易爲曜。而昭穆不可易。乃讀爲上招切。且又製—篆竄入說文。〕

【佋】市沼切音紹篠韻

介行也。見〔集韻〕。〔亦作紹。〕

【佊】補靡切音彼紙韻兵媚切音祕寘韻

㊀邪也。見〔埤蒼〕。

㊁〔論語憲問〕彼哉彼哉。〔廣韻〕引作—。

【佌】淺氏切音此想氏切音徙紙韻

同佌。〔詩正月〕—佌彼有屋。〔說文〕佌訓小貌。引詩作佌佌。〔又〕猶差差也。言其鱗比之貌。見〔六書故〕。

【位】于累切音墮寘韻

㊀列中庭之左右謂之—。見〔說文〕。〔段注〕庭當作廷。周語注。中廷之左右曰—。按中廷猶言廷中。古者朝不屋。無堂階。故謂之朝廷。

㊁聖人之大寶曰—。見〔易繫辭〕。

㊂凡人所坐立處皆曰—。〔禮記曲禮〕揖人必違其—。〔注〕出—而揖。禮以變爲敬也。

㊃凡卦爻之所處亦曰—。〔易繫辭〕是故列貴賤者存乎—。

㊄猶正也。〔禮記中庸〕天地—焉。

㊅爵次也。〔周禮太宰〕四曰祿—以馭其士。〔今制、勳—。亦等差意。〕

㊆相似也。高麗人呼相似爲—。

㊇謂塡—也。〔周禮小宗伯〕成葬而祭墓爲—。

㊈反—。謂反席也。〔儀禮燕禮〕賓反—。

㊉本—。猶言基礎也。各國幣制。或以金爲本—。或以銀爲本—。本—貨幣外。名爲補助貨幣。

(十)姓也。明—安。
(十一)通立。〔左昭二十二年傳〕子朝有欲—之言。〔釋文〕—本作立。
(十二)通畫。〔易說卦〕故易六—而成章。〔釋文〕、—本作畫。

【低】都黎切底平聲齊韻
(一)下也。見〔說文新附〕。
(二)舍也。見〔廣雅釋詁〕。
(三)屯也。〔楚辭招魂〕軒輬既—。
(四)徵也。如淺斟—唱言唱聲徵也。
(五)通氐。距也。〔漢書食貨志〕封君皆氐首卬給。〔正字通云〕氐、同—。
(六)—回猶徘徊也。〔史記孔子世家贊〕余—回留之不能去。〔或作遲。〕
(七)—昂。作貴作賤也。見〔史記平準書物踊騰糶索隱〕。

【住】廚遇切音駐遇韻
(一)居也。〔齊書張融傳〕權牽小船於岸上—。
(二)留也。〔蘇轍詩〕譙盡聲猶—。
(三)立也。〔文選潘岳賦〕擇地而—。
(四)停也。〔歐陽修詞〕無計留春—。
(五)冬至前一日爲冬—。見〔老學庵筆記〕。
(六)—持。寺廟之主僧也。
(七)—所。卽人之生活本據地。爲一切法律行爲所不可少之條件。如一時無—所。亦當設定假—所。
(八)通數。〔列子黃帝〕漚鳥之至者百—而不止。〔注〕、—當作數。
(九)通柱。〔後漢鄧禹傳〕輒停車—節。〔注〕、—或作柱。
(十)通往。〔列子楊朱〕日百—。〔釋文〕、—或作往。

【佐】則箇切左去聲箇韻子我切音左哿韻
(一)助也。〔周禮太宰〕以—王均邦國。〔按淸官制有—貳—雜。民國知事有—治員。又民法上之準禁治產者。當設定輔—人。—皆助之意。〕
(二)左也。在左右也。見〔釋名釋言語〕。
(三)猶勸也。〔國語晉語〕召之使—食。
(四)治也。〔大戴記衛將軍文子〕廉於其事上也。以—其下。
(五)—車。輔車也。〔禮記少儀〕乘貳車則式。—車則否。

【佑】云九切音友有韻尤救切音又宥韻
(一)助也。〔書君奭〕天惟純—命。
(二)護也。〔漢書王商傳〕擁—太子頗有力焉。
(三)通祐。〔易无妄〕天命不—。〔釋文〕、—本作祐。

【佒】於郎切音鴦陽韻倚兩切央上聲養韻
(一)身傴也。見〔集韻〕。〔按傴、卽僂也。體不伸也。〕
(二)仰也。〔莊子列禦寇〕緣循偃—。〔郭璞云〕偃—、不能俯執者。〔按正字通云。偃—卽偃仰。〕
(三)樂也。見〔集韻〕。

【体】部本切盆上聲阮韻〔按俗書肢體之體。省作—。非。〕
(一)傍劣也。見〔集韻〕。
(二)同笨。麤也。見〔正字通〕。
(三)—夫。舁柩之夫也。〔通雅〕輀車之夫。曰—夫。唐懿宗咸通十二年。葬同昌公主。賜酒餅餤四十橐駝。以飲—夫。

【佔】丁兼切音髻鹽韻
(一)視也。〔禮記學記〕今之教者。呻其—畢。〔注〕、—視也。畢、簡也。謂諷吟所覘視之簡牘。不能通其蘊奧也。
(二)——。衣裳之貌。〔漢書匈奴傳〕顧無喋喋——。〔或作祛譡〕
(三)—侸。下垂也。一曰疲劇。見〔集韻〕。

【何】寒歌切賀平聲歌韻
(一)問也。〔書皋陶謨〕禹曰。—。
(二)辭也。〔易大畜〕—天之衢。
(三)—者。申明詞。〔蘇軾論〕—者。其身之可愛。而盜賊之不足以死也。〔又〕—則義亦同。
(四)無—。言無餘事也。〔漢書袁盎傳〕南方卑濕。君能日飲。無—可免禍也。〔又〕時無幾也。〔史記曹參傳〕居無—。使者果召參。
(五)幾—。表未知之數量也。如云所得幾—。所值幾—。〔又〕算學之一種。講形象之學也。
(六)誰—。莫敢如—也。〔賈誼論〕陳利兵而誰—。
(七)西域鄧至國呼帽曰突—。見〔南史西域傳〕。
(八)—有。言不難也。〔論語里仁〕能以禮讓爲國乎。—有。
(九)婭—。漢女官。見〔史記外戚世家〕。
(十)如—。樹名。〔神異經〕南方荒山中有如—之樹。三百歲作華。九百歲作實。食之得地仙。
(十一)通訶。〔漢書賈誼傳〕大譴大—。

⑫通可。〔左襄十年傳〕則—謂正矣。〔釋文〕—或作可。
⑬通河。〔童子逢盛碑〕無可柰河。
⑭姓也。漢—武。唐—蕃。—堅。
⑮國名。西域有—國。見〔隋書西域傳〕。

【何】下可切賀上聲哿韻
一 儋也。見〔說文〕。〔段注〕—、俗爲荷。猶佗之俗作駝。儋之俗作擔也。

【佖】薄必切音弼質韻
一 威儀也。見〔說文〕。〔按詩賓之初筵〕威儀怭怭。說文引作——。
二 滿也。〔文選揚雄賦〕駢衍—路。

【佗】湯何切妥平聲歌韻
一 猶異也。〔呂覽貴生〕又況於—物乎。
二 猶泰也。〔太玄玄攡〕夫地—然示人明矣。
三 姓也。漢—羽。明—滿。—超。
四 通它。〔左文六年傳〕賈—〔晉語〕作它。

【佗】唐何切音駝歌韻
一 負荷也。見〔說文〕。〔按—之俗字爲駝、爲馱。〕
二 —。平易也。〔詩君子偕老〕委委—。〔傳〕——德平易也。〔又〕美也。見〔爾雅釋訓〕。

【佗】吐臥切音唾箇韻
加也。〔詩小弁〕舍彼有罪。予之—矣。

【佗】徒可切音沱哿韻
被髮也。〔史記龜筴傳〕罷酒—髮。

【佗】延知切音移支韻
自得也。〔後漢任光邳彤傳贊〕委—還旅。與〔按委—、與委蛇義同。〕

【余】羊茹切音餘魚韻
一 語之舒也。見〔說文八部〕。
二 我也。見〔爾雅釋詁〕。
三 月名。〔爾雅釋天〕四月爲—。〔釋文〕—、餘舒二音。孫作舒。李云。—舒也。按詩小明箋作四月爲除。
四 比—。髮之飾也。〔史記匈奴傳〕比—。〔蘇林云〕今亦謂之梳。

比余圖

九 接—。莕菜也。〔爾雅釋草〕莕接—。〔疏〕莕菜一名接—。詩關雎、參差莕菜是也。莕、與荇同。

接余圖

六 姓也。由—之後。
七 通餘。〔周禮委人〕凡其—聚以待頒賜。〔注〕—、當爲餘。

【余】詳於切音徐魚韻
—吾。朔方水名。見〔集韻〕。〔按—吾水漢屬朔方郡。在今內蒙古境鄂爾多斯西界。〕

【余】同都切音徒虞韻
—檮。匈奴山名。見〔集韻〕。〔按史記衛青傳云。從至—檮山。山當在沙漠以北。〕

【余】于遮切音邪麻韻
衺—。蜀地名。一作衺斜。〔漢陽厰碑〕衺斜作衺—。〔讀史方輿紀要〕衺斜道之北棧。南口曰衺。在衺城縣北十里。北口曰斜。在鳳翔府郿縣西南三十里。〔按衺城郿縣今俱屬陝西境。〕

【佘】時遮切音闍麻韻〔按古有佘無—。佘轉韻爲禪遮切。音蛇。〕
姓也。錢大昕曰。余姓音蛇。即漢書茶恬之茶省文。

【佚】弋質切音佾質韻
一 —民也。一曰—忽也。見〔說文〕。〔按—民也三字爲句。論語微子篇作逸民。乃假借字。許作—民。正字也。〕
二 美也。〔楚辭離騷〕見有娀之—女。
三 猶更也。〔穀梁文十一年傳〕—宕中國。
四 謂奔宕也。〔荀子宥坐〕身不—者志不廣。
五 安樂也。〔荀子王霸〕心欲綦—。
六 媱也。見〔方言〕。
七 過失也。〔書盤庚〕惟予一人有—罰。
八 —獲。已獲而逃亡也。〔公羊成二年傳〕—獲也。

(九)遺—。隱遁也。〔孟子公孫丑〕遺—而不怨。

(十)通佾。行列也。〔文選揚雄賦〕其—則接芬錯芳。

(十一)通失。〔書君奭〕遏—前人光。〔漢書王莽傳〕作遏失前人光。

(十二)通逸。〔漢書外戚傳〕熊—出圈。

(十三)姓也。鄭大夫—之狐。

【佚】徒結切音垤屑韻

(一)—蕩。緩也。〔漢書揚雄傳〕爲人簡易—蕩。

(二)猶迭也。〔史記十二諸侯年表〕四國—興。

【佛】符勿切音咈物韻

(一)見不審也。見〔說文〕。〔按見不審、段氏改爲仿—。其義自合。仿—或作仿佛、髣髴。〕

(二)戾也。〔禮記曲禮〕獻鳥者—其首。〔注〕—戾也。蓋爲小竹籠以冒之。

(三)違也。〔法言寡見〕—乎正。

(四)梵語覺也。—教教主如來之別稱。謂其能覺悟衆生。因稱曰—。又號其教曰—教。起於印度。其徒皆削髮染衣爲別。吾國所謂僧者是也。統計世界各教。以—教徒衆爲最多。世傳漢明帝永平七年。—法始入中國。非也。秦時。沙門室利房等至。始皇因之。又漢武帝時。霍去病過焉支山。得休屠王祭—像歸。哀帝時。博士弟子秦景使伊存口授浮屠經。是秦及西漢、知有—久矣。

(五)通拂。逆也。〔禮記學記〕其求之也—。〔釋文〕—、本又作拂。

(六)姓也。明—正。

(七)—樂林。外國貨幣名。英國、千三百四十三年。英皇愛德華三世所行金貨。當其時六辨士。千八百四十九年所行銀貨。當今二辨士。意大利、千二百五十二年所行金貨。百合花文。荷蘭、一—樂林。當英一先令八辨士。亦名爲盾。與一—樂林。當英一先令十一辨士又四分之一。英文 florin 或作福祿林。—洛林。

【佛】蒲沒切音浡月韻

通勃。興起貌。〔荀子非十二子〕—然平世之俗起焉。〔注〕—、讀爲勃。

【佛】蒲密切音弼質韻

通弼。大也。輔也。〔詩敬之〕—時仔肩。

【作】即各切臧入聲藥韻

(一)起也。見〔說文〕。

(二)爲也。〔詩緇衣〕敝予又改—兮。

(三)業也。〔鹽鐵論園池〕國無—之民。

(四)造也。〔詩定之方中〕—于楚宮。

(五)行也。〔詩常武〕王舒保—。

(六)用也。〔左成八年傳〕遐不—人。

(七)興也。〔文選兩都賦序〕王澤竭而詩不—。

(八)創也。〔論語述而〕述而不—。

(九)生也。〔史記十二諸年表〕大夫懼罪而禍—。

(十)始也。〔詩駉〕思馬斯—。

(十一)斮也。〔禮記內則〕魚曰—之。〔謂法魚鱗也。〕

(十二)使之也。〔周禮司士〕—六軍之士。

(十三)治田也。〔書堯典〕平秩東—。〔傳〕歲起於東而始就耕。故曰東—。

(十四)著述也。〔吳志薛瑩傳注〕其所撰—。

(十五)工事也。〔竹書劉頌傳〕功—之勤。

(十六)鼓舞也。〔書康誥〕—新民。

(十七)猶灼也。〔儀禮士喪禮〕卜人坐—龜興。〔—龜、謂鑿令可爇也。〕

(十八)猶變也。〔禮記哀公問〕孔子愀然—色而對。

(十九)太歲在酉曰—噩。見〔爾雅釋天〕。〔又〕大陰在酉。歲名曰—鄂。見〔淮南天文〕。〔按—噩、與—鄂通。—鄂、零落也。萬物皆陊落也。〕

(二十)大—。大臣之所爲也。〔禮記緇衣〕毋以小謀敗大—。〔又〕謂耕播耒耨之利。〔易益〕利用爲大—。

(二十一)將—。官名。〔漢書百官表〕將—少府。秦官。掌治宮室。

(二十二)佃—。農事也。〔史記蘇秦傳〕民雖不佃—。而足於棗栗矣。

(二十三)末—。古斥稱商工業也。〔晉書食貨志〕農夫苦其業。而末—不可禁也。

(二十四)姓也。漢涿郡太守—顯。

【作】子賀切音佐箇韻

(一)亦爲也。俗用作做。〔韓愈詩〕方橋如此—。

(二)同詛。怨謗也。〔詩蕩〕侯—侯祝。

【佝】許候切音吼丘候切音寇宥韻

(一)務也。見〔說文〕。〔按務也、小徐本作瞀也。並譌。段氏謂當作—瞀也。〕

三字爲句。或作一慜、恂慜、殺務、溝務、區務、備務、敄務、殺務。其字異。其音同。其義皆謂愚蒙也。〕

㊁短醜貌。見〔集韻〕。

【佞】乃定切音甯徑韻

㊀巧讇高材也。從女仁聲。見〔說文女部〕。〔按讇者諛也。讇卽諂字。說文謟爲正篆。諂爲或體。〕

㊁才也。〔左成十三年傳〕寡人不一。

㊂口才亦曰一。〔論語先進〕是故惡夫一者。〔皇疏〕一口才也。

㊃莫之顧而進之謂之一。見〔莊子漁父〕。

㊄惡中立功者謂之一。見〔論衡答佞〕。

㊅以邪導人謂之一。見〔鹽鐵論刺議〕。

㊆讒諂爲一。〔國語晉語〕一之見一。

㊇通年。〔春秋襄三十年〕天王殺其弟一夫。〔公羊〕作年夫。

【伵】火季切音呬寘韻

同侐。靜也。見〔集韻〕。

【佟】徒冬切音炵冬韻

姓也。遼東一萬以文章知名。〔又〕人名。後漢逸民臺一。〔正字通譌作一臺。〕

【㑁】竹律切音㤕質韻

短貌。見〔集韻〕。

【佤】枯瓜切音誇麻韻

㊀一邪。離絕貌。見〔正韻〕。

㊁不正也。見〔集韻〕。

【伳】私列切音屑屑韻

侈也。見〔集韻〕。

【伬】初六切音珿屋韻

娶也。見〔集韻〕。

【佡】虛言切音軒元韻

輕也。見〔字貫〕。

【佀】似本字。見〔說文〕。〔又〕姓也。明一鏜。

【信】古剛字。見〔說文刀部〕。〔按集韻作但。〕

【㑄】古侮字。見〔說文〕。〔按漢書五行志。慢一之心生。一卽侮字。〕

【𠇗】古甲字。見〔說文〕。

【伂】古佛字。見〔字彙補〕。

【𠈓】古旅字。見〔字彙補〕。

【㑂】仿籀文。見〔說文〕。

【㑃】同拗。見〔廣韻〕。〔正字通云。當從手作拗。正韻拗、㤊、㑃誤合爲一。〕

【佄】同酣。見〔集韻〕。〔正字通云。從酣爲正。〕

【伷】同胄。見〔廣韻〕。〔正字通云。從胄爲正。〕

【[illegible]】同休。見〔篇海〕。

【伲】同你。見〔集韻〕。

【[illegible]】同价。見〔字貫〕。

【侂】卽侂字。人名。宋、韓一胄。

【佢】音舉。俗字。粵東稱他爲一。

【你】俗伱字。

【[illegible]】俗佉字。

六畫

【佩】蒲昧切音悖隊韻

㊀大帶一也。从人凡巾。佩必有巾。巾謂之飾。見〔說文〕。〔俗別作珮非。〕

㊁服用之稱。見〔初學記引蔡謨疑字義〕。

㊂倍也。言其非一物。有倍貳也。見〔釋名釋衣服〕。

㊃雜一。以玉爲之。珩、璜、琚、瑀、衝牙之類。〔詩女曰雞鳴〕雜一以贈之。

雜佩圖

㊄銘一。感怨弗忘也。〔杜甫詩〕寸心銘一。〔又〕感一亦同義。〔曾鞏文〕其爲感一。曷嘗敢陳。〔今書牘多沿用。〕

【佯】余章切音羊陽韻〔按一通作徉。〕

㊀詐僞也。〔淮南兵畧〕此善爲詐一者也。

㊁弱也。見〔廣雅釋詁〕。

㊂彷一。徙倚也。見〔廣雅釋訓〕。

㊃倘一。猶徘徊也。〔文選宋玉賦〕然後倘一中庭。

㊄倚一。粗遷除也。〔方言〕吞、蠢、自關而東。周洛楚魏之間謂之倚一。

㊅通陽。〔禮記檀弓疏〕陽或言一者。字相假借。義亦通也。

【佰】莫白切音陌陌韻

㊀相什一也。見〔說文〕。〔段注〕一連什言者。猶伍連參言也。

㊁百錢也。〔漢書食貨志〕有仟一之得。〔注〕一、百錢也。

【佰】博陌切音百陌韻
(一)百人之長。見〔集韻〕。
(二)通陌田之東西界也。〔漢書匡衡傳〕南以閩—爲界。〔注〕閩者、—之名也。

【佳】居膎切音街佳韻
(一)善也。見〔說文〕。
(二)大也。見〔廣雅釋詁〕。
(三)好也。見〔廣韻〕。
(四)—巳帝魁之母也。〔孝經鉤命訣〕—巳感龍生帝魁。

【㑊】夷益切音亦陌韻
(一)解—病名。〔素問平人氣象論〕尺脈緩濇謂之解—。
(二)食—病名。善食而瘦者。

【佴】仍吏切音貳寘韻
(一)佽也。見〔說文〕。〔按〕—訓佽。乃取更遞副貳意。
(二)貳也。見〔爾雅釋言〕。
(三)次也。若人相次也。〔文選司馬遷文〕而僕又—之蠶室。重爲天下觀笑。
(四)地名。—墅村。見〔金陵志〕。〔又〕—革竜在今雲南。

【佴】乃代切音耐隊韻 姓也。明進士—祺。

【佶】極乙切音吉質韻
(一)正也。見〔說文〕。
(二)壯健貌。〔詩六月〕四牡旣—。〔箋〕壯健之貌。

【佷】戶墾切音根阮韻 戾也。〔後漢蔡邕傳〕然卓多自—用。〔按玉篇云本作很。〕

【佷】胡登切音恆蒸韻 —山。縣名。在武陵。見〔集韻〕。〔在今湖北長陽縣西。〕

【佸】戶括切音濶古活切音括曷韻
(一)會也。見〔說文〕。〔按詩君子于役。曷其有—。傳云。—、會也。故許引詩爲證。許又云。一曰。—、力貌。小徐本無此六字。篇韻亦皆無之。〕
(二)至也。見〔詩君子于役釋文引韓詩。〕

【㑞】去仲切穹去聲送韻
(一)小貌。〔文選張衡賦〕怨高陽之相遇兮—顓頊而宅幽。
(二)屈也。見〔正字通〕。

【佹】古委切音詭紙韻
(一)重累也。見〔韻會〕。
(二)欐—。支柱也。〔文選司馬相如賦〕連卷欐—。〔或作攱。〕
(三)依也。見〔韻會〕。
(四)戾也。〔考工記輪人注〕菑與爪不相—。
(五)—諸。人名。見〔左僖九年傳〕。

【佹】俱爲切音嬀支韻 ——。幾欲貌。〔列子力命〕——成者。〔釋文〕——。幾欲之貌。

【⿰亻囟】想氏切音徙淺氏切音此紙韻 小貌。見〔說文〕。〔按—同佌。〕

【佺】逡緣切音銓先韻 偓—。仙人也。見〔說文〕。〔按劉向列仙傳云。偓—以松子遺堯。堯不暇服。時人受服者皆至二三百歲。〕

【佻】田聊切音條蕭韻徒了切迢上聲篠韻
(一)偸也。見〔說文〕。〔段注〕心部曰。愉。薄也。釋言。—。偸也。偸者愉之俗字。今人曰偸薄。曰偸盜。皆从人作偸。他侯切。而愉字訓爲愉悅。羊朱切。此今義、今音、今形。非古義、古音、古形也。古無从人之偸。凡愉薄、愉悅、愉盜之類。皆作愉。
(二)輕也。〔楚辭離騷〕余猶惡其—巧。
(三)佚也。見〔一切經音義引廣雅〕。
(四)疾也。見〔方言〕。
(五)——。獨行貌。〔詩大東〕——公子。〔傳〕——。獨行貌。
(六)——。愈遐急也。見〔爾雅釋訓〕。
(七)姦仁爲—。見〔國語周語〕。

【佻】直紹切音肇篠韻 始也。〔漢書禮樂志〕—正嘉吉弘以昌。

【佻】餘韶切音姚蕭韻
(一)緩也。〔荀子王霸〕—其期日。而利其巧任。
(二)懸也。〔方言〕—。縣也。趙魏之間曰—。〔又〕燕趙之郊縣物於臺之上謂之—。

【佼】吉巧切音攪巧韻
(一)好也。或作姣。〔詩月出〕—人僚兮。
(二)佷詐也。〔管子七臣七主〕好—反而行私情。
(三)——。猶特出也。〔後漢劉盆子傳〕

庸中——。
姓也。漢—彊。南北朝—長生。

【佼】古交切音交肴韻

交也。見〔說文〕。〔如管子明法解〕羣臣皆忘主而趨私。—即交也。

行也。〔史記趙世家〕齊之事王。宜為上—。而今乃抵皋。〔注〕—、猶行也。

【佽】七四切音刺寘韻

便利也。一曰遞也。見〔說文〕。

輕捷也。〔漢書宣帝紀〕募—飛射士。〔按—飛。即—非。或作次非、佽飛。古劍士名。漢以號武官。取其輕疾若飛也。〕

次比也。〔詩車攻〕決拾既—。〔箋〕—、謂手指相次比也。

㊃助也。〔詩杕杜〕人無兄弟。胡不—焉。

㊄代也。見〔廣雅釋詁〕。

㊅及也。見〔集韻〕。

【佾】弋質切音逸質韻

舞行列也。見〔說文新附〕。〔按行數人數縱橫皆同。故曰—。天子八。諸侯六。大夫四。士二。〕

㊆通逸。〔書五子之歌〕以逸豫滅厥德。〔釋文〕逸本又作—。

【使】爽士切音史紙韻

㊀令也。見〔說文〕。〔段注〕大徐令作伶。誤。令者發號也。

㊁役也。〔易兌〕悅以—民。

㊂從也。見〔爾雅釋詁〕。

㊃舉也。〔大戴記魏將軍文子〕有眾—也。

㊄假設之辭。〔論語泰伯〕—驕且吝。

㊅—酒。因酒縱性也。〔史記季布欒布列傳〕—酒難近。

【使】疎吏切音駛寘韻

㊀傳命之人。〔漢書韓信傳〕發一乘之—。〔又〕今世外交官有大—公—等。

㊁治民克盡曰—。嚴篤無私曰—。見〔周書謚法〕。

【侀】乎經切音形青韻

成也。〔禮記王制〕刑者—也。—者成也。

【侁】疏臻切音辛真韻

㊀行貌。見〔說文〕。

㊁——往來聲也。〔楚辭招魂〕往來——些。

㊂通駪。馬羣行欲先也。見〔集韻〕。

㊃通莘。姓也。〔呂覽本味〕有—氏。〔注〕—讀曰莘。

㊄商世侯國名。見〔路史國名記〕。

【侂】闥各切音託藥韻

寄也。見〔說文〕。〔按正字通云。—、與傑、侂、並同。〕

【侃】可旱切看上聲旱韻　祛幹切堪去聲翰韻

㊀剛直也。从㐰。㐰古文信。从川。取其不舍晝夜。見〔說文〕。

㊁——和樂也。〔論語先進〕冉有子貢。——如也。

【侄】職日切音質質韻　〔按俗書姑姪之姪為—。誤〕

㊀堅也。見〔廣雅釋詁〕。

㊁癡也。見〔正字通〕。

㊂—仡。不前也。見〔正字通〕。

㊃騶吾謂之—獸。見〔書大傳〕。

【侅】柯開切音該灰韻　胡改切音亥賄韻

㊀奇—。非常也。見〔說文〕。〔段注〕漢書藝文志五行家有五音奇胲。史記扁鵲倉公列傳有奇咳。據張守節正義。則史記奇咳本亦作奇侅。淮南兵略有奇賌。然則—為正字。咳、胲、賌乃假借字也。

㊁兼該也。〔正字通〕—、又與胲、賅、賌、通。皆以兼該立義。〔按賌即賅字之變〕。

㊂飲食至咽曰—。〔莊子盜跖〕—溺於馮氣。

【來】郎才切賴平聲灰韻

㊀周所受瑞麥—麰也。一麥二夆。象其芒朿之形。天所來也。故為行—之—。見〔說文來部〕。〔段注〕自天而降之麥謂之—麰。亦單謂之—。因而萬物之至者皆謂之—。許意如是。今則引伸之義行。而本義廢矣。〔按詩思文作—牟。漢書劉向傳作釐麰。或云通作秾麳。〕

㊁還也。〔易雜卦〕而升不—也。

㊂至也。反也。〔詩采薇〕我行不—。〔傳〕—、至也。〔箋〕—、猶反也。

㊃未至也。猶言將—。〔論語微子〕—者猶可追。〔皐疏〕—者謂未至之事也。

㊄猶致也。〔呂覽不侵〕不足以—士矣。

㊅勑也。〔周禮樂師〕詔—瞽皋舞。

㊆勤也。〔詩江漢〕—旬—宣。

(八)伸也〔易繫辭〕—者伸也。
(九)不成也〔呂覽辨士〕故不能為—。
(十)邇及之詞〔孟子盡心〕由孔子而—。
(十一)句末語助詞〔孟子離婁〕盍歸乎—。
(十二)句中語助詞〔莊子大宗師〕嗟—桑戶乎〔嗟—猶嗟乎〕。
(十三)歸寧曰—〔左莊二十七年傳〕杞伯姬—歸寧也。
(十四)出曰—歸見〔左莊二十七年傳〕。
(十五)本—所從—也〔傳燈錄〕本—無一物〔又〕由—〔楊炯詩〕由—天下傳。
(十六)如—佛十號之一〔道院集〕本覺為如始覺為—故曰如—。
(十七)登—求得也〔公羊隱五年傳〕登—之也〔注〕登讀為得齊人名求得為得—作登—者其言大而急由口授也。
(十八)玄孫之子曰—孫見〔爾雅釋親〕。
(十九)—鳩鳥名〔爾雅釋鳥〕鵙—鳩〔—或作鶆〕。
(二十)馬—羣島跨於印度與太平兩洋之間其重要為婆羅納耳、蘇門得臘地勢褊裂帶多火山概高峻。英文Malacca。
(二十一)馬—半島突出於印度洋與南支那海之間半島中有庫拉及角砦二地峽庫拉峽近時有運河開通之計畫英文Malay Peninsula。
(二十二)姓也周—章漢—歆。

【來】洛代切音賚隊韻
撫其至曰—〔孟子滕文公〕勞之—之。

【侇】延知切音夷支韻
(一)儕也等也見〔正字通〕。
(二)尸也〔儀禮士喪禮〕士舉男女奉尸—于堂〔注〕—之言尸也今文—作夷。

【侈】敞尒切音齒紙韻〔按集韻—或作奓〕
(一)掩脅也一曰奢泰也見〔說文〕〔段注〕掩者掩蓋其上侈者侈靡其旁凡自多以陵人曰—此—之本義也奢者張也泰者滑也凡經傳云汰—者卽許書之泰字此與上義別今上義廢而此義獨行矣。三禮捋假移為—。
(二)大也〔國語吳語〕以廣—吳王之心。
(三)廣也〔國語吳語〕已—大哉。
(四)多也〔國語楚語〕不陳庶—。
(五)過也〔莊子駢拇〕而—乎德〔釋文引崔注〕—、過也。
(六)淫也〔呂覽侈樂〕故樂愈—而民愈鬱。
(七)多費謂之—見〔韓非子解老〕。

【侈】以支切音移支韻
通移張也〔儀禮少牢饋食禮〕亦被錫衣—袂〔釋文〕—、本又作移。

【侈】昌者切音移馬韻
猶大也〔公羊僖二十六年傳〕其言至嶲弗及何—也。

【侉】苦瓜切音夸麻韻
(一)備辭也見〔說文〕〔按正字通云—訓備辭未詳〕。
(二)同夸大也〔書畢命〕驕淫矜—。

【侉】安賀切去聲箇韻
(一)痛呼也見〔集韻〕。
(二)今直隸淮南皆謂山東人為—子。

【侊】姑黃切音光陽韻　公劄切音肱庚韻
(一)小貌〔國語〕曰—飯不及一食見〔說文〕〔段注〕小當作大字之誤也越語觥飯韋云觥、大也許所據國語作—。
(二)盛貌見〔廣韻〕。

【例】力制切音厲霽韻
(一)比也見〔說文〕〔今云比—〕。
(二)類也槩也見〔正字通〕。
(三)律—法—〔晉書刑法志〕故集罪—以為刑名〔又〕明律各本條之外附有條—近亦公佈各種條—與法律有同等效力。
(四)凡—〔左傳序〕發凡以言—。

【例】力蘖切音列屑韻
同迾遮也〔周禮司隸厲禁注〕厲遮—也〔釋文〕—、本作列。

【侍】時吏切音蒔寘韻
(一)承也見〔說文〕。
(二)使也見〔廣雅釋詁〕。
(三)從也見〔華嚴經音義下引蒼頡〕。
(四)近也見〔廣雅釋詁〕。
(五)養也〔呂覽異用〕以養疾—老也〔注〕—、亦養也。
(六)臨也〔禮記喪大記〕大夫之喪大胥—之。

㈦勸也。〔史記趙世家〕荀欣─以舉賢使能。〔注〕─、猶勸也。

㈧卑者在尊者之側曰─。〔論語先進〕閔子─側。

㈨─中。中常─並秦官。見〔通典〕。

㈩─其。複姓。宋─其良器。

【侎】毋婢切音弭紙韻

本作敉。〔集韻〕說文撫也。引周書亦未克敉公功。一曰愛也。安也。或从人。

【侏】章俱切音朱虞韻

㈠─儒。短人也。〔國語晉語〕─儒不可使援。〔又〕梁上短柱亦曰─儒。〔禮記明堂位注〕棁畫─儒。〔俗作株檽非。〕

㈡無道爲─。〔太玄斷〕勇─之對。

㈢─無所知也。〔太玄童〕修──。

㈣─離。古西夷樂名。〔周禮鞮鞻氏掌四夷之樂注〕西方曰─離。

㈤伶─。古樂人名。

㈥通朱。〔左襄四年傳〕朱儒是使。〔釋文〕朱本或作─。

【侐】忽域切兄入聲職韻火季切呬寘韻

靜也。見〔說文〕。〔按詩閟宮〕閟宮有─。傳曰─、清靜也。是許與毛合也。〕

【侑】尤救切音又宥韻

㈠耦也。─即姷之或體。〔說文〕姷。耦也。从女有聲。讀若祐。姷或从人。

㈡勸也。〔周禮膳夫〕以樂─食。

㈢侍食於所尊亦曰─食。〔禮記玉藻〕凡─食不盡食。

㈣四輔也。〔禮記禮運〕卜筮瞽─。

㈤報答也。〔爾雅釋詁〕酬、酢、─報也。〔注〕此通謂相報答。不主於飲酒。

㈥寬也。〔管子法法〕文有三─。武無一赦。〔─、亦通作宥。〕

㈦─巵。欹器也。〔荀子宥坐注引文子〕三王有勸戒之器名─巵。〔─、或別作酭。〕

㈧或作倄。〔蒼頡訓詁〕倄。痛而評也。〔按通俗文痛聲曰─。〕

㈨亦作囿。〔禮記禮器〕詔─武方。〔釋文〕本亦作詔囿。

【侓】勒沒切音捋月韻

─魁。大貌。見〔集韻〕。

【侔】迷浮切音謀尤韻

㈠齊等也。見〔說文〕。

㈡取也。〔管子宙合〕靜默以─免。

㈢─莫。強也。〔方言〕北燕之外郊。凡勞而相勉若言努力者。謂之─莫。

㈣通件、桙。〔考工記弓人〕角與幹權筋之─。〔釋文〕─、本又作件。亦作桙。

㈤通蝥、蛑。食苗蟲也。見〔漢海廟碑〕。

【侕】人之切音而支韻

衆多貌。見〔集韻〕。

【侖】盧昆切音論元韻

㈠思也。見〔說文亼部〕。

㈡敘也。見〔正字通〕。

㈢論也。〔太玄中〕昆─旁薄幽。

㈣昆─。團也。凡物之團渾者曰昆─。

㈤離─。神名。見〔山海經西山經〕。〔又〕山名。即崑崙。

【侗】他東切音通東韻

㈠大貌。見〔說文〕。〔按正字通云。說文引詩神罔時─。今詩作恫。對上怨言。訓大貌。與詩義反。─溷恫。恫改作─非。〕

㈡未成器之人。〔論語泰伯〕─而不愿。〔此即說文大義之引伸。猶言渾沌未鑿也。〕

【侗】徒紅切音同東韻

㈠倥─。童蒙也。〔法言學行〕倥─顓蒙。〔古作空同。〕

㈡通詷。〔書顧命〕在後之─。〔釋文〕馬本作詷。

【侗】吐孔切音桶董韻

㈠狀也。見〔方言〕。

㈡直貌。見〔集韻〕。

【侗】徒弄切音洞送韻

誠慤也。〔莊子庚桑楚〕─然而來。

【侘】丑亞切茶去聲禡韻敕加切音侘麻韻

㈠誇也。〔史記韓安國傳〕即欲以─鄙縣。

㈡─傺。失志貌。〔楚辭離騷〕忳鬱邑余─傺兮。

【侙】畜力切音飭職韻

㈠惕也。見〔說文〕。〔如國語齊語於其心─然。即此義也。〕

㈡慎也。見〔廣雅釋言〕。〔慎心動也。〕

【侚】徐閏切音殉震韻

㈠疾也。見〔說文〕。

㈡通徇。〔書伊訓〕─于貨色。

㈢通殉。〔漢書五行志〕車裂以─。〔注〕─、行示也。

【佝】松遇切音句遇韻
（一）使也。見〔集韻〕。
（二）偏示也。見〔集韻〕。

【佝】黃絹切音縣霰韻
迷也。見〔廣雅釋詁〕。

【供】居容切音恭冬韻居用切音貢宋韻〔通作共〕。
（一）設也。一曰—給。見〔說文〕。
（二）具也。見〔爾雅釋詁〕。
（三）大也。〔書大傳〕維時—祀六沴。
（四）奉也。〔周書諡法〕敬事—上曰恭。
（五）進也。見〔廣雅釋詁〕。
（六）養也。見〔廣雅釋言〕。
（七）自陳曰—。如口—親—。
（八）姓也。明—仲序。
（九）小—或作子—日本語謂兒童也。

【侜】張流切音輈尤韻
（一）有廱蔽也。見〔說文〕〔許意以—字有廱蔽之義引詩誰—予美爲證。按與毛義不合。〕
（二）借作譸。—張誑也。〔書無逸〕民無或胥譸張爲幻。〔按—張之—又作倜亦作侏並見正字通。〕

【依】於希切音衣微韻
（一）倚也。見〔說文〕。
（二）恃也。見〔廣雅釋詁〕。
（三）保也。〔楚辭怨世〕余生終而無所—。
（四）助也。〔漢書禮樂志〕聲—咏。律和聲。
（五）愛也。〔詩載芟〕有—其士。〔箋〕—之言愛也。
（六）準也。〔後漢竇憲傳〕乃拜憲車騎將軍。金印紫綬。官屬—司空。
（七）祿也。見〔方言〕。
（八）茂木貌。〔詩車舝〕—彼平林。
（九）—然。如故也。〔韋嗣立詩〕谿巘各—然。
（十）——。思慕之意。〔後漢章帝紀〕皆助朕之——。
（十一）—稀。猶仿佛也。〔劉禹錫詩〕宋臺梁館尚—稀。
（十二）因—。聚合也。〔阮籍詩〕寒鳥相因—。
（十三）—違。不決也。〔漢書韋玄成傳〕—違者一年。
（十四）姓也。見〔正字通〕。
（十五）—賴。日本語謂請託也。

【依】隱豈切音倚尾韻
（一）安也。〔詩公劉〕于京斯—。
（二）纏絃也。〔儀禮既夕記〕設—撻焉。〔注〕—、纏絃也。撻、弣側矢道也。皆以韋爲之。〔疏〕—、以韋—纏其弦。即今時弓彍也。
（三）通扆。其狀如屛風。以赤緝繡斧形。張於天子之後。其高八尺。以示威嚴也。亦曰斧—。〔禮記曲禮〕天子當—而立。
（四）博—。廣譬喻也。〔禮記學記〕不學博—。不能安詩。

【[亻戎]】如融切音戎東韻
戎也。〔廣韻〕—人身有三角。〔按正字通云。不聞—人身有三角者。獨山海經載秩戎。郭璞贊戎三其角。秩堅其眉。本作戎。改作—。援證失實。竝非。〕

【[亻曳]】羊列切濔入聲屑韻羊制切音異霽韻
情見乎外也。〔淮南繆稱〕容貌顏色理詘—。倨佝知情僞矣。

【侒】於寒切音安寒韻
宴也。見〔說文〕。〔段注〕—、與安音義同。

【侞】如庶切如去聲御韻人余切音如魚韻
（一）[illegible]
（二）若也。若順也。〔詩民勞〕柔遠能邇。〔箋〕能、猶—也。〔釋文〕—、檢字書未見所出。廣雅云如若也。均也。義音相似而字則異。舊音如庶反。

【[亻攵]】尸周切音收尤韻
縣名。在長沙。見〔集韻〕。〔按長沙無—縣。疑攸字之譌。〕

【[亻耒]】力對切音儡隊韻
亞也。見〔玉篇〕。

【[亻厄]】奴下切拏上聲馬韻
皮寬也。見〔字彙〕。

【佲】母迥切名上聲迥韻
同酩。〔集韻〕酩酊。醉甚。酩、或作—、俱。通作茗。

【[亻自]】虎猥切音賄賄韻
伳—。醜貌。見〔集韻〕。

【[亻夙]】息六切音速屋韻
儑—。不伸也。見〔玉篇〕。〔按—亦見廣韻。音夙。正字通以爲佩字之譌。非。〕

【佪】胡隈切音回灰韻
（一）俳—。即徘徊。〔漢書高后紀〕俳—往來。

㊁—。憯也見[玉篇]。

【佬】力彫切音遼蕭韻
㊀佬—也大貌也見[玉篇]。
㊁粵人稱男子曰—。讀若魯去聲。亦讀勞上聲。字又作狫。

【倖】胡江切音降江韻
倄—。不伏也。見[字彙]。

【㑨】㚢各切音鶴藥韻
姓也。見[廣韻]。

【佮】葛合切音閤合韻
合取也。見[集韻]。

【佮】渴合切音溘合韻
姓也。見[集韻]。

【㑯】乃老切音腦皓韻

【侁】盧嬌切音嶚蕭韻
姓也。見[玉篇]。[姓苑作僗。]

【侓】勒末切音捋月韻
騃也。見[海篇]。

【侎】—魁。大貌。見[集韻]。

【佽】保本字。見[說文]。

【佽】古虞字。[六書統]騶虞也。象白虎黑文。[按同文備考云。—者守山澤之吏。—象山澤險隘。說歧。存考。]

【佱】古注字。見[說文鳥部]。

【㑈】古儉字。見[集韻]。

【侌】古陰字。見[玉篇]。[按說文霒之古文作—。霒、卽今人所用陰晴字。]

【侊】古光字。見[字彙補]。

【㑤】古備字。見[說文]。

【㑥】古凤字。見[說文]。[按說文凤作㶡。又一古文作㑥。]

【㑦】同陟。見[集韻]。

【㑧】同侃。見[正字通]。

【㑨】同㒥、𠈇。見[正字通]。

【併】同見。[字彙]。[日本用作然而之義。]

【㑪】宦、或作㑪。亦省作—。見[集韻]。

【侍】佇𧨾字。見[正字通]。

~~~~ 七畫 ~~~~

【侮】罔甫切音武麌韻

【侁】升人切音申眞韻
㊀神也。見[說文]。[段注]神、當作身。聲之誤也。[按—、身古今字。玉篇曰。—。妊身也。詩大明。大任有身。傳曰。身重也。箋云。重謂懷孕也。今謂懷孕亦曰有身。]
㊁姓也。見[集韻]。[按姓苑載漢身相。無—姓。]

【傷】
㊀傷也。見[說文]。[段注]傷、當作偒。作傷者誤。銷曰傷。慢易字也。錯作注時未誤也。
㊁輕也。見[廣雅釋詁]。
㊂陵也。[左昭元年傳]不—鰥寡。
㊃病也。[淮南說林]故—人之鬼者。過社而搖其枝。[注]—、猶病也。
㊄賤稱也。[方言]秦晉之間罵奴婢曰—。[注]言爲人所輕弄。
㊅通務。[詩常棣]外禦其務。[務、卽—字之假字也。]

【佬】郎刀切音牢豪韻
傉—。纖大貌。見[方言注]。

【侯】胡溝切後平聲尤韻
㊀春饗所射—也。从人从厂。象張布。矢在其下。天子射熊虎豹。服猛也。諸侯射熊虎。大夫射麋。麋、惑也。士射鹿豕。爲田除害也。其祝曰毋若不寧—不朝于王所。故伉而射汝也。見[說文矢部]。

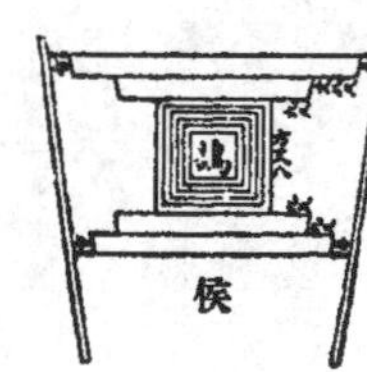

㊁君也。[詩抑]謹爾—度。
㊂五等爵第二曰—。[孟子萬章]公一位。—一位。
㊃州牧也。[詩旄丘序箋]五—九伯。[疏]—爲州牧也。
㊄去王城五百里爲—服。[周禮職方氏]方千里曰王畿。其外方五百里曰—服。
㊅候也。[周禮小祝]將事—禳禱祠之祝號。[注]—之言候也。
㊆美也。[詩羔裘]洵直且—。
㊇執應八方曰—。見[周書諡法]。
㊈乃也。見[爾雅釋訓]。[王引之云]詩文王。—于周服。猶言乃臣服于周也。箋之—作—祝。亦可訓爲乃。
~~~~

(十)姓也。魏—嬴。〔又〕㕉—。夏—。栢—。—閭。俱複姓。〔又〕—莫陳三字姓。(十一)同惟、維。發端語也。〔詩六月〕—誰在矣。(十二)通何。疑問辭也。〔漢書司馬相如傳〕君平君平。—不邁哉。(十三)通兮。語助辭也。〔史記樂書〕高祖過沛。詩。有三—之章。〔注〕沛詩有三兮。故曰三—。詩。卽大風歌。兮、—古韻通。

【侲】之刃切音震震韻之人切音眞眞韻

(一)僮子也。見〔說文新附〕。〔按僮子、卽今所謂童子也。文選西京賦。—僮程材。薛注。—之言善。善。僮幼子也。東京賦。—子萬童。薛注。—子、童男童女也。後漢禮儀志。先臘一日大儺。謂之逐疫。其儀選中黃門子弟。年十歲以上十二歲以下。百二十人爲—子。廣韻、二十一震云。—子。逐厲鬼童子也。後漢和熹鄧皇后傳注云。—子。逐疫之人也。皆舉一端耳。〕(二)養馬者。〔方言〕燕齊之閒謂養馬者爲—。〔按今本從女作娠。玉篇引從人作—〕

【侹】杜奚切音悍謀韻徒亶切音但旱韻
大也。見〔正字通〕。

【𠈌】桑何切音娑歌韻
(一)行也。見〔廣韻〕。(二)舞不止。見〔廣韻〕。(三)同傞。醉舞貌。見〔集韻〕。

【侳】祖卧切音挫箇韻
(一)安也。見〔說文〕。(二)辱也。〔淮南說山〕君子不入市。爲其—廉也。

【侳】臧戈切挫平聲歌韻
安也。見〔集韻〕。

【剣】敕久切音丑有韻
姓也。見〔字彙〕。〔正字通云。—卽玻字變體譌作—〕。

【侶】兩舉切音旅語韻
(一)徒—也。見〔說文新附〕。(二)—伴也。〔陸璣詩疏〕鱗不—行。〔廣雅釋獸云不旅行。〕

【侵】千尋切音駸侵韻
(一)漸進也。見〔說文〕。(二)陵也。〔書大傳〕六伐既—。(三)犯也。〔國語楚語〕無相—瀆。

(四)枉法行事也。〔管子七臣七主〕—臣事小察以折法令。〔注〕枉法行事謂之—。(五)腴削也。〔漢書地理志〕又爲諸侯所—。(六)凡師有鐘鼓曰伐。無曰—。見〔左莊二十九年傳〕。〔又〕㑥者曰—。精者曰伐。見〔公羊莊十年傳〕。(七)迫也。害也。〔北齊書邢邵傳〕加以風雨所—。漸至虧墜。(八)大—。五穀不登也。〔穀梁襄二十四年傳〕五穀不升謂之大—。(九)姓也。三輔決錄有—恭。

【侵】七稔切音寢寢韻
容貌不揚也。〔漢書田蚡傳〕蚡爲人貌—。生貴甚。〔注〕服虔曰。—、短小也。〔按史記作寢〕

【侷】衢玉切音局沃韻
—促。短小見〔廣韻〕。〔正字通云。與局、跼並通。〕

【侸】殊遇切音樹遇韻
立也。見〔說文〕。〔段注〕—。與尌、豎。音義並同。玉篇作侸。云今作樹。廣韻曰。侸、同尌。蓋樹行而—、尌、豎、廢。併侸亦廢矣。

【佸】當侯切音兜尤韻
佸—。極疲。偄—下垂。或作偬。見〔集韻〕。〔按廣韻云佸—、垂下貌。〕

【侹】待鼎切汀上聲迥韻他定切音聽徑韻
(一)長貌。一曰箸地。一曰代也。見〔說文〕。(二)俠也。見〔廣雅釋詁〕。(三)平直曰—。見〔一切經音義引通俗文〕(四)敬也。見〔廣韻〕。

【佩】的協切音跌葉韻
(一)低—也。見〔廣韻〕。(二)—僁。輕佻貌。見〔集韻〕。

【侻】他括切音脫曷韻
(一)可也。〔法言君子〕荀卿非數家之書—也。〔注〕可也。(二)簡易也。〔淮南本經〕其行—而順情。(三)輕也。〔魏志王粲傳〕劉表以粲體弱通—。不甚重也。〔—與脫通。〕(四)狡也。見〔集韻〕。

【侻】吐外切音兌泰韻
(一)舒緩貌。見〔集韻〕。

●輕率也。〔見集韻〕。

【侼】蒲沒切音孛月韻

㊀強也。見〔方言〕。
㊁懟也。見〔方言〕。
㊂恨也。見〔廣雅釋詁〕。

【侾】虛交切音哮肴韻

—佬。大貌。見〔集韻〕。

【便】毗面切音卞霰韻

㊀安也。〔漢書馮野王傳〕賜告養病而私自—。〔又如—殿、—宮、—坐。均所以就安—也〕
㊁利也。〔國策秦策〕或謂救之—。
㊂猶成也。〔呂覽忠廉〕以—事也。
㊃即也。輒也。〔莊子達生〕則未嘗見舟而—操之也。
㊄溲也。〔漢書張安世傳〕郎有醉—殿上者。
㊅習也。〔大戴記勸學〕則謹其所—。〔注〕—所—習。
㊆—宜也。〔荀子解蔽〕由埶謂道之盡—矣。〔今謂物價輕曰—宜〕
㊇—利。謂言辭敏捷也。〔荀子非十二子〕給齊—利而不順禮義。〔今謂無阻礙曰—利。如云交通—利。〕

【便】毗連切音駢先韻

㊀安也。人有不—。更之。故从人更。見〔說文〕。
㊁習也。〔禮記表記〕故自謂—人。
㊂—佞。謂辯而巧也。〔論語季氏〕友—佞。
㊃—辟。足恭也。〔書冏命〕—辟側媚。
㊄—嬛。輕利也。〔文選司馬相如賦〕—嬛綽約。
㊅—蕃。繁數也。〔左襄十一年傳〕—蕃左右。
㊆—娟。嬋娟也。〔文選張衡賦〕優紹—娟。〔又〕乎迴委之貌。〔謝惠連賦〕初—娟於墀廡。
㊇——。辯也。〔論語鄉黨〕其在宗廟朝廷。——言唯謹爾。〔又〕肥滿貌。〔後漢邊韶傳〕邊孝先腹——。〔又〕閑雅貌。見〔詩采菽釋文引韓詩〕。
㊈通平。〔書堯典〕平章百姓。〔史記五帝紀〕作—章。
㊉姓也。漢少府—樂成。

【俀】吐猥切音腇賄韻

弱也。見〔集韻〕。

【俁】五矩切音噳麌韻

大也。見〔說文〕〔按詩簡兮。碩人——。傳曰——。容貌大也。是許義與毛義合也〕

【係】胡計切音系霽韻

㊀絜束也。見〔說文〕。〔段注〕絜束者圍而束之也。俗通用繫。
㊁繼也。見〔爾雅釋詁〕。〔疏〕—者繫屬之繼。
㊂縛也。〔孟子梁惠王〕—累其子弟。〔注〕—累、猶縛結也。
㊃通曳。〔莊子山木〕—履而見魏王。
㊄猶是也。近世公文常用之。如云委—當—。
㊅—數。相乘得積之任一數也。代數學以單項式視爲二數之相乘積時。其中一數。謂之他一數之—數。
㊆關—。言人與人或人與事有不能漠然之意也。□本名詞。今成爲普通語。

【係】吉詣切音計霽韻

束也。見〔集韻〕。

【係】吉棄切音繄寘韻

縛也。見〔集韻〕。

【促】趨玉切音趗沃韻

㊀迫也。見〔說文〕。
㊁近也。見〔廣雅釋詁〕。
㊂急也。見〔漢書欒布傳注〕。
㊃至也。見〔廣韻〕。
㊄—刺。不安貌。〔晉書潘岳傳〕和嶠刺—。不得休。〔注〕受役於世也。
㊅局—。小貌。〔漢書灌夫傳〕局—效轅下駒。
㊆通趨。速也。〔荀子哀公〕趨駕召顏淵。〔注〕趨、讀爲—。速也。
㊇通趣。催也。〔漢書高帝紀〕因趣丞相急定行封。〔注〕趣、讀曰—。〔按史記陳涉世家趣趙兵亟入關。集解云。趣、謂催—也。其義正同。〕

【俄】牛何切音莪歌韻

㊀行頃也。見〔說文〕。〔按七部曰。頃。頭不正也。詩賓之初筵。側弁之—。箋云。—、傾貌。古頃傾通用。又廣雅釋詁云。—、衺也。皆與許義合。〕
㊁須臾也。〔公羊桓二年傳〕—而可以爲其有矣。〔注〕—者謂須臾之間。創得之頃也。
㊂—羅斯。舊稱鄂羅斯。歐洲大國。日本稱之爲露西亞。英文 Rusia。

【俷】母項切音胧講韻莫江切音
[illegible]

—傷不媚也。見〔集韻〕。

【俅】渠尤切音求尤韻

㊀冠飾貌。見〔說文〕。〔按爾雅釋訓曰——服也。與許訓略合。〕

㊁戴也。見〔爾雅釋言〕。

㊂——恭順貌。〔詩絲衣〕戴弁——。

【俆】祥余切序平聲魚韻

㊀緩也。見〔說文〕。

㊁遲也。見〔廣雅釋詁〕。

【俆】商居切音書魚韻

—州。地名。在齊。通作舒。見〔集韻〕。〔史記齊世家田常執簡公於—州。索隱曰。—音舒。其字從人。左氏作舒。舒、陳氏邑。說文作郐。郐在薛縣也。魯世家。楚伐我取徐州。徐廣曰。徐州在魯東。今薛縣。索隱曰。說文。郐、郐之下邑。在魯東。又郡國志曰。薛縣。六國時曰徐州。徐與郐並音舒。段玉裁說。楚所取之徐州。即郐州。疑非齊田常執簡公於—州。亦非此徐州。按春秋時。徐、當今安徽泗縣。舒、當今安徽舒城縣。郐、當今山東鄒縣。薛、當今山東滕縣。—徐、舒、字可通假。地多沿革。殊難詳考。〕

【⿰亻往】求往切音迋養韻

㊀——遑遽貌。〔楚辭思古〕魂——而南行兮。

㊁—躟。惶劇也。見〔廣雅釋訓〕。

【俇】古況切音誑漾韻

遠行也。見〔說文〕。

【⿰亻束】蘇谷切音速屋韻

偠—。頭動也。見〔集韻〕。

【俈】

同嚳。〔管子侈靡〕—堯之時。〔注〕—、帝—也。

【俉】五故切音悟遇韻

迎也。〔史記天官書〕其人逢—化言。〔索隱引劉伯莊〕—、迎也。

【俊】祖峻切音儁震韻

㊀材千人也。見〔說文〕。〔按書皋陶謨—乂在官。馬鄭注云。才德過千人爲—。與許義合。〕

㊁二十人、百人、萬人、皆可謂之—。如禮記月令疏引蔡氏辨名記云。十人曰選。倍選曰—。白虎通聖人引禮別名記云。百人曰—。北史蘇綽傳云。萬人之秀曰—。字亦通作儁。又或省作雋。

㊂大也。〔大戴記夏小正〕時有—風。

㊃通峻。〔書堯典〕克明—德。〔—大學引作峻。〕

㊄通畯。〔書洪範〕—民用章。〔史記宋微子世家〕作畯民。

㊅通駿。〔史記屈原傳〕誹駿疑傑。〔駿即—之借字。〕

㊆通⿰豸夋。〔國策齊策〕世無東郭—盧氏之狗。〔—、或作⿰豸夋。亦作逡。〕

【俋】直立切音蟄乙及切音邑緝韻直質切音秩質韻

㊀勇壯貌。見〔字林〕。

㊁——耕人行貌。〔莊子天地〕——乎耕而不顧。

【⿰亻岌】逆及切音岌緝韻

——人眾貌。見〔集韻〕。

【俌】匪父切音甫麌韻

輔也。見〔說文〕。〔段注〕謂人之—、猶車之輔也。—見爾雅釋詁。弼棐輔比—也。郭注云。—猶輔也。廣韻曰。出埤蒼。今則輔專行而—廢矣。

【俍】呂張切音良陽韻郎宕切音浪漾韻

良工也。〔莊子庚桑楚〕工乎天而—乎人者。惟全人能之。〔釋文〕—音良。崔云。良工也。又音浪。

【俍】盧黨切音朗養韻

—傏。長貌。見〔廣韻〕。

【俎】壯所切音阻語韻

㊀禮—也。从半肉在且上。見〔說文且部〕〔段注〕仌爲半肉字。如谷有半水字。會意字也。

㊁祭祀燕饗用以載牲之器。〔禮記明堂位〕—、有虞氏以梡。夏后氏以嶡。殷以椇。周以房—。

俎圖

㊂几也。〔史記項羽紀〕爲高—。置太公其上。〔集解〕如淳曰。高—。几之上也。李奇曰。軍中巢櫓謂之—。

㊃姓也。明—琚。

【俏】七肖切音峭嘯韻

㊀似也。〔列子力命〕迷生于—。

㊁好貌。見〔集韻〕。〔今俗猶謂容貌美好曰—。〕

㊂—醋。好貌。見〔廣韻〕。

㊃俗謂僑語曰—皮話。

【俏】思邀切音宵蕭韻

—然。反琴聲〔莊子讓王〕孔子—然反琴而絃歌。〔按今本作削。釋文。李云。—亦作梢。音消。集韻—、李頤說或作削。盧文弨釋文攷證云。宋本梢作—〕。

【俐】力至切音利寘韻

今方言謂黠慧曰伶—。見〔字彙〕。

【俑】他紅切音通東韻

痛也。見〔說文〕。

【俑】尹竦切音勇腫韻

㊀從葬木偶也。〔禮記檀弓〕孔子謂為芻靈者善。謂為—者不仁。〔注〕—、偶人也。有面目機發。有似於生人。

㊁今謂倡端不善曰作—。蓋本孟子梁惠王始作—者之義。

【俒】胡困切音慁願韻

完也。見〔說文〕〔一說與慁通〕。

【俓】魚莖切音娙庚韻　倪堅切音妍先韻

㊀急也。見〔廣韻〕。

㊁伎也。見〔集韻〕。

【俓】古定切音徑徑韻

㊀直也。見〔集韻〕。

㊁堅也。見〔集韻〕。

㊂過也。見〔廣雅釋詁〕。

㊃經也。人所經由也。見〔釋名釋道〕。

㊄通徑。〔爾雅釋水〕直波為—。〔釋文〕—字或作徑。〔按盧文弨釋文攷證云。邢本作徑。阮元十三經校勘記云。徑當為涇。釋名云。水直波曰涇。涇、—也。言如道—也〕。

【俓】堅正切音勁敬韻

伎也。見〔集韻〕。

【俔】輕甸切音擇霰韻

㊀譬喻也。一曰閒見。見〔說文〕。〔按閒見。從段氏訂正本。猶云不可多見而閒見之也〕。

㊁磬也。〔詩大明〕—天之妹。〔傳〕—、磬也。〔按韓詩—作磬。磬、磬古通用〕。

【俔】胡典切賢上聲銑韻

㊀閒諜也。〔爾雅釋言〕閒—也。〔注〕左傳謂之諜。即今之細作也。

㊁候風者也。〔淮南齊俗〕辟若—之見風也。無須臾之閒定矣。〔注〕—、候風者也。世所謂五兩。〔按文選江賦注引許慎淮南子注曰。綄、候風也。楚人謂之五兩也。莊逵吉云。古完與見字形相近。本多譌別。此字義當作綄為是〕。

㊂通晛。視貌。〔韓愈文〕伈伈——。〔唐書韓愈傳〕作晛晛。

【俇】丑例切音跇　以制切音曳霽韻

㊀亦作箋。所以合版際也。見〔玉篇〕。

㊁剟也。見〔集韻〕。

㊂—傺。見〔廣韻〕。

【㑜】之列切音浙屑韻

剟也。謂相離折。見〔集韻〕。

【㑪】胎德切音忒職韻

僋—也。見〔字彙〕。〔按字當同忒。筆跡偶異耳。字彙以為从人从忒。非。正字通云俗字是也〕。

【⿰亻坒】部禮切音陛薺韻

—傒。開腳行也。見〔廣韻〕。

【⿰亻弄】盧貢切音弄送韻

戇懜也。見〔字彙〕。〔正字通云。—、悷並俗字〕。

【佾】以證切音孕徑韻

〔本作佾。亦作倯。或作佚、佚〕。

送也。見〔說文〕〔段注〕—即今之媵字。釋言曰。媵、送也。送為媵之本義。以姪娣送女。乃其一耑耳。公羊傳曰。媵者何。諸侯娶一國。則二國往媵之。以姪娣從。是也。今義則一耑行而全者廢矣。今字形从女者。由一耑之義獨行故也。

【俖】普罪切配上聲賄韻

㊀不可也。見〔集韻〕。

㊁古倍字。見〔秦詛楚文〕。〔按—即倍字之譌。六書故倍作俖〕。

【俗】松玉切音續沃韻

㊀習也。見〔說文〕。〔按上所化曰風。下所習曰—〕。

㊁欲也。〔釋名釋言語〕—、欲也。—人所欲也。

㊂續也。〔周禮土均〕禮—喪紀祭祀。〔疏〕—者續也。

㊃常也。〔淮南氾論〕循—未足多也。

㊄凡庸也。〔呂覽情欲〕—主虧情。

㊅不雅曰—。如云—人、—物。〔黃庭堅曰〕士—不可醫。

【⿰亻卸】竭戟切音劇陌韻

倦也。見〔玉篇〕。〔按說文有御無—。—即御字之省文。與劮、㾞、𧙹、極、

[illegible]觑字別義通上兩合與俗字兩開不同。〕

【俘】芳無切音孚虞韻

●軍所獲也。見〔說文〕。〔桂注〕軍所獲也者。李巡云。囚敵曰—。〔今國際法上亦稱戰勝所獲之軍人曰—虜〕。

●取也。〔書序〕—厥寶玉。

●罰也。見〔小爾雅廣言〕。

【俙】休皆切音䅣呼乖切音㾗佳韻香依切音希微韻

●詆面相是也。見〔說文〕。〔段注〕謂內爭而外順也。臯陶謨所謂面從。

●感動之意也。〔文選司馬相如文〕於是天子—然改容。〔注〕張揖曰。—、感動之意也。許皆切。—或爲㣿。

●解也。見〔玉篇〕。

【俙】香衣切音希微韻

依—。猶言髣髴也。見〔集韻〕。

【俙】許豈切音豨尾韻

僾—。仿佛也。見〔集韻〕。〔按李登聲類云。僾—一作靉靆。僾—不明。莫如雲也。〕

【俚】兩耳切音李紙韻

●聊也。見〔說文〕。〔按漢書季布傳贊。其畫無—之至耳。注。計畫無所聊賴。然則無—猶今云無聊。亦猶今云無賴也。〕

●(二)鄙俗也。〔漢書司馬遷傳〕質而不—。

●(三)野人歌曰—。〔孟浩然詩〕鄙承巴—和。

●(四)國之下邑曰—。見〔一切經音義引蒼頡〕。

●(五)通里。南人蠻屬也。〔博物志〕交州夷名曰—子。後漢書南蠻西南夷傳注。里、蠻之別號。今呼爲—人。

●(六)通理。〔孟子盡心〕稽大不理於口。〔注〕理、賴也。

【俛】匪父切音府麌韻武遠切音晚阮韻

本作頫。〔說文頁部〕頫。低頭也。—、頫、或从人免。〔按玉篇云。—、說文音俯。低頭也。廣韻云。頫、俯、同。漢書又作—。今音免。集韻九噳云。頫或作—。二十阮云。—或作頫。段玉裁云。—舊音無辨切。古無讀—如府者。〕

【俛】美辨切音免銑韻

●俯—也。見〔玉篇〕。

●同勉。[illegible]〔[illegible]〕—[illegible]曰有孳孳。

【俜】滂丁切音粵青韻匹正切音聘敬韻

●使也。見〔說文〕。

●(二)俠也。見〔廣雅釋詁〕。

●(三)通娉。〔廣韻〕竛娉。行不正。亦作伶—。〔按正字通云。伶—之—或作傳。讀書通云。伶—通作零丁。〕

【保】補抱切音寶皓韻

●養也。見〔說文〕。〔按漢書宣帝紀。阿—之功。注。阿、倚也。—、養也。與許義合。〕

●(二)安也。〔詩山有樞〕他人是—。

●(三)佑也。〔書召誥〕天迪格—。〔注〕格正夏命而—佑之。

●(四)任也。〔周禮大司徒〕令五家爲比。使之相—。〔王安石—甲法。實倣此說。詳甲字。〕

●(五)恃也。〔左僖二十三年傳〕—君父之命。

●(六)守也。〔左哀二十七年傳〕乃先—南里。

●(七)知也。〔楚辭惜誦〕羌不可—。

●(八)持也。〔國語周語〕膺—明德。

●(九)居也。〔[illegible]〕[illegible]

●(十)定也。見〔廣雅釋詁〕。

●(十一)附也。〔莊子列禦寇〕人將—汝矣。

●(十二)使也。見〔廣雅釋詁〕。

●(十三)輔翼也。〔禮記文王世子〕—也者。愼其身以輔翼之而歸諸道者也。

●(十四)傭工也。〔史記欒布傳〕窮困、賃傭於齊。爲酒家—。〔注〕酒家作—也。〔今俗猶有酒—之稱〕。

●(十五)小城曰—。〔禮記月令〕四鄙入—。〔按仲夏四鄙入—注云。都邑之城曰—。〕

●(十六)鳳凰鳴曰—長。見〔說苑辨物〕。

●(十七)姓也。楚—申。見〔漢書古今人表〕。

●(十八)通褓、緥。〔禮記月令〕—介之御間。〔注〕猶衣也。—、即襁褓。

●(十九)—佐。人佐助缺乏能力之人民。法上爲準禁治產者設之監督其財產。

【俟】牀史切音仕紙韻

●大也。見〔說文〕。〔段注〕此—之本義也。自經傳假爲竢字。而—之本義廢矣。

●(二)待也。〔禮記玉藻〕在官不—屨。在外不—車。〔按此類—字皆竢字之假借。〕

(三)——。行貌。〔詩吉日〕儦儦——。〔傳〕趨則儦儦。行則——。〔釋文〕、——行也。
(四)姓也。——子。見〔風俗通〕。

【俟】渠之切音奇支韻
(一)万——。複姓。〔古今姓氏書辨證〕上音墨。下音其。其先魏文帝大統七年万——醜自稱天子。
(二)意——。奢高麗第四等官名。見〔後周異域傳〕。

【俠】胡頰切音協葉韻〔俗作侠。非。〕
(一)俜也。見〔說文〕。
(二)輕也。〔淮南說山〕喜武非——也。
(三)少也。〔呂覽音律〕安壯養——。
(四)敗也。見〔廣雅釋詁〕。
(五)美人之稱。〔漢書禮樂志〕——嘉夜。茝蘭芳。
(六)任——。〔漢書季布傳〕任——有名。〔相與信爲任。同是非爲——。〕
(七)姓也。韓相——累。
(八)通挾。〔漢書叔孫通傳〕殿下郎中——陛。〔注〕——與挾同。

【俠】吉協切音頰葉韻訖洽切音挾洽韻
通夾。傍也。見〔集韻〕。

【信】思晉切音訊震韻
(一)誠也。見〔說文〕。
(二)知也。〔淮南氾論〕乃始——於異衆也。
(三)明也。〔呂覽禁塞〕以——其事。
(四)從也。〔呂覽勸學〕師尊則言——矣。
(五)敬也。見〔廣雅釋詁〕。
(六)保也。〔國策秦策〕則慈母不能——也。
(七)禮之本也。見〔禮記禮器〕。
(八)德之固也。見〔左文元年傳〕。
(九)言之瑞也。見〔左襄九年傳〕。
(十)文之孚也。見〔國語周語〕。
(十一)義之重也。見〔大戴記四代〕。
(十二)人之幹也。見〔列女傳貞順〕。
(十三)不欺也。〔論語學而〕與朋友交而不——乎。〔今世所謂——用、——託皆此義。〕
(十四)守所見而無疑也。〔韓愈文〕——道篤。〔今世所謂——仰亦此義。〕
(十五)猶審也。〔國語周語〕言以——名。
(十六)效驗也。〔老子〕其中有——。
(十七)符契也。以帛爲之謂之繻。〔漢書平帝紀註〕律、諸當乘傳及發駕置傳者。皆持尺五寸木傳——。
(十八)猶任也。〔荀子哀公〕不——怒。〔世俗所謂——步、——手皆此義。〕
(十九)再宿也。〔左莊三年傳〕再宿爲——。
(二十)通訊。使者也。〔史記韓世家〕發——臣。多其車。重其幣。〔今郵寄函櫝通謂之——。〕
(二十一)姓也。——陵君無忌之後。〔又〕——都。——平。皆複姓。見〔姓苑〕。
(二十二)州名。唐置——州。宋因之。在今江西上饒縣境。

【信】升人切音申眞韻
(一)通伸。〔易繫辭〕往者屈也。來者——也。
(二)通身。〔周禮大宗伯〕侯執——圭。

信圭圖

【⿰亻兵】百猛切𠀤上聲梗韻
詐僞人也。見〔廣韻〕。

【侱】丑郢切音逞梗韻
役也。見〔集韻〕。

【侹】他頂切音珽迥韻
同徎。徑也。見〔集韻〕。

【俫】蘇紺切毿去聲勘韻
(一)僋——。老無宜適也。見〔玉篇〕。
(二)僋——。癡貌。見〔廣韻〕。

【倸】桑感切音糂感韻
僋——。無儀也。見〔集韻〕。

【侺】時鴆切音甚沁韻
餂——。頭向前也。見〔廣韻〕。

【⿰亻囟】息理切音洗薺韻
——足。見〔字彙補〕。

【俖】倍本字。見〔說文〕。

【⿱人足】古企字。見〔說文〕。

【⿰亻反】古兵字。見〔集韻〕。

【⿰亻頁】古順字。見〔集韻〕。

【⿸尸人】古伊字。見〔說文〕。

【⿱人辛】古宰字。見〔集韻〕。

【伇】古役字。見〔韻會〕。

【⿰亻君】同窘。亦作僒。見〔集韻〕。

【⿰亻畀】同俾。見〔集韻〕。

【⿰亻攸】同攸。見〔正字通〕。

【⿰亻戒】价或字。見〔集韻〕。

【⿰亻𠬝】辟或字。見〔六書故〕。〔按玉篇云古文[illegible]。〕

【俞】俗兪字見〔正字通〕。

【侹】俗癡字見〔正字通〕。

【侽】俗男字見〔正字通〕。

【㑚】俗字見〔正字通〕。

八畫

【修】思留切音羞尤韻
❶飾也。見〔說文〕。〔段注〕—之从彡者。灑㕞之也。藻繪之也。
❷治也。〔禮記中庸〕—道之謂敎。〔引伸爲凡治之稱。〕
❸設也。〔呂覽先己〕鐘鼓不—。
❹備也。〔國語周語〕—其簠簋。
❺敬也。〔國語魯語〕吾冀而朝夕—我。
❻長也。〔爾雅釋宮〕陝而—曲曰樓。〔釋文云陝。狹也。〕
❼遠也。〔離騷〕又重之以—能。
❽習也。〔禮記學記〕藏焉—焉。
❾—然整飭貌。〔荀子修身〕見善—然。
❿—。整齊貌。〔荀子儒效〕——兮其用統類之行也。
⓫蹇—。古良媒也。〔離騷〕吾令蹇—以爲理。
⓫前—。古之陽人也〔[illegible]〕[illegible]夫前—兮。
⓬—羅。梵語阿—羅之略稱。印度之魔鬼也。佛說以爲六道之一惡趣也。
⓭月陽。〔爾雅釋天〕月在丙曰—。〔釋文〕、—本亦作脩。
⓮姓也。漢屯騎校尉—炳。
⓯通卣。盛酒器也。〔周禮鬯人〕廟用—。〔注〕—讀爲卣。卣中尊也。

【俯】匪父切音府麌韻
❶低頭也。本作頫。亦作俛。〔禮記樂記〕習其—仰。
❷伏也。〔呂覽季秋〕蟄蟲咸—。
❸臥也。〔荀子賦〕三—三起。
❹通府。就物之貌。〔荀子非相〕府然、若渠匽檃括之已也。〔注〕府、—通。

【俱】恭於切音拘虞韻
❶皆也。見〔說文〕。
❷偕也。〔史記孔子世家〕孔子適周。魯君與之一乘車兩馬一豎子—。
❸同也。一也。〔素問三部九候論〕所謂後者應不—也。〔注〕—、猶同也。一也。
❹姓也。南涼將軍—延。唐江州監軍[illegible]
❺—舍。佛敎八宗之一。法相宗之分派。小乘敎法也。
❻—樂部。集會結社之類也。英語Club。

【俳】蒲皆切音牌佳韻
❶戲也。見〔說文〕。〔按〕—優雜戲。史游急就篇倡優—笑。是—優一物而二名也。
❷優樂也。見〔文選注引三蒼〕。
❸嘯也。見〔一切經音義引三蒼〕。
❹廢也。〔素問脈解〕則爲瘖—。

【俳】蒲枚切音裴灰韻
—佪。便旋也。見〔廣雅釋訓〕。

【俴】在演切前上聲。士免切音棧銑韻。才線切音賤霰韻
❶淺也。見〔說文〕。
❷單也。〔管子參患〕甲不堅密。與—者同實。〔注〕—、謂無甲單衣者。

【偒】以豉切音異寘韻
輕也。一曰交—。見〔說文〕。〔按〕蒼頡篇曰、—慢也。廣韻曰、—相輕慢也。則—有輕易義。自易尊行而—廢矣。一曰交—者。此別一義。經傳[illegible]是。

【俶】昌六切音埱屋韻
❶善也。一曰始也。見〔說文〕。〔按〕—之訓善。乃其本義。經傳多以淑爲之。蓋假借字。淑者、水之清湛也。自淑行而—之本義廢矣。一曰始也。乃別一義。如詩大田傳曰、—始也、是。
❷厚也。〔詩既醉〕令終有—。〔箋〕—猶厚也。
❸作也。〔詩崧高〕有—其成。
❹整也。〔文選張衡賦〕簡元辰而—裝。
❺動也。見〔方言〕。

【俶】他歷切音剔錫韻
同倜。—儻。卓異也。〔史記魯仲連傳〕好奇偉—儻之畫策。

【俷】父沸切音奜未韻
❶背也。見〔集韻〕。
❷通棐。〔史記三王世家〕毋作怨。毋—德。〔漢書燕王旦傳〕作毋棐德。

【俸】補孔切音琫董韻
❶屏—。小貌。見〔玉篇〕。

傈—。密不見見〔集韻〕。

【俸】 撫勇切音捧腫韻

併—。小貌。見〔集韻〕。

【俸】 房用切音縫宋韻

秩祿也。見〔集韻〕。通奉。〔漢書宣帝紀〕今小吏勤事而奉薄。欲其無侵漁百姓。難矣。增其奉百石以上什五。

【俺】 於贍切音[illegible]豔韻於劒切音[illegible]陷韻又業切音腌葉韻

大也。見〔說文〕。我也。見〔字彙〕。〔按字彙。音諳上聲。正字通云。凡稱我通曰—。俗音也。凡入聲字。北音皆溷平去聲〕

【俽】 許斤切音欣文韻

喜也。見〔集韻〕。州名。本漢陽曲縣地。隋置—州。亦作忻。今屬山西忻縣境。

【俾】 補弭切音髀紙韻

益也。一曰。、、門侍人。見〔說文〕。〔按—與裨、埤、錍、音義皆同。今—益字作裨。裨行而埤錍—皆廢矣。經傳之—多訓使。一曰門侍人者。侍與寺通。詩寺鄰寺人之令。傳云。寺人、內小臣也。釋文。寺、本或作侍。此門侍人、或卽內小臣之屬。蓋亦由使義引伸之歟〕

(一)使也。〔詩閟宮〕—爾熾而昌。

(三)從也。見〔爾雅釋詁〕。

(四)職也。見〔爾雅釋言〕。

(五)通比。〔禮記樂記〕克順克—。〔註〕—當爲比。

【俾】 賓彌切音卑支韻

縣名。漢安定郡安—縣。〔地理韻編〕今闕。當在甘肅平涼府境。〔今改爲平涼縣〕

【俾】 眦至切鼻去聲寘韻

(一)通睥。—倪。褻視貌。〔史記信陵君傳〕侯生下見其客朱亥。—倪故久立。〔又〕城上小垣也。見〔埤蒼〕。〔又〕載中環持蓋杠者也。見〔聲類〕。

(二)—路芝。一作備犳支。阿富汗與亞拉伯海間之小國。屬英國保護。英文 Baluchistand

【倀】 褚羊切音萇中良切音張仲良切音長陽韻

(一)狂也。一曰仆也。見〔說文〕。

(二)失道貌。見〔玉篇〕。

(三)—。無見貌。〔禮記仲尼燕居〕—乎其何之。〔又〕無所適貌。〔荀子脩身〕人無法則—然。〔注〕——無所適貌。言不知所措履。

(四)鬼名。〔正字通〕世傳虎齧人死。魂不敢他適。輒隸事虎。名—。虎行求食。—必與俱。爲虎前導。遇塗有暗機伏穽。則迂道以往。呼虎曰將軍。死則哭之。此說誕不足信。

【倀】 除庚切音棖庚韻

獨立貌。見〔集韻〕。

【倀】 豬孟切音趟敬韻

(一)瘍—。失道也。見〔廣韻〕。

(二)—悖。疎率也。見〔集韻〕。

【併】 卑正切餅去聲敬韻必郢切音丙梗韻部迥切音竝迥韻

(一)竝也。見〔說文〕。〔按朱駿聲云。—與幷不同。相合爲幷。相對爲—〕。

(二)列也。見〔廣雅釋詁〕。

(三)齊也。〔後漢鄭玄傳〕比牒—名。早爲宰相。〔注〕—、名謂齊名也。

(四)競也。〔漢書賈誼傳〕高皇帝與諸公—起。

(五)—倨。對敵相拒也。〔漢書賈誼傳〕與公—倨。

(六)通摒。除也。〔管子霸形〕—歌舞之樂。

(七)通幷。合也。〔荀子王制〕無兼幷之心。〔注〕幷讀爲—。

(八)通屏。棄也。〔荀子彊國〕—己之私欲。必以道。〔注〕—讀曰屏。

【倃】 巨九切音臼有韻

毀也。見〔說文〕。〔按正字通云。—俗咎字。非說文。咎訓災。—訓毀。此二字明明異訓。廣韻。咎、災也。—、毀也。且引說文爲證。集韻亦引說文咎、災也。—、毀也。是皆分咎、—爲二。而未嘗以—爲俗咎字也〕

【倄】 何交切音肴于包切音虓肴韻

刺也。一曰痛聲。見〔說文〕。〔按小徐本。一曰痛聲作一曰毒之。解曰。疾害也。玉篇、類篇、與大徐同。廣韻五肴惟訓痛聲。集韻五肴兩見。何交切、引說文同大徐。于包切、痛聲作痛謼。趙宧光云。刺譌作剌。剌、七賜切。剌、盧達切。段茂堂桂未谷從之。王菉友云。作剌音盧達切。非也。當是擊刺之刺。刺而後傷也。下文一曰痛聲。亦因傷而痛也〕

痛聲。見〔集韻〕。〔按顏氏家訓風操篇云。蒼頡篇有―字。訓詁云。痛而謼也。音羽罪反。今北人痛則呼之。聲類音于來反。今南人痛或呼之。此二音隨其鄉俗。並可行也。

【倅】取內切音淬隊韻

㊀副也。見〔說文新附〕。

㊁戎車之副曰―。〔周禮戎僕〕掌王―車之政。

㊂遊―。之未仕者。〔周禮諸子〕國子存遊―。

㊃盈也。見〔廣雅釋詁〕。

【倅】臧沒切音卒月韻

通卒。百人之稱。〔禮記燕義注〕卒讀爲―。〔疏〕若旁置人者。是副―之―。若不置人者。則百人爲卒之卒。

【倉】千岡切音蒼陽韻

㊀穀藏也。倉黃取而藏之。故謂之―。見〔說文〕。〔按圓曰囷。方曰―。如國策秦策所云囷―、廩是也。〕

㊁船之內部亦曰―。〔楊萬里詩〕船―周圍各五尺。〔俗作艙〕。

㊂―卒。怱遽貌。〔漢書王嘉傳〕臨事

㊃天―。星名。〔晉書天文志〕天―六星在婁南。〔又〕山名。〔讀史方輿紀要〕四川成都府灌縣西南七十里爲高臺山。又西南十里曰天―山。連崖隱軫。凡三十六峯。〔在今四川灌縣境〕

㊄太―。胃臟別名。〔黃庭內景經〕脾長一尺掩太―。〔又〕官名。〔漢書百官表〕大司農屬官有太―令丞。

㊅―公。古名醫。見〔史記―公傳〕。

㊆―庚。鳥名。〔詩七月〕有鳴―庚。〔傳〕―庚。離黃也。

㊇――。音響之形容語。〔宋史律曆志〕開口吐聲謂之商。其音將將――然。

㊈通蒼。〔禮記月令〕駕―龍。〔周禮廋人注〕作駕蒼龍。

㊉通臟。〔漢書谷永傳〕五―之術。

⑪通滄。〔文選揚雄賦〕東―海。

⑫通桑。亢―子亦作庚桑子。

⑬姓也。周―葛元。―振明。―紀。

【倉】楚亮切音愴漾韻

通愴。喪也。〔詩桑柔〕―兄塡兮。

【倌】古丸切音官寒韻古患切音

㊀小臣也。見〔說文〕。〔段注〕小臣蓋謂周禮小臣上士四人。大僕之佐也。一云左傳所謂巾車脂轄也。

㊁主駕之人也。〔詩定之方中〕命彼―人。星言夙駕。〔今吳會稱妓亦曰―人〕

【倍】薄亥切音培部浼切音蓓賄韻

㊀反也。見〔說文〕。〔段注〕此―之本義。禮記緇衣信以結之。則民不―、是也。俗人鋲析乃謂此專爲加―字。而本義廢矣。〔按反―字、今皆以背爲之〕

㊁乖戾也。〔荀子五輔〕長幼無等則―。

㊂益也。〔左僖三十年傳〕焉用亡鄭以―鄰。

㊃背誦也。〔韓愈文〕滂讀書―文。〔按周禮大司樂注云。―文曰諷。謂不面其文而讀之也。韓語本此。今倍文字亦通作背〕

㊄加等曰―。〔禮記學記〕善學者。師逸而功―。

㊅一辟曰―。〔呂覽任地〕其功可使―。

之。

㊇去而遂絕曰―。〔鬼谷子捭闔〕益損去就―反。

㊈日旁之危氣也。在兩旁反出爲―。〔呂覽明理〕有―僪。

㊉通陪。〔左定四年傳〕分之土田―敦。〔釋文〕―、本亦作陪。

【倍】蒲枚切音裴灰韻

㊀河神名。見〔集韻〕。

㊁―尾。山名。見〔集韻〕。〔按―、史記作負。漢書作橫。尙書作陪。山在今山東泗水縣境〕

【倍】蒲來切音陪灰韻

―阿。神名。〔莊子達生〕東北方之下者。―阿鮭蠪躍之。〔釋文〕―音裴。徐扶來反。司馬云。―阿、神名也。〔按正字通引林獻齋注云。屋中東方鬼也〕

【倍】補妹切音背隊韻

加也。〔莊子養生主〕是遯天―情。忘其所受。〔釋文〕―音裴。又布對反。本又作背。

【倏】式竹切音叔屋韻

㊀犬走疾也。見〔說文犬部〕。〔段注〕

引伸爲凡忽然之辭。〔按許書原文但曰走也。此從段氏訂正本。〕(二)丨忽疾也。〔漢書敘傳〕辰丨忽其不再。(三)丨丨光也。見〔廣雅釋訓〕。

【倒】覩老切刀上聲皓韻

(一)仆也。見〔說文新附〕。〔按晉書趙至傳云。鱥崑崙使西丨。宋史陳亮傳云。推丨一世之智勇。皆用仆義。惟說文無丨字。古丨當作到。〕(二)絕丨。極笑也。〔晉書衛玠傳〕衛玠談道。平子絕丨。(三)傾丨。佩服也。〔杜甫詩〕志士懷感傷。心胸已傾丨。(四)淚丨。謂頹放自矜不與時合也。〔文選嵇康書〕足下舊知吾淚丨。麤疎不切事情。〔又〕謂容止醞藉也。見〔北魏崔瞻傳〕。(五)丨頓。大袴也。〔方言〕大袴謂之丨頓。小袴謂之校衫。楚通語也。

【倒】刀號切音到號韻

(一)顛丨也。〔禮記曲禮〕丨筴側龜於君前。(二)逆也。〔韓非子難言〕至言忤於耳而丨於心。〔語謂丨行逆施。丨亦此義。〕(三)丨驪鴟也。見〔廣雅釋鳥〕。〔又〕猶困苦也。見〔後漢荀彧傳注〕。

【倓】徒甘切音談覃韻吐感切音毯感韻

(一)安也。見〔說文〕。(二)恬也。見〔玉篇〕。(三)安然不疑也。〔荀子仲尼〕丨然見管仲之能足以託國也。(四)同賧。蠻夷贖罪貨曰丨。此古賨異國語也。〔後漢南蠻傳〕殺人者得以丨錢贖死。

【個】居賀切音箇箇韻

(一)偏也。見〔玉篇〕。(二)同箇、个。〔儀禮士虞禮俎釋三个鄭玄注〕今俗或名枚曰丨。音相近。〔疏〕人旁著固字雖不同。音聲相近。同是一个之義。

【倕】是爲切音垂支韻樹僞切音瑞寘韻

(一)重也。見〔玉篇〕。(二)黃帝時巧人名。見〔廣韻〕。(三)人名。堯時有工丨。見〔集韻〕。〔按書舜典作垂。〕

【倕】[illegible]硾、或作丨。見〔類篇〕。

【倗】蒲登切音朋蒸韻蒲枚切音裴灰韻步鄧切朋去聲徑韻

(一)輔也。見〔說文〕〔段注〕朋黨字正作丨。而朋其假借字。(二)委也。託也。見〔六書統〕。(三)姓也。見〔廣韻〕〔按玉篇、集韻、類篇、姓皆作倗、說文繫傳及廣韻引漢書王尊傳、南山羣盜丨宗。今本漢書作傰。〕

【倗】蒲登切音朋蒸韻普亥切音啡賄韻普等切音鄻迥韻

不也。見〔廣雅釋詁〕。

【倗】皮冰切音凭蒸韻

同憑。依也。厚也。滿也。見〔集韻〕。

【倘】齒兩切音敞他朗切湯上聲養韻

止貌。〔莊子在宥〕雲將見之。丨然止。〔釋文〕丨、尺掌反。一音吐郎反。李云。吐黨反。司馬云。欲止貌。李云。自失貌。〔按字與黨、儻通。〕

【候】下遘切音後宥韻

(一)伺望也。見〔說文〕。(二)覘也。〔呂覽貴因〕武王使人丨殷。(三)占也。〔列子周穆王〕夢者六丨。(四)護也。〔釋名釋言語〕丨。護也。司護諸事也。(五)送迎賓客之官也。〔左襄二十一年傳〕使丨出諸轘轅。〔按丨。即丨人。周禮有丨人之官。〕(六)丨正。主斥丨之官也。〔左成二年傳〕丨正亞旅。〔按孫奕示兒編云。斥丨、謂檢行險阻。伺丨、盜賊。亦即伺望敵人之軍。丨或亦稱丨人。或又單稱丨。〕(七)丨館。樓可以觀望者也。〔周禮遺人〕市有丨館。(八)氣丨。〔江淹詩〕南中氣丨暖。(九)證丨。〔陶弘景肘後方序〕其論諸病證丨。

【倚】巨綺切音𨊿紙韻於戲切音意寘韻

(一)依也。見〔說文〕。(二)因也。〔老子〕禍兮福所丨。(三)特也。〔漢書韓信傳〕百姓罷極怨望。容容無所丨。(四)偏也。〔荀子解蔽〕丨其所私以觀異術。(五)近也。〔呂覽先識〕男女切丨。

側也。謂廬於墓側也。〕

㊆立也。〔易說卦〕參天兩地而｜數。

㊇｜瑟以歌合曲也。〔漢書張釋之傳〕上自｜瑟而歌。〔今塡詞謂之｜聲〕

㊈｜事怪異之事也。〔荀子榮辱〕飾邪說文姦言爲｜事。

㊉｜魁偏僻之行也。〔荀子修身〕｜魁之行。

(十一)｜拜謂身｜物以拜也。〔周禮大祝〕辨九拜。七曰奇拜。〔注〕奇、讀曰｜。

(十二)同踦。〔莊子天下〕南方有｜人焉。曰黃繚。

(十三)姓也。楚左史｜相之後。

【倛】邱其切音祺支韻

㊀通欺。〔集韻〕欺、詐欺也。或作｜。

㊁通類四目方相兩目爲｜。〔荀子非相〕仲尼面如蒙｜。〔注〕其首蒙茸故曰蒙｜。

【倛】去吏切音亟寘韻

｜儗。不行。見〔玉篇〕。

【倛】渠之切音其支韻

淮南祈雨土偶人曰｜。見〔集韻〕。

【倜】他歷切音惕錫韻

㊀｜儻。不羈也。見〔說文新附〕。

㊁｜然高舉貌。〔荀子君道〕｜然乃舉太公於州人而用之。〔又〕疏遠貌。〔荀子非十二子〕則｜然無所歸宿。

㊂張也。〔太玄去〕物咸｜倡。

【倝】居案切音幹翰韻〔按｜、說文作倝。从旦㫃聲。獨爲部。玉篇、類篇作倝。从𠦝从入。亦獨爲部。廣韻、集韻、亦从𠦝从入。今凡从｜之字。皆書作从𠦝从人。沿俗附入人部。〕

㊀日始出光｜｜也。見〔說文〕。

㊁用也。見〔玉篇〕。

【倞】其亮切强去聲漾韻居良切音薑陽韻渠映切音競敬韻

强也。見〔說文〕。〔按詩桑柔、秉心無競。抑、無競維人。開元五經文字。競皆作｜。是｜卽競字也。〕

【倞】力讓切音諒漾韻

㊀遠也。見〔集韻〕。

㊁索也。〔禮記郊特牲〕祊之爲言｜也。〔注〕｜、猶索也。｜、或爲諒。

【借】子夜切嗟去聲禡韻資昔切音積陌韻〔本作偺別作借〕

㊀假也。見〔說文新修字義〕。〔按漢書寇恂傳。恂爲潁川守。還執金吾。光武過潁川。百姓遮道。願｜寇君一年。此卽假借之義。〕

㊁助也。見〔漢書朱雲傳注〕。

㊂以物假人亦曰｜。〔論語衛靈公〕有馬者｜人乘之。

㊃推獎也。見〔正字通〕。〔如云獎｜〕。

㊄不｜。草履也。〔釋名釋衣服〕齊人謂草履曰屝。屝皮也。以皮作之。或曰不｜。言賤易有宜各自蓄之。不假｜人也。

㊅｜方。日本表簿通用之謂。假他人所有者也。其以物假付人者。曰貸方。

㊆通藉。設辭。〔詩抑〕｜曰未知。〔漢書霍光傳〕作藉曰未知。

㊇通假。〔後漢李充傳〕無所借｜。〔注〕下音假。

【倡】蚩良切音昌陽韻

㊀樂也。見〔說文〕。〔按字俗作娼。段氏說文俳字注曰。以其戲言之謂之俳。以其樂言之謂之｜。或謂之優。其實一物也。〕

㊁天｜。星名。主俳｜。見〔史記樂書〕。

【倡】[illegible]韻

狂也。〔莊子山木〕｜狂妄行。〔按字亦與猖通。〕

【倡】尺亮切音唱漾韻

㊀發歌也。〔禮記樂記〕壹｜而三歎。〔注〕｜、發歌句也。〔｜、與唱通。〕

㊁發始爲｜。〔國語吳語〕大夫種乃｜謀。〔今云提｜。卽此義。〕

㊂能也。見〔一切經音義引蒼頡〕。

㊃盛也。〔太玄去〕物咸倜｜。

【倢】卽涉切音接葉韻

㊀佽也。見〔說文〕。〔按佽者便利也。方言。虔儇慧也。宋楚之間謂之｜。注云。言便｜也。義與說文合。〕

㊁健也。見〔廣雅釋詁〕。

㊂｜伃。漢婦官名。〔漢書外戚傳〕至武帝制｜伃、娙娥、傛華、充依。各有爵位。｜伃視上卿。比列侯。〔注〕師古曰。｜、音接。伃、音予。字或從女。其音同耳。

【倢】疾葉切音疌葉韻

㊀疾也。見〔集韻〕。

㊁次也。見〔廣雅釋詁〕。

㊂斜出貌。見〔廣韻〕。

❹——。言樂事也。見〔玉篇〕。〔按玉篇引詩征夫——。今本詩作捷捷。〕

【倢】 七接切音妾葉韻

❶——。譖言。見〔類篇〕。〔按集韻本作倢。亦作唼。〕

【値】 直吏切音治寘韻

❶持也。一曰逢遇也。見〔說文〕。〔按說文原本持作措。今從段氏訂正本〕。

❷當（去聲）也。〔顏延之詩〕規周矩——。

❸拾也。見〔廣韻〕。

❹措也。見〔廣韻〕。

【値】 丞職切音實逐力切音直職韻

❶措置也。見〔集韻〕。

❷通直。〔史記酷吏傳〕寧逢乳虎。無直甯成之怒。

❸物價曰——。經濟學通稱價——。

【倥】 枯公切音空東韻

❶——侗。——蒙也。〔法言學行〕——侗顓蒙。〔注〕——侗、無知也。

【倥】 康董切音孔董韻

❶——傯。事多。見〔廣韻〕。

❷苦也。見〔集韻〕。

【倥】 苦動切音控送韻

❶——傯。窮困也。見〔玉篇〕。

【倦】 逵眷切權去聲霰韻〔或作勌〕。

❶罷也。見〔說文〕。〔段注〕罷者、遣有罪也。引伸為休息之偁。——與力部券。義少別。鉉等於券下注曰。今俗作——。義同。蓋不檢人部固有——耳。

❷疲也。〔書大禹謨〕耄期——於勤。〔謂既老疲於勤勞之事〕。

❸倨也。〔淮南道應〕見一士焉。方——。龜殼而食蛤梨。〔注〕楚人謂倨為——。

❹勞也。〔國語晉語〕用而不——。

❺極也。〔文選潘岳賦〕——狹路之迫隘。

【倨】 居御切音據御韻

❶不遜也。見〔說文〕。〔段注〕遜當是本作孫。孫者遜循恭敬之意。

❷箕坐也。〔漢書張耳傳〕高祖箕——。〔別作踞〕。

❸跂也。〔莊子天運〕方將——堂而應微曰。

❹邊牀曰——。〔史記酈生陸賈傳〕方——牀。

❺微曲曰——。〔禮記樂記〕——中矩。句中鉤。〔凡侈曰——。斂曰句〕。

❻——。臥無思慮也。〔淮南覽冥〕臥——。——與眄眄。

❼同裾。言其服盛而氣傲也。〔家語三恕〕由是——者何也。〔注〕——、與裾同。

【倩】 倉甸切千去聲霰韻

❶人美字也。見〔說文〕。〔段注〕——、猶甫也。男子之字有稱甫者。儀甫、嘉甫是。有稱——者。蕭長——、東方曼——是。

❷好口輔也。〔詩碩人〕巧笑——兮。

【倩】 七正切清去聲敬韻

❶壻也。〔方言〕東齊之間壻謂之——。〔按段氏謂壻之偁——。亦以美偁加之耳〕。

❷凡事請人代為之亦曰——。〔杜甫詩〕笑——旁人為整冠。

【倪】 研奚切音霓齊韻

❶俾也。見〔說文〕。〔段注〕然則——亦訓益也。〔參閱俾字〕。

❷傲也。〔管子正世〕力罷則不能無墮——。

❸分也。際也。〔莊子齊物論〕何謂和之以天——。

❹通娩。弱小之貌。〔孟子梁惠王〕反其施——。

❺通兒。姓也。——寬。亦作兒寬。人名。王——。亦作王兒。

❻通睨。〔爾雅釋魚〕龜左——不類。右——不若。〔釋文〕——本作睨。〔按左——右——即左顧右顧也〕。

【倪】 宜加切音崖佳韻

❶水滸也。〔莊子大宗師〕不知端——。〔注〕端、山巔。——、水滸。

【倪】 同鯢。〔易困〕困于鯢卼。〔古文易〕作——伌。

【倫】 龍春切音論眞韻

❶輩也。見〔說文〕。〔段注〕軍發車百兩為輩。引伸之同類之次曰輩。

❷類也。〔禮記曲禮〕儗人必於其——。

❸比也。〔禮記中庸〕毛猶有——。〔言毛雖細微。猶有物可比〕。

❹等也。〔荀子儒效〕人——盡矣。

❺伍也。〔國語晉語〕且臣之——。

❻道也。〔詩正月〕有——有脊。

❼理也。〔書舜典〕無相奪——。

❽義也。〔禮記祭統〕夫祭有十——焉。

(九)序也。[孟子離婁]察於人—。(十)勞也見[爾雅釋詁]。(十一)擇也。[儀禮少牢饋食禮]雍人—膚九實於一鼎。[注]擇其至美者。(十二)姓也。伶—之後。(十三)—敦英國首都。豐庶爲世界冠。英文London。(十四)—理學卽研究人—道德之學也。

[倬] 竹角切音桌覺韻

(一)箸大也。見[說文][段注]箸大者、箸明之大也。(二)明貌。[詩甫田]—彼甫田。(三)絕也。見[文選張衡賦注引廣雅]。(四)—然天河水氣也。[詩雲漢]—彼雲漢。[韓詩]作菿彼雲漢。(五)通晫。[詩韓奕]有—其道。[韓詩]作有晫其道。

[倭] 於爲切音煨支韻

(一)順貌。見[說文]。(二)—遲。回遠貌。[詩四牡]周道—遲。[—遲與逶迤、逶迤、逶蛇、威遲、委移、並通。](三)人名。魯宣公名—。

[倭] 烏禾切音渦歌韻

人稱名。[漢書地理志]樂浪海中有—人。[注]魏略云。—在帶方東南大海中依山島爲國度海千里復有國皆—種。[按卽今日本人]

[倭] 鄔果切音婐哿韻

—墮。髻貌。見[集韻]。

[倮] 魯果切音臝哿韻

(一)同臝、裸。又作臝、婐。赤體也。[禮記月令]中央土。其蟲—。(二)國名。[淮南說林]西方之—國。鳥獸弗辟。

[倮] 古火切音果哿韻

鎑—。陝隘也。[文選左思賦]風俗以鎑—爲𢕟。

[倮] 戶瓦切華上聲馬韻

肉袒也。見[集韻]。

[倰] 郎鄧切稜去聲徑韻

(一)長也。見[集韻]。(二)—僜。行疲貌。見[集韻]。[又]不親事也。見[類篇]。

[倰] 閭承切音陵蒸韻

(一)—偢也。或作[illegible]。亦作[illegible]。見[集韻]。(二)—僜。長貌。見[廣韻]。

[倳] 側吏切音胾寘韻

(一)置也。見[玉篇]。(二)立也。青徐人言立曰—。見[釋名釋言語]。(三)同事。[漢書蒯通傳]慈父孝子、所以不敢事刃於公之腹者。畏秦法也。[注]李奇曰。東方人以臿物地中爲事。師古曰。事、音側吏反。字本作—。周官考工記又作菑。音皆同耳。[按廣韻云同剚]

[倯] 思恭切音松冬韻

(一)孏也。[方言]庸謂之—。轉語也。[郭注]—、猶保—也。今隴右人名孏爲—。(二)倸—。罵也。燕之北郊曰倸—。見[方言][注]孏小可憎之名也。

[俵] 彼廟切標去聲嘯韻

(一)散也。見[玉篇]。(二)分畀也。見[六書故]。

[倱] 戶衮切音混阮韻

—伅。不開通之貌。[玉篇]帝鴻氏有不才子。天下之民謂之—伅。[通作混沌、渾敦。]

[倲] 都籠切音東東韻

儱—。獰劣貌。見[集韻]。

[倲] 多貢切音凍送韻

儱—。愚貌。見[集韻]。

[倠] 呼維切音睢支韻

仳—。醜面也。見[說文]。[按淮南修務曰。嫫母仳—。其義與說文合。字亦作婎。別作倠。]

[倣] 分罔切音紡養韻

[通作仿、昉。亦作放、方。]傚也。依也。[韓愈文]遂令天下之人轉相—效。

[⿰亻和] 胡臥切和去聲箇韻

和也。見[廣雅釋言]。

[⿰亻昏] 呼昆切音昏元韻

闇也。見[集韻]。

[⿰亻昏] 呼困切昏去聲願韻

耄忘也。見[集韻]。[按玉篇云。老忘也。]

[⿰亻林] 麤含切音婪覃韻

—儖。鷙鈍貌。見[集韻]。

[俹] 衣駕切音亞禡韻

倚也。見[玉篇]。

[俹] 於加切音丫麻韻

徼也。見〔集韻〕。

【倁】陳知切音池支韻　行也。見〔字彙〕。

【偖】達合切音沓合韻　偖一不任事也。見〔廣韻〕。

【倆】里養切音兩養韻　伎一巧也。見〔集韻〕。

【倨】遵遇切音聚遇韻　促也。見〔集韻〕。〔按經史訓疾促者借用趣亦作趣無作一者〕

【倇】委遠切音宛阮韻　歎也。見〔方言〕。

【倊】子弄切音粽送韻　困貌。見〔字彙〕。〔一卽傯字亦或作傯〕

【倞】郎計切音麗霽韻力至切音利寘韻　怒也。見〔廣雅釋詁〕。〔疏證〕戾與一通。〔按一切經音義云戾三蒼作一很一也。廣韻云。很一俗字。〕

【倲】徒沃切音毒沃韻　動也。見〔類篇〕。〔集韻云。㶈、或作一〕。

【們】莫困切音悶願韻　一渾。肥滿貌。見〔集韻〕。

【們】莫奔切音門元韻　猶言儕輩也。如我一、你一、他一、之類。〔正字通云。今塡詞家我一、俺一、讀平聲。〕

【倧】作多切音宗多韻　上古神人。見〔廣韻〕。〔按篇海作古仙人。皆無據。〕

【㑢】五敢切音㘙感韻　仰首貌。一曰好貌。見〔集韻〕。

【㑢】魚檢切音儼琰韻　俺㑢。癡也。㑢或作一。見〔集韻〕。

【倔】渠勿切音崛物韻　一強。梗戾貌。〔隋書何稠傳〕寧猛力一强山河。〔通作屈强〕。

【倴】博昆切音奔元韻　那顏一盞元將名。見〔字彙補〕。

【倵】微補切音武麌韻　三國人名。見〔字彙補〕。

【倭】於慢切音晏諫韻

事也。見〔字彙補〕。

【㑳】側救切音縐宥韻　任身也。見〔海篇〕。〔任、同妊。〕

【倸】澄士切音雉紙韻　値也。見〔字彙補〕。

【倯】主勇切音種腫韻　水流貌。見〔海篇〕。

【倮】乃老切音惱皓韻　姓也。見〔海篇〕。

【㑬】古盜字。見〔字彙補〕。

【倨】古夙字。見〔說文〕。

【倫】同倱。輪也。〔太玄止〕車槷其一。馬撅其蹄。貞止。〔注〕范曰。一、輪也。〔一說。當作輗。〕

【倷】同傑。猒也。〔禮記玉藻〕惟水漿不祭。若祭、爲已一卑。

【倄】同傪。〔方言〕痳、倄。一也。〔注〕今江東呼極爲痳。

【倖】同幸。僥一。倖一本作幸。集韻从女作婞。泥。見〔正字通〕。

【偤】同媌。見〔正字通〕。

【㑯】同劫。見〔釋典〕。

【倈】同徠。見〔集韻〕。

【倎】同塽。見〔集韻〕。

【倱】俗胤字。見〔正字通〕。

【倣】俗傚字。見〔正字通〕。

【倃】俗備字。見〔正字通〕。

【倏】俗倐字。見〔正字通〕。

【倷】俗字。音奈。俗稱你曰一。

【㑹】㑹謟字。見〔正字通〕。

九畫

【偁】處陵切音稱蒸韻　❶揚也。見〔說文〕。〔按凡古一擧一謂、一擧字皆作一。後世自稱行而一乃廢矣。稱者今之秤字〕。❷人名。唐張一。宋王禹一。賓一。

【偂】蒲幸切平上聲梗韻　❶俱也。見〔玉篇〕。❷或作倂。羅列也。見〔廣韻〕。❸偕也。或省作竝。見〔集韻〕。❹一直也。見〔玉篇〕。

【偃】隱幰切煙上聲阮韻

(一)偃也。見[說文][段注]凡仰仆曰—。引伸爲凡仰之偁。
(二)猶仆也。[儀禮鄉射禮]東面—旌。
(三)安也。見[釋名釋姿容]。
(四)息也。[莊子徐无鬼]—兵其可乎。
(五)臥也。[詩北山]或息—在牀。
(六)匽也。[國語吳語]兩君—兵接好。
(七)廁也。[莊子庚桑楚]觀室者周于寢廟、又適其—焉。[注]—謂屏廁也。
(八)—鼠。鼴鼠也。[莊子逍遙遊]—鼠飲河。不過滿腹。
(九)—豬。下溼地也。[左襄二十五年傳]規—豬。[謂—水爲豬也。豬卽畜水之陂]
(十)—蹇。高也。[離騷]望瑤臺之—蹇兮。[又]驕傲也。[左哀六年傳]彼皆—蹇。[又]衆盛貌。[離騷]何瓊佩之—蹇兮。[又]卻距也。[史記司馬相如傳]紆摎—蹇。[又]佇立貌。[文選司馬相如賦]濞—蹇而待曙兮。[又]舞貌。[楚辭東皇太一]靈—蹇兮姣服。
(十一)地名。[春秋僖元年]公敗邾師於—。[在今山東費縣南]
(十二)姓也。晉—籍。
(十三)人名。孔子弟子言—。與人晉荀—。鄭公子—。
(十四)通揠。壅水也。[周禮獻人注]梁、水—也。
(十五)通匽。[書武成]—武修文。[漢書禮樂志]作匽武。

【偅】徒容切音憧冬韻

(一)通憧。[易咸]憧憧往來。[京房本]改作—。
(二)通僮。[漢張公神道碑]驂白鹿兮從仙—。

【偅】朱用切音種宋韻

儱—。不遇貌。[正字通]儱—與龍鍾、籠東、隴種、躘踵、均通。皆狀其潦倒。

【偆】尺尹切音蠢軫韻

(一)富也。見[說文]。
(二)厚也。見[廣韻]。
(三)通蠢。—蠢、喜樂之貌也。見[春秋繁露陽尊陰卑]、[按—卽蠢之假借字]。

【假】舉下切音賈馬韻

(一)非眞也。見[說文]。[段注]又部曰。叚、借也。然則—與叚義略同。
(二)借也。[禮記王制]大夫祭器不—。
(三)因也。[莊子大宗師]—於異物。
(四)請也。[呂覽士容]其鄰—以買取鼠之狗。
(五)容也。[後漢安帝紀]今方盛夏。且復—貸以觀厥後。[注]—、貸猶寬容也。盛夏不可卽加刑罰。故且寬容。
(六)且也。見[廣韻]。
(七)藉也。[庾信賦]狐—虎威。
(八)僭也。見[廣雅釋詁]。
(九)濫也。[後漢竇融傳]—歷將帥。
(十)固也。[詩文王]—哉天命。
(十一)暫也。[柳宗元文]存義—令零陵二年矣。[民法上所云—住所。亦暫定爲住所之意]
(十二)設辭。[列子楊朱]楊子曰。世固非一毛之所濟。禽子曰。—濟爲之乎。
(十三)給與也。[漢書循吏龔遂傳]遂適開倉廩、—貧民。[注]—、謂給與。
(十四)租賃也。[後漢和帝紀]其官有陂池。令得采取。勿收—稅二歲。[按今上海猶言租屋曰—屋]
(十五)彙攢也。[楚漢春秋]會稽—守殷通。
(十六)—借。六書之一。[說文敍]六曰—借—借者本無其字依聲託事令長是也。[日本五十字母有平—名、片—名之別。言—借漢字點畫而爲之者也]
(十七)—寐。不脫衣冠而寐也。[詩小弁]不遑—寐。
(十八)姓也。漢—倉。
(十九)通嘏。大也。[方言]凡物之壯大者、而愛偉之、謂之夏。周鄭之間謂之—。

【假】何加切音霞麻韻

(一)已也。[禮記曲禮]天王登—。
(二)通遐。[列子周穆王]世以爲登—焉。[注]—、當爲遐。
(三)通霞。[楚辭遠遊]載營魄而登霞。[注]與—同。
(四)通瑕。[史記六國表]魏王—。[列女傳作瑕]。

【假】居迓切音價禡韻

(一)以物貸人也。亦作下。見[集韻]。
(二)易也。見[廣韻]。
(三)休告也。[歐陽修題跋]言旬休、皆休—也。[今云請—、給—、義本此]。
(四)國名。[莊子山木]子獨不聞—人之亡與。

（五）通嘉。善也。〔禮記中庸〕詩曰。嘉樂君子。〔釋文〕嘉戶嫁反詩本作—。音同皇音加善也。
（六）通駕。〔淮南主術〕—與馬者。足不勞而至千里。〔注〕—、或作駕。

【假】各額切音格陌韻
通格。至也。〔易萃〕王—有廟。

【偈】巨列切音傑屑韻
（一）武貌。見〔集韻〕。
（二）健也。見〔廣雅釋詁〕。
（三）疾也。見〔集韻引廣雅〕。
（四）—用力貌。〔莊子天道〕又何——乎。
（五）郅—竿也。〔文選揚雄賦〕夫何旟旐郅—之旖旎也。
（六）通褐、猲。〔公羊襄二十四年經〕仲孫—。〔釋文〕—本又作褐。亦作猲。同。

【偈】其例切音揭霽韻
（一）通憩。息也。〔文選揚雄賦〕度三巒兮—棠梨。
（二）釋家詩詞也。五字七字爲一句。多以四句爲一—。惠忠禪師有安心—。臥輪禪師有臥輪—。見〔傳燈錄〕。

【偈】奇熱切音揭屑韻
疾驅也。〔詩匪風〕匪車—兮。〔傳〕——疾驅。

【偉】羽鬼切音韙尾韻　于貴切音胃未韻
（一）奇也。見〔說文〕。〔注〕人才傀—也。〔俗稱—人義本此〕。
（二）美也。〔莊子大宗師〕—哉夫造物者。
（三）盛也。〔史記荊燕世家〕不爲—乎。
（四）大也。〔文選漢武帝詔〕猗歟—歟。〔注引如淳〕—、大也。
（五）異也。〔文選張衡賦〕—關睢之戒女。
（六）姓也。漢光祿勳—璋。

【偊】王矩切音羽麌韻
（一）——。行貌。見〔集韻〕。
（二）通踽。〔列子力命〕——而步。〔釋文〕—、本作踽。
（三）—旅。曲躬貌。〔漢書東方朔傳〕行步—旅。

【偌】人夜切惹去聲禡韻
（一）猶言如此也。〔元人曲〕—大個宅堂。
（二）姓也。見〔玉篇〕。

【偎】烏回切音煨灰韻
（一）愛也。〔列子黃帝〕不—不愛。〔注〕不—不愛。謂或隱或見。字林云。—、仿佛見不審也。
（二）昵近也。見〔洪武正韻〕。
（三）國名。見〔廣韻〕。〔按玉篇云。北海之隈有國曰—人。山海經海內經云。北海之隅有國名曰朝鮮。天毒。其人水居。—人愛人。注。—亦愛也。據此則訓國名誤也〕。

【倱】胡昆切音魂　吾昆切音顐元韻
（一）姓也。見〔說文〕。
（二）女字。見〔廣韻〕。

【㑋】其虐切音噱藥韻
（一）徼—受屈也。見〔說文〕。〔按—、或作谻。文選司馬相如賦曰。徼谻受詘。郭璞云。谻、疲極也〕。
（二）須臾也。見〔廣韻〕。
（三）倦也。見〔廣韻〕。

【㑋】竭戟切音劇陌韻
（一）勞也。見〔廣雅釋詁〕。
（二）極也。見〔廣雅釋詁〕。
（三）大笑也。見〔廣韻〕。

【偏】紕延切音篇先韻
（一）頗也。見〔說文〕。〔段注〕頗、頭—也。引伸爲凡—之稱。
（二）半也。〔左閔二年傳〕衣身之—。
（三）佐也。〔左襄三十年傳〕司馬令尹之—。
（四）邊也。〔列子楊朱〕雖殊方—國。
（五）遠也。見〔後漢東夷傳注〕。
（六）枯也。〔荀子非相〕禹跳湯—。〔註〕湯半體枯。
（七）屬也。〔左襄三年傳〕舉其—不爲黨。
（八）不盡也。〔左成十五年傳〕桓氏雖亡。必—。
（九）謂倦略也。不周備也。〔禮記樂記〕禮粗則—矣。
（十）謂出於意外也。〔劉方平詩〕今夜—知春氣暖。
（十一）不正曰—。〔鬼谷子決〕終無惑—。
（十二）不平曰—。〔書洪範〕無—無陂。
（十三）中之兩旁曰—。〔左隱十一年傳〕奉許叔以居許東—。
（十四）五十人曰—。〔左宣十四年傳〕卒—之兩。

(十五)車戰二十五乘爲—[左桓五年傳]先—後伍。(十六)車九乘爲小—十五乘爲大—。[左成七年傳]舍—兩之一焉。(十七)—匸。謂闕一也。[荀子禮論]三者—亡。焉無安人。(十八)—舟。猶特舟也見[後漢隗囂傳注]。(十九)姓也。漢—呂。(二十)通翩[詩桑扈]旟旐有—。[釋文]—本亦作翩。(廿一)通諞[莊子人間世]巧言—辭。[釋文]—本作諞。

【偒】他朗切音倘養韻 (一)直也見[玉篇]。(二)長貌見[廣韻]。(三)通蕩[法言淵騫]魯仲連—而不制。閻相如制而不—。[注]—古蕩字。

【偓】乙角切音握覺韻 (一)—佺。古仙人名也見[說文]。(二)—促。拘貌見[玉篇]。(三)姓也見[廣韻]。

【偕】居諧切音皆佳韻 (一)彊也。一曰俱也見[說文]。(二)偏也[左襄二年傳]降爾孫—。(三)適合也[曹植賦]金石—而齊響。(四)同也[管子版法]—度量。(五)竝處也。[孟子公孫丑]故由由然與之—、[朱注]—竝處也。[按列女傳作油油然與之處]。(六)通晢。[詩無衣]與子—行。[漢書地理志]作晢。

【偛】測入切音届緝韻莊輒切音庿葉韻測洽切音臿側洽切音眨洽韻 (一)—傷。小人見[玉篇]。(二)—佩。鬼黠也見[玉篇]。(三)皮皺見[集韻]。

【停】唐丁切音廷青韻 (一)止也見[說文新附]。(二)定也[釋名釋言語]—定也。定於所在也。(三)滯也[梁書武帝紀]及主者淹—。不時施行者。(四)息也[晉書鄧攸傳]攸乃小—。夜中發去。(五)留也。[世說]婦便捉裾—之。(六)—僮。翳貌也。[文選謝靈運賦]—僮葱翠。(七)—。樸遬不長也。[關尹子八籌]—草木俄茁茁俄—。(八)—水。水不流也。[左隱三年傳注]潢汙—水。[疏]謂水不流也。(九)調—。排解也。[劉克莊詩]暮年小范要調—。(十)居—。寄寓之所也。[宋史丁謂傳]居—主人勿復言。(十一)通亭。[文選謝靈運詩]止監流歸—。[李注引蒼頡]—與亭古字通。

【偝】蒲昧切音佩隊韻 (一)棄也。[禮記坊記]利祿先死者而後生者。則民不—。(二)通背、倍。[荀子非相]卿則不若。—則謾之。[或作背亦作倍]。

【偞】弋涉切音葉葉韻 (一)輕也見[集韻]。(二)美容貌見[集韻]。(三)通倲。卑也見[正字通]。

【偟】胡光切音黃陽韻 (一)傍—。猶躊躇也。[史記荊軻傳]傍—不能去。(二)通遑。暇也。[法言君子]忠臣孝子。—乎不—。[註]言忠孝之人。不暇問仙人無益之事也。

【偠】伊鳥切音杳篠韻 (一)—[illegible]貌見[集韻]。(二)—紹。多容姿也。[文選張衡賦]—紹便娟。

【健】渠建切乾去聲願韻 (一)伉也見[說文]。(二)彊也[國策秦策]使者多—。[世說]稱—將。—士義本此。(三)建也。能有所建爲也見[釋名釋言語]。(四)驕也見[韓詩外傳]。(五)貪也見[荀子哀公]。(六)猶善也。如云—忘、—啖、—鬬之類。(七)—兒。兵士之稱。唐天寶十四載。京師召募十萬。號天寶—兒。(八)官—。州兵給衣糧者。[唐書德宗紀]官—虛費衣糧無所事。(九)姓也。宋遺民—武。邯鄲人。

【偩】扶缶切音阜有韻 (一)猶依象也。[禮記樂記]禮樂—天地之情。(二)同負。恃也。[淮南詮言]自—而辭助。[注]自—、自恃也。

【偪】鄙力切音逼職韻 (一)同逼。侵迫也。[禮記雜記]君子上不僭上。下不—下。

● 腹滿曰—。見〔方言〕。

● 行縢也。〔禮記內則〕—屨著綦。〔注〕—、行縢也。〔按釋名云〕—所以自逼束。今謂之行縢。言以裹腳。可以跳騰輕便也。〕

〔偪〕 方六切音福屋韻

—陽。地名。〔左襄十年傳〕晉荀偃士匄請伐—陽。〔在今山東嶧縣境。〕

〔偫〕 丈理切音雉紙韻

(一) 待也。見〔說文〕。〔段注〕謂儲物以待用也。—、經典或作峙。或作庤。

(二) 具也。〔國語周語〕—而畚挶。

〔傯〕 祖動切音總董韻作弄切音糉送韻

倥—。猶困苦也。〔楚辭思古〕愁倥—於山陸。〔又〕多事見〔廣韻〕。〔又〕不暇給也。見〔增韻〕。

〔偬〕 蘇叢切音怱東韻

志眾也。見〔集韻〕。

〔偭〕 彌兖切音緬銑韻 〔古通作面。〕

(一) 鄉也。見〔說文〕。〔段注〕鄉、今人所用之向字也。—訓鄉。亦訓背。此窮則變。變則通之理。

(二) 背也。〔離騷〕—規矩而改錯。

〔偰〕 先結切音屑屑韻

(一) 高辛氏之子。為堯司徒。殷之先也。見〔說文〕。〔段注〕經傳多作契。古亦假离為之。

(二) 姓也。元—列箎。本回鶻人。後居溧陽。兄弟五人俱登進士。又明—斯。吏部尚書。

〔偲〕 新茲切音司支韻

(一) 彊力也。見〔說文〕。

(二) 才也。〔詩盧令〕其人美且—。

(三) ——切責貌。〔論語子路〕切切——。〔馬注〕——、相切責之貌。〔釋文〕—本作愢。

〔側〕 札色切音汄職韻

(一) 旁也。見〔說文〕。〔段注〕不正曰仄。不中曰—。二義有別。而經傳多通用。

(二) 近也。〔儀禮公食大夫禮〕—其故處。

(三) 傾也。〔禮記曲禮〕毋—聽。

(四) 仄也。〔後漢光武帝紀〕日—乃罷。

(五) 度也。見〔廣雅釋詁〕。

(六) 偪也。見〔釋名釋姿容〕。

(七) 猶逹也。〔齊書孔覬傳〕不敢背—。

(八) 猶獨也。〔儀禮聘禮〕公—襲。

(九) 猶伏也。〔詩雲漢序〕—身脩行。

(十) 赤—。鏤名。〔史記平準書〕公卿鑄鍾官赤—。

(十一) 反—。叛叢也。〔後漢光武帝紀〕使反—子自安。〔又〕臥不正也。〔詩關雎〕輾轉反—。〔又〕背違灋度也。〔周禮匡人〕使無敢反—。

(十二) —匿。猶縮縮行遲貌。〔洪範五行傳〕朔而月見東方謂之—匿。

(十三) —注。冠名。見〔獨斷〕。

(十四) —生。荔支別名。見〔廣羣芳譜〕。

(十五) 通特。〔儀禮士冠禮〕—尊一甒醴。〔注〕特設一尊醴也。

(十六) 通惻。〔平輿令薛君碑〕—爾酸辛。

〔偵〕 癡貞切音檉庚韻

(一) 問也。見〔說文新附〕。〔按廣雅釋詁曰〕—、問也。又禮記緇衣。恆其德—。〔注〕亦訓—為問。

(二) 探伺也。〔後漢清河孝王傳〕內使御者—伺得失。〔按諜者曰游—。亦謂之間諜。今通稱—探。〕

(三) 通傳。〔鶡冠子王鈇〕傳諜足以相止。〔注〕傳、—伺。

〔偶〕 語口切音耦有韻

(一) 桐人也。見〔說文〕。〔段注〕木—之—。與二耜並耕之耦義迥別。凡言人耦、射耦、嘉耦、怨耦。皆取耦耕之意。而無取桐人之意也。今皆作—。則失古意矣。又俗言—然者。當是俄字之聲誤。〔按桐人即木—。字亦作寓。亦作禺。〕

(二) 雙數也。〔禮記郊特牲〕鼎俎奇而籩豆—。

(三) 合也。見〔爾雅釋詁〕。

(四) 諧也。〔列子力命〕多—。

(五) 配也。〔禮記曲禮〕—坐不辭。

(六) 儕輩也。〔漢書黥布傳〕率其曹—。亡之江中。

(七) 匹耦也。〔北史劉延明傳〕瑀有女始笄。始選良—。

(八) 遇也。〔釋名釋親屬〕—、遇也。二人相對遇也。

(九) 適然也。〔列子楊朱〕鄭國之治—耳。

(十) 猶周也。〔淮南說林〕聖人之—物也。

(十一) —語。互語也。〔史記秦始皇紀〕—語者棄市。

—視。對視也。〔荀子脩身〕—視而

先俶。
⑰姓也。明洪武中—桓以辟薦爲崇安縣從事。

【偷】他侯切透平聲尤韻〔按說文—作愉。〕
㊀薄也。〔左昭十六年傳〕不可—也。
㊁竊取也。〔管子形勢〕—得利而有害。—得樂而後有憂者。聖人不爲也。
㊂匹也。〔老子〕建德若—。
㊃佻也。見〔爾雅釋言〕
㊄苟且也。〔禮記表記〕安肆日—。
㊅苟避於事也。〔荀子修身〕—儒轉脫。
㊆天下之盜也。見〔淮南道應〕

【傻】以證切音韻孕徑

【偦】所滜切生上聲梗韻
㊀鈍也。見〔玉篇〕
㊁本作倖。送也。見〔集韻〕

【傚】莫後切音茂宥韻，直貌。見〔集韻〕

【偊】徇—。鄙吝也。見〔集韻〕

【偶】古瓦切音寡馬韻

【偡】倚—行貌。見〔集韻〕

【偡】丈減切音湛豏韻。—然。齊整貌。見〔集韻〕

【偢】七肖切音峭嘯韻。傻—。不仁。見〔集韻〕

【偣】衣炎切音淹鹽韻。同嬉。女志不淨也。見〔正字通〕

【偤】以周切音由尤韻。侍也。見〔字彙〕〔按從酋訓侍無義。諸韻書均不載—字。〕

【偯】隱豈切音扆尾韻。哭餘聲也。〔禮記閒傳〕大功之哭。三曲而—。〔注〕—、聲餘從容也。

【偂】則前切音煎先韻。子淺切音翦銑韻。進也。見〔篇海〕〔按玉篇有音無訓。正字通云同歬。〕

【偄】奴亂切音渜去聲翰韻。弱也。見〔說文〕〔段注〕此與儒、偄、二字。義略同而音形異。左傳音義曰。—、本又作㶱。弱也。

【偅】朱用切音踵宋韻。儱—。不遇貌。〔正字通〕儱—與儱

倒。東。龍鍾。隴踵。瀧種。均通。皆狀其潦

【偍】徒奚切音題齊韻。緩也。〔荀子修身〕難進曰—。〔注〕與提、媞、皆同。謂緩也。

【偑】口減切音槏豏韻。意不安也。見〔正韻〕

【偐】魚澗切音雁諫韻。同贗。僞物也。見〔集韻〕。〔正字通云。諺謂字僞物當作贗。本借雁。改作—。非。〕

【偑】方戎切音風東韻。地名。見〔集韻〕〔汎言地名。無考。〕

【偮】側立切音戢緝韻。人眾貌。見〔集韻〕

【偱】須倫切音旬眞韻。逃也。見〔正字通〕

【偳】多官切音端寒韻。㑥—。小也。見〔集韻〕

【偺】陟利切音智寘韻。會物也。〔方言〕牴—。會也。雍梁秦晉曰牴。凡會物謂之—。

【偰】他骨切音突月韻。傉—。不遜也。本作唐突。見〔篇海〕

【偖】寫與切音諝語韻。什長也。有才智之稱。見〔集韻〕

【偦】新於切音胥魚韻。疏也。通作稰。見〔集韻〕

【偧】陟加切音吒麻韻。張也。見〔篇海〕

【偨】闔各切音託藥韻。寄也。謂依止也。見〔集韻〕〔按說文有侂無侂。集韻謂侂、—與侂同。〕

【偨】叉宜切音差支韻。—池。參差也。〔文選司馬相如賦〕—池茈虒。〔按—池音義與差池同。〕

【偙】丁計切音帝他計切音替霽韻。—㒓。困劣貌。見〔集韻〕

【偟】渠營切音瓊庚韻。孤子貌。見〔篇海〕

【㑞】徐閏切音殉霰韻　同徇。見〔玉篇〕。

【侸】殊遇切音樹遇韻　立也。說文作侸。今作樹。見〔玉篇〕。〔按集韻云。或作尌、豎。〕

【傪】當何切音多歌韻　姓也。漢有—宗。見〔廣韻〕。〔按玉篇同儋。廣韻同傪。集韻同傪。通雅云。—乃傪之譌。王莽時。南山盜傪宗。或作傪、劖。正字通云。傪亦譌文也。〕

【偵】恩圭切燮韻　姓也。見〔玉篇〕。〔正字通云。僖字之譌。姓譜無—姓。〕

【偔】逆各切音咢藥韻　多也。見〔廣韻〕。〔按正字通云。愕字之譌。非。愕無多訓。而—則廣韻集韻類篇字彙皆訓多。正字通好掊擊。衍說肆意武斷。不足信。〕

【復】方六切音福屋韻　除也。史、—今年田租之半。今通作復。見〔字義總略〕。

【偭】音呿魚韻　餓—。癡貌。見〔篇海類編〕。

【倪】昔肆寘韻　相似也。見〔海篇〕。

【便】便本字。見〔說文〕。

【候】候本字。見〔說文〕。

【俢】俢本字。見〔說文〕。

【保】古保字。見〔說文〕。

【侯】古辟字。見〔玉篇〕。

【僘】古聯字。見〔集韻〕。

【侌】古陰字。見〔字彙補〕。

【偨】同俟。見〔玉篇〕。

【偘】同侃。見〔玉篇〕。

【僎】同僎。見〔集韻〕。

【偋】同併。見〔集韻〕。

【像】同瘯。〔字彙〕古無此字。見楊升庵集。義與瘯同。〔按正字通云。楊集本作瘯瘯。瘯瘯音義同。譌作—非。〕

【俊】夋或字。見〔說文〕。〔按集韻。傻亦或作—。〕

【倌】宦或字。見〔集韻〕。

【做】俗作字。見〔正字通〕。

【偀】俗英字。見〔正字通〕。

【偖】撦譌字。見〔正字通〕。

十畫

【傅】方遇切音付　符遇切音附　遇韻

❶相也。見〔說文〕。〔段注〕賈子曰。—、之德義。古假爲敷字。如禹敷土。亦作禹—土。是也。亦爲今之附近字。如凡言附箸是也。

❷貳也。〔詩崧高〕王命—御。〔箋〕—御者。貳王治事。謂冢宰也。〔疏〕副貳於王以治國事者。唯冢宰爲然。

❸戾也。〔詩卷阿〕亦—於天。

❹近也。〔考工記廬人〕而欲—人。

❺憑也。〔淮南兵略〕—堞而守。

❻著也。〔左僖十四年傳〕毛將安—。

❼就也。見〔廣雅釋詁〕。

❽官名。〔禮記文王世子〕立太—少—以養之。

❾著名籍給公家徭役也。〔漢書高帝紀〕蕭何發關中老弱未—者。悉詣軍。

❿—別。券書也。〔周禮小宰〕聽稱責以—別。〔注〕鄭司農云。稱責。謂貸予。—別。謂券書。聽訟責者以券書決之。—、著於文書。別、別爲兩。兩家各得一也。—別。故書作—辨。鄭大夫讀爲符別。杜子春讀爲—別。

⓫草名。〔爾雅釋草〕—。橫目。〔疏〕一名橫木草。蔓延生。郭云。一名結縷。俗謂之鼓箏草是也。

傅草圖

⓬蟲名。〔爾雅釋蟲〕—。負版。

⓭通附。曲意黨同曰—會。

⓮通傳。〔莊子天運〕魚—沫。〔釋文〕—。本作傳。

⓯通甫。〔左莊十四年傳〕—瑕。〔史記鄭世家〕作甫瑕。

⓰姓也。本自—說。出—巖。因以爲氏。出北地、清河二望。

【傅】芳無切音敷虞韻　通敷。陳也。〔漢書文帝紀〕—內以言。〔注〕—讀曰敷陳其言而納用之。

【傆】虞怨切音願願韻
❶黠也。見〔說文〕。
❷謹愿也。見〔正字通〕。

【傍】蒲光切音螃陽韻
❶近也。見〔說文〕。〔段注〕古多叚竝爲之。亦叚旁爲之。
❷側也。見〔廣韻〕。
❸謂左右也。〔禮記中庸注〕想思其—僾之貌。
❹字畫之左右曰偏—。〔蘇軾詩〕强尋點畫推偏—。
❺姓也。唐北地光豪—企本。

【傍】蒲橫切音繫庚韻
—然不得已也。〔詩北山〕王事—。

【傍】蒲庚切音棚庚韻
車聲也。通作彭。見〔集韻〕。

【傍】補朗切音綁養韻
—左右也。〔賈子保傅〕仁者養之。孝者强之。四聖—之。

【傍】蒲浪切音螃漾韻
❶近也。或作並。傍。見〔集韻〕。
❷依—。猶云倚賴也。今俗諺猶有依—之言。
❸豖—。在輚外輓牛也。〔周禮牛人〕其其兵車之牛與其豖—。〔注〕人御之。居其前曰豖。居其旁曰—。

【傀】姑回切音瑰徒回切音穨灰韻古委切音軌紙韻
❶偉也。見〔說文〕。
❷大貌也。〔荀子性惡〕—然獨立天地之間而不畏。
❸猶怪也。〔周禮大司樂〕大—異烖去樂。
❹盛也。見〔廣雅釋詁〕。
❺美也。見〔一切經音義引廣雅〕。

【傀】呼乖切音虺灰韻
大悟解之貌。〔莊子列禦寇〕達生之情者—。

【傀】苦猥切魁上聲賄韻
—儡。偶木戲也。〔通鑑〕段綸奏徵巧匠楊思齊造—儡。

【傁】蘇后切音叟有韻
❶老也。〔左宣十二年傳〕趙—在後。怒之使下。〔按說文本作叜。籀文作容。或體作傁。隸變作叟。故傁亦作—。凡从叜之字皆做此。〕
❷人名。齊大夫公孫—。

【傃】蘇故切音素遇韻
❶向也。〔文選顏延之誄文〕—幽告終。懷和長畢。
❷經也。見〔廣雅釋言〕。
❸循其常分曰—。見〔字彙〕。〔按正字通作素。並云舊注改作—非。〕

【傎】多年切音顛先韻
❶倒也。〔穀梁傳二十八年傳〕以爲晉文公之行事爲已—矣。
❷通顛。〔詩賓之初筵箋〕無使—仆。〔釋文〕—、本作顛。
❸同顚。殞也。見〔玉篇〕。

【㑳】側救韻音縐宥韻
❶娵也。或作傻。通作媰。見〔集韻〕。
❷任身儲作曰—。見〔焦竑俗用雜字〕。

【㑳】莊俱切音芻虞韻
偭—。小人貌。見〔集韻〕。

【傌】莫駕切音罵禡韻
❶齊大夫名。見〔玉篇〕。
❷通罵。〔漢書賈誼傳〕而今與衆庶同黥劓髡刖笞—棄市之法。

【傒】弦雞切音奚齊韻
❶危也。見〔廣雅釋詁〕。
❷人名。齊卿高—。見〔左傳〕。
❸東北夷名。見〔廣韻〕。
❹—音。猶言土音也。〔南史胡諧之傳〕以諧之家語—音不正。
❺通奚。〔孟子〕百里奚。〔史記秦紀〕作—。
❻同繫。〔淮南本經〕—人之子女。〔注〕—、繫囚之繫讀若雞。

【傒】戶禮切音謑薺韻
待也。本作徯。見〔玉篇〕。〔按集韻以爲傒或字〕

【傔】詰念切音歉豔韻
❶從也。見〔說文新附〕。〔按唐書封常清傳奏—從三十人。正字通云。即今之承差也。〕
❷足也。〔呂覽知士〕苟可以—劑貌辨者。

【傕】訖岳切音角覺韻
❶姓也。見〔玉篇〕。
❷人名。後漢李—。

【傑】巨列切音桀屑韻

(一)傲也。見〔說文〕。〔按此從大徐本。繫傳作埶也。才過萬人也。集韻類篇同大徐。韻會同小徐。桂馥曰。｜埶義相近。段玉裁曰。以疊韻爲訓。埶本種埶字。引伸爲勢力字。｜者、言其勢｜然也。錢坫曰。當作勢。亦非傲字。勢與勢字形相近。因之又譌於埶耳。此篆｜字。淮南泰族云。十人者謂之｜。春秋繁露爵國云。千人百人者曰｜。國策齊策注云。千人曰｜。白虎通聖人云。萬人曰｜。荀子非相注云。倍萬人曰｜。諸說紛歧。要皆狀才智出眾衆人耳。〕

(二)秀出也。〔詩載芟〕有厭其｜。〔傳〕｜苗之先長者。

(三)特立也。〔詩伯兮〕邦之｜兮。

(四)賤爵祿不襮上者爲｜。見〔韓非子詭使〕。

【儐】　敕六切音畜屋韻

(一)｜佩。不申也。見〔集韻〕。

(二)同畜。〔古三墳歸藏易注〕聖人以教養六｜。

【傘】　穌旱切音散旱韻

(一)同繖。蓋也。亦作繖。禦雨蔽日。可以卷舒者。〔魏書裴延儁傳〕持白｜白旛。

(二)地名。〔遼史太宗紀〕駐蹕於｜淀。

【備】　平秘切音避寘韻

(一)愼也。見〔說文〕。〔按｜本作備。說文用部。曰。𤰈具也。即今之備字。自備行而𤰈廢。人知備訓具。鮮知其古義訓愼矣。〕

(二)具也。〔國語吳語〕｜刑戮以辱其不屬者。

(三)成也。〔周禮大司寇〕凡樂則告｜。

(四)預早爲之也。見〔華嚴經音義〕。

(五)盡也。〔禮記月令〕農事｜收。

(六)究也。見〔廣雅釋詁〕。

(七)豐足也。〔荀子禮論〕故雖｜家。必踰日然後能殯。

(八)猶用也。〔淮南脩務〕遂爲天下｜。

(九)猶副也。〔左哀十五年傳〕寡君使蓋｜使。

(十)猶調度也。〔漢書終軍傳〕當先具其｜。

(十一)搔也。〔周禮冥氏〕則獻其皮革齒須｜。〔司農注〕｜、搔也。搔音爪。

(十二)後垣也。〔淮南齊俗〕抽簨踰｜之姦。

(十三)長兵曰｜。〔左昭二十一年傳〕齊致死莫如去｜。〔今兵制有常｜、豫｜、後｜。爲｜、徽調之意。〕

(十四)無所不順者之謂｜。見〔禮記祭統〕。

(十五)非戒不虞曰知｜。見〔大戴記小辨〕。

【傜】　蘇遭切音騷豪韻

驕也。見〔說文〕〔段注〕馬高六尺爲驕。借爲倨傲之偶。

【傚】　後教切音效效韻

(一)學｜也。見〔玉篇〕。

(二)效也。見〔廣韻〕。

(三)象也。見〔類篇〕。

(四)功也。見〔類篇〕。

(五)漸也。〔孝經〕則而｜之。

(六)通效。〔詩角弓〕民胥｜矣。〔按左昭六年傳引作民胥效矣〕。

(七)通詨。〔儀禮大射儀注〕可則致也。〔釋文〕詨本作｜。

【傛】　尹竦切音勇腫韻　徐封切音容冬韻

(一)不安也。一曰華也。見〔說文〕。〔段注〕不安與水波溶溶意義略同。皆動盪貌也。華上當本有｜字。｜華、婦官。

(二)｜｜。便習意。見〔集韻〕。

(三)｜華。漢婦官名。〔漢書外戚傳〕｜華視眞二千石。比大上造。〔按史記外戚世家及魏志后妃傳皆作容華。〕

【傜】　徐招切音姚蕭韻

(一)褻也。〔方言〕自山而西。凡物細大不純者謂之｜。〔按說文作𠍞〕。

(二)役也。見〔漢書蕭何傳集注〕。〔按｜、亦通作徭〕。

(三)同佻。緩也。謂不迫速也。見〔荀子王霸注〕。

(四)莫｜。夷名。〔隋書地理志〕長沙郡有莫傜蠻。名莫｜。自言其先祖有功。常免征役。故以爲名。

(五)姓也。漢更始將｜偉。

【傝】　他紺切䫲去聲勘韻

不自安也。見〔集韻〕。

【傝】　吐盍切音榻合韻

(一)｜𠎝。惡也。一曰不謹貌。見〔玉篇〕。

(二)｜𠎝。下材不肖之人。見〔廣韻〕。〔或作𨶑茸。俗作𦆡𦆡〕。

【[illegible]】　許旣切音戲未韻

怒｜也。見〔玉篇〕。

【傏】徒郎切音唐陽韻 —偿。不遜也。見〔廣韻〕。〔集韻云。通作唐、塘韻會云。或作盪。〕

【[illegible]】丑展切音搌銑韻 人形長貌。見〔集韻〕。

【[illegible]】渠凶切音筇冬韻 —倯。羸小可憎之名也。〔方言〕—倯。罵也。燕之北郊曰—倯。〔按—亦作傑。〕

【傓】式戰切音扇霰韻 熾盛也。詩曰。豔妻—方處。見〔說文〕。〔段注〕詩本作—。後人以訓熾之故。肊造煽字耳。古通作扇。

【傖】千剛切音倉陽韻 —囊。亂貌。見〔集韻〕。〔今作搶攘。〕

【傖】鋤庚切音棖庚韻 鄙賤之稱也。〔一切經音義引晉春秋〕吳人謂中州人為—人。又總謂江淮間雜楚為—人。〔或稱—父。〕

【傞】桑何切音娑歌韻 醉舞貌。詩曰屢舞——。見〔說文〕。〔段注〕詩小雅賓之初筵。屢舞——。傳曰——不止也。屢當作婁。

【傟】烏項切映上聲講韻 本作滃。滃傭。戾也。見〔集韻〕。

【[illegible]】節力切音積職韻 小也。見〔集韻〕。

【[illegible]】房越切音伐月韻 反義也。〔太玄斷〕勇侏之—。盜蒙決夬。〔注〕無道為侏。反義為—。無道反義。眾惡所歸。故宜決。〔正字通云。—亦臆造。不可從。同文鐸因字从人从尌。以—為伐字。誤也。〕

【[illegible]】竭戟切音劇陌韻 倦也。〔方言〕豫—。偞也。〔按偞與倦同。〕

【[illegible]】秦悉切音疾質韻 妎也。一曰毒也。見〔說文〕。〔段注〕妎者。妒也。離騷注。害賢曰嫉。害色曰妒。渾言則不別。古亦假疾。〔按說文—或體作嫉。〕

【傈】力質切音栗質韻 廟主。見〔字彙〕。〔按正字通云。古廟主木用栗。未有稱—為廟主者。篇海—本作栗。從信字彙注誤。〕

【傉】奴沃切音努入聲沃韻 三字姓。有庫—官氏。見〔北史〕。

【傉】女足切音媷角韻 愁悗也。見〔集韻〕。

【傊】羽敏切音磒軫韻 優也。見〔字彙〕。

【傐】乎老切音皓皓韻 北方地名。見〔篇海〕。〔按舊注云。今直隸真定府有鄗即高邑。陝中有鎬。滈㵆無—。篇海不知何據。〕

【偪】[illegible]密切音弼質韻 —池。豪渠。見〔樊宗師絳守園記〕。

【傂】丈尒切音豸紙韻 —傑。不齊也。見〔集韻〕。〔今作差池。〕

【傶】音戚錫韻 憂懼也。見〔海篇〕。

【傄】呼八切音瞎。荒刮切音聒黠韻 傄—。健貌。見〔廣韻〕。

【傄】許轄切音瞎黠韻 傄—。無憚也。〔韓愈聯句〕塡隍傄傄—。

【[illegible]】色窄切音索陌韻 倘—。惡也。見〔集韻〕。

【[illegible]】其季切音悸寘韻 左右兩視也。見〔說文〕。

【[illegible]】去偃切音繾上聲阮韻 僆—。行相及也。見〔集韻〕。

【傇】乳勇切音宂腫韻 眾也。見〔玉篇〕。〔正字通云。通作茸。別作𦀺、毦。〕

【傋】古項切音講。虎項切音項講韻 —傂。不媚也。見〔玉篇〕。〔集韻類篇作傂—。〕

【傋】許候切音詬。居候切音構宥韻 同怐。無知也。〔荀子儒效〕愚陋—瞀。

【[illegible]】侳本字。見〔說文〕。

【[illegible]】侵本字。見〔說文〕。

【[illegible]】古保字。見〔集韻〕。〔按說文保之古文作保。〕

【[illegible]】古寶字見〔集韻〕。

【[illegible]】侖籀文見〔字彙補〕。

【俁】同酩大醉也見〔集韻〕。

【[illegible]】同態〔說文〕態或从人作—。

【[illegible]】同倓。〔說文〕倓或从剡作—。

【[illegible]】同俁見〔正字通〕。〔按經典釋文引詩邶風碩人俁俁作——。楊愼字說以從俁爲正。〕

【[illegible]】同衖見〔篇海類編〕。

【[illegible]】同官見〔集韻〕。

【[illegible]】同並見〔篇海類編〕。

【[illegible]】同壽見〔海篇〕。

【[illegible]】同倍。見〔字彙補〕。

【[illegible]】同佝佝。見〔正字通〕。

【[illegible]】俗[illegible]字。見〔正字通〕。

十一畫

【傪】倉含切音驂覃韻

㊀好貌。見〔說文〕。

㊁人名。唐陸—。

【催】倉回切音崔灰韻

㊀相擣也。見〔說文〕〔段注〕猶相迫也。

㊁通摧。〔詩北門〕室人交徧摧我。〔說文〕引作—。〔按—爲本字摧爲假借〕

㊂—眠術。日本譯英語之Hypnotism爲—眠術。近世發明之一種異術。初使人視某物。因集注其意識於一點。少選卽瞑。隨施術者而爲言動矣。列子所傳化人易人之慮。亦此類也。

㊃—馬。日本奈良世末之俗樂。乘馬而叫呼於市。故名。

【傭】癡凶切音蹱冬韻

㊀均也。直也。見〔說文〕〔段注〕玉篇、廣韻、皆曰均也直也。均之義有未盡。故更言直也。直謂無枉曲也。

㊁用也。〔荀子非相〕近世而不—。

【傭】餘封切音容冬韻

㊀役也。〔史記陳涉世家〕嘗與人—耕。

㊁通庸。〔漢書高惠高后文功臣表〕咸作庸保之中。〔注〕庸、賃功庸也。〔按庸卽—〕

【傮】臧曹切音遭豪韻、字秋切音酋尤韻

㊀終也。見〔說文〕。〔按—本作傮。古通用遭〕

㊁—然。盡人力貌。〔荀子富國〕—然要時務民。

㊂通遭。周也。〔方言〕—周曰一—。〔—、俗亦作遭〕

【傰】蒲登切音朋蒸韻

㊀猶曹也。〔管子幼官〕練之以散羣—署。〔—卽朋字〕

㊁姓也。〔詳倗字〕

【[illegible]】逋鄧切崩去聲徑韻

人名。〔漢書王子侯表〕成煬侯—。

【傲】牛到切敖去聲號韻

㊀倨也。見〔說文〕〔段注〕古多假敖爲—。女部又出嫯字。侮傷也。

㊁輕也。〔呂覽士容〕—小物而志屬於八。

㊂妄也。見〔廣雅釋言〕。

㊃戲謔也。〔荀子勸學〕故未可與言而言謂之—。

㊄喧噪也。〔荀子勸學〕不問而告謂之—。

㊅不悌也。〔賈子道術〕反悌爲—。

㊆不自戒也。〔賈子道術〕反戒爲—。

㊇擇斥高大之貌。〔莊子天下〕圖—乎救世之士哉。

㊈—睨。寬縱不正之貌。〔文選郭璞江賦〕冰夷倚浪以—睨。

㊉通奡。〔書益稷〕無若丹朱—。說文引作奡。

【傳】重緣切音椽先韻

㊀授也。〔呂覽不屈〕願得—國。

㊁禪讓也。〔國策秦策〕欲—商君。

㊂繼也。〔漢書竇嬰傳〕父子相—。漢之約也。

㊃布也。〔唐書楊敬之傳〕士林一時—布。〔今世所謂—敎。亦布也〕

㊄送也。〔呂覽上德〕—鉅子於田襄子。

㊅執也。〔孟子萬章〕庶人不—質爲臣。

㊆述也。〔禮記祭統〕—著於鐘鼎也。〔釋文〕—、謂—述。

㊇猶說也。〔禮記樂記〕有司失其—也。

㊈至也。〔呂覽順民〕人事之—也。

㊉及也。延也。〔陳書徐伯陽傳〕盛—於世。〔今所云—染。亦及也。延

也。〕

(十一)存也。〔宋書樂志〕芳風永—。

(十二)頤也。〔封禪文〕百姓稱—。

(十三)移也。〔禮記內則〕父母舅姑之衣衾簟席枕几不—。

(十四)逮捕也。〔漢書劉屈氂傳〕以姦—朱安世。

(十五)—言猶出言也。〔儀禮士相見禮〕妥而後—言。

(十六)—家謂家事—子孫也。見〔後漢鄭玄傳註〕。

(十七)召之使來曰—。如云—見、—到、之類。

(十八)屈轉引伸之稱曰—。如云—注、流—之類。

【傳】株戀切專去聲線韻

(一)遽也。見〔說文〕。〔段注〕辵部曰。遽。—也。與此爲互訓。此二篆之本義也。周禮行夫掌邦國—遽。注云。—遽若今時乘—騎驛而使者也。漢有置—、馳—、乘—之不同。

(二)驛舍也。〔後漢范滂傳〕縛理亭—。

(三)符信也。〔後漢陳蕃傳〕投—而去。

(四)次也。〔史記秦始皇紀〕推始終五德之—。

(五)—舍客館也。見〔後漢光武帝紀注〕。

【傳】柱戀切音篆霰韻

(一)賢人之書曰—。又紀載事迹以傳於世、亦曰—。諸史列—是也。

(二)紲也。〔孟子滕文公〕以—食於諸侯。

(三)信也。見〔後漢書文帝紀集注引張晏〕。

(四)致驗也。〔史記酷吏傳〕—爰書。

(五)訓詁也。〔公羊定元年傳〕主人習其讀而問其—。

【傴】委羽切於上聲麌韻〔俗讀若偶。誤。〕

(一)僂也。見〔說文〕。〔段注〕問喪注曰。—、背曲也。通俗文。曲脊謂之—僂。引伸爲鞠躬恭敬之意。

(二)通煦。—拊。謂憐愛之也。〔莊子人間世〕以下—拊人之民。

【債】側賣切齋去聲卦韻

(一)負也。見〔說文新附〕。〔按漢書鼂錯傳〕賣田宅鬻子孫以償—。即此義。今通用於貸借關係之雙方。貸與者、曰—權者。承借者、曰—務者。〕

(二)通責。〔漢書高帝紀〕歲竟。兩家常折券棄責。〔讀如—。〕

【僑】徐招切音姚蕭韻

(一)喜也。見〔說文〕。〔段注〕王風君子陶陶。傳曰。陶陶、和樂貌也。陶陶、即—之假借也。凡言遙遙、欲欲、皆疊字。則知可作——矣。

(二)自關以西。物大小不同謂之—。見〔說文〕。〔按方言作僑。僑、長也。自山而西、凡物細大不純者謂之注。僑、言俄僑也。〕

(三)以彼比此也。見〔說文長箋〕。〔方俗以彼比此曰—。轉用耀。又彼此誑惑曰兩邊—。〕

【傷】式羊切音商陽韻

(一)創也。見〔說文〕。〔段注〕刃部曰。刅。傷也。二字爲轉注。山海經謂木束爲—。〔創即刅之或體。〕

(二)害也。〔國策秦策〕楚魏爲一國。恐—矣。

(三)病也。〔國語晉語〕枯且有—。

(四)敗也。〔呂覽順民〕不足以—吳。

(五)譖也。〔呂覽察微〕—之於昭公。

(六)思也。〔詩卷耳〕維以不永—。

(七)憂也。見〔廣雅釋詁〕。

(八)悼也。〔法言孝至〕故習治則—始亂也。

(九)痛也。見〔廣雅釋詁〕。

(十)愍也。〔國策秦策〕天下莫不—。

(十一)箴也。見〔廣雅釋詁〕。

(十二)觸冒也。〔素問刺志論〕氣盛身寒。得之—寒。

(十三)毀損也。〔書說命〕若跣弗視地。厥足用—。

(十四)戕害也。〔左傳二十二年傳〕君子不重—。

(十五)未家短折曰—。見〔諡法〕。

(十六)牛—。猶言牛棘也。〔山海經中山經〕大苦之山。有草焉。其狀如榆。方莖而蒼。其名曰牛—。其根蒼文。

(十七)通瘍。〔左襄十七年傳〕以杖抉其—。〔釋文〕—、本作瘍。

(十八)通惕。〔爾雅釋詁〕悠—。憂思也。〔釋文〕—、字書作惕。

(十九)姓也。—省。宋人。

【傺】敕厲切音滯霽韻

(一)住也。〔楚辭九辯〕然欿—而沈藏。〔注〕楚人名住曰—。

(二)侘—。失志貌。〔離騷〕忳鬱邑余侘—兮。

遚也。見〔廣雅釋詁〕。

【傻】數瓦切沙上聲又音灑馬韻

輕慧貌。見〔集韻〕。

(二)—俏不仁也。見〔韻會〕。

【傸】楚兩切音爽養韻

惡也。見〔集韻〕。

【傽】諸良切音章陽韻

(一)夫之兄曰兄嫜。嫜或作—。見〔集韻〕。

—惶。驚恐貌。〔楚辭九思〕遽—偟兮驅林澤。〔通作慞〕。

【傪】倉三切音參覃韻

好貌。見〔說文〕。〔段注〕未見其證。方言曰、—憯也。憯、惡也。此假—為慘也。

(二)人名。陸—。唐人。

【傾】窺縈切音卿庚韻

仄也。見〔說文〕。〔段注〕仄部曰。仄。—、也。二字互訓。古多用頃為之。又按仄當作夨。夨下曰。傾頭也。引伸謂凡夨皆曰—。夨、與仄義小異。

攲也。〔淮南原道〕持盈而不—。

危也。〔荀子儒效〕齊一天下而莫能—。

(四)競也。〔文選鮑照賦〕各相—奪。

(五)傷也。〔國語吳語〕體有所—。

(六)邪也。〔淮南說山〕重鈞則衡不—。

(七)側也。〔漢書王褒傳〕—耳而聽。

(八)高也。〔淮南天文〕天—西北。

(九)欽服也。〔漢書司馬相如傳〕一坐盡—。

(十)猶寫也。〔陳與義詩〕夜闌酒盡意難—。

(十一)猶下也。〔淮南原道〕使地東南—。

(十二)猶盡也。〔文選孫楚詩〕—城遠追送。

(十三)猶斜也。〔陸游詩〕起視離離斗杓—。

(十四)—宮。謂宮滿一頃也。〔淮南墬形〕—宮旋室。

(十五)—蓋。謂駐車交蓋也。見〔後漢朱穆傳注〕。

(十六)西—。山名。〔書禹貢〕西—因桓是來。〔讀史方輿紀要〕云。西—山在洮州衛西南二百五十里。按洮州衛、卽今甘肅臨潭縣。

(十七)通頃。敧也。〔詩卷耳〕不盈頃筐。〔釋文〕頃音—。韓詩云頃筐、欹筐也。

【傿】於建切音匽願韻隱㦤切音偃阮韻

(一)引為賈也。見〔說文〕。〔段注〕引、猶張大之。賈今之價字。引為賈所謂豫價也。

(二)同鄢。縣名。〔漢書地理志〕—屬陳留郡。〔注〕—、同鄢。〔在今河南柘城縣〕。

(三)國名。〔路史國名記〕高陽氏後—。郾姓。今襄之宜城。楚之鄢都。一曰鄀。〔在今湖北宜城縣〕。

【傿】於虔切音焉先韻

姓也。見〔集韻〕。

【僺】士絞切巢上聲巧韻

(一)—。長貌。見〔集韻〕。

(二)小也。〔柳宗元梓人傳〕儲—字而處焉。

【傐】陟革切音摘陌韻

(一)無憚也。見〔集韻〕。

(二)—索。惡也。見〔集韻〕。

【倆】展賈切音鮓馬韻

偒—。行貌。見〔集韻〕。

【僁】先結切音屑屑韻息七切音悉質韻

(一)聲也。見〔說文〕。

(二)—。呻吟也。見〔玉篇〕。

【僂】隴主切音縷麌韻龍遇切音慮遇韻郎侯切音樓尤韻

(一)尪也。周公韤—。或言背—。見〔說文〕。

(二)曲也。見〔廣雅釋詁〕。

(三)屈也。〔荀子儒效〕雖有聖人之知。未能—指也。

(四)疾也。〔公羊莊二十四年傳〕夫人不—。不可使入。〔注〕—、疾也。齊人語。

(五)蓋也。〔呂覽節喪〕—翣以督之。

(六)聚—。器名也。〔莊子達生〕聚—之中則為之。〔注〕曲而可以聚物曰聚—。棺槨之類是也。

(七)—佝。短醜貌。見〔集韻〕。

(八)—句。地名。〔左昭二十五年傳〕臧昭伯如晉。臧會竊其寶龜—句。〔注〕—句。龜所出地名。

(九)—傴、俯、皆恭敬之貌。見〔史記孔子世家集解引服虔〕。

(十)姓也。齊勇士—堙。

【僄】撫昭切音飄蕭韻匹妙切音剽嘯韻

(一)輕也。見〔說文〕。〔段注〕方言曰。佻、

｜、輕也。楚凡相輕薄謂之佩。或謂之｜也。古或假剽爲之。｜亦作嫖。[illegible]嫖姚是也。

㊁疾也。見〔漢書谷永傳注〕。

㊂｜狡。獸之輕捷者。見〔後漢班彪傳注〕〔又〕勇捷也。見〔後漢馬融傳注〕。

【僅】渠吝切音覲震韻

㊀材能也。見〔說文〕〔段注〕材、今俗用之纔字也。三倉及漢書作纔。鄭注禮記、周禮、賈逵注國語、東觀漢記、及諸史。並作裁。許書水部、雨部、叀部、作財。此作材。材能、言｜能也。

㊁猶劣也。〔國語周語〕余一人｜亦守府。

㊂庶幾也。〔杜甫詩〕山城｜百層。

㊃猶近也。〔元稹文〕封章諫草。緐委箱笥。｜盈百軸。

㊄通菫。少也。〔漢書地理志〕豫章出黃金。然菫菫。〔注〕菫菫。少也。菫讀曰｜。〔又通作厪〕。

【僆】力健切音[illegible]霰韻陵延切音連先韻

㊀｜佐。行相及也。見〔集韻〕。

㊁雞雞也。〔爾雅釋畜〕未成雞｜。〔注〕今江東呼雞少者曰｜。

【僆】力展切音輦銑韻

雙生子也。〔方言〕秦晉之間。謂之｜子。

【個】五矩切御上聲麌韻〔或作偊〕。

㊀｜｜。勇而無禮之貌。〔太玄遇〕｜｜兇人遇雨。

㊁同俁。大也。見〔集韻〕。

【僇】盧谷切音六屋韻

㊀辱也。〔史記楚世家〕｜越大夫常壽過。

㊁同戮。〔荀子非相〕爲天下大｜。

【僇】力救切音霤宥韻

癡行｜｜也。一曰且也。見〔說文〕。〔桂注〕、｜通作戮。釋詁。戮病也。[illegible]謂癡亦病也。一曰且也者。｜通作聊。廣雅。聊且也。〔段注〕｜卽今所用聊字。聊者耳鳴。｜其正字。聊其假借字也。

【僈】莫晏切音慢諫韻

㊀舒綏也。〔荀子不苟〕君子寬而不｜。

㊁輕也。〔荀子非十二子〕上功用大儉約而｜差等。

㊂通漫。〔荀子榮辱〕汚｜突盜。常危之術也。〔注〕、｜當爲漫。水冒物謂之漫。

【偋】皮命切音病敬韻

㊀僻窶也。見〔說文〕。〔段注〕窶者、無禮之居也。

㊁隱僻也。無人處。見〔廣韻〕。

【偋】必郢切音併梗韻

㊀｜俸。俸密貌。見〔集韻〕。

㊁通屏。卻也。〔荀子榮辱〕恭儉者｜五兵也。〔注〕、｜當爲屏。卻也。

【僉】千廉切音籤鹽韻

㊀皆也。見〔說文亼部〕。

㊁衆也。〔楚辭天問〕｜答何憂。

㊂多也。見〔廣雅釋詁〕。

㊃劇也。見〔方言〕。

㊄同也。見〔小爾雅廣言〕。

㊅所以打穀者。〔方言〕｜。宋魏之閒謂之欇殳。〔注〕｜。今連架。所以打穀者。

㊆自關而西。秦晉之閒。凡人語而過。謂之過。或曰｜。見〔方言〕。

㊇｜壬。小人也。〔按小人之稱。本作憸。通作｜〕。

【[illegible]】……被沃韻

㊀邑名。見〔玉篇〕。

㊁姓也。見〔玉篇〕。

【傶】倉歷切音戚錫韻

近也。見〔集韻〕。

【僋】他紺切音撢郎紺切音纜勘韻

㊀伸貌。見〔廣韻〕。

㊁｜俕。老無宜適也。見〔玉篇〕。

㊂｜俕。不淨。見〔廣韻〕。

㊃｜俕。癡貌。見〔集韻〕。

【僋】他含切音貪覃韻

癡謂之｜傪。見〔集韻〕。

【僋】他感切音襑感韻

無檢也。見〔集韻〕。

【僊】同連切音鮮先韻

㊀長生｜去。見〔說文〕〔段注〕｜去、疑當爲䙴去。䙴、升高也。長生者䙴去。故从人䙴。會意。〔按漢末字體不一。漢碑或从䙴。或从山。漢郊祀志。｜人羡門。師古曰。古以｜爲仙。釋類曰。仙、今｜字。蓋仙行而｜廢矣〕。

(二)輕順貌。〔管子宙合〕適善備也。—也。

(三)——。舞貌。〔詩賓之初筵〕屢舞——。〔又〕坐起之貌。〔莊子在宥〕——乎歸矣。

(四)—鼠。蝙蝠也。〔方言〕蝙蝠自關而東、或謂之—鼠。〔按閩本毛本爾雅注疏引方言作—。今本及方言皆作鼺。〕

【儆】余陵切音蠅蒸韻　理也。見〔集韻〕。

【僕】呼旰切音漢翰韻　姓也。見〔玉篇〕。

【僟】居代切音溉隊韻　假主也。見〔玉篇〕。

【僿】息維切音綏支韻　偏也。見〔玉篇〕。

【傛】臭八切麻入聲黠韻　—傑。健貌。見〔玉篇〕。

【㒞】簡勇切音竦腫韻　——。疾貌。〔文選揚雄賦〕風——而扶轄兮。〔注〕前進意。〔又〕走貌。〔漢書郊祀歌〕旌容容騎沓沓。

般——。

【儳】側巖切音占鹽韻　立待也。見〔篇海〕。

【僭】陟降切音惷絳韻　立貌。見〔篇海〕。

【僻】力御切音略藥韻　神名。見〔玉篇〕。

【儦】之奢切音遮麻韻　—傑。健而不德也。見〔玉篇〕。

【僚】毋彼切音美紙韻　無—也。見〔玉篇〕。

【傒】東基切音低齊韻　重貌。見〔字彙補〕。

【徼】余時切音移支韻　彰也。見〔字彙補〕。

【傫】倪弔切音顥嘯韻　倜—。癡貌。見〔集韻〕。

【偉】偉本字。見〔說文〕。

【𠌶】䔢本字。見〔說文〕。〔隸作華〕。俗作花。

【儀】古義字。白—。八駿之一。〔穆天子傳〕右驂赤驥而左白—。

【僡】古陟字。見〔玉篇〕。

【㑷】古衮字。見〔集韻〕。

【儌】同僨。〔荀子仲尼〕可吹而—也。〔注〕言其人可以氣吹之使仆。喻不足恃也。

【僥】同競。〔周禮鐘師注〕繁遏執—也。

【僟】同㒓。〔方言〕絓、挈、—、介、特也。楚曰—。

【傫】同儽。見〔集韻〕。

【傯】同傯。見〔集韻〕。

【備】同備。見〔集韻〕。

【僤】同蹕。見〔字彙〕。〔正字通〕云。从蹕為正。

【僝】同僝。見〔字彙〕。

【倅】同倅。見〔廣韻〕。

【僆】同傳。見〔正字通〕。

【儷】同儷。見〔集韻〕。

【儁】同㒩。見〔篇海〕。

【僆】同僆。見〔集韻〕。

【倲】同倲。見〔字彙補〕。

【僞】俗裹字。亦作儴。見〔正字通〕。

【僬】俗執字。見〔正字通〕。

【働】日本字。吾國人通讀之若動。訓解不一。政法書所見者。均為勤業勞力之義。經濟學稱勞—、為生產三要素之一。又自—車之—。即拆其字謂乘人自動之意也。

十二畫

【僎】雛免切音撰須兗切音選銑韻　士戀切音篆霰韻

(一)具也。見〔說文〕。〔段注〕具者、共置也。

(二)數也。見〔增韻〕。

(三)整也。見〔增韻〕。

(四)人名。〔論語憲問〕公叔文子之臣、大夫—。

(五)通詮。善也。〔論語先進〕異乎三子者之撰。〔釋文〕撰、鄭作—。讀曰詮。詮之言善也。

【僎】蹤倫切音嶟七倫切音逡俱倫切音麇眞韻

通遵。[禮記少儀]介爵、酢爵、—爵、皆居右。[注]古文禮—作遵。遵、謂鄉人爲卿大夫來觀禮者。—、或爲蹲。

【像】似兩切音象養韻

(一)似也。見[說文]。[按說文本作象也。此從段氏訂正本。集韻云。通作象。]

(二)隨也。[淮南覽冥]驕主而—其意。

(三)摹效也。[楚辭招魂]—設君室。

(四)法也。[家語觀思]見—而不强。[注]—、法也。見法而已。不以强從也。

(五)罔兩生人形貌也。[梁元帝啓]雲蒸之—。終傲髣髴。[今世肖—、遺—、通謂之—。]

【像】弋亮切音瀁漾韻

寫也。見[集韻]。

【僑】渠嬌切音橋蕭韻

(一)高也。見[說文][段注]—、與喬義略同。喬者高而曲也。自用爲寄寓字。而—之本義廢矣。

(二)—居。旅寓也。通作寄。今吾國人營業於國外者、通稱之曰華—。

(三)—置。假設也。六朝有—置郡縣。

(四)—蹝。動作也。[太玄玄告]天僪健而—蹝。

(五)姓也。見[正字通]。

【僪】舉矢切音矯筱韻

伕—。不伸。見[集韻]。

【僓】呼乖切音虺佳韻徒回切音頹灰韻吐猥切音腿戶賄切音瘣賄韻胡對切音潰隊韻

(一)嫺也。一曰長貌。見[說文][段注]嫺者雅也。廣韻曰。長好貌。

(二)順也。[莊子外物]—然而道盡。

【僔】祖本切尊上聲阮韻

(一)聚也。詩曰。—沓背憎。見[說文]。[段注]小雅十月之交。噂沓背憎。箋云。噂噂沓沓。相對談語。許於口部旣引之。云聚語矣。此復引詩字从人。云聚也。謂聚人非聚語。蓋三家詩殹文兼引之耳。

(二)衆也。見[廣韻]。

(三)恭敬也。[荀子仲尼]主尊貴之。則恭敬而—。

(四)人名。徐陵第四子名—。

【僕】蒲沃切音鏷沃韻步木切音濮屋韻

(一)給事者。見[說文業部]。[按易之—、詩之臣—、周禮之大—、隸—、道—、田—之類皆是。]

(二)御車者。[詩正月]屢顧爾—。[按御車謂之—。故御車之人卽稱之爲—。如論語之冉有—、左傳之申叔時—、皆以御車爲—也。]

(三)主也。[漢書百官表]—射秦官。自侍中尚書博士郎皆有。古者重武官。有主射以督課之。軍屯吏、騶宰、永巷宮人皆有。取其領事之號。

(四)自謙之稱。[漢書韋玄成傳]恐子傷高而—爲小人也。[按古稱人之尊卑有十等。—第九。今文簡多借用之。日本則中流人士口語亦自稱—。]

(五)附也。[詩旣醉]景命有—。

(六)隱也。[左昭七年傳]作—區之法。[注]—區、刑書名。[釋文]服云。—、隱也。區、匿也。爲隱匿亡人之法也。

(七)徒也。[莊子則陽]是聖人—也。[注]猶言聖人之徒也。

(八)——。煩猥貌。[孟子萬章]使己——爾亟拜也。

(九)虎—。獸名。[博物志]羽民國有獸。文似豹。名虎—。毛可爲筆。

(十)—纍。蝸牛也。見[山海經中山經]。

(十一)—遬。凡短之貌。[漢書息夫躬傳]—遬不足數。

(十二)—公。共和國自總統以及各級長官之通稱。

(十三)姓也。漢—朋。宋—斗南。明—淮。

【僕】普木切音撲屋韻

羣飛貌。[莊子天運]蚉䖟—緣。

【僖】許其切音歖支韻

(一)樂也。見[說文][段注]此字之本義少用。其隸變爲嬉。李注洞簫賦引說文。嬉、樂也。卽謂此也。

(二)小心畏忌曰—。有過爲—。並見[周書謚法][按史記、—皆作釐。]

【僐】忍善切音橪矢善切扇上聲銑韻

(一)意膬也。見[說文]。[段注]意者志也。膬者耎易破也。意膬、謂有此意而不堅。

(二)意急而懼也。見[玉篇]。

(三)和易無他也。見[六書故]。

(四)態醜曰—。見[一切經音義引通俗文]。

【僚】郎鳥切音了篠韻

好貌。見〔說文〕。〔段注〕陳風。佼人—兮。傳曰。—、好貌。此—之本義也。自借爲同寮字而本義廢矣。

【僚】憐蕭切音聊蕭韻

(一)官也。〔書臯陶謨〕百—師師。

(二)同官也。〔儀禮士冠禮〕主人之—友。〔疏〕同官爲—。

(三)勞也共勞事也見〔左昭七年傳〕隸臣—服注。〔按集韻以—爲賤稱。〕

(四)通寮。〔左文七年傳〕同官爲寮。〔釋文〕寮本又作—。

(五)通遼。〔楊統碑〕百遼歎傷。

(六)姓也。晉陽大夫—安。

(七)—塔。兩塔相謂也。〔爾雅釋親注〕今江東人呼同門爲—塔。

【僞】危睡切危去聲寘韻

(一)詐也。見〔說文〕。

(二)爲也。〔荀子性惡〕人之性惡。其善者—也。〔注〕—、爲也。矯也。矯其本性也。凡非天性而人作爲之者。皆謂之—。

(三)虛也。〔太玄玄攡〕必著乎—。

(四)巧也。〔呂覽離謂〕辨而不當理則—。

(五)猶假也。〔禮記曾子問〕作—主以行。

(六)通爲。〔禮記月令〕毋或作爲淫巧。〔注〕今月令作爲爲詐—。

【僞】五禾切音吪歌韻

同訛。〔漢書王莽傳〕以勸南—。〔注〕—、讀曰訛。

【僞】位悲切音爲支韻

通帷。〔禮記喪大記〕素錦褚加—荒。〔注〕—、當爲帷。

【僟】渠希切音幾微韻

(一)精謹也。見〔說文〕。〔段注〕—、謹、雙聲。凛凛庶幾之意也。

(二)近也。見〔集韻〕。

【僾】遣禮切音啟薺韻

(一)開衣也。見〔集韻〕。

(二)佳—。行張足也。見〔集韻〕。〔按行張足、卽開腳行也。〕

【僤】徒案切音憚翰韻唐干切音壇寒韻

(一)疾也。周禮曰。句兵欲無—。見〔說文〕。〔段注〕許所引周禮。乃考工記廬人文。今本作欲無彈。注曰。故書彈或作但。鄭司農云。但、讀爲彈丸之彈。彈謂掉也。按經文彈字。疑本作—。彈乃先鄭所易字。許訓爲疾者。古說也。

(二)厚也。〔詩桑柔〕逢天—怒。〔亦作亶〕

(三)明也。見〔集韻〕。

【僤】儻旱切音坦旱韻

速也。動也。見〔集韻〕。

【僤】時連切音鋋先韻

同儃。態也。見〔集韻〕。

【僤】齒善切音闡銑韻昌然切音川稱延切音燀先韻

地名。〔公羊哀八年傳〕齊人取讙及—。〔釋文〕—、昌善反。一音昌然反。左氏作闡。〔按穀梁亦作闡。在今山東寧陽縣。〕

【僤】上演切音善銑韻

婏—。行動貌。〔文選司馬相如賦〕象輿婏—於西淸。

【僤】當葛切音怛曷韻

傍驚也。見〔集韻〕。

【僥】吉了切音皦篠韻

(一)猶求也。見〔後漢吳漢傳注〕。

(二)—倖。求利不止貌。〔莊子在宥〕此以人之國—倖也。

【僥】五聊切音堯蕭韻

南方有焦—。人長三尺。短之極也。見〔說文〕。〔按焦—、卽僬—。列子湯問釋文。僬—、短人國名也。西南夷別名也。〕

【僦】卽就切酒去聲宥韻

(一)賃也。見〔說文新附〕。〔按北齊盧文偉傳。虛—千餘車。—、卽賃也。又世云—屋。卽賃屋。—費、卽租費也。〕

(二)送也。〔漢書王莽傳〕—載煩費。〔注〕師古曰。—、送也。

(三)猶賺也。〔齊書顧憲之傳〕非苟逼—以納稅。

(四)猶勞也。〔韓愈詩〕功大莫酬—。

【僧】蘇陵切塞平聲蒸韻

(一)浮屠道人也。見〔說文新附〕。〔按出家奉佛。通解釋氏教義者。梵語具云—伽邪。俗畧稱—。法華經云。三明八解脫。得四无碍智。以是等爲—。近世譯稱歐洲敎徒亦曰—。或曰—侶。〕

(二)䆄陀—。草名。〔本草〕䆄陀—、一名沒多—出波斯國。形似黃龍齒而堅重。
㊁姓也。明—可朋。

【僬】蕪焦切音焦蕭韻
㊀——明察貌。〔荀子不苟〕誰能以己之——受人之械械。
㊁—僥。詳僥字。

【僬】子肖切音醮嘯韻
㊀——趨走促數。不爲容止也。〔禮記曲禮〕士蹌蹌。庶人——。〔注〕卑者體蹙。

【僬】子了切音剿篠韻
—、仯。懲諫也。見〔集韻〕。

【㒊】師入切音澀緝韻
㊀不及也。見〔玉篇〕。
㊁—譶。聲多也。〔文選稽康賦〕紛—譶以流漫。〔或作儑〕。

【僮】徒東切音同東韻
㊀未冠也。見〔說文〕。〔段注〕辛部曰。男有辠曰奴。奴曰童。按說文—童之訓。與後人所用正相反。如穜種二篆之比。今經傳—子字皆作童子。非古也。
㊁癡也。見〔廣雅釋詁〕。
㊂無知也。〔國語晉語〕—昏不可使謀。
㊃僕婢也。〔史記貨殖傳〕卓王孫家—八百人。
㊄——竦敬貌。〔詩采蘩〕被之——。
㊅縣名。〔漢書地理志〕—屬臨淮郡。〔在今安徽泗縣境〕。
㊆姓也。〔氏族略〕即童姓。或从人以別其族。

【僢】尺兗切音喘銑韻　樞絹切音釧霰韻　尺尹切音蠢軫韻
㊀相背也。本作舛。〔淮南說山〕分流—馳。
㊁相嚮也。〔禮記王制雕題交趾注〕浴同川。臥則—。〔疏〕首在外而足相嚮也。

【僪】其述切音驈質韻
㊀狂屈倘張似人而非也。李頤說。屈或作—。見〔集韻〕。
㊁通獝。〔漢書揚雄傳〕梢夔魖而抶獝狂。〔玉篇〕引作—。

【僪】非律切音繘質韻
狂鬼。或作魖。見〔集韻〕。

【僪】允律切音聿質韻　古穴切音玦屑韻
日旁氣也。〔呂覽明理〕其日有鬭蝕。有倍—有暈珥。〔注〕日旁之危氣也。在上反出爲—。〔按倍—、亦作背鐍。又作背譎。漢志作背穴。集韻云通作矞〕。

【僭】子念切尖去聲豔韻
㊀假也。見〔說文〕。〔按假也、玉篇引作儗也。當從之。段氏云。以下儗上。—之本義也〕。
㊁差也。〔左哀五年傳〕不—不濫。
㊂下犯上謂之—。〔穀梁隱五年傳〕始—樂矣。
㊃庶位踰節茲謂—。見〔漢書五行志引京房易傳〕。〔今通作謙詞。如云—竊、—坐、—擬〕。
㊄—者脊腕也。見〔論衡言毒〕。

【僭】七林切音侵侵韻
亂也。〔詩鼓鐘〕以雅以南。以籥不—。〔言二雅、二南、籥舞、三者皆不—亂也〕。

【僭】側禁切音譖沁韻
㊀不信也。〔詩巧言〕—始既涵。〔箋〕—、不信也。
㊁通譖。〔詩抑〕不譖不賊。〔釋文〕不譖、本亦作—。

【僩】[illegible]
㊀武貌。詩曰。瑟兮—兮。見〔說文〕。
㊁美貌。見〔詩淇奧釋文引韓詩〕。
㊂容志審道謂之—。見〔賈子道術〕。
㊃——了了也。〔韓愈詩〕召令吐所記。解摘了——。
㊄—然。勁忿貌。〔左昭十八年傳〕——然授兵登陴。
㊅通撊。猛也。〔荀子榮辱〕陋者俄且—也。〔注〕—、與撊同。晉魏間謂猛爲撊。
㊆通嫺。雅也。〔賈誼書傳職〕明—雅以道之文。〔注〕—、與嫺同。

【傫】倫追切音纍支韻〔或作儽〕。
㊀勞也。見〔廣雅釋詁〕。
㊁——疲也。見〔廣雅釋訓〕。〔又〕敗也。〔老子〕——兮若無所歸。

【[illegible]】羊諸切音余魚韻
二余也。讀與余同。見〔說文八部〕。〔按玉篇云同余。篇海類編云同餘〕。

【[illegible]】蒲結切音別屑韻
—偦。衣服婆娑貌。見〔集韻〕。〔本作徶循。亦作𨇓𨇓、撇屑〕。

【僘】齒兩切音敞養韻

皃也。見〔集韻〕。〔通作敞〕。

【儣】姑黃切音光陽韻 通洸。武貌。〔爾雅釋訓〕洸洸赳赳。〔釋文〕洸、舍人本作—。

【僣】他結切音鐵屑韻〔與僭異〕。—倪。狡猾見〔廣韻〕。〔佩觿集云。—倪之爲踰僭其順非有如此者〕

【僯】里忍切鄰上聲軫韻 慚恥也。見〔玉篇〕。〔按粵人以爲鄰字。誤。〕

【僯】遴或字見〔說文辵部〕

【⿰亻敫】余時切音移支韻 彰也。見〔字彙補〕。

【僰】鼻墨切音匐職韻 犍爲蠻夷也。見〔說文〕。〔段注〕犍爲郡有—道縣。即今四川敍州府治也。其人民曰—。王制。屏之遠方。四方曰—。東方曰寄。鄭注。—、當爲棘。棘之言逼。使之逼寄於夷狄。按記文—字。鄭不以爲西南夷。故易爲棘。〔按四川敍州府治。即今宜賓縣〕

【⿰亻答】竹洽切音劄洽韻 —寔。忽觸人也。見〔集韻〕。

【僛】丘其切音欺支韻 —。—。醉舞貌。詩曰屢舞—。—。見〔說文〕。〔按詩賓之初筵。屢舞—。—。傳曰。—。—。舞不能自止也。是即醉舞貌。故許引以爲證〕

【僜】唐亙切音鄧徑韻。丑升切音庱蒸韻 倰—。不著事也。見〔廣韻〕。〔又〕行無力也。見〔集韻〕。〔又〕病行貌。見〔集韻〕。

【僝】昨閑切音孱刪韻 —僽。惡罵也。見〔玉篇〕。

【僝】子兗切棧上聲銑韻 見也。〔書堯典〕共工方鳩—功。〔蔡傳〕〔言鳩聚見其功也〕。

【僝】除戀切音饌霰韻 具也。〔文選左思賦〕—拱木於山林。〔言具村木。宮室經始也〕

【⿰亻厥】居月切音厥月韻 禾稼仆也。見〔字彙補〕。

【⿰亻敢】許鑑切音歔陷韻 還貌。見〔集韻〕。

【⿰亻羕】弋亮切音漾漾韻 立勳貌。見〔集韻〕。

【僒】巨隕切音窘軫韻 通窘。〔文選賈誼賦〕—若囚拘。〔五臣注〕—、困也。愚者繫縛俗累。〔困如囚人拘束〕。

【⿰亻渠】求於切音渠魚韻 同渠。呼彼之稱。見〔集韻〕。

【僣】僭本字。見〔說文長箋〕。

【[illegible]】古益字。〔漢書百官表〕—作朕虞。〔注〕師古曰。—、古益字。應劭曰。—、伯益也。〔按說文作[illegible]。乃嗌之籀文。集韻。—、爲嗌之籀文〕

【[illegible]】古夏字。見〔玉篇〕。

【儶】古儁字。見〔集韻〕。

【⿰亻覍】古覍字。見〔玉篇〕。

【⿰亻坙】同俓。見〔玉篇〕。

【僐】同儲。見〔玉篇〕。

【⿰亻感】同慼。又借爲親戚之戚。〔漢郭君碑〕貴—肅承。莫不畏憚。

【⿰亻無】同憮。从憮爲正。見〔正字通〕。

【儁】同儒。見〔集韻〕。

【[illegible]】同烱。或作傑。見〔集韻〕。

【⿰亻奭】同奭。見〔集韻〕。

【⿰亻斯】同廝。見〔玉篇〕。

【⿰亻集】同集。見〔正字通〕。

【⿰亻亞】同俹。見〔集韻〕。

【僗】同勞。見〔集韻〕。

【⿰亻龠】同龠。見〔集韻〕。

【⿰亻番】同番。見〔字彙〕。

【⿰亻貳】同貳。俗加人非。見〔正字通〕。

【⿰亻時】同偫。見〔集韻〕。

【⿰亻徵】同懲。亦同徵。〔崔駰司徒箴〕國度斯—。

【僱】俗雇字。〔按說文隹部。雇。九扈。農桑候鳥。段注云。今用爲雇僦字〕。

【⿰亻懲】俗懲字。〔漢武帝策文〕厥有—不臧。〔注〕—、與懲同。

【僡】俗惠字。見〔正字通〕。

【僫】俗惡字。見〔集韻〕。

【⿰亻眾】俗眾字。見〔正字通〕。

十三畫

【僨】方問切音奮問韻

㈠僵也。見〔說文〕。

㈡覆敗也。〔禮記大學〕此謂一言—事。

㈢動也。〔左僖十五年傳〕亂氣狡—。

㈣仆也。〔左昭十三年傳〕牛雖瘠。—於豚上。其畏不死。

㈤—驕。不可禁之勢也。〔莊子在宥〕—驕而不可係者。其惟人心乎。

㈥通賁。〔禮記射義〕賁軍之將。〔注〕賁、讀爲—。

【僵】居良切音姜陽韻

㈠偃也。見〔說文〕。〔段注〕按—謂仰倒。今人乃謂不動不死爲—。廣韻作殭。死不朽也。

㈡斃也。〔呂覽貴卒〕伶悝—。

㈢—河。明正德中文安縣水忽—立。天寒凍爲冰柱。土人謂之—河。

【僷】弋涉切音葉葉韻

㈠宋衞之間謂華—。見〔說文〕。〔段注〕華、容華也。—、好貌。方言。凡美容謂之奕。或謂之—。宋衞曰—。陳楚汝潁之間謂之奕。

㈡詘也。見〔廣雅釋詁〕。

㈢輕麗貌。〔方言〕—、容也。〔注〕—、輕麗之貌。

㈣擛—。不舒展貌。見〔玉篇〕。

㈤—、容也。見〔廣雅釋訓〕。〔按—、亦作僷。廣韻曰。僷僷。輕薄美好貌。〕

【僸】居蔭切音禁沁韻

㈠北夷樂名。〔文選班固賦〕—佅兜離。罔不具集。〔按—、通作禁。白虎通禮樂。北夷之樂曰禁。又後漢班固傳。伶佅兜離。注云。禁、字書作伶。是—通禁。又通伶〕。

㈡卬也。〔司馬相如賦〕—侵尋而高縱。

【價】居迓切音駕禡韻〔按古借用賈。古轉去聲。義同。〕

㈠物直也。見〔說文新附〕。〔東籍稱代—。或—值。則不但指物直而言。含有人之身分意味。〕

㈡數也。見〔玉篇〕。

㈢名望也。〔李白書〕一登龍門。則聲—十倍。

【僻】匹歷切音鐴錫韻匹辟切音癖陌韻蒲計切音薜薺韻

㈠辟也。一曰从旁牽也。見〔說文〕。〔段注〕大徐本作避。非是。辟者法也。引伸爲辟人之辟。辟人而人避之亦曰辟。自屏之者言。若孟子行辟人可也之類是。自退者言。若曲禮則客還辟辟拜之類是。辟之言邊也。屏於一邊也。—之本義如是。

㈡邪也。〔詩板〕民之多—。

㈢誤也。見〔廣韻〕。

㈣陋也。見〔增韻〕。

㈤側也。見〔增韻〕。

㈥遠也。〔呂覽愼行〕晉之霸也。近於諸夏。而荊—也。

㈦左也。〔楚辭涉江〕雖—遠之何傷。

㈧隱也。〔漢書蕭何傳〕何買田宅必窮—處。

㈨飾過差也。〔論語先進〕師也—。

㈩不恆見者曰—。〔李商隱文〕南華非—書也。

⑪通辟。〔荀子脩身〕辟違而不慤。〔注〕辟讀爲—。

【僻】博厄切音擘陌韻

擿—。多禮節貌。通作辟。見〔集韻〕。

【僻】毗亦切音擗陌韻

僻—。擧止輕僈也。見〔集韻〕。

【僻】蒲歷切音甓錫韻

糾擿邪擧也。本作辟。見〔集韻〕。

【僻】匹計切音媲霽韻匹智切音譬寘韻

通陴。城上女牆俾倪也。〔左宣十二年傳〕守陴者皆哭。〔注〕陴、城上俾倪。〔朱駿聲曰〕陴亦曰堞。曰俾倪。亦作埤堄、睥睨。—倪皆疊韻連語。〕

【僾】於代切音愛隊韻

㈠仿佛也。見〔說文〕。〔按禮記祭義。祭之日。入室。—然必有見乎其位。疏云。—、髣髴見也。髣髴、與仿佛同。〕

㈡唈也。〔爾雅釋言〕—。唈也。〔注〕嗚—、短氣也。

㈢—逮。玻璨類也。能照小物爲大物。見〔丘陵學山〕。〔按前人多稱眼鏡爲—逮。當卽今之凸光鏡也。〕

【僿】相吏切音笥式吏切音試寘韻先代切音賽隊韻

㈠薄也。〔史記高帝本紀〕小人以—。〔索隱〕—、猶薄之義也。

㈡塞也。〔大戴記曾子立事〕儉而好

—者。

(三)細碎也。見〔集韻〕。

(四)無悃誠也。見〔集韻〕。

【儀】魚羈切音宜支韻

(一)度也。見〔說文〕。〔段注〕肆師職曰。古書—但爲義。今時所謂義。古書爲誼。

(二)義也。〔詩鳲鳩〕其—一兮。

(三)宜也。〔詩烝民〕我—圖之。

(四)善也。〔詩斯干〕無非無—。

(五)賢也。見〔廣雅釋言〕。

(六)言也。〔周書寶典〕是謂四—。

(七)我也。見〔詩角弓釋文引韓詩〕。

(八)見也。見〔廣雅釋詁〕。

(九)望也。〔呂覽處方〕射者—毫而失牆。

(十)榦也。見〔爾雅釋詁〕。

(十一)表也。〔管子禁藏〕法者天下之—也。

(十二)準也。〔國語周語〕—之於民。

(十三)程式也。〔管子形勢〕—者萬物之程式也。

(十四)威—也。〔詩相鼠〕人而無—。〔按周禮典命有五—。保氏有六—。司儀有九—〕

(十五)風俗也。〔荀子正論〕諸夏之國同服同—。

(十六)匹也。〔詩柏舟〕實維我—。

(十七)象也。見〔禮記緇衣儀刑文王疏〕。

(十八)正也。〔太玄玄圖〕—用二九。

(十九)來也。〔方言〕—來也。淮汭之間曰—。

(二十)兩—天地也。見〔太玄玄數旁擬兩儀注〕〔又〕三—天地人也。見〔太玄玄攡三儀同科注〕。

(廿一)渾天—。正天文之器也。〔春秋文耀鉤〕唐堯即位。羲和立渾—。〔按劉氏歷曰。高陽造渾—。則謂渾—始於高陽氏。舜時璇璣玉衡。自漢以來亦謂之渾天—。至今世則—器之用益廣矣。

(廿二)—容也。見〔廣雅釋訓〕。

(廿三)—適。猶言—注也。〔後漢書竇融傳〕問命見—適。

(廿四)大—。鎮名。宋金兵爭處。在今江蘇江都縣西。

(廿五)官名。唐禮部之長曰大—。〔又〕—同。六朝時官名。

(廿六)通擬。〔漢書外戚傳〕背心—案將軍女。〔注〕心—、即心擬。

(廿七)姓也。秦大夫—楚。漢—長孺。

【儁】子峻切音俊震韻

(一)雄也。〔左莊十一年傳〕得—曰克。〔疏〕戰勝其師。獲得其雄—者。〔釋文〕—、本作俊。

(二)異也。〔左昭十二年傳〕齊何爲焉。其以中—也。〔注〕言投壺中、不足爲—異。

(三)卓特也。〔世說〕神鋒太—。

(四)通雋。〔漢書禮樂志〕進用英雋。

【儂】奴冬切音農冬韻

(一)我也。〔隋書五行志〕煬帝宮中喜效吳音。多有—語。

(二)渠—。他也。〔六書故〕吳人謂人—。即人聲之轉。甌人呼若能。

(三)菜人之稱。〔潯陽樂〕雞亭故—去。九里新—還。

(四)叟也。奴也。〔李賀詩〕自課越—能種瓜。

(五)—人。今雲南苗類、僰人沙人種。

(六)懊—。歌名。古樂府之一。〔晉書樂志〕懊—歌者。隆安初俗間訛謠之曲。〔按古今樂府云。懊—歌者。晉石崇綠珠所作。唯絲布澀難縫一曲而已。〕

(七)姓也。唐—智高。宋—爽。

【儃】時連切音蟬先韻徒干切音壇寒韻

(一)—何也。見〔說文〕。〔段注〕—何、或當作—回。〔九章〕曰。欲—佪以干傺。又曰。入漵浦余—佪。王逸曰。—佪、猶低佪也。〔洪興祖〕曰。—、知然切。〔按楚辭惜誓。—回而不息。注云。—回運轉也。此又一義。〕

(二)態也。見〔廣韻〕。

【儃】徒亶切壇上聲旱韻

——。舒閒貌。〔莊子田子方〕——然不趨。

【儃】徒案切音憚翰韻

—漫。縱逸也。亦作澶。〔莊子馬蹄〕澶漫爲樂。

【儃】時戰切音繕霰韻

同禪。傳也。〔法言問明〕允哲堯—舜之重。

【億】乙力切音臆職韻

(一)安也。見〔說文〕。〔按左隱十一年傳。不能供—。又昭二十一年傳。心—則樂。國語晉語。—寧百神。又吳語。—負晉衆。杜注、韋注、並云。—、安也。段玉裁云。—之訓安。乃—之本義。今則本義廢矣〕。

(二) 數名。〔禮記內則降德于眾兆民〕〔疏〕算法—之數有大小二法。小數以十爲等。十萬爲—。大數以萬爲等。萬萬爲—也〔按萬—字、說文本作意。經傳多假—爲之。〕

(三) 度也。〔論語先進〕—則屢中。〔漢書貨殖傳作意則屢中。按意爲正字。—乃假字也。〕

(四) 惜也。〔易震〕—喪貝〔虞注〕—、惜也。

(五) 博也。〔後漢梁冀傳〕意錢之戲。〔注〕何承天纂文曰。詭—。一曰射意。一曰射數。即攤錢也。〔按吳幼清云。—賭錢也。以意猜度。如漢人射覆之類。故曰—〕

(六) 孝—。國名。〔酉陽雜俎〕孝—國界周三千餘里。在平川中。以木爲柵。

(七) 通抑。〔荀子賦〕暴至殺傷而不—忌者與。〔注〕—、與抑同。

(八) 通臆。〔漢平都侯相碑〕餘悲憑—。

【健】他達切音闥曷韻

(一) 逃也。見〔集韻〕。

(二) 倈—。肥貌。見〔廣韻〕。

【儻】他浪切當去聲漾韻

(一) 了也。見〔集韻〕。

(二) 不中。見〔廣韻〕。

(三) 佛—。不常也。見〔玉篇〕。〔商界謂市面貨物缺乏之時。亦曰佛—〕。

【儅】都郎切音當陽韻

止也。見〔廣韻〕。

【儆】舉影切音景梗韻。渠映切音競敬韻

(一) 戒也。見〔說文〕。〔按—與警、音義並同。如孟子引書洚水—予。用—字。左傳國語亦用—。毛詩徒御不警。周禮警戒羣吏。皆用警。是—與警通用也。〕

(二) 通憼。備也。〔荀子賦〕憼革貳兵。〔注〕憼與—同。

【僾】隱緣切音淵先韻〔本作僾。今省作—〕。

(一) 瘱也。見〔說文〕。

(二) 利也。〔詩還〕揖我謂我—兮。

(三) 疾也。〔荀子榮辱〕靡之—之。

(四) 佞也。〔楚辭惜誦〕忘—媚以背眾兮。

(五) 譏也。見〔方言〕。

(六) 國名。〔路史〕黃帝之宗有—國。

【儈】古外切音膾泰韻

(一) 合市也。見〔說文新附〕。

(二) 與人賣買亦曰—。〔唐書叛臣傳〕世爲商—。往來廣陵。得諸賈之驩。〔世所謂市—、牙—、是也。〕

(三) 古借用會。以其會合市人也。〔史記貨殖傳〕節駔會。〔注〕駔、馬—也。會亦是—也。

【儉】巨險切箝上聲琰韻。詰念切箝去聲豔韻

(一) 約也。見〔說文〕。〔段注〕約者、纏束也。—者不敢放侈之意。〔按如論語以約失之者之約。〕

(二) 少也。見〔廣雅釋詁〕。

(三) 節省也。〔國語周語〕季文子孟獻子皆—。〔按禮記檀弓國奢則示之以—。王制豐年不奢。凶年不—。亦皆有節省義。〕

(四) 歲歉也。〔晉書孝武帝紀〕以比歲荒—。

(五) —然。自卑謙之貌。〔荀子非十二子〕—然侈然。

(六) 姓也。見〔正字通〕。

(七) 通險。〔易否〕君子以—德辟難。〔虞注〕—、或作險。

【儋】都甘切音擔覃韻

(一) 何也。見〔說文〕。〔—、俗作擔。猶何之俗作荷。佗之俗作駝也。韋昭齊語注云。背曰負。肩曰—。任、抱也。何、揭也。段玉裁云。統言之則以肩、以手、以背、以首、皆得云—也。〕

(二) 助也。見〔廣雅釋詁〕。

(三) 罃也。〔方言〕齊之東北海岱之間。罃謂之—。

(四) 再石曰—。〔漢書蒯通傳〕守—石之祿者。〔按通雅云漢書一石爲石。再石爲—。言人—之也。〕

(五) —耳。郡名。〔漢書武帝紀應劭注〕—耳者、大耳。—耳種也。其渠率耳垂肩三寸。〔按—耳漢郡名。唐置—州。後爲昌化郡。當今廣東—縣治。〕

(六) 衡名。我今俗以一百斤或百五十斤爲一—。英以一百十二磅爲一—。美以百磅爲—。英文 Hundred Weihgt〔又〕俗稱錢二萬枚爲一—。

(七) 姓也。周大夫—翩。

【僶】彌盡切音泯軫韻〔按—與黽、勉、勔、義均通。惟合—勉則讀如閔。分則讀如勉。〕

勉强爲之也。〔文選陸機賦〕在有無而一勉。

【傝】悉盍切音靸合韻 㒌一惡也。一曰不謹貌。見〔玉篇〕。

【儶】戶賄切音瘣賄韻 貿物價見〔集韻〕。

【𠑊】苦猥切音魁賄韻 一僓長人貌見〔集韻〕。

【僺】七肖切音悄嘯韻 僥一長貌見〔集韻〕。

【僽】鋤救切音驟宥韻 僝一惡言詈也見〔集韻〕。

【僽】側鳩切音鄒尤韻 愁貌。或作偢。見〔韻會〕。

【𠑲】徒谷切音獨屋韻 一倲短醜貌見〔廣韻〕。

【𠑲】殊玉切音蜀沃韻 勤頭貌見〔玉篇〕。

【㒞】烏江切音央江韻 一倖不伏也見〔玉篇〕。

【㒟】舉蟹切音解蟹韻 一僑豪强貌見〔集韻〕。〔正字通〕云。俗因獬豸獸或作解廌加人旁作一。僑借爲豪强之義。六書諸韻書皆不載。

【儊】瘡據切初去聲御韻 不滑也。見〔廣韻〕。〔正字通〕云。澁字之譌。

【𠐯】苦禾切音科歌韻 美貌。見〔詩考槃碩人之薖釋文引韓詩〕。

【儌】古了切音繳篠韻 一行也。見〔玉篇〕。

【儌】堅堯切音澆蕭韻 一倖覬非望也。見〔集韻〕。〔按毛晃曰。一幸作一。邊徼作徼。後人混同爲一。然正韻一福亦作徼。邊徼亦作一。似一徼二字亦可通用〕。

【㒆】於靴切音肥歌韻 一攸。擬貌。見〔集韻〕。

【𠐿】陟略切音著藥韻 姓也。見〔集韻〕。

【𠑟】魯過切音臝箇韻 一弱也。見〔廣韻〕。

【𠑏】古限切音柬潸韻 小束也。見〔海篇〕。

【僕】僕本字。見〔字彙〕。〔又〕姓也。漢一朋封渾渠侯。

【𠑑】古化字。見〔字彙補〕。

【𠑷】古地字。見〔乾坤鑿度〕。〔按一、疑即墬之譌文〕。

【僪】同矞。見〔集韻〕。〔又〕姓也。

【𠏐】同雩。〔通鑑〕楊軌西奔一海。

【𠑃】同傀。見〔集韻〕。

【𠐷】同遁。見〔正字通〕。

【𠑒】同傻。見〔字彙補〕。

【𠍰】同禦。見〔集韻〕。

【𠐚】同嫚。見〔集韻〕。

【𠊎】同傎。見〔字彙補〕。

【儎】同載。俗以舟車所運之物曰一。

【𠌥】俗儃字。見〔正字通〕。

【𠑉】俗僇字。省作僳。見〔正字通〕。

【𠐷】俗儁字。見〔正字通〕。

十四畫

【儐】必刃切賓去聲震韻

㊀導也。見〔說文〕。〔按一、或省作賓。或从手作擯。導者、導引也。周禮司儀注曰。出接賓曰擯。聘禮卿爲上擯。大夫爲承擯。士爲紹一之類。其義並同〕。

㊁猶敬也。〔禮記禮運〕山川所以一、鬼神也。〔釋文引皇注〕一、敬也。

㊂進之也。〔周禮大宗伯〕王命諸侯則一。

㊃陳也。〔詩常棣〕一爾籩豆。

㊄棄也。見〔後漢張衡傳注〕。

㊅猶禮也。敵者曰一。〔周禮司儀〕賓亦如之。〔注〕賓當爲一。謂以鬱鬯禮賓也。上於下曰禮。敵者曰一。

【儐】卑民切音賓眞韻

㊀報也。〔周禮司儀注〕一主君也。〔疏〕一者報也。

㊁同顰。眉蹙也。〔枚乘賦〕一笑連便。〔按顰之通一。當爲通矉之譌〕。

【儑】吾含切音玵覃韻

㊀不慧也。見〔集韻〕。

㊁譫言也。見〔集韻〕。

【儑】五紺切堪去聲勘韻 不自安也。見〔集韻〕。

【儑】鄂合切音噏合韻

(一)儑也。〔荀子不苟〕窮則棄而—。〔注〕—當爲溼。方言云。溼、憂也。

(二)儑—無儀檢也。見〔集韻〕。

【儒】汝朱切音襦虞韻

(一)柔也。術士之稱。見〔說文〕。〔按鄭目錄云。—行者、以其記有道德所行。—之言優也。柔也。言能安人能服人也。此可以證柔也之訓。又周禮大宰。—以道得民。注曰。—有六藝以敎民者。又漢書司馬相如傳注曰。凡有道術皆爲—。此類可以證術士之稱。〕

(二)通天地人曰—。見〔法言君子〕。

(三)區也。〔後漢杜林傳注引風俗通〕—者區也。言其區別古今。

(四)濡也。〔論語雍也〕女爲君子—。〔皐疏〕—者濡也。

(五)順也。〔素問皮論〕名曰樞—。

(六)愞也。見〔廣雅釋詁〕。

(七)懦弱也。〔荀子脩身〕偷—轉脫。〔注〕—謂懦弱畏事。

(八)孔子道也。見〔淮南俶眞—墨注〕。〔按自戰國後。—乃自爲一流。流復分支。韓非子有八—之說。然大抵皆宗孔子〕

(九)侏—。短人也。〔又〕梁上短柱也。俗作株檽。〔詳侏字〕

【儓】湯來切音臺灰韻

(一)臣也。見〔廣雅釋詁〕。

(二)醜也。見〔廣雅釋詁〕。

(三)當也。見〔廣雅釋詁〕。

(四)農人之稱也。〔方言〕—、農夫之醜稱也。南楚凡罵庸賤謂之田—。

(五)通臺。賤官也。〔左昭七年傳〕僕臣臺。〔服注〕臺給臺下徵召也、〔臺與—同〕

【儓】他代切音貸隊韻

—儗。癡貌。見〔廣韻〕。

【儔】大到切音導號韻

(一)翳也。見〔說文〕。〔按—與翿纛之音相同。其義亦相近〕。

(二)隱蔽也。見〔玉篇〕。

【儔】陳留切音酬尤韻

(一)侶也。見〔玉篇〕。

(二)類也。二人爲匹。四人爲—。見〔楚辭王逸注〕。

(三)通疇。誰也。〔法言修身〕—克爾。

【儕】狀皆切音柴佳韻

(一)等輩也。見〔說文〕。〔按禮記樂記曰。皆得其—焉。左僖二十三年傳曰。晉鄭同—。又成二年傳曰。況吾—乎。此類皆有等輩義〕。

(二)相伴也。〔列子湯問〕長幼—居。

(三)耦也。〔漢書楊雄傳〕—男女使莫違。

【㒜】演女切音與語韻

(一)謹也。見〔集韻〕。

(二)倚也。見〔集韻〕。

【儗】魚紀切疑上聲紙韻

(一)僭也。从人疑聲。一曰相疑。見〔說文〕。〔段注〕以下僭上。此—之本義。如史記說卓王孫田池射獵之樂。—於人君是也。與手部擬訓度不同。

(二)比也。〔禮記曲禮〕—人必於其倫。

(三)引也。〔文選傳毅賦〕經營切—。

(四)通薿。〔詩甫田〕黍稷薿薿。〔漢書食貨志〕引作——。

(五)通疑。〔荀子儒效〕無所—怎。〔注〕—讀爲疑。

【儗】以智切音異寘韻

佁—。不前也。〔史記司馬相如傳〕佁以治—。〔又〕佁滯貌。見〔正韻〕。

【儗】牛代切音礙隊韻

儓—。癡貌也。〔集韻〕。

【儘】慈忍切精上聲軫韻

(一)通盡。極也。〔禮記曲禮〕虛坐盡後。食坐盡前。〔今通作—〕。

(二)聽任之也。如俗云—看—揀。

(三)語助。宋元以來詩詞多用之。如—教—可之類。

【儛】文甫切音武麌韻

(一)—衞。〔考工記矢人夾而搖之注〕今人以指夾矢—衞是也。—衞謂夾搖聲。試矢者以指撚箭鏃。去有聲。以徵其直也。

(二)朝—。齊山名。見〔孟子梁惠王〕。

(三)同舞。〔莊子在宥〕鼓歌以—之。

【儜】女耕切音獰庚韻

(一)困弱也。〔韓愈詩〕始知樂名敎。何用苦拘—。

(二)傖—。相呼聲。〔唐書劉禹錫傳〕鼓吹裴回。其聲傖—。

(三)通嬣。體也。見〔集韻〕。〔正字通〕从—爲正。

【㒟】徒了切調上聲篠韻

獨立也。見〔篇海〕。

【儖】盧甘切音藍覃韻
—儳。形惡貌。見【集韻】。

【儯】都內切音對隊韻
市也。見【說文】。【正字通云。互市必與人對。故从對人。俗讀若兌。因借用兌字。非。】

【⿰亻綿】彌延切音綿先韻
——。低貌。見【集韻】。

【⿰亻窻】初講切窗上聲講韻
衆齊也。見【集韻】。

【⿰亻獻】魚其切音宜支韻
——。狐狸聲。見【集韻】。

【⿰亻㥯】於靳切音懚問韻烏本切音穩阮韻
依人也。見【集韻】。

【⿰亻貧】臭往切讀若誆養韻
戴器也。見【篇海類編】。

【⿰亻尉】疋昭切音飄蕭韻
輕—也。見【篇海類編】。

【⿰亻燊】音瓊庚韻
待也。見【海篇】。

【⿰亻⿱罒豕】徂送切從去聲送韻
聚也。見【篇海】。

【儶】都買切齋上聲蟹韻
同⿰犭巂。豪強貌。後魏時語莫—僻。見【集韻】。

【⿰亻⿱夆手】同僊。傲也。見【集韻】。

【⿰亻⿰鳥寸】同⿰鳥寸。使也。見【集韻】。【正字通云。俗傳字。】

【儫】同豪。見【字彙補】。

【⿰亻⿱夆缶】俗傜字。見【正字通】。

【⿰亻盛】張梗切箏上聲梗韻
㊀海岱謂勇敢曰—。見【集韻】。
㊁—儳。形貌惡也。見【集韻】。

十五畫

【償】辰羊切音常陽韻始兩切音賞養韻時亮切音尙漾韻
㊀還也。見【說文】。【按今俗語猶然。如言—債、賠—皆是。】
㊁報也。【左傳十五年傳】西鄰責言。不可—也。【注】不可報—。
㊂復也。見【爾雅釋言】。

【儠】力涉切音獵葉韻
㊀長壯——也。見【說文】。【按許叉引春秋傳長—者相之爲證。段玉裁云。左傳昭七年。十七年。國語楚語。皆云長鬣者。—之假借字也。韋昭杜預釋爲美須髯。誤。廣雅曰。—長也。所云——乃長壯貌。辭賦家用獵獵字。蓋當作——。】
㊁—儠。惡貌。見【類篇】。

【儡】力回切音雷灰韻
㊀相敗也。見【說文】。【按文選潘岳賦。寮位—其隆替。注引說文作壞敗之貌。】
㊁—身。不見用也。【淮南俶眞】然而不免於—身。【注】—身。身不見用。——然也。讀雷同之雷。

【儡】語韋切音巍微韻
心勞也。見【集韻】。

【儡】魚鬼切音嵬尾韻
—然。意不安貌。見【集韻】。

【儡】魯猥切音壘賄韻
㊀羸疾貌。【文選王褒賦】桀跖鬻博—以頓顇。
㊁傀—。木偶戲也。【列子殷湯】周穆王之時。巧人有偃師者。爲木人。能歌舞。此傀—之始也。
㊂思—。木名。【駢雅】思—。不腐。女貞不凋。

【儢】兩舉切音呂語韻
㊀——。不欲爲之意。見【集韻】。【又】不勉強之意。【荀子非十二子】——然。離離然。
㊁—拒。陰卻也。見【駢雅釋訓】。

【儥】余六切音育屋韻
㊀賣也。見【說文】。【此從大徐本。】
㊁買也。見【集韻】。

【儥】徒谷切音牘屋韻徒歷切音狄錫韻
見也。見【說文】。【段注】貝部賣下曰。衙也。衙者行且賣也。賣卽周禮之—字。今之鬻字。—訓見。卽今之覿字也。釋詁曰。覿見也。今經傳皆作覿。覿行而—廢矣。許書無覿字。獨存古形古義於此也。以他字例之。蓋禮經古文作—。今文作覿。許從古文。不從今文歟。大徐本竊取周禮改見爲賣。非是。【此從小徐本。】

【儦】悲嬌切音標蕭韻
㊀行貌。見【說文】。

二 ─禽獸趨也〔詩吉日〕─俟
俟。〔傳〕趨則─。行則俟俟。〔又〕
眾貌。〔詩載驅〕行人─。〔又〕儦
貌見〔玉篇〕。

【儹】積產切贊上聲祖管切音纂旱韻

一 本作儹〔說文〕。冣也。〔按許書原文冣作最今從段玉裁改正段氏云、冣、才句切。各本譌作最廣韻曰。儹、聚也冣聚古通用〕。

二 聚而計事也見〔集韻〕。

【優】於求切音憂尤韻

一 饒也。一曰倡也。見〔說文〕〔段注〕食部饒下曰。飽也。引申之凡有餘皆曰饒。倡者樂也。謂作妓者。即所謂俳─也。

二 渥也。見〔廣雅釋言〕。

三 裕也。〔國語魯語〕獨恭不─。

四 寬也。〔詩瞻卬〕維其─矣。

五 多也。見〔小爾雅廣詁〕。

六 柔也。〔淮南原道〕其德─天地而和陰陽。

七 不斷也。〔管子小匡〕人君惟─與不敏為不可。〔注〕─謂逶隨不斷。

八 勝也。劣之對也。〔晉書束晳傳〕叅名比譽誰劣誰─〔猶今云─勝劣敗之─劣。〕

九 戲也。〔左襄六年傳〕少相狎長相─。

十 ──和也。〔詩長發〕敷政──。〔又〕寬裕貌。見〔中庸〕優優大哉〔疏〕。

十一 ─游。猶委從也。〔淮南本經〕與一世而─游。

十二 ─繇。謂不仕也。〔漢書敘傳〕近者陸子─繇。〔又〕寬容也。見〔漢書敘傳優繇亮直注〕。

十三 ─婆塞。或作伊婆塞。詳伊字。

十四 姓也。楚有─孟。〔或謂國語晉語之─施。史記滑稽傳之─孟─旃。皆善為─戲。故以─著名。〕

十五 通要。〔禮記深衣〕要縫半下。〔注〕要或為─。

【優】烏侯切音謳尤韻

伊─亞。未定之辭。〔漢書東方朔傳〕伊─亞者。辭未定也。

【僇】丘交切音類肴韻

盛也。陳宋之間曰─。見〔方言〕。

【[亻罷]】補靡切陂上聲紙韻

停也。見〔集韻〕。

【[illegible]】

─鵊。東北夷。似高麗。見〔正字通〕。

【[亻蔑]】莫結切音蔑屑韻

─偺。多詐也。見〔集韻〕。

【[亻節]】子結切音節屑韻

博─。猶趨節也。見〔集韻〕、〔正字通〕云同節俗加人非。

【儣】苦晃切音壙養韻

─佷。不平也。見〔集韻〕〔正字通云壙字之譌〕。

【[亻遣]】去戰切音譴霰韻

─開也。見〔玉篇〕。

【儚】彌登切音萌蒸韻

─。惛也。見〔爾雅釋訓〕。

【儚】謨中切音瞢東韻

慙也。或作懞。見〔集韻〕。

【[亻邊]】布懸切音邊先韻

身不正也。見〔廣韻〕。

【[亻邊]】蒲眠切音駢先韻

─僊。舞容也。見〔集韻〕〔正字通云─僊與蹁躚義近。〕

【儤】布使切音報效韻

官[illegible]
新官到官府併上值謂之─直。一作豹直。亦曰伏豹。取不出之義。按廣韻集韻有儤無─。始見洪武正韻。〕

【儨】職日切音質質韻

正也。見〔篇海〕。〔按集韻有儨無─疑─即慣字之譌。〕

【儩】斯義切音賜寘韻

盡也。〔唐書李密傳〕放庾之藏。有時而─。

【[亻輩]】布妹切音輩隊韻

等輩也。見〔篇海類編〕。

【[亻肅]】蘇谷切音速屋韻

─慎。國名。即肅慎也。見〔正字通〕。〔按肅慎又或作稷慎。或作息慎。亦稱女直。在今吉林省境。〕

【儯】中莖切音朾庚韻

─偈。不仁也。見〔集韻〕。

【[illegible]】胡因切魂去聲願韻

戲也。見〔字彙〕。〔按─字、玉篇廣韻集韻諸書皆不載。疑即儭字之譌。〕

【儍】古滿字見〔字彙補〕。

【僜】同豋神名又姓也見〔集韻〕。

十六畫

【儭】初覲切音櫬震韻
㊀至也近也見〔一切經音義〕。
㊁畏也見〔廣韻〕。
㊂通櫬裏也別作嚫見〔正字通〕。

【儭】雌人切音親眞韻
通親父母之稱也見〔集韻〕。

【㒟】乃了切音褭篠韻
㊀美也見〔集韻〕。
㊁舞者—身若環也一云㒟—細腰。或作嬝見〔韻會〕。

【𠐨】姑回切音瑰灰韻
㊀同瓌大貌〔按說文傀重文作瓌。廣韻—同瓌傀大貌〕。
㊁美也見〔廣韻〕。
㊂盛也見〔方言〕。
㊃偉也見〔集韻〕。
㊄怪異也見〔廣韻〕。

【儰】羽委切威上聲紙韻
㊀不安也見〔集韻〕。
㊁船動搖之貌也〔方言〕—謂之杌。

【儱】魯孔切音曨董韻
㊀—侗未成器也見〔集韻〕。
㊁—偅不遇貌詳偅字。

【儲】陳如切音除魚韻
㊀偫也見〔說文〕〔王注〕偫具也謂蓄積以待用也。
㊁積蓄也〔淮南主術〕二十七年而有九年之—。
㊂豫備也〔漢書何並傳〕—兵馬以待之。
㊃副君也見〔一切經音義引勸學篇〕〔按後漢安帝紀注曰—嫡謂太子也其義亦合〕。
㊄—胥猶言御苑也〔文選張衡賦〕加露寒至—胥。
㊅—與猶倘羊無所主之貌〔淮南本經〕陰陽—與〔又〕褱大意也〔淮南俶眞〕—與扈冶。
㊆姓也虞—大伯。

【儯】徒登切音騰蒸韻
倰—長貌見〔玉篇〕。

【𠑕】下戒切音械卦韻
狹也〔揚雄反騷〕阿文肆而䙊—。〔—或作𠐲亦作𠑕〕。

【儮】狼狄切音歷錫韻
人名見〔集韻〕。

【㒆】億本字見〔集韻〕。

【𠑈】古僭字見〔集韻〕。

【㒖】同懵不明也見〔集韻〕。

【儡】同傀儡別作儽非見〔正字通〕。

【𢡟】俗憖字見〔正字通〕。

十七畫

【儳】鋤咸切音讒咸韻
㊀—互不齊也見〔說文〕。
㊁進退上下無列也〔國語周語〕夫戎翟冒沒輕—。
㊂師次不整也〔左僖二十二年傳〕鼓—可也〔注〕—巖未整陳。
㊃—道捷徑也〔後漢何進傳〕進驚馳從—道歸營〔注〕—、疾也。
㊄儳—惡貌見〔廣韻〕。

【儳】仕懺切音幾陷韻
㊀輕言也見〔韻會〕。
㊁苟且不整肅也〔禮記表記〕君子不以一日使其躬—焉如不終日。〔注〕—焉可輕賤之貌〔苟且不整肅故可輕賤〕。

【儳】初鑒切音懺陷韻
㊀不齊也見〔集韻〕。
㊁雜言也〔禮記曲禮〕長者不及毋—言〔注〕—猶暫也〔暫言猶雜言也〕。

【儵】式竹切音叔屋韻
㊀青黑繒發白色也見〔說文黑部〕。
㊁有象也〔莊子應帝王〕南海之帝為—北海之帝為忽〔李注〕—喩有象也忽喩無形也。
㊂—爍疾急也〔楚辭惜上〕雲濛濛兮電—爍。
㊃—忽電光也〔楚辭天問〕—忽焉在。
㊄—爚有餘光也〔文選張衡賦〕遺光—爚。
㊅——罹禍毒也見〔爾雅釋訓〕。

【儚】呼肱切音薨蒸韻
惛也見〔說文〕。

【儴】忍將切穰平聲陽韻
因也〔[illegible]〕、[illegible]

【⿰亻燮】悉協切音燮洽韻 佩—傲慢也。或作儴。俗作傯。見〔集韻〕。

【⿰亻臨】良熗切林去聲沁韻 —倴。頭向前也。見〔廣韻〕。

【⿰亻歸】歸謂切音饋未韻居韋切音歸微韻 使也。見〔方言〕。

【⿰亻繇】以周切音由尤韻 人名。宋理宗時參知政事應—。

【⿰亻䫏】同倛、䫏、僛。見〔集韻〕。

【儶】懸圭切音攜齊韻 (一)提也。見〔集韻〕。(二)離也。見〔集韻〕。

【⿰亻嶲】胡桂切音慧霽韻 偙—困劣貌。見〔集韻〕。

【儽】魯猥切音磊賄韻 (一)極困也。見〔集韻〕。(二)同儡傀—木偶戲也。見〔類篇〕〔按集韻—與儡同。〕

【⿰亻豐】敷空切音豐東韻

【⿰亻聶】尺涉切音懾葉韻 心服也。見〔說文〕。〔按說文心部懾下。一曰心服也。然則—、懾音義並同。古得通用。廣韻無—。〕

【⿰亻㬥】儤本字。見〔說文〕。

【儍】同𠐝。見〔集韻〕。

十九畫

【儷】郎計切音麗霽韻 (一)並也。〔淮南繆稱〕與俗—走而內行無繩。(二)耦也。〔左成十一年傳〕鳥獸猶不失—。〔按伉—亦取耦義〕(三)比類也。〔蜀志法正傳許〕正其程郭之儔—耶。(四)兩也。見〔儀禮士昏禮儷皮注〕〔—皮、兩鹿皮也。〕

【⿰亻離】鄰知切音離支韻 攣—也。見〔說文〕〔段注〕林部攣下曰。木枝條攣—也。義已見彼。故此但云攣—也。〔按舊說謂攣—、繁蔚貌。又㩗貌。如文選班固賦所云鳳蓋攣—是也。〕

(一)幹辦集事之稱。〔五代史劉銖傳〕諸君可謂僂—兒。(二)儸—健而不德也。見〔玉篇〕。

【⿰亻顛】都田切音顛先韻 (一)同傎、蹎。躓也。〔唐書李石傳〕晉君臣以怡曠致—。(二)倒也。見〔廣雅釋言〕。

【儺】囊何切音那歌韻乃可切音娜哿韻 (一)行有節也。詩曰佩玉之—。見〔說文〕〔按詩竹竿傳曰。—、行有節度。是許與毛合。故許引詩爲證。段氏云。此—之本義也。其毆疫字本作難。自假—爲毆疫字。而—之本義廢矣。〕(二)驅疫也。〔論語鄉黨〕鄉人—。朝服而立於阼階。(三)—神凡十二。皆使之追凶惡。見〔後漢禮儀志〕。(四)猗—、柔順貌。〔詩萇楚〕猗—其華。〔按猗—即阿那。亦作婀娜。又即旖旎、猗旎。實即說文之旖施也。〕

【儱】丑用切音銃宋韻 斜—也。見〔篇海〕。

傴也。見〔玉篇〕。

【⿰亻遷】仙本字。見〔說文〕。

【儹】儧本字。見〔正字通〕。

【儺】俗儺字。別作偶。見〔正字通〕。

二十畫

【儻】坦朗切湯上聲養韻〔俗作倘。〕(一)倜—也。見〔說文新附〕。〔按倜—、亦作俶—。卓異也。如漢書司馬遷傳曰。惟俶—非常之人是也。〕(二)—蕩。豁達也。〔漢書史丹傳〕—蕩不備。(三)—朗。不明之狀。〔文選潘岳賦〕長映日之—朗。(四)——。猶儃儃不羈也。〔關尹子一字〕心——物迭迭。(五)或然之辭。倏忽不可期也。〔莊子繕性〕物之—來寄也。(六)失志貌。〔莊子田子方〕魏文侯—然終日不言。〔釋文引司馬注〕—然、失志貌。(七)苟也。〔莊子天下〕時恣縱而不—。(八)通黨。〔漢書董仲舒傳〕黨可得見

乎。〔黨讀爲一、一〕

【儼】魚檢切嚴上聲琰韻
㊀昂頭也一曰好貌見〔說文〕。
㊁矜莊貌〔詩澤陂〕碩大且一。
㊂敬也見〔爾雅釋詁〕。
㊃通嚴〔漢書匡衡傳〕正躬嚴恪。〔注〕嚴讀曰一。
㊄通曮。日行也見〔韻會〕。
㊅剡一。浮首虎頭之颸。〔淮南本經〕盤紆剡一。

【𠑊】同饕〔太玄養〕燕食扁扁。其志一一。〔注〕或得或失。一一然也。

二十一畫

【儽】盧對切音壘隊韻
㊀垂貌。一曰嬾解見〔說文〕。〔按段玉裁改一作傫。廣韻六脂曰。一、亦作傫。傫是。一非。累卽絫也。集韻脂。類篇皆首列傫。次列一。知傫爲正體矣。〕
㊁病困也見〔集韻〕。
㊂灅高聚立貌見〔六書統〕。

【儽】倫追切音櫐支韻
㊀勞也見〔廣雅釋詁〕。
㊁一敗也又欺也〔老子〕一一兮若無所歸。
㊂一疲也見〔廣雅釋訓〕。

【⿰亻蠡】力果切音倮哿韻 通倮、躶、臝。〔荀子賦〕有物于此。一一兮其狀屢化如神。〔注〕一一無毛羽之貌。讀如其蟲倮之倮。謂蠶也。

【⿰亻譱】上演切音善銑韻 作姿也見〔說文〕。〔今作僐〕。

【⿰亻囂】許驕切音囂蕭韻 傲也見〔玉篇〕。

【⿰亻顧】音促沃韻 急迫也見〔海篇〕。

二十二畫

【儾】奴浪切囊去聲漾韻 緩也見〔廣韻〕。

二十四畫

【⿰亻僉】青天切音千先韻 水和鹽也見〔字彙補〕。〔又〕古僉字。見〔崔希裕略古〕。

【⿱人錄】古錫字見〔字彙補〕。

※入 部※

【入】日汁切任入聲緝韻
㊀內也。象從上俱下也。見〔說文〕。〔段注〕自外而中也。上下者、外中之象。
㊁還也。〔國語秦語〕齊女一魏。
㊂納也。〔國策秦策〕一其社稷之臣於秦。
㊃受也。〔國語吳語〕其臣箴諫以不一。
㊄沒也。〔周禮鍾氏〕三一爲纁。五一爲緅。七一爲緇。
㊅中也。〔淮南主術〕而曲直之不相一。
㊆得也。謂收一也。〔禮記王制〕量一以爲出。
㊇死也。〔莊子庚桑楚〕一無竅。〔注〕欻然自死。非有根。
㊈猶來也。〔禮記喪服小記〕非養者一主人之喪。
㊉猶投也。〔呂覽必己〕舟中之人盡一揚播一於河。
⑪猶下也。〔淮南脩務〕九攻而墨子九郤之弗能一。
⑫猶墜也。〔呂覽任數〕煤炱一甑中。

●(十三)[illegible]—邑。

●(十四)猶與也。〔國策魏策〕令無敢—之事。

●(十五)猶致也。〔國策齊策〕可以令楚王亟—下東國。

●(十六)凡水首從水出謂之受流歸他水謂之—。見〔左僖十五年傳注〕。睢水受汴皯。

●(十七)六—。見〔楞嚴經〕。即六塵也。謂眼—色耳—聲之類皆虛妄。

●(十八)出—。變化之謂也。〔莊子知北遊〕注然勃然。莫不出焉。油然漻然。莫不—焉。

●(十九)—耳。蚰蜒異名。〔方言〕蚰蜒。或謂之—耳。

●(二十)四聲之一。

一畫

【亾】亡本字。〔說文〕从入乚。隸作亡。

【亼】亼諱字。見〔正字通〕。

二畫

【內】奴對切餒去聲隊韻

●(一)[illegible]
〔注〕今人以所入之處爲—。乃以其引伸之義爲本義也。

●(二)中也。〔左莊十四年傳〕苟主社稷。國—之民其誰不爲臣。

●(三)房室也。〔漢書鼂錯傳〕先爲築家。有一堂二—。

●(四)天子宮禁曰—。漢制。天子—中、曰行—。猶禁中也。

●(五)正寢之中也。〔禮記檀弓〕不晝夜居於—。

●(六)裏也。見〔廣雅釋言〕。

●(七)親也。〔禮記大學〕外本—末。

●(八)初也。〔易繫辭〕爻象動乎—。

●(九)妻妾也。〔家語曲禮子貢問〕好外者士死之。好—者女死之。

●(十)私也。〔太玄玄衝〕爭、士齊音齋也。—、女懷也。〔注〕士齊。公之至也。女懷。私之至也。

●(十一)曲裏也。〔爾雅釋丘〕厓—爲隩。

●(十二)心也。〔易坤文言〕君子敬以直—。義以方外。

●(十三)臟腑也。〔枚乘七發〕扁鵲治—。

●(十四)猶後也。〔論語鄉黨〕車中不—顧。

●(十五)謂情實也。〔鬼谷飛箝〕見—外之辭。

保以上治—。

●(十七)謂婦女也。〔周禮宮正〕辨外—而時禁。

●(十八)路寢之裏也。〔考工記匠人〕—有九室。

●(十九)—黃。縣名。〔魏志武帝紀〕太祖擊匈奴於夫羅於—黃。〔在今河南—黃縣境〕〔又〕河—地名。〔周禮夏官職方氏〕河—曰冀北。〔即今河南沁陽縣〕

●(二十)—人。宮婢也。〔後漢鄧皇后紀〕太后使—人問之。〔又〕妓女入宜春苑謂之—人。亦曰前頭人。以常在上前頭也。見〔教坊記〕〔俗稱妻爲—人。誤。應稱—子〕

●(二十一)—閣。自明成祖始置。參贊機務。然惟大學士學士而已。此制沿用迄清。

【內】儒稅切音芮霽韻

●(一)同汭。水相入也。見〔集韻〕。

●(二)同枘。〔考工記輪人注〕調其鑿—而合之。

【內】奴答切音納合韻

同納。〔孟子萬章〕若己推而—之

【內】奴骨切音訥月韻

同肭。肥也。〔楚辭大招〕—鶬鴿鵠。味豺羹只。

【仐】通刀切音叨豪韻

取也。見〔字彙補〕。

【从】里養切良上聲養韻

二入也。兩从此。見〔說文〕。

三畫

【仝】從緣切音泉先韻

完也。从入从工。見〔說文〕。〔注〕工所爲也。會意。〔段注〕宀部曰完。全也。是爲轉注。从工者。如巧者之製造必完好也。〔按字彙作古文全。非。古文全爲𠓹。非—字也。段又謂今以—爲同。仝从人。此从入。異〕

【㐂】古乏字。見〔字彙補〕。

四畫

【全】從緣切音泉先韻

●(一)篆文仝从王。純玉曰—。見〔說文〕。〔段注〕考工記玉人云。天子用—。

大鄭云。一、純色也。許玉部云。一、純玉也。後鄭周禮注、同許。按云純玉曰一者。引經說此字从之玉意。

(二)具也。〔禮記祭統〕不明其義。君人不一。

(三)完也。〔墨子辭過〕其爲舟車也。一固輕利。

(四)備也。〔列子天瑞〕天地無一功。聖人無一能。

(五)保也。〔韓愈文〕其將往而一之歟。

(六)猶順也。〔呂覽本生〕以一天爲故者也。

(七)猶愈也。〔周禮醫師〕十一爲上。

(八)謂聖也。〔莊子庚桑楚〕唯一人能之。

(九)謂死人也。〔呂覽別類〕不可以爲一者也。

(十)州名。漢屬零陵郡。五代晉置一州。即今廣西一縣治。

(十一)統括之辭。如云一體、一國、一年。

(十二)人姓。吳大司馬一琮。

【夋】古鞭字。見〔類篇〕。

【夰】古矢字。見〔集韻〕。

【𠓞】古財字。見〔字彙補〕。

五畫

【㒳】里養切音兩養韻

再也。見〔說文㒳部〕。〔段注〕再者。一舉而二也。凡物有二其字作一。不作兩。兩者二十四銖之稱也。今字兩行而一廢矣。〔按許又引易說卦、參天一地蓋孟氏易如此。〕

【仐】音介卦韻

草卷也。見〔海篇〕。

【㒻】所追切支韻

宜也。見〔篇海類編〕。

六畫

【㒼】吉忽切音骨月韻

出也。見〔佩觿辨證〕。

【兩】里養切良上聲養韻

(一)二十四銖爲一一。从一㒳。㒳、平分也。見〔說文〕。〔段注〕一字衍。禾部曰。十二粟爲一分。十二分爲一銖。律曆志曰。衡權本起於黃鐘之重。一龠容千二百黍。重十二銖。一之爲一。二十四銖爲一。按一者、㒳黃鐘之重。故从㒳也。

(二)耦也。〔周禮太宰〕以九一繫邦國之民。〔注〕一、猶耦也。所以協耦萬民。

(三)貳也。〔周禮太宰〕立其一。

(四)比並也。〔史記周勃世家〕貴重矣。於人臣無一。

(五)匹也。〔左閔二年傳〕重錦三十一。〔注〕三十四也。

(六)飾也。〔左宣十二年傳〕御下一馬。

(七)衡名。〔小爾雅〕二十四銖曰一。〔按民國三年三月公布權度條例。營造尺庫平制、單位十錢爲一一。萬國權度通制。十新錢爲一新一。十新一爲一新斤。〕

(八)度名。二丈爲一端。二端爲一一。〔左昭二十六年傳〕以幣錦二一。

(九)隊伍之編制。二十五人也。〔周禮小司徒〕五人爲伍。五伍爲一。

(十)同掚。〔左宣十二年傳〕一馬掉鞅而還。〔註〕一、或作掚。

(十一)同輛。〔書牧誓序〕戎車三百一。

(十二)同緉。〔詩南山〕葛屨五一。

(十三)南齊百姓及朝士以方帛塡胸名曰假一。見〔南史齊和帝紀〕。

【兩】力讓切良去聲漾韻

車乘也。〔詩鵲巢〕百一御之。

七畫

【[illegible]】

(一)空中木爲舟也。从亼从舟从巜。巜、水也。見〔說文〕。

(二)背脊曰一。〔素問奇病論〕治之以膽募一。〔朱駿聲云〕亦中空之義。

(三)然也。〔書堯典〕帝曰一。

(四)女子應辭。〔禮內則〕男唯、女一。〔注〕皆應辭。

(五)進也。〔漢書食貨志〕民一勤農。

(六)安也。〔呂覽知分〕一然而以待耳。

(七)益也。〔國語越語〕辭一卑禮一尊。

(八)踰也。〔史記蒙恬傳〕若知賢而一不立。〔注〕踰久不立。

(九)答也。〔漢書禮樂志〕星留一。〔注〕言衆星留神答我享薦。

(十)一一。從容自得之貌。〔莊子天運〕無爲則一一。

(十一)甚。一言無已也。〔大戴記文王官人〕其入人甚一。

(十二)人名。春秋衛甯一。晉辛一。〔又〕緘一。古聽耳人。〔又〕少一。軒轅從聞鍼法者也。

(十三)人姓。唐一俊臣。

(十四)通渝。〔史記司馬相如傳〕巴一宋蔡。〔文選〕作渝。

【[illegible]】

然也。見〔類篇〕

【歈】勇主切音愈麌韻

㊀——容貌和恭也。見〔集韻〕。

㊁同愈瘳也。〔荀子解蔽〕而未有——疾之福也。

【歈】舂遇切音戍遇韻

同喻。〔集韻〕說文北陵西喻。鴈門是也。喻、或作——。

【歈】俞戍切音裕遇韻

喻——。色仁也。見〔集韻〕。

【歈】舂朱切音輸虞韻

㊀漢侯國名。鄃布所封。〔按漢書鄃布列傳。以功封鄃侯。歷代地理志。西漢置鄃縣。——均作鄃。在今山東平原縣西南五十里。〕

㊁人名。〔莊子駢拇〕雖通如——兒。〔注〕古之識味人。

【𠓛】渠移切音奇支韻〔按廣韻。㑥音奇。無此字。疑必有誤。存考。〕參差也。見〔字彙補〕。

【𠓜】布犬切音扁銑韻

小也。見〔字彙補〕。

八畫

【[illegible]】[illegible]

悲愁貌。見〔六書略〕。

【畣】力稔切音廩寢韻

同畬。火舒也。見〔篇海〕。

九畫

【[illegible]】古遇字。見〔字彙補〕。

十一畫

【[illegible]】卑切切音畢屑韻

火也。見〔字彙補〕。

【[illegible]】神精切音乘庚韻

明也。見〔字彙補〕。

【[illegible]】照細切音制霽韻

輝也。見〔字彙補〕。

十二畫

【[illegible]】古全字。見〔玉篇〕。

【[illegible]】古乘字。見〔字彙補〕。

十五畫

【[illegible]】狀情切音乘庚韻

車乘也。見〔字彙補〕。

八部

【八】布拔切音捌黠韻

㊀別也。象分別相背之形。見〔說文〕。

㊁陰數也。見〔白虎通嫁娶〕。

㊂維綱也。見〔大戴記本命〕。

㊃——分。書體之一。秦王次仲所作。〔書斷〕——分。已減小篆之半。隸又減——分之半。本謂之楷書。楷隸初制。大範幾同。蓋其歲深漸若——字分散。故名——分。蔡伯喈造其極焉。

㊄——世。謂三皇五帝也。見〔後漢崔寔傳注〕。

㊅——六。豆數也。〔儀禮聘禮〕堂上之饌——。西夾六。

㊆——眉。眉如——字也。見〔初學記帝王引書大傳〕。

㊇近世公牘帳簿記數通作捌。商碼作亠。亞拉伯作8。

【八】補內切音背隊韻

分異也。〔六書本義〕八音背。分異也。象分開相——形。轉爲布拔切。

【八】讀若巴〔按今北音讀如之〕。——。外國語也。〔唐書李懷光傳〕德宗以懷光外孫燕——爲後。〔按稱老成者爲——。或稱巴巴。今回回教以老成者呼——。聲近把。〕

一畫

【[illegible]】隸書扳字。見〔集韻〕。

二畫

【公】沽紅切音工東韻

㊀平分也。从八从厶。八、猶背也。厶音私。韓非曰。背厶爲——。見〔說文〕。

㊁無私也。〔書周官〕以——滅私。

㊂通也。見〔白虎通爵〕。

㊃無隱蔽也。〔史記文帝紀〕所言公。——言之。

㊄共也。〔荀子解蔽〕此心術之——患也。

㊅平也。〔淮南脩務〕何可以——論乎。

㊆方也。〔淮南主術〕舉臣——正。

㊇正也。〔呂覽貴公〕昔先聖王之治天下也必先——。

㊈廣也。見〔釋名釋言語〕。

㊉詳也。〔淮南原道〕此俗世庸民之所——見也。

(十一)功也。〔詩六月〕以奏膚——。

(十二)事也。〔詩采蘩〕夙夜在——。

●十三 君也。〔詩臣工〕敬爾在—。

●十四 天子之相也。〔書周官〕立太師太傅太保曰三—。

●十五 王者之後稱—。見〔公羊隱五年傳〕。

●十六 孤也。〔儀禮大射〕若有諸—。則先卿獻之。

●十七 諸侯也。〔國語周語〕—行下衆。

●十八 上爵也。〔國語楚語〕升以爲—。

●十九 猶官也。〔周禮牛人〕掌養國之—牛。

●二十 公門也。〔詩羔羊〕退食自—。

●廿一 祖也。〔史記外戚世家〕封—昆弟。

●廿二 父也。〔列子黃帝〕家—執席。

●廿三 婦謂舅也。〔漢書賈誼傳〕與—併倨。

●廿四 夫之兄曰—。見〔釋名釋親屬〕。

●廿五 老人之稱也。〔漢書田叔傳〕學黃老術於樂鉅—。〔今作敬之通稱〕。

●廿六 稱神曰—。〔易林〕上謁神—。

●廿七 稱卑下亦曰—。如漢高祖罵蕭何。—無所追。朱子誡門人—常縮手之類。

●廿八 —堂學校也。〔詩七月〕躋彼—堂。〔俗稱法庭爲—堂〕。

●廿九 —館若今縣官舍也。見〔禮記曾子問注〕。〔俗稱寄廬爲—館〕。

●三十 —益非圖私人利益而謀社會公共之便益也。例如爲祭祀、宗教、技藝、學術、所設之團體。法律上稱爲—益法人。

●卅一 —使。遣駐外國之二等使臣也。對於駐在國。代表國家。有交涉全權。幷有治外法權。吾國與世界各國使臣皆然。

●卅二 —布。法律制定。必經一國元首—布。方生效力。惟憲法則有由國會—布之先例。民國各級官廳告示。初亦通作—布。

●卅三 老—。閹官之稱。俗用稱夫。

●卅四 立志及衆曰—。見〔周書諡法〕。

●卅五 姓也。漢—儉。〔又〕—羊複姓。周末齊人—羊高作春秋傳。

【公】 諸容切音鐘多韻

同妐。夫之兄爲兄妐。〔又〕關中呼夫之父曰妐。或省作—。通作鐘。見〔集韻〕。

【六】 力竹切音陸屋韻

●一 易之數。陰變於六。正於八。見〔說文六部〕。〔段注〕此謂—爲陰之變。八爲陰之正也。

●二 五加一之數。〔易繫辭〕天五地—。

●三 天地之中也。〔國語周語〕夫—、中之色也。

●四 彖三才之數也。〔管子五行〕人道以—制。

●五 —者、戮也。見〔漢書王莽傳〕。〔按—爲戮。義從聲得。且亦陰之用也。〕

●六 —合。四方上下也。〔呂覽審分〕神通乎—合。

●七 讀如溜。樂譜字。凡工尺上一四五—是也。〔宋史樂書〕黃鐘清用—字。〔餘詳一字〕。

●八 近世公牘帳簿記數。通作陸。商碼作〦。亞拉伯作6。

【兮】 弦雞切音奚齊韻

●一 語有所稽也。从丂八。象气越丂也。見〔說文兮部〕。〔注〕爲有稽考。未便言之言—。則語當駐。駐則氣越丂也。

●二 歌辭也。見〔增韻〕。

●三 猶與乎也。〔國語晉語〕猗—違—。

●四 猶邪也。〔國策齊策〕松邪、柏邪。〔王引之云〕邪、猶—也。

●五 猶乎也。〔老子〕況—忽—。

●六 猶候也。〔史記樂書〕高祖過沛詩三候之章。〔注〕沛詩有三—。故曰三候。即大風歌也。

●七 通也。〔韓詩外傳〕何其處—。〔詩旄邱〕作也。

●八 通猗。〔禮記大學〕斷斷—。〔書秦誓〕作猗。

【叭】 必堯切音標蕭韻

飛火也。見〔五音篇海〕。

【兊】 古別字。見〔玉篇〕。

三畫

【弁】 居陵切音矜蒸韻

朽骨之餘也。見〔字彙補〕。

四畫

【共】 渠用切蛩去聲宋韻

●一 同也。从廿廾。見〔說文共部〕。〔段注〕廿、二十幷也。二十人皆竦手。是爲—也。周禮、尚書、供給供奉字。皆借—字爲之。

●二 公也。〔禮記王制〕爵人于朝。與衆—之。

●三 衆也。〔荀子正名〕物也者。大—名也。

(四)皆也。〔禮記內則〕一帥時。
(五)合也。〔論語公冶〕與朋友一。〔合、卽通一之意吳志周瑜與孫策相友善有無通一卽此義〕
(六)壹也。〔莊子庚桑楚〕一其德也。

【共】居容切音恭冬韻
(一)同恭。敬也。〔左昭七年傳〕三命滋益一。
(二)貌正曰一。〔左昭十一年傳〕不道不一。
(三)具也。〔詩小明〕靖一爾位。
(四)給也。〔左隱十一年傳〕不能一億。
(五)供職事也。〔書舜典〕汝一工。
(六)法也。〔詩長發〕受小一大一。
(七)猶授也。〔周禮大祝〕九曰一祭。
(八)國名。〔詩皇矣〕侵阮徂一。〔按漢一縣古一伯國也屬河南郡。今屬河南輝縣治〕
(九)地名。〔左隱元年傳〕太叔出奔一。〔注〕今汲郡一縣。〔今屬河南輝縣〕
(十)謚法。晉一太子。楚一王。
(十一)一水。謂降水也。見〔水經濁漳水注〕
(十二)一工。官稱。〔書堯典〕一工方鳩僝功〔又〕霸九州者見〔山海經海外北經注〕
(十三)通供。〔左閔二年傳〕不一是懼。〔釋文〕一、本作供。
(十四)通龔。〔禮記祭法〕一工氏。〔家語〕作龔工氏。
(十五)通躬。〔禮記緇衣〕匪其止一。〔釋文〕皇本作躬。
(十六)通恭。〔詩抑〕溫溫一人。〔釋文〕一、本作恭。

【共】古勇切恭上聲腫韻
向也。〔論語爲政〕居其所而衆星一之。

【共】居用切音蕻宋韻
供養也。〔左僖四年傳〕敢不一給。

【共】急遇切音具遇韻
具也。〔周禮內饔〕掌一羞脩刑膴胖骨鱐。以待共膳〔注〕掌一當爲具。

【关】古笑字又作咲。見〔集韻〕

【兲】古天字見〔五音集韻〕

【㕣】同中。見〔字彙補〕

五畫

【兵】……音浜陽韻〔按、古音必良切。魏晉以後始庚青爲韻〕
(一)械也。从廾持斤并力之貌。見〔說文廾部〕
(二)軍人之稱。〔左昭十四年傳〕簡上國之一。〔疏〕戰必令人執一因即名人爲一。
(三)防也。〔淮南兵略注〕一、防也。防亂之萌。
(四)災也。〔呂覽侈樂〕反以自一。
(五)擊敵曰一之。〔左定十年傳〕士一之。
(六)死寇曰一。〔禮記曲禮注〕言能捍國難爲寇所殺者謂爲一也。
(七)五一。謂戈、殳、戟、酋矛、夷矛也。〔周禮司兵〕掌五一五盾。

【谷】古若切音角藥韻
口上阿也。見〔字彙補〕〔卽谷字。說文谷上象其理所从非入、亦非八。玉篇、廣韻、集韻、類篇、韻會、並作谷。舊注與谷部谷分爲二。非。〕

【兵】古長字。見〔玉篇〕

【𠔀】古箕字。見〔集韻〕

【㕣】古公字。見〔集韻〕

六畫

【其】渠之切音萁支韻
(一)指物之辭。〔易繫辭〕一旨遠。一辭文。
(二)狀事之辭。〔王引之云〕有先言事而後言其狀者若擊鼓一鏜、零雨一濛、之屬是也。有先言其狀而後言其事者若殷一靁、淒一以風、之屬是也。
(三)擬議之辭。〔左隱十二年傳〕天一以禮悔禍於許。
(四)猶殆也。〔易繫辭〕易之興也一於中古乎。作易者一有憂患乎。
(五)猶將也。〔書甘誓〕予一大賚女。
(六)猶尙也。庶幾也。〔書臯陶謨〕帝一念哉。
(七)猶若也。〔詩小旻〕謀之一臧。則具是違。
(八)猶乃也。〔書禹貢〕淮沂一乂。蒙羽一藝。
(九)猶之也。〔書康誥〕孟侯朕一弟小子封。
(十)猶寧也。〔易繫辭〕妻一可得見邪。
(十一)更端之詞。〔書無逸〕一在高宗。

（十二）語助也。〔書康誥〕未｜有若女封之心。
（十三）發聲也。〔書大傳〕禹｜跳。
（十四）｜然猶必爾也。〔左襄二十三年傳〕｜然將具敝車而行。
（十五）｜諸亦擬議之辭。〔公羊桓六年傳〕｜諸以病桓與。
（十六）來｜豆腐也。〔庚集文〕鄉語呼豆腐爲來｜。
（十七）古作丌、亓。見〔集韻〕。
（十八）姓也。漢阿陽侯｜石。宋｜德。明｜福。

【其】居之切音基支韻
（一）語助辭。〔詩庭燎〕夜如何｜。
（二）同幾。〔易否〕｜亾｜亾。
（三）人名。漢審食｜。酈食｜。
（四）祝｜地名。卽夾谷。〔左定四年傳〕公會齊侯於祝｜。〔按春秋定公四年公會齊侯於夾谷。地在今江蘇贛榆縣南四十餘里〕
（五）不｜縣名。〔漢書武帝紀〕四月幸不｜。〔注〕山名因以爲縣。今卽墨東南二十里有此山。〔按不｜故城在今山東卽墨縣西南〕

【其】居吏切音寄寘韻
語巳辭。通作記、己。〔詩檜風〕彼｜之子。〔禮記〕引作記。〔左傳〕引作己。

【具】衢遇切音懼遇韻
（一）共置也。从収。从貝省。古以貝爲貨。見〔說文収部〕。〔按正字通云｜者、言物數可目見。故从目。物｜可收持以充用。故从収。會事物彙備意。凡備具者皆曰｜。从貝非。存參。〕
（二）備也。〔論語先進〕可謂｜臣矣。〔｜臣、猶云備員也。〕
（三）辦也。〔儀禮特牲饋食禮〕宗人告有司｜。
（四）器物也。〔儀禮特牲饋食禮〕東北面告濯｜。〔猶言家｜〕
（五）材用也。〔李陵文〕皆信命世之才。抱將相之｜。〔猶言材｜〕
（六）來也。〔詩頍弁〕兄弟｜來。〔箋〕｜、猶來也。
（七）俱也。〔詩節南山〕民｜爾瞻。
（八）全也。〔荀子正名〕性之｜也。
（九）足也。〔文選張衡賦〕禮祭儀｜。
（十）猶陳也。〔宋史梁克家傳〕上命條｜風俗之弊。
（十一）饌也。〔禮記內則〕則佐長者視｜。
（十二）｜然自足貌。〔荀子儒效〕則｜然欲爲人師。
（十三）｜區澤名。〔爾雅釋地〕藪吳越之間有｜區。
（十四）｜文外內不相符也。〔史記張釋之傳〕其敝徒文｜亾惻怛之實。
（十五）姓也。｜丙。見〔左傳〕。

【典】多殄切顛上聲銑韻
（一）五帝之書也。从冊在丌上。尊閣之也。見〔說文丌部〕。〔段注〕閣、猶架也。以丌庋閣之也。
（二）常也。〔詩我將〕儀式刑文王之｜。
（三）經也。〔禮樂記〕念終始｜于學。
（四）法也。〔詩維清〕文王之｜。
（五）禮也。〔國語周語〕省其｜圖形法。
（六）鎮也。〔釋名釋典藝〕｜鎮也。制教法。所以鎮定上下。
（七）主也。〔周禮天官序官〕｜婦功。
（八）司也。〔國策楚策〕我｜主東地。〔今稱｜禮、｜簿均此義。〕
（九）樂典也。〔國語周語〕瞽獻｜。
（十）經籍也。〔書五子之歌〕有｜有則。
（十一）質物也。〔杜甫詩〕朝回日日｜春衣。〔今謂質當猶稱｜。〕
（十二）人姓。｜韋。見〔魏志〕。

【典】徒典切音殄銑韻
堅韌貌。〔考工記輈人〕是故輈欲頎｜。

【其】箕籀字。見〔字彙補〕。

七畫

【侖】盧昆切音崙元韻
思也。見〔五音篇海〕。

【㒸】遂本字。見〔玉篇〕。

【𠔊】古齒字。見〔篇海〕。

【與】古與字。見〔漢周景碑〕。

【典】同典。見〔漢羊竇道碑〕。

【舉】同舉。見〔字彙補〕。

八畫

【兼】堅嫌切音縑鹽韻
（一）并也。从又持秝。秝、持二秝。秉、持一禾。見〔說文秝部〕。〔注〕會意。又手也。秝、二禾也。可｜持者莫若禾。
（二）倍也。〔孟子公孫丑〕王餽｜金一百。〔注〕｜金、好金。價倍於常也。
（三）俱也。〔禮記間傳〕麻葛｜服之。
（四）並也。〔呂覽權勳〕忠不可｜。
（五）配也。〔家語五帝〕唯句龍｜食於社。

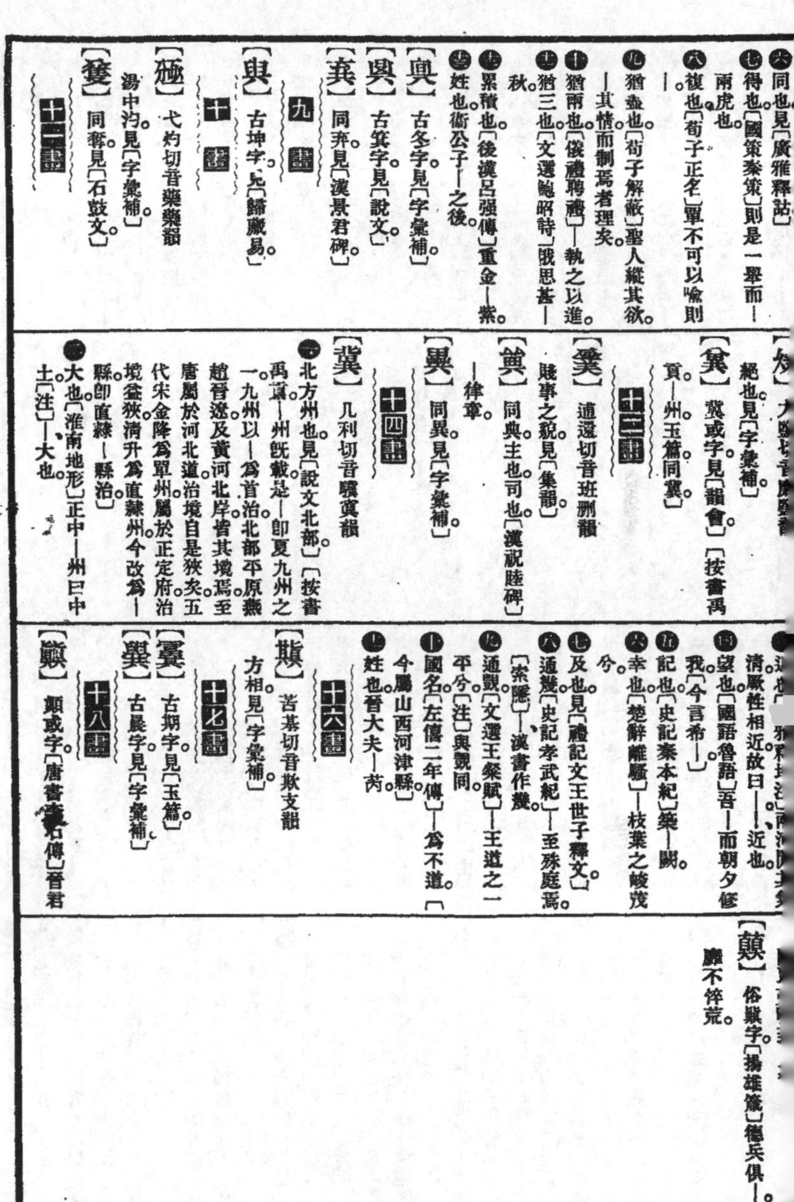

⑥同也。見〔廣雅釋詁〕
⑦得也。〔國策秦策〕則是一舉而一兩虎也。
⑧複也。〔荀子正名〕單不可以喻則一。
⑨猶盎也。〔荀子解蔽〕聖人縱其欲。一其情而制焉者理矣。
⑩猶兩也。〔儀禮聘禮〕一執之以進。
⑪猶三也。〔文選鮑昭詩〕賤思甚一秋。
⑫累積也。〔後漢呂强傳〕重金一紫。
⑬姓也。衛公子一之後。

【奥】古多字。見〔字彙補〕。

【與】古箕字。見〔說文〕。

【弇】同弃。見〔漢景君碑〕。

九畫

【與】古坤字。見〔歸藏易〕。

十畫

【𩰫】弋灼切音藥藥韻
湯中沟。見〔字彙補〕。

【夔】同彝。見〔石鼓文〕。

十二畫

【□】大□切音□韻
絕也。見〔字彙補〕。

【冀】冀或字。見〔韻會〕〔按書禹貢一州。玉篇同冀。〕

十三畫

【𡙇】逋還切音班刪韻
賤事之貌。見〔集韻〕。

【䡊】同典主也。司也。〔漢祝睦碑〕一律章。

【異】同異。見〔字彙補〕。

十四畫

【冀】几利切音暨寘韻
①北方州也。見〔說文北部〕。〔按書禹貢。一州既載是一即夏九州之一。九州以一為首。治北部平原。燕趙晉遼及黃河北岸皆其境焉。至唐屬於河北道。治境自是狹矣。五代宋金降為單州。屬於正定府。治境益狹。清升為直隸州。今改為一縣。即直隸一縣治。〕
②大也。〔淮南地形〕正中一州曰中土。〔注〕一、大也。

③近也。〔□雅釋詁〕〔□□□□〕清。厥性相近。故曰一、近也。
④望也。〔國語魯語〕吾一而朝夕修我。〔今言希一。〕
⑤記也。〔史記秦本紀〕梁一闕。
⑥幸也。〔楚辭離騷〕一枝葉之峻茂兮。
⑦及也。見〔禮記文王世子釋文〕。
⑧通幾。〔史記孝武紀〕一至殊庭焉。〔索隱〕一、漢書作幾。
⑨通覬。〔文選王粲賦〕一王道之一平兮。〔注〕與覬同。
⑩國名。〔左傳二年傳〕一為不道。〔今屬山西河津縣。〕
⑪姓也。晉大夫一芮。

十六畫

【䫏】苦基切音欺支韻
方相。見〔字彙補〕。

十七畫

【囊】古期字。見〔玉篇〕。

【𠔿】古晨字。見〔字彙補〕。

十八畫

【顛】顛或字。〔唐書[illegible]傳〕晉君

【顛】俗顛字。〔揚雄箴〕德兵俱一。靡不悴荒。

※儿 部※

[儿] 而鄰切音仁眞韻

古文奇字人也。見〔說文〕〔按儿、卽人字。通志。人象立人、儿象行人。六書故。人、儿非二字。特因所合而變其勢。合於左者若伯若仲。合於下者若兒若見。〕

[儿] 居拜切音戒卦韻

仁人也。見〔集韻〕。

一畫

[兀] 五忽切音杌月韻

㊀高而上平也。从一在儿上。見〔說文〕〔段注〕一在儿上。高而平之意也。凡从—聲之字。多取孤高之意。〔按六書故。—無上平之義。人之上安得平。—蓋一聲。又山高曰矶。崖高曰矶。古通用—。存參。〕

㊁危石也。〔柳宗元文〕巉突硉—。

㊂無知貌。〔孫綽賦〕—同體於自然。

㊃刖足曰—。〔莊子德充符〕魯有—者叔山無趾。

㊄曲本中多用作發語詞。如—的不悶殺人也麼啊。

㊅—不勤貌。〔韓愈解〕常—以窮年。

㊆臬—。不安也。亦作卼。〔易困〕困於臲卼。

㊇—桑。里地名。〔說文〕茂陵有—桑里。〔按讀史方輿紀要。陝西西安府興平縣東北十七里有茂陵城。當在今陝西西安縣境。〕

二畫

[允] 庾準切音尹。羽敏切音隕。軫韻

㊀信也。見〔說文〕〔注〕儿、仁人也。故爲信。

㊁當也。〔易升〕—升大吉。

㊂佞也。見〔爾雅釋詁〕〔注〕佞人似信。

㊃誠也。〔書君奭〕告汝朕—。〔注〕告汝以我之誠也。

㊄許也。〔韓愈文〕不蒙察—。

㊅中—。官名。〔通典〕漢制五日一朝。其非朝日遣中—入朝問起居。

㊆通犹。〔詩韓奕箋〕有獙—所逼。〔釋文〕—、本作犹。

[允] 余專切音鉛先韻

—吾。縣名。〔漢書地理志〕金城郡—吾縣。〔在今甘肅皋蘭縣境。〕〔又〕隴西谷名。〔後漢馬援傳〕羌因將其妻子輜重移阻於—吾谷。〔在今甘肅皋蘭縣境。〕

[元] 愚原切音原元韻

㊀始也。从一从兀。見〔說文一部〕。〔注〕—者善之長。故从一。兀、高也。〔按六書精蘊云。天地之大德所以生生者也。—从二从人。仁、从人从二。在天爲—。在人爲仁。在人身則爲體之長。說較近。〕

㊁天也。〔淮南原道〕執—德於心。而化馳若神。

㊂君也。見〔廣雅釋詁〕〔君又稱—首。總統亦然。〕

㊃首也。〔孟子滕文公〕勇士不忘喪其—。〔後通作第一之代語。如一月稱—月。一日稱—日。〕

㊄端也。〔春秋元命苞〕—者端也。〔後世紀曆建端曰建—。亦謂紀—。今以民國紀—。歐美以耶穌紀—。〕

㊅猶原也。見〔春秋繁露重政〕。

㊆大也。〔書大禹謨〕汝終陟—后。

㊇善也。〔禮記王制〕天子之—士。

㊈民也。〔漢書郊祀志〕大路所歷。黎

㊉上美爲—。〔易坤〕黃裳—吉。

(十一)朝代名。宋度宗時。蒙古族建國號曰—。兼金滅宋。遂有中國。凡八世。〔起民國紀元前六百三十五年。迄五百四十五年。〕

(十二)行義說民曰—。始建國都曰—。能思辯眾曰—。主義行德曰—。並見〔周書謚法〕。

(十三)四千六百一十七歲爲一—。見〔論衡調時〕〔又〕四千五百六十歲爲一—。見〔後漢曆律志注〕〔又〕四千五百歲爲一—。見〔後漢董卓傳注〕〔按邵子—會運世之說。義亦本此。〕

(十四)——。天也。〔淮南本經〕——至碭而運照。〔又〕猶喁喁可憐愛貌。〔史記孝文記〕以全天下——之民。〔又〕庶民也。〔國策秦策〕朝海內子——。〔又〕善意也。見〔漢書文帝紀注〕。

(十五)—戎。車在軍前。啓突敵陣。周所制也。見〔釋名釋兵〕。

(十六)—服。謂加冠也。見〔後漢安帝紀注〕。

(十七)—氣。天之氣也。〔楚辭守志〕食—

⑱姓也。衛大夫—咺。〔又〕後魏拓拔氏改爲—姓。世稱—魏。⑲通完。〔史記楚世家〕考烈王名熊—。〔索隱〕作熊完。⑳通原。本也。—則。本亦作原則。原本。〔又〕—素。不可分析之本體。如養氣輕氣之類。舊譯作原質。英文Element。㉑俗通圓。如銀幣若干圓作若干—。㉒代數謂表數之文字曰—。昔時多用甲乙丙丁及天地人物等字爲—。今通用羅馬字母。㉓天—四—。均古算法名。四—與代數略同。而精審不及代數。又西曆一八四三年。卽民國紀元前六八年。法人發明一種數理。亦曰四—。

【先】古簪字。〔說文先部〕首笄也。从儿。匸象形。〔段注〕竹部曰。笄。簪也。二字爲轉注。古言笄。漢言—。此謂今之—。卽古之笄也。

【元】古旡字。見〔玉篇〕。

三畫

【兄】呼榮切皝平聲庚韻　麛王切音荒陽韻

❶長也。見〔說文兄部〕。〔段注〕古長不分平上。長短滋長長幼無二義。—之本義訓益。許所謂長也。引伸之。則爾雅曰。男子先生爲—。後生爲弟。〔按—者男女之通稱。今女先生者稱姊、爲女—〕。❷古謂婚姻爲—弟。〔爾雅釋親〕婦之黨爲婚—。婿之黨爲姻—弟。〔今稱姻—、姻弟、義本此〕。❸況也。〔白虎通〕—者況也。況、父法也。❹荒也。荒大也。故青徐人謂—爲荒也。見〔釋名釋親屬〕。

【兄】許放切音貺漾韻

❶滋也。〔詩召旻〕職—斯引。〔傳〕茲也。〔按茲、卽滋字。朱駿聲謂—字本訓。當爲滋益之辭〕。❷同悅。〔詩桑柔〕倉—塡兮。〔注〕倉—、與愴怳同。❸同況。〔莊子天地〕豈—堯舜之教。

【尢】古長字。見〔集韻〕。

四畫

【充】昌嵩切踧平聲東韻

❶長也。高也。見〔說文〕。❷滿也。〔左襄三十一年傳〕寇盜—斥。〔日本語謂十分滿足曰—分〕。❸塞也。〔詩旄丘〕褎如—耳。〔箋〕—耳、塞耳也。❹實也。〔荀子儒效〕若夫—虛之相施易也。❺備也。〔公羊桓四年傳〕三曰—君之庖。❻大也。〔淮南說山〕近之則鐘音—。❼盈也。〔淮南兵略〕此善爲—幹者也。❽肥也。〔儀禮特牲饋食禮〕宗人視牲告—。❾養也。見〔方言〕。❿當也。〔漢書揚雄傳〕—庖廚而已。〔卽—數之意〕。⑪覺也。見〔小爾雅廣詁〕。⑫行也。見〔廣雅釋詁〕。⑬過飽也。〔管子內業〕凡食之道。大—傷而形不臧。⑭繇役煩也。〔左哀十一年傳〕事—政重。⑮謂道也。〔管子內業〕敬發其—。⑯猶覆也。〔禮記玉藻〕服之褻也—美也。⑰猶居也。〔周禮圉師〕射則—椹質。⑱猶全也。〔列子仲尼〕南郭之貌—心虛。⑲猶足也。〔周禮大府〕以—府庫。⑳猶褻也。〔禮記玉藻〕服不—。㉑幅廣爲—。見〔方言〕。㉒陰陽姦謂之—。〔周書文政〕—虛爲害。㉓—憂悶在心之貌。〔禮檀弓〕—如有窮。㉔—詘歎喜失節之貌。〔禮儒行〕不—詘於富貴。㉕—盈猛厲也。〔荀子子道〕顏色—盈。㉖同衝。〔漢石門頌〕八方所達。益域爲—。㉗姓也。漢—向。—申。

【兜】果戶切音古麌韻

壅蔽也。从儿。象左右皆蔽形。見〔說文兜部〕。〔段注〕左右當作ナ又。謂冂也。

【兆】直紹切音肇篠韻

❶灼龜坼也。〔周禮大卜〕掌三—之法。一曰玉—。二曰瓦—。三曰原—。〔按說文作𠁼。古以龜卜。視其坼裂文以定吉凶。故坼卽—也〕。❷卦也。〔孝經〕卜其宅—。〔釋文〕—、

卦也。

（三）見也。〔國語晉語〕其魄—于民矣。

（四）始也。〔左哀元年傳〕而—其謀。

（五）先也。〔素問天元紀大論〕陰陽之徵—也。

（六）形也。〔國語晉語〕君之明—於衰矣。

（七）信也。〔淮南本經〕蓍龜—。

（八）幾也。〔老子〕我則泊乎其未—。

（九）人也。〔文選班固賦〕斯衆—之所惑。

（十）塋域也。〔孝經〕卜其宅—。

（十一）四郊之祭處也。〔禮記表記〕后稷—祀。

（十二）遠陽。〔爾雅釋天〕太歲在丙曰柔—。

（十三）數名。十億曰—。〔書五子之歌〕予臨—民。〔又〕萬億曰—。〔禮記內則〕降德于衆—民。〔今算術書。多以萬萬爲億萬億爲—。〕

（十四）—眹。形怪也。〔淮南俶眞〕而未成—眹。

（十五）京—。猶京師。漢右扶風。左馮翊。京—尹。是爲三輔。

（十六）通透。〔莊子天下〕—於變化。〔注〕—、本或作透。

（十七）通垗。〔爾雅釋言〕—。域也。〔釋文〕本又作垗。

【兇】許容切音胷多韻洶拱切胷上聲腫韻

（一）擾恐也。从人在凶下。見〔說文凶部〕。〔按〕—、或作㐫。亦作恟。擾恐从心。故字亦从心也。

（二）傷人曰凶。見〔漢書五行志〕。〔按〕凶同—。今稱—人、—手、—行。皆取殺傷之義。

（三）——不料事宜之可否也。〔素問移精變氣論〕粗工——。〔又〕恐懼聲也。〔左僖二十八年傳〕曹人—懼。〔注〕——恐懼聲。

【先】蕭前切銑平聲先韻

（一）前進也。見〔說文〕。〔段注〕前當作歬。不行而進曰歬。凡言歬者。緩詞也。凡言—者。急詞也。其爲進一也。

（二）始也。〔老子〕象帝之—。

（三）前也。〔詩正月〕不自我—。

（四）首也。〔禮記曲禮〕君子將營宮室。宗廟爲—。

（五）祖也。〔文選司馬遷書〕行莫醜於辱—。

（六）高也。〔國策秦策〕有明古—世之功。

（七）急也。〔禮記學記〕敎學爲—。

（八）早也。〔韓愈文〕生乎吾前。其聞道也固—乎吾。

（九）先生也。〔漢梅福傳〕夫叔孫—非不忠也。

（十）猶速也。〔呂覽辨上〕植者其生也必—。

（十一）猶上也。〔呂覽權勳〕故太上—勝。

（十二）猶尙也。〔呂覽先己〕五帝—道而後德。

（十三）謂倡導也。〔荀子修身〕以善—人者謂之敎。

（十四）謂紹介也。〔漢書酈食其傳〕莫爲吾—。

（十五）謂宣其言也。〔莊子秋水〕楚王使大夫二人往—焉。

（十六）謂位在下也。〔禮記樂記〕行成而—。

（十七）—生。長者有德者之稱。〔國策衛策〕乃見梧下—生。〔按古稱師曰—生。其後溢爲通俗尊人之辭。〕

（十八）相—。猶相讓也。〔禮記儒行〕爵位相—也。

（十九）—策。謂預知也。見〔後漢劉寬傳注〕。

（二十）—入。言久處其俗也。〔文選張衡賦〕翫其所以—入。

（廿一）—零。英國錢貨名。一—零當十二辨士。約合中國銀三錢三分至四錢零。彼言 Shilling。

（廿二）同西。〔文選王褒論〕毛嬙西施。〔注〕—施、西施一也。

（廿三）同洗。見〔易繫辭〕聖人以此—心。〔集解〕。

（廿四）姓也。晉—軫。

【先】先見切音霰霰韻

（一）先之也。〔周禮大司馬〕右秉鉞以—。

（二）導也。〔禮記郊特牲〕天—乎地。君—乎臣。

（三）先事而爲曰—。〔禮記大學〕舉而不能—。

（四）當後而前曰—。〔孟子告子〕疾行—長者。

（五）相導前後曰—後。〔詩緜〕予曰有—後。〔又〕娣姒曰—後。〔史記封禪書〕見神于—後宛若。〔集解〕孟康曰。兄弟妻相謂—後。〔索隱〕鄒誕生音—後並去聲。卽今妯娌。

【先】穌典切音洗銑韻

前驅也。〔國語越語〕句踐親爲夫差—馬。〔一作洗。如太子洗馬。〕

【旡】居未切音既未韻

歆食氣屰不得息曰—。从反欠。見〔說文旡部〕。〔今作旡。〕

【兊】徒外切𨒓去聲泰韻

說也。見〔玉篇〕。〔疑卽兌字之俗省。〕

【光】姑黃切廣平聲陽韻

(一) 光明也。从火在人上。光明意也。見〔說文火部〕。〔理科學者謂—之本體。爲一種極微細之塵。是爲微塵說。近日則皆信用波動說。謂—爲一種橫波體。傳動於宇宙內。無乎不在。〕

(二) 諸色之原也。—所直射之方向。謂之—線。因—線屈折度之差異。目感之而爲諸種之色。

(三) 晃也。〔釋名〕—晃也。晃晃然也。

(四) 照也。〔書洛誥〕惟公德明—于上下。

(五) 廣也。〔國語周語〕叔父若能—裕大德。

(六) 大也。〔書顧命〕用答揚文武之—訓。

(七) 充也。〔書堯典〕—被四表。

(八) 榮也。〔詩韓奕〕不顯其—。〔俗稱—臨、—降亦此意。〕

(九) 譽也。〔淮南俶眞〕然莫能與之同—者。

(十) 寵也。見〔廣雅釋言〕。

(十一) 華飾也。〔文選潘岳賦〕—岐儼其偕列。

(十二) 猶遠也。〔穀梁僖十五年傳〕故德厚者流—。

(十三) 猶氣也。〔禮祭義〕見以蕭—。

(十四) 能紹前業曰—。見〔後漢光武帝紀注引謚法〕。

(十五) 謂公侯也。〔太玄童〕先錫之—。

(十六) 謂水火金玉也。〔荀子勸學〕地見其—。

(十七) —風。謂雨已日出而風。草木有—也。〔楚辭招魂〕—風轉蕙。

(十八) —珠。卽江珠也。見〔後漢南蠻西南夷傳注〕。

(十九) 榮—。卽五色也。〔書中候〕榮—出河。

(二十) 容—。小隙也。〔孟子盡心〕容—必照焉。

(廿一) 旁—。胞也。〔淮南說林〕旁—不升俎。

(廿二) 朱—。日也。〔文選張孟陽詩〕朱—馳北陸。

(廿三) 通廣。—里。卽春秋所謂守之廣里者也。見〔水經濟水注〕。

(廿四) 通桄。〔爾雅釋言〕桄、潁、充也。〔釋文〕桄、孫作—。

(廿五) 通洸。〔爾雅釋草〕蘱薡英光。〔釋文〕本作—。

(廿六) 歲陽。〔爾雅釋天〕太歲在辛曰重—。〔按史記曆書作昭陽。〕

(廿七) 州名。梁置。唐太極元年始移—州治。元屬汝南府。明初屬鳳陽府。後亦改爲汝寧府。見〔淸一統志〕。〔今河南潢川縣。〕

(廿八) 姓也。田—之後。晉—逸。

【光】古曠切廣去聲漾韻

飾色也。見〔集韻〕。

【兂】古長字。見〔集韻〕。

【𠑺】同天。武后製。見〔字彙補〕。

五畫

【克】乞得切音刻職韻

(一) 本作克。〔說文〕克。肩也。象屋下刻木之形。〔段注〕周頌傳曰。仔肩—也。人部曰。仔—也。此曰肩也。然則周頌仔肩纍言之。毛謂二字皆訓—也。肩謂任。任事以肩。故任謂之肩。亦謂之—。

(二) 能也。〔書堯典〕允恭—讓。

(三) 勝也。〔禮記禮器〕我戰則—。

(四) 好勝也。〔論語憲問〕—伐怨欲。〔馬注〕好勝也。

(五) 殺也。〔書牧誓〕弗迓—奔。〔鄭注〕—殺也。

(六) 成也。〔春秋宣八年〕日中而—葬。

(七) 刻也。刻物有定處。人所—念有常心也。見〔釋名釋言語〕。

(八) 責也。〔論語顏淵〕—己復禮爲仁。〔范注〕—責也。

(九) 識去聲也。〔詩雲漢〕后稷不—。〔箋〕—、識也。

(十) 兆相交也。〔書洪範〕曰—。

(十一) —琅。英國錢貨名。以文爲皇冠得稱。一—琅當五先令。挪威、瑞典、丹麥、一—琅當英一先令一辨士八之一。英文 Crown。

(十二) —蘭姆。法國衡名。以純水一立方糎之重。爲一—蘭姆。乃衡之本位。當我國二分六釐八毫。日本簡作瓦。—蘭姆或譯作格蘭姆。亦作—

郎姆。英文(Gramme)。

【兌】徒外切隨去聲泰韻
①說也。見〔說文〕。〔段注〕說者今之悅字。
②見也。〔易雜卦〕—見而巽伏也。
③穴也。〔老子〕塞其—。閉其門。〔按—借爲閱。閱、閱同穴。〕
④言也。見〔老子箭文注〕。
⑤猶聚也。〔荀子議兵〕仁人之兵—。則若莫邪之利鋒。
⑥謂耳目口鼻也。〔淮南道應〕則塞民於—。
⑦易直也。〔詩皇矣〕松柏斯—。
⑧馳易也。〔丁芝仙詩〕十千—得餘杭酒。〔今之—換、滙—均此義〕。
⑨古之巧人名。〔書顧命〕—之戈。

【兊】吐外切音娧泰韻
通也。成蹊也。〔詩緜〕行道—矣。

【兊】俞芮切音叡霽韻
①通鋭。〔史記天官書〕三星隨北端—。〔漢書天文志作鋭。〕
②幘也。〔釋名釋首飾〕幘或曰—。上小下大。——然也。
③生淪蔥薤也。〔釋名釋飲食〕生淪蔥薤曰—。言其柔滑——然也。

【兌】魚厥切音月月韻
同說。〔禮記學記〕—命曰。

【兊】徒活切音奪曷韻
龍—。地名。〔史記趙世家〕趙與燕易土。以龍—汾門臨樂與燕。〔地當在今直隸安肅縣境〕。

【免】美辨切音勉銑韻
①免逸也。見〔說文兔部〕。〔段注〕兔不獲於人則謂之—。引伸之凡逃逸者皆謂之—。
②避也。〔禮記曲禮〕臨難毋苟—。
③脫也。見〔廣雅釋詁〕。
④去也。〔禮記曲禮〕冠毋—。
⑤猶縱也。〔春秋僖十一年〕乃—牲。
⑥猶弱也。〔大戴記公冠〕推遠稚—之幼志。
⑦猶自止也。〔禮記樂記〕人情之所不能—也。
⑧黜也。〔漢書文帝紀〕遂—丞相勃遣就國。〔今云—官、—職。義本此〕。
⑨放也。〔春秋成七年〕乃—牛。
⑩離也。〔後漢申屠剛傳〕始—襁褓。
⑪乳也。〔國語越語〕將—者以告。
⑫歸也。見〔廣雅釋詁〕。
⑬隤也。見〔廣雅釋言〕。
⑭事不相及也。〔宋史禮志〕例以別敕—參。〔歷代敬老每優—朝參。—騎射〕。
⑮星名。〔史記天官書〕—七命。〔索隱〕謂—星凡有七名。〔按朱駿聲云。水星常伏日下。故曰—星。—者伏也〕。
⑯姓也。衛大夫—餘。

【免】無飯切音萬願韻
喪冠也。〔左襄二十五年傳〕陳侯—。擁社。

【免】武遠切音晚阮韻
獸也。見〔集韻〕。

【免】文運切音問問韻
①喪服。〔禮記大傳〕五世袒—。殺同姓也。
②悲哀哭踊之時。〔禮記玉藻〕當事—則說之。
③通娩。生子也。〔國語越語〕將—者以告。
④物之鮮者。〔禮記內則〕菫荁枌榆。—薨。

【兂】精三切音簪侵韻
首笄也。見〔字彙補〕。

【兏】古死字。見〔玉篇〕。

【㒭】古長字。見〔字彙補〕。

【𠑷】同長。〔穆天子傳〕玲瓏—瓔。〔注〕皆玉名。字皆無聞。〔字彙補云。—同長〕。

【㒯】俗充字。見〔正字通〕。

【兎】俗兔字。見〔正字通〕。

六畫

【兔】土故切音吐遇韻
①獸名。象踞。後其尾形。—頭與龟同。見〔說文兔部〕。〔曲禮〕曰。—曰明視。陸佃曰。—、吐也。明月之精。視月而生。故曰明視。王充論衡云。—舐雄毫而孕。及生子。從口中出。蒲城原子—說。以爲—之雌雄。其擧尾無異他獸。每月一孕子。生則以土培之。而塞其穴。出入必然。或竊啟其戶。子輒不成。蓋古所謂視月者。視月之候而成孕。又謂吐生者。得土而生。土訛爲吐也。

兔圖

②同菟。〔漢書嚴延年傳〕韓盧取菟。

【兒】如支切音唲支韻
❶孺子也。从人。象小—頭囟未合。見〔說文〕〔段注〕子部曰。孺。乳子也。乳子。乳下了也。雜記謂之嬰兒。女部謂之嬰婗。兒孺雙聲。引伸為凡幼小之稱。
❷倪也。〔韻會〕、倪也。人之始生。如木有端倪。
❸嫛也。〔倉頡篇〕。—嫛也。謂嬰—。嫛嫛然幼弱之形也。
❹男曰—。女曰嬰。見〔玉篇引倉頡〕。
❺輕易之稱。〔後漢呂布傳〕大耳—為叵信。
❻語辭。如元人曲中車—、馬—、衾—、枕—之類。
❼—齒。齒落更生細者也。〔詩閟宮〕黃髮—齒。
❽—御。地名。〔國語越語〕北至於御—。〔今嘉興語—鄉〕
【兒】五稽切音霓齊韻
❶通倪。弱小也。見〔韻會〕。
❷姓也。六國時—良。日本大將—玉。
【兓】沓林切浸平聲侵韻
—。銳意也。从兩先。見〔說文先部〕〔段注〕兂主入。故兩兂為銳之意—。—其言所謂意內而言外也。凡俗用鐵尖字即—字之俗。
【兟】則旰切音贊翰韻
二人屈己以贊也。見〔集韻〕。
【兕】序姊切音祀紙韻
本作𤉡。〔說文〕𤉡如野牛。色。皮堅厚可制鎧。〔按交州記曰。—出九德。有一角。長三尺餘。形如馬鞭柄。今兕行而𤉡廢矣。〕

兕圖

【[illegible]】五忽切音兀月韻
同卼。不安也。見〔韻會〕。
【兕】古兕字。見〔玉篇〕。
【[illegible]】古兒字。見〔集韻〕。
【[illegible]】同兕。見〔字彙〕。
【[illegible]】俗光字。見〔正字通〕。
【[illegible]】俗[illegible]字。別作[illegible]。亦非。見〔正字通〕。

七畫

【[illegible]】[illegible]
須—之—。从申从乙。今作臾。乃古蕢字。見〔說文長箋〕。
【兗】以轉切音沇銑韻〔說文沇下段注云。古文作㕣。小篆作沇。隸變作兗。此同義而古今異形。〕
❶夏九州之一。〔書禹貢〕濟河惟—州。〔在今直隸西南與山東西北境〕〔又〕宋元嘉三十年置—州。治瑕邱城。〔在今山東滋陽縣境〕。
❷括也。〔漢書揚雄傳〕—鋋瘢耆。〔注〕—、括也。
❸姓也。宋—公序。—堯叟。
【兙】法國衡名。克十倍。具言迭加克蘭姆。當我國二錢六分八釐。日本字亦作瓧。英文 Decagramme。
【[illegible]】羌本字。見〔正字通〕。
【[illegible]】古始字。見〔字彙補〕。

八畫

【党】底朗切音黨養韻
❶—項。羌之別種。見〔正字通〕。
❷姓也。夏后氏之後。
【[illegible]】同昆。兄之別稱。見〔元結規弟融書注〕〔正字通云。六書有兄[illegible]二文。別作—兆〕

【兛】法國衡名。克千倍。具言啟羅克蘭姆。當我一斤十兩八錢。日本字亦作瓩。英名 Kilogramme。
【[illegible]】法國衡名。克萬倍。具言美利克蘭姆。當我十六斤十二兩。日本字亦作[illegible]。英名 Myriagramme。

九畫

【兜】當侯切鬭平聲尤韻
❶—鍪。首鎧也。从兜从皃省。皃象人頭也。見〔說文兜部〕。
❷惑也。〔國語晉語〕在列者獻詩使勿—。
❸驩—。四凶名。〔書舜典〕放驩—于崇山。
❹—離。匈奴言語之貌。見〔後漢列女傳注〕。
❺圍裹也。〔楊維楨詩〕半—玉鐙裹湘裘。〔世稱—剿、—拿、—攬皆—圍之義〕。
❻便帽也。〔瞿佑詩話〕西僧皆戴紅—。〔近世有觀音—義同〕。
❼篼輿也。〔宋史占城國傳〕國人多乘象。或篼布—。〔與今之—子轎〕

或同〕。

【兝】法國衡名。克十分一。具言得夕克蘭姆。當我二釐六毫八絲。日本字亦作瓰英文 Decigramme。

【兞】法國衡名。克千分一。具言密里克蘭姆。當我二絲六忽八徵。日本字亦作瓱英文 Milligramme。

【兟】所臻切音莘眞韻
❶進也。見〔說文兟部〕。
❷——。衆多貌。見〔玉篇〕。

【[illegible]】五官切音岏寒韻
兔子也。見〔集韻〕。

十一畫

【兡】法國衡名。克百倍。具言海克悶克蘭姆。當我二兩六錢八分。日本字亦作瓸英文 Hectogramme。

十二畫

【兢】居陵切音矜蒸韻
❶競也。一曰敬也。見〔說文兄部〕。
❷戒愼也。〔書臯陶謨〕——業業。
❸恐也。〔詩雲漢〕——業業。
❹彊也。〔詩無羊〕矜矜——。〔傳〕以言堅彊也。〔朱駿聲云〕堅訓矜彊。訓—。詩人重言形況。
❺戰栗也。〔漢書司馬相如傳〕入凌—。〔注〕寒涼戰栗處。
❻動也。〔太玄逃〕—共股。
❼順也。見〔漢書廣陵厲王胥傳集注〕。
❽通矜。〔詩小旻〕戰戰——。〔左宣十六年傳作矜矜〕。

【兢】巨興切音殑蒸韻
——。堅強貌。見〔集韻〕。

【[illegible]】殑爲字。〔按字彙補云。同涼。稿字典引廣雅云。—薄也。考廣雅釋詁。殑薄也。王念孫疏證云。殑者。說文。涼。薄也。又云。殑事有不善言殑也。引爾雅。殑薄也。涼與殑同。各本譌作—。今訂正。〕

十三畫

【[illegible]】同[illegible]。見〔說文長箋〕。

【[illegible]】同[illegible]。見〔集韻〕。

【[illegible]】同僻。見〔說文長箋〕。

【[illegible]】同先。見〔楊氏襍字韻寶〕。〔按說文中部㞢籀文作[illegible]。此作—。非。〕

十四畫

【[illegible]】日燒切音繞篠韻
遠也。見〔集韻〕。

十六畫

【兣】法國衡名。克百分一。具言生的克蘭姆。當我二毫六絲八忽。日本字亦作甅英文 Centigramme。

十九畫

【競】兢本字。見〔說文兄部〕。

【[illegible]】虎光切音謊養韻
火明也。見〔集韻〕。

二十二畫

【[illegible]】芳句切音付遇韻
疾也。从三兔。闕。見〔說文兔部〕。〔段注〕玉篇廣韻皆曰急疾也。今作赴。

※几部※

【几】舉履切寄上聲紙韻
❶凥—也。見〔說文〕〔段注〕凥、処也。処、止也。古之凥今悉改爲居。乃改云居—。既又改爲踞。踞俗字。古人坐而凭—。蹲則未有倚—者也。—、俗作机。〔按儀禮有司徹受宰—。注〕—。所以坐安體也。與許義合。
❷庋也。〔釋名釋牀帳〕—。庋也。所以庋物也。
❸俎也。長七尺。〔文選張衡賦〕度室以—。
❹依神之具也。〔禮記檀弓〕有司以—筵舍奠於墓左。
❺案也。如云—席。文—之類。
❻—杖。所以扶助衰也。見〔白虎通致仕〕。
❼——。絇貌。〔詩狼跋〕赤舄——。〔又〕盤也。見〔廣雅釋訓〕。〔又〕借也。〔太玄覣〕飲食——。
❽通机。〔左襄十年傳〕投之以—。〔釋文〕本又作机。

【几】儲朱切音殳虞韻
❶鳥之短羽。飛——也。見〔說文几部〕。〔按韻會云。有鉤挑者爲几案

之几。不鉤挑者爲—鳥短羽也。

㊁擊兵也。象建於兵車而不用。故其首有垂斿形。執之前趨赴敵。則加又爲殳。見〔六書精薀〕

一畫

【凡】符咸切音帆咸韻

㊀冣括而言也。見〔說文〕〔段注〕冣者積也。括者絜也。絜者束也。冣括者總聚而絜束也。

㊁非一也。〔周禮冪人〕—王巾。

㊂無常數之言。〔周禮春官序官〕—內女之有爵者。

㊃獨舉其大事也。見〔春秋繁露深察名號〕

㊄皆也。見〔廣雅釋詁〕

㊅常道也。〔荀子禮論〕喪禮之—。

㊆要也。見〔小爾雅廣詁〕

㊇概略也。〔春秋序〕其發—以言例。〔今箸述家稱—例本此〕。

㊈輕微之稱。〔孟子盡心〕待文王而後興者—民也。

㊉庶也。〔呂覽任地〕—草生藏。

⑪俗也。〔趙抃詩〕物外尋眞頓離—。

⑫樂譜也。〔宋史樂志〕無射、應鍾、用—字。〔餘詳[illegible]字〕

⑬門—。總計一門之數也。〔漢書石奮傳〕乃舉集其門—號奮爲萬石君。〔注〕總合其一門之計。五人爲二千石。故號萬石君。

⑭—將。小學家書名。〔漢書藝文志〕—將一篇。〔注〕司馬相如作。

⑮國名。〔春秋隱七年〕天王使—伯來聘。〔國在今河南輝縣境〕

⑯姓也。周公子—伯之後。

二畫

【𠘨】古無字。見〔字彙補〕

三畫

【凥】斤於切音魚韻 處也。从尸几。尸從几而止也。孝經曰。仲尼—。見〔說文〕〔段注〕凡尸得几謂之—。尸即人也。引伸爲凡—処字。既又以蹲居之字代—。別製踞爲蹲居字。乃致居行而—廢矣。〔按—字从几。與从九作尻者異。〕

【𠘩】止忍切音軫軫韻之刃切軫去聲震韻〔今亦書作㐱〕 新生羽而飛也。見〔說文几部〕

【凬】於鳩切音憂尤韻 風也。見〔字彙補〕

【処】處本字。〔說文〕止也。从夂几。夂得几而止也。〔段注〕人遇—而止。引伸之爲凡凥—之字。夂讀若黹。從後致也。象人兩脛後有致之者。至乎几而止。故字从夂几。

四畫

【𠘱】古大字。亦作𠘲。見〔字彙補〕

【𠘳】古否字。見〔字彙補〕

【𠘴】古永字。見〔集韻〕

【𠘵】古旡字。見〔字彙補〕

【凧】同凤。見〔字彙補〕

五畫

【𠙀】曲勿切音屈物韻 本作颮。風吹也。見〔集韻〕

【𠙁】定內切音兌泰韻 銳也。見〔字彙補〕

【𠙂】古民字。見〔集韻〕

【𠙃】古風字。見〔玉篇〕

【𠙄】同商。見〔六書略〕

六畫

【凭】皮冰切音平蒸韻皮孕切凴去聲敬韻

㊀依几也。从任几。周書曰—玉几。見〔說文〕

㊁倚也。〔孟貫詩〕危檻不堪—。

【𠙆】竭戟切音劇陌韻 疲也。倦也。〔漢書司馬相如傳〕徼—受詘。〔按史記作徼𠙆受詘〕

【𠙇】古夜字。見〔五音篇海〕

【𠙈】古風字。見〔集韻〕

【𠙉】古始字。見〔字彙補〕

【𠙊】古風字。見〔說文〕

【𠙋】古幾字。見〔玉篇〕

【𠙌】同以。見〔漢孔宙碑〕

七畫

【𠙍】古不字。見〔字彙補〕

【𠙎】古夜字。見〔五音篇海〕

【𠙏】同𠙆。見〔字彙〕

八畫

〔⿵几貝〕古賵字。見〔集韻〕。

〔⿱桀几〕古桀字。見〔玉篇〕。

九畫

〔凰〕胡光切音黃陽韻〔本作皇。〕㊀鳥名。〔爾雅釋鳥〕鶠、鳳其雌皇。〔疏〕鳳、一名鶠。郭云。瑞應鳥。雞頭、蛇頸、燕頷、龜背、魚尾、五彩色、高六尺許。山海經曰。其狀如鶴。五彩而文。京房易傳曰。鳳皇高丈二。〔按山海經南山經。其狀如鶴。作其狀如雞。浦堂爾雅疏注正誤云。雞誤鶴。〕㊁或作⿰皇鳥。〔晉書武帝紀〕起⿰皇鳥儀殿于後。

〔⿵几爵〕古爵字。見〔集韻〕。

〔⿱冖几〕同冠。見〔字彙補〕。

十畫

〔凱〕可亥切同愷賄韻 ㊀本作豈。〔說文豈部〕豈。還師振旅樂也。㊁樂也。〔禮記表記〕—以強教之。㊂大也。見〔廣雅釋詁〕。㊃盂也。〔方言〕盂謂之銚鋭。〔注〕江東名盂為—。㊄和也。〔詩凱風〕—風自南。〔按廣韻。颽、南風。亦作—。〕㊅同愷。〔劉寬碑〕—悌維風。㊆通闓。〔漢書司馬相如傳〕昆蟲闓澤。〔史記作—〕。

〔⿱⿰夭夭几〕古勝字。見〔字彙〕。〔按集韻。勝古作兗。舊本譌作—。非。〕

〔⿱爽几〕古爽字。見〔集韻〕。

〔⿺辶几〕古遂字。見〔字彙補〕。

〔⿱兖几〕古勝字。見〔集韻〕。

〔⿵几遂〕同颸。見〔五音集韻〕。

十二畫

〔凳〕丁鄧切音鐙徑韻 ㊀牀凳。或作橙。見〔字林〕。㊁几凳。見〔正韻〕。〔今為坐具名。俗亦作櫈。〕

〔凴〕俗凭字。見〔正字通〕。

十四畫

〔⿱巂几〕同子。見〔字彙補〕。

※刀　部※

〔刀〕都勞切到平聲豪韻 ㊀兵也。象形。見〔說文〕。〔段注〕—者兵之一也。㊁到也。〔釋名釋兵〕—。到也。以斬伐到其所。乃擊之也。㊂錢也。〔史記平準書〕龜貝金錢—布之幣興焉。〔注〕索隱曰。—者錢也。以其形如—。〔按初學記云。黃帝採首山之銅。始鑄為—。〕㊃魚名。〔爾雅釋魚〕鮤鱴—。〔釋文〕—字亦作魛。㊄—頭。喻還也。〔古詩〕何日大—頭。〔按—頭有環。環借作還義。故云。〕㊅—墨。謂以—刻其額而墨窒之也。〔國語周語〕有斧鉞—墨之民。㊆—筆。謂記事書於簡冊。謬誤者以—削而除之也。〔漢書蕭何傳〕皆起秦為—筆吏。㊇—鋸。中刑也。見〔漢書刑法志〕。〔後人書奏中云。—鋸鼎鑊。所不敢辭。意本此。〕

〔刁〕丁聊切音貂蕭韻〔按—、本作刀。韻會。刀、都牢切。又丁聊切。一字二音。觀詩公劉鞞琫容刀。亦有二音。可知—本作刀。後人作—以別之而已。〕㊀—斗。小鈴也。〔漢書李廣傳〕不擊—斗自衛。〔注〕孟康曰。—斗以銅作鐎。受一斗。晝炊飯食。夜擊持行。蘇林曰。形如鋗無緣。〔按—斗或亦作刀斗。正字通云。史傳有刀斗。無—斗。刀斗不必讀—也。〕㊁——。動搖貌。〔莊子齊物〕而獨不見之調調之——乎。〔注〕調調——。動搖貌。言物聲既異。形之動搖亦不同。㊂姓也。齊大夫豎—之後。㊃狡詐也。如俗言—頑—健逞—之類。

〔刂〕刀在旁之文。見〔正字通〕。

一畫

〔刃〕而振切忍去聲震韻 ㊀刀堅也。象刀有—之形。見〔說文刃部〕。〔注〕今刀—皆別鑄剛鐵。故从一。〔按堅、段氏改作鋻。增韻云。刀加距為—。正字通云。刀為體。—為用。利而後能截物。古謂之苡。刀徒鋻則鈍。鋻非—之本義也。一者指其處以命之。別於刀之文。非因—用鋼鐵而贅附之也。俗作刄、刄、並非。

(二) 刺也。〔晉書烈王無忌傳〕拔刀將手—之。

(三) 滿也。〔太玄失〕刺虛滅—。〔此假作牣義。〕

(四) 軍器之總稱。〔淮南氾論〕鑄金而爲—。〔注〕—五—也。刀、劍、矛、戟、矢也。

二畫

【刅】初良切音瘡陽韻

傷也。从刃从一。見〔說文刃部〕。〔按从一、乃刀右之譌。鍇本作—。不誤。鍇本作刃云从刀从一。未嘗字在刃部。不得言从刀。段氏泥於鍇本改作刅。懋矣。〕

【分】方文切音餴文韻

(一) 別也。从八刀。刀以—別物也。見〔說文八部〕。

(二) 隔也。施也。賦也。見〔玉篇〕。

(三) 離也。〔莊子漁父〕遠哉其—乎道也。

(四) 裂也。〔素問五常政大論〕—潰癰腫。

(五) 猶散也。〔列子黃帝〕用志不—。

(六) 猶解也。〔後漢寇恂傳〕今日朕—之。

(七) 猶徧也。〔左哀元年傳〕熟食者—而後敢食。

(八) 半也。〔公羊莊二年傳〕喪師—焉。

(九) 與也。〔左昭十四年傳〕—貧振窮。

(十) 異也。〔荀子不苟〕是君子小人之—也。

(十一) 明也。〔呂覽察傳〕是非之經。不可不—。

(十二) 毛也。一曰斑也。〔淮南主術〕則寸—可得而察也。

(十三) 民有異心曰—。〔論語季氏〕邦—崩離析。

(十四) 數名。度法。寸十之一。衡法。錢十之一。田法。畝十之一。圜法。角十之一。曆法。度六十之一。時六十之一。凡數單位十之一皆謂之—。又民國三年三月公布權度條例。營造尺庫平制。長度、十釐爲一—。百—爲一尺。重量、十釐爲一—。百—爲一兩。萬國權度通制。長度、十新釐爲一新—。百新—爲一新尺。重量、十新釐爲一新—。千新—爲一新斤。

(十五) 春—秋—。並節氣名。〔春秋繁露陰陽出入上下〕至於仲春之月。陽在正東。陰在正西。謂之春—。至於仲秋之月。陽在正西。陰在正東。謂之秋—。陰陽相半也。故晝夜均而寒暑平。

(十七) 微—積—。算術名。二變數値之差無限小者、曰微—。變數變化時。於其各變化値之微—乘應於此變化値之函數値。其和爲積—。

(十八) 通紛。〔淮南繆稱〕鬋之生也—。〔注〕猶紛紛。

【分】府吻切音粉吻韻

律也。〔爾雅釋器〕律謂之—。〔注〕律管可以—氣。

【分】符問切汾去聲問韻

(一) 制也。〔荀子榮辱〕詩書禮樂之—乎。

(二) 限也。意深也。又刈禾—齊也。見〔玉篇〕。

(三) 當也。〔文選宋玉賦〕含然諸其不—兮。

(四) 泱也。〔文選班固答賓戲〕士有不易之—。

(五) 猶等也。〔史記禮書〕是儒墨之—。

(六) 猶界也。〔淮南本經〕各守其—

(七) 猶節也。〔文選盧諶詩〕—隨昵加。

(八) 猶志也。〔文選潘岳詩〕投—寄石友。

(九) 名分也。〔禮記禮運〕禮達而—定。

(十) 分位也。〔蜀志諸葛亮傳〕此臣所以報先帝而忠陛下之職—也。

(十一) 因緣也。運命也。〔劇談錄〕當有宿—。

(十二) 材器也。〔人物志〕聰明者英之—也。不得雄之膽則不行。

(十三) 數量也。如世云一—兩—之類。又學校課程以積—計其積。宋明大學行之。今通用。

(十四) 封疆爵土也。〔史記五帝紀〕未有—職。

(十五) 已所當得也。〔文選盧諶詩〕處雁乏蓍嗚之—。

(十六) 謂甘慨也。〔曹植上詩表〕自—黃耇。永無執珪之望。

(十七) 珍寶之器。〔在昭十二年傳〕四國皆有—。

(十八) —子。細分物質至極限之微粒時。仍不失其本性者。名爲分子。此本理科學者假定之說。轉而爲一團體中各個人之稱。

(十九)—野。〔左襄二十八年傳疏〕天之—野。卯爲大火。辰爲壽星。大火房心爲宋—。壽星角亢爲鄭—。

(二十)通糞。〔禮記王制〕百畝之—。〔注〕—、或爲糞。

(廿一)—尼。德銅貨名。百—尼當一馬克。英名 Pfennig。

【分】方問切音糞問韻

均也。〔左僖元年傳〕救患—災。

【分】符分切音汾文韻

趙地名。見〔集韻〕。

【切】千結切音竊屑韻

(一)刌也。見〔說文〕。〔段注〕古文禮刌肺。今文刌爲—。

(二)劃也。〔禮內則〕聶而—之爲膾。

(三)斷也。見〔玉篇〕。

(四)摩也。〔淮南原道〕可—循把握而有數量。

(五)猶磨切也。〔文選馬融賦〕繳灼激以轉—。

(六)治骨也。〔詩洪奧〕如—如磋。

(七)迫也。〔禮記禮器疏〕祭祀之事。必以積漸敬愼不敢逼—。

(八)迫近也。〔後漢襄楷傳〕西至掖門。還—執法。

(九)急也。〔素問五常政大論〕其候清—。

(十)案也。〔史記扁鵲倉公傳〕不待—脈。〔中醫家有望、聞、問、—之說。—卽案脈也。〕

(十一)要也。〔漢書揚雄傳〕請略舉凡。而客自覽其—焉。

(十二)忠實也。〔後漢馮衍傳〕明君不惡—慤之言。

(十三)責也。〔後漢陳忠傳〕而災眚變咎。輒—免公台。

(十四)深也。〔漢書霍光傳〕光聞之。—責王莽。

(十五)刻也。〔漢書貢禹傳〕則取勇猛能操—百姓者。

(十六)譏切也。劃切也。見〔韻會〕。

(十七)門限也。〔漢書外戚傳〕—皆銅沓。冒黃金塗。

(十八)義也。見〔廣雅釋詁〕。

(十九)眾也。見〔廣韻〕。

(二十)猶慨也。〔楚辭惜賢〕—淟涊之流俗。

(廿一)幾何謂直線與圓周、或圓周與圓周。於一點相遇曰—。其直線曰—線。點曰—點。

(廿二)——。懇摯也。〔論語子路〕朋友——偲偲。〔又〕猶勤勤也。〔後漢竇憲傳〕而詔書——。猶以舅氏田宅爲言。〔又〕敬也。見〔廣雅釋訓〕。〔今公文書用之。含有命令屬付之意。〕

(廿三)反—。合字音訣也。〔韻會〕反—。一音展轉相呼。謂之反。亦作翻。以子呼母。以母呼子也。—謂一韻之字相磨以成聲。謂之—。

(廿四)—手。票也。日本名。如支票曰小—手。郵票曰郵便—手。

【切】七計切音砌霽韻

(一)一—。猶一例也。〔史記李斯傳〕請一—逐客。〔又〕權時也。〔漢書平帝紀〕一—滿秩如眞。〔注〕師古曰。一切者、權時之事。非經常也。猶如以刀—物。苟取整齊。不顧長短縱橫。故言一—。

(二)通砌。〔文選張衡賦〕設—厓隒。

【刈】魚刈切音乂隊韻

(一)乂。芟草也。乂或从刀。見〔說文ノ部〕。〔注〕本作乂。後人加刀作—。〔古文復重乂作刘〕。

(二)取也。〔詩葛覃〕是—是濩。

(三)穫也。〔離騷〕願竢時乎吾將—。〔注〕草曰—。穀曰穫。

(四)殺也。見〔玉篇〕。

(五)斷也。見〔廣雅釋詁〕。

(六)絕也。〔國語吳語〕而又—亡之。是天王之無成勞也。

(七)剿也。〔大戴記用兵〕以—百姓。

(八)鎌也。〔國語齊語〕時雨既至。挾其鎗—耨鎛。

(九)通艾。絕也。〔漢書匈奴傳〕艾朝鮮之旃。〔注〕師古曰。艾、讀曰—。

【刐】丁聊切音貂蕭韻

斷也。或作刟。亦作[illegible]。見〔集韻〕。

【刵】而利切音二寘韻

削也。見〔玉篇〕。

【切】居虬切音糾尤韻

大刀也。見〔集韻〕。

【卜刂】北角切邦入聲覺韻

剝或字。〔說文〕剝或从卜。〔按集韻一作則。或作切。〕

【瓜】古似切

古似字。見〔集韻〕。

【刅】

同从。見〔集韻〕。〔按歸藏易。作古剝字。〕

三畫

【⿰工刂】沽紅切音公東韻

(一)斷剎也。〔廣雅釋器〕銍謂之丨。〔正字通云俗字各訓益非。〕

(二)刈也。見〔韻會〕。

(三)刮削物也。見〔篇海〕。

【刊】丘寒切音看寒韻

(一)剟也。見〔說文〕。〔段注〕凡有所削去謂之丨。故刻石謂之丨石。〔按楊慎曰。劉歆答揚雄。懸諸日月不丨之書。言不可削除也。張容甫曰。丨字亦可用。丨其字外之餘木。而後字成。故刻字謂之丨。猶遷官而謂之除也。〕

(二)斫也。〔周禮柞氏〕夏至日。令丨陽木而火之。〔注〕謂斫去次地之皮。

(三)通栞。〔漢書地理志〕隨山栞木。〔注〕師古曰。栞、古丨字。〔按段玉裁云。此與木部之栞音同義異。〕

【⿰勺刂】丁歷切音的錫韻

斷也。見〔集韻〕。

【⿰仡刂】魚乙切音髯質韻

斷也。見〔玉篇〕。〔正字通云。俗刏字。分爲二。誤。〕

【⿰兀刂】枯昆切音坤元韻

斫木枝也。見〔集韻〕。〔按齊民要術作髡。〕

【刌】取本切音忖阮韻　此演切音淺銑韻

(一)切也。見〔說文〕。〔按漢書元帝紀贊。自度曲被歌聲。分丨節度。韋昭曰。丨、切也。謂能分切句絕爲之節制也。與許義合。〕

(二)斷也。見〔廣雅釋詁〕。

(三)剬也。見〔廣韻〕。

(四)通作切。〔儀禮特牲饋食禮〕丨肺三。〔注〕丨、今作切。

【⿰屮刀】知鐵切音折屑韻

以血塗刀也。見〔字彙補〕。

【刋】七見切霰韻〔與刊異。〕

切也。見〔玉篇〕。

【⿰冂刂】清困切音寸願韻

斷也。見〔字彙補〕。

【⿰巛刂】昭收切音州尤韻

居也。見〔字彙補〕。

【⿰乞刂】同刏。俗省。見〔正字通〕。

四畫

【刎】武粉切音吻吻韻

(一)丨頸也。見〔說文新附〕。〔按漢書田延年傳。聞鼓聲。自丨死。即其義。〕

(二)割也。〔禮記檀弓〕不至者。廢其祀。丨其人。

(三)自刻曰丨。見〔一切經音義引通俗文〕。

(四)通歾。〔荀子彊國〕欲壽而歾其頸。〔注〕當作丨。

(五)同伆。〔方言〕伆。離也。吳越曰伆。

【刉】居希切音機　渠希切音祈微韻　其既切祈去聲未韻

(一)劃傷也。从刀。气聲。一曰。斷也。見〔說文〕。〔按劃傷者謂不主於殺。但得其血而已。〕

(二)刺也。見〔廣雅釋詁〕。

【刏】古對切音憒隊韻　古外切音儈泰韻

刀不利。於瓦石上丨之。見〔說文〕。〔段注〕丨與厲不同。厲者厲於厲石。丨者一切用瓦石礙之而已。

【刑】乎經切音形青韻

(一)剄也。見〔說文〕。〔段注〕丨者剄頸也。橫絕之也。此字本義少用。俗乃用丨字爲㓝罰典㓝儀㓝字。〔參閱㓝字。〕

(二)法也。〔易豐〕君子以折獄致丨。

(三)法律也。〔國語晉語〕國斯無丨。〔今丨法爲國家制行之一種公法。規定犯罪與科罰之格律。以命令制裁爲要素。以維持安寧秩序爲目的。與民法商法等私法各別。〕

(四)罰之總名也。古有大丨、小丨、贖丨、五丨等稱。自隋定笞、杖、徒、流、死、五丨。前代沿用。今丨法分生命丨、財產丨、自由丨三種。其中又有主丨、從丨之別。

(五)殺也。〔呂覽音律〕陰將始丨。

(六)侀也。〔禮記王制〕丨者侀也。侀者成也。一成而不可變。

(七)常也。法也。見〔爾雅釋詁〕。

(八)制也。〔荀子臣道〕丨下如影。

(九)害也。〔國語越語〕雖受其丨。

(十)見也。〔漢書終軍傳〕能者進以保祿。能者退而勞力。丨於字內矣。

(十一)猶成也。〔禮記大傳〕百志成故禮俗丨。

(十二)猶則也。〔禮記禮運〕丨仁講讓。

(十三)正人之灋也。〔周禮秋官序官〕以佐王丨邦國。

(十四)丨者。宮人也。〔淮南說山〕丨者多壽。⑮典—。舊法也。〔詩蕩〕尙有典—。⑯—范。鑄鎔規模之器也。〔荀子彊國〕—范正。⑰通鋓。淺器也。〔周禮內饔〕羞脩—膴。

【刑】乎經切音形青韻

①罰辠也。从刀井。易曰。井。法也。見〔說文井部〕〔段注〕此引易說从井之意。春秋元命包曰。—刀守井也。飲水之人。入井爭水陷於泉。刀守之。割其情也。又曰。网言爲詈。刀守詈爲罰。許以罰入刀部。謂持刀罵詈則應罰。以—入井部。謂有犯五—之罪者。則用刀法之。同一从刀。而一係諸受法者。一係諸執法者。且从井非爲入井爭水。視元命包說。正如摧枯拉朽。安置妥貼矣。②治也。見〔廣雅釋詁〕

【㓞】郞八切音劼黠韻去冀切音器寘韻

①巧—也。見〔說文㓞部〕②通契。〔六書正譌〕約也。从刀。丰聲。象刀刻畫竹木以記事者。別作契。後人所加。

【划】胡瓜切音華麻韻

①撥進船也。見〔廣韻〕②舟進竿謂之—。見〔集韻〕③—子。小船也。〔正字通〕方音讀若話。俗呼小船爲—子。

【划】古臥切果去聲箇韻

鎌也。見〔集韻〕

【划】古火切音果哿韻

劃也。見〔集韻〕

【刓】吾官切音岏寒韻

①剸也。从刀。元聲。一曰齊也。見〔說文〕②削去廉隅也。〔楚辭九章〕—方以爲圜。③通园。角泯鍱也。〔莊子齊物論〕五者园而幾向方矣。④同剸。〔漢書韓信傳〕刻印—忍不能予。〔注〕蘇林曰。與剸同。手弄角訛。不忍授也。⑤通玩。〔漢書酈食其傳〕爲人刻印。玩而不能授。〔注〕韓信傳作—。此作玩。義皆通。

【刖】魚厥切音月五忽切音兀月韻

①絕也。見〔說文〕〔段注〕凡絕皆稱—。故剝下云。—鼻也。—足則爲跀。周禮。—者使守囿。此是假借爲跀。②斷足也。〔周禮司刑〕—罪五百。

【列】力孽切音裂屑韻

①分解也。見〔說文〕〔段注〕—之本義爲分解。故其字从刀𣦵。𣦵分骨之𣦵。从—引伸爲行—之義。②布也。見〔廣韻〕③序也。〔太玄玄攡〕—敵度宜之謂義也。④次也。〔管子四時〕賦爵—。⑤位也。〔左僖十五年傳〕入而未定—。〔俗云—位義本此〕⑥陳也。見〔廣雅釋詁〕〔今云陳—所陳—品是此義〕⑦別也。〔呂覽孝行〕—文章。⑧業也。〔管子法禁〕家宮於其—。⑨亦分也。〔管子法禁〕故下與官—。⑩位序也。〔漢書韋玄成傳〕恤我九—。⑪等比也。〔禮記服問〕上附下附—也。⑫行次也。〔荀子議兵〕散則成—。⑬與作有次第也。〔禮記禮運〕故事可—也。⑭軍伍也。〔左僖二十二年傳〕不鼓不成—。⑮遮列也。〔禮記玉藻〕山澤—而不賦。⑯肆也。〔漢書劉向傳〕不改其—。⑰貨物行也。〔漢書食貨志〕小者坐—販賣。⑱田之畦畸也。〔周禮稻人〕以—舍水。⑲—國。大國也。〔左莊十一年傳〕—國諸侯無凶。⑳—星。有—位者。〔荀子天論〕—星隨旋。〔注〕二十八宿也。㉑—缺。天閃也。〔漢書司馬相如傳〕貫—缺之倒景兮。㉒姓也。鄭—禦寇著書十八篇稱—子。㉓同裂。〔管子五輔〕大袂—。㉔通烈。〔文選揚雄賦〕舉𤎅烈火。〔烈與—同〕

【列】力制切音例霽韻

比也。見〔集韻〕

【⿰殳刂】所鑑切衫去聲陷韻

〔正字通云。與芟通。改爲所鑑切。衫去聲。誤。存以俟考〕

刈也。見〔集韻〕。

【刿】所觀切沙去聲禡韻　剌也。見〔集韻〕。

【刐】得旱切丹上聲旱韻　剬也。見〔玉篇〕。

【刟】丁聊切音刁蕭韻　取禾穗也。見〔篇海〕。

【刏】紀披切音羈支韻　刀取物也。見〔集韻〕。

【刉】擧綺切音紀紙韻　同剞。曲刀也。見〔集韻〕。〔正字通〕云。俗剞字。篇海—亦作剞。舊注—同欹。並非。

【刔】古穴切音決屑韻　剔也。見〔玉篇〕。

【刭】之容切音鐘冬韻　刮削物也。見〔篇海〕。

【刕】良脂切音棃支韻　憐題切音黎齊韻　姓也。出蜀刀逵之後。避難。改爲—氏也。見〔廣韻〕。

【刣】余時切音怡支韻　巧—也。見〔字彙補〕。

【制】吕止切音齒紙韻　剬物也。見〔篇海〕。〔正字通〕云。俗剬字。

【刅】紕民切音殯悲巾切音彬眞韻　分也。見〔集韻〕。〔正字通〕云。俗字。訓與攽涵。又音分文韻雜半。與彬份涵。並非。存參。

【㓝】古用字。見〔字彙補〕。

【刘】古刈字。見〔字彙補〕。

【刭】同劍。俗省。見〔正字通〕。

【划】同徹。見〔字彙補〕。

【刋】同砑。見〔篇海〕。

【刑】同刅。傷也。見〔字彙補〕。

【刭】譎字。見〔正字通〕。

五畫

【㓡】居侯切音鉤尤韻　鎌也。見〔說文〕。〔段注〕—亦作鉤。周禮薙氏。夏日至而夷之注云。以鉤鐮迫地而芟之也。方言曰。刈鉤。江淮陳楚之間謂之鉊。音昭。或謂之鐹。音果。亦作划。自關而西、或謂之鉤。或謂之鐮。或謂之鍥。音結。

【剌】敷勿切音拂物韻　❶擊也。見〔說文〕。〔按國語齊語。—令支。卽其義。〕❷斷也。見〔集韻〕。❸刃聲也。〔左昭二十六年傳〕苑子—林雍斷其足。

【初】楚居切楚平聲魚韻　〔同文擧要〕別作𥘉、䄋。俗作衸。並非。❶始也。从刀衣。裁衣之始也。見〔說文〕。〔按始訓與爾雅同。〕❷前也。〔後漢吳祐傳〕祐辭謝而已。守志如—。❸數之始也。〔易繫辭〕其—難知。❹故事也。〔禮記檀弓〕夫魯有—。❺猶故也。〔儀禮覲禮〕伯父帥乃—事。❻始生也。〔楚辭離騷〕—既與余成言兮。❼舒也。見〔廣韻〕。❽性命之本也。〔莊子繕性〕無以反其性情而復其—。❾幼時也。〔詩兔爰〕我生之—。尚無爲。❿凡倒本其事者皆言—。〔左隱元年傳〕—鄭武公娶於申。⓫梁益之間謂鼻爲—。見〔方言〕。⓬居第一之位故稱—。〔易乾〕—九。⓭—吉。朔日也。〔詩小明〕二月—吉。⓮太—者。氣之始也。見〔列子天瑞〕。⓯—虞。陽上升而始謀也。〔書大傳〕名曰—虞。⓰—度。謂始生之年日也。〔離騷〕皇覽余于—度兮。⓱人名。夷齊之父物—。字子朝。見〔史記伯夷傳索隱〕。

【刪】師姦切音潸刪韻　❶剟也。从刀冊。冊、書也。見〔說文〕。〔段注〕凡言—剟者。有所去卽有所取。藝文志曰。今—其要。以備篇籍。—其要卽取其要也。❷除削也。〔漢書律曆志〕—其僞辭。取其正義。著於篇。❸定其義也。〔後漢孔奮傳〕奇博通經典。作春秋左氏—。

【判】普半切音泮翰韻　❶分也。見〔說文〕。❷離也。〔國語晉語〕則上下既有—矣。❸散也。見〔小爾雅廣言〕。❹別也。〔離騷〕—獨離而不服。

(五) 半也。〔周禮媒氏〕掌萬民之｜。〔注〕得偶爲合主合其半。

(六) 片也。〔漢書翟義傳〕天地｜合。〔師古曰〕｜之言片也。

(七) 裁斷也公文之一種。〔唐書選舉志〕試身言書｜。

(八) 官也古有｜官前代有通｜、州｜。今法官稱審｜官＝本則稱推事爲｜事。

(九) 聽辨之書也。〔周禮朝士〕凡有責者有｜書以治則聽。〔注〕｜分半而合者故書｜爲辨。〔猶今合同契約。〕

(十) 宰相出典州曰｜。見〔韻會〕。〔以大兼小謂之｜〕。

(十一) 通牉。猶結也。〔儀禮喪服〕夫妻牉合。

(十二) 通拌。劀也。〔史記龜策傳〕鑴石拌蚌。

(十三) 通泮。開也。〔史記陸賈傳〕自天地剖泮。

【別】皮列切便入聲屑韻

(一) 離也。〔文選江淹賦〕黯然銷魂者。惟｜而已矣。

(二) 大｜。山名。〔書禹貢〕漢水至於大｜。南入於江。〔按讀史方輿紀要。大｜山在漢陽府城東北。漢江之右。一名翼山。一名翼際山。在今湖北漢陽縣。〕

(三) 小｜。山名。〔左定四年傳〕吳子伐楚。令尹子常濟漢而陳。自小｜至於大｜。〔按清一統志。小｜山在漢川縣東南漢江濱。一名甑山。今在湖北漢川縣。〕

【別】筆列切鞭入聲屑韻

(一) 本作𠔁。〔說文𠔁部〕𠔁。分解也。从𠔁从刀。〔段注〕𠔁者分解之皃。刀者所以分解之也。

(二) 辨也。〔大戴記小辨〕大夫學德｜義。

(三) 決也。〔荀子宥坐〕三月不｜。

(四) 治也。見〔方言〕。

(五) 猶識也。〔穀梁襄六年傳〕由｜之而不｜也。

(六) 判明也。〔論語子張〕區以｜矣。

(七) 不相連也。〔爾雅釋山〕小山｜大山鮮。〔疏〕謂小山與大山不相連屬者名鮮。

(八) 流｜。種｜。著述者區｜其流裔也。〔正字通〕晉摯虞撰古今文章類聚、分三十卷。曰流｜集。又劉向有｜錄。子歆集六藝羣書種｜爲七畧。言各種分｜也。

(九) 支｜。支派也。〔後漢馮魴傳〕魴南陽湖陽人也。其先魏之支｜。

(十) 孕｜。謂生育與母分｜也。〔荀子王制〕黿鼉魚鼈鰌鱣孕｜之時。

(十一) 傅｜。券契也。〔周禮小宰〕聽稱責以傅｜。

(十二) 通辯。〔易繫辭〕以｜貴賤。〔釋文〕本亦作辯。

(十三) 通辨。〔禮玉藻〕｜色始入。〔按詩傳作辨色。又周禮士師荒辨之法。鄭康成讀辨爲｜。〕

(十四) 通變。〔正字通〕揚子曰。君子豹｜。其文蔚。小人貍｜。其文萃。｜當爲變。變轉辨也。周易作變。从變爲正。

【刦】訖業切音訐洽韻〔｜、刧、刼俗劫字。从說文劫爲正。〕

(一) 强取也。見〔集韻〕。

(二) 禁持也。〔荀子修身〕｜之以師友。

(三) ｜剝。剽掠也。〔文選左思賦〕｜剝熊羆之室。

【㓠】都念切點去聲豔韻

缺也。詩曰。白圭之｜。見〔說文〕。〔段注〕大雅抑詩。白圭之玷。毛曰。玷、缺也。箋云。玉之缺尚可磨鑢而平。按｜、玷古今字。

【㓠】多忝切音點琰韻

(一) 刀缺也。見〔集韻〕。

(二) 斫也。見〔集韻〕。

【利】力至切音詈寘韻

(一) 銛也。刀和然後利。从刀和省。易曰。｜者義之和也。見〔說文〕。〔段注〕銛者臿屬。引伸爲銛｜字。銛｜引伸爲凡利害之利。

(二) 和也。見〔廣雅釋詁〕。

(三) 仁也。見〔廣雅釋詁〕。

(四) 疾也。〔淮南墜形〕輕土多｜。

(五) 便也。〔國策周策〕西周弗｜。

(六) 順也。〔晉書王濬傳〕濬舉帆直指。報曰。風｜不得泊也。

(七) 勝也。〔史記項羽本紀〕戰少｜。

(八) 勢也。〔史記賈誼傳〕因｜乘便。

(九) 富饒也。〔國策秦策〕西有巴蜀漢中之｜。

(十) 貪也。〔禮記坊記〕先財而後禮則民｜。

(十一) 益也。〔禮記月令〕｜以殺草。〔今具言｜益〕

(十二) 祿也。〔禮記表記〕事君大言入則

聖大—。〔今具言—祿〕

(十三) 吉也。宜也。〔易賁〕—有攸往。〔今具言吉—〕

(十四) 猶取也。〔淮南說山〕不惜人之—之也。

(十五) 猶養也。〔禮記曾子問〕不告—成。

(十六) 功用也。〔易繫辭〕耒耨之—。〔今具言功—〕

(十七) 險要也。〔孟子公孫丑〕天時不如地—。

(十八) 滑密也。〔考工記輈人〕輈有三理。三者以爲—也。〔猶今言流—〕

(十九) 便好也。〔漢書高帝紀〕與—田宅。

(二十) 牐入也。〔史記越世家〕逐什一之—。〔猶今言純—、淨—〕

(廿一) 佐食也。〔儀禮特牲饋食禮〕—洗散獻於尸。

(廿二) 爵賞也。〔國語晉語〕必將求—於我。

(廿三) 裁成也。〔易文言〕—物足以和義。

(廿四) 使不窒滯也。〔禮記月令〕修—隄防。〔猶今言便—〕

(廿五) 謂悅愛之也。〔荀子正名〕不—傳辟者之辭。

(廿六) —者體之養也。見〔春秋繁露身之養重於義注〕。

(廿七) —者道之本也。見〔春秋繁露示道施〕。

(廿八) 益於人曰—。見〔後漢羊續傳注〕。

(廿九) 益萬物爲—。見〔易義海撮要引魏徵說〕。〔猶今言—國便民〕

(三十) 以作事業曰—。〔周禮旅師〕散其—。

(卅一) 借藏義而行之爲—。見〔左宣十五年傳〕。

(卅二) 以母金獲子金曰—。或稱曰—息—子。

(卅三) 舍—。梵語。猶華言身骨也。〔正字通〕佛示寂後闍維身不壞者出舍—。狀如大菽。或翔空。或發光。一曰行道舍—。一曰入定舍—。入定者閉不得見。行道者爲石塔緘之。

(卅四) 舍—。獸名。〔文選張衡賦〕含—颬颬。〔注〕性吐金故曰含—。

(卅五) 州名。巴蜀地。晉西益州。梁改—州。〔即今四川廣元縣〕

(卅六) 人名。非—。穆王之嬖臣。見〔穆天子傳〕。

(卅七) 通和。〔荀子正名〕—而不流。

(卅八) 通離。〔荀子非十二子〕綦谿—跂。

(卅九) 姓也。漢—乾。爲中山相。

【刟】 丁聊切音貂蕭韻 斷也。見〔玉篇〕

【⿰屮刂】 公懷切音乖佳韻 斷也。見〔字彙補〕。

【⿰帀刂】 初巳切音齒紙韻 制物也。見〔篇海〕。

【刞】 七慮切音覷御韻 耕土器。見〔集韻〕。〔正字通云。俗鉏字〕

【㓟】 攀糜切音披 蒲糜切音皮 支韻 披義切披去聲寘韻 刀析也。剝也。見〔集韻〕。〔正字通云。俗披字。舊注誤分爲二〕

【刡】 弭盡切音泯軫韻 削也。見〔集韻〕。

【刢】 郎丁切音靈青韻 刀剖物。本作⿱雨分。或作劉。見〔集韻〕。

【刻】 胡先切音賢先韻 自刎剄也。見〔集韻〕。

【⿰瓜刂】 姑華切音瓜麻韻 㓷也。見〔玉篇〕。〔正字通云。俗剮字〕

【⿰句刂】 職容切音鐘冬韻 刮削物也。見〔篇海〕

【刨】 蒲交切音胞肴韻 削也。見〔集韻〕。

【⿰卯刂】 力九切音柳有韻 㓷也。見〔集韻〕。

【⿰豕刂】 丑全切音川先韻 去皮也。見〔篇海類編〕。

【⿰丙刂】 布皿切音丙梗韻 鄭邑名。〔穆天子傳〕天子北入於—。

【⿰夯刂】 力支切音釐支韻 㓷也。見〔字彙補〕。

【⿰北刂】 二位切音芮寘韻 摩也。見〔字彙補〕。

【⿰希刂】 生括切音刷曷韻 㓷也。見〔篇海〕。

【⿰甶刂】 龍巽切音利寘韻 行也。見〔字彙補〕。

【⿰未刂】 制本字。見〔說文〕。

【创】 古制字。見〔字彙補〕。

【⿰州刂】 古州字。見〔集韻〕。

【刧】同刼。見〔字彙補〕。

【刼】俗刧字。見〔集韻〕。

六畫

【刮】古刹切音鴰黠韻

一 本作𠛰。〔說文〕𠛰。掊杷也。〔段注〕杷、各本作把。誤。手部曰。掊。杷也。木部曰。杷。收麥器。凡掊地如杷麥然。故彙言之曰掊杷。

二 減也。見〔廣雅釋詁〕。

三 刮摩也。〔禮記明堂位〕一楹達鄉。

四 猶抉發也。〔杜甫詩〕巧一造化窟。

五 挑一。猶燭察也。〔陸龜蒙詩〕何微不挑一。

六 蒙一阿里一。俱人名。見〔金史〕。

【到】刀號切音倒號韻

一 至也。見〔說文至部〕。

二 欺也。〔史記韓世家〕不如出兵以一之。

三 懇一。詳言也。〔晉書康獻褚后傳〕所奏懇一。形於翰墨。

四 鋤拔反之更生者曰一植。〔莊子外物〕草木之一生者。〔今字作倒〕

五 人名。屈一。見〔國語〕。

六 姓也。出彭城楚令尹屈一之後。秦一滿。漢東平太尉一質。

【⿰缶刂】府九切音否有韻

一 刀握也。見〔說文〕。〔段注〕謂握持處也。篇韻皆云一同弣。按弓把曰弣。考工記少儀。弣作拊。刀把曰一。少儀亦作拊。拊、拊、與一音相近。

二 以刀掘取物也。見〔集韻〕。

【刱】楚亮切音愴漾韻

一 造法一業也。見〔說文井部〕。

二 初也。見〔廣韻〕。

三 通創。〔漢書敍傳〕禮儀是創。〔按孟子國語。字皆作創。互詳創字。〕

【刲】傾畦切音奎齊韻涓惠切音桂霽韻

一 刺也。見〔說文〕。

二 刳也。見〔廣雅釋詁〕。

三 屠也。見〔廣雅釋言〕。

四 取也。〔國策齊策〕一魏之東野。

【刳】空胡切音枯虞韻墟候切音摳尤韻

一 判也。見〔說文〕。〔段注〕內則云。刲之、一之。〔按刲、謂刺殺之。一、謂空其腹。〕

二 屠也。見〔廣雅釋詁〕。

三 狄也。見〔方言〕〔通訓定聲〕謂借狄為剔。

四 消除其土也。〔文選鮑昭賦〕一濬洫。

五 一剔。剝剔也。〔書泰誓〕剔孕婦。

六 通枯。〔荀子正論〕斮斷枯磔。〔按廣雅疏證。一、枯、義相近。〕

七 通夸。〔莊子天地〕君子不可以不一心焉。

【制】征例切音製霽韻

一 本作利。〔說文〕利。裁也。从刀未。未。物成有滋味。可裁斷。一曰止也。

二 作也。〔孟子梁惠王〕可使一梃。

三 斫也。〔淮南主術〕猶巧工之一木也。〔按通訓定聲。以刀斷木。从未。猶从木也。木老而堅。中材用。故从未。古文从彡。象斫木紋。〕

四 斷也。〔禮記王制〕凡一五刑。〔今具言斷一、裁一。〕

五 法也。〔國語越語〕君行一。臣行意。

六 主也。〔呂覽禁塞〕以告一兵者。

七 禁也。〔淮南修務〕人不能一。〔猶今言法律一裁。〕

八 御也。〔國策秦策〕王因而一之。〔今具言統一、節一。〕

九 正也。〔晉書慕容盛載記〕不能匡一其君。

十 猶禽也。〔淮南主術〕以利見一於人也。

十一 猶從也。〔淮南氾論〕聖人作法。而萬物一焉。

十二 法度也。〔禮記曲禮〕必告之以其一。

十三 準度也。〔國語越語〕必有以知天地之恒一。

十四 差等也。〔考工記弓人〕弓長六尺有六寸。謂之上一。上士服之。

十五 縛束也。〔文選揚雄解嘲〕一以鑕鐵。

十六 命令也。〔國語晉語〕二三子之一也。

十七 君命也。〔禮記曲禮〕士死一。

十八 術數也。〔呂覽去宥〕威王好一。

十九 布帛幅廣狹也。〔禮記王制〕度量數一。

廿 不一。不造新也。〔周書大匡〕服漱不一。

廿一 丈八尺曰一。〔儀禮既夕〕贈用一幣。

廿二 居喪曰守一。〔按禮記喪服四一

篇恩、理、節、權。謂之四—。後世稱守—義本此。〕

㉓天子之言曰—書。〔獨斷〕—者、王者之言。必爲法—者也。〔後世言稱—、矯—、詔、策皆是此義。〕

㉔費用儉約謂之—節。〔孝經〕—節謹度。

㉕先王之成法曰—。〔左隱元年傳〕今京不度非—也。

㉖邑名。鄭地。〔左隱元年傳〕武姜爲段叔請—。〔按讀史方輿紀要鄭之—邑亦曰虢。又名虎牢。在鄭州西百十里。據此地當在今河南汜水縣。〕

㉗同折。〔莊子外物〕自—河以東。〔崔駰達旨天地初—。—亦音哲。〕

【刷】數滑切涮入聲黠韻所劣切音啜屑韻

❶刮也。見〔說文〕〔段注〕—、與㕞別。又部曰。㕞飾也。飾、今拭字。—者。掊杷也。掊杷必用除穢之器如刀然。故从刀。〔按正字通云周禮爾雅皆有—無㕞。从—可也。〕

❷淸也。見〔爾雅釋詁〕

❸猶飲也。〔文選左思賦〕—馬江洲。

❹猶拭也。〔周禮凌人〕夏頒氷掌事秋—。〔注〕—除氷室。潔淸其地也。

⑤摩切也。〔夢溪筆談〕一板印—己自布字。

⑥掃除之也。〔漢書貨殖傳〕—會稽之恥。

⑦帥也。帥髮長短皆令上從也。亦言瑟也。—髮令上瑟然也。見〔釋名釋首飾〕

⑧行速也。〔文選顏延年賦〕旦—幽燕。晝秣荊越。〔形容馬之迅疾也〕

⑨振—。整頓也。如云振—精神。振—吏治之類。

⑩根—。尋究也。官司稽察簿書謂之—卷。

⑪理髮具。〔廣雅釋器〕篦謂之—。

【券】區願切音勸願韻

❶契也。从刀。𠔉聲。—別之書。以刀判契其旁。故曰書契。見〔說文〕〔段注〕栔、契各本作契。今正。判、分也。栔、刻也。兩家各一之書牘。分刻其旁。使可兩合以爲信。

❷分明也。〔莊子庚桑楚〕—內者行乎無名。—外者志乎期費。

❸綣也。相約束繾綣以爲限也。見〔釋名釋書契〕

❹要也。〔史記田敬仲完世家〕公常執左—。

⑤鐵—。古者封列侯誓書也。鐫免死及俸祿之數于其面。形如瓦。一藏內府。一授本爵。

【刺】七賜切此去聲寘韻

❶君殺大夫曰—。見〔說文〕〔段注〕—、直傷也。當爲本義。君殺大夫曰—。當爲別一義。辭之先後今又倒亂矣。

❷殺也。見〔爾雅釋詁〕

❸至也。〔史記杜周傳〕內深—骨。〔集解〕其用罪深刻至骨。

❹舉也。〔國策齊策〕面—寡人之過者。

⑤責也。〔詩瞻卬〕天何以—。

⑥猶非也。〔淮南說林〕—我行者欲與我交。

⑦刻除也。〔儀禮士相見禮〕庶人則曰—草之臣。

⑧采取也。〔漢書郊祀志〕—六經中作王制。

⑨訊決也。〔周禮小司寇〕以三—斷民訟獄之中。

⑩探候之也。〔漢書丙吉傳〕至公車—取。

⑪名帖也。〔後漢禰衡傳〕陰懷一—。既而無所之至—字漫滅。〔俗稱名片今日本猶稱名—〕

⑫鑯也。見〔廣雅釋詁〕〔按廣韻以針鑯物曰—。針、鑯、通〕

⑬鋒也。〔淮南氾論〕修戟無—。

⑭撥也。〔考工記冶氏〕與—重三鋝。

⑮風—。微文譏切也。〔詩關雎序〕下以風—上。〔—、亦作刾〕

⑯枝之變形附生枝旁其狀如針。或如鷹嘴。曰—。〔方言〕草木—人自關而西謂之—。

⑰—兵。矛屬。〔考工記廬人〕—兵欲無蛸。

⑱官名。〔周禮司刺〕司—掌三—。〔又〕漢武帝初置—史。掌奉詔察州。成帝更名牧。哀帝復爲—史。〔又〕舊稱直隸州知州爲直—。

【刾】七亦切音磧陌韻

❶穿也。傷也。見〔集韻〕

❷撑也。〔史記陳平世家〕平乃—船而去。

❸針黹也。〔史記貨殖傳〕—繡文不如倚市門。〔今具言—繡。女校至設專科習之〕

❹偵伺也。〔漢書燕王旦傳〕陰—候

朝廷事。
㊄刃之也。[孟子梁惠王]是何異於—人而殺之。
㊅——多言貌。[管子心術]焉能去——爲咢咢乎。
㊆黥也。—字犯人面自古以來行之。近代廢。

【刺】七計切音砌霽韻

譏也。[詩葛屨]維是褊心。是以爲—。

【刻】乞得切音克職韻

㊀鏤也。見[說文]。[段注]金部曰。鏤。剛鐵可以—鏤也。釋器曰。金謂之鏤。木謂之—。此晰言之。統言則—亦鏤也。
㊁猶識記也。[後漢申屠剛傳]懼然自—。
㊂豕跡也。[爾雅釋獸]豕其跡—。[疏]其跡名—。
㊃削也。[莊子刻意]—意尚行。[言—削其意不得自恣猶云—苦也。]
㊄分也。見[廣雅釋詁]。
㊅甚也。見[廣雅釋詁]。
㊆到也。見[廣雅釋詁]。[自刎謂之自—。]
㊇貪也。見[廣雅釋詁]。
㊈剬也。見[玉篇]。
㊉害也。[書微子]我舊云—子。
(十一)急也。[國策秦策]深—寡恩。[猶言—薄也。]
(十二)損減也。[荀子禮論]—死而附生謂之墨。
(十三)盡也。[呂覽達鬱]人主賢則人臣之言—。
(十四)剝也。見[廣韻]。
(十五)器上所銘記曰—。[漢書郊祀志]已而案其—。
(十六)十五分時爲一—。每一小時爲四—也。古者鍥漏箭以候日晷爲—。因謂晷度曰—。一曰—漏。時—義當由此。

【𠛿】他彫切音祧平聲丁聊切音貂蕭韻

㊀剟也。見[集韻]。
㊁刖或字。[集韻]刖。博雅。斷也。或从兆。

【剁】都唾切多去聲個韻

㊀斫也。見[玉篇]。
㊁細剉也。見[六書故]。
㊂同鋜。見[正韻]。

【㓢】歷各切音洛藥韻

㊀剠也。見[廣雅釋詁]。[疏證]剠與黥同。凡剠毛髮爪甲亦謂之—。
㊁去節曰—。見[一切經音義引通俗文]。

【㓣】乞洽切音恰洽韻

㊀陷也。見[集韻]。
㊁刺入也。見[正字通]。

【剎】初栗切音刹質韻

制斃。見[篇海]。[正字通云。刹字之譌]。

【𠛮】居尤切音鳩尤韻

出罪也。見[字彙]。

【刴】丁可切多上聲哿韻

摑也。見[篇海]。

【㓤】丘八切音劼黠韻

剠面也。[韓愈詩]敗面碎剠—。[注]黥面曰剠。剠面曰—。

【則】古痕切音根元韻

削也。見[篇海類編]。

【岎】符分切音焚文韻

性也。見[五音篇海]。

【刵】而至切音餌寘韻牛芮切音劓霽韻

斷耳也。見[說文]。[如書康誥非汝封。劓—人。無或劓—人。是也。]

【𠛩】居曾切亙平聲蒸韻

剖也。見[集韻]。

【㓰】知巾切音珍眞韻

刃也。見[字彙補]。

【𠛤】列本字。見[說文]。

【㓝】刑本字。見[說文]。

【𠛰】別本字。見[說文]。

【剏】古創字。見[正字通]。

【㓡】古制字。見[集韻]。

【𠛐】古制字。見[玉篇]。

【𠛬】古删字。見[字彙補]。

【𠛺】同削。見[集韻]。

【刹】同剎。見[字彙補]。

【𠝣】同刻。見[字彙補]。

【𠛦】俗剠字。見[正字通]。

【刦】俗刼字。見[正字通]。

【制】譌字。見〔正字通〕。

【釗】譌字。見〔正字通〕。

七畫

【剎】初轄切音刹黠韻

(一)柱也。見〔說文新附〕。

(二)土也。〔華嚴經〕一佛所化之境。以大千世界爲一—。

(三)僧寺也。〔南史陳宣帝紀〕大雨震大皇寺—。

(四)旛柱也。沙門得一法、則建旛告遠、曰—。見〔正字通〕。

(五)釋家上立柱、中藏舍利子、亦曰—。見〔增韻〕〔今謂之塔〕。

(六)列—。佛塔也。〔文選王巾頭陀寺碑〕列—相望。

(七)—。梵語。竿也。見〔繙釋正義〕。

(八)—那。俄頃也。釋典常用之。

(九)羅—。國名。〔通考〕隋大業三年。遣使常駿等使赤土國。至羅—。〔又〕鬼名。〔北史京兆王乂傳〕言乂本名夜乂。弟羅實名羅—。夜乂羅—。此鬼食人。

【則】即德切音側職韻

(一)等畫物也。从刀貝。貝、古之物貨也。見〔說文〕。〔段注〕等畫物者。定其差等而各介畫也。貨有貴賤之差。故从刀介畫之。

(二)法也。〔書五子之歌〕有典有—。

(三)效也。〔論語泰伯〕惟堯—之。

(四)常也。見〔爾雅釋詁〕。

(五)節也。取用有節。刀所以裁制也。見〔說文注〕。

(六)地未成國之名。〔周禮大宗伯〕五命賜—。

(七)—者、承上起下之辭。即也。〔書禹貢〕西戎即敍。〔經傳釋詞〕言西戎—皆順從也。

(八)猶曾也。〔禮記檀弓〕从—弗之忌矣。

(九)猶而也。〔左文二年傳〕勇—害上。

(十)猶若也。〔書洪範〕汝—有大疑。

(十一)猶乃也。〔詩新臺〕鴻—離之。

(十二)猶其也。〔禮記檀弓〕人之稱斯師也。—謂之何。

(十三)猶或也。〔史記陳平世家〕帝以忿怒故欲斬之。—恐後悔。

(十四)何—。何也。〔墨子尚賢〕何—。皆以明小物而不明大物也。

(十五)不—。猶言—也。〔周書祭公〕我不—寅哉寅哉。

(十六)夷則。律名。〔禮記月令〕孟秋之月。其音商。律中夷—。〔詳夷字〕。

(十七)天理不差忒者曰—。〔易文言〕乃見天—。

(十八)根天地之氣。寒暑之和。水土之性。人民鳥獸草木之生物。雖不甚多。皆均有焉而未嘗變也。謂之—。見〔管子七法〕。

(十九)月陽。〔爾雅釋天〕月在己曰—。

(二十)通即。〔詩終風〕願言—嚏。〔按一切經音義作願言即嚏。廣雅釋言。—、即也〕。

(廿一)姓也。漢—長。

【剈】縈玄切音淵先韻　娟悅切涓入聲屑韻

(一)挑取也。一曰。窐也。見〔說文〕。〔段注〕抉而取之也。挑、抉也。今俗云剜。穴部曰。窐。空也。窐與—音義通。

(二)小刺而深也。見〔六書故〕。

【刖】縈絹切霰韻

曲也。見〔類篇〕。

【剉】寸臥切音銼　祖臥切音挫箇韻

(一)折傷也。見〔說文〕。〔段注〕—、與手部挫。音同義近。經史剉折字多作挫。按今俗謂錮爲—。乃錯之誤耳。說文作厝。

(二)去芒角也。〔莊子山木〕廉則—。

(三)斬截也。〔劉氏新論言苑〕—絲滿篋。不可織爲綺縠。

【削】思約切相入聲藥韻

(一)鞞也。見〔說文〕。〔按釋名訓爲刀室。漢書貨殖傳注訓爲劍室。玉篇云。—所以貯刀劍。小爾雅作鞘〕。

(二)書刀也。〔考工記築氏〕築氏爲—。長尺博寸。合六而成規。〔注〕今之書刃。〔疏〕古者未有紙筆。則以—刻字。至漢雖有紙筆。仍有書刃。

(三)陗也。見〔釋名釋兵〕。

(四)刊也。〔禮記曲禮〕爲天子—瓜者。

(五)平也。見〔一切經音義引蒼頡〕。

(六)刪除也。〔漢書禮樂志〕—則—。

(七)剝治也。〔神異經〕周圓如—。

(八)減也。〔說苑政理〕名過其實者—。

(九)分析也。〔國策齊策〕夫齊—地而封田嬰。

(十)猶殺也。〔儀禮喪服記〕外—幅。

(十一)奪除也。〔禮記王制〕君—以地。〔今云奪職曰—職。亦此義〕。

(十二)小僾也。〔書君陳〕無倚法以｜。
(十三)小也。〔呂覽長利〕是故地日｜。
(十四)弱也。〔孟子告子〕曾之｜也滋甚。
(十五)補｜。謂除去其惡也。〔荀子臣道〕事暴君者有補｜無撟拂。
(十六)｜成。峭峻貌。〔山海經西山經〕太華之山。｜成而四方。〔注〕謂山形上大下小。
(十七)酸｜。酸嘶也。見〔周禮疾醫疏〕。

【削】仙妙切音笑效韻
同鞘、刀劍室也。〔漢書貨殖傳〕質氏以洒｜而鼎食。〔謂洗濯刀劍室者。〕

【削】七肖切音峭效韻
(一)同峭。〔文選王褒論〕宰相剗｜。
(二)網羅之屬也。〔莊子胠篋〕｜格羅落罝罘之知多、則獸亂於澤矣。〔釋文〕｜七妙反。

【削】相邀切音消蕭韻
｜然。反琴聲。〔莊子讓王〕孔子｜然而弦歌。〔或作悄。〕

【削】所敎切音稍效韻
家｜。大夫之采地也。〔周禮太宰〕家｜之賦。〔注〕二百里家｜。亦作稍。又作鄁。〔疏〕家｜之賦者。謂二百里之內地名｜。其中有大夫采地。謂之家。故名家｜。

【剋】乞得切音刻職韻
(一)勝也。〔後漢桓譚傳〕何征不｜。
(二)殺也。見〔集韻〕。
(三)陽也。〔後漢鄭興傳〕宜留思柔｜之政。〔注〕柔｜、謂和柔能立事也。
(四)己也。見〔廣韻〕。
(五)急也。見〔廣韻〕。
(六)必也。見〔廣韻〕。
(七)弱而受刑謂之｜。見〔御覽刑法引舊大傳〕。
(八)涓選日辰曰｜擇。言按五行生｜分吉凶也。見〔正字通〕。
(九)｜期。約定日期也。〔漢漢鍾離意傳〕與｜期俱至。
(十)同剋。〔吳志賀齊傳〕謹以｜心。非但舊紲。〔正字通云剋期或借｜。剋心不必借｜。〕
(十一)通克。〔詩淸人序〕高克好利。〔釋文〕克本作｜。
(十二)通亥。〔論語子罕集解〕弟子顏｜。〔釋文〕｜本作亥。

【剌】郎達切音辢曷韻〔字從約束之束。與从朿之刺不同。〕
(一)戾也。从束从刀。刀者｜之也。見〔說文〕。
(二)⿱戔衣也。見〔廣雅釋詁〕。
(三)痛也。見〔方言〕。
(四)愎很遂過曰｜。不思忘愛曰｜。暴戾無親曰｜。並見〔周書謚法〕。
(五)撥｜。張弓聲。〔文選張衡賦〕彎威弧之撥｜。
(六)跋｜。魚躍聲。〔李白詩〕跋｜銀盤欲飛去。

【前】才先切音錢先韻
(一)本作歬。〔說文止部〕不行而進謂之歬。从止在舟上。〔注〕坐而至者舟也。
(二)先也。〔禮記中庸〕可以｜知。
(三)後之反也。〔論語子罕〕瞻之在｜。忽焉在後。
(四)謂目｜也。〔漢書嚴助傳〕事效見｜。故使臣來諭王意。
(五)謂當｜也。〔禮記曲禮〕父｜子名。君｜臣名。
(六)謂｜代也。〔創業起居注〕絕後光｜。
(七)故也。〔禮記檀弓〕我未之｜聞也。〔語云｜賢｜王義本此。〕
(八)導也。〔儀禮特牲饋食禮〕尸謖祝｜。主人降。
(九)進也。〔史記魏其武安侯傳〕及出壁門莫敢｜。〔語云勇往直｜。亦此義。〕
(十)邑名。〔左昭二十二年傳〕司徒醜以王師敗績于｜城。〔注〕｜城、子朝所得邑。〔今在河南洛陽縣西南。亦曰泉亭。又曰｜亭。〕
(十一)雨｜。茶名。〔宋史食貨志〕茶有龍溪雨｜。雨後之名。
(十二)車｜。草名。〔詩芣苢陸璣疏〕芣苢一名車｜。喜在牛跡中生。故曰車｜也。

【前】子淺切湔上聲銑韻
(一)本作剸。〔說文〕剸。齊斷也。〔段注〕其始｜爲刀名。因爲斷物之名。斷物必齊。因爲凡齊等之偁。如實始翦商。謂周之氣象始與商齊、古假作翦。今字作剪。誤。
(二)淺黑色也。〔周禮巾車〕木路｜樊鵠纓。〔注〕｜、讀爲緇翦之翦。

【⿰甫刂】博故切音布遇韻〔正字通云俗字。〕
(一)截也。見〔集韻〕。

(一)裁刀也。見〔玉篇〕。

【劎】姑南切音弇覃韻〔正字通云。譌字〕

刈禾具。見〔集韻〕。

【剄】古頂切音景迥韻堅靈切音經青韻古定切音徑徑韻

(一)刑也。見〔說文〕〔段注〕、謂斷頭。刑之至重者也。

(二)以刀刎頸也。〔史記項羽紀〕皆自—汜水上。

【剅】洛侯切音樓當侯切音兜尤韻

(一)小穿也。見〔廣韻〕。〔焦竑俗用雜字。水道小穿曰—。一作剫。〕

(二)小裂也。見〔玉篇〕。

(三)劙也。見〔集韻〕。

【剃】他計切音替霽韻

除髮也。見〔玉篇〕。〔正字通云。俗鬀字〕

【剆】良何切音羅歌韻朗可切羅上聲哿韻

擊也。亦作斫。見〔玉篇〕。

【删】口怪切音快卦韻

斷也。見〔玉篇〕。

【剌】一力切音栗質韻

削也。斷也。見〔玉篇〕。〔正字通云。剌字之譌。訓非。或曰剠譌省作—。六書無—文〕

【[illegible]】盧活切音捋曷韻

削也。見〔廣雅釋詁〕。〔正字通云。俗字〕

【[illegible]】七煽切侵去聲沁韻

剋也。見〔集韻〕。〔正字通云。與鋟通〕

【[illegible]】徒外切音兌泰韻

削也。見〔集韻〕。

【[illegible]】盧坱切音朗養韻

明也。〔淮南原道〕耳聽滔—奇麗激掺之音。〔與朗字不同〕

【[illegible]】許元切音喧元韻

角毛。見〔玉篇〕。

【[illegible]】刮本字。見〔說文〕。

【[illegible]】古工字。見〔正字通〕。

【[illegible]】古削字。見〔集韻〕。

【[illegible]】古制字。見〔集韻〕。

【[illegible]】古刑字。見〔集韻〕。

【[illegible]】古剛字。見〔字彙〕。

【[illegible]】同郄。見〔字彙〕。

【[illegible]】同剫。見〔篇海類編〕。

【[illegible]】俗剠字。見〔正字通〕。

【[illegible]】俗剔字。見〔正字通〕。

【[illegible]】俗刺字。見〔正字通〕。

八畫

【剒】倉各切音錯藥韻

(一)斮也。〔後漢董卓傳論〕夫以剖肝—趾之性。〔按今本作斮〕。

(二)治樸之名。〔爾雅釋器〕犀謂之—。〔按釋文作斮。又云本或作厝。玉篇云亦作錯〕。

【[illegible]】篇迷切音批齊韻〔正字通云。俗批字〕

(一)削也。見〔玉篇〕。

(二)—斫。見〔廣韻〕。

【[illegible]】匹計切批去聲霽韻

劙也。見〔集韻〕。

【[illegible]】於加切音丫麻韻

(一)刹也。見〔玉篇〕。

(二)剔也。一曰剄也。見〔廣韻〕。

【剔】他歷切音惕錫韻

(一)解骨也。見〔說文〕。〔謂分解其骨與肉也。說文有鬄無—。—字爲大徐增入〕

(二)罵也。見〔廣雅釋詁〕。

(三)剪伐也。〔詩皇矣〕攘之—之。其檿其柘。

(四)謂剪其毛也。〔莊子馬蹄〕燒之—之。

(五)洩去也。〔淮南要略〕—河而道九歧。

(六)甄別事物之不合者曰—。如云—除。挑—之類。

(七)通鬄。除也。〔太玄夷〕陽氣傷鬄。

(八)通惕。驚惕也。〔文選潘岳賦〕邪眺旁—。

(九)人名。漢書古今人表有—成君。

【剔】施則切音釋陌韻

治也。見〔集韻〕。

【剔】他計切音剃霽韻

同鬀。〔北史齊幼主紀〕婦人皆剪—以著假髻。

【剖】普侯切音掊有韻斐父切音

擨寘韻、

(一)判也。見〔說文〕。

(二)半也。見〔廣雅釋詁〕。

(三)析也。〔漢書高帝紀〕—符封功臣。

(四)中分爲—。〔左襄十四年傳〕有不腆之田與女—分而食之。

(五)分別也。〔文選張衡賦〕豈昏惑而能—。

(六)猶破也。〔文選木華賦〕毛翼產鷇。—卵成禽。〔俗云—瓜亦此義〕。

(七)猶治也。〔楚辭謬諫〕安得良工而—之。

(八)劈也。〔國策宋策〕—傴之背。

(九)劃心也。〔莊子胠篋〕比干—。

(十)開也。〔荀子彊國〕—刑而莫邪巳。〔俗云—蒙亦此義〕。

(十一)通部。開發也。〔荀子王霸〕如是則夫名聲之部發於天地之間也。

(十二)通掊。擊破也。〔莊子逍遙遊〕吾爲其無用而掊之。

【剗】楚限切音鏟潸韻

(一)削也。見〔廣雅釋詁〕。

(二)平也。見〔一切經音義引聲類〕。

(三)滅也。〔呂禮權勳〕必—若類。

(四)通戔。〔校官碑〕禽姦戔猾。〔戔卽—字〕。

【剗】側展切音展銑韻

(一)刈也。見〔集韻〕。

(二)翦滅也。〔蘇軾詩〕王師本不戰。賊壘何足—。

(三)通翦。〔詩甘棠〕勿翦勿伐。〔韓詩翦作—〕。

【剗】初諫切鏟去聲諫韻

攻也。平治也。〔韓愈詩〕活計以鋤—。

【剘】渠羈切音奇支韻

(一)信也。見〔篇海〕。

(二)督也。見〔篇海〕。

(三)剬截也。見〔篇海〕。

【剚】側吏切音胾寘韻

(一)插刀也。〔管子輕重〕春有以—耕。夏有以—耘。

(二)置也。東方人以物插地皆曰—。見〔洪武正韻〕。

(三)通傳。〔史記張耳陳餘傳〕莫敢傳刃公之腹中者。畏秦法也。

【剛】居郎切音岡陽韻

(一)彊斷也。見〔說文〕。〔桂注〕—至彊。彊主斷。

(二)苾刃之堅利也。見〔說文通訓定聲〕。

(三)彊勁也。〔論語季氏〕血氣方—。

(四)堅勁也。〔山海經北山經〕北嶽之山多—木。

(五)強直也。〔論語公冶長〕吾未見—者。〔鄭注〕謂強志不屈撓。

(六)謂情無私也。〔左昭六年傳〕斷之以—。

(七)謂陽也。〔素問陰陽別論〕是故—與—。

(八)年力富曰—。〔漢書東平王傳〕王之春秋方—。

(九)彊毅果敢曰—。追補前過曰—。見〔周書謚法〕。

(十)奇日也。〔禮記曲禮〕外事用—日。

(十一)牡也。〔禮記明堂位〕周騂—。

(十二)—柔晝夜也。〔太玄玄攡〕—柔之相干。

(十三)—愎很戾也。〔左宣十二年傳〕—愎不仁。

(十四)恰也。如—道—聞之類。又——。俗謂恰好也。

(十五)姓也。〔又〕人名。漢申屠—。

【剜】烏丸切音豌寒韻

(一)削也。見〔說文新附〕。

(二)削也。見〔字林〕。

【剝】北角切音駁覺韻

(一)裂也。从刀彔。彔、刻也。一曰。—割也。

(二)離也。脫也。見〔廣雅釋詁〕。

(三)殺牲體解也。〔詩楚茨〕或—或烹。

(四)去表皮也。〔周禮柞氏〕冬日至令—陰木而水之。

(五)猶裸也。〔禮記檀弓〕喪不—奠也與。

(六)削也。〔詩信南山〕是—是菹。

(七)畜也。〔大戴禮夏小正〕八月—瓜。〔傳〕—瓜、畜瓜之時也。

(八)傷害也。〔書泰誓〕—喪元良。

(九)落也。〔易剝彖鄭注〕萬物零落。故謂之—也。

(十)爛也。見〔易雜卦〕。

(十一)小人道長之謂。見〔易兌〕孚于—。

(十二)猶亂也。〔後漢董卓傳〕董卓初以虓闞之情。因遭崩—之勢。

(十三)卦名。坤上艮下。〔易大象〕山附於地。—。

(十四)切—。猶刲也。〔楚辭九思〕怫鬱兮肝切—。

(十五)—脫。謂刮去其生澀也。〔荀子彊國〕然而不—脫不砥礪。

(十六)蹇—。時不利也。〔定命錄〕命多蹇

⑰—奪。猶云除去也。如云—奪公權。

【剶】　普木切音璞屋韻

㊀擊也。〔詩七月〕八月—棗。

㊁取也。見〔大戴禮夏小正—棗傳〕。

【剞】　舉綺切羈上聲紙韻居宜切
音羈支韻

㊀—劂、曲刀也。見〔說文〕。〔段注〕高
注俶眞訓曰。—巧工鉤刀。劂、規度
刺墨邊也。所以刻鏤之具。應劭注
甘泉賦曰。—曲刀也。劂、曲鑿也。二
注皆謂—劂有二王逸注哀時命。
—劂、刻鏤刀也。與許合。

㊂—閭國名。〔穆天子傳〕至于—閭
氏。〔注〕—音倚。

【剟】　株劣切音輟屑韻

㊀刊也。見〔說文〕。〔如商君書定分。
有敢—定法令者死。是其義也。〕

㊁亦刺也。〔史記張耳陳餘傳〕吏治
搒笞數千。刺—無可擊者。

㊂削取之也。〔漢書賈誼傳〕盜者—
寢戶之簾。

㊃疏殺去聲也。〔淮南繆稱〕聖人制—。
材無所不用矣。

⑱注〕掇、讀曰—。、削也去其名也。

【剟】　都活切音掇曷韻
削去也。〔郭璞爾雅序〕—其瑕礫。

【剧】　九勿切音屈物韻九月切月
韻

㊀剞—也。見〔說文〕。〔按字或作劂。
屈、劂、聲相近左傳韓獻子厥。公羊
作屈。文十年厥貉昭十年厥憖。公
羊並作屈。〕

㊁畫圓錐規也。〔淮南俶眞〕鏤之以
剞—。〔按通訓定聲云。剞、爲曲刀。
—爲畫圓錐規可開可合者。〕

【剡】　以冉切音琰琰韻

㊀銳利也。見〔說文〕。

㊁削也。〔易繫辭〕—木爲楫。

㊂斬也。〔荀子彊國〕安欲—其脛以
蹈秦之腹。

㊃鋒也。〔國語晉語〕大喪大亂之—
也。不可犯也。

㊄——身起貌。〔禮記玉藻〕弁行—
—起屨。〔又〕光貌。〔楚辭離騷〕皇
——其揚靈。

㊅如—。痛之惻怛也。〔禮記喪禮〕期
之喪如—。

注〕掞、與—音義同。

㊇通覃。〔文選張衡賦〕介駁閒以—
耕。〔注〕覃、與—同。

㊈同倭安也。〔荀子彊國〕—然有苓
而據乎松柏之塞。

㊉同扊鍵也。〔蔡邕月令章句〕鍵。關
牡也。所以止扉亦謂之—扅。

⑪姓也。宋—次。

【剡】　時染切音冉琰韻
縣名。秦置。屬會稽郡。自漢至唐均
因之。五代易名爲贍縣。宋元明清
均稱爲—縣。見〔清一統志〕。〔今
浙江嵊縣。〕

【剭】　丁聊切音貂蕭韻
琢文也。見〔集韻〕。〔正字通云。琱、
雕、彫、—竝同。別作鐧。〕

【劙】　郎計切音麗霽韻
解也。見〔方言〕。

【剢】　都木切音啄屋韻
刀鉏也。見〔集韻〕。〔六書故云。與
椓通。〕

【剹】　連二切音麗寘韻
劙也。見〔字彙補〕。

刀破也。見〔廣韻〕。〔正字通云。俗
剫字。〕

【删】　悲朋切音崩蒸韻
斫也。見〔玉篇〕。〔亦作𣃔。〕

【剈】　古火切音果哿韻
剈也。見〔玉篇〕。

【剕】　父沸切肥去聲未韻
刖足也。〔書呂刑〕—辟疑赦。

【契】　公八切音刮黠韻
㓗—。刷刮也。見〔玉篇〕。

【剅】　乃老切音腦皓韻
同腦。〔考工記弓人〕夫角之本蹙
於—而休於氣。〔疏〕言角之本近
於—。得和煦之氣於—。

【刳】　苦姑切音枯虞韻
剖判屠破也。見〔篇海〕。〔正字通
云。與刳義同。分爲二。非。〕

【剆】　古闃切音臭錫韻
剩也。見〔篇海〕。

【剐】　食列切音舌屑韻
治皮也。見〔集韻〕。

【剳】苦洽切音恰洽韻
入也。見〔字彙〕。
【剠】力灼切音略藥韻
奪取也。見〔集韻〕。
【剠】渠京切音擎庚韻
同黥。墨刑在面也。見〔集韻〕。
【剠】力讓切音亮漾韻
鈔取也。通作掠。見〔集韻〕。〔正字通云。掠、通作略。與—別。〕
【剬】征例切音制霽韻
斷也。正也。見〔篇海〕。〔與制字音義同。當卽制字。〕
【剨】空劃切音恰洽韻
入也。見〔字彙補〕。
【剫】音久有韻
出罪也。見〔篇海〕。
【剬】士鍇切黠韻證哲切音轍屑韻
㊀—草刀。見〔川篇〕。〔按卽剬之譌字。〕
㊁草名。見〔字彙補〕。
【剳】川八切黠韻
剝截也。見〔川篇〕。
【剏】古制字。見〔說文〕。
【剮】古創字。見〔集韻〕。
【剶】古淵字。見〔韻會〕。
【剷】古斷字。見〔集韻〕。
【剴】古斷字。〔見集韻〕。
【劃】古剃字。見〔集韻〕。
【劵】同眷。見〔集韻〕。
【剎】同剎。見〔集韻〕。
【剙】俗郴字。見〔字彙〕。
【剠】俗列字。見〔玉篇〕。

九畫

【剬】直涉切音牒葉韻
薄切肉也。見〔集韻〕。〔正字通云。與聶同。〕
【剬】樓鍇切音汛黠韻
—草刀。見〔玉篇〕。
【剳】霍號切轟入聲陌韻
破聲。通作砉。別作謋、𧮾。見〔正字通。〕
【剷】測洽切音插洽韻
切聲。見〔集韻〕。
【剩】食證切音乘徑韻〔字亦作賸。〕
㊀餘也。〔范成大詩〕掠—增釜區。〔俗云有餘無餘亦曰有—無—。〕
㊁—長也。見〔廣韻〕。
㊂不留也。〔高適詩〕聽法還應難尋經—欲翻。
【劍】徒候切音頭尤韻
㊀副也。見〔玉篇〕。
㊁𠛬也。見〔集韻〕。
【剬】於墱切音影梗韻
㊀削也。見〔集韻〕。
㊁刺也。見〔玉篇〕。
【剬】疏鳩切音搜尤韻
刈也。見〔玉篇〕。
【劚】紕延切音偏先韻
削也。見〔集韻〕。
【剬】都黎切音低霽韻
㊀剄也。見〔集韻〕。
㊁剄—。以刀解物也。見〔廣韻〕。
【剕】於嚴切音醃鹽韻
刑也。見〔集韻〕。〔按呂刑。剕勢者謂之宦人。周禮作奄人。說文作閹。俗作—。非。〕
【剬】乳兗切音軟銑韻
刺也。見〔玉篇〕。〔正字通云。俗剸字。〕
【剪】卽淺切箋上聲銑韻
㊀剪本字。見〔說文〕。〔參閱前字。〕
㊁通翦。〔詩泮水〕實始翦商。
㊂通劗。〔漢書嚴助傳〕劗髮文身之民也。
㊃通剗。〔詩甘棠〕勿翦勿伐。〔韓詩翦作剗。〕
㊄通揃。〔史記蒙恬傳〕周公自揃其爪。
㊅通鬋。〔漢書韋賢傳〕鬋茅作堂。〔注〕師古曰。鬋、與翦同。
㊆通踐。〔書序〕遂踐奄。〔鄭注〕踐、讀曰翦。翦、滅也。
【剬】昌容切音衝冬韻
㊀刺也。見〔廣雅釋詁〕。
通劀。〔劉[illegible]〕古者爲君劀其

胷殺之。

(三)通衡。[呂覽貴卒]所擊無不碎。所衡無陷。[按廣雅釋詁疏證]｜、劃、衡並通。]

【剫】達各切音鐸藥韻

(一)判也。見[說文]。

(二)治木也。[爾雅釋器]木謂之｜。

(三)通度。[左隱十一年傳]山有木工則度之。[爾雅釋器注]引作｜。

【[illegible]】勳五切音杜麌韻

閉也。見[集韻]。

【剬】多官切音端寒韻 主兗切音膞銑韻

(一)斷齊也。見[說文]。[段注]齊字衍。

(二)裁制也。[淮南主術]其立君也。所以｜有司。使無專行也。

(三)同剸。細制也。見[廣韻]。

(四)通專。整敕貌。[法言淵騫]魯仲連傷而不｜。藺相如｜而不傷。[注]｜、古剸字。義與專通。

【剭】烏谷切音屋屋韻

(一)重誅也。[漢書敘傳]底｜鼎臣。

(二)通屋。[周禮司烜氏]邦若屋誅。[注]讀如刑｜之｜。謂所殺同姓不即市。以適甸師氏。翳之隱處。

【剭】乙角切音渥覺韻

(一)刑也。見[廣雅釋詁]。

(二)通渥。[易鼎]其形渥。[鄭注]作刑｜。

【剮】古瓦切音寡馬韻

剔肉置骨見[玉篇]。[按說文本作冎。]

【[illegible]】逆各切音鄂藥韻

本作[illegible]。[說文]刀劍刃也。[按漢書作咢。文選作鍔。義同。]

【[illegible]】詰結切音挈屑韻

同鍥。刻也。[晉書虞溥傳]｜而舍之。金石不知。

【副】方六切音覆屋韻 拍逼切音逼職韻

(一)判也。見[說文]。

(二)裂也。見[集韻]。

(三)析也。[禮記曲禮]為天子削瓜者｜之。[注]既削又四析之。乃橫斷之。[俗謂刀析物曰劈。籀文｜作疈。劈、｜、疈實一字也。]

【副】敷救切音否宥韻 芳遇切音

(一)審也。見[爾雅釋詁]。

(二)助也。[素問疏五過]按循醫事。為萬民｜。

(三)次長之稱。見[爾雅釋詁疏]。[後世稱家｜、軍｜、使｜、義同。]

(四)儲｜。太子別名。[後漢种暠傳]太子國之儲｜。

(五)｜貳。屬令也。[後漢景丹傳]遷朔調連率｜貳。

(六)稱去聲也。[後漢黃瓊傳]盛名之下。其實難｜。

(七)文牘之次本曰｜。[漢書高惠高后孝文功臣表]臧諸宗廟。｜在有司。[注]｜、貳也。其列侯功籍已臧於宗廟。｜貳之本又在有司。[凡次之義曰｜。如云｜牌、｜手。]

(八)天子之貳車曰｜。[文選張衡賦]順時俗而設｜。[注]五時之服各隨其車。車各一色以為｜貳。

(九)祭服之首飾。[詩君子偕老]｜笄六珈。

(十)覆也。[周禮追師]為｜編次追衡。[注]｜之言覆。所以覆首為之飾。其遺象若今步搖。

(十一)｜署。立憲國元首之命令。須經國務員之｜署。國法學者稱之為｜署。

(十二)｜詞。添助於動詞形容詞等文句者也。英文Adverb。

(十三)通福。[尹宙碑]位不福德。[｜、作福。]

【[illegible]】於歎切音灣寒韻

削刻也。見[字彙補]。

【[illegible]】穿士切音齒紙韻

獸名。見[字彙補]。

【[illegible]】傾畦切音奎齊韻

同刲。見[玉篇]。

【[illegible]】舊注引字彙補音未詳。揚子太玄經。睿｜距。按太玄玄錯。睿劌距。注引釋文。一作劌。一作[illegible]。宋作剆。｜、當為[illegible]字之訛。舊注誤。

【[illegible]】古鍬字。[爾雅釋器]｜謂之疀。[注]古鍬字。[疏]方言云。燕之東北、朝鮮洌水之間、謂之｜。謂今鍬也。

【[illegible]】古[illegible]字。見[集韻]。

【[illegible]】古[illegible]字。見[集韻]。

【剪】俗剃字。見[正字通]。[又]姓

也。明—成。

十畫

【割】居曷切音葛曷韻
①剝也。見〔說文〕。〔段注〕—謂殘破之。
②裂也。見〔爾雅釋言〕。
③裁也。見〔廣雅釋詁〕。
④斷也。見〔廣雅釋詁〕。
⑤截也。見〔廣雅釋詁〕。
⑥肆解肉也。〔周禮內饔〕掌王及后世子膳羞之—亨煎和之事。
⑦分也。〔杜甫詩〕陰陽—昏曉。
⑧分取也。〔國策齊策〕然後王可以多—地。
⑨災害也。〔書大誥〕天降—於我家。
⑩掘徙之也。〔管子七臣七主〕無—大陵。
⑪通奪。〔書湯誓〕率—夏邑。〔史記殷本紀〕作率奪夏邑。
⑫幾何學謂截圓曰—。
⑬以定率分析之意。日本語。如折扣曰—引。比例曰—合。析其總數日得若干曰日—。

【剳】德合切音答合韻
—劍也。見〔玉篇〕。

【剢】竹角切音琢覺韻
斫也。見〔廣雅釋言〕。〔本作斵〕。

【剅】當侯切音兜尤韻
小穿也。劃也。見〔集韻〕。〔正字通云。同斵。〕

【[illegible]】此芮切音毳去例切音偈居例切音罽霽韻

【[illegible]】俞芮切音銳霽韻
①小割。見〔廣韻〕。
②傷也。見〔集韻〕。

【㓹】芒也。〔說文〕—。籀文銳从厂剡。〔段注〕从剡厂聲。㓹字从此。

【⿰虔刂】居言切音犍元韻
①劇也。見〔集韻〕。
②以刀去勢也。〔廣雅釋獸疏證〕衆經音義卷十一引通俗文云。以刀去陰曰—。〔廣韻〕—。以刀去牛勢也。
③通犗。〔廣雅釋獸疏證〕犗、揭曹憲音居言。字或作犍或作—。

【⿰虔刀】渠焉切音虔先韻
削也。見〔集韻〕。

【[illegible]】士列切音齚屑韻
治皮也。見〔集韻〕。

【⿰虒刂】天黎切音梯齊韻丑豸切音褫紙韻
削也。見〔集韻〕。

【⿰畟刂】節力切音稷職韻
本作畟。畟相利也。見〔集韻〕。

【剴】魚開切音皚柯開切音該灰韻居代切音該去聲隊韻
①大鎌也。一曰摩也。見〔說文〕。〔段注〕下文云。刀不利。於石上剴之。剴、—音義皆同也。
②近也。見〔增韻〕。
③—切。相風切也。〔唐書魏徵傳〕魏徵二百餘奏。無—切當帝心者。
④通磑。〔說文桂注〕—、又通作硙。易繫辭。是故剛柔相摩。京云相磑切也。

【⿰烏刂】汪乎切音烏虞韻
除田草刀。見〔集韻〕。

【⿰罡刂】剛譌字。〔史記樂書〕而民—毅。〔正字通云。史記本作剛。譌作—。〕

【⿰朋刂】匹計切批去聲霽韻
①劙也。見〔集韻〕。〔正字通云。同判。〕
②—斫也。見〔玉篇〕。

【⿰卑刂】篇迷切音批齊韻
削也。見〔集韻〕。

【⿰翕刂】德盍切音敏合韻
相著聲。亦作鉿。見〔廣韻〕。

【創】初良切音瘡陽韻
①办或从倉。見〔說文刃部〕。〔段注〕从刀倉聲也。凡刀—及—瘍字皆作此。俗變作刅、作瘡。多用—為刱字。
②同瘡。瘍也。〔禮記曲禮〕頭有—則沐。

【創】千羊切音鏘陽韻
同瑲。玉聲也。〔詩采芑〕有—蔥衡。〔釋文〕—、本又作瑲亦作鎗。同。

【創】初亮切瘡去聲漾韻
①始也。見〔廣雅釋詁〕。〔今云開—、—作。羲本此。〕
②造也。〔國語周語〕以—制天下。
③制也。〔論語憲問〕裨諶草—之。
④傷也。〔漢書匈奴傳〕人民—艾戰鬬。
⑤懲也。〔書益稷〕予—若時。

㊁斷也。見〔玉篇〕。㊂削也。見〔玉篇〕。

【剆】捐果切音鎖哿韻 ㊀切也。見〔集韻〕。㊁斫直圜為—。見〔集韻〕、

【𠝗】初加切音叉麻韻 𠝗物、見〔廣韻〕。

【㓨】初佳切音差佳韻 小𤜩。見〔集韻〕。

【蜖】古切切音劫㚔韻 強取也。見〔字彙補〕。

【𠞩】充眠切音川先韻 去木枝也。見〔字彙補〕。

【𠟧】音利寘韻 𠟧破也。見〔海篇〕。

【剻】他骨切音突月韻 剻入皃。見〔集韻〕。

【𠞰】姜酉切音九有韻 出弊也。見〔字彙補〕。

【劓】魚器切音臲寘韻 刖鼻也。从刀。臬聲。易曰。天且—。見〔說文〕〔段注〕刖、絕也。臬、法也。形剿〕。

【𠠿】古則字。見〔集韻〕。

【剳】古割字。見〔字彙補〕。

【𠠝】古吻字。見〔海篇〕。

【㓰】同倭。安也。靜也。見〔韻會補〕。

【刷】同剹。見〔字彙〕。

【𠟱】策或字。見〔韻會〕。

十一畫

【𠟲】澌乙切音𨁩質韻澌紀切音欸紙韻 ㊀傷也。見〔說文〕。㊁刜也。見〔廣雅釋詁〕。㊂斷聲也。見〔廣韻〕。

【剽】匹妙切音漂去聲嘯韻 ㊀本作𠟍。〔說文〕𠟍。砭刺也。从刀。𤐫聲。一曰—劫也。〔段注〕謂砭之、刺之、皆曰—也。砭者、以石刺病也。刺者、直傷也。史記貨殖傳。攻—椎埋。劫人作姦。㊁鏢也。〔荀子賦〕長其尾而銳其—者邪。〔注〕—、末也。謂箴之鏢也。㊂截也。見〔一切經音義引蒼頡〕。

事類情。用—剽儒墨。㊄輕也。〔漢書陳湯傳〕其人—悍。㊅堅也。〔管子地員〕五沃之狀。—忞。橐土蟲易全處。〔注〕—、堅也。忞、密也。㊆疾也。〔考工記弓人〕其為獸必—。㊇悍也。〔後漢史弼傳〕外聚—輕不逞之徒。㊈削也。〔後漢崔寔傳〕—賣田宅。㊉猶言行聽也。〔漢書朱博傳〕亦獨耳—日久。⑪同慓。〔莊子庚桑楚〕—有所出。〔釋文〕—、本作慓。⑫通僄。〔史記禮書〕輕利—遬。〔注〕荀子作僄。

【剽】毗霄切音瓢蕭韻 ㊀樂器名。〔爾雅釋樂〕大鐘謂之鏞。其中謂之—。〔孫注〕—者、聲輕疾也。㊁通瓢。〔周禮鬯人〕禜門用瓢齎。〔注〕魯莊二十五年。秋。大水。鼓用牲於門。故書瓢作—。鄭司農讀—為瓢。瓢、謂瓠蠡也。

【剽】匹沼切音縹篠韻 —者亩也。

【𠟴】良脂切音黎支韻 ㊀剺也。劃也。見〔說文〕。㊁通黎。〔後漢耿秉傳〕或至黎面流血。〔注〕即—字。〔韻會引如此〕。㊂通棃。〔漢書揚雄傳〕分棃單于。〔注〕棃、與—同。謂剺析也。㊃同剺。〔說文解字義證〕—、又作剺。荀子彊國篇。剺盤盂。刎牛馬。楊倞曰。剺。剶也。㊄通劙。〔說文解字義證〕—、又作劙。齊民要術。桃性皮急。四年以上。宜以刀豎劙其皮。

【𠢕】乎刀切音豪豪韻 健也。强也。見〔集韻〕。

【剸】徒官切音團寒韻主兗切專上聲銑韻 ㊀𩠐或字。〔說文首部〕𩠐。截也。—或从刀。專聲。㊁截木也。見〔廣韻〕。

【剸】之轉切專去聲線韻 細割切肉皃。見〔廣韻〕。

【𠟺】朱遄切音專先韻

㊀掠也。一曰幷合制領也。見〔集韻〕。

㊁通專。〔漢書蕭何傳〕上以此—屬任何關中事。〔注〕師古曰。—、讀與專同。

【⿰靡刂】忙皮切音靡支韻

通靡。分也。〔易中孚〕吾與爾靡之。〔京房从刀〕。

【剹】力竹切音六屋韻

㊀削也。見〔玉篇〕。

㊁同戮。見〔廣韻〕。

【⿰翏刂】居尤切音樛尤韻

—流。回轉貌。見〔集韻〕。

【⿰崇刂】鉏工切音崇東韻仕仲切崇去聲送韻

鍾屬。見〔玉篇〕。

【⿰衮刂】古困切衮去聲願韻

削也。見〔集韻〕。

【⿰婁刂】郎侯切音樓尤韻

穿也。見〔玉篇〕。

【⿰婁刂】郎豆切樓去聲宥韻

—剹。細切也。見〔集韻〕。

【⿰屖刂】先齊切音西齊韻

剠也。見〔玉篇〕。

【⿰參刂】師銜切音衫咸韻

絕也。〔漢書西域傳〕莽封欽爲—胡子。〔按漢書王莽傳莽拜欽爲塡外將軍封剹胡子。正字通云字本作剹。與剿同。傳寫譌爲—〕。

【⿰爽刂】楚兩切音愴養韻

皮傷也。見〔集韻〕。〔正字通云。俗創字。〕

【⿰雪刂】先活切音濊曷韻

削也。見〔玉篇〕。

【⿰區刂】墟侯切音摳烏侯切音謳尤韻

剜也。見〔廣雅釋詁〕。

【勦】子小切焦上聲篠韻

滅也。〔書甘誓〕天用勦絕其命。〔說文引書作劋。劋與—通从刀从力作勦誤互詳劋字。〕

【勦】楚敎切抄去聲效韻

略取也。見〔集韻〕。

【勦】初交切音抄肴韻

襲取也。〔禮記曲禮〕毋勦說。〔注〕謂取他人之說以爲己說。〔按勦當从刀作—。正字通云—說之—。訛作勦。〕

【⿰節刂】出灼切音察黠韻

斷也。見〔字彙補〕。

【⿰御刂】巨朕切音噤寢韻

制也。見〔海篇〕。

【⿰崩刂】房尤切音浮尤韻

鄉名。在右扶風。見〔集韻〕。

【⿰率刂】楚得切音剟所律切音率質韻

斷也。劃也。見〔廣雅釋詁〕。

【⿰菫刂】渠客切音僅震韻丘近切音掀問韻

剞也。見〔玉篇〕。

【⿰翏刂】古戮字。見〔篇海〕。

【⿰罔刂】古剛字。見〔玉篇〕。

【⿰殺刂】同剎。見〔六書統〕。

【⿰翦刂】同翦。見〔字彙補〕。

【⿰僉刂】同劍。見〔字彙補〕。

十二畫

【⿰曾刂】七鄧切音蹭徑韻

割過傷也。見〔集韻〕。

【⿰景刂】力漾切音亮漾韻

㊀取也。見〔篇海〕。

㊁奪也。見〔篇海〕。

【⿰登刂】徒騰切音登蒸韻

—鉤。見〔篇海〕。

【⿰粦刂】離珍切音鄰眞韻

削也。見〔玉篇〕。〔正字通云。與斤部斴同。—、俗增。〕

【⿰絕刀】租悅切音蕝屑韻

斷物也。見〔廣韻〕。〔集韻〕。—、或作絕。亦作𢇍。〔正字通云。俗絕字。〕

【⿰粟刂】須玉切音粟沃韻

細切也。見〔玉篇〕。

【⿰尊刂】祖本切尊上聲阮韻

㊀減也。見〔說文〕。〔段注〕—、撙古今字。蓋隸變也。曲禮。恭敬撙節退讓以明禮。注。撙、猶趨也。戰國策。伏軾撙銜。集韻曰。撙、挫也。

㊁斷也。見〔廣雅釋詁〕。

【⿰厥刂】古滑切蹶入聲古𩑋切音刮黠韻

㊀刮去惡瘡肉也。周禮曰。—殺之齊。見〔說文〕。〔按周禮瘍醫。—殺之

齊鄰洋—刮去腥血[illegible]

其惡肉。與許異。〕

㊁通刮、括。〔正字通〕說文、刮—分訓。六書故、—亦作括。義通。

【⿰肅刂】先弔切音嘯嘯韻

⿰肅刂也。見〔集韻〕。〔正字通云。俗字。南史南齊宮中語云。趙鬼食鴨—。今俗以細剉肉雜虀柱曰—。〕

【劁】慈焦切音樵蕭韻才笑切樵去聲嘯韻

㊀斷也。見〔廣雅釋詁〕。㊁刈穫也。見〔玉篇〕。㊂通樵。〔廣雅釋言疏證〕詩白華篇。樵彼桑薪。樵、與—通。

【⿸厤刂】狼狄切音歷錫韻

劅也。見〔集韻〕。〔正字通云。、—俗剺字。〕

【⿰朁刂】祖感切音歜感韻鋤衡切音巉咸韻

㊀縮朒皃。見〔集韻〕。㊁劃也。刺也。見〔玉篇〕。

【⿰發刂】普活切音潑曷韻

㊀兩刃木柄。可以刈草。見〔集韻〕。〔正字通云。同鏺。〕

㊂—剌。見〔玉篇〕。

【⿱敝刀】匹蔑切音撇屑韻〔本作弊。〕

㊀斜刺也。見〔六書故〕。㊁削也。見〔集韻〕。

【劂】居月切音厥月韻

刀也。見〔廣雅釋器〕。〔按楚辭哀時命。握剞—而不用兮。注。剞—、刻鏤刀也。〕

【劌】姑衛切音蹶霽韻

曲鑿也。〔漢書揚雄傳〕般倕弃其剞—兮。〔注〕—、居衛切。〔按傅毅琴賦。施公輸之斲。—與下文制字爲韻。蓋與揚雄賦讀音相近。〕

【⿸厂⿰單刂】旨善切音饘上聲銑韻仕限切音棧潸韻

去牛勢曰—。〔廣雅釋獸〕攻犗也。〔疏證〕廣韻。—、以椎去牛勢也。—之言鏟也。說文。鏟、伐擊也。玉篇之善切。劁也。今俗謂去畜勢爲騸。即—聲之變轉矣。〔正字通云。剗、劗、竝通。〕

【⿰親刂】初覲切音櫬震韻

平治也。見〔集韻〕。

【劃】忽麥切畫入聲陌韻〔六書

故[illegible]

擕與斤部斷別。〕

㊀錐刀畫曰—。見〔說文〕。〔段注〕畫字各本所無。今補。謂錐刀之末所畫謂之—也。

㊁剖也。見〔增韻〕。

【劃】胡麥切音獲陌韻

㊀裂也。見〔集韻〕。㊁通繣。〔文選潘岳賦〕繣瓦解而冰泮。〔注〕繣、破聲也。㊂通砉。〔莊子養生主〕砉然嚮然。〔司馬注〕皮骨相離聲。㊃通騞。〔列子湯問〕騞然而過。〔釋文〕破聲。

【㓵】五閣切音諤藥韻

㊀刀劍刃也。見〔說文〕。㊁通鍔。〔莊子說劍〕齊岱爲鍔。〔釋文引司馬注〕鍔、劍刃也。㊂通咢。〔漢書王褒傳〕越砥斂其咢。〔顏注〕咢、刃旁也。

【⿰翕刂】迄及切音翕緝韻

劅也。見〔集韻〕。

【⿰堯刂】倪弔切堯去聲嘯韻

削也。見〔玉篇〕。

劅草也。見〔篇海〕。

【⿰童刂】昌容切音衝冬韻

剌也。見〔廣雅釋詁〕。〔按集韻。劃、本作—。正字通云。劃、—、竝俗字。〕

【⿰貴刂】出八切音察黠韻

斷也。見〔字彙補〕。

【⿰聚刂】靑主切音取麌韻

細斷也。見〔字彙補〕。

【割】古怛切音割曷韻

去惡肉也。見〔字彙補〕。

【箌】陟敎切音罩效韻大到切音導號韻

大也。見〔爾雅釋詁〕。〔釋文〕說文云。草大也。〔攷證〕案說文艸部。菿。艸大也。竹部—。訓艸木到。據陸氏知今本說文誤。然訓爲艸大。則字當從艸。今爾雅亦從竹。疑皆誤。

【⿰⿱罒言刂】罰本字。見〔說文〕。

【⿰谷刂】剒本字。見〔正字通〕。

【⿰鼎刂】古則字。見〔集韻〕。

【⿰桼刂】同剩。見〔篇海〕。

【⿰倉阝】同創。見〔集韻〕。

【剹】同勠。見〔字彙補〕。

【[illegible]】同劀。見〔篇海〕。

十三畫

【劉】力求切音畱尤韻

㊀殺也。〔方言〕—、殺也。秦晉宋衛之間謂殺曰—。晉之北鄙亦曰—。

㊁克也。見〔爾雅釋詁〕。

㊂尅也。〔周書世俘〕則咸—商王紂。

㊃陳也。見〔爾雅釋詁〕。

㊄刀也。見〔廣雅釋器〕。

㊅爆爍而希也。〔詩桑柔〕捋采其—。〔爆爍、即爾雅釋詁毗—暴樂也之暴樂。郭注云。謂樹木葉缺落蔭疏。孫炎云。木枝葉稀疏不均為爆爍。朱駿聲云暴樂、毗—之轉語。猶今言剝落也。〕

㊆木名。〔爾雅釋木〕—、杙。〔注〕—子生山中。實如梨。酢甜。核堅。出交趾。〔疏〕—一名—杙。其子可食。

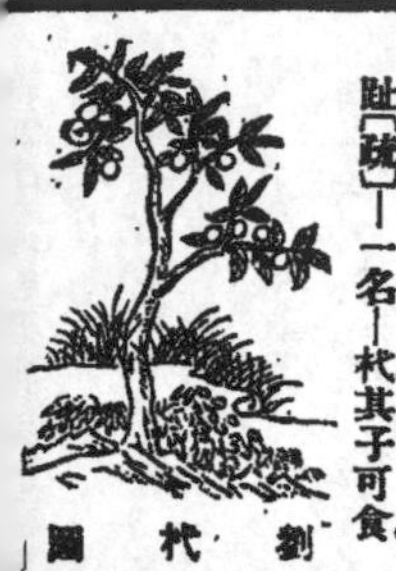
劉杙圖

㊇鉞屬。〔書顧命〕一人冕執—。〔鄭注〕—、蓋今鑱斧。

㊈地名。〔左昭十一年傳〕王取鄔—之田于鄭。〔在今河南偃師縣〕〔又〕堯裔封于—。〔在今直隸唐縣〕

㊉—覽回觀也。〔淮南原道〕—覽偏照。

(十一)通畱。〔爾雅釋鳥〕鶹—疾。〔釋文〕—字本作畱。

(十二)通懰、嬼。〔詩月出〕佼人—兮。〔釋文〕—本又作懰。〔埤蒼〕作嬼。

(十三)姓也。出自陶唐氏—累。見〔廣韻〕。

【劉】力九切畱上聲有韻

好也。見〔集韻〕。

【劉】龍珠切音鏤虞韻

殺也。漢禮立秋有貙—。見〔集韻〕。

【剿】子小切焦上聲子了切音湫篠韻

㊀絕也。〔周書〕曰。天用—絕其命。見〔說文〕〔段注〕自衛包改—為勦。以刀部訓絕之字。改為力部訓勞之字。於是重紕貤繆。莫能諟正。〔按桂馥云。勦本從刀。傳寫誤从力。剿、勦、形聲相近。今反以从力者為正字矣。〕

㊁截也。〔漢書王莽傳〕將遣大司空百萬之眾征伐—絕之矣。

㊂天也。見〔廣雅釋言〕。

【剿】子皓切音早皓韻

獪也。〔方言〕秦晉之間曰獪。楚謂之—。

【劌】姑衛切音蹶霽韻

㊀利傷也。見〔說文〕〔段注〕利傷者以芒刃傷物。

㊁割也。〔家語問玉〕廉而不—。義也。

㊂刺也。〔方言〕凡草木刺人者。北燕朝鮮之間謂之茦。或謂之壯。自關而東或謂之梗。或謂之—。

㊃會也。〔太玄玄告〕天地相名。日月相—。

㊄人名。春秋時魯鄉人曹—。〔按左傳作—。史記魯世家索隱作昧。呂覽作劌。齊策作沫。〕

㊅通忮。〔禮記聘義〕廉而不—。〔說文玉部〕引作忮。

【劍】居欠切檢去聲陷韻

㊀本作劒。〔說文刃部〕劒。人所帶兵也。〔按趙宧光曰。古人無所不佩兵。則—也。故曰所帶兵。劉昭曰。自天子至於庶人。咸皆帶—。—之與刀形制不同。名稱各異。古者天子二十而冠帶—。諸侯三十而冠帶—。大夫四十而冠帶—。隸人不得冠。庶人有事則帶—。無事不得帶—。攷工記云。桃氏為—。有上制。有中制。有下制。注此今之匕首也。人各以其形貌大小帶之。〕

劍圖

㊁操—殺人曰—。〔潘岳誄序〕漢明帝時有司馬叔持者。白日于市手—父讎。

㊂刺擊之技曰—。〔史記項羽本紀〕項籍少時學書不成。去學—。又不成。

㊃檢也。所以防檢非常也。見〔釋名釋兵〕。

㊄州名。唐置。屬—南道。—閣城在其東北。當今四川—閣縣治。〔又〕—門。山名。〔天寶傳信記〕上幸蜀回。車駕次—門。〔按—門山、一名大—山。一名梁山。為中國天險。歷代皆為戍守處。在今四川—閣縣。〕〔又〕—南。地名。〔唐書地理志〕太

宗元年因山川形便分天下

二道。九曰—南。〔在今四川省境〕。

(六)—閣。棧道也。〔淸一統志〕—閣在—州北二十五里。連山絕險。故謂之—閣。〔在今四川—閣縣〕。

(七)—魚。海魚也。〔述異記〕海魚千歲爲—魚。名琵琶。

【劍】古屑切音結屑韻

楚人謂治魚也。見〔說文〕。

【劈】匹歷切音霹錫韻

(一)破也。見〔說文〕。〔段注〕此字義與副近而不同。今字用爲副。—行而副廢矣。考工記。假辟爲—。注云。辟、破裂也。又或假擘爲之。張衡賦云。分肌擘理是也。

(二)分也。見〔廣雅釋詁〕。

(三)裂也。見〔廣雅釋詁〕。

(四)劏也。見〔廣韻〕。

(五)剖也。見〔一切經音義引埤蒼〕。

(六)—歷。雷之急激者。俗作霹靂、礔礰。

(七)—頭。猶言開始也。見〔正字通〕。

【劇】竭戟切音屐陌韻

(一)尤甚也。見〔說文新附〕。

(二)疾也。〔漢書揚雄傳〕口吃不能—談。

(三)甚也。〔文選揚雄文〕何其—歟。

(四)艱也。見〔廣韻〕。

(五)烈也。〔王粲詩〕同知翹身—。

(六)繁多也。〔荀子非十二子〕猶然而材—志大。

(七)增也。見〔廣韻〕。

(八)囂煩也。〔荀子解蔽〕不以夢—亂知謂之靜。〔今具言煩—〕。

(九)戲也。〔杜牧詩〕魏帝縫囊眞戲—。

(十)舌也。見〔廣雅釋親〕。

(十一)—旁。宮室街道之名。〔爾雅釋宮〕三達謂之—旁。〔疏〕歧分三達者謂之—旁。孫炎云。旁出歧多故曰—。〔郝氏義疏云〕—者甚也。言此道歧多旁出轉甚也。

(十二)姓也。燕大夫—辛。

(十三)縣名。—故城在靑州府壽光縣。見〔淸一統志〕。〔卽今山東壽光縣〕。

【⿰栗刂】力質切音栗質韻

削也。見〔集韻〕。

【⿰亶刂】旨膳切饘上聲銑韻式戰切音扇霰韻

伐擊也。見〔玉篇〕。〔集韻云。饘或字〕。

【[illegible]】

劏也。見〔集韻〕。〔正字通云。俗字〕。

【⿰貿刂】初芮切音鎩霽韻

本作劕。斷也。見〔集韻〕。

【⿰質刂】芻刮切音[illegible]黠韻

本作斬。斷也。見〔集韻〕。

【⿰瑟刂】色櫛切音瑟質韻

剌也。見〔集韻〕。

【劅】竹角切音斲覺韻

去陰之刑也。見〔集韻〕。〔案說文段注云。據尙書正義。賈馬鄭古文尙書。—同斀。衞包因正義—椓人陰。乃易爲椓字〕。

【⿰詹刂】之廉切音詹鹽韻

削也。見〔集韻〕。

【⿰零刂】郎定切音令徑韻郎丁切音零靑韻

剟或作—。見〔集韻〕。

【⿰廉刂】離鹽切音廉鹽韻

輕剌也。見〔集韻〕。〔鎌、鐮、並同〕。

【⿰嗇刂】殺測切音嗇職韻

剌也。見〔集韻〕。

【⿰業刂】逆怯切音業七接切音妾葉

秦晉續繩索謂之—。見〔方言〕。

【劊】古外切音膾泰韻古活切音括曷韻

斷也。見〔說文〕。〔段注〕易困九五。劓刖。困於赤紱。京房本作劓—。〔按刖絕—斷義正相同。今俗稱殺人者爲—子手〕。

【⿰具刂】古驅切音居虞韻

酌也。挹也。見〔字彙補〕。〔按當爲斟[illegible]字〕。

【⿰鼎刂】古則字。見〔集韻〕。

【⿰畫刂】古劃字。見〔玉篇〕。

【劒】籀文。見〔說文刃部〕。

十四畫

【劑】遵爲切音紫支韻

(一)齊也。見〔說文〕。〔段注〕從刀者。齊之如用刀也。

(二)券書也。兩書一札。同而別之。長曰質。短曰—。〔周禮司市〕以質—結信而止訟。〔注〕質、—、謂兩書一札而別之也。若今下手書。言保物要還矣。鄭司農云。質—月平。〔疏〕

貿、|、謂劵書。恐民失信。有所違負。故爲劵書結之。使有信也。大市以貿。小市以|。故知貿、|、是劵書。漢時下手書者。卽今畫指劵。與古貿|同也。先鄭云。貿|月平。若今之市估文書。亦得爲一義。

【劑】才詣切齊去聲霽韻
㊀翦絕也。〔太玄永〕其命|也。
㊁通齊。藥之分齊也。〔漢書郊祀志〕而事化丹沙諸藥齊爲黃金矣。〔索隱〕齊、音分|之|。〔按段玉裁曰。今人藥|字乃周禮齊字也。〕

【𠜶】才候切音驟宥韻將候切音諏尤韻
㊀斷也。見〔集韻〕。
㊁細切也。見〔玉篇〕。

【𠠕】此苟切湊上聲有韻
析薪也。見〔集韻〕。

【劓】疑器切音膩寘韻
㊀劓或字。見〔說文〕〔段注〕刀鼻會意。今經典如此作。〔按古者五刑。墨、|、剕、宮、大辟也。尙書大傳曰。觸易君命。革輿服制度。姦宄盜攘傷人者。其刑|。漢書曰。黥|之罪。不及大夫。周禮曰。|罪五百。呂刑。|罰之屬千。|辟疑赦。其罰二百鍰。〕
㊁劓也。〔書盤庚〕我乃|殄滅之。
㊂通𠟌。〔易困〕|刖困于赤紱。〔荀作𠟌䵒。鄭注|刖當爲倪仉。說文引作槷䵒。〕

【𠢁】芻萬切音慘願韻
劕或字。〔集韻〕劕。斷也。或作|。

【𠟰】呼典切音顯銑韻
削也。見〔集韻〕。

【劙】盧啟切音禮薺韻
同劙。刺刀也。見〔字彙〕。

【劋】子小切焦上聲篠韻
同剿。絕也。見〔玉篇〕。

【𠞞】古滑切闕入聲黠韻
去惡肉。俗劀字。見〔玉篇〕。

【𠠗】汝朱切音儒虞韻
韋柔滑貌。〔考工記鮑人〕革欲其柔滑而膞脂之則需。〔注〕故書需作|。鄭司農云。|讀爲柔需之需。謂厚脂之韋革柔需。

【𠠚】乳兗切音輭銑韻
刺也。見〔集韻〕。

【劖】居銜切監平聲咸韻
牒切也。見〔集韻〕。

【𠠢】戶黤切音檻豏韻
利也。見〔集韻〕。

【𠠣】居懺切音監陷韻盧瞰切音濫勘韻
利刀也。見〔廣韻〕。

【𠠤】盧甘切濫平聲覃韻
聚切也。見〔集韻〕。

【𠠥】黃郭切音鑊藥韻
本作𥟬。刈穀也。見〔集韻〕。

【𠠦】胡麥切音獲陌韻忽郭切音霍藥韻
裂也。見〔玉篇〕。

【𠠧】芻刮切音纂黠韻
切聲謂之|。見〔集韻〕。

【𠠨】初莧切音鏟霰韻芻萬切音慘願韻
斷也。或作𠢁。見〔集韻〕。

【𠠩】七廉切音籤鹽韻
切劑也。見〔五音集韻〕。

【𠠪】直紹切音肇篠韻

十五畫

【劚】力涉切音獵葉韻
㊀擇也。見〔廣韻〕。
㊁減削。見〔玉篇〕。

【劚】良脂切音黎支韻
直破也。見〔玉篇〕。

【劚】獨鏟切音擴藥韻古晃切光上聲養韻
解也。見〔廣雅釋詁〕。

【劚】知捉切音卓覺韻
斫也。見〔廣雅釋言〕。〔集韻斲或作|。〕

【劚】胡關切音還刪韻
㰀|。縣在武威。見〔玉篇〕。〔當今甘肅古浪縣東。〕

【劍】劍本字。見〔說文〕。

【𠠫】古則字。見〔玉篇〕。

【𠠬】古退字。見〔集韻〕。

【𠠭】同剿。見〔玉篇〕。

【𠠮】同𠠯。見〔集韻〕。

【𠠰】同劒。見〔篇海〕。

【劕】職日切音質質韻 —、劑，券也。長曰—。短曰劑。周禮作質劑。見〔廣韻〕。

【劕】陟利切音致寘韻 物相贅也。見〔集韻〕。

【⿰厲刂】力制切音厲霽韻 割也。見〔玉篇〕。

【⿱辥刀】私列切音薛屑韻 逆乙切音屹質韻 斷也。見〔說文〕。

【⿰壽刂】而尤切音柔尤韻 柔忍也。見〔集韻〕。

【⿰鬲刂】狼狄切音歷錫韻 劙開也。見〔玉篇〕。

【⿰羸刂】朗可切羅上聲哿韻 剆或字。〔集韻〕剆。柯擊也。或作—。

十六畫

【劐】濁穫切音廓藥韻 解也。劃或作—。見〔集韻〕。

【⿰鐂刂】千廉切音僉鹽韻 割也。見〔篇海〕。

【⿰藹刂】於蓋切音藹庚韻 刋木也。賈思勰曰山澤林木木者—殺之。見〔集韻〕。

【⿰歷刂】郎狄切音歷錫韻 割也。見〔集韻〕。

【⿰鎦刂】劉或字。見〔韻會小補〕。

十七畫

【⿱薛刀】測乙切音鮨質韻 割也。本作刹。見〔集韻〕。

【⿱霝刀】郎丁切音靈青韻 ●一割也。見〔集韻〕。●二刀剖物也。見〔集韻〕。

【劖】鋤咸切音巉咸韻 士減切巉上聲豏韻 斷也。一曰剽也。剗也。見〔說文〕。〔注〕—、鑿也。〔按段注與鑱義略近。〕

【⿰鼻刂】古劓字。見〔字彙〕。

【⿰麻刂】同靡。見〔字彙補〕。

十八畫

【⿰巂刂】玄圭切音攜齊韻 ●一削也。見〔玉篇〕。●二削也。見〔廣雅釋言〕。●三滅也。見〔玉篇〕。

【疈】副籒文。見〔說文〕。

十九畫

【⿱䜌分】烏關切音彎刪韻 削也。見〔集韻〕。

【劗】徂丸切音欑祖官切音鑽寒韻 ●一滅也。見〔玉篇〕。●二切也。見〔玉篇〕。●三鬋髮也。〔類篇〕吳人謂鬋髮爲—。

【劗】子踐切音剪銑韻 ●一—跙。行不進也。〔太玄玄錯〕晉—跙。●二同翦。〔漢書嚴助傳〕—髮文身之民也。●三通攢。〔韓非用人〕隨繩而斲。因攢而縫。●四通鑽。〔文選左思賦〕鏤膺鑽髮。

【⿰麗刂】郎計切音麗霽韻 同劙。割破。見〔廣韻〕。

【劘】眉波切音磨歌韻 忙皮切音靡支韻 ●一削也。見〔玉篇〕。●二分也。見〔集韻〕。●三劘切也。〔漢書賈山傳贊〕自下—上。

二十一畫

【⿰離刂】鄰知切音离支韻 郎計切音麗霽韻 ●一分割也。見〔玉篇〕。●二直破也。見〔韻會〕。

【劙】里弟切麗上聲薺韻 刀刺也。見〔集韻〕。

【⿰孱刂】楚限切音鏟潸韻 剗也。見〔集韻〕。

【劚】同斸。見〔正字通〕。

二十二畫

【⿰疊刂】達協切音疊葉韻 刺也。見〔集韻〕。

二十四畫

【⿰靃刂】濁鑊切音廓藥韻 籒文劐。解也。見〔玉篇〕。

【⿰鹽刂】同劍。見〔篇海〕。

※力部※

【力】林直切陵入聲職韻

(一)筋也。象人筋之形。治功曰—。能禦大災。見〔說文〕〔注〕象人筋。竦其身作—。勁健之形。〔按段注。筋者其體。力者其用〕

(二)勤也。〔詩烝民〕威儀是—。

(三)功也。〔國語晉語〕吾君將伐知而多—。

(四)强也。〔爾雅釋畜〕戎事齊—。〔注〕尙强。

(五)務也。〔禮記坊記〕食時不—珍。

(六)甚也。〔漢書汲黯傳〕今病—。

(七)盡—也。〔漢書南粵王傳〕樓船—攻燒敵。

(八)强—也。〔漢書灌嬰傳〕戰疾—。

(九)勉—也。〔漢書王莽傳〕—周公正先天下。

(十)—行也。〔荀子勸學〕眞積—久則入。

(十一)徭役也。〔周禮大司徒〕四曰弛—。〔司農注〕息徭役也。

(十二)治功曰—。〔左昭二十五年傳〕爲政事庸—行務。

(十三)爲人役者曰—。〔陶潛書〕遣此—助汝薪水之勞。此亦人子也。可善遇之。

(十四)物所勝亦曰—。〔家語執轡〕善御馬者。整銜勒。齊轡策。均馬—。

(十五)凡精神所及處皆曰—。〔孟子離婁〕聖人旣竭目—焉。

(十六)凡精神所勝任皆曰—。〔禮記聘義〕故强有—者。將以行禮也。

(十七)物體定動之原因也。如重—、水—之類。考究此種之理法謂之—學。英文Mechanics。

一畫

【劜】乙黠切音閼黠韻

𠢤—。屈强也。見〔集韻〕

二畫

【𠠲】古力字。見〔字彙補〕

【劶】居尤切音樛尤韻

絕力也。見〔集韻〕

【劧】刅𠜖字。見〔字彙補〕

三畫

【功】沽紅切音公東韻

(一)以勞定國也。見〔說文〕〔按周禮司勳云。國—曰—。王—曰勳。民—曰庸。事—曰勞。治—曰力。戰—曰多〕

(二)事也。〔詩七月〕載纘武—。

(三)名也。〔呂覽誣徒〕從師苦而欲學之—也。

(四)成也。〔周禮槀人〕乃入—于司弓矢及繕人。

(五)勝也。〔周禮大司馬〕若師有—。

(六)—臣也。〔禮記大傳〕二曰報—。

(七)吏職也。〔周禮宮正〕稽其—緒。

(八)堅也。〔荀子王制〕辨—苦。

(九)攻也。攻治之乃成也。見〔釋名釋言語〕

(十)喪服也。〔儀禮喪服傳〕大—八升若九升。小—十升若十一升。〔按—服重於緦麻。降於齊衰。大—九月。服用麤布爲之。小—五月。服用稍麤熟布爲之〕

(十一)通紅。〔漢書文帝紀〕服大紅十五日。小紅十四日。〔注〕當言大—小—。

(十二)通公。〔詩六月〕以奏膚公。〔傳〕公、—也。

(十三)姓也。晉—景。〔又〕成—。漢複姓。見〔廣韻引何氏姓苑〕

【劾】苦骨切音窟月韻

通矻。—矻。勞極皃。見〔集韻〕

【加】居牙切音家麻韻

(一)語相譄—也。見〔說文〕〔段注〕譄、各本作增。今正。誣人曰譄。亦曰—。謂有力之口也。引申之。凡據其上皆曰—。

(二)陵也。〔論語公冶長〕我不欲人之—諸我也。

(三)當也。〔老子〕抗兵相—。

(四)踰也。〔禮記檀弓〕獻子—于人一等矣。

(五)高也。〔禮記內則〕不敢以貴富—于父兄宗族。

(六)上也。〔儀禮鄉飲酒禮〕有諸公則辭—席。〔注〕—席、上席也。

(七)別也。〔老子〕尊行可以—人。

(八)重也。見〔爾雅釋詁〕

(九)增也。〔儀禮鄉射禮〕乃復求矢—于福。〔注〕增故曰—。

(十)多也。〔禮記少儀〕其禽—于一雙。

(十一)益也。〔國語魯語〕今無故而—典。

(十二)遺也。〔國語鄭語〕將侯淫德而—之焉。

(十三)覆也。〔論語鄉黨〕—朝服拖紳。

(十四)居也。〔孟子公孫丑〕夫子—齊之卿相。

(十五)施也〔呂覽自知〕人臣以刑罰爵祿之所—而知主。

(十六)累也、〔荀子性惡〕—日縣久。〔注〕—日累日也。

(十七)㒸也。〔楚辭怨世〕馬蘭踸踔而日—。

(十八)著也見〔增韻〕。

(十九)載也見〔廣雅釋詁〕。

(二十)算術以數相併曰—。

【劧】紀偃切音蹇阮韻

(一)難也見〔玉篇〕。

(二)吃也或作謇見〔玉篇〕。

(三)力也見〔集韻〕。

【[illegible]】戶臥切音和箇韻

夆船聲見〔玉篇〕。

【[illegible]】下黨切音沆養韻

信也見〔字彙補〕。

四畫

【劣】龍輟切音埒屑韻

(一)弱也。从力少。見〔說文〕。

(二)鄙也見〔廣雅釋言〕。

(三)少也見〔廣雅釋詁〕。

(四)減也見〔廣雅釋詁〕。

(五)薄也。僅僅不足之辭。〔宋書劉懷貞傳〕子德願善御車。常立兩柱。使其中—通車軸。驅牛奔從柱間直過。

【[illegible]】涉甚切音枕寑韻

用力也見〔玉篇〕。

【劤】居欣切音靳問韻許斤切音欣文韻許謹切欣上聲吻韻力德切音勒職韻

多力也見〔埤蒼〕。

【劼】極乙切音姞質韻

有志力也見〔集韻〕。

【劥】邱庚切音坑庚韻

—勷人有力也見〔廣韻〕。

【劦】檄頰切音協葉韻

(一)同眾力也。从三力。見〔說文劦部〕。〔段注〕此字本音戾力制切。淺人妄謂與協、勰、協同音。而不知三字皆以—會意。非以形聲也。

(二)急也。見〔玉篇〕。

(三)通颰。風調也。見〔集韻〕。〔按說文引山海經惟號之山其風若—。今本作䬞號之山其風如飈。郭傳飈、急風也。音戾。或云飄風也。〕

【劦】力協切音㚇葉韻

力不輟也。見〔集韻〕。

【[illegible]】居僞切音媿寘韻

疲極也。弊也。力乏也。〔魏志蔣濟傳〕彫—之民。〔按顏氏家訓書證云、—即皷倦之皷。〕

【劧】諸氏切音只紙韻

功堅也。見〔字彙補〕。

五畫

【[illegible]】夂沸切肥去聲未韻

(一)迫也。見〔集韻〕。

(二)勇壯也。見〔玉篇〕。

【[illegible]】平祕切音備寘韻

(一)壯也。見〔集韻〕。

(二)挾也。見〔廣雅釋詁〕。

【助】牀據切鋤去聲御韻

(一)左也。見〔說文〕。〔段注〕左、今之佐字。左者以ナ—。又右者以手—口。疑此解當云左右也。

勴也見〔爾雅釋詁〕。

(三)舉也。見〔廣雅釋詁〕。

(四)㑒也。〔論語先進〕非—我者也。

(五)成也。〔呂覽應同〕天下—農於下。

(六)察姦也。〔孟子滕文公〕守望相—。

(七)乍也。乍往相—。非長久也。見〔釋名釋言語〕。

(八)賦名。〔孟子滕文公〕殷人七十而—。〔疏〕殷人之時。民耕七十畝田。其—公家。則七畝而已。、—但借民力而耕之。

(九)通莇。〔孟子滕文公〕殷人七十而—。—者藉也。治田莫善於—。九一而—。惟—爲有公田。雖周亦—也。〔考工記匠人注引皆作莇〕。

(十)通勦。去也。〔莊子徐无鬼〕顏不疑歸而師董梧。以—其色。〔釋文〕—、本作勦。

【努】暖五切音砮變韻

勉也。〔李陵詩〕—力崇明德。

【努】農都切砮平聲虞韻

戮力也。見〔集韻〕。

【[illegible]】子賀切音佐箇韻

(一)助也。〔集韻〕手相佐助。

(二)副也。見〔玉篇〕。

【劫】訖業切音衱洽韻
一 人欲去以力脅止曰—。或曰以力去曰—。从力去。見〔說文〕〔段注〕以力止人之去曰—。不專謂盜。
二 脅也。〔禮記儒行〕—之以眾。
三 迫也。〔傅毅賦〕形態和神意協從容得志不—。〔注〕言雍容不相迫也。
四 奪取也。〔漢書嚴延年傳〕城中薄暮塵起。剽—行者。
五 ——猶汲汲也。〔韓愈文〕入者——。
六 弈法也。〔水經淮水注〕阮方圍棊。曰局上有—亦甚急。
七 世也。時間也。〔隋書經籍志〕佛經所說。天地之外。四維上下。更有天地。亦無終極。然皆有成敗。一成一敗。謂之一—。
八 浩—。宮殿大階級也。〔杜甫詩〕浩—因王造。〔注〕浩—。階級也。一曰塔也。〔俗用作大災難之意〕。
九 —悟。氣相衝突。〔文選潘岳賦〕郁捋—悟。
十 亦作刧、刼。〔正字通〕—改從刀。譌文也。

【劬】權俱切音衢虞韻
一 勞也。見〔說文新附〕。
二 勤也。見〔廣雅釋詁〕。
三 疲也。〔蕭子良啟〕奉上無艱—之貌。
四 —勞。病也。〔詩凱風〕母氏—勞。
五 ——勞也。〔路正文〕戎官——。

【劭】時照切音邵嘯韻 初堯切音翹蕭韻
一 勉也。見〔說文〕。
二 美也。見〔爾雅釋詁舊注〕。〔按法言云。董仲舒之才之—也。、即此義〕。
三 自強也。見〔廣韻〕。
四 精異之意也。〔漢書成帝紀〕先帝—農。

【劮】弋質切音逸質韻
一 婬也。見〔廣雅釋詁〕。
二 婸也。見〔集韻〕。
三 戲也。見〔廣雅釋詁〕。
四 豫也。見〔廣雅釋詁〕。

【劰】滂悲切音披支韻
用力也。見〔字彙補〕。

【劯】徹七切音敕質韻
天子—也。見〔字彙補〕。

【劷】只如切音諸魚韻
強也。見〔字彙補〕。

【劸】莫各切音邈藥韻
勤也。見〔字彙補〕。

【𠢅】古夥字。見〔玉篇〕。

六畫

【劾】戶代切音溉隊韻 下改切溉上聲賄韻 紇則切恆入聲職韻
一 法有辠也。見〔說文〕〔段注〕法者。謂以法施之。呂刑正義云。漢世問辠謂之鞫。斷獄謂之—。
二 實也。〔周禮鄉士注〕如今—矣。
三 猶覈也。考—其實也。見〔六書故〕。
四 —狀也。〔後漢范滂傳〕滂奏刺史權豪之黨二十餘人。尚書責滂所劾猥多。滂知意不行。投—去。〔注〕自投其—狀而去。

【劾】口戒切音烗卦韻
勤力也。一曰。勉也。或作勱。見〔集韻〕。

【㔗】哺橫切音勝 披耕切音怦庚韻〔本作㔗〕。

【劼】邱八切慳入聲 訖黠切音戛黠韻 喫吉切音詰質韻
一 大也。見〔玉篇〕。
二 大力也。見〔集韻〕。
一 愼也。見〔說文〕。
二 固也。見〔爾雅釋詁〕。
三 忇也。見〔廣雅釋詁〕。
四 勤也。見〔集韻〕。
五 用力也。見〔廣韻〕。

【劽】力蘖切音列屑韻
有力也。見〔集韻〕。

【𠡞】側角切音捉覺韻
健也。見〔集韻〕。

【𠢗】都罪切堆上聲賄韻
著力來也。見〔篇海〕。

【劵】逵眷切權去聲霰韻
勞也。見〔說文〕〔段注〕今皆作倦。蓋由與契券从刀相似而避之也。

【励】去厚切音口有韻
㔛—。用力皃。見〔集韻〕。

【𠡗】音口有韻
用力也。見〔海篇〕〔案舊注云。𠡗之譌〕。

【劷】余章切音羊陽韻
勸也。見〔玉篇〕。

【劸】於佳切音娃佳韻
逼也。見〔集韻〕。

【劺】迷浮切音謀尤韻
勸厲也。勉也。〔集韻〕北燕之外。相勉努力謂之—。

【劻】曲王切音匡陽韻
—勷。迫皃。見〔廣韻〕。

【劮】欲匹切音亦質韻
勳也。見〔字彙補〕。

【劶】同逸。見〔韻會〕。

【効】俗效字。見〔玉篇〕。〔按洪武正韻。古惟从支。無从力者。後人寫訛既久。相承用之。〕

七畫

【勀】乞得切音克職韻
(一)尤勮也。見〔說文〕。〔段注〕—者以力制勝之謂。故其事爲尤勞。許書。—與克義不同。克者肩也。以春秋所書言之。如晉人納捷菑于邾。弗克。此克之義也。如鄭伯克段于鄢。此—之義也。—之字䛐而从刀作剋。經典有克無剋。百家之書。克剋不分。而—乃廢矣。
(二)勝也。見〔玉篇〕。
(三)自彊也。見〔廣韻〕。

【勁】堅正切頸去聲敬韻
(一)彊也。見〔說文〕。
(二)勇也。〔荀子非相〕筋力越—。
(三)剛也。〔素問腹中論〕其氣急疾堅—。
(四)銳也。〔素問氣交變大論〕其政—切。
(五)力也。〔列子說符〕孔子之—。
(六)健也。見〔廣韻〕。
(七)遒也。見〔增韻〕。
(八)堅也。〔左宣十二年傳〕中權後—。
(九)通經。〔禮記樂記〕廉直—正莊誠之音作。〔史記樂書〕—作經。
(十)亦作𦃇、〔禮記曲禮〕急𦃇其怒。〔注〕𦃇讀曰—。

【勂】乎刀切皓平聲豪韻
休謁也。見〔集韻〕。

【勃】薄沒切音孛月韻
(一)排也。見〔說文〕。〔注〕—然興起。有所排擠也。
(二)展也。見〔廣雅釋詁〕。
(三)勦也。見〔廣雅釋詁〕。
(四)懟也。見〔廣雅釋言〕。
(五)卒也。見〔玉篇〕。
(六)大也。〔淮南天文〕賁星墜而—海決。
(七)不擇于事曰—。〔淮南說山〕病而不就藥則—矣。
(八)盛貌。〔文選馬融賦〕氣噴—以布覆兮。
(九)變色貌。〔論語鄉黨〕色—如也。
(十)爭也。〔莊子外物〕則婦姑—谿。
(十一)——。盛也。見〔廣雅釋訓〕。
(十二)—谿。反戾也。見〔莊子音義〕。
(十三)—卒。旋放之貌。見〔韻會〕。
(十四)—屑。猶蹩躠。膝行貌。〔楚辭怨世〕嫫母—屑而日待。
(十五)—鬱煩冤。風迴旋之貌。〔文選宋玉賦〕—鬱煩冤衝孔入門。
(十六)—壤。粉解者。〔周禮草人〕—壤用狐。
(十七)通渤。海名。〔漢書地理志〕薊南通齊趙。—碣之間。〔注〕師古曰。——、海也。
(十八)姓也。〔韻會〕梁武帝改豫章王姓—氏。

【勇】尹竦切音涌腫韻
(一)气也。見〔說文〕。〔段注〕力者筋也。—者气也。气之所至。力亦至焉。心之所至。气乃至焉。故古文—從心。
(二)猛也。見〔廣韻〕。
(三)健也。見〔集韻〕。
(四)銳也。見〔增韻〕。
(五)果決也。見〔玉篇〕。
(六)踊也。遇敵踊躍欲擊之也。見〔釋名釋言語〕。
(七)知死不辟—也。見〔左文十年傳〕。
(八)共用之謂—。見〔左文二年傳〕。
(九)勝敵壯志曰—。見〔周書諡法〕。
(十)不疑之謂—。見〔韓非子解老〕。
(十一)兵卒謂之—。前代於制兵之外。別募以備寇者。

【勉】美辨切音免銑韻
(一)勥也。見〔說文〕。〔段注〕勥、舊作彊。非其義也。凡言—者。皆相迫之意。
(二)勵也。〔呂覽達鬱〕臣乃今將爲君—之。
(三)務也。〔呂覽審爲〕皆—處矣。
(四)勸也。見〔廣韻〕。
(五)進也。〔呂覽季春〕—諸侯。
(六)勔也。見〔廣韻〕。

❼慹也。見〔正字通〕。
❽趣也。〔呂覽具備〕子—歸矣。
❾勤也。〔論語子罕〕喪事不敢不—。
❿努力也。〔公羊宣十五年傳〕—之矣。
⓫—強。日本語謂物價廉也。又勤奮也。
⓬通免。〔漢書谷永傳〕閔免遁樂。〔注〕師古曰。閔免猶黽—也。
⓭通俛。勿。〔詩十月之交〕黽—從事。〔白帖〕作僶俛從事。〔漢書劉向傳〕作密勿從事。
⓮通亹。〔詩棫樸〕——我王。〔韓詩外傳〕作亹亹我王。
⓯通沒。〔爾雅釋詁〕亹亹、蠠沒、孟、敦、勗、釗、茂、劭、勔—也。〔注〕蠠沒。猶黽—。〔疏〕以其聲相近方俗語有輕重耳。
⓰姓也。漢上郡太守—昂。見〔風俗通〕。

【勅】蓄力切音敕職韻
本作敕。誡也。見〔集韻〕。〔正字通云。與敕通。或作飭。經傳譌作勑。〕

【勉】墨角切音邈覺韻
勤也。見〔集韻〕。

【勑】居虬切音樛尤韻
勁貌。見〔集韻〕。

【努】財干切音殘寒韻
殺剝也。見〔集韻〕。〔正字通云。俗殘字。〕

【勆】盧當切音郎陽韻
有力也。見〔玉篇〕。

【勈】勇本字。見〔集韻〕。

【勄】古敏字。見〔集韻〕。

【勃】同勃。見〔字彙補〕。

【勑】勑俗字。見〔篇海〕。〔正字通云。同勑。〕

八畫

【勌】拘員切音捐先韻
❶健貌。見〔集韻〕。
❷勸力也。見〔集韻〕。

【勌】區願切音券願韻
同勸。〔集韻〕勸。勉也。或从卷。

【勌】渠眷切音倦霰韻
同倦。勞也。〔漢書嚴助傳〕士卒能—。

【勍】渠京切音擎庚韻
❶強也。春秋傳曰—敵之人。見〔說文〕〔段注〕—與人部之倞字、音義皆同而—獨見左氏。
❷—。武也。見〔廣雅釋詁〕。

【勨】里養切音兩養韻
❶—勥也。見〔玉篇〕。
❷力拒也。見〔廣韻〕。
❸䡾急貌。見〔集韻〕。

【勓】枯懷切快平聲佳韻
❶有力貌。見〔集韻〕。
❷劥—。人有力也。見〔廣韻〕。

【勑】蓄力切音敕職韻
❶誡也。〔經典釋文條例〕來旁作力。俗以為約—字。
❷誡也。正也。固也。見〔正韻〕。
❸天子之制敕亦作—。見〔正韻〕。

【勑】洛代切音萊隊韻
勞也。見〔說文〕。〔段注〕此勞、依今法讀去聲。省作來。俗作徠。〔正字通云。答其勤曰勞。撫其至曰—。〕

【𠢏】幺皆切音揩佳韻
逼也。亦作𠢑。見〔篇海〕。

【𠢑】閭承切音陵蒸韻
倰倚也。亦作倰、㥄。見〔集韻〕。〔玉篇云。俗陵字。〕

【𠢕】里孕切陵去聲徑韻
止馬也。棱或作—。見〔集韻〕。

【勎】力竹切音陸屋韻
同勠。—力。幷力也。見〔玉篇〕。

【𠢓】悲朋切音崩肯登切肯平聲蒸韻

【𠢒】本作㔙。大力也。見〔集韻〕。

【𠢐】祖似切音子紙韻
同𢻮。爭役也。見〔篇海〕。〔正字通云。𢻮譌字。〕

【𠢝】薄口切音裒上聲有韻
—劻。用力貌。見〔集韻〕。

【勵】巨勿切音倔物韻
足多力也。見〔篇海〕。

【勖】旦半切音鍛翰韻
決—也。見〔字彙補〕。

【勅】同勅。見〔玉篇〕。

【勐】俗猛字。見〔篇海〕。

九畫

【⿰曷力】許轄切音瞎黠韻何葛切音曷曷韻

（一）勤力也。見〔玉篇〕。

（二）——用力聲。見〔集韻〕。

（三）勤力也。見〔集韻〕。

【勒】歷得切楞入聲職韻

（一）馬頭絡銜也。从革力聲。見〔說文〕。〔段注〕絡其頭而銜其口可控制也。〔案集韻云。馬轡有銜曰—。無銜曰羈。通訓定聲云。—爲轡之所係。故曰轡首。—爲銜之所係。故曰絡銜。其實—非轡銜也。劉芳毛詩箋音義證云。以—爲轡者。蓋北晉避石—名也。〕

（二）治也。〔後漢光武帝紀〕親—六軍。大陳戎馬。

（三）抑制也。〔梁武帝文〕今日衆僧。還寺已後。各各檢—。〔今俗云—捐、—借。皆此義。〕

（四）部—。約束也。〔史記項羽紀〕以兵法部—賓客及子弟。

（五）刻也。刻識之也。見〔釋名釋言語〕。〔今謂刻石猶云—石。〕

（六）姓也。漢—尊。晉—滿。

【勓】口戒切揩去聲卦韻

（一）勉也。見〔集韻〕。

【勔】彌兗切音緬銑韻彌盡切音泯軫韻

（一）勉也。見〔爾雅釋詁〕。〔釋文〕—、本作僶。又作黽。

（二）勸也。〔方言〕周鄭之閒。相勸勉曰—。

【動】杜孔切同上聲董韻

（一）作也。見〔說文〕。

（二）震也。〔易无妄〕—而健。

（三）發也。〔易繫辭〕效天下之—者也。

（四）生也。〔呂覽音律〕草木繁—。

（五）蘇也。〔呂覽開春〕則蟄蟲—矣。

（六）感也。〔淮南說山〕同氣相—。

（七）行也。〔易繫辭〕變—不居。

（八）移也。〔呂覽論威〕物莫之能—。

（九）搖也。〔楚辭抽思〕悲夫秋風之—容兮。

（十）變也。〔呂覽知士〕宣王太息。—於顏色。

（十一）驚也。〔文選宋玉賦〕使人心—。

（十二）化也。〔淮南覽冥〕陰陽同氣相—也。

（十三）惑也。〔淮南精神〕不隨物而—。

（十四）爭也。〔呂覽首時〕—不可禁。

（十五）常也。每也。〔韓愈文〕往來—皆經月。

（十六）勞役之也。〔論語子張〕—之斯和。

（十七）—靜。是非也。〔荀子正名〕以喻—靜之道也。

（十八）—息。猶出處。〔文選謝元暉詩〕—息無兼遂。

（十九）—物。羽嬴之屬。〔周禮大司樂〕以作—物。

【動】覩孔切音董董韻

振—。拜也。見〔周禮大祝〕。〔大夫注〕動讀爲董。書亦或作董。振董。以兩手相擊也。〔釋文〕今倭人拜以兩手相擊。如鄭大夫之說。蓋古之遺法。〔今日本人禮神猶行此拜。〕

【動】徒弄切同去聲送韻

凡物自—則上聲。彼不—而我—之則去聲。見〔韻會〕。〔按正字通云。毛居正曰。祕書省校書式。諸書—字雖無音。揚雄傳。清靜字本上聲。師古合韻音去聲。上靜之—亦可讀去聲。據毛說。動本有上去二聲。今物自—、人—物、並讀去聲。舊注沿正韻、韻書。物自—則上聲。物不—而我—之則去聲。非也。〕

【勖】吁玉切音畜沃韻

（一）勉也。見〔說文〕。〔注〕勉其事。冒犯而爲之。

（二）勵也。〔後漢謝夷吾傳〕—臣懦弱。

（三）通冒。〔書顧命〕爾無以釗冒貢于非幾。〔釋文〕冒、馬鄭王作—。

（四）通懋。〔書盤庚〕懋建大命。〔漢石經作—。段玉裁云。—、古讀如茂。與懋音義皆同。〕

【勘】苦紺切堪去聲勘韻

（一）校也。見〔說文新附〕。〔鈕氏新附攷〕—、疑古作戡。亦作刊。古書用竹簡。故校—字作刊。經典無—字。

（二）覆定也。見〔玉篇〕。

（三）鞫囚也。〔宋史刑法志〕紹興法。鞫獄官推—不實者。一案坐之。

【勘】枯含切音堪覃韻

能也。見〔集韻〕。

【務】亡遇切音霧遇韻

（一）趣也。見〔說文〕。〔注〕言趣赴此事也。

（二）事也。〔易繫辭〕故能成天下之—。

（三）成也。〔呂覽古樂〕樂乃可—。

（四）勢也。〔淮南人閒〕無以—於天下。

⑤強也。見〔爾雅釋詁〕。〔疏〕—、謂先—以力勉強。
⑥勉也。〔公羊定二年傳〕不—于公室矣。
⑦求也。〔呂覽孝行〕謂—其人也。
⑧向也。慕也。〔論語學而〕君子—本。
⑨專力也。見〔廣韻〕。
⑩—附。親也。〔國策中山策〕必爲趙廢其王—附焉。
⑪時所急也。〔左昭六年傳〕敎之以—。
⑫通禺。〔禮記檀弓〕公叔禺人。〔疏〕正義曰。哀十一年傳云。公叔—人。此作禺人者。禺—、聲相近。聲轉字異也。
⑬姓也。列仙傳有—光。〔按—光。莊子一書數見。讓王篇、—又作瞀。荀子成相篇作牟光〕

【務】迷浮切音謀尤韻　微夫切音無虞韻
—婁。邑名。見〔集韻〕。

【務】罔甫切音武麌韻
通侮。〔詩常棣〕外禦其—。〔釋文〕—如字。爾雅云。侮也。讀者又音侮。此從左傳及外傳之文。〔按左僖二十四年傳、國語周語、爾雅釋言郭注、引詩均作侮。阮元云。—爲侮之假借也〕

【務】謨袍切音毛豪韻
本作楘。通作旄。丘前高後下。見〔集韻〕。

【務】莫候切音茂宥韻
侮也。見〔集韻〕。

【勬】作弄切總去聲送韻
勘勵也。見〔集韻〕。

【男】古兵字。見〔字彙補〕。

【勅】同勦。見〔字彙補〕。

【勍】同勍。見〔字彙補〕。

【勸】同勸。見〔海篇〕。

【勐】勸譌字。見〔海篇〕。

十畫

【勝】書蒸切音升蒸韻
①任也。从力。朕聲。見〔說文〕。〔段注〕凡能舉之能克之皆曰—。本無二義二音。俗强分平去。
②舉也。〔國語周語〕不過一人之所—。
③堪也。〔管子入國〕子有幼弱不—養爲累者。
④盡也。〔文選宋玉賦序〕瓌姿偉態。不可—贊。
⑤乘也。〔詩正月〕靡人弗—。
⑥陵也。〔易漸〕終莫之—。
⑦—屠。複姓。何氏姓苑有—屠公。爲河東太守。

【勝】詩證切升去聲徑韻
①克也。見〔爾雅釋詁〕。
②能也。〔易遯〕莫之—。
③極也。〔老子〕躁—寒。
④多也。〔論語雍也〕質—文則野。
⑤二也。見〔廣雅釋詁〕。
⑥益也。〔管子揆度〕其—禽獸之仇。
⑦盛也。〔素問逆調論〕獨—而止耳。
⑧過也。〔禮記樂記〕樂—則流。
⑨行也。〔呂覽誣徒〕理義之術—矣。
⑩爲也。〔國語晉語〕尊明—患。
⑪直也。〔淮南氾論〕訟而不—者。
⑫滅也。〔易繫辭〕貞—者也。
⑬負之對。〔老子〕天道不爭而善—。
⑭制尅之也。〔素問金匱真言論〕所謂得四時之—者。
⑮—國。亡國也。〔周禮媒氏〕凡男女之陰訟。聽之於—國之社。
⑯婦人首飾。〔杜甫詩〕—裏金花巧耐寒。〔按—有金—、銀—、方—、織—、羅—、花—、人—、或剪綵。或鏤金薄爲之。釋名釋首飾云。華—、華象草木華也。—言人形容正等。一人著之則—。蔽髮前爲飾也〕
⑰州名。唐置。屬關內道。當今鄂爾多斯左翼後旗黃河南流處。

【勞】郎刀切音牢豪韻
①劇也。从力。熒省。熒。火燒門。用力者—。見〔說文〕。
②憂也。〔淮南精神〕竭力而—萬民。
③病也。〔淮南精神〕好憎者使人之心—。
④苦也。〔論語爲政〕有事弟子服其—。
⑤勤也。見〔爾雅釋詁〕。〔舍人注〕—、力極也。
⑥服也。〔莊子秋水〕任士之所—。
⑦勉也。〔呂覽孟夏〕—農勸民。
⑧嫪也。見〔廣雅釋詁〕。〔疏證〕嫪、—、一聲之轉。
⑨事也。〔禮記儒行〕先—而後祿。
⑩功也。〔周禮司勳〕事功曰—。
⑪罷—也。〔文選張衡賦〕與徒不—。
⑫勤而不已也。〔國語越語〕—而不

矜其功。
⑬過用謂之一。〔管子小匡〕犧牲不一則牛馬育。
⑭肺病名今書作𤻲詳𤻲字。
⑮姓也後漢有琅邪一丙。

【勞】 郎到切牢去聲號韻
㊀賚也。〔易井〕君子以一民勸相。
㊁賜也。〔管子山權數〕一若以百金。
㊂慰問也。〔禮記曲禮〕君一之則拜。
㊃問遺之。〔漢書淮陽憲王欽傳〕一博博不受。
㊄敘其勤以答之也。〔左隱十年傳〕以一王爵。
㊅一來也猶曰佑助。〔詩旱麓〕神所一矣。〔傳〕一一來猶言佑助。
㊆一來勸勉也。〔漢書成帝紀〕致一來之。
㊇一來不怠也亦約勑也見〔一切經音義〕
㊈迎來曰郊一。〔左僖三十三年傳〕自郊一至于贈賄。

【𠢵】 渠焉切音虔先韻
負物也見〔集韻〕。

【𠢴】 下罕切翰上聲旱韻
勤也見〔集韻〕。

【𠢓】 下瞎切音轄黠韻
用力也見〔玉篇〕。

【勜】 烏孔切翁上聲董韻
一𠃉。屈強也見〔玉篇〕。

【勨】 為項切音𩑥講韻
一傾。多力。見〔集韻〕。

【㔡】 居許切音舉語韻
共舉貌。見〔集韻〕。

【㔬】 余力切音弋職韻
勩也。見〔字彙補〕。

【勛】 古勳字。見〔說文〕。

十一畫

【募】 莫故切音暮遇韻
㊀廣求也。見〔說文〕。〔今云一債、一緣本此義〕。
㊁召也。見〔廣韻〕。
㊂招也。〔荀子王制〕案謹一選閱材伎之士。〔今云一兵本此義〕。
㊃胸腹曰一。〔素問奇病論〕治之以膽一。
㊄水名。〔呂覽離俗〕務光負石而沉於一水。〔注〕一水名也音千伯之伯〔今地闕〕

【募】 亡遇切音務遇韻
以財使也。見〔集韻〕。

【𠢽】 末各切音莫藥韻
勦也。見〔集韻〕。

【勠】 力竹切音六屋韻憐蕭切音聊蕭韻力求切音留尤韻力救切留去聲宥韻
㊀并力也。見〔說文〕。
㊁通戮。〔國語吳語〕戮力同德。

【𠢫】 烏侯切音謳尤韻
足筋謂之一。見〔集韻〕。

【勢】 平刀切音豪牛刀切音敖豪韻
㊀健也。見〔說文〕。〔段注〕此豪傑眞字。自叚豪為之而一廢矣。
㊁強也。見〔集韻〕。

【勡】 匹妙切音漂嘯韻
㊀劫也。見〔說文〕。〔段注〕以力脅止人而取其物也。諸書多从刀而許刀部無剽下曰一曰剽劫人也是在許時固从力从刀並行。二形不必有是非矣。
㊁強取也見〔廣韻〕

【勢】 始制切音世霽韻
㊀盛力權也經典通用埶見〔說文新附〕。
㊁力也。〔易坤象〕地一坤。
㊂覲也。〔法言問神〕盡一諸名卿可幾也。
㊃狀也。〔隋唐嘉話〕賈島得僧敲月下門之句。始欲作推字。馬上引手作推敲一。
㊄一位也。〔禮記禮運〕在埶者去。〔釋文〕本亦作一。
㊅氣燄也。〔書君陳〕毋倚一作威。
㊆外腎為一。宮刑、男子割一。〔尚書緯形德放〕一者丈夫淫。割其一也。

【勣】 則歷切音績錫韻
通績。功也。見〔集韻〕。

【勤】 渠巾切音芹文韻
㊀勞也。見〔說文〕。
㊁苦也。〔法言先知〕或問民所一。
㊂憂也。〔呂覽不廣〕一天子之難。
㊃惜也。〔詩鴟鴞〕恩斯一斯。
㊄仂也。見〔廣雅釋詁〕。
㊅助也。〔國語晉語〕秦人一我矣。

(七)行也。〔禮記祭統〕—大命。施於烝彝鼎。
(八)勞辱之事也。〔禮記檀弓〕服—至死。
(九)執勞辱之事也。〔禮記玉藻〕—者有事則收之。
(十)心企望之。〔詩江有汜序〕—而無怨。
(十一)謂憔悴國事。〔後漢應劭傳〕功賞—賓。
(十二)盡心盡力。無所愛惜爲—。〔左僖二十八年傳〕令尹其不—民。
(十三)通㢘。〔漢書揚雄傳〕其㢘至矣。〔注〕師古曰。㢘、古—字。
(十四)同懃。般—委曲意。〔漢書司馬相如傳〕相如乃令侍人重賜文君侍者。通般—。

【勤】渠之切音其支韻
耆—。老稱也。通作期。見〔集韻〕。

【勥】巨兩切強上聲養韻渠良切音強陽韻
(一)迫也。見〔說文〕〔段注〕所謂實偪處此也。—與彊義別。彊者有力。—者以力相迫也。凡云勉—者當用此字。
(二)勉力也。見〔廣韻〕。

【𠢕】舉兩切音繈養韻
勨—。力拒也。見〔集韻〕。

【勦】子小切音劋篠韻鉏交切音巢初交切音抄肴韻
(一)勞也。春秋傳曰。安用—民。見〔說文〕〔段注〕昭九年左傳焉用速成。其以—民也。許櫽括其辭。
(二)盡也。〔文選張衡賦〕今公子苟好—民以婾樂。
(三)輕捷也。〔韓愈詩〕猱生脊—剛。
(四)擥取也。〔禮記曲禮〕毋—說。〔注〕—謂取人之說以爲己說。〔案王念孫云。剿、勦、鈔、並通。又與摷聲相近也。段玉裁云。剿亦作劋。曲禮。毋劋說。字从刀。與此从力字絕不同。俗多淆之。張爾公云。譏、劋、—音通義別。曲禮毋—說。本作劋。後人劋譌爲—。非—與劋同也。譏與勦通。非譏與—同也。剿、剿、劋、勦、劋、同。征劋、劋嬰、宜从刀。雖故書勦借用—。難通。〕
(五)大指名。見〔類篇〕。

【𠢐】同敵。見〔字彙補〕。

【𠢦】同勉。見〔字彙補〕。

十二畫

【勨】以兩切音養似兩切音象養韻
(一)繇緩也。見〔說文〕〔段注〕繇、蓋今之傜字。言傜役緩也。與勥爲反對之詞。
(二)勤也。見〔廣雅釋詁〕〔朱允倩云。—之爲言盪也。〕
(三)勉也。見〔玉篇〕。

【𠢸】居月切音厥其月切音掘月韻
(一)勥也。見〔說文〕〔錢注〕此屈强字。王念孫云。屈與—古同聲。
(二)强也。見〔廣雅釋詁〕〔朱允倩云。勉力之意。〕

【勩】以制切音曳霽韻羊至切音異神至切音示寘韻
(一)勞也。詩曰莫知我—。見〔說文〕〔段注〕凡物久用而勞敝曰—。今人謂物消磨曰—。蘇州謂衣久箸曰—箸。
(二)苦也。見〔廣韻〕。
(三)習事之勞也。見〔爾雅釋詁孫注〕。
(四)通肄。〔爾雅釋詁〕倫、—、邛、敕。〔釋文〕—、亦作肄。

【𪟼】林直切音力職韻
(一)力也。見〔集韻〕。
(二)趙魏間呼棘曰—。見〔方言〕。

【𠢢】竹洽切音箚洽韻
勤力也。見〔集韻〕。

【𢈇】於九切憂上聲有韻
—蹂。輭也。見〔集韻〕。

【獮】徒典切田上聲銑韻
—𤟤。劣貌。見〔集韻〕。

【𠢔】極虐切音噱藥韻
本作蹻。舉足行高也。見〔集韻〕。

【𠢖】租悅切音蕝屑韻
斷物也。見〔廣韻〕。

【𠢗】翾劣切音旻屑韻
拽也。見〔集韻〕。

【勫】方煩切音蕃元韻
健也。見〔集韻〕。

【𠢍】平祕切音備寘韻〔或省作勫〕
(一)挾也。見〔集韻〕。
(二)壯也。見〔集韻〕。

【勬】古倦切音眷霰韻拘員切眷

平聲先韻
●一勦也。見〔玉篇〕。
●二彊健也。見〔廣韻〕。

【勭】徒東切音童東韻
成人也。見〔集韻〕。

【動】杜孔切董上聲董韻
作也。見〔類篇〕。

【整】照井切音整梗韻
願也。見〔字彙補〕。

【勝】古勝字。見〔字彙補〕。

【勠】俗勠字。見〔海篇〕。

十三畫

【勮】其據切音遽良據切音虡御韻
●一務也。見〔說文〕〔段注〕務者趣也。用力尤甚者。
●二惶也。見〔廣韻〕。
●三疾也。見〔廣雅釋詁〕。
●四巨也。事功巨也。見〔釋名釋言語〕。

【勯】多寒切音丹寒韻
力竭也。〔呂覽重己〕使烏獲疾引牛尾。尾絕力—。而牛不可行逆也。〔注〕—、讀曰單。單、盡也。

【勬】巨禁切音噤沁韻
用力也。見〔集韻〕。

【勰】檄頰切音協葉韻
●一同思之龢也。从劦思。見〔說文劦部〕。
●二思也。見〔廣韻〕。
●三通協。〔爾雅釋詁〕—、燮、和也。〔釋文〕—本又作協。

【解力】口懈切揩上聲蟹韻
●一勱—疲也。見〔集韻〕。
●二俗懈字。毛詩省作解。音義通。見〔正字通〕。

【勱】莫敗切音邁卦韻
勉力也。周書曰。用—相我邦家。見〔說文〕〔段注〕勉者彊也。亦作邁。左傳引夏書皋陶邁種德。邁、勉也。〔按桂注字或作勵。〕

【嗇力】殺測切音色職韻
助也。見〔集韻〕。

【勨】以兩切音養養韻
勉也。見〔字彙補〕。

【勜】羊兩切音養養韻
勉也。見〔篇海〕。

十四畫

【勳】許云切音熏文韻吁運切熏去聲問韻
●一能成王功也。見〔說文〕〔段注〕司勳曰。王功曰—。
●二功也。〔左襄十四年傳〕蘇—台觀。
●三帥也。〔後漢蔡邕傳注〕—胥以痛。〔按詩雨無正作淪胥以鋪。傳。淪、率也。漢書敘傳作薰胥以刑。注。晉灼曰齊魯韓詩作薰。薰、帥也。〕
●四閽也。〔漢書百官公卿表〕郎中令。秦官。掌宮殿掖門戶。有丞。武帝太初元年更名光祿—。〔注〕如淳曰。胡公曰。—之言閽也。閽者古主門官也。
●五以德立宗廟定社稷曰—。見〔史記高祖功臣年表〕。
●六通薰。〔易艮〕厲薰心。〔釋文〕薰、荀作—。

【閫力】孔忖切音閫阮韻
門限也。見〔字彙補〕。

【勦】勦本字。見〔正字通〕。

十五畫

【㔣】慮對切音類隊韻
●一推也。从力。畾省聲。見〔說文〕〔段注〕—者。以物磊磊自高推下也。古用兵。下礌石。李陵傳作壘石。晁錯傳、具藺石。如淳注曰。城上雷石。唐書李光弼傳。擂石車。又作擂。其實用—為正字也。
●二懷也。見〔玉篇〕。

【纍力】倫追切音纍支韻
勉也。見〔集韻〕。

【罷力】部買切音能蟹韻
●一—勞。疲也。見〔廣韻〕。
●二惡怒也。見〔集韻〕。

【勵】力制切音厲霽韻
●一勸也。〔後漢祭彤傳〕璽書勉—。
●二通厲。有修飾振起意。〔漢書宣帝紀〕—精更始。

【徹力】直列切音轍敕列切音徹屑韻
●一發也。見〔說文〕〔段注〕發、射發也。引申為凡發去之偁。—與徹義別。徹者通也。—謂除去。若禮之有司徹客徹重席。詩之徹我牆屋。其字皆當作—。或作撤。乃—之俗也。

㈡去也。見〔集韻〕。

【勴】良據切音慮御韻 ㈠助也〔爾雅釋詁注〕一、謂贊勉也。不以力助以心助也。㈡同勵〔集韻〕勵說文、助也或从慮。

【勬】思沈切音審沁韻 一勬。用力也。見〔類篇〕。

【勵】珂伯切音客陌韻 勸作也。見〔篇海〕。

【勨】以兩切音養養韻 勨也。見〔玉篇〕。

【縍】逵眷切音倦霰韻 靴縫也。亦作鞔省作彙見〔字彙補〕。

【勸】同勸。見〔玉篇〕。

【勸】同勸。見〔字彙補〕。

十六畫

【勴】龍都切音盧虞韻 良據切音慮御韻 ㈠助也。見〔玉篇〕。㈡同勴〔集韻〕勴說文、助也。或从盧。

【彊力】古彊字。見〔說文〕。

【勞】古勞字。見〔玉篇〕。

十七畫

【勸】區願切音券願韻 ㈠勉也。見〔說文〕。㈡助也。見〔廣雅釋詁〕。㈢進也。〔國策秦策〕則楚之應之也必一。㈣敎也。〔呂覽孟夏〕勞農一民。㈤樂也。〔呂覽爲欲〕則是三者不足以一。㈥善也。〔呂覽上德〕不賞而民一。㈦力也。〔國策宋策〕許救甚一。㈧悅從也。〔論語爲政〕舉善而敎不能則一。〔段玉裁云。勉之而悅從亦曰一〕。㈨一防引柩也。〔周禮喪祝〕掌大喪一防之事。

【勷】如陽切音穰陽韻 ㈠走貌。見〔玉篇〕。㈡劻一迫貌。見〔廣韻〕。

【勶】初銜切音儳咸韻 杪也。見〔集韻〕。

【勞】古勞字。見〔說文〕。

十九畫

【攡】力展切音輦銑韻 㩣一。劣貌。見〔集韻〕。

二十一畫

【勵】武辦切音萬願韻 姓也。見〔字彙補〕。

【勵】同孿。見〔集韻〕。

二十三畫

【勴】良據切音慮御韻 ㈠助也。从力非。慮聲。見〔說文〕。〔段注〕力去其非也。㈡導也。見〔廣韻〕。

三十二畫

【勸】同勷。見〔海篇〕。

※勹部※

【勹】布交切音苞肴韻 裹也。象人曲形有所包裹。見〔說文〕。〔段注〕今字包行而一廢矣。

一畫

【勺】職略切音灼 實若切音芍 藥韻 ㈠料也。所以挹取也。象形。中有實。與包同意。見〔說文勺部〕。〔段注〕木部枓下云。一也。此云。一枓也。是爲轉注。考老之例也。考工記。一一升。注曰、一尊斗也。斗同枓。謂挹以注於尊之枓也。詩。酌以大斗。毛云。長三尺。謂其柄。與包同意。謂包象人裹子。一象器盛酒漿。其意一也。〔按民國三年三月頒布權度條例。營造尺庫平制。十一爲一合。百一爲一升。萬國權度通制。十新一爲一新合。百新一爲一新升。〕㈡和也。見〔文選五臣注〕。㈢沾也。〔楚詞招魂〕瑤漿蜜一。

大斗勺圖

四 樂章。周公樂也。卽周頌酌篇。〔漢書董仲舒傳〕於周莫盛於—。

五 量名。古以合侖爲合。十合爲升。今以十—爲合。十合爲升。

六 樂器籥也。〔禮記內則〕誦詩舞—。

七 常用飲器。〔左定四年傳〕—飲不入口。

八 祭器。飲器也。〔禮記明堂位〕夏后氏以龍—。

飲器勺圖

九 嬰—。鳥名。〔山海經中山經〕支離之山有鳥焉。其名曰嬰—。其尾若。

十 —灂。熱貌。〔文選張衡賦〕心—灂其若湯。

十一 —藥。香草。〔詩溱洧〕贈之以—藥。〔又〕五味也。〔史記司馬相如傳〕—藥之和。

十二 長—。地名。〔春秋莊十年〕公敗齊師于長—。〔注〕魯地。〔當在今山東曲阜縣境〕。〔又〕姓也。〔古今姓氏書辯證〕周成王分魯侯伯禽以商民七族。其一曰長—氏。

十三 通酌。〔漢書禮樂志〕—椒槳。〔注〕—、讀酌。

十四 同杓。〔詩旱麓箋〕黃金爲—。〔釋文〕—本作杓。

十五 日本量名。量單位升百分一。當我一—九抄四撮之積。

十六 日本度名。地積坪百分一。當我三寸四分七釐之積。

二畫

【匀】俞倫切音云眞韻

一 少也。从勹二。見〔說文〕。〔通訓定聲〕凡物分則少。二猶分也。

二 均也。〔白居易詩〕頭比蔛翁白未—。

三 齊也。見〔玉篇〕。

四 徧也。見〔廣韻〕。

五 停—也。〔杜甫詩〕肌理細膩骨肉—。

六 調—也。〔韓偓詩〕向鏡輕—襯臉霞。

【匂】同均。見〔集韻〕。

【勼】居尤切音鳩尤韻

聚也。見〔說文〕〔段注〕釋詁曰。鳩、聚也。左傳作鳩。古文尙書作逑。莊子作九。今字鳩行而—廢矣。

【勽】武粉切音刎吻韻薄皓切音抱皓韻

覆也。从勹人。見〔說文〕〔段注〕此當爲抱子抱孫之正字。今俗作抱。乃或捊字也。

【勽】皮敎切音泡效韻

鳥伏卵也。見〔集韻〕。

【勾】古侯切音溝尤韻〔本作句〕。

一 樂譜也。〔宋史樂志〕蕤賓用—字。〔餘詳一字〕。

二 日本以地面傾斜之度曰—配。

三 日水裁判所發强制命令。召人訊問。名曰—引。狀吾國稱之曰拘票。

【勿】文拂切音物物韻

一 州里所建旗。象其柄有三游。雜帛。幅半異。所以趣民。故遽偁—。—見〔說文勿部〕。〔按此卽禮記旂各以其物。周禮雜帛爲物之物字。自經傳皆作物。而—字祇作動詞用矣〕。說文——朱駿聲云。後人作匆匆。則用囱字。說文囱下云。多遽囱囱也。則正字當作囱。

二 無也。〔詩東山〕—士行枚。

三 非也。〔詩靈臺〕經始—亟。

四 猶莫也。〔論語學而〕過則—憚改。

五 猶不也。〔論語雍也〕雖欲—用。

六 語助也。〔詩節南山〕弗問弗仕。—罔君子。〔經傳釋詞〕—罔也。言弗問而察之。則下民欺罔其上矣。

七 禁止之辭。〔論語先進〕非禮—視。

八 ——。猶勉勉也。〔禮記禮器〕——乎其欲其饗之也。

九 —述。無所逆誤之貌。〔文選王襃賦〕趣從容其—述兮。

十 —憂。勸勉之言也。見〔易豐〕—憂日中干注〕。

【勿】莫敎切音沒月韻

搔摩也。〔禮記曲禮〕郎—驅塵不出軌。

【匁】日本衡名。讀若芒米。一百六十分斤之一。當我庫平一錢零零五毫。

三畫

【匃】居曷切音葛曷韻居太切音蓋泰韻

一 气也。亾人爲—。見〔說文〕〔段注〕气者雲气也。用其聲叚借爲气求气與字。俗以气求爲入聲。以气與爲去聲。要皆强爲分別耳。从亾从人者。人有所無。必求諸人。故字从亾从人。

❷與也。〔漢書西域傳〕我—若馬。

❸同丏。〔唐書杜甫傳贊〕殘膏賸馥。沾丏後人多矣。

【匃】同匄。〔漢書文帝紀〕—以啟告朕。〔注〕—亦乞也。

【包】班交切音苞肴韻

❶妊也。象人裹妊。巳在中。象子未成形也。見〔說文包部〕。

❷容也。〔易泰〕九二。—荒。

❸裹也。〔詩野有死麕〕白茅—之。〔俗呼裹衣物者曰—。如衣—、書—、—袱之類。又借曰打—亦此義〕

❹藏也。〔漢書外戚傳〕—紅顏而弗明。

❺含也。〔漢書禮樂志〕—四鄰。

❻取也。〔漢書敘傳〕—漢舉信。

❼本也。〔易繫辭〕繫于—桑。

❽兼也。〔拾遺記〕—含萬象。

❾悉也。總也。〔漢書賈誼傳〕—舉宇內。〔俗云—管、—辦、—治之類。皆本總括之義〕

❿裹取之。〔漢書匈奴傳〕善爲誘兵以—敵。

⓫荷—。—子。皆食品。〔東京夢華錄〕諸般蜜煎香果更外賣軟羊諸色—子。猪羊荷—燒肉之類。〔俗呼衣囊香囊亦曰荷—〕

⓬山名。〔山海經海內東經注〕吳縣南太湖中—山下有洞庭穴。號爲地脈。〔山在今江蘇太湖中〕

⓭通庖、胞。〔易姤〕—有魚。〔虞注〕或以爲庖廚。〔荀本易〕作胞有魚。

⓮通苞。叢生也。〔書禹貢〕草木漸—。

⓯姓也。楚大夫申—胥之後。

【包】房尤切音浮尤韻

—來。地名。〔穀梁隱八年傳〕公及莒人盟于—來。〔地在今山東莒縣西二十里〕—左氏作浮。通雅云。古呼—如桴。脬與胞、桴與枹、孳與苞、浮與泡、捊與抱同原相因。故互通。

【匄】各末切音括曷韻

求也。見〔廣韻〕。

【旬】古翰字見〔正字通〕。

【勾】古幼字見〔玉篇〕。

【匆】悤俗字。

四畫

【匈】許容切音胸冬韻許用切兄去聲宋韻

❶膺也。見〔說文〕〔段注〕今字胷行而—廢矣。

❷——。喧擾之意。〔史記高祖紀〕天下——。〔又〕讙議之聲。〔漢書東方朔傳〕君子不爲小人之——而易其行。

❸—奴、北方人種名。〔史記匈奴傳〕—奴其先祖夏后氏之苗裔也。曰淳維。唐虞以上有山戎、獫狁、葷粥、居於北蠻。隨族畜而轉移。逐水草遷徙。〔注〕殷時曰獯粥。周曰獫狁。秦曰—奴。漢曰—奴。葷粥其別名。〔按—奴、或曰土耳其種。或曰蒙古種〕

❹—奴堡。晉時地名。在今山西臨汾縣境。

❺—牙利。歐洲國名。奧地利帝兼王之。世稱之爲合王國。英文 Hungary。

【窅】於交切音坳肴韻

深目貌見〔玉篇〕。

【匍】班交切音包肴韻

衣也。見〔篇海〕。

五畫

【匉】普耕切音怦庚韻

—訇。大聲。見〔廣韻〕。

【㘞】古瓜字。見〔說文瓜部〕。

六畫

【𠣘】之由切音周尤韻

帀徧也。見〔說文〕。〔段注〕—與周義別。周自其中之密言之。—自其外之極復言之。凡圜周、方周、周而復始。其字當作—。謂其極而復也。凡圜冪、方冪、冪積、謂之周。謂其至密無疏罅也。

【匊】居六切音菊屋韻

❶掬本字。〔說文〕在手曰—。从勹米。〔段注〕會意。米至椒兩手兜之而聚。俗作掬。

❷量名。〔正字通〕—大于升。禮書曰。—二升。二—爲豆。四升。

【匌】渴合切音溘葛合切音鴿合

韻 ㊀帀也。見〔說文〕。〔段注〕—之言合也。帀而與朝合矣。〔正字通〕云。合、奇字作—。—合通。㊁㔸—重疊也。〔文選木華賦〕磊㔸—而相豗。㊂䜱—氣䜱聲也。〔杜甫詩〕䜱—川氣黃。㊃通作佮、合。取也。見〔玉篇〕。

【匋】徒刀切音桃豪韻 作瓦器也。从缶。包省聲。古者昆吾作—。按史篇讀與缶同。見〔說文缶部〕。〔按經典省用陶字。玉篇云。今作陶。正字通云。別作窑。康熙字典誤爲同窯。〕

【𠣬】古旬字。見〔集韻〕。

【𠣭】同旬。見〔篇海〕。

七畫

【匍】逢晡切音蒲 馮無切音扶 虞韻 ㊀手行也。見〔說文〕。㊁猶捕也。藉東可執取之言也。見〔釋名釋言語〕。㊂—匐言盡力也。〔詩谷風〕—匐救之。又猶顚蹶也。〔禮問喪〕故—匐而哭之。

【𠣞】七倫切音皴眞韻 ㊀通逡。止也。〔國語周語〕其有逡乎。㊁通竣。伏退也。〔國語齊語〕有司已於事而竣。〔正字通云亦作逡。字學三正誤以—爲古文竣。〕

【𠣟】口怪切音快卦韻 太息也。或作喟、嘳。見〔玉篇〕。

【𠣶】軍本字。〔說文車部〕圜圍也。四千人爲軍。从包省。从車。〔段注〕包省當作勹。勹。裹也。勹車會意也。

【𠣮】古旬字。見〔五音集韻〕。

八畫

【匌】烏合切諳入聲合韻 —匎。不奢侈也。見〔篇海〕。

【𠣺】須倫切音荀眞韻 發尹切音筍軫韻 驚辭也。見〔說文勹部〕。

【冢】冢本字。〔說文〕高墳也。从勹。豕聲。

【𠣹】古宜字。見〔廣韻〕。

【𠣻】同𠣶。古文作—。六書統載人部。从人从炗。軍容光彩也。

【𠣼】同約。見〔五音集韻〕。

【𠣽】同朐。見〔集韻〕。

【𠣿】匒誤字。見〔字彙補〕。

九畫

【匑】渠六切音局 丘六切音麴 屋韻 曲脊也。見〔篇海〕。

【𠤁】且烏切音都虞韻 伏行也。見〔玉篇〕。〔正字通云。匍字之譌。〕

【匏】蒲交切音庖肴韻 ㊀瓠也。从包。从瓠省。包、取其可包藏物也。見〔說文包部〕。〔案—、瓜屬。頸短腹大。肉可食。乾則中空。或用以取水漿。或帶於腰以泳水。又可爲飲器。〕㊁八音之一。笙有十三簧。竽有三十六簧。皆列管—內。施簧管端。見〔爾雅翼〕。㊂—瓜。星名。在河鼓東。見〔韻會〕。

【匐】鼻墨切音蔔職韻 步木切音僕屋韻 伏地也。見〔說文〕。〔段注〕—、伏、[illegible]韻。釋名曰。匍—。小兒時也。—、伏也。伏地行也。人雖長大。及其求事盡力之勤。猶亦稱之。

【𠤂】補妹切音背隊韻 人名。晉—督。〔又〕石勒初名—。見〔晉紀〕。

【𠤃】音快卦韻 太息也。見〔海篇〕。

【𠤄】同蒯。草也。見〔集韻〕。

十畫

【匔】丘六切音麴屋韻 居雄切音弓 渠弓切音窮東韻 或作躬、趜。——謹敬貌。〔史記魯世家〕北面就臣位。——如畏然。

【𠤅】乙盍切庵入聲合韻 婦人頭花髻飾也。〔杜甫詩〕翠爲—葉垂鬢脣。

【𠤆】符遇切音附遇韻 伏也。見〔集韻〕。

【𠤇】同匌。見〔集韻〕。

【匒】德合切音答合韻 —匌。詳匌字。

十一畫

【⿹勹鹵】籠五切音魯麌韻 ●一匍也。見〔玉篇〕。●二——伏地。見〔集韻〕。

【⿰飠⿹勹】依倨切音飫御韻 飽也。祭祀曰厭—。見〔篇海〕。

【匓】居又切音救宥韻 ●一飽也。厭也。見〔篇海〕。●二謀也。見〔篇海〕。

【⿰氵匏】比號切音鮑號韻 木名也。見〔字彙補〕。

【⿹勹飠】同匓。見〔玉篇〕。

【复】復省字。見〔說文〕。〔案許云或省彳。小徐本有—無復。〕

十二畫

【⿰彳⿹勹复】扶富切音覆宥韻 房六切音伏屋韻 重也。見〔說文〕〔段注〕今複行而—廢矣。

【⿰彳匐】匹北切音踾職韻 —匐也。見〔集韻〕。

【⿹勹⿰飠殳】居又切音救宥韻 依據切音御御韻 飽也。民祭祀曰厭—。見〔說文〕。

【⿹勹然】日延切音然先韻 犬肉也。見〔集韻〕。

十四畫

【匑】丘六切音麴屋韻 曲脊也。見〔說文〕〔段注〕此論語鄉黨聘禮記鞠躬之正字也。鞠則—之假借字也。鞠躬行而—廢矣。

【匔】丘弓切音芎 渠弓切音窮東韻 同匑。——謹敬貌也。〔史記魯世家〕——如畏然。

【⿹勹⿱穴躬】同匔。見〔字彙〕。

十五畫

【⿹勹窮】巨弓切音窮東韻 匑—。謹敬貌。〔廣雅釋訓〕匑—謹敬也。〔正字通云匔字之譌〕

【⿹勹齒】古絕字。見〔字彙補〕。

【⿹勹爾】古凨字。見〔五音集韻〕。

十八畫

【⿹勹⿰金?】同虱。見〔字彙補〕。

※匕部※

【匕】補履切音比紙韻 ●一相與比敘也。从反人。—亦所以用比取飯。一名柶。見〔說文〕〔段注〕比者密也。敘者次第也。以妣籀作𡚱、秕作秕、秕或作秜等求之。則比亦可—也。此製字之本義。今則取飯器之義行。而本義廢矣。以者、用也。用字衍。比當作——。即今之飯匙也。少牢饋食禮注所謂飯橾也。〔按正字通引通雅云。說文誤以—从反人。又謂一名柶。非也。柶小於—。古以扱醴及醢醬。—之類也。又引舉要云。—形類刀。从反刀。說並存參。〕●二矢鏃也。〔左昭二十六年傳〕—入者三寸。●三—首。劍屬。〔史記吳世家〕專諸置—首于炙魚中。〔按劉向說苑云。其尺八短劍頭似—。又通俗文云。其頭類—而便用。故曰—首。〕

匕圖

【七】火跨切花去聲禡韻

變也。从到人。見〔說文匕部〕。〔段注〕變者更也。凡變—當作—。敎化當作化。許氏之字指也。今變—字盡作化。化行而—廢矣。到者今之倒字。人而倒。變—之意也。

【匕】古化字。見〔集韻〕。

二畫

【化】火跨切化去聲禡韻

(一)敎行也。从匕人。匕亦聲。見〔說文匕部〕。〔段注〕敎行於上。則—成於下。上匕之而下從匕。謂之—。篆不入人部而入匕部者。不主謂匕於人者。主謂匕人者也。今以—爲變匕字矣。

(二)敎也。〔呂覽士容〕淳淳乎純謹畏—。

(三)道也。〔呂覽似順〕則可與言—矣。

(四)變也。〔呂覽順民〕則謝達乎鬼神之—。

(五)習也。言風俗習慣也。〔人物志〕國有俗—。

(六)禍也。〔周禮大祝〕四曰—祝。

(七)貨也。〔書益稷〕懋遷有無—居。

(八)移也。從也。〔老子〕我無爲而民自—。

(九)漸也。順也。〔荀子不苟〕馴致於善謂之—。

(十)廣也。久也。〔荀子不苟〕神則能—矣。

(十一)造—也。〔素問五常政大論〕—不可代。

(十二)犧生也。〔禮記樂記〕和故百物皆—。

(十三)猶死也。〔淮南精神〕故形有摩而神未嘗—者。〔佛坐〕道羽—。皆此義。

(十四)猶隱也。〔呂覽大樂〕皆—其上。

(十五)變滅也。如火—、消—之類。

(十六)丐食也。〔東京夢華錄〕打鐵牌子。或木魚。分地分日開求—。〔僧道人募貲今亦稱—〕。

(十七)幻術也。〔列子周穆王〕西極之國。有—人來。

(十八)言轉—無常也。〔國語晉語〕勝敗若—。

(十九)謂一有一無。忽然而改。〔易乾象〕乾道變—。

(二十)能生非類曰—。見〔周禮大宗伯注〕〔案謂如鳩—爲鷹。雀—爲蛤之類〕。

(廿一)胎孕爲—。〔呂覽順理〕剖孕婦而觀其—。

(廿二)行過無禮謂之—。齊人語也。〔公羊桓公六年傳〕—我也。

(廿三)變盡舊體而有新體謂之—。〔禮記中庸〕變則—。

(廿四)狀變而實無別而爲異者謂之—。見〔荀子正名〕。

(廿五)是非之辯爲—聲。〔莊子齊物論〕—聲之相待。若其不相待。

(廿六)—身佛具神通能變—其身以應物也。〔無量壽經〕—身無量。度脫十方有情。

(廿七)—學。今世理學之一部。研究物之原素及其—合分量法則等之學問。

(廿八)下等動物生理之一種。〔瑜迦論〕依殼而延曰卵生。含藏而出曰胎生。假潤而生曰溼生。無而—有曰—生。

(廿九)州名。漢屬合浦郡。唐辯州。宋改—州。今廣東—縣治。

(三十)姓也。明—輝。從心。

【化】吾禾切音吪歌韻

差錯也。謬言也。〔史記天官書〕其人逢俉—言。

【化】呼瓜切音花麻韻

變—也。〔後漢馮衍傳〕與時變—。〔注〕音花。

【𠤏】補抱切音寶皓韻

(一)相次也。从匕十。鴇从此。見〔說文〕。〔段注〕十者。數之具也。比敘之則必有其次矣。

(二)十家爲—。今用保。〔六書正譌〕从匕。比之省也。从十。十人相比會意。

三畫

【北】必墨切繃入聲職韻

(一)乖也。从二人相背。見〔說文〕。〔段注〕乖者。戾也。此於其形得其義也。軍奔曰—。其引伸之義也。謂背而走也。韋昭注國語曰。—者、古之背字。又引伸之爲—方。

(二)伏也。〔白虎通五行〕—方者。伏方也。萬物伏藏也。

(三)奔也。〔史記管仲傳〕吾三戰三—。

(四)猶別也。〔書舜典〕分—三苗。〔—如字〕。

(五)—者、高也。見〔春秋說〕。

(六)—者、極也。見〔春秋元命苞〕。

(七)方位名。〔史記天官書〕—方水。太陰之精。主冬日壬癸。

(八)—宗。禪門二宗之一。五祖二弟子。

一慧能。住嶺南、爲南宗。一神秀。在—稱—宗。〔禪門寶訓〕—宗貴行。〔又〕道家釋家亦皆有南—二宗。

(九)—至夏至也。〔後漢明帝紀〕日—至。

(十)—落星名也。〔文選張衡賦〕觀壁壘于—落兮。

(十一)—里。〔史記殷紀〕于是使師涓作新聲—里之舞。〔按唐孫棨—里志云平康里入—門東回三曲即諸妓所居之聚也。〕

(十二)砦名。宋置。今直隸阜平縣。見〔清一統志〕。

(十三)高麗姓。見〔萬姓統譜〕。

【北】補妹切音背隊韻

分異也。〔書舜典〕分—三苗。

【[illegible]】古長字。見〔集韻〕。

四畫

【旨】軫視切音指紙韻

(一)美也。从甘。匕聲。見〔說文旨部〕。〔按—與意恉字別。〕

(二)言善亦曰—。〔書說命〕王曰—哉。

(三)敕諭也。〔漢書孔光傳〕奉使稱—。〔按尊制政體。天子諭告臣民曰詔—。下承上曰奉—。〕

(四)意志也。〔易繫辭〕其—遠。〔今具言宗—。〕

五畫

【[illegible]】餘香切音羊陽韻

暢也。見〔字彙補〕。

【[illegible]】古施字。見〔集韻〕。

【[illegible]】同𠤕。或作[illegible]。見〔集韻〕。

六畫

【[illegible]】竹角切音卓覺韻

同卓。〔說文〕高也。早匕爲卓。匕卪爲卬。皆同意。〔早匕爲卓之上。段玉裁謂當有从匕早三字。匕同比。早比之則高出於後比之者矣。〕

七畫

【[illegible]】古矣字。見〔玉篇〕。

【[illegible]】古廐字。見〔玉篇〕。

【[illegible]】古卓字。見〔集韻〕。

【𠤕】魚其切音疑支韻

未定也。从匕。吴聲。吴古文矢字。見〔說文匕部〕。〔按玉篇書作[illegible]云未定也。亦作疑。嫌也。恐擬也。〕

八畫

【[illegible]】古卓字。見〔玉篇〕。

【[illegible]】古卓字。見〔字彙補〕。

九畫

【匘】乃老切音惱皓韻

腦本字。〔說文〕頭髓也。从匕。匕、相匕箸也。巛象髮。囟象囟形。〔段注〕髓者骨中脂也。頭髓者頭骨中脂也。匕箸、猶比箸。巛、即髮也。囟形各本作—形。今依韻會本正。囟者頭之會。腦之蓋也。頭髓在囟中。故囟曰腦蓋。囟字上開象小兒囟不合。故曰象形。頭髓不可象。故言其比箸於髮以三字會意。〔參觀腦字。〕

【匙】常支切是平聲支韻

(一)匕也。見〔說文〕。〔段注〕今江蘇所謂椺—湯—也。亦謂之調羹。實則古人取飯載牲之具。其首蓋銳而薄。〔按—亦作[illegible]。或作提。〕

(二)鑰—。〔黃庭經〕玉—金鑰常完堅。

(三)姓也。漢—廣明—兆鑰。

【[illegible]】同匙。見〔玉篇〕。

十畫

【[illegible]】古次字。見〔集韻〕。

十二畫

【[illegible]】音軟銑韻

柔也。見〔韻寶〕。

【[illegible]】同濡。見〔韻寶〕。

十六畫

【[illegible]】同一。見〔字彙補〕。

※匚部※

【匚】分房切音方陽韻

受物之器。見〔說文〕。〔段注〕文如此作者。橫視之耳。直者其底。橫者其四圍。右其口也。廣韵曰。或曰、受一斗曰｜。〔六書正譌〕｜本古方字。正字通云。餘右从｜與口字別。

【匚】古放字。見〔集韻〕。

【𠤪】古匚字。見〔集韻〕。

三畫

【匜】余支切音移支韻唐何切音駝歌韻演爾切音酏紙韻

●一似羹魁。柄中有道。可以注水酒。見〔說文〕。〔梁正三禮圖〕｜受一斗。流長六寸。漆赤中。諸侯以象飾。天子以黃金。

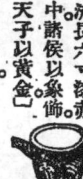

●二沃盥器也。〔左僖二十三年傳〕奉｜沃盥。

匜飲器圖

匜盥器圖

●三本作也。見〔六書正譌〕〔餠也字〕。

【匠】匠本字。〔六書精蘊〕聖人掫物。恐者與能。从工从匚。出乎規矩準繩。象方正之意。｜、譌爲工之重文。別作匠。工之致用。所重不在斤也。

【𠥓】同帀。周也。〔史記高祖紀〕圍宛城三｜。

四畫

【医】同㮣。見〔玉篇〕。

【㔸】胡㑺切音含覃韻

受物器。見〔集韻〕。

【匟】口浪切音抗漾韻

｜牀。坐牀也。見〔篇海〕。

【匢】徂聰切音叢東韻

盛米器。見〔集韻〕。

【㔹】縱緣切音全先韻

箕也。見〔集韻〕。

【匠】疾亮切牆去聲漾韻

●一木工也。从匚斤。斤、所以作器也。見〔說文〕。〔段注〕百工皆偁工。偁｜。獨舉木工者。其字从斤也。匚者榘也。

●二治也。見〔小爾雅廣詁〕。

●三斅也。〔楚辭哀時命〕念私門之正｜兮。

●四計畫製作也。〔洛陽名園記〕皆出其自營心｜。

●五凡工役皆稱｜。〔論衡量知〕能斲削柱梁謂之木｜。能穿鑿穴埳謂之土｜。能彫琢文書謂之史｜。

【匡】丘王切音劻陽韻

●一飯器。筥也。見〔說文〕〔段注〕｜不可盛飯。故詩采卷耳以頃｜。求桑以懿｜。

●二正也。〔詩六月〕以｜王國。

●三方也。〔詩楚茨〕既｜既敕。

●四虧也。〔國語越語〕月盈而｜。

●五通恇。滿也。〔楚辭離世〕恇澤瀉以豹鄣兮。〔王逸注〕恇、滿也。與｜通。

●六枉也。〔考工記輪人〕則輪雖敝不｜。

●七救也。〔書盤庚〕罔克胥｜以生。

●八安也。〔淮南主術〕｜牀蒻席。

●九猶恐也。〔禮記禮器〕眾不｜懼。

●十輔助也。〔漢書宣帝紀〕以｜朕之不逮。

●十一蟹甲也。〔禮記內則〕蠶則績而蟹有｜。

●十二貞心大度曰｜。見〔周書謚法〕。

●十三地名。〔論語子罕〕子畏於｜。〔在今直隸長垣縣〕〔又〕州名。唐置。屬劍南道。卽今雲南雲南縣。〔又〕山名。在今江西九江縣南。星子縣西北。以｜裕得名。一名廬山。

●十四同眶。目｜也。〔素問刺禁論〕刺｜上陷骨中脈。

●十五姓也。周｜裕。漢｜衡。

【尪】烏光切音汪陽韻

通尪。背曲之疾。〔荀子正論〕是猶傴巫跛｜大自以爲有知也。

【匫】呼骨切音忽月韻

古器也。見〔集韻〕。

【㔽】古柩字。見〔玉篇〕。

【医】古鑑字。見〔集韻〕。

五畫

【𠥴】皮變切音卞霰韻

●一筍也。見〔廣雅〕。

●二竹器。見〔廣韻〕。

●三冠器。與弁通。見〔玉篇〕。

【匣】轄甲切音狎古狎切音甲洽韻

①匵也。見〔說文〕〔按書禹貢疏云。一是匵之別名。匵之小者。〕
②亦函也。〔史記刺客傳〕而秦舞陽奉地圖一以次進。
③通柙。〔論語季氏〕虎兕出于一。〔釋文〕一、本作柙。

【匴】似沿切音旋先韻　式撰切音巽銑韻
筍也。一曰渌米籔。一曰竹盤。見〔集韻〕〔按方言炊箕謂之縮或謂之一〕。

【𠥩】乞逆切音隙陌韻
物曲也。一曰曲受也。見〔集韻〕。

【匤】䀻玉切音曲沃韻
匣也。見〔集韻〕。

【𠤭】同医。見〔正字通〕。

【𠥀】唐武后生改作一。見〔宣和書譜〕。

六畫

【𠥇】餘招切音遙蕭韻
鼓也。同鞀。見〔集韻〕。

【𠤿】從緣切音全先韻
箕也。見〔集韻〕。

七畫

【𠥁】徒弔切音調嘯韻　徒聊切音迢蕭韻
田器也。見〔說文〕〔段注〕艸部曰。莜。耘田器也。一與莜音義皆同。蓋一物也。

【匧】詰叶切音篋葉韻
①椷藏也。見〔說文〕〔段注〕木部椷下曰。一也。是二篆爲轉注。臧字似衍。玉篇作緘也乃椷之誤。
②藏衣笥。見〔六書故〕。

【𠥐】胡耽切音含覃韻
舩沒底也。見〔玉篇〕。

【𠥕】枯詰切音乞質韻
物曲也。見〔字彙補〕。

【匩】匡本字。見〔說文長箋〕。

【𠥛】古藏字。見〔集韻〕。

【𠥌】栝𦏶文。見〔篇海〕。

【𠥎】同匧。見〔篇海〕〔正字通云。同匧。〕

【匛】同柩。見〔說文長箋〕。

【𠥑】卣譌字。見〔正字通〕。

八畫

【匪】府尾切非上聲尾韻
①器似竹匧。逸周書曰。實玄黃于一。見〔說文〕〔段注〕禮記禹貢言一。應劭漢書注曰。漢書作棐。應劭曰。棐。竹器也。方曰箱。隋曰棐。古盛幣帛必以一、。篚古今字。
②非也。〔詩木瓜〕一報也。
③不也。〔國語周語〕莫一爾極。
④彼也。〔左襄八年傳〕如一行邁謀。
⑤文章貌。〔詩淇澳〕有一君子。〔叚爲斐。〕
⑥采貌也。〔考工記梓人〕且其一色必似鳴矣。
⑦賊寇之稱。如元世祖紀土寇爲亂。仁宗紀土賊作耗。即今所謂土一。

【匪】方微切音霏微韻
①一一。行而有文貌。〔禮記少儀〕車馬之美。一一翼翼。
②同騑。騑騑。馬行不止貌。見〔集韻〕。

【匪】斅文切音分文韻
分也。〔周禮大宰〕八曰一頒之式。〔注〕謂分賜羣臣也。

【𠥞】補弭切音俾紙韻
篦也。見〔集韻〕〔今作箄〕。

【𠥝】紕米切音彼紙韻
田器。見〔字彙補〕。

【匫】呼骨切音忽月韻
古器也。見〔說文〕〔段注〕畢尙書得曶鼎。豈其器即一與。

【𠥓】箕籀文。見〔篇海〕。

【𠥘】同匯。見〔篇海〕。

九畫

【𠥔】勇主切音愈麌韻
同庾。水漕倉也。一曰倉無屋者。見〔集韻〕。

【𠥪】勇主切音庾麌韻
量器。受十六斗。見〔玉篇〕。

【匬】徒候切音頭尤韻
甌一。器也。見〔說文〕〔段注〕大徐無一字。非是。甌者小盆也。甌一二字爲名。則非甌也。玉篇云。余主切。器受十六斗。按玉篇蓋謂即論語與之庾之庾。包注。十六斗爲庾也。

【匭】矩鮪切音宄紙韻
①匣也。〔書禹貢〕包一菁茅。
②猶結也。〔文選左思賦〕職貢納其包一。

【𠥮】古韓字。見〔玉篇〕。

十畫

【⿷匚倉】千岡切音倉陽韻
古器也。見〔說文〕〔段注〕古器有名—者。

【⿷匚舀】土刀切音叨豪韻
古器也。見〔集韻〕。

【⿷匚條】同莜。或作蓧。亦作匧、筎。見〔集韻〕。

十一畫

【匯】戶賄切回上聲賄韻胡對切音潰隊韻枯懷切音䃶佳韻
●一器也。見〔說文〕。〔段注〕謂有器名—也。
●二迴也。〔書禹貢〕東—澤爲彭蠡。〔按段玉裁云。謂東有匯受衆水之彭蠡。非謂水回而成澤也。據此。則—之言圍也。〕
●三大也。見〔廣雅釋詁〕。
●四商賈於兩地彼此代兌貨幣曰—兌。

【⿷匚遞】大計切音弟霽韻
刀鞞也。見〔集韻〕。

十二畫

【⿷匚遍】邊緜切音趦先韻此與切音腖語韻
●一簿也。見〔廣韻〕。
●二竹器名。見〔集韻〕。

【⿷匚異】逸職切音弋職韻
●一田器也。見〔說文〕。
●二大鼎也。見〔玉篇〕。

【匱】求位切音餽寘韻
●一匣也。見〔說文〕。〔按六書故云。今通以藏物器之大者爲—。次爲匣。小爲匵。—或作鐀。俗作櫃。〕
●二竭也。〔詩旣醉〕孝子不—。
●三乏也。〔禮記樂記〕則財不—。
●四加也。見〔廣雅釋詁〕。
●五檻也。〔莊子胠篋〕將爲胠篋探囊發—之盜。
●六同簣。盛土籠也。〔後漢班彪傳〕並開迹於一—。〔注〕孔子曰。雖覆一—。
●七姓也。何氏姓苑云。今廬江有此姓。

【⿷匚巽】須兗切音選銑韻
器也。見〔篇海〕。

【匰】多寒切音丹寒韻
宗廟盛宔器也。見〔說文〕〔段注〕周禮司巫祭祀則—主。杜子春云。—、器名。主、木主也。

【⿷匚盍】同匳、籢。見〔集韻〕。

【⿷匚殼】同殼。見〔字彙補〕。

十三畫

【匳】離鹽切音廉鹽韻
●一俗以衣物贈嫁曰—。或書作奩。
●二盛香器。見〔廣韻〕。
●三鏡匣也。本作籢。〔後漢陰后紀〕視太后鏡—中物。

【⿷匚歇】阿葛切音遏曷韻
大呼用力謂之—。見〔集韻〕。

【⿷匚甌】吾口切音偶有韻
瓦器。見〔字彙補〕。

【⿷匚旋】邪全切音旋先韻
器也。見〔字彙補〕。

十四畫

【匴】蘇管切音算旱韻式撰切音巽銑韻
●一淥米籔也。見〔說文〕。
●二冠箱也。〔儀禮士冠禮〕爵弁皮弁緇布冠各一—。〔注〕—、竹器。今之冠箱也。

匴圖

●三竹盤。見〔集韻〕。

【⿷匚舞】罔甫切音舞麌韻
刀室。見〔集韻〕。

【⿷匚邊】卑眠切音邊先韻
同籩。竹豆也。見〔集韻〕。

十五畫

【匵】徒谷切音獨屋韻
匱也。見〔說文〕〔段注〕木部曰。櫝。匱也。是則—與櫝音義皆同。實一物也。論語曰。韞—而藏諸。又曰。龜玉毀於櫝中。其實一字也。引伸亦爲小棺。

十七畫

【匶】巨救切音舊宥韻
匛籀文。見〔說文〕〔段注〕从舊、猶

从久也。舊之言久也。周禮用—字。

【[illegible]】與職切音弋職韻
鼎名。見〔集韻〕。

十八畫

【[illegible]】其余切音渠魚韻
車類。〔淮南說林〕古之所為不可更則推車至今無蟬—。

二十四畫

【[illegible]】古禫切音感感韻 古送切音貢送韻
㊀小桮也。見〔說文〕〔段注〕門部云。大桮為閜。故小桮為—矣。方言曰。盌、椷、盞、温、閜、盪、桮也。按椷即許之—。音同字異。
㊁箱類。見〔廣韻〕。
㊂器蓋。見〔增韻〕。

※匸部※

【匸】戶禮切奚上聲薺韻
衺徯有所挾藏也。从乚。上有一覆之。見〔說文〕〔與匚形近似而字別。〕

二畫

【匹】僻吉切品入聲質韻
㊀四丈也。从匸八。八揲一—。八亦聲。見〔說文〕〔段注〕案四丈之上當有布帛二字。揲者、閱持也。閱持者、更迭持之而具數也。匹者揲之以四。此揲之以八。八八尺者五而得四丈。故其字从八。所以揲之以八者。度人之兩臂為尋。今人於布帛、猶展兩臂度之也。
㊁配也。〔詩文王有聲〕作豐伊—。
㊂敵也。〔左僖二十三年傳〕秦晉、—也。
㊃耦也。〔漢書外戚傳〕甚哉妃—之愛。
㊄—夫。一夫也。〔左桓十年傳〕—夫無罪。〔注〕庶人夫妻相—。其名既定。雖單亦—。故通謂—夫—婦。
㊅朋友曰—。〔禮記緇衣〕惟君子能好其—。
㊆馬亦曰—。〔書文侯之命〕馬四—。
㊇合也。見〔爾雅釋詁〕。
㊈俗作疋。見〔廣韻〕。

四畫

【匹】莫卜切音木屋韻
通鶩。家鴨。〔禮記曲禮〕庶人之摯—。

【[illegible]】古抵字。見〔秦詛楚文〕。

五畫

【[illegible]】郞豆切音漏宥韻
側逃也。从匸丙聲。一曰箕屬。見〔說文〕。

【医】壹計切音翳霽韻
盛弓弩矢器也。从匸矢。矢亦聲。春秋國語曰兵不解—。見〔說文〕〔段注〕齊語文今國語作翳。段借字。韋曰。翳所以蔽兵也。按古翳隱、翳薈字皆當於—。義引申不當借華蓋字也。翳行而—廢矣。

【匫】呼骨切音忽月韻
日出求甚明也。見〔篇海〕。

【[illegible]】同月武后所製字。見〔大周泰山碑〕。

六畫

【匼】鄔感切音闇感韻
㊀迎合也。〔唐書蕭復傳〕盧杞諂諛阿—。
㊁—匝。猶合沓也。〔江淹賦〕籠羅兮—匝。
㊂烏—。巾名。〔杜甫詩〕晚風爽烏—。

七畫

【匽】隱㥁切音偃銑韻
匿也。見〔說文〕。

【匽】於建切音堰諫韻
㊀路厠也。見〔周禮宮人為之井—〕司農注。
㊁—豬。謂霤下之池受畜水而流之者。見〔周禮宮人為之井—注〕〔案鄭今陰溝〕。

八畫

【[illegible]】洽或字。見〔集韻〕。

【[illegible]】俗匾字。見〔正字通〕。

九畫

【匾】補典切編上聲銑韻

㈠本作扁。[說文冊部]扁署也。从戶冊。戶冊者署門戶之文也。[按即今扁額。俗作—]。㈡薄也。[韻會]器之薄者曰—。㈢不圓貌。通作扁。見[韻會]。

【匿】昵力切音慝職韻

㈠亡也。見[說文]。㈡藏也。[論語公冶長]—怨而友其人。㈢避也。[漢書灌夫傳]乃—其家。㈣隱也。[國語周語]文不可—。㈤伏也。[後漢李固傳]鼎角—犀。[注]伏犀也。㈥陰姦也。[阮籍賦]其爲人反—頗僻。㈦服—酒器。[漢書蘇武傳]賜武馬畜服—穹廬。[注]服—如甖小口大腹方底。

【匿】惕得切音忒職韻

側—。縮也。[後漢蔡邕傳]元首寬則望舒朓。侯王肅則月側—。[注]朔而見月西方曰側—。

【區】虧于切音驅虞韻

㈠踦—。臧隱也。从品在匸中。品衆也。見[說文][段注]踦—猶危部㐭部之戲隔。彼言傾側不安也。此言委曲包藏也。—之義內臧多品。故引申爲—域。爲—別。古或叚丘字爲之。如—蓋亦作丘蓋。—宇亦作丘宇是也。或叚爲句曲字。如樂記—萌達。即月令之句者畢出。萌者盡達也。㈡匿也。[左昭七年傳]作僕—之法。[服注]僕、隱也。—、匿也。爲隱亡人之法也。㈢別也。[後漢黨錮傳贊]物性既—。㈣類也。[論語子張]—以別矣。㈤虛也。[太玄玄攡]回行九—。[注]九—猶易六虛也。㈥域也。[書康誥]用肇造我—夏。㈦宅也。[淮南原道]縱志舒節以馳大—。㈧小室也。[漢書胡建傳]穿北軍壘垣以爲賈—。㈨玉十謂之—。見[爾雅釋器]。[注]雙玉曰瑴。五瑴爲—。㈩小也。見[廣雅釋詁][疏證]—之言——也。(十一)——小也。[左襄十七年傳]宋國——。[又]得志貌。[呂覽務大]——焉相樂也。[又]愛也。見[廣雅釋訓]。

【區】烏侯切音甌尤韻

㈠藏物處。[荀子大略]言之信者在乎—蓋之間。[注]—藏物處。凡言之可信者。如在器皿之間。器名—者。與丘同義。㈡量名。四升曰豆。四豆曰—。[左昭三年傳]豆—釜鍾。㈢姓也。古—冶子之後。[漢書王莽傳]中郎—博。

【區】居侯切音鉤尤韻

曲也。同句。[禮記樂記]—萌達。[注]屈生曰—。

【區】袪尤切音丘尤韻

㈠域也。見[集韻]。㈡分也。阜也。見[增韻]。

十畫

【⿷匸虒】天黎切音梯齊韻

遞—。薄也。[方言]物之薄者曰遞—。

十九畫

【[illegible]】天黎切音梯齊韻

臥也。一曰虎臥息。見[集韻]。

二十畫

【⿷匸甌】同甌。見[字彙補]。

※凵部※

【凵】口范切音坎𨼼韻苦紺切音勘勘韻
(一)張口也。見〔說文〕。
(二)受物之器。見〔正字通〕。

【𠙴】丘魚切音虛魚韻
(一)—盧。飯器。以柳爲之。見〔說文𠙴部〕。
(二)象仰盂斂口形。見〔總要〕。

【𠙵】古口字。見〔玉篇〕。

二畫

【凶】虛容切音胷冬韻
(一)惡也。象地穿交陷其中也。見〔說文凶部〕。
(二)禍淫也。〔易乾〕與鬼神合其吉—。
(三)咎也。見〔爾雅釋言〕。
(四)逆也。〔呂覽愼勢〕以輕使重—。
(五)悖德禮也。〔孝經〕而皆在於—德。
(六)不時也。〔周書武順〕天有四時。不時曰—。
(七)終也。〔書洪範〕一曰—短折。
(八)空也。就空亡也。見〔釋名釋言語〕。
(九)訟也。〔史記五帝紀〕頑—不用。
(十)未齔曰—。〔洪範五行傳〕厥極—短折。
(十一)傷人曰—。見〔漢書五行志〕。〔今稱殺人犯曰—犯、—手本此〕。
(十二)三殺不收謂之—。見〔墨子七患〕。
(十三)—門。北出門也。〔淮南兵略〕鑿—門而出。
(十四)—器。明器也。〔周禮閽人〕喪服—器不入宮。〔俗稱武器爲—器〕。
(十五)—拜。稽顙而後拜謂三年服者。〔周禮大祝〕六曰—擽。
(十六)禦—。辟凶邪氣也。〔山海經北山經〕譙明之山有獸焉可以禦—。〔—猶俗言—神惡煞〕。
(十七)通咎。〔左昭三十二年傳〕必受其—。〔漢書律厤志作必受其咎〕。
(十八)通殅。〔詩思齊箋〕其將無有殅、禍。〔釋文〕殅、本作—。

【兇】翊拱切音洶腫韻虛容切音胷冬韻
通恟。恟、憂懼也。〔國語晉語〕敵入而—。〔注〕—猶——恐懼。亦作兇。

【⿶凵丂】於口切音毆有韻
山名。〔楊愼丹鉛錄〕—山在宜興縣。漢—亭侯—山卽其地。今桐城有—山。讀若偶。與溧陽宜興—山同名異地。〔按說文無—。或曰—从山作⿱山丂〕。

【⿶凵十】古凶字。見〔玉篇〕。

【⿶凵厶】古甘字。見〔集韻〕。

三畫

【凷】苦會切音塊泰韻苦怪切音蒯卦韻
(一)墣也。从土凵。見〔說文土部〕。〔按重文作塊。卽土塊也。漢書律厤志。野人舉—而與之。蔡邕釋誨。九河盈溢。非一—所防。均是〕。
(二)通蕢。〔禮記禮運〕蕢桴而土鼓。〔注〕蕢、讀爲—。—堛也。

【⿶凵由】莊詩切音緇支韻
東楚名缶曰—。象形也。見〔說文—部〕。〔按六書正譌云、—竹器。象形。說與許異。畚、虘、[illegible]、[illegible]等字皆从此。若廣韻謂卽艸部之菑字。非。因甾上从一雝川。此象缶之頸少殺。安得云同。字今隸當作甾〕。

【凸】陁沒切豚入聲月韻徒結切音迭屑韻
高起貌。〔杜牧詩〕酒—觥心瀲灩光。〔蒼頡篇。—作突。突也。按凡物高起者皆曰—。如近云—光鏡〕。

【凹】乙洽切音浥洽韻於交切音吆肴韻
窊也。〔楊愼丹鉛錄〕土窪曰—。〔蒼頡篇。—作容。墊下也。按凡物低下者皆曰—。如近云—光鏡〕。

【出】尺律切春入聲質韻尺僞切吹去聲尺類切音毳寘韻
(一)進也。象艸木益茲上—達也。見〔說文出部〕。〔按集韻云。自內而外也。正韻云。凡物自—則入聲。非自—而—之則去聲。然亦有互用者。〕
(二)逐也。〔左文十八年傳〕逐—武穆之族。〔俗云—族。亦此意〕。
(三)去也。〔呂覽忠廉〕殺身—生以徇其君。
(四)行也。〔荀子儒效〕—三日而五災至。
(五)罷也。〔呂覽達鬱〕君可以—矣。
(六)生也。〔易說卦〕萬物—乎震。〔世言各地生物曰—產。某之子曰某所—之類。皆本此義〕。
(七)猶生也。〔國策齊策〕無所—其計

矣。
(八)推也。推而前也。見〔釋名釋言語〕。
(九)歸也。〔國策西周策〕秦王—楚王以爲和。
(十)逃亡也。〔周禮大司寇〕其不能改而—圜土者殺。
(十一)猶成也。〔史記趙世家〕而功有所—。
(十二)猶作也。〔禮記月令〕—土牛以送寒氣。
(十三)猶捐也。〔呂覽工農〕不—糞。
(十四)降也。〔國語晉語〕乃—陽人。
(十五)特也。過人之稱。〔後漢徐穉傳〕角立傑—。宜穉爲先。〔按挺—、秀—、又俗稱—名、—色等類皆本此義。〕
(十六)現也。〔史記封禪書〕寶鼎—。
(十七)遠也。見〔廣韻〕。
(十八)吐也。寫也。斥也。見〔增韻〕。
(十九)見也。〔摯虞表〕臣猶謂卷多文煩。類皆重—。〔按俗言某典—某書。義本此〕
(二十)國外也。〔孟子告子〕—則無敵國外患者。
(廿一)宥罪也。〔周書徐有功傳〕公比斷獄多失—何邪。
(廿二)脫離也。如云—黨、—社、—塵、—世間之類。
(廿三)費給也。〔禮記王制〕量入以爲出。
(廿四)甥也。〔爾雅釋親〕男子謂姊妹之子爲—。
(廿五)婦人見絕於夫也。〔禮記內則〕子甚宜其妻。父母不說。—。〔疏〕謂—去也。〔按大戴禮本命云婦有七—〕
(廿六)有所之適也。〔禮記檀弓〕二三子皆絰而—。
(廿七)上湧謂之—。〔漢書文帝紀〕大水潰—。
(廿八)向上謂之—。〔考工記玉人注〕射琰—者也。
(廿九)花分瓣曰—。〔酉陽雜俎〕諸花少六—者。惟梔子花六—。
(三十)跳—。章疏之格題頭也。〔正字通〕春秋正義引魏晉儀注。寫章奏別起行頭者謂之跳—。今云擡頭也。
(卅一)—入。猶往來也。〔左成十三年傳〕余雖與晉—入。〔又〕猶去來也。〔左僖二十八年傳〕—入三覲。〔又〕謂喘息也。〔素問六微旨大論〕—入廢則神機化滅。
(卅二)——。火狀。〔左襄三十年傳〕或叫於宋太廟曰嘻嘻——。

【⿶凵王】古王字。見〔說文〕。

【⿶凵舌】武后所製正字。

四畫

【甴】古由字。見〔說文〕。

【⿶凵甘】古甘字。見〔集韻〕。

【⿶凵从】古臽字。見〔玉篇〕。

六畫

【函】胡男切音含覃韻
(一)本作圅。〔說文𢎘部〕圅。舌也。舌體𢎘𢎘。从𢎘。〔段注〕舌有莖而如莟蕃。故从𢎘。
(二)容也。〔禮記曲禮〕席間—丈。
(三)包也。〔漢書禮樂志〕—蒙祉福常若期。
(四)鎧也。〔考工記總序〕燕非無—也。
(五)甲也。〔孟子公孫丑〕—人惟恐傷人。
(六)入也。〔國語楚語〕若合而—吾中。
(七)宏寬大也。〔文選左思賦〕伊茲都之—宏。
(八)—鐘。林鐘也。〔周禮大司樂〕—鐘宮。
(九)—數。數學家言。凡相關兩數。甲數變。乙數亦因之而變。則乙數爲甲數之—數。
(十)同含。〔漢書班固敘傳〕—之如海。

【函】戶感切音頷感韻
(一)口下肉也。〔通俗文〕口上曰臄。口下曰—。〔同頷〕。一作⿰月函。俗作⿰口函。
(二)通械。〔漢書天文志〕太白開可械鄉。〔注〕謂可容一鄉也。

【函】胡讒切音咸咸韻
(一)匣也。〔漢書武帝紀注〕有金策石—。金泥玉檢之封焉。
(二)杯也。見〔集韻〕。
(三)書—也。緘封謂之—。〔晉書殷浩傳〕竟達空—。
(四)—谷。關名。〔讀史方輿紀要〕河南陝州靈寶縣南十里有—谷故關。〔在今河南靈寶縣境〕
(五)通椷。木名。見〔集韻〕。
(六)通咸。〔周禮伊耆氏〕共杖咸。〔注〕咸讀爲—。以此—藏之。
(七)姓也。漢豫章太守—熙。又—治。複姓。漢末黃門侍郎—治子覺。

七畫

【凾】俗函字。見[正字通]。

【凼】同圅。見[篇海]。

【函】測洽切音臿洽韻

本作𠙴。[說文臼部]舂去麥皮也。从臼。干聲。一曰干所以臿之。[段注]凡穀皆得云臿也。引伸爲凡刺入之偁。如農器刺地者曰鍫臿。一曰干所以臿之。則爲會意。干猶杵也。[或又作𦦀鍫。]

八畫

【𠙻】古齒字。見[玉篇]。

十畫

【𠚏】土刀切音叨豪韻

古器也。見[廣韻]。

十二畫

【𠚐】同弅。見[字彙補]。

十五畫

【𠚑】余律切音聿質韻

出也。見[字彙補]。

【𠚒】乃籀文。見[字彙補]。

※冂部※

【冂】涓熒切音扃青韻

國邑遠界也。[說文冂部]邑外謂之郊。郊外謂之野。野外謂之林。林外謂之｜。象遠介也。[按｜、古作冋。象國邑。今文从土作坰。象郊野也。]

【冂】戶茗切音迥欽熒切音駉迥韻

㊀空也。見[集韻]。

㊁遠也。見[集韻]。

一畫

【𠔼】武瀌切毛上聲皓韻莫候切音茂宥韻

重覆也。見[說文冃部]。[段注]下一、覆也。上又加冂。是爲重覆。

二畫

【冃】莫報切音帽號韻

小兒及蠻夷頭衣也。从冂。二其飾也。見[說文冃部]。[段注]小兒未冠。夷狄未能言冠。故不冠而｜｜。卽今之帽字也。

【冃】莫候切音茂宥韻

覆也。見[集韻]。

【冄】而琰切音染琰韻[冄本字。經傳皆作冉。]

毛｜｜也。見[說文冄部]。[段注]｜｜者、柔弱下𠂹之貌。

【𠔾】古終字。見[字彙補]。

【冋】古人字。見[集韻]。

三畫

【冉】而琰切音染琰韻

㊀行也。進也。[楚辭九章]時亦｜｜而將至。

㊁侵也。猶漸染也。[釋名釋形體]作筆當以纖梳去穢毛。使不｜茹。

㊂龜甲緣也。[漢書食貨志]元龜岠｜長尺二寸。

㊃通染。[段玉裁云]詩荏染柔木。傳曰。荏染、柔意也。染卽｜之假借。

㊄｜鐮、危也。[方言]徯醯｜鐮、危也。東齊掎物而危謂之徯醯。偽物謂之｜鐮。[按方言又云。偽謂之抗。]抗、不安也。

㊅人姓。孔子弟子｜伯牛仲弓。｜有。皆魯人。

【𠕁】組宗切音琮冬韻

孔也。見[玉篇]。[按俗以爲冊字。非。]

【冋】犬迥切音褧迥韻

空也。見[集韻]。

【冎】女洽切音聶洽韻

物低垂也。从反凹。見[楊氏韻寶]。

【回】古回字。見[說文口部]。

【冋】古坰字。見[正字通]。

【冈】古网字。見[玉篇]。

【再】俗再字。見[韻會]。

四畫

【冊】測革切音策陌韻

㊀符命也。諸侯進受於王者也。象其札一長一短。中有二編之形。見[說文冊部]。

㊁簡也。[書金縢]史乃｜祝。[鄭注]｜、謂簡書也。

㊂蹟也。[釋名釋書契]漢制。約敕封侯曰｜。｜、蹟也。敕使整蹟。不犯之也。

㊃立也。見[玉篇]。

㊄通策。謀略也。[漢書趙充國傳]全師保勝之｜。

【冊】……

韻

編竹木補羅網之—。見〔集韻〕。

【再】作代切音載隊韻

❶一舉而二也。从一从冓省。篆作—。見〔說文冓部〕。〔注〕一言舉二也。

❷重也。〔書大禹謨〕朕言不—。〔注〕言吾之命汝已審。豈復更有他說。〔語云〕—造—生。皆重義。

❸仍也。〔禮記儒行〕過言不—。〔注〕知過能改。故不—也。

❹通二。〔孟子告子〕—不朝。〔初學記〕作二不朝。

【冎】古瓦切音寡馬韻

剔人肉置其骨也。見〔說文冎部〕。

【冏】古官字。見〔集韻〕。

五畫

【冏】古熒切音扃青韻

明也。光也。〔文選木華賦〕—然鳥逝。〔正字通云〕俗冋字。

【冋】古丹字。見〔五音集韻〕。

【㒳】古兩字。見〔玉篇〕。

【冊】同冊。見〔五音集韻〕。

六畫

【杲】側狡切音爪巧韻

果木盛生朶也。見〔玉篇〕。〔按—與杲不同。此从冃。正字通云。朶字之譌〕。

【网】古兩字。見〔集韻〕。

【冟】同皀。見〔玉篇〕。

【冐】俗冒字。見〔篇海〕。

七畫

【冑】直由切音宙宥韻

兜鍪也。見〔說文冃部〕。〔段注〕兜部兜下曰。兜鍪、首鎧也。按古謂之—。漢謂之兜鍪。今謂之盔。〔—从冃。與从月之裔胄肯子等字有別。〕

冑圖

【冒】莫報切音耄號韻

❶冡而前也。从冃目。見〔說文冃部〕。〔段注〕冡者覆也。冃目者若無所見也。

❷[illegible]也。〔漢書翟方進傳〕善惡相—。

❸犯也。〔文選左思賦〕—霜停雪。〔今云干—、—險皆此義〕。

❹假也。〔漢書衛青傳〕—姓爲衛氏。〔今云—籍、—充皆此義〕。

❺蓋也。〔國語鄭語〕戎狄必—。

❻嫉也。〔呂覽明理〕夫妻相—。

❼悶也。〔素問玉機眞藏論〕忽忽眩—而顛疾。

❽巾屬。〔禮喪服大記〕凡—質長與手齊。

冒巾圖

❾玉名。〔考工記玉人〕天子執—四寸。以朝諸侯。〔注〕名玉曰—。言德能覆蓋天下也。

冒玉圖

❿—昧。冡—直前者也。見〔六書故〕。〔今言—昧。蓋取覆蔽不見之義〕。

⓫姓也。明末—辟疆。

⓬通瞀。〔書君奭〕昭武王惟—。〔說文目部作眊〕

⓭通芼。〔文選枚乘七發〕—以山膚。〔注〕—、芼古字通。

【冒】密北切音默職韻

❶同墨。貪也。〔左昭三十年傳〕貪—無厭。

❷同沒。犯也。〔漢書衛青傳〕直—漢圍。

❸—頓。單于名。〔史記匈奴傳〕及—頓立。攻破月氏。

❹—突。戰船名。〔後漢岑彭傳〕—突露橈數千艘。〔注〕並船名。

【冐】莫佩切音妹隊韻

瑇—。龜屬。玳瑁也。〔漢書司馬相如傳〕瑇—鼊鼉。

【周】讀作曷。卽害字。〔石鼓文〕—余不反。

八畫

【冓】居候切音遘宥韻

❶交積財也。象對交之形。見〔說文冓部〕。〔按六書故云—乃材木交冓之象。故爲冓屋之—。今加木爲構。又爲交—結—。如所謂—怨—閔是也。昏—亦取此義。今加女爲

媾。」
㈡數也。［古算經］壤生｜。｜生澗。［按韻會十梯曰｜。」
㈢中｜。宮中深密處。［詩牆有茨］中｜之言。［案釋文引韓詩中｜作中夜。」
㈣通遘、搆、構、媾、覯。互詳各本字。

【⿵冂多】乃可切音娜哿韻
本作侈。㡿也。㡿、屋之能容受也。見［玉篇］。［按正字通云舊注同侈。六書統｜、與侈同。篇海侈、㸌二文。即說文移字之譌。音義與移袤背。此篇海誤也。舊本巾部六畫無侈。今云｜同侈亦誤。」

【冔】句于切音吁虞韻　火羽切音詡麌韻
㈠殷冠名也。｜、幠也。幠之言覆。言以覆首也。見［釋名釋首飾］。
㈡通冔。［詩文王］常服黼｜。［釋文引字林作冔］。

冔圖

【⿵冂次】古次字。見［說文欠部］。

九畫

【⿵冂見】草報切音冒號韻
觸也。見［集韻］。

【冐】密北切音墨職韻
突前也。見［集韻］。

【冕】美辨切音免銑韻
㈠大夫以上冠也。邃延垂瑬紞纊。从冃。免聲。古者黃帝初作｜。見［說文冃部］。

冕圖

㈡俛也。又文也。［釋名釋首飾］祭服曰｜。猶俛也。｜、平直貌也。亦言文也。玄上纁下。前後垂珠。有文飾也。
㈢通絻。［荀子禮論］郊之麻絻。［即論語子罕之麻｜］。
㈣通免。［論語衛靈公］師｜見。［按古今人表注即師免。」

【⿵冂成】時征切音成庚韻
飯匵也。見［集韻］。［按與从日之晟別。正字通云凡器皿受物者通用盛。如禮記喪大記食粥于盛。左傳旨酒一盛。盛音成。六書未嘗因飯匵別出一｜字。譌作｜。無稽。」

【㒼】謨官切音瞞寒韻　丏銑韻　晧見切音麪霰韻
㈠平也。从廿。五行之數二十分爲一辰。从㒳。㒳、平也。見［說文㒳部］。［按段注云五行。每行得廿分。分之適平。其法未聞。桂馥義證謂即建除家之辰爲滿。巳爲平。說甚翔合。今從之。」
㈡無穿孔狀。［周禮鼈人注］互物謂有甲｜胡。
㈢欲明也。見［玉篇］。
㈣當也。見［廣雅釋詁］、［疏證］說文。芇、相當也。芇與｜同義。

十畫

【⿵冂合】乞洽切音恰洽韻
同帢。士服。狀如弁。缺四角。又作悏、韐、帢、袷、帢。見［集韻］。

【⿵冂卷】驅圓切音棬先韻
小兒帽也。見［玉篇］。

【⿵冂兔】冤譌字。［正韻］縈圓切。音鴛。前漢胡建傳。吏稱｜。｜字从冃从兔。與冠冕字不同。［按正字通冤字注云。說文从兔在門下。不得走。益屈折也。正韻、韻會、別作｜。並非。又｜字注云。冕｜之別。不徒在从免从兔。舊注誤同正韻。正字通說是也。考殿本漢書已正作吏民稱冤。」

【⿵冂到】都敎切音罩效韻
覆具也。見［集韻］。

十一畫

【⿵冂虒】施智切施去聲　以豉切移去聲　寘韻
㒸｜。面衣也。見［玉篇］。

【⿵冂㒸】俞戍切音裕遇韻　舂朱切音輸虞韻
面衣也。［廣雅釋器］｜虒謂之幞。［按舊注作幞帕。係沿集韻之誤。帞頭迓文。屬下節。方言絡頭、帕頭。帞頭。釋名。綃頭。或謂帞頭可證。」

【⿵冂智】古巧切音絞巧韻
詐也。見［字彙補］。

十二畫

【𡨚】古暨字。見〔字彙補〕。

十四畫

【𡪿】蜀本字。見〔集韻〕。

【𡫎】同吁。見〔廣韻〕。

十六畫

【𡫶】丞矢切音市紙韻　疷也。見〔廣韻〕。

【𡬇】古彥字。見〔集韻〕。

二十畫

【𡬙】鄰知切音离支韻　●一接—。白帽也。見〔韻會〕。●二通攡。〔爾雅釋鳥〕鷺舂鉏。〔注〕白鷺也。頭翅背上皆有長翰毛。今江東人取以爲睫攡。名之曰白鷺縗。〔按睫攡或作接䍦亦作䍦𩬯〕。

【𦊂】古兩字。見〔玉篇〕。〔按說文作𦊂。較—少四筆〕。

【冖】莫狄切音覓錫韻　●一覆也。从一下垂。見〔說文冂部〕。〔段注〕覆者蓋也。一者所以覆之也。覆之則四面下垂。〔按—今作冪、幂、幎〕。●二以巾覆物。今爲冪。見〔玉篇〕。●三象布幕下覆。見〔同文舉要〕。

二畫

【冘】夷鍼切音淫侵韻　●一—。行兒。見〔說文冂部〕。●二行也。〔漢書揚雄傳〕窮—閼與。

【冘】夷周切音由尤韻　—豫。狐疑也。〔漢書馬援傳〕—豫未決。〔此借作尤豫之尤。尤豫又通作猶豫〕。

【宊】得力切音的緝韻　入也。見〔篇海〕。

【冗】同穴。見〔篇海〕。

三畫

【冗】同亢。見〔字彙補〕。

四畫

【完】翁標切音幺蕭韻

目深也。見〔字彙補〕。

【𠓝】古天字。見〔篇海〕。〔正字通〕小篆从一大作兲。唐武后改作𠀑。—即武后𠀑字之譌。非古文。

【𡧓】古容字。見〔說文長箋〕。

六畫

【同】徒籠切音同東韻　圓蓋也。見〔玉篇〕。

【冞】民卑切音彌支韻　●一本作罙。〔說文网部〕罙周行也。〔段注〕网、即周布之意。〔按今隸作—。與罙不同。罙音森从穴从木。—从一从米〕。●二深也。見〔韻會〕。●三冒也。〔詩長發〕—入其阻。●四扞—。國名。〔史記大宛傳〕東則扞—于窴。〔扞—後漢改其國曰拘彌。居寧彌城。後併入于闐。五代置紺州。在今新疆當西藏東北界〕。

七畫

【冟】詩亦切音適陌韻　●飯剛柔不調相著。見〔說文皀部〕。〔通訓定聲〕—者米之馨香也。蘇[illegible]

●二飯堅柔調也。今作適。見〔玉篇〕。

【冠】古丸切音官寒韻　●一絭也。所以絭髮。弁冕之總名也。从冖元。—有法制。故从寸。見〔說文〕。〔段注〕絭者攘臂繩之名。所以約束褎者也。—以約束髮。故曰絭髮。引伸爲凡覆蓋之偁。

冠圖

●二帢也。〔白虎通紼冕〕—者帣也。帣持其髮也。●三貫也。〔釋名釋首飾〕—。貫也。所以貫韜髮也。●四鳥獸頭上肉塊也。〔後漢輿服志〕䡰人見鳥獸有—角頿胡。遂置—冕纓緌。〔按世稱雞頭上肉塊曰雞—〕。●五雞—。花名。有三色者。有五色者。

雞冠花圖

(五)至尊也。見〔禮記問喪〕。
(六)—者所以別成人也。見〔說苑修文〕。
(七)—帶猶縉紳。謂吏人也。〔文選張衡賦〕—帶交錯。
(八)姓也。鄢—子之後。

【冠】古玩切音貫翰韻
(一)覆也。〔文選張衡賦〕—南山。
(二)男子二十加冠曰—。〔禮記冠義〕—者禮始也。故聖王重—。
(三)爲衆之首。〔漢書魏相丙吉傳贊〕高祖開基蕭曹爲—。
(四)姓也。列仙傳有仙人—先。

八畫

【冡】謨蓬切音蒙東韻
覆也。从冃豕。見〔說文冃部〕。〔段注〕凡蒙覆童蒙之字今字皆作蒙。依古當作—。蒙行而—廢矣。

【冢】展勇切音塚腫韻〔通作塚〕。
(一)本作冢。〔說文勹部〕冢高墳也。从勹从豕。〔注〕地高起若有所包也。
(二)大也。〔周禮天官序官〕乃立天官—宰。
(三)山頂也。〔詩十月之交〕山—崒崩。
(四)封土爲社也。〔詩緜〕乃立—土。
(五)鬼神舍也。見〔玉篇〕。
(六)象山頂之高腫起也。見〔釋名釋喪制〕。
(七)楚人謂—爲琴。見〔水經泚水注〕。
(八)秦晉之閒或謂之壠。見〔方言〕。
(九)—遂山名。〔山海經西山經〕崇吾之山北望—遂。

【冣】從遇切音聚遇韻
(一)積也。見〔說文〕。〔注〕古以聚物之聚爲—。上必有覆冒之也。〔今借作最誤〕。
(二)—目猶言總目也。〔劉歆書〕欲得其—目。

【冤】於袁切音鴛元韻〔作寃非〕。
(一)屈也。从兔从冖。〔兔在冖下不得走。益屈折也。見〔說文兔部〕。
(二)枉曲也。〔史記于定國傳〕定國爲廷尉。民自以不—。
(三)不服罪也。〔史記淮陰侯傳〕嗟乎—哉亨也。〔如俗之呼—〕。
(四)孽也。〔續韻府〕此乃宿世—也。宜遠避之。

【冥】忙經切音銘靑韻
(一)幽也。从日六从冖。日數十。十六日而月始虧幽也。見〔說文冥部〕。
(二)晤也。〔漢書五行志〕其廟獨—。
(三)昏曀也。〔史記龜筴傳〕風雨晦—。
(四)玄默也。〔文選郭璞詩〕中有—寂士。
(五)草深也。見〔玉篇〕。
(六)心深也。〔太玄達〕中—獨達。
(七)幼也。〔爾雅釋言〕—幼也。〔注〕幼稚者、昧也。
(八)—謂至陰之內。幽暗之所也。〔素問陰陽類論〕下合——。〔又〕專默精誠之謂也。〔荀子勸學〕無——之志者無昭昭之明。〔又〕無知貌。見〔詩靈臺箋民皆—也釋文〕。〔又〕言血氣變化之不可見也。〔素問寶命全形論〕是謂——。〔又〕暮夜也。〔荀子解蔽〕——蔽其明也。〔又〕言玄遠也。〔素問徵四失論〕窈窈——。
(九)—窮。謂退而窮處也。〔荀子正名〕正說不行。則白道而—窮。
(十)—煩。言不能明理此事也。〔禮記哀公問〕寡人惷愚—煩。
(十一)西—。昧谷也。〔文選謝莊賦〕漏若英於西—。
(十二)北—。北海也。〔莊子逍遙遊〕北—有魚。〔釋文〕本亦作溟。北海也。嵇康云。取其溟漠無涯也。梁簡文帝云。窅—無極。故謂之—。東方朔十州記云。水黑色。爲之—海。無風洪波百丈。
(十三)靑—。天也。〔楚辭九章〕據靑—而攄虹。〔蒼—、高—、鴻—、義均同〕。
(十四)玄—。水神也。〔禮記月令〕其神玄—。〔注〕少昊氏子曰脩曰熙爲水官。
(十五)陰靈謂之—。如俗稱—福—罰之類是。

【冥】眠見切音麪霰韻
—眴。視不見。見〔集韻〕。

【冥】眉兵切音明庚韻　母迥切音茗迥韻　莫定切音瞑徑韻
——。蔽人目明令無所見也。〔詩無將大車〕維塵——。〔朱傳〕昏晦也。

【冥】彌延切音緜先韻
顛—。迷惑也。見〔集韻〕。

【冥】莫狄切音覓錫韻
覆也。以繩䌫取禽鳥之名。〔周禮冥氏〕掌設弧張。爲阱擭。以攻猛獸。

【冦】同冠。見〔字彙〕。

九畫

【𡪹】相咨切音思支韻 姓也。見〔字彙〕。

【冨】同富。見〔洪武正韻〕。

十畫

【𡪢】都故切音妒遇韻陟駕切音詫禡韻 奠酒爵也。从宀。託聲。周書王三宿三祭三一。見〔說文〕。〔按書顧命作咤。集韻云或作宅、詫〕。

【冪】莫狄切音覓錫韻 一覆尊巾。〔儀禮少牢饋食禮〕皆有一。〔注〕設酒即加一。

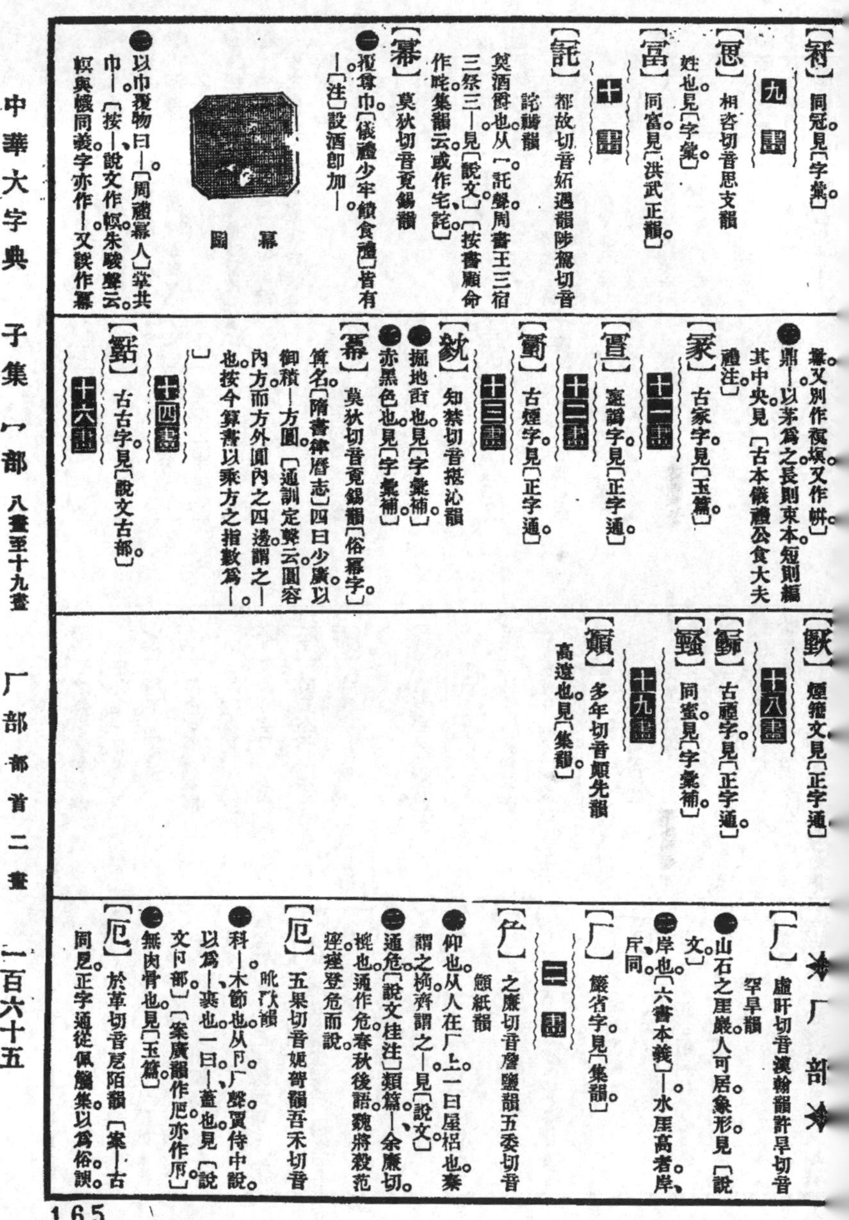

冪圖

二以巾覆物曰一。〔周禮冪人〕掌共巾一。〔按〕一、說文作幎。朱駿聲云。幎與幭同義。字亦作一。又誤作冪羃。又別作複𡌛。又作幦。

三鼏一。以茅為之長則束本。短則編其中央。見〔古本儀禮公食大夫禮注〕。

【冡】古家字。見〔玉篇〕。

十一畫

【寘】窴譌字。見〔正字通〕。

十二畫

【𡫏】古煙字。見〔正字通〕。

十三畫

【𡬜】知禁切音揕沁韻 一掘地舀也。見〔字彙補〕。二赤黑色也。見〔字彙補〕。

【幂】莫狄切音覓錫韻〔俗冪字〕。 算名。〔隋書律曆志〕四曰少廣以御積一方圓。〔通訓定聲〕云。圓容內方而方外圓內之四邊謂之一。也按今算書以乘方之指數為一。

十四畫

【𡬝】古古字。見〔說文古部〕。

十六畫

【𡬪】煙籀文。見〔正字通〕。

十八畫

【𡬫】古寵字。見〔正字通〕。

【𡮁】同蜜。見〔字彙補〕。

十九畫

【𡮂】多年切音顛先韻 高遠也。見〔集韻〕。

厂部

【厂】虛旰切音漢翰韻許旱切音罕旱韻 一山石之厓巖。人可居。象形。見〔說文〕。二岸也。〔六書本義〕一、水厓高者。岸、厈同。

【𠂆】廠省字。見〔集韻〕。

二畫

【产】之廉切音詹鹽韻五委切音頠紙韻 一仰也。从人在厂上。一曰屋梠也。秦謂之桷。齊謂之一。見〔說文〕。二通危。〔說文桂注〕類篇。一、余廉切。梔也。通作危。春秋後語。魏將殺范痤。痤登危而說。

【厄】五果切音婐哿韻吾禾切音訛戈韻 一科一。木節也。从卪。厂聲。賈侍中說。以為一、裹也。一曰。一、蓋也。見〔說文卪部〕〔案廣韻作厄。亦作戹〕。二無肉骨也。見〔玉篇〕。

【厄】於革切音戹陌韻〔案一古同戹。正字通從佩觿集以為俗譌〕

非舊字典巳厂部並收今删定。
㈠困也。見〔一切經音義引蒼頡〕。
㈡會也。見〔漢書翟義傳注〕。
㈢一難勤苦之事也。見〔詩谷風箋〕。〔釋文〕一、本作阨。
㈣烏啁也。見〔詩韓奕鞶革金軛傳〕。
㈤一魯特蒙古部落之一。在青海濟收之置三旗。本元裔阿魯台後。聲譌爲一魯特。

【厄】章移切音支支韻
酒一見〔篇海〕。

三畫

【厈】居六切音菊沃韻
㈠亦持也。从反丮。闕。見〔說文丮部〕。〔段注〕後人讀居玉切。此因毛傳云拮据、戟挶也。丮讀若戟。故反丮讀如挶。手部云挶、戟持也。不云一、挶同字。然則事从蓋闕。
㈡左手執持也。一說敬事而拘迫不安也。見〔同文舉要〕。

【厇】陟格切音磔陌韻
㈠張也。見〔集韻〕。
㈡亦作磔。開一也。見〔玉篇〕。
㈢通宅。〔同文舉要〕孝經宅作一。

【厇】古女字。見〔集韻〕。

【厌】仄籀文。見〔說文〕。

【厈】厂籀文。見〔說文〕。

【序】同宇。見〔字彙補〕。

【厄】同辰。見〔字彙補〕。

四畫

【厗】部項切音棓講韻
周地名。通作玤。見〔集韻〕。

【厎】古拜切音誡卦韻
到也。與屆通。見〔正字通〕。

【屏】口兮切音溪齊韻
倒地。見〔玉篇〕。

【厊】語下切音雅馬韻
厊一不相合。見〔集韻〕。

【厎】符羈切音肥支韻
水邪流。見〔字彙補〕。

【厎】疋賣切音派卦韻
水分流也。見〔字彙補〕。

【厈】川集切音尺陌韻
一逐也。見〔字彙補〕。

【厑】之是切音晳紙韻
致也。均也。平也。聲也。見〔字彙補〕。

【厷】同厎。見〔海篇〕。

【厐】阻色切音責職韻
陋也。傾側也。見〔字彙補〕。

【厺】古吟字。見〔玉篇〕。

【厺】同崟。亦作硷、㖗、岑。見〔集韻〕。

【厌】古侯字。見〔篇海〕。〔集韻作厌〕。

【厎】古辰字。見〔玉篇〕。

五畫

【厎】軫視切音指紙韻
㈠柔石也。見〔說文〕。〔段注〕柔石、石之精細者。鄭注禹貢曰厲摩刀刃石也。精者曰砥。〔案亦讀平聲音支。見漢書梅福傳注〕。
㈡磨也。〔漢書蕭望之傳〕一厲鋒鍔。
㈢致也。〔書旅獒〕西旅一貢厥獒。
㈣定也。〔書皋陶謨〕朕言惠可一行。
㈤至也。〔楚辭天問〕南土爰一。
㈥平也。〔書顧命〕敷重一席。〔傳訓蒻苹。說文通訓定聲曰。青蒲爲席。柔滑而平也。〕
㈦一柱。山名。〔書禹貢〕一柱析城。至於王屋。〔疏〕一柱在太陽關東。析城之西。〔今河南陝縣大河流中三門山是也。又、山西陽城縣。亦有山名一柱。〕
㈧通砥。〔詩大東〕周道如砥。〔孟子萬章引詩作一。〕
㈨通耆。〔詩武〕耆定爾功。〔釋文〕毛音指。致也。

【厎】都黎切音低齊韻
至也。見〔集韻〕。

【厎】陟利切音致寘韻丁計切音帝霽韻
致也。〔書禹貢〕震澤一定。

【厏】側下切音鮓仕下切音槎馬韻
一厊。不合。見〔廣韻〕。

【厏】蓄格切音摘陌韻
狹也。見〔正字通〕〔俗作窄非〕。

【居】董五切音覩後五切音戶麌韻
美石也。見〔說文〕。

【厸】落合切音拉合韻力入切音

立組韻

石聲也。見〔說文〕〔段注〕謂石嘣之聲。吳都賦。拉擸雷硠。拉、卽－字也。玉篇曰。－亦拉字。拉者折也。拉木折也。

【⿸厂冬】徒冬切音佟冬韻

深屋也。見〔篇海〕。

【⿸厂甲】古洽切音甲洽韻

大也。見〔篇海〕。

【⿸厂去】乞業切音怯葉韻

居也。見〔集韻〕。

【屵】弋灼切音藥藥韻

岸上出見皃。見〔六書略〕。

【⿸厂毕】厈本字。見〔正字通〕。

六畫

【⿸厂缶】渴合切音屠合韻

山左右有岸曰－。見〔爾雅釋山〕。〔疏〕謂山兩邊有水。與水爲岸。此山名－。

【⿸厂岳】乞業切音怯葉韻

同⿸厂去。居也。見〔集韻〕。

【厓】宜佳切音崖佳韻魚羈切音宜支韻

❶山邊也。見〔說文〕。

❷方也。見〔廣雅釋詁〕。〔按疏證曰。秦風蒹葭在水一方。又云在水之涘。毛傳云涘、－也。卽經所云水一方也〕

❸邊際也。〔文選揚雄賦〕岑嶒嶙峋。洞無－兮。

❹水邊也。〔爾雅釋邱〕涘爲－。

❺借作睚。〔漢書孔光傳〕－眥莫不誅傷。〔注〕師古曰。－音崖。

❻通涯。〔通訓定聲〕爾雅釋水。滸。水－。字亦作涯。

❼通崖。〔韻會〕－或作崖。今山崖字皆作崖。

❽珠－。郡名。〔漢書武帝紀注〕郡在大海中。－岸之邊出眞珠。故曰珠－。〔清時爲瓊州府。今瓊山、瓊東、澄邁、定安、文昌、樂會、臨高等縣。是其境〕

❾乖－。〔宋史張詠傳〕詠、剛方自任。爲治尙嚴猛。自號乖－。以爲乖則違衆。－不利物。

❿姓也。明－成。四川邛州人。永樂中舉人。

【厓】牛涯切音⿰忄厓卦韻

同睚。目際也。一曰怒皃。見〔集韻〕。

【⿸厂衣】隱豈切音扆尾韻倚亥切挨上聲蟹韻

❶隱翳也。見〔廣雅釋詁〕。〔今本亦扆〕

❷通扆。〔通訓定聲〕廣雅釋詁。扆。藏也。扆字亦作－。

【厔】職日切音質質韻

❶本作庢。〔說文广部〕庢。礙止也。〔段注〕凡厔礙當作此字。今俗作窒礙。非也。

❷盩－。縣名。〔正字通〕漢縣。今屬西安府。山曲曰盩。水曲曰－。因以爲名。五柞宮在盩－縣。〔今陝西盩－縣〕

【㕉】渴合切音葛合韻

同⿸厂缶。壓也。見〔集韻〕。

【厏】側下切㪿上聲馬韻

不著也。見〔海篇〕。

【⿸厂禾】古敲切音膠肴韻

－繳風弦。見〔禪林鉤玄〕。

【⿸厂旨】古旨字。見〔集韻〕。

【⿸厂西】古席字。見〔字彙〕。

【[illegible]】同斥。見〔篇海〕。

【⿸厂反】同應。武后製。見〔大周泰山碑〕。

七畫

【厖】莫江切音尨江韻母項切音⿰亻尨講韻

❶石大也。見〔說文〕〔通訓定聲〕字亦作硥。

❷大也。見〔爾雅釋詁〕。

❸豐也。見〔方言〕。

❹有也。見〔爾雅釋詁〕。

❺厚也。〔詩長發〕爲下國駿－。

❻亂也。〔書周官〕不和政－。

❼雜也。〔文選王褒論〕－眉耇耇之老。〔按文選思玄賦〕尉－眉而郎潛兮。舊注－又訓蒼。

❽深之大也。見〔方言〕。

❾或作㤶。〔國語周語〕敦－純固。〔管子五輔作敦㤶純固〕

❿亦作⿱尨木。〔詩長發〕爲下國駿－。〔荀子榮辱作爲下國駿蒙〕

⓫通龐。〔文選司馬相如文〕湛恩－鴻。〔漢書司馬相如傳作湛恩龐洪〕

(十)通尨、龍。[漢書古今人表]—圉。[左襄四年傳作尨。史記夏紀作龍。]

[⿸厂甫]　芳無切音敷虞韻

石閒見也。見[說文]。[段注]閒見、謂突兀忽見。—史假遁字爲之。魏書、北史、溫子昇傳、皆云子昇詣梁客館。不修容止。謂人曰。詩章易作。遁峬難爲。字當作—。廣韻引字林云。峬峭、好皃也。峬、卽—之隸變。凡字書因時而作。故說文—字林作峬。說文祇有般。字林有𡓶。近世波俏之語。又字音之遷移也。

[⿸厂甫]　滂模切音鋪虞韻

石文見也。見[玉篇]。

[厚]　很口切音后有韻

(一)山林之𠪋也。見[說文]。[段注]𠪋、各本作—。今正。山陵之—。故其字从厂。今字凡𠪋薄字皆作此。

(二)大也。[國語晉語]不—其棟。

(三)益也。[國語晉語]彼得其情以—其欲。

(四)多也。[考工記弓人]—其液而節其帤。

(五)重也。[國策秦策]其於敝邑之王甚—。

(六)深也。[呂覽辯士]必—其𩋃。

(七)至也。[老子]德之—。

(八)不薄也。見[玉篇]。

(九)猶强也。[國語晉語]無損於怨而—於寇。

(十)猶遠也。[禮記坊記]以—別也。

(十一)猶薄也。[淮南俶眞]蘆荷之—。

(十二)禮之積也。見[荀子禮論]。

(十三)謂豐—也。[禮記表記]死不—其子。

(十四)後也。有終後也。故青徐人言—如後也。見[釋名釋言語]。

(十五)思慮不爽曰—。見[周書諡法]。

(十六)山也。[素問五常政大論]見於—土。

(十七)土地廣大也。[左隱元年傳]—將得衆。

(十八)深—山川也。[禮記樂記]窮高極遠而測深—。

(十九)通郈。[左襄十四年傳]—成叔。[左昭二十五年傳—作郈。]

(二十)通后。[左昭二十五年傳]—昭伯。[漢書五行志、文選注、皆作后。]

[厗]　田黎切音題齊韻

(一)唐—石也。見[說文]。[段注]唐—。雙聲字。石名也。廣韻、齊韻、唐韻、皆作𥕢—。

(二)—奚縣名。漢置。屬漁陽郡。當今順天府密雲縣東北。

(三)古鍗字。見[玉篇]。[按鍗鍗。火齊珠。]

[⿸厂欠]　余支切音移支韻

歔也。見[說文次部]。

[⿸厂夾]　轄夾切音洽韻　乾洽切音夾合韻

辟也。見[說文]。[段注]—與陝、音同義近。

[厘]　直連切音纏先韻

鄽市也。見[篇海]。[俗以爲釐省字]。

[厙]　式夜切音舍禡韻

姓也。[韻會]後漢竇融傳。金城太守—鈞。今羌中有—姓。音舍。云承鈞後。

[⿸厂酉]　以周切音猶　子由切音揫尤韻

㯉槐也。見[玉篇]。

[⿸厂囟]　古席字。見[說文]。

[⿸厂坙]　古猛字。見[玉篇]。

[⿸厂辰]　古辰字。見[字彙補]。

[⿸厂我]　同峨。見[集韻]。

[⿸厂防]　同房。見[字彙補]。

[⿸厂享]　同厚。見[字彙補]。

八畫

[厜]　津垂切音觜　是爲切音垂支韻

—㕒。山巔也。見[說文]。

[厝]　倉各切音錯藥韻

(一)厲石也。詩曰。佗山之石。可以爲—。見[說文]。

(二)雜—。猶言交錯也。[漢書地理志]五方雜—。風俗不純。[注]晉灼曰。—古錯字。

(三)通剒。[爾雅釋器]犀謂之剒。[釋文]—本或作剒。

[厝]　倉故切音措遇韻

(一)置也。[漢書賈誼傳]夫抱火—之積薪之下。

(二)葬也。[文選潘岳賦]痛存亡之殊制兮。將遷神而安—。[今世喪殯後停柩待葬者曰—。]

(三)通措。[考工記梓人]則必如將廢

措。〔注〕故昔。措、作—。

【厝】秦昔切音籍陌韻
縣名。〔漢書地理志〕清河郡有—縣。〔注〕應劭曰安帝以孝德皇后葬於—。改曰甘陵。〔故城在今山東淸平縣南〕

【厚】牛代切音礙隊韻陟革切音摘陌韻
❶張幕也。見〔玉篇〕。

【厦】札色切音側職韻
❶石也。見〔集韻〕。

【⿸厂旲】
❶陋也。見〔玉篇〕。
❷傾側也。見〔玉篇〕。

【⿸厂兒】倪歷切音鷁錫韻逆革切音謫陌韻
❶石地惡也。見〔說文〕。
❷礰—。石地。見〔集韻〕。

【原】愚袁切音元元韻
❶本作厵。〔說文〕厵。水泉本也。从灥出厂下。原篆文从泉。〔段注〕以小篆作—。知厵乃古文籀文也。後人以—代高平曰邍之邍。而別製源字爲本原之原。積非成是久矣。
❷本也。〔漢書董仲舒傳〕道之大—出於天。
❸宥也。〔後漢范丹傳〕范丹首自劾退。詔書特—不理罪。
❹察也。〔管子戒〕春出—農事之不本者。
❺再也。見〔爾雅釋言〕。〔按周禮馬質禁—蠶者史記高帝紀以沛公爲高祖—廟皆有再義〕
❻端也。見〔廣雅釋地〕。
❼推—其本也。〔漢書薛宣傳〕—心定罪。
❽元也如元氣廣大也。見〔釋名釋地〕。
❾可食者曰—。見〔爾雅釋地〕。
❿—夢。占夢也。〔茅亭客話〕有士人能—夢。遂撰一夢請占之。烖祥皆驗。
⓫中—。中國也。〔北史任城王澄傳〕光宅中—。
⓬地名。〔左傳二十六年傳〕晉文公伐—示信。〔注〕周畿內國也。〔今河南濟源縣西北—鄉〕〔又〕州名。魏置。漢高平縣地。魏鎭州。後改—州。即今甘肅鎭—縣。
⓭亦書作源。〔書禹貢〕九川滌源。〔史記作—〕
⓮通愿。〔論語陽貨〕鄉—德之賊也。〔朱註〕—與愿同。
⓯通羱。〔後漢鮮卑傳注〕—羊似吳羊而大角出西方。〔爾雅釋畜注作羱羊〕
⓰通螈。〔考工記梓人注〕榮—屬。〔釋文〕—本作螈。
⓱姓也。〔通訓定聲〕周有—莊公。以邑爲氏。其族散在他國者。如詩東門之枌南方之—。傳大夫氏也。春秋時陳有—仲。晉有—軫。秦有—壤。
⓲—子。與元素組成之分子。英語曰Atom。
⓳—質。一稱元素。英語曰Element。詳元字。

【厠】此芮切霽韻
地也。見〔玉篇〕。

【⿸厂金】渠金切音琴侵韻其淹切音箝鹽韻巨禁切音妗沁韻
石地也。見〔說文〕〔段注〕—者。堅閉之意。

【⿸厂合】口答切音溘合韻
山左右有岸。見〔廣韻〕。

【厞】父沸切肥去聲未韻符非切
隱也。見〔說文〕。〔段注〕奧室西北隅曰屋漏。—者又西北隅隱蔽之處也。屈原賦隱思君兮陫側。陫蓋同—。禮注曰古文—作茀。

【⿸厂享】朱倫切音諄眞韻
同淳。漬也。見〔集韻〕。

【⿸厂隹】都回切音堆灰韻
聚土也。見〔集韻〕。

【⿸厂來】古豢字。見〔說文豢部〕。

【⿸厂磬】古磬字。見〔玉篇〕。

【⿸厂叡】古璿字。見〔集韻〕。

【⿸厂再】古存字。見〔字彙補〕。

【⿸厂旱】同厚。山陵之厚也。見〔海篇〕。

【⿸厂盾】同盾。見〔字彙補〕。

九畫

【𠩺】陵之切音釐支韻
坼也。从支从厂。厂性坼。果孰有味亦坼。故謂之—。从未聲。見〔說文支部〕。〔六書正譌云从支从厂。厂古厓字。厓之性坼。如有聲之者。又果熟有味亦坼。其璺甚微。故亦謂之—。从未聲。斄—字當从此〕

【𠩺】澄之切音持支韻 理也。〔集韻〕氂亦作—。通作治。

【𠩷】所九切音溲蘇后切音叟有韻 限也。見〔集韻〕。

【原】懸袁切音元元韻 泉水也。今作源。見〔玉篇〕。〔詳原字〕

【𠪚】古段字。見〔玉篇〕。

【𠪆】古盜字。見〔玉篇〕。

【𠩸】古債字。見〔集韻〕。

【𠪋】古庶字。見〔集韻〕。

【厠】同廁。見〔洪武正韻〕。

十畫

【厤】力的切音歷錫韻 ㈠治也。見〔說文〕〔段注〕甘部曆下云。从甘—。者調也。按調和卽治之義也。—从秝。秝者稀疏適秝也。㈡理也。亦作秝。見〔玉篇〕。

【厥】古月切音蕨月韻 ㈠發石也。見〔說文〕。〔段注〕發石故从厂。引伸之凡有撅發皆曰—。若釋言曰—其也。此假借也。假借盛行而本義廢矣。㈡掘也。〔山海經海外北經〕相柳之所抵—。爲澤溪。〔郭注〕抵、觸。—、掘也。㈢猶豎也。〔漢書諸王侯表〕—角鮨首。〔晉灼注〕叩頭則頭角豎。〔應劭曰〕—者頓也。㈣盡也。〔素問陰陽離合論〕—陰根起於火數。㈤足逆冷也。〔素問六節藏象論〕凝於足者爲—。㈥氣逆也。凌上也。倒行不順也。〔素問五常政大論〕其病—。㈦其也。見〔爾雅釋言〕。㈧猶之也。〔書無逸〕自時—後。謂自是之後也。㈨語助也。〔書多士〕誕淫—泆。謂誕淫泆也。㈩短也。〔中山詩話〕今人呼禿尾狗爲—尾。犬之短後者亦曰—。〔漢書王莽傳注〕壓短也。按壓借作—。〕(十一)石也。〔荀子大畧〕卞和之璧。井里之—也。(十二)—弛。動搖貌。〔漢書李尋傳〕熒惑—弛。(十三)通蹷。逆寒疾也。〔呂覽正己〕多陰則蹷。(十四)姓也。〔韻會舉要〕京兆人。漢賜衛山王妾—氏。

【𠪱】九勿切音厥物韻 ㈠突—。匈奴族也。世居金山。工於鐵作。金山狀如兜鍪。俗呼兜鍪爲突—。因爲國號。唐時其勢甚盛。或謂今土耳其卽其裔。㈡通屈。左宣十二年傳韓—。公羊襄元年經作韓屈。春秋文十年次于—貉。公羊作屈。

【厦】所嫁切沙去聲禡韻 ㈠旁屋也。或作厈。見〔集韻〕。〔按韻會作廈盛韻云。从厂誤。正字通云。俗廈字。〕㈡廈門。俗作—門。詳廈字。

【㕈】所九切音溲蘇后切音叟有韻 ㈠隈也。見〔集韻〕。㈡老人也。見〔玉篇〕。

【𠪦】多年切音顚先韻 ㈠止也。亦作顚。見〔玉篇〕。

【𠫆】乙合切音姶合韻 ㈠塚也。見〔集韻〕。㈡崩損也。見〔正字通〕。㈢山旁穴也。〔文選張衡賦〕潏—洞出。沒滑潏潏。〔注〕言水洞出此穴。有疾流之貌。

【𠪨】廉本字。〔六書正譌〕稜也。从厂。石之稜隅也。

【𠪫】厚本字。見〔字彙補〕。

【𠪋】古庶字。見〔字彙補〕。

【𠪥】古夔字。見〔字彙補〕。

【𠪤】歷或字。見〔篇海〕。

【厨】俗廚字。

十一畫

【厪】渠遴切音僅震韻 ㈠少也。〔漢書鄒陽傳〕茅焦亦—脫死如毛氂耳。㈡小屋。見〔廣韻〕。

【厫】牛刀切音敖豪韻 倉—也。見〔字彙〕。

【𠪿】九芮切音劌霽韻

追迮也見〔集韻〕

【⿸厂區】去厚切音口有韻口合切音㕒合韻

【⿸厂緊】閉口聲、見〔玉篇〕。古𦈡字見〔集韻〕。

【⿸厂啟】同厭。見〔字彙〕。

【⿸厂既】厩俗字。見〔字彙〕。

十二畫

【⿸厂異】悐止切音枲養里切音以紙韻逸職切音弋職韻

石利也。見〔說文〕。〔段注〕引伸之凡利皆曰—。

【⿸厂欽】魚音切音吟侵韻

(一)崟也。一曰地名。見〔說文〕。〔段注〕蓋公羊傳殽之嶔巖是也。嶔蓋即—字。

(二)崟—山崖狀也。見〔廣韻〕。

【⿸厂敢】虎覽切音喊吐敢切音菼感韻

山險。見〔集韻〕。

【⿸厂嚴】魚杴切音嚴鹽韻

同巖。嶺巖險也。見〔集韻〕。〔說文桂注〕僖三十三年穀梁傳。巖唫之下。䪥謂即—崟。

【⿸厂[illegible]】五[illegible]切音儼[illegible]韻

山石皃。見〔集韻〕。

【厭】益涉切音魘葉韻

(一)笮也。从厂。猒聲。一曰合也。見〔說文〕。〔段注〕竹部曰。笮者。迫也。此義今人字作壓。乃古今字之殊。土部壓訓壞也。寒也。無笮義。周語。克—天心。韋注。—合也。韋注漢書敘傳亦同。

(二)迫也。〔周禮巾車〕—翟勒面繢總。〔注〕—翟次其羽使相迫也。

(三)當也。〔漢書敘傳〕取舍不—斯位。

(四)猶損也。〔左文二年傳〕及晉處父盟以—之。

(五)禳也。〔史記高帝紀〕於是因東游以—之。

(六)懾伏也。〔左昭十二年傳〕將以—衆。

(七)服從也。〔漢書景帝紀〕而於人心不—者。

(八)鎮壓也。〔漢書杜鄴傳〕折衝—難。

(九)覆壓也。〔漢書五行志〕地震隴西。—四百餘家。

(十)夢驚也。〔山海經西山經〕服之使人不—。〔俗字作魘〕

(十一)猶窮極也。〔漢書周勃傳〕處尊位以—之。〔注〕—謂當之也一涉反。又烏狎反。〔朱駿聲曰〕案猶窮極也。注謂當之也失之。

(十二)掩其不備也。〔國語晉語〕荊—晉軍。

(十三)引手按胸也。〔儀禮鄉飲酒禮〕賓—介入門左。〔注〕推手曰揖。引手曰—。

(十四)—然。順從貌。〔荀子儒效〕天下—然猶一也。

(十五)—踊。重而密也。〔文選潘岳賦〕表—踊以密緻。

(十六)—冠。喪冠也。〔禮記曲禮〕—冠不入公門。〔注〕吉冠有纚有梁。喪冠無之。故—帖然也。

(十七)—次。縣名。〔漢書東方朔傳〕東方朔。平原—次人也。〔案〕—次縣。漢置。屬平原郡。富平侯國。在今山東惠民縣東。

(十八)通擫。以指按也。〔文選潘岳賦〕洩之反謐。—焉乃揚。〔注〕於頰反。亦作擫。擫謂指擫也。

【厭】於豔切音猒豔韻

(一)飫也。〔書洛誥〕萬年—于乃德。

(二)滿也。〔漢書王莽傳〕克—上帝之心。

(三)足也。〔國語周語〕—縱其耳目心腹。以亂百度。

(四)美也。〔詩載芟〕有—其傑。〔傳〕言傑苗—然特美也。

(五)可也。見〔廣雅釋詁〕。

(六)倦也。〔後漢劉盆子傳〕而疲斁—兵。

(七)極也。〔國語晉語〕民志無—。

(八)止也。〔詩還序〕從禽獸而無—。

(九)塞也。〔荀子修身〕—其源。

(十)㱃也。〔山海經海內南經〕—火國。獸身黑色。生火出其口中。〔朱駿聲云〕、猶㱃也。

(十一)饜飫神也。〔禮記曾子問〕攝主不—祭。

(十二)通饜。〔孟子公孫丑〕我學不—。〔論衡知實引孟子作我學不饜〕

【厭】於鹽切音懕鹽韻

(一)——。安也。久也。〔詩湛露〕——夜飲。〔又〕安靜也。〔詩小戎〕——良人。

(二)同懕。說文引詩——夜飲作懕。

(三)同愔。列女傳引詩——良人作愔。

【厭】於琰切音掩琰韻

(一)絕也。〔論語雍也〕天—之。
(二)按也。〔淮南氾論〕—文擾法。
(三)掩也。〔荀子解蔽〕—目而視者。視一以爲兩。
(四)—然。閉藏貌。〔禮記大學〕見君子而後—然。
(五)——暫見貌。〔漢書李尋傳〕————如滅。〔注〕烏點反。
(六)同魘。〔韓愈詩〕怵惕夢成—。

【厭】乙甲切音押洽韻
(一)押也。〔漢書劉向傳〕抑—遂退。
(二)伎掩也。〔荀子禮論〕禮者謹於吉凶不相—者也。〔注〕烏甲反。
(三)—旦。旦未明也。〔荀子儒效〕—旦。於牧之野。〔注〕—、掩也。夜掩於旦。謂未明以前也。于甲反。
(四)死於巖墻下曰—。〔禮記檀弓〕死而不弔者三。畏、—、溺。
(五)通壓。協也。〔國語周語〕克—天心。〔繁陽令楊君碑作克壓天心〕

【厭】乙及切音邑緝韻
—浥。溼意。〔詩行露〕—浥行露。

【厭】鄔感切音晻感韻
沈溺意。〔莊子逍遙游〕其—也如緘。

【厮】相咨切音斯支韻
(一)分也。〔史記河渠書〕乃—二渠。以引其河。
(二)離也。〔漢書西域傳〕尙書—留甚衆。〔注〕—謂其前後離—。不相逮及。
(三)析薪者也。〔史記張耳傳〕—養卒謝其舍中。〔注〕韋昭曰。析薪爲—。
(四)微賤者之稱。〔漢書嚴助傳〕—輿之卒。〔集注〕張晏曰。—、微也。
(五)—徒。謂炊烹供養雜役。〔史記蘇秦傳〕—徒十萬。

【厬】矩鮪切音軌紙韻
(一)仄出泉也。見〔說文〕。〔段注〕小雅。有冽氿泉。釋水曰。氿泉穴出。穴出、仄出也。毛傳。側出曰氿泉。按側出泉之字。詩爾雅作氿。許作—。水醮之字。今爾雅作—。許作氿。正互相易。水部氿篆下引爾雅水醮曰氿。則知許所據與今本絕異。水厓枯土爲氿字。側出泉當作—字。〔按〕—氿二字。互相通假。𧇎字典駮禮部舊注泉側出誤。非是。
(二)水竭涸也。〔爾雅釋水〕水醮曰—。〔注〕謂水醮盡。〔疏〕凡水之盡者皆曰—。—則竭涸之一名也。
(三)水厓枯土也。見〔韻會〕。

【[illegible]】洗野切音寫馬韻
仄也。見〔集韻〕。

【[illegible]】四夜切音卸禡韻
傾也。見〔集韻〕。

【[illegible]】口合切音溘合韻
閉門聲也。見〔字彙補〕。

【[illegible]】古庶字。見〔集韻〕。

【[illegible]】同厦。見〔篇海〕。

【[illegible]】同奠〔太玄玄攡〕天地—位。〔—亦作[illegible]。今本作奠〕

【[illegible]】同踖見〔字彙補〕〔案錯與厝同。厝依篆本作—。〕

【厰】廠俗字。

十三畫

【厱】盧甘切音藍覃韻
—諸。治玉石也。見〔說文〕。〔通訓定聲〕厲石青者曰—。赤者曰磏。字亦作礛。淮南說林。璧瑗成器。礛諸之功。

【[illegible]】邱咸切音鵮咸韻　丘嚴切音[illegible]嚴韻　枯含切音龕覃韻
(一)山崖空穴處也。見〔集韻〕。
(二)岸側空處。〔文選郭璞賦〕㺢獺睒瞲乎—空。

【[illegible]】魚檢切音儼琰韻
崖岸危也。見〔集韻〕。

【厲】力制切音例霽韻
(一)旱石也。見〔說文〕。〔桂注〕砥細於—。皆可磨刀刃。
(二)磨也。〔荀子性惡〕鈍金必將待礱—然後利。
(三)利也。〔國策秦策〕綴甲—兵。
(四)惡也。〔詩桑柔〕誰生—階。
(五)病也。〔論語子張〕則未信爲—己也。
(六)危也。〔易乾〕夕惕若—。
(七)高也。〔呂覽恃君〕而—人主之節也。
(八)猛也。〔管子牧民〕兵弱而士不—。
(九)起也。〔文選宋玉賦〕沫瀵瀵而高—。
(十)上也。見〔廣雅釋詁〕。〔疏證〕自下而上亦謂之—。楚辭遠遊篇云。徐弭節而高—。司馬相如大人賦云。

紛溶溶而上｜是也。

（十一）近也。見〔廣雅釋詁〕。〔疏證〕文選西都賦。攀｜天。李善注引韓詩翰飛｜天。莊子大宗師篇云。汝夢爲鳥而｜乎天。

（十二）附也。見〔文選班固賦注引薛君章句〕。

（十三）合也。見〔廣雅釋詁〕。〔疏證〕｜與連聲相近。故得訓爲合。周易正義序引世譜。神農一曰連山氏。亦曰列山氏。祭法作｜山氏。〔方言十二〕｜今也。今當作合。

（十四）方也。見〔廣雅釋詁〕。〔疏證〕｜亦廉也。

（十五）嚴也。〔論語述而〕子溫而｜。

（十六）猛也。〔左定十二年傳〕與其素｜。

（十七）烈也。〔楚辭招魂〕｜而不爽些。

（十八）急也。〔文選曹植賦〕聲哀｜而彌長。

（十九）熱也。見〔方言〕。

（二十）抗也。〔荀子宥坐〕是以威｜而不試。

（廿一）虐也。〔孟子滕文公〕則是｜民以自養也。

（廿二）作也。見〔爾雅釋詁〕。〔疏〕方言云。｜、印、爲也。甌越曰印。吳曰｜。爲亦作也。

（廿三）渡也。〔楚辭靈懷〕檣舟航以橫｜兮。

（廿四）醜惡人也。〔莊子齊物論〕｜與西施。

（廿五）猶烖也。〔左襄三十一年傳〕而大｜不行。

（廿六）踊起也。〔管子地員〕粟焉如削壁塵｜。

（廿七）嚴正也。〔論語子張〕聽其言也｜。

（廿八）矜正也。〔論語陽貨〕色｜而內荏。

（廿九）迅疾也。〔荀子禮論〕步驟馳騁｜騖不外是矣。

（三十）獎勵也。〔周書和寤〕王乃｜翼于尹氏八士。

（卅一）勉力也。〔後漢杜詩傳〕今若使公卿郡守出於軍壘。則將帥自｜。

（卅二）藩界也。〔周禮山虞〕物爲之｜。

（卅三）水涯也。〔詩有狐〕在彼淇｜。

（卅四）疾疫死也。〔素問至真要大論〕毛蟲迺｜。

（卅五）以衣涉水爲｜。見〔爾雅釋水〕。

（卅六）死而無後謂｜。〔禮記祭法〕曰泰｜。〔泰｜古帝王無後者。公｜。古諸侯無後者。族｜。古大夫無後者。又明制｜壇。兩京大｜。王國國｜。各府州郡｜。各縣邑｜。各鄉、｜。亦字俗作癘。

（卅七）犯政爲惡曰｜。見〔周禮司厲注〕。

（卅八）殺戮無辜曰｜。見〔周書謚法〕。

（卅九）暴虐無親曰｜。見〔獨斷〕。

（四十）惡鬼也。〔左襄十七年傳〕爾父爲｜。

（四一）風氣不和之疾。〔列子黃帝〕札傷疵｜。

（四二）塋限遮列處。〔周禮墓大夫〕率其屬而巡墓｜。

（四三）｜兌。穴名。在足大指次指之端。〔素問陰陽離合論〕陽明根起於｜兌。

（四四）繇帶以上爲｜。見〔爾雅釋水〕。

（四五）大帶之垂者。〔左桓二年傳〕鞶｜游纓。

（四六）帶也。〔方言〕帶謂之｜。

（四七）月陽。〔爾雅釋天〕月在戊曰｜。

（四八）｜風。大風也。〔莊子齊物論〕｜風濟則萬竅爲虛。〔又〕｜風不周風也。〔呂覽有始〕西北曰｜風。

（四九）橋也。〔水經河水注〕吐谷渾於河上作橋。謂之河｜。

（五十）通礪。巍高也。〔廣雅釋詁疏證〕讀若｜｜。與礪通。

（五一）同礪。磨石也。〔詩公劉〕取｜取鍛。〔釋文〕｜本又作礪。

（五二）同勵。勉也。〔書皐陶謨〕庶明｜翼。〔今本作勵〕。

（五三）同癘。〔春秋穀梁序〕鬼神爲之疵｜。〔釋文〕｜本作癘。

（五四）同砅、濿。履石渡水也。〔詩匏有苦葉〕深則｜。〔說文引詩作砅。釋文。一本作濿〕。

（五五）姓也。〔廣韻〕漢魏郡太守｜溫。

【厲】樂蓋切　音賴　泰韻

（一）同癩。癩病也。〔史記范睢蔡澤傳〕漆身爲｜。〔注〕言以漆塗身生瘡爲病癩。

（二）國名。〔漢書地理志〕｜鄉。故｜國也。〔注〕師古曰。讀若賴。〔今湖北隨縣北四十里有｜山。下有｜鄉。即古｜國也〕。

【⿸厂風】良薛切　音列　屑韻

（一）嚴也。見〔韻會〕。

（二）爲惡也。〔詩正月〕胡然｜矣。

（三）飄｜。歌聲淸越也。〔文選左思賦〕歌江上之飄｜。

（四）飆垂飾。見〔韻會〕。

（五）通烈。〔禮記祭法〕｜山氏。〔左昭

二十九年傳作烈山氏。〕

【⿸厂羲】虞爲切音危疑羈切音宜支韻語韋切音巍微韻
⿸厂羲—也。見〔說文〕。〔案⿸厂羲—山顛也。〕

【⿸厂辟】之石切音隻陌韻匹歷切音霹錫韻
仄也。見〔說文〕。〔注〕春秋左傳、辟陋在夷當作此—字。〔段注〕仄俗本譌作反今依篇韻正今人言偪仄乃當作—仄。

【⿸厂敫】牛刀切音敖豪韻
倉—。見〔篇海〕。

【⿸厂犀】餘昭切音遙蕭韻
座也。見〔篇海〕。

【⿸厂愿】古原字。見〔字彙補〕。

十四畫

【⿸厂豩】猥狄切音曆錫韻
分也。見〔集韻〕。

【⿸厂傅】同𢈀。

小戹也。見〔字彙補〕。

十七畫

【厴】於琰切音魘琰韻
蟹腹下也。見〔字彙補〕。

十九畫

【⿸厂顛】多年切音顛先韻
塚也。見〔集韻〕。

二十二畫

【⿸厂毄】郎敵切音歷錫韻
刈也。見〔字彙補〕。

二十三畫

【⿸厂壓】古初字。見〔字義總略〕。

二十七畫

【⿸厂灥】偶圓切音元元韻
水本也。从灥出厂下。原篆文从泉。見〔說文灥部〕。〔集韻云亦作源。〕

二十八畫

【厵】同源。見〔廣韻〕。

※卩部※

【卩】子結切音節屑韻
瑞信也今作節。見〔玉篇〕。〔正字通云。正譌—象骨—形。古符—所以示信半在外半在內。取象于骨—。故又借爲符—字。隸作節。毛氏曰。凡从—之字偏旁作㔾、巳、—與邑旁之文作阝異。〕

【㔾】凡从弓字之偏旁作弓巳、—、見〔韻會〕。

一畫

【卪】子結切音節屑韻
瑞信也。守邦國者用玉—。守都鄙者用角—。使山邦者用虎—。土邦者用人—。澤邦者用龍—。門關者用符—。貨賄用璽—。道路用旌—。象相合之形。見〔說文〕。〔段注〕若卯篆則相合矣。

【⿰卪卪】則候切音奏宥韻
卪也。闕。見〔說文〕。〔王注〕小徐無此篆。蓋後人据卯從卪—增之也。唐韻則候切。蓋謂卪—卽節奏也。卯部繫傳曰反覆卪之也。則謂反卩仍是卪。如亞從二臣相違。無弖字也。〔案玉篇、集韻、均無訓。惟周伯琦云。合符有二。與者執左。取者執右。古卩—字如此。隸作節奏字。林罕云、—進也。諸說俱虛造。不足取證。〕

二畫

【卬】魚剛切音卬陽韻
㊀望也。欲有所庶及也。見〔說文匕部〕。〔段注〕—與仰義別。仰訓舉。—訓望。今則仰行而—廢。且多改—爲仰矣。釋詁、毛傳、皆曰、—我也。語言之叚借也。伍岡切。亦讀去聲。
㊁我也。見〔爾雅釋詁〕。〔注〕猶姎也。語之轉耳。〔疏〕說文云。女人稱我曰姎。由其語轉。故曰—。
㊂爲也。〔方言〕—爲也。甌越曰—。
㊃怒也。〔漢書揚雄傳〕激—萬乘之主。
㊄物價起也。〔漢書食貨志〕萬物—貴。
㊅自—。激厲也。〔文選司馬相如賦〕貫歷覽其中操兮意慷慨而自—。
㊆——。高貌。〔荀子賦〕——兮天下之咸蹇矣。〔又〕盛貌。〔詩卷阿〕顒顒——。〔又〕君之德也。見〔爾雅釋訓〕。

㊇姓也。〔廣韻〕漢有御史大夫—祇。

【卬】 語兩切音仰養韻

㊀待也。向也。偁—。今爲仰。見〔玉篇〕。

㊁迎也。〔國語晉語〕若川然有原以—浦而後大。

㊂儲也。見〔廣雅釋詁〕。

㊃上向也。〔漢書溝洫志〕以盆溉鄴國傍高—之田。

㊄下託上也。〔荀子議兵〕上足—則下可用。〔注〕—、古仰字。

【夘】 子禮切音濟薺韻　丘京切音卿庚韻

事之制也。見〔廣韻〕。〔俗誤以爲寅卯字。詳夘字〕。

【𠨍】 士戀切霰韻

具也。見〔廣韻〕。〔詳𠨍字〕。

【𠨍】 仕轉切銑韻

二卪也。巽字从此。見〔玉篇〕。〔詳𠨍字〕

三畫

【卮】 章移切音支支韻

㊀圜器也。一名觛。所以節飲食。象人。卩在其下也。見〔說文卮部〕。〔案酒漿器受四升〕。

㊁支離也。〔莊子寓言〕—言日出。〔釋文〕司馬云謂支離無首尾言也。

㊂烟支也。〔史記貨殖傳〕巴蜀亦沃野。地饒—。〔注〕烟支也。紫赤色也。

㊃侑—。欹器也。〔文中子守弱〕三皇五帝有觀戒之器名曰侑—。

【卯】 莫飽切音昴巧韻　〔俗作夘。非。〕

㊀本作丣。〔說文丣部〕冒也。二月萬物冒地而出。象開門之形。故二月爲天門。〔案—爲十二支之一。干支字皆古文。丣爲春門。上開。酉古文丣。上一。象閉。丣爲秋門也。他緐多組。當辨。留柳聊劉字。均从丣。隸皆誤从卯。〕

㊁茂也。〔晉書樂志〕二月—、—。茂也。陽氣生而孳茂。

㊂期限也。前淸催徵錢糧。分期比較曰比—。又官員到任及歲首點驗書役曰點—。其名冊因名—冊。又、綠僚捐案。分次奏報。其第幾次曰第幾—。

㊃凡剡木相入。以盌入盧謂之筍。以盧入盌謂之—。故俗有筍頭—眼之語。見〔直語補證〕。

㊄日辰名。日出爲—。卽今云午前五小時六小時也。

【𠨍】 士戀切音僎霰韻

二卪也。巽从此。闕。見〔說文〕。〔段注〕義取於形。謂其讀若未聞也。〔玉篇廣韻作𠨍。或作卯、𠨍、弱。茲從集韻〕。

【夘】 同夘。〔說文句讀〕各本及玉篇皆然。與寅卯字同。廣韻作夘。而卿字從—。集韻作—。當改之以爲別。〔詳夘字〕。

【卭】 邛譌字。見〔韻增〕。

四畫

【印】 伊刃切因去聲震韻

㊀執政所持信也。从爪卪。見〔說文印部〕。〔案璽章圖記等通稱—。古今皆然。自秦、皇帝獨用璽。漢因之。而諸侯王用金璽。二千石以上用銀章。六百石、四百石、至二百石以上。乃用銅—。刻文曰某官之—。淸制有寶、—、關防、圖記、條記、五種。別製木質鈐記。民國、大總統亦用—。寶不復行。餘則多仍舊制〕。

㊁爲也。〔方言〕—。爲也。甌越曰—。

㊂信也。所以封物爲信驗也。亦言因也。封物相因付也。見〔釋名釋書契〕。

㊃著迹於物上也。〔青瑣高議〕口脂在手。偶—于花上。〔今所謂—刷。亦是此義〕。

㊄—花。政府所發行之一種證券。用以徵取間接稅者。曰—花稅。

㊅魚名。〔酉陽雜俎〕—魚。長一尺三寸。頭上四方如—。有字。

㊆—度。國名。古稱天竺、身毒。亞細亞洲南部之最大半島。東接孟加拉灣。西漸阿拉伯海。北與亞細亞本土相接。今屬於英。英文〔India〕。

㊇姓也。〔廣韻〕左傳鄭大夫—段。出自穆公子—。以王父字爲氏。

【危】 虞爲切僞平聲支韻

㊀在高而懼也。从厃。人在厓上。自卪止之。見〔說文危部〕。

㊁殆也。〔孝經〕高而不—。

㊂險也。〔漢書外戚傳〕今兒安在。—殺之矣。〔注〕—、險也。猶今人言險不殺耳。

㊃高也。〔莊子盜跖〕去其—冠。

(五)敗也。〔呂覽驕恣〕不知化者舉自｜。

(六)亡也。〔國策秦策〕魏必｜。

(七)難也。〔呂覽本味〕犯｜行苦。

(八)疑也。〔呂覽明理〕日以相｜。

(九)側也。〔荀子榮辱〕｜足無所履者。凡在言也。

(十)厲也。〔論語憲問〕｜言｜行。

(十一)正也。見〔廣雅釋詁〕。

(十二)不安也。〔國策西周策〕竊爲君｜之。

(十三)險詐也。〔史記張儀傳贊〕眞傾｜之士哉。

(十四)毀敗也。〔管子禁藏〕吏不敢以長官威嚴｜其命。

(十五)身不安也。〔禮記樂記〕羽亂則｜。

(十六)不安所居也。〔管子治國〕民貧則｜鄉輕家。

(十七)欲毀害之也。〔禮記儒行〕有比黨而｜之者。

(十八)隤也。不正也。見〔廣韻〕。

(十九)言其近死猶有生者也。〔素問三部九候論〕少氣不足以息者爲｜。

(二十)國｜。謂有兵寇之難。〔周禮小司寇〕一曰詢國｜。

(廿一)｜然。獨正之貌。〔莊子繕性〕｜然處其所。

(廿二)阢也。阢阢不同之言也。見〔釋名釋言語〕。

(廿三)屋棟上也。〔禮記喪大記〕升自東榮中屋、｜。〔疏〕踐履屋棟高處。

(廿四)垝也。〔史記律書〕言陽氣之｜垝。故曰｜、十月也。律中應鐘。

(廿五)二十八宿之一。今處著節子初三刻八分之中星。

危宿圖

(廿六)斗建十二值日之一。〔淮南天文〕西爲｜。〔詳建字注〕

(廿七)三｜。山名。〔書禹貢〕三｜既宅。〔當今甘肅關外黨河之側。〕

(廿八)姓也。

【归】乙力切音億職韻

按也。从反印。見〔說文印部〕。〔段注〕按當作按印也。淺人刪去印字耳。按者下也。用印必向下按之。故字从反印。用印者必下向。故緩言之曰印。急言之曰｜。｜卽印之入聲也。〔案卽今抑字。說文復刻抑。云、俗从手。〕

【㚷】遵本字。見〔正字通〕。

【卲】古弼字。見〔玉篇〕。〔與邑部邲義別。〕

五畫

【卵】晉管切音懇旱韻

(一)凡物無乳者｜生。見〔說文卵部〕。〔案、鳥｜也。今亦謂之蛋。正字通云。本作卝。蓋依篆當如是。〕

(二)外腎也。〔難經〕足厥陰氣絕。卽筋縮。引｜與舌卷。〔案｜謂睾丸。〕

(三)｜覈。撫育之也。〔左哀十六年傳〕子西曰。勝如｜。余翼而長之。

(四)大也。〔禮記內則〕｜鹽大鹽也。

(五)古作丸。〔呂覽本味〕有鳳之丸。〔注〕丸古｜字。

【卵】古門切音鯤元韻

魚子。〔禮記內則〕濡魚｜醬實蓼。

【卵】子禮切音濟薺韻 邸京切音卿庚韻

事之制也。从卩从凡。凡｜之屬皆从｜。闕。見〔說文卵部〕。〔段注〕此闕、謂闕其音也。〔案｜、䘏籍或作卯、卯。又或與卵生字挸。茲從段本。〕

【𨚛】兵媚切音祕寘韻

宰之也。見〔說文〕。〔段注〕未聞。蓋謂主宰之也。主宰之則制其必然。故从必。〔按與邑部邺異。〕

【卲】時饒切音韶蕭韻 時照切音劭嘯韻

高也。从卩。召聲。見〔說文〕。〔按从力之劭、訓勉。从邑之邵、邑名。俱與｜別。或誤挸。當辨。〕

【卽】同卽。〔玉篇〕卽。今作｜。

【卸】俗卻字。見〔廣韻〕。

六畫

【卷】逵員切音權先韻

(一)厀曲也。見〔說文〕。〔段注〕｜之本義也。引伸爲凡曲之偁。

(二)曲也。〔詩卷阿〕有｜者阿。

(三)區也。〔禮記中庸〕一｜石之多。

(四)｜婁。猶拘攣也。〔莊子徐无鬼〕有｜婁者。

(五)大｜。黃帝樂名。〔周禮大司樂〕舞雲門大｜。

(六)又作拳。〔禮記檀弓〕執女手之｜

然。〔釋文〕｜。本又作拳。
㊆又作婘。好貌。〔詩澤陂〕有美一人。碩大且｜。〔釋文〕｜。本又作婘。
㊇通惓。謹也。懇也。〔漢書賈捐之傳〕敢昧死竭｜｜。

【卷】驅圓切音棬先韻
㊀縣名。〔漢書周勃傳〕周勃。其先｜人也。〔漢屬河南郡。今河南原武縣西北。〕
㊁冠武。見〔集韻〕。〔案玉藻。玄冠縞武。鄭注。武。冠｜也。此卽集韻所本。〕

【卷】古倦切音眷霰韻
㊀曲也。見〔廣韻〕。
㊁書卷。今作｜。又作劵。〔法言學行〕一｜之書。必立之師。〔通訓定聲〕云。古冊竹木爲之。非如今紙寫可捲舒者。自當從刀契之義爲劵。〕
㊂士子應試書文之紙曰｜。〔宋史選舉志〕凡發解舉人。合格試｜姓名。類申禮部。
㊃公牘之分類編次成帙者曰｜。〔金史高術傳〕每季選人至吏部。〔託以檢閱什籍。謂之檢｜。
㊄｜施。草名。〔爾雅釋草〕｜施草。拔心不死。〔注〕宿莽也。

【卷】古轉切音上聲銑韻〔案玉篇。或作𢍏。又作㡾。廣韻云。舒｜之｜。俗作捲。〕
㊀屈也。〔淮南本經〕屈縮｜舒。
㊁束也。〔淮南兵畧〕旗不解｜。
㊂猶收也。〔儀禮公食大夫禮〕有司｜三牲之俎歸于賓。
㊃屈取也。〔淮南兵略〕南｜沅湘。
㊄猶斷絕也。〔史記蘇秦傳〕我舉安邑。塞女戟。韓氏太原｜。
㊅菩｜。古隱士。〔莊子讓王〕舜以天下讓菩｜。〔釋文〕｜、吞勉反。居阮反。又音吞。李云。姓菩、名｜。
㊆｜舌。星名。〔漢書劉向傳〕客星見昴｜之間。
㊇｜耳。草名。〔詩卷耳〕采采｜耳。

卷耳圖

【卷】古本切音袞阮韻
同袞。〔禮記王制〕三公一命｜。天子｜冕。

【卸】四夜切寫去聲禡韻
㊀舍車解馬也。从卩止。午聲。讀若汝南人寫書之寫。見〔說文〕。〔注〕午。馬也。故从午。
㊁落也。〔復齋漫錄〕侯花凋｜。卽以酥煎食之。
㊂今人臨事卻退、舟次出裁、軍將免胄、行者釋僚、皆曰｜。見〔正字通〕。
㊃近世職官解任曰｜任。委員去差亦曰｜差。
㊄｜貨。日本語。專營大宗批發之商業者也。亦單稱｜。

【卹】辛律切音戌質韻〔俗從卩。誤。〕
㊀憂也。从血。卩聲。一曰鮮少也。見〔說文〕。
㊁｜者。閭府庫振救之。〔周禮典瑞〕以｜凶荒。
㊂｜然。憂恐貌。〔文選枚乘七發〕則｜然足以駭矣。
㊃｜削。刻除貌。〔史記司馬相如傳〕揚袘｜削。
㊄凡爲國捐軀、因而賜之、曰｜賞。追贈官階、曰｜典。
㊅亦作恤。〔詩羔裘序〕不｜其民也。〔釋文〕｜。本亦作恤。
㊆亦作郄。〔周禮典瑞注〕｜彼玉瓚。〔釋文〕｜。本亦作郄。

【卹】蘇骨切音窣月韻
搔摩也。〔禮記曲禮〕以策彗｜勿。

【卶】施智切施去聲寘韻敞尒切音侈紙韻
有大慶也。見〔說文〕。〔段注〕慶。各本作度。今依廣韻正。

【却】俗卻字。見〔正字通〕。

【巹】巹譌字。見〔正字通〕。〔案合𧯠字當从豆。禮、假借巹爲之。正韻以从巳之巹爲俗。是而謂从丞从卩作｜。非。己部巹互詳。〕

七畫

【卻】乞約切羌入聲藥韻
㊀節欲也。从卩。谷聲。見〔說文〕。〔通訓定聲〕與从邑之郤別。
㊁退也。〔國策秦策〕怒戰慄而｜。
㊂讓也。見〔廣雅釋詁〕。
㊃止也。見〔增韻〕。
㊄隙閒也。〔禮記曲禮〕相見于｜地曰會。〔注〕｜。閒也。
㊅息也。〔莊子天道〕今吾心正｜矣。

(七)仰也。〔儀禮士昏禮〕啟會—于敦南。〔注〕—。仰也。謂仰於地。

(八)還也。〔李商隱詩〕—話巴山夜雨時。

(九)不受也。〔孟子萬章〕—之爲不恭。

(十)不用也。〔呂覽知接〕無由接固—其忠言。

(十一)退而卑之也。〔漢書爰盎傳〕盎引—愼夫人座。

(十二)語已辭。〔耳目記〕甲仗總拋—。

(十三)—行。螾衍之屬。〔考工記梓人〕—行仄行。

【卼】五忽切音兀月韻

危也。〔易困〕上九。困于葛藟。于臲卼。—。〔韻會〕或作伉。古文作倪伉。

【卸】魚據切音御御韻

理也。進也。見〔釋典〕。

【𠨗】香衣切音希微韻

骨節閒也。見〔集韻〕。〔案正字通謂六書卩部無—。即郗之譌。〕

【卽】節力切音稷職韻〔今作即〕

(一)—食也。从皀卩聲。見〔說文皀部〕。〔段注〕—當作節。節食者。檢制之使不過。故凡止於是之詞謂之—。凡見於經史言—、皆是也。卩、節、古通也。

(二)舍也。見〔廣韻〕。

(三)就也。〔易屯〕—鹿無虞。

(四)從也。〔易訟〕復—命。〔疏〕—。從也。

(五)至也。〔素問氣交變大論〕其眚—也。

(六)近也。〔公羊宣元年傳〕不—人心。

(七)半也。見〔方言〕。

(八)只也。〔正字通〕—此只此也。

(九)猶或也。〔國語越語〕無乃—傷君王之所愛乎。

(十)猶若也。〔漢書西南夷傳〕—以爲不毛之地。無用之民。

(十一)猶言—今也。〔史記項羽紀〕項羽—日因留沛公與飲。〔按俗云—刻—時本此義〕。

(十二)猶言—是也。〔左襄八年傳〕非其父兄。—其子弟。

(十三)——。充實也。〔漢書禮樂志〕磑磑——。〔又〕鳳鳴聲也。〔論衡講瑞〕雄鳴曰——。

(十四)燭炬之燼。〔管子弟子職〕右手執燭。左手正櫛。〔檀弓注引櫛作—〕。

(十五)通作則。〔漢書王莽傳〕則時成創。〔注〕則時猶—時。

(十六)—墨。齊地。隋置爲縣。即今山東—墨縣。

(十七)姓也。〔廣韻〕風俗通有單父令—費。又、漢複姓有—墨成。

【𠨧】古怨字。見〔集韻〕。

【𠨜】同卼。見〔廣韻〕。

九畫

【鄂】逆各切音諤藥韻

口中上鄂也。見〔集韻〕。〔按與从邑作鄂者別。〕

十畫

【卿】丘京切音輕庚韻〔今通作卿。或作卿、卿、卿、卿。竝非。舊字書列九畫。謬。〕

(一)章也。六—。天官冢宰。地官司徒。春官宗伯。夏官司馬。秋官司寇。冬官司空。从卯皀聲。見〔說文卯部〕。〔段注〕皀下曰。又讀若香。—字正从此讀爲聲也。〔案漢置正—九。清亦置六部九—。民國三年、置國務—一人。位在各部總長上。〕

(二)長也。〔語子罕〕論出則事公—。

(三)君也。見〔廣雅釋詁〕。

(四)交友相稱曰—。〔世說新語〕王太尉不與庾子嵩交。庾—之不置。王曰、君不得爲爾。

(五)親愛之稱。〔世說新語〕王安豐婦常—安豐。安豐曰、婦人—婿。於禮爲不敬。後勿復爾。婦曰、親—愛—。是以—。我不—。誰當—。〔按後世惟夫對於婦。或用—稱。〕

(六)君呼臣也。〔韻會〕秦漢以來君呼臣以—。

(七)敵體相呼也。〔韻會〕敵體相呼亦爲—。蓋貴之也。隋唐以來儕輩下己則稱—。故宋璟—呼張易之。

(八)—老。上—也。〔禮記曲禮〕國君不名—老世婦。

(九)諸侯執政之臣也。〔禮記王制〕大國三—。小國二—。

(十)三正一長曰—。見〔周書武順〕。

(十一)張官設府謂之—大夫。〔孝經〕此—大夫之孝也。

(十二)—雲。瑞雲也。〔史記天官書〕若烟非烟。若雲非雲。郁郁紛紛。蕭索輪囷。是謂—雲。

(十三)—子。時人相褒歎之辭。〔漢書高帝紀〕—子冠軍。

⑭姓也。〔風俗通〕虞—之後。

【卽】子卽切音卽職韻　久也。見〔字彙補〕。

【卷】卷本字。〔六書正譌〕厀曲也。借作舒卷字。本平聲。俗作捲。非。

十一畫

【厀】息七切音悉質韻　脛頭卩也。見〔說文〕、〔段注〕—者。在脛之首股與腳閒之卩也。〔集韻〕或作𦡚、膝。

【餕】子悶切音畯願韻　危也。見〔字彙補〕。

十二畫

【聊】力昭切音遼蕭韻　山名。見〔集韻〕。

十六畫

【䙴】同遷。〔漢書律曆志〕周人—其行序。〔注〕—。去也。

※十部※

【十】寔入切音拾緝韻　〔案陸游老學庵筆記云。唐宋人詩詞有作平聲讀若諶者。〕

①數之具也。一爲東西。丨爲南北。則四方中央備矣。見〔說文〕。

②一加九之數。〔易繫辭〕天九地—。

③陰數也。見〔太玄事〕—年不誨〔注〕。

④軍中伍什之長也。〔管子七法〕兵也者。善於地圖。謀—官。〔注〕軍之部置。—官必伍什則有長。故曰—官。

⑤觟坼也。〔晉書何曾傳〕蒸餅上不坼作—字、不食。

⑥歐洲基督教之徽幟。〔又〕紅—字會。拯治戰時傷兵者。

⑦近世公牘帳簿記數通作拾。

⑧通什。〔漢書谷永傳〕天所不饗什倍於前。

一畫

【千】倉先切音阡先韻

①十百也。見〔說文〕。

②—眠。光色盛貌。〔文選陸機賦〕凊麗—眠。

③佛經有—世界。〔華嚴經〕有—世界名曰小—世界。中—世界。大—世界。此三—大世界之中有百億須彌山。

④同阡。〔管子四時〕正—伯。〔注〕—伯、卽阡陌也。

⑤姓也。見〔萬姓統譜〕。〔又〕複姓。漢有—乘氏。見〔廣韻引何氏姓苑〕。

【卂】思晉切音信震韻　疾飛也。从飛而羽不見。見〔說文卂部〕〔段注〕孔部、迅从—。

【卄】入執切音入緝韻　二十并也。今直爲二十字。見〔玉篇〕。〔說文本作廿。集韻韻會、竝從同。惟玉篇作—。廣韻云、今作—。〕

二畫

【協】歷德切音勒職韻

①材十人也。从十力。力亦聲。見〔說文〕。

②功大。見〔廣韻〕。

【升】書蒸切音陞蒸韻

①十合也。从斗。亦象形。見〔說文斗部〕。〔按漢書律曆志〕—者、登合之量也。古—上徑一寸。下徑六分。其深八分。龠十爲合。合十爲—。民國三年三月頒布權度條例。營造尺庫平制。十勺爲合。十合爲—。萬國權度通制。十新撮爲一新勺。十新勺爲一新合。十新合爲一新—。

②登也。〔易坎〕天險不可—也。

③上也。〔禮記禮器〕因名山—中于天。

④出也。〔詩天保〕如日之—。

⑤成也。〔禮記樂記〕男女無辨則亂—。

⑥獻也。〔呂覽孟夏〕農乃—麥。〔畢沅云〕月令—作登。舊本作收。

⑦進也。見〔集韻〕。〔今謂學生進級曰—級、班官吏進階曰—任、—官〕。

⑧猶隆也。〔書畢命〕道有—降。〔注〕猶言有隆有汙也。

⑨兩匊謂之—。見〔小爾雅量〕。

⑩民有三年之儲曰—平。〔漢書梅福傳〕—平可致。

⑪卦名。巽下坤上。〔易〕地中生木。—。

⑫布八十縷爲—。〔禮記雜記〕朝服十五—。

⑬—甂。小瓷也。〔方言〕瓷其小者謂

之—頸。

⑭ —汞。以水銀等品製成之毒藥。俗曰—丹。

⑮ 姓也。南北朝時有—元。見〔何氏姓苑〕。

【午】 疑古切音五麌韻

① 牾也。五月陰氣牾逆陽。冒地而出也。象形。此與矢同意。見〔說文午部〕。

② 太歲在—曰敦牂。見〔爾雅釋天〕。

③ 日辰名。日中爲—。卽今云午前十一小時十二小時也。

④ 逆也。〔禮記哀公問〕—其眾以伐有道。

⑤ 作也。見〔廣雅釋言〕。

⑥ 忤也。見〔淮南天文〕。

⑦ 交也。見〔玉篇〕。

⑧ 縱橫也。〔儀禮特牲饋食禮〕心舌皆去本末。—割之。〔注〕縱橫割也。

⑨ 旁—。分布也。〔漢書霍光傳〕受璽以來。二十七日使者旁—。

⑩ 舛—。違背也。〔漢書劉向傳〕朝臣舛—。膠戾乖剌。〔注〕言志意不和。各相違背也。

⑪ 𧰕—。雜沓也。〔漢書劉向傳〕水旱飢蝗。𧰕—共起。

⑫ —火也。其禽馬也。見〔論衡物勢〕。

⑬ 通五。見〔周禮壺涿氏注〕。

⑭ 通迕。見〔禮記哀公問釋文〕。

⑮ 姓也。見〔何氏姓苑〕。

【卅】 悉盍切音颯合韻

三十幷也。〔廣韻〕說文云。卋三十。今作—。直爲三十字。〔互詳卋字〕。

【廿】 入執切音入緝韻 〔俗讀若念。非。〕

二十幷也。古文省多。見〔說文〕〔段注〕省多者省作二十兩字爲一字也。古文—。仍讀二十兩字。秦碑小篆則維廿六年、維廿九年、卅有七年、皆讀一字。以合四言。至唐石經、二十皆作廿。三十皆作卅。則仍讀爲二十三十矣。〔廿字互詳〕。

【卄】 古疾字。見〔集韻〕。

【卆】 卒譌字。見〔篇海〕。

三畫

【半】 博漫切音絆翰韻

① 物中分也。从八牛。牛爲物大。可以分也。見〔說文半部〕。

② 中也。〔史記曆書〕夜—朔旦冬至。

③ 微端也。見〔墨子經說〕。

④ 太—。三分之二也。〔史記項羽紀〕漢有天下太—。〔注〕韋昭曰。凡數三分有二爲太—。一爲少—。

⑤ 謂偏枯。〔呂覽別類〕可以爲—。

⑥ 月—。望也。〔書胤征疏〕當月之中。日月相望。故以月—爲望。

⑦ —子。塔也。〔唐書回紇傳〕令塔—子也。

⑧ 五升器也。〔漢書項籍傳〕卒食—菽。

⑨ —臂。短袂衣也。〔唐書元宗王皇后傳〕陛下獨不念阿忠脫紫—臂易斗麪爲生日湯餅邪。〔案劉孝孫事原云。隋大業中內官多服—除。卽今之長袖也。唐高祖減其袖。謂之—臂。則唐初已有其制。〕

⑩ 州名。〔資治通鑑〕晉咸康五年庾亮表弟懌爲梁州刺史鎭—州。〔故城在今江西九江縣西九十里。〕

⑪ —地。國名。〔唐書南蠻傳〕驃國屬邦十八。—地其一也。〔案驃卽古朱波。在永昌南二千里。地當今緬甸境。〕

⑫ —島。陸地突出海中作角形者。如朝鮮、印度、阿剌伯爲亞州三大—島。

⑬ 姓也。見〔何氏姓苑〕。

【半】 普半切音泮翰韻

大片也。〔漢書李陵傳〕令軍士人持二升糒。一—冰。〔注〕如淳曰。—讀片。師古曰。—讀曰判。判。大片也。

【朩】 精里切濟上聲紙韻

止也。从朩盛而一橫止之也。見〔說文朩部〕。

【夅】 倉沒切音撥月韻

猝急也。見〔字彙補〕。

【丰】 古保字。見〔篇海〕。

【丗】 同世。見〔字彙補〕。

【卉】 卉俗字。見〔正字通〕。

四畫

【卌】 息入切音習緝韻

① 四十也。〔廣韻〕說文云。數名。今直以爲四十字。〔說文林部無下云。卌。數之積也。案卽廣韻所本卌篆不見於本書也。〕

(□)插糞杷。見〔廣韻〕。

【卉】詡鬼切諱上聲尾韻許貴切諱去未韻

(一)艸之總名也。从艸屮。見〔說文艸部〕。

(二)艸也。東越揚州之間曰—。見〔方言〕。

(三)衆也。見〔廣雅釋詁〕。

(四)赤—。草木萌芽也。〔太玄䆞〕赤—方銳。

(五)古文作芔。〔漢書司馬相如傳〕糾蓰芔歙。〔注〕芔古—字。

(六)姓也。見〔何氏姓苑〕。

【卅】悉合切音颯合韻〔今作卅〕。

(一)三十幷也。古文省。見〔說文卅部〕。

(二)滇人謂貝八十枚爲一—。見〔稗史〕。

【𠦄】卜失切音必質韻

出氣聲也。見〔字彙補〕。

【丕】攀悲切音邳支韻

同丕。〔集韻〕丕。說文大也。或从十。

【𠦒】北官切音般寒韻

同華。粟㹅器名。又姓。見〔字彙補〕。

【𠦃】同本。見〔玉篇〕。

【𠦅】同年。見〔字彙補〕。

【𠦆】同亥。見〔說文亥部〕。

【仐】本俗字。見〔正字通〕。

【卍】梵體萬字。〔翻譯名義〕熏聞曰。志誠纂要云。梵云室利靺瑳。此云吉祥海雲。如來胸臆有大人相。形如卍字。名吉祥海雲。華嚴音義云。案—字本非是字。大周長壽二年。主上權制此文。著於天樞。音之爲萬。謂吉祥萬德之所集也。經中上下。據漢本總一十七字。同呼爲万。依梵文有二十八相云云。

五畫

【𠦍】北潘切音般寒韻璧吉切音必質韻

箕屬。所以推糞之器也。象形。見〔說文𠦍部〕。〔段注〕此物有柄。中直象柄。上象其有所盛。持柄迫地。推而前。可去穢。納於其中。箕則無柄而受穢一也。故曰箕屬。

【夲】同丕。〔漢祝睦碑〕—訓其仁。

【𠦉】俗叔字。見〔玉篇〕。

六畫

【𠀎】古勇切音拱腫韻

(一)同巩。〔集韻〕巩。說文、褒也。或从手。亦作—。

(二)亦作巩。見〔廣韻〕。

【卑】賓彌切音碑支韻

(一)賤也。執事者。从𠂇甲。見〔說文𠂇部〕。〔段注〕古者尊又而—𠂇。故从𠂇在甲下。甲象人頭。

(二)下也。〔易繫辭〕天尊地—。

(三)低也。〔左昭三十二年傳〕計丈數。揣高—。

(四)小也。〔左僖二十二年傳〕公—邾。

(五)微也。〔國語周語〕王室其將—乎。

(六)猶近也。〔穀梁僖十五年傳〕德薄者流—。

(七)柔弱也。〔文選宋玉賦〕順序—調心腸。

(八)謙下也。〔荀子脩身〕—溼重遲貪利。

(九)—者、陷也。見〔鬼谷子摩〕。

(十)—其才德薄也。〔左昭二十五年傳〕語—宋大夫。

(十一)—陬。愧懼貌。〔莊子天地〕子貢—陬失色。

(十二)謂子弟之屬。〔禮記喪服小記〕養—者否。

(十三)謂澤也。〔禮記樂記〕—高已陳。〔注〕—高謂山澤也。

(十四)鮮—。通古斯民族之一種。〔後漢鮮卑傳〕鮮—者。依鮮—山因以爲號焉。〔按漢初、鮮—爲匈奴冒頓所破。走遼東塞外。後漢和帝時。漢兵破北單于。鮮卑徙居其地。勢漸盛。幷有匈奴故地。南北朝以後。乃就衰落。或謂今黑龍江、吉林西北之錫伯部。寔其後裔。蓋鮮—音轉爲錫伯。卽西北利亞、亦鮮—音轉云。〕〔又〕帶名。〔楚辭大招〕小腰秀頸。若鮮—只。

(十五)州名。唐置。屬關內道。當今甘肅寧夏縣境。

(十六)同裨。〔荀子禮論〕—絻黼黻文織。〔注〕—絻與裨冕同。

(十七)姓也。〔廣韻〕蔡邕胡太傅碑、有太傅椽鴈門—整。

【𠦎】頻彌切音陴支韻

傾也。見〔集韻〕。

【卑】并弭切音彼紙韻部禮切音陛薺韻

(一)同俾。使也。〔荀子宥坐〕—民不迷。

(二)同庳。〔周禮輪人〕上欲尊而宇欲—。

【卑】　毗至切音鼻寘韻

地名。〔漢書鄒陽傳〕封之於有—。

【卒】　臧沒切音猝月韻

(一)本作卒。〔說文衣部〕隸人給事者爲卒。古以染衣題識。故从衣一。〔正字通〕云舊本以卆爲俗字。不知卒爲—本字。卆皆俗書也。
(二)士也。〔國策秦策〕而—不上。
(三)衆也。〔莊子秋水〕人—九州穀食之所生。
(四)猶聚也。〔禮記王制〕三十國以爲—。
(五)步兵也。〔左隱元年傳〕具—乘。
(六)百人爲—。見〔周禮夏官序官〕。
(七)二十五人之帥。〔周書武順〕—必力。
(八)民戶三百家。〔國語齊語〕三十家爲邑。邑有司。十邑爲—。—有—帥。
(九)行鞭也。見〔玉篇〕。

【卒】　蒼沒切音倅月韻

(一)暴也。〔漢書趙充國傳〕則亡以應—。
(二)急也。〔漢書杜欽傳〕—搖易之則民心惑。
(三)—匆遽也。〔漢書司馬遷傳〕——無須臾之間。

【卒】　即聿切音啐質韻

(一)終也。〔書舜典〕—乃復。
(二)盡也。見〔爾雅釋詁〕。
(三)已也。〔儀禮士冠禮〕—醮。
(四)止也。〔禮記奔喪〕三日五哭—。
(五)既也。見〔爾雅釋言〕。
(六)後也。〔孟子盡心〕—爲善士。
(七)竟也。〔詩漸漸之石〕維其—矣。
(八)斯也。〔史記曆書〕雞三號—明。
(九)死也。〔禮記曲禮〕壽考曰—。
(十)猶云畢也。今學校畢業亦曰—業。
(十一)倉—也。〔史記平準書〕隴西守以行往—。

【卒】　同倅。副貳也。〔禮記燕義〕庶子官職諸侯卿大夫士之庶子之—。

【卓】　側角切音涿覺韻

(一)卓古文。〔說文匕部〕卓高也。早匕爲—。匕卪爲卬。皆同義。〔段注〕匕同比。早比之則高出於後比之者矣。漢隸及今隸从卜。用古文而小篆廢矣。
(二)遠也。〔法言先知〕其子不膠者—矣。
(三)明也。見〔廣雅釋詁〕。
(四)立貌。〔論語子罕〕如有所立—爾。
(五)高遠也。〔漢書劉輔傳〕必有—詭切至。
(六)植立也。〔傳燈錄〕志公之錫。遂—於山巔。
(七)獨化之謂也。〔莊子大宗師〕而況其—乎。
(八)十日卜爲—。見〔續漢書五行志〕。
(九)几案也。今作桌。詳棹字。
(十)——。高貌。〔玉篇〕卓卓高貌也。今作—。
(十一)—犖。殊絕也。〔後漢班固傳〕—犖乎方州。
(十二)—躒。絕異也。〔文選孔融傳〕英才—躒。
(十三)—鷔。行不平也。〔莊子在宥〕天下始喬詰—鷔。
(十四)州名。唐置。屬劍南道。當今四川茂縣境。
(十五)同踔。〔莊子秋水〕吾以—足跉—而行。
(十六)姓也。〔廣韻〕蜀有—王孫。

【協】　檄頰切音挾葉韻

(一)同衆之龢也。从劦十。見〔說文劦部〕。〔段注〕十。衆也。〔案日本所云—贊。—商幾均由此。〕
(二)合也。〔書堯典〕—和萬邦。
(三)同也。〔國語周語〕紀農—功。
(四)服也。見〔爾雅釋詁〕。
(五)和說也。〔呂覽長利〕—而耰。遂不顧。
(六)助也。如云—辦。—濟之類。
(七)太歲在未曰—洽。見〔爾雅釋天〕。〔按史記曆書作汁洽。天官書作叶洽。〕
(八)州名。唐置。屬劍南道。當今四川珙縣西南。
(九)通汁。〔方言〕—。汁也。自關而東曰—。自關而西曰汁。
(十)亦作叶。旪。〔韻會〕—。古作叶。从口十。亦作旪。从日从十。〔案叶見周禮大史—事注。許以古文錄之。段氏云。十口所同。亦同衆之意。〕

【卌】　古庶字。見〔漢孔和碑〕。

【[illegible]】　古支字。見〔說文支部〕。

【卌】　同卌。見〔字彙補〕。

【𠡦】　同年。武則天製。見〔大周泰

山碑。〕〔唐史作乖。〕

【𠦴】 同兵。見〔說文長箋〕。

七畫

【南】 那含切音男覃韻

(一)艸木至。─方有枝任也。从𣎳。羊聲。見〔說文𣎳部〕。〔段注〕此亦脫誤。當云、─任也。與東動也一例。云艸木至。─方者。猶云艸木至夏也。有枝任者。謂夏時艸木暢楙。丁壯有所枝格任𢧀也。故从𣎳。案古─男二字相假借。

(二)任也。〔漢書律曆志〕太陽者。─方。─任也。陽氣任養物。於時爲夏。

(三)火方。見〔廣韻〕。

(四)君也。〔國語周語〕鄭伯。─也。〔注〕─面君也。

(五)─夷之樂。〔詩鼓鐘〕以雅以─。

(六)荆揚也。〔詩泮水〕大賂─金。

(七)猶鶩也。〔方言〕東齊海岱之閒謂之鷇─。─猶鷇也。

(八)─朝。宋齊梁陳之統稱。起民國紀元前一千四百九十一年。訖一千百二十四年。其史稱─史。

(九)雙─。金也。〔范仲淹賦〕雙─之價彌高。

(十)州名。唐置。屬劍─道。當今四川─溪縣境。〔又〕─呂縣。古亦稱爲─州。

(十一)─洋。馬來群島及大洋洲一帶之稱。

(十二)南京。都名。明太祖都江寧。曰應天府。成祖遷都燕京。遂定應天爲南京。今爲江蘇省會。附郭縣曰江寧。清咸豐八年。天津條約議開爲商埠。然不果行。至光緒二十三年。自行開爲商埠。准外人互市。僅下關一隅也。

(十三)姓也。〔廣韻〕魯大夫─遺。

(十四)和─。釋氏作禮也。〔翻譯名義〕合掌作禮曰和─。

(十五)─無。梵語。歸依信仰之意。

八畫

【𦙶】 同肸。見〔字彙補〕。

九畫

【卙】 郎入切音嚛緝韻

(一)──。盛也。汝南名蠶盛曰─。見〔說文〕。

(二)會聚也。見〔廣韻〕。

【𠦻】 籍入切音集緝韻

詞之集也。見〔說文〕。〔段注〕此下當有詩曰辭之─矣六字。蓋詩作─。許以集解之。今毛詩作輯。傳作輯和也。許所偁蓋三家詩。

【𠦬】 呼物切音㷍物韻呼貴切音諱未韻

疾也。从本卉聲。見〔說文本部〕。

【𠦒】 公懷切音乖佳韻

背呂也。象脅肋形。見〔說文𠦒部〕。〔段注〕呂下曰。脊骨也。猶俗云背脊也。玉篇云。俗作乖。按俗作乖。當在从─部𠦒字注中。〔按舊注云。與古文手字異。手字古文作𠦒。有剔。此無剔。〕

十畫

【博】 伯各切音餺藥韻

(一)大通也。从十尃。尃。布也。亦聲。見〔說文〕。

(二)大也。〔詩泮水〕戎車孔─。

(三)廣也。〔考工記冶氏〕是故倨句外─。

(四)衆也。〔荀子議兵〕和─而一。

(五)普也。見〔增韻〕。

(六)平也。〔楚辭招魂〕倚沼畦瀛兮遙望─。

(七)貿易也。古琴曲有不─金。見〔韻會〕。

(八)心之飾也。〔莊子繕性〕─溺心。

(九)觀異書爲─。〔莊子知北游〕且夫─之不必知。

(十)多聞曰─。見〔荀子脩身〕。

(十一)通士也。國之尊也。見〔新序雜事〕。

(十二)戲術也。〔後漢梁冀傳〕能挽滿、彈棊、六─、意錢之戲。〔注〕楚辭王逸注云。投六箸行六棊。故云六─。鮑宏─經云。用十二棊。六棊白。六棊黑。所擲頭謂之瓊。瓊有五采。刻爲一畫者謂之塞。刻爲兩畫者謂之白。刻爲三畫者謂之黑。一邊不刻者、五塞之間謂之五塞。〔世稱賭─之義本此。說文作簙。〕

(十三)─貫。究極深幽也。〔後漢章帝紀〕─貫六蓺。

(十四)凡取于人曰─取。見〔說文通訓定聲〕。〔世稱─徼、─笑。均此義。〕

(十五)─士。秦漢官名。今外國學位有─士。其語本以稱賢。後乃馳稱各科學者。英文 Doctor。

⑯石名。〔山海經南山經〕漆吳之山多—石。

⑰州名。唐置。屬河北道。今山東聊城縣西北十五里。〔又〕縣名。漢置。屬泰山郡。今山東泰安縣東南。

⑱水名。今名界河。源出直隸望都縣境。東流逕清苑及安州界。與方順河合。

⑲姓也。古有—勞。善相馬。見〔廣韻〕。

十一畫

【[illegible]】烏括切音斡韻

—轉也。亦作斡。見〔字彙補〕。〔按舊注云即斡字之譌〕。

【[illegible]】古師字。見〔說文帀部〕。

【[illegible]】古革字。見〔說文革部〕。

【[illegible]】古車字。見〔集韻〕。

【[illegible]】俗準字。見〔正字通〕。

十三畫

【[illegible]】章俱切音朱虞韻

鄉名。見〔集韻〕。

十六畫

【[illegible]】古敦字。見〔篇韻〕。

十七畫

【[illegible]】古亂字。見〔集韻〕。

十九畫

【[illegible]】古亂字。見〔集韻〕。

【[illegible]】古舉字。見〔韻會〕。

二十四畫

【[illegible]】同壞。亦作[illegible]。見〔字彙補〕。

※卜　部※

【卜】博木切音樸屋韻

①灼剝龜也。象灸龜之形。一曰象龜兆之縱橫也。見〔說文〕。

②擇也。〔呂覽畢難〕—相曰、成與璜孰可。

③赴也。〔周禮春官序官疏〕—赴也。赴來者之心故曰—。

④予也。〔詩天保〕君曰—爾。

⑤猶術也。〔史記日者傳〕試之—數。

⑥大—。周官名。見〔周禮春官〕。

⑦姓也。孔子弟子—商。

二畫

【卝】古患切音慣諫韻

①幼稚也。〔詩甫田〕總角卝兮。〔校勘記〕唐石經作—。按各本皆誤。唐石經是也。

②總角也。見〔廣韻〕。

【卝】胡猛切音澋梗韻

①古文礦。周禮有—人。見〔說文石部〕。

②金玉未成器者。〔周禮卝人注〕—之爲言礦也。金玉未成器曰—。

【卞】皮變切音弁霰韻

①法也。〔書顧命〕率循大—。

②躁疾也。〔左定三年傳〕邾莊公—急而好潔。

③手搏爲—。〔漢書哀帝紀贊〕時覽—射武戲。

④縣名。〔括地志〕兗州泗水縣。本漢—縣地。〔即今山東泗水縣治〕。

⑤通弁。〔左昭九年傳〕豈如弁髦而因以敝之。〔釋文〕弁又作—。

⑥姓也。〔廣韻〕姓出濟陰。本自有周曹叔振鐸之後。曹之支子。封於—。遂以建族。

【卞】蒲官切音槃寒韻

同般。〔集韻〕般樂也。或作—。通作槃。

三畫

【卟】堅奚切音雞齊韻

①卜以問疑也。見〔說文〕。

②考也。或作乩。通稽。見〔集韻〕。

【[illegible]】遣禮切音啟薺韻

卜問也。見〔集韻〕。

【占】之廉切音詹鹽韻

①視兆問也。見〔說文〕。

②瞻也。見〔廣雅釋詁〕。

③候也。〔後漢段熲傳〕上—天心。不

爲災傷。
㊃驗也。〔荀子賦〕請—之五泰。
㊄視也。〔方言〕凡相竊視、南楚或謂之—。自江而北凡相候謂之—。
㊅問也。〔漢書韓安國傳〕發政—古語。
㊆數也。〔史記五帝紀〕幽明之—。
㊇度也。〔漢書敘傳文〕皆—數于長安。
㊈隱度也。〔爾雅釋言〕隱—也。〔疏〕—者視兆以知吉凶也。必先隱度。故曰隱、—也。
㊉自隱度而言也。〔文選張衡賦〕—水火而妄訊舊。
⑪自隱度而應募爲—募。〔文選鮑昭樂府〕—募到河源。
⑫極數知來之謂—。見〔易繫辭〕。
⑬口述其事令人書之曰口—。〔後漢陳遵傳〕遵嘗召善書吏于前。治私書謝親故。遵憑几口—書數百封。親疏各有意。
⑭州名。唐置。屬劍南道。今四川茂縣。
⑮—人。官名。〔周禮春官序官〕—人。〔注〕—蓍龜之卦兆吉凶。
⑯姓也。〔廣韻〕陳大夫子—之後。

【占】章豔切音佔豔韻
㊀固也。見〔廣韻〕。
㊁有也。〔韓愈文〕—小善者率以錄。
㊂固有也。見〔集韻〕。
㊃擅據也。見〔增韻〕。
㊄著位也。〔王安石詩〕坐—白鷗沙。
㊅猶守也。〔後漢楚王英傳〕—護其妻子。
㊆自歸首也。〔後漢明帝紀〕欲自—者人一級。
㊇獄訟之辯曰—。見〔漢書昭帝紀注〕。
㊈—有。對於物有管領力也。民法。不問物之所有權誰屬。但事實上有管領力。無論直接或代理。皆得爲—有。與強—、據、不同。

【卡】從納切音雜合韻〔按今讀若茄上聲〕
㊀兵—也。〔字彙補〕楚屬、關隘地方。設兵立塘謂之守—。
㊁稅—也。清咸豐間洪楊之役。軍餉不繼。設—征商。又稱釐—。謂止抽取分釐也。此制行之至今。
㊂—倫。西北邊鄙駐守兵士之處所也。或簡稱曰—。

【卡】楚嫁切音汊禡韻
粵俗以路之險隘曰—。見〔觚賸〕。

【冋】同剝。見〔集韻〕。

四畫

【攴】居陵切音矜蒸韻
骨朽之餘。見〔五音篇海〕。〔舊注〕云。即歺字之譌。

【虍】同虔。見〔釋典〕。

【卡】同弄。見〔海篇〕。

五畫

【卣】夷周切音由尤韻以九切音酉有韻
㊀本作卣。〔說文卣部〕艸木實垂卣卣然。象形。〔段注〕卣之隸變爲—。如許說則木實者其本義。叚借爲中尊字也。
㊁中尊也。〔書文侯之命〕用賚爾秬鬯一—。〔按爾雅疏引孫炎云。尊彝爲上。罍爲下。—居中。郭云不大不小者。是在罍彝之間。〕

卣

罍

㊂亦作脩。〔周禮鬯人〕廟用—。〔注〕鄭司農云。脩讀曰—。

【卲】之笑切音照嘯韻市沼切音紹篠韻時饒切音韶田聊切音迢蕭韻
卜問也。見〔說文〕。〔段注〕疑此即後人杯珓字。後人所增。

【卤】昌石切音尺陌韻
姓也。見〔廣韻〕。

【卢】邦則切音伯陌韻
地名。見〔字彙補〕。

【卥】西籀文。見〔說文西部〕。

【𠧧】同西。見〔字彙補〕。

六畫

【卦】古賣切音挂卦韻
㊀所以筮也。見〔說文〕。〔注〕筮而畫之。三變而成畫。六畫而成卦。
㊁象也。〔易說卦〕觀變於陰陽而立—。
㊂兆也。見〔玉篇〕。
㊃化也。見〔廣雅釋詁〕。
㊄八—也。〔周禮大卜〕掌三易之法。

一曰連山。二曰歸藏。三曰周易。其經—皆八。其變皆六十四。〔疏〕—之爲言挂也。挂萬象於上也。

㊅—賣。—挂也。自挂於市而自賣之。自可無慙色。言此似之也。見〔釋名釋姿容〕

㊆—者史之屬也。〔儀禮少牢饋食禮〕—者在左坐。

【𠧪】直紹切音肇篠韻 同兆。〔說文〕—灼龜坼也。从卜兆。古文兆省。

【𠧟】如蒸切音仍蒸韻 驚聲也。从乃省。卤聲。籒文𠧟、不省。或曰。𠧟、往也。讀若仍。見〔說文乃部〕

【𠧩】卤本字。見〔正字通〕

【卤】古西字。見〔說文西部〕

【𠧥】古乃字。見〔字彙補〕

【𠧧】古專字。見〔集韻〕

【𠧫】古專字。見〔玉篇〕

【𠧨】古麗字。見〔玉篇〕

【𠧬】同近。見〔字彙補〕

【𠧭】同卤。見〔字彙補〕

七畫

【𠧮】邦犗切音板潸韻 張目也。見〔字彙補〕

【𠧰】川昔切音尺陌韻 獸也。見〔篇韻〕

【𠧯】卤本字。〔說文段注〕—之隸變爲卤。

【𠧲】古悔字。〔玉篇〕外卦曰—。內卦曰貞。今作悔。

【𠧱】同卣。見〔玉篇〕

八畫

【卣】夷周切音由尤韻 ㊀逌本字。〔說文乃部〕—气行皃。〔段注〕隸作逌。〔按廣韻〕—或作逌。〔〕

㊂同攸。所也。〔漢書韋賢傳〕萬國—平。

【𠧴】昌石切音尺陌韻 獸也。見〔五音集韻〕

【𠧵】古卣字。見〔集韻〕

【𠧶】古克字。見〔集韻〕

【𠧷】同剋。見〔字彙補〕

九畫

【𠧸】古克字。見〔集韻〕

【𠧹】古粟字。見〔字彙補〕

【𠧺】同禼。〔文選司馬相如賦〕禹不能名。—不能計。

【𠧻】同虔。見〔字彙補〕

【𠧼】同衞。見〔字彙補〕

十畫

【𠧽】古貞字。見〔集韻〕

【𠧾】古我字。見〔字彙補〕

【𠧿】同禼。蟲名。見〔字林〕

十一畫

【𠨀】古卣字。見〔玉篇〕

十二畫

【𠨁】心拙切音禼屑韻 石實也。見〔字彙補〕

十三畫

【𠨂】同乘。見〔海篇〕

【𠨃】同禼。見〔字彙補〕

二十五畫

【𠨄】卤籒文。見〔玉篇〕

※冫部※

【冫】悲陵切遶平聲蒸韻　本作仌。〔說文仌部〕仌。凍也。象水冰之形。〔段注〕象水初凝之文理也。〔熊忠曰偏旁書作冫〕。

二畫

【汀】他丁切音汀青韻　冰貌。見〔字集〕。

三畫

【冬】都宗切音豵冬韻

❶四時盡也。从仌从夂。夂、古文終字。見〔說文〕。〔我國舊習以陰曆十月十一月十二月爲冬。民國改用陽曆以十二月正月二月爲冬〕。

❷終也。見〔漢書律曆志〕。

❸藏也。〔禮記鄉飲酒義〕冬之爲言中也。中者藏也。

❹款冬。草名。葉赤花黃白。味苦。花開於嚴冬十二月故名。〔圖入欠部款字〕。

❺姓也。前燕司馬冬壽。

【冭】他達切音獺曷韻　冰凍滑冭也。俗作汰澾。見〔六書故〕。

【冭】古泰字。見〔說文水部〕。

四畫

【冰】悲陵切遶上聲蒸韻

❶水堅也。从水仌。見〔說文〕。〔按冰爲水遇寒而凝結者。色白或無色。或帶碧色。透明而有光澤。質脆易碎。堅度不及指爪。其重率比水輕。故能浮於水〕。

❷脂也。見〔爾雅釋器〕。〔注〕莊子云肌膚若冰雪。冰雪、脂膏也。〔疏〕脂膏一名冰脂。

❸矢桶蓋曰冰。〔左昭二十五年傳〕公徒釋甲執冰而踞。

【冰】遶孕切徑韻　凝也。〔唐書韋思謙傳〕涕泗冰須。〔注〕謂涕著須而凝也。

【冰】同凝。〔洪武正韻〕古文冰作仌。凝作冰。後人以冰代仌。以凝代冰。〔按集韻冰爲仌或字〕。

【冱】胡故切音護遇韻

❶寒凝也。見〔廣韻〕。

❷寒也。見〔玉篇〕。

❸凍也。〔莊子齊物〕河漢冱而不能寒。

❹閉也。〔左昭四年傳〕固陰冱寒。

❺堅也。〔文選左思賦〕下冰室而冱冥。

【冲】沖俗字。見〔玉篇〕。

【冴】冱俗字。見〔玉篇〕。

【决】決俗字。見〔玉篇〕。

五畫

【冶】以者切音野馬韻

❶銷也。从仌台聲。見〔說文〕。〔三蒼〕云。冶、銷也。遇熱即流。遇冷即合。與水同志。故字从仌。

❷爐鑄謂之冶。見〔韻會〕。

❸鑄匠曰冶。〔漢書董仲舒傳〕惟冶者之所鑄。

❹妖冶。女態也。〔易繫辭〕冶容誨淫。〔按冶容一作野容。世稱狎邪爲冶遊本此〕。

❺姓也。衞大夫冶廑。〔又〕公冶。複姓。

【冷】魯打切令上聲梗韻

❶寒也。見〔說文〕。〔冷與泠別。泠乃水名〕。

❷清甚也。見〔增韻〕。

❸閒散之意。〔杜甫詩〕廣文先生官獨冷。〔世稱冷官、冷署本此〕。

❹隱僻之意。如俗呼僻字僻義皆曰冷。

❺麪已熱曰冷陶。杜甫有槐葉冷陶詩。

❻冷落。衰歇也。〔白居易詩〕門前冷落車馬稀。〔按俗以不爲敬禮曰冷落〕。

❼齒冷。笑也。〔南史齊樂預傳〕人笑褚公。至今齒冷。

❽姓也。漢冷豐。明冷珂。

【冷】朗鼎切靈上聲迥韻　涬冷。寒也。見〔集韻〕。

【冷】郎丁切音靈青韻　冷澤。冰也。〔集韻〕。吳人謂冰曰冷澤。

【冸】普半切音判翰韻　冰釋也。通作泮。見〔集韻〕。

【冹】分物切音弗勿韻方伐切音髮月韻

❶一之日滭冹。見〔說文〕。〔桂注〕詩豳風七月文。彼作觱發。

㊁風寒也。見〔集韻〕。㊂滭—。詳滭字。參閱𩅦字。

【沰】皺孕切冰去聲徑韻　飛聲。見〔玉篇〕。

【泂】眣迥切音炯戶茗切音迥迥韻　泂或字。〔集韻〕泂滄也。或从冫。北燕謂㴔曰—。〔按說文本作泂。段注。此義俗从仌作—。篇韻—皆訓冷是也。〕

【泙】回虐切音狹洽韻　同夾。見〔字彙補〕。

【泠】古滄字。見〔集韻〕。

【況】況俗字。見〔玉篇〕。〔按況、本从水。亦从二作況。今从冫。當即況之譌字。〕

【泯】泯俗字。

六畫

【活】胡括切音活曷韻　冰也。見〔字彙〕。

【洞】徒弄切音洞送韻　冷也。見〔集韻〕。

【洛】曷各切音涸歷各切音落藥韻　—澤。冰貌。〔楚辭九思〕冰凍兮—澤。

【洗】色拯切音殑迥韻　洸—。寒貌。見〔集韻〕。

【洇】伊真切音因真韻　湮或字。〔集韻〕湮。寒皃。或从因。

【洪】巨勇切共上聲腫韻　凝也。見〔集韻〕。

【冽】力櫱切音列屑韻　㊀寒貌。詩曰二之日栗—。見〔說文〕。〔段注〕毛傳曰。栗—、寒氣也。古亦單用洌字。春秋緐露謂煗寒曰熏—。〔按洌—、或作栗烈栗列。均非是。〕

【冽】力制切音例霽韻　㊀寒風也。見〔文選宋玉賦注〕。潔也。〔易井〕井—寒泉食。〔釋文〕文、水清也。王肅音例。

【冾】回涉切音挾葉韻　和也。䛷也。見〔字彙補〕。〔正字通云。譌謬不可從。〕

【津】宗占切音尖鹽韻　進也。見〔字彙補〕。〔正字通云。譌謬不可從。〕

【浧】克生切音鏗庚韻　冷貌。見〔字彙補〕。

【倏】天高切音叨豪韻　剃頭飾也。見〔字彙補〕。〔剃、即牛鼻繩。〕

【浵】同滲。見〔篇海〕。

【洫】洫、侐譌字。見〔正字通〕。

七畫

【浗】渠尤切音求尤韻　滐—。手足凍貌。見〔集韻〕。

【浸】千尋音寖侵韻　冷也。見〔集韻〕。

【浸】七稔切侵上聲寑韻　—。寒皃。見〔集韻〕。

【浸】七鴆切音沁沁韻　冷氣也。見〔集韻〕。

【浹】檄頰切音協葉韻　—滐。凍相著也。見〔集韻〕。

【涇】巨井切音痙梗韻　寒也。見〔玉篇〕。

【涊】奴典切銑韻　惡酒也。見〔玉篇〕。〔正字通云。涊譌字。〕

【涜】其拯切極上聲迥韻　—洸。寒貌。見〔集韻〕。

【涽】毗意切音避寘韻　滯也。見〔玉篇〕。〔正字通云。譌謬不可從。〕

【涑】心奏切音漱宥韻　冷凍也。見〔字彙補〕。

【涠】古丙切扃上聲梗韻　冷也。見〔字彙補〕。

【浤】古莊字。見〔字彙補〕。

【浼】浼俗字。

八畫

【淟】他典切音腆銑韻　—涊。詳涊字。正字通云。淟譌字。

【凄】千西切音妻齊韻　㊀寒也。見〔玉篇〕。〔按嚴氏曰。—旁加二點从仌。冰寒也。〕

❷通淒。〔詩綠衣〕淒其以風。

【⿰冫坴】力竹切音六屋韻
凝雨也。見〔集韻〕。

【凅】古暮切音顧遇韻
凝也。閉也。見〔廣韻〕。

【⿰冫幸】下頂切音悻迥韻
—冷。詳冷字。

【凇】思恭切音鬆冬韻蘇弄切鬆去聲送韻
凍洛也。〔字林〕寒氣結水如珠。見晛乃消。齊魯謂之霧—。

【凈】初耕切音琤庚韻
冷皃。見〔集韻〕。

【凉】呂張切音良陽韻
❶薄寒爲—。見〔韻會〕。〔通作涼〕。
❷薄也。〔漢書五行志〕尨—多殺也。

【凊】七正切清去聲敬韻
❶寒也。見〔說文〕。〔按玉篇〕—、冷也。其義同。
❷致其涼也。〔禮記曲禮〕冬溫而夏—。

【⿰冫卒】祖對切音晬取內切音萃隊

寒也。見〔集韻〕。

【凋】丁聊切音貂蕭韻
❶半傷也。見〔說文〕。〔段注〕傷、創也。半傷、未全傷也。仌霜者傷物之具。故从仌。
❷害也。〔國策秦策〕爲其—榮也。
❸落也。〔文選張衡賦〕卉既—而已育。
㊃力盡貌。見〔廣韻〕。
㊄通彫。衰也。〔論語子罕〕歲寒、然後知松柏之後彫也。〔釋文〕依字當作—。
㊅通雕。弊也。〔史記酷吏列傳〕斲雕而爲樸。

【凌】離呈切音陵蒸韻
❶勝或字。〔說文〕勝、仌出也。或从夌。〔段注〕仌出者謂仌之出水。文棱棱然。
❷冰室也。〔周禮凌人〕令斬冰三其—。〔注〕—、冰室也。〔按段玉裁云。詩三之日納於—陰。傳曰。—陰、冰室也。此以冰釋—。以室釋陰。非謂勝爲冰室也。鄭注周禮—人。徑云—、冰室也。似失之〕
❸積冰也。〔風俗通〕積冰曰—。
㊃戰栗也。〔漢書揚雄傳〕虎豹之—遽。
㊄升也。〔文選張衡賦〕—天池。
㊅乘也。〔文選張衡賦〕—驚雷之硠磕兮。
㊆越也。〔呂覽論威〕雖有江河之險則—之。
㊇犯也。〔楚辭國殤〕—余陣兮躐余行。
㊈暴也。〔法言吾子〕震風—雨。
㊉通陵。猶歷也。見〔史記秦始皇紀陵水經地注〕

【凌】里孕切陵去聲徑韻
冰也。見〔集韻〕。

【凍】多貢切東去聲送韻都籠切音東東韻
❶仌也。見〔說文〕。〔段注〕初凝曰仌。仌壯曰—。又於水曰冰。於他物曰—。故月令曰水始冰。地始—。
❷不暖也。〔孟子盡心〕不暖不飽謂之—餒。
❸猶寒也。〔楚辭大招〕清馨—歆。
㊃發露也。〔周書大武解〕冬—其葆。〔注〕謂發露其葆聚。
㊄暴雨也。〔文選張衡賦〕—雨沛其灑塗。
㊅珠石之精瑩者謂之—。如—珠、青田—石、魚腦—石之類。
❼姓也。元—阿朮。明循吏—秦。

【⿰冫来】定聶切音牒葉韻
冷也。見〔字彙補〕。

【⿰冫巠】孔丙切音頃梗韻
寒貌。見〔字彙補〕。

【⿰冫則】古清字。見〔字彙補〕。

【准】準俗字。見〔集韻〕。〔正字通云。當即準字重文〕

【⿰冫函】涵俗字。見〔正字通〕。

九畫

【⿰冫咅】匹孕切音聘徑韻
飛聲。見〔玉篇〕。〔正字通云。譌字。一說湆之譌省〕

【凐】伊眞切音因眞韻
寒皃。或从因。見〔集韻〕。〔正字通云。譌字〕

【⿰冫南】奴含切音男覃韻
冰也。見〔字彙〕。〔正字通云。譌字〕

冰無—名。〕

【渫】達協切音牒葉韻
浹—凍相著也。見〔廣韻〕。

【減】減俗字。見〔玉篇〕。

【凘】凘俗字。見〔正字通〕。

【湊】湊俗字。

【測】凘譌字。見〔正字通〕。

十畫

【澧】魚衣切音沂微韻吾回切音皚灰韻
—。霜雪白貌。〔楚辭九思〕霜雪兮澧—。〔正字通云〕—通作皚。文選七發譌作澧。集韻贅作㿪〕

【澥】祠夜切音謝禡韻
凋也。見〔集韻〕。

【凓】力質切音栗質韻
—冽。詳冽字。經史通作栗。與溧別。

【滄】楚亮切音創漾韻千剛切音蒼陽韻楚耕切音琤庚韻
●一寒也。見〔說文〕。〔段注〕此與水部滄音義皆同。枚乘上書曰。欲湯之—。絕薪止火而已。按方言曰。滄淨也。二字當从冫。滄、郎—字。淨、郎清字。〔按正字通云—與愴通。與滄別。存考〕
●二冷貌。見〔集韻〕。
●三—初涼也。〔列子湯問〕日初出則—涼涼。
●四水名。亦州名。見〔集韻〕。

【溓】盧忝切音稴琰韻
薄冰也。見〔集韻〕。

【涵】胡南切音含覃韻
寒也。見〔說文〕。

【溟】每粉切迥韻
寒貌。見〔字彙補〕。

【滂】品雙切音滂江韻
凍相著也。見〔字彙補〕。

【溏】定郎切音滂陽韻
凍相著也。見〔字彙補〕。

【滕】凌本字。見〔說文〕。

【減】減譌字。見〔正字通〕。

十一畫

【漇】余支切音移支韻
冰室門名。見〔埤倉〕。

【㵎】胡涓切音玄先韻
冷也。見〔篇海〕。

【滅】率摑切音摵陌韻
寒皃。見〔集韻〕。

【漼】昨回切罪平聲灰韻
霜雪積聚貌。〔楚辭九思〕霜雪兮—澧。〔—與漼義小別。漼、深也。〕

【漻】力求切音留尤韻
—𣲉。手足凍皃。見〔集韻〕。〔—與漻通。說文有漻無—。〕

【㵐】楚兩切音愴養韻
冷貌。見〔集韻〕。

【滭】璧吉切音必質韻
—冹。風寒也。見〔說文〕。〔段注〕豳風七月一之日觱發。傳曰。觱發、風寒也。按觱發皆叚借字。—冹乃本字。或許所據毛詩不同。今本或許采三家詩。皆未可定也。

【滲】所禁切音滲沁韻七感切音慘感韻
寒皃。見〔集韻〕。

【㝥】古冬字。見〔集韻〕。

十二畫

【澌】山宜切音斯支韻息漬切斯去聲寘韻先齊切音嘶齊韻
●一流仌也。見〔說文〕。〔段注〕謂仌初結及已釋時隨流而行也。〔按風俗通云。冰流曰—。冰解曰泮。足爲許訓之證。〕
●二解冰也。見〔玉篇〕。

【澿】其吟切音禽侵韻
寒狀。見〔字彙補〕。

【漆】詩品切寑韻
寒貌。見〔字彙補〕。〔正字通云。譌謬不可從。〕

【澰】古印字。見〔字彙補〕。

【潔】潔俗字。見〔玉篇〕。

十三畫

【濃】奴凍切音癑送韻
凍—。寒皃。見〔集韻〕。〔正字通云。俗字。〕

【澠】他頂切音挺梗韻
冰貌。見〔字彙〕。〔正字通云。俗字。〕

【㯃】居良切音彊陽韻

凍凝也。見〔集韻〕。

【凙】達各切音鐸藥韻直格切音宅陌韻
冰結也。〔楚辭九思〕冰凍兮洛—。

【凚】渠飲切音噤義錦切音廞寑韻
❶寒皃。見〔集韻〕。
❷寒極也。〔韓愈聯句〕傑毛各—滓。〔按正韻凚注引韓詩滓譌作痒〕。

【凜】力錦切音廩寢韻
❶——。寒也。見〔玉篇〕。〔按文選潘岳賦。於是—秋暑退。即此義。引伸為凡敬畏之稱。如書五子之歌。—乎若朽索之御六馬。泰誓百姓——。皆是。俗字作懍懔。或又譌作廩。贊作凜从—為正〕。
❷凄清也。見〔韻會〕。

【凛】凜本字。見〔正字通〕。

十四畫

【凝】魚陵切音凝蒸韻
❶冰、水堅也。俗冰从疑。見〔說文〕。〔段注〕經典凡—字皆冰之變也。
❷冰之絜也。〔文選張協七命〕霜鍔水—。
❸寒也。〔素問五常政大論〕其候—肅。
❹嚴也。〔文選劉楨詩〕豈不羅—寒。
❺成也。〔禮記樂記〕—是精粗之體。
❻定也。〔書臯陶謨〕庶績其—。
❼堅也。〔考工記總目〕—土以為器。
❽正也。〔淮南兵略〕與—如冬。
❾嚴整貌。〔易鼎〕君子以正位—命。
❿猶成也。〔禮記中庸〕至道不—焉。
⓫猶結也。〔文選張協七命〕天—地閉。
⓬不通也。〔漢書薛宣傳〕然而嘉氣尚—。
⓭徐聲引調謂之—。〔文選謝朓鼓吹曲〕—笳翼高蓋。

【凝】牛孕切凝去聲徑韻
止水也。〔楚辭憂苦〕折銳摧矜—沍濫兮。

【凞】曉伊切音熙支韻
和也。見〔字彙補〕。〔正字通云。譌謬不可從〕。

【[illegible]】古冬字。見〔字彙補〕。

【⿰冫澌】同澌。見〔字彙補〕。

十五畫

【⿰冫質】職日切音質質韻
❶身寒皃。見〔集韻〕。
❷寒身動皃。見〔玉篇〕。

【[illegible]】松金切音心侵韻
寒也。見〔字彙補〕。

【[illegible]】以剪切音掩銑韻
藏匿也。見〔字彙補〕。〔正字通云。譌謬不可從〕。

十六畫

【⿰冫賴】落蓋切音賴泰韻
寒也。見〔說文〕。〔段注〕冽、各本篆作—。按廣韻玉篇皆無之。而孔沖遠大東正義。李善注高唐賦、嘯賦。皆引說文字林冽字。是今本冽譌為—顯然也。

【⿰冫隸】盧帝切音利霽韻
冰也。見〔玉篇〕。〔正字通云。俗字。冰不必別立—名〕。

【⿰冫歷】狼狄切音歷錫韻
冽寒也。見〔集韻〕。〔正字通云。俗凓字〕。

【[illegible]】力錦切音廩寢
—。—寒也。見〔說文〕。〔或作凜〕。

十七畫

【[illegible]】下各切音鶴藥韻
煎鹽也。見〔篇海〕。〔正字通云。瀊字之譌。訓煎鹽非〕。

【⿰冫爵】子肖切音醮嘯韻
冰裂也。見〔集韻〕。〔正字通云。俗字。訓冰裂非。一曰灂之譌省〕。

十九畫

【[illegible]】同冷。見〔字彙補〕。

二十畫

【⿰冫嚴】魚杴切音嚴鹽韻魚窆切音驗豔韻
凝寒貌。見〔集韻〕。〔正字通云。經史皆作嚴。贊作—非〕。

✳厶部✳

【厶】相咨切音私支韻

姦衺也。韓非曰。蒼頡作字。自營爲—。見〔說文〕〔段注〕公私字本如此。今字私行而—廢矣。私者、禾名也。

【厶】莫後切音母有韻

甲也。見〔玉篇〕。〔按不知其處而縣之則曰—。穀梁桓二年傳注。鄧、—地。釋文、—地。不知其國故云—。通雅云。某因于—。—于因麽。麽者甚麽也。老學菴筆記曰。今人書—以爲俗。正字通曰—近省簡。故借某。據此則—者本字。某者假借字也。〕

一畫

【𠫓】他骨切音突月韻

(一) 不順忽出也。从到子。易曰。突如其來如。不孝子突出不容於內也。—卽易突字。見〔說文𠫓部〕〔段注〕凡物之反其常、凡事之屰其理、突出至前者。皆是也。不專謂人子。

(二) 凡孕胎、男背女向。臨腹痛。子轉身首向下。始分免也。見〔六書精蘊〕。〔按此說與到子義合。〕

【厷】古肱字。見〔玉篇〕。

【𠫔】古巨字。見〔篇海〕。

二畫

【厷】姑弘切音觥蒸韻

(一) 肱本字。〔說文又部〕臂上也。〔段注〕古假弓爲—。二字古音同也。傳易者江東馯臂子弓。馯、姓。臂、名。子弓、字。名臂。故字—。左穀梁邾黑肱。公羊作黑弓。鄭公孫黑肱、字伯張。則肱卽弓也。

(二) 圜也。〔漢書王莽傳〕月刑元股。考方法矩。日德元—。考圜合規。

【厹】忍九切音猱女九切音紐有韻　而由切音柔尤韻　如又切柔去聲宥韻

獸足蹂地也。象形。九聲。爾疋曰。狐貍貛貉醜。其足蹞。其迹—。見〔說文厹部〕〔按集韻類篇—皆作此形。廣韻四十四有、作内。玉篇作禸。内同禸。廣韻十八尤之—同气高也之厹。段玉裁說。厹爲詩厹矛字。厹乃獸足蹂地之厹。攷今本詩秦風小戎。厹矛鋈錞。正作厹。不作厹。釋文音求。與廣韻厹音合。今本爾雅釋獸。其足蹯。其足内。阮元校勘記云。釋文、唐石經單疏本内作禸。按說文禸、九聲。說文通訓定聲作厹云假借作厹。是—者、禸之隸變也。同乎厹者。亦猶強之作強、員之作負也。正字通云—俗厹非。舊注有宥二韻引廣韻。誤。今依集韻類篇訂正之。〕

【厹】巨鳩切音求尤韻

(一) 气高也。見〔廣韻〕。

(二) 三隅矛。見〔廣韻〕。

【禸】仁九切有韻

獸足蹂地也。或作狃。見〔玉篇〕。

【内】音鈕有韻

獸指頭著地處名—。見〔爾雅釋獸疏〕。

【厸】古鄰字。見〔集韻〕。

【𠫕】古幻字。見〔集韻〕。

三畫

【去】丘據切音㰦御韻

(一) 本作𠫭。〔說文𠫭部〕𠫭。人相違也。从大。厶聲。

(二) 離也。〔國策齊策〕不能相—。

(三) 行也。見〔廣雅釋詁〕。

(四) 移也。〔呂覽功名〕見利之聚無之—。

(五) 亡也。〔後漢梁鴻傳〕鴻乃尋訪燒者。問所—失。

(六) 落也。〔素問上古天眞論〕八八則齒髮—。

(七) 舍也。〔國策秦策〕今三國之兵且—楚。

(八) 棄也。〔後漢申屠剛傳〕人所畔者、天所—也。

(九) —所。避席也。〔左襄二十五年傳〕武子—所。

(十) 巳過之辭。〔圓覺經〕無起無滅。無—來今。

(十一) 大—者。不遺一人之辭也。〔春秋莊四年〕紀侯大—其國。

(十二) 義乖曰—。〔鬼谷子捭闔〕益損—就倍反。

【去】口舉切音䋷語韻

(一) 除也。〔論語鄉黨〕—喪無所不佩。

(二) 徹也。見〔集韻〕。

(三) 釋也。〔呂覽審分〕居無—車。

(四) 棄也。〔漢書匈奴傳〕得漢食物皆—之。以視不如重酪之便美也。

(五)滅也。〔管子山至數〕泰秋國穀—三之一。

(七)遺之也。〔國策秦策〕處女相與語。欲—之。

(六)藏也。〔左昭十九年傳〕紡焉以度而—之。〔釋文〕裴松之注魏志云古人謂藏爲—。按今關中猶有此音。〔疏〕字書—作弆。羌莒反。謂掌物也。今關西仍呼爲弆。東人輕言爲—音莒。

【去】丘於切音墟魚韻

(一)疾走也。〔詩斯干〕鳥鼠攸—。君子攸芋。

(二)通陸。〔左僖十五年傳〕千乘三—。三—之餘。獲其雄狐。〔校勘記〕惠士奇云。上林賦。江河爲陸。注云。遮禽獸爲陸。陸即—。實一字也。〔張爾公朱駿聲並以爲與驅通。

【厺】古巹字。見〔字彙補〕。

四畫

【厽】魯水切音壘紙韻

絫坺土爲墻壁。象形。見〔說文厽部〕。

【厽】七貪切音驂覃韻

俗書以爲叅字。見〔玉篇〕。

【𠫤】古徒字。見〔字彙補〕。

【𠫬】同発。見〔篇海〕。

【𠫓】同去。見〔漢三老袁君碑〕。

五畫

【帝】古帝字。見〔字彙補〕。

六畫

【叀】朱遄切音專淳沿切音遄先韻船訓切音掾雛戀切音纂霰韻

〔玉篇〕謂即今專字。〔正字通〕亦云同專。茲不從。

(一)專小謹也。从幺省。屮。財見也。屮亦聲。見〔說文叀部〕。

(二)縣也。〔漢書陳遵傳〕一旦—礙。爲𧸘所轠。〔注〕—縣也。𧸘井以瓶爲甖者也。轠擊也。言瓶忽縣礙不得下、而爲井𧸘所擊則破碎也。

(三)束艸卜神也。〔六書本義〕束艸折竹。達厶於神曰—。从屮从厶。中象纏束形。〔案以—爲篿本字也。〕

(四)測逃有曰—術者。言挂於空中而算得之。見〔正字通〕。

(九)白鮮色也。〔通訓定聲〕—即𦆀字。白鮮色也。从屮幺从十。會意。屮者出也。入幺爲玄。出幺爲𦆀。十者具足義。如染从九也。

【𠫻】古爭字。見〔集韻〕。

【𠫸】同六。見〔字彙補〕。

【𠫹】同華。見〔字彙補〕。

【𠫷】同幽。見〔篇海〕。

【叁】俗參字。又借爲三字。

七畫

【𠫵】古參字。見〔集韻〕。

【𠫺】同齋。見〔字彙補〕。

八畫

【𠬋】時戰切音善霰韻

亦作單。姓也。〔郝京山筆記〕唐進士有姓—者。主司誤書作單。

【𠬌】古年字。見〔字彙補〕。

【𠬍】同素。見〔字彙補〕。

九畫

【參】疏簪切音森侵韻

本作曑。〔說文晶部〕曑商星也。从晶㐱聲。—曑或省。〔段注〕商當作晉。〔左傳子產曰。后帝遷閼伯於商丘。主辰。商人是因。故辰爲商星。遷實沈於大夏。主—。唐人是因。以服事夏商。及成王滅唐而封叔虞。故—爲晉星。依此當爲晉明矣。〔召南傳曰。—伐也。漢人—伐統稱伐。故毛以伐釋—。〔按—者二十八宿之一。今冬至節子初三刻七分之中星。〕

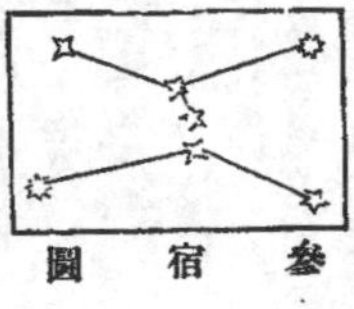

參宿圖

(二)——。長貌。〔文選束晳詩〕——其穡。〔又〕叢立貌。見〔韻會〕。

(三)—撾。擊鼓之法。〔後漢禰衡傳〕衡方爲漁陽—撾。蹀躞而前。〔注〕文士傳曰。衡擊鼓作漁陽—撾。蹋地來前。躡馺足腳。容態不常。鼓聲甚悲。易衣畢。復擊鼓—撾而去。至今有漁陽—撾。自衡始也。臣賢案撾及摋。竝擊鼓杖也。—摋是擊鼓之法。而王僧儒詩云散度廣陵音。—寫漁陽曲。而於其詩自音云。—音七紺反。後諸文人多同用之。據此詩意。則—曲奏之名。則摋字入於下句。全不成文。下云復—摋而去。足知—摋當連讀。—字音去聲。不知何所憑也。—、七音反。

(四)人—。藥草名。本作蓡。俗作—。見〔正字通〕。

(五)人名。孔子弟子曾—。南武城人。字子輿。少孔子四十六歲。孔子以爲能通孝道。故授之業。作孝經。死於魯。

(六)姓也。祝融之後。見〔廣韻〕。

【參】倉含切音驂覃韻

(一)三也。〔易說卦傳〕—天兩地而倚數。

(二)分也。〔方言〕—。分也。齊曰—。

(三)奇也。見〔漢書律曆志注〕。

(四)高也。〔莊子大宗師〕玄冥之—寥。〔釋文〕—高也。高邈寥曠。不可名也。

(五)森也。〔論語衛靈公〕立則見其—於前也。

(六)望也。〔淮南說山〕越人學遠射。—天而發。

(七)宜也。〔莊子天下〕以—爲驗。

(八)驗也。〔荀子解蔽〕—稽治亂而通其度。

(九)—承也。見〔廣韻〕。

(十)謀度也。〔後漢班彪傳〕所上奏章。離與—之。

(十一)相謁也。覲也。〔唐書百官志〕文官五品以上、及兩省供奉官、監察御史、員外郎、太常博士。日—。號常—官。武官三品以上。三日一朝。號九—官。五品以上及折衝當番者。五日一朝。號六—官。

(十二)閒厠也。豫也。〔後漢郎顗傳〕每有選用。輒—之掾屬。

(十三)交互之意。〔易繫辭〕—伍以變。

(十四)三相—爲—。〔韻會〕左傳、自—以上。周禮、設其—。皆謂三相—列也。後世—軍、—謀、—知政事。蓋取此義。

(十五)二十九乘爲—。〔左昭元年傳〕—爲左角。

(十六)以奇益耦謂之—。〔禮記孔子閒居〕—于天地。〔注〕其德與天地爲三也。

(十七)世稱彈劾曰—。

(十八)—彈幷弦也。〔淮南脩務〕—彈復徽。

(十九)—伍。猶錯雜也。〔荀子成相〕—伍明。謹施賞刑。

(二十)通三。〔論語泰伯〕三分天下有其二。〔臯疏本三作—〕。

【參】初簪切音摻侵韻

(一)—差。不齊貌。〔詩關雎〕—差荇菜。

(二)—。長貌。〔文選張衡賦〕長金佩之—。

【參】桑感切音糝感韻

(一)雜也。〔儀禮大射〕—七十。〔注〕—讀爲糝。糝雜也。

(二)—譚。相隨貌。〔文選嵇康賦〕或—譚繁促。

【羑】以久切音酉有韻

相訹呼也。或从言秀作誘。或作䛻。古文作羑。見〔說文〕〔段注〕今則誘行而—廢矣。

十畫

【𠬀】孝飯切音飯願韻

車也。見〔字彙補〕。

【叅】同叄。見〔海篇〕。

【𢑴】同𢑱。見〔篇海類編〕。

【叅】俗參字。音驂。見〔廣韻〕。

【𠫼】俗畚字。見〔篇海〕。〔[illegible]〕畗是俗畁字。衙或誤畁爲畚。

十一畫

【𢇍】公班切音關删韻

織貫杼也。見〔字彙補〕。

【埤】補委切音彼紙韻

羈客也。見〔字彙補〕。

【𠬁】同弃。見〔字彙補〕。

十二畫

【㕙】七倫切音皴眞韻　逡緣切音詮先韻　祖峻切音俊震韻

狡兔名。〔國策齊策〕東郭—者。天下之狡兔也。

十三畫

【𡢂】同齎。見〔說文段箋〕。

【𢳱】同去。見〔字彙補〕。

十四畫

【𧢀】音枕寢韻

鍪也。見〔字彙補〕。

〔又〕尤救切音宥宥韻

①手也。象形。三指者。手之列多。略不過三也。凡｜之屬皆从｜。見〔說文又部〕〔段注〕此卽今之右字。

②復也〔詩南有嘉魚〕嘉賓式燕｜思。

③有繼之辭也。〔禮記文王世子〕以待｜語。〔注〕｜語爲後復論說也。

④通有〔易繫辭〕｜以尙賢也。〔釋文〕鄭本作有。

⑤通宥〔禮記王制〕王三｜。〔注〕｜當作宥。

一畫

〔叉〕初加切音差麻韻初佳切音叙佳韻

①手指相錯也。从又。象｜之形。見〔說文〕

②刺之也。〔後漢楊政傳〕施頭又以戟｜政傷胸。

③股枝也。見〔廣雅釋木〕〔疏證〕｜與杈同。手指相錯謂之｜。樹枝相錯謂之杈。其義一也。今俗語猶謂樹枝錯出曰杈頭。

④枝也。因形名之也。見〔藝文類聚引釋名釋首飾〕〔按今本作釵〕｜也。象｜之形。因名之也。

⑤取也〔高啓詩〕柳轄持燭｜魚。

⑥栝旁曰｜。形似｜也。見〔釋名釋兵〕

⑦凡歧頭者皆曰｜。如水歧流則从水作汊。歧道則从足作跤。言異則从言作詉。詉又訓爲訐。蓋相訐則言語錯出。

⑧俗呼拱手曰｜手。見〔增韻〕

⑨器名。竿頭箸戟枝如桠杈然。柄長丈餘。用以刺取物者曰畫｜。其爲軍器者則有殳｜、魚｜。

⑩步｜。箭箙也。〔釋名釋兵〕步｜。人步所帶以箭｜其中也。〔按王念孫云。𥷚叙亦作步｜〕

⑪野｜。暴惡也。〔翻譯名義〕野｜。此云勇健。亦云暴惡也。葯云闍｜。〔按西域記作藥｜。酉陽雜俎作夜｜。魏書元｜傳云。元｜本名夜｜。弟羅實名羅刹。夜｜、羅刹。此鬼食人。蓋野、夜、藥、閱。元以音近而字轉。以夜｜爲鬼物。亦以鬼爲惡物耳。當以翻譯名義之說爲正〕

二畫

〔叉〕側巧切音爪巧韻

手足甲也。从又。象｜之形。見〔說文又部〕〔按｜爪古文。辨詳爪字〕

〔及〕極入切音笈緝韻

①逮也。从又人。見〔說文〕〔注〕｜前人也。會意。

②至也〔儀禮燕禮〕賓入｜庭。

③與也〔公羊隱元年傳〕｜者何。與也。會、｜、暨。皆與也。

④頻也〔管子君臣〕是以上｜下之事謂之矯。

⑤連也。見〔廣雅釋詁〕

⑥罪也〔左隱六年傳〕長惡不悛。從自｜也。

⑦繼也〔公羊莊三十二年傳〕一生一｜。〔注〕父死子繼曰生。兄死弟繼曰｜。〔阮元云。｜謂兄弟相躡者也〕

⑧追也〔國語晉語〕往言不可｜。

⑨如也〔淮南俶務〕堯舜之聖不能｜。

⑩宜也〔書呂刑〕何度非｜。

⑪猶就也〔管子大匡〕｜齊君之能用之也〔王念孫曰｜猶若也〕

⑫黨與也〔管子立政〕罰有罪不獨｜。

⑬猶汲汲也。見〔公羊隱元年傳〕

⑭凡師出與謀曰｜。見〔左宣七年傳〕

⑮｜者言能導人追宗也。〔後漢黨錮傳〕指天下名士。爲之稱號。上曰三君。次曰八俊。次曰八顧。次曰八｜。次曰八廚。張儉、岑晊、劉表、陳翔、孔昱、范康、檀敷、翟超、爲八｜。

⑯｜者別尊卑文也。〔公羊隱元年傳〕何以不言｜仲子。仲子微也。〔注〕據｜者、別公夫人尊卑文也。比夫人微。故不得並｜公也。〔案文九年傳云。曷爲不言｜成風。成風尊也。何氏云。不可使卑｜尊也〕

⑰｜者、推而｜之也。凡係人與事各有不同而罪無分別者。則皆以｜字聯屬之。見〔讀律佩觿〕

〔叏〕莫勃切音沒月韻莫八切音儠黠韻

本作叟。〔說文〕叟。入水有所取也。从又在囘下。囘。古文回。回。淵水也。讀若沫。〔注〕入水底取也。〔按叟、

隸變作—。或譌作𠬝。今皆以沒爲之〕

〔𠬝〕房六切音伏屋韻
治也。从又。从卩。卩。事之節。見〔說文〕〔段注〕云。手持節以治之。〔桂注〕云。治也者。玉篇𠬝、改治也。經典借服字。按字本作𠬝。作㞋者隸變。作—者隸省〕

〔𠬞〕古勇切音拱腫韻　居容切音恭　渠容切音蛩冬韻
竦手也。从𠂇又。凡—之屬皆从—。見〔說文𠬞部〕〔注〕併舉之也。〔段注〕云。此字謂竦其兩手以有所奉也。〔桂注〕云。竦手也者。—、竦、聲相近。經典用拱字。通訓定聲曰。與捧略同。與拱別。—者兩手捧物。拱者沓手致敬也。按字今作廾。亦作廾。惟玉篇作𠬞。廣韻云。篆文作—。弄具奐丞字並从此。篆同而隸異也。自篇海以廾爲部首。列三畫。後世無能正之者矣〕

〔友〕云九切音有有韻
㊀本作𠭃。〔說文〕𠭃同志爲—。从二又相交。〔注〕二手相順也。有左右之義。〔段注云。二又。二人也。善兄〕弟曰—。亦取二人而如左右手也。
㊁愛也。見〔御覽〕。
㊂親也。見〔廣雅釋詁〕。
㊃順也。〔書洪範〕彊弗—剛克。
㊄有也。相保有也。見〔釋名釋言語〕。
㊅善兄弟爲—。見〔爾雅釋訓〕。
㊆凡氣類合同者皆曰—。見〔正字通〕。
㊇兩婿相謂曰亞。又曰—婿。言相親—也。見〔釋名釋親屬〕。
㊈獸三曰羣。二曰—。〔詩吉日〕或羣或—。

〔𠬜〕披班切音販刪韻
引也。从反𠬞。凡—之屬皆从—。攀或从手樊。見〔說文𠬜部〕〔注〕引者。自外引入也。故反手向外引之。〔段注云。今字攀。此今人書攀字。按張爾公說。以兩手上引。皆用攀。象形。附物以求援也。集韻云。或作攀、扳。隸作𠬜〕

〔反〕甫遠切音返阮韻
㊀覆也。从又厂。—形。見〔說文〕〔注〕又。手也。厂像物之反覆。此指事。〔桂注云。从又厂。—形者。當作仄。仄則易反〕
㊁重也。〔論語述而〕必使—之。
㊂更也。〔呂覽察微〕舉兵—攻之。
㊃變也。〔列子仲尼〕回能仁而不能—。
㊄違也。〔國語周語〕言爽曰—其信。
㊅叛也。〔國策齊策〕若是者信—。
㊆悔也。〔淮南氾論〕紂居於宣室而不—其過。
㊇撥也。〔國語晉語〕—其埤。
㊈報也。〔國語晉語〕—使者。
㊉本也。〔老子〕—者道之動。
(十一)怪悖也。〔荀子法行〕身不善而怨人。不亦—乎。
(十二)責人也。〔荀子脩身〕失之己。—之人。
(十三)謂不相合應也。〔素問刺志論〕—此者病。
(十四)不服從也。〔荀子議兵〕—之者亡。〔按唐律十惡之罪一曰謀—。謂謀危社稷。蓋即不服從政令也。〕
(十五)猶自抑止也。〔禮記樂記〕樂盈而—。
(十六)—目。不和也。〔易小畜〕夫妻—目。〔疏〕夫妻乖戾。故—目相視。
(十七)—側。不安也。〔荀子王制〕遁逃—側之民。〔又〕輾轉也。〔詩何人斯〕以極—側。〔傳〕—側。不正直也。〔又〕臥而不周也。見〔詩關雎疏〕。
(十八)—走。小卻行也。〔莊子盜跖〕—走再拜。
(十九)—生。帶莩甲而出也。〔易說卦〕爲—生。〔釋文〕—生。麻豆之屬。
(二十)—覆。猶軒輖。〔考工記廬人〕車不—覆。〔又〕傾動也。〔文選班固賦〕山淵—覆。
(廿一)—衍。猶漫衍。合爲一家。〔莊子秋水〕是謂—衍。
(廿二)還復往曰—。〔公羊僖二年傳〕還四年。—取虞。
(廿三)去而復來曰—。〔鬼谷子捭闔〕益損去就倍—。
(廿四)—間者。因其敵間而用之。見〔孫子用間〕。
(廿五)—舌。夷語也。〔呂覽爲欲〕蠻夷—舌。〔注〕—舌。夷語與中國相—。故曰—舌也。〔又〕國名。〔呂覽功名〕蠻夷—舌。〔注〕南方有—舌國。舌本在前。末倒向喉。〔又〕鳥名。〔淮南時則〕—舌無聲。〔注〕—舌。百舌鳥。能辨變其舌。—易其聲。以效百鳥之鳴。〔又〕蝦蟇也。見〔禮記月令〕—舌無聲釋文〕

(十六)自―求諸己也〔禮記學記〕知不足然後能自―也〔又〕猶言自修整也〔禮記祭義〕自―也。

(十七)通返〔左襄二十八年傳〕皆具其器用而―其邑也。

【反】　孚袁切音幡元韻

(一)治也見〔廣雅釋詁〕。

(二)理正幽枉也〔史記平準書〕杜周治之獄少―者〔注〕索隱―音幡。―謂反使從輕也〔今犯人改供曰―供定讞重駁曰―案俗或作翻〕。

(三)―切二音展轉相呼謂之―亦作翻以子呼母以母呼子也見〔韻會〕。

(四)通翻〔漢書張安傳〕―水漿。

【反】　部版切音阪潸韻方願切音販願韻

―難也〔詩執競〕威儀――〔箋〕――順習之貌〔又〕言重愼也〔詩賓之初筵〕威儀――。

【反】　方願切音販願韻

通販〔荀子儒效〕積―貨而爲商賈〔注〕―謂爲販。

【反】　孚萬切音娩願韻

覆也見〔集韻〕。

【叐】　友本字見〔說文〕〔玉篇云古友字〕。

【𠬛】　古宄字見〔玉篇〕。

【圣】　同厷見〔字彙補〕。

【収】　收俗字見〔廣韻〕。

【双】　雙俗字見〔韻會〕。

三畫

【夬】　古邁切音怪卦韻〔今作夬〕

(一)分決也从又丬象決形見〔說文〕〔注〕コ物也―所以決之之器也。此指事。

(二)決也有所破壞決裂之於終始也。見〔釋名釋言語〕。

(三)卦名乾下兌上〔易夬〕澤上於天。―。

【夬】　古穴切音玦屑韻

所以闓弦者〔詩車攻〕決拾既佽〔釋文〕―本又作決或作抉〔按―以象骨爲之著右巨指所以鉤弦而闓之以韋爲藉朱駿聲云今俗謂之扳指〕。

【叏】　他刀切音叨豪韻

(一)滑也詩云―兮達兮从又屮一曰取也見〔說文〕〔注〕屮枝順也順則滑也〔段注云今鄭風挑兮達兮是部引亦作挑毛云挑達往來相見皃按往來相見卽滑泰之意〕

(二)戎鼓大首謂之―見〔集韻〕。

【𠬢】　尼交切音鐃肴韻

―沙藥石見〔集韻〕〔按今作硇詳硇字〕

【𠬝】　奔模切音逋虞韻

相亥之貌見〔篇海〕。

【反】　古反字見〔說文〕。

【𠬜】　犮獸字見〔正字通〕。

四畫

【受】　平表切音摽篠韻

(一)物落上下相付也从爪从又讀若詩摽有梅見〔說文受部〕〔注〕爪覆手也又仰手也〔段注云以覆手與之以手受之象上下相付凡物落皆如是觀〕。

(二)通摽〔增韻〕詩摽有梅本作―〔桂馥云―變爲孚轉寫譌耳凡餓殍、莩落、字从孚者本皆作―非孚信之孚程瑤田曰孟子趙注引詩易摽爲莩莩者卽―字轉寫之譌孟子言人飢腹中空而死如華秀不實者之―落也〕。

【叒】　而灼切音若藥韻

(一)日初出東方湯谷所登榑桑―木也象形見〔說文叒部〕〔桂注〕王觀國曰榑桑卽扶桑也―木卽若木也。

(二)順也道相似也古人發明取友之義从三又會意同心同德而後可相與輔翼也見〔六書精蘊〕。

【𠬤】　先立切音靸緝韻

行也見〔字彙補〕。

【㕡】　子結切音節屑韻

理―也見〔字彙補〕。

【𠬥】　艮本字見〔正字通〕。

【叓】　史本字見〔正字通〕。

【㕦】　古燮字見〔集韻〕。

【𠬡】　向怪見〔字彙補〕。

五畫

【㪉】　古號切音告號韻

謹告也見〔字彙補〕。

【㚖】　变本字見〔六書正譌〕。

【叓】古事字。見〔玉篇〕。

【⿰皮又】同皮。見〔字彙〕。

六畫

【叔】式竹切音菽屋韻

(一)拾也。从又。尗聲。汝南名收芌爲—。見〔說文〕。

(二)戚也。見〔廣雅釋詁〕。

(三)少也。幼者稱也。〔爾雅釋親〕父之晜弟。後生爲—父。父之弟妻曰—母。〔疏〕說文—作尗。許慎曰。从上小。言尗行之小也。

(四)婦人謂夫之弟爲—。〔釋名釋親屬〕—亦俶也。見嫂俶然卻退也。

(五)—世。衰末之世也。〔左昭六年傳〕三辟之興。皆—世也。〔疏〕服虔云。政衰爲—世。—世踰於季世。季世不能作辟也。

(六)州名。唐江南道。當今湖南黔陽縣西南。

(七)同尗。豆也。〔漢書昭帝紀〕三輔太常郡。得以—粟當賦。

(八)姓也。〔廣韻〕左傳魯公子—弓之後。光武破虜將軍—壽。又漢複姓。二氏。後漢有犍爲—先雄。左傳魯有大夫—仲小。

【叔】昌六切音淑屋韻

善也。始也。俶或作—。見〔集韻〕。

【取】此主切音娶麌韻

(一)捕—也。从又。从耳。周禮、獲者—左耳。司馬法曰、載獻聝。聝者耳也。見〔說文〕。

(二)資也。〔易繫辭〕遠近相—。

(三)收也。〔孟子離婁〕可以—可以無—。—傷廉。

(四)受也。〔禮記喪大記〕—衣者亦以篋。

(五)索也。〔史記魯仲連傳〕爲人排難解紛而無—也。

(六)趣也。〔漢書王吉傳〕世稱王陽在位。貢公彈冠。言其—舍同也。〔注〕師古曰。—。進趣也。舍。止息也。

(七)爲也。見〔廣雅釋詁〕。

(八)治也。〔老子〕故—天下者常以無事。

(九)擇用也。〔漢書賈誼傳〕莫如先審—舍。

(十)凡克邑不用師徒曰—。見〔左昭四年傳〕。

(十一)覆而敗之曰—某師。見〔左莊十一年傳〕。

(十二)賦斂也。〔荀子富國〕其於貨財—與計數也。

(十三)通娶。〔易蒙〕勿用—女。〔釋文〕—。本作娶。

(十四)通聚。〔漢書五行志〕內—茲謂禽。〔注〕—如禮記聚麀之聚。

(十五)—書。日本語。校中課語言文字。教者誦其詞。學者循聲而書其字以爲驗。吾國亦稱以默書。

【取】雌由切音秋逡須切音趨尤韻

—慮。縣名。〔漢書地理志〕陳留郡浚儀。〔注〕睢水首受狼湯水。東至—慮入泗。師古曰。—慮縣名也。音秋廬。—又音趨。〔當今江蘇睢寧縣〕。

【取】此苟切音趣有韻

(一)獲也。見〔集韻〕。

(二)索也。見〔正韻〕。

(三)受也。〔詩角弓〕如酌孔—。〔箋〕孔—、謂度其所勝多少。〔疏〕孔—、謂器中空虛受物之處。以比於老人所勝氣力多少。是如孔之—也。〔釋文〕—如字。沈又音娶。

【叕】陟劣切音輟屑韻

(一)綴聯也。象形。見〔說文叕部〕。

(二)短也。〔淮南人間〕愚人之意—。

【㕞】所劣切音刷屑韻

(一)拭也。从又持巾在尸下。見〔說文〕。〔桂注〕盧文弨曰。蓋巾帨之類。可用以拭者。因即謂之—耳。

(二)帥也。帥髮長短皆令上從也。亦言瑟也。髮令上瑟然也。見〔釋名釋首飾〕。

(三)通刷。〔廣韻〕—。埽也。清也。刷同上。〔按古〕—與刷義別。正字通以—爲刷之重文。段玉裁云。帥、帨、率、說、—、刷、六字。以同音通用。朱駿聲云。經傳均以刷爲之。

【受】是酉切音壽有韻

(一)相付也。从𠬪舟省聲。見〔說文受部〕。〔段注〕受者自此言。—者自彼言。其爲相付一也。舟省聲。蓋許必有所受之。

(二)承也。〔國語楚語〕顓頊—之。

(三)得也。見〔廣雅釋詁〕。

(四)親也。見〔廣雅釋詁〕。

(五)繼也。見〔廣雅釋詁〕。

(六)取也。〔管子海王〕釜十五吾—而官出之以百。

⑦用也。〔呂覽贊能〕舜得皋陶而舜―之。⑧因也。〔呂覽慎勢〕位尊者其教―。⑨聽也。〔呂覽圜道〕此所以無不―也。⑩成也。〔呂覽誣徒〕事至則不能―。⑪容納也。見〔玉篇〕。⑫懮―。發思也。〔詩月出〕舒懮―兮。⑬盛也。猶秦晉言容盛也。見〔方言〕。⑭人名。〔書立政〕其在―德暋。〔傳〕―德紂字。〔疏〕或言―。或言―德者。呼之有單復耳。

【㕛】古友字。見〔玉篇〕。

【㕜】古希字。見〔集韻〕。

【𠬞】古奉字。見〔集韻〕。

【𠬤】同奔。見〔字彙補〕。

七畫

【叛】薄半切音畔翰韻 ①半反也。見〔說文半部〕〔段注〕反者―之全。―者反之半。以半反釋―。如以是少釋尟。②亂也。見〔廣雅釋詁〕。③判也。見〔左襄二十六年傳疏〕。④違也。〔左襄三十一年傳〕不吾―也。⑤換也。〔呂覽尊師〕說義不稱師命之曰―。⑥反背之辭。〔左襄二十六年傳疏〕所言―者。或據邑而拒其君。或竊地他國。〔案唐律、十惡。三曰謀―。謂謀背本國從僞〕。⑦通畔。〔荀子大略〕言而不稱師謂之―。

【叛】普半切音判翰韻 ①煥也。〔文選張衡賦〕―赫戲以煇煥。②―衍。猶漫衍也。〔文選左思賦〕―衍相傾。③―換。猶恣睢也。〔文選左思賦〕雲撒―換。

【叚】居下切音賈馬韻 ①借也。闕。見〔說文〕。〔段注〕謂闕其形也。其从又可知。其餘則未解。人部假云非眞也。此―云借也。然則凡云假借。當作此字。古多借瑕爲―。②通假。〔儀禮少牢饋食禮〕―爾大事有常。

【叚】何加切音瑕麻韻 姓也。春秋晉有―嘉。通作瑕。見〔集韻〕。

【㕡】苦怪切音蒯卦韻 口溉切音慨隊韻 丘媿切音喟寘韻 息也。見〔爾雅釋詁〕。〔注〕氣息貌。〔釋文〕苦怪反。又墟季反。字林以爲喟。丘愧反。孫本作快。郭又作嘳。〔案集韻怪韻云。或作嘳、歟。正字通云。―歟字之譌。桂馥據說文艸部蔽从艸―聲。謂說文本有―字。脫去。段玉裁云。―字、今不可得其左旁所从何等字之本訓何屬。〕

【叜】蘇后切音藪有韻 老也。从又灾。闕。見〔說文〕〔段注〕案此有義有音。則闕者謂从又灾之意不傳也。今字作叟。亦未聞其說。〔桂馥云。从又从灾者。一切經音義十六。脈之大候在於寸口。老人寸口脈衰。故从又從灾。又音手。手灾者衰惡也。朱駿聲云。寸口衰惡之說殊解。古文灾字爲丙。故偏旁―多誤。更今俗作叟。又似學字。然皆非誼。愚按卽搜字之古文。从又持火。屋下索物也。會意。爲長者之偁者。發聲之詞。非本訓。攷凡从―之字。今隸皆从叟。〕

【𠬸】古號切音告號韻 謹告也。見〔字彙補〕。

【𠬻】若本字。見〔六書精蘊〕。

【𠬼】得本字。見〔六書正譌〕。

【𠭁】兵籀文。見〔集韻〕。

【𠬾】同季。見〔字彙補〕。

【叙】敍俗字。見〔正字通〕。

八畫

【叟】蘇后切音藪有韻 先侯切音搜尤韻 ①本作叜。〔說文〕叜。老也。〔說解叜字〕。②父也。〔孟子梁惠王〕王曰―。〔注〕孟子去齊。老而之魏。王尊禮之曰父。〔疏〕劉熙曰。―長老之稱。依皓首之言。③老者稱也。老。縮也。人及物老皆縮小於舊也。見〔釋名釋親屬〕。④或作傁。〔方言〕傁、艾、長老也。東齊魯衛之間。凡尊老謂之傁。或謂之艾。周晉秦隴謂之公。或謂之翁。南楚謂之父。或謂之父老。

【叟】疎鳩切音捜尤韻
❶——。淅米聲。〔詩生民〕釋之——。〔傳〕釋、淅米也。——、聲也。〔釋文〕——、濤米聲也。字又作溲。
❷蜀夷別名。漢代謂蜀爲——。〔後漢書董卓傳〕呂布軍有——兵內反。
❸通搜。西戎國名。〔漢書地理志〕織皮、昆崘、析支、渠——。西戎卽敍。〔書禹貢〕作織皮崐崘析支渠搜。西戎卽敍。
❹通滫。〔爾雅釋訓〕溞溞、淅也。〔疏〕洮米聲。溞、——音異義同。

【叟】先彫切音蕭蕭韻　蘇遭切音騷豪韻
通搜。——動貌。〔莊子寓言〕景曰。搜搜也。奚稍問也。〔釋文〕搜本又作——。同口素反。又素刀反。又音蕭。

【𡛷】初紀切音齒紙韻
謟也。見〔篇海〕。

【叓】古事字。見〔說文長箋〕。

【叒】古桑字。見〔字彙補〕。

【叚】同叚。〔說文〕譚長說叚如此。

【𠭡】同欣。見〔字彙補〕。

【叞】同尉。安也。又火斗熨器。見〔篇海〕。

【叓】同吏。見〔字彙補〕。

九畫

【𠬸】疾正切音淨敬韻
❶阬也。从𣦵。从井。井亦聲。見〔說文𣦵部〕。〔段注〕——與井部阱、穽音同義異。——謂穿地使空也。〔按字彙、正字通、作叡。康熙字典因之。並非。〕
❷穿地捕獸也。亦作穽。見〔玉篇〕。

【𠬪】失人切音申眞韻
引也。从又。𠂆聲。𠂆古文申。見〔說文〕。〔注〕引而申之也。〔桂注〕經典借伸字。易繫辭、引而伸之。〔按玉篇云、——古文申。〕

【𠭥】古覽切音橄感韻
進取也。从𠬪。古聲。見〔說文𠬪部〕。〔按今作敢。〕

【𡲕】而兗切音蹨銑韻
柔韋也。見〔字彙補〕。

【𣪘】弁本字。見〔說文長箋〕。

【𢻰】古癸字。見〔字彙〕。

【𤕹】桑籀文。見〔說文叒部〕。

【𢿣】同隓。見〔康熙字典〕。

【𠭊】同𠬸。見〔字彙〕。〔按字彙𠬸、譌作叡。故云——同叡。今正作同𠬸。〕

十畫

【𠭊】𠬸譌字。見〔正字通〕。

【𠭐】朱芮切音贅稅韻　山芮切音睟寘韻
楚人謂卜問吉凶曰——。从又持祟。讀若贅。見〔說文〕。

【𠭺】蒲報切音暴號韻
姓也。見〔字彙補〕。

【𠭯】古壽字。見〔字彙補〕。

【𠬿】古受字。見〔集韻〕。

【𣜩】桑籀文。見〔字彙補〕。

十一畫

【𠭴】莊加切音查麻韻
叉取也。見〔說文〕。〔通訓定聲云。字亦作摣。義證云。叉取也者。釋名。摣、叉也。五指俱往叉取也。段注云。方言。担、摣、取也。南楚之間。凡取物溝泥中謂之担。或謂之摣。亦此字引伸之義。〕

【𠭯】陵之切音釐支韻
引也。从又。𠩺聲。見〔說文〕。

【𠮃】涉劣切音輟屑韻
奚人呼短物也。亦作敪。見〔五音集韻〕。

【𢿔】古揚字。見〔說文手部〕。〔案敭作此形。云見說文。然說文明言从攴。則作此者非。特錄而辨之。今通作敭。〕

【𢾺】古康字。見〔字彙補〕。

【𠭦】同劉。見〔字彙補〕。

十二畫

【叡】黑各切音嗃藥韻
溝也。从𣦵。从谷。讀若郝。𧮫、——或从土。見〔說文𣦵部〕。〔注〕叡穿地爲——也。〔段注云。穿地而通谷也。凡穿地爲水瀆皆稱溝稱——。〕

十三畫

【𡰪】卑亦切音璧陌韻

—法也。見〔篇海〕〔按正字通云。義與辛部𨐨近。𠭊从叉作—。非。六書有𠭊無—〕

【𠭊】 職悅切音拙月韻

倔—。短貌。見〔字彙補〕。

十四畫

【叡】 兪芮切音銳霽韻

一 深明也。通也。从𣦼。从目。从谷省。睿古文—。壡籀文—从土。見〔說文𣦼部〕〔桂注〕从𣦼。从目。从谷省者。一切經音義二十三。—字从𣦼。取穿通義。谷取欲不窮。目取明識。

二 明也。〔呂覽審時〕心意—智。

三 智也。〔大戴記五帝德〕幼而—齊。

四 哲也。〔文選張衡賦〕弘懿明—。

五 聖也。見〔玉篇〕。

六 通徇。〔史記五帝紀〕幼而徇齊。〔索隱〕孔子家語及大戴禮竝作—齊。一本作慧齊。史記舊本亦有作濬齊。蓋古字假借徇爲濬。濬深也。義亦竝通。

【𦃃】 古綵字見〔集韻〕。

【𥈠】 叡俗字見〔字彙〕。

十五畫

【𩏂】 古鞖字見〔集韻〕。

【𨮉】 古巫字見〔通韻〕。

十六畫

【𩿨】 側聿切音䋼屑韻

一 雞兒聲。見〔玉篇〕。

二 雞兒出殼聲見〔廣韻〕。

【叢】 徂聰切音叢東韻〔按韻會云。後人誤作莊子外切。或作菆。二音二字。皆非。毛氏曰。丵上从业。非。〕

一 聚也。从丵取聲。見〔說文丵部〕〔注〕此凡物—萃也。艸木之叢在艸部。〔按艸部作菆〕

二 總也。〔書益稷〕元首—脞哉。

三 眾也。〔漢書酷吏傳贊〕罔密事—。

四 收也。見〔廣雅釋詁〕。

五 遴也。見〔廣雅釋詁〕。

六 細也。〔後漢馬衍傳〕惡—巧之亂世兮。

七 或作𪗇。〔漢書東方朔傳〕𪗇珍怪。

八 俗作菆。〔詩葛覃傳〕灌木—木也。〔釋文〕—才公反俗作䕺。

九 通藪。〔孟子離婁〕爲—毆爵者。〔晉書段灼傳〕作爲藪驅雀者。

十七畫

【𥿮】 古鞠字見〔字彙補〕。

二十畫

【𡖿】 同𡕐。見〔字彙補〕。

二十二畫

【𤔲】 古亂字見〔集韻〕。

【𪗘】 同齋。見〔字彙補〕。

【口】去厚切寇上聲有韻

※口　部※

(一)人所以言食也。象形。見〔說文〕。〔按易頤、自求—食。是—所以食也。書大禹謨、唯—出好興戎。是—所以言也〕。

(二)關也。見〔說苑說叢〕。〔凡江海山谷關塞等處皆有—。故守要隘曰守—。充邊軍曰發—〕。

(三)兌爲—。見〔易說卦〕。

(四)謂—語相發動也。〔公羊隱四年傳〕吾爲子—隱矣。

(五)家—也。〔孟子梁惠王〕八—之家。可以無飢矣。〔近世男稱丁。女稱—〕。

(六)寸脈也。〔史記倉公傳〕切其脈時。右—氣急。〔注〕右手寸—也。〔按脈經云。從魚際高骨卻行一寸。其中名曰寸—。從寸至尺名曰尺澤。故曰尺寸〕。

(七)逸—。過言也。〔書盤庚〕其或有逸—。

(八)稱器物亦曰—。一—猶一枚也。〔晉書劉曜傳〕獻劍一—。

(九)生—。生人也。〔漢書李陵傳〕捕得生—。言李陵教單于爲兵以備漢軍。

(十)牲—。俗稱牲畜爲牲—。

(十一)壺—。山名。〔書禹貢〕既載壺—。〔清一統志〕壺—山在山西潞安府長治縣東南跨壺關縣界。又名壺關山。一名壺山。〔在今山西長治縣境〕。

(十二)姓也。明弘治宣府通判—祿。又古—複姓。漢古—引。

(十三)俗謂刀劍之鋒刃曰—。

(十四)入—。日本語門也。不常通過之門、曰非常—。

(十五)—錢。日本語。酬報買賣媒介之錢、曰—錢。

【口】苦動切音孔董韻

空也。見〔釋名釋形體〕。

一畫

【𠮙】億結切音乙質韻

——聲也。見〔集韻〕。

【𠮚】乙黠切音軋黠韻

鳥聲。見〔集韻〕。〔正字通云。鳥聲非—。俗作—。無稽〕。

【𠮛】古口字。見〔字彙補〕。

【口】古旨字。見〔玉篇〕。

二畫

【古】公戶切音鼓麌韻

(一)故也。从十口。識前言者也。見〔說文古部〕。〔注〕鍇曰。古者無文字。口相傳也。鉉曰。十口所傳。是前言也。

(二)久也。〔詩緜〕—公亶父。〔言久老之人也〕。

(三)始也。〔書康誥〕別求聞由—先哲王。

(四)天也。〔書堯典〕曰若稽—帝堯。〔鄭注〕—天也。

(五)遠謀也。〔周書常訓〕民乃有—。〔注〕皆有經遠之規謂之有—。

(六)上—。中—。下—。曰三—。〔漢書藝文志〕世歷三—。〔注〕伏羲上—。文王中—。孔子下—。

(七)不—。不厚也。如云人心不—。

(八)先—。先祖也。〔禮記祭義〕以祀天地山川社稷先—。

(九)—度。樹也。〔文選左思賦〕松梓—度。〔注〕—度樹也。不花而實。子皆從皮中出。大如安石榴。

(十)—文。先王之典籍也。〔文選劇秦美新〕—文畢發。〔又〕孔子壁中書也。見〔說文叙〕。

(十一)姓也。漢京兆—生。後漢東平憲王從事—霸。蜀志廣漢功曹—牧。又—孫。—龍。皆複姓。

【古】古暮切音顧遇韻

昔也。〔楚辭思古〕還余車于南郢兮。復往軌于初—。〔注〕—音故。〔按集韻云。通作故〕。

【句】俱遇切音屨遇韻

(一)局也。聯字分疆所以局言者也。古謂之言。秦漢以後始稱—。〔文心雕龍章句〕四字而生—。積—而成章。

(二)下告上之詞。〔史記叔孫通傳〕大行設九賓臚—傳。〔注〕上傳語告下爲臚。下傳語告上爲—。

(三)大屈也。〔禮記樂記〕—中鉤。〔疏〕言音聲大屈曲、感動人心。

【句】居候切音遘宥韻

(一)—當。猶屏當也。〔宋史曹彬傳〕江南—當公事回。

(二)拘也。〔郤埽編〕祇託春風—管來。

(三)同彀。〔詩行葦〕敦弓既—。〔釋文〕—、說文作彀。

【句】古侯切音溝尤韻

●曲也。見〔說文句部〕。〔段注〕凡曲折之物。侈爲倨。斂爲句。考工記多言倨句。樂記言倨中矩。句中鉤。凡地名有句字者。皆謂山川紆曲。如句容、句章、句餘、皆是。凡章句之句。亦取稽留可鉤乙之意。古音總如鉤。後人句曲音鉤。章句音屨。又改句曲字爲勾。此淺俗分別。不可與道古也。

●二 下也。〔大戴記曾子立事〕與其倨也寧句。

●三 發聲也。〔史記吳世家〕自號句吳。〔注〕吳言句者。發聲也。猶言於越。

●四 方也。〔莊子田子方〕履句屨者知地形。

●五 句兵。戈戟之屬。〔考工記廬人〕句兵欲無彈。

●六 句瞿。斗也。〔山海經北山經〕陽山有獸焉。其頸腎。其狀如句瞿。

●七 句襟。曲領襃衣也。〔淮南氾論〕豈必襃衣博帶。句襟委章甫哉。

●八 句芒者。物之始生。見〔白虎通五行〕。〔又〕木神也。〔山海經海外東經〕東方句芒。〔卽禮記月令其神句芒也〕

●九 句枉。曲枝也。〔淮南脩務〕據句枉。

●十 句爪。鷹鶻之屬也。〔淮南本經〕句爪居牙。

●十一 句欄。闌干也。世以稱女閫。

●十二 句容。縣名。〔淸一統志〕句容縣。漢置。屬丹陽郡。歷代因之。淸屬江寧府。〔今屬江蘇句容縣治〕

●十三 句注。山名。〔李璋河東記〕句注以山形句轉。水勢注流而名。亦曰陘嶺。〔淸一統志〕句注山在山西代州西北二十五里。〔今屬山西代縣境〕

●十四 句星。客星也。〔淮南道應〕昔吾見句星在房心之閒。

●十五 高句驪。古胡國名。〔漢書地理志〕玄菟郡高句驪。〔應劭曰〕故句驪胡。〔在朝鮮咸鏡道界〕

●十六 句股。古算法名。九章之一也。以御高深廣遠。直角三角形之短邊曰句。

●十七 草木屈生曰句。〔禮記月令〕句者畢出。

●十八 官名。唐有都句判官。五代有內句使。宋有管句。

●十九 姓也。仲尼弟子句井疆。

【句】權俱切音衢虞韻

●同絇。履頭飾也。〔周禮屨人〕靑句。

●二 句須。地名。〔春秋僖二十二年〕公伐邾。取須句。〔讀史方輿紀要〕須句在山東兗州府東平州。〔今屬山東東平縣治〕

【句】恭于切音俱虞韻

止也。本作拘。見〔集韻〕。

【句】古有切音九有韻

曲也。〔淮南地形〕句嬰民。

【另】郎定切音令敬韻〔與另別〕

●分居也。割開也。〔元人曲〕夜夜敎他孤另。〔凡物兩分者皆曰另〕。

●二 猶別也。如淸代諭旨云、另有旨。官書云、另案辦理之類。

【另】古瓦切音寡馬韻

剮人肉置其骨。見〔玉篇〕。〔與咼剮同〕。

【叨】他刀切音滔豪韻

●貪也。見〔說文饕重文〕。〔段注〕今俗與饕分別異用。〔按書多方亦惟有夏之民叨懫。傳訓貪叨〕。

●二 殘也。〔方言〕叨、惏。殘也。陳楚曰惏。

●三 忝也。〔司空圖詩〕淸秩偶叨非養望。〔近世書牘多用叨承、叨蒙。均此義〕。

●四 受也。〔李德裕詩〕盧橘賜常叨。〔俗稱叨敎、叨光。均此義〕。

●五 食也。見〔一切經音義引埤蒼〕。

●六 叨叨。誠也。見〔廣雅釋訓〕。

【叩】去厚切音口有韻丘候切音寇宥韻

●擊也。〔論語子路〕以杖叩其脛。

●二 發動也。〔論語子罕〕我叩其兩端而竭焉。

●三 問也。本作訽。〔梁武帝詩〕獨學少擊叩。

●四 以手至首也。〔漢書李陵傳〕叩頭自請。〔俗稱拜叩。義本此〕。

●五 引止也。〔史記伯夷傳〕叩馬而諫。

●六 叩叩。誠懇也。〔朱子詩〕叩叩苦陳辭。

●七 通扣。〔荀子法行〕扣之。其聲淸揚而遠聞。〔注〕扣、與叩同。

【只】章氏切音紙紙韻章移切音支支韻

●語已辭也。見〔說文只部〕。〔段注〕矣只皆語止之辭。鄘風。母也天只。不諒人只、是也。

●二 是也。〔詩樛木〕樂只君子。〔王引之云〕亦句中語助也。

●三 辭也。猶耳也。〔左襄二十七年傳〕諸侯歸晉之德只。非歸其尸盟也。

(四)姓也。明—好仁。
(五)通旨。詩樂—左傳皆作旨。

【只】之日切音質質韻
但也。〔段玉裁云〕宋人詩用—爲
祇字。但也。今人仍之。讀如隻。

【叫】吉弔切音訆嘯韻古幼切音
救宥韻〔俗作呌非〕。
(一)嘑也。見〔說文〕。〔桂注〕襄三十
年左傳。或—於宋太廟。〔今俗呼
人曰—人。稱好曰—好。義本此〕。
(二)急呼也。〔楚辭疾世〕—我友兮配
耦。
(三)鳴也。〔文選潘岳賦〕候扇舉而清
—。〔今云鳥鳴曰鳥—。犬吠馬嘶
亦曰犬—、馬—〕。
(四)——高遠辭也。〔漢書揚雄傳〕大
語——。
(五)色—不相當也。〔唐史〕某武人素
不閱書。若奉薦則色—矣。
(六)—奡。高舉貌。〔漢書司馬相如傳〕
糾蓼—奡。
(七)—然。聲也。〔漢書昌邑王傳〕遂—
然號曰。

【召】直笑切潮去聲嘯韻
(一)呼也。見〔說文〕。〔桂注〕書甘誓。乃
—六卿。〔淸世所謂—見、—對。均
本此〕。
(二)請也。〔呂覽分職〕令—客者酒酣。
(三)致也。〔呂覽重己〕惑—之也。
(四)猶招也。〔楚辭招魂序〕以手曰招。
以言曰—。〔近世通用如—集議
會、—募兵士、—租、—頂。均是〕。

【召】時照切音邵嘯韻〔同邵〕。
(一)國名。〔詩序〕甘棠美—伯也。〔箋〕
—伯。姬姓。名奭。食邑于—。〔按—、
采邑。初封在今陝西鳳翔縣東南。
後徙今山西垣曲縣東〕。
(二)高也。〔水經潁水注〕東南經—陵
縣故城南。闞駰曰。—者高也。
(三)姓也。—公之後。

【叭】普八切音汃黠韻
聲也。見〔集韻〕。

【叭】普活切音鏺曷韻
口開也。見〔五音集韻〕。

【叭】讀若笆
喇—。軍中吹器。俗呼號筒。見〔戚
繼光新書號令篇〕。

【㕣】以轉切音沇銑韻
山間陷泥地。从口。从水敗貌。見〔
說文〕。〔按閒、玉篇作澗。陷當作淊。
水部曰。淊、泥水淊淊也。从口。謂山
間。从水敗貌。則水敗土而淊泥多。
是曰—。古文作容。漢隸作兖。今作
兖。或通作沇〕。

【叮】當經切音丁青韻
—嚀。囑付也。見〔玉篇〕。

【可】口我切音坷哿韻
(一)肯也。見〔說文可部〕。〔桂注〕詩終
風。惠然肯來。箋云。肯—也。
(二)否之對也。〔書堯典〕嚚訟—乎。
(三)決定語。〔論語爲政〕其或繼周者。
雖百世—知也。
(四)猶足也。〔論語學而〕賜也始—與
言詩已矣。
(五)猶堪也。〔漢書司馬相如傳〕其殆
不—乎。
(六)猶能也。〔孟子告子〕今夫水。搏而
躍之。—使過顙。激而行之。—使在
山。
(七)君主俞允之語。〔史記秦始皇紀〕
制曰—。〔近世君主立憲國法律。
須經君主之裁—〕。
(八)未足之辭也。〔論語子路〕期月而
已—也。
(九)猶止也。〔禮記少儀〕卽席曰—矣。
(十)猶宜也。〔漢書蒯通傳〕物有相感。
事有適—。
(十一)猶善也。〔禮記檀弓〕雖欲勿殤也。
不亦—乎。
(十二)猶所也。〔禮記中庸〕體物而不—
遺。〔注〕不有所遺。
(十三)遂意也。〔荀子富國〕生也皆有—
也。智愚同所—異也。〔—意、—人。
均此義〕。
(十四)用也。〔呂覽用民〕唯得其道爲—。
〔注〕—用也。
(十五)猶合也。〔荀子正名〕故—道而從
之。〔注〕—道。合道也。
(十六)姓也。唐諫議大夫—中正。宋紹興
進士—懋。
(十七)——。外國果樹。

可可樹

(十八)—克。日本名詞。謂焦煤也。
(十九)—耳克。亦日本名辭。謂枳櫟樹所
製。西人用以塞缾口者。此木質至
輕易浮。故又以製救命具。
(二十)同何。〔石鼓文〕其魚隹—。〔風雅
廣逸注〕隹—讀作維何。古省文
也。

〔可〕　苦格切音克　陌韻

—汗。突厥君長也。〔唐書突厥傳〕—汗。猶單于也。妻曰—敦。〔匈奴曰單于。突厥曰—汗。突厥今土耳其國也〕

〔台〕　盈之切音怡　支韻

(一) 說也。見〔說文〕〔段注〕—說者。今之怡悅字。說文怡訓和。無悅字。古文禹貢。祗—德先。鄭注。敬悅天子之德既先。

(二) 我也。〔書湯誥〕肆—小子。

(三) 養也。音衛燕魏曰—。見〔方言〕。

(四) 失也。宋魯之間曰—。見〔方言〕。

(五) 謏—。擢也。〔方言〕燕代之閒曰謏—。

〔台〕　湯來切音胎　堂來切音臺　灰韻

(一) 星名。〔後漢安帝紀〕推咎—衡。〔注〕—謂三—。三公象也。

(二) 引伸為三公之稱。〔晉書郗鑒傳贊〕奕世登—。〔言如星之有三—。世俗—下、—光等稱本此〕。

(三) 地名。漢屬會稽郡。唐改—州。今浙江臨海縣等地。

(四) 同能。〔文選盧諶詩〕三—摛朗。〔注〕—與能同。

(五) 同鮐。〔詩行葦〕黃耇—背。〔箋〕—之言鮐也。大老則背有鮐文。

(六) 同胎。〔漢書高后紀〕呂—。〔注〕—。胞胎。

(七) 同部。〔春秋襄十二年〕圍—。〔穀梁〕作部。

(八) 美銀貨幣名。十—當一銀圓。半—當五仙。英文 Dime。〔又〕德銀貨幣名。具言—那。一—當三馬克。英名 Thaler。

〔叱〕　戚悉切音七　尺栗切音妣　質韻

(一) 訶也。从口七聲。見〔說文〕〔段注〕訶。大言而怒也。

(二) 咄聲也。〔莊子齊物論〕—者。吸者。〔釋文引司馬注〕—者若—咄聲。

(三) 急呼聲。〔漢書東方朔傳〕以杖擊殿檻、呼方朔曰。—。—。朔來。朔來。

(四) 進而吐之曰—。見〔一切經音義引通俗文〕。

〔吪〕　火跨切音化　禡韻

開口貌。見〔集韻〕。〔正字通〕云同訛。—卽吪省。通作訛。

〔史〕　爽士切音使　紙韻

(一) 記事者也。見〔說文〕〔桂注〕書酒誥。矧太—友。內—友。鄭注。太—內—掌記言記行。

(二) 六官之佐屬。〔詩賓之初筵〕既立之監。或佐之—。〔周禮凡官屬皆有—掌官書以贊治也〕

(三) 國家記事書也。始於尚書春秋。自—記漢書下至明—。凡廿四—。號為正—。外有編年、別—、雜—、詔令、奏議、傳記、鈔、載記、時令、地理、職官、政書、譜牒、目錄、—評之分。而記瑣屑小事之書。亦襲用—名。如花—之類。

(四) 筮人也。〔左襄二十五年傳〕—皆曰吉。

(五) 太—。日官也。〔書立政〕太—尹伯庶常吉士。〔清假以稱翰林庶吉士稱庶常皆本此〕〔又〕九河之一。〔爾雅釋水〕徒駭。太—。馬頰。覆鬴。胡蘇。簡。絜。鉤盤。鬲津。九河。

(六) 御—。漢唐明清皆設此官。主諫諍君主。糾參百官。

(七) 刺—。漢唐州治長官。

(八) 姓也。漢—游。元帝時為黃門令。撰急就章四卷。〔又〕太—。複姓。三國時太—慈。

〔右〕　尤救切音宥　宥韻　云久切音有　有韻

(一) 助也。从口又。見〔說文〕〔段注〕又者手也。手不足以口助之。故曰助也。今人以左右為ナ又字。則又製佐佑為左右字。

(二) 左之對也。〔書甘誓〕—不攻于—。

(三) 上也。〔管子七法〕以鍊精銳為—。

(四) 尊也。〔淮南氾論〕—鬼非命。

(五) 尚也。〔漢書公孫弘傳〕守成上文。遭遇—武。

(六) 強也。〔後漢明帝紀〕毋令豪—得固其利。

(七) 陰也。〔禮記內則〕凡女拜尚—手。

(八) 高也。〔漢書循吏傳〕文翁以為—職。

(九) 親也。〔國策魏策〕必—秦而左魏。

(十) 司—。官名。〔周禮司—〕掌羣—之政令。〔注〕羣—。戎、齊、道—。

(十一) —廣。兵車名。〔左宣三年傳〕—廣初駕。

(十二) 長—。山名。〔又〕獸名。見〔山海經南山經〕。

(十三) 姓也。漢—公弼。宋—嘉祥。

(十四) 通侑。勸也。〔周禮大祝〕以享—祭祀。〔注〕—讀為侑。

【㚬】渠尤切音求尤韻〔或作㚬〕。

㊀高氣也。見〔說文〕〔桂注〕詩執我仇仇。傳云仇仇猶謷謷也。蓋謂仇卽此—高氣有謷意。

㊁三角形之矛。〔詩小戎〕—矛鋈錞。

㊂—由。國名。一作—猶。〔讀史方輿紀要〕江南邳州宿遷縣。秦爲下相地。漢爲—猶縣。屬臨淮郡。〔在今江蘇宿遷縣〕。

【叵】普火切音頗哿韻

㊀不可也。从反可。見、〔說文新附〕。〔按後漢呂布傳云大耳兒爲—信。—訓不可。玉篇、廣韻、文選注、皆同。鈕樹玉新附攷云。—疑匚之俗體〕。

㊁遂也。〔後漢隗囂傳〕帝知其終不爲用。—欲討之。

㊂—羅。酒巵也。〔北史祖珽傳〕神武宴寮屬。于坐失金—羅。竇太令飲酒者皆脫帽。于珽髻上得之。

㊃同頗。〔漢書司馬遷傳〕其是非—繆於聖人。

【司】息玆切音思支韻

㊀臣—事於外者。見〔說文〕。〔朱駿聲云〕周官四十有一—。—者理其事也。〔今世所謂—法。卽理之義〕。

㊁主也。〔詩羔裘〕邦之—直。〔語云所—何事義同此〕。

㊂猶察也。〔周禮媒氏〕—男女之無夫家者而會之。

㊃三—謂御史大夫中書門下也。〔唐書百官志〕凡冤而無告者。三—詰之。

㊄有—官吏也。〔書大禹謨〕茲用不犯于有—。

㊅官—凡官衙總名也。俗謂訴訟曰打官—。或曰吃官—。

㊆州名。〔晉書地理志〕—州。禹貢豫州之地。漢置—隸校尉。魏置—州。晉因之。〔在今河南洛陽縣治〕。

㊇姓也。左傳鄭—臣。〔又〕—徒。—馬。—空。—城。—寇。—鴻。皆複姓。

㊈設官分職處也。清制。內官有通政—。部屬亦稱—。外官有布政—。按察—。鹽運—。今內各部分—。臨時官制。外省各設八—。

【司】相吏切音笥寘韻

㊀主也。〔漢書敘傳〕民具爾瞻。困于二—。〔顏注〕—先字反。

㊁同伺。〔漢書灌夫傳〕太后亦已使人候—。

【号】後到切音號號韻

痛聲也。从口在丂上。見〔說文〕。

【吗】乎感切音頷感韻

本作马。〔說文〕马。嘾也。草木之華未發函然。〔段注〕函之言含也。深含未放。

【另】類彌切音脾支韻

別也。見〔玉篇〕。〔按舊注云。—下从力。與另異字。棨混入另字注云。又。補買切。非。正字通不知別有—字。駁字棨云另無擺音。亦誤〕。

【叽】居消切音驕蕭韻

噢也。見〔篇海〕。〔正字通云。叫字之譌〕。

【叺】音申眞韻

吟也。見〔龍龕手鑑〕。〔按隸書以字亦或如是〕。

【叻】讀若勒

地名。新嘉坡俗稱爲—埠。亦簡稱—。

【吝】右本字。見〔說文〕。

【各】古吾字。見〔集韻〕。

【叶】古協字。見〔說文〕。

【叴】同吞。見〔玉篇〕。

【𠮛】同只。見〔集韻〕。

【叹】同叫。見〔說文長箋〕。

三畫

【叿】呼公切音烘 胡公切音洪東韻〔正字通云。哄訌通有平去二聲。分哄—爲二誤。正韻平聲東收訌。去聲送收哄〕。

㊀呵也。見〔玉篇〕。

㊁大聲也。見〔集韻〕。

㊂—市人聲也。見〔廣韻〕。

【吁】匈于切音訏 雲俱切音迂虞韻

㊀驚也。从口亏聲。見〔說文〕〔桂注〕書堯典。帝曰。—。傳云。—。疑怪之辭。〔按說文口亏兩部並出亏部訓驚語也〕。

㊁歎也。〔書呂刑〕王曰。—來。

㊂憂也。〔詩卷耳〕云何—矣。

㊃吹氣聲也。〔禮記檀弓〕曾子聞之曰—。

㊄然也。見〔方言〕。〔按廣雅云。譍也。義同。朱駿聲云。發聲之辭〕。

㊅留—。赤狄別種。〔讀史方輿紀要〕山西潞安府屯留縣東南十里有純留城。春秋時潞子國也。晉人滅留—。置純留邑。〔在今山西屯留

縣墱。〕
(七)通于。〔詩麟趾〕于嗟麟兮。〔于嗟即吁嗟〕
(八)通呼。〔莊子在宥〕對雲將曰—。〔釋文〕—、本作呼。
(九)通盱。〔詩卷耳〕云何—矣。〔爾雅釋詁注〕作云何盱矣。
(十)同嘘。〔論衡吉驗〕猪馬以气—之。

【吂】謨郎切音茫陽韻
(一)不答也。〔方言〕沅澧之間使之而不肯答曰—。〔注〕—今中國語亦然。
(二)不知也。見〔廣韻〕。

【吂】莫浪切音漭漾韻
老人不知。見〔廣韻〕。

【吃】居乙切音訖　欺訖切音乞物韻
(一)言蹇難也。見〔說文〕。〔桂注〕史記韓非傳非爲人口—不能道說而善著書。
(二)難進也。〔孟郊詩〕凍馬四蹄—。
(三)同喫。〔賈子新書耳庳〕越王之窮至乎—山草。
(四)——笑貌。〔文同詩〕靜能知此趣。——笑勞生。

【各】剛鶴切音閣藥韻
(一)異詞也。从口从夊。夊者有行而止之不相聽也。見〔說文〕〔段注〕詞者意內而言外。異爲意。—爲言也。
(二)詞也。見〔廣雅釋詁〕〔疏證〕—當爲若。若語詞也。
(三)屠—。北方種落名。〔後漢公孫瓚傳〕爲屠—所殺。〔注〕屠—胡號。
(四)亦—。不一之辭。見〔詩載馳箋〕行道也疏。
(五)分別之辭。如云—不相涉。—自努力之類。
(六)總計之辭。如云—部、—國之類。
(七)通洛。〔石鼓文〕大車出—。

【吅】況袁切音萱元韻　荀緣切音宣先韻
(一)驚嘑也。見〔說文吅部〕。〔注〕鉉曰。或通用讙。今俗別作喧。非是。鍇曰。衆人並呼。
(二)囂也。見〔玉篇〕。

【吅】同鄰。漢隸衛立碑。孫根碑。俱有—字。釋文。即鄰字。

【吅】同訟。〔集韻〕訟、古作—。

【合】曷閤切音盒合韻〔正字通〕云。六書故。—別作佮、敆、詥、迨。說文詥、諧也。敆、會合也。迨、還也。按詥佮敆與—音義通。迨與—分可也。〕
(一)亼口也。見〔說文亼部〕〔段注〕各本亼作—。誤。此以其形釋其義也。三口相同是爲—。十口相傳是爲古。
(二)同也。〔周禮小行人〕—六幣。〔今俗訂券約有—同之名義同此〕
(三)配也。〔詩大明〕天作之—。〔俗云輕重優劣相衡通曰配—〕
(四)交也。〔呂覽論威〕才民未—。〔兵數交鋒曰兵數—義本此〕
(五)會也。〔禮記王制〕不能五十里者。不—於天子。
(六)和也。〔呂覽有始〕夫物—而成。
(七)聚也。〔論語子路〕苟—矣。
(八)應也。〔史記樂書〕—生氣之和。
(九)成也。〔國語魯語〕詩所以—意。
(十)凝也。〔後漢光武紀〕至滹沱河無船。適遇冰—。得過。
(十一)閉也。〔漢書兒寬傳〕—祛於天地神祇。
(十二)答也。〔左宣二年傳〕既—而來奔。
(十三)作也。〔漢書律曆志〕蓋聞古者黃帝—而不死。
(十四)齊也。〔易乾文言〕與日月—其明。
(十五)結也。〔國語楚語〕—其嘉好。
(十六)猶蒸也。〔史記樂書〕天地欣—。
(十七)堅密也。〔考工記弓人〕秋合三材則—。
(十八)中也。〔漢書王莽傳〕考圜—規。〔今云—格。—式。同此義〕
(十九)猶滿也。〔舊唐書陸德明傳〕—朝賞歎。
(二十)幷也。〔唐書地理志〕—欽州隸黎州都督府。
(廿一)應聲平聲也。〔白居易詩〕祇—隨雞逐鴨飛。〔文牘中—行、—理、之類。均此義〕
(廿二)樂譜也。〔宋史樂志〕黃鐘用—字。〔餘詳一字〕
(廿三)器名。〔太眞外傳〕授金釵鈿—。
(廿四)—沓。重沓也。〔文選王褒賦〕薄索—沓。
(廿五)—遝。盛多貌。〔文選王褒賦〕駑—遝以詭譎。
(廿六)—宮。黃帝以草蓋之明堂也。〔文中子問易〕黃帝有—宮之聽。
(廿七)六—。天地四方也。〔莊子齊物〕六—之外。聖人存而不論。
(廿八)—藊。黍名。〔禮記曲禮〕黍曰—藊。
(廿九)百—。草名。葉厚而光。無柄。夏半開花。狀如鐘。色帶紫白。根如散鬚。地下鱗莖白而肥。含小粉甚多。常供食用。

百合花

（卅）海百—。與海燕同類。其體及枝幹甚繁。狀如羽。體分五部。枝幹亦爲五角。體長成後。卽由枝幹下墜。游泳而行。

海百合

（卅一）—昏。草名。〔本草〕—歡、一名—昏。至暮卽—。故云—昏。

（卅二）—樂。謂洽樂與衆聲均作也。〔儀禮鄉飲酒〕乃—樂。

（卅三）—卺。謂不異爵也。〔禮記昏義〕—卺而飲。

（卅四）通閤。〔國策秦策〕意者臣愚而不闔王心耶。〔注〕閤、—同。

（卅五）通郤。〔史記魏世家〕築雒陰—陽。〔注〕郤水之北。

（卅六）姓也。宋大夫—左師。

（卅七）州名。〔讀史方輿紀要〕—州。古巴國。秦屬巴郡。兩漢因之。西魏置—州。清亦曰—州。屬重慶府。〔今屬四川〕—川縣。

（卅八）塲—。日本名辭。或言時機。或言情形。

【合】　葛合切音閤合韻

（一）量名。兩龠爲—。〔漢書律曆志〕合龠爲—。十—爲升。

（二）日本量名。升十分之一。卽立方六千四百八十二分七釐之積。當我一合九勺四抄。

（三）日本度名。坪十分之一。卽平方三尺六寸之積。當我平方三尺四寸七分之積。

【合】　轄夾切音洽洽韻

煩亂也。〔考工記弓人〕春液角則—。〔鄭康成讀〕

【吉】　激質切音拮質韻

（一）善也。見〔說文〕〔桂注〕釋名。—、實也。有善實也。書皋陶謨。彰厥有常。—哉。

（二）朔日也。〔周禮大司徒〕正月之—。

（三）謹也。見〔集韻〕

（四）福也。〔文選張衡賦〕祚靈主以元—。

（五）行也。見〔廣雅釋詁〕

（六）吉利也。見〔廣韻〕

（七）姓也。尹—甫之後。漢太守—恪。〔又〕通姞。亦姓也。〔詩都人士〕謂之尹—。〔箋〕—讀爲姞。尹氏姞氏。周室昏姻之舊姓也。

（八）州名。隋置。唐、五代、宋因之。元、升—安路。明改—安府。清因之。屬江西省。見〔讀史方輿紀要〕〔今江西廬陵縣治〕又金改耿州爲—州。元省。明仍曰—州。清因之。屬山西平陽府。見〔讀史方輿紀要〕〔今山西—縣治〕

（九）—了。鳥名。〔舊唐書音樂志〕今嶺南有鳥。似鸜鵒而稍大。乍視之不相分辨。籠養久則能言。無不通。南人謂之—了。亦云料。

（十）—貝。木棉也。〔南史海南諸國傳〕—貝者。樹名也。其花成時如鵝毳。抽其緒紡之作布。〔按李時珍曰。—貝者。乃古貝之譌也。考今本南史新舊唐書。皆作古貝。惟書經蔡沈傳作—貝〕

【同】　徒東切音桐東韻

（一）合會也。从冃口。見〔說文冃部〕〔段注〕口皆在所覆之下。是—之意也。

（二）共也。〔周禮司市〕以泉府—貨而斂賒。

（三）聚也。〔詩吉日〕獸之所—。

（四）和也。平也。〔禮記禮運〕是謂大—。

（五）齊也。〔詩車攻〕我馬既—。

（六）等也。〔呂覽審己〕雖當與不知—。

（七）猶俱也。〔詩七月〕—我婦子。

（八）猶一也。〔國語周語〕其惠足以—其民人。

（九）猶通也。〔山海經海內經〕伯陵—吳權之妻、阿女緣婦。

（十）般見曰—。〔詩車攻〕會—有繹。

（十一）地方百里曰—。〔左昭二十三年傳〕土不過—。

（十二）共處曰—。〔國語鄭語〕以—于王庭。

（十三）一心不二曰—。〔國語周語〕緜—可覯。

（十四）酒爵也。〔書顧命〕上宗奉—瑁。〔傳〕—爵名。

(十五)樂器也。〔周禮典同〕掌六律六—之和。〔注〕律以竹—以銅。
(十六)—甲謂完堅齊等也。〔管子大匡〕—甲十萬。
(十七)通箽。〔列子黃帝〕狀不必箽。〔注〕箽當作—。
(十八)通桐。〔左成二年傳〕蕭—叔子。〔史記齊世家〕作蕭桐。
(十九)—人卦名。離下乾上。〔易大象〕天與火—人。
(二十)州名。〔清一統志〕漢馮翊郡。西魏置—州。隋廢。唐復置—州。歷代因之。清升爲—州府。〔今陝西大荔縣治〕
(廿一)姓也。唐—谷。〔又〕羌複姓有—蹄氏。望在渤海。

【名】彌幷切音銘庚韻
(一)自命也。从口夕。夕者冥也。冥不相見。故以口自—。見〔說文〕。
(二)事物之號也。〔禮記祭法〕黃帝正—百物。
(三)人所以爲稱者也。〔左桓六年傳〕子同生。公問—於申繻。
(四)聲聞也。〔國策秦策〕臣聞爭—者于朝。
(五)呼人也。〔禮記曲禮〕國君不—卿老世婦。
(六)大也著也。〔書武成〕所過—山大川。〔疏〕大乃有—。—大互言之耳。
(七)文字也。〔儀禮聘禮〕百—以上書于策。
(八)號令也。〔國語周語〕言以信—。
(九)號諡也。〔周書諡法〕是以大行受大—。細行受細—。
(十)爵號也。〔左成二年傳〕惟器與—。
(十一)姓氏通稱。〔儀禮士昏禮〕請問—。〔疏〕問姓氏也。
(十二)功也。〔國語周語〕勤百姓以爲己—。〔注〕—、功也。
(十三)明也。〔釋名釋言語〕—。明也。—實使分明也。
(十四)分也。〔論語子路〕必也正—乎。〔古有—家者流。亦以考析—位禮數爲事者也。〕
(十五)眞也。〔春秋繁露深察名號〕—者。聖人之所以眞物也。—之爲言眞也。
(十六)成也。〔廣雅疏證〕廣韻引春秋說題辭云。—成也。
(十七)發也。〔鬼谷子摩〕—者發也。
(十八)目上爲—。〔詩猗嗟〕猗嗟—兮。
(十九)—字及—辭之畧。文法上謂事物之稱號曰—字。常爲單字。—學上謂事物之徵識曰—辭。不論字數。而常居一詞之兩端。故亦謂之端。
(二十)—學。研究思辨形式上法則之科學也。或譯稱邏輯。或譯作辨學。日本謂之論理學。英文 Logic。
(廿一)—數。指有一定之物者也。亦謂之實數。反是爲不—數。亦謂之虛數。

【名】忙經切音冥青韻
同銘。志也。〔列子湯問〕伯益知而—之。〔釋文〕—、與銘同。

【名】彌正切洺去聲敬韻
同詺。目諸物也。見〔集韻〕。〔按廣韻云。詺、或單作—〕。

【后】胡口切音後有韻下遘切音候宥韻
(一)繼體君也。易曰。—以施令告四方。見〔說文后部〕〔段注〕—之言後也。開刱之君在先。繼體之君在後也。析言之如是。渾言之則不別矣。
(二)君也。〔易泰〕—以財成天地之道。
(三)受禪之君也。〔禮檀弓〕夏—氏。〔疏〕夏言—者。白虎通云。以揖讓受於君。故稱—。
(四)天子嫡妃也。後也。〔禮記曲禮〕天子有—。〔疏〕—、後也。言其後于天子。亦以廣後胤也。商以前皆曰妃。周秦以後通稱—。
(五)諸侯亦稱—。〔書舜典〕班瑞于羣—。
(六)君稱臣亦曰—。〔書舜典〕汝—稷。播時百穀。
(七)—帝。天也。〔左文二年傳〕皇皇—帝。
(八)—土。地也。〔左文十八年傳〕使主—土。〔疏〕天稱皇天。故地稱—土。〔又〕土神也。〔左昭二十九年傳〕土正曰—土。〔注〕土爲羣物主。故稱—也。其祀句龍焉。
(九)通後。〔禮記曲禮〕再拜稽首而—對。
(十)姓也。孔子弟子—處。漢—蒼。

【吏】良志切音利寘韻〔本作叓〕
(一)治人者也。从一。从史。見〔說文一部〕〔注〕—之治人。心主于一。故从一。史者爲君使也。
(二)理也。〔漢書百官公卿表〕是爲長—。〔注〕主理其縣內也。
(三)府史之屬亦曰—。〔周禮大宰〕三

日廣當以馭其—。㊃三—三公也。〔左成二年傳〕王使委於三—。㊄百—百官也。〔國語周語〕百—庶民。㊅姓也。漢—宗王莽時人。

【吏】神至切音示寘韻
㊀奉也。見〔五音集韻〕。㊁職事也。見〔五音集韻〕。㊂勞也。見〔五音集韻〕。

【吐】統五切音土麌韻
㊀寫也。見〔說文〕。〔桂注〕詩烝民。柔則茹之。剛則—之。㊁棄也。〔左傳六年傳〕神其—之乎。㊂出也。舒也。〔漢書劉向傳〕發明詔。—德音。㊃姓也。附將軍—萬緒。〔又〕—火。—賀。—萬。—羅。—門。—難。—缶。—渾。皆複姓。

【吐】土故切音兔遇韻
歐也。病自—也。見〔廣韻〕。〔按釋名釋疾病云。—瀉也。故揚豫以東謂瀉爲—也。〕

【向】許亮切音𩛘漾韻
㊀北出牖也。詩曰塞—墐戶。見〔說文宀部〕。〔段注〕引伸爲—背字。〔按通訓定聲云。散文則凡牖亦得曰—〕㊁對也。〔莊子秋水〕望洋—若而歎。㊂趣也。〔南史庾杲之傳〕要是意—如此。〔—曉、—夜。亦趣—之意〕㊃傾也。〔冊府元龜〕蘊藉風流。爲時稱—。㊄救也。見〔韻會〕。㊅昔也。〔莊子庚桑楚〕—吾見若眉睫之間。

【向】式亮切音餉漾韻
㊀地名。〔左襄十四年傳〕會吳于—。〔讀史方輿紀要〕河南開封府尉氏縣西南五十里有—城。〔在今河南尉氏縣境〕㊁國名。〔春秋隱二年〕莒人入—。〔注〕—小國也。〔讀史方輿紀要〕山東兗州府沂州西南一百里有—姓鎮。〔在今山東蘭山縣境〕㊂姓也。春秋宋—戌。

【吒】陟嫁切音奼禡韻 陟加切音奓麻韻
㊀噴也。叱怒也。見〔說文〕。〔段注〕曲禮曰。毋—食。謂當食而叱怒他事。嫌於怒食。故注云嫌薄之。㊁叱之稍徐也。見〔六書故〕。㊂—婆。梵語障礙也。見〔正字通〕。

【吒】陟格切音雜陌韻
嘲也。見〔集韻〕。

【吂】烏郎切音鴦陽韻
呼聲也。見〔五音集韻〕。〔集韻作映〕。

【吐】莫浪切音漭漾韻
閉而不答也。見〔篇海〕。

【吋】徒口切豆上聲有韻
叱也。見〔字彙〕。

【吋】讀若寸
英度名。十二吩爲一—。具言因齊。當我八分二釐三毫。彼言 Inch。

【[illegible]】於求切音憂尤韻
小聲也。見〔篇海〕。〔正字通云。—字之譌〕。

【㠯】苟起切音紀紙韻
㊀說也。見〔玉篇〕。〔正字通云。台字之譌。說文台篆作㠯。說也。與怡通〕。㊁平也。見〔集韻〕。

【吚】馨夷切音咦升脂切音詩支韻虛器切音齂寘韻
唸—。呻也。見〔說文〕。〔段注〕釋訓。殿屎。呻也。毛傳。殿屎。呻吟也。陸氏詩爾雅音義皆云殿屎說文作唸吚。然則今本說文作—者。俗人妄改也。

【吇】祖似切音子紙韻
——。鳥聲見〔集韻〕。〔正字通云。俗字〕。

【吆】於宵切音腰蕭韻〔通作幺。俗加口〕。
——。小聲。見〔五音集韻〕。

【吴】胡化切音華禡韻
㊀大聲也。見〔玉篇〕。㊁大口也。見〔廣韻〕。㊂魚之大口者曰—。見〔字彙〕。㊃吳譌字。〔通雅疑始〕詩曰。不吳不敖。吳音話。何承天以爲話當作吴。從大口。訛爲吳。此由不知古音。吳從口從夨。亦人身仰首之形。話言之義。其所當然。何爲復造—字乎。

奘之爲—。猶角本有祿音。而復造用字也。

【吠】徒蓋切音大泰韻
唁—也。見【五音集韻】。

【㕷】匹錦切音品寢韻
竝也。見【字彙】。

【吉】烏陵切音膺蒸韻
—否也。見【五音集韻】。【又】篇海作呈。光也。

【吘】吁本字。見【說文】。

【号】古吁字。見【玉篇】。

【吁】同咩。見【字彙】。楚姓。【史記孟子傳】楚有尸子長盧阿之—子焉【索隱】—音芊。別錄作芊子。【按楚姓當作芊】。

【㕺】同嚗。見【集韻】。

【吮】同吞。見【篇海】。

【孚】同吁。見【龍龕】。

【㕯】同亟。見【字彙補】。

【吊】俗弔字。
●一 懸也。如—掛、上—。
●二 錢一串俗作一—。
●三 衙署提取案件曰—案、—當作調。俗作—。非是。

【呑】吞譌字。見【正字通】。

四畫

【吩】香禮切音盻薺韻
●一 可也。見【廣韻】。
●二 尒也。見【廣韻】。
●三 然也。見【集韻】。

【吚】於夷切音伊支韻許四切音呬寘韻
●一 同呬。【正字通】—、呬字之譌。舊注。呻也。與呬義近。【按說文有呬字。段玉裁改作—。說詳前呬字】。
●二 同咿。喔咿強笑也。或省作—。見【集韻】。

【君】拘云切音軍文韻
●一 尊也。从尹口。口以發號。見【說文】。【桂注】左成十八年傳。周子曰。抑人之求—。使出命也。
●二 羣也。【白虎通三綱六紀】君者羣也。羣下之所歸心也。【又】謚法從之成羣曰—。
●三 —者元也。見【春秋繁露深察名號】。
●四 —者權也。見【春秋繁露深察名號】。
●五 —者天也。見【鶡冠子道瑞】。
●六 —者人也。見【家語執轡】。
●七 —者儀也。見【荀子君道】。
●八 天子諸侯及卿大夫有地者、皆曰—。【儀禮喪服傳】—、至尊也。
●九 夫人亦稱—。【詩鶉之奔奔】我以爲—。【又】邦君之妻。有—夫人寡小—之稱。見【論語季氏】。
●十 夫稱婦曰—。【漢書東方朔傳】歸遺細—。
●十一 婦稱夫曰—。【古樂府】十七爲—婦。
●十二 凡妾稱夫曰—。【禮記內則】—已食。徹焉。
●十三 稱父母曰—。【易家人】家人有嚴—焉。父母之謂也。
●十四 稱祖先曰—。【孔安國尚書序】先—孔子。生乎周末。
●十五 時之所賢者爲—。【莊子齊物】其遞相爲—臣乎。
●十六 彼此通稱亦曰—。【史記張儀傳】舍人曰。臣非知—。知—乃蘇—。【古者兄弟朋友之間。均得相稱以—。今於朋友猶以—相稱】。
●十七 賞慶刑威曰—。見【周書謚法】。
●十八 封號。【史記商君傳】秦封之於商十五邑。號爲商—。
●十九 通用之尊號。例如湘—、東—。神也。徵—。隱士就聘者也。使—。持節出使者也。
●二十 妾謂夫之嫡妻曰女—。見【釋名釋親屬】。
●廿一 —子。一爲有德者之稱。如論語不亦—子乎之類。一爲有位者之稱。如論語—子之德風之類。
●廿二 稱所愛之物亦曰—。如稱酒曰麴—。稱竹曰此—。
●廿三 姓也。明—助。

【吝】良刃切音藺震韻
●一 恨惜也。从口。文聲。見【說文】。【段注】悋—。亦恨惜也。此字蓋从口。文會意。凡恨惜者多文之以口。非文聲也。
●二 貪也。【後漢黃憲傳】鄙—之萌。復存乎心。
●三 恥也。【後漢張衡傳】得之不休。不獲不—。

【吞】他根切音䬼元韻他年切音天先韻

㊀咽也。从口天聲。見〔說文〕〔段注〕今人以－吐對舉。據此則咽喉本名－。俗云喉－是也。

㊁滅也。〔國策西周策〕兼有－周之意。

㊂－舟。大魚也。見〔後漢杜谷傳注〕

㊃姓也。漢－景雲。

【吟】魚音切音崟侵韻

㊀呻也。見〔說文〕。〔按山海經南山經〕其音如－。注。如人呻－聲。與許訓合。又許書－之或體、从音作訡。〕

㊁歎也。〔國策楚策〕昔－倚哭。

㊂歌也。〔漢書禮樂志〕靈安留。－青黃。

㊃哦也。〔莊子德充符〕倚樹而－。

㊄詩歌也。如白頭－、梁甫－之類。〔又〕世稱作詩曰－。

㊅嚴也。〔釋名釋樂器〕－。嚴也。本出於憂愁。故其聲嚴肅。

㊆鳴也。如龍－、猿－、蟬－之類。

㊇沈－。深思不已也。〔後漢曹褒傳〕晝夜研精。沈－專思。〔六書故云。痛爲呻。喜爲歌。疑爲沈－。〕

【吟】牛錦切音僸寑韻

噤－。頷頤之貌。〔揚雄解嘲〕蔡澤以噤－而笑唐舉。

【吟】宜禁切音噸沁韻

長咏也。〔韓愈詩〕白鶴叫相－。

【吟】巨禁切音噤沁韻

噤也。〔史記淮陰侯傳〕雖有舜禹之智。－而不言。

【吠】房廢切音茷隊韻

㊀犬鳴。从口犬。見〔說文〕〔段注〕口犬者、動口之犬也。

㊁－狗。地名。〔國語齊語〕以燕爲主。反其侵地柴夫、－狗。〔注〕燕之二邑。

【否】俯九切音缶有韻

㊀不也。見〔說文〕。〔注〕不可之意見於言。故从口。

㊁口不許也。〔孟子萬章〕－。不然也。

㊂無也。〔書堯典〕－德忝帝位。

㊃非也。〔墨子尙賢〕女何擇－人。

㊄承上之詞。猶於是也。〔書無逸〕民－則厥心違怨。－則厥口詛咒。

【否】部鄙切音痞紙韻

㊀卦名。坤下乾上。〔易否〕天地不交。－。

㊁惡也。臧－。善惡也。〔詩抑〕未知臧－。〔又〕褒貶人物亦曰臧－。

㊂穢也。〔易鼎〕利出－。〔疏〕寫出－穢之物也。

㊃閉不行也。見〔玉篇〕。〔卽－卦之字義〕

【吪】五禾切音囮歌韻

㊀動也。从口化聲。詩曰尙寐無－。見〔說文〕。〔桂注〕王風兎爰文。傳云。－。動也。

㊁化也。〔詩破斧〕周公東征。四國是－。

㊂謬也。字本作訛。亦作譌。見〔廣韻〕。

【吪】乎瓜切音譁麻韻

開口也。見〔集韻〕。

【含】胡男切音涵覃韻

㊀嗛也。見〔說文〕。〔桂注〕莊子馬蹄篇。－哺而熙。

㊁包容也。〔易坤〕－萬物而化光。

㊂懷也。〔國策秦策〕－怒日久。

㊃忍也。〔左宣十五年傳〕國君－垢。

㊄藏也。〔國語楚語〕土氣－收。

㊅食也。〔法言至孝〕子有－菽縕絮。

㊆－－。麥盛貌。〔後漢梁鴻傳〕麥－－兮方秀。

㊇－桃。櫻桃也。〔禮記月令〕羞以－桃。

㊈－光。劍名。〔列子湯問〕三劍。一曰－光。

【含】胡紺切涵去聲勘韻

珠玉實死者口也。〔春秋文五年〕王使榮叔歸－。〔注〕珠玉曰－。口實也。

【呈】馳貞切音程庚韻

㊀平也。見〔說文〕。〔按廣韻引風俗通云。廷者平也。說文段注云。壬之言挺也。故訓平。〕

㊁解也。見〔廣雅釋詁〕〔疏證〕隱九年左傳。乃可以逞。杜注。逞、解也。僖二十三年左傳、釋文。－本或作逞。是－與逞通。呂覽、挺衆因。高注。挺、緩也。挺與逞聲近義同。緩亦解也。〔按平爲本義。解卽平之引伸。今

義示也、見也。則假借。〕

(三)示也。〔列子天瑞〕而昧昧者未嘗—。

(四)見也。〔文選曹植賦〕皓質—露。

(五)通程。〔史記秦始皇紀〕上至以衡石量書。日夜有—。不中—、不得休息。

(六)進也。如—正—送之類。又近世公牘下屬對於長官用—。

(七)姓也。古今印藪有—紳。

【呈】　直正切音鄭敬韻

自媒衒也。〔唐書韋湊傳〕恐無—身御史。

【吳】　訛胡切音吾虞韻

(一)大言也。見〔說文〕。〔段注〕大言之上、各本有姓也。亦郡也、一曰—、八字。今刪正。檢韵會本正如是。周頌絲衣、魯頌泮水。皆曰不—。傳箋皆云。—譁也。言部曰。譁者讙也。然則大言即謂譁也。大言者—字之本義也。

(二)大也。見〔方言〕。

(三)本也。見〔廣雅釋詁〕。

(四)天—。水神也。〔山海經海外東經〕朝陽之谷。神曰天—。是爲水伯。

(五)三—。—興、—郡、會稽也。見〔水經漸江水注〕。〔又〕韶會以—郡、—興、丹陽、爲三—。〔又〕指掌圖以蘇、常、湖、爲三—。

(六)國名。太伯所居荆蠻地也。後漢置—郡。當今江蘇—縣治。

(七)山名。〔漢書地理志〕右扶風汧縣。〔注〕—山在西。古文以爲汧山。〔按汧字亦作岍。讀史方輿紀要云。陝西鳳翔府隴州、西四十里有岍山。〕〔又〕在今浙江杭縣者。俗名城隍山。〔讀史方輿紀要〕—山在浙江杭州府治南。圖經云。春秋時爲—南界。故名。

(八)通吳。〔詩泮水〕不—不揚。〔漢書郊祀志〕作不吳不揚。〔按吳乃譌字。〕

(九)姓也。太伯之後。因以命氏。見〔廣韻〕。

(十)—頭。〔方輿勝覽〕豫章之地。爲楚尾—頭。

【吳】　元俱切音愚虞韻

虞古作—。見〔集韻〕。

【吾】　訛胡切音梧虞韻

(一)我自稱也。見〔說文〕。〔桂注〕桓六年左傳。我張—三軍。而被—甲兵。

(二)相親之稱。〔儀禮士冠禮〕願—子之教之也。

(三)禦也。〔漢書百官公卿表〕中尉。秦官。掌徼循京師。武帝太初元年。更名執金—。〔注〕應劭曰。—者禦也。掌執金革以禦非常。師古曰。金—、鳥名也。主辟不祥。天子出行。職主先導。以禦非常。故執此鳥之象。因以名官。〔按崔豹古今注云。漢朝執金—。亦棒也。以銅爲之。黃金塗兩末。謂爲金—。御史、大夫、司隸、校尉、亦得執焉。御史、校尉、郡守、都尉、縣長之類。皆以木爲—焉。用以夾車。故謂之車輻。一曰形似輻。故謂之車輻也。後漢百官志云。執金—、一人。中二千石。本注曰。掌宮外戒司非常水火之事。月三繞行宮外。及主兵器。—、猶禦也。均不以金—爲鳥名。〕

(四)支—。撐拄也。與枝梧通。俗云支—其說。

(五)伊—。吟哦也。亦作咿唔。

(六)鍾—。地名。〔讀史方輿紀要〕江南邳州宿遷縣西北有司—城。應劭曰。古鍾—國也。〔在今江蘇宿遷縣境〕。

(七)番—。地名。〔讀史方輿紀要〕直隸眞定府平山縣東南二十里有蒲—城。戰國時曰番—。爲趙之重地。〔在今直隸平山縣境〕。

(八)昆—。地名。〔左哀十七年傳〕見人登昆—之觀。〔淸一統志〕直隸大名府開州東有昆—故城。〔在今直隸開縣境〕。

(九)姓也。漢廣陵令—扈。〔又〕徐—。鍾—。昆—。由—。皆複姓。

【吾】　牛加切音牙麻韻

允—。縣名。漢屬金城郡。在今甘肅臯蘭縣北。

【吾】　牛居切音魚魚韻

——。不敢自親之貌。〔國語晉語〕暇豫之——。

【吾】　童語字。〔管子海王〕—子食鹽二升少半。〔注〕—子、小男小女也。〔正字通云。古本管子作童。讀書通謂童通作—。非。〕

【告】　居號切音誥號韻

(一)牛觸人。角箸橫木。所以—人也。从口。从牛。易曰。童牛之—。見〔說文告部。」〔按五家作—。〕廣注。坤爲牛。—謂以木楅其角。畜物之家。惡其觸害。埤雅雜令曰。蹄人者絆其足。齧人者截其耳。謂犬馬之弗馴者。宜示標幟曉人也。〕

⑫報也。—上曰—。發下曰誥。〔左莊二十八年傳〕諜—曰。楚幕有烏。〔今所謂報告、卽此義。〕

⑬白也。〔呂覽贊能〕敢以—之先君。

⑭語也。〔國策秦策〕犀首—臣。

⑮示也。〔管子水地〕聖人之治於世也。不人—也。不戶說也。〔官府—示。今稱布—。皆此義。〕

⑯覺也。〔釋名釋書契〕上敎下曰—。—、覺也。使覺悟知己意也。

⑰敎也。〔易泰〕自邑—命。

⑱請也。〔儀禮鄉飲酒〕以—于先生君子、可也。

⑲使也。〔禮記玉藻〕燕居—溫溫。

⑳赴也。〔禮記曲禮〕—喪曰天王登假。

㉑祝也。〔周禮大祝〕三曰—。

㉒問也。〔禮記王制〕八十、月—存。〔疏〕君每月使人致膳。—問存否。

㉓休假曰—。〔史記汲黯傳〕黯多病。病且滿三月。上常賜—者數。

㉔—身。唐代授官之符。猶今之任用狀也。

㉕提起訴訟也。如—訴—發。又提起訴訟人也。如原—被—。

㉖姓也。見〔韻會〕。

【告】居勞切音高豪韻

白也。見〔集韻〕。

【告】姑沃切音梏沃韻

①謁請也。〔禮記曲禮〕爲人子者。出必—。反必面。

②陳也。〔後漢陳忠傳〕光武絕—寧之典。〔孟康讀。〕

③同鞫。〔禮記文王世子〕其刑罪。則纖剸亦—于甸人。〔注〕—讀爲鞫。

【告】轄覺切音學覺韻胡刀切音豪豪韻

休謁也。見〔集韻〕。

【呀】虛加切音岈牛加切音牙麻韻

①張口貌。見〔說文新附〕。〔按鈕樹玉云。宋景文筆記。揚雄傳引蕭該案。灑沈菑而—墜瀆兮、—或作呵。呵、吒閜四瀆也。据此則—與呵同。

」

②大空貌。見〔玉篇〕。

③—笑也。〔韓愈詩〕王母聞以笑。衞官助——。

④谽—。谷空貌。〔史記司馬相如傳〕谽—豁閜。

【呴】九峻切音昫霰韻

①吐也。見〔玉篇〕。

②噎也。見〔廣韻〕。

【呂】兩舉切音旅語韻

①脊骨也。象形。昔大嶽爲禹心—之臣。故封—侯。見〔說文呂部〕。〔按—本古文。膂篆爲小篆。—非有二字。周語。賜姓曰姜。氏曰有—。謂其能爲禹股肱心—。此許說所本。急就篇顏注。昔者太岳爲禹心—之臣。故封—侯。以譬身有脊—骨也。說文段注、—象顆顆相承。中象其系聯也。今生理學名—爲脊椎骨。餘詳膂字。〕

②長也。〔方言〕弢、—。長也。東齊曰弢。宋魯曰—。

③旅也。見〔漢書律曆志〕。

④拒也。〔白虎通五行〕—者拒也。言陽氣欲出、陰不許也。

⑤侶也。〔淮南天文〕音比太—。

⑥陰律也。〔漢書律曆志〕律十有二。陽六爲律。陰六爲—。律以統氣類物。一曰黃鐘。二曰大族。三曰姑洗。四曰蕤賓。五曰夷則。六曰亡射。—以旅陽宣氣。一曰林鐘。二曰南—。三曰應鐘。四曰大—。五曰夾鐘。六曰中—。

⑦大—。周廟大鐘。〔史記平原君傳〕使趙重於九鼎大—。

⑧大—。十二律之一。屬于—。丑之氣也。十二月建焉。而辰在玄枵。〔禮記月令〕季冬之月。其音羽。律中大—。〔注〕大—者、蕤賓之所生也。三分益一。律長八寸二百四十三分寸之百四。季冬氣至。則大—之律應。周語曰。大—助陽宣物。

⑨中—。十二律之一。屬于—。巳之氣也。四月建焉。而辰在實沈。〔禮記月令〕孟夏之月。其音徵。律中中—。〔注〕孟夏氣至。則中—之律應。中—者、無射之所生。三分益一。律長六寸萬九千六百八十三分寸之萬二千九百七十四。周語曰。中—宣中氣。

⑩南—。十二律之一。屬于—。酉之氣

也。八月建焉。而辰在壽星。〔禮記月令〕仲秋之月。其音商。律中南|。〔注〕南|者、大蔟之所生。三分去一。律長五寸三分寸之一。仲秋氣至。則南|之律應。周語曰。南|者贊陽秀物。

(十一)輕|。劍名。〔周書克殷〕擊之以輕|。

(十二)|梁。河水有石絕處也。〔莊子達生〕孔子觀乎|梁。

(十三)姓也。太嶽封|侯。侯因以爲氏。

(十四)|宋。南洋中名島。居斐利峯島北端。英名 Luzon。

【听】擬引切音斷。軫韻。語近切音聽。吻韻。魚斤切音沂。文韻。逆乙切音耴。質韻。〔俗借爲聽字。誤。〕

(一)笑貌也。見〔說文〕。〔桂注〕史記司馬相如傳。亡是公|然而笑。

(二)口大貌。見〔廣韻〕。

【听】魚其切音疑。支韻

|嗞。口開貌。見〔集韻〕。

【听】魚衣切音沂。微韻

同唘。|嗞。媿貌。見〔集韻〕。

【吭】寒剛切音杭。陽韻。下浪切音沆。漾韻。戶朗切音沆。口朗切音慷。養韻

(一)咽也。〔柳宗元文〕仰首伸|。

(二)鳥嚨也。〔禽經〕鳴則引|。

(三)吞也。見〔正韻〕。

(四)聲也。見〔廣韻〕。

(五)同亢。〔爾雅釋鳥〕亢、鳥嚨。〔注〕嚨、謂喉嚨。亢即咽。

【吸】迄及切音翕。緝韻〔諴作噏〕

(一)內息也。見〔說文〕〔段注〕內息納其息也。〔桂注〕玉篇引詩云。載|其舌。|、引也。馥案今詩作翕。箋云。翕、就引也。〔今云|力本此義。〕

(二)歙也。〔楚辭悲回風〕|湛露之浮涼。

(三)取也。〔太玄玄圖〕邪謨高|。

(四)|嚊。開張也。〔漢書揚雄傳〕|嚊潚率。

(五)||。雲動貌。〔楚辭思古〕雲||以湫戾。

【吹】姝爲切音炊。支韻

(一)嘘也。从口欠。見〔說文〕〔段注〕口欠則气出。〔按玉篇引聲類出氣急曰|。〕

(二)推也。〔釋名釋樂器〕竹曰|。|、推也。以氣推發其聲也。〔按詩鹿鳴鼓瑟|笙之。亦此義。〕

(三)風動物也。〔詩蘀兮〕風其|女。

(四)助也。〔方言〕|、助也。〔注〕|嘘、相佐助也。

(五)寒也。〔老子〕或呴或|。

(六)猶籟也。〔莊子齊物論〕夫言非|也。

(七)同炊。然也。〔文選木華賦〕|烱九泉。

【吹】尺僞切音秭。寘韻

鼓|也。〔禮記月令〕上丁。命樂正入學習|。

【吺】丁侯切音兜。尤韻

(一)讘|。多言也。見〔說文〕〔段注〕讘、多言也。讘|、玉篇作呱|。

(二)輕出言也。見〔廣韻〕。

(三)同兜。〔韓愈詩〕關弓射鴅|。〔注〕鴅|、即驩兜。〔正字通云。驩兜或轉寫譌作鴅|。謂|與兜同非。〕

【吺】汝朱切音儒。虞韻

囁|。言也。見〔集韻〕。〔正字通云。|嚅音義通。〕

【吻】武粉切音抆。吻韻

(一)口邊也。見〔說文〕〔段注〕曲禮注云。口旁曰咡。廣雅云。咡謂之|。〔按說文|之或體作脗。〕

(二)免也。〔釋名釋形體〕|、免也。入之則碎。出則免也。

(三)抆也。〔釋名釋形體〕取抆也。漱唾所出。恒加抆拭。因以爲名也。

(四)卷也。〔釋名釋形體〕口卷也。可以卷制食物使不落也。

(五)兩脣之合爲|。見〔六書故〕。

(六)接|。西人用以行禮也。某西婦與夫離婚。嘗索接|費數千佛朗。一時傳爲奇談。

【吼】許后切音齁。有韻。許候切音㱿。宥韻

(一)牛鳴也。見〔玉篇〕。

(二)虓聲。〔後漢童恢傳〕一虎低頭閉目。狀如震懼。即時殺之。其一視恢鳴|。踊躍自奮。

(三)厚怒聲。〔蘇軾詩〕忽聞河東獅子|。〔今假以喻妻悍〕

【吽】五侯切音齵。尤韻

犬鬬也。〔漢書東方朔傳〕狋|牙者。兩犬爭也。

【吽】於今切音陰。侵韻。許后切音㖃。有韻

同吼。牛鳴也。見〔玉篇〕。

【吽】讀若轟。梵語。犇怒聲。文从訶从伊省。象風積極而出也。佛經金剛祕咒多用之。

【吵】弭沼切音眇篠韻 雉鳴。見〔玉篇〕〔本作嚜。俗作—〕。

【吵】楚絞切音煼巧韻 聲也。見〔廣韻〕〔俗云—鬧、—嘴。言聲之雜也〕

【吵】初交切音謅肴韻 人名。宋大夫—。見〔集韻〕。

【吵】楚敎切音鈔效韻 輕也。見〔集韻〕。

【㕯】女滑切音㕯黠韻 奴骨切音訥月韻 如劣切音爇女劣切音㕯屑韻 ㊀言之訥也。見〔說文㕯部〕。〔段注〕此與言部訥音義皆同。故以訥訓—。㊁下聲也。見〔玉篇〕。

【吶】奴骨切音訥月韻 女劣切音㕯、如劣切音爇屑韻 〔按㕯吶二字。音義略同。雖玉篇廣韻分載。不言—同㕯。然集韻如劣女劣二切。㕯—無異。〕 ㊀言難也。〔禮記檀弓〕其言—然。如不出諸其口。㊁言緩也。見〔集韻〕。㊂嗜—。聲不出也。見〔廣韻〕。㊃嗩—。樂器名。

嗩吶

【吷】翾劣切音旻屑韻 小聲也。〔莊子則陽〕吹劍首者—而已矣。〔注〕司馬彪曰。吹之—然如風過。

【吷】姝悅切音啜屑韻 飲也。見〔集韻〕。〔本作歠。或作嘬。通作啜〕

【吷】呼決切音血屑韻 同決。疾貌。見〔集韻〕。

【吷】古穴切音玦屑韻 鳥聲。見〔集韻〕。

【呃】烏界切音隘卦韻 不平聲。見〔廣韻〕。

【呃】於革切音戹陌韻 ㊀气逆上衝作聲也。〔正字通〕方書有—逆症。凡胃火上衝。隨口應起于上膈者易治。自臍上衝。陰火直出于口。及病久、脾胃衰。發咳、頻出汗、連聲收气不回者難治。㊁本作呝。雞聲。見〔玉篇〕。〔按—惟見廣韻去聲十六怪。集韻類篇均無。玉篇僅見於口部呝下注中。云呝亦作—。考戹訓隘。有艱困之誼。厄、木節也。隘小艱困。斯不平不順。字从厄非。厄尼謬混。由來已舊。故仍之。〕

【吺】博漫切音半普半切音判薄半切音叛翰韻 —哆。失容也。見〔廣韻〕。〔又〕剛强貌。見〔集韻〕。

【吿】古得切音格職韻 財多也。見〔字彙補〕。

【𠯆】羽求切音尤尤韻 犬吠也。見〔玉篇〕。

【𠯅】僻吉切音匹質韻 ——。唾貌。見〔集韻〕。〔按玉篇云。唾——。〕

【吮】粗兗切音雋以轉切音兗銑韻 食允切音盾軫韻 ㊀歠也。見〔說文〕〔按通俗文云。含吸曰歠。〕㊁循也。不絕口、稍引滋汋、循咽而下也。見〔釋名釋飲食〕。

【启】遣禮切音棨薺韻 開也。見〔說文〕。〔段注〕後人用啟字訓開。乃廢—不行矣。啟、教也。

【㕮】匪父切音府斐父切音撫奉甫切音釜麌韻 —咀。嚼也。〔方書〕藥之粗齊爲—咀。〔按李杲曰。—咀古制也。古無刀。以口咬細。〕

【𠯊】於交切音坳肴韻 ㊀姪聲。見〔玉篇〕。㊁—咋。犬多聲。見〔集韻〕。

【吰】胡肱切音宏庚韻 噌—。鐘音。見〔廣韻〕〔按集韻—與鋐同。鏗鋐、鐘鼓聲。〕

【吱】章移切音支支韻 ——。聲也。見〔集韻〕。

【吱】去智切音跂寘韻 遣爾切音企紙韻 行喘息貌。見〔集韻〕。

【呅】莫杯切音枚灰韻
嘜—也。見〔玉篇〕。

【吺】武粉切音抆吻韻
吻、或作—。見〔集韻〕。

【吷】下刮切音頢黠韻
塞口也。見〔篇海〕。

【呋】以陵切音盈蒸韻
宋三館書有三—歟三卷皆養鷹鶻之說。

【呴】火候切音齁宥韻
笑貌。見〔篇海〕。

【呇】輕禮切音起薺韻
明星也。見〔篇海〕。〔按—當與启啟同。〕

【哅】詡拱切音洶腫韻
眾言也。〔荀子解蔽〕以爲——。〔按今本荀子作哅哅。〕

【吜】敕九切音丑有韻
聲也。見〔集韻〕。

【吽】匹絳切音脹漾韻
反聲。見〔集韻〕。

【吮】都感切音黕感韻

㊀鳥聲。見〔集韻〕。
㊁高聲。見〔五音集韻〕。

【吚】烏兮切音衣微韻
呢也。見〔篇海類編〕。

【吢】七鴆切音沁沁韻
犬吐也。〔見玉篇〕。〔亦作吣。或作㕷。〕

【吤】居拜切音戒卦韻居賀切音箇箇韻
聲也。見〔集韻〕。

【吥】普溝切音抔尤韻
吸—也。見〔玉篇〕。〔按說文長箋云。否—同。从不訓吸。非。〕

【𠮭】止基切音知支韻
拈物也。見〔篇海類編〕。

【呾】胡陌切音獲陌韻
吐聲也。見〔川篇〕。〔正字通云。咟字之譌。〕

【吧】披巴切音葩麻韻
—呀。大口貌。見〔廣韻〕。

【吧】邦加切音巴麻韻
—呀。小兒忿爭。見〔廣韻〕。

【吨】徒渾切音屯元韻
——。不了也。見〔玉篇〕。〔又〕言不明也。見〔集韻〕。〔正字通云。俗諄字。訓並非。〕

【吨】吐袞切音畽阮韻
氣相衝也。見〔廣韻〕。

【𠯑】古活切音括曷韻〔隸變作舌〕
塞口也。見〔說文〕。〔王注〕易坤。括囊无咎借括爲—。〔按說文。—之古文作𠯑。〕

【𠯑】下刮切音頢黠韻
塞也。見〔玉篇〕。

【㕬】沽紅切音公東韻諸容切音鍾冬韻
眾口也。見〔玉篇〕。〔按楊慎奇字韻。二宋—同訟。正字通云。从訟爲正。〕

【𠯑】陟列切音哲屑韻
塞也。見〔集韻引廣雅〕。〔正字通云。𠯑字之譌。〕

【㕆】胡感切音撼感韻
譚也。見〔玉篇〕。〔正字通云。呺字之譌。舊注呺—二字音義並同。當爲重文。〕

【𠯌】子列切音蠽屑韻
—鳴也。〔廣韻〕鳴——。〔集韻作吡。〕

【吝】良刃切音藺震韻
慳也。見〔篇海〕。

【吡】簿必切音苾質韻
鳥聲。見〔類篇〕。〔亦作咇。〕

【吡】普弭切音仳紙韻
訾也。〔莊子列禦寇〕中德也者。有以自好也而—其所不爲者也。

【吲】矢忍切音矧軫韻
微笑也。〔晉書王猛載記〕田千秋一言致相。匈奴—之。〔按—本作弞。說文。笑不壞顏曰弞。或作哂、—。〕

【㕫】撫兩切音髣養韻
如聞也。見〔集韻〕。〔正字通云。俗昉字。恐亦無據。〕

【吒】墨角切音邈覺韻

一曝。盂呼粮見〔玉篇〕。

【哂】作答切音帀合韻
●一入口曰一。見〔風俗通〕。
●二魚食也。見〔玉篇〕。

【吷】呼肥切音靴歌韻
呼氣也。見〔玉篇〕。〔按集韻云。嘫、或作一。〕

【吘】五口切音耦有韻
和一也。見〔玉篇〕。

【吪】吃本字。見〔說文〕。〔俗以吃爲喫。非是。〕

【呰】古化字。〔太玄闕〕陰陽啟一。〔正字通云。同吪。音化存參。〕

【呈】古狂字。見〔字彙補〕。〔字从王口。與呈別。一作呈。〕

【吝】古吝字。見〔集韻〕。

【吕】古甚字。見〔玉篇〕。

【吂】古荒字。見〔篇海〕。

【呆】同某。見〔篇海〕。

【呆】同保。見〔篇海〕。〔俗以爲獃字。誤。〕

【呋】同趺。見〔五音篇海〕。

【咁】同啡。見〔正字通〕。

【吣】同訾。見〔玉篇〕。

【呟】同嘔。見〔篇海〕。

【呝】同嘔。見〔篇海〕。

【吩】俗噴字。見〔正字通〕。

【吩】讀若分
●一俗言一咐。猶囑咐也。
●二英度名。吋十二分一。具言顆痕。當我六釐八毫五絲強。彼言 Line。

【呎】讀若尺
英美度名。十二吋爲一一。具言幅地。當我九寸八分七釐五毫三絲。彼言 Font。

【呏】讀若升
英美量名。具言加倫。八品脫爲一一。英一一。當我四升八合八勺。液乾量同。美液量、以二百三十一立方吋爲一一。當我四升七勺。乾量、以二百六十八立方吋強爲一一。當我四升七合四勺。英文 Gallon。

【吳】吳俗字。〔吳志薛綜傳〕無口爲天。有口爲一。

【呩】呩俗字。見〔正字通〕。

【呮】謳字。見〔正字通〕。〔按即嘔字之譌。〕

五畫

【周】之由切音州尤韻
●一密也。从用口。見〔說文〕。〔段注〕善用其口則密。不密者皆由於口。
●二至也。〔書泰誓〕雖有一親。不如仁人。
●三固也。〔左襄十二年傳〕盟所以一信也。
●四謹也。〔管子入國〕人主不可不一。
●五忠信也。〔書太甲〕自一有終。
●六信也。〔穀梁成十七年傳〕公不一乎伐鄭也。
●七親也。〔左哀十六年傳〕一仁之謂信。
●八納也。〔淮南兵略〕一椎鑿而爲刃。
●九救也。〔詩雲漢〕靡人不一。〔今言一濟。〕
●十賜也。〔呂覽季春〕一天下。
●十一蠻也。見〔廣雅釋詁〕。
●十二調也。〔淮南原道〕貴其一于數而合于時也。
●十三合也。〔離騷〕雖不一於今之人兮。
●十四帀也。〔禮記檀弓〕四者皆一。
●十五遍也。〔易繫辭〕知一乎萬物。〔今謂日月繞地一一。亦此義。俗作週。說文作匊。〕
●十六終也。〔左昭二十年傳〕以一事子。
●十七曲也。〔詩有杕之杜〕生于道一。〔又〕韓詩云右也。
●十八繞也。〔國語吳語〕一軍飭壘。〔今言一圍。〕
●十九復也。〔太玄周〕陽氣一神而反乎始。
●二十備也。〔左文三年傳〕舉人之一也。
●廿一旋也。〔楚辭湘君〕水一兮堂下。
●廿二環也。〔後漢班固傳〕一以鉤陳之位。
●廿三爲名。子規也。〔韓非說林〕鳥有一一者。重首而屈尾。將欲飲于河則必顚。乃銜其羽而飲之。〔按一一、今本作翢翢。廣圻曰。翢、一同字。〕
●廿四一旋。容止也。〔國語周語〕一旋顚。〔又〕相追逐也。〔左傳二十三年傳〕以與君一旋。
●廿五一流。視也。〔漢書揚雄傳〕撩舲

軒而—流兮。

㊱—章。謂章皇—流也。〔文選左思賦〕—章夷猶。

㊲不—。風名。言不交也。〔白虎通八風〕西北風曰不—風。〔又〕山名。〔山海經大荒西經〕有山而不合。名曰不—。

㊳—盈。菊也。見〔爾雅釋草〕。

㊴—行。大道也。〔詩卷耳〕寘彼—行。

㊵—南。今之洛陽也。見〔水經洛水注引摯虞說〕〔洛陽即今河南〕。

㊶—雲。密雨雲也。〔淮南俶眞〕譬若—雲之蘢蓯。

㊷朝代名。武王滅商。就天子位。國號曰—。傳世三十七。起民國紀元前三千零三十三年。訖二千一百六十七年。又五代時。郭威代漢。號後—。傳三世。起民國紀元前九百六十二年。訖九百五十三年。又六朝時。宇文泰受西魏禪爲北—。傳五世。起民國紀元前一千三百五十七年。訖一千三百三十五年。

㊸姓也。—平王之後。又魏獻帝次兄普氏。後改爲—氏。又複姓。魏初徵士皦煌—生烈。

㊹平圓形之邊界也。算術。每徑一—。三四六定率。

【呪】職救切音噣宥韻

㊀詛也。〔後漢王忳傳〕忳—曰。有何枉狀。

㊁通祝。〔書無逸〕否則厥口詛祝。

㊂奇祕神言也。佛家有經有—。經以詳其顯。—以持其密。如大悲—準提—之類。是道家術士。往往能用—致物。今南方西域俱盛行。

【呬】虛器切音屓寘韻

㊀東夷謂息爲—。从口四聲。詩曰犬夷—矣。見〔說文〕。按大雅緜篇。昆夷駾矣。惟其喙矣。許引詩。乃合二句爲一。復易喙爲—。廣雅。喙、息也。疏證云。息字有喘息休息二義。喙爲喘息之息。許引詩易喙爲—。當取喘息義。非取休息義。然按方言爾雅。皆云—、息也。不分二義。又文選張衡賦。—河林之蓁蓁。注。—、息也。按其文義。似謂—爲休息之息。然則—訓息。於喘息休息二義。均可通歟。

㊁—𠳹。舺名。服之可斷鴉片癮。

【呬】郎丁切音靈青韻

孭聲也。見〔集韻〕。

【呬】丑二切音屎寘韻

陰知也。見〔廣韻〕。

【啹】乙革切音戹陌韻

㊀喔也。見〔說文〕。〔桂注〕玉篇。—、雞聲。

㊁—喔。鳥聲。〔文選潘岳賦〕良遊——喔。〔古鳥棲曲〕歸飛——枝上啼。今作啞。

【啹】烏懈切音隘卦韻

聲不平謂之—。或作㖂。見〔集韻〕。

【呢】女夷切音尼支韻

㊀—喃。小聲多言也。見〔玉篇〕。〔又〕燕語也。〔宋人詩〕—喃燕子語梁間。

㊁細繒也。舶來品。如哆囉—之類。

㊂俗語餘辭。如—字。呵字。哩字。每綴之語尾。〔通俗編〕—、商君書用此爲相間餘辭。

【呢】乃倚切音旎紙韻

聲也。見〔集韻〕。

【呢】女履切音柅紙韻

言以示人也。本作𧥺。見〔集韻〕。

【吟】郎丁切音靈青韻

㊀嗜吟也。見〔玉篇〕。

㊁—語也。見〔廣韻〕。

【味】無沸切音未未韻

㊀滋味也。〔見說文〕〔段注〕滋、言多也。〔按禮記王制〕五—異和。五—。辛、酸、鹹、苦、甘也。又五—子。藥名。見本草。

㊁喩事物之旨趣也。如道—。書—。禪—。官—之類是。

㊂細究尋繹也。〔後漢郎顗傳〕含—經籍。

㊃佛說六塵之一。

【味】莫拜切音韎卦韻

飲食之—。見〔集韻〕。

【味】莫珮切音妹隊韻

㊀器物光澤也。〔禮記檀弓〕器不成—。〔集韻類篇引此文同〕。

㊁通佅。古夷樂名。〔白虎通禮樂〕西夷之樂曰——。之爲言昧也。

【味】亡曷切音沫曷韻

瞭也。〔禮記檀弓〕瓦不成—。〔按禮記檀弓釋文云。—、依注音沫。亡曷反。竊疑此陸氏所據經本有誤。

注云。—當作沫。沫靧也。考說文沫洒面也。从水未聲。沫、沫水也。引伸爲涎沫之沫。沫無靧義。沫無沫聲。陸云依注。適相矛盾。故集韻類篇不從。光澤卽靧之引申義。言其光如洗。舊注兩存。未加論斷。茲列而正之。

【呴】 匈于切音訏虞韻

(一)張口出氣也。〔漢書王褒傳〕—噓呼吸如喬松。

(二)噓吹之也。〔淮南俶眞〕陰陽所—。

(三)溫也。〔老子〕或—或吹。

(四)呵也。〔國策燕策〕—籍叱咄。則徒隸之人至矣。

(五)—。言語順也。〔漢書東方朔傳〕—愉愉—。無益於主上之意。

【呴】 呼侯切音齁尤韻

喉中聲也。見〔集韻〕。

【呴】 許后切音姤有韻

嗥也。〔文選郭璞賦〕溢流雷—而電激。

【呴】 火羽切音詡麌韻

吹也。〔漢書中山靖王傳〕夫衆—漂山。

(一)吐沫也。〔莊子天運〕泉涸魚相與處於陸。相—以溼。相濡以沫。

(二)—諭。溫恤也。〔淮南原道〕—諭覆育。

【呴】 俱侯切音鉤尤韻

句奴王名。〔史記句奴傳〕立若賢王—犂胡爲單于。

【呴】 居候切音遘宥韻

同雊。鳴也。〔史記殷本紀〕有飛雉登鼎耳而—。

【呵】 虎何切音訶歌韻

(一)責也。〔漢書食貨志〕縱而弗—虖。〔按玉篇云與訶同。〕

(二)怒也。〔史記李廣傳〕霸陵尉醉。—止廣。

(三)相—呼也。〔山海經南山經〕青邱之山有鳥焉。其音若—。〔注〕如人相—呼聲。

(四)曲也。〔管子君臣〕從其欲—而勝之。

(五)吹氣溫之也。〔蘇軾詩〕夜寒手凍無人—。

(六)笑聲也。〔范成大詩〕不滿一笑—。

(七)導也。行辟人也。〔韓愈文〕武夫前—。從者塞途。

(八)—嗽。掩鬱不明貌。〔文選木華賦〕—嗽掩鬱。

(九)阿—。俗語。〔十六國春秋傷陳安歌〕阿—。嗚呼奈子何。嗚呼阿—。奈子何。

【呵】 寒歌切音何歌韻

(一)譙—、責讓也。〔史記衛綰傳〕景帝立。歲餘不譙—綰。〔索隱〕譙—、音誰何。猶借訪也。一曰譙—者、責讓也。不譙—者。言不嗔責衛綰也。

(二)通何。〔漢書賈誼傳〕故其在大譴大何之域者。〔注〕師古曰。何、問也。

【呵】 許箇切音諷箇韻

(一)噓氣也。見〔廣韻〕。

(二)責也。見〔集韻〕。

【呶】 尼交切音鐃肴韻女加切音拏麻韻

(一)讙聲也。詩曰載號載—。見〔說文〕。

(二)—語不止也。〔韓愈文〕—以害其生耶。

(三)嘮—。諠也。見〔集韻〕。

【呷】 迄甲切音評洽韻

伺呀—。餘波獨湧。李善曰。呀—。波相吞之貌。〔按說文長箋云。吸而歙曰—。甲有歙藏義。〕

(二)飲也。〔周曇詩〕一—村漿與隻雞。

(三)—。鴨聲也。〔埤雅〕鸛鳴唶唶。鴨鳴—。

(四)喤—。衆聲也。〔文選左思賦〕讙譁喤—。

(五)噏—。衣裳張起之貌。〔史記司馬相如傳〕噏—萃蔡。

【呻】 升人切音申眞韻

(一)吟也。見〔說文〕。〔段注〕—者吟之舒。吟者—之急。渾言之則不別也。

(二)苦痛聲。〔列子周穆王〕晝則—呼而卽事。

(三)誦也。〔莊子列禦寇〕—吟裘氏之地。

【呼】 荒胡切音虍虞韻

(一)外息也。見〔說文〕。〔王注〕韻會。出息爲—。入息爲吸。〔段注〕用此爲號謼字。非也。

(二)發大聲也。〔史記游俠傳〕如順風而—。

(三)喚也。[史記陳涉世家]適遣而—涉。
(四)虛憊聲。[禮記檀弓]曾子聞之。瞿然曰。—。
(五)稱舉也。[荀子儒效]—先生以欺愚者而求衣食焉。
(六)嗚—。歎息聲。[書五子之歌]嗚—曷歸。[按嗚—亦作於戲、烏虖、嗚乎、諸形。]
(七)夜—。草名。[爾雅釋草]蘧蔬、馬尾。[注]、馬尾。商陸。[疏]商陸。一名夜—。

夜呼

夜呼草圖

(八)姓也。列仙傳有仙人—子先。[又]—衍。複姓。[漢書匈奴傳]—衍氏。[注]師古曰。即今鮮卑姓—延者。
(十)—沱。水名。—、通作滹。源出山西繁峙縣東北百二十里之大戲山。經晉直兩省境。至靜海小直沽入海。見[讀史方輿紀要]。
(十一)餓度名。具言—參。或言藐脫。通言餓尺。當我九寸九分弱。英文Fou-te。

【呼】虛交切音嚆肴韻

叫—也。[漢書東方朔傳]舍人不勝痛。—謈。[注]鄧展曰。—音髇箭之髇。[按集韻云與人謂叫—爲謼。謼或作—。]

【呼】荒故切音孱遇韻

通謼。[詩蕩]式號式—。[釋文]火胡反。又火故反。崔本作謼。

【呼】許箇切音訶箇韻

發聲也。[左文元年傳]江芈怒曰。—、役夫。

【呼】虛訝切音罅禡韻

裂也。[漢書高帝紀]而釁鼓。[注]應劭曰。殺牲以血塗鼓釁—爲釁。[按集韻云。罅或作—。唐韻正云。古人讀罅爲—。—即罅字。]

【命】眉病切鳴去聲敬韻

(一)使也。从口令。見[說文]。[段注]令者發號也。君事也。非君而口使之。是亦令也。故曰命者天之令也。
(二)—令也。上出爲—。下稟爲令。[書說命]王言惟作—。不言臣下罔攸稟令。[今云—令義本此。]
(三)敎也。[禮記樂記]故樂者天地之—。
(四)告也。[國語晉語]天以—矣。
(五)予也。[禮記中庸]天—之謂性。
(六)召也。[史記公孫弘傳]臣已嘗西應—。
(七)呼也。[文選左思賦]白雉—鷺。
(八)名也。[國語魯語]黃帝能成—百物。
(九)道也。[易无妄]大亨以正天之—也。
(十)性也。[禮記檀弓]骨肉歸復于土。—也。[疏]—、性也。言自然之性。當歸復于土。
(十一)信也。[詩昊天有成命]夙夜基—宥密。
(十二)冥也。[左成十三年傳]民受天地之中以生。所謂—也。[案列子、墨子、均劇論—。洎唐李虛中等。以人生時所直年月日干支。推測人生一切所遇。世傳算—之術。今俗盛行。]
(十三)爵—也。[論語先進]賜不受—。[王弼注]—、爵—也。
(十四)瑞節也。[國語周語]襄王賜晉惠公—。[注]諸侯即位。天子賜之—圭。以爲瑞節。
(十五)官服也。[國語周語]襄王賜晉文公—。[注]—、服也。
(十六)名籍也。[漢書張耳傳]嘗亡—遊外黃。[注]師古曰。脫名籍而逃亡。
(十七)致令盟會之詞。[論語憲問]爲—。
(十八)遷秩羣下之書。[周禮大宗伯]典—。
(十九)指名處。[漢書李陵傳]射—中。
(二十)計也。見[廣韻]。
(廿一)亡逃也。[漢書酷吏咸宣傳]於是作沈—法。[注]引孟康說。
(廿二)生—也。[國策齊策]刑馬壓羊盟曰。有相攻伐者。令其—如此。
(廿三)司—。星名。[周禮大宗伯]司—。[注]文昌第四星。[又]神名。[禮記祭法]王爲羣姓立七祀。曰司—。
(廿四)—門。人身當腰脊之際。[素問陰陽離合論]結於—門。
(廿五)—世。高於一世也。[魏志武帝紀]天下將亂。非—世之才不能濟也。[俗云卓卓自—本此義。]
(廿六)革—。改革天之所—也。[易革]湯武革—。[案古者以天子爲天所。—易畫之是改革天—也。故曰革—。惟革—與革政有別。詩緯云。午亥之際爲革。卯酉之際爲革政。今世凡言改革。皆通稱之曰革—。如云政治革—。文學革—。社會革—。其意與本義又殊矣〕。

(廿七) —題。考試官所—作文之題目也。〔文〕論理學上以判斷之結果表示於詞句者亦曰—題。

(廿八) —分。分數也。

【命】 讀若慢。〔禮記 大學〕舉而不能先。—也。

【和】 胡戈切音禾歌韻

(一) 相應也。見〔說文〕。〔桂注〕大戴記曾子立事篇。人言不信不—。〔古唱和字不讀去聲〕。

(二) 調也。〔書舜典〕律—聲。〔按說文作龢。段玉裁云。經傳多假—爲龢〕。

(三) 諧也。〔國語周語〕樂從—。

(四) 溫也。〔莊子徐無鬼〕抱德煬—。以順天下。

(五) 協也。〔淮南俶眞〕治而不能—下。

(六) 順也。〔左襄三十年傳〕雖其—也。猶相積惡也。

(七) 平也。〔書五子之歌〕關石—鈞。

(八) 睦也。〔國語周語〕言惠必及—。

(九) 會也。〔詩常棣〕—樂且孺。〔傳〕九族會曰—。

(十) 齊也。〔呂覽仲夏〕無致—。

(十一) 適也。〔淮南精神〕何足以滑—。

(十二) 解也。〔國策趙策〕故不若亟割地求—。

(十三) 合也。〔禮記郊特牲〕陰陽—而萬物得。

(十四) 同—也。〔素問上古天眞論〕—於陰陽。

(十五) —樂也。〔孟子公孫丑〕地利不如人—。

(十六) 心不爭也。〔論語子路〕君子—而不同。

(十七) 交易也。〔管子問〕而萬人之所—而利也。

(十八) 不剛不柔曰—。〔周禮大司徒〕知仁聖義忠—。

(十九) 可否相濟曰—。〔詩伐木〕終—且平。

(二十) 猶許也。〔後漢徐登傳〕人不—之。

(廿一) 氣也。〔淮南俶眞〕此皆生一父母而閱一—也。

(廿二) 漬也。〔禮記內則〕—灰請漱。

(廿三) 鈴也。〔詩蓼蕭〕—鸞雝雝。〔傳〕在軾曰—。在衡曰鸞。

(廿四) 小笙也。〔爾雅釋樂〕大笙謂之巢。小者謂之—。〔注〕十三簧者。

小笙曰和

(廿五) 錞于也。〔周禮小師〕掌六樂聲音之節。與其—。

(廿六) 軍門曰—。〔周禮大司馬〕以旌爲左右—之門。〔注〕今謂之壘門。立兩旌以爲之。

(廿七) 棺題曰—。〔呂覽開春〕見棺之前—。〔廣雅作𣏾〕。

(廿八) —容。主賓客也。〔大戴記衞將軍文子〕至于其爲—容也。〔注〕—容、主賓客也。

(廿九) —尙。佛教徒中有階位之稱。〔魏書釋老志〕號爲大—尙。

(三十) —客。常棣別名。〔三柳軒雜識〕姚氏殘語以常棣爲俗客。兄弟之義。不可稱俗。今改爲—客。

(卅一) —南。佛家合掌作禮也。見〔翻譯名義〕。

(卅二) —夷。地名。〔書禹貢〕—夷底績。〔在今四川清溪、雅安、越嶲等處〕。〔日本國自號爲大—。字曰—文。衣曰—服〕。

(卅三) 養—。今之靠背也。〔松陵集〕皮日休以五物送魏不琢。有烏龍養—。桐廬養—。

(卅四) 共—。有二人以上執行大權之治體也。〔史記周本紀〕周公召公二相行政。號曰共—。〔歐洲羅馬當紀元前三十年以往。譯者亦號之爲共和時代。又英語爲 Republic。日本稱爲民主。又譯爲共—。蓋不置世襲君主。限年以選大總統爲一國元首。世界共—國凡二十七。以美利堅法蘭西爲最著。今我國亦爲此種國體〕。

(卅五) 雲—。山名。〔周禮大司樂〕雲—之琴瑟。

(卅六) 州名。漢屬九江郡。北齊置—州。淸亦曰—州。即今安徽—縣。

(卅七) 姓也。漢—武、宋—峴、明—暐。〔又〕素—、吐—、昨—、似—、皆複姓。

【和】 胡臥切禾去聲箇韻

(一) 聲相應也。〔易中孚〕鳴鶴在陰。其

子―之。〔―歌、―詩。均此義。〕
(二)調合也。〔禮記檀弓〕竽笙備而不―。
(三)和味也。〔禮記禮器〕甘受―。
(四)數學上謂用加法求得之總數曰―。句股術中有句股―之稱。

【咍】呼來切音痞灰韻〔正字通云。―本音嗤。舊本闕嗤音。通雅曰。―卽嗤字。存考。〕
(一)嗤笑也。見〔說文新附〕〔楚辭九章〕又衆兆之所―也。王注。―、笑也。〔按此處―當音怡。〕
(二)悅也。樂也。〔韓愈詩〕笑言溢口何歎―。
(三)嘲也。〔杜甫詩〕任受衆人―。〔按吳都賦注云。楚人謂相調笑曰―。〕
(四)――。喜笑貌。〔皇甫湜文〕昔民嗷嗷。今民――。
(五)―臺。鼾睡也。〔世說新語雅量〕許上牀便―臺大鼾。
(六)姓也。北史有―氏。奇姓通有―左。明弘治舉人。

【咎】巨九切音舅有韻
(一)災也。从人从各。各者相違也。見〔說文〕〔桂注〕莊二十一年左傳。鄭伯效尤其亦將有―。
(二)殃也。〔呂覽侈樂〕樂實者必離其―。
(三)惡也。〔書西伯戡黎序〕殷始―周。
(四)過也。〔詩伐木〕寧適不來。微我有―。
(五)罪也。〔詩北山〕或慘慘畏―。
(六)謗也。見〔方言〕
(七)病也。見〔爾雅釋詁〕
(八)猶極也。〔書大傳〕用―于下。
(九)通舅。〔荀子臣道〕晉之―犯。〔注〕―與舅同。
(十)通臯。〔國語晉語〕宜―。〔注〕―或作臯。古字通用。

【咎】居勞切音高豪韻
(一)―繇。人名。〔漢書百官公卿表〕―繇作士。〔卽臯陶。―臯古通。〕
(二)廧―如。國名。〔左傳二十三年傳〕狄人伐廧―如。〔注〕赤狄別種。〔當在山西太原境。路史作廧―。〕
(三)―鼓。大鼓也。〔後漢馬融傳〕伐―鼓。〔卽鼛鼓〕

【咄】當沒切敦入聲月韻　都括切音掇曷韻
(一)相謂也。見〔說文〕〔段注〕謂欲相語而先驚之之詞。
(二)呵也。〔國策燕策〕恣睢奮擊。呴籍叱―。則徒隸之人至矣。
(三)啐也。見〔蒼頡篇〕〔按說文。啐、驚也〕
(四)叱聲。〔漢書東方朔傳〕朔笑之曰―。
(五)尊者呼也。〔正字通〕汾晉之間。尊者呼左右曰―。左右必諾。
(六)――。驚怪聲也。〔後漢嚴光傳〕――子陵。不可相助爲理耶。
(七)―嗟。咨語也。〔晉書石崇傳〕爲客作豆粥。―嗟便辦。
(八)―泉。泉名。〔寰宇記〕―泉、泉在淨戒寺北。人至泉旁大叫。大涌。小叫小涌。―之則其涌彌甚。

【咆】蒲交切音庖肴韻
(一)嗥也。見〔說文〕〔桂注〕淮南覽冥訓。虎豹襲穴而不敢―。
(二)―勃。怒貌。〔文選潘岳賦〕何猛氣之―勃。
(三)通炰。〔文選左思賦〕吞滅―烋。〔劉注〕―烋猶―哮也。自矜氣健之貌。

【[illegible]】[illegible]
歎呼也。見〔集韻〕

【咇】蒲結切音蹩屑韻　簿必切音邲質韻
(一)芳香也。〔漢書司馬相如傳〕晻薆―茀。〔師古曰〕皆芳香意也。〔按史記作苾。〕
(二)口香也。見〔廣韻〕
(三)語也。見〔廣韻〕
(四)言不明也。見〔集韻〕

【咇】逼密切音筆質韻
―節。聲出貌。見〔集韻〕〔又〕多言也。見〔廣韻〕

【咇】毘至切音鼻寘韻
――。哀鳴也。見〔集韻〕〔按廣韻。與吡同。鳴――也。〕

【咈】符勿切音佛物韻　薄宓切音弼質韻
(一)違也。見〔說文〕〔集韻正韻通作拂。按書大禹謨〕罔―百姓以從己之欲。伊訓。從諫弗―。皆是其義。〕
(二)戾也。見〔廣韻〕
(三)否也。〔書堯典〕帝曰。吁。―哉。

【咋】助駕切音乍　側駕切音詐禡韻

暫也。〔左定八年傳〕桓子—謂林楚曰而先皆季氏之良也。〔校勘記〕諸本作—。石經初刻作乍。語聲。見〔廣韻〕。

【咋】側格切音窄陌韻

大聲也。〔考工記梟氏〕爲鐘侈則柞。〔注〕柞讀爲—然之—。聲大外也。

啖也。嚙也。〔漢書東方朔傳〕猶孤豚之—虎。〔與齚齰齸通〕。

【咋】實窄切音嘖陌韻

呹—。多聲也。見〔廣韻〕。

【咀】當割切音怛曷韻乙轄切音軋黠韻

相呵也。〔韓愈張徹墓銘〕不肖者之—也。

相呼也。見〔集韻〕。

【咀】瞠軋切音獺黠韻

—嚵。語不正。見〔集韻〕。

【呹】弋質切音逸質韻

牛羊哃草貌。見〔玉篇〕。

疾也。見〔集韻〕。

【呹】勑栗切音扶質韻

聲也。〔漢書揚雄傳〕薌—肸以提根兮。聲肸隱而歷鐘。〔注〕師古曰。風之動樹。聲響振起。衆根合同。肸隱而盛、歷入殿上之鐘也。—音丑乙反。〔按文選李注。—、疾貌。余日切。〕

【咕】託協切音帖尺陟切音謵葉韻他衆切音添鹽韻張甚切音揕沁韻

(一)嘗也。〔穀梁莊二十七年傳〕未嘗有—血之盟也。〔按玉篇引作—今本作歃〕。

(二)——小貌。〔唐書王叔文傳〕——小人。

(三)—嚍附耳小語聲也。〔史記魏其武安侯傳〕乃效女兒—嚍耳語。

【呰】蔣氏切音紫紙韻才支切音疵支韻

(一)苛也。見〔說文〕。〔段注〕苛、亦當作訶。凡言—毀當用—。喪服四制。—者莫不知禮之所生也。鄭云、口毀曰—。

(二)此也。見〔爾雅釋詁〕。

(三)瑕也。〔後漢書元帝敍贊〕閻尹之—。穢我明德。〔—同訾或作啙〕。

(四)—窳惰弱也。〔史記貨殖傳〕地勢饒食。無饑饉之患。以故—窳。

【呰】思計切音細霽韻四箇切娑去聲箇韻

語辭。同些。見〔集韻〕。

【呦】於虯切音幽於求切音憂尤韻於糾切黝上聲有韻

鹿鳴聲。見〔說文〕。〔桂注〕詩。——鹿鳴。傳云。——然鳴而相呼。

【呦】於教切音靿效韻

敎也。見〔集韻〕。

【呥】如占切音髯鹽韻而琰切音冉琰韻

——。噍貌。〔荀子榮辱〕——而噍。

〔又〕自安貌。見〔集韻〕。

【呧】典禮切音邸薺韻田黎切音題齊韻

呵也。見〔說文〕。〔桂注〕蒼頡篇。—、欺也。馥案本書。諆、欺也。—諆、卽詆諆也。〔按段氏本作苛也。注云。苛爲訶之假借字〕。

【昭】癡消切音超蕭韻

鳴也。〔玉篇〕埤蒼曰喉鳴。

【呆】胡戈切音[illegible]伙韻

小兒啼也。見〔篇海〕。〔正字通云咊字變體訓非〕。

【呺】虛嬌切音囂蕭韻

—然。虛大貌。〔莊子逍遙遊〕非不—然大也。〔與枵同〕。

【呺】乎刀切音豪豪韻許后切音吼有韻後到切音號號韻

風聲。又怒叫也。〔莊子齊物論〕萬竅怒—。

【𠯍】側洽切音眨洽韻

豕食。見〔玉篇〕。〔正字通云。俗唼字〕。

【唋】彌者切音惹馬韻

譍聲。本作喏。見〔集韻〕。

【呩】牀志切音示寘韻

好口腹也。見〔字彙補〕。

【杏】他豆切音透宥韻普后切音剖有韻

(一)唾也。相與語唾而不受也。見〔說文〕。〔通訓定聲〕左傳不顧而唾。趙策老婦必唾其面。皆所謂—也。非湍唾之唾。〔類篇云隸變作音〕。

(二)同透。神光上露也。見〔六書精蘊〕。

【哇】絜庚切音挂變韻　口不正也。見〔玉篇〕。

【哇】麗庚切音圭變韻　呼雞聲也。見〔集韻〕。

【哇】朱戌切音注遇韻　喙也。見〔集韻〕。

【呿】去伽切音佉麻韻丘於切音墟魚韻丘據切音去御韻又業切音袁業韻　張口貌。〔莊子秋水〕公孫龍口—而不合。

【呿】乞業切音怯業韻　臥息也。見〔集韻〕。

【咀】在呂切音沮語韻子余切音苴魚韻　含味也。見〔說文〕〔段注〕含而味之。

【咀】子與切音苴語韻　吹—。修藥也。見〔集韻〕。〔蘇恭曰。吹—、商量斟酌之也。宗奭曰。吹—。有含味之意。如人以口齧—。古方言吹—。此義也〕

【咂】子答切音帀合韻

入口也。見〔篇海〕。〔正字通云。本作嚐。省作哧〕。

【咏】爲命切音泳敬韻　歌也。〔漢書東方朔傳〕彈琴其中。以—先王之風。〔本作詠〕。

【咐】奉蒲切音府麌韻　噓也。〔淮南本經〕以相嘔—醞釀。而成育羣生。

【咐】同付。〔姜夔詞〕韋郎去也。怎忘得玉環分付。〔今人用作吩—〕。

【咄】赤律切音出質韻　嗅人聲。見〔篇海類編〕。

【咉】於郎切音鴦於良切音央陽韻　㊀唐聲。見〔廣韻〕。㊁—咽。流不通也。〔文選左思賦〕泉流迸集而—咽。

【咉】倚朗切音坱養韻　—。咽悲也。見〔廣韻〕。

【呞】申之切音詩超之切音癡支韻　牛嚛也。見〔玉篇〕。〔按廣韻本作齝。亦作飼〕。

【呠】普本切音栩阮韻　噴也。見〔玉篇〕。〔正字通云。俗噴字〕。

【吰】烏宏切音泓庚韻　牛聲也。見〔玉篇〕。〔或作吰。正字通云。俗字〕。

【味】莫撥切音末曷韻　黑光也。通作沫。見〔集韻〕。〔按說文日部。昧音末。日中不明。—、疑即昧字之譌〕。

【呭】以制切音曳霽韻　多言也。見〔說文〕。

【呭】私列切音薛屑韻　樂也。見〔集韻〕。

【呮】去致切音跂寘韻　垂足坐也。見〔篇海〕。〔正字通云。譌字。一曰䟔字之譌〕。

【𠯆】袪尤切音丘尤韻　聲也。見〔玉篇〕。

【呱】攻吾切音姑虞韻烏瓜切音窊麻韻　小兒嗁聲。詩曰后稷—矣。見〔說文〕。

【呲】才支切音疵余支切音移支韻　歔食也。見〔集韻〕。

【呲】豬之切音茲支韻　無食也。見〔集韻〕。

【𠯵】房越切音伐月韻　盾也。〔國策韓策〕革抉—芮。無不畢具。〔注〕—、即詩所謂蒙伐。〔按—、伐、瞂、𤢞四字皆通〕。

【嗥】胡刀切音豪豪韻　熊虎聲也。見〔篇海〕。

【呼】影霍切音壓藥韻〔與呼微異〕。相呵拒也。見〔字彙補〕。

【呟】古泫切音畎銑韻　聲也。見〔集韻〕。

【𠯗】力入切音立緝韻　—。送舟聲也。見〔集韻〕。

【呯】蒲兵切音平庚韻　—。聲也。見〔五音集韻〕。

【呸】攀悲切音丕支韻　相爭之聲。俗字。見〔字彙〕。〔按通俗編云。元人劇本有—字。即作之

俗體字彙謂—爲相爭之聲蓋當云爭而啞之之聲〕

【⿰口瓦】 五寡切音瓦馬韻 人名。宋史熙寧七年。賜邦辟勿丁—姓名曰趙從義。蓋—曰趙秉義。二人乃西族瞎征之後也。〔又〕結—嚴亦人名。見〔字彙補〕。

【⿰口叵】 普火切音叵哿韻 聲也。見〔集韻〕。

【听】 魚吁切音岸翰韻 聲也。見〔集韻〕。

【哼】 羊甘切音佔覃韻 羊鳴。見〔字彙補〕。

【⿱吕亏】 居吟切音金侵韻 伯也。見〔海篇〕。

【咕】 公戶切音古麌韻 吳俗以輕言煩絮爲—嚕。

【咖】 讀若加 —啡。啡詳啡字。

【咊】 和本字。見〔說文〕。

【⿱亼吕】 古复字。見〔集韻〕。

【咵】 古呼字。見〔六書本義〕。

【[illegible]】 古謀字。見〔說文〕

【⿰口示】 古嗜字。見〔玉篇〕。〔正字通〕云。俗嗜字。因視字作眎。故改嗜爲—。恐亦涉附會。

【⿸尸又】 古皮字。見〔集韻〕。

【⿱山古】 同郜。國名。見〔路史國名記〕。〔郜之省形存聲。依篆當作峼。此作山下古。誤。〕

【呡】 同吻。見〔正字通〕。

【吻】 同呧。見〔字彙補〕。

【⿰口乏】 同呱。見〔篇海〕。

【呣】 同昏。見〔集韻〕。

【咁】 同嗛。見〔集韻〕。

【咅】 同杏。見〔玉篇〕。

【咧】 同哸。見〔篇海〕。

【⿱四口】 同咽。見〔說文長箋〕。

【⿰口白】 咟譌字。見〔正字通〕。

【⿱吅亐】 咢譌字。見〔字彙〕。

六畫

【咠】 七入切音緝 一入切音揖緝韻

●(一) 聶語也。从口耳。詩曰。——幡幡。見〔說文〕。〔段注〕耳部曰。聶、附耳私小語也。按聶取兩耳附一耳。咠、取口附耳也。——今詩作緝緝。毛云。緝緝、口舌聲。

●(二) ——。譖言也。見〔廣韻〕。

【咡】 仍吏切音餌寘韻 人之切音而支韻

●(一) 口旁也。〔禮記曲禮〕負劍辟—詔之。〔注〕口旁曰—。謂傾頭與語也。

●(二) 口也。〔管子弟子職〕循—覆手。〔注〕—口也。覆手而循之。所以拭其不潔也。

●(三) —絲。謂老蠶上下絲於口也。〔淮南覽冥〕蠶—絲而商絃絕。

【咢】 逆各切音愕藥韻〔本作㖾〕

●(一) 譁訟也。見〔說文吅部〕。

●(二) 和歌也。〔詩行葦〕或歌或—。〔六書故〕—从兩口兩人應和而歌。

●(三) 驚—也。〔爾雅釋樂〕徒擊鼓謂之—。〔疏〕聲驚—也。

●(四) ——。冠高貌。〔後漢張衡傳〕冠——其映蓋。〔注〕——、一作岌嶬。冠高貌也。〔文選作嵒〕。

●(五) 通諤。——直言也。〔漢書韋賢傳〕——黃髮〔文選作諤沿云—與諤同〕。

●(六) 通鍔。刃旁也。〔漢書王褒傳〕越砥斂其—。〔正韻〕與鍔同。

●(七) 通噩。〔爾雅釋天〕在酉曰作噩。〔釋文〕噩、本作—。

●(八) 通鄂。〔史記楚世家〕楚熊—。〔十二諸侯年表〕作鄂。

【咸】 胡讒切音諴咸韻

●(一) 皆也。悉也。見〔說文〕。

●(二) 卦名。艮下兌上。〔易大象〕山上有澤、—。

●(三) 感也。〔易臨〕—臨。

●(四) 同也。〔詩閟宮〕克—厥功。

●(五) 徧也。〔國語魯語〕小賜不—。

●(六) 速也。〔易雜卦〕—、速也。

●(七) 和也。〔詩常棣序箋〕周公弔二叔之不—。〔疏〕—、和也。

●(八) 則也。法也。〔春秋保乾圖〕天皇予是斟元陳極以立易—。

●(九) 引也。〔莊子天運〕其有機—而不得已耶。〔釋文〕緘、古咸反。徐古陷反。司馬本作—。注、引也。

●(十) 棺束也。〔禮記喪服大記〕大夫士以—。〔注〕—讀爲緘。今齊人謂棺東爲—繩。—或爲縅。〔釋文〕—、依注讀爲緘古緘反。

⑪—池堯樂名。〔莊子至樂〕—池九韶之樂〔又〕天神也。〔楚辭自悲〕屬天命而委之—池。〔又〕日浴處也。〔楚辭離騷〕飲余馬於—池兮。〔又〕水魚之囿也見〔淮南天文〕。〔又〕星名見〔淮南天文〕。

⑫巫—殷巫。〔書君奭〕巫—乂王家。

⑬—陽地名。〔史記秦本紀〕孝公十二年作爲—陽。〔今陝西—陽縣治〕。

⑭州名。唐置。羈縻。劍南道。當在今雲南舊楚雄府境內。〔又〕遼—州屬東京道。在今奉天鐵嶺縣東北。

⑮姓也。巫—之後。

【咸】古斬切音鹹謙韻

①同減。損也。〔漢書昭帝紀贊〕戶口—半。

②姓也。漢酷吏—宣。

【咸】戶暗切音憾勘韻

充滿也。〔左昭二十一年傳〕窕則不—。

【唼】阿葛切音遏曷韻

①吃也。見〔玉篇〕。

②小語也。見〔廣韻〕。

③止也。〔廣雅疏證〕爾雅。遏、止也。遏與—同。

【唼】於旰切音按翰韻

聲止也。見〔集韻〕。

【咤】陟嫁切音奼禡韻

①噴也。〔禮記曲禮〕毋—食。〔疏〕謂於口舌中作聲似嫌主人之食。

②怒聲也。〔史記淮陰侯傳〕項王喑噁叱—。

③悲也。〔蔡琰詩〕怛—靡肝肺。

④懲刈之器。〔書五流有宅鄭注〕五刑皆有器懲刈。五—者五種之器。〔今本作宅〕。

⑤痛惜曰—見〔通俗文〕。

⑥通詑。誇誑之也。〔後漢王符傳〕轉相誇—。

【咤】陟加切音奓麻韻

①本作吒。噴也。叱怒也。見〔玉篇〕。

②提多羅—治國主也。見〔梵書〕。

【咤】都故切音妒遇韻達各切音託藥韻

①奠爵也。〔書顧命〕王三宿三祭三—。

【咥】許既切音欷未韻馨夷切音咦虛其切音僖支韻虛器切音肄丑二切音屎許四切音呬寘韻敕栗切音扶閔吉切音欸質韻徒結切音姪屑韻

①卻行曰—。見〔書顧命鄭注〕。

【咥】脂利切音至寘韻徒結切音姪屑韻

①大笑也。詩曰—其笑矣。見〔說文〕。

②笑貌。見〔集韻〕。

【咥】陟利切音致寘韻

齧也。〔易履〕履虎尾。不—人亨。

【咥】丁結切音窒屑韻

止也。〔易訟〕—惕中吉。〔馬融讀〕今本作窒。

【咦】延知切音夷馨夷切音屎支韻直皆切音娭佳韻

蛇—。虜姓。見〔集韻〕。

①南陽謂大呼曰—。見〔說文〕。〔段注〕呼。外息也。大呼。大息也。〔按〕外息、出其息也。今俗語用作驚訝之辭。

②笑貌。見〔玉篇〕。

【咧】力櫱切音列屑韻

①—。鳥聲。見〔集韻〕。

②俗語餘辭。劇曲本賓白中每有之。

【咨】津夷切音資支韻

①謀事曰—。見〔說文〕。〔段注〕左傳曰。訪問於善爲—。

②嗟也。〔詩蕩〕文王曰—。

③此也。〔爾雅正義〕魏封孔羨碑云。—可謂命世大聖。億載之師表者已。

④咨—。趑趄也。〔方言〕忸怩。趑趄也。或謂之咨—。

⑤公文之一種。於同級官廳間互用之。不相統屬之團體與官廳間。亦互用之。

【咨】資四切音恣寘韻

歎聲。〔易萃〕賫—涕洟。

【咫】掌氏切音紙紙韻

①中婦人手長八寸謂之—。周尺也。見〔說文〕。〔按周制寸尺—尋皆以人之體爲法〕。

②—尺間也。〔國語晉語〕吾不能行也—。

③言少也。〔國語楚語〕是知天—。安知民則。〔注〕言少知天道耳安知治民之法。

(四)喩近也。〔周書太子晉〕䚕道如—。

(五)助詞。猶則也。〔管子連語〕牆薄—亟壞。繒薄—亟裂。器薄—亟毀。酒薄—亟酸。

【哉】　將來切音栽灰韻

(一)言之間也。从口𢦔聲。見〔說文〕。〔段注〕句中—字。皆可斷句。凡兩者之際曰間。一者之竟亦曰間。一之竟。卽兩之際也。言之間歇。多用—字。

(二)問詞也。〔詩北門〕謂之何—。

(三)歎詞也。〔王引之云〕或爲歎美。若大—乾元之屬。或爲嗟歎。若帝曰咈—之屬。隨事有義也。

(四)疑詞也。〔書益稷〕禹曰俞—。〔蔡傳〕俞—者。蘇氏曰。與春秋公曰諾—意同。口然而心不然之辭也。

(五)猶矣也。若䗈—、垂—、益—、欽—、懋—、念—之屬是也。

(六)反語意。〔孟子盡心〕奚可—。

(七)句中語助也。〔書大誥〕肆—爾庶邦君。〔王引之云〕謂肆爾庶邦君也。—字無意義。

(八)止語辭。〔通俗編〕吳俗謂事已然曰—。詩書云歸—、亦已焉—。皆止語辭。猶云了也。今俗云住了罷了之類。與凡哉字有別。

(十九)覼也。見〔廣雅釋詁〕。〔按廣雅疏證。作覼。存參。〕

(二十)始也。〔書伊訓〕朕—自亳。〔按爾雅疏。—古文作才。才、草木之初也。以聲近。借爲—始之—。〕

(二十一)通栽。〔爾雅釋詁〕初—首基。〔釋文〕—本作栽。

(二十二)通材。〔論語先進〕無所取材。〔鄭注〕古材、—同。

(二十三)通載。〔詩文王〕陳錫—周。〔疏〕—、載古字通。

【咺】　大遠切音烜阮韻

(一)朝鮮謂小兒泣不止曰—。見〔說文〕。〔段注〕方言。—、痛也。凡哀泣而不止曰—。朝鮮洌水之間。小兒泣而不止曰—。

(二)威儀容止宣著也。〔詩淇澳〕赫兮—兮。〔按釋文引韓詩、作宣。說文心部引詩、作愃。禮記大學引詩、作諠。〕

(三)人名。春秋周宰—。衞元—。

【咺】　許元切音萱元韻

(一)懼也。見〔廣雅釋詁〕。〔按方言。凡恐而噎噫。南楚江湘之間謂之嘽—。〕

(二)懼也。見〔韻會〕。

(三)寬綽貌。〔列子力命〕墨杘單至嘽—憋懯。四人相與遊於世。〔張湛注〕鄭玄注禮記云。—寬綽貌。說文云。—寬閑心腹貌。

【咻】　火羽切音詡麌韻　虛尤切音休尤韻

(一)口病聲也。見〔廣韻〕。

(二)嚾也。〔孟子滕文公〕一齊人傳之。衆楚人—之。

(三)嗅—痛念之聲。見〔玉篇〕。

(四)——讙言也。〔高適詩〕旅雁悲——。

【咻】　虛交切音詨肴韻

同烋。咆—自矜氣健之貌。〔文選左思賦〕呑滅咆—。

【咻】　吁句切音煦遇韻

(一)同呴。氣溫也。〔蘇軾文〕山川之所習。風氣之所—。

(二)——氣出也。〔揮汗漫鈔〕冢中有大蟾蜍。如半輪。氣——然。

【咼】　空媧切音跬佳韻

(一)口戾不正也。見〔說文〕。〔段注〕通俗文。斜戾曰—。

(二)姓也。南唐—拯。宋—翰。〔按正字通云。音戈。〕

(三)通和。〔淮南說山〕—氏之璧。

【咽】　因連切音燕先韻

(一)嗌也。見〔說文〕。〔段注〕—者因也。言食因于是以上下也。〔按醫經云。—者嚥水。喉者候氣。六書故云。水穀所入爲—下通於胃。〕

【咽】　於巾切音䪾眞韻

——鼓節也。〔詩有駜〕鼓——。〔釋文〕—本又作𪔡。同烏玄反。又於巾反。鼓節也。〔按集韻十八諄。—、或作𪔡、鼘、𪕌。亦書作𪔡。詩那鞉鼓淵淵。說文鼓部引作𪔣鼓鼘鼘。六書故云。——、淵淵。其聲不同。淵淵狀鼓聲之多而遠。——聲近而疊。味其聲。可以知其義。讀之當各如字。〕

【咽】　伊甸切同嚥霰韻

呑也。〔孟子滕文公〕三—。然後耳有聞。目有見。

【咽】　一結切音噎屑韻

(一)塞也。〔新序雜事〕雲霞充—。則奪日月之明。

(二)聲塞而小也。〔漢隴頭歌〕隴頭流

水。鳴聲幽—。

❸ 嗚—。悲不自勝也。〔齊書王儉傳〕流涕嗚—。

❹ 同噎悲塞也。〔岑參詩〕䕺賢氣—不能語。

【哀】於開切音唉灰韻

❶ 閔也。見〔說文〕。〔段注〕閔、弔者在門也。引伸之凡哀皆曰閔。

❷ 傷也。〔孟子離婁〕舍正路而不由。—哉。

❸ 憂也。〔宋書張敷傳〕居—毀滅。孝道淳至。

❹ 憐也。〔韓愈文〕如有力者、—其窮而運轉之。

❺ 愛也。〔呂覽報更〕人主胡可以不務—士。

❻ —懷報德也。〔詩蓼莪〕——父母。

❼ —駘醜貌。〔莊子德充符〕衛有惡人焉。曰—駘它。〔注〕—駘。醜貌。

❽ —牢古國名。〔後漢南蠻傳〕—牢人皆穿鼻儋耳。〔在今雲南永昌縣境〕

❾ 恭仁短折曰—。見〔周書謚法〕。

❿ 姓也。魯—公之後。明嘉靖中命改爲衷。

【品】丕錦切匹上聲寢韻

❶ 衆庶也。从三口。見〔說文品部〕。〔段注〕人三爲衆。故從三口。會意。

❷ 物之種類也。〔書禹貢〕厥貢惟金三—。

❸ 物之性質也。〔後漢黨錮傳〕雖情—萬區。質文異數。

❹ 區也。〔國語鄭語〕以—處庶類者也。

❺ 式也。法也。〔漢書梅福傳〕叔孫通遵秦歸漢。制作儀—。

❻ 官秩也。〔國語周語〕外官不過九—。〔清職官分列九—每—有正從之別〕

❼ 階格也。〔禮記檀弓〕—節斯斯之謂禮。〔如上—、下—、淸—、神—之類皆是〕

❽ 齊也。〔國語周語〕—其百籩。

❾ 同也。〔漢書李尋傳〕百里爲—。〔注〕言百里之內數度同也。

❿ 率也。〔漢書咸宣傳〕羣盜起不發覺。發覺而弗捕滿—者皆死。〔注〕—率也。以人數爲率也。

⓫ 差也。〔漢書匈奴傳〕給繒絮食物有—。

⓬ 猶也。〔禮記玉藻〕命之—嘗之。

⓭ 姓也。明—嵒。

⓮ 英美量名。具言—脫。當我六合一勺强。英文 Pint。

【咬】居肴切音交肴韻

——。鳥聲也。〔嵇康詩〕——黃鳥。〔按集韻云通作膠〕

【咬】於交切音坳肴韻

哇—。淫聲也。〔文選張衡賦〕咸池不齊。度於哇—。〔按柳宗元文〕—哇不入里耳。注。讙聲也。此作哇—。兩歧。存考。〕

【咬】許介切音譮卦韻於交切音坳肴韻吉巧切音狡巧韻

風聲。〔莊子齊物論〕宎者—者。〔釋文〕於交反。或音狡。司馬云。聲哀切—然。又許拜反。〔按集韻卦韻、訓風聲。引莊子。巧韻、訓聲也。又引莊子。舊分爲三。惟肴韻引莊子未當。〕

【咬】五巧切音磽巧韻

本作齩。齧骨也。見〔集韻〕。

【咭】閒吉切音欯其吉切音佶質韻

笑也。見〔玉篇〕。

【咭】火一切音醯入聲質韻

喜也。欯或作—。見〔集韻〕。

【咭】丘八切音劼黠韻

鼠聲。見〔集韻〕。

【咮】鍾輸切音朱虞韻張流切音輈尤韻朱戍切音註遇韻陟救切音晝丁候切音鬭宥韻

❶ 鳥口也。見〔說文〕。〔段注〕今人噣—啄三字同音通用。許分別甚明。人口不曰—。

❷ 星名。〔爾雅釋天〕—謂之柳。

❸ 通注。〔考工記梓人〕以注鳴者。

【咮】鍾輸切音朱虞韻

譸—。多言貌。見〔廣韻〕。

【咮】汝朱切音儒虞韻

嗕嚅。言也。嚅、或作—、吺。見〔集韻〕。

【咮】張流切音輈尤韻

曲喙。見〔廣韻〕。

【咮】株遇切音駐遇韻

鳥聲。見〔集韻〕。

【咰】朔律切音率質韻

❶ 飲也。見〔玉篇〕。

❷ 人名。〔史記楚世家〕子熊—立。是

爲蚡冒。〔按玉篇引如此。今本作胸从目音舜。〕

【眴】須倫切音荀眞韻

咨親爲詢。詢、或作—。見〔集韻〕。

【㖃】許后切音犼胡口切音厚有韻

㊀厚怒聲。見〔說文〕。〔桂注〕唐書劉文靖傳君雅—曰。反人欲殺我耳。〔一作詬。〕

㊁吐也。見〔玉篇〕。

【㖃】許后切音蔻宥韻

恥也。〔大戴記武王踐阼〕皇皇惟敬口生—。

【咳】何開切音頦灰韻

小兒笑也。古作孩。見〔說文〕。〔桂注〕禮記內則。父執子之右手—而名之。〔謂指其頤下、令之笑、而爲之名。〕

【咳】柯開切音該灰韻

㊀奇—非常也。〔史記倉公傳〕其脈法奇—。

㊁同該。〔晏子外篇〕頸尾—於天地。

㊂同欬。〔禮記內則〕不敢噦噫嚏—。

【哄】胡貢切音閧送韻

㊀唱聲。見〔廣韻〕。

㊁衆聲。見〔集韻〕。

【哄】呼公切音烘冬韻

呵也。一曰叿叿人聲。一曰嘑語。叿、或作—。見〔集韻〕。

【哄】居容切音恭冬韻

㊀聲也。見〔集韻〕。

㊁俗語誑誘也。如欺—騙。

【哆】敞尒切音侈紙韻抽加切音侘昌遮切音車麻韻典可切音嚲哿韻齒者切音撦馬韻陟駕切音吒丑亞切音詫禡韻

㊀張口也。見〔說文〕。〔桂注〕詩巷伯。—兮侈兮。傳云。—大貌。

㊁衆意。〔韓愈詩〕羣星從坐錯落侈—。

㊂放也。〔法言吾子〕述正道而稍邪—者有矣。未有述邪—而稍正也。

㊃—然寬大貌。猶侈肆也。〔穀梁僖四年傳〕於是—然外齊侯也。

【哆】典可切音嚲哿韻

㊀語聲。見〔廣韻〕。

㊁人名。孔子弟子漆雕—。

㊂梵語〔大悲咒〕南無喝囉怛那—囉夜耶。〔今俗語—囉呢平聲。〕

【哆】齒者切音撦馬韻

脣垂下貌。見〔廣韻〕。

【哆】丁寫切音爹上聲馬韻

魚口張貌。〔王惲食鱸魚詩〕口—頰重出。

【哆】昌志切音熾寘韻

—聲。〔梅堯臣詩〕逆風口——。

【哆】丁賀切音跢箇韻

㊀語助聲。見〔廣韻〕。

㊁緩脣也。見〔集韻〕。

【哆】陟駕切音吒禡韻敞尒切音侈紙韻

大口也。〔淮南脩務〕啳脥—嗚。〔注〕皆醜貌。—讀大口之—。

【哇】於佳切音娃佳韻烏瓜切音窊麻韻

㊀諂聲也。見〔說文〕。〔桂注〕法言吾子篇。中正則雅。多—則鄭。

㊁吐也。〔孟子滕文公〕出而—之。

㊂通鼃。〔漢書王莽傳〕紫色鼃聲。

【哇】獲媧切音懷佳韻胡卦切音畫卦韻

喉結塞也。〔莊子大宗師〕屈服者其嗌言若—。〔注〕氣不平暢也。

【哇】涓畦切音圭齊韻希佳切音醫佳韻

㊀謳詞也。見〔集韻〕。

㊁諂聲也。見〔玉篇〕。

【哇】烏瓜切音窊麻韻

㊀小兒聲。〔王安石詩〕中使猶作嬰兒—。

㊁腹鳴聲。〔梅堯臣詩〕一啜入腹鳴呷—。

㊂吐也。見〔韻會〕。

㊃——小兒聲也。〔歐陽修詩〕兒曹助噪聲——。〔又〕笑聲。〔元包經〕言唯唯。笑——。

【哈】鄂合切音嗑合韻

㊀魚動口貌。見〔正字通〕。

㊁魚多貌。見〔玉篇〕。

【哈】色洽切音霅洽韻

㊀以口歃飲。〔淮南氾論〕嘗一—水而甘苦知矣。

●姓也。楊愼希姓有—永森。今湖北猶有此姓。

【哈】槩下切音賈馬韻
外國姓。見〔正字通〕。〔按梵書。—讀遏哇翻。〕

【哈】遏哇切音蝦麻韻
●—。笑也。〔廣雅釋訓〕唏唏、哂哂。笑也。譏調、卽——。
●—密。古西戎地。漢爲伊吾廬地。明置—密衞。淸隸甘肅。後改屬新疆。卽今新疆—密縣。〔又〕齊齊—爾。—爾濱。均屬滿洲境。
●—喇。西洋呢之一種。物質較美。

【哈】呼合切音欱合韻
同欱。大歠也。見〔集韻〕。〔按六書故云。呷、大歠也。別作—。是則—卽呷。又通欱也。〕

【哈】曷閤切音合葛合切音閤託合切音榻合韻
●同齡。食也。見〔集韻〕。
●麻—。州名。明置。淸因之。屬貴州都勻府。卽今貴州麻—縣。〔據歷代地理志韻編今釋收入合韻。〕

【咩】迷爾切音哶紙韻
●羊鳴。見〔篇海〕。〔正字通云。芈字之譌。〕
●呪曰—。見〔釋典〕。

【咪】莫者切音馬馬韻
●同哶。羊鳴。見〔篇海〕。〔正字通云。俗芈字。舊注同哶。誤。芈有米音。因音同譌作咪。咪與言部詸通。〕
●外國度名。詳米字。

【呢】乙革切音厄陌韻
呃或字。—喔。高聲也。見〔龍龕手鑑〕。

【咖】郎丁切音靈靑韻
●尿鳥也。見〔廣韻〕。
●尿聲也。見〔類篇〕。

【哂】矢忍切音矧軫韻
微笑也。〔論語先進〕夫子—之。〔按舊注云。廣韻。欢、—分見。—專訓笑。欢訓笑不壞顏。似微有別。集韻合爲一。非。竊謂舊注言是也。正韻云。微笑。一曰大笑。考論語馬注。笑也。三蒼。—。小笑也。今據此删大笑一義。〕

【㖼】雪律切音恤質韻
●吹口貌。見〔玉篇〕。
●口鳴—。見〔廣韻〕。

【㖼】春遇切音戍遇韻
使犬聲。見〔集韻〕。〔正字通云。說文本作嗾。改作—。非。〕

【哃】徒東切音同東韻
●妄語也。見〔玉篇〕。
●—嘈。大言。見〔廣韻〕。

【咮】之六切音粥屋韻
同粥。呼雞聲。見〔玉篇〕。

【咮】子六切音蹙屋韻
同啾。歎也。見〔集韻〕。

【咮】于六切音唷屋韻
行平易也。見〔類篇〕。

【咮】前歷切音寂錫韻
嘆也。見〔集韻〕。

【哅】呼公切音灴東韻
大聲也。〔呂覽樂成〕功之難立也。其必由——耶。

【哅】許用切宋韻
喧聲也。〔荀子解蔽〕掩耳而聽者。聽漠漠而以爲——。〔注〕——。喧聲也。—許用切。按集韻無許用切之字。惟廣韻翻拱切有哅字。訓衆言。據韻會小補。哅、翻拱切。本作訩。衆言也。正字通、廣雅疏證、說文通訓定聲、皆云。—、訩、洶、匈、並通。蓋—字異文同義者。平、上、去、多可通讀。集韻搜羅亦有未遍也。

【味】魯猥切音壘賄韻
以言相遮也。見〔篇海類編〕。

【哊】粗本切音僔阮韻
大口也。或作噂。見〔集韻〕。

【哨】於列切音焆娟悅切音抉屑韻
怒也。見〔玉篇〕。〔正字通云。唃字之譌。〕

【咲】而剡切音冉琰韻
口動貌。〔王延壽賦〕嚼唯—而嗫呢。

【咮】丑知切音癡支韻
笑也。見〔玉篇〕。〔正字通云。俗嗤字。〕

【咾】魯皎切音老皓韻
聲也。見〔集韻〕。

【咿】於夷切音伊支韻

喔—。強笑貌。〔楚辭卜居〕喔—嚅唲以事婦人乎。

【咱】子葛切音囋曷韻。茲沙切音查麻韻。自稱也。北方語多用之。與俺音別義同。

【㖾】代戟切音逆陌韻。啀—也。見〔玉篇〕。

【喌】之由切音周尤韻。呼雞聲。見〔集韻〕。〔正音通云〕同喌。

【咣】古橫切音觥庚韻。能言也。見〔玉篇〕。

【咲】五矩切音噳麌韻。欲笑也。見〔玉篇〕。

【吾】多侯切音兜尤韻。輕言也。見〔篇海〕。

【哾】山劣切音說屑韻。式芮切音稅霽韻。小飲也。嘗也。見〔篇海〕。〔正字通云〕俗啜字。

【咷】徒刀切音濤豪韻。他弔切音糶嘯韻。亭歷切音狄錫韻。●楚謂兒泣不止曰噭—。見〔說文〕。●哭聲。〔易同人〕先號—而後笑。

【𠰳】去仲切音焪送韻。區玉切音曲沃韻。鞫訩也。通作誇。見〔集韻〕。〔正字通云〕俗鞫字。

【𠱁】桑割切音薩曷韻。音變也。見〔玉篇〕。

【𠳫】所邁切音曬卦韻。喝—。聲敗也。見〔集韻〕。

【哢】力凍切音弄送韻。言—也。見〔玉篇〕。〔按正字通引玉篇作言不高也。〕

【咵】苦瓦切音跨馬韻。言戾也。見〔集韻〕。〔今北方病人語音不正謂之—。一曰與夸、誇通。〕

【咶】火夬切音噲卦韻。下刮切音頢黠韻。息也。〔廣雅疏證〕廣韻—、息聲也。王逸九思云悒殟絕兮—復蘇。

【咶】胡化切音吳禡韻。同話。言也。見〔集韻〕。

【咶】甚尒切音舐紙韻。屑部〔管子地數〕十口之家十人—鹽。

【𠰲】居委切音詭紙韻。—許也。見〔篇海〕。

【㖩】舒救切音狩宥韻。趁鳥聲。見〔集韻〕。

【咯】歷各切音酪藥韻。詻言也。見〔集韻〕。

【咯】剛鶴切音各藥韻。雉聲。見〔集韻〕。

【哊】于六切音囿入聲屋韻。吐也。見〔玉篇〕。

【㖂】牙葛切音嶭才達切音巀曷韻。聲也。〔玉篇〕嘈嘈—。

【㖂】語訐切音钀月韻。語相訶拒也。見〔集韻〕。

【㖂】許貴切音諱未韻。叱聲。見〔集韻〕。

【咡】人之切音而支韻。吻也。見〔集韻〕。

【□】聲也。見〔集韻〕。

【哶】牙葛切音嶭曷韻。●言相訶距也。見〔玉篇〕。●戒也。〔廣韻〕—、嘲嘲。戒也。

【咅】牙葛切音嶭曷韻。語相訶歫也。从口从辛。辛、惡聲也。讀若櫱。見〔說文〕。〔王注〕訶者大言而怒相訶、謂以惡聲加人。此是一義。歫者止也。相歫、謂閑人言而禦之。此又一義。

【㖈】五割切音嶭曷韻。戒也。語相訶拒也。見〔五音篇海〕。

【𠰚】勒沒切音踂月韻。聲也。見〔集韻〕。

【咴】呼回切音灰灰韻。聲也。見〔集韻〕。

【㖖】補永切音丙梗韻。胡閤切音合合韻。离—。人名。〔列子周穆王〕离—爲右。〔注〕离—音泰丙。一曰离—卽古齊合二字。〔按舊注—字諸書皆不載。僅見列子。字彙二音。皆本列子注。

【肙】縈縣切音淵先韻　小蟲也。一曰空也。隸作肙。見〔集韻〕。〔正字通云本作肙與虫部蜎同。譌作—。存參。〕

【[illegible]】女洽切洽韻　動口也。見〔篇海〕。

【[illegible]】牛尹切音囅軫韻　言也。見〔篇海〕。

【[illegible]】音未詳　閉口也。〔呂覽重言〕君呿而不—。〔按說苑作吁而不唫。〕

【[illegible]】唐武后所製君字。見〔字彙補〕。

【[illegible]】古衆字。〔篇海〕三人爲—。〔正字通譌作[illegible]〕

【[illegible]】古周字。見〔集韻〕。

【咲】古笑字。見〔集韻〕。

【[illegible]】古訊字。見〔集韻〕。

【[illegible]】古婁字。見〔集韻〕。

【[illegible]】古君字。見〔集韻〕。

【[illegible]】古君字。見〔字彙補〕。

【[illegible]】同坐。〔叔孫敖碑〕若冠章甫而—塗炭也。

【[illegible]】同嗥。見〔字彙〕。

【[illegible]】同哯。見〔集韻〕。

【[illegible]】同呭。見〔集韻〕。

【[illegible]】同詍。見〔集韻〕。

【[illegible]】同咬。見〔玉篇〕。

【[illegible]】同嚏。見〔玉篇〕。

【[illegible]】同呧。見〔篇海〕。

【[illegible]】客俗字。見〔正字通〕。

【噅】譌字。見〔正字通〕。

七畫

【員】於權切音圓先韻

●一 物數也。从貝口聲。見〔說文員部〕。〔段注〕數木曰枚。曰梃。數竹曰箇。數絲曰紽。曰總。數物曰—。員古以爲貨物之重者也。

●二 官數也。〔史記平原君傳〕願君卽以遂備—而行矣。

●三 均也。〔詩玄鳥〕景—維河。〔傳〕—、均也。〔箋〕—、古文作云。〔釋文〕毛音圓。鄭音云。

●四 通圓。〔孟子離婁〕規矩、方—之至也。

●五 通隕。周也。幅—、亦作幅隕。見〔洪武正韻〕。

●六 日本於人之額數亦通曰—。如滿額曰滿—。又凡執事務者稱事務—。敎習稱敎—。與我國舊稱生—、吏—同。爲尊稱。

【員】王分切音雲文韻

●一 益也。〔詩正月〕—于爾輻。

●二 有也。〔書秦誓〕雖則—然。〔王引之云〕言雖則有然也。今本—作云。乃衞包所改。

●三 烏—。地名。〔漢書匈奴傳〕前將軍出塞千二百餘里至烏—。〔按疑卽烏丸。〕

●四 ——。謂似急也。〔素問刺熱論〕其逆則頭痛——。

●五 通云。語助辭。〔詩出其東門〕聊樂我—。〔釋文〕—音云。本亦作云。韓詩作魂。魂、神也。

【員】王問切音運問韻　姓也。唐棣州刺史—半千。

【唐】徒郎切音堂陽韻

●一 大言也。从口庚聲。見〔說文〕。〔桂注〕莊子天下篇荒—之言。

●二 大也。〔太玄唐〕初一。—於內。

●三 空也。〔法華經〕福不—捐。

●四 失也。〔莊子徐无鬼〕其求—子也。〔一說〕—子。給使令者。猶周禮云門子。

●五 猶蕩也。〔枚乘七發〕浩—之心。

●六 虛阨也。〔管子地員〕黃—無宜也。

●七 堂途也。〔詩防有鵲巢〕中—有甓。〔注〕—、堂途也。〔按爾雅釋宮云。廟中路謂之—。堂途謂之陳。然則—之與陳。異名而一物也。〕

●八 亭也。〔莊子田子方〕是求馬於—肆也。

●九 道也。〔漢書揚雄傳〕平原—其壇曼矣。

●十 防也。〔國策齊策〕左濟右天—。

●十一 隄也。〔國語周語〕陂—汚庳以鍾其美。〔段玉裁云〕陂塘字古皆作—。取虛而多受之意。

●十二 庭也。〔後漢班彪傳〕前中—而後太液。

●十三 猶堂也。〔淮南修務〕—牙莫之鼓也。〔朱駿聲云〕—牙。疑古琴名。

●十四 地名。帝堯夏禹所都之墟。周成王

以封母弟叔虞。漢置｜縣。屬冀州中山國。即今直隸｜縣治。〔又〕｜州。五代置。至淸改爲縣。即今河南｜縣治。

⑮朝代名也。堯時號爲｜。〔起民國紀元前四千二百六十九年。訖四千一百七十年。〕李淵受隋禪而有天下。亦號曰｜。凡二十主。禪於後梁。世或稱李｜。〔起民國紀元前一千二百九十四年。訖一千零六年。〕李克用滅後梁稱帝。號爲後｜。凡四主。滅於後晉。〔起民國紀元前九百八十九年。訖九百七十六年。〕

⑯外國稱我國曰｜。｜時聲威極盛。西北諸侯與之接。故習稱吾華爲｜。日本於唐時來通。采取文物制度甚多。故至今猶有｜人｜物等語。

⑰弓體名。〔考工記弓人〕往體來體若一。曰｜弓之屬。

⑱蟲名。螻也。〔大戴記夏小正〕｜蜩鳴。〔即詩如蜩如螗之螗。闕入螗字〕

⑲草名。女蘿也。〔詩桑中〕爰采｜矣。〔傳〕｜蒙。菜名。

唐棣

(唐)蒙菜

⑳｜棣。木名。移也。〔詩何彼襛矣〕｜棣之華。〔詩陸璣疏〕奧李也。一名雀梅。亦曰車下李。所在山中皆有。其花或白或赤。六月中成實。大如李。名曰郁李。

㉑｜花。以高溫度促花使不時而開。自古傳其術。

㉒｜碧。碧石似玉者。〔淮南修務〕｜碧堅忍之類。

㉓咸｜。咸池也。〔楚辭遠逝〕委兩館於咸｜。

㉔｜｜。猶蕩蕩也。〔老子指歸〕淪｜｜。含冥冥。

㉕旁｜。盤礴也。〔漢書司馬相如傳〕琘玉旁｜。

㉖頹｜。放恣也。〔文選王褒賦〕頹｜遂往。長辭遠遊。

㉗｜突。冒觸也。〔後漢桓帝紀〕詔被水死流失屍骸者。令郡縣鉤求收葬。及所｜突壓溺物故。七歲以上。賜錢人二千。

㉘姓也。又｜山。複姓。漢有｜山夫人。

【哥】　居何切音牁歌韻

①聲也。古文以爲謌字。見〔說文。可部〕〔段注〕漢書多用｜爲歌。

②兄之稱。〔韻會〕穎川語。小曰｜。本聲也。今人以配姐字。爲兄弟之稱。

③｜舒。複姓。唐｜舒翰。

【挌】　各額切音格陌韻

枝｜也。見〔說文丰部〕〔段注〕枝｜者。遮禦之意。玉篇曰。｜枝柯也。釋名。戟格也。旁有枝格也。庾信賦。草樹溷淆。枝格相交。格行而｜廢矣。〔按格字凡作枝拒扞格用者。即說文｜字。桂注。亦云編木拒敵。漢謂之筄格。唐謂之戰格。皆｜之借字。桂氏引據詳明。正字通以｜爲格譌字。臆說不可從。〕

【哨】　蘇曹切音騷豪韻

使犬也。〔方言〕秦晉之西鄙自冀隴而西使犬曰｜。

【哨】　才笑切音噍嘯韻

①不容也。見〔說文。〕〔小徐本、作口不容也〕

②多言也。〔法言問道〕匪大匪堯。禮義｜｜。聖人不取也。

【哨】　所敎切音稍效韻

①頎小也。同䏚、矐、燿。〔馬融廣成頌〕大匈｜後。〔考工記大匈燿後注。燿讀爲｜。〕

②｜遍。樂府曲名。〔蘇軾書〕舊好讀淵明歸去來辭。每患其不入音律。近輒微加增損。爲般涉調｜遍。〔周德淸云。｜遍乃般涉調之一曲。〕

③屯兵防盜之處。〔元史李楨傳〕命率師巡｜襄樊。〔按今軍語稱斥候曰｜。斥候所留之處曰｜所。本此。〕

④驟｜。警衆物也。〔宋史夏國傳〕見道傍敝銀泥合。封襲謹密。中有動躍聲。發之。乃驟｜。家鴿百餘。自合中起。盤飛軍上。於是夏兵四合。〔今巡警所用以警衆之吹器名｜

子。義當本此。
㊄軍制也。〔宋史宋琪傳〕左右—各十指揮。是二十將。指揮作一隊。〔清咸豐後勇營編制〕陸師、每百人爲—。或八十人爲—。水師、每八十人爲—。或二十人爲—。—有長。
㊅凡物殺鋭曰—。見〔正字通〕。

【哨】丑照切音朓效韻思邀切音宵蕭韻
口不正也。見〔集韻〕。

【哩】力忌切音吏寘韻
❶語餘聲。見〔正字通〕。〔按玉篇無訓。云字出陀羅尼。元時詞曲中助字多用之。今俗語猶多沿用。〕
❷英度名。五千二百八十呎爲一—。約當我三里弱。即五百二十一丈四尺一寸六分。彼言Mile。

【哮】虛交切音嘐肴韻
❶豕驚聲也。見〔說文〕。〔段注〕按—、亦作狗。許角切。吳都賦曰。封豨㹠。李云。㹠、豨聲。呼學切。亦即—字。但字形譌耳。
❷闞也。〔宋史王沈傳〕嘲—者以聲發爲高亮。
❸咆—。虎豹怒號也。〔常建詩〕日入聞虎豹。空山滿咆—。
㊃同虓。〔詩常武〕闞如虓虎。〔風俗通〕引作—。

【哮】孝狡切烋上聲巧韻
大呼也。見〔集韻〕。

【哮】許教切音孝效韻
喚也。見〔廣韻〕。

【哮】黑角切音吒覺韻
同㺍。豕聲也。見〔集韻〕。

【哭】空谷切音縠屋韻
哀聲也。見〔說文〕。〔注〕—聲繁。故从二口。〔大聲曰—。細聲有涕曰泣。〕

【哯】乎典切音峴銑韻形甸切音現霰韻
❶不歐而吐也。見〔說文〕。〔段注〕欠部曰。歐、吐也。渾言之。此云不歐而吐也者。析言之。歐、以𠿬喉言。吐、以出口言也。有𠿬喉不作惡而已吐出者。謂之—。
❷小兒嘔乳也。〔一切經音義〕今謂小兒吐乳爲—。

【哰】郎刀切音勞豪韻
❶言語不解也。〔稽修詩〕風龐哰哰燕—。
❷喇—。摯也。東南齊晉之閒曰喇—。見〔方言〕。

【哱】普沒切音誖月韻
❶吹氣聲。見〔廣韻〕。
❷亂也。見〔類篇〕。
❸—囉。軍器。〔紀效新書號令篇〕凡吹—囉。是要眾兵起身。

【哱】補妹切音背隊韻
同誖。亂也。見〔集韻〕。

【哲】陟列切音晢屑韻
❶知也。見〔說文〕。〔段注〕釋言曰。—、智也。方言曰。—、知也。古知、智、通用。
❷知也。〔漢書于定國傳贊〕哀鰥—獄。〔注〕知獄情也。
❸—理。一切自然之根本原理也。研究此根本原理之學。曰—學。

【哺】蒲故切音捕遇韻
❶哺咀也。見〔說文〕。
❷含物以飼也。〔爾雅釋鳥〕生—鷇。〔注〕鳥子須母食之。
❸食在口也。〔史記魯世家〕一飯三吐—。
㊃小兒氣結病也。〔釋名釋疾病〕小兒氣結曰—。—、露也。—而寒露。乳不消。生此疾也。
㊄—乳類。凡溫血胎生之動物。特乳生長。故謂之—乳類。如人以及牛馬犬羊等皆是。

【哺】奔模切音逋虞韻
餔。申時食也。一曰歠也。或作—。見〔集韻〕。

【哺】匪父切音甫麌韻
同㕮。—咀也。見〔集韻〕。

【哺】芳廢切音肺隊韻
通柿。〔後漢楊由傳〕有風吹削—。〔注〕—當作柿。音呼廢反。〔按顏氏家訓曰。此是削札牘之柿耳。史家假借爲肝肺字。語本悉作脯腊之脯。或爲反—之—。〕

【哽】古杏切音梗梗韻
❶語爲舌所介也。見〔說文〕。〔桂注〕隋書盧楚傳。—急口吃。
❷食鯁也。〔漢書禮樂志〕祝—在前。〔謂老人食多—咽。故使人祝之。〕
❸塞也。〔莊子外物〕壅則—。—而不止則跈。

【哽】於杏切音㹈梗韻

咽聲也。見〔集韻〕。

【哴】力讓切音諒漾韻盧當切音郎陽韻

(一)啼極無聲。謂之哴—也。見〔玉篇〕。

(二)兒啼不止也。見〔集韻〕。

(三)—吭。吹貌。見〔廣韻〕。

【哵】布拔切音八曷韻

(一)鳴也。見〔玉篇〕。

(二)——。鳥聲。見〔廣韻〕。

【⿰口委】蘇回切音毸灰韻

(一)口—也。見〔玉篇〕。

(二)同唯。促飲也。見〔集韻〕。

【哹】披尤切音飆方鳩切音鴀房尤切音浮尤韻

(一)吹聲也。見〔玉篇〕。

(二)喉中聲。見〔集韻〕。

【唅】呼含切音蚶覃韻

(一)唵也。見〔廣雅釋言〕。〔疏證〕衆經音義引埤蒼云。唅、—也。謂掌進食也。今俗語猶謂掌進食曰唵。

(二)——張口作聲。〔南史宋巴陵王傳〕觸事上有二大白蛇。長丈餘。——有聲。

(三)—呀。張口貌。見〔玉篇〕。

(四)嗒—。讒聲也。〔程曉詩〕嗒—一何多。

(五)通含。〔漢書貨殖傳〕—菽飲水。〔注〕亦含字也。

【唅】胡紺切音憾勘韻

送終含玉也。〔晉書皇甫謐傳〕殯—之物一皆絕之。

【唆】蘇禾切音梭歌韻

(一)⿰口過—。小兒相應也。見〔玉篇〕。

(二)誘之使為也。〔正字通〕俗云使—。古無—字。通用嗾。〔今云刁—、教—義同〕。

【唆】數化切音傻禡韻

同謏。枉也。見〔集韻〕。

【唇】之人切音眞眞韻〔俗以為脣吻之脣誤〕。

驚也。見〔說文〕。〔桂注〕經典借震字。僖九年公羊傳。桓公震而驚之。

【唇】之刃切音震震韻

驚聲。見〔集韻〕。

【哿】賈我切音舸哿韻

(一)可也。从可。加聲。詩曰—矣富人。見〔說文可部〕。

(二)嘉也。〔左昭八年傳〕—矣能言。

【哿】居何切音哥歌韻

同珂。婦人首飾也。〔太玄瞢〕婦人易—。

【唁】魚戰切音彥霰韻牛偃切音齴阮韻

(一)弔生也。見〔說文〕。〔段注〕此言弔生者。以弔生為—。別於弔死為弔也。

(二)弔失國曰—。〔詩載馳〕歸—衛侯。

【⿰口谷】古祿切音穀屋韻

(一)鳥鳴也。見〔廣韻〕。

(二)雉鳴。見〔集韻〕。

【唉】於開切音埃灰韻英皆切音挨佳韻羽己切音矣紙韻

(一)譍也。見〔說文〕。

(二)應聲。〔莊子知北遊〕—。吾知之。〔釋文〕—哀在反。徐烏來反。李音熙云。應聲。

(三)驚問也。〔管子桓公問〕禹立諫鼓於朝而備訊—。〔朱駿聲云〕告也。注訓驚問。失之。

【唉】於其切音醫支韻倚亥切哀上聲賄韻

然也。欸、或作—。見〔集韻〕。

【唉】虛其切音熙支韻呼來切音咍灰韻

同誒。歎恨發聲之辭。〔史記項羽紀〕—。豎子不足與謀。

【唉】倚駭切音挨蟹韻

(一)飽聲。見〔廣韻〕。

(二)應聲。見〔集韻〕。

【唉】於代切音愛隊韻

慢應也。見〔集韻〕。

【唊】吉協切音頰葉韻

(一)妄語也。見〔說文〕。

(二)——。多言也。見〔廣韻〕。

(三)人名。〔史記朝鮮傳〕將軍王—。〔注〕如淳曰。—、一音協。

【唊】訖洽切音夾洽韻

多言也。〔韓非姦劫〕讒誺多誦先古之書。以亂當世之治。〔誺即—字〕。

【唊】謙琰切音膁琰韻

猴類藏食也。見〔集韻〕。

【唌】徐連切音涎先韻唐干切音壇寒韻

④語—歎也。見〔說文〕。〔王注〕語—歎者謂言語中雜歎息聲也。

⑤沫也。〔文選郭璞賦〕噴浪飛—。〔涎之假借字〕。

【唌】夷然切音延先韻　——。讒言捷急之貌。〔後漢梁鴻傳〕咸先佞兮—。

【唌】蕩旱切音但旱韻　同誕。詞誕也。一曰大也。見〔集韻〕。

【唏】許豈切音豨尾韻許几切音喜紙韻　笑也。見〔說文〕。〔按廣雅釋訓。——笑也。〕

【唏】許几切音喜紙韻　痛也。〔方言〕凡哀而不泣曰—。

【唏】香依切音希微韻　同欷。歔聲。一曰懼貌。〔史記十二諸侯年表〕紂為象箸而箕子—。

【唏】許介切音譮卦韻　同齂。臥息也。見〔集韻〕。

【唏】虛器切音齂寘韻　①同咥。笑也。見〔集韻〕。

②唏也。見〔正韻〕。

③歎聲。見〔正字通〕。

【唈】遏合切音姶合韻乙及切音邑緝韻　①嗚—。短氣。見〔集韻〕。

②歍—。失聲也。〔淮南覽冥〕孟嘗為之增欷歍—。

【哤】莫江切音尨江韻　①—異之言。从口尨聲。一曰襍語。讀若尨。見〔說文〕。

②亂也。〔管子小匡〕雜處則其言—。

③—聒。雜聲也。〔文選馬融賦〕—聒其前後者。

【哩】乃結切音涅屑韻　①怒也。見〔廣雅釋詁〕。

②訶也。或作誽。見〔集韻〕。

【𠲿】許介切音忿卦韻　①喝—也。見〔玉篇〕。

②訾也。𣢐或作—。見〔集韻〕。〔按廣韻𣢐、同譮。怒聲。不同—。集韻—、同𣢐。不同譮。互異。〕

【𠯗】乞業切音怯洽韻　——。聲也。見〔集韻〕。

【𠯔】魚衣切音沂微韻　—喳。愧貌。見〔集韻〕。

【唇】之辰切音眞眞韻　驚也。見〔篇海類編〕。〔同唇。俗以為脣吻字非是。〕

【唒】木由切謬平聲尤韻　苦—。漢賊名。〔後漢書朱儁傳〕雷公、浮雲、飛燕、白雀、楊鳳、于毒、五鹿、李大目、白繞、畦苦、—之徒。〔注〕九州春秋、作蝤。音才由反。

【唍】戶版切音皖潸韻　小笑貌。見〔玉篇〕。〔集韻本作莧。或作莞。川篇作唍。〕

【唋】通都切音瑹虞韻　吐也。見〔玉篇〕。

【𠯁】乎刮切音頢黠韻火夬切音話卦韻　息也。咶或作—。見〔集韻〕。〔按從舌從昏之字隸多不別當以—為正字。〕

【唎】力至切音利寘韻　聲也。見〔玉篇〕。

【哷】龍輟切音劣屑韻　雞鳴也。見〔玉篇〕。

【哢】盧貢切音弄送韻　鳥吟也。〔文選左思賦〕雲飛水宿。—吭清渠。

【咩】羊委切音唯紙韻　呼鴨也。見〔篇海〕。

【哪】囊何切音儺歌韻　——。儺人之聲。見〔集韻〕。

【哪】乃箇切音奈箇韻　語助。見〔類篇〕。〔按俗語多用之。〕

【哪】乃結切音涅屑韻　咄—。胡人名。見〔集韻〕。

【㕭】奴侯切音羺尤韻　呪語也。見〔篇海類編〕。

【哫】縱玉切音足沃韻　—訾。以言求媚也。〔楚辭卜居〕將—訾栗斯。喔咿儒兒以事婦人乎。

【嘪】的協切音輒葉韻　—哆。多言也。見〔玉篇〕。

【𠲍】古定切音徑徑韻　聲也。見〔集韻〕。

【⿰口录】戶孔切音澒董韻　鳥聲——也。見〔玉篇〕。

【⿰口思】渠記切音忌寘韻　食也。見〔集韻〕。〔正字通〕云。俗喫字。

【⿰口发】逆及切音岌緝韻　——。啟聲也。見〔集韻〕。

【哳】陟鎋切音哳黠韻　啁—。鳥聲繁細也。〔楚辭九辯〕鵾雞啁—而悲鳴。

【哻】胡旰切音汗翰韻　睅也。見〔篇海〕。

【哼】虛庚切音亨庚韻　唅—。恐怯貌。見〔集韻〕。

【哦】牛何切音俄歌韻語可切音我哿韻　吟也。見〔說文新附〕。

【⿰口佛】符勿切音佛物韻　戾也。見〔篇海〕。〔正字通〕云。同咈。俗加人旁。釋家咒語有—字。義與咈別。

【⿰口吞】通懸切吞上聲阮韻　瘰貌。見〔字彙〕。〔正字通〕云。吞字之譌。

【⿰口呑】他禁切吞去聲沁韻　撒也。見〔中州音韻〕。

【哾】山劣切音說屑韻式芮切音稅霽韻　嘗也。見〔字彙〕。〔正字通〕云。俗歠字。說文作啜。

【⿰口辛】五葛切音櫱曷韻　語相訶距也。見〔字彙〕。〔朱駿聲云〕—。怙過距諫之意。误作啐。亦作嶭。

【⿰口朿】祖委切音觜紙韻　鳥喙也。見〔玉篇〕。〔正字通〕云。與欶通。別作嘴。非。

【⿰口束】先奏切音漱宥韻蘇玉切音束沃韻色角切音朔覺韻　吮也。吸也。見〔集韻〕。

【唄】薄邁切音敗卦韻　梵音聲。西域謂頌曰—。〔法苑〕西方之有—。猶東國之有讚。讚者從文以結章。—者短偈以流頌。比其事義。名異實同。

【⿱臾目】驅演切音遣銑韻　小塊也。見〔玉篇〕。〔按說文作⿱臾目。⿱臾目自部解云。⿱臾目、商小塊也。从𠂤从臾。臾、古文蕢字。廣韻作⿱臾目。類篇作⿱臾目。〕

【⿰口舌】乎割切音曷曷韻　息也。見〔玉篇〕。

【唑】時制切音誓霽韻　同噬。〔海鹽圖經〕海鹽潮發若有渦泡。在釜泣。土人以爲海—。

【呿】虎何切音訶歌韻　開口聲。見〔集韻〕。

【⿰口坷】枯駕切音髂禡韻　歎聲。見〔五音集韻〕。

【⿰口亜】丁計切音帝霽韻　鼻嚏。見〔字彙補〕。

【⿰口告】後到切音號號韻　多言也。見〔玉篇〕。

【呧】丁禮切薺韻丁計切音帝霽韻　口也。見〔篇海〕。

【⿰口以】詞子切音似紙韻　佛經—多。此云獅子。見〔翻譯名義〕。

【⿰口皃】華板切潸韻　同莞。小笑貌。見〔川篇〕。

【咩】母野切音乜馬韻母婢切音弭紙韻　羊鳴也。見〔玉篇〕。

【咩】彌嗟切乜平聲麻韻　苴—。城名。在雲南。見〔集韻〕。

【呴】許后切音吼有韻　牛鳴也。見〔五音篇海〕。

【唓】知遮切音車麻韻〔元曲〕瘦得㤫—嗻。

【唣】讀若皁。俗字。囉唕一作囉—。

【⿰口𢦏】哉本字。見〔說文〕。

【咳】古客字。見〔說文〕。

【⿱每口】古誨字。見〔集韻〕。

【⿱釆口】古問字。見〔正字通〕。

【啊】同訶。見〔集韻〕。〔正字通〕云。俗呵字。

【唠】同嗸。見〔韻會補〕。

【⿰口夅】同叿。見〔集韻〕。

【⿰口甬】同⿰口容。見〔集韻〕。

【⿰口声】同聲。見〔五音篇海〕。

【⿰口⿰幺欠】同呦。見〔字彙〕〔正字通云。⿰幺欠字之譌。〕

【⿰口君】同喗。見〔玉篇〕。

【⿰口⿺辶免】同⿰口寬。見〔集韻〕。

【⿰口身】同呻。見〔廣韻〕。

【⿰口免】同⿰口面。見〔字彙〕。

【⿰口男】同喃。見〔海篇〕。

【⿰口臼】同⿰口舀。見〔篇海〕。

【唃】同⿰口谷。見〔集韻〕。〔正字通云。俗字。或曰—廝囉吐番名。正韻無—。舊注—同⿰口谷非。〕

【哧】嚇省文。見〔集韻〕。

【⿰口秀】誘俗字。見〔舊字典〕。

【哣】歐俗字。見〔廣韻〕〔集韻云。本作咅。〕

【咰】咰譌字。見〔正字通〕。

【⿰口囷】⿰口函譌字。見〔篇海〕。

八畫

【唪】補孔切音琫董韻

㊀大笑也。見〔說文〕。

㊁大聲也。見〔玉篇〕〔僧徒高聲諷經曰—。即此義〕。

㊂—多實貌。〔詩生民〕瓜瓞——。〔按說文玉部、口部並引作菶菶。〕

【⿰口夆】父勇切奉上聲腫韻

㊀口高貌。見〔廣韻〕。

㊁大笑也。見〔集韻〕。

【唫】渠飲切音噤寑韻

㊀口急也。見〔說文〕。〔段注〕後漢書梁冀傳口吟舌言。吟當爲—。謂口緊語吃。

㊁閉也。〔太玄唫〕萬物各—。

㊂喑也。〔太玄玄攡〕嘘則流體。—則凝形。〔注〕嘘、呼也。—喑也。

【唫】魚音切音崟侵韻

㊀口急也。見〔集韻〕。

㊁同吟。〔漢書息夫躬傳〕秋風爲我—。〔注〕—古吟字。

【唫】袪音切音欽侵韻

㊀口急也。〔韓非揚權〕宗室憂—。

㊁同崟。〔穀梁僖三十三年〕必於殽之巖—之下。〔釋文〕—本作崟。一音欽。

【唬】虛訝切音嚇禡韻 虛交切音哮肴韻

㊀虎聲也。从口虎。見〔說文〕〔段注〕通俗文曰。虎聲謂之哮—。

㊁嘑聲也。〔冀州從事郭君碑〕卜商—咷。〔按說文段注云。鍇本不誤。鉉本改爲嘑聲。誤甚。自吠篆以下皆言鳥獸矣。匡謬敍段云此當從鉉本。肌改徙多紛擾。竊謂段說不謬。今從之。而嘑聲義亦仍舊並存。〕

【唬】下老切音皓皓韻 郭獲切音虢陌韻

虎聲。見〔集韻〕。

【唬】郭獲切音虢陌韻

鳥啼也。見〔廣韻〕。

【唭】去吏切音亟寘韻

㊀—⿰口疑。無聞見也。見〔玉篇〕〔又〕有聲而無辭也。〔太玄唫〕貌不交口—⿰口疑。唫無辭。

㊁結也。見〔集韻〕。

【售】承呪切音授宥韻 神六切音孰屋韻 時流切音酬尤韻

㊀賣去手也。詩曰。賈用不—。見〔說文新附。〕

㊁行也。〔文選張衡賦〕扶邪作蠱。于是不—。〔俗云其奸不—。其計不—。義並同此〕

㊂同讎。〔詩抑〕無言不讎。〔箋〕敎令之出如賣物。物善則其—賈貴。物惡則其—賈賤。〔按漢書高祖本紀。讎數倍。如淳曰。讎亦售也。〕

【唯】夷隹切音惟支韻

㊀通維、惟。獨也。〔易乾文言〕其—聖人乎。

㊁猶以也。〔左僖二年傳〕冀之既病。則亦—君故。

㊂猶雖也。〔漢書揚雄傳〕—其人之贍知哉。亦會其時之可爲也。

【唯】視隹切音垂支韻

同誰。何也。見〔集韻〕。

【唯】愈水切音蓶紙韻

㊀諾也。見〔說文〕〔段注〕此渾言之。玉藻曰。父命呼。—而不諾。析言之也。

㊁恭譽也。〔老子〕—之與阿。相去幾何。

㊂——。聽從貌。〔荀子大略〕——而亡者誹也。〔又〕出入不制也。〔詩

歠筍〕其魚——。

【啾】前歷切音寂錫韻子六切音蹙屋韻

——嘆也。見〔說文〕〔按玉篇云。——嘆而無聲。言安靖也。楚辭哀時命。嘆寂默而無聲。注。執守寂寞。吞舌無聲也。是則——嘆卽寂寞之意〕

【啾】子六切音蹙之六切音祝屋韻

●㊀歎也。見〔廣韻〕。

●㊁——歎聲。見〔集韻〕。

【啾】于六切音喃屋韻

行平易也。或省作味。見〔類篇〕。

【唱】尺亮切音廠漾韻

●㊀導也。見〔說文〕〔按後漢臧洪傳。為天下——。是其義〕。

●㊁通倡。發聲歌也。〔禮記樂記〕——而三歎。〔按今本作倡。玉篇引作——。集韻云。亦作昌〕。

●㊂歌曲也。〔晉書夏統傳〕國人痛其忠烈。為作小海——。

【唲】如支切音兒支韻

●㊀曲從貌。見〔廣韻〕。

●㊁嚅——。強笑之貌。一作儒兒。〔楚辭卜居〕將哫訾栗斯。喔咿嚅——。以事婦人乎。

【唲】於佳切音娃塢皆切音諧佳韻

小兒語也。〔荀子富國〕拊循之——嘔之。

【唳】郎計切音麗霽韻

●㊀鶴鳴也。見〔說文新附〕。〔按晉書陸機傳。華亭鶴——。鈕樹玉曰。通作戾。亦作厲。口旁蓋俗所加〕。

●㊁嘹——。雁聲。〔黃唐詩〕長空獨嘹——。〔又〕蟬聲。〔陳子昂詩〕嘹——白露蟬。

【唳】力結切音捩屑韻

●㊀鳥鳴也。見〔玉篇〕。

●㊁嚶——。鳥聲也。見〔廣韻〕。

【唵】烏感切音晻感韻

●㊀含也。見〔玉篇〕。

●㊁手進食也。見〔廣韻〕。

●㊂釋呪首多用之。〔金剛頂經〕——字門一切法邊際不可得故。〔正字通云。與唵通〕。

【唶】子夜切音借禡韻資昔切音積陌韻

●㊀——。鳴也。見〔廣雅釋訓〕。

●㊁歎聲也。〔後漢光武紀〕——曰。氣佳哉。

●㊂咋——。里歌也。〔鹽鐵論〕鄙夫樂咋——而怪韶濩。〔又〕古有咄——歌。

【唶】側格切音窄陌韻

●㊀大聲呼也。本作諎。〔史記信陵君傳〕晉鄙嚄——宿將。

●㊁——。鳥聲也。〔爾雅釋鳥〕行扈——。

【唾】吐臥切音涶箇韻

●㊀口液也。見〔說文〕。〔按內則。不敢——洟。漢書揚雄傳。涕——流沫。皆是此義〕。

●㊁吐也。〔禮記曲禮〕讓食不——。〔語云——面自乾。亦此義〕。

●㊂訶拒也。〔左傳三十三年傳〕先軫不顧而——。〔與杏字義同。今云——罵〕。

【唿】呼骨切音忽月韻

●㊀憂也。見〔玉篇〕。

●㊁——哨。盜賊口號。稗官小說多用之。

【啀】宜佳切音崖佳韻

●㊀狗欲齧貌。見〔玉篇〕。

●㊁犬鬭也。見〔廣韻〕。

【啁】陟交切音嘲肴韻

●㊀——嘐也。見〔說文〕〔段注〕楚語。鵾雞——哳而悲鳴。、大聲。哳、小聲也。

●㊁調也。〔漢書東方朔傳〕詼——而已。〔注〕師古曰、——與嘲同。音竹交反。

【啁】都勞切音刀豪韻

嘐——。語多也。見〔類篇〕。

【啁】張流切音輈尤韻當尤切音鄒尤韻

●㊀——噍。鳥聲。〔禮記三年問〕至于燕雀。猶有——噍之頃焉。

●㊁嘲——。詼諧也。〔蜀志費禕傳〕孫權性既滑稽。嘲——無方。

●㊂——。小鳥羣沸之聲。〔禽經〕鷃雀——。

【啁】他弔切音糶徒弔切音調嘯韻

通調。嗃也。見〔集韻〕。

【⿰口固】戶吳切音壺虞韻

●㊀牛頷垂也。與胡同。見〔玉篇〕。

●㊁人亦偁——。嚨——。卽嚨胡。〔晉書五行志〕前年食麥飯。今年食麥麩。天公誅譴汝。教汝捻嚨——。

【⿰口囷】巨隕切音窘軫韻

(一)吐貌。見〔玉篇〕。
(二)欲吐貌。見〔集韻〕。

【⿰口乳】乃后切音穀有韻
(一)食物也。見〔廣韻〕。
(二)本作穀。乳子也。見〔集韻〕。

【⿰口肴】阿交切音肴肴韻
(一)聲也。見〔集韻〕。
(二)聲雜也。見〔正字通〕。

【⿰口束】親動切音叢董韻
多言也。見〔集韻〕。

【啄】竹角切音涿覺韻都木切音豰屋韻
(一)鳥食也。見〔說文〕。
(二)齧也。〔楚辭招魂〕—害下人些。
(三)咮也。〔易林〕鳧得出沒喜笑自—。
(四)剝—叩戶聲也。〔韓愈詩〕剝剝——有客至門。
(五)—木。鳥名。見〔廣韻〕。
(六)通椓。〔文選班昭賦〕諒不登椓而椓蠡兮。〔注〕—、椓古字通。
(七)通琢。〔文選左思賦〕彫—蔓藻。

啄木圖

【啄】職救切音晝宥韻
同咮、噣。〔韓詩外傳〕鳥之美羽句—者。鳥畏之。

【啅】竹角切音涿覺韻
(一)衆口貌。見〔玉篇〕。
(二)通啄。〔李白詩〕寄言燕雀莫相—。〔正字通云飲啄之啄从啄爲正〕

【啍】仕角切音數覺韻
衆聲也。見〔集韻〕。

【啅】陟教切音罩效韻
——。鳥聲。見〔類篇〕。

【商】尸羊切音觴陽韻
(一)从外知內也。从冏章省聲。見〔說文〕。〔按易兌九四—兌未寧注。—、量裁制之謂也。惠棟曰。初在內。四在外。變應初。故云—兌〕
(二)通財鬻貨曰—。〔白虎通商賈〕—其遠近。度其有無。通四方之物。故謂之—也。〔按說文貝部作賫訓行賈也。文選西京賦薛注。坐者爲—。行者爲賈。經濟學上謂以營利行爲、而爲物品轉運之媒介者、曰—。法律上則僅指以—行爲爲業者、曰—。又數百元以上者曰大—。以下者曰小—〕
(三)國名。契所封之地。
(四)朝代名。子姓。契之後。成湯滅夏、代有天下之號。凡二十八世。起民國紀元前三千六百七十七年。訖三千三十四年。盤庚以後。又號爲殷。
(五)五音之金音也。其音淒厲。於時爲秋。故秋曰高—。〔禮記月令〕孟秋之月。其音—。
(六)章也。〔漢書律歷志〕—之爲言章也。物成孰可章度也。
(七)強也。〔白虎通五行〕—者強也。
(八)張也。〔白虎通禮樂〕—者張也。陰氣開張。
(九)常也。〔說苑修文〕—者常也。
(十)計也。〔管子海王〕禺筴之—日二百萬。
(十一)降也。見〔廣韻〕。
(十二)昭功寧民曰—。見〔逸周書諡法〕。
(十三)星名。即心宿。〔左昭元年傳〕辰爲—星。
(十四)漏刻也。〔儀禮士昏禮注〕日入三—爲昏。〔通雅〕三—、三刻也。
(十五)地名。漢—縣。屬弘農郡。今陝西—縣治。
(十六)數學上謂用除法求得之數、曰—。
(十七)—功。古算法名。九章之一也。以御功程積實。
(十八)姓也。孔子弟子—瞿。—澤。
(十九)通謫。〔荀子儒效〕謫德而定次。〔注〕謫、與—同。
(二十)—橫。歲陽也。〔史記曆書〕—橫。〔索隱〕—橫。庚也。爾雅作上章。

【啈】亨孟切音悻敬韻
(一)利害聲。見〔玉篇〕。
(二)言也。見〔集韻〕。
(三)瞋語。見〔集韻〕〔按廣韻作⿰言幸〕。

【啈】牙葛切音嶭曷韻
本作听。聲也。見〔集韻〕。

【啈】才達切音巀曷韻
本作囋。嘈囋。聲也。見〔集韻〕。

【啉】盧含切音婪覃韻〔亦書作⿱林口〕
(一)酒巡匝曰—。見〔廣韻〕。
(二)飲畢曰—。見〔集韻〕。
(三)聒也。見〔集韻〕。
(四)通婪。貪也。見〔正字通〕。

(七)恐也。見〔中州音韻〕。

【咪】 許𠊱切音𩐶蕭韻迄逆切音虩陌韻

(一)諠也。動也。見〔篇海〕。

(二)大也。見〔篇海〕。

【哚】 倉來切音猜灰韻

語辭。俗也。見〔篇海類編〕。

【啌】 虛江切音肛江韻

(一)啮也。〔廣韻〕—。

(二)嗽也。見〔集韻〕。—贖語出聲謹。

【啌】 枯江切音腔江韻

喉痳也。見〔集韻〕。〔本作𠰷〕。

【啍】 他昆切音暾徒渾切音屯元韻朱倫切音肫眞韻

(一)口氣也。詩曰。大車——。見〔說文〕。〔段注〕王風毛云。——重遲之貌。按、言口氣之緩故引伸以爲重遲之貌。

(二)——少智貌。〔莊子胠篋〕而悅夫——之意。〔司馬注〕——少智貌。

(三)——多言也。〔家語五儀〕無取——。

(四)——以己誨人也。〔莊子胠篋〕——已亂天下矣。

(五)通諄。口—誕也。〔荀子哀公〕無取口—。〔注〕—、與諄同。

(六)亦作啾。〔詩大車〕大車——。〔廣韻〕作大車啾啾。

【啍】 虛良切音香陽韻

愚貌。見〔集韻〕。

【啍】 通回切音焞灰韻

氣出貌。一曰謬語不正。見〔集韻〕。

【啍】 䙡猥切音脜賄韻

謙言也。見〔集韻〕。

【啎】 五故切音誤遇韻

(一)逆也。見〔說文午部〕。〔按漢書食貨志〕好惡乖—。即此義。

(二)遇也。〔楚辭懷沙〕重華不可—兮。

(三)同忤。相觸也。見〔玉篇〕。

【問】 文運切聞去聲問韻

(一)訊也。見〔說文〕。〔按書呂刑〕皇帝清—下民。

(二)聘也。〔儀禮聘禮〕小聘曰—。

(三)恤也。〔詩泉水〕—我諸姑。

(四)鞫—也。〔詩泮水〕淑—如皐陶。〔今云審案亦曰—案〕。

(五)咨訪也。〔書仲虺之誥〕好—則裕。

(六)討論也。〔易乾文言〕君子學以聚之。—以辨之。

(七)命也。〔左莊八年傳〕期戍。公—不至。

(八)言也。〔易益〕勿—。元吉。

(九)告也。〔國策齊策〕或以—孟嘗君。

(十)遺贈也。〔詩女曰雞鳴〕雜佩以—之。

(十一)書信也。〔晉書陸機傳〕羈寓京師。久無家—。

(十二)占也。〔易繫辭〕—焉而以言。

(十三)名也。〔詩緜〕亦不隕厥—。〔與聲聞之聞同〕。

(十四)通—。謂相稱謝也。〔禮記曲禮〕嫂叔不通—。

(十五)姓也。明成化貢士、—智成。

【啐】 取內切音倅隊韻

(一)驚也。見〔說文〕。〔按通俗編云。時俗小兒受驚爲母者率以此爲嗅啐之辭〕。

(二)啮—。䶥也。見〔增韻〕。

(三)嘗也。〔儀禮士冠禮〕—醴。

【啐】 蘇對切音碎隊韻

送酒聲。見〔廣韻〕。

【啐】 輸芮切音稅霽韻

(一)小歃也。見〔集韻〕。

(二)歃也。見〔廣雅釋言〕。

【啐】 摧內切音𩯁隊韻

驚也。見〔集韻〕。〔今俗語作受驚而自安慰每曰—。或曰杏—〕。

【啐】 徂對切音脺隊韻

少飲酒也。見〔集韻〕。

【啐】 即聿切音卒質韻

(一)吮聲。見〔玉篇〕。

(二)—啐聲。見〔廣韻〕。〔按王褒洞簫賦。馳散渙以逫律。淺蓋與—啐通。而字較古雅〕。

【啐】 倉夬切音嘬卦韻

唔也。〔禮記雜記〕衆賓兄弟則皆—之。〔釋文〕—、又倉夬反徐邈讀。

【啐】 昨律切音崒質韻

嘈—。衆聲也。見〔集韻〕。

【啐】 五割切音嶭曷韻

(一)語相訶距也。見〔五音集韻〕。〔按說文本作啐。从口辛。此从口卒。非〕。

(二)—、啁啁。戒也。見〔五音集韻〕。〔按廣韻作啐〕。

【啐】 才達切音𡾆曷韻

嘈嘖。鼓聲。嘖或作—。見〔廣韻〕。

【喙】　盧谷切音祿屋韻

(一)笑也。見〔集韻〕。

(二)鳥聲。見〔集韻〕。

【啑】　色甲切音霎洽韻

(一)水鳥食謂之—。見〔通俗文〕。

(二)—喋。鴨食也。亦作唼。見〔玉篇〕。

【啑】　作答切音帀所答切音霎合韻子洽切音眨洽韻

同咂。喋也。見〔集韻〕。

【啑】　即涉切音接葉韻

多言也。見〔類篇〕。

【啑】　使接切音燮葉韻

喋也。〔史記呂后紀〕始與高帝—血盟。〔注〕索隱曰。、—使接反。或作插。

【啟】　遣禮切音棨薺韻

(一)敎也。从支。启聲。論語曰。不憤不—。見〔說文支部〕。

(二)拓也。〔南史宋武帝紀〕編戶歲滋。彊宇日—。

(三)開也。光大也。〔國語晉語〕天將—之。

(四)通也。〔南史梁元帝紀〕鑿河津于孟門。百川復—。

(五)導也。〔柳宗元文〕是—之也。

(六)開坼也。〔素問六元正紀大論〕爲壘—。

(七)別也。〔大戴記夏小正〕—灌藍蓼。

(八)發也。〔書金縢〕—籥見書。

(九)跪也。〔詩四牡〕不遑—處。

(十)詣也。官信曰—。〔釋名釋書契〕—。詣也。以—語官司所至詣也。

(十一)軍在前曰—。〔詩六月〕以先—行。

(十二)雨而晝晴曰—。見〔埤雅〕。

(十三)馬前右足白曰—。〔左昭二十九年傳〕衛侯來獻其乘曰—服。

(十四)門戶道橋謂之—。〔左僖二十年傳〕凡—塞從事。

(十五)立春立夏謂之—。〔左昭十七年傳〕青鳥氏司—者也。

(十六)姓也。明正統中雩都訓導—和。

(十七)人名。夏后—。微子—。孔子弟子漆雕—。

(十八)通启。〔爾雅釋天〕明星謂之启明。〔詩小雅〕作—明。

【啕】　徒刀切音陶豪韻

(一)多言也。見〔廣韻〕。

(二)同詾。往來言也。一曰、小兒未能正言也。一曰、祝也。見〔集韻〕。

【啖】　徒覽切音淡感韻

(一)噍—也。見〔說文〕。〔按集韻四十九敢云。—說文噍—也。或作啗、噉、餤、嚪。類篇同。廣韻四十九敢云。啖同噉。啗、亦同。噉。玉篇噉、—、同。而啗不同。噉、—。說文亦—、啗、各異。正字通云。—、啗、分爲二。泥。六書故云。啗。食也。亦作噉、啖。又云。噉食曰茹。粒食曰噍。肉食曰嚼。說文—訓噍—、啗、訓食。据此自有別矣。食爲凡食之通稱。啗既訓食。則言啗可兼—。而言—不得兼啗也。啗从臽聲。讀與含同。而—从炎聲。音亦各異。豈可掍也。玉篇啗云食也。噉云噉食。亦可證。〕

(二)食也。見〔廣雅釋詁〕。

(三)以食食人也。〔漢書王吉傳〕吉婦取棗以—吉。

(四)—。并吞貌。〔荀子王霸〕—常欲人之有。

【啖】　徒濫切音憺勘韻

(一)誑也。〔唐書劉晏傳〕其有口舌者以利—之。〔按廣韻云誑也。舊注譌作狂〕。

(二)噍也。見〔集韻〕。

(三)食無菜茹也。〔史記叔孫通傳〕呂后與陛下攻苦食—。

(四)同淡。〔周禮廿人注〕知鹹—也。

(五)姓也。唐—助。

【啗】　杜覽切音淡感韻徒濫切音憺勘韻

(一)食也。見〔說文〕。〔按韓非說儲。孔子先飯黍而後—桃。是其義也〕。

(二)以食食人也。〔國語晉語〕主孟—我。

(三)含也。〔太玄玄瑩〕—函啓化。

(四)飲也。〔唐書庶人祐傳〕右手持酒—。

(五)誑誘也。〔史記高帝紀〕使酈生陸賈往說秦將。—以利。

(六)中風口動之貌。〔文選宋玉賦〕—齰嗽獲。死生不卒。

【呰】　蔣氏切音紫紙韻在禮切音薺薺韻祖稽切音賷齊韻

(一)窳也。見〔說文此部〕。

(二)弱也。病也。〔漢書地理志〕—窳偷生而亡積聚。

(三)—婎也。江湘之會謂之—。見〔方

言。〕

(四)疵也。〔漢書敘傳〕閻尹之—。穢我明德。

【呰】才支切音疵支韻

同呰。苛也。瑕也。見〔集韻〕。

【呰】子亦切音積陌韻

此也。見〔類篇〕。

【啜】株劣切音輟屑韻

(一)泣貌。惙也。〔詩中谷有蓷〕—其泣矣。〔謂泣而縮氣也。〕

(二)言多不止也。見〔廣韻〕。〔亦作諁。〕

【啜】姝悅切音歠屑韻 株衛切音綴霽韻 稱芮切音毳 兪芮切音睿霽韻

(一)嘗也。一曰噏也。見〔說文〕。

(二)絕也。乍—而絕於口也。見〔釋名釋飲食〕。

(三)茹也。〔禮記檀弓〕—菽飲水。

(四)泣也。見〔集韻〕。

【啝】戶戈切音和歌韻

(一)順也。見〔釋典〕。〔正字通云。佛經異言彈舌者。多非本字。皆取聲近者。從口以識之。—音和。特其一耳。故梵字皆不必泥。〕

(一)小兒啼也。見〔篇海〕。

【啞】乙格切音餲陌韻 乙卻切音約 遏鄂切音惡藥韻

笑也。易曰笑言—。—。見〔說文〕。

【啞】於加切音鴉麻韻

(一)—嘔。小兒學語也。見〔集韻〕。

(二)嘔—。樂音也。〔杜牧賦〕管絃嘔—。

(三)——。鴉鳴聲。〔淮南原道〕烏之——。

【啞】倚下切雅上聲馬韻

同瘂、瘖。不言也。瘖也。〔史記刺客傳〕漆身為厲。吞炭為—。〔雙瘂今通作—。〕

【啞】衣駕切音亞禡韻

(一)驚而發聲也。〔韓非難一〕師曠曰。—。是非君人者之言也。

(二)烏聲。見〔集韻〕。

【嘓】忽麥切音劃陌韻 乙六切音郁屋韻 忽域切音洫職韻

(一)聲也。見〔方言〕。

(二)大笑貌。見〔廣韻〕。

【嘓】古獲切音幗陌韻

同嘓。——。語煩。見〔集韻〕。

【啡】鋪枚切音胚灰韻〔字彙入非部。今從玉篇入口部。〕

唾聲。見〔玉篇〕。

【啡】滂佩切音配隊韻

(一)臥息也。見〔集韻〕。

(二)吐聲。見〔集韻〕。

【啡】普亥切音俖 普罪切音琣賄韻

出唾聲。見〔廣韻〕。〔按通俗編云。元人劇本有呸字。即—之俗體。字彙謂呸為相爭之聲。蓋當云爭而唾之之聲。〕

【啡】蒲皆切音排佳韻

吹也。見〔集韻〕。

【啡】讀若非

(一)咖—。西洋飲料。如我國之茶。英文Coffee。

(二)瑪—。西洋藥名。麻醉性之品。鴉片中含具此質。英文Morphia。

【啒】呼骨切音忽 吉忽切音骨月韻

(一)憂貌。見〔廣韻〕。

(二)——。憂也。見〔廣雅釋訓〕。

【唼】色甲切音翣洽韻

(一)—喋。鳥食之聲也。〔史記司馬相如傳〕—喋菁藻。

(二)—血。殺人血流沒也。〔史記魏豹傳贊〕—血乘勝。〔—、與喋同。〕

【唼】作答切音帀合韻

唊也。〔楚辭九辯〕鳧鴈皆—夫粱藻兮。

【唼】七接切音妾葉韻

—佞。讒言也。〔漢書揚雄傳〕靈修既信椒蘭之—佞兮。〔集韻云同捷、倢。〕

【㖸】羊謝切音夜禡韻

鳥鳴也。凡鳥朝鳴曰嘲。夜鳴曰—。〔禽經〕林鳥以朝嘲。水鳥以夜—。〔或曰。—亦俗書。因嘲从朝。故夜加口作—。〕

【嗞】才支切音疵 將支切音貲 余支切音移支韻

嫉食也。見〔玉篇〕。〔按集韻本作餈。同呲。正字通云。俗呰字。〕

【㖭】他典切音腆銑韻

吐也。見〔集韻〕。〔正字通云。哯、吥、竝同。〕

【唻】賴諧切音[illegible]佳韻 里亥切音

氣賄韻

囉—歌聲見[廣韻]。

【唻】郎才切音來灰韻

聲也見[集韻]。

【唻】落代切音賚隊韻

呼聲見[集韻]。

【啇】丁歷切音的錫韻

本也[正字通]木根、果蔕、獸蹄、皆曰—。

【啇】施隻切音釋陌韻

和也見[集韻]。

【⿰口柰】乃箇切音柰箇韻

語助辭本作那或作哪見[集韻]。

【⿰口官】姑環切音擐刪韻

關關和鳴也或爲—見[玉篇]。

【⿰口受】承呪切音授宥韻

口誨與也見[集韻]。

【唩】烏和切音倭歌韻

小兒啼也見[玉篇]。[正字通云。俗瓾字。]

【唩】鄔毀切音委紙韻

聲也見[集韻]。

【唰】所劣切音刷屑韻

鳥治毛衣也見[玉篇]。[正字通云。鳥理毛當作刷俗加口非。]

【唰】數滑切音撒黠韻

小聲也見[集韻]。

【⿰口敝】所劣切音刷屑韻

鳥理毛也見[廣韻]。[按廣韻、有—無唰。玉篇、集韻、類篇有唰無—。實卽一字。譌分爲二。]

【⿰口昏】呼昆切音昏元韻

——。目所不見也。[法言問神]著古昔之——。傳千里之忞忞者莫如書。

【⿰口昬】武粉切音抆吻韻

—。吻古文。見[玉篇]。

【啊】安賀切音侉箇韻

愛惡聲也見[集韻]。[正字通云。俗呵字。今俗彼此相應曰—。讀若阿。]

【⿰口卻】去逆切音隙陌韻

笑也。見[篇海]。[正字通云。俗⿰口卻字。]

【唷】俞六切音育屋韻

【唸】丁練切音殿霰韻都念切音店豔韻

出聲也見[玉篇]。[集韻云同啑。]

—呎。呻也。詩曰。民之方—呎。見[說文]。[按詩今本作殿屎。說文引作—呎。正字通云。因聲近而譌。从—呎爲正。通作歛。存參。]

【唹】衣虛切音於魚韻歐許切音摭語韻

笑也。見[廣雅釋詁]。

【唴】丘亮切音曉漾韻

秦晉謂兒泣不止曰—。見[說文]。[段注]方言。自關而西秦晉之間。凡大人少兒泣而不止謂之—。哭極音絕。亦謂之—。平原謂啼極無聲謂之—哴。[按楚謂兒泣不止曰噭。宋齊曰喑。朝鮮曰咺。兹此皆各舉方俗言之。其義一也。]

【⿰口沓】逵合切音遝合韻

同沓。聚語也。[詩十月之交]噂沓背憎。[釋文]沓、本又作—。

【涪】步臥切婆去聲箇韻

燕代謂喜言人惡爲—。見[集韻]。

【⿰口易】先的切音錫錫韻

【⿰口函】胡南切音含覃韻

——。鳥聲。或作嘶。見[集韻]。

—嘲。怒聲。[文選王褒賦]瞋—嘲以紆鬱。

【⿰口取】遵須切音諏虞韻

嗾—。不廉也。見[廣韻]。

【⿰口取】蘇后切音叟有韻

使犬聲。嗾或作—。見[集韻]。

【啚】補美切音鄙紙韻

嗇也。見[說文]。[段注]下文云。嗇。愛濇也。凡鄙吝字當作此。鄙行而—廢矣。[韻會云。俗以爲圖字。非。]

【⿰口妻】取內切音倅隊韻

先𣩡也。通作啐。見[集韻]。[正字通云。俗嚌字。一曰唼字之譌。]

【⿰口泣】乞及切音泣緝韻

——。送舟聲也。見[集韻]。[正字通云。啦字之譌。啦訓送舟聲。俗从泣作啦非。]

【⿰口鬼】於釵切音娃佳韻

—嘔。小兒言也。見[篇海]。

【唲】於佳切音娃佳韻

—嗹小兒言也。見〔集韻〕。

【嗹】通多切音他歌韻　呪語。見〔字彙補〕。

【唎】丁套切音到號韻　—喇者指撥歌唱雜劇之名。見〔帝京景物略〕。

【啉】子答切音帀合韻　入口也。見〔五音篇海〕。

【唶】所戢切音澀緝韻　咠—口聲。見〔玉篇〕。

【嗙】胡刀切音豪豪韻　熊虎聲也。見〔五音篇海〕。

【啺】蘇到切音燥號韻　羣鳥聲。見〔篇海〕。〔正字通云。俗喿字。〕

【啿】東念切音店豔韻　院本題目有—師娘。見〔輟耕錄〕。

【唿】音希微韻　和聲。見〔海篇〕。

【啪】音洛藥韻　轉舌呼之。見〔海篇〕。

【啒】音孤虞韻

【啴】啼聲也。見〔龍龕手鑑〕。

【啵】音大泰韻　訾也。見〔五音篇海〕。

【啹】褰去聲漾韻　寬—也。見〔海篇〕。

【啇】音未詳　人名。〔玉海〕孝經鄭氏注。乃咸平中日本僧—然所獻。〔按宋史日本傳作奝然。〕

【啤】讀若皮　西洋酒名。一曰麥酒。德國產最多。日本亦能釀造。英文 Beer。

【啢】讀若兩　英衡名。具言溫司。常衡四百三十二冷克爲一—。當我七錢四分七釐。金衡藥衡四百八十冷克爲一—。當我八錢三分三釐。英文 Ounce。

【㕤】古箕字。〔正字通〕說文㕤、讀若杞。長踞也。己古文作㠯。因譌爲口。列口部非。

【啚】古鄙字。見〔集韻〕。

【㖑】古師字。見〔字彙補〕。

【啺】古鐮字。見〔集韻〕。

【唸】古噪字。見〔玉篇〕。

【啰】古客字。見〔五音集韻〕。

【㖓】同杞。〔路史國名紀〕杞定姒國。商封之古作—。衛宏說。

【啟】同啓。〔字彙補〕漢逢童碑啓字。

【啢】同嘶。見〔集韻〕。

【唔】同音。見〔集韻〕。

【啱】同噴。見〔集韻〕。

【啑】同哂。見〔集韻〕。

【喏】同嘔。見〔集韻〕。

【啓】同啓。見〔篇海〕。

【啞】同啰。見〔篇海類編〕。

【啻】同啉。見〔廣韻〕。

【啐】同啐。見〔集韻〕。

【啲】喝或字。見〔集韻〕。

【啉】喋俗字。見〔正字通〕。

【啣】銜俗字。

【啞】啼譌字。見〔篇海〕。

九畫

【喦】昵輒切音聶日　涉切音顳葉韻

㊀多言也。从品相連。春秋傳曰。次于—北。見〔說文品部〕〔段注〕此與言部讘音義皆同。今僖元年左傳文作聶。聶北邢地。〔按六書統。—、从口各加聶而又總之。一人之言。如三口所出。指多言之意。與喦碞、音義別。〕

㊁曳—。爭言也。見〔玉篇〕。

【喧】許元切音萱元韻　許遠切萱上聲阮韻

㊀大語也。〔徐陵銘〕帝旅無—。〔按—、與吅、咺同。或亦作讙。〕

㊁宣著也。〔禮記大學〕赫兮—兮。

㊂痛也。〔漢書外戚傳〕—不可止兮。

【喻】俞戍切音裕遇韻

㊀告也。〔漢書班彪傳〕今將—子五篇之詩。〔按—、與諭同。說文言部。諭告也。〕

㊁曉也。〔論語里仁〕君子—於義。小人—於利。

㊂諫也。見〔華嚴經音義引蒼頡〕。

㊃譬也。〔漢書賈誼傳〕里諺曰。欲投鼠而忌器。此善─也。㊄導也。〔淮南修務〕此教訓之所─也。㊅明也。〔淮南修務〕故作書以─意。㊆猶行也。〔呂覽論威〕而威已─矣。㊇姓也。─音樹。豫章人。

【喩】容朱切音俞虞韻
㊀快也。〔莊子齊物論〕自─適志也。㊁──。喜也。見〔廣雅釋訓〕。㊂嘔─。和悅也。〔漢書王褒傳〕嘔─受之。㊃嘮─。歌也。見〔集韻〕。〔按凡將篇。淮南宋蔡舞嘮─。說文。嘮。訶聲。嘮─也。〕

【啻】施智切音翅寘韻
㊀語時不─也。一曰。─、諟也。見〔說文〕。〔段注〕不─者。多之詞也。秦誓曰。不─若自其口出。玉篇云。買賣云不─也。可知爲市井常談矣。不─、如楚人言夥頤。㊁過多也。見〔韻會〕。㊂餘也。見〔集韻〕。㊃通翅。〔孟子告子〕奚翅食重。㊄通適。〔國策秦策〕疑臣者不適三人。〔注〕適、啻同。

【啻】丁計切音帝霽韻
高聲。見〔集韻〕。

【啼】田黎切音題齊韻
㊀號也。泣也。〔禮記喪大記〕始卒。主人─。㊁呼也。〔左莊八年傳〕豕人立而─。㊂鳥鳴也。〔唐書樂志〕烏夜─。

【[illegible]】吾含切音𪘁覃韻
㊀寐聲也。〔列子周穆王〕眠中─囈呻呼。㊁猶緘也。〔唐書楊瑒傳〕公卿─嘿唯唯。

【[illegible]】極虐切音噱藥韻　乞逆切音隙陌韻
㊀口上阿也。見〔說文〕。〔按說文各之重文作─。又作噱。〕㊁通噱。大笑也。見〔集韻〕。〔按廣雅釋詁。各笑也。廣韻各字下引說文。笑貌。〕

【啾】將由切音遒尤韻　莊交切音巢肴韻
㊀小兒聲也。見〔說文〕。㊁聲也。〔文選潘岳賦〕─捷地以厲響。㊂衆聲也。〔文選馬融賦〕─咋嘈啐。㊃口吟也。〔文選班固答賓戲〕夫─發投曲。感耳之聲。㊄──。蟲聲也。〔楚辭招隱〕蟪蛄鳴兮──。㊅─唧。小聲。見〔廣韻〕。㊆聊─。耳鳴也。〔楚辭怨思〕耳聊─而憒憒。㊇通秋。〔文選揚雄賦〕──蹌蹌。〔注〕─、或爲秋。㊈假作噍。〔禮記三年問〕啁噍之頃。〔段玉裁云〕此假噍爲─也。

【喀】乞格切音客陌韻
㊀本作峈。〔集韻〕峈嚨也。〔國語〕伏弢峈血。或从口。㊁──。吐聲也。〔列子說符〕兩手據地而歐之。不出。──然。㊂─爾─。外蒙古總稱。

【喁】魚容切音顒冬韻　語口切音偶有韻　元俱切音虞虞韻
㊀魚口上見。見〔說文〕。〔王注〕韓詩外傳曰。水濁則魚─。㊁聲相和也。〔莊子齊物論〕前唱者于。而後者唱─。㊂──。口向上也。〔史記司馬相如傳〕──然皆爭歸義。

【喁】五矩切音麌麌韻
噞─。魚口聚貌。見〔集韻〕。〔按劉逵注吳都賦曰。噞─。魚在水中羣出動口貌。〕

【喂】於韋切音威微韻
㊀恐也。見〔玉篇〕。〔正字通云。俗畏字。〕㊁俗用作喂飼義。

【喃】尼咸切音諵咸韻　那含切音南覃韻
㊀語聲也。見〔埤蒼〕。㊁──。多語也。〔北史房陵王勇傳〕乃向西北奮頭。──細語。㊂詀─。詀聲。〔元稹詩〕鵲報語詀─。㊃呢─。燕語也。〔撫言〕見梁上雙燕呢─。

【喃】乃感切音湳感韻
噆─。噆也。見〔集韻〕。

【善】上演切音蟺銑韻
㊀本作譱。〔說文誩部〕譱。吉也。从誩。从羊。此與義、美同意。篆文从言。

〔按羊、即羣字。說文。羊。羣也。吉—也。義與美—同意。考工記車人注。羊、—也。—固未有不吉羣者。—人、即吉人。故曰吉人爲—。蓋譱爲古文。善爲篆文。今—字乃善之省變也〕。

(二)美也。〔呂覽古樂〕以見其—。

(三)福也。〔禮記中庸〕—必先知之。

(四)—演也。演盡物理也。見〔釋名釋言語〕。

(五)好也。〔呂覽長攻〕所以—代者乃萬故。

(六)良也。〔呂覽長攻〕以—馬奉襄子。

(七)惠也。〔管子法法〕赦過遺—。

(八)大也。〔詩桑柔〕覆背—詈。

(九)貴也。〔論語子罕〕求—賈而沽諸。〔皇疏〕—賈貴賈也。

(十)快也。〔國策齊策〕子教文無受象牀。甚—。

(十一)數也。〔左襄二十八年傳〕慶氏之馬—驚。〔疏〕—驚、謂數驚。

(十二)猶喜也。〔荀子解蔽〕其爲人也愚而—畏。

(十三)猶能也。〔禮記少儀〕問道藝曰。子習于某乎。子—於某乎。〔疏〕道難故曰習。藝易故稱—。

(十四)猶解也。〔禮記學記〕相觀而—之謂摩。

(十五)猶多也。〔詩載馳〕女子—懷。

(十六)猶親也。〔國策秦策〕齊楚之交—。

(十七)猶和也。〔呂覽貴公〕夷吾—鮑叔牙。

(十八)猶工也。〔孟子離婁〕故—戰者服上刑。

(十九)猶拭也。〔莊子養生主〕—刀而藏之。〔即完—之意。拭淨使復完美也〕。

(二十)猶且也。〔淮南說林〕或—爲新。

(廿一)許可也。〔史記范睢傳〕王曰—。

(廿二)過適也。〔莊子繕性〕離道以—。〔注〕—者過於適之稱。

(廿三)猶巧也。〔淮南說林〕雖—者勿能爲工。

(廿四)猶濟也。〔孟子盡心〕達則兼—天下。

(廿五)與人交懽曰—。〔史記刺客傳〕所—荆卿可使也。

(廿六)—士謂命士也。見〔禮記王制注〕。

(廿七)—勝寶刀也。〔雲笈七籤〕獻刀二。一名—勝。一名成勝。爲佳寶。

(廿八)通繕。佳也。〔廣雅釋言〕—佳也。〔曹憲音〕—、夸繕之—。

(廿九)—于。即單于也。〔漢書匈奴傳〕因諭說改其號。號匈奴曰恭奴。單于曰—于。

(三十)姓也。唐五代—友。宋—辰。明—養。

【善】時戰切音繕霰韻〔毛氏曰。凡善惡之善。上聲。彼善而—之。去聲〕。

(一)是之也。〔孟子梁惠王〕王如—之。

(二)好尚也。〔荀子非相〕凡人莫不好言其所—。

(三)愛惜也。〔荀子彊國〕—日者王。—時者霸。

(四)修治也。〔易略例〕故有—邇而遠至。

(五)通膳。〔莊子至樂〕具大牢以爲—。

【喇】郎達切音辣曷韻

(一)喝—。言急也。見〔集韻〕。

(二)哈—。呢屬。

(三)—叭。樂器圖入叭字。

(四)—嘛。蒙藏僧之稱。詳嘛字。

【喈】居諧切音皆佳韻

(一)鳥鳴聲也。見〔說文〕。

(二)——。鳥鳴和聲之遠聞也。〔詩葛覃〕黃鳥于飛。集于灌木。其鳴——。〔又〕鳳皇鳴聲。〔詩卷阿〕雝雝—〔又〕雞鳴聲〔詩風雨〕雞鳴——。〔又〕鼓鐘聲。〔詩鼓鐘〕鼓鐘——。〔又〕馬動驚鳴聲。〔詩烝民〕八鸞——。

(三)疾速貌。〔詩北風〕北風其—。

(四)人名。集古錄有晉陸—碑。

【嗐】許介切音譮卦韻

聲也。〔見集韻〕。

【喉】胡鉤切音侯尤韻〔古音胡〕。

(一)咽也。見〔說文〕〔按許書。嚨—也。咽嗌也。段玉裁云。咽者因也。言食因於是以上下也。爾雅釋鳥亢鳥嚨。郭曰。謂—嚨〕。

(二)—舌。喻言冢宰。〔詩烝民〕出納王命。王之—舌。

(三)咽—。喻言險要。〔國策韓策〕天下之咽—。

【喊】下斬切音豏豏韻

(一)怒聲也。〔柳宗元文〕跳踉大—。斷其喉。盡其肉。

(二)譁聲也。〔戚繼光號令篇〕各兵吶—。

(三)喚召人也。俗云喚人曰—人。

【喊】虎覽切音壏感韻

聲也。〔法言問神〕狄牙能－。〔吳祕注〕聲也。〔李軌注〕嗢物聲。〔正字通引法言注〕和味也本作咸。

【喊】虛咸切音㰹咸韻苦濫切音闞勘韻
同⿰口感。嚂呵也。見〔集韻〕。

【喴】居咸切音緘咸韻
同[illegible]。監持意。又口閉也。見〔集韻〕。

【喋】達協切音牒葉韻
㊀多言也。〔史記匈奴傳〕－－而佔佔。
㊁－血。血流貌。〔史記魏豹彭越傳〕－血乘勝。〔如淳曰〕殺人流血滂沱爲－血。
㊂唼－。鳥食聲也。〔史記司馬相如傳〕唼－菁藻。
㊃㗫－。猶深算也。〔淮南覽冥〕至虛無純一而不嚂－苛事也。〔言不采取煩苛之事。〕

【喋】直甲切音霅洽韻
啑－。鳧雁食也。見〔廣韻〕。

【喋】去涉切音𤸎葉韻
江南謂吃爲－。見〔集韻〕。

【喏】尒者切音惹馬韻俗酌切藥韻
㊀應聲。〔淮南道應〕子發曰－。
㊁俗云唱－。謂揖也。〔老學庵筆記〕按古所謂揖。但舉手而已。今所謂－。乃始於江左諸王。方其時。惟王氏子弟爲之。故支道林入東。見王子猷兄弟還。人問諸王何如。答曰。見一羣白項烏。但聞喚啞啞聲。即今－也。故曰唱－。

【喏】古諾字。見〔六書統〕。

【喑】於金切音陰侵韻
㊀宋齊謂兒泣不止曰－。見〔說文〕。
㊁失聲不能言也。〔後漢袁閎傳〕遂稱風疾。－不能言。
㊂默也。〔墨子親士〕近臣則－。遠臣則唫。

【喑】烏含切音諳覃韻
㊀唏泣無聲。見〔廣韻〕。
㊁大呼也。見〔集韻〕。〔按廣雅釋言。－。唶也。史記晉鄙嚄唶宿將。注。唶。大呼。〕

【喑】於錦切音飲寑韻烏紺切音暗勘韻鄔感切音晻感韻
－醷。聚氣貌。〔莊子知北遊〕自本觀之。生者－醷物也。

【喑】於禁切音蔭沁韻
㊀啼極無聲也。〔方言〕平原謂啼極無聲曰嘵哴。齊宋之間謂之－。
㊁嗚相應也。〔韓愈聯句〕白鶴叫相－。
㊂－噁。懷怒氣。〔史記淮陰侯傳〕項王－噁叱咤。千人皆廢。
㊃－唶。大叱也。見〔聲類〕。
㊄－啞。即瘖瘂也。〔管子入國〕聾盲－啞跛躄偏枯握遞。

【⿰口幽】於求切音幽尤韻
㊀鹿鳴也。見〔龍龕手鑑〕。〔按說文呦字重文⿰幼欠。玉篇引詩鹿鳴亦作⿰幼欠。－爲鹿鳴。未知所本。〕
㊁呦－。吟聲也。〔韓愈聯句〕巴語相呦－。

【喒】子感切音昝感韻
㊀－－。味也。見〔集韻〕。
㊁北方稱我也。〔與咱音異義同。字彙讀昝平聲。誤。〕

【喔】乙角切音渥覺韻烏谷切音屋屋韻
㊀雞聲也。見〔說文〕。〔桂注〕韓愈詩。天星牢落雞－咿。〔又〕－－亦雞聲。〔白居易詩〕－－雞下樹。
㊁－咿強顏貌。〔楚辭卜居〕吾將－咿嚅唲以事婦人乎。
㊂－齪。急促之貌。〔文選司馬相如文〕豈特委瑣－齪。

【喘】尺兗切音舛銑韻
㊀疾息也。見〔說文〕。〔桂注〕史記倉公傳。令人－。逆氣不能食。〔按釋名〕－。湍也。湍疾也。氣出入湍疾也。又難經注云。肺主氣。邪居肺。則氣不順而作－。
㊁睡中息也。〔白居易詩〕夜後不聞鼾－息。
㊂微言也。〔荀子臣道〕－而言。臑而動。〔注〕微言微動也。

【喙】許穢切音翽隊韻充芮切音毳呼惠切音嘒霽韻丁候切音噣宥韻
㊀口也。見〔說文〕。
㊁獸口也。〔易說卦〕爲黔－之屬。
㊂鳥口也。〔國策燕策〕鷸啄其肉。蚌合而箝其－。
㊃歎息也。見〔莊子徐无鬼司馬注〕。
㊄言語也。〔說苑〕婦人之－。可以死

敗。

㊅困也。〔詩緜〕維其—矣。〔或作瘃。亦作瘃〕。

㊆短氣貌。〔國語晉語〕郤獻子傷。曰余病—。

㊇地—喙潭也。〔盧肇文〕孰觀地—乎。深泉之涯。孰指天吭乎。巨海之窟。

〔喚〕呼玩切音煥翰韻

㊀評也。从口奐聲。古通用奐。見〔說文新附〕。

㊁召也。〔北齊書張子信傳〕且云敕—。

㊂大聲也。〔文選王褒賦〕哮呷呟—。

㊃鳴也。〔古雞鳴歌〕汝南晨雞登壇—。

〔喛〕呼玩切音煥翰韻

㊀恚也。〔方言〕秦晉曰—。不欲譍而強答之意也。

㊁呼也。見〔玉篇〕。

㊂哀也。見〔方言〕。

〔喛〕許元切音暄元韻

㊀恐懼也。見〔廣韻〕。

㊁愁也。見〔集韻〕。

㊂恚也。見〔集韻〕。

〔喛〕于元切音袁元韻虎猥切音賄賄韻

哀也。見〔集韻〕。

〔喛〕胡戈切音和歌韻

嘩—。泣貌。見〔集韻〕。

〔喛〕火遠切音愃阮韻

咰咺。朝鮮謂兒泣不止曰咺。一曰。懼也。見〔集韻〕。

〔喜〕許巳切音蟢紙韻

㊀樂也。从壴从口。見〔說文喜部〕。〔段注〕樂者。五聲八音總名。樂記曰。樂者樂也。古音樂與—樂。無二字。亦無二音。

㊁福也。〔周禮大行人〕賀慶以贊諸侯之—。

㊂姓也。元順帝時—同。明正統中—寧。

〔喜〕昌志切音熾寘韻

酒食也。一說炊黍稷曰饎。饎或作—。見〔集韻〕。

〔喜〕許記切音嬉寘韻

說也。憙或省作—。見〔集韻〕。

〔喝〕乙芥切音噎於邁切音餲卦韻

㊀㵣也。見〔說文〕。〔段注〕疑當作㵣。音也。今脫音字耳。子虛賦。榜人歌。聲流—。郭璞云。言悲嘶也。

㊁啼聲幽也。〔論衡氣壽〕兒生。號啼之聲鴻朗高暢者壽。嘶—溼下者天。

㊂陰—。猶噎塞也。〔後漢竇憲傳〕憲陰—不得對。

〔喝〕許葛切音曷曷韻

㊀訶也。〔晉書劉毅傳〕裕厲聲—之。即成盧。

㊁嚇也。〔國策趙策〕橫人日夜務以秦權恐—諸侯。以求割地。

㊂呼也。〔舊唐書職官志〕典儀掌殿上贊—之節。〔按通雅禮儀云在軍鳴騶。宋謂之—。又曰腰—〕。

㊃啞也。〔崔本莊子庚桑楚〕終日嗥而嗌不—。

㊄嘶也。〔文選謝莊誄文〕—邊蕭於松霧。

㊅大呵出聲也。〔素問生氣通天論〕煩則喘—。

㊆聲之幽也。〔戴若思詩〕笳繁響還—。

㊇猶鳴也。〔宋祁筆記〕蜩蟧—秋。

㊈俗用作飲義。如—茶。—酒。

〔喝〕邱蓋切音礚泰韻

聲也。噭或作—。見〔集韻〕。

〔喞〕節力切音即職韻子悉切音堲質韻

㊀衆閙聲。〔袁桷詩〕候吏語喧—。〔按蒼頡篇—衆閙聲也。此非閧閙之閙。謂其聲繁細也〕。

㊁——。綢語聲。亦歎聲也。見〔六書故〕。〔又〕關猥聲也。〔木蘭詩〕——復——。〔又〕蟲聲也。〔歐陽修賦〕但聞四壁蟲聲——。〔又〕鼠聲也。見〔一切經音義〕。〔又〕鳥聲也。〔王維詩〕猶令黃雀爭上下。—「空倉復若何。

㊂啾—。衆聲也。〔北史王皓傳〕大鵰始欲舉。燕雀何啾—。

㊃鬐蜞一名長—。見〔古今注〕。

㊄—溜。猶鹽便也。〔盧仝詩〕不—溜鈍漢。

〔喟〕丘媿切音蕢寘韻苦怪切音蒯卦韻

大息也。見〔說文〕。〔王注〕漢書高帝紀。—然太息。顏注。—。歎息貌。太息、言其歎息之大。

【嗹】主勇切音腫腫韻
㊀不能言也。見〔玉篇〕。
㊁急喘也。見〔集韻〕。

【喡】於非切音韋微韻羽鬼切音偉尾韻
㊀驚而失聲也。見〔玉篇〕。
㊁呼聲。見〔集韻〕。

【喡】于貴切音胃未韻
小兒啼聲。見〔集韻〕。

【喣】火羽切音詡噳韻匈于切音吁虞韻
㊀吹也。本作欨。又作呴。〔漢書中山靖王傳〕眾—漂山。
㊁同煦。溫潤之也。〔唐書魏徵傳〕護民之勞—之若子。
㊂呈示也。見〔廣韻〕。
㊃——諂笑貌。〔柳宗元書〕——趄趄。

【喤】胡光切音黃陽韻胡盲切音橫庚韻
㊀小兒聲。詩曰其泣——。見〔說文〕。〔段注〕啾、謂小兒小聲。—、謂小兒大聲也。如離騷、鳴玉鸞之啾啾。詩、鐘鼓——。——厥聲。則泛謂小聲大聲。
㊁諠也。以七人同聲唱導也。見〔類篇〕。
㊂怒也。見〔廣雅釋詁〕。
㊃引—臚唱也。〔通雅禮儀〕梁制。令僕中丞各給威儀十人。武冠絳韝。皆呼入殿。引—至階。一人執儀囊不—。

【喤】虎晃切音恍養韻
—呷。眾也。〔文選左思賦〕諠譁—呷。

【喫】詰歷切音燩錫韻
㊀食也。見〔說文新附〕。〔按杜甫詩。梅熟許同朱老—是其義〕。
㊁飲也。〔杜甫詩〕對酒不能—。
㊂通吃。〔世說新語言語〕鄧艾口—。語稱艾艾。

【喫】口戒切音炫卦韻
—詬。力諍也。見〔集韻〕。〔又〕古之能言者。〔莊子天地〕使離朱索之。而不得。使—詬索之而不得也。〔注〕離朱。見也。—詬。言也。—亦作謑。〔按莊子文似設為人名。與列子力命篇所稱墨㞊單至二十人相類。皆寓言也。〔又〕多力也。見〔莊子司馬注〕。〔按賈餗百步穿楊葉賦云。克中之時。—詬不能以施力。造微之處。離婁不得以爭明。據此則與多力之訓合。以為能言。則與力諍之義近。莊注甚緊。難衷一是。兩存俟參。集韻、類篇皆訓力諍。皆未引莊。或另有本〕。

【喬】渠嬌切音僑蕭韻
㊀高而曲也。从夭从高省。詩曰南有—木。見〔說文〕。〔段注〕爾雅釋詁、詩伐木時邁傳皆曰。—高也。釋木曰。上句曰—。句如羽—。漢廣傳曰。—、上竦也。按—不專謂木。木有如是者。他物亦有如是者。〔按王注云。禹貢厥木維—則—字木高之專字。木有此性。他物無此性也。而他物亦得借之。竊謂王說非也。禹貢亦言厥草惟夭。豈夭亦草之專字乎。然王注亦可備一說。姑與段注並存之可也〕。
㊁矛柄近刃處。所以縣毛羽者。〔詩清人〕二矛重—。
㊂山之重壟也。〔列子湯問〕周以—陟。
㊃—桀。傍逸也。〔文選潘岳賦〕何調翰之—桀。
㊄通嶠。〔詩時邁〕及河—嶽。〔淮南泰族〕作嶠嶽。
㊅通橋。〔詩漢廣〕南有—木。〔釋文〕本亦作橋。
㊆通鷮。〔詩清人〕二矛重—。〔釋文〕重—、韓詩作鷮。
㊇姓也。後漢雲中太守—扈。

【喬】居妖切音驕蕭韻
通驕。〔禮記樂記〕齊音敖辟—志。〔釋文〕、本亦作驕。

【喬】丘祆切音蹺蕭韻舉夭切音矯篠韻袪矯切音槁皓韻
—詰。意不平也。〔莊子在宥〕天下始—詰。卓鷙。〔釋文〕、—向欽消反。或去夭反。郭音矯。李音驕。

【喬】渠廟切音轎嘯韻
木枝上曲也。見〔集韻〕。

【喭】魚旰切音岸翰韻
㊀弔失容。見〔廣韻〕。
㊁弔國曰—。見〔類篇〕。
㊂失容也。〔論語先進〕由也—。〔注〕子路之行。失於畔—。〔疏〕舊注作㖃。字書云。㖃—失容也。
㊃剛强也。見〔論語由也—王弼注〕。

⑤粗俗也見〔論語由也—朱注〕

⑥通諺。〔書無逸疏引論語〕作由也諺。

⑦通彥。〔爾雅釋訓〕美士爲彥。〔釋文〕本作—。

【喭】語限切音眼潸韻

小笑貌。見〔集韻〕。

【喭】魚戰切音喭銑韻

同唁。弔生也。見〔集韻〕。

【單】多寒切音丹寒韻

①大也。見〔說文〕。〔段注〕當爲大言也。淺人刪言字。

②盡也。〔書君奭〕丕—稱德。

③複之對也。〔禮記儒行注〕庶人—衣。〔按字本作襌〕

④極也。〔漢書王褒傳〕不—頃耳而聽已聽。

⑤獨也。〔書洪範無虐煢獨傳〕煢—無兄弟也。

⑥薄也。〔說苑〕父持其手衣甚—。

⑦無餘也。〔詩公劉〕其軍三—。〔箋〕—者無羨卒也。

⑧信也。〔書洛誥〕乃—文祖德。〔馬注〕—信也。

⑨孤也。〔唐書蕭復傳〕蕭先人塋以濟孀—。

⑩寡弱也〔後漢耿恭傳〕以—兵固守孤城。

⑪畢也。〔邊讓賦〕爾乃清夜晨妙技—。

⑫隻也。〔史記信陵君傳〕今—車來代之。

⑬衰薄也。〔孟郊詩〕老客志氣—。

⑭減少也。〔宋書樂志〕既而民—戶約。

⑮—者堵也。見〔越絕書吳內傳〕。

⑯僧衣曰—。〔葉茵詩〕孤坐如僧欠缽—。〔又〕遊方僧曰挂—。〔劉克莊詩〕僧借虛堂覓挂—。

⑰記事物之紙曰—。〔鄭望膳夫錄〕韋僕射巨源有燒尾宴食—。

⑱—辭。猶偏辭也。〔後漢明帝紀〕明察—辭。

⑲—外。無守固也。〔後漢西羌傳〕園陵—外。

⑳—位。計物多寡之標準也。

㉑姓也。可—氏後改爲—氏。見〔廣韻〕。

【單】唐干切音壇寒韻

姓也。鄭櫟邑大夫—伯。通作檀。見〔集韻〕。

【單】時連切音蟬先韻

①周也〔漢書揚雄傳〕—埒垣兮。

②—于。匈奴謂天子也。〔漢書匈奴傳〕—于姓攣鞮氏。其國稱之曰撐犂孤塗。匈奴謂天爲撐犂。謂子爲孤塗。—于者廣大之貌也。言其象天—于然也。〔按史記索隱引玄晏春秋云。士安讀漢書不詳此言。有胡奴在側言之曰。此胡所謂天子與古書所說符會也。〕

【單】上演切音善銑韻

①大也。見〔玉篇〕。

②歲名。〔爾雅釋天〕太歲在卯曰—閼。〔按史記曆書作亶安〕。

③姓也。—次。見〔史記儒林傳〕。

④采地。〔春秋莊元年〕—伯逆王姬。〔朱駿聲云〕公穀皆以爲魯大夫。則當是魯邑。—父。〔即今山東—縣治〕。

⑤人名。〔書序〕咎—作明居。〔馬注〕湯司空也。〔又〕鄡—字子家。見〔史記仲尼弟子傳〕。

【單】黨旱切音狚旱韻

①信也。〔詩天保〕俾爾—厚。

②厚也。〔詩昊天有成命〕—厥心。

③誠也。〔書盤庚〕誕告用亶。〔釋文〕亶、馬本作—。

④多穀也見〔集韻〕

【單】時戰切音繕霰韻

—父。邑名。亦姓。見〔集韻〕。

【單】徒案切音憚翰韻

同鄲。鄲狐。邑名。見〔集韻〕。〔方輿紀要〕鄲狐在汝州西北。按地當今臨汝。

【單】之膳切音戰霰韻

—至。輕發之貌。〔列子力命〕墨屎—至。

【單】齒善切音闡銑韻

聲緩也。嘽或省作—。見〔集韻〕。

【[illegible]】力灼切音略藥韻

①利也。見〔爾雅釋詁〕。

②人名。晉褚—。

【喪】蘇郎切音霜陽韻

①亡也。从哭亡。見〔說文哭部〕。〔段注〕亡部曰。亡逃也。亡非死之謂。故中庸曰。事死如事生。事亡如事存。尚書大傳曰。王之於仁人也。死者封其墓。況於生者乎。王之於賢人也。亡者表其閭。況於在者乎。皆存亡與死生分別言之。凶禮謂之—者。鄭禮經目錄云。不忍言死而言—。—者棄亡之辭。若全居於彼

焉。己失之耳。是則死曰—之義也。公子重耳自保身—。魯昭公自保—人。此—字之本義也。凡—失字本皆平聲。俗讀去聲。以別於死—平聲。非古也。

㊁持服也。〔禮記曲禮〕有—者專席而坐。

㊂柩也。〔禮記曲禮〕送—不踰境。

㊃在—未葬也。〔左傳九年傳〕凡在—。

㊄姓也。楚大夫—左。

【喪】四浪切桑去聲漾韻

㊀亡失也。〔詩皇矣〕受祿無—。

㊁敗也。〔國語晉語〕而先紂—。

㊂失位也。〔論語八佾〕二三子何患於—乎。

【嗶】牛尹切音輴軫韻　牛吻切音齳吻韻　粗本切音鱒阮韻

㊀大口也。見〔說文〕。〔按賈子新書匈奴篇云。以匈奴之飢。飯羹啗膹炙。—瀋多飲酒。注亦訓—為大口。〕、

㊁口大齒醜貌。見〔集韻〕。〔按—、或作嘮。又作嗃。〕

【喅】余六切音育域及切音煜屋韻

音聲。—然。見〔說文〕。〔集韻云。眾聲。〕

【喌】之六切音祝屋韻　之由切音周尤韻

呼雞重言之。讀若祝。見〔說文吅部〕。〔段注〕當云——呼雞重言之也。雞聲——。故人效其聲呼之。〔按風俗通、作呼雞朱朱。博物志、作祝祝。殆皆音近混用。〕

【㗊】側立切音戢訖立切音伋北及切音鵖澀入切音屆緝韻

衆口也。从四口。讀若戢。一曰呶。見〔說文㗊部〕。〔注〕呶讙也。

【㗊】古雷字。見〔七修類稿〕。

【⿰口過】鄔毀切音委虎委切音毀紙韻　烏禾切音倭歌韻

【⿰咼丸】鷙鳥食已吐其皮毛如丸。从丸。咼聲。讀若骫。見〔說文丸部〕。

【⿰甹只】呼丁切音馨青韻

聲也。从只。甹聲。見〔說文只部〕。〔朱駿聲云〕世說新語云。生此寧馨兒。寧馨者。疊韻連語。即此—字。

【⿰口辥】魚列切音孽屑韻

本作讞。與讞、[illegible]、同。議罪也。見〔集韻〕。〔正字通云。⿰口辥字之譌。〕

【⿱吅鳥】陳留切音儔尤韻　女夷切音尼支韻

同嚋。雉之異名。〔爾雅釋鳥〕南方曰—。

【⿱吅鳥】古濤字。見〔集韻〕。

【⿰口耶】徐嗟切音邪麻韻

聲也。見〔集韻〕。〔正字通云。同耶。俗加口。〕

【嗑】渴合切音磕合韻

譊也。見〔篇海〕〔集韻从㕓。〕

【⿰口茁】竹律切音拙屑韻

聲也。見〔集韻〕。〔正字通云。俗咄字〕

【⿰口律】劣戌切音律質韻

鳴也。見〔玉篇〕。

【⿰甹另】許講切音享講韻

恐聲。見〔字彙補〕。

【⿱吅木】奴侯切音羺尤韻

羊鳴也。見〔字彙補〕。

【⿰口哥】古多切音戈歌韻

土釜。見〔字彙補〕。

【⿰口⿷匚酉】北末切音鉢曷韻

咒神也。見〔五音篇海〕。

【⿰口式】許介切音懈卦韻

怒大聲。見〔龍龕手鑑〕。

【嗅】忽域切音洫職韻

聲也。見〔廣韻〕。

【⿰身古】古胡切音孤虞韻

越王巫—。祠任雲陽。見〔五音集韻〕。

【⿰口昏】陟皆切音齋佳韻

惹也。見〔篇海〕。

【⿱中言】乙力切音億職韻

快也。見〔玉篇〕。〔正譌云。—、从言从中。言中則快也。〕

【⿱音口】古意字。見〔字彙〕。

【哂】色輒切音蓮洽韻　勅涉切音鍤葉韻

多言也。見〔玉篇〕。

【哂】色洽切音霎洽韻

—嗂。小人言。見〔集韻〕。

【哂】尺涉切音謵葉韻

咕喝附耳小語聲一曰多言咕或作—。見〔集韻〕。

〔嗝〕 各核切音隔陌韻
—嗝。雉鳴也。或作𠻸。見〔集韻〕。

〔[illegible]〕 何加切音遐 虛加切音蝦麻韻
咽也。〔太玄玄數〕七爲—咕。

〔[illegible]〕 母官切音曼寒韻
歎也。見〔篇海〕。〔字彙云。字當作嘆。正字通云。嘆字之譌。〕

〔喥〕 達各切音鐸藥韻
言無度也。〔廣韻〕口——無度。〔通俗編云。世俗有所云—頭者。正謂出言無度人也。〕

〔[illegible]〕 俗吒字。見〔正字通〕。

〔[illegible]〕 一結切音噎屑韻
噎也。〔山海經中山經〕服之不—。〔注〕食不噎也。

〔[illegible]〕 陂驗切音窆豔韻
轉舌呼也。又轉口也。見〔字彙〕。

〔喓〕 伊消切音腰蕭韻
聲也。〔詩草蟲〕——草蟲。

〔[illegible]〕 [illegible]
緘口也。見〔玉篇〕。〔集韻云。不言也義同。〕

〔[illegible]〕 居牙切音迦麻韻
—諜。穢言也。見〔字彙〕。

〔[illegible]〕 毗連切音楩先韻
巧言也。亦作辯。通作便。見〔集韻〕。

〔嘝〕 洪孤切音胡虞韻
咽下垂也。〔文選王褒賦〕瞋嗝—以紆鬱。〔注〕嗝、頷頤也。—咽下垂也。言氣之盛—類嗔怒也。

〔[illegible]〕 胡口切音厚有韻
吐也。見〔字彙〕。〔正字通云。俗[illegible]字。〕

〔嚃〕 他合切音塔合韻
狗食物貌。見〔篇海〕。

〔[illegible]〕 商支切音施支韻
今俗驅雞聲。見〔正字通〕。

〔喕〕 彌演切音緬銑韻
不言也。見〔篇海〕。

〔咕〕 洪孤切音胡虞韻
咽喉也。〔太玄玄數〕七爲嘏—。

〔[illegible]〕 [illegible]
啀—。犬鬭貌。〔魏志曹爽傳〕二狗啀—不可當。

〔[illegible]〕 乳尹切音蝡軫韻
吮也。見〔玉篇〕。

〔[illegible]〕 才先切音前先韻
噎也。見〔字彙〕。

〔[illegible]〕 將先切音煎先韻
熟煎也。見〔字彙〕。

〔[illegible]〕 所六切音縮屋韻
笑聲也。見〔集韻〕。

〔[illegible]〕 所救切音瘦宥韻
同嗖。驅鳥聲。見〔集韻〕。

〔[illegible]〕 蕩亥切音殆賄韻 湯來切音胎灰韻
言不止也。見〔廣韻〕。〔正字通云。咍字之譌。〕

〔喐〕 乙六切音郁屋韻
聲也。噢或作—。見〔集韻〕。

〔[illegible]〕 陟栗切音窒質韻
詬也。見〔篇海〕。〔按舊注云。—字義與咥同。音與嚏同。疑卽二字之

〔[illegible]〕 普活切音鏺曷韻
妄說也。〔廣韻〕謊—人言。

〔[illegible]〕 常支切音匙 市之切音時支韻
鳥鳴。見〔廣韻〕。

〔[illegible]〕 田黎切音題齊韻
同嗁。〔顏氏家訓〕子生咳—。

〔匙〕 是知切音時支韻
鳥鳴也。見〔篇海類編〕。

〔[illegible]〕 徒感切音禫感韻
同湛。豐厚貌。〔漢書禮樂志〕羣生——。〔注〕卽湛湛。

〔[illegible]〕 步奔切音盆元韻
吐也。見〔玉篇〕。

〔[illegible]〕 芳問切音噴問韻
同湓。水聲也。見〔集韻〕。〔正字通云。俗噴字。〕

〔[illegible]〕 尺尹切音蠢軫韻
吹也。見〔集韻〕。

〔[illegible]〕 尼猷切紐平聲尤韻
—呢。小兒聲也。見〔集韻〕。

【𠹅】如又切音鞣宥韻 惡言也。見〔類篇〕。

【嗬】下可切荷上聲哿韻 慢聲也。見〔集韻〕。

【𡁎】音未詳 大腸虛而傷於寒痢而用氣—。其氣不衡則肛門脫出。見〔巢氏病源〕。

【𡂿】嗄本字。見〔說文〕。

【𠻭】喉本字。見〔說文〕。

【𠷯】咢本字。見〔說文〕。

【𠻺】啾本字。見〔說文〕。

【啺】古唐字。見〔說文〕。

【𡃣】古齧字。見〔集韻〕。

【𠹗】古嚏字。見〔集韻〕。

【𡃢】古箕字。見〔集韻〕。

【嘓】古喟字。見〔金石韻府〕。

【𦬙】古苟字。見〔字彙補〕。

【𡃤】同齶。見〔廣韻〕。

【𠹛】同界。見〔集韻〕。

【𠿒】同吻。〔呂覽精諭〕口—不言。

以精相告。

【𡁖】同噴。見〔海篇〕。〔字彙作喯。〕附八畫。非今改正。

【喆】同哲。〔漢書班彪傳〕是以聖—之治。

【㘬】同呦。見〔說文長箋〕。

【㗼】同噓。見〔玉篇〕。

【喎】同咼。見〔玉篇〕。

【𠿈】同爽。見〔廣韻〕。

【嘄】同叫。見〔集韻〕。

【𡅏】同咠。見〔集韻〕。

【𠾃】同喧。見〔集韻〕。

【喋】同諜。見〔集韻〕。

【唬】同唇。見〔集韻〕。

【𠹗】同喇。見〔篇海〕。

【㖢】同咋。見〔篇海〕。

【𠻿】吹俗字。見〔龍龕手鑑〕。

【嘮】饞俗字。見〔字彙〕。

【嗊】嘖譌字。見〔正字通〕。

【喱】讀若釐

英衡名。具言克令。亦言粟英衡本。位當一釐七毫彼言 Grain。

十畫

【喿】先到切音燥號韻 千遙切操平聲蕭韻

㈠鳥羣鳴也。从品在木上。見〔說文品部〕。〔段注〕此與雧同意。俗作噪。方言假—為鍬臿字。

㈡通譟。讙也。〔周禮大司馬〕車徒皆—。

【嗃】黑各切音臛藥韻 呼酷切音熇沃韻

㈠——、嚴酷貌。見〔說文新附〕。〔按易家人〕家人——。悔厲吉。疏云。——、嚴酷之意也。

㈡聲也。見〔集韻〕。〔按玉篇云。——。嚴大之聲〕。

㈢悅樂也。見〔集韻〕。〔按易釋文——。引馬云。悅樂自得貌。

㈣苦熱之意。見〔韻會〕。〔按易釋文——。引鄭云。苦熱之意〕。

【嗃】黑角切音吒覺韻

㈠悅樂也。見〔集韻〕。

㈡多責讟狀也。見〔六書故〕。

【嗃】虛交切音𩵵肴韻

㈠叫呼聲。見〔正韻〕。

㈡管聲。〔莊子則陽〕夫吹筦也。猶有—也。

【嗃】孝狡切音哮巧韻 大呼也。與哮同。見〔集韻〕。

【嗃】許教切音孝效韻 大嗥也。同詨。見〔廣韻〕。

【嗆】千羊切音鏘陽韻

㈠鳥食也。見〔玉篇〕。

㈡恐貌。見〔集韻〕。

【嗆】鋤庚切音傖庚韻 —哼。恐怯也。見〔集韻〕。

【㗕】居候切音遘宥韻

㈠喝—也。見〔玉篇〕。

㈡同雊。雉鳴也。見〔集韻〕。

【㗕】居侯切音鉤尤韻

㈠唱—。見〔廣韻〕。

㈡—聒。聲亂也。見〔集韻〕。

㈢大聲也。見〔集韻〕。

【嗇】殺測切音色職韻

㈠愛濇也。从來㐭。來者㐭而藏之。文

田夫謂之—夫見〔說文嗇部〕〔段注〕—濇疊韻廣韻引作繬繬。與濇皆不滑也嗇者多入而少出。如田夫之務蓋藏故以來㐭會意。
㊁貪也〔左襄廿六年傳〕—于禍。
㊂收也〔大戴記少閒〕順天—地。
㊃合也見〔方言〕。
㊄積也見〔廣雅釋詁〕。
㊅脈象也〔史記倉公傳〕脈—而不屬。
㊆先—。神農也〔禮記郊特牲〕蜡之祭也主先—而祭司—也。
㊇司—后稷也〔禮記郊特牲注〕先—若神農者司—后稷是也。
㊈—夫官名主幣者〔書胤征〕—夫馳。〔又〕掌虎圈者〔史記張釋之傳〕虎圈—夫〔又〕司空之屬也。〔儀禮覲禮〕—夫承命〔又〕主知廟事者見〔後漢蓋延傳注〕。
㊉通穡〔漢書成帝紀〕服田力—。
(十一)姓也見〔正字通〕。

〔嗉〕　蘇故切音素遇韻
㊀鳥受食處〔爾雅釋鳥〕亢鳥嚨。其粻—。〔按潘岳射雉賦〕裂膆破觜。从肉从口義同亦作素〔。

㊂星名〔漢書天文志〕張—爲廚主觴客。

〔嗋〕　迄業切音脅葉韻
㊀吸也。合也〔莊子天運〕予口張而不能—。
㊁—赫以口恐迫人也見〔正韻〕。

〔嗌〕　伊昔切音益乙革切音戹陌韻
㊀咽也見〔說文〕〔段注〕—者扼也。扼要之處也咽、—雙聲。〔漢書〕昌邑王—痛〔爾雅注云〕江東名咽爲—。
㊁—喔容媚之聲〔楚辭惆上〕諓諓兮—喔。

〔嗌〕　乙角切音渥屋韻
笑也〔韓詩外傳〕疾笑—。

〔嗌〕　烏懈切音隘卦韻
噎也。咽痛〔方言〕—。噎也。秦晉或曰—又曰噎。

〔嗌〕　查計切音豸薺韻
同齸。咽也江東名咽爲齸。見〔集韻〕。

〔嗐〕　下瞎切音轄曷韻下蓋切音害泰韻
㊀大開口也見〔玉篇〕。
㊁聲也見〔集韻〕。

〔嗑〕　谷盍切音閤轄臘切音盍合韻
㊀多言也見〔說文〕。
㊁合也〔易序卦傳〕—者合也。
㊂噬—。卦名震下離上〔易彖〕頤中有物曰噬—。

〔嗑〕　迄甲切音呷洽韻
㊀—然。笑聲見〔集韻〕。
㊁吸呷也見〔類篇〕。

〔嗒〕　託合切音榻合韻
㊀—然。忘懷也〔莊子齊物論〕—然似喪其耦。
㊁解體貌見〔集韻〕。

〔嗒〕　德合切音荅曷韻
舐也見〔玉篇〕。

〔嗓〕　寫朗切音顙養韻
㊀喉也見〔集韻〕〔俗曰—子〕。
㊁馬病鼻流涎曰—見〔正字通〕。

〔嗔〕　亭年切音田先韻
㊀盛氣也詩曰振旅——。見〔說文〕〔段注〕門部曰闐盛貌聲義與此同。今毛詩振旅闐闐許所據作——。玉藻盛氣顛實注云顛讀爲闐。闐身中之氣使之闐滿孟子填然鼓之是則聲同得相假借也。
㊁盛聲也見〔玉篇〕〔按玉篇引釆芑文與說文同緐謂盛聲與引詩合。盛氣則與引禮合說文桂王朱各注亦皆引禮玉藻〕。

〔嗔〕　稱人切音瞋眞韻
怒也見〔廣韻〕〔按段玉裁云。古音陳。今俗以爲瞋恚字。說文言部。讀恚也。蓋讀恚字今人用—古人用讀也〕。

〔嗕〕　儒欲切音辱奴沃切音傉沃韻乃豆切音槈宥韻
㊀嗕—。儚貌。見〔廣韻〕。
㊁光別種〔漢書匈奴傳〕匈奴前所得西—居左地者〔亦音耨〕。

〔噀〕　蘇困切音巽願韻
㊀潠水也見〔玉篇〕。
㊁潠水也見〔廣韻〕。
㊂噴水也見〔集韻〕。

〔嗏〕　初加切音差麻韻
㊀語辭。今曲調有之見〔正字通〕。
㊁麻—。欲睡眼將合貌〔李涉詩〕趁愁得醉眼麻—。

〔嗝〕　各核切音隔陌韻

(一)雉鳴也。見〔玉篇〕。
(二)雞鳴也。見〔正字通〕。
(三)—嚍。雉鳴也。見〔集韻〕。

【嗙】　晡橫切音祊庚韻
(一)訶聲—喻也。司馬相如說。淮南宋蔡舞—喻也。見〔說文〕。
(二)喝聲。見〔廣韻〕。

【嗙】　補曠切音謗漾韻
聲也。見〔集韻〕。

【嗚】　汪胡切音污虞韻
(一)歎息也。聲緩而長。〔書五子之歌〕—呼曷歸。
(二)通烏。〔史記李斯傳〕歌呼——快耳目者。眞秦之聲也。

【嗚】　烏故切音惡遇韻
歎傷也。〔後漢袁安傳〕噫—流涕。

【⿰口尃】　伯各切音博匹各切音粕藥韻
(一)噍貌。見〔說文〕。〔段注〕按釋玄應書三引說文皆云。—嗼。噍貌也。廣韻十九鐸、廿六緝皆云。—嗼。噍貌。釋行均書同。說文古本當先—字云。—嗼。噍貌也。次嗼字云。—嗼也。今—字嗼字廁兩處。無—嗼之語。盇口部脫誤多矣。
(二)噍堅也。本作⿰齒尃。見〔集韻〕。〔按說文—⿰齒尃分載。不謂一字。—、从口尃聲。⿰齒尃、噍堅也。从齒博省聲〕。

【⿰口唐】　徒郎切音唐陽韻
(一)大言也。見〔字彙〕。〔正字通云。俗唐字〕。
(二)啢—。語不中也。見〔字彙〕。

【嗛】　乎監切音銜咸韻
(一)口有所銜也。見〔說文〕。〔桂注〕漢書大宛傳。烏—肉蜚其上。
(二)恨也。〔史記外戚世家〕心—之而未發也。

【嗛】　苦簟切音歉琰韻
(一)頰裏貯食處。〔爾雅釋獸〕寓鼠曰—。
(二)不足也。〔荀子仲尼〕滿則慮—。
(三)小貌。〔國語晉語〕——之德。〔注〕——、猶小小也。
(四)食蟄曰—。〔管子弟子職〕惟—之視。
(五)羊四角曰—。〔周書王會〕—羊者羊而四角。
(六)穀不升謂之—。見〔穀梁襄二十四年傳〕。

【嗛】　詰叶切音愜葉韻
(一)足也。〔莊子盜跖〕口—於芻豢醪醴之味。
(二)快也。〔國策魏策〕齊桓公夜半不—。

【嗛】　苦兼切音謙鹽韻
同謙。〔漢書藝文志〕合於易之——。〔子夏易謙作—〕。

【嗜】　時利切音視寘韻
(一)—欲。喜之也。見〔說文〕。〔桂注〕詩楚茨。神—飲食。
(二)貪也。〔禮記檀弓〕二三子之—學也。〔猶今言—好〕。
(三)甘也。〔孟子梁惠王〕不—殺人者能一之。〔猶今言酷—〕。

【⿰口豈】　何開切音頦灰韻
(一)笑也。見〔玉篇〕。
(二)小兒笑也。見〔集韻〕。

【嗞】　津之切音茲支韻
(一)嗟也。見〔說文〕。〔通訓定聲〕秦策。嗟—乎。司空經傳皆以咨為之。咨、—雙聲。〔按段注。謀事曰咨。音義皆殊。是咨與—異。毛詩綢繆。子兮子兮。傳曰。子兮者。嗟茲也。茲當作—。又廣韻。—嗟。憂聲也。可知嗟—不當作嗟咨矣〕。
(二)啼不止也。見〔集韻〕。
(三)笑也。見〔廣雅釋詁〕。

【嗟】　咨邪切音罝麻韻
(一)嗞也。本作⿱差言。〔詩猗嗟〕猗—昌兮。〔疏〕猗、是心內不平。—是口之喑咀。皆傷歎之聲。
(二)痛惜也。見〔集韻〕。
(三)佐也。〔釋名釋言語〕—、佐也。言之不足以盡意。故發此聲以自佐也。
(四)發聲也。見〔小爾雅廣言〕。
(五)吟也。見〔廣雅〕。〔疏證〕樂記。長言之不足。故—歎之。鄭注云。—歎。和續之也。是古謂吟為—歎也。
(六)哀號聲。〔易節〕則—若。〔虞注〕—、哀號聲。
(七)——美歎之聲。〔詩烈祖〕——烈祖。〔又〕勑之也。〔詩臣工〕——臣工。

【嗟】　子夜切音借禡韻
同唶。咄—。猶言呼吸之間。〔王勃文〕咄—可以降雷雨。

【嗟】　遭哥切音蹉歌韻
歎聲。〔易離〕不鼓缶而歌。則大耋

之｜〔王惠識遭罰切〕

【嗡】烏公切音翁東韻
●（一）｜吼。牛聲。見〔玉篇〕。
●（二）蟲聲。見〔集韻〕。

【嗡】鄔孔切音蓊董韻
鬧聲。見〔類篇〕。

【嗢】烏沒切音搵月韻烏八切音空黠韻
●（一）咽也。見〔說文〕。〔桂注〕文選笙賦。援鳴笙而將吹。先｜噦以理氣。李善云。言將欲吹笙。咽中先噦而理氣也。
●（二）笑也。見〔集韻〕。〔按段玉裁云。笑云｜噱者。在喉中。噱在口也。據此則宜訓笑聲也〕

【嗣】祥吏切音飼寘韻
●（一）諸侯｜國也。从冊从口。見〔說文冊部〕〔注〕冊必於廟。史讀其冊。故从口。
●（二）後｜也。〔書大禹謨〕罰弗及｜。
●（三）繼也。〔書洪範〕禹乃｜興。
●（四）習也。〔詩子衿〕子寧不｜音。
●（五）姓也。衛｜君後。見〔風俗通〕。

【嗗】烏八切音空黠韻
●（一）飲聲見〔廣韻〕
●（二）咲嗗聲。〔韓愈聯句〕渴鬬信嗗嗗。噉姦何噢｜。

【哹】縛謀切音浮尤韻
吹氣。見〔字彙〕。〔按疑即呼字之譌。埤蒼云。呼。吹氣聲也〕

【⿰口⿸厂辰】之人切音眞眞韻
驚也。見〔字彙〕。〔按音義俱同說文唇。正字通云。俗唇字是〕

【嗺】陟隹切音追支韻
口滿貌。見〔玉篇〕。

【嘕】丘虔切音愆先韻
樂也。〔方言〕｜、樂也。〔郭注〕｜｜、歡貌。〔集韻或作嗎〕

【嘁】於六切音郁屋韻
喉聲也。見〔廣韻〕。〔按玉篇、集韻、作嘁。嘁、同喐〕

【嗀】黑角切音吒覺韻黑各切音壑藥韻呼木切音穀屋韻
歐貌。春秋傳曰。君將｜之。見〔說文〕〔哀二十五年左傳文。杜注。｜、嘔吐也〕

【⿰口逆】宜戟切音逆陌韻

[illegible]｜吁也。見〔字彙〕

【嗁】田黎切音題齊韻
號也。見〔說文〕。〔王注〕字亦作謕。漢書嚴助傳。孤子謕號。〔按段氏改號爲号也。謂痛聲。又云。｜、俗作啼。士喪禮作謕。古多假謕爲｜〕

【嗂】餘昭切音遙蕭韻
喜也。見〔說文〕。〔桂注〕增韻。｜、禮記作猶。云詠斯猶。猶斯舞。

【⿰口㼌】烏化切音窊禡韻
小兒啼也。見〔集韻〕。〔正字通云。俗呱字。呱有平去二音。其義一也。焦竑俗用雜字。｜音窪。一作⿰口窊。从呱爲正〕

【嗄】所嫁切沙去聲禡韻
●（一）聲破也。見〔玉篇〕。
●（二）氣逆也。〔老子〕終日號而不｜。〔釋文〕｜、氣逆也。〔按段玉裁云。詩王風。中心如噎。毛曰。謂噎憂不能息也。噎、嚘、雙聲。嚘即終日號而不嚘之嚘。氣逆也。是｜亦通作嚘也〕
●（三）憂慕之聲也。〔太玄夷〕三日不｜。

【嗄】於邁切音隘乙界切音餲卦
啼極無聲也。〔莊子庚桑楚〕兒子終日嗥、而嗌不｜。〔司馬注〕楚人謂啼極無聲曰｜。〔按釋文。｜、於邁反。本又作嚘。徐音嚘。崔本作喝。云啞也〕

【嗥】乎刀切音豪豪韻
咆也。見〔說文〕。〔按今通作嘷〕

【嗅】許救切音琇宥韻香仲切音趥送韻
鼻審氣也。〔論語鄉黨〕三｜而作。〔說文作齅。通作臭〕

【⿱吅里】囊何切音那歌韻乃旦切難去聲翰韻
同儺。除疫也。見〔玉篇〕。〔按同文舉要里部｜注。兇惡。或曰即單字之譌。均非〕

【⿰口豹】巴校切音豹效韻
誇也。見〔集韻〕。

【⿰口展】丑幰切音搌阮韻
｜嘘。嶷貌。見〔集韻〕。

【⿰口晢】知戛切音哳黠韻
鳥發聲也。〔文選潘岳賦〕哳咬嘲｜。〔正字通云同哳。俗加口〕

【嘘】許律切音獝質韻　欪口—也。見〔字彙〕。

【嚳】口結切音挈屑韻　噉也。見〔篇海〕。〔正字通云。俗喫字〕。

【嘌】力質切音栗質韻　嘌—言不了也。見〔廣韻〕。

【嗤】充之切音蚩支韻　笑貌。〔後漢樊宏傳〕時人—之。

【嚖】於避切音恚寘韻　恚聲。見〔集韻〕。

【⿰口草】采早切音草皓韻　—嘐。無人貌。見〔玉篇〕。

【⿰口疾】秦悉切音疾質韻　⿰口疾—聲也。見〔集韻〕。

【嗊】虎孔切音澒董韻呼貢切烘去聲送韻　囉—。歌曲也。〔通雅〕囉—猶來囉。

【⿰口能】奴等切能上聲迥韻　多言也。見〔玉篇〕。

【⿰口宮】胡貫切音関逡韻　衆聲也。〔玉篇〕—市人。〔正字通云。吅、哄、並同〕。

【⿰口芻】窗俞切音芻虞韻　叱聲也。見〔集韻〕。

【⿰口芻】昵洽切音図洽韻　嗝—。小人言薄相。見〔廣韻〕。

【⿰口曷】德盍切音榻合韻　口動也。見〔玉篇〕。

【⿰口盎】於浪切音盎漾韻　聲也。見〔集韻〕。

【⿰口耽】都含切音耽覃韻　聲也。見〔集韻〕。

【⿰口毘】篇夷切音仳支韻　叱聲。見〔類篇〕。

【⿰口容】尹竦切音勇腫韻　噎—。欲吐。見〔集韻〕。〔正字通云。喀字之譌〕。

【嗍】色角切音朔覺韻　吮也。見〔集韻〕。〔正字通云。俗嗽字〕。

【嘄】居宵切音叫嘯韻　—嗅也。見〔五音篇海〕。

【嗄】呼玩切音喚翰韻　使狗之聲。見〔字彙補〕。

【嚌】在詣切音嚌霽韻　嘗至齒也。見〔五音篇海〕。

【嘁】子六切音足沃韻　嚬—。憂愁貌。見〔篇海類編〕。

【⿰口略】力各切音洛藥韻　轉舌呼之。見〔搜眞玉鏡〕。

【嘍】初九切有韻　惡口也。見〔篇海〕。

【嗅】倪弔切音顤一叫切音竅嘯韻　叫也。〔太玄樂〕—呱啞咋。〔與嘄別。一說。鳴譌省作—〕。

【嗝】葛合切音閤合韻　聲也。見〔集韻〕。

【嗖】所六切音縮屋韻　笑貌。見〔玉篇〕。

【嗖】所救切音瘦宥韻　驅鳥聲。見〔集韻〕。

【嗘】堅奚切音雞齊韻　——。聲也。見〔集韻〕。

【⿰冎卑】補買切音擺蟹韻　別也。見〔說文冎部〕〔段注〕—與辰隨字音義相近。〔按廣韻、訓相分解。說文。別、分解也〕。

【⿰冎卑】部買切罷上聲蟹韻　裂也。見〔廣雅釋詁〕〔疏證〕鬼谷子捭闔篇云。捭之者開也。闔之者閉也。捭與—同。

【⿰口員】王分切音雲文韻羽粉切音抎吻韻　吐也。見〔集韻引廣雅〕。〔疏證本廣雅作呴〕。

【⿱替口】時流切音讎尤韻於候切漚去聲宥韻　地名。見〔集韻〕。

【⿱𡨄口】九件切音蹇銑韻　口吃也。〔方言〕蹇、吃也。〔集韻云。蹇或作—〕。

【⿰口臬】祖郭切藥韻　鼠聲。見〔篇海〕。〔按廣韻集韻。有噪無—。疑即噪字之譌〕。

【⿰口紫】篇夷切音紕支韻　—唲口貌。見〔類篇〕。

【訽】芳武切音撫麌韻

饑也見〔集韻〕

【噩】 喪本字。从哭从亡。見〔說文〕。〔字彙作噩附九畫非。今改正〕

【嘷】 噑本字見〔說文〕。

【嚻】 古斷字。〔說文〕古文斷字从皀。皀、古文叀字。周書。─猗無他技。

【嘏】 古嘏字。見〔玉篇〕。

【嗇】 古商字。見〔玉篇〕。

【䶊】 古殂字。見〔字彙補〕。〔舊注云。古殂字作殂〕。

【噑】 同嘷。見〔廣韻〕。

【嗸】 同哄。見〔集韻〕。

【㗊】 同羣。見〔韻會〕。

【嘫】 同噉。見〔字彙〕。

【嗃】 同嗃。見〔篇海〕。

【嗀】 同嗀。見〔五音集韻〕。

【嗂】 噪或字。見〔玉篇〕。

【嗢】 領或字。見〔集韻〕。

【路】 路或字。見〔集韻〕。

【嗎】 罵俗字。見〔字彙〕。〔正字通云同傌史傳或作傌罵辭─爲俗罵字。泥。存參〕

【嗎】 俗讀若馬平聲 語辭也。

【嗎】 讀若馬 ─啡。西藥名。詳啡字。

【嘆】 笑俗字。見〔廣韻〕。

【嘗】 嘗俗字。見〔正字通〕。

【嗂】 嗂譌字。見〔字彙〕。

【嘫】 依俗字。見〔正字通〕。

【嗿】 唫譌字。見〔正字通〕。

【嘼】 嘼譌字。見〔正字通〕。

十一畫

【嘉】 居牙切音加麻韻

❶美也。見〔說文壴部〕。〔桂注〕詩大明。文王─止。

❷慶也。〔漢書禮樂志〕休─砰隱溢四方。

❸善也。〔詩抑〕無不柔─。

❹樂也。〔禮記禮運〕交獻以─魂魄。

❺─平。冬十二月也。〔史記秦始皇紀〕更名臘曰─平。〔按風俗通祀典篇云夏曰─平。禮記禮運疏云。殷曰─平。則非始自秦也〕。

❻─至。降神之樂也。叔孫通作。〔漢書禮樂志〕奏─至。

❼─薦。菹醢也。〔儀禮士虞禮〕─薦普淖。

❽─事。朝禮也。〔左定十五年傳〕─事不體。

❾─賓。羣臣也。〔詩鹿鳴〕我有─賓。

❿─禮。婚禮也。〔周禮大宗伯〕以─禮親萬民。

⓫─樂。鐘磬也。〔左定十年傳〕─樂不野合。

⓬─穀。黍稻黍也。〔左傳三十年傳〕粢─穀。

⓭─禾。書篇名。周公所作。見〔書序〕。〔又〕大禾也。見〔白虎通封禪〕。〔又〕縣名。宋置。屬福建路建寧府。見〔清一統志〕。〔今福建建陽縣治〕又明置。屬湖廣省桂陽州。清仍之。見〔清一統志〕。〔今湖廣─禾縣〕

⓮─草。藥物也。〔周禮庶氏〕─草攻之。

⓯─石。文石也。〔周禮大司寇〕以─石平罷民。

⓰─魚。丙穴魚也。〔詩…〕南有─魚。〔水經注云。丙穴。穴口向丙。故─魚。常以三月出穴。十月入穴〕。

⓱─夜。芳草也。〔漢書禮樂志〕侇─夜。

⓲─興。府名。〔讀史方輿紀要〕宋政和間置─禾郡。慶元初。升爲─興府。元曰─興路。明曰─興府。清仍之。領縣七。其首縣亦曰─興。〔─興府即今─興、秀水、─善、崇德、海鹽、平湖、桐鄉、七縣治〕。

⓳─應。州名。清置。即今廣東梅縣治。

⓴─樂。一作假樂。〔詩假樂〕假樂君子。〔中庸朱注云。假、當依此作─〕

㉑姓也。左傳周大夫─父。

【嘉】 亥鴉切音暇禡韻

美也。見〔集韻〕。

【嘔】 烏侯切音歐尤韻

❶色也。見〔廣雅釋詁〕。〔疏證〕方言。嫗色也。逸周書官人篇欲色嫗然以愉。─、嫗、古通用。

❷善柔貌。〔大戴記文王官人〕其貌固─。〔注〕─以就色下人。謂形柔而人苟。

㊂唲—。小兒語也。〔荀子富國〕唲—之。〔又〕—唲聲也。見〔廣韻〕。

㊃—喩。和悅貌。〔文選王褒頌〕是以—喩受之。〔廣雅釋訓云〕—喩—喩。喜也。疏證重言之則曰—喩—喩。」

㊄—啞。聲也。〔杜牧賦〕管絃—啞。〔陸游詩。—啞啞車轉急。是亦重言之也。〕

㊅—夷。水名。〔周禮職方氏〕并州。其川虖池—夷〕〔按鄭康成注曰〕—夷、疑卽祁夷出平舒。攷漢志。代郡平舒縣祁夷水。北至桑乾入沽。唐。平舒今爲蔚州。本代郡地。—夷、一名滱水。出縣北之高氏山。東北流至興唐縣。又東流至瀛州之博野。東入於河。据此。—夷當在山西大同府之蔚州。今大同府蔚州均廢。水當在靈邱縣境〕。

㊆通謳。〔漢書朱買臣傳〕數止買臣毋歌—道中。

【嘔】 威遇切音嫗遇韻

—喩。和悅貌。〔漢書王褒傳〕—喩受之。〔顏注〕於付反。

【嘔】 句于切音訏虞韻

㊀悅言也。〔揚雄劇秦美新〕上下相—。

㊁慈愛聲。〔史記韓信傳〕言語——。

㊂—呴。猶嫗拊愛養也。〔淮南本經〕以相—呴醞釀、而成育羣生。

【嘔】 春朱切音樞虞韻

怒聲。見〔集韻〕。

【嘔】 於口切音歐有韻

同歐。吐也。〔左哀二年傳〕吾伏弢—血。

【嘕】 虛延切音仚丘虔切音愆先韻

㊀——。喜也。見〔玉篇〕。〔按廣雅釋詁。—。樂也。釋訓——。喜也。集韻嘍。或作—。方言。嘍。樂也。郭注。嘍嘍。歡貌〕。

㊁笑貌。〔楚辭大招〕靨輔奇牙。宜笑—只。〔正字通云宋玉登徒子好色賦。嫣然一笑。與—同。漢書作僊〕。

【嘖】 士革切音賾陌韻

㊀大呼也。見〔說文〕。〔段注〕呼、當作嘑。廣韻。嘯—叫也。

㊁至也。〔左定四年傳〕會同難。—有煩言。莫之治也。

㊂初也。〔易繫辭〕探—索隱。〔虞注〕—初也。〔按今本易作賾〕。

㊃情也。〔太玄玄瑩〕陰陽所以抽—也。〔義本易京注。通嘖。廣雅釋言。嘖情也〕。

㊄爭言也。〔荀子正名〕—然而不類。

㊅集議也。〔管子桓公問〕內於—室之議。〔注〕納正士之言。著爲—室之議。〔猶今議會〕。

㊆同讀。怒也。讓也。〔說文〕—或從言。

【嘖】 側革切音責陌韻

㊀大呼聲。見〔廣韻〕。

㊁—鳴也。〔爾雅釋鳥〕宵扈——。〔俗謂——稱道假此義〕。

㊂爭言貌。見〔韻會〕。〔左定四年傳釋文〕—一音責。

【嘗】 辰羊切音常陽韻

㊀口味之也。見〔說文旨部〕。〔桂注〕詩甫田、—其旨否。

㊁經也。〔左僖二十八年傳〕險阻艱難。備—之矣。

㊂試也。〔左隱九年傳〕—寇而速去之。

㊃曾也。〔史記五帝紀〕余—西至空峒。

㊄祭也。秋祭曰—。〔詩天保〕禴祠烝—。

㊅行也。〔文選張衡賦〕非余心之所—。

㊆歆饗也。〔漢書禮樂志〕百鬼迪—。

㊇姓也。孟—君之後。

【嘘】 休居切音虛魚韻許御切虛去聲御韻

㊀吹也。見〔說文〕。〔桂注〕聲類。出氣急曰吹。緩曰—。

㊁息也。〔莊子齊物論〕仰天而—。〔向注〕—、息也。

㊂—啼也。〔山海經大荒西經〕日月山有神人名曰—。〔注〕—、言—啼也。

㊃—唅。猶吐納也。〔文選木華賦〕—唅百川。

㊄吹—。揄揚也。〔魏書郭祚傳〕主上直信李沖吹—之說。

㊅通歔。〔文選枚乘七發〕—唏煩醒。

【𡖈】 陟加切音爹麻韻

㊀厚脣貌。从多尚。見〔說文多部〕。

㊁緩口貌。見〔玉篇〕。

【㖦】 乎攻切音硿冬韻徒弄切音

洞送韻

㊀多言也。見〔玉篇〕。

㊁歌也。見〔廣韻〕。

【⿰口動】呼公切音灴東韻

歌聲。見〔集韻〕。

【⿰口動】杜孔切音動董韻

大歌謂之—。見〔集韻〕。

【⿰口動】乎宋切磘去聲宋韻

㊀大聲也。見〔廣韻〕。

㊁歌也。見〔廣雅釋樂〕。〔疏證〕—之言洪大也。玉篇胡冬徒弄二切。埤蒼云。—大歌聲也。

【嗹】陵延切音連先韻

㊀—嘍。多言也。見〔玉篇〕。

㊁國名。即丹麥。亦言丁抹。英文 Den-mark。

【嗺】子雖切音追支韻

撮口也。見〔玉篇〕。〔舊注云〕。山部內嗺字。口部內—字。筆畫雖同。字形迥別。今諸韻書音義雜出。如此字係口旁加崔。而正韻於遵綏切內云。山高貌。亦同崔。廣韻子於切。集韻遵須切內云。高貌。又廣韻遵誄切內云。山狀。應是嗺字注。不宜溷入諸韻書疑誤。

【嗺】蘇回切音毸灰韻

㊀—送歌。見〔廣韻〕。

㊁促飲也。〔趙緫交阯事蹟〕—酒逐歌。

【嗺】祖猥切音摧賄韻

㊀口醜也。見〔集韻〕。

㊁嗟也。見〔集韻〕。

㊂—頹口動貌。見〔集韻〕。

【嗻】之夜切音蔗禡韻

遮也。見〔說文〕。〔段注〕廣韻。—。多語之貌。然則遮者。謂多言遏遮人言也。

【嗻】章恕切音翥御韻

語不要也。見〔集韻〕。

【嗻】之奢切音遮麻韻

或作謶。囉—。多言也。見〔集韻〕。〔王筠說。白居易詩。周遮說話長。即借遮為—。〕

【嗼】末各切音莫藥韻莫白切音陌陌韻

㊀㖩—也。見〔說文〕。〔桂注〕㖩—也者。廣韻引古詩。盈盈一水間。——不得語。呂氏春秋首時篇。饑馬盈廐。—然未見芻也。注云。—然無聲。

㊁安也。見〔廣雅釋詁〕。〔疏證〕爾雅。貉、—、安定也。郭注云。皆靜定。大雅皇矣篇。求民之莫。毛傳云。—定也。又貊其德音。傳云。貊、靜也。並字異而義同。

【嗽】先奏切音謏所救切音瘦宥韻

㊀咳—也。〔周禮疾醫〕冬時有—上氣疾。

㊁盪口也。〔史記倉公傳〕日—三升。

【嗽】蘇谷切音速屋韻色角切音朔覺韻

吮也。〔文選宋玉賦〕啗齰—獲。

【嗾】蘇后切音叟有韻先奏切音漱宥韻先侯切音擻尤韻蘇臥切音脧箇韻作木切音鏃屋韻

㊀使犬聲。春秋傳曰。公—夫獒。見〔說文〕。〔段注〕使犬者作之噬也。方言曰。秦晉之西鄙。自冀隴而西。使犬曰哨。郭音騷。哨與—一聲之轉。公羊疏云。今呼犬謂之屬。

㊁敎唆也。〔北史宋弁傳〕為人所—。

【[illegible]】作答切音帀合韻

㊀歃—。見〔廣韻〕。

㊁—沓。忸怩慙也。見〔集韻〕。

【嘂】吉弔切音噭嘯韻

㊀高聲也。一曰大嘑也。春秋公羊傳曰。魯昭公—然而哭。見〔說文㗊部〕〔段注〕此與口部叫、噭音同義異。嘑、各本作呼。今正。此與叫、噭、義略同。小雅或不知—號。

㊁樂器也。〔爾雅釋樂〕大塤謂之—。

【嘄】堅堯切音驍蕭韻吉弔切音叫嘯韻

㊀聲——也。見〔說文〕。〔段注〕周禮大祝注。祈—也。謂為有災變號呼告神以求福。—、陸音叫。

㊁—陽。獸名。〔淮南汜論〕山出—陽。

【嘈】財勞切音曹豪韻慈焦切音樵蕭韻在到切音漕號韻

㊀聲也。〔文選成公綏賦〕—長引而憀亮。

㊁聲相應也。〔文選潘岳賦〕雙鳳—以和鳴。

㊂——。衆聲也。〔文選王延壽賦〕耳——以失聽。

㊃通譜。衆口—雜也。見〔正字通〕。

【嘌】撫招切音飄　卑遙切音標　蕭韻　匹妙切音嫖　嘯韻

㊀疾也。詩曰。匪車—兮。見〔說文〕。〔段注〕檜風匪車—兮。毛曰。—。無節度也。按無節度者。卽上章所云疾驅非有道之車也。

㊁疾吹之貌。見〔廣韻〕。

㊂聲也。見〔集韻〕。

㊃—唱。汎濫之歌曲也。〔程大昌演繁露〕今世歌曲。皆古鄭衞。汎濫者曰—唱。

【嘍】朗口切音塿　有韻

㊀嘍—。煩貌。見〔廣韻〕。

㊁—喃。爽語。見〔正字通〕。

【嘍】郎侯切音樓　尤韻

—嗾。鳥聲。見〔廣韻〕。

【嘏】舉下切音賈　馬韻

㊀大遠也。見〔說文古本〕。〔王注〕—、遐、同聲。故得遠義。郊特牲曰。—、長也。大也。是許君所本。

㊁大也。〔方言〕秦晉之閒。凡物壯大謂之—。

㊂福也。見〔廣韻〕。〔按詩卷阿。純—爾常矣。箋云。予福曰—。我將伊—。文王。箋云。受福曰—。〕

㊃固也。見〔玉篇〕。

【嘐】虛交切音虓　肴韻

㊀誇語也。見〔說文〕。〔桂注〕集韻引孟子其志——然。按盡心篇文注。志大言大也。

㊁駭貌。見〔集韻〕。

㊂通哮。嗃也。〔六書故〕今人以嗃甚爲—。蓋以其聲——然。與哮通。

【嘐】披交切音泡　蒲交切音庖　肴韻

言不實而夸也。見〔集韻〕。

【嘐】居交切音交　肴韻

通膠。—。雞鳴也。〔詩風雨〕雞鳴膠膠。〔廣韻〕引作——。

【嘐】郎刀切音醪　豪韻

語多也。見〔集韻〕。

【嘐】巴校切音豹　效韻

——。聲也。見〔集韻〕。

【嘐】眉救切音謬　宥韻

狂者之妄言也。見〔集韻〕。

【嘑】荒胡切音呼　虞韻

㊀號也。見〔說文〕。〔段注〕雞人夜—旦以嘂百官。此—字之僅存者也。〔按王注。呼、吸之呼。謼召之謼。多與—相亂。号部。號。呼也。當作—也。與此轉注。大雅。式號式呼。崔靈恩本作謼。亦當作—。〕

㊁同滹。〔史記蘇秦傳〕南有—沱易水。

㊂姓也。見〔集韻〕。

【嘑】荒故切音戽　遇韻

㊀叫也。〔漢書息夫躬傳〕仰天大—。

㊁—爾。咄啐貌。〔孟子告子〕—爾而與之。

【嘒】呼惠切音嚖　霽韻

㊀小聲也。見〔說文〕。〔段注〕小雅。鳴蜩——。毛曰。——。聲也。

㊁微貌。〔詩小星〕—彼小星。

㊂衆星貌。〔詩雲漢〕有—其星。

㊃——。聲和中節也。〔詩采菽〕鸞聲——。〔又〕和也。〔詩那〕——管聲。

【嚓】千結切音切　屑韻　子例切音祭　霽韻

㊀小語也。見〔玉篇〕。

㊁同䛽。正言也。亦作詧。見〔集韻〕。

【嚓】初戛切音察　黠韻

小聲也。見〔集韻〕。

【嘆】他晏切音炭　翰韻　他干切音灘　寒韻

吞歎也。从口。歎省聲。一曰大息也。見〔說文〕。〔段注〕按—、歎、二字。今人通用。毛詩中兩體錯出。依說文則義異。歎近於喜。—近於哀。故—訓吞歎。吞其歎而不能發。〔按說文。歎。吟也。謂情有所悅。吟歎而歌詠。段注。歎、與喜樂爲類。—、與怒哀爲類。如樂記云。一唱而三歎。又云。長言之不足。故嗟歎之。皆是歎字。檀弓曰。戚斯—。—斯擗。詩云。嘅其—矣。皆是—字。〕

【嘇】師咸切音攕　咸韻　桑感切音糝　所斬切音摻　感韻

唅—。物在口中也。見〔集韻〕。

【嘇】七紺切音謲　勘韻

聲也。見〔集韻〕。

【𠿌】關鑊切音廓　藥韻

叩聲也。見〔集韻〕。

【𠿌】光鑊切音郭　藥韻

嚄也。見〔集韻〕。

【𠿌】同噋。見〔廣韻〕。

【噫】方問切音奮　問韻

怒聲。見〔五音集韻〕。

【嚋】陳留切音儔尤韻
誰也。从口𠷎。又聲見[說文]。[王氏曰]。釋詁。疇。誰也。嚴氏曰。廣韻十八尤引說文。𠷎。誰也。又作—。則𠷎為正文。—為重文。段氏曰。又非聲。且無從—聲之字。但當作𠷎。桂氏引易疇離祉。釋文。鄭作古𠷎字。列子釋文。𠷎古疇字。誰也。說文解字注匡謬。按兩𠷎咨。兩—若。史記皆以誰代之。是以—𠷎為同字。今所行本皆作疇。而許書口部—云。誰也。白部。𠷎。詞也。田部。疇。耕治之田也。灼然三義。獨於𠷎下引書𠷎咨。徐楚金不詳求其旨。—下又引尚書—咨若予采。釋之曰。誰順予事者。咨問之也。蓋本史記。而非許—𠷎各訓之意。說文無从—聲之字。亦無从𠷎聲者。段氏獨疑—之又聲。而欲改篆改注。非也。許敍篆文。合以古籀。定一字為正文。而以小篆法書之。其篆籀古文。有別體而合於六書者。采為重文。大約音義同而形異。其在別部者。音義亦同。非若—𠷎之各訓。正義本作疇咨。疇若。猶爾雅疇孰誰也。後人寫作疇。非孔安國以今文易古字也。舊入又部。引字彙補云古壽字非今改入口部。

【曑】所金切音森侵韻
本作曑[說文晶部]曑。商星也。

【㕘】所耽切音毿覃韻
今作參。見[五音集韻]。

【[illegible]】楚簡切音產潸韻
炙肉具也。見[字彙補]。[疑卽串字之譌]

【噎】伊必切音乙質韻
快也。見[字彙補]。

【⿰口異】尼近切音𨵪震韻
呼豕聲。見[川篇]。

【嘀】側格切音責陌韻
卒聲。見[字彙]。

【⿰口翎】郎丁切音靈青韻
耳聲。見[集韻]。

【嘔】郎可切音砢哿韻
—哆。脣垂貌。見[廣韻]。

【嘋】呼交切音哮肴韻
闞也。見[篇海]。[正字通云。俗哮字。]

【[illegible]】[illegible]
嘏—。咽也。見[集韻]。[按—、與啪、義同音異。疑嘏—、卽嘏啪之譌]

【⿰口紫】箋夷切音紙支韻
—唲。口貌。見[類篇]。[集韻作[illegible]]

【嗏】同都切音徒虞韻
草名。生水中。見[集韻]。

【⿰口陵】力恆切音陵蒸韻
居—。伽—也。[翻譯名義]佛紇居—伽。此云李。

【⿰口悉】速迭切音悉質韻
響聲。[䋐索辨譌]—律律。

【⿰口窒】陟栗切音窒質韻
咄也。見[廣雅釋言]。[疏證]—之言叱也。廣韻—咄。叱呵也。燕策云。呴籍叱咄。

【⿰口耊】丁結切音⿰目耊屑韻
—咄。語無節也。見[集韻]。

【⿰口習】息入切音馺緝韻
——。怱寒聲。見[玉篇]。[又]寒聲。

【嘓】古獲切音幗陌韻
[illegible]見[廣韻]。

【⿰口堇】丘引切欽上聲軫韻
脣瘠也。見[玉篇]。

【⿰口惔】徒甘切音談覃韻
嗒⿰口惔。少味也。見[集韻]。

【⿰口聊】郎刀切音牢豪韻
眾聲也。[文選成公綏賦]匌磕—嘈。

【⿰口崖】宜佳切音崖佳韻
同啀。犬欲齧也。[管子戒]北郭有狗。——旦暮欲齧我猳。

【嗷】牛刀切音敖豪韻
眾口愁也。从口。敖聲。詩曰。哀鳴——。見[說文]。[桂注]小雅鴻雁文。傳云。未得所安集。則嗸嗸然。[按段注。董仲舒傳。囂囂苦不足。食貨志。天下謷謷。陳湯傳。熬熬苦之。皆同音假借字也。]

【⿰口离】力之切音離支韻
言不止也。見[玉篇]。

【嗿】他感切音菼感韻
聲也。詩曰。有——其饁。見[說文]。[段注]周頌傳云。——。眾貌。按許以字从口。故釋與毛異。

【啐】所劣切音刷屑韻楚快切音蠡卦韻 小飲也。見〔說文〕。〔桂注〕經典借啐字。士冠禮啐醴。

【啐】朔律切音率質韻 聲也。見〔集韻〕。〔廣韻〕云。同啐。

【嘷】山芮切音噦霽韻 脣也。見〔廣雅釋詁〕。〔疏證〕啜、脣也。—亦啜也。

【嗛】口朗切音慷養韻 咳聲也。見〔集韻〕。

【嗦】測乙切音剌質韻 叱聲也。見〔集韻〕。

【戚】子六切音蹙屋韻 —杏。慙也。〔方言〕怚怩。慙澀也。或謂之—杏。

【嘯】昌中切音充東韻 食貌。見〔字彙〕。

【嘅】口溉切音慨隊韻 嘆也。詩曰—其嘆矣。見〔說文〕。〔桂注〕王風中谷有蓷文。箋云。—然而嘆。

【嘎】訖黠切音戛黠韻 —。鳥聲。見〔廣韻〕。〔正字通〕云。本作戛。俗加口。非。

【嗔】以淺切音演銑韻延面切音羡霰韻以忍切音引軫韻 大笑也。見〔玉篇〕。

【嘄】仕教切巢去聲效韻 衆聲也。見〔集韻〕。〔正字通〕云。俗嘈字。

【嘻】希隹切音吹隹韻 笑貌。見〔玉篇〕。

【嘻】倚蟹切音矮蟹韻許訖切音迄質韻 笑聲。見〔集韻〕。

【嘍】楚芜切音衼馬韻 惡口也。見〔玉篇〕。

【嘍】皮波切音婆歌韻 呪語。見〔字彙補〕。

【嘛】讀若麻。 喇—。西藏僧也。有黃敎紅敎二種。

【曐】古曐字。見〔說文〕。

【嘆】嘆本字。見〔說文〕。

【暮】古謨字。見〔玉篇〕。

【嘼】古阜字。見〔集韻〕。

【嘼】古壼字。見〔六書本義〕。

【嗇】古嗇字。見〔字彙補〕。

【嗸】同嗷。〔玉篇〕詩云鴻雁于飛。哀鳴—。—又衆口也。〔按玉篇不自立義。引詩與說文同。但—嗷異文耳。衆口則別一義。漢書劉向傳。讒口——是也。〕

【噎】同噈。見 〔〕。

【嘐】同嘐。見〔集韻〕。

【嘵】同謊。見〔集韻〕。

【嘩】同咇。見〔集韻〕。

【嗇】同齡。見〔集韻〕。

【嗁】同嘑。見〔集韻〕。

【嘝】同嗤。見〔篇海〕。

【嘶】同嘶。見〔篇海類編〕。

【嗺】嚁或字。見〔玉篇〕。

【嗽】嗾俗字。見〔正字通〕。

【嘭】噪譟字。見〔字彙〕。

十二畫

【嘫】尼䊚切音蠡刪韻如延切音然先韻 ●一語聲也。見〔說文〕。〔王注〕集韻。嘫—。語聲。禮記穆公召縣子而問然。國人稱願然。蓋皆此字之省。●二譍也。〔左莊廿三年傳〕征伐以討其不然。〔注〕不然。不用命。〔然、即—字。桂馥說。〕

【噈】楚快切音啐卦韻 ●一一舉盡臠也。〔禮記曲禮〕無—炙。●二齧也。〔孟子滕文公〕蠅蚋姑—之。●三貪噬貌。〔路史蜀山氏〕於是—兵以爭之。

【噍】即入切音潗緝韻 ●一噍也。見〔說文〕。〔段注〕也、當作貌。〔按說文噍。齧也。〕●二欶也。見〔集韻〕。〔按朱駿聲云。字亦作唼。漢書王陵傳唼血而盟。〕

【噏】先弔切音㸃嘯韻 吹聲也。歗、籒文—从欠。見〔說文〕。〔桂注〕詩江有汜。其—也歌。箋云。—。蹙口而出聲也。

【嘯】息六切音肅屋韻

吹氣若歕也。見〔集韻〕。

【[illegible]】尺栗切音𢱞質韻

同叱。〔禮記內則〕不—不指。〔注〕讀爲叱。

【嘰】居希切音機渠希切音祈微韻巨至切音暨寘韻

㊀小食也。見〔說文〕。〔桂注〕史記司馬相如傳。噍咀芝英兮—瓊華。徐廣曰。—、小食也。

㊁嘰也。〔淮南繆稱〕紂爲象箸而箕子—。

㊂口醜也。見〔廣韻〕。

㊃嗶—毛織物。中爲衣。細者曰嗶—緞。

【嚍】胡麥切音獲陌韻〔俗作嚍。集韻作咟。〕

㊀叫也。〔蔡邕賦〕—嘖怒語。

㊁—猶憤憒也。〔法言問神〕通諸人之——者。莫如言。

【嘲】涉交切音趙肴韻

㊀謔也。漢書通用啁。見〔說文新附〕。

㊁或作謿。謿話訕言也。見〔一切經音義引聲類〕。

【嘳】苦怪切音蒯卦韻

㊀太息也。〔晏子雜篇〕—然而歎。

㊁譏他人也。見〔廣韻〕。

【嘳】呼怪切音繲卦韻

憐也。〔方言〕—、憐也。沅澧之原。凡言相憐哀謂之—。

【嘳】邱媿切音𡡾寘韻

喟或字。〔說文〕喟或作—。〔桂注〕鵩賦。—息激卬。李善引本書。—、太息也。

【嘶】先齊切音西齊韻

㊀噎也。〔周禮疾醫疏〕人患頭痛。則有酸—而痛。〔按方言作[illegible]、[illegible]。〕

㊁聲破也。〔漢書王莽傳〕莽爲人大聲而—。〔按一切經音義引埤蒼、—聲散也。〕

㊂馬鳴也。〔五代史唐莊宗傳〕吾世有太原者。馬不—。

㊃鳥鳴也。〔梁簡文詩〕一雁聲—何處歸。

㊄蟲鳴也。〔庾信賦〕驚嬾嫠而蟬—。

㊅通斯。〔禮記內則注〕猶—也。〔釋文〕—、本作斯。

【[illegible]】虛加切音煆麻韻許下切音閜馬韻

㊀口——也。見〔玉篇〕。

㊁同谺。谷中大空貌。見〔集韻〕。〔或作岈、[illegible]、[illegible]、[illegible]。〕

【嘷】乎刀切音豪豪韻

㊀本作嗥。〔說文〕嗥、咆也。〔今槩言咆—。〕

㊁熊虎聲。見〔廣韻〕。

㊂同號。〔莊子庚桑楚〕兒子終日—、而嗌不嗄。和之至也。

㊃通皐。〔周禮大祝〕來瞽令皐舞。〔注〕皐、讀爲卒—呼之—。

【嘻】虛其切音熙支韻

㊀歎聲。〔詩噫嘻〕噫—成王。〔傳〕噫、歎也。—、和也。〔按和仍是歎。毛意以爲長言嗟歎之辭。非以和爲—字義訓也。故箋云。有所多大之聲。疏云。噫、—皆是歎聲。謂作者有所褒多美大。而爲聲以歎之。〕

㊁悲恨之聲。〔禮記檀弓〕夫子曰—。其甚也。

㊂懼聲。〔左定八年傳〕從者曰—。速駕。

㊃發痛語首之聲。〔公羊僖元年傳〕慶夫聞之曰—。

㊄驚怒辭。〔史記廉頗藺相如傳〕秦王與羣臣相視而—。

㊅敕也。周頌有噫—。見〔集韻〕。〔按毛傳。和也。一作敕也。此集韻所本。疏云。噫、—皆是歎聲。爲歎以敕之。傳因其文重。分而屬之。非訓噫—爲歎敕也。〕

㊆笑樂之貌。〔太玄樂〕人—鬼—。

㊇——、驕佚喜笑之意。〔易家人〕婦子——。終吝。〔又〕自得貌。〔漢書揚雄傳〕——旭旭。

㊈—笑。強笑也。〔漢書灌夫傳〕夫怒。因—笑曰。將軍貴人也。

【嘻】許記切音憙寘韻

笑也。見〔集韻〕。

【嘻】於其切音醫支韻

同噫。恨聲。見〔集韻〕。

【[illegible]】牛閑切音訮刪韻

㊀犬相—也。見〔玉篇〕。

㊁爭訟之辭。見〔玉篇〕。

【嘽】他干切音灘寒韻

㊀喘息也。一曰喜也。詩曰。——駱馬。見〔說文〕。〔桂注〕小雅四牡文。傳云。——、喘息之貌。馬勞則喘息。〔按桂注證前一義。禮記樂記。其樂心感者。其聲—以緩。注。—、寬綽貌。〕

此可以證後一義也〕。
㈢——。衆也〔詩采芑〕戎車——。〔又〕喜樂也〔詩崧高〕徒御——。〔又〕盛也〔詩常武〕王旅——。〔傳〕——然盛也〔又〕閑暇有餘力之貌。見〔詩常武王旅——箋、〕

【嘽】稱延切音燀先韻
—咺。迂緩貌〔列子力命〕墨杘單至。—咺。憋懯四人相與遊于世。〔又〕懼也〔方言〕脅閲懼也。宋衞之閒。凡怒而噎噫。謂之脅閲。南楚江湘之閒、謂之—咺。

【嘽】湯河切音他歌韻
㈠——。衆也。見〔集韻〕。
㈡—嗳。泣貌。見〔集韻〕。

【嘽】黨旱切音亶旱韻
㈠僤也。見〔集韻〕。
㈡—嗟。舒緩貌〔文選王褒賦〕—嗟逸豫。戒其失〔注〕—嗟逸豫。舒緩自放縱之貌。

【嘽】徒案切音憚翰韻
——。喜樂盛也。見〔集韻〕。

【嘽】齒善切音闡銑韻
聲緩也。或省作單。見〔集韻〕。

【嗚】吁為切音麾驅為切音虧支韻
㈠口不正也。見〔玉篇〕。
㈡口不言正。見〔廣韻〕。
㈢醜也〔劉峻論〕㾓顏膩理。哆—顋頞。形之異也〔注〕言形之妍醜不同也。
㈣譌也〔集韻〕譌謂之—。

【嗷】許勿切音欻物韻
㈠氣也。見〔玉篇〕。
㈡呵—。不明也。見〔集韻〕。

【嗜】七感切音憯感韻作答切音帀合韻
㈠嗛也。見〔說文〕〔王注〕玄應引作銜也。淮南覽冥訓—味含甘。
㈡齧䶦也。見〔埤蒼〕。

【噇】傳江切音幢江韻
㈠喫貌。見〔玉篇〕。
㈡食無廉也。見〔集韻〕。

【噉】徒覽切音淡感韻
㈠同啖。噍也〔後漢安帝紀〕更相—食。
㈡猶貪盜也。〔世說〕此—名客。

【噊】允律切音聿食律切音術質韻
㈠危也。見〔說文〕〔按爾雅釋詁義疏云、—之為言怵也。怵以恐懼為義。懼即危之訓也。三蒼云。詭譎也。廣雅云。慉怳也。怳與危。譎與—。皆以聲為義也〕。
㈡鳥鳴也。見〔廣韻〕。
㈢咩—。雉鳴也。見〔集韻〕。

【噍】才笑切音誚子肖切音醮嘯韻
㈠齧也。見〔說文〕〔段注〕少儀侍食於君子。小飯而亟之。數—。按數—句絕。所謂亟之也。
㈡食也〔漢書高帝紀〕襄城無—類。〔注〕如淳曰。無復有活而—食者也。

【噍】茲消切音焦慈焦切音樵蕭韻
㈠鳥鳴也〔漢書揚雄傳〕——昆鳴。
㈡急也〔禮記樂記〕其哀心感者。其聲—以殺。

【噍】將由切音遒尤韻
小鳥聲。〔禮記三年問〕至於燕雀。猶有啁—之頃焉。

【噍】同嚼。見〔集韻〕〔按說文。—、或从爵〕。

【噎】一結切音咽屑韻益悉切音一質韻
㈠飯窒也。見〔說文〕〔桂注〕後漢書明帝紀。祝哽在前。祝—在後〔按飯窒、謂食塞咽喉也。祝、祝—、謂祝其不—也。、或作饐〕。
㈡憂不能息也。〔詩黍離〕中心如—。〔傳〕謂—憂不能息也〔按憂當讀為嚘。說文欠部曰。欭。嚘也。欭嚘即—嚘。劉台拱說〕。

【噎】壹計切音翳霽韻
咽痛也〔方言〕𤺊、嗌、—也。楚曰𤺊。秦晉或曰嗌。又曰—。

【噎】同嚔。見〔類篇〕。

【噏】迄及切音翕緝韻
㈠同吸〔漢書揚雄傳〕—清雲之流瑕兮。
㈡同歙。歛也〔老子〕將欲—之。必固張之。
㈢通翕。斂也〔史記司馬相如傳〕汩淢—習以永逝〔漢書〕作翕。

【噔】得滕切音登蒸韻

入名。〔五代史楊光遠傳〕其父曰阿—嗳。

【嚾】呼貫切音喚翰韻 呼喚也。見〔篇海類編〕。

【嘍】毋蟹切音買蟹韻 噴也。見〔五音篇海〕。

【嘟】東徒切音都虞韻 美詞也。見〔字彙補〕。

【嘼】許救切音齅丑救切音惆宥韻許六切音慉屋韻 犍也。象耳頭足厹地之形。古文—下从厹。見〔說文嘼部〕。〔按爾雅音義曰。字林云。—、產也。說文云。—、牲也。經典通作畜字。釋獸釋畜二篇。俱釋獸而異其名者。畜是畜養之名。獸是毛蟲總號。故釋畜唯論馬、牛、羊、雞、犬。釋獸通說百獸之名。玉篇曰。六—。牛、馬、羊、犬、雞、豕也。養之曰—。用之曰牲〕。

【齡】楚生切音傖庚韻 金聲也。見〔字彙補〕。

【嚋】陳留切音儔尤韻 誰也。見〔集韻〕。

【囑】古噣字。見〔字彙補〕。

【[illegible]】訓或字。見〔集韻〕。

【嚁】匹各切音粕藥韻 聲也。見〔集韻〕。

【嘭】蒲庚切音彭庚韻 聲也。見〔集韻〕。

【[illegible]】側洽切音眨洽韻 噍聲也。見〔集韻〕。

【[illegible]】訖逆切音戟陌韻、 本作嘰。聲也。見〔集韻〕。

【噈】子六切音蹙七六切音蹴就六切音摵屋韻 俗𣢗。从口从就。見〔說文欠部〕。〔段注〕會意兼形聲。〔按廣韻云。𣢗—口相就也〕。

【[illegible]】作答切音帀合韻 𠯗也。見〔集韻〕。

【[illegible]】曷閤切音合合韻 柔也。見〔集韻〕。

【[illegible]】直列切音轍丑列切音屮屑韻 語不正貌。見〔篇海〕。〔按正字通作語不止貌〕。

【噋】苦郭切音廓藥韻 —。聲也。見〔廣韻〕。

【噋】同哼。見〔玉篇〕。

【[illegible]】色入切音澀緝韻 口不能言也。見〔集韻〕。

【噌】初耕切音琤庚韻 —吰。市人聲。見〔玉篇〕。〔又〕鐘聲。〔文選司馬相如賦〕聲—吰而似鐘音。

【噌】慈陵切音繒蒸韻 泓—。空竅意。〔晉書王沈傳〕空囂者以泓—為雅量。

【嘵】馨幺切音膮蕭韻 懼聲也。詩曰予維音之—。見〔說文〕。〔桂注〕豳風鴟鴞文。彼作予維音——。箋云音——然恐懼告愬之意。〔按毛傳云——懼也〕。

【嘪】毋蟹切音買蟹韻 —。羊鳴也。見〔集韻〕。

【嘮】丑交切音匘肴韻丑加切音侘麻韻 —呶讙也。見〔說文〕。

【嘮】同謗。見〔玉篇〕。〔俗云—叨〕。

【嘮】同詨。見〔集韻〕。

【嗶】逼密切音畢質韻 鳴也。見〔集韻〕。

【[illegible]】烏甘切黯平聲覃韻 —啖。見啖字。

【[illegible]】都黎切音低齊韻 小語也。見〔字彙〕。

【嘹】憐蕭切音聊蕭韻力弔切音料嘯韻 —喨。嗚也。一曰噭夜也。見〔集韻〕。〔又〕聞遠聲。見〔廣韻〕。

【嘸】斐父切音撫罔甫切音武麌韻 不精明也。〔漢書韓信傳〕諸將皆—然。陽應曰諾。

【嘾】徒感切音禫感韻 含深也。見〔說文〕。〔段注〕莊子曰。大甘而—。

【嘾】徒南切音覃覃韻 貪也。見〔集韻〕。

【嚽】楚快切音⿰齒叕卦韻　⿱毳言也。本作歠。見〔玉篇〕。

【嚽】初芮切音毳霽韻　跳⿱毳言也。見〔集韻〕。

【嚽】丹悅切音啜屑韻　飲也。見〔五音集韻〕。

【嘿】密北切音墨職韻　同默。〔史記荊軻傳〕荊軻—而逃去。〔正字通云與嘿、嚜通。〕

【嘿】迄得切音黑職韻　欬也。見〔集韻〕。

【嘿】莫六切音目屋韻　—杘。欺也。〔集韻〕楚人謂欺曰—杘。〔按—杘卽嚜杘。方言云。小兒多詐而獪謂之嚜杘。〕

【噀】蘇困切音巽願韻　噴水也。〔後漢欒巴傳注〕飲酒西南—之。〔正字通云俗潠字。〕

【噁】烏故切音惡遇韻　喑—。怒貌。〔史記淮陰侯傳〕項王喑—叱咤。

【噁】遏鄂切音惡藥韻　——。鳥聲見〔集韻〕。〔按古鳥棲曲。歸飛陘陘枝上啼。、或卽陘之譌。〕

【噂】祖本切音撙阮韻　聚語也。詩曰。—沓背憎。見〔說文〕。〔桂注〕小雅十月之交文。箋云。—沓沓相對談語。〔日本語謂流言謠傳曰—。讀音烏蛙舍。〕

【噃】孚袁切音翻符袁切音煩元韻　聲也。見〔集韻〕。

【嘺】勑堯切音翹渠嬌切音喬丘袄切音蹺蕭韻　不知也。〔玉篇〕埤蒼云。不知是誰也。〔按廣雅釋言。—誺也。方言。誺。不知也。沅澧之間。凡相問而不知。答曰誺。〕

【嘺】丘召切音趬嘯韻　口不正也。見〔集韻〕。

【⿰口減】下斬切音豏豏韻　怒聲。見〔集韻〕。

【⿰口是】都奚切音低齊韻　城名。見〔篇海〕。〔按汎云城名。無考。〕

【⿰口盤】蒲官切音盤寒韻　以言難人。見〔篇海〕。

【噔】紆勿切音鬱物韻　喉中鳴。或作⿰口⿱癶夭。見〔集韻〕。

【⿰口⿱亼言】初戛切音察黠韻子計切音祭霽韻　細言。見〔字彙〕。

【⿰口⿱出吅】之列切音哲屑韻側八切音札黠韻　嘲—。見〔字彙〕。

【⿱來回】嗇本字。見〔說文〕。

【⿰口垂】唾本字。見〔說文〕。

【⿸匚鬲】古隔字。見〔玉篇〕。

【⿸户商】古商字。見〔集韻〕。

【⿸厂善】古善字。見〔字彙補〕。

【⿳吅王吅】古要字。見〔字彙補〕。

【⿱吅貝】鬻籀文。見〔正字通〕。

【⿰口斿】同游。〔漢相孫君碑〕優—樂業。

【⿱吉⿱冖吅】同壹。見〔字彙補〕。

【嘩】同譁。見〔集韻〕。

【嚖】同嘒。見〔集韻〕。

【⿰口𢍰】同犀。見〔集韻〕。

【⿰口貳】同呢。見〔集韻〕。

【⿰口粦】同稗。見〔集韻〕。

【⿰口⿱山東】同秸。見〔集韻〕。

【⿰口幸】同呱。見〔集韻〕。

【⿰口臺】同陘。見〔集韻〕。

【⿰口屬】同囑。見〔字彙〕。

【⿰口春】同噬。見〔字彙〕。

【嚅】同喘。見〔字彙〕。

【⿰口普】同噴。見〔字彙〕。

【⿰口發】同噔。見〔字彙〕。

【⿰口提】同嚔。見〔篇海〕。

【⿰口堤】同嗁。見〔篇海〕。

【嗒】同塔。見〔篇海〕。

【⿰口埶】同囈。見〔正字通〕。

【嘴】觜或字。見〔集韻〕。

【噐】器俗字。見〔玉篇〕。

【⿰口絫】味俗字。見〔正字通〕。

【⿰口堙】咽俗字。見〔正字通〕。

【噂】噂俗字。見〔正字通〕。

【噃】噃譌字。見〔字彙〕。

【嗀】嗀譌字。見〔正字通〕。

十三畫

【噞】魚檢切音儉琰韻 牛廉切音[illegible]鹽韻 魚窆切音驗豔韻

㊀—喁。魚口上見也。見〔說文新附〕。〔鈕氏新附攷〕淮南主術訓。水濁則魚—。高注。魚短氣出口噞息之喁也。

㊁猶猛也。〔文選左思賦〕抗䑨則威—秋霜。

【嚄】古禾切音戈 胡戈切音禾 歌韻

㊀小兒應也。〔田藝文〕兒聲喘—。

㊁—唆。小兒相應之聲。見〔集韻〕。

㊂—譍答也。〔寒山詩〕兒弄口——。

【噣】陟救切音晝 丁候切音鬬 宥韻

㊀喙也。見〔說文〕。〔段注〕曹風。不濡其咮。毛曰。咮喙也。玉篇引不濡其—。咮、—同。

㊁星名。〔詩小星傳〕三心五—。柳星也。

【噣】竹角切音啄覺韻

本作啄。鳥生子能自食也。〔爾雅釋鳥〕生—雛。

【噣】朱欲切音燭沃韻

—鳿。鳥名。見〔廣韻〕。

【噤】渠飲切音[illegible]寑韻 巨禁切音禁沁韻

㊀口閉也。从口。禁聲。見〔說文〕。〔桂注〕楚辭九歎。口—閉而不言。〔按廣韻云。寒而口閉也。〕

㊁閉也。〔文選潘岳賦〕有—門而莫啟。

㊂—吟。頷頤之貌。〔漢書揚雄傳〕蔡澤雖—吟而笑唐舉。

㊃—害。口不言而心害之也。〔潘岳馬汧督誄序〕若乃下吏之肆其—害。

㊄—齘。忍口怒齒也。〔北史彭樂傳〕—齘良久。

㊅假作吟。〔史記淮陰侯傳〕雖有舜禹之智。吟而不言。〔段玉裁云〕此假吟爲—也。吟、—義相似。

【噥】奴冬切音農冬韻

㊀多言不中也。見〔玉篇〕。

㊁俗謂小聲交語曰—。見〔正字通〕。

【噥】濃江切音[illegible]江韻

㊀語也。見〔廣韻引字林〕。

㊁甘食也。〔呂覽本味〕甘而不—。〔玉篇引作噥〕。

㊂語不明也。見〔集韻〕。

【噦】於月切音[illegible]月韻 乙劣切音[illegible]屑韻

㊀氣啎也。見〔說文〕。〔桂注〕玉篇—。逆氣也。靈樞岐伯曰。真邪相攻。氣并相逆。復出於胃。故爲—。〔正字通〕云。方書謂有物無聲曰吐。有聲無物曰—。有物有聲曰嘔。

【噦】呼外切音[illegible]泰韻

㊀鳥鳴也。見〔玉篇〕。

㊁——。徐行有節也。〔詩庭燎〕鸞聲——。〔又〕猶煟煟寬明之貌。〔詩斯干〕——其冥。

㊂聲濁惡也。〔素問寶命全形論〕病深者其聲—。

【噦】許穢切音喙隊韻

同顪。頤下毛。一曰頰也。見〔集韻〕。

【噧】許介切音譮卦韻 他達切音闥曷韻

㊀高气多言也。春秋傳曰—言。見〔說文〕。〔王注〕服氏曰。即哀二十四年傳億言。釋文謂過謬之言。

㊁高聲貌。見〔廣韻〕。

【噧】許倚切音[illegible]紙韻

㊀氣聲也。見〔集韻〕。

㊁多言也。見〔集韻〕。

【器】去冀切欷去聲寘韻

㊀皿也。象—之口。犬所以守之。見〔說文𠯑部〕。〔段注〕皿部曰。皿飯食用—也。然則皿專謂食—。乃凡—統偁。—下云皿也者。散文則不別也。木部曰。有所盛曰—。無所盛曰械。陸德明本如是。

㊁量也。〔論語八佾〕管仲之—小哉。

㊂能也。〔禮記王制〕各以其—食之。

㊃物也。〔左僖二十二年傳〕戎事不邇女—。

㊄重也。〔後漢陳寵傳〕朝廷—之。

㊅有限域之謂也。〔論語爲政〕君子不—。

㊆猶用也。〔左成十六年傳〕戰之—也。

(八)猶言材也。〔宋史蘇軾傳〕宰相韓琦曰軾之才、天下—也。(九)圭璧亦曰—。〔書舜典〕如五—。(十)車服亦曰—。〔左成二年傳〕惟—與名。(十一)兵甲亦曰—。〔國語周語〕而利其—用。(十二)利—權也。〔老子〕民多利—。〔又〕權道也。〔老子〕國之利—。(十三)姓也。見〔姓苑〕。

【噫】於其切音醫支韻於希切音衣微韻隱己切音譩紙韻於記切音意寘韻

(一)歎也。〔詩噫嘻〕—嘻成王。(二)憶也。憶念之故發此聲—之也。見〔釋名釋言語〕。(三)不平聲。〔論語子張〕—。言游過矣。〔皇疏〕—不平之聲也。(四)不寤聲。〔禮記檀弓〕曰—毋。(五)痛傷聲。〔論語先進〕—天喪予。〔苞注〕—痛傷之聲也。(六)辭也。〔易繫辭〕—亦要存亡吉凶。〔釋文〕—王肅云辭也。馬同。(七)恨辭。〔書金縢〕信—公命。(八)咄嗟貌。〔公羊哀十四年傳〕子曰。—。(九)通懿。〔詩瞻卬〕懿厥哲婦。〔疏〕懿與—、字雖異音義同。(十)通意。〔莊子大宗師〕許由曰—。〔釋文〕—、本作意。

【噫】乙介切音呃卦韻

(一)飽出息也。見〔說文〕。〔段注〕各本作飽食。今依玉篇眾經音義訂。息。鼻息也。內則在父母舅姑之所。不敢噦、—。(二)心氣爲—。〔素問至眞要大論〕善—。(三)—氣。風也。〔莊子齊物論〕夫大塊—氣。其名爲風。〔釋文〕、—乙戒反。一音蔭。

【噫】乙力切音億職韻

語辭。通作億、抑。見〔集韻〕。

【噬】時制切音誓以制切音曳霽韻

(一)啗也。喙也。見〔說文〕。〔段注〕喙上當有一曰二字。(二)齧也、〔左哀十二年傳〕國狗之瘈。無不—也。(三)逮也。〔詩有杕之杜〕—肯適我。〔傳〕—、逮也。〔按段玉裁云此謂—爲逮之假借也。釋文云—、韓詩作逝。逝、及也。〕(四)憂也。見〔方言〕。(五)—嗑。卦名。震下離上。〔易大象〕雷電、—嗑。

【噭】吉弔切音叫嘯韻

(一)吼也。見〔說文〕。〔按許書無吼。段玉裁改吼爲口。朱駿聲主之。徐承慶駁之。引惠棟孫星衍云當作呴。錢坫亦云—者、呴而—也。考集韻、類篇、呴即吼本字。則作呴是也。〕(二)—呼也。見〔說文〕。〔按曲禮毋—應注云。—、號呼之聲也。疏云聲響高急如叫號也。〕(三)哭聲貌。〔公羊昭二十五年傳〕昭公于是—然而哭。〔按廣雅釋詁。—鳴也。釋言—嘷也。義皆與此同。〕(四)啼極無聲也。楚謂之—咷。〔漢書韓延壽傳〕—咷楚歌。(五)—誂。清暢貌。〔楚辭傷時〕聲—誂兮清和。(六)通叫。〔太玄瘱〕雖—不毀。〔注〕—、與叫同。

【噭】詰弔切音竅嘯韻

口也。〔漢書貨殖傳〕馬蹏—千。〔注〕蹏與口共千則爲馬二百也。

【噭】吉歷切音激錫韻

滜激也。〔史記樂書〕噍—之聲興而士奮。

【噩】魚各切音萼藥韻

(一)嚴肅貌。〔法言問神〕周書—爾。(二)同愕。驚也。〔周禮占夢〕二曰—夢。〔凶耗謂之—、耗即本此意。〕(三)歲名。〔爾雅釋天〕太歲在酉曰作—。〔按史記天官書作作鄂。漢書天文志作作詻。〕

【𩫕】丘召切音趬嬌廟切蹻去聲詰弔切音竅嘯韻

(一)高也。見〔集韻〕。(二)—巖。不安也。〔韓愈詩〕我亦平行蹋—巖。(三)—巖。高下不平貌。見〔集韻〕。

【噰】於容切音雍冬韻

(一)——。鳥聲和也。〔爾雅釋詁〕關關——。聲音和也。(二)通雝。肅雝。樂聲也。〔詩有瞽〕肅雝和鳴。〔爾雅注〕引作肅—。

【噰】委勇切音擁腫韻

氣咽塞也。見〔集韻〕。

【噱】極虐切音醵藥韻
㊀大笑也。見〔說文〕。〔桂注〕漢書敘傳。談笑大—。
㊁口內之上下也。〔漢書揚雄傳〕遙—虖紘中。〔注〕師古曰。口內之上下名爲—。言禽獸奔走倦極。皆遙張—吐舌於紘罔之中也。
㊂嗢—。笑不止也。〔通俗文〕樂不勝謂之嗢—。

【嗃】許我切音頣哿韻
㊀同欱。大笑也。見〔集韻〕。
㊁——。笑也。見〔廣雅釋訓〕。〔俗作呵呵。〕

【嗃】許下切音閜馬韻
笑也。見〔玉篇〕。

【嗃】虛加切音煆麻韻
谷中大空貌。見〔集韻〕。〔或作嘲、謑。〕

【嗃】虛訝切音罅禡韻
詬—。責怒也。見〔廣韻〕。

【噲】苦夬切音快卦韻
㊀咽也。从口。會聲。見〔說文〕。〔段注〕—者會也。聲氣所會也。
㊁快之假借。〔淮南精神〕—然得臥。〔又〕——。猶快快寬明之貌。〔詩斯干〕——其正。〔朱駿聲云。亦重言形況字。〕
㊂喙也。〔淮南俶眞〕跂行—息。
㊃姓也。孝子傳有—參。鵠銜珠與之。

【噲】烏夬切音躛卦韻
小咽。見〔集韻〕。

【噲】古邁切音夬卦韻
人名。燕王—。見〔集韻〕。

【噲】古外切音儈泰韻
地名。史記魏敗趙于—。通作澮。見〔集韻〕。

【噲】古活切音括曷韻
腫—。顏色剝錯也。〔莊子讓王〕顏色腫—。手足胼胝。〔王叔之云。盈虛不常貌。〕

【嘄】卽各切音作藥韻
㊀——。聲也。見〔玉篇〕。
㊁强—。見〔廣韻〕。

【噳】五矩切音俁麌韻
㊀麋鹿羣口相聚貌。詩曰麀鹿——。見〔說文〕。〔段注〕大雅。麀鹿——。毛曰。——然衆也。小雅。麀鹿麌麌。毛曰。麌麌。衆多也。按毛意麌麌卽——之假借也。說文無麌。
㊁——。笑貌。或作𡄷。見〔廣韻〕。

【噴】普悶切音濆慁韻鋪魂切音歕元韻
㊀吒也。一曰鼓鼻。見〔說文〕。〔王注〕韓詩外傳。疾言——。口沸目赤。是也。〔按說文吒下云。—也。叱怒也。是—、吒、叱、三字爲互訓。鼓鼻是別一義。莊子秋水。—則大者如珠。小者如霧。是所謂嚏。許君釋嚏爲欠。以鼓鼻釋之。—則—之鼓鼻義。與嚏略不同矣。〕
㊁吐氣也。〔國策楚策〕俛而—。抑而鳴。

【噴】芳問切音忿問韻
㊀吹聲也。見〔集韻〕。
㊁吒也。見〔集韻〕。

【噅】火澮切音墻佳韻
口偏也。見〔廣韻〕。〔正字通云。俗咼字。〕

【(口煎)】子延切音煎先韻
嚱—也。見〔玉篇〕。

【[illegible]】莫半切音謾翰韻
敗也。見〔字彙〕。〔正字通云。俗謾字。〕

【唾】悉盍切音僜合韻
—。醜也。見〔玉篇〕。〔又〕食貌。見〔廣韻〕。

【[illegible]】許濊切音喙隊韻
本作㾵。博雅。痑、㾵、極也。或作瘃。見〔集韻〕。〔按廣雅疏證云。方言。㾵。傍也。傍與倦同。又云。瘃。極也。大雅緜篇毛傳云。喙。困也。皆謂困極也。㾵、瘃、喙、竝通。正字通云。同瘃。加口加心。贅。〕

【[illegible]】彼休切音彪尤韻
虎文也。見〔篇海〕。〔正字通云。嘘、歒二字之譌。虎文當从彪。加口無義。存參。〕

【嘓】古或切音國職韻
口聲也。見〔玉篇〕。

【[illegible]】居倚切音几紙韻
立不正也。見〔字彙補〕。

【[illegible]】盧業切音脟賀韻
口嚇也。見〔龍龕手鑑〕。

【嚌】音質質韻
野人之言。見〔龍龕手鑑〕。

【⿰口學】乙角切音渥覺韻
誇聲也。見〔玉篇〕。〔正字通〕云。嚳字之譌。

【嚽】張滑切音錣黠韻
口滿食也。見〔說文〕。〔桂注〕或借啜字。孟子徒哺啜也。

【⿰口睪】夷益切音釋陌韻
—川。見〔廣韻〕。

【⿰口欸】鳥兮切音鷖齊韻
聲也。見〔篇海〕。〔正字通〕云。歐、欸、並通。俗加口非。

【⿰口虜】籠五切音魯姥韻
——。吳俗呼豬聲。見〔集韻〕。

【⿰口甗】戶瓦切音踝馬韻
嘂大口曰—。見〔集韻〕。〔正字通〕云。甗字之譌。瓦部有甗。俗加口非。」

【⿰口楚】楚居切音初魚韻
呵叱人也。見〔廣韻〕。

【噪】先到切音燥號韻

呼—也。〔拾遺記〕有白鵶遠煙而—。

【噮】縈絹切音餶霰韻
食甘也。〔集韻〕——食甘甚也。呂氏春秋甘而不—。〔今本作噥〕。

【噯】於蓋切音藹泰韻
噯氣也。見〔玉篇〕。〔正字通〕云。與僾通。僾、本訓仿佛。」

【⿰口亶】式善切音僤銑韻
視面色變也。見〔五音集韻〕。〔正字通〕云。俗字。竊疑爲瞻字之譌。說文瞻、視而止也。廣韻引說文視而不止也。」

【⿰口戢】阻立切音戢緝韻
喩也。見〔玉篇〕。〔正字通〕云。俗咠字。」

【⿰口瑟】色櫛切音瑟質韻
叱聲。見〔集韻〕。

【⿰口靴】呼䏫切音靴麻韻
吐氣聲。〔廣韻〕道經疏云。吐氣聲也。〔正字通〕云。俗呵字。

【⿰口感】呼含切音蚶覃韻
吼也。見〔集韻〕。

【⿰口感】古禫切音感感韻
鳥聲。見〔集韻〕。

【⿰口感】五感切音頷感韻
可也。見〔集韻〕。

【⿰口感】同喊。見〔集韻〕。

【⿰口業】逆怯切音業洽韻
口動貌。見〔集韻〕。

【嚮】許兩切音享養韻
應聲。見〔玉篇〕。〔正字通〕云。與響通。」

【噠】當剌切音妲曷韻
嚈—。西夷國名。〔北史魏肅宗紀〕嚈—等國。並遣使朝貢。

【噠】宅軋切音黠韻
咀—。語不正。見〔集韻〕。

【⿰口愁】甾尤切音鄒尤韻莊交切音繰肴韻
嬰兒啼也。見〔集韻〕。〔正字通〕云。啾字之譌。」

【噡】之廉切音詹鹽韻
多言也。〔荀子非相〕口舌之均。——唯則節。〔詹、譫、同。說文本作詹〕

【嚪】都甘切音儋覃韻
——。煩語也。見〔集韻〕。

【⿱毄口】吉詣切音計霽韻克革切音礊陌韻
擊也。見〔集韻〕。〔正字通〕云。毄字之譌。音訓並非。」

【噢】乙六切音郁屋韻
—咿。內悲也。〔文選嵇康賦〕含哀—咿。

【噢】委羽切音傴麌羽切音踽麌韻於九切音懮有韻
㊀—咻。病聲。見〔廣韻〕。〔又〕痛聲。見〔集韻〕。
㊁—咻。痛念聲。見〔正韻〕。

【⿰口粵】玉伐切音越月韻
本作粵。辭也。見〔玉篇〕。〔正字通〕云。書堯典注曰。粵、越、通。古文作粵。發語辭。加口作—非。」

【⿰口殿】丁練切音殿霰韻
本作唸。—屎。呻也。見〔集韻〕。〔正字通〕云。說文作唸。詩殿屎之殿不加口。譌作殿屎、从唸吚近是。」

【噸】讀若頓英文 Ton
㊀以重量計之。—有每—合常衡二千二百四十磅者。當我庫平一千

七百零二斤半。名爲長—。或大—。通用於英國及北美合衆國。有每—合常衡二千磅者。當我庫平一千五百二十斤。名爲短—。通用於北美合衆國加拿大及南非洲等處。英國利勿浦爾亦用之。有每—合常衡二千二百四磅者。當我庫平一千六百七十五斤半。名爲米突—。有每—合常衡二千三百五十二磅者。當我庫平一千七百八十七斤半。特別名爲康華地的礦山—。

㊁以體積計之—。有每—等於一百立方英尺者。合我營造尺八十六又十分之四立方尺。此用以量船內容積之單位。特別名爲表記—。有每—等於三十五立方英尺者。當我營造尺三十又十分之二立方尺。此用以計船吃水量之單位。特別名爲排水—。有每—等於四十二立方英尺者。合我營造尺三十六又十分之三立方尺。此用以量貨物容積之單位。特別名爲船運—。

【⿰口幹】音未詳　明制。冬至日賜諸臣松子海哩—。詳哩字。

【⿰口矞】音未詳　人名。明鉛山王㮚—。見〔字彙補〕。

【⿰口𦞅】喟本字。見〔說文〕。

【⿱㗊土】古罍字。見〔集韻〕。

【⿱商口】古商字。見〔集韻〕。

【⿰口歇】同喝。見〔玉篇〕。

【⿰口毄】同喫。見〔廣韻〕。

【嚡】同談。見〔集韻〕。

【⿸广⿱與口】同譽。見〔集韻〕。

【⿰口雹】同咆。見〔集韻〕。

【⿰口道】同道。見〔集韻〕。

【⿰口㳄】同涎。見〔篇海〕。

【⿰口羨】同羨。見〔篇海〕。

【⿺辶⿱𠮛口】⿱𠮛口或字。見〔集韻〕。

【⿰口魯】咯俗字。見〔正字通〕。

【⿰口冓】蝥俗字。見〔正字通〕。

【⿰口葉】喋俗字。見〔正字通〕。

【⿰𤔔瓜】⿰𤔔瓜譌字。見〔正字通〕。

十四畫

【嚂】盧瞰切音濫勘韻　食食貌。〔淮南齊俗〕荆吳芬馨以嚂其—口。

【嚂】苦濫切音闞勘韻　呵也。見〔廣韻〕。〔按集韻本作喊〕。

【嚂】虎覽切音喊感韻　聲也。喊或作—。見〔集韻〕。

【嚂】盧甘切音藍覃韻　食艦。嗜也。艦或从口。見〔集韻〕。

【嚃】坦亥切音駘賄韻　棠來切音臺灰韻

㊀—喧。言不止也。見〔玉篇〕。

㊁言舛也。見〔集韻〕。

【嚄】胡陌切音獲屋虢切音擭陌韻

㊀大喚也。〔文選宋玉賦〕唶齰嗽獲。〔注〕聲類曰。—、大喚也。獲與—、古字通。

㊁大笑也。〔史記信陵君傳〕晉鄙—唶宿將。〔正義〕—、大笑。唶、大呼。〔又〕—唶多言也。見〔集韻引索隱說〕。

㊂驚怛聲。〔史記外戚世家〕武帝下車泣曰。—。大姊何藏之深也。

【嚄】屋郭切音臒藥韻　無味也。見〔集韻〕。

【嚇】虛訝切音罅禡韻　郝格切音赫陌韻

㊀言語拒人也。〔詩桑柔〕反予來赫。〔箋〕拒人謂之赫。〔釋文〕赫、亦作—。〔今云恐—〕。

㊁怒聲也。亦作哧。〔莊子秋水〕鴟得腐鼠。鵷雛過之。仰而視之曰—。〔俗云驚—〕。

㊂開也。〔文選郭璞賦〕或—鰓乎巖間。

㊃笑聲。〔雩占古諺〕正月三日。田公笑—。

【⿰口疑】鄂力切音嶷職韻

㊀小兒有知也。詩曰。克岐克—。見〔說文〕。〔桂注〕大雅生民文。彼作嶷。傳云。嶷、識也。

㊁唭—。無聞見也。〔太玄唫〕貌不交口唭—。

㊂給也。見〔集韻〕。〔按荅顏篇。擬欺也。疑—即擬之假借字〕。

㊃笑貌。見〔集韻〕。

【⿰口疑】偶起切音擬紙韻　聲也。見〔集韻〕。

【嚌】才詣切音劑霽韻
●一嚌也。周書曰。太保受同。祭—。見【說文】【桂注】顧命文。既祭受福。—至齒。
●二通嚌。【禮記祭統】君執鸞刀羞嚌。【釋文】本亦作—。

【嚌】前西切音齊齊韻
●一鳥哀聲。見【集韻】。
●二——憂悲也。【太玄樂】管絃——。

【嚌】居諧切音皆佳韻
——衆聲也。【文選班彪賦】鵾雞鳴以——。

【嚌】莊皆切音齋佳韻
—啞。笑貌。見【集韻】。

【噿】祖誄切音滓紙韻
●一鳥喙也。見【集韻】。
●二鳥聲也。見【集韻】。

【⿰口蒙】謨蓬切音蒙東韻
本作⿰言蒙。言不明也。見【集韻】。【正字通云】本作⿰口蒙加口非。言部⿰言蒙亦非。

【嚍】即忍切音晉震韻
憤也。【法言問神】通諸人之——者莫如言。

【⿰口歇】烏八切音穵黠韻
噎聲也。見【玉篇】。【正字通云】同歇。通作喝。

【⿰口歁】戶感切音頷感韻
聲也。見【集韻】。【正字通云】同歁。

【⿰口𣣋】丘蓋切音礚泰韻
聲也。見【集韻】。【正字通云】俗喝字。

【⿰口欸】於邁切音隘卦韻
餲聲。見【集韻】。【正字通云】俗喝字。

【⿰口犖】力角切音犖覺韻
啅—。辯捷也。見【集韻】。【正字通云】卓犖。超絕之稱。加口非。

【嚅】汝朱切音儒虞韻
囁—。欲言復縮也。【韓愈文】口將言而囁—。【按埤蒼】詎譳。不能言也。朱駿聲云。譳亦作—。【又】多言也。見【玉篇引埤蒼】。【按廣韻】同。說文作讘吺。

【嚆】虛交切音虓肴韻
呼也。【莊子在宥】焉知曾史之不為桀跖—矢也。【釋文】—、本亦作嚆。向云。—、矢之鳴者。郭云。矢之猛者。字林云。—、大呼也。崔本作蒿。云蒿蒿可以為箭。或作嫡嫡、梟也。

【⿰口綽】昌約切音綽藥韻
轉舌呼。見【篇海】。

【⿰口嬎】孚萬切音娩願韻
吐也。見【廣雅釋詁】。

【⿰口縶】陟立切音縶緝韻
鳴聲也。見【玉篇】。【正字通云】[illegible]字之譌。

【⿰口嫈】於迸切音嫈敬韻
——。歎聲。見【集韻】。

【嚈】益涉切音靨葉韻
—噠。國名。見【魏書】。【在今俄屬中亞細亞境。】

【嚋】除留切音儔尤韻
誰也。見【玉篇】。

【嚋】張流切音輈尤韻
同譸。—張。誑也。見【玉篇】。

【⿰口輿】羊諸切音余魚韻
嘘—。引重勸力者歌。【劉𤏲云】牽石拕舟必歌嘘—。【按呂覽淫辭篇】舉大木者前呼輿謣。注。輿謣、與淮南子呼邪許同。【正字通云】邪許、即嘘—也。據此。嘘—、與邪許、與謣均通。】

【嚔】丁計切音帝霽韻
悟解氣也。詩曰。願言則—。見【說文】。【王注】悟當作悟。氣為塞悟。得—而解也。【荅頡篇】—、噴鼻也。

【嚏】陟利切音致寘韻
本作疐。礙不行也。見【集韻】。

【⿰口蓋】於蓋切音藹泰韻
噫也。見【集韻】。【正字通云】喝有去入二聲。兼噫聲、訶怒、悲嘶、三義。集韻。喝或作—、嗷。—、即俗喝字也。从喝為正。

【⿰口蓋】同喝。見【集韻】。

【⿰口㬎】鄂合切音𧴲合韻
——。衆聲。見【集韻】。

【⿰口屢】龍遇切音屢遇韻
——。吳人呼狗方言也。見【廣韻】。

【⿰口賾】士革切音賾陌韻
本作賾。幽深難見也。見【集韻】。

【嚀】囊丁切音寧青韻
叮—。囑辭。見【集韻】。【本作丁寧。俗加口。六書泝原省作哼、寧。非。】

【嚁】亭歷切音狄錫韻
聲也。【文選成公綏賦】聲激—而清厲。【注】激—。聲速也。

【嚃】託合切音踏合韻吐內切音退霽韻
大歠也。不咽而吞也。【禮記曲禮】無—羹。

【嚛】于兄切音榮庚韻
啼也。見【玉篇】。

【噫】烏本切音穩阮韻
小口也。見【廣韻】。

【嚊】匹備切音淠寘韻
喘息聲。見【玉篇】。

【嚊】虛器切音齂寘韻
開張也。【漢書揚雄傳】飛廉雲師。吸—潚率。

【囃】從納切音雜合韻
—喋。猶深算也。【淮南覽冥】至虛無純。一而不—喋苛事也。

【𡄔】洋茹切音余魚韻
。

水名。見【篇海類編】。

【嚂】徒敢切感韻
食噉也。見【龍龕手鑑】。

【嚦】力協切音颲葉韻
—𠰷。多言。見【集韻】。

【嶫】嶫本字。見【廣韻】。

【噿】噿搖文。見【玉篇】。

【䛡】話或字。見【集韻】。

【嚍】同嗝。見【廣韻】。

【嚐】同嘗。見【集韻】。

【嚵】同嗟。見【集韻】。

【嚉】同咄。見【集韻】。

【嚱】同喫。見【集韻】。

【嚡】同啀。見【字彙】。

【嚂】同銜。見【篇海】。

【嚻】嘵俗字。見【正字通】。

【嘍】謱字。見【正字通】。

十五畫

【噱】竭戟切音劇陌韻
㊀戲—。見【廣韻】。

㊁嘔—笑不止也。見【玉篇】。【按嚛下玉篇云。嘔嚛也。後—下又云。嘔—笑不止也。正字通以—爲嚛俗字。是也。】

【嚱】子悉切音堲質韻
㊀蟲鳴。見【玉篇】。
㊁鼠聲。見【廣韻】。

【嚗】北角切音剝覺韻披敎切音礮效韻
㊀怒聲。見【玉篇】。
㊁剝落之聲。【莊子知北遊】—然放杖而笑。【注】—、放杖聲。
㊂吒—。恚呼貌。見【玉篇】。

【嚗】薄報切音暴號韻
—噪。多聲也。見【集韻】。

【嚕】籠五切音魯麌韻
㊀語也。見【玉篇】。
㊁詺也。見【類篇】。
㊂吐—。猶言可惜也。【元梁王女阿𤧥詩】吐—吐—段阿奴。

【嚽】胡千切音賢先韻
㊀難也。見【玉篇】。
㊁辯也。見【集韻】。

【嚽】同啜。見【集韻】。

【𡄎】部巧切音鮑巧韻
㊀麭耕也。見【玉篇】。
㊁舌地。見【廣韻】。

【嚝】呼橫切音諻庚韻
㊀—喤聲。見【玉篇】。
㊁鼓鐘聲。見【廣韻】。【正字通云。俗匌字。鼓鐘聲即匌義。从匌爲正。】

【嚛】呼酷切音熇沃韻呼木切音臛屋韻黑各切音壑藥韻
㊀食辛—也。見【說文】。【段注】—謂辛螫。火部引周書味辛而不熮。呂覽本味。味辛而不烈。—與熮烈同義。玉篇云。伊尹曰。酸而不—。此古伊尹書之僅存者。酸疑當作辛。辛而不—。卽本味之辛而不烈也。
㊁大歠曰—。見【玉篇】。

【嚜】密二切音寐寘韻莫佩切音妹隊韻密北切音墨職韻
㊀詐言也。【方言】江湘之間。凡小兒多詐而獪。或謂之—尿。
㊁—不自得意。【史記賈誼傳】于嗟—兮。生之無故。
㊂同默。【陸雲詩】玄黓淵—。

【嚘】於求切音憂尤韻

❶語未定貌。見〔說文〕。〔段注〕東方朔傳。吚嗄嗌者。辭未定也。集韻云。嗄、或作—。
❷氣逆也、〔玉篇引老子〕終日號而嗌不—。〔按今本作嗄。傅奕校定老子作歔。歔同—〕。
❸吚—歎聲。〔韓愈詩〕竚立久吚—。

【嚚】魚巾切音銀眞韻
❶語聲也。見〔說文㗊部〕。〔桂注〕晉語。—瘖不可使言。韋昭謂聲不善。
❷恐也。〔書堯典〕父頑母—。
❸惡也。〔左僖二十四年傳〕口不道忠信之言為—。
❹人名。〔國語晉語〕召史—占之。〔注〕史、號太史也。

【嚚】牛閑切音訮删韻　語聲。見〔集韻〕。

【⿰口害】迄及切音吸緝韻　眾聲疾貌。〔文選王褒賦〕—嚌嚌。

【⿰口害】同嘐。見〔集韻〕。

【⿰口蓼】虛皓切音老皓韻　嘷—。寂靜也。見〔集韻〕。

【⿰口遲】陳知切音遲支韻

綏慢語音。見〔字彙〕。

【⿰口齒】五巧切音齩巧韻　齧骨也。見〔集韻〕。〔正字通云。俗齩字。〕

【⿰口醫】昌悅切音啜屑韻　口不正也。見〔篇海〕。〔正字通云。啜、歠、歠、㪺同。訓誤存參。〕

【⿰口賣】大透切音豆宥韻　本作讀。誦書也。見〔集韻〕。

【⿰口巤】力涉切音獵葉韻　齧骨聲。見〔玉篇〕。

【⿰口節】爪瑟切音櫛質韻　咇—。聲出貌。〔文選王褒賦〕啾咇—而將吟。〔又〕言多也。見〔集韻〕。

【⿰口適】施隻切音釋陌韻　囑也。見〔集韻〕。〔正字通云。俗謫字。音訓誤存參。〕

【⿰口頰】虛協切音頰葉韻　—囁。多言。見〔廣韻〕。

【⿰口厲】落蓋切音賴泰韻　同嚹。聲也。見〔玉篇〕。

【⿰口厲】同嚹。見〔集韻〕。

【⿰口罷】烏賄切音委賄韻子委切音嘴紙韻　相欲伏也。見〔字彙〕。

【⿰口瞢】烏猛切音瞢梗韻　犬聲。見〔集韻〕。

【⿰口鬪】徒侯切音頭尤韻　多言也。見〔篇海〕。

【⿰口麃】蒲褒切音袍豪韻　鳴也。見〔玉篇〕。

【⿰口麃】同咆。見〔集韻〕。

【⿰口論】盧困切音論願韻　轉舌呼。見〔龍龕手鑑〕。

【⿰口暫】音未詳　以法製青皮杏仁等物至酒閣分俵得錢。謂之撒—。見〔字彙補〕。

【⿰口際】千結切音切屑韻　小語也。見〔篇海〕。〔正字通云。俗嚓字。〕

【⿰口彛】陟立切音縶緝韻　——。鳴也。見〔廣韻〕。

【嚟】隆基切音梨齊韻　占城國呼國王為芳—馬哈札剌。見〔瀛涯勝覽〕。

【⿰口數】雙遇切音數遇韻　使犬聲。見〔集韻〕。〔正字通云。俗嗾字。別作嗾、嗾。並非。〕

【嚞】古哲字。見〔說文〕。

【⿱吅⿺亡吅】古喪字。見〔玉篇〕。

【⿱吅叟】古叜字。見〔集韻〕。

【嚖】古噂字。見〔說文〕。

【⿰㗊阝】同嚚。〔漢書昌邑王傳〕—頑放廢之人。

【⿰口梟】同嘄。見〔類篇〕。

【⿰口盤】同嚂。見〔篇海〕。

【⿰口臧】同喊。見〔篇海〕。

【⿰口蓺】同囈。見〔字彙〕。

【囋】噆俗字。見〔字彙〕。

十六畫

【嚭】普鄙切音秠紙韻
❶大也。从喜。否聲。春秋傳吳有太宰—。見〔說文喜部〕。〔段注〕〔按訓大則當从丕。集韻一作噽。是也。〕
❷大喜也。見〔六書統〕。
❸通作噽。〔楚辭逢尤〕忌嚭專兮郢

吳盧。

【嚮】許亮切音鬭漾韻

一 對也。〔書盤庚〕不可—邇。

二 面也。〔禮記曲禮〕請席何—。

三 近也。就也。〔易隨〕君子以—晦入宴息。

四 趨也。〔書多士〕—於時夏。

五 勸也。〔書洪範〕—用五福。

六 仰也。〔漢書賈捐之傳〕吏民敬—。

七 饗也。〔呂覽察今〕—之壽民。

【嚮】許兩切音響養韻

一 兩階也。〔爾雅釋宮〕兩階謂之—。

二 受也。〔史記游俠傳〕已—其利者爲有德。

三 同響。〔易繫辭〕其受命也如—。

四 通饗。〔漢書宣帝紀〕上帝嘉—。

【嚧】龍都切音盧虞韻

一 ——。呼豬聲。見〔集韻〕。

二 呼—。笑也。〔金剛經補闕眞言〕唵呼—呼—。

三 阿伽—。華言沈香也。見〔釋典〕。

【嚗】披敎切音炮效韻

一 唎也。見〔玉篇〕。

二 大聲。見〔集韻〕。

【嚬】毗賓切音頻眞韻

一 眉蹙貌。〔易復〕頻復。〔釋文〕本又作—。眉也。鄭作顰。音同。馬云。憂頻也。〔按〕—即說文顰字。瀕部顰段注云。易頻復。本又作—。王弼、虞翻、侯果皆以頻蹙釋之。桂注云。廣韻。顰。眉蹙也。通鑑注。攢眉爲—。皺頞爲蹙。又孟子頻顣。文選注、白帖俱引作—蹙。

二 通矉。〔莊子天運〕西施病心而矉。

三 笑貌。〔字彙引梁王筠詩〕含嬌起斜盼。斂笑動微—。〔按正字通云。—與言部讆別。未聞訓—爲笑者。各韻書以爲笑貌。俱誤。竊謂此言甚是。即如字彙所引詩。既云斂笑。則微—必非微笑可知。不過故作愁容以示嬌態耳。〕

【⿰口褱】姑回切音傀灰韻

呼也。見〔玉篇〕。

【⿰口隸】郎計切音麗霽韻

呪語。見〔字彙〕。

【⿰口暨】許記切音憙寘韻

聲也。見〔集韻〕。

【⿱吅畾】力擸切齊韻

嗥犬聲也。見〔川篇〕。

【⿰口閵】良刃切音吝震韻

鳥聲。見〔集韻〕。

【嚥】伊甸切音宴霰韻

呑也。本作咽。〔譚子化書〕聞珍羞之名。則妄有所—。〔按孟子〕匍匐往將食之。三咽。咽、即—也。

【嚦】郎狄切音歷錫韻

——。聲也。〔元人曲〕似——鶯聲花外囀。

【嚨】盧東切音籠東韻

喉也。見〔說文〕。〔段注〕釋鳥曰。亢鳥—。郭曰。謂喉—。

【⿰口⿱龍言】盧東切音籠東韻

大聲也。見〔廣韻〕。〔正字通云。俗嚨字。〕

【嚩】符攫切音縛藥韻〔有文何、無可、肥麽、無缽、文賀五切。〕

呪語也。〔延命陀羅尼呪〕吽吽。尸棄薩—賀。

【嚪】徒覽切音啖感韻徒濫切音啗勘韻

同啖。啗餌之也。〔史記樂毅傳〕令趙—秦以伐齊之利。

【⿰口歔】休居切音虛魚韻

啓也。見〔字彙〕。

【⿰口憙】許記切音戲寘韻

笑也。見〔字彙〕。

【⿰口憲】同嘻。見〔集韻〕。

【嚫】初覲切音櫬震韻

施也。〔隋煬帝文〕弟子一日恭—。

【⿰口臯】嘷本字。見〔說文〕。

【⿸厂⿰口敢】嚴本字。見〔說文〕。

【⿰口嚳】古譸字。見〔字彙補〕。

【⿱艹商】古商字。見〔集韻〕。

【⿰庚昜】古唐字。見〔集韻〕。

【⿱殹言】同否。見〔字彙補〕。

【⿰嘼戈】同戰。〔類篇〕以戈擊嘼故作—。

【嚹】同囑。見〔集韻〕。

【諮】同歌。見〔集韻〕。

十七畫

【嘳】喟或字。見〔說文〕。

【嚴】魚杴切音儼鹽韻
(一)敎命急也。見〔說文吅部〕〔桂注〕孟子使虞敦匠事。〔凡敵將至設備、曰戒—、敵退稍弛備、曰解—。意本此〕
(二)威也。〔禮記學記〕師—然後道尊。
(三)尊也。〔孟子公孫丑〕無—諸侯。
(四)肅也。〔漢書金日磾傳〕日磾長八尺二寸。容貌甚—。
(五)畏也。〔離騷〕湯禹—而祗敬兮。
(六)敬也。〔詩殷武〕下民有—。
(七)飭也。〔漢書谷永傳〕勸三綱之—。
(八)壯也。〔楚辭國殤〕—殺盡兮棄原壄。
(九)謹也。〔管子小匡〕擇其善者。舉而—用之。
(十)戒也。〔素問疏五過論〕醫不能—。
(十一)峻也。〔易遯〕不惡而—。
(十二)剋也。〔漢書司馬遷傳〕法家—而少恩。
(十三)酷也。〔漢書嚴安傳〕刑—文刻。
(十四)激也。凛冽也。〔李白詩〕始知殺氣—。〔—寒、—冬義同。〕
(十五)猶裝也。〔後漢陳紀傳〕不復辦—。即時之郡。
(十六)——有威重之貌。〔荀子儒效〕——兮其能敬己也。
(十七)—君、父母也。〔易家人〕家人有—君焉。父母之謂也。
(十八)禁—、天子宮殿也。〔蘇軾文〕入奉禁—。出膺方面。
(十九)州名。宋置。後升建德府。元改建德路。明改—州府。清因之。見〔清一統志〕〔當今浙江建德縣治〕。
(二十)姓也。戰國策有—遂。〔又〕漢明帝名莊。莊助、莊光、均改作—助、—光。

【巖】魚銜切音巖咸韻
巖省文。見〔集韻〕。〔按左隱元年傳。制。—邑也。釋文、—本作巖〕。

【嚴】魚檢切音儼琰韻
同儼。〔詩常武〕有—天子。〔傳〕—然而威。〔釋文〕—、毛讀魚檢切。

【嚴】魚窆切音驗豔韻
酷也。見〔集韻〕。

【嚲】典可切音撣哿韻
(一)廣也。見〔玉篇〕。
(二)厚也。見〔集韻〕。
(三)垂下貌。〔岑參詩〕柳—鶯嬌花復般。〔與高部嚲同〕

【嚳】枯沃切音酷沃韻
(一)急告之甚也。見〔說文〕〔桂注〕—。告、聲相近。一切經音義引作急也。告之甚也。經典借告字。書西伯戡黎。奔告於王。
(二)帝—、五帝高辛氏也。亦作俈。〔史記三代世表〕帝—、黃帝曾孫。

【嚱】虛宜切音犧支韻
(一)吹—、口聲。見〔玉篇〕。
(二)嗚—、歎辭。見〔集韻〕。

【嚱】香義切音戲寘韻
——、聲也。見〔集韻〕。

【[illegible]】大到切音導號韻
(一)年九十曰—。見〔玉篇〕。
(二)七十曰—。見〔集韻〕。〔按曲禮。七十曰老。老與—究有別。廣雅釋詁云。[illegible]。老也。疏證引玉篇、又云。廣韻作[illegible]。同。據此—與耆、老、並通。正字通云。嚳字之譌。非也〕

【嚶】於莖切音櫻庚韻
(一)鳥鳴也。見〔說文〕〔桂注〕詩伐木。鳥鳴——。箋云。——、兩鳥聲也。〔按爾雅釋訓云。——、相切直也。此又喻朋友切磋相正〕。
(二)言不明瞭也。〔楊萬里賦〕兒女伊—。

【嚵】鋤咸切音讒咸韻
小啐也。一曰喙也。見〔說文〕。〔按廣雅云。—、嘗也。此足證前一義。喙爲別一義也〕

【嚵】初銜切音欃銜韻
讒言也。見〔集韻〕。

【嚵】疾染切音槧琰韻
小食。見〔廣韻〕。

【嚵】士減切音瀺豏韻
小飲也。見〔集韻〕。〔按此與說文小啐義同。音異。並存之〕

【嚵】叉鑒切音儳陷韻
試人食也。見〔廣韻〕。

【嚵】同饞。見〔字彙〕。

【[illegible]】將廉切音尖鹽韻。子豔切音僭豔韻
—[illegible]。不廉也。見〔玉篇〕。

【[illegible]】居件切音蹇銑韻
吃也。見〔篇海〕。〔正字通云。謇、蹇、並同。俗加口。非〕。

【[illegible]】詰定切音罄敬韻
長聲。見〔篇海〕。

【囒】郎干切音闌寒韻 —哰倸𨆪。詀不可解也。見〔廣韻〕。

【囒】魯旱切音嬾旱韻 同讕。誣言也。見〔集韻〕。

【⿰口燮】悉協切音燮葉韻 壞聲。見〔集韻〕。〔一說〕从燮。言聲和也。

【⿰口齮】魚錡切紙韻 同齮。齧也。見〔篇海〕。

【囔】讀如嚷。大聲也。北人稱喧鬧爲—。

【⿰口賣】古瀆字。〔漢祝睦碑〕探—窮神。無物不辨。

【⿰口商】古商字。見〔集韻〕。

【噐】古器字。見〔字彙補〕。

【⿰口應】同應。見〔集韻〕。〔正字通云〕應、譍、竝通。

【⿰口譽】同嘷。見〔集韻〕。〔正字通云〕譽、嘷、竝通。

十八畫

【囁】質涉切音讋日涉切音躡葉韻 (一)口無節也。見〔玉篇〕。(二)口動也。見〔廣韻〕。(三)私罵也。見〔玉篇〕。(四)—嚅。多言貌。見〔玉篇〕。〔又〕欲言不言也。〔韓愈文〕口將言而—嚅。(五)呫—。附耳小語聲。〔史記魏其武安侯傳〕乃效兒女呫—耳語。

【囂】虛嬌切音枵蕭韻 (一)聲也。气出頭上。从㗊从頁。頁首也。見〔說文㗊部〕〔段注〕左傳湫隘—塵。杜曰。—聲也。(二)讙也。〔周禮司虣〕禁其鬬—者。(三)華也。〔國語楚語〕而以金石匏竹之昌大—庶爲樂。(四)閑也。〔爾雅釋言〕—閑也。〔注〕—然閑暇貌。(五)市曰—。猶俗名市曰墟。交易市合則—散則墟也。見〔正字通〕。(六)—然。飢意也。〔文選嵇康論〕則—然思食。(七)—虛也。見〔廣雅釋訓〕〔又〕不聽之狀。見〔詩板聽我——疏〕〔又〕自得無欲之貌。〔孟子盡心〕人知之亦——人不知亦——〔又〕憂貌。〔莊子駢拇〕天下何其——也。(八)玄—。人名。〔史記黃帝紀〕嫘祖生二子。一曰玄—。是爲青陽。

【囂】牛刀切音敖豪韻 (一)衆也。〔淮南俶務〕莫—大心。〔注〕莫大也。—衆也。主大衆之官。〔按〕即左傳楚莫敖。漢書五行志作莫囂。(二)山凹也。〔梁宣帝賦〕神—岧嶢而特立。(三)—然。衆口愁貌也。〔漢書王莽傳贊〕—然喪其樂生之心。(四)鳥名。〔山海經北山經〕梁渠之山有鳥。狀如夸父。四翼一目。犬尾。名曰—。(五)獸名。〔山海經西山經〕羭次之山有獸。狀如禺長臂善投。名曰—。(六)地名。〔書仲丁序〕仲丁遷於—。〔今河南河陰縣有敖山即—也〕(七)水名。〔山海經西山經〕嶓冢之山。—水出焉。(八)通謷、嗸、翶。〔詩十月之交〕讒口——。〔韓詩〕作謷謷。〔漢書劉向傳〕作讒口謷謷。〔後漢皐甫規傳注〕作讒口翶翶。(九)亦作敖。〔詩板〕聽我——。〔潛夫論明忠〕作聽我敖敖。

【⿰口號】虛嬌切音枵蕭韻 讙也。見〔廣韻〕〔按說文作囂。傳引左傳楚囂晉師曰甚—且塵上矣。是—即囂字也。廣韻蕭韻—下又云五刀切。而豪韻不見—字。蓋音異義同。故不復出。說文㗊部囂篆如此而說解作囂。猶可證囂—之爲一字。〕

【嚼】疾爵切音嚼藥韻才肖切音誚子肖切音醮嘯韻 (一)齧也。〔說文〕噍。齧也。或从爵。(二)咀—也。〔爾雅翼〕牛羊有肚能—。魚無肚不—。獨鯀魚有肚故能—。(三)相強以飲也。〔漢書五行志〕—復—者。京都飲酒相強之辭也。

【嚾】胡陌切音嚄陌韻 〔正字通云〕同讙。說文有讙無—。分爲二。非。(一)——。誇貌。見〔廣韻〕。(二)言壯貌。見〔集韻〕。(三)數相怒也。見〔集韻〕。

【嚾】零白切陌韻戶瓦切音踝馬韻 (一)自是貌。見〔玉篇〕。(二)言疾貌。見〔玉篇〕。

【嚾】吐玩切音彖翰韻呼官切音歡寒韻

㊀召呼也。見〔集韻〕。〔按聲類。讙、呼召也。集韻囂、或作—〕。

㊁—喧囂貌。〔荀子非十二子〕世俗之溝猶瞀儒。——然而不知所非也。〔正字通云與讙同〕。

【嚾】呼玩切音渙翰韻　咀—人及獸屬。〔大戴禮易本命〕咀—者九竅而胎生。

【囀】株戀切轉去聲霰韻

㊀聲轉也。〔隋書經籍志〕改—天音而辯析之。

㊁韻也。〔顏延之文〕聽邊笳之嘶—。

㊂鳥鳴也。〔庾信賦〕新年鳥聲千種—。〔正字通云黃鶯聲三十二—。百舌聲十二—古借用轉。加口者、俗增也〕

【囃】七合切音雜合韻

㊀助舞聲。見〔玉篇〕。

㊁嘈—衆口喧也。見〔正字通〕。

【⿰口醫】於其切音醫支韻　—嘘。開口笑也。見〔集韻〕。

【⿰口顛】丁計切音帝霽韻所甲切音霎洽韻　噴鼻氣。見〔篇海〕。〔正字通云。俗嚏字。从嚏爲正〕。

【⿰口題】都奚切音低齊韻　城名。見〔篇海〕。〔汎云城名。無考〕。

【⿱㗊𤔔】盧玩切音亂翰韻　言語煩亂。从㗊从𤔔省。𤔔音亂。與亂同。見〔六書統〕。

【⿰口懿】乙冀切音意寘韻　痛聲。見〔五音集韻〕。

【⿰口雝】於容切音邕冬韻　鳥聲。見〔篇海〕。〔正字通云。噰本字〕。

【⿰口關】古還切音關删韻　—｜。鳥和鳴聲。見〔字彙補〕。

【嚌】前西切音齊齊韻　獄名。見〔篇海〕。

【嚯】胡白切音嚄陌韻　誇也。見〔篇海〕。

【⿰口顏】牛姦切音顏删韻　—｜。爭貌。〔韓非說權〕一棲兩雄。其關—｜。

【⿰口譽】人余切音如魚韻　獸名。鼻赤。毛青。食虎豹。見〔集韻〕。

【⿰口薩】桑葛切音薩曷韻　—王。西戎族名。見〔集韻〕。

【⿰口㶾】嘌本字。見〔說文〕。

【嚽】同啜。〔荀子富國〕—菽飲水。

【嚧】同嚂。見〔篇海〕。

【⿰口蹙】同戚。見〔集韻〕。

【⿰口谿】同谿。見〔字彙補〕。

十九畫

【囈】倪祭切音藝霽韻

㊀笑—也。見〔玉篇〕。

㊁睡語。〔列子周穆王〕眠中啽—呻呼。〔或作寱通作讛〕。

【囉】良何切音羅歌韻

㊀歌助聲。〔文選王褒賦〕行鈶鉒以龢—。〔注〕龢—聲迭蕩相雜貌。

㊁嘍、—也。見〔廣韻〕。

㊂裂也。經呪中多用之。

㊃小兒語。見〔廣韻〕。〔今詞曲多用—爲語餘聲〕。

㊄哆—。外國呢之一種。質良厚。

㊅—皂。猶言鼓噪也。腳本中多用之。

【囉】利遮切音儸麻韻　—嗻。多言也。見〔集韻〕。

【囉】朗可切音砢哿韻　聲也。見〔集韻〕。

【囉】郎佐切音邏箇韻　歌也。見〔集韻〕。

【⿰口嚴】魚銜切音巖咸韻牛廉切音鹽鹽韻宜戟切音逆陌韻　呻也。見〔說文〕〔桂注〕釋名。吟嚴也。其聲本出於憂愁。故聲嚴肅。使人聽之淒歎也。

【囊】奴當切音瀼陽韻

㊀橐也。見〔說文橐部〕。〔通訓定聲〕詩公劉。于橐于—。傳。小曰橐。大曰—。漢書王吉傳所載不過—衣。注。有底曰—。無底曰橐。〔按此爲斷言之。說文—訓橐也者。渾言之則無別也〕。

㊁同攘。〔莊子在宥〕乃始臠卷傖—而亂天下。〔注〕傖—、猶搶攘也。

㊂米—。楊花別名。見〔容齋隨筆〕。

㊃姓也。春秋楚有—瓦。

【⿰口巤】盧盍切音拉合韻

齧骨聲也。見〔釋藏〕。〔正字通〕云。俗嘰字。雖見釋藏。从嘰爲正。

【囋】才達切音巀子末切音拶曷韻
㊀嘈—聲也。見〔集韻〕。
㊁聲多也。見〔集韻〕。

【囋】才贊切音饡翰韻　讖也。見〔類篇〕。

【⿰口餐】千安切同餐寒韻　呑也。見〔集韻〕。

【囋】在坦切音瓚旱韻　嚙也。見〔類篇〕。

【⿰口讚】同讚。以言助之也。〔荀子勸學〕問一而告二謂之—。〔注〕—、卽讚字。謂强以讚助之。

【⿰口蠆】丑邁切音蠆卦韻　人名。〔公羊襄十四年傳〕鄭公孫—。〔按左傳穀梁竝作蠆〕。

【囅】丑展切音蕆銑韻　敕列切音徹屑韻　笑貌。〔莊子達生〕—然而笑。

【⿰口韻】禹慍切音韻問韻　烏鴉也。見〔字彙〕。

【⿱吅𦣞】古嚚字。見〔說文〕。

【⿱吅敢】古儼字。見〔集韻〕。

【⿱吅商】古商字。見〔集韻〕。

【⿰口虢】同虢。出道書。見〔篇海〕。〔正字通〕云。經史通作虢。俗加口非。

【⿰口曝】同曝。見〔集韻〕。

【嚂】同嚂。見〔類篇〕。

【囇】同嚹。見〔字彙〕。〔正字通〕云。囇、嚹竝俗字。

二十畫

【囐】才達切音巀曷韻
㊀嘈—。衆聲雜也。〔文選張衡賦〕奏嚴鼓之嘈—。
㊁—嵯。國名。〔北周書西域傳〕—嵯國在于闐西。〔疑卽嚈噠之譌〕。

【囐】魚列切音孼屑韻　本作讞。讞罪也。見〔集韻〕。

【囐】古唁字。見〔玉篇〕。〔六書故〕云。唁、或作—。〔正字通〕云。—、唁音義別。合爲一。非。

【囐】同讞。見〔字彙〕。

【⿰口萬】徵飯切音萬願韻　轉舌呼也。見〔字彙補〕。

【⿰口蘇】讀若蘇。嚕—。俗謂多言也。

【囏】古艱字。〔周禮遺人〕恤民之—阨。

【⿰口曹】嘈本字。見〔說文〕。

【⿳吅奐吅】同喚。見〔集韻〕。

【⿱吅厰】同嚴。見〔說文長箋〕。

二十一畫

【囑】朱欲切音燭沃韻　付—也。見〔玉篇〕。〔按—爲的屬字。古單用屬。義同。〕

【⿰口霵】仕戢切音霵緝韻　嚃—。衆聲疾貌。見〔集韻〕。〔正字通〕云。同嘁。俗加雨非。

【囂】呼官切音讙寒韻　呼也。見〔說文㗊部〕〔王注〕集韻。—、或作嚾。通俗文大呼曰嚾。〔徐鉉曰。通作讙〕。

【⿳吅雚吅】荒貫切音渙翰韻　呼也。同喚。見〔玉篇〕。

【⿰口亶】知連切音氈先韻　難言也。見〔篇海〕。

【⿰口覃】嘽本字。見〔說文〕。

【⿱吅歲】古嚴字。見〔玉篇〕。

【⿰口齧】同齧。〔後漢孔融傳〕猶昆蟲之相—。

【⿰口囂】同囂。見〔廣韻〕。

【囒】同讕。見〔玉篇〕。

【⿰口舜】同嚍。見〔集韻〕。

二十二畫

【囉】郎果切音裸哿韻　裂也。出釋典。見〔字彙〕。〔正字通〕云。經咒本作囉。訓裂當作攞。

【⿰口龕】枯含切音堪覃韻　嗑曲名。唐韋皋進小樂曲十一—。聰網摩。見〔字彙補〕。

【⿰口龕】同嵌。—巖山也。見〔篇海〕。

【⿱吅喜】同嘻。見〔字彙〕。

二十三畫

【⿰口巖】魚銜切音巖咸韻　呻吟也。見〔廣韻〕。〔字彙〕云。同嚴。

【⿰口鬬】都侯切兜去聲宥韻　多言也。見〔字彙〕。〔篇海〕云。同嚪。平聲。

【[illegible]】[illegible]本字。見〔正字通〕。

【囏】古艱字。見〔集韻〕。

【囐】古譸字。見〔集韻〕。

【[illegible]】同饞。〔字彙〕饞鳥。郭景純云。食樗葉。

【[illegible]】同[illegible]。見〔集韻〕。

※囗部※

【囗】于非切音韋微韻

(一)回也。象回帀之形。見〔說文〕。〔按〕圍繞週圍字當用此。

(二)見大物失聲也。見〔龍龕手鑑〕。

【囗】古國字。倉頡所制也。〔商子弱民〕民弱—强。—强民弱。

一畫

【[illegible]】古起字。見〔字彙補〕。

【𡆠】同日。唐武后作。見〔六書略〕。

二畫

【囚】徐由切音遒尤韻

(一)繫也。从人在口中。見〔說文〕。

(二)獄辭也。〔書康誥〕不蔽要—。〔注〕要—、獄辭之要者。蔽、斷也。爲—求生道也。

(三)遒也。言辭窮情得以罪誅遒也。見〔風俗通〕。

(四)俘虜也。〔詩泮水〕在泮獻—。

【図】昵洽切音䛟洽韻 昵立切音涅緝韻

(一)下取物縮藏之。見〔說文〕〔段注〕謂攝取也。

(二)—。私取貌。見〔廣韻〕。

【[illegible]】得立切音的緝韻

勳也。見〔字彙〕。〔按康熙字典云。此字非囚之誤。即図之譌。說文有図無—。元包經—、取也。與図義相近。入者乃又之譌。〕

【四】息利切音泗寘韻

(一)陰數也。象四分之形。見〔說文四部〕〔段注〕口像—方。八象分也。

(二)物數倍二爲—。〔易繫辭〕兩儀生—象。〔籀文〕作亖。

(三)樂譜也。〔宋史樂志〕大呂大簇用—字。〔餘詳一字〕。

(四)—六。儷體文也。〔宋史王安中傳〕爲文豐潤敏拔。尤工—六之製。

(五)近字公牘帳簿記數作肆。商碼作乂。亞拉伯字作4。

(六)通駟。〔詩四牡〕—牡騑騑。〔儀禮〕既夕疏作駟牡騑騑。

(七)姓也。宋—象。

【囙】因俗字。見〔正字通〕。

三畫

【回】胡隈切音洄灰韻

(一)轉也。从口中象—轉之形。見〔說文〕〔注〕渾天之氣。天地相承。天周地外。陰陽五行—轉其中也。

(二)邪也。〔書泰誓〕崇信姦—。

(三)曲也。〔國語晉語〕若之何其—於富也。

(四)旋也。〔離騷〕—朕車以復路。

(五)違也。〔詩常武〕徐方不—。

(六)亂也。〔漢書禮樂志〕善何如。誰能—。〔注〕師古曰。言至德之善。上古帝王皆不如之而不可干亂。

(七)旋流也。〔爾雅釋水〕過辨—川。〔疏〕言川中之水右—旋而流者名過辨。

(八)邪曲也。〔詩鼓鐘〕其德不—。

(九)繞過也。〔漢書揚雄傳〕—安邑。

(十)却行也。〔素問玉版論要篇〕神轉不—。

(十一)反顧也。〔杜牧詩〕兩行紅粉一時—。

(十二)眩惑也。〔文選揚雄賦〕耳眩目—。

(十三)次數也。〔杜甫詩〕一柱觀頭眠幾—。

(十四)形圜也。〔周禮典同〕—聲衍。〔疏〕凡鐘依鳧氏所作若鈴不圜。今此—而微圜。故聲淫衍無鴻殺也。

(十五)—穴。紆曲也。〔漢後盧植傳〕頗知今之遊記特多—穴〔又〕轉旋之意。〔漢書敘傳〕畔—穴其若茲兮。

(十六)周—四周也。〔廬山記略〕周—垂三五百里。

(十七)裵—縈繞淹留也。〔後漢蘇竟傳〕或裵—屏藩。〔按裵訓長衣貌。段注若史記子虛賦、弭節裵—。漢書郊祀志、神裵—若留放。乃長衣引伸之義〕

(十八)—沇。猶攕互不齊一也。〔後漢王充王符仲長統傳論〕用明居晦。—沇於往時。

(十九)—怨聲。〔關尹子〕人之善琴者有怨心則聲——然。〔又〕不一次也。〔杜牧詩〕終日求人卜。——道好音。〔又〕光明貌。〔文選張衡賦〕焱——其揚靈。

(二十)低—紆衍貌。〔漢書揚雄傳〕大道低—。

(廿一)種族名。中華民國五大民族之一。其先起於西域。古所謂大食突厥。均屬此族。創造文明。尤精數學。第七世紀時有謨罕默德者。刱興宗教。曰——教。今猶繁衍於亞洲西部。歐洲土耳其國亦該族所建。

(廿二)—風。飄風也。〔楚辭悲回風〕悲—風之搖蕙兮。

(廿三)—中。地名。〔後漢郡國志〕有—城名—中。

(廿四)人名。史記仲尼弟子傳有顏—字子淵。楚辭天問有康—。列仙傳方—。

(廿五)通迴。〔史記孔子世家〕余祇—留之不能去云。〔注〕亦作低迴。

(廿六)同洄。〔爾雅釋水〕過辨—川。〔釋文〕—本作洄。

(廿七)同徊。〔史記司馬相如傳〕於是楚王乃弭節裵—。〔文選作徘徊〕

(廿八)姓也。〔韻會〕古賢者方—之後。

【回】胡對切音績隊韻

(一)曲繞也。〔漢書食貨志〕鄭當時爲渭漕—遠。〔注〕師古曰音胡內反。

(二)畏卻也。〔漢書蓋寬饒傳〕刺舉無所—避。

【因】伊眞切音姻眞韻

(一)就也。見〔說文〕。

(二)依也。〔論語學而〕—不失其親。亦可宗也。

(三)親也。〔詩皇矣〕—心則友。

(四)舊也。〔管子心術〕—也者非吾所顧。故無顧也。

[illegible]而以告孟予。

(六)襲也。〔漢書食貨志〕太倉之粟陳陳相—。

(七)順也。〔呂覽君守〕必有—也。

(八)由也。〔書禹貢〕西傾—桓是來。

(九)從也。〔史記淮陰侯傳〕不如—而立善遇之。

(十)猶受也。〔國策秦策〕願於—計。

(十一)仍舊也。〔文選張衡賦〕—秦宮室。

(十二)連接也。〔周書作雒〕北—於郟山。

(十三)—是。猶是也。〔國策秦策〕夫蜻蛉其小者也。黃雀因是已。〔王引之云〕言黃雀之自以爲無患。亦猶之蜻蛉也。

(十四)—循。不變革也。〔漢書馮立傳〕大馮君。小馮君。兄弟繼踵相—循。〔又〕不振作也。〔韓愈詩〕無用祇—循。

(十五)—明。釋氏學術之一宗。類近世所稱論理學。

(十六)事物所由起也。如云—果。原—等是也。

(十七)—緣。謂依附以生輕重也。〔後漢陳寵傳〕不良吏得生—緣。

(十八)—子。數。數學語。相加合之數也。

[illegible]名乘。

(二十)借作姻。〔六書正譌〕借爲昏姻之姻。言女有所—也。

(廿一)姓也。〔左定二年傳〕遂人四族有—氏。〔又〕—孫、複姓。出〔姓苑〕。

【囟】思晉切音信震韻 息忍切 上聲軫韻 息利切音四寘韻

頭會𡿺蓋也。見〔說文囟部〕〔按俗呼𡿺門。—前頂合縫處也。魏校曰。頂門也。子在母胎。諸竅尙閉。唯臍內气。—爲之通气。骨獨未合。既生則竅開。口鼻內气。尾閭爲之洩气。—乃漸合。方書云。頂中央旋毛爲百會。百會前一寸半爲前頂。百會前三寸卽—門。〕

【囝】九件切音蹇銑韻

兒也。〔靑箱雜記〕唐顧況有哀—詩。〔閩讀給養切。蘇浙讀六安切。粤、贛、湘、鄂等省均讀若宰。〕

【囝】同月。唐武后作。見〔六書畧〕。

【囪】初江切音窗江韻

孔穴也。見〔川篇〕。

【⿴囗幺】伊宵切音妖蕭韻

神名〔酉陽雜俎〕人影九重。第七重曰寵—。

【囦】古囪字〔字彙〕凡昏會等字皆从此。與函字不同。

【囙】古良字。見〔五音集韻〕。

【囡】同因。見〔集韻〕。

四畫

【囤】杜本切音笆阮韻　徒渾切音屯元韻

●一 積也。俗云—貨是也。

●二 盛穀器〔六書故〕囷類。織竹規以貯穀也。

【囧】俱永切音憬梗韻

●一 窗牖也〔說文囧部〕窗牖麗廔闓明。象形。

●二 伯—人名〔書冏命序〕穆王命伯—為周太僕正。〔按釋文〕—本作煛。說文夼部作伯冏。書大傳同。漢書人表作伯煛。

●三 同烱。光也〔韓愈詩〕月吐窗—。

【囩】王分切音雲文韻　于元切音袁元韻　為贇切音筠眞韻

●一 回也。見〔說文〕〔段注〕雲字下曰。象雲回轉形。沄字下曰。轉流也。凡从云之字。皆有回轉之義。

●二 田十二頃曰—。見〔古音叢目〕。

【园】五官切音岏寒韻

●一 同刓。圭角磨滅也〔莊子齊物論〕五者—而幾向方矣。

●二 同圜。圜也。見〔集韻〕。

【囮】五禾切音訛歌韻

●一 譯也。从口。化聲。率鳥者繫生鳥以來之名曰—。見〔說文〕〔注〕譯。謂傳四夷及鳥獸之語也。化者。誘禽鳥也。即今之鳥媒也。〔按廣雅疏證曰〕—、䍂二字。曾憲並音由。玉篇。—、䍂並余周、五戈二切。鳥媒也。廣韻。—、䍂並以周切。—又五戈切。案—與䍂義同而音異。—从化聲。讀若譌。䍂从繇聲。讀若由。則二字之不同音甚明。玉篇、廣韻、廣雅。音合—、䍂為一字。皆非也。說文—字注云。讀若譌。其䍂字注當云—也。从口。繇聲。而今本云—或从繇。則後人據玉篇改之也。愚按—當从化聲。不當从繇聲。舊注引廣韻以周切。又集韻以九切。義並同。沿廣韻諸書之誤。今訂正。參看䍂字注。

●二 同吪。化也〔元包經〕華類—育。庶物甡植〔注〕—與詩吪訓化同。

【困】苦悶切坤去聲願韻

●一 故廬也。从木在口中。見〔說文〕〔注〕舊所居廬。故其木久而—弊也。

●二 悴也。見〔廣雅釋言〕。

●三 倦也〔蘇軾詩〕三杯卯—忘家事。

●四 危也〔淮南主術〕效忠者希不—其身。

●五 逃也。見〔方言〕。

●六 苦也〔國語晉語〕謀而—人。

●七 亂也〔論語子罕〕不為酒—。

●八 乏也〔禮記中庸〕事前定則不—。

●九 極也〔荀子修身〕橫行天下。雖—四夷。

●十 難去聲也〔史記信陵君傳〕以公子高義。為能急人之—。

●十一 難也〔管子地圖〕—殖之地。〔注〕—謂其地墝埆不可種藝。

●十二 勞乏也〔後漢耿純傳〕昨夜—乎。

●十三 疾甚也〔世說〕一旦有疾至—。

●十四 憂愁也〔書盤庚〕汝不憂朕心之攸—。

●十五 貧乏也〔史記宋世家〕歲饑民—。

●十六 窮蹙也〔後漢公孫述傳〕兵破身—者數矣。

●十七 窮壺也〔國語越語〕日—而還。

●十八 為人所阨〔左宣十四年傳〕—獸猶鬭。

●十九 謂有所不通也〔論語季氏〕—而學之。

●二十 患至而後慮者謂之—。見〔荀子大畧〕

●二十一 心省恤人謂之惠。反惠為—。見〔賈子道術〕。

●二十二 卦名。坎下兌上〔易困〕澤无水—。

●二十三 歲名〔爾雅釋天〕太歲在子曰—敦。〔孫注〕—敦。渾沌也。言萬物初萌。混沌於黃泉之下也。

●二十四 借作梱〔說文〕朱古文—。〔桂注〕案以朱為門梱之梱。

【囪】初江切音牕江韻

屋之通孔也〔說文囪部〕在牆曰牖。在屋曰—。〔按在屋曰—言在屋上者也〕

【囱】麤叢切音聰東韻

竈突也。見〔集韻〕。

【囫】呼骨切音忽月韻

物完曰—。圇與渾侖同義。見〔洛

書刋誤〕。

【囨】匹懸切音篇先韻
唾聲也見〔玉篇〕。

【囥】口浪切音亢漾韻
藏也見〔集韻〕。

【囬】古面字〔鄞本監韻〕回作一。非一乃古面字也。

【囦】古淵字〔元包經〕物萌於一。

【𡆸】古日字見〔玉篇〕。

【囟】同囟手動也見〔玉篇〕。

【𡈹】同壼別作閫梱見〔正字通〕。

【𡇁】同模見〔漢碑〕。

【回】同咎見〔集韻〕。

【国】俗國字見〔正字通〕。

【民】俗國字見〔龍龕手鑑〕。

【国】俗國字見〔龍龕手鑑〕。

五畫

【囷】區倫切音麏眞韻巨隕切音窘軫韻
●一 廩之圜者从禾在囗中圜謂之一。方謂之京見〔說文〕。
●二 綣也藏物繾綣束縛之也見〔釋名釋宮室〕。
●三 一一環繞貌〔杜牧賦〕盤盤焉一一焉。
●四 輪一屈曲貌〔漢書鄒陽傳〕蟠木根柢輪一離奇
倉廩之屬
●五 天一星名〔星經〕天一十二星主
●六 神一山名〔山海經北山經〕神一之山〔注〕沅曰案水經注此山當在漢林慮縣今河南林縣也。

【固】古慕切音顧遇韻
●一 四塞也見〔說文〕〔段注〕四塞者無罅漏之謂
●二 鞏也見〔廣雅釋詁〕。
●三 堅也〔詩天保〕亦孔之一。
●四 安也〔國語魯語〕帝嚳能序三辰以一民。
●五 定也〔國語晉語〕夫一國者在親而善鄰
●六 壹也〔國語周語〕而守終純一。
●七 陋也〔論語述而〕儉則一。
●八 久也〔國語晉語〕臣一聞之。
●九 廢也〔國語魯語〕不識窮一又求自遜。
●十 護惜也〔管子版法〕明養生以解一。
●十一 堅守也〔論語衞靈〕君子一窮。
●十二 禁一也〔素問至眞要大論〕諸厥一泄皆屬於下。
●十三 猶乃也〔孟子萬章〕仁人一如是乎。
●十四 猶必也〔左桓五年傳〕蔡衞不枝一將先奔
●十五 辭一再辭也〔書大禹謨〕禹拜稽首一辭。
●十六 執一不通也〔論語憲問〕非敢爲佞也疾一也。
●十七 本然之辭〔孟子梁惠王〕天下一畏齊之强也。
●十八 已然之辭〔孟子滕文公〕夫世祿滕一行之矣。
●十九 常然之辭〔孟子盡心〕若一有之。
●二十 欲專之謂一〔禮記曲禮〕毋一獲。
●廿一 萬物莫足以傾之之謂一見〔荀子儒效〕。
●廿二 掌一周官名〔周禮掌固〕掌修城郭溝池樹渠之一。
●廿三 一疾久疾也〔禮記月令〕國多一疾。
●廿四 [illegible]器曰[illegible]見〔六書正譌〕
●廿五 通故〔史記魯周公世家〕咎於一實〔集解〕徐廣曰亦作故。
●廿六 姓也說苑有一乘人表作一來新序謂作一桑〔又〕僕一複姓唐僕一懷恩。

【𡇈】徒浪切音宕漾韻
●一 同圖碎石聲見〔集韻〕。
●二 古囊字見〔玉篇〕。

【囹】郎丁切音靈靑韻
獄也見〔說文〕〔王注〕白虎通三王始有獄夏曰夏臺殷曰羑里周曰一圄鄭志崇精問曰一圄何代之獄焦氏答曰月令秦書則秦獄名也。

【𡇒】筆力切音逼職韻
閉也見〔集韻〕。

【囸】古日字見〔字彙〕〔舊注謂即囗字之譌〕。

【囶】古國字見〔玉篇〕。

【𡇐】古柙字見〔集韻〕。

【𡇓】同笏見〔字彙〕。

【𡇤】同圖見〔集韻〕。

【囯】國俗字。見〔龍龕手鑑〕。〔按辛亥革命時文告中多用一字代國字〕。

六畫

【囿】于救切音右宥韻云九切音有有韻

㊀苑有垣也。一曰所以養禽獸曰一。見〔說文〕〔段注〕高注淮南曰。有牆曰苑。無牆曰一。與許互異。蓋有無互譌耳。

㊁猶有也。見〔風俗通〕。

㊂識不通廣曰一。猶拘墟也。〔尸子廣擇〕一其學之相非也。皆弇於私也。

㊃凡分別區域曰一。〔通鑑外紀〕人皇氏依山川土地之勢。財度爲九州。謂之九一。

㊄畜魚鼈之處也。見〔風俗通〕。〔通訓定聲引周語曰一有林池〕。

【□】知極切音貞庚韻

宋時取士編號之字也。見〔字彙補〕。〔按名臣奏議云司馬光論一毡兩號所對策辭理俱高〕。

【□】鄙孔切音菶董韻

圂穴也。見〔字彙〕。

【□】陟栗切音挃質韻丁結切音迭屑韻

下入也。見〔玉篇〕。

【□】莫兮切音迷齊韻

地名。見〔玉篇〕。

【圀】古國字。唐武后作。〔正字通〕武氏好改新字。有言國中或者惑也。請以武鎭之。改爲□。復有言武在口中。與困何異。改爲一。

【□】古國字。〔崔亭伯樽銘〕萬一咸懽。〔正字通〕云。銘本作□。参、乃旁字之譌。

【□】古甚字。見〔六書統〕。

【□】同□。見〔奚韻〕。

【图】同□。見〔海篇〕。

七畫

【圂】胡困切音溷願韻

㊀豕廁也。从口。象豕在口中也。會意。見〔說文〕〔通訓定聲〕亦曰圈。蒼頡篇、一家所居也。

㊁咸之反。〔賈子道術〕誠勸可畏謂之咸。反咸爲一。

㊂人廁也。〔六書故〕廁以穢故。亦謂之一。

㊃同溷。〔說文桂注〕通鑑。費黑曰。溷牢之物何足汲汲。注云。溷、與一同。

【圂】胡慣切音豢諫韻

家畜也。〔禮記少儀〕君子不食一腴。〔注〕謂犬豕腴腸也。犬豕亦食米穀。腹似人。故不食。

【圃】彼五切音補麌韻

㊀所以種菜曰一。見〔說文〕〔段注〕所以二字。今補。齊風毛傳曰。一、菜園也。

㊁補也。見〔風俗通〕。

㊂大也。〔國語周語〕藪有一草。〔韋注〕一、大也。

㊃博也。〔韓詩車攻〕東有一草。〔毛詩作甫草〕。

㊄布也。〔論語子路〕請學爲一。〔皇疏〕一之言布也。

㊅一田。地名。〔周禮職方氏〕河南曰豫州。其澤藪曰一田。〔按鄭詩所謂甫草在周東都畿內。後爲鄭地。今河南中牟縣西北有一田澤〕。

㊆縣一。山名。〔楚辭天問〕崑崙縣一。〔注〕崑崙、山名也。在西北。元氣所出。其巔曰縣一。

【圄】偶舉切音語語韻

㊀守之也。見〔說文〕〔桂注〕賈誼書。守一扞敵之臣。鄭注周禮司右引司馬法弓矢圉。今司馬法作弓矢禦。禦謂守禦字古作一。圉者一之譌也。韻會云。案說文一守也。圉令圉也。禦祀也。今文一爲圉。一字圉爲牧圉字。禦爲守禦字。經傳中相承用之久矣。

㊁禦也。言領錄囚徒禁禦之也。見〔初學記〕。

㊂悟也。令罪人入其中自悔悟也。見〔初學記〕。

㊃與也。言令人幽閉思愆。改惡爲善。因原之也。見〔風俗通〕。

㊄通圉。〔書禹貢〕西傾朱圉。〔漢書地理志〕作朱一。

【圅】戶感切音頷感韻

口下曰一。見〔集韻〕。

【圅】湖南切音含覃韻

舌也。見〔說文弓部〕。

【圁】魚斤切音銀眞韻

水名。〔漢書地理志〕在幷州西河

郡。〔按水經注河水南過—陽縣東。—水出上郡白土縣—谷。逕其縣南。又東逕—陰縣。南流注於河。—陰。漢惠帝五年置。王莽改方陰。後漢郡國志作圜陽。當今陝西神木縣。〕

【𡇼】陟革切音責陌韻

、—硬貌。見〔玉篇〕。

【圓】辭沿切音旋藥緣切音娟先韻隨戀切音鏇霰韻

規也。見〔說文〕。〔桂注〕古文苑。篆勢為學藝之苑—。注云。—音旋。規也。所以為圓。通作捐。釋器。環謂之捐。

【圅】補皿切音丙梗韻

人名。〔穆天子傳〕圅—為右。〔按列子周穆王篇作𧽻圅為右。今本又作𠪚圅為右。音與泰丙同。淮南子云。鉗且泰丙之御也。除轡銜。棄鞭策。高注。皆古之得道善御也。〕

【𡇸】面本字。見〔字彙〕。〔按說文作面。〕

【𡇳】古目字。見〔玉篇〕。

【𡇴】古古字。見〔字彙補〕。

【圈】窘遠切音綣阮韻巨卷切倦

上聲銑韻逵眷切音倦霰韻

(一)養畜之閑也。見〔說文〕。〔段注〕畜、當作嘼。轉寫改之耳。閑、闌也。牛部曰。牢。閑養牛馬—也。是牢與—得通偁也。〔按曹植求自試表。如—牢之養物。亦通稱之也。〕

(二)陝也。〔淮南原道〕天下為之—。

(三)轉也。〔禮記玉藻〕—豚行不舉足。〔注〕謂徐趨曳轉循地而行也。

(四)豰羞之器。〔太玄交〕大—閎閎。小—交之。〔注〕求晚切。王曰。—者豰羞之器。

(五)邑名。〔公羊文十一年傳〕楚子伐—。〔注〕求阮反。一音卷。說文作𨜏。字林曰萬反。二傳作麋。

(六)姓也。〔正字通〕漢—稱。撰陳留風俗傳。避難。改姓卷。

【圈】驅圓切犬平聲逵員切音權先韻去爰切綣平聲元韻

(一)以朱墨作圓形曰—。〔通訓定聲〕今所用文章—點。亦謂形周如—也。

(二)屈木所為飲器。〔禮記玉藻〕母沒而杯—不能飲焉。

(三)通棬。〔孟子告子〕猶以杞柳為杯棬。

(四)通𥁕。〔方言〕盂海岱之閒。或謂之𥁕。

【圉】偶舉切音語語韻

(一)圄—。所以拘罪人。从口𡴘。一曰—垂也。一曰。—人掌馬者。見〔說文𡴘部〕。〔段注〕𡴘為罪人。口為拘之。故其字作—。他書作囹圄者。同音相叚也。爾雅釋詁云。—垂也。孫注、—國之四垂也。邊垂者可守之地。養馬者守視之事。疑皆圄字引申之義。各書叚—為之耳。

(二)禁也。〔周書寶典〕不—我哉。

(三)止也。〔太玄彊〕終莫之—。

(四)使也。見〔廣雅釋詁〕。

(五)臣也。見〔廣雅釋詁〕。

(六)——。困而未舒之貌。〔孟子萬章〕始舍之——焉。

(七)威德剛武曰—。見〔周書謚法〕。

(八)月陽。〔爾雅釋天〕月在丁曰—。

(九)歲陽。〔爾雅釋天〕太歲在丁曰彊—。〔按史記曆書作彊梧〕

(十)—陽地名。〔左昭二十四年傳〕王及—陽而還。〔注〕—陽、楚地。〔當在今湖北境〕

(十一)朱—山名。〔書禹貢〕西傾朱—鳥鼠。〔注〕朱—、在隴西之西。〔按朱—即岷之東支。在今甘肅境內。〕

(十二)邑名。〔後漢郡國志〕—屬豫州陳留郡。〔當今河南陳留縣地。〕

(十三)靈—。崑崙眾神也。〔楚辭遠逝〕悉靈—而來謁。

(十四)通敔。樂器名。〔詩有瞽〕鞉磬柷—。

(十五)姓也。〔左哀十六年傳〕楚—公陽。穴宮負王、以入昭夫人之宮。

【圉】魚據切音御御韻

止也。捍也。〔莊子繕性〕其來不可—。〔注〕與禦同。

【圊】親盈切音清庚韻倉經切音青青韻

(一)廁也。見〔廣雅釋宮〕。〔疏證〕或曰。—、言至穢之處。宜常修治使潔清也。

(二)便溺器曰—桶。見〔李實蜀語〕。〔按今人多作淨桶。疑即—之轉音〕

(三)通清。〔急就篇〕屏廁清溷糞土壤。

【國】骨或切觥入聲職韻
(一)邦也。見〔說文〕〔段注〕戈部曰。或、邦也。古或國同用。
(二)謂諸侯之國。〔孟子離婁〕皆曰天下國家。
(三)九州之外曰國。〔書大傳〕重譯來朝者六國。
(四)天子所都曰國。〔禮記禮運〕國有學。
(五)列侯所食縣曰國。見〔漢書百官公卿表〕
(六)國貉蟲名。〔爾雅釋蟲〕國貉、蟲蠁。〔正義〕國貉、一名蟲蠁。說文。蠁、知聲蟲也。玉篇云。蠁、禹蟲也。
(七)國子公卿大夫之子弟也。〔周禮師氏〕以三德敎國子。
(八)姓也。〔廣韻引姓苑〕太公之後。齊有國氏世爲上卿。

【圂】主竟切音膞銑韻
囚形鋼人出也。見〔集韻〕

【圁】克角切音礭覺韻
䆅聲。見〔廣韻〕

【𡇯】烏宏切音泓庚韻
空也。見〔玉篇〕

【𡇰】大浪切音宕漾韻
砰國、石聲。見〔集韻〕

【圇】龍春切音倫真韻
圐圇也。見〔字彙〕

【𡇴】通奈切音泰泰韻
人名。見〔字彙補〕〔詳岗字注〕

【圅】局閤切音合合韻
同部。會也。見〔集韻〕

【𡇒】古婣字。見〔集韻〕

【圗】古圖字。見〔玉篇〕

九畫

【圌】淳沿切音遄先韻
(一)圌也。見〔玉篇〕
(二)篅或字。〔集韻〕篅、或作圌。〔按說文竹部。篅、目判竹圜目盛穀者〕

【𡈃】是爲切音垂支韻
山名。在吳郡。見〔集韻〕〔按圌山、在今江蘇丹徒縣東北六十里。屹立江濱。江面至此頗狹。水流甚急。形勢險要。爲大江咽喉。築有礮台駐守。〕

【圍】于非切音韋微韻
(一)守也。見〔說文〕〔按公羊莊十年傳。圍、不言戰。以兵守城曰圍。是其義也。〕
(二)就也。見〔廣雅釋詁〕〔疏證〕圍、猶帀也。周官典瑞注一帀爲一就。
(三)褱也。見〔廣雅釋詁〕
(四)周也。〔易繫辭〕範圍天地而不過。〔注〕周備也。範圍、如金之有模範。圍、匡郭也。
(五)遮取禽獸也。〔禮記曲禮〕國君春田不圍澤。
(六)度計木之圓周也。〔莊子人閒世〕櫟社樹。其大蔽牛。絜之百圍。〔李注〕徑尺爲圍。〔按韻會。一圍五寸。又云。一圍三寸。又一抱謂之圍〕又莊子人間世。求狙猴之杙者斬之。三圍四圍。李注。圍、環八尺爲一圍。
(七)環其城邑曰圍。見〔春秋提要注〕〔按正字通云環繞攻城也。〕
(八)腰圍。帶也。〔李賀詩〕腰圍白玉冷。
(九)圍棊弈也。〔博物志〕堯造圍棊。丹朱善棊。〔按左襄二十五年傳疏。棋者所執之子。以子圍而相殺。故謂棋之圍〕
(十)九圍。九州也。〔詩長發〕帝命式於九圍。〔疏〕九分天下各爲九處。規圍然。
(十一)媼圍。縣名。漢置。屬武威郡。在今甘肅皐蘭縣東北。
(十二)通韋。〔史記曹相國世家〕渡圍津。〔索隱〕圍、與韋同。古今字變耳。
(十三)通衞。〔管子地員〕以圍拳殃。〔注〕圍、同衞。

【𡈁】于貴切音謂未韻
繞也。見〔集韻〕

【圔】乙轄切音𥕍黠韻
駝鳴聲。〔韓愈詩〕載實駝鳴圔。

【𡈉】音屈平聲
囷倉也。見〔篇海〕

【𡈑】古嘗字。見〔字彙補〕

【𡇬】煙籀文。見〔集韻〕

十畫

【園】于元切音袁元韻
(一)所以樹果也。見〔說文〕〔王注〕周官太宰。園圃毓草木。
(二)援也。見〔風俗通〕
(三)天園。星名。〔宋史天文志〕天園曲而鉤。菜果熟。
(四)陵寢也。〔後漢光武紀〕遷呂太后

廟主於—四時上祭。〔按正字通云。凡歷代帝后葬所曰—。漢制。陵—有令。如文帝陵名文—。戾太子葬處曰戾—。〕

(五)祇—寺院也。梵書須達多長者建精舍請佛住。凡千二百區。謂之祇樹—。

(六)梨—優伶奏伎之所。〔唐書禮樂志〕明皇既知音律。又酷愛法曲。選坐部伎子弟三百。敎于梨—。聲有誤者。帝必覺而正之。號皇帝梨—弟子。〔按後世演劇之所名曰梨—。義蓋本此。〕

【圓】于權切音員先韻王問切音運問韻

(一)圜全也。見〔說文〕〔段注〕全、集韻類篇作合。誤。

(二)天也。〔淮南本經〕戴—履方。

(三)平—也。〔通訓定聲〕渾—曰圜。平—曰規。—之器曰—。

(四)君道也。〔管子君臣〕—者運。

(五)豐滿也。〔呂覽審時〕其粟—而薄糠。

(六)完畢也。如俗謂排難解紛曰—事。嫁娶曰—婚。

(七)—寂。釋氏語。謂歿也。

(八)釋敎之義諦也。釋氏以顯密—通四部垂敎。或曰—敎。又稱法華爲—頓宗。—謂無停止。無障礙。無缺漏也。

(九)—夢。占夢以決吉凶也。亦作原夢。唐黃幡綽爲安祿山—夢。南唐馮僎舉進士。徐文幼爲—其夢。又唐高祖於興儀寺建—夢堂。

(十)天道曰—。見〔大戴禮曾子天圓〕。

(十一)隨俗徇人。不持廉隅曰—。如俗稱—通、—滑之類。

(十二)錢貨名也。美銀貨當百仙。其文曰 One Dollar。金貨亦當百仙。文曰 One Dollar-piece。按美國、日本、坎拿大。銀貨本位均名圓。美一圓約當我銀一兩五錢。日本坎拿大、一圓約當我銀七錢強。

(十三)通員。〔易繫辭〕—而神。〔釋文〕—、本又作員。

(十四)通圜。〔禮記郊特牲注〕冬至祭天於圜邱之事。〔釋文〕圜、本又作—。

(十五)通隕。〔說文段注〕商頌。幅隕既長。毛曰。隕。均也。按元鳥傳亦曰員均也。是則毛謂員、隕皆—之假借字。渾圜則無不均之處也。箋申之曰。隕當作—。謂周也。此申毛非易毛。

【圔】乙洽切音浥洽韻烏合切音罯合韻

(一)—欲。聲下貌。見〔集韻〕。〔按欲、—、義同。文選長笛賦。欲—寘瘶。注。皆言其聲之下也。〕

(二)俗謂物消縮曰—。見〔正字通〕。

【⿴囗壼】苦本切音閫阮韻區倫切音囷眞韻

(一)宮中道。从口。象宮垣道上之形。見〔說文〕。

(二)尻也。見〔廣雅釋詁〕。〔按尻即居處之居。說文廣雅作尻。經傳皆作居〕

(三)亦作壼。〔詩既醉〕室家之壼。〔按說文引詩作—。〕

【⿴囗冒】莫報切音冒號韻

(一)覆也。見〔集韻〕。

(二)食巾也。見〔集韻〕。

【⿴囗氣】許慨切音[illegible]震韻

氣惡也。見〔篇海〕。

【圑】符遇切音附遇韻

樹蔬曰—。見〔集韻〕。

【⿴囗馬】陟立切音縶緝韻

縶也。見〔玉篇〕〔[illegible]在口中亦稱維之意。〕

【[illegible]】古零字。見〔五音集韻〕。

【⿴囗鳥】日籀文。見〔字彙補〕。

十一畫

【圖】同都切音徒虞韻

(一)畫計難也。从口。从啚。啚、難意也。見〔說文〕〔王注〕啚、嗇也。嗇、濇也。濇、不滑也。故曰難意。

(二)謀也。見〔廣雅釋詁〕。

(三)度也。見〔廣雅釋詁〕。

(四)議也。見〔廣雅釋詁〕。

(五)計也。〔公羊莊十三年傳〕君不—與。

(六)法也。〔楚辭懷沙〕章畫志墨兮前—未改。〔注〕言修前人之法。不易其道。史記—作度。

(七)象也。〔國語周語〕省其典—刑法。

(八)除治也。〔左隱元年傳〕無使滋蔓。蔓難—也。

(九)謀取之也。〔漢書高帝紀〕羽可—。

(十)謀賞之也。〔漢書高帝紀〕未盡能—其功。

(十一)畫物象也。〔文選謝莊宋孝武宣

諫〕稱—照言。

⑫—書。—籍也。〔史記蕭相國世家〕收秦丞相御史律令—書藏之。

⑬河—。—出於河帝王聖者之所受。〔書顧命〕天球河—。

⑭地—也。〔周禮小宰〕三曰聽閭里以版—。

⑮—讖。占驗之書也。〔後漢光武紀〕宛人李通等以—讖說光武。〔注〕王者受命之徵驗也。

⑯浮—。佛教也。〔後漢襄楷傳〕聞宮中立黃老浮—之祠。此道淸虛。貴尙無爲。

⑰錢貨。錢貨名。往時歐洲諸國所行金銀錢貨。皆言圖克。各異其形。値亦異。今諸國尙有未廢者。俄三圖克當一盧布。與一圖克當十一克埌二十九希拿。英文 Ducat

⑱浮—。塔也。〔洛陽伽藍記〕永寧寺中有九層浮—一所。架木爲之。高九十丈。

⑲岡屠。〔釋老志〕始聞有浮屠之敎。〔按佩文韻府云〕—與屠通。

⑳同畾。〔按一切經音義引韶定古文官書〕—畾二形同。

【團】徒官切音摶寒韻

①圜也。見〔說文〕。

②圓物也。如花—、浦—之類是也。

③握領也。〔史記田完世家〕遇因—三國之兵。

④——垂貌。〔後漢張衡傳〕志——以應懸兮。〔文選思玄賦作摶摶〕。

⑤—圓貌。如云月—、面—、扇—之類是也。

⑥—欒。環聚貌。〔龐居士語錄〕—欒頭共說無生話。〔又〕粉糰也。〔范成大詩〕鬆粉—欒意。〔自注〕—欒、糰子。

⑦合體也。如財—、社—、及—體等稱是也。

⑧陸軍編制名稱也。隋唐以來用之。又有—練、—防等稱。民國新制師之次爲旅。旅之次爲—。日本亦稱師—。

⑨—臍。雌蟹也。〔蘇軾詩〕九月—臍十月尖。

⑩通漙。〔詩野有蔓草〕零露漙兮。〔釋文〕漙本亦作—。

⑪通摶。〔考工記梓人〕摶身而鴻。〔注〕摶、圜也。

⑫通專。〔周禮大司徒〕其民專而長。〔注〕專。圜也。徒丸反。

⑬通顓。〔漢書賈捐之傳〕顓顓獨居一海之中。〔注〕顓顓、圜貌。

⑭通慱。〔詩素冠〕勞心慱慱兮。〔傳〕憂思—結不解。與—同。

⑮通揣。〔文選馬融賦〕冬雪揣封乎其枝。〔注〕揣與—古字通。

⑯通敦。〔詩東山〕有敦瓜苦。〔注〕敦、猶專專也。徒丹反。〔疏〕言瓜繫於蔓、專專然也。

【圌】淳沿切音栓先韻　豎兗切音踹銑韻

載柩車也。見〔集韻〕。

【[illegible]】鳥關切音彎刪韻

水勢迴旋貌。〔文選郭璞賦〕渚—、—濚。

【圏】具願切箠去聲願韻　逵眷切音倦霰韻

同圈。邑名。見〔集韻〕。

【圗】古圖字。見〔集韻〕。

【[illegible]】古睦字。見〔六書故〕。

【[illegible]】古冒字。見〔集韻〕。

【[illegible]】古罪字。見〔字彙補〕。

【[illegible]】同囮。見〔說文先訓〕。

【[illegible]】俗圖字。見〔正字通〕。

十二畫

【圚】胡隊切音潰隊韻

門闠也。見〔字彙〕。

【[illegible]】荀緣切音宣先韻

面圓也。見〔集韻〕。

【[illegible]】同圖。見〔集韻〕。

十三畫

【圜】于權切音圓先韻

①天體也。見〔說文〕。

②陽氣也。〔太玄釋〕—煦釋物。

③凡物之圓而不方者曰—。見〔正字通〕。

④—法。幣制。〔漢書食貨志〕齊太公爲周立九府—法。〔注〕—謂均而通也。

⑤—鐘。夾鐘也。〔周禮大司樂〕—鐘爲宮。

⑥—丘。今天壇也。〔周禮大司樂〕冬日至于地上之—丘奏之。

⑦—土。獄也。〔周禮比長〕則唯—土納之。

⑧司—。周官名。〔周禮司圜〕掌收敎

龍民。

㊈同圜。〔列子說符〕—流九十里。

㊉同員。〔考工記輪人〕取諸—也。〔注〕鄭司農云。故書—或作員。

【圜】胡關切音還刪韻

㊀環繞也。〔漢書高五王傳〕—悼惠王冢園邑。

㊁—陽。縣名。詳圁字。

【圛】夷益切音睪陌韻

回行也。从口。睪聲。商書曰。曰—。—者、升雲半有半無。讀若驛。見〔說文〕〔按書洪範作曰驛〕。

【〓】古滿字。見〔字彙補〕。

十四畫

【〓】古獄字。見〔玉篇〕。

十六畫

【〓】俱倫切音麇眞韻苦殞切音僒軫韻丘粉切音趣吻韻若本切音閫阮韻

㊀束也。見〔廣雅釋詁〕。

㊁同麇。〔左哀二年傳〕羅無勇麇之。〔注〕束縛也。〔釋文〕—邱隕反。

㊂同稛。〔廣雅釋詁〕稛、束也。〔疏證〕稛與下—字同。說文稛絭束也。齊語稛載而歸。韋昭注云。稛、絭也。〔管子小匡篇作攟〕。

十七畫

【〓】同〓。舊字典注云。與囮同。非。詳〓字。

十八畫

【〓】夷周切音猷尤韻

㊀鳥媒也。〔說文〕囮或从繇。〔段注〕各本篆作〓。解作繇。今正。按或當作也。本二字。一化聲。一繇聲。其義則同。〔說文義證〕曰。廣雅〓〓也。以〓訓囮。則囮〓別為字。又說文通訓定聲曰。按廣雅釋言囮〓也。北戶錄引字林〓音由。今獵師有〓。繇化音隔。義同。愚按—〓音義並同。囮—則義同音異。舊注〓字引集韻與囮同。—字引正字通同囮。非是。今訂正。參閱囮字注。

㊁借作游。〔文選潘岳賦〕恐吾游之晏起。〔徐注〕—雉媒名。江淮間謂之游。

㊂或作由。〔呂溫賦〕野人摯鹿而〓者曰。此由鹿以誘致羣鹿。

【〓】囿籀文。見〔說文〕〔通訓定聲〕。从口。中有四介。介有木。按周語曰。囿有林池。故从木有介。

十九畫

【圞】盧丸切音鸞寒韻

團—。圓也。〔孟郊詩〕意比小團—。

〔俗作圝〕。

二十三畫

【圝】俗圞字

✻尸部✻

【尸】升脂切音施支韻

㊀陳也。象臥之形。見〔說文〕。〔按此為本義。引伸之凡陳列皆得言—。如詩、有母之—饔。左傳、楚武王荆—是也〕

㊁既定死曰—。—。舒也。骨節解舒。不能復自勝斂也。見〔釋名釋喪制〕。

㊂未葬之通稱。〔左隱元年傳〕贈死不及—。〔按死—之—、本作屍。互詳屍字〕

㊃主也。〔儀禮士虞禮〕祝迎—。〔注〕—。主也。孝子之祭。不見親之形象。心無所繫。立—而主意焉。〔按禮記郊特牲—。陳也。注、—或詁為主。此—神象。當從主訓之。言陳非也。段玉裁謂祭祀之—。本象神而陳之。而祭者因主之。二義實相因而生也。〕

㊄神象也。見〔禮記郊特牲〕。

㊅祭時主設羹者亦稱—。〔詩采蘋〕惟其—之。有齊季女。

㊆不勤也。〔書五子之歌〕太康—位。以逸豫滅厥德。〔凡言—祿、—官。皆本此。〕

(八)不知人事無辭讓也。〔禮記表記〕近而不諫。則｜利也。
(九)宷也。宷官也。見〔爾雅釋詁〕。
(十)｜之爲言矢也。見〔御覽引邱季彬禮統〕。
(十一)｜俎。神俎也。見〔儀禮特牲饋食禮注〕。
(十二)｜鳩。鳥名。戴勝也。〔詩鵲巢序〕德如｜鳩。〔按山海經西山經〕鳥多｜鳩。注云。｜鳩布穀類也。或曰。鶻鵃也〕
(十三)｜解者。言將登仙。假託爲｜以解化也。見〔後漢王和平傳〕。
(十四)三｜。神名。〔酉陽雜俎〕上｜清姑。伐人眼中。白姑。伐人五藏。下｜血姑。伐人胃命。一曰。｜蟲。道家言人身有｜蟲三。處腹中。謂之三彭。
(十五)姓也。秦｜佼爲商君師。著書行於世。

一畫

〔尹〕 庾準切音允軫韻

(一)治也。从又丿。握事者也。見〔說文又部〕〔段注〕又爲握。丿爲事。
(二)正也。〔左定四年傳〕以｜天下。
(三)進也。見〔廣韻〕。
(四)主也。〔漢書敍傳〕芮｜江湖。
(五)官也。見〔廣雅釋詁〕〔又〕官名。〔漢書百官表〕內史周官。秦因之。掌治京師。武帝更名曰京兆｜。〔應劭曰〕河南｜所以治周地。秦兼天下。置三川守。河洛伊地。漢更名河南太守也。世祖徙都雒陽。改爲｜。〔按古者天子之相稱師｜。諸侯之卿。唯楚稱令｜。其餘國稱相。楚邑大夫止稱｜。如沈｜戌、芊｜無宇之類是也。今俗呼縣令曰令｜。失其義矣〕
(六)脯也。〔禮記曲禮〕脯曰｜祭。〔疏〕｜、正也。裁截正方而用之祭。
(七)誠也。見〔廣韻〕。
(八)姓也。周｜吉甫。〔又〕｜文。複姓。
(九)伊｜。古賢人也。有銑氏之子。爲湯相。

〔尹〕 鑾允切音筍軫韻　子貧切音筠眞韻

玉采色也。〔禮記聘義〕孚｜旁達。信也。〔注〕孚、讀爲浮。｜、讀如竹箭之筠。浮筠、爲玉采色也。

〔尺〕 昌石切音赤陌韻

(一)十寸也。人手卻十分動脈爲寸口。十寸爲｜。｜所以指｜規榘事也。从尸乙。乙、所識也。周制。寸、｜、咫、尋、常、仞、諸度量皆以人之體爲法。見〔說文尺部〕〔注〕十分一寸也。人所診脈處。五藏脈所會也。〔按蔡邕獨斷。夏十寸爲｜。殷九寸爲｜。周八寸爲｜。通鑑外紀。禹十寸爲｜。湯十二寸爲｜。武王八寸爲｜。通雅曰。禮記周｜注云。按禮制周猶以十寸爲｜。六國變亂法度。或言周｜八寸。其說與說文合。可信。民國三年三月頒布權度條例。營造尺庫平制。十寸爲一｜。萬國權度通制。十新寸爲一新｜。〕
(二)脈也。〔脈經分別三關境界脈候所主〕從魚際至高骨。卻行一寸。其中名曰寸口。從寸至尺。名曰｜澤。故曰｜寸。寸後｜前名曰關。〔今中醫猶稱｜脈、寸脈〕。
(三)樂譜也。〔宋史樂志〕林鐘用｜字。〔餘詳一字〕。
(四)六｜。年十五以下也。〔後漢明帝紀〕並可以受六｜之託。
(五)百｜。帆檣也。〔文選木華賦〕候勁風。揭百｜。
(六)三｜。法也。〔史記杜周傳〕周曰。三｜安出哉。前主所是著爲律。後主所是疏爲令。〔注〕以三｜竹簡書法律也。〔俗謂舞文爲弁髦三｜。今以三｜爲刑具。如笞杖之類。非也〕
(七)｜一。詔版也。〔後漢陳蕃傳〕｜一選舉。〔注〕版長｜一。以寫詔書。
(八)｜蠖。屈伸蟲也。〔易繫辭〕｜蠖之屈。以求信也。〔按廣雅釋蟲〕｜蠖。蟦蠍也〕
(九)褻｜。五射之一。詳射字。
(十)｜澤。言小也。〔文選宋玉對楚王問〕夫｜澤之鯢。
(十一)｜牘。｜素。書札也。〔漢書陳遵傳〕與人｜牘。〔古詩〕中有｜素書。
(十二)｜八。日本稱簫之一種。云即我國古時洞簫也。
(十三)｜骨。日本語。謂臂之正骨也。

二畫

〔尻〕 丘刀切考平聲豪韻

(一)脾也。从尸。九聲。見〔說文〕〔段注〕｜。今俗云溝子是也。脾今俗云屁股是也。析言是二。統言是一。故許云｜、脾也。通俗文、埤倉、皆云｜骨謂之八髎。釋名曰。｜。㞙也。所在㞙牢深也。〔按洗冤錄云。｜骨謂之尾骶。脊骨盡處也。一名尾閭。一名骶端。一名窮骨。俗呼尾椿。今亦通稱尾𦛨骨。凡三節。在方骨之下。肛門之後。形有二。一如菱角。有尖瓣。一如人參蘆。平圓無尖瓣。或有二節者。〕

(二)託根之所也。〔楚辭天問〕崑崙縣圃。其｜安在。

【尼】女夷切音泥支韻

(一)從後近之。从尸匕聲。見〔說文〕。〔段注〕｜訓近。故古以爲親暱字。高宗肜日曰。典祀無豐於｜。

(二)是也。〔周書文酌〕三｜。

(三)和也。見〔廣雅釋詁〕。〔疏證〕｜、各本譌作尼。隸書｜或作尼。因譌而爲尼。今據玉篇、廣韻、訂正。

(四)牟｜。釋迦號也。

(五)軍｜。倭國官名。〔北史倭國傳〕倭國官有軍｜。猶中國牧宰也。八十戶置一伊｜翼。猶里長也。十伊｜翼屬一軍｜。〔按倭國卽今日本國。〕

(六)女僧也。〔金剛經〕比丘｜。〔按事物紀原云。僧史畧又曰。漢明帝旣聽劉峻等出家。又聽洛陽婦女阿潘等出家。此蓋中國有｜之始。今俗或稱曰｜姑。〕

(七)毗｜。戒名也。〔毗婆羅論〕善分別戒名爲毗｜藏。

(八)山名。在今山東曲阜縣東南五十里。連泗水鄒縣界。一名｜丘山。孔子應禱而生之地。見〔讀史方輿紀要〕。

(九)摩｜。梵名。珠玉屬也。〔圓覺經〕清淨摩｜寶珠。映于五色。隨方各現。〔注〕言性照圓明也。

(十)伊｜。鹿名。〔黃庭堅詩〕坐灘行郭索。燒野得伊｜。

(十一)陀羅｜。梵語。總持也。見〔繙譯名義〕。〔又〕咒之別稱。

(十二)蟲也。見〔孝經釋文〕。

【尼】尼質切音匿質韻乃禮切音你薺韻

(一)近也。〔爾雅釋詁〕卽。｜也。〔注〕卽、｜猶今也。｜者近也。〔尸子曰〕悅｜而來遠。

(二)安也。見〔廣雅釋詁〕。

(三)定也。見〔爾雅釋詁〕。〔注〕｜者、止也。止、亦定。

【尼】乃計切泥去聲霽韻

曳止之也。〔正字通〕孟子。止或｜之。今讀泥去聲。義同。｜猶曳止之也。別作柅。

【𡰣】延知切音夷支韻

陽｜。地名。見〔字彙〕。

【𡰥】古仁字。見〔說文人部〕。〔按玉篇又以爲古夷字〕

【𡰪】玆力切音卽職韻

理也。見〔玉篇〕。

【𡰯】古歹字。見〔字彙〕。

【𡰱】俗尺字。見〔正字通〕。

三畫

【㞋】忍善切音撚銑韻

(一)柔皮也。从叉。申尸之後也。或从叉。見〔說文〕。〔王注〕叉、叉皆手。乃柔皮之工也。广部㾈之籀文㾈。車部輾皆從此㞋。則｜之有或體明矣。〔按段氏本作从尸叉。叉、申尸之後也。注云。从尸、尸謂皮也。从叉、謂申其後也。竝存。〕

(二)弱也。或爲奭。見〔玉篇〕。

【𡰷】都谷切音篤沃韻

俗豚字。尾下竅也。見〔廣韻〕。〔按舊說。本部㞘、徒昆切。音豚。俗作｜。㞘與臋、臀、通。無篤音。今讀㞘若篤。蓋俗音也。｜音、篤亦非。〕

【𡰿】古良字。見〔玉篇〕。

【戸】古歹字。見〔玉篇〕。

【𡱁】古家字。見〔字彙補〕。

【㞑】同身。見〔字彙補〕。

【㞕】同孕。見〔字彙補〕。

【𡱀】同天。見〔字彙補〕。

【尽】俗盡字。見〔字彙〕。

四畫

【尾】無匪切音委尾韻

(一)微也。从到毛在尸後。古人或飾系｜。西南夷皆然。見〔說文尾部〕。〔注〕微者、書在後時將末漸微也。〔倒毛、謂｜生倒屬也。飾系｜、若以雉｜飾𩤢。或從豹｜。

(二)脊盡處也。鳥獸魚蟲皆有之。見〔玉篇〕。

(三)末也。〔史記張儀傳〕獻恆山之｜五城。

(四)後也。〔國策秦策〕王若能爲此｜。

(五)梢也。見〔方言〕。
(六)終也。〔太玄釾〕全釾粂其首|。
(七)蠢也。見〔方言〕。
(八)底也。〔爾雅釋水〕瀵大出|下。
(九)山後也。〔穆天子傳〕天子南征陽行之東|。
(十)跱人後也。〔後漢岑彭傳〕羅出兵|纍諸營〔注〕謂尋其後而擊之。
(十一)交接也。〔書堯典〕鳥獸孶|。
(十二)好貌。〔詩旄邱〕瑣兮|兮。
(十三)二十八宿之一。今芒種節子初三刻六分之中星。

尾宿圖

(十四)|閭。海東川名。泄海水出外者也。〔莊子秋水〕|閭泄之。
(十五)|骶。|朏。|椿。|閭。皆尻骨別名。
(十六)陪|。山名。〔書禹貢〕至於陪|。〔注〕地志江夏郡安陸縣東北有橫|山。古文以為陪|。今安州安陸也。〔按吳澄書纂言曰。唐志泗水系有[illegible]山。[illegible]川水出焉[illegible]也以橫|為陪|者非是在今山東泗水縣東南五十里〕
(十七)馬|。草名。〔爾雅釋草〕蘧蔬馬|。〔注〕廣雅曰馬|。蔏陸。本草云別名薚。今關西亦呼為薚。江東呼為當陸。一名馬呼。〔圖見呼字〕〔又〕鼠|。草名。〔爾雅釋草〕葝鼠|。〔疏〕可以染皁草也。一名葝。一名鼠|。有白華者。有赤華者。一名長魋。〔又〕狼|。草名。〔爾雅釋草〕孟狼|。草〔疏〕草似茅者。一名孟。一名狼|。今人亦以[illegible]。

鼠尾草圖　狼尾草圖

(十八)姓也。淡|敦。〔又〕|勺氏。複姓。

〔局〕衢六切。音局。入聲[illegible]

(一)促也。从口在尺下。復|之。一曰博所以行棊也。見〔說文口部〕〔段注〕尺所以指斥規榘事也。口在尺下。三緘其口之意。博當作簙。簙。|戲也。六箸十二棊。簙有|。以行十二棊。|之字象其形。此別一義。
(二)分也。部分也。〔禮記曲禮〕左右有|。各司其|。〔疏〕軍之在左右。各有部分。不相濫也。軍行須監領。故主帥部分。各有所司部分也。〔按後世改名公署分治一事者曰|。如南北朝之選|、兵|。前代之發審|、保甲|等是也。其事不與聞。則曰外|。職掌其事。則曰當|。皆由此引伸也〕
(三)曲也。〔詩正月〕不敢不|。
(四)近也。見〔廣雅釋詁〕。
(五)職務也。〔大戴記四代〕德以監位。位以充|。|以觀功。功以養民。
(六)卷也。〔詩采綠〕予髮曲|。
(七)拘也。〔人物志〕節在儉固。失在拘|。
(八)圍也。〔列仙傳〕負|先生。
(九)形勢也。情事也。云如世|、全|。事勢終了曰結|、終|。皆由行棊而引伸也。
(十)|趣。狹小之貌也。〔史記灌夫傳〕今日廷論|趣效轅下車。
(十一)|促。小見之貌。〔文選傅毅賦〕哀蟋蟀之|促。
(十二)|蜷。詰屈不行貌也。〔離騷〕僕夫悲余馬懷兮。蜷|顧而不行。
(十三)簫|。古薰籠也。〔記事珠〕陰麗華有金鳳屈膝倒鳳銜花簫|。
(十四)凡聚集燕游之事皆得稱|。〔紱湘山野錄〕蜀人嚴儲與蘇易簡父善。儲始舉進士日。易簡生三日。為飲|。
(十五)斂|。聚人賭博得利也。〔南史鄭鮮之傳〕劉毅素好摴蒱。武帝與毅斂|。積錢。
(十六)||。大笑貌。〔莊子天地〕季徹||然笑曰。

〔尿〕奴弔切。鳥去聲。嘯韻

(一)本作尿。〔說文尾部〕尿、人小便也。〔段注〕古書多假溺為之。
(二)鴉|。紅鴉片花之一種。見〔楊秋衡海錄〕。

〔屁〕匹寐切。音譬。寘韻

氣下洩也。見〔廣韻〕。

〔[illegible]〕無分切。音文。文韻

尾也。見[海篇]。

[㞘] 同屐。見[集韻]。

[肩] 同看。見[字彙補]。

五畫

[居] 斤於切音車魚韻

（一）蹲也。从尸。古聲。見[說文]。[段注]說文有凥有—。凥、處也。从尸得几而止。凡今—處字。古祇作凥處。—、蹲也。凡今人蹲踞字。古祇作—。但古人有坐。有跪。有蹲。有箕踞。跪與坐皆厀著于席。而跪聳其體。坐下其脾。若蹲則足底著地。而下其脾。聳其厀。曰蹲。其字亦作竣。若箕踞則脾著席而伸其腳於前。是曰箕踞。篆正謂蹲也。今字用蹲—字爲凥處字。而凥字廢矣。又別製踞字爲蹲—字。而—字之本義廢矣。

（二）處也。[易繫辭]則—可知矣。

（三）坐也。[論語陽貨]—。吾語汝。

（四）止也。[禮記月令]師興不—。[注]不—。象風行不休止也。

（五）安也。[呂覽上農]無有—心。

（六）近也。[呂覽誣徒]居則不安。

（七）不動也。[素問平人氣象論]前曲後—。

（八）牧庌所處也。[周禮趣馬]辨四時之—治。

（九）當也。[禮記王制]數各—其上之三分。

（十）安置也。[禮記王制]度地以—民。

（十一）謂所宜—積者。[書益稷]懋遷有無化—。

（十二）畜也。[論語公冶長]臧文仲—蔡。

（十三）生者也。[左僖九年傳]送往事—。

（十四）未仕者也。[文選束皙詩]彼—之子。

（十五）法也。[禮記樂書]禮—成物。

（十六）治也。[周書作雒]凥—鄙得以庶士。

（十七）清淨無爲也。[老子]無狎其所—。

（十八）猶壅閉也。[呂覽圜道]人之竅九。一有所—則八虛。

（十九）流罪所—遠近之差也。[書舜典]五宅三—。[注]五刑之流各有所—。五—之差有三等之—。大罪四裔。次九州之外。次千里之外。

（二十）不逐於外也。[莊子天地]欲同乎德而心乎—矣。

（二十一）墳墓也。[詩葛生]歸于其—。

（二十二）—士。道藝處士也。[禮記玉藻]—士錦帶。

（二十三）——惡也。[詩羔裘]自我人——。[傳]——懷惡不相親比之貌。

（二十四）爰—。鳥名。[國語魯語]爰—止於魯東門外。[按廣雅作延居]

爰居圖

（二十五）屈—。草名。䕡茹也。見[廣雅釋草]。[按䕡茹本艸作閭茹。一名離樓。一名屈—。葉圓黃。味辛。]

屈居圖

（二十六）姓也。漢—般。封宋城侯。

[居] 居之切音基支韻

（一）語助辭。[禮記檀弓]何—。我未之前聞也。[注]齊魯之間語也。

（二）猶故也。[莊子齊物論]何—乎。形固可使如槁木。而心固可使如死灰乎。

（三）猶與也。[左襄二十三年傳]國有人焉。誰—。其孟椒乎。

[届] 居拜切音戒卦韻[古作屆]

（一）行不便也。一曰極也。見[說文]。

（二）至也。[書大禹謨]無遠弗—。

（三）舍也。見[廣韻]。

（四）當也。見[字彙]。

（五）—出。日本語謂報告其事於官廳也。其所用之書牘曰—書。

（六）通緶。[爾雅釋詁]緶。至也。[注]孫炎曰。古—字。

[屈] 曲勿切音詘物韻[篆作屈]

（一）無尾也。从尾。出聲。見[說文尾部]。[按玉篇云。短尾也。廣韻云。短尾鳥。六書故云。隹尾也。引之爲短—]

（二）曲其尾也。引之則凡—而不申者皆曰—。見[六書故]。

（三）彊曲也。引之爲—彊負力不—也。見[六書故]。

（四）短也。[淮南詮言]聖人無—奇之服。

（五）斂之也。[儀禮聘禮]宰執圭—繅。

（六）治也。[詩泮水]—此羣醜。

（七）聚也。見[爾雅釋詁]。

（八）竭也。[荀子王制]使國家足用而

財物不—。

(九)盡也。[呂覽安死]智巧窮—。

(十)窮也。[法言先知]—人孤。

(十一)挫其志也。[孟子滕文公]威武不能—。

(十二)廢也。[淮南氾論]何小節伸而大略—。

(十三)謂臣事也。[後漢蘇竟傳]聞君前權時—節。

(十四)僞也。[老子]大直若—。

(十五)榮也。[儀禮士喪禮]不說繹—之。

(十六)錯也。[儀禮聘禮]其南醯醢—。

(十七)客也。[國策秦策]寡人—於內。

(十八)淸也。見[增韻]。

(十九)軋也。見[增韻]。

(二十)鬱也。見[增韻]。

(廿一)退—也。[素問調經論]大氣乃—。

(廿二)狂—。倂張似人而非也。見[類篇]。

(廿三)—然。空然也。[荀子禮論]案—然已。

(廿四)—彊。不柔服也。[漢書陸賈傳]—彊於此。

(廿五)—橋。言壯健貌。[漢書揚雄傳]萬騎—橋。

(廿六)—起。猶勃起也。[後漢朱景王杜馬劉傳堅馬傳論]皆武人—起。

(廿七)—奇。奇異也。[漢書廣川惠王越傳]謀—奇起自絕。

(廿八)—產。地名。出良馬。[左僖二年傳]—產之乘。[在今山西境]

(廿九)—潭。即汨羅淵也。見[水經湘水注]。

(卅)—龍。游龍也。[淮南墬形]海閭生—龍。

(卅一)—軼。指佞草也。[宋書符瑞志]黃帝軒轅氏有—軼之草。佞人入朝。則草指之。

(卅二)姓也。楚大夫—原。[又]—突、—男、—盧、—同、—門、引、皆複姓。見[古今姓氏校勘記]。

(卅三)通絀。[荀子非相]緩急絀贏。[注]猶—伸也。

(卅四)通詘。[史記晏嬰傳]吾聞君子詘於不知己而信於知己。[按詘信古—申字也。]

【屈】丘月切音闕月韻

—狄。子男夫人之命服也。[禮記玉藻]君命—狄。[注]—周禮作闕。闕。謂刻繒爲翟不畫也。此子男之夫人及其卿大夫之妻之命服也。

【屍】徒渾切音屯元韻

●髀也。从尸下六尻几。或从肉隼作脽。或从骨殿聲作臀。見[說文]。[注]六几皆所以尻止也。几所坐几也。[按段玉裁云。髀者股外也。此云髀者專言股後。尻各本作居。誤。今正。丌下基也。猶言坐於牀。][通訓定聲云。猶尾也。]

(二)微也。見[廣雅釋詁]。

【屖】直立切音蟄緝韻

(一)屖—也。見[說文]。[按集韻。屖—謂少也。]

(二)屖—前後相次也。見[廣韻]。

【屘】極華切音笈葉韻

屘—从後蹑。一曰小步。見[集韻]。

【屙】千咨切音雌支韻

(一)—㞕。盜覰與覷同。見[玉篇]。

(二)此也。或从賫。見[倉頡篇]。

【屜】他計切音替霽韻

鞍—也。見[字彙]。

【屎】矧視切音矢紙韻

菌或字。[集韻]菌。菌糞也。或作—。[正字通云。屎、矢、均通。按經傳多作矢。說文作菌。从艸胃省。]

【屄】布非切音卑支韻

女人陰戶。見[正字通]。

【㞂】步木切音僕初六切音珼屋韻

夋。行夋夋也。从夂闕。讀若僕。見[說文夂部]。[段注]各本篆作—。今依廣韻作夋。與小徐注合。此闕謂形上體作尢。不知其說也。讀若僕。則知夋夋即今俗語僕僕道途之謂。趙注孟子曰。僕僕煩猥貌。

【屡】衢六切音局屋韻

行促迫也。見[字彙]。

【㞒】喩幽切音由尤韻

空也。見[廣雅釋詁]。

【屇】徒逕切音田先韻

穴也。見[玉篇]。

【尾】尾本字。見[集韻]。

【㞐】古居字。見[玉篇]。

【屃】古克字。見[集韻]。

【㞙】古希字。見[玉篇]。

六畫

【屋】烏谷切音㲕屋韻

(一)尻也。从尸。尸、所主也。一曰尸、象—形。从至。至、所止也。見〔說文〕〔段注〕屋者室之覆也。引伸之凡覆於上者皆曰—。〔按通訓定聲云。尸、象人側形。篆當作尸。—象重覆形。篆當作尸。許書宜別立一—部。从尸者皆从—省也。〕

(二)棟宇曰—。見〔六書故〕。

(三)舍也。〔詩行露〕誰謂雀無角。何以穿我—。

(四)具也。〔周禮小司徒注〕司馬法曰。六尺為步。步百為畮。畮百為夫。夫三為—。—三為井。〔疏〕—、具也。具出穀稅。〔又〕—粟。民有田不耕。所罰三夫之稅粟也。見〔周禮旅師注〕。

(五)止也。見〔風俗通〕。

(六)奧也。其中溫奧也。見〔釋名釋宮室〕。

(七)覆棺小帳也。〔禮記雜記〕素錦以為—。〔注〕素錦。象宮室。—其中小帳。襯覆棺者。

(八)幘崇其中者曰—。〔晉書輿服志〕江左時野人已著帽。但頂圓耳。後乃高其—。

(九)藏陰之物也。〔易豐〕豐其—。

(十)黃—。車蓋也。〔史記項羽紀〕紀信乘黃—車。傅左纛。〔注〕天子車以黃繒為蓋裏。故曰黃—。

(十一)白—。賤人所居也。〔漢書蕭望之傳〕恐非周公相成王躬吐握之禮。致白—之意。〔注〕白—、謂白蓋之—。以茅覆之。賤人所居、蓋音合。〔今美國大總統之宮亦名曰白—〕。

(十二)—誅。夷三族也。〔周禮司烜氏〕邦若—誅。

(十三)夏—。大俎也。〔詩權輿〕於我乎夏—渠渠。

(十四)蓋—。星名。〔史記天官書〕北宮玄武。虛危。危為蓋—。

(十五)神—。龜甲也。見〔越南志〕。

(十六)王—。山名。〔書禹貢〕底柱析城。至于王—。〔按孔傳云。王—在河東垣縣東北。今山西垣曲縣東北一百里。陽城縣及河南濟源接界有王—山。即此。〕〔又〕郡縣名。〔清一統志〕漢河東郡地。後魏置長平縣。後因改曰王—。並置王—郡。〔今河南濟源縣西八十里。與山西垣曲縣連界處有王—故城。即此。〕

(十七)瓦—。地名。〔春秋隱八年〕宋公齊侯衞侯盟于瓦—。〔注〕周地。〔按今河南淯川縣南二十里有瓦—里。是其地。〕

(十八)—引。房也。〔唐書宰相世系表〕房俗謂房為—引。

(十九)—廬。複姓。見〔孟子〕。

(二十)通劅。〔周禮司烜氏〕邦若—誅。〔注作劅誅。〕

【⿸尸旨】詰利切音棄寘韻　牽奚切音谿齊韻　詰計切音契霽韻

(一)尻也。从尸。旨聲。見〔說文〕。〔按正字通云。說文、尻脾也。—、即尻之別名。〕

(二)身敧坐。見〔廣韻〕。

(三)臀也。見〔廣雅〕。

【屍】升脂切音施支韻

(一)終主也。从尸死。見〔說文〕。〔段注〕終主者方死無所主。以是為主也。曲禮曰在牀曰—。今經傳字多作尸。同音假借也。〔按正字通云。本作屍。篆作屍。古尸即屍。易師卦輿—。石經省作尸。一說輿—之—可借用尸。祭祀之—不可借用尸。俗通用非。〕

(二)積—。星名。〔晉書天文志〕輿鬼五星。天目也。中央星為積—。

(三)閃—。暫見之貌。〔文選木華賦〕蝄像暫曉而閃—。

(四)亦作死。〔史記魯周公世家〕以其—與之。〔注〕—、亦作死字。

【屍】矢利切音訣寘韻

似皺貌。見〔集韻〕。

【屎】矧視切音矢紙韻

(一)糞也。〔莊子知北遊〕道在—溺。〔說文作𦳊〕。

(二)通矢。〔史記廉頗傳〕頃之三遺矢矣。〔注〕矢、一作—。

(三)天—。星名。見〔漢書天文志〕。

【屎】馨夷切音犧支韻

殿—。愁苦呻吟也。〔詩板〕民之方殿—。〔按殿—、說文作唸㕧。〕

【⿸尸異】延之切音移　陳尼切音墀支韻

(一)踞也。見〔廣雅〕。

(二)踞地也。或作⿰𧾷異。見〔集韻〕。

【⿸尸多】賞是切音侈紙韻

人名。或从广作⿸广多。見〔集韻〕。〔按舊說。广部⿸广多尺矢切音恥。廣也。或作⿸广多。今集韻—或从广作⿸广多。應是⿸广多字之譌。〕

〔⿸尸肙〕圭懸切音涓先韻　軒尻也。見〔集韻〕。

〔⿸尸亘〕胡官切音桓寒韻　袋也。見〔字彙〕。

〔屓〕許介切音解卦韻　臥息也。从尸自。見〔說文〕〔段注〕西京賦吳都賦皆用奰—字。說者謂作力之貌也。奰見大部。奰俗譌奰。—俗譌屓。又譌屭。今學者罕知其本字矣。—之本義爲臥息。鼻部所謂鼾也。用力者必鼓其息。故引伸之爲作力之貌。〔按徐鍇曰。自。古者以爲鼻字。故从自。鍇曰。臥中喘息也。〕

〔屓〕虛器切音覬寘韻　奰—。壯大貌。亦作屭。見〔集韻〕〔奰—〕音義與前別。故並存之。

〔屌〕丁了切貂上聲篠韻　男子陰。見〔字彙〕。〔正字通〕云。此爲方俗語。史傳皆曰勢。

〔⿸尸系〕戶瓦切音踝馬韻　㞕也〔方言〕西南梁益之間、或謂之㞕。或謂之𡰪〔箋疏〕玉篇㞕、履也。西南梁益謂履爲㞕。廣韻㞕。履也。有頸曰㞕。說文。屎。履也。一曰靑絲頭履也。讀若阡陌之陌。从糸、戶聲。廣雅。𡳐、㞕、𡲬也。—卽屎譌。屎卽屩也。

〔⿸尸隶〕七賜切音次寘韻　——䠟。足前卻也。見〔字彙〕。

〔⿸尸頁〕丁頰切音跌屑韻　下也。見〔篇海類編〕。

〔⿸尸肖〕屑本字。見〔說文〕。

〔⿸尸死〕古尾字。見〔字彙補〕。

〔尾〕古尾字。見〔玉篇〕。

〔⿸尸内〕同屑。轉也。見〔字彙〕。

〔⿸尸旨〕同旨。見〔玉篇〕。

〔⿸尸克〕同克。見〔字彙補〕。

〔⿸尸豕〕俗𡲵字。見〔字彙〕。

〔⿸尸兕〕俗屍字。見〔字彙補〕。

〔屛〕俗屛字。見〔字彙〕。

七畫

〔屑〕先結切先入聲屑韻　❶本作𡲬〔說文〕𡲬動作切切也。〔按漢書王莽傳晨夜——。卽此義。〕❷勞也。見〔廣韻〕。❸碎也〔禮記內則〕—桂與薑。❹末也〔晉書陶侃傳〕侃造船竹頭木—悉令舉掌之。❺潔也〔詩谷風〕不我—以。❻過也〔書多士〕大淫—有辭焉。❼敬也。見〔玉篇〕。❽淸也。見〔廣韻〕。❾盡也〔書多方〕爾乃—播天命。❿顧也〔後漢馬廖傳〕盡心納忠不—毀譽。⓫絜也〔詩君子偕老〕不—髢也。⓬輕也。見〔增韻〕。⓭苟也。見〔增韻〕。⓮猶也。見〔方韻〕。⓯不獲已也。見〔集韻〕。⓰猶介也〔後漢王良傳〕張湛不—矜僞之誚。⓱疾意也〔漢書外戚傳〕—兮不見。⓲雜碎衆多之貌〔荀子儒效〕—然藏千溢之寶。⓳——不安也。秦晉之間謂——。見〔方言〕〔又〕往來皆劬勞也。見〔方言—往勞也注〕〔又〕猶區區也〔後漢崔駰傳〕吾亦病子——而不已也。⓴騷—。風聲〔楚辭九歎〕風騷—以搖木兮。㉑勃—。㸚娳貌〔東方朔七諫〕嫫母勃—而日侍。㉒經—。紙也〔姤古錄〕蔡倫有經—袠光。㉓蠛—。糠𥢶也〔史記陳丞相世家〕亦食糠覈耳〔注〕覈音紇。京師謂麤—爲紇頭。㉔寄—。草名。桑寄生也〔本草〕桑上寄生、一名寄—。一名寓木。一名宛童。一名蔦〔闔入寄字〕。㉕同肖〔莊子則陽〕而心不—與之俱。〔釋文〕—、本亦作肖。

〔展〕知演切邅上聲銑韻　❶轉也。从尸襄省聲。見〔說文〕〔段注〕—者未轉而將轉也〔按王注。襍作—衣、亦變爲—〕。❷適也。見〔爾雅釋言〕〔注〕得自申—者適意。❸直也。見〔廣雅釋詁〕。❹舒也〔楚辭東君〕—詩兮會舞。❺申也〔國語晉語〕侈必—。❻伸也〔漢書王溫舒傳〕多令—一月。

（七）錄視其牲體數。〔周禮祭僕〕—而受之。

（八）具也。〔周禮充人〕—牲則告牷。〔注〕鄭司農云。、—具也。具牲、若今時選牲也。

（九）猶整具。〔周禮鄉師〕則攷敎察辭。稽器—事。

（十）整也。〔周禮司市〕平肆—成賈。

（十一）錄也。〔周禮內宰〕—其功緒。

（十二）省閱也。〔周禮肆師〕大祭祀—犧牲。

（十三）陳數之。〔周禮大胥〕—樂器。

（十四）校錄也。〔儀禮聘禮〕史讀書—幣。

（十五）省具也。〔禮記少儀〕主人—之以授使者。

（十六）省視之。〔禮記檀弓〕—墓而入。

（十七）視也。〔禮記曲禮〕僕—軨。

（十八）陳也。〔左成十六年傳〕—車馬。

（十九）省察也。〔穀梁成七年傳〕—斛斗而知傷。

（二十）嗇也。〔國語周語〕和—百事。

（廿一）誠也。〔詩君子偕老〕—如之人兮。

（廿二）信也。〔方言〕荆吳淮汭之間曰—。東齊海岱之間曰—。

（廿三）重也。〔國語晉語〕古者分同姓以珍玉—親也。

（廿四）難也。〔方言〕山之東西。凡難貌曰—。荆吳之人相難謂之—。若秦晉之言相憚矣。

（廿五）布也。〔北史尉元傳〕敷—德音。

（廿六）廣也。〔金史禮志〕增—太廟爲十二室。

（廿七）丹縠衣也。〔詩君子偕老〕其之—也。〔傳〕禮有—衣者。以丹縠爲衣。

（廿八）開也。〔白居易詩〕讀罷書仍—。

（廿九）由也。見〔玉篇〕。

（三十）猶延也。如云—期、—限。

（卅一）—衣。白衣也。見〔周禮內司服注〕。

（卅二）—轉。不寐貌。〔楚辭惜賢〕憂心—轉。〔又〕反側也。見〔廣雅釋訓〕。〔通訓定聲云〕單言之曰—。槊言之曰—轉。—轉者、忽屈忽伸。不適而求適之意態也。

（卅三）姓也。魯孝公之子子—之後。〔又〕輾遲氏。複姓。後改爲—氏。見〔後魏官氏志〕。

【屔】年題切音泥齊韻

（一）反頂受水丘也。从丠。从泥省。泥亦聲。見〔說文〕。〔注〕反頂。謂凡地及頂當高。今反下。故曰反頂。白虎通曰。孔子反宇。象尼丘山。謂四方高。中央窊下也。尼即泥也。、

（二）爾雅曰。水潦所止—丘。本亦作泥。見〔玉篇〕。

【屔】女夷切音尼支韻

山名。〔集韻〕顏氏禱於—丘。生孔子。或从丘。通作尼。〔山在今山東曲阜縣〕

【屖】先齊切音西齊韻

（一）—遲也。从尸。辛聲。見〔說文〕。〔段注〕—遲也三字爲句。玉篇曰。—遲。今作棲。然則—遲、即陳風之棲遲也。毛傳曰。棲遲、遊息也。〔按通訓定聲云〕此字實犀之籀文。遲、籀文作遟。得、婁壽碑作徲徲衡門。埤、廣雅釋室作𡍮塗也。稺、字林作穉。知犀、—實同字。許書誤分耳。存參〕。

（二）堅也。〔漢書馮奉世傳〕器不—利。

【屓】虛器切音戲寘韻

（一）贔—。壯士作力貌。見〔廣韻〕。

（二）臥息之見〔集韻〕。

【㞂】祖回切音嗺灰韻　臧戈切音侳歌韻

赤子陰也。見〔集韻〕。

【㞒】遲據切音箸御韻

屟也。見〔類編〕。

【㞙】的協切音喋葉韻

下也。見〔集韻〕。

【㞆】牀史切音俟紙韻

竢。待也。或作—。通作俟。見〔集韻〕。

【㞕】象呂切音敍語韻　羊洳切音豫御韻

履屬。从履省。予聲。見〔說文〕。

【屐】竭戟切音劇陌韻

屩也。从履省。支聲。見〔說文〕。〔王注〕—有草有帛者。非止木也。宋書謝靈運常著木—。上山則去前齒。下山則去後齒。釋名云。帛—以帛作之、如屩者。不云帛屩者。屩、不可踐泥者也。—、踐泥者也。搜神記。—、婦人圓頭。男子方頭。

【㞗】渠尤切音裘尤韻

男陰異名。見〔字彙〕。

【屒】是忍切音腎軫韻

伏貌。一曰。屋宇也。見〔說文〕。〔段注〕與宀部宸、音義同。尸、象屋形。

【屒】時仁切音辰眞韻

重脣也。見〔玉篇〕。

【岾】古辜字。見〔字彙補〕。

【屜】同躧。通作跣。鄭樵曰。履不躡跟也。又與躧通。見〔正字通〕。

【屗】同屎。見〔集韻〕。

【屘】同尻。見〔集韻〕。

八畫

【屚】郎豆切音陋宥韻

❶屋穿水入也。从雨在尸下。尸者屋也。見〔說文〕〔段注〕今字作漏。漏行而—廢矣。漏者以銅受水刻節也。〔正字通〕云—、漏通。

❷句—。縣名。漢屬交趾郡。在今安南西南。

【屏】旁經切音缾青韻

❶蔽也。見〔說文〕。

❷當門小牆也。〔爾雅釋宮〕—謂之樹。〔注〕小牆當門中。〔疏〕立牆當門以自蔽也。禮緯云天子外—。諸侯內—。內—在路門之內。外—在路門之外而近應門者矣。〔按通訓定聲云亦謂之塞門。亦謂之蕭牆。如今之照牆也。清代官署。當門前之小牆。或稱—牆。或稱照壁。亦稱隱壁。〕

❸寢門內—也。〔國語吳語〕夫人向—。〔按通訓定聲云古凡門皆有—。〕

❹罘罳也。〔禮記明堂位〕疏—。〔注〕—謂之樹。今桴思也。〔疏〕疏、刻也。—、樹也。漢時謂—為桴思。解者以為天子外—。人臣至—。俯伏思念其事。案匠人注云。城隅。謂角浮思也。漢時東闕浮思災。以此諸文參之。則浮思小樓也。故城隅闕上皆有之。然則—上亦為屋以覆—牆。故稱—曰浮思。

❺藩也。〔書康王之誥〕乃命建侯樹—。

❻城也。〔左襄二十九年傳〕而夏肄是—。

❼障也。〔呂覽貴直〕其社蓋於周之—。

❽隱也。〔漢書竇嬰傳〕嬰爭弗能得。謝病—居藍田南山下。

❾擁也。〔漢書王莽傳〕周公—成王而居攝。

❿扞也。〔左僖二十四年傳〕故封建親戚以蕃—周。

⓫—風。三禮圖曰。扆、從廣八尺。畫斧文。今之—風。則遺象也。見〔廣韻〕。〔又〕水葵也。〔楚辭招魂〕紫莖—風。〔又〕防風、一名—風。見〔陶宏景名醫別錄〕。

⓬南—。山名。在今浙江杭州西湖上。屬仁和。去郭三里。峯巒立若—。又江西上饒縣治南有南—山。

⓭天—。星名。〔宋史天文志〕—二星。一作天—。星在玉井南。

⓮—蓬。獸名。即并封也。〔山海經大荒西經〕有獸左右有首名曰—蓬。

【屏】卑盈切音并庚韻

—營。征伀也。見〔集韻〕。〔又〕猶彷徨也。〔國語吳語〕—營彷徨於山林之中。〔又〕經營奔走也。〔楚辭九思〕步—營兮行丘阿。

【屏】必郢切音丙梗韻卑正切音摒敬韻

❶藏也。〔書金縢〕我乃—璧與圭。

❷退也。隱也。〔禮記曲禮〕則左右—而待。

❸獨退也。〔禮記曲禮〕—於側。

❹猶放去也。〔禮記王制〕—之遠方。

❺蔽也。〔詩桑扈〕萬邦之—。

❻除也。〔詩皇矣〕作之—之。〔按廣雅釋詁。摒、除也。王云、摒、通作—。〕

❼藩也。〔國語晉語〕以[illegible]季—其宗。

❽猶蕃也。〔國語齊語〕以—周室。

❾邊邑也。〔禮記玉藻〕其在邊邑曰某—之臣某。

❿幽—。生處也。〔文選左思賦〕雜插幽—。

⓫通庰。〔文選張衡賦〕坐太陰之庰室兮。〔注〕—與庰、古字通。

【屜】他計切音替霽韻

❶履中薦也。見〔集韻〕。

❷器用之通替者。〔庾信賦〕暫設裝奩。還抽鏡—。

❸通替。〔癸辛雜志〕李仁甫為長編。作木廚十二枚。每廚作抽替匣十二枚。每替以甲子誌之。〔俗云抽斗。參閱屜字。〕

【屝】父沸切音[illegible]未韻〔與扉、屝不同。〕

❶履屬。見〔說文〕〔段注〕云屬者。屨之麤者曰—也。〔按左僖四年傳曰。共其資糧—屨。注草屨也。字書曰。草曰—。麻曰屨。皮曰履。〕

❷通菲。〔禮記曾子問〕不菲。〔釋文〕

非、本作｜。

【㞘】 遲據切音箸御韻 屍也。見〔集韻〕。

【屙】 烏何切音阿歌韻 上厠也。見〔玉篇〕。

【㞙】 苦果切音顆哿韻苦會切音檜泰韻苦臥切音課箇韻 脣骨也。亦作髁。見〔玉篇〕。〔按說文髁、訓髀骨。脣、訓髁骨。廣雅釋親以脣釋髁。廣韻｜、同髁。訓髀骨。〕

【㞚】 枯化切音跨禡韻 胯或字。〔集韻〕胯。股間也。或作胯、｜。

【㞛】 呼骨切音忽月韻 佛名。見〔字彙〕。

【㞜】 都木切音啄屋韻 豚或字。〔集韻〕豚。臀也。或作｜。俗作启。非。〔正字通云｜、启、竝俗𡲬字。〕

【㞝】 子余切音疽魚韻 小貌。見〔字彙〕。〔按舊字典引集韻的協切音喋。下也。或作㞙。攷集韻有㞙無｜。今依字彙錄此。〕

【㞞】 羊益切音亦陌韻 交｜也。見〔玉篇〕。〔正字通云。本作易。俗加尸。〕

【㞟】 若永切音頃梗韻 穴也。見〔玉篇〕。

【𡱒】 古、殂字。見〔玉篇〕。

【屋】 屋籀文。見〔說文〕。

【㞡】 同屆。見〔玉篇〕。

【㞢】 同屈。見〔篇海〕。

【㞣】 絢或字。見〔集韻〕。

九畫

【屠】 同都切音徒虞韻 ㊀刳也。見〔說文〕〔段注〕刳。判也。㊁刳剝畜牲也。見〔六書故〕。㊂｜者。謂｜殺豕羊之類。〔周禮廛人〕凡｜者。斂其皮角筋骨入於玉府。〔今稱｜戶、｜夫。〕㊃殺也。〔唐書周寶傳〕每戰得攻晉城者必手｜之。㊄殺人如｜畜也。〔漢書高帝紀〕令｜沛。〔注〕｜、謂破取城邑誅殺其人如｜六畜然。〔今云｜城。本此義。〕㊅裂剝也。〔楚辭天問〕何勤子｜母。㊆爲人分裂也。〔周書周祝〕國孤國｜。㊇壞也。見〔廣雅釋詁〕。㊈地名。〔詩韓奕〕出宿於｜。㊉｜維。歲陽名。〔爾雅釋天〕太歲在已曰｜維。〔淮南天文訓注〕｜、別。維、離也。萬物各成其性。⑪｜各。胡號。〔後漢公孫瓚傳〕續爲｜各所殺。⑫｜耆。匈奴所謂賢也。〔漢書匈奴傳〕匈奴謂賢曰｜耆。故常以太子爲左｜耆王。⑬姓也。晉｜岸賈。〔又〕申｜。複姓。

【屠】 陳如切音除魚韻 休｜。匈奴王號。〔史記匈奴傳〕渾邪王殺休｜王。并將其衆降漢。

【㞤】 紕延切音編先韻 ㊀特也。見〔類篇〕。㊁小舟也。見〔字彙〕。〔正字通云。本作扁。〕

【屆】 側入切音埔緝韻色輒切音歃葉韻色洽切音歃測洽切音臿側洽切音眨洽韻 ｜屧。從後相躡也。見〔說文〕。〔段注〕躡、各本作臿。今依玉篇訂。以後次前積壘之謂之｜。

【㞥】 渠勿切音倔物韻 短尾犬也。見〔埤倉〕。〔正字通云。俗屈字。〕

【㞦】 古巷切音絳絳韻 減也。差也。見〔廣雅釋詁〕〔疏證〕｜、與降通。〔正字通云。說文本作降。集韻改作屖。舊本譌作屖。竝非。〕

【㞧】 羣履切音几紙韻 赤舄。見〔集韻〕。〔字彙云。與詩赤舄几几之几同。〕

【㞨】 慈秋切音遒尤韻 女陰名。見〔字彙〕。

【屧】 悉協切音燮葉韻他計切音替霽韻 履之荐也。从尸。葉聲。見〔說文〕〔段注〕之、各本作中。依玄應所引訂。此藉與履下非同。履中苴也。荐者藉也。吳宮有響｜廊。東宮舊事有絳地文履｜百副。即今婦女鞵下所施高底。其字本音他頰切。轉爲他計切。今歛匳有抽屜。本即｜字。

【𡲼】尿本字。見〔說文〕。

【𡳝】古辜字。見〔集韻〕。

【屜】古屣字。見〔集韻〕。

【𡳐】古破字。見〔字彙補〕。

【𡲬】古徂字。見〔玉篇〕。

【屖】同戾。見〔集韻〕。

【屜】同屜。見〔玉篇〕。〔正字通云。俗屟字。〕

【𡳃】同齒。見〔正字通〕。

【屋】同咽。見〔正字通〕。

【𨂀】同拽。見〔字彙補〕。

【屬】俗屬字。見〔正字通〕。

十畫

【屈】衢物切音掘物韻

無尾也。从尾出聲。見〔說文尾部〕。〔按此爲屈本字〕。

【𡳡】彌蔽切音袂霽韻

尾長也。見〔字彙〕。

【𡳪】篇夷切音批齊韻

穴也。見〔字彙〕。

【屣】呼肥切音譆歌韻

鞮屬。本作𩌦。見〔集韻〕。〔玉篇云。同靴〕。

【𡳟】才余切聚平聲魚韻

女陰名。見〔字彙〕。

【𡳢】口溉切音慨隊韻

臷也。見〔篇海類編〕。

【屐】古奏字。見〔集韻〕。

【屎】古徙字。見〔字彙補〕。

【屁】古尾字。見〔集韻〕。

【屜】古屈字。見〔集韻〕。

【屏】同屣省。見〔正字通〕。

【𡳨】俗溺字。見〔正字通〕。

十一畫

【屢】龍遇切音慮遇韻

㊀數也。〔魯益稷〕－省乃成。

㊁疾也。見〔爾雅釋詁〕。

㊂亟也。〔詩桓〕－豐年。

㊃每也。〔論語先進〕億則－中。

㊄煩也。〔梅堯臣詩〕相過言厭－。

㊅通屨。〔詩角弓〕式居－驕。〔荀子作－〕。

【屧】七慮切音覷御韻

㊀屧－。行前郤也。見〔集韻〕。

㊁同覷。伺視也。見〔玉篇〕。

【屣】所綺切音縰紙韻所寄切音縰寘韻

㊀履也。見〔玉篇〕。

㊁小履也。〔漢書郊祀志〕如脫－耳。

㊂弊屣也。〔呂覽觀表〕視舍天下若舍－。

㊃屧也。見〔廣雅〕。

㊄履不躡跟也。〔後漢崔駰傳〕憲－履迎門。〔注〕－履、謂納履曳之而行。言忽遽也。

㊅同躧。〔漢書地理志〕女子彈弦跕躧。〔注〕躧字與－同。－謂小履之無跟者也。〔如今之拖鞋〕。

【屩】徂回切音摧灰韻戶兀切音𩣡馬韻

㊀履也。〔玉篇〕西南梁益之間。謂履曰－。〔正字通云屩字之譌〕。

㊁履屬有頸曰－。見〔廣韻〕。

㊂粗履不借也。見〔類篇〕。〔不借。即俗所謂草履〕。

【𡳾】博美切音彼紙韻

㕓－也。臂也。見〔玉篇〕。

【𡳿】去例切音憩霽韻

心息也。〔正字通〕經史通作憩。〔詩大雅〕民之攸－。傳曰。憩、息也。俗作－。

【𡳷】吐凋切音挑蕭韻

田器。見〔字彙補〕。

【屡】古舜字。見〔正字通〕。

【屢】古舜字。見〔正字通〕。

十二畫

【層】徂稜切音曾蒸韻

㊀重屋也。見〔說文〕。〔段注〕曾之言重也。曾祖、曾孫、皆是也。故从曾之－為重屋。考工記四阿重屋。注曰。重屋。複笮也。後人因之作樓。木部曰。樓。重屋也。引伸為凡重疊之偁。

㊁級也。〔文選潘岳詩〕欲崇其高。必重其－。

㊂重也。〔楚辭招魂〕－臺累榭。〔按文選江淹賦〕巡－而空檻。旂注云。－、重也。義同。

㊃累也。見〔玉篇〕。

㊄通曾。〔史記司馬相如傳〕岔入曾宮之嵯峨。

㊅通增。〔魏大饗碑〕藤九增之華蓋。

【履】兩几切音里紙韻

(一)本作𡳐。〔說文履部〕履。足所依也。从尸。服—者也。从彳夊。从舟。象—形。〔段注〕古曰屨今曰履。今曰履古曰屨。今曰鞵名之隨時不同者也。〔按〕韻會引毛氏曰。从舟。舟。載也。舟能載物。—能載人。舟又省作—。今文皆作—。世本云。於則作屝—。黃帝時人。〕

(二)禮也。飾足所以爲禮也。見〔釋名釋衣服〕

(三)踐也。〔論語鄉黨〕行不—閾。

(四)步也。〔易履〕跛能—。

(五)行也。〔易大壯〕君子以非禮弗—。

(六)蹈地也。〔禮記文王世子〕行不能正—。

(七)踐而行之名曰—。見〔周禮春官序官疏〕

(八)所踐—之界也。〔左傳四年傳〕賜我先君—。

(九)福也。見〔爾雅釋詁〕

(十)祿也。〔詩樛木〕福—綏之。

(十一)幸也。〔韓詩〕—無咎言。

(十二)具也。見〔小爾雅廣詁〕

(十三)以履加足曰—。〔史記留侯世家〕父曰—我。良業爲取履。因長跪—之。

(十四)卦名。兌下乾上。〔易履大象〕上天下澤—。

(十五)殷湯名也。子姓。一曰天乙。契之十三世孫也。年六十九。嗣爲諸侯。八十七。革命代受卽帝位。民國紀元前三千六百九十年生。三千五百九十年崩。

(十六)—歷。公牘之一種。屬官具東自敍其階位行事呈諸長官者也。

(十七)通屜。〔左傳十五年傳〕登臺而—薪。〔釋文〕—本作屜。

(十八)通履。〔詩賓之初筵〕屢舞僊僊。〔說苑作—舞僊僊〕

(十九)通禮。〔詩長發〕率—不越。〔韓詩作率禮不越〕

(二十)姓也。見〔姓苑〕

【屇】堂練切音奠霰韻 都挺切音頂迥韻

(一)偫也。見〔說文〕〔段注〕偫者、儲偫也。

(二)重也。見〔玉篇〕

(三)屋也。見〔玉篇〕

(四)展也。見〔廣韻〕

【𡳜】初六切音琭屋韻

入下貌。見〔字彙〕

【𡳐】履本字。見〔說文〕

【𡳑】古奏字。見〔字彙補〕

十三畫

【𡳞】力刃切音吝震韻

閩人謂陰也。見〔字彙〕

【𡳟】千吝切音趑支韻

此也。見〔集韻〕

【𡳠】其俱切音衢虞韻

同𨉪。見〔字彙補〕

【𡳡】屧或字。見〔集韻〕

十四畫

【屨】俱遇切音句遇韻

(一)履也。从履省。婁聲。一曰鞮也。見〔說文履部〕〔段注〕晉蔡謨曰。今時所謂履者。自漢以前皆名—。—舃者。一物之別名。履者。足踐之通偁。按蔡說極精。許以今釋古。故云古之—。卽今之履也。〔按方言自關而西謂之—。中有木者謂之複舃。古今注。以木置履下。乾腊不畏泥溼。故曰舃。以是知—舃爲履之異名〕

(二)麤履曰—。〔左傳四年傳〕共其資糧屝—。其可也。〔疏〕絲作之曰履。麻作之曰屝。粗者謂之—。

(三)拘也。所以拘足也。見〔釋名釋衣服〕

(四)履蹈之也。〔史記季布欒布傳〕身—典軍。

(五)數也。〔禮記樂記〕臨事而—斷。

(六)著而履踐也。〔易噬嗑〕—校滅趾。

(七)—人。周官名。見〔周禮〕

【𡳢】縣諧字。見〔正字通〕

十五畫

【屩】訖約切音腳藥韻 居六切音菊屋韻

(一)屐也。从履省。喬聲。見〔說文履部〕〔段注〕按—、蓋輕便可遠行之屐。非法服之屐也。

(二)疏屩也。見〔六書故〕

(三)麻曰—。木曰屐。見〔增韻〕

(四)草履也。〔史記孟嘗君傳〕躡—而見之。

(五)芒履之有耳鼻者。〔宋書劉敬宣傳〕空中有投一隻芒—於坐。墜敬宣食盤上。長三尺一寸。已經人著耳鼻間並欲壞。
(六)躡也出行著之躡躡經便因以爲名也。見〔釋名釋衣服〕
(七)鞋也。〔急就篇〕屐—素䋺贏窶貧。〔注〕—即今之鞋也。
(八)鞋類也。〔莊子天下〕以跂蹻爲服。〔釋文〕—與蹻同。一云鞋類也。一音居玉反。以藉鞋下也。

【屪】力宵切音聊蕭韻
男陰名。見〔字彙〕

十六畫

【屩】楮几切音擬紙韻〔按玉篇、廣韻、集韻、類篇均作—。舊字典誤作屩。收入十二畫。今正。〕

【屧】丑二切音屎寘韻
移蹤也。見〔集韻〕

【屨】展本字。見〔說文〕
蠡析曰—。見〔集韻〕

【屬】同屬。見〔韻會〕

【屭】俗廬字。見〔正字通〕

十七畫

【屭】落平切音盧虞韻

【屬】之欲切音燭沃韻

十八畫

—。蟟蛉也。見〔字彙補〕

(一)連也。从尾蜀聲。見〔說文尾部〕〔注〕—、相連續若尾之在體。故从尾。
(二)付也。〔國語越語〕請委管籥—國家。
(三)足也。〔左昭二十八年傳〕—厭而已。
(四)會也。〔孟子梁惠王〕乃—其耆老而告之曰。
(五)儔等也。見〔廣韻〕
(六)託也。〔左隱三年傳〕宋穆公疾。召大司馬而—殤公焉。
(七)聚也。〔周禮州長〕各—其州之民而讀灋。
(八)綴緝之也。〔漢書賈誼傳〕善—文。
(九)猶綴也。〔文選顏延之詩〕—美謝繁翰。
(十)著於事業也。〔荀子富國〕誅而不賞。則勸—之民不勸。
(十一)附著也。〔左僖二十三年傳〕左執鞭弭。右—櫜鞬。
(十二)猶注也。〔國語晉語〕則恐國人之—耳目於我也。
(十三)甲札之數也。〔漢書刑法志〕魏氏武卒衣三—之甲。〔注〕上身一。髀褌一。脛繳一。凡三—也。
(十四)梓棺之一。〔禮記檀弓梓棺二疏〕杝棺之外。又有—棺。—棺之外。又有大棺。大棺與—棺並用梓。故云二也。
(十五)以言—之亦曰—。見〔六書故〕〔今云雅—。見—本此。〕
(十六)猶朝會也。〔考工記梓人〕不—于王所。
(十七)近也。〔漢書張良傳〕天下—安定。〔注〕—近也。言近始安。
(十八)及也。〔漢書郊祀志〕使者存問共給。相—於道。
(十九)以此係彼也。〔莊子駢拇〕且夫—其性乎仁義者。
(二十)委也。〔漢書高帝紀〕乃以—吏。
(廿一)委付也。〔漢書王莽傳〕—予以天下兆民。
(廿二)委棄也。〔漢書淮南厲王長傳〕大王欲—國爲布衣。
(廿三)結也。〔國語晉語〕必—怨焉。
(廿四)合也。〔禮記經解〕—辭比事。
(廿五)繫也。〔禮記雜記〕絞—於池下。
(廿六)至也。〔呂覽明理〕其氣上不—天。下不—地。
(廿七)致也。〔周禮澤虞〕植虞旌以—禽。〔注〕—禽猶致禽而珥焉。
(廿八)通也。〔國策西周策〕除道—之於河。
(廿九)適也。〔左成二年傳〕下臣不幸。—在戎行。
(三十)語也。〔穀梁定十年傳〕退而—其二三大夫。
(卅一)猶勸也。〔後漢蔡邕傳〕酒酣智起舞—邕。
(卅二)向也。〔後漢朱暉傳〕—者。掾自覩孰與藺相如。
(卅三)解也。見〔廣雅釋詁〕
(卅四)戒也。〔漢書黃霸傳〕—令周密。
(卅五)逮也。〔書禹貢〕涇—渭汭。
(卅六)獨也。〔書盤庚〕爾忱不—。
(卅七)請也。〔荀子彊國〕令—二三子而治地。
(卅八)別也。〔周禮甸祝〕乃—禽。〔注〕—禽別其種類。
(卅九)三鄉爲—。見〔管子小匡〕
(四十)徽識也。〔周禮司常〕掌九旗之名物各有—。〔注〕—謂徽識也。大傳謂之徽號。〔疏〕謂在朝在軍所用小旗。故以—言之。
㊶副車也。〔文選張衡賦〕—車九九。〔注〕副車曰—。言相連也。
㊷猶言甫爾也。〔漢書杜欽傳〕察近—之符驗。
㊸—玉。水鳥也。〔漢書宣帝紀〕行幸萯陽宮—玉觀。〔注〕晉灼曰。—玉。水鳥。似鵁鶄。以名觀也。
㊹—鏤。劒名。〔左哀十一年傳〕使賜之—鏤以死。〔廣雅作—鹿〕
㊺樸—。猶附著堅固貌也。〔考工記總目〕欲其樸—而微至。
㊻—專一之貌。〔禮記禮器〕——乎其忠也。〔又〕婉順貌。〔淮南氾論〕洞洞——。〔又〕敬也。見〔廣雅釋訓〕。

【屬】 殊玉切音蜀沃韻
①族也。〔史記田單傳〕田單者。齊諸田疏—也。
②親眷也。見〔韻會〕。
③綴也。恩相連綴也。見〔釋名釋親〕。〔今云眷—、卑—。又統稱眷—〕
④五—。五服內親也。〔後漢靈帝紀〕鋼及五—。
⑤叢也。〔史記晉侯世家〕陛下起布衣。以此—取天下。
⑥—於我者爲—。見〔六書故〕。
⑦言非一也。〔周禮龜人〕掌六龜之—。
⑧恤也。〔書梓材〕至于—婦。〔注〕至於存恤妾婦。〔按小爾雅云妾婦之賤者謂之—婦。、逮也。逮婦之名。言其微也。〕
⑨官寮也。〔書周官〕各率其—以倡九牧。〔猶今言—員〕
⑩十縣爲—。見〔國語齊語〕。
⑪附也。見〔廣韻〕。〔今具言附—〕。
⑫類也。見〔廣韻〕。
⑬統—。猶統率也。如云統—文武。

【屬】 朱戍切音注遇韻
①注也。〔儀禮士昏禮〕酌玄酒三—於尊。、〔按—古仍讀入聲。此從五音集韻。別爲音切〕。
②—之固者爲—。見〔六書故〕。
③注或字。〔集韻〕注。灌也。或作—。

十九畫

【屧】 郎擊切音歷錫韻
屧下也。見〔說文履部〕。〔段注〕謂履之之底也。行地經歷者。今人言履歷。當用此字。

二十一畫

【屭】 虛器切音戲寘韻
①本作屓。壯大貌。見〔集韻〕。
②屭—。作力貌。〔文選張衡賦〕巨靈屭—。高掌遠蹠。
③屓—。鼇龜也。〔本草綱目〕蠵蠵鳴聲如茲夷。故名。龜鼊者。南人呼鼈皮之音也。屓—者有力貌。今碑趺象之。或云大者爲蠵蠵屓—。小者爲龜鼊。甚通。

※己部※

【己】 苟起切音紀紙韻
①中宮也。象萬物辟藏詘形也。見〔說文〕。
②十干之一。〔爾雅釋天〕太歲在—曰屠維。〔又〕月在—曰則。
③身也。人之對稱。〔禮記坊記〕君子貴人而賤—。先人而後—。
④紀也。〔詩節南山〕式夷式—。
⑤私也。〔論語顏淵〕克—復禮爲仁。
⑥兩—。䙬形也。〔書益稷傳〕䙬爲兩—相戾。
⑦夫—。猶言某甲也。〔左文十四年傳〕終不曰公。曰夫—氏。

【己】 口己切音起紙韻
人姓。〔詩長發箋〕顧昆吾皆—姓也。

【已】 養里切音以紙韻羊吏切音異寘韻
①止也。〔詩風雨〕雞鳴不—。
②畢也。〔國語齊語〕有司—于事而竣。
③此也。〔爾雅釋詁〕—。此也。
④甚也。〔禮記檀弓〕毋乃—疏乎。
⑤黜棄也。〔論語公冶長〕三—之。

(六) 猶去也。〔詩墓門〕知而不—。

(七) 過也。〔荀子議兵〕—非三年。

(八) 太也。〔孟子離婁〕仲尼不爲—甚者。

(九) 病愈也。〔呂覽至忠〕王之疾必可—也。

(十) 不許也。〔禮記表記注〕寧有—怨。

(十一) 副其言也。〔史記灌夫傳〕—然諾。

(十二) 了也。〔禮記檀弓〕吾得正而斃焉。斯—矣。

(十三) —而踰時也。〔史記高祖紀〕—而有身。

(十四) 語終辭。〔漢書梅福傳〕亦無及—。

(十五) 發端歎辭。〔書大誥〕—予維小子。

(十六) —乎決絕辭。〔左昭十二年傳〕—乎—乎。

(十七) —矣哉絕望之詞。〔離騷〕—矣哉。國無人莫我知兮。

(十八) 通以。〔荀子非相〕人之所以爲人者何—也。

(十九) ——驚怪之辭。〔世說新語〕郗公有錢數千萬。嘉賓一日乞與親友略盡。郗公聞之驚怪——。

【巳】 象齒切音似紙韻〔按古巳午之巳亦讀如巳矣之巳。今俗以有鉤挑者爲終巳字。無鉤挑者爲辰巳字〕。

(一) 巳也。四月陽氣巳出。陰氣巳藏。萬物見。成彣彰。故—爲它象形。見〔說文巳部〕。

(二) 太歲在—曰大荒落。見〔爾雅釋天〕。

(三) 日辰名。禺中爲—。即今云午前九小時十小時也。

(四) 嗣也。起也。見〔玉篇〕。

(五) 平也。定也。見〔淮南天文〕。

(六) 上—節名。〔周禮女巫注〕如今三月上—如水上之類。

一畫

【巴】 邦加切音芭麻韻

(一) 蟲也。或曰食象它。見〔說文巴部〕。〔按山海經海內南經。—蛇食象。三歲而出其骨〕

(二) 古國名。爲秦所滅。因置—郡。蜀漢—西郡。今四川省—中縣與—縣。者其境。又以—在蜀之東偏。故呼四川爲—蜀。—縣現闢爲商埠。

(三) 水流迴折之形。〔三巴記〕曲折三迴如—字。故名三—。

(四) —蕉。草名。〔文選司馬相如賦注〕—且、一名—蕉。〔今作芭〕。

(五) —沙。回人行政長官之稱。猶總督也。

(六) —第。西藏僧官之名。

(七) —塘。在四川邊界打箭爐之西。今爲—安縣。

(八) —里坤。新疆地名。今爲鎭西縣。

(九) —黎。法國京都。英文 Paris。

(十) —比倫。小亞細亞古名國。地當今迦勒底。英文 Babylonia。

(十一) —爾幹。突出亞得里亞海與愛琴海間之半島。北界多腦河。南接希臘。英文 Balkan。

(十二) —古。在北美洲。爲西印度羣島之一。英文 Cuba。

(十三) —西。南美洲民主國。英文 Brazil。

(十四) —拉圭。亦南美洲民主國。—拉圭河爲南美洲大河。英文 Paraguay。

(十五) —拿馬。南北美間之獨立國。有海峽。今闢爲運河。英文 Banama。

(十六) —圖魯。滿洲語。猶言勇敢。清世以此稱號賜有軍功者。

(十七) —力門。英國國會之稱。英文 Parliament。

(十八) 人姓。漢有—肅。

二畫

【㠯】 古以字。見〔廣韻〕。

三畫

【卮】 章移切音支丘奇切音欹支韻

(一) 圜器也。一名觛。所以節飲食。象人卪在其下也。見〔說文卮部〕。〔按舊字典作卮入四畫。誤。今正〕

卮圖

(二) 染草名。紫赤色之烟支也。〔史記貨殖傳〕巴蜀亦沃野。地饒—。

(三) —言。支離無首尾言也。〔莊子寓言〕—言日出。

五畫

【巶】 佋或字。〔集韻〕父爲佋。子爲穆。或作—。通昭。

六畫

【巹】 居隱切音錦吻韻〔舊字典作卺。缺一筆入五畫。非是。今正〕

(一) 謹身有所承也。从己丞。見〔說文〕。

(二) 破瓢爲卮也。〔禮記昏義〕合—而酳。〔按釋文作卺。今注疏本作巹〕。

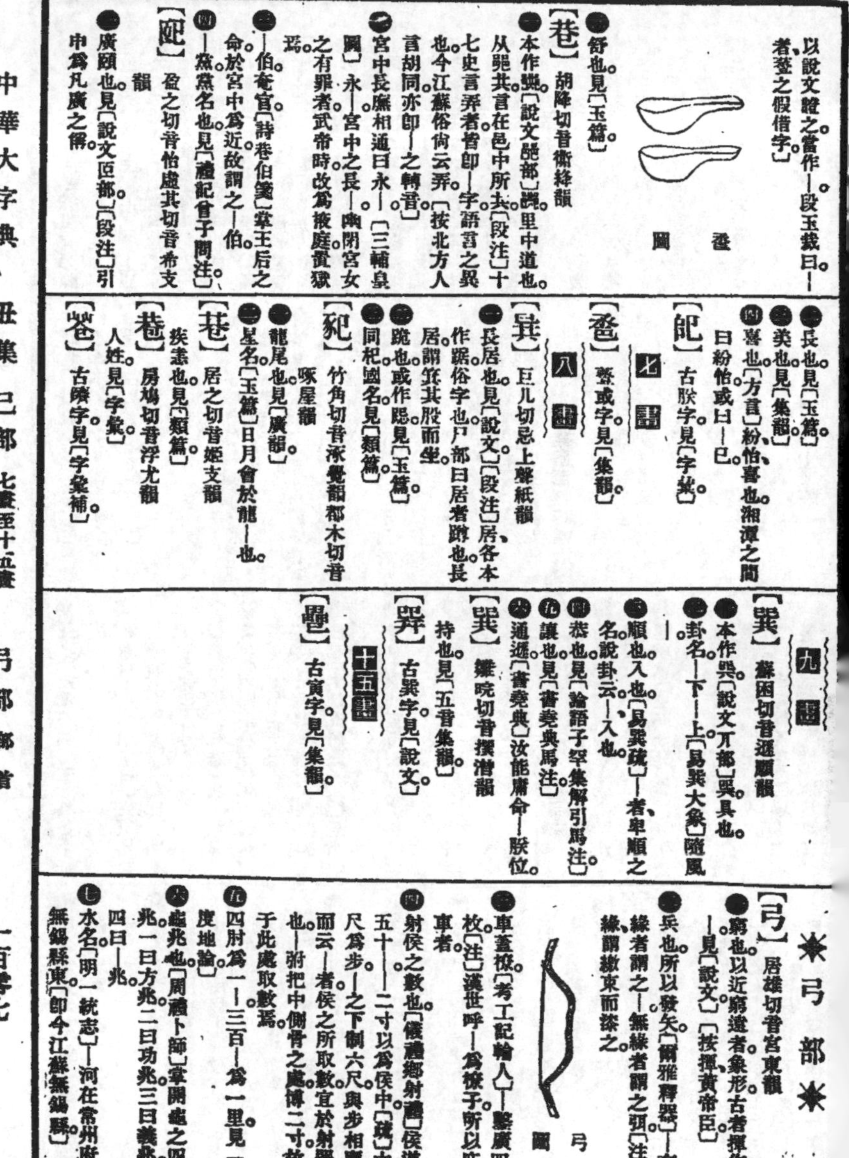

以說文證之。當作—。段玉裁曰。—者、巹之假借字。〕

巹圖

㊂舒也。見〔玉篇〕。

【巷】胡降切音衖絳韻

㊀本作䢽。〔說文䢽部〕䢽。里中道也。从䢽共。言在邑中所共。〔段注〕十七史言弄者皆即—字。語言之異也。今江蘇俗尚云弄。〔按北方人言胡同亦即—之轉音〕

㊁宮中長廡相通曰永—。〔三輔黃圖〕永—。宮中之長—。幽閉宮女之有罪者。武帝時。改爲掖庭。置獄焉。

㊂—伯。奄官。〔詩巷伯箋〕掌王后之命。於宮中爲近。故謂之—伯。

㊃—黨。黨名也。見〔禮記曾子問注〕、

【巸】盈之切音怡虛其切音希支韻

㊀廣頤也。見〔說文𦣝部〕。〔段注〕引申爲凡廣之偁。

㊁長也。見〔玉篇〕。

㊂美也。見〔集韻〕。

㊃喜也。〔方言〕紛怡、喜也。湘潭之間曰紛怡。或曰—巳。

【[illegible]】古朕字。見〔字彙〕。

七畫

【巹】卺或字。見〔集韻〕。

八畫

【㠱】巨几切忌上聲紙韻

㊀長居也。見〔說文〕。〔段注〕居、各本作踞。俗字也。尸部曰居者蹲也。長居謂箕其股而坐。

㊁跪也。或作跽。見〔玉篇〕。

㊂同杞。國名。見〔類篇〕。

【[illegible]】竹角切音涿覺韻都木切音啄屋韻

㊀龍尾也。見〔廣韻〕。

㊁星名。〔玉篇〕日月會於龍—也。

【[illegible]】居之切音姬支韻

疾恚也。見〔類篇〕。

【[illegible]】房鳩切音浮尤韻

人姓。見〔字彙〕。

【[illegible]】古隣字。見〔字彙補〕。

九畫

【巽】蘇困切音遜願韻

㊀本作巺。〔說文丌部〕巺。具也。

㊁卦名。—下—上。〔易巽大象〕隨風—。

㊂順也。入也。〔易巽疏〕—者、卑順之名。說卦云。—、入也。

㊃恭也。見〔論語子罕集解引馬注〕。

㊄讓也。見〔書堯典馬注〕。

㊅通遜。〔書堯典〕汝能庸命—朕位。

【巺】雛晥切音撰潸韻

持也。見〔五音集韻〕。

【[illegible]】古巽字。見〔說文〕。

十五畫

【[illegible]】古寅字。見〔集韻〕。

※弓部※

【弓】居雄切音宮東韻

㊀窮也。以近窮遠者。象形。古者揮作—。見〔說文〕。〔按揮、黃帝臣〕

㊁兵也。所以發矢。〔爾雅釋器〕—有緣者謂之—。無緣者謂之弭。〔注〕緣、謂繳束而漆之。

弓圖

㊂車蓋橑。〔考工記輪人〕—鑿廣四枚。〔注〕漢世呼—爲橑子。所以庇車者。

㊃射侯之數也。〔儀禮鄉射禮〕侯道五十—。—二寸以爲侯中。〔疏〕六尺爲步。—之下制六尺。與步相應。而云—者。侯之所取數宜於射器也。—弣把中側骨之處博二寸。故于此處取數焉。

㊄四弣爲一—。三百—爲一里。見〔度地論〕。

㊅龜兆也。〔周禮卜師〕掌開龜之四兆。一曰方兆。二曰功兆。三曰義兆。四曰—兆。

㊆水名。〔明一統志〕—河在常州府無錫縣東。〔即今江蘇無錫縣〕

⑧姓也。魯大夫叔—之後。漢有光祿勳—征。
⑨通肱。〔公羊昭三十年傳〕黑—以濫來奔〔注〕黑—二傳作黑肱。
⑩通穹。〔史記天官書〕穹閭。〔注〕一作—閭謂以氈爲閭崇穹然也。
⑪—手。募役以捕盜者始于宋元制。京師兵馬司、暨州縣縣尉司、巡檢司。捕盜所皆置巡軍—手。其數多寡不同。清沿元制。專屬於巡檢。名曰—兵。
⑫—月。西突厥部落名。〔唐書地理志〕西突厥—月部叛。屢侵疏勒及于闐。發兵討之。—月來降。〔按—月當在今新疆焉耆西北〕
⑬—鞋。裹足婦人之履。〔郭鈕美人折花歌〕草根露濕—鞋繡。

【弓】乃本字。〔集韻〕。〔按乃、說文作了。集韻作—。字形與弓矢字無異。正字通云蓋沿篆形而譌〕

【𢎘】戶感切含上聲感韻胡南切音含覃韻
嘾也。草木之華未發函然。象形。見〔說文𢎘部〕。

【𢎗】胡先切音賢先韻
草木𢎘盛也。見〔說文𢎘部〕。〔按小徐本無此字。今從大徐本〕

【弓】古及字。見〔說文又部〕。

一畫

【弔】多嘯切音釣嘯韻〔俗作吊。義異。詳吊字〕
①本作弔〔說文人部〕弔。問終也。从人弓。古之葬者厚衣之以薪。故人持弓會歐禽也。
②撫尉也。〔莊子山木〕孔子圍於陳蔡之間。七日不火食。太公任往—之。
③傷也。〔詩匪風〕中心—兮。
④愍也。〔詩節南山〕不—昊天。
⑤蛇屬。〔廣州記〕—生嶺南。蛇頭鼈身。水宿木棲。其脂至輕利。能透物。一名吉—。
⑥俗謂懸曰—。如言—打、上—。

【弔】丁歷切音的錫韻
至也。〔詩天保〕神之—矣。

【引】以忍切音蚓軫韻
①開弓也。从弓—。見〔說文〕。〔注〕象—弓之形。
②演也。〔易繫辭〕—而伸之。
③長也。〔爾雅釋訓〕子子孫孫。—無極也。
④相牽曰—。〔禮記檀弓〕喪服兄弟之子猶子也。—而進之也。〔注〕牽—進之同于己子。
⑤在前曰—。〔詩行葦〕以—以翼。
⑥卻也。〔禮記玉藻〕侍坐則必退席。不退則必—而去君之黨。
⑦正也。〔左昭元年傳〕—其封疆。
⑧斂也。〔素問五帝政大論〕是謂收—。
⑨急也。〔素問至眞大要論〕諸寒收—。
⑩自殺曰—。〔文選潘岳賦〕甘捐生而自—。
⑪相薦達曰—。〔史記魏其侯傳〕兩人相爲—重。〔注〕相薦達爲聲勢。
⑫拔也。〔淮南俶眞〕—揄萬物。
⑬受也。〔魏書刑法志〕或拷不承—。依證而科。
⑭連續也。〔史記秦始皇紀〕諸生轉相告—。
⑮疏證也。〔爾雅序疏〕事有隱奧滯泥者。則援—經據以證成之。
⑯導也。〔史記韓長孺傳〕牽—墮車蹇。〔注〕爲天子導—而墮車跛。
⑰度名。十丈爲—。〔漢書律歷志〕其法用足爲—。高一分。廣六分。長十丈。
⑱衡名。二百斤爲—。
⑲運鹽執照也。元世有茶—、竹—、鍋—。今鹽法以—計數。有大—、小—之別。小—二百斤。大—六百斤。每一執照。必含有數—。故鹽場行銷之地曰—地。額銷之數曰—額。
⑳紙幣也。〔文獻通考〕大觀元年。改四川交子爲錢—。
㉑文體之一。〔後漢班固傳〕固又作典—篇。述敘漢德。
㉒服氣法曰道—。〔史記留侯世家〕道—不食穀。
㉓治疾法有撟—。〔史記扁鵲傳〕鑱石撟—。〔注〕謂爲按摩之法。夭撟—身。如熊顧鳥伸也。
㉔取—。猶言交易。日本語。

【引】羊進切蚓去聲震韻
①柩車索也。〔禮記檀弓〕弔於葬者必執—。〔今猶謂出殯曰發—〕
②琴曲也。〔初學記〕古琴曲有九—。一曰烈女—。二曰伯妃—。三曰貞女—。四曰思歸—。五曰霹靂—。六曰走馬—。七曰箜篌—。八曰琴—。

九曰弮—。

〔⿻弓丂〕丂本字。見〔說文丂部〕。

〔⿱弓寸〕同彈。見〔六書故〕。

〔⿱弓寸〕同彈。〔段本說文弓部。引汗簡補此字〕。

〔⿱弓丂〕同卷。見〔異誥〕。

二畫

〔弗〕分勿切音紱物韻

(一)撟也。从丿乀。从韋省。見〔說文〕。〔按段本改撟作矯〕。

(二)不也。〔書堯典〕績用—成。

(三)不之深也。〔公羊僖二十六年傳〕其言—遇何。

(四)去也。猶言祓也。〔詩生民〕以—無子。

(五)憂不樂也。〔漢書溝洫志〕魚—鬱兮柏冬日。

(六)通拂。〔爾雅釋詁〕—、治也。

(七)通不。〔禮記檀弓〕士—能死也。〔釋文〕—本作不。

(八)——、疾貌。〔詩蓼莪〕飄風——。

(九)滭—盛貌。〔文選司馬相如賦〕滭—宓汨。

(十)舍利—梵語也。〔楞嚴經音釋〕舍:利—華言鶖子。舍利母名—即子也。

(十一)乙—。南涼禿髮氏西境之一部。〔晉書載記〕義熙十年。乙—部叛南涼。南涼王傉檀擊乙—大破之。〔按地當今甘肅西寧縣西境〕。

(十二)外國貨幣名。英文Dollor。記號作$。或作$。因沿寫為—。美國一—。約合我國二圓餘。墨西哥一—。約合我國一圓。今中國所用鷹洋。即墨西哥一—也。

(十三)化學原質之一。淡黃色。氣體。性質似綠、溴、及碘。化學作用極烈。能蝕玻璃。常存於鈣內。即地產之鈣—也。本名—素。英文Fluorine。

〔弘〕胡肱切或平聲蒸韻

(一)弓聲也。見〔說文〕。

(二)含容之大也。〔易坤〕含—光大。

(三)大之也。〔論語衛靈公〕人能—道。

〔⿰弓几〕都歎切音旦翰韻 人名。〔柳宗元文〕矜曾祖曰—安。

〔⿱弓丂〕音櫻〔按楊慎云。—、即說文紖字。道經借為卷帙之卷〕。

〔⿻弓丨〕弔本字。見〔說文〕。

〔⿰弓攵〕射本字。見〔正字通〕。

〔⿱弓乃〕古乃字。見〔說文長箋〕。

〔⿰弓人〕同引。見〔廣韻〕。

〔⿱亼弓〕同殳。出道經。見〔廣韻〕。

三畫

〔弙〕汪胡切音烏空胡切音枯虞韻

(一)滿弓有所向也。見〔說文〕。

(二)指麾也。見〔玉篇〕。

(三)持也。見〔玉篇〕。

〔弙〕侯旰切音翰翰韻

(一)弓拒也。一曰縣名。見〔集韻〕。

(二)關名。在巫縣。見〔廣韻〕。

〔弛〕賞是切音豕紙韻

(一)弓解也。見〔說文〕。

(二)放也。〔爾雅釋詁注〕—、放也。〔疏〕以弓釋弦曰—。故云—放。

(三)猶縱緩也。〔素問皮部論〕熱多則筋—骨滑。

(四)釋也。〔周禮大司樂〕凡國之大烖。令—縣。〔注〕—、釋下之。

(五)舍也。〔淮南原道〕人不—弓。

(六)棄也。〔文選張衡賦〕城尉不—柝。

(七)猶解也。〔左昭三十二年傳〕—周室之憂。

(八)去離也。〔左莊二十二年傳〕—于負擔。

(九)猶棄忘也。〔禮記坊記〕君子—其親之過而敬其美。

(十)廢也。〔穀梁襄二十四年傳〕—侯。

(十一)放廢不遵禮度曰—。〔漢書武帝紀〕跅—之士。

(十二)毀也。〔國語魯語〕文公欲—孟文子之宅。

(十三)壞也。〔史記河渠書〕延道—兮離常流。〔注〕河道皆—壞。

(十四)易也。見〔爾雅釋詁〕。〔注〕相延易。

(十五)引也。〔素問生氣通天論〕—長為痿。

(十六)合也。〔法言五百〕—而不失其良。

(十七)施也。〔禮記孔子閒居〕—其文德。

(十八)—力。息繇役也。〔周禮大司徒〕以荒政十有二聚萬民。四曰—力。

〔弛〕余支切音移支韻 改易也。見〔集韻〕。

〔弛〕丑豸切音褫紙韻 落也。〔淮南說林〕有時而—。

〔弛〕賞是切音始紙韻。

通施。〔周禮小宰〕斂—之聯事。

【弴】丁歷切音的錫韻

(一)射也。見〔廣韻〕。

(二)射質也。通作的。見〔類篇〕。

【弜】其兩切强上聲養韻渠良切音强陽韻翹移切音蘄支韻

(一)彊也。重也。从二弓。見〔說文弜部〕。〔按詩小戎交韔二弓疏云。顚倒安置之。近代武試技勇有鑲弓㿻開者。所謂彊也。〕

(二)—頭虎子。夷名。卽板楯蠻。見〔華陽國志〕。

【弟】徒回切音穨灰韻 —靡。困窮貌。一曰遜伏貌。〔莊子應帝王〕因以爲—靡。因以爲波流。

【𢎘】居銀切音巾眞韻 𢏳也。見〔集韻〕。

【𢎙】彈本字。見〔正字通〕。

【弖】古氐字。見〔字彙補〕。

【弙】同孖。見〔廣韻〕。

【𢎗】彈或字。見〔說文〕。〔注〕彈或从弓持丸。〔按正字通別作弧。以爲彈本字。非是〕

四畫

【弟】待禮切第上聲薺韻大計切音第霽韻

(一)韋束之次—也。見〔說文弟部〕。〔段注〕以韋束物。束之不一。則有次—也。

(二)第也。相次第而生也。見〔釋名釋親屬〕。

(三)男子先生爲兄。後生爲—。見〔爾雅釋親〕。

(四)女：後生者亦可稱—。〔孟子萬章〕彌子之妻與子路之妻兄—也。

(五)謙稱也。後世書札中多用之。俗恆自稱爲愚—。

(六)能以事兄謂之—。〔禮記曲禮〕僚友稱其—也。〔亦作悌〕。

(七)發聲之辭。但也。〔史記五帝紀〕顧—弗深考。〔今作第〕。

(八)且也。〔史記孫子吳起傳〕君—重射。

(九)使也。〔漢書陳勝傳〕藉—令毋斬。

(十)—子。對師之稱。〔史記孔子世家〕孔子以詩書禮樂敎—子。

(十一)豈—。猶言樂易也。〔詩載驅〕齊子豈—。

【弝】必駕切音霸禡韻 弓—也。見〔玉篇〕。〔按韻會舉要云。弓弝中手執處也。周禮考工記作把〕。

【𢏀】古穴切音決屑韻 所以闓弦者。見〔集韻〕。〔按詩車攻決拾既佽傳云。決、鉤弦也。釋文作夬。周禮繕人注引詩作抉〕。

【弞】矢忍切音矧以忍切音引軫韻

(一)笑不壞顏曰—。从欠。引省聲。見〔說文欠部〕。〔按段氏據玉篇、改作从欠。己聲。而玉篇—改分見〕。

(二)木名。〔山海經中山經〕丙山。其木多—杻。

【𢏁】以諸切音余魚韻 弓也。見〔集韻〕。

【灵】音水紙韻 人名。明寧河王知—。見〔字彙補〕。

【弡】弦本字。見〔說文弡部〕。

【𢎦】同彍。見〔玉篇〕。

【弦】同張。見〔類篇〕。

【弳】同張。見〔字彙〕。

五畫

【弢】他刀切音叨豪韻

(一)弓衣也。从弓。从𠬛。𠬛、垂飾。與鼓同意。見〔說文〕。〔按左氏成公十六年傳。楚共王召養由基使射呂錡中項。伏—。注云。—、弓衣。蓋從許義〕。

(二)旌囊也。〔左成十六年傳〕內旌于—中。

(三)通韜。〔莊子徐无鬼〕從說之則以金版六—。〔釋文〕司馬崔云。金版六—。皆周書篇名。或云祕讖也。本又作六韜。謂太公六韜。文武虎豹龍犬也。

【弦】戶千切音賢先韻

(一)弓—也。从弓。象絲軫之形。見〔說文弦部〕。

(二)月中分謂之—。〔釋名釋天〕—。半月之名也。其形一旁曲。一旁直。若張弓施—也。〔按後人以陰曆每月初七初八兩日爲上—。二十二二十三兩日爲下—〕。

(三)數學句股形之斜邊曰—。聯結曲線上任兩點之直線亦曰—。

(四)脈象也。〔史記倉公傳〕脈長而—。〔按王叔和脈經云。脈長而—。病於肝也。李瀕湖脈學曰。—脈按之不移。綽綽如按琴瑟絃者也〕

⑤鼓琴瑟曰—。〔禮記文王世子〕春誦夏—。

〕國名。〔春秋僖五年〕楚人滅—。—子奔黃。〔按今河南潢川縣西南有—城〕

⑦姓也。〔左僖二十三年傳〕鄭商人—高。

⑧通紘。〔禮記樂記〕舜作五—之琴以歌南風。

【弫】之引切音紾紾韻

弓強也。見〔字彙〕。

【⿰弓皮】平義切音髲寘韻

—發所以張弩也。見〔玉篇〕。

貗皮飾弓也。見〔集韻〕。

弓曲也。見〔集韻〕。

【弧】洪孤切音狐虞韻

木弓也。一曰往體寡來體多曰—。見〔說文〕。〔按段本—下增入弓字。

張旗弓也。〔禮記明堂位〕乘大輅。載—韣旌。〔注〕—旌旗所以張幅也。〔疏〕—以竹為之其形為弓。以張縿之幅。

星名。〔史記天官書〕狼下四星曰—。

④辰韓國名弓為—。見〔後漢東夷傳〕

⑤幾何學名圓周之任一段曰—。

⑥戾也。〔楚辭謬諫〕正法—而不公。

⑦—張。罿罦之罥所以罥扃禽獸。〔周禮冥氏〕掌設—張。

⑧蝥—。旗名。〔左隱十一年傳〕潁考叔取鄭伯之旗蝥—以先登。

⑨短—。蟲名。〔漢書五行志〕蜮在水旁能射人南方謂之短—。〔注〕即射工也亦呼水弩。

【弧】汪胡切音汙虞韻

曲也。〔考工記輪人〕凡揉舟欲其遜而無—深。

【弨】尺招切音麨蕭韻齒紹切音麨篠韻

①弓反也。見〔說文〕。〔按詩彤弓傳〕—、弛貌。疏云謂弛之而體反也。〕

②弓名。〔韓愈詩〕大—掛壁何由彎。

【弩】奴古切怒上聲麌韻

①弓有臂者。見〔說文〕。〔按—、黃帝所作。設機括以為射者也。〕

弩圖

②怒也。有埶怒也。見〔釋名釋兵〕。

③發聲之辭。〔方言〕凡人語而過或謂之—。

④—箙。盛弓箭器。見〔晉書音義〕。

⑤—父。卒名。〔方言〕東海之門卒謂之—父。〔注〕主擔幔—導幰因名。

⑥山名。〔水經膠水注〕五—山蓋膠山之殊名。

⑦水—。蟲名。即短弧。詳弧字。

⑧—比亞。非洲東北部地名位於埃及與亞伯西尼之間。分上—比亞下—比亞二部。英文 Nubia。

【⿰弓民】彌鄰切音民眞韻

①旗也。見〔玉篇〕。

②旗弧也。見〔類篇〕。

【⿰弓昆】都昆切音敦元韻

同弴。見〔廣韻〕。

【⿰弓巨】巨勿切音掘物韻

張勇也。見〔玉篇〕。

【⿰弓古】空胡切音枯虞韻

小弓也。見〔字彙〕。

【弣】芳武切音撫麌韻

弓中央曰—。—。撫也。人所持撫也。〔禮記曲禮〕左手承—。

【弤】都禮切音邸薺韻

①彤弓也。〔孟子萬章〕琴朕—朕。〔疏〕彤弓漆赤弓也亦曰彤弓。

②通弴。詳弴字。

【⿰弓垂】是為切音垂支韻

①[illegible]古文。見〔說文〕。

②草名。見〔搜眞玉鏡〕。

【⿱羽弓】古弻字。見〔集韻〕。

【㢮】同弛。見〔集韻〕。

【弥】同彌。見〔玉篇〕。

【彄】同彊。見〔集韻〕。

六畫

【弭】母婢切音敉紙韻

①弓無緣可以解轡紛者。見〔說文〕。〔按爾雅釋器有緣者謂之弓無緣者謂之—。疏引孫炎曰緣謂繳束而漆之—、謂不以繳束骨飾兩頭者也。〕

(二)弓末也。〔詩采薇〕象—魚服。
(三)息也。〔左成十六年傳〕若之何憂猶未—。
(四)止也。〔詩沔水〕不可—忘。
(五)滅也。〔後漢趙壹傳〕下則抗論當世。消—時災。
(六)安也。〔周書作雒〕內—父兄。
(七)按也。〔離騷〕吾令羲和—節兮。
(八)低也。〔漢書司馬相如傳〕—節裴回。
(九)猶服也。〔後漢吳漢傳〕城邑莫不望風—從。
(十)—轍引迹疾也。〔淮南道應〕絕塵—轍。
(十一)地名。〔左莊二十一年傳〕胥命于—。〔注〕—、鄭地。〔當在今河南密縣境。〕
(十二)連弩也。〔漢書司馬遷傳〕張空—。冒白刃。
(十三)古縣名。在滎陽。見〔廣韻〕。〔按史記蘇秦傳作卷。當今河南原武縣西北。〕

【弮】古倦切音眷霰韻

(一)曲也。見〔廣韻〕。
(二)通卷。〔廣韻〕書—。今作卷。
(三)通絭。〔集韻〕—、通作絭。絭。攘臂繩。
(四)通弄。〔集韻〕弄、亦作—。摶飯也。

【弫】止忍切音軫軫韻

弓強也。見〔玉篇〕。

【弬】徒東切音同東韻

弓飾。見〔玉篇〕。〔按集韻云。象弭謂之—。義與玉篇相成。〕

【弽】迄業切音脅葉韻

弓強也。見〔集韻〕。

【弽】盧涉切音傑葉韻

射決也。一作韘。見〔集韻〕。

【弹】余章切音陽陽韻

弓曲也。見〔玉篇〕。

【羿】研計切音詣霽韻

帝嚳射官。夏少康滅之。見〔說文〕。〔段注〕—與羿古蓋同字。

【弜】市流切音讎尤韻

耕治之田也。見〔五音集韻〕。〔按說文𢎘爲疇或字。—卽𢎘也。〕

【㢽】西本字。見〔說文𢎘部〕。

【弜】同巽。見〔廣韻〕。

【弸】同弸。見〔集韻〕。

【𢏅】同羿。見〔海篇〕。

【𢏆】同弩。見〔字彙〕。

【弦】同弦。見〔字彙〕。

七畫

【弱】日勺切音若藥韻

(一)本作弱。〔說文彡部〕弱。橈也。上象橈曲。彡象毛氂橈—也。—物幷。故从二𢎗。〔段注〕橈者、曲木也。引伸爲凡曲之稱。直者多強。曲者多—。易曰棟橈。本末—也。與橈疊韻。
(二)尫劣也。〔書洪範〕六極。六曰—。〔疏〕尫劣並是—事。爲筋力—。亦爲志氣—。
(三)小也。〔呂覽辨土〕苗其—也欲孤。
(四)幼時曰—。〔史記五帝紀〕—而能言。
(五)二十曰—冠。見〔禮記曲禮〕。〔疏〕體猶未壯。故曰—也。
(六)年少曰—。〔左文十二年傳〕有寵而—。
(七)算家以不足爲—。〔晉書天文志〕與赤道東交於角五稍—。
(八)侵易之曰—。〔左襄十七年傳〕華臣—皋比之室。
(九)衄也。又言委也。見〔釋名釋言語〕。
(十)衰也。〔左昭三年傳〕姜族—矣。而嬀將始昌。
(十一)敗也。〔左襄二十六年傳〕頡遇王子—焉。〔注〕—、敗也。言爲王子所得。
(十二)喪也。〔左昭三年傳〕又—一个焉。
(十三)兩爭曰—。見〔周書武順〕。
(十四)衆散爲—。見〔左哀十二年傳〕。
(十五)蓄也。〔考工記輪人〕以爲之—。〔注〕今人謂蒲本在水中者爲—。是其類也。
(十六)水名。—水有二。書禹貢導—水。至于合黎。當今甘肅張掖縣境。又史記大宛傳條支有—水。當在今意大利境。疑卽地中海。
(十七)—行。跛也。〔左昭七年傳〕孟縶之足不良。—行。〔注〕跛也。
(十八)繁—。弓名。亦作蕃—。〔左定四年傳〕封父之繁—。
(十九)孅—。體柔貌。〔文選司馬相如賦〕嫵媚孅—。
(二十)—緆。細布也。〔淮南齊俗〕—緆羅紕。

【弰】師交切音梢肴韻
❶弓使箭也。見[玉篇]。
❷弓末。見[集韻]。

【弳】弋技切音傷寘韻
弓名。見[五音集韻]。

【⿰弓夋】須閏切音濬震韻
弓彊。見[廣韻]。

【弲】驍緣切音翾先韻
角弓也。洛陽名弩曰—。見[說文]。

【弲】縈緣切音淵先韻
弓勢。見[廣韻]。

【弲】火緣切音鋗先韻
彈—。弦也。見[廣雅釋器]。

【⿰弓矢】矢忍切音哂軫韻
長也。見[集韻]。

【⿰弓甬】許元切音喧元韻
弓曲貌。見[海篇]。

【⿱弜夸】扶劒切陷韻
——。浮也。見[字彙補引廣雅]。[按今本廣雅釋訓作汎汎。疏證云。汎。曹憲音。扶弓反。各本扶弓二字誤入正文內。又作——二字。玉篇。汎、扶弓切。今據以訂正。]

【弦】古弼字。見[玉篇]。

【𢎗】古乃字。見[字彙補]。

【⿱斦弓】同彎。見[玉篇]。

【⿰弓弙】同弙。見[集韻]。

八畫

【張】中良切音倀陽韻
❶施弓弦也。見[說文]。
❷開也。[老子]將欲翕之。必故—之。
❸大也。[詩韓奕]孔修且—。
❹彊也。[左昭十四年傳]臣欲—公室也。
❺施也。[史記武帝紀]—羽旗設供具以祀神君。
❻設也。[國策秦策]—樂設飲。
❼羅取鳥獸曰—。[後漢王喬傳]輒有雙鳧飛來。舉羅—之。
❽計物之數曰—。[左昭十三年傳]子產以幄幕九—行。
❾星名。二十八宿之一。今雨水節子初二刻九分之中星。

張宿圖

❿譸—。誑也。[書無逸]民無或胥譸—爲幻。
⓫乖—。相戾也。[司馬貞補史記序]其中遠近乖—。
⓬輈—。猶彊梁也。[後漢董皇后紀]汝今輈—。怙汝兄耶。
⓭主—。猶言主宰也。[莊子天運]天其運乎。地其處乎。日月其爭於所乎。孰主—是。
⓮拍—。六朝時奮臂拊髀爲戲之名。[南史王敬則傳]敬則善拍—。
⓯單—。山名。[山海經北山經]單—之山。其上無草木。
⓰—北。直隸北口外縣名。今屬察哈爾特別區域。原名—家口。京—鐵路以此爲終點。中俄陸路商埠之一。于清光緒十五年。依中俄愛琿條約續約。開爲商埠。
⓱豫爲後日地步曰—本。[左隱五年傳翼侯奔隨注]傳具其事。爲後晉事—本。
⓲俗謂窺探曰—。如云東—西望。
⓳俗謂宣布曰—。如云聲、—揚。日本語揭帖曰—札。亦此義。
⓴姓也。[廣韻]軒轅第五子揮始造弦。實—網羅。世掌其職。後因氏焉。

【張】知亮切音帳漾韻
❶陳設也。[漢書王尊傳]供—如法而辦。
❷自侈大也。[左桓六年傳]隨—。必棄小國。
❸通脹。滿也。[左成十年傳]晉侯將食。—。如廁。
❹—起也。[左隱十五年傳]陰血周作。—脈僨興。[疏]血既動作。脈必—起。故言—脈也。
❺通帳。[史記高帝紀]復留止—飲三日。[注]—、幃帳也。
❻雄—。猶熾盛也。[後漢班超傳]是時于寘王廣德新攻破莎車。遂雄—南道。
❼出—。日本語。因公他出也。略如吾國所謂于役。

【⿰弓委】女恚切音諉於僞切音餧寘韻

㊀⿰弓皮—。張弓皃。或作⿰弓垂。見〔類篇〕。
㊁—⿰弓皮。弓皃。見〔廣韻〕。

【⿰弓委】而睡切音稇寘韻
弓曲謂之—。一曰張弩。見〔集韻〕。

【弶】其亮切音強漾韻
㊀施罟於道也。見〔玉篇〕。
㊁以弓罥鳥獸。見〔集韻〕。

【強】巨良切音彊陽韻
㊀蚚也。見〔說文虫部〕。〔按爾雅釋蟲。—字凡三見。一曰—蛘。二曰—蚚。三曰—醜捋。—蛘注云。今米穀中小黑蟲。—蚚注云。郎—醜捋。郝氏義疏又引玉篇以證—蚚即—蛘。然則三名實一物也。今假—為彊弱字。而本義晦矣。〕
㊁盛也。〔國策秦策〕兵革之—。
㊂大也。〔國策齊策〕天下—國無過齊者。
㊃年四十曰—。〔禮記曲禮〕四十曰—而仕。〔疏〕—有二義。一則四十不惑。是智慮—。二則氣力—也。
㊄勝也。〔禮記中庸注〕南方以舒緩為—。北方以剛猛為—。
㊅無不勝也。〔淮南原道〕志弱而事—。
㊆力也。〔淮南脩務〕是故田者不—。
㊇勸也。〔禮記表記〕—焉日有孳孳。〔按釋文作—。注疏本作俛〕。
㊈暴也。〔史記田延年傳〕誅鉏豪—。
㊉剛愎也。〔荀子宥坐〕—足以反是獨立。
(十一)不病而死曰—。〔左文十年傳〕三君皆將—死。〔注〕謂被殺也。
(十二)氣不和順曰—。〔素問玉機眞藏論〕名曰重—。
(十三)守柔曰—。見〔老子〕。
(十四)算家以有餘為—。〔古木蘭詩〕賞賜百千—。
(十五)刑法謂以—暴脅迫、藥劑、催眠術、或他法、使人不能抗拒曰—。如—盜、—姦。
(十六)—圉。歲陽。〔爾雅釋天〕太歲在丁曰—圉。〔注〕言萬物皆剛盛未通。故曰—圉。〔按史記曆書作彊梧〕。
(十七)—梁。多力也。〔莊子山木〕從其—梁。
(十八)水名。—水即光水。見〔水經光水注〕。
(十九)硝—。磺—。鹽—。皆極毒烈之藥水名。或加金旁作鏹。
(二十)姓也。〔左莊十六年傳〕刖—鉏。

【強】其兩切強上聲養韻
㊀勤也。見〔爾雅釋詁〕。
㊁勉也。〔考工記梓人〕—飲—食。
㊂勸也。〔周禮司諫〕正其行而—之道藝。〔注〕—、猶勸也。
㊃矯也。〔荀子臣道〕率羣臣百吏而相與—君曰橋君。〔注〕橋音矯。〔今云—制、—迫本此〕。

【強】其亮切音強漾韻
㊀屈—也。不柔服也。〔漢書陸賈傳〕乃欲以新造未集之越屈—于此。
㊁木—。不和柔皃。〔漢書周昌傳〕周昌木—人也。〔注〕言其—質如木石然。
㊂通繈。負兒衣也。〔史記魯周公世家〕成王少在—葆之中。〔注〕—葆、即繈褓。

【弸】蒲萌切音綳庚韻　悲陵切音崩蒸韻
㊀弓強皃。見〔說文〕。
㊁滿也。〔法言吾子〕以其—中而彪外也。

【弸】普庚切音怦庚韻　披朋切音淜蒸韻
—彋。帷帳起皃。〔漢書揚雄傳〕帷—彋其拂汨兮。

【⿰弓妾】戸田切音弦先韻
弓也。見〔海篇〕。

【弲】縈懸切音淵先韻
弓隈也。〔釋名釋兵〕弓末曰簫。中央曰弣。簫弣之間曰—。—、宛也。言曲宛也。

【⿰弓虎】戸吳切音胡虞韻
弓也。見〔海篇〕。

【⿰弓爭】側迸切音諍敬韻
弓開也。見〔篇海〕。

【⿰弓并】普耕切音怦庚韻
張弓也。見〔字彙〕。

【⿰弓并】悲萌切音綳庚韻
彈也。或作拼。見〔集韻〕。

【弴】都昆切音敦元韻　都聊切音貂蕭韻
本作弴。〔說文〕弴。畫弓也。〔按詩大雅敦弓既堅。傳曰。敦弓。畫弓也。蓋許義所本。荀子作彫。公羊注作雕。孟子作弤。皆音近義同〕。

【⿰弓屬】渠玉切音局沃韻

勇貌。見〔海篇〕。

【⿰弓系】同弦。見〔漢景君碑〕。

【⿰弓疌】同⿰弓咎。見〔玉篇〕。

【⿰弓垂】同⿰弓委。見〔類篇〕。

【⿰弓舟】同弩。見〔集韻〕。

【⿰弓炎】同弢。見〔集韻〕。

【⿰弓泰】同⿰弓桼。見〔海篇〕。

【⿰弓直】同號。見〔字彙〕。

【⿰弓兒】弭或字。見〔說文〕。

九畫

【弼】薄泌切音佖質韻

㊀本作⿰弓西。〔說文弜部〕弼。輔也。〔注〕西。舌也。舌柔而弜剛。以柔从剛。輔—之意。

㊁正弓之器。以竹若木爲之。見〔洪武正韻〕。

㊂古者天子之佐。〔書大傳〕古者天子必有四鄰。前曰疑。後曰丞。左曰輔。右曰—。

㊃矯過爲—。〔國語越語〕愲輔遠—。

㊄擊也。〔廣雅釋詁〕弼。擊也。〔按弼、古文—字〕。

㊅戾也。〔漢書刑法志〕君臣故—茲謬悖。〔注〕—。猶相戾也。

㊆重也。見〔爾雅釋詁〕。

㊇高也。見〔方言〕。

㊈通佛。〔詩敬之〕佛時仔肩。〔按鄭箋云、佛、輔也。釋文。佛、鄭音—。可知佛爲—之假借字〕。

㊉通拂。〔孟子告子〕入則無法家拂士。〔按趙注云。拂士、輔—之士〕。

⑪—德院。清官署名。宣統三年四月置。

【⿰弓是】竹吏切音置寘韻

彈也。〔玉篇〕青州謂彈曰—。

【⿰弓咼】經天切音堅先韻

彈也。見〔海篇〕。

【⿰弓扁】紕延切音篇先韻

弓反張也。見〔集韻〕。

【⿰弓彖】餘絹切緣去聲霰韻

弓緣也。見〔廣韻〕。

【⿰弓垔】規掾切音絹霰韻　諸延切音饘稽延切音顫先韻

弓㢸也。見〔集韻〕。

【弽】失涉切音攝葉韻　悉協切音揲葉韻

射決。張弓又童子佩之。見〔廣韻〕。

【㸸】弼本字。見〔說文弜部〕。

【⿰弓弱】弱本字。見〔說文彡部〕。

【弭】同餌。見〔集韻〕。

【⿰弓丙】同弼。見〔類篇〕。

【⿰弓系】同弦。見〔字彙〕。

【强】彊俗字。籀文強从蚰从彊。徐鍇曰。弘與強聲不相近。秦刻石文从口。疑从籀文省。

十畫

【彀】居候切音遘宥韻

㊀張弩也。見〔說文〕。

㊁射質棲皮者也。〔管子小稱〕羿有以彀弓矢。故—可得中也。

㊂善也。見〔爾雅釋詁〕。

㊃俗謂彍足曰—。

㊄通句。〔詩行葦〕敦弓既句。〔疏〕—與句字雖異音義同。

【⿰弓旁】蒲光切音旁陽韻

弦急也。見〔玉篇〕。

【⿱寒弓】紀偃切音蹇阮韻　〔韻補〕

弓強也。見〔集韻〕。

【⿱塞弓】九件切音蹇銑韻

屧也。見〔方言〕。

【⿰弓真】陟忍切音䡅軫韻

彈也。見〔類篇〕。

【⿰弓葡】平祕切音備寘韻

以筋貼弓。見〔廣韻〕。〔按類篇云。以絲飾弓也〕。

【⿰弓鬲】逆革切音鶂下革切音覈陌韻

束弓弩衣也。見〔集韻〕。

【⿰弓族】同鍭。見〔海篇〕。

【⿰弓虒】弛或字。見〔說文〕。

十一畫

【彃】壁吉切音畢質韻

㊀射也。楚辭曰。夫羿焉—日也。見〔說文〕。

㊁弦也。見〔類篇〕。

【彄】墟侯切音摳尤韻

㊀弓弩端弦所居也。見〔說文〕。

㊁環屬。〔西京雜記〕戚夫人以百金緤爲—環。照見指臂。

㊂藏—。戲也。〔風土記〕臘日之後叟嫗各隨其儕爲藏—。分二曹以較勝負。〔按三秦記以藏—戲起於鉤弋夫人、—亦作鉤〕。

㊃姓也。魯公子—之後。見〔韻會〕。

【[illegible]】悲朋切音崩蒸韻
弓也。見〔篇海〕。

【[illegible]】粗叢切音聰東韻
水名。〔山海經大荒南經〕大荒之南有—淵。

【[illegible]】古鐖字。見〔海篇〕。

【彯】同[illegible]。見〔集韻〕。

【[illegible]】同[illegible]。見〔集韻〕。

【[illegible]】同[illegible]。見〔海篇〕。

【[illegible]】同弼。見〔漢張壽碑〕。

十二畫

【[illegible]】徂感切音歜感韻祖含切音鐕覃韻
(一)弓強也。見〔玉篇〕。
(二)弓弦也。見〔廣韻〕。
(三)弓張弦也。見〔類篇〕。

【彈】杜晏切音憚翰韻
(一)行丸也。見〔說文〕。〔按〕—丸古以石爲之。後乃用鐵。以弓弦繳使及遠。猶射之用矢。今鎗礮所用亦曰—。形狀不一。大小亦不相等。而命中及遠。則遠過用弦。
(二)喩小曰—丸。〔史記虞卿傳〕此—丸之地。

【彈】唐干切音檀寒韻
(一)射也。〔左宣二年傳〕從臺上—人。而觀其避丸也。
(二)拼也。見〔廣雅釋言〕。
(三)擊也。〔史記孟嘗君傳〕馮驩—其劍而歌。
(四)劾也。〔後漢史弼傳〕州司馬不敢—糾。〔按文選有—事任昉最工此文〕
(五)說也。〔文選曹植書〕僕嘗好人譏—其文。
(六)掉也。〔考工記廬人〕句兵欲無—。
(七)鼓爪曰—。見〔韻會舉要〕。〔如云—琴—冠卽此義〕。
(八)—棊雅戲。似博。〔藝經〕—棊二人對局。黑白棊各八枚。先列棊相當。下呼上擊之。
(九)—壓鎭壓也。〔唐書柳仲郢傳〕輦轂之下。—壓爲先。
(十)物理學家謂物質之有反動力者曰—力。

【彍】忽郭切音霍苦郭切音廓古博切音郭藥韻
(一)弩滿也。見〔說文〕。
(二)張也。〔孫子兵勢〕勢如—弩。

【彆】必結切音鷩屑韻必袂切音蔽霽韻
弓戾也。見〔集韻〕。

【彇】先彫切音蕭蕭韻
弓弭頭也。或作[illegible]。通作簫。見〔集韻〕。〔按禮記曲禮右手執簫注云〕簫、弭頭也。

【[illegible]】鋤耕切音錚庚韻
弓弦聲。見〔集韻〕。

【[illegible]】牽幺切音蹺蕭韻
引弓也。見〔集韻〕。

【[illegible]】同[illegible]。見〔集韻〕。

【[illegible]】彌或字。見〔說文弜部〕。

十三畫

【彊】渠良切音強陽韻
(一)弓有力也。見〔說文〕。〔段注〕引申爲凡有力之稱。又叚爲勥迫之勥。〔按史記絳侯世家材官引—注云〕能引—弓。此卽—之本義。
(二)健也。〔易乾大象〕君子以自—不息。
(三)堅也。〔管子地員〕赤壚歷—肥。
(四)當也。見〔爾雅釋詁注〕—者、好與相當。
(五)壯盛也。〔書洪範〕身其康—。
(六)力有餘也。〔詩良耜〕侯—侯以。
(七)勢盛也。〔左昭五年傳〕羊舌四族。皆—家也。
(八)自勝之謂—。見〔韓非喩老〕。
(九)撫所屈撓也。〔書臯陶謨〕—而義。
(十)—力也。〔國語楚語〕—忍不義。
(十一)霸也。〔呂覽悔過〕若是而擊可大—。
(十二)暴也。見〔爾雅釋言〕〔注〕—梁陵暴。
(十三)—梁。助也。〔太玄彊〕莫不—梁。〔又〕任威使氣之貌。見〔詩蕩疏〕。
(十四)—陽。猶運動也。〔莊子知北遊〕天地之—陽氣也。
(十五)隆—。車名。〔釋名釋車〕隆—。言體隆而—也。或曰車弓似弓曲也。其上竹曰郞疏。相遠晶晶然也。
(十六)禺—。良益神名。〔山海經大荒北經〕北方禺—。〔注〕水神也。〔又〕北極天櫃有神名—良。
(十七)—梧。歲陽也。〔史記律書〕—梧。〔索隱〕—梧丁也。〔按爾雅作強圉〕。

【彊】巨兩切強上聲養韻
(一)勉也。〔孟子梁惠王〕—爲善而已矣。
(二)抑之使然曰—。〔孟子滕文公〕—而後可。
(三)牽—。假合也。見〔洪武正韻〕。

【彊】居亮切彊去聲漾韻
(一)屍勁硬也。見〔廣韻〕。
(二)死不朽也。見〔集韻〕。
(三)通強。〔史記陸賈傳〕乃欲以新集未造之越屈—於此。〔按屈—、漢書作屈強。—與強平上去三聲經史並通互詳強字。〕

【彊】居良切音薑陽韻
(一)——居有常匹、飛則相隨之貌。〔詩鶉之奔奔〕鵲之——。
(二)通疆。〔賈子審微〕昔衞侯朝于天子。周行人問其名曰辟—。行人還之曰。啟—辟—天子之號也。諸侯弗敢用。衞侯更名燬。

【⿱辟弓】蒲計切音辟霽韻
弶也。見〔集韻〕。

【⿱敬弓】渠京切音檠庚韻
正弓也。本作檠。見〔篇海〕。

【彋】戶萌切音宏　胡盲切音橫庚韻　洪孤切音胡虞韻
弸—。詳弸字。

【⿰弓亟】渠良切音強陽韻
筋頭也。見〔海篇〕。〔按舊字典謂即𦟛字之譌。〕

【⿰弓谿】同谿。見〔集韻〕。

【⿰弓[?]】同炒。見〔字彙〕。

十四畫

【彌】武移切音迷支韻
(一)本作镾。〔說文長部〕镾。久長也。〔段注〕镾、今作—。蓋用弓部之彊代镾而又省王也。—行而镾廢矣。
(二)徧也。〔周禮大祝〕—祀社稷禱祠。〔按玉篇以彊爲今之—字非是。〕
(三)滿也。〔漢書司馬相如傳〕掩平—澤。
(四)覆也。〔文選司馬相如賦〕罘網—山。
(五)延也。〔文選孫綽賦〕結根—于華山。
(六)猶絡也。〔淮南原道〕橫之而—于四海。
(七)極也。〔文選張衡賦〕橦末之技。態不可—。
(八)終也。〔詩生民〕誕—厥月。
(九)大也。〔太玄玄告〕而天地—陶之。
(十)廣也。〔易繫辭〕故能—綸天地之道。
(十一)深也。見〔廣雅釋詁〕。
(十二)遠也。〔左哀二十二年傳〕以肥之得備—甥也。
(十三)益也。〔論語子罕〕仰之—高。鑽之—堅。
(十四)猶底也。〔穆天子傳〕—旗以節之。
(十五)幔也。〔周禮眂祲〕掌十煇之法。七曰—。〔注〕—者白虹—天也。
(十六)相儀之士。〔周書王會〕其右泰士。臺右—士。
(十七)歸不甲也。〔呂覽明理〕有豕生而—。
(十八)姓也。〔左定六年傳〕—子瑕。
(十九)——猶稍稍也。〔漢書韋賢傳〕——其失。
(二十)—縫猶補合也。〔左僖二十六年傳〕—縫其闕。
(廿一)—離猶蒙蘢也。見〔爾雅釋詁注〕。
(廿二)—留猶言久留也。〔書顧命〕既—留。〔疏〕病既久留於身。
(廿三)—宗官名。〔周書王會〕—宗旁之。
(廿四)扜—。漢西域國名。後漢改名拘—。居寧—城。即今和闐地。
(廿五)昆—。烏孫國王號。初曰昆莫。後改昆—。〔漢書西域傳注〕昆取昆莫。—取奢靡。靡音有輕重耳。
(廿六)且—。亦漢西域國名。〔漢書西域傳〕東且—。國治天山東兌虛谷。西且—。國治天山東於大谷。〔當在今天山北路庫爾喀喇烏蘇境。〕
(廿七)須—。山名。〔華嚴經〕譬如日出閻浮提。先照一切須—山。
(廿八)—陀。—勒。均佛名。
(廿九)沙—。雜僧之稱。梵言沙—。華言息慈。謂息世染之情以慈濟衆生也。〔寄歸傳〕七歲至十三歲。皆名驅烏沙—。十四至十九。名應法沙—。
(三十)斯—。蟲名。〔莊子至樂〕乾餘骨之沫爲斯—。

【彌】母婢切音弭紙韻
(一)安也。〔周禮小祝〕—救兵。〔注〕—、讀曰敉。敉、安也。
(二)斂也。〔文選揚雄賦〕望舒—轡。
(三)水盛貌。或作瀰。〔白帖六引詩新臺〕河水——。
(四)—龍。車飾也。〔史記禮書〕—龍所

養以威也。〔注〕謂金飾銜轙爲龍。

(九)——節。少安之意。〔漢書李廣傳〕——節白檀。〔按韻會云——通作弭〕。

【彌】婗或字。鷖——卽嫛婗嬰兒也。〔禮記雜記〕中路嬰兒失其母焉。〔注〕嬰猶鷖——也。

【彍】古𢐈字。見〔玉篇〕。

【𢐿】同𢑈。見〔字彙〕。

十五畫

【彍】忽郭切音霍藥韻

●同彉。滿弩也。見〔玉篇〕。〔按漢書吾邱壽王傳〕十賊——弩。百吏不敢前。〔注〕云引滿曰——。

●——騎。廣宿衞兵也。〔唐書兵志〕開元十一年。取京兆蒲同岐華府兵及白丁。而益以潞州長從兵。共十二萬。號曰長從宿衞。明年。更號曰——騎。

【𢑄】符袁切音蕃元韻余六切音育屋韻

養生也。見〔玉篇〕。

【𢑅】之六切音祝屋韻

——。卑謙皃。見〔集韻〕。

【𢑆】其上切音彊養韻

取也。見〔篇海類編〕。

【䪢】卜結切屑韻

陳人聘隋。問馬價貴賤。答云。——尾燥蹄。絕無技倆。——錢不值。見〔啟顏錄〕〔義闕〕。

十六畫

【𢑇】蒲沒切音孛月韻

釜溢也。見〔篇海類編〕。

【𢑈】同䉛。見〔集韻〕。

【𢑉】同𢑊。見〔字彙補〕。

【彍】㢮俗字。見〔廣韻〕。

十七畫

【𢑋】汝兩切音壤養韻

弓曲。見〔玉篇〕。

【𢑌】古彌字。見〔集韻〕。

【𢑍】同彌。見〔集韻〕。

十八畫

【𢑎】逵員切音權𧷤圓切音𢐿先韻苦遠切音綣阮韻俱願切音桊願韻求患切音𢑏諫韻

弓曲也。見〔說文〕。

【𢑏】巨救切音舊宥韻

弓強也。或作弡。見〔類篇〕。

【𢑐】餘昭切音遙蕭韻

弓便利也。見〔說文〕。〔按集韻云。或作𢐿〕。

【彏】斯氏切音𥻘紙韻

弛弓也。見〔說文〕。〔按類篇——作弥〕。

十九畫

【彎】烏關切音灣删韻

●持弓關矢也。見〔說文〕。

●通關。〔孟子告子〕越人關弓而射之。

●通貫。〔史記伍子胥傳〕貫弓執矢。〔索隱〕貫音——。謂滿張弓。

●俗謂形屈曰——。

【𢑒】同彏。見〔篇海〕。

二十畫

【彏】怳縛切音矆厥縛切音攫藥韻

弓急張也。見〔說文〕。

二十三畫

【𢑔】同彏。見〔集韻〕。

※弋部※

【弋】逸職切音翊職韻

●橜也。見〔說文厂部〕。〔段注〕俗用杙爲——。玉篇以——爲惟射字。

●繳射也。〔詩女曰雞鳴〕——鳧與雁。〔疏〕——謂以繩繫絲而射也。

●取也。〔書多士〕非我小國敢——殷命。〔疏〕——射也。射而取之。故——爲取也。〔按朱駿聲云——假爲代。更也。僞傳取也失之〕。

(四)黑色。〔漢書文帝紀贊〕身衣——綈。〔按——綈字假默爲之〕。

(五)左——。官名。漢少府屬有左——。後更名爲佽飛。掌——射。見〔漢書百官志〕。

(六)水名。〔隋書地理志〕鄱陽郡——陽縣。舊曰葛陽。有——水。〔按在今江西弋陽縣東〕〔又〕青——。江。亦水名。〔元和郡縣志〕青——江在宣州西五十九里。〔按在今安徽宣城縣西〕。

●烏——。國名。〔漢書陳湯傳〕南排月氏山離烏——。〔又〕栗——。亦國名。〔後漢西域傳〕栗——屬康居。出名馬蒲萄酒。〔按二地均在今新疆

土會蕃境〕

(八)撫—。羌名。〔後漢西羌傳〕羌無—爰劍者。爲秦所拘執。以爲奴隸。後亡歸。羌人以奴爲撫—。故因以名之。

(九)玄—。星名。〔後漢張衡傳〕建玄—。〔注〕玄—。北斗第八星。爲矛頭。

(十)鳴—。禽也。〔大戴記夏小正〕十有二月鳴—。—也者禽也。

(十一)姓也。〔姓苑〕河東蒲州有—氏。

(十二)通妖。〔廣韻〕妖。婦官也。漢有鉤妖夫人。居鉤妖宮。漢書亦作—。

一畫

〔弌〕古一字。見〔說文一部〕。

〔[illegible]〕同戎。見〔字彙補〕。

二畫

〔弍〕古二字。見〔說文二部〕。

三畫

〔式〕設職切音識職韻

(一)法也。見〔說文工部〕。

(二)取法也。〔詩烝民〕古訓是—。

(三)度也。〔荀子儒效〕禮者所以爲羣臣寸尺尋丈檢—也。

(四)用也。〔詩南有嘉魚〕嘉賓—燕以樂。〔箋〕—、用也。

(五)表也。〔漢書張良傳〕—箕子門。

(六)敬也。〔書武成〕—商容閭。〔疏〕—車上之橫木。男子立乘。有所敬。則俛而憑—。遂以—爲敬名。

(七)載也。〔禮記仲尼燕居〕車得其—。

(八)發語詞。〔詩式微〕—微—微。

(九)猶俗言樣也。〔北史周高祖紀〕議權衡度量。頒于天下。其不依新—者。悉追停之。

(十)—道。候官名。〔漢書百官表〕—道左右中候。〔注〕—道凡三候。車駕出還。—道候持麾至宮門。門乃開。

(十一)——。整貌。〔晉書樂志〕百辟朝三朝。——明儀形。

(十二)姓也。見〔姓譜〕。

(十三)通軾。〔考工記輿人〕輿人爲車。參分其隧。一在前。二在後。以操其—。

(十四)通拭。〔荀子禮論〕不浴則濡巾三—而止。

(十五)通栻。〔史記日者傳〕旋—正棊。〔注〕—、卽栻也。旋、轉也。

〔[illegible]〕惕德切音忒職韻 [illegible]也〔[illegible]〕[illegible]〔按鄭箋云—讀曰慝。陸氏釋文因以慝訓—〕。

〔[illegible]〕蓄力切音敕職韻 占文謂之—。〔周禮太史注〕大出師。則太師主抱—。以知天時。主吉凶。〔疏〕以其見時候有法—。故謂轉天文者爲—。

四畫

〔弎〕古三字。見〔說文三部〕。

〔[illegible]〕茲郎切音臧陽韻

(一)杙也。繫船之大弋也。見〔玉篇〕。

(二)—牱。卽牂柯郡名。見〔正字通〕。

〔[illegible]〕逸職切音翼職韻 缺盆骨也。見〔廣韻〕。

〔[illegible]〕欲日切音弋職韻 能也。見〔字彙補〕。

〔[illegible]〕同武。見〔字彙〕。

五畫

〔[illegible]〕同弐。見〔集韻〕。

六畫

〔[illegible]〕[illegible]東韻

(一)船左右大木。見〔玉篇〕。

(二)繫船杙也。見〔韻會舉要〕。

〔[illegible]〕徒結切音跌屑韻 利也。又國名。見〔字彙〕。〔按此字見字彙。他字書無。玉篇[illegible]下云。利也。又國名。或卽[illegible]字之譌〕。

七畫

〔[illegible]〕同来切音代隊韻 甘也。見〔字彙補〕。

八畫

〔[illegible]〕同弑。見〔集韻〕。

九畫

〔[illegible]〕心布切音素遇韻 姓也。見〔字彙補〕。

十畫

〔弑〕式吏切音試寘韻 臣殺君也。見〔說文殺部〕。〔段注〕經傳殺—二字轉寫。既多譌亂。音家又或拘泥。中無定見。多有殺讀

—者。〔按述其實則曰殺君。正其名則曰—君〕

【弑】古俄切音歌歌韻

㊀杙也。所以繫舟。見〔集韻〕。

㊁戕—。詳戕字。

十二畫

【[illegible]】同[illegible]。見〔集韻〕。

※广部※

【广】魚檢切醃上聲魚掩切音隒琰韻

㊀因—爲屋也。象對刺高屋之形。見〔說文〕。〔按段本改因—爲因厂。又於因—爲屋也下。增从厂二字。〕

㊁棟頭也。〔韓愈詩〕剖竹走泉源。開廊架屋—。

㊂衾—也。其下廣大如—受人也。見〔釋名釋衣服〕。

二畫

【庀】普弭切音仳紙韻普米切批上聲薺韻

㊀治也。〔左襄二十五年傳〕楚子木使—賦。

㊁通庇。〔周禮遂師〕—其委積。〔釋文〕—又作庇。

㊂通比。〔周禮大胥〕大胥—樂官。〔注〕讀比爲—。

【庁】他丁切音汀青韻

㊀平也。見〔玉篇〕。

㊁本作矴。〔集韻〕矴。碑材。或省作—。

【庂】阻力切音側職韻

赤—。漢時錢名。〔漢書食貨志〕今京師鑄官赤—。一當五。其後二歲。赤—錢賤。民不便。又廢。〔—、一作仄。〕

三畫

【庍】所嫁切音沙去聲禡韻

㊀旁屋也。見〔玉篇〕。

㊁賤也。見〔廣韻〕。

【庄】薄庚切音彭庚韻

㊀平也。見〔五音集韻〕。

㊁俗讀若莊。如莊家村莊之類。俗多借用—字。

【庋】魚掩切音隒琰韻

齊—也。見〔廣韻〕。

【[illegible]】弋勢切音曳霽韻

食癘也。見〔玉篇〕。

【⿸广久】居祐切音救宥韻

灸也。見〔五音集韻〕。

【⿸广口】戶感切音頷感韻

—嘾。乳汁狀。見〔五音集韻〕。

【⿸广乇】古宅字。見〔廣韻〕。

【⿸广毛】古度字。見〔廣韻〕。

【⿸广子】字籀文。見〔玉篇〕。

【⿸广弋】同廙。見〔集韻〕。

【庑】同廡。見〔集韻〕。

【庅】同底。見〔篇海〕。

【⿸广干】厈譌字。見〔正字通〕。

四畫

【庇】必至切音畀兵媚切音祕寘韻

㊀蔭也。見〔說文〕。

㊁寄也。齊衛宋魯陳晉汝潁荆州江淮之間曰—。或曰寓。見〔方言〕。

㊂覆幹也。〔考工記輪人〕弓長六尺謂之—軹。五尺謂之—輪。四尺謂之—軫。

㊃通芘。〔莊子人間世〕隱將芘其所藾。〔釋文〕芘本亦作—。

【庉】杜本切豚上聲阮韻

㊀樓牆也。見〔說文〕。

㊁屯聚之處。見〔玉篇〕。

㊂室中藏也。見〔集韻〕。

【庉】徒孫切音豚元韻

㊀居也。見〔集韻〕。

●火盛貌。〔爾雅釋天〕風與火爲—。〔注〕—。熾盛貌。

【庵】徒困切音鈍願韻

舍也。見〔廣雅釋室〕。

【庋】古委切音詭紙韻居綺切音剞紙韻

㊀閣也。見〔玉篇〕。〔按禮記內則。大夫七十而有閣注云。閣以板爲之。—食物也。〕

㊁猶言置也。〔唐書牛仙客傳〕前後賜予。緘—不敢用。

㊂—縣。祭山之名。〔爾雅釋天〕祭山曰庋縣。〔釋文〕庋。本或作—。

【庌】語下切音雅馬韻魚覊切音訝禡韻

㊀廡也。見〔說文〕。

㊁正也。屋之正大者也。見〔釋名釋宮室〕。

㊂所以庇馬者也。〔周禮圉師〕夏—馬。〔按鄭注云故字—爲訝。〕

【庍】牛加切音牙麻韻

庌—。不齊也。見〔集韻〕。

【序】象呂切音緖語韻

㊀東西牆也。見〔說文〕。〔按爾雅釋宮。東西牆謂之—。〕

㊁學校也。〔禮記樂記〕家有塾。黨有庠。術有—。

㊂次—也。〔孟子滕文公〕長幼有—。

㊃列也。〔國語齊語〕班—顚毛。

㊄位次也。〔左昭二十九年傳〕卿大夫以—守之。

㊅緖也。〔詩閔予小子〕繼—思不忘。

㊆猶代也。〔禮記昏義〕昏禮不賀。人之—也。

㊇四—。春夏秋冬也。〔易乾〕與四時合其—。

㊈陳述作者之趣意曰—。如易—。書—。太史公自—之類。〔詳敍字〕。

㊉通敍。〔書舜典〕百揆時敍。〔按史記五帝紀作百官時—〕。

⑪州名。唐置。羈縻隴右道。〔當在今四川境〕。

⑫姓也。〔禮記射義〕—點揚觶。

【庎】方卦切音拜卦韻

到別也。見〔玉篇〕。

【庎】居拜切音介卦韻

閣板也。一作楖。〔六書故〕—庋版。令足流水。以受滌濯。今人設之於廚。

【庠】徐醉切音遂寘韻

灰集屋也。見〔海篇〕。

【庄】如林切音任侵韻

下也。見〔字彙〕。

【庬】徒含切音覃覃韻

陰也。見〔玉篇〕。

【庋】胡關切音還删韻

屋牝瓦下。一曰維綱也。見〔說文〕。〔按段本據廣韻改爲屋牡瓦也。注云。糸部曰䌫。持綱紐也。—與䌫音相近。〕

【床】式類切音邃寘韻

屋深也。見〔玉篇〕。

【庈】渠今切音琴侵韻

人名。〔左隱二年傳〕司空無駭入極。費—父勝之。

【庛】昭里切音旨紙韻

山名。〔山海經西山經〕鈐山之西曰—陽之山。

【庰】同府。見〔集韻〕。

【庋】同番。見〔集韻〕。

【庋】同芝。見〔集韻〕。

【庡】同底。見〔廣韻〕。

【庆】同奮。見〔集韻〕。

【床】牀俗字。見〔廣韻〕。

五畫

【底】典禮切音邸薺韻

㊀山居也。一曰下也。見〔說文〕。〔段注〕山當作止。字之誤也。

㊁極下之處。〔淮南修務〕則言黃泉之—。

㊂器臀也。〔詩公劉箋〕無—曰橐。有—曰囊。

㊃阪也。〔後漢光武帝紀〕馮異與赤眉戰于殽—。

㊄止也。〔國語晉語〕戾久將—。

㊅滯也。〔左昭元年傳〕勿使有所壅閉湫—。

㊆文書稿也。〔春明退朝錄〕公家文書稿。中書謂之草。樞密院謂之—。三司謂之檢。

㊇設疑之辭。猶言何等物也。〔韓愈詩〕。有—忙時不肯來。

㊈犂—。犂之一事也。〔耒耜經〕斲木而爲之者曰犂—。長四寸。廣四寸。—初實于鑱中。土謂之鑱肉。—之

次曰歷鏡。背有二孔。係于歷鏡之兩旁。

⓫小—供役使者。〔晉公談錄〕劉承規在太祖廟爲黃門小—。〔近世僕隸自稱小—。俗亦通作小的。〕

⓬通砥。〔漢書枚乘傳〕磨礱—厲。通底。至也。〔詩祈父〕靡所底止。〔石經作底閩本作—〕

【庯】　乙甲切音鴨洽韻

屋壞也。見〔集韻〕。

豕屋也。見〔集韻〕。

—廇。隆也。見〔集韻〕。

【庋】　之氏切音只紙韻

居處卑也。見〔篇海〕。

住也。見〔篇海〕。

【庖】　蒲交切音匏肴韻

廚也。見〔說文〕。

苞也。〔周禮庖人注〕—之言苞也。裹肉曰苞苴。

—正官名猶—人也。〔左哀元年傳〕爲之—正。〔注〕—正掌膳羞之官。

❹伏羲氏亦稱—犧氏。〔史記三皇紀〕大皞—犧氏養犧牲以充—廚。故曰—犧。

❺通包。〔易姤〕包有魚。〔釋文〕包、亦作—。

❻通胞。〔漢書百官公卿表〕胞人都水均官三長丞。〔注〕胞、與—同。

【店】　都念切音墊豔韻

❶反爵之處。或作坫。見〔玉篇〕。

❷置貨鬻物之處。〔宋史趙普傳〕營新—規利。

❸驛舍也。〔項斯詩〕旅—開偏早。

【庈】　蒲濮切音跋曷韻

舍也。詩曰。召伯所—。見〔說文〕。〔毛詩—作茇。許蓋用三家詩也。〕

【庚】　居行切音庚庚韻

❶秋時萬物—有實也。見〔說文庚部〕

❷十干之一。〔爾雅釋天〕太歲在—曰上章。〔又〕月在—曰窒。

❸更也。〔易巽〕先—三日。後—三日。

❹年齡也。〔癸辛雜識〕張神鑒醫而戀。每談一命。則旁引同—者數十。皆歷歷可聽。

❺償也。〔禮記檀弓〕季子皋之葬其妻也。犯人之禾。申詳以告。曰。請—之。

❻道也。〔詩序〕由—。萬物得由其道也。

❼—。橫貌也。〔史記文帝紀〕大橫—。

❽長—。星名。〔詩大東〕西有長—。

❾—癸。乞糧隱語。〔左哀十三年傳〕若登首山以呼曰。—癸乎。則諾。〔注〕—西方主穀。癸北方主水。

❿六—。天獸名。〔太公陰謀〕六—爲白獸。在上爲客星。在下爲害氣。

⓫倉—。鳥名。〔爾雅釋鳥〕倉—。商—。

⓬盜—。草名。〔爾雅釋草〕蕧。盜—。

⓭姓也。唐—季良。〔又〕—桑複姓。

【庛】　得案切音旦翰韻

❶小舍也。見〔玉篇〕。

❷小柸也。見〔集韻〕。

【府】　非父切音甫麌韻

❶文書臧也。見〔說文〕。

❷治—藏者。〔周禮天官敘官〕—六人。史十有二人。〔注〕—史皆其官長所自辟除。

❸寶藏貨賄之處曰—。〔禮記曲禮〕在—言—。在庫言庫。

❹掌財幣之官皆曰—。如周禮大—、玉—、內—、外—、泉—、天—之類。

❺百官所居曰—。〔周禮大宰〕以八灋治官—。

❻唐制大州曰—。〔唐書地理志〕州—三百五十八。〔按宋制—隸於路。元則有隸於路者。亦有直隸於省者。明以京畿應天諸—直隸京師。餘皆隸於布政使司。淸以順天奉天二—直隸京師。餘同明制。今廢。〕

❼胃也。〔素問寶命全形論〕是謂壞府。〔注〕—、謂胃也。

❽—君。漢時太守之稱。〔後漢華佗傳〕—君胃中有蟲。〔又〕人子稱祖考之辭。〔司馬溫公書儀自注〕無官改先某位爲先—君。

❾—兵。一種兵制之稱。〔唐書兵志〕凡—三等。兵千二百人爲上。千人爲中。八百人爲下。〔按—兵之制。肇自西魏後周。而備於隋唐。與因之。非始於唐也。〕

❿幕僚稱所主曰—主。〔杜甫詩〕幸爲達書賢—主。

⓫州名。五代晉置。宋屬河東路。當今陝西—谷縣。

⓬通腑。〔周禮疾醫疏〕六—。胃、小腸、大腸、膀胱、膽、三焦。

⓭通俯。〔列子周穆王〕王—而視之。

●姓也。漢—悝。

【庝】徒冬切音彤冬韻
●深屋也。見【集韻】。
●含響也。見【集韻】。

【𢇭】連條切音聊蕭韻
人名。見【篇海】。

【㡌】力救切音溜宥韻
姓也。見【篇海】。

【庢】仕下切音乍禡韻、側下切音鮓馬韻
屋也。見【玉篇】。

【㡍】助加切音槎麻韻
庈庌不齊也。見【集韻】。

【庋】扶宜切支韻
鋪也。見【玉篇】。

【㡏】普故切音布遇韻
布列也。見【篇韻】。

【㡐】昵洽切音婻洽韻
㡐—。隆也。見【集韻】。

【㡑】待年切音田先韻
平也。見【玉篇】。

【床】布忖切音本阮韻
姓也。見【玉篇】。

【㡒】怶皮切音糜支韻
—壤。地名。在秦州。見【集韻】。

【庅】落合切音拉合韻
屋聲也。見【集韻】。

【㡔】郎丁切音靈青韻
屋字通靚。見【集韻】。

【直】于余切音苴魚韻七賜切音刺寘韻在呂切音沮語韻
人相依—也。見【說文】。

【㡕】以倆切音曳霽韻
皮也。見【集韻】。

【庛】七賜切音刺寘韻才支切音疵支韻
耒下歧木也。【考工記車人】車人為耒—。長尺有一寸。

【㡗】古鬼字。【亢倉子】—神開禍。

【㡘】古扃字。見【集韻】。

【㡙】古知字。見【海篇】。

【庀】同庀。見【篇韻】。

【庿】廟俗字。見【字彙】。

六畫

【庬】房返切音[illegible]阮韻
屋斜也。見【篇韻】。

【㡜】渴合切音溘合韻
●市也。見【玉篇】。
●壓也。或作㡜。見【集韻】。

【㡝】乙洽切音浥洽韻
低下也。見【類篇】。

【庡】於豈切音扆尾韻
●徘徊也。見【玉篇】。
●藏也。或作㡞。見【廣韻】。

【㡟】昌石切音尺陌韻充夜切音奓禡韻
●卻屋也。見【說文】。【段注】卻屋者。謂開拓其屋使廣也。引伸之為—逐。為充—。又引伸為指—。【按鹵部鹵下云。東方謂之—。是—又訓鹹地。別為一義。】
●同斥。—蠖。屈蟲也。【考工記弓人】麋筋—蠖灂。【按今注疏本作斥蠖。盧文弨釋文攷證云。斥。官注疏本作—。】

【庢】陟栗切音窒質韻
●礙止也。見【說文】。【段注】凡—礙當作此字。今俗作窒礙。非也。七發曰發怒—沓。善水初發怒礙止而涌沸也。
●盩—。縣名。見【廣韻】。【按漢書地理志—作厔。詳厔字。】

【㡡】七賜切音刺寘韻
●下屋也。見【玉篇】。
●偏—舍也。見【廣韻】。

【庤】丈里切音峙紙韻
●儲置屋下也。見【說文】。
●具也。【詩臣工】—乃錢鎛。
●通峙。【書費誓】峙乃糗糧。【按正義云。峙、具也。】

【庥】虛尤切音休尤韻
●休或字。【說文木部】休。息止也。休。或从广。
●蔭也。【爾雅釋言】庇、—、蔭也。【注】今俗呼樹蔭為—。【按淮南精神訓得茠越下注云。茠、蔭也。是—亦通作茠。】

【度】徒故切音渡遇韻
●法制也。見【說文又部】。【注】又、手也。布指知尺。舒肱知尋。故从手。
●分寸尺丈引也。所以—長短也。見【漢書律厤志】。

(三) 剡也。〔禮記樂記〕百—得數而有常。〔注〕百—。百剡也。言日月晝夜不失正也。

(四) 程也。〔國語周語〕用物過—妨於財。

(五) 圓也。見〔古微書春秋說題辭〕。

(六) 殳也。〔周禮司市〕凡市入則胥執鞭—守門。

(七) 次也。〔易晉晝日三接疏〕一晝之間三—接見也。

(八) 越也。〔傅毅賦〕超遺物而—俗。

(九) 過也。〔王之渙詩〕春風不—玉關門。〔按如云—日—歲之類。均取過義。〕

(十) 猶運也。〔史記平準書〕—四百萬石。

(十一) 打之謂也。〔方言注〕今江東呼打爲—。

(十二) 猶言器量也。〔漢書高帝紀〕常有大—。〔按大—、言器量之宏大也。唐書張九齡傳。風—能若九齡乎。風—字與大—字、字義相近。〕

(十三) 覲寺引受人爲僧尼曰—。〔唐書睿宗紀〕景雲二年。詔天下妄—僧尼道士女冠。並依舊。

(十四) 凡言—者。或線、或面、或體、皆是。凡—與數不同。數者、可以長不可以短。—者可以長亦可以短。長者增之可至無窮。短者減之亦復下盡。見〔幾何原本〕。

(十五) —法。二百里爲—。三百六十—爲周天。

(十六) 初—。初生年時也。〔離騷〕皇覽揆予於初—兮。

(十七) 佛家謂出生死曰滅—。謂滅生死—。入不生不死也。〔金剛經〕我皆令入無餘涅槃而滅—之。

(十八) 用—。猶用費也。〔漢書武帝紀〕用—不足。請收銀錫造白金及皮幣以足用。

(十九) 句—。猶句讀也。〔晉書樂志〕其辭既古。莫能曉其句—。

(二十) —數。爵等之大小也。〔周禮墓大夫〕掌其—數。

(廿一) 步伐之數。〔禮記曲禮〕進退有—。〔注〕—、謂伐與步數。

(廿二) 五—。五行也。〔淮南兵略〕詘伸不護五—。

(廿三) 節—。官名。〔唐書兵志〕永徽以後。都督帶使持節者始謂之節—使。

(廿四) 縣—。山名。〔漢書西域傳〕縣—者。石山也。谿谷不通以繩相引而—。

(廿五) 印—。國名。〔宋史天竺國傳〕自北印—行一百二十日至中印—。自中印—行六月至南印—。〔按今屬英。互詳印字。〕

(廿六) 古—。樹名。〔左思吳都賦〕松梓古—。

(廿七) 姓也。漢—尙。

(廿八) 通渡。〔漢書賈誼傳〕猶—江河。忘維楫。

【度】　徒落切音鐸藥韻

(一) 謀也。〔詩皇矣〕爰究爰—。

(二) 揆也。〔國語晉語〕君不—而賀。

(三) 正也。〔荀子非相〕君子之—己則以繩。〔注〕—己、猶正己也。

(四) 量也。〔素問血氣形志篇〕先—其兩乳間中折之。

(五) 投也。投土於阪也。〔詩緜〕—之薨薨。

(六) 授也。〔漢書元帝紀贊〕自—曲。被歌聲。〔注〕—曲謂歌終更授其次。謂之—曲。〔案元好問詩不把金針—與人。—字音義本此。〕

(七) 心能制義曰—。見〔周書謚法〕。

(八) —支。官名。〔唐書百官志〕—支掌天下租賦物產豐約之宜。水陸道途之利。歲計所出而支調之。

【庣】　他彫切音祧蕭韻

不滿貌。〔漢書律曆志〕旁有—焉。〔注〕—、不滿之處也。

【庣】　田聊切音迢蕭韻

過也。見〔漢書律曆志注〕。

【庠】　徐羊切音祥陽韻

本作庠。〔說文〕禮官養老。夏曰校。殷曰—。周曰序。〔按禮記王制。有虞氏養國老於上—。養庶老於下—。即許義所本。孟子。殷曰序。周曰—。與許異。〕

【庡】　以制切音曳霽韻

倉也。見〔玉篇〕。

【⿸广申】　羊至切音肆寘韻

麻也。見〔集韻〕。

【⿸广聿】　直紹切音趙篠韻

言說卑也。見〔篇海〕。

【⿸广艮】　下簡切音限潸韻

門閾也。見〔篇韻〕。

【⿸广同】　徒東切音同他東切音通東韻

合響也。見〔玉篇〕。

【㢊】火犬切音蜎銑韻　穴也。見〔玉篇〕。

【庴】五犯切音儼豏韻　嶮也。見〔五音集韻〕。

【㢋】都回切音堆灰韻　同㢈。屋從上傾下也。見〔集韻〕。

【𢈱】居僞切音賜寘韻　𡨥或字。〔集韻〕𡨥。毀也。或作—。通作垝。

【㢇】敞尒切音哆紙韻　旁擊也。〔唐書王忠嗣傳〕賊衆驚相蹂。軍—翼掩之。〔按集韻。—同㢇。詳㢇字。〕

【㢈】同屠。見〔集韻〕。〔按集韻屠下引說文。閉也。今檢說文。有屠無屠。集韻蓋四篆形而譌。〕

【㢃】同幼。見〔字彙補〕。

七畫

【座】徂臥切音坐箇韻

(一)牀—也。見〔玉篇〕。〔按集韻訓坐具。義畧同。傅毅舞賦。陳茵席而設—。〕

(二)俗稱凡器物之架皆曰—。如瓶—鐘—之類。

(三)八—。貴官。〔後漢百官志〕六曹尚書并令僕二人爲八—。

(四)—主。〔日知錄〕貢舉之士。以有司爲—主。而自稱門生。自中唐以後。遂有朋黨之禍。

(五)通坐。〔漢書梅福傳〕當戶牖之法坐。〔注〕法坐。王聽朝處。〔按法坐。卽法—。猶孔融之坐上客常滿。坐上卽—上也。〕

【庨】虛交切音哮 丘交切音敲肴韻

(一)深空貌。〔文選馬融賦〕—窌巧老。

(二)宮室高貌。〔柳宗元詩〕反宇臨呀—。

【㢒】盧當切音郞陽韻

(一)高也。見〔玉篇〕。

(二)器也。見〔類篇〕。

【庩】同都切音荼 通都切音稌虞韻

(一)康也。見〔玉篇〕。

(二)庯—。詳庯字。

【㢨】徒候切音豆宥韻

(一)器名。見〔篇韻〕。

(二)祭所也。見〔篇海〕。

(十二)廚庖也。見〔集韻〕。

【庪】古委切音詭紙韻

(一)祭山曰—縣。見〔說文新附〕。〔此大徐引爾雅釋天文也。郭注。或—或縣。置之于山。邢疏。—謂埋藏之。〕

(二)棚前接簷爲—。〔儀禮士昏禮注〕正中曰棟。次曰楣。前曰—。

(三)同庋。閣也。亦作攱。見〔集韻〕。

【庫】苦故切音苦去聲遇韻

(一)兵車藏也。从車在广下。見〔說文〕。〔按禮記月令。審五—之量。蔡邕云。車—、兵—、祭—、樂—、宴—也。〕

(二)舍也。物所在之舍也。故齊魯爲—曰舍。見〔釋名釋宮室〕。

(三)藏書之室亦曰—。〔唐書經籍志〕秘書郎按甲乙丙丁四部之圖籍。謂之四—。

(四)門名。〔禮記郊特牲〕獻命—門之內。戒百官也。〔注〕—門在雉門之外。

(五)質—。〔老學菴筆記〕質錢取利謂之長生—。〔卽今之典當。〕

(六)天—。星名。〔春秋文曜鉤〕軫南四星曰天。

(七)—倫。在蒙古喀爾喀土謝圖汗部。清時有—倫辦事大臣駐守之。咸豐十年。依一千八百六十年中俄愛琿續約。開爲商埠。

(八)—諾爾。蒙古語。卽青海。

(九)—車。新疆省直隸廳。清置。今爲—車縣。

(十)—頁島。在吉林之東。長二千里。廣數百里。本中國地。今日本有其南半。俄屬西北利亞有其北半。改稱樺太島。亦稱薩哈連島。

(十一)—大使。官名。清制。有布—大使。鹽—大使。道—大使。關—大使。廳—大使。均雜職。

(十二)姓也。古守—大夫後。見〔風俗通〕。

【𢋙】母總切音懵董韻　—澒。未分之象。〔孝經緯〕天度—鴻孳萌。

【庬】亡江切音尨江韻

(一)豐也。厚也。〔漢書司馬相如傳〕湛恩—洪。

(二)雜也。〔書周官〕不和政—。

【庬】母項切音傋講韻　大也。〔詩長發〕爲下國駿—。〔徐邈讀上聲〕

【庭】唐丁切音亭青韻
(一)宮中也。見〔說文〕。
(二)堂階之前門屏內之地也。〔易節〕不出戶—。
(三)朝廷也。〔文選張衡東京賦〕龍輅充—。
(四)直也。〔詩大田〕播厥百穀。既—且碩。
(五)莚場曰—。〔左昭十六年傳〕其—小。〔注〕—、莚場也。
(六)中—。明堂之中也。或曰朝廷之中也。〔洪範五行傳〕於中—祀四方。〔按禮記檀弓孔子哭子路於中—。注云寢中—也。別爲一義〕。
(七)山—。鼻高也。〔任昉文〕山—異表。
(八)天—。星名。〔石氏星傳〕龍星左角曰天田。右角曰天—。
(九)—氏。官名。〔周禮庭氏注〕—氏主射夭鳥、
(十)王—。匈奴都會也。〔漢書匈奴傳〕是後漢南無王—。
(十一)大—。古國名。〔文選張衡賦〕則大—氏。何以尙茲。
(十二)洞—。湖名。〔楚辭九歌〕洞—波兮木葉下。
(十三)州名。宋置。屬廣南西路。當今廣西河池縣西。
(十四)—堅。皋陶字。見〔左文十八年傳注〕。
(十五)今審判曰開—。有刑事—民事—之分。亦畧稱刑—民—。

【庭】他定切音聽徑韻
逕—。遼隔貌。〔莊子逍遙遊〕大有逕—。

【庮】以九切音酉有韻 夷周切音由尤韻
(一)久屋朽木。見〔說文〕。〔按周禮內饔牛夜鳴則—。注云、—朽木臭也。與許義相成〕。
(二)蕕楡也。見〔類篇〕。

【㢅】盧貢切音弄送韻
(一)—屏。見〔廣韻〕。
(二)廋也。見〔集韻〕。

【𢈘】兩舉切音呂語韻
人名。晉大夫。見〔玉篇〕。

【𢈞】苦悶切音困願韻
倉廩也。見〔玉篇〕。

【𢈔】作郎切音臧陽韻
壯立貌。見〔玉篇〕。

【𢇲】渠尤切音求尤韻
偏廋也。見〔玉篇〕。

【𢇳】盧達切音剌曷韻
庿也。見〔廣韻〕。〔按此廣韻引廣雅釋宮文也。疏證本—作廟〕。

【㢋】趨玉切音促沃韻
舍也。見〔集韻〕。〔按此集韻引廣雅釋宮文也。疏證本改—爲康〕。

【庱】作惟切音䮶支韻
委也。見〔玉篇〕。

【庫】力口切音簍有韻
草室也。見〔篇韻〕。

【庯】奔模切音逋虞韻
—庩。屋不平也。見〔集韻〕。

【𢈉】轄甲切音狎洽韻
虎習搏貌。見〔集韻〕。

【𢈊】㐭本字。或作廪見〔正字通〕。

【𢈈】古覼字。見〔篇海〕。

【𢇻】同廛。見〔集韻〕。

【𢈙】同廟。見〔集韻〕。

【𢈆】同峖。見〔集韻〕。

八畫

【庰】必郢切音餠梗韻
(一)蔽也。見〔說文〕。〔段注〕此與尸部之屏義同而所謂各異。此字从广。謂屋之隱蔽者也。
(二)㩃也。見〔廣雅釋詁〕。

【庰】毗正切音併敬韻 步定切瓶去聲徑韻
(一)廁也。見〔廣雅釋宮〕。
(二)隱僻也。同僻。見〔廣韻〕。

【庴】倚蟹切音矮蟹韻 隱綺切音倚紙韻
(一)㾭也。見〔玉篇〕。
(二)坐倚貌。或作䝥見〔類篇〕。

【庲】郎才切音來灰韻
(一)舍也。見〔廣雅釋宮〕。
(二)長—。齊邑名。見〔集韻〕。
(三)—降。蜀地名。見〔集韻〕。

【庳】部弭切音婢紙韻
中伏舍。一曰屋—。見〔說文〕。〔按中伏舍云者。謂高其兩旁而中伏之舍也。屋—、段本改作屋卑。左襄三十一年傳宮室卑—。是也〕。

【庳】賓眉切音卑支韻
下也。〔國語周語〕陂唐污—。
短也。〔周禮大司徒〕其民豐肉而—。

【庳】頻彌切音陴支韻
①牝鶉之名。〔爾雅釋鳥〕鷯鶉。其雄鶛。牝—。
②通毗。〔荀子有坐〕天子是—。〔注〕—、讀若毗。毗、輔也。

【庳】毗至切音痺寘韻
有—。國名。〔孟子萬章〕封之有—。
通鼻。〔後漢東平王倉傳〕昔象封有鼻。

【庵】烏含切音安覃韻
舍也。見〔廣雅釋宮〕。〔按廣韻云。小草舍也〕。草圓屋謂之—。—、奄也。所以自覆奄也。〔釋名釋宮室〕。僧尼等奉佛之舍皆謂之—。
④或作菴。〔後漢皇甫規傳〕親入菴廬巡視。〔按凡結艸木爲廬皆曰菴。玉篇又以𦿞爲古文菴。並與—同〕。
⑤同闇。〔禮記喪服四制〕高宗諒闇。〔注〕闇謂廬也。〔按闇義亦與—同。本王念孫說〕。
⑥同广。〔九九消夏錄〕—即广字。後人以广不成文故又從奄聲作—耳。

【庵】遏合切音始合韻
①低也。見〔廣韻〕。
②豕屋。見〔集韻〕。

【庶】商署切音恕御韻
①本作庶。〔說文〕庶、屋下眾也。从广炗。炗、古文光字。〔段注〕諸家皆曰—、眾也。許獨云屋下眾者。以其字从广也。
②胗也。〔詩楚茨〕爲豆孔—。〔按爾雅言云、—、侈也。胗侈音同。蓋即鄭箋所本〕。
③幸也。〔詩素冠〕—見素冠兮。
④近也。〔論語先進〕回也其—乎。
⑤—子。妾子也。〔左宣三年傳〕其—子爲公行。〔又〕官名。〔禮記燕義〕古者周天子之官有—子官。
⑥—長。秦官名。〔左襄十年傳〕秦—長鮑、—長武、帥師伐晉以救鄭。
⑦—士。軍士也。〔荀子正論〕—士介而坐道。
⑧人姓。衛有—氏。〔禮記檀弓〕子思之母死於衛。門人曰。—氏之母死。何爲哭於孔氏之廟。〔注〕—、姓也。

【庶】賞呂切音暑語韻
除蟲毒也。〔周禮庶氏〕凡—蠱之事。

【庶】之石切音隻陌韻　章恕切音翥御韻
攄也。見〔釋名釋親屬〕。

【康】丘岡切音穅陽韻
①穅或字。〔說文禾部〕穅、穀之皮也。—、穅或省作。
②樂也。見〔爾雅釋詁〕。
③安也。見〔爾雅釋詁〕。
④和也。〔史記樂書〕而民—樂。
⑤五達之大路。〔爾雅釋宮〕五達謂之—。六達謂之莊。〔按凡稱通衢大道曰—莊義本此〕。
⑥蹇大也。〔禮記祭統〕—周公。
⑦美名也。〔易晉〕—侯用錫馬蕃庶。
⑧豐年好樂曰—。安樂撫民曰—。見〔周書謚法〕。
⑨盛也。〔淮南天文〕十二歲一—。
⑩—瓠。瓦盆底也。〔漢書賈誼傳〕寶—瓠。
⑪州名。唐置。屬嶺南道。當今廣東德慶縣。
⑫—居國名。〔漢書西域傳〕—居去長安萬二千里。〔按即今哈薩克〕。
⑬—。西藏之一部。在今境最東。一稱喀木。
⑭當—。獸名。〔山海經東山經〕欽山有獸焉。其名曰當—。其鳴自叫。見則天下大穰。
⑮姓也。衛—叔之後。
⑯通漮。虛也。〔詩賓之初筵〕酌彼—爵。

【康】苦浪切音抗漾韻
亢也。〔禮記明堂位〕崇坫—圭。〔注〕—讀爲亢。〔疏〕亢、舉也。

【庸】餘封切音容冬韻
①用也。從用庚。庚、更事也。易曰。先庚三日。見〔說文用部〕。
②常也。〔書皋陶謨〕自我五禮有—哉。
③愚也。〔史記周勃傳〕才能不過凡—。
④和也。〔蔡邕陳太丘碑〕德務中—。
⑤功也。〔書舜典〕有能奮—熙帝之載。
⑥勞也。〔詩兔爰〕我生之初。尚無—。

⑦豈也。〔左莊十四年傳〕—非貳乎。
⑧唐賦法用民之力歲二十日閏加二日。不役者日爲絹三尺。謂之—。〔唐書食貨志〕取之以租—調之法。
⑨朮—。溝也。〔禮記郊特牲〕祭坊與水—。
⑩國名。〔左文十六年傳〕楚滅—。〔注〕—今上—縣屬楚之小國。〔按今湖北竹山縣東南有上—故城。〕
⑪—滽。地名。〔左襄十三年傳〕戰於—滽。〔注〕—滽楚地。〔按地在今安徽無爲縣南。〕
⑫居—。關名在今順天屬境北。〔又〕縣名。漢置屬上谷。當今直隸延慶縣東。
⑬—徼小窺。〔漢書梅福傳〕毋若火始—。
⑭姓也。—國之後。漢有—生。
⑮通墉。城也。〔詩崧高〕因是謝人。以作爾—。
⑯通傭。〔漢書欒布傳〕窮困賣—與齊。〔注〕—作受顧也。謂受顧於人而任其勞役也。
⑰通鏞。大鐘也。〔詩猗那〕—鼓有斁。
⑱通鄘。〔漢書地理志〕遷邶—之民於雒邑。〔按毛詩作鄘。〕

【庴】始野切音舍馬韻
❶小室也。見〔集韻〕。
❷屋頭。見〔篇海〕。

【虒】西字切音異寘韻
邪也。見〔類篇〕。

【虒】思移切音斯支韻
—祈。地名。見〔海篇〕。〔按左傳—本作虒。〕

【庱】丑拯切倰上聲迥韻丑升切音僜閭承切音陵蒸韻
亭名。〔吳志孫權傳〕親乘馬射虎於—亭。〔按元和郡國志—亭在丹陽縣東四十七里〕

【㡛】驅陽切音光陽韻
空亻貌。見〔篇韻〕。

【㡯】徒何切音佗歌韻
姓也。見〔萬姓統譜〕。

【㢆】他各切音託藥韻
兩腕引長謂之—。見〔字彙補〕。

【㢇】巨禁切音軨沁韻
丂地也。見〔篇韻〕。

【廜】秦昔切音籍陌韻
縣名。漢置。屬清河郡。當今山東清平縣南。

【㢈】敵尒切音侈紙韻
廣也。春秋國語曰。俠溝而—我。見〔說文〕。〔按吳語吳既敗矣。將夾溝而—我。韋注。旁擊曰—。段玉裁曰。旁擊者。開拓自廣之意也。〕

【廘】作董切音總董韻
屋中仒。見〔海篇〕。

【㢊】都回切音堆徒回切切音頹灰韻

【㢋】屋從上傾下也。見〔說文〕。
直加切音茶麻韻直格切音磔陌韻

【㢌】開張屋也。濟陰有—縣。見〔說文〕。〔按—縣字。漢地理志作秺。廣韻作秺。又云通作秺。地在今山東城武縣西北。〕

【㢍】居卿切音京庚韻
倉也。見〔廣雅釋宮〕。

【㢎】諾叶切音捻葉韻

【㢏】疾葉切音捷葉韻
壓也。見〔玉篇〕。

【㢐】人名。衞康叔之後—伯。見〔字彙〕。

【㢑】綏醉切音邃寘韻
顛也。見〔玉篇〕。

【㢒】仕諫切音棧諫韻
屋窄也。見〔類篇〕。

【㢓】七侯切尤韻

【㢔】物崩聲。見〔玉篇〕。
方登切音嘣蒸韻

【㢕】崩也。見〔玉篇〕。
乃吼切音穀有韻

【㢖】小乳。見〔篇海類篇〕。
丁計切音帝霽韻

【㢗】㭗也。見〔字彙補〕。
古丸切音官寒韻

【㢘】玩也。見〔玉篇〕。
音炎鹽韻又音爻肴韻

【㢙】爇—。見〔篇海類編〕。

【㢚】庶本字。見〔說文〕。

【㢛】古㢜字。見〔集韻〕。

【㢧】古或字。見〔玉篇〕。

【𢉤】古松字。見〔海篇〕。

【𢈪】同庳。見〔韻會〕。

【𢈵】同雁。見〔集韻〕。

【𢉊】同漏。見〔字彙〕。

【𢈈】同廞。見〔集韻〕。

【𢈹】同牆。見〔字彙補〕。

九畫

【庾】勇主切音斞麌韻

㊀水漕倉也。一曰倉無屋者。見〔說文〕。〔按前一義。漢書孝文紀應劭注同。蓋謂水轉穀至而倉之也。後一義見詩楚茨傳。所謂露積曰—是也〕

㊁弓名。〔周禮司弓矢〕夾弓—弓。〔注〕往體多來體寡曰夾—。

㊂天—星名。〔隋書天文志〕南倉西南四星曰天—。

㊃大—嶺名。橫絕贛粵兩省。爲五嶺之一。漢—勝討南越。築城於嶺北。當今江西大—縣東北。

㊄姓也。堯時—大夫之後。

㊅通斞。古量名。實十六斗。〔左昭十六年傳〕粟五千—。

㊆通蕍。草名。〔爾雅釋草〕蘛—草。〔釋文〕—本作蕍。

【𢈠】蒲徑切音病徑韻

㊀隱僻無人處。見〔海篇〕。

㊁廁房也。見〔海篇〕。

【𢈬】於景切音影梗韻　於驚切影平聲庚韻

㊀長廊也。見〔玉篇〕。

㊁廡也。見〔集韻〕。

【廋】蘇后切音叟有韻

㊀隱也。〔楚辭憂苦〕步從容於山—。

㊁亦作廋。匿也。〔孟子盡心〕若是乎從者之廋也。

【廈】居訝切音架禡韻

㊀屋閒也。見〔廣韻〕。

㊁構屋也。見〔集韻〕。

【𢈲】莊輒切音偛葉韻

㊀臧也。見〔集韻〕。

㊁屋卑皃。見〔集韻〕。

【廁】初吏切音菑寘韻

㊀清也。見〔說文〕。

㊁圊溷也。〔史記項羽紀〕沛公起如—。

㊂牀側也。〔漢書汲黯傳〕衞青侍中。上常踞—視之。

㊃高岸夾水曰—。〔漢書劉向傳〕北臨—。

㊄次也。〔史記欒布傳〕—之賓客之中。

㊅雜也。言人雜—在上非一也。見〔釋名釋宮室〕。

㊆養豕圂也。〔漢書燕剌王旦傳〕—中豕羣出。

㊇天—星名。〔史記天官書〕背鱗南有四星曰天—。

【庂】察色切音測職韻

側也。〔莊子外物〕—足而墊之。

【𢈼】度侯切音頭尤韻　容朱切俞虞韻

㊀行圊也。通牏。見〔集韻〕。

㊁木槽也。見〔玉篇〕。

【𢉈】郎達切音辣曷韻

㊀庵也。見〔廣雅釋宮〕。

㊁獄室也。見〔類篇〕。

【廂】息將切音箱陽韻

㊀廊也。見〔說文新附〕。

㊁東西序也。見〔玉篇〕。〔按史記周昌傳。呂后側耳於東—聽。索隱曰。正寢之東西室皆號曰—。言似箱篋之形。今俗通稱—房〕

㊂兵名。〔玉海〕宋興凡軍有四。其二曰—兵。諸州隸焉。

㊃俗稱城市曰城—。

㊄通箱。〔後漢虞詡傳〕防不得已。趨就東箱。〔注〕埤蒼云。序也。字或作—。

【㢈】胡南切音含覃韻

木垂花實皃。見〔集韻〕。

【𢉹】徒回切音頹灰韻

下重也。見〔海篇〕。

【𢊡】麤叢切音聰東韻　祖動切音總董韻

本作𢊡。〔說文〕𢊡屋階中會也。

【𢉅】動五切音杜麌韻

舍也。見〔集韻〕。

【廜】同都切音徒虞韻

廜或字。〔集韻〕廜蘇。庵也。一曰屋平曰廜。或省。

【𢊍】烏胃切音畏未韻

隱處也。見〔海篇〕。

[廯] 匹研切音偏先韻
康也。見[玉篇]。

[⿸广胡] 洪孤切音胡虞韻
平也。見[海篇]。

[廅] 於歇切音謁月韻 烏曷切音遏曷韻
屋迫也。見[說文]。

[⿸广軍] 舉蘊切音攟吻韻
積也。見[玉篇]。

[⿸广音] 於今切音陰侵韻
地名。見[玉篇]。

[⿸广監] 古籃字。見[說文竹部]。

[⿸广眉] 古簾字。見[集韻]。

[庿] 古廟字。見[說文]。

[⿸广萬] 字籀文。見[玉篇]。

[⿸广族] 同族。見[集韻]。

[⿸广宋] 同宷。見[集韻]。

[⿸广柴] 同庛。見[集韻]。

[⿸广坴] 同廖。見[海篇]。

[庽] 寓或字。[說文宀部]。

十畫

[廬] 乙盍切音鉢 轄臘切音盍合韻
●山旁穴。見[玉篇]。
●癈也。[太玄經]—其缺。

[廌] 丈蟹切音豸蟹韻 丈介切 豸紙韻
●解—。獸也。似山牛一角。古者決訟。令觸不直。象形。从豸省。見[說文廌部]。[按廣韻十二蟹。觧下云。字林。字樣。俱作解—。廣雅作觧豸。陸作獬豸也。]
●灋也。見[廣雅釋詁]。

[廇] 力救切音溜宥韻
●本作廇。[說文]廇中庭也。
●中—。室中央也。[楚辭懸命]剝讒賊於中—兮。
●大梁也。[爾雅釋宮]宲—謂之梁。[疏]大梁。一名宲—。

[廈] 亥雅切音夏馬韻
●屋也。見[說文新附]。
●門廡也。見[玉篇]。
●大屋也。見[集韻]。
四 通夏。[禮記檀弓]見若覆夏屋者矣。[注]今之門廡。旁廣而卑。
五 —門。縣名。舊產嘉禾。又名嘉禾嶼。清始設—門廳。治焉。屬泉州府。光緒十三年。依一千八百四十二年中英南京條約。開爲商埠。法、英、德、日、荷、甸、奧、意、挪、美等國。駐有領事。今爲福建思明縣治。在同安縣西南六十里。俗書作厦。

[廉] 離鹽切音匳鹽韻
●仄也。見[說文]。[段注]此與廣爲對。謂偏仄也。
●清也。見[廣雅釋詁]。
●側邊曰—。[儀禮鄉飲酒禮]設席於堂—東上。[按禮記喪大記注。堂—。堂基南畔—積之上也。鄉射禮注云。堂之四周皆有—也。]
四 稜也。[禮記儒行]砥礪—隅。
五 絕也。[考工記輪人]外不—而內不挫。
六 斂也。自檢斂也。見[釋名釋言語]。
七 儉也。[淮南原道]不以—爲悲。
八 利也。[禮記月令]其器—以深。
九 察也。[後漢魯恭傳]使仁恕掾肥親往—之。
十 數學謂開方初商以下、在根數兩側之長方曰—。
●官名。[通典]官制有—訪使、—使。
●飛—。漢宮名。[漢書武帝紀]作長安飛—館。[注]飛—。神禽能致風氣者也。[又]紂臣名。[孟子滕文公]驅飛—於海隅。[又]風伯也。見[風俗通]。
●縣名。漢置。屬北地郡。在今甘肅固原縣東北。[又]州名。唐置。屬嶺南道。當今廣東合浦縣。
●養—。清雍正開於正俸外。別給養—。合稱曰—俸。
●姓也。趙良將—頗。

[廊] 盧當切音郎陽韻
●東西序也。見[說文新附]。
●堂下周屋也。[漢書竇嬰傳]所賜金陳—廡下。
●通郎。[漢書董仲舒傳]蓋聞唐虞之時。遊於巖郎之上。[注]堂邊廡。巖郎謂巖峻之—也。

[廋] 疎鳩切音搜尤韻
●隱也。[論語爲政]人焉—哉。
●求也。索也。[漢書趙廣漢傳]—索私屠沽。
●隈也。見[廣雅釋丘]。
四 —人。官名。[周禮—人]—人掌十有二閑之政教。

[廋] 蘇后切音叟有韻
隱也。[國語晉語]有秦客—辭於朝。[謂以隱伏詭譎之言問於朝]

[庬] 戶賄切音滙賄韻

府也。見〔玉篇〕。

【廆】五賄切音頠賄韻 人名。〔晉書載記〕單于遼東郡公慕容—。

【廆】姑回切音瑰灰韻 山名。〔山海經中山經〕中山西有—山。其陰多㻬琈之玉。

【⿸广虒】思移切音斯支韻 地名。見〔玉篇〕。〔按諸韻書皆無此字。疑是虒字之譌。〕

【⿸广馬】莫駕切音罵禡韻 庵也。見〔廣雅釋宮〕。

【庳】息葵切音睢支韻 屋邪也。見〔海篇〕。

【⿸广叟】許規切音隳支韻 娄也。見〔五音集韻〕。

【⿸广追】池偽切音墜寘韻 舍潰也。見〔篇韻〕。

【⿸广晉】力甘切音藍覃韻又音覽[illegible]部 遮也。見〔韻學集成〕。

【⿸广[illegible]】烏廄切音穢隊韻 映—也。見〔篇韻〕。

【庥】音休尤韻 樹陰也。見〔篇海類編〕。

【⿸广尌】同廚。見〔集韻〕。

【⿸广坐】同瘞。見〔韻會〕。

【⿸广秝】同歷。見〔字彙補〕。

十一畫

【廏】居又切音救宥韻 ㊀馬舍也。〔周禮〕曰馬有二百十四匹爲—。—有僕夫。見〔說文〕。㊁官名。〔左昭二十七年傳〕左尹與中—尹。㊂姓也。見〔姓考〕。

【廑】渠斤切音勤文韻 又 靳切勤去聲問韻 ㊀少劣之居。見〔說文〕。㊁小屋也。見〔廣韻〕。㊂餘也。見〔增韻〕。㊃通僅。纔也。〔漢書賈誼傳〕其次—得舍人。〔注〕—與僅同。㊄通勤。〔漢書揚雄傳〕其—至矣。〔注〕—古勤字。

【⿸广堇】渠吝切音覲震韻 廕也。見〔集韻引博雅〕。

【⿸广從】祖動切音總董韻 ㊀屋皃。見〔玉篇〕。㊁兩屋合也。見〔集韻〕。

【廗】當蓋切音帶泰韻 ㊀屋邪。見〔集韻〕。㊁水名。〔魏志宕昌國傳〕其地自仇池以西東西千里。—水以南南北八十里。

【廓】闊鑊切音鞹藥韻 ㊀大也。見〔爾雅釋詁〕。㊁空也。〔漢書東方朔傳〕—然獨居。㊂開也。〔方言〕張小使大謂之—。㊃釗削。〔方言〕釗削自關而東、或謂之—。或謂之削。㊄州名。後周置。隋唐廢置不常。宋徽宗以後廢。在今甘肅西寧縣東南。㊅—爾喀。即尼泊爾。位於西馬拉雅山之西南。爲西藏印度間獨立國之一。英文 Goikhas ㊆或作郭。〔韓愈徐偃王廟碑〕堅嶠之後。逹夫郭之。

【廔】郎侯切音樓尤韻 龍珠切音僂虞韻 ㊀屋麗—也。一曰穜也。見〔說文〕。〔按徐鍇云。廔—。猶玲瓏也。桂馥云。穜也者。謂穜—也。本書穮下云。穮樓也。漢趙過敎民耕殖。其法三犂共一牛。一人將之。下穜挽摟。皆取備焉。〕㊁屋脊也。見〔玉篇〕。㊂窗也。見〔廣韻〕。

【廕】於禁切音陰沁韻 ㊀庇—也。見〔廣韻〕。〔按國策趙策。趙席隴畝而—庇桑陰。即此義。〕㊁前代有官員襲—之制。—有二。特恩—其子孫曰恩—。祖父歿於王事。優卹其後曰難—。㊂通蔭。〔爾雅釋詁注〕缺落—疏。〔釋文〕—又作蔭。㊃通陰。〔禮記祭義〕陰爲野工。〔注〕陰讀爲依—之—。

【廖】憐蕭切音聊蕭韻 人名。〔左昭二十年傳〕王使召伯—賜齊侯命。

【廖】丑鳩切音抽 力求切音留尤韻 人名。春秋周有瑕—。見〔類篇〕。

【廖】力弔切音料嘯韻

姓也。周文王子伯—之後。見〔廣韻〕。

【廫】力救切音溜宥韻　國名。見〔類篇〕。

【廎】窺營切音傾庚韻　屋側也。見〔集韻〕。

【廎】犬穎切音頃梗韻　棄挺切音謦迥韻　小堂也。見〔集韻〕。

【⿸广頃】傾役切頃去聲敬韻　本作𢈱。瓜屋也。見〔集韻〕。

【⿸广深】式禁切深去聲沁韻　深大屋也。見〔廣韻〕。

【⿸广虘】鉏加切音槎　莊加切音樝麻韻　屋壞貌。〔廣韻引淮南〕—屋之下。不可坐也。

【⿸广殹】於其切音醫支韻　急也。見〔玉篇〕。

【廒】五牢切音敖豪韻　倉—也。見〔篇海〕。〔俗作厫〕。

【⿸广莫】末各切音莫藥韻　空也。見〔玉篇〕。

【廘】盧谷切音鹿屋韻　庾也。倉也。見〔玉篇〕。

【⿸广垂】祖猥切音檇賄韻　—垂兒。見〔集韻〕。

【⿸广秉】皮命切音病敬韻　隱僻無人處。又側也。見〔篇海類編〕。

【⿸广虎】尸灼切音爍藥韻　治病也。見〔篇韻〕。

【⿸广慮】廬本字。見〔說文〕。

【⿸广章】同障。見〔廣韻〕。

【⿸广敂】同鋬。見〔集韻〕。

【⿸广雁】同廱。見〔玉篇〕。

【⿸广豙】同恢。見〔字彙補〕。

【廐】廄俗字。見〔玉篇〕。

十二畫

【廛】澄延切音纏先韻

㊀二畝半也。一家之尻。从广里八土。見〔說文〕〔段注〕古者在野曰廬。在邑曰里。各二畝半。里即—也。里者尻也。八土猶分土也。亦謂八夫同井也。以四字會意。

㊁一夫之居曰—。〔周禮遂人〕夫一—。田百畮。

㊂市物邸舍。〔禮記王制〕市—而不稅。

㊃百畝也。見〔玉篇〕。〔按集韻或作壥、鄽、墠、廛〕。

【⿸广屠】同都切音徒虞韻

㊀—蘇。庵也。見〔廣雅釋宮〕。

㊁屋平也。見〔集韻〕。

【廙】逸織切音弋職韻

㊀行屋也。見〔說文〕〔段注〕行屋所謂幄也。

㊁行屋下聲。見〔玉篇〕。

【廙】羊吏切音異寘韻　恭也。敬也。見〔廣韻〕。

【廚】重株切音躕虞韻

㊀庖室也。見〔說文〕。

㊁能以財救人者曰—。〔後漢黨錮傳〕度尚張邈王考劉儒胡母班秦周蕃嚮王章爲八—。

㊂櫝也。〔晉書顧愷之傳〕愷之嘗以一—畫寄桓玄。

㊃䉡—菌也。〔爾雅釋草〕中䉡菌。〔注〕地蕈也。今江東人名爲土菌。亦曰䉡—。

㊄木名。斯條國有—木。汁肥。可用之煮餅。見〔集韻〕。

㊅天—。星名。〔晉書天文志〕紫宮東北維外六星曰天—。〔又〕西南角外三星曰內—。柳南六星曰外—。

【廝】相支切音斯支韻

㊀使也。賤也。見〔玉篇〕。

㊁析薪養馬者。或作㒋。見〔集韻〕。

㊂女使亦曰—。〔方言注〕女—者婦人給使亦謂之娠。

㊃通灑。〔唐書高儉傳〕附故渠—引旁出。

【廞】虛金切音歆　祛音切音欽侵韻

㊀陳輿服於庭也。見〔說文〕。

㊁興也。〔周禮笙師〕—其樂器。

【廞】牛錦切音傑寑韻

㊀怒貌。〔太玄𡱆〕虎虓振—。

㊁泥淤也。〔唐書薛大鼎傳〕滄州無棣渠久—塞。大鼎浚治。

【廞】丘銜切音嵌咸韻　同嵌。〔集韻〕嵌嵌巖山嶮。亦作—。

【廟】眉召切苗去聲嘯韻

(一)尊先祖皃也。見〔說文〕〔段注〕古者—以祀先祖。凡神不爲—也。爲神立—者。始三代以後。

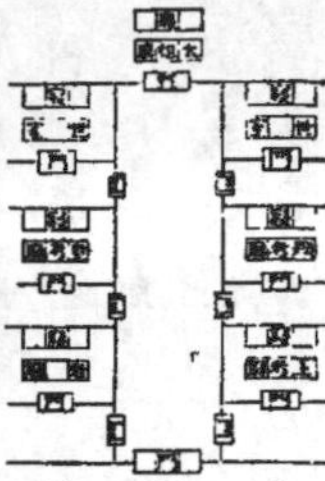

七廟圖

(二)凡宮有鬼神曰—。〔儀禮士喪禮〕巫止於—門外。

(三)凡祠外神者亦曰—。〔史記封禪書〕於是作渭陽五帝—。

(四)天—。星名。〔晉書天文志〕張南一星曰天—。

(五)—灣。鹽場名。屬兩淮。

(六)—島。在山東登東兩半島之間。爲渤海門戶。

【廠】　齒兩切音敞養韻　尺亮切音唱漾韻

(一)馬屋也。見〔玉篇〕。〔今語猶然〕。

(二)無壁屋也。見〔集韻〕。

(三)—衞。明世有錦衣衞東—西—。恆以內監司之。專主緝捕詔獄之事。

(四)工人製造之所皆曰—。如今軍械—、紗布—、船—、麪—之類。

(五)商賈之所亦曰—。如京師琉璃—、上海棻—之類。

【廡】　罔武切無上聲麌韻

(一)堂下周屋。見〔說文〕〔按後漢侯覽傳注〕—、廊下周屋也。

(二)舍也。見〔廣雅釋宮〕。

(三)大屋曰—。—、幠也。幠。覆也。并冀人謂之庌。見〔釋名釋宮室〕。

【廡】　微夫切音無虞韻

豐也。〔書洪範〕庶草蕃—。

【廢】　放吠切音癈隊韻

(一)屋頓也。見〔說文〕〔段注〕頓之言鈍。謂屋鈍置無居之者也。

(二)不用曰—。〔楚辭愍命〕—周邵於遐夷。

(三)放也。〔周禮太宰〕七曰—以馭其罪。

(四)舍也。見〔爾雅釋詁〕。

(五)置也。見〔廣雅釋詁〕。

(六)隋也。〔左定三年傳〕邾子自投于牀。—於爐炭。

(七)伏也。〔史記淮陰侯傳〕千人皆—。

(八)罷止也。〔禮記中庸〕半途而—。

(九)壞亂也。〔禮記少儀〕—則少而更張之。〔注〕—、政教壞亂無所因也。

(十)去也。〔禮記禮器〕天子諸侯之尊—禁。

(十一)除也。〔禮記曾子問〕—喪。

(十二)忕也。〔詩四月〕—爲殘賊。

(十三)—腳。〔淮南覽冥〕走獸—腳。〔注〕—腳、跛蹇也。

(十四)爵無足曰—爵。敦無足曰—敦。見〔儀禮士虞禮注〕。

(十五)—居。貯蓄之名。一曰。—、出賣也。居、停蓄也。〔史記平準書〕—居居邑。

(十六)同墢。〔左昭十四年傳〕僞—疾。

(十七)通撥。〔考工記梓人〕必撥爾而怒。

【廣】　古晃切光上聲養韻

(一)殿之大屋也。見〔說文〕〔段注〕殿、謂堂無四壁。覆乎上者曰屋。無四壁而上有大覆。蓋其所通者宏遠矣。是曰—。

(二)大也。〔詩六月〕四牡脩—。

(三)遠也。見〔方言〕。

(四)博也。見〔廣雅釋詁〕。

(五)多也。〔國策西周策〕地—而益重。

(六)寬也。〔史記賈生傳〕乃爲賦以自—。

(七)短也。〔周髀算經上〕以爲句—三。

(八)拓大之也。〔史記淮南衡山傳〕—長楡。

(九)聲緩也。〔禮記樂記〕—則容姦。

(十)——。容眾之貌。〔荀子非十二子〕——然。

(十一)—昌。鳳皇屬也。見〔廣雅釋鳥〕。

(十二)—東。省名。明改諸路爲府。置—東行省。旋改—東等處布政司。清因之。爲—東省。領地東連閩贛。西距安南。南濱大海。北控桂陽。外有海南島。與法屬安南相對。今治南海番禺。領九十三縣一廳。

(十三)—西。省名。元置—西等處行中書省。明—西等處布政司。清因之。爲—西省。領地東憑湘粵。西接黔滇。南盡結谿。北逾思恩。今治南寧。領縣七十八。并轄土司州縣四十一處。

(十四)縣名。漢—縣。屬齊郡。當今山東益都縣西南。〔又〕州名。三國吳置。即漢交州地。唐乃別置—州。屬嶺南道。元改爲路。明爲府。清因之。當今廣東南海等縣境。清咸豐八年。依一千八百二十四年中英南京條約。開爲商埠。英、美、荷、法、蘭、德、日、俄、比、意、奧、挪、典、西、等國。均駐有領事。

(十五)姓也。宋—漢。見〔姓譜〕。

【廣】古曠切音桄漾韻

㈠橫也。〔周禮大司徒〕周知九州地域—輪之數。〔注〕東西爲—。南北爲輪。

㈡—車。橫陳之車也。〔周禮車僕〕—車之萃。

㈢開張貌。〔荀子王霸〕人主胡不—焉。

㈣通曠。〔漢書五行志〕師出過時謂之—。

【廣】姑黃切音光陽韻 閎—。馬之旋毛在背者。〔爾雅釋獸〕回毛在背閎—。

【⿸广番】鋪官切音潘寒韻 峙屋也。見〔玉篇〕。

【⿸广番】逋潘切音般寒韻 儲物也。見〔集韻〕。

【⿸广貴】徒回切音頹灰韻 下重也。見〔海篇〕。

【⿸广爲】王委切音蔿紙韻 美也。見〔玉篇〕。

【⿸广賁】符分切音墳文韻 崩也。見〔海篇〕。

【⿸广森】所錦切音痒寢韻 除也。見〔海篇〕。

【⿸广喬】丘召切音趬嘯韻 高屋也。見〔玉篇〕。

【⿸广畀】毗意切音紕寘韻 同鼻。人名。〔國策魏策〕內得樓—翟強以爲佐。

【⿸广夋】古秩字。見〔海篇〕。

【⿸广鼻】同庇。見〔集韻〕。

【⿸广畚】同㢋。見〔五音篇海〕。

【⿸广敝】同敝。見〔集韻〕。

十三畫

【⿸广虜】郎古切音魯麌韻龍都切音盧虞韻

㈠廡也。見〔說文〕。

㈡府也。見〔玉篇〕。

㈢庵也。見〔廣雅釋宮〕。

【廧】慈良切音牆陽韻

㈠赤狄別種。〔左成三年傳〕晉郤克衞孫良夫伐—咎如。

㈡同牆。〔漢書鄒陽傳〕牽帷—之制。

㈢通嗇。〔國策周策〕—夫空。〔注〕—、小臣也。空其名。

【廥】古外切音儈泰韻

㈠芻藁之藏也。見〔說文〕。

㈡倉也。見〔廣雅釋宮〕。〔按唐書李頻傳頻發官—庸民浚渠即用此義。〕

㈢—積。星名。〔史記天官書〕胃爲天倉。其南衆星曰—積。〔又〕天—。亦星名。〔隋書天文志〕天廥四星在昴南。一曰天—。

【廩】力錦切音凜寢韻

㈠亩或字。〔說文亩部〕亩。穀所振入也。从入。从回。象屋形。中有戶牖。或从广。从禾。〔按今倉—字皆作—。蓋或字行而本字晦矣。〕

㈡廯也。見〔爾雅釋言〕。

㈢治也。見〔廣雅釋言〕。

㈣矜也。實物可矜惜者投之於其中也。見〔釋名釋宮室〕。

㈤給也。〔後漢章帝紀〕恐人稍受—往來煩劇。

㈥米—。學名。〔禮記明堂位〕米—。有虞氏之庠也。〔按前代府縣學有—生。歲給之廩義本此。〕

㈦—人。官名。〔周禮地官〕—人掌九穀之數。

㈧天—。星名。〔隋書天文志〕天—四星。在昴南。

㈨—延。地名。〔左隱元年傳〕至於—延。〔注〕—延。鄭邑。〔在今河南延津縣北十五里〕〔又〕—丘。亦地名。〔左襄二十六年傳〕齊烏餘以—丘奔晉。〔今山東范縣東南七十里有—丘縣故城。〕

㈩希少也。〔公羊文十三年傳〕羣公—。〔疏〕—者、希少之名。

⑪通懍。〔漢書食貨志〕可以爲富安天下而直爲此——也。

【⿸广辟】匹辟切音僻必益切音壁陌韻 牆也。見〔說文〕〔段注〕與土部之壁音義同。

【⿸广辟】必歷切音鼊錫韻 室屋也。見〔廣韻〕。

【⿸广欠】魚欠切音釅豔韻 小貌。見〔玉篇〕。

【⿸广咸】丘凡切音顩咸韻 樞也。見〔類篇〕。

【廞】火禁切音譀沁韻

猛意謂物新美者意嚮之見〔集韻〕。

【𢋅】 余昭切音遙蕭韻
塵也。見〔廣韻〕。

【廨】 居隘切音解卦韻
公—也。見〔玉篇〕。

【𢋮】 羊朱切音俞虞韻以周切音由尤韻
邪—。舉手相弄也。見〔廣韻〕。〔按字或作歈。又作揄與揶揄同。〕

【𢋕】 黃呂切音墅語韻
舍也。見〔海篇〕。

【𢋍】 烏旱切音䵼旱韻
偏舍也。見〔玉篇〕。

【廑】 具吝切音覲震韻
同僅。〔禮記射義〕蓋—有存者。

【𢊲】 紀兗切音蹇銑韻
大屋也。見〔篇韻〕。

十四畫

【𢋸】 在奚切音齊齊韻
美貌。見〔玉篇〕。〔按正字通云。俗以—爲齋舍字。〕

【𢌅】 黃郭切音獲藥韻
郞—。空遠貌。見〔集韻〕。

【㢜】 丘廉切音櫼鹽韻虛嚴切音薟丘凡切音顩鹹韻
䥠衣之襟曰—。見〔集韻〕。

【𢉊】 廛本字。見〔說文〕。

【𢋆】 廉籀文。見〔說文〕。

十五畫

【廫】 憐蕭切音聊蕭韻
寥本字〔說文〕空虛也〔段注〕此今之寥字。

【𢋼】 力交切音憀肴韻
室中虛貌。見〔集韻〕。

【𢋩】 於求切音憂尤韻
地名。見〔玉篇〕。

【𢋹】 廚本字。見〔正字通〕。

【𢌂】 同廧。見〔集韻〕。

【𢌟】 同廧。見〔字彙補〕。

十六畫

【龐】 皮江切音龎江韻〔舊入龍部。非。今依說文訂正。〕
●高屋也。見〔說文〕。
●雜亂貌。〔書周官〕不和政—。
●姓也。周畢公高後。封於—。因氏焉。

【龎】 盧東切音籠東韻力鍾切音龍多韻
●充實也。〔詩車攻〕四牡——。
●郁—。縣名。漢置。屬交州九眞郡。今在安南國。

【龐】 蒲蒙切音蓬東韻
充物也。見〔集韻〕。

【㢝】 蘇租切音蘇虞韻
●廜—。庵也。見〔廣雅釋宮〕。
●二 廜—。酒名。一名屠蘇。見〔集韻〕。

【廬】 淩如切音閭魚韻
●一 寄也。秋冬去。春夏居。見〔說文〕〔按古者一夫五畝之宅。二畝半在邑。城中之奠居。二畝半在田。田外野之寄居。詩云中田有—是也。〕
●二 廬也。取自覆廬也。見〔釋名釋宮室〕。
●三 殿中所止曰—。〔漢書金日磾傳〕日磾小疾臥—。
●四 候舍也。〔周禮遺人〕十里有——有飲食。〔注〕若今野候徒有房也。
●五 倚—。居喪之室也。〔周禮宮正〕大喪則授—舍。〔注〕—。倚—也。舍。堊室也。
●六 國名。〔國語周語〕—由荊嬀。〔注〕—。嬀姓之國。
●七 邑名。〔國語楚語〕以王如—。〔注〕—。楚邑。
●八 州名。隋置。元爲路。明爲府。淸因之。今廢。安徽省之合肥廬江等縣。是其舊境。
●九 山名。〔水經贛水注〕彭澤之山也。〔按—山記云。匡俗周武王時人。屢逃徵聘。結—此山。後登仙。空—尙在。弟子等呼爲—山。又名匡山。蓋稱其姓。又按豫章記云。匡俗字君孝。父共鄱陽令吳芮佐漢定天下。封俗鄱陽—君。故世謂—山。二說未知孰是。姑並存之。地在今江西九江星子兩縣。〕
●十 穹—。氈帳也。〔漢書蘇武傳〕服匿而穹—。
●十一 青—。結婚之所。〔酉陽雜俎〕北方婚禮。用靑布幔爲屋。謂之靑—。於此交拜行禮。
●十二 桐—。縣名。三國吳置。屬吳郡。淸屬嚴州府。卽今浙江桐—縣。

(十二)屋—。複姓。【孟子告子注】屋—子名連。

【廬】龍都切音盧虞韻 (一)矛戟之柄。【考工記總敘】秦無—。(二)同盧。見【集韻】。

【[illegible]】直角切音浞覺韻 速也。見【玉篇】。

【廠】先見切音𢿫霰韻 舍也。見【玉篇】。

【[illegible]】扶雨切音父麌韻 臭也。敗爛朽也。見【海篇】。

【[illegible]】廡本字。見【正字通】。

【[illegible]】古廉字。見【集韻】。

十七畫

【廮】於郢切瘦上聲梗韻 安止也。鉅鹿有—陶縣。見【說文】。【按—在今直隸趙州寧晉縣南。】

【廯】息淺切先上聲銑韻相然切音先先韻 囷倉也。見【爾雅釋言疏】。【按孫炎曰。廯、藏穀鮮潔也。舍人云。廯少鮮也。皆—之別義。】

【廞】牛錦切音僸寑韻 大屋也。見【玉篇】。

【[illegible]】虛宜切音犧支韻 [illegible]—。山險也。見【集韻】。

【[illegible]】側皆切音齋佳韻 茅舍也。見【海篇】。【按正字通云。凡燕居通稱為齋。杜陽雜編。梁武帝造寺。蕭子雲飛白大書一蕭字。其中。後李約買歸東洛。建一小室。號蕭齋。唐杜甫居夔。三徙居。皆名高齋。宋歐陽修所居室。皆以戶相通。名晝舫齋。後人名齋者此類者。不可勝數。非專以茅舍為齋。舊注小茅舍。非。本借用齋。加广。亦非。互見廁字。】

【[illegible]】夷益切音弋陌韻 屋通也。見【篇韻】。

【[illegible]】古腐字。見【集韻】。

【[illegible]】廓或字。見【字彙引石鼓文】。

十八畫

【廱】於容切音雝冬韻 (一)天子饗飲辟—。見【說文】【段注】饗飲、謂鄉飲酒也。辟—者天子之學也。(二)——和也。見【爾雅釋訓】。(三)雝—。狹也。【莊子庚桑楚】雝—也。豕零也。(四)官名。【漢書百官公卿表】—太宰。【注】—、主熟食官。(五)通雝。【詩振鷺】于彼西雝。(六)通雍。【漢書河間獻王傳】對三雍宮。【注】辟雍、靈臺、明堂也。(七)通壅。【漢書五行志】梁山崩—河三日不流。

【[illegible]】權拘切音劬虞韻 倉也。見【玉篇】。

十九畫

【[illegible]】鄉知切音犧支韻 庋也。見【玉篇】。

【廲】憐提切音黎齊韻鄰支切音離支韻 —廔。綺牕也。見【廣韻】。

二十畫

【[illegible]】口兼切音謙鹽韻 謙也。見【海篇】。

【[illegible]】同糜。見【字彙補】。

二十二畫

【廳】湯丁切音汀青韻 (一)客廚也。見【玉篇】。(二)—屋也。見【廣韻】。(三)古者治官處謂之聽事。後語省直曰聽。故加广。見【集韻】。【按增韻云。聽事言受事察訟於是。漢晉皆作聽。六朝以來乃始加广。今猶稱官署為官—。】(四)清代官制。府以下有—。制又有直隸—。散—之別。

二十三畫

【[illegible]】古廓字。見【集韻】。

二十四畫

【[illegible]】郎丁切音靈青韻 岩穴也。一作𡽸。見【集韻】。

【[illegible]】閭員切音攣先韻 樊也。見【類篇】。

宀部

【宀】彌延切音綿先韻
交覆深屋也。象形。見〔說文〕。〔段注〕古者屋四注。東西與南北。皆交覆也。有堂有室。是爲深屋。自部𨸏下曰。—不見也。是則—謂深也。篆文象兩下之形。亦象四注之形。

二畫

【宁】展呂切音佇語韻 陳如切音除魚韻
(一)本作宁。〔說文宁部〕宁。辨積物也。象形。〔段注〕辨、今俗字作辦。音蒲莧切。古無二字二音也。周禮以辨民器。辨、具也。分別而具之。故其字从刀。積者聚也。—與貯蓋古今字。周禮注作緒。史記作積著。
(二)門屏之間謂之—。見〔爾雅釋宮〕。〔疏〕謂路門之外。屏樹之內。人君視朝—立之處。李巡云。正門內兩塾間曰—。〔按鄉黨圖考〕—有二。齊風俟我於著。著即—。此是有堂之屋。以門內兩塾間爲—。一是門屏之間爲—。此路門外視正朝人君所立處。近路門。屏設於正門。天子以應門爲正門。屏在應門外。諸侯以雉門爲正門。屏在雉門內。路門之外。屏之內。—位在其間。其實—近門而遠屏。不正當門屏之中間也。李巡云正門內兩塾間曰—。此是齊風之著。不可以此解爾雅之—也。

【宂】乳勇切音𦧝腫韻 〔俗作冗、宂並非。〕
(一)散也。从宀儿。人在屋下。無田事也。見〔說文〕〔段注〕各本奪儿。今補。儿即人也。
(二)雜也。〔金史胥鼎傳〕天下之大。萬幾之眾。錢穀之—。非九重所能兼。〔今俗言—雜、—紛—亦此義。〕
(三)猶多也。〔正字通〕蘇軾曰。爲政在去三—。官不可不去。兵不可不汰。費不可不革。
(四)閒也。〔正字通〕古設官分職。人有常守。轉移執事。不可無人。故有—員備使令。〔猶淸俟補官。〕
(五)忙也。〔劉宰詩〕知君束裝—。不敢折簡致。〔今云撥—是此義。〕

【它】湯何切音佗歌韻
(一)虫也。从虫而長。象冤曲垂尾形。上古艸居患—。故相問無—乎。見〔說文它部〕〔按虫即古虺字。虺即蝮蛇。許書蛇即—之重文。則知古—、蛇、爲一字。今則—與蛇異音異義矣。〕
(二)非也。異也。今作佗。見〔玉篇〕。
(三)俗作他。經典多作—。猶言彼也。見〔說文段注〕。

【宄】矩鮪切音軌紙韻
姦也。外爲盜。內爲—。見〔說文〕。〔段注〕惟亂在內。故字从宀。鄭注尚書云。由內爲姦。起外爲軌。或後人轉寫誤也。經史亦假軌爲之。

【宂】而勇切腫韻
長毛也。見〔川篇〕。

【安】同守。見〔正字通〕。

三畫

【宅】直格切音澤陌韻
(一)人所託居也。見〔說文〕。
(二)擇也。擇吉處而營之也。見〔釋名釋宮室〕。
(三)定也。〔書康誥〕亦惟助王—天命。
(四)安也。〔禮記郊特牲〕土反其—。
(五)居其位曰—。〔書立政〕克用三—三俊。
(六)墓穴亦曰—。〔禮記雜記〕大夫卜—與葬日。
(七)—者。謂致仕者也。〔儀禮士相見禮〕—者。〔注〕謂致仕者去官而居—。
(八)—田。致仕者之家所受田也。〔周禮載師〕以—田士田賈田任近郊之地。
(九)—相。外甥之美名也。〔晉書魏舒傳〕舒少孤。爲外家寧氏所養。寧氏起—。相—者云。當出貴甥。舒曰。當爲外祖成此—相。
(十)通度。〔書舜典〕五流有—。〔史記五帝紀作五流有度〕。
(十一)通坼。〔易解〕百果草木皆甲坼。〔釋文〕馬陸本作—。云根也。

【宊】居又切音救宥韻 以九切音羑有韻
(一)貧病也。詩曰。煢煢在—。見〔說文〕。〔段注〕今詩作嬛嬛在疚。毛曰。疚、病也。
(二)疾—也。見〔玉篇〕。
(三)久居也。見〔正字通〕。

【宇】王矩切音羽麌韻

●本作寓。[說文]寓屋邊也。易曰。上棟下—。[按陸德明詩豳風釋文曰屋四垂爲—。高誘淮南子注曰。—屋檐也。]

㊁天地之間也。[三蒼]四方上下謂之—。往古來今謂之宙。

㊂方也。見[玉篇]。

㊃居也。[詩緜]聿來胥—。

㊄羽也。如鳥羽翼自覆蔽也。見[釋名釋宮室]。

㊅覆也。[國語晉語]今君子之德—。

㊆大也。見[爾雅釋詁]。

㊇野也。[楚辭招魂]其外曠—些。

㊈國之四垂也。[左昭四年傳]失其守—。[今言疆—]。

㊉車蓋隤下也。[考工記輪人]輪人爲蓋。上欲尊而—欲卑。[注]隤下曰—。

(十一)器—也。[莊子庚桑楚]—泰定者。發乎天光。[釋文引王注]—器—也。

(十二)杜—。鳥名。[禽經]江介曰子規。蜀右曰杜—。

【守】始九切音首有韻

●—官也。从宀。从寸。从宀。寺府之事也。从寸。法度也。見[說文][段注]。左傳曰。—道不如—官。孟子曰。有官—者。不得其職則去。

㊁主—也。[左昭二十年傳]山林之木。衡鹿—之。澤之萑蒲。舟鮫—之。藪之薪蒸。虞候—之。海之鹽蜃。祈望—之。

㊂保衛也。[易坎]王公設險以—其國。

㊃持不惑也。[易繫辭]何以—位曰仁。

㊄執—也。[書洪範]凡厥庶民有猷。有爲有—。

㊅待也。[史記樂書]拊合—鼓。[按俗言—候義本此]。

㊆久也。見[廣雅釋詁]。

㊇居其宿也。[史記天官書]其人—犯太微。

㊈收也。視也。護也。見[玉篇]。

㊉猶求也。[後漢竇融傳]融於是日往—萌。

(十一)相假也。[國策秦策]趙以爲—相。

【守】舒救切音獸宥韻

●諸侯所守土也。[書舜典]東巡—。[疏]東行巡省守土之諸侯。[按—亦通作狩。]

㊁宿衛者。[周禮內宰]而糾其—。

㊂官名。[史記南越尉佗傳索隱]十三州記曰。大郡曰—。[按漢書百官公卿表郡—。秦官。掌治其郡。秩二千石。景帝中二年更名太—。後世稱知府曰太—。本此]。

㊃不失部伍也。[周禮大司寇]二曰軍刑。上命糾—。[注]—不失部伍。

㊄禦也。[禮記少儀]—犬。[疏]—犬守禦宅舍者也。

㊅—者地也。[荀子王制]雖—者益。[注]—者謂地也。守國以地爲本。故曰—者。

㊆姓也。宋—恭。蘇軾居惠州。引爲詩友。

【安】於寒切音鞌寒韻

●竫也。从女在宀中。見[說文]。[段注]竫各本作靜。今正立部曰。竫者亭也。與此爲轉注。青部靜者。審也。非其義。方言曰。—靜也。以許書律之。段靜爲竫耳。

㊁定也。見[爾雅釋詁]。

㊂止也。見[爾雅釋詁]。

㊃寧也。[國語齊語]其心—焉。不見異物而遷焉。

㊄危之對也。[禮記曲禮]人有禮則—。無禮則危。

㊅佚樂也。[左僖二十三年傳]懷與—。實敗名。

㊆徐也。[左襄七年傳]吾子其少—。

㊇平也。[儀禮少牢饋食禮]心皆—下切上。

㊈習也。[呂覽樂成]三世然後—之。

㊉晏也。晏晏然和喜無動懼也。見[釋名釋言語]。

(十一)意氣歸向之也。[論語爲政]察其所—。[按皇疏如此。邢疏云—處也。朱注云所樂也]。

(十二)居處也。[左文十一年傳]自—于夫鍾。

(十三)無所求爲也。[禮記中庸]或—而行之。

(十四)撫綏其民曰—。[書皋陶謨]在知人在—民。

(十五)敬養其人曰—。[論語公冶長]老者—之。

(十六)善也。[國語晉語]君父之所—也。

(十七)猶內也。[荀子仲尼]—忘其怒。

(十八)不使漏溢也。[荀子王制]—水臧。

(十九)位置之也。[陸游詩]先—筆硯對溪山。

(二十)猶抑也。〔荀子勸學〕—特將學雜識志順詩書而已耳。〔注〕—猶言抑也。
(廿一)焉也。〔漢書吳王濞傳〕—得不事。
(廿二)烏也。〔文選張衡賦〕—處先生。〔注〕—猶烏也言何處有此先生。蓋盧假之也。
(廿三)何也。〔禮記檀弓〕泰山其頹則吾將—仰。
(廿四)猶於也。〔大戴記用兵〕古之戎兵。何世—起。〔王引之云〕—猶於也。言起於何世也。
(廿五)乃也。〔國語吳語〕王—挺志。
(廿六)則也。〔管子地員〕其陰則生之楂梨。其陽—樹之五麻。〔王引之云〕—與則相對爲文。—亦則也。
(廿七)於是也。〔管子地員〕羣木—遂。〔王引之云〕—於是也。爾雅曰。遂彊也。言羣木於是彊盛也。
(廿八)寬容和平曰—。見〔後漢安帝紀注〕。
(廿九)和好不爭曰—。見〔周謚書法〕。
(三十)—行。不奔馳也。見〔後漢崔駰傳注〕。
(卅一)—制。不踰分也。〔荀子王霸〕百姓莫敢不—制。〔注〕—制謂—於國之制度。不敢踰分。
(卅二)—難。不逃難也。〔荀子富國〕其戰士—難。
(卅三)州名。漢屬涿郡。金改—州。當今直隸安新縣治。
(卅四)邑名。禹都也。見〔水經涑水注〕。
(卅五)姓也。漢—成。唐—金藏。〔又〕—期。—平。俱複姓。
(卅六)通鞌。〔左定十年傳〕會于—甫。〔公羊作會于鞌〕
(卅七)通晏。〔左哀六年傳〕—孺子。〔史記侯表作晏〕
(卅八)通案。〔史記秦始皇紀〕—上息民。〔注〕索隱曰賈誼書—作案。

【⿱宀亐】字本字。見〔說文〕。

【宅】古冏字。見〔玉篇〕。

【⿱宀朩】古突字。見〔字彙補〕。

【宍】古終字。見〔海篇〕。

【⿱宀号】同寫。見〔正字通〕。

四畫

【宋】蘇綜切音粽宋韻

①居也。从宀。木。見〔說文〕。〔注〕木者所以成室以居人也。
②國名。周武王封微子啓爲—公。是曰—國。卽闕伯之商邱。秦置碭郡。漢屬梁國。唐置—州。在今河南商丘縣治。
③朝代名。南北朝—武帝劉裕受晉禪爲帝。後世亦稱爲劉—。凡八主。五十九年。當民國紀元前一千四百九十二年至一千四百三十三年。禪於齊。〔又〕—太祖趙匡胤受周禪爲帝。後世亦稱爲趙—。高宗南渡以後。又稱爲南—。因更稱其前爲北—。凡十八帝。三百十七年。當民國紀元前九百五十二年至六百三十五年。滅於元。
④—送也。地接淮泗而東南傾。以爲殷後。若云滓穢所在送使隨流東入海也。見〔釋名釋州國〕。
⑤姓也。取微子之所封遂爲氏。出西河、廣平、燉煌、河南、扶風、五望。

【完】胡官切音桓寒韻

①全也。从宀。元聲。古文以爲寬字。見〔說文〕。
②保守也。〔左昭十五年傳〕不如—舊。
③堅好也。〔考工記輪人〕輪敝三材不失職謂之—。
④刑不虧其體也。〔漢書刑法志〕—者使守積。〔注〕—謂不虧其體。但居作也。
⑤治也。〔孟子萬章〕父母使舜—廩。
⑥志不挫也。〔莊子天地〕不以物挫志之謂—。
⑦—然。自得貌。〔後漢袁術傳〕—然有自取之志。
⑧—甈。野羊也。〔後漢馬援傳〕羝特肩。脰—甈。
⑨州名。金置。屬中山府。明改爲縣。卽今直隸—縣治。

【完】五忽切音兀月韻

去髮刑也。髡或作—、頑。見〔集韻〕。〔按漢書刑法志諸當—者。—爲城旦舂。注臣瓚曰。文帝除肉刑。皆有以易之。故以—易髡。今旣曰—矣。不云以—代—也。此當言髡者—也〕

【宎】伊鳥切音杳篠韻伊堯切音幺蕭韻

①室之東南隅也。〔莊子徐无鬼〕鶉生於—。〔按說文作窔。禮經及他書亦作窔〕
②窔聲也。〔莊子齊物論〕—者咬者。〔注〕深者也若深—然。

【宏】乎萌切音紘庚韻
㈠屋深也。見〔說文〕〔段注〕屋深者其內深廣也。
㈡大也。〔書盤庚〕用—茲賁。
㈢普也。〔文選陸機弔文〕丕大德以—覆。
㈣含宥萬物也。〔易坤〕含—光大。〔崔注〕含宥萬物爲—。
㈤—父官名。〔書酒誥〕若保—父。〔注〕—父司空也。
㈥通欲。〔漢書司馬相如傳〕必將崇論欲議。
㈦通閎。〔漢書揚雄傳〕閎言崇議。

【㝒】眠見切音面霰韻
冥合也。見〔說文〕〔段注〕冥合者。合之泯然無迹。今俗云吻合者當用此字。

【穽】積省切音井梗韻
舍井也。見〔玉篇〕。

【宅】株倫切音迍眞韻
棺貌。見〔川篇〕。

【宊】他骨切音去月韻
本作突。出見貌。〔方言〕江湘間謂卒相見曰—。

【宎】俗家字。〔六書統〕家或作—。从宀从犬。

【宎】古拜切音戒卦韻
獨也。〔方言〕畜無偶曰—。

【宐】宜本字。見〔說文〕。

【㝐】古容字。見〔說文〕。

【安】古完字。見〔玉篇〕。

【㝑】古旁字。見〔玉篇〕。

【穷】古貧字。見〔集韻〕。

【宒】古閔字。見〔字彙補〕。

【宍】肉譌字。〔正字通〕古樂苑載吳越春秋古孝子彈歌曰。斷竹續竹。飛土逐—。从宀从六。或古籀之譌。〔按通雅本作宍。宍古肉字。〕

五畫

【宓】覓畢切音密質韻
㈠安也。見〔說文〕〔段注〕此字經典多作密。密行而—廢矣。
㈡止也。靜也。默也。見〔玉篇〕。
㈢寧也。〔淮南覽冥〕—穆息于太祖之字。
㈣祕—也。見〔埤蒼〕〔按廣雅釋詁音釋云世人以山如堂者密。作祕—字失之矣。〕
㈤—汨。去疾也。〔漢書司馬相如傳〕湢沸—汨。
㈥姓也。仲尼弟子—不齊。又人名。三國秦—。

【宓】房六切音伏屋韻
通虙。〔漢書古今人表〕帝—羲氏。〔注〕—音伏。字本作虙。其音同耳。

【宕】大浪切音盪漾韻
㈠過也。一曰洞屋。見〔說文〕〔段注〕—之言放蕩也。穀梁傳引傳曰。長狄兄弟三人佚—中國。洞屋謂通迵之屋。四圍無障蔽也。凡道家言洞天者。謂無所不通。
㈡采石工謂之—戶。見〔正字通〕。
㈢懸事而不速結。或展期而不踐約。俗皆謂之—。如云延—拖—之類。
㈣不拘正理。或失中道。俗均謂之—。如云偏—流—之類。
㈤跌—。猶言優游也。〔文選江淹賦〕跌—文史。〔又〕猶略簡也。〔揚雄自敍〕雄言人跌—。
㈥—渠縣名。〔文選左思賦〕外負銅梁於—渠。
㈦州名。唐置。屬隴右道。今在甘肅泯縣西南。〔又〕唐—州。羈縻劒南道。今在四川境。
㈧鄉名。漢汝南郡項縣有—鄉。卽春秋之項國。今在河南項城縣東北。

【宖】胡肱切音宏庚韻
㈠屋響也。見〔說文〕〔段注〕長門賦曰。擠玉戶以撼金鋪兮。聲噌吰而似鐘音。甘泉賦。帷㭬環其拂汨兮。稍暗暗而靚深。皆屋響之意。
㈡安也。見〔玉篇〕。

【宗】祖賨切音㚇冬韻
㈠尊祖廟也。見〔說文〕〔段注〕—、尊、雙聲。按當云尊也。祖廟也。尊莫尊於祖廟。故謂之—廟。—从宀从示。示謂神也。宀謂屋也。〔按示、古祇字。〕
㈡尊也。〔禮記大傳〕別子爲祖。繼別爲—。繼禰者爲小—。〔注〕別子之世適。族人尊之謂之大—。是—子也。父之適。兄弟尊之謂之小—。〔按程頤曰。凡言—者。以主祭祀爲言。人—於此而祭祀也。與禮注異。〕
㈢祖禰之正體。〔禮記喪服小記〕尊

祖故敬—。

(四)父黨也。〔爾雅釋親〕父之黨爲—族。〔今同姓曰—本此義。〕

(五)同祖曰—。〔左昭三年傳〕肸之—十一族。

(六)—者族之姑也。見〔管子輕重戊〕。

(七)本也。見〔廣雅釋詁〕。

(八)遷主也。〔周禮肆師〕凡師甸用牲於社—。

(九)姑姊妹之女曰外—。〔禮記喪服大記〕外命婦率外—哭於堂上北面。

(十)聚也。見〔廣雅釋詁〕。

(十一)衆也。〔易同人〕同人于—。〔荀注〕—者衆也。

(十二)屬也。〔素問至眞要大論〕歸其所—。

(十三)長也。見〔風俗通山澤〕。

(十四)主也。〔素問平人氣象論〕其動應衣脈—氣也。

(十五)敬也。〔論語學而〕因不失其親。亦可—也。

(十六)不毀之名。〔家語廟制〕古者祖有功而—有德。

(十七)謂所仰也。〔漢書黨錮傳〕及者言其能導人追—者也。

(十八)所尊祭也。〔書舜典〕禋於六—。〔傳〕所尊祭者其禮有六。謂四時也。寒暑也。日也。月也。星也。水旱也。〔按六—之說諸家不同。歐陽及大小夏侯。皆云所祭者六。上不謂天。下不謂地。旁不謂四方。在六者之間。孔光劉歆云。謂乾坤六子。水火雷風山澤也。賈逵云。天—三。日月星也。地—三。河海岱也。馬融云。萬物非天不覆。非地不載。非春不生。非夏不長。非秋不收。非冬不藏。此其謂六也。鄭玄云。六者皆天神。謂星辰司中司命風師雨師也。王肅據家語之說。與孔傳同。晉初張髦云。祀祖考所尊者六。三昭三穆是也。司馬彪云。天—者日月星辰寒暑之屬也。地—社稷五祀之屬也。四方之—。四時五帝之屬也。〕

(十九)主祭祀之官。〔荀子正論〕出門而—祝有事。〔又〕官名。大—伯。小—伯。內—。外—。都—人。家—人。見〔周禮〕。

(二十)諸侯見王也。〔周禮大宗伯〕—以賓禮親邦國。春見曰朝。夏見曰—。〔按書禹貢江漢朝—於海。亦本此義。言百川歸於海。猶諸侯見天子也。〕

(二十一)布之縷數也。〔儀禮喪服傳疏〕布八十一縷謂之—。—即古之升也。〔俗謂物之一件曰一—。物之大數曰大—。文牘曰卷—。或均假此意。〕

(二十二)敎之流派也。〔正字通〕釋氏五—。達摩立六—。又敎律禪分爲三—。

(二十三)天—。謂日月星辰也。〔禮記月令〕天子乃祈來年於天—。

(二十四)—器。祭器也。〔禮記中庸〕陳其—器。

(二十五)瞽—。般學也。見〔禮記明堂位〕。

(二十六)—膾。古國名。〔莊子齊物論〕我欲伐—膾胥敖。

(二十七)—公。大臣也。〔詩思齊〕惠於—公。

(二十八)州名。唐置。羈縻劍南道。當今雲南鎭南縣治。

(二十九)姓也。後漢—歆。—漢。〔又〕—伯。正。均複姓。

【官】沽歡切音觀寒韻

(一)吏事君也。从宀自。自猶衆也。此與師同意。見〔說文自部〕。〔段注〕人衆而帀□之。與事衆而宀覆之。其意同也。

(二)管也。〔禮記王制疏〕其諸侯以下及三公至士。總而言之。皆謂之—。—者管也。以管領爲名。

(三)猶仕也。〔禮記雜記〕—於大夫者之爲之服也。

(四)分職在位也。〔禮記學記〕大德不—。

(五)猶職也。〔國語晉語〕固醫—也。

(六)小政也。〔呂覽務本〕治—可也。

(七)事當其任也。〔荀子解蔽〕則萬物—矣。〔注〕—謂各當其任無差錯也。

(八)—之爲言宣也。見〔古微書春秋元命苞〕。

(九)—舍也。〔漢書賈誼傳〕學者所學之—也。

(十)朝廷治事處也。〔禮記玉藻〕在—不俟屨。

(十一)版圖文書之處也。〔禮記曲禮〕在—言—。

(十二)君也。見〔廣雅釋詁〕。

(十三)主也。〔管子宙合〕不—於物。而旁通於道。

(十四)公也。〔史記孝文紀〕五帝—天下。

(十五)正也。〔呂覽本生〕此—之所自立也。

(十六)事也。〔禮記樂記〕禮樂明備。天地—矣。〔疏〕—猶事也。謂各得其事也。

(十七)法也。〔禮記禮運〕其—於天也。

(十八)人之耳目口鼻心謂之五—。〔孟子告子〕耳目之—。〔注〕—精神所在也。謂人有五—五府。

(十九)姓也。見〔姓苑〕。〔又〕上—犴—。均複姓。孔子妻犴—氏。楚莊王少子爲上—大夫。以上—爲氏。

【宙】直祐切音胄宥韻

(一)舟輿所極覆也。見〔說文〕。〔段注〕覆者反也。與復同。往來也。舟輿所極覆者。謂舟車自此至彼而復還此。如循環然。故其字从由。如軸字从由也。

(二)往古來今謂之—。見〔淮南齊俗〕。

(三)天宇所受也。〔漢書敘傳〕遁窮—而達幽。

(四)居也。見〔廣雅釋詁〕。

(五)暢也。〔太玄玄攤〕闢宇謂之—。

(六)棟梁也。〔淮南覽冥〕而燕雀佼之。以爲不能與之爭於宇—之間。

【定】徒徑切音錠徑韻

(一)安也。見〔說文〕。〔段注〕古亦假奠字爲之。

(二)安其牀衽也。〔禮記曲禮〕昏—而晨省。

(三)止也。〔詩采薇〕我戍未—。

(四)息也。〔荀子儒效〕反而—三革。

(五)住也。見〔玉篇〕。

(六)凝也。見〔增韻〕。

(七)決也。〔禮記王制〕論進士之賢者。以告於王而—其論。

(八)心無欲也。〔禮記大學〕—而后能靜。〔如云入—、禪—、寂—義相近。〕

(九)改治也。〔漢書王嘉傳〕上於是—躬禍告東平本章。

(十)修而不改也。〔書序〕—禮樂。

(十一)不易也。〔荀子王制〕夫是之謂—論。〔注〕—論謂不易之論。〔如—義、—例、—制、—規之類。義皆本此。〕

(十二)猶成也。〔呂覽仲冬〕以待陰陽之所—。

(十三)成列也。〔易繫辭〕乾坤—矣。

(十四)猶熟也。〔儀禮鄉飲酒禮〕羹—。〔注〕—猶熟也。

(十五)斗建十二位日之一。〔淮南天文〕午爲—。〔詳建字注〕

(十六)大慮靜民曰—。安民法古曰—。純行不二曰—。見〔周書謚法〕。

(十七)州名。漢屬中山郡。後魏改—州。當今直隸—縣。〔又〕唐—州。羈縻劍南道。當今四川珙縣西南。

(十八)丘名。〔爾雅釋丘〕左澤—丘。〔疏〕謂丘之東有水澤者名—丘。

(十九)—甲。鳥名。〔方言〕鶡鴠。周魏齊宋楚之間謂之—甲。〔按朱駿聲說。即寒號蟲。夜鳴者也。〕

(二十)通正。〔書堯典〕以閏月—四時成歲。〔史記五帝紀作正四時。〕

【定】丁定切音訂徑韻

(一)星名。〔詩定之方中〕—之方中。〔傳〕營室也。

(二)顁也。〔詩麟趾〕麟之—。〔釋文〕—本作顁。

(三)鋤屬也。〔爾雅釋器〕斪斸謂之—。〔釋文〕—本作錠。

【宛】於阮切音琬阮韻

(一)屈艸自覆也。从宀。夗聲。見〔說文〕。〔段注〕夗轉臥也。

(二)屈也。〔漢書揚雄傳〕是以欲談者—舌而固聲。

(三)順也。〔管子五行〕然則天爲粵—。

(四)蓄也。見〔方言〕。

(五)宮室線曲—轉也。見〔正字通〕。

(六)四方高中央下也。〔爾雅釋丘〕—中—丘。

(七)引之也。〔考工記弓人〕—之無已應。

(八)暑氣也。〔荀子富國〕使民夏不—暍。

(九)坐見貌。〔詩蒹葭〕—在水中央。

(十)形況也。如詩葛屨—然左辟。傳曰—辟貌。山有樞—其死矣。傳曰—死貌。皆是。

(十一)—屈伸也。〔史記司馬相如傳〕—黃龍。

(十二)—童。寄生樹也。〔爾雅釋木〕寓木—童。〔注〕寄生樹。一名蔦。

(十三)—腦。飢狀。〔沈攸之詩〕腹作—腦饑。

(十四)—潬。展轉也。〔文選司馬相如賦〕—潬膠盭。

(十五)—脾。菹類也。〔禮記內則〕兔爲—脾。

(十六)—瑀。古劍名。〔駢雅釋器〕—瑀。韓劍也。

(十七)縣名。本申伯國。戰國爲韓—邑。秦爲—縣。漢屬南陽郡。今屬河南南陽縣。

⑱姓也。鄭大夫—射犬。楚大夫—春。
⑲日本以書函中稱收信者之姓名、曰—名。又信面上所書收信人之地址名、曰—所。

【宛】於袁切音鴛元韻
大—。漢西域國名。去長安萬二千五百里。見〔漢書西域傳〕。〔當今土耳其斯坦〕

【宛】於願切音苑願韻
小貌。〔詩小宛〕—彼鳴鳩。

【宛】紆勿切音鬱物韻
通鬱。〔史記扁鵲倉公傳〕寒溼氣—。

【宜】魚羈切音儀支韻
㊀本作宐。〔說文〕宐。所安也。
㊁得所也。見〔蒼頡篇〕。
㊂當也。〔禮記樂記〕武之遲久。不亦—乎。
㊃義也。〔國語晉語〕將施於—。
㊄事也。見〔爾雅釋詁〕。
㊅—其事也。〔詩鳧鷖〕公尸來[illegible]—。
㊆土地風俗所—也。〔禮記王制〕齊其政。不易其—。
㊇猶善也。〔禮記內則〕子甚—其妻。
㊈美也。〔太玄狩〕好是—德。
㊉和順之意。〔詩桃夭〕—其室家。
⑪適也。〔淮南本經〕勞薄夙—。
⑫適理也。見〔增韻〕。
⑬祭社也。〔書泰誓〕—於冢土。
⑭肴也。見〔爾雅釋言〕。
⑮仍得曰—。〔詩小宛〕—岸—獄。
⑯猶殆也。〔左成六年傳〕不安其位。—不能久。
⑰助語詞也。〔詩螽斯〕螽斯羽。詵詵兮。—爾子孫振振兮。〔王引之云〕—、助語詞。—爾子孫。爾子孫也。〕
⑱州名。古百越地。唐置—州。當今廣西—山縣。
⑲—春。西漢宮名。〔三輔黃圖〕—春宮本秦之離宮。在長安城東南杜縣。
⑳—男。萱草也。〔駢雅釋草〕—男。蔡愁。萱草也。〔按萱一名忘憂。一名—男。一名岐女。或作妓女。〕
㉑姓也。元—桂。可。博通經史。
㉒通儀。〔漢書地理志〕伯益能儀百物。〔儀讀與—通。〕

【宔】腫庾切音主麌韻
宗廟—祏也。見〔說文〕〔段注〕經典作主。小篆作—。主者古文也。祏猶主也。左傳使祝史徙主祏於周廟。是也。鄭說。卿大夫無—。許說。大夫以石爲—。

【宗】博抱切音寶皓韻
藏也。从宀。示聲。示、古文保。周書曰陳—赤刀。見〔說文〕〔段注〕顧命文。蓋壁中古文如此。今作寶。

【窌】披教切音砲效韻
髀起也。見〔字彙〕。

【⿱宀瓦】五化切蛙去聲禡韻
泥—屋。見〔正字通〕。

【宍】古肉字。〔正字通〕通雅曰。淮南子原道訓。欲—之心亾。則饑虎可尾。注。欲—。自戀其軀也。—、古肉字。太玄數。五五爲土。爲食。爲—。[illegible]通雅。宍、本作—。集韻。肉、或作—。

【⿱宀古】古居字。見〔字彙補〕〔按舊說云。古文居處之居从宀。今之居、乃倨也。〕

【⿱宀男】古家字。見〔集韻〕。

【家】同宋、寂。〔楚辭遠遊〕野—漠其無人。

【宔】俗寶字。

六畫

【客】乞格切音喀陌韻
㊀寄也。見〔說文〕〔段注〕字从各。各、異詞也。故自此託彼曰—。〔俗稱寄籍爲—籍本此。〕
㊁賓—也。〔禮記曲禮〕主人敬—。則先拜—。〔按通訓定聲云。—小於賓。周禮大行人掌大賓之禮。及大—之儀。司儀諸侯諸伯諸子諸男之相爲賓也。又諸公之臣相爲國—。象胥詔相國—之禮儀。注謂諸侯使臣。若散文則賓—亦通稱。〕
㊂先代之後曰—。〔左僖二十四年傳〕宋先代之後也。於周爲—。
㊃一座所敬曰—。〔左襄二十七年傳〕趙孟爲—。〔注〕—、一座所尊敬。
㊄外至之人曰—。〔易需〕有不速之—三人來。
㊅外來之寇曰—。〔易繫辭〕重門擊柝。以待暴—。
㊆起兵伐人曰—。〔禮記月令注〕爲客不利。〔疏〕起兵伐人者謂之—。
㊇風寒侵人曰—。〔素問玉機眞藏

論〕今風寒—於人。〔今醫家謂外之氣爲—氣。本此俗引申稱浮附之土爲—土。〕

⑨泛稱其人亦曰—。如曰俠—政—之類。

⑩姓也。漢—孫。廣德人。

【室】式質切音失質韻

①實也。从宀。至聲。—屋皆从至。所止也。見〔說文〕〔段注〕—屋者人所至而止也。〔按釋名釋宮室云。—實也。人物實滿其中也。儀禮疏云。一棟北楣下爲—。南壁而開戶。以一架之間爲—。故云迫狹也。江氏永曰。後楣之下。以南爲堂。以北爲—。與房東西相連爲之。儀禮釋宮云。寢之後有下—。士喪禮注。下—。如今之內堂正寢聽事。賈氏曰。下—燕寢也。然則士之下—。於天子諸侯則爲小寢也。〕

②窗戶之內也。〔論語先進〕未入於—也。

③城郭之宅也。〔周禮大司徒〕以其—數制之。

④猶巢也。〔詩鴟鴞〕無毀我—。

⑤刀之削謂之—。見〔小爾雅廣器〕〔按說文云。削。鞞也。刀之匣也。〕

⑥劍之削亦曰—。〔方言〕劍削自河而北燕趙之閒謂之—。

⑦矛之鋈孔亦曰—。見〔詩清人疏〕〔按廣韻云。鋈。斤斧受柄處也。〕

⑧猶塚壙也。〔詩葛生〕百歲之後。歸於其—。

⑨夫以妻爲—。〔禮記曲禮〕三十曰壯。有—。

⑩妻之所居也。〔文選顏延之詩〕入—問何之。

⑪妻妾貨賄也。〔國語晉語〕納其—以分婦人。

⑫家貲也。〔國語楚語〕施二帥而分其—。

⑬身也。〔淮南俶眞〕是故虛—生白。

⑭星名。二十八宿之一。今白露節子初三刻十一分之中星。爾雅謂之營—。

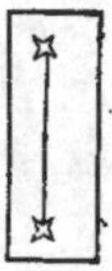

室宿圖

⑮世—。宗廟也。〔考工記匠人〕夏后氏世—。

⑯蠶—。腐刑所居溫密之—也。〔漢書司馬遷傳〕而僕又佴之蠶—。

⑰太—。少—。山名。〔明一統志〕嵩山在河南府登封縣北一十里。五嶽之中嶽也。其山三尖峯。東曰太—。西曰少—。嵩其總名。謂之—者。以其下各有石—。〔今在河南登封縣境〕〔又〕太—。淸廟也。〔書洛誥〕王入太—裸。

⑱—人。謂女姑女叔諸婦也。見〔禮記昏義和於室人注〕〔又〕主人也。見〔詩賓之初筵—人入又傳〕

⑲正—。適子也。〔周禮小宗伯〕其正—皆謂之門子。

⑳—老。家相也。〔儀禮喪服〕公卿大夫—老士。

㉑姓也。宋衞將軍—种。

【室】式吏切音試寘韻

居也。見〔集韻〕

【宣】荀緣切音瑄先韻

①天子—室也。見〔說文〕〔段注〕蓋謂大室。如璧大謂之瑄也。賈誼傳。孝文受釐坐—室。蘇林曰。—室。未央前正室也。天子—室。蓋禮家相傳古語。〔按淮南本經云。武王伐紂牧野。殺之於—室。注。—室。殷宮名。一曰—室。獄也。〕

②明也。〔左僖二十七年傳〕未—其用。

③布也。〔書皐陶謨〕日—三德。

④通也。〔左昭元年傳〕—汾洮。

⑤徧也。〔詩文王〕—昭義問。

⑥緩也。見〔爾雅釋言〕

⑦散也。〔左昭元年傳〕於是乎節—其氣。

⑧揚也。〔左宣十二年傳〕寵光之不—。

⑨示也。〔詩鴻雁〕謂我—驕。

⑩發也。〔國語周語〕犧以—之。〔注〕—、發揚也。

⑪猶放也。〔國語周語〕爲川者決之使導。爲民者—之使言。

⑫傳召曰—。〔包佶詩〕隔屏初聽玉音—。〔如君命召曰傳—〕、

⑬施敎曰—。〔國語周語〕—所以施敎也。

⑭用也。〔左昭二十七年傳〕而弗敢—也。

⑮行也。〔素問五常政大論〕大政迺—。

⑯盡也。近世用爲書札尾詞。〔浩然齋視聽鈔〕今人答尾云不—備。本文選楊修答臨淄侯牋末云。造

次不能—備。〔按香祖筆記云。宋人書問。尊與卑曰不具。以卑上尊曰不備。朋友交馳曰不—。〕

(十七)髮雜黑白曰—。〔易說卦〕爲—髮。〔今文譌作寡髮〕

(十八)半矩謂之—。見〔考工記車人〕。

(十九)時耕曰—。〔詩緜〕迺—迺畝。

(二十)璧名。〔爾雅釋器〕璧大六寸謂之—。

(廿一)聖善周聞曰—。施而不成曰—。見〔周書謚法〕。

(廿二)詔書留內小字本也。〔詔書別錄〕小字本留內曰—。唐故事中書舍人掌詔誥皆寫兩本。一爲底。一爲—。在中書可檢覆謂之正—。

(廿三)—夜。曆祘名也。〔書舜典疏〕蔡邕天文志云。言天體者有三家。一曰周髀。二曰—夜。三曰渾天。

(廿四)通咺。著也。〔詩淇奧〕赫兮咺兮。〔釋文〕咺、韓詩作—。—。顯也。

(廿五)州名。漢屬丹陽郡。隋置—州。當今安徽—城縣。產紙有名。

(廿六)姓也。東漢—秉。

【宥】尤救切音又宥韻

(一)寬也。見〔說文〕。〔注〕寬之而巳。未全放也。

(二)赦也。〔左莊二十二年傳〕幸若獲—。

(三)助也。〔左莊十八年傳〕晉侯朝王。王饗醴命之—。〔注〕—、助也。所以助歡敬之意。言備設。

(四)利也。〔呂覽去宥〕此有所—也。

(五)祐也。〔漢書禮樂志〕神若—之。

(六)宏深也。〔詩昊天有成命〕夙夜基命—密。〔朱傳〕—、宏深也。密、靜密也。

(七)廣也。寬容人曰—。見〔說文通訓定聲〕。

(八)同侑。以樂勸食也。〔周禮大司樂〕王大食三—。皆命作鐘鼓。

(九)同右。〔荀子宥坐〕此蓋—坐之器。〔注〕言人可置於坐右以爲戒也。

(十)通又。〔禮記王制〕王三又。然後制刑。〔注〕又當作—。

(十一)姓也。見〔正字通〕。〔又〕—連。複姓。後改雲氏。見〔後魏官氏志〕。

【宦】胡慣切音患諫韻

(一)仕也。見〔說文〕。〔通訓定聲〕猶今試用學習之官也。

(二)學也。〔左宣二年傳〕—三年矣。〔注〕—、學也。學職事爲官也。

(三)爲臣隸也。〔國語越語〕與范蠡入—於吳。

(四)爲妾事人也。〔左僖十七年傳〕妾爲—女焉。

(五)養也。〔文選范曄論注〕—者養也。養閹人使其看宮人。此是小臣。

(六)閹牛曰—。〔肘後經〕騸馬—牛。

(七)星名。〔星經〕天市垣帝座星旁—者四星。微芒。去極七十六度半。入尾宿九度半。

(八)—官。閹寺也。〔漢書惠帝紀〕—官尙食比郎中。

(九)姓也。見〔正字通〕。

【宧】盈之切音怡支韻

(一)養也。室之東北隅。食所居。見〔說文〕。〔段注〕釋詁曰。頤、養也。釋宮曰。東北隅謂之—。邵氏晉涵云。君子之居恆當戶。戶在東南。則東北隅爲當戶飲食之處在焉。此許意也。舍人云。東北陽氣始起。育養萬物。故曰—。—。養也。釋名與舍人略同。〔按石經作頤〕。

(二)日側之明也。見〔爾雅釋宮注〕。

【窕】土了切音朓篠韻

肆也。見〔爾雅釋言〕。〔注〕輕—者好放肆。〔釋文作宨〕。

【宎】伊鳥切音杳篠韻

戶樞聲也。室之東南隅。見〔說文〕。〔段注〕二句一義。古者戶東牖西。故以戶樞聲名東南隅也。

【窔】伊鳥切音杳篠韻

同宎。隱闇也。〔爾雅釋宮〕東南隅謂之—。〔疏〕隱闇之義也。

【⿱宀尗】前歷切音籍錫韻

(一)無人聲也。見〔說文〕。〔段注〕口部作啾。—、今字作寂。方言作家。云靜也。江湘九嶷之郊謂之家。

(二)—歷。彫疏貌。〔江淹詩〕—歷百草晦。

【⿱宀合】渴合切音搕合韻

合也。見〔集韻〕。

【⿱宀圭】吉娃切音乖佳韻

—樓也。見〔玉篇〕。

【⿱宀㐬】虎晃切音恍養韻。呼浪切音吭漾韻

(一)—宨也。見〔玉篇〕。

(二)廣也。見〔集韻〕。

【⿱宀荒】呼光切音荒陽韻

居也。見〔集韻〕。

【窤】古委切音軌紙韻　通也。見〔集韻〕。

【寪】居僞切音賜寘韻　毀也。見〔集韻〕。

【𡧹】古宅字。見〔說文〕。

【宨】古度字。見〔五音集韻〕。

【㝂】古宄字。見〔說文〕。

【𡫹】同寕。〔石鼓文〕天子永—。〔釋作寕。〕

【𥨊】同寐。見〔六書故〕。

【㝥】同宜。見〔廣韻〕。

【宯】害省字。見〔字彙補〕。

七畫

【宬】時征切音成庚韻

● 屋所容受也。見〔說文〕〔段注〕—之言盛也。

② 䏂也。見〔廣雅釋器〕。

③ 藏書之室也。明大內有皇史—。貯列聖御筆實錄祕典。亦或作㡬。見〔字彙補〕。

【宮】居雄切音弓東韻

● 室也。見〔說文宮部〕〔段注〕釋宮曰。—謂之室。室謂之—。郭云。皆以通古今之異語。明同實而兩名。按—言其外之圍繞。室言其內。析言則殊。統言不別也。

② 王者所居也。〔爾雅音義〕古者貴賤同稱—。秦漢以來。惟王者所居稱—焉。

③ 穹也。〔釋名釋宮室〕—、穹也。屋見於垣上穹隆然也。

④ 中也。〔廣雅引白虎通〕—之爲言中也。

⑤ 牆垣也。〔禮記儒行〕儒有一畝之—。

⑥ 婦人稱寢曰—。〔周禮內宰〕以陰禮教六—。〔注〕六—謂后也。婦人稱寢曰—。—隱蔽之言。后象王、立六—而居之。亦正寢一。燕寢五。

⑦ 宗廟也。〔詩雲漢〕自郊徂—。

⑧ —壇營域也。〔禮記祭法〕王—。祭日也。

⑨ 頖—。學名也。〔禮記曲禮〕諸侯曰頖—。

⑩ 五聲之一。〔禮記月令〕中央土。其音—。〔注〕季夏之氣和。則—[illegible]。

⑪ 心之宅。[illegible]。〔管子心術〕潔其—。

⑫ 五神之舍也。〔素問生氣通天論〕陰之五—。

⑬ 淫刑也。〔書呂刑〕—辟疑赦。〔傳〕—。淫刑也。男子割勢。婦人幽閉。次死之刑。

⑭ 圍繞也。〔爾雅釋山〕大山—小山。霍。〔注〕—。謂圍繞之。

⑮ 棺也。〔後漢明帝紀〕司徒靳奉安梓—。〔注〕梓—。以梓木爲棺。風俗通曰。—者存時所居。緣生事死。因以爲名。

⑯ 星垣也。〔史記天官書〕中—天極星。〔注〕姚氏案春秋元命包云。—之爲言宣也。宣氣立精爲神垣。

⑰ 曆法。曰—、三十度。曰度、三十分。

⑱ 守—。木名。〔爾雅釋木〕守—槐。葉晝聶宵炕。〔疏〕此亦槐也。聶。合也。炕。張也。言其葉晝合夜關者。別名守—槐。〔又〕蜥蜴名。〔爾雅釋魚〕蠑螈。蜥蜴。蜥蜴。蝘蜓。蝘蜓。守—也。〔疏〕一物形狀相類而四名也。在草澤中者。名蠑螈、蜥蜴。在壁者名蝘蜓、守—。

⑲ —室。妻子也。〔荀子大畧〕賜予其—室。

⑳ —斗。北斗魁星也。〔禮斗威儀〕—斗端明。

㉑ —體。謂文流于輕靡者。〔南史梁簡文帝紀〕然帝文傷於輕靡。時號—體。

㉒ 官名。周禮有—正、—伯、—人等官。漢書少府官有守—令。

㉓ 姓也。左傳虞—之奇。戰國—佗。又北—、南—、—孫、俱複姓。

【宰】子亥切音縡賄韻

● 辠人在屋下執事者。从宀。从辛。辛。辠也。見〔說文〕。〔按朱駿聲云。屋下制治辠人謂之—。與辟同意。

② 制也。見〔廣雅釋言〕。

③ 治也。〔公羊僖九年傳〕—周公者何。〔注〕—、猶治也。

④ 主也。〔荀子正名〕心也者道之工—也。〔注〕工能成物。—能[illegible]。心之於道亦然也。

⑤ 官也。〔公羊隱元年傳〕—者何。官也。

⑥ 上卿貳君事者曰—。諸侯謂司徒爲—。〔儀禮聘禮〕命司馬戒衆介。〔按周禮有大—小—等官〕。

⑦ 有司主政教者曰—。〔儀禮士冠

〔禮〕—自右少退。
⑧羣吏之長曰—。〔儀禮特牲饋食禮〕—自主人之左贊命。
⑨治邑之吏曰—。〔禮記禮器〕子路爲季氏—。
⑩邑士曰—。〔禮記曲禮〕有—食力。
⑪里長曰—。〔左襄九年傳注〕里—。〔疏〕里長謂之—。
⑫家臣曰—。〔論語公冶長〕可使爲之—也。〔一曰家臣之長曰—〕
⑬冢—之屬曰—夫。〔儀禮大射儀〕—夫戒—及司馬。〔又〕—人亦冢—之屬。〔左哀三年傳〕命—人出禮書。
⑭—官之吏曰—胥。〔儀禮大射儀〕—胥薦脯醢。
⑮守宮室者曰宮—。〔禮記祭統〕宮—肅夫人。
⑯掌膳食者曰膳—。〔儀禮燕禮〕膳—具官饌于寢東。
⑰屠殺也。〔漢書宣帝紀〕損膳省—。
⑱猶嗇也。〔左襄二十八年傳〕在外不得—吾一邑。〔疏〕—猶嗇也。〔俗稱—牛、—羊本此。〕
⑲冢也。〔公羊僖三十三年傳〕—上之木拱矣。

⑳姓也。周大夫—孔之後以官爲氏。〔又〕—父複姓。

【寀】　渠尤切音求尤韻
①寀也同求見〔玉篇〕。
②搜室也見〔集韻〕。

【𡨄】　虛訝切音罅禡韻
①—隙也見〔玉篇〕。
②搸也。墉亦作—。見〔集韻〕。〔按正字通云。六書—同塞。从宀从𡭐。𡭐音展。从廾。象兩手捧塞形。窒也。篆作𡨄。今作塞與罅音義別。說兩歧。存參〕

【害】　下蓋切音𠨭泰韻
①傷也。从宀口。言从家起也。丰聲。見〔說文〕。〔段注〕會意。言爲亂階。而言每起於衽席。
②妨也。〔左桓六年傳〕謂其三時不—而民和年豐也。
③禍也。〔易謙〕鬼神—盈而福謙。
④殘也。見〔正字通〕。
⑤危也。〔國策秦策〕而無伐楚之—。
⑥患也。〔淮南修務〕時多疾病毒傷之—。
⑦忌也。〔史記屈原傳〕上官大夫與之同列爭寵而心—其能。
⑧比也。勝也。〔漢書蕭何傳〕以文毋—爲沛主吏掾。〔注〕蘇林曰。毋—。若言無比也。一曰。—勝也。無能勝—之者。
⑨利之反也。見〔韓非子六反〕。
⑩毒物及螫噬之蟲獸。〔周禮山師〕辨其物與其利—。
⑪神姦鑄鼎所象百物也。〔周禮職方氏〕周知其利—。
⑫殺氣也。〔素問皮部論〕名曰—蜚。
⑬鬬怒—也。見〔荀子臣道〕。
⑭劊也。如劊削物也。見〔釋名釋天〕。
⑮要—。險要也。〔史記秦始皇紀贊〕收要—之郡。〔又〕人身致命處。〔後漢來歙傳〕爲何人所傷中臣要—。

【害】　何割切音曷曷韻
①何也。〔詩葛覃〕—澣—否。
②同曷。〔孟子梁惠王〕時日—喪。〔湯誓作曷〕

【宴】　伊甸切音燕霰韻
①安也。从宀。晏聲。見〔說文〕。〔段注〕引伸爲—饗。〔按說文訓定聲云。此當爲—饗正字。字亦作醼。作讌。字林作宴。易需。君子以飲食—樂。鄭注。—享—也。漢書陳湯傳引詩六月吉甫—喜。東京賦注引韓詩章句。飲酒之禮。下跣而上坐者謂之—。周語賈注。不脫屨升堂曰—。其正禮有四。君臣無事而—。如詩鹿鳴一也。卿大夫聘還而—。如詩四牡二也。卿大夫有王事之勞而—。三也。四方聘客來—。四也。外祭畢而—。及士庶人—。飲之常不在此數。經傳皆以燕爲之〕
②息也。見〔廣韻〕。
③安居也。〔漢書賈誼傳〕是與太子—者也。
④寢也。〔易隨〕君子以嚮晦入—息。
⑤喜也。閒也。見〔正字通〕。
⑥樂也。〔左成二年傳〕衛父不忍數年之不—。
⑦—樂。淫溺也。〔論語季氏〕樂—樂。
⑧—室。鄭室次于寢也。亦曰側室。〔大戴記保傅〕七月而就—室。

【宵】　思邀切音消蕭韻
①夜也。从宀。宀下冥也。見〔說文〕。〔段注〕周禮司寤。禁—行夜游者。鄭云。—定昏也。按此因經文以—

別於夜爲言。若渾言。則—卽夜也。
(二)陽氣消也。見〔爾雅釋言釋文〕。
(三)不由明坦之塗者謂之—人。〔莊子列禦寇〕—人之離外刑者。〔此假—爲小。與學記之—雅同〕。
(四)類也。〔漢書刑法志〕夫人—天地之顡。〔注〕應劭曰。—類也。師古曰。—義與肖同。故庸妄之人謂之不肖。言其狀顡無所象似也。
(五)使也。見〔方言〕。
(六)太—。長夜之中也。〔淮南精神〕甘暝太—之宅。
(七)—行。蟲名。〔本草綱目〕燐風熠燿—行。—行乃蟲名。熠燿其光也。詩注及本草皆誤以熠燿爲螢名矣。〔案李時珍曰。螢有三種。一種小而宵飛。腹下有光。乃茅根所化也。一名—行。一種長如蛆蠋。尾後有光。無翼不飛。乃竹根所化也。—名蠲。俗名螢。一種水螢。居水中〕
(八)—鳥名。〔爾雅釋鳥〕—鳥嘖嘖。〔疏〕夜爲農驅獸者也。〔圖入鳥字〕
(九)通綃。〔儀禮特牲饋食禮〕主婦纚笄—衣。〔注〕綃綺屬也。此衣染之以黑。其繒本名曰—。

〔家〕居牙切音加麻韻
(一)尻也。从宀。豭省聲。見〔說文〕。〔段注〕尻各本作居。今正。尻、處也。處、止也。竊謂此篆本義乃豕之尻也。引伸叚借以爲人之尻。字義之轉移多如此。牢。牛之尻也。引伸爲所以拘罪之陛牢。庸有異乎。
(二)室也。見〔呂覽愼勢注〕。
(三)牖戶之間謂之扆。其內謂之—。見〔爾雅釋宮〕。
(四)室內曰—。〔詩緜〕未有室—。
(五)—人所居通曰—。見〔玉篇〕。
(六)三夫爲一—。見〔管子乘馬〕。
(七)承世謂之—。〔詩桓〕克定厥—。〔疏〕—者、承世之辭。
(八)卿大夫曰—。〔論語季氏〕聞有國有—者。〔又〕卿大夫之采邑亦曰—。〔周禮夏官序官〕—司馬。
(九)妻謂夫曰—。〔左桓十八年傳〕女有—。男有室。〔疏〕男子一—之主。職主內外。故曰—。
(十)夫謂妻曰—。〔左僖十五年傳〕而棄其—。〔注〕—謂子圉婦懷嬴。
(十一)有夫有婦曰—。〔周禮小司徒〕上地—七人。中地—六人。下地—五人。〔注〕有夫有婦然後爲—。〔後世以此故。對人謂己之親族。則稱—。如言—父—兄—弟—孫是也。今於尊長言—。於卑幼別言舍弟與孫。無稱—者矣〕
(十二)天—。百官小吏之所稱。天子無外。以天下爲—。故稱天—。見〔獨斷〕。
(十三)三—。三皇也。〔後漢馬融傳〕軼越三—。〔又〕春秋時魯國孟孫叔孫季孫之—也。〔論語八佾〕三—者。
(十四)官—。〔湘山野錄〕五帝官天下。三王—天下。故曰官—。
(十五)宅—。〔賓暇錄〕官—亦稱宅—。言以天下爲宅。四海爲—。
(十六)學問自成一科可名世者曰—。〔漢書武帝紀〕表章六經。罷黜百—。
(十七)—公。謂主人公也。〔莊子寓言〕其—公執席。妻執巾櫛。〔今吳語妻稱夫爲—主公〕
(十八)—兵。僮僕之屬也。〔後漢朱儁傳〕簡募—兵。
(十九)—人。室人也。〔詩桃夭〕宜其—人。〔又〕卦名。離下巽上。〔易象〕風自火出、—人。
(二十)姓也。漢劇令—羨。宋—鉉翁。
(廿一)日本以永久賜祿於其—者曰—祿。明治以前。諸藩皆有—祿。

〔家〕古胡切音姑虞韻
(一)大—。女之尊稱。〔後漢曹世叔妻傳〕扶風曹世叔妻者。同郡班彪之女也。名昭。字惠班。一名姬。博學高才。有節行法度。帝數召入宮。令皇后諸貴人師事焉。號曰大—。〔又〕宮中稱太后及皇后之無太后者。皆曰大—。見〔正字通〕。
(二)天子太子諸王稱母曰——。見〔正字通〕。

〔宸〕丞眞切音辰眞韻
(一)屋宇也。見〔說文〕。〔段注〕屋以宮室上覆言之。—謂屋邊。
(二)室之奧者。見〔玉篇〕。
(三)帝居也。〔正字通〕後人稱帝居曰—。〔按增韻云帝居北—。宮故从宀从辰。亦曰楓—。帝居高廣。惟楓修大可構也〕
(四)屋霤也。〔國語越語〕君若不忘周室。而爲敝邑—宇。
(五)天地之交宇也。〔文選張衡賦〕消氛埃于中—。
(六)通振。屋宇檼也。〔文選左思賦〕旅楹閑列。暉鑒柍振。〔按通訓定聲云。柍振卽上棟下字之謂。柍卽央字根即—字。

●七同辰〔文選王融詩序〕是以得一奉—。〔注〕—與辰同。

【容】餘封切音融冬韻

●一盛也。从宀。谷聲。見〔說文〕。〔段注〕今字叚借爲頌皃之頌。銘本作从宀谷。云屋與谷皆所以盛受也。亦通。

●二包之也。〔書君陳〕有—德乃大。

●三寬也。〔易師〕君子以—民畜衆。

●四含也。〔史記樂書〕廣則—姦。

●五用也。見〔釋名釋姿容〕。

●六悅也。〔呂覽似順〕夫順令以取—者。

●七威儀也。〔禮記雜記〕戚—稱其服。

●八狀也。〔老子〕孔德之—。

●九趨翔也。〔儀禮士相見禮〕不爲—。

●十猶事也。〔史記樂書〕樂之—也。

●十一象式也。〔考工記函人〕凡爲甲必先爲—。

●十二宜也。〔文選班固設論〕遇時之—。

●十三[illegible]也。見〔廣雅釋詁〕。

●十四貌也。〔周禮鄉大夫〕退而以鄉射之禮五物詢衆庶。一曰和。二曰—。

●十五禮樂之官也。〔禮記樂記〕使之行商—而復其位。〔注〕使之檢覵殷家禮樂之官而復其位。

●十六防矢之器也。〔爾雅釋宮〕—謂之防。〔注〕形如今牀頭小曲屏風。唱射者所以自防隱也。〔又〕—亦名乏。〔周禮射人〕三侯三獲三—。〔注〕—者乏也。待獲者所蔽也。〔疏〕—者。據唱獲者—身於其中。據人而言。云乏者。矢至此乏極不過。據矢而說也。〔按儀禮鄉射禮注。—謂之乏。疏。—者以革爲之。可以—身。故云—也〕。

●十七羽衞也。〔荀子正論〕居則設張—負依而坐。

●十八刀名。〔釋名釋兵〕佩刀或曰—刀。有刀形而無刃備儀—而已。

●十九車幃也。〔周禮巾車〕皆有—蓋。

●二十彫剝加飾也。〔漢書鄒陽傳〕蟠木根柢。輪囷離奇而爲萬乘器者。以左右先爲之—也。

●廿一香物也。〔禮記內則〕佩—臭。〔注〕助爲形—之飾。猶後世香囊也。

●廿二從—安也。〔禮記中庸〕從—中道。聖人也。

●廿三文禮謂之—。見〔韓詩外傳〕。

●廿四紗之輕者曰輕—〔唐類苑〕輕—。無花紗也。

●廿五—與游戲貌。〔史記司馬相如傳〕彌節—與。〔又〕言自得也。〔史記司馬相如傳〕翱翔—與。〔又〕猶從—也。〔後漢馮衍傳〕俟回風而—與。〔又〕寬裕貌。〔文選王褒賦〕—與而施惠。

●廿六—止威儀也。〔禮記月令〕有不戒其—止者。

●廿七—光小卻也。〔孟子盡心〕—光必照焉。〔按卻與隙通小卻即小隙〕。

●廿八—裔高低之貌。〔文選張衡賦〕紛焱悠以—裔。

●廿九—臺行禮之臺。〔淮南覽冥〕—臺振而掩覆。

●三十——隨衆上下也。〔漢書翟方進傳〕何持——之計。〔又〕猶和同也。〔後漢左雄傳〕——多後禍。

●卅一州名。古象郡地。唐置—州。當今廣西—縣治。

●卅二姓也。八凱仲—之後。又—成。複姓。後漢—成公。又蓁—胡姓也。

●卅三通頌。〔漢刑法志〕當鞠繫者頌繫之。〔注〕頌讀曰—。寬—之。不桎梏。

【容】尹竦切音涌腫韻

●一慫也。〔方言〕南楚凡己不欲喜愁而旁人說者謂之慫慂。或作—臾。

●二—飛揚之貌。〔漢書禮樂志〕神之行。旌—。

【[illegible]】五故切音悟遇韻

寤也。見〔說文〕。〔段注〕寐覺而言曰寤。—之音義皆同也。

【[illegible]】五故切音悟遇韻

寤覺有言。見〔龍龕手鑑〕。

【[illegible]】烏本切音穩阮韻

坐也。見〔篇海類篇〕。

【[illegible]】火廣切養韻

廣也。見〔川篇〕。

【[illegible]】直加切音槎麻韻恥假切䅊韻

䖳—。嬌態貌。見〔玉篇〕。〔又〕不正。見〔集韻〕。

【[illegible]】衢錄切音局沃韻

不敢伸也。見〔集韻〕。〔正字通云〕。局、蹐、䠋通。

【宱】助瀰切音乍禡韻

寬也。見〔集韻〕。〔正字通云〕。六書無—訓。誤。

【𡧏】 盧交切音嘐肴韻 氣上蒸也。見〔集韻〕。〔正字通〕云。同嘐。

【𡪠】 五東切音顒東韻 和也。見〔等韻〕。〔正字通〕云。俗字。

【㝗】 盧當切音郎陽韻 里黨切音朖養韻 㝗—也。見〔說文〕。

【𡨖】 力蕩切音浪漾韻 空虛也。見〔玉篇〕。〔廣韻〕云。宮室空貌。

【宭】 衢云切音羣 拘云切音君 文韻 羣居也。見〔說文〕。

【宷】 式荏切音審寑韻 悉也。知—諦也。从宀从采。審。篆文—从番。見〔說文采部〕。〔注〕宀。覆也。采。別也。能包覆而深別之也。〔按〕與同地名寀之寀別。寀。从宀从采。

【宲】 古寶字。見〔玉篇〕。

【宐】 宜本字。見〔說文〕。

【𡧯】 古宜字。見〔說文〕。

【𡧱】 古[illegible]字。見〔字彙〕。

【宒】 古宅字。見〔字彙補〕。

【宎】 古寅字。見〔集韻〕。

【𡪊】 寢籀文。見〔龍龕手鑑〕。

【宗】 同寂。見〔字彙〕。〔正字通〕云。宗字之譌。

【㝨】 同庋。見〔龍龕手鑑〕。

八畫

【宿】 息六切音夙屋韻

(一)止也。从宀佰聲。佰古文夙。見〔說文〕。〔段注〕凡止曰—。夜止其一耑也。

(二)可止之處也。〔周禮遺人〕三十里有—。—有路室。〔注〕—可止—。若今亭有室矣。

(三)猶處也。〔詩九罭〕于女信—。

(四)積久也。〔莊子徐无鬼〕枯槁之士—名。

(五)畱也。〔漢書霍去病傳〕諸—將所將士馬兵。亦不如去病。

(六)留也。見〔廣雅釋言〕。

(七)猶停也。〔管子君臣〕不—其罰。

(八)素也。〔史記莊子列傳〕雖當世—學。不能自解免也。

(九)舍也。見〔廣雅釋詁〕。

(十)進也。〔儀禮士冠禮〕乃—賓。

(十一)先誡之辭。〔公羊桓元年傳〕魯朝—之邑也。

(十二)申戒也。〔周禮大宗伯〕—眡滌眡。

(十三)肅敬也。〔禮記禮器〕三日—。〔疏〕—之言肅。肅敬之義也。

(十四)猶豫也。〔論語顏淵〕子路無—諾。〔集解〕—猶豫也。

(十五)猶安也。〔左昭二十九年傳〕官—其業。

(十六)猶先也。〔管子地圖〕—定征伐之國。

(十七)大也。見〔廣韻〕。

(十八)星—也。〔周禮馮相氏〕二十有八星之位。〔疏〕若指星體而言。謂之星。日月會於其星。即名—。亦名辰。亦名次。亦名房。

(十九)—衛也。〔周禮修閭氏〕掌比國中—互櫜者。

(二十)—草。謂陳根也。〔禮記檀弓〕有—草而不哭焉。

(二十一)—莽。冬生草也。〔離騷〕夕攬中洲之—莽。〔注〕楚人名冬生草曰—莽。

(二十二)——。言再—也。見〔爾雅釋訓〕。

(二十三)國名。〔春秋隱元年〕及宋人盟于—。〔今山東東平縣東二十里無鹽城即古—國〕。

(二十四)州名。漢屬沛郡。唐置—州。當今安徽—州治。〔又〕元—州。屬遼陽省。東寧路。當今朝鮮平安道平壤府東北。

(二十五)姓也。漢鴈門太守—詳。又複姓。後魏末有賊帥—勤明達。又三字姓。後魏有—六斤氏。後改為—氏。

(二十六)通夙。早也。〔周禮世婦〕帥女宮之—戒。

(二十七)通肅。戒也。〔禮記祭統〕宮宰—夫人。〔注〕—讀為肅。肅戒也。

(二十八)通蓿。苜蓿也。〔漢書西域傳〕大宛國馬耆目—。

(二十九)通蹜。〔禮記玉藻〕——如也。〔釋文〕—本或作蹜。

【宿】 息救切音秀宥韻

(一)列星也。〔史記律書〕七正二十八

舍。〔索隱〕二十八舍即二十八｜之所舍也。舍止也。｜次也。〔按史記漢書二十八｜正義音息袖反。〕又音夙。左思吳都賦。窮飛鳥之棲｜。注亦音秀。是星｜之｜與棲｜之｜古音同也。〕

●｜留待也。〔後漢章彪傳〕子其｜留乎。

【宿】音戚錫韻

衞邑名。〔史記衞世家〕孫寗父殖謀逐獻公。公怒如｜。〔索隱〕左傳作戚。此亦音戚。〔讀史方輿紀要〕直隸開州北七里有戚城在焉。案地當今直隸開縣。

【寁】子感切音昝感韻　疾葉切音捷葉韻

（一）居之速也。見〔說文〕。〔段注〕止部。寁、疾也。寁爲凡速之詞。从宀則爲居之速也。鄭風不｜故也。毛曰。｜、速也。

（二）壼也。見〔廣韻〕。

【寂】前歷切音籍錫韻

（一）本作宋。無聲也。見〔玉篇〕。

（二）靜也。安也。見〔廣韻〕。

（三）｜寥無形體也。〔老子〕｜兮寥兮。

〔又〕空無人民之貌。〔楚辭遠逝〕聲嗸嗸以｜寥兮。〔又〕曠遠之貌。〔文選王褒論〕｜寥宇宙。

【寄】居義切音記寘韻

（一）託也。見〔說文〕。〔段注〕字从奇。奇、異也。一曰不耦也。

（二）依也。見〔廣雅釋詁〕。

（三）｜附。見〔廣韻〕。〔日本民法〕以財人轉助貧財于財團法人。謂之｜附行爲。

（四）客也。見〔一切經音義引廣雅〕。

（五）寓也。見〔增韻〕。

（六）傳也。〔禮記王制〕東方曰｜。〔疏〕通傳東方之語官謂之曰｜言傳｜外內言語。

（七）儻來之物曰｜。〔莊子繕性〕物之儻來｜也。

（八）暫｜之事曰｜。〔論語泰伯〕可以｜百里之命。〔皇疏〕｜是暫｜。有反之目也。

（九）失地之君曰｜公。〔儀禮喪服傳〕｜公者何也。失地之君也。

（十）｜屑。草名。〔廣雅釋草〕｜屑。｜生也。〔按本草云。桑上｜生。一名｜屑。〕

（十一）｜居。小蟹名。見〔本草綱目〕。

【寅】夷真切音夤眞韻延知切音夷支韻

（一）髕也。正月昜气動。去黃泉欲上出。侌尙强也。象宀不達髕｜於下也。見〔說文寅部〕。〔段注〕髕字之誤也。當作濥。史記淮南王書作螾。律書曰。｜言萬物始生螾然也。螾之爲物。詰詘於黃泉而能上出。故其字从｜。律書天文訓。以螾釋｜。髕｜字之誤也。當作濥濥。或曰當作螾螾。宀、象陰尙强。㚇、象陽氣去黃泉欲上出。

（二）十二干之一。〔爾雅釋天〕太歲在｜曰攝提格。

（三）日辰名。日出爲｜。即今云午前三小時四小時也。

（四）進也。見〔爾雅釋詁〕。

（五）敬也。〔書皋陶謨〕同｜協恭和衷哉。〔今稱同官曰同｜本此〕。

（六）引也。〔禮記月令疏〕按律曆志云。引達於｜。則｜、引也。

（七）臏也。彊也。見〔玉篇〕。

（八）汙濴水名。｜。〔淮南說林〕｜邱無壑。

（九）木也。其禽虎也。見〔論衡物勢〕。

（十）天體十二宮之一。〔禮記月令疏〕｜爲天漢之津。

【密】莫筆切音蜜質韻

（一）山如堂者。从山。宓聲。見〔說文山部〕〔段注〕按｜主謂山。假爲精｜字。而本義廢矣。〔或省作宓。俗作寗。非。〕

（二）深也。〔易繫辭〕退藏于｜。

（三）祕也。〔易繫辭〕幾事不｜則害成。

（四）隱曲處也。〔禮記少儀〕不窺｜。

（五）比也。〔國語魯語〕以魯之｜邇於齊。

（六）靜也。〔管子大匡〕夫詐｜而後動勝。

（七）無聲也。〔孟子萬章〕四海遏｜八音。

（八）安也。〔詩公劉〕止旅乃｜。

（九）寧也。〔詩昊天有成命〕夙夜基命宥｜。

（十）閉也。〔禮記樂記〕陰而不｜。

（十一）小也。〔易小畜〕｜雲不雨。〔虞注〕｜、小也。

（十二）疏之對也。〔史記功臣年表〕罔亦少｜焉。

（十三）稠也。見〔增韻〕。

(十四)蜜也。〔釋名釋言語〕—，蜜也。如蜜所塗無不滿也。
(十五)理也。〔國語晉語〕加—石焉。
(十六)德之高也。見〔賈子道德說〕
(十七)—勿，猶黽勉也。〔漢書劉向傳〕—勿從事。
(十八)—須，古國名。姞姓。〔史記周本紀〕伐—須。周文王伐—。詩—人不恭。此矣。〔攷括地志〕涇州鶉觚縣西五十里有陰—故城。即古—須國也。地在今甘肅靈台縣。
(十九)州名。古姑幕城。漢屬琅邪郡。隋置—州。當今山東諸城縣治。〔又〕漢—縣。屬河南郡。唐改—州。當今河南—縣治。
(二十)姓也。漢尙書—忠。又—革氏。—茅氏。均複姓。
(廿一)通蔤。〔淮南說山注〕荷其本曰—。〔玉篇〕蔤本此也。
(廿二)—里。法人語言千之一也。或作米釐。或作—理。英文 Mili。

【寇】丘候切音扣宥韻
(一)暴也。从攴完。見〔說文攴部〕〔注〕當其完聚而欲—之。
(二)害也。〔呂覽貴公〕大兵不—。
(三)刼取也。〔書費誓〕無敢—攘。
(四)兵也。〔周禮大宗伯〕以恤禮哀—亂。〔注〕兵作於外爲—。作於內爲亂。
(五)鈔也。見〔廣韻〕。
(六)仇也。見〔增韻〕。
(七)凡物盛多謂之—。見〔方言〕〔注〕今江東有小鳧。其多無數。俗謂之—鳧。
(八)司—。官名。〔周禮秋官序官〕乃立秋官司—。
(九)姓也。蘇忿生爲武王司—。後以官氏。宋—準。

【㝒】斤於切音居魚韻
(一)舍也。見〔玉篇〕〔正字通〕云同居。本作尻存考。
(二)本作賉。〔集韻〕賉、贍、賓也。一曰貯也。或作—。

【寣】曉昆切音昏元韻
—方。國名。見〔元子〕。

【⿱宀乳】乃后切音吼有韻
小乳貌。見〔篇海類編〕。

【⿱宀亞】烏價切音亞禡韻
擺貌。見〔玉篇〕。

【⿱宀亞】於加切音鴉麻韻
—宗。作姿態貌。見〔廣韻〕〔又〕—宗不正。見宗字。

【⿱宀林】黎針切音林侵韻
室深也。見〔集韻〕。

【宷】此宰切音采賄韻　倉代切音蔡隊韻
同地爲—。从宀采聲。見〔說文新附〕〔爾雅釋詁疏〕云—謂—地。主事者必有—地、采也。采取賦稅以供己有。

【⿱宀責】思積切音息陌韻
夜也。見〔集韻〕。

【⿱宀殳】衣過切音嫗遇韻
假寐也。見〔等韻〕〔正字通〕云寐字之譌。

【⿱宀佰】宿本字。見〔說文〕。

【⿱宀帚】古寢字。見〔集韻〕。

【⿱宀青】古青字。見〔集韻〕。

【⿱宀卒】古宰字。見〔集韻〕。

【⿱宀叟】同瞍。〔班固人物志〕鼓—卽瞽瞍也。

【⿱宀炎】同叟。見〔龍龕手鑑〕。

【寃】冤俗字。見〔正字通〕。

【宼】寇俗字。見〔正字通〕。

【⿱宀殺】寇譌字。見〔正字通〕。

【寛】寬譌字。見〔字彙補〕。

九畫

【富】方副切否去聲宥韻
(一)備也。一曰厚也。見〔說文〕。
(二)豐於財也。〔書洪範〕九五福。一曰壽。二曰—。
(三)福也。〔詩召旻〕維昔之—不如時。
(四)盛也。〔論語顏淵〕—者言乎。
(五)祿位昌盛曰—。〔易家人〕—家大吉。
(六)人臣世祿曰—。〔禮記祭義〕殷人貴—而尙齒。
(七)世行貨賂曰—。〔書呂刑〕惟訖於—。〔傳〕世治貨賂不行。
(八)藪多材物曰—。〔周禮大宰〕九曰藪以—得民。
(九)年之少者曰—。〔漢書楚元王傳〕帝春秋—。〔正字通〕云謂後來齒曆方久也。

(十)貌之豐者曰—。〔國語楚語〕使—都那豎贅焉〔注〕—、於容貌。

(十一)有萬不同之謂—。見〔莊子天地〕。

(十二)凡充裕皆曰—。如宏—瞻—之類。

(十三)—歲豐年也。〔孟子告子〕—歲子弟多賴。

(十四)—媼地神也。〔漢書禮樂志〕后土—媼昭明三光。

(十五)姓也。左傳周大夫—辰。

(十六)經濟學名辭。義與財同。詳財字。

【寍】　囊丁切音寧靑韻

安也。从宀。心在皿上。皿、人之飲食器。所以安也。見〔說文〕〔段注〕此安寧正字。今則寧行而—廢矣。〔按—安也。寧、願詞也。舊以—爲寧古文。誤。〕

【寎】　陂病切音柄敬韻兵永切音丙梗韻

(一)臥驚病也。从㝱省。丙聲。見〔說文㝱部〕

(二)多寐也。見〔正字通〕。

(三)月名。〔爾雅釋天〕三月爲—。

【寐】　密二切音媚寘韻

(一)臥也。从㝱省。未聲。見〔說文㝱部〕。〔注〕—之言迷也。不明之意也。〔按段玉裁云。俗所謂睡著也。增韻云。眛也。目閉神藏。通訓定聲云。眠而無知曰—。坐—曰睡。不脫冠帶而眠曰假—。諸說足互相發明。因並存之。〕

(二)諡也。靜謐無聲也。見〔釋名釋姿容〕

(三)猶死也。〔文選陸機賦〕寤大暮之同—。

(四)魚名。〔山海經東山經〕諸鉤之山。多—魚。〔注〕玉篇作鮇。云海中魚。似鮑。

【寏】　壹計切音縊霽韻詰結切音洩屑韻

(一)靜也。見〔說文〕。〔按段玉裁改靜爲竫。立部曰。竫者亭安也。〕

(二)安也。見〔玉篇引蒼頡〕。

【寑】　七稔切音寖寑韻

(一)本作寢。〔說文〕寢。臥也。〔段注〕今人皆作寑寢。乃㝱部寢字之省。與—異義。

(二)室也。見〔廣韻〕。〔按爾雅釋宮曰。室有東西廂曰廟。無東西廂有室曰—。〕

(三)藏也。見〔廣雅釋詁〕。〔疏證〕—今通作寑。寢者人所寢息。故爲藏也。

(四)幽也。見〔廣雅釋器〕。

(五)不下也。〔漢書張禹傳〕奏—罷歸故官。

(六)息也。止也。見〔說文通訓定聲〕

【寒】　河干切音韓寒韻

(一)凍也。从人在宀下。从茻上下爲覆。下有仌也。見〔說文〕。〔段注〕凍當作冷。十一篇曰。凍。仌也。冷。—也。此可證矣。

(二)冬時也。見〔玉篇〕。

(三)多氣也。〔素問熱論〕今夫熱病者。皆傷—之類也。

(四)水氣也。〔書洪範〕曰—。〔鄭注〕—、水氣也。

(五)陰氣也。見〔素問瘧論〕。〔按呂覽愼人云。爲—暑風雨之序矣。注。—暑陰陽也。〕

(六)積涼爲—。見〔素問至眞要大論注〕。

(七)大—、小—。皆節氣也。見〔後漢律曆志〕。

(八)扞也。扞格也。見〔釋名釋天〕。

(九)苦也。〔史記范睢傳〕范叔一—如此哉。

(十)猶苦也。〔文選張衡賦〕齊急舒於—燠。〔注〕—燠猶苦樂。

(十一)薄也。〔左閔二年傳〕雖知其—。

(十二)歇也。〔左哀十二年傳〕亦可—也。

(十三)煎煮也。〔文選曹植七啟〕—芳苓之巢龜。〔注〕—。今胚肉也。〔集韻〕云。煮魚煎肉曰胚。

(十四)乞—。胡人戲也。〔正字通〕唐睿宗景雲中。令諸惡少作乞—胡戲。

(十五)凍肉之類亦曰—。見〔正字通〕。

(十六)—心。戰慄也。〔文選宋玉賦〕—心酸鼻。

(十七)—將。水鳥也。〔淮南說林〕—將翔水。

(十八)—蜩。瘖蜩也。見〔方言〕。

(十九)國名。〔左襄四年傳〕魏絳曰。羿用—浞。〔注〕—、國名。後漢郡國志—亭古—國。伯明氏之讒子封此。〔在今山東濰縣境〕。

(二十)通韓。〔左襄八年傳〕—浞。〔漢書古今人表作韓浞〕。

(廿一)姓也。漢博士魯國—朗。武王—侯之後。

【寓】　元具切音遇遇韻牛居切音魚魚韻

(一)寄也。見〔說文〕。

●居也。〔後漢張衡傳〕恕高陽之相—兮。

●—木寄生也。〔爾雅釋木〕—木、宛童。

㈣—鳥獸類也。〔爾雅釋獸〕—鳥。〔疏〕言此上獸屬、多寄—木上故題云—屬。〔又〕謂穴居之屬也。〔後漢馬融傳〕—鳥單。

㈤假爲懸。〔山海經北山經〕馬成之山。有鳥焉是名鶌鶋。可以已—。〔注〕猶誤也。〔按通訓定聲云—。叚借爲懸。注猶誤也。非。〕

㈥假作寓。〔段玉裁云〕史記曰木寓龍寓。皆—之假借也。

【寔】承職切音室職韻

●正也。見〔說文〕〔段注〕正、各本作止。今正。按許云正者是也。然則正與是互訓。—與是音義皆同。此云—、正也。即公穀毛鄭之—是也。實、—音義皆殊。由趙魏之間。實—同聲。故相叚借耳。

●是也。〔春秋桓六年〕—來。〔公羊傳〕—來者何。猶曰是人來也。

●止也。見〔玉篇〕。

㈣通實。〔詩小星〕—命不同。〔韓詩〕—作實。

【⿱宀乾】唐何切音駝歌韻

●橐也。一曰馬上連橐。見〔集韻〕。

●—負。見〔廣韻〕。

【⿱宀卷】巨偃切音鍵阮韻

●女字。見〔集韻〕。

●姓也。今蜀人有之。見〔廣韻〕。

【寋】九件切音蹇銑韻

徒鼓磬謂之—。見〔爾雅釋樂〕。

【寊】知盈切音貞庚韻

人名。後周齊王子—。見〔集韻〕〔正字通云。齊王子未有名—者。疑誤。〕

【⿱宀省】所景切音省梗韻

禁署也。通作省。見〔集韻〕。

【⿱宀炎】紆勿切音鬱物韻

火穰也。見〔字彙〕。

【寏】胡官切音丸寒韻

周垣也。从宀。奐聲。院—或从𨸏。完聲。見〔說文〕〔段注〕—之言完也。西京賦曰。繚亙綿聯。四百餘里。薛注曰。苑之周圍也。

【寏】戶官切音桓寒韻

周地名。見〔玉篇〕〔正字通云。譌字。考地理志闕—。〕

【⿱宀偃】孤等切音縆迥韻

瘽—。—瘥也。見〔集韻〕。

【⿱宀𩰲】無遠切音晚阮韻

引也。見〔字彙〕。

【⿱宀兆】牽幺切音曉蕭韻

—寥。空也。見〔集韻〕。

【⿱宀豙】同家。見〔玉篇〕〔按說文。古文家作⿱宀豕。與家从豕同義。疑—即家之譌。〕

【⿱宀垔】古煙字。見〔字彙〕。

【⿱宀亲】古親字。見〔集韻〕。

【⿱宀希】古家字。見〔字彙補〕。

【⿱宀苗】古苗字。見〔玉篇〕。

【⿱宀壽】古禱字。見〔集韻〕。

【寓】宇籀文。見〔說文〕。

十畫

【寖】咨林切音侵侵韻子鴆切音浸沁韻

●水名。〔說文水部〕—水出魏郡武安東北。入呼沱水。〔段注〕今河南彰德府武安縣西南五十里有武安城。

●漬也。見〔廣雅釋詁〕。

●漸也。見〔集韻〕。

㈣積也。見〔廣雅釋詁〕。

㈤甚也。見〔漢書外戚傳集注〕。

㈥益也。見〔漢書刑法志集注〕。

㈦近也。〔漢書薛宣傳〕上—之源。

㈧—潤。積漸之深也。〔漢書谷永傳〕母聽—潤之譖。

㈨—淫。猶漸染也。〔漢書食貨志〕—淫日廣。

【寕】乃定切音佞徑韻

邑名。亦姓。說文作寍。所願也。見〔廣韻〕〔正字通云。俗寧字。〕

【⿱宀索】色窄切音濇陌韻

●入家搜也。見〔說文〕〔段注〕搜、求也。顏氏家訓曰。通俗文云。入室求曰搜。按當作入室求曰—。今俗語云搜—是也。—、經典多假索爲之。如探嘖索隱是。

●求也。見〔廣雅釋詁〕。

●取也。〔方言〕掩—。取也。自關而東曰掩。自關而西曰—。

〔宲〕昔各切音索藥韻 寂寞也。見〔集韻〕。

〔寊〕支義切音觶寘韻 〔俗作寘。非。〕

(一)置也。見〔說文新附〕。〔按詩卷耳。—彼周行。谷風—予于懷。傳箋竝訓—爲置。鈕氏新附攷云。說文𨘢讀若—。則不應遺—。疑—爲寘之省文。蓋—寘竝从眞聲。宀穴二部。義亦相近。〕

(二)納之也。猶言安著也。見〔正韻〕。

(三)止也。廢也。見〔廣韻〕。

(四)滿也。〔太玄法〕䴵—旗。

(五)致也。〔文選任昉行狀〕—諸掌握。

〔𡨦〕居候切音遘宥韻

(一)夜也。詩[illegible]中—之言。中夜之言也。本亦作[illegible]。〔玉篇〕。

(二)室深密處。見〔正字通〕。

〔𥨱〕徒弔切音跳嘯韻 深邃也。見〔字彙〕。〔按玉篇、類篇、窱載穴部。廣韻、集韻、亦从穴。字彙、—義與寑近。正字通—同窱。俗省作—〕。

〔𡪠〕巨列切音傑屑韻 寝也。見〔集韻〕。

〔窳〕勇主切音庾麌韻 嬾也。〔正字通〕窳字之譌。韻會七發收。—嬾也。嬾人不能自起。如瓜瓠在地。不能自立。故从𠂢。又常在室中。故从宀。按此說泥。本作窳。史記漢書同。省从宀。非。

〔𡪿〕鄔孔切音蓊董韻 室中闇。見〔集韻〕。

〔寐〕母禮切音米薺韻 寐而厭也。从寐省。米聲。見〔說文〕。〔段注〕此篆今本說文作—。玫廣雅作寐。玉篇廣韻皆作寐。不載—字。可知古本說文作寐也。若集韻云—或作寐。類篇有—無寐。則鈹本譌行之故耳。

〔𡫞〕謨郎切音茫陽韻 寐也。見〔集韻〕。

〔𡧫〕寅本字。見〔集韻〕。

〔𡪶〕古寶字。見〔說文〕。

〔𡨲〕古宣字。見〔玉篇〕。

〔𡧱〕古寅字。見〔集韻〕。

〔𡫼〕寝籀文。見〔說文〕。

〔𡪙〕同害。夜也。見〔集韻〕。

〔𡫳〕同寶。見〔篇海類編〕。

〔𡩡〕同審。見〔韻寶〕。

〔𡨚〕同窮。見〔篇海類編〕。

〔𡩀〕同穩。見〔字彙補〕。

十一畫

〔𡫞〕丘岡切音康陽韻 口朗切音慷養韻 屋—寬也。見〔說文〕。〔段注〕方言。—空也。郭注。—寬空貌。〔按集韻、引說文。屋—宦也。謂屋閑。玉篇。—虛也。空也。其義竝合。〕

〔𥨪〕都念切音店豔韻 的協切音喋葉韻

(一)屋傾下也。見〔說文〕。〔段注〕謂屋欹傾下陷也。

(二)厭也。或从土作𡎺。見〔集韻〕。

(三)下也。或爲墊。見〔玉篇〕。

(四)窮也。見〔廣韻〕。

〔寞〕末各切音莫藥韻

(一)本作嗼。〔說文口部〕嗼。啾嗼也。〔廣韻云。寂—、說文作啾嗼。〕

(二)通漠。〔楚辭遠遊〕野寂漠其無人。〔注〕寞與寂同。一作寂漠。一作—。

〔察〕初戛切音刹黠韻

(一)覆審也。見〔說文〕。〔按廣韻引說文云。—、覆也。審、言微親詧也。今通用。〕

(二)纖微皆審謂之—。見〔賈子道術〕。

(三)省也。〔呂覽本味〕—其所以然。

(四)監—也。諦也。見〔廣韻〕。

(五)考也。見〔增韻〕。

(六)覩也。〔離騷〕覽—草木其猶未得兮。

(七)舉薦也。〔後漢班彪傳〕後—司徒廉。〔注〕—。舉也。司徒薦爲廉。

(八)見也。〔呂覽離俗〕人之所不能—。

(九)識也。〔孟子離婁〕—於人倫。

(十)偏見之謂—。〔莊子天下〕道德不一。天下多得一—焉以自好。

(十一)猶知也。〔禮記喪服四制〕皆可得而—焉。

(十二)猶分辨也。〔禮記禮器〕觀物弗之—矣。

(十三)—謂沈吟用心忖度之也。見〔論語爲政〕—其所安皇疏。

(十四)明也。〔禮記禮器〕五獻—。

(十五)理也。〔國語吳語〕今君王不丨。
(十六)猶著也。〔禮記中庸〕言其上下丨也。
(十七)深也。〔大戴記少間〕汙池土丨。
(十八)苛也。〔呂覽貴公〕處大官者不欲小丨。
(十九)至也。見〔廣雅釋詁〕。
(二十)淸也。見〔爾雅釋言〕。
(廿一)猶還之也。〔史記刺客傳〕乃丨舉吾弟。
(廿二)嚴殺之貌。〔禮記鄉飲酒義〕愁以時丨。守義者也。
(廿三)丨急且疾也。〔老子〕俗人丨丨。〔又〕淸潔也。〔楚辭漁父〕安能以身之丨丨受物之汶汶者乎。
(廿四)姓也。吳將軍丨戰。明正德中朝城知縣丨童。〔又〕丨失利三字姓。唐高麗隨和國王姓丨失利。名婆那。字婆末。

【寠】　郡羽切音痡䴅韻
(一)窶本字。〔說文〕丨。無禮凥也。〔按倉頡篇云。無財曰貧。無財備禮曰丨。段注云無禮居謂宮室不中禮。〕
(二)貧陋也。空也。見〔玉篇〕。通訓定聲云貧居無禮也。
(三)丨數猶局縮。皆小意也。見〔釋名釋姿容〕。

【寠】　龍遇切音屢遇韻
富而陋者曰丨。〔詩正月箋〕小人富而丨陋將貴也。

【寠】　郎侯切音婁尤韻
甌丨。猶抔摟也。見〔集韻〕。〔又〕便側之地。〔史記淳于髡傳〕甌丨滿篝。

【寡】　古瓦切音剮馬韻
(一)少也。从宀頒。頒。分也。宀分故爲少也。見〔說文〕〔段注〕宀分者。合於上而分於下也。故始多而終少。
(二)鮮也。猶言少德也。謙也。〔儀禮燕禮〕丨君有不腆之酒。〔又〕王侯自稱曰丨人。〔孟子梁惠王〕丨人之於國也。〔又〕夫人稱丨小君。見〔論語季氏〕。
(三)五口以下爲丨。〔周禮族師〕登其族之夫家衆丨。〔疏〕有夫有婦乃成家。自二人以至十人爲九等。七六五者爲其中。若然則六口爲中。七口以上爲衆。五口以下爲丨。
(四)獨也。見〔廣雅釋詁〕。
(五)弱也。〔左成十三年傳〕丨我襄公。
(六)適也。〔詩思齊〕刑于丨妻。〔傳〕丨妻。適妻也。〔箋〕丨妻。丨有之妻。言賢也。
(七)特也。〔左襄二十七年傳〕齊崔杼生成及彊而丨。
(八)丨宗。少宗系也。〔列子楊朱〕以放丨宗。
(九)丨者。衆之所宗也。見〔易略例〕。
(十)無夫曰丨。〔孝經〕不敢侮于鰥丨。〔按釋名釋親屬無夫曰丨。丨。踝也。踝踝單獨之言也。禮記王制。孟子梁惠王。皆謂老而無夫曰丨。文選寡婦賦題注。則謂少而無夫曰丨。蓋古者無論老少。凡無夫者皆謂之丨也。〕
(十一)凡無夫無妻通謂之丨。見〔小爾雅廣義〕。〔按詩桃夭序疏引爾雅云。無夫無婦並謂之丨。丈夫曰索。婦人曰嫠。〕

【寢】　七稔切音復寢韻
(一)本作寑。〔說文寑部〕寑。病臥也。从寑省。𡩠省聲。〔段注〕寑者臥也。寑者病臥也。此二字之別。今字槩作丨矣。
(二)侵也。侵損事功也。見〔釋名釋姿容〕。
(三)猶止也。〔大戴記曾子制言〕無席則丨其趾。
(四)息也。〔漢書禮樂志〕漢興丨而不著。
(五)偃也。見〔廣雅釋言〕。
(六)廟後曰丨。〔禮記月令〕丨廟畢備。〔注〕凡廟。前曰廟。後曰丨。〔疏〕廟是接神之處。其處尊。故在前。丨衣冠所藏之處。對廟爲卑。故在後。但廟制有東西廂。有序牆。丨制惟室而已。故釋宮云。室有東西廂曰廟。無東西廂有室曰丨是也。
(七)正室之類曰丨。〔周禮宮人〕掌王之六丨之脩。〔注〕六丨者。路丨一。小丨五。玉藻曰。朝辨色始入。君日出而視朝。退適路丨聽政。使人視大夫。大夫退。然後適小丨釋服。是路丨以治事。小丨以時燕息焉。春秋書魯莊公薨于路丨。僖公薨于小丨。是則人君非一丨明矣。〔按公羊莊三十二年傳注云。天子諸侯皆有三丨。一曰高丨。二曰路丨。三曰小丨。此說與周禮異。姑存之以備參致。又禮記喪大記曰。君夫人卒於路丨。大夫世婦卒於適丨。內子未命則死於下室。遷尸於丨。士之妻皆死於丨。注云。君謂之路丨。夫人謂之適丨。士或謂之適室。〕

內子。卿之妻也。疏云。君謂諸侯也。據此則諸侯及夫人以下。亦各有一室之名矣。〕

(八)陵上正殿曰—。〔後漢章帝紀注〕園中有—有便殿。—者陵上正殿。便殿。—側之別殿。即更衣也。

(九)貌不揚也。〔吳越春秋〕大王不以鄙陋—容。

(十)—衣被也。一曰今小臥被。〔論語鄉黨〕必有—衣。〔日本曰—卷。較常衣長。即爲臥被。〕

(十一)—戈。親近兵杖。〔左襄二十八年傳〕使執—戈而先後之。

(十二)縣名。漢置。屬汝南郡。後漢初改曰固始。即今河南固始縣。

【寣】呼骨切音忽月韻

臥驚也。一口。小兒—也。一曰。河內相評也。从寣省、从言。見〔說文寣部〕〔段注〕廣雅曰。—覺也。義相近。今江蘇俗語曰睡一——。—者。號聲。評者召也。今字作呼。相召曰—。河內人語如此。

【寤】五故切音誤遇韻〔俗作寤。非。〕

(一)寐覺而有言曰—。从㝱省。吾聲。一曰晝見而夜㝱也。見〔說文㝱部。〕

(二)逆也。〔左隱元年傳〕莊公—生。驚姜氏。〔按風俗通。凡小兒墮地能開目視者。謂之—生。通訓定聲云。—、段借爲啎。按足先見。逆生也。〕

(三)忤也。能與物相接忤也。見〔釋名釋姿容〕〔按疏證云。忤、俗字。當作啎〕

(四)猶曉也。〔後漢班固傳〕仰—東井之精。

(五)司—。官名。〔周禮秋官序官〕司—氏。

(六)通悟。〔爾雅序〕別爲音圖。用袪未—。

【寥】力交切音聊蕭韻　郎狄切音歷錫韻

(一)本作廫。〔說文广部〕廫。空虛也。〔段注〕此今之—字。

(二)寂也。見〔玉篇〕〔或言寂—。杜甫詩。令嚴夜寂—。〕

(三)深也。見〔廣雅釋詁。〕

(四)藏也。見〔廣雅釋詁。〕

(五)—廓。空中寬廣之處。〔漢書司馬相如傳〕猶焦明已翔乎—廓。〔又〕遠大之度也。〔漢書鄒陽傳〕今欲使天下—廓之士。〔又〕高遠也。〔文選司馬相如傳〕歷五帝之—廓。

(六)—落。星稀之貌。〔文選謝朓詩〕曉星正—落。〔—落今通作衰歇之稱。又謂稀少曰——。〕

【實】食質切音失質韻

(一)富也。从宀貫。貫爲貨物。見〔說文。〕〔段注〕以貨物充於屋下是爲—。

(二)不空也。見〔玉篇。〕

(三)滿也。〔詩節南山〕有—其猗。

(四)誠也。見〔廣雅釋詁。〕

(五)有也。〔詩小星〕寔命不同。〔釋文〕寔、韓詩作—。云有也。

(六)猶充也。〔左宣十二年傳〕—其言必長晉。

(七)塞也。見〔廣雅釋詁。〕

(八)成也。〔禮記月令〕乃爲麥祈—。

(九)質也。〔淮南泰族〕知械機而—衰。

(十)美也。〔淮南精神〕有天下無天下一—也。

(十一)明也。〔淮南精神〕吾將舉類而—之。

(十二)財也。〔左文十八年傳〕聚斂積—。

(十三)猶爵祿也。〔呂覽下賢〕既受吾—。

(十四)榮也。見〔墨子經。〕

(十五)是也。〔詩韓奕〕—墉—壑。

(十六)猶終也。〔呂覽務大〕其—無不安者。

(十七)穀也。〔國語晉語〕已穎其地而又受其—。

(十八)種子也。〔詩載芟〕—函斯活。

(十九)在木曰—。〔呂覽貴信〕則果—不生。

(二十)地也。〔淮南原道〕獸蹠—而走。

(二十一)軍—。軍器也。〔左襄二十四年傳〕齊社蒐軍—。〔注〕祭社因閱數軍器。〔又〕軍所討獲曰軍—。〔文選左思賦〕數軍—乎桂林之苑。

(二十二)功—也。〔呂覽觀世〕要聞察—者不留聲。〔又〕治國惠民之功—也。〔孟子告子〕先名—者爲人也。

(二十三)故—。故事之是者。〔國語周語〕而咨於故—。

(二十四)德行之—也。〔呂覽審應〕取其—以責其名。

(二十五)在器之物曰—。如籩—豆—俎—之類。

(二十六)口—。頤中有物也。〔易頤〕自求口—。〔又〕謂譴讓也。〔左襄二十二年傳〕而以爲口—。〔按口—今

通作藉辭之意〕，

(廿七) 庭—貢獻之物也。〔後漢班固傳〕於是庭—千品。

(廿八) —廣大也。〔詩閟宮〕—枚枚。

(廿九) 手—法。〔正字通〕唐六典。凡里有手—法。歲終具民之年與地闊狹爲鄉帳。宋王安石手—本此。

(三十) —之言適也。〔詩生民〕—覃—訏。

(卅一) 數學謂被乘被除之數曰—。

(卅二) 日本因婚姻或養子而承繼於他家者。稱本生父母之家曰—家。

(卅三) 姓也。見〔正字通〕。

【寊】脂利切音至寘韻

以身赴告也。〔禮記雜記〕使其—。

【寧】囊丁切佞平聲青韻

(一) 願詞也。从丂寍聲。見〔說文丂部〕。〔段注〕其意爲願。則其言爲—。是曰意內言外。寍部曰。寍。安也。今字多假—爲寍。—行而寍廢矣。

(二) 安也。〔易乾〕萬國咸—。

(三) 靜也。〔呂覽仲冬〕身欲—。

(四) 息也。〔國語晉語〕閑子與穌未—。

(五) 猶曾也。〔詩日月〕—不我顧。

(六) 女嫁歸問父母安否也。〔詩葛覃〕歸—父母。

(七) 處家持喪服也。〔漢書哀帝紀〕博士弟子父母喪。予—三年。一曰予—居喪也。

(八) 休謁之名。〔漢書高帝紀注〕吉曰告。凶曰—。

(九) 受命曰—王。〔書大誥〕—王遺我大寶龜。

(十) 康—無疾病也。〔書洪範〕三曰康—。

(十一) 丁—鉦也。〔左宣四年傳〕著於丁—。〔又〕再三告示也。〔漢書谷永傳〕以丁—陛下。〔丁—囑付諄復也。俗作叮嚀〕。

(十二) 不—也。〔詩生民〕上帝不—。〔又〕無—也。〔論語子罕〕無—死於二三子之手乎。

(十三) 南—路名。元置。屬廣西道。漢鬱林郡地。明改爲府。清因之。屬廣西省。今廢。改附郭首縣宣化爲南—縣。省治移駐於此。清光緒三十二年。自行開爲商埠。法意二國駐有領事。

(十四) —波府名。明置。漢會稽郡地。清因之。屬浙江省。今廢。附郭首縣爲鄞縣。清咸豐十一年。依一千八百四十二年中英南京條約。開爲商埠。英奧二國駐有領事。

(十五) —古塔。地名。古爲肅愼國。漢挹婁地。清置。今名。屬吉林省。後改爲—安府。今廢府爲縣。清光緒三十二年。依一千九百零四年中日協約。開爲商埠。

(十六) 州名。古公劉邑。秦屬北地郡。西魏改置—州。即今甘肅—縣。〔又〕縣名。漢置。屬上谷郡。當今直隸宣化縣西北。〔又〕州名。明置。清改爲義—州。當今江西修水縣。

(十七) 青—蟲名。〔莊子至樂〕久竹生青—。

(十八) 姓也。見〔正字通〕。

【寗】乃定切音佞徑韻

泥母。地名。或作—。見〔集韻〕。

【寨】士邁切音砦卦韻

(一) 羊棲宿處也。見〔玉篇〕。

(二) 籬落也。本作柴。見〔集韻〕。

【塞】蘇則切音塞職韻

安也。見〔廣韻〕。

【⿱宀⿰犭含】吾含切音含覃韻

(一) 寐聲。吚或作—。見〔集韻〕。

(二) 寐語。見〔玉篇〕。

【⿱宀弄】烏到切音墺號韻

宛也。室之西南隅。从宀弄聲。見〔說文〕〔按—即今奧字。奧本从宀。故說文入宀部〕。

【⿱宀⿰犭者】展呂切音貯語韻

積也。本作貯。〔周禮賈師注〕謂若—米穀棺木而睹久雨疫病者貴賣之。

【⿱宀區】烏侯切音歐尤韻

閈—。夷人屋。見〔集韻〕〔正字通云〕或曰漢書蘇武傳本作區。譌作—。存考。

【⿱宀隆】力公切音隆東韻

天形也。見〔字彙補〕〔即窿譌字〕。

【⿱宀⿰犭尨】莫江切音厖江韻

寐也。見〔等韻〕。

【⿱宀耶】郎豆切音陋宥韻

地名。見〔集韻〕。

【⿱宀⿰火火】古宜字。見〔說文〕。

【[illegible]】古擧字。見〔韻會小補〕。

【⿱宀⿰氵帚】同浸。見〔集韻〕〔正字通云〕寖字之譌。

【寠】同窶。見【正字通】。

【寡】寡諝字。見【正字通】。

十二畫

【審】式荏切音嬸寢韻

●一 宷篆文。【說文釆部】宷悉也。知宷諦也。从宀釆。一篆文宷从番。
●二 詳也。【呂覽察微】公怒不一。
●三 愼也。【呂覽音律】一民所終。
●四 定也。【呂覽順民】必先一民心。
●五 度也。【文選張衡賦】一曲面勢。
●六 明也。【淮南本經】一於符者。
●七 知也。【淮南說山】不可不一。
●八 聽也。【周禮遂師】一其誓戒。
●九 實也。【呂覽先己】一此言也。
●十 信也。見【玉篇】。
●十一 諟也。見【廣雅釋詁】。
●十二 正也。【國語齊語】一吾疆埸。
●十三 竝也。見【廣雅釋言】。
●十四 寀也。見【廣雅釋言】。
●十五 錄之也。【禮記月令】一卦吉凶。【注】一者錄之。
●十六 止於分也。【莊子徐无鬼】故水之守土也一。影之守人也一。物之守物也一。
●十七 詳觀其道也。【荀子非相】欲知億萬則一一二。
●十八 熟究也。【書說命】乃一厥象。俾以形旁求于天下。
●十九 清察也。【書呂刑】其一克之。【今訴訟問案曰一即此義】。
●二十 羽數束名也。【周禮羽人】十羽爲一。
●二十一 姓也。漢辟陽侯一食其。郎中一忠。
●二十二 水回也。【莊子應帝王】鯢桓之一爲淵。止水之一爲淵。流水之一爲淵。【釋文】一郭如字。簡文云處也。司馬云。當爲蟠。蟠聚也。崔本作潘。云回流所鍾之域也。【韻會】瀋下云。水回也。通作盤。列子作瀋。音盤。莊子作一。
●二十三 思也。見【玉篇】。
●二十四 憂也。見【爾雅釋詁】。
●二十五 除也。【詩泉水】以一我憂。
●二十六 盡也。見【廣雅釋詁】。
●二十七 程也。見【廣韻】。
●二十八 去也。【周禮稻人】以澮一水。
●二十九 猶象也。【周髀算經】笠以一天。
●三十 輸也。【詩蓼蕭】我心一兮。
●三十一 猶放散也。【淮南本經】可以鐘鼓一也。
●三十二 鑄也。【國語越語】王命金工以良金一范蠡之狀而朝禮之。【注】謂以善金鑄其形。
●三十三 摹畫也。【晉書顧愷之傳】傳神一照。正在阿堵中。
●三十四 謄鈔也。【古諺】書三一。魚成魯。帝成虎。

【寪】羽委切音蔿紙韻

●一 屋貌。見【說文】。
●二 姓也。春秋魯大夫一氏。

【寪】、虞爲切音危支韻

隍一。不安貌。見【集韻】。

【寫】洗野切音瀉馬韻

●一 置物也。見【說文】。【段注】謂去此注彼也。凡傾吐曰一。俗作瀉者一之俗字。

【寫】四夜切音卸禡韻

●一 舍車解馬也。【石鼓文】宮車其一。四馬其一。【按】一、即卸也。作一者假借字。

【寬】枯官切音憒寒韻

●一 屋一大也。見【說文】。
●二 綽也。見【爾雅釋言】。
●三 裕也。【易乾】一以居之。
●四 度量一宏。【書皋陶謨】一而栗。
●五 能容衆也。【詩淇奧】一兮綽兮。
●六 廣也。見【正字通】。
●七 不猛也。【左昭二十八年傳】太叔爲政不忍猛而一。
●八 宥也。【史記廉頗傳】鄙賤之人不知將軍一之至此也。
●九 緩也。【國語吳語】將必一然有伯諸侯之心焉。
●十 猶愛也。【禮記表記】以德報怨則一身之仁也。
●十一 猶遠也。【國語周語】以恭給事則一於死。
●十二 行不崖異之謂一。見【莊子天地】。
●十三 優賢不逮謂之一。見【賈子道術】。
●十四 姓也。明洪武進士一徹。使西域。漢陽人。

【寮】憐蕭切音聊蕭韻

●一 官也。【詩板】及爾同一。【正字通】云。楊升菴曰。古人謂同官爲一。亦指齋署同窗爲義。按一本作寮。今省作一。亦假僚字爲之。
●二 僧房曰一。【陸游詩】小齋寂寂似禪一。
●三 山猺穴居野處。雖有屋以蔽風雨。不過剪毛叉木而已。名曰打一。見

〔溪巒蘘笑〕。

【⿱宀喬】渠嬌切音喬蕎韻 同僑。寄也。客也。見〔玉篇〕。〔按韻會寓也意同〕。

【⿱宀惺】息井切音惺梗韻 悟也。見〔字彙〕、〔正字通云。通作惺。亦借作醒〕。

【⿱宀崢】鋤耕切音崢庚韻 —宏。屋大。見〔集韻〕。

【⿱宀敫】取外切音禝泰韻 塞也。見〔說文〕。

【寭】胡桂切音惠霽韻 察也。見〔字彙〕。

【⿱宀規】苦規切音虧支韻 小視。見〔篇海類編〕。

【⿱宀侵】寖本字。見〔說文〕。

【⿱宀柴】寨本字。見〔說文長箋〕。

【⿱宀康】康本字。見〔說文長箋〕。

【⿱宀宰】古宰字。見〔玉篇〕。

【⿱宀陶】古寤字。見〔集韻〕。

【⿱宀憎】同惺。見〔字彙〕。

【⿱宀款】同窾。見〔正字通〕。

【⿱宀囈】寱譌字。見〔正字通〕。

十三畫

【⿱宀焦】祖峻切音俊震韻 ㊀聚也。見〔廣雅釋詁〕。㊁才—也。見〔玉篇〕。

【寰】胡關切音環刪韻 ㊀王者封畿內縣也。見〔說文新附〕。㊁宮周垣也。見〔正字通〕。㊂區宇也。〔路史因提紀〕而九—以承流。㊃都也。〔陳旅詩〕龍虎之山仙所—。

【⿱宀縣】榮絹切音縣霰韻 同縣。〔穀梁隱元年傳〕—內諸侯。〔釋文〕—古縣字。

【⿱宀敫】古歷切音激錫韻 揚貌。見〔廣韻〕。

【⿱宀覷】七迹切音戚錫韻 覷—也。見〔字彙〕。

【⿱宀櫬】初僅切音櫬震韻 至也。見〔字彙〕。

【⿱宀絹】古犬切音卷銑韻 網也。見〔字彙補〕。

【⿱宀冥】冥丁切音寧青韻 昊天之謂—。見〔集韻〕。

【⿱宀敢】古究字。見〔玉篇〕。

【⿱宀賓】古賓字。見〔集韻〕。

【⿱宀奧】奧俗字。見〔正字通〕。

【⿱宀憲】寓俗字。見〔正字通〕。

十四畫

【寱】研計切音藝倪祭切音睨霽韻 瞑言也。从寢省臬聲。見〔說文寢部〕。〔注〕今人謂夢中有言為—語。〔按段注云。瞑自翕也。瞑言者。寐中有言也。—亦作寱。俗作囈〕。

【⿱宀疑】魚基切音疑支韻 察也。見〔字彙〕。

【⿱宀燎】力昭切音燎蕭韻 空寂也。見〔龍龕手鑑〕。

【⿱宀寢】寑本字。舊字典引玉篇云。—古文寑字。考今本玉篇。祇有䆮。為寑字籀文。別無—字。各字書亦均不收此字。然說文㝱部有寱字。—即寱之省文也。今字則寢寐等字皆作寢矣。

【⿱宀墪】竅或字。見〔集韻〕。

十五畫

【⿱宀夢】民堅切音眠先韻 —。不見也。一曰——不省人。見〔說文〕。

【⿳宀㠭廾】悉則切音塞職韻 窒也。从㠭从廾。窒宀中。㠭猶齊也。見〔說文㠭部〕。〔段注〕穴部曰。窒。塞也。此與土部塞、音同義異。與心部㥶、音同義近。塞。隔也。隔。塞也。與㙁窒訓別。㙁。實也。實。富也。與㙁窒訓近。凡塡塞字皆當作㙁。自塞行而㙁廢矣。〔正字通云。本作㙁。隸省廾作大〕。

【⿱宀蹤】通蹤、鏦。俗加宀。贅見〔正字通〕。

【⿱宀賽】同塞。見〔字彙補〕。

十六畫

【寴】七刃切音濺震韻 ㊀至也。見〔說文〕。〔段注〕至者親密無間之意。見部曰。親者至也。然則

—與親音義皆同。

㊁屋空貌。見[廣韻]。

【親】 古文親。見[廣韻]。正字通云。按秦石刻—朝遠方。徐敦立音親巡。嶧山碑改親巡爲—輈。

【寵】 丑勇切音掬腫韻

㊀尊凥也。見[說文]。

㊁尊也。[國語楚語]—神其祖。

㊂貴也。[史記趙世家]—有孝悌長幼順明之節。

㊃榮也。[國語楚語]其—大矣。

㊄愛也。見[廣韻]。

㊅恩也。見[字彙]。

㊆光耀也。[易師]承天—也。

㊇驕也。[文選張衡賦]好殫物以窮—。

㊈蹕也。[漢書匡衡傳]愛幸—於皇后太子。

㊉得也。[老子]—辱若驚。

⑪族也。[左襄三十年傳]—名皆弃。[注]—謂族也。[說文通訓定聲云。不書其族。族猶門第也。]

⑫俗稱人妾曰—。如云納—。簉—。

⑬姓也。蜀漢長史—羲。

⑭通龍。[詩長發]何天之龍。[箋]龍當作—。、柴名之謂。

【寵】 盧東切音籠東韻

都—。縣名。漢屬九眞郡。見[集韻]。[按漢書地理志作都龐。應劭曰。龐音龍。師古曰。音聾。附列存攷。九眞郡在今安南國西南境。縣亦當在其處。]

【⿱宀歷】 郞狄切音歷錫韻

㊀同寥。寂寥無人也。見[集韻]。

㊁深也。見[字彙補]。

【⿱穴匊】 居陸切音菊屋韻

窮也。見[說文]。

【⿱宀寒】 古寒字。見[集韻]。

【⿱穴鞫】 同鞫。窮罪也。見[字彙]。[正字通云。說文。⿱穴鞫窮理罪人也。譌作—。非。]

【⿱宀䲨】 同䲨。見[海篇]。

【⿱宀穋】 同穋。見[字彙補]。

【寳】 寶俗字。見[正字通]。

十七畫

【寶】 補抱切音保晧韻

㊀珍也。从宀玉貝。缶聲。見[說文]。[段注] 玉與貝在屋下會意。

㊁玉也。[國語魯語]以其—來奔。

㊂瑞也。[詩崧高]以作爾—。

㊃嘉瑞也。[禮記禮運]地不愛其—。[疏]謂五穀豐醴泉生器車出也。

㊄符璽也。[唐書車服志]至武后。改諸璽皆爲—。中宗卽位。復爲璽。開元六年。復爲—。天寶初。改璽書爲—書。十載。改傳國璽爲承天大—。[按淸制。御璽亦稱—。民國。大總統用印。—不復行。互詳印字。]

㊅—玉者。封圭也。見[穀梁定八年傳。]

㊆古以玉爲—。後世以金錢爲—。故五十兩銀錠稱元—。錢文曰通—。

㊇愛重之也。[書旅獒]不—遠物。則遠人格。所—維賢。則邇人安。

㊈愛守也。[漢書梁平王襄傳]戒後世善—之。

㊉猶神也。[書金縢]無墜天之降—命。

⑪猶道也。[論語陽貨]懷其—而迷其邦。

⑫善道可守者。[禮記檀弓]仁親以爲—。

⑬身也。[老子]輕敵幾喪吾—。

⑭大位有用曰—。[易繫辭]聖人之大—曰位。

⑮萬物告成曰—。[莊子庚桑楚]正得秋而萬—成。[注]天地以萬物爲—。至秋而成也。

⑯物之罕見難得者爲—。

⑰尊人之稱。如云—眷。—齋。—號。—舟之類。

⑱—星。所以旌功之徽章。凡分數等。

⑲州名。唐置。羈縻屬關內道。芳池府。見[歷代地理志] [卽今甘肅慶陽縣一帶。]

⑳姓也。見[何氏姓苑]。

㉑通葆。[史記樂書]天子之葆龜也。[索隱]葆與—同。

㉒通宲。[書顧命]陳—。[說文作陳宲。]

十八畫

【⿱宀⿰爿衣】 依據切音饫御韻　人渚切音茹語韻

㊀楚人謂寐曰—。見[說文㝱部]。

㊁假寐也。見[集韻]。

【㝱】 莫鳳切音夢送韻

寐而有覺也。見[說文㝱部]。[今通假夢爲—]

【寷】敷馮切音豐東韻　大屋也。見〔說文〕。

【𡫼】塞本字。見〔集韻〕。

【𡫗】古寒字。見〔集韻〕。

十九畫

【寱】其季切音悸寘韻　䆿寐也。見〔說文㝱部〕。

【𡫹】都年切音顚先韻　高遠也。見〔五音集韻〕。〔正字通〕云。俗顚字。

【𥩘】披尤切音秠尤韻　寐作聲也。見〔集韻〕。

【𡬄】寤或字。見〔正字通〕。

二十畫

【𡬅】忙肯切音㝊迥韻　●一　—寤。㝱也。見〔集韻〕。●二　同夢。見〔字彙〕。

【𡬆】母亙切音懜徑韻母垣切音㒼寒韻　𥨲—眠寤。見〔集韻〕。

二十一畫

【𥪋】母禮切音米薺韻　寐而厭也。見〔說文㝱部〕。〔段注〕按厭、魘、正俗字。大徐於鬼部妄增魘字云。夢驚也。由不解此處厭字故耳。字苑曰。厭。眠內不祥也。廣韻五十琰厭注。厭魅。二十九葉厭注。惡夢。可見魘字之晚出冣俗矣。

二十二畫

【𥪆】寤籀文。見〔說文〕。

【𥪉】同寱。見〔字彙補〕。

二十三畫

【𤺺】郎到切音澇號韻　●一　覺也。見〔集韻〕。●二　寬也。見〔字彙補〕。

【𤺻】七稔切音寢寑韻　病臥也。見〔說文㝱部〕。〔詳前寑字〕。

【𥪒】呼含切音蚶覃韻　—偃也。一曰寐不脫冠帶也。見〔玉篇〕。

二十四畫

【𥪓】思鄧切音蹭徑韻　●一　新覺。見〔玉篇〕。●二　—寤。眠寤。見〔集韻〕。

二十五畫

【𥪔】同寱。見〔玉篇〕。

✻山部✻

【山】師閒切音删删韻　●一　宣也。謂能宣散气生萬物也。有石而高。象形。見〔說文〕〔注〕象—峯竝起之形。〔按地文學家謂地球內部極熱。外殼爲冷氣迫促。遂皺襞而爲—。然地質學者。攷究世界古—。不盡由此理。〕●二　產者。產生萬物也。見〔釋名釋山〕。●三　塗之險隔也。〔易隨〕王用亨于西—。●四　陽位。君子象也。〔春秋成五年〕梁—崩。●五　取其仁可仰也。〔禮記明堂位〕夏后氏—。●六　陵塚也。〔漢書地理志〕非獨爲奉—園也。●七　—立。猶正立也。〔禮記樂記〕揔干而—立。〔又〕不搖動也。見〔禮記玉藻注〕。●八　—門。寺前門也。〔西樵野記〕江夏悟眞寺一僧法名元仁。秋夕月朗。輒出—門閒步。●九　連—。古易名。〔周禮大卜〕掌三易之灋。一曰連—。〔注〕似—之出氣也。

⑩—景—。壝也。〔文選任昉表〕瞻彼……—。

⑪—博—香爐。見〔攷古圖〕。

⑫—長。師儒也。〔元史選舉志〕凡師儒之命於禮部及行省及宣慰使者。曰學正、—長、學錄、教諭。路州縣及書院置之。縣設教諭一員。—長一員。

⑬—人。虞官。〔左昭四年傳〕—人取之。〔後世高人隱士。亦多自號—人。〕

⑭—君。虎也。見〔駢雅釋獸〕。

⑮—子。馬名。〔賈父詩話〕王丞相云。馬子山騎—子馬。

⑯—裔。獸名。〔山海經中山經〕苦山有獸焉。名曰—裔。

⑰—離。古外國名。〔漢書陳湯傳〕南排月氏、—離、烏弋。〔注〕—離去中國二萬里。

⑱—國。古外國名。〔漢書西域傳〕—國去長安七千一百七十里。

⑲—陰。縣名。〔漢書地理志〕會稽郡—陰。〔當今浙江山陰縣。〕

一畫

【乢】乙札切音軋黠韻

通丸。山曲也。見〔正字通〕。

【⿱山乙】五蓋切曷韻

山曲。見〔龍龕手鑑〕。

二畫

【仚】相然切音鮮先韻

①山居也。長往也。見〔集韻〕。②卽仙字。入山長生曰仙。見〔字彙〕。

【屴】六直切音力職韻

崱—。山高貌。〔杜甫賦〕超崱—。〔又〕宮殿高竦貌。〔文選王延壽賦〕崱—嶬巋。

【屶】牙割切音辥曷韻　魚列切音孽屑韻

【屵】語㦰切音巘阮韻

①岸高也。見〔說文屵部〕。②高山狀。見〔廣韻〕。

【⿰山几】舉履切音几紙韻

仰也。見〔集韻〕。

—山也。或曰。溺水之所出。見〔說文〕。〔段注〕各本無—字。淺人所刪。乃使文理不完。溺、各本作弱。誤。今正。〔按集韻類篇引說文皆云女—山。然則古本亦作女—山。桂注。弱、當作溺。本書溺水自張掖刪丹西至酒泉合黎。餘波入於流沙。此—山卽楚辭之窮石。十六國春秋謂之蘭門山。漢張掖刪丹西南也。說歧竝存參。〕

【⿱山入】鋤簪切音岑侵韻

入山之突也。見〔說文入部〕。

【⿱山大】魚音切音吟侵韻

助也。見〔字彙〕。

【⿰山弓】古扈字。見〔字彙〕。〔按楊愼奇字韻云。⿰山冂、古文扈。从山冂。改从弓非。〕

【岃】古會字。見〔集韻〕。

【岜】古扈字。見〔集韻〕。〔按六書故作岊。六書泝原作卬。正字通云。同岊。〕

【⿱⺈山】古危字。見〔玉篇〕。〔按集韻作厃。〕

【岀】古嶽字。見〔集韻〕。

三畫

【屹】魚乙切音仡物韻

①—崪。山皃。見〔集韻〕。②山獨立壯武貌。見〔正字通〕。

【屺】口己切音起紙韻

①山無草木也。詩曰。陟彼—兮。見〔說文〕。〔通訓定聲〕字亦作峐。爾雅釋山。多草木岵。無草木峐。詩陟彼—兮傳。山無草木曰岵。山有草木曰—。轉寫誤也。②圯也。無所出生也。見〔釋名釋山〕。

【屼】五忽切音兀月韻

①嵲—。山禿貌。〔元結詩〕山屹—兮水淪漣。②五—。山名。一山有五重。故名。在犍爲郡。〔文選左思賦〕躡五—之蹇滻。

【屽】侯旰切音垾　魚旰切音犴翰韻

岸省字。〔集韻〕屽山名。或省。〔正字通云。岸字之譌。〕

【屾】疏臻切音莘眞韻

二山也。見〔說文屾部〕。〔六書精薀云。兩山竝峙。各止其所。靜之極也。〕

【⿰山乇】諾郎切音䑋陽韻

⿰石亡或字。〔集韻〕⿰石亡。⿰石亡碭。山名。或从山作—。〔按史漢皆作芒碭。〕

【岧】乞異切音懸異韻

山名也。見〔佩觿集〕。

【⿱大山】度柰切音代隊韻

島名。見〔字彙補〕。

【屸】胡公切音洪東韻

山名。見〔集韻〕。

【⿰山子】卽李切音姊紙韻

山也。見〔玉篇〕。

【岃】而振切音刃震韻

山高形。見〔集韻〕。

【⿰訁山】奴刀切音饒豪韻

山平也。見〔字彙〕。〔正字通云。猱字之譌。〕

【⿱山土】丘近切音螼軫韻

近也。見〔龍龕手鑑〕。

【⿱夂山】古危字。見〔集韻〕。

【⿱之山】古走字。見〔字彙補〕。

【⿰山凡】同峘。見〔集韻〕。

【⿰山亢】同嵐。見〔正字通〕。

【⿱山日】蚆或字。見〔集韻〕。

四畫

【岌】逆及切音圾緝韻

㊀山高貌。見〔說文新附〕。〔按爾雅釋山。小山—大山峘。郭注。—謂高過。疏。言小山與大山相幷而小山高過於大山者名峘。非謂小山名—大山名峘也。〕

㊁——不安貌也。〔孟子萬章〕天下殆哉——乎。〔又〕高貌。〔楚辭離騷〕高余冠之——兮。〔又〕欲毁壞也。〔漢書韋賢傳〕——其國。〔又〕嵯也。見〔廣雅釋訓〕。

㊂圾或字。〔集韻〕圾危也。莊子。殆哉圾圾乎。或从山。

【岏】五官切音刓寒韻

㊀巑—。銳山也。〔楚辭九歎〕登巑—以長企兮。

㊁高也。見〔廣雅釋詁〕。

【岐】翹移切音跂支韻

㊀郊或字。〔說文邑部〕郊或从山支聲。因—山以名之也。〔段注〕郊或者。—之或字。謂—卽郊邑之或體也。又云因—山以名之。則又郊邑—山畫爲二字矣。考—山見於夏書雅頌。漢志郊邑因—山以名。郊邑可作—。—山不可作郊。薛綜注西京賦引說文。—山在長安西美陽縣界。山有兩—。因以名焉。此說文山部原文也。山有兩—。當作山有兩枝。山有兩枝故名曰—。山疑後人移入於此。而刪改之。學者讀此可以刪邑部之郊。入山部矣。〔六書故云。—山在今鳳翔府—山縣。天與縣。禹貢所謂導汧及—是也。又狐—山在今汾州介休縣。勝水出焉。東北會于汾。禹貢所謂治梁及—是也。按在今陝西—山縣東北。〕〔又〕狐—山在今山西孝義縣西。向屬介休。

㊁州名。春秋及戰國時爲秦都。漢爲右扶風。魏置雍城鎭。又改爲—州。因山而名。卽今陝西鳳翔等八縣地。

㊂水名。〔寰宇記〕—水源出普潤縣。東南流入漆水。〔在今陝西麟遊縣西。〕

㊃竝出之路也。〔釋名釋道〕二達曰—旁。物兩爲—。在邊爲旁。此道竝通出似之也。〔按六朝以來。—路多从止。故今本爾雅作歧。〕

㊄意有所知也。〔詩生民〕克—克嶷。〔朱熹集傳〕—、嶷。峻茂之狀。

㊅姓也。黃帝臣—伯。唐段秀實將吏—靈岳。

【岑】鉏簪切音涔侵韻

㊀山小而高。見〔說文〕。

㊁高也。見〔方言〕〔注〕—、崟。峻貌也。

㊂嶄也。嶄嶄然也。見〔釋名釋山〕。〔疏證〕嶄、俗字。當作漸。

㊃銳也。〔楚辭逢紛〕揄揚滌盪漂流隕往觸—石兮。

㊄大也。見〔方言〕。

㊅取也。見〔廣雅釋詁〕。

㊆巖險也。〔禮記大學止于丘隅注〕知鳥擇—蔚安閒。

㊇—樓。山之銳嶺者。〔孟子告子〕可使高於—樓。〔朱注〕—樓之高銳似山者。

㊈—峨。嵾嵯不齊貌。〔楚辭怨世〕俗—峨而嵾嵯。

㊉—崟。危險之形。〔文選嵇康賦〕確嵬—崟。

⑪—牟。鼓角士冑也。〔後漢禰衡傳〕皆令脫其故衣。更著—牟單絞之

服。

⑩ 一寂猶高靜也。〔文選鮑昭賦〕去帝鄉之一寂。

⑪ 峅一高峻之貌。〔文選張衡賦〕幽谷嶜一。

⑫ 一𡸁悶之意。〔漢書外戚傳〕我頭一一也。

⑬ 國名。〔正字通〕周文王封異母弟燿之子渠爲一子。今梁國因有一亭。

⑭ 姓也。後漢一彭。明一義。

【岑】牛錦切音趛寑韻才淫切音鬵侵韻

崖岸也。〔莊子徐无鬼〕未始離於一。

【岊】子結切音節咋結切音巀屑韻元俱切音隅虞韻

① 陬隅、高山之卩也。从山卩。讀若隅。見〔說文〕〔段注〕𨸏部曰。隅者陬也。陬者隅也。孟子負嵎。是知隅者高山之卩也。嵎、卽隅字。卩、各本作節。今正。山之卩曰一。猶竹卩曰節。木卩曰科厄也。〔按王注。以隅說之。而讀又如之。則一卽隅之異文矣〕

② 山曲也。〔文選左思賦〕喬綠山嶽之一。

【岔】初牙切音差麻韻丑亞切音奼禡韻

① 山高峻皃。見〔集韻〕。

② 遼東有三一河。爲山海關要隘。見〔正字通〕。

③ 山岐也。〔正字通〕通雅曰。山岐曰一。水岐曰汊。二音同。金陵地名有一口。俗作𡶊。路口又路之岐道亦曰𡶊。

【岈】虛加切音煆麻韻

谺或字。〔集韻〕谺。谽谺。谷中大空貌。或从山。

【岉】文拂切音勿物韻

崛一。高貌。〔文選王延壽賦〕隆崛一乎青雲。

【岎】居拜切音戒卦韻

山名。〔說苑復恩〕於是文公表緜上山中而封之。以爲介推田。號曰介山。〔介、卽一〕。

【岆】峯甫切音父麌韻

山名。見〔集韻〕。

【岻】陳尼切音遲支韻

山名在青州。見〔集韻〕。〔正字通〕云。坻字之譌。一曰岻、譌省作一。

【岋】鄂合切音砐合韻

動搖貌。〔漢書揚雄傳〕天動地一。〔正字通云。同岌。莊子。殆哉一乎。或从土作圾〕

【岎】敷文切音汾文韻

一崯。山貌。〔揚雄賦〕一崯迴叢。〔亦作岔〕

【岃】烏很切恩上聲阮韻

山也。見〔字彙〕。

【岉】當口切音斗有韻

山名。見〔集韻〕。

【岆】伊鳥切音杳於兆切音㬰篠韻

山名。見〔集韻〕。

【岕】賓側切音崱職韻

𡶶或字。〔集韻〕𡶶。𡶶嶷。山峻皃。或作一。

【岵】侯古切音戶㜹韻

小山貌。見〔字彙〕。〔正字通云。與嵎義近。分爲二。非〕

【岇】魚浪切音柳漾韻

山名。在越郯縣界。見〔廣韻〕。〔按越郯縣、卽今浙江嵊縣。則此山當在其境〕

【岇】魚剛切音昂陽韻

一嶎。山高皃。見〔集韻〕。

【岓】虛語切音許語韻

山名。見〔集韻〕。

【岆】戶交切音爻肴韻

山名。見〔字彙〕。

【岄】魚厥切音月月韻

山名。見〔集韻〕。

【岫】牛仲切音送韻

山名。見〔字彙〕。

【岫】多干切音丹寒韻

山一也。見〔字彙〕。

【岧】倉龍切音樅多韻

日欲夜也。見〔玉篇〕。〔正字通云。昃字之譌〕

【岵】牛仲切送韻

山也。見〔字彙〕。

【岒】其淹切音鉗鹽韻

山名。見〔集韻〕。

【岓】渠希切音祈微韻

山旁石。見〔廣韻〕。

【岕】讀如介
茶名。宜興羅解兩山之間所產。故名—茶。見〔馮可賓岕茶牋〕。

【岂】弋灼切音藥藥韻
岸上見人也。見〔川篇〕。

【㞯】同峯。見〔集韻〕。

【岅】同坂、阪。見〔正字通〕。

【峧】同岻。見〔正字通〕。

【岆】同嵷。見〔正字通〕。

【岍】岍俗字。見〔正字通〕。

【妛】岁譌字。見〔正字通〕。

五畫

【岝】疾各切音昨藥韻側格切音窄賓窄切音咋陌韻
(一)山名。〔正字通〕吳志。支彌山。支道林所居。今名—崿山。
(二)—崿。山高皃。見〔集韻〕。
(三)—崟。山不齊也。〔文選張衡賦〕—崟嵾嵬。

【岟】倚兩切音鞅倚朗切音坱養韻
(一)山足也。一曰山名。見〔集韻〕。
(二)山形。見〔集韻〕。
(三)山林深邃也。〔文選左思賦〕山林幽—。

【峗】烏懈切音隘卦韻
(一)險也。見〔集韻〕。
(二)阨也。見〔字彙〕〔正字通云。俗阸字〕。

【岠】臼許切音巨語韻
(一)大山也。見〔玉篇〕。
(二)至也。〔漢書食貨志〕元龜—冉長尺二寸。〔注〕冉、龜甲緣也。—、至也。
(三)去也。〔爾雅釋地〕—齊州以南。

【岡】居郎切音剛陽韻
(一)本作岡。〔說文〕岡。山脊也。
(二)阪也。見〔廣雅釋丘〕。
(三)亢也。在上之言也。見〔釋名釋山〕。
(四)天—。八月異名也。〔夢溪筆談〕八月曰天—。八月枝條堅剛。故曰天—。
(五)替戾—。羯語出也。見〔晉書佛圖澄傳〕。
(六)通阬。〔漢書揚雄傳〕陳眾車於東阬兮。〔注〕阬、大阜也。讀與—同。

【岥】逋禾切音波滂禾切音坡歌韻
(一)陂或字。〔集韻〕陂陁。衺也。一曰山陂。或作—。
(二)本作坡。〔集韻〕坡、坂也。
(三)—岮。頹貌。〔文選潘岳賦〕裁—岮以隱嶙。

【岪】符勿切音佛物韻
(一)山脅道也。見〔說文〕〔段注〕脅者兩膀也。山如人體。其兩膀曰脅。
(二)—鬱。山貌。〔漢書司馬相如傳〕其山則盤紆—鬱。
(三)盤結屈也。〔楚辭招隱士〕坱兮山曲—。
(四)山氣暗昧之狀。〔文選左思賦〕巊溟鬱—。
(五)特起貌。〔文選王延壽賦〕下—蔚以璀錯。
(六)——。興起貌。〔管子白心〕美哉——。

【𡵄】居六切音掬屋韻
(一)—琨。猶閫奧。黃香九宮賦。鄘—㟅以閌閬。見〔字彙〕。
(二)水厓外也。見〔正字通〕〔按集韻作隈、垠、㟪〕。

【𡵳】許月切音颰月韻
(一)山也。見〔玉篇〕。
(二)山皃。見〔集韻〕。

【岧】田聊切音條蕭韻
(一)—嶢。山高皃。見〔集韻〕。
(二)——。高貌。〔文選張衡賦〕狀亭亭以——。

【岨】千余切音疽魚韻
(一)石戴土也。詩曰。陟彼—矣。見〔說文〕〔段注〕詩爾雅作砠。許作—。主謂山、故字從山。重土、故不从石。〔正字通云。舊注沿正韻。土山戴石曰—。山戴土曰崔嵬。誤〕。
(二)臚然也。見〔釋名釋山〕。

【岨】壯所切音阻語韻
—峿。山形。見〔五音集韻〕。

【岫】似救切音袖宥韻夷周切音由尤韻
(一)山穴也。見〔說文〕〔王注〕釋山。山有穴爲—。郭注。謂巖穴。許君之意。蓋恐人誤讀爾雅。謂有穴之山名曰—也。故節其詞曰山穴。謂山之穴也〔按段氏改作山有穴也〕。
(二)山也。〔謝脁詩〕窗中列遠—。

【岬】古狎切音甲洽韻

岬或字。〔集韻〕兩山之間爲岬。許慎說、或从山。
山脅也。〔水經江水注〕淮南子曰。徬徨于山—之旁。
山旁也。見〔玉篇〕
㊃—崵。連接貌。〔張協賦〕車騎—崵。
㊄赤—。山名。〔水經江水注〕山甚高大。不生樹木。其石悉赤。土人云、如人祖胛。故謂之赤—。〔在四川奉節縣東十五里。〕

【岭】郎丁切音零青韻
山深也。見〔集韻〕
山名。〔元結樂府〕入—中而登玉峯。

【岯】攀悲切音丕支韻部鄙切音否紙韻鋪枚切音胚灰韻
再成曰—。見〔集韻〕
通坯。山上更有一山重累者。〔爾雅釋山〕一成坯。

【岯】貧悲切音邳支韻普鄙切音嚭紙韻
通伾。大—山名。〔書禹貢〕至於大伾。〔釋文〕伾本或作—。

【岱】待戴切音逮隊韻
太山也。見〔說文〕〔通訓定聲〕在今山東泰安縣北。〔爾雅釋山〕河東—。按此言—、與華嶽恆衡爲五鎭之一也。周禮職方氏。則有九鎭。又泰山爲東嶽。按此言—與華霍恆嵩爲五岳之長也。唐虞則言四岳。霍即衡山。非天柱山之在今安徽安慶府潛山縣者。爾雅、一表地鎭。一表山宗。故分別言之。虞書、至於—宗。言岳也。禹貢、海—惟靑州。言鎭也。
㊀更相代也。〔白虎通巡狩〕東方爲—宗者。言萬物更相代於東方也。
㊁—者始也。見〔風俗通山澤〕

【岳】逆角切音鸑覺韻
㊀本作岳。〔說文〕岳古文象高形。〔段注〕今字作—。古文之變。〔按—爲嶽之重文。六書故云。山之崇大者也。故其眡山而加隆焉。〕
㊁四—。四方諸侯也。〔書堯典〕咨四—。〔傳〕四—即上義和之四子。分掌四—之諸侯。
㊂太—。山名。〔書禹貢〕至於—陽。〔傳〕—、太—。在太原西南。〔疏〕周禮職方氏。冀州其山鎭曰霍。即此太—是也。〔按太—在今山西霍縣東三十里。〕
㊃—山。即狄山也。〔山海經大荒南經〕帝堯、帝嚳、帝舜、葬于—山。
㊄—陽。縣名。隋置。屬臨汾郡。即今山西—陽縣。〔又〕樓名。在湖南省。
㊅—池。縣名。唐置。屬果州。即今四川—池縣。
㊆疊—。膝骨也。〔相牛經〕疊—欲得大。
㊇—立貌。〔文選王延壽賦〕神仙——于棟間。
㊈州名。唐置。漢長沙國地。宋爲—州巴陵郡。元爲—州路。明爲—州府。淸因之。屬湖南省。其附郭首縣曰巴陵。今廢府留縣。淸光緒二十五年。自行開爲商埠。
㊉俗呼妻父爲—丈。〔通俗編〕靑城山記。靑城爲五—之長。故名丈人山。世俗呼人婦翁爲令—。妻之伯叔父爲列—。往往因此。歸田錄。今人呼妻父爲嶽公。以泰山有丈人峯。按以上二說。最爲得解。但未詳其稱昉自何代。漢書郊祀志。大山川有—山。小山川有—壻山。推其名義。似在漢時已然。
⑪姓也。宋—飛。明—正。

【岵】後五切音楛麌韻
㊀山有艸木也。詩曰。陟彼—兮。見〔說文〕〔段注〕有、當作無。釋山曰。多草木—。釋名曰。山有草木曰—。許書同爾雅釋名。而毛詩魏風傳曰。山無草木曰—。與爾雅互異。竊謂毛詩所據爲長。—之言瓠落也。—有陽道。故以言父。無父何怙也。屺有陰道。故以言母。無母何恃也。毛又曰。父尙義。母尙恩。則屬辭之意可見矣。許宗毛者也。疑有無字本同毛。後人易之。
㊁怙也。〔釋名釋山〕山有草木曰—。—。怙也。人所怙取以爲事用也。

【岷】眉頻切音民眞韻
㊀本作嶓。〔說文〕嶓山也。在蜀湔氐西徼外。〔段注〕俗作—。〔按—山在甘肅—縣南。山脈一名老嶺。聳峙四川西北端。平均高度六千一百餘尺。爲中國中部大山系。〕
㊁州名。或作崏。秦屬隴西郡。西魏因山爲名。置—州。即今甘肅—縣。
㊂江名。一名汶江。亦曰都江。亦曰外水。古以爲揚子江水源。發源於—山北之羊膊嶺。東南流納黑水河。

再南流過茂州。至成都之灌縣。分爲數大支。至彭山縣北。復合過眉州。於嘉定東會大渡河。雅河。再東南流至敘州境。入於揚子江。爲四川大川。

④通泯〔史記夏本紀〕汶嶓既藝。〔書禹貢作—〕。

【岸】魚旰切音犴翰韻

❶水厓洒而高者見〔說文屵部〕。〔段注〕釋丘曰望厓洒而高—。夷上洒下不漘。李巡曰。夷上。平上。洒下。陗下。故名漘。孫炎曰。平上陗下。故名曰漘。不者。蓋衍字。據李孫之釋漘則知李孫之釋—。亦必曰陗下而高上也。洒。釋爲陗者。洒。卽陖之假借。二字古音同。阜部曰。陖者。陗高也。陗者。陖也。凡斗立不可上曰陗。詩新臺有洒。傳曰。洒。高陖也。陖。同險。

❷高也。見〔小爾雅廣詁〕。

❸高位也。〔詩皇矣〕誕先登于—。

④有廉稜如崖—之形。〔漢書江充傳〕充爲人魁—。

⑤陗也。〔文選張衡賦〕襄—夷塗。

❻通犴。訟也。〔詩小宛〕宜—宜獄。〔釋文〕韓詩作犴。鄉亭之繫曰—。朝廷曰獄。

❼巖額也。〔韻會〕光武—幘見馬援。

⑧彼—。諸佛地也。〔心經注〕彼—者西土俗以設喩。諸佛地謂之彼—。

【岰】於糾切音黝有韻

山曲貌。見〔集韻〕。

【岲】許放切音況漾韻

山名。見〔集韻〕。

【⿰山加】具牙切音伽麻韻

衆山森列貌。〔揚雄賦〕嵐—輵嶭。

【岶】匹陌切音拍陌韻

嵮—。密貌。見〔集韻〕。

【岮】唐何切音陀歌韻

岥—。不平貌。〔文選潘岳賦〕裁岥—以隱嶙。

【岣】舉后切音耇有韻。恭于切音拘虞韻。居候切音冓宥韻。果羽切音矩宥韻

—嶁。衡山別名。見〔集韻〕。〔又〕山顛也。見〔集韻〕。

【⿰山乏】孚梵切音泛陷韻

山名。見〔集韻〕。

【岤】呼決切音血屑韻

通穴。〔楚辭招隱士〕憭兮栗。虎豹—。〔注〕穴、一作—。

【⿰山号】下老切音號皓韻

山名。見〔集韻〕。〔正字通云。号字之譌。〕

【岦】力入切音立緝韻

—岌。山貌。見〔集韻〕。

【⿱丞山】辰陵切音丞蒸韻

丞本字。〔說文収部〕。—。翌也。从収。从卪。从山。山高奉承之義。

【岯】蒲糜切音皮支韻

再成山也。見〔字彙〕。〔按音義同伾。當卽伾譌字〕。

【⿰山未】無沸切音未未韻

山名。見〔玉篇〕。

【⿰山包】班交切音包肴韻

山名。見〔集韻〕。

【⿰山叵】滂禾切音坡歌韻

本作坡。〔集韻〕坡。坂也。或作—。

【⿱山豆】普火切音頗哿韻

—峩。山貌。見〔字彙〕。〔正字通云。同⿰山叵〕

【岟】疎士切音史紙韻

山也。見〔玉篇〕。

【岢】口我切音可哿韻

—嵐。山名。〔括地志〕山近太原。有渥洼池。出良馬。〔當今山西—嵐縣北百里〕。

【⿰山尼】女夷切音尼支韻

山名。顏氏禱於—丘。生孔子。或從丘。通作尼。見〔集韻〕。〔正字通云。—、坭。並俗書。〕

【岻】直尼切音墀支韻

山名。見〔廣韻〕。

【⿰山甘】沽三切音甘覃韻

山名。見〔集韻〕。

【⿱石山】苦紺切音磡勘韻

岩之巖窞也。見〔說畧〕。〔篇臆云。粵人以山之巖洞爲—〕。

【⿱禾山】陵延切音連先韻

山名。見〔龍龕手鑑〕。

【⿱矣山】古族字。見〔玉篇〕。

【⿱仓山】古倉字。見〔玉篇〕。

【⿰凵山】古嶽字。見〔玉篇〕。

【岝】同岞。見〔正字通〕。

【峃】同嶨。見〔玉篇〕。

【峒】同岢。見〔正字通〕。

【峞】同嵬。見〔正字通〕。

【岹】同岧。見〔集韻〕。

【岺】同岭。見〔集韻〕。

【岪】同嶏。見〔集韻〕。

【岥】同陂。見〔字彙補〕。

【岊】同巴。見〔篇海類編〕。

【岨】同岨。俗省。見〔集韻〕。

【岴】同嶇。俗省。見〔集韻〕。

【岩】嵒俗字。巖俗省作—。見〔正字通〕。

六畫

【峇】渴合切音溘合韻

(一)山形也。見〔集韻〕〔正字通云。同峆。〕

(二)山窟也。見〔字彙〕。

【峉】鄂格切音額陌韻

(一)山高大貌。〔楚辭九思〕山峊兮—

—。

(二)山不齊貌。〔文選嵇康賦〕峇—嶇崄。

(三)亦作嶔。〔文選木華賦〕啟龍門之峇嶺。

【峋】須倫切音荀眞韻

(一)嶙—。山形。〔文選左思賦〕階隔嶙—。

(二)節級貌。〔漢書揚雄傳〕岭嶙嶙—。洞無涯兮。〔按文選李善注引埤蒼曰。深無厓之貌。〕

【峒】徒弄切音洞送韻

(一)山嵾嵯不齊也。見〔集韻〕。

(二)通洞。山穴。見〔集韻〕。

【峒】徒東切音同東韻

崆—。山名。〔讀史方輿紀要〕平涼府西三十里。唐十道志。隴右名山之一也。〔按崆—。爾雅作空桐。莊子作空同。清一統志云。即开頭山也。漢書地理志。涇陽縣开頭山在西。涇水所出。詳考漢唐諸志。山當在今甘肅固原縣界。〕

【峝】杜孔切音逓董韻

山穴。見〔集韻〕。

【峙】丈里切音畤紙韻

(一)具也。〔書費誓〕—乃糗糧。

(二)立也。〔後漢河閒孝王開傳〕景—不爲禮。

(三)止也。〔後漢鄭太傳〕若恃衆怙力。將各棊—。

(四)住也。〔文選張衡賦〕通天訬以竦—。

(五)水中有土曰—。〔文選張衡賦〕散似驚濤。聚似京—。

(六)峻—。見〔玉篇〕。

【峛】鮝爾切音邐紙韻

—㟗。山卑而長也。〔法言吾子〕升東嶽而知衆山之—㟗也。〔又〕邪道也。〔文選揚雄賦〕登降—㟗。

【峆】曷閤切音合合韻

—峇。山貌。見〔集韻〕。

【峈】歷各切音洛藥韻

—嶧。山貌。見〔集韻〕。

【峊】扶缶切音阜有韻

同阜。〔楚辭九思〕山—兮峉峉。

【峕】魚列切音臬屑韻

危高也。从自。屮聲。見〔說文𠂤部〕。

〔按正字通云。六書本義。—、从𠂤。屮聲。山高貌。舊注音訓同峕。改从山。非。茲因沿習既久。仍之。〕

【峒】平經切音形靑韻

山名。見〔集韻〕。

【峌】徒結切音跌屑韻

高貌。〔文選木華賦〕—峴孤亭。

【峍】勒沒切音硉月韻

碨或字。〔集韻〕碨。碨矶。山崖也。或作硉—。

【峣】吾江切音哤江韻五公切音膶東韻

崆—。高山貌。〔文選張衡賦〕其山則崆—嶱嵑。

【峎】魚懇切音限阮韻

山名。見〔集韻〕〔正字通云。地理志有佷山縣。與俗佷字同音。無—山。存玫。〕

【峏】人之切音而支韻

山名。見〔集韻〕。

【峢】思計切音細霽韻

山名。見〔集韻〕。

【峐】柯開切音垓灰韻口己切音起紙韻
無草木之山。〔爾雅釋山〕無草木─。〔釋文〕─、當作屺音起。

【峑】逡緣切音詮先韻
山頂也。見〔集韻〕。

【峓】以脂切音姨支韻
嵎─。山名。書作嵎─。傳云東表之地。見〔廣韻〕。

【峔】滿補切音母麌韻
山名。在丹陽。見〔集韻〕。〔按丹陽記有慈─山。疑即─山。今在安徽當塗縣北四十里。〕

【⿰山吝】良愼切音吝震韻
山名。見〔字彙〕。

【⿰山朵】都果切音朵哿韻都唾切音剁個韻
山貌。見〔集韻〕。

【峖】於寒切音安寒韻於旰切音按翰韻阿葛切音遏曷韻
山名。見〔集韻〕。

【峗】虞爲切音危支韻
三─。山名。在鳥鼠西。或書作峞。通作危。見〔集韻〕。〔正字通云。書禹貢三危注。蔡沈曰。三危、即三苗之地。或以爲燉煌。未詳其地。今湖猺洞多苗姓。豈其遺種與。按說苑曰。舜時有苗不服者。大山在其南。殿山在其北。左洞庭之波。右彭蠡之川。國名記、作三驍。朱熹曰。三苗當作猫。與犵、狑、獠、爲四種。溪峒之民也。由此推之。漢西羌三危山在沙州燉煌城東南者。以山有三峯名三危。與禹貢之三危。同名異地也。舊注汎云三─山名。槩言古尙書。─作危。竝非。〕

【峗】邱毀切音跪紙韻
山名。在今陝西乾縣東北。

【峗】吾回切音危灰韻
高也。見〔字彙〕。

【峗】五委切音頠巨委切音跪紙韻魚屈切音矹物韻
峻─。山貌。見〔集韻〕。

【峘】胡官切音桓寒韻胡登切音恒蒸韻
山也。〔爾雅釋山〕小山岌大山。─。〔注〕岌、謂高也。〔疏〕小山與大山相並。而小山高過於大山者名─。

【岍】輕煙切音牽先韻
山名。〔淸一統志〕陝西隴州─山在州西。書禹貢導─及岐。按兩漢志皆謂吳山卽─山。通典、元和志、寰宇記、俱別有─山與吳山不相蒙。近志皆因之。然脈絡相連。在古只是一山也。

【峚】莫必切音密質韻
山名。〔山海經西山經〕─山其上多丹木。員葉而赤莖。黃華而赤實。其味如飴。食之不飢。丹水出焉。〔當在陝西商縣境。〕

【峜】古器切音計寘韻
計也。〔管子輕重〕虙戲造六─以迎陰陽。〔正字通云。王若谷曰。六─。其猶周髀算法乎。諸家─義未詳。字書皆不載委宛。竊以六計解之。─當讀如計。以─有跂音也。〕

【峝】徒弄切音洞送韻
─人。苗類。一曰─蠻。見〔字彙補〕。

【峞】苦軌切音跬紙韻五賄切音頠賄韻
─巍。山貌。見〔集韻〕。

【⿰山羊】徐羊切音詳陽韻
山名。見〔集韻〕。

【⿱山共】居木切音谷屋韻
山也。見〔篇海類編〕。

【峟】尤救切音又宥韻
山也。見〔龍龕手鑑〕。

【⿵冂⿱山亡】岡本字。見〔正字通〕。

【⿱山缶】古嶽字。見〔集韻〕。

【⿰山吳】同峿。見〔集韻〕。

【⿱老山】同⿰山老。見〔正字通〕。

【⿱山田】同山。見〔字彙補〕。

【⿱山岳】同嶽。見〔五音集韻〕。

【⿰山毛】乇譌字。見〔正字通〕。

【峕】旹譌字。見〔正字通〕。

七畫

【峨】牛河切音莪歌韻
●嵳─也。見〔說文〕。〔通訓定聲〕按嵳、嵳─、疊韻連語。與厜㕒同。字亦作厜㕒。

㊀高也。見[廣雅釋詁]。
㊁——。容儀壯之貌。[詩棫樸]奉璋——。[又]祭也。見[爾雅釋訓]。
㊃—眉。縣名。隋置。屬眉山郡。唐屬嘉州。宋屬嘉定府。後均因之。今為四川—眉縣。[又]山名。在今四川—眉縣西南。自西而東有大—、中—、小—三山。大—在—眉縣西南一百里。中—在—眉縣南二十里。小—在—眉縣南三十里。今福建長汀泰寧二縣、廣西崇善縣、河南臨汝陝二縣、均有—眉山。名同地別。
㊄同娥。[文選左思詩]——高門內。[注]廣雅曰。——。容也。—、與娥同。
㊅通俄。[韻會引漢書揚雄傳]鴻生鉅儒、俄軒冕雜衣裳。

【峪】俞玉切音欲沃韻

谷或字。見[集韻]。

【峪】讀如裕 [按此讀見問奇集。集韻以—為谷或字。俞玉切。俗亦讀玉如裕。北方讀欲為去聲。疑此讀為方俗音譌。]

㊀平—。縣名。即漢漁陽郡平谷縣地。金大定二十七年改平谷為平—。元仍改為平谷。即今直隸平谷縣。
㊁嘉—。山名。在甘肅肅州西。一名玉石山。見[明一統志]。[在今甘肅酒泉縣西][又]關名。明建。舊為西域使臣入漢之門戶。在今甘肅酒泉縣西。清光緒六年。依中俄改訂條約。開為商埠。俄國駐有領事。是又為商埠名。

【峭】七肖切音俏嘯韻

㊀本作陗。急也。見[廣雅釋詁]。
㊁峻也。[漢書鼂錯傳]峭直刻深。[注]峭字與—同。
㊂高也。[史記李斯傳]—塹之勢異也。
㊃—山。高山也。[淮南脩務]上—山。
㊄—蒨。鮮明貌。[文選左思詩]—蒨青葱閒。
㊅同削。[文選王褒論]宰相刻削。[注]削、與—同。

【峯】敷容切音丰冬韻

㊀山耑也。見[說文新修字義]。[正字通]云。一說。義取於丰。如其形直上而銳也。
㊁山鋒也。見[六書故]。
㊂山名。在山西五臺縣西北二里。
㊃州名。古夜郎地。隋置—州。當今安南交州府境。
㊄牛名。[後漢順帝紀]疏勒國獻師子封牛。[注]封牛、其領上肉隆起若封然。因以名之。即今之—牛。[一作犎牛]
㊅—貼。峽名。[明一統志]在肇昌府階州西一百二十里。與番羌地相接。[按—貼峽本作—鐵峽。在今甘肅武都縣西。]
㊆上—。極—。均借謂上級或最上級長官也。

【峱】奴刀切音猱豪韻

㊀—。山也。在齊地。詩曰。遭我於—之間兮。見[說文]。[今詩於作乎。]
㊁犬也。見[玉篇]。

【峴】胡典切音晛銑韻

㊀山名。[吳志孫堅傳]堅圍襄陽。單馬行—山。[按元和志云。—山東臨漢水。古今大路。在今湖北襄陽縣南九里。一名—首山。]
㊁現或字。[集韻]現。山小而險。一曰。嶺上平。或作—。

【崣】吐火切音妥哿韻吐猥切音腿賄韻

㊀—嶞。山長貌。[文選揚雄賦]—嶞隗乎其相嬰。
㊁—崖。山高貌。見[集韻]。

【峻】私閏切音浚震韻

㊀陖省字。[說文]陖。高也。或省作—。
㊁嶮—也。見[玉篇]。
㊂險也。見[廣韻]。
㊃山聳拔也。見[六書故]。
㊄大也。[禮大學]克明—德。
㊅長也。[離騷]冀枝葉之—茂兮。
㊆峭也。[國語晉語]高山—原。
㊇峭刻也。[漢書杜延年傳]吏為—詆。
㊈速也。見[廣韻]。
㊉美也。[淮南覽冥]山無—榦。
(十一)弓末也。[考工記弓人]方其—而高其柎。[注]—、簫也。
(十二)—榦。長枝也。又美材也。並見[淮南本經山無—榦注]。
(十三)—岏。謂山也。[後漢崔駰傳]託—岏以幽處。
(十四)通駿。[詩崧高]駿極于天。

【峽】轄夾切音洽洽韻

㊀陜或字。[說文𠂤部]陜。隘也。或作—。
㊁兩山之間也。[淮南原道]仿洋于

山—之旁。

㊂山夾水也。見〔廣韻〕。〔按運絡兩地之狹地曰地—。謂東海水之狹路者曰海—。〕、

㊃—嶧山足也。〔太玄增〕顥彼—嶧。

㊄山名。在今浙江𨗫山縣南三十里。見〔明一統志〕。〔又〕巫—山名。〔明一統志〕巫—。卽巫山也。與西陵—歸—。並稱三—。〔在今四川巫山縣東三十里。與湖北巴東縣相接。〕〔又〕—石山名。〔唐書高少逸傳〕少逸爲陝虢觀察使。中人責—石驛吏。〔在今山西晉城縣南三十里。〕

㊅水名。〔劉禹錫詩〕—水秋來不恐人。〔按—水、卽三—水。出巫山。在今四川巫山縣東。〕

㊆州名。唐置。在今湖北東湖縣西北。

㊇—江。縣名。明置。屬江西省。贛水下流至此。因山峽一束。故以取名。

【峿】訛胡切音吾虞韻

㊀嶇—。山貌。見〔集韻〕。

㊁峒—。山名。在江蘇宿遷縣北七十里。山下有峒。—鎮。峒—站。〔又〕嶇—。山名。見〔廣韻〕。

【峿】偶舉切音敔語韻

㊀岨—。山貌。見〔集韻〕。

㊁不安貌。〔文選陸機賦〕或岨—而不安。

【峌】祖臥切音挫箇韻

山摧也。見〔集韻〕。

【峌】徂禾切音矬歌韻粗果切音坐哿韻

山名。見〔集韻〕。

【峗】武斐切音尾尾韻

山名。見〔集韻〕。

【崪】昌遮切音車麻韻

山名。見〔集韻〕。

【峵】戶管切音緩旱韻

山多。見〔集韻〕。

【峢】皮列切音別屑韻

大—。山名。通作別。見〔集韻〕。〔正字通〕云。按禹貢大別注。近漢之山。今漢陽縣北大別山是也。俗作—非。

【哪】囊何切音那歌韻

山名。見〔集韻〕。

【峫】余遮切音耶麻韻

山名。見〔集韻〕。

【峫】徐嗟切音袤麻韻

山貌。見〔集韻〕。

【峄】下罕切音旱旱韻

山名。見〔集韻〕。

【崖】徒回切音頹灰韻

山崩也。見〔字彙〕。

【岼】昵法切音𤙀洽韻

靜也。見〔集韻〕。

【峬】奔謨切音逋虞韻

—峬。好形貌。見〔廣韻〕。

【峍】涘尤切音求尤韻

山名。見〔集韻〕。

【峮】區倫切音囷眞韻衞云切音羣文韻

嶙—。山相連貌。一作峮。〔文選張衡賦〕或—嶙而纚連。

【峴】口已切音起紙韻居吏切音忌寘韻

山高貌。見〔集韻〕。

【峳】房尤切音浮尤韻

山名。見〔集韻〕。

【峤】盧貢切音弄送韻

穴也。見〔集韻〕。

【峣】徒外切音兌泰韻

山貌。〔文選馬融賦〕嵯峑嶒—。〔注〕嶒—。谿深平之貌。

【峪】巨希切音祈微韻

山旁之石也。見〔字彙〕。

【峲】良以切音里紙韻

山逶行也。見〔字彙〕。

【峩】徒侯切音投尤韻

山峻貌。〔揚雄賦〕—巇嶓峴。

【峳】夷周切音由尤韻

—。獸名。〔山海經東山經〕碓山有獸焉。其狀如馬而羊目四角牛尾。其音如獆狗。其名曰—。

【峭】縈緣切音娟先韻

山曲。見〔廣韻〕。

【峹】武方切音忘陽韻

山名。見〔集韻〕。

【峎】盧當切音郎陽韻

峻—。山名。多至日所入。見〔集韻〕。

【嵘】乎萌切音宏庚韻
嵘或字。〔集韻〕嵘。嶒嵘也。或作—。〔按正字通云同竑。別作嶝嶒。〕

【崒】疏臻切音莘眞韻
神名。〔莊子達生〕丘有—。〔注〕狀如狗有角。文身五采。

【峸】時征切音成庚韻
山名。見〔集韻〕。

【峹】同都切音徒虞韻
峹省文。當塗也。〔韻會〕說文。會稽山。本作峹。一曰九江當峹。虞書娶峹山。周穆王嘗會諸侯於此。或省作—。今文假借作塗。

【峺】古杏切音梗梗韻魚孟切音硬敬韻
硬也。見〔集韻〕。

【嵒】居號切音告號韻枯沃切音酷沃韻
山皃。一曰山名。見〔說文〕。

【峼】下老切音晧晧韻
山貌。見〔集韻〕。

【峆】呼含切音酣覃韻
大谷也。見〔集韻〕。

【崙】魚巾切音銀眞韻
—崙。水回旋貌。〔文選郭璞賦〕—崙浤滾乍浥乍堆。

【峌】丘耕切音鏗庚韻
谷也。〔法言吾子〕山—之蹊。〔按韻會。經乎經切。說文。山絕坎。通作—。揚子注。山中絕也。〕

【峔】母朗切音莽養韻莫郎切音芒陽韻莫浪切音漭漾韻
峔—。山石廣大貌。〔文選張衡賦〕嵣—。漭刺。

【崀】力當切音郎陽韻里黨切音朖養韻
㟍—。山虛。見〔集韻〕。

【峬】蒲沒切音勃月韻
山也。見〔字彙補〕。

【峵】士山切音巉刪韻
峻嶮也。見〔字彙補〕。

【峷】郎刀切音勞豪韻
峷—。亭名。見〔玉篇〕。〔又〕山貌。見〔集韻〕。

【峨】莫江切音厖江韻
五—。山名在蜀。見〔廣韻〕。〔正字通云。或曰蜀山無—名。西南夷鄁有冉駹。今四川之松潘地也。漢武帝開冉駹爲汶山郡。唐置松州。宋爲茂州。〕

【峸】音未詳。神名。〔五岳眞形圖〕。東岳姓—名蟲。

【𡷾】音未詳。神名。〔五岳眞形圖〕。北岳姓晫名—。

【豈】札色切音仄職韻
山也。見〔川篇〕。

【峲】靈義切音利寘韻
峲—。山名在無錫。見〔字彙補〕。

【崔】直遇切音住遇韻
山—也。見〔奚韻〕。

【𡵂】古使字。見〔集韻〕。

【𡶐】漢碑垂字。見〔字彙補〕。

【𡸁】石鼓文有此字。石本作㠯。音首。見〔字彙補〕。

【㟨】見周宣王石鼓文。鄭云卽茜字。見〔字彙〕。

【峩】同峨。見〔正字通〕。

【峰】同峯。見〔集韻〕。

【峹】同峹。見〔集韻〕。

【㟁】同岀。見〔集韻〕。

【𡶦】同嶷。見〔字彙補〕。

【峛】峛俗字。見〔正字通〕。

八畫

【崇】鉏弓切音漴東韻
㊀山大而高也。見〔說文〕〔段注〕各本作嵬高也三字。今正。大雅。崧高維嶽。釋山、毛傳、皆曰。山大而高曰崧。孔子閒居引詩崧作嵩。釋名作山大而高曰嵩。崧、嵩、二形、皆卽—之異體。韋注國語云。古通用—字。太平御覽及徐鍇皆引其語。詩序曰。—丘。萬物得極其高大也。此—之故訓也。〔按王注。嵬、高也。猶之巘巘高也。但嵬高而不平也。—則無不平意耳。〕
㊁高也。〔考工記總敍〕—於軫四尺。
㊂充也。〔儀禮鄉飲酒禮〕北面再拜—酒。
㊃重也。〔書盤庚〕高后丕乃—降罪

疾。
(五)聚也。〔書酒誥〕矧曰其敢｜飲。
(六)積也。〔詩鳧鷖〕福祿來｜。
(七)眾也。見〔玉篇〕。
(八)偫也。〔漢書貢禹傳〕｜財利。
(九)偫也。〔禮記祭統〕｜事宗廟社稷。
(十)敬也。見〔廣韻〕。
(十一)序立也。見〔玉篇〕。
(十二)立也。見〔詩烈文維王其｜之傳〕。
(十三)厚也。見〔詩烈文維王其｜之箋〕。
(十四)長也。〔左成十八年傳〕今將｜諸侯之姦。
(十五)益也。〔國語周語〕用巧變以｜天災。
(十六)多也。〔爾雅釋宮〕八達謂之｜期。
(十七)叢也。見〔小爾雅廣詁〕。
(十八)猶興也。〔文選張衡賦〕進明德而｜業。
(十九)就也。見〔廣韻〕。
(二十)飾也。〔國語周語〕容貌有｜。
(廿一)終也。〔詩河廣〕誰謂宋遠。曾不｜朝。
(廿二)高盛也。〔後漢杜篤傳〕故因爲述大漢之｜。
(廿三)上下爲｜。〔周禮司裘注〕廣與｜方。〔疏〕上下爲｜。横度爲廣。
(廿四)｜｜。高貌也。〔文選揚雄賦〕｜一圜丘。
(廿五)｜山。南裔。〔書舜典〕投驩兜于｜山。〔當今湖北澧州永定縣西〕
(廿六)｜牙。樂器飾也。〔詩有瞽〕｜牙樹羽。〔注〕｜牙上飾卷然可以縣也。〔又〕旌旗飾也。〔禮記檀弓〕設｜般也。
(廿七)國名。又姓也。〔古今姓氏書辨證〕唐虞之際。封繇于｜。謂之｜伯。舜殛繇于羽山。以其國更封諸侯。商末。｜侯虎。西伯伐｜。降之。子孫以國爲氏。
(廿八)古作宊。〔詩文王有聲〕既伐于｜。〔書大傳作宊〕
(廿九)通宗。〔書牧誓〕是｜是長。〔漢書谷永傳作宗〕

〔崆〕　枯公切音空東韻
(一)｜巃。山高貌。見〔集韻〕。
(二)｜峒。山名。䍧峒字。

〔崆〕　克講切音控講韻
山貌。見〔集韻〕。

〔崆〕　枯江切音腔江韻
｜峴。山高峻貌。見〔集韻〕。

〔崎〕　丘奇切音奇支韻
(一)｜嶇。傾側也。見〔廣雅釋訓〕。〔又〕山路不平。見〔玉篇〕。〔又〕不安也。見〔一切經音義引埤蒼〕。〔又〕山險。見〔集韻〕。
(二)通隮。〔周憬功勳銘〕增崚阽甚嶇隮。

〔崎〕　巨綺切音技紙韻
嶬｜。山貌。〔文選王襃賦〕徒觀其旁山側兮。則嶇嶔嶬｜。〔注〕嶬｜、山險峻之貌。

〔崎〕　於宜切音漪支韻
隋或字。〔集韻〕上黨隋氏阪。或作｜。

〔崎〕　渠希切音祈微韻
(一)曲岸也。見〔集韻〕。
(二)長｜。日本埠名。在九州島。

〔崐〕　公渾切音昆元韻
(一)｜崘。丘名。〔爾雅釋丘〕三成爲｜崘丘。〔注〕｜崘山三重。故以爲名。〔疏〕｜崘山記云。｜崘山一名｜丘。三重。高萬一千里是也。凡丘之形三重者。因取此名云耳。其西系起於後藏極西北之隆。東趨青海爲中系。由此而入中國本部爲東系。至揚子江下游盡處爲止。凡七千四百七十里。〔按〕｜崘。漢書揚雄通作昆侖。說文新附作崑崙。〔又〕古國名。〔書禹貢〕織皮｜崘。〔傳〕在荒服之外。流沙之內。〔按〕王肅疏云。｜崘在臨羌西。當在今青海境。
(二)｜山。縣名。梁置。屬吳郡。即今江蘇｜山縣。

〔嵮〕　逐力切音直職韻
(一)山名。見〔玉篇〕。
(二)山貌。見〔集韻〕。

〔崒〕　即聿切音卒。昨律切音啐質韻。昨沒切音捽月韻
(一)危高也。見〔說文〕。〔段注〕言危殆之高也。
(二)高峻也。〔文選鮑昭賦〕｜若斷岸。
(三)崔嵬也。〔詩十月之交〕山冢｜崩。
(四)山峯頭巉巖也。〔爾雅釋山〕山｜者厜㕒。
(五)山形容也。〔文選張衡賦〕隆崛崔｜。
(六)聚也。〔文選宋玉賦〕｜中怒而特高兮。

●借作卒。〔詩漸漸之石〕維其卒矣。〔箋〕卒者崔嵬也。謂山巔之末也。

【崒】遵綏切音摧支韻

崔或字。〔集韻〕崔崒高大也。或作嶊、隹、、—陮。

【崪】七醉切音萃寘韻

聚集也。〔漢書賈誼傳〕異物來—。〔注〕孟康曰。—音萃。萃、聚集也。

【崓】公悟切音固遇韻

—。

●晏—地名。〔李白詩〕雞鳴發晏—。〔按晏—當在山東單縣境〕。

●水爲也。〔宋史李全傳〕出沒島—。

【崔】倉回切音催灰韻

●大高也。見〔說文〕。

●—嵬。土山之載石者。〔詩卷耳〕陟彼—嵬。〔又〕石戴土謂之—嵬。見〔爾雅釋山〕。〔又〕山巔也。〔詩谷風〕維山—嵬。〔又〕山形也。〔楚辭傷時〕觀浮石兮—嵬。〔又〕高貌也。〔楚辭涉江〕冠切雲之—嵬。

●—巍。高貌。〔楚辭初放〕高山—巍兮。

●—隤。猶蹉跎也。〔漢書廣川惠王越傳〕日—隤。時不再。

●齊邑名。又姓也。〔廣韻〕齊丁公之子。食采於—。因以爲氏。出清河博陵二望。

●通礭。〔文選嵇康賦〕礭嵬岑嵒。〔注〕—嵬、高峻之貌。

【崔】遵綏切音摧朱惟切音隹支韻

——。高大也。〔詩南山〕南山——。

【崔】取猥切音漼賄韻

●勸貌。〔莊子大宗師〕—乎不得已乎。〔釋文〕向云。勸貌。簡文云。速貌。

●—錯。文雜也。〔文選司馬相如賦〕—錯發骩。

【崕】魚羈切音宜支韻

●崎—。石危貌。見〔集韻〕。

●—岸。見〔廣韻〕。

【崖】宜佳切音厓佳韻魚羈切音儀支韻

●高邊也。見〔說文屵部〕。〔注〕水邊地有垠堮也。無垠堮而平曰汀。

●岸也。〔荀子勸學〕淵生珠而—不枯。〔今云—岸。或通作儀岸濾〕。

●垠也。〔淮南本經〕肆畛—之遣。

●廉也。〔漢書司馬相如傳〕磐石裖—。〔注〕以石致川之廉也。

●不利物也。〔宋史張詠傳〕自號乖—。以爲乖則違眾。—不利物。

●—然。進趨不安之貌。〔莊子天道〕而容—然。

●珠—。漢郡名。在南海中。因其地產珠。故曰珠—。亦曰朱—。即今廣東瓊山縣。

●洪—。仙人名。〔文選郭璞詩〕右拍洪—肩。

【崛】渠勿切音倔魚屈切音阢物韻之出切音茁質韻

●短而高也。見〔說文〕。〔段注〕短高者不長而高也。不長故从屈。屈者尾也。無尾之物則短。

●高貌。〔文選張衡賦〕神明—其特起。

●山貌。見〔集韻〕。

●—崎。皆隆屈嶔折貌。〔史記司馬相如傳〕摧巍—崎。

●特貌也。〔漢書揚雄傳〕洪臺—其獨出兮。

【崫】九勿切音屈物韻苦骨切音嶱月韻

●嶱或字。〔集韻〕嶱。嶱屼。山貌。一曰堂山。或作—。

●—嵒。堆壟不平也。〔史記司馬相如傳〕邱虛—嵒。

【嵲】倪結切音齧屑韻

●嵲或字。〔集韻〕嵲。嵽嵲。山高。或作—。

●巕—不安之貌。〔文選王延壽賦〕漂巕—而枝柱。

【崝】鋤耕切音會庚韻

●—嶸。山貌也。見〔說文〕。〔今作崢〕。

●高也。見〔方言〕。

【崞】光鑊切音郭藥韻

本作[illegible]。〔說文〕崞山也。在鴈門。〔段注〕地理志。鴈門郡。領縣十四。有—縣。蓋以山名縣也。不言某縣者略也。今—縣故城在山西直隸代州—縣西三十五里。—山在縣西南四十里。〔按—縣今仍舊名屬山西〕。

【崟】魚音切音吟侵韻

●山之岑—也。見〔說文〕。

●高大貌。〔文選揚雄賦〕玉石嶜—。

●高險也。〔文選張衡賦〕[illegible][illegible]阪之嶔—。

(四)山不平處。[杜甫詩]挽葛上崎—。(五)——。眾繞貌。[楚辭憫上]叢林兮——。

【崤】何交切音肴肴韻乎刀切音豪豪韻

(一)山名。[後漢光武紀]馮異與赤眉戰于—底。大破之。[注]—山名。一名嶔岑。在今洛州永寧縣西北。[按—或謂之—澠。或謂之澠隘。或謂之—塞。水經注云。有盤—、石—、千—之山。謂之三—。讀史方輿紀要云。亦名二—。謂—有二陵。南有夏后皋之墓。北爲文王避風雨處。又盤—山、水出焉。石—山、水出焉。千—山、水出焉。後魏於山南置縣。以山名之。旋廢。今河南澠池縣。亦以—澠名。山在今河南永寧縣北六十里。](二)通作殽。[左僖三十三年傳]晉人及姜戎敗秦師于殽。(三)省作肴。[漢書王莽傳]肴黽之險。

【崥】補弭切音俾紙韻

(一)峽—。山足也。[太玄增]崔嵬不崩。顈彼峽—。(二)兩石閒也。見[集韻]。

【崥】駢迷切音鼙齊韻

—崹。山貌。見[集韻]。

【崧】思融切音嵩東韻

(一)山大而高—。見[爾雅釋山]。(二)高貌。[詩崧高]—高維嶽。(三)通嵩。[晉書音義]—音嵩。本亦作嵩。(四)通崇。[段玉裁云]—、嵩、二形皆即崇之異體。

【崨】疾葉切音捷葉韻

(一)—嶫。山連延貌。見[廣韻]。(二)山高貌。[文選張衡賦]嵳峩—嶫。[注]形勢也。

【崩】悲朋切音繃蒸韻

(一)山壞也。見[說文]。(二)壞也。[呂覽貴因]賢者出走命曰—。(三)壞散也。[呂覽愼大]國人大—。(四)欲去曰—。[論語季氏]邦分—離析。(五)毀敗也。[論語陽貨]三年不爲樂。樂必—。(六)羣疾也。[詩無羊]不騫不—。(七)僵也。見[廣雅釋詁]。(八)死也。[禮記曲禮]天子死曰—。(九)病也。[素問陰陽別論]陰虛陽搏謂之—。

【㟍】田聊切音迢蕭韻

山皃。見[集韻]。

【⿰山沓】沓合切音沓合韻

山重貌。見[集韻]。

【⿰山林】犂沈切音林侵韻

山石也。見[字彙]。

【⿰山夸】丘弓切音穹東韻

—崵。山形。見[集韻]。

【⿰山昔】貲窄切音宅陌韻

嶫—。山形。見[集韻]。

【⿰山果】苦猥切音磈賄韻

磈或字。[集韻]磈。磈磈。山貌。或作—。[按正字通云。舊注與峗同。又云疑峗字之譌。按王延壽魯靈光殿賦。嵯峨嶵嵬。嵬巍巕—。註謂高峻貌。嵬與峗形同。峗與—聲別。—嵬二字疊出。則—非譌文。峗非同—也。然據爾雅、說文、崔嵬。集韻、嵬或作峗。相如揚雄賦作崔巍。本賦嵬嵔巍逶押。又似同字同音者。分爲三。皆可疑也。賦家辭義錯互類如此。]

【崋】胡爪切音華麻韻胡化切音樺禡韻

本作⿱䔢山。[說文]⿱䔢山山也。在弘農華陰。从山。䔢聲。[段注]即西嶽也。各本作䔢省聲。今正。䔢、即䔢聲也。按西嶽字各書皆作華。華行而—廢矣。漢碑多有从山者。[按華山爲四嶽之一。亦曰太華山。山海經云。太華之山。削成而四方。高五千仞。廣十里。望而坐之若華然。故曰華山。在今陝西華縣南十里。又有少華山。東去太華八十里。]

【⿰山乙】乙黠切音軋黠韻

—⿰山加。眾山森列貌。見[字彙]。

【⿱山最】遵須切音娵虞韻

⿰山最嵎。高崖也。一曰山石相向貌。或書作—。見[集韻]。

【⿰山甚】才敢切音慘感韻

同嵌。開張山貌。見[廣韻]。

【⿱山遂】仕限切音棧潸韻

同嶘。[集韻]嶘。亦書作—。

【崌】斤於切音居魚韻

山名。〔山海經中山經〕—山。江水出焉。〔畢沅曰〕—字說文所無。見郭璞賦及玉篇。按其道里。疑卽四川名山縣西崍山也。〕

【崍】郎才切音來灰韻

山名。〔山海經中山經〕—山。江水出焉。〔注〕邛—山。今在漢嘉嚴道縣。南江水所自出也。山有九折阪。〔畢沅曰〕地理志云。邛來山。邛水所出。東入靑衣。按郭云邛—山。江水所出。是郭以邛水爲南江水。邛水卽今滎經縣北至雅州合靑衣水者也。〕

【崟】魚音切音吟侵韻

兩山相向。見〔集韻〕。

【㟏】苦感切音坎感韻

陷也。〔文選馬融賦〕—窞巖寝。〔注〕—卽坎也。

【崘】盧昆切音論元韻

崐—。山名。見〔玉篇〕。〔按漢書揚雄傳作侖。說文新附作崙。〕

【崘】龍春切音倫眞韻

—嶙。山皃。見〔集韻〕。

【崚】閭承切音陵蒸韻

—嶒。山貌。〔沈約詩〕—嶒起靑嶂。

【崜】都戈切音拖歌韻

小山皃。見〔集韻〕。

【崜】都果切音朶哿韻

山皃。見〔集韻〕。

【崰】莊持切音緇支韻

—嶷。不齊皃。〔文選王延壽賦〕岑崟—嶷。骿巃嵸兮。

【峊】都回切音堆灰韻

堆或字。〔集韻〕堆。聚土。或作—。〔按正字通云。六書本作自。別作堆。—卽堆之譌省。〕

【㟷】口合切音峇合韻

同峇。山窟也。見〔玉篇〕。

【㟅】慈良切音墻陽韻

山崚也。見〔說文〕。〔按崚爲峻本字。高也。〕

【崡】胡讒切音咸咸韻

山名。在肴陵。見〔集韻〕。〔按正字通云。殽函山在弘農。史記本作函。〕

【崱】賓側切音鯽職韻

—嶷。山峻皃。見〔集韻〕。

【崢】鋤耕切音噌庚韻

山之切雲者。〔韓愈詩〕高言軋霄—。〔按說文有崝無—。玉篇云。—同崝。崝嶸高峻皃。集韻云亦書作崢。〕

【崣】烏毀切音委紙韻

摧—。山高貌。〔文選司馬如賦〕摧—崛起。

【崦】衣廉切音淹鹽韻　衣檢切音掩琰韻

—嵫。山名。見〔山海經西山經〕。〔注〕日沒所入山也。

【㟨】區位切音媿寘韻

筋急貌。〔列子楊朱〕筋節—急。

【𡸼】莊吏切音倳寘韻

刃也。見〔字彙補〕。

【嶲】元圭切音攜齊韻

姓也。亦作蜀。見〔集韻〕。〔按正字通云。宋章定名賢氏姓錄。以嶲分姓。蜀姓在八齊韻。音畦。姓苑又作嶲。形異而音同。今蜀與—分爲二姓。〕

【崠】都籠切音東東韻

山名。見〔集韻〕。

【崠】多貢切音凍送韻

山脊。見〔集韻〕。

【𡸕】丘近切欽去聲問韻

近也。見〔篇海類編〕。

【𡸏】於何切音阿歌韻

山之阿也。見〔字彙補〕。

【𡹞】具隕切音菌軫韻

海內經有靑獸如菟。名曰—狗。見〔字彙補〕。〔按廣韻去倫切作𡼂。云同蜠。或卽𡼂之別體。〕

【𡹍】徂果切音剉哿韻

山名。見〔五音篇海〕。

【𡸪】助力切職韻

崱也。見〔川篇〕。

【𡷇】音未詳

人名。〔蜀志〕譙周父—。字榮始。治尚書。

【𡸒】音未詳

金液神氣經。小山名—。見〔字彙補〕。

【𡹃】音未詳

盤—村。台州地名。見〔字彙補〕。

【𡹷】古敊字見【玉篇】。

【嵋】古草字見【字彙補】。

【𡺵】同巷【枚乘賦】—路崟嵺。【注】—路卽巷路二字山間之蹊徑也。

【𡷗】同岡【後趙錄】邯戰城西石子—。【晉書作堈】

【𡹏】同豳見【集韻】。

【㟗】同碑見【字彙】。

【𡾻】同嵷見【正字通】。

【崚】同稜見【玉篇】。

【𡸴】同光見【說文芇部】。

【崓】同蜬見【廣韻】。

【崑】同崐見【正字通】。

【㟐】同嶽見【玉篇】。

【崈】崇或字見【集韻】。

【崪】崒或字見【集韻】。

【嶓】嶓或字見【集韻】。

【嵛】嵛或字見【集韻】。

【峴】嶢或字見【集韻】。

【𡹺】培或字見【集韻】。

【崗】岡俗字見【正字通】。

【㟫】猵俗字。

九畫

【崱】塞側切音萴職韻

㊀山大皃見【集韻】。

㊁山連也。【劉峻詩】開軒望崱—。

㊂參差不齊也。【文選王延壽賦】—繒綾而龍鱗。

【崺】演爾切音酏紙韻

㊀峛—。沙丘狀見【廣韻】。

㊁山卑長皃【法言吾子】升觀東嶽而知衆山之峛—也。

【崽】子改切音宰賄韻山皆切音徥佳韻

㊀子也。【方言】—者子也。湘沅之會凡言是子者謂之—。若東齊言子矣。【音義】—音枲聲之轉也。—聲如宰。【類篇】【廣雅】—子也。曹憲音所在反。又音死。玉篇子改山皆二切。【按廣韻山皆切引方言云自高而侮人也。正字通云囝—音義同。】

㊁俗稱服役於外人者曰細—。

【崴】山佳切音𡹊佳韻

㊂呼彼之稱見【廣韻】。

【嵁】枯含切音龕覃韻丘咸切音鵮咸韻丘嚴切音欦鹽韻

㊀—巗。不平皃【莊子在宥】大山—巖之下。

【𡼏】吾含切音巖覃韻五咸切音坎咸韻士檻切音嶃豏韻丑甚切音踸寑韻

㊀山高皃見【集韻】。

㊁—崿。山皃見【集韻】。

【嵂】劣戌切音律質韻

㊀—崒。山高貌【文選司馬相如賦】隆崇—崒。

㊁通律。【詩蓼莪】南山律律。【朱傳】高大貌。

【嵃】語偃切音巘阮韻語蹇切音齴獮韻乃殄切音涊銑韻宜戰切音彥霰韻雅版切音齗語限切音眼潸韻

㊀巘—。山峻皃見【集韻】。

㊁高峻皃【文選潘岳賦】巘—峭以繩直。

㊂嶮—。猶巖崿也。【文選郭璞賦】崖隒爲之嶮—。

【嵇】弦雞切音兮齊韻【从禾。音雞。俗从禾誤。】

㊀山名。在亳州。—康居於山側。故名。見【集韻】。【山當在今安徽亳縣境。】

㊁姓也。出譙郡。河南二望。見【廣韻】。

【嵌】丘銜切音嵰咸韻在敢切音槧感韻

㊀山深皃。見【說文新附】。

㊁—巖。山險見【集韻】。

㊂坎旁孔也。見【玉篇】。

㊃開張皃。【文選揚雄賦】—巖巖其龍鱗。

【嵌】乎監切音銜咸韻虎覽切音喊感韻

—喦。深谷見【集韻】。

【嵌】苦濫切音闞勘韻

岸嵌峨皃見【集韻】。

【嵌】口陷切音歉陷韻

陷入中也。見【字彙】。

【嵎】元俱切音虞虞韻

㊀封—之山也。在吳楚之間。汪芒之國。見【說文】。【段注】魯語孔子曰。防風氏者。汪芒氏之君也。守封—之山者也。今封、—二山在浙江省湖州府武康縣東。實一山也。楚當

依玉篇作𡼲。〔按封山在今浙江武康縣東十八里—山在縣東南十三里。〕

㊁阪也。〔孟子盡心〕虎負—。

㊂—夷日出處。〔書堯典〕宅—夷曰暘谷。〔按馬注云、—海隅也。〕

㊃—山重高皃。〔柳宗元賦〕山——以巖立兮。

㊄同隅。〔列子周穆王〕西極之南—有國焉。

【嵐】 盧含切音婪覃韻

㊀山名。从山。嵐省聲。見〔說文新附。〕〔字彙云、嵜—山名。近太原有渥洼池。出良馬。淸一統志。山西太原府。嵜—山在嵜—州東北。按在今山西西—縣東北。〕

㊁山氣蒸潤也。〔杜甫詩〕夕—長似雨。

㊂州名。後魏置。本樓煩王所居地。漢太原。當今山西—縣治。

㊃旋—。梵云迅猛風。或作毗—婁。見〔正字通。〕

㊄—崴。山名。見〔集韻。〕

【嵑】 其謁切音竭月韻

㊀山特立也。見〔正字通。〕

㊁碣也。〔後漢竇憲傳〕封神丘兮建隆—。〔注〕方者謂之碑。員者謂之碣。—、碣也。

㊂碣或字。〔集韻〕碣石山名。或从山。

【嵑】 何葛切音曷丘曷切音渴曷韻

嵑—。山皃。見〔集韻。〕

【嵔】 羽鬼切音磈尾韻烏回切音隈灰韻

㊀山貌。〔文選司馬相如賦〕崴磈—廆。

㊁崴—。不平皃。見〔集韻。〕

【嵔】 於非切音威微韻

—壘。山名。見〔集韻。〕

【嵒】 魚咸切音碞咸韻〔與嵓、碞、不同。〕

㊀山巖也。見〔說文。〕〔注〕从品。象巖厓連屬之形。〔按說文讀若吟。是謂與嵓厰同字也。集韻魚咸切。是謂與巖同字。然巖從嚴聲。嚴從厰聲。則亦不異。〕

㊁三山形皃。〔文選張衡賦〕下嶄巖以—齬。

㊂危險之形。〔文選嵇康賦〕磪嵬岑—。

㊃邑名。〔春秋哀十三年〕鄭罕達帥師取宋師于—。

㊄——冠貌。〔文選張衡賦〕冠——其映蓋兮。

【㟁】 魚旰切音岸翰韻

㊀厚也。見〔玉篇。〕

㊁不恭也。見〔集韻。〕

【崲】 胡光切音皇陽韻

休—。地名。〔南史謝靈運傳〕始寧郡有休—湖。〔按當在四川省境。〕

【嵛】 容朱切音俞虞韻

—次。山名。在雁門。今通榆。見〔集韻。〕〔在今山西榆次縣境。〕

【崴】 烏乖切音碨佳韻烏回切音碨灰韻羽鬼切音磈尾韻烏買切音崽賄韻

—嵬。不平也。一曰山形。見〔集韻。〕

〔又〕高皃。〔楚辭九章〕軫石—嵬蹇吾願兮。

【崵】 余章切音陽陽韻待朗切音蕩養韻

首—山也。在遼西。一曰嵎銕—谷也。見〔說文〕〔段注〕按許意首—山即伯夷叔齊餓於首陽之下也。銕宋本作鐵。即堯典之嵎夷。—谷也。〔按山在今山西永濟縣南。〕

【⿰山咼】 徒禾切音牠歌韻

山形似磻者。見〔集韻。〕

【⿱山至】 徒結切音昳屑韻

山皃。見〔集韻。〕

【崶】 方容切音封冬韻

山名。一名龍門山。在封州。見〔廣韻。〕〔當在今廣東陽江直隸廳封川縣境。〕

【崷】 字秋切音酋尤韻

—崪。山長而高皃。〔文選班固賦〕巖峻—崪。

【⿰山頁】 杜本切音阮韻

山名。見〔字彙。〕

【崹】 天黎切音梯田黎切音題齊韻

崹—。山形漸平皃。見〔集韻。〕

【⿰山逥】 胡對切音潰隊韻

山無草木也。見〔集韻。〕

【⿰山孝】 謨交切音茅肴韻

山名。在句容。見〔字彙。〕

【嵵】丈里切音峙紙韻 山獨立皃。通作峙。見[集韻]。

【崼】上紙切音是紙韻 山也。見[集韻]。

【崾】以紹切音溔篠韻 山名。見[集韻]。

【嵀】重主切音柱麌韻 天—山名。[廣韻]天—。案爾雅曰。霍山為南嶽。郭璞云。即天柱山。字俗从山。

【嵄】眉否切音美紙韻 山也。見[玉篇]。

【[illegible]】寫與切音諝語韻 山名。見[集韻]。

【嵅】姑南切音弇 胡南切音含覃韻 古暗切音紺勘韻 嵐—山名。見[集韻]。

【[illegible]】多官切音耑寒韻 山名。見[集韻]。

【嵈】戶管切音緩旱韻 山名。見[集韻]。

【[illegible]】胡江切音降江韻 山名。見[集韻]。

【[illegible]】麤叢切音葱東韻 山皃。見[集韻]。

【[illegible]】洪孤切音弧虞韻 山名。見[集韻]。

【[illegible]】邦景切音丙梗韻 人名。宋史新編藝文志。鄭—雙金五卷。見[字彙補]。

【[illegible]】訖力切音殛職韻 山名。見[集韻]。

【嵍】亡遇切音婺遇韻 嵍—。山名。在柏人城東北。俗呼宜務山。見[集韻]。[在今直隸唐山縣北。]

【嵍】謨袍切音旄豪韻 丘前高後下也。亦作務。通作旄。見[集韻]。

【嵉】唐丁切音庭青韻 山名。在白登。見[集韻]。[按白登。山名。在今山西大同縣東。]

【[illegible]】步奔切音盆元韻 山形似甑。見[集韻]。[按正字通云。盆非甑音。古借雍。雍縣雍山。即縣甕山。水經注。晉水出縣雍山。山海經。雍音甕。甕翁去聲。與雍同義。俗作—。舊注山形似甑。近是。改音盆。非。其說頗當。]

【嵋】旻悲切音眉支韻 峨—。一作峩眉山名。詳峩字。

【[illegible]】胡溝切音侯尤韻 山名。見[集韻]。

【[illegible]】隱幰切音偃阮韻 山形。見[集韻]。

【嵏】祖叢切音騣東韻 祖動切音總董韻

(一) 九—。山也。在左馮翊谷口。見[說文]。[在今陝西醴泉縣東北。有九峯俱峻。][又]湖北孝感縣亦有九—山。寰宇記作九崇。輿地記勝云。一名九宗。同名異地。

(二) 峯聚之山曰—。[文選司馬相如賦]凌三—之危。

【[illegible]】子結切音卽職韻 山高貌。見[龍龕手鑑]。

【[illegible]】尸札切音殺黠韻 出釋藏尊勝神咒。見[字彙補]。

【[illegible]】丘計切音企寘韻 山也。見[字彙補]。

【嵔】鄔賄切音猥賄韻 —[illegible]。高也。山高下盤曲皃。見[玉篇]。[集韻云。亦書作[illegible]。]

【[illegible]】古光字。見[集韻]。

【[illegible]】同[illegible]。見[字彙補]。

【[illegible]】同峒。見[字彙]。

【[illegible]】同[illegible]。見[集韻]。

【[illegible]】同[illegible]。見[廣韻]。

【嶨】嶨或字。見[集韻]。

【[illegible]】同嵆。見[正字通]。

【[illegible]】[illegible]或字。見[集韻]。

【[illegible]】同嵒。見[正字通]。

【[illegible]】同[illegible]。見[字彙補]。

【[illegible]】同[illegible]。見[字彙補]。

【[illegible]】[illegible]字。舊字典引集韻作通都切。同嵞。—嵞。山名。考今本集韻虞韻、通都切下無此字。玉篇、類篇、廣韻、韻會俱不載。故訂為[illegible]字。

十畫

【嵤】玄扃切音熒青韻平萌切音宏宇甲切音榮庚韻

㊀岭—。山深皃見【集韻】。

㊁崢—。山皃見【集韻】。

【嵥】巨列切音傑屑韻

㊀巀—。高皃見【集韻】。

㊁—豎特立見【文選郭璞賦】虎牙—豎以屹崒。

【嵩】思融切音崧東韻

㊀中岳—高山也从山从高亦从松韋昭國語注云古通用崇字見【說文新附】【在今河南登封縣北】。

㊁高也見【爾雅釋詁】。

㊂聳也【唐扶頌】—如不傾。

㊃姓也漢成帝時有安定—冀見【西京雜記】。

【嵪】丘祆切音敲肴韻

墽或字【集韻】墽磽也或作—。

【嵪】丘刀切音尻豪韻

—嶅。山峨見【集韻】。

【嵫】津之切音茲支韻

㊀崦—。山名日所入處見【集韻】。

㊁嵫險貌【文選王延壽賦】崱屴—嶷。

【嵬】烏回切音隈吾回切音鮠灰韻乎乖切音㠢佳韻

㊀山石崔—高而不平也見【說文嵬部】。

㊁石山戴土也【詩卷耳】陟彼崔—。

㊂狂險之行也【荀子非十二子】喬字—瑣。

㊃—說狂妄之說【荀子正論】夫是之謂—說。

㊄通巍【鄘閣頌】高山崔巍兮。

【嵬】語韋切音巍微韻魚鬼切音偽尾韻五賄切音頠賄韻

㊀高也見【集韻】。

㊁山皃見【集韻】。

㊂高大貌【文選左思賦】—嶷嶢屼。

【嵯】才何切音醝歌韻

㊀—峨。山皃見【說文】【段注】釋山厜㕒又作—峨。

㊁高也見【廣雅釋詁】。

㊂嵯貌【史記司馬相如傳】崔巍—峩。

【嵳】楚宜切音差支韻

嵳—。山不齊見【廣韻】。

【嵊】石證切音盛徑韻【按康熙字典沿字彙正字通之譌收入九畫今正。】

㊀山名在剡縣見【集韻】。

㊁縣名秦置屬會稽郡唐兼置—縣。五代吳越改贍縣宋更名—縣當今浙江—縣境。

【嵊】神陵切音乘蒸韻

亭名在吳見【集韻】。

【嵧】他刀切音滔豪韻

山名見【集韻】。

【嵞】同都切音徒虞韻

會稽山也一曰九江當涂也民俗以辛壬癸甲之日嫁娶【虞書】曰予娶—山見【說文屾部】【段注】左傳禹會諸侯于塗山魯語昔禹致諸侯于會稽之山二傳所說正是一事故云—山卽會稽山、—塗古今字一曰者別一義謂—山在九江當塗也地理志九江郡當塗應劭曰禹所娶塗山氏國也按漢當塗、卽今安徽省鳳陽府懷遠縣縣東南有塗山非今在江南太平府治之當塗也水經注引呂氏春秋禹娶塗山氏女不以私害公自辛至甲四日復往治水故江淮之俗以辛壬癸甲爲嫁娶日也許云正與呂覽合【按會稽山一名塗山在今浙江紹興縣東南十三里禹娶於塗山在今安徽懷遠縣東南八里卽說文所謂在九江當塗者。】

【㟾】展勇切音冢腫韻

山名見【集韻】。

【嵿】呼貢切音戇送韻

—峒。山谷深皃見【集韻】。

【嵨】母迥切音茗迥韻

嵤—。山貌【文選左思賦】嵤—鬱岪。【注】山氣暗昧之狀。

【嶏】部鄙切音痞紙韻

崩也見【說文】。

【崔】都回切音堆灰韻杜罪切音錞賄韻

高也見【說文】。

【嵺】餘招切音搖蕭韻

山皃見【集韻】。

【嵡】烏公切音翁東韻

山名見【集韻】。

【嵡】鄔孔切音蓊董韻　山皃。見〔集韻〕。

【嵢】千郎切音倉陽韻　山勢皃。見〔字彙〕。

【嵣】徒郎切音唐陽韻　屼—。山名。見〔集韻〕。

【嵣】待朗切音蕩養韻大浪切音宕漾韻　—屼。山石廣大貌。〔文選張衡賦〕—屼嵺剌。

【陖】須閏切音畯震韻　高也。見〔說文〕。

【⿰山羔】以沼切音蕘篠韻　山皃。見〔集韻〕。

【⿰山充】吐骨切音突月韻　—屼。山貌。見〔字彙〕。

【⿰山原】愚袁切音元元韻　崟⿰山原。山巔。見〔集韻〕。

【嵦】魚剴切音皚灰韻可亥切音愷賄韻　崍—。山皃。見〔集韻〕。

【⿰山財】牀皆切音豺佳韻楚改切音躧賄韻　山名。在平林。見〔集韻〕。

【嵧】力求切音留尤韻　峋—。山皃。見〔集韻〕。

【嵨】於五切音隖麌韻　山名。見〔集韻〕。

【⿰山栗】力質切音栗質韻　山名。見〔字彙〕。

【⿰山夏】胡禡切音夏禡韻　山名。見〔字彙〕。

【嵰】丘檢切音遣琰韻丘廉切音謙鹽韻丘銜切音嵌咸韻口減切音槏豏韻　山高峻皃。見〔集韻〕。

【嵱】餘封切音容冬韻　山名。在容州。山下有鬼市。見〔廣韻〕。

【嵱】尹竦切音湧腫韻　—嵷。山峯貌。〔文選揚雄賦〕陵高衍之—嵷。〔注〕上下眾多貌。

【嵮】多年切音顛先韻　山頂也。〔荀子大略〕—如也。

【嵲】倪結切音齧屑韻　嵽—。山高。見〔集韻〕。

【嵴】資昔切音脊陌韻　山脊也。見〔集韻〕。

【⿰山晉】即刃切音晉震韻　山名。見〔集韻〕。

【嵟】丁回切音磓灰韻　岸也。〔漢書溝洫志〕蜀守李冰鑿離—。避沫水之患。〔注〕晉灼曰。—古堆字。

【嵭】布庚切音閍庚韻　崩—也。見〔玉篇〕。

【嵠】同谿。見〔集韻〕。

【⿰山鬼】同嵬。見〔集韻〕。

【⿱山果】同嵲。見〔集韻〕。

【嵳】同嵯。見〔集韻〕。

【⿱山眞】同巔。見〔篇海類編〕。

【⿰山盍】峗或字。見〔集韻〕。

【⿱艹崩】[illegible]省文。見〔集韻〕。

【薛】嶭省文。見〔正字通〕。

【⿰山務】嵍俗字。見〔正字通〕。

【⿱𡨄山】塞俗字。見〔正字通〕。

【⿰山奉】[illegible]俗字。見〔正字通〕。

【⿰山真】巓俗字。見〔正字通〕。

【⿱山罡】岡俗字。見〔正字通〕。

【[illegible]】[illegible]譌字。見〔正字通〕。

【⿱山堅】[illegible]譌字。見〔正字通〕。

十一畫

【嵺】憐蕭切音聊蕭韻　●一 廣遼也。〔杜甫賦〕元甲崒—以岳峙。●二 嵺或字。〔集韻〕嵺。嵺嵺高也。或作—。

【嵺】居肴切音交肴韻　山聳貌。見〔字彙〕。

【嵼】所簡切音產潸韻　●一 嵼—。山曲皃。見〔集韻〕。●二 通產。〔楚辭涉江〕思蹇產而不釋。

【嵽】徒結切音姪屑韻　—嵲。高山。見〔廣韻〕。〔又〕小而不安貌。見〔玉篇〕。

【嵽】大計切音遞霽韻

昭—。山形也。〔文選王延壽賦〕浮柱昭—以星懸。

【嶁】隴主切音縷麌韻郎豆切音漏宥韻郎口切音塿有韻

㈠岣—。衡山也。〔清一統志〕湖南岣—峯在衡陽縣北五十二里。頂有雷池。縣志。岣—峯衡山主峯。故衡山亦稱岣—。

㈠山嶺也。見〔集韻〕。

【嶂】之亮切音障漾韻

㈠山之高險者。見〔集韻〕。

㈡峯—。山峯如屏—也。見〔增韻〕。

㈢隨—。山名。在今湖北漢陽縣。

【⿱斬山】七豔切音塹豔韻

㈠塹或字。〔集韻〕塹。阬也。一曰大也。或作—。

㈡遶城水也。見〔字彙〕。

【⿰山票】俾小切音表篠韻

㈠山峯出皃。見〔集韻〕。

㈡山嶺也。〔文選郭璞賦〕梢雲冠其—。

【嶇】丘於切音墟魚韻歐虧于切音區虞韻

㈠嶇或字。〔集韻〕嶇。攲也。一曰嶇嶇不安。或作—。

㈡山路不平。見〔增韻〕。

㈢通作區。〔文選左思賦〕山阜猥積而踦區。

㈣或作嶇。崎嶇。山峻也。見〔韻會〕。

【嶈】千羊切音瑲陽韻

㈠高山皃。見〔集韻〕。

㈡——。山激聲。〔文選班固賦〕揚波濤於碣石。激神嶽之——。〔注〕——。水激山聲。

㈢——。正貌。〔崔琰賦〕覲秦門之——。

【⿰山崔】徂誄切音辠賄韻取猥切音漼賄韻子罪切音洒賄韻

㈠山皃。見〔集韻〕。

㈡—嶊。林木叢積貌。〔文選揚雄賦〕於是大廈雲譎波詭。—嶊而成觀。

㈢省作隹。〔莊子齊物論〕山林之畏隹。〔注〕畏—也。

【島】覩老切音倒皓韻〔俗作島〕。

㈠海中往往有山可依止曰—。讀若詩曰蔦與女蘿。見〔說文〕。

㈡海曲謂之—。〔書禹貢〕—夷皮服。

㈢水中山也。〔史記司馬相如傳〕自陵別—。

㈣到也。〔釋名釋水〕海中可居曰—。—到也。人所奔到也。亦言鳥也。人物所趣如鳥之下也。

㈤青—。詳青字。

㈥亦作隯。水中之洲也。〔文選張衡賦〕長風激於別—。

【⿰山扈】後五切音戶麌韻

㈠山皃而大曰—。見〔集韻〕。

㈡山廣皃。見〔玉篇〕。

【㠑】魯猥切音磊賄韻魯水切音壘紙韻

嶪或字。〔集韻〕嶪㠑也。或作—。

【嶱】苦盍切音榼合韻

山嶽。本从盍。見〔大愽典〕。

【崞】闊鑊切音廓藥韻

嵺—。谷深皃。見〔集韻〕。

【嵸】祖叢切音騣東韻祖動切音縱董韻

山高峻皃。見〔集韻〕。

【嵷】笱勇切音竦腫韻

嵱—。山峯皃。見〔集韻〕。

【嵹】其亮切音弶漾韻

—臺。山名。〔水經河水注〕洮水與蟄江水俱出—臺山。

【嵻】丘岡切音康陽韻

—峎。山名。在西羌。見〔集韻〕。

【⿱康山】口朗切音慷養韻

—㠊。山空。見〔廣韻〕。〔正字通〕云。康之爲空。因賈誼賦寶康瓠之注也。廣韻。康㠊爲宮室空。—㠊爲山谷空。推求其義。山宀皆可通。蓋康空一聲。同在溪母。今正韻上聲孔字。康董切。爲和音。此爲確證。據此說。舊本嵻—分音訓。非。

【⿰山聊】憐蕭切音聊蕭韻力交切音寥肴韻

山名。見〔集韻〕。

【⿰山卯】郎刀切音勞豪韻

—峿。山險也。〔文選張協七命〕嶸谷—嶆。張其前。〔注〕深空之貌。

【嶕】慈焦切音樵蕭韻鋤交切音巢肴韻

𡼏—。山高見。〔集韻〕。

【⿰山畢】壁吉切音必質韻

終南山道名。通作畢。見〔集韻〕。〔廣韻〕云。道邊堂如牆也。

【⿰山莫】莫白切音陌陌韻

—峪。密皃。見〔集韻〕。

【⿰山庶】章恕切音注御韻

香山。見〔廣韻〕。

【嵅】戶鹹切音頷鹹韻五咸切音巖咸韻　山皃。見〔集韻〕。

【嵾】初簪切音參侵韻倉含切音參覃韻　｜嵯。不齊貌。〔文選揚雄賦〕增宮｜嵯。

【峿】偶舉切音語語韻　山名。見〔集韻〕。

【嵿】都挺切音頂迥韻　山名。見〔集韻〕。

【𡼖】余支切音移支韻　山也。見〔集韻〕。

【嵞】通都切音瑹虞韻　山名。見〔集韻〕。

【𡾱】謨加切音麻麻韻　山名。見〔集韻〕。

【𡼷】去智切音企寘韻　山名。見〔玉篇〕。

【嶃】鋤銜切音巉咸韻士減切音劖豏韻疾冉切音漸琰韻　●一高峻皃。見〔集韻〕。●二巉或字。〔集韻〕巉巖。高也。或作｜、漸。亦作嶄。

【嶄】鋤銜切音鑱咸韻　同嶃。峯嶺之貌。〔文選司馬相如賦〕｜巖嵾嵳。

【嶅】牛交切音聱肴韻牛刀切音敖豪韻　山多小石也。見〔說文〕〔段注〕釋山曰。多小石磝。許所據字从山也。

【嶅】魚到切音傲號韻　山高皃。見〔集韻〕。

【𡾊】魚到切音傲號韻　稠｜。動搖貌。〔漢書揚雄傳〕嘈嘻旭旭。天地稠｜。

【𡾩】莫半切音幔翰韻　山名。見〔集韻〕。

【𡾰】黎針切音林侵韻　山名。見〔集韻〕。

【嵱】餘封切音容冬韻　山名。見〔集韻〕。

【嶆】臧曹切音糟豪韻財勞切音曹豪韻　山名。在建州。見〔集韻〕。嶆｜。深空之貌。〔文選張協七命〕嵺谷嶆｜。張其前。

【𡾡】楚兩切音搶養韻　山相摩貌。〔杜甫賦〕羣山爲之相｜。

【嶊】徂誄切音漼紙韻　長｜。山高下盤曲皃。見〔玉篇〕。

【嵥】七計切音砌霽韻　山名。見〔玉篇〕。

【𡾐】古困切音睔願韻　山形。見〔集韻〕。

【崚】峻或字。見〔集韻〕。

【𡼻】嶠或字。見〔集韻〕。

【𡾥】同嵺。見〔字彙〕。

【𡽏】同嵺。見〔正字通〕。

【嶋】同島。見〔字彙補〕。

【𡼏】嵾或字。見〔集韻〕。

【𡾟】嶁或字。見〔集韻〕。

【𡾎】族俗字。〔正字通〕舊注音族。聚齊也。不知族聚古借族。或作族。故爾雅云木族生。俗作｜。非。

【崋】華譌字。見〔正字通〕。

【𡺸】嵒譌字。見〔正字通〕。

十二畫

【𡾷】芳六切音蝮屋韻　●一山名。見〔集韻〕。●二覆也。見〔玉篇〕。

【𡾲】居莧切音澗諫韻　●一澗或字。〔集韻〕澗。山夾水也。或作｜。●二巇者罅也。罅者｜也。｜者成大隙也。見〔鬼谷子抵巇〕。

【𡿅】徒東切音同東韻　●一｜嵷。山皃。見〔集韻〕。●二山無草木也。見〔字彙〕〔正字通〕云按古即借用童加山旁。

【嶔】虛金切音歆侵韻丘廉切音鹻鹽韻丘銜切音嵌咸韻　●一山高峻皃。見〔集韻〕。●二｜巇。山險皃。見〔集韻〕。●三｜崟。山勢也。見〔玉篇〕。●四同嵌。〔集韻〕嵌。山嶮。亦作｜。

【嶔】祛音切音欽侵韻 沙石。—岑也。[文選木華賦]沙石之—。

【嵌】口嚴切音謙鹽韻 —巖。歆貌。[文選司馬相如賦]—巖倚傾。

【嵌】口銜切音㺝咸韻 —巖。深貌也。[文選揚雄賦]深溝—巖而為谷。

【嶕】慈消切音樵蕭韻 ㊀—嶢。山高貌。[文選張衡賦]別風—嶢。 ㊁山顛也。[正字通]山顛曰—。借用椒。

【嶗】郎刀切音勞豪韻 ㊀山名。見[玉篇]。 ㊁嶗或字。[集韻]嶗。嶗嶆。山險。或作—。

【嶜】咨林切音祲才淫切音鬵侵韻 ㊀山高大貌。[文選張衡賦]幽谷—岑。 ㊁高大貌。[文選揚雄賦]玉石—崟。

【嶜】慈鹽切音潛鹽韻集荏切音蕈寢韻 —嶜。山皃。見[集韻]。

【嶝】丁鄧切音磴徑韻 ㊀磴或字。[集韻]磴。說文、仰也。或从山。 ㊁小坂也。見[玉篇]。 ㊂登陟之道。[沈約詩]峯—互相拒。

【嶞】杜果切音惰吐火切音妥哿韻 ㊀山之——者。从山。隋省聲。讀若相推落之墮。見[說文][段注]周頌曰。—山喬嶽。毛傳曰。山之——小者也。——、狹長之皃。凡圜而長者謂之隋圜。方而隋者謂之附方。字或作橢。此說山則用—字。疑當同毛傳作——。小者。今奪小字耳。 ㊁山高。見[廣韻]。

【嶟】祖昆切音尊元韻七倫切音逡眞韻祖本切音噂阮韻 ㊀山高皃。見[集韻]。 ㊁——。竦峭皃。見[集韻]。[又]概緻也。[漢書揚雄傳]洪臺崛其獨出兮。概北極之——。

【嶠】渠廟切音轎嘯韻居妖切音驕蕭韻 ㊀山銳而高也。古通用喬。見[說文新附]。[按爾雅釋山。山銳而高。—。] ㊁山逕也。[文選顏延之詩]山祇蹕—路。 ㊂石絕水也。見[集韻]。

【嶠】渠嬌切音喬蕭韻 通喬。[詩時邁]及河喬嶽。

【嶏】薄沒切音孛月韻部鄙切音否紙韻莫佩切音妹滂佩切音配隊韻 崩聲。讀若費。見[說文屵部]。

【嶏】皮鄙切音嚭紙韻 毀也。見[玉篇]。

【嶏】匹埋切佳韻 山陊聲。見[集韻]。

【嶏】敷勿切音拂物韻 石隕聲。見[集韻]。

【嶦】都黎切音氐齊韻 —狐。山名。見[集韻]。

【嶦】多寒切音單寒韻 山孤者曰—。見[集韻]。

【嶘】阻限切音醆潸韻 尤高也。見[說文]。[段注]乙部尤。者異也。京部曰。尤者異於凡也。尤高謂之—。今字作嶘。[按集韻。嶘嵯。山峻貌。或作—。是又以—為嶘或字矣。]

【嶙】力珍切音鄰眞韻 —峋。深崖貌。見[說文新附]。[又]深無厓之貌。[文選揚雄賦]岭嶙—峋。

【嶙】里忍切音凜軫韻 懍—。山峻貌。[文選潘岳賦]巀嶭岮以隱—。[注]隱—、絕起貌。

【嶊】魯猥切音磊賄韻魯水切音壘紙韻 —崒。山皃也。見[說文][段注]西京賦曰。上林岑以壘嶵。按壘嶵卽—崒也。

【嶐】良中切音隆東韻 —豐。山形。見[集韻]。

【嶑】似兩切音象養韻 山名。見[集韻]。

【嶖】疾僦切音就宥韻

山名。見〔廣韻〕。

【⿰山卷】巨偃切音蹇阮韻　—嵯山皃。見〔集韻〕。

【⿰山喜】於巳切音倚紙韻　山也。見〔玉篇〕。

【⿰山閏】儒順切音閏震韻　白—。地名。見〔集韻〕。

【⿰山會】慈陵切音繒徂棱切音層蒸韻　崚—。山貌。〔何遜詩〕絕壁聳崚—。

【嶒】鋤耕切音崢庚韻　崝或字。〔集韻〕崝嶸也。或作崢—。

【⿰山虛】休居切音虛魚韻　崎—。山峻。見〔集韻〕。

【⿱艹嶂】式荏切音審寑韻　山名。見〔玉篇〕。

【嶓】逋禾切音波歌韻補過切音播箇韻　—冢。山名。〔書禹貢〕—冢導漾。〔按—冢有二。一在陝西寧羌縣北。東漢水所出。卽漾水所出。此爲禹迹之—冢。一在甘肅天水縣西南。爲西漢水所出〕。

【⿱敃山】無分切音紋文韻　—山也。在蜀湔氐西徼外。見〔說文〕〔段注〕今四川直隸茂州西北有湔氐廢縣。—山在茂州西北五百里。江水所出。按此篆省作⿰山昏。隸變作岐、作峧。俗作崏、作岷。

【⿰山奠】堂練切音奠霰韻　山名。見〔集韻〕。

【⿰山頃】吾江切音⿰山兒江韻　⿰山兒或字。〔集韻〕峌⿰山兒。山峻。或作—。

【⿱欺山】丘其切音欺支韻　高也。〔玉樞經〕九曜嶔—。

【⿱敦山】都昆切音敦元韻　山皃。見〔集韻〕。

【⿱集山】卽入切音⿰口集緝韻　太白山名。見〔玉篇〕〔按廣韻云。負秦山名〕。

【⿰山集】昨合切音雜合韻疾葉切音疌葉韻籍入切音集緝韻　—嶫。山貌。〔文選司馬相如賦〕嵯峨—嶫。

【⿱尞山】憐蕭切音聊蕭韻　—嶤。高也。見〔集韻〕。

【⿰山皋】居勞切音高豪韻　—峰。亭名。見〔玉篇〕〔又〕山名。見〔集韻〕。

【⿰山厥】姑衛切音貴霽韻　山皃。見〔集韻〕。

【嶡】居月切音厥月韻　俎名。腳有橫木者。〔禮記明堂位〕夏后氏以—。〔注〕—之言蹷也。謂中足爲橫距之象。

【嶢】倪幺切音堯蕭韻　㊀嶕—。山皃。見〔說文〕〔按集韻亦作嶤〕。㊁—嶭。高峻貌。〔文選左思賦〕抗旗亭之—嶭。

【⿱堯山】倪弔切音顤嘯韻　山貌。〔文選何晏賦〕岧—岑立。

【⿳吅山吅】盧嬌切音嶛蕭韻　山名。見〔集韻〕。

【⿰山戛】古札切音戛黠韻　摵鍝—。見〔柳宗元晉問〕。

【⿰山華】何瓜切音華麻韻　—峲。山名。見〔字彙補〕。

【⿰山追】都罪切音⿰月追賄韻　偎—。重貌。見〔字彙補〕。

【⿰山崩】疋登切音漰蒸韻　崩也。見〔字彙補〕。

【⿰山莽】母朗切音莽養韻　嶆—。山皃。見〔集韻〕。

【⿰山莾】謨郎切音芒陽韻　山名。見〔集韻〕。

【⿱樊山】古巒字。見〔集韻〕。

【⿰山朝】同潮。〔漢郙閣頌〕醳散關之—漯。〔楊慎云。—漯與潮溼同〕。

【⿱敧山】同崎。見〔正字通〕。

【⿰山湯】同崵。見〔集韻〕。

【⿱敃山】同岷。見〔正字通〕。

【⿰山噩】同崿。見〔集韻〕。

【⿱咢山】同崿、⿰山噩。見〔集韻〕。

【⿰山雋】同峻、⿰山㕙。見〔正字通〕。

【⿰山翁】同⿰山虛。見〔集韻〕。

【⿱山貴】同墤。見〔字彙補〕。

【嶛】同巢。見〔字彙〕。

【⿱桀山】嵥俗字。見〔龍龕手鑑〕。

【⿱山夲】譌字。字彙云。見周宣王石鼓文。按石鼓文本作桒。音忽。疾也。與說文音訓同。字彙作—。引薛注作華。鄭注作拜。竝非。

十三畫

【嶧】夷益切音亦陌韻

㊀葛—山也。在東海下邳。夏書曰。—陽孤桐。見〔說文〕〔段注〕地理志。東海郡下邳。葛—山在西。古文以爲—陽。按今在江蘇省淮安府邳州西北六里。〔按葛—山。一名—陽山。在今江蘇邳縣南八十里。〕

㊁連山也。〔爾雅釋山〕屬者—。

㊂州名。金置。本漢東海郡地。當今山東—縣。

㊃通繹。〔詩閟宮〕保有鳬繹。〔釋文〕繹字又作嶧。同。山名也。

【嶬】魚羈切音儀支韻　魚綺切音蟻紙韻

㊀崎—。危險也。〔文選王延壽賦〕上崎—而重注。

㊁巇或字。〔集韻〕巇。山峰巇嶬曰壓巇。或作—。

【嶵】粗賄切音罪賄韻

㊀山貌。〔文選張衡賦〕上林岑以壘—。〔按說文作樂嶵。〕

㊁險峻不齊貌。〔沈炯賦〕其山則嶔岑—嵬。

【嶭】牙葛切音櫱曷韻

㊀本作嶭。〔說文〕巀嶭。山也。〔段注〕按語轉爲峩。

㊁嶢—。詳嶢字。

【嶮】牛廉切音黏鹽韻虛檢切音險魚檢切音儼琰韻

㊀嵰—。山皃。見〔集韻〕。

㊁高峻貌。〔文選郭璞賦〕壯天地之—介。

㊂險或字。〔集韻〕險。阻難也。或从山。

【嶰】丁買切音蟹蟹韻　居隘切音懈卦韻

㊀山澗間也。見〔集韻〕。〔按爾雅釋山。小山別大山鮮。釋文云。鮮、或作—。〕

㊁谷名。〔通鑑綱目〕黃帝命伶倫取竹於—溪之谷。〔按—一作解。漢書律歷志。黃帝使泠綸取竹之解谷。注。孟康曰。解、脫也。谷、竹溝也。取竹之脫無鉤節者。參閱澥字。〕

【嶱】丘曷切音渴曷韻

㊀山皃。見〔集韻〕。

㊁山石高峻之貌。〔文選張衡賦〕其山則崆嶢—嵑。〔按玉篇同嵑。惟揚雄賦、—嵑連用。又似非同音者。〕

【嶱】古曷切音葛曷韻

通葛、轕。〔杜甫詩〕動樂般膠—。〔正字通云。或作膠葛、轇轕、膠轕、義同。〕

【嶦】之廉切音詹鹽韻

山岑。見〔集韻〕。

【嶦】時豔切音贍豔韻

山阪。見〔集韻〕。

【嶨】轄覺切音學覺韻

山多大石也。見〔說文〕〔段注〕釋山曰。多大石、嶨。許所據字从山也。

【嶔】於錦切音飲寑韻

山岑皃。見〔集韻〕。

【嶪】逆怯切音業葉韻

岌—。山貌。〔文選張衡賦〕狀嵬峩以岌—。〔注〕岌、—。高壯貌。

【⿰山會】黃外切音會泰韻

⿰山兌—。山皃。見〔集韻〕。

【⿰山窟】苦骨切音窟月韻

—屼。山皃。一曰禿山皃。見〔集韻〕。

【⿰山剽】卑遙切音標蕭韻

⿰山票或字。〔集韻〕⿰山票。山峯出皃。

【⿰山辠】徂賄切音罪賄韻

嶊—也。見〔說文〕〔段注〕文選篇韻皆作嶵。

【⿱山鼓】果五切音古麌韻古胡切音姑虞韻

山名。見〔集韻〕。

【㠓】謨蓬切音蒙東韻

山名。見〔集韻〕。

【⿸广辟】卜卦切音稗卦韻

山谷阸也。一曰。蜀中謂山谷間田曰—。見〔集韻〕。

【嶅】魚敎切音樂效韻

山高皃見〔集韻〕。

【⿰山運】王問切音運問韻 大—。山名。見〔集韻〕。

【嵮】之義切音至寘韻 山名。見〔集韻〕。

【⿰山戢】側立切音戢緝韻 側洽切音眨洽韻 山名在越。見〔集韻〕。

【嶞】徒果切音墮哿韻 山皃。見〔說文〕。

【⿰山萑】子累切音觜寘韻 山高貌。見〔字彙補〕。

【⿸广嵺】落蕭切音聊蕭韻〔按廣韻集韻皆从户。康熙字典誤作山下广。入十四畫。〕 崖廬。見〔廣韻〕。

【⿰阝嵬】羽鬼切音煒尾韻 山險。見〔集韻〕。

【⿰山齊】子計切音霽霽韻 山名。見〔集韻〕。

【嶲】選委切音瀡紙韻 巂或字。〔集韻〕巂越。巂郡名。或作—。

【⿰山當】充爭切音撐庚韻 眾山奇怪之形。〔揚雄賦〕塔—隱倚。

【⿰山敢】音未詳 —宗。尊也。〔汲冢周書王會〕天元—宗。馬十二。

【⿰山屬】⿰山纍本字。見〔說文〕。

【⿱冢坒】古坒字。見〔字彙補〕。

【嶴】同奧。地名。〔清一統志〕浙江溫州府章—寨。在樂清縣西章—山旁。〔按讀史方輿紀要。樂清縣章奧寨。在縣西章奧山旁。據此。嶴即奧字。〕

【⿰山奧】同嶴。地名。〔明史地理志〕象山趙嶴巡檢司。〔按讀史方輿紀要。嶴作—。〕

【⿰山農】同峱。見〔玉篇〕。

【⿱谷⿰山山】同⿰谷皿。見〔字彙補〕。

【⿱吅⿰山山】同嶮。見〔字彙補〕。

【⿰山義】同巇。見〔集韻〕。

【⿰山路】同路。見〔字彙補〕。

【嶫】嶪或字。見〔集韻〕。

【⿰山萬】巁或字。見〔集韻〕。

【⿰山屢】嶁俗字。見〔正字通〕。

十四畫

【嶷】鄂力切音逆職韻 ㊀識也。〔詩生民〕克岐克—。〔按說文作㘈。小兒有知也。〕 ㊁——德高也。〔史記五帝紀〕其德——。

【嶷】語其切音宜支韻 九—。山也。舜所葬。在零陵營道。見〔說文〕〔段注〕山在今湖南永州府寧遠縣南六十里。桂陽州藍山縣西南五十里。〔按鄧德明南康記云。大庾、桂陽、騎曲、九眞、都龐、臨賀、萌渚、始安、越城、爲九—。又一說云。山有九峯。遊者多疑。故號爲九疑。〕

【⿱韓山】俄干切音豻寒韻 ㊀山高皃。見〔集韻〕。 ㊁姓也。見〔集韻〕。

【嶸】乎萌切音橫 于平切音榮庚韻 ㊀崝—也。見〔說文〕〔按亦作嵤。〕 ㊁崢—。山貌。〔文選班固賦〕金石崢—。〔又〕高峻也。〔文選王延壽賦〕弦寥窲以崢—。

【嶺】里郢切音領梗韻 ㊀山道也。見〔說文新附〕〔按正字通云。—山之肩領。可通道路者。〕 ㊁阪也。見〔廣雅釋丘〕。 ㊂山坡。裴淵廣州記云。大庾、始安、臨賀、桂陽、揭陽。爲五—。見〔廣韻〕。 ㊃山脈之幹系也。中國山脈皆起於葱—。在新疆西北。中國本部。分南—北—二系。以長江爲界。 ㊄通領。〔漢書嚴助傳〕輿轎而隃領。

【⿰山對】徒對切音隊隊韻 ㊀山皃。見〔集韻〕。 ㊁高峻也。〔文選左思賦〕—若崇山崫起而崔嵬。

【嶼】象呂切音敍語韻 ㊀島也。見〔說文新附〕〔按六書故云。平地小山也。在陸爲—。在水爲島。此則斷言之也。〕 ㊁海中洲上有山石。〔文選左思賦〕島—緜邈。

【嶽】逆角切音鸑覺韻

❶東岱、南靃、西崋、北恆、中泰室。王者之所㠯。巡狩所至。見〔說文〕〔按岱、一名泰山。在今山東泰安縣北。靃、一名衡山。在今湖南衡山縣西北。崋、一名泰華山。在今陝西華陰縣南。恆山在今直隸省曲陽縣。中泰室、一名嵩山。在今河南登封縣北。朱駿聲云。唐虞言四岳。至周禮大宗伯始有五—之名。段玉裁云。㠯、用也。王者所用至此巡狩也。〕❷山也。〔文選張衡賦〕二女感于崇—兮。❸罽也。〔說文通訓定聲〕廣雅釋山。—、确也。白虎通巡狩。—之爲言桷也。桷、功德也。風俗通山澤。—者桷也。桷考功德。黜陟幽明也。禮記王制疏。—者何。—之爲言桷也。桷、功德也。按謂—之言校也。較也。榷也。角也。斠也。皆叚字也。❹姓也。見〔正字通〕。❺——長角貌。〔漢書朱雲傳〕五鹿——。朱雲折其角。❻古作岳。〔書堯典〕帝曰咨四岳。〔互詳岳字〕。

【𡿹】乎刀切音豪豪韻

山名。在弘農。見〔集韻〕。

【⿰山蒿】呼高切音蒿豪韻　山名。見〔字彙〕。

【⿰山諎】士革切音宅陌韻　山名。見〔字彙〕。

【⿱山頗】普火切音頗哿韻　—峩。山皃。見〔集韻〕。

【⿰山厭】益陟切音魘葉韻　山谷形。見〔集韻〕。

【⿰山隱】倚謹切音隱吻韻　—嶙。山高皃。見〔集韻〕。

【⿸广嶢】尼交切音鐃肴韻　峷也。見〔集韻〕。

【⿰山蒦】屋虢切音蒦陌韻　陂名。一曰村名。在吳王舊城側。見〔集韻〕。

【⿱䜌山】何化切音話禡韻　山名。見〔字彙補〕。

【⿱山祟】音未詳　東岳姓歲名—。見〔五岳眞形圖〕。

【⿰山㷠】嶙本字。見〔說文新附〕。

【⿱山義】同峩。見〔六書故〕。

【嶹】島或字。見〔集韻〕。

【嵺】嵺或字。見〔集韻〕。

【嶢】嶢俗字。見〔正字通〕。

【𡽱】巀俗字。見〔正字通〕。

十五畫

【⿰山畾】魯猥切音磊賄韻　❶—峞。山狀。見〔廣韻〕。❷嵔—。山高下重疊貌。〔文選左思賦〕或嵬—而複陸。

【巀】才達切音囋曷韻　—嶭。山也。在左馮翊池陽。見〔說文〕〔段注〕池陽故城在今陝西西安三原縣西北二十里。嵯峨山在西安府涇陽縣北四十里。即—嶭山也。—嶭、嵯峨、語音之轉。本謂山巖皃。因以爲山名也。

【嶻】咋結切音截屑韻　本作節。山高峻貌。〔韻會〕本作節。詩節彼南山。晉截。詩詁云。節、猶截也。其文如人截之。或作—。又作岊。

【⿰山慮】良據切音慮御韻　山名。在河內。見〔集韻〕。

【⿱山額】鄂格切音咢陌韻　崿—。山高貌。〔文選木華賦〕啟龍門之崿—。

【⿰山廣】苦謗切音壙漾韻　山名。見〔集韻〕。

【⿰山窮】渠弓切音窮東韻　崆—。山形。見〔集韻〕。

【⿰山摩】眉波切音摩歌韻　山名。見〔集韻〕。

【巁】力制切音厲霽韻　巍也。見〔玉篇〕。

【⿰山厲】力蘖切音列屑韻　山高皃。古有—山氏。見〔集韻〕。

【⿰山麃】蒲交切音苞肴韻　山名。見〔集韻〕。

【⿱山湯】徒朗切音丈養韻　山名。見〔龍龕手鑑〕。

【⿱山賓】古賓字。見〔集韻〕。

【⿱山畾】同嵒。見〔玉篇〕。

【⿰山賣】嬻俗字。見〔正字通〕。

【⿰山憂】巎譌字。見〔正字通〕。

十六畫

【㠢】戶乖切音懷佳韻
㊀山谷不平貌見[字彙]。
㊁排積貌。[文選左思賦]㠢碧索玉。隱賑崴—

【巃】盧東切音聾東韻叉孔切音隴董韻
—嵸。山峻貌。[文選司馬相如賦]崇山巃嵸。—嵸崔巍。[又]雲氣瀇鬱也。[楚辭招隱士]山氣—嵸兮石嵯峨。

【巆】逆各切音噩藥韻
崿或字。[集韻]崿崖也或从巆。

【巄】比孟切音迸敬韻
拔—。山峻貌。見[字彙]。

【巇】巨角切音腳覺韻
山名。見[玉篇]。[按正字通云。爾雅本作嶨。]

【嶺】乃了切音裊篠韻
蚴—。山兒。見[集韻]。

【巁】淩如切音臚魚韻
山名。見[集韻]。

【巎】嶩本字見[說文。]

【巏】同巏。見[正字通。]

【巕】巙或字見[集韻。]

【巖】巖俗字見[正字通。]

【巗】巗譌字見[正字通。]

十七畫

【巆】呼宏切音訇平萌切音宏庚韻玄扃切音熒青韻
㊀岭—。山深也。[文選揚雄賦]岭—嶙峋。
㊁大聲也。[文選宋玉賦]礫磥磈而相摩兮—震天之磕磕。

【巇】虛宜切音羲支韻
㊀山險也。[文選張衡賦]嶔—屹㠥。[注]嶔—山相對而危險之貌也。
㊁隙也。見[鬼谷子抵巇]。

【巊】息淺切音𤪾銑韻
山名。見[玉篇]。

【巉】鋤銜切音饞咸韻士減切音㜶豏韻
㊀山險絕如劖剗也。見[正字通]。
㊁—巖高也。見[集韻]。[又]石勢不生草木。[文選宋玉賦]登—巖而下望兮。
㊂通漸[詩漸漸之石]漸漸之石。維其高矣。[傳]漸漸、山石高峻之貌。
㊃嶄或字。[集韻]嶄高峻兒。或从毚。

【巋】丘追切音蘬支韻區韋切音𡽞微韻苦軌切音𥏼紙韻魚鬼切音𩔣尾韻
㊀小山維列也。[爾雅釋山]小而眾、—。
㊁高大堅固貌。[文選王延壽賦序]而靈光—然獨存。

【巋】丘愧切音喟寘韻
獨立貌。[莊子天下]—然有餘。

【巊】於郢切音瘦梗韻烟頂切音濙迥韻
㊀—嫇。山兒。見[集韻]。
㊁—溟。山氣晻昧之狀。[文選左思賦]—溟鬱㟝。

【巎】九件切音蹇銑韻
—嵯。山兒。見[集韻]。[按楚辭自悲。登高山下之—嵯。]

【巈】居六切音菊屋韻
山高兒。見[廣韻]。

【巘】民卑切音彌支韻
山形也。見[集韻]。

【巙】巙或字見[集韻]。

【巚】巚或字見[集韻]。

十八畫

【巍】語韋切音嵬微韻
㊀高也。見[說文嵬部]。
㊁—。高大貌。[論語泰伯]—乎舜禹之有天下也。[又]大貌。[楚辭遠逝]貌揭揭以—。[又]高貌。[文選張衡賦]瞻崑崙之—兮。
㊂通作魏。獨立貌。[莊子天下]魏然而已矣。[按集韻—通作魏。段玉裁云。本無二字。後人省山作魏。分別其義與音。不古之甚。而洪武正韻七隊。獨收魏。魏姓魏國不借—。似魏—又為二字矣。並存參。]

【巏】魯猥切音壘賄韻
㊀巏—。不平貌。[文選司馬相如賦]隱轔巏—。
㊁同𡾰。[集韻]𡾰嵬也。或作巏、磈。巏嵬亦作—。

【巏】慈郎切音藏陽韻

峁—山高皃。〔集韻〕。

【⿰山雙】息勇切音悚腫韻
嵷—山峯貌。〔杜甫賦〕風御冉以崆—。〔按集韻本作崆嵷〕

【巏】連員切音權先韻古玩切音貫翰韻
—務山名。在柏人城東北。見〔集韻〕。〔按顏氏家訓云俗呼宣務〕。

【⿱山聑】丑小切音趙篠韻
山皃。見〔廣韻〕。

【⿰山豐】敷馮切音豐東韻
山名。見〔集韻〕。

【⿰山繒】資登切音繒蒸韻
山高貌。見〔字彙補〕。

【⿰山鏡】以日切音嶧質韻
山高貌。見〔海篇〕。

【⿰山夓】同猱。見〔玉篇〕。

【⿱山巍】同巍。見〔字彙補〕。

十九畫

【巒】盧官切音鑾寒韻
一山小而銳。見〔說文〕。
二山長而狹也。〔爾雅釋山〕—山墮。
三山也。〔文選張衡賦〕陵—超壑。
四闕巒也。見〔六書故〕。
五山脊曰—。〔楚辭守志〕陟玉—兮逍遙。
六山紆回綿連曰—。〔徐悱詩〕襟帶盡巖—。

【巔】多年切音顚先韻
一山頂也。〔謝惠連詩〕縱轡萬尋—。
二上首也。〔素問五常政大論〕其動掉眩—疾。
三下也。〔太玄中〕—靈氣形反。
四殞也。〔楚辭惜誦〕行不羣以—越兮。
五通顚。〔禮記玉藻〕色容顚顚。〔釋文〕顚本作—。〔按正字通云〕—古皆借顚。

【⿰山靡】母彼切音靡紙韻
一山名。見〔集韻〕。
二迤—。邪平之貌。〔文選王褒賦〕倚巇迤—。

【⿰山粦】力珍切音粦眞韻
——。深崖狀也。見〔龍龕手鑑〕。

【⿱山絫】魯猥切音壘紙韻
山也。見〔集韻〕。

【⿰山羅】良何切音羅歌韻
山名。見〔集韻〕。

【巑】徂丸切音攢寒韻
—岏。山竦列貌。〔文選宋玉賦〕盤岸—岏。〔注〕—岏。銳山也。

【⿱山藟】魯水切音壘紙韻
山名。〔集韻引山海經〕—山。其上有玉。〔按山海經東山經作畾山。正字通云譌字近是〕。

【⿱難山】囊何切音那歌韻
山名。見〔集韻〕。

【巁】力制切音厲霽韻
巍高也。見〔說文〕。〔按玉篇、廣韻、作巁巍也。〕

【⿰山孱】古孱字。見〔集韻〕。

二十畫

【巖】吾含切音諴覃韻魚銜切音嵒咸韻魚杴切音巖鹽韻
一厓也。見〔說文〕。〔段注〕厂部曰。厓者山邊也。厓亦謂之—。故厂下云。山石之厓—。人可凥也。
二穴也。〔楚辭哀命〕穴—石而窟伏。
三險也。〔左隱元年傳〕制—邑也。
四——。積石皃。〔詩節南山〕維石——。
五—廊。殿下小屋也。〔漢書董仲舒傳〕遊於—廊之上。〔按天子之堂九尺。諸侯七尺。其上曰—廊。其下曰—下〕。
六—復。不平也。〔文選馬融賦〕岹窞—復。
七傅—。地名。〔書說命〕說築傅—之野。〔傳〕在虞虢之間。

【巘】語蹇切音甗阮韻
一山形如甑也。〔沈約詩〕嶛律擀丹—。
二小山別大山也。〔文選張衡賦〕坂坻巀嶭而成—。
三高險貌。〔韓愈詩〕——架庫廐。

【巙】渠龜切音逵支韻
人名。見〔集韻〕。

【巎】奴刀切音猱豪韻
山名。在齊。見〔篇海類編〕。

【巗】同巖。見〔洪武正韻〕。

二十一畫

【⿰山甗】魚軒切音言元韻牛堰切音

甗顚韻
●山形。似甗。見〔集韻〕。
●通甗〔韻會〕漢百官表注。躐跗善升甗。甗謂山形如甑。

【巀】牛轄切音巀嶭韻倪結切音嶭屑韻
●山中絕皃。見〔集韻〕。
●巀。─山皃。見〔集韻〕。
●嶭。─山斷絕貌。〔文選張衡賦〕嶔巇嶭嶭。─〔疑嶭─卽巀─之譌。〕

【巁】力罪切音礧賄韻
山也。見〔字彙補〕。

【巂】力水切音壘紙韻
─巍。山皃。見〔篇海類編〕。

【巎】嘌或字。見〔集韻〕。

二十二畫

【巏】乃浪切音儴漾韻
山限。見〔集韻〕。

二十四畫

【巑】離珍切音粼眞韻
山名。見〔集韻〕。

【巓】離呈切音跉靑韻

山深貌。見〔字彙〕。

【巕】丘遠切音虧支韻
小山而深也。見〔龍龕手鑑〕。

二十五畫

【巖】同巒。見〔川篇〕。

二十九畫

【巗】紆勿切音鬱物韻
山煙皃。見〔字彙〕。

※屮部※

【屮】敕列切音徹屑韻
草木初生也。象─（字之竪畫）出形。有枝莖也。古文或㠯爲艸字。讀若徹。見〔說文〕〔段注〕─（字之竪畫）讀若囟引而上行也。枝謂兩旁。莖、枝柱。謂─（字之竪畫）也。過乎─則爲㞢。下垂則爲米。凡云古文以爲某字者。此明六書之段借以用也。本非某字而古文用爲某字也。〔按徐鍇注云。─、（字之竪畫）上下通也。象艸木萌芽。通徹地上也。六書故云。艸木之生也徹。故从艸之半。諸說互相發明。竝存參。〕

【屮】采早切音艸晧韻
艸或作─。見〔集韻〕。

【𠂇】作可切音左哿韻
左手也。象形。見〔說文𠂇部〕。〔段注〕左、今之佐字。左部曰。左、─手相左也。是也。又手得─手則不孤。故曰左助之手。

【乜】居月切音厥月韻
乜─。勮貌。見〔六書略〕。

一畫

【屯】株倫切音肫眞韻
㊀難也。象艸木之初生。─然而難。从屮貫一。屈曲之也。一、地也。易曰。─剛柔始交而難生。見〔說文〕〔段注〕此依九經字樣衆經音義所引說文。多說一、爲地。或說爲天。象形也。屮貫一者。木剋土也。屈曲之者。未能申也。
㊁天地造始之時也。見〔易天造草昧注〕
㊂盈也。〔易序卦〕盈天地之間者唯萬物。故受之以─。─者盈也。─者物之始生也。
㊃從也。見〔後漢張衡傳注〕。
㊄吝也。〔易屯〕─其膏。
㊅衆也。〔後漢班固傳〕─朋篤倫之士。
㊆卦名。震下坎上。〔易屯〕雲雷─。
㊇─邅。不敢進貌。〔易屯〕─如邅如。〔今作迍邅〕。
㊈姓也。三國蜀漢尙書─度。

【屯】殊倫切音純眞韻
─留。縣名。在上黨。見〔集韻〕。〔卽今山西─留縣。〕

【屯】徒渾切音豚元韻
(一)聚也。〔後漢張衡傳〕—騎羅而星布。
(二)戍也。〔管子輕重〕置—籍蒸。
(三)守也。〔左哀元年傳〕夫—晝夜九日。
(四)阜也。〔列子天瑞〕生於陵—。
(五)厚也。〔國語晉語〕厚之至也故曰—。
(六)滿也。見〔廣雅釋詁〕。
(七)從也。見〔後漢張衡傳注〕。
(八)人所聚曰—。〔漢書陳勝傳〕勝廣皆爲—長。
(九)陳也。〔離騷〕—余車其千乘兮。
(十)軍伍也。〔後漢班固傳〕陳師案—。〔注〕大將軍營五部校尉一人部下有曲曲下有—長一人。
(十一)車徒異數也。〔周禮鄉師〕巡其前後之—。
(十二)兵耕曰—田。冬官有—部。今曰—田司。見〔正字通〕。
(十三)勒兵而守曰—。〔史記傅寬傳〕徙爲代相國將—。
(十四)—騎校尉。官名。〔後漢百官志〕—騎校尉一人比二千石。〔注〕掌宿衛兵。
(十五)或爲𦥐殿。〔周禮鄉師〕巡其前後之—。〔注〕故書—或爲𦥐。鄭大夫讀—爲課殿。杜子春讀爲在後曰殿。

【屯】徒困切音頓願韻　姓也。〔風俗通〕混—。太昊之良佐。子孫因以爲氏。

【㞢】之本字。見〔說文㞢部〕。

二畫

【丰】敷容切音丰冬韻　艸盛——也。从生。上下達也。見〔說文生部〕。〔注〕察草之生上盛者。其下必根深也。〔按說文、玉篇、廣韻、類篇、皆作—。惟集韻作丰。稍異。舊字典引集韻作丰收入四畫。誤〕

三畫

【屰】佗戟切音逆陌韻　不順也。从干下凵。—之也。見〔說文干部〕。〔段注〕後人多用逆。逆行而—廢矣。凵、口犯切。凶下云象地穿交陷其中也。方上干而下有陷之者。是爲不順。—之也當作—之意也。

【屰】訖逆切音吉質韻　有枝兵也。與干字同體。雙枝爲—。單枝爲戈。隸借爲逆順字。音宜吉切。又作戟字以別之。見〔字彙〕、

【屰】匹陌切音魄陌韻　古霸字。〔集韻〕霸月始生。古作—。

【币】竹律切諄入聲質韻　草一出也。見〔篇海〕。

【玄】古叀字。見〔說文叀部〕。

【𡴆】古攀字。見〔漢書司馬相如傳注〕。

四畫

【𡳾】力竹切音六屋韻　菌—、地蕈。叢生田中。見〔說文〕。〔桂注〕本書蕈。桑葽。葽木耳。此生於木者也。—生於土。故曰地蕈。〔按旝廚、遷蔬、菌—、三者一音之轉語。菌—玉篇作圈—〕

【㞷】胡光切音皇陽韻　艸木妄生也。从之在土上。古文作㞷。見〔說文㞢部〕。〔注〕妄生、謂非所生而生。史曰芳蘭當門。又莠草生門上。壬者厚也。〔按字彙云與坐爵之坐不同。坐乃之下土。—乃㞢下王。凡狂、匡、往、字从此〕

【𠀐】居玉切音鞠屋韻　亦持也。从反丮。見〔說文丮部〕。〔注〕凡刃、音撃𠬪、皆手用刀相佐使也。〔按段注此亦謂ナ又手之別〕

【岎】芬本字。見〔說文〕。

五畫

【𡴞】母罪切音浼賄韻
(一)每本字。見〔說文〕。〔注〕案左傳原田——。今別作莓。非是。隸作每。〔參閱每字〕
(二)雖也。見〔集韻〕。

【坣】古坣字。見〔說文㞢部〕。

【𡴐】古甲字。見〔字彙補〕。

六畫

【𡴡】魚列切音臬屑韻　危高也。見〔說文𠂤部〕。〔按正譌

云。𥳑字从此。商書天作一。別用孼。訛。〕

【巻】其員切音拳先韻

地名。見〔辭海〕。

【岕】古青字。見〔集韻〕。

【𡴵】古脊字。見〔集韻〕。

【㕡】古青字。見〔玉篇〕。

七畫

【𡴘】幸本字。見〔說文夭部〕。

【𡴆】古南字。見〔說文𣎵部〕。

【𡴭】嶲俗字。見〔正字通〕。

【𡴣】玄𣫭字。〔正字通〕按漢篆作叀。隸用𢆶。通用𡴣古文叀从二ㄙ作玄。非从二目。舊注譌作一。因篆爲楷。未詳篆本作𡴣屮下二ㄙ。與不相連也。

八畫

【𡵞】抽知切音摛支韻〔按字依說文、㞋虧。从屮下凶。爲离本字。离字典乃取集韻古离字之譌收入本部十盡。既誤从山者爲从屮矣。復不載一字於此。意謂离即一也。尤欠考。今補正。〕山神也。獸形。从禽頭。从厹从屮。歐陽喬說。一猛獸也。見〔說文内部〕。〔段注〕左傳。螭魅罔兩。杜注。山神獸形。按山神之字。本不从虫。从虫者。乃許所謂若龍而黃者也。今左傳作螭。魅。乃俗寫之譌。東京賦作魑。亦是俗字。徐鉉於鬼部增魑字。誤矣。西都賦。拕熊螭。李注引歐陽尚書說曰。螭。猛獸也。許作一。李善作螭者。俗亂之也。〔徐注云。从屮、義無所取。疑象形。吳元滿纈要云。象三角而目形。小篆譌作㒫。說文繆入内部。按象形之說近泥。吳氏改作三角直目形。尤非。正譌云。一、山神獸。借爲卦名。又麗也。隸作離。亦多附會。〕

【𦸗】毒本字。見〔說文〕。

【𡷊】古慎字。見〔字彙補〕。

九畫

【𡵿】庾準切音尹軫韻，進也。从本从屮允聲。易曰。一升大吉。見〔說文本部〕〔古本易作一升。今作允升。〕

【𡸇】𡴆本字。見〔說文本部〕。

【𡴾】古南字。見〔集韻〕。

【𡸐】古本字。見〔字學三正〕〔按集韻、本古文作𡴽。下从三口。〕

十畫

【𡹞】𡴤譌字。說文、玉篇、集韻、古文手字皆作𡴤。字彙、正字通、不載一字。康熙字典引玉篇云。古文手字。殊欠細攷。明爲𡴤字之譌。今訂正於此。

十二畫

【𡹬】𤋈本字。見〔說文〕。

【𡻍】古喪字。見〔集韻〕。

【𡻎】古𤼷字。見〔字彙補〕。

【𡻏】古本字。見〔集韻〕。

十八畫

【𡿂】籀文𡿁、从三𡿁。見〔說文〕。

二十一畫

【𡿉】古拜字。見〔集韻〕。

※巾部※

【巾】居銀切音神眞韻

㊀佩—也。从冂。—象系也。見〔說文〕。〔段注〕帶下云。佩必有—。佩—。禮之紛帨也。—可覆物。故从冂。有系而後佩於帶。

㊁拭布也。〔禮記內則〕盥卒授—。

㊂猶衣也。〔周禮春官序官〕—車。〔注〕—猶衣也。〔疏〕謂金玉革衣飾其車。故訓—猶衣也。

㊃裹足布也。〔急就篇注〕—、一曰裹足之—。若今裹足布也。

㊄冪也。見〔正韻〕。〔按國語周語注。—冪所以覆尊彝。周禮冪人注。以—覆物曰冪。〕

㊅譴也。二十成人士冠。庶人—。當自譴修於四教也。見〔釋名釋首飾〕。〔按文選秋胡詩。脫—千里外。又北山移文。泚—北岳。是—爲處士隱者所服飾者。〕

㊆功布也。〔儀禮士喪禮〕—待於阼階下。

㊇脩書衍也。〔文選宋孝武誄〕—見飾軸。

㊈被—。婦人領—也。見〔方言屝屨謂之被—注。〕

㊉—車。主車官也。〔文選張衡賦〕—車命駕。〔又〕宗伯之屬。下大夫二人。〔大戴記保傅〕此—車之教也。

(十一)巨—。蔽膝也。〔方言〕蔽膝。魏宋南楚之間謂之巨—。

(十二)幧—。絡首衣也。〔方言〕覆結謂之幘—。〔按玉篇云。佩—本以拭物。後人著之於頭。〕

【巾】姜螼切音巹吻韻香靳切音焮問韻

飾也。見〔五音集韻〕。

一畫

【帀】作答切音浹合韻

㊀本作帀。〔說文帀部〕帀。周也。从反㞢而帀也。〔段注〕周、各本作周。誤。今正。勹部、匊。—徧也。是爲轉注。反㞢謂倒之也。凡物順屰往復則周偏矣。

㊁就也。〔周禮典瑞注〕五就、五—也。一—爲一就。

㊂通匝。〔漢書高祖紀〕圍宛城三匝。

㊃同迊、〔禮記檀弓注〕周—也。〔釋文〕—本作迊。

【巿】分物切音弗物韻〔與市字異。〕

韍古文。〔說文市部〕—。韠也。上古衣蔽前而已。—以象之。天子朱—。諸侯赤—。大夫蔥衡。从巾象連帶之形。〔段注〕韠、韍也。鄭曰。韠之言亦蔽也。祭服稱韍。玄端服稱韠。〔按从巾象連帶之形。謂一也。〕

【巿】北末切音撥曷韻普活切音鏺曷韻。〔按此字或作芾。與上物韻巿字。篆文本二體。隸變爲一字形。遂無別矣。〕

本作朮。〔說文朮部〕朮。艸木盛朮朮然。象形。八聲。讀若輩。〔段注〕朮朮者。枝葉茂盛因風舒散之皃。小雅。萑葦淠淠。毛曰。淠淠、衆皃。淠淠者、朮朮之假借也。小雅。胡不旆旆。毛曰。旆旆、旒垂皃。旆旆者、亦朮朮之假借字。不曰从中。而曰象形者。艸木方盛。不得云从中也。〔按此篆與朮篆異。〕

二畫

【市】士止切音始紙韻

㊀買賣所之也。見〔說文冂部〕。〔按易繫辭。日中爲—。致天下之民。聚天下之貨。交易而退。各得其所。是即許訓買賣所之之意也。之、往也。〕

㊁買也。〔爾雅釋詁〕貿、賈、—也。〔疏〕謂—買賣物也。

㊂利也。〔國語越語〕又身與之—。

㊃取也。〔國語齊語〕—賤鬻貴。

㊄求也。〔國策秦策〕不如聞之以—地。

㊅物價也。〔周禮司市〕以政令禁物靡而均—。

㊆恃也。養贍老小。恃以不匱也。見〔詩陳風正義引風俗通〕。

㊇勸也。〔管子侈靡〕—也者勸也。勸者所以起本。

㊈天—。樓皆星名。〔史記天官書〕房心東北曲十二星曰旗。旗中四星曰天—。中六星曰—樓。

㊉司—。官名。見〔周禮地官序官〕。

(十一)海—。海中蜃氣作樓臺之狀。見〔蘇軾海市詩序〕。

(十二)互—。中外通商之名。〔後漢烏桓傳〕歲時互—焉。

(十三)—井。〔史記平準書注〕古未有—。若朝聚井汲。便將貨物於井邊貨賣。曰—井。

【布】博故切音怖遇韻

(一)枲織也。从巾。父聲。見〔說文〕。〔段注〕其艸曰枲。析其皮曰𣏟。屋下治之曰麻。緝而績之曰綫。織而成之曰—。古者無今之木棉。但有麻—及葛—而已。

(二)泉也。〔周禮外府〕掌邦—之出入。〔注〕—、泉也。其藏曰泉。其行曰—。〔按師古曰。—亦錢耳。謂之—者。言其分—流行也。〕

(三)施也。〔後漢郎顗傳〕未見仁德有所施—。

(四)陳也。〔國語晉語〕敢私—之於吏。

(五)陳列也。〔書康王之誥〕諸侯入應門右。皆—乘黃朱。〔傳〕皆陳四黃馬朱鬣以爲庭實。

(六)分散也。〔左襄三十年傳〕皆自朝—路而罷。〔注〕—路、分散。

(七)賦也。〔國語周語〕將導利而—之上下者也。

(八)展也。見〔爾雅釋詁〕。

(九)昆—。草名。〔本草綱目〕昆—一名綸—。生南海。葉如手大。似薄葦。紫赤色。〔按昆—、俗名海帶。植物學以爲藻類植物。形扁平而濶長。可供食用。〕

(十)金—。令篇名。〔漢書蕭望之傳〕金—。令甲。

(十一)露—。捷書也。〔續博物志〕露—。捷書別名。以帛書揭之於竿。欲天下知聞也。

(十二)功—。鍛灌灰治之—也。見〔儀禮既夕注〕。

(十三)瀑—。懸泉急流也。〔文選孫綽賦〕瀑—飛泉以界道。

(十四)—穀。鳥名。見〔方言〕。〔按—穀即鳲鳩別名。每於穀雨始鳴。農家以爲候鳥。〕

(十五)祭星曰—。見〔爾雅釋天〕。〔注〕—、散祭於地。

(十六)盧—。俄貨幣名。一盧—等於十戈比。合中國規銀六錢九分二釐至九錢三分一釐。原文 Ruble。

(十七)堪—。西藏僧官之名。

(十八)—哈爾。在中亞西亞瀕阿穆河。今屬俄。

(十九)—特哈。黑龍江省地名。前清于此設—西廳。

(二十)—魯特。在新疆省之西北。近恰薩克。今屬俄。

(二十一)通尃。〔史記司馬相如傳〕尃結縷。〔注〕徐廣曰。尃、古布字。〔按漢書作—。〕

(二十二)通敷。〔山海經海內經〕禹鯀是始—土。〔禹貢作敷土。〕

(二十三)姓也。〔又〕姑—。複姓。

【⿰巾几】渠伊切音耆支韻

伊—、古天子號。亦地名。通作耆。見〔集韻〕。〔按史有伊耆氏之國。又史記索隱云。堯姓伊祁氏。—、疑又通作祁。古天子號。即堯號也。〕

【⿰巾匕】補履切音比部鄙切音否紙韻

幓裂也。見〔說文〕。〔段注〕謂殘帛裂也。急就篇曰。—敝囊橐不直錢。

【帄】都丁切音丁青韻

補衣裳曰補—。見〔字彙補〕。

【⿸ナ巾】古冢字。見〔玉篇〕。

三畫

【⿰巾刃】而振切音刃震韻入質切音日質韻

(一)枕巾也。見〔說文〕。〔段注〕蓋加枕以籍首。爲易污也。今俗所謂枕頭衣。

(二)巾也。見〔廣雅釋詁〕。

【⿰巾勺】丁了切音鳥篠韻

(一)繪頭也。見〔玉篇〕。

(二)絹布頭也。見〔廣韻〕。

【⿰巾大】夢昧切音旆隊韻

大巾也。見〔字彙〕。

【⿱亡巾】呼光切音荒謨郎切音茫陽韻

(一)巾也。見〔玉篇〕。

(二)韈也。見〔廣韻〕。

(三)帳也。見〔廣雅釋器〕。

(四)幞也。見〔廣雅釋器〕。

【帆】符咸切音凡咸韻

(一)舟上幔以汎風。見〔集韻〕。〔按釋名。—、汎也。隨風張幔曰汎。使舟疾汎汎然也。〕

(二)石—。草名。〔文選左思賦注〕劉逵曰。石—。生海嶼石上草類也。

【帆】扶泛切音梵陷韻

船使風也。〔韓愈詩〕無因江—永。

【⿰巾干】居案切音幹翰韻

布袋。見〔玉篇〕。

【⿰巾干】許偃切音謙阮韻

同幰。車幰也。見〔玉篇〕。

【𢁓】 蘇甘切音三覃韻

衫破皃。見〔玉篇〕。

【聿】 尼輒切音聶葉韻

手之巧疌也。見〔說文聿部〕。〔六書正譌云。从手持巾。言其易。亦作疌。〕

【𢁙】 汪胡切音烏。空胡切音枯。虞韻

投也。見〔篇海類篇〕。

【𢁘】 芳𤰝切音分文韻

冠也。見〔篇海〕。

【𣏂】 古殺字。見〔集韻〕。

【𢁱】 同布。見〔字彙〕。〔按舊注云。說文、希。枲織也。从巾父聲。博故切。作—小誤。〕

【𢁫】 同衫。見〔集韻〕。

【𢁬】 同帳。見〔篇海類篇〕。

四畫

【𢁽】 風無切音跗虞韻

㊀衣帗。亦作袚。見〔玉篇〕。
㊁—襏。劒衣也。見〔廣雅釋器〕。

【希】 香依切音晞微韻

㊀少也。〔論語公冶長〕怨是用—。
㊁罕也。見〔爾雅釋詁〕。
㊂遠也。〔孟子盡心〕其所以異於深山之野人者幾—。
㊃仰也。〔周髀算經〕—望北極中大星。
㊄望也。〔漢書蕭望之傳〕海內—世之流。
㊅無聲也。〔老子〕聽之不聞名曰—。
㊆漸歇也。〔論語先進〕鼓瑟—。
㊇摩也。〔方言〕—、鑠摩也燕齊摩鋁謂之—。
㊈乾也。〔周禮澤虞注〕水—曰藪。〔—疏〕—、乾也。
㊉散也施也。見〔廣韻〕。
⑪覼和也。〔漢書董仲舒傳〕—世用事。
⑫女—。女媧也。〔史記三皇紀〕女媧氏有神聖德代宓犧立號曰女—氏。
⑬—臘。古代—臘人種之住所。英文(Greece)今之—臘國。首府曰雅典。古代甚盛。後亡於羅馬。西曆一千八百二十年。始離土耳其獨立。英文Greek Empire。
⑭姓也。〔三輔決錄〕—海字子江。
⑮同絺。〔周禮司服〕祭社稷五祀則—冕。〔注〕—讀為絺。〔按說文無—字。段玉裁曰。疑—卽古文絺。〕

【帊】 普駕切音帕禡韻

㊀帛三幅曰—。見〔說文〕。
㊁頭巾也。〔蘇軾詩〕絳—蒙頭讀道書。
㊂帳也。〔西京雜記〕表以牙籤。覆以金—。

【帊】 披巴切音葩麻韻

殘帛。見〔集韻〕。

【𢂍】 訖合切音閤合韻

㊀蒲席齡也。顏若蛤。見〔說文〕。〔段注〕甾部曰。餅者。—也。揚雄以為蒲器。然則餅與—。一物也。
㊁以席載穀。見〔玉篇〕。

【𢂂】 居拜切音介卦韻

幘也。見〔玉篇〕。

【帎】 奴對切音內隊韻

旆垂皃。見〔集韻〕。

【𢁼】 古穴切音決屑韻

帨也。見〔玉篇〕。

【帉】 敷文切音芬文韻

本作帉。〔說文〕帉。楚謂大巾曰帉。〔段注〕方言。大巾謂之—。內則曰。左佩紛帨。鄭云。紛帨、拭物之佩巾。今齊人有言紛者。釋文曰。紛或作帉。—按紛者叚借字也。—帉同。〔按玉篇—。拭物巾。〕

【𢂅】 房脂切音彌支韻

布—也。見〔玉篇〕。

【𢂅】 符鄙切音否紙韻

幓裂也。見〔廣韻〕。

【𢂊】 丑琰切音諂琰韻

譙下浴巾。見〔字彙〕。

【帍】 後五切音戶虞韻

—褸。婦人領巾也。〔方言〕—褸謂之被巾。〔注〕婦人領巾也。

【𢂚】 彌遙切音篻蕭韻

網細者—。見〔集韻〕。

【𢂚】 所加切音沙麻韻

細絲也。見〔五音集韻〕。

【𢁿】 側巧切音爪巧韻

帆頭。見〔廣韻〕。

【𢃇】 其淹切音鉗鹽韻

布帛也。見〔集韻〕。

【帎】丁紺切　音駷勘韻
冠傾前也。見〔集韻〕。

【⿰巾夭】烏浩切　音襖皓韻
征巾也。見〔類篇〕。

【⿱斤巾】烘方切　音荒陽韻
幭也。見〔川篇〕。

【⿰巾市】音鉢曷韻
巾也。見〔川篇〕。

【⿱分巾】
帉本字。見〔說文〕。

【⿱尹巾】
古尹字。見〔字彙〕。

【⿱介巾】
古萬字。見〔集韻〕。

【⿱今巾】
古禹字。見〔玉篇〕。

【帋】
同紙。見〔廣韻〕。

【⿱乂布】
同希。見〔字彙〕。

五畫

【⿰巾冬】徒冬切　音彤冬韻
❶巾—也。見〔玉篇〕。
❷幡也。見〔廣韻〕。

【帑】農都切　音奴虞韻
❶妻子也。〔左文六年傳〕宣子使臾駢送其—。〔按詩常棣傳。—子也。禮記中庸注。古者謂子孫曰—。皆假奴爲之字亦作孥。〕
❷鳥尾也。〔左襄二十八年傳〕以害鳥—。〔疏〕—者細弱之名。於人則妻子爲—。於鳥則爲尾。曰—妻子爲人之後。鳥尾亦鳥之後。故俱以—爲言也。
❸通怒。〔漢書天文志〕其怒青黑色。〔注〕李奇曰。怒當音—。晉灼曰。—雌也。
❹通帑。〔後漢朱馮虞鄭周傳贊〕飭用降—。

【帑】他朗切　音曭養韻
金幣所藏也。見〔說文〕〔段注〕—之言襄也。以幣帛所藏。故从巾。

【帓】莫撥切　音末曷韻　莫轄切　音韈黠韻
❶—巾也。見〔玉篇〕。〔按列子湯問。鞨巾而裘。注。鞨、音末。方言。俗人帕頭是也。帕頭、幧頭也。帕、又作褐。又作—。正字通訓—爲幧頭。蓋本此。〕
❷—帶。見〔廣韻〕。

【帓】勿發切　音襪月韻
足衣也。見〔類篇〕。〔按集韻。韤、亦作—。〕

【⿰巾此】將支切　音貲支韻
❶—布也。見〔玉篇〕。
❷紛—。錫布之尤精者。〔急就篇〕服瑣紛—與繒連。

【⿱此巾】淺氏切　音此紙韻
巾也。見〔集韻〕。

【帔】披義切　音被寘韻　攀糜切　音披支韻
❶弘農謂帬—也。見〔說文〕。〔按方言。帬、陳魏之間謂之—。〕
❷披也。披之肩背不及下也。見〔釋名釋衣服〕。〔按玉篇云。在肩背也。義同。〕

【帕】普貉切　音帕禡韻　莫白切　音陌陌韻
❶—腹。橫—其腹也。見〔釋名釋衣服〕。〔今俗稱手巾曰—。讀若怕。亦讀若拍。〕
❷—米爾。中亞西亞之高原。爲中英俄三國之接壤處。英文 Pamir。

【帕】莫轄切　音妹黠韻
—額首飾。見〔玉篇〕。〔按韓愈元和聖德詩。以紅—首。卽本此義。〕

【帖】託協切　音貼葉韻
❶帛書署也。見〔說文〕〔段注〕木部曰。檢、書署也。木爲之謂之檢。帛爲之則謂之—。皆謂檢署。今人所謂簽也。帛署必黏。黏引伸爲—服。爲—妥。俗製貼字爲相附之義。製帖字爲安服之義。
❷牀前帷曰—。言—。而垂也。見〔釋名釋牀帳〕。
❸題賦曰—。見〔一切經音義引通俗文〕。
❹軍中文告亦曰—。〔木蘭辭〕昨夜見軍—。可汗大點兵。〔按杜甫詩。府—昨夜下。義同。〕
❺古稱書翰曰—。如王羲之換鵞—。顏眞卿乞米—。皆是今人通稱習字臨本曰字—。
❻勝書聯語亦謂之—。如云楹—、春—。
❼今俗署名紅柬用以投謁或宴會者通謂之—。
❽分—。見〔廣韻〕。〔按今俗有稱借分爲借—者。又官許營業之憑證亦曰—。如牙—當—之類。〕
❾試—。唐試明經之法。〔唐書選舉志〕永隆二年。詔自今明經試—。

逾十得六以上。〔按〕經試士曰試｜。總括經文以應卜試曰｜括。〔文獻通考選舉考云〕經者。以所習經。掩其兩端。中間開唯一行。裁紙爲｜。凡｜三字。隨時增損。可否不一。或得四。或得五。或得六。爲通。蓋在唐時。試｜本謂｜經。其後乃稱試律爲試｜。體皆五言。或八韻。或六韻。〕

(十) 宰相判事有堂案。處分百司曰堂｜。見〔唐國史補〕〔按唐之堂｜。宰相簽押。卽宋之堂劄子。〕

(十一) 凡有所陳說爲文以發抒己見者。世通稱其文曰說｜。

(十二) 光｜。北方邊境通行紙幣之一種。

(十三) ｜木兒。蒙古之美稱。元代諸帝多以此爲名。西歷十三四世紀間。有元裔｜木兒。生于撒馬耳。征服波斯印度中亞西亞等地。建莫卧兒帝國。英文Tomerlane。

【帗】敷勿切音弗物韻

(一) 折五采繒爲之。〔周禮樂師〕有｜舞。

(二) ｜縷。帗也。陳宋鄭衛之間謂之｜縷。見〔方言〕〔按郭注。｜縷謂物之扞蔽也。〕

(三) 韠也。〔穆天子傳〕｜帶。

【帗】北末切音撥曷韻

一幅巾也。見〔說文〕〔段注〕幅、布帛廣也。一幅巾者。巾廣二尺二寸。其長當亦同也。

【帙】直質切音秩質韻

(一) 書衣也。或从衣作袠。見〔說文〕〔段注〕陸德明撰經典釋文三十卷。合爲三｜。今人曰｜。

(二) 小囊也。見〔玉篇〕〔按舊字典引玉篇作小囊也。〕

(三) 次序也。見〔韻會〕

(四) 人姓。出篡文。見〔韻會〕

【㡀】毗祭切音敝霽韻　匹曳切音瞥屑韻

(一) 敗衣也。从巾。象衣敗之形。見〔說文〕〔段注〕此敗衣正字。自敝專行而㡀廢矣。〔按朱駿聲云。本訓爲敗巾。轉注爲敗衣。又爲凡敗之稱。〕

(二) 小也。見〔廣雅釋詁〕〔按詩蔽芾甘棠。傳云。蔽芾小貌。蔽｜聲近義同。〕

【帚】止酉與音帚有韻

(一) 糞也。从又持巾埽冂內。古者少康初作箕｜秫酒。見〔說文〕〔按段本作所以糞也。注云。糞當作垄。土部曰。垄、埽除也。〕

(二) 除糞穢之具。〔禮記曲禮〕凡爲長者糞之禮。必加｜于箕上。

(三) 草名。〔爾雅釋草〕葥、王｜。〔注〕似藜。可以爲埽彗。

【帛】薄陌切音白陌韻

(一) 繒也。見〔說文帛部〕〔按周禮大宗伯注。｜、如今之色繒也。〕

(二) 玄纁也。〔淮南原道〕執玉｜者萬國。

(三) 草名。〔爾雅釋草〕｜似｜。華山有之。

(四) 執｜。官名。〔漢書曹參傳〕封參爲執｜。〔注〕執｜、孤卿也。或曰。楚官名。

(五) 以珠筆橫抹文字謂之紅勒｜。見〔夢溪筆談〕

(六) 通伯。〔左隱二年傳〕紀子｜莒子盟于密。〔公羊穀梁並作伯。〕

(七) 人姓。〔神仙傳〕吳有｜和。

【帵】於袁切音鴛元韻

幡也。見〔說文〕〔按說文幡下云。書兒拭觚布也。莊子天道。孔子繙十二經。注云。繙、亂取之也。此假爲疊韻連語。朱駿聲以爲猶說文繙下之繙冤。是也。與本義不相涉。〕

【㡤】普故切音怖遇韻

巾也。見〔玉篇〕

【㡁】展呂切音貯語韻

棺衣也。亦作褚。見〔玉篇〕〔按禮記檀弓褚幕注。褚、覆棺之物。似幕形。以布爲之。集韻或作帾。〕

【𢃀】薄必切音邲質韻

幔也。見〔韻會〕〔按正字通以爲俗幭字。〕

【𢃠】癡宵切音超蕭韻

細絲也。見〔玉篇〕

【𢁼】諸盈切音征庚韻

射的。通作正。見〔集韻〕

【㡊】敷拂切音拂物韻

韜髮也。見〔玉篇〕

【帒】徒戴切音代隊韻

囊也。見〔說文新附〕〔鈕氏新附攷〕說文幐訓囊。玉篇帒爲幐之重文。知｜卽幐之俗字。

【𢃇】虛侯切音彄尤韻 指沓也。見〔玉篇〕。〔按廣韻訓指—。集韻訓射決。義同。〕

【帎】權俱切音衢虞韻 絇或字。見〔集韻〕。

【帘】離鹽切音廉鹽韻 青—。酒家望子。見〔廣韻〕。〔按韓非外儲說。宋人有沽酒者。懸幟甚高。注云。幟即—也。〕

【帘】鋤臻切音溱真韻 一叫切音要嘯韻 幕也。見〔廣韻〕。

【𢂉】疾各切音昨藥韻 —幭。見〔玉篇〕。〔按廣雅釋器。幭幭謂之—。廣韻引埤蒼云。幭幭。赤紙也。漢書外戚傳作赫幭。應劭云。薄小紙也。〕

【𢂾】於絞切音拗巧韻 靴襪—。見〔廣韻〕。〔按集韻云。襪上也。〕

【𢂃】符遇切音附遇韻 帛也。見〔集韻〕。

【㡊】博蓋切音拜泰韻 行貌。見〔六書略〕。

【𢃠】同鬧。見〔六書略〕。

【𢂏】帙本字。見〔說文長箋〕。

【帍】同虎。見〔字彙補〕。〔按三國志馮序魯魚帝—作此形。〕

【𢃄】同京。見〔說文長箋〕。

六畫

【帝】丁計切音諦霽韻
㊀諦也。王天下之號。見〔說文上部〕。
㊁大也。〔詩皇矣〕既受—祉。
㊂—也者天下之適也。見〔呂覽下賢〕。
㊃天之別名。〔孝經〕宗祀文王於明堂。以配上—。
㊄德象天地稱—。見〔白虎通號〕。
㊅世世能極曰—。見〔周書武順〕。
㊆明能見物、高能致物、物備咸至曰—。見〔周書本典〕。
㊇措之廟立之主曰—。見〔禮記曲禮〕。
㊈卒葬曰—。見〔大戴記誥志〕。
㊉五—。蒼曰靈威仰。赤曰赤熛怒。黃曰含樞紐。白曰白招拒。黑曰汁光紀。見〔周禮小宗伯兆五—於四郊注〕。〔又〕黃—高陽高辛堯舜也。見〔呂覽先己五—先道而後德注〕。
(十一)—臺神人名。〔山海經中山經〕休與之山。其上有石焉。名曰—臺之棋。
(十二)—江神鳥名。〔山海經西山經〕天山有神鳥。狀如黃囊。赤如丹火。六足四翼。渾敦無面目。是識歌舞。實惟—江。
(十三)望—。鳥名。〔寰宇記〕蜀王杜宇號望—。後因禪位自亡去。化爲子規。
(十四)—丘地名。〔春秋僖三十一年〕衛遷於—丘。〔杜注〕—丘、今東郡濮陽縣。故帝顓頊之虛。故曰—丘。〔按今直隸開縣有濮陽故城。〕

【𢃊】苦瓦切音跨馮韻 枯買切音楷蟹韻
㊀衿袍也。見〔廣韻〕。
㊁小衫也。見〔集韻〕。

【帟】夷益切音繹陌韻
㊀在上曰—。見〔說文新附〕。〔按釋名釋牀帳。小幕曰—。張在人上。—然也。大徐說蓋本此。〕
㊁平帳也。〔周禮幕人〕掌帷幕幄—綬之事。〔按鄭玄云。—主在幕若幄中坐上承塵。幄—皆以繒爲之。〕

【㡆】呼光切音荒謨郎切音茫陽韻
㊀設色之工治絲練者。一曰。—、隔也。見〔說文〕〔段注〕攷工記。㡆氏掌湅絲湅帛。此云治絲、謂湅絲。云治練、謂湅帛也。詩曰。葛藟荒之。傳曰。荒、掩也。隔之義。謂網其上而蓋之。卽詩所謂荒之也。
㊁幏也。見〔玉篇〕。
㊂通荒。〔禮記喪大記〕帷荒。〔注〕在旁曰帷。在上曰荒。

【帢】乞洽切音恰洽韻
㊀帽也。縝幘也。見〔玉篇〕。〔按字一作帽。亦作㡊。〕
㊁士服。狀如弁缺四角。魏武帝製。見〔廣韻〕。〔按魏志太祖紀注。魏太祖擬古皮弁裁縑帛以爲—。合乎簡易隨時之義。以色別其貴賤。本施軍飾非爲國容。〕
㊂按頭使下故曰—。見〔增韻〕。

【𢃀】力制切音例霽韻
㊀帛餘也。見〔玉篇〕。〔按字亦作㓞。〕
㊁餘也。見〔廣雅釋詁〕。〔按左思魏

都賦。秦餘徙—。卽此義。〕

〔帤〕 女居切音袽魚韻
㊀巾—也。一曰幣巾。見〔說文〕。〔段注〕幣當爲敝字之誤。
㊁大巾謂之—。嵩嶽之南、陳潁之間、謂之—。見〔方言〕。
㊂弓中裨也。〔周禮弓人〕厚其—則木堅。薄其—則需。
㊃幡巾也。見〔廣韻〕。

〔帥〕 朔律切音率質韻
㊀佩巾也。見〔說文〕。〔按字或從兌作帨。〕
㊁統率也。〔易師〕長子—師。
㊂猶先也。〔論語先進〕子—以正。孰敢不正。
㊃循也。〔禮記王制〕命鄉簡不—教者以告。
㊄聚也。〔文選揚雄賦〕—介陰閉。霅然陽開。
㊅姓也。本姓師。晉景帝諱。改爲—氏。晉有尙書郞—長。見〔廣韻〕。〔按今音讀若將—之—。〕

〔帥〕 所類切音術寘韻
㊀軍之主—也。〔禮記王制〕十國以爲連。連有—。
㊁長去聲也。〔國語齊語〕五卿之—之。

〔帞〕 莫白切音陌陌韻
絡頭。—頭也。自關而西、秦晉之郊曰絡頭。南楚江湘之間曰—頭。見〔方言〕。

〔⿰巾劦〕 檄頰切音協葉韻
東帶。見〔廣韻〕。

〔⿰巾夷〕 羊脂切音移支韻
衣服貌。見〔字彙〕。

〔⿰巾旬〕 須倫切音荀松倫切音旬眞韻
領耑也。見〔說文〕。〔按玉篇廣韻皆無此字。〕

〔帠〕 研計切音詣霽韻
法也。〔莊子應帝王〕女又何—以治天下感予之心爲。〔按—、一本作寱。〕

〔帣〕 古倦切音眷霰韻
囊也。今鹽官三斛爲一—。見〔說文〕。〔按此舉漢時鹽法中語。〕

〔帣〕 古轉切音卷銑韻
收袖也。〔史記淳于髡傳〕—韝鞠跽。〔按此爲桊之假借字。〕

〔帣〕 逵員切音權先韻
囊有底曰—。見〔集韻〕。

〔⿰巾同〕 他東切音通東韻
—裝夷服也。見〔集韻〕。〔按字本作⿰巾通。〕

〔⿰巾共〕 胡公切音紅東韻
徽幟類。見〔集韻〕。

〔⿰巾危〕 此芮切音毳霽韻
巾也。見〔玉篇〕。

〔⿰巾多〕 奴可切音娜哿韻
㦬也。見〔玉篇〕。

〔⿰巾曳〕 丑吏切音熾寘韻
習也。見〔篇海類編〕。

〔帠〕 乙力切音憶職韻
幡也。見〔集韻〕。

〔⿰巾坙〕 莊緣切音跧先韻
曲卷也。見〔集韻〕。

〔⿱非巾〕 古師字。見〔集韻〕。

〔⿱卜帛〕 古卓字。見〔說文匕部〕。〔按字彙補作⿱卜帛。〕

〔⿰巾式〕 同拭。見〔玉篇〕。

〔帲〕 帡俗字。見〔字彙〕。

七畫

〔帨〕 輸芮切音稅此芮切音毳霽韻欲雪切音悅屑韻
㊀帥或字。見〔說文〕。
㊁拭手也。見〔禮記內則注以—手釋文。〕

〔⿰巾免〕 文運切音問問韻
㊀括髮也。見〔玉篇〕。
㊁喪冠也。見〔集韻〕。

〔⿰巾免〕 美辨切音勉銑韻
冕或字。〔集韻〕冕說文、大夫已上冠也。或从巾。

〔⿰巾免〕 莫奔切音門元韻
弔服也。見〔類篇〕。

〔帪〕 之人切音眞眞韻之刃切音震震韻
㊀囊也。見〔廣雅釋器〕。
㊁馬兜也。見〔玉篇〕。
㊂飼馬囊。燕齊之間謂之—。見〔方言〕。

【師】霜夷切音獅支韻

（一）二千五百人爲—。从帀从𠂤。𠂤四帀。眾意也。見〔說文帀部〕。〔按周禮小司徒。五旅爲—。五—爲軍。注云。旅五百人。—二千五百人。軍萬二千五百人。許說與周禮合。今制一—人數。與周禮一軍人數大略相等。〕

（二）眾也。〔書堯典〕—錫帝曰。

（三）人也。見〔爾雅釋言〕。

（四）官也。見〔廣雅釋詁〕。

（五）長也。〔書益稷〕州十有二—。

（六）樂官也。〔禮記樂記〕子贛見—乙而問焉。

（七）女—也。〔詩葛覃〕言告—氏。

（八）教人以道者之稱。見〔周禮地官序官注〕。

（九）—之言帥也。見〔周禮地官序官注〕。

（十）—者人之模範也。見〔法言學行〕。

（十一）循也。〔太玄窮〕—在心也。

（十二）順也。〔莊子秋水〕蓋—是而無非。

（十三）封也。見〔風俗通祀典〕。

（十四）憂也。見〔廣雅釋詁〕。

（十五）十都爲—。見〔廣雅釋地〕。

（十六）溫故知新曰—。矜嚴能憚曰—。並見〔一切經音義引賈逵注〕。

（十七）卦名。坎上坤下。〔易師〕地中有水。—。

（十八）神名。〔周禮大宗伯〕以槱燎祀風—雨—。

（十九）魚名。〔山海經北山經〕滕觥之水。其中有—魚。食之殺人。〔按字或作鯛。〕

（二十）豕子名。〔爾雅釋獸〕豕生三豵。二—。一特。〔按犬子亦蒙此稱。釋畜云。犬生三猣。二—。一玂。〕

（二十一）州名。唐置。屬河北道。當今京兆尹房山縣境。

（二十二）古者年七十而致仕。老於鄉里。大夫名曰父—。士名曰少—。見〔儀禮鄉飲酒禮注〕。

（二十三）天子所都曰京—。見〔獨斷〕。

（二十四）——。相—法也。〔書皋陶謨〕百僚——。〔又〕眾也。見〔廣雅釋訓〕。〔又〕人名。〔東京夢華錄〕汴城名妓有李——。

（二十五）姑—。國名。〔史記大宛傳〕樓蘭姑—。〔注〕姑—。卽車—也。〔按地當在甘肅西境。〕

（二十六）活—。科斗也。〔山海經東山經〕湖水其中多活—。〔按爾雅謂之活東。〕

（二十七）通—。〔漢書西域傳〕烏弋山出—子。

（二十八）通犀。〔公羊文十六年傳〕盟于—丘。〔穀梁作犀丘。〕

（二十九）姓也。漢—丹。〔又〕右—、左—。俱複姓。

【帬】衢云切音羣文韻

（一）下—也。見〔說文〕。〔按段本改爲繞領也。注云。方言繞衿謂之—。廣雅本之曰。繞領、帔—也。衿領古今字。領者。劉熙云。總領衣體爲端首也。然則繞領者。圍繞於領。今男子婦人披肩。其遺意。劉熙曰。帔、披也。披之肩背。不及下也。蓋古名—。弘農方言曰帔。若常則曰下—。言—之在下者。亦集眾幅爲之。如—之集眾幅披身也。〕

（二）羣也。聯接羣幅也。見〔釋名釋衣服〕。

（三）中—。中衣也。〔漢書石奮傳〕取親中—廁牏。身自澣洒。

【幠】微夫切音無虞韻

（一）欲空也。見〔玉篇〕。

（二）幖—。毳也。荊揚江湖之間曰揄鋪。楚曰幨—。見〔方言〕。〔按—、通作幮。〕

【席】祥亦切音夕陌韻

（一）藉也。禮。天子諸侯—。有黼繡純飾。从巾。庶省聲。見〔說文〕。〔按朱駿聲云。方幅如巾。故从巾。〕

（二）陳也。〔禮記儒行〕儒有—上之珍以待聘。

（三）因也。〔漢書劉向傳〕呂產呂祿—太后之寵。

（四）大也。〔漢書賈誼傳〕非有仄室之勢以豫—之也。

（五）釋也。可卷可釋也。見〔釋名釋牀帳〕。

（六）猶坐也。〔論語鄉黨〕必正—。先嘗之。

（七）坐次也。〔漢書戴憑傳〕時詔公卿大會。羣臣皆就—。

（八）—者。神之所憑止也。〔山海經中山經〕熊山—也。

（九）帆也。〔謝靈運詩〕挂—拾海月。

（十）俗稱所司職務曰—。如清時司刑名者曰刑—。司錢穀者曰錢—。

（十一）姓也。出安定。其先姓籍。避項羽名。改姓—氏。晉有—坦。見〔廣韻〕。

【[illegible]】陟葉切音輒　托協切音帖葉

韻丁兼切音佔鹽韻　領耑也。見〔說文〕。〔按此與帕同義。玉篇廣韻皆有—無帕。集韻乃兼有之。〕

【⿰巾乱】即涉切音接的協切音喋葉韻　衣衿也。見〔集韻〕。

【⿰巾肙】縈絹切音鋗霰韻　曲裁也。見〔集韻〕。

【⿰巾谷】乙逆切音隙陌韻　麤葛也。見〔集韻〕。〔按字本作綌。或作⿰糸郤。〕

【⿰巾冋】涓熒切音扃青韻　巾也。見〔字彙〕。

【帩】七肖切音俏嘯韻　縛也。見〔集韻〕。

【帢】訖洽切音夾洽韻葛沓切音閤合韻　士無市有—。制如榼。缺四角。爵弁服。其色韎。賤不得與裳同。見〔說文市部〕。〔按古者天子朱市朱裳。諸侯卿大夫赤市赤裳。士賤則裳韠色不同。若皮弁服素韠。則士亦與裳同色也。—、或作韐。〕

【⿰巾皃】眉教切音貌效韻眉召切音廟嘯韻　—幗也。見〔玉篇〕。

【⿱⿰糸夂巾】蒼甸切音蒨霰韻七旦切音粲翰韻蒼先切音千先韻　幧頭也。幓也。見〔玉篇〕。〔按方言。自河以北燕趙之閒、幧頭或謂之—。或謂之幓。〕

【⿱折巾】以制切音曳霽韻　帬也。見〔玉篇〕。

【帍】古尹字。見〔集韻〕。

【⿱癸巾】古尹字。見〔集韻〕。

【⿰巾每】同娒。〔漢書古今人表〕—母。黃帝妃。〔注〕師古曰。—字从巾。即嫫字也。

【⿰巾志】同幟。見〔玉篇〕。〔按史記叔孫通傳。張旗志。集解引徐廣曰。一作幟。志與幟通。可證—與幟同也。〕

【⿰巾戒】同⿰巾介。見〔玉篇〕。

【⿰巾忍】同⿰巾刃。見〔集韻〕。

【⿰巾君】同帬。見〔集韻〕。

【⿰巾芒】同幭。見〔集韻〕。

【帹】同帽。見〔玉篇〕。

【⿱吅巾】同師。〔石鼓文〕六—既簡。

八畫

【⿰巾空】枯公切音空東韻　●一 巾也。見〔玉篇〕。●二 袂謂之—。見〔集韻〕。

【帲】必郢切音餅梗韻悲萌切音絣庚韻旁經切音瓶青韻　●一 覆也。見〔廣雅釋詁〕。〔按法言吾子篇。然後知夏屋之爲—幪也。注云。—幪。蓋覆也。〕●二 幄也。見〔韻會〕。

【帳】知亮切音脹漾韻　●一 張也。見〔說文〕。〔按釋名釋牀帳云。—、張也。張施於牀上也。〕●二 幬謂之—。見〔爾雅釋訓〕。●三 計算之簿。〔唐書百官志〕籍—隱沒。●四 通張。〔史記高帝紀〕復留止張飲三日。〔注〕張、幃—也。〔按袁盎鼂錯傳。乃以刀決張道。如淳曰。張音—。司馬貞曰。—、軍幕也。亦張與—通之證。〕

【帴】將先切音箋先韻　●一 小兒藉也。見〔廣韻〕。●二 同韉。〔晉書張方傳〕於是軍人便亂入宮閣。爭割流蘇武帳爲馬—。

【帴】子淺切音剪在演切音踐銑韻　●一 裸也。見〔集韻〕。●二 狹也。〔考工記鮑人〕則是以博爲—也。〔按朱駿聲以爲淺之假借字。〕

【⿰巾夌】山戛切音殺黠韻財干切音殘寒韻私箭切音綫霰韻　帬也。一曰帔也。一曰、婦人脅衣。見〔說文〕。〔通訓定聲〕帬如今之披肩。帔者、一幅巾脅衣、如今之兜肚。

【帴】先旰切音繖翰韻　襦也。見〔廣雅釋器〕。

【帴】所戒切音⿰巾祭卦韻　被也。見〔五音集韻〕。

【帴】燮玷切纖上聲琰韻　帤幅也。見〔集韻〕。

【帶】蓋當切音檔泰韻

❶紳也。男子鞶—。婦人—絲。象繫佩之形。佩必有巾。从重巾。見〔說文〕
❷束也。見〔廣雅釋詁〕
❸佩也。〔史記秦紀〕令吏初—劍。
❹飾也。〔文選王襃賦〕—以象牙。
❺蔕也。著於衣。如物之繫蔕也。見〔釋名釋衣服〕
❻行也。見〔方言〕〔注〕隨人行也。〔今云攜—。蓋本此義〕
❼—所以介其名也。〔考工記鳧氏〕鍾—謂之篆。
❽厲謂之—。見〔方言〕
❾夾—也。〔杜甫詩〕顛—憔悴色。
❿小蛇也。〔莊子齊物論〕鯽蛆甘—。
⓫地面界域之稱。自兩極至極圈各二十三度半之間。曰寒—。又分為南寒—、北寒—。自極圈至回歸線各四十三度之間。曰溫—。又分為南溫—、北溫—。兩回歸線四十七度之間。曰熱—。是為五—。各—氣候不同。所產動植物因之大異。
⓬州名。唐置。屬羈縻河北道。當今京兆尹昌平縣境。
⓭山名。〔山海經北山經〕—山。其上多玉。其下多青碧。
⓮姓也。〔史記秦始皇紀〕吳起孫臏—佗兒良王廖田忌廉頗趙奢之朋制其兵。
⓯俗稱某地意復有所連屬者。通云一—。
⓰—下。婦人病也。〔史記扁鵲傳〕過邯鄲。聞貴婦人病。即為—下醫。
⓱書—。草名。〔三齊記〕鄭玄所居山下有艸如薤。時人名曰康成書—。
⓲海—。藥名。〔本草注〕海—出東海山中石上。
⓳算學家稱整數加分數者曰—分數。
⓴—方。縣名。漢置。屬樂浪縣。今隸朝鮮。〔又〕北魏縣名。屬南營州營丘郡。當今直隸安肅縣西。

【常】辰羊切音裳陽韻

❶下帬也。見〔說文〕〔按衣—字今通作裳〕
❷恆也。〔易坤〕後得主而有—。
❸典法也。〔國語越語〕無忘國—。
❹凡庸也。〔史記司馬相如傳〕蓋世必有非—之人。然後有非—之事。
❺守也。〔詩閟宮〕魯邦是—。
❻質也。見〔廣雅釋詁〕
❼復命曰—。見〔老子〕
❽知和曰—。見〔老子〕
❾八尺為尋。倍尋為—。〔國語周語〕不過墨丈尋—之閒。
❿旗名。〔周禮司常〕日月為—。〔按—為九旗之一。亦曰大—。司—所謂王建大—是也。其後乃以名官。史記叔孫通傳。乃拜叔孫通為大—是也。亦作太—〕
⓫車戟曰—。長丈六尺。車上所持也。〔見釋名釋兵〕
⓬神名。〔荀子九家易〕兌為—。西方之神也。
⓭木名。〔詩采薇〕維—之華。〔傳〕—、棣也。
⓮地名。〔詩魯頌〕居—與許。〔傳〕—許。魯南鄙西鄙也。〔按箋云。—或作嘗。在薛之旁。正義云。齊有孟嘗君。食邑於薛。以其居薛邑而號孟嘗君。則嘗在薛旁。共為一地也。史記越世家。願齊之試兵南陽莒地以聚—、郯之境。索隱曰。—、邑名。蓋田文所封之邑。與正義說合。今山東滕縣南有—邑故址。當是其地〕
⓯州名。隋置。屬毗陵郡。元為—州路。明為府。清因之。今廢。江蘇武進陽湖等縣。是其舊境。
⓰山名。〔漢書地理志〕—山郡。〔注〕恆山在西。避文帝諱。故改曰—山。〔按地在今直隸曲陽縣西北。餘詳恆字〕
⓱水名。〔史記夏紀〕—衞既從。〔注〕—水出—山。〔按禹貢作恆衞既從〕
⓲雒—。木名。〔晉書東夷傳〕肅愼氏有樹曰雒—。
⓳——。盛也。見〔廣雅釋訓〕
⓴—羊。不進不退之貌。〔淮南天文〕東南為—羊之維。
㉑五—。之道。仁義禮智信也。見〔論衡問孔〕
㉒—平。猶言平生也。〔韓愈張中丞傳後敘〕就戮時。顏色不亂。陽陽如平—。
㉓—勝。猶今婦人言萬福也。見〔老學菴筆記〕〔按前人宮詞。有見人忘卻道—勝之句。勝讀平聲〕
㉔姓也。漢—惠。

【⿰巾奄】於刼切音腌葉韻

❶—頭。趙魏之間或謂之—。見〔方言〕

●一 橐也。見〔玉篇〕。

【幨】烏含切音諳覃韻
橐也。見〔廣雅釋器〕。

【帷】于龜切音爲支韻
●一 在旁曰—。見〔說文〕。〔按周禮幕人注同〕
●二 圍也。所以自障圍也。見〔釋名釋牀帳〕。
●三 —裳在下之裳。正幅如—。無殺縫者。〔論語鄉黨〕非—裳必殺之。〔又〕童容也。〔詩氓〕漸車—裳。〔疏〕以幃障車之旁。如裳以爲容飾。故或謂之幃裳。或謂之童容。〔按廣雅釋器作襜褣〕。

【幝】賓彌切音卑支韻毗亦切音擗陌韻
冕也。見〔集韻〕。〔按字通作裨〕。

【幭】呼或切音䵝職韻
巾被風也。見〔玉篇〕。

【幒】徂宗切音從冬韻
帛—。又布名。見〔玉篇〕。〔按集韻以—爲賨之或字〕

【⿰巾昌】蚩良切音昌陽韻
裮或字。〔集韻〕裮、博雅。披裮不帶也。或从巾。〔按廣雅疏證本作裮被。不帶也。離騷。何桀紂之猖披兮。王逸注云。猖披。衣不帶之貌。蓋字異而義同。〕

【⿰巾卒】祖對切音晬隊韻祖外切音最泰韻
五采繒。見〔玉篇〕。〔按即綷字〕。

【⿰巾松】諸容切音鐘冬韻取勇切音腫腫韻
幒或字。見〔說文〕。〔按—亦作衳。方言。褌陳楚江淮之間謂之衳。廣雅釋器。衳。襣。褌也。參閱幝字幒字。〕

【⿰巾玆】胡千切音賢經天切音堅先韻
布也。出東萊。見〔說文〕。〔按段本布上增—字。注云。地理志郡國志東萊郡皆有—縣。蓋以布得名也。—縣故城在今山東黃縣南。廣韻作搣。晉地理志作惤。〕

【⿰巾炎】處占切音襜鹽韻
車幨也。見〔玉篇〕。

【幍】乞洽切音恰洽韻
帽也。幧幘也。見〔玉篇〕。〔按晉書輿服志。漢儀立秋日。獵服緗幘。哀帝改用素白。—即此義。字亦作帢。詳帢字〕

【⿰巾沓】達合切音錔合韻
帳上—。見〔玉篇〕。

【⿰巾函】胡感切音頷感韻
墊耳也。見〔玉篇〕。

【帵】烏丸切音剜寒韻於袁切音鴛元韻
—子。裁餘。見〔廣韻〕。〔按正字通云。今采帛鋪謂剪裁之餘曰—子。〕

【⿰巾咎】輕甸切音俔霰韻
幡係於欒者。見〔集韻〕。

【帺】渠之切音其支韻
巾也。見〔玉篇〕。

【帺】渠記切音忌寘韻
緊也。見〔廣韻〕。

【帹】色甲切音翣洽韻
—幭面衣也。見〔玉篇〕。〔按廣雅釋器。幭幓謂之—。疏證引玉篇爲訓。集韻三十三狎引廣雅作幓幓謂之—帕。違涉下文而誤。坿正於此。〕

【帹】七接切音妾葉韻
幓頭也。見〔集韻〕。

【⿰巾毒】徒沃切音毒沃韻
纛或字。〔集韻〕纛。羽葆幢。或从巾。

【⿰巾周】同幬。見〔玉篇〕。

【⿰巾谷】同⿰巾松。見〔說文長箋〕。

【⿰巾官】冠或字。見〔集韻〕。

【⿰巾直】犆或字。見〔集韻〕。

【⿰巾昆】⿰巾軍或字。見〔集韻〕。

九畫

【帽】莫報切音冒號韻
●一 頭—也。見〔玉篇〕。〔按說文作冃。正字通云。古者冠無—。冠下有纚。以繒爲之。後世因之。—於冠。或裁纚爲—。自乘輿宴居下至庶人無爵者皆服之。〕
●二 冒也。見〔釋名釋首飾〕。〔按漢書雋不疑傳著黃冒注云。冒所以覆冒其首。〕
●三 —憑。盈滿積思之貌。〔淮南脩務〕—憑而爲義。
●四 —頂。黔蜀間稱會匪也。亦曰老—。

㊄或作冒。〔史記絳侯世家〕薄太后以冒絮提文帝。〔注〕巴蜀異志謂頭上巾爲冒絮。

㊅亦作務。〔荀子哀公〕有務而拘領者矣。〔注〕務、讀爲冒。

【帾】董五切音覩麌韻

㊀旛也。見〔玉篇〕。

㊁標記物之處也。見〔廣韻〕。

㊂通褚。〔荀子禮論〕無｜絲歶縷翣其額。〔注〕｜、與褚同。

【㡒】株倫切音屯瀾倫切音春船倫切音脣眞韻杜本切音囤阮韻

㊀藏米䍚也。見〔說文〕。〔按宁部曰。䍚、㡒也。所以盛米也。二字互訓。〕

㊁布貯曰｜。見〔廣韻〕。

【㡔】莫卜切音木屋韻亡遇切音務遇韻蒙晡切音模虞韻迷浮切音謀尤韻

㊀髮布也。一曰。車衡上衣。見〔說文〕。

㊁髮巾也。見〔廣韻〕。

㊂幪上絲也。見〔廣韻〕。〔按廣韻一屋義訓如此。與見十一模者少異。〕

【𢄶】莫候切音茂宥韻吁玉切音旭沃韻

㊀染布以覆車也。見〔集韻〕。

㊁桼布覆車曰｜。見〔集韻〕。

【幃】于非切音韋許歸切音揮微韻

㊀囊也。見〔說文〕。〔按離騷。樧又欲充夫佩｜。注。｜、盛香之囊。段玉裁云。囊皆曰｜。〕

㊁帳也。〔文選枚乘七發〕如素車白馬｜蓋之張。

㊂緌也。見〔廣雅釋器〕。

㊃幞也。見〔一切經音義引蒼頡〕。

㊄裳正幅曰｜。〔國語鄭語〕王使婦人不｜而譟之。

㊅婦人之｜謂之褘。見〔爾雅釋器〕。〔釋文〕｜、本作褘。

【幄】乙角切音渥覺韻

㊀帳也。〔周禮幕人〕幕人掌帷幕｜帟綬之事。〔注〕｜、王所居之帳也。〔按左昭八年傳注。｜、帳也。小爾雅廣服。覆帳謂之｜。義並同。〕

㊁屋也。以帛依板施之。形如屋也。見〔釋名釋牀帳〕。

㊂居處位之具也。見〔爾雅釋言擬具也李注〕。

㊃享神之帳也。〔漢書禮樂志〕照紫｜。

㊄｜幕。軍旅之帳也。〔左昭十三年傳〕子產以｜幕九張行。

【幅】方六切音福屋韻

㊀布帛廣也。見〔說文〕。〔段注〕凡布帛廣二尺二寸。其邊曰｜。〔按詩長發。｜隕旣長。鄭云。｜、廣也。此由布帛之廣引伸爲廣土之稱。〕

㊁｜者所以正曲枉也。見〔列女傳母儀〕。

㊂滿也。見〔廣雅釋詁〕。〔按疏證本｜作愊。〕

㊃通畐。〔禮記喪大記〕絞一｜爲三。〔釋文〕｜、本作一畐。

㊄姓也。見〔廣韻〕。

【幅】筆力切音逼職韻

㊀行縢也。〔左桓二年傳〕帶裳｜舄。

㊁偪也。所以自偪束也。〔詩采菽〕邪｜在下。

㊂通偪。〔禮記內則〕偪屨著巾。〔釋文〕偪、本又作｜。

【㡏】山雛切音疎容朱切音逾虞韻雙遇切音數遇韻

正襦裂也。見〔說文〕。〔段注〕襦、各本作耑。今正。衣部曰。襦、衣正幅也。此謂帛之正襦。以別於上文。紕謂殘帛之裂。〔按廣韻訓裁殘帛也。入遇韻。義略同。〕

【㡏】徒侯切音頭尤韻

褕或字。〔集韻〕褕。𧝝褕。短袖襦。或从巾。

【㡏】詢趨切音須虞韻

繻或字。〔集韻〕繻。繒采色。或从俞。

【𢅏】子仙切音煎先韻

幡幟也。見〔說文〕。〔段注〕幡幟、旛識之俗字也。旛識者。旗有幖。可爲表識。｜之言箋也。箋謂表識。

【𢅍】彌兗切音弭銑韻

幕也。見〔玉篇〕。

【𢅣】子了切音勦篠韻

凶首飾。見〔廣韻〕。

【𢅣】千遙切音鍫蕭韻

同幧。見〔玉篇〕。

【𢄾】居誄切音癸紙韻

衣袴也。見〔五音集韻〕。

【帿】胡溝切音侯尤韻

射—也。古作帿。見〔玉篇〕。〔按廣韻以爲帿俗字〕

【幀】豬孟切音偵敬韻 張畫繪也。見〔集韻〕。〔按字一作[illegible]〕

【⿰巾是】承紙切音是紙韻 巾也。見〔玉篇〕。

【⿰巾須】思于切音須虞韻 頭—也。見〔五音集韻〕。

【⿰巾某】莫侯切音牟尤韻 女人衣巾也。見〔玉篇〕。

【⿰巾奉】五伯切又音客陌韻 鉄也。亦作⿰糸奉。見〔玉篇〕。

【⿰巾軍】公渾切音昆元韻 幒也。見〔說文〕。〔段注〕今之套褌。古之絝也。今之滿襠褌。古之—也。自其渾合近身言曰—。自其兩襱孔穴言曰幒。〔按字又作褌。詳褌字〕

【⿰巾英】於驚切音英庚韻 央或字。〔集韻〕央。鮮明貌。詩旂旐央央。或作—。

【帊】補下切音把馬韻時饒切卷

韶蕭韻 挹擊也。見〔說文巴部〕。〔段注〕挹者。反手擊也。今之琵琶古當作挹—。〔按錢坫曰今人擊嘴曰—。當此字也〕

【⿰巾重】杜勇切音重腫韻 —謂之幪。見〔集韻引廣雅〕。〔按今本廣雅作幢〕

【⿰巾曷】於例切音緆霽韻 直衿謂之—。見〔集韻〕。

【⿰巾曷】丘蓋切音磕泰韻 非時而葬謂之—。見〔集韻〕。

【⿱剌巾】郎達切音辣曷韻 制也。見〔說文〕。〔段注〕制當作拂。字之誤也。

【⿰巾秋】側救切音皺宥韻 褶或字。〔集韻〕褶衣不伸也。或作—。

【⿰巾及】其立切音及緝韻 新羅謂絹曰—。見〔五音集韻〕。

【⿰巾句】古後切音苟有韻 綿—。見〔字彙補〕。

【[illegible]】側加切音楂麻韻

挹也。一曰取物泥中。見〔字彙補〕。

【⿰巾戒】己力切音戟陌韻 褐也。見〔川篇〕。

【⿱尹巾】古尹字。見〔說文又部〕。

【[illegible]】古牟字。見〔字彙補〕。

【[illegible]】古尹字。見〔字彙補〕。

【⿰巾俞】同前。見〔集韻〕。

【⿰巾忽】同㡛。見〔玉篇〕。〔按說文作幒〕

【⿱策巾】同策。見〔字彙補〕。

【⿰巾屏】同屏。見〔字彙補〕。〔按卻寐有—幃春吟詞〕

【⿰巾匧】恰或字。見〔集韻〕。

【⿰巾幫】幫省字。見〔六書故〕。

十畫

【幐】徒登切音騰蒸韻唐亙切音鄧徑韻 〔康熙字典誤作幐。玫各字書皆有—無幐。今正〕 ㊀囊也。見〔說文〕。〔按離騷蘇糞壤以爲幃兮注幃謂之—。廣雅釋器同〕 ㊁兩頭有物謂之—擔。見〔玉篇〕。 ㊂通幐〔後漢儒林傳〕小乃制爲幐囊。〔注〕幐亦—也。

【⿱炏巾】絹營切音縈庚韻 ㊀襆也。見〔玉篇〕。 ㊁縈或字。〔集韻〕縈。說文、收拳也。或从巾。

【⿰巾虒】田黎切音題天黎切音梯呼雞切音醯齊韻相支切音思支韻 ㊀帷也。見〔玉篇〕。 ㊁幱—謂之帟。見〔廣雅釋器〕。〔按玉篇云幱—赤紙也。說文作繫褫。漢書外戚傳作赫蹏。亦作繫蹏並與幱—同〕

【⿰巾兼】離鹽切音廉鹽韻 ㊀帷也。見〔說文〕。〔段注〕與竹部簾異物。—以布爲之。簾以竹爲之。〔按釋名戶—施之於戶外也。俗謂之門—。字亦作幨、幓、[illegible]〕 ㊁廉也。自蔽障爲廉恥也。見〔釋名釋牀帳〕。

【⿰巾林】犂針切音林侵韻 —幓。羽毛皃。見〔集韻〕。

【幪】謨蓬切音蒙東韻蒙弄切音艨送韻〔字亦作幏與幏異〕。㊀蓋衣也。見〔說文〕。〔段注〕覆蓋物之衣也。㊁巾也。見〔方言〕。〔按廣韻。—綴。蓋巾也。〕㊂古刑之一種。〔書大傳〕下刑墨—。〔鄭注〕使不得冠飾以恥之也。

【幌】戶廣切音晃養韻 ㊀帷幔也。見〔玉篇〕。㊁首飾名。〔釋名釋首飾〕幗。恢也。廓覆髮上也。齊人謂之—。㊂酒帘也。俗亦謂之—子。

【幍】他刀切音韜豪韻 ㊀巾袟也。見〔集韻〕。㊁同絛。編絲繩也。見〔廣韻〕。

【幎】莫狄切音覓錫韻民堅切音眠先韻忙經切音冥青韻眠見切音麪霰韻 ㊀幔也。周禮有—人。見〔說文〕。〔段注〕謂冡其上也。周禮注曰。以巾覆物曰—。〔按廣雅釋詁〕—、覆也。㊁簾也。見〔玉篇〕。㊂塓也。〔文選左思賦〕葺牆—室。

㊃均致貌。〔考工記輪人〕望而眡其輪。欲其—爾而下迤也。

【幒】邊迷切音蓖齊韻頻脂切音毗支韻 ㊀車—也。見〔玉篇〕。㊁幞也。見〔廣雅釋器〕。

【𢅏】居侯切音鉤尤韻 ㊀甲衣也。見〔玉篇〕。㊁褠或字。〔集韻〕褠單衣。或从巾。

【𢄙】始回切音傀灰韻矩偉切音鬼尾韻 綵也。見〔廣雅釋器〕。

【𢄶】師駭切音擺蟹韻 𢅩—。衣破也。見〔集韻〕。

【𢃻】胡閤切音合合韻於盍切音嗑陌韻 吹火—。見〔字彙〕。

【𢄚】蒲浪切音傍漾韻 書帖也。見〔集韻〕。

【𢄐】古紅切音工東韻 衣巾也。見〔五音集韻〕。〔按此字已見玉篇義闕〕。

【幋】蒲官切音槃寒韻 覆衣大巾也。或以爲首—。見〔說文〕。〔段注〕首—未聞。當依李善思玄賦注作首飾。

【幏】居迓切音駕禡韻居牙切音嘉佳韻 南郡蠻夷賨布也。見〔說文〕。〔按後漢南蠻傳。其民戶出—布八丈二尺。文選魏都賦注引風俗通。略同。段玉裁曰。—亦賨也。故統謂之賨布〕。

【𢃯】於五切音隖麌韻 頭巾也。見〔廣韻〕。〔按集韻。首巾謂之—。與廣韻義同。康熙字典引廣韻云。手巾謂之—。首誤作手。增正於此〕。

【𢅮】當蓋切音帶泰韻。—方。山名。一曰郡名。屬幽州。通作帶、㡋。見〔集韻〕。〔按山名郡名無攷。漢地理志有帶方縣。詳帶字〕。

【𢄢】昆祭切霽韻 帛也。見〔龍龕手鑑〕。

【𢅷】古禽字。見〔集韻〕。

【𢃖】古巽字。見〔集韻〕。

【𢅭】古遂字。見〔字彙補〕。

【𢃿】同絅。見〔字彙補〕。

【𢅻】𢅻或字。見〔集韻〕。

十一畫

【𢅲】房用切音俸宋韻 ㊀巾也。見〔玉篇〕。㊁款書也。見〔廣韻〕。

【幔】莫半切音縵翰韻 ㊀幕也。見〔說文〕。〔按段本改作幎也。注云。各本作幕。由作帟而誤耳。〕㊁幄也。見〔廣雅釋詁〕。㊂漫也。漫漫相連綴之言也。見〔釋名釋牀帳〕。〔疏證〕當作曼。曼、引也。㊃帳也。見〔廣雅釋器〕。㊄閣也。見〔廣雅釋言〕。〔疏證〕閣、通作奄。說文。奄、覆也。㊅車無文也。〔國語晉語〕乘—不舉。㊆—亭。武夷山之一峯。〔朱熹詩〕—亭峯影蘸晴川。

【幕】末各切音莫藥韻

(一)帷在上曰—。見〔說文〕。〔按大徐本此下有覆食案亦曰—六字〕。
(二)布於地者曰—。〔周禮幕人〕掌帷—幄帟綬之事。〔注〕—或在地展陳於上。
(三)臂脛衣也。〔史記蘇秦傳〕當戰則斬堅甲鐵—。〔注〕謂以鐵為臂脛之衣。
(四)覆也。〔易井〕井收勿—。
(五)絡也。言牢絡在衣表也。見〔釋名釋衣服〕。〔按釋帳云。—絡也在表之稱也。義相通〕。
(六)沙土曰—。〔史記匈奴傳〕益北絕—。
(七)暮也。見〔爾雅釋言〕。〔注〕—然暮夜。
(八)庵也。見〔廣雅釋室〕。
(九)—友。前代官府延聘以自佐者。亦簡稱曰—。相從習其業者曰學—。
(十)—府。山名。在今江蘇江寧縣西北二十里。晉王導建—府於此。因名。
(十一)六—。猶言六合也。〔漢書禮樂志〕紛紜六—浮大海。
(十二)—罔。貌。〔後漢張衡傳〕建罔車之——兮。
(十三)新劇登場則開其—。故今謂凡事開始皆曰開—。
(十四)通莫。〔史記李廣傳〕莫府省約文書籍事。〔索隱〕凡將軍謂之莫府者。蓋兵門合施帷帳。故稱—府。古字通用。遂作莫耳。
(十五)姓也。舜祖—之後。〔史記陳世家〕自—至於瞽瞍。

【幕】莫半切音縵翰韻

錢背也。〔漢書西域傳〕文獨為王面。—為夫人面。

【幖】卑遙切音飈蕭韻

(一)幟也。見〔說文〕。〔按段本改作—識也。廣雅云。—、幡也。通俗文云。徽號曰—〕。
(二)立木為表、以綵繫其上、謂之—。見〔洪武正韻〕。
(三)——。翻動貌。〔杜牧詩〕旌竿——旗燿燿。

【⿰巾曹】臧曹切音糟倉刀切音操豪韻

(一)糟也。見〔玉篇〕。
(二)⿰巾曹或字。〔集韻〕⿰巾曹、說文。幧也。或从巾。

【幗】古獲切音幗陌韻古對切音隤隊韻

(一)婦人首飾。見〔說文新附〕。
(二)幗也。覆髮上也。或作簂。見〔玉篇〕。〔按釋名釋首飾。簂。恢也。恢廓覆髮上也。齊人曰幗。玉篇蓋本此為訓〕。
(三)婦人喪冠。見〔廣韻〕。
(四)—匪。清咸豐同治間四川亂黨之名。

【幘】側革切音責陌韻

(一)髮有巾曰—。見〔說文〕。〔段注〕方言曰。覆髻謂之—巾。或謂之承露。或謂之覆鬃。獨斷曰、—古者卑賤執事不冠者之所服也。漢以後服之。其制日詳。
(二)賾也。下齊眉賾然也。見〔釋名釋首飾〕。
(三)雞—。猶言雞冠也。〔梅聖俞詩〕垒如雞—丹。
(四)上下齒相值也。〔左定九年傳〕皙—而衣貍製。〔按此蓋嘖之假借字〕。

【幫】讀若邦

(一)相助也。凡助以力、助以財。皆曰—。
(二)舊時業聯之稱。如茶業曰茶—。絲業曰絲—。

【⿰巾祭】所例切音細霽韻私列切音薛式列切音設屑韻

殘帛也。見〔說文〕。〔按廣雅釋詁。—、餘也〕。

【⿰巾祭】相絕切音雪屑韻

—縷。桃花。今製綾花。見〔廣韻〕。〔按集韻云。今時剪繒為花。義同〕。

【幑】吁韋切音揮微韻

幟也。以絳—帛著於背。春秋傳曰。揚—者公徒。見〔說文〕。〔通訓定聲〕凡表朝位之旗。與軍中之幟。皆用絳帛。又將帥以下。衣皆有題識。平時則城門僕射及亭長所著。又凡救火人衣用絳帛著於背。皆—屬也。

【⿱𠩺巾】陵之切音釐支韻

斷繒也。見〔集韻〕。

【⿱埶巾】輸芮切音稅霽韻脂利切音至寘韻質涉切音摺即協切音接葉韻

禮巾也。見〔說文〕。〔按大小徐本皆作⿰巾埶。段玉裁改作—。廣雅釋器。—、巾也〕。

【⿰巾彗】旋芮切音彗霽韻

盌巾謂之―。見〔類篇〕。〔按廣韻有幭無―。康熙字典誤引集韻云。盌巾謂之―。盌蓋盌之形譌〕

【幓】疏簪切音森侵韻
襂或字。〔集韻〕幓。襂纚。衣裳毛羽垂皃。或作―。〔按漢書揚雄傳。離虖―纚。注車飾貌也。文選―作襂。〕

【幓】師炎切音纖鹽韻所感切音襂感韻
縿或字。〔集韻〕縿。旌旗正幅。或从巾。

【幓】師銜切音衫咸韻
旟也。〔文選司馬相如賦〕垂旬始以爲―兮。〔按集韻云旌旗之游也。與縿同訓。〕

【幱】郎侯切音婁尤韻
飤馬橐。自關而西或謂之―篼。見〔方言〕。〔按飤、舊本誤作飲。今從箋疏本。〕

【幱】力字切音縷麌韻
古姓。見〔玉篇〕。

【⿰巾鳥】都了切音鳥篠韻
絹―也。見〔玉篇〕。〔按―廣韻集韻類篇皆不錄。正字通以爲俗帕字〕

【⿰巾族】千木切音族屋韻
纀也。見〔集韻〕。

【⿰巾旋】音旋先韻
橙也。見〔海篇〕。〔按―與幣字形相近。橙亦疑爲橙之譌字。〕

【幄】於角切音約覺韻
大帳也。見〔龍龕手鑑〕。

【幒】諸容切音鍾冬韻取勇切音腫腫韻
幝也。一曰帗。見〔說文〕。〔參閱幝字〕

【⿰巾連】音至寘韻
田器也。見〔川篇〕。

【⿰舌巾】下利切音系寘韻
細綢也。見〔字彙補〕。

【幛】讀如障
俗以布帛題字爲慶弔之禮謂之―。字本作障。邵雍有幛―春吟詞。

【⿰巾隶】肆篆文。見〔玉篇〕。

【⿰巾通】同⿰巾同。見〔類篇〕。

【幙】同幕。見〔字彙補〕。〔按字又借作模。漢郎中鄭固碑。傳宣孔業。作世―式。〕

【⿰巾區】⿰巾句或字。見〔集韻〕。

十二畫

【幜】居永切音憬梗韻
❶帛也。見〔玉篇〕。〔按隋書禮儀志。後齊皇帝納后之禮。皇后服大嚴繡衣、帶綬佩。加―。入昭陽殿。前至席位。姆去―。當卽此義。〕
❷通景。〔儀禮士昏禮〕姆加景。〔注〕景之制蓋如明衣。加之以爲行道御塵。令衣鮮明也。景亦明也。今文景作―。

【幞】逢玉切音襆沃韻博木切音卜屋韻
❶帊也。見〔說文新附〕。〔按玉篇云。巾―也。廣韻訓帊與大徐同。又云。―頭。周武帝所制。裁幅巾出四脚以―頭。乃名焉。〕
❷帕也。一曰裳削幅。見〔集韻〕。

【幟】昌志切音熾職吏切音志式吏切音試寘韻
❶旌旗之屬。見〔說文新附〕。〔按廣雅釋器。―、幡也。漢書高祖紀。旗―皆赤。師古曰。―、幖也。史家字或作識。或作志。音義皆同。又通作織。詩六月。織文鳥章。箋云。織、徽織也。漢書食貨志。治樓船十丈餘。加旗織於其上。注云。織讀若―。〕
❷記也。〔後漢虞詡傳〕以采綖縫其裾爲―。

【幠】荒胡切音呼虞韻
❶覆也。見〔說文〕。〔按儀禮士喪禮。―用斂衾。注與許合。〕
❷大也。東齊海岱之間或曰―。見〔方言〕。
❸有也。見〔爾雅釋詁〕。
❹慢也。〔禮記投壺〕毋―毋敖。
❺張也。見〔玉篇〕。〔按張、康熙字典誤引作長。〕
❻通無。〔荀子禮論〕無帾。〔注〕無讀爲―。

【幡】孚袁切音翻符袁切音煩元韻
❶書兒拭觚布也。見〔說文〕〔段注〕觚以學書或記事。若今書童及貿易人所用粉版。既書可拭去再書。楊雄賷油素四尺。亦謂素之可拭

者也扺觚之布謂之—亦謂之褡。反覆可用之意。
(二)幟也。〔漢書灺宣傳〕博士弟子濟南王咸舉—太學下。
(三)反也。〔孟子萬章〕既而—然改曰。〔按荀子大略君子之學如蛻—然遷之注—與翻同。〕
(四)—亦薄也。〔呂覽觀表〕鎵圖—薄。
(五)——失威儀貌。〔詩賓之初筵〕威儀——。〔又〕猶翩翩也。〔詩巷伯〕捷捷——。〔又〕瓠葉貌。〔詩瓠葉〕——瓠葉。
(六)—纚。飛揚貌。〔史記司馬相如傳〕落英—纚。
(七)三—色一也色空二也觀三也。〔文選孫綽賦〕消一無於三—。〔注〕言三—雖殊消令為一同歸於無也。卻敬與與謝慶緒書論三—義曰。近論二—諸人猶多欲既觀色空。別更觀識。同在一有而重假二觀。於理猶長然敬與之意以色空及觀為二—識空及觀亦為三—。

【幢】傳江切音樁江韻
(一)旌旗之屬。見〔說文新附〕。〔按漢書韓延壽傳建—棨注晉灼曰—、旌—也師古曰—、麾也。〕
(二)翳也。關東關西皆曰—。見〔方言〕。
(三)童也。施之車蓋童童然以隱蔽形容也。見〔釋名釋牀帳〕。〔按釋兵云、—童也其貌童童然也。義略同。〕
(四)—謂之幪。見〔廣雅釋器〕。

【幢】丈降切音⿰車童絳韻
后妃車幰。見〔廣韻〕。〔按隋書禮儀志。王后車飾以翟羽黃油—。或即廣韻所本。〕

【幢】徒東切音同東韻
—羽貌。〔文選張衡賦〕樹羽——。

【幣】毗祭切音弊必袂切音蔽霽韻
(一)帛也。見〔說文〕。
(二)貨財也。〔國策秦策〕府具—。
(三)錢也。〔史記吳王濞傳〕亂天下—。
(四)皮—以皮為之。〔史記平準書〕乃以白鹿皮方尺緣以藻繢為皮—。直四十萬。

【⿰巾象】西亮切音象漾韻
未笄首飾。見〔字彙〕。〔按疑即襐之俗字廣韻三十六養襐未笄冠者之首飾也。〕

【⿰巾畫】忽麥切音劃陌韻
裂帛聲。見〔玉篇〕。

【⿰巾尞】憐蕭切音聊蕭韻
韜弓也。通作橑。見〔集韻〕。

【幝】齒善切音闡銑韻稱延切音僉先韻他丹切音灘寒韻
車敝皃。詩曰。檀車——。見〔說文〕。〔段注〕古本當是巾敝皃。故从巾。詩以為車敝字。則其引伸之義也。〔按釋文—、韓詩作繟。〕

【⿰巾軍】尺戰切音韂霰韻
車衣也。見〔集韻〕。

【⿰巾最】取外切音襊泰韻
—項古服也。見〔集韻〕。

【⿰巾喬】丘祆切音蹺蕭韻
袴—也。見〔玉篇〕。〔按類篇云。袴紐也。〕

【⿰巾焦】子小切音勦朗鳥切音了篠韻
拭也。見〔玉篇〕。〔按集韻或从衣作⿰衤焦。〕

【⿰巾散】類旱切音饊旱韻〔一作繖。又作傘[illegible]〕
—扇。見〔廣韻〕。〔按晉書輿服志。功曹吏—扇騎從。此—字之見於史籍者。廣韻二十八翰又云、—蓋也。義同。〕

【⿰巾須】詢趨切音須虞韻
帗也。亦作繻。見〔玉篇〕。〔按廣韻訓頭—集韻云。㡊—繪頭也。朱子家禮。婦人成服布頭—用麤細麻布一條長八寸。以束髮根而垂其餘于後。据此則—為婦人首飾之用。存以備致。〕

【⿰巾貳】而至切音二女利切音膩寘韻
飾也。見〔集韻〕。

【⿰巾壽】尼老切音獿皓韻
鬧也。見〔字彙補〕。

【⿰巾曾】疾陵切音層蒸韻
帛也。見〔龍龕手鑑〕。〔按此字當即繒之俗體〕

【⿰巾貌】眉教切音貌效韻班交切音包爻韻
綵雜文。見〔玉篇〕。〔按集韻五爻云。綵色也。三十六效云。帛雜文。義

小異。〕

【⿱𦥑巾】古盟字。見〔字彙補〕。

【⿰巾𧰼】同㡧。見〔廣韻〕。

【⿰巾登】同幀。見〔字彙〕。〔按康熙字典誤引集韻。檢集韻無此字。今正。〕

【⿱𢆶帶】同蠧。須—。天名。見〔龍龕手鑑〕。〔按字又音武。出兜沙經。〕

十三畫

【幦】莫狄切音覓詰歷切音喫錫韻

㈠髹布也。見〔說文〕。〔按廣雅釋器。覆笭謂之—。朱駿聲云。古者車前後禦風塵之簾。用竹或用髹布。〕

㈡通幭。〔周禮巾車〕木車蒲蔽犬幭。〔注〕犬幭以犬皮爲覆笭。〔按幭—不同。蓋故書今書之異。段玉裁云。幭爲正字。—爲假借字。〕

【幧】七遙切音鍫蕭韻倉刀切音操豪韻

㈠斂髮也。見〔說文新附〕。〔按方言。絡頭。帞頭也。自河以北趙魏之間曰—頭。廣韻四宵。斂髮謂之—頭。義並同。〕

㈡亦書作幓。〔儀禮喪服注〕以麻者。自項而前。交於上額。卻繞紒。如著幓頭焉。〔按集韻以幓爲—之或字。〕

㈢或作綃。〔釋名釋首飾〕綃頭。綃鈔也。鈔髮使上從也。〔疏證〕古樂府云。行者見羅敷。脫帽著綃頭。方言作—頭。

㈣或作帩。〔晉書五行志〕太元中。人不復著帩頭。

【幨】蚩占切音襜鹽韻

㈠帷也。見〔玉篇〕。〔按韻會云。以帷障車旁。如裳爲容飾。其上有蓋。四旁垂而下。謂之—。周禮巾車。王后之五路。重翟、厭翟、安車、皆有容蓋。注云。容謂—車。山東謂之裳幃。或曰潼容。疏云。潼容與—及裳幃爲一物也。〕

㈡障牀曰—。見〔太平御覽引通俗文〕。〔按廣韻引釋名云。牀前帷曰—。義同。今本釋名—作帖。〕

㈢絕起也。〔考工記弓人〕夫筋之所由—。

㈣或作裧。〔儀禮士昏禮〕婦車有裧。〔注〕裧、車裳帷。

㈤亦作襜。〔爾雅釋器〕衣蔽前謂之襜。〔按釋文作—。〕

【幨】昌豔切音𧜟豔韻

襟也。〔管子揆度〕列大夫豹—。〔按廣韻訓披衣。義相近。〕

【⿰巾亶】蕩旱切音但旱韻

㈠衣不束也。亦作袒。見〔玉篇〕。

㈡—輓。喪之輕服。見〔集韻〕。

【⿰巾敫】吉了切音皎篠韻吉弔切音叫嘯韻

—脛。行縢也。見〔玉篇〕。〔按廣韻云。行縢—脛布也。集韻云。行縢謂之—。義同。〕

【⿰巾察】山戛切音殺黠韻

巾二幅謂之—。見〔集韻〕。〔按類篇作巾一幅。存參。〕

【幩】符分切音汾文韻彼義切音賁寘韻

馬纏鑣扇汗也。詩曰。朱—。儦儦。見〔說文〕。〔按毛傳。—、飾也。人君以朱纏鑣扇汗。且以爲飾。段玉裁曰。以朱幩纏鑣馬銜之上而垂之。可以因風扇汗。故謂之扇汗。亦名排沫。以其用幩也。故从巾。〕

【幩】分吻切音憤吻韻

穀囊滿也。見〔集韻〕。

【⿰巾過】音過箇韻

鼜鼓—也。見〔川篇〕。

【⿰巾遂】相銳切音歲霽韻

深赤色。見〔篇海〕。

【⿱蔑巾】同幭。〔禮記曲禮〕鞮屨素—。〔注〕—、覆笭也。〔釋文〕—、本又作幭。

【⿰巾著】同柠。見〔玉篇〕。

【⿰巾僉】幨或字。見〔集韻〕。

【⿰巾龍】龍或字。見〔集韻〕。

【⿰巾廉】㡘或字。見〔集韻〕。

【⿰巾㬅】幔俗字。見〔正字通〕。

十四畫

【幰】於靳切音隱問韻

㈠褱也。見〔廣雅釋詁〕。〔按廣韻云。—褱相著。〕

㈡撐也。見〔廣雅釋詁〕。〔按玉篇訓同。〕

【⿰巾監】盧甘切音藍覃韻

楚謂無緣衣也。見〔說文〕。〔按字亦作襤。方言云。無緣之衣謂之襤。〕

—[illegible]。[illegible]也。楚曰—[illegible]。見〔方言〕。〔注〕謂物之行蔽也。

【幫】逋旁切音榜陽韻

衣治鞋履。見〔廣韻〕。〔按集韻云。治履邊也。義同。字或作幚、縍、鞤、𩋘。俗省作幇。譌作幚。〕

裨帖也。見〔六書故〕。〔正字通云。凡事物旁取者皆曰—。按今俗猶謂資助曰—助。亦曰—補。或曰—貼。〕

【⿰巾賓】紕民切音繽真韻

●亂兒。見〔玉篇〕。

衣敝兒。見〔集韻〕。

【幬】陳留切音儔尤韻重株切音廚虞韻

本作[illegible]。〔說文〕[illegible]。襌帳也。〔段注〕襌、不重也。召南。抱衾與裯。箋云。裯、牀帳也。鄭謂裯爲—之叚借也。不言襌者。統於—也。〔按爾雅釋訓。—謂之帳。注云。今江東亦謂帳爲—。〕

車帷也。〔史記禮書〕大路之素—也。〔注〕謂車蓋以素帷。

●幔轂之革也。〔考工記輪人〕欲其—之廉也。

【幬】大到切音導號韻徒刀切音陶豪韻

覆也。〔左襄二十九年傳〕如天之無不—也。〔按字或作燾。〕

【⿰巾疑】魚紀切音擬紙韻

巾也。見〔玉篇〕。

【幪】謨蓬切音蒙東韻

覆也。見〔廣雅釋詁〕。〔按法言吾子。震風淩雨。然後知夏屋之爲帡—也。注云。帡—、蓋覆也。義同。餘詳帡字。〕

【幪】母總切音懞董韻

—茂盛貌。〔詩生民〕麻麥——。

【⿱厭巾】於檢切音黶琰韻

—心甲。見〔字彙〕。

【⿰巾叟】古搜字。見〔玉篇〕。

【⿰巾龍】同龍。見〔字彙補〕。〔按集韻作[illegible]。〕

【⿰巾彔】同綠。見〔玉篇〕。

【⿰巾歸】同歸。見〔漢孔和碑陰〕。〔按字又作[illegible]見〔字彙補〕。〕

十五畫

【幭】莫結切音蔑屑韻勿發切音韈月韻

●蓋—也。一曰襌被。見〔說文〕。〔通訓定聲〕—者覆物之巾。覆車覆衣覆體之具皆得稱—。

●覆式也。〔詩韓奕〕鞹鞃淺—。〔按周禮巾車作⿰衤冥。禮記玉藻作幦。均訓覆苓。義同。〕

●襎裷謂之—。見〔方言〕。〔注〕—、即帊幞也。〔按廣雅釋器。—、幞也。廣韻引通俗文云。帛三幅曰帊。帊、衣襆也。〕

【幮】重株切音廚虞韻

幬也。似廚形。出陸該字林。見〔廣韻〕。〔按陸游詩。葛—竹簟夜更涼。即用此義。集韻以—爲裯之或體字。〕

【幯】子結切音節屑韻子末切音繓曷韻

拭也。見〔玉篇〕。

【⿰巾羆】彼義切音祕寘韻

帞也。見〔集韻〕。

【[illegible]】……韜囊也。見〔篇海〕。

【⿰巾慧】祥歲切音篲霽韻

布巾。見〔集韻〕。

【⿱雨帝】櫜或字。見〔集韻〕。〔按玉篇作𡫶。康熙字典引作—。類篇作橐。蓋橐篆之隸變。〕

十六畫

【⿱林幣】徐鹽切音燅鹽韻

●巾也。見〔廣雅釋器〕。〔按廣韻。—、小巾也。〕

●殺也。見〔玉篇〕。

【幩】父吻切音憤吻韻方問切音坋問韻敷勿切音弗物韻

●以囊盛穀太滿而裂也。見〔說文〕。〔段注〕—之言墳也。

●弓筋起也。見〔玉篇〕。

【幰】許偃切音軒阮韻

●車幔也。見〔說文新附〕。〔按廣雅釋器。幨謂之—。一切經音義引蒼頡云。布帛張車上爲—也。〕

●憲也。所以禦熱也。見〔釋名釋車〕。

【幱】洛駭切音攋蟹韻　—䙍。衣破。見〔集韻〕〔按字或作䙍。〕

【幗】郝格切音赫陌韻　—䘎謂之帞。見〔廣雅釋器〕。〔按皇甫本幗誤作䘕。各本又誤作䘕。今從疏證本。餘詳幗字。〕

【𢅤】同㡘。見〔五音篇海〕。

十七畫

【𢅪】千廉切音籤。子廉切音尖。鹽韻

●一拭也。見〔說文〕。

●二幖—記。見〔廣韻引字林〕。

【𢅥】離鹽切音廉鹽韻　籢或字。〔集韻〕籢。說文。鏡籢也。或作—。

【幱】落干切音闌寒韻　—衫。—裙。見〔廣韻〕。〔按字亦作襴。類篇云。衣與裳連曰襴。〕

【𢅲】猪孟切音倀敬韻　開張畫繪也。見〔廣韻引文字指歸。〕

【𢄹】弋灼切音藥藥韻　幕—屋也。見〔廣韻〕。〔按集韻云。幕尾謂之—。〕

十八畫

【𢅀】疏江切音雙江韻　欆或字。〔集韻〕欆。梓欆。木張帆。或从巾。

【𢅔】乃昆切音黁元韻　奴回切音挼灰韻　乃坦切音攤旱韻　乃旦切難去聲翰韻　墀地。以巾擱之。从巾。𡙦聲。讀若水溫黁。一曰箸也。見〔說文〕。〔按段本改—為㡛。注云。㡛者古文婚字。見女部。車部轜以為聲。亦讀若閔。然則此為𡙦聲而非㚇聲明甚。土部曰。墀者涂地也。然則墀地即涂地也。揚雄傳—人即莊子郢人。〕〔按類篇字亦如此作。奴回切、訓从巾拭墀。乃昆、乃坦、乃且三切訓巾擱也。與說文𢅔同。疑—即𢅔譌字。〕

十九畫

【𢅓】落官切音鑾寒韻　帑也。見〔字彙〕。

【𢅷】朗可切音砢哿韻　裂繒也。見〔集韻〕。

【𢅴】同𢅔。〔廣韻〕巾擱。又塗著也。

二十二畫

【𢅼】幱本字。見〔韻會〕。〔按類篇有—字。解詳幱下。〕

二十三畫

【𢆁】同駱。見〔字彙補〕。

✱廾部✱

【廾】古勇切音拱腫韻　居容切音恭渠容切音蛩冬韻　本作収。〔說文収部〕収。竦手也。从𠂇又。〔按字亦作廾。並由収篆轉變。說詳収字。〕

【𠬜】同九。見〔字彙補〕。

【卄】同廾。詳廾字。

一畫

【廿】日執切音入緝韻　二十并也。古文省多。見〔說文十部〕。〔段注〕省多者。省作二十兩字為一字也。〔按字亦作廿。互詳十部廿字。〕

【开】同等。見〔五音集韻〕。

二畫

【弁】皮變切音卞霰韻

●一覍或字。見〔說文皃部〕。〔按說文、覍。冕也。段玉裁云。當云覍冔冠也。下云。—、冕之總名也。云總名者。則—與冕固有分矣。今則或字行而正字廢矣。〕

㊁ 一之爲言攀也。所以攀持其髮也。見〔白虎通紼冕〕

㊂ 急也。〔禮記玉藻〕一行劍劍起屨。

㊃ 一名出於槃。槃。大也。言所以自光大也。見〔儀禮士冠禮周一注〕

㊄ 一如兩手相合抃時也。見〔釋名釋首飾〕

㊅ 疾也。〔漢書王莽傳〕予甚一焉。〔注〕一、疾也。言驚懼也。

㊆ 撫手也。〔漢書嚴延年傳〕吏皆股一。〔注〕股戰若一。謂撫手也。

㊇ 手搏也。〔漢書甘延壽傳〕試一爲期門。

㊈ 今稱下級武官曰一。如云一目、武一。

㊉ 地名。〔左襄二十九年傳〕季武子取一。〔釋文〕一本又作卞。〔按今本左傳亦作卞。今山東泗水縣東五十里有卞縣城。卽卞邑故址〕

(十一) 山名。〔廣輿記〕卞山一名一山。山石瑩然如玉。〔按地在今浙江吳興縣城北〕

(十二) 天一。星名。形似一。在南斗建星上。見〔星經〕

(十三) 一言。猶序言也。以其冠諸篇首。故云。

(十四) 同抃。〔漢書嚴延年傳〕延年至。遣掾趙繡按高氏。繡爲兩劾。先白其輕者。延年卽論殺之。吏皆股一。〔注〕股戰若股一。謂撫手也。

(十五) 姓也。〔漢書東方朔傳〕一殿子爲衛尉。

【弁】　薄官切音盤寒韻

樂也。〔詩小弁〕一彼鸒斯。〔按朱駿聲以爲昪之假借字〕

三畫

【异】　羊吏切音異寘韻　盈之切音怡支韻

㊀ 舉也。虞書曰。岳曰一哉。見〔說文奴部〕〔按書傳云。一。已也。退也。疏云。一聲近已。已訓爲止。是停住之意。故爲退也。釋文。一。鄭音異。孔王音怡。段玉裁曰。鄭於其音求其義。謂一爲異之假借也〕

㊁ 發歎也。見〔集韻〕

㊂ 通異。〔列子楊朱〕何以一哉。〔釋文〕一。古異字。

【𠀠】　古箕字。見〔說文箕部〕

【⿱与廾】　古與字。見〔說文舁部〕

四畫

【弄】　盧貢切籠去聲送韻

㊀ 玩也。見〔說文奴部〕〔按玉部曰。玩、一也。彼此互訓〕

㊁ 戲也。〔左僖九年傳〕夷吾弱不好一。

㊂ 侮也。〔漢書東方朔傳〕自公卿在位。朔皆敖一。無所爲屈。

㊃ 小曲也。〔文選王褒賦〕時奏狡一。

㊄ 奏樂也。〔王涯秋夜曲〕銀箏夜久殷勤一。

㊅ 巷也。〔晉書昭帝紀〕上軿于鉤盾一。〔按朱駿聲曰。卽爾雅宮中衖謂之壼。所謂永巷也。注謂宴遊之田失之〕

【⿱奇廾】　渠羈切音逵支韻

持弩拊。从奴。肉聲。見〔說文奴部〕〔段注〕凡弓刀把處皆曰拊。今考工記弓人作柎。从木。

【弅】　符分切音焚文韻　父吻切音憤吻韻

丘高起貌。〔莊子知北遊〕登隆一之丘。

【⿱乖廾】　古乘字。見〔說文桀部〕

【⿱共廾】　古舉字。見〔石鼓文〕

五畫

【⿱罒廾】　同算。見〔字彙補〕

【⿱戈廾】　同戒。見〔字彙補〕〔按篆形作𢍁。卽㦯之隸變〕

【弆】　荷許切音舉上聲語韻

㊀ 密藏曰一。見〔一切經音義引通俗文〕

㊁ 通去。〔在昭十九年傳〕以度而去之。〔疏〕去、卽藏也。字書去作一。謂掌物也。今關西仍呼爲一。東人輕言爲去。

【⿱夲廾】　余六切音育居六切音匊屋韻

兩手盛也。見〔說文奴部〕〔按廣韻引伸其義爲兩手捧物〕

【⿱卌廾】　何仍切音刑靑韻

酒器。見〔字彙補〕

【⿱夵廾】　承戢字。見〔集韻〕

六畫

【弇】　衣檢切音奄琰韻

㊀ 蓋也。見〔說文奴部〕〔按廣雅釋

詁。一、從也。義同〕。

二同也。見〔爾雅釋言〕。

三狹路也。〔左襄二十五年傳〕行及一中。

四深邃也。〔呂覽仲冬〕處必一。

五內向也。〔考工記輿人〕棧車欲一。

六斐也。〔荀子賦〕法禹舜而能一迹者邪。

七甲長曰一。〔爾雅釋魚〕龜前一諸果。後一諸獵。

八古州名。〔淮南墬形〕正西一州曰并土。

九一州山名。〔山海經大荒西經〕有一州之山。

【弇】·衣檢切音奄琰韻於贍切音悇豔韻

鐘形中央寬也。〔周禮典同〕侈聲筰。一聲鬱。

【弇】姑南切音𪒠覃韻

蓋覆也。見〔廣韻〕。

【弇】衣檢切音奄衣廉切音淹鹽韻

一茲。山名。〔穆天子傳〕升於一山。〔注〕一茲山日入所也。〔又〕神名。〔山海經大荒西經〕西海渚中有神名曰一茲。

【弇】那含切音南覃韻

姓也。見〔類篇〕。

【弈】夷益切音亦陌韻〔俗與奕通用。非〕。

一圍棊也。見〔說文収部〕。〔按左襄二十五年傳疏云。圍棊稱一者。取落一之義也〕。

二一容也。見〔廣雅釋訓〕。〔按方言。一、容也。自關而西。凡美容謂之一〕。

三帳也。〔周書王會〕墠上張赤一陰羽。

【□】奔本字。見〔說文夭部〕。

【□】奐本字。見〔說文収部〕。

【□】古恩字。見〔字彙補〕。

七畫

【□】古倦切音眷霰韻

摶飯也。从収。釆聲。釆古文辨字。見〔說文収部〕。〔段注〕一摶疊韻。曲禮。毋摶飯。

【□】古皓字。見〔玉篇〕。〔按九經考異。書大誥一本作大一〕。

【□】古終字。見〔字彙補〕。

【□】兒籀文。見〔說文皃部〕。

八畫

【□】去願切音勸願韻

穿牛鼻。見〔篇韻〕。〔按說文、桊。牛鼻環也。疑一卽桊譌字〕。

【□】弅本字。見〔說文尢部〕。

【□】古弇字。見〔說文収部〕。〔按字形亦作穽。朱駿聲云。从廾从日在穴中〕。

【□】古言字。見〔玉篇〕。

九畫

【□】于貴切音謂未韻

本作𦦝。〔說文朩部〕𦦝、艸木一孛之皃。〔按一从畀得聲。畀从丌。不从廾。今沿舊字書列入廾部。字亦作胃。易泰古文以其胃。經傳皆以彙爲之。互詳彙字〕。

【□】□本字。見〔說文酉部〕。

【□】古盞字。見〔韻會小補〕。

【□】古棄字。見〔集韻〕。

【□】□或字。見〔集韻〕。

十畫

【□】奐本字。見〔說文収部〕。

【□】□或字。見〔集韻〕。

十一畫

【□】竹吏切音智寘韻

敕也。見〔類篇〕。〔按說文、𢽾。敕也。疑一卽𢽾之變體〕。

【□】同弊。見〔玉篇〕。

十二畫

【弊】毗祭切音幣霽韻〔說文有獘無弊。獘之本義爲犬仆。假借爲凡仆之稱。俗又引伸爲利一字。遂改其字作一。此與改獘爲斃正同〕

一仆也。〔周禮大司馬〕質明一旗。

二止也。〔周禮大司馬〕火一。

三敗也。〔國語鄭語〕周其一乎。

四壞也。〔國策秦策〕黑貂之裘一。

五破也。〔國策西周策〕是公以一高都得完周也。

(六)竭也。〔管子侈靡〕浮不—而養足。
(七)極也。〔國策秦策〕韓楚乘吾—。
(八)罷也。〔國策西周策〕兵—于周。
(九)踣也。〔爾雅釋木〕木自—神。
(十)惡也。〔呂覽音初〕土—則草木不長。
(十一)隱也。〔國策秦策〕南陽之—幽。
(十二)——。經營貌。〔莊子逍遙遊〕孰——焉以天下爲事。
(十三)通敝。〔論語子罕〕衣敝縕袍。〔按釋文作衣—〕。
(十四)通幣。〔莊子則陽〕史鰌奉御而進所。搏—而扶翼。〔釋文〕—、郭作幣。

【弊】必袂切音獘霽韻
斷也。〔周禮大宰〕以—邦治。

【[illegible]】筆別切音鼈屑韻
—撥。猶雜揉也。〔淮南俶眞〕不與物相—撥。

【[illegible]】古言字。見〔字彙補〕。

十三畫

【[illegible]】奭益切音亦陌韻
(一)引給也。見〔說文収部〕。〔按段本依廣韻改爲引繒。注云引繒而長。蓋作僞之事。存參〕
(二)擇或字。見〔集韻〕。

【[illegible]】且然切音千先韻
升高也。見〔說文舁部〕。〔按此與辵部遷音義同〕

【[illegible]】公殄切音蹇銑韻
小束也。見〔字彙補〕。〔按說文作叢。形譌作—〕

【[illegible]】興本字。見〔說文舁部〕。

【[illegible]】古巫字。見〔說文巫部〕。

【[illegible]】攀或字。見〔集韻〕。

十四畫

【[illegible]】古遷字。見〔集韻〕。

十九畫

【[illegible]】攣或字。見〔集韻〕。

二十四畫

【[illegible]】古曆字。見〔字彙補〕。〔按秝訓適秝。厤訓治。歷訓過。曆訓數。義各有別。字彙補以—爲古曆字。未詳所本。姑存之〕

※尢部※

【尢】烏光切音汪陽韻〔凡从—者。尣、尪、兀、尩同〕。
(一)尪曲脛也。从大。象偏曲之形。見〔說文〕。〔按段本尢下增也字。曲脛下增人字。存參〕
(二)僂也。短小也。見〔玉篇〕。
(三)瘠病也。見〔正字通〕。

【尣】尢本字。見〔說文乙部〕。

一畫

【尤】羽求切音郵尤韻
(一)本作尤。〔說文乙部〕尤。異也。从乙。又聲。〔注〕乙者欲出而見閡。見閡則顯其尤異。〔按字彙云。—同尤。加一點。爲—豫字。周伯溫曰。从犬曲其足而首尙弱。象形。人行則犬子每豫在前。故謂遲疑不決爲—豫。因借聲爲尤異字。經史尤異字皆加點矣。說文通訓定聲亦從周說。惟以尤爲猶之古文。从犬省。與周說小異耳〕
(二)最也。〔莊子徐无鬼〕夫子物之—也。〔注〕言於人物之中稱之爲最。〔俗今專指美色爲—物〕
(三)甚也。〔左襄二十六年傳〕而視之—。
(四)過也。〔論語爲政〕則寡—。
(五)非也。〔文選陸機賦〕棘世情之常—。
(六)責也。〔論語憲問〕不—人。
(七)怪也。見〔小爾雅廣言〕。
(八)怨咎也。〔史記賈生傳〕般紛紛其離此—兮。
(九)多也。見〔玉篇〕。
(十)水名。〔左昭二十年傳〕聊攝以東。姑—以西。〔注〕姑—齊東界也。姑水—水。皆在城陽郡東南入海。〔按城陽在今山東莒州治〕。
(十一)蚩—。諸侯號也。〔史記五帝紀〕而蚩—最爲暴。莫能伐。〔又〕蚩—之旗。星名。〔史記天官書〕蚩—之旗。類彗而後曲。象旗。〔集解〕孟康曰。熒惑之精也。晉灼曰。呂氏春秋曰。其色黃上白下。
(十二)通郵。〔詩賓之初筵〕不知其郵。〔箋〕郵、過。
(十三)姓也。見〔姓苑〕。

二畫

【尥】六直切音力職韻

脛交也。見[廣韻]。

[尣] 同尢。見[字彙補]。

三畫

[尥] 力弔切音料嘯韻 蒲交切音庖肴韻

●(一)行脛相交也。見[說文]。[段注]行而脛相交則行不便利。[按六書故云。今人謂筋骨弱舉足不隨爲—掉。]

●(二)牛行後脛相交。見[玉篇]。[按集韻云。牛行足外出也。]

●(三)以足鉤之爲—。見[正字通]。[按舊字典誤引方言攷方言無此文。今正。]

[尪] 邕俱切音紆虞韻

●(一)股—也。見[說文]。[段注]—之言紆也。紆者詘也。

●(二)盤旋也。見[廣韻]。

[尩] 胡丸切音桓寒韻

辛苦行不得也。疑即尫字之譌。見[篇海類編]。

[尥] 都了切音鳥篠韻

然也。見[五音集韻]。

[尥] 尥或字。見[集韻]。[按字从尢者亦書作尣。—蓋即尥之變體。]

四畫

[尨] 莫江切音厖江韻

●(一)犬之多毛者。从犬彡。詩曰。無使—也吠。見[說文犬部]。[注]彡、言其多毛也。

●(二)茸也。[穆天子傳]天子之—狗。[注]—茸也。謂猛狗。或曰。—、亦狗名。

●(三)雜色也。[左閔二年傳]衣之—服。遠其躬也。

●(四)人名。八愷之一。[左文十八年傳]—降。

●(五)通厖。[書周官]不和政厖。

●(六)通龍。[考工記玉人]上公用龍。[注]龍當爲—。謂雜色。

[尨] 謨蓬切音蒙東韻 莫江切音厖江韻

—茸。亂貌。[左僖五年傳]狐裘—茸。

[尤] 虛尤切音休尤韻

瘢也。見[集韻]。[按正字通云。俗字。]

[尲] 烏干切音安寒韻

辛苦行不得皃。見[玉篇]。[按正字通云。俗字。]

[尪] 烏光切音汪陽韻 [字或書作尫。亦書作尩。]

●(一)尢篆文。[說文]尢。尳也。曲脛人也。篆文从㞷。[段注]篆文、各本作古文。今正。尢者、古文象形字。尪者、小篆形聲字。本从㞷聲。省作—。

●(二)短小曰尫。羸也。見[一切經音義引通俗文]。

●(三)突胸仰向疾也。[呂覽盡數]苦水所多尫與傴人。

●(四)行不正稱尫。[太玄傒]傒尫尫。

●(五)巫尪。女巫也。[左僖二十一年傳]夏大旱。公欲焚巫尪。[注]巫尪。女巫也。主祈禱請雨者。或以爲尪非巫也。瘠病之人。其面上向。俗謂天哀其病。恐雨入其鼻。故爲之旱。

●(六)通匡。[荀子正論]譬之是猶傴巫跛匡大自以爲有知也。[注]匡讀爲尫。廢疾之人。

●(七)通偟。[荀子王霸]是故百姓賤之如偟。[注]字書無偟字。蓋當爲尪。病人也。

[尬] 居拜切音戒卦韻 訖黠切音戛黠韻

尲—也。見[說文]。[義詳尲字。]

[尰] 主橤切音捶 數軌切音水紙韻

—尰。小皃。見[集韻]。[又]短貌。見[集韻]。

[㞂] 汝水切音橤紙韻

尰—。詳尰字。

[尯] 蒲綰切音板潸韻 北官切寒韻

—尤也。見[龍龕手鑑]。

[𡯆] 羽求切音尤尤韻

覓也。與尳字文同而義異。見[篇海類編]。

[尫] 同尪。詳尪字。

[尩] 尣或作尫。今文作—。見[韻會]。

五畫

[尥] 蒲交切音庖肴韻

脛交也。見[集韻]。[按正字通云。

與說文尬義近。譌作—。非。〕

【𡯁】子我切音左哿韻子賀切音佐箇韻

㊀尬—。行不正也。見〔說文〕。〔按尬—段玉裁依宋本改作——〕。

㊁足偏廢也。見〔增韻〕。

【尬】戶八切音滑黠韻

足病。見〔集韻〕。〔按正字通云。尬字之譌。〕

【𡯇】布左切音哿韻

蹇也。見〔說文〕。〔按玉篇云。今爲跛。〕

【𡯈】補過切音播箇韻

足橫病。見〔集韻〕。

【尯】同尪。見〔字彙補〕。

六畫

【尯】苦委切音跬紙韻丘僞切音喟居義切音寄寘韻

㊀劣也。見〔廣雅釋言〕。

㊁尯也。見〔玉篇〕。

㊂跌也。見〔集韻〕。

【尭】弋笑切音燿嘯韻餘招切音搖蕭韻伊鳥切音窈篠韻

㊀行不正也。見〔說文〕。

㊁㞇也。見〔廣雅釋詁〕。

【𡯐】都唾切音剁箇韻

九也。見〔玉篇〕。〔按正字通云。俗字。〕

【尳】戶括切音活曷韻

尳—。行皃。見〔集韻〕。

【尵】呼回切音灰灰韻

相——擊也。見〔字彙〕。〔按正字通云。俗尵字。〕

【尯】同尪。見〔字彙〕。

【𡯑】同𡯑。見〔篇海類編〕。

【𡯒】𡯒譌字。見〔正字通〕。

七畫

【尵】吐猥切音腿賄韻奴罪切音餒賄韻

尵—。見〔玉篇〕。〔按廣韻云。尵—。行病。集韻同。〕

【尵】吐內切音退隊韻

尵—。病痱。見〔玉篇〕。〔按六書故云。尵—。風疾附病也。〕

【𡯔】在果切音坐哿韻

兀坐也。見〔字彙〕。〔按此字已見玉篇。無訓。〕

【𡯕】思邀切音宵蕭韻

㾓或字。見〔集韻〕。

【𡯖】民堅切音眠先韻

邪行也。見〔集韻〕。

【𡯗】亘逆切音極陌韻

倦—也。見〔玉篇〕。〔按字彙誤作𡯗。入八畫。今正。〕

【𡯘】尢篆文。詳尪字。

八畫

【尷】鄔感切庵上聲感韻烏含切音庵覃韻

㊀蹇也。見〔玉篇〕。

㊁—跛。見〔廣韻〕。

【𡯙】吐內切音退隊韻苦委切音跬紙韻

㊀𡯙—。癡風苦熱。見〔廣韻〕。〔按集韻云。𡯙𡯙。風疾。或作𡯙。字彙云。𡯙—。病痱也。〕

㊁𡯙或字。見〔集韻〕。

【𡯚】畢綺切音剞去倚切音綺紙韻

㊀一足曰—也。今爲踦。見〔玉篇〕。

㊁𡯚也。見〔集韻〕。

【𡯛】卿義切音揣寘韻

㊀跛也。見〔廣韻〕。

㊁㑭也。見〔集韻〕。

【𡯜】步臥切音播箇韻蒲候切音腤宥韻

仆也。見〔玉篇〕。

【𡯝】盧臥切音摞箇韻

不正也。見〔玉篇〕。

【𡯞】敕教切音趠效韻

蹇也。見〔玉篇〕。

【𡯟】尺約切音綽藥韻

齊楚謂跛曰—。見〔集韻〕。

【𡯠】邦皿切音丙梗韻

光也。出西川隋函。見〔字彙補〕。

【𡯡】同寇。〔字彙補〕考古圖有司—敦。

九畫

【就】疾僦切音鷲宥韻

㊀高也。从京尤。尤、異於凡也。見〔說文部〕〔注〕尤、異也。尤高。人所

—之處也。語曰。—之如日。日高人—之。

(二)從也。見[玉篇]。

(三)成也。[禮記孔子閒居]日—月將。

(四)即也。[國語齊語]昔聖王之處士也。使—閒燕。處工—官府。處商—市井。處農—田野。[按今言—位。即位也。—介、—使。即介、即使也。俗語—來、—去。亦即來、即去也。]

(五)久也。見[廣雅釋詁]。

(六)迎也。見[廣韻]。

(七)還徙以即所安也。見[六書故]。

(八)終也。見[爾雅釋詁][疏]—者、凡事物成—亦終也。[按越語。先人—世。南史徐陵傳。每嗟陵早—。皆取終義。]

(九)帀也。[周禮典瑞]繅皆五采五—。[注]五—五帀也。一帀爲一—。

(十)能也。[左哀十一年傳]季孫曰。須也弱。有子曰。—用命焉。[注]雖年少、能用命也。

(十一)歸也。見[廣雅釋詁]。

(十二)因也。見[小爾雅廣詁]。

(十三)謂躬下之也。[禮記學記]—賢體遠。

(十四)志同曰—。[鬼谷子捭闔]益損去—倍反。

(十五)—者形順也。[莊子人間世]—不欲入。

(十六)猶善也。[儀禮既夕]若—器則坐奠于陳。

(十七)猶著也。[禮記曲禮]—屨跪而奉之。

(十八)猶值也。[詩谷風]—其深矣。

(十九)猶逐也。[史記五帝紀]—時於負夏。[索隱]—時、猶逐時。

(二十)猶上也。[後漢皇甫規傳]急使軍—道。

(二十一)合也。見[周書諡法]。

(二十二)雕也。[山海經中山經]暴山其獸多麋鹿麢—。

(二十三)通由。[呂覽下賢]確乎其節之不庳也。—乎。[注]—讀如由與之由。

(二十四)姓也。後漢菟頵氏改爲—氏。見[廣韻]。

【⿺尢畏】烏賄切音猥賄韻　—⿺尢畏。詳⿺尢畏字。

【⿺尢扁】北末切音撥曷韻　—⿺尢扁。足大見[集韻]。

【⿺尢扁】莫曷切音末曷韻　惡行也。見[字彙]。

【訧】同就。見[說文長箋]。

【⿺尢頁】同尰。見[玉篇]。[按集韻以—爲尰俗字。]

【尰】瘇或字。見[集韻]。

【⿺尢是】⿺尢題省字。見[正字通]。

十畫

【尳】古忽切音汩月韻　(一)膝病也。見[說文]。(二)骨差也。見[玉篇引聲類]。

【尲】居咸切音緘咸韻　紀炎切音兼鹽韻　—尬。行不正也。見[說文]。[段注]今蘇州俗語謂事乖剌者曰—尬。[按今湘贛閒謂事不合機曰不—尬。]

【⿺尢朮】雪律切音恤質韻　不能行也。見[廣韻]。[按集韻作⿺尢朮。⿺尢朮訓同。]

【⿺尢差】子末切音拶曷韻　⿺尢扁—。詳⿺尢扁字。

【⿺尢虒】都黎切音低　田黎切音題齊韻　不能行。爲人所引。見[玉篇]。[按廣韻云。⿺尢虒行皃。集韻以爲⿺尢虒或字。正字通以爲⿺尢虒譌字。]

十一畫

【⿺尢䍃】⿺尢䍃俗字。見[正字通]。

【⿺尢巂】戶圭切音攜齊韻　行皃。見[字彙]。

【⿺尢婁】力口切音簍有韻　高皃。見[字彙]。[按正字通云。與僂通。舊訓高皃非。]

【⿺尢鳥】杜奚切音啼齊韻　跛也。見[奚韻]。

十二畫

【尵】徒回切音頹灰韻　⿺尢虫—。馬病。見[玉篇]。[按詩卷耳作虺隤。爾雅釋詁作虺頹。]

【⿺尢童】瘇籀文。見[說文疒部]。

【⿺尢就】⿺尢就譌字。見[正字通]。

【⿺尢喬】⿺尢喬譌字。見[正字通]。

十三畫

【尵】都黎切音低田黎切音題齊韻

跛不能行。爲人所引。曰—尵。見〔說文〕〔按—尵與提攜音同義近。〕

【就】就籀文。見〔說文京部〕。

十八畫

【尶】渠嫘切删韻〔字亦書作𤺄〕。

尶—。膝病。見〔集韻〕。

【尷】丁全切音拳先韻

行不正皃。見〔廣韻〕。

十九畫

【𡴀】呼果切音裸胥韻倫爲切音羸支韻〔字亦書作𤺋〕。

𡴀中病也。見〔說文〕。〔按集韻云。—𤺋。腰𡴀痛也。〕

二十二畫

【𡴂】玄圭切音攜齊韻

𡴂—也。見〔說文〕。〔義詳尵字〕。

中華大字典 寅集

子部

【子】祖似切音梓紙韻

(一)十一月陽氣動萬物滋人以爲偁。見〔說文〕〔段注〕律書一者滋也。言萬物滋於下也律厤志曰孳萌於一。

(二)太歲在一曰困敦。見〔爾雅釋天〕。

(三)日辰名。夜半爲一。即今云夜半十一小時十二小時也。〔按洪範言年月日而不言時。古無十二時之說。惟左傳杜注有之。亦無干支名目。〕

(四)人之貴稱也。〔穀梁宣十年傳〕其曰一。尊之也。

(五)嗣也。息也。繼父之辭。〔易序卦傳〕有夫婦然後有父一。〔如太一、世一、公一、及宗一、餘一、別一、庶一之類。皆是。〕

(六)女也。〔詩大明〕長一維行。〔日本稱婦女名。一皆繫以一。〕

(七)男女之通稱也。〔禮記曲禮〕一於父母。

(八)爵也。〔白虎通爵〕天一者爵也。父天母地。故稱天一。〔又〕〔禮記王制〕公侯伯一男凡五等。〔疏〕一者孳恩宣德也。

(九)嗣君也。〔禮記曾子問〕不侯一。〔按左僖九年傳凡在喪公侯曰一。蓋一爲在喪之稱。故嗣君稱一。若嗣君除喪則不稱一矣。〕

(十)平等人之稱。猶云汝爾也。〔論語季氏〕一亦有異聞乎。

(十一)有德之稱。〔禮記曲禮〕於外曰一。〔按有學問者亦稱一。如老一、莊一、墨一、荀一、孟一之類。其書因名爲一。〕

(十二)士大夫通曰一。〔公羊宣六年傳〕一大夫也。

(十三)卑稱也。見〔穀梁哀十三年傳〕。

(十四)師弟相稱皆曰一。〔論語公冶長〕願聞一之志。〔是弟稱師爲一也。〕〔述而〕二三一以我爲隱乎。〔是師稱弟爲一也。〕

(十五)壻亦稱一。〔儀禮士昏禮〕父醮一。〔注〕一壻也。

(十六)猶人也。〔荀子王霸〕誰一之與也。〔士人曰士一。舟人曰舟一。樵人曰樵一。皆是。〕

(十七)愛也。〔禮記中庸〕一庶民也。〔釋文〕子如字。徐將吏反。

(十八)猶牧也。〔禮記曲禮〕其在東夷、北狄、西戎、南蠻。雖大曰一。

(十九)雛也。見〔廣雅釋鳥〕。

(二十)小偁也。〔釋名釋形體〕瞳一。小偁也。〔按棊彈算珠之類亦稱一。〕

(廿一)細偁也。〔後漢王符傳〕蔦一升越。〔注〕細偁也。〔謂蕉布〕。

(廿二)餘也。見〔小爾雅廣詁〕。

(廿三)似也。見〔廣雅釋言〕。

(廿四)字也。言字愛於小人也。〔孝經〕而況公侯伯一男乎。

(廿五)萬物也。〔老子〕既得其母。以知其一。

(廿六)卵謂之一。如蠶一、魚一、蝦一之類。

(廿七)草木實也。〔杜甫詩〕幾看花結一。

(廿八)利息也。〔史記貨殖傳〕一貸金錢千貫。〔按如言原數爲分母生數爲分一。又資本爲母財利息爲一金是也。〕

(廿九)語尾詞。世人名稱各物。多繫以一。自唐已然。如房一、閣一、帽一、鞋一、之類。

(卅)一細用意分別精細也。〔北史源思禮傳〕爲政當舉大綱。何必太一細也。〔或作仔細〕

(卅一)一夜。曲名。〔唐書禮樂志〕一夜。晉曲也。前溪。晉車騎將軍沈玩作。

(卅二)一規。鳥名。〔文選左思賦〕〔注〕昔有人姓杜名字王蜀。號曰望帝。字死。俗說云字化爲一規。〔圖入鵑字〕

(卅三)一路。熊也。〔異苑〕熊無穴。居大樹孔中。東土呼熊爲一路。

(卅四)姓也。〔史記殷本紀〕契母吞鳦而生。故曰一氏。春秋時宋爲殷後。宋國之女皆稱一。〔又〕複姓。左傳有鄭大夫一人氏。晉大夫一服氏。一家氏。

(卅五)一長。縣名。漢置。屬上黨郡。金元屬潞州。明清因之。屬潞安府。即今長一縣治。

【子】疾之切音慈支韻

通慈。〔禮記樂記〕易直一諒之心。油然生矣。〔韓詩外傳〕一諒作慈良。

【孑】吉列切音結屑韻激質切音吉質韻

(一)無右臂也。見〔說文〕。

(二)遺也。後也。見〔玉篇〕。

(三)單也。見〔廣韻〕。

(四)健也。見〔集韻〕。

(五)餘也。〔方言〕〡、餘也。周鄭之間或曰〡。青徐楚之間曰〡。
(六)短也。見〔玉篇〕。
(七)小稱也。〔釋名釋兵〕狹而短者曰〡盾。車上所持者也。
(八)戟也。〔左莊四年傳〕楚武王荊尸。授師〡焉以伐隨。〔按方言。凡戟而無刃、謂之〡〕。
(九)〡〡特出貌。〔詩干旄〕〡〡干旄。
(十)〡然、全體之貌。〔國語周語〕胡有〡然其效戎翟也。〔又〕獨立貌。〔漢書高惠高后文功臣表〕靡有〡遺耗矣。〔注〕〡然、獨立貌。
(十一)〡蜺、延首之貌。〔文選王延壽賦〕白鹿〡蜺於欂櫨。
(十二)姓也。見〔奇姓通〕。

【孓】居月切音厥月韻
(一)無左臂也。見〔說文〕。
(二)孑〡、短也。見〔廣雅釋詁〕。

【孓】居竦切音拱腫韻九勿切音緬物韻
孑〡、蜎也。見〔廣雅釋蟲〕。〔疏證〕爾雅蜎蠉。郭璞注云。井中小蛣蟩赤蟲。廣雅云。一名孑〡。各本〡訛作孑。今訂正。淮南說林訓。孑〡爲蟁。高誘注云。孑〡結蟨。水上到跂蟲。眾經音義卷三引通俗文云。蜎化爲蚊。案到跂蟲。今止水中多生之。其形首大而尾銳。行則掉尾至首。左右回環。止則尾浮水面。首反在下。故謂之到跂蟲。爾雅翼云。俗名釘到蟲。即到跂之義。釘到之言顛到也。今揚州人謂之翻跟頭蟲。將爲蚊。則尾端生四足。蛻於水面而蚊出焉。〕

一畫

【孔】苦動切空上聲董韻
(一)通也。嘉美之也。从乚从子。乚、請子之候鳥也。乚至而得子。嘉美之也。故古人名嘉字子孔。見〔說文乚部〕〔按說文。乚燕燕、乚鳥也。齊魯之間謂之乚。或从鳥作鳦。即玄鳥也。周書時訓解。春分之日玄鳥至。玄鳥不至。婦人不娠。禮記月令仲春之月。玄鳥至。至之日。以大牢祠于高禖。注云。燕以施生時來巢人屋宇而孚乳。嫁娶之象也。媒氏之官以爲候。故許曰請子之候鳥也。〕
(二)穴也。〔爾雅釋詁〕〡魄哉延虛無之言間也。〔注〕〡、穴也。〔疏〕〡者、穴。小雅角弓云。如酌〡取。
(三)竅也。〔淮南精神〕夫〡竅者精神之戶牖也。
(四)空也。〔後漢馮衍傳〕履〡德之窈冥。〔注〕〡之爲言空也。
(五)甚也。〔詩鹿鳴〕德音〡昭。
(六)大也。〔老子〕〡德之容。
(七)深貌。〔淮南精神〕〡乎莫知其所終極。
(八)鳥名。〔山海經海內經〕南方多〡鳥。〔注〕〡鳥、〡雀也。

孔雀圖

(九)姓也。〔廣韻〕殷湯之後。本自帝嚳次妃簡狄吞乚卵生契。賜姓子氏。至成湯以其祖吞乚卵而生。故名履字太乙。後代以子加乚。始爲〡氏。至宋〡父嘉遭華督之難。其子奔魯。故〡子生於魯。
(十)〡哥國名。一稱剛果。在非洲中央。對於世界永守中立。爲比國所兼併。英文 Kongo。

二畫

【孕】以證切音媵徑韻
(一)裹子也。見〔說文〕。〔按易漸云。婦〡不育。〕
(二)含實也。見〔玉篇〕。
(三)通贏。〔管子四時〕春贏育。夏長養。〔贏即〡也。或作[illegible]。又通作[illegible]。〕

【[illegible]】古孫字。見〔字彙〕。〔按崔後渠曰。人者仁也。仁之立文。从二人。猶〡之从二子也。正字通云。孫非止二其子。譌字。〕

【[illegible]】古保字。見〔說文〕。〔按六書故云。〡爲保之正文。嬰兒衣也。象子在褓褓中。總要云。从子。旁指左右扶持狀。今作保。別作褓、緥。〕

【[illegible]】古孟字。見〔說文〕。

【[illegible]】古孔字。見〔集韻〕。

三畫

【孖】津之切音茲支韻疾置切音

字寘韻

㊀雙生子也。見〔廣韻〕。〔正字通云。古文孳字訓同改音非。〕

㊁通滋。蕃長也。見〔玉篇〕。

【字】疾置切音自寘韻

㊀乳也。見〔說文〕。〔按乳者猶產也。生也。說文乳下云。人及鳥生子曰乳。獸曰產。蓋乳產析言之雖有別。渾言之亦可通稱也。〕

㊁養也。〔左昭十一年傳〕使—敬叔。

㊂愛也。〔書康誥〕於父不能—厥子。乃疾厥子。

㊃飾也。見〔廣雅釋詁〕。

㊄妊娠也。〔易屯〕女子貞不—。〔此訓從虞注。〕

㊅畜之牝者能孕—。故謂牝曰—。〔史記平準書〕乘—牝者儐而不得聚會。〔—、亦作牸。〕

㊆文也。〔說文敍〕蒼頡之初作書。蓋依類象形。故謂之文。其後形聲相益。即謂之—。文者物象之本。—者言孳乳而寖多也。〔按周禮外史注。古曰名。今曰—。然則文字之稱。亦非古稱矣。〕

㊇名—也。〔禮記曲禮〕男子二十。冠而—。〔注〕成人矣。敬其名。〔又〕女子許嫁。笄而—。〔注〕以許嫁為成人。〔按今女子許嫁曰—。未許嫁者曰未—。曰待—。皆本此義。〕

㊈縣名。漢置。屬右北平郡。在今直隸臨榆縣西北境。

㊉姓也。宋廉州判官—譔。

【存】徂尊切音蹲元韻

㊀恤問也。从子在省。見〔說文〕。

㊁賞也。〔呂覽振亂〕—者賞之也。

㊂省也。〔周禮司尊彝〕大喪—奠彝。〔注〕—、省也。

㊃察也。〔禮記禮運〕處其所—。

㊄在也。〔公羊隱三年傳〕有天子—。

㊅有也。見〔玉篇〕。〔俗云實—、餘—。即此義。〕

㊆置也。如俗云提—、寄—。

㊇至也。〔荀子議兵〕所—者神。

㊈前也。〔楚辭大招〕遽爽—只。

㊉安也。生也。〔史記五帝紀〕—亡之難。〔注〕索隱—亡、猶安危也。〔正義〕—亡、猶死生也。

(十一)保其終也。〔易繫辭〕成性—存。〔疏〕—、其萬物之存使物得其存成也。—、謂保其終也。

(十二)—想也。〔蘇軾詩〕中夜起坐—黃庭。

(十三)義—。縣名。南宋屬梁州懷安郡。當今四川東北境。

【孚】古子字。見〔說文〕。

【孜】同好。〔石鼓文〕避車既—。

四畫

【孚】芳無切音敷虞韻

㊀卵—也。見〔說文爪部〕。〔按通俗文云。卵化曰—。廣雅云。—、生也。謂子出於卵也。〕

㊁信也。〔詩下武〕成王之—。〔語云上下未—。上下交—。均此義。〕

㊂大信也。〔左莊十年傳〕小信未—。

㊃覆也。〔國語周語〕信文之—也。

㊄得其情實也。〔書呂刑〕獄成而—。輸而—。〔注〕—、得其情實。輸、奏也。

㊅浮也。〔禮記聘義〕—尹旁達。〔疏〕—、浮也。浮者在外之名。

㊆—瑜。言美色也。見〔一切經音義引纂文〕。

㊇—甲。〔禮記月令注〕其日甲乙。萬物皆解—甲。自抽軋而出。

㊈中—。卦名。兌下巽上。〔易大象〕澤上有風。中—。

㊉州名。宋置。屬廣南西路。清為慶遠府那地土州。在今廣西西南邊境。

【孚】房尤切音浮尤韻

玉采也。見〔集韻〕。

【孚】芳遇切音赴遇韻

育也。〔方言〕雞伏卵而未—。〔或作孵。〕

【孛】方未切音沸未韻　蒲昧切音佩隊韻　蒲沒切音勃月韻　敷勿切音拂物韻

㊀𡴞也。从𣎵人色也。从子。論語曰。色—如也。見〔說文𣎵部〕。〔注〕言人色勃然壯盛似草木之茂也。子、人也。從子者。小子不能言。以色知之也。〔今論語鄉黨篇作勃。〕

㊁彗星也。〔春秋昭十七年〕冬有星—於大辰。〔疏〕公羊傳曰。—者何。彗星也。彗為箒也。言其狀似掃箒。光芒——然。〔按俗稱掃箒星本此。〕

㊂姓也。明—敏。—應魁。

㊃通茀。〔漢書李尋傳〕則伏不見而為彗茀。〔注〕茀、與—同。

㊄借為違悖字。見〔六書正譌〕。

【孜】津之切音咨支韻

(一)——。汲汲也。周書曰——無怠。見〔說文支部〕〔段注〕汲汲、與彶彶同急行也。

(二)力篤愛也。見〔廣韻〕。

(三)同孳。〔書益稷〕予思日——。〔史記夏本紀〕作孳孳。

【孝】許教切哮去聲效韻

(一)善事父母者。从老省。从子。子承老也。見〔說文老部〕。

(二)畜也。〔禮記祭統〕——者畜也。順於道不逆於倫之謂畜。〔按孝經疏引孝經援神契云。天子——曰就。諸侯——曰度。卿大夫——曰譽。士——曰究。庶人——曰畜。〕

(三)好也。〔釋名釋言語〕——、好也。愛好父母。如所說好也。

(四)利親也。見〔墨子經上〕。

(五)保母也。〔大戴記保傅〕——者繈之。

(六)繼先祖之志爲——。〔書文侯之命〕追——于前文人。

(七)居喪吉祭稱——。〔儀禮士虞禮記〕——子某。顯相。〔注〕稱——者吉祭。〔按俗居父母喪者稱——子義本此。〕

(八)慈惠愛親曰——。協時肇享曰——。五宗安之曰——。秉德不回曰——。並見〔周書謚法〕。

(九)水名。——水在河南郡。見〔水經注引字林〕。

(十)——感。縣名。原名——昌。後唐改爲——感。今仍爲湖北——感縣。

(十一)姓也。秦——公。後宋青州知州——發。明弘治雞澤縣丞——廉。

【孖】象呂切音敍語韻

(一)孖——。魚名。〔山海經東山經〕犲山、其上無草木。其下多水。其中多孖——之魚。〔按俗本——誤作孖。从二子。諸字書引作——不誤。〕

(二)魚子。見〔集韻〕。

【𡥈】居肴切音交肴韻居効切音教效韻

放也。見〔說文〕〔段注〕放、各本誤作效。今依宋刻及集韻正。放、仿、古通用。〔通訓定聲云。此字疑卽學之古文。戴氏侗六書故謂卽孝字。非。〕

【[illegible]】加孝切音教效韻

導也。見〔佩觽集〕。〔與孝、𡥈、不同。〕

【[illegible]】火孜切效韻

養也。見〔川篇〕。

【[illegible]】孚本字。見〔說文〕。

【⿰王子】古好字。見〔玉篇〕。

【⿰子介】同孩。見〔集韻〕。〔正字通云。俗孩字。〕

五畫

【孟】莫更切音夢敬韻

(一)長也。見〔說文〕。〔按書康誥。——侯。朕其弟小子封。——卽長義。〕

(二)——仲叔季。兄弟姊妹長幼之別字也。見〔左隱元年傳疏〕。

(三)妾子長於妻子。則稱爲——。見〔左隱元年傳疏〕。

(四)姊也。見〔廣雅釋親〕。

(五)始也。〔禮記月令〕——春之月。〔蔡四時之首月曰——月。——春之外。又有——夏、——秋、——冬。〕

(六)大也。〔管子任法〕莫敢高言——行以過其情。

(七)勉也。見〔爾雅釋詁〕。〔此借——爲猛。今云——晉亦是。〕

(八)子也。見〔玉篇〕。

(九)迎也。〔書大傳〕天子太子年十八、曰——侯。

(十)——浪。失志貌。〔文選潘岳賦〕罔浪——以倜儻。

(十一)——津。水名。〔書禹貢〕又東至于——津。〔按漢屬河南郡。唐會昌三年。改置——州於——津之北。屬河北道。水經注云。武王伐紂。與八百諸侯咸同此盟。大會於——津。因曰盟津。武王濟師於此。因謂之武濟。亦曰富平津。濟一統志云。——津在——縣南十八里。卽今河南——縣地。〕

(十二)——豬。澤名。〔書禹貢〕被——豬。〔按爾雅作——諸。周禮作望諸。史記作明都。漢書作盟豬。寰宇記云。虞城——豬澤。俗呼爲湄臺蓋澤。中有臺也。今河南商邱虞城二縣界有——諸臺。〕

(十三)——娘。菜蔬名。〔酉陽雜俎〕江淮有——娘菜。並益肉食。

(十四)鳥名。〔山海經海內西經〕——鳥在貊國東北。〔注〕——鳥、亦鳥名也。

(十五)草名。〔爾雅釋草〕——、狼尾。〔疏〕草似茅者。一名——。一名狼尾。今人亦以覆屋。

(十六)姓也。魯桓公之子仲孫之胤。仲孫爲三桓之——。故曰——氏。

【孟】母朗切音莽養韻莫浪切莽去聲漾韻

—浪。猶言較略也。〔莊子齊物論〕夫子以爲—浪之言。〔釋文〕向云。—浪音漫瀾。無所趨舍之謂。李云。猶較略也。崔云。不精要之貌。司馬云。鄙野之語。

【季】居悸切音記寘韻

㊀少稱也。从子稚省。稚亦聲。見〔說文〕。〔按〕—字从子。其本義當爲人之少稱。故少子曰—。如詩陟岵。母曰嗟予—。行役是也。少女亦曰—。如詩采蘋。有齊—女是也。

㊁指之小者曰—。〔儀禮特牲饋食禮〕挂于—指。

㊂材之稚者曰—。〔周禮山虞〕凡服耜斬—材。

㊃絹之細者曰—。〔管子乘馬〕—絹三十三制當一鎰。〔注〕—絹、細絹也。

㊄末也。凡四時之末月、曰—月。一代之末世、曰—世。

㊅最下也。〔釋名釋親屬〕叔父之弟曰—父。—、癸也。甲乙之次。癸最在下。—亦然也。

㊆至也。〔國語周語〕叔迶—伐。

㊇有中之辭也。〔穀梁昭二十五年傳〕上辛大雩。—辛又雩。—者有中之辭也。〔注〕不言中辛。中辛無事。

㊈月—。花名。一名長春花。一名月月紅。一名鬭雪紅。一名勝春。一名瘦客。叢生。青莖長蔓。葉小於薔薇。莖與葉俱有刺。花有紅白及淡紅三色。白者須植不見日處。見日則變而紅。逐月一開。四時不絕。花千葉厚瓣。亦薔薇之類也。

月季花

㊉姓也。魯桓公—子友之後也。〔又〕—孫。—連。—瓜。—士。皆複姓。

【孤】攻乎切音姑虞韻

㊀無父也。見〔說文〕。

㊁無子也。〔呂覽懷寵〕求其—寡。〔注〕無子曰—。

㊂無人也。〔周書周祝〕國—國屠。

㊃侯王之謙稱。〔禮記玉藻〕凡自稱。小國之君曰—。〔按春秋傳。雖大國亦有自稱—者。又史記、莊子、皆言南面稱—〕。

㊄官之次於三公者。〔書周官〕少師、少傅、少保曰三—。

㊅遠也。〔漢書終軍傳〕臣年少材下。—於外官。

㊆獨也。見〔玉篇〕。〔凡單獨者謂之—。如—軍。—客。—松。—雁。〕

㊇特也。〔書禹貢〕嶧陽—桐。〔傳〕特生桐中琴瑟。

㊈負也。〔漢書李陵傳〕陵雖—恩。漢亦負德。〔—負字俗作辜負。非。〕

㊉棄也。〔國語吳語〕以心—句踐。

⑪輕賤也。〔儀禮鄭注〕不以己尊—人也。

⑫山不連陵者。〔水經滱水注〕世以山不連陵曰—山。—都聲相近。疑即所謂都山也。

⑬複姓也。古昔虞有獨—。溫—。步鹿—。步六—。乙速—氏。

【孥】農都切音奴虞韻　暖五切音弩麌韻　奴故切音怒遇韻

㊀子也。〔書甘誓〕予則—戮汝。〔注〕孥並及其子也。

㊁妻子也。〔孟子梁惠王〕罪人不—。

㊂子弟也。〔太玄夙〕丈人攜—。

㊃通帑。鳥尾也。〔左襄二十八年傳〕以害鳥帑。〔注〕鳥尾曰帑。〔疏〕帑者細弱之名。於人則妻子爲帑。於鳥則鳥尾曰帑。妻子爲人之後。鳥尾亦鳥之後。故俱以帑爲言也。〔按文六年疏曰。說文。帑、金幣所藏。字書帑從子。經傳妻帑亦從巾。〕

【孡】湯來切音胎灰韻

孕也。亦作胎。見〔玉篇〕。

【⿱此子】七支切音雌支韻

人子腸也。背或作—。見〔集韻〕。〔正字通云。孶字之譌。存考。〕

【⿱业子】祖似切音子紙韻

縣名。在犍爲。見〔集韻〕。〔按讀史方輿紀要云。犍爲今爲川南是—縣。當在今四川南境。〕

【孢】平巧切庖上聲巧韻

孕也。見〔字彙〕。

【孠】古嗣字。見〔說文〕。

【孛】同悖。見〔字彙〕。〔按舊注四畫。𣎵亦借作逵悖字。本从𣎵。今𣎵下增子作—。非。〕

【⿰子𢦏】同栽。見〔五音集韻〕。

〔孖〕同好。見〔六書精蘊〕。

〔孔〕物習字。見〔字彙補〕。

六畫

〔孨〕子淺切音翦主兗切音膞銑韻之轉切音囀雛戀切音饌霰韻

(一)謹也。見〔說文孨部〕〔段注〕大戴禮曰。博學而孱守之。正謂謹也。字多假孱爲—。

(二)孱弱也。見〔六書本義〕。

(三)孤兒也。見〔玉篇〕。

(四)孤露可憐。見〔廣韻〕。

〔孴〕昵立切音溺緝韻

聚貌。見〔廣韻〕。

〔孩〕何開切亥平聲灰韻

(一)小兒笑也。古文咳从子。見〔說文口部〕〔按說文小篆作咳。古文作—。即咳之重文。〕

(二)幼稚也。見〔玉篇〕〔今俗云小—、嬰—。〕

(三)畜之始生亦謂之—。〔禮記月令〕無殺—蟲。

(四)大—。人名。〔晉書吐谷渾傳〕白蘭在位十一年。傳位於烏紇提。烏紇提一名大—。

(五)桃—。人身陰陽神名。〔黃庭經〕桃—合延生華芒。〔注〕桃—。陰陽神名。亦曰伯桃。仙經曰。命門臍宮中有大君。名桃—。字合延。生華芒。謂陰陽之氣不衰也。

(六)—提。二三歲之間。知—笑。可提抱者也。〔孟子盡心〕—提之童。

〔孯〕火玄切音鋗先韻

貪色。婘或省。見〔集韻〕。〔正字通云。婘、悍、嬛、㷀通。按玉篇廣韻無此字。玉篇心部。悍、葵煢切。獨也。單也。或作㷀。女部。婘同嬛。巨煢切。孤特也。廣韻十四清。悍、無弟兄也。婘同嬛。好也。集韻一先。婘、貪色。或省作—。類篇子部同。十四清。嬛或作婘、㷀、㷀、孯。通作㷀。獨也。一曰淑媛也。類篇女部作婘。葵煢切。獨也。惟字彙訓敬拜則不可從。〕

〔𡦂〕古字字。見〔集韻〕。

〔𡦄〕古孥字。見〔韻會小補〕。

〔孚〕同孛。見〔字彙補〕。

〔𡥦〕同斈。見〔集韻〕。

七畫

〔𡥩〕同殊。見〔海篇〕。

〔𡦝〕之列切音浙屑韻征例切音制霽韻

(一)蜾蟲子也。見〔集韻〕〔按蜾、蝗皆食苗蟲。今集韻音義分列。而玉篇則與集韻義互錯。〕

(二)蝗也。見〔玉篇〕〔又〕蝗子也。見〔集韻〕。

〔孫〕思魂切音飧元韻

(一)子之子曰—。从系子。系、續也。見〔說文系部〕。

(二)遜也。〔釋名釋親屬〕—、遜也。遜遁在後生也。

(三)順也。見〔廣雅釋親〕。〔故云孝子順—。〕

(四)猶後也。見〔爾雅釋親注〕〔疏〕言繼後嗣也。

(五)同姓之稱。—者凡自—以下。皆有—名。〔爾雅釋親〕—之子爲曾—。曾—之子爲玄—。玄—之子爲來—。來—之子爲晜—。晜—之子爲仍—。仍—之子爲雲—。

(六)異姓之稱。—者凡與—同等。亦有—名。〔爾雅釋親〕男子謂姊妹之子爲出。女子謂晜弟之子爲姪。謂出之子爲離—。謂姪之子爲歸—。女子子之子爲外—。

(七)絡之小者曰—。〔素問氣穴論〕願聞—絡谿谷。〔注〕—絡、小絡也。

(八)物再生者曰—。〔周禮大司樂〕—竹之管。〔注〕—竹、竹枝根之末生者。〔又〕稻再生曰稻—。見〔番禺志〕。

(九)天—。織女星也。〔漢書天文志〕織女天帝—也。〔又〕岱嶽亦名天—。見〔博物志〕。

(十)龍—。馬名。〔正字通〕青海旁馬多龍種。曰龍—。〔又〕俗呼筍曰龍—。見〔筍譜〕。

(十一)烏—。漢時西域國名。在今伊犁地。

(十二)禹—。藥名。即澤瀉也。見〔本草〕〔圖入澤字〕。

(十三)王—。公子之稱。〔史記淮陰侯傳〕漂母曰。吾哀王—而進食。〔又〕草名。〔孟遲詩〕萋萋亦是王—草。〔每根祇生一莖。葉聚集其上。形如張蓋。花色深綠。〕〔又〕蟋蟀也。〔詩䟽〕袁瓘秋日詩。王—今又歸。人都不解。施膺見之曰。王—、蟋蟀也。〔又〕猴也。柳宗元有憎王—文。

㊉姓也。[又]王一、叔一。均複姓。

[孫] 蘇困切音巽願韻

●順也。遁也。今作遜。[段玉裁云]子卑於父。孫更甚焉。故引申之義爲一順。爲一遁。字本皆作一。經傳中作遜者。皆非古也。辵部遜下解曰。从至。至而復一。一、遁也。字作一不作遜。一順字唐書作愻。見心部。而俗亦以遜爲之。[按說文辵部有遜字。解曰遁也。段氏謂此遜字後人所增。許書原本有一無遜。]

●讓也。[春秋昭二十五年]公一于齊。[注]諱奔故曰一。若自一讓而去位者。

●謙也。恭也。通作愻。[一切經音義引字林]愻、謙也。恭也。

㊃大學之法。不陵節而施之謂一。見[禮記學記]。

[㝃] 武遠切音勉銑韻。芳萬切音販願韻。文運切音問問韻。生子免身也。从子免。見[說文]。[卽產子也。]

[孬] 烏怪切歪去聲卦韻。不好也。見[字彙]。[按龍龕手鑑。一入不部。有音無訓。]

[厚] 蒲木切音僕屋韻。行貌。見[字彙補]。

[⿰阝孚] 芳夫切音敷虞韻。卵化也。見[字彙補]。

[⿰子弟] 土禮切音體薺韻。小兒也。見[玉篇]。

[孴] 籀文孴字从二子。一曰一卽奇字孴。見[說文孨部]。

[⿰子言] 同信。見[字彙補]。

八畫

[孮] 徂宗切音琮多韻。子孫隆盛曰一。見[集韻]。[正字通]云。俗宗字。

[孯] 苦閑切音慳刪韻。固也。見[字彙]。[正字通]云。說文手部。掔訓固。無一字。子卽手之譌。

[孰] 神六切音淑屋韻。

●食飪也。从丮𦎫。見[說文丮部]。[段注]一與誰雙聲。故一曰誰也。後人乃分別熟爲生熟。一爲誰一矣。

●歲稔也。[禮記樂記]五穀時一。

●精審也。[荀子議兵]凡慮事欲一。

㊃誰也。[禮記檀弓]而天下其一能宗予。

㊄何也。[論語八佾]是可忍也。一不可忍也。

㊅猶善也。[周髀算經]思之未一。

㊆猶思也。[呂覽愼行]行不可不一。

㊇荊豫人謂長婦曰一一、祝也。祝、始也。見[釋名釋親屬]。

[孲] 於加切音鴉麻韻。一孖。赤子也。見[集韻]。

九畫

[孱] 鋤連切音潺先韻。鉏山切音虥昨閑切棧平聲刪韻。

●迮也。从孨在尸下。一曰呻吟也。見[說文孨部]。[段注]按此迮當作窄。今之窄字也。

●劣貌。見[廣韻]。

●小貌。[大戴記曾子立事]君子博學而一守之。

㊃愞弱也。[史記陳餘傳]吾王一王也。[集解]孟康曰。音如潺湲之潺。冀州人謂懦弱爲一。韋昭曰。仁謹貌。

㊄一顏。不齊也。[漢書司馬相如傳]放散畔岸驤以一顏。[注]師古曰。一顏不齊也。一音士顏反。[按史記司馬相如傳索隱服虔曰。馬仰頭沆口開正一顏也。]

[孱] 子仙切音煎將先切音箋先韻。謇也。今俗有一愚語。見[集韻]。

[孱] 士限切音棧潸韻。惡也。見[廣雅釋詁]。

[孱] 士免切音僎銑韻。士限切音棧潸韻。一陵。縣名。漢屬武陵郡。在今湖北公安縣南。

[⿰子禹] 臼許切音矩語韻。孤也。見[玉篇]。

[⿸厂辟] 眉病切音命敬韻。初孕也。見[字彙]。[正字通]云。俗字。

[⿰享夬] 傾雪切音缺月韻。一決切音抉屑韻。缺也。古者城闕其南方、謂之一。見[說文]。[段注]闕之義同缺。按毛詩傳曰。闉。城臺也。城門上有臺謂之闉。周官匠人、詩靜女、所謂城隅。

也。無臺謂之—。詩子衿所謂城闕也。三面有臺而南方無臺。故謂之—。猶軒縣之缺南方。泮水之缺北方。不敢同天子也。毛詩城闕當作—。闕其假借字。非象闕之闕也。本城—之字。故从亭引伸爲凡缺之稱。故先之曰缺也。

【孱】古屖字。見〔字彙〕。〔按屖與孱別。屖、遲也。屖遲亦作棲遲。〕

【𡥞】古純字。見〔集韻〕。

【𡥨】同娷。見〔藏經字義〕。

十畫

【孶】子之切音咨支韻

●一 —。—彶彶生也。从子兹聲。見〔說文〕。〔段注〕攴部孜下曰。孜孜。彶彶也。此云—｜。彶彶生也。孜、—二字古多通用。

●二 產也。見〔玉篇〕。

●三 孳也。見〔廣雅釋詁〕。

●四 ——不怠之意。〔漢書王莽傳〕——不已者。

●五 通滋。蕃也。〔文選鮑昭賦〕—貨鬻田。〔注〕聲類曰。—蕃也。—、滋古字通也。

【孳】疾置切音字寘韻 乳化也。〔書堯典〕鳥獸—尾。〔傳〕乳化曰—。交接曰尾。

【㝅】居候切音遘宥韻乃后切音耨有韻

●一 乳也。从子。㱿聲。一曰—瞀也。見〔說文〕。〔按字下訓乳。謂生子也。此乳者。謂既生而乳哺之也。—或作溝瞀、傋瞀、怐愗。又作殼瞀、嫯瞀、穀瞀。其義皆謂恐蒙也。〕

●二 子也。見〔廣雅釋親〕。

【孴】偶起切音擬紙韻弋入切音熠緝韻

●一 盛貌。从孨从日。讀若薿薿。一曰若存。見〔說文孨部〕。

●二 戢—。衆多貌。〔文選王延壽賦〕芝栭欑羅以戢—。

●三 人名。晉西河王子—。

【孵】芳無切音孚虞韻 卵化也。〔集韻〕陸績曰。自—而數。〔按鳥伏卵而生雛曰—。蟲魚之由卵初生者亦曰—。〕

【孵】芳遇切音赴遇韻 育也。方言。雞伏卵而未孚。或从卵。見〔集韻〕。

【𡦃】卑孕切音儐震韻 此梵音切身字也。見〔字彙補〕。

【𡦂】許意切音餼未韻 正作憇。息也。見〔龍龕手鑑〕。

【𡦅】葵煢切音瓊庚韻 獨也。見〔集韻〕。〔按字彙訓好。正字通云。說文、博雅、嬛訓好。非作—。〕—即嬛俗字。

【㝃】扶留切音浮尤韻 多也。見〔玉篇〕。

【𡦖】仄遇切音娶遇韻 本作媰。婦人妊身也。見〔集韻〕。〔按說文女部有媰。子部無—。〕

十一畫

【孷】陵之切音釐支韻良志切音吏寘韻 —孖。雙生也。見〔玉篇〕。〔按方言云。陳楚之閒凡人嘼乳而雙產謂之釐孳。書堯典傳乳化曰孳。廣雅。釐孳也。孷同孿。說文孿一乳兩子也。孷孖即釐孳之異文。〕

【𡦊】人之切音而支韻 注也。見〔搜真玉鏡〕。

【𡦋】同樧。見〔蘇軾類編敘〕。

十二畫

【𡦏】呼交切音哮肴韻 哮喊也。見〔篇海類編〕。

【𡦜】俗孺字。見〔龍龕手鑑〕。

【𡦗】俗孺字。見〔玉篇〕。

十三畫

【學】轄覺切音鷽覺韻

●一 斅。覺悟也。—篆文斅省。見〔說文教部〕。〔按說文。—即斅之重文。則古以斅—爲一字。可知。後人分別之。則斅音胡孝切。其義爲教人。—音胡覺切。其義爲效人。效人所以自覺。教人所以覺人也。〕

●二 受教傳業曰—。見〔正字通〕。

●三 識也。見〔廣雅釋詁〕。

●四 初習其事也。〔禮記大學〕道—也。〔疏〕初習謂之學。重習謂之修。〔如云—劍、—書之類。亦此義。〕

●五 庠序之總名也。〔孟子滕文公〕—

則三代共之。〔今稱小—、中—、大—本此。〕

㊅所—自成流別者名爲—。如云漢—、宋—、孔孟之—、老莊之—。近世凡研究一種事物。能立爲條貫自成統系者。皆謂之—。如各科—是也。

㊆猶道術也。如孔子云—之不講。莊子云內聖外王之—。—義皆應作此訓。惟古有以—與道術分別言之者。如老子云爲—日益。爲道日損。班固云不—無術。有以—與道術相通訓者。如經—亦曰經術。算術亦曰算—。孟子云楊墨之道。論衡稱楊墨之—。

㊇姓也。見〔姓苑〕。

㊈通鶯。—鳩。小鳩也。〔莊子逍遙遊〕、蜩與—鳩笑之。〔釋文〕—本又作鶯。

【⿰𩫖卑】頻彌切音皮支韻 陴。城上女牆俾倪也。从𨸏卑。籀文陴作⿰𩫖卑。見〔說文〕〔正字通〕—、埤、陴、通。蕬注周伯溫曰。古書多作俾倪。隸作陴通俗作埤堄。竝非。不知从土、从𨸏、一也。从𩫖卑聲。本作⿰𩫖卑。省作—。義同。

【⿰𩫖者】當五切都上聲麌韻 堵、垣也。五版爲—。从土者聲。籀文从𩫖。見〔說文〕〔—、即𩫖字。𩫖、即堵之籀文。〕

【⿰子重】竹用切音種宋韻 乳汁也。見〔集韻〕。

【⿰子粲】音粲翰韻 二女也。見〔玉篇〕。〔正字通云。女部有嫈。俗譌作粲。改作—。尤非。从嫈爲正。〕

【孷】古季字。見〔玉篇〕。

十四畫

【孺】而遇切音茹遇韻汝朱切音

㊀乳子也。一曰輸—也。輸—、尙小也。見〔說文〕〔按生子曰乳。既生而乳哺之亦曰乳。此云乳子。其謂幼子可知。故凡幼者皆謂之—子。段玉裁云。輸—熱部字。方言曰。儒輸。愚也。郭注。儒輸。猶懊還也。輸—即儒輸也。〕

㊁生也。見〔廣雅釋詁〕。

㊂屬也。〔禮記曲禮〕大夫曰—人。〔注〕大夫之妻曰—。言屬於夫。不敢自專也。

㊃少艾之女亦曰—子。〔國策齊策〕有七—子皆近。〔注〕—子。幼艾美女也。

㊄濡也。兒始能行曰—子。—、濡也。言濡弱也。見〔釋名釋長幼〕。

㊅親慕之意也。〔詩常棣〕和樂且—。

㊆姓也。見〔正字通〕。

【孻】泥台切奈平聲灰韻 老人所生之子也。〔菽園雜記〕廣東謂老人所生幼子曰—。〔按[illegible]廣人[illegible]云。閩粵之俗謂末子爲—。〕

【⿱㫗子】古厚字。見〔韻會〕。

十六畫

【孼】魚列切音闑屑韻

㊀庶子也。見〔說文〕、〔段注〕玉藻。公子曰臣—。鄭注。—當作枿。聲之誤也。玉裁按此記文本作枿。注曰。枿、當作—。後人因注改經。又因經改注。師古匡謬正俗。未之知也。凡木萌旁出皆曰櫱。人之支子曰—。其義略同。故古或通用。固不必指爲聲誤。何注公羊曰。庶—。衆賤子。猶樹之有櫱。生得其義矣。

㊁憂也。〔楚辭天問〕革—夏民。

㊂災也。〔書太甲〕天作—。猶可違。自作—。不可逭。

㊃病也。〔呂覽遇合〕賢聖之後。反以—民。

㊄妖害也。〔左昭十年傳〕蘊利生—。〔注〕—、妖害也。〔按漢書五行志。蟲豸之妖謂之—。〕

㊅不孝也。〔賈子道術〕子愛利親謂之孝。反孝爲—。

㊆——。盛飾也。〔詩碩人〕庶姜——。〔又〕戴也。見〔爾雅釋訓〕。

㊇通孽。〔漢書賈誼傳〕庶人孼妾緣其履。

㊈通蘖。〔漢書司馬遷傳〕隨而媒—其短。〔注〕—、謂爲生其罪釁也。

十七畫

【⿰𩫖辛】古孝切音敎效韻 解廌屬也。見〔說文廌部〕〔正字通〕天—。獸名。形似狐。赤白色。尾大。曉則鳴號高峯之上。〔按說文作[illegible]。玉篇作[illegible]。〕

【孆】於盈切音纓庚韻

孩也。見〔玉篇〕。

【孼】俗孽字。見〔正字通〕。

十九畫

【孿】數患切音涮諫韻力員切戀平聲先韻

(一)一乳兩子也。見〔說文〕。〔段注〕此謂人也。—之言連也。按方言云。陳楚之間凡人嘼乳而雙產謂之釐—。自關而東趙魏之間謂之—生。

(二)繫也。〔易中孚〕有孚—如。〔注〕—如者。繫其信之辭也。

(三)變也。見〔玉篇〕。

二十二畫

【𡦹】同孿。見〔玉篇〕。

※寸部※

【寸】倉困切村去聲願韻

(一)十分也。人手卻一—動䘑謂之—口。从又一。見〔說文〕。〔段注〕卻猶退也。距手十分動䘑之處謂之—口。故字从又一。會意也。

(二)度名。〔漢書律厤志〕度者。分、—、尺、丈、引、也。所以度長短也。本起黃鐘之長。以子穀秬黍中者。黍之廣度之九十分。黃鐘之長一爲一分。十分爲—。十—爲尺。〔按民國三年三月頒布權度條例。營造尺庫平制。十分爲—。十寸爲尺。萬國權度通制。十新分爲新—。十新—爲一新尺。〕

(三)方—。心也。〔蜀志諸葛亮傳〕庶辭先主而指其心曰。本欲與將軍共圖王霸之業者。以此方—之地也。〔心之地位方—而已故曰—心〕

(四)姓也。明嘉靖梓潼知縣—居敬。

(五)日本以延長之面積曰—面。

(六)日本凡記物之大幾尺幾—者曰—法書。

三畫

【寺】祥吏切音嗣寘韻

(一)廷也。有法度者也。从寸。之聲。見〔說文〕。〔注〕—。守也。寸。有法度也。〔按段注廴部曰。廷。朝中也。漢書注曰。凡府庭所在皆謂之—。釋名。—。嗣也。治事者相嗣續於其內。廣韻。寺者司也。官之所止有九—。〕

(二)司也。〔後漢光武紀〕陛下識知—舍。〔注〕—。司也。諸官府所止皆曰—。

(三)嗣也。〔釋名釋宮室〕—。嗣也。治事者相嗣續於其內也。

(四)侍也。〔周禮天官序官寺人注〕—之言侍也。〔疏〕欲取親近侍御之義。

(五)治也。〔見一切經音義引廣雅〕。

(六)近也。〔詩瞻卬〕時維婦—。

(七)官舍也。見〔一切經音義引三蒼〕。

(八)館舍也。見〔華嚴經音義引三蒼〕。

(九)官也。〔見廣雅釋室〕。

(十)掌內人之禁令也。〔禮記內則〕閽—守之。

(十一)九卿所居曰—。〔左隱七年傳注〕諸公府卿—。〔疏〕自漢以來。三公所居謂之府。九卿所居謂之—。

(十二)浮屠所居曰—。〔石林燕語〕漢明帝時。攝摩騰竺法蘭自西域以白馬負經至。舍於鴻臚—。既死。尸不壞。因留—中。後遂以爲浮屠之居。即雒中白馬—也。僧居稱—本此。

(十三)—人。內小臣也。〔詩車鄰〕—人之令。〔按內小臣即奄人。故傳以—人爲內小臣。釋文以—人爲奄人。匡謬正俗云。—人者。內小臣。在宮闈庭—之中。謂閹人耳。其說是也。〕

四畫

【寽】劣戌切音律質韻

五指—也。从𠬪一聲。見〔說文〕。〔段注〕各本—作持。今依集韻。十三末作—。凡今俗用五指持物引取之曰—。

【过】同刓。闈制也。見〔字彙〕。

五畫

【㝵】多則切音德職韻

同㝵。〔廣韻〕說文。㝵。取也。今作—。

同

【㝵】午代切音礙隊韻

同礙。〔集韻〕說文。礙。止也。或从亥。

【尀】普火切音頗哿韻

南史引浮屠書作—。

—尌。見〔字彙〕。

【村】古叔字。見〔字彙〕。〔按說文。或从寸从尗作村。非从禾。疑卽村字之譌〕

【尌】漢隸釋與爵同。亦作尌、尌。見〔字彙補〕。

六畫

【封】方容切音葑冬韻

（一）爵諸侯之土也。从之土。从寸。寸。守其制度也。公侯百里。伯七十里。子男五十里。見〔說文土部〕。〔段注〕謂爵命諸侯以是土也。詩毛傳之子、嫁子也。之事、祭事也。莊子之人也、卽是人也。然則之土言是土也。其義之土。故其字从之土。

（二）國也。〔國語楚語〕鄭幾不—。

（三）賜之采邑。〔左昭二十七年傳注〕季子本—延陵。〔疏〕—、謂賜之爲采邑。

（四）起土界也。〔周禮大司徒〕制其畿疆而溝—之。

（五）疆也。〔左襄三十年傳〕田有—洫。

（六）竟也。〔左成二年傳〕無入而—。

（七）埸也。見〔方言〕。

（八）塗也。見〔廣雅釋室〕。

（九）同十爲—。十爲畿。畿方千里。見〔漢書刑法志〕。

（十）冢也。見〔廣雅釋丘〕。

（十一）埋藏也。〔左文三年傳〕—殽尸而還。

（十二）田間聚土曰—。〔史記商君傳〕開阡陌—疆。〔注〕—、聚土也。

（十三）墓上積土曰—。〔禮記樂記〕—比干之墓。〔注〕土積爲—。

（十四）築土爲墳曰—。〔禮記檀弓〕我見—之若堂者矣。

（十五）負土爲壇曰—。〔大戴記保傳〕—泰山而禪梁甫。

（十六）培之也。〔國語吳語〕今天王旣—殖越國。〔注〕雍本曰—。〔按〕—本卽培之也。

（十七）廣也。見〔白虎通封禪〕。

（十八）厚也。〔國語晉語〕引黨以—己。

（十九）大也。〔左昭二十八年傳〕謂之—豕。

（二十）崇也。〔漢書武帝紀〕登—泰山。〔注〕王者功成治定。告成功於天。—崇也。助天之高也。

（二十一）緘也。〔正字通〕漢制。臣下奏事。皁囊—板。以防宣泄。謂之—事。〔今書牘緘口曰—。本此〕

（二十二）立也。見〔廣雅釋詁〕。

（二十三）—牛。其領肉隆起也。〔後漢順帝紀〕疏勒國獻師子—牛。〔注〕—牛其領上肉隆起若—。然因以名之。卽今之峯牛。〔世名駝背隆起處曰駝—。亦名駝峯本此〕

（二十四）桑—。神主也。〔山海經中山經〕桑—者桑主也。〔注〕言作神主而祭。

（二十五）素—。富厚也。〔史記貨殖傳〕無秩祿之奉。爵邑之入。而樂與之比者。命曰素—。

（二十六）堤—。都凡也。詳堤字。

（二十七）凡專利自私曰—。〔杜甫詩〕守道不—己。

（二十八）楚郢以南蟻土曰—。見〔方言〕。

（二十九）—傳。猶今之驛券。〔史記孟嘗君傳〕更—傳。

（三十）—戎。散亂也。〔莊子應帝王〕紛而—戎。

（三十一）—父。國名。〔禮記明堂位〕—父龜。

（三十二）—人。官名。見〔周禮地官〕。

（三十三）—州。州名。漢屬蒼梧郡。隋置—州。明改縣。見〔方輿紀要〕〔當今廣東—川縣治〕

（三十四）姓也。望出渤海。本姜姓。炎帝之後。—鉅爲黃帝師。又望出河南。後魏官氏志云。是賁氏後改爲—氏。見〔廣韻〕〔又〕穿—。複姓。見〔字彙〕。〔又〕—人。複姓。出自周官—人之後。以世官爲氏。一云古諸侯—人之後。漢有司徒掾—人嬰〔又〕—父。亦複姓。出自夏諸侯—父之後。其地汴州—丘縣有—父亭。卽其所都。周初國滅。取其大弓繁弱以—伯禽於魯。子孫遂以國爲氏。見〔古今姓氏書辨證〕。

（三十五）人名。〔書康誥〕小子—。

【封】方用切音葑宋韻

所—之國也。〔書蔡仲之命〕往卽乃—。〔徐邈讀〕

【村】式竹切音熟屋韻

叔。叔拾也。从又尗聲。汝南名收芋爲叔。—叔或从寸。見〔說文又部〕。

【㓞】同契。見〔字彙補〕。

七畫

【射】食夜切蛇去聲禡韻

（一）䠶。弓弩發於身而中於遠也。从矢从身。篆文䠶。从寸。寸。法度也。亦手也。見〔說文矢部〕〔按—爲六藝之一。周禮保氏三曰五—。注。五—。白矢、參連、剡注、襄尺、井儀也。疏。云白矢者。矢在侯而貫侯過見其鏃白。云參連者。前放一矢。後三矢連續而去也。云剡注者。謂羽頭高鏃低而去。剡剡然。云襄尺者。臣與君—。不與君並立。襄君一尺而退。云井儀者。四矢貫侯。如井之容儀也。按說文通訓定聲云。禮—有四。大—、賓—、燕—、及鄉—。又投壺、亦—之細也。〕

㊁釋也。〔禮記射義〕—之爲言釋也。或曰舍也。釋者各釋己之志也。〔疏〕釋。陳也。

㊂—宮。辟雍也。〔文選張衡賦〕徐至于—宮。

㊃—策。試士之一科也。〔漢書蕭望之傳〕以—策甲科爲郎。〔按漢書音義云。作簡策難問。列置案上。任試者探—取而答之。又劉攽云。—策者探事獻說也。〕

㊄隱其事使人料度然否曰—。今謂之—覆。見〔正字通〕。

㊅—人。爲擯者也。今文曰擯者。〔儀禮燕禮〕—人納賓。

㊆—干。木名。〔大戴記勸學〕西方有木名曰—干。〔按廣雅釋草云。鳶尾烏萐。—干也。本草云。—干一名烏扇。一名烏蘡。一名烏吹。一名烏蒲。一名鳳翼。一名鬼扇。一名扁竹。一名仙人掌。一名紫金牛。一名野萱花。一名草薑。一名黃遠。後漢馮衍傳注。—干。鳥翼也。漢書司馬相如傳。—干。音弋舍反。後漢陳寵傳—音夜。蘇頌曰。古字音多通呼。〕〔又〕似狐能緣木之獸也。〔漢書司馬相如傳〕其上則有鵷雛孔鸞。騰遠—干。

㊇—工。蜮也。見〔廣雅釋魚〕。

【射】 夤謝切音夜禡韻

㊀僕—。秦官名。〔正字通〕漢官儀注。師古曰。—本如字。讀古重武。每官必有主射督課之。故名。今—音夜。蓋關中語轉爲此音也。又宋百官志。古者武官以善射者掌事。僕射者。僕役於射事也。秦時左右曹諸吏官無職事。將軍大夫以下皆得加此官。通典。唐左右二僕—。因前代本副尚書令。自尚書令廢闕。二僕—則爲宰相。

㊁藐姑—。山名。〔莊子逍遙遊〕藐姑—之山。有神人居焉。〔釋文〕在北海中。

【射】 食亦切音實陌韻

㊀以弓弩矢—物也。見〔增韻〕。

㊁凡戲爭能取中皆曰—。〔列子說符〕博者—。

㊂行也。〔楚辭天問〕皆歸—鞫。

㊃鉏牙也。〔考工記玉人〕大琮十二寸。—四寸。〔注〕—。其外鉏牙。〔疏〕言—四寸者。據角各出二寸。兩相幷四寸。云—其外鉏牙者。據八角鋒。故云鉏牙也。

㊄邸—。剡而出也。〔考工記玉人〕璋邸—。素功。〔疏〕邸—。剡而出也者。向上謂之出。半圭曰璋。璋首邪却之。今於邪却之處。從下向上總邪却之。名爲剡而出。

【射】 夷益切音睪陌韻

㊀厭也。〔詩清廟〕無—于人斯。

㊁無—。十二律之一。屬於律。戌之氣也。九月建戌。而辰在大火。〔禮記月令〕季秋之月。其音商。律中無—。〔注〕無—者。夾鐘之所生。三分去一。律長四寸六千五百六十一分寸之六千五百二十四。季秋氣至。則無—之律應。周語曰。無—所以宣布哲人之令德。示小民軌儀。〔按白虎通云。九月謂之無—何。—者終也。言萬物隨陽而終也。〕

㊂—獲。矢中人也。〔儀禮鄉射禮〕無—獲。

㊃通釋。〔禮記玉藻〕卜人定龜。〔注〕謂靈—之屬所當用者。〔疏〕謂卜祭天用靈。祭地用—。—則釋也。〔按詩泮水釋文云。釋本作—。則—與釋通可知。〕

【尃】 芳無切音敷虞韻

布也。見〔說文〕。〔注〕布以法度也。〔段玉裁云。凡敷故必有法度而後行。故从寸〕

【尃】 博故切音布遇韻

徧也。佈、或作—。見〔集韻〕。

【尃】 斐父切音撫麌韻

本也。拂也。見〔集韻〕。

【㝵】 悲檢切音貶琰韻

傾覆也。从寸。臼覆之。寸。人手也。臼从巢省。杜林說以爲貶損之貶。見〔說文巢部〕〔段注〕按解云。从寸从臼。而各本篆體作叟。誤。今依玉篇、廣韻、集韻、類篇、更正。〔按韻會。字亦作－〕。

【尅】同剋。見〔字彙〕。

【寽】得或字。見〔集韻〕。

八畫

【將】賫良切音漿陽韻

(一)有漸之辭。見〔集韻〕。

(二)欲也。見〔廣雅釋詁〕。

(三)甫始之辭也。〔易繫辭〕是以君子－有爲也。－有行也。

(四)未至之詞。見〔詩魚藻疏〕。

(五)－有其意也。〔漢書叔孫通傳〕人臣無－。〔注〕－謂爲逆亂也。

(六)抑然之辭。〔楚辭卜居〕寧誅鋤草茅以力耕乎。－遊大人以成名乎。

(七)戒也。見〔玉篇〕。

(八)送也。〔詩鵲巢〕百兩－之。

(九)奉也。〔儀禮聘禮〕－命于朝。

(十)猶傳也。〔儀禮士相見禮〕饋還贄於－命者。

(十一)猶致也。〔儀禮聘禮〕束帛加書－命。

(十二)行也。〔書胤征〕今予以爾有衆。奉－天罰。

(十三)助也。〔漢書杜欽傳〕欽之補過－美。皆此類也。

(十四)持也。〔荀子成相〕吏謹－之無鈹滑。

(十五)扶也。見〔廣雅釋言〕。

(十六)衛也。〔漢書兒寬傳〕寬爲人溫良有廉知自－。〔注〕－衛也。以智自衛護也。

(十七)扶進也。〔詩無將大車〕無－大車。

(十八)猶御也。〔史記田叔傳〕爲人－車。

(十九)猶領也。〔史記秦始皇紀〕－軍擊趙。

(二十)從也。〔漢書禮樂志〕九夷賓－。

(廿一)順也。〔莊子庚桑楚〕備物以－形。

(廿二)養也。〔詩四牡〕不遑－父。

(廿三)大也。〔詩破斧〕亦孔之－。

(廿四)壯也。〔詩北山〕鮮我方－。

(廿五)長也。〔楚辭哀時命〕哀余壽之弗－。

(廿六)威也。見〔方言〕。

(廿七)美也。混見〔廣雅釋詁〕。

(廿八)資也。見〔爾雅釋言〕。

(廿九)老也。〔太玄玄衝〕偕壯而－老也。

(三十)齊也。〔詩楚茨〕或肆或－。〔或－豪上或烹。言烹之必劑量其水火及五味之宜。故云齊其肉也。〕

(卅一)去也。〔荀子賦〕時幾－矣。

(卅二)側也。〔詩皇矣〕在渭之－。

(卅三)及也。辭也。〔文選揚雄賦〕擊薄櫨而－榮。〔注〕乃拂擊薄櫨而及屋榮也。薛君韓詩章句曰。－、辭也。

(卅四)且也。〔詩谷風〕－安－樂。

(卅五)猶其也。〔左隱元年傳〕君－若之何。

(卅六)猶乃也。〔左宣六年傳〕使疾其民以盈其貫。－可殪也。

(卅七)資也。與償也。見〔増韻〕。

(卅八)干－。古劍工。〔漢書司馬相如傳〕建干－之雄戟。〔注〕張揖曰。干－。韓王劒師也。

(卅九)姓也。後趙錄有常山太守－容。

(四十)通漿。〔周禮醬人注〕蚌曰合－。〔釋文〕－本又作漿。

【將】七羊切音鏘陽韻

(一)幾願辭也。〔詩氓〕－子無怒。

(二)請也。〔詩正月〕－伯助予。

(三)－－嚴正也。〔詩緜〕應門－－。〔又〕集也。〔詩執競〕磬筦－－。〔又〕高貌。〔文選枚乘七發〕莘莘－－。〔又〕聲也。或亦作鏘。〔詩鼓鐘〕鼓鐘－－。〔按詩有女同車。佩玉－－。詩庭燎。鸞聲－－。皆言其物之聲也。〕

【將】玆郎切音臧陽韻

牂或字。〔禮記內則〕炮取豚若－。〔注〕－當作牂。牂牡羊也。

【將】余章切音陽陽韻

玉之雜名。〔考工記玉人〕伯用－。

【將】子諒切音醬漾韻

(一)帥也。从寸。醬省聲。見〔說文〕。〔段注〕帥當作衛。行部曰。衛將也。二字互訓。儀禮周禮古文。衛多作率。今文多作帥。〔正字通云。本作將。从寸持肉。說文从醬省。誤。存參。〕

(二)君也。見〔廣雅釋詁〕。

(三)主也。〔呂覽執一〕軍必有－。

(四)率領其衆也。〔漢書五行志〕而不鳴不－無距。

(五)－指。〔左宣四年傳疏〕足以大指爲－指。手以中指爲－指。

【專】朱遄切音磚先韻

(一)六寸簿也。从寸。叀聲。一曰－。紡－。見〔說文〕。〔段注〕說文無簿有薄。蓋後人易艸爲竹。以分別其字耳。六寸薄。蓋笏也。徐廣車服儀制曰。

古者貴賤皆執笏。即今手版也。六寸未聞。疑上衰二尺字。玉藻曰。玉度二尺有六寸。此法度也。故从寸。小雅乃生女子。載弄之瓦。毛曰。瓦紡—也。系部曰。紡、網絲也。網絲者以—爲錘。廣韻曰。鏞紡錘是也。今—之俗字作甎塼。以—爲塼壹之塼。

(二) 搏也。〔左桓十五年傳〕祭仲—。鄭伯患之。

(三) 單也。〔禮記曲禮〕有喪者—席而坐。

(四) 獨也。〔左襄十九年傳〕—黜諸侯。

(五) 猶獨也。〔論語子路〕不能—對。

(六) 一也。〔淮南精神〕夫血氣能—於五藏。

(七) 政也。誠也。見〔廣韻〕。

(八) 純篤也。見〔增韻〕。

(九) 自是也。〔左襄廿九年傳〕子容—。

(十) 猶司也。〔禮記檀弓〕爾—之。

(十一) 權重也。〔國策秦策〕孰與文侯—。

(十二) 自納於己也。〔大戴記子張問入官〕有善勿—。

(十三) 私也。〔荀子王制〕不敢—造于家。

(十四) 滿也。〔國語魯語〕防風氏後至。禹殺而戮之。其骨節—車。〔賈注〕—、滿也。

(十五) 猶厚也。〔儀禮士虞禮〕用—膚爲折俎。

(十六) 轉也。見〔廣雅釋言〕。

(十七) 齊也。見〔廣雅釋言〕。

(十八) 任也。〔素問解精微論〕夫心者五藏之—精也。

(十九) 業也。見〔廣雅釋詁〕。

(二十) 員也。〔漢書五行志〕蜺再重赤而—至衡旱。〔注〕—員也。若五月再重赤而員至十一月旱也。

(二十一) 東西隨己謂之爲—。〔左襄二十六年傳〕—祿以周旋。

(二十二) 八十一乘爲—。〔左昭元年傳〕—爲右角。

(二十三) —室。小室也。〔淮南本經〕民之—室蓬廬。無所歸宿。

(二十四) 姓也。吳刺客—諸。

【專】徒官切音團寒韻

圜也。〔周禮大司徒〕其民—而長。

【尉】紆胃切音畏未韻

(一) 熨。從上按下也。从𡰥又持火。所以申繒也。見〔說文火部〕〔正字通〕云。本作熨。或作熨。俗从小作—。

(二) 候也。見〔廣韻〕。

(三) 自上安之也。〔漢書胡建傳〕所以—薦走卒。

(四) 官名。我國歷代職官多以—名。秦漢以太—掌兵事。廷—聽獄。漢於縣亦設—。五代時—皆軍校爲之。宋建隆間。詔諸縣設—一員在主簿下。故後稱典史亦曰少—。清爵位有—。駐防旗營有城守—。今初等武官爲—。日本襲用我漢唐官儀。故海陸軍初級官亦名—。

(五) —氏。鄭邑名。秦置—氏縣。漢屬陳留郡。即今河南—氏縣治。

(六) 同慰。〔漢書車千秋傳〕—安衆庶。〔注〕—安之字本無心。

(七) 通罻。〔荀子禮論〕以象菲帷幬—也。〔注〕—讀爲罻。罻、網也。

(八) 姓也。鄭大夫—止。〔又〕都—遲。並複姓。

【尉】於勿切音鬱物韻

火斗曰—。見〔風俗通〕。

【㝵】貶本字。見〔正字通〕〔案依許解。字當作㝵。張氏蓋據漢書司馬相如傳、文選上林賦。因以㝵爲謬。惟康熙字典實本張說。而別引史記、唐韻。史記字作貶。唐韻已佚。又其㝵入寸部。曰部復列㝵、—。〕

【㝷】古守字。又姓也。見〔字彙〕。

【𡬶】同尋。見〔字彙補〕。

九畫

【尊】租昆切音遵元韻

(一) 尊。酒器也。从酋廾以奉之。或从寸。見〔說文酋部〕。

(二) 卑之對也。〔禮記曲禮〕夫禮者自卑而—人。雖負販者必有—也。

(三) 敬也。見〔廣雅釋詁〕。

(四) 重也。〔呂覽審爲〕可謂能—生者矣。

(五) 貴也。〔孟子盡心〕—德樂義。

(六) 高也。〔考工記輪人〕部—一枚。

(七) 崇重也。〔論語堯曰〕—五美。

(八) 父兄也。〔禮記喪服小記〕養—者必易服。

(九) 稱父曰家—。〔晉書王獻之傳〕安又問曰。君書何如君家—。

(十) —章。猶言舅姑也。〔漢書廣川惠王越傳〕背—章。嫖以忽。

(十一) 至—。謂帝王也。〔淮南精神〕視至

—郡韻。

(十三)稱地方官曰—。如知府曰太—州曰州—縣曰縣—之類。

(十四)稱佛曰世—〔金剛經〕希有世—。

(十五)姓也—盧氏之後—盧一作宗盧。見〔風俗通〕

【尋】　荀緣切音宣先韻

(一)修也。見〔玉篇〕

(二)表也。一曰手循見〔集韻〕。

【尋】　徐心切音潯侵韻

(一)本作㝷。〔說文〕㝷。繹理也。从工口。从又寸。工口亂也。又寸分理之也。此與㪇同意。度人之兩臂爲—。八尺也。〔通訓定聲〕大戴主言舒兩肘知—。小爾雅。度—舒兩肱也。又史記張儀傳。蹄閒三—。索隱。七尺曰—。按程氏瑤田云。度廣曰—度深曰仞。皆伸兩臂爲度。度廣則身平臂直。而適得八尺。度深則身側臂曲。而僅得七尺。其說精覈。—、仞、皆以兩臂度之。故仞亦或言八尺。—亦或言七尺也。字亦作𢾍。廣韻云。六尺曰—。

(二)長也。〔方言〕海岱大野之間曰—。自關而西秦晉梁益之間凡物長謂之—。

(三)求也。〔通訓定聲〕所以度物。故揣度以求物謂之—。

(四)仍也。〔宋書劉孝綽傳〕殿下降情白屋。存問相—。

(五)繼也。〔文選羊祜表〕以身誤陛下。辱高位。傾覆亦—而至。

(六)重也。〔左哀二十二年傳〕若可—也。亦可寒也。〔疏〕少牢有司徹云。乃—尸俎。鄭玄云。—溫也。引此則諸—盟者。皆以前盟已寒。更溫之使熱。

(七)用也。〔家語觀用〕毫末不札。將—斧柯。

(八)討也。〔國語周語〕夫三軍之所—。

(九)就也。〔漢書郊祀志〕祲—于泰山矣。〔注〕漸就也。晉灼曰。遂往之意也。〔按通訓定聲云〕猶浸淫。史記孝武紀索隱。—、浸、淫、聲相近。

(十)深也。〔淮南繆稱〕其憂—推之也。〔注〕憂—憂深也。

(十一)猶繰也。〔文選陸機樂府〕毫蕎亦有—。

(十二)大竹名。〔山海經大荒北經〕有岳之山。—竹生焉。〔又〕木名。—木長千里。生河邊。見〔廣韻引山海經〕。

(十三)—常言庸常也。見〔字彙〕。

【尌】　殊遇切音樹廚遇切音住遇韻

(一)立也。从壴。从寸。寸、持之也。見〔說文〕〔段注〕與人部侸音義同。今字通用樹爲之。樹行而—廢矣。寸與又、古通用。又者手也。此說从寸之意。壴而復持之則固矣。〔按正字通云〕總要、从寸。諧壴聲。篆作—。小篆譌作豎。俗楷作豎。按樹立、樹藝。皆借樹。會植立意。義通。非樹專指木類。樹立、樹藝、必用—也。

(二)姓也。左傳鄭大夫—柎。

【夺】　古守字。見〔字彙補〕。

十畫

【嶎】　古道字。見〔集韻〕。

【㝷】　古尋字。見〔字彙補〕。

【尌】　剄譌字。見〔正字通〕。

十一畫

【對】　都內切音碓隊韻

(一)本作對。〔說文丵部〕對或从士。漢文帝以爲責—而面言。多非誠—。故去其口以從士也。〔注〕士事也。取事實也。

(二)穪也。見〔廣雅釋詁〕。

(三)答問也。〔儀禮聘禮〕—曰。非禮也。敢辭。

(四)應也。〔儀禮士冠禮〕冠者—。〔今云〕—付亦假此義。

(五)當也。〔易无妄〕先王以茂—時育萬物。

(六)配也。〔詩皇矣〕帝作邦作—。〔注〕言擇其可當此邦國者而君之也。

(七)等也。〔呂覽審時〕本大而莖葉格—。

(八)向也。〔史記石奮傳〕—案不食。〔俗云〕、酌—唱均此義。

(九)偶也。〔後漢周黃徐姜申屠傳贊〕貞期難—。

(十)敵也。〔吳志陸遜傳〕劉備今在境界。此彊—也。〔俗云仇人曰—頭〕即此意。

(十一)匹耦也。〔後漢梁鴻傳〕擇—不嫁。

(十二)比並也。〔南史任昉傳〕時瑯琊王融有才儁。自謂無—。

(十三)凡物之成雙者曰—。〔金史輿服志〕上下襟華蟲火各六—。虎蜼各六—。

⑭遂也。見〔爾雅釋言〕。
⑮揚也。見〔廣雅釋詁〕。
⑯治也。見〔廣雅釋詁〕。
⑰並峙也。〔杜甫詩〕岸絕兩壁一。
⑱合也。如云一症。一筆跡。又俗稱事之合宜曰一。否則曰不一。
⑲校讐曰一。或云校一。
⑳一簿亦曰一。〔史記李將軍傳〕終不能復一刀筆之吏。〔今云一貿。義本此〕

【[illegible]】多則切音得職韻
㝵貌。見〔五音集韻〕。

【尌】樹籀文。見〔字彙〕。

【[illegible]】俗剽字。見〔正字通〕。

十三畫

【對】都內切音碓隊韻
對本字。〔說文〕譍無方也。从丵口。从寸。見〔說文〕〔段注〕云譍無方者。所謂善待問者如撞鐘。叩以大者則大鳴。叩以小者則小鳴也。無方故从丵口。寸。法度也。丵口而一歸於法度也。

【導】大到切音盜號韻
①引也。見〔說文〕。
②從首起也。〔書禹貢〕一岍及岐。
③通也。〔國語周語〕爲川者決之使一。
④開也。〔國語周語〕將一利而布之上下者也。
⑤猶先也。〔呂覽適威〕忠信以一之。
⑥語也。見〔廣雅釋詁〕。
⑦敎也。〔淮南繆稱〕而不可以一人。
⑧訓也。〔國語晉語〕是以一於民。
⑨誘也。〔淮南兵略〕一於左右。
⑩擇也。〔後漢光武紀〕非徒有豫養一擇之勞。〔注〕一亦擇也。
⑪涉也。〔呂覽察今〕猶其先表之時可一也。
⑫勸也。見〔爾雅釋詁〕〔勸、謂贊勉〕。
⑬行也。〔國語楚語〕而一之以訓辭。
⑭陶也。一陶也。陶演己意也。見〔釋名釋言語〕。
⑮達也。〔荀子儒效〕敎誨開一成王。
⑯首飾之一種也。〔釋名釋首飾〕一。所以一櫟鬢髮使入幘巾之裏也。
⑰一引。謂搖筋骨動支節。〔素問異法方宜論〕其治宜一引按蹻。

【[illegible]】同貣。出漢隸熊君碑。見〔字彙補〕。

十四畫

【導】古導字。見〔字彙補〕。

【[illegible]】[illegible]譌省。見〔正字通〕。

十五畫

【[illegible]】暨兗切音剸銑韻主彖切音揣紙韻
小卮有耳蓋者。从卮專聲。見〔說文卮部〕。

十六畫

【[illegible]】石鼓文導字。見〔字彙〕。

十七畫

【[illegible]】石鼓文治字。見〔字彙〕。

十八畫

【[illegible]】同剽。見〔字彙補〕。

※小部※

【小】私兆切蕭上聲篠韻
①物之微也。从八。丨見而八分之。見〔說文〕〔段注〕八、別也。象分別之形。故解从八爲分之。丨才見而輒分之會意也。凡掚物分之則一。
②細也。〔淮南主術〕而枹鼓爲一。
③不大也。〔論語八佾〕管子之器一哉。
④一者大之源。見〔後漢陳忠傳〕。
⑤狹隘也。〔書仲虺之誥〕好問則裕自用則一。
⑥輕之也。〔左桓十三年傳〕莫敖狃于蒲騷之役將自用也必一羅。
⑦狹近也。〔禮記表記〕有長短大一。
⑧卑也。〔孟子萬章〕不辭一官。
⑨未能大備也。〔荀子議兵〕一齊則治鄰敵。
⑩月二十九日晦爲一。〔後漢律曆志〕以爲月當先一。〔陰曆又稱一盡一建〕。
⑪細巧入人爲一言。〔莊子列禦寇〕彼所一言。盡人毒也。
⑫一子。弟子也。〔禮記少儀〕一子走而不趨。〔又〕是後生未成之名。見

〔詩思齊箋疏〕〔又〕是幼弱無知之稱見〔詩板箋疏〕。

(十三)—童幼少之目也〔論語季氏〕夫人自稱曰—童。

(十四)—呂中呂也〔周禮大司樂〕歌—呂〔注〕—呂、一名中呂。

(十五)—功喪服之輕者〔釋名釋喪制〕五月曰—功。精細之功。有飾也。

(十六)—腹臍下也〔釋名釋形體〕自臍以下曰水腹。又曰少腹。少、—也。比於臍以上爲—也。

(十七)—人。無德之稱也〔禮記大學〕—人閒居爲不善〔又〕無位之稱也。〔論語子路〕—人哉樊須也。

(十八)—星。喻妾也〔詩〕—星〕嘒彼—星。三五在東〔箋〕眾無名之星。隨心噣在天。猶諸妾隨夫人以次序進御於君也。〔後世簡稱妾爲—本此。〕

一畫

【尐】子列切音䓕屑韻

(一)少也。从小。乀聲。見〔說文〕〔段注〕方言曰。—杪小也。孟子。力不能勝一—雛。趙注。爲小。與方言同。孫宣公音義得之。作匹者非。

【尒】子悉切音卽質韻

(一)小也。見〔玉篇〕。

(二)假作節。〔正字通〕當是節損義。爲撙—之。經史並从節。

【尐】子悉切音卽質韻

蟲名。〔方言〕蟬有文者謂之螓蠀。其雌螓謂之—。

【少】始紹切燒上聲篠韻

(一)不多也。見〔說文〕。

(二)微也。見〔太玄玄衝〕。

(三)不足之辭〔史記曹相國世家〕豈—朕與。

(四)頃也〔孟子萬章〕—則洋洋焉。

(五)輕之也〔史記蘇秦傳〕秦習知蘇秦皆—之。

(六)短也。嘗人曰—之。猶稱人曰多之也。見〔正字通〕。

(七)舉其要也〔荀子脩身〕—而理曰治。

(八)猶裁也〔國語周語〕而—光王室。

(九)—選。須臾也〔呂覽音初〕—選發而視之。

(十)—牢。猶劣薄也〔管子海王〕大男食鹽五升—牢。

(十一)—進。差在前也〔儀禮鄉射禮〕賓—進。

【少】失照切燒去聲嘯韻

(一)幼也。見〔玉篇〕。

(二)稺也〔國語晉語〕午之—也。

(三)三十以前也〔論語季氏〕—之時。血氣方剛。

(四)副貳也〔書周官〕—師。—傅。—保。

(五)小也〔國語晉語〕—溲於豕牢。而得文王。

(六)未多也〔後漢西南夷傳〕—年聞米至數十云。〔注〕—年未多年也。

(七)雜也〔左定四年傳〕以大路—帛。〔注〕雜帛也。

(八)—腹。臍下也〔素問骨空論〕引—腹而痛腸。

(九)—室。山名。見〔山海經中山經〕。

(十)—辛。細辛也。見〔廣雅釋草〕。

(十一)—牢。羊豕也〔國語楚語〕卿舉以—牢。

(十二)—廣。古算法名。九章之一。以御積冪方圓。

(十三)—姑。夫之庶母也〔爾雅釋親〕謂夫之庶母爲—姑。

(十四)姓也。漢下邽令—年唯〔又〕—室。—施。—正。—叔。—師。均複姓。

【尗】古示字。見〔玉篇〕〔按正字通云。六書本作𠄟。篆作𡰧。象地理蜿絡形。地載神氣也。通用示。別从示作祇。舊本改作—、附小部。非。〕

二畫

【尔】忍氏切音邇紙韻

(一)詞之必然也。从入丨八。八象气之分散。見〔說文八部〕〔注〕言之助也。〔按段注—之言如此也。後世多以爾爲之。〕

(二)詞之舉也。見〔玉篇〕。

(三)汝也〔正字通〕—汝、與爾、而、通。稱人曰—。

(四)別也。見〔玉篇〕。

(五)—朱氏。—綿氏。均複姓。

【尓】同尒。見〔字彙〕。

三畫

【尖】將廉切音漸鹽韻

(一)本作㦰〔說文〕㦰楔也〔注〕爾雅㦰也。揳也。此卽今俗以小上大下爲㦰字。

(二)銳也。見〔集韻〕。

(三)小也〔杜甫詩〕萬點蜀山—。

(四)塔頂也〔五代史李崧傳〕爲浮圖

者必合其—。

(五)物之末也。〔韓愈詩〕萌芽—句出。

(六)聳而高也。〔杜甫詩〕城—徑仄旌旆愁。

(七)蠨蛸也。〔蘇軾詩〕一詩換得兩—圍。

(八)指謂之—。〔楊維楨詩〕玉—搦管雕香室。

(九)打—。止食也。俗謂旅客晝行止食曰打—。

(十)言語之冷峭者、曰—刻。—毒。

【尗】式竹切音叔屋韻

(一)豆也。象—生形。見〔說文尗部〕。〔注〕豆性引蔓故從—有岐非從上下之上也。小、象根也。〔玉篇艸部〕菽下云。豆名也。亦作—。〔部叔下云〕同—。又叔伯也。是—豆之—亦可作叔、菽、也。

(二)通叔〔爾雅釋親〕父之世父叔父。〔疏〕說文叔、作—。許愼曰。從上小。言尊行之小也。

【尒】莫何切音懡哿韻

細小也。見〔字彙〕。

【㚢】古貴字。見〔說文女部婁字下古文㚢字注〕。

【尘】古塵字。見〔字彙補〕。

四畫

【尖】思嗟切音些麻韻

同尖。小也。見〔集韻〕。〔正字通云〕。尖字之譌。

【尖】壯咸切斬平聲咸韻

銳也。見〔集韻〕。〔正字通云〕。尖字之譌。

【尗】古米字。見〔字彙〕。

【光】同當。見〔字彙補〕。

五畫

【尙】時亮切音上漾韻

(一)曾也。庶幾也。見〔說文八部〕。〔注〕按春秋左傳曰。—克知之。庶幾知之也。曾—氣皆分散也。

(二)猶也。〔詩蕩〕雖無老成人。—有典刑。

(三)且也。〔文選枚乘七發〕—何及哉。

(四)願也。〔漢書敍傳〕—粤其幾。

(五)猶必也。〔家語三恕〕—有說也。

(六)右也。見〔爾雅釋詁〕。

(七)崇也。〔禮記檀弓〕夏后氏—黑。

(八)貴也。〔孟子盡心〕—志。

(九)高也。〔文選張衡賦〕則大庭氏何以—茲。

(十)加也。〔論語里仁〕好仁者無以—之。

(十一)上也。〔論語顏淵〕草—之風必偃。

(十二)佐也。見〔廣韻〕。

(十三)猶久古也。〔史記三代世表〕五帝三代之紀—矣。

(十四)彝也。〔呂覽古樂〕樂所由來者—也。

(十五)遠也。〔後漢崔駰傳〕昔大庭—矣。

(十六)主也。〔史記呂后紀〕—符節。

(十七)凡典司進御之物者曰—。漢官儀—書、—方、—食、—醫是也。見〔正字通〕。

(十八)暮也。〔後漢張衡傳〕—前良之遺風兮。

(十九)好也。〔國語晉語〕其爲人也剛而—寵。

(二十)猶强也。〔國語楚語〕子—良食。

(廿一)猶飾也。〔詩著〕—之以瓊華乎而。

(廿二)舉也。〔楚辭天問〕師何以—之。

(廿三)娶公主謂之—。言帝王之女尊而上之不敢言娶。見〔字彙〕。

(廿四)配也。〔漢書司馬相如傳〕卓王孫喟然而歎自以得使女—司馬長卿晚。

(廿五)奉也。〔文選司馬相如賦〕得—君之玉音。

(廿六)猶努力也。〔公羊襄二十九年傳〕—速有悔于予身。

(廿七)矜伐也。〔禮記表記〕君子不自—其功。

(廿八)嘉之名也。〔老子〕不—賢。

(廿九)不—也。〔左襄二十九年傳〕不—取之。

(三十)和—。沙門號也。僧之尊稱也。〔翻譯名義〕和—。梵本正名鄔波遮迦。傳至于滇國。翻爲和—。義淨云鄔波陀耶。此云親教師。和—故有二稱。一依教。即受業也。二依止。即稟學也。

(卅一)—父。大臣之稱。〔詩大明〕師維—父。〔按唐郭子儀亦稱—父〕。

(卅二)—章。歲陽也。見〔史記厤書〕。〔注〕—章。癸也。爾雅作昭陽。

(卅三)姓也。後漢高士—子平。〔又〕—方氏。複姓。

(卅四)通上。〔詩陟岵〕上愼旃哉。〔注〕上、猶—也。

【𡮐】息耶切音些麻韻 少也。見〔字彙〕。

【𡮒】同筆。見〔字彙補〕。

六畫

【𡮫】苦到切音犒號韻 西域姓也。見〔字彙補〕。

【尛】古麼字。見〔字彙補〕。

【尗】古叔字。見〔集韻〕。

【𡮢】兌譌字。見〔正字通〕。

七畫

【𡮨】皮變切音弁霰韻 覍也。周曰—。殷曰吁。夏曰收。从兒。象形。弁或—字。見〔說文皃部〕。〔按今體悉用或字而正字廢矣〕。

【𡮪】乞逆切音隙陌韻 際見之白也。从白。上下小見。見〔說文白部〕。〔按六書正譌云。从二小。中从日。隙也。會意。同文舉要云。从白。謂壁孔見白日隙。小篆加阜作隙。隙、—義通〕。

八畫

【𡮲】乃后切耨上聲有韻 ●一 小貌。見〔廣韻〕。●二 穀或字。乳子也。見〔集韻〕。

【𡮷】奴侯切音羺尤韻 江東呼兎子爲魗。或作—。見〔集韻〕。

【𡮼】齒兩切音敞養韻 東西趨走也。〔楚辭逢尤〕走𡮼罔兮作東西。〔注〕一作𡮼堂。一作暢—。一本云—、敞音。又主尚切。〔按字與堂党同。舊注引字彙補病謎切音敞。蓋敞敞形似之誤〕。

【𡯂】古省字。見〔說文〕。

【𡯃】同卑。見〔字彙補〕。

【𡯄】同𡮾。見〔廣韻〕。

九畫

【尞】迷條切音聊蕭韻 姓也。見〔字彙〕。

【𡯅】力弔切嘯韻 同燎。見〔字彙〕。

【𡯆】同惹。蘖起蕢—以也。見〔字彙補引廣雅〕。〔按廣雅疏證本作舊。疏證云舊巳與惹苡同。則—當是舊字之譌〕。

【𡯇】音未詳。〔穆天子傳〕蹝—十儙。〔注〕疑此紵葛之屬。

【𡯈】就譌字。〔按此字字彙、正字通不載。玉篇、廣韻作𡯈。集韻、類篇、作𡯈。廣韻四十一漾、作𡯈。皆从反欠之尣。康熙字典作从允从京。云出集韻。譌謬實甚〕。

十畫

【尟】息淺切音獮銑韻 是少也。是少俱存也。見〔說文是部〕。〔注〕是亦正也。正者少則—也。〔今人借用鮮字〕。

【尠】俗尟字。見〔廣韻〕。

十一畫

【𡰂】之石切音職職韻 康也。健也。見〔字彙〕。

【𡰃】勒彙切音潦皓韻 欠也。又少也。見〔字彙〕。

【𡰄】歷店切廉去聲豔韻 小也。見〔集韻〕。

【𡰊】縈譌字。見〔正字通〕。

十二畫

【𡰋】財勞切音曹豪韻 𡰌—。物未精清。見〔字彙〕。

【𡰍】渠吝切音僅震韻 ●一 對也。或作僅、𡰍。見〔玉篇〕。●二 少也。見〔廣韻〕。

十三畫

【𡰏】古暨字。見〔字彙補〕。

【𡰐】郎狄切音歷錫韻 𡰑—。少劣也。見〔集韻〕。

【𡰒】隙或字。見〔集韻〕。

十六畫

【𡰓】力銜切音藍咸韻 —𡰔。少也。見〔集韻〕。

十九畫

【𡰕】初銜切音攙咸韻 𡰓—。少也。見〔集韻〕。

※大部※

【大】徒蓋切音汏泰韻

(一)天—。地—。人亦—。焉象人形。古文亣也。見〔說文〕〔注〕古文亦以此爲人字也。〔段注〕—文則手足皆具而可以參天地是爲—。

(二)小之對。〔易乾〕—哉乾元。

(三)尊詞也。〔通訓定聲〕凡—人、—夫、—子、—王、—公皆尊詞。—字本讀也。

(四)巨也。〔漢書劉向傳〕功費—萬百餘。〔注〕應劭曰。—萬億也。—巨也。

(五)老也。〔爾雅釋木〕—而散樕。

(六)長也。〔漢書淮南王長傳〕常謂上—兄。〔按日知錄云。今人兄弟行次稱爲—不知始自何時。孝文帝行非第一也〕

(七)重也。〔荀子性惡〕—齊信焉而輕貨財。

(八)長(平聲)也。〔呂覽愼大〕江河之—也。

(九)廣也。〔詩泮水〕—路南金。

(十)眾也。〔管子法法〕故仁者、知者、有道者、不與—慮始。

(十一)通也。〔呂覽勿躬〕神合乎—一。

(十二)徧也。〔禮記郊特牲〕—報天而主日也。

(十三)初也。〔禮記文王世子〕—昕鼓徵。

(十四)誇也。〔禮記表記〕不自—其事。

(十五)過也。〔國策秦策〕無—王。

(十六)肥也。見〔太玄玄衝〕。

(十七)盛也。〔穆天子傳〕—奏廣樂。

(十八)多也。〔老子〕—巧若拙。〔注〕—巧謂多才術。

(十九)善也。〔易繫辭〕莫—乎蓍龜。

(二十)麤也。〔莊子山木〕莊子衣—布而補之。〔司馬注〕—布麤布也。

(廿一)德美廣博也。〔詩椒聊〕碩—無朋。

(廿二)弓體名。〔周禮司弓矢〕唐弓、—弓、以授學射者、使者、勞者。〔注〕往體來體若一曰唐—。

(廿三)—人聖人也。〔論語季氏〕畏—人。〔又〕陽氣俌—人。〔易離〕—人以繼明照于四方。〔又〕長老之稱。〔後漢蘇章傳〕三輔號爲—人。〔又〕父也。〔史記高帝紀〕起爲太上皇壽曰。始—人常以臣無賴。〔又〕母也。〔漢書淮陽憲王傳〕博辭去。令弟光恐云王遇—人益解。〔注〕師古曰。—人傅自稱其母也。解讀曰懈。〔又〕叔也。〔漢書疏廣傳〕受叩頭曰。從—人議。〔又〕稱他人之父母亦曰—人。〔通俗編稱謂〕唐柳宗元謂劉禹錫母曰無辭以白—人。則以—人稱他人之父母也。〔又〕公卿大夫也。〔左昭十八年傳〕而後及其—人。〔又〕天子三公四輔也。〔管子幼官〕則—人從。

(廿四)措—士也。〔五代史東漢世家〕老措—毋妄沮吾軍。

(廿五)都—宋官名。〔正字通〕宋制有兩都—。一提舉茶馬。一提點坑冶鑄錢。與提刑序官。

(廿六)歲名。〔爾雅釋天〕太歲在己曰—荒落。〔史記曆書作—芒落。天官書作—荒駱〕

(廿七)姓也。—廷氏之後。見〔風俗通〕。

【大】他蓋切音泰泰韻

易—和、—極。書詩—王、—師。禮—羹、—牢。竝音泰。〔按正字通楊愼曰。古音籟音揬。無音一闔切者。今、—韻書二十二褐不收—。考淮南子宋康王世有雀生鸇占曰小而生—必霸天下。叶下。古亦有一闔切之音。按—有四聲。他蓋、東故、登嫁、杜臥、四切。或讀代。或讀度、墮、泰。方音雖別。而義則同。段玉裁曰。凡今去聲之字。古皆入聲。—讀入聲者。今惟有會稽—末縣。獨存古語耳〕。

【大】吐臥切音唾箇韻

猛也。甚也。〔正字通〕禮童子不衣裘裳注。鄭康成曰。爲—溫也。徐邈—音唾。陸德明音泰。正韻十四箇收—。韻牋曰。中原韻用此音。東南聲輕、讀如墮。西北聲重、讀如唾。

【大】唐佐切音馱箇韻

巨也。見〔集韻〕。

【大】他佐切音稅箇韻

太也。何休曰。約誓—甚。見〔集韻〕。

一畫

【太】他蓋切音汰泰韻

(一)甚也。見〔玉篇〕。

(二)通也。見〔廣韻〕。

(三)大也。見〔類篇〕。

(四)姓也。文王四友。—顛之後。見〔統譜〕。

(五)尊辭也。如—翁、—君、—上皇、—后、—公、—爺之類。

(六)——婦人之尊稱也。〔通俗編稱

謂】胡應麟甲乙剩言。都民呼有司胥屬。惟中丞以上得呼——。何良俊四友齋叢說。凡士大夫妻年未三十卽呼——。前輩未有此。按今燕秦之地。雖丐婦無不稱——者。

(七) 遠古謂之—古。

(八) —守。官名。漢唐郡置太守。近世爲府知事別稱。

(九) 通泰。【集韻】太、滑也。或省作—。亦作大、泰。【廣韻】云。經典本作大。按作大者。如大極、大初、大素、大室、大玄、大廟。大學、及官名、大師、大宰、之類。作泰者。如泰卦、泰壞、泰誓、泰春、泰夏、泰秋、泰冬、泰半之類。范曄撰後漢書。避家諱。改泰爲—。毛晃云。經史古大字無點。後人加點以別小大之大。正字通云。毛說非。

(十) 以—、精氣也。散布空中。質極細微。英文 Ether【又】液體之一種。化學家、以硫酸和酒精中蒸溜而得之。

【太】他達切音獺曷韻

(一) —末縣。在會稽。見【集韻】。

(二) 黑—。人名。【正字通】歐陽修跋北齊石浮圖記碑後云。有人名黷黑—。

【天】他年切腆平聲先韻　鐵因切忒平聲眞韻

(一) 顚也。至高無上。从一大。見【說文一部】【注】畫一以象道。—大地大。故於文一大爲—。—之爲言顚也。無所與高也。會意。【按段注至高無上。是其大無有二也。故从一大。於六書爲會意。通訓定聲。大猶人也。—在人上。仰看見之。一、指事。蒙謂—無實形。地上空處者皆是也。地與日月星辰並列其中。程子曰。—之蒼蒼。豈是—之形。視下復如是。可證】

(二) 顯也。【釋名釋天】豫司兗冀以舌腹言之。—顯也。在上高顯也。

(三) 坦也。【釋名釋天】靑徐以舌頭言之。—、坦也。坦然高而遠也。

(四) 鎭也。【春秋說題辭】—之爲言鎭也。居高理下。爲人經緯。故其字一大以鎭之也。

(五) 陳也。【賀述禮統】—之爲言陳也。

(六) 珍也。【禮統】—之爲言珍也。施生爲本。運轉精神。功效陳列。其可珍重也。

(七) 气也。見【論衡談天】。

(八) 身也。【呂覽論人】若此則無以害其—矣。

(九) 性也。【淮南原道】不以人易—。

(十) 文也。見【鶡冠子夜行】。

(十一) 自然也。【莊子天道】先明—而道德次之。

(十二) 無爲也。【莊子大宗師】庸詎知吾所謂—之非人乎。

(十三) 神也。統理萬物主宰羣生者。【書泰誓】—佑下民。

(十四) 父也。【詩柏舟】母也—只。

(十五) 君也。王者之通稱。【詩板】—之方難。

(十六) 夫也。【儀禮喪服傳】夫者妻之—也。婦人不貳斬。猶曰不貳—也。

(十七) 凡至尊重者皆曰—。如管仲曰王者以百姓爲—。酈食其曰民以食爲—。

(十八) 大也。見【廣雅釋詁】。

(十九) 養也。【莊子馬蹄】命曰—放。

(二十) 髡刑。【易睽】其人—且劓。【胡瑗注】—、當作而。字篆文相類。後人傳寫之誤也。然謂而者。在漢法有罪髡其鬢髮曰而。

(廿一) 謂日曰—。如今日曰今—。昨日曰昨—。明日曰明—之類。

(廿二) 謂節候曰—。如言三伏—。黃梅—。

(廿三) 上帝之所曰—。如道敎之稱洞—。佛敎之言—堂。基督敎之稱—國。

(廿四) 山名。—山。卽祁連山也。

(廿五) 蔿、—。古帝號。見【路史禪通紀】。

(廿六) 金—。古帝號。【帝王世紀】少昊金—氏。名摯。字靑陽。姬姓也。降居江水。邑於窮桑。以登帝位。

(廿七) —根。星名。【爾雅釋天】—根。氐也。

(廿八) —駟。星名。【爾雅釋天】—駟。房也。

(廿九) 形—。神名。【山海經海外西經】形—與帝爭神。帝斷其首。乃以乳爲目。臍爲口。操干戚以舞。【注】形、一作刑。—、一作夭。

(三十) 漏—。地名。【蜀地志】蜀邛崍山後四野無晴日曰漏—。

(卅一) 鈞—。樂名。【史記趙世家】與百神游於鈞—。廣樂九奏萬舞。

(卅二) 木—。署名。【唐六典】內閣司舍惟秘閣最宏壯穹隆高敞。謂之木—。【按後世稱翰林院曰木—署】。

(卅三) 景—。蟲名。【古今注】螢火一名耀夜。一曰景—。【又】草名。【本草】景—。一名愼火。人皆盆養於屋上。云可辟火。
(四十)—王星。太陽系第七位之行星。有衛星四箇。八十四年繞太陽一周。英名uranus
(四十一)姓也。漢長社令—高。

【夫】　風無切音膚虞韻

(一)丈—也。从大一。以象簪也。周制。以八寸爲尺。十尺爲丈。人長八尺。故曰丈—。凡—之屬皆从—。見〔說文夫部〕
(二)扶也。扶以人道者也。見〔白虎通嫁娶〕
(三)膚也。言其智膚敏弘。見〔意林〕
(四)賦也。言消息百姓。均其役賦。見〔風俗通〕
(五)傅相也。〔詩墓門〕—也不良。
(六)—也者。以知帥人者也。見〔禮記郊特牲〕
(七)男子之總名。〔詩車攻〕射—既同。
(八)壻也。〔列女傳貞順〕—婦者人倫之始也。
(九)兵也。〔左哀元年傳〕—屯晝夜九日。
(十)役也。〔漢書章帝紀〕懷諸妊者。賜胎養穀人三斛。復其—。
(十一)以我稱人曰—。〔禮記檀弓〕曾子指子游示人曰。夫—也。爲習於禮者。
(十二)人人也。〔文選張衡賦〕—懷貞節。
(十三)二田爲一—。見〔管子乘馬〕
(十四)畝百爲—。見〔周禮小司徒注引司馬法〕
(十五)治也。〔禮記王制〕—圭田無征。
(十六)—人。猶人人也。〔左襄八年傳〕—人愁痛。〔又〕正嫡之稱。〔白虎通嫁娶〕國君之妻稱之曰—人者。明當扶進—人。謂非妾也。國人尊之。故稱君夫人也。〔又〕命婦之稱。前代禮制。—一品妻封一品—人。二品封—人。〔又〕婦人之尊稱。〔通俗編〕古所云家—人、尊—人。皆其母也。今但以稱人妻。
(十七)丈—。才能過人者。見〔正字通〕〔又〕世稱良人爲丈—。
(十八)—子。將士也。〔書牧誓〕—子勗哉。〔又〕先生長者之稱。〔孟子梁惠王〕願—子輔吾志。〔又〕良人也。〔孟子滕文公〕往之女家。必敬必戒。無違—子。以順爲正者。妾婦之道也。
(十九)大—。官名。〔禮記王制〕天子三公九卿。二十七大—。八十一元士。
(二十)十六以上不成丁曰餘—。
(二十一)武—。將士也。〔詩兔罝〕赳赳武—。〔又〕石之次玉也。〔漢書董仲舒傳〕五霸比於三王。猶武—之於美玉。〔按—字別作玞、砆。〕
(二十二)玄—。瘤名。〔孟郊詩〕再拜謝玄—。
(二十三)姓也。又息—、蒙均複姓。見〔廣韻〕

【夫】　馮無切音扶虞韻

(一)發聲也。〔孟子盡心〕—舜惡得而禁之。
(二)歎詞也。〔孟子告子〕必子之言—。〔按王引之說。—、猶乎也。歎詞也。在句末者。禮記檀弓曰。爾責於人。終無已—。三年之喪。亦已久矣—。是也。在句中者。檀弓曰。仁—公子重耳。論語子罕篇曰。逝者如斯—。不舍晝夜。是也。〕
(三)指事之詞也。〔禮記檀弓〕予惡—涕之無從也。
(四)猶彼也。〔漢書賈誼傳〕—將爲我危。〔注〕—猶彼人耳。
(五)猶此也。〔左僖三十年傳〕微—人之力。不及此也。
(六)猶凡也。〔孝經〕若—慈愛恭敬。
(七)猶衆也。〔淮南本經〕—人相樂。
(八)復也。〔文選張衡賦〕獲我所求—何思。
(九)疑怪之詞。〔左昭十六年傳〕猶義也—。
(十)不滿之詞。〔呂覽審應〕申子說我而戰。爲我相也—。
(十一)—須。草名。〔爾雅釋草〕䕡、—須。〔疏〕舍人云。䕡一曰—須。陸璣云。舊說。—須。莎草也。可以爲蓑笠。

夫須草

(十二)柱—。草名。〔爾雅釋草〕柱—、搖車。〔疏〕柱—。可食之草也。一名搖車。俗呼曰翹搖車。蔓生紫華。華翹起搖動。因名云。〔圖入柱字〕
(十三)—容。藕花也。〔淮南本經〕—容芰荷。〔按今別作芙蓉〕

●—不。楚鳩也。〔爾雅釋鳥〕隹其、鳺鴀。〔疏〕舍人曰。鵻、一名—不。李巡曰。今楚鳩也。郭云。今鵓鳩。陸璣云。今小鳩也。一名鵓鳩。幽州人或謂之鷜鶵。梁宋之間謂之隹。揚州人亦然。〔按說文鳥部。鵻、或體作隼。隹、殆隼字之爛文也。—不之作鳺鴀者。陸德明所謂飛禽、即須安鳥也。朱駿聲說。即鵓鼓。亦爲布穀。今曰鵓姑。—不之合音爲孚。故又謂之鵓。字亦作鵧。勃姑字亦作鵓鳩。邵晉涵說。鵻、鵓、聲相近。今人又謂鵓鳩。〕

【夨】阻色切音側職韻力結切音戾詰結切音揳屑韻。

傾頭也。从大。象形。凡—之屬皆从—。見〔說文夨部〕〔注〕—、傾其首也。〔按段注。—象頭傾。因以爲凡傾之偁。王注。是左右傾側。非謂頭傾於左。桂注。或通作㚒。玉篇。今竝作側。〕

【夭】、於兆切音殀篠韻

●屈也。从大。象形。見〔說文夭部〕〔注〕—、矯其頭頸也。〔段注〕象首—屈之形也。古平上無異義。後人乃別之。〔王注〕屈謂前後。字無前後。故向右屈之。然非反夨爲—。

●(二)折也。〔左昭十九年傳〕札瘥—昏。〔注〕短折曰—。

●(三)屈抑之意。〔漢書五行志〕德不試。空言祿。茲謂主獄臣—。〔注〕孟康曰。謂君惰獄。用人不以次第爲—也。

(四)蚤死曰—。〔釋名釋喪志〕少壯而死曰—。如取物中—折也。

(五)拔也。見〔廣雅釋詁〕

(六)少長也。〔禮記月令〕則胎—多傷。

(七)獸雙爲—。見〔集韻〕

(八)—蟜。類伸也。〔文選司馬相如賦〕—蟜枝格。〔又〕長壯之貌。〔文選何晏賦〕欒栱—蟜而交結。〔又〕木枝曲也。〔漢書揚雄傳〕踔—蟜。

(九)—矯。自得之貌。〔文選郭璞賦〕吸翠霞而—矯。〔又〕自縱恣貌也。〔文選張衡賦〕偃蹇—矯。婉以連卷兮。

【夭】烏浩切音襖晧韻

●禽獸之稚者。〔禮記月令〕孟春之月。毋殺孩蟲胎、—。〔疏〕胎謂在腹中未出。—、爲生而已出者。

●草木未成曰—。〔文選左思賦〕澤不伐—。

【夭】於喬切音妖蕭韻

●(一)少也。〔詩隰有萇楚〕—之沃沃。

●(二)長也。〔書禹貢〕厥草惟—。

●(三)盛貌。〔漢書地理志〕屮—木喬。

(四)草木方長未成曰—。〔國語魯語〕澤不伐—。

(五)災也。〔詩正月〕天—是椓。

(六)不明而惡也。〔素問玉機眞藏論〕色—不澤。

(七)——。盛貌。〔詩凱風〕棘心——。〔又〕少壯也。〔詩桃夭〕桃之——。〔又〕美盛貌。見〔禮記大學桃之夭夭注〕〔又〕貌舒也。〔論語述而〕——如也。〔注〕馬曰。——和舒之貌。〔又〕容也。見〔廣雅釋訓〕〔又〕殺也。〔後漢蔡邕傳〕——是加。〔注〕劉攽曰。上—當作天。今詩文正然。

(八)閎—。人名。文王四友之一。武王十亂之一。

【夭】伊耶切麻韻

—斜。美好也。〔白樂天詩〕杭州蘇小小。人道最—斜。〔注〕—伊耶切。〔按正字通引此詩。杭州作錢塘。注伊耶切作音歪。復引轉注古音。—收入九佳。康熙字典仍之。又漏去轉注古音四字。定爲苦緺切。繆。〕

【夭】烏酷切音沃沃韻

諸—、地名。〔山海經海外西經〕軒轅之國。諸—之野。〔傳〕—、音妖。〔按集韻入聲二沃。類篇夭部。均音烏酷切。引作諸—。博物志作渚沃。畢沅說。傳云。—、音妖。非。當云沃。〕

【夬】古邁切音噲卦韻〔本作叏。俗作夬。〕

●(一)分決也。見〔正字通〕

●(二)卦名。乾下兌上。〔易夬〕澤上於天—。

【夬】古穴切音玦屑韻

所以闓弦者。見〔集韻〕

【夳】立本字。見〔說文〕

【夬】俗叏字。見〔正字通〕

二畫

【夲】他刀切音叨豪韻

●進趣也。从大从十。大十者猶兼十

人也。凡｜之屬皆从｜。讀若滔。見〔說文本部〕〔注〕大奄有之義也。會意。〔按段注趣者疾也言其進之疾如奪十人之能也〕

●二往來見貌。見〔正字通〕

【夰】古老切音杲下老切音晧晧韻

●一放也。从大而八分也。凡｜之屬皆从｜。見〔說文夰部〕〔注〕大人也。分、施散也。會意。〔按段注放者逐也。｜大分之意也。王注。｜與本義近。本者直言之。｜者橫言之〕

●二氣也。〔正字通〕元包經。泰｜入於困。傳曰。｜入於困。天氣降也。注。｜、音昊。氣也。與說文音訓別。合｜、昦、爲一。今不從。

【央】於良切音殃於郎切音鴦陽韻

●一中｜也。从大在冂之內。大人也。｜旁同意。一曰久也。見〔說文冂部〕〔注〕凡大皆象人之正立也。故｜字从大。取其中正也。冂象四出。故曰與冂同意。

●二半也。〔漢書外戚傳〕惜蕃華之未｜。

●三已也。〔楚辭雲中君〕爛昭昭兮未｜。

●四盡也。〔離騷〕時亦猶其未｜。

●五遠也。〔素問四氣調神大論〕與道相失。則未｜絕滅。

●六且也。〔詩庭燎〕夜未｜。〔箋〕夜未｜。猶言夜未渠｜也。〔疏〕正義曰。未｜者。前限未到之辭。

●七｜｜。廣貌。〔文選司馬相如賦〕覽曲臺之｜｜。

●八｜亡。猶也。〔方言〕｜亡嚜尿姡獪也。江湘之間。或謂之無賴。或謂之獿。凡小兒多詐而獪謂之｜亡。或謂之嚜尿。或謂之姡。姡、娗也。或謂猾。皆通語。

●九中｜。複姓。中｜氏。古帝號。其後以爲姓。見〔姓解〕

●十通鞅。〔通雅釋詁〕以言託人謂之鞅。一作映。今俗作｜。

【央】於驚切音英庚韻

●一｜｜。鮮明貌。〔詩六月〕白旆｜｜。

〔又〕聲和也。〔詩載見〕和鈴｜｜。〔釋文〕｜。於良反。徐音英。〔按玉篇、鉠、於卿切。鍈。於良切。均訓鈴聲。廣韻。鉠、十二庚。於驚切。十陽。於良切。並訓鈴聲。無鍈字。類篇。鍈、於驚切。鈴聲。鉠、於良切。鈴聲謂之鉠。又、於郎切。鉠鉠、鈴聲。又、於驚切。集韻十二庚。鍈鉠、於驚切。鈴聲。或省。正字通大部｜下云。又借爲鈴聲。俗作鉠。金部鉠下云。舊註音央。鉠鉠。鈴聲。按毛詩本作｜。鍈下云。鉠鍈並俗。鉠改从英。非。文選東京賦。和鈴鉠鉠。註。小聲。善曰。毛詩曰、和鈴鉠鉠。据此。毛詩之｜。即今之鉠字。正字通之說是也。集韻合鉠、鍈、而不言本作｜。舊字典以鍈爲本字。玉篇、類篇、分鍈、鉠、爲二。均失之矣〕

●二通英。〔詩出車〕旂旐｜｜。〔傳〕鮮明也。〔釋文〕｜、本亦作英。同於京反。又於良反。〔按集韻平聲十二庚引此詩云。或作⿰巾英。正字通云。小雅出車章。與方彭爲韻。六月章。與陽行爲韻。音義並同。正韻、韻會、分爲二。集韻、或作⿰巾英。並非。阮元曰。字作｜。讀從英也〕

【失】式質切音室質韻〔按字本作𠂒〕

●一縱也。从手。乙聲。見〔說文手部〕〔段注〕在手而逸去爲｜。以甲乙之乙爲聲。

●二爽也。〔荀子富國〕婚姻娉內送逆無禮。如是則人有｜合之憂。而有爭色之禍矣。〔注〕｜合。謂爽其配偶也。

●三放也。〔穀梁襄二十五年〕莊公｜言淫於崔氏。〔疏〕｜言、謂放言。

●四去也。〔禮記禮運〕故人情不｜。

●五不知也。〔淮南說山〕有相馬而｜馬者。

●六不得其意也。〔孝經〕不敢｜於臣妾。

●七亂也。〔大戴記禮祭〕鄉飲酒之禮廢。則長幼之序｜。

●八過也。〔國語周語〕不｜其序。

●九易也。〔淮南原道〕徙樹者｜其陰陽之性。

●十錯也。〔漢書路溫舒傳〕臣聞秦有十｜。其一尚存。治獄之吏是也。

●十一遺也。〔鶡冠子環流〕賢者萬舉而一｜。

【失】弋質切音逸質韻

●一放也。鄭司農曰。放｜六畜。見〔集韻〕

(二)通逸。〔荀子哀公〕其馬將—。〔注〕—、讀爲逸。
(三)通泆。〔漢書原涉傳〕不幸壹爲盜賊所汙。遂行淫—。〔注〕師古曰。讀曰泆。
(四)通佚。〔漢書主父偃傳〕元朔中。偃言齊王內有淫—之行。〔注〕師古曰。—、讀曰佚。尹一反。
(五)通軼。見〔六書本義〕。

【夯】呼朗切堅上聲養韻

(一)大用力以肩舉物。見〔字彙〕。〔正字通〕云。北音讀如抗。六書無—。
(二)隄塘以灰土築塞罅漏。不爲水溜浸注曰—。

【夾】亦本字。見〔玉篇〕。

【夳】古泰字。見〔說文〕。

三畫

【夷】延知切音姨支韻〔俗書作夷非〕。

(一)平也。从大。从弓。東方之人也。見〔說文〕。
(二)平也。〔左成十六年傳〕將塞井—竈而爲行也。
(三)易也。〔詩節南山〕君子如—。
(四)常也。〔詩皇矣〕串—載路。
(五)儕也。〔禮記曲禮〕在醜—不爭。
(六)陳也。〔禮記喪大記〕奉尸—于堂。
(七)悅也。〔詩風雨〕既見君子。云胡不—。
(八)喜也。〔離騷〕陶壅羕余術兮可—。
(九)明也。見〔玉篇〕。
(十)敬也。見〔玉篇〕。
(十一)毀也。〔國語周語〕是以人—其宗廟。
(十二)傷也。〔左襄二十六年傳〕王—師熸。
(十三)滅也。〔荀子君子〕故一人有罪而三族皆—。
(十四)殺也。〔左隱六年傳〕芟—蘊崇之。
(十五)創也。〔左成十六年傳〕察—傷。〔服注〕金創曰—。
(十六)除也。〔漢書酷吏傳序〕呂氏已敗。遂—封侯之家。
(十七)敗也。見〔廣雅釋詁〕。
(十八)倨也。〔荀子脩身〕不由禮。則—固僻違。
(十九)大也。〔詩有客〕降福孔—。
(二十)鋤類也。〔管子小匡〕惡金以鑄斤斧鉏—鋸欘。
(廿一)觝也。〔爾雅釋地〕九—、八狄、七戎、六蠻。謂之四海。〔注〕九—在東。〔疏〕風俗通云。東方人好生。萬物觝觸地而出。—者觝也。東夷傳。—有九種。曰畎—、一—、方—、黃—、白—、赤—、玄—、風—、陽—。又一曰玄菟。二曰樂浪。三曰高驪。四曰滿飾。五曰鳧更。六曰索家。七曰東屠。八曰倭。九曰天鄙。
(廿二)圻也。要服之地也。〔周禮大司馬〕方千里曰國畿。其外方五百里曰侯畿。又其外方五百里曰甸畿。又其外方五百里曰男畿。又其外方五百里曰采畿。又其外方五百里曰衛畿。又其外方五百里曰蠻畿。又其外方五百里曰—畿。又其外方五百里曰鎭畿。又其外方五百里曰蕃畿。
(廿三)發聲。〔孟子盡心〕—考其行而不掩焉者也。
(廿四)無色曰—。〔老子〕視之不見名曰—。
(廿五)明—。卦名。離下。坤上。〔易明夷〕明入地中。明—。
(廿六)—則。十二律之一。屬於律。申之氣也。七月建焉。而辰在鶉尾。〔禮記月令〕孟秋之月。其音商。律中—則。〔注〕孟秋氣至。則—則之律應。—則者。大呂之所生也。三分去一。律長五寸七百二十九分寸之四百五十一。周語曰。—則所以用爵九則。平民無貳。
(廿七)—侇。展足箕坐也。〔論語憲問〕原壤—侇。
(廿八)—猶。猶豫也。〔楚辭湘君〕君不行兮—猶。
(廿九)—靡。頹弛也。〔文選潘岳賦〕或乃崇壤—靡。
(三十)—庚。藏車之所。〔文選陸機論〕旋皐輿於—庚。〔又〕吳晉往來之要道。〔左成十八年傳〕以塞—庚。
(卅一)留—。香草也。〔離騷〕畦留—與揭車兮。
(卅二)辛—。香草也。〔楚辭湘夫人〕辛—楣兮藥房。
(卅三)—羊。神獸也。〔國語周語〕—羊在牧。
(卅四)女—。風神名。〔淮南天文〕女—鼓吹以司天和。〔又〕花神名。〔庶物異姓疏〕花神名女—。乃魏夫人弟子。
(卅五)鴟—。革囊也。〔史記越世家〕范蠡、浮海出齊。變姓名。自號鴟｜子皮。〔索隱〕韋昭曰。鴟｜、革囊也。或曰。生牛皮。〔又〕酒器。〔揚雄酒賦〕鴟｜滑稽。腹大如壺。盡日盛酒。人復藉沽。

(卅六)希｜。靈芝也。〔古今注〕靈芝。一名壽濟。一名希｜。

(卅七)讎｜。孰視不言貌。〔淮南道應〕言未卒。齧缺繼以讎｜。

(卅八)威｜。長貌。〔文選傅毅賦〕臨迥江之威｜。

(卅九)冶｜。妖媚貌。〔文選木華賦〕羣妖遴迍。眇瞻冶｜。

(四十)執｜。獸名。〔陸璣詩疏〕貔似虎。或曰似熊。一名執｜。一名白狐。遼東人謂之白羆。

(四一)阿｜。婦人稱。〔通典〕遼國丈夫稱阿耆。阿段。婦人稱阿｜阿等。

(四二)炫｜。鮑鵰。〔嶺表異錄〕鮑鵰、蟭蟟。俗謂之炫｜。

(四三)馮｜。水神名。河伯也。〔莊子大宗師〕馮｜得之以游大川。〔按山海經郭璞江賦並云冰｜。穆天子傳云無｜〕〔又〕古之能御陰陽者。〔淮南原道〕馮｜秦丙之御也。

(四四)陵｜。猶頹替也。〔漢書成帝紀〕帝王之道。日以陵｜。〔注〕師古曰。言其頹替若丘陵之漸平也。又曰陵遲。亦言如丘陵之逶遲。稍卑下也。

(四五)克｜。殺秉政、安心好靜、並曰｜。見〔周書謚法〕

(四六)姓也。見〔古今姓氏書〕

(四七)古國名。〔左隱元年傳〕紀人伐｜。〔注〕｜國在城陽莊武縣。〔按莊武縣漢置。屬膠東國。當今山東即墨縣〕

(四八)地名。〔左僖二十三年傳〕楚伐陳。遂取譙、｜。〔注〕｜一名城父。〔按城父在今河南項城縣北五十里〕

(四九)水名。｜水出襄陽及康狼二山之間。襄陽在今湖北。

(五十)武｜。山名。在福建崇安縣。其山綿亙百二十里。有三十六峰三十七巖。

(五一)伯｜。人名。舜秩宗之官。〔又〕孤竹君之長子曰伯｜。

(五二)優婆｜。此云淸淨女。見〔翻譯名義〕

(五三)通彝。〔禮記明堂位〕夏后氏以雞｜。〔注〕｜讀為彝。

(五四)通薙。〔周禮秋官序官〕薙氏下士二人。〔注〕書薙或作｜。

(五五)通𡰥。〔漢書高帝紀〕司馬𡰥將兵北定楚地。〔注〕師古曰。𡰥、古｜字。

(五六)通遲。〔詩四牡〕周道倭遲。〔釋文〕遲、韓詩作｜。

(五七)通弟。〔易渙〕匪｜所思。〔釋文〕｜、荀本作弟。

(五八)通寅。〔左哀十年經〕薛伯｜卒。〔公羊作寅〕

(五九)通陳。〔左僖元年經〕邢遷於｜儀。〔公羊作陳儀〕

(六十)通電。〔淮南天文〕庚子干丙子｜。〔注〕｜、或為電。

(六一)通痍。〔左成十三年傳〕芟痍我農功。〔釋文〕痍本或作｜。

(六二)通睇。〔易明夷〕｜于左股。〔釋文〕｜、子夏本作睇。又作䏲。

(六三)通梯。〔爾雅釋木〕無姑其實｜。〔釋文〕｜、本作梯。

(六四)通銕。〔書堯典〕宅嵎｜。〔按說文作嵎銕〕

(六五)通悌。〔爾雅釋言〕悌、悅也。〔釋文〕悌、本作｜。

(六六)通侇。〔禮記喪大記〕奉尸｜于堂。〔釋文〕｜、本或作侇。

(六七)通跠。〔廣雅釋詁〕蹲、跠、㢋、啟、肆。踞也。〔疏證〕跠、與下㢋字同。亦通作｜。

【夸】 枯瓜切音誇麻韻

(一)奢也。从大亏聲。見〔說文〕

(二)大也。見〔廣雅釋詁〕

(三)兢也。〔漢書嚴安傳〕帶劍者｜殺人以矯奪。

(四)泰也。〔史記屈原賈生傳〕｜者死權。〔按文選鵩鳥賦注〕｜、虛名也。

(五)張也。〔史記劉敬傳〕兩國相擊。此宜｜矜見所長。

(六)虛也。〔呂覽本生〕非｜以為名也。

(七)姱也。見〔方言〕

(八)弱也。〔淮南脩務〕形｜骨佳。〔注〕｜、弱也。佳、好也。

(九)美也。〔文選傅毅賦〕｜容乃理。

(十)奢侈也。〔荀子仲尼〕貴而不為｜。

(十一)張布也。〔漢書司馬相如傳〕｜條直暢。

(十二)誇而自大也。〔呂覽下賢〕富有天下而不騁｜。

(十三)華言無實曰｜。見〔周書謚法〕

(十四)｜毗。體柔人也。〔詩板〕無為｜毗。〔按爾雅釋訓孫注云。｜毗、屈己卑身以柔順人也〕

(十五)一父。神人名。〔山海經海外北經〕一父與日逐走入日。〔又〕獸名。〔呂覽求人〕一父之野。

(十六)英美量名。具言一桶。二品脫爲一一。當我一升二合二勺強。英文Quart。

(十七)姓也。

【夸】虧於切音區。廣韻區遇切音驅。遇韻

奢也。見〔集韻〕。

【夸】匈於切音訏。廣韻

美貌。見〔集韻〕。

【夸】苦瓦切音侉。馬韻 苦禾切音科。歌韻

自大也。見〔集韻〕。

【奚】弦雞切音奚。齊韻

●獸蹄。見〔玉篇〕。

●邑名。在洛陽。見〔廣韻〕。

四畫

【夾】古牙切音甲。洽韻

●持也。从人夾二人。見〔說文〕。〔段注〕一持人。故从二人。大者人也。一人而二人居其亦。故曰从大夾二人。

●輔也。見〔蒼頡〕。

(三)在左右曰一。〔儀禮既夕〕圉人一牽之。

(四)帶也。〔書禹貢〕一右碣石。

(五)近也。〔書多方〕爾曷不一介乂我周王。

(六)彙也。〔呂溫文〕潛授五龍。一日以飛。

(七)一者孚甲也。言萬物孚甲。種類分也。見〔白虎通五行〕。

(八)鉗一。巧言膠固也。〔柳宗元文〕膠如鉗一。

(九)一室。在堂兩頭。故曰一也。見〔釋名釋宮室〕。

(十)幷一。鍼箭具。〔周禮射鳥氏〕矢在侯高。則以幷一取之。

(十一)梵一。貝葉經也。以板一之。謂之梵一。〔資治通鑑〕唐懿宗於禁中設講席。自唱經。手錄梵一。

【夾】吉協切音頰。葉韻

●把也。〔莊子說劍〕韓魏爲一。

●弓體名。〔周禮司弓矢〕一弓、庾弓、以授射豻侯鳥獸者。〔注〕往體多來體寡曰一庾。〔釋文〕一古洽反。劉古協反。

●通俠。傍也。見〔集韻〕。

【夾】檄頰切音協。葉韻

●傳也。見〔集韻〕。

●傍也。見〔集韻〕。

●姓也。漢書藝文志有一氏春秋。

(四)同狹。〔後漢東夷傳〕東沃沮其地東西一。南北長。

【夾】失冉切音閃。琰韻

盜竊褱物也。从亦有所持。俗謂蔽人俾一是也。弘農陝字從此。見〔說文亦部〕。

【夽】牛吻切音齳。吻韻

●太也。从大云聲。讀若齳。見〔說文〕。〔段注〕此謂梱物之大。〔按桂注。徐鍇本有讀若齳三字。疑齳當爲齳。錢注。齳似當作斷。王注。小徐本有讀若齳。說文無齳字。桂氏疑當作齳。段氏則直改之。不如其已。又按玉篇類篇大部。一、齳並魚吻切。大也。廣韻十八吻。魚吻切。收齳、齳、夽、嚦、趣五字。夽亦訓大也。集韻十九隱、牛吻切、收齳、齳、夽、趣、趣、嚦、嘳、輑、猬九字。一下云。說文大也。據此段氏桂氏之說可從也。正字通云。俗字非。〕

●高也。〔元包經傳〕覩其辭。則一肰而不及。

【夰】古拜切音戒。卦韻

●大也。從大介聲。讀若蓋。見〔說文〕。〔段注〕此謂分畫之大。〔王注〕一、後起之專字。

●通介。〔方言〕敦豐厖一幠般嘏奕戎京奘將大也。凡物之大貌曰豐。厖、深之大也。東齊海岱之間曰一。或曰幠。〔爾雅釋詁疏引作介〕。

【奃】都兮切音低。齊韻 典禮切音邸。薺韻 丁計切音帝。霽韻

●同奃。大也。見〔字彙補〕。

●人名。見〔安南志〕。

【奀】讀若茫

人瘦弱也。〔觚賸粵觚〕粵中語少正音。書多俗字。人物之瘦者爲一。音茫。〔按搜真玉鏡音尺止切。無訓。范成大桂海虞衡志音動。訓同觚賸。此音訓依觚賸。〕

【奄】常倫切音淳。眞韻

大也。見〔說文〕。〔段注〕此謂教厚

之大〔錢注〕古悖大字如此。

【奄】披巴切音葩麻韻
大也。見〔集韻〕。

【夵】以冉切音琰琰韻
物上大下小也。見〔集韻〕。

【夲】他刀切音叨豪韻
進也。見〔集韻〕。

【夶】古比字。見〔說文〕。

【内】古內字。見〔集韻〕。

【[illegible]】古耆字。見〔集韻〕。

【𡗗】同夷。見〔正字通〕。

【[illegible]】同夸。見〔集韻〕。

【[illegible]】同介。見〔字彙補〕。

【[illegible]】介諧字。見〔正字通〕。

五畫

【[illegible]】烏瓜切音窊麻韻攻乎切音狐虞韻
—大也。見〔說文〕〔段注〕此謂窊下之大也。〔桉桂注〕—大也者。俗作摦。徐鉉新附。摦、橫大也。廣韻。摦、寬也。左昭二十一年傳。小者不窕。大者不摦。注云。窕細而不滿。摦橫而不入也。〕

【奃】都兮切音低齊韻典禮切音邸薺韻丁計切音帝霽韻
大也。見〔說文〕〔段注〕此謂根柢之大。〔按錢注此大抵字〕。

【[illegible]】房密切音弼薄宓切音佖質韻分物切音弗符勿切音佛物韻
大也。見〔說文〕〔段注〕此謂矯拂之大。周頌。佛時仔肩。傳曰。佛、大也。此謂佛卽—之假借也。小雅。廢爲殘賊。毛傳一本。廢大也。此謂廢卽—之假借字也。〔按王注。蓋弼之異文。正字通云。與拂通。〕

【奅】披敎切音炮效韻
(一)大也。見〔說文〕〔段注〕此謂虛張之大。〔按桂注。謂空大也。木工鑿空曰—。〕
(二)起釀也。見〔廣韻〕。
(三)以大言冒人曰—。見〔方言〕。
(四)礮石也。〔韓愈聯句〕投—鬧磕隆。〔注〕—聲如石崩。
(五)南—。地名。〔前漢武功臣表〕公孫賀以將軍出塞得王封南—侯。〔按衛青傳所稱。史漢竝作穴下卯。〕

【㚔】呢輒切音聶葉韻日執切音入緝韻
(一)所以驚人也。一曰。大聲也。一曰。—讀若瓠。一曰。俗語以盜不止爲—。—讀若籋。見〔說文㚔部〕。〔按凡从—之字。今隸省書作幸。〕
(二)怙終也。見〔六書精蘊〕。

【奄】衣檢切音弇琰韻
(一)覆也。大有餘也。又欠也。从大。从申。申、展也。見〔說文〕〔段注〕覆乎上者往往大乎下。故字从大。
(二)蓋之也。〔淮南脩務〕而知不足以—之。
(三)大也。〔詩皇矣〕—有四方。
(四)同也。〔詩執競〕—有四方。
(五)久也。〔詩臣工〕—觀銍艾。
(六)撫也。〔詩韓奕〕—受北國。
(七)息也。〔方言〕泄、—。息也。楚陽謂之泄。
(八)遽也。〔方言〕茫、矜、—。遽也。吳揚曰茫。陳潁之閒曰—。秦晉或曰矜。或曰遽。
(九)—欻。去來不定之貌。〔文選左思賦〕慌罔—欻。
(十)姓也。周成王既伐—。其子孫以國爲氏。見〔風俗通〕。

【奄】衣炎切音淹鹽韻
(一)安也。〔漢書更定郊祀歌〕神—留。臨須搖。〔注〕師古曰。—、讀曰淹。
(二)國名。〔讀史方輿紀要〕曲阜舊城東卽古—地。亦曰商—里。又名—至鄉。〔曲阜卽今山東曲阜縣〕。

【奄】於豔切音揜豔韻
精氣閉藏也。周禮—人。劉昌宗讀。見〔集韻〕。

【奉】父勇切音捧腫韻
(一)承也。从手。从廾。丰聲。見〔說文廾部〕。
(二)進也。〔周禮大司徒〕祀五帝—牛牲。
(三)持也。〔匡謬正俗〕—謂恭而持之。
(四)獻也。見〔廣雅釋言〕。
(五)送也。〔呂覽懷寵〕—而題歸之。
(六)與也。〔左僖三十三年傳〕天—我也。
(七)養也。〔左昭六年傳〕—之以仁。
(八)藉也。〔國語齊語〕鏤纂以爲—。

(九) 助也。〔淮南說林〕風雨｜之。
(十) 行也。〔國語晉語〕是之不果｜。
(十一) 供事也。〔漢書食貨志〕春以｜耕。
(十二) 祿也。〔漢書高后紀〕列侯幸得餐錢｜邑。〔注〕粟米曰｜。
(十三) 姓也。後漢獨行戴就傳注有光祿｜昐。上就爲主事。

【奉】呼容切音逢冬韻撫勇切音捧腫韻
掬也。本作拲。別作捀。見〔集韻〕。

【奉】房用切音鳳宋韻
秩祿也。別作俸。見〔集韻〕。

【奇】渠羈切音琦支韻
(一) 異也。一曰不稱。从大。从可。見〔說文可部〕〔注〕大可、是異也。
(二) 非常也。〔淮南脩務〕喻於道者不可動之以｜。
(三) 異之也。〔史記外戚世家〕卜筮之曰。兩女皆當貴。因欲｜兩女。
(四) 詐也。〔老子〕以｜用兵。
(五) 邪不正也。〔管子白心〕｜身名廢。
(六) 祕也。〔史記陳丞相世家〕凡六出｜計。輒益邑。凡六益封。｜計或頗祕。世莫能聞也。
(七) 長也。〔淮南詮言〕聖人無屈｜之服。
(八) 不｜。奇也。〔楚辭招魂〕被文服纖麗而不｜些。
(九) ｜衺。姍道也。〔周禮內宰〕禁其｜衺。
(十) ｜偉。誇大也。〔荀子非相〕足以爲｜偉偃却之屬。
(十一) ｜相。江神也。〔庾仲雍江記〕｜相。帝女也。卒爲江神。
(十二) 窮｜。四凶之一。〔左文十八年傳〕少皞氏有不才子。天下之民謂之窮｜。〔注〕謂共工。其行窮。其好｜。〔又〕神名。〔淮南墬形〕窮｜。廣莫風之所生也。〔注〕窮｜。天神也。在北方。道足。乘兩龍。其形如虎。坎爲廣莫風。〔又〕獸名。〔史記司馬相如傳〕赤首、圜題、窮｜、象、犀。〔集解〕駰案漢書音義曰。窮｜、狀如牛而蝟毛。〔按史記五帝紀正義引神異經云。西北有獸。其狀如虎。名曰窮｜。似牛似虎〕
(十三) 傳｜。小說也。〔輟耕錄〕唐有傳｜。宋有戲曲、諢詞、小說。金有院本、雜劇。傳｜、唐裴鉶所著小說也。
(十四) 琉球造酒。以水漬米。越宿。令婦人口嚼手擾。取汁爲之。名曰米｜。見〔偃曝談餘〕。
(十五) 姓也。〔古今姓氏書辯證〕｜氏。蓋出自尹氏也。又有河南｜氏。〔又〕｜斤氏。代北複姓。
(十六) 通琦。〔荀子非十二子〕玩琦辭〔注〕琦、讀爲｜異之｜。
(十七) 或作畸。見〔集韻〕。

【奇】居宜切音羈支韻
(一) 不耦也。〔史記李廣傳〕以爲李廣老。數｜。毋令當單于。
(二) 隻也。〔山海經海外西經〕｜肱之國。其人一臂三目。有陰有陽。
(三) 虧也。〔儀禮鄉射禮〕一算爲｜。
(四) 餘也。〔管子禁藏〕旁入｜利。
(五) ｜擽。一拜也。〔周禮大祝〕辨九擽。七曰｜擽。〔注〕｜、讀爲｜偶之｜。謂先屈一膝。今雅拜是也。或云。擽讀曰倚。倚謂持節持戟拜。身倚之以拜。鄭大夫云。｜拜、謂一拜也。
(六) ｜車。獵車之屬。〔禮記曲禮〕國君不乘｜車。
(七) ｜衺。譎非常也。〔周禮宮正〕去其淫怠與其｜衺之民。

【奇】邱奇切音崎支韻
隔也。敧或作｜。見〔集韻〕。

【奇】隱綺切音旖紙韻
依也。倚或作｜。通作猗。見〔集韻〕。

【奇】倚蟹切隘上聲蟹韻
同矮。短人也。見〔字彙補〕。

【奆】求阮切音捲阮韻
(一) 甚大也。見〔玉篇〕。〔按今本玉篇有音無訓。此據正字通引〕
(二) 人名。〔七修類稿〕明初張輔平安南。禽黎犇及子｜。〔犇疑即犛字。音昨〕

【査】才邪切藉平聲麻韻
(一) 大口貌。見〔廣韻〕。
(二) ｜｜。大口也。見〔玉篇〕。

【㚘】部滿切音伴旱韻普玩切盤去聲翰韻
(一) 並行也。从二夫。見〔說文夫部〕〔鍇注〕此伴侶字。故从二夫。
(二) 侶也。見〔六書本義〕〔按今皆作伴〕

【奔】呼萬切音嬔願韻
(一) 上大也。見〔玉篇〕。
(二) 一宿酒也。見〔篇海〕。

【奃】許介切音譮卦韻

瞋大聲也。从大。此聲。見〔說文〕。〔段注〕各本無聲字。今依玉篇廣韻補。瞋大聲者。謂張目而大聲。若言喑噁叱咤。千人皆廢也。疑瞋下奪目字。又按瞋、張目也。瞋大、史所謂目皆盡裂也。聲誤衍。〔按鍇注。此亦駭異字。〕

【奃】淺氏切音此紙韻

顨大也。見〔玉篇〕。

【臭】古老切音杲晧韻直格切音宅施隻切音釋昌石切音尺陌韻

大白澤也。古文以爲澤字。見〔說文〕。〔王注〕大白者。以形解義。此句言其色。澤也。澤者光潤也。此句言其光芒也。通兩句言之。祇是白而有光耳。〔按段注云古文叚借也。叚借亦有不必同音者。如用臭爲澤、用丂爲亏、用屮爲艸之類。〕

【奆】仕下切音槎馬韻

奆—。白大也。見〔玉篇〕。

【嵪】古吳字。見〔玉篇〕。

【㒶】古吳字。見〔集韻〕。

【宎】古軍字。見〔集韻〕。

【宎】古軍字。見〔字彙〕。

【㚐】同奔。見〔玉篇〕。

【猷】同奔。見〔集韻〕。

【奘】同莊。見〔玉篇〕。

【奈】同柰。見〔字彙〕。

六畫

【奎】傾畦切音睽齊韻

●一兩髀之間。从大。圭聲。見〔說文〕。〔段注〕兩髀之間。人身寬闊處。故从大。

●二星名。二十八宿之一。今寒露節子初三刻十三分之中星。

奎宿圖

【奎】古委切音跪紙韻

—蹞。開足行貌。〔文選張衡賦〕祖裼戟手。—蹞盤桓。

【奎】犬縈切音趡紙韻

同蹞。—蹞。開足貌。見〔集韻〕。

【查】胡官切音桓河干切音寒寒韻兩阮切音遠火遠切音咺阮韻

●一查—也。見〔說文〕。〔段注〕今經傳都無—字。有桓字。桓之本義爲亭郵表。自經傳皆借爲—字。乃致桓行—廢矣。

●二大口也。見〔玉篇〕。

●三大也。見〔集韻〕。

【奕】夷益切音亦陌韻〔按—、弈、各異。弈、圍棋也。从廾。亦聲。—、从大。亦聲。俗溷不別。〕

●一大也。从大。亦聲。見〔說文大部〕。

●二美也。〔方言〕—、偞。容也。自關而西、凡美容謂之—。或謂之偞。宋衛曰偞。陳楚汝潁之間謂之—。〔注〕—、偞皆輕麗之貌。

●三重也。〔國語周語〕—世載德。

●四——。大貌。〔詩巧言〕——寢廟。〔又〕盛也。見〔廣雅釋訓〕。〔又〕行也。見〔廣雅釋訓〕。〔又〕憂也。〔詩頍弁〕憂心——然。〔傳〕——、憂無所薄也。〔疏〕正義曰。——、憂之狀。憂則心游不定。故無所薄也。〔又〕容也。見〔廣雅釋訓〕。〔又〕舞形也。〔文選張衡賦〕萬舞——。〔又〕姣美也。〔詩閟宮〕新廟——。〔又〕光明也。〔文選張衡賦〕六玄虬之——。〔又〕輕靡之貌。〔文選左思賦〕儐從——。〔又〕連絡布散之貌。〔詩車攻〕四牡——。

●五舃—。猶蟬聯不絕也。〔後漢班固傳〕舃—乎千載。

●六霍—。奔馳貌。〔後漢馬融傳〕徽嫿霍—。別鶩分奔。

●七遊—。神名。〔翰府名談〕叟曰某江之遊—。將也。

●八賈—。三界上四天之一。〔雲笈七籤〕四梵天。元始曰常融天。玉隆天。梵度天。賈—天。〔注〕賈—。酉陽雜俎作殺—。

●九—葉。累世也。見〔增韻〕。

●十通亦。〔詩文王〕不顯亦世。〔後漢袁術傳注〕引作不顯—代。

【奓】詩車切音賒陟加切音䶂麻韻齒者切音撦馬韻充夜切音赿陟嫁切音吒禡韻

●一奢籀文。張也。見〔說文奢部〕。〔段注〕籀會意。篆形聲。

(二)下大也。見〔玉篇〕。

(三)開也。〔莊子知北遊〕日中—戶而入。〔釋文〕—、郭處野反。又音奢。徐都嫁反。又處夜反。

(四)—靡奢放也。〔文選張衡賦〕紛瑰麗以—靡。

【奓】　敞尒切音廖紙韻

(一)大也。侈或作—。見〔集韻〕。

(二)豐也。〔文選潘岳賦〕—雄豔之姱姿。〔按奢、籀文作—。見於說文。玉篇以入大部。音竹加舒邪二切。奢自爲部。音式邪切。云亦作—。廣韻麻韻。奢、式車切。—、陟加切。訓張也。分奢、—爲二。禡韻有—無奢。—、訓張也。開也。集韻麻馬禡三韻凡五見。皆訓張也。惟詩車切一音云—奢籀文。類篇大部—音訓同集韻。奢自爲部。音式車切。云籀文作—。—又陟加切。集韻紙韻侈下云。或作—。類篇人部侈下無此說。文選射雉賦徐注。音赤氏切。西京賦心—體泰。李善注引聲類。—、侈字也。昌氏切。是—紙韻音。蓋魏晉閒讀耳。平子文章用籀文字也。觀薛注、可以自明。分奢、—爲二。合—、侈爲一。實未當也。〕

【奔】　逋昆切本平聲元韻〔俗从大作奔非。〕

(一)走也。从夭。卉聲。與走同意。俱从夭。見〔說文夭部〕。〔注〕夭、曲也。走則夭其趾。故走从夭。—卉非聲。疑—走於艸卉。〔按段注釋宮曰。堂上謂之行。堂下謂之步。門外謂之趨。中庭謂之走。大路謂之—。此析言之耳。渾言之則—走趨不別。〕

(二)猶逐也。〔穀梁宣十八年傳〕捐殯而—其父之使者。是以—父也。

(三)獨赴也。〔文選鮑照賦〕態有遺妍。貌無停趣。—機逗節。角睞分形。

(四)猶疾也。〔考工記弓人〕忿執以—。

(五)落也。〔文選謝靈運詩〕徒旅—峭。

(六)凡赴急曰—。〔釋名釋姿容〕—變也。有急變—赴也。

(七)凡出亡曰—。〔左宣元年經疏〕釋例曰。—者迫窘而去。逃死四鄰。不以禮出也。

(八)嫁娶六禮不備曰—。〔周禮媒氏〕中春之月。令會男女。於是時也。—者不禁。

(九)——乘匹之貌。見〔詩鶉之——序釋文引韓詩。〕

(十)喩德宣譽曰—奏。〔詩緜〕予曰有—奏。

(十一)—走。使令也。〔國語魯語〕士有陪乘。告—走也。

(十二)—星。流星也。〔爾雅釋天〕—星爲彴約。〔注〕流星大而疾曰—。

(十三)—鬭。唐突也。〔文選張衡賦〕騤瞿—鬭。

(十四)—佚。僵仆也。〔列子仲尼〕先亟—佚。

(十五)—蛇。騰蛇也。〔淮南覽冥〕後—蛇。

(十六)—蜂。小蜂也。一名土蜂。〔莊子庚桑楚〕—蜂不能化藿蠋。

(十七)姓也。石晉將—洪進。〔又〕—水。複姓。神農娶—水女爲妃。見〔古今姓氏書辯證〕。

【奔】　方問切音僨問韻

僨敗也。詩傳—軍之將。通作僨。見〔集韻〕。

【奔】　補悶切本去聲願韻

(一)急赴也。見〔集韻〕。

(二)走也。集湊也。見〔增韻〕。

【契】　詰計切音栔霽韻

(一)大約也。从大。从㓞。易曰。後代聖人易之以書—。見〔說文〕。〔注〕刀判缺之。故曰—。〔按王注。許言大約者。字从大。故舉大以該小也。易鄭注。書之於木。刻其側爲—。各持其一。後以相考合。段注約取纏束之義。後鄭云。書—謂出予受入之凡要。凡簿書之冣目。獄訟之要辭。皆曰—。按今人但於買賣曰文—。通訓定聲。凡質劑之書。券今言合同。簿書之冣目。今言總帳。獄訟之要辭。今言案卷。言結者曰—。〕

(二)合也。〔司空表聖詩品〕少與道—。終與俗違。

(三)通栔。〔釋名釋書契〕—。刻也。刻識其數也。〔疏證〕以—爲刻者。呂氏春秋察今篇—舟求劍。淮南齊俗訓越人—臂。皆以—爲刻。栔鍥皆同義。

(四)缺也。〔漢書毋將隆傳〕—國威器。共其家備。〔注〕李奇曰。—、缺也。晉灼曰。—、取也。師古曰。李說是也。

(五)絕也。見〔爾雅釋詁〕。〔注〕今江東呼刻斷物爲—斷。

(六)灼龜具。〔詩緜〕爰—我龜。〔傳〕開也。〔箋〕—灼其龜而卜之。〔疏〕—

開者。言—龜而開出其兆。非訓—爲開。〔朱傳〕—所以然火而灼龜者也。卽儀禮所謂楚焞是也。或曰。以刀刻龜甲卻鑽之處也。
㊆怯也。〔周禮輈人〕馬不—需。〔注〕鄭司農—讀爲爰—我龜之—。需讀爲畏需之需。謂不傷蹄不需道里。
㊇——憂苦也。〔詩大東〕—寤歎。哀我憚人。〔爾雅釋詁云。——。愈遐急也。郭注。賦役不均。小國困竭。賢人憂歎。遠益急切。〕
㊈通契。〔漢書溝洫志〕今內史稻田租契重。不與郡同。〔注〕師古曰。租契收田租之約令也。音苦計反。

【契】訖黠切音戛黠韻
戲也。見〔集韻〕。

【契】詰結切音猰屑韻
—闊勤苦也。〔詩擊鼓〕死生—闊。〔朱傳〕—闊遠隔也。

【契】私列切音薛屑韻
㊀本作偰。高辛之子。堯司徒。殷之先。古通作卨、离。見〔集韻〕。
㊁姓也。

【契】欺訖切音气物韻
—丹北夷號。〔唐書北狄傳〕—丹本東胡種。其先爲匈奴所破。保鮮卑山。〔按耶律阿保機之子。堯骨嗣位。改國號曰遼。〕

【奐】呼玩切音渙翰韻
㊀取—也。一曰大也。从収。敻省聲。見〔說文収部〕。〔注〕敻、營求也。取之義也。
㊁衆多也。〔禮記檀弓〕美哉—焉。
㊂盛也。〔漢書韋玄成傳〕既耇致位。惟懿惟—。
㊃散貌。〔文選嵇康賦〕叢集累積。—衍於其側。
㊄伴—。自縱弛之意也。〔詩卷阿〕伴—爾游矣。〔傳〕廣有文章也。〔朱傳〕伴—、優游閑暇之意。〔釋文〕—音喚。徐音換。
㊅文彩明貌。見〔廣韻〕。
㊆姓也。出〔姓苑〕。

【奏】則候切諏去聲宥韻
㊀—進也。从本。从収。从屮。上進之義。見〔說文本部〕。〔王注〕屮、艸也。以字象出形、得進義。〔桂注〕江君聲曰。本屮、皆進也。収則奉而進之。按字本作𡴀。隸作—。
㊁告也。〔書舜典〕敷—以言。
㊂薦也。〔家語弟子行〕不懇不悚。敷—其勇。強乎武哉。
㊃向也。〔漢書金日磾傳〕何從外入。日磾—厠心動。
㊄猶上也。〔後漢西羌傳〕軍書未—。其利害而離叛之狀已言矣。
㊅爲也。〔詩六月〕以—膚公。
㊆動作也。〔禮記樂記〕要其節—。
㊇作樂也。〔左襄四年傳〕金—肆夏之三。
㊈聞也。〔莊子養生主〕—刀騞然。
㊉書也。劾驗政事曰—。〔獨斷〕凡羣臣上書於天子者有四名。一曰章。二曰—。三曰表。四曰駮議。
(十一)簡類。〔正字通〕晉法。召王公以一尺—。王公以下用一尺版。
(十二)樂一更端曰—。見〔正字通〕。
(十三)鄒也。鄒狹小之言也。見〔釋名釋書契〕。
(十四)通腠。〔儀禮公食大夫禮〕載體進—。〔注〕—謂皮膚之理也。
(十五)通湊、輳。〔漢書成帝紀〕帥羣臣橫大河—汾陰。

【奊】胡結切音頡力結切音捩屑韻
㊀頭衺骫—態也。从夨。圭聲。見〔說文夨部〕。〔段注〕頭衺者頭不正。骫—者頭不正之貌也。
㊁衺也。見〔廣雅釋詁〕。
㊂—詬。無志分也。〔漢書賈誼傳〕—詬亡節。
㊃—奊。多節目也。見〔集韻〕。
㊄人名。齊有慶—。見〔左傳〕。

【奊】扶畦切音睢齊韻
傾頭作態也。見〔集韻〕。〔按玉篇。—、胡結切。奊、力結切。—奊也。集韻類篇以奊爲—或字。舊字典增渠龜切順也音訓。考玉篇、廣韻、集韻、類篇廣雅、釋言。均从佳作奊。舊誤。今刪。〕

【[illegible]】攻乎切音孤虞韻
大貌。見〔集韻〕。

【[illegible]】乃了切音嬲篠韻
輭美貌。見〔字彙〕。

【[illegible]】口觥切音礚庚韻
大也。見〔集韻〕。

【[illegible]】顯計切音痻霽韻顯結切音絜屑韻

【奒】盛也。肥大也。見〔集韻〕。　邱哀切音開灰韻

大貌。見〔集韻〕。

七畫

【奘】在朗切藏上聲養韻側亮切漾韻

(一)駔大也。从大壯。壯亦聲。見〔說文大部〕。〔段注〕馬部駔下曰。壯馬也。士部壯下曰。大也。—與壯音同。與駔義同。釋言曰。—、駔、大也。此許所本也。〔按王注。—駔皆名曰大則其義也。〕

(二)秦晉之間、凡人之大謂之—。或謂之壯。見〔方言〕。

(三)健也。見〔集韻〕。

(四)盛也。見〔玉篇〕。

【奘】才浪切音葬漾韻

(一)大也。見〔集韻〕。

(二)玄—。唐高僧名。〔舊唐書方技傳〕僧玄—。姓陳氏。洛州偃師人。大業末、出家。貞觀初、隨商人往遊西域。

【奚】弦雞切音兮齊韻

(一)大腹也。从大𦅈省聲。𦅈、籀文系字。見〔說文大部〕。〔段注〕豕部豯下曰。豚生三月。腹豯豯貌。古—、豯通用。周禮職方氏。豯養。杜子春讀豯爲—。許舛部作—養。

(二)女奴也。〔周禮天官序官〕酒人、—三百人。〔注〕古者從坐男女沒入縣官爲奴。其少才知以爲—。今之侍史官婢。或曰—、官女。〔釋文〕—如字。又胡禮反。〔按〕—、媄之叚借字。乃女奴之專稱。後世以爲隸役之通稱。李商隱李賀詩集序云。恆從小—奴騎距驉。背一古破錦囊。遇所得書投囊中。

(三)東胡種名。〔唐書北狄傳〕—、亦東胡種。爲匈奴所破。保烏丸山。漢曹操斬其帥。蹋頓。蓋其後也。元魏時。自號庫真—。居鮮卑故地。直京東北四千里。其地東接契丹。西突厥。南白狼河。北霫。與突厥同俗。喜戰鬬。兵有五部。部一俟斤主之。至隋。始去庫真。但曰—。

(四)姓也。〔古今姓氏書辯證〕出自任姓。夏車正—仲之後。以王父字爲氏。河南—氏。達—氏改焉。〔又〕膚—、複姓。〔廣韻〕後衞書有達—、薄—、統—、吐—等四氏。

(五)何也。〔禮記檀弓〕吾欲抱痁而—若。〔注〕—若、何如也。〔朱駿聲說〕—、發聲之詞。與用何、烏、惡、安、焉、皆同。

(六)地名。〔春秋桓十七年〕及齊師戰於—。〔注〕今兗州府滕縣南—公山下有—邑。〔按—乃—仲所封之國。左定元年傳。薛宰曰。薛之皇祖—仲居薛。據此。則薛卽古—仲之地。考清一統志。山東滕縣東南〕四十四里薛河之北。有薛縣故城。

(七)—毒。草名。〔廣雅釋草〕—毒。附子也。

奚毒圖

(八)羊—。草名。〔莊子至樂〕羊—比乎不箰久竹生青寧。青寧生程。〔釋文〕司馬云。羊—。草名。根似蕪菁。

(九)通騱。騱—。野馬屬。〔漢書匈奴傳〕其奇畜則橐佗、驢、驘、駃騠、騊駼、驒—。〔注〕師古曰。驒—。駏驉類也。驒音顚。〔史記作騱〕。

【畚】補袞切音本阮韻

(一)餅屬。蒲器也。所以盛種。从甾。弁聲。見〔說文甾部〕。〔按〕—者盛物之器也。以草索爲之。可以盛糧、盛粢、盛土。言盛種。舉其用之一端耳。字形从由作畚、从田作畚。从甩作畚者。均譌也。

(二)㽥也。〔方言〕㽥。燕之東北朝鮮洌水之間謂之𣃆。宋魏之閒謂之𨫁。或謂之𨥋。江淮南楚之間謂之㽥。沅湘之間謂之—。趙魏之間謂之桑。東齊謂之梩。

【⿱大束】胡本切音混阮韻

大束也。見〔字彙〕。

【⿱大坐】烏本切溫上聲阮韻

與穩同。安坐也。見〔搜眞玉鏡〕。〔按此鄉曲鄙字。桂海虞衡志云。—從大從坐。會安穩意。孫奕示兒編云。陳華瑣碎錄言。南粤志載嶺南穩亦作—。觚賸云。粵中書多俗字。穩坐爲—。音穩。〕

【⿱大亘】査本字。見〔說文〕。

【⿱臼大】古牢字。見〔集韻〕。

【⿱大長】同套。見〔字彙〕。

【⿱大甾】畚譌字。見〔正字通〕。

【𡘋】奄譌字。見〔正字通〕。

八畫

【套】叨號切音韜號韻〔按｜、六朝隋唐時俗字。合大長爲｜。猶不正爲歪。大坐爲坐。故廣韻玉篇惟長一訓。今世言｜。古皆以沓、搭、鍸、韜、韜、弢、諸字。分別言之。畓以套爲本字。誤〕

㊀地曲。後唐與梁人戰于胡盧｜。見〔集韻〕。

㊁凡物有所冒謂之｜。見〔通俗編〕。

㊂凡物之重沓者曰｜。見〔正字通〕。

㊃凡物具備曰｜。〔西湖志餘〕官家進白玉雙蓮杯杵碾玉香脫兒一｜六箇。

㊄猶襲也。〔元人曲〕穿一｜縞素衣裳。

㊅猶勦也。凡言有所因襲文有所擬倣曰｜。

㊆有意探取於人而以言餂之曰｜。

㊇方語不受籠絡者曰不落｜。簡略時趨者曰脫｜。見〔康熙字典〕。

【套】土皓切音討皓韻　長大也。見〔集韻〕。〔按玉篇、廣韻、類篇。均訓長也。舊字典以｜爲正字。誤。又云土皓切。滔去聲。更誤。今從古今諸韻書訂正〕

【𡘤】忽域切音洫職韻

㊀大也。見〔玉篇〕。

㊁方也。見〔廣雅釋詁〕。

【𡘤】越逼切音域職韻　大力貌。見〔廣韻〕。

【奝】丁聊切音貂蕭韻

㊀大也。見〔玉篇〕。

㊁多也。見〔玉篇〕。

㊂同𡚁。見〔廣韻〕。

㊃｜然。僧名。〔宋史日本傳〕｜然之來。復得孝經一卷。越王孝經新義第十五一卷。

【奞】呼維切音睢支韻　思晉切音信震韻　須閏切音㥧震韻　鳥張毛羽自奮也。从大从隹。見〔說文奞部〕〔戴侗說象鳥將飛。頸項毛羽先奮張之形〕

【奞】思邀切音宵蕭韻　張羽貌。見〔集韻〕。〔按舊字典無宵音。有通孔通奮二說。考通孔通奮惟見正字通。臆百子㣲己意說之云。支韻音綏。又與孔通。又通作奮。義與奮近。分爲二。泥。今不從。凡諸部字刪增音訓者。均放此〕

【奎】苦圭切音窺齊韻　同奎。星名。〔佩觿集〕星名。當作奎。〔按奞、从大从隹鳥之隹。｜、从大。从佳美之佳。宜辨〕

【奣】虛晃切音㫾養韻　開明也。見〔字彙〕。

【奟】晡橫切音閍庚韻　本作掤。大力也。見〔集韻〕。

【奟】肯登切肯平聲蒸韻　同𠢕。倰｜。強大也。見〔集韻〕。

【奜】蒲罪切音琲賄韻　大也。見〔玉篇〕。

【奜】敷尾切音菲尾韻　父沸切音屝未韻　大也。見〔玉篇〕。

【奜】匪微切音非微韻　姓。左傳晉有｜豹。見〔廣韻〕。〔按今本左傳从文作斐。集韻云斐、或書作｜。是斐、｜、相通也。字彙从犬作猆。一本廣韻亦从犬作猆。譌字也〕

【𡚇】吉典切音繭銑韻　本作𣏟。小束也。見〔集韻〕。〔按從幵之字作秎。說文栞字是也。此作｜者。蔽幵而省其一。故形似从天。从束實非从天也。楊慎曰。俗書破體以幵爲天。誤矣。正字通竝奈字亦以爲栞譌字。非也〕

【𡙓】必結切音彆屑韻

㊀大也。見〔玉篇〕。〔按玉篇大也下。有亦作斷三字。字書無斷字。集韻十六屑勛、或作｜。从斤當是从力傳寫之譌〕

㊁巨力也。見〔集韻〕。

【森】疏簪切音森侵韻　所錦切森上聲寑韻　恐怖也。見〔篇海類編〕。

【奄】奄本字。見〔說文〕。

【奥】古衛字。見〔玉篇〕。

【爽】古瑟字。見〔集韻〕。

【執】同執字。見〔字彙〕。

【[illegible]】同奏見〔字彙〕。

【[illegible]】同豋見〔正字通〕。

【[illegible]】或說規模字見〔段氏說文林部橆字注〕。

九畫

【奢】詩車切音賒麻韻

(一)張也从大者聲見〔說文奢部〕。〔段注〕張者施弓弦也引伸爲凡充廓之務。
(二)侈也〔論語八佾〕禮與其—也寧儉。
(三)泰也〔文選司馬相如賦〕—言淫樂而顯侈靡。
(四)勝也見〔爾雅釋詁〕。
(五)夸矜僭上也〔左隱三年傳〕驕—淫泆。
(六)西竺譽人曰蘭—。〔朱子語類〕王導爲相只周旋人過一生。嘗有坐客二十餘人。逐一稱讚。獨不及胡僧。徐顧謂胡僧曰蘭—蘭—乃胡語之褒譽者也。
(七)—比神名。〔山海經海外東經〕—比之尸在其北。〔又〕黃帝七輔之一〔路史黃帝紀〕—比辨乎東以爲土師而平春。〔注〕即—龍。
(八)—子美人名〔荀子賦〕閭娵子—。莫之媒也。〔注〕子—當爲子都。鄭之美人。詩曰不見子都。蓋都字誤爲—耳。

【奢】食遮切音蛇麻韻

苗姓。明萬曆間有—崇明—進。

【㚟】勅畧切音龟藥韻

(一)小兔也。獸名。見〔集韻〕。〔按玉篇、廣韻、字並從犬不從大。皆云同龟。正字通云分㚟、—爲二。非。〕
(二)人名。左傳有石—。見〔正韻牋〕。

【奠】堂練切音電霰韻

(一)置祭也。从酋。酋、酒也。下其丌也。禮有奠祭者。見〔說文酋部〕。〔段注〕置祭者。置酒食而祭也。故从酋丌。丌者所置物之質也。如置於席則席爲丌。置之物多矣。言酒者舉其一端也。
(二)薦也。見〔廣雅釋言〕。
(三)陳也。見〔廣韻〕。
(四)獻也。〔禮記玉藻〕唯世婦命於—繭。
(五)定也。〔周禮職幣〕皆辨其物而—其錄。
(六)停也。〔儀禮士冠禮〕贊者—纚笄櫛于筵南端。
(七)調也。見〔廣雅釋詁〕。
(八)禮定器於地通名爲—。〔書禹貢〕—高山大川。

【[illegible]】徒徑切音定徑韻

(一)同飣。貯食也。見〔廣韻〕。
(二)置也。見〔集韻〕。

【[illegible]】丁定切音矴徑韻

假也。見〔集韻〕。

【[illegible]】唐丁切音亭青韻

渟也。〔考工記匠人〕凡行—水。磬折以參伍。〔注〕鄭司農云。—讀爲停。

【奡】魚到切音傲號韻

(一)嫚也。从百。从夰。夰亦聲。虞書曰。若丹朱—。讀若傲。論語—湯舟。見〔說文夰部〕。
(二)陸地行舟人也。見〔廣韻〕。
(三)彊項也。見〔六書故〕。
(四)排—。矯健貌。〔韓愈詩〕妥貼力排—。
(五)𩥇—。形貌。〔文選張衡賦〕𩥇娑駘盪。𩥇—桔桀。枍詣承光。睽罛庨豁。〔注〕𩥇娑、駘盪、枍詣、承光、皆臺名。𩥇—、桔桀、睽罛、庨豁、皆形貌。
(六)叫—。高舉之貌。〔漢書司馬相如傳〕糾蓼叫—踏以艐路兮。〔按注引張揖曰。叫—、相呼也。與師古訓高舉之貌義異。〕

【[illegible]】烏猛切音營古猛切音憬梗韻

(一)明也。一曰六合皆清明也。見〔六書畧〕。
(二)橋名。在蘇州崑山縣東鄉。
(三)元始上皇丈人法諱。見〔三尊譜錄〕。

【[illegible]】迄力切音赩職韻

—。肥也。見〔集韻〕。

【[illegible]】匹各切音粕藥韻

鞹俗字。面大貌。見〔廣韻〕。

【[illegible]】普伴切音坢旱韻

面大曰—。見〔集韻〕。

【奤】湯改切胎上聲賄韻

南人詈北人爲—子。見〔菽園雜誌〕。

【報】報本字。見〔說文㚔部〕。

【奐】古衡字。見〔說文角部〕。

【奠】古奠字。見〔玉篇〕。

【쬙】同𡘋。見〔正字通〕。

十畫

【奥】於到切音墺號韻

❶宛也。室之西南隅。从宀。𢍏聲。見〔說文宀部〕。〔段注〕宛─雙聲。宛者委曲也。室之西南隅。宛然深藏。室之尊處也。𢍏讀若書卷。則─宜讀若怨。而古音不分者。取雙聲爲聲也。

❷深也。〔國語周語〕野無─艸。

❸內也。〔論語八佾〕與其媚於─寧媚於竈。

㊃安也。〔書大傳〕坑四─。

㊄藏也。〔老子〕萬物之─。

㊅祕也。〔太玄玄文〕冥反其─。

㊆幽也。〔漢書王褒傳〕去卑辱─渫而升本朝。

㊇濁也。〔文選典引〕有沈而─。

㊈主也。〔禮記禮運〕故人以爲─也。

❿冢牢也。〔莊子徐无鬼〕吾未嘗爲牧而䍧生於─。

⓫烹和之名。〔荀子大畧〕湆之儁人。不若─之。

【奥】於求切音懮尤韻

─休。痛念聲。見〔集韻〕。

【奥】乙六切音郁屋韻

❶室中。見〔集韻〕。

❷通燠。〔詩無衣〕安且─兮。〔釋文〕─本作燠。

❸通隩。〔書禹貢〕四隩既宅。〔史記夏本紀〕作四─既居。

㊃通澳。〔詩淇奧〕瞻彼淇─。〔禮記大學〕作瞻彼淇澳。

【奥】七亂切音竄翰韻

竈神也。〔禮記禮器〕燔柴於─。夫─者老婦之祭也。〔注〕─當爲爨。字之誤也。或作竈。禮尸卒而祭饎爨、饔爨也。時人以爲祭火神乃燔柴。老婦、先炊者也。〔疏〕─音爨。爨以爨表爲義也。禮祭至尸食竟而祭爨神。言其有功於人。人得飲食。故祭報之。正義曰。─者正是竈之神。常祀在夏。以老婦配之。有俎及籩豆設於竈陘。又延尸入─。〔釋文〕─依注作爨。七亂反。

【奱】卷幺切音鄡聚幺切音膮遼韻

長大貌。見〔玉篇〕。

【奱】邱祆切音蹺肴韻

肥也。見〔集韻引博雅〕。

【𡚁】亡遇切音務遇韻

❶大也。見〔玉篇〕。

❷事也。見〔字彙〕。

【𡚂】津私切音玆支韻

❶不正。見〔玉篇〕。

❷大也。見〔字彙〕。

【奫】於倫切音𡖈眞韻

❶泉水。見〔龍龕手鑑〕。

❷水勢也。見〔龍龕手鑑〕。

【奄】於險切音掩儉韻

小國君名。見〔字彙補〕。

十一畫

【奬】子兩切音槳養韻

❶譽也。見〔廣雅釋詁〕。

❷勸也。見〔小爾雅廣詁〕。

❸助也。〔左僖二十八年傳〕皆─王室。

㊃成也。〔國語周語〕以─王室。

【奪】徒活切音斂曷韻邸月切音闕月韻

❶手持隹失之也。見〔說文奞部〕。〔按說文本作奪〕

❷失也。〔孟子梁惠王〕勿─其時。

❸去也。〔素問腹中論〕勿動亟─。

㊃取也。〔淮南本經〕予之與─也。

㊄易也。〔後漢盧植傳〕論未有不允豫─常者也。〔注〕─謂易其常分者也。

㊅狹路也。〔禮記檀弓〕齊莊公襲莒于─。

㊆誤也。見〔廣雅釋詁〕。

㊇鑲削褫陼曰─。〔論語憲問〕─伯氏駢邑三百。

㊈─百䖵名。〔山海經西山經〕翼望之山有獸焉名曰讙。其音如─百聲。

❿通敓。〔書呂刑〕─攘矯虔。〔說文攴部〕作敓攘矯虔。

【奰】直質切音秩質韻徒結切音姪屑韻〔亦書作𡚱〕

❶大也。从大、𢧁聲。讀若詩──大猷。見〔說文〕。

❷盛也。見〔集韻〕。

【奩】離鹽切音簾鹽韻
(一)藏香器。一曰鏡匣。〔後漢皇后紀〕帝視太后鏡—中物。〔按說文作籢。或又作匳、匲、蓓、㡘諸形。〕
(二)今俗以物送女嫁曰妝—。見〔正字通〕。

【奫】紆倫切音贇眞韻
—潫。水深廣貌。〔文選左思賦〕泓澄—潫。

【[illegible]】子隨切醉平聲支韻
大也。見〔字彙〕。

【[illegible]】多滬切音屬宥韻
取也。一曰奪字之譌。見〔字彙〕。

【[illegible]】朋舌切音別屑韻
行不正也。見〔字彙補〕。

十二畫

【奭】黑各切音郝藥韻郝格切音赫施隻切音釋陌韻
(一)盛也。从大从皕。皕亦聲。此燕召公名。讀若郝。史篇名醜。見〔說文皕部〕。
(二)赤貌。〔詩采芑〕路車有—。
(三)怒貌。〔漢書竇嬰傳〕有如兩宮—將軍。
(四)姓也。漢北海太守—偉。避元帝諱。改姓盛。
(五)通赩。〔詩瞻彼洛矣〕韎韐有—。〔白虎通爵作韎韐有赩。〕

【[illegible]】古奪字。見〔字彙補〕。

【[illegible]】古奏字。見〔字彙補〕。

【[illegible]】古載字。見〔字彙補〕。

【[illegible]】同奭。見〔集韻〕。

十三畫

【奮】方問切音僨問韻
(一)翬也。从奞在田上。詩曰不能—飛。見〔說文奞部〕。〔段注〕疊韻。羽部曰。翬大飛也。雉、雞、羊絕有力者皆曰—。
(二)飛也。見〔玉篇〕。
(三)揚也。鳥張毛羽—奞也。見〔廣韻〕。
(四)振也。鳥之—迅。卽毛起而身大。故字从奞在田上。見〔一切經音義〕。
(五)舒也。見〔廣雅釋詁〕。
(六)動也。〔易豫〕雷出地—。
(七)起也。〔淮南天文〕赤—若之水。
(八)迅也。〔禮記樂記〕—之以風雨。
(九)發也。〔史記樂書〕—至德之光。
(十)進也。見〔廣雅釋詁〕。
(十一)明也。〔書舜典〕有能—庸熙帝之載。
(十二)厲也。〔淮南說林〕人莫不—于其所不足。
(十三)憤激也。〔史記高祖紀〕項羽怨秦破項梁軍、—。
(十四)振矜也。〔荀子子道〕—於言者華。—於行者伐。
(十五)勇也。〔國策秦策〕是貴—也。
(十六)壯也。〔淮南原道〕羽翼—也。
(十七)彊也。〔呂覽君守〕—能自殃。
(十八)盛也。〔漢書刑法志〕魏以武卒—。
(十九)振去塵也。〔禮記曲禮〕—衣由右上。
(二十)覆敗也。〔詩行葦箋〕—軍之將。
(廿一)歲名。〔爾雅釋天〕太歲在丑曰赤—若。

【[illegible]】於建切音偃願韻虛延切音嫣連員切音權先韻
大貌。从大䀠聲。或曰拳勇字。一曰讀若傿。見〔說文〕。〔按字省作[illegible]。六書正譌云。古文䀠字。六書本義云。—頭大貌。正字通云。古借爲願欲之義。均爲臆說。今不從。〕

【[illegible]】古韋字。見〔字彙補〕。

【[illegible]】古瑟字。見〔集韻〕。

【[illegible]】同[illegible]。見〔正字通〕。

【[illegible]】同無。見〔字彙補〕。

十四畫

【[illegible]】呼官切音歡寒韻
(一)始也。見〔方言〕。
(二)化也。見〔方言〕。

【[illegible]】古東切音工東韻
無私也。見〔字彙補〕。

【[illegible]】古奭字。見〔說文皕部〕。

【[illegible]】古爽字。見〔字彙補〕。

十五畫

【奰】平祕切音備寘韻〔按說文本作[illegible]。从三大三目。石經省作—。从一大三目。字又譌作[illegible]。从三貝。〕
(一)壯也。見〔玉篇〕。
(二)迫也。見〔廣韻〕。
(三)怒也。〔詩蕩〕內—于中國。〔傳〕不醉而怒曰—。〔疏〕—者怒而自作氣之貌。

【⿱大龠】魯猥切音磊賄韻

大也。見〔集韻〕。

十七畫

【⿱大雍】補永切音丙梗韻

南方也。見〔五音篇海〕。

十八畫

【⿱大雚】呼官切音歡寒韻

七也。見〔廣雅釋詁〕。〔按字同奞。方言、廣雅、玉篇皆作奞。〕

十九畫

【奱】閭員切音聯先韻

攣也。亦作欒。見〔篇海類編〕。

二十畫

【⿱大矍】厥縛切音钁局縛切音玃藥韻

健貌。見〔玉篇〕。〔按正字通云。矍字之譌。舊註音義與目部矍同。附大部非。攷玉篇。—入大部、矍入目部。類篇。—入大部、矍入瞿部。音義亦不同。廣韻集韻十八藥。—均兩見而義均不同。矍音則一同。矍一不同。矍雖後漢馬援傳矍鑠注勇貌。然不能以—爲矍譌字也。〕

【奰】平祕切音備寘韻

●壯大也。从三大三目。二目爲㚖。三目爲—。益大也。一曰迫也。讀若易虙羲氏。詩曰。不醉而怒謂之—。見〔說文大部〕。

●二 煩腸賁理也。〔淮南墜形〕食木者多力而—。〔注〕—、煩腸賁理也。—讀內—于中國之—。近鼻也。

二十一畫

【奲】典可切音嚲哿韻

富—貌。从奢單聲。見〔說文奢部〕。〔注〕謂重而垂也。〔段注〕俗用嚲字。訓垂下貌。亦疑—之變也。

【奲】齒者切音撦馬韻齒善切音闡銑韻

●寬大也。見〔廣韻〕。

●二 —都。西夏紀元之號。〔宋史夏國傳〕諒祚。殂年二十一。在位二十年。改元延嗣寧國一年。天祐垂聖三年。福聖承道四年。—都六年。拱化五年。

✻女部✻

【女】碾與切茹上聲語韻

●一 婦人也。象形。見〔說文〕。〔段注〕渾言之。—亦婦人。析言之。適人乃言婦人也。〔按通訓定聲云。對文則子曰—。適人曰婦。〕

●二 —者如也。從如人也。見〔白虎通嫁娶〕。〔按釋名釋長幼云。—。如也。婦人外成如人也。故三從之義。少如父。教嫁如夫。命老如子言。〕

●三 陰也。〔離騷〕衆—嫉余之娥眉兮。

●四 民之弱者。見〔詩候人季—斯飢傳〕。

●五 嬖寵之家。〔左昭三年傳〕道殣相望。而—富溢尤。

●六 巽爲長—。離爲中—。兌爲少—。見〔易說卦〕。

●七 —好。柔婉也。〔荀子賦篇〕此夫身—好而頭馬首者與。

●八 奼—。丹汞也。〔參同契〕河上奼—。得火則飛。

●九 城上垣曰—牆。言其卑小。比之於城。若—子之於丈夫也。見〔釋名釋宮室〕。

●十 神—。鳥名。〔古今注鳥獸〕鵲、一名

神|。

(十一)星名。二十八宿之一。今立秋節子初二刻三分之中星。〔按星經。御|四星在鈎陳北、|史一星在天柱下、織|三星在天市東端、|牀三星在天紀北〕

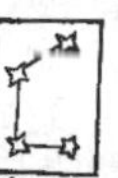
女宿

(十二)|子。國名。〔山海經海外西經〕|子國在巫咸北。〔按郭璞圖贊。|子之國。浴于黃水。乃娠乃字。生男則死。又唐書西域傳。東|國。王號賓就。國當在今四川西邊西番境韓胡白虎秦之間。〕

(十三)|牀。山名。〔文選張衡賦〕鳴|牀之鸞鳥。〔注〕在華陰西六百里。

(十四)縊|。蟲名。〔爾雅釋蟲〕蜆。縊|。

縊女圖

(十五)|匠。鳥名。〔方言〕桑飛。自關而東或謂之|匠。〔按廣雅釋鳥。作|鷗〕。

(十六)|蘿。草名。〔詩頍弁〕蔦與|蘿。〔釋文〕在草曰兔絲。在木曰松蘿。〔按松蘿、|蘿。卽|蘿也。圖入蘿字。〕

(十七)|菀。草名。見〔神農本草〕。〔按廣雅釋草。|腸。菀也。疏證云。紫菀之白者。〕

女菀圖

【女】忍與切音汝語韻

(一)同汝。〔孝經〕|知之乎。〔釋文〕本作汝。

(二)|栗。地名。〔左文十年傳〕盟於|栗。

(三)姓也。晉大夫|叔寬。漢賢良|敦。

【女】尼據切茹去聲御韻

(一)以女妻人曰|。〔書堯典〕|于時。

(二)仕也。〔漢書揚雄傳〕奚必云|彼高邱。〔注〕音尼據反。

二畫

【奴】農都切音孥虞韻

(一)|婢。皆古之辠人也。〔周禮〕曰。其|。男子入于辠隸。女子入于舂槀。見〔說文〕。

(二)後世傭雇供役亦曰|。〔唐書胡証傳〕証殖財自奉養。|數百人。

(三)操賤業者亦曰|。如云牧豬|、屠販|。

(四)動物亦曰|。鴝名飛|。貍名貍|。

(五)植物亦曰|。柑橘名木|。藥草有劉寄|。〔又〕何首烏名山|。

劉寄奴圖

(六)什物亦曰|。燭檠名燭|。溫足缾名錫|。竹夫人名竹|。

(七)|才。謂才下如|也。〔晉書劉元海載記〕劉元海謂成都王穎曰。穎逆自奔潰。|才也。〔後世|才之稱本此〕

(八)盧|。地名。〔水經滱水注〕盧|城西北隅有水淵而不流。俗名曰黑水池。或云水黑曰盧。不流曰|。故此城藉水以取名。〔按盧|。漢置縣。屬中山國。在今直隸定縣治〕

(九)狐|。雍|。地名。屬漁陽郡。見〔漢書地理志〕。

(十)姓也。盧|之後。

【奴】奴故切音笯遇韻

賤稱。見〔集韻〕。

【奵】當經切音丁青韻

(一)女名。見〔集韻〕。

(二)婝|。面平。見〔集韻〕。

【奵】他典切音腆銑韻

娗|。好貌。見〔集韻〕。

【奵】都挺切音頂迥韻

嫇|。自持貌。一曰面平。見〔集韻〕。

【⿰女七】尺栗切音叱質韻

女不謹也。見〔集韻〕。〔字與奼別〕。

【⿰女八】布拔切音八黠韻

嫸|也。見〔篇海類編〕。

【伖】古奴字。見〔說文〕。

【⿰女匕】妣籀文。見〔說文〕。

【奶】俗嬭字。今俗尊稱婦人曰|。又謂乳曰|。

三畫

【奸】居寒切音干寒韻

(一)犯婬也。見〔說文〕。〔段注〕此字謂犯姦婬之罪。非卽姦字也。今人用

—爲姦。失之引伸之。謂凡有所犯之偁。
㈡亂也。見〔玉篇〕。
㈢求也。〔漢書孔光傳〕以爲章王之過以—直忠人臣大罪也。〔注〕—、求也。求直忠之名也。
㈣同干。〔左成十六年傳〕—時以動。〔釋文〕—本作干。
㈤亦作姧。見〔集韻〕。

【奸】居顏切音菅刪韻
㈠犯淫也。見〔集韻引說文〕。
㈡通姦。〔六書故〕—居顏切。男女干踰也。又作姦。

【㚢】已有切音久有韻
㈠女字也。見〔說文〕。
㈡嫪婦守貞不移也。見〔正字通〕。
㈢亦作奺。見〔廣韻〕。

【奼】丑下切馬韻陟嫁切音吒禡韻
㈠少女也。見〔說文〕。
㈡—女。道家丹汞之稱。詳女字注。
㈢誇也。〔文選司馬相如賦〕畋罷子虛過—烏有先生。〔漢書司馬相如傳作姹〕。
㈣或作仛。見〔集韻〕。

【奼】都故切音妬遇韻
美也。見〔集韻〕。

【好】許皓切蒿上聲皓韻
㈠媄也。見〔說文〕〔段注〕各本作美也。今正。—、本謂女子。引伸爲凡美之偁。凡物之—惡。引伸爲人情之—惡。
㈡善也。〔禮記仲尼燕居〕敢問禮也者。領惡而全—者與。
㈢巧也。如巧者之造物無不皆善。人—之也。見〔釋名釋言語〕。
㈣穀實齊熟也。〔詩大田〕既堅既—。〔注〕盡齊—矣。〔疏〕眾穗皆熟。故云盡齊—。
㈤小也。見〔易中孚我有—爵釋文引孟注〕。
㈥孔也。〔考工記玉人〕璧羨尺。—三寸以爲度。〔注〕鄭司農曰。璧孔也。爾雅曰。肉倍—謂之璧。倍肉謂之瑗。肉—若一謂之環。〔按禮記樂記寬裕肉—。王肅注。言音之洪美。〕
㈦猶宜也。〔詩緇衣〕緇衣之—兮。
㈧——。喜也。見〔詩巷伯驕人——傳〕。〔又〕伎女名。見〔杜牧張——詩序〕。

【好】虛到切音耗號韻
㈠愛也。〔楚辭惜誦〕父信讒而不—。
㈡喜也。〔荀子解蔽〕其爲人也善射以—思。
㈢猶善也。見〔詩鹿鳴人之—我箋〕。
㈣猶與也。見〔詩小明—是正直箋〕。
㈤私—也。見〔書洪範無有作—馬注〕。
㈥燕—也。〔周禮太宰〕九曰—用之式。〔注〕—用、燕—所賜予。
㈦玩—也。〔詩木瓜〕永以爲—也。〔注〕欲令齊長以爲玩—。〔釋文〕呼報反。
㈧姓也。見〔篡文〕。

【妀】苟起切音紀紙韻
㈠女字也。見〔說文〕〔王注〕史記殷本紀。紂嬖於婦人愛妲—。
㈡通己。〔國語晉語〕殷辛伐有蘇。有蘇以妲己女焉。

【妁】職畧切音灼藥韻寔若切音杓藥韻
㈠酌也。斟酌二姓者也。見〔說文〕。〔王注〕丁公著曰。媒氏酌二姓之可否。
㈡姓也。見〔字彙〕。

【如】人余切音鴽魚韻
㈠從隨也。見〔說文〕〔段注〕從隨、卽隨從也。隨從必以口。从女者、女子從人者也。
㈡往也。見〔爾雅釋詁〕〔義疏〕春秋經。凡書—晉、—齊、—盟、—會之類。皆以—爲往也。〔小爾雅廣詁〕—、適也。義同。
㈢往日也。〔書洛誥〕王—弗敢及天基命定命。〔注〕—、往也。言王往日幼少。不敢及知天始命周家安定天下之命。故已攝。
㈣至也。〔呂覽贊能〕生與之—國。
㈤行也。〔左昭三年傳〕詩曰。君子—祉。
㈥比也。〔史記孝武紀〕可爲觀—緱氏城。
㈦似也。見〔詩羔裘羔裘—濡疏〕。
㈧若也。〔論語子路〕—知爲君之難也。
㈨均也。見〔廣雅釋詁〕。
㈩謀也。見〔爾雅釋詁〕。
(十一)猶奈也。〔詩綢繆〕—此良人何。

⑫猶然也。〔經傳釋詞〕論語鄉黨篇。恂恂—、踧踖—、勃—、躩—之屬是也。
⑬猶而也。〔經傳釋詞〕詩柏舟曰。耿耿不寐。—有隱憂。—、有而有也。正義曰。人有痛疾之憂。失之。
⑭猶乃也。〔大戴禮少閒〕臣之言未盡。請盡臣之言。君—財之。
⑮猶則也。〔史記淮南王傳〕宮車即晏駕。廷臣必徵膠東王。不（同否）—常山王。〔王引之云〕言廷臣必徵膠東王。否則常山王也。漢書作不即常山王。即、亦則也。
⑯猶當也。〔經傳釋詞〕宋策曰。夫宋之不足—梁也。寡人知之矣。高注曰。—、當也。當爲相當之當。又爲當如是之當。僖十二年左傳曰。若愛重傷。則—勿傷。愛其二毛。則—服焉。二十一年傳。巫尫何爲。天欲殺之。則—勿生。成二年傳。若知不能。則—無出。今既遇矣。不—戰也。
⑰猶將也。〔左宣十二年傳〕有喜而憂。—有憂而喜乎。〔王引之云〕言憂喜各因其事。若有喜而憂。亦將有憂而喜乎。孟子公孫丑篇。寡人—就見者也。—字亦與將同義。〕
⑱猶及也。〔書舜典〕—五器。〔王引之云〕—者、及也。
⑲猶與也。〔史記虞卿傳〕予秦地—毋予孰吉。〔王引之云〕今本—上有何字。乃後人所加。新序善謀篇作與。是其證。
⑳猶於也。〔呂覽愛士〕人之困窮。甚—饑寒。
㉑猶乎也。〔禮記祭義〕善—爾之問乎。〔呂覽孝行作善乎而問之。〕
㉒猶不如也。〔公羊隱元年傳〕母欲立之。己殺之。—勿與而已矣。〔注〕—、即不—。齊人語也。
㉓語助辭。〔易屯〕屯—邅—。〔子夏傳〕—、辭也。
㉔且—。假設之辭。〔公羊隱元年傳〕且—桓立。則恐諸大夫之不能相幼君也。
㉕月名。〔爾雅釋天〕二月爲—。〔義疏〕—者隨從之義。萬物相隨而出。—、然也。
㉖佛說本覺爲—。見〔道院集〕。〔按禪燈錄眞—有變易性相。—、常住不遷。〕
㉗肥—。古國名。屬遼西郡。見〔漢書地理志〕〔注〕肥子奔燕。燕封於此。因曰肥—。地。〔在今直隸盧龍縣北三十里〕
㉘涼—。地名。〔漢書郊祀志〕上遂北巡朔方。還。釋兵涼—。
㉙猩—。鳥名。〔山海經南山經〕有鳥焉。其狀如雞而白首。三足。人面。其名曰猩—。
㉚獾—。獸名。〔山海經西山經〕有獸焉。其狀如鹿而白尾。馬足人首而四角。名曰獾—。〔注〕沅曰。舊本經文獾爲玃。傳文獾爲猳嬰。今改正。
㉛通而。〔孝經〕高而不危。滿而不溢。〔漢修堯廟碑〕而作—。
㉜通然。〔詩葛屨〕宛然左佩。〔說文人部引詩〕作宛—左僻。
㉝姓也。羅氏改爲—氏。見〔姓氏統譜〕。

【如】如倨切音茹御韻

㊀適也。〔楚辭自悲〕忽容容其安之兮。超荒忽其焉—。
㊁若也。〔左僖四年傳〕筮短龜長。不—從長。〔釋文〕—、依字讀。或音而據反。

【如】乃箇切音那箇韻

若也。見〔集韻〕。

【妃】芳微切音霏微韻

㊀匹也。見〔說文〕。〔段注〕匹者四丈也。人之配耦亦曰匹。—、本上下通偁。後人以爲貴偁耳。釋詁曰。—、媲也。引伸爲凡相耦偁。左傳曰。嘉耦曰—。其字亦叚配爲之。太玄作嬰。
㊁次於后之嬪御也。〔禮記檀弓〕舜葬於蒼梧之野。蓋三—未之從也。
㊂太子之嫡室也。見〔字彙〕。

【妃】盈之切音怡支韻

同姬。眾妾總稱。見〔集韻〕。

【妃】滂佩切隊韻

同醜。〔左文十四傳〕子叔姬—齊昭公。〔釋文〕—、本亦作醜。

【妄】巫放切音望漾韻

㊀亂也。見〔說文〕。
㊁謬也。〔素問五常政大論〕其動炎灼—擾。
㊂誕也。罔也。見〔增韻〕。
㊃不法也。〔左哀十五年傳〕彼好利而—。
㊄以人自覩謂之度。反度爲—。見〔賈子道術〕。
㊅無驗而言謂之—。見〔法言問神〕。

〔按管子山至數。不通於輕重。謂之—言。〕

(七)猶空也。〔國策秦策〕故不敢—賀。

(八)猶凡也。〔漢書李廣傳〕諸—校尉以下。材能不及中。以軍功侯者數十人。

(九)无—卦名。乾上震下。〔易大象〕天下雷行。物與无—。

(十)忘也。見〔易象物與无—虞注〕。

(十一)望也。〔易无妄〕无—之往何之矣。〔鄭注〕—之言望。人所望宜正。行而無所望。是失其正。何可往也。

(十二)轉語辭。〔國語越語〕道固然乎。—其欺不穀邪。〔王引之云。—與亡同。當讀爲寧爵無刁之無。莊子庚桑楚篇曰。是其於辯也。將—鑿垣牆而殖蓬蒿也。將—與將無同。也與邪同。新序雜事篇曰。先生老僣與。—爲楚國妖與。楚策作先生老悖與。將以爲楚國祆祥乎。則—爲語助。〕

〔妄〕武方切音亡陽韻

無也。〔禮記儒行〕—常以儒相詬病。〔注〕—之言無也。〔釋文〕—、鄭音亡。王音忘倘反。虛—也。

〔㚲〕魚檢切音儼琰韻

(一)婦人齊整貌。見〔集韻〕。

(二)通媕。敏疾也。見〔集韻〕。

〔奷〕蒼先切音千先韻

女字。見〔集韻〕。〔按正字通以爲奸之譌非。〕

〔她〕陳知切音馳支韻

女字。見〔集韻〕。

〔她〕子野切音姐馬韻

同姐。〔集韻〕蜀謂母曰姐。或作—。

〔奻〕尼還切刪韻女患切諫韻

訟也。見〔說文〕。〔段注〕訟者爭也。易睽、傳曰。二女同居。其志不同行。革、傳曰。二女同居。其志不相得。此—从二女之意。〔朱謀㙔以爲古嫌字。〕

〔㚤〕逸職切音弋職韻

(一)婦官也。見〔說文〕。

(二)通弋。〔漢書外戚傳〕趙倢伃號曰拳夫人。居鉤弋宮。〔廣韻〕作鉤—宮。

〔㚐〕相然切音先先韻

女字。見〔集韻〕。

〔㚥〕雲俱切音于虞韻

人以禮交也。見〔字彙〕。

〔奿〕孚萬切翻去聲願韻

女之懸而員者。从女丸。言機如丸也。見〔六書統〕。〔按廣韻、集韻、皆讀丸聲。未詳孰是。存疑。〕

〔㚧〕直亮切音仗漾韻

女字。見〔篇海類編〕。

〔𡚨〕同柰切音大泰韻

姊稱也。見〔字彙補〕。

〔妅〕胡公切音紅東韻

女字。見〔集韻〕。

〔㚨〕古妓字。見〔玉篇〕。

〔妡〕古姬字。見〔同文備考〕。

〔㚹〕同嫭。見〔集韻〕。

四畫

〔妊〕汝鴆切音任沁韻如林切音壬侵韻

(一)孕也。見〔說文〕。〔段注〕孕者褱子也。

(二)一作妊。〔後漢章帝紀〕令諸懷妊者。賜胎養穀人三斛。復其夫勿算一歲。〔注〕說文曰。妊孕也。

(三)亦作姙。〔後漢伏后紀〕以貴人有姙。〔一本作妊。〕

(四)通任。〔大戴禮保傅〕周后妃任成王於身。

〔妋〕風無切音扶虞韻

(一)貪貌。見〔集韻〕。

(二)女貌。見〔字彙〕。

〔妌〕疾政切音穽敬韻

(一)靜也。見〔說文〕。

(二)潔也。見〔廣雅釋詁〕。〔按廣韻、訓女人貞絜。義同。〕

〔妎〕下介切音械居拜切音戒卦韻胡計切音系霽韻

(一)妒也。見〔說文〕。〔按字林亦云。嫉、—妬也。〕

(二)煩苛。見〔集韻〕。

(三)礙也。〔國語楚語〕弭其百苛。—其讒慝。〔按明道本作殄。不誤。〕

(四)女字。見〔集韻〕。

(五)心不了也。見〔字彙〕。

(六)或作㛫。見〔類篇〕。

【㚩】而琰切音冉琰韻
㈠弱長貌。見〔說文〕。〔按史記司馬相如傳。嫵媚—嫋。索隱。細弱也。漢書、文選、並作孅弱。又文選舞賦。蜲蛇—嫋。注。長貌。〕
㈡—弱也。見〔廣雅釋訓〕。
㈢通姌。〔廣韻〕姌、長好貌。
㈣通染。〔詩巧言〕荏染柔木。〔按廣雅疏證云染與—通。〕

【姌】乃玷切音淰琰韻
纖細也。見〔集韻〕。

【妏】文運切音問問韻
㈠女字。或从免。見〔集韻〕。
㈡生也。見〔字彙〕。

【妏】無分切音文文韻
女字。見〔集韻〕。

【妐】諸容切音鍾冬韻
㈠夫之兄也。見〔玉篇〕。
㈡夫之父也。〔呂覽遇合〕姑—知之曰。爲我婦而有外心。不可畜。因出之。〔注〕釋名。俗或謂舅曰章。又曰—。〔按今本釋名作伀。〕
㈢女—。謂壻之姊也。見〔禮記昏義和於室人疏〕。
㈣同公。〔爾雅釋親〕夫之兄爲兄—。〔釋文〕—、本作公。〔今本仍作公。〕
㈤通伀。〔釋名釋親屬〕夫之兄曰公。俗間曰兄章。又曰兄伀。〔疏證〕今本伀作忪。據一切經音義引改正。又伀本一作—。

【妑】邦家切音巴麻韻
㈠女名。見〔集韻〕。
㈡—頭。女兒雙髻也。見〔集韻〕。

【妒】都故切音蠹遇韻
㈠婦—夫也。見〔說文〕。〔按段氏本—改作妬。白帖。害色謂之—。玉篇。—。爭色也。〕
㈡凡娼嫉皆曰—。〔列子說符〕爵高者人—之。
㈢嫉也。見〔廣雅釋言〕。
㈣乳癰曰妬。妬、褚也。氣積褚不通至腫潰也。見〔釋名釋疾病〕。〔疏證〕說文有—無妬。經典多通用。

【妓】巨綺切音伎紙韻
㈠婦人小物也。見〔說文〕。〔按朱駿聲云。疑物爲巧字之誤。或曰弱之誤。〕
㈡美女也。見〔埤蒼〕。
㈢女樂也。見〔切韻〕。〔按事物原始。洪涯—。三皇時人。是爲娼家之肇祖。惟古所謂—。皆指女樂。今日本亦稱專事歌舞者爲藝—。與尋常賣淫婦有別。〕
㈣營—。〔漢武外史〕漢武帝置營—。以待軍士之無妻室者。〔按此即管子女閭三百之遺。唐代營—尤盛。〕
㈤—女。萱草別名。〔又〕千心—。地膚草別名。並見〔本草綱目〕。

【妓】居宜切音羈支韻
—婺。女容也。見〔集韻〕。

【妔】寒剛切音杭陽韻
㈠女字。見〔集韻〕。
㈡女性急也。一曰與伉通。見〔正字通〕。

【妔】丘庚切音坑庚韻
美女也。見〔集韻〕。

【妖】於喬切音夭蕭韻
㈠本作𡝩。〔說文〕𡝩。巧也。詩云桃之𡝩𡝩。女子笑貌。〔段注〕木部巳偁桃之枖枖矣。此作——。葢三家詩也。釋爲女子笑貌。以明𡝩之別一義。
㈡妍也。見〔一切經音義引三蒼〕。
㈢殀也。殀害物也。見〔釋名釋天〕。
㈣異也。〔莊子大宗師〕美—善老。
㈤怪也。〔呂覽愼大〕若國有—乎。〔按禮中庸疏。衣服歌謠草木之怪爲—。〕
㈥惡也。〔國語晉語〕辨—祥于謠。
㈦地反物爲—。見〔左宣十五年傳〕。
㈧不常有而忽見曰—。見〔論衡自紀〕。
㈨凶之先見謂之—。見〔左僖十六年傳疏〕。
㈩凡草木之類謂之—。—猶夭胎。言尙微。見〔漢書五行志〕。
⑪——。容也。見〔廣雅釋訓〕。〔今廣雅疏證本作夭。〕
⑫—蠱。淑豔也。〔文選鮑昭賦〕貌嫽妙以—蠱兮。
⑬—厲。怪厲也。〔呂覽察賢〕疾病—厲去矣。
⑭—冶。美好也。〔漢書司馬相如傳〕—冶閑都。
⑮通訞。〔左昭二十六年傳〕秦人降—。〔釋文〕—、本又作訞。
⑯通祅。〔禮記禮運注〕—孽之疾。〔釋文〕—、又作祅。
⑰通夭。〔史記周本紀〕所棄—子。〔

注〕徐廣曰。—、一作天。

【妗】處占切音襜磏兼切音薟鹽韻

㊀㛤—也。一曰善笑貌。見〔說文〕。〔案玉篇㛤—美笑貌也。集韻類篇引說文作善笑貌〕

㊁美也。見〔廣韻〕。

【妗】虛咸切音欽咸韻

㊀喜貌。見〔廣韻〕。

㊁女輕薄貌。通作㰤。見〔集韻〕。

【妗】巨禁切今去聲沁韻

俗謂舅母曰—。見〔集韻〕。

【妙】彌笑切音廟嘯韻

㊀好也。見〔廣雅釋詁〕。

㊁善也。〔莊子寓言〕九年而大—。

㊂精也。〔文選王逸賦〕咨用力之—勤。〔注〕精—功勤也。

㊃微之極也。〔老子〕常無欲以觀其—。

㊄神化不測也。見〔增韻〕。

㊅少小也。〔杜甫詩〕明公獨—年。

㊆纖媚也。〔漢書李夫人傳〕—麗善舞。

㊇—土。佛語謂莊嚴土。〔梁簡文帝神山寺碑〕自非莊嚴—土。吉祥福地。

㊈—圓。佛語。〔楞嚴經〕由明暗等二種相形。于—圓中黏湛發見。

㊉—覺。佛語。〔梁簡文帝表〕—覺之理。獨圓。〔又〕佛名。毗舍婆佛有子名—覺。見〔法苑珠林〕。

(十一)—典。釋典也。〔梁簡文帝序〕極修始之—典。

(十二)通紗。見〔集韻〕。

(十三)通眇。〔易說卦〕神也者。—萬物而爲言者也。〔王肅本〕作眇。

(十四)姓也。明—齡。

【妜】一決切音抉媢悅切音抉屑韻

㊀鼻目間貌。見〔說文〕。〔案廣韻。鼻目間輕薄曰—〕。

㊁怒也。嫳也。見〔集韻〕。

㊂嫳妒也。見〔字彙〕。

【妜】古穴切音玦屑韻

美貌。見〔集韻〕。

【妝】側羊切音莊陽韻

㊀飾也。見〔說文〕。

㊁通粧。〔文選古詩〕娥娥紅粉—。〔說文義證〕—下引作粧。

㊂通裝。見〔集韻〕。〔廣雅釋詁作裝。〕

㊃通裝。〔文選宋玉賦〕體美容冶。不待飾裝。

㊄通莊。〔漢書司馬相如傳〕靚莊刻飾。便嬛綽約。〔文選作糚。〕

【妠】諾答切音納合韻

㊀娶也。見〔集韻〕。

㊁姶—。聚物也。見〔集韻〕。

㊂婠—。小兒肥貌。〔韓愈詩〕巴蟲收婠—。

【妠】奴紺切音婻勘韻乃甘切音喃咸韻

㊀取也。入也。見〔集韻〕。

㊁女名。〔後漢梁皇后紀〕順烈梁皇后諱—。

㊂通婻。見〔集韻〕。

【妣】補履切音比紙韻必至切音庇寘韻

㊀歿母也。見〔說文〕。〔案虞書。百姓如喪考—。曲禮。生曰父曰母曰妻。死曰考曰—曰嬪。卽此義也〕

㊁母生存亦稱—。〔案爾雅釋親。父爲考。母爲—。蒼頡篇。考—延年。是考—亦爲生存之通稱。〕

㊂比也。比之於父亦然也。見〔釋名釋親屬〕。

【妤】羊諸切音余魚韻

㊀婕—。婦官也。〔史記外戚世家〕婕—秩比列侯。〔又〕幸也。見〔史記索隱引辨類〕。

㊁同伃。〔說文〕伃。婦官也。〔漢書外戚傳作伃〕。

【妥】吐火切音橢哿韻

㊀安也。从爪女。與安同意。見〔說文解字注〕。〔按朱駿聲曰。此字許書奪佚。今據偏旁補。〕

㊁止也。見〔爾雅釋詁〕。

㊂安坐也。見〔爾雅釋詁〕。

㊃—帖。易施貌。〔文選陸機賦〕或—帖而易施。

㊄通綏。〔禮記曲禮〕國君綏視。〔注〕綏。讀爲—。〔疏〕—、下也。庾氏曰。頹下之貌。

㊅通墮。落也。〔杜甫詩〕花—鸎捎蝶。〔案漁隱叢話。西北方言以墮爲—下。〕

㊆古綏字。〔漢書燕剌王旦傳〕北州以—。〔注引孟康說古綏字也。〕

【姅】敷容切音丰冬韻

㊀凡好而輕者。趙魏燕代之間、曰姝。或曰一。見〔方言〕。
㊁同丰〔詩丰〕子之丰兮。〔傳〕豐滿也。〔釋文〕方言作一。

【妨】敷方切音芳陽韻敷亮切音訪漾韻
㊀害也。見〔說文〕。
㊁傷也。〔老子〕令人行一。
㊂礙也。見〔字彙〕。
㊃女專一他進也。見〔六書故〕。
㊄通防。〔漢書古今人表〕秦女一。〔史記三代世表作女防。〕

【妖】於求切音憂尤韻　鼻目間有恨也。一曰食貌。見〔集韻〕。〔同文舉要作眉目。〕

【妕】陟仲切音中送韻　女字。見〔集韻〕。

【妢】符分切音汾文韻　一胡。國名。〔考工記總敍〕一胡之笴。〔注〕一胡、胡子之國。在楚。

【妘】于分切音云文韻　祝融之後。姓也。見〔說文〕。〔通訓定聲〕鄅、鄶、路、偪、陽、鄢。皆一姓國。

【⿰女及】悉合切音霅合韻　妗一。女字。見〔集韻〕。

【㚢】女久切音紐有韻　人姓也。見〔說文〕。〔桂注〕高麗有一姓。〔按廣韻、玉篇、作妞。皆曰姓也。〕

【㚦】虛到切音秏號韻　同好。〔書洪範〕無有作好。〔說文引書作一。〕

【妟】於諫切音晏諫韻　安也。从女。从日。詩曰。以一父母。見〔說文〕。〔段注〕今毛詩無此。蓋周南歸寧父母之異文也。

【妡】許斤切音欣文韻　女字。見〔集韻〕。

【姰】規倫切音均眞韻　女始妝。見〔集韻〕。

【妧】恐袁切音元元韻吾官切音岏寒韻　女字。見〔集韻〕。

【妧】五換切音玩翰韻　好貌。見〔集韻引字林。〕

【⿰女尤】予求切音尤尤韻　女字。見〔篇海類編〕。

【⿱比女】兵媚切音祕寘韻　女字。見〔篇海類編〕。

【⿰女匹】譬吉切音匹質韻　女字。見〔篇海類編〕。

【⿰女尤】同嬉。見〔集韻〕。

【妞】同⿲女丑攵。見〔集韻〕。

【⿰女殳】同姝。〔說文〕好也。詩曰。靜女其一。

【妛】同嫙。見〔集韻〕。

【妍】同姸。見〔字彙〕。

【⿰女氏】姼或字。見〔說文〕。

【⿰女厄】姽譌字。見〔字彙補〕。

五畫

【妴】委遠切音苑阮韻於袁切音鴛元韻紆願切音怨願韻
㊀婉也。見〔說文〕。〔案玉篇、婉、一、同。朱駿聲云此乃以隸解篆之法。〕
㊁一胡。獸名。〔山海經東山經〕尸胡之山。有獸焉。其狀如麋而魚目。名曰一胡。

【妵】他口切音黈有韻
㊀女字也。見〔說文〕。〔段注〕左昭二十一年傳。宋華一居於公里。
㊁好貌。見〔增韻〕。

【妭】蒲撥切音跋北末切音撥曷韻
㊀婦人美也。見〔說文〕。
㊁天子射𤬞也。見〔篇海〕。
㊂通魃。〔文字指歸〕女一禿無髮。所居處天不雨。

【妭】北末切音撥曷韻　羌人謂婦曰一。見〔集韻〕。

【⿰女幼】伊鳥切音杳篠韻
㊀同偠。偠嫋。美貌。或作婹嬝。見〔集韻〕。
㊁一⿰女暴。不順也。見〔字彙〕。

【妯】佇六切音逐屋韻
㊀妯娌。娣姒也。〔廣雅釋親〕一娌、娣姒。先後也。〔案爾雅釋親娣姒注云。今相呼先後。或云一娌。〕
㊁通築。〔方言〕築娌。匹也。〔注〕今關西兄弟婦相呼爲築娌。度六反。或

云—娌。

【妯】盧谷切音祿屋韻　徒沃切音儥沃韻　亭歷切音廸錫韻　陳留切音儔尤韻

㊀動也。見〔說文〕。

㊁擾也。〔方言〕蹇、—。擾也。人不靜曰—。晉秦曰蹇。齊宋曰—。

【妯】丑鳩切音抽尤韻

㊀動也。見〔詩鼓鐘〕憂心且—。〔傳〕。

㊁悼也。見〔詩鼓鐘箋〕。

【妰】陟略切音勺藥韻

㊀靜也。見〔集韻〕。

㊁靜—。婦貌。見〔字彙〕。

【妹】莫佩切音昧隊韻　莫貝切音眛泰韻

㊀女弟也。見〔說文〕。

㊁父之—爲姑。—見〔左襄十二年傳姑姊—疏〕。

㊂同母異父者曰外—。〔左成十一年傳〕聲伯嫁其外—於施孝叔。

㊃夫之女弟爲女—。見〔爾雅釋親〕。

㊄少女之稱。見〔易歸—注〕。

㊅末也。見〔白虎通三綱六紀〕。

㊆末學也。〔莊子天道〕鼠壤有餘蔬。而棄—。不仁也。〔釋文〕釋名云。—。末也。謂末學之徒。須慈誘之。乃見棄薄。不仁之甚也。〔案舊注妹下引莊子。非是〕。

㊇媚也。見〔說文通訓定聲引纂文〕。

㊈昧也。猶日始入。歷時必倘昧也。見〔釋名釋親屬〕。

㊉歸—。易卦名。兌下震上。〔易大象〕澤上有雷。歸—。

(十一)—喜。桀妃。〔國語晉語〕昔夏桀伐有施。有施人以—喜女焉。〔注〕有施。喜姓之國。—喜其女也。〔案荀子解蔽篇作末喜〕。

(十二)同沬。邑名。〔書酒誥〕明大命于—邦。〔詩桑中〕沬之鄉矣。字作沬。〔按水經注云。朝歌城本沬邑。武丁遷居之。爲殷都。當今河南淇縣東北〕。

【妻】千西切音淒齊韻

㊀婦與己齊者也。从女从屮从又。又、持事。—職也。見〔說文〕。

㊁夫之陰也。見〔漢書杜欽傳〕。

㊂親之主也。見〔禮記哀公問〕。

【妻】七計切音砌霽韻

以女嫁人曰—。〔論語公冶〕以其子—之。

【妾】七接切音踥葉韻

㊀有辠女子給事之得接於君者。从辛女。春秋傳云。女爲人—。—不娉也。見〔說文辛部〕。

㊁聘則爲妻。奔則爲—。見〔禮記內則〕。

㊂副室爲—。見〔左昭十一年傳僖子使助薳氏之簉疏〕。〔案古禮天子娶九女。諸侯七。大夫一妻二—。士一妻一—。庶人匹夫匹婦不得有—〕。

㊃接也。以賤見接幸也。見〔釋名釋親屬〕。

㊄婦人謙稱輒曰—。〔史記陳平世家〕陵母私送使者泣曰。爲老—語陵。謹事漢王。母以老—故持二心。

㊅貴—。姪娣也。見〔儀禮喪服注〕。〔按六書故曰。—有貴賤。古之貴者娶。必有姪娣。諸侯娶於一國。其國姪娣從。他國亦以女媵。自正室而下皆—也。此貴—也。記曰。奔則爲—。若此者。賤—也〕。

㊆處—。童女也。〔漢書五行志〕處—遇之而孕。

㊇姓也。漢—胥—志。見〔印藪〕。

【姖】臼許切音巨語韻

㊀吳—。山名。〔山海經大荒西經〕有山名日月山。天樞也。吳—天門。日月所入。〔案應楊放招賦。吳—曉昧。日月所翳。吳—、一本作吳姬。畢沅曰。舊本作—。藏經本作姬〕。

㊁金門之山。有人名曰黃—之尸。見〔山海經大荒西經〕。

【姁】火羽切音栩麌韻

㊀嫗也。見〔說文〕。

㊁——。佚樂貌。〔呂覽諭大〕燕雀爭善處於一室之下。子母相哺也。——焉相樂也。

【姁】吁句切音煦區遇切音傴遇韻

嫗也。見〔集韻〕。

【姁】匈于切音吁虞韻

㊀—媮。美也。見〔集韻〕。

㊁女字。〔史記呂后紀索隱〕字娥—。〔按—亦女名也。漢書義縱傳上拜弟縱爲中郎。注。—縱姊名〕。

㊂通嘔。〔史記淮陰侯傳〕言語嘔嘔。〔注〕嘔、音吁。〔漢書韓信傳作—

—。師古曰、—和好貌。音許子反。」

【姁】　權俱切音劬虞韻

—和好貌見〔集韻〕。

【妷】　扶法切音乏弗乏切音法洽韻

●(一)婦人貌。見〔說文〕。

●(二)好也。見〔廣雅釋詁〕。

【姃】　諸盈切音征庚韻

●(一)女字。見〔集韻〕。

●(二)女容端莊見〔正字通〕。

【姃】　之盛切音政敬韻

女字。見〔集韻〕。

【姅】　博漫切音半翰韻

●(一)婦人汚也。漢律曰。見—變不得侍祠。見〔說文〕。〔案釋名謂之月事。神仙服食經謂之月客。或謂之天癸。或謂之紅潮。或曰桃花癸水。或曰入月。〕

●(二)傷孕。見〔廣韻〕。

【姆】　莫補切音母麌韻

●(一)女師也。〔禮內則〕—敎婉娩聽從。〔說文作娒。詳娒字。〕

●(二)夫兄之妻也。〔呂祖謙紫薇雜記〕呂氏母母受嬸房婢拜。嬸見母母房婢拜卽答。〔案通俗編曰。今俗兄嬸呼弟婦爲嬸嬸。弟婦呼兄婦爲——。卽母母也。〕

●(三)或作母。〔說文義證〕列女傳有晉母師。

【姆】　莫候切音茂宥韻

保—也。〔禮內則〕妻將生子。及月辰。居側室。夫使人日再問之。作而自問之。妻不敢見。使—衣服而對。

【姇】　方遇切音付遇韻

●(一)美色。見〔集韻〕。

●(二)悅也。見〔字彙〕。

【姇】　芳無切音孚虞韻

美也。見〔集韻〕。

【姇】　房尤切音浮尤韻

同孚。通作琈。玉采也。見〔集韻〕。

【姈】　郎丁切音靈青韻

●(一)女也。見〔集韻〕。

●(二)女伎慧也。見〔正字通〕。

【姊】　蔣兕切音子紙韻

●(一)女兄也。見〔說文〕。

●(二)沓也。見〔白虎通三綱六紀〕。〔案沓亦作䪼。〕

●(三)積也。猶日始出積多而明也。見〔釋名釋親屬〕。

●(四)借作姐。爲母之別稱。〔正字通〕北齊太子稱生母爲——。至宋則呼嫡母爲大—。妻之於嫡母亦然。高宗母韋后。稱徽宗嫡后爲大—。—語見后妃傳。

●(五)—歸。地名。〔郡國志〕—歸縣。屈原鄉里。屈原暫歸。其—女須、聞原還。亦來喩意。因曰—歸。

【始】　首止切音菡紙韻式吏切音試寘韻〔案毛晃曰。本—之—上聲。易賁—大—之類是也。方—爲之—去聲。禮桃—華蟬—鳴之類是也。〕

●(一)女之初也。見〔說文〕。〔桂注〕言初生也。〔按王注。釋詁。初。—也。此言女者。以字從女也。〕

●(二)初也。〔國策秦策〕今日韓魏。孰與—彊。〔朱駿聲曰。裁衣之—爲初。草木之—爲才。人身之—爲首爲元。築牆之—爲基。開戶之—爲扉。子孫之—爲祖。形生之—爲胎。〕

●(三)先勸爲—。〔國語越語〕弗爲之—。

●(四)猶生也。〔禮記檀弓〕君子念—之者也。

●(五)息也。言滋息也。見〔釋名釋言語〕。

●(六)根也。〔禮記昏義〕夫禮—於冠。

●(七)微時也。〔禮記經解〕君子愼—。

●(八)七—。華—。樂名。〔漢書禮樂志〕七—華—肅倡和聲。〔注〕孟康曰。七—。天地四時人之—。華—。萬物英華之—也。以爲樂名。如六英也。

●(九)旬—。星名。〔漢書天文志〕旬—出於北斗傍。

●(十)州名。漢屬廣漢郡。魏改—州。當今四川劍閣縣。

●(十一)通載。〔孟子梁惠王〕湯一征自葛—。〔初學記引書作載。〕

【姍】　師姦切音删删韻

毀也。見〔集韻〕。

【姍】　相干切音山刪韻

●(一)好也。見〔集韻〕。

●(二)誹謗也。見〔集韻〕。

【姍】　所晏切音訕諫韻

同訕。謗也。〔漢書諸侯王表〕諸侯—笑三代。

【姍】　鋪官切音潘寒韻

醜也。見〔集韻〕。

【姍】 篩前切音先先韻

❶——。行貌。見〔集韻〕。〔按漢書李夫人傳。偏何——其來遲。師古曰。——。行貌。音先安反〕。

❷便—。衣服婆娑貌。〔文選司馬相如賦〕便—嫳屑。

❸通姺。〔文選司馬相如賦〕便—嫳屑。〔史記司馬相如傳〕作媥姺徶循。

【姍】 桑葛切音躠曷韻

妭—。婦人行衣曳地貌。見〔集韻〕。

【姎】 於郎切音鴦陽韻　倚朗切音坱養韻　於浪切音盎漾韻

❶女人自稱我也。見〔說文〕。

❷通卬。〔爾雅釋詁〕卬我也。〔注〕卬猶—也。語之轉耳。

❸通婸。〔說文義證〕楊慎曰。漢書西南夷傳。西南之夷人自稱曰婸徒。〔案後漢南蠻傳名渠帥曰精夫。相呼為—徒。義稍異〕。

❹通陽。〔說文義證〕方言。巴濮之人。自呼曰阿陽。陽之言我也。爾雅引魯詩有美一人。陽如之何。言我柰之何也。

【姐】 名野切音飷馬韻

❶蜀人謂母曰—。見〔說文〕。

❷近世稱女兄為—。見〔通俗編〕。

❸樂妓之稱。〔通俗編〕繁欽與魏文帝牋。史妠謇—。注謂當時樂人。開天遺事、寧王有樂妓寵—。陶穀清異錄、有平康妓瑩—。東坡集、有妓人楊——。特甚賤之稱。俗惟貴家女方得呼之。何相戾也。

❹俗稱仕女為小—。〔朱有燉詩〕簾前三寸弓鞋露。知是嬌嬈小—來。〔按玉堂逢辰錄。有掌茶宮人韓小—。翟晴江曰。小—二字。初見於此。然是人名。非稱謂也〕。

【姐】 臻魚切音葅魚韻

嫭—。態也。見〔集韻〕。

【姐】 蔣氏切音紫紙韻　慈野切音担馬韻

彡—。西羌地名。〔漢書馮奉世傳〕隴西羌彡—旁種反。〔又〕蕩—、亦羌屬。〔揚雄諫書〕藉蕩—之場。

【姐】 將豫切音怚御韻

嬌也。〔文選嵇康詩〕恃愛肆—。不訓不師。

【姑】 攻乎切音孤虞韻

❶夫母也。見〔說文〕。

❷父之姊妹為—。見〔爾雅釋親〕。

❸舅之母為外—。妻之母亦曰外—。見〔爾雅釋親〕。

❹小—。夫之女弟也。〔王建詩〕未諳—食性。先遣小—嘗。

❺婦人之稱。〔尸子〕紂棄黎老之言。用—息之語。〔注〕—、婦女也。息、小兒也。〔又〕—息、且休也。〔禮檀弓〕細人之愛人也以—息。〔按—息、猶言苟安〕。

❻—。故也。言於已為久故之人也。見〔釋名釋親屬〕。

❼—之言古。尊老之名也。見〔爾雅釋親孫注〕。

❽且也。〔詩卷耳〕我—酌彼金罍。〔按說文夊部引詩作夃〕。

❾發聲辭。〔孟子滕文公〕蠅蚋—嘬之。〔按朱駿聲曰。當讀如左傳伏己而盬其腦之盬。盬。啑也。亦通〕。

❿—洗。十二律之一。詳洗字。

⓫作—。邪道所出也。〔漢書王莽傳〕鄧曄將二萬餘人南出棗街作—。

⓬黃—。星名。〔荆楚歲時記〕黃—牽牛星。一曰河鼓。

⓭麻—。女仙名。見〔神仙傳〕。〔又〕山名。在江西南城縣西南。

⓮紫—。神名。〔荆楚歲時記〕正月十五日。其夕迎紫—。以卜將來蠶桑。并占衆事。〔又〕厠卜之戲。箕—、則以符箕插筯。蒙以巾帕。請之。帚—、則以敝帚繫裙以卜。至則能起臥以占事。見〔月令廣義〕。

⓯—蔑。地名。〔國語越語〕西至於—蔑。〔注〕今太湖是也。

⓰—射。國名。〔山海經海內北經〕列—射在海河州中。—射國在海中。屬列—射。

⓱無—。木名。〔爾雅釋木〕無—。其實夷。〔注〕無—、楡也。生山中。葉圓而厚。剝取皮合漬之。其味辛香。所謂無夷。〔疏〕本草無夷、一名無—。〔圖入無字〕。

⓲水名。〔左昭二十年傳〕—尤以西。〔注〕—水尤水。皆在城陽郡。東南入海。〔按城陽郡。今為山東臨淄縣。通訓定聲曰。二水出山東。今—名大—河。尤名小—河〕。

⓳鼠—。花名。〔本草綱目〕牡丹一名鼠—。

⓴和—。草名。〔本草綱目〕半夏一名和—。

㉑雩—。鶺鴒異名。〔物類相感志〕性好食雩故名曰雩—。
㉒祀—。婦名。〔國語吳語〕吳王與晉爭長乃戒夜中官師擁鐸建祀—。
㉓僕—。矢名。〔左莊十一年傳〕公以金僕—射南宮長萬。〔字又作鏷鐸廣韻引字林云鏷鐸䂓矢。〕
㉔姓也。—浮越大夫。

【姒】象齒切音似紙韻

①女子同出。先生爲—。後生爲娣。見〔爾雅釋親〕
②稚婦謂長婦爲—。娣見〔爾雅釋親〕
③似也。〔釋名釋親屬〕少婦謂長婦曰—。言其先來己所當法似也。
④猶祉也。見〔國語周語賜姓曰—注〕
⑤太—。文王之妃有莘氏之女〔詩思齊〕太—嗣徽音。
⑥姓也。禹之後。漢—豐明。—庸道。—昂。
⑦同似。〔儀禮特牲饋食禮注〕舉觶於其—婦。〔釋文〕、—本作似。
⑧亦作娰。〔六書故〕長婦爲娰婦。
⑨亦作娰。見〔龍龕手鑑〕

【姓】息正切音性敬韻

①人所生也。古之神聖人。母感天而生子。故曰天子。因生以爲—。从女生。生亦聲。見〔說文〕
②命也。〔國語周語〕不亦瀆—矣乎。〔注引賈唐說〕
③子也。見〔廣雅釋親〕
④—者一本之稱也。尊卑所同也。見〔白虎通號〕
⑤所以繫統百世使不別也。見〔翻譯名義引西域記〕
⑥坤爲—。見〔易繫辭百—與能虞注〕
⑦始祖爲正—。高祖爲庶—。見〔禮記大傳繫之以—而弗別注〕
⑧百—。百官也。見〔書堯典平章百—傳〕〔案經傳百—多訓百官、或王之親屬。後世乃專作庶民解。又、日本謂農夫曰百—。〕
⑨姓也。〔漢書食貨志〕臨菑人—偉。貲五千萬。

【姓】師庚切音生庚韻

人名。〔春秋哀四年〕蔡殺其大夫公孫—。〔釋文〕、—本作生。

【委】鄔毀切音餧紙韻

①—隨也。从女。禾聲。見〔說文〕〔按劉熊碑卷舒—隨。即詩羔羊云—蛇。經傳多變體。韓詩羔羊作逶迤。費鳳碑作逶蛇。衡方碑作禕隋。唐扶頌作逶隨。衡方碑作褘隋。又、後漢仕李萬邳劉耽傳贊之—佗。文選西京賦舞賦之蝼蛇。西征賦之威夷。詩四牡之倭遲。廣雅釋邱之陂陁。雖音訓歧異。皆—隨字之變體也。〕
②委也。委燚就之也。見〔釋名釋言語〕
③任也。〔左文六年傳〕—之以常秩。〔近世所謂—員。—任本此義。〕
④屬也。〔左成二年傳〕王使—于三吏。
⑤歸也。〔國語越語〕請—管籥。
⑥付也。〔國策齊策〕願—之子子。
⑦費也。〔左昭元年傳〕徐吾犯之妹美。公孫黑强—禽焉。
⑧頓也。〔唐書杜暹能傳〕詔書緊—。
⑨棄也。〔孟子公孫丑〕—而去之。
⑩曲也。〔楚辭遠逝〕—兩館于咸唐。
⑪猶悴也。〔文選謝朓詩〕時菊—嚴霜。
⑫流所聚也。〔禮記學記〕或原也。或—也。
⑬—然。俯就之貌。〔荀子仲尼〕—然成文。
⑭—結。懷恨也。〔後漢梁鴻傳〕長—結兮焉究。
⑮—惰。懈倦也。〔楚辭哀時命〕欿愁悴而—惰兮。
⑯端—。周代之禮服。〔左昭元年傳〕吾與子弁冕端—。〔服注〕文德之衣尙褒長故曰—。
⑰宛—。山名。在會稽東南。〔逸周書〕禹登宛—山。發金簡之書。得通水之理。
⑱—萎。草名。〔爾雅釋草〕熒—萎。〔注〕藥草也。〔疏〕本草女萎萎蕤一名熒也。〔又〕菼—萎。〔疏〕穢草也。〔圖見萎字〕
⑲—蛇。泥鰌也。見〔莊子達生食之以—蛇注引司馬說〕
⑳—黍。伊威之別名。見〔詩東山伊威在室傳〕
㉑姓也。〔風俗通〕太原太守—進。
㉒通骫。骫㢝。面柔貌。〔楚辭憫上〕骫㢝兮成俗。〔注〕骫。一作—。
㉓通萎。〔禮檀弓〕哲人其萎乎。〔家語終記〕作喆人其—。

【委】於僞切音委寘韻 ●—積。宰米薪芻之總名。見〔集韻〕。〔按周禮遺人掌邦之—積注。少曰—。多曰積。〕●—輸也。〔後漢千乘貞王伉傳〕國土卑溼。租—鮮薄。●—吏。主—積倉廩之吏。〔孟子萬章〕孔子嘗爲—吏矣。

【委】逶危切音逶支韻 ●—蛇。行可從迹也。〔詩羔羊〕—蛇—蛇。〔釋文〕—、於危反。●——。行之美也。見〔詩君子偕老〕——佗佗疏引孫炎說。〔按爾雅釋訓。——、美也。李注。寬容之美也。〕

【姕】將支切音貲支韻 婦人小物也。見〔說文〕〔王注〕嚴氏曰。物當作覊。形近而譌。●通傞。〔詩賓之初筵〕屢舞傞傞。〔說文引詩〕作——。

【姕】七支切音雌支韻 —妓。婦人不媚貌。見〔集韻〕。

【姕】津私切音咨支韻 妓—。女容。見〔集韻〕。

【姕】淺氏切音此紙韻 ●舞也。見〔集韻〕。●婦人貌。見〔集韻〕。

【妸】於何切音阿歌韻 ●女字也。見〔說文〕。●人名。〔莊子知北遊〕—荷甘與神農同學於老龍吉。

【⿰女占】處占切音苫鹽韻 尺涉切音謵葉韻 小弱也。一曰女輕薄善走也。一曰多技埶也。見〔說文〕。

【妲】當割切音怛曷韻 得案切音旦翰韻 —己。紂妃。〔國語晉語〕殷辛伐有蘇。蘇氏以—己女焉。〔按字統。—、作䵣。〕

【妮】女夷切音尼支韻 使女也。〔六書故〕今人呼婢曰—。

【妱】之遙切音招蕭韻 女字。見〔集韻〕。

【妷】直質切音秩質韻 同姪。見〔集韻〕。

【妷】弋質切音逸質韻 同劮。〔集韻〕〔廣雅〕劮、婸也。或作—。

【⿰女丘】祛尤切音邱尤韻 女字。見〔集韻〕。

【妺】莫曷切音末曷韻 —嬉。有施氏女。見〔集韻〕。〔按晉語作妹喜。荀子新序作末喜。〕

【⿰女必】毗至切音坒寘韻 薄必切音邲質韻 女有容儀也。見〔集韻〕。

【妽】升人切音申眞韻 女字。見〔集韻〕。

【⿰女氐】都黎切音氐齊韻 女字。見〔集韻〕。

【妶】胡涓切音縣先韻 女名。見〔集韻〕。

【妶】同妶。見〔集韻〕。

【姄】眉貧切音珉眞韻 女字。見〔集韻〕。

【⿰女皮】攀糜切音披支韻 女字。見〔集韻〕。

【⿱加女】於何切音阿歌韻 居何切音歌歌韻 女師也。杜林說、加教於女者也。見〔說文〕。

【⿰女禾】胡戈切音和歌韻 女字。見〔集韻〕。

【⿰女布】普故切音怖遇韻 美也。見〔集韻〕。

【⿰女冬】都宗切音冬冬韻 女字。見〔集韻〕。

【姘】毗賓切音貧眞韻 妾也。見〔字彙〕。

【姏】謨甘切音聃覃韻 莫紺切聃去聲勘韻 老女稱。〔晉書武十三王傳〕—婣尼僧尤爲親暱。〔按正字通云。古音餘鹽韻。—音鉗。婦之老者。能以甘言悅人。故曰—。今俗呼—婆是也。通俗編云。其音讀若鉗。或謂老倡曰虔婆。誤。〕

【⿰女戉】王伐切音越月韻 輕也。見〔說文〕。

【⿰女司】新茲切音思支韻 同媤。女字。見〔集韻〕。

【⿰女去】去伽切音呿歌韻 女字。見〔集韻〕。

【⿰女卯】莫飽切音卯巧韻

好也。見〔集韻引博雅〕。〔按廣雅疏證本作媌〕。

【𡛴】蹄蹇切音鹻銑韻 婞嬻齊也。一曰好也。婞或省作—。見〔集韻〕。

【婯】居希切音飢微韻 律有—委猈條將男作女。見〔楊氏正韻箋〕。〔按清例作猈姦〕。

【姘】匹耕切音烹庚韻 急也。見〔篇海類編〕。

【㛁】苦絞切音巧巧韻 女字。見〔篇海類編〕。

【㛀】以覵切音曳霽韻 衣也。見〔龍龕手鑑〕。

【娊】呼榮切音兄庚韻 嫭也。見〔川篇〕。

【㚻】古華切音瓜麻韻 女名。見〔篇海類編〕。

【𡛎】奴買切音嬭蟹韻 乳也。見〔龍龕手鑑〕。

【㚴】疋万切願韻 生多也。見〔川篇〕。

【㚼】呼老切音好皓韻 人姓也。見〔龍龕手鑑〕。

【𡚵】音未詳 獨—。隼屬也。見〔駢雅釋鳥〕。〔訓纂〕臨海異物志曰。獨—。鳥如隼。其色黑。其鳴如人呼雞聲。

【㛑】粲本字〔說文〕。三女爲—。、美也。〔段注〕大徐作奴省聲。按經傳作粲。叚借字。陸德明曰。字林作姦。漢晉字之變也。

【姖】古奴字。見〔集韻〕。

【妬】同妒。見〔集韻〕。

【妚】同胚。見〔集韻〕。

【㛕】同婣。見〔集韻〕。

【㚳】同娶。見〔字彙〕。

【妳】俗嬭字。見〔正字通〕。

六畫

【姚】餘昭切音遙蕭韻
㊀虞舜居—墟。因以爲姓。从女。兆聲。〔說文〕。或爲—、嬈也。史篇以爲—、易也。見〔說文〕。
㊁美好貌。〔荀子非相〕莫不美麗—冶。
㊂飛揚也。〔漢書郊祀志〕雜變並會。雅聲遠—。〔注〕師古曰。—、僄—言飛揚也。
㊃地名。古滇國地。漢屬益州郡。唐置—州。明爲—安府。即今雲南—安縣治。又縣東有大—縣。即—州之分縣。
㊄同遙。〔荀子榮辱〕其功盛—遠矣。〔注〕遙同。
㊅通繇。〔說苑指武〕美哉德乎。——者乎。

【姚】他弔切嘯韻
㊀輕也。〔集韻〕春秋傳、楚師輕窕。或作—。
㊁通窕。—冶。妖美也。見〔荀子禮論〕故其立文飾也不至於窕冶。

【姚】徒刀切音匋豪韻 人名。〔集韻〕春秋傳、周有頹叔—子。通作桃。

【姚】弋笑切音燿嘯韻 票—。兵官名。〔漢書霍去病傳〕爲票—校尉。〔注〕服虔曰。音飄搖。師古曰。票音頻妙反。—音羊召反。勁疾之貌。宋祁曰。票—當作本音。〔按史記作剽—。荀悅漢紀作票鷂。唐人詩作嫖—。音同服注。集韻笑韻。剽—。勁疾貌。故漢以名兵官。或从人作佻〕。

【姛】吐孔切音侗董韻
㊀本作敞〔說文〕敞直項貌。
㊁通胴。〔方言〕胴狀也。
㊂通侗。〔莊子庚桑楚〕能侗然乎。〔釋文〕云直而無累之謂。三蒼。侗。殼直貌。

【姛】徒弄切音洞送韻 項端也。見〔集韻〕。

【姜】居良切音疆陽韻
㊀神農居—水。因以爲姓。見〔說文〕。
㊁强也。見〔廣雅釋詁〕。
㊂同彊。〔禮記喪大記〕鵲之——。〔詩鶉奔作彊彊〕。

【姝】春朱切音樞追輸切音株虞韻
㊀好也。見〔說文〕。〔按華嚴經音義引說文作色美也〕。
㊁順貌。見〔詩干旄彼—者子傳〕。
㊂妖貌。見〔莊子徐無鬼有暖—者釋文〕。
㊃初昏之貌。見〔詩東方之日彼—

者子傳〕。

（五）同⿰女殳。又通袾。〔詩靜女〕靜女其丨。〔說文姝下注引詩作⿰女殳說文衣部又引詩作袾。〕

（六）通娵。〔國策楚策〕閭丨子奢。〔荀子賦篇韓詩外傳並作閭娵〕

【姞】極乙切音佶質韻

（一）黃帝之後伯鯈姓。后稷妃家也。見〔說文〕。

（二）通吉。〔詩都人士〕謂之伊吉。〔箋〕吉讀爲丨。

【⿰女厄】五果切訛上聲努果切音厄哿韻

（一）⿰女厄丨也。一曰弱也。見〔說文〕。〔按說文。从女。厄聲。本作婐。廣韻。婐丨。身弱好貌。王筠曰。通俗文、肥骨柔弱曰婐娜。婐娜卽⿰女厄之俗字。〕

（二）好也。見〔廣雅釋詁〕。

（三）小貌。〔太玄瞢〕瞢瞢之離。不宜熒且丨。

（四）婐丨。月光媚也。〔韓愈詩〕日君月妃。煥赫婐丨。〔注〕煥赫謂日。婐丨謂月。言日月光媚也。

【姡】戶括切音活曷韻

（一）獪也。〔方言〕獪或曰丨。今建平郡人呼狡爲丨。〔按類篇。丨詐也。義同。〕

（二）丨靦也。見〔廣韻〕。

【姡】古活切音括曷韻

同婚。〔說文〕婚面醜也。

【姣】何交切音肴肴韻後敎切音效效韻

（一）好也。見〔說文〕。〔按方言。凡好而輕者。自關而東。河濟之間。或謂之丨。〕

（二）淫也。〔左襄九年傳〕棄位而丨。不可謂貞。〔注〕丨、淫之別名。〔釋文〕戶交反。又如字。嵇叔夜音效。

（三）或作⿱交女。見〔類篇〕。

【姣】吉巧切音狡巧韻

（一）媚也。見〔玉篇〕。

（二）美也。〔楚辭東皇太一〕靈偃蹇兮丨服。

（三）或作佼。〔禮記月令〕養壯佼。〔注〕謂形容佼好。

（四）借作狡。〔廣雅釋言〕丨、侮也。

（五）姓也。見〔字彙〕。

【姤】古候切音構宥韻很口切音厚有韻

（一）偶也。見〔說文新附〕。

（二）卦名。巽下乾上。〔易大象〕天下有風。丨。

（三）遇也。柔遇剛也。見〔易丨彖〕。

（四）好也。〔管子地員〕其人夷丨。

（五）惡也。〔文選張衡賦〕咨丨嫭之難竝。

（六）亦作遘。〔易姤釋文〕丨。薛注、古文作遘。

（七）或作姛。見〔集韻〕。

（八）通后。〔後漢魯恭傳〕按易五月丨用事。〔注〕丨、本多作后。古字通。

【姥】莫補切音姆麌韻莫候切音茂宥韻

（一）老婦也。〔晉書王羲之傳〕見一老丨。持六角竹扇賣之。羲之書其扇。各爲五字。人競買之。

（二）天丨。山名。〔謝靈運詩〕明登天丨岑。〔按山高三千五百丈。周六十里。脈自括蒼起。盤亙數百里。至關嶺。入浙江新昌縣界。其最高峯曰撥雲尖。道書以爲第十六福地。〕

（三）姓也。見〔字彙〕。

【姦】居顏切音菅删韻

（一）厶也。从三女。見〔說文〕。〔段注〕厶下曰。丨衺也。二篆爲轉注。引伸爲丨宄之偁。俗作奸。其後竟用奸字。

（二）偽也。見〔廣雅釋言〕。〔又〕逸偽曰丨。見〔周書常訓〕。

（三）奸也。言奸正法也。見〔釋名釋言語〕。

（四）亂也。〔淮南主術〕各守其職。不得相丨。〔案楚辭惜賢鑿溷淆之丨咎兮。注。亂在內曰丨。左傳成十七年。臣聞亂在外曰丨。〕

（五）邪也。〔文選張衡賦〕丨宄是防。

（六）惡也。〔楚辭招魂〕多賊丨些。

（七）淫行也。〔左莊二年傳〕夫人姜氏會齊侯于禚。書丨也。

（八）盜也。見〔廣雅釋詁〕。〔又〕盜器爲丨。見〔左文十八年傳〕。

（九）⿱旱心民曰丨。見〔大戴記虞戴德〕。

（十）古作⿱旱心。〔說文〕古文丨从旱心。〔段注〕大徐作从心旱聲。

（十一）別作好。〔正字通〕高麗用中國書。獨以丨爲好字。好爲丨字。與中國異。

【⿺辶女】後五切音戶烏故切音塢麌韻胡故切音婟遇韻

（一）丨㘒。貪也。見〔說文〕。〔按字亦作妥〕。

㊀通污。〔急就篇〕依漚污然貪者辱。

【姨】延知切音夷支韻

㊀妻之女弟同出爲—。見〔說文〕。

㊁母之姊妹曰—。〔宋書張后皇傳〕幼失所恃。爲賫—鞠養。

㊂母之同堂姊妹曰堂—。〔朝野僉載〕狄仁傑爲相。候問盧氏堂—。仁傑曰。表弟有何願。盧曰。老—止一子。不欲令事女主。〔按古人簡稱曰—。今稱—母。〕

㊃世呼庶母曰—娘。婢僕稱主人之妾曰—太太。〔通俗編〕其父之側庶亦稱—者、本姊妹同事一夫之稱。後世無從媵之禮。而側庶實與媵比。故雖非母姊妹。而得借此稱之。

㊄吳俗呼傭婦曰娘—。

㊅封—。風神也。〔博異記〕苑中每被惡風所撓。其日立旛。東風刮地。折木飛花。而苑中花不動。崔方悟封—乃風神也。

【姪】徒結切音咥屑韻　直質切音秩質韻

㊀兄之女也。見〔說文〕。〔按爾雅釋親。女子謂晜弟之子爲—。儀禮喪服傳。謂吾姑者吾謂之—。朱駿聲曰。受—稱者男女皆可通。而稱人—者必婦人也。〕

㊁迭也。共行事夫更迭進御也。見〔釋名釋親屬〕。〔按公羊莊十九年傳。諸侯娶一國。則二國往媵之。以—娣從。—者何。兄之子也。左襄二十三年傳。繼室以其—。是其義也。〕

㊂男子謂兄弟之丈夫子亦曰—。〔世說〕晉桓玄。車騎將軍沖之—也。〔案六書故曰。今人謂兄弟之丈夫子亦曰—。非也。古者兄弟之子皆曰子。漢書。疏廣與其兄子受、父子竝爲師傅。桂馥曰。後漢書。蔡邕與其叔父質得罪。上書自陳。亦曰、言事者欲陷臣父子。蓋古人叔—亦稱父子。或曰從子。曰猶子。叔—之稱。當自晉始。〕

㊃亦作妷。見〔六書故〕。

㊄俗作侄。見〔正字通〕。

【姬】居之切音基支韻

㊀黃帝居—水。因水爲姓。見〔說文〕。〔按國語晉語。黃帝以—水成。又、史記三代世表。堯立后稷。以爲大農。姓之曰—氏。通訓定聲曰。軒轅子二十五人。惟青陽與倉林氏得姓—。稷本爲黃帝裔。故堯賜姓—也。〕

㊁基也。見〔廣雅釋言〕。〔按三代世表。—者、本也。義同。〕

【姫】盈之切音怡支韻

㊀衆妾之總稱。〔漢官儀〕—妾數百。

㊁婦人之美稱。〔漢書文帝紀注〕師古曰。—本周姓。其女貴於列國之女。所以婦人美號皆稱—。

㊂內官也。秩比二千石。位次婕妤下。在八子上。見〔漢書文帝紀注〕。

【姖】九魚切魚韻

借作居。〔列子黃帝〕—。將告女。〔注〕居也。

【姫】止忍切音眕軫韻

愼也。見〔集韻〕。

【姯】姑黃切音光陽韻

㊀女字。見〔集韻〕。

㊁女色妍麗。見〔正字通〕。

【姰】規倫切音鈞　松倫切音旬眞韻

㊀均適也。男女併也。見〔說文〕。

㊁旬。十日也。猶言女初來也。故从旬。見〔說文長箋〕。

【姰】須倫切音荀眞韻

狂也。見〔集韻〕。

【姰】熒絹切音縣霰韻

狂也。見〔廣雅釋詁〕。

【姱】枯瓜切音誇麻韻

㊀好也。〔楚辭離騷〕苟余情其信—以練要兮。〔注〕補曰。信—言實好也。

㊁大也。〔文選張衡賦〕既—麗而鮮雙。

【姱】後五切音戶麌韻

㊀好貌。〔楚辭東君〕思靈寶兮賢—。

㊁同嫮。〔文選謝惠連賦〕玉顏掩嫮。〔注〕嫮與—同。好貌。

【姱】匈於切音吁虞韻

美貌。見〔集韻〕。

【姱】虧於切音區虞韻

奢也。見〔集韻〕。

【姶】遏合切音罨合韻

女字也。春秋傳曰。嬖人婤—。見〔說文〕〔按左昭七年傳。衛襄公夫人姜氏無子。嬖人婤—生子元〕。美好貌。見〔字彙〕。姓也。見〔字彙〕。

【姶】乙洽切音浛洽韻

女巧。見〔集韻〕。

【姸】倪堅切音研先韻

(一)技也。一曰。不省錄事也。一曰。難侵也。讀若研。一曰。慧也。一曰。安也。見〔說文〕。好也。〔方言〕娥、嬿。好也。自關而西。秦晉之故都曰—。研也。研精於事宜。則無蚩繆也。見〔釋名釋姿容〕。

【姺】疏臻切音莘眞韻小禮切音洗薺韻鎖本切音損阮韻蘇典切音銑銑韻

殷諸侯爲亂疑姓也。春秋傳曰。商有—邳。見〔說文〕〔按竹書紀年。外壬元年。邳人—人叛。即此事。段注。嫌—是國名。故曰疑。疑者、不定之詞。—从女。蓋以姓爲國名〕。亦作㜪。〔漢書外戚傳〕殷之興也。以有娀及有㜪。

(三)通侁。〔呂覽本味〕有侁氏以伊尹媵女。

(四)通莘。〔孟子萬章〕伊尹耕于有莘之野。

【姺】蕭前切音先先韻

同嫺。媥—。行貌。〔史記司馬相如傳〕媥—徶𡚶。〔按漢書司馬相如傳、文選上林賦。並作便嬛嫳屑〕。

【姻】伊眞切音因眞韻

(一)壻家也。女之所因。故曰—。見〔說文〕。〔按爾雅釋親。壻之父爲—。又壻之黨爲—。兄弟。釋名釋親屬。—因也。女往因媒也。白虎通嫁娶。婿人因夫而成。故曰—〕。

(二)亦作婣。〔周禮大司徒〕孝友睦婣任恤。〔注〕婣、親于外親。〔按籀文—从𣶒〕。

(三)通因。〔詩我行其野〕不思舊—。〔白虎通嫁娶〕作不惟舊因。

【姼】修支切音移支韻敞尒切音侈紙韻

(一)美女也。見〔說文〕。

(二)姑—。輕薄也。見〔集韻〕。

【姼】常支切音時支韻上紙切音是紙韻典可切音嚲哿韻

妻父母之別稱。〔方言〕南楚瀑洭之間謂婦妣曰母—。婦考曰父—。

【姼】田黎切音題齊韻

(一)好貌。〔漢書敘傳〕—公主。乃女烏孫。〔注〕孟康曰。—音題。—、愓愛也。師古曰。—音上支反。好貌也。魏詩好人提提。音義同。

(二)同媞。安也。見〔集韻〕。

【姼】臣綺切音技紙韻

妓或字。見〔集韻〕。

【姿】津私切音咨支韻

(一)態也。見〔說文〕〔段注〕謂意態也。

(二)資也。資取也。形貌之稟。取爲資本也。見〔釋名釋姿容〕。

(三)材也。見〔漢書谷永傳注〕。

【姿】資四切音恣寘韻

媚也。〔韓愈詩〕羲之俗書趁—媚。

【威】於非切畏平聲微韻

(一)姑也。見〔說文〕。〔案通訓定聲曰。廣雅釋親。姑謂之—。即爾雅所謂舅姑在。則曰君舅君姑是也。家人嚴君之意。君、—、雙聲。古音相近。說文著下。亦讀若—〕。

(二)有—而可畏謂之—。見〔賈子容經〕。

(三)誠勤可畏謂之—。見〔賈子道術〕。

(四)尊嚴也。〔書洪範〕惟辟作—。

(五)—儀也。〔禮記學記〕夏楚二物。收其—也。

(六)震也。〔國策齊策〕聲—天下。

(七)則也。見〔爾雅釋言〕。

(八)德也。見〔廣雅釋言〕。

(九)力也。見〔廣雅釋詁〕。

(十)所以行分也。見〔韓非詭使〕。

(十一)害也。〔老子〕民不畏—。

(十二)虐也。〔後漢杜詩傳〕匈奴未譬聖德。—侮二垂。

(十三)彊毅信正曰—。猛以剛果曰—。見〔周書諡法〕。

(十四)—蕤。羽貌。〔文選張衡賦〕羽蓋—蕤。〔按字亦作葳。文選甘泉賦。昭華覆之—。注。—、葳蕤也。又史記司馬相如傳。紛綸葳蕤。注。隱亂貌〕。

(十五)南—。美人名。〔國策晉策〕晉文得南—。三日不朝。遂推南—而遠之。

(十六)武—。郡名。見〔漢書地理志〕〔在今甘肅境〕。

⑰—夷。藪澤名。〔爾雅釋地〕西陵—夷。〔又〕獸名。〔爾雅釋獸〕—夷長脊而泥。

⑱虎—。虎骨之一種。〔酉陽雜俎〕虎—如乙字。長寸許。在脅兩旁皮內。佩之臨官則能—衆。

⑲通畏。〔考工記弓人〕夫角之中。恆當弓之畏。〔注〕故書畏作—。杜子春曰。當爲—。謂弓淵。角之中央。與淵相當。〔案書洪範〕用六極。〔史記宋世家、漢書五行志、谷永傳〕並作畏。

⑳通隇。〔廣雅釋邱〕隇陵、險也。〔按詩四牡。周道倭遲。韓詩作周道威夷。薛君章句。險也。說文通訓定聲曰。與倭遲、委蛇、逶迤、並同。〕

㉑通蝛。〔詩東山〕伊—在室。〔案爾雅釋蟲作蛜蝛。〕

【媣】鄒果切音朶哿韻

㊀量也。見〔說文〕。

㊁美好也。女容如花朶之垂。見〔正字通〕

㊂通揣。〔廣雅釋詁〕揣、量也。〔按說文手部。揣。量也。揣與—音義並同。集韻。揣、或作媣。〕

【姷】尤救切音宥宥韻

耦也。見〔說文〕〔王注〕非妃耦之意。蓋鄭君所云相人耦也。相人耦者。親暱之意。〔案說文侑下云。—或从人。說文義證—下云。俗作酭。〕

【娃】於佳切音洼佳韻烏瓜切音蛙麻韻

㊀圜深目貌。或曰。吳楚之閒謂好—。見〔說文〕〔段注〕方言。—美也。吳楚衡淮之閒曰—。故吳有館—之宮。

㊁通眭。〔說文新附〕眭。深目也。〔案通訓定聲—下云。字亦作眭。〕

【婓】呼對切音誨未韻

㊀女名。見〔篇海類編〕。

㊁好也。見〔篇海類編〕。

【姟】柯開切音該灰韻

大數也。〔國語鄭語〕行—極。〔注〕—、備也。數極於—。萬萬曰—。

【姠】式亮切音餉許亮切音珦漾韻

女字。見〔集韻〕。

【㛃】吉屑切音結屑韻

艾—。潔也。見〔集韻〕。

【娍】於希切音衣微韻

女字也。見〔說文〕。〔按漢婦官十四等中有充依。即—之借用字。〕

【[illegible]】而煮切音汝語韻

魚敗也。見〔字彙〕。

【姩】乃見切音嬿霰韻

美女也。或作[illegible]。見〔集韻〕。

【姩】寧顛切音年先韻

女字。見〔集韻〕。

【[illegible]】虛欠切音[illegible]豔韻

好貌。見〔集韻〕。

【姮】胡登切音恆蒸韻

女字。見〔集韻〕。

【[illegible]】於諫切音晏諫韻

女字。見〔集韻〕。

【姳】母迥切音茗迥韻

好也。見〔集韻〕。

【姴】力蘖切音列屑韻

美也。見〔集韻〕。

【㚷】仍吏切音餌寘韻

女字也。見〔說文〕。〔按本作女號。段氏依玉篇廣韻改正。〕

【[illegible]】蒲蓋切音旆泰韻蒲昧切音佩隊韻

女名。見〔集韻〕。

【[illegible]】戶經切音刑青韻

女長貌。見〔字彙〕。

【姹】丑下切馬韻

誇詫之也。〔漢書司馬相如傳〕田罷。子虛過—烏有先生。〔案文選子虛賦作姹。又讀書通云。吒、詫、通。〕

【娝】俯九切音缶有韻鋪枚切音坏灰韻班交切音包肴韻

同妚。好貌。一曰。女儀也。見〔集韻〕。〔按集韻灰韻、肴韻。訓好色。肴韻訓好也。義畧同。〕

【姽】古委切音詭五委切音頠紙韻

閑體行—也。見〔說文〕〔桂注〕閑當爲閒。洛神賦。儀靜體閑。神女賦。既—嫿於幽靜兮。

【姾】逡緣切音詮從緣切音全先韻

【娀】思融切音嵩東韻 女字。見〔集韻〕。

【娥】 帝高辛之妃。偰母號也。詩曰。有—方將。見〔說文〕〔王注〕詩長發傳曰。有—契母也。故許君本之。謂之爲號。與姜嫄一例。箋云。有—氏之國。亦始廣大。此破毛傳。謂與有部一例。正義云。有—契母之姓。婦人以姓爲字。似合毛鄭爲一說。或誤。

【娮】都回切音堆灰韻 女字。見〔篇海類編〕。

【婏】謨郎切音芒 呼光切音荒陽韻 女字。見〔集韻〕。

【婤】疾二切音自寘韻 同嫉。妒也。見〔集韻〕。

【娳】思計切音細霽韻 女字。見〔篇海類編〕。

【娺】許尤切音休尤韻 女字。見〔篇海類編〕。

【嫍】奴皓切音惱皓韻 偰—也。見〔篇海類編〕。〔按龍龕手鑑。正作嬲。或作𡣖、嫋。俗作𡝤、嫐、嬈、嫟。今作—存參。〕

【姌】而琰切音冉琰韻 好貌。見〔川篇〕。

【姝】而鹽切鹽韻 淮南呼母曰—。見〔字彙〕。

【娭】同嫀。見〔集韻〕。

【姬】、於脂切音伊支韻 女字。見〔篇海類編〕。

【㛊】婀本字。見〔說文〕。

【姘】古嬪字。見〔集韻〕。

【㛐】古妻字。見〔集韻〕。

【娑】古妻字。見〔說文〕。

【姿】古奪字。見〔字彙補〕。

【娙】同妊。見〔字彙〕。

【娂】同㚬。見〔集韻〕。

【姮】同嬮。見〔字彙〕。

【姧】同姦。見〔集韻〕。

【媿】同嫖。見〔集韻〕。

【娭】同娼。見〔集韻〕。

【㜊】同姻。〔秦詛楚文〕絆目㪘—。

【㜊】同姞。〔考古圖寅簋銘〕叔邦父叔—。〔案字彙補云疑與姞同。〕

【娋】俗娟字。見〔字彙〕。

七畫

【娉】匹正切音聘敬韻
㊀問也。見〔說文〕〔段注〕凡—女及聘問之禮。古皆用此字。—者專詞也。聘者汎詞也。〔按禮記內則。聘則爲妻注。聘問也。與許訓合。〕
㊁害也。見〔廣雅釋詁〕〔疏證〕—妨一聲之轉。釋言云。妨—也。說文云。妨害也。
㊂同聘。〔左成十一年傳〕聲伯之母不聘。〔釋文〕聘、本亦作—。

【娉】彼耕切音浜庚韻 滂丁切青韻
—婷。美好貌。〔杜甫詩〕不嫁惜—婷。

【娊】胡典切音峴銑韻
㊀女字。見〔集韻〕。
㊁女細腰貌。見〔字彙〕。

【娑】桑何切音挱歌韻
㊀舞也。見〔說文〕。〔按爾雅釋訓。婆—。舞也。郭注。舞者之容。李巡云。盤辟舞也。〕
㊁娑—。安坐貌。〔黃庭經〕金鈴朱帶坐婆—。〔又〕遲懸也。〔晉書·文述傳〕致仕之年。不爲此娑—之事。〔又〕猶盤姍也。〔文選宋玉賦〕又婆—乎人間。〔又〕分散貌。〔文選王褒賦〕優娆娆以婆—。〔又〕偃息也。〔文選班固答賓戲〕婆—乎術藝之場。〔又〕琴聲委折也。〔嵇康賦〕紆餘婆—。〔又〕蹬蹀貌。〔杜甫詩〕生長漫婆—。
㊂—衣貌。〔後漢張衡傳〕修初服之—兮。〔又〕梵語—。華言一切也。見〔翻譯名義〕。
㊃通沙。〔詩閟宮傳〕犧尊有沙飾也。〔正義〕沙、即—之字也。〔按段注引鄭志張逸曰。沙、鳳凰也。刻畫鳳凰之象於尊其形—然。〕

【娑】想可切音縒哿韻
䣝—。殿也。〔文選班固賦〕經駘盪而出䣝—。〔注〕建章宮有䣝—、駘盪、枍詣、承光四殿。〔按三輔黃圖。䣝—、馬迅疾貌。借爲宮名。〕

【娑】蘇箇切音些箇韻
㊀邏—。土蕃都城名。〔唐書薛仁貴

傳〕爲邏—道行軍總督。

●梵言娑—。華言堪忍。見〔阿彌陀經〕。〔又〕—羅。華言力也。見〔翻譯名義〕。〔又〕僧—。華言雁也。見〔翻譯名義〕。〔又〕—竭羅。華言鹹海也。見〔翻譯名義〕。

【娒】莫補切音母。麌韻。莫候切音茂。宥韻

㊀女師也。見〔說文〕。

㊁或作姆。〔儀禮士昏禮〕姆纚笄宵衣在其右。〔注〕姆。婦人年五十無子。出不復嫁。能以婦道教人者。若今時乳母。

【娬】罔甫切音武。麌韻

同嫵。〔漢書張良傳〕上所不能致者四人。皆以上嫚—士。

【娓】明祕切音媚。寘韻。武斐切音尾。尾韻。闕鬼切音虺。未韻。晏悲切音眉。支韻

㊀順也。見〔說文〕。

㊁美也。見〔玉篇〕。

㊂從也。見〔廣韻〕。

㊃勉也。見〔字彙〕。

【㛑】蒼按切音燦。翰韻

●本作㛑。〔說文〕三女爲㛑。㛑。美也。从女。歺聲。

●通粲。〔詩綢繆〕見此粲者。〔傳〕三女爲粲。大夫一妻二妾。

【㛒】丁候切音郖。宥韻

㊀嫗—。語帖也。見〔廣韻〕。

㊁同讀。讀譳。不能言也。見〔集韻〕。〔按集韻嬻、讀、並同。〕

㊂姓也。見〔字彙〕。

【娖】測角切音齪。覺韻

㊀辯也。見〔玉篇〕。

㊁謹也。一曰善也。娕、或作—。見〔集韻〕。

㊂——。持整之貌。〔後漢申屠嘉傳〕自嘉死後。爲丞相者皆——廉謹。備員而已。〔按漢書作踀。〕

㊃稱—。守捉也。軍校名。〔後漢中山王焉傳〕今五國各官騎百人稱—。〔按—、捉、通。唐書作守捉。正字通曰。从捉爲正。〕

【娖】又足切音踧。沃韻

嬻也。或作娕、嬻。見〔集韻〕。

【娗】侍鼎切音挺。迥韻

●女出病也。見〔說文〕。〔按趙宧光曰。方書。女婦下疾。陰—。今方書字亦作挺。〕

●長好貌。見〔廣韻〕。

●嫚—。優也。見〔方言〕。

【娗】他典切音腆。銑韻

眠—。欺慢也。〔列子力命〕眠—。諈諉。〔注〕方言。眠—。欺謾之語也。郭璞云。謂以言相輕蚩弄也。〔通俗編〕眠—。引列子張注云。瑟縮不正之貌。洪容齋曰。世謂中心有愧見之顏色曰靦覥。即此。按張湛注無此訓。洪說亦附會。集韻。眠—。欺慢也。本方言及列子張注立訓。今從之。又字彙正字通—下注。張湛曰。眠—。不開通貌。舊注本之眠又誤作眂。兩誤。今正。

【娗】唐丁切音庭。青韻

——。容也。見〔廣雅釋訓〕。

【娘】尼良切音孃。陽韻

㊀少女之號。見〔廣韻〕。〔按北史齊后妃傳。有馮—、李—、王—、穆—。又有稱爲第幾—者。如公孫大—、何二—、劉三—、黃四—之類。又子夜歌。見—喜容媚。願得結金蘭。黃竹子歌。一船使兩槳。得—還故鄉。江陵女歌。拾得—裙帶。同心結兩頭。則皆用於男女期會之辭。〕

●母稱曰—。見〔韻會〕。〔按—、古作孃。木蘭辭。朝辭爺孃去。杜甫詩。爺孃妻子走相送。輟耕錄曰。—字俗書也。古無之。作孃爲正。〕

㊂後世稱母后曰——。〔避暑漫抄〕神廟欲問西北虜罪。一日被金甲見太皇太后曰。——。

㊃俗稱宮妃曰—子。〔唐書楊貴妃傳〕宮中號—子。儀禮與皇后等。〔又〕公主亦稱—子。〔輟耕錄〕隋柴紹妻李氏。唐平陽公主。有—子軍。〔又〕士庶人之妻。通稱曰—子。韓昌黎集。有祭周氏二十—子文。〔又〕倡伎亦稱—子。〔雲溪友議〕或謂李端端曰李家—子。〔按小—子亦少女之通稱。搜神記。徐元指王大夫養女曰。只此小—子。便是大夫冤家矣。霍小玉傳。李益呼小玉曰小—子。韓昌黎集。祭女挐文。稱小—子。歐陽文忠與連元禮簡。承賢郎小—子見過。〕

㊄苗人謂妻曰夫—。南人謂妻之無行者亦曰夫—。見〔輟耕錄〕。〔按翟晴江曰。升庵外集。南宋蕭齊崇

向佛法。法琳辨正論曰。閣內夫—。悉令持戒。夫—之稱本此。謂夫人—子。蓋美稱也。是時北則胡后却扇於曇猷。南則徐妃鷹枕于瑤光。龜茲王納女于鳩摩羅什。不以爲恥。後世緣以爲惡稱。〕

㊅俗稱穩婆曰老—。〔偺游錄〕苗振曰。豈有三十年爲老—。而倒繃孩兒者乎。

【娙】魚莖切音侹 丘耕切音摼 庚韻 五刑切乎經切音形 靑韻

㊀長好也。見〔說文〕〔段注〕體長之好也。故其字从巠。

㊁—娥。漢婦官之稱。〔漢書外戚傳〕武帝制婕伃、娙娥、傛華、充依。〔注〕—娥皆美貌也。〔秦晉謂好爲—娥。武帝邢夫人號—娥。〕

【娱】元俱切音虞 虞韻 五故切音悟 遇韻

㊀樂也。見〔說文〕

㊁戲也。見〔漢書司馬相如傳集注〕

㊂安也。見〔莊子讓王釋文〕

㊃同虞。〔國策齊策〕淸淨貞正以自虞。〔注〕鮑云。虞、娛、同樂也。

㊄通吳。〔詩出其東門〕聊可與—。〔釋文〕—、本作吳。

【娜】乃可切那上聲 哿韻

㊀嫋—。優美貌。〔李白詩〕花腰呈嫋—。〔一作婀—。亦作阿那。〕

㊁婀—。柔而長也。〔杜甫詩〕連蜷動婀—。〔亦作裊那。〕

【娜】囊何切音那 歌韻

女字。見〔集韻〕

【㛗】徂禾切音矬 蘇禾切音莎 歌韻

㊀訬疾也。見〔說文〕〔段注〕訬者。擾也。漢書遹曰。江都輕訬。謂輕薄爲訬也。

㊁女字也。〔穆天子傳〕盛姬之喪。叔—爲主。

㊂安也。見〔字彙〕

【㛗】臧戈切音侳 歌韻

少貌。一曰女字。見〔集韻〕

【㛗】祖臥切音挫 箇韻

輕也。見〔集韻〕

【㛘】普沒切音哱 月韻

㊀乳母字。見〔集韻〕

㊁㛅—。女肥貌。見〔字彙〕

【娟】縈緣切音蜎 先韻

㊀嬋—也。見〔說文新附〕〔按廣韻云。嬋—好姿態貌。〕

㊁連—。纖弱也。〔漢武帝賦〕美連—以脩嫮。

㊂聯—。微曲貌。〔文選宋玉賦〕眉聯—似蛾揚兮。

㊃便—。迴委貌。〔文選謝惠連賦〕初便—于廊廡。〔又〕舞貌。見〔廣韻〕

㊄—。幽遠貌。〔杜甫詩〕風含翠篠—淨。

㊅女名。〔樂府題解〕周女—。趙簡子夫人。河津吏之女。〔又〕麗—。漢宮人。善唱回風曲。

【娟】規淵切音涓 先韻

㊀美好貌。見〔洪武正韻〕

㊁娟也。見〔洪武正韻〕

【娟】縈玄切音淵 元韻

女字。見〔集韻〕

【娠】升人切音申 眞韻 之刃切音震 震韻

㊀女妊身動也。春秋傳曰。后緡方—。一曰。官婢女隸謂之—。見〔說文〕

㊁燕齊之閒養馬者謂之—。見〔方言〕

㊂通震。〔左昭元年傳〕邑姜方震大叔。〔釋文〕本又作—。懷妊也。

㊃通身。〔漢書高帝紀〕已而有—。〔注〕孟康曰。—音身。漢史身作—。古今字也。

㊄通侲。〔後漢杜篤傳〕獲昆彌。虜僤侲。〔注〕方言。侲、養馬人也。〔按方言箋疏。侲、—古字通。〕

【娥】牛何切音峨 歌韻

㊀帝堯之女舜妻—皇字也。秦晉謂好曰娙—。見〔說文〕〔按娙—訓好是別一義。方言云。秦晉之閒。美貌謂之娙—。蓋許君所本。又娙—。女官名。漢書外戚傳。武帝制。婕伃、娙—、傛華、充依。各有爵位。北史。齊武平五年。置左右—英各一人。七林。七—。三粲。百媚。千嬬。亦女官之屬也。〕

㊁皇—。少昊母也。〔拾遺志〕少昊母曰皇—。處璇宮而夜織。

㊂姮—。羿妻也。〔後漢天文志注〕羿請無死之藥於西王母。姮—竊之以奔月。

㊃——。容也。見〔廣雅釋訓〕

㊄—媌。妖好也。〔列子周穆王〕—媌靡曼。

㊅姓也見〔姓苑〕。

【娧】郚外切音餟吐外切音蛻泰韻

㊀好也見〔說文〕。〔段注〕召南。舒而脫脫兮。傳曰。脫脫。舒貌。按脫、脫、蓋即—之叚借。此謂舒徐之好也。

㊁喜也見〔集韻〕。

【娧】欲雪切音悅屑韻

娧—。好貌見〔集韻〕。

【娩】武遠切音晚阮韻

㊀婉也〔禮記內則〕女子十年不出。姆教婉—聽從。

㊁姓也見〔字彙〕。

【娩】匹萬反願韻

跳也〔文選張衡賦〕偃蹇夭矯。—以連卷兮、〔按後漢張衡傳作娩以連蜷兮〕。

【娩】文運切音問問韻

同攵。女字見〔集韻〕。

【娩】美辯切音免銑韻

㊀娩—。順也見〔集韻〕。

㊁同㝃。〔說文子部〕㝃生子免身也。〔按集韻云齊人謂生子曰—。正字通云。通作挽。免、娩、與娩別。〕

【娫】夷然切音延先韻

㊀女字。見〔集韻〕。

㊁美好貌。見〔正字通〕。

【娭】虛其切音熙支韻

㊀戲也。一曰卑賤名也見〔說文〕。〔段注〕戲者三軍之偏也。一曰兵也。

㊁婦人之賤稱見〔集韻〕。

㊂同嬉。〔司馬相如上林賦〕—遊往來。

【娭】於開切音哀灰韻倚亥切音唉賄韻

婢也。見〔廣雅釋詁〕。

【⿰女呂】兩舉切音呂語韻

醜貌。或作㛁。見〔集韻〕。

【⿰女夾】詰叶切音篋郎協切音浹葉韻

得志—也。一曰—息也。一曰少气也。見〔說文〕。

【娋】所教切音稍效韻七約切音鵲藥韻

小小侵也見〔說文〕。〔通訓定聲〕稍稍者。出物有漸。—者侵物有漸。皆重言形況字。

【娋】師交切音梢肴韻

孟姊也見〔廣韻釋親〕。〔按方言。—姊也。廣韻作㛏。齊人呼姊也。〕

【⿰女求】渠尤切音求尤韻

女字見〔集韻〕。

【⿰女耴】陟涉切音輒葉韻

—婚。女不善貌。見〔集韻〕。

【娌】兩耳切音里紙韻

妯—。妯娌也。詳妯字。

【娍】時征切音成庚韻

女名。見〔集韻〕。

【娍】時正切音盛敬韻

長好貌。一曰美也。見〔集韻〕。

【娎】許列切嫣入聲屑韻

婡也。見〔說文〕。〔按說文義證婡下云。—婡。喜意也。廣雅釋詁。—。喜也。廣韻。喜貌。〕

【娚】尼咸切咸韻

同諵。詀諵。語聲。或作喃。東哲作—。見〔集韻〕。

【⿰女忌】渠記切音忌寘韻

怒也見〔集韻〕。

【⿰女夋】蘇禾切音梭歌韻

女字。見〔集韻〕。

【⿰女告】居號切音誥號韻

女名。見〔集韻〕。

【娝】補美切音鄙紙韻

人姓也。見〔玉篇引纂文〕。

【娝】匹才切灰韻芳無切音敷虞韻普溝切音紑尤韻

不肖也。見〔說文〕。

【婑】爾罪切音餒賄韻

㛂—。妍也。或从倭。見〔集韻〕。

【娞】宣隹切音雖支韻

安也。通作綏。見〔集韻〕。

【⿰女辛】斯人切音辛真韻

女字。見〔集韻〕。

【⿰女甬】吐孔切音侗董韻

女字。見〔集韻〕。

【⿰女甬】尹竦切音甬腫韻

女名。見〔集韻〕。

【⿰女甬】他總切音統宋韻

齊貌。見〔字彙〕。

【㛅】夷周切音由尤韻 女字。見〔集韻〕。

【娡】職吏切音志寘韻 有莘之女。鯀娶謂之女—。見〔廣韻〕。〔正字通云本作志。〕

【媨】余救切音狖宥韻 醜也。見〔集韻〕。

【娢】胡南切音含覃韻 女字。見〔集韻〕。

【娣】大計切音第霽韻 同夫之女弟也。見〔說文〕。〔段注〕公羊傳、白虎通、皆曰。諸侯娶一國。二國往媵之以姪—從。—者何。女弟也。女子謂女兄弟曰姊妹。與男子同。惟媵己之妹。則謂之—。蓋別於在母家之稱。以明同心事一之義也。

【娣】待禮切音弟薺韻 —姒。娣姒之稱。〔爾雅釋親〕長婦謂稚婦為—婦。—婦謂長婦為姒婦。

【⿰女旱】母版切音矕潸韻下晏切音旰諫韻

傲慢也。見〔集韻〕。〔按字彙。狹凋切音現。嫯—也。正字通云。與悍通。上聲讀若罕。去聲讀若汗。義同。舊注分二音二義。並非。从悍為正。〕

【⿰女甫】滂模切音鋪虞韻 女字。見〔集韻〕。

【娪】訛胡切音吾虞韻 美女也。見〔集韻〕。

【娪】牛居切音魚魚韻 女也。〔方言〕吳人謂女曰—。

【娪】五故切音誤遇韻 女。青徐州曰—。—。忤也。始生時人意不喜忤忤然也。見〔釋名釋長幼〕

【娕】測角切音齪覺韻又足切音蹴沃韻 謹也。見〔說文〕。

【娕】落蓋切音賴泰韻 好貌。見〔玉篇〕。

【娏】莫江切音厖江韻 女神名。見〔玉篇引埤蒼〕。

【娐】芳無切音孚虞韻房尤切音浮尤韻 女字。見〔集韻〕。

【⿰女希】抽遲切音絺支韻香依切音希微韻 女字。見〔集韻〕。

【⿰女言】魚軒切音言元韻 女字。見〔集韻〕。

【⿰女貝】博蓋切音貝泰韻 女名。見〔集韻〕。

【⿰女余】直牙切音茶麻韻 美貌。見〔篇海類編〕。

【⿰女弄】力貢切音弄送韻 女字。見〔五音篇海〕。

【⿰女呈】直貞切音呈庚韻 女名。見〔篇海類編〕。

【媱】余消切音遙蕭韻 美貌。見〔奚韻〕。

【妬】當故切音妒遇韻 嫉妒也。見〔川篇〕。

【⿱𡈼女】烏光切音汪陽韻 女字。見〔篇海類編〕。

【婚】婚本字。見〔說文〕。

【[illegible]】古婁字。見〔玉篇〕。

【⿰女邑】古姶字。見〔集韻〕。

【婍】古嬇字。見〔玉篇〕。

【嬰】古孆字。見〔集韻〕。

【⿰女身】同娠。見〔字彙〕。

【娬】同嫵。見〔集韻〕。

【⿰女更】同嫂。〔鄭炎遺令書〕加供養謝—。〔按王羲之書亦作—〕。

【娆】同嬈。見〔字彙〕。

【⿰女夆】同妦。見〔集韻〕。

【⿰女臽】同妠。見〔集韻〕。

【⿱壯女】同妝。見〔集韻〕。

【娦】同嬪。見〔字彙〕。

【⿰女戹】俗⿰女厄字。見〔字彙〕。

八畫

【娵】遵須切音諏虞韻 ㊀—訾。星次名。〔爾雅釋天〕—訾之口。營室東壁也。〔又〕帝嚳妃。見〔漢書古今人表〕。㊁閭—。魏國美人名。〔楚辭怨世〕訟謂閭—為醜惡。〔按字亦作姝。洪興祖補注引荀子閭姝子奢莫之媒也。又作娶。
㊁—隅蠻語謂魚也。〔郝隆詩〕—隅躍淸池。

【娵】甾尤切音鄒尤韻
女名。見〔集韻〕。

【娵】此苟切娵上聲有韻
美女。見〔集韻〕。

【娶】逡遇切音趣遇韻
㊀取婦也。見〔說文〕。〔段注〕取彼之女。爲我之婦也。
㊁同取。〔易姤〕勿用—女。〔釋文〕—、本作取。
㊂通娵。〔荀子賦〕閭娵子奢。莫之媒也。〔注〕閭娵。古之美女。一名明陬。漢書音義。韋昭曰。閭娵。梁王魏嬰之美女。〔按集韻虞韻引荀子、作閭—子奢。〕

【娶】新於切音胥魚韻
商。—媒也。見〔集韻〕。

【娶】遵須切音諏虞韻
人名。烏孫王岑—。見〔集韻〕。

【姘】披耕切音怦卑盈切音并庚韻滂丁切音甹青韻
㊀除也。漢律。齊民與妻婢姦曰—。見〔說文〕〔段注〕按詩作之屛之。論語曰。屛四惡。屛皆謂除也。依許書則屛、蔽也。—、除也。義各有當。屛行而—廢矣。禮。士有妾。庶人不得有妾。故平等之民與妻婢私合。名之曰—。
㊁男女私合曰—。見〔廣韻引蒼頡〕。〔今俗謂之—讒。吳俗謂之—頭。讀批冰切。〕
㊂齋與女交。罰金四兩曰—。見〔廣韻〕。

【娷】竹恚切音諈寘韻是爲切音垂支韻
㊀諉也。見〔說文〕。〔段注〕—與諈、音義皆同。
㊁飢聲。見〔廣韻〕。
㊂人名。〔漢書藝文志〕—一篇。〔注〕、—音女瑞反。蓋說兵法者人名也。

【娷】樹僞切音瑞寘韻
㊀女字。見〔集韻〕。
㊁姓也。見〔集韻〕。

【嬨】胡千切音賢先韻
㊀有守也。見〔說文〕。〔謂嫠婦有守。〕
㊁亦作嫠。〔廣韻〕嫠。嫠婦人守志。
㊂或作娹。見〔集韻〕。

【娺】張滑切音窡黠韻中葵切音追支韻株悅切音拙屑韻株衞切音綴霽韻
㊀疾悍也。見〔說文〕〔段注〕敏疾而勇也。
㊁怒也。見〔集韻〕。
㊂婠—好貌。見〔廣韻〕。

【娽】盧谷切音祿屋韻龍玉切音錄沃韻
㊀隨從也。見〔說文〕〔段注〕史記平原君列傳曰。公等錄錄。因人成事。王邵云。錄錄、借字。說文—、—隨從之貌也。〔按正字通云。廣韻引作——。言無所建明也。錄錄、碌碌、—、—鹿鹿。音義並通。〕
㊁顓頊之妻。見〔集韻〕。

【婁】郎侯切音樓尤韻
㊀空也。从毋。从中女。—空之意也。見〔說文〕。〔段注〕从毋。猶从無也。無者。空也。从中女。謂離卦。離中虛也。
㊁獸名。〔韓詩外傳〕北方有獸。名曰—。更食而更視。
㊂二十八宿之一。今籍降節子初三刻十三分之中星。

婁宿圖

㊃同豵。〔左定十四年傳〕既定爾—豬。
㊄姓也。漢—敬。高帝賜姓劉。

【婁】隴主切音縷麌韻
㊀繫牛也。〔公羊昭二十五年傳注〕繫馬曰維。繫牛曰—。
㊁卷婁。形神交役也。〔莊子徐无鬼〕舜舉乎童土之地。年齒長矣。聰明衰矣。而不得休歸。所謂卷—者也。
〔又〕猶拘攣也。見〔集韻〕。

【婁】龍珠切音慺虞韻
㊀曳也。〔詩山有樞〕子有衣裳。弗曳弗—。
㊁鏤。刻分明貌。〔文選何晏賦〕丹綺離—。
㊂愚也。昧也。〔蘇氏演義〕時人以無分別者爲郲—。不辨郲—。小國微小之人。不能分別也。
㊃郲—。春秋時國名。〔公羊隱元年傳〕公及郲—儀父盟于眛。〔按釋文、郲人語聲後曰—。故曰郲—。〕

〕

【婁】龍遇切音屢遇
古屢字。〔漢書公孫弘傳〕時上方興功業。—擧賢良。

【婁】倫爲切音羸支韻
犂—。地名。在西羌。見〔類篇〕。〔今地無考。〕

【婁】郎口切音塿有韻
同塿。小阜也。〔左襄二十四年傳〕—部—無松柏。

【婆】蒲波切音皤歌韻
●一 老母稱也。見〔廣韻〕。
●二 俗稱舅姑曰公—。見〔康熙字典〕。
●三 夷俗稱男曰—。〔正字通〕今廣西猺人之老者。一寨呼之曰—。其老婦則呼之曰公。
●四 今以性不決捷爲—。見〔通俗編〕。〔按今俗或謂之——。〕
●五 —娑舞也。見〔爾雅釋訓〕。
●六 婆—白貌也。〔王禹偁詩〕老松皤雪白婆—。
●七 黃—脾神也。脾能養他臟。故名。〔叅同契〕黃—居中補四方。
●八 孟—風神也。〔宋徽宗詞〕孟—好做些方便。吹箇船兒倒轉。〔按山海經。帝之女游於江中。出入必以風雨自隨。以帝女故曰孟—。〕
●九 —耆。西域神醫名。〔宋史藝文志〕—耆—脈經三卷。耆—六十四問一卷。〔按四分律云。耆—初諂得叉尸羅國姓阿提梨字賓迦羅而學醫道。所見草木盡皆分別。無有草與木非是藥者。〕
●十 —閣。國名。卽爪哇。〔正字通〕元遣將史弼征之。封爲爪哇國。明永樂中。使太監鄭和奉詔敕賞賜。王進貢方物不絕。
●十一 —鞞。琵琶也。〔楊維楨詩〕梅卿上馬彈—鞞。
●十二 茶—。蟲名。〔本草〕蜚蠊一名茶—。
●十三 梵言提—。華言天。—稚。華言圈圓。吒—。華言障礙。—伽。華言破。—藪。華言天慧。—羅。華言毛道。謂行心不定。猶如輕毛隨風東西。—黎耶。華言婦。頻—。華言相思果。睺—。華言木䣣。—訶。華言盛。般圍伲。優—塞。優—夷。華言信士男。信士女。亦云淸淨士。淸淨女。亦云善宿男。善宿女。姊底—。華言辯才。珊若—。華言癈風病。頻—。華言光。並見〔翻譯名義〕。
●十四 —羅。十息之間。〔法苑珠林〕六十剎那爲一息。十息爲一羅—。
●十五 —羅。西方木名。亦曰娑羅。〔西域記〕其樹類槲。而皮青白。葉甚光潤。
●十六 同婆。〔集韻〕奢也。一曰女老稱。

【婉】委遠切音宛阮韻　迂絹切音怨願韻　鄔管切音怨旱韻
●一 順也。見〔說文〕。
●二 曲也。〔左成十四年傳〕—而成章。
●三 美也。〔詩候人〕—兮孌兮。
●四 少也。〔詩甫田〕—兮孌兮。
●五 約也。〔左襄二十九年傳〕大而—。
●六 委曲也。〔左昭三十一年傳〕—而辨。
●七 猶親愛也。〔文選阮瑀書〕—彼二人。
●八 好眉目也。〔詩猗嗟〕淸揚—兮。
●九 謂言語也。〔禮記內則〕姆教—娩聽從。
●十 ——。龍飛貌。〔離騷〕駕八龍之——。〔又〕和順貌也。〔文選謝瞻詩〕——幙中晝。
●十一 —僤。動貌。〔文選司馬相如賦〕象輿—嬋於西淸。
●十二 —轉。綢繆之稱。〔文選潘岳賦〕—轉輕利。

【婋】虛交切音虓肴韻
●一 女心侈。見〔玉篇〕。
●二 女字。見〔集韻〕。

【婎】呼維切音睢支韻　香萃切睢去聲　必至切音畀寘韻
姿—。恣也。一曰醜也。見〔說文〕。〔段注〕恣各本作姿。今正。按心部。恣者縱也。諸書多謂暴厲曰恣睢。睢讀香季切。亦平聲。睢者仰目也。未見縱恣之意。蓋本作姿—。或用恣睢爲之也。集韻、類篇皆云。姿—、自縱貌。此許義也。今用睢爲語詞。有恣縱之意。蓋本當作—。叚睢爲之耳。睢行而—廢矣。

【婎】虎癸切音瞲紙韻
姿—。自縱貌。見〔集韻〕。

【婐】烏果切音捰哿韻
●一 —妮也。一曰果敢也。一曰女侍曰—。孟軻曰。舜爲天子。二女—。見〔說文〕。〔按段注。今本刪—字。非也。—妮與旖旎、音義皆同。俗作婀娜。王筠云。嫋婧从女。果敢字似不宜

从女。大徐本無此句。蓋疑而刪之也。〕

腕骨柔弱曰─。見〔說文通訓定聲引通俗文。〕

通果。〔孟子盡心〕二女果。

【婕】 卽涉切音接七接切音妾葉韻

女字也。見〔說文。〕

美也。見〔類篇。〕

承也。〔史記外戚世家〕武帝時幸夫人尹─好。〔索隱〕韋昭云。─、承。好、助也。一云美好也。

同倢。〔漢書外戚傳〕至武帝制。倢伃、娙娥、傛華、充依。各有爵位。〔注〕師古曰。倢、言接幸於上也。倢伃字或从女。

【婗】 研奚切音倪齊韻

嬰─也。一曰。婦人惡貌。見〔說文。〕〔按玉篇。始生曰嬰─。朱駿聲曰。嬰─、雙聲連語。卽嬰兒之音轉。〕

通唲。〔荀子富國〕拊循之。唲嘔之。〔注〕唲嘔。小兒語聲也。

【婗】 吾禮切音堄薺韻

媞─。嫌媞也。一曰。疑不決也。見〔集韻。〕

【婘】 於驗切音俺豔韻

①誣挐也。見〔說文。〕〔段注〕方言。挐、揚州會稽之語也。或謂之惹。或謂之淹。注。言誣淹也。又曰。誣淹與也。吳越曰誣。荊齊曰淹與。猶秦晉言阿與也。按─淹同字。挐上从如。

①婢也。見〔玉篇。〕

【婘】 衣廉切音淹鹽韻

女貌。見〔集韻。〕

【婚】 呼昆切音昏元韻

①婦家也。禮。娶婦以昏時。婦人侌也。故曰─。見〔說文。〕〔按爾雅釋親。婦之父爲─。婦之黨爲─兄弟。又婦之父母。壻之父母。相謂─姻。〕

②同昏。〔詩谷風〕宴爾新昏。〔列女傳賢明作讌爾新─。〕

【婟】 胡故切音護古慕切音顧遇韻後五切音戶麌韻

①嫪也。見〔說文。〕〔段注〕─嫪。戀惜也。

②女字。見〔集韻。〕

③好也。見〔集韻。〕

④凡嗜好不能制棄者曰─。見〔正字通。〕

⑤─澤鳥名。見〔爾雅釋鳥鸌澤虞注。〕

【婢】 部弭切音庳紙韻

①女之卑者也。見〔說文。〕〔按禮記曲禮。自世婦以下。自稱曰─子。注。─之言卑也。檀弓。使吾二─子夾我。注。妾也。內則。父母有─子。注。所通賤人之子。左僖十五年傳。穆姬曰。晉君朝以入。則─子夕以死。則是貴者之謙詞也。〕

②有罪而沒入於官者曰官─。〔漢書刑法志〕緹縈上書。願沒入爲官─。以贖父罪。

③小魚曰魚─。見〔爾雅釋魚。〕

④菊─。金鳳仙花之別名。見〔草木譜。〕

【婤】 丑鳩切音抽陳留切音儔之由切音周尤韻丁聊切音貂蕭韻

①女字也。見〔說文。〕〔詳紿字注。〕

②姓也。見〔字彙。〕

【婤】 息流切音脩職流切音周尤韻

好貌。見〔廣韻。〕

【婦】 扶缶切音阜有韻

①服也。从女持帚灑埽也。見〔說文。〕〔按白虎通三綱六紀篇。─者服也。以禮屈服也。又嫁娶篇。─者服也。服于家事。事人者也。〕

②配己而成德者也。見〔易蒙納婦吉注。〕

③有舅姑曰─。見〔詩氓三歲爲婦箋。〕

④女在其國稱女。在塗稱─。見〔公羊隱二年傳。〕

⑤子之妻爲─。見〔爾雅釋親。〕

⑥女子謂弟之妻爲─。見〔爾雅釋親。〕

⑦柔美貌。〔荀子樂論〕其服組。其容─。

⑧陰性物類通名之曰─。〔埤雅〕鵓鳩陰則逐其─。晴則呼之。

⑨巧─。鷦鷯之別名。見〔本草綱目。〕

⑩蟠─。蟋蟀之別名。〔韻府〕蟋蟀一名吟蛩。濟南呼爲蟠─。

⑪絡絲─。赤斑蜘蛛名。見〔本草綱目。〕

⑫通負。〔漢書高祖紀〕常從媼武負貰酒。〔注〕俗謂老大母爲阿負。〔按史記索隱。負是─人老宿之稱。〕

㊂人名。嫣—。見〔孟子甕心〕。

【婧】疾正切音淨敬韻杏盈切音精庚韻疾郢切音靜梗韻

㊀竦立也。一曰有才也。見〔說文〕。

㊁女貞也。見〔集韻〕。

㊂訬—。細腰貌。〔文選張衡賦〕舒眇—之纖腰兮。

【婧】積嶺切音井梗韻子正切精去聲敬韻

㊀女有才。見〔類篇〕。

㊁有才品也。見〔集韻〕。

㊂—。健皃。見〔集韻〕。

【婩】語蹇切音齴銑韻

㊀齊也。見〔廣雅釋詁〕。

㊁鮮好也。見〔方言〕。

【婩】魚旰切音岸翰韻魚戰切音彥霰韻

好也。謂婦人齊正貌。見〔集韻〕。

【婩】逆約切音虐藥韻

—斫。不解悟皃。見〔集韻〕。

【婪】盧含切音嵐覃韻

㊀貪也。杜林說。卜者黨相詐驗為—。見〔說文〕。〔按集韻感韻—下注。一曰卜人詐告吉凶也。〕

㊁愛食曰—。〔楚辭離騷〕衆皆競進而貪—兮。

【婪】盧感切音壈感韻

不謹也。見〔集韻〕。

【娩】孚萬切音販願韻

㊀兔子也。—疾也。見〔說文兔部〕。〔通訓定聲〕兔生子疾速。故兔血腦主胎產。

㊁通嬔。〔爾雅釋獸〕兔子嬔。〔按類聚引爾雅作—〕。

【婬】夷針切音淫侵韻

㊀厶逸也。从女、㸒聲。見〔說文〕。〔段注〕厶作私。非也。今正。厶音私。姦衺也。逸者失也。失者縱逸也。—之字今多以淫代之。淫行而—廢矣。

㊁游戲也。〔方言〕江沅之間謂戲為—。

【⿰女沓】託合切音錔合韻

俛伏也。一曰服意也。見〔說文〕。

【娸】邱其切音欺支韻

人姓也。杜林說。—、醜也。見〔說文〕。〔段注〕頁部曰。䫏。醜也。杜說蓋以—為䫏頭字也。

【⿰女岩】毋敢切音⿰亻岩感韻

鄉名。在山西猗氏縣境。見〔集韻〕。〔今猗氏縣猶存此鄉〕。

【⿰女林】盧感切音壈感韻

好皃。見〔集韻〕。

【娾】語駭切音騃蟹韻

喜也。見〔集韻〕。

【娾】宜佳切音厓佳韻

女媿也。見〔集韻〕。

【娾】逆革切音齚陌韻

好皃。見〔集韻〕。

【娿】於何切音阿歌韻

婐—也。見〔說文〕。〔段注〕婐—、雙聲字。韻會作陰阿。李燾本作陰—。集韻類篇同。廣韻曰。媕—。不決。

【娿】倚可切音旖哿韻

—娜。弱態。見〔集韻〕。〔按文選洛神賦作婀娜〕。

【婀】於何切音阿歌韻

本作妸。〔說文〕妸、女字也。〔按集韻—為妸之或體字〕。

【婃】徂宗切音叢冬韻

女字。見〔集韻〕。

【婄】普后切音剖有韻

—娒。婦人肥皃。一曰不才。見〔集韻〕。

【⿰女匊】居六切音匊屋韻

女名。見〔集韻〕。

【婇】此宰切音采賄韻倉代切音菜隊韻

女字。見〔集韻〕。

【⿰女羌】邱仰切羌上聲養韻

亂貌。見〔字彙〕。

【婈】閭承切音淩蒸韻

女名。見〔集韻〕。

【⿰女乳】乃后切音穀有韻

—婷。女肥貌。見〔集韻〕。

【婊】彼小切音表篠韻

㊀女字。見〔集韻〕。

㊁今俗呼倡家為—子。

【婌】市六切音淑屋韻

後宮女官名。見〔廣韻〕。

【婍】去倚切音綺紙韻

好也。見〔集韻〕。

【嫷】儒隹切音甤支韻 通娞。女貌。見[集韻]。

【媠】儺果切音婐哿韻 同嫷。美也。[列子楊朱]公孫穆好色擇稚齒—婧者。

【媣】徒甘切音談覃韻 女字。見[集韻]。

【娎】許罽切音憩霽韻 兒恣也。見[集韻]。

【婖】他兼切音添鹽韻他點切音忝琰韻 女字。見[集韻]。

【婘】逵員切音權先韻 好也。見[廣雅釋詁]。[按集韻。或作嬽、嫺。]

【婘】古倦切音眷霰韻 親也。[史記樊噲傳]誅諸呂呂須—屬。

【婓】符非切音肥微韻 往來——也。見[說文]。[段注]當依廣韻作——、往來貌。小雅毛傳曰。騑騑、行不止之貌。與—音義皆同。

【婓】芳微切音霏微韻 江—。神名。[文選左思賦]娉江—與神遊。

【婔】雨非切音韓微韻 江—。神名。見[廣韻]。[按—疑與婓同。]

【婛】居卿切音京庚韻 女字。見[集韻]。

【婜】邱閑切音慳刪韻 美也。見[說文]。

【婜】頸忍切音緊軫韻 女字。見[集韻]。

【婝】堂練切音電霰韻 女字。見[集韻]。

【婞】下頂切音緈迥韻下梗切音幸梗韻 很也。一曰見親。楚詞曰。鯀—直。見[說文]。[段注]很者不聽從也。按凡親幸嬖幸當作此—。離騷文。此證很義。

【婠】烏丸切音剜寒韻烏八切音穵黠韻 體德好也。見[說文]。

【婠】古玩切音貫翰韻乎刮切音姡黠韻 好貌。見[集韻]。

【婆】擬廉切音覘火占切音廉鹽韻 —姈也。見[說文]。[按廣韻云。姈—。喜貌。]

【婡】郎才切音來灰韻 女字。見[集韻]。

【婡】落蓋切音賴泰韻 好貌。見[類篇]。

【婥】亭歷切音狄錫韻女敎切音淖效韻 女病也。見[說文]。

【婥】尺約切音綽藥韻 —約。美貌。見[廣韻]。[又]好也。見[集韻]。

【婨】盧昆切音論元韻 女名。見[集韻]。

【婫】公渾切音昆元韻戶袞切音混阮韻 女字。見[集韻]。

【婫】胡困切音溷願韻 以鴨肉蓋飯上曰—。[通鑑梁紀]霸先命炊米煮鴨。人人以荷葉裹飯。—以鴨肉數臠。[注]今江東人猶謂以物蒙頭曰—。

【婸】先的切音錫錫韻 女名。見[集韻]。

【婭】衣駕切音亞禡韻 兩壻相謂曰—。通作亞。見[集韻]。

【婕】力竹切音六屋韻 女字。見[集韻]。

【婰】多殄切音典銑韻 女名。見[集韻]。

【媎】思積切音昔陌韻 女字。見[字彙補]。

【婖】他結切音帖葉韻 貪食。見[釋典]。

【娻】都籠切音東東韻 國名。見[集韻]。

【娻】多貢切音凍送韻 女字。見[集韻]。

【婂】彌延切音綿先韻 女字。見[集韻]。

【婮】斤於切音居魚韻

女字。見〔集韻〕。

【媫】悉協切音燮葉韻 治也。見〔篇海類編〕。

【媘】亡業切洽韻 神女也。見〔川篇〕。

【婧】苦等切音肯迥韻 杭人謂子幼者曰—。見〔菽園雜記〕。

【㚣】何交切音爻肴韻 姣婬也。見〔篇海類編〕。

【婟】胡故切音互遇韻 美好。見〔篇海類編〕。

【媄】於喬切音妖蕭韻 巧也。詩曰。桃之——。女子笑貌。見〔說文〕。

【婁】古婁字。見〔集韻〕。

【婣】同姻。見〔說文〕。

【婓】同妃。見〔集韻〕。

【婎】同姅。見〔集韻〕。

【婺】同嫛。見〔字彙〕。

【嬖】同嫛。見〔字彙〕。

【婇】同媃。見〔正字通〕。

【婧】同妯。見〔集韻〕。

【敿】同婚。見〔字彙〕。

【㜸】同麗。見〔正字通〕。

【婁】俗婁字。見〔字彙〕。

【婷】俗婧字。見〔正字通〕。

九畫

【婸】待朗切音蕩養韻 ㊀媅也。見〔方言〕。㊁我也。〔漢書西南夷傳〕夸人自稱曰—。〔按方言云。巴濮之人。自呼阿—。〕㊂放也。傷或字。見〔集韻〕。

【婸】余章切音陽陽韻 女字。見〔集韻〕。

【婺】亡遇切音務遇韻 ㊀不繇也。見〔說文〕。〔段注〕繇者、隨從也。不繇者、不隨從也。今此字無用者矣。惟—女、星名。—州、地名。㊁星名。〔星經〕須女四星。一名—女。㊂州名。唐置。即今浙江金華縣。

【婺】迷浮切音謀尤韻 女貌。見〔集韻〕。

【婺】莫卜切音木屋韻 同婺。〔集韻〕婺、美貌。

【嫂】蘇老切音埽皓韻 ㊀兄妻也。見〔說文〕。〔今嫂行而—廢。〕㊁叟也。叟、老者稱也。見〔釋名釋親屬〕。〔按鄭注喪服曰。—者尊嚴之。—猶叟也。〕

【媮】他侯切音偷尤韻 ㊀巧黠也。見〔說文〕〔段注〕按偸盜字當作此—。㊁薄也。〔左襄三十年傳〕晉未可—也。㊂偸倖也。〔文選張衡賦〕今公子苟好勦民以—樂。㊃懷安也。〔後漢張衡傳〕雖遨遊以—樂兮。㊄苟且也。〔漢書食貨志〕民—甘食好衣。㊅同偸。〔漢書元帝紀〕—合苟從。〔注〕師古曰。—與偸同。

【媮】容朱切音俞虞韻 樂也。〔楚辭卜居〕將從俗富貴以—生乎。

【媁】于非切音圍微韻 不說貌。恚也。見〔說文〕。

【媁】於非切音威微韻 羽鬼切音偉尾韻 ㊀美也。見〔廣韻〕。㊁美姿。見〔集韻〕。

【媂】丁計切音帝霽韻 ㊀閨室神名。見〔集韻〕。㊁黠—女貌。見〔集韻〕。

【媞】田黎切音題齊韻 女字。見〔集韻〕。

【媃】而由切音柔尤韻 ㊀女名。見〔集韻〕。㊁女媚貌。見〔正字通〕。

【媄】母鄙切音美紙韻 ㊀色好也。見〔說文〕。〔王注〕—者、美之分別字。㊁通美。左〔襄二十一年傳〕叔向之母妬叔虎之母美而不使。〔按桂馥說文義證引此。以爲—之通用字。〕㊂通嬍。〔六書故〕嬍、又作—。

【媅】都含切音耽覃韻

(一)樂也。見[說文]。
(二)或作妉。[爾雅釋詁]妉、樂也。[按一切經音義云、一古文妉同。玉篇疢同瘎。是从冘从甚例可通也。]
(三)通湛。[詩鹿鳴]和樂且湛。[傳]湛、樂之久也。
(四)通耽。[詩氓]無與士耽。[傳]耽、樂也。

【媉】烏谷切音屋屋韻 乙角切音握覺韻
(一)好也。見[集韻]。
(二)一容也。見[集韻]。

【媋】樞倫切音春 式勻切舜平聲 眞韻
(一)女字。見[集韻]。
(二)女美也。見[字彙]。

【媌】謨交切音茅肴韻 莫飽切音卯巧韻 眉敎切音冒效韻 謨沐切音木屋韻
(一)目裏好也。見[說文]。[段注]目裏好者。謂好在匡之裏也。凡方言言順、言𪍑、言𥇦、言盱、言揚、皆謂目之好外見也。惟一狀目裏。方言曰。一。好也。自關而東。河濟之閒。謂之一。按此謂纖細之好也。

(二)妓女也。[方言注]閩人謂妓女爲一。

【媐】盈之切音飴 虛其切音僖 支韻
(一)說樂也。見[說文]。[段注]說者、今之悅字。[按老子、史記、天下熙熙。今字皆當爲一。今熙行而一廢矣。熙者、燥也。謂暴燥也。其義別。]
(二)通妃。[太玄內]謹于一孰。初貞後寧。[注]女謂之一。一同妃。

【媒】謨杯切音枚灰韻
(一)謀也。謀合二姓者也。見[說文]。[段注]周禮媒氏注曰。一之言謀也。謀合異類使和成者。
(二)凡相因而至亦曰一。[文中子魏相]見譽而喜者。佞之一也。
(三)麴餅也。[漢書李陵傳]隨而一蘖其短。[注]齊人名麴餅曰一。又孟康曰。一酒酵也。蘖、麴也。謂釀成其罪也。
(四)引雉者也。[文選潘岳賦]睨驍一之變態。[注]徐爰曰。一者。少養雉子。至長狎人。能招引野雉。因名曰一。[按韓愈送溫處士序以石生爲一亦取招引之義。]
(五)龍一。駿馬也。[漢書禮樂志]天馬徠。龍之一。

【媒】莫佩切音妹隊韻 彌登切音瞢蒸韻
一晦。晦貌。[莊子知北遊]一晦。無心而不可與謀。[釋文]一、音妹。又武朋反。

【媒】莫貝切隊韻
貪也。見[類篇]。

【媓】胡光切音皇陽韻
(一)母也。[方言]南楚母謂之一。
(二)舜妃名。[太平御覽引尸子]於是妻之以一。媵之以娥。

【媚】明祕切音郿寘韻
(一)說也。見[說文]。[段注]說、今悅字也。
(二)愛也。[詩下武]一茲一人。
(三)諂也。[史記佞幸傳]非獨女以色一。士宦亦有之。
(四)蠱也。[晉書石勒載記]終不能如曹孟德司馬仲達父子。欺他寡婦孤兒。狐一以取天下也。
(五)趨向也。見[論語八佾與其一於奧皇疏]。
(六)美也。[文選張衡賦]
競一取容。
(七)女號。[唐書高宗皇后武氏傳]太宗聞士彠女美。召爲才人。賜號武一。
(八)地名。[左定九年傳]齊侯致禚、一、杏於衞。[注]三邑皆齊西界。
(九)草名。[嶺表異錄]一草。鶴子草也。蔓生。色淺紫。形如飛鶴。春月生雙蟲。食其葉。越女收養。蟲老蛻爲蝶。帶之。號爲一蝶。能致其夫憐愛。
(十)一行。徐行也。[呂覽不屈]爛覸一行。
(十一)通眉。[仲定碑]不眉近戚。[按眉即一之假借字。]
(十二)通魅。[列子力命]鬼一不能欺。[釋文]一、或作魅。

【媛】于眷切音院霰韻 于願切音瑗願韻
(一)美女也。人所欲援也。从女。从爰聲。詩曰。邦之一兮。見[說文]。[段注]鄘風。邦之一也。傳曰。美女爲一。援者引也。謂人所欲引爲己助者也。鄭箋詩云。邦人所依倚以爲援助也。今詩作也。
(二)女官也。[唐書百官志]太子內官良一六人。

㈡通捘。〔詩君子偕老〕邦之—也。〔釋文〕—、韓詩作捘。

【媛】於元切音袁元韻

嬋—。猶牽引也。〔楚辭哀郢〕心嬋—而傷懷兮。〔又〕引也。〔文選張衡賦〕垂條嬋—。

【媕】烏含切音諳覃韻

㈠女志不淨。見〔集韻〕。

㈡物不淨曰—嬐。見〔正字通引焦竑俗用雜字〕。

【媟】私列切音薛屑韻

㈠嬻也。見〔說文〕。〔段注〕—、與日部暬。義似同而實異。宋人合爲一字。非也。方言曰。—狎也。漢枚乘傳曰。以故得—黷貴幸。今人以褻衣字爲之。褻行而—廢矣。

㈡慢也。〔賈子道術〕接遇慎容謂之恭。反恭爲—。

㈢汚也。見〔字彙〕。

㈣夫妻不嚴茲謂—。尊卑不別茲謂—。見〔漢書五行志〕。

【媠】吐火切音妥務果切音婀哿韻吐臥切音唾奴臥切音愞箇韻

㈠好也。或作嫷。見〔集韻〕。

㈡同婀。〔集韻〕婐婀好貌。或作—。

【嫷】杜果切音朵哿韻

不敬也。古惰字。見〔說文〕。

【嫷】徒臥切音惰箇韻

同惰。懈也。〔漢書龔勝傳〕—嫚亡狀。

【媢】莫報切音冒號韻武道切音蓩皓韻密二切音寐寘韻謨沐切音霂屋韻密北切音墨職韻莫佩切音妹隊韻

㈠夫妒婦也。一曰。梅目相視也。見〔說文〕。〔段注〕大學曰。—嫉以惡之。鄭曰。—妒也。梅、當作怒。周語曰。道路以目。按杜詩用抉眼。即易之反目也。許目部曰。眏涓目也。梅目、或涓目之誤。所謂裂眥。又按梅當作侮。謂目相侮也。史記曰。目笑之。

㈡忌嫉也。〔禮記大學〕—嫉以惡之。〔今作冒〕。

【媣】而琰切音冉琰韻沾三切音甘覃韻

㈠諟也。見〔說文〕。〔段注〕諟者理也。

㈡媣也。見〔集韻〕。

【媥】紕延切音篇先韻

㈠輕貌。見〔說文〕。

㈡—姺。行貌。詳姺字。

【㛼】勑聶切音鍤葉韻測洽切音插洽韻

㈠疾言失次也。見〔說文〕。〔段注〕所謂儳言。

㈡怯也。見〔集韻〕。

【㛼】實洽切音遾洽韻

女貌。見〔集韻〕。

【媧】公蛙切音蝸佳韻姑華切音瓜麻韻

㈠古之神聖女。化萬物者也。見〔說文〕。

㈡山名。〔王象之詩〕女—山下少人行。〔在今湖北竹山縣西五十里。與燕子山相對〕。

㈢姓也。見〔字彙〕。

【媞】上紙切音是紙韻田黎切音啼齊韻

諦也。一曰。姘黠也。一曰。江淮之間謂母爲—。見〔說文〕。〔段注〕諦者審也。審者悉也。姘者技也。黠者桀黠也。

【媞】田黎切音題齊韻章移切音支常支切音匙支韻

——。安也。見〔爾雅釋訓〕。〔疏〕孫炎曰。行步之安也。〔又〕好貌也。〔楚辭怨世〕西施——而不得見。

【媞】待禮切音弟薺韻

草子名。〔爾雅釋草〕薃侯莎。其實—。〔注〕夏小正曰。—者其實。

【媞】得懈切釿去聲卦韻陟嫁切音吒禡韻

奊—。欺謾之語也。見〔方言〕。

【婷】唐丁切音庭青韻

本作娗。娉—。美好貌。〔陳無己詩〕當年不嫁惜娉—。

【媨】即就切音僦宥韻七六切音蹙屋韻

醜也。一曰。老嫗也。見〔說文〕。〔段注〕醜者可惡也。婦人之老者曰嫗。不必母也。

【婹】伊烏切音杳篠韻

—嬈。弱細。見〔廣韻〕。〔又〕美貌。見〔集韻〕。

【婻】奴紺切南去聲勘韻

美貌。一曰小肥。見〔集韻〕。

【嫢】以制切音曳征例切音制霽韻 婦人病娠。見〔集韻〕。

【婼】尺約切音綽藥韻 不順也。春秋傳有叔孫—。見〔說文〕。

【婼】如支切音兒支韻人奢切惹平聲麻韻 —羌國名。〔漢書西域傳〕出陽關自近者始曰—羌。

【嬔】追萬切音囀願韻亡辨切音免銑韻 抱—。耦也。見〔方言〕。〔按正字通云。郭注。耦亦互見義耳。據此說。—與耦義同。又魏繇魏注尤射一卷。有曰惟—者。或曰即勉者。一說當作勉。加女非。或又曰。抱—即今俗謂分—與嬎通。然考說文。㝃、生子齊均也。分—改从勉非。篇海—同娩亦非。〕

【嫑】舉下切音假馬韻 好也。見〔廣韻〕。

【嵔】烏回切音隈灰韻 女字。見〔集韻〕。

【𡟯】鄔賄切音碨賄韻 —婡。妍也。見〔集韻〕。

【媀】元俱切音虞虞韻語口切音偶有韻魚容切音顒冬韻 女字。見〔集韻〕。

【媀】元具切音遇遇韻 女妒男曰—。見〔集韻〕。

【㛴】乃老切音惱皓韻 有所恨痛也。从女。㐫省聲。今汝南人有所恨言大—。見〔說文〕。

【嫰】奴困切音嫩願韻 同嫩。少弱也。一曰好貌。見〔集韻〕。

【媆】乳兗切音輭銑韻 好貌。从女。耎聲。見〔說文〕〔段注〕此謂柔耎之好也。俗作輭。

【媈】吁韋切音暉微韻胡昆切音寬吾昆切音僤元韻 女字。見〔集韻〕。

【媊】才先切音前子仙切音煎先韻子淺切音翦銑韻將支切音咨支韻子賤切音箭霰韻 女—。星名。〔說文〕甘氏星經曰。太白號上公。妻曰女—。居南斗。食厲。天下祭之曰明星。

【媩】洪孤切音胡虞韻 女字。見〔集韻〕。

【媘】所景切音省梗韻 減也。从女。省聲。見〔說文〕〔段注〕水部又曰。渻。少減也。然則—渻音義皆同。作省者。叚借字也。

【媏】多官切音端寒韻 女字。見〔集韻〕。

【㜓】他案切音炭翰韻 —婜。無儀適貌。見〔集韻〕。

【婜】薄半切音畔翰韻 㜓—。無儀適貌。見〔集韻〕。

【媑】柱勇切音重腫韻 女字。見〔集韻〕。

【媔】彌延切音綿先韻 目美貌。〔楚辭大招〕青色直眉。美目—只。〔注〕—、黠也。美目䁝眄。—然黠慧知人之意也。

【媔】彌兗切音緬銑韻 妒也。見〔集韻〕。

【娔】乞得切音克職韻 老女卑賤謂之—。見〔集韻〕。

【嫛】堅奚切音雞齊韻 女字。見〔集韻〕。

【媕】衣檢切音揜於琰切音黶琰韻 女有心——也。見〔說文〕。

【媕】烏含切音諳覃韻 —娿。不決也。〔韓愈詩〕詎肯感激徒—娿。

【媕】遏合切音姶合韻 婦名。見〔集韻〕。

【媖】於驚切音英庚韻 女人美稱。見〔集韻〕。

【媗】許元切音暄元韻火遠切音暅阮韻荀緣切音宣先韻 女字。見〔集韻〕。

【㛾】下斬切音減豏韻 健貌。見〔集韻〕。

【𡟰】居諧切音皆佳韻 女字。見〔集韻〕。

【媙】於非切音威微韻　美女貌。見〔字彙〕。〔正字通〕云。俗威字。威本从女。加女旁非。

【⿰女侯】胡溝切音侯尤韻　女字。見〔集韻〕。

【㛹】毗連切音楩先韻　—娟。美麗貌。見〔集韻〕。

【⿰女㚇】粗叢切音㚇東韻　女字。見〔集韻〕。

【媜】知盈切音貞庚韻　女字。見〔集韻〕。

【⿱秋女】雌由切音秋尤韻　女字。見〔集韻〕。

【⿰女奎】空媧切音咼佳韻　姱—。女貌。見〔集韻〕。

【⿰女柬】郎甸切音練霰韻　女字。見〔集韻〕。

【媦】于貴切音胃未韻　楚人謂女弟曰—。公羊傳曰。楚王之妻—。見〔說文〕。〔按唐書宗室傳。同安公主高祖同母—也。是—妹音轉義同也。〕

【媍】房六切音伏屋韻　女字。見〔集韻〕。

【⿰女展】他結切音餮屑韻　貪食也。見〔字彙補〕。

【⿰女柰】乃帶切音柰泰韻　女名。見〔集韻〕。

【媨】子六切音蹙屋韻在九切音湫有韻　好也。見〔集韻〕。

【媨】以九切音酉有韻即就切音僦宥韻　醜也。見〔集韻〕。

【婂】研計切音詣霽韻　姥也。見〔集韻〕。

【⿰女爯】蚩承切音稱蒸韻　女字。見〔集韻〕。

【⿰女壴】殊遇切音恕遇韻　女字。見〔字彙〕。

【⿰女苦】孔五切音苦麌韻　乃—。姈也。見〔篇海類編〕。

【⿰女彖】徐醉切音遂寘韻　女名。見〔篇海類編〕。

【⿰女修】息遊切音修尤韻　女字。見〔篇海類編〕。

【⿰女悤】倉紅切音聰東韻　女名。見〔篇海類編〕。

【⿰女県】堅堯切音嬌蕭韻　女名。見〔篇海類編〕。

【⿰女風】徐心切音尋侵韻　姓也。見〔字彙補〕。

【⿱封女】方容切音封冬韻　女名。見〔篇海類編〕。

【⿰女渠】求於切音渠魚韻　女名。見〔篇海類編〕。

【⿰女信】龍眷切音戀霰韻　從也。見〔篇海類編〕。

【婞】胡頂切音涬迥韻　很也。見〔龍龕手鑑〕。

【⿰女函】士洽切音𨔗洽韻　眏—。戲謔也。見〔五音篇海〕。

【嫭】火交切音嚻蕭韻　先女之稱。見〔篇海類編〕。

【⿰女咸】胡巖切音咸咸韻　女不淨。見〔篇海類編〕。

【⿰女眷】龍眷切音戀霰韻　從也。見〔篇海類編〕。

【⿰女禹】丘矩切區上聲麌韻　嫗—。猶傴僂也。〔趙壹賦〕嫗—名勢。

【⿰女戚】娍本字。見〔正字通〕。

【婡】古媚字。見〔正字通〕。

【⿰女昏】同婚。見〔字彙〕。

【婿】同壻。見〔集韻〕。

【媃】同親。見〔集韻〕。

【⿰女頁】同婦。見〔正字通〕。

【媎】同姐。羌人呼母為—。見〔字彙〕。

【⿰女匽】同⿰女夾。見〔正字通〕。

【⿰女叀】同嫥。見〔正字通〕。

【⿰女享】同惇。見〔字彙〕。

【媤】同姛。見〔集韻〕。

【⿰𩙿女】同妘。考古圖有—氏鼎。見〔字彙補〕。

【媘】媘譌字。詳媍字。

【媍】媍譌字〔正字通〕媘—。。舊注並同髮。按古文髮作䫐。六書統爻象頭毛形。恐與卦爻字相犯。故加頁以指之。說文。髮或从省作䯭。亦作𩯚。象形則从爻。諧聲則从犮。未有从女作媘—者。舊本因爻譌从女作媘、。—非。

【娞】娞譌字。見〔正字通〕。

十一畫

【媰】甾尤切音鄒尤韻　徂救切音驟宥韻　仄遇切遇韻

(一)婦人妊身也。周書曰。至于—婦。見〔說文〕〔按書梓材作至于屬婦〕。

(二)或作㑳。〔集韻〕—、娠也。或从人。

(三)或作㛀。〔集韻〕婦人妊身也。或从子。

【媰】崇芻切音雛虞韻

嫠婦也。〔崔琰清河王誄〕惠于—孀。

【媰】窗俞切音芻虞韻

女字。見〔集韻〕。

【媰】遂遇切音娶遇韻

姓也。見〔集韻〕。

【媰】側救切音縐宥韻

好也。見〔廣雅釋詁〕。

【嬉】敕六切音畜　許六切音蓄屋韻

(一)媢也。見〔說文〕。

(二)好也。見〔廣雅釋詁〕。

(三)妬也。見〔廣雅釋詁〕。

(四)不媢曰—。見〔御覽引通俗文〕。〔按桂馥云。不字恐誤。或曰。媢當爲媢。廣雅。—。妬也。顏氏家訓書證篇。太史公論英布云。禍之興自愛姬。生於妬媢。以至滅國。漢書外戚傳。成結寵妾妬媢之誅。二媢竝當作媢〕。

(五)通畜。〔呂覽適威〕民善之則畜也。〔注〕畜、好也。

【媱】餘招切音瑤蕭韻

(一)曲肩行貌。見〔說文〕。

(二)美好也。見〔廣韻〕。

(三)戲也。見〔集韻〕。

(四)要—。舞容也。〔楚辭傷時〕音晏衍兮要—。

(五)姑—。山名。見〔山海經中山經〕。

【媵】以證切音孕徑韻

(一)送也。見〔爾雅釋言〕〔按—、說文作倂。倂爲—之本字。送爲—之本義也〕。

(二)送女也。〔詩我行其野箋〕妾送嫡而行。故謂妾爲—。—之名不專施妾。凡送女適人者。男女皆謂之—。

(三)從也。〔公羊莊十九年傳〕—者何。諸侯娶一國則二國往—之。以姪娣從。

(四)承也。〔釋名釋親屬〕姪娣曰—。—。承也。承事嫡也。

(五)寄也。寄物爲—。見〔方言〕。〔今致書於人而附寄他物亦謂之—〕。

(六)州名。遼置。屬東京道。〔在今奉天境內〕。

【媸】充之切音嗤支韻

(一)醜也。見〔字彙〕。

(二)侮也。見〔集韻〕。

(三)癡也。見〔集韻〕。

(四)淫也。見〔字彙〕。

(五)通蚩。〔文選陸機賦〕妍蚩好惡。

【媺】母鄙切音美紙韻

(一)善也。〔周禮大司徒〕以本俗六安萬民。一曰—宮室。

(二)善道也。〔周禮師氏〕掌以—詔王。

(三)福慶也。〔周禮行夫〕掌邦國傳遽之小事。—惡而無禮者。

(四)少女也。見〔六書統〕。

(五)同媄。〔六書故〕美也。周官師氏掌以—詔王。〔注〕又作媄。

【媻】蒲官切音槃寒韻　薄波切音婆歌韻　薄半切音畔翰韻

(一)奢也。一曰小妻也。見〔說文〕。〔按奢者張也。猶張大也。韻會引說文作一曰老女稱。玉篇曰小妻。卽老女之誤〕。

(二)—娑。往來也。見〔廣雅釋訓〕。

(三)—姍。匍匐也。〔文選司馬相如賦〕—姍教窣上乎金隄。

(四)同婆。〔詩東門之枌〕市也婆娑。〔說文引詩作—娑〕。

【媼】烏皓切音襖皓韻

(一)母老偁也。見〔說文〕〔段注〕高帝母曰劉—。文穎曰。幽州及漢中皆謂老嫗爲—。坤爲母。故偁—。

(二)母也。見〔廣雅釋親〕。

(三)婦人之通稱。〔史記衞將軍傳〕與侯妾衞—通。〔注〕—、婦人老少通稱。

(四)地神之稱。〔漢書禮樂志〕后土富—。

(五)—圉。漢縣名。屬武威郡。見〔漢書地理志〕。〔在今甘肅皐蘭縣東北。〕

【媼】委隕切音蘊軫韻　行問切音醞問韻　於云切音煴文韻　於昆切音溫元韻

女字。見〔集韻〕。

【媼】烏骨切音頞月韻

—妠。小兒肥也。見〔玉篇〕。

【媾】居候切音遘宥韻

(一)重昏也。見〔說文〕。〔按重昏者。重疊交互爲昏姻。今所謂重重姻眷也。〕

(二)厚也。〔詩侯人〕不遂其—。

(三)猶會也。〔易屯〕匪寇婚—。

(四)合也。〔李白詩〕交—騰精魄。

(五)求和曰—。〔史記虞卿傳〕不如發重使爲—。

(六)通冓、構。見〔易屯匪寇婚—釋文〕。

(七)通購。〔史記荊軻傳〕請西約三晉。南連齊楚。北購於單于。〔注〕今讀購與爲燕—同。—、合也。言欲北與匈奴連和也。

(八)別作講。〔史記甘茂傳〕樗里子與魏講罷兵。〔注〕講、讀曰—。

【媿】基位切音愧寘韻

(一)慙也。見〔說文〕。

(二)辱也。〔漢書龔遂傳〕郎中令善—人。

(三)咎之也。〔禮記表記〕不以人之所不能者—人。

(四)有所畏也。〔禮記儒行〕小者如—。

(五)或作歸。〔國策秦策〕狀有歸色。

【嫁】居迓切音駕禡韻

(一)女適人也。見〔說文〕。〔段注〕白虎通。—者家也。婦人外成以出適人爲家。〔按自家而出謂之—。至夫之家曰歸。喪服經謂嫁於大夫曰嫁。適士庶人曰適。此析言之也。渾言之。皆可曰適。皆可曰—。〕

(二)歸也。〔公羊隱二年傳〕婦人謂—曰歸。〔注〕婦人生以父母爲家。—以夫爲家。故謂—爲歸。

(三)往也。〔列子天瑞〕列子居鄭圃四十年。人無識者。將—于衛。

(四)賣也。〔國策周策〕以—之齊也。

(五)推惡於人曰—。〔史記趙世家〕是欲—禍於趙也。

【嫇】忙經切音冥青韻　謨耕切音萌庚韻

(一)嬰—也。一曰。—、小人貌。見〔說文〕。〔王注〕嬰小徐作嫈。嫇者嫈之聲諧也。廣韻。嫈—、新婦貌。一曰。—、小人貌。當作一曰嫈—小心態也。蓋嫈、—疊韻。當是形容之詞。嫈下當云嫈、小心態也。—下當云嫈—也。追傳寫離析。遂隔。嫈下但存訓義。—下但存名目。而嫈之譌嬰。

(二)嫈—。幼婦也。見〔集韻〕。

(三)瑩—。明淨貌。〔楚辭九思〕𦾦茝彫兮瑩—。

(四)好貌。見〔廣韻〕。

【嫇】母迥切音茗迥韻

—奵。自持貌。一曰面平貌。見〔集韻〕。

【嫈】於莖切音嚶庚韻　於郎切音鴦陽韻　於迸切音嚶敬韻

(一)小心態也。从女。熒省聲。見〔說文〕。

(二)—、—。好貌。見〔集韻〕。

(三)—嫇。下俚婦人貌。見〔類篇〕。

(四)女名。聶政姊—。見〔史記刺客傳〕。

【嫈】元扃切音螢　於丁切音嚶　烏罃切音瀅青韻

好也。見〔集韻〕。

【嫈】火罃切暝平聲青韻

女人潔淸貌。見〔集韻〕。

【嫈】縈定切音鎣徑韻　娟營切音縈庚韻

繚—。漢侯國名。〔史記東越傳〕封橫海校尉福爲繚—侯。

【嫉】咋悉切音蒺質韻　疾二切音自寘韻

(一)㑵或字。見〔說文人部〕。〔按說文、㑵或作—。段氏云妎也。故从女。〕

(二)害賢也。〔離騷〕各興心而—妒。〔注〕害賢曰—。害色曰妒。

(三)惡也。見〔廣雅釋詁〕。

(四)通疾。〔書秦誓〕冒疾以惡之。

【㝅】奴斗切音穀有韻　古候切音構宥韻

(一)妳異名。見〔玉篇〕。〔按妳同嬭。〕

(二)乳子也。見〔集韻〕。

(三)取乳也。見〔玉篇〕。

【嫋】乃了切音裊篠韻　日灼切音弱藥韻　昵格切音踖陌韻　乃歷切音溺錫韻

●姸也。見〔說文〕。〔按姸者。弱長貌也。司馬相如賦曰。嫵媚姸—。郭璞云。姸—。細弱也。〕
●聲悠揚也。〔蘇軾賦〕餘音——。
●秋風搖木貌。〔楚辭湘夫人〕——兮秋風。〔又〕弱也。見〔廣雅釋訓〕。
㊃通裊。見〔六書故〕。〔又〕美也。見〔埤蒼〕。

【㜎】胡計切音系霽韻
●怯也。見〔集韻〕。
●妒女。見〔集韻〕。

【㜎】弦雞切音奚齊韻
女隸也。从女。奚聲。見〔說文〕。〔段注〕周禮作奚。叚借字也。酒人。女酒三十人。奚三百人。鄭注。古者從坐男女。沒入縣官爲奴。其少才智者以爲奚。今之侍史官婢。或曰。奚、宦女。守祧。女祧每廟二人。奚四人。鄭曰。奚、女奴也。

【嫌】賢兼切協平聲鹽韻
●不平於心也。一曰。疑也。見〔說文〕。〔段注〕心部曰。慊。疑也。此謂二篆義同。〔字彙云。女子多—疑。故从女。〕
●怨也。〔舊唐書裴度傳〕臣素知佞倖亦無—。
●近也。〔呂覽貴直〕固—於危。
㊃惡也。〔荀子正名〕其累百年之欲。易一時之—。
㊄憎也。見〔字彙〕。〔今俗亦有憎—之語〕
㊅音聲相近也。〔禮記曲禮〕禮不諱—名。
㊆通謙。〔荀子仲尼〕信而不忘處謙。〔注〕謙、讀爲—。得信於主。不處—疑閒。使人疑其作威福也。

【嫀】慈鄰切音秦眞韻
女字。見〔類篇〕。

【嫀】疏鄰切音申眞韻
姺或字。見〔集韻〕。姺。國名。或作—。

【⿰女迷】彌計切音謎霽韻
吳俗呼母曰—。見〔集韻〕。

【⿰女恚】於避切音恚寘韻　時髓切音蘂紙韻
不說也。从女。恚聲。見〔說文〕。〔段注〕說者、今之悅字。

【⿰女盍】盇涉切音壓葉韻
嬈—。女態。見〔集韻〕。

【媲】匹計切音淠霽韻　匹寐切音屁寘韻
妃也。見〔說文〕。〔按爾雅釋詁。妃。—也。注。相偶—也。又類篇引字林。—。配也。義同。〕

【嫓】邊迷切音鎞齊韻
嫛—。小目。見〔類篇〕。

【嫓】頻脂切音毗支韻
女字。見〔類篇〕。

【婺】莫卜切音木屋韻
美貌。見〔集韻〕。

【媳】思積切音昔陌韻
俗謂子婦曰—。見〔字彙〕。

【⿰女袁】於元切音袁元韻
女名也。見〔集韻〕。

【⿰女茸】如容切音茸冬韻
姅—。美貌。見〔集韻〕。

【媷】儒欲切音辱沃韻　女足切音傉沃韻
懈惰也。見〔集韻〕。

【⿱陝女】失冉切音陝琰韻
不媚前卻——也。見〔說文〕。

【嬼】力求切音留尤韻
女字。見〔集韻〕。

【⿰女豈】於容切音邕冬韻
女貌。見〔集韻〕。

【⿰女屑】先結切音屑屑韻
小貌。見〔集韻〕。

【⿰女師】霜夷切音師支韻
女巫也。見〔集韻〕。

【⿰女貢】古送切音貢送韻
女字也。見〔集韻〕。

【⿰女烕】莫列切音滅屑韻
本作搣。〔莊子外物〕眥—可以休老。〔釋文〕—、本亦作搣。音滅。〔按正字通引焦氏筆乘云。眥—、舊解。目病也。須溪云。目無所見。雖病也而可以休老。不知眥—爲養生家之術。老形之兆。發於目眥。按—皺紋。可以沐浴老容。據焦說。—訓按—。一說。老子曰。五色令人目盲。目眥—。言不妄視。雖有目若無目。故云—。說文解字注搣下云。挐也。挐下云。搣、類旁也。相爲轉注。廣韻、玉篇、皆曰。搣者摩也。然則搣類旁者。謂摩其額旁。養生家之一法。莊子眥—。卽挐搣之叚借字。一本、作揄搣。〕

揃下云。急就篇沐浴揃搣寡合同。史游與沐浴寡合同類言寡合同、卽齊精寡慾之說也。〕

【媽】滿補切音姥虞韻 博雅。母也。一曰。牝馬。見〔集韻〕。〔按今俗稱母曰—謂僕婦亦曰—。均讀若馬平聲。〕

【㛴】直皆切音㖷佳韻 娃—。媥貌。見〔集韻〕。

【𡡍】知演切音展銑韻 —奸。好貌。見〔廣韻〕。

【𡟯】烏痕切音恩元韻 女字。見〔集韻〕。

【𡡆】於袁切音鴛元韻紆願切音怨願韻 宴—也。見〔說文〕。〔王注〕宴—、當作睽—。自相戲也。字或作婉。內則。姆教婉娩聽從。注云。婉謂言語。娩、謂容貌。玉篇。—婉。美也。與許義亦近。

【嫃】之人切音眞眞韻 女字。見〔集韻〕。

【嫄】愚袁切音元元韻魚倫切音輴眞韻 部國之女周棄母字也。見〔說文〕。〔按史記周本紀作原。〕

【嫅】咨邪切音差麻韻 女字。見〔集韻〕。

【嫅】想可切音縒哿韻 女貌。見〔集韻〕。

【嫆】餘封切音容冬韻 女字。見〔集韻〕。

【嫊】蘇故切音素遇韻 女字。見〔集韻〕。

【𡢃】徒郎切音堂陽韻 女字。見〔集韻〕。

【嫍】土刀切音叨豪韻以沼切音偠篠韻 女字。見〔篇海類篇〕。

【𡟿】都回切音堆灰韻 女字。見〔集韻〕。

【嫎】蒲光切音旁陽韻 女字。見〔集韻〕。

【嫎】補曠切音謗漾韻 妨也。見〔玉篇〕。

【𡟭】殊遇切音樹遇韻 女字。見〔集韻〕。

【嫐】奴好切音惱皓韻 嬈—也。見〔玉篇〕。

【嫏】盧當切音郎陽韻 玉京—嬛。天帝藏書處。張夢華游之。見〔字彙補〕。

【𡟾】妍計切音詣霽韻 姥也。見〔集韻〕。

【嫝】初角切音齪覺韻 恭謹貌。見〔篇海類篇〕。

【𡢂】姑還切音關刪韻 女名。見〔篇海類篇〕。

【嫢】許規切音隳支韻 仳—。醜貌。見〔篇海類篇〕。

【𡠔】紜籀文。見〔正字通〕。

【𡢽】同婜。楞嚴經。嬈闘—娍。見〔字彙補。〕

【𡟦】同嫂。見〔爾雅釋親釋文〕。

【𡢞】同婠。見〔字彙〕。

【𡝤】俗婦字。見〔字彙〕。

【𡣪】俗嬰字。見〔正字通〕。

【𡢼】姁嫡字。見〔正字通〕。

【𡡖】同妎。見〔類篇〕。〔舊字典引集韻同妎。誤。〕

十二畫

【嫕】壹計切音瘞霽韻 ㊀婉—。順從也。見〔集韻〕。㊁通瘱。靜也。〔漢書外戚傳〕婉嫕有節操。

【嫖】紕招切音鏢蕭韻匹妙切音勡嘯韻 ㊀輕也。見〔說文〕〔段注〕與人部僄音義皆同。㊁—姚。官名。見〔字彙〕。

【嫖】彌苗切音瓢蕭韻 俗謂邪淫曰—。見〔正字通〕。〔今俗亦謂狎妓曰—〕。

【嫖】卑遙切音猋蕭韻 女字。見〔集韻〕。

【嫗】威遇切音飫遇韻 ㊀母也。見〔說文〕。〔按漢書嚴延年傳。東海莫不賢知其母。號曰萬石嚴—。卽此義。〕㊁老婦之通稱。〔史記高帝紀〕有一老—夜哭。

●少女亦曰—。〔南史鄧郁傳〕從少—三十。並著絳紫羅繡袿襹。年皆可十七八許。

【嫗】委羽切音傴語韻

(一)母撫兒也。〔禮記樂記〕煦—覆育萬物。〔注〕以氣曰煦。以體曰—。〔按凡人及鳥生子曰乳。皆必以體—之。傴、嫗、字並通。淮南原道訓。羽者—伏。注。以氣剖卵也。方言八。北燕朝鮮洌水之間。伏雞曰抱。注。江東呼嫗。箋疏云。眾經音義卷五。今江北謂伏雞為菢。江南曰傴〕

(二)色也。見〔方言〕。〔按注云。—煦。好色貌。箋疏云。逸周書官人解。欲色—然以愉。大戴禮、作嘔。廣雅。嘔、煦。色也。字亦作呴。莊子駢拇篇。呴俞仁義。釋文謂呴喻顏色為仁義之貌〕

(三)—嫗。猶傴僂也。〔後漢趙壹傳〕—嫗名埶。撫拍豪強。

【嫗】墟侯切音摳居侯切音鉤尤韻

(一)山名。〔山海經中山經〕—山。其上多美玉。其下多金。

(二)通軀。〔集韻〕陳有夏—夫。通作軀。

【嫚】莫晏切音慢諫韻彌箭切音面霰韻

(一)侮傷也。見〔說文〕。〔段注〕傷、各本作易。今正。人部曰。侮者傷也。傷者輕也。—與心部之慢音同義別。凡—人當用此字。

(二)反敬為—。見〔賈子道術〕。

(三)褻污也。〔漢書季布傳〕單于嘗為書—呂太后。〔注〕—、謂辭語褻污也。

(四)渫汙也。〔漢書高帝紀〕上—罵曰。

(五)倨也。〔淮南繆稱〕—生乎小人。

(六)緩也。〔淮南主術〕而職事不—。〔注〕—、讀慢緩之慢。

(七)—易不急刻也。〔漢書禮樂志〕闡諧—易之音作。

【嫜】諸良切音章陽韻

(一)夫之父母也。見〔玉篇〕。

(二)夫之兄曰兄—。或作傽。見〔集韻〕。

【嫞】常容切音鏞癡凶切音傭冬韻

(一)女字。見〔集韻〕。

(二)嫻女也。見〔玉篇〕。

【嫟】昵力切音匿職韻

(一)女字。見〔集韻〕。

(二)淫—。見〔字彙〕。

(三)凡相狎近者謂之—。見〔正字通〕。

【嫠】陵之切音釐支韻

(一)無夫也。見〔說文新附〕。〔按通訓定聲云。男女分拆之義。字變作—。古皆以釐為之。或曰說文本有—字。形誤作嫠也。存參〕

(二)寡也。〔爾雅釋器〕—婦之笱謂之罶。〔注〕毛傳曰。罶。曲梁也。謂以簿為魚笱。〔疏〕孫炎云。罶。曲梁。其功易。故謂之寡婦之笱。〔按郝氏義疏云。孫義未免望生文訓。蓋寡婦二字合聲為筍。—婦二字合聲為罶。正如不來為貍。終葵為椎。古人作反語。往往如此〕

(三)通釐。〔詩巷伯傳〕鄰之釐婦。〔釋文〕釐婦。寡婦也。

【嫡】丁歷切音的錫韻

(一)孎也。見〔說文〕。〔按孎者謹也。此—之本義也。蓋—庶字古祇作適。後世乃通作—耳〕

(二)君也。見〔廣雅釋詁〕。〔疏證〕—者。喪服妾為女君。鄭注云。女君。君適妻也。適與—通。歸妹六五云。其君之袂。不如其娣之袂良。君亦謂—也。〔按詩江有汜序。—能悔過。謂—妻也。左傳言嬖子配—。謂—子也。增韻云。正室曰—。正室所生之子曰—子〕

(三)敵也。與匹相敵也。見〔釋名釋親屬〕。

【嫡】竹益切音謫陌韻

—嫟。女審諦貌。見〔集韻〕。

【嫢】津垂切音觜聚惟切音厜才規切音蘬支韻巨癸切音湀紙韻胡典切音峴銑韻

(一)媞也。秦晉謂細—。見〔說文〕。〔王注〕媞似當作徥。方言。—。細也。自關而西。秦晉之閒。凡細而有容謂之—。或曰徥。郭注。—。小成貌。又注。或曰徥云。言徥徥也。案許君以秦晉謂細—。區別於後。以為別義矣。而吾疑媞也與或曰徥相當者。徥下引爾雅。徥、則也。則者、法則也。本字從規。規者、有法度也。子雲合細與有容為一義。許君分為二義。有容者、有婦容也。婦容、卽法則也。下文秦晉謂細—。則但是細義。不連有容。緣媞字卽在下文。故讀者改爲媞也。
(二)嫈委皃。見〔廣韻〕。
(三)細署也。見〔集韻〕。
(四)小也。見〔集韻〕。

【嫢】均窺切音規支韻
婦人箒歸貌。見〔集韻〕。

【嫢】規恚切音睨寘韻
好也。見〔集韻〕。

【嫣】於乾切音鄢先韻
(一)長美皃。見〔玉篇〕。
(二)巧笑貌。〔文選宋玉賦〕—然一笑。
(三)連也。〔漢書揚雄傳〕有周氏之蟬—兮。

【嫣】於建切音偃願韻於虔切音焉先韻於蹇切音扒銑韻隱幰切音匽阮韻
長皃。見〔說文〕〔段注〕〔文選〕—然一笑。注引王逸云、—笑貌。然大招字作嘕。許書無嘕字。

【嫣】虛延切音嗎先韻於蹇切音扒銑韻
好皃。見〔集韻〕。

【嫥】朱遄切音專先韻
(一)壹也。見〔說文〕〔段注〕凡—壹字古如此。今則專行而—廢矣。
(二)——可愛皃。見〔玉篇〕。
(三)—捖。和調族類也。〔淮南俶眞〕提挈陰陽。—捖剛柔。

【嫥】徒官切音團寒韻
嫰也。見〔集韻〕。

【嫧】側革切音責測革切音策七迹切音皵陌韻
(一)本作嫧。〔說文〕嫧。齊也。从女。責聲。〔段注〕謂整齊也。按方言云。婧、—鮮。好也。南楚之外通語也。
(二)善也。見〔集韻〕。

【嫨】虛干切音頇寒韻
(一)老嫗皃。見〔集韻〕。
(二)怒也。見〔集韻〕。

【嫨】忍善切音蹨銑韻
敬也。通作憖。見〔集韻〕。

【嫪】郎到切音澇號韻
(一)婟也。見〔說文〕。
(二)惜也。謂戀不能去也。見〔一切經音義引聲類〕〔按韓愈詩。感物增戀—。亦此義。〕
(三)難也。見〔玉篇〕。
(四)恡物。見〔廣韻〕。
(五)倡伎謂游婿曰嫺—。見〔正字通〕。〔按通訓定聲云。今諺謂女所私人爲嫺—。俗作孤老。〕
(六)罵人無行曰—毒。〔史記呂不韋傳〕乃私求大陰人—毒以爲舍人。〔注〕士罵淫曰—毒。一曰—姓也。〔按正字通云。—當作摎。从手。廣韻。摎、居尤切。姓也。孔叢子子順謂魏王曰。今秦四境之內。執政以下。固曰與—氏乎。與呂氏乎。蓋大陰人姓摎。無行。故曰摎毒。猶朱邑傳稱魏倩也。此說與舊說異。然考姓譜有摎無—。故錄備考正。〕

【嫪】郎刀切音勞豪韻
—嫪。妒也。見〔集韻〕。

【嫭】胡故切音護遇韻
(一)好也。〔漢書禮樂志〕衆—並。綽奇麗。〔注〕如淳曰。—美目貌。
(二)美貌也。〔漢書揚雄傳〕知衆—之嫉妒兮。
(三)—姱。好貌也。〔楚辭大招〕—以姱只。
(四)—扒。好也。〔楊愼奇字韻〕漢樊謂好曰—扒。
(五)姡也。見〔廣雅釋詁〕。

【嫮】胡故切音護遇韻
(一)夸姱也。〔漢書韓安國傳〕車騎皆帝所賜。卽以—鄙小縣。〔注〕言以此誇姱邊鄙也。
(二)好也。見〔廣雅釋詁〕。
(三)同嫭。〔張衡七辨〕西施之徒。姿容修—。
(四)同姱。好貌。〔文選謝莊賦〕玉顏掩—。

【嬂】力主切音呂語韻力候切音樓尤韻
(一)女字。見〔五音篇海〕。
(二)人惡稱也。見〔五音篇海〕。

【嫘】倫追切音纍支韻力僞切音纍寘韻魯回切音雷灰韻
姓也。〔史記五帝紀〕黃帝娶於西陵之女。是爲—祖。

【嫙】旬宣切音旋先韻
好也。見〔說文〕〔段注〕齊風子之還兮。韓詩作—。——。好貌。

【嫙】隨戀切音漩霰韻
美謂之—。見〔集韻〕。

【⿰女通】他東切音通東韻

女字。見〔集韻〕。

【嫛】煙奚切音翳齊韻於夷切音伊支韻
｜婗也。見〔說文〕。〔按釋名釋長幼〕始生曰嬰兒或曰｜婗。｜是也。言是人也。婗其啼聲也。故因以名之也。段氏曰。｜婗合二字爲名。不容分裂。雜記曰。中路嬰兒失其母焉。注云。嬰猶鷖彌也。鷖彌、即｜婗。語同而字異耳。通訓定聲曰。｜婗、小兒學語聲。〕

【嫛】壹計切依去聲霽韻
嫕或字。〔集韻〕嫕、婉嫕。順從也。或作｜。

【嫸】余亮切音樣漾韻
女字。見〔字彙〕。

【𡢽】財勞切音曹豪韻
好也。見〔集韻引博雅〕。

【嫝】呂岡切音康陽韻
女字。見〔集韻〕。

【㜗】七感切音慘感韻倉含切音參覃韻錯合切音趁合韻
婪也。見〔說文〕〔卽貪婪也。〕

【㜗】疏簪切音森侵韻
姪也。見〔集韻〕。

【嫭】將豫切音怚御韻舂遇切音飯遇韻
驕也。見〔說文〕〔段注〕驕、俗本作嬌。小徐不誤。古無嬌字。凡云嬌、卽驕也。

【嫭】鋤加切音査麻韻
女名。見〔集韻〕。

【嫭】七慮切音覷御韻
妒也。見〔集韻〕。

【嫤】渠吝切音僅震韻
女字。見〔集韻〕。

【嫤】九隱切音謹吻韻
好兒。見〔集韻〕。

【嫳】璧吉切音必質韻
母也。見〔集韻〕。

【嫩】而兗切音輭銑韻奴困切音嫩願韻
同㜕。好貌。〔杜甫詩〕紅入桃花｜。〔按｜、說文作㜕。㜕訓好兒。蓋謂柔耎之好也。俗作｜。音奴困切。蓋謂物未老而弱也。〕

【𡣊】盧谷切音鹿屋韻
女字。見〔集韻〕。

【𡡙】所六切音縮屋韻
舂人。見〔字彙〕。

【嫫】蒙晡切音模虞韻
｜母。黃帝妃。班在三人之下。見〔史記五帝紀注〕。

【嫫】莫胡切音模虞韻
｜母。古帝妃。都醜也。見〔說文〕。〔段注〕都、猶最也。漢書古今人表。嫫母黃帝妃。生蒼林。荀卿詩。四子講德論皆作嫫姆。講德論曰。嫫姆倭傀。善譽者不能掩其醜。蓋極言其醜也。

【嫫】莫白切音陌陌韻
靜也。見〔廣韻〕。

【𡤔】脂利切音至寘韻之入切音執緝韻
至也。周書曰。大命不｜。讀若摯同。一曰虞書雉｜。見〔說文〕〔桂注〕商書曰大命不｜者。西伯戡黎文。彼作摯。釋文。摯本又作｜。馥案史記作至。本書戡戕二字引西伯戡黎之文。並稱商書。舜典一死贄。釋文本又作摯。

【嫬】之奢切音遮麻韻商署切音恕御韻
女字。見〔集韻〕。

【嫵】馮無切音扶虞韻
女字。見〔集韻〕。

【嫯】魚到切音奡號韻
侮傷也。見〔說文〕〔段注〕傷、各本作易。非是。前文曰。嫚、侮傷也。字與慢別。此云。｜、侮傷也。字與傲別。今則傲行而｜廢矣。

【嬒】五感切音顉戶感切音頷鄔感切音晻感韻魚檢切音儼琰韻
含怒也。一曰難知也。詩曰。碩大且｜。見〔說文〕〔段注〕陳風澤陂文。今詩作儼。傳曰。矜莊貌。一作嬮。太平御覽引韓詩作｜。｜重頤也。廣雅釋詁曰。｜美也。蓋三家詩有作｜者。許偁以證字形而已。不謂詩義同含怒難知二解也。

【嬒】於鹽切音懕鹽韻衣檢切音奄琰韻
美也。見〔集韻〕。

【嬒】烏含切音諳覃韻 本作媕〔集韻〕媕、女有心——。或从㑹。

【嫸】財甘切音慙覃韻 女名。見〔集韻〕。

【嫸】七豔切音壍豔韻 嬰—。美皃。見〔集韻〕。

【嫦】博富切音崩蒸韻 謹也。見〔篇海類編〕。

【嫢】倉回切音崔灰韻 女字。見〔篇海類編〕。

【嫐】七容切音樅冬韻 女字。見〔五音篇海〕。

【嫠】眉波切音摩歌韻 —尼。見〔篇海類編〕。

【嫶】鋤交切音巢肴韻 女字。見〔篇海類編〕。

【嬘】於記切音意寘韻 嬸—。柔順也。見〔篇海類編〕。

【嫳】烏皎切音夭篠韻 —嫚。細弱也。見〔龍龕手鑑〕。

【嫡】嫡本字。見〔說文〕。

【嫠】古嫠字。見〔字彙補〕。

【嫌】同妓。見〔字彙〕。

【嫩】同嫠。見〔字彙〕。

【嫚】同嫞。見〔集韻〕。

【嫦】同姮。俗讀若常。〔胡曾詩〕夜宿—娥舊桂潭。

【嫩】嫩俗字。見〔正字通〕。

【嫣】嫣俗字。見〔正字通〕。

【嫕】嬈俗字。見〔龍龕手鑑〕。

【嬰】嫛婗字。見〔正字通〕。

十二畫

【嫳】匹蔑切音瞥屑韻 ①易使怒也。从女。敝聲。讀若擎擊。見〔說文〕。②輕薄之皃。見〔廣韻〕。③人名。〔左襄二十七年傳〕使盧蒲—帥甲以攻崔氏。

【嬎】便滅切音蹩屑韻 輕也。見〔集韻〕。

【嫴】攻乎切音孤虞韻 ①保任也。見〔說文〕。〔王注〕據公羊疏。漢律卽有保辜。保辜、複語也。故許君以保說—。而再以任申之。者人部保、養也。任、保也。然二字遠隔。知任保也之保。不用養也本義。而與此保—同義。衆經音義。保、當也。任、保也。言可保信也。其說與本文合。②且也。見〔廣雅釋詁〕。〔疏證〕—、通姑。③—榷。都凡也。見〔廣雅釋訓〕。〔疏證〕—與榷皆總括之意。故釋言云、—榷也。此云—榷、都凡也。

【嫵】罔甫切音武麌韻 ①媚也。見〔說文〕。②好也。見〔廣雅釋詁〕。③頰輔妍美曰—媚。見〔通俗文〕。④通娬。〔文選司馬相如賦〕—媚孅弱。〔史記司馬相如傳作娬媚姌嫋。〕⑤通憮。〔漢書張敞傳〕長安中傳張京兆眉憮。

【嫶】慈焦切音樵蕭韻 ①—妍。顦且瘦也。〔漢書外戚傳〕—妍太息。〔注〕三輔謂憂愁面省瘦曰—冥。—冥、猶—妍也。②憔或字。〔集韻〕憔、憔悴、憂患也。或从女。

【嫶】茲消切音焦蕭韻 女字。見〔集韻〕。

【嫷】吐火切音妥哿韻吐臥切音唾箇韻 ①南楚之外。謂好曰—。从女。惰省聲。見〔說文〕。②美也。見〔方言〕。

【嫸】旨善切音膳銑韻 ①好枝格人語也。一曰靳也。見〔說文〕。〔段注〕枝格見丰部。謂不欲人語。而言他以枝格之也。靳、謂靳固也。左傳注云。戲而相媿曰靳。②偏忮。見〔廣韻〕。

【嫼】密北切音墨職韻烏黠切音軋黠韻 ①怒皃。見〔說文〕。②嫉怒。見〔廣韻〕。

【嫽】憐蕭切音聊蕭韻 ①女字也。見〔說文〕。②相—戲也。見〔廣韻〕。

【嫽】朗鳥切音了篠韻力吊切音料嘯韻

(一)好也。青徐海岱之間、或謂之―。見〔方言〕。

(二)嬈也。見〔廣雅釋詁〕。

(三)戲也。見〔集韻〕。

(四)繚也。〔漢書西域傳〕楚主侍者馮―。〔注〕―者繚也、故以爲名。

(五)同僚。〔詩月出〕佼人僚兮。〔釋文〕僚本作―。

【嫽】盧皓切音老皓韻

北人呼外祖母爲――。見〔正字通〕。

【嫿】胡麥切音畫陌韻

(一)靜好也。見〔說文〕。

(二)奔馳貌。〔後漢馬融傳〕徽―霍奕。別騖分奔。

【嬀】居爲切音潙支韻

(一)虞舜居―汭。因以爲氏。見〔說文〕。〔王注〕氏。小徐作姓。非也。舜、姓姚。所謂因生以爲姓也。氏―則猶之姬季、鄭般以地望爲稱耳。堯典釐降二女于―汭。正義云。―水在河東廣鄉縣歷山西。西流至蒲坂縣。南入于河。

(二)州名。漢爲上谷郡地。唐置―州。當今直隸懷來縣境。

(三)姓也。〔左隱八年傳〕公子忽如陳逆婦―。〔按陳乃舜之後。故陳爲―姓。其女曰―。又胡國亦―姓。又漢有―皓。三國吳有―覽。蓋漢以後之姓。姓即氏也。〕

【嬀】居僞切音垝寘韻

僈也。見〔方言〕。〔注〕爛僈、健狡也。

【嬮】於月切音噦居月切音厥月韻

(一)婚肥皃。見〔玉篇〕。

(二)嫭―女皃。見〔集韻〕。

【嬅】胡化切音華禡韻

(一)女名。見〔集韻〕。

(二)女容麗也。見〔正字通〕。

【嬆】迄及切音吸緝韻

(一)莊嚴。見〔廣韻〕。

(二)女性淨。見〔集韻〕。

【嬇】胡對切音潰隊韻苦怪切音蒯卦韻

(一)女字。見〔集韻〕。

(二)陸終妻名。〔史記楚世家索隱〕系本云。陸終娶鬼方氏之妹。謂之女―。

【嬈】乃了切音裊爾紹切音擾篠韻

(一)苛也。一曰擾也戲弄也。一曰嬲也。見〔說文〕。〔段注〕苛者小艸也。引申爲瑣碎之偁。〔按通訓定聲云。嬲也。此後人所用妖―字。〕

(二)惱也。見〔纂文〕。

(三)亂也。見〔集韻〕。

(四)或作嬲。〔文選嵇康書〕足下若嬲之不置。〔注〕嬲音義與―同。

【嬈】褭聊切嫋平聲蕭韻

(一)煩也。〔淮南俶眞〕是故傷死者其鬼―。〔注〕―、煩―、善行病祟人。

(二)心不欲也。見〔集韻〕。

(三)擾也。〔淮南原道〕其魂不躁。其神不―。

【嬈】女教切音橈效韻

弱也。見〔廣雅釋詁〕。〔疏證〕―、弱、聲相近。大過彖傳云。棟橈、本末弱也。大戴禮四代篇云。撓弱不立。管子水地篇云。夫水淖弱以清。義並與―同。

【嬈】如招切音饒蕭韻

嬌―。妍媚貌。〔杜甫詩〕佳人屢出董嬌―。

【嬈】伊鳥切音杳篠韻

―嬝。美皃。見〔集韻〕。

【嬈】馨叫切音尿嘯韻

不仁也。見〔集韻〕。

【嬵】力轉切音臠銑韻盧戈切音蠃歌韻

(一)順也。詩曰。婉兮―兮。見〔說文〕。〔段注〕邶風傳曰。孌、好貌。齊風傳曰。婉孌、少好貌。義與許互相足。〔按詩婉兮孌兮。許引詩孌作―。是―即孌也。〕

(二)從也。見〔廣韻〕。

【嬵】盧玩切音亂翰韻

𢿢或字。見〔集韻〕。𢿢、煩也。或从女。通作亂。

【嬉】虛其切音僖支韻

(一)戲也。〔方言〕江淮之間戲、或謂之―。

(二)樂也。〔文選張衡賦〕追漁父以同―。

(三)遊也。見〔廣韻〕。

(四)美也。見〔廣韻〕。

㊄與也。〔論語摘輔象〕隕邱受延―。

【嬉】許己切音喜紙韻

末―。夏桀妃字見〔集韻〕。〔按國語晉語作妹喜。〕

【嬉】許記切音憙寘韻

美姿也。見〔集韻〕。

【嬋】時連切音禪先韻

㊀―娟。態也。見〔說文新附〕。〔又〕色美盛也。〔文選左思賦〕檀欒―娟。玉潤碧鮮。〔按孟浩然詞有花―娟、竹―娟、雪―娟、月―娟之語。亦此義。〕

㊁―媛。猶牽引也。〔離騷〕女嬃之―媛兮。

㊂―連。親族也。〔楚辭逢紛〕惟楚懷之―連。

【嬌】居妖切音驕蕭韻舉夭切音矯篠韻

㊀姿也。見〔說文新附〕。

㊁妖嬈也。見〔增韻〕。

㊂女怙恃驕漫也。見〔六書故〕。

㊃女名也。〔漢書古今人表〕―極。〔注〕老童妃。生重黎。

㊄愛也。〔杜甫詩〕平生所―兒。顏色白勝雪。

㊅黃―。酒名。〔輟耕錄〕段繼昌好飲。以錢送酒家名酒曰黃―。蓋閩中以兒女爲阿―。故以此況之。

㊆鬟―。花名。〔成都古今記〕錦帶花、一名鬟―。

㊇色之鮮妍可愛者。〔盛時泰詩〕春來渚水綠。愛此顏色―。

㊈聲之清雅可聽者曰―。〔陳旅詩〕傳聲鸚鵡舌關―。

【嬔】孚萬切音娩願韻孚袁切音翻元韻

㊀生子齊均也。从女免生。讀若幡。見〔說文〕。〔段注〕謂生子多而如一也。玄應書曰。今中國謂蕃息爲―。音芳萬切。周成難字云。―、息也。按依列篆次弟求之。則此篆爲免身。當云从女免生。〔按大徐本、玉篇、廣韻、集韻元願二韻。亦皆从免。小徐、王、桂、鍇、各本。則形从兔。義本說文。集韻遇韻从兔。專訓兔子。韻會雖从兔。然兩義兼收。字彙、正字通、舊字典。均依从兔之嬔。收入十三畫。十二畫未收―字。惟正字通云。同娩。說文女部―訓生子齊均子部娩訓生子免身。娩、―、義通。分音分部非。―爲娩之重文可也。又說文兔部娩。兔子也。切與―同。从兔與从免異。爾雅兔子嬔。从兔。即說文嬔字。與―別。舊注引說文―訓生子齊均。又云兔子。引爾雅兔子嬔。溷―、嬔爲一。誤也。―、嬔二文宜分。見此說甚是。今著从免之―於此。其嬔下但存从兔之音義以別之。〕

㊁疾也。見〔集韻〕。

【⿱稍女】師交切音梢肴韻

齊人呼姊。見〔廣韻〕。〔按正字通云。同娋。〕

【⿰女然】如延切音然先韻

人姓也。見〔說文〕。〔桂注〕姓苑。蒼梧有―氏。

【⿰女然】失善切音燃忍善切音蹨銑韻乃見切音睍霰韻

女姿態貌。亦姓。見〔集韻〕。

【⿰女覃】乃玷切音淰琰韻式荏切音審寑韻式禁切音諗沁韻

本作嬯。〔說文〕嬯、下志貪頑也。

【⿰女覃】徒南切音覃覃韻徒感切音禫感韻

女字。見〔集韻〕。

【⿰女覃】他點切音忝琰韻

婦人細長皃。見〔集韻〕。

【嫹】莫交切音茅肴韻莫巧切音卯巧韻

美好貌。見〔字彙〕。〔按正字通云。切聲不諧。義訓無據。沿篇海而誤。〕

【嫺】何閒切音閑刪韻

―雅也。見〔說文〕。〔段注〕各本刪―字。非也。依玉篇、廣韻、本作―雅。相如傳、雍容―雅。雅之段借之義爲素也。―雅。今所謂―習也。―、古多借閒爲之。〔按後漢馬援傳。辭言―雅。注。猶沈靜也。此又一義也。〕

【⿰女皁】後到切音號號韻

女名。見〔集韻〕。

【⿰女菐】傳木切音卜方六切音福屋韻蒲沃切音僕沃韻

女字。昌意娶蜀山氏女曰昌―。見〔集韻〕。〔按史記正義。昌僕亦謂之女樞。本作僕。〕

【⿰女曾】咨騰切音增蒸韻

女字。見〔集韻〕。

【⿰女斯】相支切音斯支韻
女字。見〔集韻〕。

【⿰女買】莫佳切音䁹佳韻
意黠也。見〔集韻〕。

【嫾】靈年切音憐先韻
女字。見〔集韻〕。

【⿰女登】都滕切音登蒸韻
美女皃。見〔集韻〕。

【⿰女戠】質力切音職職韻
女字。見〔集韻〕。

【嬃】詢趨切音須虞韻
女字也。楚辭曰。女—之嬋媛。賈侍中說。楚人謂姊爲—。見〔說文〕。

【⿰女最】祖外切音最泰韻
女字。見〔集韻〕。

【嬄】益悉切音壹質韻
—嫛。婦人皃。見〔集韻〕。

【⿰女朁】祖含切音撍徂含切音蠶覃韻
女字。見〔集韻〕。

【⿰女參】七感切音⿰女參感韻
同⿰女參。婪也。見〔集韻〕。

【⿰女尋】徐心切音尋侵韻
女名。見〔集韻〕。

【⿱隋女】徒課切音惰箇韻
—羿。鳥名。〔爾雅釋鳥注〕鶌鳩。一名—羿。〔釋文〕字又作隋。字書云。古以爲懈惰字。

【⿰女番】孚袁切音翻附袁切音煩元韻 普官切音潘寒韻
女字也。見〔篇海類編〕。

【⿱強女】渠良切音強陽韻
女字。見〔篇海類編〕。

【⿰女𡿺】乃老切音惱皓韻
相—亂也。見〔龍龕手鑑〕。

【⿰女渠】求於切音渠魚韻
女字。見〔篇海類編〕。

【⿱湯女】徒朗切音蕩養韻
婪也。戲也。見〔篇海類編〕。

【⿰女⿱目吳】於緣切音娟先韻
蛾眉也。見〔龍龕手鑑〕。〔按此字音義同嬛。疑嬛字之譌。〕

【⿰女肙】
娟本字。見〔說文〕。

【⿱林女】
婪本字。見〔經韻樓本說文〕。

【⿱霜女】
古孀字。見〔六書統〕。

【⿱𦥑女】
婁籀文。見〔篇海類編〕。

【⿱覀女】
同麗。〔藝林伐山引論衡〕形—骨閑。皮媚色稱。〔按今本論衡作形佳骨嫺。〕

【⿰彡頁】
同嫛。見〔字彙〕。

【⿰女⿵門冊】
同嫺。見〔字彙〕。

【⿱燕女】
同嬿。見〔字彙〕。

【⿰女⿱雨𦓐】
同嬬。見〔篇海類編〕。

【⿰女齒】
同⿰女幽。見〔篇海類編〕。

【⿰女敳】
同美。見〔韻寶〕。〔按此字疑嬍字之譌。〕

十三畫

【嬐】思廉切音銛鹽韻 魚檢切音顩琰韻
●(一)敏疾也。一曰莊敬皃。見〔說文〕。
●(二)—然齊也。見〔廣韻〕。

【嬓】牛錦切音鈐寑韻
同僸。仰頭也。見〔集韻〕。

【嬒】烏外切音儈泰韻 烏括切音斡曷韻
●(一)女黑色也。詩曰。—兮蔚兮。見〔說文〕〔段注〕曹風候人文。今詩作薈。此或爲三家詩。
●(二)可憎也。見〔方言〕。
●(三)嬒—。獸名。〔山海經北山經〕邊春之山有獸焉。其狀如禺而文身。善笑。見人則臥。名曰幽鴳。〔注〕或作嬒—。

【嬖】必計切音閉霽韻 卑義切音臂寘韻
●(一)便—。愛也。見〔說文〕。
●(二)愛幸小人也。〔孟子梁惠王〕—人臧倉者。〔按禮記緇衣〕—御人。謂愛妾也。—御士。謂愛臣也。〔國語鄭語〕而—是女也。〔注〕以邪僻取愛曰—。
●(三)媟也。〔詩綠衣序〕毋—而州吁驕。
●(四)卑賤婢妾媚以色事人得幸者也。見〔一切經音義引釋名〕。
●(五)親也。見〔廣雅釋詁〕。
●(六)—大夫。下大夫也。〔左昭七年傳〕使從—大夫。

【嬗】時戰切音繕霰韻 他干切音灘寒韻 黨旱切音亶 蕩旱切音但 儻旱切音坦旱韻
●(一)緩也。一曰傳也。見〔說文〕〔段注〕

今人用嬋字亦作此。孟子。孔子曰。唐虞禪。夏后殷周繼。依許說。凡禪位字當作－。禪非其義也。禪行而－廢矣。嬋者。嬋聯之意。

㊁嬋也。見〔集韻〕。

㊂蟬蔓相連也。〔史記屈原賈生傳〕化變而－。〔按漢書賈誼傳作變化而－〕服虔云。－謂變蛻也。蘇林曰。－、相傳與也。

【嬗】上演切音善銑韻

同譱。吉也。見〔集韻〕。

【嬙】慈良切音牆陽韻

㊀婦官也。見〔說文新附〕。

㊁內官次於妃者。〔左哀元年傳〕宿有妃嬙嬪御焉。〔注〕妃、貴者。〔疏〕－在妃下。次於妃也。

【嬙】徐羊切音詳陽韻殺澗切音色職韻

㊀女字。見〔集韻〕。

㊁毛－。古美人也。〔莊子齊物論〕毛－麗姬。人之所美也。〔釋文〕司馬云。毛－、古美人。一曰越王美姬也。

㊂通檣。〔漢書元帝紀〕賜單于待詔掖庭王檣為閼氏。〔注〕應劭曰。郡國獻女未御見。須命於掖庭。故曰待詔。王檣。王氏女。名檣。字昭君。

【⿱毀女】虎委切音毀紙韻

㊀惡也。一曰。人貌也。見〔說文〕。〔段注〕許意蓋謂毀物為毀。謗人為－。〔按正字通云。義與毀譽之毀近。〕

㊁女字。見〔集韻〕。

【嬚】離鹽切音廉鹽韻良冉切音斂琰韻

㊀女字。見〔廣韻〕。

㊁清美也。見〔字彙〕。

【嬛】隳緣切音喧先韻葵營切音瓊庚韻

㊀本作嬛。〔說文〕嬛。材緊也。春秋傳曰。－－在疚。〔段注〕材緊謂材質緊緻也。緊者。纏絲急也。〔通訓定聲〕云。叚借為重言形況字。詩閔予小子。－－在疚。韓詩作惸。左哀十六年傳。－余在疚。今作煢。按與獨行睘睘字同。皆孤特之貌。與本訓無涉也。

㊁好也。見〔廣韻〕。

㊂淑媛也。見〔集韻〕。

㊃－－。猶婉娩也。〔史記司馬相如傳〕柔橈－－。〔注〕郭璞曰。骨體耎弱。長豔貌也。

㊄便－。輕麗貌。〔漢書司馬相如傳〕靚妝刻飾。便－綽約。

【嬛】旬宣切音旋先韻

㊀續也。楚曰－。見〔方言〕。

㊁輕舉。見〔集韻〕。

【嬛】胡關切音還刪韻

女字。見〔集韻〕。

【嬜】虛金切音歆侵韻烏含切音諳呼談切音蚶徒南切音覃覃韻

㊀愛也。見〔集韻〕。

㊁貪也。見〔集韻〕。

【⿱窡女】張滑切音窡乎刮切音姡黠韻竹律切音茁質韻

㊀短面也。見〔說文〕。

㊁嬀姿也。見〔篇海〕。

【⿰女奧】於到切音奧號韻

妒也。見〔集韻〕。

【嬑】於記切音意寘韻

女字。見〔集韻〕。

【嬓】吉弔切音叫嘯韻

人名。〔史記田單傳贊〕莒人求湣王子法章。得之太史－之家。

【嬎】芳遇切音赴遇韻

兔子也。〔爾雅釋獸〕兔子、－。

【嬕】施隻切音釋陌韻

女字。見〔集韻〕。

【嬘】徐醉切音遂寘韻

女字。見〔集韻〕。

【⿰女登】子呂切音咀語韻

姓也。見〔字彙〕。

【⿱毄女】詰計切音契霽韻口賣切音懈卦韻

難也。見〔集韻〕。〔按說文作嫛〕。

【⿱⿰盤殳女】口盤切音芳盤韻

意難也。見〔集韻〕。

【⿰女黽】以證切音孕徑韻

同孕。懷也。〔太玄沈〕沈其腹。好－惡粥。〔注〕－、懷也。粥、出也。貪利之人。好懷利而惡出。－與孕、⿰月黽同。〔按管子。孕、作⿰月黽。〕

【⿰女黽】余陵切音蠅蒸韻

蠅或字。〔集韻〕蠅、蟲之大腹者。或从女。

【嫚】莫晏切音饅諫韻
姓也。〔潛夫論志氏姓〕—姓鄧優。

【嬤】莫可切哿韻
母之異名。見〔篇海類編〕。

【𡤃】丑陟切音徹屑韻
女態。又媚也。見〔篇海類編〕。

【嬞】多動切音董董韻
女名。見〔篇海類編〕。

【嬺】尼立切音溺錫韻
媂貌。見〔篇海類編〕。

【嬟】宜寄切音義寘韻
女字。見〔篇海類編〕。

【嬟】羊巳切音以紙韻
婍—好貌。見〔篇海類編〕。

【嬠】靑含切音參覃韻
婁也。見〔龍龕手鑑〕。

【𡤆】先侯切音搜尤韻
女字。見〔篇海類編〕。

【𡤌】莫耕切音萌庚韻
好貌。見〔龍龕手鑑〕。

【嫺】
嫻本字。見〔說文〕。

【嬻】
嬻本字。見〔說文〕。

【𡣨】
古要字。見〔集韻〕。

【𡢸】
古孌字。見〔字彙補〕。

【嫷】
媧籀文。見〔說文〕。

【嬀】
媯俗字。見〔正字通〕。

【𡢿】
同甄。見〔正字通〕。

【嬶】
同嫥。見〔字彙補〕。

【嬴】
同贏。〔按此字从丮。應歸十四畫。字彙、正字通、均列十三畫。姑存。〕

十四畫

【嬃】
同嬃。見〔集韻〕。

【嬣】尼耕切音儜庚韻
①—膽。見〔廣韻〕。
②姘—。女劣皃。見〔集韻〕。
③女態舒徐也。見〔正字通〕。

【嬣】甯丁切音寧靑韻
女字。見〔集韻〕。

【嬥】徒了切音窕篠韻　徒弔切音調嘯韻
①直好皃。一曰嬈也。見〔說文〕。〔段注〕直好、直而好也。下文嬈下云。一曰—也。二篆為轉注。
②巴歌。〔文選左思賦〕或明發而—歌。〔注〕何晏曰。巴人謳歌。相引牽連手而跳歌也。
③俗以更形財物曰—換。〔鐵山外集〕京師婦女嫁外方人為妻妾者。初看以美者出拜。及臨娶乃以醜者易之。名曰—包兒。〔按通俗編云。或用掉。掉有轉義。亦通。〕

【嬥】他彫切音祧蕭韻　直角切音濯覺韻　他歷切音狄錫韻
①好也。見〔集韻〕。
②——。往來皃。見〔集韻〕。
③通佻。〔詩大東〕佻佻公子。〔韓詩作——〕。

【嬥】徒弔切音調嘯韻
—嬈。不仁。見〔廣韻〕。

【嬥】田聊切音迢蕭韻
細腰皃。見〔廣韻引聲類〕。

【嬨】牆之切音慈支韻
①女字。見〔集韻〕。
②女性寬順也。見〔正字通〕。

【嬪】毗賓切音頻眞韻
①服也。見〔說文〕。
②婦也。〔書堯典〕—于虞。
③賓也。〔釋名釋親屬〕天子妾有—。—、賓也。諸妾之中見賓敬也。
④婦官也。〔左昭三年傳〕以備—嬙。
⑤婦人之美稱也。〔周禮大宰〕七曰—婦。〔疏〕國中婦人有德行者。
⑥婦死曰—。〔禮記曲禮〕生曰妻。死曰—。〔注〕—、婦人有法度之稱也。〔疏〕此生死異稱。出爾雅文。言其別於生時耳。若通而言之。亦通也。詩大明云。曰—于京。周禮九—之官。並非生死異稱矣。
⑦羈—也。〔太玄從〕日—月隨。〔按說文通訓定聲引此。以為—借作賓之證。〕
⑧—物。絲枲也。〔周禮大行人〕其貢—物。
⑨毛—。毛嬙也。〔後漢邊讓傳〕攜西子之弱腕兮。援毛—之素肘。
⑩鬱—。仙女號。〔列仙傳〕鬱—九華眞人。
⑪—然。多貌。〔漢書王莽傳〕—然成行。
⑫州名。遼置。屬東京道。當今奉天海城縣西北。

【嬬】詢趨切音須　汝朱切音儒虞

韻

㈠弱也。一曰。下妻也。从女。需聲。見〔說文〕〔段注〕下妻猶小妻。〔後漢光武紀〕曰。依託爲人下妻。周易歸妹以須。釋文云。須、荀陸作—。陸云妾也。〔〕

【嬬】乃豆切音耨宥韻

女字也。見〔集韻〕。

【⿰女監】盧瞰切音濫勘韻

㈠過差也。論語曰。小人窮斯—矣。見〔說文〕〔段注〕差忒者不相値也。凡不得其當曰過差。亦曰—。今字多以濫爲之。商頌。不僭不濫。傳曰。賞不僭。刑不濫也。左氏曰。賞僭則懼及淫人。刑濫則懼及善人。其字皆可作—。濫行而—廢矣。

㈡貪也。見〔廣韻〕。

㈢失禮也。見〔廣韻〕。

㈣婬也。見〔字彙〕。

【⿰女盧】盧甘切音藍覃韻

女名。見〔集韻〕。

【嬭】女蟹切音疓蟹韻

㈠乳也。見〔廣韻〕。

㈡黃—。耆睡也。〔風土歲時記〕唐人呼耆睡爲黃—。

【嬭】奴禮切音禰薺韻

㈠楚人呼母。見〔廣韻〕。

㈡或作妳。保姆不乳哺者。俗稱乾阿妳。〔北齊書恩倖傳〕陸令萱配入掖庭。後主襁褓之中。令其鞠養。謂之乾阿妳。

【嬭】忍氏切音尒紙韻

姊謂之—。見〔集韻〕。

【嬭】乃計切泥去聲霽韻

女字。見〔集韻〕。

【嬮】於鹽切音懕鹽韻益涉切音檿葉韻

㈠好也。見〔說文〕。

㈡和靜也。見〔字彙〕。

【嬮】於豔切音厭豔韻

㈠女字。見〔集韻〕。

㈡—嫈。美皃。見〔集韻〕。

【嬰】伊盈切音纓庚韻

㈠繞也。从女賏。賏貝連也。頸飾。見〔說文〕〔段注〕各本作頸飾也。从女賏。其連也。今正。貝部賏、頸飾也。—與賏非一字。則解不應同。孫綽天台山賦。方解纓絡。李引說文—繞也。纓、與—通。陸機赴洛中道作詩。世網—我身。李引說文—繞也。唐初本可據。繞者纏也。一切纏繞如賏之纏頸。故其字从賏。

㈡繫也。〔荀子富國〕是猶使處女—寶珠。〔注〕—。繫於頸也。

㈢加也。〔漢書賈誼傳〕—以廉恥。

㈣觸也。〔韓非子說難〕喉下有逆鱗徑尺。若人有—之者。則必殺人。

㈤繞抱也。〔淮南要略〕以與天和相—薄。〔按通訓定聲云。—薄猶糜搏也。〕

㈥猶帶也。〔漢書陳湯傳〕則單于長—大罪。

㈦以城自繞也。〔漢書蒯通傳〕必將—城固守。

㈧環陳也。〔山海經西山經〕—以百珪百璧。〔注〕—、謂陳之以環祭也。

㈨女兒也。〔蒼頡篇〕女曰—。男曰兒。〔按—兒析言之則有別。渾言之則男女亦可通稱也。〕

㈩馬喉下纓也。〔釋名釋車〕鞅。—也。下喉稱—。言纓絡之也。

(十一)胷前也。〔釋名釋長幼〕人始生曰—兒。胷前曰—。抱之—前。乳養之也。或曰嫛婗。嫛、是也。言是人也。婗、其啞聲也。故因以名之也。

(十二)—石。言石似玉。有符采—帶。所謂燕石是也。〔山海經北山經〕燕山多—玉。

(十三)九—。水火之怪也。〔淮南本經〕殺九—於凶水之上。

(十四)山名。〔隋圖經〕—山。幷州之主山。

(十五)晨—。右目童子也。〔雲笈七籤〕左、目童子名飛雲。右目童子名晨—。

(十六)姓也。晉大夫趙—。

(十七)人名。春秋時晏—。程—。

(十八)通纓。馬鞅也。〔國語晉語〕亡人之所懷挾—纕。

【嬰】於慶切音映敬韻

關中謂孩子曰—。見〔集韻〕。

【嬰】於正切纓去聲敬韻

—累。小弱也。見〔集韻〕。

【嬲】奴鳥切音嬈篠韻乃老切音惱晧韻

㈠戲相擾也。見〔廣韻〕。

㈡擿嬈也。〔文選嵇康書〕足下若—之不置。

㈢弄也。惱也。見〔三蒼〕。

【嬴】怡成切音盈庚韻

①帝少皞之姓也。見〔說文〕。〔王注〕晉語。黃帝之子青陽爲己姓。韋注。青陽金天氏帝少昊也。則少皞自是己姓。史記鄭世家。秦—姓。伯翳之後也。潛夫論。少皞氏有才子八人。後嗣有皋陶。其子伯翳。能議百姓。以佐舜禹。擾馴鳥獸。舜賜姓—。然則少皞之後伯翳乃姓—。或許說本云帝少皞之後姓也。今挩後字乎。秦、徐、江、黃、郯、莒、皆—姓。

②解也。〔禮記月令〕天地始肅不可以—。

③滿也。〔太玄玄數〕推三爲—。

④餘也。〔荀子非相〕緩急—絀。

⑤端也。〔史記趙世家〕命乎命乎。曾莫我—。〔注〕言命當貴盛。人莫知其端也。

⑥勝也。〔史記蘇秦傳〕—則兼欺舅與母。

⑦籯囊也。〔淮南氾論〕粗蹻—蓋。

⑧邊也。〔方言〕凡箭鏃胡合—者。

⑨沃衍也。〔山海經大荒東經〕是維—土之國。

⑩繞匝也。〔淮南要畧〕—垀有無之情。

⑪盆之也。〔周書大武〕一勝人必—。

⑫——。容也。見〔廣雅釋訓〕。

⑬夏爲長—。見〔爾雅釋天〕。

⑭—縮。猶行藏也。〔管子勢〕成功之道。—縮爲寶。

⑮黔—。造化神名。〔楚辭遠遊〕召黔—而見之兮。

⑯更—。古善射者。〔國策楚策〕更—謂魏王曰。臣爲王引弓虛發而下鳥。

⑰朱—。花名。〔初學記〕菊花、一名朱—。

⑱地名。〔左哀十五年傳〕公孫宿以其兵甲入于—。〔注〕—、齊邑。在泰山—縣。〔今山東萊蕪縣西北有—城。〕

⑲通盈。楚蔿賈字伯—。見〔左宣四年傳〕。〔呂覽知分注作伯盈。〕

【⿰女熙】虛其切音熙支韻

①婦人之稱也。見〔玉篇〕。

②婦人賤稱。見〔集韻〕。〔按舊字典引說文悅樂也。考說文媐、說樂也。从女。熙聲。無—字。〕

【嬤】忙果切音麼哿韻

俗呼母爲——。見〔字彙〕。〔按正字通云。—卽媽嫛之轉音。俗改从麼省作嫛。非。〕

【嬦】陳留切音儔尤韻。承呪切音授宥韻

女字。見〔集韻〕。

【嬧】在忍切音盡軫韻

女字。見〔集韻〕。、

【嬩】羊諸切音余魚韻。演女切音與語韻

女字也。見〔說文〕。〔通訓定聲云。與倢伃之伃畧同。〕

【嫬】常恕切音署御韻

女字。見〔集韻〕。

【嬫】于平切音榮庚韻

女字。見〔集韻〕。

【⿱畏女】烏回切音隈灰韻

颹或字。〔集韻〕低風謂之颹。或作—。

【嬒】胡感切音頷感韻

—害。惡性也。見〔廣韻〕。

【嬯】堂來切音臺灰韻

遲鈍也。闒—亦如此。見〔說文〕。〔長箋〕闒—、浙省方言曰阿帶。愚戇貌。阿入聲。帶平聲。一曰阿獃。

【⿰女尉】紕招切音漂蕭韻

女字。見〔集韻〕。〔字彙漢公主名〕。

【嬳】鬱縛切音嬳屋邛切音矆藥韻

作姿態也。江南謂之妒。山東謂之—。見〔集韻〕。

【嬳】胡故切音護遇韻

惜也。見〔玉篇〕。

【⿱麸女】疏臻切音莘眞韻

有—氏。國名。〔漢書古今人表〕女志。〔注〕鮌妃有—氏女。生禹。〔又〕人名。見〔漢書古今人表〕〔注〕湯中妃。生大丁。〔師古曰〕—與莘同。

【⿰女參】七含切音參覃韻

貪也。見〔字彙補〕。

【⿰女綿】彌延切音緜先韻

女字。見〔字彙補〕。

【⿱毄女】嫛本字。見〔說文〕。

【⿰女賔】古嬪字。見〔集韻〕。

【⿰女瘱】同瘱。見〔集韻〕。

【嫸】同嫸見〔字彙〕。

【𡢻】同嬗見〔正字通〕。

【𡣍】同姚見〔篇海類編〕。

【嫭】同娖見〔集韻〕。

【蔢】佛經婆字見〔字彙補〕。

【嫾】嬚俗字見〔正字通〕。

【嫛】嫛譌字見〔正字通〕。

十五畫

【嬽】縈緣切音娟先韻

●一 好也。見〔說文〕。〔注〕此今人所書娟字也。

●二 眉兒見〔集韻〕。

●三 糾覰貌。〔正字通〕鍾鼎文。㬎、即顯字。加女爲—以二目糾覰也。

●四 ——。柔曲貌。〔漢書司馬相如傳〕柔橈——。〔按史記作嬛嬛。索隱云。骨體耎弱長豔貌也。張揖曰。嬛、猶婉婉也。文選作嬽嬽〕

【嬛】縈玄切音淵先韻 ——。容也。見〔廣雅釋訓〕。

【嬛】透關切音灣删韻 容媚也。見〔集韻〕。

【𡤆】施隻切音釋陌韻 同適。嫡人謂嫁曰—。〔元包經〕隨女有—。〔注〕出而從夫也。

【嬸】式荏切音審寑韻 俗謂叔母曰—。見〔集韻〕。〔按今俗呼夫之弟婦亦曰—〕

【嬺】眤力切音憶職韻 淑善也。〔文選宋玉賦〕澹清靜其愔—兮。〔注〕—、淑善也。又和靜貌。韓詩曰。—、悅也。說文曰。—、靜也。蒼頡篇曰。—、密也。〔按字彙。—、同嫕。正字通。—、俗嫕字。又字彙嫕訓婬嫕。正字通云。凡相狎近者謂之嫕。與文選李注迥異。舊字典引神女賦於同嫕之下。義訓相背。又引列女傳梁有婦人—焉。有婦人而以淫嫕狎近命名者乎。今俱不從。特以選注立義。〕

【𡣿】弋灼切音藥。式灼切音爍。藥韻 美皃。見〔集韻〕。

【㜢】兩舉切音呂語韻 ——。不欲爲也。見〔集韻〕。

【𡣎】七蓋切音蔡泰韻 女字。見〔集韻〕。

【𡤞】子列切音蠽屑韻 好也。見〔集韻〕。

【嬻】徒谷切音獨屋韻 媟—也。見〔說文〕。〔段注〕單言之曰媟。曰—。衆言之曰媟—。國語。陳侯淫於夏氏。不亦—姓矣乎。今人以媟瀆字爲之。瀆行而—廢矣。

【𡤎】職日切音質質韻 女字。見〔集韻〕。

【嬼】力久切音柳有韻 蔞、嫪。見〔集韻〕。

【嬼】力救切音溜宥韻 妖也。見〔集韻引埤蒼〕。

【嬼】力求切音留尤韻 美也。見〔集韻〕。

【嬛】嬛本字。見〔說文〕。

【嬌】同嬌見〔集韻〕。

【孆】俗嬰字。見〔正字通〕。

十六畫

【嬾】洛旱切音懶旱韻

●一 懈也。一曰臥也。見〔說文〕。〔段注〕大徐作臥也。小徐作臥食。今正。臥部曰。楚謂小—曰𡕓。从臥食。因之。或奪一字。或析爲二字耳。〔按正字通云。正譌。女性多怠。故从女。謂俗不當別作懶。按懶與—通。正譌泥女性必从—。廢懶非。〕

●二 —殘僧號。〔高僧傳〕衡岳寺僧性—而食殘。號—殘。〔按正字通云。—有上平二聲。蘇軾次韻毛滂詩。芋火對—殘。注平聲。讀如闌。〕

【嬹】許應切興去聲徑韻 〔按與字从舁同。應列十六畫。舊字典沿字彙正字通之譌。收入十五畫。今正。〕

●一 說也。見〔說文〕。〔段注〕說、今之悅字。

●二 喜也。見〔廣雅釋詁〕。

●三 女名。見〔集韻〕。

【嬴】怡成切音盈庚韻 好也。〔方言〕娥、—、好也。秦曰娥。宋魏之閒謂之—。

【嬚】余廉切音閻鹽韻

女字。見〔集韻〕。

【嬝】乎乖切音懷佳韻 安和也。見〔集韻〕。

【嬚】先彫切音蕭蕭韻 女名。見〔集韻〕。

【嬿】伊甸切音晏諫韻 女字也。見〔說文〕。

【嬿】於殄切音蝘銑韻 —婉。好貌。〔韓詩新臺〕—婉之求。〔按毛詩作燕。傳曰。燕、安。婉、順也。〕

【嬿】因蓮切音烟先韻 女字。亦書作嬿。見〔集韻〕。

【孈】下戒切音解卦韻 女字。見〔篇海類編〕。

【嬛】奴了切音裊篠韻 腰—。見〔篇海類編〕。

【𡤟】郎狄切音力職韻 女字。見〔篇海類編〕。

【孆】古裹字。見〔字彙補〕。

【𡣾】古嬪字。見〔集韻〕。

【𡣍】妘籀文。見〔說文〕。

【𡤏】瞽俗字。見〔正字通〕。

十七畫

【嬻】舉天切音嬌蕭韻 矩鮨切音篚尾韻 苦糺切謳上聲有韻 兼忝切音慊琰韻 訖得切音覈職韻

㊀竦身也。讀若詩糾糾葛屨。見〔說文〕。〔段注〕竦者、敬也。从立束。自申束也。竦身、取自申之意。凡言夭嬌者。當用此字。讀如糾字。—字古音正如是。今—居天切。音之轉也。

㊁材也。見〔廣雅釋詁〕。

【𡤶】魚列切音孽屑韻

㊀庶賤也。〔漢書賈誼傳〕庶人—妾緣其履。〔按說文通訓定聲云。庶子旁出之義。本當爲孽之轉注。从子者。恐係後出字。〕

㊁災也。〔漢書劉向傳〕—火燒宮。

㊂妖孼也。〔史記龜策傳〕妖—數見。〔注〕說文。衣服謌謠草木之怪謂之妖。禽獸蟲蝗之怪謂之—。〔按說文本作蠥。段注。禽獸蟲蝗之字。皆得从虫。故蠥从虫。諸書多作孼。俗作—。〕

【孃】如陽切音穰奴當切音囊陽韻 汝兩切音壤養韻 煩擾也。一曰肥大也。見〔說文〕。〔段注〕今人用擾攘字。古用—。賈誼傳作搶攘。莊子在宥作傖囊。楚詞作恇攘。俗作劻勷。皆用段借字耳。今攘行而—廢矣。方言。䑋、盛也。秦晉或曰䑋。凡人言盛及其所愛。偉其肥晠謂之䑋。郭注云。肥䑋多肉。按肉部既有䑋字矣。此與彼音義皆同也。

【孃】女良切音娘陽韻

㊀母也。〔南史齊宗室傳〕帝謂子良曰。汝何不讀書。曰—今何處。何用讀書。帝即召后還。〔按段玉裁云。廣韻。—、女良切。母稱。娘、亦女良切。少女之號。唐人此二字分用畫然。故耶—字斷無有作娘者。今人乃罕知之矣。〕

㊁君稱太后曰——。〔龍川雜志〕宋仁宗稱劉氏爲大——。楊氏爲小——。〔又〕姉稱姑亦曰——。如明魏廊園之妻稱廊園之母曰——。見〔黃煜碧血錄〕。〔按今人亦有是稱。〕

【孅】思廉切音銛千廉切音籤鹽韻

㊀兑細也。見〔說文〕。〔段注〕兑、各本作銳、集韻類篇皆作兑。兑者、悅也。漢書曰。古之治天下。至—至悉也。—與纖音義皆同。古通用。

㊁細也。〔漢書司馬相如傳〕嫵媚—弱。〔注〕—、細也。—弱、總謂骨體也。〔按文選注謂容禮—細柔弱也。〕

㊂—趨猶足恭也。〔史記日者傳〕—趨而言。

㊃—阿。古善御者。〔史記司馬相如傳〕—阿爲御。

【孀】師莊切音霜陽韻色壯切霜去聲漾韻 寡婦也。〔淮南原道〕童子不孤。婦人不—。

【嬔】乎萬切音娩願韻 匹耦。見〔集韻〕。

【孁】郎丁切音靈青韻 女字也。見〔說文〕。〔段注〕漢婦官十四等中有娛靈。靈蓋可作—。

【㜷】民卑切音彌支韻綿批切音迷齊韻

齊人呼母曰—。見〔集韻〕。

【𡤼】息淺切音獮銑韻

女字。見〔集韻〕。

【嫛】烏奚切音醫支韻

人始生曰—。見〔篇海類編〕。

【𡤽】之六切音祝屋韻

美女也。見〔川篇〕。

【孄】同嬾。見〔集韻〕。

【𡤾】同嫠。見〔集韻〕。

【嬖】嬖俗字。見〔正字通〕。

十八畫

【孈】演尒切音酏盦水切音唯尹揰切音蘼羽委切音蔿紙韻胡卦切音畫卦韻呼恚切音毀寘韻山垂切音𦂳規切音睢支韻

●恚戇多態也。讀若隓。見〔說文〕。

●北方神名也。〔楚辭傷時〕遇神—兮宴娭。

●過也。見〔集韻〕。

四 好皃。見〔集韻〕。

【𡤞】權俱切音劬虞韻

●蠻夷歌。見〔集韻〕。

●女字。見〔集韻〕。

【𡤐】烏侯切音謳尤韻

巴人歌。見〔集韻〕。

【孇】疎江切音雙江韻

女字。見〔集韻〕。

【𡤹】昵洽切音䮔洽韻

美也。見〔集韻〕。

【𡤸】止兗切音囀銑韻

女名。見〔篇海類編〕。

【𡤻】嫖本字。見〔說文〕。

【孉】同婘。見〔正字通〕。

【𡤺】孋俗字。見〔正字通〕。

十九畫

【𡤿】則旰切音贊翰韻

●白好也。見〔說文〕〔段注〕色白之好也。

●好容皃。見〔玉篇〕。

●服飾鮮盛謂之嬻—。見〔通俗文〕。

四 綺也。見〔聲類〕。

五 不恭。見〔集韻〕。

【𡤻】才贊切音瓚翰韻

不謹。見〔集韻〕。

【孋】鄰知切音離支韻

●同驪。〔淮南說林〕獻公之賢。欺於—姬。〔按左氏昭公二十八年傳注。晉申生以驪姬廢。釋文云。—姬、本又作麗。亦作孋。同力知反。公伐驪戎所得而以爲夫人。〕

●姓也。漢有—仲仁。

【孋】郎計切音麗霽韻

美也。見〔集韻〕。

【孌】力轉切音臠銑韻力卷切音戀霰韻

●慕也。見〔說文〕〔段注〕此篆在籀文爲嫡。順也。在小篆爲今之戀。慕也。凡許書複見之篆。皆不得議删。廣韻三十三線曰。戀、慕也。—、戀、爲古今字。

●順也。見〔廣韻〕。

●好貌。〔詩泉水〕—彼諸姬。

四 好壯貌。〔詩猗嗟〕猗嗟—兮。

五 美貌。〔詩車舝〕思—季女逝兮。

六 本作𡢃〔集韻〕戀從也。或作—。

【孌】盧丸切音鸞寒韻謨還切音蠻刪韻

女字。見〔集韻〕。

【孌】閭員切音攣先韻

樊也。見〔集韻〕。

【孋】良何切音羅歌韻

女字。見〔集韻〕。

【孊】母被切音靡紙韻

女字。漢許皇后姊—。見〔集韻〕。

【嬫】同鑠。〔漢郭亮碑〕於—我君。

【孄】同嬾。見〔集韻〕。

【孌】同孌。見〔五音集韻〕。

二十畫

【孍】魚杴切音嚴鹽韻

女字。見〔集韻〕。

【𡤟】魚檢切音儼琰韻

好女皃。見〔玉篇〕。

【𡤠】邱加切音㐲麻韻

窒—。女作姿態。見〔廣韻〕。

【孃】同孃。見〔集韻〕。

二十一畫

【孎】朱欲切音燭沃韻竹角切音斲覺韻
●一謹也。見〔說文〕。
●二善也。見〔集韻〕。

【孎】殊玉切音蜀沃韻
女字。見〔集韻〕。

【孎】珠玉切音擉沃韻
摘—。女謹順皃。見〔集韻〕。

【孏】孏本字。見〔正字通〕。

【孏】同嬾。〔後漢王丹傳〕每歲農時。輒載酒肴於田間。候勤者而勞之。其墮—者恥不致丹。皆兼功自厲。

【嬶】同嬶。見〔集韻〕。

二十二畫

【孌】烏關切音灣刪韻
女字。見〔篇海類編〕。

二十三畫

【孍】同嬐。見〔集韻〕。

【孍】同孌。見〔集韻〕。

二十四畫

【䨻】芳遇切音赴遇韻
兔子。見〔龍龕手鑑〕。

【䨻】芳万切音嬔願韻
鳥伏卵也。見〔龍龕手鑑〕。

【孍】同豔。〔字彙補〕與豔同。見張九成橫浦集。

※土部※

【土】統五切吐上聲麌韻
●一地之吐生萬物也。二、象地之上地之中。—、〔字之竪畫〕物出形也。見〔說文〕。〔段注〕二橫當齊長。士字則上十下一。上橫直之長相等。而下橫可隨意。今俗以下長爲—字。下短爲士字。絕無理。
●二五行之一也。其色黃。其數五。其位中央。以配人倫則爲君官。以配五常則爲信。以配時氣則爲夏中。以配五音則爲宮。以配五星則爲塡星。以配臟腑則爲脾胃。
●三坊也。〔禮記郊特牲〕—反其宅。
四田也。見〔爾雅釋言〕。
五居也。〔詩緜〕自—漆沮。
六鄉也。〔論語里仁〕小人懷—。
七地祇也。〔公羊僖三十一年傳〕諸侯祭—。〔注〕—、謂社也。〔古稱后—〕。
八官名。周禮地官有—均—訓。夏官有—方氏。
九八音之一。〔周禮大師〕播之以八音。金石—革絲木匏竹。
十度也。〔周禮大司徒〕以—圭—其地。
十一瀉也。見〔廣雅釋言〕。〔疏證〕春秋元命苞。—之爲言吐也。說文。吐、寫也。釋名。吐、瀉也。故揚豫以東謂瀉爲吐也。
十二推手小下之也。〔周禮司儀〕—揖庶姓。
十三事業也。〔皇極經世〕天子以九州爲—。仲尼以萬世爲—。
十四姓也。宋—皋明—進良—坦。
十五用其—人爲官長。曰—官。〔元史仁宗紀〕章—官黃法扶何凱並以方物來貢。
十六—鼓。樂器名。〔周禮籥章〕掌—鼓豳籥。〔注〕—鼓以瓦爲匡。以革爲兩面。可擊也。
十七—化。今糞穜之肥料也。〔周禮草人〕掌—化之法。以物地相其宜而爲之種。
十八—著。常居不遷徙也。〔史記西南夷傳〕其俗或—著。或移徙。
十九—木。治第宅也。〔國語晉語〕今—木勝。臣懼其不安人也。
二十—周。塈周也。夏后氏葬中殤下殤之禮。〔禮記曾子問〕下殤—周葬于園。

(廿一)踐、—。地名。〔春秋僖二十八年〕盟于踐—。〔按踐—。鄭地。括地志云。滎澤縣西北十五里有王宮城。城內東北隅有踐—臺。據此。踐—當在河南滎澤縣境。〕

(廿二)京、—水名。〔淸一統志〕—京水在今山西孝義縣西十五里。

(廿三)地、—闞名。〔明一統志〕—地闞在施州衞木冊忠峒路口。〔按施州衞。明置。淸設恩施縣。—地闞當在今湖北恩施縣境。〕

(廿四)毛、—草也。〔後漢馬融傳〕其—毛則權牧薦草芳茹甘荼。

(廿五)鹵、—杜衞也。〔爾雅釋草〕杜—鹵。〔注〕似葵而香。

(廿六)㯬鼠名。〔明一統志〕㯬鼬—蓮—㯬鼠。

(廿七)磔—蠭也。〔爾雅釋蟲〕—蠭蠰谿。〔注〕似蝗而小。今謂之—磔。

(廿八)鐵。水族名。〔明一統志〕寧波府—蓮—鐵。海中出。

(廿九)—耳其。國名。即古突厥。一名阿多曼帝國。今日屬地猶跨亞歐非三洲。回敎國以—耳其爲最大。英文 Turkey。

(三十)—星、太陽系第六位之行星。其對徑比地球加八倍。本體之外。另有光環。環似有三層。外二層十分光明。有衞星八個。一萬七百五十九日繞太陽一周。英文 Saturn。

【土】　動五切。音杜。㰻韻

(一)根也。〔詩鴟鴞〕徹彼桑—。

(二)通杜。〔通訓定聲〕根在—。即謂之—。據方言荄杜根也。則借爲杜。〔韓詩鴟鴞作徹彼桑杜。〕

【土】　董五切。音覩。㰻韻

圜—、獄城也。〔周禮大司寇〕以圜—聚敎罷民。

【土】　同都切。音徒。虞韻

—門、北方之族。門音瞞。見〔北周書異域傳〕。

【土】　丑下切。音奼。馬韻

—苴、如糞草也。〔莊子讓王〕其—苴以治天下。〔李注〕—苴。糟魄。皆不眞物也。〔釋文〕—苴。無心之貌。

一畫

【圠】　乙黠切。音軋。黠韻

(一)土密凝也。見〔六書故〕。

(二)坱—。不測也。見〔方言〕。

(三)坱—。冲融無迹貌。〔史記賈誼傳〕大專槃物兮坱—無垠。〔按文選作大鈞播物。〕

(四)通軋。〔漢書揚雄傳〕據軨軒而周流兮。忽軮軋而亡垠。〔按文選作坱—。〕

【壬】　丑郢切。音逞。梗韻

善也。从人士。士、事也。一曰。象物出地挺生也。見〔說文壬部〕。〔段注〕手挺、疊韻。此說象形。與前說別。上象挺出形。下當是土字也。古土與士不甚可分如此。〔按說文前誼當收入士部。而字彙、正字通、六書正譌、康熙字典並从後誼收入土部。今因之。〕

【壬】　展里切。音徵。薺韻

澄也。見〔類篇〕。〔按類篇今本作證也。疑舊注誤。存參。〕

【壬】　唐丁切。音廷。靑韻

同莛。〔集韻〕莛、莖也。一曰屋梁也。或作—。

【壬】　知陵切。陟平聲。蒸韻

同徵。亦作敳數。〔集韻〕徵。古作敳、數—。

二畫

【玊】　於扃切。霙韻。

埋也。見〔龍龕手鑑〕。

【圣】　苦骨切。音窟。月韻

(一)汝潁之閒謂致力於地曰—。見〔說文〕。〔段注〕此方俗語也。致力必以手。故其字从又土。會意。

(二)—、致力無餘功貌。見〔方言〕。

(三)通勏。〔說文義證〕或作勏。廣韻。勏、力作也。

【圢】　他頂切。音珽。迥韻

平也。一曰田踐處。見〔集韻〕。

【圢】　他典切。音腆。銑韻

坦也。見〔集韻〕。

【圤】　渠巾切。音苙。眞韻

土壁也。見〔集韻〕。

【圤】　匹角切。音璞。覺韻。普木切。音攴。屋韻

塊也。〔淮南說林〕土勝水。非一—塞江。

【圥】　力谷切。音陸。屋韻

地蕈曰菌—。見〔雜字韻寶〕。〔按說文作𡴆。入屮部。〕

【圳】之深切音斟侵韻
圳古國名。省作｜。見〔正字通〕。〔詳斟字〕。

【在】叢亥切賄韻　昨代切音載隊韻

〖同訓〗

(一)本作在。〔說文〕在。存也。从土才聲。
(二)生存也。〔論語里仁〕父母｜不遠遊。
(三)存問之也。〔左襄二十六年傳〕吾子獨不｜寡人。
(四)居也。〔易乾〕｜下位而不憂。
(五)察也。〔書舜典〕｜璿璣玉衡以齊七政。
(六)伺其隙也。〔國策秦策〕樗里疾、公孫衍二人｜爭之。〔按新序。｜作讒〕。
(七)終也。見〔爾雅釋詁〕。
(八)蓄也。〔詩小弁〕天之生我我辰安｜。
(九)行｜。天子行宮。〔漢書武帝紀〕徼諸行｜。
(十)見｜。今時也。對於過去未來之別。〔金剛經〕過去心不可得。見｜心不可得。未來心不可得。
(十一)自｜。安部貌。〔杜甫詩〕呼兒自｜掩柴門。
(十二)所｜。所到處也。〔宋史高宗紀〕詔中原流寓士人聽於所｜州郡附試。
(十三)｜｜。猶言處處也。〔楊萬里詩〕新晴｜｜野花香。
(十四)徵｜。孔子母名。〔禮記檀弓〕夫子之母名徵｜。
(十五)帝｜。脾神名。見〔黃庭經〕。
(十六)姓也。晉汝南太守｜育。

【圩】丘俱切音于虞韻

(一)江淮間水高于田。築堤扞水曰｜。〔見史記孔子世家注〕。
(二)窪也。〔史記孔子世家〕孔子生而｜頂。故名丘。

【圪】逆乙切音耴質韻

(一)本作圪。〔說文〕圪。牆高皃也。詩曰。崇墉圪圪。
(二)通仡。〔詩皇矣〕崇墉仡仡。〔按魯靈光殿賦注又引作屹〕。

【圪】魚迄切音疙物韻

高土也。見〔集韻〕。

【圪】於乞切㣈入聲物韻　女涉切音聶葉韻

高皃。見〔集韻〕。〔按｜本從气。詳圪字〕。

【圭】涓畦切音閨齊韻

(一)瑞玉也。上圜下方。見〔說文〕。〔段注〕瑞者以玉爲信也。｜之制、上不正圜。以對下方言之。故曰上圜。上圜下方。法天地也。
(二)大｜。天子之｜。〔周禮典瑞〕王晉大｜。

大圭圖

(三)絜也。〔孟子滕文公〕卿以下必有｜田。
(四)量名。〔算經〕六粟爲｜。十｜爲抄。
(五)執｜。楚爵也。〔淮南道應〕列田百頃而封之執｜。〔注〕楚爵功臣賜以｜。謂之執｜。比附庸。
(六)｜角。廉也。〔韓愈石鼎聯句〕磨礱去｜角。
(七)｜瓚。禮器也。〔禮記祭統〕君執｜瓚。
(八)土｜。測日景之器。〔周禮大司徒〕以土｜之法測土深正日景以求地中。
(九)刀｜。食物名。〔清異錄〕高麗博學記。酥名一刀｜。醍醐名小刀｜。酪名水刀｜。乳腐名草刀｜。〔又〕取藥之具。〔庾信詩〕量藥用刀｜。
(十)｜窬。穿牆狀如｜也。〔禮記儒行〕篳門｜窬。

【圮】部鄙切音否　象齒切音以紙韻

(一)毀也。〔虞書〕曰。方命｜族。見〔說文〕。
(二)水毀也。〔孫子九變〕｜地無舍。〔注〕水毀曰｜。

【地】大許切音弟寘韻

(一)元氣初分。輕清昜爲天。重濁侌爲｜。萬物所陳列也。見〔說文〕。〔段注〕元者始也。陳、各本作陳。今正。攴部曰。陳者列也。
(二)｜球。廣大之土塊。形如球。圍繞太陽。自西向東運行。亦行星之一也。吾人生息於其上。
(三)坤爲｜。見〔易說卦〕。
(四)土之別名也。見〔白虎通五行〕。
(五)萬物之本原。諸生之根菀也。見〔管子水地〕。
(六)天之合也。見〔春秋繁露王道通三〕。
(七)政之本也。見〔管子乘馬〕。
(八)形也。見〔鶡冠子度萬〕。
(九)理也。見〔鶡冠子夜行〕。

⑩易也。言養物懷任交易變化含吐應節也。見〔春秋元命苞〕。
⑪底也。其體底下載萬物也。見〔釋名釋地〕。
⑫旅也。諦也。應變施化。審諦不誤。見〔爾雅釋地釋文〕。
⑬一之爲言媲也。承天行其義也。見〔春秋說題辭〕。
⑭基也。〔國策韓策〕以大王之明。秦兵之彊。棄霸王之業一。
⑮所居也。〔孟子離婁〕禹稷顏子。易一則皆然。
⑯一官。周官大司徒也。周禮一官掌天下土一之圖。周知廣輪之數。又以土會之法。辨五一之物生。又遂人辨采一三百里之外。其野之土。上一中一下一。又司勳掌六卿賞一之法。以等其功。
⑰賓也。〔金闕經〕其門十二。各有標名。墨書粉一。
⑱伹也。〔漢書丙吉傳〕西曹一忍之。〔注〕李奇曰。一猶第也。
⑲語助詞。〔通俗編〕杜甫詩。特一引紅粧。李白詩。相看月未墮。白一斷肝腸。盧仝詩。鎖聲摋一起風雷。王建詩。忽一下階縱帶解。楊萬里詩。晒麟攞祿立一乾。
⑳愻一。俗言如此也。〔通俗篇〕說文愻下齋也。徐注曰。心所齋卑下也。俗言如此也。按今云愻一之愻。乃如此之義。朱子語錄云。聖人作易。教人去占。占得愻一便吉。愻一便凶。
㉑田一。猶言地位也。〔朱子文集〕方就此田一上推尋義理。
㉒俗以人初生世爲落一。〔陶潛詩〕落一爲兄弟。何必骨肉親。
㉓一連。複姓。〔古今姓氏書辯證〕後魏有一連氏。又一倫。代北人複姓。康居九姓。一曰戊一。見唐西域傳。
㉔古作墜。〔漢書郊祀志〕官天墜之祀。
㉕亦作埊。〔管子山權數〕故天毀埊凶旱水泆。民無入於溝壑乞請者也。
㉖或作隆。〔文選班彪賦〕登障隆而遙望兮。〔李注〕隆或爲墜。說文曰。墜古文一字也。
㉗或作壓。〔無極山碑〕與兕壓俱生。

【圯】敫之切音詒支韻
東楚謂橋爲一。見〔說文〕〔桂注〕廣韻。一土橋名。在泗州。史記留侯世家。良嘗閒從容步游下邳一上。李奇曰。下邳人謂橋爲一。

【圬】汪胡切音烏虞韻
杇或字。〔集韻〕杇。杇所以塗也。秦謂之杇。關東謂之槾。或作一。

【圳】市流切音酬尤韻
江楚閒田畔水溝謂之一。見〔字彙補〕。

【圳】子鴆切音浸沁韻
粵人以通水之道爲一。見〔觚賸〕。

【坸】職略切音勺藥韻
土跡也。見〔集韻〕。

【青】區羊切音羌陽韻
幬帳之象。〔正字通〕按說文冂部。肯篆作肯。孫愐苦江切。从冂。屮其飾也。屮卽之字。周伯琦曰。幬帳旛旗之象。又帳極也。象形。隸作㡚。俗作幢。字彙不考。附入土部。增音。却並非。

【圵】待朗切音蕩養韻
高田。與南北字不同。見〔海篇〕。

【坴】苦洽切音恰洽韻
地名。見〔篇海類編〕。

【圱】倉先切音千先韻
廣三里之田也。見〔倉頡篇〕。

【圲】古俗字。見〔集韻〕。

【圫】古壞字。見〔集韻〕。

【圩】同圱。見〔集韻〕。

【至】同基。見〔鐘鼎文〕。

四畫

【圻】渠希切音祈微韻
①京城四周千里之稱。〔左昭二十一年傳〕天子之地一一。
②界也。見〔周禮職方注〕。
③一父。司馬掌王畿之兵甲。〔書酒誥〕一父薄違。
④同畿。〔穀梁隱元年傳注〕天子畿內。〔釋文〕畿本或作一。
⑤同祈。〔詩祈父序疏〕古祈一畿同。字得通用。
⑥同碕。〔文選謝靈運詩〕臨一阻參錯。〔李注〕埤蒼曰。碕、曲岸頭也。碕與一同。

【圻】通垠。〔說文〕垠或从斤。〔按

淮南俶眞訓。四達無竟通于無一。注云。一、垠字也。

【址】 渚市切音止紙韻

阯或字。基也。見〔說文〕。

(三)界域也。〔王粲賦〕樹重置於西一。基一事物之根本也。〔後漢仲長統傳〕立至化之基一。

【坂】 甫遠切音反阮韻部版切音返潸韻

阪或字。〔集韻〕阪。坡者曰阪。一曰澤障。一曰山脅也。或从土。或从山。蒲一地名。〔水經河水注〕蒲一縣。地理志曰。縣故蒲也。應劭曰。秦始皇東巡見有長一。故加一也。孟康曰。秦人還蒲於魏。魏人喜曰。蒲反矣。故曰蒲反也。〔按〕一故有返音。在今山西永濟縣東南。

【坄】 營隻切音役陌韻度侯切音頭尤韻

匈竈窯也。見〔說文〕。〔王注〕匈窯古今字。廣雅竈謂之竈。其窯謂之一。或作坐。〔儀禮士喪禮〕爲坐於西牆下。〔注〕坐、塊竈。或作炈。〔玉篇〕炈、匈竈囪。

【均】 規倫切音鈞眞韻

(一)平徧也。見〔說文〕。〔段注〕平而而也。言無所不平也。
(二)易也。見〔爾雅釋詁〕。
(三)賦也。見〔廣雅釋言〕。
(四)坤爲一。見〔易說卦〕。
(五)同也。〔國語晉語〕一是人也。
(六)等也。〔史記酷吏傳〕末嘗敢一茵伏。
(七)調也。〔詩皐皐者華〕六轡既一。
(八)謂一平其聲也。〔禮記月令〕一琴瑟管簫。
(九)度也。〔周禮司稼〕掌一萬民之食。
(十)陶者之輪也。〔管子七法〕猶立朝夕於運一之上。
(十一)漢時酒量名。二千五百石也。〔漢書食貨志〕令官作酒以二千五百石爲一一。率開一盧以賣。
(十二)地名。古麋國。漢南陽郡地。隋置一州。當今湖北一縣。
(十三)一人、土一。周官名。周禮一人。掌一地政。一地守。一地職。一人民牛馬車輦之力政。又土一、掌平土地之政。以一地守。以一地事。以一地貢。
(十四)一輸。漢官名。〔漢書百官表〕大司農屬官有一輸平準令丞。
(十五)成一。五帝學名也。〔周禮大司樂〕掌成一之法。以治建國之學政。
(十六)大一。軍禮之一。〔周禮宗伯〕二曰大一之禮恤衆也。
(十七)一田。除田也。〔大戴禮夏小正〕農率一田。
(十八)同鈞。〔書呂刑〕其罪惟一。〔按史記周本紀引作惟鈞其過〕
(十九)通畇。〔說文王注〕釋訓畇畇。田也。釋文引字林。一一。田也。是知畇卽一之異文。
(二十)通袀。〔左僖五年傳〕一服振振。〔漢書律曆志〕一作袀。
(廿一)通旬。〔禮記內則〕旬而見。〔注〕旬、當爲一。

【均】 王問切音韻問韻

古韻字。〔文選成公綏賦〕音一不恆。

【坈】 苦對切隊韻諾叶切音捻葉韻

(一)深也。見〔廣韻釋詁〕。
(二)深也。見〔集韻〕。
(三)靜也。見〔集韻〕。
(四)空也。見〔集韻〕。

【坉】 徒混切音屯元韻徒損切音沌阮韻

(五)水不通。不可別流。見〔玉篇〕。
(六)草土壅水曰一。見〔玉篇〕。
(七)田隴也。今西北莊家曰一子。見〔玉篇〕。

【坊】 分房切音方陽韻

(一)邑里之名。古通用埅。見〔說文新附〕。
(二)別屋也。〔文選何晏賦〕屯一別署三十有二。〔注〕聲類曰。一、別屋也。方與一、古字通。
(三)土型也。〔淮南齊俗〕鑪橐埵一設非巧冶不能以治金。
(四)區也。見〔華嚴經音義引韻林〕。
(五)望也。〔通訓定聲〕防又爲望。按今建一字言衆所望也。〔按舊制旌表節孝義科上壽皆給帑建一〕。
(六)俗稱市肆亦曰一。〔談苑〕郭貺先下馬入茗一呼卒共啜。
(七)春一。東宮也。〔唐書百官志〕東宮官有左春一、右春一等名。
(八)寶一。僧寺也。〔雞跖集〕給孤長者以黃金布地爲伽藍。故號寶一。
(九)敎一。樂戶也。〔北里志序〕京中飲妓。籍屬敎一。
(十)作一。猶今工廠也。〔五代史史宏肇傳〕隱帝夜聞作一鍛甲聲。

(十五)州名。〔唐書地理志〕—州中部郡。武德二年。析鄜州之中部鄜城置。〔按方輿紀要鄜州洛川縣東南三十里有鄜城。據此—州當在今陝西洛川縣境。〕(十六)同方。〔史記孔子世家〕—叔。〔按古今人表作方。〕(十七)姓也。見〔統譜〕。

【坊】符方切音房陽韻甫妄切音放漾韻

(一)障也。〔禮記坊記〕君子禮以—德。刑以—淫。命以—欲。(二)隄也。〔禮記郊特牲〕祭—與水庸。事也。(三)同防。〔禮記經解〕夫禮禁亂之所由生。猶—止水之所自來也。〔釋文〕—本又作防。

【坋】父吻切音憤吻韻符問切音分問韻

(一)塵也。一曰—大防也。見〔說文〕〔段注〕凡爲細末糝物若被物者。皆曰—。五行志棄灰於道者黥。孟康曰。商鞅以棄灰於道必—人。—人必鬥。故設黥刑以絕其源。按—之言被也。(二)糝也。〔漢書貨殖傳〕胃脯。〔注〕以末椒薑—之。(三)通墳。〔詩汝墳〕遵彼汝墳。〔傳〕墳、大防也。

【坌】方問切音糞問韻

坌或字。〔集韻〕坌、掃除也。或作—。

【坌】蒲悶切音坌普悶切音歕願韻

(一)塵也。〔元好問詩〕鐺鐺集微—。(二)積也。〔國史見聞誌〕輻裂汙—。獨而塵起。(三)並也。〔漢書司馬相如傳〕—入曾宮之嵯峨。(四)聚也。〔唐書儒學傳〕—集京師。(五)涌貌。〔後漢書馬融傳〕飛辭騁辯。溢氣—涌。(六)撥塵土也。〔廣異記〕牛自埋身於土。湫—成潭。

【坎】苦感切音欿感韻

(一)陷也。見〔說文〕。(二)卦名。坎下坎上。〔易坎〕習—。有孚。維心亨。(三)水也。見〔易說卦〕。(四)下也。見〔易雜卦〕。(五)險也。見〔釋名釋天〕。(六)眾也。見〔國語晉語〕。(七)勞也。見〔國語晉語〕。(八)恨也。〔楚辭蟄懷〕哀僕夫之—毒兮。(九)憂也。〔太玄內〕—我西階。(十)設祭之地。〔禮記祭法〕相近於—。坎祭寒暑也。〔疏〕寒則于—。寒陰也。〔按祭法又曰。四—坎。祭四方也。疏云。—以祭川谷泉澤。〕(十一)壙穴也。〔禮記檀弓〕其—深不至於泉。(十二)口中鄂也。俗謂口中上鄂曰上—。〔淵鑒類函〕貓口中九—。捉四季。言口內九—者能四季捉鼠也。〔按凡鄂皆有棱。九—謂有九棱也。〕(十三)律銓也。見〔爾雅釋言〕〔注〕—卦主法。法律皆所以銓量輕重。(十四)酒器。〔爾雅釋器〕小罍謂之—。〔注〕酒尊形似壺。大者受一斗。(十五)——。鼓聲。〔詩伐木〕——鼓我。(十六)——。用力聲。〔詩伐檀〕——伐檀兮。(十七)——。醬也。見〔爾雅釋訓〕。(十八)—壈。不遇貌。〔楚辭離世〕志—壈而不違。(十九)—坷。不平也。〔漢書揚雄傳〕濊南巢之—坷兮。(二十)九—。星名。〔晉書天文志〕九—九星在牽牛南。(二十一)—拿大。英國在美州屬地。有憲法國。自行政權則由英所派總督掌之。英文（Canada）。(二十二)姓也。宋附馬有—氏。見〔統譜〕。(二十三)通埳。〔莊子秋水〕獨不聞埳井之鼃乎。〔按玉篇云。同—。〕(二十四)通峪。〔文選馬融賦〕峪谷嶮巇。〔注〕峪即—也。(二十五)通欿。〔易坎〕習—。〔按京房劉表本作欿。又詩——伐檀石經作欿。〕(二十六)通歁。〔楚辭蟄懷〕哀僕夫之—毒兮。〔注〕—一作歁。補曰。歁音—、食不滿也。(二十七)通墈。〔禮記雜記〕四十者待盈—。〔注〕—或爲墈。

【坎】呼甘切音蚶覃韻

憨或字。〔集韻〕憨憨也。或作歛、—。〔按類篇欠部从亡不从土。〕

【坎】苦紺切音勘勘韻

險岸也。見〔集韻〕。

【坏】鋪枚切音胚蒲枚切音裴灰

韻

(一)丘一成者也。一曰瓦未燒。見[說文]。[段注]一、各本作再。今正。爾雅。山一成謂之伾。許愼呂忱等並以爲丘一成也。瓦者、土器已燒之總名。然則—者。土器未燒之總名也。

(二)益也。[禮記月令]孟冬使有司—城郭。

(三)以土封罅隙。[禮記月令]蟄蟲—戶。

(四)屋後牆也。[漢書揚雄傳]故士或自盛以橐。或鑿—而遁。[按淮南齊俗作阫]。

(五)同伾。大伾、山名。[書禹貢]至于大伾。[按隋書地理志。黎陽縣有大伾山。黎陽即今河南濬縣。]

(六)大—小—。山名。[吳會志]大—小—山在洮湖中。溧陽宜興之界。二山相望。水環若浮。故亦名大浮小浮。[按大—又名大巫山。在今江蘇溧陽宜興二縣境。]

(七)神名。[莊子大宗師]堪—得之以襲崑崙。

(八)通坯。[齊民要術]塗甕法。凡坯。七月坯上。八月爲次。

(九)通碔。[集韻]碔。瓦未燒者。

(十)通阫。[莊子庚桑楚]正晝爲盜。日中穴阫。

(十一)或作岯。[書禹貢]至於大伾。[釋文]伾、本或作岯。

(十二)假作培。[說文段注]國語趙簡子使伊鐸墮於陽壘培。尹鐸增之。韋注曼壘曰培。此培字正—之叚借。

【坐】徂果切音睉哿韻徂臥切音座箇韻

(一)古文。[說文]坐止也。从畱省。从土。土、所止也。此與畱同意。—古文坐。

(二)居也。處也。[說文段注]古謂—爲居。爲處。

(三)跪也。古謂之—。[禮記曲禮]先生書策。琴瑟在前。—而遷之。[疏]—通名跪、跪名不通—也、

(四)挫也。骨節挫詘也。見[釋名釋姿容]。

(五)猶繇也。[漢書賈誼傳]古者大臣有—不廉而廢者。

(六)猶守也。[左桓十二年傳]楚人—其北門。

(七)猶言安然也。[蜀志諸葛亮傳注引漢晉春秋]使孫策—大。遂幷江東。

(八)自然之辭。[文選張華賦]闔窅—自凝。[注]無故自凝曰—。

(九)辠也。見[一切經音義引倉頡]。

(十)罪人對理也。[左僖二十八年傳]鍼莊子爲—。

(十一)科罰也。[潛夫論]猾吏崇奸宄而不痛—。[今云反—亦本此意]。

(十二)通座。席也。[世說新語]每登—見張譏在席。使人懍然。

(十三)諺謂臨產曰—草。見[通俗編]。

(十四)姓也。見[姓苑]。

【坑】丘庚切音阬庚韻苦岡切音康陽韻

(一)塹也。見[後漢馬融傳注引蒼頡]。

(二)溝塹也。見[玉篇]。

(三)陷殺之也。[史記項羽紀]羽詐—秦降卒三十萬。

(四)煖—。即今之土炕也。[舊唐書高麗傳]冬月皆作長—。然下燼火以取煖。[今字作炕。即—字之誤]。

(五)姓也。見[姓苑]。

(六)同阬。[爾雅釋詁]阬虛也。[按正義作—]。

【坒】毘至切音鼻寘韻

(一)地相次—也。見[說文]。

(二)通比。[漢書諸侯王表]諸侯比境。周而三垂。[顏注]比、謂相接次也。

(三)同陛。[漢書賈誼傳]人君如堂。羣臣如—。

【坁】掌氏切音紙紙韻

箸也。見[說文]。[段注]韻會作箸止也。箸、直略切。詞也。有所箸之詞也。故凡言箸者。引申之義。者字之叚借也。凡言者者。別事。左傳昭二十九年。物乃—伏。杜注。—止也。此—字見於經者。而開成石經譌作坻。其義迥異。楚金所見左傳。故未誤。尋其所由。蓋唐初已有誤坻者。故釋文曰—音旨。又音丁禮反。後一音則已譌爲坻。凡字切丁禮者皆氐聲也。今版本釋文及左傳及廣韻四紙皆作坻。坻行而—廢矣。[通訓定聲曰。據許書與汦略同。與从氐之坻、汦字迥別。左傳物乃—伏。今誤从氐。按—坻音義字形俱別。經籍沿誤已久。舊注引正字通—本作坻非是。]

【坍】他酣切音聃覃韻

水打岸也。一曰崩—。見[集韻]。

【圿】訖黠切音戛黠韻

塵垢也。〔韓愈征蜀聯句〕蹋翻聚林嶺。斗起成埃—。

【坅】丘甚切音趛牛錦切音齡寑韻子感切音昝感韻
坎也。〔儀禮既夕禮〕甸人築—坎。〔注〕穿坎之名一曰—。

【坑】丘勇切音冗董韻
地名。見〔集韻〕。

【坑】同坑。〔楚辭初放〕與麋鹿同—。〔補注〕。、—字書作坑。丘庚切。

【坎】徒蓋切音太泰韻
浙澗也。見〔篇海類編〕。

【坰】於力切音抑職韻
地名。見〔篇海類編〕。

【坐】徂臥切音坐箇韻
被罪也。見〔五音篇海〕。

【[illegible]】甫遠切音反阮韻
坂也。見〔篇海類編〕。

【圪】圪本字。見〔說文〕。

【㞷】古封字。〔說文〕从㞢在土上。

〔與屮部峚字別。〕

【坓】古型字。見〔六書統〕。

【坖】古基字。見〔集韻〕。

【坙】古經字。見〔韻會〕。

【[illegible]】古忌字。見〔集韻〕。

【[illegible]】古壐字。見〔集韻〕。

【[illegible]】古壞字。見〔玉篇〕。

【坆】古梅字。見〔字彙〕。〔按舊注。一曰俗墳字。正字通云。說文梅、古作楳、槑。楳蓋作某。亦作枚。土木烝類。譌作—。非。存參〕。

【[illegible]】封籀文。見〔說文〕。

【[illegible]】同序。東西牆也。見〔集韻〕。

【圽】同沒。〔史記王翦傳〕偸合取容。以致—身。

【圾】同岌。〔莊子天地〕殆哉—乎天下。

【[illegible]】同耗。〔家語執轡〕—土之人醜。〔注〕—、耗字也。土饒疏者也。

【[illegible]】同坒。〔太玄玄首都序〕陰陽—參。〔注〕宋曰。—、二也。王曰。—、配合也。〔舊說經本作比。〕

【[illegible]】同斟。斟鄩古國名。〔正字通〕—鄩故城在青州北海郡東。漢地理志作—。今—城是也。

【[illegible]】同堭。見〔集韻〕。

【坔】同地。見〔集韻〕。

五畫

【坡】滂禾切音頗歌韻彼義切音賁寘韻
(一) 阪也。見〔說文〕。〔段注〕𨸏部曰。—者曰阪。此二篆轉注也。又曰。陂、阪也。是—陂二字音義皆同也。—謂其陂陀。
(二) 滇南俗稱山曰長—。見〔正字通〕。
(三) —幹山名。〔明一統志〕—幹山在廣西[illegible]縣北。山有六尖峰。
(四) —州山名。〔明一統志〕—州山在—州故富勞縣北三里。山形如虎。又名虎山。〔當今廣西向武土州東北。〕

【坪】普伴切音[illegible]旱韻
(一) 平坦也。見〔集韻〕。
(二) 發地也。見〔集韻〕。

【坤】枯昆切音髡元韻
(一) 地也。見〔說文〕。
(二) 卦名。坤下坤上。〔易坤〕地勢—。
(三) 順也。見〔易說卦〕。
(四) 土也。見〔左莊二十五年傳〕。
(五) 陰物也。見〔易繫辭〕。
(六) 妻道也。見〔易文言〕。
(七) 柔也。〔易雜卦〕乾剛—柔。
(八) 母也。見〔國語晉語〕。
(九) 臣道也。見〔易文言〕。
(十) 西南方也。〔易乾鑿度〕陰始於巳。形於未。據正立位。故—位在西南。陰之正也。
(十一) 效法之謂—。見〔易繫辭〕。
(十二) 闔戶之謂—。見〔易繫辭〕。
(十三) 又作巛。見〔易坤釋文〕。〔按廣雅釋詁云。巛、順也。又云。巛、柔也。均作巛。〕

【坥】千余切音疽魚韻七慮切音覷御韻
(一) 益州部謂蟥場為—。見〔說文〕。〔段注〕蚔、丘蚓也。場、失羊切。俗作塲。古作壥。穀梁傳。吐者外壤。食者內壤。徐邈、麋信、皆作場音傷是也。蟥場、謂其外吐之土。方言曰。蟥場謂之—。郭云。其糞曰—。

(十三)隄塘也。見〔類篇〕。

【坦】儻旱切音亶旱韻

(一)安也。見〔說文〕。

(二)平也〔管子版法〕—氣修通。

(三)大也。〔文選張衡賦〕雖斯宇之既—。

(四)寬廣貌〔論語述而〕君子—蕩蕩。

(五)著也。見〔易履釋文引蒼頡〕。

(六)—平易之貌。見〔易履疏〕〔又〕明也。見〔易履釋文引廣雅〕。

(七)—蕩。明達之貌。見〔後漢明帝紀注〕。

(八)—腹。〔世說新語〕王氏諸子弟咸矜持。唯一人東牀—腹食胡餅。若不聞。訪問乃羲之。遂妻之。〔俗稱壻曰賢—、文—、本此〕

(九)通憚。〔荀子王霸〕是憚憚。非變也。〔注〕憚、與—同。

(十)通繟。〔老子〕繟然而善謀。〔釋文〕梁王尙鍾會孫登張嗣本作—。河上本作墠。墠、寬也。

(十一)通壇。〔文選司馬相如賦〕案衍曼壇。〔注〕曼壇、平博也。壇、徒旦切。

(十二)姓也。宋紹興進士—中庸。

【坪】蒲兵切音平庚韻皮命切音病敬韻

(一)地平也。見〔說文〕〔段注〕舊小鈔徐本作垩。廣韻。垩。地名。今義也。

(二)磚—。佛—。均縣名。屬陝西。在淯時並爲廳名。

(三)日本度名。通言步。地積單位。方三十六尺爲一—。當我平方三丈四尺七寸之積。

【坫】都念切音店豔韻

(一)屏也。見〔說文〕〔段注〕爾雅曰。垝謂之—。郭云。—、塪也。在堂隅。按塪本作壏。高皃也。以土爲之。高可屏蔽。故許云屏也。〔按—之別有四。此爲堂隅之—也〕

(二)反爵者也。〔禮記明堂位〕反—出尊。

(三)奠玉者也。〔禮記明堂位〕崇—康圭。

(四)庋食者也。〔禮記內則〕士於—一。

(五)反—。外向室也。〔周書作雒〕乃立五宮。咸有四阿反—。

(六)垓—。埧堮也。〔淮南俶眞〕設于無垓—之宇。

(七)亦作詀。〔說文通訓定聲〕凡—皆累土爲之。字亦作詀。通俗文。詀、支也。

(八)亦作店。〔說文段注〕其字俗作店。崔豹曰。店、置也。所以置貨鬻物也。

【坫】知林切音砧侵韻

權安厝攢塗謂之—。見〔集韻〕。

【坯】攀悲切音丕貧悲切音邳支韻

(一)土疏悛不黏也。〔法言先知〕剛則甈。柔則—。

(二)同坏。〔爾雅釋山〕山一成、—。

【埛】涓熒切音扃青韻

(一)林外謂之—。見〔爾雅釋地〕〔按說文引爾雅作冂〕

(二)遠野也。〔詩駉〕在—之野。

(三)大—。地名。〔書仲虺之誥序〕至於大—〔疏〕當是定陶向亳之路所經。〔按今山東有定陶縣〕

【坱】倚朗切音泱養韻於朗切音央陽韻

(一)塵埃也。見〔說文〕〔段注〕—者、塵埃廣大之皃也。王逸楚辭注曰。—、霧昧皃。

(二)坱—。塵土也。〔博物志〕吳人謂塵土爲坱—。

(三)—圠。高下不平貌。〔文選左思賦〕地勢—圠。

(四)—然無際限貌。〔正蒙太和〕氣—然太虛。

【⿰土尻】居六切音菊屋韻

(一)同⿰阝尻。岸水外。見〔集韻〕。

(二)通鞫。〔詩公劉〕芮鞫之即。〔按周禮職方氏注作汭—之即〕

【坷】口我切音可哿韻口箇切音軻箇韻

(一)坎—也。梁國寧陵有—亭。見〔說文〕〔段注〕坎—雙聲。謂不平也。郡國志梁國寧陵故屬陳留。〔按桂注漢地理志寧陵屬陳留郡。郡國志屬梁國〕—、通作柯。蔡邕於柯亭見好竹取作笛材是也〕

(二)困—。困阨也。〔蘇軾詩〕空室自困—。

(三)亦作軻。〔說文通訓定聲〕坎—。不平之貌。字亦作轗軻。

【坌】方問切音糞問韻

(一)埽除也。見〔說文〕〔段注〕—字、少儀作拚。拚其叚借字。少儀曰。汎埽曰埽。埽席前曰拚。此斷言之也。許以埽除釋—。以—釋埽。渾言之也。

(二)或作糞。〔周禮隸僕〕掌五寢之埽

除糞洒之事。

㊁ 或作擹。〔詩伐木〕於粲洒埽。〔箋〕粲然已洒擹矣。

【坺】蒲撥切音跋月韻北末切音茇曷韻

㊀ —土也。一臿土謂之—。〔詩曰〕武王載—。一曰。塵皃。見〔說文〕〔段注〕凡初出於田爲—。土稍治之乃爲凷。一臿所起之土謂之—。今人云—頭是也。〔按詩長發作武王旆。〕

㊁ 同墢。〔國語周語〕王耕一墢。〔按玉篇云墢發土也。或从犮。蓋同音假借。〕

【坻】陳尼切音墀支韻

㊀ 小渚也。見〔說文〕〔段注〕—者、水中可居之最小者也。

㊁ 除也。見〔廣雅釋室〕。

㊂ 殿基也。〔文選何晏賦〕肅—鄂之鏘鏘。

㊃ 同渚。〔說文〕—或从水耆。

㊄ 同汶。〔說文〕汶或从水从夂。

㊅ 同泜。〔釋名釋水〕小沚曰—。〔疏證〕今本—作泜。

㊆ 通沶。〔楚辭陶壅〕淹低佪兮京沶。〔注〕小渚爲沶。直尸切。

【坻】掌氏切音紙紙韻

場也。〔方言〕梁宋之間蚍蜉犂鼠之場、謂之—。〔舊注紙韻下引左傳物乃—伏。非是詳坻字。〕

【坘】典禮切音邸薺韻

通阺。阪也。〔文選張衡賦〕右有隴—之隘。〔注〕—、丁禮切。

【坼】恥格切音㾓陌韻

㊀ 本作垿。〔說文〕墒裂也。

㊁ 凍裂也。〔呂覽仲冬〕地始—。

㊂ 燥裂也。〔淮南本經〕天旱地—。

㊃ 兆釁也。〔周禮占人〕卜人占—。

㊄ 言易也。〔詩生民〕不—不副。無災無害。

㊅ 通宅。開也。〔易解〕雷雨作而百果草木皆甲—。〔按揚雄蜀都賦作草木甲宅。〕

【坿】符遇切音袝遇韻

附本字。〔說文〕益也。〔段注〕呂氏春秋七月紀—墻垣。高注—猶培也。十月紀—城郭。高注—、益也。令高固也。按今多用附訓益。

【坿】馮撫切音扶虞韻

白石英也。〔文選司馬相如賦〕雌黃白—。

【坿】芳無切音敷虞韻

泭或字。〔集韻〕泭編木以渡。一曰庶人乘泭。或作—。通作桴。

【垀】荒胡切音呼虞韻

㊀ 埒也。見〔集韻〕。

㊁ 煩靡也。〔淮南要畧〕贏—有無之精。

【垁】直几切音雉紙韻

㊀ 城三堵也。見〔集韻〕。

㊁ 同雉。〔公羊定十二年傳〕五堵而雉。

㊂ 同垁。〔太玄閑〕閑黃垁。〔注〕垁、或作—。

【垂】是爲切音甀支韻

㊀ 本作垩。〔說文〕垩。遠邊也。

㊁ 邊也。〔史記司馬相如傳〕坐不—堂。〔謂坐不於堂之邊也。〕

㊂ 下也。〔荀子富國〕—事養民。〔注〕以上所操持之事下就於民。謂施小惠也。

㊃ 自上縋下也。〔詩都人士〕—帶而厲。

㊄ 布也。〔後漢鄧禹傳〕—功名於竹帛。

㊅ 係也。〔春秋元命苞〕以土—一人詰屈折著爲廷字。

㊆ 將及也。杜甫有—老別詩。又—。義亦同。

㊇ 舜臣名。〔書舜典〕僉曰—哉。

㊈ —拱。言無所指揮也。〔大戴記保傅〕桓公—拱無事而朝諸侯。

㊉ 小—。伎樂。〔馬祖常詩〕樂部韋娘舞小—。〔按樂府有夭—手小—手曲。〕

(十一) 地名。〔春秋隱八年〕宋公衞侯遇於—。〔注〕—、衞地。濟陰句陽縣東北有—亭。〔按在今山東定陶縣附近。〕〔又〕齊地。〔春秋宣八年〕仲遂卒于—。〔注〕—、齊地。〔按在今山東平陰縣境。〕

(十二) 通陲。〔左成十三年傳〕虔劉我邊陲。

(十三) 通倕。〔通訓定聲〕—字亦作倕。世本倕作規矩。荀子解蔽倕之弓。

(十四) 通蓋。荆也。〔周禮蓺氏〕掌共燋契以待—事。〔釋文〕蓺本又作—。

【坳】於交切音凹肴韻於敎切音拗效韻

地窊下不平也。〔莊子逍遙遊〕覆杯水於—堂之上。

【坴】力竹切音六屋韻 土凷—也。一曰、—梁地。見〔說文〕。〔段注〕—、大凷之皃。始皇本紀。略取陸梁地。字作陸。蓋其地多土凷。而土性強梁也。

【坶】莫六切音目屋韻 朝歌南七十里地。周書曰。武王與紂戰於—野。見〔說文〕。〔段注〕今書序—作牧。詩大明正義引鄭書序注云。禮記及詩作坶野。古字耳。此鄭所見詩禮記作坶。書序祇作牧也。許所據序則作—。蓋所傳有不同。—作坶者。字之增改也。〔按地在今河南淇縣南。〕

【坢】薄半切音畔翰韻 坋也。見〔集韻〕。

【坲】符弗切音佛物韻 蒲結切音蹩屑韻 —埻。塵起皃。見〔集韻〕。

【𡊯】莫撥切音末曷韻 壤也。見〔集韻〕。

【坽】郎丁切音靈青韻 峻岸。見〔集韻〕。

【坾】丈呂切音宁語韻 積塵也。見〔韻會〕。

【坹】胡決切音穴屑韻 空深皃。見〔集韻〕。

【坬】古罵切音詿禡韻 土陮。見〔集韻〕。

【坭】乃里切音伱紙韻 同泥。水土相和合也。見〔六書統〕。

【坧】之石切音摭陌韻 墌或字。〔集韻〕墌。基址。或作—。

【坩】楛甘切音甝覃韻 —甒。受五升器。〔正字通〕謝玄寄妻鯗一—。陶侃遺母—鯗。本作—。亦作甝。

【坨】余支切音移支韻 地名。見〔集韻〕。〔按正字通云。俗陀字。〕

【𡊱】食律切音術質韻 高也。見〔集韻〕。

【𡋣】徒禾切音沱歌韻 飛磚戲。亦作堶。見〔篇海類編〕。

【㘴】坐本字。見〔集韻〕。

【坣】古堂字。見〔說文〕。〔段注〕蓋从尚省。

【𡊎】古丘字。見〔集韻〕。

【坍】古坰字。見〔字彙〕。〔按正字通云。坰字之譌。〕

【𡋐】古決字。見〔集韻〕。

【𡊁】古至字。見〔集韻〕。

【𡊗】同封。〔六書正譌〕聚土爲封。从又。又、手也。

【坦】同圮。見〔正字通〕。

【坸】同垢。見〔玉篇〕。

【𡊽】同坴。見〔正字通〕。

【𡉼】同坻。見〔集韻〕。

【坘】同坻。見〔篇海〕。

【𡉵】同泥。見〔集韻〕。

【垑】坻或字。見〔篇海〕。

【坵】丘俗字。見〔正字通〕。

六畫

【型】平經切音刑青韻 ㊀本作型。〔說文〕型。鑄器之灋也。〔段注〕以木爲之曰模。以竹曰笵。以土曰—。引伸之爲典型。㊁通刑。法也。〔說文桂注〕詩儀刑文王。又刑于寡妻。傳並云。刑、法也。㊂或作侀。〔禮記王制〕刑者侀也。侀者成也。〔說文通訓定聲〕云。侀卽—字之或體。

【垌】拖孔切音桶董韻 ㊀缶—也。見〔玉篇〕。㊁姓也。宋嘉定間進士—夫。

【垍】巨至切音洎寘韻 ㊀堅土也。見〔說文〕。〔通訓定聲〕周禮所謂強槩。管子所謂五壚是也。㊁今人以—爲陶器。見〔六書故〕。

【垓】柯開切音該灰韻 ㊀兼晐八極地也。國語曰。天子居九—之地。見〔說文〕。〔段注〕晐、各本作—。今正。晐、俗作該。日部晐下曰。兼晐也。兼備八極之地謂之—。鄭語曰。王者居九晐之田。按晐者、—字之異也。㊁界也。〔揚雄箴〕重限累—。以防暴卒。㊂數名。〔風俗通〕千生萬。萬生億。億生兆。兆生經。經生—。

㊃—坫。垠堮。〔淮南俶眞〕設于無—坫之字。

㊄亦作妓。〔通訓定聲〕字林。妓、大數也。鄭語。行妓極。注。妓、備也。

【垓】居諧切音皆佳韻

㊀同陔。階次也。〔史記孝武紀〕太乙壇三—。〔漢書郊祀志作泰乙壇三陔〕

㊁—下。地名。〔史記項羽紀〕漢王圍項羽—下。〔注〕—、堤名。在沛縣。一曰聚邑名。〔在今安徽靈璧縣南〕

【垔】伊眞切音因眞韻時注切音樹遇韻徒候切音豆宥韻

㊀塞也。商書曰。鯀—洪水。見〔說文〕〔段注〕按此字古書多作堙、作陻。眞字乃廢矣。

㊁通湮。〔左昭二十九年傳〕鬱湮不育。〔注〕塞也。

【垗】徒了切音兆篠韻

㊀畔也。爲四畤。畍祭其中。周禮曰。—五帝於四郊。見〔說文〕〔段注〕畔者田畍也。畤、各本譌作時。集韻、類篇、又譌時。今正。四畤、謂四面有埒也。周禮小宗伯。兆五帝於四郊。鄭曰兆。爲壇之塋域。然則四面爲垠堮也。許作—者。蓋古書今書之不同也。

㊂葬地也。見〔廣雅釋丘〕。

【垘】房六切音服屋韻鼻墨切音匐職韻

㊀土壅曰—。見〔集韻〕。

㊁崩也。流也。〔史記天官書〕川塞谿—。

【垜】都果切音朶哿韻

㊀門堂孰也。見〔說文〕。〔段注〕攷工記。門堂三之二。室三之一。鄭曰。門堂、門側之堂也。釋宮曰。門側之堂謂之塾。孫炎郭樸皆曰。夾門堂也。謂之—者何也。朶者木下垂。門堂伸出於其門之前後。略取其意。後代有朶殿。

㊁積土爲—。見〔通俗文〕。

㊂射臬也。〔唐六典〕武舉制有長—馬射。

【垝】苦委切音跪紙韻居僞切音嬀寘韻

㊀毀垣也。詩曰。乘彼—垣。見〔說文〕。〔段注〕當曰。—垣、毀垣也。衞風氓曰。乘彼—垣。傳曰。—、毀也。

㊂坫也。〔爾雅釋宮〕—謂之坫。

㊃或作陒。險也。〔後漢杜篤傳〕業因勢而抵陒。

【垞】直加切音秅麻韻

㊀同隬。小丘名。〔方言〕兗人呼實城中曰—。

㊁城名。古嵩國。當今江蘇銅山縣北。

【垟】余章切音洋陽韻

㊀土精也。見〔玉篇〕。〔舊注引易說西嶽失玉—。按正字通云。易說作王羊。又云。土精之類有坳無—。存參。〕

㊁墳—。土怪。見〔集韻〕。〔舊注引史記孔子世家。土之怪則羵—也。按今本作墳羊。〕

【垠】魚巾切音銀眞韻

㊀本作垠。〔說文〕垠。地垠咢也。一曰岸也。〔段注〕玄應書卷八引。圻、地圻咢也。按古者邊畍謂之—咢。岸者、水厓陵而高者也。亦曰—。〔按—或從斤作圻。詳圻字。〕

㊁形狀也。〔淮南覽冥〕不見朕—。

㊂八—。八方也。〔杜甫詩〕掘溷動八—。

㊃土—。縣名。〔水經鮑丘水注〕又東巨梁水注之。水出土—縣、陳宮山。〔在今直隸豐潤縣東十里〕。

㊄假作沂。水涯也。〔漢書敘傳〕漢良受書於邳沂。〔文選班固答賓戲作邳垠〕。

㊅通銀。分限也。〔荀子成相〕刑稱陳。守其銀。〔注〕銀、與—同。

㊆同限。〔莊子逍遙遊〕託之於絕—之外。〔釋文〕—本作限。

【垠】古恨切音艮願韻

土有起跡曰—。見〔集韻〕。

【垡】房越切音伐月韻

㊀耕起土也。〔韓愈詩〕予期拜恩後。謝病老耕—。

㊁同伐。〔說文通訓定聲〕考工匠人一耦之伐。注。畎上曰伐。伐之言發也。字亦變作—。

【垢】舉后切音苟有韻

㊀濁也。見〔說文〕。

㊁塵滓也。〔文選謝靈運詩〕而不纓—氛。

㊂恥也。〔左宣十五年傳〕國君含—。

㊃辱也。〔莊子讓王〕強力忍—。

㊄雌辱後下之類。皆物之所謂—。〔莊子天下〕受天下之—。

㈥惡也。〔後漢崔寔傳〕政令—翫。
㈦同詬。〔左宣十五年傳〕國君含—。〔釋文〕—本作詬。
㈧亦作均。〔莊子大宗師〕芒然彷徨乎塵—之外。〔按釋文引崔注作均〕

【垢】丘候切音寇宥韻
解—。詭曲之辭。〔莊子胠篋〕解—同異之變多。則俗惑於辯矣。

【垢】居六切音匊屋韻
中—。闇冥也。〔詩桑柔〕維彼不順。征以中—。

【垣】于元切音袁元韻　胡官切音桓寒韻
㈠牆也。見〔說文〕。〔段注〕此云—者牆也。渾言之。牆下曰垣蔽也。析言之。—蔽者、牆又爲—之蔽也。
㈡援也。人所依阻以爲援衛也。見〔釋名釋宮室〕。
㈢星有三—。〔史記天官書注〕太微宮—。十星。東—北左執法上相兩星閒、名曰左掖門。西—右執法上將兩星閒、名曰右掖門。
㈣嬰—。美玉名。〔山海經西山經〕其陽多嬰—玉。

㈤縣名。漢置。屬河東郡。見〔漢書地理志〕。〔按一統志〕—即周召分陝處。宋改曰—曲。即今山西—曲縣。〔又〕東—。秦縣。〔史記高帝紀〕高帝東擊韓王信餘反寇於東—。〔注〕東—。高帝更名曰眞定。〔在今直隸正定縣南〕〔又〕長—。縣名。漢置。屬陳留郡。見〔漢書地理志〕。〔在今直隸長—縣東北〕。
㈥姓也。始皇將—齮之後。〔又〕新—。複姓。戰國新—衍。新—固。漢新—平。〔又〕梁—。複姓。漢梁—例。梁—成。

【垤】徒結切音迭屑韻　直質切音姪質韻
㈠螲封也。詩曰。鸛鳴于—。見〔說文〕。〔段注〕螲封者。其土似封畛之高。故謂之封。詩毛傳曰。—螲冢也。按—之言突也。
㈡土之小高處。〔呂覽愼小〕不蹷於山而蹷於—。

【垐】才資切音茨支韻
以土增大道上。見〔說文〕。〔段注〕增、益也。此與茨同意。以草次於屋上曰茨。以土次於道上曰—。

【垑】敞尒切音哆紙韻
特也。見〔說文〕。〔段注〕廣韻曰。特土地也。特土地者。自多其土地。故字从多土。玉篇曰。治土地名。恐有錯誤矣。

【垎】鞾格切音格陌韻
水乾也。一曰。堅也。見〔說文〕。〔段注〕乾音干。玉篇、廣韻、皆作土乾也。爲長。謂土中之水乾而無潤也。按乾與堅義相成。水乾則土必堅。

【垒】力委切音累紙韻
墼也。見〔說文厽部〕。〔段注〕未燒者謂之墼。今俗謂之土墼。

【⿱巩土】渠容切音蛩冬韻
水石之島曰—。見〔集韻〕。

【⿰土聿】勒沒切音硉月韻
埂埒也。見〔集韻〕。

【⿰土戎】乳勇切音冗腫韻
地名。見〔玉篇〕。

【垥】虛業切音脅葉韻
堤水。見〔篇海類編〕。

【⿰土列】力蘗切音列屑韻
塍也。見〔集韻〕。

【垚】倪幺切音堯蕭韻
土高貌。見〔說文垚部〕。

【⿰土印】於力切音億職韻
地名。見〔搜眞玉鏡〕。

【⿱爫巠】夷周切音由尤韻
冗也。見〔川篇〕。

【⿰土正】初洽切音插洽韻
逐也。見〔川篇〕。

【⿰彳圭】的則切音得職韻
土也。見〔川篇〕。

【⿱乍土】羊茹切音預御韻
高土貌。見〔篇海類編〕。

【⿱㐭土】於眞切音因眞韻
地名。見〔川篇〕。

【⿰土卯】於九切音黝有韻
邑名。見〔六書故〕。

【垙】姑黃切音光陽韻
陌也。見〔集韻〕。

【⿰土𠂤】堆本字。見〔正字通〕。

【垕】古厚字。見〔集韻〕。〔又〕姓也。
〔印藪〕漢—文。〔按玉篇作垕〕

【⿰丰土】古封字。見〔集韻〕。

【⿱㓞土】古垻字。見[集韻]。

【⿱丝土】古桀字。見[集韻]。

【⿱巠土】古坐字。見[字彙補]。

【⿰氵⿱土王】洋䨇文。見[周宣王石鼓文郭注]。[按正字通云。石鼓、—————𨔲趣。釋作瀚。古借汗。]

【⿰土攴】同艾。草名。見[集韻]。

【⿰土梁】同⿱梁土。見[字彙]。

【垗】同宅。見[說文長箋]。

七畫

【⿰土⿱日土】乃結切音涅屑韻

㊀下也。見[廣雅釋詁]。[按方言云。凡柱而下曰—]

㊁塞也。見[廣韻]。

【埣】思營切音騂庚韻

㊀本作垟。[說文]垟。赤剛土也。从土。觲省聲。[按赤剛土、謂地色赤而土剛也。晳字典—下引說文。黑剛土也。與垟同。垟下云。赤剛土也。亦作—。前後兩歧。非是。]

㊁同騂。[周禮草人]騂剛用牛。

㊂同觲。[說文通訓定聲]詩曰。觲觲角弓。毛本以垟爲之。騂者俗垟字。

㊃亦作垶。[小爾雅廣詁]—。朱也。[疏]舊本作垶。

【垷】吉典切音繭　胡典切音俔銑韻

㊀涂也。見[說文]。[段注]涂泥可以附物者。故引申之用以附物亦曰涂。涂附謂之—。廣雅。垷。拭也。即字之異也。

㊁大坂。見[玉篇]。

【垸】胡官切音完寒韻　胡玩切音換翰韻

㊀㠯泰髹灰丸而髹也。一曰。補垣也。見[說文]。[段注]泰者木汁。可以髹物也。丸者圜也。傾側而轉者。髹者髹泰也。灰者燒骨爲灰也。玄應梵書音義曰。燒骨以漆曰—。倉頡訓詁「」。—、以漆和之。

㊁轉也。[淮南時則]員而不—。

㊂借作鍰。鍰名。[考工記冶氏]爲殺矢。刃長寸。圍寸。鋌十之。重三—。

㊃亦作皖。[一切經音義]—、又作皖。江南名皖。北人名皖。

㊄通睆。[禮記檀弓]華而睆。[釋文]明貌。孫炎云。睆。漆也。

㊅通浣。[周禮角人注]骨入漆浣者受之以量。

【⿰土兇】力救切音溜　居又切音究宥韻

㊀耕地起土。見[集韻]。

㊁聯也。見[集韻]。

【⿰土孛】蒲沒切音孛月韻

㊀塵也。見[廣雅釋詁]。

㊁塵起貌。見[廣韻]。

㊂通敎。[廣雅釋詁疏證]揚雄蜀都賦。埃敎塵拂。敎、與—通。

【埃】於開切音哀灰韻

㊀塵也。見[說文]。

㊁小數名。十渺爲—。十—爲塵。見[九數通考]。

㊂—及。國名。新舊約作伊及。在非洲東北隅。爲世界開明最早之國。今屬土耳其。英文Egypt。

㊃黃—。水銀之母。[淮南墬形]缺五百歲生黃—。黃—五百歲生黃澒。

㊄亦作㶸。[列子黃帝]—不沒。[釋文]—、亦作㶸。

【埆】克角切音㱿　轄角切音斅覺韻

㊀獄也。見[集韻]。

㊁墝—。地瘠薄也。[史記三王世家]燕地墝—。

㊂礐—。石多貌。[韓愈詩]山石——行徑微。

㊃嶨或字。[集韻]嶨。說文、山多大石也。或作—、壆。

【埇】尹竦切音勇腫韻

㊀道上加土。通作甬。見[正韻]。

㊁地名。在淮泗間。見[篇海]。

【埋】謨皆切音霾佳韻[蕥俗字]。

㊀藏也。[左昭十三年傳]—璧於太室之庭。

㊁瘞也。見[爾雅釋言]。

㊂葬不如禮曰—。—、痗也。趨使痗腐而已。見[釋名釋喪制]。

㊃同貍。[周禮族師]相與葬—。[釋文]—、本作貍。[按禮記月令掩骼—胔。周禮蜡氏作掩骼貍胔。]

【埌】郎宕切音浪漾韻

㊀冢也。[方言]秦晉謂冢曰—。

㊁壙—。原野迥貌。[莊子應帝王]遊無何有之鄉。以處壙—之野。[又]丘冢謂之壙—。見[一切經音義

引通俗文〕。

(三)通良。〔莊子列禦寇〕閻胡育視其良。〔釋文〕良、或作｜。

【城】時征切音成庚韻

(一)以盛民也。見〔說文〕。〔段注〕言盛者、如黍稷之在器中也。

城圖（萬里長城）

(二)盛也。盛受國都也。見〔釋名釋宮室〕。〔按風俗通。｜之爲言盛也。卽此義。〕

(三)爲保民爲之也。見〔穀梁隱七年傳〕。

(四)所以自守也。見〔墨子七患〕。

(五)猶國也。〔詩瞻卬〕哲夫成｜。哲婦傾｜。

(六)都曰｜。見〔左莊二十八年傳〕。

(七)築城亦謂之｜。〔詩烝民〕｜彼東方。

(八)諸侯僭侈。建｜踰制。謂之產｜。若生子長大之義。〔司馬法〕攻｜者攻其所產。

(九)葬地曰佳｜。〔博物志〕夏侯嬰死。送葬至東都門外。馬踣地悲鳴。掘之。得石槨。銘曰。佳｜鬱鬱。二千年。見白日。吁嗟夏公居此室。

(十)司｜。官名。〔左文十六年傳〕公子蕩爲司｜。〔注〕宋桓公以武公諱。司空改司｜。

(十一)｜陽。地名。〔明一統志〕｜陽、在青州府莒州境內。漢｜陽國志。文帝封朱虛侯章於此。〔在今山東莒縣境〕

(十二)｜陰。地名。〔明一統志〕｜陰、在萊州府高密縣西南四十里。〔當今山東高密縣境〕

(十三)析｜。山名。〔書禹貢〕砥柱析｜。〔在河東濩澤縣西。卽今河南陝縣〕

(十四)方｜。山名。〔左僖四年傳〕楚國方｜以爲｜。〔注〕方｜、山在南陽葉縣南。〔在今河南葉縣南四十里〕

(十五)增｜。宮名。〔漢書班倢伃傳〕倢伃居增｜舍。

(十六)｜旦。徒刑名。〔史記李斯傳〕髡爲｜旦。〔又〕鳥名。〔方言〕鴇鴠自關而東謂之｜旦。

(十七)姓也。見〔奇姓通〕。〔又〕司｜。京｜。均複姓。

(十八)通成。〔詩板〕無俾｜壞。〔漢書諸王侯表作毋俾成壞〕。

【埏】時連切音延先韻

(一)八方之地也。見〔說文新附〕。〔八｜、地之八際〕。

(二)邊也。見〔方言〕。

(三)池也。見〔廣雅釋地〕。

(四)隰也。見〔玉篇〕。

(五)墓道也。〔後漢陳蕃傳〕民趙宣葬親而不閉隧｜。

(六)通羨。〔史記秦始皇紀〕藏閉中羨。〔正義〕音延。謂冢中神道。

【埏】尸連切音羶先韻

水和土也。〔管子任法〕猶埴之在｜也。

【埒】龍輟切音劣屑韻

(一)庳垣也。見〔說文〕。〔段注〕庳者、中伏舍也。引申之爲卑也。

(二)山巔有停泉也。〔爾雅釋山〕山上有水、｜。〔按釋名釋山。山上有水曰｜。｜、脫也。脫而下流也。義本爾雅。郝注。｜、譌作埒。注埒字下。非是。〕

(三)界也。〔爾雅釋丘〕水潦所還。｜丘。〔注〕丘邊有界｜。水繞環之。

(四)隄也。見〔廣雅釋宮〕。

(五)壝也。〔周禮大司徒〕設其社稷之壝。〔注〕壝、壇與堳｜也。〔疏〕堳、卽壝。〔按封人掌詔王之社壝。疏云。堳｜卽壝。〕

(六)形也。〔淮南本經〕含氣化物。以成｜類。

(七)等也。〔史記平準書〕富｜天子。

(八)形｜、朕兆也。〔淮南繆稱〕道之有篇章形｜者。

(九)縣名。漢置。屬鴈門郡。見〔漢書地理志〕。〔當在今山西境〕

(十)通浖。〔廣雅釋丘〕浖、厓也。〔疏證〕浖之言界｜也。亦通作｜。

(十一)通哷。〔列子天瑞〕易無形｜。〔釋文〕乾鑿度作形哷。

【垹】悲江切音邦江韻

土精也。〔宋小說〕徐廷評監廬州酒稅。河次得一物。如小兒掌。無指。慣而薙之。或曰此白澤圖所謂｜也。食之多力。

【垽】魚僅切音[illegible]震韻語斬切音[illegible]豏韻 [illegible]問韻

澱也。見〔說文〕。〔按爾雅釋器澱

謂之—。正義云、—浡也。」

【埻】侯吁切音輸輸韻 小隄也。見〔集韻〕。

【⿰土每】謨杯切音枚灰韻 塵也。見〔集韻〕。

【⿰土每】莫六切音目屋韻 —野。般近郊地名。說文作坶。見〔廣韻〕

【埂】居行切音庚庚韻古杏切音綆梗韻 秦謂阬爲—。見〔說文〕。〔段注〕秦謂阬塹曰—。二字音略同。若廣韻曰。吳人謂堤封爲—。今江東語謂畦埒爲—。此又別一方語。

【⿰土弄】盧貢切音弄送韻 穿穴。見〔集韻〕。

【埉】訖洽切音夾洽韻 水旁地。見〔集韻〕。

【垺】蒲侯切音裒尤韻 大也。盛也。〔莊子秋水〕夫精、小之微也。—、大之殷也。

【垺】芳無切音孚虞韻 同郛。亦作垺。郭也。見〔集韻〕。

【垺】鋪枚切音坏灰韻 陶器範。見〔集韻〕。

【垺】薄口切音瓿有韻 同培。見〔集韻〕。〔按此培字訓冢。廣雅釋丘云。培塿冢也。〕

【垻】博蓋切音貝泰韻 障水堰也。今人謂堰埭曰—。見〔集韻〕。

【垻】必駕切音霸禡韻 平川也。〔黃庭堅詩〕君家冰茄日銀色。殊勝—裏紫彭亨。

【埍】胡犬切音泫古泫切音畎銑韻 徒隸所居也。一曰女牢。一曰亭部。見〔說文〕。〔通訓定聲〕亭部爲鄉亭之獄。土房曰—。

【埐】咨林切音祲侵韻 地也。見〔說文〕。

【埐】才淫切音岑侵韻 地名。見〔集韻〕。

【坒】博蓋切音貝泰韻 姓也。見〔集韻〕。

【埭】回蘭切音韓寒韻 姓也。元草書韓字。見〔字義總略〕。

【⿰土兌】徒外切音兌泰韻 髒墮。見〔集韻〕。

【⿰土兵】哺橫切音浜庚韻 冢口穴。見〔集韻〕。

【⿰圭夫】口圭切音奎齊韻 星名。見〔五音篇海〕。

【⿱巠土】音堊藥韻 白土也。見〔五音篇海〕。

【⿰土呂】象呂切音語語韻 反坫謂之—。見〔廣雅釋宮〕。

【埁】才淫切音⿰土尋侵韻 土也。見〔集韻〕。

【埄】蒲蠓切音菶董韻 同埲。塵起貌。見〔字彙〕。

【埅】扶方切音防陽韻 同防。〔呂覽季秋〕命有司修利隄—。

【⿰阝坐】古地字。〔亢倉臣道〕—生反物。

【埔】讀如浦

● 大—。縣名。明置。在漢爲揭陽縣地。即今廣東大—縣。

● 東—。寨在交趾支那之北。暹邏之南。于西歷一千八百六十三年。歸法國保護。英文 Cambodia。

【埕】讀如呈 俗字。酒一罈謂一—。又福建種蟶蛤之田亦曰—。

【埧】垠本字。見〔說文〕。

【垚】古堯字。見〔說文〕。

【垗】古塊字。見〔玉篇〕。

【⿰土甶】古塊字。見〔玉篇〕。

【埊】古地字。〔漢書趙充國傳〕令不得歸肥饒之—。

【⿰阝坙】同陵。見〔集韻〕。

【垩】同坐。見〔玉篇〕。

【⿰土夌】同陵。見〔玉篇〕。

【埑】同哲。見〔鶡冠王鈇注〕。

【⿱其土】同基。見〔漢劉修碑〕。

【⿱沙土】同沙。見〔三老袁君碑〕。

【⿱癹土】同坺。見〔六書故〕。

【𡏬】同陛。見〔集韻〕。

【堢】同保。見〔篇海類編〕。

【埀】垂俗字。見〔正字通〕。

八畫

【埜】以者切音也馬韻
①古野字。〔史記司馬相如傳〕膏液潤—草而不辭。
②姓也。明正統中南昌千戶—佑。固安人。見〔正字通〕。

【域】越逼切音棫職韻
①本作或。〔說文戈部〕或，或从土。〔段注〕既从口从一矣，又从土，是為後起之俗字。
②國也。見〔廣雅釋詁〕。
③界也。〔周禮大司徒〕周知九州之地—廣輪之數。
④封邑也。〔漢書韋元成傳〕以保爾—。
⑤居也。〔史記禮書〕人—是—。
⑥猶列也。〔漢書賈誼傳〕故其在大譴大何之—者。
⑦謂身也。〔文選陸機賦序〕存夫我者，隆殺止乎其—。
⑧葬地也。見〔廣雅釋丘〕。
⑨九—。九州也。〔文選冊魏公九錫文〕綏爰九—。

【埠】薄古切音簿遇韻
①—頭。水瀕也。見〔通雅地輿〕。
②同步。〔正字通〕任昉曰，吳楚間謂浦為步。上虞有石驍步，吳江中有魚步，龜步，湘中有靈妃步。俗遂作—字。今舖貨物積販商泊之所曰—頭。〔今僅稱通商口岸曰商—〕。

【埤】頻彌切音陴支韻
①增也。見〔說文〕。〔段注〕凡从卑之字，皆取自卑加高之意。所謂天道虧盈益謙，君子捊多益寡也。
②厚也。見〔爾雅釋詁〕。
③予也。見〔方言〕。
④助也。見〔廣雅釋詁〕。
⑤低牆也。〔杜甫詩〕掖垣竹—梧十尋。
⑥通卑。〔荀子宥坐〕其流也—下。裾拘必循其理。〔注〕—，讀為卑。宋本引說苑作其流也卑下句倨之也。情義之分然者也。

【埤】部弭切音婢紙韻
①田百畝謂之—。見〔集韻〕。
②下溼之地。〔國語晉語〕松柏不生—。
③同庳。卑下也。〔荀子非相〕是以終身不免—污庸俗。〔注〕—，與庳同。音婢。

【埤】匹計切音睥霽韻
①—堄。女牆也。見〔廣雅釋宮〕。〔疏證〕—堄。—字或作俾，倪，睥，睨，僻，倪。

【埭】待戴切音代隊韻
①以土堨水也。見〔玉篇〕。
②往來舟船征榷之所。〔玉篇引晉中興書〕求以牛車牽—。取其海稅。
③石—。縣名。〔寰宇記〕貴池之源。有兩石橫亙溪上如—。因以名縣。〔即今安徽石—縣〕。

【埱】昌六切音叔屋韻
①氣出土也。一曰始也。見〔說文〕。
②或作俶。見〔玉篇〕。

【埴】丞職切音寔寘力切音直職韻
①黏土也。見〔說文〕。
②土黃而細密曰—。—，膱也。黏昵如脂之膱也。見〔釋名釋地〕。
③土也。〔法言修身〕擿—索塗，冥行而已。〔注〕盲人以杖擿地而求道。
④摶土為坯也。〔莊子馬蹄〕陶者曰，我善為—。
⑤泥也。〔淮南齊俗〕若璽之抑—。正與之正，傾與之傾。
⑥同𡐖。〔成公綏賦〕海岱赤𡐖。
⑦同戠。〔書禹貢〕厥土赤—墳。〔按鄭本作戠。正義云，戠，—，音義同〕。
⑧通植。〔考工記敘〕摶—之工二。〔司農注〕故書或為植。

【埵】都果切音朵哿韻
①堅土也。見〔說文〕。
②聚土也。〔論衡說日〕泰山之高。參天入雲。去之百里。不見—塊。
③水埒也。〔淮南齊俗〕狟狢得—防。弗去而緣。
④鹿—。垂下之貌。〔荀子議兵〕〔注〕案角鹿—。隴種東籠而退耳。
⑤通垛。〔說文義證〕—。或作垛。篆文。吳人以積土為垛。垛，堅也。
⑥借作錘。治具吹火筒也。〔淮南本經〕鼓橐吹—。以銷銅鐵。

【執】之十切音汁緝韻
①本作𡙁。〔說文丮部〕𡙁，捕罪人也。

(二)拘也。〔孟子盡心〕—之而已矣。

(三)囚也。〔呂覽愼行〕使—連尹。

(四)縶也。〔周禮校人〕—駒。〔司農注〕無令近母猶攻駒也。

(五)脅也。見〔廣雅釋言〕。

(六)懾也。使畏懾己也。見〔釋名釋姿容〕。

(七)服也。見〔詩執競釋文引韓詩〕。

(八)制也。〔淮南主術〕人主之所以—下。

(九)猶斷也。〔禮記中庸〕足以有—也。

(十)專也。〔荀子堯問〕—一無失。

(十一)主也。〔左僖二十七年傳〕作—秩以正其官。

(十二)守也。〔書大禹謨〕允—厥中。

(十三)操也。〔大戴禮夏小正〕—養宮事。

(十四)持也。〔詩簡兮〕左手—籥。

(十五)猶處也。〔禮記樂記〕請誦其所聞。而吾子自—焉。

(十六)猶待也。〔荀子堯問〕貌—之士者百有餘人。

(十七)猶結也。〔國語越語〕又與大國—讎。

(十八)塞也。〔左僖二十八年傳〕願以閒—讒慝之口。

(十九)友也。〔禮記曲禮〕見父之—。不問不敢對。

(二十)織也。〔楚辭崇懷〕—組者不能至兮。

(二十一)太歲在辰曰—徐。見〔爾雅釋天〕。〔注〕—、蟄。徐、舒也。

(二十二)斗建十二值日之一。〔淮南天文〕未爲—。

(二十三)—著。楚語。不超脫也。

(二十四)—事。猶云左右也。〔後漢蘇竟傳〕竟在南陽與龔書曉之曰。君—事無恙。

(二十五)通縶。〔禮記月令〕則—騰駒。〔釋文〕—、本作縶。

(二十六)通慹。〔漢書陳萬年傳〕豪強—服。〔注〕—、讀曰慹。

(二十七)或作傲。〔禮記喪大記〕士與其—事則斂。〔注〕—、或爲傲。

(二十八)或作瓡。漢縣名。屬北海郡。見〔漢書地理志〕。〔注〕師古曰。瓡、卽—字。〔按縣今闕。當在舊青州府境。〕

(二十九)姓也。〔又〕—失、複姓。〔古今姓氏書辯證〕北齊會帥有咄密支頡利發。姓—失氏。

〔埸〕　夷益切音亦陌韻

(一)疆也。見〔說文新附〕。

(二)畔也。〔詩信南山〕疆—翼翼。

(三)界也。〔左成十三年傳〕鄭人怒君之疆—。

(四)場之別名。見〔玉篇〕。

〔培〕　蒲枚切音裴灰韻

(一)本作培。〔說文〕培、培敦。土田山川也。〔段注〕左傳祝鮀曰。分魯土田倍敦。釋文曰。倍、本亦作陪。許所見作—。爲是矣。杜云。倍、增也。敦、厚也。按封建所加厚曰—敦。引申爲凡裨補之稱。

(二)益也。養也。〔禮記中庸〕故栽者—之。

(三)增治也。〔禮記喪服四制〕墳墓不—。

(四)塗也。見〔廣雅釋室〕。

(五)屋後牆也。〔淮南齊俗〕鑿—而遁之。

〔培〕　鋪枚切音胚灰韻

。坯或字。〔集韻〕坯。瓦未燒者。或作—。通作坏。

〔培〕　薄口切音部有韻

(一)壘—。小阜也。〔國語晉語〕趙簡子使尹鐸爲晉陽曰。必墮其壘—。〔按壘—與—塿義同。左襄二十四年傳。—塿無松柏。今本作部婁。〕

(二)冢也。〔方言〕冢秦晉之間或謂之—。

〔培〕　蒲來切音陪灰韻

封也。見〔集韻〕。

〔培〕　房尤切音浮尤韻

人名。魯有申—公。見〔集韻〕。

〔培〕　薄亥切音倍賄韻鼻墨切音匐職韻

重也。〔莊子逍遙游〕而後乃今—風。〔按莊子集解王念孫曰。—馮也。〕

〔基〕　居之切音姬支韻

(一)牆始也。見〔說文〕。

(二)始也。見〔爾雅釋詁〕。

(三)本也。〔詩南山有臺〕邦家之—。

(四)業也。〔淮南主術〕建以爲—。

(五)門塾之址也。〔詩絲衣〕自堂徂—。

(六)據也。在下。物所依據也。見〔釋名釋言語〕。

(七)謀也。見〔爾雅釋詁〕。

(八)設也。見〔爾雅釋言〕。

(九)經也。見〔爾雅釋言〕。

(十)坤爲—。見〔易繫辭〕。

(十一)鎡｜。田器也。〔孟子公孫丑〕雖有鎡｜。不如待時。
(十二)通其。〔禮記孔子閒居〕夙夜｜命宥密。
(十三)通朞。〔後漢郎顗傳〕於詩三｜。〔注〕｜當作朞。

【埽】蘇老切音嫂皓韻先到切音噪號韻
(一)棄也。从土帚見〔說文〕。
(二)芟除也。〔詩牆有茨〕不可｜也。
(三)殲除也。〔文選張衡賦〕｜項軍於垓下。
(四)盡舉之也。〔漢書黥布傳〕大王宜｜淮南之眾。
(五)隄岸曰｜。竹木為枋。柳實其中。和土以捍水。今黃河之役用之。見〔正字通引坩韻〕。
(六)或作掃。〔論語子張〕小子當洒掃應對進退。
(七)亦作騷。〔史記李斯傳〕由竈上騷除。〔索隱〕言秦欲幷天下。若炊婦掃除竈上之不淨。不足為難也。

【堀】渠勿切音倔物韻
突也。詩曰蜉蝣掘閱。見〔說文〕。〔段注〕突為犬從穴中暫出。因謂穴中可居曰突。亦曰｜。俗字作窟。古書中｜字多譌掘。

【堀】苦骨切音窟月韻
(一)｜堁。風動塵也。〔文選宋玉賦〕｜堁揚塵。〔注〕音窟。
(二)同窟。孔穴也。〔左昭二十七年傳〕吳公子光伏甲于｜室而享王。

【堂】徒郞切音唐陽韻
(一)殿也。見〔說文〕〔段注〕古曰｜。漢以後曰殿。
(二)明也。見〔廣雅釋詁〕。
(三)高也。〔文選張衡賦〕刊層平｜。
(四)猶｜｜。高顯貌也。見〔釋名釋宮室〕。
(五)舉道平也。〔詩終南〕有紀有｜。
(六)世稱母曰｜。如令｜、家｜。
(七)明｜。〔說文通訓定聲〕｜之高明者曰明｜。宗廟、國學、及祀文王朝諸侯之處。皆有之。
(八)｜皇。盛大貌。〔張衡賦〕｜皇二儀。
(九)｜｜。容也。見〔廣雅釋訓〕。〔又〕德字廣也。見〔論語子張皇疏引江熙〕。〔又〕盛也。〔文選揚雄劇秦美新〕況｜｜有新。
(十)哄｜。衆笑也。見〔因話錄〕。
(十一)｜子。滿洲所祀神。〔又〕俗稱女閭。
(十二)俗謂婦人曰｜客。
(十三)俗稱共祖者為嫡｜。亦曰｜。共曾祖者為從｜。共高祖者為再從｜。
(十四)前代內閣大學士稱中｜。各部尚書稱大｜。左右侍郎稱左右｜。總督稱部｜。亦稱都｜。知府知縣稱正｜。屬吏通謂其上官曰｜官。
(十五)｜谿。楚邑。〔左定五年傳〕奔楚為｜谿氏。〔按即房國地。楚封吳夫概王於此。亦稱吳房。當今河南西平縣西北。〕〔又〕鋣也。見〔廣雅釋器。〕〔按｜亦作棠。楚辭九歎。執棠谿以刜蓬兮。注。棠谿利鋣也。〕〔又〕複姓。〔後漢蔡邕傳〕與五官中郎將｜谿典奏求正定六經文字。

【堅】經天切音肩先韻
(一)土剛也。見〔說文臤部〕。
(二)固也。見〔爾雅釋詁〕。
(三)強也。見〔廣雅釋詁〕。
(四)長也。見〔廣雅釋詁〕。
(五)剛也。〔呂覽審分〕｜窮廉直。
(六)充實也。〔呂覽貴信〕其穀不｜。
(七)好車也。〔後漢和熹鄧皇后傳〕乘｜驅良。
(八)設矛伐之說為｜。〔莊子齊物論〕故以｜白之昧終。〔按釋文云。｜白。謂｜石白馬之辯也。〕
(九)將在中軍曰中｜。〔後漢光武紀〕與敢死者三千人衝其中｜。
(十)諡法。〔周書諡法〕彰義掩過曰｜。
(十一)姓也。見〔姓苑〕。
(十二)通臤。〔左宣四年傳〕鄭襄公｜。〔按公羊成四年傳作臤。〕

【堆】都回切音塠灰韻
(一)本作自。〔說文自部〕自小自也。〔段注〕自字俗作｜。｜行而自廢矣。
(二)聚土也。〔楚辭遠逝〕陵魁｜以蔽視兮。
(三)凡物積多而高者曰｜。〔韓愈詩〕紅葉窗前有幾｜。
(四)舍也。〔國策秦策〕中期｜琴。〔吳注〕猶論語舍瑟也。〔按高注。續史記中旗憑琴注。引戰國策作推琴。又舊注中期誤作鍾期。今正。〕
(五)離｜。地名。〔漢書地理志〕蜀守李冰鑿離｜。以息水患。〔在今四川灌縣。｜、古作雖。〕
(六)同塠。〔爾雅釋水注〕呼水中沙｜

爲墿。〔釋文〕—、本作堆。

⑧同確。〔史記河渠書〕鑿離確。〔注〕確、古—字。

【堇】 渠斤切音勤文韻

①本作𡏳。〔說文𡏳部〕𡏳。黏土也。从黃省从土。〔按烏頭菫荼之菫从艸與此不同。〕

②時也。〔管子五行〕修槩水土以待乎天—。〔按房注、—又訓爲誠。〕

【堇】 渠吝切音覲震韻

①塗也。見〔集韻〕。

②同墐。〔禮記內則〕塗之以謹塗。〔注〕謹、當爲墐聲之誤也。墐塗塗有穰草也。

③借作僅。少也。〔史記貨殖傳〕——物之所有。

【堇】 居欣切音靳問韻

赤—。山名。〔越絕書〕赤—之山。破而出錫。〔按淸一統志云夏時有—子國以赤—山爲名。後加邑爲鄞。故漢爲鄞縣。赤—山在今浙江紹興縣東南三十里。—子國故城在今浙江奉化縣東五十里。〕

【堈】 居郎切音剛陽韻

①甕也。見〔集韻〕。

②地名。大—路。秦始皇東巡之馳道。今海鹽縣南。

【堊】 遏各切音惡藥韻烏故切音汚遇韻

①白涂也。見〔說文〕。〔段注〕以白物涂白之也。古用蜃灰。今東萊用蛤。謂之叉灰。

②亞也。亞。次也。先泥之。次以白灰飾之也。見〔釋名釋宮室〕。

③小飛泥也。〔莊子徐无鬼〕郢人—慢其鼻端若蠅翼。使匠石斲之。

④白土也。〔文選司馬相如賦〕其土則丹靑赭—。

⑤凡別色可塗者亦謂之—。〔山海經北山經〕其中多黃—。

⑥不塗墍之室亦曰—。〔禮記雜記〕三年之喪。廬—室之中。〔注〕—室。壘墼爲之不塗墍也。

【堋】 逋鄧切音傰徑韻

①喪葬下土也。春秋傳曰。朝而—。禮謂之封。周官謂之窆。虞書曰。—淫于家。亦如是。見〔說文〕。〔段注〕謂葬時下棺于壙中也。是名曰—、封、窆、異字同義也。此偁皋陶謨說叚借也。謂叚—爲朋。其義本不同。而形亦如是作也。

②陂遏。見〔玉篇〕。

【堋】 披朋切音漰蒸韻

振動也。見〔集韻〕。

【堋】 蒲登切音朋蒸韻

射埒也。〔庾信詩〕轉箭初調筈。横弓先望—。

【堋】 披冰切音砯蒸韻

削牆土隕聲。見〔集韻〕。

【堌】 公悟切音固遇韻

①黃—。地名。〔正字通〕黃—在單縣。萬曆丙申黃—河決由賈魯河故道出符離等處。

②—銅。古冢也。〔山東考古錄〕曹縣有冉—。乃穰侯魏冉冢。今以爲仲弓云。

【埶】 倪制切音藝霽韻

本作埶。〔說文丮部〕埶。穜也。从丮坴。丮持穜之。〔段注〕唐人樹—字作蓺。六—字作藝。說見經典釋文。然蓺藝字皆不見於說文。周時六藝字蓋亦作—。儒者之於禮樂射御書數。猶農者之樹—也。〔按說文穜下云。穜。埶也。埶穜互訓。今隸穜作種。〕

【埶】 始制切音世霽韻

同勢。〔說文段注〕說文無勢字。蓋古用—爲之。如禮運在—者去是也。

【堁】 苦果切音顆哿韻苦臥切音課箇韻

塵—。塵起皃。見〔集韻〕。〔按淮南主術、譬猶揚—而弭塵。注—。動塵之貌。〕

【堁】 苦會切音塊隊韻烏臥切音涴箇韻

塵也。見〔廣雅釋詁〕。

【堁】 窺對切音塊隊韻

草器也。見〔洪武正韻〕。

【堉】 余六切音育屋韻

肥墝謂之—。見〔集韻〕。

【堄】 研計切音詣霽韻吾禮切音倪薺韻

埤—。女牆也。詳埤字。

【埱】 丑玉切音瘃燭韻儒欲切音辱沃

韻 牛馬所踏處。見〔集韻〕。

【塲】知亮切音帳漾韻 沙墳起也。見〔集韻〕。

【塲】仲良切音長陽韻 塲或字。〔集韻〕塲祭神道也。一曰田不耕。一曰治穀田。或作𡏖、暘。

【埻】之尹切音準軫韻 本作墫。〔說文〕墫射臬也。〔段注〕以虎狼豹麋之皮飾其側。又方制之以爲臯。謂之鵠。著於侯中。臯郎臬之叚借字也。

【埻】朱潤切音畯震韻 壘土。見〔集韻〕。

【埻】徒臥切音惰箇韻 射埻。見〔集韻〕。

【埻】都回切音堆灰韻 攢塗所殯。見〔集韻〕。

【埻】光鑊切音郭藥韻 —端。國名。〔山海經海內東經〕國在流沙中者—端。〔注〕音同郭。

【埼】渠羈切音奇支韻 渠希切音祈微韻 曲岸頭也。〔文選司馬相如賦〕觸穹石激—堆。

【埮】吐濫切音倓勘韻 堙—。地平而長。見〔集韻〕。

【埮】徒甘切音談覃韻 緐屬。俗作壜。見〔正字通〕。

【埯】衣檢切音揜琰韻 土覆謂之—。見〔集韻〕。

【埯】鄔感切音黯感韻 阬也。見〔集韻〕。

【埰】倉代切音菜隊韻 采地也。見〔集韻〕。

【埰】此宰切音採隊韻 塚也。〔方言〕冢或謂之—。〔注〕古者卿大夫有采地。死葬之。因名。

【埲】蒲蠓切音琫董韻 塵起皃。見〔集韻〕。

【⿱非土】府尾切音斐尾韻 父沸切音斐未韻 塵也。見〔說文〕。〔段注〕塵、玉篇作塺。—之言沸也。

【埝】都念切音店豔韻 下也。見〔方言〕。

【埝】諾叶切音攝葉韻 益也。一曰陷也。見〔集韻〕。

【埥】七盈切音淸庚韻 青精土也。見〔玉篇〕。

【埧】忌遇切音具遇韻 堤塘。見〔字彙〕。

【埾】从遇切音聚遇韻 積土也。从土聚省聲。見〔說文〕。〔段注〕桴下曰。引—也。引伸爲凡聚之偁。各書多借爲聚字。

【埿】年題切音泥齊韻 塗也。見〔集韻〕。

【埿】乃計切音嫟霽韻 泥也。見〔集韻〕。

【埿】薄鑑切音髗陷韻 同濘。淖也。見〔廣韻〕。

【埡】烏故切音洿遇韻 野聚也。見〔類篇〕。

【埡】於五切音鄔麌韻 隖或字。〔集韻〕隖。說文、小障也。一曰庫城。或从土。

【埨】縷尹切音輪軫韻 壟土也。見〔集韻〕。

【埨】盧困切音論慁韻 陯或字。〔集韻〕陯坎陷也。或从—。

【埩】甾莖切音爭庚韻 治也。見〔說文〕。〔段注〕治土曰—。

【埩】鋤耕切音錚庚韻 魯城北門池。見〔廣韻〕。〔按公羊傳作爭。說文作淨同。〕

【埪】枯公切音空東韻 龕謂之—。見〔集韻〕。

【埫】丑勇切音寵腫韻 —塎。不安皃。見〔集韻〕。

【⿰土沓】託合切音塔合韻 物墜聲。見〔集韻〕。

【埢】古轉切音卷銑韻 冢土。見〔集韻〕。

【埢】古倦切音眷霰韻 限曲也。見〔集韻〕。

【埢】驅圓切音拳連圓切音嫙先

韻

—垣閬貌。〔文選揚雄賦〕登降峛崺。單—垣兮。

【埣】蘇對切音碎隊韻
土不黏者。見〔集韻〕。

【埣】蘇骨切音卒月韻
土落也。見〔類篇〕。

【埜】以者切音也馬韻
泥淖也。見〔集韻〕。

【埬】都籠切音東東韻
上—。地名。見〔集韻〕。

【𡋯】古壞切音怪卦韻
大也。見〔集韻〕。

【㙳】都脫切音掇曷韻
人名。〔正字通〕王—。同蜀守李冰穿二江者。

【𡋤】虛訝切音罅禡韻
地名。在晉。見〔集韻〕。

【埴】常職切音十緝韻
瓦器也。見〔五音篇海〕。

【墝】魚乞切音屹物韻
高士貌。見〔龍龕手鑑〕。

【𡋟】古迷切音雞齊韻
裂也。見〔字彙補〕。

【堍】讀如兔。
近橋之地也。〔吳文英詞〕作凌波斷橋西—。

【坧】培本字。見〔說文〕。

【垮】古壞字。見〔集韻〕。

【塷】同壚。〔字彙補〕人名。宋謝—。濤和太后之姪。封節度使。

【堃】同坤。人名。〔字彙〕宋史名將—。〔舊字典云宋將馬—。作馮—非。〕

【𡊃】同淤。濁泥也。見〔集韻〕。

【埳】同坎。〔莊子秋水〕—井之蛙。

【𡌪】同域。〔佩觿〕戈部或字異。或、音盭。从戈。从口。从王。音棫。此从或。从土。

【堺】同埤。見〔正字通〕。

【埞】同堤。見〔字彙〕。

【埦】同盌、㼝、椀。見〔集韻〕。

【𨥈】同塗。見〔集韻〕。

【𡋽】同腆。見〔集韻〕。

【𡐨】臺俗字。見〔集韻〕。

【埿】泥俗字。見〔五音集韻〕。

九畫

【堗】陀沒切音突月韻
㊀竈謂之竈。其窗謂之—。見〔廣雅釋室〕。
㊁同突。〔淮南人間〕百尋之屋。以突隙之煙焚。〔注〕竈突也。

【塍】神陵切音乘蒸韻
㊀稻田畦也。見〔集韻〕。
㊁同堘。〔周禮稻人疏〕塍者、田中作界埒以養禾也。

【堨】巨列切音傑屑韻
壁間隙也。見〔說文〕〔段注〕隙者、壁際也。壁際者、壁之𥦻也。亦曰—。此古義也。今義堰也。讀同壅遏。後人所用俗字也。

【堨】阿葛切音遏曷韻巨列切音傑屑韻
堰也。〔魏志劉馥傳〕治芍陂茹陂七門吳塘諸—。以溉稻田。

【堨】於蓋切音藹泰韻
㊀青土謂之—。見〔集韻〕。
㊁埃也。〔淮南兵略〕揚塵起—。

【堪】枯含切音戡覃韻
㊀地突也。見〔說文〕〔段注〕突者犬從穴中出。因以爲坳突之稱。俗乃製凹凸字。地之突出者曰—。
㊁土之墳起者。〔莊子大宗師〕—坏得之以襲崑崙。〔按注云神名。朱駿聲云。失之〕
㊂山形奇怪貌。〔揚雄賦〕—當隱倚。
㊃載也。見〔方言〕。
㊄勝也。〔國語晉語〕口弗—也。
㊅任也。〔詩小毖〕未—家多難。
㊆天道也。〔淮南天文〕—輿徐行雄。以音知雌。〔按漢書藝文志〕—輿金匱十四卷。注師古引許愼云。—、天道。輿、地道也。揚雄傳甘泉賦注。張晏曰。—輿、天地總數。段玉裁曰。張說未安。—言地高處無不勝任也。所謂雄也。輿、言地下處無不居納也。所謂雌也。
㊇—輿。神名。〔漢書揚雄傳〕屬—輿以壁壘兮。〔注〕孟康曰。—輿。神名。造圖宅書者。〔後世稱地師爲—

與本此〕。

(九)同媒。樂也。〔呂覽報更〕—士不可以驕恣屈也。

(十)同坎。低也。見〔廣雅釋詁〕。〔按此通坎義。—坎聲近〕。

(十一)同龕。盛也。見〔廣雅釋詁〕〔疏證〕。龕與—聲義亦同。

(十二)通戡。〔爾雅釋詁〕—。勝也。〔釋文〕、—字又作戡〔按亦作戕〕。

(十三)通欽。〔山海經西山經〕是與欽䲹。殺葆江于昆侖之陽。〔注〕欽、亦作—。音同。䲹、嘗爲坏。

(十四)姓也。八元仲—之後。見〔風俗通〕。

【堪】 楚錦切音墋寑韻

土也。一曰不淸澄。見〔集韻〕。

【堫】 祖叢切音椶東韻　初江切音囪江韻

(一)種也。一曰內其中也。見〔說文〕。〔段注〕種者、埶也。—者以禾種入土也。引伸之義。謂以此、皮中皆得曰—也。

(二)不耕而種。見〔集韻〕。

(三)或作稯。〔廣雅釋地〕稯。種也。

【堭】 胡光切音皇陽韻

(一)室之四方無壁者。〔廣雅釋室〕—。殿也。

(二)通皇。〔漢書胡建傳〕列坐堂皇上。〔注〕室無四壁曰皇。

(三)通隍。城下池也。〔子夏易傳〕城復于—。

【堯】 倪幺切音僥蕭韻

(一)高也。从垚在兀上。高遠也。見〔說文垚部〕。〔段注〕兀者高而上平也。高而上平之上。又增土益之以垚。是其高且遠可知也。

(二)唐帝號。〔書堯典〕曰若稽古帝—。〔按段氏曰。—舜皆生時臣民所稱之號。非謚也。〕

(三)翼善傳聖曰—。見〔白虎通謚引禮謚法〕。〔按今本翼善作翼賢。〕

(四)猶嶢嶢也。至高之貌。見〔白虎通號〕。

(五)高也。僥也。見〔風俗通五帝〕。

(六)山名。直隸唐山縣西北八里。相傳—始封此。因名。見〔讀史方輿紀要〕。

(七)——。小石貌。〔釋名釋山〕山多小石曰磝。磝、堯也。每石——獨處而出見也。

(八)姓也。魏—暄。上黨長子人。以武功著。

【報】 博號切保去聲號韻

(一)當罪人也。从𠦬从𠬝。𠬝、服辠也。見〔說文𠦬部〕。〔按漢書胡建傳。辟也。高—故不窮審。蘇林曰。—。論也。斷獄爲—。〕

(二)處分其罪以上聞亦曰—。〔後漢魯恭傳〕勿以—因如故事。

(三)告也。白也。〔呂覽樂成〕已得中山還。反—文侯。

(四)祭也。〔國語魯語〕有虞氏—焉。〔注〕—、德之祭也。

(五)孝養也。〔荀子法行〕有親而不能—。

(六)酬答也。〔詩木瓜〕投我以木瓜。—之以瓊琚。

(七)復也。〔淮南天文〕東北爲—德之維也。〔注〕陰氣極於北方。陽氣發於東方。自陰復陽。故曰—。

(八)猶反也。〔穆天子傳〕—哭於大次。

(九)猶合也。〔禮記喪服小記〕下殤小功。帶澡麻下絕本。詘而反以—之。

(十)上淫下也。〔左宣三年傳〕鄭文公—鄭子之妃。〔按小爾雅廣義。上淫曰烝。下淫曰—。旁淫曰通。君淫臣妻。實爲下淫。服注曰。淫親屬之妻曰—。又引漢律淫季父之妻曰—。非傳意〕。

(十一)同赴。急疾也。〔禮記少儀〕毋—往。〔注〕讀爲赴疾之赴。

(十二)同褒。〔周禮太祝〕八曰褒拜。〔注〕褒讀爲—。—拜。再拜也。

【堙】 伊眞切音因眞韻

(一)土山也。〔左襄六年傳〕甲寅—之。〔注〕周城爲土山。

(二)距—也。爲登城之具。〔公羊宣十五年傳〕宋華元亦乘—而闚之。

(三)—鬱。抑塞貌。〔史記賈生傳〕獨—鬱兮其誰語。〔漢書作壹鬱〕。

(四)同垔。塞也。〔左襄二十五年傳〕井—木刊。

(五)借作湮。〔國語周語〕—替隸圉。〔注〕—、沒也。

【[illegible]】 戶昆切音魂元韻　胡關切音還刪韻

(一)土也。洛陽有大—里。見〔說文〕。〔段注〕土蓋𡈼之誤。集韻𡈼字亦作—。疑大本作土。土—里或有作土軍者。

(二)墣也。見〔類篇〕。

【堞】 達協切音牒葉韻

(一)城上女垣也。〔左襄六年傳〕傅于

—。[按說文通訓定聲曰。古城用土。加以專牆。爲之射孔。以伺非常。曰女垣。凡言王言馬。皆大意。言女。皆小意。猶言小垣也。]

㊁重壘也。[釋名釋宮室]城上垣或名—。取其重壘之義也。

【⿰土則】察色切音測職韻

㊀遏遮也。見[說文]。

㊁充塞也。[正法念經]—滿充徧。

【⿰土彖】柱兗切音篆銑韻

㊀耕土眷也。見[廣韻]。[按類篇訓耕土合義。小異。]

㊁耕隴也。見[類篇]。

【堠】下遘切音后宥韻

㊀記里堡也。古五里一堠。十里二堠。[韓愈詩]堠堠路傍—。一雙復一隻。

㊁同候。斥候也。[荀子富國]其候徼支繚。

【堡】補抱切音保皓韻

㊀累土爲小城也。[唐書哥舒翰傳]拔連城—。

㊁—積山名。[明一統志]山在遷江縣東。鄉民會避寇於此。[按清一統志云。一名寶積山。在今廣西遷江縣東南二里。]

㊂同保。[禮記檀弓]遇負杖入保者息。[注]保、小城也。

㊃通葆。[史記匈奴傳]盜侵上郡葆塞。

【堢】同堡。隄也。壩也。或書作—。見[類篇]。

【⿰土复】方六切音覆屋韻

㊀同⿱穴復。[集韻]⿱穴復穴地以居。或从土。亦省。[按廣雅釋室。—、窟也。義同。今本作⿱穴復。]

㊁通復。[詩緜]陶復陶穴。[箋]復者。復於土上。鑿地曰穴。皆如陶然。

【堤】典禮切音底薺韻

㊀滯也。見[說文]。[段注]滯者冰也。此篆與坻篆音義皆同。

㊁築土遏水曰—。見[洪武正韻]。[—本上聲。後人相沿作平聲用。]

㊂緣邊也。見[玉篇引劉兆說]。

【堤】都黎切音氐齊韻

㊀防也。見[類篇]。

㊁物之下安者曰—。[淮南詮言]瓶甌有—。

㊂同隄。[禮記月令]完隄防。[釋文]隄、本作—。

【堤】常支切音匙支韻

—封。大數之名。猶今人言通共也。[廣雅釋訓]—封。都凡也。[按漢書刑法志、食貨志、地理志、匡衡傳、東方朔傳。並作提封。集韻。常支切。字作隄。引廣雅隄封都凡也。李善本文選西都賦。提封五萬。五臣本、及後漢班固傳。並作隄封。王念孫曰。提封。即都凡之轉。猶言諸凡、大凡。漢書提封萬井。猶言通共萬井耳。]

【堤】匀規切音畦支韻

洙—。郡名。見[集韻]。[按漢書地理志。犍爲郡有朱提縣。蘇林曰。朱音銖。提音時。晉因其名而置朱提郡。朱提二字。集韻作洙—。未知何據。姑存之。]

【堥】迷浮切音謀尤韻

㊀堆—。小隴也。見[集韻]。[按通訓定聲引字林。前高後下曰—邱。玉篇。—前高後平。丘名。義小異。]

㊁土釜也。[禮記內則]敦牟巵匜。[注]牟。讀曰—。[疏]隱義曰。—。土釜也。今以木爲器。象土釜之形。

㊂瓦合也。[周禮瘍醫注]五毒之藥。合黃—。置石膽、丹砂、雄黃、礜石、慈石其中。燒之三日三夜。其煙上著。以雞羽掃取之以注創。[釋文]—、本又作鍪。劉音武。又音無。徐音母。又音務。

【堥】微夫切音無虞韻

瓦器。見[集韻]。

【⿰土耑】都果切音朵哿韻

㊀動也。見[集韻]。

㊁垂貌。見[正字通]。

㊂通朵。朵頤垂下動之貌。[易頤]觀我朵頤。[按集韻引京房易作—。]

㊃通埵。又通垛。土垂下貌。[說文義證]釋宮。垝謂之坫。郭注。在堂隅。坫。埵也。釋文。埵、或作—。丁果反。馥謂—。即垛之別體。

【堧】而宣切音先韻

㊀隙地也。[漢書翟方進傳]稅城郭—及園田。

㊁同陾。或作隭。見[集韻]。

【堧】乃臥切音愞箇韻

沙土。見〔集韻〕。同㙬。或作𡒃、墦。城下田也。一曰江淮。見〔集韻〕。

【㙬】奴亂切音𠊧翰韻
水濱地。見〔集韻〕。城下田。見〔集韻〕。

【堲】疾力切音即職韻
疾也。〔書舜典〕朕｜讒說殄行。〔按正字通訓爲窒、塞。亦通。〕燒土爲甎也。〔禮記檀弓〕夏后氏｜周。〔注〕火熟曰｜。燒土冶以周於棺也。借作㶿。火之餘燼也。〔管子弟子職〕左手秉燭。右手折｜。

【堲】節力切音㲼職韻
燒土周棺也。或从火作㷉。見〔集韻〕。

【堲】古垐字。見〔說文〕。

【場】仲良切音長陽韻
祭神道也。一曰山田不耕者。一曰治穀田也。見〔說文〕。㊂鹿之所息謂之｜。見〔小爾雅廣獸〕。

㊂處所之通稱。如官｜、戰｜、戲｜、道｜、選佛｜之類。又試士之處曰科｜。亦曰｜屋。㊃時期也。〔王禹偁詩〕紅葉開時醉一｜。〔按分日試士亦稱｜。宋制。雜出六題分爲三｜。每｜體制一古一今。〕㊄合日本語。猶云情形。兼時與地而言。

【塲】尸羊切音商陽韻
垤也。一曰浮壤也。〔方言〕蚍蜉犁鼠之｜。謂之坻｜。

【堵】董五切音睹麌韻
㊀垣也。五版爲｜。見〔說文〕。〔段注〕此云五板爲｜。古今說所同也。蓋言板廣二尺。五板積高一丈爲｜。而已。其長幾尺爲板。幾｜爲雉。皆於古今說未敢定。㊁懸鐘磬之名。〔周禮小胥〕半爲｜。全爲肆。〔注〕編懸之二八十六枚而在一簴謂之｜。㊂畜積之家。〔莊子盜跖〕欲富就利。故滿若｜。㊃阿｜。猶云若箇、這箇也。〔晉書王衍傳〕衍口未嘗言錢。婦令婢以錢繞牀下。衍晨起。不得出。呼婢曰。舉卻阿｜中物。〔按殷浩看佛經曰。理應在阿｜中。謝安謂桓溫曰。明公何壁後置阿｜。蘇順愷之曰。傳神寫照正在此阿｜中。各指其物以爲言。世俗專稱錢爲阿｜物。非是。〕㊄姓也。〔古今姓氏書辯證〕鄭文公時有｜叔。

【堵】時遮切音蛇麻韻　東徒切音都虞韻
㊀城門臺也。見〔集韻〕。㊁同闍。〔禮記禮器〕｜者謂之臺。〔釋文〕｜本作闍。

【堵】止野切音者馬韻
㊀山名。〔山海經中山經〕苦山又東二十七里曰｜山。神天愚居之。㊁水名。〔水經沔水注〕｜水出建平郡界。故亭谷。又東逕方城亭南。東北歷嵾山下。而北逕｜陽縣南。北流注于漢。謂之｜口。〔按｜水一名赭水。寰宇記又名柘水。源出棘陽縣。棘陽今爲河南泌源縣。〕㊂｜陽縣名。漢置。屬南陽郡。淸爲裕州。今河南方城縣東六里有｜陽故城。㊃姓也。〔古今姓氏書辯證〕出自鄭大夫食邑於｜。因以爲氏。｜俞彌、｜女父、｜狗。皆鄭臣。春秋晉義音者。

【堣】元俱切音虞虞韻
｜夷。在冀州暘谷。立春日。日值之而出。尙書曰宅｜夷。見〔說文〕。

【隇】須閏切音浚震韻
高也。險也。見〔集韻〕。

【墍】直利切音緻寘韻
墊也。見〔集韻〕。

【壵】渠追切音逵支韻
土也。見〔龍龕手鑑〕。

【堩】音梅灰韻
地名。見〔龍龕手鑑〕。

【壉】胡老切音號號韻
土釜。見〔篇海類篇〕。

【堿】烏貢切音甕送韻
牆也。見〔龍龕手鑑〕。

【墷】于鬼切韋上聲尾韻
｜墠也。見〔篇海類篇〕。

【墇】俗韓字。見〔五音集韻〕。

【堝】古禾切音戈歌韻 甘—。液金器。見〔類篇〕。

【堳】旻悲切音眉支韻 壇埒也。見〔集韻〕。

【堮】逆各切音咢藥韻 土之厓級也。見〔六書故〕。

【[illegible]】居鄧切音亙徑韻 道也。〔儀禮既夕〕唯君命止柩于—。

【堰】於扇切音躽霰韻 於建切音躽願韻 障也。見〔集韻〕。

【堛】拍逼切音偪職韻 凷也。見〔說文〕。

【[illegible]】動五切音杜麌韻 塡也。塞也。或作敗。見〔玉篇〕。

【[illegible]】資辛切音秦眞韻 潤澤也。—〔集韻〕。

【埬】郎甸切音楝霰韻 —墉。墟名。在吳郡。見〔廣韻〕。〔按集韻云在博平〕

【城】於歸切音威微韻 決塘也。見〔玉篇〕。

【[illegible]】測入切音㞙緝韻 —堞。累土也。見〔集韻〕。

【堬】容朱切音俞虞韻 冢也。〔方言〕秦晉之間冢謂之—。

【堶】徒禾切音牠歌韻 飛塼戲也。〔梅堯臣詩〕輕浮賭勝各飛—。

【[illegible]】慈郎切音藏陽韻 同藏。〔正字通〕同文備考。收藏也。从土。以天地萬物藏于下。歸根復命之意。轉去聲。人之五藏。主受意。文从草作藏。徐鉉曰。後人所加。今用爲藏藏字。

【堸】符風切音逢東韻 蟲室曰—。見〔集韻〕。

【堹】竹用切音湩宋韻 池塘塍埂也。見〔集韻〕。

【[illegible]】仕懈切音砦卦韻 同柴。藩落也。見〔集韻〕。

【塔】德盍切音搨合韻 地之區處。見〔集韻〕。

【[illegible]】何鄧切音幸徑韻 夫松切音封冬韻 地名。在祁陽。見〔篇海〕。

【堷】烏感切音黯感韻 瘞—。壙中埋藏處。深暗也。〔管子侈靡〕巨瘞—所以使貧民也。

【[illegible]】側甲切洽韻 不淨貌。見〔集韻〕。

【[illegible]】蒩瓦切馬韻 —。好貌。見〔五音集韻〕。

【[illegible]】音未詳〔五嶽眞形圖〕西嶽姓姜名—。

【[illegible]】壐本字。見〔說文〕。〔按—从土。爾聲。六書統以爲象煙从突囪中出。會意。非是〕。

【[illegible]】埂本字。見〔說文〕。

【[illegible]】坼本字。見〔說文〕。

【[illegible]】古垂字。見〔集韻〕。

【[illegible]】古睦字。見〔字彙〕。

【[illegible]】古墼字。見〔字彙補〕。

【[illegible]】古重字。見〔六書本義〕。

【[illegible]】同埻。見〔集韻〕。

【堦】同階。見〔集韻〕。

【堺】同界。見〔集韻〕。

【墢】同坺。〔國語周語〕王耕一—。

【堽】同岡。〔陸雲書〕結罝繞—布網彌山。

【[illegible]】同宇。〔正字通〕屋邊也。見鐘鼎文。六書統別作寓、宇、㝢。

【[illegible]】俗墾字。見〔正字通〕。

十畫

【[illegible]】魯勇切音隴腫韻 良用切音朧宋韻 蒙弄切音濛送韻 ㊀涂也。見〔說文〕。㊁或作瀧。〔通俗文〕泥塗謂之瀧澒。

【塊】苦怪切音蒯卦韻 苦會切音檜泰韻 ㊀本作凷。〔說文〕凷。墣也。从土凵。凵象形。〔按—下云俗凷字〕。㊁子也。一曰楚人謂我曰—。〔楚辭九辯〕—獨守此無澤兮。㊂大—。無物也。〔莊子齊物論〕夫大—噫氣。其名爲風。〔又〕天地之間也。〔淮南俶眞〕夫大—載我以形。〔又〕謂地也。〔文選張華詩〕大—稟羣生。

(四) 壘—胸中不平也。〔世說〕晉阮籍胸中壘—。故須以酒澆之。

(五) 衡—請罪也。〔唐玄宗紀〕貴妃衡—請死。帝意沮乃止。

(六) —然。獨處之貌。〔漢書陳湯傳〕使湯—然。〔又〕安然貌。見〔穀梁僖五年傳、—然受諸侯之尊、疏。〕

(七) 通蕢。〔禮記禮運〕蕢桴而土鼓。〔注〕蕢、讀爲凷。

(八) 通魁。〔漢書東方朔傳〕魁然無徒。〔注〕魁、讀曰—。

【塋】 維傾切音營庚韻

(一) 墓也。見〔說文〕。〔按玉篇、及文選齊敬皇后哀策文李注。皆引說文作墓地。〕

(二) 冢田也。見〔漢書楚元王傳注。〕

(三) 借作營。度也。〔禮記月令〕—邱壟之大小高卑厚薄之度。

【塌】 託盍切音傝敵盍切音䈋合韻

(一) 地低下也。見〔集韻〕。

(二) 墮也。〔文選陳琳檄〕埀頭—翼。

(三) 初耕曰—。見〔王盤農書〕。

(四) 床著地而安也。从土。𦐇聲。近地之意。見〔同文備考〕。

【塑】 蘇故切音素遇韻

(一) 埏土象物也。或从素。見〔類篇〕。

(二) 今俗捏土象鬼神象貌亦曰—。〔程子語錄〕明道坐如泥—人。接人渾是一團和氣。

【塓】 莫狄切音覓錫韻

(一) 塗也。見〔說文新坿〕。

(二) 通幎。〔文選左思賦〕葺牆幎室。〔注〕幎、塓也。

【塔】 託合切音榻合韻

(一) 西域浮圖也。見〔說文新坿〕。〔正字通〕引通雅曰。十六角七級皆—也。梵言窣諸波華言—、亦作墖。通訓定聲曰。東魏天平三年。造須彌—一堰。此—之始見石刻者。

(二) 佛堂也。見〔字苑〕。〔按舊注引後魏釋老志募建宮宇曰—。〕

(三) 累土也。見〔類篇〕。

(四) 物墮聲也。或作墖。亦作𨫼。見〔集韻〕。

(五) —兒部。地名。在蒙古之東。東接興安嶺。西連蒙古。〔又〕—爾巴哈台。淸置直隸廳。今爲新疆塔城縣。

(六) 山名。在今山東濰縣東南六十里。〔又〕江蘇南通縣有—山。與狼山相接。

(七) —米爾。河名。今蒙古烏里雅蘇台之東。與倫河會入於塞列恩河。

(八) 姓也。〔正字通〕元廣州總管—海。

【塕】 鄔孔切音蓊董韻烏公切音翁東韻

(一) 塵也。見〔玉篇〕。

(二) 埲—。塵起見〔廣韻〕。

(三) —然。風起貌。〔文選宋玉賦〕庶人之風。—然起于窮巷之間。

【塗】 同都切音徒虞韻

(一) 泥也。見〔說文新坿〕。

(二) 杜也。見〔釋名釋宮室〕。

(三) 飾也。〔穀梁襄二十四年傳〕臺下不—。

(四) 漸洳徑也。見〔漢書東方朔傳〕。

(五) 汚也。〔莊子讓王〕夷齊曰。闗以—吾身。不如避之以潔吾行。

(六) 道也。〔論語陽貨〕遇諸—。

(七) —竄。乙改竄也。〔隋書百官志〕詔敕有不便者。—竄奏還。

(八) 糊—。不分曉也。〔宋史呂端傳〕端小事糊—。大事不糊—。〔按孫奕示兒編。糊—、讀爲鶻突。〕

(九) —。—。厚貌。〔楚辭九歎〕白露紛以—。—。

(十) 山名。又名當—山。〔左哀七年傳〕禹會諸侯于—山。〔注〕在壽春東北。〔按史記。禹會諸侯于會稽。會稽亦有—山。即今浙江紹興縣。會稽山是野客叢書云。—山有四。一會稽。二渝州。三濠州。四當—。而蘇軾蘇轍—山詩。皆指濠州。與杜注合。濠州當—是一非二。蓋濠宋州當—漢縣。今均爲安徽懷遠縣。當以懷遠東南八里之—山爲正。〕

(十一) 水名。〔山海經西山經〕皋—之山。—水出焉。南流注於集獲之水。〔按水當出今陝西華縣境。〕

(十二) 州名。唐置。羈縻州。屬劍南道。今四川茂縣。

(十三) 三—。太行、轘轅、崤澠。古所謂險要也。〔新序善謀〕四岳三—。

(十四) —車。明器也。〔禮記檀弓〕—車芻靈。自古有之。

(十五) 姓也。〔風俗通〕漢諫議大夫—禪。

(十六) 本作涂。周禮書—路字如此。古無—字。見〔說文繫傳〕。

(十七) 同嵞。〔書益稷〕娶於—山。〔說文

屾部引作畬。〕

(八)通途。〔爾雅釋宮〕路、旅、途也。

(九)別作蓬。〔石門頌〕塗路歮艱。

【塗】徒故切音渡遇韻

途也。〔文選張衡賦〕雲師黮以交集兮。涷雨沛其灑—。

【塗】直加切音茶麻韻

沮洳也。一曰飾也。見〔集韻〕。

【塘】徒郎切音唐陽韻

(一)隄也。見〔說文新坿〕。〔按一切經音義引埤蒼長沙謂隄爲—〕。

(二)池也。見〔廣雅釋地〕。

(三)錢—。地名。〔錢塘志〕曹華信立防海—。募致土石一斛與錢一千。—成。因名錢—。

(四)瞿—。地名在夔州東。〔方輿勝覽〕瞿—。古西陵峽乃三峽之門。

(五)同隚。〔廣雅釋室〕隚、隄也。

(六)通唐。〔漢書揚雄傳〕醴泉流其唐。

【塙】克角切音埆覺韻

(一)堅不可拔也。見〔說文〕。〔段注〕堅者、剛土也。不可拔者、不可擢而起之也。

(二)土高也。見〔集韻〕。

(三)通確。〔易文言〕確乎其不可拔。〔鄭注〕堅高之貌。

(四)或作礭。〔晉鄭烈碑〕秉礭然之大節。

【墝】丘交切音敲肴韻

同墽。磽也。見〔集韻〕。

【塝】蒲浪切音傍漾韻

(一)地畔也。見〔集韻〕。

(二)吳楚間方語。土之平阜曰—。濘塍之畦畔處亦曰—。見〔康熙字典〕。

【塞】悉則切音濏職韻

(一)本作𡫳。〔說文〕𡫳隔也。

(二)蔽也。〔論語八佾〕邦君樹—門。

(三)閉也。〔淮南主術〕治道之所以—。

(四)掩也。〔荀子大略〕故—而避所短。

(五)遏也。〔呂覽論人〕不可—也。

(六)止也。〔管子君臣〕下愚而易—。

(七)斷也。〔國策秦策〕—轘轅緱氏之口。

(八)絕也。〔國語晉語〕是自背其信而—其忠也。

(九)控也。〔管子度地〕涸則—。

(十)不行也。〔漢書爰盎傳〕其後語—。

(十一)不通也。〔漢書刑法志〕疑—治道。

(十二)行不通也。〔荀子王霸〕涂薉則—。

(十三)下情不上通謂之—。見〔管子明法〕。

(十四)忠臣不用謂之—。見〔管子法法〕。

(十五)城郭牆壍謂之—。〔左僖十五年傳〕凡啟—從時。

(十六)實也。〔書皋陶謨〕剛而—。

(十七)充也。〔荀子富國〕五味芬芳以—其口。

(十八)滿也。〔淮南說林〕邱夷而淵—。

(十九)當也。〔漢書京房傳〕毋使臣—涌水之異。

(二十)補也。〔漢書于定國傳〕將欲何施以—此咎。

(廿一)答也。〔漢書終軍傳〕積和之氣—明。〔注〕師古曰、—答也明者明靈。

亦謂神也。

(廿二)安也。見〔方言〕。

(廿三)外邪不入謂之—。見〔淮南主術〕。

(廿四)道德純備謂之—。見〔後漢郅壽傳注〕。

(廿五)月陽。〔爾雅釋天〕月在辛曰—。

(廿六)—匿陰忌也。〔周書大戒〕—匿不行。

(廿七)——不安貌。〔方言〕迹迹、屑屑。不安也。秦晉或謂之——。

(廿八)伊蒲—。卽優婆—男僧也。〔後漢楚王英傳〕以助伊蒲—桑門之盛饌。

(廿九)通𡫸。〔書皋陶謨〕剛而—。〔說文心部引書作𡫸。〕

(三十)或作色。見〔禮記中庸不變—焉注〕。

【塞】先代切音賽隊韻

(一)蔽也。〔禮記明堂位〕四—世告至。〔注〕四—謂夷服、鎮服、蕃服、在四方爲蔽—者。

(二)東北謂之—。見〔漢書鄧通傳徼外注〕。

(三)築城守道謂之—。見〔書秦誓序疏〕。

(四)邊城要害處也。〔禮記月令〕備邊境完要—。

(五)同賽。報祠也。〔漢書郊祀志〕冬—禱祠。〔史記封禪書作賽。〕

(六)同簺。博—博具也。〔莊子駢拇〕問穀奚事則博—以遊。〔按後漢梁冀傳注。簺有五采剡爲一簺者謂之—。〕

(七)姓也。見〔正字通〕。

【塉】迄業切音脅洽韻

㊀堤也見〔集韻〕。
㊁堤水也見〔玉篇〕。

〔塠〕都回切音堆灰韻
㊀同磓落也見〔廣韻〕。
㊁同𠂤〔說文𠂤部〕𠂤小阜也。〔通訓定聲〕𠂤、亦作—。
㊂同堆〔爾雅釋水注〕呼水中沙堆爲墩〔釋文〕堆、字或作雁。又作—。
㊃借作追〔文選枚乘七發〕踰岸出追〔注〕都回反追亦堆字古字假借之也。

〔塠〕倉回切音崔灰韻
䃃也。或作𡐦。見〔類篇〕。

〔塡〕亭年切音田先韻
㊀塞也。〔博物志〕常取西山之木石以—東海。
㊁加也見〔華嚴經音義引國語賈注〕。
㊂順也〔文選班固賦〕—流泉而爲沼。
㊃—然鼓聲〔孟子梁惠王〕—然鼓之。
㊄—雷聲。〔楚辭山鬼〕靁—兮冥冥〔又〕滿足之貌。〔荀子非十二子〕—然。
㊅—星。土星也。〔通訓定聲〕五緯土星謂之—星在第三重天。離地二萬餘里。其體大於九十倍。兩旁有小星。久則漸近。或與土合爲一。如卵之兩端。又如鼓之兩耳。—星凡二十八歲一周天。〔按廣雅釋天作鎮星。史記天官書作—星〕。
㊆同窴。〔廣雅釋詁〕窴塞也。〔按廣韻先韻窴同—〕。
㊇同闐。〔文選班固賦〕闐城溢郭。〔注〕—、與闐同。
㊈同嗔。〔荀子大畧〕嗔如。〔注〕嗔與—同。

〔塡〕徒典切音殄銑韻
同殄。〔詩小宛〕哀我—寡。〔箋〕—盡也。〔釋文〕韓詩作殄。殄、苦也。〔按字彙引詩音顚。與瘨同。病也〕。

〔塡〕池鄰切音陳眞韻
㊀塞也。从土。眞聲。見〔說文〕。
㊁久也〔詩瞻仰〕孔—不寧。
㊂同窴〔說文土部段注〕—與窴音義同。大雅倉兄—兮。傳。—、久也。常棣烝也無戎。傳曰。烝、—也。東山烝在桑野。傳曰。烝、窴也。而爾雅釋詁則曰。塵、久也。故鄭箋東山云。古者聲—、窴塵同也。

〔塡〕知鄰切音珍眞韻
安也。定也。見〔字彙〕。

〔塡〕徒偃切音顚阮韻
—。質重貌。〔莊子馬蹄〕至德之世。其行—、—。〔注〕—、徐音田。又徒偃反。崔云重遲也。一云詳徐貌。

〔塡〕堂練切音電霰韻
㊀通奠。〔禮記檀弓〕主人既祖—池。〔注〕—池當爲奠徹。
㊁通瑱。〔國語吳語〕莫如此以—瑱相通問也。〔注〕—、塞耳。

〔塡〕陟刃切音鎮震韻
同鎮。〔漢書高帝紀〕—國家。吾不如蕭何。

〔塡〕支義切音觶寘韻
同寘。置也。〔漢書貢禹傳〕武帝時多取好女以—後宮。〔注〕師古曰。此—字讀與寘同。

〔塡〕之盛切音政敬韻
同正。—軍旗嚴立貌。〔淮南兵略〕不擊—之旗。

〔塢〕於五切音鄔麌韻
㊀小障也。一曰小城也。見〔字林〕。
㊁營居曰—。見〔通俗文〕。
㊂村落也〔杜甫詩〕雞行盡日無村—。
㊃同隖。〔集韻〕隖小障也。或从土。

〔塢〕烏故切音汚遇韻
野聚也。見〔類篇〕。

〔塥〕各額切音革陌韻
沙磧也。〔管子地員〕沙土之次曰五—。五—之狀。纍然如僕累。〔注〕僕附也。言其附著而重累也。

〔塱〕側六切音緘屋韻
塞也。見〔廣韻〕。

〔塼〕彼五切音補麌韻
人名。衛有丂—。見〔集韻〕。

〔塍〕神陵切音乘蒸韻
稻田畦也。見〔說文〕。〔按蒼頡篇訓爲畔。廣雅釋室訓爲隄。義同〕。

〔塌〕光結切音屑屑韻。蘇骨切音窣月韻
細塵也。見〔集韻〕。

〔塎〕尹竦切音甬腫韻
埇—。不安貌。見〔玉篇〕。

【塏】可亥切音愷賄韻　高燥也。見〔說文〕。〔段注〕燥、乾也。左傳請更諸爽—者。杜曰。爽、明也。—、燥也。

【塉】秦昔切音籍陌韻　薄土也。見〔集韻〕。

【塛】力質切音栗質韻　塞也。見〔集韻〕。

【塳】蒲紅切音蓬東韻　同𨇁。塵也。見〔集韻〕。

【塒】布之切音時支韻　雞棲垣爲—。見〔說文〕。〔按詩君子于役傳。鑿牆而棲曰—。義同。〕

【塓】逆乙切音臬質韻　小山也。見〔集韻〕。

【埿】年題切音泥齊韻　受水丘也。見〔集韻〕。

【𡑊】胡對切音潰隊韻　地形回屈見〔集韻〕。

【𡐻】直立切音蟄緝韻　下也。見〔廣雅釋詁〕。〔疏證〕說文。塌。下入也。塌與—同。

【𡎸】都回切音堆灰韻　坐貌。見〔六書略〕。

【埰】芳無切音虞韻　郭也。見〔五音篇海〕。

【墚】陟格切音翟陌韻　張開也。見〔篇海類編〕。

【㙁】呢格切音搦陌韻　水和土也。見〔集韻〕。

【𡐓】古送切音貢送韻　地名。見〔集韻〕。

【𡒊】苦谷切音哭屋韻　土塹也。見〔字彙〕。

【𡎪】文井切音徑梗韻　通也。見〔玉篇〕。

【𡏅】咋閑切音孱刪韻　—門聚在睢陽見〔埤蒼〕。

【塴】遮鄧切音堋徑韻　蜀郡謂塘曰—。見〔集韻〕。

【墢】坺本字。見〔說文〕。

【𡎼】埄本字。見〔說文〕。

【臺】古臺字見〔字彙〕。〔按正字通云。籀文堂从高省作臺。—卽臺字之譌非古文存參。〕

【𡊁】古壞字見〔說文〕。

【𡑸】古堊字見〔說文〕。

【𡑎】古垺字見〔集韻〕。

【塤】同壎。見〔集韻〕。〔按爾雅釋樂。大—謂之嘂。疏云。—壎古今字。〕

【塐】同塑。見〔類篇〕。

【塦】同陣見〔華嶽碑〕。

【𦽈】同蓳。見〔玉篇〕。

【𡐴】同隨。見〔集韻〕。

【𡑖】同麼。見〔集韻〕。

【𡐊】同墻。見〔韻會〕。

【𡏟】同墀。見〔廣韻〕。

【𡒞】同瘞。見〔集韻〕。

【𡒍】葬俗字。見〔正字通〕。

【塜】冢俗字。見〔正字通〕。

【𡑇】砦俗字。見〔正字通〕。

十一畫

【塵】池鄰切音陳眞韻

❶本作𪋻。〔說文麤部〕𪋻。鹿行揚土也。

❷久也。見〔爾雅釋詁〕。〔注〕—垢穢久也。

❸猶言世也。〔後漢荀韓鍾陳傳贊〕二方承則。八慈繼—。

❹—蔽。〔詩無將大車〕祇自—兮。

❺小數名。〔算經〕纖十沙。沙十—。〔按九數通考。所法則曰。宮度分秒微纖忽芒。—注云。六十—爲芒。六十芒爲忽。〕

❻——。和擾也。〔周書太子晉〕志之——。取予不疑。〔又〕——刹剎。詳刹字。

❼—事。謂—俗之事。〔文選陶潛詩〕遂與—事冥。

❽根—。六根—也。〔圓覺經〕根—虛妄。〔注〕根—。六根之—。根謂眼、耳、鼻、舌、身、意。—謂色、聲、香、味、觸、法。

❾—埃。猶竊冥也。〔淮南修務〕以逍遙仿佯於—埃之外。

❿天子播遷曰蒙—。〔左僖二十四年傳〕天子蒙—於外。敢不奔問官守。

⓫承—。施於檐瓦下。承—土者也。〔

後漢雷義傳〕投金於承—上。後葺屋宇乃得金。
(十二)麴—綵也。見〔廣雅釋詁〕〔疏證〕麴—亦染黃也。周官內司服鞠衣鄭注云黃桑服也。色如鞠—鞠與麴通。
(十三)遊—喻淫樂也。〔穀梁序〕鼓芳風以扇遊—。〔疏〕正樂爲芳風。淫樂爲遊—。〔按康熙字典引此文樂誤作覛今正〕。
(十四)明窗—藥名丹砂也。〔李白詩〕髣髴明窗—。
(十五)姓也。見〔統譜〕。
(十六)同陳。〔書盤庚〕陳於茲。〔疏〕陳、陳居之久。久則生—矣。古者陳—同。
(十七)同蔯。〔本草綱目〕茵蔯蒿。〔廣雅釋草及吳普本草並作因—〕。
(十八)同鎮。〔說文通訓定聲〕今人謂時之久曰鎮日、鎮年。以鎮爲之。皆—字也。

【塸】於口切音毆有韻
沙堆。見〔類篇〕。

【塸】烏侯切音歐尤韻
(一)墓也。見〔玉篇〕。(二)聚沙曰—。見〔集韻〕。

【塹】七豔切音槧豔韻
(一)阬也。一曰大也。見〔說文〕。(二)掘也。見〔莊子外物〕廁足而—之。〔釋文〕。(三)陗—。猶言陗峻與陂陁也。〔史記李斯傳〕陗—之勢異也。〔今本作峭塹〕。(四)同壍。〔廣韻〕壍。阬也。遶城水也。(五)同塹。〔史記司馬相如傳〕隤牆塡—。〔說文義證引史記作塹〕。

【塺】謨杯切音枚灰韻　莫卧切音磨箇韻
(一)塵也。見〔說文〕。(二)通堁。〔淮南齊俗〕物或—之也。〔注〕坋塵也。

【塻】末各切音莫藥韻
(一)塵也。見〔集韻〕。(二)通漠。〔算經〕塵十埃。埃十渺。渺十漠。

【⿰土㒼】謨官切音瞞寒韻
(一)土墍。或作墁。見〔集韻〕。(二)鏝杇也。見〔類篇〕。

【塼】徒官切音團寒韻
同團。團也。見〔集韻〕。

【塼】朱遄切音專先韻
(一)—澤。地名。〔說苑〕趙簡子使成何涉他與衛靈公盟於—澤。(二)甎或字。〔集韻〕甎。燒墼也。或从耑。从土。

【塼】淳沿切音遄先韻
紡絲者以—爲錘也。〔詩斯干傳〕瓦紡—也。〔說文寸部作紡專〕。

【塾】神六切音孰屋韻
(一)門側堂也。見〔說文新坿〕。〔按爾雅釋宮門側之堂謂之—。大徐蓋采釋宮義增列此字。邵氏正義引李如圭云。門之內外。其東西皆有—。門一而—四。其外—南鄉。鄭氏義疏則謂自天子以至士庶皆有—也〕。(二)學舍也。〔禮記學記〕古之教者黨有庠。家有—。(三)熟也。〔古今注〕臣朝君至—門。更詳熟所應對之事。(四)同埻。射垛也。〔後漢劉縯傳〕皆晝伯升於—。旦起射之。〔注〕東觀漢記續漢書並作埻。〔案說文。埻、射臬也。廣雅。埻、的也。通訓定聲曰。說文土部。垛、門堂—也。玉篇。垛、射垛也。知埻—同字。今準的字以準爲之〕。

【塿】郎口切音簍有韻　洛侯切音婁尤韻
(一)塺土也。見〔說文〕。(二)培—。小阜也。見〔玉篇〕。(三)通婁。〔說文段注〕俗書附婁作培—。(四)借作嶁。〔淮南原道〕運枯形於連嶁列埒之間。〔注〕嶁當爲—。

【墀】陳尼切音蚳支韻
(一)涂地也。見〔說文〕。〔按漢官儀。以丹漆地曰丹—。如稱赤—。玄—。均以顏色飾地而言。段氏曰。凡涂地爲—。今因謂地爲—矣〕。(二)階也。〔文選班固賦〕於是玄—、釦砌。〔五臣注〕玄—以漆飾—。階也。(三)借作坻。〔易略例〕隆—永歎。〔注〕水中—也。〔釋文〕—、本作坻。

【墁】謨官切音瞞寒韻　莫半切音縵翰韻
(一)塗具。通作鏝、槾。見〔集韻〕。(二)牆壁之飾曰—。〔孟子滕文公〕毀死晝—。

【墁】謨官切音瞞寒韻

壗或字〔集韻〕壗土覆或作—。

【境】舉影切音景梗韻

(一)疆也。見〔說文新附〕。

(二)品地也。如云文—詩—之類。

(三)處所也。如云塵—幽—之類。

(四)遭際也。如云逆—順—之類。

(五)同竟。〔周禮掌固〕凡國都之竟。〔注〕界也。

【墅】上與切紓上聲語韻

(一)田廬也。見〔集韻〕。

(二)別館也。〔唐書蕭復傳〕歲飢。復家百口。不自振。議鬻昭應—。

【墅】以者切音野馬韻

同野。郊外也。見〔集韻〕。

【墆】徒結切音垤屑韻

(一)貯也。止也。見〔類篇〕。

(二)砥—。久積也。〔管子法法〕財無砥—。

【墆】丁計切音第直例切音滯霽韻

(一)停貨也。見〔集韻〕。

(二)堤也。〔埤蒼〕長沙謂堤爲—。

(三)—翳蔽隱貌。〔楚辭遠逝〕舉霓旌之—翳兮。〔按廣雅釋訓。—翳、翳障。蔽也。義同〕

(四)—霓高貌。〔文選張衡賦〕直—霓以高居。

【墉】餘封切音容冬韻

(一)城垣也。見〔說文〕。

(二)牆之高者曰—。〔書梓材〕既勤垣—。〔釋文〕馬云卑曰垣高曰—。

(三)容也。所以隱蔽形容也。見〔釋名釋宮室〕。

(四)同牖。〔爾雅釋宮〕牖謂之—。〔釋文〕—本作牖。

(五)通庸。〔書大傳〕天子賁庸。〔注〕牆謂之庸。〔按詩崧高。以作爾庸。釋文庸、本作—。是亦一證〕。

【墊】都念切音店豔韻

(一)下也。見〔說文〕。〔段注〕謂地之下也。

(二)屋而下曰—。見〔方言〕。

(三)陷也。〔漢書王莽傳〕武功中水鄉民三舍—爲池。

(四)陷溺也。〔書益稷〕下民昏—。

(五)怖畏也。〔山海經中山經〕首山多䳋鳥。其狀如梟而三目。有耳。食之已—。〔按舊字典墊下引山海經。—誤作墊。今正〕。

(六)藏也。見〔廣雅釋詁〕。

(七)掘也。〔莊子外物〕然則廁足而—之致黃泉。人尚有用乎。

(八)穢也。〔富弼詩〕民被黷—。田入汚莽。

(九)折也。〔後漢郭太傳〕太行遇雨。巾一角—。時人乃故折巾一角。以爲林宗巾。

(十)—隘。羸困也。〔左成六年傳〕民愁則—隘。

(十一)支物使高曰—。清包世臣著文譜。論文有—筆法。世稱坐具曰—子。亦此義。

(十二)俗謂代人預付金錢曰—。

【墊】達協切音牒葉韻

—江。地名。〔漢書地理志〕巴郡—江。〔字亦作墊。秦—江縣也。今四川合川縣〕

【墊】的協切音輒葉韻

地下也。見〔集韻〕。

【墋】楚錦切音磣寢韻

(一)沙土也。〔沈約賦〕寧方劃於下土。鄣重氛于上—。

(二)不清澄之貌。〔文選陸機頌〕茫茫宇宙。上—下黷。

【塈】巨至切音洎寘韻許既切音戲未韻

(一)本作墍。〔說文〕墍。仰涂也。〔按書梓材。惟其塗—茨。即許義所本〕。

(二)—猶熠熠。細澤貌也。見〔釋名釋宮室〕。

(三)通肹。〔漢書禮樂志〕冋不肹飾。〔注〕蘇林曰。肹音—。塗之—飾也。

(四)通槩。取也。〔詩摽有梅〕頃筐—之。

(五)借作呬。息也。〔詩假樂〕民之攸—。

【墐】渠吝切音覲震韻

(一)塗也。見〔說文〕。

(二)塗閉之也。〔禮記月令〕蟄蟲咸俯。在內皆—其戶。

(三)溝上道也。〔國語周語〕陸阜陵—。

(四)路冢也。〔詩小弁〕行有死人。尚或—之。〔按正義云。—者、埋藏之名。蓋即殣之假借字〕。

【墓】莫故切音暮遇韻蒙晡切音模虞韻

(一)丘也。見〔說文〕。〔按段本、李丘下增—字。丘謂之虛。故曰丘—。亦曰虛

—。檀弓曰。墟—之閒。未施哀於民而民哀是也。」

㊁凡葬而無墳謂之—。見〔方言〕〔禮記檀弓古也—而不墳。注。—謂兆域。今之封塋也。〕

㊂墓也。孝子思慕之處也。見〔釋名釋喪制。〕

㊃—者言幽暗當昏暮也。見〔急就篇墳墓冢顏注〕。

㊄—大夫官名。〔周禮墓大夫〕掌邦—之地域爲之圖。

【墌】職略切音灼藥韻　基址也。見〔類篇〕。

【墌】之石切音隻陌韻　築土爲基。見〔類篇〕。

【墔】咋回切音崔灰韻　—堆。土聚貌。見〔集韻〕。〔按舊字典引集韻訓丘誤。〕

【塳】蒲紅切音蓬東韻　塵隨風起。見〔字彙〕。

【𡓐】盧谷切音祿屋韻　地名。梁有—口城。見〔集韻〕。

【壢】力協切音劦葉韻　堅土也。見〔集韻〕。

【𡐱】徐心切音尋侵韻　地名。見〔集韻〕。

【塷】籠五切音魯麌韻　同鹵。西方鹹地也。見〔集韻〕。

【𡓁】計堯切音澆蕭韻　伏土爲卵也。見〔玉篇〕。

【𡑐】嫛奚切音繄齊韻研計切音繄霽韻　塵埃也。見〔說文〕。

【塽】疎兩切音爽養韻　地高明處。見〔字彙〕。〔按卽爽塏之爽。〕

【𡑅】咨容切音蹤冬韻　土菌也。高腳繖頭。俗謂之雞—。出滇南。見〔正字通〕。

【墇】諸良切音章陽韻之亮切音幛漾韻　擁也。見〔說文〕〔廣韻云。壅也。按擁亦作擁。內則注。擁。障也。是擁卽壅也。〕

【𡐊】盧戈切音羅歌韻　盛土草器也。見〔集韻〕。

【墈】苦紺切音勘勘韻　險岸也。見〔集韻〕。

【𡐨】方問切音糞問韻　同坌。掃除也。見〔集韻〕。

【墒】尸羊切音商陽韻　新耕土也。見〔字彙〕。

【墄】七則切音戚職韻　階砌也。〔三輔黃圖〕未央前殿左—右平。〔注〕天子殿高九尺。階爲九級。中分左右。左有齒。人行之。右則平之。

【𡐖】知亮切音漲漾韻　沙墳起也。或作埬。見〔集韻〕。

【墂】卑遙切音杓蕭韻　封土爲識。當作標。見〔正字通〕。

【𡐦】莊高切音巢肴韻　地名。在聊城。見〔廣韻〕。〔字亦作巢。今山東聊城縣西南有巢陵城。〕

【墎】光鑊切音郭藥韻　同郭。度也。民所度居也。見〔集韻〕。

【墏】此兩切音搶養韻　基也。將平土以成之。見〔集韻〕。

【𡐿】虛訝切音嚇禡韻　坼也。見〔說文〕〔段注〕與缶部之罅音義皆同。

【𡐬】古困切音袞願韻　土貌。見〔集韻〕。

【𡓡】弋涉切音葉葉韻　埤—。見〔篇海類編〕。

【𡏮】分勿切音弗物韻　炙也。見〔搜眞玉鏡〕。

【𡐚】堅本字。見〔說文〕。

【𦳝】墓本字。見〔說文茻部〕。

【𡐺】古壁字。見〔集韻〕。〔按集韻丑二切作—。又脂利切。並同墍。或作憒。〕

【𡐻】古垠字。見〔肇乘〕。

【𡒍】古墳字。見〔字彙補〕。

【𡏴】同堰。〔後漢王景傳〕用景—流法。水乃不復爲害。

【𡑝】同塹。見〔篇海類編〕。

【塲】同場。見〔集韻〕。

【塴】同堋。見〔集韻〕。

十二畫

【塯】力救切音溜宥韻

瓦器。堯舜飯土—。通作溜。見〔集韻〕〔按史記秦始皇紀飯土—。啜土刑。太史公自序食土簋。啜土刑。集解。徐廣曰。簋、一作溜。据此。—與簋同。爲盛飯物矣。〕

【墜】異類切音懟寘韻　直律切音朮質韻

(一) 隊也。見〔說文新附〕。

(二) 落也。見〔爾雅釋詁〕。

(三) 失也。見〔廣雅釋詁〕。

(四) 同隊。〔禮記檀弓〕退人若將隊諸淵。〔釋文〕隊、本作—。

(五) 同磒。〔漢書天文志〕星磒至地則石也。〔注〕磒、亦—也。

(六) 通隧。〔論語子張〕文武之道。未—於地。〔石經論語殘碑作隧〕。

(七) 或作䃍。見〔集韻〕。

【增】咨騰切音曾蒸韻

(一) 益也。見〔說文〕。〔按爾雅釋言。訓同。〕

(二) 加也。見〔廣雅釋詁〕。〔按釋詁又訓—、爲累。爲重。義皆相近。〕

(三) ——。衆也。〔詩閟宮〕烝徒——。

(四) 通曾。〔孟子告子〕曾益其所不能。

【增】子鄧切音矰徑韻

腴也。見〔集韻〕。

【㙩】力照切音燎嘯韻　憐蕭切音聊蕭韻

(一) 周垣也。見〔說文〕。

(二) 同繚。〔文選班固賦〕繚以周垣。〔按說文通釋引作—以周垣。〕

【墟】丘於切音虛魚韻

(一) 丘—也。〔呂覽貴直〕使人之朝爲草而國爲—。

(二) 虛也。見〔風俗通山澤〕。

(三) 凥也。見〔廣雅釋詁〕。

(四) 今故廬居處高下者亦名爲—。見〔風俗通山澤〕〔如古史傳所稱姚—。陶—。殷—。夏后氏之—。皆是也。〕

(五) 俗稱臨時市場亦曰—。〔南部新書〕端州以南三日一市。謂之趁—。〔今猶有此稱。〕

(六) 山下之地。見〔爾雅釋水河出崑崙虛孫注〕。

(七) 毀滅無後之地。見〔禮記檀弓墟墓之間注〕。

(八) 毀滅也。〔荀子解蔽〕此所以喪九牧之地而虛宗廟之國也。〔注〕虛讀爲—。

(九) 歸—。無底之谷。〔列子湯問〕有大壑焉。實爲無底之谷。其下無底。名曰歸—。

(十) 同虛。〔詩定之方中〕升彼虛矣。〔釋文〕虛、本作—。

【墠】上演切音善銑韻　時戰切音膳霰韻

(一) 野土也。見〔說文〕。

(二) 除地曰—。〔禮記祭法〕王立七廟。一壇一—。〔按除地謂掃除草薉也。〕

(三) 掃地曰—。見〔公羊宣十八年墠帷注〕。

(四) 禪本字。〔說文通訓定聲〕—即禪之本字。猶坑亦作襢也。〔按荀子正論堯舜擅注。擅與禪同。—亦同義。謂除地爲—。告天而傳位也。後因謂之禪位。〕

(五) 通壇。〔左昭十三傳注〕除地爲—。〔釋文〕—本作壇。

(六) 通坦。〔武梁碑〕前設礓坦。〔按礓坦、即礓—之假借字。〕

【墠】他干切音灘寒韻

寬也。見〔集韻〕。

【壹】壹計切音瘞霽韻

(一) 天陰塵也。見〔說文〕。〔按段本依玉篇廣下補起字〕

(二) 同曀。〔詩終風〕曀曀其陰。〔按說文引詩曀作—〕。

【壹】乙冀切音意寘韻

陰晦也。見〔集韻〕。

【墨】密北切音默職韻

(一) 書—也。見〔說文〕〔段注〕筆—自古有之。不始於蒙恬也。箸於竹帛謂之書。竹木以黍。帛必以—。用帛亦必不起於秦漢也。周人用璽書。印章。必施於帛。而不可施於竹木。然則古不專用竹木信矣。〔按范子計然。—出三輔。王嘉拾遺記。張儀蘇秦傭力寫書。行遇聖人之文。無以題記。則以—書於掌。此爲秦漢以前用—之證。桂馥云。古者漆書之後。皆用石—以書。大戴禮所謂石—相著則黑是也。漢以後松煙桐煤既盛。故石—遂堙廢。并其名人亦罕知之。〕

(二)晦也。言似物晦黑也。見〔釋名釋書契〕
(三)蔽塞也。〔荀子解蔽〕—以爲明。
(四)氣色下也。〔左哀十三年〕肉食者無—。今吳王有—。
(五)繩—也。〔太玄法〕物仰其—。
(六)謙也。〔太玄盛〕盛不—。
(七)兆廣也。〔周禮占人〕史占—。
(八)燒田也。〔文選枚乘七發〕徼—廣博望之無圻。
(九)五刑之一。〔周禮司刑〕—罪五百。〔按刻其額而涅之曰—刑。〕
(十)古度名。〔小爾雅廣度〕五尺謂之—。倍—謂之丈。
(十一)貪以敗官爲—。見〔左昭十四年傳〕
(十二)—家。戰國時學派之一種。〔漢書藝文志〕—家者流。蓋出於清廟之守。
(十三)哀毀之容。〔孟子滕文公〕歠粥面深—。
(十四)老馬腹中有物曰—。猶狗寶也。見〔本草綱目〕
(十五)埃—。竈上塵也。〔家語〕有埃—墮飯中。
(十六)漆—。黑色也。〔蘇軾詩〕布衫漆—手若龜。
(十七)—陽。鰂也。見〔廣雅釋器〕
(十八)—魚。烏鰂魚也。〔田間書〕海有蟲、拳然而生者。謂之—魚。其腹有—淤。於水則以—蔽其身。故捕者往往迹—而漁之。
(十九)石—。礦物之一。原質與金剛石相同。惟結晶各異。遂成鐵黑不透明之質。體甚脆滑。製成細條。可於紙上書畫。故又名筆鉛。研成細末。以塗車輪。可當膏油之用。又其質有耐熱性。常與黏土混合。製爲坩堝。融消金銀。產陝西汧陽縣、江蘇丹徒縣、廣東始興縣。然近時仍多運自外國。
(二十)即—。地名。〔史記齊世家〕惟即—不下。〔即今山東即—縣〕、
(廿一)姑—。國名。〔漢書西域傳〕姑—國。南至于闐。馬行十五日。
(廿二)—西哥。美洲國名。歐人未至美之前。已有文化。其銀幣爲吾國所通用。英文Mexico。
(廿三)通默。——無聲也。〔史記商君傳〕武王諤諤以興。殷紂——以亡。
(廿四)通冒。貪也。〔左襄四年傳〕冒于原獸。〔釋文〕冒、莫報反。又音亡北反。
(廿五)通蠌。蟲名。〔爾雅釋蟲〕蠌。蛄𧏡。〔按說文。蛄斯—也。〕
(廿六)姓也。禹師—如。見〔潛夫論〕〔又〕複姓。—夷。宋大夫有—夷須。—夷鴻。邵氏姓解曰。宋公之子目夷之後。〔又〕即—。田單之後。單守齊即—有功。因以爲氏。漢有城陽相即—成。〔又〕—台。孤竹君之後。漢有—台縮。竝見〔古今姓氏辯證書〕

【墨】莫佩切音昧隊韻

讒言敗善曰—。見〔集韻〕

【墨】旻悲切音眉支韻

—屎。默詐皃。見〔集韻〕〔列子力命篇〕—屎單至。〔注〕—、音眉。按字亦作嚜。廣雅釋詁。嚜屎。欺也。博雅音嚜。眉北反。疎遲。—與嚜通。方言十。嚜屎。獪也。凡小兒多詐而獪。或謂之嚜屎。注。嚜、音目。集韻至韻。嚜、密二切。欺也。又隊韻。嚜、莫佩切。多詐也。諸書義同音異。存參。

【墭】時正切音盛敬韻

(一)器也。見〔類篇〕
(二)或作㼩。見〔集韻〕

【墮】吐火切音嚲哿韻隳規切音隳支韻

(一)毀城曰—。〔左定十二年傳〕帥師—郈。
(二)毀物亦曰—。〔左僖十三年傳〕—軍實而長寇讐。
(三)脫也。見〔廣雅釋詁〕
(四)下墜也。〔史記留侯世家〕有一父老—其履圯下。
(五)傾跌也。〔吳志張昭傳〕今日酣飲。惟醉—臺中乃當止耳。
(六)損也。〔左昭二十八年傳〕敬之哉。無—乃力。〔釋文〕—、許規切。
(七)廢也。〔淮南說林〕爲—武也。
(八)入也。〔淮南氾論〕前蒙矢石而後—谿壑。
(九)輸也。〔左昭四年傳〕寡君將—幣焉。
(十)布也。見〔左昭四年傳—幣釋文〕
(十一)—祭。下祭也。〔儀禮士虞禮〕祝命佐食—祭。〔注〕下祭曰—。—之猶言—下也。齊魯之間謂祭爲—。
(十二)兩—。猶言兩端也。〔後漢單超傳〕左回天。具獨坐。徐臥虎。唐兩—。〔注〕今人謂持兩端而任意爲兩—。
(十三)同隓、隨。見〔集韻〕

⑭或作隳。〔呂覽順說〕隳人之城郭。
⑮或作壝。〔方言〕壝、脫也。
⑯或作墯。〔漢書趙充國傳〕離霜露疾疫瘃墯之患。〔注〕墯、謂因寒瘃而墯指者也。
⑰通撱。〔方言〕撱、撱脫也。〔按廣雅釋詁作撱、—脫也。〕
⑱通隋。〔詩摽有梅傳〕盛極則隋落者梅也。
⑲通綏。〔儀禮少牢饋食禮〕上佐食以綏祭。〔注〕綏、或作挼。挼讀爲—。
⑳借作隓。〔爾雅釋山〕巒山—。〔義疏〕—者隓之假借。
㉑借作惰。〔大戴禮子張問入官〕—怠者。時之所以後也。

【墮】他果切音垛哿韻
倭—。奢也。見〔廣韻〕。〔按集韻作儓倭。儓鬌貌。〕

【墱】丁鄧切音嶝徑韻
①飛陛謂之—。〔文選張衡賦〕—道邐倚以正東。
②泄水之處。〔文選左思賦〕—流十二。同源異口。〔注〕今鄴下有十二—。

【墱】都騰切音登蒸韻
①—。築牆聲。見〔類篇〕。
②同登。〔詩緜〕築之登登。

【墳】符分切音汾文韻
①墓也。見〔說文〕。
②土之高者曰—。〔禮記檀弓〕古也墓而不—。
③水中高者爲—。〔楚辭哀郢〕登大—以遠望兮。
④塘也。〔文選潘岳賦〕崇—夷靡。〔注〕—、大防。今呼爲塘。
⑤大也。〔詩苕之華〕牂羊—首。
⑥分也。〔楚辭天問〕地方九則。何以—之。
⑦—然順貌。〔管子君臣〕—然若一父之子。
⑧伏羲神農黃帝之書。謂之三—。見〔書孔序〕。〔按釋名釋典藝。—、分也。論三才分天地人之始。其體有三也。〕
⑨土之怪曰—羊。見〔國語魯語〕。
⑩—墓。星名。〔星經〕—墓四星在危下。主山陵悲慘事。
⑪通羵。〔詩苕之華〕牂羊—首。〔按韻會引詩作羵。〕
⑫通濆。〔詩汝墳〕遵彼汝—。〔按爾雅釋水注作濆。〕
⑬通賁。〔周禮司烜〕共—燭庭燎。〔故書—爲賁〕。
⑭別作賁。〔張納功典敘〕綜賁典。

【墳】父吻切音憤吻韻
肥土也。〔書禹貢〕厥土黑—。

【墳】部本切音笨阮韻
土帶起也。〔左僖四年傳〕公祭地。地—。

【𡒉】於駭切蟹韻
①屋也。見〔搜眞玉鏡〕。
②止也。見〔搜眞玉鏡〕。

【墝】丘交切音敲肴韻
—埆。瘠土也。〔淮南原道〕舜耕歷山。田者爭處—埆。以肥饒相讓。

【墽】口教切音墩效韻
地不平也。見〔類篇〕。

【墥】覩動切音董吐孔切音侗董韻
墥—。封堠也。見〔類篇〕。

【墥】土緩切音疃旱韻
疃或字。〔集韻〕疃。禽獸所踐處。或作—。

【墡】上演切音善銑韻
白土也。亦名堊。見〔一切經音義十七引字林〕。

【墣】匹角切音撲覺韻
塊也。見〔說文〕。〔按國語吳語。涓人疇枕王以—。淮南說林。非以一—塞江也。是其義。〕

【墦】蒲袁切音煩元韻　鋪官切音潘寒韻
冢也。〔孟子離婁〕卒之東郭—間之祭者。

【𡓞】丘傑切音揭屑韻
界也。見〔類篇〕。

【𡓈】即入切音㗱緝韻
泉出於上也。見〔集韻〕。

【𡑞】悉盍切音颯合韻
—。土墮皃。見〔集韻〕。

【墰】徒南切音覃覃韻
同壜。甑屬。見〔類篇〕。

【墩】都昆切音敦元韻
平地有堆者。見〔集韻〕。

【𡐘】必列切音憋屑韻
大阜名。〔蒼頡篇〕—阜在左馮翊沔陽縣北。

【𡓃】苦圭切音奎齊韻
盾之握也。見〔廣韻〕。

【墲】蒙晡切音模微夫切音無虞韻罔甫切音武麌韻
規度墓地也。〔方言〕所以墓謂之—。

【𡒄】陟記切音智寘韻
蹠也。見〔川篇〕。

【𡓈】陟格切音翟陌韻
張也。開也。見〔篇海類編〕。

【𡑷】苦骨切音窟月韻
突也。見〔篇海類編〕。

【𡒊】音敲效韻
地屋。見〔篇海類編〕。

【𡒐】力珍切音林侵韻
菜畦。見〔篇海類編〕。

【𡓳】壔本字。見〔說文〕。

【𡐦】古垠字。〔淮南俶眞〕盧荐之原。通於無—。

【𡒛】古子字。見〔扶風縣夫子廟碑〕。

【𡔜】古堯字。見〔集韻〕。

【壄】古野字。〔楚辭國殤〕天時懟兮威靈怒。嚴殺盡兮棄原—。

【𡑞】古塵字。見〔集韻〕。

【墬】地籀文。見〔說文〕。〔按淮南有—形訓。漢書郊祀志周官天—之祀。皆以籀文爲之。〕

【墤】同隤。見〔玉篇〕。

【𡒃】同墻。見〔字彙〕。

【𡐮】同墮。見〔集韻〕。

【𡒣】同糞。見〔集韻〕。

【壙】同壞。見〔集韻〕。

【墫】同樽。見〔字彙〕。

【𡓎】同壞。見〔正字通〕。

【𡓓】同坄。見〔類篇〕。

【墪】同墩。見〔字彙〕。

【墢】同坺。見〔正字通〕。

【𡒹】同畿。見〔字彙〕。

【𡔎】同塤。見〔正字通〕。

【墧】同塙。見〔集韻〕。

【𡑻】埭俗字。見〔正字通〕。

十三畫

【墺】於到切音奧號韻乙六切音郁屋韻
㊀四方土可居也。見〔說文〕。〔按西都賦李善注引作四方之土可定居者也。〕
㊁地近水厓者。見〔字彙〕。
㊂通隩、奧。〔書禹貢〕四隩既宅。〔玉篇引書作—。漢書地理志引書作奧。〕

【墼】吉歷切音激錫韻
㊀瓴適也。一曰未燒也。見〔說文〕。〔按瓴適亦作瓴甋。爾雅釋宮瓴甋謂之甓。郭注。甋甎也。〕
㊁土—。煤赭也。見〔本草綱目〕。

【墽】丘交切音敲肴韻
㊀磽也。見〔說文〕。
㊁瘠也。見〔廣雅釋詁〕。
㊂或作墝。〔詩丘中有麻傳〕墝埆之處也。〔釋文〕墝本作—。
㊃亦作磽。〔孟子告子〕則地有肥磽。〔按通訓定聲—字注云。當爲磽之重文。〕

【墾】口很切音懇阮韻
㊀耕也。見〔說文新坿〕。
㊁力也。見〔方言〕。
㊂司也。見〔方言〕。
㊃治也。見〔廣雅釋詁〕。
㊄傾傷也。〔考工記旅人〕陶旊之事。髺—薜暴不入市。
㊅同豤。〔文選木華賦〕壁陵豤而嶄鑿。〔注〕豤與—音義同。

【墿】夷益切音亦陌韻
㊀道也。見〔廣雅釋宮〕。〔舊注引博雅輓道也。誤。今正。〕
㊁—之言釋也。見〔廣雅疏證〕。
㊂通驛。〔玉篇〕驛、道也。

【𡐨】同都切音徒虞韻
同塗。見〔集韻〕。

【𡒾】徒故切音度遇韻
道也。見〔集韻〕。

【壁】必歷切音甓錫韻
㊀垣也。見〔說文〕。
㊁辟也。所以辟禦風寒也。見〔釋名釋宮室〕。
㊂軍壘也。〔漢書高帝紀〕帝晨馳入韓信張耳—。奪之軍。

(四)山之斗絕處。〔隋書豆盧勣傳〕其山絕—千尋由來乏水。

(五)二十八宿之一。今秋分節子正初刻九分之中星。

壁宿圖

(六)赤—。地名。〔晉書元帝紀〕劉曜僭稱皇帝於赤—。〔在今山西河津縣北〕〔又〕山名。〔後漢獻帝紀〕建安十三年。曹操以舟師伐孫權。權將周瑜敗之於烏林赤—。〔在今湖北漢川縣西。又赤鼻山一名赤—山。卽東坡作賦之處。在今湖北黃岡縣西北一里〕

(七)犂—。犂之一事也。〔耒耜經〕冶金而爲之者曰犂—。覆壚者也。形下圓。廣長皆尺。微橢。草之生必布于壚。不覆之。則無以絕其本根。故鑱引而居下。—偃而居上。

(八)姓也。〔古今姓氏書辯證〕齊—司徒之後爲氏。

【壂】堂練切音殿霰韻

(一)垼垐也。从土。从殿。後也。澱而在後也。見〔六書統〕。〔按說文。澱垼垐也。字从氷。〕

(二)通殿。〔廣雅釋宮〕堂堭、—也。〔按太平御覽引廣雅作堂皇合殿也。〕

【壅】於用切音甕宋韻委勇切音擁腫韻

(一)障也。〔廣雅釋詁〕

(二)隔也。〔廣雅釋詁〕

(三)塞也。〔左宣十二年傳〕川—爲澤。

(四)曲隈也。〔史記司馬相如傳〕批巖衝—。

(五)令出而留謂之—。見〔管子明法〕。

(六)令出而不入謂之—。見〔管子法法〕。

(七)出而道止謂之—。見〔管子法法〕。〔注〕其事既出中道而止。此則左右—君事故也。

(八)臣閉其主曰—。臣制財利曰—。臣擅行令曰—。臣得行義曰—。臣得樹人曰—。謂之五—。見〔韓非子主道〕。

(九)通雍。〔漢書溝洫志〕有決河深川而無隄防—塞之文。〔注〕師古曰。雍、讀曰—。

(十)別作廱。夾實也。〔莊子徐无鬼〕雞廱也。豕零也。〔釋文〕廱、本或作—。

【壇】唐干切音彈寒韻

(一)祭壇場也。見〔說文〕。〔按漢書文帝紀。其廣增諸祀—場珪幣。師古曰。築土爲—。除地爲場。段注引此。以爲—場必連言之。宋本作祭場也。無—字非是。〕

(二)楚人謂中庭曰—。見〔荀子儒效〕君子言有—宇注。

(三)國君朝會亦設—。〔左襄二十八年傳〕鄭伯如楚。舍不爲—。子產曰。大適小則爲—。小適大苟舍而已。焉用作—。

(四)拜大將軍亦設—。〔漢書高帝紀〕於是漢王齊戒設—場。拜韓信爲大將軍。

(五)古者盟誓亦立—。〔禮記雜記〕孔子出谷東門。過故杏—。曰茲臧文仲盟誓之—也。

(六)或作襢。〔漢書禮樂志〕帝臨中—。〔注〕—字亦作襢。讀亦曰—。字加示者。神靈之耳。

(七)別作磹。詳磹字。

【壇】徒案切音但翰韻

(一)—曼平博也。〔史記司馬相如傳〕案衍—曼。

(二)通墠。〔周禮大司馬〕暴內陵外則—之。〔大夫注〕—、讀從墠之以威之墠。

【壇】時戰切音繕霰韻上演切音善銑韻

同墠。〔周禮大司馬〕暴內陵外則—之。〔司農注〕—、讀如同墠之墠。謂置之空墠以出其君。〔按詩東門之墠。毛本作—。亦一證也。〕

【堀】苦骨切音窟月韻

(一)兔—也。見〔說文〕。〔按—訓兔—。與堀訓突。義異。各本說文兼收二篆。惟段本以—訓突。而刪去堀篆。云篆从屈。隸省作屈。此其常也。豈有篆文一省一不省分別其義者。存參。〕

(二)同窟。〔小爾雅廣獸〕兔之所息謂之窟。

(三)同堀。〔文子賞德〕兔走歸堀。

(四)亦作㟮。〔漢書揚雄傳〕西厭月㟮。〔注〕音窟。月所生也。

【壆】訖岳切音覺覺韻

器之璺坼。見〔集韻〕。

【壆】轄角切音學覺韻

土堊。見〔集韻〕。

【壞】胡關切音還刪韻 一堵。謂面一堵牆也。通作環。見〔集韻〕。

【壉】其據切音遽御韻 地名。見〔集韻〕。

【𡓨】戶感切音頷 苦感切音坎感韻 一坷。見〔玉篇〕。〔按集韻云。一坷。不平。字亦作坎軻。〕

【𡔁】後到切音號號韻 同號。見〔集韻〕。

【𡓈】呂鹽切音廉 章鹽切音占鹽韻 蔽也。見〔玉篇〕。

【壈】盧感切音燣感韻 同廩。坎廩。困窮也。〔楚辭九辯〕坎廩兮貧士失職而志不平。〔注〕廩、亦作一。

【墻】慈良切音嬙陽韻 垣一。正作牆。見〔玉篇〕。

【𡔀】子兩切音蔣養韻 塞也。見〔篇海類編〕。〔按字彙補作墏。〕

【墜】徒回切音頹灰韻 土地也。見〔篇海類編〕。〔按字彙補作籀文地字。〕

【塢】都老切音島晧韻 保也。見〔字彙補〕。〔疑即壔譌字。〕

【𡒽】堞本字。見〔說文〕。

【𡔂】古臺字。見〔字彙補〕。

【𡒈】古堂字。見〔說文〕。

【𡔷】古裸字。見〔玉篇〕。

【墪】埻籀文。見〔正字通〕。

【𡓵】同壇。一村。地名。見〔黃淳父集〕。

【壃】同疆。〔史記晉世家〕出一乃免。

【𡓞】同墁。塗也。見〔集韻〕。

【𡔅】同窟、堀。見〔正字通〕。

【𡒱】同隧。見〔集韻〕。

【壀】同埤。見〔正字通〕。

【𡑑】同窩。見〔正字通〕。

【𡔋】同壅。見〔正字通〕。

【𡔢】楙譌字。見〔正字通〕。

十四畫

【𡓮】敕立切音治 直立切音蟄緝韻 ❶下入也。見〔說文〕。〔通訓定聲〕字亦作墊。廣雅釋詁。墊、下也。按田塍埒謂之一。畦界曰下。猶坑高曰深也。❷𡊵一。累土也。見〔類篇〕。〔又〕枝柯相重疊貌。〔文選左思賦〕𡊵一鱗接。

【𡓮】直涉切音傑葉韻 墊也。見〔類篇〕。

【𡓮】直業切音睫葉韻 田實也。〔類篇〕賈思勰曰。秋田一實。

【壎】許元切音暄元韻 許云切音熏文韻與塤同 ❶樂器也。以土爲之。六孔。从土。熏聲。見〔說文〕。

壎　圖

❷薰也。陽氣於黃泉之下。蒸蒸而萌。見〔白虎通禮樂〕。❸一乃土器不堅之物。故時俗指人慣弄虛澆者曰弄一。見〔康熙字典〕。❹一民國名。〔山海經大荒東經〕有一民之國。❺或作塤。〔釋名釋樂器〕塤。喧也。聲濁喧喧然也。

【壎】吁運切音訓問韻 盂也。見〔集韻〕。

【壏】戶覽切音檻感韻 ❶堅土也。〔管子地員〕纑土之次曰五一。五一之狀。芬焉若糠以肥。〔注〕地色黃而爐。❷同槩。〔周禮草人〕彊槩用蕡。〔注〕彊槩。彊堅者。〔釋文〕槩、本又作壏。

【壏】盧瞰切音濫勘韻 一埮。地平而長。見〔集韻〕。

【壑】黑各切音臛 黃郭切音穫藥韻 ❶㕡或字。〔說文𣦼部〕㕡。溝也。从𣦼。从谷。讀若郝。〔按𣦼訓殘穿。穿地而通谷。故字从𣦼从谷。㕡、或从土。〕

㊁塵也。見〔爾雅釋詁〕。
㊂阬谷也。〔文選張衡賦〕陵巒超—。
㊃海曰大—。〔莊子天地〕大—之爲物也。注焉而不滿。酌焉而不竭。
㊄城池也。見〔詩韓奕實墉實—釋文〕。
㊅城池空者爲—。見〔爾雅釋言隍壑也注〕。
㊆—谷窟室也。〔左襄三十年傳〕吾公在—谷。
㊇山名。〔山海經大荒西經〕西有王母之山—山海山。

【壒】於蓋切音藹　丘蓋切音嘅　泰韻
㊀塵也。見〔說文新坿〕。
㊁同堨。〔文選班固賦〕軼埃堨之混濁。〔注〕堨、與—同。

【壓】乙甲切音鴨洽韻
㊀壞也。一曰。塞補也。見〔說文〕。
㊁著也。見〔廣雅釋詁〕。
㊂鎮也。見〔廣雅釋言〕。
㊃降也。見〔玉篇〕。
㊄服也。〔公羊文十四年傳〕子以大國—之。
㊅抑也。〔楚辭大招〕舉傑—陛。
㊆笮也。〔國語魯語〕吾懼—焉。
㊇迫也。〔左襄二十六年傳〕楚晨—晉軍而陳。
㊈殺也。〔國策齊策〕刑馬—羊。
㊉同厭。〔左襄三十一年傳〕棟折榱崩。僑將厭焉。〔釋文〕厭、本又作—。
(十一)通壓。〔列子湯問〕彼其—我哉。〔注〕本又作壓。

【[illegible]】益涉切音魘葉韻
㊀伏也。見〔類篇〕。
㊁合也。見〔類篇〕。

【[illegible]】諸協切音叶葉韻
同擪。一指按也。〔莊子外物〕—其顪。〔釋文〕—本亦作擪。乃協反。郭於琰反。又敕頰切。

【[illegible]】於琰切音琰琰韻
塞也。見〔類篇〕。

【壓】於豔切音厭豔韻
伏也。見〔集韻〕。

【壔】都老切音島皓韻
㊀本作[illegible]。〔說文〕[illegible]保也。一曰高土也。〔按玉篇引說文作堡也。集韻類篇同。字皆補字作[illegible]。疑譌〕。
㊁謂以擁木也。〔九章算術商功〕今有方垛—。〔李淳風注〕垛者、垛城也、—謂以擁木也。
㊂隄也。見〔廣雅釋宮〕。
㊃通禱。〔呂覽疑似〕周人爲高葆禱於王路。置鼓其上。遠近相聞。

【壕】胡刀切音豪豪韻
㊀城—也。見〔玉篇〕。
㊁城下池。見〔集韻〕。
㊂石—鎮。地名。在今河南陝縣東南七十里。

【壖】而宣切音堧先韻
㊀餘也。〔漢書食貨志〕田其宮—地。
㊁—垣。牆外短垣也。〔史記五宗世家〕侵廟—垣爲宮。
㊂堧俗字。見〔玉篇〕。

【壝】於規切音葵支韻
逵或字。〔集韻〕逵。九達道。或作—。

【墤】求位切音匱寘韻
同蕢。累土也。〔後漢律曆志〕爲山而不終蹴乎一—。

【[illegible]】居大切音蓋泰韻
通塈。仰塗也。見〔篇海類編〕。

【[illegible]】莫弄切音夢送韻
芸穀也。見〔篇海類編〕。

【墮】徒果切音埵哿韻
落也。見〔篇海類編〕。

【[illegible]】謨中切音蒙東韻
澤也。見〔集韻〕。

【[illegible]】去演切音遣銑韻
土塊也。見〔集韻〕。

【[illegible]】羊茹切音預御韻
高平也。見〔玉篇〕。〔按集韻云。高平陸也〕。

【[illegible]】力涉切音獵葉韻
土貌。見〔類篇〕。

【[illegible]】戶八切音滑黠韻
四突出也。見〔說文〕。

【[illegible]】音未詳
姓也。〔太清金液神氣經〕北嶽姓—。

【[illegible]】古熟字。見〔集韻〕。〔按舊字典引廣雅豚臉—也。攷今本廣雅疏證本作豚臉[illegible]也。字不作—〕。

【[illegible]】古壁字。見〔集韻〕。

【[illegible]】臧籀文。見〔正字通〕。

【壐】璽籀文。〔說文〕王者之印也。

所以主土。从土。爾聲。籀文从玉。〔桂注〕此秦漢之制。非古訓也。〔按通訓定聲云。用印以泥。故从土。〕

【壍】同塹。見〔玉篇〕。

【墪】同墩。見〔類篇〕。

【[illegible]】同垩。見〔集韻〕。

【[illegible]】同壏。詳壏字。

【[illegible]】同途。見〔字彙補〕。

【[illegible]】墣俗字。見〔正字通〕。

十五畫

【壘】魯水切音藟紙韻

㊀軍壁也。見〔說文〕。

㊁天—。星名。〔星經〕天—十三星。如貫索狀。在哭泣之南。

㊂中—。官名。〔漢書百官公卿表〕武帝平南越。內增七校。中—其一也。

㊃姓也。後趙—澄。〔又〕中—。複姓。〔風俗通〕劉向爲漢中—校尉。支孫以官爲氏。

㊄通絫。〔廣雅釋詁〕—積也。

【壘】良斐切音藟尾韻　山皃。見〔集韻〕。

【壘】盧對反隊韻　同礧。放石以投人也。〔漢書李陵傳〕下—石。

【壘】徒猥切音磊賄韻　魁—。促迫也。〔楚辭憫上〕魁—擠摧兮。當困辱。〔又〕盤結也。見〔楚辭補注〕。〔又〕壯貌。〔漢書鮑宣傳〕耆艾魁—之士。

【壘】倫追切音纍支韻

㊀同纍。係—。虜獲也。〔荀子大略〕不憂其係—也。而憂其不焚也。〔注〕、—讀爲纍。

㊁畏—。山名。〔莊子庚桑楚〕居畏—之山。〔釋文〕崔本作纍。或云山在魯。又云在梁州。

㊂——。冢相次也。〔張載詩〕北邙何——。

【壘】列戍切音律質韻　鬱—。神名。〔風俗通〕上古有神荼鬱—。兄弟二人。簡閱百鬼。其不循理者。執以飼虎。

【壙】苦謗切漾韻苦晃切音懭養韻

㊀塹穴也。一曰大也。見〔說文〕。〔廣韻〕訓墓穴。義同。

㊁藏謂之—。見〔廣雅釋丘〕。

㊂曠也。藏於空曠處也。見〔釋名釋喪制〕。

㊃空也。〔管子七法〕毋—地利。

㊄——。原野廣大貌。〔賈子修政〕天下——。一人有之。

㊅—埌。詳埌字。

㊆同曠。〔荀子議兵〕敬謀無—。〔注〕、—與曠同。

【墼】亭歷切音狄錫韻　墣也。見〔類篇〕。

【[illegible]】民堅切音眠先韻　所以平地也。見〔類篇〕。

【墢】芳肺切音廢隊韻　坡也。見〔五音集韻〕。

【[illegible]】墳本字。見〔篇海〕。

【[illegible]】同廛。見〔字彙補〕。

【[illegible]】同墜。見〔正字通〕。

【墫】同埻。見〔篇海類編〕。

【壥】廛俗字。見〔正字通〕。

十六畫

【壚】龍都切音盧虞韻凌如切音閭魚韻

㊀黑剛土也。見〔說文〕。

㊁黃黑色土也。〔楚辭思古〕倘佯—阪。

㊂疏土也。〔周禮草人〕埴—用豕。〔注〕埴—、黏疏者。〔疏〕以埴爲黏。以—爲疏。

㊃黃—。黃泉下—土也。〔淮南覽冥〕上際九天。下契黃—。

㊄亦作盧。〔釋名釋地〕土黑曰盧。盧然解散也。

㊅同鑪。〔後漢孔融傳〕大鑪不欲令酒酸也。〔注〕累土爲之。以居酒瓮。四邊隆起。一面高如鍛鑪。故名鑪。字或作—。〔按史記司馬相如傳。令文君當鑪。字作鑪。不作—。舊注誤。〕

【壛】余廉切音鹽鹽韻

㊀閻或字。見〔說文〕。〔按說文。閻里中門也。〕

㊁巷也。見〔玉篇〕。

㊂檐也。見〔廣韻〕。

㊃通櫩。〔楚辭大招〕曲屋步—。〔注〕步—、長砌也。〔按字亦作櫩。上林賦。步櫩周流。注。步櫩長廊也。與大招義相近。〕

【壞】胡怪切音繪古壞切音怪卦韻
(一)敗也。見〔說文〕〔段注〕敗者、毀也。
(二)自頹也。〔史記秦始皇紀〕墮—城郭。〔注〕—、音怪。坼也。自頹曰—。

【壞】乎乖切音懷佳韻
—陂。地名。見〔集韻〕。

【壞】胡罪切音瘣賄韻
病也。〔詩小宛〕譬彼—木。〔傳〕—、瘣也。謂傷病也。〔釋文〕胡罪反。又如字。又音回。〔按爾雅釋木瘣木樊注。說文疒部引詩。竝作瘣〕

【壠】𦙶勇切音隴腫韻盧東切音籠東韻
(一)丘—也。見〔說文〕。
(二)田中高處也。〔漢書陳勝傳〕輟耕之—上。
(三)冢也。〔方言〕冢或謂之—。〔注〕有界埒似耕—。以名之。
(四)或作壟。〔小爾雅釋名〕壟、塋也。
(五)亦作龍。〔孟子滕文公〕有私龍斷焉。

【壝】兪水切音唯紙韻欲鬼切尾韻遺隹切音惟支韻以醉切音錗寘韻
(一)猶壇也。見〔玉篇〕。〔按周禮鬯人注。—、謂委土爲墠壇所以祭也〕
(二)土埒也。一曰坑邊低垣圍繞者爲—。見〔集韻〕。

【壢】郎擊切音歷錫韻　坑也。見〔五音集韻〕。

【⿰土賴】落代切音賴泰韻　坌也。見〔字彙補〕。

【壜】徒南切音覃覃韻　甒屬。見〔玉篇〕。

【壆】克角切音推覺韻　礐或字。〔集韻〕礐、爾雅、山多大石也。或作礐、确、埆、𡊅—。

【⿰土學】轄覺切音殼覺韻　礐或字。〔集韻〕礐、說文、山多大石也。或作埆、—。

【墇】埻本字。見〔說文〕。

【壂】古堂字。見〔字彙補〕。

【壡】古叡字。見〔玉篇〕。

【壟】同壠。見〔集韻〕。

【⿰土靈】同𡏁。見〔正字通〕。

【⿰土賣】同壞。見〔篇海類編〕。

十七畫

【壣】離珍切音鄰眞韻
(一)隴也。見〔玉篇〕。
(二)菜畦。見〔廣韻〕。〔按集韻云。蔬畦曰—。或作𤳉〕

【壤】汝兩切音穰養韻
(一)柔土也。見〔說文〕。
(二)白色土也。〔周禮草人〕墳—用麋。
(三)無塊曰—。見〔書禹貢貢厥土惟白壤傳〕。
(四)膴也。肥膴意也。見〔釋名釋地〕。
(五)常耕治者爲壤。見〔說文句讀〕。
(六)地也。〔國策齊策〕齊之右—。
(七)土也。〔周禮大司徒〕辨十二—之物。
(八)鼷地出土、鼠作穴出土、皆曰—。見〔穀梁隱三年傳外—內—注〕。
(九)塵也。見〔廣雅釋詁〕。
(十)猶愛也。〔方言〕梁益之間所愛諱其肥盛曰—。—子、猶愛子也。
(十一)數名。〔風俗通〕京生垓。垓生—。
(十二)凡穿地四尺爲—。見〔九章算法〕。
(十三)——、猶養治之。〔呂覽知接〕執之——也。〔又〕紛亂貌。〔史記貨殖傳〕天下——、皆爲利往。
(十四)九—、九州也。〔文選東晳詩〕茫茫九—。
(十五)擊—、古謠諺也。〔史記五帝紀〕老人擊—而謠於路。〔又〕古戲。見〔藝經〕。
(十六)—蟲、蟲之幼也。〔淮南道應〕猶黃雀與—蟲也。〔按—、一本作蠰〕。
(十七)姓也。孔子弟子—駟赤。
(十八)通穰。豐也。〔莊子庚桑楚〕居三年。畏壘大—。〔釋文〕而掌反。本又作穰。又如羊反。

【壤】如陽切音勷陽韻　肥土也。〔急就章〕墼壘廥廄庫東廂。屏廁溷濁糞土—。

【⿰土闒】敵盍切音沓合韻
(一)墮也。見〔玉篇〕。
(二)地下也。或作塌。見〔集韻〕。

十八畫

【壦】質涉切同𡐛葉韻　同聶𡏖。見〔集韻〕。

【⿰土疊】徒葉切音牒葉韻

城上垣。見〔篇海類編〕。

【壥】士減切音淺謙韻　兆名。見〔玉篇〕。〔按字彙云。壇域埒界皆曰—〕。

【𡓐】虛宜切音犧驅爲切音虧支韻　毀也。見〔類篇〕。

【壟】語中切東韻　愚也。見〔五音篇海〕。

【壦】古壞字。見〔玉篇〕。

【𡔁】古寅字。見〔正字通〕。

【𡑞】古歸字。見〔字彙補〕。

【𡒄】同坴。見〔玉篇〕。

【𡓏】同壥。見〔類篇〕。

【𡓫】同壅。見〔正字通〕。

十九畫

【𡓪】力遂切音類寘韻　塊土貌。見〔篇海類編〕。

【壢】力奇切音離支韻　草木附地生也。見〔字彙補〕。

【𡔈】武則天所製初字。見〔字彙補〕。

【𡔀】塞本字。見〔正字通〕。〔按舊字典誤作塞今正〕。

二十畫

【壧】魚銜切音巖咸韻　地穴也。〔漢禮書樂志〕—處傾聽。

【壨】魯回切灰韻　雷出地也。一曰。古壘字。見〔六書統〕。

【𡓹】墊本字。見〔正字通〕。

【𡔃】墩本字。見〔正字通〕。

二十一畫

【壩】必駕切音霸禡韻　堰也。見〔集韻〕。

【𡔆】丘召切音嶠嘯韻　高也。見〔集韻〕。

【𡔇】古送切音貢送韻　地名。見〔字彙補〕。

【𡔉】同塵。〔楚辭逢紛〕徑淫曀而道—。

二十二畫

【𡔕】乃浪切音瀼漾韻
❶块—。塵皃。見〔廣韻〕。
❷土窟。見〔集韻〕。

二十六畫

【𡔜】呼各切音鶴覺韻　谷也。丘墟也。溝坑也。見〔篇海類編〕。

三十三畫

【𪋻】塵本字。見〔說文〕。

【𡔛】同𪋻。見〔五音集韻〕。

三十六畫

【𡔝】塵籀文。見〔正字通〕。〔按集韻作𪋻籀形本如此〕。

※士部※

【士】鉏里切音仕紙韻
❶事也。數始於一。終於十。从一。从十。故孔子曰。推十合一爲—。見〔說文〕。〔通訓定聲〕此返約之義。玉篇作推一合十。則一貫之義。
❷任事之稱也。見〔白虎通爵〕。
❸講學道藝者也。見〔國語齊語〕昔聖王之處—也注。
❹知義理之名。見〔論語子張〕—見危致命皇疏。
❺修立之名。〔荀子大略〕君子聽律習容而後—。
❻守道者謂之—。見〔賈子道術〕。
❼以財智用者謂之—。見〔後漢仲長統傳〕。
❽通古今、辯然否謂之—。見〔白虎通爵〕。
❾學以居位曰—。見〔漢書食貨志〕。
❿德能居位曰—。見〔公羊成元年傳讖〕始丘使也注。
⓫賢—也。〔荀子議兵〕好—者強。
⓬卿—也。見〔詩棫樸〕髦—攸宜箋。
⓭學—也。〔周禮太宰〕祿位以馭其—。

(十四)—介也。〔儀禮聘禮〕—執庭實。
(十五)獄官之長。〔書舜典〕汝作—。
(十六)胥徒之長。〔儀禮既夕〕—受羊如受馬。
(十七)邑宰也。〔禮記雜記〕—次于公館。
(十八)里尉也。〔管子八觀〕里無—舍。
(十九)卒伍也。〔荀子王霸〕王者富民霸者富—。
(二十)帥亦稱—。〔老子〕善爲—者王。〔注〕—、卒之帥。
(二十一)諸侯大夫對天子之稱。〔左襄二十六年傳〕對曰晉—起將歸時事於宰旅。〔注〕起宣子名。〔疏〕曲禮云。列國之大夫入天子之國曰某—。是諸侯大夫入天子之國禮法當稱—也。
(二十二)肖子成人能治上官謂之—。見〔周書太子晉〕。
(二十三)子弟也。見〔詩載芟有依其—傳〕。
(二十四)震爲—。見〔易歸妹—刲羊虞注〕。
(二十五)察也。見〔爾雅釋詁〕。
(二十六)猶言人也。〔詩褰裳〕豈無他—。〔箋〕他—他人也。
(二十七)男子行成之大稱。見〔詩都人—疏〕。
(二十八)男子成名之美號。見〔詩女曰鷄鳴疏〕。
(二十九)未娶妻之稱。〔荀子非相〕婦人莫不願得以爲夫。處女莫不願得以爲—。〔注〕—者未娶妻之稱。易曰。老婦得其—夫。
(三十)夫女之有—行者亦曰—。〔詩既醉〕釐爾女—。
(三十一)僧亦稱—。〔楞嚴經〕十六開—悟圓通。〔按李白詩衡岳有開—。注云。闓—、開—皆僧之稱也。〕
(三十二)道家亦稱—。如云方—羽—是也。
(三十三)方伎家亦稱—。如醫—相—之類。
(三十四)—子。有王事者也。〔詩北山〕偕偕—子。
(三十五)大—。法獄官也。〔左僖二十八年傳〕—榮爲大—。〔又〕德行之稱。〔韓詩外傳〕孔子與子路顏淵言志。謂顏淵曰。大—哉。〔又〕釋家祖師之稱。〔通俗編〕大—不特觀音。且不特文殊、普賢。傳燈錄。佛耶舍多曰。吾滅後[illegible]年。有大—出現月氏。又懷海、普願、智藏。同依馬祖入室。時稱三大—。則諸祖師俱得有大—稱。
(三十六)名—。不仕者。〔禮記月令〕聘名—。
(三十七)淑—。國名。〔山海經大荒西經〕有國名淑—。
(三十八)瑞—。歐洲國名。英文Switzerland。
(三十九)青—。竹名。〔陸游詩〕岸幘尋青—。
(四十)通事。〔論語述而〕雖執鞭之—。〔鹽鐵論貧富作事〕
(四十一)通仕。〔周禮載師〕以宅田—田賈田。〔注〕—讀爲仕。
(四十二)姓也。晉—蔿之後。見〔統譜〕。〔又〕—孫。—弱。—匄。—季。—貞。均複姓。〔古今姓氏書辯證〕。

一畫

【壬】如林切音任侵韻

(一)位北方也。陰極陽生。故易曰。龍戰於野。戰者接也。象人褢妊之形。見〔說文壬部〕。
(二)十干之一。〔爾雅釋天〕太歲在—曰玄黓。〔又〕月在—曰終。
(三)—之爲言任也。言陽氣任養萬物于下也。見〔史記律書〕。
(四)儋何也。上下、物也。中象人儋之。見〔說文通訓定聲〕。
(五)佞—。〔書皋陶謨〕何畏乎巧言令色孔—。〔按說文通訓定聲云。善柔似弱。如木之柔也〕
(六)大也。見〔詩賓之初筵有—有林傳〕。〔按鄭箋云、—任也。謂卿大夫也。〕
(七)肢體移易其處謂之—人。見〔春秋繁露〕。
(八)六—。占驗之一種。〔五代史賀瓌傳〕以六—占之。得斬關以爲吉。

四畫

【壯】側亮切莊去聲漾韻

(一)大也。从士。爿聲。見〔說文〕。〔段注〕尋說文之例。當云大士也。此蓋淺人删士字。
(二)盛也。見〔易大壯釋文引王肅注〕。
(三)健也。見〔廣雅釋詁〕。
(四)疾也。〔莊子徐无鬼〕百工有器械之巧則—。
(五)傷也。〔淮南俶眞〕形苑而神—。
(六)箴也。見〔廣雅釋詁〕。〔按方言。朝鮮之間。草木刺人。或謂之—〕。
(七)謂撲鍼堅定也。〔素問鍼解〕手如握虎者。欲其—也。
(八)以艾灸體曰—。〔魏志華佗傳〕若當灸不過一兩處。每處七八—。病亦應除。
(九)三十曰—。見〔禮記曲禮〕。〔按釋

名釋長幼。三十曰—。言丁—也。

(十)少也。〔後漢任延傳〕以延爲大司馬屬。拜會稽都尉時年十九。迎官驚其—。

(十一)年德盛曰—。〔離騷〕不撫—而棄穢兮。

(十二)武力暴興也。〔老子〕物—則老。

(十三)容體盛大也。〔禮記曲禮〕養—佼。〔按呂覽仲夏紀作養—狡。注。—狡。多力之士。〕

(十四)苗之大者亦曰—。〔齊民要術稱穀〕禾生於寅。—於丁午。

(十五)月名。〔爾雅釋天〕八月爲—。

(十六)大—。卦名。乾下震上。〔易大壯〕雷在天上大—。

(十七)—然不可犯之貌。〔荀子非十二子〕儼然—然。

(十八)通奘。〔方言〕秦晉之間。凡人之大謂之—。〔箋疏〕說文。奘。駔、大也。通作—。〔吳楚俗稱身體肥大爲—。亦引申之義。〕

【壯】側羊切音莊陽韻

姓也。〔國語晉語〕趙簡子問賢人。得—馳玆。

【声】古磬字。見〔六書正譌〕。

【声】同声。俗作聲字。見〔字彙〕。

五畫

【壳】殼省字。〔禍什好集序〕人之所以有生者。軀—也。〔按—本字當作殸。說文入殳部。俗作殼。又省作—。〕

六畫

【壴】腫庾切音主麌韻

(一)陳樂立而上見也。从中豆。見〔說文壴部〕。〔段注〕豆者、豎也。豎、堅立也。豆有骹而直立。故侸豎从豆。—亦从豆中者。上見之狀也。草木初生。則見其顛。故从中。

(二)借作豎立之豎。見〔韻會〕。

七畫

【奊】吉屑切音結屑韻

(一)傾頭也。从夨吉聲。讀若結。見〔說文夨部〕。〔按正字通云。—之與奊形義聲皆相近。當即一字誤分。〕

(二)佊佊也。見〔玉篇引倉頡〕。

【𡔛】心周切音羞尤韻

恥也。見〔字彙補〕。

【𡔷】同壺。〔輟耕錄〕元後宮有方—玉虹亭。

【𡕁】古壽字。見〔轉注古音〕。

【𡔹】同壺。見〔漢韓勑碑〕。

八畫

【壺】洪孤切音胡虞韻

(一)昆吾圜器也。見〔說文壺部〕。〔段注〕缶部曰。古者昆吾作匋。—者。昆吾始爲之。

(二)酒器。〔周禮掌客〕—四十。

酒壺圖

(三)漏水器。〔禮記喪大記〕君喪。虞人用木角。狄人用—。〔注〕既小斂。可以爲漏刻分時而更哭也。

(四)瓦鼓也。〔周禮秋官序官〕—涿氏。〔注〕—謂瓦鼓。涿、擊之也。〔按擊瓦鼓所以敺水蟲。〕

(五)瓜屬。〔詩七月〕八月斷—。〔按古今注作—盧。俗作葫蘆。〕

(六)投—。古者主人與客燕飲講論才藝之禮也。見〔禮記投壺注〕。

投壺圖

(七)—口。口山名。〔書禹貢〕既載—口。〔按漢地理志—口在河東北屈縣東南。清一統志—口山一名蜀山。地在今山西浮山縣西南四十五里。〕

(八)姓也。〔統譜〕晉大夫采邑。因以爲氏。〔又〕—丘複姓。鄭有—丘子林。列禦寇師事之。見〔高士傳〕。

(九)通瓠、棗。〔爾雅釋木〕—棗。〔注〕今江東呼棗大而銳上者爲—。—、猶瓠也。〔義疏〕—與瓠古通用。〔釋文〕—本作棗。

(十)通狐。〔呂覽下賢〕—邱子。〔漢書古今人表作狐。〕

九畫

【壹】益悉切音一質韻

(一)本作壹。〔說文壹部〕壹。專壹也。从壺吉。吉亦聲。〔按說文嫥下云。—也。段玉裁據此改專作嫥。〕

(二)齊一之義。見〔詩都人士序疏〕。

㊂合也。〔漢書董仲舒傳〕有所統一。爲羣儒首。

㊃閉塞也。〔孟子公孫丑〕志一則動氣。氣一則動志也。〔注〕志氣閉塞而爲一也。志閉塞則不行。氣閉塞則志不通。

㊄決定之辭。〔禮記檀弓〕一似重有憂者。

㊅一鬱。猶拂鬱也。〔漢書賈誼傳〕獨一鬱其誰語。

㊆一切。謂權時也。〔漢書張敞傳〕願得一切比三輔尤異。

㊇同一。〔廣雅釋詁〕一弌也。〔按儀禮。凡一拜、一揖、一讓。字皆作一。又近世官書及帳目文契數目字。一作者、一防奸易故也。〕

㊈姓也。漢一元。見〔印藪〕。又三字姓。〔廣韻〕後魏書一斗眷氏。後改爲明氏。〔按古今姓氏書辯證作一斗眷。又作一叔眷。〕

【壹】伊眞切音因眞韻

氤俗字。〔字彙〕一壺、俗作氤氳。

【壺】於云切音氳文韻紆問切音慍問韻委隕切音惲軫韻

㊀壹一也。从凶。从壺。壺不得泄也。易曰。天地壹一。見〔說文壺部〕。〔段注〕今周易作絪縕。他書作烟熅、氤氳。許據易孟氏作壹一。乃其本字。他皆俗字也。許釋之曰。不得泄也者。元氣渾然。吉凶未分。故其字从吉凶在壺中會意。合二字爲雙聲疊韻。實合二字爲一字。

㊁鬱也。見〔廣韻〕。

【壻】思計切音細霽韻

㊀夫也。从士胥。見〔說文〕。〔按鉉本胥下有聲字。段玉裁依鍇本刪之。是也。胥者有才知之稱。士胥會意。說文言部曰。諝知也。从胥。疑卽从諝之省。〕

㊁倩也。〔方言〕東齊之間。一謂之倩。〔注〕言可借倩也。今俗呼女一爲卒便是也。〔按王念孫曰。倩者一聲之轉。緩言之則爲卒便矣。〕

㊂同門爲僚一。〔爾雅釋親〕兩一相謂爲亞。〔注〕今江東人呼同門爲僚一。〔按釋名釋親屬又曰。友一、言相親友也。與郭云僚一、義同。〕

㊃贅一。女之夫也。比於子。〔史記滑稽傳〕淳于髡者。齊之贅一也。

㊄亡女之一曰丘一。見〔漢書楚元王傳注〕。

㊅水名。〔水經沔水注〕灣水出西南。而東北入漢。左谷水出西北。卽一水也。唐公房升仙之日。一行未還。約以此川爲居。言無繁霜蛟龍之患。其俗以爲信然。因號爲一鄉。故水亦卽名焉。〔按漢中府舊志云。一水源出太白山。流經城固縣。太白山卽終南山也。在今陝西洋縣東北。一鄉在城固縣境。一水流經於此。〕

㊆公一。地名。〔左定二年傳〕戰于公一之谿。

㊇亦作埍。〔詩有女同車箋〕一御輪三周。〔釋文〕、一本作坶。

㊈亦作埥。〔儀禮士昏禮注〕寢一之室也。〔釋文〕、一本作堪。

㊉亦作聟。〔禮記昏義〕一執雁入。〔釋文〕、一本作聟。

⑪亦作壻。〔左文八年傳〕復致公一池之封。〔釋文〕、一本作壻。

【壺】同壺。見〔字彙〕。

【喜】同喜。見〔孫叔敖碑〕。

十畫

【壼】苦本切音悃阮韻苦悶切音困願韻

㊀本作壼。〔說文口部〕壼宮中道。从口。象宮垣道上之形。〔按爾雅釋宮〕宮中衖謂之一。義同。

㊁廣裕人民之謂也。見〔國語周語〕。

㊂一之言梱也。見〔詩既醉室家之一箋〕。

【夏】古夏字。見〔篇海〕。

【乾】同殺。見〔集韻〕。

十一畫

【壽】承咒切音綬宥韻是酉切音受有韻〔作壽自清始〕。

㊀本作𦒱。〔說文老部〕𦒱久也。从老省。𠃬聲。

㊁命也。見〔韓非子顯學〕。

㊂享多年也。〔左僖三十二年傳〕爾何知。中一。爾墓之木拱矣。〔注〕上一百二十年。中一百年。下一八十。

㊃讎也。〔春秋繁露循天之道〕是故一有長短。由養有得失。及至其末之大卒。而必讎於此。莫之或離。故一之爲言猶讎也。〔注〕讎、與酬售並同。

(五)老死曰—。見〔釋名釋喪制〕。

(六)死而不亡者—。見〔老子〕。

(七)凡物之久存者曰—。〔法言君子〕或問。蛇龍鴻鵠不亦—乎。曰。—。曰。人可—乎。曰。物以其性。人以其仁。〔按莊子人間世。是不材之木也。無所可用。故能若是之—。義畧同。〕

(八)凡進爵於尊者曰—。〔漢書高帝紀〕莊入爲—。〔按後漢明帝紀注。—者人之所欲。故卑下奉觴進酒。皆言上—。〕

(九)以金帛贈人曰—。〔史記聶政傳〕嚴仲子奉黃金百鎰前爲聶政母—。

(十)星名。〔爾雅釋天〕—星角亢也。〔注〕數起角亢列宿之長。故曰—。

(十一)州名。唐置。屬淮南道。本漢—春地。今爲安徽—縣。

(十二)漢—。後漢縣名。〔後漢郡國志〕漢—故索。陽嘉三年更名。〔按前漢地理志有索縣。順帝始更名漢—。屬荊州武陵郡。蜀志關羽傳。曹公表封羽爲漢—亭侯。漢—者封邑。亭侯者爵也。今湖南漢—縣。由龍陽改稱。即古漢—縣地。〕〔又〕蜀縣名。〔晉地理志〕劉備據蜀。分廣漢之葭萌涪城梓潼白水四縣。改葭萌爲漢—。〔按蜀志費禕傳。北屯漢—。即此地。今爲四川廣元縣。俞樾云。關公封漢—亭侯。在建安五年。其時昭烈未帝蜀。尚未有漢—縣。則公所封尚是武陵之漢—也。〕

(十三)—丘。地名。〔史記五帝紀〕舜作什器於—丘。〔集解〕皇甫謐曰。在魯東門之北。

(十四)山名。在今福建閩侯縣。產文石。可爲印章。

(十五)水名。其源有二。合流入於洞渦河。在今山西—陽縣南二里。

(十六)靈—。木名。似竹有枝節。〔山海經海內經〕靈—實華。〔又〕杖名。〔蘇軾詩〕靈—扶來似孔光。〔又〕地名。〔史記樂毅傳〕樂羊爲魏文侯將。伐取中山。魏文侯封樂羊以靈—。〔按漢地理志。靈—縣屬常山郡。即今直隸靈—縣。〕

(十七)—藏。謂壙壙也。〔後漢趙岐傳〕先自爲—藏。〔按注云。取其久遠之意。俗稱棺曰—器。亦此義。〕

(十八)姓也。吳王—夢之後。又常—。複姓。

【壾】　母朗切音莽養韻　吳主孫休子名。見〔類篇〕。

【鼃】　同蛙。見〔韻經〕。

【壸】　同壼。見〔字彙〕。〔按正字通以爲壼字之譌。〕

十二畫

【壿】　七倫切音遵眞韻　粗本切音僔阮韻

(一)舞也。詩曰。—舞我。見〔說文〕。〔按釋文引說文作士舞也。徐鍇本同。—、今詩作蹲蹲。〕

(二)—喜也。見〔爾雅釋訓〕。

十三畫

【臺】　同臺。〔史記仲尼弟子列傳〕澹—滅明。

【𡔳】　古壹字。見〔字彙補〕。

【𡕄】　古壹字。見〔字彙補〕。

十五畫

【寰】　胡關切音還刪韻　邑名。見〔字彙〕。〔按正字通云。寰州爲河東化外地。六書無—字。譌作—者非。存參。〕

十六畫

【𡕓】　古壹字。見〔字彙補〕。

【𡕔】　同壹。見〔漢祝睦碑〕。

十七畫

【𡕕】　懿本字。見〔說文壹部〕。

十九畫

【鐰】　同鐰。見〔集韻〕。

※干部※

【干】居寒切音竿寒韻

(一)犯也。从一。从反入。見〔說文〕〔按左文四年傳。其敢一大典以自取戾乎。注云。一、犯也。〕

(二)求也。〔論語爲政〕子張學一祿。

(三)盾也。〔方言〕盾自關而東或謂之瞂。或謂之一。關西謂之盾。〔按古代兵器有一。藉以扞身禦敵。後世籐牌。猶沿此意。〕

(四)扞也。見〔爾雅釋言〕〔按詩兔罝。公侯一城。疏云。一城者。言以武夫自固。爲扞蔽如盾。爲防守如城然。〕

(五)厓也。〔詩伐檀〕寘之河之一兮。

(六)澗也。〔詩斯干〕秩秩斯一。

(七)國郊也。〔詩泉水〕出宿于一。

(八)通澗。墝埆之處。〔詩考槃〕考槃在澗。〔釋文引韓詩作在一。云墝埆之處也。〕

(九)若一。數未定之辭。〔禮記曲禮〕聞之始服衣若一尺矣。〔按儀禮鄉射禮疏。凡數一二已上得稱若一。〕〔漢書食貨志〕或用輕錢百加若一。注。師古曰。若一、且設數之言也。一、猶箇也。〕

(十)一預。猶一涉也。〔晉書王衍傳〕一預人事。〔今俗於不相涉之事。輒云不相一。義可類推。〕

(十一)一掫。行夜。〔左襄二十五年傳〕陪臣一掫。

(十二)自甲至癸爲天一。〔皇極經世〕十一。天也。十二支地也。支配天地之用也。〔十一、亦作十幹。〕

(十三)射一。木名。〔荀子勸學〕西方有木焉。名曰射一。〔又〕草名。〔楚辭懲命〕掘荃蕙與射一兮。〔按本草圖經。射一花白莖長。如射人之執一。〕〔又〕獸名。〔文選司馬相如賦〕騰遠射一。〔注〕射一。似狐能緣木。〔按射一、又作野一。見一切經音義十四。〕

(十四)吳一。劍名。吳人一將所作。〔國策趙策〕吳一之劍。

(十五)一遮。曲名。〔文選司馬相如賦〕淮南一遮。

(十六)闌一。橫斜貌。〔古樂府善哉行〕北斗闌一。〔又〕闌楯間也。〔李白清平調〕沉香亭北倚闌一。〔又〕淚流貌。〔白居易長恨歌〕玉容寂寞淚闌一。

(十七)餘一。縣名。漢置。屬豫章郡。即今江西餘一縣。漢書地理志作汗。

(十八)發一。縣名。漢置。屬東郡。在今山東堂邑縣西南三十三里。

(十九)蘭一。縣名。漢置。屬天水郡。當在今甘肅境內。

(二十)同奸。〔文選枚乘書〕則無國而不可一。

(廿一)通豻。〔儀禮大射儀〕量人量侯道一五十。〔注〕一。讀豻。

(廿二)通乾。〔初月帖〕淡悶一嘔。

(廿三)姓也。晉一寶宋一雙〔又〕段一。已並複姓。

【于】胡安切音寒寒韻

古國名。〔淮南道應〕荊有佽飛。得寶劍於一隊。〔注〕一國在今臨淄。出寶劍。

【干】侯旰切音悍翰韻

同豻。石也。見〔集韻〕。

二畫

【𢆉】忍甚切音荏寢韻

撖也。从干。入一爲干。入二爲𢆉。讀若飪。言稍甚也。見〔說文〕〔段注〕撖。刺也。飪甚同音。入二甚於入一。故讀若飪。即讀若甚也。

【平】蒲兵切音苹庚韻

(一)本作𠀭。〔說文亏部〕𠀭語一舒也。从亏八。八分也。〔段注〕引伸爲凡安舒之稱。

(二)坦也。〔易泰〕无一不陂。

(三)治也。〔書大禹謨〕地一天成。

(四)治之也。〔詩皇矣〕修之一之。

(五)和也。〔左僖十二年傳〕齊侯使管夷吾一戎於王。

(六)易^音異^也。見〔爾雅釋詁〕

(七)成也。見〔爾雅釋詁〕〔按廣雅釋詁義同。〕

(八)賦也。見〔廣雅釋言〕

(九)正也。〔周禮大司馬〕中春教振旅。司馬以旗致民。一列陳如戰之陳。

(十)齊等也。〔詩伐木〕終和且一。

(十一)樂聲不相踰越也。〔國語周語〕樂從和。和從一。

(十二)解怨和好也。〔左桓六年傳〕始一於齊也。

(十三)安定亂事也。〔後漢馮異傳〕今之征伐。非必略地屠城。要在一定安集之耳。

(十四)歲稔也。〔漢書食貨志〕再登曰一。

三登曰太—。

（十五）—服也。〔詩江漢〕四方既—。〔疏〕四方既已—服。

（十六）祭山曰—。見〔書禹貢蔡蒙旅—傳〕。

（十七）大野曰—。見〔爾雅釋地〕〔疏〕大野之澤、一名—。

（十八）廣—曰原。高—曰陸。見〔爾雅釋地〕。

（十九）斗建十二值日之一。〔淮南天文〕巳爲—。〔詳建字〕。

（二十）——。猶言無奇也。〔後漢班超傳〕任尙曰。我以班君當有奇策。今所言——耳。

（廿一）—國。承—守成之國也。〔周禮大司寇〕刑—國用中典。

（廿二）—生。猶言少時。見〔論語憲問集解引孔注〕。

（廿三）腎經謂不病曰—人。見〔素問平人氣象論注〕。

（廿四）—賦相準曰—準。〔史記平準書索隱〕以均天下郡國輸斂。貴則糶之。賤則買之。—賦以相準。輸歸于京師。故曰—準。

（廿五）—聲。四聲之一。〔四聲五音九弄反紐圖序〕—聲者哀而安。

（廿六）—方。算術家推演面積之名。

（廿七）優人口說前代軼事謂之—話。見〔四庫全書提要雜史類附注〕。

（廿八）嘉—。臘之異名。〔史記秦始皇紀〕秦更名臘曰嘉—。

（廿九）華—。瑞木名。〔宋書符瑞志〕華—。其枝—正。王者有德則生。

（三十）天—。所以衡物者。字俗書作秤。

（卅一）廷尉—。漢官名。見〔漢書宣帝紀〕。〔又〕—章事。唐官名。見〔唐書百官志〕。

（卅二）—假名。日本伊呂波四十七文字之稱。其用漢字偏旁書之者。曰片假名。

（卅三）—和會。建於荷蘭首都。亦稱海牙—和會。在解決各國爭訴、事件。

（卅四）縣名。漢置。屬河內郡。當今河南孟津縣東。〔又〕州名。屬河北道。當今直隸盧龍等縣地。〔又〕宋置—州。後廢。在今廣西三江縣。

（卅五）山名。〔山海經北山經〕—山。—水出於其上。潛于其下。是多美玉。

（卅六）太—。洋名。起自柏林海峽東南。訖於還羅海潛。爲太—洋。英文 Pacific Ocean。

（卅七）—壤。韓國之西京。本箕子故都。甲午之役。日兵由漢城進據—壤。卽此地。

（卅八）姓也。晏—仲之後。〔又〕—陵。—寧。俱複姓。

【平】毗連切音嬪先韻

（一）——。辨治也。〔書洪範〕無黨無偏。王道——。

（二）通便、辨。〔書堯典〕—章百姓。〔史記五帝紀作便章。詩采菽正義、引書傳作辨章〕。

【平】皮命切音病敬韻

市中—價者也。〔法言學行〕一鬨之市。必立之—。

三畫

【年】寧顚切音姩先韻

（一）本作秊。〔說文禾部〕秊。穀熟也。从禾。千聲。春秋傳曰。大有—。

（二）夏曰歲。商曰祀。周曰—。見〔爾雅釋天〕〔注〕取禾一熟之義。

（三）進也。進而前也。見〔釋名釋天〕。

（四）仍也。見〔白虎通四時〕。

（五）齒也。〔呂覽下賢〕坐必以—。〔按左定四年傳。五叔無官。豈尙—哉。注云。言以德爲輕重。不以齒爲先後也。亦訓—爲齒。與呂覽注合〕。

（六）同—。同歲生也。〔後漢書鍾皓傳〕皓兄子瑾好學慕古。有退讓風。與膺同—。俱有聲名。〔又〕唐人應進士科。俱捷謂之同—。見〔國史補〕。〔按清世優拔貢及鄉會試俱捷者。均曰同—。因相謂爲—誼〕。

（七）姓也。明—富。官吏部尙書。清—羹堯。位至大將軍。

【年】乃定切音佞徑韻

—夫。人名。〔公羊春秋襄三十年〕天王殺其弟—夫。〔按左氏穀梁均作佞夫〕。

【幵】經天切音堅　倪堅切音研　輕煙切音牽先韻

（一）平也。象二干對構。上平也。見〔說文幵部〕。〔段注〕干、卽竿之省。

（二）罕—。羌之別種。〔漢書趙充國傳〕先零、罕—。〔又〕縣名。漢破罕—。處其人于此。因置罕—縣。屬天水郡。當今甘肅天水縣南。

（四）姓也。宋—度。〔又〕—官。複姓。〔啓先賢傳〕孔子妻—官氏。

四畫

【尪】於寒切音安寒韻

股也。見〔集韻〕。

【刊】汀或字。見〔說文水部〕。

【甬】盾俗字。見〔字彙〕。〔按康熙字典誤入五畫今正〕。

五畫

【幷】卑盈切音餅平聲庚韻

❶本作幷。〔說文从部〕幷。相從也。从从幵聲。一曰从持二爲幷。〔桂注〕相從也者。釋詁。拼、從也。幵聲者。九辨、以憐韻聲。甘泉賦、以延韻成。同例。一曰从持二爲一者。當云从持二干爲一。言此說與諧聲異。

❷偏邪相就也。〔考工記輿人〕凡居材大與小無一。

❸謂氣交通也。〔素問生氣通天論〕上下不一。

❹兼也。〔國策魏策〕魏一中山。

❺合也。〔文選謝靈運詩〕心迹猶未一。

❻古州名。舜分冀州恆山之地爲一州。蓋以地在兩谷之間。亦在衛水恆水之間。故名一州。舊直隸之眞定保定、山西之太原大同等府。皆其境。〔又〕縣名。唐置。屬羈縻劍南道銳州。當今四川敍州境。

❼一夾。矢箙也。見〔周禮司弓矢注〕。

❽一封。獸名。〔山海經海外西經〕一封在巫咸東。其狀如彘。前後皆有首。

❾一閭。㥄也。〔史記司馬相如傳〕仁頻一閭。

❿姓也。一韶。見〔萬姓統譜〕。

【幷】卑正切音餅去聲敬韻

❶專也。〔禮記檀弓〕行一植於等國。

❷兼也。見〔廣雅釋言〕。

❸同也。見〔廣雅釋詁〕。

❹聚也。〔後漢張衡傳〕魚矜鱗而一凌兮。

❺藏去也。〔管子弟子職〕既徹一器。乃還而立。〔按藏去猶言藏弃〕。

❻謂兼善天下也。〔文選嵇康書〕得一介之人。

❼同併。〔賈誼過秦論〕一吞八方。

❽通摒。〔莊子天運〕至貴國爵一焉。〔注〕一、棄除也。

【幸】下耿切音倖梗韻

❶本作㚔。〔說文夭部〕㚔。吉而免凶也。从屰。从夭。夭、死之事。死謂之不㚔。〔段注〕死爲不一。則免死爲一。

❷德不純而福祿並至謂之一。見〔國語晉語〕。

❸可慶一也。故福善之事皆稱爲一。〔漢書高帝紀〕願大王以一天下。〔日本語通云〕一福殆本此義。

❹冀也。〔漢書灌夫傳〕嬰乃使昆弟子上書言之。一得召見。

❺希也。〔後漢鮑永傳〕覬以其衆一富貴。

❻覬也。〔禮記檀弓〕一而至于旦。

❼僥一也。〔公羊宣十五年傳〕小人見人之厄則一之。

❽活也。〔呂覽忠廉〕一汝以成而名。

❾姪也。見〔廣雅釋詁〕。

❿御所親愛也。見〔玉篇〕。〔按漢書佞幸傳但以婉媚貴一。即此義〕。

⓫天子所至曰一。見〔獨斷〕。

⓬凡應死而生曰一。應生而死曰不一。見〔論語雍也皇疏〕。

⓭姓也。晉一靈。唐一南容。宋一元龍。

【羍】同幸。見〔海篇〕。

六畫

【竿】古叔字。見〔字彙補〕。

九畫

【[illegible]】居曷切音葛曷韻

一一。豎干貌。見〔集韻〕。

十畫

【[illegible]】同幵。見〔海篇〕。

【幹】居案切音旰翰韻

❶體也。〔易乾〕貞者事之一也。〔按楚辭招魂去君之恆一。注云、一、體也。並引易文。選魏都賦注引說文、榦、本也。一之訓體。猶榦之訓本。說文無一字。凡經籍言一者。義皆同榦〕。

❷强也。〔淮南兵略〕此善爲充一者也。

❸堪其任也。〔易蠱〕一父之蠱。〔注〕一父之事。能承先軌。堪其任者也。〔類篇〕一。訓能事。今俗猶有能一之語。

❹正也。見〔易蠱虞注〕。

❺貞也。〔太玄疑〕顛疑遇一客。

❻安也。見〔廣雅釋詁〕。

❼主也。〔後漢伏湛傳〕光武即位。知

潞名儒舊臣。欲令━任內職。〔今謂主辦一事者曰主任。或曰主━。義蓋本此。〕

(八) 助也。見〔類篇〕。

(九) 木正出者爲━。見〔詩詁〕。

(十) 栝也。〔書禹貢〕杶━栝柏。〔注疏本作榦。〕

(十一) 脇也。〔公羊莊元年傳〕搚━而殺之。

(十二) 脊骨也。見〔韻會〕。

(十三) 器之本也。〔禮記月令〕羽箭━。

(十四) 旋蟲謂之━。見〔考工記鳧氏〕。〔注〕旋蟲者、旋以蟲爲飾也。〔按上文云。鍾縣謂之旋。注。旋屬鍾柄。所以縣之也。〕

(十五) 府吏之類也。〔後漢欒巴傳〕雖━吏卑末。皆課令習讀。

(十六) ━舟小船也。一曰大舟也。〔淮南主術〕而不能與越人乘━舟。

(十七) 奇━國名。〔周書王會〕奇━善芳。〔注〕奇━亦北狄。

(十八) 州名。唐置。轄隴右道。當今四川境。

(十九) 同干。〔廣雅釋天〕甲乙爲━。━者、日之神也。

(二十) 或作榦。見〔漢書郊祀志注〕。

(廿一) 姓也。宋━道沖。元━勒忠。

【榦】 河干切音寒寒韻

(一) 井上木欄也。〔莊子秋水〕吾跳梁乎井━之上。

(二) 井━樓名。〔漢書郊祀志〕武帝立井━樓。高五十丈。〔注〕積木而高爲樓。若井━之形也。

【幹】 通管。〔漢書劉向傳〕石顯━尚書。〔注〕━、與管同。

【𣀔】 吉典切音繭銑韻

(一) 小束也。見〔說文束部〕。〔按齊民要術。蒸䵃法。欲小。縛欲薄。與許義合。〕

(二) 禾十把也。見〔玉篇〕。

【𤮰】 旁經切音䨍青韻

(一) 皈也。杜林以爲竹筥。揚雄以爲蒲器。見〔說文甾部〕。

(二) 舂也。見〔集韻〕。

十三畫

【[illegible]】 卑病切音幷敬韻

禮器。見〔字彙補〕。

※工部※

【工】 沽紅切音公東韻

(一) 巧飾也。象人有規榘。見〔說文〕。〔段注〕直中繩。二平中準。是規榘也。

(二) 善其事曰━。〔詩楚茨〕━祝致告。

(三) 凡執技藝者稱━。〔儀禮燕禮〕席━於西階上。

(四) 巧心勞手以成器物曰━。見〔公羊成元年傳注〕。

(五) 能也。言能作器物者也。〔禮記曲禮〕天子之六━。

(六) 官也。〔詩臣工〕嗟嗟臣━。

(七) 樂人也。〔左襄四年傳〕━歌文王之三。

(八) 女功也。〔文選揚雄賦〕━不下機。

(九) 精善也。〔韓愈文〕瑟雖━。如王之不好何。

(十) 三玉爲一━。〔淮南道應〕玄玉百━。

(十一) 巽爲━。見〔易說卦〕。

(十二) 樂譜也。〔宋史樂志〕夷則南呂用━字。〔餘詳一字。〕

(十三) 射━蟲名。〔博物志〕射━蟲口中有弩形。氣射人影。隨所著處成瘡。

(十四) 同紅。〔文選吳質牋〕女━吟詠於機杼。〔注〕酈食其曰。紅女下機。━、與紅同。

(十五) 通功。〔魏志管輅傳注〕拙而不功也。

一畫

【𢀚】 古巨字。見〔說文〕。〔段注〕此爲象手持之。小篆變之。取整齊耳。〔按━玉篇作𢀛。形相近。〕

【𢀛】 古巨字。見〔篇海〕。

【𢀜】 古己字。見〔集韻〕。

二畫

【左】 子賀切音佐箇韻　子我切音左哿韻　〔按集韻上聲訓ナ手。去聲訓━助。廣韻則上去二聲同義。今畧師其意。仍從集韻切音。並著於此。不復分列。與右字同。〕

(一) 手相━助也。見〔說文左部〕。〔按段本改爲ナ手相━也。注云。━者今之佐字。說文無佐也。ナ者今之━字。ナ部曰。ナ手也。謂━助之手也。又俞樾釋━右云。━字从工。與式同意。㿽从巨省。巨者所以爲方之器。故从巨省。猶从方也。右字从口。不从手口之口。說文口部。口、回也。象回帀之形。古之製字者。既象回帀之形。則其形必圓。故从口。猶从圓也。夫天下之形。方圓盡之矣。ナ執方。又執圓。古人製字之意正如此。其說新而甚辯。存參。〕

(二)右之對也。〔書甘誓〕—不攻於—。

(三)下也。〔史記文帝紀〕右賢—戚。〔注〕右、猶高。—猶下也。〔按舊字典引作—賢右戚。誤。今正。〕

(四)卑也。〔漢書灌夫傳〕士在己—。愈貧賤。尤益禮敬與鈞。

(五)降也。〔漢書諸侯王表〕作—官之律。〔注〕漢時依古法。朝廷之列。以—爲尊。故降秩爲—遷。

(六)邪也。〔禮記王制〕執—道以亂政。

(七)陽也。〔禮記內則〕凡男拜尚—手。

(八)東也。〔儀禮士冠禮〕主人迎出門—。

(九)西也。見〔素問五運行大論注〕。

(十)不正也。〔史記田敬仲完世家〕公常執—劵。

(十一)不便也。〔左昭四年傳〕不亦—乎。

(十二)不助者爲—。〔左襄十年傳〕天子所右。寡君亦右之。所—。亦—之。

(十三)外也。〔國語晉語〕是—之也。

(十四)證—也。言當時在其—右見此事者也。〔漢書楊惲傳〕—驗明白。

(十五)僻也。〔增韻〕手足便右。以—爲僻。故凡幽猥皆曰僻—。

(十六)策書不適事宜曰—計。見〔韻會〕。

(十七)姓也。〔又〕—師。—行。均複姓。

【玌】居幽切音鳩尤韻

月綫也。見〔龍龕手鑑〕。

【巧】苦絞切音烤巧韻口敎切音墽效韻

(一)技也。見〔說文〕。

(二)能也。見〔廣韻〕。

(三)僞也。見〔集韻〕。

(四)拙之反也。〔老子〕大—若拙。

(五)善也。〔詩雨無正〕—言如流。

(六)美好也。〔詩碩人〕—笑倩兮。

(七)利也。〔離騷〕余猶惡其佻—。

(八)利於人謂之—。見〔墨子貴義〕。

(九)射者工於命中曰—。〔孟子萬章〕知譬則—也。

(十)致也。致合異類共成一體也。見〔釋名釋言語〕。

(十一)順而說也。〔禮記表記〕辭欲—。

(十八)臀能治一病謂之—。見〔論衡別通〕。

(十九)—故。僞詐也。〔呂覽論人〕去—故。

(二十)—婦。鳥名。鵂鶹也。見〔本草綱目〕。

(二十一)—家。縣名。屬雲南省。原名—家廳。今改爲縣。

【巨】臼許切音虡語韻

(一)規—也。从工。象手持之。見〔說文〕。〔按管子七戒七臣篇。夫—不正。不可以求方。此外經籍多作榘。〕

(二)大也。〔孟子梁惠王〕爲—室。

(三)—萬。萬萬也。〔史記平準書〕京師之錢累—萬。

(四)—洋。水名。〔水經巨洋水〕—洋水出朱虛縣泰山北。過其縣西。〔注〕即國語所謂具水。〔按清一統志。—洋水亦名瀰河。源出山東臨朐縣南沂山西麓。北流逕臨朐縣東。〕

(五)—馬。河名。〔水經巨馬水〕—馬河出代郡廣昌縣淶山。〔注〕即淶水也。有二源。俱發淶山。〔按漢地理志。廣昌淶水東南至容城入河。過郡三。行五百里。代郡廣昌縣。今爲直隸淶源縣。〕

(六)同詎。〔漢書高帝紀〕公—能入乎。

(七)通鉅。〔漢書食貨志〕庶人之富者累鉅萬。

(八)姓也。見〔何氏姓苑〕。〔又〕—母。複姓。漢有—母霸。王莽母更爲母姓。

【巨】求於切音蘧魚韻

未央也。見〔集韻〕。〔按詩庭燎箋云。夜未央。猶言夜未渠央也。據此可知—亦作渠。義與遽同。〕

三畫

【巩】同巩。見〔廣韻〕。

【𢒄】古工字。見〔說文〕。

四畫

【巩】古勇切音拱腫韻

褒也。見〔說文丮部〕。〔按手部擧下云。擁也。擁下云。褒也。擁褒義相足。〕

【巫】微夫切音無虞韻

(一)祝也。女能事無形。以舞降神者也。象人兩袖舞形。與工同意。古者—咸初作—。見〔說文巫部〕。〔按段本依韻會改作—祝也。注云。祝乃覡之誤。—覡沓—也。周禮祝與—分職。二者雖相須爲用。不得以祝釋—。其說甚正。覡下云在女曰—。與此義解相應。然攷書序。伊陟贊于—咸。馬注。—男—也。名咸。殷之—也。是男亦可稱—。惟女無稱覡者。此其別耳。咸或以爲黃帝時人。歸藏言黃帝將戰。筮於—咸是也。或以爲帝堯時人。郭璞—咸山賦序言—以鴻術爲帝堯醫是也。又以爲春秋時人。莊子言鄭有神—曰季咸是也。詳顧炎武日知錄。」。

(二)兌爲—。見〔易說卦〕。

(三)—鼓。妄說也。〔法言君子〕人以—鼓。

(四)官名。〔周禮司巫〕司—掌羣—之政令。

(五)—先。神名。〔漢書郊祀志注〕—先。—之最先者。

(六)山名。〔左襄十八年傳〕齊侯登—山以望晉師。〔注〕—山在盧縣東北。〔按今山東肥城縣西北七十里有孝堂山。卽齊侯望晉師處。又四川別有—山。在—山縣東三十里。一名—峽。與西陵峽歸峽並稱三峽。詳峽字。〕

(七)縣名。秦置。漢屬南郡。隋改—山縣。後均因之。今爲四川—山縣。

(八)—成國名。〔山海經海外西經〕—成國在女丑北。左手操青蛇。右手操赤蛇。在登葆山。羣—所從上下也。

(九)姓也。商—咸—賢。漢冀州刺史—捷。〔又〕—馬。複姓。

【巭】古新字。見〔字彙補〕。

七畫

【差】初牙切音杈麻韻

(一)本作𢀩。〔說文左部〕𢀩。貳也。𢀩不相值也。从左。从𠂹。〔通訓定聲〕式也。忒也。左不相值也。从左。猶从𠂇也。凡又便而𠂇不便。故爲不相值之義。从𠂹聲。〔按段本改貳作貣。注云。貣者。忒之假借字。心部曰。忒。失當也。失當、卽所謂不相值也。釋言曰。爽、—也。爽、忒也。忒與忒蓋本一字。貳與貣、忒音既脂之迥別。義則貳訓副也。副貳之解。何得同於—忒乎。說亦甚辯。存參。〕

(二)邪也。〔淮南本經〕衣無隅—之制。

(三)擇也。〔詩吉日〕既—我馬。〔按爾雅釋詁義同。〕

(四)過—也。〔太玄廓〕或生之—。

(五)—錯。交互也。〔漢書司馬相如傳〕紛湛湛其—錯兮。

(六)通嗟。〔詩東門之枌〕穀旦于—。〔韓詩作嗟。〕

【差】又宜切音縒支韻

(一)制等級也。〔荀子大畧〕—爵祿。

(二)次也。見〔廣雅釋詁〕。

(三)—不齊貌。〔荀子正名〕—然而齊。

(四)參—。洞簫也。〔楚辭九歌〕吹參—兮誰思。〔又〕亂絲貌。參相參爲參。兩相參爲—。見〔韻會〕。

(五)—池。往飛之貌。〔詩燕燕〕燕燕于飛。—池其羽。

(六)—須。猶意須也。〔淮南道應〕—須夫子也。

【差】初佳切音釵佳韻

(一)擇也。〔詩東門之枌〕穀旦于—。

(二)僭也。見〔廣雅釋詁〕。

(三)區別等級也。〔禮記王制〕其祿以是爲—也。

(四)—使也。〔唐宣宗詔〕凡役事委令輪—。

(五)較也。詳較字。

(六)—分。卽衰分。算法名。詳衰字。

【差】倉何切音磋歌韻

(一)淅也。淅飯米取其潘以爲沐也。〔禮記喪大記〕御者—沐於堂上。

(二)過也。〔離騷〕湯禹儼而祗敬兮。周論道而莫—。

(三)通蹉。見〔韻會〕。

【差】楚懈切音杈卦韻

(一)病瘉也。〔魏志張遼傳〕疾小—。

(二)較也。〔左宣十二年傳注〕拔旆投衡上。使不帆風。—輕。

【差】楚嫁切音杈禡韻

異也。〔韓愈詩〕掀簸眞—事。

【[illegible]】同隓。見〔字彙補〕。

八畫

【[illegible]】古巫字。見〔集韻〕。

九畫

【㠭】知輦切音展銑韻

極巧視之也。見〔說文㠭部〕。〔注〕錯按周禮考工記云展角之道。展、

察視也。四工同視也。〔玉篇云。今作展。〕

十二畫

【[illegible]】普蒙切音徬東韻

虛脹也。見〔字彙〕。〔按正字通云。埤蒼博雅皆作肛。〕

十四畫

【𢀩】差本字。見〔說文左部〕。

【[illegible]】古巫字。見〔說文巫部〕。

十六畫

【[illegible]】同初。見〔五音集韻〕。

※彐部※

【彐】居例切音罽霽韻

彙類也。見〔玉篇〕。〔廣韻云。彙頭。義少異。按字本作彑。詳彑字。〕

【彑】居例切音罽霽韻

豕之頭。象其銳而上見也。讀若罽。見〔說文彑部〕。〔段注〕罽者、籀文銳。故音相通也。

三畫

【归】於棘切音弋職韻

按也。从反印。見〔說文印部〕。〔段注〕按、當作按印也。淺人刪去印字耳。用印者必下向。故緩言之曰印。急言之曰——。即印之入聲。〔按說文下有抑篆云——俗字。〕

【[illegible]】同妍。〔急就篇〕姚佼嫽燃嬈—提。

四畫

【[illegible]】何加切音遐麻韻

豕也。从彑。下象其足。見〔說文彑部〕。〔段注〕小徐本此爲彖之古文。篇韻皆無此字。

五畫

【[illegible]】羊至切音肄寘韻 特計切音第霽韻 田黎切音題齊韻

(一)脩豪獸。一曰河內名豕也。从彑。下象毛足。見〔說文希部〕。

(二)貍子也。見〔玉篇〕。

【彔】盧谷切音錄屋韻

(一)刻木——也。象形。見〔說文彔部〕。〔注〕——。猶歷歷也。一一可數之皃。〔按篆作[illegible]。玉篇變隸作—。廣韻集韻類篇同。字彙正字通作彔。入七畫。康熙字典作彔。入六畫。然凡從彔之字。形皆作—。殊不一致。今正。〕

【[illegible]】古嗜字。見〔穆天子傳注〕。

【[illegible]】同勠。見〔字彙補〕。

六畫

【彖】吐玩切音褖翰韻

(一)豕走也。从彑。从豕省。見〔說文彑部〕。

(二)材也。見〔易繫辭〕。

(三)斷也。見〔易彖劉瓛注〕。

(四)捝也。見〔廣雅釋言〕。

(五)統論一卦之體。明其所由之主。見〔左襄九年傳疏〕。

【[illegible]】賞氏切音矢 敵尒切音豸紙韻

豕屬。見〔類篇〕。

【[illegible]】古魅字。見〔玉篇〕。

【[illegible]】同魅。見〔海篇〕。

七畫

【[illegible]】式視切音豕紙韻

豕也。从彑。从豕。讀若弛。見〔說文彑部〕。〔按康熙字典漏列此字。今補。說文蚰部蠡、心部憃。並從此。俗譌從彖。〕

八畫

【彗】旋芮切音轊霽韻 徐醉切音遂寘韻

(一)埽竹也。从又持甡。見〔說文又部〕。〔通訓定聲〕甡訓眾生並進。於義爲迂。疑从丯丯。丯丯者、古文丰字。亦象—形也。〔按說文生部。丰、草盛丰丰也。與豐音同義近。阮元說丯丯字云。豐字當是丯丯聲而山象形。朱駿聲以丯丯爲古文丰字。疑即本此。〕

(二)所以除舊布新也。見〔左昭十七

年傳。
●帚也。[文選班固賦]戈鋋—雲。
(四)王—草名。[爾雅釋草]葥王—。[注]王帚也。似藜。其樹可以爲掃篲。
(五)星名。[爾雅釋天]—星爲欃槍。[按—亦謂之孛。其形孛孛如掃—也。所行軌道爲狹長之橢圓形。或拋物線形。亦有爲雙曲線狀者。凡行橢圓軌道者。常以一定之期間復見。謂之週期—星。據近日天文家所測定。週期—星約九十餘。此外多不復見。古以其隱見不常。名之爲妖星。廣韻猶存此訓。]

【彗】于劌切音衛 須銳切音歲霽韻
●日中暴明也。[太公兵法]日中不—。是謂失時。
●通慧。[史記淮南王安傳]淮南王有女陵。—有口辯。

九畫

【彘】直例切音滯霽韻
●豕也。後蹄廢謂之—。从彑。从二匕。矢聲。彘足與鹿足同。見[說文彑部]。

●—顚。草名。[本草]荊藏、一名—顚。
●地名。[國語周語]乃流王于—。[注]晉地。[按漢—縣屬河東郡。當今山西霍縣。]
(四)司—。國名。[山海經海內經]流沙之東。黑水之西有司—之國。
(五)姓也。—恭子見[左傳]。

【[illegible]】呼骨切音忽月韻
豕屬。見[說文希部]。

【[illegible]】同彘。見[海篇]。

十畫

【[illegible]】市昭切音韶蕭韻
●[illegible]也。見[廣韻]。[按康熙字典作韶。誤。今正。]

【彙】于貴切音胃未韻
本作[illegible]。[說文希部]彙蟲似豪豬者。从希。胃省聲。[按爾雅釋蟲—毛刺。注云。與蝟同。今蝟狀如鼠。疏云。—即蝟也。其毛如針。與許義相足。自蝟字行而—之本義轉晦。周易拔茅茹以其—。鄭云。勸也。蓋以爲謂之叚借。王云。類也。蓋以爲會之叚借。釋文云。—、古文作[illegible]。攷集韻[illegible]即彙之或體字。彙訓草木彙字。謂—爲彙之叚借。亦通。皆與—之本義無涉。]

十一畫

【[illegible]】古肆字。見[字彙補]。

十二畫

【[illegible]】同彙。見[字彙]。

十三畫

【[illegible]】息利切音四寘韻
●希屬。从二希。見[說文希部]。
●豕聲也。見[玉篇]。
●鼠名。見[廣韻]。

十五畫

【彝】延知切音傢支韻
●宗廟常器也。从糸。糸、綦也。廾、持。米、器中實也。彑聲。周禮六—。雞—、鳥—、黃—、虎—、蜼—、斝—。以待祼將之禮。見[說文糸部][段注]綦、許書所無。當作纂。周禮幎人以疏布巾幎八尊。以畫布巾幎六—。尊必以布覆之。故从糸也。[按桂馥云。綦當爲素。古文從素省。玉篇—屬素部。存參。]
●法也。言爲尊之法也。見[周禮春官序官司尊彝注]。
(三)常也。[書洪範]—倫攸敘。

十六畫

【[illegible]】彝本字。見[說文希部]。

【[illegible]】同彖。見[海篇]。

二十畫

【[illegible]】鞨角切音翯覺韻
欒杖名。見[字彙]。[按正字通云。[illegible]字之譌。字彙巳以[illegible]入矛部。又作—。重出。非是。附正於此。]

二十三畫

【彠】蒦縛切音矱烏虢切音擭藥韻 胡麥切音獲陌韻
●彠或字。[說文彠部]彠、或从尋。尋、亦度也。楚辭曰。求矩—之所同。
●同矱。[文選馬融賦]規摹—矩。[注]—亦矱字。

【[illegible]】古彝字。見[字彙補]。

※幺部※

【幺】於堯切音邀蕭韻

㊀小也。象子初生之形。見〔說文〕〔俗作么〕

㊁夽也。重厶爲—。象月昧也。見〔六書故〕

㊂錢名。〔漢書食貨志〕徑七分重三銖。曰—錢。

㊃猶孤也。〔文選陸機賦〕猶弦—而徽急。

㊄骰子一點者曰—。〔日知錄〕一爲數之初。故以小名之。骰子之以一爲—是也。

㊅豕子最後生者。俗呼爲—豚。見〔爾雅釋獸—幼注〕

㊆—鳳。鳥名。〔蘇軾詞〕倒掛綠毛—鳳。

㊇六—。曲名。〔樂譜〕琵琶曲有六—。〔按琵琶錄云。綠腰即錄要也。本自樂工進曲。上令錄出要者。乃以爲名。後轉呼綠腰。又譌爲六—〕

㊈姓也。明—謙。

一畫

【幻】胡慣切音患胡辨切音莧諫韻

㊀相詐惑也。从反予。見〔說文予部〕〔按玉篇、九經字樣。並從倒予。字形作予〕

㊁化也。見〔廣韻〕

㊂同眩。〔史記大宛傳〕以大鳥卵及黎軒善眩人獻於漢。〔索隱〕韋昭云。眩人。變化惑人也。〔按漢書張騫傳以大鳥卵及犛軒眩人獻於漢。注。應劭曰。眩。相詐惑。師古曰。眩、讀與—同。是眩字音義皆與—合。列子周穆王篇。西極之國。有化人來。注。化、—也。化、—、音近。義亦相通〕

【𢆯】古糸字。見〔說文糸部〕〔按玉篇糸部列8篆。云古文糸。本與許合。而玄部復列—字。云古文玄。蓋玄古文作8。而字之從弦省者。如紗、如褟。左旁皆作8形。與古文糸無異。玉篇既以8入糸部。又以—入玄部。或由於此。舊字典—下引玉篇云今文玄。誤〕

二畫

【幼】伊謬切音柚宥韻乙六切音郁屋韻

㊀少也。从幺从力。見〔說文〕〔段注〕幺亦聲。

㊁始也。見〔管子幼官注〕

㊂稺也。見〔爾雅釋言〕

㊃人生十年曰—。見〔禮記曲禮〕

㊄愛也。〔孟子梁惠王〕—吾幼。以及人之幼。

㊅錢名。〔漢書食貨志〕徑八分、重五銖。曰—錢。值二十。

㊆海名。〔山海經東山經〕無皋之山。南望—海。

㊇幺—。豕名。詳幺字。

㊈今動物學家謂初生小蟲曰—蟲。

㊉通窈。〔詩斯干傳〕冥、—也。〔釋文〕—、本作窈。

【幼】一笑切音要嘯韻

㊀—眇。精微也。〔漢書元帝紀贊〕窮極—眇。〔注〕—讀若要。

㊁通袎。見〔集韻〕

【劣】同幼。〔皇甫君碑〕—挺雕龍之采。

三畫

【𢆶】於虯切音幽尤韻

微也。从二幺。見〔說文𢆶部〕〔段注〕二幺者、幺之甚也。

四畫

【紗】一笑切音要嘯韻

㊀—庢。小皃。見〔玉篇〕

㊁急戾也。見〔集韻〕

【𢆸】悲萌切音繃庚韻

同絣。振繩墨也。見〔廣韻〕

五畫

【𢆺】伊堯切音邀蕭韻一笑切音要嘯韻

急戾也。見〔說文弦部〕〔段注〕陸機賦弦幺徽急。疑當作弦—。

【紗】於兆切音窈篠韻於喬切音邀蕭韻

—褟。纏絲未成絇急緶也。見〔集韻〕

【𢆻】古幾字。見〔集韻〕

【𢆼】古幾字。見〔集韻〕

六畫

【幽】於叫切音呦尤韻

㊀隱也。从山𢆶。𢆶亦聲。見〔說文𢆶部〕〔段注〕—從山。猶隱從𨸏。取

遮蔽之意。從𢆶者。微則隱也。

②深也。見〔爾雅釋言〕。③謂血也。〔禮記郊特牲〕毛血告—。④闇也。〔禮記禮運〕是謂—國。⑤微也。〔史記樂書〕極—而不隱。⑥內也。〔史記樂書〕—則有鬼神。⑦夜也。〔文選何晏賦〕若—星之纚連也。⑧囚也。〔荀子王霸〕公侯失禮則—。⑨神所居也。〔太玄晦〕明降于—。⑩—之爲言窈也。見〔春秋元命苞〕。⑪—者幼也。見〔史記曆書〕。⑫—輵。車聲也。〔文選揚雄賦〕皋車—輵。⑬——。深遠也。〔詩斯干〕——南山。⑭六—。謂上下四方也。〔文選班固典引〕光被六—。⑮古十二州之一。舜分冀州東北醫無閭之地爲—州。在北方—昧之地。故名。舊順天永平兩府及奉天省奉天錦州兩府是其舊境。〔又〕州名。三國魏置。迄隋始廢。唐復置。屬河北道。今京兆尹所轄是其舊境。⑯地名。〔左莊十六年傳〕同盟于—。〔注〕—宋地。〔今河南考城縣境。〕

⑰國名。〔山海經大荒東經〕大荒之中。有思—之國。〔又〕北海之內。有大—之國。見〔山海經海內經〕。⑱醫家謂胃聯小腸處曰—門。⑲通黝。黑色也。〔禮記玉藻〕一命緼紱—衡。再命赤紱—衡。〔注〕—、讀爲黝黑之黝。⑳姓也。見〔廣韻〕。

七畫

【⿳宀幺干】　古總字。見〔說文糸部〕。〔按集韻誤作⿳宀幺土。不知從幺與從糸。其義大別。今正。〕

八畫

【𢇍】　姑還切音關刪韻　古患切音慣諫韻

織絹以糸貫杼也。从絲省。卝聲。見〔說文絲部〕。〔按段本改爲織以絲毋杼也。注云。以絲貫於杼中而後織。是之謂—。杼之往來。如關機合開也。集韻作絲。篇海類編作絲〕

九畫

【幾】　居希切音機微韻

①微也。殆也。从𢆶从戍。戍、兵守也。𢆶而兵守者危也。見〔說文𢆶部〕。②近也。見〔爾雅釋詁〕。③庶也。〔史記老莊申韓傳〕則—矣。④神妙也。〔易繫辭〕其殆庶—乎。⑤從無以適有也。〔管子水地〕萬物莫不盡其—。⑥初也。〔易繫辭〕—事不密。⑦終也。〔淮南繆稱〕君子—。⑧盡也。〔莊子齊物論〕適得而—矣。⑨豈也。〔孟子告子〕其好惡與人相近也者—希。⑩期也。〔詩楚茨〕如—如式。⑪會也。〔後漢臧宮傳〕斯誠雄心倘武之—。⑫察也。〔禮記玉藻〕御瞽—聲之上下。⑬法也。見〔小爾雅廣詁〕。⑭通機。〔書皋陶謨〕一日二日萬—。〔漢書王嘉傳作萬機〕。⑮通旣。〔易歸妹〕易—望。〔釋文〕—荀本作旣。

【幾】　渠希切音祈微韻

附纔爲沂鄂也。〔禮記少儀〕國家靡敝。則車不彫—。〔按古者、邊界謂之圻堮。凡物之緣邊。亦得稟此稱。沂鄂即圻堮。蓋指緣邊車飾而言〕

【幾】　舉豈切音蟣尾韻

①數音朔也。〔左昭十六年傳〕—爲之笑而不陵我。②問數之多寡也。〔史記萬石君傳〕上問車中—馬。③未—無多時也。〔詩甫田〕未—見兮。④無—少也。〔左昭十六年傳〕韓子亦無—求。〔注〕言所求少。⑤—何。數未定也。〔左僖二十七年傳〕所獲—何。〔又〕無多時也。〔漢書五行志〕民生—何。〔又〕數學之一科。凡測定點綫面體之法。皆入此科範圍。亦謂之形學。英文Geometry。

【幾】　其既切音曁未韻

①未已也。見〔廣韻〕。②通冀。〔左哀十六年傳〕國人望君如望歲焉。日月以—。〔釋文〕—本作冀。

十畫

【[illegible]】於罽切音瘞霽韻

不成遂急戾也。見〔說文弦部〕。〔段注〕不成遂者不成就也。因之急戾。〔按舊字典誤作緆。入九畫。今正。〕

十二畫

【[illegible]】想氏切音徙紙韻淺氏切音此薺韻

小兒。亦作徙。見〔玉篇〕。

【[illegible]】古絕字。〔說文糸部〕—。古文絕。象不連體絕二絲。〔按字形象二絲不連。路溫舒尙德緩刑書—者不可復屬。此—字之僅見史傳者。〕

【[illegible]】古𢇁字。見〔說文糸部〕。〔按舊字典誤入九畫。今正。〕

【[illegible]】同繼。〔莊子至樂〕得水則爲—。〔按說文糸部繼下云。續也。从糸—。一曰反𢇍爲—。段玉裁據韻會增一—篆。說詳說文解字注。〕

十三畫

【[illegible]】具迄切音汔物韻〔字亦作[illegible]。〕

❶危也。見〔玉篇〕。

❷饑也。見〔廣韻〕。

❸相切近也。見〔集韻〕。

※夕部※

【夕】祥易切音席陌韻

❶暮也。从月半見。〔說文〕〔段注〕暮者日且冥也。日且冥而月且生矣。故字從月半見。

❷初昏爲—。見〔洪範五行傳注〕〔按注又云。將晨爲—。與初昏之義相通。說文舛訓早敬而字從夕。可證。〕

❸暮見也。〔左昭十二年傳〕子革—。〔呂覽明理〕是正坐于—室也。其所謂正乃不正矣。〔注〕言其室邪—不正。〔按廣雅釋詁。䘚、衺也。疏證云。日衺日西總謂之—。〕

❹邪也。

❺坤爲—。見〔易乾—惕若虞注〕。

❻晡時至黃昏爲日之—。下旬爲月之—。自九月盡至十二月爲歲之—。見〔洪範五行傳注〕。

❼七月七日之夜爲七—。

❽一年最終之夜爲除—。

❾—月。祭月也。〔國語魯語〕少采—月。〔注〕少采黼衣也。—月以秋分。〔按陳氏禮書月言—。於月出之、之也。月壇謂之夜明。以其昰於夜也。〕

❿—室。地名。〔左莊十九年傳〕楚子卒。鬻拳葬諸—室。

⓫通昔。〔穀梁莊七年傳〕日入至星出謂之昔。〔說文義證引穀梁作—。〕

⓬姓也。望出巴郡。見〔統譜〕。

二畫

【外】五會切泰韻

❶遠也。卜尚平旦。今若夕卜。于事—矣。見〔說文〕。

❷表也。見〔廣雅釋詁〕。

❸上也。見〔易繫辭吉凶見乎—虞注〕。

❹對於內室而言。〔易家人〕男正位乎—。

❺對於鄉里而言。〔孟子滕文公〕禹八年於—。

❻對於京師而言。如—省、—官。州縣對於省會。除首府縣外。皆稱—屬。又本國而、稱—國。其人稱—人。國際交涉稱—交。

❼疏斥也。〔易否〕內君子而—小人。

❽猶除也。〔淮南精神〕此其餘無足利矣。

❾猶遺也。〔莊子大宗師〕參日而後

能—天下。

(十) 橥也。〔呂覽有度〕則貪汚之利—矣。

(十一) 威儀也。〔法言脩身〕其爲—也肅括。

(十二) 母家妻家之親屬稱—。〔爾雅釋親〕母之考爲—王父。母之妣爲—王母。母之王考爲—曾王父。母之王妣爲—曾王母。妻之父爲—舅。妻之母爲—姑。女子子之子爲—孫。〔又〕妻之晜弟曰—。甥其姊妹女也。來歸已內爲妻故其男爲—姓之甥。見〔釋名釋親屬〕。

(十三) 旁通者爲—姊。〔漢書高祖五王傳〕齊悼惠土肥。其母高祖微時—婦也。〔注〕謂與旁通者。

(十四) —道。釋氏指斥佛教以—之道。如婆羅門等是。

(十五) —科。醫治身體—部之疾病者。

〔外〕五活切音杌曷韻

表也。〔黃庭經〕洞視得見無內—。

〔夗〕於阮切音苑阮韻

轉臥也。从夕。从卪。臥有卪也。見〔說文〕。〔段注〕謂轉身臥也。詩曰。展轉反側。凡—聲宛聲字皆取曲意。卪、節、古今字。

〔夗〕烏勉切音宛銑韻

—專。猶也。〔方言〕猶、或謂之—專。〔箋疏〕—專之言宛轉也。

〔外〕古外字。見〔說文〕。

〔夘〕同夗。見〔字彙〕。〔按字彙又引玉篇謂即古文外字。非是。玉篇依說文作夘字從卜。不從卩。〕

〔夙〕同㚇。見〔字彙補〕。

三畫

〔夙〕息六切音宿屋韻

(一) 本作夙。〔說文〕夙早敬也。从丮。持事雖夕不休。早敬者也。〔段注〕夕者夜之通偁。未旦而執事有恪。故字從丮夕。〔按古文作𠈇又作𠊊。㐁本古文西。讀若三年導服之導。𠈇從㐁得聲。宿又從𠈇得聲。〕

(二) 早也。〔書舜典〕—夜惟寅。

(三) 舊也。〔後漢郭伋傳〕盧芳—賊。

(四) 肅也。〔詩生民〕載震載—。〔箋〕—之言肅也。

(五) 別作殂。〔詩采蘩〕—夜在公。〔尉氏令鄭君碑作殂。〕

(六) 姓也。魯大夫季孫—之後。〔又〕—沙複姓。

〔多〕當何切音㛆歌韻章移切音枝支韻

(一) 重也。从重夕。夕者相釋也。故爲—。重夕爲—。重日爲疊。見〔說文多部〕。

(二) 厚也。〔漢書趙廣漢傳〕亭長戲曰。爲我—謝問趙君。〔注〕師古曰。—、厚也。言殷勤若今人言千萬問訊矣。

(三) 大也。〔呂覽知度〕其患又將反以自—。

(四) 衆也。〔詩小旻〕謀夫孔—。

(五) 稱美也。〔漢書袁盎傳〕諸公聞之皆—盎。

(六) 猶祗也。〔論語子張〕—見其不知量也。〔按左襄二十九年傳。祗見疏也。疏古人—祗同音。〕

(七) 勝也。〔史記高祖紀〕某之業所就孰與仲—。〔段玉裁曰。—者勝少者。故引伸爲勝之偁。〕

(八) 戰功曰—。見〔周禮司勳〕。

(九) 獨捷曰—。見〔史記周勃世家集解〕。

(十) 長爲—。見〔易晉康侯用錫馬蕃庶虞注〕。

(十一) 求—。猶言苟求也。〔左僖九年傳〕後之人將求—于女。女必不免。

(十二) 不—。—也。見〔詩卷阿矢詩不—傳〕。

(十三) 夷俗呼父爲阿—。〔唐書德宗紀〕回紇可汗謝其次相曰。惟仰食於阿—。

(十四) 貝—。樹名。〔酉陽雜俎〕貝—樹出摩伽陀國。長六七丈。有三種。一—羅婆力叉貝—。二—黎婆力叉貝—。三都闍婆力叉貝—。

(十五) 姓也。漢—軍。—卯。宋—岳。

〔夠〕古多字。見〔說文多部〕。〔按—从並夕。段玉裁曰。有並與重別者。如棘、棗、是也。有並與重不別者。—、多、是也。〕

〔𡖇〕古多字。見〔集韻〕。

四畫

〔𡖃〕夙本字。見〔說文〕。

〔𡖄〕古亦字。〔字彙補〕蜀夾江江縣酒官碑。南由市。入爲關。北抵湖。

出爲｜。楊愼曰。｜、卽古亦字。吹景錄。亦、古掖字通。閽、卽掖門也。

五畫

【夜】寅謝切音射禡韻

(一)舍也。天下休舍。从夕亦省聲。見〔說文〕〔段注〕休舍、猶休息也。按廣韻云。君子有四時。朝以聽政。晝以訪問。夕以修令。｜以安身。安身、卽休舍之義。

(二)暮也。見〔廣雅釋言〕。

(三)星見爲｜。見〔禮月令疏引蔡氏說〕。

(四)雞鳴時也。〔周禮雞人〕｜嘑旦以嘂百官。

(五)自昏至旦之總名。見〔左莊七年傳疏〕。

(六)陰也。見〔論衡說日〕。

(七)幽也。見〔書舜典疏引虞喜說〕。

(八)謂暗昧之行也。〔管子侈靡〕大昏也。博｜也。

(九)｜干。木名。〔荀子勸學〕西方有木焉。名曰｜干。〔今本作射干〕。

(十)｜明。祭月壇名。〔禮記祭法〕｜明。祭月也。

(十一)｜郞。漢時南夷國名。今四川川南各縣。是其舊境。

(十二)｜臺。墓穴曰｜臺。〔李白詩〕｜臺無李白。沽酒與何人。〔按左襄十三年傳。惟是春秋窀穸之事。注。窀、厚也。穸、｜也。王僧儒從子謙誄。昭途長已。大｜斯陳。南史王規傳。一爾過隙。永歸長｜。義與｜臺並同〕。

(十三)宣｜。測天之器。〔蔡邕釋誨〕言天體者有三。一曰周髀。二曰宣｜。三曰渾天。

(十四)不｜。城名。〔漢書地理志〕東萊郡縣不｜。〔按齊地記。古有日、夜出於東萊。故萊子立此城。以不｜爲名〕。

(十五)西｜。西域國名。見〔漢書西域傳〕。

(十六)武宿｜。舞曲名。〔禮記祭統〕舞莫重于武宿｜。

(十七)子｜。歌曲名。〔樂府解題〕昔女子名子｜者。造此聲。其聲甚哀。

(十八)嘉｜。草名。〔漢書禮樂志〕侇嘉｜。〔注〕侇、挾同。嘉｜、芳草也。

(十九)通液。〔洪範五行傳〕時則有脂｜之妖。

(二十)姓也。漢｜龍明。

【夜】夷益切音睪陌韻 同掖。〔國策齊策〕今將軍東有｜邑之奉。〔說苑作掖邑。後漢歐陽歙傳。九年更封｜侯。注。｜、今萊州掖縣。亦可爲｜掖相通之證〕。

【姓】慈盈切音情甾莖切音爭庚韻

(一)晴本字。見〔說文〕〔桂注〕本書啓。雨而晝晴也。晝｜。故从日。夜｜。故从夕。〔參閱晴字〕。

(二)或作暒、精。〔漢書天文志〕天暒而見景星。〔注〕孟康云。暒、精明也。〔按一本作｜。史記天官書作精。段氏曰。精者、今晴字。古｜、暒、精。皆今之晴〕。

(三)亦作星。〔韓非說林〕楚莊王伐陳。[illegible]之雨十日。夜星。〔說苑指武作夜晴。段玉裁曰。夜星卽夜｜也。雨夜止星見謂之｜〕。

【[illegible]】公戶切音古麌韻 多債利也。見〔玉篇〕。〔廣韻作夃。義同玉篇。又古乎切。按說文夃下云。秦人市買多得爲夃。與｜義相近。｜或卽夃之俗字〕。

【[illegible]】古夜字。見〔集韻〕。〔按篆文夜。從夕。亦省聲。｜形本此〕。

六畫

【[illegible]】古偶切音苟有韻 句也。見〔字彙補〕。

七畫

【[illegible]】囊何切音儺歌韻

(一)多也。見〔廣雅釋詁〕。

(二)同那。〔爾雅釋詁〕那、多也。〔釋文〕那、本或作｜。〔按商頌那。猗與那與。小雅桑扈。受福不那。毛傳並云。那、多也〕。

【[illegible]】俞倫切音昀眞韻 周也。見〔集韻〕。

【[illegible]】都含切音妉覃韻都感切音黕感韻 多也。見〔廣雅釋詁〕。

八畫

【夠】居候切音遘宥韻 聚也。見〔集韻〕。

【夠】墟侯切音彄尤韻 多也。見〔集韻〕。〔按左思魏都賦。繁富夥｜。注。｜、古侯切。楊愼以爲｜究協韻。不應讀作平聲。今人謂足不足、曰｜不｜。本此〕。

【鉆】處占切音攙鹽韻
—鉮。多也。見〔玉篇〕。

【銃】而隴切音宂腫韻
眾多也。見〔字彙補〕。

【銦】於欣切音因眞韻
元烝。見〔字彙補〕。

【鉛】昌占切音詹鹽韻
多也。見〔字彙補〕。

【鋺】同夥。見〔集韻〕。

【够】同夠。見〔字彙〕。

【鉮】鉼俗字。見〔正字通〕。

九畫

【鋑】柯開切音該灰韻
(一)多也。見〔廣雅釋詁〕。
(二)大也。見〔玉篇〕。
(三)彙該也。見〔廣雅疏證〕。

【鉣】馨致切音棄寘韻
多也。見〔廣雅釋詁〕。

【銈】古賣切音怪卦韻
大也。見〔字彙補〕。

【鍩】諾何切音那歌韻
多—也。見〔字彙補〕。

【銚】所臻切音莘眞韻
多也。見〔字彙補〕。

【鉮】乃何切音那歌韻
多也。見〔字彙補〕。〔按卽鉼譌字〕。

十畫

【鍊】桑谷切音速屋韻
鉮—。多也。見〔字彙補〕。

【錗】烏果切音朵哿韻
多也。見〔字彙補〕。

【㚉】川止切音侈紙韻
頻也。見〔字彙補〕。

十一畫

【夢】莫鳳切音霧送韻讀中切音蒙東韻
(一)不明也。从夕瞢省聲。見〔說文〕。〔段注〕—之本義爲不明。今段爲寢寐字。—行而寢廢矣。
(二)診之次也。見〔論衡論死〕。
(三)象也。見〔論衡死僞〕。
(四)想象也。〔荀子解蔽〕不以—劇亂知謂之靜。
(五)神之所交謂之—。〔列子周穆王〕神遇爲—。
(六)——。惡貌也。〔詩正月〕視天——。〔又〕亂也。見〔爾雅釋訓〕。〔按孫炎曰。昏昏之亂也。〕
(七)雲—。澤名。〔爾雅釋地〕楚有雲—。〔按楚辭招魂與王趨—兮課後先。注。澤中也。楚人名澤爲—中。朱駿聲曰。此澤跨江南北。隨處可名。今湖北黃州府蘄州以西。荊州府枝江縣以東。安陸府京山縣以南。湖南岳州府青草湖以北。皆古雲—。而湖北德安府雲—縣。獨被此名耳。書禹貢雲—土作乂。唐太宗詔改雲土—作乂。後人因有江北爲雲。江南爲澤之說。其實非也。〕
(八)水名。〔寰宇記〕昔鍾儀欲相此立縣。夜乞—。果符所祝。因名縣曰思縣。水曰—水。
(九)姓也。宋進士—仲才。元—仙。見〔正字通〕。
(十)一作寢。〔周禮占夢〕以日月星辰占六—之吉凶。一曰正—。二曰噩—。三曰思—。四曰寤—。五曰喜—。六曰懼—。〔釋文〕本又作寢。〔按說文引周禮亦作寢。分—寢爲二。經傳多通用之。〕
(十一)亦作薨。〔周禮太卜〕掌三薨之法。一曰致薨。二曰觭薨。三曰咸陟。〔釋文〕薨音—。本多作—。〔按今本作—。〕
(十二)亦作瞢。〔漢書敍傳〕棄於瞢中而虎乳之。〔注〕瞢、與—同。
(十三)同蒙。〔爾雅釋地〕雲—。〔釋文〕本作蒙。
(十四)通鄸。〔左昭二十年傳〕曹公孫會自鄸出奔宋。〔穀梁作—〕。

【夤】夷眞切音寅眞韻
(一)敬惕也。从夕寅聲。見〔說文〕。
(二)大也。見〔方言〕。
(三)—緣。出也。〔文選左思賦〕—緣山嶽之岊。〔按—緣字蓋假延爲之。今世多謂附勢干進曰—緣。〕
(四)通寅。〔爾雅釋詁〕寅。敬也。〔按寅卽—之假借字。凡尙書言寅。皆假寅爲—也。〕
(五)或作殥。遠也。〔淮南墬形〕九州之外。乃有八殥。〔按八殥字蓋假埏爲之。〕

⑥借作胂。〔易艮〕列其—。〔馬注〕夾脊肉也。
⑦借作茐。〔易泰鄭董本〕以其—。〔朱駿聲以爲茐之假借字。說文。茐茅根也。今本作以其彙。〕

【𡖖】延知切音夷支韻
恭也。見〔集韻〕。

【夥】戶果切𦁣韻戶買切音蘱蟹韻
①本作錁。〔說文〕齊謂多爲錁。〔按方言。凡物盛多謂之寇。齊宋之郊楚魏之際曰錁。史記陳涉世家。—頤。涉之爲王沈沈者。服虔曰。楚人謂多曰—。〕
②眾也。世稱合股營業謂合—。商店同人相謂曰—計。

【𡖼】莫白切音陌陌韻
宋也。見〔說文〕。〔按廣韻訓靜。義同。段玉裁曰。當云宋—也。轉寫佚字耳。宋—者。夕之靜也。嗼嘆者。口之靜也。宋𡖼者。死之靜也。〕

【𡖻】去其切音欺支韻
多也。見〔字彙補引廣雅〕。

【𡖿】常職切音十職韻
多也。見〔字彙補〕。

【𡗃】丁聊切音刁蕭韻
多也。大也。見〔玉篇〕。

【𡗂】夥本字。見〔說文〕。

【𡗁】𡗁籀文。見〔說文〕。〔按五音篇海作𡗁。字彙作𡗁。均謬字不可從。〕

【夣】夢俗字。見〔正字通〕。

十二畫

【𡗄】丑甚切音𨏱沁韻
多貌。見〔字彙補〕。

【𡗅】古侯切音鉤尤韻
多也。見〔字彙補〕。

【𡗆】同夥。見〔廣韻〕。

十四畫

【𡗇】苦猥切音傀賄韻
①多也。見〔玉篇〕。
②——多貌。見〔廣韻〕。

【𡗈】力口切音𡾊有韻
多也。見〔玉篇〕。

【𡗉】宗知切音緇支韻
多貌。見〔字彙補〕。

十六畫

【𡗊】於容切音邕冬韻
㒞或字。〔集韻〕㒞𡗉多也。或作—。

※夊部※

【夊】陟侈切音㩲紙韻
从後至也。象人兩脛後有致之者。見〔說文〕。〔按與夂久二字皆別。〕

【夂】之容切音終東韻
本作𠂳。〔說文絲部〕𠂳。古文終。〔按冬字從—。今隸與訓从後至之夂同形而音義實大異。〕

【𡕒】苦馬切馬韻
跨步也。从反夂。見〔說文〕。〔段注〕跨、當作夸。夸步。謂大張其兩股。〔按䯞字從—。䯞讀若過。—古音當亦如此。〕

二畫

【夃】攻乎切音沽虞韻果五切音古麌韻
①秦人市買多得爲—。从乃。从夂。益至也。見〔說文〕。〔段注〕乃夂者。徐徐而益至也。
②同沽。〔論語子罕〕求善賈而沽諸。〔玉篇引作—〕。
③借作姑。姑且也。〔詩卷耳〕我姑酌彼金罍。〔說文引作—〕。

【⿱夂介】同䧅。見〔字彙補〕。

三畫

【夅】胡江切江韻古巷切音絳絳韻

服也。从夂㐄相承。不敢竝也。見〔說文〕〔段注〕凡降服字當作此。降行而—廢矣。

【⿱夂子】同學。見〔篇海〕。

四畫

【夆】符容切音逢冬韻

●一 啎也。見〔說文〕〔注〕相逆啎也。〔按段玉裁云。—訓啎。猶逢、迎、逆、遇、互相爲訓。〕

●二 通𢓜。〔爾雅釋訓〕甹—。掣曳也。〔注〕謂牽拕。〔義疏〕蓋𢔁𢓜之省。

●三 通蜂。〔詩小毖傳〕荓蜂。摩曳也。〔疏〕孫炎曰。謂相掣曳入於惡也。〔按漢書劉向傳。蠭午竝起。蠭午亦與—啎義通。〕

●四 通逢。遇也。〔字彙〕周伯溫曰。隸作逢。

【夆】莫江切音厖江韻

●一 厚也。見〔康熙字典〕。

●二 姓也。見〔字彙〕。

【𡕒】下蓋切音害泰韻古拜切音界卦韻吉列切音子屑韻

相遮要害也。从夂丯聲。見〔說文〕。

六畫

【⿱夂坴】力中切音隆東韻

多—。禮天。見〔廣韻〕。

七畫

【⿱夂見】同覺。見〔字彙補〕。

八畫

【⿱夂賁】古賁字。見〔說文土部〕。

【⿱夂屈】古屈字。見〔集韻〕。

十畫

【⿱夂徙】古徙字。見〔集韻〕。

※夊部※

【夊】山垂切音衰初危切音吹支韻

●一 行遲曳—也。象人兩脛有所躧也。見〔說文〕〔段注〕通俗文。履不著根曰屣。躧、屣、古今字。行遲者如有所拕曳然。故象之。

●二 同綏。〔詩南山〕雄狐綏綏。〔玉篇引作—〕。

三畫

【⿱夂又】古屡字。見〔集韻〕。

【麦】同天。〔漢司隸校尉楊君頌〕稼苗—殘。

四畫

【夋】七倫切音逡真韻

行—也。一曰倨也。从夊允聲。見〔說文〕。

【夋】子峻切音俊沁韻

帝俈一名—。見〔綱目冠編〕。

【⿱夂交】蒲沃切音僕沃韻

行皃。見〔廣韻〕〔按即說文屡字。段玉裁從廣韻改屡爲—。字彙作夎。存參。〕

五畫

【夌】閭承切音淩蒸韻

●一 越也。从夊夫。夫、高大也。一曰—徲也。見〔說文〕〔通訓定聲〕从夫。猶从陸也。〔按陸訓高平地。陵訓大阜。徐鍇本迹下云。坴、高也。皆足爲夫訓高大之證。—徲通作陵遲。〕

●二 犯也。見〔廣雅釋詁〕。

【㚇】美忝切琰韻亡范切豏韻莫坎切音媎感韻

幽蓋也。見〔說文〕。〔段注〕司馬彪輿服志。乘輿金鋄。劉昭引獨斷曰。金鋄。馬冠也。在馬髦前。薛綜注東京賦同。按在馬髦前。則正在馬之腦蓋。其字本作金—。或加金旁耳。馬融廣成頌。揚金—而拕玉瓖。字正作—。可證。—、或作誤作夋、鋄、或誤作鏁。玉篇又誤作金鍐。皆音子公反。非也。

六畫

【复】房六切音伏屋韻

本作复。〔說文〕复、行故道也。〔段

注〕彳部又有復。復行而｜廢矣。疑彳部之復乃後增也。

【㚇】祖叢切音椶東韻　作弄切音糉送韻

(一)斂足也。鵲鵙醜。其飛也｜。見〔說文〕。〔按鵲下七字見爾雅釋鳥。今本｜作䳈。注云。竦翅上下〕。

(二)聚也。見〔廣雅釋詁〕。

(三)馬冠也。〔後漢馬融傳〕揚金｜而拖玉瓔。〔按注音無犯反與說文𡕒讀若范、玉篇匸范切。音正同。詳𡕒字〕。

七畫

【夎】祖臥切音挫箇韻　側𥐔切音詐禡韻

(一)拜失容也。見〔玉篇〕。〔按禮記曲禮無夎拜注。夎則失容節。夎、猶詐也。集韻以｜爲夎或字。訓詐拜義本此。〕

(二)今人衣服張起曰｜。見〔古今附錄〕。

【夏】亥雅切音下馬韻

(一)本作𡕾。〔說文〕𡕾。中國之人也。从夊。从頁。从臼。臼、兩手。夊、兩足也。〔段注〕以別於北方狄。東北貉、南方蠻閩、西方羌、西南僬僥、東方夷也。

(二)大也。自關而西。秦晉之間。凡物之壯大者而愛偉之謂之｜。見〔方言〕。

(三)大屋也。〔楚辭招魂〕冬有突｜。

(四)大殿也。〔楚辭哀郢〕曾不知｜之爲丘兮。

(五)暇也。見〔書多士須｜子孫鄭注〕。

(六)文䌖也。〔家語論禮〕｜籥序興。

(七)五色也。〔周禮染人〕秋染｜。〔注〕染｜者。染五色謂之｜者。其色以｜狄爲飾。禹貢曰。羽畎｜狄。是其總名。〔按禹貢作｜翟。朱駿聲以｜翟字爲華之假借〕。

(八)｜｜。行也。見〔廣雅釋訓〕。〔按通訓定聲曰。猶衙衙吾吾雅雅也〕。

(九)諸｜。外土諸侯也。〔公羊成十五年傳〕春秋內其國而外諸｜。

(十)大｜。禹樂名。〔周禮大司樂〕舞大｜。以祭山川。〔按樂歌大者亦稱｜。詩時邁肆于時｜是也。樂章亦曰｜。周禮大司樂所稱王｜、肆｜、昭｜是也〕。

(十一)｜屋。大具也。〔詩權輿〕於我乎｜屋渠渠。〔又〕大屋也。〔淮南本經〕乃至｜屋宮駕。

(十二)朝代名。自禹至桀。凡十七主。起民國紀元前四千一百十六年。訖三千六百七十七年。

(十三)國名。〔史記夏本紀〕｜禹。〔正義〕｜者、帝禹封國號也。帝王紀云。禹受封爲｜伯。在豫州外方之南。今河南陽翟是也。〔按陽翟即今河南禹縣。蓋禹始封之地。都邑攷云。｜都安邑。即今山西安邑縣。此禹建都之地〕。〔又〕大｜。漢時西域國名。〔史記大宛傳〕大｜在大宛西南二千餘里。〔按大｜在印度西北。古波斯之一州。今其地在波斯東北。漢張騫嘗至其地〕。〔又〕晉時外國名。〔晉書赫連勃勃載記〕以匈奴｜后氏之苗裔。國稱大｜。〔按赫連勃勃據內蒙古之鄂爾多斯及陝西省等地。國號大｜。世或單稱曰｜。立國於民國紀元前一千五百零四年。凡三世。共二十五年〕。〔又〕宋時外國名。〔宋書夏國傳〕國稱大｜。年號天授。〔按大｜世或稱西｜。本姓拓拔氏。自唐季拓拔思恭。起兵討黃巢有功。賜姓李。世爲｜州節度使。迄宋時。賜姓趙。至元昊。遂稱帝。立國于民國紀元前八百七十四年。凡十世。共一百九十年〕。

(十四)水名。〔水經夏水〕｜水出江津。于江陵縣東南。〔注〕江津、豫章口東。有中｜口。是｜水之首。江之汜也。〔按江津在今湖北江陵縣南。應劭十三州記云。江別入沔。爲｜水源。夫｜之爲名。始于分江。冬竭｜流。故納厥稱。据此則｜水之得名。本於冬｜之義。水經江水注又云。｜水過郡入江。故曰江｜。今爲湖北武昌縣〕。

【夏】亥鴐切音暇禡韻

(一)四時之一。陽曆以六月七月八月爲｜。陰曆以四月五月六月爲｜。

(二)假也。寬假萬物。使生長也。見〔釋名釋天〕〔廣雅釋詁〕、暇也。按暇假通。

(三)大也。萬物皆長大也。見〔太玄玄數爲南方爲｜注〕。

(四)火也。見〔呂覽孟春行｜令注〕。

(五)赤也。見〔周禮巾車孤乘｜篆司農注〕

(六)離爲—。見〔春秋繁露五行對〕。
(七)賞爲—。見〔春秋繁露四時之副〕。
(八)樂氣也。見〔春秋繁露陰陽義〕。
(九)整齊萬物也。見〔周禮夏官注〕。
(十)差—。謂立秋之後一十日也。〔素問大元正紀大論〕物成於差—。
(十一)半—。樂草名。〔禮記月令〕半—生。

【夏】舉雅切音賈馬韻
(一)負—。地名。〔史記五帝紀〕就時於負—。〔注〕衞地。〔當在今直隸濮豐縣境〕。
(二)陽—。地名。〔史記高帝紀〕追項王至陽—。〔按漢地理志有陽—縣。屬淮陽國。今爲河南太康縣〕。
(三)通榎。木名。用作數刑。〔詩皐夌〕不長—以革。〔注〕—用木。革用皮。皆鞭扑之刑。

八畫

【⿰亢夋】胡朗切音吭養韻
本作⿰亢夋。〔說文亢部〕⿰亢夋。直項莽—貌。从亢从夋。亢亦聲。〔通訓定聲〕莽—、疊韻連語。猶莽沆之狀水也。

【𡕶】夏本字。見〔說文〕。〔玉篇云〕。今作夏〕。

【𡕷】同夌。見〔集韻〕。

【𡖄】時流切音儔尤韻
耕田器名。見〔集韻〕。

十畫

【⿰去夌】力膺切音陵蒸韻
去也。从去。夌聲。見〔說文去部〕。

【⿱艹夏】同薦。〔漢張公神碑〕歲聿再—。

【𡖋】同要。見〔說文長箋〕。

【⿰走巳】同鄰。見〔漢北海相景君碑〕。

十一畫

【夐】虛政切敬韻　呼眩切音絢霰韻
(一)本作夐。〔說文旻部〕夐。營求也。从旻。从人在穴上。〔商書〕曰。高宗夢得說。使百工夐求得之傅巖。巖、穴也。
(二)長也。見〔廣雅釋詁〕。
(三)猶遠也。〔穀梁文十四年傳〕過宋、鄭、滕、薛、—入千乘之國。〔釋文〕—、況盛反。
(四)——。視也。見〔廣雅釋訓〕。
(五)同矎。〔文選王延壽賦〕目矎矎而喪精。〔廣雅疏證〕曰。矎、與—同。

【𡖊】戶頂切迥韻
同迥。見〔字彙〕。

【𡖋】呼正切音榮庚韻
姓也。見〔字彙〕。

【夓】古勝字。見〔字彙補〕。〔按玉篇作夓。入攴部〕。

十二畫

【𡖍】祖峻切音俊震韻
韋袴也。或作𩎓。見〔集韻〕。

十三畫

【𡖎】古御字。〔參同契〕明君—時。

十四畫

【𡖏】古夏字。見〔石鼓文〕。

十五畫

【𡖐】婚𡖐文。見〔說文女部〕。〔按車部之轘。巾部之幰。皆從—得聲。說文長箋作𡖐字。彙作夓。竝非〕。

【𡖑】同夔。見〔漢碑〕。

十六畫

【夒】奴刀切音猱豪韻
貪獸也。一曰母猴。似人。从頁、巳、止、夊。其手足。〔段注〕母猴與沐猴獮猴。一語之轉。詩小雅作猱。樂記作獿。

【𡖒】夏本字。見〔說文〕。

十八畫

【夔】渠追切音逵支韻　〔正字通〕作夔。舊字典仍之。今從〔玉篇〕。
(一)神魖也。如龍。一足。从夊。象有角手人面之形。見〔說文〕。〔段注〕鬼部曰。魖、耗鬼也。神魖、謂鬼之神者也。〔甘泉賦〕捎—魖而抶獝狂。〔東京賦〕殘—魖與罔象。皆—魖連文可證。〔國語〕木石之怪—罔兩。〔注〕或云—一足。越人謂之山繅。或作猱。富陽有之。人面猴身。能言。〔廣韻〕曰。山魈出汀州。獨足鬼也。神魖、謂山魈之尤靈異者。
(二)一足獸也。〔山海經大荒東經〕有獸。狀如牛。蒼身而無角。一足。名曰—。黃帝得其皮爲鼓。聲聞五百里。

(三)—牛。牛之一種。〔山海經中山經〕岷山。其獸多—牛。〔注〕今蜀山中有大牛。重數千斤。名曰—牛。卽爾雅所謂犩。〔按爾雅釋畜。犩牛。注。卽犪牛也。引中山經作犪〕。

(四)—悚懼之貌。〔書大禹謨〕——齋慄。

(五)舜臣名。〔書舜典〕—命汝典樂。

(六)州名。唐置。本漢巴郡地。宋改爲路。明改爲府。淸因之。今廢。四川奉節等縣。是其舊境。

✻廴部✻

【廴】以忍切音引軫韻

長行也。从彳引之。見〔說文〕。〔段注〕玉篇曰。今作引。是引弓字行而—廢也。

三畫

【㢟】抽延切音梴先韻　丑展切音蹍銑韻

安步——也。从廴止。見〔說文延部〕。〔段注〕引而復止。是安步也。

四畫

【延】諸盈切音征庚韻

行也。从廴正聲。見〔說文〕。〔段注〕此與辵部延征字音義同。漢武帝年號—和字如此作。今漢書多誤爲以然切之延。又或改爲从辵之延。亦非也。

【延】以然切音綖先韻

(一)長行也。从延。厂聲。見〔說文延部〕。

(二)長也。〔左成十三年傳〕君亦悔禍之—。

(三)廣也。〔史記蒙恬傳〕—袤萬餘里。

(四)偏也。見〔方言〕。

(五)進也。〔儀禮覲禮〕擯者—之曰升。

(六)納也。〔漢書公孫弘傳〕以—賢人。

(七)道也。〔禮記曲禮〕主人—客祭。

(八)陳也。〔國語晉語〕使張老—君譽於四方。

(九)及也。〔書大禹謨〕賞—於世。

(十)稅也。見〔廣韻〕。

(十一)言也。見〔廣韻〕。

(十二)——長也。見〔廣雅釋訓〕。

(十三)遷—。卻退也。〔左襄十四年傳〕晉人謂之遷—之役。

(十四)宛—。盤曲貌。〔文選揚雄賦〕驪翠氣之宛—。

(十五)袢—。熱氣。〔詩君子偕老傳〕是當暑袢—之服。〔疏〕袢—。是熱之氣也。〔按焦循毛詩補疏。引左思蜀都賦。㹤衍相傾。以袢—卽㹤衍。蓋謂服之寬闊者。義亦通。存參〕。

(十六)王—。署蕷也。見〔廣雅釋草〕。

(十七)—樓。高樓也。〔淮南本經〕—樓棧道。

(十八)—維。神人名。〔山海經海內經〕有神人名曰—維。

(十九)—居。怪鳥屬也。見〔廣雅釋鳥〕。

(二十)州名。魏置。本漢高奴縣。當今陝西膚施縣境。

(廿一)廩—。地名。〔左隱元年傳〕至於廩—。〔注〕廩—。鄭邑。陳留酸棗縣北有—津。〔按地在今河南—津縣。古酸棗城在縣北。壤地相接〕。

(廿二)姓也。漢—篤。

【延】以淺切音演銑韻

冕上覆也。〔禮記玉藻〕前後邃—。〔釋文〕字林作綖。

【延】延面切音羨霰韻

及也。〔文選張衡賦〕—窅窱以逕庭。〔注〕—、言互相周通。

【廷】唐丁切音亭靑韻　徒徑切音定徑韻

(一)朝中也。从廴。壬聲。見〔說文〕。

(二)宮也。見〔廣雅釋宮〕。

(三)停也。人所停集之處也。見〔釋名釋宮室〕。

(四)陽也。見〔風俗通〕。

(五)直也。一曰正也。〔後漢郭太傳〕毋欲使給事縣—。〔注〕蒼頡篇曰。—、直也。風俗通。—、正也。言縣—、郡—、朝—、皆取平均正直也。

(六)—者。官之平。下之信也。士垂一人詰屈折著爲—。見〔古微書春秋元命苞〕。㊆一尉秦官見〔漢書百官表〕〔注〕一、平也治獄貴平故以爲號。㊇通庭。〔左定十四年傳〕夫差使人立于一〔釋文〕一本又作庭。

五畫

【⿺廴㐱】丑忍切音辴軫韻

趁或字。〔集韻〕趁走也。或从廴。

六畫

【建】居萬切音[illegible]願韻

㊀立朝律也。从聿。从廴。見〔說文〕〔通訓定聲〕从律省、廷省。會意。㊁立也。〔周禮天官序官〕惟王一國。㊂設也。〔老子〕故一言有之。㊃樹也。〔書大傳〕九十杖而朝見君一杖。㊄及也。〔國語周語〕使於晉者道相一也。〔朱駿聲以一爲逮之誤字〕。㊅置也見〔韻會〕。㊆木名在弱水直上百仞無枝見〔廣韻〕。㊇星名。〔禮記月令〕旦一星中。〔注〕一星在斗上。㊈斗一十二値日之二。〔六韜〕開牙門常閉一向破。〔按越絕書。黃帝之元。執辰破巳。淮南天文訓。寅爲一。卯爲除。辰爲滿。巳爲平。午爲定。未爲執。申爲破。酉爲危。戌爲成。亥爲收。子爲開。丑爲閉。史記日者傳。有一除家。漢書王莽傳。十一月壬子直一。戊辰直定。抱朴子。入名山以甲子開除日。蓋一除之名。自斗而起。十二字輪値。自古有之。淮南舉正月以見例。正月斗一寅。則寅爲一。若二月則卯爲一。三月則辰爲一。故王莽傳十一月子爲一、辰爲定也。〕㊉犂一犂之一也。〔耒耜經〕犂評之上曲而衡者曰一。斲木爲之。一、撓也。所以柅其轅與評。無是則二物躐而出。犄不能止。⑪福一。省名。元初置福一等處行中書省。後罷。屬江浙行省。大德初置福一道宣慰司。明置福一等處布政司。清因之爲福一省。其領地東南瀕海。西北倚贛。東北連浙。西南距粵。今治閩侯。領縣六十。⑫州名。唐置。屬江南東道。五代仍之。宋改爲一寧府。今廢。福一一安等縣。是其舊境。〔又〕遼置。屬東京道。金仍之。元廢。明復置一州衞。清入錦州府。當今奉天錦縣治。⑬一溪。水名。亦稱崇溪。源出福一崇安西北。東南流、合於南浦溪。爲閩江上源之一。一曰源出浦城縣西北漁梁山。⑭通鍵。〔禮記樂記〕名之曰一櫜。〔注〕一讀爲鍵。⑮通虔、虔。〔漢書古今人表〕衞一伯子。〔按史記衞世家作虔。三代世表作虔〕。⑯姓也。漢一公。

【⿺廴建】紀偃切音湕阮韻

覆也。〔史記高帝紀〕猶居高屋之上一瓴水也。

【廻】同迴。見〔正字通〕〔按韻書無此字。據廣韻當从廷。此蓋譌字。〕

八畫

【⿺廴致】丈梗切音瑒梗韻

一一。蓋也。見〔廣雅釋訓〕〔按廣雅釋詁。鋌蓋也。王念孫曰。鋌與一通。重言之則曰一一。〕

九畫

【⿺廴䀠】延面切音衍余絹切音掾霰韻

相顧視而行也。見〔說文目部〕〔按廣韻書作睷。集韻誤从廷。〕

十畫

【[illegible]】丑延切先韻

相顧而行也。見〔篇海類編〕〔按卽遭字〕

※彳部※

【彳】丑亦切音敕陌韻　小步也。象人脛三屬相連也。見[說文]。[按潘岳射雉賦―亍中輟。注。徐爰曰―亍止貌。張銑曰行貌。中稍留也。與許義微異。]

【亍】丑玉切音亍沃韻　足下齊。見[集韻]。

二畫

【𢓉】巨小切音糾篠韻　行皃。見[玉篇]。

【𢓈】當經切音丁靑韻　彾―。獨行皃。見[韻會]。[按―、一作仃又作町。]

【𢓋】古犯字。見[玉篇]。

三畫

【㣊】逸職切音弋職韻　行也。見[玉篇]。

【彴】職畧切音勺藥韻亭歷切音笛錫韻　㊀獨梁也。見[廣雅釋宮]。㊁彴渡也。見[玉篇]。㊂橫木渡水也。見[廣韻]。[按說文榷下云。水上橫木所以渡也。漢書武帝紀初榷酒酤。顏師古云。榷者、步渡橋。今之略―是也。蘇軾詩略―橫秋水。卽取橫木渡水之義。]

【彴】駒角切音覺覺韻　奔星爲―約。見[爾雅釋天]。[疏]奔星卽流星。[參閱仢字。]

四畫

【彵】他可切音拸哿韻　安行也。見[玉篇]。

【𢓊】戶官切音丸寒韻　儹―。失途貌。見[龍龕手鑑]。

【役】營隻切音疫陌韻　㊀戍邊也。从殳从彳。見[說文殳部]。㊁事也。[左成二年傳]以―王命。[按左昭十三年傳爲此―也。國策西周策雍氏之―。秦策宜陽之―。義並同。]㊂行也。[詩君子于役]君子于―。[箋]君子于往行―。㊃所莅之職也。[文選謝靈運詩]祗―出皇邑。[按日本人稱官吏曰―員。公署曰―所。義本此。]㊄使也。[淮南本經]乘時應勢以服―人心也。㊅助也。見[廣雅釋詁]。㊆營也。[國語鄭語]正七體以―心。㊇賤也。[楚辭大招]不歡―只。㊈爲也。[禮記表記]君子恭儉以求―仁。㊉列也。[詩生民]禾―穟穟。[疏]種禾則使有行列。其苗穟穟然美好也。(十一)舉徒弟子也。[莊子庚桑楚]老聃之―。(十二)士卒也。見[詩漸漸之石序箋]。(十三)亭毒也。[莊子大宗師]聶許聞之需―。(十四)汲水槳者曰―。[公羊宣十二年傳]廝―扈養。[按今世通稱―使之人曰廝―。](十五)――有求不止也。[莊子齊物論]終身――而不見其成功。[又]鬼點貌。[莊子胠篋]而悅夫――之佞。(十六)避―。蟲名。[酉陽雜俎]南中名避―。一曰十二辰蟲。狀似蛇。髯腳。長色青赤。肉鬣。暑月時見於籬壁間。其首倏忽更變爲十二辰狀。[按非洲亦有之。英文Chameleon。]

【彷】蒲光切音旁陽韻　㊀―徨。猶翱翔也。[莊子逍遙遊]―徨乎無爲其側。[又]蟲名。[莊子達生]野有―徨。[釋文]狀如蛇。兩頭五采文。㊁―徉。徙倚也。見[莊子逍遙遊釋文引廣雅]。[按廣雅疏證本作仿佯。]㊂通方。[莊子逍遙遊]―徨乎無爲其側。[釋文]―徨、崔作方羊。㊃通旁。[莊子天運]有上―徨。[釋文]司馬本作旁皇。㊄通房。[莊子達生]―徨乎塵垢之外。[釋文]元嘉本作房皇。㊅通徬。[莊子知北遊]―徨乎馮閎。[釋文]―、本亦作徬。

【彷】妃兩切音髣養韻　―彿。見[廣韻]。[按說文作仿佛。舊字典據文選舞賦注引說文作―彿。非。]

【徇】徐潤切音殉震韻

行示也。司馬法。斬以—。見〔說文〕。〔段注〕古勻旬同用。故亦作徇。〔按玉篇云。巡師宣令也。與許義相足。〕

【彺】 甫方切音王陽韻

急行皃。見〔玉篇〕。

【彶】 訖立切音急緝韻

急行也。見〔說文〕。〔段注〕急—疊韻。凡用—者。乃彶汲之叚借也。

【⿰彳幷】 古禮切音背薺韻

行也。見〔玉篇〕。

【⿰彳元】 五丸切音岏寒韻

[illegible]—。失途皃。見〔玉篇〕。

【彸】 諸容切音鐘冬韻

征—。行皃。見〔廣韻〕。〔又〕惶懼也。見〔方言〕。〔按王褒四子講德論。百姓征—。無所措其手足。卽此義。〕

【⿰彳卬】 魚浪切音枊漾韻

[illegible]—。行不端也。見〔集韻〕。

【⿰彳止】 徙或字。見〔說文辵部〕。

【⿰彳内】 退或字。見〔說文〕。

【⿰彳从】 同從。見〔玉篇〕。〔按正字通云。⿰彳从譌字。存參。〕

【⿰彳反】 同返。見〔說文辵部〕。

五畫

【彼】 補靡切音髀紙韻

一 往有所加也。見〔說文〕。〔注〕—者、據此而言。故曰有所加也。〔按朱駿聲云。靈臺碑德—四表。經傳皆以彼為之。〕

二 己之對稱。〔孫子謀攻〕知—知己。百戰不殆。

三 此對之稱。〔詩十月之交〕—月而微。此日而微。

四 外之之辭。〔論語憲問〕—哉—哉。〔按廣韻五寘引論語作彼。訓哀也。〕

五 律也。見〔廣雅釋言〕。〔疏證〕—、律、皆衺也。〔按舊字典引廣雅又訓邪也。非是。今不從。〕

六 衆人也。〔後漢崔駰傳〕—採其華。我收其實。

七 或作匪。〔詩采菽〕—交匪紓。〔荀子勸學引作匪交匪紓。〕

【往】 雨兩切音泩養韻

一 本作徃。〔說文〕徃之也。

二 行也。〔國語晉語〕吾言既—矣。

三 去也。〔左昭七年傳〕取而臣以—。

四 謂死也。〔左僖九年傳〕送—事居。

五 亡去也。〔管子權修〕無以畜之。則—而不可止也。

六 古昔也。〔荀子解蔽〕不慕—。

七 猶後也。〔論語八佾〕禘自既灌而—者。吾不欲觀之矣。

八 唯也。見〔釋名釋言語〕。

九 勞也。見〔廣雅釋詁〕。

十 王也。〔呂覽順說〕則雖與—也。

十一 凡以物致人曰—。〔王羲之帖〕今—絲布單衣財一端。示致意。

十二 稱舉多有之事曰——。〔史記五帝紀贊〕至長老皆各——稱黃帝堯舜之處。

【往】 于放切音暀漾韻

歸嚮也。〔史記孔子世家贊〕雖不能至。然心嚮—之。

【征】 諸盈切音鉦庚韻

一 延或字。見〔說文辵部〕。〔按說文。延。正行也。〕

二 行也。〔詩小宛〕而月斯—。

三 —之為言正也。見〔孟子盡心〕。

四 —者上伐下也。見〔孟子盡心〕。

五 賦也。〔孟子盡心〕有布縷之—。

六 取也。〔孟子梁惠王〕上下交—利。

七 稅也。〔周禮大司徒〕制天下之地—。

八 遠也。見〔廣雅釋詁〕。

九 —營。不自安也。〔後漢郎顗傳〕—營惶怖。靡知厝身。

十 —鳥。題肩也。齊人謂之擊—。或名曰鷹。見〔禮記月令〕—鳥厲疾注。

十一 姓也。〔漢書司馬相如傳〕廝—伯僑而役羨門兮。〔注〕仙人姓—名伯僑。

【徂】 叢租切音殂虞韻

一 退或字。見〔說文辵部〕。〔按說文。退。往也。〕

二 行也。〔詩桑柔〕云—何往。

三 存也。見〔爾雅釋詁〕。〔注〕以—為存。猶以亂為治。以曩為曏。以故為今。義有反覆旁通。美惡不嫌同名。

四 猶始也。〔詩四月〕六月—暑。

五 猶及也。〔詩絲衣〕自堂—基。自羊—牛。

六 祚也。見〔釋名釋喪制〕。

七 國名。〔詩皇矣〕侵阮—共。〔箋〕阮

也、一也共也。三國犯周。而文王伐之。

(八)一來。山名。〔詩閟宮〕一來之松。〔按水經注云。一來山在兗州梁父奉高博城三縣界。梁父等縣。今均隸山東泰安縣。山當在此境。〕

(九)通徂。〔孟子萬章〕放勳乃一落。〔注〕一落、死也。

【⿰彳冉】如占切音髯鹽韻

遲行也。見〔類篇〕。

【⿰彳立】蘇合切合韻

行皃。見〔玉篇〕。

【彽】陳尼切音墀支韻都黎切音低齊韻徒回切音頹灰韻

一徊。徘徊也。見〔玉篇〕。

【⿰彳令】力郢切音領梗韻

雨後徑。見〔玉篇〕。

【⿰彳令】郎丁切音靈青韻

一⿰彳屏。行皃。見〔廣韻〕。〔按一⿰彳屏、亦作竛竮。〕

【彿】敷勿切音拂物韻

彷一。見〔廣韻〕。

【⿰彳由】亭歷切音笛錫韻徒沃切音毒沃韻

行一一也。見〔說文〕。〔段注〕一一、蓋與小弁踧踧同。行平易也。

【⿰彳由】直祐切音胄宥韻

古往今來無極之名也。與宙同。見〔玉篇〕。

【⿰彳丕】貧悲切音皮支韻

走皃。見〔集韻〕。

【⿰彳此】七佘切音此紙韻

行皃。見〔玉篇〕。

【⿰彳乍】

古作字。見〔集韻〕。

【⿰彳句】

同跔。見〔集韻〕。

【⿰彳占】

同冘。見〔玉篇〕。

六畫

【⿰彳各】各額切音格陌韻

(一)至也。邠唐冀兗之間曰假、或曰一。見〔方言〕。

(二)來也。周鄭之郊、齊魯之間、或謂一曰懷。見〔方言〕。

(三)登也。梁益之間曰一。見〔方言〕。

【待】蕩亥切音殆賄韻

(一)竢也。見〔說文〕。〔段注〕今人易其語曰等。

(二)備也。〔國語晉語〕厚戒箴國以一之。

(三)猶禦也。〔國語楚語〕其獨何力以一之。

(四)恃也。〔呂覽無義〕不窮奚一。

(五)猶假也。〔國語晉語〕其誰能一之。

(六)須也。〔史記天官書〕不一告。

(七)逗也。見〔廣雅釋詁〕。〔疏證〕各本逗訛作遐。惟影宋本不訛。

(八)遇也。〔論語微子〕以季孟之間一之。〔按今云招一、優一、義本此。〕

(九)猶給也。〔周禮大府〕關市之賦。以一王之膳服。

(十)猶共也。〔國策秦策〕將何以一之。

(十一)猶擬也。〔管子大匡〕君必不能一也。

(十二)閽之也。〔穆天子傳〕乃命邢侯一攻玉者。

(十三)一女花名。〔探蘭雜志〕蘭一、女子、同種則香故名一女。

(十四)通持。〔儀禮公食大夫禮〕左人一載。〔注〕古文一爲持。

(十五)通侍。〔莊子漁父〕竊一于下風。〔釋文〕一、本作侍。

(十六)通時。〔易歸妹〕有一而行也。〔釋文〕一本作時。

【徇】松倫切音旬真韻

(一)徧也。見〔爾雅釋言〕。〔按墨子公孟思慮一通。與徧義合。〕

(二)營也。見〔爾雅釋言〕。〔按一與殉通。莊子駢拇小人則以身殉利。司馬彪注云。殉、營也。〕

(三)使也。〔莊子人間世〕夫一耳目內通而外於心知。

【徇】須閏切音濬震韻

(一)行示也。〔史記司馬穰苴傳〕以一三軍。

(二)行也。〔國語周語〕乃命其旅曰一。

(三)巡也。〔書太誓〕乃一師而誓。

(四)宣令也。〔左桓十三年傳〕莫敖使一于師。

(五)疾也。〔史記五帝紀〕幼而一齊。〔索隱〕舊本亦有作濬齊。蓋古字假借一爲濬。

(六)繞也。〔後漢班彪傳〕一以離殿別寢。

(七)略也。〔史記項羽紀〕一下縣。

(八)求也。見〔一切經音義引蒼頡〕。

(九)順也。〔左文十一年傳〕國人弗—。

(十)猶衛也。〔呂覽忠廉〕殺身出生以—之。

(十一)猶隨也。〔呂覽貴生〕危身棄生以—物。

(十二)從死也。〔史記韓世家〕將以楚—韓。

(十三)夸物示人曰—。〔文選左思賦〕—蹲鴟之沃則以爲世濟陽九。

【很】下墾切音龈阮韻

(一)不聽從也。一曰。行難也。一曰。盭也。見〔說文〕。〔國語吳語〕今王將—天而伐齊。第一義也。說文舉下云。牛—不從引。第二義也。左襄二十六年傳太子痤美而—第三義也。〔〕

(二)恨也。見〔廣雅釋詁〕。

(三)見過不更聞諫愈甚謂之—。見〔莊子漁父〕〔今俗直作甚字解。如謂甚好曰—好。據通俗編語辭云。元典章有哏不便當語。〕

(四)鬩也。〔禮記曲禮〕—毋求勝。

【徉】余章切音羊陽韻

(一)彷—。詳彷字。

(二)徜—。詳徜字。

(三)翔—。猶彷—也。〔魏明帝詩〕翔—於階際。

(四)儴—徙倚也。〔史記司馬相如傳〕招搖乎儴—。

【徥】延知切音彝支韻

(一)行平易也。見〔說文〕〔段注〕凡平訓皆當作—。今則夷行—廢矣。

(二)—行也。見〔廣雅釋訓〕。

【律】劣戌切音葎質韻

(一)均布也。見〔說文〕〔段注〕—者、所以範天下之不一而歸於一。故曰均布也。

(二)法也。見〔爾雅釋詁〕。

(三)常也。見〔爾雅釋詁〕。

(四)—者所以定分止爭也。見〔管子七臣七主〕。

(五)—之言率。所以率氣令生也。見〔白虎通五行〕。

(六)—謂之分。見〔爾雅釋器〕〔注〕—管可以分氣。

(七)銓也。見〔爾雅釋言〕〔注〕所以銓量輕重。

(八)述也。〔禮記中庸〕上—天時。

(九)度也。〔淮南覽冥〕以治日月之行—。

(十)始也。見〔方言〕〔箋疏〕王懷祖云。凡事之始。即爲事之法。故始謂之方。亦謂之—。法謂之—。亦謂之方矣。

(十一)累也。累人心使不得放肆也。見〔釋名釋典藝〕。

(十二)謂六—六呂。〔書舜典〕—和聲。〔按陽六爲—。陰六爲呂。六—黃鐘、太簇、姑洗、蕤賓、夷則、無射。六呂。林鐘、南呂、應鐘、大呂、夾鐘、仲呂。都爲十二—〕。

(十三)刑書曰—。〔漢書刑法志〕蕭何攈摭秦法。取其宜於時者作—九章。

(十四)軍法曰—。〔易師〕師出以—。

(十五)爵命之等曰—。〔禮記王制〕有功德於民者加地進—。〔疏〕—即上公九命、繅藉九寸、冕服九章、建常九斿之等是也。

(十六)理髮曰—。〔荀子禮論〕不沐則濡櫛三—而止。〔注〕—、理髮也。今秦俗謂以梳髮爲栗。

(十七)繩之以法曰—。如言—以法令某條。

(十八)——。猶烈烈也。〔詩蓼莪〕南山——。〔又〕惡貌。〔莊子庚桑楚〕——乎猶有惡也。

(十九)鬱—。深峻貌。〔漢書司馬相如傳〕徑入雷室之砰磷鬱—兮。

(二十)不—謂之筆。見〔爾雅釋器〕〔注〕蜀人呼筆謂不—也。

(廿一)詩—。詩之諧協平仄者。〔杜甫傳〕研揣聲音。浮切不差而號—詩。〔又〕猶言詩格也。〔唐書宋之問傳〕魏建安後迄江左。詩—屢變。

(廿二)戒—。佛三藏之一。梵語毘奈耶。有大小乘。大乘爲菩薩戒。小乘爲聲聞戒。〔佛國記〕法顯慨—藏殘缺。於是以弘始二年至天竺尋求戒—。

(廿三)一—。猶一概也。如言千篇一—。

(廿四)勃—。國名。〔唐書西域傳〕大勃—或曰布露。直吐蕃西。與小勃—接。當今怕米爾南部地。勃—、布露、米爾。一聲之轉。

(廿五)斛—。耶—。並複姓。

【後】很口切音厚有韻

(一)遲也。从彳幺夊者—也。見〔說文〕〔按段本改爲从彳幺夊。幺夊者、—也。注云。幺者小也。小而行遲—也。可知矣〕

(二)晚也。〔左定八年傳〕臣聞命—。

(三)猶下也。〔漢書鄒陽傳〕願大王察玉人李斯之意而—楚王胡亥之聽。(四)來也。〔呂覽長見〕知古則可知—。(五)謂子孫也。〔詩瞻卬〕式救爾—。(六)猶副也。〔詩縣蠻〕命彼—車。(七)生年少也。〔儀禮有司徹〕兄弟之—生者舉觶於其長。(八)子嗣子也。〔荀子正論〕聖不在—子而在三公。(九)然—。語辭。見〔韻會〕。(十)—見人。日本法律語。謂代表未成年者及禁治產人、爲各種法律行爲者。我國易稱監護人。(十一)姓也。見〔集韻〕。

【後】下遘切音候宥韻

(一)不及時也。〔素問五常政大論〕收氣乃—。(二)—于人也。〔老子〕自—者人先之。(三)謂位在下也。〔禮記樂記〕事成而—。(四)先此而—彼也。〔論語衛靈公〕事君敬其事而—其食。(五)相導前—曰先—。〔詩緜〕予曰有先—。〔又〕先—。娣姒也。〔漢書郊祀志〕神君者長陵女子。以乳死。見神于先—宛若。〔注〕兄弟妻相謂曰先—。古謂之娣姒。今關中俗呼爲先—。吳楚呼謂妯娌。(六)通后。〔禮記大學〕物格而后知至。知至而后意誠。

【⿰彳先】所臻切音莘眞韻

(一)往來之皃。見〔廣韻〕。(二)侁或字。見〔集韻〕。

【⿰彳同】吐孔切音統董韻

儱—。直行也。見〔集韻〕。

【⿰彳戎】息弓切音嵩東韻

姓也。見〔廣韻〕。

【⿰彳冏】何庚切音行庚韻

行貌。見〔字彙〕。

【⿰彳丞】諸膺切音蒸蒸韻

行不正也。見〔玉篇〕。

【⿰彳州】職救切州去聲宥韻

行也。見〔玉篇〕。

【徆】息今切音西齊韻

行也。見〔玉篇〕。

【徊】胡隈切音回灰韻

徘—。不進貌。〔史記呂后紀〕徘—往來。〔又〕便旋也。見〔廣雅釋訓〕。〔又〕花名。〔群芳譜〕玫瑰一名徘—花。有香有色。

【⿰彳圭】於佳切音娃佳韻

—徲。邪行皃。見〔集韻〕。

【⿰彳夸】枯花切音誇麻韻

行也。見〔集韻〕。

【⿰彳兌】徒活切音奪曷韻

行也。見〔集韻〕。

【⿰彳吉】闐吉切音姪質韻

行也。見〔集韻〕。

【徠】息弓切音嵩東韻

姓也。見〔康熙字典引廣韻〕。〔按今本廣韻無此字。玉篇、集韻、類篇、字彙、正字通亦均不錄。恐有誤。〕

【⿰彳合】他合切音嚃合韻

行皃。見〔玉篇〕。〔按集韻以—爲古會字。存參。〕

【⿰彳兆】田聊切音迢蕭韻

—。獨行皃。見〔玉篇〕。〔按詩大東作佻。集韻以—爲佻或字。〕

七畫

【徎】丑郢切音騁　里郢切音領梗韻　他頂切音珽迥韻

(一)徑行也。見〔說文〕。(二)徑也。見〔玉篇〕。(三)雨後徑。見〔廣韻〕。

【徐】祥余切音邪魚韻

(一)安行也。見〔說文〕。(二)舒也。見〔釋名釋州國〕。(三)威儀也。見〔玉篇〕。〔按爾雅釋訓。其虛其—。威儀容止也。注。雍容都雅之貌。詩邶風作邪。箋讀如—。疏。閑—之義。〕(四)皆也。〔公羊成十五年傳〕魯人—傷歸父之無後也。〔注〕—者、皆共之辭也。關東語。(五)夏九州之一。〔書禹貢〕海岱及淮惟—州。〔按讀史方輿紀要云。今山東兗州府、及江南—州、又鳳陽府之宿州泗州。淮安府之邳州。海州。皆—州境。〕〔又〕唐州名。屬河南道。當今江蘇銅山縣治。(六)國名。〔左昭元年傳〕周有—奄。〔注〕二國皆嬴姓。〔按漢因古—國地。置—縣。屬臨淮郡。今安徽泗縣西北有—縣故城〕。

（七）南—。劉宋時州名。即今江蘇丹徒縣。

（八）—。猶遲遲也。〔孟子盡心〕子謂之姑——云爾。〔又〕安穩貌。〔莊子應帝王〕其臥——。〔又〕疑懼之辭。〔易困〕來——。

（九）執—。歲名。〔爾雅釋天〕太歲在辰曰執—。

（十）—長卿。鬼督郵也。見〔廣雅釋草〕。〔按—長卿有二種。味辛溫者。一名鬼督郵。味鹹平者。一名石下長卿。並見神農本草。又抱朴子雜應篇云。辟疫用—長卿散。黃白篇云。俗人見方用—長卿。則謂人之姓名也。蓋此藥爲方家所必用云〕。

（十一）姓也。顓頊之後。春秋時。—偃王爲楚所滅。其後氏焉。見〔廣韻〕。

【徑】古定切音到徑韻

（一）步道也。見〔說文〕。〔按周禮遂人。遂上有—。鄭注。—容牛馬。段玉裁引此以釋步道。謂人及牛馬可步行而不容車也〕。

（二）直也。〔文選枚乘書〕—而寡失。

（三）直度曰—。〔莊子秋水〕—流之大。

（四）直波爲—。見〔爾雅釋水〕。

（五）邪道也。〔離騷〕夫惟捷—以窘步。

（六）邪弦也。〔周髀算經〕—隅五。

（七）邪不平正也。〔老子〕大道甚夷。而民好—。

（八）圓中之直者也。〔周髀算經〕此夏正日道之—也。〔按形學家亦云直—。謂貫圓心、而兩端各抵圜周。或貫球心、而兩心各抵球面之直線也〕。

（九）南北爲—。〔文選張衡賦〕於是量—輪考廣袤。

（十）疾也。〔史記大宛傳〕從蜀宜—。

（十一）迹也。見〔廣雅釋詁〕。

（十二）易也。〔荀子性惡〕少言則—而省。

（十三）捷速也。〔荀子修身〕莫—由禮。

（十四）猶行也。〔左僖二十五年傳〕晉趙衰以壺飧從—。

（十五）山—。山之嶺也。〔孟子盡心〕山—之蹊間。

（十六）—庭。謂激過也。〔莊子逍遙游〕大有—庭。不近人情焉。

（十七）通覓。〔史記淳于髡傳〕不過一斗。—醉矣。

（十八）或作徑。〔史記司馬相如傳〕徑峻赴險。

（十九）亦作逕。〔莊子徐无鬼〕藜藋柱於鼪鼬之逕。

【徑】堅靈切音經青韻

行過也。〔史記高祖紀〕高祖被酒。夜—澤中。

【徒】同都切音塗虞韻

（一）本作辻。〔說文辵部〕辻。步行也。从辵土聲。〔按論語先進。吾不—行。即此義〕。

（二）步卒也。〔詩閟宮〕公—三萬。

（三）給使役者也。〔周禮冢宰〕胥十有二人。—百有二十人。〔疏〕胥有才智爲什長。—給使役。故一胥十—。

（四）事也。〔管子七法〕則官—毀。〔按朱駿聲以爲度之假借字〕。

（五）聳也。〔詩車攻〕—御不驚。

（六）黨也。〔左宣十二年傳〕原、屏。咎之—也。

（七）衆也。〔書仲虺之誥〕實繁有—。

（八）從者也。〔左昭四年傳〕旦而皆召其—。

（九）門—也。〔論語先進〕非吾—也。

（十）獨也。〔荀子仲尼〕雖在貧賤—處之埶。亦取象於是矣。

（十一）跣也。〔史記張儀傳〕秦人捐甲—裼以趨敵。

（十二）袒也。見〔廣雅釋詁〕。

（十三）但也。〔孟子離婁〕—善不足以爲政。

（十四）空也。〔左襄二十四年傳〕齊師—歸。

（十五）猶乃也。〔荀子子道〕子路謂子貢曰。吾以謂夫子爲無所不知。夫子—有所不知。

（十六）空手也。〔儀禮聘禮〕上介—以公賜告。

（十七）空獸之謂也。〔列子黃帝〕以此勝一身若—。以此任天下若—。謂不勝而自勝。不任而自任也。

（十八）祓刑謂之—。見〔論衡四諱〕。〔按唐書刑法志。用刑有五。其三曰—。—者、奴也。蓋奴辱之。今刑法。犯—刑者監禁於獄。令服法定勞役。有無期有期之別。有期復分五等〕。

（十九）姎—。我也。〔後漢南蠻傳〕相呼爲姎—。

（二十）—維。歲陽也。〔史記曆書〕—維。〔索隱〕—維、戊也。〔按爾雅作著維〕。

（二十一）司—。官名。〔書舜典〕帝曰。契。汝作

司|。
●丹|縣名。秦置。屬會稽郡。相傳望
氣者言其地有王氣。始皇使赭衣
徒三千。鑿京峴以敗其勢。因名丹
|。今隸江蘇。仍爲縣。
(廿三)司|中|。並複姓。
(廿四)通涂。〔列子天瑞〕食于道|者。

【𢓍】火皆切佳韻
訟也。見〔篇海〕。〔按正字通云。𢓍
字之譌。〕

【徜】相焦切音霄蕭韻
行貌。見〔玉篇〕。

【徲】田黎切音啼齊韻
犀|。休息也。見〔集韻〕。

【徰】巨往切養韻
𢓜|也。見〔玉篇〕。

【後】湯果切音妥哿韻
行皃。見〔玉篇〕。

【徚】舒贍切音㩍豔韻
㸃|。行搖曳皃。見〔集韻〕。

【徸】敷容切音峯多韻
使也。見〔說文〕。〔段注〕疑當作𢕻

|也。〔按詩小毖。莫予荓蜂。爾雅
釋訓作甹夆。皆𢕻|之假借字。〕

【㣡】息救切音秀宥韻
|徻。行相待也。見〔集韻〕。

【𢓊】退本字。見〔說文〕。

【徃】往本字。見〔說文〕。

【徧】古通字。見〔字彙補〕。

【𢓜】古御字。見〔集韻〕。

【後】同遂。見〔集韻〕。〔按漢書王
莽傳。儉隆約。注云。|、退也。〕

【徯】同竢。見〔廣韻〕。

【徉】同佯。見〔集韻〕。

【徭】同君。見〔秦惠王詛楚文〕。

【徥】同𢕟。見〔玉篇〕。

【徚】同陟。見〔集韻〕。

八畫

【得】的則切音德職韻
(一)本作㝵。〔說文〕㝵。行有所㝵也。从
彳㝵聲。〔段注〕見部曰。㝵、取也。行
而有所取。是曰|也。左傳曰。凡獲
器用曰|。

(二)|事之宜也。〔禮記大學〕慮而后
能|。
(三)|者生於失也。〔莊子秋水〕至德
不|。
(四)食|也。〔論語季氏〕戒之在|。
(五)猶知也。〔呂覽義賞〕武王|之矣。
(六)猶值也。〔莊子大宗師〕|者時也。
〔注〕當所遇之時世謂之|。
(七)便也。〔呂覽淫辭〕子豈不|哉。
(八)猶出也。〔呂覽貴公〕平|于公。
(九)猶足也。〔禮記王制〕必參相|也。
(十)相親悅也。〔左哀二十四年傳〕|
太子適郢。
(十一)|其平也。〔史記魏其武安侯傳〕
與長樂衞尉竇甫飲。輕重不|。
(十二)感恩也。〔孟子告子〕所識窮乏者
|我與。〔按|、蓋惪之假借字。〕
(十三)|。猶特地也。〔賈休詩〕千水千
山|來。
(十四)|來。齊人語。見〔公羊隱五年傳
注〕。〔按傳言登來。何休釋曰|來。
其義則取諸|也。〕
(十五)彼此契合曰相|。〔文選王褒頌〕
聚精會神。相|益彰。
(十六)|毋。疑問辭。〔國策趙策〕日食飲
|毋衰乎。

(十七)佳|。月名。〔異職風土記〕每用中
國十月爲正月。是月也名爲佳|。

【徯】在演切音踐銑韻
(一)迹也。見〔說文〕。
(二)長|。地名。〔孫叔敖碑〕節歲還長
|太守。〔注〕漢武帝得休屠王故
地。置張掖郡。長|隸焉。

【徙】想氏切音璽紙韻
(一)本作𨑨。〔說文辵部〕𨑨、迻也。从辵。
止聲。〔按段本删聲字。注云。從辵
止。會意。作行乍止而竟止。則移其
所矣。〕
(二)避也。見〔廣雅釋詁〕。〔按家語。魯
有慎潰氏者。奢侈踰法。及孔子爲
政。越境而|。與此義合。〕
(三)出居異鄉也。〔周禮比長〕若|于
他。
(四)誦戍曰|。〔漢書陳湯傳〕議免湯
爲庶人。|邊。
(五)取也。〔國語吳語〕|其大舟。
(六)化也。〔淮南原道〕|裸國。
(七)|月。猶踰月也。〔禮記檀弓〕祥而
縞。是月禫。|月樂。
(八)|倚。猶低佪也。〔楚辭哀時命〕獨
|倚而彷徉。〔又〕猶汗漫也。〔淮

南儌異〕而—倚於汗漫之字。(九)—靡言枝往來靡靡然。〔文選宋玉賦〕—靡濟淡。

【徙】相支切音斯支韻

(一)縣名。漢置。屬蜀郡。今四川天全縣東。有—縣故城。

(二)抵—擬手掆㓻也。見〔集韻〕。

【徝】竹志切音智寘韻

(一)施也。見〔玉篇〕。

(二)陟或字。見〔集韻〕。

【從】牆容切冬韻

(一)本作从。〔說文从部〕从。相聽也。从二人。〔段注〕聽者聆也。引伸爲相許之偁。

(二)隨也。〔詩既醉〕—以孫子。

(三)順也。〔禮記樂記〕率神而—天。

(四)就也。〔禮記檀弓〕—而謝焉。

(五)爲也。〔管子正世〕知得失之所在。然後—事。

(六)逐也。〔詩還〕並驅—兩肩兮。

(七)合也。〔國策秦策〕—而伐齊。

(八)猶牽也。〔淮南氾論〕禽獸可羈而—也。

(九)舉也。〔大戴記夏小正〕鹿人—。

(十)送也。〔呂覽節喪〕諸養生之具無不—者。

(十一)自也。見〔爾雅釋詁〕。

(十二)遂也。見〔小爾雅廣言〕。

(十三)位也。〔左成十六年傳〕郤之師荀伯不復—。〔按左昭五年傳豎牛禍叔孫氏使亂大—。並當訓位。王念孫說〕。

(十四)求吉得吉之言。〔儀禮少牢饋食禮〕吉曰—。

(十五)水歸其道也。〔書禹貢〕恆衛既—。

(十六)牛子也。見〔顏氏家訓書證〕。〔按國策韓策寧爲雞口。無爲牛後。顏之推引延篤國策音義。口作尸。後作—。尸訓雞中之主。—訓牛子。朱駿聲以—爲縱之假借字。其說是也〕。

(十七)姓也。漢將軍—公。

【從】七恭切音樅冬韻

—容。舉動也。〔楚辭懷沙〕孰知余之—容。〔又〕重擣聲也。〔禮記學記〕待其—容。然後盡其聲。〔又〕休燕也。〔詩都人士序〕—容有常。〔又〕閒暇也。〔史記留侯世家〕良嘗閒—容步游下邳圯上。

【從】將容切音蹤冬韻

(一)南北曰—。〔詩南山〕衡—其畝。

(二)——。獸名。〔山海經東山經〕枸狀之山。有獸焉。其狀如犬。六足。其名曰——。〔按字亦作𤝵〕。

(三)通蹤。〔史記聶政傳〕重自刑以絕—。

(四)通中。〔山海經海內北經〕—極之淵。一曰中極之淵。〔按舊本作忠。畢沅據水經注作中〕。

【從】才用切似用切音頌宋韻

(一)隨行也。見〔說文从部〕。〔按—本訓隨行。引伸爲一切隨—之義。如刑法謂幫助犯罪行爲曰—犯。附加刑曰—刑。民法謂附屬他物內之物品曰—物。皆是〕。

(二)使也。〔左僖三十三年傳〕敢犒—者。

(三)同宗也。見〔集韻〕。〔按爾雅釋親。父之世父叔父爲—祖祖父。父之世母叔母爲—祖祖母。注云。—祖而別。集韻同宗之義。殆本諸此〕。

(四)猶副也。前代職官品級有正有—。日本效之。稱正幾位、—幾位。

(五)同縱。〔論語八佾〕—之。〔皇疏〕放縱也。

【從】祖動切音總董韻

——。太高貌。〔禮記檀弓〕爾無——爾。

【徠】郎才切音秾灰韻

(一)猶來也。〔漢書郊祀歌〕天馬—。從西極。〔注〕—古往來字。

(二)就也。見〔玉篇〕。

【徠】洛代切音睞隊韻

勞也。見〔玉篇〕。〔集韻云勑或字〕。

【御】牛據切音禦御韻

(一)使馬也。从彳卸。見〔說文〕。〔注〕卸、解車馬也。彳、行也。或行或卸。皆—者之職。

(二)車上—馬者。〔詩車攻〕徒—不驚。

(三)治也。〔國語周語〕百官—事。

(四)治事之官也。〔詩崧高〕王命傅—。

(五)猶主也。〔禮記曲禮〕長曰能—矣。幼曰未能—也。

(六)使也。〔呂覽貴卒〕鮑叔—公子小白僵。

(七)制也。〔史記范睢蔡澤傳〕弊—于諸侯。

(八)用也。〔楚辭涉江〕腥臊並—。

(九)禦也。〔詩邶風〕我有旨蓄。亦以—冬。

(十)時也。〔管子五行〕日至睹甲子木行—。

(十一)—者進也。凡衣服加于身。飲食適于口。妃妾接於寢。皆曰—。見〔獨斷〕

(十二)勠侑曰—。〔禮記曲禮〕—食于君。

(十三)侍也。〔書五子之歌〕—其母以從。

(十四)行也。〔易乾文言〕以—天也。

(十五)獶將也。〔國語越語〕皆曲相—。〔注〕言皆曲意取容。轉相將獶。

(十六)相瞰望也。〔國策秦策〕韓楚必相—也。

(十七)遡也。〔文選曹植詩〕臨牖—櫺軒。

(十八)語也。尊者將有所欲。先語之也。見〔釋名釋言語〕

(十九)妻也。〔呂覽上農〕農不出—。

(二十)婦官也。〔國語周語〕王—不參一族。

(廿一)近臣宦豎之屬。〔國語吳語〕奉槃匜以隨諸—。

(廿二)猶云直日。〔禮記文王世子〕問內豎之—者。

(廿三)米之精者。〔九章算術〕糲米率三十。粺米二十七。鑿米二十四。—米二十一。

(廿四)凡天子所止曰—。前曰—前。書曰—書。服曰—服。皆取統—四海之義。見〔韻會〕

(廿五)日本人常用之敬語。

(廿六)姓也。周—鞅。〔又〕—龍。複姓。〔史記夏紀〕劉累學擾龍以事孔甲。孔甲賜之姓曰—龍氏。

【御】偶舉切音語語韻

(一)止也。〔左襄四年傳〕季孫不—。

(二)御邑名。〔左襄二十二年傳〕雨過—叔。〔注〕—叔。—邑大夫。

【御】魚駕切音迓禡韻

迎也。〔詩鵲巢〕百兩—之。〔釋文〕本作訝。又作迓。

【待】直里切音峙紙韻

待也。儲也。具也。又有望而往。見〔廣韻〕〔按說文。偫。待也。假借爲庤。訓儲。或訓凡。疑—即偫之譌字。〕

【⿰彳夌】閭承切音淩蒸韻

姓也。見〔集韻〕

【⿰彳奄】於緺切鼃韻

匿也。見〔玉篇〕

【徖】祚紅切音叢東韻

安也。見〔玉篇〕

【徚】德紅切音東東韻

行皃。見〔玉篇〕

【⿰彳泣】公及切音泣緝韻

—集。人眾皃。見〔篇韻〕

【⿰彳匋】徒刀切音陶豪韻

夋—。行皃。見〔集韻〕

【⿰彳函】胡男切音函覃韻胡減切音澉豏韻

水入船也。見〔篇韻〕

【徛】丘奇切音崎支韻

舉脛有渡也。見〔說文〕

【徛】居義切音寄寘韻

石杠謂之—。見〔爾雅釋宮〕〔注〕聚石水中以爲步渡彴也。

【徜】辰羊切音常陽韻

—徉。猶徘徊也。〔文選宋玉賦〕然後—徉中庭。〔又〕戲蕩也。見〔廣韻〕

【⿰彳知】直知切音馳支韻

行也。見〔玉篇〕

【徟】之尤切音周尤韻

—⿰彳章。行皃。見〔集韻〕

【⿰彳松】息恭切音鬆冬韻

小行恐皃。見〔玉篇〕〔按集韻云。彸或字。〕

【⿰彳疌】悉協切音燮葉韻

趨行皃。見〔集韻〕

【⿰彳卷】苦遠切音綣阮韻

徐行也。見〔類篇〕

【徘】蒲枚切音培灰韻

—徊。詳徊字。

【徑】徑本字。見〔字彙〕

【役】古後字。見〔字彙補〕

【⿰彳肙】古佾字。見〔集韻〕

【⿰彳复】同履。見〔集韻〕

【⿰彳卓】同趠。見〔集韻〕

【⿰彳委】同逶。見〔字辨〕

【得】同彴。見〔集韻〕

九畫

【徧】卑見切音獱霰韻

帀也。見〔說文〕。敎施而宜則—。見〔國語周語〕。猶盡也。〔淮南主術〕則天下—爲儒墨矣。(四)亦作遍。〔魏志賈逵傳注〕逵最好春秋左傳自課誦之月常一遍。(五)或作辯。〔史記五帝紀〕辯于羣神。〔按舊字典引作辨非書舜典作—〕。

【徨】胡光切音皇。爾方切音王。陽韻

往也。見〔小爾雅廣言〕。徬—彷徉也。見〔一切經音義引埤蒼〕。彷—詳彷字。

【復】、房六切音伏屋韻

本作復。〔說文〕復往來也。反也。〔易泰〕無往不—。歸也。〔書舜典〕卒乃—。(四)因也。〔漢書武帝紀〕五帝不相—禮。三代不同法。(五)周也。〔漢書敍傳〕惡—誅臻。〔注〕十二歲歲星一—。莽稱帝十三歲而見誅也。(六)答也。〔史記司馬相如傳〕王辭而不能—。(七)白也。〔孟子梁惠王〕有—於王者。(八)猶告也。〔管子小問〕以—管仲。(九)反命也。〔左成二年傳〕苟有以藉口而—於寡君。(十)招魂曰—。〔禮記檀弓〕—盡愛之道也。(十一)酬也。〔漢書匈奴傳〕以—天子厚恩。(十二)報也。〔左定四年傳〕我必—楚國。(十三)逞也。〔淮南時則〕轉而不—。(十四)伏也。〔史記樂書〕—亂以飾歸。(十五)補也。〔漢書翼奉傳〕雖有大令猶不能—。(十六)誚也。〔周禮小宰〕諸臣之—。(十七)盛也。〔呂覽季冬〕水澤—。(十八)猶安也。〔左昭二十七年傳〕季氏之—。(十九)優寬也。〔後漢杜詩傳〕士卒之—。(二十)卦名。震下坤上。〔易復〕雷在地中—。(廿一)事畢也。見〔穀梁宣八年傳〕。(廿二)火氣也。〔素問氣交變大論〕則夏有炎暑燔烈之—。(廿三)土變也。〔素問氣交變大論〕則不時有埃昏大雨之—。(廿四)有之也。〔周書大武〕取威信—。(廿五)貫習也。見〔詩大叔于田疏〕。(廿六)—陶官名。〔左襄三十年傳〕使爲君—陶。〔注〕主衣服之官。〔又〕衣名。〔左昭十二年傳〕雨雪王皮冠秦—陶。〔注〕秦所遺羽衣也。〔疏〕置雪服之知是毛之羽衣可以禦雪也。〔按釋文訓雨衣與注疏異〕。(廿七)起—。不候喪畢而除官也。〔北史李德林傳〕奪情起—。固辭不起〔按五代史劉岳傳初鄭餘慶爲書儀兩卷明宗見其有起—冥昏之制。歎曰。儒者所以隆孝弟而敦風俗且無金革之事。起—可乎。據此可證起—與奪情同義。今世則以服闋入官爲起—。義有別〕。(廿八)通溲。〔文選郭璞賦〕迅溲增澆〔注〕溲—流也。(廿九)通瘉。〔素問疵論〕疾極則—。(三十)州名。唐置。屬山南道。當今湖北沔陽縣。〔又〕遼州名。清屬奉天省。今改—縣。(卅一)姓也。元有—見心。見〔正字通〕。

【復】方六切音福屋韻

(一)反覆也。〔詩蓼莪〕顧我—我。(二)除也。〔漢書高帝紀〕非七大夫以下皆—其身及戶勿事。〔注〕—其身及一戶之內皆不徭役也。(三)複通。〔漢書高帝紀〕上從—道上。望見諸將往往耦語。〔注〕上下有道。故曰—。(四)㣬通。〔詩緜〕陶—陶穴。〔釋文〕—、累土於地上。說文作㣬。

【復】扶富切音覆宥韻

再也。〔孟子盡心〕殆不可—。

【⿰彳㚇】組叢切音緵東韻

(一)數也。〔詩東門之枌〕越以鬷邁。〔玉篇引作—〕。(二)行也。見〔集韻〕。

【⿰彳胃】王勿切音颶物韻

(一)行也。見〔玉篇〕。(二)行遠皃。見〔集韻〕。

【循】松倫切音旬眞韻

(一)行順也。見〔說文〕。〔按段本依大誓正義所引刪去行字〕。(二)自也。見〔爾雅釋詁〕。(三)遊也。〔楚辭天問〕昏微—迹。(四)隨也。〔淮南原道〕—天者。與道游者也。

(五)順從也。〔荀子性惡〕上不—於亂世之君。
(六)依也。〔左昭二十三年傳〕—山而南。〔注〕依山而行也。
(七)善也。見〔廣韻〕。
(八)追述也。〔禮記少儀〕毋—往。
(九)大也。〔呂覽明理〕流散—饑無日矣。
(十)巡也。〔禮記月令〕—行國邑。
(十一)猶緣—也。〔論語鄉黨〕足縮縮如有—。
(十二)摩順也。〔漢書李陵傳〕數數自—其刀環。
(十三)州名。隋置。當今廣東惠陽縣。
(十四)——次序貌也。〔論語子罕〕夫子——然善誘人。
(十五)拊—慰安也。〔漢書蕭何傳〕爲上在軍拊—勉百姓。
(十六)因—繼續也。〔漢書馮奉世傳〕大馮君小馮君兄弟繼踵相因—。〔又〕無所作爲之貌。〔韓愈詩〕多才自勞苦無用祇因—。
(十七)—環。謂旋繞往來。〔史記高祖紀贊〕三王之道若—環。終而復始。〔又〕生理學家謂心臟之跳動、血管之輸運、爲—環器。
(十八)休—。國名。治烏飛谷。在蔥嶺西。去長安萬二百一十里。見〔漢書西域傳〕。
(十九)自鉅鬯氏以下至次民氏。統號爲—蜚紀。見〔路史〕。

【循】船倫切音脣眞韻
蹲—。逡巡不進貌。〔莊子至樂〕蹲—勿爭。

【徥】常支切音匙支韻
——。行貌。爾雅曰。—、則也。見〔說文〕〔段注〕今本釋言作是。葢古爾雅假—爲是也。

【徥】上紙切音是紙韻
行貌。朝鮮語也。見〔廣韻〕。

【徥】徒駭切音廌蟹韻
行也。一曰細而有容。見〔集韻〕。

【徥】丈尒切音豸紙韻
行衙衙謂之—。見〔集韻〕。

【徥】徒皆切音薩佳韻
(一)徥—。行貌。見〔集韻〕。
(二)秦晉之間、凡細而有容謂之嫢。或曰—。見〔方言〕。

【⿰彳重】主勇切音踵腫韻
(二十)相迹也。見〔說文〕〔段注〕後迹與前迹相繼也。〔按朱駿聲云。與踵畧同。〕
(廿一)古動字。見〔玉篇〕。

【徦】舉下切音賈馬韻居迓切音駕禡韻各額切音格陌韻
至也。見〔說文〕〔按方言。假、洛、至也。邠唐冀兗之間曰假。或曰洛。集韻作—、假、蝦、洛、佫、路、格、七、形。〕

【徦】何加切音遐麻韻
遐或字。〔集韻〕遐。遐遏遠也。或从彳通作瑕。

【⿰彳爰】胡管切音緩旱韻
徐—。徐行也。見〔集韻〕。

【⿰彳柔】忍九切音蹂有韻
復也。見〔說文〕〔按小徐云。猶蹂也。往來蹂躪之也。段玉裁云。此字引伸爲狃忕之義。左傳有愎字。卽復字之變。復之引伸之義亦爲狃忕。〕

【⿰彳柔】女久切音扭有韻
習也。見〔玉篇〕。

【⿰彳⿱日夊】七役切陌韻
小行貌。見〔玉篇〕。

【⿰彳皆】丘皆切音揩佳韻
徘—。行惡也。見〔廣韻〕。

【⿰彳俞】容朱切音俞虞韻
行貌。見〔玉篇〕。

【⿰彳臿】山洽切音霎洽韻
行貌。見〔玉篇〕。

【⿰彳貞】恥孟切音牚敬韻
——。走也。見〔集韻〕。

【⿰彳咠】七入切音緝緝韻
行貌。見〔玉篇〕。

【⿰彳屏】毗正切音庰敬韻步定切音屏徑韻
徬側也。見〔集韻〕。

【⿰彳従】七恭切音樅冬韻
步綏也。見〔集韻〕。

【⿰彳從】筍勇切音悚腫韻
——。疾貌。見〔集韻〕。

【⿰彳者】專於切音諸魚韻
月行也。詩日居月—。通作諸。見〔集韻〕。

【⿰彳韋】羽鬼切音韙尾韻
行皃。見〔集韻〕。

【御】巨略切音噱藥韻

倦也。見〔玉篇〕。

【𢔶】 古得字。見〔五音集韻〕。

【徲】 同御。見〔字彙〕。

十畫

【𢕌】 先結切音屑屑韻

●一 𢕌—衣服婆娑貌。〔文選司馬相如賦〕媥姺𢕌—。

●二 𢕌—搖也。見〔集韻〕。

【徬】 蒲浪切音傍漾韻

附行也。見〔說文〕。〔按周禮牛人。凡會同軍旅行役。共其兵車之牛。與其牽—。以載公任器。注云。牽—。在轅外輓牛也。人御之。居其前曰牽。居其旁曰—。〕

【徬】 蒲光切音滂陽韻

●一 傍或字。〔集韻〕傍近也。或从彳。

●二 通彷。〔莊子知北游〕彷徨乎馮閎。〔釋文〕彷本亦作—。

【徭】 余招切音遙蕭韻

●一 役也。〔後漢第五倫傳〕倫後爲鄉嗇夫。平—賦。〔按字亦作傜。說文作傜。〕

●二 通繇。〔漢書景帝紀〕省繇賦。

●三 通䌛。〔漢書宣帝紀〕檀興䌛役。

【微】 無非切音薇微韻

●一 隱行也。見〔說文〕。〔段注〕𢼸訓眇。—从彳訓隱行。叚借通用—而𢼸、不行。

●二 無形也。〔老子〕搏之不得名曰—。

●三 精妙也。〔荀子解蔽〕養一之—。榮矣而未知。

●四 小也。〔孟子公孫丑〕則具體而—。

●五 細也。〔楚辭大招〕豐肉—骨。

●六 少也。〔禮記祭義〕雖有奇邪而不治者則—矣。

●七 不明也。〔詩十月之交〕彼月而—。此日而—。

●八 虧傷也。〔詩柏舟〕胡迭而—。

●九 離也。見〔廣雅釋詁〕。

●十 明也。見〔廣雅釋詁〕。

●十一 殺（去聲）也。〔禮記檀弓〕有—情者。〔疏〕言賢者喪親必致滅性。故制使三日而食哭踊有數。以殺其內情。

●十二 伺問之也。〔漢書郭解傳〕使人—知賊處。

●十三 匿也。〔左哀十六年傳〕白公奔山而縊。其徒—之。

●十四 蔽也。〔國語晉語〕設—薄而覸之。〔按朱駿聲以—爲𢼸之假借字。—薄連讀猶竹簾也。〕

●十五 非也。〔詩柏舟〕—我無酒。

●十六 無也。〔論語憲問〕—管仲吾其被髮左衽矣。

●十七 貶抑物價也。〔周禮司市〕害者使亡。靡者使—。〔注〕使亡、使—。抑其價而卻之也。

●十八 貧賤曰—。〔書舜典序〕虞舜側—。

●十九 卑官曰—。〔公羊僖八年傳〕王人者何。—者也。

●二十 骭瘍爲—。〔詩巧言〕既—且尰。

●二十一 小數名。十纖爲—。十—爲忽。

●二十二 古書名。謂釋其—指也。〔漢書藝文志〕左氏—二篇。鐸氏—三篇。張氏—十篇。

●二十三 國名。〔書牧誓〕—盧彭濮。〔傳〕—在巴蜀。〔按孔穎達疏云。—在巴蜀者。巴在蜀之東偏。漢巴郡所治之江州縣也。今爲四川巴縣。—國當在此境。〕〔又〕—子所封采地。當在今山東東平縣西。

●二十四 州名。唐置。屬戎州都督府。今雲南大姚縣北有廢—州故城。

●二十五 姓也。春秋時有—虎。魯大夫。〔又〕—生。複姓。論語有—生高、—生畝。

●二十六 ——。幽靜貌。〔文選張衡賦〕淸廟肅以——。

●二十七 式—。式—者。—乎—者也。見〔爾雅釋訓〕。

●二十八 —妙。精盡也。〔荀子議兵〕諸侯有能—妙之以節。

●二十九 —言。精—要妙之言也。〔漢書藝文志〕昔仲尼沒而—言絕。〔又〕密謀也。〔列子說符〕人可與—言乎。

●三十 —分。高等數學之一科。爲研究某函數中極—差變之學。

●三十一 三—。三正之始。萬物皆—也。〔後漢章帝紀〕春秋於春每月書王者。重三正。愼三—也。

●三十二 紫—、太—、少—。並星名。

●三十三 翠—。山近上旁陂處。〔爾雅釋山〕未及上翠—。〔疏〕謂未及頂上。在旁陂陀之處。一說山氣靑縹色。故曰翠—也。

●三十四 金—。山名。〔後漢和帝紀〕圍北單于於金—山。〔按山在今外蒙古喀爾喀部。〕

●三十五 —生物。生物學家以稱目所難見之極小動物。

【徯】 弦雞切音奚齊韻 胡禮切音溪薺韻

●待也。見〔說文〕。〔按書仲虺之誥。—予后。卽此義。字或从足作蹊。亦誤作傒。〕

●邪道曰—。見〔一切經音義引通俗文〕。

●鳧—。鳥名。〔山海經西山經〕鹿臺之山有鳥名鳧—。

●—醯。危也。〔方言〕東齊椅物而危。謂之—醯。

【𢕟】 蘇遭切音騷豪韻 —徜。緩行貌。見〔集韻〕。

【𨜶】 牛據切音馭御韻 鄉名。見〔集韻〕。

【𢕹】 古弔切音徼嘯韻 義未詳。〔石鼓文〕希微—。

【𢕓】 音章陽韻 行遽貌。見〔字彙補〕。

【𢔶】 得本字。見〔說文〕。

【𢓊】 徃本字。見〔集韻〕。

【徰】 古征字。見〔集韻〕。

【𢕸】 同遴。見〔六書統〕。

【𢕍】 遞或字。見〔集韻〕。

十一畫

【徲】 陳尼切音啼齊韻 ●久也。見〔說文〕。〔段注〕久、疑當作夂。廣韻。徲、久待也。無—字。玉篇集韻有—。無徲。未知孰是。

●——。往來也。見〔廣雅釋訓〕。

【𢕲】 士革切音賾陌韻 ●容尋常人也。見〔廣韻〕。

●趞或字。〔集韻〕趞走皃。或从彳。

【𢖍】 疏聿切音率質韻 衔貌。見〔玉篇〕。

【𢖬】 尺主切麌韻 行也。見〔玉篇〕。

【𢕴】 諸良切音章陽韻 —徨。行不正也。見〔集韻〕。

【徸】 之亮切音障漾韻 —徨。行遽貌。見〔集韻〕。

【𢖑】 思七切音悉質韻 —衕。詳衕字。

【𢕜】 桑感切音糝感韻 頷—。動也。見〔集韻〕。

【𢖇】 蘇暫切音三勘韻 ——。行貌。見〔類篇〕。

【𢕮】 相然切音仙先韻 行貌。見〔玉篇〕。

【𢖟】 倉回切音催灰韻 行急貌。見〔集韻〕。

【𢕱】 迷省切音猛梗韻 人名。〔漢書王子侯者年表〕漢長安大夫劉—。

【𢖕】 丁力切音䨺職韻 —瀰。水少也。見〔集韻〕。

【𢖆】 陟利切音致寘韻 施也。見〔類篇〕。

【𢔧】 復本字。見〔說文〕。

【𢕄】 古復字。見〔玉篇〕。

【𢕌】 古御字。見〔集韻〕。

【𢖏】 同僄。〔王延壽王孫賦〕性—儇以播疾。〔注〕—、卽僄字。

【𢕺】 同微。見〔海篇〕。

【𢕁】 蹕或字。見〔集韻〕。

【𢕛】 逢或字。見〔類篇〕。

【𢕚】 蹝或字。見〔集韻〕。

【𢕗】 徛或字。見〔集韻〕。

十二畫

【徵】 知陵切音徵蒸韻 (一)召也。从壬。从微省。壬微爲—。行於微而聞達者卽—也。見〔說文壬部〕。〔按从壬下九字各本譌奪不可讀。今從段本訂正。朱駿聲云。壬微者、自微而之著。微者敓也。當以明信應驗爲本義。—召—求爲轉注。〕

(二)驗也。〔書洪範〕念用庶—。

(三)證也。〔書胤征〕明—定保。

(四)成也。〔儀禮士昏禮〕納—。〔注〕使二者幣納以成昏禮。

(五)明也。〔禮記中庸〕杞不足—也。

(六)信也。〔莊子逍遙遊〕而—一國者。

(七)應也。〔莊子列禦寇〕以不—其—也。

(八)審也。〔左襄二十八年傳〕以—過也。

(十)祥也。〔太玄失〕藐德靈—失。
(十一)斂也。〔周禮閭師〕以時—其賦。
(十二)求也。〔史記貨殖傳〕故物賤之—貴。〔索隱〕謂此處物賤求彼貴賣之。
(十三)問也。〔左傳四年傳〕寡人是—。
(十四)典也。〔莊子天道〕周之—藏史有老聃者。
(十五)止也。〔易損〕君子以—忿窒欲。
(十六)廬也。見〔爾雅釋詁〕。
(十七)緯書名。〔小學紺珠〕禮緯稽命—。樂緯叶圖—。
(十八)—在。孔子母名。〔禮記檀弓〕夫子之母名—在。言在不稱—。言—不稱在。
(十九)姓也。吳太子奉更令河南—崇。見〔廣韻〕。
(二十)通懲。〔荀子正論〕且—其未也。
(廿一)通征。〔史記三王世家〕非敎士不得從—。

【徵】展里切音徵紙韻

(一)五聲之一。〔禮記月令〕孟夏之月。其音—。
(二)—謂之迭。見〔爾雅釋樂〕〔義疏〕其聲抑揚遞續。其音如事之緒而為迭。
(三)—者。祉也。物盛大而繁祉也。見〔風俗通聲音〕。
(四)—者。止也。見〔白虎通禮樂〕。
(五)—為事。見〔禮記樂記〕。〔疏〕—為夏。夏時生長萬物。皆成形體。事亦有體。故以—配事也。

【徵】持陵切音懲蒸韻

縣名。漢置。屬左馮翊郡。當今陝西澄城縣西南。

【德】的則切登入聲職韻

(一)本作悳。〔說文〕悳。升也。〔段注〕升、當作登。辵部曰。遷、登也。此當同之。—訓登者。公羊傳公曷為遠而觀魚。登來之也。何曰。登、讀言得。得來之者。齊人語。唐人詩。千水千山得得來。得、即—也。登—雙聲。今俗謂用力徙前曰—。古語也。〔按經傳多假—為悳。而本義晦矣〕。
(二)得也。見〔廣雅釋詁〕。〔按釋名釋言語。—、得也。得事宜也。與廣雅義相足〕。
(三)物得以生謂之—。見〔莊子天地〕。
(四)事得以成、物得以和、謂之—也。見〔莊子德充符〕。
(五)陰陽交通謂之—。〔易繫辭〕通神明之—。
(六)化育萬物謂之—。見〔管子心術〕。
(七)通於天地者—也。見〔莊子天地〕。
(八)身全之謂—。見〔韓非解老〕。
(九)知徹為—。見〔莊子外物〕。
(十)善教也。〔禮記月令〕孟春之月。命相布德和令。
(十一)和也。見〔莊子繕性〕。
(十二)利也。〔國語周語〕下非地—。
(十三)福也。〔禮記哀公問〕百姓之—也。
(十四)始生也。〔淮南天文〕冬至為—。
(十五)謂孝悌也。〔禮記禮運〕天子以—為車。
(十六)謂賢者也。〔周禮司士〕以—詔爵。
(十七)調良之謂。〔論語憲問〕稱其—也。
(十八)恩施也。〔論語憲問〕何以報—。〔按鄭注如此。集解云。恩惠之—也。義同〕。
(十九)荷其恩者謂之—。〔左僖二十四年傳〕王—狄人。
(二十)精神不亂之謂有—。見〔韓非解老〕。
(廿一)—者。政之始也。見〔大戴記子張問入官〕。
(廿二)—。國家之基也。見〔左襄二十四年傳〕。
(廿三)—也者。萬民之宰也。見〔呂覽精通〕。
(廿四)愛民無私曰—。見〔管子正〕。
(廿五)—者。養善而進闕者也。見〔說苑政理〕。
(廿六)諫爭不威曰—。見〔周書謚法〕。
(廿七)慶賞之謂—。見〔韓非二柄〕。
(廿八)在心為—。見〔通典引周禮師氏馬注〕。
(廿九)實行為—。見〔論衡書說〕。〔按周禮大司樂。有—者。注。—、能躬行者。義同〕。
(三十)得其天性謂之—。見〔淮南齊俗〕。
(卅一)星名。〔漢書郊祀志〕有司皆曰。陛下建漢家封禪。天其報—。星云。〔注〕—星、即塡星也。
(卅二)鳳凰首文也。〔山海經南山經〕有鳥焉。五采而文。名曰鳳凰。首文曰—。
(卅三)州名。漢置。屬平原郡。即今山東—縣。
(卅四)國名。具言—意志。歐洲中部之立憲帝國也。合二十六邦而成。原作Deutschland。日本譯稱獨逸。英文German。

(廿三)三—三老也。〔大戴記曾子立事〕任善不敢臣三—。

(廿四)五—五行也。〔後漢班彪傳〕犖命人主。五—初始。

【徹】 直列切音轍屑韻

(一)通也。从彳。从攴。从育。見〔說文攴部〕。〔段注〕蓋合三字會意。攴之、而養育之而行之則無不通矣。〔按徐鍇本作育聲。又有一曰相三字。存參〕

(二)什一而稅謂之—。見〔詩公劉〕—田爲糧箋。

(三)稅也。見〔廣雅釋詁〕。

(四)達也。〔左昭二年傳〕—命于執事。

(五)道也。〔詩十月之交〕天命不—。

(六)明也。〔國語周語〕其何事不—。

(七)治也。〔詩公劉〕—田爲糧。

(八)勳也。〔管子內業〕俯仰磬折拚毋有—。

(九)剝也。〔詩鴟鴞〕—彼桑土。

(十)毀也。〔詩十月之交〕—我牆屋。

(十一)去也。〔左宣十二年傳〕軍衞不—。

(十二)壞也。見〔廣雅釋詁〕。

(十三)猶人—取物也。〔孟子滕文公〕—者—也。

(十四)司人之過也。〔老子〕無德司—。

(十五)透也。〔王建詩〕舞來汗溼羅衣—。

(十六)—侯。列侯也。〔獨斷〕羣臣異姓有功封者稱曰—侯。避武帝諱。改曰通侯。或曰列侯也。

(十七)栅又謂之—。、緊也。詵詵然緊也。見〔釋名釋宮室〕。

(十八)通徹。〔爾雅釋木〕楊—、吾棗。〔釋文〕—本或作徹。

【徲】 悉合切音颯合韻先立切音報緝韻

(一)行貌。見〔說文〕。〔按廣韻—、眾行貌。義小異。〕

(二)—靂。疾貌。〔嵇康賦〕紛—靂以流漫。

【徺】 巨夭切音蹻篠韻

行貌。見〔玉篇〕。

【徽】 苦管切音款旱韻

—徲。徐行也。見〔集韻〕。

【徶】 薄結切音蹩屑韻

—徲。詳徲字。

【徸】 昌容切音衝冬韻

行兒。見〔玉篇〕。

【徼】 火陷切陷韻

危也。見〔玉篇〕。

【徰】 陟卦切音近債卦韻陟嫁切音咤禡韻

步立貌。見〔廣韻〕。

【徫】·徒念切音磹豔韻

徵—。行貌。見〔集韻〕。

【徿】 力救切音溜宥韻

徬—。行相待也。今作宿留。見〔韻會〕。

【徾】 古遼字。見〔說文〕。

【德】 古遵字。見〔正字通〕。

【徸】 同復。見〔石鼓文〕。

【僞】 同委蛇之蛇。見〔古音叢目〕。

十三畫

【徲】·他達切音闥曷韻

(一)行不相遇也。見〔類篇〕。

(二)健或字。〔集韻〕健。逃也。或作—。

【儃】 知山切音譠删韻

(一)走也。見〔廣韻〕。

(二)㵶也。見〔廣韻〕。

【徼】 吉弔切音叫嘯韻

(一)猶塞也。〔漢書鄧通傳〕盜出—外鑄錢。〔注〕東北謂之塞。西南謂之—。塞者、以障塞爲名。—者、取—遮之義也。

(二)以木柵水爲界者也。〔史記司馬相如傳〕南至牂牁爲—。

(三)邊境亭障也。〔史記黥布傳〕守—乘塞。

(四)郊外路也。〔史記五宗世家〕常夜後走卒行—。

(五)小道也。〔文選班固賦〕—道綺錯。

(六)歸也。微妙也。〔老子〕常有欲以觀其—。

(七)—繞不明也。〔史記龜策傳〕龜之—也不可以卜。

(八)邏卒曰游—。〔後漢臧宮傳〕少爲亭長游—。〔注〕鄉有游—掌循禁姦盜也。

【徼】 堅堯切音驍蕭韻

(一)循也。見〔說文〕。〔按漢書百官志。中尉、秦官。掌—循京師。許義或卽本此。〕

(二)抄也。〔論語陽貨〕惡—以爲知者。〔注〕抄人之意以爲己有。

㊂要也。〔左文二年傳〕寡人願—福於周公魯公。
㊃求也。〔史記匈奴傳〕患其—一時檏。

【徼】伊消切音邀蕭韻
遮也。〔文選司馬相如封禪文〕—麋鹿之怪獸。

【徻】烏外切音懀泰韻
—。屋宇高明見〔集韻〕。

【⿰彳歲】呼外切音翽泰韻
—。室宇顯儆見〔集韻〕。

【⿰彳詹】時豔切音贍豔韻
行速兒見〔集韻〕。

【⿰彳辟】古避字見〔集韻〕。

【⿰彳⿰㐬攵】古徹字見〔集韻〕。

十四畫

【徽】吁韋切音揮微韻
㊀衺幅也。一曰三糾繩也。見〔說文〕。〔段注〕卽詩之邪幅也。易係用—纆。劉表曰三股曰—。兩股曰纆。
㊁止也。見〔爾雅釋詁〕。〔邢疏〕—者、微之止也。—从微省聲。微有隱義。安隱與止息義近。
㊂索也。見〔廣雅釋器〕。〔按漢書揚雄傳免於—索注繩也義略同〕。
㊃束也。見〔廣雅釋詁〕。
㊄美也。〔詩角弓〕君子有—猷。
㊅善也。見〔爾雅釋詁〕。
㊆疾貌。〔文選揚雄賦〕—車輕武。〔漢注引晉灼說訓—爲疾〕。
㊇琴—也。所以表識撫抑之處。〔漢書揚雄傳〕高張急—。〔按朱駿聲云。琴軫係弦之繩謂之—。琴賦—以鍾山之玉。言玉軫也。後人乃以琴面識點爲—〕。
㊈鼓琴循弦謂之—。〔淮南主術〕鄒忌一—而威王終夕悲感于憂。
㊉州名。宋置。屬江南東路。元改爲路。明爲府。淸因之。今廢。安—之歙、休寧、婺源、祁門、黟、績溪等縣。是其舊地。
(十一)——。猶煥爛也。〔文選陸機賦〕文——以溢目。
(十二)—煒奔馳貌。〔文選馬融賦〕—煒霍奕。別騖分奔。
(十三)—號。旌旗之屬。〔禮記大傳〕改正朔。易服色。殊—號。〔又〕尊號也。〔晉書禮志〕虞舜盡事親之禮。貴爲天子。富有四海。而瞽瞍無立錐之地。一級之爵。寧忍父卑賤。不以—號顯之。〔按夢溪筆談。熙寧中。因上皇帝尊號。宰相率同列面請三四。上終不允。曰。—號正如卿等功臣。何補名實。據此可知—號卽尊號之異稱〕。
(十四)—章。幟名。〔國策齊策〕章子爲變其—章。〔今謂佩以爲識者曰—章。與古異義〕。
(十五)通褘。〔文選張衡賦〕揚雜錯之袿—。〔注〕爾雅曰。婦人之—謂之褘。郭璞云。卽今之香纓也。
(十六)通揮。〔文選張衡賦〕戎士介而揚—。〔注〕—與揮古字通。

【⿰彳寧】乃定切音寧徑韻
—。行兒見〔集韻〕。

【⿰彳翟】徒了切音窕篠韻
行兒見〔集韻〕。

【⿰彳甹】榜丁切音俜靑韻
使也。見〔說文〕。〔段注〕疑使上當有—俜二字。

【⿰彳番】音仙先韻
行貌。見〔龍龕手鑑〕。

【⿰彳敫】古徹字見〔說文〕。

十五畫

【⿰彳賣】松贖切音粟沃韻
行不住也。見〔玉篇〕。

【⿰彳贊】昨丸切音欑寒韻
—⿰彳亢。失途兒。見〔玉篇〕。

【⿰彳從】息拱切音竦腫韻
敬也。見〔字彙補〕。

【⿰彳無】同儛。行也。見〔玉篇〕。〔按集韻云。儛或从彳〕。

【⿰彳憂】同優。見〔玉篇〕。〔按廣韻云。本亦作優〕。

十六畫

【⿰彳龍】良用切音曨宋韻
行不正也。見〔玉篇〕。

【⿰彳龍】會孔切音攏董韻
—徸。言直行也。見〔集韻〕。

【⿰彳憲】許建切音憲願韻
同[illegible]。〔酉陽雜俎〕——[illegible]。〔按

字或作遫。

【⿰彳暴】巴校切音豹效韻　趠也。漢制新官到府併上者謂之—。今俗謂程外課作者爲—工。見〔集韻〕〔按字亦作儤詳儤字〕。

【⿰彳遷】趮或字。見〔集韻〕。

十七畫

【⿰彳襄】思將切音襄陽韻　㊀—徉也。楚辭曰。聊逍遙以—徉。見〔玉篇〕。㊁行貌。見〔集韻〕。

【⿰彳韱】先念切音⿰禾韱韻　徲—。行皃。見〔集韻〕。

【⿰彳毚】士咸切音讒咸韻　不齊也。見〔玉篇〕。

【⿰彳繇】以周切音繇尤韻　行—也。見〔玉篇〕。

十八畫

【⿰彳瞿】權俱切音瞿虞韻俱遇切音句遇韻　行貌。見〔說文〕〔段注〕此與足部躣音義同。走部又有趯。

【⿰彳⿰虒頁】度皆切音徲佳韻　頭垂貌。見〔集韻〕。

【⿰彳爂】⿰彳票本字。見〔正字通〕。

十九畫

【⿰彳雝】躧或字。見〔集韻〕。

二十畫

【⿰彳矍】屈縛切音躩厥縛切音钁藥韻　㊀行貌。〔太玄養〕其志—。㊁往也。見〔玉篇〕。

二十二畫

【⿰彳囊】乃浪切音儾漾韻　行貌。見〔集韻〕。

※彡部※

【彡】師銜切音衫咸韻思廉切音暹鹽韻　㊀毛飾畫文也。象形。見〔說文〕〔段注〕巾部曰。飾者㕞也。飾畫者㕞而畫之。毛者聿也。亦謂之不律。亦謂之弗。亦謂之筆。所以畫者也。其文則爲—。手之列多。略不過三。故以—象之也。㊁毛長也。見〔廣韻〕。

【彡】織琰切音颭琰韻　㊀光姓。〔後漢西羌傳〕元帝時西羌—姐等七種寇隴西。㊁黃—。魚名。〔閩中海錯疏〕黃—。鱗細。色黃赤。

二畫

【⿵几彡】止忍切音軫軫韻　本作㐱。〔說文几部〕㐱。新生羽而飛。〔段注〕此與彡音同形似而義異。

三畫

【⿰亻彡】古施字。見〔集韻〕。

四畫

【形】戶經切音邢青韻　㊀象也。見〔說文〕〔按段本從韻會改作象也。注云。象當作像。謂像似可見者也〕。㊁見也。〔禮記樂記〕—於動靜。㊂容色也。〔穀梁桓十四年傳〕望遠者察其貌而不察其—。㊃—體也。〔禮記檀弓〕斂手足—。㊄骨見也。〔禮記曲禮〕毀瘠不—。〔注〕—謂骨見。㊅有質之稱。〔易繫辭〕—而上者謂之道。㊆—者生之具也。見〔史記太史公自序〕。㊇—也者物之累也。見〔易乾乃統天注〕。㊈鑄冶之家將作器而制其模謂之爲—。〔左昭十二年傳〕隨器而制—。〔按此即型之假借字〕。㊉制分界也。〔周禮遂人〕造縣鄙—體之法。(十一)正也。〔淮南原道〕而五音—矣。(十二)—勝。勢也。〔史記高祖紀〕秦形勝之國。〔注〕得—勢之便利者。

(十三)一物。猶事理也。〔列子仲尼〕一物甚著。
(十四)一埒兆朕也。〔淮南繆稱〕道之有篇章一埒者。
(十五)一鹽。鹽之似虎形者。〔周禮鹽人〕賓客共有一鹽散鹽。
(十六)堪輿家亦稱一家。詳堪字。
(十七)幾何學又稱一學。詳幾字。
(十八)手一。日本語。彼國商法所規定者凡三種。一、爲替手一。猶吾國之匯票。二、約束手一。猶吾國之期票。三、小切手。猶吾國之支票。
(十九)一容詞。用以一容名詞或代名詞者。
(二十)通行。〔列子湯問〕太一王屋二山。
(廿一)通鉶。〔史記秦紀〕飯土塯啜土一。〔注〕土一、飯器之屬瓦器也。

【彤】徒冬切音佟冬韻
(一)丹飾也。从丹从彡。彡其畫也。見〔說文丹部〕〔段注〕以丹拂拭而涂之。故从丹彡。彡者毛飾畫文也。飾拭古今字。〔按左傳丹桓公之楹。服注。丹、一也。是丹一本無異義。丹古文作彬。朱駿聲謂卽一字特音讀異耳。〕
(二)一史。女官名。〔唐書百官志〕一史。二人。正六品。
(三)姓也。〔史記夏紀〕禹爲姒姓。其後分封。用國爲姓。有一城氏。〔注〕周有一伯。蓋一城氏之後。一伯爲成王宗枝。

【彣】無分切音文文韻
(一)䰾也。見〔說文彣部〕〔段注〕有部曰。䰾、有一彰也。則是有一彰謂之一。與文義別。
(二)青與赤雜。見〔廣韻〕。

五畫

【[illegible]】所鑑切音釤陷韻
相接物也。又利也。出字譜。見〔廣韻〕。

【[illegible]】湯來切音台灰韻
星名。見〔海篇〕。

【[illegible]】失冉切音陝儉韻〔廣韻作[illegible]。亦作[illegible]〕。
蕃姓。見〔海篇〕。〔按轉注古音云。西羌彡姐。見漢書。今西羌尙有此姓。台而爲一。明天順甲申進士一茂。湖廣公安人。上不識其姓。問內閣李賢。對曰。一音同陝。卽以御筆改爲陝。〕

【彬】古丹字。見〔說文丹部〕。

六畫

【彥】魚戰切音諺霰韻
美士有彣。人所言也。見〔說文彣部〕。〔段注〕言一疊韻。釋訓曰。美士爲一。郭曰。人所言詠也。鄭風傳曰。一、士之美稱。人所言。故曰一。有文。故从彣。

七畫

【彧】乙六切音郁屋韻・
(一)本作䰾。〔說文有部〕䰾。有彣彰也。〔段注〕彣下曰䰾也。是其轉注也。䰾、古多假一字爲之。一者、戫之隸變。今本論語郁郁乎文哉。古多作一一。
(二)長貌。言萬物之滋發一一然也。〔書大傳〕夏伯之樂舞謾一。
(三)一一。茂盛貌。〔詩信南山〕黍稷一一。
(四)一一。容也。見〔廣雅釋訓〕。

【[illegible]】七臥切音剉箇韻
[illegible]也。一曰刑也。見〔海篇〕。

【[illegible]】余章切音陽陽韻
美善也。通作洋。見〔集韻〕。

【[illegible]】徒本字。見〔說文辵部〕。

【[illegible]】古補字。見〔集韻〕。

八畫

【彩】七宰切音采賄韻
(一)文章也。見〔說文新附〕。〔按說文彡部本無一字。大徐據玉篇補入。〕
(二)光一。見〔廣韻〕。

【彪】必幽切音滮尤韻
(一)虎文也。从虎彡。彡象其文也。見〔說文虎部〕。
(二)小虎也。〔庾信賦〕熊一顧盼。魚龍起伏。
(三)文也。〔法言吾子〕或問君子言成文。動成德。何以也。曰。以其弸中而一外也。
(四)一休。怒貌。〔文選琴賦〕鬱怒一休。
(五)姓也。〔姓譜〕一出齊郡。周有衛大夫一夫。宋有一虎臣。今河南均州有一氏。

【彫】丁聊切音貂蕭韻

㈠琢文也。見〔說文〕。〔段注〕凡琱琢之成文曰—。故字从彡。
㈡畫也。〔左宣二年傳〕厚斂以—牆。
㈢斲也。〔後漢文苑傳贊〕非—非蔚。
㈣鏤也。見〔廣雅釋言〕。
㈤傷也。〔荀子子道〕勞苦—瘁。
㈥文飾也。〔魏志陳思王植傳〕任性而行。不自—勵。
㈦—琢。鳥食貌。〔文選左思賦〕—琢蔓藻。
㈧—胡。菰米也。〔漢書司馬相如賦〕東蘠—胡。
㈨通凋。〔論語子罕〕歲寒然後知松柏之後—也。〔釋文〕—、依字當作凋。
㈩通敦。〔詩行葦〕敦弓既堅。〔傳〕畫弓也。
(十一)通追。〔詩棫樸〕追琢其章。〔傳〕金曰—。玉曰琢。
(十二)通鐧。〔荀子禮論〕鐧刻鏤黻文章以塞其目。
(十三)亦作雕。〔禮記郊特牲〕丹漆雕幾之美。

【彬】悲巾切音豳眞韻

古份字。見〔說文人部〕。〔義詳份字〕。

【彬】逋還切音班刪韻

文采明也。見〔集韻〕。

【[illegible]】丑玉切音棟沃韻

豕行皃。見〔廣韻〕。〔按集韻云。豕絆足行。義小異〕。

【㣎】莫卜切音穆屋韻亡覂切音繆尤韻

細文也。从彡㣎省。見〔說文〕。〔段注〕細文。文之細者。故字从彡㣎。彡者。文也。㣎者、際見之白璺之細者也。引伸爲凡精美之稱。〔按經傳皆假穆爲之〕。

【[illegible]】古諸字。見〔玉篇〕。

【[illegible]】馬箝文。見〔說文馬部〕。

【[illegible]】同彧。見〔玉篇〕。

九畫

【彭】薄庚切音棚庚韻

㈠鼓聲也。从壴从彡。見〔說文壴部〕。〔段注〕从彡。各本作彡聲。今正。从彡。猶从三也。大司馬冬狩言三鼓者四。言鼓三闋者一。左傳劌曹亦言三鼓。雖未知每鼓若干聲。而从彡之意可見矣。
㈡道也。見〔廣韻〕。
㈢水名。〔左桓十二年傳〕伐絞之役。楚師分涉于—。〔疏〕—水出新城昌魏縣東北。至南鄉筑陽縣入漢。〔按昌魏新城二縣今爲湖北房縣治。—水當出此境〕。
㈣國名。〔書牧誓〕及庸蜀羌髳微盧—濮人。〔疏〕—在東蜀之西北。〔按傳說彙纂引蘇氏云。—山縣有—亡城。是其地也。今四川有—山縣。—國當在此境〕。
㈤地名。〔詩淸人〕淸人在—。〔傳〕衞之河上。鄭之郊也。〔當今河南中牟縣境〕。
㈥州名。唐置。屬劍南道。當今四川—縣治。
㈦—蠡。澤名。〔書禹貢〕—蠡既豬。〔按—蠡澤、即—蠡湖。亦曰鄱陽湖。地理今釋云。—蠡在今江西南昌府城東北一百五十里。饒州府城西四十里。南康府城東五里。九江府城東南九十里。周迴四百五十里〕。
㈧—門。山名。〔後漢郡國志〕蜀郡湔氏道前有兩石對如闕。號曰—門。〔按湔氏故地。當今四川松潘廳。—門山當在此境〕。
㈨道家以三尸神爲三—。〔三尸中經〕上尸—琚。中尸—質。下尸—矯。
㈩—排。軍器。〔釋名釋兵〕—。旁也。在旁排禦敵攻也。
(十一)姓也。陸終氏子籛。封於大—。爲—姓、號曰—祖。商中世爲諸侯伯。國今江蘇銅山縣。支孫亦複姓—祖。

【彭】逋旁切音幫陽韻晡橫切音繃庚韻

㈠衆車聲。見〔集韻〕。
㈡——。行貌。〔詩烝民〕四牡——。〔又〕有力有容也。〔詩駉〕以車——。〔又〕多貌。〔詩載驅〕行人——。〔又〕不得息也。〔詩北山〕四牡——。〔又〕四馬貌。〔詩出車〕出車——。〔又〕盛也。見〔廣雅釋訓〕。

【彭】蒲光切音旁陽韻

㈠壯也。〔易大有〕匪其—。无咎。〔按—、子夏傳作旁〕。
㈡—亨。驕滿貌。〔韓愈詩〕苦開腹—亨。

【彰】郎旰切音爛翰韻
粲—。文章貌。見〔玉篇〕。

【彪】丁幽切尤韻
探也。見〔搜眞玉鏡〕。

【影】古馬字。見〔說文馬部〕。

【𢒊】古黍字。見〔集韻〕。

【𢒠】古郁字。見〔字彙補〕。

【彭】古變字。見〔參同契〕。

十畫

【𢒫】尹竦切音勇腫韻
垂帶飾貌。見〔集韻〕。

【㣎】古變字。見〔集韻〕。

【影】馬䮾文。見〔說文馬部〕。

【彌】同瀰。見〔字彙〕。

【劉】同丩。見〔類篇〕。

十一畫

【影】紕招切音瀌蕭韻
㊀—。長組之貌。見〔廣韻〕。
㊁通縹。〔文選王融序〕—搖武猛扛鼎揭旗之士。〔注〕霍去病受詔與壯士爲嫖姚校尉。
㊂通摽。〔文選袁淑詩〕—節去函谷。〔注〕—、與摽字同。

【影】匹妙切音票嘯韻
—畫也。見〔玉篇〕。〔按集韻訓畫飾。義同。〕

【彰】諸良切音樟陽韻
㊀彣—也。見〔說文〕〔段注〕彣、各本作文。今正。文、造畫也。與彣義別。古人作彣—。今人作文章。非古也。
㊁明也。〔書皋陶謨〕—厥有常。
㊂—德府名。金置。屬河北西路。明清均因之。其首縣曰安陽。今裁府留縣。隸河南省。清光緒三十四年。自行開爲商埠。

【彯】餘封切音容冬韻
㊀重影也。見〔玉篇〕。
㊁形—。見〔廣韻〕〔按正字通云。俗容字。〕

【縰】所綺切音躧紙韻
毛垂貌。見〔集韻〕。

【𢒉】古變字。見〔集韻〕。

十二畫

【影】於境切音璟梗韻
㊀形—。見〔玉篇〕〔按說文有景無—。顏氏家訓書證云。尙書曰。惟—響。周禮云。土圭測—。朝—夕。孟子曰。罔—失形。莊子云。罔兩問—。如此等字。皆當爲光景之景。凡陰景者。因光而生。故卽謂爲景。淮南子呼爲景柱。廣雅云。晷柱掛景。並是也。至晉世葛洪字苑。傍始加彡。音於景反。而世間輒改治尙書周禮莊孟從葛洪字。甚爲失矣。〕
㊁像也。〔南史梁宗室傳〕與楚王廟神交飲。至一斛。每酹祀。盡歡極醉。神—亦有酒色。〔按今謂照像曰攝—。義或本此。〕
㊂蔭也。〔冊府元龜〕投名於勢要以求—庇。
㊃躡—。馬名。〔博物志〕躡—、秦良馬。
㊄承—。劍名。〔列子湯問〕孔周三劍。二曰承—。
㊅漏—。刀名。〔古今注〕漢文帝有百鍊靑犢漏—三刀。
㊆射—。蜮之異名。〔詩巷伯疏〕蜮。一名射—。
㊇仄—。扇名。〔事物紀原〕周昭王時。修塗國獻丹鵲。以翅爲扇。一名條融。一名仄—。
㊈始—。星名。〔瑯環記〕女星旁一小星名始—。婦女于夏夜候而祭之。得好顏色。
㊉天文家謂天明日未出前、與日入天未昏時。均爲朦—限。見〔協記辨方〕。

【𢒪】七曾切音竑蒸韻七孕切音蹭徑韻
毛張也。見〔玉篇〕。

【虨】彼休切音彪尤韻
虎文也。見〔字彙補〕。

【𢒯】尋本字。見〔說文寸部〕。

【𢒼】同影。見〔集韻〕。

【𢒪】同彰。見〔康熙字典引集韻〕。〔按今本集韻無此字。〕

十三畫

【𢒺】倉案切音璨翰韻
文彩鮮貌。見〔集韻〕。

【𢒹】彧本字。見〔說文有部〕〔按篆形作𢒹、者𢒹之隸變。玉篇廣韻復省作馘。]

【髟】同樹。見[鐘鼎文。]

【𢒎】同徙。見[字彙補。]

十四畫

【𢒰】古鴉字。見[字彙補。]

十五畫

【𢒱】彤本字。見[正字通。][按舊字典云。諸字書無此字。當是譌字。]

十八畫

【𢒲】古色字。見[說文色部。]

十九畫

【𢒳】府巾切。音彬。眞韻
文盛貌。見[海篇。]

【𢒴】抽知切。音摛。支韻
獸名。[史記齊世家]非龍非—。非虎非羆。[按字亦作螭。]

※巛部※

【巛】川本字。見[說文。]

【巛】古坤字。見[玉篇。][按後漢與服志。黃帝堯舜垂衣裳而天下治。蓋取諸乾—。此卽舊籍以—爲坤之證。字形蓋由卦畫豎作。與川篆相同。]

【𡿨】姑泫切。音犬。銑韻
水小流也。周禮。匠人爲溝洫。梠廣五寸。二梠爲耦。一耦之伐。廣尺深尺。謂之—。倍—。謂之遂。倍遂曰溝。倍溝曰洫。倍洫曰巜。見[說文𡿨部。][段注]水部曰。涓、小流也。—與涓音義同。

【巜】古外切。音儈。泰韻
水流澮澮也。方百里爲—。廣二尋。深二仞。見[說文巜部。][段注]澮當作涾。涾水部曰。涾、涾涾、水流聲也。古𠳋聲會聲多通用。

【巜】呼官切。音歡。寒韻
濡也。見[集韻。]

【川】昌緣切。音穿。先韻

(一)本作巛。[說文]巛。貫穿通流水也。虞書曰。濬𡿨巜距巛。言深𡿨巜之水會爲—也。[按王氏說文句讀。深下多一濬字。存參。]

(二)兩山間之流水也。[考工記匠人]兩山之間。必有—焉。

(三)水之出於他水溝流於大水及海者。命曰—水。見[管子度地。]

(四)眾流注海曰—。見[廣韻引蔡邕月令章句。]

(五)竅也。[山海經北山經]倫山有獸如麋。其—在尾上。

(六)坑也。見[廣雅釋水。]

(七)—。—重遲之貌也。[太玄難]大車—。—。

(八)常—。猶云常常。蓋取中庸川流不息之義。

(九)俗謂旅費曰—資。

(十)三—。涇渭汧也。[淮南俶眞]三—涸。[又]郡名。[漢書高祖紀]新三—守李由。[注]有河洛伊。故曰三—也。[按三—郡。秦置。今河南開封等縣是其舊境。]

(十一)四—。省名。元置四—等處行中書省。明爲四—等處布政司。淸因之爲四—省。其地東據巫山。西屏藏衛。南接滇黔。北距秦隴。領縣一百三十九。直隸廳三。廳四。仍治成都。

(十二)金—。縣名。隋置。屬梁州西城郡。今爲陝西安康縣治。

一畫

【巛】將來切。音哉。灰韻
害也。从一雝川。春秋傳曰。川雝爲澤。凶。見[說文。][段注]害者傷也。—害字本如此作。玉篇云。天反時爲—。今凡作灾、災、菑、皆假借字也。雝、壅、古今字。

三畫

【州】之由切。音周。尤韻

(一)水中可居者曰—。水周遶其旁。从重川。昔堯遭洪水。民居水中高土。故曰九—。詩曰。在河之—。一曰。—、疇也。各疇其土而生也。見[說文。][按—本訓—渚。引伸之乃爲九—。經籍所載名稱各異。禹貢有青徐梁。無幽并營。蓋夏制。周禮有青幽并。無梁徐營。蓋周制。爾雅有幽徐營。無青梁并。疑是殷制。舜典肇十有二—。據馬鄭舊說。知於九—之外。分置幽并營三—。故其數爲十有二。肇之爲言始也。前此九｜。而今爲十二｜也。至夏還爲九｜。｜之別義爲疇。蓋以疊韻爲訓。

(二)國也。見〔廣雅釋詁〕。

(三)鄉屬也。〔左昭二十二年傳〕帥九｜之戎。

(四)官也。見〔廣雅釋宮〕。

(五)居也。見〔廣雅釋水〕。

(六)浮也。見〔廣雅釋言〕。

(七)周也。｜有長使之相周足也。見〔太平御覽引風俗通〕。

(八)聚也。〔國語齊語〕羣萃而｜處。

(九)注也。郡國所注仰也。見〔釋名釋州國〕。

(十)｜之言殊也。見〔書禹貢序釋文引春秋說題辭〕。

(十一)竅也。〔爾雅釋畜〕白｜驠。〔疏〕謂馬之白尻者名驠。

(十二)臀也。見〔廣雅釋親〕。

(十三)五黨爲｜。見〔周禮大司徒〕。〔注〕｜二千五百家。〔按論語衛靈公。雖｜里行乎哉。集解引鄭注云。萬二千五百家爲｜。書大傳。十有二師焉。注云。｜凡四十三萬二千家。與大司徒注異義〕

(十四)二百里爲｜。見〔周禮載師注〕。

(十五)七卒爲｜。見〔公羊桓二年傳注〕。

(十六)里十爲｜。見〔管子度地〕。

(十七)術十爲｜。見〔管子度地〕。

(十八)國名。〔春秋桓五年〕｜公如曹。〔左傳〕淳于公如曹。〔注〕淳于、｜國所都。城陽淳于縣也。〔按淳于城在今山東安邱縣東北三十里〕

(十九)縣名。漢置。屬河內郡。本周之｜邑。今河南沁陽縣東南有｜縣故城。

(二十)神｜。中國之別稱。〔史記孟子傳〕騶衍言中國名赤縣神｜。

(二十一)姓也。春秋有｜綽。

【巟】呼光切音荒陽韻

(一)水廣也。从川亡聲。易曰。包｜。用馮河。見〔說文〕。〔按今易作荒。陸云。本亦作｜〕

(二)及也。至也。見〔玉篇〕。

【𡿧】良薛切音列屑韻

水流｜｜也。見〔說文〕。

【𡿩】力孽切音列屑韻逆乙切音孽質韻

｜｜水流皃。見〔玉篇〕。〔按卽𡿧字。因隸變而異形〕

四畫

【巠】堅靈切音經青韻古頂切音到迥韻

(一)水脈也。从川在一下。一、地也。壬省聲。一曰水冥｜也。見〔說文〕。〔段注〕冥｜、水大皃。今字作溟涬。

(二)直波爲｜。見〔廣韻〕。〔按爾雅釋水云。直波爲徑〕

【𡿹】乎經切音形青韻下頂切音婞迥韻

地名。在趙。通作陘。見〔集韻〕。

【巡】松倫切音旬眞韻

(一)視行皃。見〔說文辵部〕。〔按段本依篇韻改皃爲也。注云。視行者。有所省視之行也〕

(二)徧也。〔左桓十二年傳〕三｜數之。

(三)循也。見〔白虎通巡狩〕。

(四)撫也。〔後漢班彪傳〕｜靖黎蒸。懷保鰥寡之惠浹。

(五)逡｜。却退貌。〔莊子田子方〕登高丘。履危石。臨百仞之淵。背逡｜。足二分垂在外。

【巡】余專切音沿先韻

通沿。〔禮記祭義〕陰陽長短。終始相｜。〔注〕｜、讀如沿漢之沿。謂更相從道。〔按集韻僊韻。｜、相循也〕

【𡿯】于聿切音颶質韻胡犬切音泫銑韻

水流也。見〔說文〕。〔段注〕此與水部汩義異。廣韻合爲一。非。

【㐬】𠫓或字。見〔說文𠫓部〕。

五畫

【坙】古巠字。見〔說文〕。

六畫

【𡿺】邕籀文。見〔說文〕。

【𠔀】古箕字。見〔字彙補〕。

【𡿦】古子字。見〔說文長箋〕。

七畫

【𨑛】巡本字。見〔說文辵部〕。

【𩖪】同風。夏承碑作此。見〔字彙補〕。

八畫

【巢】鋤交切音鄛肴韻

(一)本作巢。〔說文巢部〕巢。鳥在木上

曰｜。在穴曰窠。从木。象形。
㈡古代人類所居亦曰｜。〔禮記禮運〕先王未有宮室。冬則居營窟。夏則居橧｜。
㈢族也。〔呂覽求人〕周噍｜於林。
㈣遼｜。蘊積貌。〔淮南俶眞〕譬若周雲之蘢蓯遼｜。彭濞而爲雨。
㈤健也。見〔廣雅釋詁〕。
㈥高也。見〔小爾雅廣詁〕。
㈦鳥之所乳謂之｜。見〔小爾雅廣獸〕。
㈧樂器。〔爾雅釋樂〕大笙謂之｜。
㈨車名。〔左成十六年傳〕楚子登｜車。
㈩菜名。〔陸璣蘂詩序〕蜀疏有兩｜。大｜、卽豌豆之不實者。小｜、生稻畦中。一曰野蠶豆。
⑪國名。〔書序〕｜伯來朝。〔傳〕殷之諸侯。〔按春秋文十三年。楚人圍｜。昭二十四年。吳滅｜。漢永平中。徙封劉般爲居｜侯。國。皆卽殷時｜地。唐置｜縣。屬廬州。今沿此稱。隸安徽省。〕
⑫湖名。〔括地志〕廬州｜縣有｜湖。〔按湖在今合肥東南六十里。廬江縣北七十里。舒城縣東北一百三十里。｜縣西十里。週迴四百餘里〕。
⑬姓也。有｜氏之後。

【巢】士稍切音倮效韻　棧閣也。見〔廣韻〕。

【⿱巛或】于逼切音域稷北切音或職韻　水流也。見〔說文〕。〔按段本依篇韻作水流皃。注云詩黍稷彧彧彧彧者、｜之變。叚｜爲䬠也。〕

【⿰巛隹】竹律切音茁質韻　谷名。見〔五音集韻〕。

九畫

【⿱巛犮】魚乙切音䮗質韻　動也。見〔字彙〕。

【⿱巛黽】同龍。見〔字彙補〕。

十一畫

【巢】巢本字。見〔說文巢部〕。

【⿱巛鼠】巤俗字。見〔字彙〕。

十二畫

【巤】力涉切音獵葉韻
㈠毛｜也。象髮在囟上及毛髮｜｜之形。見〔說文囟部〕。
㈡本也。又鼠毛。見〔廣韻〕。

【⿱巛鼠】同巤。見〔龍龕手鑑〕。

十四畫

【⿱巛兒】子籀文。見〔說文子部〕。〔按集韻作𢀖〕。

十六畫

【⿰巛兒】古子字。見〔五音集韻〕。〔按｜疑卽兒之形譌〕。

二十六畫

【⿱巛兒】葷籀文。見〔說文子部〕。

中華大字典 卯集

※手部※

【手】始九切音首有韻

(一)拳也。象形。見〔說文〕〔段注〕象指掌及腕也。今人舒之爲—。卷之爲拳。其實一也。故以—與拳二篆互訓。

(二)須也。〔釋名釋形體〕—須也。事業之所須也。

(三)止也。〔易說卦〕艮爲—。〔疏〕艮既爲止。—亦能止持其物。故爲—也。

(四)取也。〔詩賓之初筵〕賓載—仇。

(五)猶親也。〔書大傳〕繰三盆—。〔鄭俗云親—〕。

(六)—執之曰—。〔公羊莊十三年傳〕曹子—劍而從之。

(七)—擊之曰—。〔漢書司馬相如傳〕—熊羆。

(八)各占一藝之稱。〔按弓弩—、見杜甫詩。水—、見蘇軾詩。楷書—、射生—、見唐書。今樂工稱吹—。行刑人稱劊子—。大都各擅一藝之名。〕

(九)—拜。—至地也。〔禮記少儀〕則不—拜。

(十)頭至—曰拜—。見〔公羊宣六年傳〕北面再拜稽首注〕。

(十一)貪縱爲非曰放—。〔後漢明帝紀〕殘吏放—。

(十二)失棄本業謂之游—。〔後漢章帝紀〕勿令游—。

(十三)敵—。對—也。〔晉書謝安傳〕便爲敵—。

(十四)國—。善弈者也。〔裴說詩〕國—有輸時。

(十五)凶—。殺人犯也。〔唐書孝友傳〕父死凶—。歷二十年乃令刷憤。

(十六)大垂—。小垂—。曲名。〔樂府解題〕大垂—。言舞而垂其—。又有小垂—。

(十七)佛—。柑。果名。木似朱欒。葉尖長。枝間有刺。實狀如人手。有指。有尺餘者。皮如橙柚而厚。皺而光澤。色生綠熟黃。形乾而香不歇。

(十八)洗—。花。即雞冠花。〔圖入冠字〕。

(十九)—板。笏也。〔晉書桓溫傳〕王坦之倒執—板。〔圖入笏字〕

(二十)—談。圍棋也。〔世說〕支公以圍棋爲—談。

(二十一)—戟。所持適之戟也。見〔釋名釋兵〕。〔猶今稱—槍與—弓—劍義別〕

(二十二)—續。日本謂行事之次敘也。如民事訴訟法。刑事訴法。均謂手續法。

(二十三)—形。日本有價證券之稱。分爲替—形、約束—形、小切—、三種。當吾國匯票、期票、—票之類。

(二十四)—術。日本謂醫家剖割之術也。

(二十五)—荷物。日本謂旅客必需之物也。

(二十六)—當金。日本謂辦公費或因公旅行之費也。

【才】牆來切音裁灰韻

(一)艸木之初也。〔字之豎畫〕上貫一。將生枝葉也。一、地也。見〔說文才部〕〔段注〕一謂上畫也。將生枝葉、謂下畫。—有莖出地而枝葉未出。故曰將。

(二)質性也。〔孟子告子〕非天下之降—爾殊也。

(三)能力也。〔論語子罕〕既竭吾—。

(四)始也。〔晉書夏侯湛傳〕—生魄。〔段玉裁云〕釋詁曰。初哉始也。哉即—字。凡—、材、財、裁、纔、字。以同音通用。

(五)俊也。〔孟子離婁〕—也養不—。

(六)智也。〔淮南主術〕任人之—。難以至治。

(七)用也。〔呂覽異用〕故聖人於物也無不—。〔一作材〕。

(八)勁驗也。〔詩駉〕思馬斯—。

(九)三—。天、地、人也。〔易繫辭〕兼三—而兩之。

(十)四—。身、言、書、判也。〔唐書百官志〕擇人以四—。

(十一)五—。金、木、水、火、土也。〔後漢馬融傳〕五—之用。無或可廢。

(十二)口—。口辯也。〔家語弟子解〕宰予有口—。以言語著名。

(十三)善—。樂工也。〔白居易琵琶行序〕嘗學琵琶於穆曹二善—。

(十四)秀—。古時選士之科目。後漢避光武諱作茂—。近世生員皆稱秀—。

(十五)姓也。明尙書—寬。

二畫

【扎】側八切音札乙黠切音軋黠韻

(一)拔也。見〔集韻〕。〔正字通云〕—即搌省文。改音札。分爲二非。

(二)俗札字。見〔玉篇〕。

【扎】 訖逆切音擊錫韻

㊀受也。見〔字彙〕。

㊁同丮。持也。見〔正字通〕。

【手乙】 失本字〔說文〕縱也。从手乙聲〔段注〕縱者緩也。一曰捨也。在手而逸去爲—。兔部曰。逸。失也。古多叚爲逸去之逸。亦叚爲淫泆之泆。

二畫

【扏】 渠尤切音求尤韻

㊀緩也。見〔廣韻〕。

㊁緩持也。見〔類篇〕。

㊂不固也〔詩正月〕執我仇仇。〔按廣雅釋訓。——緩也。疏證。——、通作仇仇。緇衣云詩云執我仇仇。亦不我力。鄭注云。持我仇仇然不堅固。亦不力用我〕

【扌凵】 口犯切頷上聲豏韻渠斜切音仇尤韻

㊀以手—物也。見〔廣韻〕。

㊁取也。見〔玉篇〕。

【扑】 普木切鋪入聲屋韻匹角切音覺覺韻拍邈切音擉職韻

㊀本作攴〔說文攴部〕小擊也。〔段注〕此字從又卜聲。又者手也。經典隸變作—。凡衡書三禮鞭—字、皆作—。又變爲手卜聲。不改。蓋漢石經之體。此手部無—之原也。

㊁鏊也〔左文十八年傳〕歇以—抶職。

㊂仆也〔史記周本紀〕秦破韓魏。—師武。

㊃擈也〔史記刺客傳〕舉筑—秦皇帝。

【扑】 匹候切剖去聲宥韻

扣也。見〔類篇〕。

【扒】 布怪切音拜卦韻

㊀拔也〔元包經〕拔戶—氐。傳曰。轉石伐木也。〔按—有抽取義。故俗稱竊、賊曰—手〕

㊁通拜〔王應麟詩攷〕勿翦勿—。亦作拜。

【扒】 布拔切音八黠韻

㊀破也〔史記封禪書〕掊視得鼎。〔索隱〕掊—也。

㊁擘也。見〔集韻〕。

【扒】 筆別切音別屑韻

擘也。剖分也。見〔集韻〕。

【打】 都挺切音頂梗韻〔案—字始見於晏林說文新附。謂卽朾之俗字。儲家論—音切不一。今韻從唐韻德冷切。歸入梗韻。然今世實皆讀德馬切答上聲〕

㊀擊也〔北史張彝傳〕以瓦石擊—公門。

㊁棓也。見〔廣雅釋言〕。

㊂毬采名〔蹴踘譜〕每人兩踘名—二。曳開大踘名白—。

㊃阿骨—。金太祖名〔金史太祖紀〕、太祖諱旻。本諱阿骨—。

㊄—馬。雙陸戲也〔李清照賦〕—馬爰興。樗蒲遂廢。

㊅數名也。英語謂十二曰—。臣簡稱之曰—。英文 Dozen。

㊆語助詞。如—睡、—聽、—量、—疊之類。〔案俗以—爲語助。其用滋廣。江西王朝渠需次燕語。本項氏家說而推衍之。至數十事。又或以聲韻相求。謂—飯卽盛飯。—聽卽偵聽〕

㊇拳勇謂之—。如俗云教—、練—、—師之類。

㊈—手。另募精壯之兵也。猶近世之所謂勇。明時廣東以之禦寇。見〔天下郡國利病書〕。

㊉—當〔宋史高昌傳〕都囉囉族。漢使過者遺以財貨謂之—當。

⑪—毦〔國史補〕唐書舉子不捷而醉飽謂之—毦。

【扔】 如蒸切音仍蒸韻

㊀捆也。見〔說文〕〔段注〕捆、扔各本作因。今正。—與仍音義同。老子曰。爲之而莫之應。則攘臂而—之。

㊁原也。見〔字林〕。

㊂姓也。—君。見〔漢書古今人表〕。

【扔】 如證切音認徑韻

㊀強牽引也。見〔廣韻〕。

㊁摧也〔後漢馬融傳〕竄伏—輪。

㊂就也。數也。見〔字林〕。

㊃推也。見〔集韻〕。

㊄擲也〔按今京師謂拋物曰—。蓋北無入音。—擲聲近。得相轉也〕

【扌丩】 居虯切音樛尤韻

同摎。束也。見〔集韻〕。

【扌丩】 古收字。見〔玉篇〕。

【扟】 所臻切音申眞韻

從上擇取物也。見〔龍龕手鑑〕。

【払】 方犯切聯韻

取也。見〔川篇〕。

【⿰扌刂】 苦瞎切黠韻

巧—也。見〔五音篇海〕。

【扐】 歷德切音勒職韻

易筮再—而後卦。見〔說文〕。〔王注〕易釋文—馬云指閒也。字旣從手則此爲正義。玉篇曰。凡數之餘謂之—。此則引伸之義也。易曰歸奇于—。旣是奇零則爲餘也。又禮記王制。祭用數之仂。喪用三年之仂。許君不收仂。蓋亦借—。

【扐】 六直切音力職韻

縛也。關中語。見〔集韻〕。

【扝】 古巧字。見〔玉篇〕。

三畫

【扞】 侯幹切音翰翰韻

㊀忮也。見〔說文〕。〔段注〕忮當作枝。枝持字。古書用枝。亦用支。許之字例。則當作榰。忮訓很。非其義。周南干城傳曰。干—也。孫炎以自蔽—、釋爾雅—字。許盾下云。所以—身蔽目。然則—字之訓可定矣。

㊁禦也。〔呂覽恃君〕肌膚不足以—寒暑。

㊂衛也。〔左桓十二年傳〕請無—採樵者以誘之。

㊃蔽也。〔荀子彊國〕白刃—乎胷。

㊄突也。〔漢書董仲舒傳〕抵冒殊—。

㊅張也。〔淮原南道〕射者—烏號之弓。

㊆觸也。〔史記游俠傳〕時—當世之文罔。

㊇射韝也。〔韓非說林〕羿執鞅持—。

㊈通韝。臂衣也。〔漢書尹賞傳〕被鎧—。持刀兵者。

㊉通釬。矛鏄也。〔國策趙策〕豫讓刃其—。〔注〕矛鏄謂之—。

⑪—格。堅不可入之貌。〔禮記學記〕則—格而不勝。

⑫—馬。突馬也。〔家語致思〕凜凜焉若持朽索之—馬。

【扞】 古旱初音笴旱韻

同擀。以手伸物。見〔集韻〕。

【扣】 丘候切音寇宥韻去后切音口有韻

㊀牽馬也。見〔說文〕。〔桂注〕襄十八年左傳。太子與郭榮—馬。〔按廣雅釋詁。—持也。疏證。—者牽持之也。引左傳同桂。〕

㊁擊也。〔列子湯問〕—石擊壤。

㊂擧也。見〔廣雅釋詁〕。〔疏證〕—者。論語子罕篇。我叩其兩端而竭焉。孔傳訓叩爲發。發與擧同義。叩與—通。

㊃觸也。〔唐書劉栖楚傳〕遂額—龍墀。血被面。

㊄敲也。〔朱子詩〕禰關夜—手剝啄。

㊅除也。留也。折也。今俗呼除去曰—除。押留曰—留。折算曰—算。皆有苛剋之意。蓋苛—聲近。義亦相假耳。

㊆鈕—。衣之襟上所以繫鈕者也。字俗亦以釦爲之。

㊇鐵—。機械之屬。

鐵扣圖

【扤】 五忽切音兀魚厥切音月月韻五活切玩入聲曷韻

㊀動也。見〔說文〕。〔段注〕詩正月。天之—我。傳曰。—、動也。

㊁搖也。〔史記司馬相如傳〕—紫藍。

㊂不安也。〔方言〕僟謂之—。〔按—不安也〔箋疏〕說文、扤、船行不安也。讀若兀。是扤爲正字。〕

【扚】 丁了切音鳥篠韻

㊀疾擊也。見〔說文〕。〔段注〕疾速擊之也。史記天官書。—雲。

㊁擗取曰—。見〔方言〕。

【扚】 丁歷切音的錫韻

㊀引也。見〔集韻〕。〔按史記天官書索隱引許愼注淮南云。—引也。〕

㊁手招也。見〔字彙〕。

【扚】 職略切音灼藥韻

旁擊也。見〔集韻〕。

【扚】 乙卻切音約藥韻

手指節文也。見〔集韻〕。

【扚】 狠敵切音歷錫韻

按也。見〔集韻〕。

【扜】 邕俱切音紆匈于切音吁虞韻

㊀指麾也。从手亏聲。見〔說文〕。〔段注〕麾各本作𪎭。俗。今正。山海經曰。有人方—弓射黃蛇。〔玉篇引作指麾也。王筠云。麾、麾之省文。〕

㊁持也。見〔集韻〕。

【扟】居烑切音靳問韻居銀切音巾眞韻居覲切巾去聲震韻
㊀以巾覆物也。見〔集韻〕。
㊁覆巾也。見〔字彙〕。

【托】闥各切音拓藥韻
㊀同拓。見〔集韻〕。
㊁不一。湯餠也。卽餺飥。〔五代史李茂貞傳〕一日食粥。一日食不一。
㊂所以承茶具者也。〔資暇錄〕蜀崔寧女。以茶杯無襯。病其熨指。遂製爲茶一子。〔按今凡物之爲承薦用者。多以一名。皆因此也。〕
㊃英度名。二碼爲一。一具言花當我五尺九寸二分强。英文fathcin。
㊄一克一。縣名。今屬山西。

【扟】疏臻切音莘眞韻
㊀從上挹取也。見〔說文〕。
㊁減也。剝也。〔元包經〕損一且勞。

【扠】初加切音叉麻韻
㊀挾取也。〔韓愈詩〕饞一飽活蠏。
㊁刺魚之具。〔周禮鼈人注〕以一刺泥中搏取之。

【扠】初佳切音釵佳韻
打也。見〔集韻〕。

【扠】摓佳切音跐佳韻
以拳加物也。見〔集韻〕。

【扡】移爾切迤上聲紙韻
㊀加也。見〔廣韻〕。
㊁離也。見〔廣韻〕。

【扡】湯何切音佗歌韻他佐切音袉箇韻
同拕。曳也。〔論語鄉黨〕加朝服一紳。〔釋文〕一本或作拖。〔按唐石經作一。今本作拖。阮元云。一、拖。卽說文手部拕字。〕

【扡】唐何切音駝歌韻待可切音柂哿韻
同拕。引也。見〔集韻〕。

【扡】丈介切音豸尹豸切音褫紙韻文蟹切音廌蟹韻
析也。〔詩小弁〕析薪一矣。〔集韻三音。皆本釋文。正字通云。古音托何切。音學五書云。古音徒可切。〕

【扡】余支切音移支韻
同迻。遷徙也。見〔集韻〕。

【扡】是義切音豉寘韻
牽也。見〔集韻〕。

【扢】古忽切音骨下沒切音齕胡骨切音搰月韻
摩也。〔漢書禮樂志〕一嘉壇。〔注〕摩拭其壇。

【扢】居乙切音訖質韻
舉也。見〔廣韻〕。

【扢】許訖切音迄物韻
喬舞貌。一曰喜也。〔莊子讓王〕子路一然執干而舞。

【扢】九傑切音紇屑韻
拔引也。見〔集韻〕。

【扛】古雙切音杠江韻居郞切音岡陽韻
橫關對舉也。見〔說文〕。〔段注〕以木橫持門戶曰關。凡大物而兩手對舉之曰一。項羽力能一鼎。鼎謂鼎有耳、以木橫貫鼎耳而舉其兩端也。卽無橫木、而兩手舉之亦曰一。卽兩人以橫木對舉一物亦曰一。

【扛】同摃。見〔集韻〕。

【扝】空胡切音枯虞韻
揚也。〔方言〕一、摣揚也。〔郭注〕謂播揚也。

【扝】汪胡切音烏虞韻
引也。〔呂覽壅塞〕因一弓而射之。

【扙】雉兩切音丈養韻
傷也。見〔韻集〕。

【抒】九勿切音剻物韻
以杖掘出也。見〔集韻〕。

【村】取本切音忖阮韻
截也。同刌。見〔集韻〕。〔按廣雅釋詁。刌。斷也。又制也。〕

【扫】武道切施上聲皓韻
持也。見〔集韻〕。

【抓】止兩切音掌養韻
批擊也。見〔集韻〕。

【材】步項切音棒講韻
打也。見〔篇海〕。

【扤】五忽切音兀月韻
騷動也。見〔龍龕手鑑〕。

【扶】火大切音鉠泰韻
摸也。見〔川篇〕。

【扽】都困切音頓願韻
動也。見〔篇海〕。

【扥】同掩。見〔佩觿集〕。

【扲】思晉切音信震韻

振也。見〔集韻〕。

【扗】在本字。見〔正字通〕。

【⿰扌弓】古引字。見〔集韻〕。

【扦】俗攓字。見〔正字通〕。〔按近世關卡丁役所持以探驗貨物者。曰—子。蓋攓本訓插。以—探物。仍取插之訓也〕

【⿰扌弋】找譌字。見〔正字通〕。

四畫

【扭】女久切音紐陟柳切音肘有韻

●(一)手轉貌。見〔廣韻〕。

●(二)捼也。見〔集韻〕。

●(三)手縛也。今俗謂揪爲—。見〔正字通〕。

【扭】陟救切音晝宥韻

捼也。見〔集韻〕。

【扮】父吻切音憤府吻切音粉吻韻方文切音分敷文切音芬文韻

●(一)握也。見〔說文〕。

●(二)動也。見〔玉篇〕。〔按廣雅釋詁。—。勸也。疏證。—亦奮也。方俗語有輕重耳。〕

●(三)幷也。〔太玄玄數〕地則虛三以—天之十八也。

●(四)和也。〔史記貨殖傳注〕以椒薑—之。

【扮】博幻切班去聲諫韻

裝飾也。〔六書故〕今俗以裝飾爲打—。

【扮】虎買切音蟹蟹韻

亂也。見〔集韻〕。

【抪】普活切音潑蒲撥切音跋曷韻

●(一)搖也。見〔說文〕〔段注〕今人用拂拭字當作此。

●(二)擊也。〔淮南說林〕游者以足蹶。以手—。

●(三)—掘。自任無憚也。見〔集韻〕。

【扰】於救切音宥宥韻

●(一)福也。見〔玉篇〕。

●(二)動也。見〔字彙〕。

【扱】測洽切音鍤洽韻測入切音屆迄及切音吸訖立切音急緝韻七接切音妾疎歃切音霅葉韻

●(一)收也。見〔說文〕〔段注〕收者捕也。曲禮以箕自鄉而—之。此—之本義也。〔按禮鄭注云。—讀曰吸。謂收糞時也〕

●(二)取也。見〔廣雅釋詁〕〔疏證〕士昏禮記云。祭醴始—一祭。又—再祭。—之爲言挹取之也。

●(三)獲也。〔周禮廩人注〕—以授舂人舂之。

●(四)擭也。見〔方言〕〔箋疏〕周官雍氏鄭注。擭柞鄂也。李善西京賦注。擭謂掘取之也。

●(五)引也。見〔廣雅釋詁〕〔疏證〕取水於井謂之汲。—聲與—亦相近也。故亦曰汲引。

●(六)舉也。見〔廣韻〕。〔按通俗編云。俗以手舁物他徙爲—〕。

●(七)插也。見〔廣雅釋詁〕〔疏證〕喪大記云。徒跣—衽。管子小匡篇云。管仲詘纓插衽。插、—、古通用。

●(八)通接。〔周禮廩人〕則共其接盛。〔疏〕讀接爲—。殖—也。

●(九)通捷。〔禮內則注〕猶—也。〔釋文〕、—本作捷。

●(十)通吸。〔爾雅釋器〕—衽謂之襭。〔說文足部〕引作趿。

【扱】乞及切音泣逆及切音岌緝韻

拜手至地也。〔儀禮士昏禮〕婦拜—地。〔注〕猶男子稽首。

【扲】其淹切音箝鹽韻

●(一)業也。見〔廣雅釋詁〕〔疏證〕方言、—業也。郭璞注云謂基業也。

●(二)記也。見〔玉篇〕。〔按錢繹方言箋疏云。廣雅。—業也。玉篇。—記也。是—爲記識之業也。此說連貫爲一。與郭注意異。存參〕

●(三)把也。見〔字彙〕。

【扲】巨禁切音噤寢韻

捉也。或作捦。見〔五音集韻〕。

【扲】渠金切音琴侵韻

同捦。急持也。見〔集韻〕。

【扳】逋還切音班刪韻

●(一)援引也。〔公羊隱元年傳〕諸大夫—隱而立之。

●(二)同攀。〔范梈詩〕仙棲庶可—。

【扳】普患切音販諫韻

挽也。引也。援也。見〔集韻〕。

【扶】馮無切音符虞韻

(一)佐也。見〔說文〕。〔桂注〕集韻引作左也。本書。左。手相左助也。廣韻—。助也。論語。顚而不—。

(二)傳也。傳近之也。見〔釋名釋言語〕。〔按漢書天文志奢爲—晉灼謂—附也。小人附近君子。亦此義〕。

(三)攀也。〔淮南原道〕—搖捘抱羊角而上。

(四)緣也。〔國語晉語〕侏儒—盧。

(五)旁也。〔淮南人閒〕去高木而巢—枝。

(六)治也。〔淮南本經〕—撥以爲正。

(七)婦人肅拜也。〔釋名釋姿容〕拜於婦人爲—自抽—而上下也。〔疏證〕肅拜者、頫首正立。斂兩袖於胸前而低昂之。故曰抽—而上下。

(八)州名。在隴右。唐屬山南道。今甘肅文縣地。

(九)澤名。〔漢書地理志注〕地有—澤。澤中多柳。〔當在今直隸冀縣〕。

(十)姓也。傳魯論語者魯—卿。見〔漢書藝文志〕。

(十一)—於。猶—疏也。〔史記司馬相如傳〕垂條—於。

(十二)—疏。繁縟貌。〔淮南脩務〕舞—疏。

(十三)—搖。發動也。〔淮南覽冥〕—搖而登之。〔又〕風名。上行風謂之—搖。〔莊子逍遙遊〕搏—搖羊角而上者。〔又〕神木也。〔莊子在宥〕將東遊過—搖之枝。

(十四)—風。疾風也。〔淮南覽冥〕降—風。〔又〕地名。歷代均有此稱。晉、—風郡。屬雍州。今屬陝西涇陽縣。南齊、—風郡。屬雍州。今爲湖北穀城縣。又屬益州。今四川撿唐、縣。屬陝西。今仍之。又西漢有右—風郡。今爲陝西咸陽縣。東漢、郡。司隸。今陝西興平縣。西—風郡南宋、屬秦州。今陝西南鄭縣北。北—風郡、南宋、屬秦州南鄭縣。並見〔歷代地理志〕。

(十五)—木。—桑也。〔淮南地形〕—木在陽州。

(十六)—桑。木也。〔山海經海外東經〕湯谷上有—桑。〔又〕地名。〔淮南天文〕日出于暘谷。浴于咸池。拂于—桑。

(十七)—留。藤名。〔文選左思賦〕東風—留。

(十八)—蘇。—胥小木也。〔詩山有扶蘇〕山有—蘇。

(十九)—竹。邛竹也。〔山海經中山經〕龜山多—竹。

(二十)—搖。草名。〔管子地員〕萎葉如—搖。

(廿一)—拔。獸名。〔後漢章帝紀注〕—拔似麟無角。

(廿二)通芙。〔爾雅釋草〕荷—蕖。〔今本作芙俗字〕。

(廿三)通颫。〔爾雅釋天〕—搖謂之猋。〔釋文〕字林作颫同。

〔扶〕，馮無切音夫虞韻

(一)手鋪四指曰—。〔禮記投壺〕籌室中五—。堂上七—。庭中九—。

(二)——。幼小貌。〔太玄礥〕赤子——。

(三)通膚。〔書大傳〕—寸而合。〔公羊傳三十一年傳〕作膚寸而合。

〔扶〕 蓬逋切音蒲虞韻

(一)蟠止不行也。〔漢書天文志〕晷長爲潦。短爲旱。奢爲—。

(二)同匍。〔禮記檀弓〕詩云。—服救之。〔詩谷風〕作匍匐。

〔批〕 篇迷切音鈚騈迷切音鼙齊韻普頭切音庀紙韻蒲結切音蹩屑韻

(一)擊也。〔左莊十二年傳〕宋萬遇仇牧于門。—而殺之。

(二)推也。〔洪範五行傳〕則會—之六診。

(三)轉也。〔史記司馬相如傳〕—巖衝擊。

(四)助也。見〔集韻〕。〔按釋名釋姿容云。—裨也。兩相裨助。共擊之也〕。

(五)示也。〔唐書李藩傳〕制敕有不便者。黃紙後—之。〔今云—評、—點、—判。皆本此〕。

(六)排也。〔史記孫吳傳〕—亢擣虛。

(七)觸也。〔史記荆軻傳〕欲批其逆鱗哉。

(八)通剕。削也。〔杜甫詩〕竹—雙耳峻。〔俗謂切成薄片曰—。即此義〕。

(九)公事一起曰一—。凡公物分次運送者亦曰—。

(十)—發。營業家躉賣貨物也。〔以上三義只讀平聲〕。

〔批〕 頻脂切音琵支韻

通琵。〔風俗通〕—把。近世樂家所作。以手—把。因以爲名。〔按—把、即琵琶。引手爲—。卻手爲把〕。

〔抵〕 章氏切音紙紙韻

(一)側擊也。从手氏聲。見〔說文〕。〔桂注〕秦策。—掌而談。鮑云。—。側擊也。〔按段注云。—字今多譌作抵〕。

其音義皆殊。國策夏無且以藥囊提荊軻。史記薄太后以冒絮提文帝、提皆—之假借字也。

(二)擊毀也。〔漢書揚雄傳〕—穰侯而代之。

(三)投也。〔文選張衡賦〕—擘於谷。

【抵】魍移切音胹支韻

擬手期剋也。見〔集韻〕。

【扻】側吏切音㱾寘韻子結切音節屑韻

治髮也。〔莊子庚桑楚〕簡髮而—。數米而炊。

【扻】苦感切音坎感韻

擊也。見〔集韻〕。

【抭】鑽本切音瞑阮韻

減也。損也。古作—。見〔集韻〕。

【抰】側瑟切音櫛質韻

梳比之總名。櫛、或作—。見〔集韻〕。

【扼】乙革切音扼陌韻

(一)同扼。〔漢書李陵傳〕力—虎。

(二)通軛。〔莊子馬蹄〕加之以衡—。

【掆】他合切音探覃韻

并持也。見〔說文〕。〔段注〕謂彙二物而持之也。秝部曰。秉持一禾。彙持二禾。彙者會意字。—者形聲字。與彙音略同。〔按字亦書作搛〕。

【掆】如占切音髯鹽韻那含切音南覃韻

持也。見〔集韻〕。

【扽】都困切音頓願韻

(一)撼也。見〔集韻〕。

(二)引也。見〔廣雅釋詁〕。〔疏證〕古通作頓。荀子勸學篇云。若挈裘領。詘五指而頓之。順者不可勝數也。案頓者振引也。言挈裘領者。詘五指而振引之。則全裘之毛皆順也。

(三)摩也。見〔集韻〕。

【拔】胡瓜切音華麻韻

與划同。舟進竿謂之划。見〔集韻〕。

【找】俗音爪、

(一)補不足曰—。見〔洪武正韻〕。

(二)凡尋覓人物曰—

【承】辰陵切音丞蒸韻

(一)奉也。受也。見〔說文〕。〔桂注〕奉也者。本書。奉。—也。書多方不克靈—于旅。傳云。不能善奉於人。受也者。易師卦。開國—家。虞翻曰。—。受也。

(二)繼也。〔詩權輿〕吁嗟乎不—權輿。

(三)次也。〔國語晉語〕虢叔爲右以—公。

(四)擧也。〔易艮〕不—其隨。〔馬注〕—，擧也。

(五)迎也。〔莊子大宗師〕若不足而不—。

(六)下載上也。〔易坤〕乃順—天。

(七)下受上也。〔易歸妹〕女—筐無實。

(八)猶傳也。〔儀禮少牢饋食禮〕—致多福無疆於女孝孫。

(九)猶事也。〔禮記坊記〕一人焉以爲尸。

(十)屋柱下石也。〔尙書大傳〕庶人有石—。

(十一)佐也。〔左哀十八年傳〕楚右司馬子國帥師而行請—。

(十二)止也。〔詩閟宮〕則莫我敢—。

(十三)楣前几也。〔方言〕楣前几、江沔之間曰桯。〔注〕今江東呼爲—。

(十四)—明。殿前之廬也。〔後漢班彪傳〕又有—明金馬著作之庭。

(十五)—華。廄名。〔文選張衡賦〕騤—華之蒲梢。

(十六)—繼。爲人後也。〔晉書賀循傳〕此前代之明典。—繼之著義也。

(十七)—塵。施於上以—塵土也。〔後漢雷義傳〕投金於—塵上。〔俗謂樓板〕。

(十八)—嗣。冢子也。〔大戴記曾子立事〕使弟猶使—嗣也。〔注〕—嗣。謂冢子也。

(十九)—露。績巾也。〔方言〕覆結謂之績巾。或謂之—露。〔又〕盤名。曹植有—露盤頌序。

(二十)—認。今謂列國公認一國之行爲、曰—認。又謂個人允許。亦多通用之。

【承】持陵切音懲蒸韻

同懲。〔左哀四年傳〕諸大夫恐其又遷也—。〔注〕—音懲。蓋楚言。〔疏〕懲創昔年之遷。

【承】之慶切音整迥韻

通拼。〔列子黃帝〕使弟子並流而—之。〔釋文〕出溺爲—。

【承】咋亙切音贈徑韻

猶送也。〔禮記文王世子〕至于賵賻—含。皆有正焉。〔注〕—、讀爲贈。

【承】諸仍切音蒸蒸韻

水名。〔漢書地理志〕—水出長沙國承陽縣。〔按歷代地理志。承陽

縣在今湖南衡陽縣西一百七十里。據此。—水當在湖南衡陽縣。〕

【技】巨綺切奇上聲紙韻奇寄切音芰寘韻

(一)巧也。見〔說文〕。〔桂注〕巧也者。本書。巧。—也。妍。—也。馥案謂妍巧也。王制。作奇—奇器以疑衆。

(二)工也。〔荀子富國〕故百—所成。所以養一人也。

(三)才能也。〔書秦誓〕人之有—。〔古多假伎爲—能字。〕

(四)材力也。〔荀子議兵〕齊人隆—擊。

(五)不端也。〔莊子在宥〕是相於—也。〔崔注〕—不端也。

(六)猶擬也。〔史記魯仲連鄒陽傳〕—桓公之心。

【技】翹移切音祇支韻

不端也。見〔集韻〕。〔按莊子在宥釋文。—其綺反。李音鼓。崔云不端也。此集韻所本。集韻從支不從攴。舊字典收入技字。誤甚。〕

【⿰扌丰】部項切音蚌講韻

(一)打也。見〔集韻〕。

(二)掬也。見〔字彙〕。

【⿰扌丰】脊容切音逢冬韻

與捀同。奉也。見〔集韻〕。

【⿰扌丰】撫勇切音捧腫韻

與捧同。掬也。見〔集韻〕。

【抃】皮變切音卞霰韻

(一)拊手也。〔呂覽古樂〕帝嚳乃令人—。

(二)卞也。〔荀子王制〕—急禁悍。

【扑】方煩切音藩元韻

同犿。連—。宛轉貌見〔集韻〕。

【抄】初交切音鈔肴韻

(一)叉取也。〔韓愈詩〕匙—爛飯穩送之。

(二)略取也。〔魏志太祖紀注〕—略諸郡。〔今云—家、—沒即此義。〕

(三)斜行而出其前也。凡營陣掩取敵兵曰包—。

(四)謄也。〔晉書紀瞻傳〕手自—寫。

(五)量名。十圭爲—。十—爲撮。

(六)姓也。明永樂中舉人—思。

【抄】楚絞切音炒巧韻楚敎切鈔去聲效韻

掠取也。見〔集韻〕。

【抄】桑何切音娑歌韻

摩抄也。抄亦省作—。見〔集韻〕。

【抆】武粉切音吻吻韻文運切音問問韻

(一)拭也。〔楚辭九章〕孤子唫而—涙。

(二)靡也。〔漢書朱博傳〕—拭用禁。

【抇】胡骨切音鶻月韻

(一)牽物動轉也。〔柳宗元文〕掎—泥淳。

(二)同搰。穿也。〔荀子堯問〕深—之而得甘泉焉。

(三)發也。〔呂覽安死〕不可不—。

【抇】呼骨切音忽月韻

裂也。見〔集韻〕。

【抇】古忽切音骨月韻

同滑。亂也。〔呂覽本生〕物者—之。

【抇】其月切音厥月韻

同掘。〔列子說符〕俄而—其谷。〔注〕—、古掘字。

【抈】魚厥切音月月韻五活切玩入聲曷韻

(一)折也。見〔說文〕〔桂注〕太玄羨。上九。車軸折。其衡—。〔按今人謂手折物爲—。本此。〕

(二)動也。〔國語晉語〕其置本也固矣。故不可—也。〔段玉裁云〕依韋注。是謂此—爲杌之假借字也。

【抉】娟悅切音妜古穴切音玦屑韻

(一)挑也。見〔說文〕。〔桂注〕聲類。挑。—也。謂以手—取物也。史記吳世家。—吾眼置之吳東門。以觀越之滅吳也。

(二)擗也。〔左襄十年傳〕郰人紇—之以出門者。

(三)穿也。見〔廣雅釋詁〕。〔疏證〕襄十七年左傳云。以杙—其傷而死。說文。穾。穿也。窔。深—也。義並與—同。

(四)擿發也。〔柳宗元文〕搆—過失。

(五)通決。所以縱弦也。著右手巨指。〔周禮繕人〕掌王之用弓弩矢箙矰弋—拾。

(六)通觖。〔漢書孫寶傳〕故欲擿觖以揚我惡。〔注〕擿觖。謂挑發也。與—同。

【把】補下切巴上聲馬韻

(一)握也。見〔說文〕〔段注〕握者搤持也。孟子注曰。拱、合兩手也。—以一手—之也。

(二)持也〔史記殷本紀〕湯自—鉞以伐昆吾。

(三)執也〔漢書王溫舒傳〕皆—其陰重罪而縱使督盜賊。

(四)秉也〔六書故〕詩云彼有遺秉毛氏曰秉—也。秉、—同聲實一字。

(五)所執處〔文選潘岳賦〕戾翳旋—。〔注〕翳內所執處也。〔按俗謂器物一柄曰一—即此義。〕

(六)束也。〔杜甫詩〕淸晨送菜—。〔按—有約束義故俗謂守門曰—門。〕

(七)猶將也〔秦韜玉詩〕不—雙眉鬪畫長。

(八)—總淸綠營汛官名。

【把】蒲巴切音杷麻韻

(一)通爬。〔漢書賈禹傳〕農夫捽草—土。

(二)通琶。琵琶。樂器。或作批—。見〔風俗通〕。

(三)姓也。西魏襄州刺史—秀。

【把】必駕切音霸禡韻

通弝。〔禮記曲禮左手承弣疏〕弣—也。〔六書故〕手所把爲—。猶秉之爲柄也。

【扲】七鴆切音沁沁韻

(一)同捡。掃也。見〔集韻〕。

(二)播也。見〔字彙〕。

【抌】陟甚切碪上聲寑韻

(一)突擊也。見〔說文〕〔段注〕深淺字。許作突。〔按說文攴部作㪟義同。〕

(二)楚謂搏曰—。見〔集韻〕。

【抌】食荏切音甚寑韻

推也。〔方言〕㧉、—推也。〔按錢繹箋疏作椎也謂相椎搏。〕

【扰】勇主切音庾麌韻都感切音䀠感韻

刺也。見〔廣雅釋詁〕〔疏證〕史記荆軻傳右手揕其胸。徐廣曰揕一作抗。案抗、乃—字之譌。〔段玉裁云〕揕、即—字。

【拁】邱加切音啊麻韻

(一)同柯。捉也。見〔集韻〕。

(二)捉也。見〔類篇〕。

(三)捋也。見〔字彙〕。

(四)抗也。見〔字彙〕。

【扨】魚羈切音許羈韻

同研。碾也。見〔五音集韻〕。

【扨】牛加切音牙麻韻

扨—不正貌。見〔集韻〕。

【抍】之虔切音甄迴韻辰陵切音承諸仍切音蒸書蒸切音升蒸韻

(一)上舉也。易曰。—馬壯吉。見〔說文〕。〔桂注〕渙卦文。彼作拯。顧炎武曰。渙初六。皆曰用拯馬壯。拯字。子夏傳、說文、字林、並作—。音升。一音承。上舉也。漢時所傳如此。而今作拯者。唐開成以後所定也。孔彪碑有云。—馬者。易明夷六二。

(二)拔也。〔方言〕—拔也。出休爲—。〔箋疏〕玉篇—拯。助也。說文。休。沒水也。讀與溺同。

(三)收也。見〔廣雅釋詁〕〔疏證〕周官職幣注云。振、猶—也。中庸注云。振、猶收也。

(四)取也。見〔廣雅釋詁〕〔疏證〕艮六二。不拯其隨。虞注云。拯、取也。拯與—同。莊子達生篇見痀僂者承蜩。猶掇之也。承亦與—同。〔按子夏易傳。—取也。〕

(五)賑濟也〔周禮職幣疏〕以財與之謂之—。

【抎】羽粉切雲上聲吻韻羽敏切音殞軫韻〔擅、俗作—。非。〕

(一)有所失也。春秋傳曰。—子辱矣。見〔說文〕〔段注〕成公二年左傳。石稷謂孫良夫曰。子國卿也。隕子辱矣。許所據作—。正謂失也。

(二)從高下也。〔國策楚策〕折淸風而—矣。

(三)猶殞也。〔呂覽音初〕昭王—于漢中。

(四)擊也。揚子。鍾鼓不—。見〔字彙〕。〔按法言先知篇籩豆不陳。玉帛不分。琴瑟不鏗。鍾鼓不—。則吾無以見聖人矣。—字。崇文書局本作眩。秦氏影宋本作擅。眩從目訓視。去鐘鼓義遠。擅、即—之譌字。因擅字俗每省作抎。校者不知此處爲—本字。而改從亶也。且陳分鏗—。與上四句彰明揚光同是用韻。可證。〕

【抏】吾官切音岏寒韻

(一)挫也。〔漢書司馬相如傳〕—士卒之精。

(二)耗也。〔史記平準書〕百姓—敝以

巧法。同园圓刓也。〔集韻〕莊子。园而幾向方。或作一。

【抏】五換切音玩翰韻

鈋盡也。見〔字彙〕。〔按漢書吾邱壽王傳〕海內一敝。注云。訛盡也。訛、鈋同。

同翫。〔荀子王霸〕縣樂奢泰游一之脩。

通玩。按摩也。〔史記扁鵲傳〕案一毒熨。

【抐】奴骨切音訥月韻 奴困切音嫩願韻

按物水中也。見〔廣韻〕。

沒也。見〔字林〕。

擩也。見〔廣雅釋言〕。

【抐】諾答切音納合韻

同搻。打也。見〔集韻〕。

【抐】而睡切音汭寘韻

內也。見〔集韻〕。

【抐】儒稅切音芮霽韻

捽也。見〔集韻〕。

【抐】昵立切音䎎緝韻

挹一。中制也。見〔集韻〕。

【抑】乙力切音億職韻

(一)按也。从反印。一俗从手。見〔說文〕印部。〔段注〕用印必向下按之。故字从反印。淮南齊俗訓云。若璽之一埴。正與之正。傾與之傾。璽之一埴。即今俗云以印印泥也。此一之本義也。引伸之為凡按之稱。內則。而敬一搔之。注云。一。按也。

(二)遏也。〔後漢明帝紀〕章奏若有過稱虛譽。尙書宜一而不省。

(三)塞也。〔史記河渠書〕禹一鴻水。

(四)治也。〔孟子滕文公〕昔者禹一洪水。

(五)下也。〔史記屈原傳〕俛詘以自一。

(六)屈也。〔史記叔孫通傳〕皆伏一首。

(七)貶也。〔國語楚語〕而為之發善而一惡焉。

(八)遏也。〔漢書賈誼傳〕不使人捽一而刑之也。

(九)損也。〔書無逸〕克自一畏。

(十)推也。〔禮記學記〕强而弗一。

(十一)枉也。〔國語晉語〕叔魚一刑侯。

(十二)退也。〔後漢班固傳〕不一抗。

(十三)止也。〔淮南本經〕一減怒瀨以揚激波。

(十四)沒也。〔淮南本經〕民之滅一夭隱。

(十五)安也。見〔方言〕。〔箋疏〕廣雅。一。安也。墨子親士篇。三子之能達名成功於天下也。皆於其國一而大醜也。案一而大醜。即安其大耻也。

(十六)美也。〔詩猗嗟〕一若揚兮。

(十七)意也。〔漢書敘傳〕其一者縱橫之事、復起於今乎。

(十八)疑詞。〔左昭八年傳〕一臣又聞之。

(十九)怨詞。〔詩十月之交〕一此皇父。〔箋〕一之言噫。噫是皇父。疾而呼之。

(二十)發語詞。〔左昭十三年傳〕一齊人不盟。若之何。

(二十一)反語詞。〔孟子梁惠王〕一王興甲兵。

(二十二)亦然之詞。〔詩叔田于〕一磬控忌。一縱送忌。

(二十三)轉換之詞。〔論語學而〕求之與。一與之與。

(二十四)通懿。〔國語楚語〕作懿戒以自警。〔注〕懿。詩大雅一之篇。

(二十五)一一。美也。〔詩假樂〕威儀一一。〔又〕愼密也。〔詩賓之初筵〕威儀一一。

(二十六)一亦。亦詞之轉也。〔論語子路〕一亦可以為次矣。〔王引之云〕或作意。亦或作噫。亦或作億。亦聲義並同也。

【抒】神與切紓上聲 丈呂切音佇語韻

(一)挹也。見〔說文〕。〔段注〕凡挹彼注茲曰一。按通俗文汲出謂之一。管子禁藏篇。一井易水。

(二)泄也。〔漢書王褒傳〕略陳愚而一情素。

(三)除也。〔左文六年傳〕有此四德者。難必一矣。

(四)解也。〔謝偃文〕聞之者憙悅而情一。

【抒】象呂切音敘語韻

挹也。見〔集韻〕。

【抓】側絞切音蚤巧韻 莊交切音摷肴韻 阻教切音笊效韻

(一)搔也。〔莊子徐无鬼〕有一狙焉。委蛇攫一。見巧乎王。

(二)掐也。〔文選枚乘上書〕手可擢而一。

(三)俗謂以手爪取物曰一。

【投】徒侯切音頭尤韻

(一)擿也。見〔說文〕。〔桂注〕昭五年左傳。受其書而一之。杜云。一。擲也。

(二)致也。〔禮記曲禮〕無—與狗骨。

(三)棄也。〔左文十八年傳〕—諸四裔。

(四)猶沈也。〔呂覽離俗〕而自—於蒼領之淵。

(五)振也。〔左宣十四年傳〕—袂而起。

(六)至也。〔後漢任光傳〕—暮入堂陽界。

(七)揮也。〔莊子漁父揄袂釋文〕揄、李音—、揮也。

(八)託也。〔後漢張儉傳〕望門—止。

(九)掩也。〔詩小弁〕相彼—兔。

(十)合也。〔楚辭大招〕—詩賦只。

(十一)納也。〔唐書百官志〕—之丹甌。

(十二)贈也。〔詩木瓜〕—我以木瓜。

(十三)舉徒之辭也。〔禮記樂記〕—殷之後於宋。

(十四)適也。〔鄭炎詩〕賢才抑不用。遠—荊南沙。

(十五)猶下也。〔後漢陶黃徐姜申屠傳〕—劾而去。〔注〕—、猶下也。今有—辭—牒之言也。

(十六)迎也。〔史記淮陰侯傳〕足下右—則漢王勝。左—則項王勝。

(十七)進也。〔楊維楨詩〕光範長書次第—。

(十八)懸也。〔後漢楊震傳〕天—蜺。天下怨。

(十九)種也。見〔廣雅釋地〕〔疏證〕謂—種於土中也。氾勝之書云。夜半漬麥種。向晨速—之。

(二十)博也。—瓊也。〔史記蔡澤傳〕或欲大—。〔按列子注。凡戲爭能取中。皆曰射。亦曰—〕

(廿一)—壺也。〔禮記少儀〕侍—則擁矢。

(廿二)姓也。漢光祿—調。

【投】大透切音豆宥韻

(一)同逗。〔杜甫詩〕遠—錦江箋。

(二)同酘。重醞也。〔梁元帝樂府〕宜城—酒今行熟。

(三)通句讀之讀。〔馬融賦〕察度於句—。

【抗】口浪切音伉漾韻

(一)扞也。見〔說文〕〔段注〕既夕禮注曰。—、禦也。左傳曰。以亢其讎。注云。亢、猶當也。亢、爲—之叚借字。

(二)舉也。〔禮記喪大記〕—衾而浴。

(三)抵也。〔列子黃帝〕而以道與世—。

(四)敵也。〔史記貨殖傳〕無不分庭與之—禮。

(五)振也。〔嵇康文〕高自矯—。

(六)藏也。〔周禮服不氏〕賓客之事則—皮。〔按通俗編云。今猶謂藏物曰—〕

(七)懸也。〔方言〕伉、—、縣也。趙魏之閒曰伉。自山之東西曰—。

(八)拒也。〔荀子臣道〕有能—君之命。

(九)對也。〔史記酈生陸賈傳〕與天子—衡。

(十)蔽也。〔晉書王濬傳〕夏口武昌。無相支—。

(十一)張也。〔考工記梓人〕故—而射女。

(十二)高也。〔後漢董卓傳〕卓又—言曰。

(十三)極也。〔文選馬融賦〕蓋滯—絕。

(十四)進也。〔後漢班彪傳論〕不激詭不抑—。

(十五)救也。〔國語晉語〕未報楚惠而—宋。

(十六)渡也。見〔廣雅釋詁〕〔疏證〕釋名。鹿兔之道曰亢。行不由正。亢陌山谷草野而過也。

(十七)彝具也。〔荀子禮論〕—折其須。〔注〕—、所以禦土。折、所以承—。〔按此卽儀禮既夕—木之—。訓禦者釋其義。此言其用〕

(十八)逆天虐民曰—。見〔周書謚法〕。

(十九)姓也。見〔正字通〕。

(二十)反—力。力學家謂物之抵力、曰反—力。

【抗】居郎切音岡　寒剛切音杭　陽韻

舉也。〔詩賓之初筵〕大侯既—。〔按今淮南謂以肩舉物曰—〕

【折】之列切音浙屑韻

(一)斷也。〔漢書賈山傳〕雷霆之所擊。無不摧—者。

(二)拗—也。〔孟子梁惠王〕爲長者—枝。

(三)判斷也。〔易豐〕君子以—獄致刑。

(四)斷制也。〔漢書貢禹傳〕微孔子之言。亡所—中。

(五)屈也。〔國策西周策〕則周必—而入於韓。

(六)曲也。〔淮南覽冥〕河九—注於海。

(七)方曲也。〔禮記玉藻〕—還中矩。

(八)縈曲也。〔荀子宥坐〕其萬—也必東似志。

(九)止也。〔詩緜傳〕—衝曰禦侮。〔疏〕能—止敵人之衝突者。

(十)毀也。〔漢書高帝紀〕兩家常—券棄責。

(十一)截也。〔漢書鄒陽傳〕漢亦—西河而下。

(十二)挫也。〔史記項羽紀〕輕—辱秦士卒。
(十三)難也。〔後漢李育傳〕更相非—。
(十四)猶堅也。〔呂覽審時〕斬木不時不—必穗。
(十五)下也。見〔廣雅釋詁〕。
(十六)傷害也。〔詩將仲子〕無—我樹杞。
(十七)衂敗也。〔史記淮陰侯傳〕—北不救。
(十八)指斥也。〔史記汲黯傳〕面—不能容人之過。
(十九)損也。〔荀子修身〕良賈不爲—閱不市。
(二十)墊也。〔後漢郭泰傳〕遇雨巾一角墊。時人乃故—巾一角以爲林宗巾。
(廿一)猶窒也。〔家語賢君〕忠士—口。
(廿二)棄敗之言也。〔禮記祭法〕萬物死皆曰—。
(廿三)夭—也。未三十曰—。〔書洪範〕一曰凶短—。〔又〕未婚曰—。見〔洪範五行傳〕。
(廿四)傷草木曰—。父喪子曰—。〔漢書五行志〕傷人曰凶。禽獸曰短。草木曰—。一曰凶夭也。兄喪弟曰短。父喪子曰

(廿五)方也。封土爲祭處也。〔禮記祭法〕瘞埋于泰—。〔注〕馬氏曰。—、方也。所謂方丘。
(廿六)猶展也。葬具形似牀無足。〔儀禮既夕禮〕—橫覆之。
(廿七)筞也。見〔廣雅釋器〕。〔按說文。筞。籤也。朱駿聲謂—爲蓍之假借。蓍。擿也。〕
(廿八)俗云—扣也。如十分去一曰九—。去二曰八—。
(廿九)準—也。如徵收漕米兵米爲本色。改收銀錢爲—色。
(三十)—明貌。〔管子內業〕—乎如在於側。
(卅一)—枝。按摩肢體也。〔孟子梁惠王〕爲長者—枝。〔劉注〕若今之按摩也。
(卅二)—錢。筮法。揲蓍變易之數也。有重錢、交錢、單錢、—錢之別。〔周禮大卜疏〕兩少一多爲—錢。八爲少陰也。
(卅三)地名。〔春秋桓十一年〕柔會宋公陳侯蔡叔盟于—。
(卅四)神人名。〔山海經大荒東經〕東方曰—。
(卅五)姓也。—彖。其先封—侯。因氏焉。見〔後漢方術傳〕。

【折】食列切音舌屑韻

(一)本作斲。〔說文艸部〕斲。斷也。从斤斷艸。〔段注〕周禮、—瘍。劉昌宗本作斲。此漢人之舊也。九經字樣云。說文作斲。隸省作—。類篇、集韻、皆云隸從手。
(二)斷而猶連也。見〔廣韻〕。

【折】征例切音制霽韻

斷物也。〔班固賦〕秦成力—。

【折】時制切音逝霽韻

曲也。〔禮記曲禮〕立則磬—垂佩。〔釋文〕—、一音逝。

【折】田黎切音題齊韻

安舒貌。〔禮記檀弓〕吉事欲其——爾。

【抔】蒲侯切音裒尤韻　鋪枚切音胚灰韻

以手掬物也。〔禮記禮運〕汙尊而—飲。

【[illegible]】子悉切音唧質韻　子列切音鷩屑韻

擿也。見〔集韻〕。

【抙】哺橫切音祊庚韻

同搒。相牽也。見〔集韻〕。

【抙】同仿、髣。見〔集韻〕。

【[illegible]】呼瓜切音花麻韻　徒禾切音駝歌韻

擿也。見〔集韻〕。

【抌】以轉切音兗　粗兗切音雋銑韻　愈水切音唯紙韻　俞絹切音掾霰韻　俞芮切音睿霽韻

動也。揣也。見〔類篇〕。〔按廣雅釋詁。揣、—動也。疏證。揣—者。揣音喘。—音弋選反。釋訓云。揣—、搖捎也。揣—之轉爲喘耎。莊子胠篋篇。喘耎之蟲。崔譔注云。動蟲也。荀子勸學篇。端而言。蝡而動。臣道篇作喘而言。臑而動。喘耎、端蝡、喘臑、古字通用。皆謂動貌也。觀此則動、揣、義本一致。集韻。以轉、愈水、二切訓動揣。粗兗切專訓揣。俞絹、俞芮、二切專訓動。頗覺細碎。類篇重音四義同。今從之。〕

【抂】渠王切音狂陽韻

—攘亂貌。見〔集韻〕。

【[illegible]】莫報切音冒號韻

擇也。鄭康成說。通作芼。見〔集韻〕。

【抖】當口切音斗有韻

—撒舉貌。〔方言〕東齊言鋪頒。猶秦晉言—藪也。

【扨】倉沒切音猝月韻千結切音切屑韻 摩也。見〔集韻〕。

【扢】居代切音槩古對切音憒戶代切音澮隊韻 ㈠磨也。〔淮南要略〕禹燒不暇撌濡不給—。㈡取也。見〔集韻〕。

【扢】語訖切音齕吉屑切音結屑韻 擊也。見〔集韻〕。

【扴】訖黠切音戛黠韻 刮也。見〔說文〕〔桂注〕易豫卦。介於石馬作—。云觸小石聲。鄭作砎。謂磨砎也。

【扶】火犬切銑上聲銑韻 換也。見〔篇海〕。

【扷】烏到切音奧號韻 量也。見〔集韻〕。

【扸】同析。〔太玄玄攡〕常變錯故百事—。〔注〕錯雜也。

【扸】同折。〔元包經〕輿之—。

【牂】資良切音將陽韻 扶也。見〔說文〕〔桂注〕〔玉篇〕。—、扶也。今作將。詩無將大車箋云。將。猶扶進也。莊二十一年左傳。鄭伯將、王自圉門入。〔按今浙江謂小兒相扶曰—。〕

【拜】古勇切音拱腫韻 同廾。廾竦手也。〔說文廾部〕楊雄說。廾从兩手。〔按說文廾下云竦手也。即廾之重文。〕

【扭】其記切音忌寘韻 諱也。見〔字彙補〕。

【拐】古引字。見〔韻會〕。

【擧】同舁。見〔集韻〕。

【技】同扑。見〔玉篇〕。〔按集韻云。同擈。正字通云。俗攴字。〕

【抚】同撫。見〔集韻〕。

【抨】同捊。見〔篇海〕。

【抷】同抵。見〔海篇〕。

【攷】同扠。見〔字彙補〕。

【扵】俗於字。見〔字彙〕。

【抚】俗撫字。見〔篇海〕。

【抷】俗捽字。見〔正字通〕。

【扯】俗撦字。見〔正字通〕。

【丞】俗承字。見〔正字通〕。

【扣】扣譌字。見〔正字通〕。

【抅】抅譌字。見〔正字通〕。

【扮】扮譌字。見〔正字通〕。

【扲】扲譌字。見〔正字通〕。

【㧐】忪譌字。見〔正字通〕。

五畫

【抱】薄皓切袍上聲皓韻薄報切音暴號韻 〔按說文。捊、步侯切。或从包作—。徐鉉曰。今作薄報切。以為袌褱字。非是。廣韻集韻去聲止有袌而無—。正字通云。袌褱之袌亦作—。轉為去聲。即懷—之義。今考經史。—字多無音切。讀從去聲亦可。義與上聲同。〕 ㈠本作袌。〔說文衣部〕袌。褱也。〔段注〕論語。子生三年。然後免於父母之懷。馬融釋以懷—。即褱袌也。今字—行而袌廢矣。—者引取也。㈡保也。相親保也。見〔釋名釋姿容〕。㈢守也。〔老子〕是以聖人—一為天下式。㈣挾也。〔國策秦策〕是—空質也。㈤奉也。〔呂覽下賢〕周公旦—少主而成之。㈥持也。〔管子形勢〕—蜀不言而廟堂自脩。㈦轉也。〔淮南本經〕蔓抒紾—。㈧耦也。〔方言〕—、嬔、耦也。荊吳江湖之間曰—嬔。宋潁之間或曰嬔。㈨雞伏卵也。〔方言〕北燕朝鮮冽水之間謂伏雞曰—。㈩雲氣向日也。〔漢書天文志〕—珥虹蜺。〔注〕凡氣向日為—。向外為背。⑪—關。門卒也。〔荀子榮辱〕—關擊柝而不以為寡。⑫—腹。即兜肚也。〔釋名釋衣服〕—腹上下有帶。—裹其腹。⑬粵人謂新婦曰心—。見〔觚賸〕。

【抱】蒲侯切音裒房尤切音浮尤韻 捊或字。〔說文〕捊。引取也。—捊或从包。〔段注〕古音孚聲包聲同在

三部。後人用—爲裒褎字。蓋古今字之不同如此。〔坙義同聚。引坙者引使聚也。坙字各本作取。此從段氏訂正本。〕

【抱】蒲交切音庖肴韻

同捊。亦作抔。引取也。見〔集韻〕。

【抱】班交切音包肴韻

同拋。棄也。〔史記三代世表〕姜嫄生后稷。—之山中。

【抨】披耕切音怦。悲萌切音繃庚韻

(一)彈也。見〔說文〕。〔段注〕玄應曰。—、彈繩墨也。按孟康漢書注曰。引繩以—彈。

(二)劾有罪也。〔唐書陽嶠傳〕其意不樂彈—事。

(三)使也。〔漢書揚雄傳〕—雄鳩以作媒兮。

(四)從也。〔爾雅釋詁〕俾、拼、—、使從也。〔注〕四者又爲隨從。

(五)通伻。〔爾雅釋詁釋文〕—、字又作伻。音同使人也。

【捕】滂模切音鋪。奔模切音逋。蓬逋切音蒲。廣韻博故切音布遇韻

(一)捫持也。見〔說文〕。〔段注〕謂捫按而持之也。金部鈽下云。箸門—首也。—首者、人所捫摸處也。

(二)敷也。敷舒之也。見〔一切經音義〕。

(三)布散也。〔漢書中山靖王傳〕塵埃—覆。

(四)辭也。見〔字彙〕。

【披】攀縻切音鈹。篇夷切音紕支韻

(一)從旁持曰—。見〔說文〕。〔桂注〕周禮司士作六軍之士執—。〔疏云〕—者車兩旁使人持之。

(二)開也。〔史記五帝紀〕黃帝—山通道。

(三)分也。〔左成十八年傳〕而—其地。

(四)散也。〔方言〕—、散也。東齊器破曰—。

(五)解也。〔淮南齊俗〕—斷撥檖。

(六)發也。〔漢書薛宣傳〕—抉其閨門而殺之。

(七)敞也。〔劉邵賦〕猗靡雲—。

(八)被也。荷衣曰—。〔朱子詩〕誰把羊裘與醉—。

(九)張也。見〔廣雅釋詁〕。

(十)分析也。見〔一切經音義引纂文〕。

(十一)——。長貌。〔楚辭大司命〕靈衣兮——。〔文〕解亂貌。〔楚辭思古〕髮——以鬤鬤兮。

(十二)—拂。風貌。〔莊子天運〕孰居無事而—拂是。

(十三)—露。謂宣布發表也。

【披】彼義切音賁寘韻

柲行夾引棺者。見〔集韻〕。

【披】普靡切批上聲紙韻

(一)裂也。〔史記范雎傳〕木實繁者—其枝。

(二)—靡。旌伏貌。〔漢書項籍傳〕羽大呼馳下。漢軍皆—靡。

【披】普襪切音怕禡韻

開也。見〔集韻〕。

【披】平義切音被寘韻

散也。見〔集韻〕。

【抳】女履切尼上聲紙韻。乃禮切音禰薺韻

(一)止也。見〔廣雅釋詁〕。〔疏證〕姤初六。繫於金柅。釋文柅、王肅作—。蜀才作尼。止也。

(二)手指物也。見〔集韻〕。

(三)地名。在衛。見〔集韻〕〔侯孜〕。

【抳】女夷切音尼支韻

研也。見〔集韻〕。

【抳】乃倚切音柅紙韻。尼質切音暱質韻

止也。見〔集韻〕。

【抴】以制切音裔霽韻。羊列切曳入聲屑韻

(一)捈也。見〔說文〕。〔桂注〕一切經音義五引作引也。又云謂牽引也。荀子非相篇接人則用—。注云。—、牽引也。〔段注〕—與曳音義皆同。檀弓負手曳杖。釋文曳作—。俗劉誤从木。非也。

(二)船旁板也。〔楚辭湘君〕桂櫂兮蘭—。〔朱駿聲云〕舟—之而後行。故所—之具卽名—。

(三)泄也。發泄出之也。見〔釋名釋言語〕。

【抴】同揲。見〔集韻〕。〔按廣雅釋詁〕—、閱、數也。疏證。—、閱皆謂數之也。集韻揲或作—。故—閱皆訓爲數也。〕

【抵】典禮切音邸薺韻

(一)擠也。見〔說文〕。〔桂注〕廣雅。—、推也。漢書田延年傳。—曰無有是事。

注云—、拒諱也。𩠐案推而不承也。
(二)觸也。〔漢書文帝紀〕無知—死。
(三)當也。〔史記高帝紀〕傷人及盜—罪。
(四)至也。〔漢書禮樂志〕草木零落。—冬降霜。
(五)致也。〔漢書杜延年傳〕或—其罪法。
(六)歸也。〔史記張耳陳餘傳〕去—父客。
(七)距也。〔漢書梁懷王傳〕王陽病。—讕置辭。〔按—讕卽俗云—賴。讕賴一聲之轉〕
(八)擲也。〔後漢禰衡傳〕因毀以—地。
(九)忤也。〔漢書禮樂志〕習俗薄惡。民人—冒。
(十)欺也。〔後漢劉隆傳〕—言於長壽街上得之。
(十一)刺也。〔方言〕—、㧗。刺也。〔注〕—㧗皆矛戟之䂍。
(十二)屬也。〔史記天官書〕—營室。
(十三)主也。〔呂覽無義〕—公孫.與。
(十四)本也。〔史記司馬相如傳〕犧雙觡共—之獸。
(十五)會也。〔方言〕—、儤。會也。雍梁之閒曰—。秦晉亦曰—。
(十六)憑託也。〔史記項羽紀〕—櫟陽獄掾司馬欣。
(十七)故價也。〔周禮泉府〕買者各從其—。
(十八)大—。猶言大凡也。〔史記酷吏傳〕大—盡詆以不道。
(十九)角—。戲名。〔漢書武帝紀〕元封三年作角—戲。

【扺】直皆切音𡞥佳韻
擠也。見〔集韻〕。

【抵】掌氏切音紙紙韻
同抵。擊也。〔漢書朱博傳〕奮髯—几。

【抸】作答切音币合韻
(一)持也。見〔集韻〕。
(二)挈也。與挾同。見〔玉篇〕。

【抹】莫曷切音末曷韻
(一)塗也。亂曰塗。長曰—。〔摭言〕阿婆三五少年時。也曾東塗西—來。
(二)摩也。〔李紳詩〕轉腕攏絃促揮—。
(三)刷也。猶掣也。〔范成大詩〕一笑流光飛電—。
(四)—一—。痕也。〔歐陽修詩〕酒入香腮紅一—。
(五)—撥。滅也。見〔字林〕。〔按韓愈孟郊墓誌。惟其大玩於辭而與世—撥。注云。掃滅也〕。
(六)帑—。儀仗之屬。〔唐書百官志〕節度使掌總軍旅。顓誅殺。初授。具帑—兵仗。詣兵部辭。
(七)—額。束額之飾也。〔唐書婁師德傳〕乃戴紅—額來應詔。
(八)—胸。掩胸之衣也。〔太眞外傳〕金訶子。—胸也。

【抹】勿發切音襪月韻
理也。〔蘇軾詩〕腧縷堆盤纖手—。

【抽】丑鳩切音瘳尤韻 陳留切音儔尤韻
(一)㨨或字。〔說文〕㨨引也。—㨨或从由。〔按莊子天地篇。挈水若—。釋文引李注。—引也〕。
(二)拔也。〔孟子離婁〕—矢扣輪。
(三)除也。〔詩楚茨〕言—其棘。
(四)出也。〔太玄玄攡〕—不—之緒。
(五)收也。〔太玄玄瑩〕彝倫—緒。〔注〕各收其業以成歲事也。
(六)去也。〔儀禮喪服傳〕—其半。
(七)握也。〔淮南齊俗〕則必有穿窬拊楗—箕踰備之姦。
(八)理也。見〔太玄玄瑩〕。
(九)讀也。見〔方言〕。〔箋疏〕詩牆有茨毛傳。讀、—也。史記太史公自序紬史記石室金匱之書。索隱引如淳曰。—徹舊書故事次述之也。是—爲讀也。
(十)裂也。〔左昭六年傳〕不—屋。
(十一)通紬。〔漢書王莽傳〕紬其兩脅。〔注〕紬、—、同。
(十二)通搊。〔廣雅釋詁三曹憲音〕搊。卽—字也。
(十三)通盩。〔呂覽節喪〕涉血盩肝以求之。〔注〕盩、古—字。
(十四)—豐。〔七修類稿〕米芾札中有—斗二字。卽世云秋風之義。蓋彼處斗稔。往—收之耳。

【抾】丘於切音袪魚韻
(一)捧也。〔漢書揚雄傳〕—靈蠵。〔顏注〕抾取也。又音袪。〔韋注〕—捧也。
(二)—摸。持去也。〔方言〕—摸。去也。齊趙之總語也。—摸。猶言持去也。

【抾】丘其切音欺支韻 丘居切魚韻
(一)兩手挹也。見〔玉篇〕。
(二)把也。見〔廣韻〕。

【抾】乞業切音怯葉韻
挹也。持也。〔漢書揚雄傳〕—靈蠵。〔注〕鄭氏曰—音怯。

【抾】訖業切音劫葉韻
劫持也。〔後漢馬融傳〕—封豨。〔李注〕—音劫古字通。

【抾】去笈切葉韻
去也。見〔廣雅釋詁〕。

【抾】气法切音撳洽韻
挹也。見〔廣雅釋言〕。

【抜】古壞切音怪卦韻
(一)擭也。見〔集韻〕。
(二)訬也。見〔字彙〕。

【押】乙甲切音壓洽韻
(一)署也。从手甲聲。見〔韻會引說文〕。〔按韻會又引鍇曰今人言文字—署是也。歐陽修云俗以草書名爲—字今猶云畫—〕。
(二)詩賦用韻曰押。〔韻會〕用韻曰—。言—者壓也。
(三)按也。〔唐書百官志〕中書省舍人以六員分—尚書六曹。
(四)拘牽也。〔唐書百官志〕朝會。監察御史二人—班。
(五)拘留也。今犯罪拘覊謂之—。
(六)典質也。今俗以衣物典質謂之—。
(七)簾額也。〔徐陵文〕珠簾以玳瑁爲—。
(八)—衙。官名。唐武臣銜官。
(九)—不盧。花名也。〔清異錄〕塞上草花有名—不盧者可以返魂。
(十)通壓。〔晉書弁韓傳〕弁韓人初生子。便以石—其頭使扁。

【押】古狎切音甲洽韻
(一)檢束也。〔性理大全〕使之有以檢—。相率而趨於善。
(二)輔也。見〔廣雅釋詁〕。〔疏證〕孟子公孫丑篇相與輔相之。丁公著本相作—。音甲。
(三)—雛。壁也。見〔廣韻〕。

【押】轄甲切音狎洽韻
(一)隱括也。〔漢書揚雄傳〕蠢迪檢—。
(二)通狎。〔漢書息夫躬傳〕羽檄重迹而—至。〔注〕言相因而至也。音狎習之狎。
(三)通柙。〔仲長統昌言〕拱—天人。〔注〕拱、執也。—、檻也。

【拂】敷勿切音髴物韻
(一)過擊也。見〔說文〕。〔桂注〕通鑑。斛律金欲急向河東。高歡據鞍未動。金以鞭—馬乃馳去。〔按段注。徐鍇曰。擊而過之也。刀部曰。刜。擊也。與—義同。〕
(二)去也。〔太玄從〕—其惡。
(三)拭也。〔儀禮士昏禮〕主人—几授校。
(四)除也。〔太玄玄攡〕而—其所有餘。
(五)矯也。〔漢書蓋寬饒傳〕匡—天子。〔正字通云。鐵偘曰。—謂矯—其非。讀薄密切誤〕。
(六)逆也。〔禮記大學〕是謂—人之性。
(七)絕也。〔國語吳語〕而無—吾慮。
(八)搏也。〔文選郭璞賦〕拊—瀑沫。
(九)放也。〔淮南齊俗〕—於四達之衢。
(十)褰也。〔國語晉語〕—衣從之。
(十一)摩也。〔文選張衡賦〕雲旗—霓。
(十二)過也。〔淮南天文〕—于扶桑。
(十三)扶也。見〔一切經音義引聲類〕。
(十四)薄也。〔楚辭招魂〕蒻阿—壁。
(十五)拔也。見〔廣雅釋詁〕。〔疏證〕方言。—。拔也。韓子難篇云。拔—今日之死弗及。
(十六)蔽也。〔離騷〕折若木以—日兮。
(十七)掠也。〔盧綸詩〕燕—宜秋霽。
(十八)弗也。〔詩生民〕茀厥豐草。〔釋文〕治也。韓詩作—、弗也。
(十九)田器名。〔漢書王莽傳〕必躬載—。〔注〕所以擊治禾者也。今謂之連枷。
(二十)—塵具。〔晁補之詩〕亦不拈椎并豎—。
(廿一)舞名。〔唐書禮樂志〕白鳩。吳—舞曲也。
(廿二)—塵埃貌。〔楚辭怨思〕飄風蓬龍。埃—兮。
(廿三)—菻。外國名。詳菻字。
(廿四)支—。日本語猶云支付也。

【拂】符勿切音佛物韻
(一)通佛。戾也。〔禮記曲禮〕獻鳥者—其首。
(二)通咈。違也。〔詩皇矣〕四方以無—。
(三)通費。佹也。〔禮記中庸〕費而隱。〔注〕費、猶佹也。〔釋文〕費、本又作—。同扶弗反。徐音弗。

【拂】薄密切音弼質韻
同弼。輔也。〔孟子告子〕入則無法家—士。

【拂】普密切質韻
—汩。風動貌。〔漢書揚雄傳〕帷弸張其—汩兮。

【拂】方未切音沸未韻
｜抪。形似也。〔儀禮既夕注〕爲有所｜抪也。〔釋文〕本又作仿佛。

【拂】父沸切音費未韻
同攢。搏擊也。〔道藏渦夫人詩〕神英乃高｜。

【拄】腫庾切音主冢庾切音黈麌韻
(一)擧也。〔禮記喪服大記〕既葬。｜楣。〔疏〕謂在幕｜楣。稍擧以納日光。
(二)支也。〔國策齊策〕修劍｜頤。
(三)指也。〔傳燈錄〕便當心一｜。
(四)刺也。距也。〔漢書朱雲傳〕連｜五鹿君。
(五)｜夫。草名。〔爾雅釋草〕｜夫、搖車。〔按今本爾雅｜作柱。〕

拄夫草圖

【抯】黨旱切音亶旱韻〔俗用作擔字。非。〕
(一)拂也。見〔玉篇〕。
(二)擊也。見〔廣雅釋詁〕。〔疏證〕說文。笪、笞也。笪、與｜同。集韻引廣雅作笪。

【担】丘傑切音揭屑韻
｜撟。軒擧也。〔楚辭遠遊〕意恣睢以｜撟。

【扼】乙革切音厄陌韻
(一)搹或字。〔說文〕搹。或從戹。〔段注〕喪服苴絰大搹。注曰。搹。扼也。｜今隸變作扼。猶軶隸變作軛也。許云。｜者搹之或字。而鄭注禮云搹扼也者。漢時少用搹。多用扼。故以今字釋古字。非於許有異也。
(二)抑也。〔法言重黎〕或問持滿。曰｜欲。
(三)取也。見〔廣雅釋詁〕。〔疏證〕說文。搤、捉也。揚雄長楊賦。搤熊羆。搤與｜通。
(四)持也。〔國策燕策〕樊於期偏袒｜腕而進。

【拆】恥格切音坼陌韻
(一)裂也。同坼。說文作㙙。〔易解〕雷雨作、而百果草木皆甲｜。
(二)判也。〔詩生民〕不｜不副。
(三)滅也。猶毀也。〔晉書張華傳〕少子韙、以中台星｜、勸華遜位。
(四)｜字。術家占卜之一種。就其字離｜而言休咎。亦曰測字。宋時謂之相字。〔二老堂雜志〕謝石善｜字。徽宗特補承信郎。
(五)｜梢。滬語謂詐人取財曰｜梢。

【拆】昌石切音尺陌韻
擊也。見〔集韻〕。

【拇】莫厚切音某有韻　莫補切音姥麌韻
(一)將指也。見〔說文〕。〔桂注〕廣韻。｜。大｜指也。顏注急就篇。大指也。一名將指。定四年左傳、正義云。定十四年傳。闔閭傷將指。注云。其足大指見斬。足之用力。大指爲多。手之取物。中指最長。故足以大指爲將指。手以中指爲將指。馥謂此曲說也。手足皆以｜爲將指。手之大指爲將指。二指爲食指。三指爲中指。四指爲無名指。五指爲小指。此南北之通語也。
(二)｜戰。亦曰｜陣。亦曰豁拳。俗飲酒。以手指屈伸相搏。以目遙覘人爲已伸縮之數。隱機關捷。頗爲暇號。唐皇松手勢酒令。明王徵福｜陣譜。詳言此戲。

【拈】奴兼切音鮎鹽韻　職琰切音颭琰韻
(一)揑也。見〔說文〕〔桂注〕玉篇。｜。指取也。列子湯問篇。汝何蚩而三招予。注云。招、一本作｜。指取物也。
(二)黏也。兩指翕之。黏著不放也。見〔釋名釋姿容〕。
(三)持也。見〔廣雅釋詁〕。

【拉】落合切音拹合韻
(一)摧也。見〔說文〕〔桂注〕玉篇。｜。折也。引左氏傳、｜公幹而殺之。
(二)颯聲也。〔漢書揚雄傳〕猋｜雷厲。
(三)招也。〔諸葛亮文〕於是情好日密。
(四)｜揩。飛貌。〔文選傅毅賦〕｜揩鵠驚。
(五)｜薩。前藏之都會也。達賴喇嘛坐牀之地。
(六)｜颯。言穢雜也。見〔晉書五行志〕。
(七)｜丁。舊爲羅馬之西部。與北部伊達｜斯人、以低伯河爲界。羅馬之建國也。先降服｜丁族。故通國語言文字皆用—丁語。今之英法德等國文。胥從此出。猶中國之有古文篆書也。英文 Latin。

(八)島—山名。歐亞兩洲以此爲界。〔又〕河名。在俄羅斯國。發原於島—山之東。南流。又西南流入裏海。英文 Ural。

(九)通協。〔公羊莊元年傳〕搚幹而殺之。〔釋文〕搚、本作—。

【拊】斐父切音撫麌韻

(一)揗也。見〔說文〕。〔段注〕揗者摩也。古作—。揗今作撫。循古今字也。

(二)拍也。〔史記秦始皇紀〕執捶—以鞭笞天下。

(三)擊也。〔國策衛策〕—膠無笞服。

(四)輕擊也。〔書益稷〕予擊石—石。

(五)擊剝也。〔管子禁藏〕毋—卵。

(六)疾也。見〔廣雅釋詁〕。〔疏證〕方言。、—撫。疾也。注云謂急疾也。說文。駙。疾也。駙、與—、聲近義同。

(七)求也。見〔廣雅釋詁〕。〔按假借爲付。付之爲求。猶匄之爲與〕

(八)樂器名。形如鼓。〔禮記樂記〕會守—鼓。〔注〕—者、以韋爲表。裝之以糠。

(九)弣也。弓把也。〔禮記少儀〕弓則以左手屈韝執—。

(十)削把亦曰—。〔禮記少儀〕削授—。〔疏〕—、謂削把。

(十一)通撫。〔爾雅釋訓〕辟、—心也。〔釋文〕—本亦作撫。

(十二)通府。〔莊子人間世〕而—之不時。〔釋文〕—、崔本作府。

【拊】方遇切音付遇韻

以手著物也。見〔集韻〕。

【拊】彼口切音掊有韻

同掊。衣上扑也。見〔集韻〕。

【拊】風無切音膚虞韻

俞—。黃帝時醫名。〔漢書藝文志〕泰始黃帝扁鵲俞—方。

【抛】披交切音脬肴韻　披教切音礮效韻〔或作拋〕一曰即抛之俗字。亦作摽。

(一)棄也。〔後漢安成孝侯賜傳〕同—財產。

(二)擲也。見〔廣雅釋詁〕。〔疏證〕衆經音義卷二十引埤蒼云。—擲也。

(三)擲也。〔盧氏雜說〕亂投機杼錯—梭。

(四)—車。軍中以機發石之名。〔唐書高麗傳〕李勣列—車。飛大石所當輒潰。

(五)—家髻。婦人髻名也。〔唐書五行志〕唐末京師婦人梳髻、以兩鬢抱面。狀如椎髻。時謂之—家髻。

(六)—物線。凡物體向空中—去。或向平地—去。其高度遠度有可計算者。謂之—物線。

【拌】鋪官切音潘　蒲官切音盤寒韻　部滿切音伴旱韻

(一)棄也。〔方言〕楚人凡揮棄物謂之—。〔箋疏〕廣雅。—棄也。王懷祖曰。—之言播棄也。士虞禮。尸飯播餘于篚。古文播爲半。半古—字。謂棄餘飯於篚也。

(二)析也。〔呂覽論威〕今以木擊木則—。

【拌】普半切音判翰韻

(一)棄也。見〔集韻〕。

(二)通判。分割也。〔史記龜筴傳〕鑴石—蚌。

(三)和味也。如俗云熱—冷—。

(四)雜—。京都葉煙之一種。味清芬。

【㧗】疾智切音漬　奇寄切音芰寘韻

積也。詩曰。助我舉—。一曰擳頰旁也。見〔說文〕。〔段注〕小雅車攻曰。助我舉柴。傳曰。柴。積也。柴、許所據作—。上文擳下云。—也。此—下云。擳頰旁也。是二篆爲轉注。亦考老之例。擳頰旁可以休老。見莊子。莊子亦作嘗擳。段借字。

【拍】匹陌切音魄陌韻

(一)本作𢪔。〔說文〕𢪔拊也。从手。百聲。〔王注〕郭注釋訓曰。撫、掩、猶撫—。謂慰恤也。與許君意合。—即俗拍字。至於釋名曰。—搏也。手搏其上也。則與尚書搏拊琴瑟同義。非許君揗掾—拊四字類聚之意也。

(二)擊也。見〔廣雅釋詁〕。〔疏證〕韓子功名篇云。一手獨—。雖疾無聲。

(三)搏璧也。〔楚辭湘君〕薜荔—兮蕙綢。

(四)歌板也。〔張羽詩〕淺按紅牙—。

(五)兵器也。〔陳書侯瑱傳〕中江而進。發—中手賊艦。

(六)樂節也。〔唐書王維傳〕此霓裳第三疊最初—也。

(七)撫—。親狎也。〔後漢趙壹傳〕撫—豪強。〔注〕撫—、相親狎也。

❻椎—。鍛冶也。〔莊子天下〕椎—輐斷。〔注〕椎—、謂鍛冶之也。

❼—張。手搏捽胡之戲也。〔南史王敬則傳〕善—張。帝使跳刀接無不中。仍撫髀—張。

❽—髀。—髂。皆短刀名。〔釋名釋兵〕短刀曰—髀。帶時—髀旁也。又曰露—。言露見也。

❾地—。田鼠名。〔逸史國語解〕地—。田鼠名。正旦日上於窗間擲米團。得獲數爲不利。

❿今俗以鏡寫像謂之—照。

⓫今公司洋行中訂集多人估計物價。從其出價多者賣之。謂之—賣。

【拍】莫白切音陌陌韻

擊也。見〔集韻〕。

【拍】伯各切音博藥韻

同膊。〔周禮醢人〕豚—魚醢。〔司農注〕鄭大夫、杜子春皆以—爲膊。

【拏】奴加切音呶麻韻〔今依七音。更定奴加切。按說文、—、拏音同義別。韻會、—入麻韻。拏入魚韻。六書故、集韻、正譌、讀書通皆合爲一。考之經史傳注。兩字通用。竝有二音。義亦相通。从合可也。〕

❶牽引也。一曰巴也。見〔說文〕。〔桂注〕史記霍去病傳。漢匈奴相紛—。注云相牽也。後漢書馮衍傳。禍—未解。注云。—、謂相連—也。〔王筠曰。巴爲把之爛文也。豕部豝。一曰二歲能相把—也。〕

❷捽也。〔文選馬融賦〕捘—拔蹶。

❸語不止也。〔方言〕嘽、咩、謰、嘍、—也。—。揚州會稽之語也。

❹捕也。今謂拘捕罪人曰—。俗作拿。

❺—攫。相摶持也。〔文選張衡賦〕熊虎生而—攫。

❻—破侖。法之名君也。初爲礮兵大尉。歷著戰功。一千八百零四年。爲法皇帝。勢力達於全歐。幾無有與敵者。侵入俄境。大敗於墨斯科。後爲英俄與等國連兵所破。流死於聖希利那島。英文Napoleon。

【挐】女居切音袽魚韻

❶連引也。〔漢書嚴安傳〕禍—而不解。

❷糅也。〔楚辭招魂〕稻粢穱麥。—黃粱些。

【拐】求蟹切音箉蟹韻

❶手腳之物枝也。見〔廣韻〕。〔俗作—杖。非。廣韻、柺老人柱杖也。字从木。不从手。〕

❷—子馬。馬隊之相連接者也。〔宋史岳飛傳〕三人爲聯。號—子馬。

【拐】古買切乖上聲蟹韻

—騙。見〔字彙〕。〔俗云—子、—帶。〕

【拑】其淹切音箝鹽韻拔范切音豏豏韻〔鉗、箝、鉆、竝通。〕

❶脅持也。見〔說文〕。〔段注〕謂脅制而持之也。鬼谷子有飛鉆。鉆即—字。〔按鬼谷子飛箝篇云。可箝而從。可箝而橫。注云、—謂牽持緘束令不得脫也。〕

❷箝也。〔漢書五行志〕臣畏刑而—口。

【拒】臼許切音巨語韻

❶禦也。〔荀子君道〕內以固城。外以—難。

❷捍也。〔孫子九地〕敵不及—。

❸敵也。〔荀子仲尼〕而富人莫之敢—也。

❹抵也。〔齊書張融傳〕高談鮮能抗—。

❺格也。違也。〔論語子張〕其不可者—之。

❻[illegible]中當橫節也。〔儀禮少牢禮〕長皆及俎—。〔注〕讀爲介距之距。

【拒】果羽切音矩麌韻

❶方形也。〔淮南齊俗〕拘罷—折之容。

❷方陳也。〔左桓五年傳〕鄭子元請爲左—以當蔡人衛人。爲右—以當陳人。

【拓】之石切音隻施隻切音釋陌韻

❶拾也。陳宋語。見〔說文〕。

❷折也。〔後漢張衡傳〕—若華而躊躇。

【拓】闥各切音託藥韻

❶手承物也。見〔廣韻〕。〔按宅經云。壯厚高—吉。馬祖常詩。一山高—青雲裏。皆承義。〕

❷手推物也。見〔集韻〕。〔按李山甫詩。一一—纖痕更不收。注云。大曆三年。崇徽公主道汾州。以手掌—石壁。遂有手痕。〕

❸舉也。〔列子說符〕能—國門之關。

❹開也。〔後漢竇憲傳〕恢—境宇。

❺大也。見〔廣雅釋詁〕。〔朱駿聲云。

假借爲碩。硫證本作祏。云祏之言碩大也。祏、曾憲音託。

（六）廣也。〔漢書揚雄傳〕——迹開統。

（七）摹印碑帖也字亦作搨。

（八）——落不耦也。〔漢書揚雄傳〕何爲官之——落也。〔又〕廣大貌。〔文選左思賦〕或朗驤而——落兮。

（九）——跋複姓。北魏孝文改爲元氏。

【拔】　蒲八切辦入聲黠韻

（一）擢也。見〔說文〕。〔桂注〕小爾雅。——根曰擢。方言擢。——也自關而西。或曰——。或曰擢。〔世云錄用人材曰——擢。卽此義之引伸。〕

（二）引也。〔文選左思賦〕——距投石之部。

（三）出也。〔淮南俶眞〕疾風敦木而不能——毛髮。

（四）取也。〔國策秦策〕——燕酸棗。

（五）得也。〔國策秦策〕——宜陽。

（六）移也。〔易乾〕確乎其不可——。

（七）私也。〔老子〕善建者不——。〔釋文引顧注〕——私也。

（八）離也。絕也。〔史記孝武紀〕乃悉持龍髯。龍髯——。

（九）盡也。見〔爾雅釋詁〕。〔義疏〕陳根悉——故爲盡。

（十）輔也。見〔廣雅釋詁〕。〔朱駿聲云〕假借爲弼。

（十一）挺也。〔南史江總傳〕爾神采英——。〔韻會曷韻引增韻〕挺也。舊注所引反之。今正。增韻拔也黠韻引

（十二）——貢。清時十二年一舉之科目。世稱——萃科。蓋取——乎其萃之義。後以爲中學畢業學位之一種。

【拔】　蒲撥切音跋曷韻

（一）回也。〔雲笈七籤〕巑峰迴——。

（二）疾也。〔禮記少儀〕毋——來。

（三）猝也。〔後漢寇恂傳〕邯鄲——起。

（四）抽也。擢也。〔白居易詩〕直從萌芽——。

（五）攻而舉之也。見〔增韻〕。

（六）除也。〔史記淮陰侯傳〕——趙幟立漢赤幟。

（七）括也。矢末也。〔詩騶驖〕舍——則獲。〔按廣雅釋器——箭也。疏證謂卽矢末之訛。〕

（八）傾側也。〔史記樂書〕奮疾而不——也。

（九）——撥。分散也。〔文選王褒賦〕或——撥以奮棄。

（十）——刺。弩弓貌。〔文選張衡賦〕彎威弧之——刺兮。

（十三）地名。〔春秋定三年〕盟于——。〔左傳作郯。注。郯。〕郯卽——也。據此當在今山東郯城縣北。

（十四）——舍。謂毀服也。〔左僖十五年傳〕晉大夫反首、——舍從之。〔釋文〕反首。亂頭髮下垂也。——草舍止壞形毀服。

（十五）通跋。——拓。複姓。〔廣韻〕虜複姓。有拓跋氏。跋、亦作——。或說自云拓天而生。——地而長。遂以氏焉。

【拔】　蒲蓋切音旆泰韻

木生柯葉貌。〔詩緜〕柞棫——矣。

【拔】　北末切音撥曷韻

把也。〔莊子達生〕開之操——篲以待門庭。〔釋文〕蒲末反。李云。把也。

【拔】　蒲昧切音佩隊韻

（一）枝葉生也。〔詩皇矣〕柞棫斯——。〔釋文〕——、蒲貝反。

（二）拂取也。見〔集韻〕。

【拔】　房越切音伐月韻

草名。〔爾雅釋草〕——蘢葛。〔注〕江東呼爲龍尾。亦謂之虎葛。

【拔】　筆別切音箣屑韻

（一）晉俗謂平地除塗臭曰——。見〔集韻〕。

【挓】

（一）移也。〔張華文〕不營不——。

【挓】　湯何切音佗歌韻他佐切佗去聲箇韻

曳也。見〔說文〕。

【挓】　唐何切音駝歌韻待可切音柂哿韻

（一）引也。〔禮記少儀〕——諸幣。

（二）釋也。猶被也。〔史記龜筴傳〕醮酒——髮。

【拖】　湯何切音佗歌韻他佐切佗去聲箇韻

曳也。拕、或作——、拕。見〔集韻〕。

【拖】　唐何切音駝歌韻待可切音柂哿韻

（一）引也。拕、或作——、拕。見〔集韻〕。

（二）奪也。〔淮南人閒〕遇盜、——其衣被。

（三）縱也。〔淮南齊俗〕縱酒——髮。

（四）通袉。〔論語鄉黨〕加朝服——紳。〔邢疏加也。皇疏猶牽也。說文衣部引作袉。〕

【拖】　演爾切音酏紙韻

析也。攡、或作——。見〔集韻〕。

【拗】　於教切坳去聲效韻於交切音坳肴韻

㊀拉也。折也。〔唐時升詩〕風—藤花脫擨。

㊁戾也。違也。〔朱子語類〕王臨川天資亦有—強處。

【拗】於絞切坳上聲巧韻

手拉也。見〔說文新附〕。〔鈕氏新附攷〕疑天撟之俗字。夭、音義並同。—撟、義亦近。

【拗】乙六切音郁屋韻於糾切幽上聲有韻、

抑也。〔漢書班固傳〕蹂躪其十二三。乃—怒而少息。

【拘】恭于切音駒虞韻

㊀止也。从手句。見〔說文句部〕。〔段注〕手句者、以手止之也。

㊁執也。〔易隨〕—係之。

㊂收捕也。〔書酒誥〕盡執—以歸于周。〔按說文抲下引作盡執抲。〕

㊃隔也。見〔廣雅釋詁〕。〔疏證〕—之言—礙也。莊子秋水篇云。井鼃不可以語於海者。—於虛也。

㊄急也。〔素問至眞要大論〕筋肉—苛。

㊅曲礙也。〔漢書司馬遷傳〕使人—而多畏。

㊆猶限也。〔後漢王霸傳〕無—郡界。

㊇猶檢也。〔淮南氾論〕賢者立禮而不肖者—焉。

㊈——不申也。〔莊子大宗師〕將以予爲此——也。〔又〕好貌。〔淮南精神〕其以我爲此——邪。

㊉—儒猶褊狹也。〔後漢左周黃傳論〕忘其—儒。

⑪—攣猶—束也。〔後漢曹褒傳〕帝知羣寮—攣。〔又〕手足抽搐攣曲之病名。〔莊子大宗師司馬注〕——體—攣也。

⑫—絜謂自—束而絜其身者。〔後漢仲長統傳〕得—絜而失才能。

⑬—守謂守而勿失也。〔荀子修身〕—守而詳。

⑭通鞫。〔荀子榮辱〕鞫錄疾力。〔注〕鞫、與—同。錄謂自檢束也。

【拘】居侯切音鉤尤韻

㊀擁也。〔禮記曲禮〕必加帚於箕上。以袂—而退。

㊁取也。〔禮記曲禮〕不然則自下—之。

㊂摟聚也。見〔集韻〕。〔兼擁取二義。〕

㊃同句曲也。〔荀子哀公〕古之王者。有務而—領者矣。

㊄通鉤。〔禮記曾子問〕從兩旁鉤之。〔釋文〕鉤、本又作—。

【拘】求於切音渠魚韻

止也。〔莊子達生〕吾處身也若厥株—。〔按釋文〕—、其俱反。郭音俱。李云。厥、豎也。豎若株—也。正韻音渠。未知所本。

【拘】果羽切音矩麌韻

—澗。水名。〔漢書地理志〕武始縣有—澗水。東北至邯鄲入白渠。〔按武始縣當今直隸邯鄲縣西南。据此則水亦在是處。〕

【拘】俱遇切音屨遇韻

—挐。不展也。見〔集韻〕。

【拘】拘玉切音拲沃韻

同揭。〔集韻〕。說文。載持也。或作—。

【抋】蒲結切音蹩屑韻

㊀捩也。見〔集韻〕。

㊁擊仆也。〔文選張衡賦〕徒搏之所搚—。

【抋】毗至切音鼻寘韻

戲擊也。〔列子黃帝〕攩—挨抌。

【抋】僻吉切音匹薄必切音邲質韻

㊀刺也。見〔廣雅釋詁〕。〔疏證〕方言。抵、—、刺也。〔按方言注。皆矛戟之穫。所以刺物者也。〕

㊁擊也。〔方言〕—、抌椎也。南楚凡相椎搏曰—。

【拙】朱劣切音棁屑韻

㊀不巧也。見〔說文〕。〔段注〕不能爲技巧也。

㊁屈也。使物否屈不爲用也。見〔釋名釋言語〕。

㊂鈍也。〔離騷〕理弱而媒—兮。

㊃世俗自謙之辭。如云—稿、—筆。

㊄不利於人謂之—。見〔墨子貴義〕。

㊅通掘。〔史記貨殖傳〕田農—業。〔注〕古—字亦作掘。

㊆通炪。〔書盤庚〕予亦—謀。〔說文火部〕作予亦炪謀。

【拚】皮變切音卞霰韻

㊀拊手也。見〔說文〕。〔段注〕言拊手者。謂兩手相拍也。今人謂歡—是也。漢書吳都賦皆云—射。孟康曰。手搏爲—。此則謂兩人手相搏也。

㊁通弁。〔漢書王莽傳〕予甚弁焉。〔注〕弁、撫手也。

【拚】方問切音奮問韻方文切音

分文韻

播除也〔儀禮聘禮〕既—以俟矣。

【拚】孚袁切音翻元韻

同翻。〔詩小毖〕肇允彼桃蟲。—飛維鳥。

【招】之搖切音昭蕭韻

(一)手呼也見〔說文〕。〔桂注〕楚辭—魂注云。—者召也。以手曰—。以言曰召。

(二)來之也。〔書說命〕旁—俊乂。〔—考、—商、〕—殷皆此義。

(三)求也。〔漢書刑法志〕將—權而爲亂首矣。

(四)胥也。〔孟子盡心〕既入其笠。又從而—之。

(五)埻的也。〔呂覽本生〕共射其一—。

(六)召也。〔書大禹謨〕滿—損。

(七)來也。〔廣雅釋言〕儀、—。來也。

(八)明也。〔文選張衡賦〕—有道於側陋。

(九)壺也。〔呂覽本生〕命之曰—蹶之機。

(十)弼掉也。〔素問六節藏象論〕徇蒙—尤。

(十一)認罪也。如罪犯—供、—解。

(十二)—號召之貌。〔詩匏有苦葉〕—舟子。〔又〕聲也見〔釋文引韓詩〕。

(十三)—延引致也。〔荀子議兵〕—延募選。

(十四)—麾指揮也。〔荀子成相〕呂尙—麾。

(十五)—搖。北斗第七星。〔禮記曲禮〕—搖在上。〔又〕翺翔也。〔史記孔子世家〕—搖市過之。〔俗云—搖撣驪。—搖乃架空之意殆即翺翔義之引伸。〕

(十六)—提。僧寺之別名也。〔杜甫詩〕巳從—提遊。

(十七)姓也。漢大鴻臚—猛。

【招】祁堯切音翹蕭韻

(一)舉也。〔國語周語〕好盡言以—人過。

(二)揭也。〔莊子駢拇〕有虞氏—仁義以撓天下。

(三)搔也。〔列子說符〕孔子之勁。能—國門之關。〔本亦作拓〕。

【招】時饒切音韶蕭韻

●—搖。申動貌。〔漢書禮樂志〕體—搖若永望。

(二)同韶。〔史記夏本紀〕於是禹乃興九—之樂。〔索隱〕卽舜樂簫韶。

【拜】布怪切擺去聲卦韶

(一)本作𢷎。〔說文〕𢷎首至手也。〔段注〕—之名生於空首。故許言首至手。周禮之空首。他經謂之—手。鄭注曰。空首、頭至手。所謂—手也。某氏注尙書大甲召誥曰。—手首至手也。

(二)屈也。〔詩甘棠〕勿翦勿—。

(三)除授也。〔史記淮陰侯傳〕至—大將乃信也。

(四)謝也。〔呂覽分職〕明日不—樂已者。

(五)—之言服也見〔白虎通姓名〕。

(六)—之言拔也見〔詩甘棠箋〕。

(七)草名。〔雅爾釋草〕—、蔏藋。

(八)膜—舉兩手伏地而—也。〔穆天子傳〕膜—而受。

(九)帛—古者婦始見舅姑。持香纓以—。五色采爲之。名曰帛—見〔正字通〕。

(十)納—宋蘇洵與雷簡夫請納—書。請行門生禮也見〔正字通〕。

(十一)九—〔周禮大祝〕辨九—之儀。一、稽首。二、頓首。三、空首。四、振動。五、吉—。六、凶—。七、奇—。八、襃—。九、肅—。

(十二)—物敎。苗蠻之族。以及非洲未經開化之民。類崇—一切自然物。是名—物敎。

【抶】越筆切音颬質韻

●搫也見〔集韻〕。

●投也見〔廣雅釋詁〕。

【抮】止忍切音軫軫韻

引戾也。〔淮南原道〕扶搖—抱羊角而上。〔又〕—抱、猶持著也。〔淮南精神〕雖天地覆育。亦不與之—抱矣。〔與紾通〕。

【抮】呼典切音顯徙典切音殄乃殄切音撚銑韻

偝也見〔廣雅釋詁〕。

【担】莊加切音渣麻韻

挹也見〔說文〕。〔段注〕方言曰。—、摣取也。凡取物溝泥中謂之—。亦謂之摣。按方言—、摣實一字也。故許有—無摣。

【担】淺野切音且似也切音灺子野切音姐馬韻

取也見〔集韻〕。

【抺】莫貝切音昧隊韻

摸也見〔集韻〕。〔正字通云。抺字

之譌。〕

【抭】以紹切腰上聲篠韻弋笑切音燿嘯韻夷周切音由尤韻容朱切音俞虞韻　抒臼也。〔周禮舂人〕女舂—二人。〔注〕女奴能舂與—者。〔正字通〕云。—爲扰譌。扰乃說文舀重文。存考。

【抭】他刀切音叨豪韻　抒物之器。與挑同。見〔集韻〕。

【抰】倚兩切音鞅養韻　以車鞅擊也。見〔說文〕。〔桂注〕鞅有馬鞅、牛鞅、車鞅。隋煬帝幸江都。宮車攀車惜別。指血染鞅。此車鞅也。廣雅。—、擊也。

【抰】於郎切音央陽韻　打也。見〔集韻〕。

【抓】姑華切音瓜烏瓜切音蛙麻韻　引也。擊也。見〔集韻〕。

【抦】補永切音丙梗韻　持也。與秉通。見〔集韻〕。

【抧】掌氏切音紙遣爾切音跂紙韻　開也。讀若抵掌之抵。見〔說文〕。〔桂注〕—或作搘。廣雅。搘、開也。

【抧】仄蟹切齋上聲蟹韻　擊也。見〔集韻〕。

【抲】虎何切音呵居何切音歌歌韻　撝也。周書曰。盡執—。見〔說文〕。〔王注〕酒誥盡執拘以歸於周。拘者—之譌。

【抲】女加切音拏麻韻　搦也。見〔集韻〕。

【抲】丘加切音齣麻韻　扼也。見〔集韻〕。

【抲】待可切駝上聲下可切荷上聲哿韻　擔也。見〔集韻〕。

【⿰扌此】阻氏切音跐壯士切音滓紙韻蔣氏切音疵支韻子禮切音濟此禮切音泚薺韻　捽也。見〔說文〕。〔桂注〕一切經音義引作㩼也。又云。謂㩼撮取也。廣雅。—、捽也。通俗文。掔挽曰—。西京賦。—猭狻。注云。搏撮猛獸貌。

【⿰扌此】掌氏切音紙紙韻　同抵。側擊也。見〔集韻〕。

【抶】敕栗切音咥陟栗切音窒直質切音秩質韻　笞擊也。見〔說文〕。〔桂注〕左文十年傳。—其僕以徇。注云。—、擊也。

【抷】攀悲切音丕支韻　披也。見〔集韻〕。

【抻】試刃切申去聲震韻　展也。—物長也。見〔集韻〕。

【抻】同伸。申也。引戾也。見〔集韻〕。

【拎】郎丁切音零青韻　手懸捻物也。見〔玉篇〕。〔俗猶謂懸手持物曰—〕。

【⿰扌丣】力九切音柳有韻　捫也。見〔集韻〕。〔正字通云。抑字之譌〕。

【拃】阻版切音濺潸韻　摸也。見〔集韻〕。

【拃】俗拶字。〔唐書摩揭陀傳〕太宗遣使取熬糖法。詔揚州上諸蔗。—瀋如其劑。

【⿰扌目】思將切音襄陽韻　及也。見〔集韻〕。〔正字通云。捐、扣、之譌。〕

【⿰扌皿】知亮切音帳漾韻　整而不亂也。見〔字彙補〕。

【⿰扌永】古黠切黠韻　指畫也。見〔川篇〕。

【拼】拚本字。見〔說文〕。

【⿰爿幷】古將字。見〔說文長箋〕。

【抬】同笞。見〔正字通〕。〔按俗謂兩人共舉一物曰—。讀若台。〕

【⿱与手】同搋。見〔字彙〕。

【挻】同搢。見〔集韻〕。

【⿱丞手】同承。見〔集韻〕。

【扷】同拔。見〔韻會〕。

【拘】同撓。見〔集韻〕。

【⿱牽手】同牽。見〔字彙補〕。

【⿱享手】同摹。見〔字彙補〕。

【抿】播省文。見〔集韻〕。〔俗謂婦女刷髮曰—〕。

【⿰扌兄】柷俗字。見〔字彙〕。

【⿰扌冊】俗柵字。見〔正字通〕。

【拁】架譌字。見〔正字通〕。

【拐】 枴譌字。見〔正字通〕。

六畫

【挀】 胡恩切音痕元韻下懇切音很阮韻胡艮切音恨願韻〔本作扼〕。
(一)急引也。見〔廣韻〕。
(二)一抑。排擠也。〔唐書裴度傳〕爲姦憸一抑。
(三)吳楚俗謂牽引前卻爲一格。見〔漢書灌夫傳注〕。

【括】 古活切音聒曷韻
(一)本作𢭏。〔說文〕𢭏。絜也。〔段注〕絜者麻一端也。引伸爲絜束之絜。凡經言一髮者。皆爲束髮也。髟部曰。髻者。絜髮也。然則束髮曰髻一。爲凡物總會之偁。
(二)結也。〔易坤〕一囊无咎无譽。
(三)閉也。〔方言〕一、關閉也。〔箋疏〕王弼曰。一結否閉。賢人乃隱。是一爲閉也。通作㤙。廣雅。㤙塞也。
(四)作也。〔易繫辭〕動而不一。〔廣注〕一、作也。
(五)檢也。〔唐書食貨志〕鑄錢一苗。
(六)法也。〔法言修身〕其爲外也肅一。
(七)會也。〔詩車牽〕德音來一。
(八)至也。〔詩君子于役〕牛羊下一。
(九)根刷也。〔陶弘景文〕苞綜諸經。研一煩省。
(十)猶量也。〔文選蔡邕文〕隱一足以𤟃時。
(十一)矢末也。〔書大甲〕往省一于度則釋。
(十二)人名。魯南宮一。衛北宮一。
(十三)概一。對乎特殊而言之也。凡屬於普通之總目者。謂之概一。義。
(十四)一弧。新學書中。凡另出一義、或申引前義、注於中間者例用一弧。如〔 〕是。
(十五)通髻、髺。〔一切經音義〕一、古文髻髺二形。
(十六)通适。〔書君奭〕南宮一。〔書大傳〕作南宮适。

【拭】 設職切音識職韻
(一)淸也。〔儀禮聘禮〕賈人北面坐一圭。〔爾雅釋詁注〕拭一所以爲潔淸。
(二)靜也。〔禮記雜記〕雍人一羊。

【拮】 吉屑切音結屑韻激質切音吉質韻
口手共有所作也。詩曰。予手一据。見〔說文〕。〔王注〕豳風鴟鴞文。傳云。一据、撠挶也。韓詩。口足爲事曰一据。〔按段注〕韓之足。即毛之手也。許蓋合毛韓爲此訓。

【拮】 丘傑切音朅屑韻
舉也。見〔集韻〕。

【拮】 訖黠切音戛黠韻
𢵧也。逼也。〔國策秦策〕句踐終一而殺之。

【拯】 之庱切音整迥韻〔本作抍〕。
(一)舉也。〔易渙〕用一馬壯。〔馬注〕一、舉也。
(二)濟也。〔孟子梁惠王〕民以爲將一己於水火之中也。
(三)助也。〔左昭十年傳〕是以無一。
(四)援也。〔左宣十二年傳〕目于眢井而一之。
(五)取也。〔易艮〕不一其隨。
(六)承也。〔易明夷〕用一馬壯。
(七)升也。〔淮南氾論〕則捽其髮而一。

【挃】 尼凜切紝上聲寢韻
(一)搦也。見〔集韻〕。
(二)一搦。調弓貌。見〔集韻〕。
(三)搖也。見〔集韻〕。

【𢫫】 下改切音亥賄韻
(一)動也。見〔集韻〕。
(二)減也。見〔集韻〕。

【𢫫】 許旣切音餼未韻
動搖貌。見〔集韻〕。

【𢫫】 戶代切音瀣隊韻于貴切音胃未韻
(一)動也。見〔集韻〕。
(二)擔也。見〔集韻〕。

【拱】 古勇切音鞏腫韻
(一)斂手也。見〔說文〕。〔段注〕尙書大傳曰。一則抱鼓。皇侃論語疏曰。一、沓手也。九拜皆必一手而至地。立時敬則一手。如論語子路一而立、是也。行而張一曰翔。凡一不必皆如抱鼓也。推手曰揖。則如抱鼓。一、古文假借作共。鄉飲酒禮注曰。共、一手也。
(二)執也。〔國語吳語〕擁鐸一稽。〔注〕一、執也。稽、棨戟也。
(三)抱也。〔淮南繆稱〕交一之木。
(四)固也。見〔廣雅釋詁〕。〔疏證〕爾雅。鞏、固也。革初九云。鞏用黃牛之革。

鞏與—通。逸周書謚法解云。執事堅固曰恭。恭與—亦聲近義同。
(五)州名。漢陳留郡。宋置—州。〔卽今河南睢縣。〕
(六)—把。合兩手也。〔莊子人間世〕其—把而上者。
(七)姓也。明景泰進士—廷臣。

【拱】居用切。供去聲。宋韻
斂手。見〔集韻〕。

【拱】渠竹切。音鵴。屋韻
法也。見〔廣雅釋詁〕。〔疏證〕商頌長發。受小共大共。傳云。共。法也。共、與—同。

【拱】居容切。音恭。冬韻
闐珙。大璧也。春秋傳。與我其珙璧。徐邈讀。或作—。見〔集韻〕。〔按今本作—〕

【拳】逵員切。音權。先韻
(一)手也。見〔說文〕。〔段注〕合掌指而爲手。故掌指二象。厠手—二象之閒。卷之爲—。故檀弓曰。執女手之—然。
(二)屈也。〔莊子人間世〕擎跽曲—。人臣之禮也。
(三)力也。〔詩巧言〕無—無勇。
(四)人勇爲—。〔國語齊語〕有—勇股肱之力。
(五)——。愛也。見〔廣雅釋訓〕。〔疏證〕漢書貢禹傳云。臣禹不勝——。〔又〕忠謹之貌。〔漢書司馬遷傳〕——之忠。〔又〕猶勤勤也。〔後漢馬皇后紀〕逆慈母之——乎。〔又〕奉持之貌。〔禮記中庸〕得一善則——服膺。
(六)—法。技擊之一種也。〔北史齊神武帝紀〕元子幹攘臂擊孫騰曰。語爾高王。元家兒—正如此。〔按此爲—法之濫觴。明世王征南張三丰皆—法中之最著者。〕
(七)—匪。淸光緖二十六年北京—匪亂起。卽義和團紅燈罩等是也。
(八)——。喩小石也。〔陳造詩〕誰謂石一—。不作江流礙。
(九)由—。秦縣名。漢屬會稽郡。今爲浙江嘉興縣。
(十)通擢。〔文選左思賦〕覽將帥之—勇。〔注〕—、與擢同。
(十一)通權。〔左莊十九年傳〕鬻—。〔後漢孔融傳作鬻權。〕
(十二)通卷。〔莊子人間世〕則—曲而不可爲棟梁。〔釋文〕—、本亦作卷。
(十三)姓也。衛大夫—彌。

【拳】苦遠切。音綣。阮韻。驅圓切。音卷。先韻
——。奉持貌。〔禮記中庸釋文〕—音權。又起阮反。徐羌權反。奉持之貌。

【拳】巳袁切。綣平聲。元韻
力也。〔詩巧言釋文〕—、音權。力也。徐又己袁反。

【拴】逡緣切。音銓。先韻
(一)揀也。見〔集韻〕。
(二)扣也。俗謂繫馬曰—。

【⿰扌戎】而融切。音戎。東韻。乳勇切。音宂。腫韻
(一)相也。見〔集韻〕。
(二)推也。見〔廣雅釋詁〕。〔疏證〕玉篇。—、推車也。說文。軵、反推車令有所付也。說文。搑、推擣也。其義一也。〔按說文軵、讀若茸。集韻軵、通作—。段玉裁云。集韻必有據。朱駿聲云。搑字亦作—。〕

【⿰扌戎】乳勇切。音宂。腫韻
拒也。見〔韻會〕。〔按韻會引毛詩韻增訓拒。疑拒卽相字之譌。〕

【⿰扌戎】戎用切。宂去聲。宋韻
推也。見〔集韻〕。

【⿰扌戎】如蒸切。音仍。蒸韻
同扔。因也。見〔集韻〕。

【拶】子末切。音䰅。曷韻
(一)逼也。〔韓愈詩〕淵騰相排—。
(二)—指。酷刑之一種。以木套入犯者手指而收之也。〔正字通〕莊子。罪人交臂歷指。注。卽今背剪—指也。

【拷】苦浩切。音考。皓韻
(一)打也。見〔玉篇〕。
(二)掠也。見〔集韻〕。

【拸】丑豸切。褫上聲。演爾切。酏上聲。紙韻
(一)析也。同褫。見〔集韻〕。〔按韻會。褫、或作—。通作拕。拕下引詩伐木拕矣。箋云。析薪者隨其理。詩緝曰。以手離之也。集韻通作—。〕
(二)拍也。見〔字彙〕。
(三)拽也。見〔增韻〕。〔正字通云。與拖音別義同。〕

【拸】陳知切。音馳。支韻。湯何切。音他。歌韻。丑豸切。褫上聲。演爾切。酏上聲。紙韻

拆也。〔莊子庚桑楚〕介者―畫。

【拸】余支切音移支韻演爾切酏上聲紙韻他可切佗上聲待可切駝上聲哿韻

加也。見〔廣雅釋詁〕〔疏證〕―之言移也。移加之也。趙策云。知伯來請地。不與。必加兵於韓矣。韓子十過篇。加作移。是移與―同義。玉篇。、―音與紙與支二切。集韻。又他可切。小雅小弁篇。舍彼有罪。予之佗矣。毛傳。佗、加也。佗、與―亦聲近義同。

【拸】齒者切車上聲馬韻

同哆。大皃。見〔集韻〕。

【捒】瀾革切音策陌韻

(一)馬箠也。見〔玉篇〕。

(二)同揀。扶也。見〔集韻〕。

【捒】色責切音檝陌韻

擇取物也。見〔佩觿集〕。

【捒】測角切音齱覺韻

同擉。刺取也。見〔集韻〕。

【拾】寔入切音十緝韻

(一)掇也。見〔說文〕〔今具言掇―〕。

(二)收也。斂也。見〔廣韻〕〔今具言收―〕。

(三)遂也。〔詩車攻〕決―既佽。〔傳〕決、所以鉤弦也。―、遂也。〔按儀禮鄉射禮。袒決遂。鄭注。射鞲也。以韋爲之。所以遂弦者也。其非射時則謂之―。、斂也。所以蔽膚斂衣也。〕

(四)取也。如云―芥、―遺、―金之類。

(五)―室。劍削也。見〔集韻〕。〔按凡刀劍室、通謂之削。廣雅釋器。―劍削也。疏證本作拾。引說文、拾。劍柙也。王說是。存參。〕

(六)―沒。俗作什麼。〔集韻〕不知而問曰―沒。

(七)―遺。官名。〔唐書百官志〕補闕―遺。掌供奉諷諫。

(八)―瀋。論事之難成也。〔左哀三年傳〕無備而官辦者。猶―瀋也。〔注〕猶―汁終不可得。

(九)官文書借爲數目之十字。

【拾】極葉切音笈葉韻極業切音跲洽韻

更也。〔禮記投壺〕左右告矢具。請―投。〔疏〕賓主更迭而投也。

【拾】實攝切音涉葉韻

涉也。躡足升也。〔禮記曲禮〕―級聚足。連步以上。

【持】澄之切音治支韻

(一)握也。見〔說文〕。

(二)跱也。〔釋名釋姿容〕―。跱也。跱之於手中也。〔疏證〕玉篇。跱。止也。

(三)執也。〔後漢蘇章傳〕性強切而―毀譽。

(四)守也。〔國語越語〕有―盈。

(五)保也。〔荀子榮辱〕以相―養。

(六)挾也。〔史記酷吏傳〕―吏短長。

(七)制也。〔荀子正名〕引繩墨以―曲直。

(八)扶也。〔文選張衡賦〕西朝顛覆而莫―。

(九)猶得也。〔呂覽至忠〕而―千歲之壽也。

(十)無所取與曰―。〔左昭元年傳〕子與子家―之。〔疏〕―其兩端。無所取與。取與弈棊謂不能相害爲―。意亦同於此也。

(十一)軍―。汲水器也。〔陸游詩〕取水一軍―。

(十二)住―。一寺之主僧也。〔老學庵筆記〕滹沱河側小院住―名臨濟。

(十三)―勝。慶雲也。見〔駢雅釋天〕。

(十四)―重。謂守正也。見〔後漢書任光傳注〕。

(十五)―分。日本語。謂公司股東以其資格。對于公司而有之財產上權利也。

【挂】古賣切音卦卦韻

(一)畫也。見〔說文〕〔桂注〕―、畫、聲相近。釋名。畫。―也。以五色―物上也。〔正字通〕云。圭從二土。有重畫義。

(二)懸也。〔儀禮少牢饋食禮〕―於季指。

(三)剛―。矢鏃名。〔文選潘岳賦〕屬剛―以潛擬。

【挂】胡卦切音畫卦韻

礙也。〔穀梁昭八年注〕礙―則不得入門。

【挂】涓畦切音圭齊韻

別也。一曰鉤取也。〔莊子漁父〕好經大事。變更易常。以―功名。

【挃】陟栗切音窒直質切音秩質韻

(一)穫禾聲也。詩曰。穫之――。見〔說文〕〔桂注〕周頌良耜文。傳云。――。穫聲也。

(二)擣也。〔淮南兵略〕五指之更彈。不

若捲手之一—。

通掔。搚也。見〔集韻〕。

【挃】徒結切音迭屑韻

同揬。搪也。〔集韻〕揬。廣雅、搪也。或作—。

【挅】都果切音朶哿韻

搖也。見〔類篇〕。

同揣。—度也。見〔韻會〕。

【挅】都唾切音剁箇韻

同垛。量也。見〔集韻〕。

落帆也。見〔廣韻〕。

【揈】呼宏切音訇庚韻

㊀鏧聲也。見〔字彙〕。

同掬。揮也。見〔集韻〕。

【揈】翾縣切音絢霰韻

擊也。見〔廣雅釋詁〕。

【指】軫視切音旨紙韻

㊀手指也。見〔說文〕〔王注〕大—爲拇—。二爲食—。三爲中—。四爲無名—。五爲小—。言手者、以手就足也。

示也。〔禮記仲尼燕居〕治國、其如—諸掌而已乎。

㊂語也。〔離騷〕—九天以爲正兮。

㊃麾也。〔禮記曲禮〕六十曰耆。—使。

㊄斥也。〔易繫辭〕辭也者、各—其所之。

㊅書也。〔淮南修務〕攄書明—以示之。

㊆直也。〔呂覽必己〕目裂鬢—。

㊇向也。〔史記天官書〕直斗杓所—以建時節。

㊈志也。〔呂覽行論〕故布衣行此—於國。

㊉意也。〔書盤庚〕王播告之修。不匿厥—。

(十一)美也。〔荀子大略〕雖—非禮也。

(十二)歸趣也。〔孟子盡心〕言近而—遠者、善言也。

(十三)直—。官名。〔漢書武帝紀〕遣直—使者暴勝之等。

(十四)彈—。頃刻也。〔維摩經〕度百千劫。猶如彈—。

(十五)—湊。猶言行止也。〔淮南原道〕然而趨舍—湊。

(十六)五—。山名。在廣東陵水縣西一百里。一名黎山。本火山之遺迹。五峯矗立如—。故名。山北屬瓊州府地。山南屬崖州。見〔清一統志〕。

【挈】詰結切音擷奚結切音纈屑韻

㊀縣持也。見〔說文〕〔段注〕縣者系也。下文云。提—也。則提與—皆謂縣而持之也。今俗語云—帶。

㊁結也。結束也。束持之也。見〔釋名釋姿容〕。

㊂舉也。〔淮南俶眞〕提—天地。

㊃執也。〔漢書韓信傳〕信—其手。

㊄要也。〔莊子大宗師〕以—天地。〔司馬注〕要也。得天地要也。

㊅成也。見〔莊子大宗師釋文引崔注〕。

㊆修整也。〔荀子不苟〕君子—其辨而同等者合矣。

㊇猶傳也。〔穀梁宣十一年傳〕—國之辭也。

㊈—貳。雌虹也。〔爾雅釋天〕蜺爲—貳。〔注〕—貳、其別名見尸子。

㊉—壺。掌漏刻之官。〔周禮夏官序官〕—壺氏。

(十一)掎—。猶言掎摭也。〔荀子議兵〕掎—司詐。

【挈】詰計切音契霽韻

㊀開也。〔詩緜〕爰契我龜。〔傳〕開也。〔釋文〕契、本作—。

㊁缺也。絕也。〔史記司馬相如傳〕—三神之歡。〔按集解引韋昭云。缺也。又漢書注引應劭云。絕也。〕

㊂猶言乖也。見〔史記司馬相如傳集解引徐廣〕。

㊃刻也。〔漢書敘傳〕旦算祀於—龜。

㊄知也。〔莊子庚桑楚〕其妻之—然仁者遠之。〔釋文〕苦計反。向云。知也。

㊅以板書之文也。〔漢書張湯傳〕上所是受而著讞法廷尉—令。

㊆通契。〔漢書溝洫志〕內史稻田租—重其議減。

【挈】訖黠切音戛黠韻

獨也。見〔廣雅釋詁〕〔疏證〕方言。絓、—、㑌、介、特也。秦曰—。—亦介也。語之轉耳。說文。絜麻一耑也。聲與—近而義同。

【挈】同蘞。菝蘞。王瓜也。〔禮記月令〕王瓜生。〔注〕萆—也。萆—、即蘞菝。

【挈】同絜。見〔集韻〕。

【按】於旰切音案翰韻

●下也。見〔說文〕〔段注〕以手抑之使下也。印部曰抑者—也。
●二 抑也。〔管子霸言〕—彊助弱。
●三 止也。〔史記周本紀〕王—兵毋出。
四 拴也。〔史記絳侯世家〕天子乃—轡徐行。
五 據也。〔禮記月令〕陳祭器。—度程。
六 依也。〔漢書揚雄傳〕各—行伍。
七 撫也。〔史記平原君傳〕毛遂—劍歷階而上。
八 行也。〔史記衛將軍驃騎傳〕—楡谿絕塞。
九 尋也。見〔史記衛將軍驃騎傳集解〕。
十 徐也。〔楚辭招魂〕陳鐘—鼓。
十一 考驗也。〔漢書賈誼傳〕—之當今之務。〔箸作家加—語亦是此義。〕
十二 察行也。〔漢書丙吉傳〕公府不—吏。自吉始。
十三 發聲辭。〔荀子富國〕我—起而治之。
十四 —堵。次第也。〔漢書高帝紀〕吏民皆—堵如故。〔後世—戶派丁。—畝抽捐。皆—次第之義。〕
十五 —摩。治病醫術之一種也。〔漢書藝文志〕黃帝岐伯—摩十卷。
十六 巡—。官名。明洪武十年。詔遣監察御史巡—州縣。十三省各一人。見〔明史職官志〕〔今各省設一巡—使。意仿此。〕
十七 —察使。官名。明制。—察使掌一省刑名—劾之事。秩正三品。清因之。

【按】阿葛切音遏曷韻
●一 捺也。見〔集韻〕。
●二 通遏。止也。〔詩皇矣〕以—徂旅。〔釋文〕—、本作遏。

【挋】之刃切音震震韻
●一 給也。一曰約也。見〔說文〕〔王注〕—蓋與振通。大司徒曰。振窮。士喪禮注。古文—皆作振。是也。俗借賑。廣韻。賑、贍也。給也。〔按段注云。約者。纏束也。此—之別一義也。〕
●二 拭也。〔禮記喪大記〕浴用絺巾。—用浴衣。
●三 晞也。清也。〔儀禮士喪禮〕乃沐櫛—用巾。
四 同振。〔楚辭漁父〕新浴者必—衣。

【挋】同攆。拭也。見〔集韻〕。

【挌】各額切音格陌韻
●一 擊也。見〔說文〕〔段注〕凡今用格鬥字。當作此。後漢陳寵傳。斷獄者急於篣—酷烈之痛。注引此說文。莊三十一注。古者方伯征伐不道諸侯。交格而戰。誅絕其國。此等格字。皆當从手。
●二 擧也。見〔玉篇〕。
●三 鬪也。止也。〔魏志任成王傳〕手—猛獸。
四 堅禦也。〔管子地員〕乾而不—。〔朱駿聲云假借爲垎。〕

【挌】歷各切音落藥韻
擊也。見〔集韻〕。

【挌】曷各切音鶴藥韻
根—。攣引也。見〔集韻〕。

【拲】古勇切音拱腫韻
●一 擁也。从手。巩聲。見〔說文〕〔桂注〕廣韻、—抱持。
●二 畫法之一種也。〔香祖筆記〕凡畫山水人物。皆於紙上用指甲及細針—出而後設色。

【挍】居效切音敎效韻
●一 報也。〔論語泰伯〕犯而不—。〔字彙云。今文从木。誤。〕
●二 角也。比也。〔左僖五年傳〕君父之命不—。
●三 撿也。〔禮記學記〕中年考—。〔釋文〕校、戶敎切。字从木。若从手、是比—字。今人多亂之。〔正字通云〕郭恕先謂、校尉之校。不當用比—之—。泥。六書統、—專訓報。亦泥。按經史、校—互用。義亦相通。正字通說可從。
四 考也。〔國語齊語〕比—民之有道者。
五 計量也。〔漢書揚雄傳〕—武票禽。

【挍】居肴切音交肴韻
●一 亂也。見〔集韻〕。
●二 憒意也。見〔集韻〕。

【挎】空胡切音枯虞韻
●一 持也。〔儀禮鄉飲酒禮〕—越內弦。
●二 除也。〔易繫辭〕—木爲舟。〔釋文〕—、本作刳。

【挎】同搰。見〔集韻〕。

【挏】杜孔切音動董韻徒東切音桐東韻徒弄切音洞送韻
●一 推引也。漢有—馬官。作馬酒。見〔說文〕〔段注〕推、各本作擁。今依廣韻韻會本推。讀如或推或輓之推。謂推之使前也。
●二 動也。見〔玉篇〕。

【挐】人余切音如女居切音袽魚韻

㊀持也。从手。如聲。見〔說文〕〔王注〕女加切。此音非也。小徐韻譜依李舟切韻收一於九魚女余反。收挐於十麻女加反。水部㴸字从一音人庶切。亦可證此特與前持篆以下二十字不同。故不與類聚。

㊁誣也。〔說文解字義證〕徐鍇本有一曰誣也四字。覆謂卽誣諏。

㊂牽也。〔漢書揚雄傳〕攫一者亡。

㊃煩也。〔楚辭遭厄〕殽亂兮紛一。

㊄糅也。〔楚辭招魂〕一黃粱些。

㊅人名。〔春秋僖元年〕敗莒師於酈、獲莒一。〔按釋文云女居反。又女加反〕。

㊆姓也。繚錯一薄。見〔國策衞策〕。

【拏】女加切音拏麻韻

㊀同挐。〔莊子漁父〕杖一而引其船。

㊁通茹。人名。〔集韻〕莒有大夫茹。通作一。〔按春秋僖元年獲莒一。〕釋文、一本作茹。

【拏】乃嫁切吖去聲禡韻

絲結亂也。見〔集韻〕。

【挐】尼據切音女御韻

拘一。不展也。見〔集韻〕。

【挑】他彫切音祧蕭韻

㊀撓也。一曰摷也。國語曰。郤至一天。見〔說文〕〔段注〕一者、謂撥動之。左傳云一戰、是也。摷者、拘擊也。小徐摷下有爭。周語單襄公語。韋本作佻天。注云。佻、偸也。今按佻天之功以爲己力。與左傳天實置之而二三子以爲己力。語意正同。然則許意爲一曰摷爭作證。

㊁引撥也。〔白居易詩〕輕攏慢撚抹復一。

㊂剌剔也。〔異苑〕陶侃左手有文。達中指上橫節便止。侃以鍼一令徹。

㊃招呼也。見〔列子楊朱釋文引蒼頡〕。

㊄抉也。見〔一切經音義引聲類〕。

㊅穿也。見〔廣雅釋詁〕〔疏證〕說文。斛突也。突與穿同義。〔按斛與一字通〕。

㊆器名。挹汁之匙也。〔儀禮有司徹〕二手執一匕枋以挹湆。

㊇杖荷也。〔陸游詩〕擔一雙草屨。

㊈取也。凡揀選人物。亦謂之一。見〔增韻〕。〔舊例、舉人大一。亦此義〕。

㊉瞯也。〔國策秦策〕楚人有兩妻者。人一其長者。

(十一)一筋皺。卽猶太皺也。今河南有此皺。徒因其食牛羊等肉去筋。故謂之一筋皺。

(十二)通佻。偸薄也。〔荀子強國〕其服不一。

【挑】田聊切音迢蕭韻

㊀撓一。宛轉也。〔莊子大宗師〕撓一無極。

㊁撓也。見〔集韻〕。

㊂撥也。詩曰。蠶月一桑。枝落之。采其葉。本亦作條。見〔玉篇〕。

【挑】他刀切音饕豪韻

㊀輕儇跳躍貌。〔詩子衿〕一兮達兮。

㊁一達。相見貌。一曰往來貌。見〔集韻〕。〔義本毛傳〕。

㊂抒物之器。或作抭。見〔集韻〕。

【挑】徒了切音窕篠韻

㊀疾也。見〔廣雅釋詁〕。〔疏證〕方言作佻。云儇、佻。疾也。郭璞注云。謂輕疾也。史記荊燕世家。遂跳驅至長安。跳驅、謂疾驅也。

㊁一戰也。〔史記項羽紀〕願與漢王一戰決雌雄。

㊂弄也。相呼誘也。〔漢書司馬相如傳〕故相如以琴心一之。〔今云目一。亦此意〕。

【挑】徒弔切音調嘯韻

㊀搖也。見〔集韻〕。

㊁振也。見〔韻會〕。

㊂顫也。見〔增韻〕。

【挒】力櫱切音列屑韻

㊀揲也。見〔廣韻引埤蒼〕。

㊁捩也。見〔集韻〕。

【⿰扌危】五果切訛上聲努果切穤上聲哿韻

捼一。揣也。趙魏之間謂揣爲捼一。見〔集韻〕。

【拲】渠容切音蛩冬韻

舉兩手取曰一。見〔集韻〕。

【挓】陟加切音吒麻韻

一挱。開貌。見〔集韻〕。

【抾】尼輒切音聶葉韻

探也。見〔字彙補〕。

【⿰扌系】蘇遭切音騷豪韻

曲折而攀援也。見〔五音篇海〕。

【⿰扌耳】丁叶切音喋葉韻

打也。見〔篇海〕。

【拍】呼骨切音忽月韻　高貌。見〔篇海〕。

【挖】烏括切音斡曷韻　挑—也。見〔字彙補〕。

【搖】蘇前切音先先韻　持也。見〔篇海〕。

【抹】止臾切音株虞韻章遇切音駐遇韻　止也。見〔字彙〕。

【剢】他定切音聽徑韻　承也。見〔字彙補〕。

【扅】几隱切音讔吻韻　讔身所承也。見〔正韻〕。

【扛】匣隆切音紅東韻　蟲飛。見〔篇海〕。

【㧯】落好切音老晧韻　—灣。豐縣地名。見〔河防一覽〕。

【㧫】日之切音而支韻　挐也。見〔玉篇〕。

【㨎】而宣切軟平聲先韻　挂也。〔集韻〕博雅。挂也。〔按廣雅疏證本釋詁四。抐、搵、擩。攝也。疏證云。擩、曹憲音而主反。各本皆作擩、搵、擩、—。挂也。集韻類篇搵、擩、—、三字注。並引廣雅。挂也。則宋時廣雅本已然。今案抐、搵、擩、—四字。諸書無訓爲挂者。玉篇—、挐也。義與挂亦不相涉。此因正文脫去擩字。其音內而主二字。又誤入正文。校書者不得其解。遂改而爲擩。改主爲挂耳。〕

【㨎】同擩、撰。見〔集韻〕。

【擩】擩誘字。〔按字彙。擩、誘讀切音餔。擩持也。一曰舒也。此與集韻擩字音訓全同。蓋沿韻會之譌。〕

【拹】迄業切音脅業韻　摺也。一曰拉也。見〔說文〕〔段注〕公羊傳曰。使公子彭生送桓公。於其乘、—幹而殺之。幹者脅骨也。何曰。—者折聲也。或作擸者。或體也。或作拉者。叚借字也。

【捆】伊眞切音因眞韻　就也。見〔說文〕〔段注〕—與因音義同。今則因行而—廢矣。〔按王注。—者因之彙增字〕。

【扼】博厄切音蘖陌韻　裂也。見〔廣雅釋詁〕〔疏證〕—之、言劈也。淮南子主術訓云。人莫不—玉石而—瓜瓠。〔正字通云。又音劈。與劈通。或从金作鈲。義同。〕

【㧺】呼回切音灰灰韻　相摩也。見〔類篇〕。

【拽】以制切音曳霽韻　引也。〔朱子語類〕康節凡事纔覺難。便—身退。

【拽】時制切音誓霽韻　拖也。山東語。見〔集韻〕。

【拽】羊列切音抴屑韻　同抴。拖也。〔禮記曲禮〕車輪曳踵〔疏〕曳、—也。不得舉足。但起前—後。使踵如車輪曳地而行。

【抐】女六切音忸屋韻　搐—。不伸。見〔集韻〕。

【挆】蠶括切音撮曷韻　攟—。搏也。見〔集韻〕。

【㧤】充仲切音銃送韻　跳也。見〔字彙〕。

【㧥】蘇典切音銑銑韻　擤—。手捻物也。見〔集韻〕。

【抶】鼻墨切音衡職韻　擊也。見〔集韻〕。

【㧝】蒲蓋切音旆泰韻　撥也。見〔集韻〕。〔正字通云。捵字之譌〕

【㧝】蒲昧切音佩隊韻　轉戾也。見〔集韻〕。

【捤】古委切音詭紙韻　毀撤也。見〔集韻〕。

【捤】魚鬼切巍上聲尾韻　懸也。見〔集韻〕。

【挎】丘甚切欽上聲寑韻　持物也。見〔集韻〕。

【捍】租毒切音傶沃韻　收早熟禾曰—。見〔集韻〕。

【拲】古勇切音鞏腫韻拘玉切音鍋沃韻居六切音菊屋韻　兩手同械也。从手从共。周禮曰上罪梏—而桎。見〔說文〕〔桂注〕秋官掌囚文。鄭司農云。—者、兩手共一木也。

【拵】徂昆切音存元韻　据也。見〔集韻〕。

【拵】徂悶切音鐏願韻

揺也。見〔五音集韻〕。

【⿰扌州】止酉切音帚側九切芻上聲 有韻 執也。持也。見〔集韻〕。

【⿰扌林】呼高切音蒿豪韻 除也。亦拔田草。或作薅、茠。見〔玉篇〕。〔按廣雅釋詁。—除也。疏證。今俗語猶云—草矣。〕

【捐】余專切音沿先韻 棄也。見〔玉篇〕。〔正字通云。俗捐字。〕

【⿰扌聿】勒沒切音硉月韻 捽也。捋也。見〔玉篇〕。

【⿱夸手】千咨切音趑支韻 挐也。見〔玉篇〕。

【⿰扌夅】下江切音降江韻 雙帆也。見〔篇海〕。

【⿰扌百】拍本字。見〔說文〕。

【⿰扌西】古遷字。見〔說文〕。

【⿰扌西】同遷。見〔集韻〕。

【⿰扌囟】古遷字。見〔玉篇〕。〔按說文。古文作⿰扌卥。今隸作拪。此作—。譌誤字也。舊注云⿰扌卥省文。非。〕

【⿰扌后】古执字。見〔玉篇〕。

【投】古投字。見〔集韻〕。

【指】古指字。見〔九經字樣〕。

【⿱手手】同拜。見〔說文〕。

【⿰扌亥】同⿰扌㒸。見〔集韻〕。

【⿰扌豆】同⿰扌亘。見〔集韻〕。

【⿰扌吳】同捂。見〔集韻〕。

【挄】同擴。見〔字彙〕。

【⿰扌夷】同抉。見〔篇海〕。

【⿰扌户】同抑。見〔篇海〕。

【⿰扌朵】同捰。見〔正字通〕。

【⿱攵手】同㩜。見〔集韻〕。

【⿰扌㫃】旅或字。見〔篇海〕。

【⿱𦥑手】擧省文。見〔正字通〕。

【⿰扌虫】搔省文。見〔篇海〕。

【挊】俗弄字。見〔正字通〕。

【⿰扌幷】俗拼字。見〔正字通〕。

【拿】俗拏字。見〔正字通〕。

【⿰扌㐬】俗梳字。見〔正字通〕。

【⿰扌匋】掬譌字。見〔正字通〕。

【⿰扌行】衍譌字。見〔正字通〕。

【⿰扌并】拼譌字。見〔正字通〕。

七畫

【挨】英皆切音唉佳韻 ❶同⿰扌俟。推也。見〔廣韻〕。❷背負貌。見〔廣韻〕。❸擊也。見〔韻會〕。❹旁排也。〔菊排叢話〕野牛特力狂—木。❺强進也。相近也。〔王安石詩〕對壘每欲相劘—。

【挨】倚駭切唉上聲蟹韻倚亥切 愛上聲賄韻 ❶擊背也。見〔說文〕〔段注〕列子。攩抋—扰。張注曰。烏駭反。推也。❷打也。見〔集韻〕。

【挩】他括切音脫曷韻 ❶解—也。見〔說文〕〔段注〕今人多用脫。古則用—。是則古今字之異也。今脫行而—廢矣。❷除也。見〔廣雅釋詁〕〔按國語魯語。求說其侮。注。猶除也。說、—通。〕❸誤也。見〔廣韻〕〔按韻會。—、亦作說。通作脫。廣雅釋言。脫。誤也。作脫。荀子正名。說故。注。脫。誤也。脫故、猶律文之故誤也。正文作說。注作脫。〕❹遺也。見〔廣雅釋詁〕〔疏證〕廣韻。—遺也。文選李康運命論。棄之如脫遺。李善注引廣雅。脫。誤也。脫、即—之借字。❺通稅。〔左成九年傳〕使稅之。〔注〕稅、解也。〔釋文〕稅、吐活反。

【挩】徒活切音奪曷韻 ❶解也。見〔玉篇引說文〕。❷捶也。見〔集韻〕。

【挩】輸芮切音稅霽韻 拭也。〔儀禮鄉飲酒禮〕坐—手。遂祭酒。

【挩】俞芮切音睿霽韻 同抁。動也。見〔集韻〕。

【挪】囊何切音儺歌韻 ❶搓—也。見〔集韻〕。〔按說文挼下。段注。阮孝緒字略云。煩撋猶挼莏。今人多用此義而字作—。〕❷移動也。俗謂借貸爲移—。亦搓—之引伸義。

(十二)—威。歐洲北方司干地那維亞半島國名。昔與瑞典合爲一王國。近始分立。英文Norway。

【挫】 祖臥切音𨅔箇韻

(一)摧也。見〔說文〕。〔段注〕此亦上文摧一曰折也之義。考工記。揉牙內不—。注云。—、折也。

(二)損也。〔荀子解蔽〕蚊䖟之聲聞。則—其精。

(三)毁也。〔國策秦策〕—我於內。

(四)按也。〔莊子人間世〕—鍼治繲。〔釋文〕—、徐子臥反。

(五)辱也。〔淮南修務〕頓兵—銳。

(六)屈抑也。〔漢書陳湯傳〕久—於刀筆之前。

(七)搦也。〔老子〕或—或隳。

(八)捉也。〔楚辭招魂〕—糟凍飲。〔注〕捉去其糟。

(九)猶止也。〔春秋考異郵〕淸明者、精芒—收也。

(十)同剉。剉斫也。見〔增韻〕。

【挫】 臧戈切𨅔平聲歌韻

桊也。〔莊子人間世〕—鍼治繲。〔按釋文又云。祖禾反。崔云桊也。此集韻所本。〕

【挫】 祖加切痲韻

折也。周禮。凡揉牙、內不—。李軌說。見〔集韻〕。

【挭】 古杏切音梗梗韻

(一)—槩。大略也。見〔廣韻〕。〔今通作梗。〕

(二)同擾。撓也。見〔集韻〕。

(三)撓也。見〔正韻〕。

【振】 之刃切音震震韻

(一)舉救也。一曰奮也。見〔說文〕。〔段注〕凡—濟當作此字。俗作賑。奮義則與震略同。

(二)救也。〔左昭十四年傳〕分貧—窮。

(三)拔也。〔家語六本〕而弗可—也。

(四)起也。〔國語晉語〕—廢淹。

(五)發也。〔左文十六年傳〕—廩同食。

(六)揚也。〔孟子萬章〕金聲而玉—之也。

(七)檢也。〔周禮職幣〕—掌事者之餘財。

(八)擊也。〔荀子議兵〕若—槁然。

(九)動也。〔禮記月令〕蟄蟲始—。

(十)整也。〔左隱五年傳〕入而—旅。

(十一)正也。〔管子小問〕以—其淫。

(十二)怒也。〔素問氣交變大論〕其變—發。

(十三)止也。〔莊子齊物論〕—于無竟。

(十四)收也。〔禮記中庸〕—河海而不洩。

(十五)棄也。〔左昭十八年傳〕—除火災。

(十六)拂也。去塵也。〔禮記曲禮〕—書端書於君前。

(十七)自也。〔詩載芟〕—古如玆。

(十八)古也。見〔爾雅釋言〕。〔義疏〕古者。釋詁云故也。故有久舊之義。—者聲近塵。釋詁云塵、久也。

(十九)張起也。〔漢書王莽傳〕出—車騎。

(二十)搖落也。〔易恆〕—恆。

(廿一)裂也。見〔廣韻〕。

(廿二)猶掉也。〔文選張衡賦〕—朱屣於盤樽。

(廿三)猶散也。〔周書克殷〕乃命南宮、忽—鹿臺之財。

(廿四)猶灑也。〔史記司馬相如傳〕—谿通谷。

(廿五)動發威嚴謂之—。〔管子七臣七主〕—主喜怒無度。

(廿六)燕齊之間、官婢女厮謂之—。見〔方言〕。〔朱駿聲云假借爲娠。按今本多作娠。〕

(廿七)州名。〔淸一統志〕漢珠崖郡。隋曰臨—郡。唐武德五年置—州。〔卽今廣東崖縣。〕

(廿八)—鷺。飛貌。〔詩振鷺〕—鷺于飛。

(廿九)—動。九拜之一。〔周禮太祝〕四曰—動。〔正字通云。—動、如儀禮之揖厭。推手曰揖。引手曰厭。今謂之打躬連拱手。〕

(三十)—祭。九祭之一。〔周禮太祝〕五曰—祭。

(卅一)—羽。樂章也。〔禮記仲尼燕居〕徹以—羽。

【振】 之人切音眞眞韻

(一)厚也。〔詩麟趾〕—公子。

(二)盛貌。〔左僖五年傳〕均服—。

【振】 止忍切音袗袗韻

通袗。䘳也。〔禮記玉藻〕—絺綌不入公門。

【挹】 乙及切音邑 一入切音揖緝韻

(一)抒也。見〔說文〕。〔段注〕大雅曰洞酌彼行潦。—彼注玆。

(二)通抑。〔荀子宥坐〕—而損之。

(三)通揖。〔荀子議兵〕拱—指麾。

【挰】 除庚切音棖 馳貞切音呈庚韻

(一)揮也。見〔廣雅釋詁〕。

(二)舉也。見〔集韻〕。

【挱】桑何切音娑歌韻

(一)手挼莎也。〔韓愈詩〕誰復著手更摩—。

(二)通莎。〔禮記郊特牲注〕摩莎出其香汁。謂之汁莎。〔玉篇引作—〕。

【抄】師加切音沙麻韻

拕—。開貌。見〔集韻〕。

【挶】拘玉切音鋦沃韻

(一)戟持也。見〔說文〕〔段注〕。鴟鴞傳曰。拮据、戟—也。謂有所操作。曲其肘如戟而持之也。

(二)舁土之器也。〔左襄九年傳〕陳畚—。具綆缶。

【挺】待鼎切音艇迥韻

(一)拔也。見〔說文〕〔段注〕。左傳。周道—。直也。月令—重囚。寬也。皆引伸之義。

(二)出也。見〔廣雅釋詁〕〔疏證〕。魏策云。—劍而起。

(三)脫也。〔史記陳涉世家〕尉劍—。

(四)生也。〔後漢楊賜傳〕華嶽所—。

(五)引也。〔漢書劉屈氂傳〕—身逃。亡其印綬。

(六)解也。〔後漢臧宮傳〕宜小—緩。

(七)治也。〔國策齊策〕—子以爲人。

(八)緩也。〔淮南時則〕—重囚。

(九)猶動也。〔呂覽忠廉〕不足以—其心矣。

(十)通脡。猶膱也。〔儀禮鄉飲酒禮〕薦脯五—。

(十一)通筳。〔後漢方術傳〕—專。〔注〕—專、折竹卜也。楚辭曰。索瓊茅以筳專。

(十二)通梃。〔韓愈文〕南牆鉅竹千—。

(十三)——正直也。〔左襄五年傳〕周道——。

(十四)荔—。草名。〔禮記月令〕荔—出。〔注〕馬薤也。

(十五)京—。茶名。〔貢茶錄〕既又制其佳者。號曰京—。

(十六)—挏。猶上下也。〔淮南俶真〕攫掞—挏。

(十七)桀驁不馴也。俗謂出言不遜、曰—撞。管押不服、曰—押。

(十八)人名。梁伏—。北魏崔—。唐韋—。

【挺】丈梗切棖上聲梗韻

直也。見〔集韻〕。

【挻】尸連切音羶先韻

(一)長也。見〔說文〕〔段注〕。商頌。松桷有—。傳曰。—、長貌。此許所本也。字林云。—、長也。

(二)引也。〔唐書盧鈞傳〕相—爲亂。

(三)逆取也。〔方言〕秦晉之間。凡取物而逆謂之籑。楚部或謂之—。

(四)和也。〔老子〕—埴以爲器。

(五)柔也。見〔老子釋文引聲類〕。〔朱駿聲云。字林、—柔也。今字作揉。〕

(六)緩也。見〔廣雅釋詁〕。〔朱駿聲云。假借爲緩。〕

(七)擊也。〔荀子性惡〕故陶人—埴而爲器。〔六書故云。—擊也。〕

(八)遁也。〔漢書賈誼傳〕主上有敗。則因而—之矣。

【挻】抽延切音脡先韻

(一)長也。見〔廣雅釋詁〕〔疏證〕—之言延也。

(二)逆取物也。見〔集韻〕。

【挻】夷然切音延先韻

(一)取也。見〔集韻〕。

(二)周也。見〔集韻〕。

【挼】奴禾切同捼歌韻

推也。一曰兩手相切摩也。見〔說文〕〔段注〕。推、各本作摧。摧者擠也。周禮守祧、禮經士虞、特牲、少牢、隋祭或作墮。或作—。或作綏。隋當是正字。—、綏當是假借。鄭云。下祭曰墮。墮之言猶墮下也。許云。—、摧也。摧亦有墮下之義。玄應引、無摩字。阮孝緒字畧云。煩攋猶—挱。今人多用此義。而字作挪。

【挼】蘇回切音毸灰韻

(一)擊也。見〔集韻〕。〔字彙、作繫也。〕

(二)推也。見〔集韻〕。

【挼】鄒規切音墮宣隹切音綏支韻

(一)同隋。祭食也。〔儀禮特牲饋食禮〕祝命—祭。

(二)毀廟血也。見〔集韻〕。

【挼】儒隹切音蕤支韻奴回切音餒灰韻

同挼。兩手相切摩也。見〔集韻〕。

【挼】思累切音灑呼恚切音孈寘韻

同隋。尸所祭肝脊黍稷之屬。見〔集韻〕。

【挼】盧臥切音蠃箇韻

同操。理也。見〔集韻〕。

[挼] 奴臥切音儒箇韻

推也。見[集韻]。

[挽] 武遠切音晚阮韻無販切音萬願韻美辨切音免銑韻

㊀同輓。引之也。[爾雅釋訓]—引也。[注]步—輦車。[如—回、—留之類皆引之使還也。]

㊁—滿。猶引強也。[後漢梁冀傳]能—滿。

㊂—歌。送葬之歌也。[崔豹古今注]使—柩者歌之。世呼爲—歌。

[捎] 丘耕切音鏗庚韻

㊀琴聲。[論語]—爾、舍瑟而作。通作鏗。見[集韻]。

㊁引伸也。見[同文舉要]。

[扟] 的協切墊入聲陟涉切音輒昵輒切音聶葉韻

㊀拈也。見[說文]。[桂注]六書故。—、俗作捻。顏案徐鉉新附有捻字。蓋不知與—同也。

㊁固持也。[六書故]—者攝之固也。

[挾] 檄頰切音協葉韻

㊀俾持也。見[說文]。[段注]俾持、謂俾夾而持之也。亦部夾下曰。盜竊褱物也。俗謂蔽人俾夾。然則俾持正謂藏匿之持。如今人言懷—也。

㊁掖也。[國語齊語]—其槍刈耨鎛。[注]在掖曰—。

㊂帶也。[文選王粲賦]—清漳之通浦兮。

㊃懷也。[蜀志郤正傳]或—邪以午榮。

㊄藏也。[漢書惠帝紀]除—書律。

㊅接也。[孟子盡心]—貴而問。

㊆輔也。見[廣雅釋詁]。[疏證]孟子公孫丑篇。相與輔相之。丁公著本。相作押。引廣雅。押、輔也。押、—聲相近。

㊇護也。見[廣雅釋詁]。[疏證]方言。—、護也。郭璞注云。扶—、將護。

㊈會也。[國語晉語]—以銜骨。

㊉至也。[淮南要略]—日月而不姚。

(十一)鍤也。[淮南人間]秦皇—錄圖。

(十二)脅持也。[蜀志諸葛亮傳]—天子以令諸侯。

(十三)猶著也。[管子弟子職]右執—上。

(十四)—斯。敝敗也。[方言]南楚、凡人貧衣被醜弊謂之—斯。

[挾] 即協切音浹葉韻子洽切音唼洽韻

㊀持也。見[集韻]。

㊁達也。[詩大明]使不—四方。

㊂帀也。[荀子禮論]方皇周—。

㊃同浹。徹也。滿也。[周禮太宰]—日而斂之。[注]從甲至甲謂之—日。凡十日。

[挾] 尸牒切音韘吉協切音頰葉韻作答切音帀合韻

持也。[左宣十二年傳]三軍之士。皆如—纊。

[挾] 訖洽切音郟洽韻

同夾。挾也。見[集韻]。

[捀] 敷容切音蜂冬韻房用切音俸宋韻

㊀奉也。見[說文]。[段注]奉者承也。[按王筠云。此蓋以重文爲說解也。奉亦從手丰聲。與—字大同。又奉者承也。其俗字作俸。而集韻云。捀、兩手承也。與—同。然則—與奉同矣。]

㊁通摓。兩手分而數也。[史記龜筴傳]—筴定數。[注]—謂兩手執蓍分而扐之。

㊂灼龜觀兆也。見[玉篇]。

[捂] 吾故切音誤遇韻

㊀斜相抵觸也。[史記項羽紀]莫敢枝—。[注]邪拄爲—。[今作梧。]

㊁逆也。[儀禮既夕]若無器則—受之。[疏]—、即逆也。

[捁] 古巧切音攪巧韻

同攪。[文選馬融頌]散毛族—羽羣。

[捁] 枯沃切音酷沃韻

打也。見[集韻]。

[捄] 恭于切音駒虞韻居尤切音鳩尤韻

盛土於梩中也。一曰捋也。詩曰。—之陾陾。見[說文]。[桂注]大雅緜文。傳云。—、虆也。箋云。—、捊也。築牆者捊聚壤土。盛之以虆而投諸版中。

[捄] 渠尤切音求渠幽切音蟉尤韻

㊀長貌。[詩大東]有—棘棘。

㊁歧貌。[詩大東]有—天畢。[朱駿聲云。畢一柄兩歧。]

㊂法也。[廣雅釋詁]拱—。法也。[朱駿聲云。拱—即工執字。詩長發以共球爲之。]

㊃實也。[爾雅釋木注]椒茱萸皆有—。—、實也。

【捄】居又切音廄宥韻

同救。止也。護也。〔漢書谷永傳〕扶服—之。

【捅】吐孔切音桶董韻

㊀進前也。見〔集韻〕。

㊁引也。見〔集韻〕。

【捅】損動切摠上聲董韻

㊀同敲。擊也。見〔集韻〕。

㊁引也。見〔集韻〕。

【捆】苦本切音梱阮韻

㊀齊等也。〔孟子滕文公〕—屨織席。

㊁取也。見〔玉篇〕。

㊂織也。見〔玉篇〕。

㊃抒也。見〔玉篇〕。

㊄纂組也。見〔玉篇〕。

【捆】苦悶切音困願韻

齊等也。〔儀禮大射儀〕既拾取矢—之。〔注〕齊等之也。〔按釋文出梱之云劉音涃。集韻亦作梱。云劉昌宗讀。惟毛本作—〕。

【捆】胡昆切音魂元韻

同掍。手推物也。見〔集韻〕。

【捈】同都切音徒通都切土平聲虞韻余遮切音揶麻韻

㊀臥引也。見〔說文〕。〔段注〕臥引、謂橫而引之也。〔按法言問神篇—中心之所欲。注云、—引也〕。

㊁抒也。見〔廣雅釋詁〕。〔疏證〕—者引之抒也。

㊂鋭也。見〔廣雅釋詁〕〔疏證〕廣韻作梌。音他胡反。鋭也。

【捈】抽居切音樗魚韻

同攄。舒也。見〔集韻〕。

【捈】直加切音茶麻韻

揶也。見〔集韻〕。

【捉】側角切莊入聲覺韻

㊀搤也。一曰握也。見〔說文〕。〔桂注〕搤也者。釋名—促也。使相促及也。徐鍇引左傳叔武聞君至。髮走出。〔按—髮走出此證後一義〕。

㊁捕也。〔唐書兵志〕唐初兵之戍邊者。大曰軍。小曰守。—〔今云—拿。本此義〕。

【捋】盧活切鑾入聲曷韻

㊀取易也。見〔說文〕。〔王注〕容易之義。亦有輕易之義。詩芣苢、薄言—之。桑柔、—采其劉。受部寽。五指—也。以—說寽。則—為寽之絫增字可知。〔按鍇本說文。一曰劣也。王注。嚴氏曰。許蓋言—亦以為劣字。眾經音義卷十一。劣、古文—同。或云—、劣以同聲為義。或云劣疑采之誤。木部采。—取也。轉相訓〕。

㊁摩也。〔爾雅釋蟲〕强醜—。〔注〕—以脚自摩—。

【捋】龍輟切音劣屑韻

采也。見〔集韻〕。

【捌】布拔切音八黠韻

㊀方言云、無齒杷。从手。別聲。見〔說文新附〕。〔鈕氏新附攷〕卽別之俗字。或作杋。按淮南說林訓。解捽者不在—格。又主術訓云。桀之力、別觡伸鉤。文義與前相類。則別卽—矣。又据急就篇云。穙穫秉把插—杷。王伯厚補注云。碑本插拔、作臿拔。當是杋。然則訓無齒杷者。當作杋。〔按、—與杋別。杋、木名。師古云。無齒曰—。有齒曰杷。皆所以推引聚禾穀也。廣韻。扒、無齒杷。重文作—。据此。—與扒同也〕。

㊁同扒。破也。擊也。見〔集韻〕。

㊂官文書借為數目之八字。

㊃賣—。日本語。販賣也。—讀音沙巴克。

【捌】皮列切音別屑韻

剖分也。見〔集韻〕。

【捌】筆別切音箭屑韻

同扒。剖分也。見〔集韻〕。

【捌】必結切音抋屑韻

同抋。捩也。見〔集韻〕。

【𢫬】下介切音械卦韻

㊀持也。見〔集韻〕。

㊁通械。〔莊子天地〕有械而已。〔釋文〕械、字林作—。

【捍】侯旰切音翰翰韻

㊀同扞。衞也。〔禮記祭法〕能—大患則祀之。

㊁射者著臂之具。卽拾也。〔禮記內則〕右佩玦—。

㊂猶悍也。〔史記貨殖傳〕而民雕—少慮。

㊃堅貌。〔管子地員〕五浮之狀—然如米。

【捍】下赧切音僩潸韻

㊀止也。見〔集韻〕。

㊁—搖。搖動也。見〔廣韻〕。

【捍】戶版切音睅潸韻

—捷。以手精擇物也。見〔集韻〕。

【捎】師交切音梢肴韻 ●一 選擇也。自關以西、凡取物之上者爲撟—。見〔說文〕〔段注〕取物之上。謂取物之顚也。—之言梢也。方言曰。撟—。選也。〔按吳俗謂上等貨物曰—貨。卽此義。〕 ●二 芟也。〔史記龜筴傳〕以夜—兔絲去之。 ●三 拂也。〔漢書揚雄傳〕曳—星之旃。 ●四 掠也。〔杜甫詩〕花妥鶯—蝶。 ●五 殺也。〔文選張衡賦〕—魑魅。 ●六 蒱—。良馬名也。見〔廣韻〕。

【捎】山巧切音稍巧韻 同數。擊也。見〔集韻〕。

【捎】思邀切音宵蕭韻 ●一 動也。見〔廣雅釋詁〕〔疏證〕釋訓云。揣抁。搖—也。搖—。猶掉—也。—一作搖消。淮南俶眞訓云搖消掉—。 ●二 除也。〔考工記輪人〕以其圍之阞—其藪。

【捎】所敎切稍去聲效韻 ●一 支也。見〔集韻〕。 ●二 北方俗謂寄物曰—。

【捏】乃結切音涅屑韻〔俗作揑。誤〕 ●一 捺也。見〔字林〕。 ●二 搦也。見〔集韻〕。 ●三 捻聚也。見〔增韻〕。 ●四 强相牽合附會也。如俗云—造、—稱之類。

【捒】筍勇切音悚腫韻 ●一 同竦。敬也。見〔集韻〕。 ●二 上也。見〔集韻〕。

【捒】所據切疏去聲御韻雙遇切音數遇韻 裝也。見〔集韻〕。

【捒】輸玉切音束沃韻 同束。縛也。見〔集韻〕。

【捒】先侯切漱平聲尤韻 同擻。取也。見〔集韻〕。

【捐】余專切音沿于權切音員先韻 ●一 棄也。見〔說文〕。〔段注〕棄、—也。二篆爲轉注。〔按漢書竇嬰曰。侯自我得之。自我—之。無所恨。是其義。〕 ●二 除去也。損也。〔史記吳起傳〕—不急之官。 ●三 罷也。見〔廣雅釋言〕。〔疏證〕罷、謂敗棄之也。漢書武帝紀云泛駕之馬。泛、與覂同。莊子天地篇。無乏吾事。釋文云。乏、廢也。乏、與覂、亦聲近義同。 ●四 貧乞者爲—。〔漢書食貨志〕而國亡—瘠者。 ●五 不得其尸曰—。見〔釋名釋喪制〕。 ●六 糞除薉汚謂之—。見〔說文通訓定聲〕。 ●七 箸車眾環曰—。〔爾雅釋器〕環謂之—。 ●八 入貲得官也。清世京官自郎中以下。外官自道府以下。皆可納貲以得職。名之曰—納。 ●九 賦稅之一種也。清末新徵各稅、多謂之—。如房、烟—之類。 ●十 布施曰—。如貲助僧尼道士、及各善舉。均稱—款。

【捔】訖岳切音覺覺韻 ●一 擠也。見〔廣雅釋言〕〔疏證〕豳風七月篇。猗彼女桑。傳云。角而束之曰猗。正義云。襄十四年左傳。譬如捕鹿。晉人角之。諸戎掎之。則掎、角、皆遮截束縛之名也。故云角而束之曰掎角。—、猗掎、古通用。 ●二 恭也。見〔廣雅釋言〕。

【捔】仕角切音浞覺韻 刺也。〔文選張衡賦〕叉簇之所攙—。

【捕】蒲故切音步遇韻 ●一 取也。見〔說文〕。〔王注〕轉注。顏注急就篇。—、收掩也。 ●二 擒捉也。〔漢書灌夫傳〕遣吏分曹逐—。〔按字彙逮者其人在而直追取之。—者其人亡。當討—之。〕 ●三 搏也。見〔廣雅釋言〕。 ●四 猶索也。〔周髀算經〕—影而視之。 ●五 —役。巡—。皆司—務者也。舊制屬于州縣者曰—役。今滬上通稱警察曰巡—。

【捕】同搏。擊取也。〔莊子秋水〕—鼠不如貍狌。

【捖】胡官切音完寒韻 ●一 挼刮摩也。見〔廣韻〕。 ●二 —摩。工治玉也。見〔集韻〕。

【捖】戶管切音緩旱韻 擊也。摩也。見〔集韻〕。

【捖】苦緩切音款旱韻 擊也。見〔集韻〕。

【捖】古刹切音刮黠韻 同刮。〔考工記總錄〕—摩之工五。

〔司農注〕—、讀爲刮。

【捘】祖寸切尊去聲願韻七倫切音逡眞韻祖回切音嗺灰韻津垂切音厜支韻
㊀推也。春秋傳曰—衞侯之手。見〔說文〕〔段注〕定八年左傳曰將歃涉佗—衞侯之手及捥。此謂衞侯欲先歃。涉佗執其手郤之。由指掌逆推及於捥也。杜云血及捥。非。〔按方言以掌握之曰—〕
㊁按也。見〔廣雅釋詁〕〔疏證〕文選長笛賦。捘擊—臧。李善注引廣雅。—按也。又云。臧。猶抑也。

【捘】祖對切音晬隊韻　推也。見〔集韻〕。

【𢭏】丑鳩切音抽尤韻　㨨或字。〔說文〕㨨。引也。㨨或从由。或从秀。

【𢭏】式竹切音叔屋韻　引也。見〔集韻〕。

【[illegible]】古康切音剛陽韻　舉也。見〔篇海〕。

【捚】莊皆切音齋佳韻　掌擊也。見〔篇海〕。

【挪】余遮切音耶麻韻　—揄。舉手相弄也。〔白居易詩〕歎被鬼—揄。〔別作挪〕。

【挪】羊諸切音余魚韻　胥—。殘餘也。見〔集韻〕。

【捊】蒲侯切音裒房尤切音浮尤韻　引堅也。詩曰。原隰—矣。見〔說文〕。〔段注〕堅、各本字作取。今正。詩釋文、作堅。今本譌爲取土二字。非也。堅義同聚。引堅者。引使聚也。玉篇正、作引聚也。大雅、捄之陑陑。箋云。捄—也。築牆者—聚壤土。此引聚之正義。常棣、原隰裒矣。傳云。裒、聚也。此重聚不重引。故不言引。但言聚也。裒者—之俗。

【捊】房尤切音浮方鳩切音不尤韻蒲交切音庖肴韻　引取也。見〔集韻〕。

【捊】芳無切音敷虞韻　擊也。見〔集韻〕。

【捊】普溝切剖平聲尤韻　掬也。見〔集韻〕。

【捗】蒲故切音步遇韻　—攎。收斂也。見〔集韻〕。

【捗】蓬逋切音蒲虞韻　同莩。收亂草也。見〔集韻〕。

【捗】竹力切音陟職韻　打也。見〔集韻〕。

【挾】初洽切音插洽韻　利也。見〔篇海〕。

【㨃】披庚切音烹庚韻　打也。見〔集韻〕。

【捽】郎刀切音勞豪韻　閉也。見〔字彙〕。

【⿰扌豆】大透切音豆宥韻　四朔曰—。見〔集韻〕。

【⿰扌豆】同短。見〔集韻〕。

【⿰扌昃】實側切音崱職韻　支也。見〔集韻〕。

【⿰扌𠬶】子鴆切音浸沁韻　擊也。見〔集韻〕。

【⿰扌何】下可切荷上聲哿韻　同荷。擔也。見〔集韻〕。

【⿰扌秃】他谷切音秃屋韻　杖指也。見〔集韻〕。

【掐】奴紺切南去聲勘韻　魚食貌。見〔集韻〕。

【⿰扌吞】他恨切吞上聲願韻　撮也。見〔集韻〕。

【捃】俱運切音攈問韻　同攈。拾也。〔史記十二諸侯年表〕往往—摭春秋之文以著書。

【捃】舉蘊切音攟吻韻　同攟。取也。〔唐書李脩傳〕欲掊—遺利。

【⿰扌囤】杜本切屯上聲阮韻　推也。見〔集韻〕。〔正字通云。捆字之譌〕

【捇】霍虢切音謋陌韻　裂也。見〔說文〕〔段注〕周禮有赤犮氏。注云。赤犮、猶—拔也。—拔蓋漢時有此語。

【捇】郝格切音赫陌韻　掘土謂之—。見〔集韻〕。

【捇】七迹切音皵陌韻　同赤。除撥也。見〔集韻〕。

【抹】桑感切音糝感韻　撼—。搖動也。見〔廣韻〕。〔正字通云。揀字之譌〕

【挬】薄沒切音勃月韻 拔也。見〔集韻〕。

【挮】士禮切音體薺韻 去涕也。見〔集韻〕。

【挮】他計切音替霽韻 拭也。見〔集韻〕。

【𢫨】柱買切音豸蟹韻 撓物也。見〔集韻〕。

【挴】母罪切音每賄韻 貪也。〔楚辭天問〕穆王巧—。

【搎】七活切曷韻 摶也。〔莊子徐无鬼〕委蛇攫—。

【㧴】語可切音我哿韻牛河切音莪歌韻 搓也。見〔集韻〕。

【挸】吉典切音繭銑韻 拭也。見〔集韻〕。

【𢭃】奇寄切音忌寘韻 諱也。見〔字彙〕。

【拽】餘制切音裔霽韻 牽引也。見〔篇海〕。

【𢮦】揔本字。〔六書故〕兼持也。記曰。罷而—干。

【𢪃】括本字。見〔說文〕。

【𢱤】古揣字。見〔集韻〕。

【挵】同弄。見〔集韻〕。

【拹】同抾。見〔集韻〕。

【捹】同翻。見〔集韻〕。

【摑】同國。見〔集韻〕。

【𢭏】同撅。見〔集韻〕。

【推】同插。見〔海篇〕。

【揺】同搖。見〔海篇〕。

【摇】同搖。見〔海篇〕。

【挈】同挈。見〔海篇〕。

【𢪔】同抄。見〔字彙〕。

【搋】同搋。見〔搜眞玉鏡〕。

【捥】旋俗字。見〔字彙〕。

【捭】捭俗字。見〔字彙〕。

【挿】插俗字。見〔字彙〕。

【挧】搒俗字。見〔正字通〕。

【捛】扼譌字。見〔正字通〕。

【挱】抄譌字。見〔正字通〕。

【搭】搭譌字。見〔正字通〕。

【攑】掀譌字。見〔正字通〕。

【揯】㨚譌字。見〔正字通〕。

八畫

【揗】達合切音沓合韻 縫指揩也。一曰韋韜。見〔說文〕。〔段注〕縫指揩者。謂以鍼紩衣之人。恐鍼之槧其指。用韋爲韜。韜於指。以藉之也。揩之言重沓也。射韝亦謂之臂揩。〔按通訓定聲〕以革爲之。其以金者爲鉛。今蘇俗謂鍼衣。

【揗】託合切音鉛合韻 ●冒也。見〔集韻〕。 ●摹也。見〔集韻〕。

【捝】竹角切音卓覺韻 ●擊也。見〔廣韻〕。 ●推也。見〔廣韻〕。 ●刺木也。見〔玉篇〕。 ●同斂。擿也。見〔集韻〕。

【捝】作木切音鏃屋韻 鏃也。見〔方言〕。

【扞】都木切音啄屋韻 擊物聲也。見〔集韻〕。

【揤】愓得切音式職韻 ●打也。見〔廣韻〕。 ●換也。擊也。見〔集韻〕。

【捦】渠金切音琴侵韻 ●急持衣衿也。見〔說文〕〔段注〕此篆古叚借作禽。俗作擒。作—走獸。總名曰禽者。以其爲人所—也。又按此解當作急持也。一曰持衣裣也。九字乃合。必轉寫有譌奪矣。 ●捉也。〔三蒼〕—手。捉拘也。

【捧】撫勇切音豐上聲腫韻 ●兩手承也。〔禮記曲禮〕則兩手—長者之手。 ●聚也。〔文選潘岳賦〕—黃間以密彀。 ●擲也。見〔韻會〕。

【捧】同奉。見〔集韻〕。

【揖】同捀。見〔集韻〕。

【捨】始冶切赦上聲馬韻 ●釋也。見〔說文〕〔段注〕釋者解也。經傳多叚舍爲之。 ●棄也。〔宋書殷淳傳〕愛好文義。未嘗違—。 ●廢也。見〔書洪範釋文〕。 ●置也。見〔廣雅釋詁〕〔疏證〕爾雅。

赦。舍也。舍與—通。說文。赦置也。—與赦聲義亦同。

㊄施也。〔梁書武帝紀〕帝晚溺信佛道。凡三—身。

㊅姓也。明洪武中稅課大使—敬。

【捩】力結切戾入聲屑韻

㊀拗也。紾也。〔韓愈文〕—手翻羹。

㊁折也。撕也。〔柳宗元文〕趦趄枇—。

【捩】郎計切音麗霽韻

琵琶撥也。〔梁簡文帝詩〕插—舉琵琶。

【搰】苦骨切音窟呼骨切音忽月韻

㊀擊也。〔方言〕南楚凡相推搏曰—。

㊁去塵也。見〔集韻〕。

【捫】謨奔切音門元韻

㊀撫持也。見〔說文〕。〔段注〕撫、安也。一曰循也。謂安揗而持之也。大雅。莫—朕舌。傳云。—、持也。

㊁摸也。〔史記高祖紀〕漢王傷胷。乃—足。

【捭】補買切拜上聲蟹韻

㊀兩手擊也。見〔說文〕。〔段注〕謂左右兩手橫開旁擊也。

㊁擲也。〔文選左思賦〕莫不衄銳挫鋩。拉—摧藏。

㊂—之者。開也。言也。陽也。見〔鬼谷子捭闔〕。〔按戰國時蘇秦學—闔揣摩之術。〕

【捭】博厄切音檗陌韻

開也。折也。〔禮記禮運〕燔黍—豚。

【捭】普米切音睥薺韻

同毀。毀也。見〔集韻〕。

【拼】必至切音畀寘韻

同畀。相付與之也。〔方言〕—予也。〔郭注〕予、猶與也。

【据】斤於切音居魚韻

㊀戟挶也。見〔說文〕。〔段注〕鴟鴞。予手拮—。傳曰。拮—。戟挶也。公羊注。段—爲據。

㊁—置。日本義。暫定也。如公債—置年限。言暫定若干年。不付利息也。

【据】居御切音據御韻

㊀手病也。見〔集韻〕。

㊁據也。〔漢書酷吏傳贊〕趙禹—法守正。

㊂直項也。〔漢書司馬相如傳〕—以驕驁。

【捰】鄔果切倭上聲哿韻

—拕。撝也。見〔集韻〕。

【捱】宜佳切音崖佳韻

㊀拒也。見〔集韻〕。

㊁延緩也。〔元人曲〕遢其間委實難—。〔俗謂遲延、亦曰—延。〕

【捲】逵員切音權先韻

㊀氣勢也。國語曰。有—勇。一曰—收也。見〔說文〕。〔段注〕謂作氣有勢也。此與拳音同而義異。小雅巧言。無拳無勇。毛傳曰。拳、力也。齊語。桓公問曰。於子之鄉。有拳勇股肱之力。秀出於衆者。韋云。大勇爲拳。此皆叚拳爲—。蓋與古本字異。齊風箋云。權、勇壯也。權者—之異體。〔一曰—收。此別一義。即舒卷字。秦策。桑戶—樞之士。高注。—揉桑條。假以爲樞。是其義也。〕

㊂舉也。〔史記孫吳傳〕解雜亂紛糾者不控—。

㊃治也。見〔廣雅釋詁〕。

㊄用力貌。〔莊子讓王〕——乎后之爲人。葆力之士也。

【捲】古轉切音卷銑韻

通卷。斂也。〔史記張儀傳〕席—常山之險。

【捲】苦遠切音綣阮韻

搏也。見〔集韻〕。

【捷】疾葉切音倢葉韻

㊀獵也。軍獲得也。春秋傳曰。齊來獻我—。見〔說文〕。〔段注〕莊三十一年經文。杜注。—、獲也。穀梁云。軍得曰—。月令章句。獵、—也。言以—取之。

㊁勝也。〔詩采薇〕一月三—。

㊂成也。見〔小爾雅廣詁〕。

㊃速也。〔荀子君子〕則事業—成而有所休。

㊄及也。見〔小爾雅廣詁〕。

㊅疾取也。〔淮南兵略〕百族之子。—捽招杼船。

㊆邪出也。〔左成二十六年傳〕不如—之速也。

㊇引續也。〔莊子人間世〕必將乘人而鬭其—。

㊈養也。〔呂覽論威〕—于飢膚也。

㊉法也。見〔後漢荀彧傳注〕。

⑪鬆也。見〔廣雅釋詁〕。〔疏證〕方言。宋楚之間謂鬆曰—。〔猶云敏—〕。

⑫古衛名。兩有牟曰—倍—曰舉。見〔小爾雅衡〕。

(十三)——言樂事也。〔詩蒸民〕征夫——。
(十四)獵——相接貌。〔文選何晏賦〕獵——相加。
(十五)——獵相接貌。〔文選王延壽賦〕——獵鱗集。〔又〕高顯貌。〔文選左思賦〕施榮楯而——獵。〔又〕參差也。〔文選王褒賦〕羅鱗——獵。
(十六)姓也。〔漢書藝文志〕——子二篇。〔注〕齊人。

【揷】測洽切音插洽韻
同插。〔曹植文〕——忘歸之矢。

【捷】七接切音妾葉韻
——口舌聲。〔詩巷伯〕——幡幡。

【捶】圭桀切錐上聲紙韻
(一)以杖擊也。見〔說文〕〔桂注〕廣雅。——擊也。趙注孟子。可使國人作杖。以——敵國堅甲利兵。
(二)擣也。〔禮記內則〕欲乾肉則——而食之。
(三)箠也。〔莊子至樂〕撽以馬——。〔釋文〕馬杖也。
(四)通錘。〔莊子大宗師〕皆在鑪——之間耳。

【捶】都果切音朶哿韻
揣也。〔莊子知北遊〕大馬之——鉤者。

【捺】乃曷切難入聲曷韻〔俗作捺。非。〕
(一)手按。見〔廣韻〕。〔日本語謂蓋印曰——印亦取此義。〕
(二)搦捎也。見〔字林〕。
(三)書法之一也。古名磔。〔書法離鉤〕微斜曰——。人大等字是也。

【捻】諾協切念入聲葉韻
指——也。見〔說文新附〕。〔鈕氏新附攷〕——即敜之別體。一切經音義卷六——箭注云。又作敜。謂以手指——持。

【捻】乃結切音涅屑韻
按也。見〔集韻〕。

【捻】同拈。〔杜甫詩〕壺——書籍貲。〔注〕——、正作拈。

【捻】讀若念上聲。清咸豐中。皖豫兵起。名之曰——匪。同治中李鴻章等平之。

【捼】奴禾切穤平聲歌韻奴回切音餒灰韻
摧也。一曰兩手相切摩也。一作挼。見〔說文〕。〔今從段本作捼。詳前挼字。〕

【捼】烏禾切音倭歌韻
手築也。見〔集韻〕。

【捼】儒錐切音蕤支韻
(一)挱也。見〔集韻〕。
(二)擩也。見〔集韻〕。

【捼】烏毀切音委紙韻
捫也。見〔集韻〕。

【捼】儒邪切麻韻
揉也。關中語。見〔集韻〕。

【捼】而宣切輭平聲先韻
同撋。手摩物也。見〔集韻〕。

【捽】昨沒切存入聲月韻卽律切音卒質韻
(一)持頭髮也。見〔說文〕〔段注〕金日磾傳曰。日磾——胡投何羅殿下。晉灼曰。胡頸也。——其頸而投殿下也。
(二)拔取也。〔漢書貢禹傳〕農夫父子。——屮把土。
(三)互對也。〔國語齊語〕戎夏交——。
(四)觸也。〔莊子列禦寇〕齊人之井飲者相——也。

【捽】蘇骨切音窣月韻
摩也。與曲禮卹勿之卹同。〔集韻〕卹勿。摩也。卹、或作——。

【捽】昨律切音崒質韻蒼沒切音猝月韻
——攃。行草聲。見〔集韻〕。

【捽】祖對切音晬隊韻
同捘。推也。見〔集韻〕。

【捾】烏括切音斡曷韻
(一)搯——也。一曰援也。見〔說文〕。〔段注〕——乃複舉字。誤移搯下耳。義理與抉略同。今人舉字當从此。大徐附㓶於刀部。非也。援者引也。

【捾】烏八切音空黠韻
抉也。見〔集韻〕。

【捾】烏版切音綰潸韻
取也。見〔集韻〕。

【搳】下瞎切音轄黠韻
〔同搳。擖也。見〔集韻〕。

【掀】虛言切音軒元韻
(一)舉出也。〔春秋傳曰〕——公出于淖。見〔說文〕〔桂注〕成十六年左傳文。彼云乃——公以出於淖。杜注。——舉也。
(二)高聳貌。〔韓愈詩〕蚍虺首——。

【掀】許斤切音欣文韻許訖切音迄物韻
手高舉出也。見〔集韻〕。

【掀】許斤切音欣文韻
火氣也。見〔左傳釋文引字林〕。

【掀】丘近切問韻
舉出也。見〔左傳成十六年釋文〕。

【掀】胡恩切音痕元韻
同掍。傅雅。掍撞引也。或作一。見〔集韻〕。〔按左傳成十六年釋文。一曰、一引也。胡掍反。〕

【掁】除庚切音棖庚韻
㊀䌰也。見〔廣韻〕。
㊁同𣪍。挨也。見〔集韻〕。
㊂撞也。〔謝惠連文〕以物一撥之。引手灰滅。

【掃】蘇老切音嫂皓韻先到切音譟號韻
㊀同埽。棄也。見〔集韻〕。
㊁糞除污穢也。〔詩抑〕洒一廷內。
㊂除也。〔文選張衡賦〕一項軍於垓下。
㊃滅也。〔文選張衡賦〕一朝霞。
㊄抹也。刷也。〔杜甫詩〕淡一蛾眉朝至尊。
㊅河工官吏文牘謂修隄之稭料曰一。
㊆一帚星。時俗以稱彗星。

【掄】盧昆切音崘元韻
㊀擇也。見〔說文〕〔段注〕周禮。凡邦工入山林一材不禁。鄭注。一、猶擇也。按鄭意、一之本訓不爲擇。故曰猶。
㊁貫也。見〔廣雅釋言〕〔按小徐本說文一下多一曰从手貫也六字。存參。〕

【掄】龍春切音倫眞韻
擇也。〔國語晉語〕君一賢人之後。

【掇】都括切朶入聲曷韻株劣切音輟屑韻
㊀拾取也。見〔說文〕。〔桂注〕詩芣苢。薄言一之。傳云、一、拾也。
㊁侵掠也。〔史記張儀傳〕秦得燒一焚杅君之國。
㊂俗謂誘人爲非、曰攛一。

【掇】朱劣切音拙屑韻
同䂎。短也。見〔集韻〕。

【授】是酉切受上聲有韻承呪切音壽宥韻
㊀予也。从手受。見〔說文〕。〔段注〕予者推予也。象相予之形。手付之令其受也。故从手受。
㊁付也。〔周禮鄉長〕則從而一之。
㊂還也。〔國語晉語〕子犯一公子載璧。
㊃稟賦也。〔史記留侯世家〕沛公殆天一。
㊄講一也。〔漢書翟方進傳〕當大都一時。〔注〕總集諸生大講一也。
㊅除拜也。〔晉書左思傳〕以能擢一殿中侍御史。
㊆姓也。漢一異眾。

【掉】徒弔切調去聲嘯韻
㊀搖也。春秋傳曰。尾大不一。見〔說文〕。〔段注〕左傳昭十一年文。一者搖之過也。搖者、一之不及也。許渾言之。
㊁調弄也。〔漢書蒯通傳〕伏軾一三寸舌。
㊂震動也。〔因話錄〕楊巨源年老頭數一。
㊃正也。〔左宣十二年傳〕御下兩馬。一鞅而還。
㊄一磬。相絞訐也。〔禮記內則注〕雖有勤勞不敢一磬。
㊅換也。世俗謂換曰一。
㊆猶了也。如云辦一、賣一。

【掉】徒了切音窕篠韻
㊀搖動也。見〔集韻〕。
㊁顫也。見〔增韻〕。

【掉】女教切音鬧效韻
聲甄動也。〔周禮典同注〕甄、猶一也。鐘微薄則聲一。

【掉】尼角切音搦覺韻
㊀動也。見〔集韻〕。
㊁持也。見〔集韻〕。

【掊】蒲侯切音裒尤韻
㊀杷也。今鹽官入水取鹽爲一。見〔說文〕。〔段注〕杷、各本作把。今正。木部曰。杷者、收麥器也。引申爲凡用手之偁。一者五指杷之。如杷之杷物也。史漢皆言一視得鼎。師古曰。一、手杷土也。百官志注引胡廣曰。鹽官一坑而得鹽。
㊁聚斂也。〔詩蕩〕曾是一克。
㊂減也。見〔廣雅釋詁〕。〔疏證〕謙象傳云。君子以裒多益寡。〔裒與一通。〕
㊃深也。見〔方言〕。〔注〕一尅深能。〔箋疏〕廣雅。一、深也。

【掊】普后切音剖有韻
㊀擊也。〔莊子逍遙遊〕吾爲其無用而一之。
㊁同剖。〔莊子胠篋〕一斗折衡。

【掊】房尤切音浮尤韻
把也。見〔集韻〕。

【掊】蒲交切音庖肴韻
引取也。見〔集韻〕。

【掊】蒲枚切音裴灰韻
克也。見〔集韻〕。

【掊】芳遇切音赴遇韻鼻墨切音匐職韻
姓也。〔史記袁盎傳〕乃之—生所問占。

【[illegible]】同踣、仆。〔史記呂后紀〕—兵能去。

【[illegible]】古獲切音幗郭獲切音虢陌韻
同擱。批—也。見〔玉篇〕。
打也。見〔集韻〕。

【掅】千定切靑去聲徑韻七正切音婧敬韻
持也。見〔集韻引廣雅〕。
捽也。見〔廣雅釋詁〕。

【掅】同倩。〔六書統〕假人力曰—。

【掌】止兩切章上聲養韻
手中也。見〔說文〕。〔按〕—者手心也。謂指本也。人生指節在外者左右各十四節。在手心者左右各五節。即所謂本節也。統名—。骨日本名腕前骨。

(二)主權也。〔孟子滕文公〕舜使益—火。

(三)正也。〔周禮家宗人〕—家禮。

(四)捧之也。〔詩北山〕或王事鞅—。

(五)水停處。〔釋名釋水〕水洪出所爲澤曰—。水停處如手—中也。今兗州人謂澤曰—也。

(六)擊也。〔文選揚雄賦〕—蒺藜。

(七)仙—。華山兩峯對峙也。〔唐書地理志〕華陰。垂拱元年、更名仙—。

(八)仙人—。謂僊人以手掌擊盤也。見〔史記武帝紀集解〕〔互詳仙字〕。

(九)—貢。前淸時代所用批頰之刑也。

(十)姓也。晉琅邪—同。前涼燉煌—據。孟子母仉氏、一作—。

【掍】古本切音袞戶袞切音混阮韻
(一)同也。見〔說文〕〔段注〕方言。—。同也。宋衛之閒、或曰—。漢人賦多用—字。

(二)混也。〔文選王褒賦〕帶以象牙。—其會合。

(三)振起也。〔文選揚雄賦〕薌呹肸以—批兮。〔注〕振起衆根、

【掎】舉綺切羈上聲紙韻居宜切音羈支韻
(一)偏引也。見〔說文〕〔段注〕左傳曰。譬如捕鹿。晉人角之。諸戎—之。杜注云。—之、其足也。

(二)自後持也。〔國語齊語〕—止晏萊焉。

(三)倚也。〔詩小弁〕伐木—矣。〔疏〕—者倚也。

(四)發也。〔文選班固賦〕機不虛—。

【掎】居我切音哿哿韻
詩伐木—矣。古音居我反。見〔音學五書〕。

【掎】隱綺切音倚紙韻
—匜、不正也。見〔集韻〕。

【掏】徒刀切音桃豪韻
(一)擇也。見〔廣韻〕。

(二)抒也。見〔集韻〕。

(三)—摸。日本語。謂偸竊也。俗又謂探手取物曰—。

【掏】他刀切音叨豪韻
同搯。搯也。一曰佇也。見〔集韻〕。

【掐】乞洽切音恰洽韻
(一)爪刺也。見〔說文新附〕〔鈕氏新附攷〕疑插之俗字。說文。插訓刺肉。玉篇廣韻。插。並訓刺入。又廣韻—、插同在洽韻。是音義形並近矣。

(二)爪按也。〔晉書郭舒傳〕—鼻灸眉頭。

(三)爪也。〔文選馬融賦〕—膺擗摽。

(四)叩也。〔國語魯語〕無—膺。

【排】蒲皆切音牌佳韻
(一)擠也。見〔說文〕〔段注〕今義列也。〔按桂注〕晉書王徽之從桓沖行。値暴雨。徽之—入車中。謂曰。公豈得獨擅一車。

(二)推也。見〔廣雅釋詁〕〔疏證〕說文。推—也。少儀云。—闔說屨於戶內。

(三)斥也。〔淮南原道〕—閶闔。

(四)列也。〔漢書朱買臣傳〕相推—成列中庭拜謁。〔按俗謂一行列曰一—〕本此。

(五)毖也。〔後漢竇融傳〕囂勢—迮。不得進退。

(六)塞也。〔孟子滕文公〕—淮泗。

(七)擯卻也。〔後漢賈逵傳〕諸儒內懷不服。相與—之。〔今俱言—斥〕。

(八)闢停也。〔史記魯仲連傳〕爲人—患釋難解紛。

(九)安置也。〔莊子大宗師〕安—而去化。

(十)推移也。〔莊子大宗師〕獻笑不及

｜。
⓫軍制。舊制。防營十八爲一｜。十｜爲一哨。新制。步礮工輜目兵、四十二人爲一｜。馬隊目兵、二十八人爲一｜。軍樂隊樂兵、四十四人爲一｜。陸軍警察隊目兵、二十人爲一｜。
⓬彰｜。軍器也。〔釋名釋兵〕彰旁也。在旁｜敵禦攻也。
⓭防｜。隄也。〔水經淮水注〕修防｜以正水路。
⓮｜檄。輔正弓弩之器。〔荀子性惡〕然而不得｜檄則不能自正。
⓯｜橐。即橐袋也。〔後漢楊璇傳〕以｜橐盛石灰於車上。
⓰｜律。律詩之一體。詩家凡五言七言數十韻相對偶者、謂之｜律。

【排】步拜切音憊卦韻
❶｜揹。強突也。見〔集韻〕。
❷通韛。鍛冶所用之吹火韋囊也。〔後漢杜詩傳〕造水｜。鑄農器。

【掔】丘閑切音慳删韻
固也。見〔說文〕〔段注〕｜、之言堅也。緊也。謂手持之固也。或叚借爲牽字。俗用慳吝字亦爲｜之俗。

【掔】輕煙切音牽先韻
❶固也。見〔爾雅釋詁〕。〔注〕｜然亦牢固之意。
❷厚也。見〔爾雅釋詁〕。〔注〕｜然厚貌。〔正義〕上文云。篤、｜固也。、又訓厚義相承也。
❸擥也。見〔廣雅釋詁〕。
❹持也。見〔洪武正韻〕。
❺牽也。〔莊子徐无鬼〕君將執耆欲。｜好惡。則耳目病也矣。〔司馬注〕牽也。
❻通牽。〔史記鄭世家〕鄭襄公肉袒｜羊以迎。

【掔】詰戰切遣去聲霰韻
挽也。引也。見〔洪武正韻〕。

【掕】里孕切陵去聲徑韻閭承切音陵蒸韻
止馬也。見〔說文〕。〔段注〕｜馬、猶勒馬也。疑易拯馬壯。拯乃｜之叚借。

【棱】盧登切音楞蒸韻
止也。見〔廣雅釋詁〕。

【掖】夷益切音奕陌韻
❶以手持人臂也。一曰臂下也。見〔說文〕〔段注〕各本臂下有投地二字。今依左傳音義删正。左傳衞人伐邢。二禮從國子巡城。｜以赴外殺之。赴、當是仆之誤。正義曰。｜持臂也。謂執持其臂。投之城外也。釋文曰。說文云以手持人臂曰｜。陸孔所據皆無投地字。儒行。縫｜之衣。高后本紀。見物如蒼犬據其｜。俗亦作腋。
❷扶持也。〔詩衡門序〕傳公愿而無立志。故作是詩以誘｜其君。
❸宮殿之旁舍垣及門也。〔漢書百官公卿表〕武帝更名永巷爲｜庭。
❹縣名。漢置。屬東萊郡。當今山東｜縣治。

【掗】倚下切音啞馬韻倚可切婀上聲哿韻
❶｜擺。搖也。見〔集韻〕。
❷取也。見〔篇海〕。

【掗】衣駕切音亞禡韻
強與人物也。見〔字彙〕。

【掘】渠勿切音倔物韻
❶搰也。見〔說文〕。〔桂注〕增韻引孟子。有爲者辟若｜井。玉篇引易。｜地爲臼。
❷突也。〔詩蜉蝣〕蜉蝣｜閱。〔疏〕此蟲土裏化生。｜地而出。〔按毛詩傳〕｜閱、容閱也。
❸特起貌。〔文選揚雄賦〕洪臺｜其獨出兮。
❹盡也。〔太玄文〕｜變極物窮情。〔注〕盡變動之事。以窮萬物之情也。
❺猶窮也。〔淮南說林〕弗｜無泉。
❻猶竭也。〔老子〕虛而不｜。
❼猶平也。〔淮南地形〕｜昆侖虛以下地。

【掘】胡骨切音鶻其月切音蹶月韻
❶穿也。〔易繫辭〕｜地爲臼。
❷或作闕。〔左隱元年傳〕若闕地及泉。〔注〕｜地爲坎。

【掘】苦骨切音窟月韻
❶揚也。見〔集韻〕。
❷通窟。〔國策秦策〕且夫蘇秦、特窮巷｜門桑戶棬樞之士耳。〔注〕｜卽窟。古字通。

【掘】五忽切音兀月韻
通兀。〔莊子田子方〕｜若槁木。

【掘】朱劣切音梲屑韻

通拙。〔史記貨殖傳〕田農—業。〔注〕徐廣曰古拙字亦作—。

【掛】古賣切音卦卦韻古買切音柺蟹韻

(一)懸也。〔易繫辭〕—以象三。〔注〕置而不用曰—。〔今云懸物皆曰—〕。

(二)別也。〔莊子漁父〕變更易常以—功名。〔近云被議曰—議即此義〕。

(三)礙也。〔穀梁昭八年傳〕轚—不得入門。

(四)止也。見〔廣雅釋詁〕。

(五)同卦。〔易繫辭〕再扐而後—。〔釋文〕—、本作卦。

(六)通罫。〔文選潘岳賦〕屬剛罫以潛擬。〔注〕罫、—同。

【掜】吾禮切倪上聲薺韻

(一)擬也。〔漢書揚雄傳〕作太玄五千文、有首、衝、錯、測、攡、瑩、數、文、—、圖、告、十一篇。

不從也。見〔廣韻〕。

【掜】研計切音詣霽韻

促也。〔莊子庚桑楚〕終日握而手不—。〔釋文〕—、五禮反向音藝。寄也。見〔莊子庚桑楚釋文引崔注〕。

【掜】尼佳切音搋佳韻

搦也。見〔集韻〕。

【掜】魚列切音孽屑韻

(一)捻聚也。俗作揑。見〔洪武正韻〕。

(二)姓也。明—大倫。奉詔往諭佛菻國。見〔奇姓通〕。

【掞】以贍切音豔豔韻

(一)舒也。〔文選左思賦〕摛藻—天庭。

(二)通燄。〔漢書禮樂志〕長麗前—光耀明。〔注〕—、即光炎字。

【掞】舒贍切閃去聲豔韻

(一)舒也。見〔集韻〕。

(二)疾動也。見〔集韻〕。

【掞】以冉切音剡琰韻

(一)同剡。利也。〔淮南俶眞〕擠—挺挏。

(二)通剡。削也。〔易繫辭〕剡木爲楫。〔釋文作—〕。

【掠】力讓切音亮漾韻力灼切音略藥韻

(一)奪取也。見〔說文新附〕。〔按左傳昭二十年輸—其聚注云—、奪取也〕。

(二)笞也。治也。〔禮記月令〕毋肆—。

(三)劇伐也。〔穆天子傳〕命虞人—林。

(四)槌而死曰—。—、狠也。用威大暴如豺狼也。見〔釋名釋喪制〕。

【掠】力灼切音略藥韻

(一)取也。〔左昭十四年傳〕己惡而—美爲昏。

(二)拂過也。〔李頻詩〕燕—平蕪去。

(三)書法長撇也。〔柳宗元論書〕—左出而鋒欲輕。

【探】他含切音貪覃韻他紺切音僋勘韻

(一)遠取之也。見〔說文〕。〔段注〕—之言深也。易曰—賾索隱。

(二)伺也。〔穀梁隱元年傳〕已—先君之邪志。〔今具言偵—〕。

(三)試也。〔論語季氏〕見不善如—湯。

(四)猶捉也。〔淮南詮言〕必—籌而定分。

(五)窮究也。〔漢書淮南王安傳〕深—其獄。

(六)通撢。見〔周禮撢人釋文〕。

(七)通貪。見〔後漢郭躬傳注〕。

【探】時占切音蟾鹽韻

同撏。撏取也。見〔集韻〕。

【掣】尺制切音瘛霽韻

(一)牽也。〔爾雅釋訓〕甹夆、—曳也。〔注〕謂牽拕。

(二)制也。制頓之使順己也。見〔釋名釋姿容〕。〔俗云—肘、本此義〕。

(三)開也。見〔釋名釋衣服〕。

(四)滯也。〔易睽〕見輿曳其牛—。

(五)同瘈。或作瘛瘲搐也。〔六書故〕小兒風驚。乍—乍縱。

(六)——洩洩。任風之貌。〔文選木華賦〕或——洩洩於裸人之國。

【掣】尺列切音滯入聲屑韻

(一)拔也。見〔一切經音義引字林〕。

(二)挽也。見〔廣韻〕。

(三)揭也。取也。〔晉書王獻之傳〕從後—其筆不得。

(四)卷—也。〔釋名釋姿容〕掣—、卷—也。掣、噬掣也。語說卷—與人相持掣也。

【掤】悲陵切音冰蒸韻

(一)所以覆矢也。詩曰抑釋—忌。見〔說文〕。〔桂注〕廣雅、—矢藏也。北堂書鈔引毛詩義問—所以覆矢。謂箭筩。

(二)以手覆矢亦曰—。見〔左昭二十五年傳注〕。

(三)通冰。〔左昭二十五年傳〕執冰而踞。〔注〕箭筩蓋可以取飲。

【接】即涉切音楫葉韻

(一)交也。見〔說文〕。〔段注〕交者。交歷也。引申爲凡相—之偁。(二)合也。〔國語吳語〕兩君偃兵—好。(三)持也受也。〔禮記曲禮〕—下承弣。(四)連也。〔禮記曲禮〕堂上—武。(五)猶近也。〔儀禮聘禮〕賓立—西塾。(六)迎射也。〔曹植詩〕仰手—飛猱。(七)捷速也。〔禮記曾子問注〕—祭而已。(八)見也。〔淮南氾論〕目無以—物也。(九)猶會也。〔儀禮喪服傳〕以時—見乎天子。(十)承也。〔史記平準書〕漢興。—秦之弊。(十一)續也。〔淮南精神〕聖人食足以—氣。(十二)徧也。見〔廣雅釋詁〕。(十三)達也。見〔小爾雅廣詁〕。(十四)反—。反縛兩手也。〔漢書陳平傳〕樊噲受詔即反—。(十五)姓也。〔史記孟荀傳〕—子齊人。學黃老道德之術。

【接】疾葉切音捷葉韻

(一)勝也。〔禮記內則〕國君世子生。—以太牢。〔注〕—讀爲捷。捷勝也。謂食其母。使補虛强氣也。(二)速也。〔荀子大略〕先事慮事謂之—。(三)疾也。〔淮南本經〕—經歷遠。(四)捷也。見〔爾雅釋詁〕〔按易晝日三—。鄭讀捷〕。(五)—給。謂應所問而給也。〔大戴記保傳〕—給而善對。

【接】色甲切音霎洽韻

同翣。棺飾也。〔周禮縫人〕衣翣柳之材。〔注〕故書翣作—。鄭司農云。—讀爲歰。

【接】測洽切音鍤洽韻

同扱。〔周禮廩人〕大祭祀則共其—盛。〔注〕—讀爲扱。扱以授舂人舂之。

【接】檄頰切音協葉韻

同挾。持也。見〔集韻〕。

【控】苦貢切空去聲送韻

(一)引也。見〔說文〕。〔段注〕引者開弓也。引申之爲凡引遠使近之偁。(二)告也。〔詩載馳〕—于大邦。〔按韓詩。赴也。朱傳。持而告之。皆引申之義也〕。(三)操制也。〔詩大叔于田〕抑磬—忌。〔傳〕止馬曰—。(四)投也。〔莊子逍遙遊〕時則不至而—於地而已矣。(五)頓也。〔管子度地〕地高則—。(六)—所。日本語。休憩處也。(七)舊謂訴訟曰—。今制謂上訴之第二審曰—告。日本言—訴。其—訴院等於我國之高等審判廳。

【控】枯公切音空東韻

除也。引也。〔文選班固賦〕機不虛掎。彊不再—。

【控】枯江切音腔江韻克講切腔上聲講韻

打也。〔莊子外物〕儒以金椎—其頤。

【推】通回切退平聲灰韻

(一)排也。見〔說文〕。〔段注〕今六脂十五灰殊其音義。古無二音二義也。(二)前進也。〔禮記月令〕天子三—。(三)後送也。〔左襄十四年傳〕或—之。或輓之。(四)遺也。〔穀梁僖二十二年傳〕君子不—人危。(五)去也。〔詩雲漢〕則不可—。〔疏〕—是遠離之辭。(六)猶移也。〔淮南氾論〕故愚—則儒。(七)讓所有以予人也。〔史記淮陰侯傳〕—食食我。(八)謂伐也。〔禮記月令〕天子三—。(九)卻也。諉也。如—卸、—託之類。(十)—移。猶轉易也。〔淮南脩務〕與物—移。(十一)——。擠也。見〔漢書韋元傳集注〕。

【推】川錐切音誰支韻

(一)順遷也。〔易繫辭〕寒暑相—而歲成焉。(二)進之也。〔禮記儒行〕上弗援。下弗—。(三)擇也。獎也。奉也。〔梁書蕭景傳〕專行禮讓。爲衆所—。(四)舉也。〔公羊莊十年傳注〕—兵入竟。〔疏〕—、舉也。(五)求也。〔淮南本經〕可以曆—得也。(六)行也。〔淮南說山〕此類之—者也。(七)謀也。〔太玄玄圖〕馴幽—曆。(八)尋繹也。〔漢書劉向傳贊〕有意其—本之也。(九)猶度也。〔管子海王〕以重相—。(十)猶因也。〔公羊昭三十一年傳〕於是—而因之也。(十一)猶知也。〔淮南說林〕類不可必—。(十二)—衙。唐醫官名。〔舊唐書鄭注傳〕注以藥術依李愬署爲節度衙—。

〔按老學庵筆記。北人謂醫爲衕｜〕。

【推】直追切音鎚支韻

窮詰也。〔史記酷吏傳〕天水駱璧｜滅。〔注〕｜、直追反。謂｜繫之以成獄也。滅、一作成。

【掩】衣檢切奄上聲琰韻

（一）斂也。小上曰｜。見〔說文〕。〔段注〕釋器鬫弇上謂之𪏊。弇上當作｜上。
（二）隱翳也。〔禮記月令〕君子齋戒。處必｜身。
（三）覆也。〔史記司馬相如傳〕｜薄草渚。
（四）蓋也。〔國語晉語〕爾童子何知而三｜人于朝。
（五）蔽也。〔淮南天文〕｜茂之歲。
（六）匿也。〔左文十八年傳〕｜賊爲臧。
（七）閉也。〔南史袁粲傳〕席門常｜。
（八）乘其不備而襲之也。〔禮記曲禮〕大夫不｜羣。
（九）取也。自關而東曰｜。見〔方言〕。
（十）捕也。〔史記司馬相如傳〕｜羣雅。
（十一）蠡也。〔淮南主術〕畋不｜羣。
（十二）止也。〔女誡〕室人和則謗｜。
（十三）閒也。江淮南楚閒曰｜。見〔方言〕。
（十四）撫也。矜憐撫｜之也。見〔爾雅釋訓〕。
（十五）猶及也。〔文選張衡賦〕｜覲九隩。
（十六）猶揮也。〔淮南道應〕大人之行。不｜以繩。
（十七）博也。意錢之屬。〔漢書貨殖傳〕掘家博｜。

【掩】鄔感切庵上聲感韻

同揜。覆取也。見〔集韻〕。

【掩】於贍切淹去聲豔韻

（一）繅絲以手振出緒也。見〔集韻〕。
（二）｜茂。歲名。〔漢書天文志〕在戊曰｜茂。〔按爾雅作閹茂。史記曆書作淹茂。〕

【掩】乙業切音浥緝韻

打也。見〔集韻〕。

【措】倉故切音醋遇韻

（一）置也。見〔說文〕。〔段注〕措者。㪵也。立之爲置。捨之亦爲置。｜之義亦如是。經傳多叚錯爲之。賈誼傳叚厝爲之。
（二）施布也。〔易繫辭〕舉而｜之天下之民。謂之事業。
（三）委置也。〔禮記中庸〕學之弗能。弗｜也。
（四）猶用也。〔禮記中庸〕故時｜之宜也。
（五）交錯也。〔史記燕世家〕內｜齊晉。
（六）舉止也。〔宋史夏國傳〕茫然失｜。
（七）猶頓也。〔漢書文帝紀贊〕幾於刑｜。
（八）猶設也。〔太玄玄攡〕攡｜陰陽而發氣。
（九）休廢也。〔論語顏淵〕舉直｜諸枉。〔包注〕廢置邪枉。
（十）舉也。投也。〔張仲素賦〕何一杯之是｜。
（十一）剌也。〔淮南繆稱〕猨狖之捷來｜。

【措】側格切音窄陌韻

（一）追捕也。〔漢書王莽傳〕追｜青徐盜賊。
（二）同笮。迫笮也。〔史記梁孝王世家〕李太后爭門｜指。〔注〕爲門扉所笮。

【措】七迹切音磧陌韻

通剌。穿也。傷也。見〔集韻〕。

【掫】將侯切音陬尤韻　側九切緅上聲有韻

（一）夜戒守有所擊也。春秋傳曰。賓將｜。見〔說文〕。〔段注〕有所擊。謂鼓類也。昭二十年傳。賓將｜。杜云。｜、行夜也。
（二）地名。〔後漢更始傳〕使李松軍｜以拒之。〔注〕新豐有｜地。〔當今陝西臨潼縣東北。〕

【掫】此苟切陬上聲有韻

（一）擊也。見〔集韻〕。
（二）麻幹也。一說木薪曰｜。〔漢書五行志〕民驚走持稾或｜一枚。

【掫】遵須切音娵虞韻

擊也。見〔集韻〕。

【掫】初尤切音篘　甾尤切音鄒尤韻

手取物也。又持也。見〔集韻〕。

【掬】居六切音菊屋韻

（一）兩手承取也。〔禮記曲禮〕受珠玉者以｜。
（二）屈掌也。〔詩詁〕兩手曰臼。屈掌曰｜。
（三）離也。〔方言〕燕之外郊。朝鮮洌水之間曰｜。
（四）古量名。〔小爾雅廣量〕兩手謂之｜。〔注〕半升也。
（五）局也。使相局近也。見〔釋名釋姿容〕。

【搦】儒稅切音汭霽韻
扒也。見〔集韻〕。

【搞】女恚切音諉寘韻
●一內也。見〔廣韻〕。
●二姓也。見〔姓氏急就章〕。

【掟】張梗切音盯梗韻
●一揮張也。見〔玉篇〕。
●二張也。見〔集韻〕。
●三日本義。規定法律之意。

【採】此宰切音采賄韻
●一同采。—取也。〔史記循吏傳〕秋冬則勸民山—。
●二擇也。〔後漢周輿傳〕屬文著辭。有可觀—。
●三拚除也。〔荀子王制〕修—清。

【掮】肩賓切音珉眞韻美隕切音敏軫韻
㩊也。一曰幕也。見〔說文〕。〔段注〕今人所用扠字。許土部垾下所用掮字。皆卽—字也。

【掿】逆角切音嶽覺韻
抨也。見〔集韻〕。

【挑】千遙切悄平聲蕭韻
附—高也。見〔廣雅釋詁〕。

【捵】他典切音腆銑韻丑忍切音狹軫韻
手伸物也。見〔集韻〕。

【捵】同撚。見〔集韻〕。

【捸】他骨切暾入聲月韻
滑利也。見〔集韻〕。

【捹】蒲悶切音坌願韻
手亂貌。見〔集韻〕。

【揠】乙黠切音軋黠韻
手捺也。見〔集韻〕。

【掾】之慶切音拯迥韻
同拯。古本易云。不—其隨。今文作拯。見〔韻會〕。

【㨴】丘瞎切音劼黠韻
拔著也。見〔海篇〕。

【挎】去仲切穹去聲送韻
捺也。見〔集韻〕。

【㨖】直吏切遲去聲寘韻
投也。見〔集韻〕。

【𢭏】丈里所音峙紙韻
持也。見〔集韻〕。

【揰】常職切音殖職韻
拄杖曰—。見〔廣韻〕。

【捒】視動切音蕫董韻
擊也。見〔集韻〕。

【㨃】親猥切音脂賄韻
排也。見〔集韻〕。

【揨】除耕切音橙庚韻
同朾。見〔集韻〕。

【掂】丁廉切點平聲鹽韻
手量—也。見〔字彙〕。〔集韻〕作敁。以手稱物曰敁掇。音同。

【拼】悲萌切音繃披耕切音怦庚韻
使也。從也。〔爾雅釋詁〕俾—抨使從也。〔釋文〕—北萌反。以利使人曰—。

【拼】披耕切音怦庚韻
同洴。彈也。見〔集韻〕。

【拼】同倂。除也。見〔集韻〕。

【掆】居郎切音岡陽韻
舉也。〔唐書儀衞志〕—鼓金鉦。

【掆】居浪切岡去聲漾韻
掮—。舁也。見〔集韻引字林〕。

【揥】丁計切音帝霽韻
遞也。見〔集韻〕。

【搋】同抵。見〔集韻〕。

【揁】中莖切音狰庚韻
引也。見〔集韻〕。

【掑】渠之切音其支韻
拎—。堅身也。見〔集韻〕。

【掓】式竹切音菽屋韻
同叔。拾也。見〔集韻〕。〔按詩豳風九月叔苴傳〕叔。拾也。—拾本一聲之轉。

【掓】張六切音竹屋韻
拾也。見〔集韻〕。

【掤】直紹切音趙徒了切音窕篠韻
刺也。詩其鎛斯—。見〔集韻〕。〔今本作趙〕

【掤】田聊切音迢蕭韻
同挑。撓挑宛轉也。一曰攪也。見〔集韻〕。

【掙】初耕切音鎗庚韻
刺也。見〔廣雅釋詁〕。

【掙】側迸切音諍敬韻
剉也。見〔中原雅音〕。

【掚】里養切音兩養韻力讓切音亮漾韻
整飾也。春秋傳曰。御下兩馬。見〔集韻〕。〔按周禮環人掌致師注引春秋傳作—馬〕。

【掝】獲北切音或職韻　惛也。〔荀子不苟〕以己之僬僬。受人之——。

【掝】忽麥切音𧂇陌韻　裂也。見〔廣雅釋詁〕〔疏證〕樂記。卵生不殈。鄭注。殈、裂也。殈、與—通。殈之通作—、猶溝洫之通作淢。

【掝】忽域切音洫職韻　裂聲。見〔集韻〕。

【捥】烏丸切音剜寒韻紆勿切音鬱物韻　掔也。見〔集韻〕。

【捥】烏管切音宛旱韻　取也。見〔集韻〕。

【捥】烏貫切音腕翰韻　同腕。〔史記封禪書〕海上燕齊之間。莫不搤—而自言有禁方能神僊矣。

【捬】匪父切音府麌韻　拊也。見〔集韻〕。

【捬】方遇切音付遇韻　同拊。手著物也。見〔集韻〕。

【捬】古撫字。〔漢書趙充國傳〕還擇良吏—循和輯。

【㨆】力錦切音廩寢韻盧感切婪上聲感韻　殺也。晉魏河內之北謂—爲殘。見〔方言〕〔郭注〕今關西人呼打爲—。

【掦】他歷切音惕錫韻　挑—也。亦借用剔。見〔篇海〕。

【⿱婆手】蒲波切音婆歌韻　同擊。除也。〔文選潘岳賦〕—摀拄䟤。〔六臣本作—〕。今本作擊。

【⿰扌吳】士支切音𪗍支韻　支也。見〔字彙補〕。

【揰】船鍘切專去聲霰韻　望繩取正。周禮置臬以縣是。見〔集韻〕。

【揰】徒官切寒韻　同摶。圜也。與銑霰韻訓卷劓束者別。詳摶字。

【⿰扌咅】部項切音棒講韻　相屬。見〔洪武正韻〕。〔按集韻作稖。音義同。按廣雅釋地。稖、耕也。從集韻爲正〕。

【掁】口減切音遺豏韻　不安也。見〔海篇〕。

【⿰扌毐】毋亥切音每賄韻　貪也。見〔集韻〕。

【⿰扌於】歐許切音𦐄語韻依據切音飫御韻　擊也。見〔集韻〕。

【⿰扌表】彼廟切音俵嘯韻　分與也。見〔集韻〕。〔按正字通云。同俵〕。

【⿰扌玆】胡千切音賢經天切音堅先韻　縣名。在東萊。見〔集韻〕。

【⿱𥝢手】良脂切音黎支韻　手持物也。見〔集韻〕。

【拏】女加切音拏麻韻　相牽引也。見〔篇海〕。

【搎】先到切音譟號韻　擾—。搔也。見〔集韻〕。

【⿰扌合】伊喝切音遏曷韻　伐木餘—也。見〔篇海〕。

【⿰扌芳】撈本字。見〔字彙〕。

【⿰扌劵】古拳字。〔廣漢屬國侯夫人碑〕勤養——。

【⿱𥫗手】古拜字。見〔字彙補〕。

【⿱乎手】古亂字。見〔篇海〕。

【⿰扌従】同摐。見〔廣韻〕。

【捯】同擣。見〔集韻〕。

【⿰扌秉】同抦。見〔集韻〕。

【捴】同扮。見〔集韻〕。

【⿰扌桼】同攏。見〔集韻〕。

【掉】同搥。見〔集韻〕。

【拲】同拱。見〔集韻〕。

【⿱丞手】同撜。見〔集韻〕。

【⿰扌色】同把。見〔篇海〕。

【⿰扌昆】同搦。見〔篇海〕。

【⿰扌制】同掣。見〔字彙〕。

【⿱奪手】同捥、綰。見〔字彙補〕。

【⿱臣手】掔或字。見〔正字通〕。

【押】捭省字。見〔正字通〕。

【搃】揔俗字。見〔集韻〕。

【⿰扌桀】搩俗字。見〔正字通〕。

【⿰扌囷】捆俗字。見〔正字通〕。

九畫

【揀】　買限切音簡潛韻郎甸切音練霰韻

(一)揀也。〔舊唐書懿宗紀〕宜令徐泗。閱練使選｜。〔按廣雅釋詁｜揀也。玉篇、廣韻、同。經傳多作簡。說文作柬。集韻兩韻皆以柬爲本字。云或从手。〕

(二)分別也。〔魏志袁紹傳〕博愛容衆。無所｜擇。

【捪】　眉貧切音珉真韻

(一)撫也。見〔廣韻〕。

(二)摹也。見〔集韻〕。〔集韻、類篇、皆以｜爲說文字。按說文今本作播。不从昏。〕

【㨉】　武粉切音吻吻韻

同抆。拭也。一曰。抿也。見〔集韻〕。

【揃】　子淺切音剪銑韻子仙切音煎先韻

(一)搣也。見〔說文〕〔段注〕、謂搣也。急就篇。沐浴｜搣寡合同。莊子。皆搣可以休老。本亦作｜搣。｜搣者、道家修養之法。若士喪禮士虞禮之蚤｜。蚤讀爲爪。謂斷爪。｜讀爲翦。許作翦。翦謂翦須也。是禮經｜字爲翦若翦之叚借。而不用｜之本義。顏師古注急就曰。｜搣、謂翦拔眉髮也。顏氏以禮經之｜釋莊史之｜搣。是誤以叚借爲本義也。〔按鍇本云。一曰。𢼩也。鉉本無。〕

(二)猶翦也。〔儀禮士喪禮〕蚤｜如他日〔注〕斷爪、鬋也。

(三)分割也。〔史記西南夷傳〕西夷後｜。

(四)籤識也。〔周禮職金注〕既揭書｜其數量〔疏〕、即今錄記文書。

【揃】　千廉切音籤鹽韻

同籤。說文。驗也。一曰。銳也。貫也。見〔集韻〕。

【揄】　容朱切音俞虞韻

(一)引也。見〔說文〕〔段注〕漢郊祀歌曰。神之｜。臨壇宇。師古云。｜、引也。

(二)動也。見〔廣韻〕。

(三)出也。〔淮南主術〕｜策于廟堂之上。

(四)曳也。〔史記司馬相如傳〕｜紵縞。

(五)脫也。見〔廣雅釋詁〕〔疏證〕方言。｜、揄、脫也。又云。輸、挩也。郭璞注云。挩猶脫耳。｜、輸、聲相近。輸、脫、聲之轉。

(六)｜揚。誂言也。見〔廣韻〕。

(七)邪｜。舉手相弄也。〔後漢王霸傳〕市人皆大笑舉手邪｜之。

(八)｜鋪。毳也。荆揚江湖之間曰｜鋪。見〔方言〕〔箋疏〕、猶毰毸也。鋪、猶布也。鋪者、蓋以鳥獸｜脫之毛鋪陳之。

(九)掘｜。旋也。〔方言〕秦晉、凡物樹稼早成熟謂之旋。燕齊之間謂之掘｜。

【揄】　容朱切音俞虞韻餘招切音遙蕭韻丑鳩切音抽他侯切音偷尤韻

垂也。〔莊子漁父〕被髮｜袂。〔釋文〕｜、音遙。又音俞。又褚由反。謂垂手衣內而行也。

【揄】　徒侯切音頭尤韻

(一)引也。〔文選班固賦〕｜文竿。出比目。

(二)投揮也。〔莊子漁父釋文〕、李音投。投揮也。

【揄】　徒口切音鋀有韻

引也。見〔集韻〕。

【揄】　舂朱切音輸虞韻

閃｜。傾貌。見〔集韻〕。

【揄】　夷周切音由尤韻容朱切音俞虞韻

抒臼也。〔詩生民〕或舂或｜。〔釋文〕、｜音由。又以朱反。說文作舀。弋紹反。

【揄】　餘招切音遙蕭韻

同褕。〔禮記玉藻〕夫人｜狄。〔疏〕、｜讀如搖。狄讀如翟。謂畫搖翟之雉於衣也。

【揆】　巨癸切葵上聲紙韻

(一)葵也。見〔說文〕〔王注〕｜字熟。故以本字之借字說之。且爲癸字廣一義。戴侗引唐本作度也。非也。釋言。葵。｜也。｜、度也。郭引詩天子｜之。詩固作葵。又板篇、則莫我敢葵。

(二)百｜。官名。〔書舜典〕納于百｜。〔按後漢百官志注。百｜、堯初別置。周更名冢宰。〕

【揹】　尹捶切音蕤愈水切音唯紙韻

(一)棄也。見〔廣雅釋詁〕〔疏證〕｜之言墮也。玉篇音他果切。

(二)捫摸曰｜。見〔通俗文〕。

【揹】　吐火切音妥哿韻

(一)落也。見〔玉篇〕。

(二)揲也。見〔集韻〕。

(三)脫也。〔方言〕揄、｜、脫也。〔箋疏〕下忽。毻易也。注云謂解毻也。義亦與｜相近。

【揹】杜果切音惰哿韻
採也。見〔集韻〕。

【擿】呼宏切音訇庚韻
(一)擊聲。見〔廣韻〕。
(二)揮也。見〔集韻〕。

【擿】平萌切音宏庚韻翾縣切音絢霰韻
擊也。見〔集韻〕。

【擣】、掏本字。見〔韻會〕。

【揉】而由切音柔尤韻
(一)捻也。見〔廣韻〕。
(二)以手挺也。見〔集韻〕。
(三)順也。〔詩崧高〕｜此萬邦。〔釋文〕、｜本亦作柔。汝又反。順也。又如字。一音柔。注同。〔按廣韻尤韻順也。並引詩。〕
(四)安也。〔詩民勞〕｜遠能邇。〔釋文〕、｜本亦作柔。〔今本作柔〕。

【揉】忍九切音糅有韻
(一)屈木也。見〔廣韻〕。〔按易繫辭〕｜木爲耒。蔡氏淵曰。｜木使屈。
(二)直也。〔廣雅釋詁〕矯、｜、直也。〔疏證〕正曲而使之直也。說文。矯｜。箭箝也。
(三)同煣。屈申木也。見〔集韻〕。〔按易說卦傳釋文出糅字。如九反。宋衷作｜。云使曲者直。直者曲爲｜。〕

【揉】女九切音紐有韻
撓之也。見〔集韻〕。

【揉】爾紹切音擾篠韻
屈也。見〔集韻〕。

【揉】忍九切音糅女九切音紐有韻而由切音柔尤韻如又切糅去聲宥韻
以火撟之也。〔考工記輪人〕｜輻必齊。

【揉】忍九切音糅女九切音紐有韻爾紹切音擾篠韻
宛之觀其安危也。〔儀禮大射儀〕公親｜之。

【揉】如又切糅去聲宥韻
順也。詩。｜此萬邦。見〔集韻〕。

【揍】千候切音湊宥韻
(一)插也。見〔集韻〕。
(二)投也。見〔字彙〕。
(三)理也。〔淮南兵略〕解必中｜。

【[illegible]】逋旁切謗平聲陽韻
(一)捍也。衞也。見〔廣韻〕。
(二)並也。見〔集韻〕。

【提】田黎切音題齊韻
(一)挈也。見〔說文〕。〔段注〕挈者縣持也。攜則相並。｜則有高下。而互相訓者。渾言之也。〔如前代｜綱、｜舉、｜點、｜刑、｜學、｜法、諸官名。皆本總挈之義。〕
(二)地也。皆垂所持近地也。見〔釋名釋姿容〕。
(三)持也。〔太玄鑑〕｜禍撣撣。
(四)舉也。〔漢書英布傳〕大王｜空名以鄉楚。
(五)起也。〔書帝命驗〕河圖子｜。
(六)用也。〔太玄事〕豎子｜壺。
(七)裝也。〔管子山權數〕百金之｜。
(八)弃也。〔太玄晦〕瞽｜明德。
(九)舒緩也。〔荀子修身〕不由禮則勃亂｜僈。
(十)撮凡也。〔文選班固賦〕｜封五萬。
(十一)猶正也。〔太玄玄攡〕明者定之。疑者｜之。
(十二)｜撕也。〔詩抑〕言｜其耳。〔箋〕親｜撕其耳。
(十三)｜抱也。〔孟子盡心〕孩｜之童。〔朱註〕可｜抱者也。
(十四)｜攜也。〔春秋說題辭〕齊俗冠帶。以禮相｜。
(十五)零日也。〔鶡冠子王鈇〕故家里用｜。〔注〕、零日也。公羊傳曰。｜月者。僅逮是月晦日也。
(十六)鼓名。〔周禮大司馬〕師帥執｜。〔注〕謂馬上鼓。有曲木｜持鼓立馬髦上。故謂之｜。
(十七)｜｜安諦也。〔詩葛屨〕好人｜｜。〔又〕謂有所揚舉也。〔管子白心〕爲善乎毋｜｜。
(十八)｜挈言相扶持也。〔漢書陳餘傳〕況以兩賢王左｜右挈。〔今云｜綱挈領。則爲總挈義。〕
(十九)｜衡。猶言相｜攜也。〔漢書杜周傳贊〕相與｜衡。
(二十)攝｜。星名。〔史記天官書〕大角兩旁各有三星。鼎足句之。曰攝｜。直斗杓所指以建時節。〔又〕太歲在寅曰攝｜格。見〔爾雅釋天〕。
(廿一)桋｜。箸名。〔禮記曲禮用桋注〕今人或謂箸爲桋｜。
(廿二)偏｜。酒壺名。〔事始〕唐元和後。酌酒用注子。其形若罌、而蓋觜柄具。

太和後。中宮懸其名同鄭注。乃去柄安系若瓶而小耳之曰偏—。

(十九)菩—華言覺也。又道之極者稱曰菩—。見〔翻譯名義〕。

(廿)招—唐言四方僧物。或云別房施。或云對面施。後魏太武始光元年、造伽藍創立招—之名。見〔翻譯名義〕。

(廿一)羼—秦言忍辱。見〔法界次第〕。

(廿二)浮—國名。〔拾遺記〕浮—國獻善書二人。

(廿三)跋—國名。〔伽藍記〕跋—國送獅子二頭。

(廿四)姓也。—彌明。見〔古今姓氏書辯證〕。

【提】市之切音時支韻

朱—縣名。〔漢書食貨志〕朱—銀重八兩爲一流。〔注〕朱—縣、屬犍爲。出善銀。〔在今四川宜賓縣〕。

【提】常支切音匙支韻

——羣貌。〔詩小弁〕歸飛——。

【提】典禮切音底薺韻

(一)絕也。〔禮記少儀〕牛羊之肺離而不—心。

(二)擲也。〔史記絳侯世家〕以冒絮—文帝。〔蕭該韻〕。

【提】大計切音弟霽韻

擲也。〔漢書王莽傳〕拔劍四面—擊。〔顏注〕—、擲也。音徒計反。

【插】測洽切音臿洽韻

(一)刺內也。見〔說文〕。〔段注〕內者、入也。刺內者、刺入也。漢人注經。多段捷字扱字爲之。〔玉篇、廣韻〕並云。刺入也。

(二)擔也。〔急就篇〕捃穫秉把—捌杷。〔顏注〕—者、擔也。

(三)通鍤。〔國策齊策〕立則杖—。

【插】側洽切音眨洽韻

撕也。見〔集韻〕。

【插】七接切音妾葉韻

同扱。〔集韻〕扱、揷也。或作—。

【揕】知林切音砧侵韻

(一)刺也。見〔集韻〕。

(二)斫木櫍。見〔集韻〕。

【揕】知鴆切砧去聲沁韻

擬擊也。〔史記荆軻傳〕因左手把秦王之袖。而右手持匕首—之。

【揕】陟甚切音㪛寢韻

戡或字。〔集韻〕戡、刺也。或从手。

【揖】一入切音挹緝韻

(一)攘也。一曰。手箸胸曰—。見〔說文〕。〔段注〕此與下文攘、推也。相聯爲文。鄭禮注云。推手曰—。凡拱其手使前曰—。凡推手小下之爲土—。小舉之爲天—。推手平之爲時—。也。成十六年。敢肅使者。則若今人之長—。禮經有—有厭。厭一涉切。推手曰揖。引手曰厭。推者、推之遠胸。引者、引之箸胸。如鄉飲酒。主人揖先入。此用推手也。賓厭衆賓。此用引手也。推手引手。隨宜而用。今人誰讓。亦兼有此二者。

(二)讓也。〔後漢劉祐傳〕延陵高—。華夏仰風。

(四)進也。見〔廣雅釋詁〕。〔疏證〕謂—而進之也。士冠禮云。賓—。將冠者即筵。

(五)召也。〔周書克殷〕遂—之。

(六)別也。〔儀禮聘禮〕乃退—。

(七)挾也。〔書大傳〕八十者杖於朝。見君—杖。

(八)遜也。〔漢書王莽傳〕—大福之恩。

(九)推之也。〔儀禮鄉射禮〕西南面—弓。

(十)挹也。〔呂覽任地〕子能藏其惡而—之以陰乎。

(十一)通挹。〔荀子議兵〕拱挹指麾。

【揖】即入切音咠緝韻

聚也。〔詩螽斯羽〕螽斯羽。——兮。

【揖】籍入切音集緝韻

(一)聚也。〔史記秦始皇紀〕摶心—志。

(二)成也。見〔集韻〕。

(三)通輯。斂也。〔漢書郊祀志〕—五瑞。〔注〕合也。〔按虞書馬本—五瑞注。斂也〕。

【拺】乙及切音邑緝韻

同挹。酌也。〔王禹偁文〕遠吞山光。平—江瀨。

【揖】乙冀切音懿寘韻

同撎。〔集韻〕撎、俯手拜也。或作—。

【揗】豎尹切音楯軫韻　殊閏切音順稕韻　松倫切音旬眞韻

摩也。見〔說文〕。〔王注〕廣韻。—手和安慰也。漢書高帝紀。因揗其背。顏注。揗、謂摩—之也。通作循。史記晉世家。子反收餘兵。揗循欲復戰。〔按玉篇。食尹、詳遵、二切。摩也。廣韻去聲引說文摩也〕。

【揗】松倫切音旬眞韻
手相安慰也。見〔廣韻〕。〔正字通〕云。凡以恩相撫、以心相恤、皆曰—。從盾。會意。有捍衞之義。與循別。〕
順也。見〔廣雅釋詁〕。

【揘】胡盲切音橫庚韻
—畢。搣揔也。〔文選張衡賦〕竿殳之所—畢。

【揘】呼橫切音諻庚韻
擊也。見〔集韻〕。

【揘】于平切音榮庚韻
(一)拔也。見〔廣韻〕。
(二)擊也。見〔集韻〕。

【揚】余章切音陽陽韻
(一)飛舉也。見〔說文〕。〔王注〕詩沔水。載飛載—。魚麗傳云鱨、—也。陸璣疏云。魚之大而有力解飛者。徐州人謂之—。又字從昜。勿部下昜云。一曰飛—。
高舉也。〔詩泮水〕不吳不—。〔疏〕—者高舉之義。〔按李善注南都賦引說文作高舉也。〕
飛也。〔考工記矢人〕中強則—。
(四)舉也。〔禮記明堂位〕各—其職。
(五)明也。〔淮南覽冥〕不—其聲。
(六)說也。見〔廣雅釋詁〕。〔疏證〕顧命云。道—末命。鄘風。牆有茨、不可詳也。釋文。詳、韓詩作—。廣雅。讀、道、並訓爲說。義本韓詩也。
(七)發也。〔國策齊策〕志高而—。
(八)顯也。〔書堯典〕明明—側陋。
(九)續也。〔爾雅釋詁〕賡、—、續也。〔義疏〕—繹之—。蓋取義於續。書立政。以—武王之大烈。亦當訓續。
(十)導也。〔禮記中庸〕隱惡而—善。
(十一)勵也。〔呂覽必已〕蕪—播入于河。
(十二)進也。〔禮記文王世子〕或以言—。
(十三)越也。〔易夬〕—于王庭。
(十四)披也。〔離騷〕—雲霓之晻藹兮。
(十五)和也。〔淮南說山〕其聲舒—。
(十六)稱也。〔淮南說山〕名不可得而—。
(十七)雙也。燕代朝鮮洌水之間曰盱。或謂之—。見〔方言〕。
(十八)陽也。〔禮記玉藻〕盛氣顚實—休。
(十九)傷也。〔詩泮水〕不吳不—。〔傳〕—、傷也。〔按釋文作不娛不瘍。或毛以—爲瘍之假借。〕
(二十)鉞也。〔詩公劉〕干戈戚—。
(廿一)猶颺也。〔列子黃帝〕—於地。
(廿二)猶熾也。〔周禮卜師〕—火以作龜。
(廿三)—光也。〔詩大叔于田〕火烈具—。
(廿四)激—也。〔詩揚之水〕—之水。
(廿五)播—也。〔方言〕扜、摣、—也。〔注〕謂播—也。
(廿六)宣唱也。〔漢書霍光傳〕—語曰。
(廿七)振布也。〔文選班固典引〕—洪輝。
(廿八)小仰也。〔禮記玉藻〕退則—之。
(廿九)過去也。〔儀禮大射〕上曰—。
(三十)振—。張大也。〔漢書五行志〕驕—奢侈。
(卅一)簸去糠粃也。〔詩大東〕不可以簸—。
(卅二)眉也。〔詩猗嗟〕美目—兮。〔傳〕—、眉。〔疏〕傳解—爲眉。蓋以眉毛—起。故名眉爲—。
(卅三)廣—也。顙也。〔詩猗嗟〕抑若—兮。〔傳〕—、廣—。〔疏〕—、是顙之別名。顙貴闊。故言—、廣—。
(卅四)眉上下曰—。〔詩君子偕老〕子之清—。〔疏〕既名眉爲—。因謂眉之上、眉之下、皆曰—。故上傳曰。—、眉上廣。是眉之上爲—。野有蔓草傳曰。清—、眉目之間。是眉之下爲—。
(卅五)—得意之貌。〔荀子儒效〕——如也。
(卅六)—摧。都凡也。見〔廣雅釋訓〕。〔疏證〕莊子徐无鬼篇。則可不謂有大—摧乎。釋文引許愼注云。—摧、粗略法度也。案大—摧、猶言大略。
(卅七)—烈。香酷烈也。〔史記司馬相如傳〕吐芳—烈。
(卅八)古九州之一。〔書禹貢〕淮海惟—州。〔傳〕—州北據淮。東南距海。〔攷禹平水土時。九州方位已定。九州區域、以—州較廣。占有今江蘇、安徽、江西、浙江、福建等五省。至漢設—州刺史部。領郡五。國一。治境比夏時較小。福建不屬焉。及三國時。—州入吳。治境尤小。至晉復有江蘇等五省境。隋因之。唐分天下爲十道。而州境益小。屬於淮南道。治僅領今江蘇省江都等數縣。五代以來均仍之。明改爲府。治境仍之。清因之。今廢。〕〔又〕周時姬姓侯國也。〔左襄二十九年傳〕晉司馬女叔侯曰。虞、虢、焦、滑、—、韓、魏。皆姬姓也。〔按漢書地理志。河東郡有—縣。應劭曰。春秋—侯國。是漢因—國而置—縣。自漢以後均仍之。隋始改曰洪洞。今山西洪洞縣東南十五里有—縣故城。即此。〕
(卅九)通陽。〔詩正月〕燎之方—。〔漢書谷永傳作燎之方陽。〕

(十四)通歘、颮。[一切經音義]—、古文歘颮。二形同。

(十五)通錫。[詩韓奕箋]眉上曰錫。[疏]—者人面眉上之名。

(十六)姓也。[漢書揚雄傳]靈宗初諜伯僑兮。流於末之—侯。

【搜】疏鳩切 音蒐 尤韻

㊀衆意也。詩曰。束矢其—。一曰求也。見[說文]。[段注]此意爲衆。其言爲—也。魯頌泮水曰。束矢其—。傳曰。五十矢爲束。—、衆意也。此古義也。與考工記注之藪略同。鄭司農云。藪讀爲蜂藪之藪。後鄭云。蜂藪者衆輻之所趨也。索下云。入家—也。[按方言。—。求也。秦晉之間曰—。]

㊁索也。[莊子秋水]—于國中。

㊂具也。見[小爾雅廣詁]。

㊃聚也。見[廣雅釋詁]。

㊄擇也。[文選揚雄賦]迺—逑索偶。

㊅數也。見[玉篇]。

㊆聚也。見[玉篇]。

㊇勁疾也。見[玉篇]。[按詩泮水箋。束矢—然。言勁疾也。]

㊈閱也。見[玉篇]。[按—、通作蒐。爾雅、春獵爲蒐。漢書刑法志作—。左傳杜注。蒐、閱也。昭二十九年注。文公—被廬。]

㊉矢行聲。[詩泮水疏]—爲矢行之聲。

(十一)索捕姦人曰—。[漢書武帝紀]大—上林。

(十二)窮討文義曰—。[韓愈文]獨旁—而遠紹。

(十三)渠—。縣名。[漢書武帝紀]北發渠—。[地理志]朔方郡渠—縣。[按渠—之—今作搜。地在今鄂爾多斯右翼後旗黃河東岸之東。或云在陝西境。]

【搜】先侯切 漱平聲 尤韻

求也。莊子、—於國中。李軌說。見[集韻]。

【換】胡玩切 音逭 翰韻

㊀易也。見[說文]。[桂注]小爾雅廣詁。—易也。晉書阮孚傳。嘗以金貂—酒。[世俗云兌—、交—。均此義。]

㊁畔—。強恣貌。[漢書敘傳]項氏畔—。[朱駿聲云。即詩皇矣之畔援、孟康曰易也。失之。]

【揜】衣檢切 音奄 琰韻

㊀自關以東取曰—。一曰覆也。見[說文]。[段注]方言曰。掩、索取也。自關而東曰掩。自關而西曰索。按許所據方言蓋作—。李善注子虛上林賦引方言。亦作—也弇、蓋也。故从弇之—爲覆。凡大學、—其不善。中庸、誠之不可—。皆是。

㊁襲也。[荀子儒效]使論於道而能—迹於文武。

㊂深也。[呂覽仲夏]處必—。

㊃蔽也。[淮南氾論]而民得以—形禦寒。

㊄藏也。[方言]揞、—、錯、摩、藏也。吳揚曰—。[箋疏]廣雅。揞、—、錯、摩、藏也。大學云。—其不善。鄭注。—讀爲黶。黶、閉藏之貌也。藏、舊本譌作滅。戴氏據廣雅、玉篇、廣韻、校改。

㊆奪也。[淮南氾論]懾—其氣也。

㊇困迫也。[禮記表記]篤以不—。

㊈捕也。[史記司馬相如傳]—羣雅。

㊉斂具。[儀禮士喪禮注]—裹首也。[疏]若今人幞頭。

(十一)博具。意錢之屬。[漢書高惠高后文功臣表]搏—。

(十二)取也。[文選司馬相如賦]—焦明。[注]方言曰。—、取也。

【揜】鄔咸切 音腌 咸韻

覆取也。見[集韻]。

【揟】新於切 音胥 魚韻

取水沮也。武威有—次縣。見[說文]。[段注]沮、玉篇廣韻作具。非也。取水之具。或以木。或以瓦缶。則製字不當从手矣。沮、今之楂字。集韻九麻曰。柞、滓也。亦作渣。取水渣者、必浚之瀘之。如釃酒然。然則—與水部之湑、音義皆同。今所謂瀘水也。周禮謂伺捕盜賊爲胥。亦此意。[按今甘肅古浪縣北是—次縣故地。]

【揟】子余切 音苴 魚韻

取魚也。見[集韻]。

【揠】乙黠切 音軋 黠韻

㊀拔也。見[說文]。[段注]孟子。宋人有閔其苗之不長而—之者。趙云。—、挺拔之欲亟長也。方言。—、擢、拂、戎。拔也。自關而西或曰拔。東齊海岱秋間曰—。

㊁拔草心也。見[廣韻]。[按小爾雅。廣物。拔心曰—。拔根曰擢。]

㊂出也。見[廣雅釋詁]。

【掔】烏貫切 音惋 翰韻

①手|也。揚雄曰。|、握也。見〔說文〕。〔段注〕|者、手上臂下也。肉部曰。臂者、手上也。肘者、臂節也。又部曰。厷者、臂上也。是則肘以下手以上。渾言之、曰臂。析言之、則近手處曰|。士喪禮。設決麗于|。注云。|、手後節中也。云後節中者。肘以上爲前節。則肘以下爲後節。後節之中。以上爲臂。則以下爲|也。揚說別一義。凡史漢云搤|扼腕者。皆擥字。言持手游民也。

②踏也。〔呂覽本味〕述蕩之|。〔注〕獸名。初學記引作迷蕩。|者踏也。

〔搜〕似絕切旋入聲屑韻

①拈也。見〔玉篇〕。〔按字彙云。與擾同。集韻。|。拈也。或作𢭏。又租悅切。𢭏、亦拈也。又似絕切。擾。撮取皮也。|、擾、同字。擾另一字。字彙誤。正字通云。|、擾、擾字亦誤。存參。〕

②括也。見〔字彙〕。

〔搜〕子結切音節屑韻

斷絕也。見〔集韻〕。

〔握〕乙角切音渥覺韻

①搤持也。見〔說文〕。〔段注〕按下文搤。一曰|也。〔按桂注本書持、|也。廣雅、|、持也。陸佃云。持、五指也。在外爲持。在內爲|。〕

②四寸也。〔穀梁昭八年傳〕流旁|。

③謂中央也。〔儀禮鄉射禮〕上|焉。

④謂長不出膚。〔禮記王制〕宗廟之牛角|。

⑤長不出把者。〔國語楚語〕烝嘗不過把|。

⑥具也。見〔爾雅釋言〕。〔義疏〕詩夏屋箋。屋、具也。正義云。釋言文。又通作|。

⑦數也。見〔禮記投壺〕算長尺二寸注。

⑧所以求就也。〔素問陰陽應象大論〕在變動爲|。

⑨捲手曰|。〔莊子庚桑楚〕終日|而手不掜。

⑩|遞。廢疾之一。〔管子入國〕跛躄偏枯|遞。〔注〕兩手相拱著而不申者、謂之|遞。

⑪|齱。小節也。〔史記酈生陸賈傳〕其將皆|齱。

⑫|齪。局促也。〔史記司馬相如傳〕豈特委瑣|齪。

⑬通幄。〔周禮巾車〕翟車貝面組總有|。〔注〕有|則無蓋。如今軿車是也。〔疏〕今既有幄。故知無蓋矣。漢法、輧車無蓋。〔釋文〕|、劉音屋。馬作|。烏學反。沈云。劉音非。

〔握〕烏谷切音屋屋韻

小貌。易、若號一|。鄭氏讀。見〔集韻〕。〔易萃爻辭〕。

〔握〕於候切音漚宥韻

喪束手者。〔儀禮士喪禮〕|手用玄纁。〔疏〕名此衣爲|。以其在手。〔按釋名釋喪制。|。以物著尸手中使|之也。〕

〔揢〕乞格切音客陌韻

①手把著也。見〔廣韻〕。

②搹也。見〔集韻〕。

〔挍〕古巧切音絞巧韻

①接物也。見〔廣韻〕。

②戾也。見〔集韻〕。〔按五音篇海引字林。|。很也。戾也。〕

〔揣〕楚委切音揣紙韻都果切音朶哿韻〔按一切經音義云。|、音都果反。北人行此音。又初委反。江南行此音。〕

①量也。从手耑聲。度高曰|。一曰揣之。見〔說文〕。〔段注〕凡揣者、稱輕重也。左傳、|高卑。杜注云。度高曰|。度深曰仞。捶者以杖擊也。揣訓籤。|訓捶。其意一也。

②度也。〔史記陸賈傳〕生|我何念。

③試也。見〔廣雅釋言〕。〔疏證〕方言。|。試也。郭璞注云。|度試之。

④商量高下也。〔淮南人間〕規慮|度。

⑤謂探求之。〔漢書翟方進傳〕方進|知其指。

⑥定也。〔國策秦策〕簡練以爲|摩。

⑦持也。〔漢書賈誼傳〕何足控|。

⑧動也。見〔廣雅釋詁〕。〔疏證〕釋訓云。|抁。搖捎也。|抁之轉爲喘耎。莊子胠篋篇。喘耎之蟲。崔譔注云。動蟲也。廣韻。|、又音丁果切。搖也。或通作朵。頤初九。觀我朵頤。鄭注云。動也。京房作|。

⑨除也。見〔廣雅釋詁〕。〔疏證〕說文揣。𠜽也。𠜽。刊也。刊與除同義。說文揣字注云。一曰|度也。集韻、類篇、|揣並楚委、丁果、二切。是|與揣、聲義同也。

〔揣〕楚委切音揣主棨切音捶紙韻都果切音朶哿韻志瑞切音惴寘韻朱惟切音佳支韻

豈也。又治也。治擊也。〔老子〕―而鋭之。〔釋文〕―、初委反。又丁果反。志瑞反。顧云、治也。簡文章棰反。〔按集韻。主棠切。治也。志瑞、朱惟、二切。治擊也。朱惟切。引老子。梁簡文讀。〕

【揣】船釧切專去聲。椽絹切音釧霰韻

度也。〔方言〕。度高爲―。〔段玉裁云。方言。常絹反。是此字古音也。〕

【揣】都果切音朶哿韻

㊀搖也。見〔集韻〕。

㊁度高曰―。見〔集韻〕。

【揣】楚委切音揣紙韻。都果切音朶哿韻。尺兗切音舛銑韻

㊀度也。見〔廣雅釋詁〕。〔曹憲音〕初毀、又丁果、尺兗。〔按集韻。尺兗切。博雅。度也。〕

㊁―抗。搖揗也。見〔廣雅釋訓〕。

【揣】徒官切音團寒韻

㊀敦或字。〔集韻〕敦。聚貌。或作―。

㊁通摶。〔漢書賈誼傳〕何足控―。〔注〕如淳曰。―音團。控摶。玩弄愛生之意也。

㊂通團。〔文選馬融賦〕冬雪―封乎其枝。〔注〕―與團、古字通。

【揤】節力切音卽職韻

㊀捽也。魏郡有―裴侯國。見〔說文〕。〔段注〕漢地理志作卽。王子侯表作―。據此則今本地理志誤也。〔國在今直隸肥縣西。〕

㊁拭也。見〔集韻〕。〔按玉篇。子盥、阻栗、二切。拭也。〕

【揤】昨悉切音疾。側瑟切音櫛質韻

拭也。見〔廣雅釋詁〕。

【搓】陟栗切音窒質韻

㊀擠也。見〔集韻〕。

㊁通挃。見〔集韻〕。

【摗】祖叢切音㚇東韻

㊀歛也。見〔玉篇〕。

㊁―摵。俗謂之捉頭。見〔集韻引字統〕。

【揆】傾畦切音睽齊韻

㊀巾鉤也。見〔玉篇〕。

㊁同刲。刺也。〔儀禮鄉飲酒禮〕肺皆離。〔注〕離、猶―也。

【揥】他計切音替。丑例切音跇霽韻

㊀佩飾也。〔詩君子偕老〕象之―也。

㊁摘也。所以摘髮也。見〔釋名釋首飾〕。〔按雷浚說文外編云。說文無―字。乃擿之省。說文骨部。骼骨擿之可會髮者。後漢書輿服志。簪以瑇瑁爲擿。長一尺。又曰其擿有等級。爲字皆作擿。〕

【揥】丁計切音帝霽韻

㊀捎也。〔文選陸機賦〕意徘徊而不能―。〔注〕―、或爲禘。禘猶去也。

㊁戲也。見〔集韻〕。〔按廣雅釋詁―。戲也。王氏疏證本已訂正。王云。各本皆作嫽、姚、透、―、嬈、戲也。案戲字與此不相涉。蓋校書者以嬈字有擾戲之義。遂移入戲字耳。集韻、類篇―。戲也。又引廣雅、透戲也。則宋時廣雅本已然。〕

㊂語也。見〔廣雅釋詁〕。

㊃嬈也。見〔廣雅釋詁〕。〔疏證〕―、讀爲擿。曹憲音帝。誤也。衆經音義引廣雅作擿。擿、卽史記集解所云擿、嬈也。說文嬈、苛也。漢書鼂錯傳。除苛解嬈。高誘文穎注並云。嬈、煩嬈也。

【揥】他歷切音逖錫韻

㊀戲也。見〔集韻〕。

㊁取也。〔文選陸機賦〕意徘徊而不能―。〔注〕說文曰。―、取也。佗狄切。

【揥】都黎切音氐齊韻

捎也。見〔集韻〕。

【揨】除耕切音棖庚韻

㊀觸也。見〔廣韻〕。

㊁擿也。見〔集韻〕。

㊂刺也。見〔廣雅釋詁〕。〔疏證〕說文朾、撞也。與―同。秦策。迫則杖戟相撞。高誘注云。撞、刺也。〔按撞雖有刺義。要以撞擊爲本義。不得以此殷彼。〕

㊃鼓枹也。〔管子宙合〕若鼓之有―。

【揩】丘皆切音䅈佳韻

㊀摩也。〔文選張衡賦〕―枳落。

㊁磨也。見〔廣雅釋詁〕。

㊂摩拭也。見〔玉篇〕。

㊃擦也。見〔字彙〕。

㊄―擇。摩也。見〔一切經音義引集韻〕。〔按廣韻。―擇、摩拭也。〕

㊅―擇。摩甄也。見〔集韻〕。

【揩】口戒切音烗卦韻

㊀―排。強突也。見〔集韻〕。

㊂鼓名。見〔廣韻〕〔按集韻。鞛。鼓名。通作—。唐書南蠻驃傳。龜茲部有羯鼓、—鼓、腰鼓。〕

【揝】訖黠切音戛黠韻

㊀敔也。擽之以止樂。見〔集韻〕〔按禮記明堂位。拊搏玉磬—擊。注云。—擊、謂柷敔。〕

【揫】將由切音啾尤韻

㊀本作揫。〔說文〕束也。詩曰。百祿是—。〔段注〕束者縛也。按韋部䪥、收束也。或从要作𩏵。或从秋手作—。—卽揫。然則此篆實爲重出也。商頌長發文。今詩作遒。傳曰。遒、聚也。

㊁歛也。〔禮記鄉飲酒義〕秋之爲言愁也。〔注〕愁讀爲—。—、歛也。〔按漢書律歷志。秋。䪥也。月令疏引作秋者—也。〕

㊂小也。見〔廣雅釋詁〕〔疏證〕說文云。䪥、收束也。從韋樵聲。或从手秋聲作—。又云。樵、小也。樵訓爲小。䪥、—訓爲歛。歛物則小。—、䪥、樵、並聲近義同。

㊃固也。見〔廣雅釋詁〕〔按王筠云。豳風破斧傳曰。遒、固也。則以遒爲—之借字。由束義引伸。卽得固義。廣韻—、固也。〕

【揫】字秋切音遒尤韻

㊀聚也。見〔爾雅釋詁〕〔義疏〕讀若酋。通作揂。說文。揂、聚也。太玄玄文注云。酋之言聚也。

㊁細也。〔方言〕歛物而細謂之—。〔箋疏〕廣雅、—小也。鄉飲酒義鄭注。—、歛也。物歛則小。故歛物而細謂之—也。

【撥】普活切音鏺曷韻

㊀癹—。見〔廣韻〕

㊁同癹。〔集韻〕癹說文、以足蹋夷草。或从足从手。〔按廣韻。—、蹳。連文。蹳、蹋草聲。癹、蒲撥切音跋。除草。說文音鏺。三字分見。似廣韻義長。正字通謂—本作撥。非。康熙字典云。亦作撥。尤非。〕

【揬】陁没切音突月韻

㊀衝—也。見〔玉篇〕

㊁揩也。見〔一切經音義引字書〕

㊂搪—。觸也。見〔集韻〕

㊃搪—。不遜也。見〔字彙〕〔按搪—、卽唐突。正字通云。—突雖通。搪—可借。突。竈突不可用—。正韻—注。又竈突合爲一。非。張氏說是也。廣韻云。堗、竈突。漢書作突。集韻云。竈窗謂之堗。並從土不從手。正韻所據。疑或偏旁形近之譌。〕

【揭】去例切音偈霽韻居謁切音訐月韻巨列切音傑屑韻

㊀高舉也。見〔說文〕〔桂注〕廣雅。—、舉也。漢書陳項列傳。—竿爲旗。西京賦。豫章珍館。—焉中峙。

㊁褰衣涉水也。〔詩匏有苦葉〕淺則—。〔按爾雅釋水云。繇膝巳下曰—。〕

㊂—車。芳草。一名芞輿。〔離騷〕畦留夷與—車兮。

【揭】其謁切音竭月韻巨列切音傑屑韻

㊀舉也。〔莊子胠篋〕則負匱—篋擔囊而趨。

㊁擔也。〔莊子山木〕昭昭乎如—日月而行。

㊂持也。〔後漢馮衍傳〕—節奉使。

㊃負也。〔後漢馮衍傳〕—節垂組。自相署立。

㊄立舉也。〔文選賈誼論〕—竿爲旗。

㊅表也。〔文選郭璞賦〕峨嵋爲泉陽之—。

㊆低昂貌也。〔後漢張衡傳〕修劍—以低昂。

㊇—欲拔也。〔淮南兵略〕擠其——。

㊈—孽。高貌。〔文選王延壽賦〕飛陛—孽。

㊉姓也。元—奚斯。

【揭】居謁切音訐月韻褰列切音訐屑韻

㊀舉也。〔淮南齊俗〕爲行者相—以高。

㊁見根貌。〔詩蕩〕顛沛之—。〔釋文紀竭反韻會褰列切〕

㊂蹶貌。見〔詩蕩箋〕

㊃——、長貌。〔詩碩人〕葭菼——。〔釋文徐居謁反韻會褰列切。〕〔又〕高貌。〔楚辭遠遊〕貌——以巍巍。

【揭】其謁切音竭語訐切音钀月韻

長貌。〔詩碩人釋文〕——、其謁反。徐、居謁反。長也。〔集韻引入語訐切。韻會同。〕

【揭】居謁切音訐月韻去例切音偈霽韻

豗貌。又根見貌。〔詩齊釋文〕—、紀竭反。根見貌。〔詩經傳說彙纂〕居謁、去例二音。〕

【揭】褰列切音訐屑韻

(一)—起也。〔詩大東〕西柄之—。

(二)猶反也。〔國策韓策〕杅—者齒必寒。〔按莊子胠篋篇作杅竭。〕

(三)張貼也。〔明史劉大夏傳〕—飛語宮門。

(四)—帖。猶審葵也。〔明史劉大夏傳〕—帖滋弊。不可爲後世法。

(五)混商賀稱總結帳曰—。如云—欠。

【揭】丘傑切音竭屑韻

(一)舉也。或作担、拮。見〔集韻〕。

(二)—驕。志意肆也。〔文選潘岳賦〕眄箱籠以—驕。〔注〕楚辭—驕字作拮嬌。—居桀切。驕曰。楚辭曰意态睢以拮嬌。王逸曰。縱心肆志所意願高也。〔按楚辭洪興祖本作担撟。補注云。担。釋文音丘列切。舉也。集韻—、担、拮。音訓同。蓋本此。〕

(三)疾也。〔漢書王吉傳〕匪車—兮。〔毛詩作偈。此引韓詩。—、偈同。〕

(四)——。疾驅貌。〔漢書王吉傳〕是非古之車也。——者。

【揭】丑例切音蹛霽韻

褰衣渡水也。見〔集韻〕。

【揭】其例切音偈霽韻

—陽。縣名。在南越。見〔集韻〕。〔郎今廣東—陽縣〕

【揭】其謁切音竭月韻

—陽。複姓。〔漢書功臣表〕安道侯—陽定。

【揭】丘言切音攑元韻

同攑。舉也。見〔集韻〕。

【揭】何葛切音曷曷韻

搽也。見〔集韻〕。

【揮】吁韋切音暉微韻

(一)奮也。見〔說文〕。〔段注〕按奮部奮下曰。翬也。翬下曰。大飛也。此云奮也。—與翬義略同。

(二)竭也。〔爾雅釋詁〕—、盝、涸、歇、竭也。〔邵氏正義〕—者。考工記㡛氏云。淸其灰而盝之。而—之。是—與盝、皆爲澄而去之也。

(三)振也。〔國策齊策〕—汗成雨。

(四)動也。〔文選傅毅賦〕順微風—若芳。

(五)灑也。〔國語晉語〕公子使奉匜沃盥。既而—之。〔今云—空同此義。〕

(六)湔也。〔左僖二十三年傳〕既而—之。

(七)散也。〔易乾〕六爻發—。

(八)揚也。〔易說卦〕發—於剛柔而生爻。

(九)發也。〔鬼谷子抵巇〕—之于太山之本。

(十)振去餘也。〔禮記曲禮〕飲玉爵者弗—。

(十一)猶颷也。〔三朝政錄〕快意指—。一事誤失。史官必書之。

(十二)—霍。疾貌。〔文選陸機賦〕紛紜—霍。〔又〕謂丸劍之形也。〔文選張衡賦〕跳丸劍之—霍。

(十三)—斥。猶縱放也。〔莊子田子方〕—斥八極。〔又〕奮迅也。〔列子黃帝〕—斥八極。

(十四)通攑。猶移也。〔太玄玄告〕天渾而攑。〔按集韻—或作攑。〕

(十五)通溼。〔集韻〕溼、振去水也。通作—。〔按儀禮特牲饋食禮注。又不—。疏云。—、振去水使手乾。〕

(十六)通輝。〔易乾六爻發揮釋文〕—、本亦作煇。義取光煇。

(十七)通徽。幡也。〔文選陳琳檄文〕揚素—以降路。〔注〕徽與—、古通用。

(十八)通翬。〔文選潘岳賦〕終奮翼而高—。〔注〕—與翬、古字通。

(十九)人名。〔一切經音義引世本宋注〕—、黃帝臣也。〔又〕鄭公孫—字子羽。見〔左襄二十四年傳〕。

【揮】吁運切音訓問韻

奮也。見〔集韻〕。

【揮】胡昆切音魂元韻

—掄。全而不破也。見〔集韻〕。

【揮】音熏文韻

—淚也。古本音熏。見〔音學五書引王粲詩〕。

【揯】居肯切亙平聲蒸韻

引急也。見〔說文〕。〔注〕—、猶亙也。橫亙之也。〔按淮南書曰。大弦—則小弦絕。〕

【揯】居鄧切音亙嶝韻

(一)急也。見〔廣雅釋詁〕。〔疏證〕說文。緪。急也。又云。—。引急也。楚辭九歌。緪瑟兮交鼓。王逸注云。緪。急張弦也。馬融長笛賦云。若絚瑟促柱。—、緪、絚、竝通。

(二)竟也。見〔廣雅釋詁〕。〔按西都賦。

北彌明光而亙長樂。李善注。亙、竟也。說文。㮓、竟也。方言。絚、竟也。亙、｜、㮓、絚、竝通。

㊂通㮓。〔考工記弓人〕㮓角而短。〔注〕玄謂㮓讀爲亙、｜竟也。〔疏〕謂施角竟㴴兩畔。〔釋文〕㮓、古鄧反、｜古鄧反。

【揖】莫報切音冒號韻

㊀手扶之也。見〔廣韻〕。

㊁抵也。見〔集韻〕。

【揰】視隴切音湩腫韻

㊀推擊也。見〔集韻〕。

㊁棄也。見〔集韻〕。

【揰】吕用切衝去聲宋韻

推擊也。見〔集韻〕。

【㩧】色角切音朔覺韻

人臂皃也。周禮曰。輻欲其｜爾、見〔說文〕〔注〕人臂揱長纖好也。

【㩧】思邀切音宵蕭韻

㊀長臂皃。見〔集韻〕。

㊁纖殺也。〔考工記輪人〕望其輻欲其｜爾而纖也。〔按說文引周禮、｜作㩧。集韻音宵。一曰纖殺。此從康成注。注云。鄭司農讀爲紛容｜參之｜。玄爲如桑螵蛸之蛸。〕

【㩧】所教切稍去聲效韻

㊀人臂皃。見〔集韻〕。

㊁木上小。或作㯁。見〔廣韻〕。

【㩧】息約切音削藥韻

殺小也。見〔集韻〕。

【㩧】師咸切音縿咸韻

攕或字。〔集韻〕攕。好手皃。或作摻、｜。

【揲】食列切音舌　式列切音設　私列切音薛　吉列切音孑屑韻　弋涉切音葉　達協切音牒　悉協切音燮葉韻　直甲切音霅洽韻

㊀閱持也。見〔說文〕〔段注〕閱者具數也。更迭數之也。四下曰。四丈也。从八乚。八｜一匹。按八｜一匹。則五五數之也。五五者、由一五二五數之。至於八五。則四丈矣。閱持者、既得其數而持之。故其字从手。

㊁｜蓍也。〔易繫辭〕｜之以四。以象四時。

㊂度｜也。見〔廣韻〕。

㊃摺｜也。見〔廣韻〕。

㊄持數也。見〔集韻〕。

㊅取也。〔史記扁鵲傳〕｜荒爪幕。〔注〕荒、脊肓也。〔朱駿聲云。謂取脊肓入膈膜也。〕

㊆積也。見〔廣雅釋詁〕。

㊇椎薄之也。〔淮南說山〕｜梴其土而不益厚。

㊈舌也。〔管子弟子職〕執箕膺｜。

㊉通擸。〔漢書揚雄傳〕擸之以三策。

【揳】先結切音屑屑韻

㊀擷｜。不方正也。見〔廣韻〕。

㊁撚也。見〔洪武正韻〕。

㊂塞也。見〔洪武正韻〕。

【揳】私列切音薛屑韻

擷｜。拭滅也。見〔集韻〕。

【揳】奚結切音絜屑韻

同絜。約也。〔荀子非相〕不揣長。不｜大。〔注〕約其大小也。

【揳】訖黠切音戛黠韻

㊀擊持也。〔史記貨殖傳〕趙女鄭姬設形容。｜鳴琴。

㊁通擊。〔後漢申屠剛傳〕尚書近臣至乃捶｜牽曳於前。

【援】于元切音袁元韻

㊀引也。見〔說文〕〔桂注〕詩皇矣。以爾鉤｜。傳云。所以鉤引上城者。

㊁拔也。〔荀子性惡〕敢｜而廢之。

㊂持也。〔淮南修務〕｜豐條。

㊃攀也。〔呂覽下賢〕莫之｜也。

㊄拯也。〔孟子離婁〕子欲手｜天下乎。

㊅助也。〔左宣十八年傳〕使我殺嫡立庶以失大｜者仲也。

㊆牽持之也。〔禮記中庸〕在下位不｜上。

㊇直刃也。〔考工記冶氏〕戈廣二寸。｜四之。〔注〕｜長八寸。直刃也。

【援】于眷切音院霰韻

救助也。〔國語魯語〕爲四鄰之｜。結諸侯之信。

【援】于願切遠去聲願韻

引持也。〔國語晉語〕侏儒不可使｜。〔注〕不可使抗｜。

【援】胡玩切音換翰韻

㊀本作愌。〔集韻〕愌或作｜。悍｜。不順也。

㊁通換。畔｜。跋扈也。〔詩皇矣〕無然畔｜。〔箋〕畔｜。猶跋扈也。〔漢書敍傳注作無然畔換。〕

【揵】渠焉切音乾先韻

以肩舉物也。〔後漢輿服志〕—弓韣九鞬。

【揵】渠言切健平聲　丘言切音攑　元韻
舉也。〔漢書司馬相如傳〕—鰭掉尾。

【揵】巨偃切健上聲　紀偃切建上聲　阮韻
㊀亦舉也。見〔集韻〕。
㊁豎也。〔文選張衡賦〕左青琱之—芝兮。
㊂閉塞也。〔莊子庚桑楚〕內韄者不可繆而捉將外—。
㊃樹竹塞水墳以草與土如墻也。〔漢書溝洫志〕塞瓠子決河。下淇園之竹以爲—。
㊄立封界也。一曰接也。〔漢書賈誼傳〕梁起於新鄭以北著之河。淮陽包陳以南—之江。
㊅難也。見〔廣韻〕。

【㨖】陟利切音致　寘韻
㊀刺也。一曰刺之財至也。見〔說文〕。〔段注〕刺者直傷也。方言曰。—到也。廣雅曰。—至也。財、今纔字。甘泉賦曰。洪臺崛其獨出兮。—北極之嶟嶟。
㊁搏也。見〔集韻〕。

【㨖】展豸切音黹　紙韻
㊀刺也。見〔廣雅釋詁〕。〔疏證〕說文—刺也。玉篇—挃也。挃與—、亦聲近義同。—、曹憲音丁儿反。宋祁校漢書揚雄傳引字書。—、竹儿反。
㊁至也。〔漢書揚雄傳〕洪臺崛其獨出兮。—北極之嶟嶟。
㊂指也。見〔廣韻〕。
㊃挃也。見〔玉篇〕。

【⿰扌侯】英皆切音挨　佳韻
㊀推也。見〔廣韻〕。
㊁擊也。見〔集韻〕。
㊂背負皃。見〔廣韻〕。

【授】子結切音節　屑韻
斷絕也。見〔玉篇〕。〔按集韻、類篇。授字俱兩音兩義。似絕切、訓拈。子結切、訓斷絕。今考玉篇。授、—分見。形雖近而有別。顯是二字。授、寺劣切。拈也。巾从巳。—、子結切。斷絕也。巾从㔾。廣韻從玉篇分兩字爲正。互詳授字。〕

【掽】蒲孟切彭去聲　敬韻
搕—。撞也。見〔字彙〕。〔今亦云—撞。〕

【掾】俞絹切緣去聲　霰韻
緣也。見〔說文〕。〔段注〕緣者、衣純也。既夕禮注。飾衣領袂口曰純。引申爲凡夤緣邊際之稱。—者、緣其邊際而陳之也。陳—猶經營也。易卦辭曰彖。謂文王緣卦以得其義。然則彖者—之段借字。與漢官有—屬。正曰—。副曰屬。漢舊注。東西曹—比四百石。餘—比三百石。屬比二百石。此等皆翼輔其旁者也。故曰—。

【掾】重緣切音傳　先韻
陳—。馳逐也。司馬貞說。見〔集韻〕。〔按史記貨殖傳。陳—其間。得所欲。索隱、音逐緣反。陳—猶經營馳逐也。〕

【掿】昵角切音搦　覺韻
手—也。見〔篇海〕。

【揁】知盈切音禎　庚韻
引也。見〔集韻〕。

【揁】苦杏切音伉　梗韻
琴聲。見〔集韻〕。

【揁】丘耕切音鏗　庚韻

揂或字。〔集韻〕揂。揫。論語。揂揄恐而作。或作—。通作鍫。

【揂】將由切音揫　尤韻
聚也。見〔說文〕。〔段注〕商頌。百祿是遒。傳曰。遒、聚也。按傳謂此遒爲—之段借字。

【揂】字秋切音酋　尤韻
捊聚也。見〔集韻〕。

【揂】夷周切音由　尤韻
掩也。見〔集韻〕。

【揤】札色切音側　疾力切音堲　職韻
打也。見〔集韻〕。

【⿰扌段】都玩切音鍛　翰韻
捶衣也。見〔集韻〕。

【揇】乃感切音湳　感韻
搦也。見〔集韻〕。

【⿰扌者】尙者切音䌵　止野切音者　馬韻
擊也。見〔集韻〕。

【⿰扌胃】王勿切音曰　物韻
擲也。見〔集韻〕。

【揊】拍逼切音堛　職韻

擊斃。見〔集韻〕。〔按廣雅釋詁。—、擊也。〕

【搵】敕列切音徹屑韻 去也。見〔六書統〕。

【揋】烏回切音隈灰韻 猗也。見〔集韻〕。

【揌】桑才切音鰓灰韻 動也。〔廣雅釋詁〕搔、—。動也。〔疏證〕玉篇。搔、動振也。—搔—也。

【揌】倉來切音猜灰韻 擇也。見〔集韻〕。

【揎】荀緣切音宣先韻 手發衣也。〔蘇軾詩〕玉腕半—雲碧袖。〔按廣韻、集韻皆訓手發衣。集韻—、或作捋。字林。捋、捋臂也。此即六書故所謂鉤袂出臂。六音轉注所謂俗語裸袖—拳也。儀禮士虞禮注。鉤袒、如今捋衣。釋文。手發衣曰捋。〕

【描】眉鑣切音苗蕭韻 畫也。見〔集韻〕。〔按六書故云。—、摹、聲相近。—輕而摹重。〕

【描】謨交切音茅肴韻 打也。見〔集韻〕。

【描】眉敎切音貌效韻 揶也。見〔集韻〕。

【㲉】居候切音冓宥韻 取牛羊乳也。見〔集韻〕。〔正字通云。殺字之譌。說文有殺無—。〕

【搋】敕加切音詫麻韻 以拳加物也。見〔字彙〕。

【𢪙】劣戌切音律質韻 去滓汁曰—。見〔集韻〕。

【揔】蘇叢切音檧東韻 手進物也。見〔集韻〕。

【揔】祖動切音總董韻 傯或字。〔集韻〕總、聚束也。皆也。或从手。〔正字通云。—、摠、揔、均俗字。〕

【揔】作弄切音糉送韻 總或字。〔集韻〕傯、倥傯也。或作—。

【揙】婢善切音楩。俾緬切音褊。婢典切音辮銑韻 搏也。見〔說文〕。〔桂注〕搏也者。宋本作撫。廣韻。—擊。

【揙】卑眠切音邊。蒲眠切音駢先韻

【㨎】如劣切音爇屑韻。而宣切音堧先韻。儒隹切音甤支韻 揾也。擩也。染也。〔儀禮特牲饋食禮〕—于醢。〔按集韻三音悉本釋文。爇、堧二音又皆以擩爲本字。說文、玉篇皆有擩無—。周禮大祝、儀禮公食大夫禮、士虞禮、三篇皆作擩。特牲饋食、少牢饋食、有司徹、三篇皆作—。蓋擩、—本一字。耎、需二文皆從而。故—、擩亦聲相近而互用。段氏改說文擩作—。其說甚辨。然桂王諸家皆不從。正字通云。擩、—通。俗省作—。〕

【揞】鄔感切音晻感韻 藏也。見〔廣雅釋詁〕。〔疏證〕方言。—、揜、錯、摩、藏也。荊楚曰—。吳揚曰揜。—猶揜也。廣韻。—、手覆也。覆亦藏也。今俗語猶謂手覆物爲—矣。

【揞】古暗切音紺勘韻 掩也。見〔集韻〕。

【揞】於陷切音鑑陷韻 弃也。吳俗云拋也。見〔集韻〕。〔按六書故。—、擲弃也。又於咸切。〕

【揞】益涉切音靨葉韻 捏也。見〔集韻〕。

【揞】於咸切音猪咸韻 方言。摩滅也。荊楚曰—。見〔集韻〕。〔按方言。揞、揜、錯、摩、藏也。音義。揞、烏感反。錢繹箋疏云。藏、舊本譌作滅。戴氏據廣雅、玉篇、廣韻、校改。此字集韻音義兩誤。本可不收。因舊注沿譌襲謬。故復列而正之。〕

【撅】伊決切屑韻 抉目也。見〔篇海〕。

【擹】他干切音灘寒韻。他案切音炭翰韻 擊—。宛轉也。見〔集韻〕。

【㨐】彼口切音掊有韻 衣上擊也。見〔說文〕。〔段注〕擊、集韻類篇皆作攴。攴者小擊也。〔按廣韻同說文。廣雅釋詁。擊也。玉篇同。〕

【𢪆】郎達切音辢曷韻 研也。見〔集韻〕。〔按廣雅釋言。—、䃺也。疏證云。玉篇。—、研破也。研與䃺同。說文。䃺、摩也。〕

【揪】卽尤切酒平聲尤韻

手—也。見[字彙]。[俗言—扭]。

【⿰扌革】各核切音隔陌韻
改治也。[太玄玄數]—繫其名。[注]—、更也。手有所改更故字從手也。[正字通云與革義近加手作—非]。

【⿰扌禹】果羽切音矩麌韻
姓也。詩—維師氏。見[集韻]。[今詩作楀。漢書作萬。按周有楀氏。無—、萬]。

【⿰扌衍】以淺切音演銑韻
舒布也。見[集韻]。

【⿰扌衍】以忍切音引軫韻
申布也。見[集韻]。

【⿰扌衍】羊進切音胤震韻
伸也。見[集韻]。

【⿰扌苴】千箇切磋去聲箇韻
拭也。見[集韻]。[正字通云。扭字之譌]。

【揻】戶感切音頷感韻
搖也。見[說文]。[段注]鉉曰今別作撼。非是。[按韻會]—動也。與感通。引詩無感我帨。正字通云。揻本字。而正韻上聲感部收撼缺—。疏矣]。

【⿰扌系】丁計切音帝特計切音第霽韻
摕、或从折从示。兩手急持人也。見[說文]。[段注]蓋从折而示聲。其義有別。廣韻不云二形一字。[按廣韻摕、訓取。—訓兩手急持人。正字通云。六書統摕、同拓。非]。

【揬】於絞切坳上聲巧韻
手拉也。見[字彙]。

【掞】羊安切音近鼾寒韻
掠稈也。見[字彙補]。

【⿰扌肯】逢無切音扶虞韻
掌手也。見[海篇]。

【⿰扌寽】荀緣切音宣先韻
捩也。見[篇海]。

【⿰扌圑】徒官切音團寒韻
—風也。見[篇海]。

【⿰扌⿱人合】即合切音拉合韻
擢折拗—也。見[篇海]。

【捼】泥多切音娜歌韻
木茂盛貌。見[字彙補]。

【掆】古康切音岡陽韻
舉也。見[篇海]。

【挬】蒲沒切音勃月韻
拔也。見[字彙補]。

【揔】七容切音恖冬韻
打也。見[字彙補]。

【摐】昌江切音窗江韻
打鐘鼓也。見[字彙補]。

【挪】奴何切音那歌韻
握—也。見[篇海]。

【⿰扌尌】陟里切致上聲紙韻
—和聲。見[篇海]。

【⿰扌㪅】挭本字。見[集韻]。

【⿰扌巺】撰本字。見[集韻]。

【⿰扌⿵冂禸】古還字。見[說文辵部]。

【⿰扌㚘】古拜字。見[集韻]。

【⿰扌亢】同抗。見[廣韻]。

【揦】同攋。見[集韻]。

【搽】同⿰扌桼。見[集韻]。

【⿰扌盇】同搕。見[集韻]。

【⿰扌卆】同捽。見[篇海]。

【挠】同撓。見[篇海]。

【⿰扌冓】同搆。見[篇海]。

【⿰扌函】同插。見[篇海]。

【⿰扌郅】同挃。見[篇海]。

【摟】同擕。見[正字通]。

【⿰扌⿱冖車】同揮。見[正字通]。

【⿰扌邪】同揶。見[字彙補]。

【擩】同揣。見[洪武正韻]。

【捏】揑俗字。見[字彙]。

【捛】旅俗字。見[海篇]。

【搋】⿰扌遞俗字。見[正字通]。

【⿱㓞手】挈俗字。見[正字通]。

【挦】撏譌字。見[字彙補]。

【⿰扌庳】捭譌字。見[康熙字典]。

【⿰扌亝】譌字。[按此字出字彙補。慈昔切音疾。引王延壽夢賦。⿰扌亝齊亥布。舊字典謂寫⿰扌亝字之譌。亦誤也。⿰扌亝齊亥布乃精氣充布之譌。並正於此]。

十畫

【⿰扌奚】戶佳切音鞋佳韻
㊀挾物也。見〔廣韻〕。
㊁扶也。見〔集韻〕。

【⿰扌奚】胡計切音系霽韻
杭越之間謂換曰—。見〔集韻〕。

【⿰扌奚】戶禮切蹊上聲薺韻
揭也。見〔集韻〕。

【搉】克角切音確覺韻
敲擊也。見〔說文〕。〔段注〕敲、橫撾也。撾、卽築之隸變。—與敲𣪠韻、又雙聲也。〔按漢書五行志高后支斷戚夫人手足。—其眼。以為人彘。〕

【搉】訖岳切音覺覺韻
㊀引也。〔漢書敍傳〕揚—古今。〔注〕揚、舉也。—、引也。
㊁敲也。〔莊子徐无鬼〕則可不謂有大揚—乎。〔釋文引三蒼〕—、敲也。
㊂通榷。猶專也。〔文選班固設論〕般輸—巧於斧斤。

【搉】忽郭切音霍藥韻
同攉。手反覆也。見〔集韻〕。

【搊】初尤切音芻尤韻
㊀拘也。見〔廣雅釋言〕。
㊁五指摳搊也。〔唐書禮樂志〕樂工裴神符、初以手彈、後人習為—琵琶。

【搊】側九切芻上聲有韻
㊀持也。見〔集韻〕。
㊁扇別名。見〔廣韻〕。

【搊】莊俱切音㑳虞韻
解也。見〔集韻〕。

【⿰扌虔】渠言切健平聲元韻
㊀相援也。見〔說文〕。
㊁以肩舉物也。見〔通雅釋詁〕。
㊂互訐告也。見〔通雅釋詁〕。

【⿰扌虔】邱虔切音愆先韻邱顏切音馯居閑切音艱刪韻
援也。見〔集韻〕。

【搋】丑豸切音褫演爾切音酏紙韻
㊀析也。見〔集韻〕。
㊁拽也。見〔增韻〕。

【搋】搋佳切音扠佳韻
以拳加物也。見〔廣韻〕。

【搋】余支切音移支韻
歋或字。〔集韻〕歋、人相笑相歋瘉。或作擨亦省。

【搌】知輦切音展丑展切音蹍銑韻
㊀—擠也。見〔廣韻〕。
㊁—擠醜長皃。見〔玉篇〕。〔又〕展極也。見〔廣雅釋訓〕。〔疏證〕展極、猶伸極也。集韻。擠引也。合言之則曰—擠。
㊂縛束也。見〔集韻〕。
㊃通展。見〔正字通〕。
㊄通𡿬。〔說文通訓定聲〕𡿬字亦作—。

【搌】陟扇切音驏霰韻
㊀捲也。見〔集韻〕。
㊁拭也。見〔集韻〕。

【掤】巴升切音冰蒸韻
㊀以手覆矢也。見〔字彙補〕。
㊁弓弦也。見〔字彙補〕。

【損】鎖本切孫上聲阮韻
㊀減也。見〔說文〕。〔段注〕水部曰。減者—也。二篆為轉注。〔按史記呂不韋傳有能增—一字者予千金。〕—亦減義。
㊁失也。〔晉書杜預傳〕不過我—日月之間。
㊂貶也。〔晉書安平王孚傳〕常自退—。
㊃傷也。〔吳志樓玄傳〕勞—聖慮。
㊄卦名。兌下艮上。〔易損〕山下有澤—。

【⿰扌負】損果切音瑣哿韻
㊀揣擊也。見〔集韻〕。
㊁勵也。見〔廣韻〕。

【搰】先結切音屑屑韻
㊀挺出物也。見〔集韻〕。
㊁揲也。見〔集韻〕。

【⿰扌索】昔各切音索藥韻
摸也。見〔集韻〕。〔韻會〕云摸—。見南史。按今省作摸索。

【⿰扌索】色窄切音索陌韻
㊀擇也。見〔集韻〕。
㊁通索。取也。求也。〔太玄玄數〕參珍睟精以—數。

【搏】伯各切音博匹各切音粕藥韻
㊀索持也。一曰至也。見〔說文〕。〔段注〕索、各本作索。今正。入室搜曰索。索持謂摸索而持之。〔周禮環人〕—諜賊。
㊁取也。〔左莊十一年傳〕公右歂孫

生丨之。

(三)擊也。〔史記魏其武安侯傳〕夫醉丨甫。

(四)鬪也。〔荀子富國〕是猶烏獲與焦僥丨也。

(五)拾取也。〔文選張衡賦〕摭紫貝丨耆𧋑。〔薛注〕摭、丨皆拾取之名。

(六)磔也。〔周禮掌戮〕掌斬殺賊諜而丨之。

(七)撻也。〔淮南說山〕慶忌死。劍鋒不給丨。

(八)猶擺也。〔史記李斯傳〕盜跖不丨。

(九)猶拍也。〔考工記總敍〕丨埴之工二。

(十)猶掛也。〔史記李斯傳〕彈箏丨髀。

(十一)猶脅也。〔山海經西山經〕東望恆山。有窮鬼居之各在一丨。〔注〕丨、猶脅也。

【𢶍】方遇切音付遇韻

擊取也。見〔集韻〕。

【搏】搏故切音步遇韻

同捕。〔集韻〕捕、捕取也。或作丨。

【摵】他歷切音逖錫韻

(一)同擿。挑也。見〔集韻〕。

(二)同剔。鬄也。〔詩皇矣〕攘之剔之。

〔注〕本作丨同。

【搑】乳勇切音宂腫韻如容切音茸冬韻濃江切音醲江韻

推擣也。見〔說文〕。〔段注〕漢書而僕又茸之蠶室。師古曰。茸音人勇反。推也。謂推致蠶室之中也。如顏說則茸者丨之叚借字。

【搑】如容切音茸冬韻

(一)擣也。見〔廣韻〕。

(二)收也。見〔集韻〕。

【搑】濃江切音醲江韻

㩧也。見〔集韻〕。

【搆】匿講切音㩧講韻

同㩧。〔集韻〕㩧。擣也。刺也。或作丨。

【搒】北孟切𥏫去聲敬韻

(一)掩也。見〔說文〕。〔段注〕廣韻曰笞打。今義也。

(二)同榜。進舟也。見〔集韻〕。

【搒】補曠切音謗漾韻

(一)掉船一歇。見〔廣韻〕。

(二)同榜。進船也。見〔集韻〕。

【搒】蒲庚切音彭庚韻

笞擊也。〔漢書張耳傳〕吏丨笞數千。

【搒】晡橫切音𥏫庚韻

相牽也。見〔集韻〕。

【搰】胡骨切音鶻月韻

(一)手推之也。見〔說文〕。〔桂注〕推、當為摧。集韻。、或作搰。孟子搰壓趙注。搰、猶叩也。

(二)掘也。見〔集韻〕。

【搰】胡昆切音魂元韻

手摧之也。見〔集韻〕。〔玉篇〕侯本切。手推也。

【搰】苦骨切音窟月韻

推也。見〔集韻〕。

【搰】戶衮切音混古本切音衮阮韻

掘也。見〔廣雅釋言〕。

【搔】蘇曹切音騷豪韻

(一)刮也。見〔說文〕。〔段注〕刮、各本作括。今正。括者。絜也。非其義。刮者。掊杷也。掊杷。正丨之訓也。內則。疾痛苛癢。敬抑丨之。注曰。抑。按。丨。摩也。

(二)抓也。〔漢書枚乘傳〕足可丨而絕也。

(三)勞也。〔淮南氾論〕厭文丨法。

(四)通騷。〔吳志陸凱傳〕所在丨擾。更為煩苛。

【搔】側絞切音爪巧韻

同蚤。手足甲也。〔儀禮士虞禮〕沐浴櫛丨翦。

【搔】先到切音譟號韻

同掻。擾丨。搏也。見〔集韻〕。

【搕】克盍切音榼合韻

(一)取也。見〔集韻〕。

(二)擊也。見〔字彙〕。

【搕】乙盍切音鰪合韻

以手覆也。見〔集韻〕。

【搕】烏合切音罨合韻

(一)以手盍也。見〔廣韻〕。

(二)丨㩧也。見〔廣韻〕。

【搖】餘招切音姚蕭韻

(一)動也。見〔說文〕。〔按廣雅釋詁〕丨。動也。史記屈賈傳。增翮逝而去之。正義。動也。

(二)作也。〔爾雅釋詁〕丨、動。作也。〔義疏〕丨者。說文云動也。動者。說文云作也。

(三)上也。見〔廣雅釋詁〕。〔疏證〕漢書禮樂志。將丨舉。班固西都賦云。遂乃風舉雲丨。是丨為上也。方言。丨、祖。上也。祖—也。
（四）疾也。見〔廣雅釋詁〕〔疏證〕方言。—、扇疾也。
（五）治也。見〔廣雅釋詁〕〔疏證〕方言。搖、療治也。江湘郊會謂醫治之曰搖。搖、與—通。
（六）招—星名。〔禮記曲禮〕招—在上。
（七）扶—暴風也。〔爾雅釋天〕扶—謂之猋。
（八）步—首飾也。〔詩君子偕老〕副笄六珈。〔疏〕步—副之遺象。
（九）須—猶須臾也。〔漢書禮樂志〕神奄留臨須—。
（十）消—翺翔貌。與逍遙同。〔禮記檀弓〕負手曳杖消—於門。
（十一）—車草名。〔爾雅釋草〕柱夫、—車。〔疏〕柱夫可食之草也。一名—車。俗呼曰翹—車。蔓生紫華。華翹起—動。因名云。〔闕入非字〕
（十二）姓也。海陽齊信侯—毋餘。見〔漢書功臣表〕

【搖】　弋笑切音曜嘯韻
動也。〔陳後主詩〕潤風連影—。

【搡】　寫朗切音顙養韻
（一）擛也。見〔集韻〕

（二）投擲之勢。見〔字彙〕

【搡】　四浪切音喪漾韻
揰也。見〔集韻〕

【搢】　即刃切音晉震韻
（一）插也。見〔說文新附〕〔鈕氏新附攷〕—通作晉、縉。或作薦。〔玉篇〕—。插也。〔博雅〕訓同。〔按儀禮鄉射禮、士喪禮、禮記內則注、皆訓插。〕
（二）振也。〔國語吳語〕挺鈹—鐸。

【搢】　作甸切音薦霰韻　牋西切音齎齊韻
插也。見〔集韻〕

【搣】　莫列切音滅屑韻
（一）挐也。見〔說文〕〔段注〕挐、各本作搣。小徐本、及集韻、類篇、廣韻、作批。今正。批者搣之譌。搣者挐之譌也。手部挐搣二篆義別。挐下云。一曰挐、—頰旁也。與此曰—、挐也。相為轉注。廣韻、玉篇、皆曰。—者摩也。然則—頰旁者。謂摩其頰旁。養生家之一法。故莊子曰。靜默可以補病。眥搣可以休老。眥搣、即挐—之叚借字。一本作撍—。釋文引字林。—、批也。批亦挐之誤。若作批、則搣之俗字。訓反手擊也。尤誤。〔參閱播
字〕
（二）手拔也。見〔廣韻〕
（三）摩也。見〔玉篇〕
（四）捽也。見〔廣韻〕

【搣】　彌劣切音威屑韻
揃—。謂鬋拔眉髮也。〔急就篇〕沐浴揃—。寡合同。〔音義皆本顏注〕

【搤】　乙革切音厄陌韻
（一）捉也。見〔說文〕〔段注〕婁敬傳曰。—其亢。拊其背。揚雄傳曰。—熊羆。抚豪豬。—其咽。炕其氣。皆謂捉持之。師古云。—與扼同。依許則—扼音雖同而義迥別也。
（二）握也。〔史記孝武紀〕莫不—腕。〔注〕滿手曰—。
（三）塞也。〔管子度地〕因而—之可也。
（四）叉馬頸者也。〔莊子馬蹄〕夫加之以衡—。

【搤】　壹結切音噎屑韻
持也。〔國策魏策〕日夜—腕。瞋目切齒。

【搤】　壹計切音翳霽韻
拉也。見〔集韻〕

【搤】　烏懈切音隘卦韻
掘也。見〔集韻〕

【搦】　昵格切音蹃陌韻
（一）按也。見〔說文〕〔段注〕按者抑也。周禮矢人。橈之以眡其鴻殺之稱。注曰。橈—其幹。謂按下之令曲。則強弱見矣。
（二）捉也。〔文選郭璞賦〕舟子於是—棹。
（三）摩也。〔文選班固賦〕—朽摩鈍。
（四）握也。〔文選陸機賦〕方其—管氣。倚辭前。

【搦】　昵角切音蒻覺韻
（一）持也。見〔集韻〕
（一）按也。見〔韻會〕

【搨】　託合切音塔合韻
（一）冒也。〔唐書食貨志〕茶商所過諸道。置邸以收稅。謂之—地錢。
（二）摹也。〔唐書百官志〕有—書手搴匠三人。

【搨】　德盍切音荅合韻
打也。見〔集韻〕

【搪】　徒郎切音唐　他郎切音湯陽韻
（一）張也。見〔方言〕〔郭注〕謂彀張也。

(二)突也。見〔廣雅釋詁〕。〔疏證〕後漢書桓帝紀云。水所唐突。唐突、與｜揬通。

(三)槍｜鋸也。見〔集韻槍字注〕。

【搫】蒲官切音盤寒韻

(一)｜擭、不正也。見〔說文〕。〔桂注〕玉篇。｜手不正也。

(二)除也。見〔集韻〕。

(三)｜揬宛轉也。見〔廣韻〕。

【搫】蒲波切音婆歌韻

(一)斂聚也。見〔集韻〕。

(二)除也。見〔廣雅釋詁〕。〔疏證〕潘岳射雉賦。｜場拄翳。徐爰注云。｜者開除之名。謂除地為場也。

(三)披散也。見〔字彙〕。

【搬】私谷切音速屋韻

(一)掌斟也。醜行之貌。見〔字彙〕。

(二)今俗音般。作｜移｜演字。見〔字彙〕。

【搭】德合切音答合韻

(一)擊也。見〔集韻〕。

(二)附也。挂也。〔韓偓詩〕夜深斜｜秋千索。〔今俗謂｜船｜般是附義。｜棚是挂義。〕

【搭】託合切音塔合韻

冒也。一曰摹也。與搨、搧、闒同。〔梅堯臣詩〕韓幹馬本摸｜時。

【搯】他刀切音叨豪韻

(一)捾也。周書曰。師乃｜。｜者擂兵刃以習擊刺也。詩曰。左旋右｜。見〔說文〕。〔段注〕通俗文。捾出曰掏。爪按曰搯。掏即｜字。｜本訓捾而太簪之｜訓抽兵刃以習擊刺｜與抽同。於六書為叚借。

(三)抒也。見〔集韻〕。

(四)叩也。〔國語魯語〕無｜膺。

【搰】胡骨切音近活月韻

(一)掘也。見〔說文〕。〔段注〕玉篇云。左傳。｜褚師定子之墓。本亦作掘。

(二)通拓。亂也。〔呂覽本生〕物者拓之。〔玉篇拓亦｜字。〕

【搰】苦骨切音窟古忽切音骨月韻

(一)發也。〔國語吳語〕狐埋之而狐｜之。

(二)｜｜用力貌。〔莊子天地〕｜｜然用力甚多而見功寡。

【搴】已仙切音鶱先韻

引取也。〔史記河渠書〕｜長茭兮沈美玉。

【搴】丘虔切音愆先韻

(一)攓或字。〔集韻〕攓。方言、取也。楚謂之攓。一曰縮也。拔也。或作｜。

(二)姓也。漢將｜揚。

【搴】九件切音蹇銑韻

(一)同揵。〔集韻〕揵。拔取也。亦作｜。

(二)草名。〔爾雅釋草〕｜柜朐。

【搵】烏困切溫去聲願韻

(一)沒也。見〔說文〕。〔段注〕沒者湛也。謂湛浸於中也。集韻引字林。｜。抐沒也。

(二)指按也。見〔六書故〕。

【搵】烏沒切音膃月韻

(一)手撩物皃。見〔廣韻〕。

(二)｜抐擩也。見〔廣雅釋言〕。

【搵】委殞切音惲吻韻

擩也。見〔廣雅釋詁〕。〔集韻引作挂也。誤。詳插字〕。

【搵】於云切音氳文韻

沒也。見〔集韻〕。

【搶】千羊切音鏘陽韻

(一)拒也。見〔廣韻〕。

(二)集也。〔莊子逍遙遊〕我決起而飛｜榆枋。

(三)突也。見〔莊子釋文引支注〕。

(四)著也。見〔莊子釋文引崔注〕。

【搶】此兩切鏘上聲養韻

(一)突也。見〔集韻〕。

(二)爭取也。見〔增韻〕。〔今云｜劫、｜奪本此義〕。

【搶】楚兩切音㲕養韻

(一)突也。見〔集韻〕。

(二)著也。〔國策魏策〕以頭｜地爾。

【搶】鋤庚切音傖庚韻

｜攘。亂貌。〔漢書賈誼傳〕國制｜攘。

【搶】楚耕切音鎗庚韻

槍或字。〔韻會〕槍。或作｜。〔爾雅〕彗星為欃｜。

【搶】此亮切鏘去聲漾韻

掉｜也。吳楚謂帆上風曰｜。〔庾闡賦〕艇子｜風。

【搷】亭年切音田先韻

(一)急擊也。〔楚辭招魂〕｜鳴鼓些。〔注〕急擊如投擲之勢也。

❷引也。見〔集韻〕。❸揚也。見〔廣雅釋詁〕。〔疏證〕方言。抒、─揚也。郭璞注云謂播揚也。

【搷】瘨鄰切音伸眞韻　同伸。申也。引戾也。見〔集韻〕。

【搸】緇詵切音臻資辛切音津眞韻　❶聚也。見〔廣韻〕。❷琴瑟聲也。見〔集韻〕。

【搆】居候切音遘宥韻　─擩也。見〔廣韻〕。

【搆】居侯切音鉤尤韻　牽也。見〔集韻〕。

【搇】丘禁切欽去聲沁韻　按也。見〔集韻〕。

【搈】尹竦切音勇腫韻　動─也。見〔集韻〕。

【搈】餘封切音容冬韻　不安也。見〔集韻〕。

【搌】丑展切音搌銑韻　擊也。見〔集韻〕。

【揗】思尹切音筍軫韻　拒也。見〔玉篇〕。

【揗】息倫切音荀眞韻　擇也。見〔玉篇〕。

【㨛】失冉切音閃琰韻　掞動貌。〔文選潘岳賦〕─降丘以馳敵。

【㨛】舒贍切閃去聲豔韻　同掞。見〔集韻〕。

【摉】蘇故切音素遇韻　晤取物也。見〔集韻〕。

【搎】蘇昆切音孫元韻　捫─。猶摸搎也。見〔集韻〕。

【搤】柯開切音該何開切音孩灰韻　觸也。見〔集韻〕。

【搷】彌殄切音眄銑韻　塗也。見〔廣雅釋宮〕。〔疏證〕襄三十一年左傳圬人以時塓館宮室。杜注云塓、塗也。塓、與─同。

【搢】秦昔切音籍陌韻　擊也。見〔集韻〕。

【搃】損動切音敵董韻　推也。見〔集韻〕。

【搐】敕六切屋韻　動而痛也。〔漢書賈誼傳〕一二指─。身慮亡聊。

【搓】倉何切音蹉歌韻　─挪也。〔演繁露〕醫有按摩法。按者、以手捏捺病處也。摩者、挼─之也。

【搓】此我切音瑳哿韻　邪皃。見〔集韻〕。

【搓】初皆切音差佳韻　推擊也。見〔集韻〕。

【搘】旨而切音支支韻　─梧也。〔唐書南詔傳〕初鳳迦異築柘東城。諸葛亮石刻故在。文曰。碑即仆。爲漢奴。夷畏誓。常以石─捂。

【搙】奴沃切音傉沃韻　捻也。見〔集韻〕。

【搙】昵角切音蒻覺韻　搵也。見〔集韻〕。

【搙】乃豆切音耨宥韻　拄也。見〔集韻〕。

【搚】虛欠切險去聲豔韻　引從也。見〔集韻〕。

【搚】落合切音拉合韻　同拉。摧也。〔公羊莊元年傳〕─幹而殺之。〔注〕─、折聲也。

【搚】迄業切音脅葉韻　同協。摺也。一曰拉也。見〔集韻〕。

【搛】堅嫌切音兼鹽韻　夾持也。見〔集韻〕。

【搛】離鹽切音廉鹽韻　同斂。擊鼓也。見〔集韻〕。

【搋】篇迷切音紕齊韻蒲結切音蹩屑韻　反手擊也。見〔說文〕。〔段注〕左傳曰。宋萬遇仇牧于門。─而殺之。玉篇所引如是。今左傳作批。俗字也。

【搋】頻脂切音毗支韻　轉也。見〔廣雅釋詁〕。

【搜】疎鳩切音蒐尤韻　同搜。〔詩泮水〕束矢其─。

【搜】先彫切音蕭蕭韻蘇遭切音騷豪韻蘇后切音叟有韻　──。動貌。〔莊子寓言〕──也。奚稍問也。

【搜】山巧切音稍巧韻

攪—亂也。〔韓愈詩〕炎風日—攪。

【搜】先奏切音漱宥韻 人名。〔莊子讓王〕王子—援綏登車。

【搸】蒲摩切音婆歌韻 歛聚也。見〔玉篇〕。

【搝】去久切音糗有韻 手舉也。見〔集韻〕。

【搞】邱交切音敲肴韻 同敲。橫擿也。見〔集韻〕。

【搞】口到切音犒號韻 同犒。相違也。見〔集韻〕。

【摲】許偃切音攇阮韻 舉手擬之也。〔漢書揚雄傳〕廱城—邑。

【搠】色角切音朔覺韻 塗也。見〔集韻〕。

【攠】攀糜切音披支韻 同𢻫。〔集韻〕𢻫。剖肉也。或作—。

【搥】都回切音堆灰韻 擿也。見〔廣雅釋詁〕。〔疏證〕法言問道篇。—提仁義。音義云。—、擲也。擲、與擿同。〔按說文。投、擿也。擿、一曰投也。段注。今字作擲。凡古書用投擲字皆作擿。〕

【搥】直追切音椎支韻 擊也。〔唐書禮樂志〕日未明四刻、—一鼓爲一嚴。

【搧】尸連切音羶先韻式戰切音扇霰韻 批也。見〔集韻〕。

【搩】陟格切音磔陌韻 手度物也。見〔集韻〕。

【搩】巨列切音傑屑韻 同揭、〔集韻〕揭。擔也。或省。亦从桀。

【搮】力質切音栗質韻 以手理物也。見〔集韻〕。

【掆】古雙切音扛江韻 通扛。舉也。〔晉書輿服志〕大駕鹵簿有—鼓。

【掬】居六切音菊屋韻 撮也。見〔說文〕。〔段注〕此謂三指撮也。

【擳】直利切音緻寘韻 擇蒲采名。見〔集韻〕。〔正字通云〕。雉、俗譌爲稺、又稺之譌。〕

【搲】烏瓜切音蛙麻韻 以手捉物也。見〔集韻〕。

【搲】烏瓦切音踠馬韻 吳俗謂手爬物曰—。見〔集韻〕。

【搲】烏化切蛙去聲禡韻 吳俗謂牽挽曰—。見〔集韻〕。

【搳】下瞎切音轄黠韻 擖也。見〔說文〕。

【搳】丘瞎切音楬黠韻 搔也。見〔廣雅釋詁〕。

【搻】諾答切音納合韻 打也。或省作拹。見〔集韻〕。

【擥】覓畢切音蜜質韻 拭也。見〔集韻〕。

【捹】蒲本切阮韻 車弓也。見〔玉篇〕。

【搹】乙革切音厄各核切音隔陌韻 把也。見〔說文〕。〔段注〕喪服苴絰大—。注曰。—、扼也。中人之扼圍九寸。此言中人滿手把之其圍九寸。則其徑約計三寸也。

【揔】七鴆切音沁沁韻 插也。見〔集韻〕。

【搜】子鴆切音浸沁韻 深掘也。見〔集韻〕。

【搥】直追切音鎚支韻 打也。見〔篇海〕。

【㨎】而宣切音堧先韻 去急也。見〔海篇〕。

【擭】情雪切音蕝屑韻 絕也。見〔篇海〕。

【搃】於元切音冤元韻 屈也。見〔篇海〕。

【㨪】音未詳 攩、—。搥打也。見〔廣韻三十七蕩〕他朗切攩字注。

【搽】讀若茶 俗字。敷也。如婦女敷粉曰—粉。搽瘍敷藥曰—藥之類。

【搷】擅本字。見〔正字通〕。

【㨻】拚本字。見〔正字通〕。

【揀】古揀字。見〔玉篇〕。

【揮】古揮字。見〔古文奇字〕。

【摮】古孝字見〔六書本義〕。

【捵】古扶字見〔字學元元〕。

【㨨】抽籀文見〔匡謬正俗〕。

【撻】同揵。〔方言〕須揵敗也。〔一本作須—。〕

【攍】同擁見〔集韻〕。

【攖】同攙見〔集韻〕。

【𢷸】同捷見〔篇海〕。

【摒】同揖見〔篇海〕。

【摗】同搜見〔篇海〕。

【搼】同拳見〔篇海〕。

【㩈】同拋見〔篇海〕。

【𢶡】同搖見〔篇海〕。

【㩗】同掃見〔篇海〕。

【㩌】同擾見〔正字通〕。

【搗】同擣見〔韻會〕。

【𢹅】摝或字見〔集韻〕。

【擭】攫省字見〔集韻〕。

【携】攜俗字見〔字彙〕。

【擥】攬俗字見〔字彙〕。

【摘】擿譌字見〔正字通〕。

十一畫

【攃】桑葛切音薩曷韻

㊀側手擊也。〔公羊莊十二年傳〕宋萬臂—仇牧。〔注〕側手曰—。

㊁揮撒也。見〔字彙〕。

㊂抹—摩也。見〔廣韻抹字注〕。〔又〕掃滅也。〔韓愈孟郊墓誌〕惟其大翫於辭而與世抹—。〔注〕古通用末殺。

【攃】山戛切音煞黠韻私列切音薛屑韻

擊也。〔淮南原道〕不與物相弊—。

【撒】師駭切撒上聲蟹韻

擺—抖擻也。見〔集韻〕。

【摌】所簡切音產潸韻

㊀以手孩物也。見〔廣韻〕。

㊁捍—手精擇物也。見〔集韻〕。〔又〕捍—搖動。見〔集韻捍字注〕。

【摌】所恨切顚韻

揮也。見〔集韻〕。

【摎】居尤切音鳩尤韻

㊀縛殺也。見〔說文〕。〔桂注〕〔玉篇〕—。絞也。〔廣韻〕。—、絞。縛殺也。〔儀禮喪服〕。殤之經不—垂。〔注〕云不絞其帶之垂者。〔按段注今之絞罪即古所謂—也。引申之凡繩帛等物二股互交皆得曰—曰絞。〕

㊁求也。〔文選張衡賦〕—天道其焉如。

【摎】力求切音留尤韻

㊀束也。見〔廣雅釋詁〕。〔疏證〕眾經音義卷五引倉頡篇云。—、束也。

㊁捋也。見〔廣雅釋言〕。〔疏證〕周南關雎篇。左右流之。流、與—通。謂捋取之也。左右流之。左右采之。猶言薄言采之。薄言捋之耳。

㊂姓也。魏河內太守—尙。

【摎】離昭切音燎蕭韻

㊀撓也。見〔集韻〕。

㊁縛殺也。見〔集韻〕。

【摎】居肴切音交肴韻

束也。繞也。〔漢書五行志〕天雨草而葉相—結。

【摎】力交切音寥肴韻

相交也。〔管子大匡〕朋友不得相合—。

【摎】古巧切音絞巧韻

—蓼。搜索也。見〔集韻〕。

【摎】女巧切鐃上聲巧韻

同撓。擾也。〔太玄攡〕死生相—。

【摏】書容切音舂冬韻

㊀衝也。〔左文十一年傳〕富父終甥—其喉以戈。

㊁撞也。見〔廣韻〕。

㊂擣也。見〔韻會〕。

【摐】初江切音窗江韻七恭切音樅冬韻

㊀撞也。〔文選司馬相如賦〕—金鼓。吹鳴籟。

㊁撩也。〔太玄逃〕喬木維—。

【揅】倪堅切音研先韻

㊀摩也。見〔鍇本說文〕。〔按易蜀才本繫辭作極深—幾。〕

㊁磨也。見〔廣雅釋詁〕。〔朱駿聲云。假借爲研。〕

㊂揅破也。見〔廣韻〕。

【⿰扌兜】當侯切音兜尤韻

㊀批也。見〔集韻〕。

㊁—擥也。見〔字彙〕。

【摑】古獲切音幗古伯切音虢陌

韻

●一批也。〔避暑錄話〕—其口。●二掌耳也與摑同見〔韻會〕。

【摓】符容切音逢冬韻

●一同縫。〔集韻〕縫以鍼紩衣也亦作—。●二同逢。〔莊子盜跖〕—衣淺帶。〔注〕逢掖、大衣也。●三同捀。奉也。〔史記龜筴傳〕—策定數。

【摓】符風切音馮東韻

紩衣也。見〔集韻〕。

【摘】他歷切音剔錫韻陟革切音謫陌韻

●一拓果樹實也。一曰指近之也。見〔說文〕〔段注〕拓者拾也。拾者掇也。掇者拾取也。果實樹者有果實之樹也。拓之謂之—。引申之凡他取亦曰—。〔按桂注。舞賦—齊行列。李善云。指—行列。使之齊整也。〕●二發也。動也。見〔廣韻〕。●三擾也。〔後漢隗囂傳〕東—濊貊。●四通擿。〔漢書宣帝紀〕毋得以春夏擿巢探卵。

（十一）通鏑。〔列子黃帝〕—矢復沓。

【摚】徒郎切音唐陽韻除庚切音根庚韻

●一距也。見〔集韻引廣雅〕。〔按廣雅釋言、釋器皆作樘。王氏疏證云。各本譌作—自宋時已然〕。●二觸也。見〔纂文〕。

【擄】籠五切音魯麌韻

●一強也。見〔集韻引廣雅〕。●二搖動也。見〔廣韻〕。

【摜】古患切音慣諫韻

●一慣本字。〔說文〕習也。春秋傳曰。—瀆鬼神。〔桂注〕昭二十六年左傳文。彼作貫。杜云。貫、習也。華嚴經音義云。鄭箋詩曰。—、習也。字宜從才。今經本從豎心者。俗通用也。〔按又作串〕。●二帶也。見〔廣韻〕。〔按字彙補云。—爲慣本字。今—習之—作慣。而—但爲—帶矣〕。

【摟】郎侯切音樓尤韻郎斗切樓上聲有韻〔按各書無讀上聲者。惟正字通主之。相沿已久。故幷收入〕

●一曳聚也。見〔說文〕。〔段注〕此當作曳也。聚也。山有樞曰。弗曳弗—。傳曰。—、亦曳也。此曳訓所本也。釋詁曰。—、聚也。此聚訓所本也。●二牽也。〔孟子告子〕踰東家牆而—其處子。〔按方言。褎持謂之—。即此意〕。●三探取也。見〔廣韻〕。

【摟】龍朱切音婁虞韻

●一曳也。見〔廣韻〕。〔玉篇引詩弗曳弗—〕。●二聚也。見〔集韻〕。●三挽使申也。見〔集韻〕。

【摠】祖動切音總董韻〔俗作捴、揔、摠〕

●一聚束也。兼持也。〔禮記樂記〕冕而—干。●二將領也。合也。見〔玉篇〕。●三皆也。眾也。見〔廣韻〕。●四結也。〔離騷〕—余轡乎扶桑。

【摡】居代切音槩隊韻

●一滌也。詩曰。—之釜鬵。見〔說文〕。〔段注〕滌者洒也。詩—之釜鬵。匪風文。傳曰。—、滌也。今本作溉者非。凡周禮、禮經—字。本皆从手。釋文不誤。而俗本多譌。●二拭也。〔周禮世婦〕帥女宮而濯—爲齍盛。●三主也。見〔廣雅釋詁〕。

【摡】許旣切音僟未韻

●一取也。見〔廣雅釋詁〕。●二拭也。見〔集韻〕。

【⿰扌堇】居覲切巾去聲震韻居焮切音靳問韻渠巾切覲平聲眞韻几隱切音謹吻韻

●一拭也。見〔說文〕〔桂注〕拭、當爲飾。通用拭。字林。—、技拭也。集韻。—、與扱同。〔按拭、飾、正俗字〕。●二清也。見〔玉篇〕。●三善也。見〔廣雅釋詁〕。

【⿰扌堇】舉欣切音斤文韻

●一拭也。見〔集韻〕。●二清也。見〔集韻〕。

【摧】昨回切音灌灰韻

●一擠也。一曰擣也。一曰折也。見〔說文〕〔段注〕釋詁、毛傳、皆云。—、至也。即抵之義也。擣者、擁引也。折者、斷也。今此義行而上二義廢矣。●二至也。〔詩雲漢〕先祖于—。●三沮也。〔詩北門〕室人交徧—我。●四進也。〔易晉〕晉如—如。

(五)挫也。〔楚辭憂苦〕折銳—矜。
(六)極也。〔太玄玄圖〕—上萬物。
(七)趣也。〔太玄眾〕丈人—孥。
(八)仆落也。〔素問五常政大論〕其變振法—拔。
(九)滅也。〔詩雲漢〕先祖于—。〔朱傳〕祖祀將自此滅也。

【摧】遵綏切醉平聲支韻
退也。〔易晉〕晉如—如。〔鄭康成讀〕

【摧】催內切音啐隊韻
滅也。見〔集韻〕。

【摧】寸臥切音剉箇韻
同莝。斬芻也。〔詩鴛鴦〕乘馬在廄。—之秣之。

【摩】眉波切音磨歌韻
(一)研也。見〔說文〕。〔王注〕眾經音義引爾雅。石謂之—。郭璞曰。玉石被—。猶人自修飾也。案此作研也。而小徐增摩字。亦爲不智矣。〔按段注改研爲䃺。云石部研之訓䃺也。手部摩之訓摩也。義各有屬。無容淆之。摩摩之功。精於䃺研。其說亦辯矣。惟下文摩字王注云。大徐本、李燾本、皆無此字。毛刻補於部末。據小徐也。易繫辭。聖人之所以極深而研幾也。釋文蜀才作摩。廣雅。摩—也。又云。犂摩也。是知摩者魏晉閒俗字也。据此王說較有根據。故從之。〕
(二)迫也。〔禮記樂記〕陰陽相—。
(三)近也。〔左宣十二年傳〕—壘而還。
(四)切也。〔易繫辭〕剛柔相—。
(五)揩也。〔禮記內則〕濯手以—之。去其皽。
(六)砥也。〔漢書董仲舒傳〕—民以誼。
(七)順也。見〔廣雅釋詁〕。
(八)合也。〔國策秦策〕簡練以爲揣—。
(九)藏也。〔方言〕陳之東鄙曰—。
(十)消也。〔莊子徐无鬼〕循古而不—。
(十一)滅也。〔淮南精神〕形有—而神未嘗化。
(十二)猶隱也。〔考工記弓人〕強者在內而—其筋。
(十三)猶比也。〔國策齊策〕轂擊—車而相過。
(十四)快也。〔禮記禮器〕不—蚤。〔釋文〕齊人謂快爲—。
(十五)—洛哥在亞非利加西北隅之一帝國。三分之二爲沙漠。富於礦產。英文 Morocco。
(十六)—哈默。或譯穆罕默德。回教始祖也。本姓黑西默。—哈默者多讚之義。英文 Muhammed。

【摩】莫臥切磨去聲箇韻
(一)按—。見〔廣韻〕。〔按孟子折枝注。折枝。按—折手節解罷枝。〕
(二)犂也。見〔集韻〕。

【摩】忙皮切音糜支韻
施—。神名。〔集韻〕漢有施—神。荊巫所祠。

【㨽】隨戀切音鏇霰韻
(一)手挑物也。見〔集韻〕。
(二)長引也。見〔玉篇〕。
(三)同縼。長繩繫牛馬放也。見〔廣韻〕。

【㨽】旬宣切音旋先韻
引也。見〔集韻〕。

【㩆】仕角切音浞覺韻
(一)促也。見〔字彙〕。
(二)同擉。刺也。見〔集韻〕。

【摯】脂利切音至寘韻
(一)握持也。見〔說文〕。〔桂注〕釋詁。拱執也。執、即—。
(二)至也。〔書西伯戡黎〕大命不—。
(三)致也。〔考工記弓人〕斲—必中。
(四)極也。〔漢書賈田灌韓傳贊〕臨其—而顛墜。
(五)傷折也。〔禮記月令〕水潦爲敗。雪霜大—。
(六)同鷙。勇猛也。〔禮記曲禮〕前有—獸。則載貔貅。
(七)同贄。所執以自致也。〔禮記曲禮〕庶人之—匹。
(八)國名。〔詩大明〕—仲氏任。
(九)人名。〔蔡邕釋誨〕伊—有負鼎之衒。〔注〕伊尹名—。
(十)姓也。左傳周禮有—荒。

【摯】陟利切音致寘韻
(一)解也。見〔廣雅釋詁〕。
(二)引也。見〔廣雅釋詁〕。
(三)擿物也。見〔字林〕。
(四)同蟄、輊。輖也。〔考工記弓人〕今夫大車之轅—。

【摯】職日切音質質韻
姓也。後漢—恂。晉—虞。

【摲】所鑑切音釤陷韻　摻豏韻所斬切音　師咸切音攕咸韻
芟也。〔禮記禮器〕君子之於禮也。有—而播也。〔注〕—之言芟也。

【摲】叉鑑切音懺陷韻

㊀投也。見〔集韻〕。
㊁芟也。見〔集韻〕。

【撳】仕懺切鑱去聲陷韻
投版偃水曰—。見〔集韻〕。

【𢷾】士減切讒上聲豏韻疾染切音漸琰韻
除也。見〔集韻〕。

【摳】墟侯切音彄尤韻
㊀繑也。見〔說文〕。〔段注〕按糸部曰。繑。絝紐也。與—義絕遠。疑是撟字之譌。—之義爲撟枉。〔按通訓定聲云。謂扣結所紐也。存參。〕
㊁提也。〔禮記曲禮〕—衣趨隅。
㊂探也。〔列子黃帝〕以瓦—者巧。以鉤—者憚。以黃金—者惛。
㊃舉也。見〔廣雅釋詁〕。
㊄—揄、旋也。燕齊之間謂之—揄。見〔方言〕。

【摳】虧于切音區虞韻
褰裳也。見〔集韻〕。

【摳】於口切音嘔有韻
同毆。捶擊物也。見〔集韻〕。

【摴】抽居切音攄魚韻
㊀舒也。見〔說文新附〕。
㊁—蒱戲也。見〔說文新附〕。〔按一切經音義引博物志云。—蒱。老子作之。今人擲之爲戲也。〕

【摴】超之切音癡支韻
—里。地名。在秦。見〔集韻〕。〔按秦相—里子。史記从木。〕

【摵】沙劃切陌韻
㊀捎也。見〔說文新附〕。
㊁拂著也。見〔廣韻〕。

【摵】色責切音栜陌韻
㊀隕落貌。〔文選潘岳賦〕庭樹—以灑落兮。
㊁—。狀落葉之聲也。〔白居易詩〕楓葉荻花秋——。〔按正字通云。蕭—、即蕭瑟。古借用瑟字。〕

【摵】所六切音縮屋韻
到也。見〔方言〕〔箋疏〕、—通作俶。說文、俶至也。

【摵】就六切音蹴子六切音蹙所六切音縮屋韻
至也。見〔廣雅釋詁〕〔疏證〕—之言造也。造亦至也。造、—古同聲。

【搣】綿批切音迷齊韻
同搣。批也。見〔集韻〕。

【摶】徒官切音團寒韻
㊀圜本字。〔說文〕圜也。〔桂注〕通俗文。手團曰—。考工記。矢人凡相笴欲生而—。弓人紾而—。廉注並云。—、圜也。
㊁以手圜之也。〔禮記曲禮〕毋—飯。
㊂圜也。〔莊子逍遙遊〕—扶搖而上者九萬里。
㊃專也。〔漢書天文志〕卒氣—。
㊄聚也。〔管子霸言〕不—不聽。
㊅著也。見〔廣雅釋詁〕〔疏證〕—者聚之著也。
㊆拍也。〔考工記總敘〕—埴之工二。〔注〕—之言拍也。〔按唐石經作—。釋文李音團。劉音博。戴震考工記圖、主劉說作搏。力斥从專之誤。〕
㊇——。垂貌。〔文選張衡賦〕志——以應懸兮。
㊈—黍。鳥名。〔詩葛覃疏〕幽州人謂之黃鸎。齊人謂之—黍。
㊉控—。愛生之意也。〔文選賈誼賦〕何足控—。

【摶】朱遄切音專先韻
㊀擅也。一曰。并合制領也。見〔集韻〕。
㊁擅領也。〔史記田齊世家〕—三國之兵。
㊂古專字。〔史記秦始皇紀〕—心壹志。

【摶】柱兗切音篆銑韻柱戀切傳去聲霰韻
束也。〔周禮羽人〕百羽爲—。

【摶】柱兗切音篆銑韻
同縳。卷也。〔考工記鮑人〕卷而—之。

【摷】子小切音勦篠韻莊交切音[illegible]肴韻
拘擊也。見〔說文〕。〔段注〕拘止而擊之也。集韻、類篇作擊也。拘也。非是。

【摷】憐蕭切音聊蕭韻
㊀擊也。見〔廣韻〕。
㊁動也。見〔廣雅釋詁〕。
㊂通撈。取也。見〔集韻〕。〔通俗文。浮取曰—。沈取曰撈。〕

【摷】初交切音鈔肴韻郎刀切音勞豪韻
㊀取也。見〔廣雅釋詁〕。〔疏證〕—之言勦也。西京賦—鯤鮞。薛綜注云。—、盡取之也。

❷擊也。見〔廣雅釋詁〕〔疏證〕說文。|拘擊也。玉篇音側交切。〔曹憲音勞〕

【摹】蒙逋切音模。廣韻莫故切音慕。遇韻

❶規也。見〔說文〕〔桂注〕玉篇。|規。|也。漢書高帝紀。規|弘遠矣。鄧展曰。若晝工規|物之|。〔今云|仿〕

❷書寫也。〔後漢蔡邕傳〕其觀視及|寫者車乘日千餘兩。〔今云臨|。〕

【摺】質涉切音讋。葉韻

❶敗也。見〔說文〕〔段注〕敗者毀也。

❷|疊也。〔南史齊武帝紀〕有侍臣|衣帶卷|。〔奏|、扇均取|疊義。〕

【摺】落合切音拉。合韻

同拉。〔史記春申君傳〕折頸|頤。

【摺】悉協切音燮。葉韻

人名。〔漢書古今人表〕夷王|懿王子。〔師古讀〕

【摻】所斬切杉上聲。豏韻

❶取也。見〔廣雅釋詁〕〔疏證〕鄭風遵大路正義引說文云|。斂也。

❷擥也。〔詩遵大路〕|執子之袪兮。

【摻】師咸切音銛。咸韻。思廉切音纖。鹽韻

同攕。女手貌。〔詩葛屨〕||女手。可以縫裳。

【摻】素檻切豏韻

細也。〔方言〕斂物而細謂之揫。或曰|。〔按廣雅釋詁〕|小也。曹憲音所檻切。義同。〕

【摻】疏簪切音森。侵韻

通森。林離|攞也。〔淮南俶眞〕有有者言萬物|落。〔朱駿聲云長大眾多之貌。〕

【摻】倉含切音驂。覃韻

|搓。捎也。見〔集韻〕。

【摻】千遙切悄平聲。蕭韻

持物也。見〔集韻〕。

【摻】七紺切驂去聲。勘韻

同參。鼓曲也。〔後漢禰衡傳〕漁陽參撾。〔徐鍇云漁陽|音三撾鼓也。〕

【摽】婢小切瓢上聲。篠韻

❶擊也。一曰。挈關牡也。見〔說文。〕〔段注〕左傳。長木之斃。無不|也。杜云。|、擊也。關牡、一物也。挈者、提而戶之也。〔按淮南道應訓。孔子勁杓國門之關。而不以力聞。朱駿聲謂杓即|字。〕

❷落也。〔詩摽有梅〕|有梅。

❸拊心貌。〔詩柏舟〕寤辟有|。〔疏〕謂拊心之時其手|然。

【摽】卑遙切音猋。紕招切音漂。蕭韻

❶擊也。見〔廣雅釋詁〕〔疏證〕說文。|。擊也。玉篇音匹叫、孚堯、怖交三切。哀十三年左傳。無不|也。杜預注與說文同。

❷麾也。〔孟子萬章〕|使者出諸大門之外。

❸辟也。〔公羊莊十三年傳〕曹子|劍而去之。

❹高舉貌。〔管子侈靡〕|然若秋雲之遠。

❺刀末也。〔漢書王莽傳〕及至青戎|末之[illegible]。

❻敲也。猶捎也。〔淮南修務〕擢拔|拂。

❼猶攬也。〔淮南大明〕|譬于金樞之穴。

❽棄也。見〔集韻〕。

【摽】匹妙切音剽。眦召切音驃。嘯韻

❶擊也。見〔字統〕。

❷落也。〔爾雅釋詁〕|、蘦落也。〔義疏〕|者、𠬪之叚音也。說文云。𠬪、物落上下相付也。

【摽】匹歷切音霹。錫韻

擊也。見〔集韻〕。

【摾】其亮切強去聲。漾韻〔同弶。〕

❶施罟於道。見〔集韻引字林〕。

❷以弓罥鳥獸也。見〔集韻〕。

【[illegible]】紆胃切音畏。未韻

以手布物也。見〔集韻〕。

【摍】所六切音縮。屋韻

蹴引也。見〔說文〕〔桂注〕本書。縮、蹴也。廣雅。|、引也。通作縮。抽也。詩巷伯傳云。蒸盡縮屋而繼之。釋文。縮又作|。正義。縮、謂抽也。

【[illegible]】在到切曹去聲。號韻

手攪也。見〔集韻〕。

【㨟】後五切音戶。麌韻

拂|。不順理也。見〔集韻〕。

【摢】呼誤切音護遇韻 通濩。敷施也。〔路史禪通紀〕彌綸布—。

【揹】七夜切音蛆禡韻 褻揷也。見〔集韻〕。

【摦】光鑊切音郭關鑊切音廓藥韻 同擴。張大也。見〔集韻〕。

【捘】古困切衮去聲願韻 轉也。見〔集韻〕。

【摒】卑正切音併陂病切音柄敬韻 除也。見〔廣雅釋詁〕。〔疏證〕—字通作屏。大雅皇矣篇云。作之屏之。

【摔】朔律切音率質韻 棄於地也。見〔字彙〕。

【摕】丁計切音帝霽韻當蓋切音帶泰韻 撮取也。讀若詩曰蝃蝀在東。見〔說文〕。〔段注〕謂撮而取之也。凡言撮者皆謂少取。

【摕】徒結切音迭屑韻 揹取也。〔文選張衡賦〕超殊榛。—飛鼯。

【摕】大計切音帝霽韻 取也。見〔集韻〕。〔廣雅釋詁〕。—取也。曹憲音帝。

【揬】陀沒切音揬月韻 擊也。見〔集韻〕。

【摖】七計切音砌霽韻 挑取也。見〔集韻〕。

【摖】初戛切音察黠韻 推也。見〔集韻〕。

【摗】先侯切音搜尤韻 摟—。取也。見〔集韻〕。〔廣韻〕云。出陸氏字林。

【摗】損動切音傯董韻 同踈。搖馬銜走。見〔集韻〕。

【搖】餘招切蕭韻 同搖。—招。星名。〔漢書天文志〕杓端有兩星。一內爲矛招—。

【摙】力展切音輦銑韻 擔運也。〔南史何遠傳〕以錢買井水。不受錢者。—水還之。

【摙】連彥切音僆霰韻 按也。見〔集韻〕。

【摛】抽知切音螭支韻 舒也。見〔說文〕。〔段注〕蜀都賦。—藻掞天庭。

【摛】鄰知切音離支韻 攡省字。〔集韻〕攡。張也。太玄。幽攡萬類。或省作—。

【掎】俱爲切音嬀支韻居義切音寄寘韻 戴也。見〔集韻〕。

【掎】居宜切音羈支韻 同攲。以箸取物也。見〔集韻〕。

【掎】琛綺切音剞紙韻 同庋。閣藏食物也。見〔集韻〕。

【摝】盧谷切音祿屋韻 振也。又動也。〔周禮大司馬〕三鼓—鐸。

【摝】籠五切音鹵姥韻 撈也。別作擄。見〔六書故〕。

【摝】盧貢切音弄送韻 搖也。〔周禮摝鐸注〕鄭司農云。—讀如弄。

【摞】盧戈切音螺歌韻盧臥切螺去聲箇韻 理也。〔後漢輿服志〕漢興。續其顏卻—之。施巾連題卻覆之。

【攓】紀偃切音蹇阮韻 屋上—也。本作建。〔集韻〕建。覆也。漢書居高屋之上建瓴水。或作—。

【摢】胡故切音護遇韻 攎阹也。見〔集韻〕。

【摴】抽居切音攄魚韻 同摴。〔集韻〕摴蒱。戲也。或作—。

【摣】莊加切音渣女加切音呶麻韻 取也。〔方言〕担。—取也。南楚之間。取物溝泥中謂之担。亦謂之—。〔按釋名釋姿容〕—叉也。五指俱往叉取也。

【摣】莊蛙切佳韻 擊也。見〔集韻〕。

【擶】子淺切音剪銑韻 切也。見〔字彙〕。

【摤】楚兩切音搶養韻 磢滌也。或作磢。見〔集韻〕。〔从石〕指其物。从手指其事。

【摤】此兩切音搶養韻 同搶。見〔集韻〕。

【⿰扌耋】徒結切音迭屑韻 擿也。見〔廣雅釋詁〕。

【⿰扌窒】丁結切音窒屑韻 摘也。見〔集韻〕。

【摥】他浪切音蕩漾韻 排—也。見〔集韻〕。

【摦】胡化切華去聲禡韻胡瓜切音華麻韻 橫大也。見〔說文新附〕。〔按左昭二十一年傳。小者不窕。大者不—。則和於物。注。—。橫大不入。〕

【⿰扌屖】尼皆切音娓佳韻 揩—。摩也。見〔廣雅釋詁〕。〔按廣韻云。揩—。摩拭也。〕

【⿰扌閉】必計切音閉霽韻 批也。見〔海篇〕。

【⿱筑手】張六切音竹屋韻 以手築物也。見〔集韻〕。

【摪】資良切音將陽韻 將或字。〔集韻〕將。扶也。或作—。通作將。

【摪】七亮切音蹌漾韻 刺也。見〔集韻〕。

【⿸广排】部浼切音琲賄韻 手起物也。見〔集韻〕。〔正字通云。摩靡二字之譌。〕

【⿰扌密】莫八切音𥈿黠韻 打也。見〔集韻〕。

【⿰扌衛】祖芮切音蕝于劌切音衛霽韻 裂也。見〔廣雅釋詁〕。

【⿰扌彗】旋芮切音彗霽韻 挂也。見〔集韻〕。

【⿰扌雪】相絕切音雪屑韻 揺滅也。見〔集韻〕。

【⿰扌畢】匹蔑切音瞥屑韻 率也。見〔集韻〕。

【摫】均窺切音規支韻 裁也。〔方言〕鈲、—。裁也。梁益之間。裁木爲器曰鈲。裂帛爲衣曰—。

【摬】於慶切音映敬韻 中擊也。見〔說文〕。〔桂注〕中、讀爲射中之中。玉篇。—。傷擊也。

【⿰扌境】於境切音影梗韻倚兩切音俠巨兩切強上聲養韻 擊也。見〔廣雅釋詁〕。

【摭】之石切音隻施隻切音釋陌韻職略切音灼藥韻 同拓。〔說文〕拾也。〔桂注〕廣雅。—。取也。禮器有順而—也。正義。猶拾取也。按字書。—。拾也。方言。—。取也。陳宋之間曰—。

【摮】牛刀切音敖豪韻牛交切音磝肴韻 擊也。〔公羊宣六年傳〕膳宰熊蹯不熟。公怒。以斗—而殺之。

【⿱敲手】丘交切音敲肴韻 同敲。橫擿也。見〔集韻〕。

【⿰扌敖】魚到切音傲號韻 動也。見〔集韻〕。

【⿱族手】咋木切音族屋韻 斂也。見〔集韻〕。

【⿰扌㒼】彌殄切眠上聲銑韻 飾也。見〔集韻〕。

【⿱埶手】倪結切音齧魚列切音孽屑韻 同隉、臲。危不安也。〔考工記輪人〕。轂小而長則柞。大而短則—。〔注〕謂輻危—也。

【摯】尺制切音掣霽韻

【⿰扌埶】倪制切音詣霽韻 同攣。牽也。見〔玉篇〕。木相磨也。見〔字彙〕。

【摱】模元切音樠元韻 引也。見〔集韻〕。

【摱】莫晏切音慢諫韻 擊也。見〔集韻〕。

【⿱斬手】昨甘切音慙覃韻〔或作摲〕。斬取也。見〔說文〕。〔段注〕各本斬取二字作暫。今正。斬者截也。謂斷物也。暫非其義。長楊賦。麗城—邑。倉頡曰。—。拍取也。鄭曰。—之言芟也。按芟、刈艸也。—本訓芟夷。

【⿱斬手】所斬切音摻豏韻山儉切琰韻 次也。見〔廣雅釋詁〕。〔疏證〕—之言漸也。

【⿱斬手】在敢切音槧感韻 擊也。見〔集韻〕。

【⿱斬手】組紺切音簪勘韻 擧也。見〔集韻〕。

【⿱斬手】疾染切音漸琰韻所斬切音摻士減切音儳山檻切音摻豏韻

取也。見〔集韻〕。〔按又作撕。除也。〕

【搋】補弭切音俾紙韻 扶持也。見〔集韻〕。

【摸】末各切音莫藥韻 捫索也。〔後漢蔡邕傳〕邕讀曹娥碑後能手—其文讀之。〔猶今云—索。又日本語謂竊曰掏—。〕

【摸】蒙逋切音模虞韻 同摹。〔唐書李靖傳〕文宗敕—詔本還賜彥芳。

【㨾】弋亮切音漾漾韻 式—也。見〔廣韻〕。〔按六書正譌。㨾。翔實也。晉象與—別。〕

【摮】力灼切音略藥韻 撩取也。見〔集韻〕。〔正字通云。俗掠字。〕

【摼】丘耕切音鏗庚韻苦杏切鏗上聲梗韻 擣頭也。見〔說文〕〔桂注〕玉篇—。擿也。

【摼】輕煙切音牽先韻 古牽字。引前也。挽也。〔文選揚雄賦〕—象犀。

【𢸉】親然切音遷先韻 插也。見〔集韻〕。

【𢵧】拍逼切音揊職韻 通副、疈、劈。割也。〔韓非顯學〕不—痤則寖益。〔注〕痤、癰也。當—劚以除其毒。〔正字通云。—即俗副字。〕

【揞】於金切音愔侵韻 同愔。〔淮南兵略〕推其—。擠其揭揭此謂因勢。

【攑】居言切音犍元韻 子。擇蒲采名。見〔集韻〕。

【𢷹】郎宕切音浪漾韻 擊也。見〔集韻〕。

【撥】通帝切音剃霽韻 手取也。見〔篇海〕。

【擊】古闢切音遌宥韻 取牛羊乳也。見〔篇海〕。

【𢸊】徒了切音掉上聲篠韻 字之形勢有須挑—者。如獻、勵、亂、斷、左邊多。須得右邊—之。又如省炙之類上偏者須得下—之。見〔歐陽詢書法〕。

【揜】掩本字。見〔正字通〕。

【𢱭】古拜字。見〔說文〕。

【攠】古摩字。見〔古文奇字〕。

【擛】同揲。〔文選班固頌〕握輔—。

【摟】同僂。見〔集韻〕。

【搽】同攠。見〔集韻〕。

【搗】同擣。見〔集韻〕。

【𢹬】同搫。見〔集韻〕。

【𢵧】同拘。見〔集韻〕。

【㩙】同摵。見〔篇海〕。

【擳】同掣。見〔篇海〕。

【𢸸】同摠。見〔篇海〕。

【撮】同撮。見〔篇海〕。

【𢷹】同搯。見〔集韻〕。

【擠】同擠。見〔海篇〕。

【㨟】同搖。見〔篇海〕。

【撚】同撚。見〔篇海〕。

【𢶳】同捈。見〔字彙補〕。

【擦】同磔。見〔篇海〕。

【搭】同笞。見〔字彙〕。

【搗】俗擣字。見〔集韻〕。

【𢷎】俗搋字。見〔正字通〕。

十二畫

【撅】居月切音厥月韻 ㊀以手有所杷也。見〔說文〕〔段注〕杷、各本誤把。今正。杷、本訓收麥器。引申之用手捊聚亦曰杷。通俗文曰。手把曰揞。手把曰攫。此杷與把之別也。—之義與掘不同。韻會溷之。非也。㊁搔也。〔廣雅釋詁〕抓、—、擭、揩、擿。搔也。〔按卽抓爬之義。廣韻。爬搔也。〕㊂投也。見〔廣雅釋詁〕。〔按方言。楚凡揮棄物、或謂之敲。郭注。今汝潁間語亦然。或云—也。〕㊃擊也。〔唐書褚遂良傳〕—高昌。纓突厥。

【撅】其月切音橛月韻 ㊀同掘。穿也。〔周書周祝〕狐有牙而不敢以噬。獂有蚤而不敢以—。㊁採—亦樗蒲三采名。見〔廣韻〕。

【撅】姑衛切音劌霽韻 揭也。〔禮記內則〕不涉不—。

【撅】紀劣切音蹶屑韻 撥也。〔韓詩外傳〕草木根荄淺。未必—。飄風興。暴雨墜。則—必先矣。

【撆】匹蔑切音瞥屑韻

㊀別也。一曰擊也。見〔說文〕。〔別、段氏改爲飾。注云。各本作別也。不可通。今正。鈕氏段注訂云。淮南主術訓曰。獒之力。別觡伸鉤。則別未必不可通。別、分解也。徐氏匡謬亦書段不加審察。依他書改本書。按冎部別字王注云。八部。分別也。此不但轉注而加解字。所謂解者。如庖丁解牛之類。淮南子曰。宰庖之切割分別也。與許君意合。玩此則一之訓別。如書、蔽囚。左傳、蔽罪。周禮、弊邦治。漢書刑法志、桎以待弊。一皆一之異體。所謂撇斷也。所謂分別而眾理解也。擊爲別一義。本書、彆設若撆一。晉書音義引字林。一撆也。〕

㊁拂也。〔漢書揚雄傳〕浮蠛蠓而一天。

㊃拭也。〔文選王褒賦〕一涕抆淚。

㊄引也。見〔廣韻〕。

㊅略也。〔韓非存韓〕韓小國也。而以應天下四一。

㊆左戾也。書法有一。〔梁武帝文〕復當以點非波一論棉諧家之致。

【撆】蒲結切音蹩屑韻

拭也。見〔集韻〕。

【撊】下赧切音僩潸韻

㊀忿貌。〔左昭十八年傳〕今執事一然授兵登陴。

㊁猛也。〔方言〕一猛也。晉魏之間曰一。

【撍】子感切音寁感韻

㊀手動也。見〔集韻〕。

㊁執持也。見〔字彙〕。

【撍】作紺切簪去聲勘韻

㊀手撼也。見〔廣韻〕。

㊁同篸。綴也。見〔集韻〕。

【撍】祖含切音簪覃韻

㊀蓋也。見〔廣韻〕。

㊁疾也。見〔集韻〕。

㊂通簪。可以綴著物者。一曰釘也。一曰綴衣。見〔集韻〕。

【撍】側吟切音簪侵韻

疾也。〔易豫〕朋盍簪。〔釋文〕京作卜。

【撍】慈鹽切音潛鹽韻

摘也。見〔集韻〕。

【撐】中庚切音趟庚韻

㊀挂也。〔文選王延壽賦〕枝卜扠枒而斜據。

㊁持也。〔文選司馬相如賦〕離樓梧而相一。

㊂觸也。見〔纂文〕。

㊃挾也。〔唐書朱滔傳〕骸一不掩。

㊄撥也。行舟也。〔雲麓漫鈔〕浙東南溪舟師所用篙有頭一、肩一、諸名。

【撒】桑葛切音薩曷韻

㊀放散也。〔吳志潘濬傳注〕孫權數射雉。濬諫之。出見雉翳。手自一壞。〔正字通云。今俗云一手、一潑、皆是。〕

㊁擲也。本作撒。見〔六書故〕。

㊂一哈拉。意即沙海。爲世界第一大沙漠。在非洲。英文Sahara。

㊃姓也。明洪武中舉人一仲謙。

【撓】女巧切音橈巧韻

擾也。一曰捄也。見〔說文〕。〔段注〕此與女部嬈字音義皆同。捄淼下曰。一曰擾也。是一、擾、捄三字義同。〔按桂注。聲類。一。攪也。吳語。一亂百度。注云。一、擾也。〕

【撓】女巧切音橈巧韻女敎切音

亂也。見〔廣雅釋詁〕。〔疏證〕說文。一。擾也。成十三年左傳云。一亂我同盟。〔曾憲二音與玉篇同。〕

【撓】女敎切音鬧效韻

㊀擾也。〔淮南說林〕使水濁者魚一之。

㊁屈也。〔國語晉語〕抑一志以從君。

㊂曲也。〔呂覽知度〕枉辟邪一之人退矣。

㊃弱也。〔呂覽高義〕若是則荊國終爲天下一。

㊄弱曲也。〔呂覽別類〕必將一。

㊅減也。〔考工記輪人注〕其弓菑則一之。

㊆同鬧。喧鬧也。〔韻會〕鬧、不靜也。喧譊也。或作一。

㊇通橈。散也。〔韻會〕一、通作橈。易。橈萬物者莫疾乎風。

【撓】呼高切音蒿豪韻

㊀攪也。〔漢書鼂錯傳〕則匈奴之眾易一亂也。〔注〕師古曰。一、攪也。音火高反。

㊁和也。〔漢書匈奴傳〕以徑路刀金留犂一酒。

【撓】爾紹切音繞篠韻

㊀屈也。〔禮記學記注〕｜、角幹也。〔釋文〕｜、而小反。〔按集韻、韻會、訓同。集韻云。揉、或作｜。韻會云。｜、或作揉。〕
㊁動也。〔莊子天地〕手｜頤指。
㊂｜｜。自動也。〔莊子在宥〕挈汝適復之｜｜。

【撓】尼交切音鐃肴韻
㊀搔也。見〔集韻〕。
㊁抓也。見〔增韻〕。
㊂卻也。〔孟子公孫丑〕不膚｜。
㊃挫敗也。〔漢書韓安國傳〕逗｜當斬。
㊄通鐃。〔莊子天道〕萬物無足以鐃心者。〔王念孫曰。鐃與｜通。正韻。｜、橈、鐃、同。〕

【撓】磬幺切音曉蕭韻
｜挑。宛轉也。見〔集韻〕。〔按莊子大宗師。｜挑無極。釋文引李注。｜挑、猶宛轉也。〕

【撓】人要切音堯嘯韻
同繞。〔集韻〕繞、纏也。史記、苛察繳繞。或作｜。

【撗】胡猛切音廾梗韻
㊀擴也。見〔集韻〕。

㊁揣也。見〔字彙〕。

【撖】口減切音歉豏韻
㊀挂也。見〔玉篇〕。
㊁危也。見〔廣韻〕。

【撖】枯含切音堪覃韻
挂也。見〔集韻〕。

【撖】戶䵷切音檻豏韻
姓也。

【撙】取本切音忖阮韻
㊀挫也。〔漢書王吉傳〕馮式｜銜。〔顏注〕｜、挫也。猶頓挫銜勒也。
㊁趨也。〔禮記曲禮〕是以君子恭敬｜節。〔疏〕｜者、趨也。節、法度也。言恆趨於法度。〔今云｜節、經費亦依法度不濫支之意。〕
㊂促也。見〔漢書王吉傳臣瓚注〕。
㊃抑也。〔荀子儒效〕以相薦｜。
㊄節也。〔管子五輔〕整齊｜詘。以辟刑僇。
㊅｜｜。聚貌。〔漢書揚雄傳〕齊總總｜｜。其相膠葛兮。
㊆通僔。卑退也。〔荀子仲尼〕主尊貴之。則恭敬而僔。〔注〕僔、與｜同。
㊇通繜。〔荀子不苟〕不能則恭敬繜絀以畏事人。〔注〕繜、與｜同。

【撚】乃殄切音涊銑韻
㊀執也。一曰。厹也。見〔說文〕。〔段注〕執者捕罪人也。引申爲凡持取之偁。廣韻曰。｜者、以手｜物也。〔按厹卽蹂。王注。此爲生民毛傳作注也。舂揄簸蹂。四事相連。蹂不得別爲一事。既簸之矣。猶有著米之穮。以手著箕搓之、謂之蹂。故許君以｜說之。〕
㊁揉蹈也。〔淮南兵略〕前後不相｜。
㊃從也。〔周書大武〕後動｜之。
㊄緝也。見〔廣雅釋詁〕〔疏證〕方言。｜、末緝也。衆經音義引而釋之云。｜、謂兩指索之相接緝也。
㊅緊也。見〔一切經音義引聲類〕。〔按顏注急就篇云。索總謂切｜之令緊者也。〕
㊆指法也。〔白居易詩〕輕攏慢｜抹復挑。
㊇｜枝、香草也。〔楚辭惜賢〕采｜枝於中州。

【撛】里忍切音嶙軫韻良刃切音吝震韻
㊀扶也。見〔廣韻〕。
㊁挺也。見〔集韻〕。

【撞】傳江切音幢江韻丈降切幢去聲絳韻
㊀卂擣也。見〔說文〕。〔段注〕卂者、疾也。
㊁擊也。〔禮記學記〕善待問者如｜鐘。
㊂鏗也。〔文選張衡賦〕｜洪鐘。
㊃刺也。見〔廣雅釋詁〕〔疏證〕秦策。迫則杖戟相｜。高誘注云。｜、刺也。〔俗謂衝突亦曰衝｜。〕

【撟】舉夭切音矯篠韻
㊀舉手也。一曰。｜、擅也。見〔說文〕。〔段注〕引申之凡舉皆曰｜。古多叚矯爲之。陶淵明曰。時矯首而遐觀。王逸注楚辭曰。矯、舉也。〔按一曰｜擅也。卽擅專之義。凡矯詔當用此字〕。
㊁猶舉也。〔晏子內篇問下〕｜魯國化而爲一心。
㊂詐也。〔周禮士師〕五曰｜邦令。〔疏〕｜、卽詐也。
㊃正也。〔漢書燕剌王旦傳〕方今寡人欲｜邪防非。
㊄正曲也。〔漢書諸侯王表〕可謂｜枉過其正矣。〔注〕正曲曰｜。
㊅煣也。〔考工記弓人〕｜幹欲孰于火而無贏。｜角欲孰于火而無燂。

㊆猶揉也。〔楚辭惜誦〕撟木蘭以一蕙兮。
㊇強貌。〔荀子臣道〕一然剛折端志。
㊈戾也。〔呂覽辭謂〕其與一言無擇。
㊉擇也見〔廣雅釋詁〕〔疏證〕方言、一捎選也郭璞注云此妙擇積聚者也。〔曹憲音矯〕
(十一)担一。軒舉也。〔楚辭遠遊〕意恣睢以担一。

【撟】居妖切音驕蕭韻
㊀取也見〔廣雅釋詁〕〔疏證〕淮南子要略篇覽取一掇高誘注云一、取也。
㊁選也。〔方言〕一、捎。選也自關而西秦晉之間凡取物之上、謂之一捎。
㊂舉手也見〔廣韻〕

【撟】嬌廟切驕去聲嘯韻
一抄。略取也見〔集韻〕

【撟】丑天切音遼篠韻
天一。頻伸皃。爾雅人曰一。見〔集韻〕〔按釋獸云人曰一。注云頻伸天一。史記扁鵲傳、一引索隱謂天一引身如熊顧爲伸也〕

【撟】丘袄切音蹺宵韻渠廟切音嶠嘯韻
舉也。〔史記扁鵲傳〕舌一然而不下。

【撟】苦浩切音考皓韻
以火曲物也。周禮一幹欲孰于火而無贏。劉昌宗說見〔集韻〕

【撟】吉丁切音皎篠韻
㊀撓曲也。見〔集韻〕〔按考工記釋文出一幹居兆反。劉枯老反。沈吉了反〕
㊁屈也。〔荀子臣道〕率羣臣百吏相與強君一君。

【撟】渠嬌切音喬蕭韻
舉手謂之一。見〔集韻〕

【撠】訖逆切音戟陌韻
㊀擊也。〔史記孫武傳〕救鬬者不搏一。〔注〕當善擒解之無以手助相搏一。
㊁持也。〔漢書揚雄傳〕一膠葛。騰九閎。

【擬】博幻切音扮諫韻
㊀絆也。見〔集韻〕
㊁引擊也見〔集韻〕

【撣】蕩旱切音但旱韻
提持也。見〔說文〕〔段注〕提持、猶懸持也〔按提、持集韻引作提荷〕

【撣】唐干切音壇寒韻
㊀觸也。〔玉篇〕太玄經云。遭逢並合。一繫其名。、觸也。〔太玄玄數文、廣韻、集韻、類篇、韻會、暨說文段注朱注。引並同今本太玄多作撣〕
㊁提也。見〔廣雅釋詁〕〔疏證〕說文。一提持也。太玄盛次五云提禍一一。一與提一聲之轉。釋器篇云。騠、謂之彈。騠之轉爲彈。猶提之轉爲一。奐。〔曹憲音壇〕
㊂通彈。鼓絃也見〔洪武正韻〕
㊃國名。〔後漢西南夷傳〕一國西南通大秦。
㊄一一。敬貌。〔太玄盛〕何福滿肩。提禍一一。〔注〕一一然、敬也。

【撣】徒案切音憚翰韻
觸也。見〔集韻〕〔按吳祕太玄音義。或借爲憚。朱駿聲云。失之〕

【撣】他干切音灘寒韻
持不堅也見〔集韻〕

【撣】時連切音鋋先韻
一援。牽引也。見〔廣雅釋訓〕〔疏證〕一之言蟬連。援之言援引。皆憂思相牽引之貌也。楚辭離騷。女嬃之嬋媛兮。王逸注云。嬋媛、猶牽引也。一作一援。

【撣】澄延切音纏先韻
㊀相纏不去也。太玄、提禍一一。見〔集韻〕〔按此從王涯音司馬注引王云。一音纏。亦取其相纏不去之象。注又云。又云陳一音丹。又徒丹切〕
㊁人名。〔漢書宣帝紀〕匈奴日逐王先賢一。將人衆萬餘來降。〔注〕鄭氏曰。一音魏束之纏。晉灼曰音田。師古曰。鄭音是也。

【撣】亭年切音田先韻
㊀渚名。〔山海經中山經〕青要之山。南望一渚。〔注〕水中小洲名渚。一音填。〔按一渚。集韻、類篇、並引作堵〕
㊁人名。漢匈奴日逐王先賢一。見〔集韻〕〔從晉灼音〕

【撣】旨善切音饘銑韻

【撤】直列切音轍薛韻
排急也。見〔集韻〕〔類篇作挑急〕
敕列切音徹屑韻
㊀發一。經典通用徹。見〔廣韻〕〔按僖二十六年左傳。室如縣磬。服注

云。言室屋皆發—」。
❷剝也。見〔玉篇〕。〔按詩鴟鴞徹彼桑土。傳云徹、剝也。家語好生、徹彼桑土注同。〕
❸除也。〔論語鄉黨〕不—薑食。〔皇疏〕—、除也。
❹去也。〔唐書高宗紀〕以旱避正殿。減膳—樂。一按論語八佾以雍徹。釋文出—字。云本或作徹。又五經文字云。—、去也。字書無—字。見論語。今云—任。同此義〕
❺抽也。〔吳志孫權傳〕上津橋板—丈餘。
❻取也。見〔廣雅釋詁〕。〔疏證〕孟子公孫丑篇引詩徹彼桑土。趙岐注云。徹、取也。滕文公篇徹者徹也。注云。徹猶人徹取物也。徹、與—通。〕
❼治也。見〔廣雅釋詁〕。〔疏證〕大雅公劉篇。徹田爲糧。崧高篇。徹申伯土田。毛傳並云。徹、治也。徹、與—通。
❽減也。見〔廣雅釋詁〕。
❾豁也。見〔玉篇〕。
❿勶俗字。〔說文解字注〕勶謂除去。或作—。乃勶之俗也。

【撥】北末切音鉢蒲撥切音跋曷韻

❶治也。見〔說文〕。〔桂注〕廣雅同。詩長發、玄王桓—。傳云。—、治也。
❷除也。見〔廣雅釋詁〕。〔疏證〕史記太史公自序云。秦—去古文。焚滅詩書。
❸絕也。見〔廣雅釋詁〕。〔疏證〕大雅蕩篇。本實先—。鄭箋云。—、猶絕也。
❹理也。〔公羊哀十四年傳〕—亂世反諸正。〔按何注。—、猶治也。〕
❺播也。〔釋名釋言語〕發、—也。—使開也。—、播也。播使移散也。
❻棄也。見〔廣雅釋詁〕。〔疏證〕眾經音義卷十四十五十七並引廣雅。—、棄也。今本脫—字。
❼任也。〔淮南本經〕扶—以爲正。
❽撥開也。〔史記扁鵲傳〕一—見病之應因〔五藏之輸〕。
❾轉之也。見〔增韻〕。〔按支—、調—。義本此〕
❿析理也。〔淮南齊俗〕披斷—檖。
⓫弓反也。〔國策周策〕弓—矢鉤。
⓬發揚貌。〔禮記曲禮〕衣無—。
⓭鼓絃之物。〔唐書蘇頲傳〕曲琵琶。捍—玲瓏鞭。
⓮撥指車纚也。〔禮記檀弓〕廢輤而設—。
⓯廢也。〔楚辭惜賢〕—諂諛而匡邪兮。〔朱駿聲云假借爲廢〕
⓰—剌。—剌不正也。〔淮南修務〕琴或—剌枉橈。〔又〕張弓貌。〔文選張衡賦〕彎威弧之—剌。
⓱—弓不正之弓。〔荀子正論〕不能以—弓曲矢中。
⓲吡—良馬名。〔酉陽雜俎〕有紅吡—及騮青色者。

【撥】房越切音伐月韻

大楯也。〔史記孔子世家〕于是旍旄羽袚矛戟劍—鼓譟而至。〔集韻作瞂〕

【撏】荀緣切音宣先韻

❶手發衣也。〔儀禮士虞禮注〕鉤袒如今—衣也。
❷貪也。見〔廣雅釋詁〕。
❸古揎字。〔一切經音義〕揎、古文作—同。
❹通援。〔說文通訓定聲〕援、引也。字亦作—、作揎。
❺通擐。〔禮記王制臝股肱鄭注〕—衣出其臂脛。今書皆作擐甲之擐。

【撏】先命切敬韻

裸肱也。見〔集韻〕。

【擅】時戰切音繕霰韻九件切音蹇銑韻

❶擅—。展極也。見〔廣雅釋訓〕。〔疏證〕展極、猶伸極也。
❷擅—。醜長皃。見〔玉篇〕。

【擅】旨善切饘上聲銑韻

引也。見〔集韻〕。

【撨】思邀切音宵蕭韻先弔切音嘯嘯韻

❶擇也。見〔玉篇〕。
❷拭也。見〔集韻〕。〔按廣雅釋詁。—。拭也。曹憲音嘯〕

【撨】慈焦切音樵蕭韻

❶擇也。見〔廣雅釋詁〕。
❷取也。見〔廣韻〕。

【撨】先侯切漱平聲尤韻

❶推也。見〔集韻〕。
❷擇也。見〔集韻〕。

【撨】才笑切音誚嘯韻

拭也。見〔集韻〕。

【撩】憐蕭切音聊蕭韻

❶理之也。見〔說文〕。〔段注〕謂—捋整理也。今多作料量之料。通俗文曰。理亂謂之—理。

(二)取物也。〔埤雅〕上籠之如罩。下—之如汕。
(三)挑弄也。〔魏志龐德傳〕但持長矛—戰。
(四)摧也。〔太玄逃𤲄木維擢范注〕上—稱擢。上—之木。鳥所不集。

【撩】　力弔切音料嘯韻　憐蕭切音聊蕭韻　郎到切音勞號韻

取也。〔詩南有嘉魚箋〕樔者、今之—罟也。〔釋文〕—、取也。力弔反。又力條反。沈旋力到反。

【撩】　朗鳥切音了篠韻

(一)抉也。見〔廣韻〕。
(二)取也。見〔集韻〕。
(三)扶也。見〔字彙〕。

【撩】　郎到切音撈號韻

蓋弓也。一曰椽也。見〔集韻〕。

【撩】　力弔切音嫽嘯韻　郎到切勞去聲號韻

同撈。取物也。見〔集韻〕。〔按方言。撈、取也。廣雅釋詁。撈—取也。疏證云。—、亦撈也。方俗語有侈斂耳。〕

【撫】　斐父切音拊麌韻

(一)安也。一曰揗也。見〔說文〕。〔段注〕揗、各本作循。今正。揗者摩也。拊、亦謂揗。故—、拊或通用。
(二)循也。〔楚辭懷沙〕—情效志兮。〔按書皋陶謨—于五辰。徐鍇曰。循于五時也。〕
(三)拊也。〔國語晉語〕叔向見司馬侯之子—而泣之。
(四)敷也。敷手以拍之也。見〔釋名釋姿容〕。
(五)慰也。〔漢書高帝紀〕鎮—關外父老。〔注〕鎮、安也。—、慰也。
(六)定也。見〔廣雅釋詁〕〔疏證〕說文。—、安也。安亦定也。
(七)厚也。〔後漢梁竦傳〕—我畜我。
(八)有也。〔禮記文王世子〕君王其終—諸。
(九)巡也。〔後漢杜篤傳〕—未央。
(十)持也。見〔廣雅釋詁〕。〔疏證〕襄二十六年左傳云。—劒從之。楚辭九歌。—長劒兮玉珥。王逸注云。—、持也。
(十一)手按之。〔儀禮士喪禮〕君坐—當心。
(十二)猶據也。〔禮記曲禮〕國君—式。
(十三)覽也。〔文選宋玉賦序〕於是—心定氣。〔按覽卽擥持之意〕
(十四)掩也。〔荀子宥坐〕勇力—世。守之以怯。
(十五)抵也。〔楚辭招魂〕—按下些。
(十六)掇也。〔說文繫傳〕一曰掇也。
(十七)拾也。見〔小爾雅廣詁〕〔疏〕鍇本說文云。—、掇也。釋名。—、敷也。儀禮鄉射禮云。左右—矢。鄭注。—、拊之也。士喪禮云。君坐—。注。以手案之。皆與拾義相成也。
(十八)存恤也。〔左定四年傳〕若以君靈—之。
(十九)案止也。〔禮記曲禮〕君—僕之手。
(二十)拊也。〔方言〕拊、—、疾也。〔郭注〕謂急疾也。〔疏箋〕廣雅。拊、—、疾也。舞、—通。
(二一)—掩。猶—拍。—拍。謂慰卹也。〔爾雅釋訓〕—掩之也。
(二二)—拍。相親狎也。〔後漢趙壹傳〕—拍豪強。
(二三)官名。唐宋有宣—使。明清有巡—等官。
(二四)州名。漢豫章郡地。陳置—州。明曰—州府。當今江西臨川縣治。

【撫】　蒙逋切音模虞韻

同摹。〔集韻〕摹。規也。謂有所規做。或从無。

【撮】　麤括切竄入聲曷韻

(一)四圭也。亦二指—也。見〔說文〕。〔段注〕漢律厤志曰。量多少者不失圭—。孟康曰。六十四黍爲圭。孫子算經。六粟爲一圭。十圭爲一—。十—爲一抄。說與孟異。本艸序例曰。凡散藥有云刀圭者。十分方寸匕之一。準如梧桐子大也。一—者。四刀圭也。十—爲一勺。此蓋醫家用四圭爲—之說。可相發明。大徐作一曰兩指—也。按許此別爲一義。而應仲遠注漢云。四圭曰—。三指—之也。不說是二義。三指所—爲四圭。則四圭甚少。殆卽孫子所謂六粟爲圭乎。二十四粟。三指可—也。小徐本作二指。二、疑三之誤。〔今以升萬分之一爲—〕。
(二)捽也。蠻捽取之也。見〔釋名釋姿容〕。
(三)持也。見〔廣雅釋詁〕。〔疏證〕中庸云。一—土之多。〔案—之言最也。謂聚持之也〕。
(四)聚也。〔家語始誅〕其居處足以—徒成黨。
(五)手小取也。見〔一切經音義引字林〕。

(六)蹙聚而捎取之也。〔莊子秋水〕鴟鵂夜—蚤。
(七)總取也。〔漢書司馬遷傳〕—名法之要。
(八)緇布冠也。〔詩都人士〕臺笠緇—。〔按集韻作䋞云緇布冠謂之䋞。〕

【撮】宗括切音繓曷韻、
(一)挽也。見〔集韻〕。
(二)兩指—也。見〔集韻〕。

【撮】祖外切音最泰韻
會—。項椎也。髻也。肩竦也。〔莊子人間世〕支離疏者會—指天。〔釋文〕—子外反。崔云。會—項椎也。司馬云。會—髻也。古者髻在項中。脊曲頭低。故髻指天也。向云兩肩竦而上。會—然也。〔按集韻、類篇項椎、作頭椎。〕

【撮】祖官切音纘寒韻　租悅切音蕝屑韻
乘載器也。尸子曰。行險以—。見〔集韻〕。〔按類篇音訓並同。史記河渠書集解徐廣引尸子曰。山行乘樏。又曰行塗以楯。行險以—。行沙以軌。今本但有山行乘樏語。而無行塗等語。蓋尸子書、至南宋始盡亡。且纘音尤出意表。故知必有據也。〕

【撮】初買切蠆韻
(一)指取物也。見〔集韻〕。
(二)搦也。見〔集韻〕。

【播】補過切波去聲箇韻
(一)種也。一曰。布也。見〔說文〕〔段注〕、堯典曰。—時百穀。周禮絆韤注曰。—謂發揚其音。
(二)搖也。見〔廣雅釋言〕。〔疏證〕論語微子篇。—鼗武。孔傳云、—、搖也。
(三)散也。〔書禹貢〕又北—爲九河。
(四)舒也。〔禮記禮運〕—五行于四時。
(五)揚也。〔左昭四年傳〕—於諸侯。
(六)放也。〔國語吳語〕今王—棄黎老。
(七)逋也。〔左襄二十五年傳〕成公—蕩。
(八)棄也。〔楚辭思古〕—規榘以背度兮。
(九)遷也。〔漢書獻帝紀贊〕身—國屯。
(十)抵也。見〔廣雅釋言〕。
(十一)被也。〔周禮大司樂〕—之以八音。
(十二)猶施也。〔禮記緇衣〕—刑之不迪。
(十三)—揚。動勞也。〔左昭三十年傳〕將焉用是—揚焉。
(十四)—精。卜卦占兆也。〔莊子人間世〕鼓筴—精。
(十五)州名。唐置。屬江南道。當今貴州遵義縣西。
(十六)姓也。殷賢人—武。見〔風俗通〕。〔正字通作—軌。〕

【播】補火切音跛哿韻
(一)搖也。見〔集韻〕。〔按正字通云。與簸通。莊子鼓筴—精注。簡米曰精。、—搖動也。舊字典因之。今考釋文—如字。司馬云。鼓、簸也。簡米曰精。是謂鼓訓簸。非謂—通簸。即訓搖、動。究與簸揚義別。且集韻—、簸分見。不云相通。〕
(二)秤也。〔書舜典〕—時百穀。〔釋文〕—波左反。
(三)敷也。見〔書播時百穀王注〕。

【播】逋禾切音波歌韻
滎—。澤名。〔史記禹本紀〕滎—既都。〔注〕古文尚書作滎波。〔當今河南滎澤縣南。〕

【撰】雛綰切饌上聲潸韻
(一)持也。〔楚辭招魂〕結—至思。〔洪注〕—、持也。五臣曰。言我能—深心以思賢人。
(二)具也。〔論語先進〕異乎三子者之—。
(三)述作也。〔穀梁隱元年盟于蔑傳不日疏〕豈有大聖修—而或詳或略。〔按唐書百官志史館修—掌修國史。後世狀元授職修—本此。〕
(四)則也。〔易繫辭〕以體天地之—。〔按韻會潸韻引增韻則也。引易。字彙同。〕
(五)博也。見〔廣雅釋詁〕。〔疏證〕楚辭招魂。結—至思。王逸注云。—、猶博也。
(六)數也。〔易略例〕雜物—德。
(七)亦作篹。持也。具也。見〔集韻〕。
(八)通篹。〔一切經音義〕、—三倉作篹。
(九)通譔。〔漢書揚雄傳〕譔以爲十三卷。〔顏注〕譔、與—同。
(十)通籑。〔漢書司馬遷傳贊〕至孔氏籑之。〔顏注〕籑、與—同。
(十一)—本俗用作選義。

【撰】雛免切音譔銑韻
(一)持也。〔禮記曲禮〕君子欠伸。—杖屨。〔韻會〕鄭曰。持也。胡氏曰。數視也。
(二)數也。〔易繫辭〕以體天地之—。〔

釋文】—、仕免反。
㊂逃也。見〔廣韻〕。
㊃定也。見〔廣雅釋詁〕。〔按易繫辭釋文出之—引廣雅云定也。〕
㊄則也。見〔韻會〕。
㊅具也。見〔廣雅釋詁〕。〔疏證〕—者。爲之具也。說文。僎。具也。楚辭大招。䜴歌譔只。王逸注云。譔。具也。—、僎、譔。並通。
㊆持也。或作巽。見〔集韻〕。

【撰】須兗切音選銑韻
㊀遣也。〔周禮大司馬〕羣吏—車徒。〔釋文〕—、息轉反。
㊁擇也。〔禮記內則〕粟曰—之。
㊂白—貨貝名。〔漢書食貨志〕白金三品。其一重八兩名白—。直三千。
㊃通僎。〔論語先進〕大夫僎。〔釋文作—。〕
㊄通饌。〔尚書大傳〕罰二千饌。〔馬融音選。按即白—之—。〕

【撰】雛戀切音饌綫韻
㊀持也。見〔集韻〕。
㊁集也。述也。〔歐陽修詩〕白首勸著—。
㊂通篹。〔集韻〕—、或作篹。漢班固探篹前記。〔後漢本傳作—。〕
㊃通篡。〔韻會〕—、通作篡。司馬遷父子。繼篡其職。

【撰】損管切音算旱韻
㊀同算。數也。〔周禮大司馬〕羣吏—車徒。〔注〕—、讀曰算。謂數擇之也。
㊁通算。〔易繫辭〕若夫雜物—德。〔釋文〕—、鄭作算。

【撰】須絹切音潠霰韻
同選。擇也。見〔集韻〕。〔按韻會。選。須絹切。擇也。白選。貨貝名。或作—。〕

【擈】弼角切音雹覺韻
又獮韻。
㊀挨也。見〔說文〕。〔王注〕通俗文。連枷曰—。華嶠後漢書。尚書近臣。乃至捶—牽曳。字林。手相搏曰—也。—、打也。
㊁擈擊也。〔後漢荀彧傳〕遂摧—大寇。
㊂踣也。〔淮南說林〕爲雷電所—。
㊃聚也。〔鮑昭文〕塵閈—地。〔按方言。—、聚也。注。—、屬藂相著貌。〕
㊄盡也。〔方言〕南楚凡物盡生曰—生。
㊅持也。〔淮南時則〕具—曲筥筐。
㊆日本武士鬭力曰相—。

【撲】普木切音攴屋韻
㊀拂著也。〔岑參詩〕花—玉缸春酒香。
㊁小擊也。〔後漢左雄傳〕始有—罰。
㊂爭到曰—。見〔一切經音義〕引通俗文。〔按韓非子云。上下交—。以爲道合。卽爭到之義。〕
㊃未調習也。〔荀子臣道〕若馭—馬。

【撲】博木切音卜屋韻
拂拭也。〔白居易詩〕粉汗紅綿—。

【撇】匹蔑切音瞥屑韻
同擊。〔集韻〕擊亦作—。

【撇】匹曳切音潎霽韻
摽也。見〔集韻〕。

【撇】必結切音獙屑韻
揎衣也。見〔集韻〕。

【撈】郎刀切音勞豪韻　郎到切音澇號韻
沒水取物也。〔通俗文〕浮取曰撈。沈取曰—。

【撈】力弔切音料嘯韻　憐蕭切音聊蕭韻
取也。見〔方言〕。〔郭注〕謂鉤—也。

【撉】都昆切音敦元韻
擊也。見〔集韻〕。〔正字通云。俗謂以拳擊人曰撴亦曰—。〕

【㩇】直利切音稺寘韻
持物使相當也。見〔集韻〕。

【撋】而宣切音堧先韻
煩—。猶挼莎也。〔考工記鮑人注〕謂親手煩—之。

【撋】濡純切音犉眞韻
拭也。見〔集韻〕。

【撋】儒垂切音痿支韻
擩也。見〔集韻〕。

【撋】奴禾切音挼歌韻　儒佳切音桵支韻
挼或字。〔集韻〕挼。推也。一曰。兩手相切摩也。或作挼、—。

【撌】丘愧切音喟　求位切音匱寘韻
擥也。〔淮南要略〕禹燒不暇—。濡不給扢。

【攓】九件切音蹇銑韻
拔取也。南楚語。楚辭曰。朝—阰之木蘭。見〔說文〕。〔段注〕句見離騷。

王逸曰。擥取也。莊子至樂篇。攓蓬而取之。司馬注曰。攓、拔也。方言曰。南楚曰攓。

【擡】於計切音翳霽韻於賜切音縊寘韻
擡舉首下手也。見〔說文〕〔段注〕凡不跪不爲拜。跪而舉其首。惟下其手。是曰肅拜。漢人曰—。周禮九拜。九曰肅拜。先鄭注云。但俯下手。今時—是也。鄭注少儀曰。肅拜。拜不低頭也。云但俯下手。云拜不低頭。正與舉首下手合。

【撏】徂含切音蠶覃韻徐心切音尋侵韻時占切音蟾鹽韻
取也。衞魯揚徐荊衡之郊曰—。見〔方言〕

【撏】徐廉切音燂鹽韻
同爨。摘也。見〔集韻〕〔按聲類云。爨摘物也。〕

【撐】抽庚切音瞠庚韻
匈奴謂天爲—黎。見〔字彙〕。

【⿰扌崽】山皆切音崽佳韻
散失也。見〔集韻〕。

【⿰扌就】卽就切音僦宥韻
攬也。見〔集韻〕。

【⿰扌就】就六切音蹴屋韻
極擊也。見〔集韻〕。

【⿰扌畫】胡麥切音畫陌韻
擗也。見〔集韻〕。

【⿰扌晝】簹摑切陌韻
裂聲。見〔集韻〕。

【⿰扌畫】忽麥切音𧓉陌韻
同摵。〔集韻〕摵。裂也。或从畫。

【㨨】丑鳩切音瘳陳留切音儔尤韻力竹切音六屋韻
抽本字。〔說文〕—。引也。

【㨨】力救切音溜宥韻
築牆布土也。見〔集韻〕。〔按詩斯干箋。椓、謂—土也。疏云。—者以手平物之名。〕

【⿰扌項】虎項切音慃講韻
山東謂擔荷曰—。或作扛。通作僋。見〔集韻〕。〔今浙人亦有此語。俗从大力作夯。參閱夯字。〕

【攟】牛尹切音輑軫韻
東也。見〔集韻〕。

【撕】先齊切音西齊韻
提—也。〔韓愈詩〕所職事無多。又不自提—。

【撕】相支切音斯山宜切音躧支韻
同斯。析也。見〔集韻〕。

【⿰扌貳】直利切音稺而至切音貳寘韻
當也。見〔說文〕〔王注〕廣雅同。玉篇。—亦作値。田部。當。田相値也。人部。値。一曰逢遇。引伸之卽得相當之義。

【⿰扌啻】陟利切音致寘韻
棄也。見〔集韻〕。

【⿰扌啻】施智切音翅寘韻
搋或字。〔集韻〕搋。把也。或作—。

【⿰扌啻】他歷切音逖錫韻
摘本字。〔說文〕摘。拓果樹實也。一曰指近之也。从手啻聲。

【⿰扌筆】遐密切音筆質韻
刺也。見〔集韻〕。

【撗】古曠切音桄漾韻
通横。充也。〔禮記樂記〕號以立横。

【撗】胡光切音黃陽韻
撗目。草名。〔爾雅釋草〕傳、—目。〔—注〕一名結縷。俗呼鼓箏草。〔—、一作横。圖入傳字。〕

【搭】都合切音答合韻
打也。見〔廣韻引音譜〕。

【撜】蒸上聲迥韻常證切徵韻書蒸切音升蒸韻
抍或字。〔說文〕抍。上舉也。—。抍或从登。〔注〕今俗別作拯。非是。

【撜】除庚切音棖庚韻
同振。觸也。〔韓愈詩〕豈此俎豆古。不爲手所—。

【撝】吁爲切音麾支韻
裂也。一曰手指—也。見〔說文〕〔段注〕易—謙。馬曰。—猶離也。按—謙者。溥散其謙。無所往而不用謙。裂義之引伸也。敍曰。比類合誼。以見指—。易—謙。注曰。指—皆謙。凡指揮當作此字。

【撝】于嬀切音爲支韻
佐也。〔太玄玄數〕事貌用恭—肅。

【撝】羽委切音蔿紙韻
裂也。見〔集韻〕。

【⿰扌款】苦緩切音款旱韻
捉也。見〔集韻〕。

【撢】他紺切音貪勘韻

本作撢。〔說文〕撢探也。〔段注〕周禮。─人掌─序王意以語天下。釋文曰。與探同。按許書則義同而各自爲字。

【撢】徒紺切音潭勘韻 探取也。見〔集韻〕。

【撏】徐心切音尋侵韻 修也。見〔集韻〕。

【撢】夷針切音淫侵韻 探也。見〔集韻〕。

【撢】徒感切音萏感韻 搯也。見〔集韻〕。

【撢】他含切音貪覃韻 同探。見〔集韻〕。

【撦】齒者切音撦馬韻 裂也。見〔集韻〕。〔按廣雅釋詁。─開也。疏證云。玉篇音充野切。云─開也。廣韻云裂開也。今俗語猶謂裂帛爲─矣。〕

【㩉】迄及切音吸緝韻 同歙。擊也。見〔集韻〕。

【搚】落合切音拉合韻 同拉。摧也。見〔集韻〕。

【撘】德盍切音搨合韻 同搨。打也。見〔集韻〕。〔廣韻訓手打〕

【㩉】迄業切音脅葉韻 同協。摺也。見〔集韻〕。

【摢】丘於切音虛魚韻 擊也。見〔廣雅釋詁〕。

【㩈】丘衣切音欺微韻 扱取也。見〔集韻〕。

【攂】倫追切音纍支韻 理也。見〔廣雅釋詁〕。〔疏證〕─之言纍也。說文纍綴得理也。樂記云。纍纍乎端如貫珠。

【擆】息六切音肅屋韻先彫切音蕭蕭韻先弔切音嘯嘯韻 擊也。見〔集韻〕。〔按廣雅釋詁。─擊也。曹憲音蕭。疏證云。玉篇音所育切。廣韻音肅。字通作肅。楚辭九歌。肅鍾兮瑤簴。肅擊也。〕

【擆】先彫切音蕭蕭韻 把也。見〔廣韻〕。

【擆】先了切音篠篠韻先弔切音嘯嘯韻 打也。見〔廣韻〕。

【擷】奚結切音頁顯結切音脟屑韻 束也。見〔廣雅釋詁〕。〔疏證〕眾經音義卷十三引埤倉云。─圍係也。又引通俗文云。束縛謂之─。〔廣韻訓縛也。義同。〕

【擠】芳未切音費未韻方問切音奮問韻 擊仆也。〔晉書張協七命〕踐封豨─馮豕。

【擠】父沸切音屝未韻 擊執也。楚人謂搏執曰─。見〔集韻〕。

【擽】測革切音策陌韻 扶也。見〔集韻〕。

【擼】他郎切音湯陽韻 以手推止也。見〔字彙〕。

【撬】牽幺切音驍蕭韻 舉也。見〔集韻〕。

【撱】翾規切音隳支韻 棄也。見〔集韻〕。

【撱】尹捶切音薳紙韻 同擠。〔集韻〕擠博雅。棄也。又曰。擠也或作─。〔按廣雅釋詁擠棄也。通俗文。擠摸曰擠。義同。〕

【撱】吐火切音妥哿韻 橢譌字。字彙手部。─。吐火切。音妥。引爾雅注。橢、狹長也。又引史記平準書。復小橢之。今考爾雅釋魚。蟦小而橢。史記平準書、漢書食貨志、三曰復小橢之。字皆從木。廣韻集韻音妥之字。亦皆從木。廣韻。橢。器之狹長。集韻。木圜而長曰橢。說文。橢。車等中橢─器也。史記貨殖傳索隱引三蒼云。橢。盛鹽豉器。平準書注引爾雅注云。橢者、狹長也。漢書食貨志注。橢、圜而長也。又賦入貢棐注。隋、圜而長也。爾雅釋山。巒山墮。釋文。墮、狹而長也。此即詩般隨山喬嶽之隨。楚辭天問。南北順墮。爾雅疏引作順橢。此即今地形橢圓之通語。蓋凡形圓而狹長者、皆得曰橢。舊字典沿字彙、正韻、正字通之譌。而反以爾雅、廣韻、集韻、爲譌。今訂正。

【搜】所丘切音搜尤韻 風吹聲。〔楊愼欬林伐山〕甄后塘上行云。邊地多悲風。樹木何──。〔按─音颼。古本楚辭。風颸颸兮木──。今木作蕭。而音亦叶颼。故蕭蕭、修修、總不若——字之古也。」

【𢷾】蒲拜切音憊卦韻　吹火也。見〔篇海〕。

【撳】讀如近　俗謂手按曰—。

【擨】擨本字。〔唐書蕭瑀傳〕隋帝恚意伐遼。又銜瑀以謀—其機。

【擮】撤本字。見〔六書故〕。

【搥】捶本字。見〔正字通〕。

【𢶹】措本字。見〔正字通〕。

【𢷤】桊本字。見〔正字通〕。

【𢹂】桊本字。見〔正字通〕。

【𢬵】古奉字。見〔集韻〕。

【撓】古拜字。見〔篇海〕。

【摻】同操。〔國策秦策〕秦王慙。自引而起拔劍。劍長—其室。〔注〕—與操同。

【擄】同攄。見〔集韻〕。

【擤】同甥。見〔集韻〕。

【𤅫】同甥。見〔集韻〕。

【擧】同掞。見〔集韻〕。

【擨】同撅。見〔集韻〕。

【摤】同搶。見〔集韻〕。

【攔】同捌。見〔篇海〕。

【摁】同揌。見〔篇海〕。

【撜】同增。見〔海篇〕。

【㩅】同擒。見〔海篇〕。

【𢸞】同掉。見〔字彙補〕。

【𢶶】同掎。見〔字彙補〕。

【攘】攘省字。見〔正字通〕。

【攙】攙俗字。見〔字彙〕。

【撑】撐俗字。見〔正字通〕。

【擸】挒俗字。見〔正字通〕。

【擶】撍俗字。見〔正字通〕。

【撿】撻蹋字。蹋字典引方言。須—。敗也。考方言須撻一作須捷。無作—者。

十三畫

【撻】他達切音闥曷韻

(一)鄉飲酒、罰不敬。—其背。見〔說文〕。〔王注〕此舉一事以概其餘也。然鄉飲酒禮不言—。鄉射禮記射者有過則—之。案射義曰。卿大夫士之射也。必先行鄉飲酒之禮。故許君連言之也。春官小胥注曰。—、猶扶也。扶以荊扑。然則即是學記之夏楚二物也。

(二)疾速也。〔詩殷武〕—彼殷武。

(三)達也。見〔詩殷武釋文引韓詩〕。

(四)弼側矢道也。以韋爲之。〔儀禮既夕記〕設依—焉。

【撼】戶感切音頷感韻

(一)同撼。搖也。〔韓愈詩〕蚍蜉—大樹。

(二)通感。動也。〔詩野有死麕〕無感我帨兮。〔韻會〕—、感同。

【撾】張瓜切音檛麻韻

(一)擊也。〔唐書柳宗元傳〕故有無兄盜嫂娶孤女—婦翁者。

(二)擊鼓也。〔後漢禰衡傳〕衡方爲漁陽參—。聲節悲壯。

(三)朏也。〔文選潘岳賦〕思綺翠而攊—。〔按集韻朏、髀或字。股也〕

【𢶡】力冉切音斂琰韻　拱也。見〔說文〕。〔段注〕凡斂手宜作此字。

【撿】居奄切音檢琰韻

(一)束也。見〔集韻〕。〔按荀子儒效篇云。禮者人主之所以爲羣臣寸尺尋丈檢式也。注。檢束也。—、檢同。〕

(二)局也。〔漢書黃霸傳〕郡事皆以義法令—式。

(三)同也。範模也。〔爾雅釋言〕—。同也。〔注〕—。範模也所出必同。

(四)驗也。見〔廣雅釋詁〕。〔疏證〕論、經傳作驗。—、亦驗也。漢書食貨志考檢厥實。檢與—通。

(五)察也。按也。校也。舉也。〔晉書周顗傳〕王導料—中書故事。見顗表救己。

(六)甲也。見〔廣雅釋詁〕。〔疏證〕謂檢柙也。法言君子篇蠢迪檢押。押、柙、押也。竝與甲通。

(七)—校。唐官名。猶云帶虛銜。〔唐書百官志〕詔使及—校官。〔正字通〕云。唐官有—校。歐陽詢作—校、二字竝从手。俗从木非。

【擁】委勇切音擁腫韻

(一)本作擁。〔說文〕擁。抱也。〔桂注〕抱當爲褱。通用抱字。吳語擁鐸拱稽。

注云。擁、抱也。漢書金日磾傳。弄兒或自後一上項。顏注。一、抱也。
(二)持也。〔漢書高帝紀〕太公一彗。
(三)護也。〔後漢虞延傳〕延常嬰甲冑。一衛親族。
(四)羣從也。〔唐書竇威傳〕身一數百騎殿。
(五)翁也。翁撫之也。見〔釋名釋姿容〕。〔按晉書范弘之傳。坐一大衆。又如一書、一被。亦皆此義。〕
(六)猶障也。〔禮記內則〕女子出門。必一蔽其面。
(七)猶壅也。〔韓愈詩〕雪一藍關馬不前。
(八)煩一也。〔南史梁武帝紀〕帝日止一食。或遇事一。日儻移午。便漱口以過。〔按亦一擠之意〕
(九)通邕。載也。〔爾雅釋言〕邕、支。載也。〔注〕一者護之載。〔疏〕邕又作一。一護支持。皆載任之義。
(十)通雍。祐也。又聚也。〔漢書揚雄傳〕雍神休。〔注〕雍、讀曰一。
(十一)出而遺匿謂之一。見〔管子明法〕。
(十二)一腫朴也。〔莊子庚桑楚〕一腫之與居。〔又〕鞅掌朴槳之貌。見〔釋文引向注〕。〔又〕醜貌。見〔釋文引司馬注〕。〔又〕無知貌。見〔釋文引崔注〕。〔又〕猶盤癭也。見〔逍遙遊釋文引李注〕。
(十三)一劍。盤屬。〔文選左思賦〕烏賊一劍。〔古今注云。一名執火。其鑿赤。故謂之執火。〕

【擁】於容切音雍冬韻
遮也。見〔集韻〕。〔按玉篇、廣韻。一無平音。惟壅亦訓障。又音邕。一、壅、雍、並通。禮記內則注。一、猶障也。〕

【擃】匿講切音鑲講韻
(一)擋也。見〔集韻〕。
(二)刺也。見〔集韻〕。

【擄】籠五切音魯麌韻
(一)掠也。見〔廣韻〕。
(二)獲也。見〔集韻〕。
(三)服也。服也見〔字彙〕。

【擅】時戰切音繕霰韻
(一)專也。見〔說文〕〔桂注〕〔廣雅〕。專。一也。成十三年左傳。秦大夫不詢於我寡君。一及鄭盟。
(二)據有也。〔國策趙策〕五年以一呼沱。
(三)通禪。〔荀子正論〕堯舜一讓。〔注〕一、與禪同。

【擆】陟略切音礋藥韻
(一)置也。見〔廣韻〕。
(二)擊也。見〔廣雅釋詁〕。

【擊】吉歷切音激錫韻
(一)攴也。見〔說文〕〔段注〕攴下曰。小一也。二篆為轉注。攴訓小一。則一兼大小言之。而但云攴也者。於攴下見析言之理。於一下見渾言之理。互相足也。攴之隸變為扑。手、卽又也。
(二)打也。〔書益稷〕予一石拊石。
(三)治也。〔易蒙〕一蒙。
(四)扣也。〔帝王世紀〕一壤而歌。
(五)搏也。〔釋名釋姿容〕一、謂以手搯搯之、曰搏也。
(六)椎之也。〔孟子萬章〕抱關一柝。
(七)觸也。〔莊子田子方〕目一而道存矣。
(八)殺也。〔國語楚語〕刲羊一豕。
(九)攻殺也。〔史記高祖紀〕急一之勿失。
(十)排去也。〔莊子知北遊〕掊一而知。
(十一)摧抑也。〔漢書翟方進傳〕搏一豪彊。
(十二)拏也。〔淮南主術〕無所一戾。
(十三)動也。〔莊子逍遙遊〕水一三千里。
(十四)相當也。〔國策秦策〕車轂一。
(十五)樂器名。〔後漢馬融傳〕故戛、一、鳴球。〔注〕戛敔也、一柷也。
(十六)一戾謂項曲戾不能仰者也。〔荀子修身〕非一戾也。
(十七)一穀。布穀也。〔方言〕布穀、周魏之間謂之一穀。
(十八)一閭。寶劍名。見〔博物志〕。〔又〕狀如鮎魚。大五六尺。見〔書大傳一閭注〕。
(十九)游一、戎官名。〔漢書蘇建傳〕建以衞尉為游一將軍。

【擊】刑敵切音檄錫韻
同覡。男巫也。〔荀子王制〕傴巫跛一之事也。

【擊】吉詣切音計霽韻
人名。晉屠一。

【操】倉刀切音鄵豪韻
(一)把持也。見〔說文〕〔段注〕把者握也。一、重讀之曰節一。曰琴一。皆去聲。
(二)鈔也。手出其下之言也。見〔釋名釋姿容〕。

㊂執也。〔史記酷吏傳〕—下如束溼薪。
㊃使也。〔莊子達生〕津人—舟若神。
㊄迫也。〔公羊莊三十年傳〕蓋以—之爲已蹙矣。
㊅—縱雜弃也。〔禮記學記〕不學—縵。
㊆通慄。〔詩兔爰箋〕有所—蹙也。〔釋文〕—本亦作慄。
㊇人名。漢曹—。
㊈姓也。明給事中—守經。

【操】七到切音糙號韻
㊀所守也持念也。〔漢書張湯傳〕雖賢人有賢—。
㊁志也。〔楚辭謬諫〕夫何執—之不固。
㊂琴曲也。〔後漢書曹褒傳〕樂詩曲—。以俟君子。〔風俗通〕其遇閉塞憂愁而作者命其曲曰—。—者言遇災遭害雖怨恨失意猶守禮義樂道而不失其—者也。

【擎】渠京切音鯨庚韻
㊀持也。〔杜甫詩〕書從稚子—。
㊁舉也見〔廣雅釋詁〕〔按集韻、或从廾作擏義同〕
㊂通鯨。〔文選潘岳賦〕鯨牙低鐖。〔徐注〕鯨、當作—。舉也。

【擏】渠映切音競敬韻
持也。見〔集韻〕。

【擐】胡慣切音患諫韻姑還切音關刪韻
㊀毌也。春秋傳曰。—甲執兵。見〔說文〕、〔段注〕毌、各本作貫。今正。毌、穿物持之也。今人廢毌而專用貫矣。
㊁著也。見〔廣雅釋詁〕。〔疏證〕吳語。服兵—甲。韋注與說文同。衆經音義引賈逵注云。—、衣甲也。高誘注淮南子要略云。—、貫著也。

【擐】古泫切音畎銑韻
繫也。見〔集韻〕。

【擐】荀緣切音宣先韻
同揎。〔禮記王制〕—衣出其臂脛。

【㩲】悉盍切音僱合韻
㊀破聲。見〔玉篇〕。
㊁持也。見〔集韻〕。
㊂㩲—。雜色也。見〔廣韻〕。

【擸】疾盍切音㩲合韻
擸—。和攪也。見〔集韻〕。

【擓】枯懷切音匯佳韻
㊀摩也。見〔廣雅釋詁〕。〔廣韻訓揩摩〕。
㊁拭也。見〔廣雅釋詁〕。〔玉篇訓摩拭〕。
㊂或省作擓。見〔集韻〕。〔按字彙、謂—同擓。正字通、謂—爲譌字。並非。〕

【擌】取猥切音擓賄韻
㊀摸也。見〔集韻〕。
㊁同排。見〔正字通〕。

【擔】都甘切音儋覃韻
㊀荷也。〔楚辭哀時命〕負—荷以丈尺兮。〔注〕背曰負。荷曰—。〔按齊語韋昭注云。背曰負。肩曰—。〕
㊁任也。任力所勝也。見〔釋名釋姿容〕。〔按太平御覽引作力所勝任也〕
㊂負也。〔爾雅釋天注〕今荊楚人呼牽牛星爲—鼓。〔釋文〕—。字林、負也。
㊃舉也。〔管子七發〕—竿而欲定其末。
㊄左—。道。地名。〔任豫益州記〕陰平縣北有左—道。於成都爲西。自北來者。—在左肩。不得度右肩也。〔按陰平今爲綿陽。左—道當在四川綿陽縣境〕。
㊅武—。山名。〔蜀志先主紀〕即皇帝位於成都武—之南。〔在今四川成都城內西北隅〕。

【擔】都濫切音甔勘韻
所負也。〔左莊二十二年傳〕弛于負—。

【擔】時豔切音贍以贍切音豔豔韻
假也。〔儀禮喪服傳〕無爵而杖者何。—主也。〔注〕無爵者假之以杖。尊其爲主也。

【擖】丘瞎切音楬居轄切音揳黠韻
㊀刮也。一曰捷也。見〔說文〕〔段注〕此與揩音義略同。
㊁架也。見〔廣韻〕。
㊂折也。見〔集韻〕。

【擖】古滑切音劀黠韻
㊀折也。見〔廣雅釋詁〕。
㊁搰也。見〔廣雅釋詁〕〔疏證〕說文。—刮也。玉篇音公八、口八、二切。廣

韻、同刮。與搔同義。故說文云搔、括也。刮、括古通用。

【擖】弋涉切音葉　益涉切音靨　葉韻

箕舌也。［禮記少儀］拚席不以鬣。執箕膺—。［疏］當持箕舌自擖胷前。

【擖】去例切音憩　霽韻

刮也。見［集韻］。

【擖】居曷切音葛　曷韻

揩—。楔木聲也。見［集韻］。

【擖】直甲切音霅　洽韻

押—。重接皃。見［集韻］。

【擖】力盍切音臘　合韻

擸或字。［集韻］擸、拆也。或作—。

【擖】力涉切音獵　葉韻

擸或字。［集韻］擸、理持也。或作—。

【擗】毗亦切音闢　陌韻

(一)拊心也。［孝經］—踊哭泣。

(二)屈手足也。［莊子馬蹄］擿—為禮。

(三)通辟。［詩柏舟］寤辟有摽。［注］辟、拊心也。［玉篇］引詩作寤—。

【擗】匹歷切音霹　錫韻

(一)析也。［楚辭湘夫人］—蕙櫋兮既張。

(二)通辟。［孟子滕文公］妻辟纑。［皇甫謐高士傳作—］。

【擗】博厄切音檗　陌韻

擘或字。［集韻］擘、撝也。一曰大指。或書作—。

【擘】博厄切音檗　陌韻　蒲歷切音甓　錫韻

(一)撝也。見［說文］。［段注］內則曰塗皆乾、—之。今俗語謂裂之曰—開。［玉篇］裂也。廣雅釋言、剖也。義同。

(二)大指也。［孟子滕文公］吾必以仲子為巨—焉。

(三)—張。以手張弩也。［漢書申屠嘉傳注］今之弩以手張者、曰—張。以足蹋者、曰蹶張。

(四)通辟。［禮記喪大記］絞一幅為三不辟。［疏］古字假借、讀辟為—也。

(五)通捭。［禮記禮運］其燔黍捭豚。［釋文］捭本又作—。

【據】居御切音倨　御韻

(一)杖持也。見［說文］。［段注］謂倚杖而持之也。杖者人所—。則凡所杖皆曰杖。［按論語］—於德。何注。杖也。廣雅釋言。—杖也。

(二)依也。［詩柏舟］不可以—。

(三)安也。［左僖五年傳］神必—我。

(四)居也。［國語晉語］今不—其安。

(五)踞也。［釋名釋姿容］—、居也。［疏證］說文居、蹲也。是即踞字。

(六)處也。［國策齊策］—水則不若魚鼈。

(七)定也。［方言］隱、—。定也。

(八)就也。［文選張衡賦］—其府庫。

(九)持也。［淮南要略］—度行當。

(十)徵也。［莊子寓言］天有曆數。地有人—。

(十一)按也。［禮記玉藻］君賜、稽首—掌致諸地。

(十二)按擊也。［老子］猛獸不—。

(十三)引取也。［文選揚雄賦］—黿鼉。［李善注引廣雅］—、引也。

(十四)稱引也。［爾雅疏序］事有隱滯。援—徵之。

(十五)拒守也。［史記趙奢傳］先—北山上者勝。

(十六)猶踞也。［書禹貢傳］東南—濟。

(十七)—者。晉言十里也。見［水經河水注］。

(十八)—梁。強梁也。［莊子大宗師］—梁之失其力。

(十九)通据。［漢書揚雄傳］三摹九据。［注］据、今—字也。

(二十)人名。齊梁丘—。見［左昭二十年傳］。［按集韻作梁丘處］。

(廿一)姓也。明宣德中瀛刻博士—成。

【據】其據切音遽　御韻

遽或字。［集韻］遽、有形皃。莊子覺則蘧蘧然。或作—。

【據】訖逆切音戟　陌韻

以爪按擊也。［史記高后紀］見物如蒼犬。—高后掖。［集解］徐廣曰、—音戟。

【撽】口敎切音敲　效韻

擊也。［莊子至樂］—以馬捶。

【撽】吉歷切音擊　錫韻

擊或字。［集韻］擊、攴也。或作—。

【撽】堅堯切音驍　蕭韻

邀或字。［集韻］邀、遮也。或从手。

【摮】詰弔切音竅　嘯韻　詰歷切音喫　錫韻

旁擊也。見［說文］。［段注］公羊傳曰。公怒以斗摮而殺之。注。摮猶—

也。—謂旁擊頭項。

【⿱敫手】苦了切音皎篠韻 持也。見〔集韻〕。

【擀】古旱切干上聲旱韻 以手伸物也。見〔集韻〕。

【擂】力堆切音雷灰韻 研物也。見〔玉篇〕。〔按類篇作攂〕。

【擂】盧對切音纇隊韻 同礧。〔韻會〕礧又作—。唐李光弼傳—石車。

【⿰扌罪】崇懷切音膗佳韻 損也。見〔方言〕。

【⿰扌罪】粗賄切音皠賄韻仕壞切卦韻 拉也。見〔集韻〕。

【⿰扌煩】符袁切音煩元韻 通煩。煩擱挼也。見〔集韻〕。〔詩葛覃〕薄污我私。傳云。污、煩也。箋云。煩擱之。釋文引字略云。煩擱、猶挼莎也。玉篇、廣韻、並訓—、撋、即挼也。

【⿱毀手】虎委切音毀紙韻 傷擊也。从手毀。毀亦聲。見〔說文〕。〔段注〕傷擊、言擊之而傷也。故其字从手毀。小徐無毀亦字。〔按玉篇訓擊壞。廣韻、訓手擊傷。〕

【擇】直格切音宅陌韻 柬選也。見〔說文〕。〔桂注〕本書、柬、分別簡之也。選—也。中庸—善而固執之者也。〔按玉篇。選、簡—也。—簡選也。〕

【擇】夷益切音斁韻 人名。漢司馬無—。

【⿰扌遂】食列切音舌屑韻 同揲。〔漢書揚雄傳〕—之以三策。

【擉】側角切音捉測角切音娕敕角切音逴覺韻殊玉切音蜀樞玉切音觸珠玉切音瘃沃韻 刺也。〔莊子則陽〕冬則—鼈於江。

【⿰扌⿱𤇾儿】渠營切音瓊庚韻 博—子。一名投子。見〔廣韻〕。〔集韻作⿰木⿱𤇾儿。訓博子—。蓋⿰木⿱𤇾儿之或字。〕

【擏】渠京切音鯨庚韻舉影切音景梗韻 同檠。輔正弓弩器。〔淮南說山〕—不正而可以正弓。

【擏】舉影切音景梗韻 儆或字。〔集韻〕儆。戒也。或作—。

【擏】渠映切音競敬韻 檠或字。〔集韻〕檠。檠有足所以几物。或作—。

【擗】匹麥切音辟陌韻 射中物聲。〔文選張衡賦〕流鏑—擽。

【擮】他結切音鐵屑韻 插—也。見〔集韻〕。

【⿰扌殿】徒渾切音屯元韻 擊也。見〔廣雅釋詁〕。〔疏證〕說文、殿。搒也。玉篇、音大昆切。集韻、類篇、引廣雅作—。急就篇。盜賊繫囚搒笞臀。臀亦殿字也。

【擋】丁浪切當去聲漾韻 摒也。見〔集韻〕。〔今謂料理曰摒—。〕

【擌】色責切音栜陌韻 [illegible]—。捕鳥具。見〔集韻〕。

【⿰扌遂】師加切音沙麻韻 拘引。見〔集韻〕。

【擒】渠金切音琴侵韻 同捦。〔漢晉春秋〕七縱七—。

【⿰扌剽】匹沼切音縹篠韻 落也。見〔集韻〕。〔按音訓俱本玉篇。正字通云同摽。恐亦非是。說文。摽、擊也。玉。摽、擊也。又落也。廣韻。摽、落也。拊心也。引字統云作𢽲。集韻。𢽲、𢽲落也。通作摽。蓋摽本訓擊。𢽲、𢽲則本訓落。摽、—、皆其通假字。並行可也。〕

【擓】古外切音膾泰韻 收也。見〔玉篇〕。〔路史前紀、有巢氏—秸以爲蓐。〕

【⿰扌畺】渠良切音強陽韻 扶持兒。見〔集韻〕。

【⿰扌歈】容朱切音俞虞韻 邪揄。揄一作揶—。手相弄也。〔歐陽修詩〕以示世俗遭揶—。

【擙】於到切音奧號韻 磨也。見〔字彙〕。

【擛】弋涉切音葉葉韻 —。—動兒。或作攝。見〔集韻〕。

【⿰扌憑】皮證切憑去聲徑韻皮冰切音憑蒸韻 依几也。見〔篇海〕。

【⿰扌賁】符分切音焚文韻 拭也。見〔集韻〕。

【擏】擎本字。見〔字彙〕。
【攓】搴本字。見〔韻會〕。
【擖】古擣字。見〔字彙〕。
【㩹】同擁。見〔廣韻〕。
【擳】同擠。見〔集韻〕。
【搭】同拾。見〔集韻〕。
【擑】同接。見〔集韻〕。
【擨】同揭。見〔集韻〕。
【擟】同㨨。見〔集韻〕。
【㨗】同捷。見〔篇海〕。
【擓】同擗。見〔篇海〕。
【擄】同撼。見〔篇海〕。
【擈】同撲。見〔正字通〕。
【擛】鈙或字。見〔集韻〕。
【㩒】捦或字。見〔說文〕。
【㩍】擊或字。見〔集韻〕。
【㩳】㧓或字。見〔集韻〕。
【擕】攜俗字。見〔正字通〕。
【㩗】攜俗字。見〔正字通〕。
【㨥】撫俗字。見〔正字通〕。
【㩁】撥俗字。見〔正字通〕。
【擾】擾俗字。見〔正字通〕。
【㩘】擬譌字。見〔正字通〕。
【𢸫】擯譌字。見〔正字通〕。
【撢】撣譌字。見〔正字通〕。

十四畫

【擠】子計切音霽霽韻。子禮切音濟薺韻。牋西切音躋齊韻
㊀排也。見〔說文〕〔王注〕左昭十三年傳小人老而無子知—於溝壑。〔疏〕定八年正義解此文曰。謂被推入坑也。〔今具言排—〕。
㊁隊也。見〔左昭十三年傳杜注〕〔隊、今之墜字〕。
㊂陷也。毀也。〔莊子人閒世〕因其修而—之。
㊃毀也。〔淮南俶眞〕飛鳥鎩翼。走獸—腳。

【擡】堂來切音臺灰韻
㊀動也。見〔廣雅釋詁〕〔疏證〕玉篇。—。振動也。
㊁舉也。見〔廣韻〕〔今俗猶云舉物、曰—物。應舉曰—舉〕。

【擢】直角切音濁覺韻
㊀引也。見〔說文〕〔段注〕毛傳曰。楫、所以—舟也。—舟謂引舟也。
㊁拔也。〔莊子駢拇〕—德塞性以收名聲。〔司馬注〕拔也。〔今具言拔—〕。
㊂抽也。〔韓非姦劫弒臣〕淖齒—湣王之筋。縣之廟梁。
㊃取也。〔淮南俶眞〕—德搴性。
㊄出也。〔文選張衡賦〕徑百常而莖—。
㊅聳也。〔文選左思賦〕—本千尋。
㊆去也。謂徹也。〔禮記少儀〕不—馬。
㊇拔根曰—。見〔小爾雅廣物〕。
㊈—首長咽也。〔山海經海內經〕韓流—首。
㊉—對。貯水器也。〔淮南說林〕涔則具—對。

【擣】都皓切音倒皓韻
㊀本作搗。〔說文〕搗手椎也。一曰。築也。〔段注〕以手爲椎而椎之。木部曰。築—也。二篆爲轉注。築者必用築。非徒手也。故爲別。
㊁敲也。舂也。〔詩小弁〕惄焉如—。
㊂擊也。衝也。〔史記孫子吳起傳〕批亢—虛。
㊃依也。見〔廣雅釋詁〕〔疏證〕方言。—。依也。郭璞注云謂可依倚之也。
㊄觸也。〔管子度地〕杜曲則—毀。
㊅刺也。見〔廣雅釋詁〕。
㊆心疾也。〔詩小弁傳〕—、心疾也。〔按韓詩作疛〕。
㊇通擣。〔詩小弁釋文〕—、本作擣。
㊈通搗。〔儀禮有司徹〕—肉之脯。〔釋文〕劉本作搗。

【擣】陳留切音稠尤韻
聚也。〔史記龜筴傳〕上有—蓍。下有神龜。〔注〕索隱。—音逐留反。—蓍、即叢蓍。古稠字。

【擥】魯敢切音覽感韻
㊀撮持也。見〔說文〕〔段注〕謂總撮而持之也。〔今作攬〕。
㊁采也。〔離騷〕夕—洲之宿莽。
㊂總也。〔漢書揚雄傳〕方—道德之剛精兮。

【㩜】魯敢切音覽感韻。盧甘切音藍覃韻
㊀引取也。〔漢書五行志〕是以—仲舒。別向歆。
㊁總持也。〔漢書陳湯傳〕—城郭之兵。

(三)執持之。〔漢書息夫躬傳〕撫神龍兮｜其鬚。

【擈】弼角切音雹覺韻

(一)相｜也。亦作撲。見〔廣韻〕。

(二)擊也。〔太玄格〕不庳其犢｜。

【擈】普木切音扑屋韻

(一)叢也。〔方言〕南楚凡物盡生者曰｜生。

(二)聚也。〔方言〕｜、薈葉聚也。楚謂之｜。或謂之蓊。

【擨】余遮切音椰麻韻

｜揄。輕笑貌。見〔玉篇〕。〔又〕舉手相弄。見〔廣韻〕。〔集韻〕或省作㰤。亦作揶。通作邪。

【擨】余支切音移支韻

歋或字。〔集韻〕歋。人相笑相歋瘉。或作｜。

【擩】儒隹切音蕤支韻

(一)染也。見〔廣韻〕。

(二)搵也。見〔集韻〕。

【擩】蘂主切音乳麌韻

染也。从手。需聲。周禮曰。六曰｜祭。見〔說文〕〔干注〕公食大夫禮。賓升席坐。取韭菹以辨｜于醢。注云。｜。猶染也。春官大祝文。鄭司農云。｜祭以肝肺菹｜鹽醢中以祭也。字或作換。見特牲饋食禮及少牢饋食禮。然似隸變之譌。玉篇不收也。〔按段氏本｜、正作揳。从手。耎聲。注云說文古本有揳無｜。〕

【擩】如劣切音爇屑韻

搁也。見〔集韻〕。

【擩】儒遇切音孺遇韻

手進物也。見〔集韻〕。

【擩】乃豆切音耨宥韻

擩｜。不解事也。見〔集韻〕。

【擩】尼主切音醹麌韻

扗也。見〔集韻〕。

【擩】而宜切音陾先韻

搁或字。〔集韻〕搁。煩擩。猶挼莎也。或作｜。

【擪】益涉切音靨託協切音帖諾叶切音捻葉韻

(一)一指按也。見〔說文〕〔桂注〕廣雅。｜。按也。淮南泰族訓。所以貴扁鵲者。貴其｜息脈血。知病之所從生也。

(二)通厭。〔莊子外物〕厭其顚。〔釋文〕｜、本亦作｜。字林云。｜、一指按也。

(三)通厭。〔荀子解蔽〕厭目而視者。視一以為兩。〔注〕厭、指按也、

【擪】乙甲切音押洽韻

按也。見〔集韻〕。

【擪】於琰切音黶琰韻

持也。見〔集韻〕。

【擫】益涉切音靨葉韻

(一)同擪。〔文選張衡賦〕彈琴｜籥。〔注〕｜與擪同。

(二)通厭。猶捻也。〔文選潘岳賦〕厭專乃揚。〔注〕厭、亦作｜。

【擬】偶起切音儗紙韻

(一)度也。見〔說文〕〔段注〕今所謂揣度也。

(二)則也。〔楚辭怨上〕｜斯號二蹤。

(三)向也。見〔一切經音義引字書〕。

(四)疑也。〔漢書揚雄傳〕蝯蚿｜而不敢下。

(五)像也。〔漢書揚雄傳〕常｜之以爲式。

(六)比也。僭也。〔漢書公孫弘傳〕侈｜於君。

(七)自下議上稱｜。見〔易繫辭〕｜諸形容虞注〕。

(八)通疑。〔漢書食貨志〕遠方之能疑者。〔注〕疑、讀曰｜。僭也。

(九)通儗。〔禮記緇衣注〕度謂所儗射也。〔釋文〕儗、本作｜。

【㨯】墨角切音邈覺韻

(一)打也。見〔廣韻〕。

(二)擊也。見〔集韻〕。

【擯】必仞切賓去聲震韻卑民切音賓眞韻

(一)斥也。〔後漢趙壹傳〕爲鄉黨所｜。乃作解｜。

(二)棄也。〔莊子徐无鬼〕以｜寡人久矣。

(三)通儐。贊也。〔儀禮有司徹〕宗人｜。

【擟】武移切音彌支韻

｜拘。山名。見〔廣韻〕。

【擣】俾小切音膘篠韻

落也。北史。｜其門閭。見〔集韻〕。

【㩚】謨蓬切音蒙東韻

收斂。見〔集韻〕。

【㩊】於靳切音隱問韻

揤也。一曰平量。見〔集韻〕。

【擤】呼梗切梗韻
手捻鼻膿曰—。見〔篇海〕。

【擦】初戛切音察黠韻
摩之急也。見〔篇海〕。〔今渾言摩—。〕

【擨】其謁切音竭月韻
擔—物也。見〔廣韻〕。〔按廣韻。揭、擔—。同—。集韻。—、同揭。玉篇。揭、—。竝出。揭、謂揭衣。—、負—也。應從玉篇、廣韻。爲正。不得以揭幷—。正字通云俗字。非是。〕

【㨪】胡刀切音豪豪韻
較多少曰—。見〔集韻〕。

【擠】隱綺切音倚紙韻
—匜。不正也。見〔集韻〕。

【擭】屋虢切音嚄陌韻
桀—也。一曰布—也。一曰。握也。見〔說文〕。〔段注〕此卽今之布護字也。劉逵注吳都賦曰。布護、遍滿貌。握者、搤持也。西京賦。—獑猢。薛云。—謂握取之也。

【擭】胡故切音護遇韻
分解也。見〔廣韻〕。

【擭】胡化切音摦禡韻黃郭切音穫藥韻胡谷切音穀屋韻
捕獸機檻也〔禮記中庸〕驅而納諸罟—陷阱之中。

【攡】視緩切音短旱韻
轉也。見〔廣雅釋詁〕。〔玉篇訓轉。〕籰。廣韻同籆。絡絲具也。

【擙】鉏救切音驟宥韻
擊也。見〔集韻〕。

【擰】泥耕切音獰庚韻
搶—。亂也。見〔字彙補〕。

【擧】舉本字。見〔說文〕。

【𦦝】同舁。見〔玉篇〕。

【擽】拜本字。首至地也。〔周禮大祝〕辨九—之儀。

【𢷗】操本字。見〔正字通〕。

【擄】古陳字。見〔集韻〕。

【擑】同摋。見〔玉篇〕。

【𢸦】同拓。見〔集韻〕。

【擱】同攡。見〔集韻〕。

【攝】同摻。見〔集韻〕。

【擨】同掀。見〔集韻〕。

【擦】同㨝。見〔集韻〕。

【撼】同攦。見〔篇海〕。

【擦】同揔。見〔篇海〕。

【擨】同據。見〔字彙補〕。

【擽】同揲。見〔字彙補〕。

【擡】搴或字。見〔集韻〕。

【擨】扯或字。見〔集韻〕。

【擨】截或字。見〔集韻〕。

【擰】摨俗字。見〔集韻〕。

【擱】閣俗字。延閣、高閣、等類。皆作—。

十五畫

【擲】直炙切音躑陌韻
㊀同擿。擲也。見〔集韻〕。
㊁投也。〔晉書孫綽傳〕卿試—地。當作金石聲。
㊂振也。〔酉陽雜俎〕吼—而前。

【㩡】力求切音留尤韻
㊀斬也。見〔廣韻〕。
㊁刺也。見〔廣韻〕。
㊂同摎。束也。見〔集韻〕。
㊃同摎。捋也。見〔集韻〕。〔按玉篇。—同摎。力周、居由、二切。絞也。〕

【擷】顯結切音擷奚結切音絜屑韻
㊀扱衽也。〔蘇軾詩〕是時靑帬女。採—何匆匆。〔按—卽說文襭字。玉篇。何結切。扱衽也。廣韻。胡結切。又虎結切。捋取也。惟集韻。奚結切。云同襭。〕
㊁捋取也。〔蘇軾詩〕雨中—園蔬。

【擸】良涉切音獵葉韻
㊀理持也。見〔說文〕。〔段注〕謂分理而持之也。〔按儀禮聘禮。倚—坐啐醴。—或誤从木。阮元校勘記引說文。—、理持也。〕
㊁通獵。〔史記日者傳〕獵纓正襟危坐。
㊂通躐。〔後漢崔駰傳〕當其無事則躐纓整襟。〔注〕字宜从手。〔王引之云〕—、獵、躐、竝通。

【擸】力盍切音臘合韻
㊀折也。〔文選左思賦〕拉—雷碩。
㊁擇持也。見〔玉篇〕。

【擮】莫結切音蔑屑韻
㊀擊也。見〔廣雅釋詁〕。

㊂—俔。不方正也。見〔廣韻〕。

【㩢】彌計切音謎霽韻

㊀裁也。見〔廣韻〕。
㊁拭滅也。見〔集韻〕。

【㩢】莫八切音傛黠韻

拭也。見〔集韻〕。

【㩮】他干切音灘寒韻

㊀手布也。見〔集韻〕。
㊁—蒲賭博也。見〔廣韻〕。

【㨓】吁韋切音暉微韻

㊀揮或字。〔集韻〕揮說文、奮也。一曰。竭也。或作—。〔按太玄玄攡云。—而散之者人也。即說文義。〕
㊁猶移也。〔太玄玄告〕天渾而—。

【擺】補買切音捭部買切音罷蟹韻

㊀開也。〔韓愈詩〕乾坤—雷硠。
㊁撥也。〔文選張協七命〕鉤爪摧鋸牙—。
㊂排也。〔文選馬融頌〕—蛙斑禽。〔按俗稱排列曰—。如—攤、—檬。〕
㊃振也。〔王令詩〕搖—舌吻歸之仙。
㊄鐵—。胡語謂嵩高也。〔余靖詩〕聖壽鐵—俱弗忒。
㊅俗呼鐘—。亦兼有振動搖撥之意。
㊆捭或字。〔玉篇〕捭、兩手擊也。—同。〔廣韻〕—、撥也。捭同。

【擻】蘇后切音叟有韻

抖—。舉也。〔王維詩〕抖—辭貧里。〔今云抖—精神。亦振舉之意。〕〔又〕起物也。見〔玉篇〕。〔又〕舉索物也。見〔集韻〕。

【𢿭】芳無切音敷虞韻

㊀張也。見〔廣韻〕。
㊁揚也。見〔集韻〕。

【擽】力灼切音略藥韻

擊也。〔唐書胡証傳〕取鐵燈檠—合其跗。

【擽】弋灼切音藥藥韻

竭也。見〔集韻〕。

【擽】狼狄切音歷錫韻

㊀擊也。見〔廣雅釋詁〕。〔疏證〕皐陶謨、戛擊鳴球。馬鄭注並云戛、—也。
㊁捎也。〔漢書司馬相如傳〕—蜚遽。
㊂舒也。見〔玉篇〕。

【擽】歷各切音洛藥韻

捁或字。〔集韻〕捁、擊也。或从樂。

【擾】爾紹切音繞篠韻

㊀本作擾。〔說文〕擾、煩也。〔段注〕煩者、熱頭痛也。引申為煩亂之偁。今作—。从憂、俗字也。
㊁亂也。〔書胤征〕俶—天紀。
㊂順也。〔書皐陶謨〕—而毅。
㊃煩也。勞也。〔素問四氣調神大論〕無—乎陽。
㊄撓也。〔素問五常政大論〕其動炎灼妄—。
㊅安也。〔周禮地官序官〕以佐王安—邦國。
㊆馴也。〔周禮服不氏〕掌養猛獸而敎—之。
㊇渾也。〔呂覽音初〕水—則魚鼈不大。
㊈謹也。〔楚辭大招〕宜—畜只。
㊉柔也。〔管子地員〕其木宜櫄—桑。
(十一)家畜也。〔周禮職方氏〕其畜宜六—。〔疏〕六—與爾雅六畜、周禮六牲、一也。〔又〕四—、馬牛羊豕。五—、馬、牛、羊、犬、豕。均見〔職方氏注〕。
(十二)—勸亂之貌。〔莊子天道〕然則膠膠—乎。〔又〕柔也。見〔莊子釋文引司馬注〕。

【擾】如招切音饒蕭韻

順也。見〔集韻〕。〔按廣韻上聲擾衆亂順二義。周禮釋文出六擾。而少反。徐、劉音饒。此集韻所本。〕

【擾】乃老切音惱皓韻

煩也。見〔集韻〕。

【摵】率摑切音槭陌韻

㊀拂也。見〔集韻〕。
㊁捎也。見〔廣韻〕。

【㩍】測革切音策陌韻

擊也。見〔廣雅釋詁〕。〔疏證〕廣韻云。—、拂著也。又捎—也。出通俗文。

【擿】直隻切音擲陌韻

㊀搔也。从手適聲。一曰投也。見〔說文〕。〔王注〕骨部、骼、骨—之可會髮者。蓋即後世之搔頭也。史記張儀傳集解云。駰案、笄、婦人之首飾。如今象牙—。後漢書輿服志簪以瑇瑁為—。其—有等級焉。莊子胠篋篇。—玉毀珠。崔云猶投弃之也。
㊁通摘。〔詩君子偕老傳〕揥所以摘髮也。〔釋文〕摘、本又作—。
㊂通擲。〔史記刺客傳〕乃引匕首以—秦王。〔索隱〕—、與擲同。古字耳。
㊃同擲。振也。見〔廣韻〕。

【擿】湯革切音逿陌韻

搔也。見〔廣雅釋詁〕〔疏證〕列子黃帝篇。指—無痟癢。釋文云。—、搔也。—訓爲搔。故搔頭謂之治。

【擿】治革切音謫陌韻
投也。見〔集韻〕。

【擿】丁歷切音的錫韻
㊀挑也。〔漢書谷永傳〕密—永令發去。
㊁磓也。〔漢書史丹傳〕隤銅丸以—鼓。

【擿】他歷切音逖錫韻
㊀挑也。〔漢書孫寶傳〕故欲—觖以揚我惡。
㊁發也。〔後漢張衡傳〕嬴—讖而戒胡兮。
㊂撥也。〔漢書宣帝紀〕毋得以春夏—巢探卵。
㊃開也。〔淮南本經〕—蚌蜃。
㊄除也。見〔一切經音義引字林〕。
㊅拄也。〔法言修身〕—埴索塗。
㊆動發之也。〔漢書趙廣漢傳〕其發姦—伏如神。
㊇指發之也。〔漢書劉向傳〕乃著疾讒、—要、救危、及世頌。凡八篇。
㊈—擂。鼓聲猶鏜鞳也。〔管子宙合〕—擂則擊。

【擿】陟革切音謫陌韻
㊀剢也。〔莊子胠篋〕—玉毀珠。〔釋文〕—、郭都革反。李云。剢也。
㊁猶發也。〔後漢光武帝紀〕聽羣盜自相糾—。
㊂擿或字。〔集韻〕擿。取也。或从適。

【攀】披班切音販刪韻
㊀本作𠬮。〔說文𠬮部〕𠬮。引也。〔段注〕上林賦。仰𠬮橑而捫天。晉灼曰。𠬮、古—字。按今字皆用—。〔按國語晉語。—輦即利而舍。韋昭注。引也。〕
㊁翻也。連翻上及之也。見〔釋名釋姿容〕。
㊂援也。〔史記韓安國傳〕大王倚誰—乎。
㊃慕也。〔漢書揚雄傳〕桑既—夫傳說兮。
㊄或作扳。〔廣韻〕扳、音班。挽也。又音攀。同—。

【擂】盧對切音纇隊韻
㊀急擊鼓也。見〔集韻〕。
㊁轉石也。〔唐書李光弼傳〕徹民屋爲—石車。

【擂】盧回切音雷灰韻
同擂。〔集韻〕擂。研物也。或省。

【擈】弼角切音雹。匹角切音璞覺韻
㊀擈也。見〔廣雅釋詁〕。
㊁擈聲。見〔廣韻〕。〔按張衡西京賦。流鏑擉—。薛綜注。擉—。中聲也。〕

【擈】博陌切音百陌韻。北角切音剝覺韻。普講切講韻
擊也。見〔集韻〕。

【攃】桑葛切音薩曷韻
㊀——聲。見〔廣韻〕。
㊁同縩、撤。〔韓愈詩〕星如—沙出。

【攃】七曷切音縩曷韻
㊀足動草聲。見〔廣韻〕。
㊁摩也。〔益州名畫錄〕以筆端搶—文理縱橫。

【攄】抽居切音樗魚韻
㊀舒也。〔後漢班固傳〕獨—意乎宇宙之外。
㊁布也。〔史記司馬相如傳〕—之無窮。
㊂騰也。〔後漢張衡傳〕八乘—而超驤。
㊃散也。〔漢書揚雄傳〕奮六經以—頌。
㊄擬也。見〔玉篇〕。
㊅張也。見〔廣雅釋詁〕〔疏證〕楚辭九章。攄青冥而—虹兮。—、一本作臚。方言。攎、張也。—、臚、攎聲並相近。—與攎之同訓爲張。猶舒與臚之同訓爲敘也。
㊆抒也。〔淮南修務〕—書明指以示之。
㊇申也。〔漢書敘傳〕皋不能—首尾。
㊈攄也。見〔增韻〕。

【攄】魯故切音路遇韻
抄—。收斂也。見〔集韻〕。

【攜】胡桂切音慧霽韻
㊀裂也。見〔廣韻〕〔或作摠〕。
㊁挂也。見〔集韻〕。

【擕】祖芮切音蕝霽韻
裂也。見〔集韻〕〔或省作擕〕。

【擕】旋芮切音彗霽韻
挂也。見〔集韻〕。

【擳】阻瑟切音櫛質韻
挃—也。見〔廣韻〕。

【擳】子結切音節屑韻
幯或字。〔集韻〕幯。拭也。或从手。

【擴】闊鑊切音廓光鑊切音郭忽郭切音㶁藥韻古獲切音幗陌韻
張大也。〔孟子公孫丑〕知皆—而充之矣。〔按玉篇云引張之意。〕

【擴】古曠切音桄漾韻
擴或字。〔集韻〕擴充也。或从廣。

【擴】胡曠切音潢漾韻
攩或字。〔集韻〕攩打也。或作—。〔按廣韻引廣雅云揓打也。〕

【擶】子賤切音箭霰韻
射鼓令正也。見〔集韻〕。

【擆】直略切音著藥韻
擊也。亦作擆。見〔玉篇〕。〔按原雅释詁—擊也字从箸廣韻、集韻、皆有擆無—。〕

【㩧】被表切音殍篠韻
折縛也。見〔集韻〕。

【㩧】方鳩切音紑尤韻
古捊字。〔集韻〕捊引取也。古作—。

【擙】於刀切音奥平聲豪韻
鏖或字。〔集韻〕鏖盡死殺人曰鏖糟。或作—。

【攞】朗可切音砢哿韻
搖—。搖也。見〔集韻〕。

【擳】展里切音徵紙韻
刺也。見〔集韻〕。

【擅】丈善切音邅銑韻
手—轉也。見〔篇海〕。

【擿】徒谷切音牘屋韻
抽也。見〔集韻〕。

【擼】郎古切音魯麌韻
動也。見〔篇海〕。

【掾】余專切音緣先韻
把也。見〔集韻〕。〔玉篇訓把—〕

【擮】資悉切音卽職韻
捉搦也。見〔字彙〕。

【擕】弦雞切音奚齊韻
姓也。見〔字彙〕。

【攁】以兩切音養養韻
發動也。見〔集韻〕。

【擷】犬穎切音頃梗韻
覓也。〔方言〕—、挺、覓也。

【擷】騂穎切音穎梗韻
覓也。見〔集韻〕。

【擭】擭本字。見〔廣韻〕。

【摽】摽本字。見〔六書故〕。

【搓】搓本字。見〔正字通〕。

【擷】同擷。見〔篇海〕。

【擿】同摘。見〔篇海〕。

【擄】同擄。見〔篇海〕。

【擵】同摩。見〔字彙〕。

【擽】同擽。見〔篇海〕。

【攀】廾或字。〔說文廾部〕廾。或从手从樊。〔段注〕樊聲也。今作攀。

【擲】擲或字。見〔集韻〕。

【擺】擺或字。見〔集韻〕。

【攢】攢俗字。見〔字彙〕。

【攕】攕俗字。見〔正字通〕。

【摡】摡俗字。見〔正字通〕。

十六畫

【攇】許偃切音𢨋阮韻
㊀擬也。見〔廣雅释詁〕。
㊁以手約物也。見〔廣韻〕。

㊂震—。猶奉拏也。〔蜀志許慈傳〕時尋楚撻以相震—。

【攈】俱運切音捃問韻舉藴切音𢃇震韻
㊀拾也。見〔說文〕〔段注〕漢刑法志。蕭何—摭秦法。取其宜於時者作律九章。
㊁取也。見〔方言〕。
㊂或作攟。〔國語魯語〕收攟而烝。〔韋注〕攟、拾也。
㊃或作捃。〔急就篇〕—穫秉把插捌杷。〔顏注〕拾遺曰捃。

【擽】鋪畏切音漏未韻
懍或字。〔集韻〕懍用力極也。或从手。

【攥】初患切音諫韻
㊀摜—也。見〔玉篇〕。
㊁篡或字。〔集韻〕逆而奪取曰篡。或从手。

【攉】忽郭切音霍藥韻
㊀揮—也。見〔玉篇〕。〔按韻會。搖手曰揮。反手曰—。〕
㊁盤手戲也。見〔廣韻〕。
㊂手反覆也。見〔集韻〕。

【攉】訖岳切音㩇覺韻
㊀專其利也。〔漢書王莽傳〕豪吏猾民辜而一之。
㊁霍略也。〔淮南俶眞〕物豈可謂無大揚一乎。

【𢹬】愈水切音唯紙韻
㊀一弃也。見〔玉篇〕。
㊁揹或字。〔集韻〕揹棄也。或作一。

【㩭】下巧切音梟巧韻
擾也。亂也、。〔文選王褒賦〕攪搜一捎。〔集韻或作攪〕。

【攣】徐廉切音燖鹽韻
摘物。出字詁及聲類。見〔廣韻〕。

【攌】合版切音睅烏版切音綰潸韻
㊀木欄也。〔史記賈誼傳〕拘士繫俗兮、一如囚拘。〔索隱〕說文云。一、大木柵也。〔按桂馥朱駿聲皆據索隱。於手部補此字作攌〕。
㊁拘繫也。一與圜通。獄名。圜土使四不得越出也。見〔正字通〕。

【攍】怡成切音盈庚韻
㊀擔也。齊楚陳宋之間曰一。南楚或謂之一。見〔方言〕。
㊁負也。見〔廣雅釋言〕。〔疏證〕莊子胠篋篇。贏糧而趨之。贏、與一通。

【攎】龍都切音盧虞韻
㊀拏持也。見〔說文〕。
㊁張也。見〔方言〕〔箋疏〕廣雅作攄。云張也。攄與一聲近義同。
㊂引也。見〔廣雅釋詁〕〔疏證〕方言。一、張也。張亦引也。故引弓謂之張弓。
㊃斂也。見〔廣韻〕。
㊄捗一。收亂草也。捗、或作拶。見〔集韻遇韻捗字注〕〔按舊字典又引集韻魯故切音路。捗一收斂也。云或誤作攄。今考集韻路音下攄字。捗攄收斂也。捗下同。類篇攄下又魯故切。捗攄收斂也。一下無魯故切。安有兩書而四處盡誤者。故不從〕。

【攎】良何切音羅歌韻
攞或字。〔集韻〕攞揀也。或作一。

【攏】魯孔切音隴董韻
㊀持也。見〔集韻〕。
㊁掠也。見〔集韻〕。
㊂括也。〔文選郭璞賦〕一萬川乎巴梁。〔注〕猶括束也。
㊃拗一。酒籌也。〔庶物異名疏〕拗一、籌也。酒律也。
㊄俗謂船泊岸曰一。〔丁仙芝詩〕且請一船頭。
㊅梳一。理也。〔梅堯臣詩〕誠非搴梳一。

【攏】盧東切音籠東韻
㊀馬一頭。見〔玉篇〕。
㊁理也。見〔集韻〕〔按韻會亦訓理。引白詩輕一慢撚撥復挑。輕一或讀上聲。誤〕。
㊂擁也。見〔字彙〕。

【攐】丘虔切音愆先韻丘言切音攓元韻
㊀摳衣也。見〔說文〕。〔桂注〕廣雅。一、摳也。淮南人開訓。江之始出於岷山也。可一裳而越也。
㊁縮也。見〔廣韻〕。
㊂通褰。〔詩褰裳〕褰裳涉溱。〔廣韻〕作褰。訓褰衣。

【攭】郎計切音隸霽韻
裂也。見〔集韻〕。

【攮】乃了切音嫋篠韻
摘也。見〔集韻〕。

【𢹇】虛宜切音犧支韻
擊也。見〔玉篇〕。

【攊】狼狄切音䍥錫韻
擊也。見〔廣韻〕。

【攠】孫租切音蘇虞韻
摸也。見〔集韻〕。

【攋】郎達切音辣曷韻
撥一。手披也。見〔廣韻〕。

【攋】洛駭切音㰁駭韻
把一。弃去也。見〔類篇〕。

【攋】落蓋切音賴泰韻
毀裂。見〔集韻〕。

【攋】魯旱切音嬾旱韻
壞也。見〔方言〕〔箋疏〕廣雅。一、墮也。太玄度次三。小度差差。大一之階。測曰。小度之差。大度傾也。是一為墮壞也。玉篇、廣韻、並作㩌。云墮壞也。攋、與一同。

【𢹦】盧東切音籠東韻
擊也。見〔集韻〕。

【𢸙】以冉切音剡琰韻
緂也。〔方言〕一、剡緂也。秦晉、緂折謂之一。繩索謂之剡。〔箋疏〕淮南汜論訓、綝麻索縷。人閒訓、婦人不得剡麻。孜縷—、綝、剡、字異義同。

【撍】搢本字。見〔正字通〕。

【⿰扌興】⿰扌䙴本字。見〔正字通〕。

【⿰扌⿱叉䖵】同搔。見〔集韻〕。

【⿰扌褱】同壞。見〔集韻〕。

【⿰扌樊】同攀。見〔集韻〕。

【⿰扌蕭】同⿰扌肅。見〔集韻〕。

【⿰扌藤】同⿰扌滕。見〔篇海〕。

【⿰扌⿱⺮䍃】同搖。見〔篇海〕。

【⿰扌藥】同擽。見〔正字通〕。

【攕】攕譌字。見〔正字通〕。

十七畫

【攓】丘虔切音搴先韻

㊀取也。楚謂之—。見〔方言〕。〔按—取也。方言兩見。此卷十文。郭注云。音蹇。一曰騫。又方言。摶、攓、—、撫、挻。取也。南楚曰攓。注音蹇。即集韻上聲之攓〕

㊁縮也。見〔玉篇〕。〔按上林賦。襞積褰縐。史、漢、文選、皆作褰。訓縮。廣韻。攓。縮也。—、褰、攓、通〕

㊂拔也。見〔集韻〕。〔按爾雅序。搴其蕭稂。釋文。搴字又作—。居展反。又玄虔反。拔也〕

【⿰扌蹇】九件切音蹇銑韻

㊀攐或字。〔集韻〕攐。說文、拔取也。南楚語。引楚辭朝攐阰之木蘭。或从蹇。〔按此即方言文。列子天瑞篇。—蓬而指。注音蹇。拔也〕

㊁亦作搴。見〔集韻〕。〔按爾雅釋言。芼搴也。釋文。搴、九輦反。取也〕

㊂俗作⿰扌搴。見〔集韻〕。〔按淮南兵略訓。⿰扌搴巨旗。注音蹇。搴取也〕

㊃慢也。〔淮南齊俗〕謾我而笑。是—也。〔按此即蹇之通假〕

【攔】力丹切音闌寒韻

㊀遮—也。〔聞見錄〕以足—之。〔俗猶謂遮路曰—路。遮輿曰—輿〕

㊁階際木句—。亦作闌。見〔廣韻〕。

【擧】羊諸切音余魚韻

㊀對舉也。見〔說文〕〔桂注〕本書。舁、共舉也。廣韻。舁、與—同。一切經音義十六引蒼頡篇。—、舉也。對舉曰—也。

㊁輿也。〔增韻〕—、兩手對舉之車。〔按小徐本舉有一曰輿也句。鍇曰。輿、轝也。說文句讀云。嚴氏曰。輿、疑—之誤。干寶注周禮曰。對舉曰轝。鄭注既夕禮曰。掀、今之—也〕

【⿰扌蕃】蒲波切音婆歌韻

㊀斂聚也。見〔玉篇〕。

㊁同搫。除也。見〔集韻〕。〔按廣韻有搫無—。引射雉賦。搫場挂搫。除也〕

【攖】伊盈切音纓庚韻

㊀迫也。近也。觸也。〔孟子盡心〕莫之敢—。

㊁結也。見〔玉篇〕。〔按墨子經上。—、相得也。畢沅注引玉篇。—、結也〕

㊂亂也。見〔廣雅釋詁〕。〔疏證〕莊子庚桑楚篇。不以人物利害相—。釋文引廣雅。—、亂也。

㊃引也。〔莊子在宥〕汝愼無—人心。

㊄纓也。〔淮南繆稱〕勿撓勿—。〔按〕纓繞也。

㊅梏也。見〔孟子音義下引埤蒼〕。

㊆拈也。見〔集韻〕。

㊇猶戾也。〔呂覽本生〕能養天下之所生而勿—之。

㊈猶貫也。見〔莊子庚桑楚釋文引崔注〕。

㊉羈落也。見〔莊子在宥釋文引崔注〕。

【攘】如陽切音穰陽韻

㊀推也。見〔說文〕〔段注〕推手使前也。古推—字如此作。上曲禮注曰。—、古讓字。許云。讓者、相責讓也。—者、推也。从古也。漢書禮樂志、盛揖—之容。藝文志。堯之克讓。皆用古字。凡遜讓用此字。引申之使人遜讓亦用此字。如—寇、—夷狄、是也。按當人樣切。

㊁排也。〔楚辭沈江〕反離謗而見—。

㊂止也。〔方言〕—、掩止也。〔朱駿聲云。止、謂容止。掩者、斂手也〕

㊃除也。〔左僖四年傳〕—公之羭。

㊄卻也。〔公羊僖四年傳〕桓公救中國而—夷狄。

㊅逆也。〔莊子外物〕心無天遊。則六鑿相—。

㊆因也。〔漢書五行志〕否則爲下相—善。〔按匡謬正俗引爾雅。—、仍。因也。今本作儴。釋文。儴、樊孫如羊反。引論語其父—羊。是樊光孫炎本作—〕

㊇取也。〔孟子滕文公〕日—其鄰之

雞者。

⑨盜也。〔穀梁成五年傳〕—、善也。

⑩竊也。〔禮記禮器〕匹士太牢而祭謂之—。

⑪侵奪也。〔漢書嚴助傳〕南夷相—。

⑫退也。〔漢書司馬相如傳〕隨流而—。

⑬振也。〔孟子盡心〕馮婦—臂下車。〔朱駿聲云假借爲纕。〕

⑭猶合也。〔離騷〕忍尤而—垢。〔朱駿聲云假借爲襄。〕

⑮通禳。〔禮記月令〕九門磔—。〔按周禮占夢注作九門磔禳。〕

⑯通襄。〔史記龜筴傳〕西—大宛。〔注〕—、一作襄。〔按集韻。—、古作[illegible]、[illegible]。〕

【攘】如兩切音壤養韻

①擾也。〔漢書陳平傳贊〕傾側擾—楚魏之閒。

②亂也。〔淮南詮言〕故至於—天下。

③疾行貌。〔文選傅毅賦〕擾—就駕。〔注引埤蒼〕—、疾行貌。

④浩—。繁冗也。見〔字彙〕。

【攘】尼庚切音鬡庚韻

搶—。亂貌。〔漢書賈誼傳〕國制搶—。〔注〕師古曰。搶、音仕庚反。—、音女庚反。

【攘】人様切音讓漾韻

①揖—也。〔廣韻〕—、文字指歸云。揖—。

②卻也。〔淮南詮言〕不能使禍不至。信己之不迎也。不能使福必來。信己之不—也。

【攘】式亮切音餉漾韻

同餉。饟也。〔詩甫田〕—其左右。〔箋〕—、當讀作饟。

【攙】鋤咸切音讒初銜切音欃咸韻

①刺也。見〔說文新附〕。〔鄭氏新附攷〕說文鑱、劖、皆古—字。後別从手。亦或从木。衆經音義鑱刺下引說文鑱字。謂論文作—。非體。知—當晚出最俗。

②銳也。見〔廣雅釋詁〕。〔疏證〕說文。鑱。銳也。太玄玄錯云。銳鑯鑯。並與—通。

③扶也。牽挽也。〔沈遼詩〕復畏神怪來邀—。

④猶參與上聲也。〔唐律職制〕不依次序。—越襲陰。

⑤猶儳也。〔龔璛詩〕淸波欲動嫩鳧—。〔按此即說文儳互之義。如—和、—雜。皆言儳互不齊也。曲禮毋儳言注云。儳、非類雜。〕

⑥—捔。貫刺之也。〔文選張衡賦〕叉族之所—捔。

⑦通欃。〔爾雅釋天〕彗星爲欃槍。〔單疏本作—。廣韻。—、—搶。〕

【攙】初鑒切音摻侵韻

天—。星名。〔史記天官書〕退而西北三月生天—。〔集解〕韋昭曰。—、音參差之參。

【攙】仕懺切音鑱陷韻

①完補也。見〔集韻〕。

②傍掣也。見〔集韻〕。〔按類篇作傍掔〕

【攢】方問切音拚問韻

①掃除也。〔詩伐木〕於粲灑掃。〔箋〕粲然已灑—矣。

②同拚。〔玉篇〕—、亦作拚。禮記曰。掃席前曰拚。

【攕】古獲切音幗陌韻

①掌耳也。見〔玉篇〕。

②挺也。見〔集韻〕。

【攥】子小切音剿篠韻〔與草部藻字不同。〕

①剽截。見〔玉篇〕。

②攥或字。〔集韻〕攥拘擊也。或作—。

【攡】虛宜切音犧邱奇切音攲支韻香義切音戲寘韻許倚切音𪏮許几切音唏紙韻

擊也。見〔集韻〕。〔按廣雅釋詁〕—、擊也。曹憲音各本互異。亦兼平、上、去三聲。〕

【攕】師炎切音襳鹽韻師咸切音毿咸韻

好手兒。詩曰。——女手。見〔說文〕。〔王注〕戈部𢦏下亦引此詩。則今魏風葛屨作摻摻者。傳寫之譌也。毛傳曰。摻摻、猶纖纖也。韓詩即作纖。薛君章句。纖纖女手貌。案古詩又曰。纖纖出素手。則知秦漢閒借纖爲—。纖者細也。

【攕】將廉切音尖鹽韻

纖或字。〔集韻〕纖。拭也。或从手。

【攫】悉協切音燮葉韻

取也。見〔集韻〕。

【攥】旻悲切音眉支韻

水中麦也。〔爾雅釋草〕蔆、蕨一。

【擛】舉影切音景梗韻 除也。見〔集韻〕。

【擥】力淡切音濫勘韻 米再舂曰一。見〔篇海〕。

【攕】斯兼切音鑯鹽韻 拈一。手稱物也。見〔集韻〕。

【擽】古攊字。見〔玉篇〕。

【擡】同𢷭。見〔集韻〕。

【撜】同幀。見〔集韻〕。

【擣】同對。見〔集韻〕。

【擗】同擘。見〔篇海〕。

【擳】同擿。見〔篇海〕。

【擠】扠俗字。見〔正字通〕。

十八畫

【擆】卽約切音爵藥韻 ●一 擇也。見〔廣雅釋詁〕。〔疏證〕楚辭招魂稻粢穱麥王逸注云穱擇也。穱、與一通。●二 擱也。見〔玉篇〕。●三 捎也。見〔廣韻〕。●四 削也。見〔字彙〕。

【攛】敗亂切音爨翰韻 七丸切音鋑寒韻 ●一 擲也。見〔集韻〕。●二 俗謂誘人爲非曰一掇。

【摗】息勇切音悚腫韻 ●一 執也。見〔玉篇〕。●二 推也。見〔集韻〕。●三 挺也。竦也。〔杜甫詩〕一身思狡兔。

【㩳】雙講切音雙講韻 執也。見〔集韻〕。

【攫】拘玉切音鋦沃韻 ●一 爪持也。見〔說文〕。〔段注〕蹶手曰爪。謂蹶手持之也。徐鉉等曰。今俗別作掬。今按本部自有掬篆。掬其俗字耳。其義訓兩指撮。非訓爪持。●二 手把曰一。見〔聲類引通俗文〕。●三 玄也。〔太玄瑩〕故不一所有。●四 通攫。〔史記田敬仲世家〕攫之深。〔注〕攫、以爪持也。

【攫】權俱切音劬虞韻 一疎。枝葉敷布皃。見〔集韻〕。

【攜】懸圭切音畦齊韻 ●一 提也。見〔說文〕〔王注〕。〔曲禮〕長者與之提一。注云提一、謂牽引將行。案將、亦捋之借字。〔按廣雅釋詁〕一提也。公羊襄二十七年傳。一其妻子。注、一猶提也。●二 引也。〔淮南覽冥〕相一於道。●三 離也。〔左僖七年傳〕招一以禮。●四 連也。〔漢書天文志〕杓一龍角。●五 怠政外交曰一。見〔周書謚法〕。●六 懸持也。見〔六書故〕。●七 姓也。見〔姓苑〕。

【攝】失涉切音歙葉韻 ●一 引持也。見〔說文〕〔段注〕謂引進而持之也。〔漢書張耳陳餘列傳〕吏管以過笞餘。餘欲起。耳一使受笞。顏注、謂引持之。●二 持也。〔左成十六年傳〕請一飲焉。●三 摳也。〔論語鄉黨〕一齊升堂。●四 斂著也。〔史記酈生陸賈傳〕起一衣。●五 整飭也。〔儀禮士冠禮〕一酒。●六 收也。〔莊子胠篋〕則必一緘縢。〔釋文引崔注〕收也。●七 佐也。〔左襄三十一年傳〕朋友攸一。●八 怒覗也。〔史記刺客傳〕吾曩者目一之。●九 迫也。〔論語先進〕一乎大國之閒。●十 執也。〔國語吳語〕一少司馬茲。●十一 結也。〔莊子胠篋〕則必一緘縢。〔釋文引李注〕結也。●十二 固也。〔國語楚語〕悛而不一。●十三 代也。〔左隱元年傳〕不書卽位。一也。〔按如後世一政、一任。〕●十四 乘也。〔關尹子五鑑〕心蔽吉凶者。靈鬼一之。●十五 引也。〔顧況文〕磁石一鍼。不一鴻毛。●十六 筦也。〔宋史胡宏傳〕統一億兆之本也。●十七 制也。〔隋書郭榮傳〕更築一城以相控一。●十八 懾也。〔漢書衛青傳〕一醫者勿取。●十九 錄也。〔宋書禮志〕列奏申一。●二十 總也。〔楞嚴經〕都一六根。●二十一 養也。〔老子〕蓋聞善一生者。〔今云珍一、衛本此。〕●二十二 歛取也。〔翻譯名義〕一切皆一。〔今稱照相曰一影本此義。〕●二十三 收持也。〔漢書五行志〕一乎晉楚之閒。●二十四 猶兼也。〔論語八佾〕官事不一。●二十五 猶貸也。〔禮記檀弓〕冉子一束帛乘馬將之。

㉖猶屈也。〔呂覽下賢〕卑爲布衣而不瘁—。

㉗猶辟也。〔儀禮士昏禮〕執皮—之。

㉘猶緣也。〔儀禮既夕〕白狗—服。

㉙猶正也。〔後漢銚期傳〕—幘復戰。

㉚猶戚也。〔荀子禮論〕不至於隘—傷生。

(卅一)龜名。〔爾雅釋魚〕三曰—龜。

(卅二)—提。星名。〔離騷〕—提貞于孟陬兮。〔又〕歲名。〔爾雅釋天〕太歲在寅、曰—提格。

(卅三)—殳。杖名。〔方言〕僉。宋魏之閒謂之—殳。〔注〕今連枷所以打穀者。

(卅四)聊—。齊地。〔左昭二十年傳〕聊—以東。〔今山東聊城縣東北有—城。是其故地。〕

(卅五)—葉。不舒展貌。〔楚辭哀時命〕衣—葉以儲與兮。〔朱駿聲云。—葉猶褶疊。〕

【攝】諾協切音捻葉韻

●一持也。見〔集韻〕。〔按文選吳都賦。—烏號。劉注。下持也。烏頰反。〕

●二安也。〔漢書嚴助傳〕天下—然人安其生。

【攝】詰叶切音箧葉韻

小龜名。腹甲曲折。解能自張閉者。郭璞說。見〔集韻〕。〔按爾雅釋魚釋文。、郭祛浹反〕

【攝】質涉切音讋葉韻

曲折也。一曰龜名。見〔集韻〕。〔按爾雅釋魚釋文。、施之協反〕

【攝】色甲切音霎洽韻

同翣。〔國語晉語〕屏—之位。〔注〕、—形如今翣扇。

【攂】魯水切音壘紙韻

魁—。喪家之樂。見〔集韻〕。

【攍】盧臥切音羸箇韻

擊也。見〔集韻〕。

【攪】下巧切巧韻

撓也。見〔篇海〕。

【攉】逵員切音權先韻

勇壯也。見〔詩盧令其人美且鬈箋〕。〔九經字樣云。、—古拳字。按卽說文捲氣勢也之捲。與拳手也之拳。雖通而有別。捲下段注云。謂作氣有勢也。此與拳音同而義異。小雅無拳無勇。毛傳曰。拳、力也。齊語有拳勇股肱之力。韋云。大勇爲拳。此皆叚拳爲捲。蓋與古本字異。齊風箋云、—勇壯也。—者捲之異體。五經文字本部—字下曰。从手作—者。古拳握字。从手之—字。書皆不錄。惟盧令鄭箋云。鬈讀當爲—。、勇壯也。又吳都賦。覽將帥之—勇。李注云。毛詩無拳無勇。—與拳同。此兩處字。今雕譌作權。从木。然可知其必五經文字所謂从手之字也。竊謂段說甚是。至字彙訓權、變也。宜也。秉也。平也。重也。始也。稱也。又姓。則竟譌—爲權。而—字失其眞矣。此斷宜表微者也。〕

【𢸜】撅本字。見〔說文〕。

【撡】操本字。見〔集韻〕。

【㩻】古擽字。見〔玉篇〕。

【攗】同攈。〔淮南要略〕所以原測淑清之道而—逐萬物之祖也。

【𢸰】同攣。見〔集韻〕。

【𢺋】同攕。見〔篇海〕。

【㩮】同樓。見〔篇海〕。

【𢺹】攎俗字。見〔正字通〕。

十九畫

【攔】姑還切音關刪韻

●一手相關付也。〔太玄玄攡〕—神明而定摹。〔注〕—、關也。若手相關付。故字有手也。

●二魚子也。〔禮記內則〕濡魚卵醬。〔注〕卵讀爲鯤。鯤、魚子。或作—也。

【攞】朗可切音砢哿韻良何切音羅歌韻

●一揀也。見〔玉篇〕。

●二裂也。見〔集韻〕。〔按廣韻从木音訓同。〕

【攢】徂丸切音欑寒韻

●一聚也。〔漢書司馬相如傳〕—戾莎。

●二不葬而掩其柩曰—。〔宋史哲宗孟皇后傳〕遺命擇地—殯。

●三地名。〔左僖二十五年傳〕王與之陽樊溫原—茅之田。〔後漢郡國志〕河內郡陽樊—茅田。注。杜預曰。縣西北有—城。按當今河南獲嘉縣東北。

●四—仄。聚聲。〔文選嵇康賦〕複疊—仄。

●五—蘿。羅布也。〔楚辭哀歲〕匍匐兮—蘿。

【攢】祖官切音鑽寒韻

●一通鑽。治擇也。〔禮記內則〕柤棃曰

—之。〔疏〕言一一—看其蟲孔也。〔釋文〕—本作鑽。

(二)同鑽聚也〔文選班固賦〕列刃鑽鍭。〔注〕蒼頡篇曰—、聚也。鑽、與—同。

【攢】子罕切音儹旱韻

(一)折也。見〔集韻〕。

(二)通纂。—聚貌〔古咄唶歌〕棗下何——。〔按潘岳笙賦作歌棗下之纂纂、纂古通〕

【攢】徂畔切翰韻

(一)聚也。見〔集韻〕。

(二)穿也。見〔集韻〕。

【攢】則旰切音贊翰韻

(一)聚也。見〔集韻〕。〔按呂覽季秋紀制百縣注。五家爲鄰。五鄰爲里。四里爲—、五—爲鄙。周禮遂人作鄭。說文百家爲鄭。鄭、聚也。〕

(二)解也。見〔玉篇〕。

(三)訟也。見〔廣韻〕。

【扌䜌】盧丸切音鸞寒韻

(一)聚也。見〔集韻〕。

(二)擇也。見〔集韻〕。

【攣】閭員切音攣先韻

(一)係也。見〔說文〕。〔桂注〕易中孚。有孚—如。正義。相牽繫不絕之名也。易林。一牛九鎖更相牽—。

(二)引也。〔易小畜〕有孚—如。〔虞注〕—、引也。

(三)連也、見〔易小畜釋文引馬注〕。

(四)急也。〔素問皮部論〕寒多則筋—骨痛。

(五)痿躄爲—。見〔素問疏五過論〕。

(六)拘—猶拘束也。〔後漢曹褒傳〕帝知羣寮拘—。

【攣】龍眷切音戀霰韻

(一)手足曲病也。〔史記蔡澤傳〕魋顏蹙齃膝—。

(二)同戀。眷念也。〔漢書外戚傳〕上所以——顧念我者。

【攤】他干切音灘寒韻

(一)開也。見〔說文新附〕。〔韻會〕手布也。〔按語云—書、—飯、皆是布開義。今俗猶云—開。〕

(二)緩也。見〔廣韻〕。

(三)—錢意錢也。〔杜甫詩〕白晝—錢高浪中。〔按廣韻作撖。撖蒱、賭博。〕貧暇錄又作—舖。

(四)俗稱平勻曰—。如云—派、—分、—配。

(五)俗稱假定處所零售貨物者曰—。如北京夜市、上海路售者、皆是。

(六)通灘。〔爾雅釋天釋文〕涒灘、本云或作—。

【攤】乃旦切音難翰韻乃坦切音赧旱韻

(一)按也。見〔廣雅釋詁〕。〔疏證〕玉篇音奴旦切。廣韻云按—也。凡抑之使不得起曰—。

(二)同儺。〔說文新附考〕周禮占夢。始儺歐疫。鄭注。難、謂執兵以有難卻也。故書難、或爲儺。杜子春儺讀爲難問之難。据儺訓難卻。與抑按義有合。故疑—爲儺之別體。

【攟】舉縕切音捃吻韻

取也。見〔廣雅釋詁〕。〔疏證〕方言。攈、取也。魯語收—而烝。賈逵注云。—、拾穗也。—、攈同。

【攈】俱運切音攈問韻

同攟。〔管子小匡〕—載而歸。〔注〕—、收拾也。

【攠】忙皮切音糜支韻莫臥切音磨箇韻

鑢摩處見〔集韻〕。〔按考工記梟氏。于上之—謂之隧。注云。—、所擊之處。—、弊也。釋文。—、劉亡奇反。又莫賀反。〕

【擵】眉波切音磨歌韻

摩或字。〔集韻〕摩、說文、研也。或作—。

【攡】鄰知切音離支韻

張也。〔太玄玄攡〕玄者幽—萬類而不見形者也。

【𢹂】抽知切音螭支韻

同摛。〔集韻〕摛、說文、舒也。揚子雲作—。

【[illegible]】七葉切音妾葉韻

飯臿也。見〔玉篇〕。

【扌羸】盧臥切音臝箇韻

繫物之名。見〔廣韻〕。

【攥】宗括切音繓曷韻

手把。見〔集韻〕。

【[illegible]】諾叶切音敜葉韻

指捻也。〔文選潘岳賦〕—纖翮以震幽簧。〔按玉篇—、乃叶切。擪—也。捻同。集韻作攝。〕

【[illegible]】他達切音闥曷韻

擊也。見〔集韻〕。

【攦】郎計切音麗霽韻所綺切音麗紙韻力結切音戾屑韻
折也。撕也。〔莊子胠篋〕—工倕之指。而天下始人有其巧矣。〔釋文〕—、郭呂係反。又力結反。徐所綺反。李云。折也。崔云。撕之也。

【攦】聳尒切音灑紙韻
折也。見〔集韻〕。

【攦】所賣切音曬卦韻
掃也。見〔集韻〕。

【攦】郎擊切音歷錫韻
擽或字。〔集韻〕擽博雅、擊也。或作—。

【𢹶】麾本字。見〔說文〕。

【攎】古擿字。見〔字彙〕。

【攣】同攣。見〔集韻〕。

【擽】擽譌字。見〔正字通〕。

二十畫

【攩】底郎切音黨養韻
㊀黨本字。〔說文〕朋羣也。〔段注〕此鄉黨、黨與本字。俗用黨者。叚借字也。鳥部朋下曰。古文鳳也。鳳飛羣鳥從以萬數。故以爲朋—字。儒林傳。唯京氏爲異黨。師古曰。黨讀曰儻。按儻當作—。
㊁遮過也。俗用爲抵—字。見〔正字通〕。〔按如俗云—攔〕。

【攩】戶廣切音晃養韻
㊀擊也。〔廣雅釋詁〕。〔疏證〕方言。沅涌澆幽之語相椎搏曰—。郭璞注云。今江東人亦名椎爲—音晃。
㊁推行也。見〔集韻〕。〔按此訓疑亦本方言。舊本方言—、拯、抌。推也。南楚凡相推搏注。名推爲—。今鍵釋箋疏本、竝改爲推。廣雅疏證引、應從推爲正。〕

【攩】坦朗切音帑養韻
—搋。搥打也。見〔廣韻〕。〔按列子黃帝篇。—拯挨抌。釋文、—搥打也。〕

【攩】止兩切音掌養韻
推也。見〔集韻〕。

【攩】戶廣切音晃養韻胡曠切音潢漾韻
搥打也。見〔廣韻〕。

【攪】古巧切音絞巧韻
㊀亂也。詩曰。祇—我心。見〔說文〕。
㊁手動也。見〔廣韻〕。
㊂通搯。〔漢書馬融傳〕搯㺃羣。〔章懷注〕案字書搯從手卽古文—字。謂—擾也。

【攪】下巧切音[illegible]巧韻
捊或字。〔集韻〕捊、亂也。或作—。

【攫】厥縛切音钁藥韻
㊀扟也。見〔說文〕。〔王注〕段氏曰。蒼頡篇曰。—搏也。通俗文曰。手把曰—。淮南子曰。鳥窮則搏。獸窮則—。案眾經音義引說文同。而注之曰。扟、居逆切。是其所據說文作丮。轉寫譌作扟耳。丮者持也。筠案攫下云。—、持人。揭下云。戟、持也。皆可爲段說證。玉篇—字在持拑操之閒。而扟在部末。小徐抒—扭扟爲夊。大徐又逐使相就。其錯乃成。
㊁爪持也。見〔韻會引說文〕。〔按禮記儒行。鷙蟲—搏。疏云。以腳取之謂之—。史記田敬仲世家。—之深。集解引徐廣云。—以爪持也。朱駿聲云。擢、當爲—之正篆。〕
㊂撲取也。見〔增韻〕。
㊃撮也。〔淮南覽冥〕鷙鳥—老弱。
㊄—援。援也。〔淮南修務〕—援摽拂。
㊅—挐。妄有搏執牽引也。〔漢書揚雄傳〕—挐者亡。〔又〕相搏持也。〔文選王延壽賦〕奔虎—挐以梁倚。
㊆—援。人名。〔淮南修務〕—援之捷。〔注〕黃帝時捷疾者也。
㊇草名。〔爾雅釋草〕—、烏階。〔注〕卽烏把也。

【攫】厥縛切音钁悅縛切音矆藥韻俱碧切音躩陌韻
搏也。〔莊子徐无鬼〕委蛇—搔。

【攫】屋虢切音嚄霍虢切音砉陌韻
取也。見〔集韻〕。〔按莊子讓王篇。左手—之則右手廢。右手—之則左手廢。釋文引李注。取也。〕

【攫】拘玉切音臼沃韻
擢或字。〔集韻〕擢說文、爪持也。或作—。

【攡】諾叶切音　葉韻
擨—。中制也。見〔集韻〕。

二十一畫

【攬】魯敢切音擥感韻

❶本作擥。撮持也。見〔集韻〕。〔按廣雅釋詁｜持也。疏證。說文擥、撮持也。管子弟子職篇云。飯必捧擥。｜、與擥同。〕
❷斂也。斂置手中也。見〔釋名釋姿容〕。
❸采也。〔離騷〕夕｜洲之宿莽。
❹取也。〔莊子在宥〕此｜乎三王之利。
❺擥也。〔後漢光武紀〕總｜權綱。
❻結也。引取也。〔後漢鄧禹傳〕莫好延｜英雄。
❼摠也。〔李白詩〕秦華躡可｜。
❽括束也。〔晁補之詩〕雲｜紅日晞。
〔俗言兜｜、包｜亦此意。〕

【攇】牙葛切音嶭 才達切音巀 曷韻
糱也。見〔廣雅釋詁〕。〔按廣雅、玉篇、五曷切。廣韻、集韻、皆二音。訓竝同。〕

【㩳】株玉切音劚沃韻
執也。見〔集韻引廣雅〕。〔按類篇引同。當是廣雅佚文。漢書音義、鄭氏音拘。字林音竹足反。蓋｜本訓拘執。集韻音義不誤也。〕

【攭】力霽切音例霽韻
分判也。〔荀子賦論〕｜兮其相逐而反也。〔注〕｜兮分判貌。｜音戾。

【攍】魯果切音裸哿韻
無毛羽貌。〔荀子賦論〕｜｜兮其狀屢化如神。〔注〕｜讀如其蟲倮之倮。

【⿰扌羼】初莧切音羼諫韻
插也。見〔集韻〕。

【⿰扌廱】同攤。見〔集韻〕。

【⿰扌蔡】同擦。見〔集韻〕。

【⿰扌蘘】同攘。見〔篇海〕。

【⿰扌曡】同攝。見〔集韻〕。

二十二畫

【⿰扌疊】達協切音牒葉韻
❶收也。見〔玉篇〕。
❷掛也。見〔廣韻〕。
❸排也。見〔集韻〕。

【⿰扌壘】敵盍切音蹋合韻
亦排也。見〔集韻〕。

【攮】乃黨切音曩養韻
❶｜推也。見〔字彙〕。〔如俗云推來｜去。〕
❷俗謂以刀刺人曰｜。北方謂小刀為小｜子。

二十四畫

【⿰扌靈】郎定切零去聲徑韻
插空兒。見〔廣韻〕。

【⿰扌靈】郎丁切音靈青韻
拎或字。〔集韻〕拎。懸捻物也。或从靈。

【⿰扌纍】同攫。見〔篇海〕。

二十九畫

【⿰扌鬱】紆勿切音鬱物韻
拗戾。見〔集韻〕。

※毛部※

【毛】謨袍切音旄豪韻
❶眉髮之屬及獸｜也。見〔說文〕。〔段注〕眉者、目上｜也。髮者、首上｜也。而者、須也。須者、而也。𦣝下之｜也。髯者、頰須也。𩑶、口上須也。及獸｜者、貴人賤畜也。
❷貌也。冒也。在表所以別形貌。且以自覆冒也。見〔釋名釋形體〕。
❸輕也。見〔廣雅釋詁〕。
❹犧牲之純色者曰｜。〔公羊文十三年傳〕羣公不｜。〔注〕不｜、不純色也。
❺獸也。〔禮記樂記〕｜者孕鬻。
❻旄牛尾也。〔書禹貢〕齒革羽｜。
❼謂桑麻也。〔周禮載師〕凡宅不｜者有里布。〔司農注〕宅不｜、謂不樹桑麻也。
❽謂五穀也。〔公羊宣十二年傳〕錫之不｜之地。
❾草也。〔左昭七年傳〕食土之｜。
❿嘉苗也。〔管子七主七臣〕而欲土地之｜。
⓫竹名。〔顧愷之竹譜〕南嶺有｜竹。
⓬地｜、莎隨也。見〔廣雅釋草〕。

(十三)去—曰—〔周禮封人〕—炰之豚。〔注〕爓去其—而炰之。

(十四)髮班白曰二—〔禮記檀弓〕不禽二—。

(十五)羊曰柔—見〔禮記曲禮〕。

(十六)俗呼始生兒曰—頭或曰—。

(十七)俗呼髮匪曰長—。

(十八)毫釐字俗或省作—。

(十九)國名〔左傳二十四年傳〕魯衞—聃文之昭也。

(二十)通髦〔儀禮士喪禮〕馬不齊髦。〔注〕今文髦爲—。

(廿一)通毨。〔周禮司裘注〕中秋鳥獸毨毨。〔按書堯典作—毨〕。

(廿二)通旄〔書禹貢〕厥貢羽—齒革。〔史記夏本紀作旄〕。

(廿三)姓也。漢—亨傳詩二十九卷。

【毛】莫報切音帽號韻　擇也。鄭康成說或作托通作芼見〔集韻〕。

【毛】蒙晡切音模虞韻　無也。〔後漢馮衍傳〕饑者—食。〔注〕按衍集—字作無。今俗猶然者。或古亦通乎。

【毛】蘇甘切音三覃韻

(一)參之轉聲。〔海篇〕—郎神本三郎神也。蠻人呼參爲—。轉聲爲三。

(二)—陽地名。在山東費縣境。

二畫

【毜】尼證切徑韻　毜—犬毛見〔集韻〕。

【毟】秃籀文見〔玉篇〕。

三畫

【毢】同旄見〔集韻〕。

【毣】同㲡見〔同文舉要〕。

【毝】㲜俗字見〔字學元元〕。

四畫

【毤】章移切音支支韻

(一)罽也見〔廣雅釋器〕。

(二)毞—者輕毛貌見〔廣韻〕。

【毞】普刀切音槖豪韻叵到切音犥號韻

(一)毛起皃見〔集韻〕。

(二)輕也見〔集韻〕。

【毨】敷文切音芬文韻符分切音汾文韻　—。毛落見〔集韻〕。

五畫

【毘】頻脂切音毗支韻　氐罽也見〔集韻〕。

【毻】博蓋切音貝泰韻薄邁切音敗卦韻　—毻。毛多皃見〔集韻〕。

【毠】居拜切音戒卦韻　罽細毛也見〔集韻〕。

【毿】悉合切音颯合韻　毿—。眼睫長皃見〔集韻〕。

【毦】同髯見〔集韻〕。

【毧】同毹見〔字彙〕。

【毰】同髮見〔字彙補〕。

【毱】田聊切音迢蕭韻　—毻。鳥尾翹毛也見〔集韻〕。

【毲】丁聊切音貂蕭韻　—毻。羽翠皃見〔集韻〕。

【毳】郎丁切音靈青韻〔説文〕年切音蓮先韻　泠或字〔集韻〕泠毛長總結也。或作—。〔按周禮內饔作泠〕。

【毴】師庚切音生庚韻　—毻。毛起貌見〔集韻〕。

【毵】阻引切音軫韻　毛髮齊皃見〔集韻〕。

【毠】居牙切音嘉麻韻　毠或字〔集韻〕毠毛衣謂之毠毟。或作—、毠。〔按翻譯名義云。應法師云。韻書作毠毟。葛洪字苑始改從衣〕。

【毶】攀糜切音披支韻　毛也見〔玉篇〕。

【毷】莫候切音茂宥韻　毛密也見〔正字通〕。

【毸】直格切音宅陌韻　毛初生也見〔玉篇〕。

【毹】其俱切音衢虞韻　毛毯也見〔篇韻〕。〔按卽氍之譌〕。

【毺】人朱切音儒虞韻　毛也見〔字彙補〕。

【毻】力主切音縷麌韻　罽也見〔字彙補〕。

【毼】蒲報切音暴號韻　同毦。鳥伏卵見〔字彙〕。

【毞】同紕。毛毯之類。〔後漢西南

夷傳〕冉駹夷。其人能作旄毲班罽青頓—之毲羊羧之屬。

【毤】同毻。見〔字彙〕。

【毢】同毻。見〔篇海〕。

【秏】同旄。見〔篇海〕。

【毡】氊俗字。見〔正字通〕。

【毠】音未詳。〔字彙補〕宋時取士編號之字也。詳圖字。

六畫

【毣】莫卜切音木屋韻　黑角切音邈覺韻

(一)好也。〔方言〕純—、好也。〔注〕——、小好貌。

(二)——思貌。〔漢書鮑宣傳〕極竭——之思。〔注〕師古曰。猶蒙蒙也。如淳曰。謹愿貌。

(三)風貌。〔柳宗元龍城錄〕台人既辭去。舟回如飛。但覺風——而過。

(四)毛濕也。見〔玉篇〕。

【毷】莫報切音帽號韻

同眊。見〔集韻〕。

【毦】仍吏切音餌寘韻

(一)羽毛飾也。見〔說文新附〕。〔按後漢單超傳。金銀罽—。施於犬馬。注云。—以羽毛爲飾。〕

(二)罽也。見〔廣雅釋器〕。

(三)香草也。〔郭璞江賦〕揚皓—。擢紫茸。

(四)藤也。〔齊民要術〕—藤大小如苹。蔫蔓衍生。

(五)白—。拂名。〔晉東宮舊事〕皇太子納妃。有白—拂二枚。

(六)錦名。〔翻譯名義〕兜羅錦亦曰兜羅—。

(七)細條下垂也。〔通俗文〕絲羽革草之下垂者。並可以—名。

【毨】蘇典切音銑銑韻

(一)選也。仲秋鳥獸毛盛可選取以爲器。見〔說文〕。

(二)毛羽生而齊理也。〔書堯典〕鳥獸毛—。〔傳〕—、理也。毛更生整理也。〔正義〕毛羽美悅之狀。

【毥】思巡切音荀眞韻

毛也。見〔玉篇〕。

【毥】徐閏切音殉稕韻

毛羽利也。見〔集韻〕。

【毢】桑才切音鰓灰韻

毰—。鳥羽張皃。見〔集韻〕。

【毭】烏合切音閤合韻

睫毛長皃。見〔集韻〕。

【毤】吐臥切音唾箇韻　欲雪切音悅屑韻

同毻。鳥易毛也。見〔集韻〕。〔按管子輕重甲。衣皮—服以爲幣。注云。—落毛也。〕

【毧】而中切音戎東韻

細毛也。見〔玉篇〕。

【毠】女居切音袽魚韻

犬毛多皃。見〔集韻〕。

【毧】傷遇切音戍遇韻

毛也。見〔廣韻〕。

【氈】章延切音氈先韻

毛席也。見〔字彙補〕。

【毱】渠竹切音踘屋韻

皮毛之丸。見〔篇海類編〕。

【毤】私列切音薛屑韻

鳥獸理毛。見〔集韻〕。〔按即毨字。〕

【翍】同翠。見〔玉篇〕。

【毷】同耄。見〔篇韻〕。

【毦】同毦。見〔正字通〕。

【毶】同毬。見〔正字通〕。

七畫

【毫】胡刀切音豪豪韻

(一)長銳毛也。見〔集韻〕。〔按素問刺要云。病有在—毛腠理者。注。毛之長者曰—。〕

(二)十絲曰—。十—曰釐。見〔謝察微算經〕。

(三)筆謂之—。〔陸機文賦〕或含—而渺然。

(四)物細曰秋—。言—至秋極纖細也。〔孟子梁惠王〕明足以察秋—之末。

(五)俗呼小銀圓爲角子。亦曰—子。

(六)姓也。漢—康封安陽侯。

【毪】相然切音仙先韻　疏臻切音莘眞韻

(一)—毲。罽也。見〔廣雅釋器〕。

(二)—翅。細葛也。見〔風俗通〕。

【䬦】蘇彫切音蕭蕭韻　思留切音脩尤韻

(一)羽翼敝皃。見〔廣韻〕。

(二)毷—。毷䬦也。見〔類篇〕。

【毬】渠尤切音求尤韻

㊀鞠丸也見〔說文新附〕。〔劉向別錄〕蹴鞠。黃帝所造。本兵勢也。或云起於戰國。古人蹋蹴以爲戲。又封氏見聞記云。打—古之蹵鞠也。按字今又作〔毬〕。

㊁花—毳布也。〔外國志〕哈烈有瑣伏花—。織鳥毳成文。

㊂繡—花名。一名雪—。春月開花五瓣。百花成朵。團圝如—。有紅白二種。微香。

繡毬花圖

㊃魚名。〔范正敏遯齋閒覽〕朱崖之傍。有物如鞠。大小質狀無異。亦有紋如綫。味極肥美。土人呼爲—魚。

㊄帶名。〔夢溪筆談〕太宗命創方團—帶。賜二府文臣。

㊅杖名。〔杜光庭錄異記〕蘇校書者。好酒。唱望江南。善製—杖。

㊆錦名。〔齊東野語〕御府臨六朝羲獻唐人法帖用—露錦。

【毪】芳無切音敷虞韻

㊀鳥毛解見〔集韻〕。

㊁亂也見〔集韻〕。

【毰】呼高切音蒿豪韻

㊀攪也見〔字彙〕。

㊁揉也見〔篇海〕。

【毮】師加切音沙麻韻

㊀毛長貌見〔正字通〕。

㊁同裟。毛衣謂之褩—見〔集韻〕。

【毲】郎外切音酹泰韻

鳥羽斑也見〔集韻〕。

【毯】龍拙切音劣屑韻

馬毛雜班謂之—見〔集韻〕。

【毬】霜俱切音輸虞韻

氍毹也見〔篇海〕。

【毭】薄沒切音勃月韻

—毭。毛短皃見〔集韻〕。

【毯】大豆切音豆宥韻

毭—。亂也見〔廣雅釋器〕。

【毰】匿各切音諾藥韻

毲屬。質極細。可以禦雨見〔集韻〕。

【毱】女巧切橈上聲巧韻

—毲。氍毹毛深亂者見〔集韻〕。

【毹】夷然切音延先韻

毾—。錦類見〔字彙補〕。

【毷】古尿字見〔字彙補〕。〔按康熙字典云。尿與溺同。改从毛作—。無義。且溺字古文作休。月爲古文。尤屬臆造。其說近是。存參〕

【毸】同毪見〔集韻〕。

【毹】同毲見〔集韻〕。

【毺】同毬見〔字彙〕。

【毻】同毬見〔字彙〕。

【毼】同毻見〔字彙〕。

【毽】同毲。見〔正字通〕。

【毾】毦俗字見〔正字通〕。

【毿】氍毹字見〔正字通〕。

八畫

【毶】陵之切音釐支韻。郎才切音來灰韻

㊀毛起也見〔玉篇〕。

㊁氂或字。〔集韻〕氂。強曲毛。可以箸起衣。或作—、𣯛。

㊂犬名。〔博物志〕周穆王有犬名—。毛白。

【毰】蒲枚切音裴灰韻

—毸。鳳舞皃見〔玉篇〕。〔又〕毛羽皃見〔集韻〕。

【毱】渠竹切音鞠屋韻

㊀皮毛丸也見〔廣韻〕。

㊁蹋蹴見〔集韻〕。

【毲】而勇切音宂腫韻而允切音蠕銑韻

眾也。聚也見〔玉篇〕。

【毳】讒袍切音施豪韻

通毛。〔書堯典〕鳥獸毛毨。〔周禮司裘注作鳥獸—毨〕

【毴】莫報切音帽號韻

㊀鳥毛盛也見〔廣韻〕。

㊁輕毛見〔集韻〕。

【毵】蘇骨切音窣昨沒切音捽月韻

㊀毵—。毛短皃見〔廣韻〕。

㊁毛生皃見〔集韻〕。

【毳】此芮切音脆儒稅切音汭霽韻。姝悅切音歠屑韻

㊀獸細毛也从三毛見〔說文毳部〕。〔段注〕掌皮注曰。—毛。毛細縟者。毛細則叢密。故从三毛。眾意也。

㊁鳥腹毛。〔說苑尊賢〕背上之毛。腹下之—。

㊂冕名。〔周禮司服〕四望山川司—冕。

(四)僧服名。[法苑珠林]衣中有四者。一蘘攝衣二—衣三衲衣四三衣。

(五)小栗物易斷也。[荀子議兵]是事小敵—則偷可用也。

(六)柔美之物曰甘—。[史記聶政傳]旦夕得甘—以養親。[索隱]鄒氏音脆二義相通也。[漢書丙吉傳]數奏甘—食物注、讀與脆同。

(七)—幕氈帳也。[李陵書]韋韝—幕。

(八)火—火浣布也。[後漢西南夷傳論]賨幏火—。

(九)姓也見[姓苑]。

【毸】呼八切音聒黠韻 臥氈也。見[集韻]。

【毳】租悅切音絕屑韻 同橇。[漢書溝洫志]泥行乘—。[按史記作橇集韻云通作蕝]。

【𣯩】展里切音徵紙韻 獸毛多曰—。見[集韻]。

【毯】吐敢切音菼感韻 毛席。見[廣韻]。

【𣰋】渠勿切音倔物韻 鳥短毛。見[字彙]。[按即屈字]。

【𣯫】多則切音德丁力切音𠆂職韻 毛少也。見[玉篇]。

【𣯍】即涉切音接葉韻 映或字。見[集韻]。

【毲】都括切音掇曷韻 罽夷織毛罽也。[後漢西南夷傳]哀牢夷知染采文繡罽—。

【毤】古本切音袞阮韻 毛轉也。見[字彙]。

【𣰆】將先切音箋先韻 毨屬。見[集韻]。

【毰】毗亦切音擗陌韻 毛也。見[玉篇]。

【毷】其俱切音衢虞韻 毹毺之屬。見[字彙補]。

【𣬛】妨非切音非支韻 紛也。見[玉篇]。

【毹】同毯。見[字彙]。

【毬】同毾。見[集韻]。

【毽】同氌。見[海篇]。

【毻】同氌。見[五音篇海]。

【𣯸】同毪。見[字彙補]。

【毪】同毷。見[字彙]。

【毯】戻俗字。

【毭】毱譌字。見[字彙補]。

九畫

【毸】乃帶切音柰泰韻

(一)毷—。多毛。見[玉篇]。

(二)獸毛密曰—。見[集韻]。

【毼】何葛切音曷曷韻

(一)罽也。見[廣雅釋器]。

(二)毛布。从衣作褐。見[字彙]。

(三)同鶡。鶡名。[後漢西南夷傳]冉駹夷有五角羊麝香輕毛—雞牲牲。[注]郭璞注山海經曰。—雞似雉而大。青色有毛角。鬬敵死乃止。

【毼】丘葛切音渴曷韻 白也。[儀禮士喪禮]—豆兩。[集韻云。樵或作—]。

【毾】得合切音答合韻 毾—。性劣也。[李翊俗呼小錄]今俗謂性劣者爲毾—。

【𣰈】補朗切音榜養韻 罽也。見[廣雅釋器]。[按字林云。罽之方文者。通俗文云。邪文曰—。]集韻云。或从旁。

【𣯽】徒葉切音牒葉韻 西國毛布。見[字彙]。

【𣯴】於驚切音英庚韻 毛也。見[字彙]。

【𣯵】於丙切音影梗韻 毛車也。見[廣韻]。[按字彙云。毛—車也。舊注引玉篇云毛布。]

【毧】如終切音茸東韻 細毛。見[字彙]。[按正字通云。俗毧字。]

【毷】莫報切音帽號韻 解也。見[廣雅釋詁]。[疏證本作毷。]

【𣯻】古牙切音嘉麻韻 —毟。胡衣也。見[玉篇]。

【毺】疎鳩切音搜尤韻山於切音蔬魚韻 —。織毛有文者。見[集韻]。[按異物志云。大秦國以野繭絲織成氍—。以羣獸五色毛雜之。爲鳥獸人物草木雲氣。千奇萬變。惟意所作。集韻魚韻書作毹。]

【𣰉】蘇回切音𦿃灰韻

毸—。鳳舞皃。見〔集韻〕。

【毢】桑才切音鰓灰韻 毸或字。見〔集韻〕。毸毸。毸鳥羽張皃。或从思。通作鰓。

【毹】羊朱切音俞雙雛切音毹舂朱切音輸虞韻 織毛褥曰氍—。見〔風俗通〕。

【毻】吐外切音蛻泰韻吐臥切音唾箇韻湯果切哿韻 易也。見〔方言〕〔注〕、易謂解易也。〔按郭璞江賦。產—積羽。注。落毛也。廣雅。解也。集韻云。謂鳥獸解毛羽也。並同。〕

【𣯸】婢典切音辯銑韻 —毿。毛毨也。見〔玉篇〕。〔又〕毛不理。見〔集韻〕。

【毽】經電切音建霰韻 拋足之戲具。見〔字彙補〕。〔按帝京景物略云。楊柳兒青放空鐘。楊柳兒死踢—子。〕

【毺】同毹。見〔字彙〕。

【𣯻】同眉。見〔字彙補〕。

【毶】同毿。見〔集韻〕。

【㲯】同氍。見〔篇海〕。

【毼】同毻。見〔海篇〕。

【㲜】同毿。見〔篇海〕。

【毱】同鞠。見〔字彙〕。

【毵】毿或字。見〔集韻〕。

【𣯍】氅省字。見〔正字通〕。

【𣯭】毦鶡字。見〔正字通〕。

【𣯯】毦鶡字。見〔字彙補〕。

十畫

【𣯴】徒郎切音唐陽韻 ●一 —𣯴。罽也。見〔廣雅釋器〕。〔按玉篇云。罽曲文者。〕 ●二 冠纓上飾。見〔正字通〕。

【𣰁】侯旰切音翰翰韻河干切音寒寒韻 ●一 獸毫也。見〔說文〕。〔段注〕豪者、豕鬣如筆管者也。引伸爲毛之長者之偁、—古書多作翰。 ●二 長毛也。見〔玉篇〕。

【㲨】如容切音茸冬韻而用切音鑲宋韻〔與氄別〕 罽也。見〔廣雅釋器〕。

【毦】而用切音鑲宋韻

韓或字。見〔集韻〕。韓毳飾。一曰。罽也。或作—。

【𣯲】雙隹切音衰支韻 毶—。毛長皃。一曰狐皃。見〔集韻〕。

【𣯗】渠伊切音耆支韻 毛文會也。見〔集韻〕。

【毼】胡葛切音曷曷韻 毛布也。見〔字彙補〕。

【毾】託盍切音榻合韻 —㲪也。見〔說文新附〕。〔按廣蒼云。—㲪、毛有文章也。通俗文云。毛蓐細者曰—㲪。又埤倉云。—㲪、毛席也。正字通云。中天竺有—㲪。今曰毾㲪諸說義實相成。今並存之。〕

【𣰎】先到切音燥號韻 毛貌。見〔集韻〕。

【㲰】而蜀切音辱沃韻 毷—。見〔玉篇〕。〔正字通云同縟。〕

【𣯖】桑何切音娑歌韻 毛羽婆娑貌。通作娑、毸。見〔洪武正韻〕。

【𣯫】乳勇切音冗腫韻乳尹切音蝡軫韻 毛盛也。虞書曰鳥獸—髦。見〔說文〕。〔段注〕虞當作唐。髦、毛、古通用。今書—作氄。

【𣯳】烏沒切音嗢月韻 —毤。毛皃。見〔集韻〕。

【𣰖】而中切音茸東韻 細毛也。見〔字彙補〕。

【𣰍】乳勇切音冗腫韻 㲝—。猥雜皃。一曰不肖。見〔集韻〕。

【𣰪】同毵。見〔玉篇〕。

【𣯤】同𣯲。見〔集韻〕。

【𣯵】同罽。見〔玉篇〕。

【𣰞】同𣯗。見〔字彙〕。

【𣰟】同毦。見〔玉篇〕。

【𣰠】同氅。見〔龍龕手鑑〕。

【𣰡】同涎。見〔字彙補〕。

【𣰢】毿或字。見〔集韻〕。

十一畫

【毿】蘇含切音鬖覃韻 ●一 毛長貌。見〔玉篇〕。〔按詩宛丘疏云。白鷺青腳高尺七八寸。頭上有

毛十數枚。長尺餘。——然與衆毛異。〔玉篇說蓋本此〕

(二)——物細長貌。〔孟浩然詩〕綠岸——楊柳垂。

【氂】陵之切音釐支韻 謨袍切音毛豪韻 郎才切音來灰韻

(一)犛牛尾也。从犛省。从毛。見〔說文犛部〕。

(二)——牛。旄牛之屬。〔山海經中山經〕荊山其中多——牛。

(三)馬尾也。〔淮南說山〕馬——截玉。

(四)雜毛曰——。見〔小爾雅廣訓〕。

(五)長毛也。〔後漢岑彭傳〕狗吠不驚。足下生——。

(六)強曲之毛也。〔漢書王莽傳〕以——裝衣。〔注〕毛之強曲者曰——。

(七)罽也。見〔爾雅釋言〕。

(八)細物也。〔列子湯問〕以——懸蝨於牖。

(九)十髮爲——。見〔賈子六術〕。

(十)通釐。〔漢書律曆志〕不失豪——。

【⿰毛離】鄰知切音離支韻 䍦或字。〔集韻〕䍦接䍦白帽也。或作——。通作攡。

【⿱從毛】將容切音蹤冬韻 罽也。見〔廣雅釋器〕。

【⿰毛滿】謨奔切音門元韻 以毳爲罽。色如虋。故謂之——。虋禾之赤苗也。詩曰毳衣如——。見〔說文〕〔今詩王風大車作璊〕。

【⿰毛徙】想里切音璽紙韻 毛垂貌。見〔字彙〕。

【氀】龍珠切音樓虞韻 罽也。見〔廣雅釋器〕。

【⿰數毛】雙雛切音芻虞韻 毹或字。〔集韻〕毹織毛蓐。氍毹曰毹毹。或作毺、毹、——。

【⿰數毛】當侯切音兜尤韻 人險爲——毭。見〔李翊俗呼小錄〕。

【⿰毛莫】莫胡切音模虞韻 毛段也。見〔字彙〕。

【⿰莽毛】毋朗切音莽養韻 毲——。毛布也。見〔集韻〕。

【⿰敝毛】女介切音褹卦韻 毛髮⿱采毛皃。見〔集韻〕。

【⿺毛崔】蘇回切音脽灰韻 毸或字。〔集韻〕毰毸。鳳舞皃。或从崔。

【⿺毛崔】取猥切音漼賄韻 ⿱髟崔或字。〔集韻〕⿱髟崔毛髮皃。或从毛。

【⿺毛婁】同⿰數毛。見〔集韻〕。

【⿰習毛】同⿺毛習。見〔篇韻〕。

【⿺毛習】同⿺毛登。見〔類篇〕。

【⿰雚毛】同⿺毛崔。見〔集韻〕。

【⿰錢毛】同⿺毛疌。見〔字彙補〕。

【⿺毛翟】同⿺毛習。見〔字彙補〕。

【⿰阝毛】⿺毛遂或字。見〔集韻〕。

【⿱旣毛】吳人以旣下作毛爲髻字。見〔顏氏家訓書證〕。

【⿱殸毛】⿱殸毛俗字。讀若纖。

十二畫

【㲪】都騰切音登蒸韻

(一)毾——也。見〔說文新附〕。

(二)毾——。羽悴貌。見〔類篇〕。

【⿰焦毛】兹消切音焦蕭韻

(一)肖顇毛曰——。見〔集韻〕。

(二)羽殺也。與詩豳風予羽譙譙音義同。見〔正字通〕。

【氅】齒兩切音敞養韻

(一)鷩羽。見〔玉篇〕。

(二)析羽爲裘衣之屬。〔世說〕王恭著鶴——。

【氄】乳勇切音宂腫韻 而允切音蝡銑韻 而融切音戎冬韻 毛盛也。見〔書堯典鳥獸——毛注〕。

【⿰喬毛】渠嬌切音喬蕭韻 ——⿰毛旦毹也。見〔集韻〕。

【⿰童毛】徒東切音同東韻 氋——。毛皃。見〔集韻〕。〔按世說。羊祜有鶴善舞。嘗向客稱之。客試使驅來。氋——而不肯舞。〕

【⿰丵毛】步木切音僕屋韻 毲——。毛不理也。見〔集韻〕。

【⿺毛賁】方文切音分文韻 彼義切音賁寘韻 逋還切音班刪韻 罽也。見〔廣雅釋器〕。

【⿺毛豐】布廣切音榜養韻 ——⿺毛登。又毛——。邪文見〔字彙〕。

【⿺毛登】同㲪。見〔正字通〕。〔按古樂府云。㲪——五木香。〕

【⿰焱毛】吐敢切音菼感韻 同毯。見〔字彙補〕。〔按前涼錄。執

即遣參軍杜勳獻馬五百匹。一布三萬疋。舊說此字當从炎改从焱無義。當即㲛字譌文。〕

【氊】同氊。見〔字彙補〕。

【毲】毲或字。見〔集韻〕。

【氉】氉或字。見〔集韻〕。

【㲣】㲣俗字。見〔正字通〕。

【毶】毶譌字。見〔字彙補〕。

十三畫

【氉】蘇到切音噪號韻

(一) 毛也。見〔玉篇〕。〔按正字通云。毛健也。〕

(二) 毷—。煩悶也。〔唐國史補〕舉子不捷而醉飽謂之打毷—。謂拂其煩悶也。

【氋】何葛切音曷曷韻　同藹。水草名似蕨而可啖。見〔集韻〕。

【氎】力涉切音獵葉韻　車䡅以禦風塵。〔周禮巾車〕有䡅翣。〔注〕故書䡅爲氎。亦或爲—。

【氈】諸延切音旃先韻

(一) 撚毛也。見〔說文〕。〔段注〕手部曰。撚者、蹂也。撚毛者、蹂毛成氈也。周禮掌皮曰共其毳毛爲—。

(二) 旃也。毛相著旃旃然也。見〔釋名釋牀帳〕。

(三) 通作旃。〔漢書蘇武傳〕齧雪與旃毛。

【氀】霜俱切音輸虞韻　氍毹也。見〔字彙補〕。

【氅】氅或字。見〔集韻〕。

【毿】毿或字。見〔集韻〕。

【氉】氉俗字。見〔正字通〕。

十四畫

【氋】七芮切音毳霽韻　斷也。見〔玉篇〕。

【氋】謨蓬切音蒙東韻　—氃。毛皃。見〔集韻〕。

【氉】於蓋切音靄泰韻　於歇切音謁月韻　多毛也。見〔玉篇〕。

【氄】皮孕切音凭徑韻　—毲。犬毛。見〔集韻〕。

【氎】汝占切音髯鹽韻　力甘切音藍覃韻　—毿也。見〔玉篇〕。〔按朱熹詩䙫花垂露碧—毿。〕

【氉】尼庚切音獰庚韻　毛多之犬。見〔集韻〕。

【氍】其居切音渠魚韻　細毛也。見〔字彙補〕。

【氎】卽涉切音接葉韻　同㲧。見〔集韻〕。

【氎】同毿。見〔玉篇〕。

【氉】同毳。見〔玉篇〕。

十五畫

【氇】徒木切音讀屋韻　—旗也。見〔字彙〕。〔按古字書無—字。軍中大旗曰纛。从毛。無義。〕

【氌】郎何切音羅歌韻　郎古切音魯虞韻　氌—。西番絨毛織者。見〔字彙〕。

【氎】力涉切音獵葉韻　同髮。見〔集韻〕。〔按說文髮下。髮髮也。段注。動而直上皃。从巤。或从毛。〕

【氉】相玉切音粟沃韻　罽也。見〔廣雅釋器〕。

【氎】同氎。見〔篇海〕。

十七畫

【氎】如羊切音穰陽韻　同鬤。被髮也。見〔玉篇〕。

【氉】乃朗切音曩養韻　毷—。氉毛深亂皃。見〔集韻〕。

【纖】思廉切音纖鹽韻　毛也。見〔集韻〕。

【氈】俗氈字。見〔正字通〕。

十八畫

【氎】日涉切音聶葉韻　毛弱皃。見〔集韻〕。

【氍】權俱切音衢虞韻　罽也。見〔廣雅釋器〕。〔按風俗通云。織毛褥謂之—毹。義同。〕

【氎】毷譌字。見〔正字通〕。

十九畫

【氎】雙雛切音毹虞韻

毛磔起皃。八荒中有毛人。如猴。毛長毿—。東方朔說。見〔集韻〕。

【𣯦】同毿。見〔正字通〕。

二十二畫

【氎】業協切音牒葉韻

㊀細毛布也。〔唐書地理志〕隴右道。厥賦有毛氎白—。

㊁織成之衣也。〔賢愚經〕一端金色之—奉上如來。

㊂巾也。〔王昌齡詩〕手巾花—淨。

二十四畫

【𣰽】氍。亦作—。見〔集韻〕。

※心部※

【心】思林切音新侵韻

㊀人—土藏。在身之中。象形。博士說以爲火藏。見〔說文〕。〔按〕—者生之本。神之變也。其華在面。其充在血脈。其形類倒懸之椎。長三寸六分。厚一寸八分。居肺之下。今生理學云。居橫隔膜之上。左右兩肺之間。形狀如囊。爲肌肉質。外有膜圍繞。名—囊。亦曰—包絡。內分上下左右四房。爲行血之中樞。

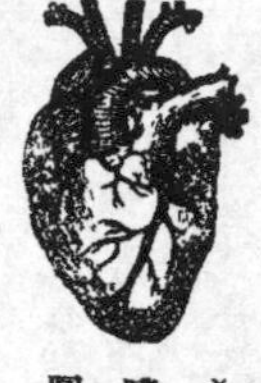

心臟圖

㊁意識感情之主也。〔荀子解蔽〕—者形之君也。而神明之主也。〔近世亦稱感情意志等作用曰—理〕

㊂思也。志望也。〔詩巧言〕他人有—。予忖度之。

㊃本也。〔易復〕復其見天下之—乎。〔正義〕言天地寂然不動。是以本爲—者也。

㊄中央曰—。〔古歌〕日出當—。〔謂日中也〕

㊅植物蕊髓曰—。〔易序卦〕其于木也。爲堅多—。

㊆星名。二十八宿之一。今小滿節子正一刻十分之中星。

心宿圖

㊇蓮薏爲—。〔爾雅釋草〕的中。薏。〔疏〕薏。蓮中—也。

㊈㰋㰐一名—。〔爾雅釋木〕㰋㰐。—。

㊉俗謂定食外之小食爲點—。〔癸辛雜志〕阜陵謂趙溫叔曰。聞卿健啖。朕欲作小點—相請。

(十一)腹—喻親切之人也。〔詩兔罝〕公侯腹—。

(十二)同—鳥名。〔宋書符瑞志〕同—鳥。王者德及遐方四夷合同則至。

一畫

【必】卑吉切音畢質韻

㊀分極也。从八弋。見〔說文八部〕。〔段注〕極。猶準也。立表爲分判之準。故曰分極。

㊁定辭也。〔詩南山〕取妻如之何。—告父母。

㊂尊也。〔論語子罕〕毋意毋—。〔注〕用之則行。舍之則藏。故無尊—。

㊃信也。〔漢書韓信傳〕且漢王不可—。

㊄果也。〔漢書宣帝紀贊〕孝宣之世。信賞—罰。

㊅審也。〔後漢劉陶傳〕所與交友。—也同志。

㊆苟也。〔法言君子〕—進易儽也。—退易儽也。

㊇不已也。見〔墨子經上〕。

㊈—育人名。燧人氏之佐也。〔羣輔錄〕—育受稅俗。

㊉—栗。羌胡樂器名。一作觱栗。

【必】幷列切音彆屑韻

組也。〔考工記玉人〕天子圭中—。〔注〕謂以組約其中央。以備失墜。

【忆】同忕。見〔集韻〕。

二畫

【忇】盧得切音勒職韻

㊀功大也。見〔玉篇〕。

㊁思也。見〔玉篇〕。

【忉】都勞切音刀豪韻

㊀—。憂心貌。〔詩防有雀巢〕心焉

一一。

(二)一利天。三十三天之總名。〔法苑珠林〕欲界十天。亦名三十三天。總名一利天。

〔忎〕如鄰切音人眞韻

親也。仁愛也。見〔五音集韻〕。

〔忍〕魚既切音毅未韻魚記切音疑魚刈切音艾隊韻

怒也。見〔說文〕。

〔忩〕魚刈切音乂隊韻牛蓋切音艾泰韻

懲也。見〔說文〕。

〔忙〕符彼切音被紙韻

劣也。見〔玉篇〕。

〔忊〕徒徑切音定他定切音聽徑韻

一慏。恨也。見〔集韻〕。〔又〕不得志貌。見〔五音集韻〕。

〔忛〕同怨。見〔集韻〕。

三畫

〔忌〕渠記切音惎寘韻

(一)憎惡也。見〔說文〕。

(二)嫉也。〔詩小星箋〕以色曰妒。以行曰一。

(三)畏也。〔左昭元年傳〕幼而不一。

(四)怨也。〔禮記檀弓〕爲懿伯之一不入。

(五)敬也。〔左昭元年傳〕非羈何一。〔注〕言不敬羈客當誰敬哉。

(六)戒也。〔書呂刑〕敬一罔有擇言在身。〔注〕一之言戒也。

(七)禁也。〔易夬〕居德則一。

(八)難也。〔國語晉語〕好專利而不一。

(九)告誡也。〔淮南天文〕虹蜺彗星者。天之一也。

(十)意也。〔書秦誓〕則曰未就予一。

(十一)姓也。周公一父之後。以王父字爲氏。

(十二)一諱。防禦也。〔老子〕今天下多一諱。

(十三)一日。親喪日也。〔禮記祭義〕君子有終身之喪。一日之謂也。

(十四)龍一。禁火日也。〔後漢周舉傳〕有龍一之禁。

(十五)狗一。枸杞別名。〔史子玉賦〕匪藻匪茾。強名曰杞。或云羊乳。亦曰狗一。

(十六)一避。近世訴訟法謂裁判所職員。因當事人之申請。不得參與訴訟事件。曰一避。訴訟律草案謂之拒卻。

〔忌〕居利切音冀寘韻

語助辭。〔詩大叔于田〕叔善射一。

〔忍〕爾軫切音訒軫韻

(一)能也。見〔說文〕。

(二)耐也。〔論語八佾〕是可一也。孰不可一也。〔疏〕一、猶容耐也。

(三)堪也。〔文選張衡賦〕百姓弗能一。

(四)矯性曰一。〔荀子儒效〕志、一私然後公。行一性情然後能修。〔注〕一、謂矯其性。

(五)慈之反。〔賈子道術〕惻隱憐人謂之慈。反慈爲一。

(六)以義斷也。〔國語晉語〕以一去過。

(七)一一。猶不一也。〔後漢崔琦傳〕情懐一一。

(八)一冬。藥名。〔本草綱目〕一冬、一名鷺鷥藤。〔按〕一冬即金銀花。

(九)姓也。見〔字彙〕。

〔忍〕而振切音仞震韻

堅柔也。〔詩將仲子傳〕韌一之木。〔釋文〕一、本作刃。〔集韻云。肕、亦作一〕。

〔忒〕惕得切音慝職韻

(一)更也。見〔說文〕〔段注〕左部曰。差者、一也。參差不相値也。不相値即更改之意。凡人有過失改常謂之一。

(二)變也。〔詩瞻卬〕鞠人忮一。

(三)差也。〔易豫〕觀天之神道而四時不一。

(四)疑也。〔詩鳲鳩〕其儀不一。〔正義〕執義如一。無疑貳之心。

(五)爽也。〔老子〕常德不一。

(六)已甚也。俗語用之。或曰太。或曰一。又曰一殺。

(七)通慝。〔詩柏舟〕之死矢靡慝。〔古作一〕。

(八)通貣。〔書洪範〕衍一。〔史記宋世家作衍貣〕。

(九)通貸。〔禮記月令〕毋或差貸。〔呂覽作差一〕。

(十)亦作忒。〔書洪範〕民用僭一。〔六書作忒〕。

〔忕〕時制切音逝霽韻

(一)習也。〔爾雅釋詁注〕貫貫一也。〔通訓定聲〕曰。字亦作愧。

(二)瘵也。〔管子小匡〕曹孫宿之爲人。小廉而苛一。

〔忕〕徒蓋切音大泰韻

奢也。習也。見〔集韻〕。

【忖】取本切音刌阮韻

㊀度也。見〔說文新附〕。

㊁思也。見〔廣韻〕。

㊂通刌。〔禮記玉藻〕瓜祭上環。〔注〕上環頭—也。〔疏〕—切也。

㊃姓也。

【志】職吏切音誌寘韻

㊀意也。見〔說文新修字義〕。〔此大徐補十九文之一。小徐云。從心㞢聲。朱駿聲云識字之古文。〕

㊁在心爲—。見〔詩序〕。

㊂心之所之也。〔論語爲政〕吾十有五而—於學。

㊃私意也。〔禮記少儀〕義歟—歟。義則可問。—則否。〔注〕義正事也。—私意也。

㊄猶知也。〔禮記緇衣〕爲下可述而—焉。

㊅所居而安也。〔莊子大宗師〕若然者其心—。

㊆準—也。〔書盤庚〕若射之有—。

㊇望也。〔左哀十七年傳〕過於其—。

㊈德也。〔呂覽遇合〕太上以—。

㊉記也。〔周禮外史〕外史掌四方之—。〔注〕謂若魯之春秋。晉之乘。楚之檮杌。

⑪古誓也。〔左昭十二年傳〕古也有—。

⑫章識也。〔禮記檀弓〕孔子之喪。公西赤爲—焉。〔注〕故爲盛禮以章明—識也。

⑬箭鏃也。〔爾雅釋器〕骨鏃不翦羽謂之—。〔注〕今之骨骲。

⑭通識。〔後漢劉駿傳〕博見疆—。

⑮通幟。旗也。〔史記張丞相傳〕沛公以周昌爲職—。

⑯通嬉。〔大戴記帝繫〕女—。〔廣韻〕作娡。吳越春秋作女嬉。

⑰—士。守義者也。〔孟子滕文公〕—士不忘在溝壑。

⑱遠—。草名。〔廣雅釋草〕蕀蒬。遠—也。其上謂之小草。〔或作恙〕。

⑲—心。小心也。〔素問陰陽類論〕上空—心。〔注〕七節之旁中有小心。此之謂也。

【忘】武方切音亡陽韻　無放切音妄漾韻

㊀不識也。从心从亡。會意。見〔說文〕。

㊁失也。〔文選陸機賦〕樂隤心其如—。

㊂遺也。〔書微子之命〕予嘉乃德曰篤不—。

㊃忽也。〔儀禮士冠禮〕壽考不—。〔注〕長有令名。不忽然而遽盡也。

㊄志不在也。〔左隱七年傳〕鄭伯盟。歃如—。

㊅轉語辭。〔國策趙策〕不識三國之憎秦而愛懷耶。—其憎懷而愛秦耶。

㊆坐—。無思慮也。〔莊子大宗師〕回坐—。

㊇善—。病也。〔莊子達生〕氣下而不上。則使人善—。

㊈—憂。萱草別名。〔述異記〕萱草名紫萱。又名—憂。

㊉—歸。矢名。〔孔叢子公孫龍〕楚王載—歸之矢。

【忙】謨郎切音茫陽韻

㊀心迫也。見〔集韻〕。

㊁宂也。見〔增韻〕。

㊂急也。〔杜牧詩〕屈指百萬世。過如霹靂—。

㊃谷—。關名。〔一統志〕谷—關在貴州麥新衛城東十五里。〔當今貴州平越縣境〕。

㊄—銀。地賦也。今制田賦曰漕糧。地賦曰—銀。—銀分兩期徵。曰上—。下—。

㊅同㤓。怖也。見〔廣韻〕。

㊆姓也。明—義。—宗。

【㣿】丁了切音鳥篠韻

㊀垂心也。見〔廣韻〕。

㊁憂也。見〔集韻〕。

【㣿】職畧切音灼藥韻　丁歷切音的錫韻

驚也。見〔廣雅釋詁〕。

【忓】居寒切音干寒韻

㊀極也。見〔說文〕。〔段注〕極者、屋之高處。干者犯也。—者以下犯上之意。〔說文長箋云。—有迁進意。俗混悍非。〕

㊁擾也。〔唐書壽安公主傳〕無—時事。

【忓】侯旰切音翰翰韻

㊀善也。見〔廣雅釋詁〕。

㊁好也。見〔廣雅釋詁〕。

【忒】逸職切音弋職韻

心動。見〔集韻〕。

【忏】七典切音淺銑韻

怒也。見〔集韻〕。

【忏】倉先切音千先韻

好也。〔方言〕自關而西秦晉之間。呼好爲—。

【忏】況于切音吁虞韻 本作忬。〔說文〕忬憂也。〔集韻或作恗。又與吁盱通。〕

【忋】己亥切音改下改切音亥賄韻

㊀ 恃也。見〔廣雅釋詁〕。

㊁ 仰也。見〔字彙〕。

【忐】吐敢切音毯感韻口梗切音懇梗韻 —忑。心虛也。〔道藏三元經〕心心—忑。

【忑】他德切音忒職韻端討切音倒皓韻 忐—。詳忐字。

【忔】許訖切音迄物韻 喜也。〔史記周紀〕棄爲兒時。—如巨人之志。

【忔】魚乙切音仡物韻 心不欲也。〔史記倉公傳〕數—食飮。

【忥】許訖切音迄魚乙切音仡物韻 疙或字。〔集韻〕疙。疙癡皃。或作—。〔按當卬忥字〕。

【⿰忄女】如倨切音茹御韻 度也。見〔集韻〕。

【忊】沽紅切音公東韻 心急也。見〔玉篇〕。

【⿰忄弓】丘弓切音穹東韻 憂也。見〔集韻〕。

【⿰忄叉】初訝切音禡杈韻 不修也。見〔玉篇〕。

【忚】呼雞切音醯齊韻 憯—。欺慢也。見〔方言〕。

【忚】力者切音跢馬韻顯計切音戲霽韻 —。—心不欲。見〔集韻〕。

【⿰忄勺】之若切音灼藥韻 痛病也。見〔龍龕手鑑〕。

【⿰忄刁】之超切音釗蕭韻 相背也。見〔字彙補〕。

【忎】古仁字。見〔說文人部〕。

【⿱工心】古恐字。見〔說文〕。

【⿱⿰女乂心】古恕字。見〔集韻〕。

【发】古發字。見〔集韻〕。

【⿰忄乇】同侘。見〔集韻〕。

【⿰忄刃】同忍。見〔集韻〕。

【⿰忄木】同悄。見〔字彙〕。

〔四畫〕

【忝】他點切音餂琰韻他念切音磹豔韻

㊀ 辱也。〔詩小宛〕無—爾所生。

㊁ 謙辭也。今俗用之。亦辱意也。

【忞】眉貧切音珉眞韻

㊀ 自勉彊也。見〔說文〕。

㊁ —。—心所不了也。〔法言問神〕傳千里之——者。莫如書。〔或作暋〕。

【忞】武粉切音吻吻韻 —。亂也。見〔廣雅釋言〕。

【忠】陟弓切音中東韻

㊀ 敬也。見〔說文〕。

㊁ 中心也。〔周禮大司徒疏〕中心曰—。中下从心。謂出言于心。皆有—實也。

㊂ 愛也。〔呂覽至忠〕將以—于君王之身。

㊃ 竭誠也。〔書伊訓〕爲下克—。〔傳〕事上竭誠也。

㊄ 不貳也。〔詩北風箋〕事君無二志。勤身以事君—也。

㊅ 無私—也。見〔左成九年傳〕。

㊆ 教人以善謂之—。見〔孟子滕文公〕。

㊇ 厚也。〔史記秦始皇紀〕端直敦—。事業有常。

㊈ 猶稱也。〔管子禁藏〕—人之和。

㊉ 危身奉上險不辭難曰—。見〔周書謚法〕。

⑪ 州名。古巴東郡。唐置—州。屬劍南道。當今四川—縣治。

⑫ 光—。酒名。見〔曲洧紀聞〕。

⑬ 通中。〔書仲虺之誥〕中于民。〔釋文〕本或作—。

【忡】敕中切音沖昌中切音充東韻〔別或作忪〕。

㊀ 憂也。从心中聲。詩曰。憂心——。見〔說文〕。〔段注〕也、當作皃。釋訓曰。——憂也。毛傳曰。——猶衝衝也。

㊁ 通憃。〔楚辭九歌〕極勞心兮憃憃。〔注〕憃、一作—。

【忤】五故切音誤遇韻

㊀ 本作啎。〔說文午部〕啎逆也。〔玉篇〕云。—、同啎。

㊁ 錯也。〔春秋元命苞〕陰陽散—。

㊂ 亦作仵。〔淮南天文訓〕午。仵也。陰氣從下上。與陽相仵逆也。

㊃ 或作啎。〔漢書王莽傳〕無所啎意。

㊄ 亦作午。〔禮記哀公問〕午其衆以

伐有道。
(六)亦作蘁〔莊子寓言〕使人乃以心服而不敢蘁之。〔音義〕蘁音梧。逆也。
(七)亦作梧〔釋名釋丘〕當塗曰梧丘。梧—也。與人相當—也。
(八)通悟〔史記韓非傳〕悟言無所擊排。〔正義〕悟作—。
(九)通迕〔漢書食貨志〕好惡乖迕。〔注〕迕、—、同。
(十)—意不喜也。〔釋名釋長幼〕青徐謂女曰婟。婟—也。始生時。人意不喜。——然也。

【忥】許旣切音欷未韻
(一)癡貌。見〔說文〕。
(二)靜也。見〔廣韻〕。
(三)息也。見〔集韻〕。
(四)—喜也。見〔集韻〕。

【怘】虛器切音呬寘韻
—喜也。見〔廣雅釋訓〕。

【忦】牛戒切音[illegible]居拜切音戒卦韻居泰切音蓋泰韻
(一)憂也。見〔說文〕。
(二)憂懼也。見〔類篇〕。

【忦】苦怪切音蒯卦韻古黠切音戞黠韻
恨也。見〔玉篇〕。

【忧】尤救切音祐宥韻
(一)不動也。見〔說文〕。
(二)心動也。見〔玉篇〕。

【⿰忄方】敷方切音芳陽韻
(一)忌也。見〔集韻〕。
(二)害也。見〔集韻〕。

【忨】五換切音玩翰韻五官切音岏寒韻
(一)貪也。見〔說文〕。
(二)愛也。〔左昭元年傳〕—歲而愒日。

【忪】諸容切音鐘冬韻
(一)懲也。惶遽也。見〔玉篇〕。
(二)兄—。夫兄也。〔釋名釋親屬〕夫之兄又曰兄—。言見己所敬忌。見之怔—自肅齊也。

【快】苦夬切音塊卦韻
(一)本作⿰忄叏〔說文〕⿰忄叏喜也。
(二)稱心也。見〔廣韻〕。
(三)可也。見〔玉篇〕。
(四)急疾也。見〔增韻〕。
(五)爽也。〔文選宋玉賦〕—哉此風。
(六)縱逸也。〔國策趙策〕恭于敎而不—。
(七)一也。見〔一切經音義引字林〕。
(八)有疾曰不—。〔後漢華陀傳〕體有不—。
(九)役卒曰—。如淸時馬—捕—。
(十)—果。粱之別名。〔朱子詩〕—果知非浪得名。
(十一)姓也。漢—欽。

【忮】支義切音寘居企切音跂寘韻遣尒切音企紙韻章移切音支支韻
(一)很也。一曰懻—。强害也。見〔說文〕。〔段注〕很者。不聽从也。雄雉瞻卬傳皆曰。—害也。害卽很義之引申也。
(二)通伎。〔詩瞻仰〕鞫人伎忒。

【忮】翹移切音祇支韻
彊也。見〔集韻〕。

【⿰忄反】方願切音販願韻
(一)惡心也。見〔玉篇〕。
(二)急性也。見〔玉篇〕。

【⿰忄反】孚萬切音娩阮韻
(一)急也。見〔集韻〕。
(二)悔也。見〔集韻〕。

【忯】翹移切音岐支韻
(一)敬也。見〔玉篇〕。
(二)愛也。見〔玉篇〕。

【忯】常支切音匙支韻
—慨。不憂事也。見〔集韻〕。

【忯】盈之切音飴支韻
——和適。見〔集韻〕。

【忯】掌氏切音紙上紙切音是紙韻
恃也。見〔爾雅釋言〕。

【忯】待禮切音弟薺韻
——愛也。見〔集韻〕。

【念】奴玷切音総豔韻
(一)常思也。見〔說文〕。〔俗作念非。〕
(二)猶識錄也。〔論語公治長〕不—舊惡。
(三)審行步也。〔儀禮聘禮〕將受—趨。
(四)誦也。如—佛。—書。〔杜牧書〕口—心禱而求者。
(五)二十也。廿俗音讀同—。遂相沿以—爲廿。宋時已然。
(六)無—也。〔詩文王〕無—爾祖。
(七)都—子。粟名。〔大業拾遺錄〕南海郡郡—子甘酸至美。
(八)姓也。西魏太守—賢。

【忹】紆往切音枉養韻
(一)邪曲也。見〔五音集韻〕。

(三)姓也。元時驍州有此姓。

【忻】 許斤切音欣文韻

(一)闓也。見〔說文〕〔段注〕闓者。開也。—謂心之開發。與欠部欣謂笑喜也異義。

(二)州名。漢太原郡地。隋置—州。當今山西—縣治。

(三)姓也。五代進士—彪。

【忼】 口朗切康上聲養韻口浪切音亢漾韻、

(一)—慨也。—慨。壯士不得志於心也。見〔說文〕。

(二)或作慷。慷慨。倜儻也。〔隋書張季絢傳〕少慷慨有志節。〔又〕俗謂不吝嗇曰慷慨。

【忼】 丘岡切音糠虛郎切音炕陽韻

(一)—慨。歎也。見〔集韻〕。

(二)映—。很戾。見〔集韻〕。

【忽】 呼骨切音笏月韻

(一)忘也。見〔說文〕。

(二)盡也。見〔爾雅釋詁〕。

(三)慢—也。〔後漢崔駰傳〕公愛班固而—崔駰。

(四)速貌。〔左莊十一年傳〕其亡也—焉。

(五)亂也。〔書益稷〕在治—。〔傳〕在察天下治理及—怠者。〔經傳釋詞〕云。—讀爲滑。在治滑。謂察治亂也。」

(六)滅也。〔詩皇矣〕是絕是—。

(七)小數名。十微爲—。十—爲絲。〔孫子算經〕蠶吐絲爲—。

(八)姓也。明—忠。—明。

(九)通曶。〔漢書揚雄傳〕時人將曶之。

(十)通芴。〔荀子正名〕芴然而粗。

(十一)通髴。〔書大傳〕髴視于—似。

(十二)—然。詎易也。〔荀子彊國〕劙盤盂。刎牛馬。—然耳。

(十三)——迷貌。〔文選宋玉賦〕悠悠——。〔又〕不爽貌。〔素問至機眞藏論〕——眩冒而巔疾。

(十四)軋—。長遠貌。〔漢書禮樂志〕假淸風軋—。〔注〕軋—。長遠之貌。

(十五)儵—。電光也。〔楚辭天問〕雄虺九首。儵—焉在。〔注〕儵—。電光。〔又〕神名。〔莊子應帝王〕南海之帝爲儵。北海之帝爲—。

(十六)—荒。空無著也。〔賈誼賦〕寥廓—荒兮。與道翱翔。

(十七)怳—。無形貌。〔淮南原道〕—兮怳兮。〔字今亦作恍惚〕。

(十八)—必烈。元始祖名。元史國語解。改譯作呼必賚。

【忿】 撫吻切音紛父吻切音憤吻韻芳問切音湓問韻

(一)悁也。見〔說文〕。〔段注〕—與憤義不同。憤以氣盈爲義。—以狷急爲義。

(二)恨也。怒也。〔書君陳〕爾無—疾於頑。

(三)滿也。〔莊子達生〕—滀之氣。

(四)通分。不分者。不平之意。〔杜甫詩〕不分桃花紅勝錦。

【㤸】 奴骨切音訥月韻

慍—。凝悶也。見〔集韻〕。

【忦】 許介切音諭下戒切音械卦韻

忽也。孟子曰。孝子之心。不若是—。見〔說文〕。

【㤮】 殊倫切音純眞韻葵營切音瓊庚韻

憂也。見〔說文〕。

【㤓】 普駕切音怕禡韻

同怕。懼也。見〔集韻〕。

【㤄】 普太切音沛博蓋切音貝泰韻芳廢切音肺隊韻拂伐切音發月韻北末切音撥曷韻

恨怒也。詩曰。視我——。見〔說文〕。〔按今詩作邁。毛傳云。邁邁。不悅也。〕

【㤅】 於代切音僾隊韻

惠也。見〔說文〕。〔今作愛〕。

【忬】 羊茹切音豫御韻

預或字。〔集韻〕預。先也。安也。或从心。通作豫。

【忬】 同舒。見〔字彙補〕。

【忭】 皮變切音卞霰韻

喜樂也。本作昪。〔曹植詩〕百官雷—。讙若驚。

【𢘐】 營隻切音役陌韻

用心也。見〔玉篇〕。

【㤇】 烏浩切音襖晧韻

—怔之皃。見〔集韻〕。

【忱】 時任切音諶侵韻

誠也。詩曰。天命匪—。見〔說文〕。〔案與諶愖訦通〕。

【忲】 他蓋切音太泰韻

奢也。〔文選張衡賦〕有憑虛公子者。心奓體—。〔注〕志奢溢。體驕泰也。

【怑】部項切音棒講韻 —懈。很戾。見[集韻]。

【忄心】七鴆切音沁沁韻 側也。見[玉篇]。

【忳】徒渾切音屯元韻 悶也。憂也。[離騷]—鬱邑余侘傺兮。[注]—、憂貌。

【忳】朱倫切音肫眞韻 —。誨人不倦也。本作諄。見[集韻]。

【忳】徒困切音鈍願韻 —愻。意不樂也。見[集韻]。

【忳】殊倫切音純眞韻 人名。後漢王—。見[集韻]。

【忳】杜本切音盾阮韻 都困切音頓願韻 愚也。[老子]我愚人之心也哉。——兮。

【忴】渠淹切音黔鹽韻 心急也。見[玉篇]。

【忴】渠金切音琴侵韻 —惧。健了貌。見[類篇]。

【忶】胡昆切音魂元韻 王問切音運問韻 心悶也。見[集韻]。

【㤉】丘加切音谺 牛加切音牙麻韻 忢—。伏態。見[集韻]。

【忸】女六切音朒屋韻 慚也。[書五子之歌]顏厚有—怩。

【忸】女九切音紐有韻 習也。同狃。[荀子議兵]—之以慶賞。

【忺】虛嚴切音杴鹽韻 意所欲也。[方言]青齊呼意所好為—。

【恔】何交切音肴肴韻 後教切音效效韻 快也。見[玉篇]。

【忔】馨夷切音咦支韻 同忔。喜皃。見[集韻]。

【忕】食列切音舌屑韻 以制切音曳 時制切音逝霽韻 習也。[史記漢興諸侯年表序]諸侯或驕奢—邪臣計謀為淫亂。

【怀】敷救切音副宥韻 怒也。見[字彙補]。

【㤋】非奔切音紛文韻 忿貌。[列子黃帝]—然而封戎。

【忋】渠記切音芰寘韻 思也。惡也。見[搜眞玉鏡]。

【𢗂】音唱漾韻 香草也。見[字彙補]。

【𢗅】急本字。見[集韻]。

【𢗍】忝本字。見[說文長箋]。

【𢗆】古懇字。見[玉篇]。

【忢】古悟字。見[正字通]。

【𢗌】古志字。見[集韻]。

【𢖻】古恭字。見[集韻]。

【忮】同忞。見[集韻]。

【忷】同恟。見[集韻]。

【㤂】同忝。見[淮南繆稱]。

【忩】同悤。見[晉書衛恒傳]。

【𢗔】同愐。見[集韻]。

【忹】同恁。見[字彙]。

【𢗗】同忽。見[說文長箋]。

【忰】悴俗字。見[字彙]。

【𢘃】忱俗字。見[正字通]。

【𢗪】忱俗字。見[字彙]。

【怐】恂俗字。見[正字通]。

五畫

【怍】疾各切音昨藥韻 ❶慚也。見[說文]。❷顏色變也。[禮記曲禮]容毋—。❸色不和曰—。[禮記祭義]孝子臨尸而不—。❹或作㤰。[荀子儒效]無所儗㤰。[注]言無疑滯慚—也。

【怍】助觚切音作禡韻 忖—。多姦。見[集韻]。

【怒】奴故切奴去聲遇韻 暖五切音弩姥韻 ❶恚也。見[說文]。❷動也。[鬼谷子摩]—者動也。❸直聲也。[素問五運行大論]其志為—。[注]—直聲也。❹譴責也。[禮記內則]而后—之。❺詬也。[國策秦策]先王積—之日久矣。

(六)翥也。〔莊子逍遙遊〕—而飛。其翼若垂天之雲。
(七)馬之肥壯其氣憤盈曰—。〔後漢第五倫傳〕鮮車—馬。
(八)芒角刺出也。〔漢書天文志〕其—青黑色。
(九)軍威也。〔禮記曲禮〕急繕其—。〔注〕堅勁軍之威—也。
(十)鬭—。辨訟也。〔周禮調人〕凡有鬭—者成之。
(十一)江名。源出後藏大湖地方。上游在前藏雲南境內。經還羅緬甸間。下流注馬爾達般灣。
(十二)還—亦曰—。〔公羊莊四年傳〕此非—與。〔注〕—還—齊人語也。

【怏】於亮切央去聲漾韻倚兩切音鞅養韻
(一)不服懟也。見〔說文〕。〔段注〕當作不服也。懟也。奪一也字。
(二)通鞅。〔漢書韓信傳〕居常鞅鞅。

【怏】於良切音央陽韻
—然自大之意也。見〔集韻〕。

【怕】匹陌切音柏陌韻白各切音泊藥韻
(一)無為也。見〔說文〕。
(二)通泊。憺—。靜也。或作澹泊。〔老子〕泊兮其未兆。泊、或作—。

【怕】普駕切音帕禡韻
(一)懼也。或作㣌。〔韓愈詩〕鬼神—嘲詠。
(二)姓也。唐—普。宋—鏞。

【怖】普故切音悑博故切音布遇韻
(一)悑或字。〔說文〕悑惶也。—悑或从布聲。
(二)恐嚇之也。〔後漢第五倫傳〕其巫祝有依託鬼神詐—愚民。

【怗】託協切音帖葉韻
(一)靜也。見〔玉篇〕。
(二)服也。〔公羊僖四年傳〕卒—荆。以此為王者之事也。

【怗】處占切音沾鹽韻
滯也。〔禮記樂記〕五者不亂。則無—懘之音矣。

【怙】後五切音戶麌韻
(一)恃也。見〔說文〕。
(二)賴也。〔詩蓼莪〕無父何—。無母何恃。〔俗謂父死曰失—。母死曰失恃。言親死則子無所依賴也。〕
(三)同惆。〔太玄爭〕赫河之臞。何可惆也。〔注〕與—同。

【怚】得案切音旦翰韻當割切音妲曷韻
(一)憯也。見〔說文〕。
(二)傷也。〔詩匪風〕中心—兮。
(三)驚也。懼也。〔莊子大宗師〕無—化。
(四)愊—。急促也。〔禮記儒行注〕言之不愊—也。〔疏〕愊、—急促之意。
(五)悉—。唐吐蕃大酋名。〔唐書牛僧孺傳〕是時吐蕃請和。約弛兵而大酋悉—、謀舉維州入之劍南。
(六)—憂勞也。〔詩甫田〕勞心—。
(七)亦作憚。〔考工記矢人〕則雖有疾風。亦弗之能憚矣。〔釋文〕憚音—。

【思】新茲切音司支韻
(一)本作恖。〔說文思部〕恖睿也。〔段注〕谷部曰。睿深通川也。引申之凡深通皆曰睿。謂之—者。以其能深通也。
(二)願也。〔詩文王〕—皇多士。〔正義〕以意之所思。必情之所願也。
(三)念也。〔孟子公孫丑〕—與鄉人立。
(四)計慮也。〔禮記曲禮〕儼若—。
(五)哀憐也。〔方言〕凡言相憐哀。江濱謂之—。
(六)悲也。〔文選張華詩〕吉士—秋。
(七)語已辭。〔詩漢廣〕不可泳—。
(八)語起辭。〔詩泮水〕—樂泮水。
(九)語助辭。〔詩關雎〕寤寐—服。〔傳〕服—之也。〔按訓服為—之。則—服之—是語助。〕
(十)諡慮不愆曰—。見〔周書諡法〕。
(十一)姓也。以諡為氏。明—志道。
(十二)州名。楚黔中地。唐置—州。以—邛水得名。當今貴州—南縣北。〔又〕廣西省有土—州。
(十三)—茅。舊為廳。今改縣。為雲南陸路通商埠之一。
(十四)—次。若今市亭也。〔周禮司市〕上旌于—次。
(十五)于—。多鬚貌。〔左宣二年傳〕于—于—。
(十六)重—。稻名。〔酉陽雜俎〕鄠都稻名重—。其米如石榴子。粒稍大。

【思】相吏切音四寘韻
(一)意志也。〔文選揚雄賦〕儲精垂—。
(二)道德純備謂之—。〔書堯典〕欽明文—安安。
(三)悲也。〔詩雨無正〕鼠—泣血。

【怠】蕩亥切音待賄韻他代切音貸隊韻湯來切音胎灰韻盈

之切音怡支韻

(一)慢也。見〔說文〕。

(二)通殆。〔左昭五年傳〕滋敝邑休殆。

(三)意—鳥名。〔莊子山木〕東海有鳥焉。其名曰意—。

【怡】盈之切音飴支韻

(一)龢也。見〔說文〕。

(二)悅也。〔禮記內則〕下氣—色。

(三)——和順之貌。〔論語子路〕兄弟——。

(四)通台。〔史記序傳〕諸呂不台。〔言不爲人所—悅也〕。

(五)姓也。周—峯。本姓默台。避難改焉。

【急】訖立切音伋緝韻

(一)本作㤂。〔說文〕㤂褊也。

(二)疾也。迫也。〔孟子滕文公〕未嘗聞仕如此其—。

(三)窘也。〔禮記王制〕國無六年之畜曰—。

(四)困難也。〔管子問第〕舉知人。—則衆不亂。行此道也。

(五)切要也。〔後漢劉陶傳〕議復陳當今要—八事。

(六)及也。〔史記李將軍傳〕其射。見敵—非在數十步之內。度不中。不發。發則應弦而倒。

(七)盡也。見〔廣雅釋詁〕。

(八)猶堅也。〔禮記曲禮〕—繕其怒。

(九)縮也。〔齊民要術〕桃性皮—。

(十)猶先也。〔呂覽情欲〕邪利之—。

(十一)假爲戒。〔詩六月〕我是用—。〔校勘記〕段玉裁云鹽鐵論引—作戒。

(十二)亦作忣。〔淮南繆稱〕忣乎不知己者。

(十三)請—。古休假名。晉令休假者一月五—。〔南史謝靈運傳〕又不請—。

(十四)—就。漢小學書名。〔漢書藝文志〕—就一篇。元帝黃門令史游作。

【性】息正切音姓敬韻

(一)人之陽氣。—善者也。見〔說文〕。

(二)如其生之自然之質謂之—。—者質也。見〔春秋繁露深察名號〕。

(三)命也。〔左昭八年傳〕莫保其—。〔俗謂生命曰—命義本此〕。

(四)生也。〔左昭十九年傳〕民樂其—。

(五)猶體也。〔呂覽壅塞〕牛之—不若羊。

(六)五行也。〔漢書翼奉傳〕觀—以歷。

(七)無爲而安行曰—之。〔孟子盡心〕堯舜—之也。

(八)姓也。

【性】新佞切音脛徑韻 心悸。見〔集韻〕。

【怨】紆願切音苑願韻 恚也。見〔說文〕。

【怨】於袁切音鴛元韻 讎也。〔禮記儒行〕外舉不避—。

【怨】委隕切音惲吻韻 同藴。〔荀子哀公〕富有天下而無—。〔注〕—讀爲藴。言無私蓄財。

【怪】古壞切乖去聲卦韻

(一)異也。見〔說文〕。

(二)惑也。〔淮南說林〕知者不—。

(三)狂易也。〔周禮閽人〕奇服—民不入宮。〔注〕—狂易也。

(四)氣變常人妖物孽曰—。〔博物志〕水石之—龍罔象。木—夔罔兩。土—羵羊。火—宋無忌。

(五)狀貌之瑰異亦曰—。〔書禹貢〕鉛松—石。

(六)詭於衆而突出曰—。見〔論衡自記〕。

(七)疑忌曰—。〔蘇軾詩〕多才久被天公—。〔俗云見—勿—本此〕。

(八)—哉。驚歎之詞。

(九)通傀。〔周禮大司樂〕大傀異烖。〔注〕傀猶—也。

(十)姓也。〔春秋緯〕炎帝臣—義。

【怫】符勿切音佛物韻

(一)鬱也。見〔說文〕。

(二)或作弗。〔漢書溝洫志〕魚弗鬱兮柏冬日。

(三)亦作沸。弗鬱。史記河渠書作沸鬱。

【怫】父沸切音費未韻 〔費讀如費姓之費〕 —悁。心不安。見〔集韻〕。

【怫】芳未切音費未韻 〔費讀如耗費之費〕。 忿貌。〔莊子天地〕—然作色。

【怫】蒲沒切音悖月韻 悖也。〔史記太史公自序〕五家之言—異。〔注〕言五家之文各相悖異不同也。

【怯】乞業切音狹洽韻

(一)杜林說。𤞣从心。見〔說文犬部〕。〔按說文𤞣。多畏也。从犬。蓋犬性易𤞣。今從心者。—主於心也〕。

㊁脅也。見敵恐脅。見〔釋名釋言語〕
㊂去也。見〔廣雅釋詁〕
【怯】去陟切音痴洽韻
弱也。〔史記廉頗藺相如傳〕然士
或—偪。
【怔】諸盈切音征庚韻
㊀—忪。懼貌。見〔玉篇〕
㊁本作征。征忪。遑遽也。見〔方言〕
㊂通征。〔後漢蔡邕傳〕臣征營怖悸。
㊃通正。〔漢書王莽傳〕人民正營。
【怳】詡往切音謊養韻
㊀狂之皃。見〔說文〕
㊁意失貌。〔楚辭九歌〕臨風—兮浩歌。
【恍】虎晃切音恍養韻
通怳。沖漠難狀也。〔老子〕道之爲物。惟—惟忽。
【怳】吁請切音永梗韻
狂也。見〔廣雅釋詁〕
【怵】敕律切音黜質韻
㊀恐也。見〔說文〕
㊁悽愴也。〔禮記祭義〕心—而奉之以禮。
【怵】雪律切音恤質韻
通訹。爲利所誘也。〔文選賈誼賦〕—迫之徒。或趨西東。
【怴】休必切音獝質韻
同惐。狂也。見〔廣雅釋詁〕
【怋】彌鄰切音民眞韻
亂也。見〔廣韻〕
【怋】謨奔切音門元韻
㊀悶也。見〔玉篇〕
㊁不明也。見〔玉篇〕
【怊】癡宵切音超蕭韻
㊀悲也。見〔說文新附〕
㊁悵也。〔莊子天地〕—乎若嬰兒之失其母。
【怊】蚩招切音弨蕭韻
奢也。一曰。—悵。失意見〔集韻〕
【怇】臼許切音巨語韻
㊀慢也。見〔集韻〕
㊁通鉅。驕矜貌。〔莊子列禦寇〕一命而呂鉅。
【⿱加心】居何切音哥歌韻
㊀楷也。法也。見〔玉篇〕
㊁知也。見〔玉篇〕
【⿰忄冬】徒多切音彤冬韻
憂也。見〔玉篇〕
【⿰忄冬】他冬切音炵冬韻
怪—。懼也。見〔廣雅釋訓〕
【怶】敷羈切音披支韻
㊀怒也。見〔五音篇海〕
㊁憂也。見〔五音篇海〕
【怶】彼義切音賁寘韻
心—。儉也。見〔五音集韻〕
【⿰忄本】古勞切音高豪韻
㊀知也。見〔廣韻〕
㊁局也。見〔廣韻〕
【怞】直祐切音冑余救切音狖宥韻陳留切音躊尤韻
㊀朖也。見〔說文〕〔段注〕疑是恨也之誤。
㊁憂怒也。見〔玉篇〕
【怞】夷周切音由尤韻
—。憂貌。〔王褒九懷〕永余思兮—。
【⿰忄本】部本切音笨阮韻
性不慧也。見〔集韻〕
【怢】他骨切音突月韻
不分別貌。〔王褒論〕美玉蘊于碔砆。凡人見之—焉。
【怢】吐內切音退隊韻
㊀緩也。見〔廣雅釋詁〕
㊁忘也。見〔廣雅釋詁〕
㊂排也。見〔廣雅釋詁〕
【怢】同佚。〔類篇〕佚蕩簡易也。或从心。
【怦】披庚切音烹庚韻
㊀心急。見〔集韻〕
㊁—忠直貌。〔楚辭九辯〕心——兮諒直。
【⿰忄出】竹律切音窋敕律切音黜質韻
憂心也。見〔玉篇〕
【⿰忄出】普沒切音朏月韻
心—然起也。見〔集韻〕
【⿰忄出】當沒切音咄月韻
怖也。見〔集韻〕
【忿】芳無切音敷虞韻匪父切音府麌韻方遇切音付遇韻
㊀思也。見〔說文〕
㊁悅也。見〔玉篇〕
【怴】許月切音颰月韻

一驚也。見[字林]。
二怒貌。見[字林]。

【怮】於虯切音幽尤韻
一憂皃。見[說文]。
二含怒不言也。見[廣韻]。

【怮】伊堯切音幺蕭韻於糾切音黝有韻
—。奰也。見[廣韻]。

【怮】於教切音拗效韻
心戾也。見[集韻]。

【怚】將豫切音蛆御韻秦呂切音紵語韻
驕也。見[說文]。

【怚】聰徂切音麤虞韻
心不精也。[史記王翦傳]秦王—而不信人。

【怚】宗蘇切音租虞韻
劇也。見[集韻]。

【怚】千余切音疽魚韻
妒也。見[集韻]。

【⿰忄甘】姑三切音甘覃韻
心服也。見[集韻]。

【怽】莫撥切音末曷韻
忘也。見[玉篇]。

【怉】博巧切音飽巧韻
悖也。見[集韻]。

【怉】薄晧切音抱晧韻
懷也。見[集韻]。

【怌】攀悲切音坏支韻
恐也。又慢也。見[玉篇]。

【怎】讀若爭上聲梗韻
語辭也。見[五音集韻]。[按舊字典云。此字廣韻集韻皆未收。唯韓考五音集韻收之。今時揚州人讀爭上聲。吳人讀尊上聲。金陵人讀津上聲。河南人讀如㩻。各從鄉音而分也。]

【恷】丘交切音敲肴韻口教切音竅效韻
—怓。詳怓字。

【怐】丘候切音寇宥韻
—愗。愚貌。[楚辭九辯]直—愗以自苦。

【怐】俱遇切音屨遇韻
恐也。見[集韻]。

【怑】薄半切音伴翰韻
—悗。不順也。見[玉篇]。

【怓】尼交切音鐃肴韻
亂也。見[說文]。

【⿰忄毋】莫湖切音模虞韻
愛也。見[玉篇]。

【⿰忄囚】徐由切音囚尤韻
慮也。見[玉篇]。

【恒】古鄧切音亙徑韻
覺也。[考工記弓人]—角而短。[注]覺其角而短于淵幹也。

【恒】同恒。宋人避眞宗諱。缺恒字末筆作—。

【怜】郎丁切音靈靑韻朗鼎切音領迥韻
心了也。見[玉篇]。

【怜】靈年切音連先韻
同憐。[韋應物詩]捫竹—粉汚。

【⿰忄甲】轄甲切音狎洽韻
樂也。見[玉篇]。

【⿰忄申】失人切音申眞韻
耍也。見[五音集韻]。

【怟】丁計切音帝霽韻
悶也。見[玉篇]。

【⿰忄付】符遇切音附遇韻
心附也。見[集韻]。

【⿱代心】惕德切音忒職韻他代切音貸隊韻

失常也。見[說文]。

【怩】女夷切音尼支韻年題切音泥齊韻尼質切音暱質韻[本作懝]
忸—。慙也。見[說文新附]。

【怰】胡肓切音橫于萌切音宏庚韻
憕—。失志皃。見[集韻]。

【⿱非心】芳未切音費未韻
通髴。[漢書郊祀歌]相放—。[注]放猶髣—猶髴也。

【⿰忄反】乳兗切音軟銑韻
弱皃。見[廣韻]。

【怬】許異切音四寘韻
同呬。息也。[文選張衡賦]—河林之蓁蓁兮。

【怭】薄必切音佖房密切音弼質韻
—。慢也。[詩賓之初筵]威儀——。

【忬】展呂切音貯語韻
智也。見[廣雅釋詁]。

【怲】補永切音丙梗韻彼病切音柄敬韻

憂也。見〔說文〕。

【怷】直律切音朮質韻 密也。〔管子地員〕中土曰五一。〔注〕一、密也。

【憦】烏快切音黯卦韻 惡也。見〔集韻〕。

【悠】古怒字。見〔集韻〕。

【悔】古侮字。見〔集韻〕。

【恴】古罔字。見〔集韻〕。

【㤪】古怨字。見〔玉篇〕。

【惓】古尤字。見〔集韻〕。

【悲】古弼字。又同怫。見〔韻會〕。

【恮】古悚字。見〔字彙補〕。

【恶】古臣字。見〔字彙補〕。

【㞙】古怩字。見〔集韻〕。

【㤪】古怨字。見〔說文〕。

【㣽】古怨字。見〔集韻〕。

【𢘆】古悉字。見〔字彙補〕。

【怈】同愧。見〔集韻〕。

【思】同愉。見〔正字通〕。

【怘】同怙。見〔集韻〕。

【悬】同怕。見〔說文〕。

【怱】同悤。見〔正字通〕。

【㥌】同謀。見〔集韻〕。

【忬】同悆。見〔正字通〕。

【𢘍】懋省文。見〔說文〕。

【悑】怖俗字。見〔正字通〕。

【怡】忱俗字。見〔正字通〕。

六畫

【恁】忍甚切音任寢韻 如鴆切音任沁韻
(一)下齎也。見〔說文〕。〔注〕心所齎卑下也。
(二)俗言如此也。〔黃機詞〕便只一成孤負。〔言便這如此遂過卻春也。〕
(三)思也。念也。〔文選班固典引〕亦宜勤一旅力。

【恁】如林切音壬侵韻
(一)思也。見〔廣雅釋詁〕。
(二)弱也。見〔廣雅釋詁〕。
(三)信也。見〔集韻〕。

【恂】須倫切音荀眞韻
(一)信心也。見〔說文〕。
(二)戰也。〔莊子齊物論〕則惴惴一懼。
(三)一一溫恭貌。〔論語鄉黨〕一一如也。〔又〕信寔貌。〔後漢召馴傳〕德行一一召伯春。〔又〕敬也。見〔廣雅釋訓〕。
(四)通悛。〔漢書李廣傳〕一一如鄙人。〔史記李將軍傳作悛悛。〕
(五)通洵。〔詩溱洧〕洵訏且樂。〔釋文〕韓詩作一。

【恂】松倫切音旬眞韻 一一。善誘也。見〔集韻〕。〔按論語子罕夫子循循然善誘人則一又可通循。〕

【恂】聳尹切音筍軫韻 嚴慄也。見〔五音集韻〕。

【恂】輸閏切音瞬震韻
(一)遽也。〔莊子徐无鬼〕一然棄而走。
(二)瞬目也。〔列子黃帝〕慌然有一目之志。〔釋文〕吳人呼瞬目爲一目。

【恂】祖峻切音浚震韻 通峻。〔禮記大學〕瑟兮僩兮者一慄也。〔注〕讀如嚴峻之峻。言其容貌嚴栗也。

【恃】丞矢切音市紙韻 時吏切音侍寘韻
(一)賴也。見〔說文〕。
(二)依也。或作怙。〔詩蓼莪〕無母何一。〔亙詳怙字〕。
(三)仗也。見〔集韻〕。
(四)待也。〔老子〕萬物一之而生。
(五)持也。〔莊子徐无鬼〕一源而往者也。〔釋文〕本亦作持。
(六)矜一。自是也。〔吳志陸遜傳〕各自矜一。不相聽從。
(七)負一。負固也。〔韓愈序〕妒寵而負一。

【恃】丈里切音峙紙韻 心不明也。見〔集韻〕。

【恆】胡登切音峘蒸韻
(一)常也。見〔說文〕。
(二)故也。〔禮記月令〕文繡有一。〔注〕一、故也。必因循故法也。
(三)卦名。震上巽下。〔易恆〕雷風一。
(四)山名。〔爾雅釋山〕一山爲北嶽。〔按〕一山一名常山。今直隸省之唐縣以北。易州以西。及山西渾源州東北接蔚州境。皆一山也。

(五)州名。漢—山郡地。後周置—州。當今直隸曲陽縣治。
(六)印度大河名。發源喜馬拉亞山南側。合衆流而入孟加拉灣。長四千六百里。亦稱殑伽河。
(七)姓也。楚大夫—惠公。
(八)—矢。安居之矢也。〔周禮司弓矢〕—矢痺矢。
(九)—星。經星也。〔左昭七年傳〕—星不見。〔按星之自能發光。常居其所而不動者。謂之—星。〕
(十)—幹。軀殼也。〔楚辭招魂〕去君之—幹。
(十一)—概。言既廣又大也。〔方言〕荊揚之間。凡言廣大者謂之—概。
(十二)—春。木名。〔拾遺記〕通雲臺、左右種—春樹。—春、一名沈生。如今之沈香也。
(十三)伯利—。耶蘇降生地名。在今東土耳其耶路撒冷之南十五里。英名Bethlehem。

【恆】古鄧切音亙徑韻
(一)弦也。月上弦而就盈。〔詩天保〕如月之—。〔按字亦作緪。〕
(二)徧也。〔詩生民〕—之秬秠。〔注〕謂徧種之也。
(三)通亙。〔漢書敘傳〕—以年歲。

【恇】曲王切音匡陽韻　丘往切養韻
(一)本作恇。〔說文〕恇。怯也。
(二)——。恐也。〔後漢梁鴻傳〕嗟——兮誰留。
(三)—然。不足也。〔素問通評虛實論〕尺虛者。行步—然。
(四)通匡。〔禮記禮器〕衆不匡懼。

【恈】迷浮切音謀尤韻
貪愛也。〔荀子榮辱〕——然惟利之見。

【㤞】達各切音鐸藥韻
(一)忖也。見〔集韻〕。
(二)企也。見〔集韻〕。

【㤞】直格切音宅陌韻
忠也。正也。見〔五音集韻〕。

【㤞】抽加切音侘麻韻
—傺。未定者也。見〔集韻〕。

【恎】徒結切音姪屑韻　職日切音質質韻
(一)性惡也。見〔玉篇〕。
(二)很也。見〔廣雅釋詁〕。

【恎】充至切音痓寘韻
(一)恔—。惡性也。見〔集韻〕。
(二)—怪。詳怪注。

【恐】丘勇切音恐腫韻
(一)懼也。見〔說文〕。
(二)威嚇也。〔史記魏丞相傳〕復使人脅—魏丞。以夫人賊殺侍婢事。
(三)惶—。灘名。〔文天祥詩〕惶—灘頭說惶—。〔按在今江西萬安縣。即十八灘之一。〕

【恐】欺用切音倥宋韻
疑也。慮也。億度也。〔論語季氏〕吾—季孫之憂。

【㤢】以制切音曳霽韻　丑例切音傺霽韻
(一)習也。見〔說文〕。
(二)明也。見〔玉篇〕。

【恑】古委切音詭紙韻
(一)變也。見〔說文〕。
(二)異也。見〔玉篇〕。
(三)悔也。見〔廣韻〕。

【恑】虧爲切音危支韻
獨立貌。見〔集韻〕。

【恕】商署切音庶御韻
(一)仁也。見〔說文〕〔段注〕爲仁不外於—。析言之則有別。渾言之則不別也。
(二)如心爲—。會意。見〔說文長箋〕。
(三)推己及人也。〔論語衛靈公〕其—乎。己所不欲。勿施於人。
(四)忖也。〔禮中庸疏〕—、忖也。忖度其義於人也。
(五)明也。〔墨子經上〕—也者。以其知論物。而其知之也著若明。
(六)寬假也。〔歐陽修表〕原情以—。特出深仁。
(七)州名。唐置。隸劍南道。當今四川茂縣境。

【恗】荒胡切音呼虞韻　枯胡切音枯虞韻
怯也。見〔廣雅釋詁〕。

【恗】枯瓜切音誇麻韻
心自大也。見〔集韻〕。

【恗】苦瓦切音夸馬韻
心慊也。見〔五音集韻〕。

【恙】弋亮切音漾漾韻
(一)憂也。見〔說文〕。
(二)噬人蟲也。〔風俗通〕噬蟲能食人

心。古者草居多被此毒故相問勞曰無—。

㊂病也。〔漢書公孫弘傳〕君不幸罹霜露之疾何—不已。

㊃凡物平穩皆可云無—。〔晉書顧愷之傳〕布帆無—。

㊄猶著也。〔太玄玄告〕歲寧—而年病。

【恚】於避切音娡寘韻

㊀怨也。見〔說文〕。

㊁怒也。〔後漢劉寬傳〕夫人欲使寬令—。

㊂心恨也。見〔字彙〕。〔案玉篇亦云恨怒也〕

㊃—目謂毅實怒開也。〔管子地員〕其種櫑葛赨莖黃秀—目。

【恝】居拜切音介卦韻迄黠切音戛黠韻

無愁貌。〔孟子萬章〕夫公明高以孝子之心爲不若是—。〔按說文引作念〕

【恝】苦計切音契霽韻

㊀心有事也。見〔集韻〕。

㊁——山名。〔山海經大荒南經〕大荒之中有——之山。

㊂人名。〔山海經大荒西經〕炎帝之孫名曰靈—。靈—生互人。

【恝】牛轄切音齾黠韻

忦古文。〔集韻〕忦急也。發也。古作—。

【恢】枯回切音魁灰韻苦虺切尾韻

㊀大也。見〔說文〕。〔集韻云〕謂志大也。

㊁廓也。〔楚辭守志〕配稷契兮—唐功。

㊂備也。〔呂覽君守〕有事則有不—矣。

㊃—恑奇異也。〔莊子齊物論〕—恑譎怪。

㊄—宊廣大之貌。〔文選傅毅賦〕舒—宊之廣度兮。

㊅——客衆之貌。〔荀子非十二子〕——然。

㊆通逑。〔漢堂臺碑〕逑帝制兮。

【㤥】戶代切音瀣隊韻

㊀苦也。見〔說文〕。

㊁患愁曰—。見〔一切經音義引通俗文〕

【恣】資四切音粢寘韻

㊀縱也。見〔說文〕。

㊁任也。〔國策趙策〕—君之所使之。

㊂狡狹淫戲也。〔詩隰有萇楚序〕疾—也。〔箋〕—謂狡狹淫戲不以禮也。

㊃慙也。見〔廣雅釋詁〕。

㊄沿也。見〔廣雅釋詁〕。

㊅代也。見〔方言〕。

㊆通資。〔集韻〕—秦刻石文作資。

【恣】千咨切音趑支韻

——睢自得貌。〔莊子大宗師〕遙蕩—睢。〔又〕矜放之貌。〔荀子非十二子〕縱情性安—睢禽獸之行。〔又〕肆怒之貌。〔後漢西羌傳〕建號稱制—睢於北地。〔又〕自用之貌。〔後漢崔駰傳〕羿浞狂以—睢。

【恤】辛聿切音戌質韻

㊀憂也。收也。見〔說文〕。

㊁哀也。〔周禮大宗伯〕以—禮哀寇亂。

㊂矜慎也。〔書舜典〕惟刑之—哉。

㊃救也。〔周禮大司徒〕孝友睦婣任—。〔注〕振憂貧者。

㊄供給也。〔禮記月令〕—孤寡。

㊅相憂也。〔周禮大司徒〕六曰不—之刑。

㊆安也。〔漢書韋玄成傳〕—我九列。

㊇顧也。〔國策秦策〕不—楚交。

㊈敗也。見〔廣雅釋詁〕。

㊉憂懼卒至之貌。〔太玄失〕—而竦而。

⑪—然驚恐貌。〔文選枚乘七〕則—然足以駭矣。

⑫淹—淹滯也。〔左昭二十八年傳〕君淹—在外。

⑬——憂患貌。〔左昭十二年傳〕且言曰、——乎。

⑭送—送喪也。〔南史顧憲之傳〕會稽打鼓送—。

⑮通卹。〔詩羔裘序〕不卹其民也。〔釋文〕本亦作—。

⑯別作謐。〔書舜典〕惟刑之—哉。〔史記五帝紀作惟刑之靜哉。集解徐廣曰。今文惟刑之謐哉。爾雅曰、謐、靜也。索隱曰—謐聲相近遂作謐也〕

⑰姓也。晉大夫—由。

【恥】丑里切音褫紙韻

㊀辱也。見〔說文〕。〔按六書統曰。耳聞過而心愧也。六書總要曰。从心从耳。會意。取聞過自愧之義。凡人

心慙、則耳熱面赤。是其驗也。〕

㊁羞也。〔孟子盡心〕人不可以無｜。

㊂辱之也。〔周禮司救〕｜諸嘉石。

㊃有｜者。有所不爲也。〔論語子路〕行己有｜。

㊄無｜者。不知臧否也。〔穀梁襄二十九年傳〕君不使無｜。

【恨】胡艮切音[illegible]願韻〔本作[illegible]。隸作｜。〕

㊀怨也。見〔說文〕。〔正字通〕云。｜意深。憾意淺。｜音重。憾音輕。

㊁悔也。〔荀子成相〕不知戒。後必有｜。

【恩】烏痕切音蒽元韻

㊀惠也。見〔說文〕。

㊁愛也。〔詩鴟鴞〕｜斯勤斯。〔傳〕｜。愛。〔箋〕｜之言殷也。

㊂｜者仁也。見〔禮記喪服四制〕。

㊃隱也。見〔廣雅釋詁〕。

㊄州名。漢合浦郡地。唐置｜州。當今廣東陽江縣治。〔又〕宋｜州。屬河北東路。當今直隸清河縣治。〔又〕金｜州。屬大名府路。當今山東｜縣治。

㊅姓也。〔風俗通〕陳大夫成｜之後。

㊆感人惠己曰｜。見〔正字通〕。

㊇後世專謂君主之加惠爲｜。如｜詔｜科之類。

㊈因君主特｜所得之官爵亦曰｜。如漢有｜澤侯。清有｜騎尉之類。

㊉長｜。司書鬼名。〔祕閣閒話〕司書鬼曰長｜。除夕呼其名而祭之。鼠不敢嚙。蠹魚不生。

(十一)｜物。日本謂小兒玩物也。

【恪】克各切音[illegible]藥韻

㊀本作愙。〔說文〕愙。敬也。〔段注〕今字作｜。

㊁禮之如賓客也。見〔孔叢子答問〕。〔按周封夏殷之後。以爲二代。紹虞帝嗣。備爲三｜。客以聲爲訓。〕

㊂姓也。晉中郎將。忩任。〔按忩同｜。〕

【恫】他東切音通東韻　吐孔切音桶董韻

㊀痛也。一曰呻吟也。見〔說文〕。

㊁關中謂呻吟爲呻｜。見〔匡謬正俗〕。

㊂無知貌。見〔晉書音義中〕。

㊃通侗。〔詩思齊〕神罔時｜。〔說文人部〕作神罔時侗。

㊄通痌。〔詩桑柔〕哀｜中國。〔釋文〕｜本作痌。

【恫】徒弄切音洞送韻

㊀慟｜。不得志。見〔玉篇〕。

㊁心急。一曰無知。見〔集韻〕。

【恬】徒兼切音甜鹽韻

㊀安也。見〔說文〕。〔如｜不知恥。｜不爲怪。皆安然之義。〕

㊁靜也。〔莊子繕性〕以｜養志。

㊂｜愉無所好憎也。〔淮南原道〕｜愉無矜。

㊃｜淡猶清靜也。〔老子〕｜淡爲上。

【恭】居容切音[illegible]冬韻

㊀本作㳟。〔說文〕[illegible]。肅也。

㊁敬也。〔禮記曲禮〕君子｜敬撙節退讓以明禮。〔疏〕在貌爲｜。在心爲敬。貌多心少爲｜。心多貌少爲敬。

㊂法也。見〔玉篇〕。

㊃事也。見〔玉篇〕。

㊄謙也。〔國語魯語〕陷而入于｜。

㊅遜從也。〔論語學而〕｜近于禮。

㊆責難于君謂之｜。見〔孟子離婁〕。

㊇乾乾夕惕也。〔荀子解蔽〕仁者之思也｜。

㊈以禮自待也。〔禮記樂記〕｜儉而好禮。

㊉高且正也。〔禮記玉藻〕手容｜。

(十一)拱也。〔釋名釋言語〕｜。拱也。自拱持也。亦言供給人事也。

(十二)奉也。〔書甘誓〕今予惟｜行天之罰。

(十三)夙夜敬事曰｜。〔國語周語〕夙夜｜也。

(十四)不解於位曰｜。〔書堯典〕允｜克讓。

(十五)既過能改曰｜。〔國語楚語〕可不謂｜乎。

(十六)正德美容曰｜。尊賢貴義曰｜。芘親之闕曰｜。敬順事上曰｜。執禮御賓曰｜。愛民長弟曰｜。執事堅固曰｜。並見〔周書謚法〕。

(十七)州名。唐置。屬劍南道。當今四川平武縣疊溪營西南。

(十八)姓也。晉｜世子之後。以謚爲姓。

(十九)通共。〔書皐陶謨〕愿而｜。〔史記夏本紀作愿而共〕。

(二十)通龔。〔書堯典〕象｜滔天。〔漢書王尊傳作象龔滔天〕。

(廿一)清封四品命婦曰｜人。

(廿二)通供。〔老子注〕非唯｜其乏而已。

【息】悉卽切音熄職韻

(一)喘也。見〔說文〕〔注〕人之氣急曰喘。舒曰—。〔按增韻云。一呼一吸爲一—。〕

(二)止也。〔詩民勞〕民亦勞止。汔可小—。

(三)猶滅也。〔禮記中庸〕其人亡則其政—。

(四)蕃滋也。〔漢書五行志〕不能則災—而禍生。

(五)寧靜也。〔左昭八年傳〕臣必致死禮以—楚國。

(六)二也。見〔廣雅釋詁〕。

(七)處也。〔詩小明〕無恒安—。

(八)生也。〔史記孔子世家〕自大賢之—。

(九)慰勞也。〔儀禮鄉射禮〕乃—司正。

(十)休也。〔國策秦策〕戰攻不—。

(十一)頃也。〔史記張耳陳餘傳〕間不容—。

(十二)塞也。〔釋名釋言語〕—塞也。言物滯—塞滿也。

(十三)消也。〔淮南覽冥〕水浩洋而不—。

(十四)棄也。〔史記周紀〕一發不中者。百發盡—。

(十五)繁育也。〔荀子大略〕有國之君。不—牛羊。

(十六)返也。見〔廣雅釋詁〕。

(十七)歸也。見〔方言〕。

(十八)生長也。〔漢書宣帝紀〕刑者不可—。〔注〕言劓刖之徒。不可更生長也。

(十九)陽生爲—。〔史記曆書〕起消—。〔又〕陽用事爲—。〔易升〕利於不—之貞。

(二十)稱子曰—。〔國策趙策〕老臣賤—。舒祺最少。

(廿一)利也。〔周禮泉府〕凡民之貸者。以國服爲之—。

(廿二)生變之謂也。〔易革〕水火相—。〔注〕謂水火相戰而後生變。

(廿三)瘜也。死肉也。〔素問病能〕夫瘻氣之—者。宜以鍼開除去之。〔又〕鼻肉生瘡爲—。〔靈樞邪氣臟腑病形〕若鼻—肉不通。

(廿四)國名。〔左隱十一年傳〕—侯伐鄭。〔注〕—國汝南新—縣。〔卽今汝南—縣治國語周語注云。姬姓之國。隋書列女傳作鄎。〕

(廿五)姓也。〔姓苑〕今襄陽有此姓。〔又〕—夫。複姓。漢有—夫躬。

(廿六)太—。長出氣也。〔漢書高帝紀〕喟然太—。

(廿七)累—。累氣也。〔後漢任延傳〕吏民累—。

(廿八)正—。正朔也。〔樂緯〕夏以十三月爲正—。殷以十二月爲正—。周以十一月爲正—。

(廿九)將—。調攝也。〔李易安詞〕乍煖還寒時候。最難將—。

(三十)胎—。習閉氣而吞之也。〔抱朴子釋滯〕胎—者。能以鼻口噓吸。如在胞胎之中。

(卅一)—耗。猶言善惡也。〔後漢竇皇后紀〕數呼相工問—耗。

(卅二)惵—。惵懼也。〔後漢竇皇后紀〕自是宮房惵—。

(卅三)動—。猶出處也。〔文選謝玄暉詩〕動—無兼遂。

(卅四)姑—。苟且取安也。〔禮記檀弓〕細人之愛人也以姑—。〔又〕姑—婦女也。—小兒也。〔尸子卷下〕棄黎老之言而用姑—之謀。

(卅五)止—。琴曲名。〔唐書韓皐傳〕皐知音律。聞鼓琴至止—。

(卅六)土自長—無限曰—壤。〔山海經海內經〕鯀竊帝之—壤以堙洪水。

(卅七)—土。衍沃之田也。〔大戴記易本命〕—土之人美。

(卅八)—愼。五方陵名之一。〔爾雅釋地〕南陵—愼。〔又〕東北夷也。或謂之肅愼。見〔書序鄭注〕〔按後來女眞卽肅愼音轉〕。

(卅九)安—。漢西域國名。〔史記大宛傳〕西則安—。〔按卽今波斯〕。

(四十)俗謂音信曰消—。見〔正字通〕。

【恰】乞洽切音掐洽韻

(一)用心也。見〔說文新附〕。

(二)適當之辭。〔杜甫詩〕野航—受兩三人。

(三)——狀鳥之聲。〔杜甫詩〕自在嬌鶯——啼。

(四)—克圖。地名。在蒙古買賣城之北。清乾隆五年。與俄訂—克圖界約。允與通商。旋禁止。至五十七年。復訂互市約。開爲商埠。

【恔】吉了切音皎篠韻下交切音爻肴韻

憭也。見〔說文〕。

【恔】吉巧切音姣下巧切音攪巧韻

(一)懸也。見〔集韻〕。

(二)黠也。見〔玉篇〕。

【恔】後敎切音效效韻
快也。〔孟子公孫丑〕於人心獨無—乎。〔朱注〕—快也。

【恲】披耕切音怦庚韻
㊀滿也。見〔玉篇〕。
㊁忼慨也。見〔玉篇〕。

【⿱冊心】思廉切音暹鹽韻
㊀疾利口也。見〔說文〕。〔段注〕謂疾惡利口之人也。本作[illegible]。亦省作恩。
㊁通憸。〔書盤庚〕相時憸民。〔古本作相時—民〕

【恀】敞尒切音侈掌氏切音紙上紙切音是紙韻
恃也。見〔爾雅釋言〕〔舊注〕—。恃事—也。〔郭注〕今江東呼母爲—。

【怴】休必切音矞質韻
狂也。〔公羊桓五年傳〕曷爲以二日卒之。—也。〔注〕—者狂也。齊人語。〔集韻云怵或作—〕。

【⿰忄戉】翾劣切音泬屑韻
㊀怒也。見〔廣雅釋詁〕。
㊁恐皃。見〔集韻〕。

【⿰忄米】緜批切音迷支韻
心惑也。見〔集韻〕。

【⿰忄米】母婢切音弭紙韻
安也。亦作侎。見〔玉篇〕。〔集韻云。敉或字〕。

【恌】他彫切音挑蕭韻
㊀偸也。〔詩鹿鳴〕視民不—。〔左昭十六年傳、說文人部、並引作佻〕。
㊁理也。見〔方言〕。

【恌】徐昭切音遙蕭韻
㊀憂也。見〔廣韻〕。
㊁同愮。〔爾雅釋訓〕愮愮、愮愮、憂無告也。〔釋文〕—與愮同訓也。

【⿰忄行】塞剛切音航陽韻
悅也。見〔玉篇〕。

【念】許及切音吸緝韻乞洽切音恰洽韻
合也。〔太玄廓〕陰氣懆而—之。

【⿰忄吉】火一切音欯質韻
怖也。見〔廣韻〕。

【恅】呂皓切音老皓韻
愺—。心亂見〔玉篇〕。〔又〕寂靜也。〔文選王褒賦〕愺—瀾漫。〔注〕埤蒼曰嘹嘈寂靜也。與愺—音義同。

【恉】軫視切音指紙韻脂利切音至寘韻
意也。見〔說文〕。〔段注〕今字或作旨。或作指。皆非本字也。

【⿰忄充】昌嵩切音充東韻
心動也。見〔埤蒼〕。

【⿰忄臿】初牿切音插黠韻
雍—。譎人也。見〔五音集韻〕。

【⿱列心】力孽切音列屑韻
—。憂也。見〔廣雅釋訓〕。

【⿰忄列】力制切音例霽韻
驚也。或作厲。見〔集韻〕。

【恍】虎晃切音怳養韻
心不定貌。〔老子〕惚兮—兮。

【恍】姑黃切音光陽韻
武也。見〔集韻〕。

【⿰忄有】乙六切音郁屋韻
心動也。見〔玉篇〕。

【恏】許皓切音好皓韻
慾也。見〔張訢訂正篇海〕。

【⿱并心】披庚切音怦庚韻
滿也。〔靈樞厥病〕—腹濃痛。〔按與玉篇廣韻諸書中恲字形近義同。當卽恲字或體。正字通以爲同恲〕。

【恑】廣爲切音危支韻
獨立貌。見〔集韻〕。

【恓】先齊切音西齊韻
—惶。煩惱之貌。〔韋應物詩〕—惶戎旅下。〔按正字通云與悽同。六書故憂心淒然也。通作悽〕。

【愁】蘇禾切音蓑歌韻
—題。縣名。漢置。屬淸河郡。見〔漢書地理志〕。〔當今直隸棗强縣治。師古曰—古莎字〕。

【⿰忄休】去秋切音惆尤韻
戾也。見〔廣韻〕。

【恛】戶灰切音回灰韻
—。昏亂貌。〔太玄疑〕疑——。〔注〕小人執志不堅。—然從人也。

【恜】蓄力切音敕職韻
—。惕也。〔顏氏家訓雜藝〕卜得惡卦。反令——。

【恟】許容切音胷冬韻詡拱切音洶腫韻
懼也。見〔廣韻〕。

【⿰忄吏】力志切音吏寘韻

憂也。見〔集韻〕。

【⿱亘心】呼淵切音宣先韻　急也。見〔集韻〕。

【恦】式亮切音餉漾韻　念也。見〔集韻〕。

【恧】女六切音忸屋韻　慙也。見〔說文〕〔廣韻〕亦作聏。〔集韻〕或作忸、䏊、䑛。方言倎、—、慙也。荆青揚徐之閒曰倎。若梁益秦晉之閒言心內慙矣。山之東西自愧曰—。

【⿰忄后】戶鈎切音侯尤韻　和解貌。見〔集韻〕。

【⿰忄共】古勇切音拱腫韻居容切音恭冬韻　戰慄也。見〔集韻〕。

【恮】逡緣切音詮先韻　謹也。見〔說文〕。〔長箋〕全心爲謹。寫戒也。

【恮】莊緣切音跧先韻　曲卷也。見〔廣韻〕。

【⿰忄衣】烏紀切音倚紙韻　哀也。見〔篇韻〕。

【⿱㕣心】七鴆切音沁沁韻　貓犬吐也。見〔篇韻〕。

【⿰忄劳】居勞切音高豪韻　局知也。或从皋。見〔集韻〕。

【⿱舌心】苦陷切音勘陷韻　憶也。見〔五音篇海〕。

【⿰氵恶】烏故切烏去聲遇韻　貪也。見〔字彙〕。〔正字通〕以爲俗字。

【⿰忄𥃩】恨本字。見〔說文〕。

【⿱共心】恭本字。見〔說文〕。

【⿰忄㐬】慌本字。見〔說文〕。

【⿱丞心】古慶字。見〔字彙補〕。

【恖】古思字。見〔集韻〕。

【怨】同惌。見〔集韻〕。

【⿰忄聿】同悚。見〔字彙〕。

【恊】同愶。見〔正字通〕。

【⿱米心】同悉。見〔正字通〕。

【⿰忄列】同烈。見〔集韻〕。

【⿰忄甾】同惱。見〔集韻〕。

【⿱夗心】同怨。見〔廣韻〕。

【⿱弦心】同弦。見〔字彙補〕。

【忺】同忝。見〔說文長箋〕。

【⿱㞷心】同狂。見〔韻會〕。

【恖】同悉。見〔集韻〕。

【恡】同悋。見〔正字通〕。

【悚】同憟。見〔集韻〕。

【⿰忄自】同息。見〔正字通〕。

【悆】同恪。見〔正字通〕。

【⿰忄壬】恁或字。見〔集韻〕。

【⿰忄虫】⿰忄蟲省文。見〔正字通〕。

【悄】悄俗字。見〔字彙〕。

【恋】戀俗字。見〔字彙〕。

【⿰忄吏】⿰忄叓俗字。見〔字彙〕。

【恒】恆俗字。見〔字彙〕。

【恠】怪俗字。見〔玉篇〕。

【悦】悅俗字。見〔字彙〕。

【⿰忄如】恕譌字。見〔正字通〕。

七畫

【恾】謨朗切音茫陽韻　㊀怖也。〔列子楊朱〕—然無以應。㊁同忙。見〔廣韻〕。

【悀】尹悚切音勇腫韻　㊀忿怒也。見〔玉篇〕。㊁心喜也。見〔廣韻〕。

【悁】縈圓切音娟先韻　㊀忿也。一曰憂也。見〔說文〕。㊁—憂也。〔詩澤陂〕中心——。㊂人名。〔韓詩外傳〕衛靈公使人馳召勇士公孫—。

【悁】吉掾切音絹霰韻　躁急也。見〔集韻〕。

【悃】苦本切音閫阮韻　㊀—愊也。見〔說文〕。㊁志純一也。〔楚辭卜居〕吾寧——欵欵樸以忠乎。

【㤮】古況切音誑于放切音旺漾韻

【悄】七小切音悄篠韻　㊀詐也。見〔玉篇〕。㊁誒也。誒人也。見〔玉篇〕。㊂憂也。見〔說文〕。㊃無聲也。〔張說序〕月白夜—。

【悄】七肖切音俏嘯韻

急也。見〔集韻〕。

【悅】欲雪切音閱屑韻

㊀樂也。見〔爾雅釋詁〕。

㊁服也。見〔爾雅釋詁〕。

㊂蘇也。楚通語也。見〔方言〕。

㊃共利之之謂—。見〔莊子天地〕。

㊄姓也。後漢—綰。

㊅州名。唐置。屬隴右道。當今甘肅寧遠縣境。〔又〕唐—州。屬劍南道。當今四川興文縣南。

㊆通說。〔論語學而〕不亦說乎。〔注〕所以爲說懌。

㊇亦作兌。〔禮記學記〕兌命曰。念終始典于學。

【悇】通都切音稌虞韻

㊀悇憂貌。〔後漢馮衍傳〕終—悍而洞疑。

㊁悇—禍福未定也。見〔集韻〕。

【悇】羊諸切音余魚韻

樂也。見〔集韻〕。

【悇】楮豫切音絮御韻

憂也。或从慮。見〔集韻〕。

【悇】羊茹切音豫御韻

—悍憂也。見〔集韻〕。

【悉】息七切音膝質韻

㊀詳盡也。見〔說文〕。

㊁明析也。〔六書總要〕从心采。會意。采古辨字。取明析之義。

㊂具也。〔漢書陳餘傳〕陳餘—三縣兵。與齊併力。

㊃諳究也。〔史記張釋之傳〕虎圈嗇夫從旁代尉對上所問禽獸簿甚—。

㊄皆也。〔漢書陳勝傳〕—發以擊楚軍。

㊅知也。〔文選魏文帝詩〕眾賓飽滿歸。主人苦不—。

㊆眾人亦可曰—。〔穀梁成二年傳〕或曰日其戰也。或曰日其—也。〔注〕—謂郤四大夫。

㊇—羅。雲俱複姓。見〔古今姓氏書辯證〕。

㊈州名。唐置。屬劍南道。在今四川平武縣疊溪營西二百四十里。

㊉—闕。古外國名。〔北史魏孝文帝紀〕延興四年。粟特、敕勒、吐谷渾、高麗、曹利、闕—、契丹、庫其奚、地豆于等國。竝遣使朝貢。

【悌】大計切音第霽韻

㊀善兄弟也。經典通用弟。見〔說文新附〕。〔鈕氏新附攷〕按—蓋涉愷。後人幷加心。漢碑已有—。

㊁易也。見〔集韻〕。

【悌】待禮切音娣薺韻蕩亥切音待賄韻待亦切陌韻

愷悌。詩作豈弟。毛萇云。豈、樂也。弟、易也。見〔廣韻〕。〔又〕發也。見〔爾雅釋言〕。〔注〕發發行也。

【悍】候旰切音翰翰韻

㊀勇也。見〔說文〕。

㊁凶暴也。〔荀子王利〕祈愿禁—。

㊂性急也。〔後漢馮衍傳〕恐—少慮。

【悍】下罕切音旱旱韻

通旱。性急也。〔史記賈誼傳〕水激則旱兮。〔注〕讀與—同。

【恒】數救切音副宥韻

㊀小怒也。見〔廣韻〕。

㊁愖或字。〔類篇〕愖怒也。或作—。〔按集韻宥韻。愖恣也。或作愖。〕

【恒】大透切音豆宥韻

㊀侯也。見〔玉篇〕。

㊁誑也。見〔玉篇〕。

【恒】芳否切音紑紙韻

小怒也。見〔玉篇〕。

【悎】下老切音皓皓韻

㊀憎也。見〔集韻〕。

㊁心動也。見〔玉篇〕。

【悎】居效切音教效韻

驚也。見〔玉篇〕。

【悎】枯沃切音酷沃韻迄岳切音覺覺韻

怖也。見〔集韻〕。

【悒】乙及切音邑緝韻

㊀不安也。見〔說文〕。

㊁短氣也。〔文選司馬相如賦〕舒息—而增欷兮。〔注〕—於—也。

㊂——憂念也。〔大戴記曾子立身〕君子終身守此——。〔又〕不暢貌。〔素問刺瘧〕腹中——。

㊃通邑。不樂也。〔文選應休璉書〕良增邑邑。

【悔】呼內切音誨隊韻

㊀恨也。見〔說文〕。

㊁改也。見〔玉篇〕。

【悔】虎猥切音賄賄韻

㊀咎也。〔公羊襄二十九年傳〕尙速有—于余身。

㊁慢也。〔詩抑〕庶無大—。〔箋〕—、慢也。

㊂易內卦曰貞。外卦曰—。〔左僖十五年傳〕蠱之貞風也。其—山也。

㊃—者凶也。見〔賈子容經〕。

㊄—吝者言乎其小疵也。見〔易繫辭〕。

㊅龍歡—。美女名。〔金史歡都傳〕烏札蘿部有美女名龍歡—。

【悕】香衣切音希微韻

㊀念也。見〔玉篇〕。

㊁顧也。見〔廣韻〕。

㊂悲也。〔公羊成十六年傳〕在招丘—矣。

【悖】蒲沒切音孛月韻

㊀詩或字。〔說文言部〕詩。亂也。从言。孛聲。—。詩或从心。

㊁盛貌。通勃。〔左莊十一年傳〕其興也—焉。

㊂姓也。〔古今姓氏書辯證〕梁武帝第二子豫章王綜叛入魏。帝改綜之子直氏曰—。未旬日而復之。

【悖】蒲昧切音佩隊韻

㊀逆也。〔詩桑柔〕覆俾我—。

㊁惑也。〔呂覽正名〕足以喻治之所—。

㊂謬也。〔淮南修務〕豈不—哉。

㊃違也。〔荀子性惡〕皆反于性而—于情者也。

㊄誤也。〔國策秦策〕計有一二者難—也。

㊅亂也。〔呂覽誣徒〕問事則前後相—。

㊆薄食也。〔莊子胠篋〕上—日月之明。

㊇君臣故悖茲謂—。見〔漢書五行志引京房易傳〕。〔注〕悖猶相戾也。

㊈老而受刑謂之—。見〔御覽刑法部引書大傳〕。

【悖】必每切音賄韻

強也。見〔廣雅釋詁〕。

【悗】謨官切音瞞寒韻

㊀惑也。見〔玉篇〕。

㊁煩滿也。〔靈樞五亂〕清濁相干。亂于胸中。是謂大—。

【悗】母本切音懣阮韻

㊀癈忘也。〔莊子大宗師〕—乎忘其言。

㊁無匹貌。見〔集韻〕。

【悘】於其切音醫支韻

審也。見〔廣雅釋詁〕。

【悘】壹計切音翳霽韻

㊀恭也。見〔五音集韻〕。

㊁靜也。見〔五音集韻〕。

【惵】敕涉切音䀹葉韻

㊀心動貌。見〔玉篇〕。

㊁休也。見〔玉篇〕。

【惵】的協切音喋葉韻

—懘。志輕也。見〔集韻〕。

【惵】尺涉切音謵葉韻

㊀僣—。小人貌。見〔廣韻〕。

㊁黠貌。見〔集韻〕。

【㥏】失涉切音攝葉韻

怪也。見〔集韻〕。

【悛】逡緣切音詮先韻七倫切音逡眞韻

㊀止也。見〔說文〕。

㊁改也。〔書泰誓〕惟受罔有—心。

㊂次也。〔左哀三年傳〕外內以—。

㊃敘也。見〔廣雅釋詁〕。

㊄覺也。見〔小爾雅廣言〕。

【悛】須倫切音荀眞韻

同恂。信心也。詳恂字。

【悝】苦回切音恢灰韻

㊀啁也。一曰病也。見〔說文〕。〔段云〕今之詼字。

㊁人名。衛孔—。魏李—。

【悝】兩耳切音理紙韻

㊀憂也。見〔爾雅釋詁〕。〔亦通作里〕。

㊁悲也。疾也。見〔玉篇〕。

【悞】五故切音誤遇韻

㊀同誤。謬也。見〔廣韻〕。

㊁欺也。見〔韻會〕。

㊂惑也。見〔韻會〕。

【悟】五故切音誤遇韻

㊀覺也。見〔說文〕。

㊁啟發人亦曰—。〔崔駰達旨〕唐睢華顛以—秦。

㊂通寤。〔史記項羽傳贊〕倘不覺—。

【悠】夷周切音由尤韻

㊀憂也。見〔說文〕。

㊁思也。〔詩關雎〕—哉—哉。

㊂遠也。〔詩訪落〕於乎—哉。

㊃長也。〔禮記中庸〕徵則—遠。

㊄從風貌。〔文選張衡賦〕紛焱—以容裔。

㊅——行貌。〔詩黍田〕——南行。〔

〔又〕遠貌。〔詩載馳〕驅馬——。〔又〕眇邈無期貌。〔詩黍離〕——蒼天。〔又〕閒暇貌。〔詩車攻〕——旆旌。〔又〕憂也。〔詩十月之交〕——我思。〔又〕多也。〔後漢朱穆傳〕——者皆是。

(七)—遠。放散貌。〔史記司馬相如傳〕—遠長懷。

(八)忽游蕩輕物也。〔淮南修務〕我誕謾而—忽。

(九)—闇。遠親不分辨貌。〔荀子議兵〕吾用兵者威忽—闇。

(十)—揚。日入貌。〔文選潘岳賦〕日—揚而浸微。

(十一)通攸。〔孟子萬章〕攸然而逝。〔朱注〕自得而遠去也。〔按攸既訓遠。則與—同。〕

(十二)通繇。〔漢書韋賢傳〕犬馬繇繇。

【悢】力讓切音亮漾韻

(一)悲也。見〔廣雅釋詁〕。

(二)——。悵恨也。〔文選蘇武詩〕——不能辭。〔又〕眷眷也。〔後漢陳蕃傳〕天之于漢。——不已。

【悢】里黨切音朗養韻

懭—。不得志也。見〔玉篇〕。

【患】胡慣切音宦諫韻

(一)憂也。見〔說文〕。

(二)二中爲—。〔春秋繁露天道無二〕心止于一中者謂之忠。持二中者謂之—。人之中不一者也。

(三)害也。〔呂覽重己〕此陰陽不適之—也。

(四)惡也。見〔廣雅釋詁〕。

(五)禍也。〔易既濟〕君子以思—而豫防之。

(六)災也。〔周禮司救〕凡涉時有天—民病。

(七)難也。〔國語齊語〕設之以國家之—而不疚。

(八)疾也。〔國語晉語〕公—之。

(九)苦也。〔漢書申公傳〕戊不好學—申公。

(十)病也。〔南史江衍傳〕衍有眼—。

(十一)姓也。見〔廣韻〕。

【[illegible]】昝本切音惀阮韻魯管切音卵旱韻

(一)嘊—。行無廉隅也。見〔玉篇〕。

(二)—子。體肥者也。〔丹鉛錄〕俗戲體肥者爲—子。今亦呼笨子。爲南史笨伯是也。

【悤】麤叢切音聰東韻

(一)多遽——也。从囪从心。囪亦聲。見〔說文囪部〕。〔段注〕各本作从心囪。今正。从囪从心者。謂孔隙既多。而心亂也。故其字入囪部會意。〔按隸作怱。俗作忩。〕

(二)——明也。〔呂覽下賢〕——乎其心之堅固也。

(三)同聰。〔漢書郊祀志〕——明上通。〔注〕—與聰同。

【悆】羊茹切音豫御韻商居切音余魚韻

(一)豫也。見〔玉篇〕。

(二)喜也。見〔集韻〕。

【惿】篇夷切音紕支韻

錯謬也。〔文選左思賦〕乘眾—以貽繆。

【悂】邊迷切音篦齊韻

意倂也。見〔集韻〕。

【悂】普米切音俾薺韻

愼也。見〔集韻〕。

【悈】居拜切音戒卦韻

飭也。警戒之意。〔司馬法〕有虞氏—于中國。

【悈】紀力切音亟職韻

褊急也。見〔爾雅釋言注〕。

【悈】乞得切音克職韻

敂而自尊也。見〔集韻〕。

【[illegible]】盧貢切音弄送韻

—戀愆也。見〔集韻〕。

【[illegible]】兩舉切音呂語韻

慢也。見〔集韻〕。

【[illegible]】之爽切壯上聲養韻

不悅也。見〔玉篇〕。

【愛】於代切音愛隊韻

行皃。見〔說文〕。

【[illegible]】涓熒切音扃青韻

憶也。見〔篇海〕。

【㥦】詰叶切音匧葉韻

思皃。見〔說文〕。

【[illegible]】職吏切音志寘韻

忘也。見〔玉篇〕。

【悜】下頂切音婞迥韻下梗切音杏梗韻

很也。見〔說文〕。

【[illegible]】布亥切音擺五亥切音騃賄韻

恃也。見〔集韻〕。

【悻】古杏切音梗韻。恨也。見〔集韻〕。
【悴】莫江切音庬江韻。惛也。見〔集韻〕。
【悺】尨巷切絳韻。一戇。愚也。見〔集韻〕。
【悙】盧庚切音亨披庚切音烹庚韻。憉一。自矜健皃。見〔集韻〕。
【悙】亨孟切音哼敬韻。偎一。疎率也。見〔五音集韻〕。
【悖】巨禁切音噤沁韻。心堅固。見〔集韻〕。
【悚】荀勇切音聳腫韻。本作慫。〔集韻〕慫。說文懼也。或作一。
【悕】呼含切音㟏覃韻。疎縱也。見〔集韻〕。
【悜】丑郢切音逞梗韻。憂也。見〔集韻〕。
【悞】私箭切音綫霰韻。憐也。見〔集韻〕。
【悓】奇寄切音忌寘韻。敬也。見〔集韻〕。

【悇】則臥切音挫箇韻。折挫也。見〔篇海〕。
【悐】擊激切音閴錫韻。心不自安謂之一。見〔集韻〕。
【悚】渠尤切音求尤韻。怨咎也。見〔集韻〕。
【悿】府刎切音粉吻韻。勤也。見〔篇海〕。
【悉】將豫切音沮御韻。怚或字。〔集韻〕怚。驕也。或作一。
【悅】眉表切音廟嘯韻。悃也。見〔五音集韻〕。
【悈】何加切音遐麻韻。怨也。見〔集韻〕。
【悆】以諸切音余魚韻。恭敬也。見〔字彙補〕〔按卽悆字。〕
【悢】蘇故切音素遇韻。生革也。見〔篇海〕。
【悟】通懸切音蘐阮韻。愚癡貌。見〔字彙補〕。
【悞】音佇語韻。思也。見〔川篇〕。

【恐】恐本字。〔詳恐字注。〕
【悐】愓本字。見〔說文〕。
【悑】怖本字。〔詳怖字注。〕
【恭】恭本字。見〔正字通〕。
【悁】恨本字。見〔正字通〕。
【悊】古哲字。見〔集韻〕。
【悥】古勇字。見〔說文〕。〔按俗或假爲慫一之一。〕
【悜】古狂字。見〔玉篇〕。
【悬】古姦字。見〔集韻〕。
【悘】古僾字。見〔字彙〕。
【悳】古肅字。見〔字彙〕。
【悡】古悉字。見〔說文采部〕。
【悤】古情字。見〔字彙補〕。
【悥】意籀文。見〔說文〕。
【悠】同怍。疑一見〔荀子儒效〕。
【悏】同悉。見〔正字通〕。
【悔】同悔。見〔正字通〕。
【悘】同劣。見〔正字通〕。
【悡】同愬。見〔正字通〕。

【悻】同宋。見〔字彙補〕。
【悠】同悠。見〔字彙補〕。
【悋】同吝。見〔廣韻〕。
【悅】俔或字。見〔集韻〕。
【悎】悎俗字。見〔正字通〕。
【悐】愁俗字。見〔正字通〕。
【悉】慈俗字。見〔同文鐸〕。
【悕】慌譌字。見〔正字通〕。

八畫

【悰】祖宗切音賨冬韻。㊀樂也。見〔說文〕。㊁慮也。〔漢書廣陵厲王胥傳〕出入無一爲樂亟。
【悱】妃尾切音斐尾韻。㊀口一一也。見〔說文新附〕。〔鈕氏新附攷〕疑誹之別體。㊁口欲言而未能之貌。〔論語述而〕不一不發。㊂心誦也。見〔文選成公綏賦注引字書〕。
【悲】府眉切音卑支韻。㊀痛也。見〔說文〕。〔段注〕悟者痛之

深者也。恫者痛之長者也。|者痛之上膸者也。㊁感也。有聲無淚曰|。見〔正字通〕。㊂慼也。〔詩七月〕女心傷|。〔傳〕傷|。慼事苦也。春女|。秋士|。感其物化也。㊃顧念也。〔漢書高帝紀〕游子|故鄉。㊄佛家言拔苦與樂曰慈|。〔智度論〕夫言|者。意存饒益。善順物情。㊅|谷。西南方之大壑。〔淮南天文〕日至於|谷。是謂餔時。

【㥶】蘇紺切音倸勘韻

憛|。失志。見〔廣韻〕。

【㥶】他紺切音憛勘韻

憛或字。〔集韻〕憛。思也。一曰。憛悚。憂惑也。一曰。惶遽也。一曰。禍福未定意。或作|。

【⿰忄奄】於驗切音懕豔韻

|懕。多意氣兒。見〔集韻〕。

【⿰忄奄】衣檢切音奄琰韻衣廉切音淹鹽韻

懕也。見〔集韻〕。

【⿰忄奄】於贍切音俺豔韻

㊀甘心。見〔廣韻〕。㊁忘也。見〔集韻〕。

【悵】丑亮切音暢漾韻

㊀望恨也。見〔說文〕。〔段注〕望其還而不至爲恨也。㊁惆|也。〔漢書孝武李夫人傳〕洿沬|兮。〔又〕惆|。痛也。見〔一切經音義引廣雅〕。

【悶】莫困切音們願韻

㊀懣也。見〔說文〕。〔集韻云。或作惛。亦書作們〕。㊁發也。〔家語弟子行〕處賤不|。㊂不爽貌。〔素問風論〕閉則熱而|。㊃||。無所剬裁也。〔老子〕我獨||。

【悶】莫奔切音門元韻

㊀|然。不覺貌。〔莊子德充符〕|然而後應。〔釋文〕|音門。李云。不覺貌。崔云。有頃之間也。㊁||。寬大也。〔老子〕其政||。

【悶】母本切音潣阮韻

|然。混然也。見〔集韻〕。

【悸】其季切音悸寘韻

㊀心動也。見〔說文〕。㊁懼也。恐也。〔楚辭悼亂〕惶|兮失氣。㊂怒也。見〔廣雅釋詁〕。㊃帶下垂貌。〔詩芄蘭〕垂帶|兮。㊄通欷。〔文選王延壽賦〕心猭猭而發|。〔注〕|、或爲欷。

【悻】下耿切音幸梗韻下頂切音婞迥韻

㊀很也。見〔集韻〕。〔按說文作婞〕。㊁||。很怒也。〔孟子公孫丑〕||然見於其面。

【悼】大到切音導號韻

㊀懼也。陳楚謂懼曰|。見〔說文〕。㊁傷也。秦謂之|。見〔方言〕。㊂動也。〔詩羔裘〕中心是|。〔傳〕|。動也。㊃憐愛也。〔禮記曲禮〕七年曰|。〔又〕逃也。〔釋名釋長幼〕七年曰|。|。逃也。知有廉恥。隱逃其情也。㊄中年早夭曰|。肆行勞祀曰|。恐懼從處曰|。見〔周書謚法〕。

【悽】千西切音妻齊韻

㊀痛也。見〔說文〕。㊁|愴。傷悼之貌。〔淮南本經〕|愴之志。〔又〕寒冷也。〔漢書王褒傳〕不發至寒之|愴。㊂||。饑病貌。〔後漢周黃徐姜申屠傳〕||碩人。陵阿窮退。〔又〕懷報德也。〔爾雅釋訓〕哀哀||。懷報德也。

【悽】七計切妻去聲霽韻

恨也。見〔韻會〕。

【悾】枯公切音空東韻枯江切音腔江韻

㊀誠慤也。〔文選任昉牋〕實有悾誠。不任|款。㊁||。無知貌。〔論語述而〕||而不信。

【悾】苦動切音孔董韻苦貢切音控送韻

|愡。傯不得志也。見〔集韻〕。

【悐】先的切音錫錫韻

㊀||。憂也。見〔廣雅釋詁〕。㊁敬也。見〔玉篇〕。

【⿱弦心】胡千切音賢先韻

急也。从心。从弦。弦亦聲。河南密縣有|亭。見〔說文〕〔按當在河南密縣境〕

【惄】乃歷切音溺錫韻奴沃切音傉沃韻
(一)飢餓也。見〔說文〕。〔段注〕餓、當作意。釋言曰、—飢也。周南傳曰、—飢意也。爲許所本。
(二)思也。〔詩小弁〕—焉如擣。〔按韓詩—作愵。五音集韻亦作惄〕。
(三)憂也。〔方言〕自關而西秦晉之間或曰—。
(四)傷也。痛也。見〔廣雅釋詁〕。

【情】慈盈切音晴庚韻
(一)人之陰氣有欲者也。見〔說文〕。
(二)性也。〔呂覽上德〕此之謂順—。
(三)志也。〔楚辭惜誦〕恐—質之不信兮。
(四)利慾也。〔禮記坊記〕無辭而行—則民爭。
(五)忠誠也。〔荀子禮論〕—貌之盡也。
(六)實也。〔孟子離婁〕故聲聞過—君子恥之。
(七)理也。〔呂覽誣徒〕則得教之—也。
(八)謂理意喪主哀祭主敬之類。〔荀子禮論〕—文俱至。
(九)爭訟之辭謂之—。〔周禮小宰〕六曰以敍聽其—。
(十)自稱其惡謂之—。見〔春秋繁露仁義法〕。
(十一)私意也。如俗云講人—說—面。
(十二)離—。謂離心也。〔管子國蓄〕謂之離—。
(十三)不許終喪曰奪—。〔北史李德林傳〕丁母艱以至孝聞裁百日奪—起復。
(十四)初婚曰定—。〔宋史陳鴻傳〕巳—之夕。
(十五)苟合曰通—。〔後漢烏桓傳〕嫁娶則先略女通—然後送牛馬羊畜以爲聘幣。
(十六)道—。曲之一種。

【惆】丑鳩切音抽尤韻陳留切音儔尤韻
(一)失意也。見〔說文〕。
(二)痛也。〔文選陸機賦〕心—焉而自傷。〔注〕廣雅曰、—痛也。
(三)悵也。見〔廣雅釋詁〕。

【惆】丑救切音晝宥韻
—悵、失志皃。見〔集韻〕。

【惆】即就切音僦宥韻
悲也。見〔集韻〕。

【惆】羌幽切音區尤韻
懸悷也。見〔集韻〕。

【惇】都昆切音敦元韻殊倫切音純眞韻
(一)本作惇。〔說文〕惇、厚也。
(二)信也。燕曰—。見〔方言〕。
(三)勉也。見〔爾雅釋詁〕。
(四)——、純厚貌。〔後漢第五倫傳〕——歸諸寬厚。
(五)—物山名。〔書禹貢〕終南—物。〔在今陝西武功縣二百里〕。

【惇】朱倫切音諄眞韻
心實也。見〔廣韻〕。

【惋】烏貫切音腕翰韻
(一)驚歎也。見〔集韻〕。
(二)駭恨也。見〔六書故〕。
(三)內爍也。〔素問解精微論〕夫志悲者—。

【惌】於袁切音鴛元韻
(一)枉也。見〔廣韻〕。
(二)讐也。恚也。本作怨。見〔集韻〕。
(三)小孔貌。〔考工記函人〕凡察革之道。眡其鑽空欲其—也。

【惌】紆勿切音鬱物韻
慍或字。〔集韻〕慍、心所鬱積也。亦作—。

【惎】渠記切音忌寘韻
(一)毒也。見〔說文〕。
(二)教也。〔左宣十二年傳〕晉人以廣隊不能進。楚人—之脫扃。

【惏】廬含切音嵐覃韻
(一)貪也。〔說文〕河內之北謂貪爲—。〔段注〕內字衍。小徐作河之北。即河內也。—與婪音義同。
(二)殘也。陳楚曰—。見〔方言〕。

【惏】犂針切音淋侵韻
—慄。寒也。〔文選宋玉賦〕狀直憯悽—慄。〔又〕恐懼也。〔文選王褒賦〕—慄密率。

【惏】盧感切音覽感韻
(一)不謹。見〔集韻〕。
(二)卜入詐告吉凶也。見〔集韻〕。

【惑】穫北切音或職韻
(一)亂也。見〔說文〕。
(二)疑也。〔論語爲政〕四十而不—。
(三)迷惑也。〔詩碩人序〕莊公—於嬖妾。
(四)勸也。〔呂覽知分〕有所達則物莫能—。
(五)悖也。〔呂覽誣徒〕—於嗜欲。
(六)煩惱也。〔文選王巾碑文〕理勝則

—已。
七 貪奸也。見〔說苑反質〕。
八 咨怒異慮也。見〔大戴記曾子立事〕。
九 滿志多窮曰—。見〔周書謚法〕。
十 剝生而附死謂之—。見〔荀子禮論〕。
十一 從外制中謂之—。見〔史記李斯傳〕。
十二 責人以備謂之—。見〔春秋繁露仁義法〕。
十三 知惡不改謂之—。見〔賈子大政〕。
十四 熒—。星名。〔史記天官書〕熒—出則有兵。入則兵散。
十五 通或。疑怪也。〔孟子盡心〕無或乎王之不智也。
十六 或作掝。—悟也。〔荀子不苟〕誰能以己之潐潐。受人之掝掝。

【惓】 逵員切音權先韻
一 劇也。〔淮南人間〕是猶病者已—。
二 ——忠謹也又懇至也。〔漢書劉向傳〕——之義也。〔通卷同拳〕。

【惓】 逵眷切音劵霰韻
一 罷也。見〔集韻〕。
二 悶也。見〔玉篇〕。

【惔】 徒甘切音談 他甘切音甜覃韻 于廉切音炎鹽韻
一 憂也。見〔說文〕。
二 燎也。〔詩雲漢〕如—如焚。〔傳〕—燎之也。
三 恬也。見〔一切經音義引蒼頡〕。
四 通炎。韓詩外傳及後漢章帝紀均引詩作炎。言熱氣盛也。

【惕】 他歷切音剔錫韻
一 敬也。見〔說文〕。
二 憂懼也。〔易乾〕夕—若厲。
三 速疾也。〔國語吳語〕一日—。
四 怵—。驚也。〔文選張衡賦〕猶怵—於一夫。
五 ——懼也。〔國語楚語〕豈不使諸侯之心——焉。〔又〕愛也。見〔爾雅釋訓〕。
六 同慭。〔漢書王商傳〕無—慭憂。〔按—慭通亦作慼慭〕。

【㥒】 此宰切音采賄韻
一 姦也。見〔說文〕。
二 恨也。見〔玉篇〕。
三 急也。見〔玉篇〕。

【惗】 諾葉切音捻葉韻 蘇佃切音線霰韻
一 愛也。見〔集韻〕。
二 暗聲憶也。見〔集韻〕。

【惘】 文紡切音網養韻
一 失志貌。〔文選潘岳賦〕—輟翺而容與。
二 ——失志貌。〔韓愈序〕出門——有離別可憐之色。〔又〕遑遽貌。〔楚辭悲回風〕起——而遂行。〔注〕失志遑遽而直逝也。
三 同罔。〔漢書司馬相如傳〕敞罔靡徙。〔敞罔同惝—〕。

【惙】 株劣切音拙屑韻
一 憂也。詩曰。憂心——。一曰。意不定也。見〔說文〕。
二 疲也。〔唐書丁公著傳〕貌力癯—。
三 中也。見〔方言〕。
四 綴—。痛篤也。〔魏書獻文六王傳〕沈痛綴—。
五 通輟。〔莊子秋水〕匡人圍之數匝而弦歌不—。

【惙】 丑芮切音毳霽韻
短氣貌。見〔一切經音義引聲類〕。

【惚】 呼骨切音忽月韻
一 心志懈惘也。〔蜀志劉琰傳〕琰失志慌—。
二 —恍。未分之貌。〔文選潘岳賦〕寥廓—恍。
三 恍—。微妙不測貌。〔老子〕惟恍惟—。
四 通曶。〔法言序〕神心—怳。〔傳作曶怳〕。
五 通芴。〔莊子至樂〕芒乎芴乎。〔注〕與—同。
六 通忽。〔禮記祭義〕夫何恍—之有乎。〔釋文〕—本亦作忽。

【惛】 呼昆切音昏元韻 彌盡切音泯軫韻
一 不憭也。見〔說文〕。〔按不憭、謂心不明〕。
二 昏意也。〔莊子知北遊〕—然若亡而存。
三 亂也。〔大戴記曾子立事〕怒之而觀其不—也。
四 ——專默精誠也。〔荀子勸學〕是故無冥冥之志者。無昭昭之明。無——之事者。無赫赫之功。〔注〕冥冥——皆專默精誠之謂。〔又〕悶瞀也。〔楚辭九辨〕忳——而愁約。〔注〕憂心悶瞀。自約束也。

【惛】 虎本切音鼲阮韻

｜滶。忽疾貌。見〔韻會小補〕。

【惽】莫困切音悶願韻
同悶。〔呂覽本生〕上爲天子而不驕。下爲匹夫而不｜。〔注〕｜讀憂悶之悶。

【惛】呼困切音婚願韻
徽惛貌。〔管子四時〕五漫漫。六｜｜。孰知之哉。

【惜】思積切音昔陌韻
(一)痛也。見〔說文〕。
(二)哀也。〔楚辭惜誓〕｜余年老而日衰兮。〔注〕言哀己年歲已老。氣力衰微。
(三)貪也。〔楚辭惜誦〕｜誦以致愍兮。〔注〕｜、貪也。
(四)憐也。見〔增韻〕。
(五)愛也。〔呂覽長利〕爲天下｜死。
(六)吝也。〔宣和書譜〕唐人類多工書。然亦頗自珍｜。
(七)悋也。〔書仲虺之誥〕有過則改。無廢吝｜。
(八)夷｜水名。〔一統志〕夷｜水在峩眉縣東南五十里。〔在今四川峩眉縣東南五十里。〕

【惝】昌兩切音敞養韻
(一)｜然。失意不悅貌。〔莊子則陽〕客出而君｜然若有亡也。
(二)｜怳。窺無聲也。〔楚辭遠遊〕聽｜怳而無聞。〔注〕窺無聲也。〔又〕師古云。｜怳耳不諦也。

【惟】夷隹切音維支韻無非切音徽微韻〔按經傳通作維唯〕。
(一)凡思也。見〔說文〕〔段注〕凡思、謂浮泛之思。
(二)陳也。〔國語晉語〕師尹｜旅。
(三)宜也。〔呂覽知分〕子｜之矣。
(四)獨也。〔書仲虺之誥〕｜王不求聲色。
(五)是也。〔書禹貢〕濟河｜兗州。
(六)有也。〔書酒誥〕我聞｜曰。〔謂我聞有此語也。〕
(七)爲也。〔書益稷〕萬邦黎獻。共｜帝臣。
(八)伊也。見〔玉篇〕。
(九)猶與也及也。〔書多方〕告爾四國多方｜爾殷侯尹氏。
(十)猶乃也。〔書盤庚〕非予自荒茲德。｜女含德不惕予一人。
(十一)猶以也。〔書盤庚〕亦｜女故。以丕從厥志。
(十二)發語之辭。〔書洪範〕｜十有三祀。
(十三)句中語助辭。〔書召誥〕無疆｜休。亦無疆｜恤。
(十四)姓也。〔吳氏千姓編〕後魏威帝后有｜氏。
(十五)假作濰。〔漢書地理志〕｜甾其道。

【惠】胡桂切音慧霽韻
(一)仁也。見〔說文〕。
(二)愛也。〔詩北風〕｜而好我。
(三)恩也。〔書蔡仲之命〕惟｜之懷。
(四)順也。〔書舜典〕亮采｜疇。
(五)猶善也。〔禮記表記〕節以壹｜。
(六)恤其不足也。〔禮記月令〕行慶施｜。
(七)賚也。〔書無逸〕｜鮮鰥寡。
(八)飾也。〔山海經中山經〕祠羿用圭璧五。五采｜之。
(九)三隅矛也。〔書顧命〕二人雀弁執｜。
(十)發語聲也。〔左襄二十六年傳〕寺人｜牆伊戾。〔服注〕｜伊皆發語聲。
(十一)心省恤人謂之｜。見〔賈子道術〕。
(十二)分人以財謂之｜。見〔孟子滕文公〕。
(十三)柔質慈民曰｜。愛民好與曰｜。見〔周書諡法〕。
(十四)州名。唐置。屬河北道。當今直隸磁縣。〔又〕宋｜州。當今廣東｜陽縣。〔又〕元｜州。屬遼陽省。當今直隸遷安縣西北。
(十五)姓也。出瑯琊周｜王之後。
(十六)通憓。〔後漢孔融傳〕將不早｜乎。〔注〕｜作憓。
(十七)通蟪。｜姑。寒蟬也。〔莊子逍遙游〕｜姑不知春秋。

【惡】遏鄂切音堊藥韻
(一)過也。見〔說文〕。
(二)威也。〔漢書匈奴傳〕易隸以｜。〔注〕師古曰。隸、謂附屬之也。｜謂威也。
(三)扼也。扼困物也。見〔釋名釋言語〕。
(四)不正也。〔穀梁隱四年傳〕晉之名。｜也。
(五)貌醜也。〔書洪範〕五曰｜。
(六)物變也。〔論語鄉黨〕色｜不食。臭｜不食。
(七)瑕也。〔考工記築氏〕微盡而無｜。
(八)粗也。〔史記項羽紀〕以｜食食項王使者。
(九)疾疢也。〔左成公年傳〕其｜易覯。
(十)猶害也。〔淮南說林〕反爲｜。
(十一)刑戮也。〔荀子富國〕或美或｜。〔

注〕、美謂褒寵。—謂刑戮。

(十二)垢穢也。〔左成六年傳〕有汾澮以流其—。

(十三)糞溲也。〔吳越春秋句踐入臣〕太宰嚭奉溲—以出。〔注〕—大溲也。

(十四)怒聲也。〔孟子公孫丑〕—聲至。必反之。

(十五)歲—。年凶也。〔唐書柳公綽傳〕遭歲—。撙節用度。

(十六)器物不良也。〔詩卹箋〕物—則其售價賤。

(十七)情懷不樂曰意—。〔陸雲書〕正自使人意—。

(十八)多所不可曰性—。〔後漢華陀傳〕爲人性—。難得意。

(十九)—弅。榛木爲弅也。〔禮記喪服小記〕齊衰—弅以終喪。

(二十)—卒。怯卒也。〔呂覽簡選〕與—卒無擇。

(廿一)—姑。鳥也。鵙之別名。

(廿二)—溪。水名。〔李白詩〕寒欋—溪—。〔按卽鰐溪在今廣東海陽縣南。〕

(廿三)通堊。〔儀禮既夕記〕主人乘—車。〔注〕古文—作堊。

【惡】烏故切音[illegible]遇韻

(一)惛疾也。〔論語陽貨〕君子亦有—乎。

(二)不睦也。〔左隱三年傳〕周鄭交—。

(三)忌也。〔禮記王制〕奉諱—。〔注〕諱謂先王之名。—謂子卯忌日之類。

(四)忠也。〔呂覽安死〕非—其勞也。

(五)譏也。〔漢書張禹傳〕數毀—之。

(六)猶畏也。〔史記仲尼弟子傳〕且王必—越。

(七)恥也。〔孟子盡心〕羞—之心。人皆有之。

【惡】汪胡切音汙虞韻

(一)何也。〔禮記檀弓〕—乎用吾情。〔按—乎猶言何所。〕

(二)安也。〔左桓十六年傳〕—用子矣。

(三)不然之歎辭。〔孟子公孫丑〕—。是何言也。

(五)同滹。〔禮記禮器〕晉人將有事于河。必先有事於—池。〔按—池卽滹沱。〕

【惢】捐果切音瑣哿韻聚繠切音種紙韻

心疑也。見〔說文惢部〕。

【惢】如累切音萃寘韻

(一)華—也。从三心。象形。別作蘂繠。通俗作蘂、蕊、蘃。非。見〔六書正譌〕。

(二)祀名。〔管子輕重〕秋至禾熟。天子祀大—。

【惢】津垂切音厜支韻

蕊也。見〔廣韻〕。

【㥁】常職切音植職韻

專也。見〔五音集韻〕。

【悳】的則切音得職韻

外得於人。內得於己也。見〔說文〕。〔段注〕俗字叚德爲之。德者升也。古字或叚得爲之。

【悴】秦醉切音萃寘韻

通顇。俗作悴。憂也。〔楚辭漁父〕顏色憔—。

【悴】徐醉切音遂寘韻

困—也。見〔廣雅釋詁〕。

【悴】昨律切音崒質韻

憂色。〔楚辭惜賢〕顧僕夫之憔—。

【忄㝵】他德切音忒職韻

得也。見〔集韻〕。

【悷】郎計切音麗霽韻力至切音利寘韻

悲傷貌。〔文選宋玉賦〕惏—憯悽。

【悹】古玩切音貫翰韻古丸切音官寒韻

憂也。見〔說文〕。

【悹】古緩切音管旱韻

——。無依也。通管。〔詩板傳〕管管無所依繫。〔集韻作——〕。

【[illegible]】渠尤切音求尤韻巨九切音臼有韻

怨仇也。見〔說文〕。

【恇】半懈切音䣁卦韻

恨也。見〔集韻〕。

【㥄】閭承切音陵蒸韻

趙魏燕代間謂哀曰—。見〔方言〕。

【㥄】盧登切音稜蒸韻

驚也。〔文選張衡賦〕百禽—遽。

【悿】他點切音忝琰韻

弱也。見〔玉篇〕。

【悿】他典切音腆銑韻

—憸。心惑也。見〔集韻〕。

【忄隶】吐內切音退隊韻

肆也。〔方言〕肆欲爲—。

【忄隶】徒對切音隊隊韻

忘也。見〔廣雅釋詁〕。

【忄隶】待對切音代隊韻他骨切音

突月韻 綏也見〔廣雅釋詁〕。

【惀】盧昆切音論元韻龍春切音倫眞韻縷尹切音稐軫韻 欲知之貌見〔說文〕。

【惀】魯本切音㥏阮韻 思也見〔廣韻〕。

【惀】盧困切音倫願韻 潡也見〔集韻〕。

【惂】苦感切音坎感韻 憂困也見〔說文〕。

【惃】公渾切音昆元韻古本切音衮阮韻 亂也見〔集韻〕。

【㥄】財干切音殘寒韻 忮也見〔集韻〕。

【惉】處占切音襜鹽韻 —懘煩聲也見〔說文新附〕。

【惵】達協切音牒葉韻 安也見〔集韻〕。

【㥨】女恚切音諉寘韻 思也見〔集韻〕。

【惊】呂張切音良陽韻力讓切音諒漾韻 悲也見〔集韻〕。

【㤳】匹九切音紑有韻 小怒也見〔集韻〕。

【㥊】蒲萌切音棚庚韻 —惀好嗔貌。一曰怒貌見〔集韻〕。

【㥊】同恲。忼慨也見〔集韻〕。

【㥋】於希切音衣微韻隱豈切音扆尾韻 念痛聲也見〔集韻〕。

【惍】居吟切音金侵韻 利也見〔玉篇〕。

【㥌】居六切音匊屋韻 謹慎也見〔玉篇〕。

【㤵】陟里切音徵紙韻 快也見〔篇海〕。

【㤴】蒲結切音蹩屑韻 醜氣也見〔五音集韻〕。

【㥧】尺隴切音腫韻 恐也見〔玉篇〕。

【惏】力閑切音斕删韻 地名見〔玉篇〕。

【𢝸】都籠切音東東韻 恐也見〔集韻〕。

【惐】乙六切音郁屋韻 痛心也見〔集韻〕。

【惐】越逼切音域職韻 惻—傷痛也見〔集韻〕。

【惐】忽域切音洫職韻 心惑也見〔正字通〕。

【㥏】他典切音悿銑韻 荆揚青齊之間謂慙曰—見〔方言〕。

【𢝲】區鈞切音囷眞韻巨運切音郡問韻 勞倦也見〔篇海〕。

【𢝹】赫巷切音䜶絳韻 —憧志氣凌突也見〔集韻〕。

【㤼】何交切音爻肴韻 怯也見〔集韻〕。

【悘】烏候切音謳尤韻 愁也見〔集韻〕。

【悥】同悘。見〔說文長箋〕。

【𢜪】呼骨切音忽月韻 明也見〔篇海〕。

【𢝃】丘奇切音攲支韻墟彼切音綺紙韻 慽—儉意也見〔玉篇〕。

【𢝔】于放切音旺漾韻 獊也見〔方言〕。

【㥔】余六切音育屋韻 心動也見〔集韻〕。

【𢝐】奴計切音泥霽韻 心柔密也見〔五音集韻〕。

【惞】許斤切音忻文韻 喜也見〔集韻〕。

【𢞔】蘗佳切音脾佳韻 —恂自容人也見〔集韻〕。

【𢝊】衣駕切音亞禡韻 心鬱也見〔集韻〕。

【屖】胥茲切音思支韻 厚也見〔篇海〕。

【㤪】於謹切音隱吻韻 疾人愛也見〔篇海〕。

【𢝉】依倨切音淤御韻 遠意懷嗔也見〔字彙補〕。

【惄】力其切音釐支韻　憂也。見〔字彙補〕。

【愀】先擊切音悉質韻　敬也。見〔五音篇海〕。

【愮】音鴞尤韻　聚也。見〔六書略〕。

【愡】倉紅切音聰東韻　赤色。見〔字彙補〕。

【悤】古𢥠字。見〔集韻〕。

【惖】古惕字。見〔集韻〕。

【㥦】古恆字。見〔集韻〕。

【惉】古憐字。見〔字彙補〕。

【惌】古怨字。見〔集韻〕。

【惟】古惟字。見〔字彙補〕。

【惄】古愛字。見〔集韻〕。

【惷】古悔字。見〔集韻〕。

【愨】悁籀文。見〔玉篇〕。

【愛】同愛。見〔字彙補〕。

【惪】同惠。見〔集韻〕。

【悺】同寫。見〔玉篇〕。

【惻】同怛。見〔漢書王吉傳〕。

【惆】同怙。見〔太玄坒〕。

【㥏】同悼。見〔正字通〕。

【㥐】同惬。見〔字彙〕。

【惧】同惎。見〔正字通〕。

【惵】同惵。見〔正字通〕。

【惣】同恂。見〔集韻〕。

【惛】同悶。見〔集韻〕。

【惓】同倦。見〔正字通〕。

【㥑】同辱。見〔正字通〕。

【㥒】同滅。見〔集韻〕。

【惌】同寃。見〔字彙補〕。

【惠】同惡。見〔字彙補〕。

【閅】同悶。見〔說文長箋〕。

【愗】懋省文。見〔集韻〕。

【惚】愡俗字。見〔字彙〕。

【和】和俗字。見〔正字通〕。

【㦂】㦂俗字。見〔正字通〕。

【悁】悁俗字。見〔正字通〕。

【惦】惦俗字。見〔集韻〕。

【惥】惥俗字。

【惣】揔譌字。康熙字典引集韻作弄切音總。倥傯也。攷集韻宋韻傯下作揔。附正於此。

【㥔】慨譌字。見〔正字通〕。

【愕】愕譌字。見〔正字通〕。

【㥕】㥕譌字。見〔篇海〕。

【㥖】㥖譌字。篇海稱布名。字彙補稱漢縣名。攷漢㥖縣屬東萊郡。說文亦云㥖爲東萊布名。知——當爲㥖之譌。

九畫

【愌】容朱切音俞虞韻　憂也。見〔集韻〕。

【愌】勇主切音瘐麌韻偶許切音語語韻　懼也。見〔集韻〕。

【㥛】訖力切音極職韻　●一急性也。一曰謹重貌。見〔說文〕。〔段注〕此義相反而相成者也。急則易㥛。●二語吃也。〔列子力命〕讒——𧫼誶。〔釋文〕讒——謂語急而吃。●三愛也。見〔廣雅釋詁〕〔疏證〕——亦作亟。方言亟愛也。

【㥛】克革切音諽陌韻　疾也。見〔集韻〕。〔案說文。他本均作疾也。段改急性〕。

【㥛】紀力切音亟職韻　急性相背也。見〔龍龕手鑑〕。

【惰】杜果切音㮝吐火切音妥哿韻　●一不敬也。見〔說文〕。●二𡟤也。見〔廣雅釋詁〕。●三易也。見〔方言〕。

【惰】徒臥切音獢箇韻　●一懈怠也。〔論語子罕〕語之而不——者。●二不恭也。〔書益稷〕股肱——哉。●三——游罷民也。〔禮記玉藻〕——游之士也。●四通墮。〔大戴記子張問入官〕怠墮者。時之所以後也。●五通嫷。〔漢書孝武李夫人傳〕妾不敢以燕嫷見帝。●六亦作憜。〔後漢䈀超傳〕徐臥虎。唐兩憜。〔注〕持兩端也。

【惰】徒禾切音駝歌韻　——訛。不正之言。〔禮記曲禮〕言不——。

【惱】乃老切音腦皓韻

(一)本作嫋。〔說文女部〕嫋有所恨痛也。从女嚙省聲。今汝南人有所恨痛言大嫋。〔段注〕俗作嫋。懊嫋。樂府作懊憹。

(二)事物撓心也。見〔增韻〕。

(三)煩—。佛言无明貪愛之迷。情慾願望之惑也。

【惲】於粉切音蘊　巨隕切音窘　吻韻

(一)重厚也。見〔說文〕。

(二)謀也。議也。見〔廣韻〕。

(三)姓也。漢楊惲被誅。其妻子徙酒泉郡。避仇家。改姓—氏。

【想】寫兩切音鯗養韻

(一)冀思也。見〔說文〕。〔注〕希冀而思之也。从心。从相。

(二)煇光也。〔周禮眡祲〕掌十煇之法。十曰—。〔注〕雜氣有所似。可形—也。〔疏〕以其雲氣雜有所象似。故可形—。

【惴】之瑞切音贅寘韻

(一)憂懼也。見〔說文〕。

(二)——。小心貌。〔莊子齊物論〕小恐——。〔釋文引李注〕小心貌。

(三)通喘。〔莊子胠篋〕—耎之蟲。〔釋文〕本又作喘。謂無足之蟲。

【惼】古賣切音卦卦韻

性多阻礙也。見〔集韻〕。

【惛】于貴切音胃未韻

(一)恍慨也。見〔廣雅釋詁〕。

(二)怫—。心不安也。見〔廣韻〕。

【惵】達協切音牒葉韻

(一)安也。見〔集韻〕。

(二)思懼貌。〔後漢竇后紀〕宮房—息。

(三)——。危懼也。〔後漢寒朗傳贊〕——楚黎。

【惵】託協切音帖葉韻

怗或字。〔集韻〕怗。靜也。或从枼。

【惵】虛涉切音偞　丁協切音喋　葉韻

歙或字。〔集韻〕歙。懼皃。或作—。

【惶】胡光切音皇　雨方切音王　陽韻

(一)恐也。見〔說文〕。

(二)懼也。見〔廣雅釋詁〕。

(三)——。劇也。見〔廣雅釋訓〕。

(四)遽也。見〔正字通〕。

【惸】葵營切音瓊庚韻

(一)憂也。〔詩正月〕憂心——。

(二)無兄弟曰—。〔周禮大司寇〕凡遠近—獨老幼之有復於上。

(三)通煢。〔詩正月〕哀此—獨。〔孟子梁惠王引作煢獨〕。

(四)亦作煢。〔文選潘岳賦〕塊煢獨而靡依。〔注〕丁儀妻寡婦賦曰。塊孤—以窮居。

【惹】爾者切音喏馬韻

(一)亂也。見〔說文新附〕。〔鈕氏新附攷〕玉篇、廣韻、—並訓亂。据五經文字言部。諾、諾、並訓亂。故又疑—爲諾之別體。

(二)引著也。〔岑參詩〕春—御香歸。

(三)絓也。〔張先詞〕只恐燕飛。擬倩遊絲—住伊。

(四)詭也。見〔韻會〕。

(五)諕也。見〔韻會〕。

(六)——。輕貌。〔韓偓詩〕獨鳥寒烟輕——。

(七)俗謂招曰—。如云—禍。引亦云—。如云—火。

【惹】而灼切音弱藥韻

(一)拏也。〔方言〕拏。揚州會稽之語也。或謂之—。

(二)絓—。不定貌。見〔廣雅釋詁〕。

【惺】桑經切音星青韻

(一)悟也。見〔字林〕。

(二)靜也。見〔增韻〕。

(三)—惚。了慧也。見〔廣韻〕。

(四)——。言不昧也。〔上蔡語錄〕敬是常——法。〔又〕骰子別名。〔清異錄〕博徒隱語。以骰子爲——二十一。

【惺】銑挺切音醒迥韻

悟也。見〔集韻〕。

【惻】察色切音測職韻

(一)痛也。見〔說文〕。

(二)悲也。見〔廣雅釋詁〕。

(三)愴也。見〔廣韻〕。

(四)傷悼也。見〔易象下傳注〕。

(五)—惻。傷痛也。〔文選王褒賦〕悲愴怳以—惻兮。

(六)痛也。〔漢書鮑宣傳〕豈有肯加—隱於細民。

(七)切也。〔後漢張酺傳〕開閤——。出於誠心。

(八)古文作惪。見〔一切經音義〕。

【惼】方典切音扁銑韻

(一)急也。見〔爾雅釋言〕。

(二)惼—。性狹也。見〔集韻〕。〔案莊子山木篇〕有虛船來觸舟。雖有惼心

之人不愁。—亦怍狹也。〕

㊂通褊。〔詩葛屨〕維是褊心。

【㤼】極虐切音噱藥韻

勞也。見〔說文〕。

【㤼】訖逆切音戟陌韻

疲也。見〔集韻〕。

【㤼】竭戟切音劇陌韻

倦也。見〔方言〕。

【惛】呼昆切音昏謨奔切音門元韻

同惽。不憭也。〔孟子梁惠王〕王曰。吾—。

【惽】彌見切音麪霰韻

泫湣混合也。見〔集韻〕。

【惛】莫困切音悶願韻

猶悶也。懣也。〔後漢張衡傳〕不見是而不—。

【㥅】罔甫切音武湳補切音姥麌韻微夫切音無虞韻

㊀憮也。見〔說文〕。㊁愛也。見〔爾雅釋詁〕。

【惾】祖叢切音嵏東韻

剗賊不通也。見〔集韻〕。

【惾】先奏切音漱宥韻

困—。衝逆人也。〔莊子天地〕五臭熏鼻困—中顙。

【惿】田黎切音提齊韻

—慚。心怯也。見〔集韻〕。

【惿】上紙切音是紙韻

審也。見〔集韻〕。

【愀】七小切音悄子小切音剿子了切音湫篠韻在久切音湫子酉切音酒有韻

㊀容色變也。〔禮記哀公問〕孔子—然作色而對曰。㊁—如。謹也。〔法言〕淵騫聞其言者。—如也。

【愀】千遙切音鍬蕭韻雌由切音秋尤韻

容色變也。〔莊子讓王〕—然變容。〔郭象讀〕。

【愀】七救切音簉宥韻

蕭條貌。〔後漢馬融傳〕原野蕭—。

【愁】鋤尤切音愁尤韻

㊀憂也。見〔說文〕。㊁悲也。見〔廣韻〕。㊂慮也。見〔增韻〕。㊃變色貌。〔易晉〕晉如—如。〔釋文引鄭注〕變色貌。㊄—眉者。細而曲折。〔後漢梁冀傳〕冀妻孫壽作—眉嗁妝。

【愁】將由切尤韻

㊀同揪。〔集韻〕揪聚也。或作—。㊁同揫。〔禮記鄉飲酒義〕秋之為言—也。〔註〕—讀為揫。

【愁】財勞切音曹豪韻

憂也。揚雄有畔牢—。見〔集韻〕。〔按畔牢—文多。漢書不載〕。

【𢢃】戶佳切音膎佳韻

怨恨也。見〔說文〕。

【𢢃】黃圭切音攜齊韻

心不平也。見〔集韻〕。

【愃】火遠切音烜阮韻

寬閑心腹貌。見〔說文〕。

【愃】荀緣切音宣先韻許元切音暄元韻

快謂之—。見〔通雅釋詁〕。

【愅】各核切音諽克革切音磬陌韻

㊀諽或字。〔集韻〕諽。說文。飾也。一曰謹也。或从心。㊂更也。〔荀子禮論〕—詭。〔注〕變異感動之容。

【愆】丘乾切音褰先韻

㊀過也。見〔說文〕。㊁差爽也。〔詩氓〕匪我—期。㊂惡疾曰—。〔左昭二十六年傳〕王—于厥身。㊃失所為—。見〔左哀十六年傳〕。㊄通僁。〔詩假樂〕不—不忘。〔說苑建本〕作不僁不忘。㊅通諐。〔詩抑〕不—于儀。〔禮記緇衣〕作不諐于儀。

【愈】勇主切音庾麌韻

㊀勝也。〔論語公冶長〕女與回也孰—。㊁益也。〔詩小明〕政事—蹙。㊂賢也。見〔廣雅釋詁〕。㊃遐急也。見〔爾雅釋訓〕。㊄病差謂之—。本作瘉。〔禮記三年問〕痛甚者其—遲。㊅——。憂懼也。〔詩正月〕憂心——。

【愈】容朱切音于虞韻

㊀益也。〔老子〕動而—出。㊁通俞。〔荀子仲尼〕俞務而俞遠。㊂通瘉。〔漢書藝文志〕不猶瘉於野

乎。
(四)通愉。〔荀子君子〕心至—而無所詘。〔注〕—讀爲愉。

【愉】羊朱切音腴虞韻
(一)薄也。見〔說文〕。
(二)樂也。〔詩山樞〕他人是—。〔註〕安閒之樂也。
(三)顏色和悅也。〔禮記祭義〕必有—色。
(四)服也。〔爾雅釋詁注〕謂喜樂而服從也。
(五)——悴也。〔漢書禮樂志〕高賢——民所懷。
(六)—縱解緩也。〔呂覽勿躬〕百官慎職而莫敢—縱。〔注〕—解也。縱緩也。
(七)通媮。〔文選韋孟詩〕我王以媮。
(八)通歈。〔文選左思賦〕吳—越吟。〔注〕—吳歌也。同歈。

【愉】他侯切音偸尤韻
同偸。苟且也。〔周禮大司徒〕以俗敎民則民不—。〔注〕謂朝不謀夕也。

【愉】勇主切音瘐麌韻
勞也。見〔爾雅釋詁〕〔注〕懶也。勞苦者多懶—也。

【⿰忄癸】巨鮔切音馗支韻
悸也。見〔方言〕。

【⿰忄癸】巨癸切音揆紙韻
—悚悸也。見〔集韻〕。

【⿰忄酋】字秋切音酋尤韻
(一)惡也。見〔方言〕。
(二)慠也。見〔集韻〕。

【⿰忄酋】將由切音啾尤韻
慮也。見〔玉篇〕。

【愊】拍逼切音堛職韻
(一)悃—也。見〔說文〕。
(二)誠志也。〔漢書劉向傳〕發憤悃—。

【愊】弼力切音逼職韻
鬱結也。〔後漢馮衍傳〕心—意而紛紜。

【愋】許元切音暄元韻
(一)恨也。見〔玉篇〕。
(二)忘也。見〔玉篇〕。

【愋】于元切音袁元韻
—諒。智也。見〔方言〕。

【愍】美隕切音閔軫韻
(一)痛也。見〔說文〕。
(二)憂也。〔左昭二年傳〕吾代二子—矣。
(三)病也。〔楚辭惜誦〕惜誦以致—兮。
(四)亂也。見〔廣雅釋詁〕。
(五)愛也。見〔廣雅釋詁〕。
(六)在國遭憂曰—。使民悲傷曰—。禍亂方作曰—。並見〔周書諡法〕。
(七)通閔。春秋魯閔公。史記漢書作—公。
(八)同緡。〔漢書律曆志〕下距緡公七十六歲。〔注〕師古曰緡讀與—同。

【愍】忙覲切音近閔震韻
强也。〔周禮大司寇注〕民不—作勞。

【愍】敷文切音芬文韻
心亂也。見〔集韻〕。

【愎】弼力切音煏職韻
(一)很也。見〔廣雅釋詁〕。
(二)戾也。〔呂覽誣徒〕—過自用。〔注〕—、戾也。
(三)去諫曰愎。見〔周書諡法注〕。

【意】於記切音薏寘韻
(一)志也。从心音。察言而知—也。見〔說文〕。
(二)思念也。〔禮記王制〕—論輕重之序。
(三)心所無慮也。〔禮記禮運〕非—之也。
(四)心有所億也。〔靈樞本神〕心有所憶謂之—。
(五)疑也。〔漢書鼂錯傳〕臣竊—其多來南也。
(六)—者亦疑詞。〔莊子天運〕—者其有機緘而不得已邪。—者其運轉而不能自止邪。
(七)度也。俗作億。〔莊子胠篋〕夫妄—室中之藏。
(八)美名也。〔漢書高帝紀〕其有—稱明德者。
(九)猶抑也。〔莊子盜跖〕知不足邪。—知而力不能行邪。
(十)如—。器物名。〔晉書王敦傳〕以如—打唾壺爲節。壺邊盡缺。
(十一)昌—。人名。〔史記黃帝紀〕黃帝妃嫘祖生二子。其二曰昌—。
(十二)—而。鳥名。〔莊子山木〕鳥莫知於—而。〔又〕賢士也。〔莊子大宗師〕—而見許由。
(十三)—可。香名。〔海錄碎事〕—可初名宜愛。或云此江南宮中香。
(十四)—大利。歐洲南部之王國。西南濱

地中海。卽古大秦。英名Italy。

【意】於宜切音醫支韻
㊀歎也。〔莊子在宥〕─治人之過也。
㊁恚聲。〔淮南繆稱〕─而不戴。
㊂─烏恚怒聲。〔漢書韓信傳〕項王─烏猝嗟。
㊃同噫。〔禮記檀弓〕噫我喪也斯覗。〔釋文〕噫本作─。

【愐】彌兗切音沔銑韻
㊀勉也。見〔說文〕。
㊁思也。見〔廣韻〕。

【愒】去例切音憩霽韻邱傑切音朅屑韻
息也。見〔說文〕。〔段注〕憩者、─之俗體。

【愒】丘蓋切音磕泰韻可亥切音愷賄韻
㊀通潡。貪也。〔左昭九年傳〕忨歲而─日。〔案說文引─作潡〕。
㊁通渴。急也。〔公羊隱三年傳〕不及時而日渴葬也。〔注〕喩急也。〔案廣韻十四泰引作─〕。

【愒】許葛切音喝曷韻
相恐怯也。見〔集韻〕。

【惕】待朗切音蕩養韻大浪切音宕漾韻
放也。一曰平也。見〔說文〕。

【惕】尸羊切音商陽韻
─直疾貌。〔禮記玉藻〕行容──。

【惕】余章切音羊陽韻
㊀媱─。游也。見〔方言〕。
㊁徉─。山名。見〔山海經西山經〕。

【愔】伊淫切音𩐨侵韻
㊀和也。〔文選宋玉賦〕澹淸靜其─嫕兮。
㊁──安和貌。〔左昭十二年傳〕祈招之──。〔又〕深靜貌。〔文選嵇康賦〕──琴德。

【愔】烏合切音闟覃韻
猒也。〔唐書杜讓能傳〕朕不能─度日。

【愔】讀若淹
通猒。〔詩湛露〕猒猒夜飮。〔韓詩外傳引作──〕。

【愕】逆各切音諤藥韻五故切音誤遇韻
㊀相遇驚也。本作遻。〔文選宋玉賦〕卒─異物。
㊁通鄂。阻礙不依順也。〔漢書霍光傳〕羣臣皆驚鄂失色。
㊂同諤。直言也。〔後漢陳蕃傳〕謇─之操。〔注〕─同諤。

【愖】都含切音耽覃韻
同媅。〔集韻〕媅、樂也。亦作湛、─。

【愖】時任切音諶侵韻
㊀信也。見〔爾雅釋詁〕。
㊁斟─。遲疑也。〔後漢馮衍傳〕意斟─而不澹。

【愖】知鴆切音揕沁韻
癡也。見〔集韻〕。

【愖】火禁切音譿沁韻
──。心不正也。見〔集韻〕。

【愘】邱架切音髂禡韻
㤉或字。〔集韻〕㤉、恐㤉伏態。或从客。

【愘】邱加切音齣麻韻
恐㤉。伏態。或从─。見〔集韻〕。

【愚】元俱切音虞虞韻
㊀戇也。从心禺。會意。禺、母猴屬。獸之─者。見〔說文〕。
㊁癡也。〔詩抑〕靡哲不─。
㊂直也。〔論語先進〕柴也─。〔註〕─直之─。
㊃非是是非之謂─。見〔荀子修身〕。
㊄簡士苦民者是謂─。見〔賈子大政〕。
㊅不達之稱。〔論語爲政〕不違如─。
㊆自謙之稱。〔蘇洵文〕─不識方今夷狄之憂爲末。
㊇─公。山名。在今山東臨淄縣西北。
㊈天─。神名。見〔山海經中山經〕。

【愛】烏代切音曖隊韻
㊀行皃也。見〔說文夊部〕。〔段注〕心部曰。㤅、惠也。今字假─爲㤅而㤅廢矣、─行皃故从夊。
㊁惠也。〔左昭二十年傳〕古之遺─也。
㊂仁也。〔法言君子〕自─仁之至也。
㊃猶惜也。〔史記魏其安武侯傳〕豈以爲臣有─。
㊄慕也。見〔論語憲問〕─之能勿勞乎。〔皇疏〕
㊅親至結心爲─。〔孝經〕─親者不敢惡於人。
㊆積思爲─。見〔說苑修文〕。
㊇嗇也。〔孟子梁惠王〕百姓皆以王爲─也。〔又〕嗇於賜與曰─。見〔

周書諡法。

⑨猶通也。〔國策齊策〕有與君之夫人相愛者。

⑩隱也。〔詩靜女〕—而不見。

⑪姓也。宋刺史—中。〔又〕—新覺羅。清之國姓。

⑫州名。梁置。唐因之。卽安南清化府。九眞郡故地。今在法領安南境內。

⑬蠶名。〔永嘉記〕永嘉有八輩蠶。五曰—蠶。六月末績。

⑭—爾蘭。英吉利國島名。在倫敦西。英名〔relund〕。

⑮—琿城。地名。在黑龍江右岸。建置於明萬曆三十七年。清咸豐八年。與俄人結條約于此。名曰—琿條約。光緒三十二年。依一千九百零四年中日協約。開爲商埠。

【愍】苦叶切音篋詰叶切音頰葉韻

●一快也。見〔說文〕。

●二志滿也。〔漢書文帝紀〕天下人民。未有—志。

【愞】乳兖切音輭銑韻乳尹切音蝡軫韻奴亂切音煗翰韻

弱也。見〔集韻〕。

【愞】奴臥切音懦箇韻

怯也。〔漢書武帝紀〕太守以畏—棄市。

【感】古禫切音敢感韻

●一動人心也。見〔說文〕。〔段注〕許書有—無憾。左傳漢書憾多作—。蓋憾淺於怨怒。才有動於心而已。

●二傷也。見〔廣雅釋詁〕。

●三觸也。〔莊子山木〕—周之顙。

●四發也。〔淮南修務〕故在所以—。

●五猶思也。〔文選曹植表〕竊—相鼠之篇。

●六猶荷也。〔文選張華詩〕是用—嘉貺。

●七猶應也。〔文選謝瞻詩〕伊人—代工。

●八惑也。〔呂覽有度〕物—之也。

●九猶差也。〔呂覽閣道〕爲其—而必知也。〔按呂家—冒外—等云卽此義〕

●十動也。〔詩野有死麕〕無—我帨兮。

●十一滿志多窮曰—。見〔周書諡法〕。

●十二—槩猶忼慨也。〔漢書郭解傳〕少時陰賊—槩。

●十三—忽恍惚也。〔荀子議兵〕善用兵者—忽攸闇。

【感】胡紺切音憾勘韻

通憾。恨也。〔左成二年傳〕大國朝夕釋—於敝邑之地。〔釋文〕本作憾。

【愙】克各切音恪藥韻

敬也。从心。客聲。春秋傳曰。以陳備三—。見〔說文〕。〔按殆鐘碑作恪。玉篇作恪。集韻云。亦書作愙。〕

【㥽】是捶切音箠紙韻

不悅也。見〔廣韻〕。

【𢝬】尹捶切音蔿紙韻

怒也。見〔集韻〕。

【㥂】東巢切音梁霄韻

媨惰也。見〔字彙補〕。

【㦒】古縣切音悁先韻

心急也。見〔字彙補〕。

【愭】入死切音惹馬韻

辭也。見〔龍龕手鑑〕。

【愬】之領切音整梗韻

整齊也。見〔搜眞玉鏡〕。

【㥦】音沂微韻

毛革也。見〔海篇玉鏡〕。

【愢】烏回切音煨灰韻

中善也。見〔集韻〕。

【㤼】胡溝切音侯尤韻

—惔。怒貌。見〔集韻〕。

【㥇】先到切音燥號韻

快性也。見〔玉篇〕。

【㥬】乃歷切音惄錫韻

本作惄。〔集韻〕惄說文愛見或作—。

【㥿】奴刀切音猱豪韻

劣也。見〔集韻〕。

【惷】尺尹切音蠢軫韻

亂也。从心。春聲。春秋傳曰。王室日——焉。一曰厚也。見〔說文〕。〔案昭二十四年左傳文。今本作蠢蠢。注。動擾貌。〕

【㥉】莫報切音冒號韻

貪也。見〔集韻〕。

【愗】莫候切音茂宥韻

怐—。愚貌。〔詳怐字註〕。〔按—一作怓。又與㥐瞀通。〕

【𢟍】於求切音優尤韻

愁也。見〔說文〕〔注〕—心形於顏面。故从頁。〔段注云許於夊部曰。憂和行也。从夊—聲。非和行。則不得从夊矣。又引詩布政憂憂。於此知許所據詩。惟此作憂。其他訓愁者皆作—〕。

【惆】元俱切音愚虞韻 憧也。琅邪朱虛有—亭。見〔說文〕。〔按亭在今山東臨朐縣〕。

【㥷】居逐切音嫁禡韻 心不安。見〔集韻〕。

【㥶】度骨切音突月韻 —㥶。慙也。見〔五音篇海〕。

【㥻】呼宏切音轟庚韻 㥻—好嗔皃。見〔集韻〕。

【㥸】尺㥸切音掣霽韻 小怒也。見〔說文〕。

【𢡉】雖遂切音粹寘韻 深也。見〔說文〕。

【㦀】私列切音泄屑韻 不安皃。見〔玉篇〕。

【惐】丘廉切音謙鹽韻 湛咸切音槏咸韻 口減切音槏豏韻

—椅。意不安。見〔集韻〕。

【㥿】尺拯切音稱迥韻 —㥿。愚貌。見〔集韻〕。

【愇】羽鬼切音偉尾韻 恨也。〔文選班固賦〕—世業之可懷。

【惰】新於切音胥魚韻 寫與切音醑語韻

【㥃】隱𢤱切音匽阮韻 於殄切音宴銑韻 智也。見〔集韻〕。

—㥃。性狹也。詳㥃字註。

【𢡃】桑才切音鰓灰韻 意不合也。見〔玉篇〕。

【𢡇】衣老切音㓜效韻 怨也。見〔海篇〕。

【𢠽】何加切音遐麻韻 㦁—難語也。見〔玉篇〕。

【𢡟】杜勇切音㼿腫韻 儲用切音重宋韻 遲也。見〔說文〕。

【惜】祢號切音𢛶陌韻

心驚也。見〔集韻〕。

【㥠】持中切音蟲東韻 憂也。見〔集韻〕。

【𢢀】德盍切音荅合韻 心恐。見〔集韻〕。

【𢡺】匿各切音諾藥韻 心然也。見〔集韻〕。

【𢡱】達各切音鐸藥韻 怖—也。見〔集韻〕。

【惛】息井切音省梗韻 悟也。見〔集韻〕。

【㥜】母婢切音弭紙韻 彌竟切音沔銑韻 厲也。一曰止也。見〔說文〕。

【愖】七入切音緝緝韻 心不止貌。〔元結詩〕心㥜—兮意惶懍。

【𢡮】古達切音葛曷韻 賽也。見〔集韻〕。

【𢡸】丑吏切音咽寘韻 心不安。見〔集韻〕。

【㬇】胡玩切音換翰韻 忭—不順。見〔集韻〕。

【懤】徒沃切音毒沃韻 憧也。見〔集韻〕。

【𢡂】古謨字。見〔集韻〕。

【𢖻】古順字。見〔集韻〕。

【𢡅】古惻字。見〔玉篇〕。

【𢡆】古悉字。見〔集韻〕。

【㥔】同俺。見〔集韻〕。

【𢡑】同勃。見〔類篇〕。

【惐】同慽。見〔正字通〕。

【𢡗】同哀。見〔正字通〕。

【㥗】同㤼。見〔集韻〕。

【㥉】同懶。見〔集韻〕。

【𢡘】同佷。見〔正字通〕。

【㤃】同㥏。見〔正字通〕。

【愜】同恇。見〔集韻〕。

【𢡙】同慈。見〔集韻〕。

【𢡚】同慶。見〔篇海〕。

【惰】同憜。見〔字彙補〕。

【慍】同慍。見〔正字通〕。〔按舊以从𥁕爲譌非。〕

【恩】同慁。見〔漢景君碑〕。

【[illegible]】擊俗字。見〔正字通〕。

【[illegible]】盡俗字。見〔正字通〕。

【[illegible]】悏俗字。見〔正字通〕。

【[illegible]】懸俗字。見〔正字通〕。

【[illegible]】矜俗字。見〔正字通〕。

【悖】悖俗字。見〔正字通〕。

【惚】惚俗字。見〔字彙〕。

【[illegible]】婪譌字。見〔康熙字典〕。

十畫

【愧】羋位切音魄寘韻

㈠媿或字。〔說文女部〕媿。或从恥省。〔段注〕按即謂从心可也。

㈡猶辱也。〔後漢馬援傳〕季孟嘗折—子陽而不受其爵。

㈢謂罪咎之也。〔禮記表記〕不以人之所不能者—人。

【慤】乙約切音殼藥韻

㈠謹也。見〔說文〕。

㈡行見中外曰—。見〔周書謚法〕。

㈢或作愨。〔禮記檀弓〕殷已慤。〔疏〕質—也。

㈣通愨。〔周禮大司寇注〕愿愨愼也。

【憤】沽紅切音公東韻

心動也。見〔玉篇〕。

【愩】胡公切音洪東韻

憒也。見〔集韻〕。

【愩】古送切音貢送韻

心動也。一曰自高。見〔集韻〕。

【愪】于分切音云文韻。羽敏切音隕軫韻

㈠憂皃。見〔說文〕。

㈡動也。見〔集韻〕。

【恍】戶廣切音晄漾韻

㈠心明也。見〔玉篇〕。

㈡—懩。心不定。見〔集韻〕。

【㥏】衣謹切音隱吻韻

㈠謹也。見〔說文〕。

㈡痛也。見〔集韻〕。

【慇】於斤切音殷眞韻

愛也。見〔五音集韻〕。

【愬】蘇故切音素遇韻

㈠譈或字。見〔說文言部〕。〔按說文。譈告也。或从言朔作謝。或从朔心作—。論語。愬受之—。〕

㈡同訴。〔公羊昭三十一年傳〕負孝公之周。—天子。〔釋文〕本亦作訴。

〔按段玉裁云。凡从㡿之字。隸變爲厈。俗又譌斥。〕

㈢通遡。〔國策齊策〕衞跳君行告遡於魏。

【愬】色責切音索陌韻

驚懼也。〔易履〕履虎尾。——。終吉。

【㦖】渠伊切音耆支韻

㈠畏也。見〔韻會〕。

㈡恭敬也。見〔韻會〕。

【慆】倘招切音滔蕭韻

㈠——。疑無告也。見〔爾雅釋訓〕。

㈡邪也。見〔廣韻〕。

㈢悖也。見〔廣韻〕。

㈣亂也。見〔廣韻〕。

㈤惑也。見〔廣韻〕。

【慅】弋笑切音燿嘯韻

—療。治也。一曰疑也。見〔集韻〕。

【㦙】迄業切音脅葉韻

㈠以威力相恐也。見〔廣韻〕。

㈡怯也。見〔廣雅釋詁〕。

【愼】丞眞切音辰眞韻

歐生五歲爲—。見〔周禮大司馬注〕。

【愼】時刃切音賑震韻

㈠謹也。見〔說文〕。〔段注〕未有不誠而能謹者。故其字从眞。

㈡誠也。見〔爾雅釋詁〕。

㈢靜也。見〔爾雅釋詁〕。

㈣思也。〔方言〕秦晉或曰思。凡思之貌亦曰—。

㈤憂也。〔方言〕宋衞或謂之—。

㈥恐也。見〔廣雅釋詁〕。

㈦憒也。見〔廣雅釋言〕。

㈧成也。〔詩桑柔〕考—其相。

㈨重也。〔呂覽節喪〕慈親孝子之所—也。

㈩禁戒辭。〔史記吳王濞世家〕—無反。

⑪以紼引棺就殯所也。〔史記孔子世家〕蓋其—也。

⑫僶勉就善謂之—。見〔賈子道術〕。

⑬司—。天神名。〔左襄十一年傳〕司—司盟。

⑭肅—。國名。〔後漢東夷傳〕挹婁古肅—之國也。東濱大海。南與北沃沮接。〔書序〕云。武王既伐東夷。肅—來賀。〔晉書〕云。肅—在不咸山北。東濱大海。西接冠漫國。北極弱水。〔按弱水即黑龍江。大海即日本海。—地當今吉林省東部及奉天省關

東州境。今爲滿洲。〕

(十五) 縣名。漢置。屬汝南郡。在今安徽潁上縣西北四十里。〔又〕劉宋縣名。屬江州。南新蔡郡。當今湖北黃梅縣西。〔又〕州名。唐置。隸廉河北道。當今直隸涿縣西北。

(十六) 姓也。韓大夫─到。

【慎】之人切音眞眞韻　之刃切音震震韻

水名。在汝南。漢因爲─陽縣。本作滇。音眞。永平五年失印更刻。遂以水爲心。見〔集韻〕。〔按漢書地理志。汝南郡─陽縣注。應劭曰。─水出東北。入淮。師古曰。─字本作滇。音眞。後誤爲─耳。今猶有眞丘。眞陽縣。字並單作眞。知其音不改也。清一統志。─陽縣名。漢置。屬汝南郡。至隋改爲眞丘。旋改爲眞陽。迄清又改爲正陽。即今河南正陽縣治。─水在縣南一里。〕

【愷】可亥切音凱賄韻

(一) 樂也。从心豈聲。見〔說文〕〔段注〕豈同。─案豈部有此篆解曰。康也。疑此重出。乃後人增竄。

(二) 和也。言其和于物也。〔左文十八年傳〕謂之八─。

(十三) 兵樂曰─。〔周禮大司馬〕─樂獻於社。〔案凱俗字〕。

【愾】許既切音欷未韻

太息也。見〔說文〕。

【愾】丘蓋切音磕泰韻

滿也。見〔廣雅釋詁〕。

【愾】口漑切音慨隊韻

恨怒也。〔左文四年傳〕諸侯敵王所─而獻其功。

【愾】許迄切音迄質韻

同迄。至也。〔禮記哀公問〕君行此五者。則─乎天下矣。

【愿】虞怨切音願願韻　愚袁切音元元韻

(一) 謹也。見〔說文〕。

(二) 慤也。〔禮記緇衣〕而民作─。

(三) 善也。〔論語泰伯〕侗而不─。

(四) 容貌恭正也。〔書皐陶謨〕─而恭。

(五) 思厚不爽曰─。見〔周書諡法〕。

(六) 無利於上謂之─。見〔韓非佹使〕。

(七) 通原。〔論語陽貨〕鄉原德之賊也。

【慁】胡困切音圂願韻

(一) 憂也。一曰擾也。見〔說文〕。

(二) 患也。〔左昭六年傳〕主不─賓。

(三) 辱也。〔禮記儒行〕不─君王。

【㥶】悉則切同塞職韻　先代切音賽隊韻

(一) 實也。从心塞省聲。虞書曰。剛而─。見〔說文〕。

(二) 安也。見〔廣雅釋詁〕。

(三) 通塞。〔書皐陶謨〕剛而塞。

【𡩟】丘虔切音褰先韻

愆或字。〔說文〕愆過也。或从寒省。

【慄】力質切音栗質韻

(一) 懼也。〔莊子人間世〕吾甚─之。

(二) 戰─也。〔素問瘧論〕乃作寒─鼓頷。〔按論語使民戰栗。栗、慄、通。〕

(三) 憂戚也。〔文選張衡賦〕怵悼─而聳兢。

(四) 撩─悽愴貌。〔楚辭九辯〕撩─兮若在遠行。

(五) 懰─悽愴皃。〔漢書李夫人傳〕懰─不言。

【慅】蘇遭切音騷豪韻

動也。見〔說文〕。

【慅】采早切音草晧韻

勞也。〔詩月出〕舒懮受兮。勞心─兮。

【慅】先彫切音蕭蕭韻

──。勞也。見〔爾雅釋訓〕。

【慅】子皓切音澡晧韻

同澡。〔荀子正論〕墨黥─嬰〔注〕當爲澡。

【慥】七到切音造號韻

愁也。見〔集韻〕。

【慆】他刀切音滔豪韻　徒刀切音陶豪韻

(一) 說也。見〔說文〕〔段注〕說、今之悅字。尚書大傳師乃─。注曰。─、喜也。可證古與滔互假借。

(二) 慢也。〔書湯誥〕無卽─淫。

(三) 疑也。〔左昭二十七年傳〕天命不─久矣。

(四) 藏也。〔左昭五年傳〕以樂─憂。

(五) ──久也。〔詩東山〕──不歸。

【慇】於巾切音殷眞韻

(一) 痛也。見〔說文〕〔段注〕柏舟、耿耿不寐。如有隱憂。傳曰。隱、痛也。此謂隱即─之叚借。

(二) ──。憂也。見〔爾雅釋訓〕。

(三) ─懃。委曲也。見〔正字通〕。

【慈】牆之切音磁支韻

(一) 愛也。見〔說文〕。

(二) 字也。字愛物也。見〔釋名釋言語〕。

(三) ─者。篤愛之名。見〔禮記曲禮稱其─也疏〕。〔案左傳莊二十七年疏亦云、｜謂愛之深也。」
(四)｜者。父母之高行也。見〔管子形勢解〕
(五)上愛下曰｜。見〔左昭二十八年傳服注〕。
(六)孝養父母。亦可云｜。〔禮記內則〕｜以甘旨。〔注〕｜謂愛敬進之也。
(七)惻隱憐人謂之｜。見〔賈子道術〕。
(八)｜母養母也。〔儀禮喪服〕｜母如母。〔疏〕失子之妾。有恩｜深。能養他子以爲己子者也。〔按禮記內則云。其次爲｜母。注。｜母、知其嗜欲者。〕
(九)石名。〔郭璞贊〕｜石吸鐵。母子想戀。〔今作磁。詳磁字。〕
(十)｜烏。烏名。〔禽經〕｜烏反哺。
(十一)竹名。〔竹譜〕竹之叢生子母相依曰｜竹。
(十二)｜姑。果名。〔羣芳譜〕｜姑一根歲生十二子。歲閏則生十三子。如慈母之乳諸子也。
(十三)州名。唐置。屬河東道。當今山西吉縣。
(十四)姓也。漢｜仁。明｜止。

【慉】許六切音畜屋韻
(一)起也。从心畜聲。詩曰。能不我｜。見〔說文〕〔段注〕許所據如此。與能不我知、能不我甲、句法同也。能讀爲而。
(二)養也。〔詩谷風〕不我能｜。
(三)驕也。見〔詩谷風箋〕。
(四)動而痛也。〔漢書賈誼傳〕一二指｜。身慮亡聊。
(五)通畜。〔後漢馬融傳〕疏越蘊｜。〔註〕｜與畜通。蘊｜猶積聚也。

【慉】敕六切音蓄屋韻
恨也。見〔玉篇〕。

【⿸广⿱夾心】詰叶切音愜葉韻於計切音翳霽韻
(一)本作瘱。〔說文〕瘱。靜也。从心。㾜聲。〔段注〕此篆或作瘱。見後漢書傳寫誤爲瘱。疒部㾜。夾聲。苦叶切。而瘱於計切者。合音也。或曰。古音讀如邑。〔按｜見於太玄、廣韻、集韻三十帖。字彙於於計切。依廣韻訓靜、安、恭。於苦協切。引太玄廓首。訓叶。舊字典亦依音分訓。並加辨釋。而於疒部栽瘱。以示別。致集韻三十帖詰叶切列｜。引太玄廓首、訓叶。十二霽於計切列瘱。而太玄經集注、於廓首作瘱。亦采吳祕音義。於計切。訓隱。集韻、太玄經集注。俱司馬溫公箸。溫公已以｜瘱爲一字。廣韻入聲不載。乃陸氏之失。孫愐、朱翱因之。段玉裁不悟。顧爲之辭。正字通以｜爲瘱之譌省。甚是。經籍纂詁亦以｜即瘱。茲特校定之如此。〕
(二)協也。〔太玄廓〕陰氣｜而愈之。〔案此范望解。王涯則云。濟｜。溫公則云翳匿。〕
(三)隱也。〔太玄晬〕中自｜也。
(四)悅也。見〔文選宋玉賦注引韓詩〕。
(五)深邃也。見〔文選王褒賦注引曹大家列女傳注〕。
(六)密也。見〔文選宋玉賦注引倉頡篇〕。
(七)審也。見〔集韻十二霽引廣雅〕。〔案方言六。瘱、諦。審也。齊楚曰瘱。秦晉曰諦。是瘱亦瘱之譌省。〕
(八)安也。見〔廣韻〕。
(九)恭也。見〔廣韻〕。

【慊】賢兼切音嫌鹽韻
(一)疑也。見〔說文〕。〔段注〕疑者。惑也。故下文受之以惑。今字多作嫌。按女部。嫌者、不平於心也。一曰疑也。不平於心爲嫌之正義。則嫌疑字作｜爲正。今則嫌行而｜廢。且用｜爲歉。非是。又或用｜爲愿。尤非是。
(二)同嫌。〔漢書趙充國傳〕偸得避｜之便。〔注〕師古曰。｜亦嫌字。

【慊】古簟切音歉琰韻詰叶切音愜葉韻
(一)少也。〔孟子公孫丑〕吾何｜乎哉。
(二)足也。〔莊子養生主〕猶未足以｜其願。
(三)約也。〔淮南原道〕不以｜爲悲。
(四)快也。〔孟子公孫丑〕行有不｜於心。
(五)貧也。見〔廣雅釋詁〕。
(六)猶羨也。見〔後漢張衡傳注〕。
(七)猶善也。〔國策齊策〕苟可以｜齊貌辨者。
(八)恨也。〔淮南齊俗〕衣若縣衰而意不｜。
(九)｜恨不滿之貌也。〔禮記坊記〕貴不｜於用。
(十)誠意也。〔白居易表〕重陳丹｜。
(十一)通嗛。〔史記樂毅傳〕以爲｜於志。〔索隱〕｜、亦作嗛。
(十二)通謙。〔禮記大學〕此之謂自謙。〔

注〕謙讀爲｜。

【慊】詰叶切音篋葉韻

足也。〔莊子天運〕嗛去而後｜。

【㦓】離鹽切音廉鹽韻

帷也。或从廉。見〔集韻〕。〔按集韻｜乃慊之誤寫。箌字典不悟。乃又於从廉上故增从巾二字。特箸而辯之。〕

【慊】苦兼切音謙咸韻

意不足也。見〔集韻〕。

【態】他代切音貸乃代切音耐隊韻

㊀意也。見〔說文〕。

㊁姿也。〔楚辭大招〕滂心綽｜。

㊂動作也。〔越絕書〕飲之以酒以觀其｜。

㊃巧幻也。〔文選張衡賦〕盡變｜乎其中。

㊄嬌媚也。〔文選張衡賦〕要紹修｜。

【慍】紆問切音醞問韻

㊀怨也。見〔說文〕。〔段注〕怨、各本作怒。大雅緜正義云說文｜怒也。然則唐初本作怨甚明。

㊁怒也。〔詩柏舟〕｜于羣小。〔傳〕｜、怒也。

㊂哀之變也。見〔禮記檀弓〕。

㊃愁也。見〔廣雅釋詁〕。

【慍】委隕切音惲吻韻紆勿切音鬱物韻

心所藴積。見〔集韻〕。

【慍】烏本切音穩阮韻

｜惀。煩憒也。見〔韻會〕。

【慌】虎晃切音謊養韻

㊀昏也。見〔集韻〕。

㊁㾮也。見〔廣雅釋言〕。

㊂通恍、怳。見〔集韻〕。

【慌】呼浪切音巟漾韻

惚也。見〔集韻〕。

【慌】呼光切音肓陽韻

忘也。見〔廣雅釋詁〕。

【慌】讀若荒

㊀急迫也。俗稱急迫曰｜忙。

㊁懼也。俗稱恐懼曰恐｜。

【㥍】演爾切音匜寘是切音弛紙韻相支切音斯支韻

怟｜。不憂事也。讀若移。見〔說文〕。

【㥍】田黎切音題齊韻

倜｜。惁也。楚人謂惁曰倜｜。見〔集韻〕。

【㥳】戶佳切音諧佳韻

慣｜。心不平也。見〔集韻〕。

【㥳】胡計切音系霽韻

恨走皃。見〔集韻〕。

【㥽】丑拯切音庱迥韻

悜｜。恐皃。見〔集韻〕。按箌字典誤入九畫今移正。

【惏】盧感切音覽感韻

惏或字。見〔集韻〕。惏。悲愁皃。一說林木君子之所感。故宋玉曰。入林悲心。或从心。

【㥠】防無切音扶虞韻

心明也。見〔廣韻〕。

【㥆】他計切音替霽韻

悸｜。心安也。見〔字林〕。

【𢝊】篇夷切音紕頻脂切音毗支韻

【𢡏】怱郭切音霍藥韻

惡性也。見〔廣韻〕。

【愻】蘇困切音巽願韻

恐懼皃。見〔類篇〕。順也。从心。孫聲。唐書曰。五品不｜。見〔說文〕。〔段注〕訓順之字作｜。古書用字如此。凡｜順字从心。凡遜遁字从辵。今人遜專行而｜廢矣。

【𢛣】古幸切音耿梗韻

憂也。見〔集韻〕。

【悎】丘弓切音穹東韻

憂也。見〔廣雅釋詁〕。

【㥬】蒲光切音旁陽韻

｜悢。恐皃。見〔集韻〕。

【㥩】他蓋切音泰泰韻

奢也。見〔集韻〕。

【㥛】下蓋切音害泰韻

快也。見〔玉篇〕。

【㥮】楚絞切音炒巧韻

心迫也。見〔集韻〕。

【愫】蘇故切音素遇韻

誠也。〔漢書鄒陽傳〕披心腹。見情｜。

【𢡒】愚袁切音元元韻

測景也。見〔集韻〕。

【㥏】先結切音屑屑韻　憂也。見[集韻]。

【愴】楚亮切音創漾韻初良切音昌陽韻　傷也。見[說文]。

【愴】楚兩切音搶養韻　－怳。失意貌。見[廣韻]。

【慐】稱人切音嗔真韻　恚也。見[篇海]。

【𢡟】古愼字。見[字彙補]。

【㥕】力求切音留尤韻　懰或字。[集韻]懰。怨也。或从留。

【𢡃】居號切音誥號韻　煩也。見[集韻]。

【慉】式竹切音叔屋韻　疾也。見[玉篇]。

【㯓】他合切音塌合韻　意下也。見[五音篇海]。

【㦄】虎項切音傋講韻　㤽－。狠戾見[集韻]。

【慂】尹竦切音勇腫韻　慫－。勸也。[方言]南楚之間。凡己不欲喜怒而旁人說者謂慫－。

【㦟】鄔項切音𦃃講韻　－㦄。很戾見[集韻]。

【愲】古忽切音骨月韻　心亂也。[漢書息夫躬傳]心結－兮傷肝。

【㥰】蘇遭切音搔豪韻　愁也。通作騷。見[類篇]。

【懆】采早切音草皓韻　－恅。詳恅字註。

【㥚】相倫切音恂真韻　同恂。信也。見[字彙補]。

【㦑】之緣切音專先韻　憂心也。見[字彙補]。

【𢡗】力救切音溜宥韻　怨也。見[字彙補][按即㥕字]。

【𢡏】甫本切音粉阮韻　動也。見[字彙補]。

【𢡺】山責切音色陌韻　悲恨也。見[字彙補]。

【𢤠】筍勇切音竦腫韻　懼也。从心雙省聲。春秋傳曰。駟氏－。見[說文][集韻]。或作㦬、悚。通作聳。

【愵】乃歷切音惄錫韻　憂皃。讀與惄同。見[說文]。

【𢛄】古懼字。見[說文][段注]明者左右視也。

【𢡅】古慤字。見[玉篇]。

【㤈】古慶字。見[正字通]。

【𢞈】古惠字。見[字彙補]。

【㥄】古惰字。見[玉篇]。

【𢡊】同嫉。見[廣韻]。

【𢞓】同嫉。見[字彙補]。

【𢠨】同憖。見[集韻]。

【㥱】同悱。見[集韻]。

【㦡】同悀。見[集韻]。

【㥙】同慁。見[集韻]。

【𢠶】同寱。見[集韻]。

【㦊】同悉。見[集韻]。

【𢡀】同怒。見[正字通]。

【𢞊】同惷。見[集韻]。

【𢡆】同懃。見[五音集韻]。

【𢡈】同慫。見[集韻]。

【㥻】同惕。見[集韻]。

【𢡎】同憂。見[漢吳仲山碑]。

【㦗】同慇。見[字彙補]。

【𢢝】㝱或字。見[說文夕部]。

【𢡕】備省文。見[正字通]。

【𢡪】整俗字。見[正字通]。

【𢢐】惣俗字。見[正字通]。

【𢡲】惡譌字。見[正字通]。

【𢢑】博譌字。見[正字通]。

十一畫

【慕】莫故切音暮遇韻
一本作慕。[說文]慕。習也。[段注]習其事者必中心好之。
二思也。[楚辭懷沙]邈不可－兮。
三貪也。[淮南原道]誘－於名位。
四小兒隨母啼呼也。[禮記檀弓]其往也如－。
五係戀不忘也。[孟子萬章]大孝終身－父母。

㊅姓也。〔又〕—容複姓。
㊆州名。遼沿。屬東京道淥州。在朝鮮平安近平壤府西二百里。

【⿰忄离】鄰知切音離支韻
㊀多端也。見〔集韻〕。
㊁思之切也。見〔集韻〕。

【慖】古對切音憒隊韻
恨也。見〔廣韻〕。

【慖】古獲切音馘陌韻
悖也。見〔廣韻〕。

【⿰忄焉】於靳切音[illegible]問韻
依止也。見〔玉篇〕。

【⿰忄焉】於虔切音焉先韻
憶也。見〔集韻〕。

【⿰忄責】測革切音策側革切音責陌韻
㊀耿介也。見〔廣韻〕。
㊁責也。見〔廣雅釋詁〕。

【慘】七感切音黲感韻楚錦切音墋寑韻
㊀毒也。見〔說文〕。
㊁發也。見〔爾雅釋詁〕。
㊂痛也。〔列子楊朱〕—於腹。
㊃貪也。見〔廣雅釋詁〕。
㊄惕也。見〔廣雅釋言〕。
㊅曾也。〔左昭二十年傳〕—不畏明。
㊆寒也。〔文選張衡賦〕夫人在陽時則舒。在陰時則—、。
㊇喪也。〔晉書謝安傳〕菲功之—。不廢妓樂。
㊈——猶戚戚也。〔詩正月〕憂心——。〔又〕慍也。見〔爾雅釋訓〕。

【慙】財甘切音蠶覃韻
㊀媿也。見〔說文〕。
㊁不直失節謂之—。見〔小爾雅廣義〕。〔按小爾雅廣義又云面—曰赧。心—曰恧。體—曰逡。〕

【慝】惕得切音忒職韻
㊀惡也。〔書畢命〕旌別淑—。
㊁邪也。〔詩柏舟〕之死矢靡—。
㊂陰姦也。〔周禮環人〕察軍—。
㊃穢也。〔禮記樂記〕世亂則禮—而樂淫。
㊄災害也。〔國語晉語〕宵靜女德。以伏蠱—。
㊅陰氣也。〔左莊二十五年傳〕—未作。
㊆方—。四方言語所惡也。〔周禮訓誦〕掌道方—。以詔辟忌。
㊇地—。癘毒也。〔周禮土訓〕掌近地—。以辨地物。
㊈朔而月見東方謂之仄—。見〔漢書五行志〕。
㊉樂越—。地名。〔漢書西域傳〕康居國王冬治樂越—地。

【慝】昵力切音匿職韻
隱情飾非也。〔爾雅釋訓〕崇讒—也。〔釋文〕言隱匿其情以飾非。

【慢】莫晏切音縵諫韻
㊀惰也。一曰不畏也。見〔說文〕。
㊁緩也。〔詩大叔于田〕叔馬—忌。
㊂漫也。漫漫心無所限忌也。見〔釋名釋言語〕。
㊃易也。〔左襄三十一年傳〕我遠而—之。
㊄薄也。〔公羊隱三年傳〕—葬也。
㊅塗也。〔莊子徐无鬼〕郢人堊—其鼻。
㊆疏也。〔史記樂書〕嘽緩—易。
㊇陵亂也。〔禮記樂記〕五者皆亂迭相陵謂之—。
㊈倨傲也。〔史記淮陰侯傳〕王素—無禮。
㊉不牢也。〔淮南時則〕上事苦—。
⑪寬而不察爲—。見〔御覽刑法引書大傳〕。
⑫過時不葬曰—。見〔釋名釋喪制〕。
⑬通僈。〔荀子不苟〕君子寬而不—。
⑭通謾。〔漢書董仲舒傳〕桀紂暴謾。
⑮通命。〔禮記大學〕舉而不能先命也。〔注〕命讀爲—。

【慢】眄見切音麪霰韻
—訑。弛縱之意。見〔集韻〕。

【慢】謨官切音瞞寒韻
惑也。見〔集韻〕。

【慥】七到切音造號韻
㊀——。篤實貌。〔禮記中庸〕君子胡不——耳。
㊁人名。〔蘇軾傳〕此吾故人陳—、季常也。

【慦】居又切音救宥韻
㊀悅也。見〔類篇〕。
㊁謹也。見〔類篇〕。

【慧】胡桂切音惠霽韻
㊀儇也。見〔說文〕。
㊁明敏也。〔孟子盡心〕人之有德—術知者。
㊂瘉也。見〔廣雅釋詁〕。〔按—。明瞭也。凡病愈者必明瞭。素問八正神

明論。｜然獨悟。卽此義。

(四)𧧼見𥈡察謂之｜。見〔賈子道術〕。

(五)柔質受諫曰｜。見〔周書謚法〕。

(六)小｜。私智也。〔論語衛靈公〕好行小｜。

(七)牙｜。猶言唾餘也。〔世說新語〕康伯未得我牙後｜。

(八)攝心爲戒。因戒生定。因定發｜。見〔楞嚴經〕。

(九)山名。西域僧慧照居此山。故名。唐陸羽品爲天下第一。又曰惠山。在今江蘇無錫縣。

(十)通惠。〔漢書昌邑王傳〕淸狂不惠。〔按段玉裁云。古多假惠爲之。〕

【慨】口溉切音欬隊韻

(一)忼｜也。見〔說文〕。〔按段注說文忼下云。忼｜。壯士不得志於心也。〕

(二)慷｜。意氣激昂也。〔後漢班超傳〕定遠慷｜。專功西遐。坦步葱雪。咫尺龍沙。

(三)歎息也。〔文選張衡賦〕｜長思而懷古。

(四)𢡟貌。〔禮記檀弓〕｜焉如不及。

(五)小心悲也。〔禮記檀弓〕練而｜然。

(六)通愾。〔晉書陸機傳〕登遐忼愾。

【㦀】薄紅切音蓬東韻

(一)悅也。見〔五音集韻〕。

(二)愛也。見〔五音集韻〕。

【㦁】陵延切音連先韻　泣下也。見〔說文〕。

【𢤵】抽延切音脠先韻　泣皃。見〔集韻〕。

【𢥞】力展切音輦銑韻　酉意也。見〔集韻〕。

【慫】荀勇切音悚腫韻

(一)驚也。見〔說文〕。

(二)｜慂。勸也。見〔集韻〕。

【慬】渠斤切音芹文韻

(一)憂哀也。〔公羊定八年傳〕｜然後得免。

(二)勇也。〔列子說符〕無以立｜於天下。

【慬】居隱切音謹吻韻　憖也。見〔廣韻〕。

【慬】渠吝切音僅震韻

(一)憂也。見〔集韻〕。

(二)慄也。見〔集韻〕。

【慏】母非切音踣梗韻母迥切音茗迥韻　｜悜。意不盡也。一曰憂也。見〔廣韻〕。

【慏】莫狄切音覓錫韻　廣也。見〔廣雅釋詁〕。

【慮】良據切音鑢御韻　淩如切音閭魚韻　兩舉切音呂語韻

(一)謀思也。見〔說文〕。

(二)處事精詳也。〔禮記大學〕安而後能｜。

(三)憂也。〔漢書黥布傳〕爲百姓萬世｜者也。

(四)疑也。〔庾信賦〕遐切危｜。

(五)度也。〔太玄周〕立枵｜也。〔注〕枵、正也。｜、度也。

(六)亂也。〔呂覽長利〕無｜吾農事。

(七)旅也。〔釋名釋言語〕｜、旅也。旅、衆也。｜及衆物以一定之也。

(八)求也。見〔墨子經〕。

(九)議也。見〔廣雅釋詁〕。

(十)結綴也。〔莊子逍遙遊〕何不｜以爲大樽。

(十一)亡｜。總計之辭。〔漢書趙充國傳〕亡｜萬二千人。〔注〕亡音無。〔按漢書中一有訓爲無小計｜者。食貨志。天下大氐無｜皆鑄金錢矣。又有單言｜者。賈誼傳。｜亡不帝制而天子自爲者。〕

(十二)須｜。船也。〔越絕書吳內傳〕治須｜者。〔注〕越人謂船爲須｜。

(十三)｜無。軍前所持旛也。〔左宣十二年傳〕前茅｜無。

(十四)諸｜。木名。〔爾雅釋木〕諸｜。山櫐。〔又〕蟲名。〔爾雅釋蟲〕諸｜。奚相。

(十五)縣名。漢置。屬城陽國。當今山東沂水縣西南。

(十六)伯｜。國名。〔山海經海內南經〕伯｜國在郁水南。一曰柏｜。

(十七)姓也。春秋時南蒯臣｜癸。

【慮】盧谷切音祿屋韻　錄也。〔唐書百官志〕凡繫囚五日一｜。

【慯】尸亮切音餉漾韻　憂也。見〔說文〕。

【慯】尸羊切音商陽韻　痛也。見〔類篇〕。

【慰】紆胃切音尉未韻〔按依篆雖應作慰。而玉篇、廣韻、及各典籍均寫爲｜。舊字典列慰。云｜同慰。蓋引集韻誤。〕

本作慼。〔說文〕慼安也。一曰。恚怒也。〔段注〕小雅以—我心。毛曰。—、怒也。韓詩作以慍我心。慍、恚也。鬱也。〔莊子外物〕—督沈屯。尻也。見〔廣雅釋詁〕。〔疏證〕方言。—、尻也。江淮青徐之間曰—。詩緜。迺—迺止。是—爲居也。〔按尻古居字。〕

(四)問也。見〔玉篇〕。

(五)宜—使官名。〔唐書孔巢父傳〕兼御史大夫爲魏博宣—使。

(六)通尉。〔漢書車千秋傳〕尉安黎庶。

【慱】徒官切音團寒韻從緣切音全先韻

(一)憂也。〔詩素冠〕勞心—兮。

(二)借作團。〔太玄玄文〕月闕其—。

【慳】丘閑切音堅刪韻何間切音閑刪韻

(一)悋也。〔南史王玄謨傳〕劉秀之儉悋。孝武常呼爲老—。

老人智也。見〔集韻〕。

【慥】所簡切音產潸韻初患切音篡諫韻搊綰切音鰱潸韻

全德也。見〔玉篇〕。

夥也。見〔五音集韻〕。

【慺】龍珠切音婁虞韻郎侯切音樓尤韻

(一)悅也。見〔集韻〕。

(二)—勤懇也。〔後漢楊賜傳〕豈敢愛惜垂沒之年而不盡其—之心哉。〔又〕恭謹貌。〔魏志袁術傳〕—赤心志在滅卓。

【慺】隴主切音縷語韻

姓也。見〔廣韻〕。

【慾】俞玉切音欲沃韻

(一)多情欲也。〔論語公冶長〕棖也—。

(二)本作欲。〔周禮大行人〕通其—。〔释文〕—、本作欲。

(三)—望。詳欲字。

【憀】憐蕭切音聊蕭韻力求切音留尤韻

(一)—然也。見〔說文〕。〔段注〕三字句。—然猶了然也。

(二)賴也。〔淮南兵略〕吏民不相—。

(三)且也。見〔玉篇〕。〔按聊者—之叚借字故訓且。〕

(四)悲恨也。〔陸龜蒙詩〕雲晴山晚動情—。

(五)—亮。聲清徹貌。〔文選嵇康賦〕新聲—亮。

【憂】於求切音優烏侯切音謳尤韻

(一)和之行也。見〔說文夊部〕。〔段注〕商頌毛傳曰優優和也。廣雅釋訓、優優、行也。今字作優。以—爲慐愁字。〔互詳慐字〕。

(二)愁也。見〔玉篇〕。

(三)思也。見〔爾雅釋詁〕。

(四)懼也。〔呂覽知分〕余何—於龍焉。

(五)阨也。〔呂覽開春〕君子在—。

(六)病也。〔孟子公孫丑〕有采薪之—。

(七)勞也。〔禮記曲禮〕某有負薪之—。

(八)幽也。〔易乾文〕—則違之。〔注〕謂時當幽隱也。

(九)辱也。〔易繫辭〕小人道—也。

(十)居喪也。〔書說命〕王宅—。〔按今謂遭父母喪曰丁—本此。〕

(十一)閉塞不泄也。見〔鬼谷子權〕。

(十二)姓也。見〔姓苑〕。

【懮】於救切音幼宥韻

慮也。〔詩雲漢序〕百姓見—。〔徐邈讀〕。

【惷】丑江切音䡴江韻書容切音舂昌容切音衝冬韻

(一)愚也。見〔說文〕。

(二)蔽於氣質。〔禮記哀公問〕寡人—愚冥煩。

【慶】丘正切敬韻

(一)行賀人也。見〔說文〕。〔段注〕—从久。故曰行賀人。

(二)賞也。〔禮記月令〕行—施惠。

(三)善也。〔書呂刑〕一人有—。〔正義〕天子有善事也。

(四)福也。〔易履〕大有慶也。

(五)姓也。春秋時齊有—封。晉有—鄭。

(六)州名。漢屬北地郡。隋立—州。當今甘肅—化縣治。

(七)重—府名。宋置。元改爲路。明復爲府。清因之。今廢。四川巴縣是其舊治。清光緒十七年。依一千八百七十六年中英煙臺條約。一千八百九十五年中日馬關條約。開爲商埠。

(八)安—。府名。宋置。後均因之。今廢。自清迄今爲安徽省會地。清光緒二十八年。依一千零二年中英通商條約。開爲商埠。

【慶】丘京切音卿庚韻

同卿。—雲卽卿雲也。〔漢書禮樂志〕甘露降。—雲出。

【慶】虛羊切音羌陽韻
●一 福也。[易坤文言]必有餘一。
●二 發語辭。[漢書揚雄傳]一天悴而喪榮。
●三 亂也。見[集韻]。

【慷】口朗切音忼胡朗切音沆養韻口浪切音亢漾韻
同忼。[後漢書齊武王縯傳]性剛毅一慨。

【慷】丘岡切音康陽韻
感慨也。[文選曹操歌]慨以當一。

【㤅】許既切音氣未韻
忌也。見[玉篇]。

【㤅】古愛字。見[說文]。

【慸】大計切音第霽韻
高也。一曰極也。一曰困劣也。見[說文]。

【懘】尺制切音掣霽韻
不和 集韻。

【慸】丑邁切音蠆卦韻
一芥。刺梗也。[文選司馬相如賦]
竹不一芥。

【懘】徒結切音耊屑韻
不能自安見[集韻]。

【懘】丑邁切音蠆卦韻
一忦。心不安也。或書作慸通作滯。見[集韻]。

【慟】徒弄切音洞送韻
●一 大哭也。見[說文新附]。
●二 動也。[論語先進]子哭之一。[鄭注]一變動容貌。[案馬注謂哀過爲一]。

【慒】徂宗切音悰冬韻徐由切音囚尤韻
慮也。見[說文]。

【慒】戚曹切音糟豪韻
亂也。見[玉篇]。

【慹】質入切音執緝韻
悑也。見[說文]。[按說文悑惶也。]

【慹】質涉切音讋諸協切音慴葉韻
●一 不動貌。[莊子田子方]一然似非人。
●二 怖也。[後漢書朱博傳]強豪一服。

【慹】如列切音熱屑韻
情態也。見[篇海]。

【慓】紕招切音飄蕭韻匹沼切音漂婢小切音摽篠韻
●一 疾也。見[說文]。[僄字互參]。
●二 急也。見[廣雅釋詁]。

【㦆】荒胡切音呼虞韻
一㤉。夸誕也。見[類篇]。

【𢝵】虛加切音蝦麻韻
一价。無志也。見[篇海]。

【㦌】牛介切音睚卦韻
齐也。見[類篇]。

【憕】徒登切音滕蒸韻
懵一。迷亂也。見[集韻]。

【㦙】劣戌切音律質韻
憂悶也。見[玉篇]。

【慛】徒回切音頹灰韻
縱弛也。見[類篇]。

【慻】居倦切音眷霰韻
回顧也。見[篇海]。

【慽】倉歷切音戚錫韻
憂也。見[說文]。

【㦉】盧谷切音鹿屋韻
心悶也。一曰心轉也。見[類篇]。

【㥣】祥歲切音彗霽韻
謹也。見[五音集韻]。

【慴】質涉切音讋達協切音牒葉韻席入切音習實攝切音涉緝韻
懾也。見[說文]。

【㦟】莫遐切音麻麻韻
顢或字。[集韻]顢頇難語也。或從心。

【慵】常容切音鱅冬韻
嬾也。見[說文新附]。

【慗】蓄力切音敕職韻
從也。見[玉篇]。

【慪】烏侯切音謳恪侯切音摳尤韻
恪也。見[集韻]。

【慛】昨回切音摧灰韻
憂也。傷也。見[廣韻]。

【慜】美隕切音敏軫韻
聰也。見[廣韻]。

【慞】諸良切音章陽韻
一惶。懼也。見[集韻]。

【憁】作孔切音總董韻千弄切音謥送韻
一恫。不得意貌。見[正韻]。

【㥾】暱力切音匿職韻尼質切音暱質韻
愧也。見[廣韻]。

【㦗】弋亮切音漾漾韻

佷也。見〔集韻〕。

【憄】良志切切音吏寘韻陵之切音厘支韻

愛也。楚穎之間謂愛曰一。見〔說文〕。

【慡】所兩切音爽養韻

性明也。見〔集韻〕。

【慪】丘候切音扣宥韻

一。勤力也。見〔集韻〕。

【慔】莫故切音暮遇韻末各切音莫藥韻

勉也。見〔說文〕。

【慲】謨官切音瞞寒韻

忘也。一兜也。見〔說文〕〔段注〕疑當作一兜忘也。一兜蓋古語忘之皃也。猶今人之糊塗不省事。

【慖】籠五切音魯麌韻

憥一。心惑也。見〔類篇〕。

【憥】滿補切音姥麌韻

一慖。詳慖字。

【憄】陟利切音緻寘韻

施也。見〔篇海〕。

【憪】火還切音懁刪韻

慢也。見〔字彙補〕。

【慸】許魏切音諱未韻

忌也。見〔字彙補〕。

【慸】丑例切音傺霽韻

恀一。未定見〔集韻〕。

【愵】他歷切音剔錫韻苦擊切音喫錫韻

愁也。見〔廣韻〕。

【慤】客角切音㱿覺韻

虐也。見〔字彙補〕。

【慷】透對切音退隊韻

忘也。見〔廣雅釋詁〕。

【憊】步拜切音湃卦韻

㦘也。或从疒。見〔說文〕〔段注〕通俗文、疲極曰憊。今周易公羊傳皆作憊。

【慣】古患切音丱諫韻

摜或字。〔集韻〕摜、說文習也。引春秋傳摜瀆鬼神。或从心。

【慒】常本字。見〔集韻〕。

【慕】慕本字。見〔說文〕。

【慼】古慼字。見〔玉篇〕。

【慵】同慵。見〔正字通〕。

【慜】同慜。見〔集韻〕。

【慹】同慹。見〔正字通〕。

【憓】同惃。惃慁亂。見〔廣雅釋詁〕。

【慺】同慺。見〔正字通〕。

【憨】同慲。見〔正字通〕。

【慳】同慳意併也。見〔集韻〕。

【慯】同慯。見〔玉篇〕。

【慺】同僂。見〔字彙補〕。

【慟】同慟。見〔說文長箋〕。

【慬】同瞠直視皃見〔集韻〕。

【適】同㥛。見〔篇海〕。

【憃】同戇。見〔集韻〕。

【慚】慙或字。見〔集韻〕。

【慠】傲或字。見〔集韻〕。

【慽】慼或字。見〔集韻〕。

【慤】慤俗字、見〔正字通〕。

【慭】憖俗字。見〔正字通〕。

【慮】慮俗字。見〔正字通〕。

【慄】慄俗字。見〔正字通〕。

【憑】憑俗字。見〔正字通〕。

【憣】憣俗字。見〔字彙〕。

【懂】懂俗字。見〔字彙〕。

【懋】懋俗字。見〔字彙〕。

【慌】慌鵠字。見〔正字通〕。

十二畫

【憑】皮冰切音凭蒸韻

㊀厚也。見〔集韻〕。

㊁依也。〔左哀七年傳〕一恃其眾。

㊂據也。〔漢書酈食其傳〕馮軾下齊七十餘城。〔注〕馮讀曰一。一、據也。

㊃託也。〔唐書太宗紀〕上一神明之佑。下賴英賢之輔。

㊄祟也。〔唐書葉法善傳〕此為魅所一。

㊅茵一。車中所一茵褥也。〔漢書周揚由傳〕同車未敢均茵馮。〔注〕馮讀曰一。

㊆公一。官牒也。〔燕翼貽謀錄〕先是選人不給印紙。遇任滿給公一。〔今謂劵約證書曰一單、文一。〕

【憋】匹蔑切音瞥屑韻必列切音鼈屑韻

㊀急速貌。〔列子力命〕嘽咺一懯。

㊁惡也。〔後漢董卓傳〕一腸狗態。

【憍】居妖切音驕蕭韻

㊀恣也。見〔廣韻〕。㊁憐也。見〔廣韻〕。㊂高也。〔莊子達生〕方虛－而恃氣。㊃惕也。見〔廣雅釋詁〕。㊄矜也。見〔集韻〕。㊅逸也。見〔集韻〕。㊆小人得志也。見〔韻會〕。㊇－高。仰頭也。見〔莊子達生釋文引司馬注〕。㊈通驕。〔公羊襄十九年傳〕爲其－蹇。〔釋文〕－本又作－。

【憍】渠嬌切音趫肴韻 。虛－高仰也。見〔集韻〕。

【㦃】千短切音𢤱旱韻 精戇也。見〔說文〕。

【㦃】呼骨切音忽月韻 寢熟也。見〔玉篇〕。

【㦃】呼八切音䫄黠韻呼役切音闃陌韻 臥覺也。見〔集韻〕。

【憊】步拜切音備卦韻 本作憊。〔說文〕憊。㦡也。〔互詳憊字〕。

【憊】蒲計切音薜霽韻 困病也。〔莊子山木〕貧也非－也。

【憊】鼻墨切音蔔職韻 困也。見〔韻會〕。

【憐】靈年切音蓮先韻離珍切音鄰眞韻 ㊀哀也。見〔說文〕。㊁愛也。見〔爾雅釋詁〕。㊂矜－。撫掩之也。見〔爾雅釋訓〕。㊃－職。愛也。言相愛－者吳越之間謂之－職。見〔方言〕。㊄天可－。見俗語。〔元史泰定帝紀〕天可－見我完顏爲皇帝。㊅通吝。〔荀子解蔽〕無邑－之心。〔注〕－讀爲吝。

【憔】昨焦切音樵蕭韻 ㊀－－。－顇。本作顦。見〔說文新修字義〕。㊁－悴。憂貌。〔楚辭怨思〕身－悴而考旦兮。〔又〕瘦也。〔國語吳語〕民人離落而日以－悴。㊂通蕉。〔左成九年傳〕無棄蕉萃。〔按蕉萃、－悴古通。〕

【憕】持陵切音澂蒸韻 平也。見〔說文〕〔案謂心平也〕。

【憕】除庚切音棖中莖切音朾庚韻 －悜。失志貌。見〔玉篇〕。

【憕】澄應切澄去聲徑韻 心靜貌。見〔類篇〕。

【憕】丁鄧切音隥徑韻 懵－。精神不爽也。見〔集韻〕。

【憖】魚僅切音猌震韻 ㊀肎也。謹敬也。一曰說也。一曰且也。〔春秋傳曰昊天不－〕。又曰。兩軍之士皆未－。見〔說文〕。〔段注〕各本作問也。玉篇作間也。今依肎字。且各本作甘。今依玉篇訂。左氏傳哀十六年文。魯哀誄孔子曰。昊天不弔。不－遺一老。許檃栝其辭。亦東方昌矣之類。㊁傷也。楚潁之間謂之－。見〔方言〕。㊂憂也。見〔廣雅釋詁〕。㊃願也。〔國語晉語〕－庇州犂焉。㊄缺也。見〔左文十二年傳注〕。㊅發語音也。〔左昭二十八年傳〕－使吾君聞勝與臧之死也以爲快。

【憖】語斬切音巖豏韻 傷也。見〔廣雅釋詁〕。

【慭】香斬切音㘖豏韻 笑貌。〔文選張衡賦〕戲勝－北旣歡兮。

【慭】五鎋切音嶭黠韻 問也。見〔字林〕。

【憖】魚巾切音銀眞韻 地名。〔春秋昭十一年〕會于厥－。

【憙】許記切音嘻寘韻許己切音蟢紙韻 ㊀說也。見〔說文喜部〕。〔段注〕說者今之悅字。樂者無所箸之喜。悅者有所箸之喜。口部嗜下曰。－欲之也。然則－與嗜義同。與喜樂義異。淺人不能分別。認爲一字。喜行而－廢矣。㊁好也。〔賈誼策〕遇之有禮則羣臣自－。㊂通喜。〔史記扁鵲傳〕問中庶子喜方者。〔注〕喜音許旣反。好也。

【憙】虛其切音僖支韻 歎息之聲。〔後漢蔡邕傳〕試潛聽之。曰－。

【𢤱】忽麥切音嫿胡麥切音畫陌韻 ㊀不慧也。見〔集韻〕。㊁乖戾也。見〔玉篇〕。㊂頑也。見〔玉篇〕。

【憚】徒案切音但翰韻

(一)忌難也。一曰難也。見〔說文〕〔段注〕當作難之也。難去聲。今本奪之字。凡畏難曰—。以難相恐嚇亦曰—。

(二)强也。見〔廣雅釋詁〕

(三)惡也。見〔方言〕

(四)怒也。楚曰—。見〔方言〕

(五)懼也。〔國語周語〕—其犧也。

(六)敬也。〔漢書東方朔傳〕昔伯姬燔而諸侯—。〔注〕應劭曰。—敬也。

(七)苦也。見〔詩雲漢我心—暑釋文引韓詩〕

(八)憼—。謂使駭怖也。〔文選張衡賦〕憼蜩蝸—蛟蛇。

(九)—悇。貪欲也。〔淮南修務〕無不—悇癢心。

(十)——。憂惶也。〔大戴記曾子立事〕君子終身守此——。

【憚】丁賀切音跢箇韻得案切音旦翰韻

癉或字。〔集韻〕癉說文、勞病也。或从心。

【憚】尺戰切音硟霰韻

難也。齊魯曰—。見〔方言〕

【憚】昌善切音闡銑韻

慢易也。見〔韻會〕

【憚】蕩旱切音擅旱韻

勞也。難也。〔詩大東〕哀我—人。

【憚】都達切音怛曷韻

通怛。懼也。〔考工記矢人〕則雖有疾風。亦弗之能—矣。

【憚】唐干切音壇寒韻

驚怛也。〔莊子達生〕以鉤注者—。

【憚】於權切音嫣先韻

車敝貌。見〔五音集韻〕

【𢡅】徒案切音但翰韻

(一)同憚。見〔集韻〕

(二)—狐。地名。〔史記周紀〕秦取九鼎寶器而遷西周公於—狐。〔按當今河南臨汝縣地〕

【憛】徒南切音覃覃韻

憂意。見〔集韻〕

【憛】余廉切音鹽鹽韻

惶遽也。見〔類篇〕

【憛】於鹽切音懕鹽韻

悇—。懷憂也。見〔廣雅釋訓〕

【憛】他紺切音僋勘韻

(一)思也。見〔廣雅釋詁〕

(二)—悇。懷憂。見〔廣韻〕

(三)—悇。憂惑也。一曰遲遽也。一曰。禍福未定意。見〔集韻〕

【憝】徒對切音隊隊韻

(一)怨也。見〔說文〕

(二)惡也。〔書康誥〕元惡大—。

【憝】杜罪切音錞賄韻

恨也。見〔集韻〕

【憧】昌容切音衝諸容切音忪冬韻徒東切音童東韻徒弄切音洞送韻

(一)意不定也。見〔說文〕

(二)——。往來也。見〔廣雅釋訓〕〔又〕懷思慮也。見〔易咸虞注〕〔又〕行貌。見〔易咸馬注〕

【憧】書容切音舂冬韻直絳切音幢絳韻

(一)同憃。騃昏也。〔史記三王世家〕愚—而不逮事。

(二)戇—。愚貌。見〔五音集韻〕

【憨】呼甘切音蚶覃韻下瞰切音瞰呼濫切音歛勘韻

(一)癡也。見〔玉篇〕

(二)愚也。見〔集韻〕

(三)害也。見〔廣韻〕

(四)果決也。見〔廣韻〕〔案正字通以訓害、訓果決、為非。而以之剌韻會與字彙。非是。韻會勘韻亦無—〕

【憪】何閒切音閑刪韻

(一)愉也。見〔說文〕

(二)心靜也。見〔廣韻〕

【憪】下赧切音僩潸韻

(一)不安貌。〔史記文帝紀〕—然念外人之有非。

(二)勁忿貌。〔唐書王叔文傳〕—然以為天下無人。

(三)寬大貌。見〔廣韻〕

【憫】美隕切音閔軫韻

(一)本作閔。〔說文門部〕閔。弔者在門也。〔注〕鉉曰。俗作—。非是。

(二)憂也。〔孟子公孫丑〕阨窮而不—。

(三)憐也。〔宋史職官志〕若情可矜—。而法不中情者讞之。

(四)遴也。見〔廣雅釋詁〕

(五)無六年之積謂之—急。見〔淮南主術〕

【𢠩】鄰知切音離支韻

(一)本作謧。〔集韻〕謧說文。謧詍多言也。或作—。

(二)—池。欺謾語也。見〔方言〕

【⿰忄詈】郎計切音麗霽韻
欺慢。見〔集韻〕。

【憬】俱永切音炯梗韻 畎迥切音𠂆迥韻
(一)覺悟也。詩曰—彼淮夷。見〔說文〕。〔段注〕魯頌文。按上文云悟覺也。—當與悟爲鄰。且毛詩作懬。故訓遠行兒—蓋出三家詩。淺人取以改毛許書。蓋本無此篆。或益之於此。〔互詳懬字〕。
(二)遠行貌。見〔詩泮水傳〕。
(三)廣大也。見〔詩泮水釋文〕。

【憭】力小切音繚篠韻
(一)慧也。見〔說文〕。
(二)昭察也。見〔集韻〕。
(三)快也。見〔集韻〕。

【憭】落蕭切音聊蕭韻
(一)空貌。見〔廣韻〕。
(二)—慄。悽愴貌。〔楚辭九辯〕—慄兮若在遠行。登山臨水送將歸。

【憮】罔甫切音武麌韻
(一)愛也。韓鄭曰—。一曰不動。見〔說文〕。
(二)傲也。見〔集韻〕。
(三)—然。失意貌。〔孟子滕文公〕夷子—然。〔又〕猶怪也。見〔後漢蔡邕傳注〕。
(四)嫵好也。〔漢書張敞傳〕長安中傳張京兆眉—。〔注〕應劭曰。—、大也。孟康曰。—音詡。北方人謂媚好爲詡畜。蘇林曰。—音嫵。師古曰。本以好媚爲稱。何說於大乎。蘇音是。

【憮】荒乎切音呼虞韻
(一)大也。〔詩巧言〕亂如此—。
(二)傲也。〔禮記投壺〕毋—毋傲。

【憮】微夫切音無虞韻
空也。見〔廣韻〕。

【憯】此忝切琰韻
痛也。見〔說文〕。

【憯】七感切音慘感韻
(一)痛也。見〔廣雅釋詁〕。
(二)曾也。〔詩節南山〕—莫懲嗟。
(三)利也。〔淮南主術〕兵莫—於志。
(四)發語辭。見〔爾雅釋言注〕。
(五)憂也。〔文選宋玉賦〕狀直悽—惏慄。
(六)通慘。〔詩十月之交〕胡—莫懲。〔釋文〕亦作慘。
(七)通潛。〔莊子庚桑楚〕兵莫—于志。〔釋文〕—、本作潛。
(八)通朁。〔詩民勞〕—不畏明。〔說文〕曰部引作朁。

【憲】許建切音獻願韻
(一)敏也。見〔說文〕。
(二)法式也。〔禮記學記〕發慮—。
(三)效法也。〔書說命〕惟聖時—。〔注〕聖王法天以立教於下也。
(四)教令也。〔穆天子傳〕受法—。
(五)—謂月朔之—。〔管子立政〕然後可以布—。
(六)—謂表縣之。若今新有法令云。見〔周禮小宰注〕。
(七)—謂幡書以明之。見〔周禮朝士杜注〕。
(八)博聞多能曰—。見〔周書諡法〕。
(九)—罰。播其肆也。見〔周禮司市司農注〕。
(十)—制法則也。見〔爾雅釋訓〕。〔又〕欣喜貌。〔詩板〕無然——。
(十一)州名。本樓煩監地。唐末李克用表置—州。於此屬河東道。當今山西靜樂縣七十里。
(十二)誠也。見〔玉篇〕。
(十三)—法。組織國家之根本法也。有—法之國。世稱立—國。—法。英文 constitution。
(十四)舊稱上官曰—。

【憲】呼典切音顯銑韻
——。興盛貌。〔詩假樂〕——令德。

【憎】咨騰切音增蒸韻
(一)惡也。見〔說文〕。〔案忌下云。—、惡也。是—亦得轉訓忌〕。
(二)苦也。見〔廣雅釋詁〕。
(三)憚也。見〔方言〕。
(四)難也。見〔廣雅釋詁〕。
(五)謂己所嫌恨。〔禮記曲禮〕—而知其惡。

【憒】古對切音潰隊韻 戶賄切音瘣賄韻
(一)亂也。見〔說文〕。
(二)——。心亂貌。〔蜀志蔣琬傳〕事不當理則——矣。

【憟】須玉切音粟沃韻
(一)承上顏色也。見〔玉篇〕。
(二)詭隨也。見〔類篇〕。

【⿰忄虛】丘於切音虛魚韻
志怯也。見〔集韻〕。

【⿰忄華】胡瓜切音華麻韻
心侈也。見〔集韻〕。

【⿱赧心】乃版切潸韻
面慙赤也。見〔類篇〕。〔按與赧同〕。

【愊】敷救切音副宥韻 怒也見〔類篇〕。

【憉】蒲庚切音彭庚韻 —悖。自强也見〔集韻〕。

【𢡟】殊倫切音純眞韻葵營切音瓊庚韻 憂也見〔說文〕。

【𢤴】陟加切音奓麻韻 誕也見〔集韻〕。

【㦪】齒兩切音敞養韻 —悅。驚貌見〔玉篇〕。

【憞】徒困切音鈍問韻 —溷。惡亂也見〔集韻〕。

【憞】他昆切音暾元韻 —恨。心不明也見〔集韻〕。

【𢡿】同憝見〔玉篇〕。

【憣】符山切音番元韻 ㈠心變動也見〔正字通〕。㈡同翻〔列子周穆王〕—校四時。〔釋文〕—讀作翻。

【㦗】相支切音斯支韻 慄也見〔集韻〕。

【㦗】先齊切音嘶齊韻 惿—。心怯也見〔集韻〕。

【𢡟】登尹切音筍軫韻 僎—。劣弱貌見〔集韻〕。

【𢡟】息戀切音選霰韻 悅也見〔玉篇〕。

【㦡】其月切音橜月韻 𠡾或字〔集韻〕𠡾說文、彊也。或从心。

【𢣉】蒲撥切音跋曷韻 心起也見〔集韻〕。

【憡】測革切音策陌韻 小痛也見〔玉篇〕。

【𢤻】莫佳切音買佳韻 —懈。心不平也見〔集韻〕。

【憢】馨幺切音膮蕭韻 嘵或字〔集韻〕嘵說文、懼也。引詩唯予音之嘵嘵。或从心。

【憢】堅堯切音驍蕭韻 僥或字〔集韻〕僥。僥僞也。或从心。

【𢤱】待朗切音蕩養韻 放也見〔說文〕。

【憥】郎刀切音勞豪韻 心力乏也。疾也見〔玉篇〕。

【憦】郎到切勞去聲號韻 懊—。悔也見〔集韻〕。

【㦥】女利切音膩寘韻 快性也見〔集韻〕。

【憩】去計切音契霽韻 息也〔詩甘棠〕召伯所—。〔案字亦作憇、㦽、揭、愒〕。

【㦣】居僞切音瞡寘韻 譎也見〔字彙〕。

【𢡎】迄得切音黑職韻 惛也見〔集韻〕。

【㦻】迄及切音翕緝韻 心熱貌見〔集韻〕。

【𢡃】待朗切音蕩養韻 —愓。動也見〔廣雅釋訓〕。

【㦜】胡典切音峴銑韻乃見切音眼霰韻 —。意難也見〔集韻〕。

【㦜】忍善切音橪銑韻 𢢕或字見〔集韻〕。

【㦤】於力切音臆職韻 滿也。一曰十萬曰—。見〔說文〕。〔按十萬曰—今通作億〕。

【憰】古穴切音玦屑韻 權詐也見〔說文〕〔段注〕此與言部譎、音義皆同。蓋彼以言此以心。

【𢢀】邊迷切音鞞齊韻 栖也見〔集韻〕。

【𢤱】初救切音簉宥韻 慼也見〔集韻〕。

【𢥈】此芮切音毳霽韻 謹也見〔說文〕〔長箋〕卜問吉凶爲—之於心。謀可知矣。

【懎】色入切音澀緝韻 慳也見〔集韻〕。

【𢤅】吐敢切音菼感韻 —忒。心不寧也見〔五音集韻〕。

【𢢼】虎項切音僋戶講切音項講韻 勨—。多力貌見〔集韻〕。

【𢥘】力中切音隆東韻 意也見〔五音集韻〕。

【𢥧】徹帳切音悵漾韻 —憝。憝急速貌〔列子力命〕嘽咺—憝。

【𢟄】音折屑韻

靜貌。見〔龍龕手鑑〕。

【㦌】古核切音隔陌韻 智也。見〔廣韻〕。

【𢤱】牛具切音遇遇韻 意也。見〔五音集韻〕。

【懠】在計切音嚌霽韻 愁怒也。見〔字彙補〕。

【慗】郎翌切音力職韻 謹也。見〔字彙補〕。

【懥】照世切音志霽韻 至也。見〔字彙補〕、

【憓】音惠霽韻 順也。〔史記司馬相如傳〕義征不─。〔按漢書文選均作譓。是─譓同。字彙又云同惠。〕

【𢜺】愕本字。錯─不能對。見〔後漢書寇朗傳〕。

【憜】惰本字。見〔說文〕。

【慺】古懐字。見〔集韻〕。

【𢡎】古惠字。見〔字彙補〕。

【𢛆】古患字。見〔集韻〕。

【𢥞】古懼字。見〔集韻〕。

【𢤜】古患字。〔說文〕─。古文从關省。

【憘】古喜字。見〔字彙補〕。

【㦤】古懿字。見〔玉篇〕。

【𢡿】同懋。見〔集韻〕。

【𢣷】同憐。見〔正字通〕。

【𢢞】同恕。見〔正字通〕。

【憱】同蹙。汗明─焉。見〔國策楚策〕。

【𢟃】同懕。無─之求。見〔晉書王敦傳〕。

【𢡛】同懇。見〔集韻〕。

【懏】同像。見〔字彙補〕。

【𢤗】同惕。見〔字彙補〕。

【𢡹】同萌。見〔集韻〕。

【𢦘】体或字。見〔集韻〕。

【㦡】憯省文。支體傷則心─怛。見〔漢書武帝紀〕。

【㥻】愁俗字。見〔正字通〕。

【𢢲】慷俗字。見〔正字通〕。

【㦧】憯俗字。見〔正字通〕。

【㦗】慘俗字。見〔篇海類編〕。

【𢟤】愆俗字。見〔玉篇〕。

十三畫

【憶】乙力切音抑職韻 ㊀意也。恆在意中也。見〔釋名釋言語〕。㊁思由─生。見〔晉書郭文傳〕。㊂記也。〔梁書昭明太子傳〕讀書數行並下。過目皆憶。㊃念也。見〔廣韻〕。㊄意不定。往來念也。見〔玉篇〕。㊅愊─。猶鬱結也。〔後漢馮衍傳〕心愊─而紛紜。㊆通億。度也。〔論語先進〕億則屢中。

【憸】思廉切音銛千廉切音籤鹽韻七漸切音塹虛檢切音險琰韻 ㊀詖也。─利於上佞人也。見〔說文〕。〔段注〕─葢險字之誤。詖同頗。古文以詖爲頗也。㊁彊也。見〔廣雅釋詁〕。㊂掩─。多意也。見〔集韻〕。㊃利口也。〔書冏命〕爾無昵於─人。㊄─利。小小見事之人也。見〔書盤庚〕馬注。㊅通憸。見〔書冏命釋文〕。㊆通譣。〔書立政〕其勿以─人。〔說文言部引作譣。〕

【憺】杜覽切音淡感韻徒甘切音談覃韻 ㊀安也。見〔說文〕。〔段注〕子虛賦曰。─乎自持。按人部曰。倓、安也。音義皆同。㊁定也。〔淮南俶眞〕蜂蠆螫指而神不能─。㊂恬也。見〔類篇〕。

【憺】徒濫切音啖勘韻 動也。〔漢書李廣傳〕威稜─乎鄰國。

【憼】舉影切音景梗韻居慶切音敬敬韻舉兩切音繈養韻 ㊀敬也。見〔說文〕。〔段注〕敬之在心者也。㊁備也。〔荀子賦〕無私罪人。─革二兵。〔注〕與儆同。〔朱駿聲云。按卽儆之別體。〕

【㦗】居吟切音金侵韻渠飲切音噤寑韻 心─貌。見〔廣韻〕。

【𢣭】巨禁切音妗沁韻 㦗或字。心堅同也。見〔集韻〕。

【憾】胡紺切含去聲勘韻戶感切

音領感韻

㈠恨也。〔禮記中庸〕人猶有所—。

㈡懷怒之人也。〔左宣十二年傳〕獻子曰。二—往矣。

㈢通感。〔左隱三年傳〕降而不—。〔釋文〕—、本作感。

【憾】徒感切音禫感韻

不安也。〔楚辭哀時命〕志欿—而不憺兮。

【懀】烏外切音薈泰韻烏快切音噲卦韻

㈠惡也。見〔廣雅釋詁〕。

㈡悶也。見〔集韻〕。

㈢眉目間貌也。見〔一切經音義引字林〕。

【懀】烏快切音噲卦韻烏括切音斡曷韻

憎也。見〔五音集韻〕。

【懁】扃縣切音罥霰韻

急也。見〔說文〕〔段注〕獧下曰。一曰急也。此與—音義同。論語、狷。孟子作獧。其實當作—。齊風、子之還兮。傳曰。還、便捷之皃。走部曰。𧼐、疾也。其義皆近。

【懁】呼關切音豩刪韻胡關切音還隳緣切音翾先韻

㈠辨急也。〔莊子列禦寇〕順—而達。

㈡性戾也。見〔集韻〕。

【懂】多動切音董董韻

㈠懵—。心亂也。〔西湖志餘〕一時懵—。

㈡懞—。不明也。〔書蕉〕能揣懞—山。

㈢俗語謂明白曰—。

【懃】渠巾切音勤文韻

㈠慇—。委曲意。見〔集韻〕。

㈡—。忠款之貌。〔文選司馬遷書〕意氣——懇懇。

㈢姓也。宋進士—鉉明—會。

【懅】求於切音渠魚韻其據切音遽御韻

㈠怯也。見〔廣韻〕。

㈡慙也。〔後漢王霸傳〕霸慙—而退。

【懇】口很切音墾阮韻

㈠悃也。本作懇。見〔說文新附〕。

㈡力也。見〔廣雅釋詁〕。

㈢信也。見〔廣雅釋詁〕。

㈣俗謂有所求託曰—。

㈤—惻。至誠也。見〔廣韻〕。

㈥——。忠款之貌。〔文選司馬遷書〕意氣懃懃——。

㈦通頎。〔禮記檀弓〕頎乎其至也。〔注〕頎音—。惻隱之貌。

㈧或作貇。〔漢書劉向傳〕貇貇數奸死亡之誅。

【懈】居隘切音薢卦韻

㈠怠也。見〔說文〕。

㈡通解。〔詩烝民〕夙夜匪解。

【應】於陵切音膺蒸韻

㈠當也。見〔說文〕。

㈡受也。見〔廣雅釋言〕。

㈢料度之辭。〔杜甫詩〕此曲祗—天上有。

㈣國名。〔左僖二十四年〕邘、晉、—、韓。武之穆也。〔注〕四國皆武王子。—國在襄陽城父西。〔按故—城在今河南魯山縣東。〕

㈤通膺。〔書武成〕誕膺天命。〔注〕當也。

㈥姓也。漢有—曜。曜八代孫—劭。

【應】於證切音譍徑韻

㈠從附也。〔易咸〕二氣感—以相與。

㈡答也。〔孟子公孫丑〕坐而言。不—。隱几而臥。

㈢和也。〔呂覽應同〕聲比則—。

㈣擊也。〔國策齊策〕使章子將而—之。

㈤當期為—。〔素問六微旨大論〕—則順。

㈥先兆為—。〔素問六元正紀大論〕有佛之—。

㈦樂名。長六尺五寸。象柷。有椎連底。在右相擊以—柷也。見〔周禮笙師注〕。

㈧天子之宮城正門之名也。〔詩緜〕迺立—門。〔按周禮注云。正門謂之—門。謂朝門也。詩箋云。諸侯之朝門曰—門。〕

㈨—鐘。律名。詳鐘字。

㈩—鼓。鼙也。〔周禮小師〕擊—鼓。〔按樂書云。—樂猶鷹之—物。其獲也小。故小鼓小春謂之—。所以—大也。小鞞曰—鼓。〕

⑪—龍。龍之有翼者。〔山海經大荒東經〕—龍處南極。

⑫—身。佛說三身之一也。〔涅槃經〕—身無量。

⑬—星。歲星也。〔廣雅釋天〕歲星謂之重華。或謂之—星。

⑭州名。唐置。當今山西—縣治。

【懋】莫候切音茂宥韻

㈠勉也。見〔說文〕。〔按重言之。義亦

同。〕
㊁美也。〔後漢章帝紀〕嗚呼—哉。〔注〕—美也。
㊂盛大也。〔書大禹謨〕予—乃德。〔傳〕禹有是德而我以爲盛大也。
㊃悅也。〔文選張衡賦〕四靈—而允懷。
㊄通㯳。〔書益稷〕—遷有無化居。〔漢書刑法志作㯳。〕
㊅通茂。〔漢書董仲舒傳〕書云、茂哉茂哉。〔注〕虞書咎繇謨之辭也。〔按今書作—。〕

【憤】父吻切音忿吻韻　房問切音奮問韻
㊀懣也。見〔說文〕。
㊁心氣奮也。〔論語述而〕發—忘食。
㊂盈也。見〔廣雅釋詁〕。
㊃阨也。見〔方言〕。
㊄發也。〔淮南修務〕—於中則應於外。
㊅亂也。〔漢書敘傳〕周賈盪貢—兮。〔注〕孟康曰。莊周賈誼也。貢、惑也。—、亂也。
㊆仇恨也。〔宋史張永德傳〕希中以法報私—耳。
㊇或作賁。〔禮記樂記〕奮末廣賁之音作而民剛毅。〔音義〕依注讀—。
㊈亦作馮。〔莊子盜跖〕侅溺于馮氣。〔郭注〕馮讀爲—。

【懌】夷益切音睪陌韻
㊀悅也。見〔說文新附〕。
㊁以我悅彼亦曰—。〔書梓材〕和—先後迷民。用—先王受命。
㊂服也。〔詩節南山〕既夷既—。
㊃改也。自山而東或曰—。見〔方言〕。
㊄疾不解曰不—。見〔書顧命馬注。〕

【懍】力錦切音廩寑韻
㊀危懼。〔書五子之歌〕—乎若朽索之馭六馬。
㊁敬也。〔文選潘岳詩〕虩不祇—。
㊂——危懼也。〔書泰誓〕百姓——。〔又〕有風采之貌。〔後漢陳蕃傳〕——乎伊望之業矣。〔又〕勁烈如秋霜也。〔後漢孔融傳〕——焉皜皜焉。其與琨玉秋霜比質可也。
㊃通廩。〔漢書食貨志〕而直爲此廩廩也。〔注〕李奇曰。——危也。

【懔】盧感切音壈感韻
㊀痛也。〔文選嵇康賦〕是故懷戚者聞之莫不憯—愀愴傷心。
㊁寒涼也。〔陸機賦〕悲夫冬之爲氣。亦何憯—以蕭索。

【懍】巨禁切音紟沁韻　怯也。見〔集韻〕。

【懊】烏浩切音襖皓韻
㊀惱也。見〔廣韻〕。
㊁恨也。見〔集韻〕。

【懊】於到切音奧號韻　忨也。〔爾雅釋言注〕愛忨也。蓋人情因愛生惱終爲—恨之意。

【懊】乙六切音澳屋韻　貪也。見〔廣韻〕。

【憴】神陵切音繩蒸韻　戒愼也。〔爾雅釋訓〕兢兢、——戒也。〔案—通繩詩周南宜爾子孫繩繩兮。〕

【㦃】匹歷切音霹錫韻　猝也。見〔爾雅釋詁〕。

【𢤩】蘇骨切音窣月韻　悏—。漸貌。見〔篇海〕。

【憷】創所切音楚語韻　痛也。見〔集韻〕。

【𢣔】創據切音儊御韻　心利也。見〔集韻〕。

【㦶】餘容切音雍冬韻　愛也。見〔字彙〕。

【㦥】去例切音愒霽韻　恐也。見〔集韻〕。

【㒓】直角切音濁覺韻　心不安也。見〔類篇〕。

【憹】奴冬切音農冬韻　憹—。悅也。見〔集韻〕。

【憹】濃江切音噥江韻　心亂也。見〔集韻〕。

【憹】奴刀切音猱豪韻　懊—。痛悔也。見〔類篇〕。

【憹】乃老切音腦皓韻　懊—、即懊惱。有所恨也。見〔古樂府〕。

【㦂】徒朗切音蕩養韻　放蕩也。見〔篇海〕。

【憽】蘇叢切音檧東韻　惺—。了慧也。見〔廣韻〕。

【憿】丘蓋切音磕泰韻　貪也。見〔集韻〕。

【憿】古的切音激錫韻

疾也。見〔玉篇〕。

【儌】堅堯切音驍蕭韻 輕皎切音徼皓韻
幸也。見〔說文〕。〔段注〕幸者、吉而免凶也。引申之曰儌幸。亦曰一幸。俗作僥倖、儌倖、徼倖。皆非也。凡傳言徼福者。皆當作一福為正。

【憿】吉了切音皎篠韻
一憿以誠告也。見〔集韻〕。

【憿】吉歷切音激錫韻
疾也。見〔集韻〕。

【㦗】逆怯切音業業韻
懼也。見〔集韻〕。

【懆】采早切音草皓韻
愁不安也。見〔說文〕。

【懆】七感切音慘感韻 一
愁不申也。見〔集韻〕引〔說文〕。

【懆】先到切音噪號韻
貪也。見〔集韻〕。

【懆】倉刀切音操豪韻
愁也。見〔集韻〕。

【懯】詰計切音契霽韻 致切音棄寘韻

備也。見〔說文〕。

【𢥞】吉詣切音計霽韻
憂也。見〔集韻〕。

【𢥞】口賣切音解卦韻
毄或字。見〔集韻〕毄難也。或从心。

【𢥞】苦席切音郤陌韻
怖也。見〔集韻〕。

【懎】所力切音色職韻
恨也。見〔廣韻〕。

【懤】祖峻切音俊震韻
慧也。見〔集韻〕。

【𢥠】人矯切音繞篠韻
遠也。見〔五音集韻〕。

【𢣩】於希切微韻
念痛聲。見〔搜眞玉鏡〕。

【㦂】㦂本字。見〔集韻〕。

【𢥫】古憐字。見〔集韻〕。

【𢤱】古惰字。見〔集韻〕。

【𢤢】古懈字。見〔字彙補〕。

【𢥖】古𢥫字。見〔集韻〕。

【𢠽】同慢。見〔正字通〕。

【𢤩】同嫚。放蕩也。見〔篇海〕。

【𢢽】同㦛。見〔集韻〕。

【𢤧】同愮。見〔集韻〕。

【𢥙】同憿。見〔集韻〕。

【𢥲】同惻。見〔漢張純碑〕。

【𢤬】同𢥞。見〔集韻〕。

【𢤾】同憯。見〔漢隸分釋夏承碑〕。

十四畫

【𢥁】紕民切音繽 卑民切音賓眞韻
●一 敬也。見〔集韻〕。
●二 心伏。見〔集韻〕。

【懘】尺制切音掣 丑例切音懘霽韻 尺氏切音侈紙韻
●一 惉一也。見〔說文新附〕。
●二 敗也。〔禮記樂記〕則無沾一之音矣。
●三 不和也。見〔集韻〕。

【懙】演女切音與語韻 羊諸切音余魚韻
●一 趨步一一也。見〔說文〕。〔段注〕謂疾而舒也。論語。與與如也。馬注。威儀適中之皃。與與、卽一一叚借。
●二 恭敬也。見〔廣韻〕。

【𢥠】黃郭切音穫 悅縛切音矆藥韻
●一 心動也。見〔集韻〕。
●二 驚也。見〔爾雅釋詁〕。
●三 遽視也。見〔集韻〕。

【懜】母亙切音瞢去聲徑韻
●一 不明也。見〔說文〕。
●二 悶也。見〔集韻〕。

【懜】謨蓬切音蒙東韻
●一 行充其宜謂之義。反義為一。見〔賈子道術〕。
●二 懵或字。見〔集韻〕懵懵無知皃。或从夢。

【懜】謨中切音夢送韻
懜或字。見〔集韻〕懜。爾雅、懜懜惽也。一曰慙也。或作一。

【懜】母總切音蠓董韻
懵或字。見〔集韻〕懵。廣雅、闇也。一曰心亂。或从夢。

【懟】直類切音墜寘韻
●一 怨也。見〔說文〕。
●二 病也。〔淮南原道〕不為愁悴怨一。

【懟】徒隊切音隊隊韻
很戾也。〔詩蕩〕彊禦多一。

【懠】前西切音齎齊韻才資切音茨支韻才詣切音嚌霽韻

㊀怒也。〔詩板〕天之方—。

㊁愁也。見〔爾雅釋詁〕

【懠】牋西切音躋齊韻

—疑。猶猜疑也。見〔集韻〕。

【懣】莫困切音悶願韻母本切音懣阮韻母伴切音滿旱韻

㊀煩也。見〔說文〕。

㊁悶也。〔文選司馬遷書〕是僕終已不得舒憤—以曉左右。

㊂憤也。〔楚辭哀時命〕惟煩—而盈胸。

㊃通滿。〔漢書石顯傳〕憂滿不食。〔注〕滿、讀曰—。

【懦】汝朱切音儒虞韻乳兗切音耎銑韻奴亂切音愞翰韻奴臥切音稬箇韻

㊀駑弱者也。見〔說文〕。〔通訓定聲〕與偄、㾓、媆、俱略同。段氏玉裁訂即偄字亦作愞。按耎、需、偏旁古多相亂。莫能定也。

㊁下也。〔文選陸機樂府〕急絃無—響。

㊂舒—。所畏在前也。見〔禮記玉藻注〕。

【懞】謨蓬切音蒙東韻

㊀厚也。〔管子五輔〕敦—純固。

㊁慈厚皃。見〔集韻〕。

【懕】於鹽切音淹鹽韻

安也。詩曰、——夜飲。見〔說文〕。〔案詩注。——。亦久也。今本作厭。〕

【懕】於豔切音懕豔韻

足也。見〔集韻〕。

【懕】益涉切音魘葉韻

心可也。見〔集韻〕。

【懖】古活切音括曷韻

懖善自用之意也。商書曰。今女——。見〔說文〕。〔段注〕懖字各本無。依尚書音義所引補。許書無拒。懖、即今拒字。衞包因鄭云—讀如聒耳之聒。遂改經文作聒聒。開成石經從之。學者取以改孔氏正義、陸氏釋文。

【憻】土緩切湍上聲旱韻

悿—。心昏也。見〔集韻〕。

【懓】於蓋切音愛泰韻

謹也。見〔集韻〕。

【[illegible]】俾緬切音褊銑韻

憂也。一曰急也。見〔說文〕。

【[illegible]】胡昆切音魂元韻

心悶也。見〔集韻〕。

【㦜】呼嫁切蝦去聲禡韻子六切音足沃韻

詀也。見〔正字通〕。

【[illegible]】力協切音列葉韻

—惵。輕薄皃。見〔類篇〕。

【[illegible]】民堅切音綿先韻

忘也。見〔類篇〕。

【懛】當來切音𪆶灰韻

—數。懝悅也。見〔集韻〕。

【懝】牛代切音礙隊韻

騃也。一曰惶也。見〔說文〕。

【懝】偶起切音擬紙韻

度也。見〔集韻〕。

【懝】鄂力切音嶷職韻

嶷或字。〔集韻〕嶷。說文、小兒有知也。或从心。

【懡】母果切音麼哿韻

—㦬。慚也。見〔類篇〕。

【[illegible]】以醉切音雖寘韻

忘也。見〔廣韻〕。

【[illegible]】縈定切音鎣徑韻

忏—。恨也。見〔類篇〕。

【懢】盧甘切音藍覃韻

貪—。嗜也。見〔集韻〕。

【懢】戶黯切音檻豏韻

健也。見〔集韻〕。

【懢】盧瞰切音濫勘韻

貪也。見〔集韻〕。

【[illegible]】乃禮切音禰薺韻

心弱也。見〔集韻〕。

【懤】陳留切音儔尤韻丈九切音紂有韻直祐切音胄宥韻

愁毒貌。〔楚辭危俊〕決莽莽兮究志。懼吾心兮——。

【懤】覩老切音倒晧韻

憂也。見〔集韻〕。

【懫】陟利切音致丑吏切音眙寘韻

怒也。〔禮記大學〕身有所忿—。

【[illegible]】謨皆切音埋佳韻

慹也。見〔廣雅釋詁〕。

【憜】徒臥切音惰箇韻

懶也。見〔篇海〕。

【憋】卜則切音百職韻

設倉也。見〔篇韻〕。

【懰】良秀切音溜宥韻
書生而重玩溫習也。見〔字彙補〕。

【憯】楚九切音䩛有韻
惡覩也。見〔字彙補〕。

【慩】慩本字。見〔說文長箋〕。

【懚】同隱依人也。見〔廣韻〕。

【懙】同懸。〔漢書敘傳〕長倩——。

【縣】同懸。見〔說文長箋〕。

【戀】同懝。見〔字彙〕。

【懤】同情。見〔正字通〕。

【懧】同懦。〔國策齊策〕憒于憂而性—愚。

【懋】同樊。見〔漢碑〕。

【勰】同勰。見〔字彙補〕。

【憓】同惰。見〔正字通〕。

【憻】同坦。見〔篇海〕。

【辯】辯或字。見〔集韻〕。

【獻】憸或字。見〔集韻〕。

【憁】悤或字。見〔集韻〕。

【懨】懕俗字。舊字書未收。俗讀若厭平聲。詞曲恒用——以狀病。唐韓偓詩、把酒送春惆悵在。年年三月病懕懕。俗殆因之誤作—。

十五畫

【懬】苦謗切音曠漾韻
㊀闊也。廣大也。从心廣。廣亦聲。一曰寬也。見〔說文〕。〔段注〕魯頌泮水曰、憬彼淮夷。釋文云、憬、說文作—。按許、闊也。一曰廣大也。此—之本義。毛云遠行也、即其引伸之義也。由其廣大、故必遠行。然則毛詩自作—。今作憬者、或以三家詩改之也。〔按三家、今文。毛、古文。如段說、則—憬爲古今字。〕
㊁通曠。〔漢書元帝紀〕眾僚久—。未得其人。〔段玉裁云假—爲曠字。〕

【懬】口朗切音忼古晃切音廣養韻
大也。見〔集韻〕。

【懭】苦謗切音曠漾韻苦晃切音廣養韻
㊀恨也。見〔集韻〕。
㊁—悢。意不得也。〔楚辭九辯〕愴怳—悢兮去故而就新。

【懭】古猛切音礦梗韻
悍也。見〔集韻〕。

【懰】力求切音留尤韻
㊀宿留也。〔文選潘岳賦〕—檄雜以奔邀。〔注〕埤倉曰、—宿留也。
㊁風疾貌。〔楚辭逢紛〕秋風—以蕭蕭。
㊂—慄。憂貌。一曰怨也。〔楚辭昭世〕志懷逝兮心—慄。〔按楚辭九辯、作憭慄。注、憭慄、猶悽愴也。舊音流。又音了。蓋—撩一聲之轉。非有兩義。〕

【懰】力九切音柳有韻
好也。〔詩月出〕佼人—兮。

【懲】持陵切音澄蒸韻
㊀㤩也。見〔說文〕。
㊁止也。〔詩沔水〕寧莫之—。
㊂恐也。見〔廣雅釋言〕。
㊃苦也。〔詩小毖〕予其—。〔釋文引韓詩〕—、苦也。
㊄謂創艾。〔禮記表記〕以怨報怨、則民有所—。
㊅勝也。〔文選張衡賦〕—淟涊而爲清。〔注〕—、騰也。
㊆通徵。〔詩閟宮〕荊舒是—。〔史記建元以來侯者年表、作荊荼是徵。〕

【懩】以兩切音養養韻
心所欲也。〔文選潘岳賦〕徒心煩而技—。〔注〕有藝欲逞曰技—。按俗作技癢。

【懪】弼角切音雹北角切音剝覺韻
——悶也。見〔爾雅釋訓〕〔疏〕——煩悶也。

【憪】凌如切音閭魚韻
愛也。見〔類篇〕。

【憏】初戛切音察黠韻
察也。見〔類篇〕。

【懫】脂利切音至丑二切音屎寘韻
忿戾也。〔書多方〕亦惟有夏之民。叨—日欽。

【懫】陟利切音致寘韻職日切音質質韻
止也。見〔廣雅釋詁〕。

【懅】楮御切音絮御韻
憂也。見〔集韻〕。

【懆】先到切音噪號韻

性疏也。見〔集韻〕。

【⿰忄樂】歷各切音洛藥韻 娛也。見〔集韻〕。

【懮】於九切音黝有韻 舒貌〔詩月出〕舒—受兮。

【懮】於求切音優尤韻 通憂〔楚辭抽思〕傷余心之—。

【⿱黎心】良脂切音離支韻憐題切音黎齊韻 恨也。一曰怠也。見〔說文〕。

【懯】芳無切音敷虞韻 憋—。急速貌。詳憋字。

【⿰忄厲】郎達切音喇曷韻 惡也。見〔集韻〕。

【⿰忄厲】力制切音例霽韻 𢥞也。見〔集韻〕。

【[illegible]】奴計切泥去聲霽韻 —怛。音慢。又相—摩也。見〔廣韻〕。

【懱】莫結切音蔑屑韻 輕易也。見〔說文〕。

【⿰忄奭】許極切音奭職韻 瞋怒皃。見〔廣韻〕。

【⿰忄節】子列切音節屑韻

心有度也。一曰燭倈也。見〔五音集韻〕。

【⿱猒心】伊閻切音厭鹽韻 犬甘肉也。又心無足貌。見〔篇海〕。

【[illegible]】倉括切音撮曷韻 取也。見〔篇海〕。

【[illegible]】力求切音留尤韻 定意也。見〔集韻〕。

【[illegible]】直絳切音幢絳韻 凶頑貌。見〔字彙補〕。

【[illegible]】悖本字。見〔正字通〕。

【[illegible]】古噫字。見〔集韻〕。

【[illegible]】古[illegible]字。見〔集韻〕。

【[illegible]】古患字。見〔說文〕。

【[illegible]】同[illegible]。見〔字彙〕。

【[illegible]】同[illegible]。見〔字彙補〕。

【[illegible]】同[illegible]。見〔字彙〕。

【[illegible]】同[illegible]。見〔字彙〕。

【[illegible]】同[illegible]。見〔字彙〕。

【[illegible]】同[illegible]。見〔字彙補〕。

【[illegible]】同⿰忄主。見〔字彙補〕。

【[illegible]】濕或字。見〔集韻〕。

【[illegible]】懁或字。見〔集韻〕。

【懖】聒或字。見〔集韻〕。

【懕】懕譌字。見〔正字通〕。

十六畫

【⿱貌心】莫角切音邈覺韻 (一)美也。見〔說文〕。(二)陵也。〔後漢馮衍傳〕—名賢之高風。

【懿】乙冀切音撎寘韻 (一)嫥久而美也。見〔說文壹部〕。(二)美也。〔文選班固賦〕—前烈之純淑兮。(三)僾也。言奧僾也。見〔釋名釋言語〕。(四)猶億也。〔書金縢〕對曰信噫。公命我勿敢言〔釋文〕噫、馬本作—。猶億也。(五)溫柔聖善曰—。柔克曰—。見〔周書謚法〕。(六)—者深邃之言。見〔詩七月傳〕—筐深筐也。〔疏〕。(七)——。芳貌〔楚辭離世〕芳——而終敗兮。(八)州名。遼置。當今奉天廣寧縣東北。(九)通抑。〔國語楚語〕於是乎作—戒。〔注〕—戒、即詩—戒。(十)姓也。—橫。見〔正字通〕。

【懷】乎乖切音槐佳韻 (一)念思也。見〔說文〕。〔段注〕念思者、不忘之思也。(二)思也。見〔周書謚法〕。(三)傷也。〔詩終風〕願言則—。(四)猶懸念也。見〔後漢班彪傳注〕。(五)歸也。〔書大禹謨〕黎民—之。(六)親愛之也。〔論語公冶長〕少者—之。(七)來也。〔詩時邁〕—柔百神。〔按方言。來、自關而東周鄭之間或曰—。〕(八)柔也。〔呂覽音律〕以—遠方。(九)慰也。〔詩匪風〕—之好音。(十)和也。〔詩皇皇者華〕每—靡及。(十一)安也。〔周禮小宰〕以—賓客。(十二)包也。〔書堯典〕蕩蕩—山襄陵。(十三)—私曰—。〔詩將仲子〕仲可—也。(十四)至也。〔詩鼓鐘〕—允不忘。(十五)止也。見〔爾雅釋詁〕。(十六)藏也。〔論語陽貨〕—其寶而迷其邦。(十七)提抱也。〔論語陽貨〕然後免於父母之一。

⑱胸臆也。〔韓愈文〕豈無介然於一乎。

⑲依也。〔後漢吳漢傳〕夫仁義不足以相一。

⑳佞也。〔淮南主術〕不知而辯懟一給。

㉑回也。本有去意回來就己也。見〔釋名釋姿容〕。

㉒在衣爲一。〔楚辭懷沙〕一瑾握瑜兮。

㉓在袖曰一。〔楚辭愍命〕一椒聊之藹藹兮。

㉔執義揚善曰一。慈仁短折曰一。並見〔周書謚法〕。

㉕慈仁哲行曰一。見〔後漢章德竇皇后紀注〕。

㉖地名。〔書禹貢〕覃一底績。〔按漢爲河內郡。後魏置一州。當今河南沁陽縣治。〕

㉗姓也。三國吳、尚書郎一敘。

㉘通裹。〔漢書許后傳〕褎誠秉忠。

㉙通褻。〔漢書地理志〕左馮翊褻德。

【懸】　胡涓切音泫先韻　〔按本作縣。與縣互詳。〕

①繫也。〔孟子公孫丑〕猶解倒一也。

②停也。〔後漢皇甫規傳〕一師之費。且百億計。

③消也。〔太玄進〕日飛一陰。

④遠也。〔南史陸厥傳〕一人之思。邈速天一。

⑤鐘架也。〔文選馬融賦〕磬簴弛一。

⑥謂如一物之動也。〔素問通評虛實論〕脈一小者何如。

⑦謂如一物之絕去也。〔素問玉機眞藏論〕其至皆一絕沈濇者。命曰逆四時。

⑧猶挂也。俗稱一欠、一念。亦云挂欠、挂念。

⑨猶慮也。如云一想、一擬之類。

⑩浮寄無所依藉曰一。如云一腕、一軍之類。

⑪州名。唐置。羈縻江南西道。當在今四川境。

⑫一刀。弩牙後刀也。〔文選潘岳賦〕撥一刀。

⑬一黎。玉名。〔國策秦策〕梁有一黎。

【衞】　於劌切音衞於例切音緆霽韻於外切泰韻

寱言不慧也。見〔說文〕〔段注〕按左傳作衞。是叚借字。

【𢡮】　魚祭切音𧬈霽韻

【懞】　同寱。見〔廣韻〕。

【𢣝】　覩動切音董董韻

懂一。心亂也。見〔廣韻〕。〔按亦作懂。〕

【懥】　郎狄切音歷錫韻

心所營也。見〔集韻〕。

【懅】　居許切音舉語韻

謹也。見〔字彙〕。

【憲】　許元切音暄元韻

懁或字。〔集韻〕懁。〔博雅〕懁、諒。審也。一曰很也。或作一。

【懁】　許偃切音𢥠阮韻

恨也。見〔集韻〕。

【𢥈】　郝格切音赫陌韻馨激切音閴職韻

一𢤱。慙也。〔方言〕楚人謂慙曰一𢤱。

【懶】　落蓋切音賴泰韻

儈一。見〔集韻〕。

【嬾】　嬾俗字。見〔廣韻〕。

【𢤢】　下介切音薤卦韻

忖度也。見〔集韻〕。

【𢣼】　下介切音薤卦韻

惃也。一曰傾心也。果敢也。見〔集韻〕。

【懵】　魯孔切音籠上聲董韻盧貢切音弄送韻盧東切音聾東韻

一悷。很也。見〔集韻〕。

【𢥧】　盧東切音聾東韻

息遽皃。見〔集韻〕。

【𢥶】　苦角切音㱿覺韻

謹誠也。見〔字彙補〕。

【𢣷】　懫本字。見〔說文〕。

【𢥤】　同懫。見〔正字通〕。

【𢦀】　同懫。懣也。見〔集韻〕。

【懤】　同懤。見〔字彙〕。

【辨】　同辯。見〔說文長箋〕。

【𢥞】　惎或字。見〔集韻〕。

【懵】　懜或字。見〔集韻〕。

【懶】　嬾或字。見〔集韻〕。〔按玉篇、廣韻、俱以懶爲嬾俗字。集韻乃以一爲嬾或字。以懶別載太韻。訓怢懶。正字通謂六書無一字。懶訓同嬾。甚是。康熙字典非之。謬。又於一下引廣韻。杜撰。〕

【憽】懥俗字。見〔正字通〕。

【懔】懍俗字。見〔正字通〕。

十七畫

【懴】叉鑑切音鑱陷韻 ❶悔也。見〔集韻〕。❷自陳悔也。見〔韻補〕。❸僧衆拜佛誦經爲人檢身滅罪。曰禮—。〔梁書庾詵傳〕虔請聚衆七日供養禮—始訖。

【懻】几利切音冀寘韻 ❶北方名強曰—。見〔方言〕。❷忮很也。〔史記貨殖傳〕人民矜—忮。好氣任俠爲姦。

【懚】倚謹切音隱吻韻 ❶憂病也。見〔類篇〕。❷哀也。見〔類篇〕。

【⿰忄鮮】息淺切音獮銑韻 慚也。見〔玉篇〕。

【懹】人樣切音讓漾韻 憚也。見〔廣韻〕。

【⿰忄賷】版西切音賷齊韻 猶疑也。見〔韻會〕。

【懪】弼角切音雹覺韻 —。悶也。見〔集韻引爾雅〕。〔按爾雅、廣韻竝作⿰忄㬥。集韻以⿰忄㬥爲—或字。未知何據。〕

【⿰忄營】余傾切音縈庚韻 衛也。見〔篇海〕。

【⿰忄㬥】鋪畏切音猵未韻 用力極也。見〔集韻〕。

【⿰忄燮】悉協切音燮葉韻 忛—。志輕也。見〔集韻〕。

【⿱𤇾心】古勞字。見〔集韻〕。

【⿱劉心】同懰。見〔正字通〕。

【⿰忄對】同懟。見〔說文長箋〕。

【⿰忄闌】懶或字。見〔集韻〕。

十八畫

【懼】衢遇切音具遇韻 ❶恐也。見〔說文〕。❷沮也。〔漢書張安世傳〕安世瘦—。形於顏色。❸危也。〔唐書隱太子建成傳〕令秦齊二王數與貂勒雜行內外。—莫知所從。❹病也。見〔方言〕。❺驚也。見〔方言〕。❻戒也。敬也。〔論語述而〕必也臨事而—。好謀而成者也。❼患也。〔左成十六年傳〕盍釋楚以爲外—乎。❽恐嚇之也。〔左莊十九年傳〕吾—君以兵。❾通懼。〔莊子庚桑楚〕南榮趎—然顧其後。〔釋文〕本作懼。

【懼】俱遇切音屨遇韻 無守皃。見〔集韻〕。

【懼】懼俱切音劬虞韻 恐也。〔漢書東方朔傳〕吳王—然易容。

【⿰忄巂】懸圭切音攜齊韻 ❶有二心也。見〔說文〕〔段注〕古多叚借攜爲之。❷離也。見〔廣雅釋詁〕。

【懽】古玩切音貫翰韻 ❶喜欵也。見〔說文〕〔段注〕—、歡、㦻、讙。欵者、意有所欲也。欠部曰。歡者、喜樂也。—與歡音義皆略同。❷——憂也。見〔集韻〕。

【懽】呼官切音歡寒韻 ❶同歡。見〔廣韻〕。〔按孝經。得萬國之—心。鄭注本作歡。〕❷猶合也。〔國策秦策〕而大國與之—。

【懽】古丸切音官寒韻 ——憂無告也。見〔爾雅釋訓〕。

【懾】質涉切音讋失涉切音攝葉韻 ❶失氣也。一曰服也。見〔說文〕。❷恐懼也。〔禮記樂記〕柔氣不—。❸怯惑也。〔禮記曲禮〕貧賤而知好禮。則志不—。❹猶戚也。〔荀子禮論〕不至於隘—傷生。❺持也。〔後漢朱暉傳〕徒感王綱之不—。❻般也。見〔廣雅釋言〕。

【⿰忄雙】筍勇切音悚腫韻 疎江切音雙江韻 ❶愯或字。見〔集韻〕。愯。說文、懼也。引春秋傳駟氏愯。或作—。悚悚通作聳。〔按說文無—。康熙字典云說文引春秋傳駟氏—。大謬。蓋集韻體例本字下兼載或字。依本字徵說文訓。張玉書等不辨。每以所引說文入諸或字。輒改許書本文。若此類者。不勝舉。特箸辨於此〕

㊁奬也〔漢書刑法志〕—之以行。〔按左昭六年傳—作發。〕
㊂同悚見〔洪武正韻〕。

【懰】子肖切音醮嘯韻
性急也見〔集韻〕。

【𢥞】奴刀切音猱豪韻
怓或字〔集韻〕怓或从夒。劣也。

【懪】匹角切音璞覺韻
心懣。見〔集韻〕。〔按正通字云懪本字康熙字典引說文杜撰。〕

【懯】懯本字。見〔正字通〕。〔按張自烈言依說文篆當作—耳。舊無—字也。而康熙字典亦徑引說文。〕

【𢥡】𢥡本字。見〔說文〕。

【懶】同懶。見〔集韻〕。

【𢥢】同𢥢。見〔正字通〕。

【懿】同懿。見〔集韻〕。

【𢥣】同忡。〔楚辭九歌〕極勞心兮—。〔按又音形。〕

十九畫

【戀】龍舂切音變霰韻
㊀思也。見〔易小畜釋文引子夏傳〕。非。

【㦬】乃版切音赧潸韻。忍善切音蹨銑韻
㊀敬也。見〔說文〕。
㊁恐懼也。〔詩長發〕不—不悚。
㊂動也。見〔爾雅釋詁〕。
㊃面慙曰—。見〔小爾雅廣義〕。
㊄係慕也。〔後漢姜肱傳〕兄弟相—。
㊅通孿。〔漢書李夫人傳〕上所以孿孿顧我者。〔注〕孿讀曰—。

【懫】子末切音橳曷韻
情—心慢怠也。見〔集韻〕。

【儺】朗可切音砢哿韻
懢—慚也。見〔類篇〕。〔又〕少貌。〔楊萬里詩〕人烟懢—不成村。

【𢥤】忙皮切音縻支韻
散也。見〔類篇〕。

【𢥥】眉波切音摩歌韻
心病也。見〔集韻〕。

【𢥦】魚怨切音愿願韻
願或字。見〔集韻〕。〔按玉篇、廣韻、謂願顯同。康熙字典遂以說文顯下與頂之訓入—而云—或作顯。〕

【懯】同懯。見〔正字通〕。

【𢥧】同戀。見〔字彙補〕。

【戀】同戀。見〔字彙補〕。

二十畫

【㦪】居具切音遇遇韻
敬貌也。〔文選東方朔論〕於是吳王—然易容。

【㦧】悦縛切音矆藥韻
驚也。一曰遽視。見〔集韻〕。

【㦩】局縛切音玃藥韻
諦視也。見〔集韻〕。

【㦨】鬱縛切音臒藥韻
遽也。〔史記晏平仲傳〕晏子—然攝衣冠謝。

【𢦃】直由切音儔尤韻
—箸也。見〔集韻〕。〔按本作𢦃通作籌。〕

【𢦄】憯本字。見〔正字通〕。

【𢦅】古憨字。見〔集韻〕。

【㦫】同儴。見〔正字通〕。

二十二畫

【𢦆】同惝、㦭見〔正字通〕。

【𢦇】他袞切音黗阮韻
—㥏。不明也。見〔五音集韻〕。

【𢦈】同懆。見〔正字通〕。

【𢦉】怕或字。見〔集韻〕。

【𢦊】戇俗字。見〔正字通〕。

【𢦋】儀諡字。見〔字彙補〕。

二十四畫

【戇】陟降切音惷絳韻。胡貢切音哄送韻。丑用切音蹱宋韻。呼紺切音顪勘韻
㊀愚也。見〔說文〕。
㊁急直也。見〔正字通〕。〔按史記汲黯傳。甚矣汲黯之—也。即此義。〕

【𢦌】虎孔切音嗊董韻
心神恍惚皃。見〔集韻〕。

【𢦍】郎丁切音靈青韻
心了黠皃。見〔集韻〕。

二十五畫

【𢦎】免員切音𢡟先韻

恐也。見〔集韻〕。

【[illegible]】同空。見〔五音集韻〕。

※爪部※

【爪】則絞切音抓巧韻

㊀覂也。覆手曰—。象形。見〔說文〕。〔段注〕仰手曰掌。覆手曰—。

㊁手足甲也。通叉、蚤。見〔集韻〕。〔案說文叉下云。手足甲也。段氏云。叉、—古今字。古作叉。今用—。惟許以抓—字與叉甲字別。而蚤下叉云。叉、古—字。段於叉下謂漢人固以—爲手足甲字。與其—、蚤注。說不同。其矛盾如此。攷經傳手足甲字作蚤。鄭君注禮。皆云蚤讀爲—。廣韻以叉爲古文。蓋仍本許蚤下說。後世—行而叉廢。抓搔行而—覂也之義廢。古字書皆不徵訓—爲手足甲。集韻載—。依許訓。復次以叉、蚤。引手足甲訓而云通作—。〕

㊂紹也。筋極爲—。紹續指端也。見〔釋名釋形體〕。

㊃武士也。〔詩祈父〕予王之—士。

㊄䖪也。見〔廣雅釋魚〕。

㊅鷹—。茶名。〔陸游詩〕小龍團與長鷹—。

㊆—哇。南洋印度羣島之一。跨蘇門答臘與彭里間。劉宋時與中國通。古稱闍婆。又名蒲家龍。亦曰下港。元時改今名。今爲王國。屬荷蘭。英文Java。舊作瓜哇。辨詳瓜字。

【爪】阻敎切音笊效韻

覆手取物也。一曰抓也。見〔集韻〕。

【[illegible]】止兩切音掌養韻

亦覂也。从反爪。見〔說文〕。〔正字通〕云。同掌。

三畫

【[illegible]】魯管切音卵旱韻

無乳卵生也。見〔釋典〕。〔按正字通云。疑卵之譌。〕

【[illegible]】古采字。見〔玉篇〕。

四畫

【爬】蒲巴切音琶麻韻

㊀搔也。〔韓愈文〕—羅剔抉。

㊁—沙。蟹行貌。〔韓愈詩〕—沙脚手鈍。

㊂姓也。本杞東樓公之後。避難改焉。西魏襄州刺史—秀。

㊃同把。見〔集韻〕。

【爭】甾耕切音箏庚韻側迸切箏去聲敬韻

㊀引也。从受厂。見〔說文受部〕。〔注〕厂音曳。受二手而曳之。—之道也。〔按段注。凡言—者。皆謂引之使歸於己。〕

㊁競也。讓之反也。〔書大禹謨〕天下莫與汝—能。

㊂決也。戰鬬以求勝也。〔呂覽順民〕以與吳王—一旦之死。

㊃逆德也。見〔說苑指武〕。

㊄訟也。〔禮記曲禮〕分—辨訟。

㊅對辨曰—。〔莊子齊物〕有競有—。

㊆同諍。諫也。〔孝經諫諍〕天子有—臣七人。

㊇同怎。助詞也。〔李商隱詩〕—拭酬恩淚得乾。

㊈姓也。印藏有—不識—同。

【[illegible]】余箴切音淫蒸韻

近求也。从爪王。爪壬。徼幸也。見〔說文壬部〕。

【[illegible]】女加切音拏麻韻

爬—。以收除也。見〔廣韻〕。〔類篇〕別作[illegible]。字彙譌爲[illegible]。

【[illegible]】古爲字。見〔字彙補〕。

【[illegible]】[illegible]譌字。見〔字彙〕。〔詳[illegible]字。〕

五畫

【爰】于元切 音袁 元韻

❶ 引也。見〔說文𠬪部〕。〔段注〕—从𠬪从亏。訓引詞也。轉寫奪詞字。
❷ 曰也。〔詩鴻雁〕—及矜人。〔箋〕—、曰也。
❸ 于也。〔詩卷阿〕亦集—止。〔箋〕—、于也。
❹ 於也。〔書盤庚〕既—宅于茲。〔傳〕—、於也。
❺ 猶言於是也。〔書咸有一德〕—革夏正。〔傳〕於是改夏建寅之正。
❻ 及也。〔史記司馬相如傳〕—周郅隆。
❼ 愁也。見〔廣雅釋詁〕。
❽ 哀也。見〔方言〕。
❾ 恚也。楚曰—。不欲譍而強畣之意也。見〔方言〕。
❿ 換也。〔史記張湯傳〕張湯劾鼠掠治傳—書。〔注〕古者重刑。嫌有愛惡。故換獄書使他官考實之。
⓫ 易也。〔左僖十五年傳〕晉於是乎作—田。〔注〕分公田之稅應入於公者。—之於所賞之衆。
⓬ ——緩也。〔詩兔爰〕有兔——。〔傳〕——緩意。
⓭ 行也。爲也。見〔廣韻〕。
⓮ 亶—山名。〔山海經〕亶—之山。多水無草木。
⓯ —居。海鳥。見〔國語魯語〕。〔按爾雅疏—居大如馬駒。一名雜縣。〕
⓰ 同袁。姓也。出濮陽。舜裔胡公之後。漢袁盎亦作—。

【⿱爫丈】都導切 音到 號韻 〔按下从丈。與从又之受別。〕姓也。出河內。見〔字彙〕。

【⿱爫⿱乙又】龍輟切 音劣 屑韻 撮也。从𠬪乙聲。見〔說文𠬪部〕。按小徐本如是。大徐本作从𠬪从巳。謂巳者物也。

【爮】蒲交切 音庖 肴韻 —刮也。見〔字彙〕。〔按正字通云。爬字之譌。〕

【爯】蚩承切 音稱 蒸韻 幷舉也。从爪冓省。見〔說文冓部〕。〔段注〕一手舉二。故曰幷舉。

【爯】昌孕切 音偁 大也。舉也。見〔集韻〕。

【⿱爫巠】古經字。見〔集韻〕。〔按五音篇海曰。織也。音經。〕

六畫

【⿱爫平】古平字。見〔字彙補〕。

【⿱爫⿱工又】倚謹切 音隱 吻韻 有所依也。讀與隱同。見〔說文𠬪部〕。

【⿱爫禾】古孚字。見〔說文〕。〔按此字舊字典誤入五畫。〕

【⿱爫系】古保字。見〔集韻〕。

七畫

【⿱爫⿵冂⿱厶又】古亂字。見〔說文𠬪部〕。

【⿰爪⿸尸豆】古禮字。見〔字彙補〕。

【⿱爫⿱冂⿰爻爻】古爾字。見〔玉篇〕。

【⿱爫⿱⿰夂又】同愛。見〔字彙補〕。

八畫

【爲】于嬀切 音潙 支韻

❶ 母猴也。其—禽好爪。下腹—母猴形。王育曰。爪、象形也。見〔說文〕。
❷ 行也。〔論語顏淵〕—之難。
❸ 成也。〔淮南本經〕五穀不—。
❹ 學也。〔論語述而〕抑—之不厭。
❺ 用也。〔左桓六年傳〕在我而已。大國何—。
❻ 作也。〔周禮典同〕以—樂器。
❼ 前也。〔莊子養生主〕指窮於—薪。火傳也。〔注〕—薪猶前薪也。前薪以指指盡前薪之理。故火傳而不滅。
❽ 治也。〔論語里仁〕能以禮讓—國乎何有。
❾ 敷也。〔禮記曲禮〕則主人請入—席。
❿ 屬也。〔國策秦策〕不戰而已—秦矣。
⓫ 解說也。〔孟子告子〕固哉高叟之—詩也。
⓬ 有也。〔孟子滕文公〕將—君子焉。將—野人焉。
⓭ 使也。〔易井〕—我心惻。
⓮ 猶置也。〔後漢袁譚傳〕越海收東萊諸縣。—營州刺史。
⓯ 造作也。見〔爾雅釋言〕。
⓰ 故也。〔淮南時則〕堅致—上。
⓱ 瘉也。見〔廣雅釋詁〕。
⓲ 施也。見〔廣雅釋詁〕。
⓳ 理也。〔國策齊策〕値所以—國者不同耳。
⓴ 助也。〔國策魏策〕臣請鬪文之—魏。
㉑ 不言也。〔周書芮良夫〕無曰予—。

(廿二)猶差擇。〔周禮世婦〕—齍盛。〔注〕猶差擇也。〔疏〕祭祀黍稷春人舂之饎人炊之皆不使世婦故此—非舂非炊是差擇可知也。
(廿三)如也假設之辭。〔呂覽長見〕—不能聽。
(廿四)於也。〔穀梁傳二十年傳〕則近—䜌宮。
(廿五)則也。〔莊子寓言〕同於己—是異於己—非。
(廿六)曰也。〔穀梁桓四年傳〕一—乾豆。二—賓客。三—充君之庖。〔公羊—作曰〕
(廿七)以也。〔論語先進〕奚—于丘之門。
(廿八)語助詞也。〔論語季氏〕何以伐—。
(廿九)—間有間也。〔孟子盡心〕—間不用。
(卅)—後立後也。〔論語憲問〕求—後於魯。
(卅一)性之動謂之—。見〔莊子庚桑楚〕。
(卅二)縣名。隋置屬犍—郡。地在今四川南溪縣治。
(卅三)同僞。〔左定十二年傳〕子—不知。
(卅四)同進。〔荀子臣道〕君子不—也。
(卅五)通嫣。〔論語述而〕不圖—樂之至於斯也。〔釋文〕本作嫣。
(卅六)通惟。〔詩天保〕吉蠲—饎。〔周禮蜡氏鄭注作吉圭惟饎〕
(卅七)姓也。〔風俗通〕漢有南郡太守—昆。

【爲】于僞切音瀉寘韻

(一)猶助也。〔論語述而〕夫子—衛君乎。
(二)猶與也。〔管子戒〕自妾之身之不—持接也。
(三)猶將也。〔孟子梁惠王〕君—來見也。
(四)猶使也。〔國語魯語〕其—後世昭前之令聞也。
(五)因也。〔史記張良傳〕—其老。彊忍下取履。
(六)被也。〔史記伍子胥傳〕彼伍胥父兄—戮於楚。
(七)報也。〔禮記祭統〕不求其—。
(八)同謂。〔孟子公孫丑〕而子—我願之乎。

【𤔔】盧玩切音亂翰韻

治也。幺子相亂、叉治之也。讀若亂。同。一曰理也。見〔說文叉部〕。

【[illegible]】古經字。見〔集韻〕。

十一畫

【[illegible]】薄報切音暴號韻

姓也。出〔姓苑〕。

【爱】古愛字。見〔字彙補〕。

【[illegible]】同亂。見〔字彙補〕。

【[illegible]】播俗字。見〔正字通〕。

十二畫

【[illegible]】狠狄切音歷錫韻

以爪擇物也。見〔集韻〕。

【[illegible]】古辭字。見〔集韻〕。

【[illegible]】古孌字。見〔字彙補〕。

【[illegible]】同擾。見〔篇海〕。

十二畫

【[illegible]】土刀切音滔豪韻

古器。見〔篇海類編〕。

【[illegible]】古殺字。見〔玉篇〕。

【[illegible]】籀籀文。見〔字彙補〕。

十三畫

【[illegible]】古司字。見〔字彙補〕。

【[illegible]】辭籀文。見〔說文辛部〕。

十四畫

【爵】卽約切音雀藥韻

(一)本作爵。〔說文鬯部〕爵禮器也。象—之形。中有鬯酒。又持之也。所以飲器象—者。取其鳴節節足足也。〔按古文—象雀形。節節足足。雀音也。取之者。謂飲酒當自節知足。字彙云。取其能飛而不溺於酒。以示儆焉〕

爵圖

(二)飲酒器也。〔左桓二年傳〕舍—策勳焉。〔通訓定聲〕凡酒器亦總名曰—。
(三)一升曰—。見〔廣雅釋器〕。
(四)位也。〔書武成〕列—惟五。〔案—制。殷三等。周五等。而周禮鄭注謂公侯伯子男卿大夫士皆—〕。
(五)盡也。〔白虎通爵〕—者盡也。各量其職。盡其才也。〔按廣韻釋作量〕。
(六)醮也。〔左隱元年傳〕未王命故不書—。〔服注〕—者醮也。謂醮盡其材也。
(七)—者尊號也。見〔白虎通攷黜〕。〔按說文通訓定聲云—則有貴有賤。不得專爲貴義也。

(八) 鳥名。〔孟子離婁〕爲叢敺—者鸇也。

(九) 宰—。掌犧牲之事者也。〔荀子王制〕宰—知賓客祭祀饗食犧牲牢之數。

(十) —弁。冠也。以—韋爲之。謂之—弁。見〔釋名釋首飾〕。〔按白虎通云。—弁者何謂也。其色如—頭。周人宗廟士之冠也。〕

爵弁圖

(十一) —釵。釵頭施—也。見〔釋名釋首飾〕。

(十二) —室。船上候望室。〔釋名釋船〕其上曰—室。於中候望之如鳥—之弊視。

(十三) 棞上入曰—頭。見〔釋名釋宮室〕。

(十四) 主—。官名。〔漢書汲黯傳〕召爲乇—都尉。

〔[illegible]〕 古爯字。見〔集韻〕。

十五畫

〔[illegible]〕 昌孕切音稱徑韻

称也。見〔字彙補〕。

二十一畫

〔[illegible]〕 盧玩切音亂翰韻

不理也。見〔篇海類編〕。〔按集韻、亂古作𤔔。—音義俱同。疑即𤔔之譌。〕

牙部

〔牙〕 牛加切音芽麻韻

(一) 壯齒也。象上下相錯之形。見〔說文〕。〔按左隱五年傳疏。頷上大齒謂之爲—。〕

(二) 噬也。〔國策秦策〕投之一骨。輕起相—。

(三) 官署也。〔唐書諸夷蕃將傳〕命宰相南北—羣臣。

(四) 杙也。〔埤雅〕—者畜豶豕之杙也。方言、海岱之間繫豕杙謂之—。

(五) 弩鉤弦者曰—。見〔釋名釋兵〕。

(六) 機謂之—。見〔廣雅釋器〕。

(七) 立于帳前謂之—門。〔後漢公孫瓚傳〕拔其—門。

(八) 旗名。〔文選張衡賦〕—旗繽紛。〔注〕古者天子出建大—旗。竿上以象—飾之。〔今凡物以象—飾者亦均稱—如章—鑲—牌之類是。〕

(九) 騶—獸名。〔史記東方朔傳〕建章宮後閣重櫟中有物出焉。其狀似麋。朔曰此所謂騶—者也。

(十) 紅—。樂器。拍板也。〔宋史錢俶傳〕俶貢紅—樂器二十二事。

(十一) 虎—。山名。〔水經江水〕又東歷荊門虎—之間。〔注〕虎—山在北石壁。色紅。間有白文類—形。〔名勝志云。在荊門州西南三里。其山亂石巉宕。上合下開。有如虎—重門之狀。按荊門州今爲湖北省屬縣。〕

(十二) ——。小兒學語也。〔元好問詩〕——嬌女總堪誇。

(十三) 童—。謂幼小也。〔後漢崔駰傳〕甘羅童—而報趙。

(十四) 不相聽從曰聱—。見〔正字通〕。

(十五) 文辭屈曲曰聱—。見〔正字通〕。

(十六) 市中計物値者爲—儈。俗曰—行。見〔正字通〕。

(十七) 通芽。〔漢書金日磾傳〕賤氏有事萌—。

(十八) 姓也。周大司徒君—之後。

〔牙〕 魚覣切音迓禡韻

輪輮也。〔考工記輪人〕—也者以爲固抱也。〔注〕—讀如訝。謂輪輮也。〔疏〕訝、迎也。此車—亦輮之使兩頭相迎。故讀從之。

三畫

〔[illegible]〕 互俗字。見〔廣韻〕。

【犽】牛加切音牙麻韻　赤子也。吳人謂赤子曰孲｜。見〔集韻〕。

六畫

【⿰牙艮】口限切慳上聲潸韻　齧也。見〔玉篇〕。

【[illegible]】古牙字。見〔說文〕。

八畫

【⿰牙奇】丘奇切音崎支韻

一 虎牙也。見〔說文〕〔段注〕今俗謂門齒外出爲虎牙。古語也。大招云。靨輔｜牙。宜笑嫣只。案奇牙所謂｜也。可部曰。奇、異也。一曰。不耦。笑而露其齒獨好。故曰奇牙。

二 邪也。見〔篇海〕。

【牚】恥孟切音儻敬韻　抽庚切音瞠庚韻　支柱也。見〔集韻〕〔廣韻作邪柱〕。

九畫

【⿰牙禹】區羽切音踽麌韻　齒蠹也。見〔說文〕。

十畫

【⿰牙豈】魚開切音皚灰韻　敳菝切音　克月韻　⿰齒豈本字。見〔集韻〕。

※ 爿部 ※

【爿】疾羊切音牆陽韻　反片爲｜。見〔說文片部〕。〔案此段玉裁所補字彙音牆無稽。說文木部牀下段注云。今書牂牂斯牆壯戕將字皆曰｜聲。張參五經文字｜部曰。音牆。九經字樣鼎字注云。下象析木以炊。篆文木析之兩向左爲｜。音牆。右爲片。李陽冰亦云。木字右旁爲片。左爲｜。音牆。許書列部。片之後。次以鼎。然則反片爲｜。當有此篆。六書故曰。唐本說文有｜部。蓋本晁氏說之參記許氏文字一書。非肊說。其次第正當在片後鼎前矣。二徐乃欲盡改全書之｜聲爲牀省聲。非也。顧野王片部後出牀部。則其誤在前耳。〕

【[illegible]】古爿字。見〔六書略〕。

二畫

【⿰爿又】同將。見〔正字通〕。

三畫

【⿰爿也】同[illegible]。見〔集韻〕。

四畫

【牀】助莊切狀平聲陽韻

一 安身之几坐也。見〔說文木部〕〔按大徐本作安身之坐者非。｜制略同几而卑。故｜可臥。孟子隱几而臥。蓋｜前有几可隱。又舜在｜琴。乃置琴几上也。〕

二 人所坐臥曰｜。｜、裝也。所以自裝載也。見〔釋名釋牀帳〕。

三 凡安置器物者多名曰｜。如筆｜。琴｜。茶｜。印｜。

四 凡薦居物下者多謂之｜。如乘齒牙之骨曰牙｜。產硃砂之白石曰砂｜。

五 井幹也。〔樂府淮南王篇〕後園鑿井銀作｜。

六 草名。〔爾雅釋草〕盱、虺｜。〔注〕蛇｜也。一名馬｜。

【⿰爿水】古[illegible]字。見〔玉篇〕。

【⿰爿卯】古卯字。見〔字彙補〕。

【⿰爿艮】古[illegible]字。見〔字彙補〕。

五畫

【⿰爿召】時饒切音韶蕭韻

㈠牀別名。見〔集韻〕。
㈡浴牀也。見〔廣雅釋器〕。

【牁】居何切音歌歌韻
㈠所以繫舟也。見〔廣韻〕。
㈡牂—。漢郡名。〔清一統志〕今貴州思南府安化縣西有牂—廢縣。唐會置—州。後廢。〔按今貴州平越、都勻、石阡等二十餘縣地。均爲漢牂—郡境。〕〔又〕江名。卽盤江。〔漢書南粵傳〕發夜郎兵下牂—江。〔讀史方輿紀要〕云。盤江有二源。其出四川境內者曰北盤江。其出雲南境者曰南盤江。二源合流而入廣西境。謂之左江。東合於右江。志云。左江一名南江。以在廣西南境也。一名鬱江。以流經鬱林郡也。一名牂—江。以昔通牂—郡也。按盤江爲西江上源之一。至廣西與諸江合。經廣東以入於海。

【⿰爿也】桅本字。見〔類篇〕。

【⿰爿壯】古莊字。見〔字彙補〕。

【⿰爿且】同俎。見〔集韻〕。

【⿰爿令】牖或字。見〔集韻〕。

【⿰爿犮】牓譌字。見〔字彙〕。

六畫

【⿰爿兆】徒了切音窕以紹切音瞟篠韻
㈠杠也。見〔廣雅釋器〕。〔注〕牀前橫木也。
㈡版也。見〔廣雅釋器〕。〔注〕判也。

【牂】玆郎切音臧陽韻
㈠牝羊也。見〔說文羊部〕。〔廣雅釋獸〕—。吳羊其牝一歲曰牸䍮。三歲曰—。
㈡雲也。〔漢書天文志〕—雲如狗。赤色三尾。
㈢盛也。〔詩東門之楊〕其葉——。
㈣歲名。〔爾雅釋天〕太歲在午曰敦—。
㈤—牁。漢郡名。詳牁字。

七畫

【⿰爿求】渠尤切音求尤韻
牀—。柎也。見〔集韻引廣雅〕。〔按廣雅釋器本作楨梂。是—梂通。〕

【⿰爿朿】棐古切音府麌韻
飾樂也。見〔字彙〕。

【⿰爿矦】古疾字。見〔篇海〕。

【⿰爿酉】古醬字。見〔集韻〕。

【⿰爿采】檣或字。見〔集韻〕。〔按今作檣。亦作艢。帆柱也。〕

【⿰爿吾】牾譌字。見〔康熙字典〕。

八畫

【⿰爿空】苦貢切音控送韻
穿垣也。見〔廣韻〕。

【⿰爿彖】貲良切音將陽韻
酢—也。从水。將省聲。見〔說文水部〕。

【⿰爿戔】仕限切音棧潸韻
豢羊屋。見〔集韻〕。

【⿰爿果】苦果切音顆哿韻
俎也。見〔集韻〕。

【⿰爿岸】古莊字。見〔玉篇〕。

【⿰爿咸】同莊。見〔集韻〕。

【⿰爿秉】同病。見〔字彙補〕。

九畫

【⿰爿枼】達協切音疊葉韻
牀版也。見〔廣韻〕。〔案集韻云。牀簀也。或作㯲。〕

【⿰爿逸】古逸字。見〔集韻〕。

【⿰爿施】同椸。見〔集韻〕。

十畫

【⿰爿倉】千羊切音鏘陽韻
㈠鳥獸來食聲也。見〔說文倉部〕。
㈡人名。〔公羊定十四年傳〕楚滅頓。以頓子—歸。〔按左傳作牂。〕

【⿰爿族】古疾字。見〔字彙補〕。

【⿰爿敗】古敗字。見〔集韻〕。

十一畫

【⿰爿責】簀或字。見〔集韻〕。

【⿰爿庸】墉或字。見〔集韻〕。

十二畫

【⿰爿黃】姑黃切音光陽韻
牀下橫木也。見〔集韻〕。

【⿰爿歰】色入切音澀緝韻
殳立皃。見〔集韻〕。

【⿰爿賁】符分切音汾文韻
牀柎也。見〔集韻〕。

【⿰爿賁】父吻切音憤吻韻
牀版也。見〔集韻〕。

十三畫

【牆】慈良切音牆陽韻

一本作牆。〔說文嗇部〕牆垣蔽也。

二屏也。〔論語季氏〕而在蕭—之內也。

三飾柩也。〔儀禮既夕〕巾奠乃—。〔按釋名釋喪制云輿棺之車其旁曰—似屋—也蓋即載柩之車飾。以圍繞棺如屋—者。禮記鄭注、柳衣也。裳帷也。義當同。〕

四圜—獄也。〔漢書司馬遷傳〕幽于圜—之中。

五惠—複姓。〔左襄二十六年傳〕寺人惠—伊戾。

六同廧。〔穀梁成三年傳〕晉郤克衛孫良夫伐—咎如。〔左傳作廧咎如〕

七通嬙。〔漢書匈奴傳〕元帝以後宮良家子王—字昭君賜單于。

【⿰爿戠】側立切音戢緝韻　殳立皃見〔集韻〕。

【⿰爿睪】牆或字見〔集韻〕。

【⿰爿詹】櫓或字見〔集韻〕。

十五畫

【⿰爿齊】牆本字見〔說文嗇部〕。

十六畫

【⿰爿歷】狼狄切音歷錫韻　秝實也見〔集韻〕。

十八畫

【[illegible]】牆籀文見〔說文嗇部〕。

二十四畫

【⿰爿靈】郎丁切音靈青韻　秝秝也見〔集韻〕。

【[illegible]】牆籀文見〔說文嗇部〕。

※片部※

【片】匹見切偏去聲霰韻

一判木也。从半木。見〔說文〕。

二半也。見〔廣雅釋詁〕。

三猶偏也。〔論語顏淵〕—言可以折獄者。

四單也。隻也。〔文選左思賦〕雙則比目。—則王餘。

五判也。開拆也。見〔玉篇〕。〔按今猶謂析之爲—曰—。〕

六牌也。見〔廣雅釋言〕。

七名刺。俗謂之名—。

八奏章之附張謂之—。如稟帖之夾單。

九瓣也。〔韓愈詩〕紅萼萬—從風吹。

十—馬。地名。雲南騰越縣之一小村。位在高黎貢山之西。小江源之東。北緯二十六度。西經十七度四十五分。爲由滇由川入緬要道。清宣統年間。英踞兵其左。勘界迄今未定。

【片】普半切音泮翰韻　胖省字。〔集韻〕胖。半也。〔字林〕胖合。合其半以成夫婦也。或省。

三畫

【⿰片也】余之切音移支韻　[illegible]也。見〔字彙〕。

【⿰片攵】妝譌字見〔正字通〕。

四畫

【版】補綰切音鈑潸韻　蒲限切音阪阮韻

一片也。見〔說文〕。〔按舊作判也。段氏改正。今俗謂木之析爲片者曰—。〔廣韻〕同板。〕

二築牆—也。〔爾雅釋器〕大—謂之業。

三鉼金也。〔周禮職金〕共其金—。

四簡牘也。〔管子宙合〕修業不息—。

五八尺曰—。〔史記趙世家〕城不浸者三—。

六戶籍。〔論語鄉黨〕式負—者。

七笏也。〔後漢范滂傳〕投—棄官而去。

八名籍也。〔周禮宮伯〕掌王宮之士庶子凡在—者。

九車上障蔽者謂之—。〔荀子禮論〕棺椁其貌象—。

十——。僻也。見〔爾雅釋訓〕。〔又〕反也。見〔廣雅釋訓〕。

十一蟲名。〔爾雅釋蟲〕傅負—。

●—輿。卽步輿。〔文選潘岳賦〕太夫人乃御—輿。●以木刻書曰—。俗作板。

【⿰片殳】七主切音取麌韻　追也。見〔篇海〕。

【⿰片分】步還切音辦平聲刪韻　片也。見〔類篇〕。

【⿰片欠】虛嚴切音[illegible]鹽韻　鋻屬也。見〔集韻〕。

【⿰片欠】苦感切音坎感韻　板也。見〔玉篇〕。

【⿰片开】先擊切音析錫韻　版也。見〔篇海〕。

【⿰片句】同句。見〔五音篇海〕。

【⿰片叚】同段。見〔五音篇海〕。

【⿰片不】𤗉或字。見〔集韻〕。

五畫

【牉】普半切音泮翰韻　●一分也。〔楚辭惜誦〕背膺—以交痛兮。●二半也。〔儀禮喪服傳〕夫婦—合也。

【⿰片禾】胡戈切音禾歌韻　棺和也。見〔玉篇〕。〔案集韻云。通作和。或作栎。〕

【⿰片平】蒲迸切音軯[illegible]韻　析木聲。見〔五音集韻〕。

【牊】直遙切音韶蕭韻　牀別名。見〔類篇〕。

【⿰片斥】耻格切音𧿭陌韻　—闢也。見〔廣韻〕。〔案玉篇謂卽今坼字。〕

【⿰片皮】丑格切音斥陌韻　皺也。見〔字彙補〕。

【⿰片古】同姑。見〔字彙〕。

六畫

【⿰片朱】傭朱切音殊虞韻　●一—樓所以遏水也。見〔玉篇〕。●二橫木渡水也。見〔集韻〕。

【⿰片旨】章移切音支支韻　蓋舍也。見〔篇海〕。

【⿰片列】力櫱切音烈屑韻　剖也。見〔集韻〕。

【⿰片多】馳姚切音條祁堯切音翹蕭韻施智切音翅寘韻　几也。見〔玉篇〕。

【⿰片𠂢】匹麥切音擗陌韻　破物也。見〔廣韻〕。

【⿰片向】向或字。見〔集韻〕。

【⿰片兆】艞或字。見〔集韻〕。

七畫

【⿰片辰】力可切音[illegible]哿韻　[illegible]別名。見〔玉篇〕。

【⿰片足】七玉切音促沃韻　追也。見〔廣韻〕。

【⿰片求】渠尤切音求尤韻　牘—。柎也。見〔類篇引廣雅〕。〔按集韻作梂。廣雅釋器作櫝梂柎也。是—當同梂柎。〕

【⿰片虎】呼嫁切音罅禡韻　孔也。見〔龍龕手鑑〕。

【⿰片垂】同牐。見〔篇海〕。

八畫

【⿰片妾】悉協切音燮葉韻　●—牒。小契也。見〔玉篇〕。〔按類篇作小楔。〕●簡也。見〔類篇〕。

【牌】蒲街切音猈蒲皆切音排佳韻　●一—牓。見〔玉篇〕。〔案牓謂題牓。今之招—、示—、卽此類。〕●二籍也。見〔廣雅釋器〕。〔案籍者門籍。宋以來保甲門—卽此類。〕●三符信之具也。唐乘驛者給銀—。宋召班師以金—。近今火—、腰—、均此類。●四盾也。〔東京夢華錄〕蠻—木刀。〔按卽近世籐—。〕●五牙—。戲具也。世傳創於宋宣和二年。高宗時頒行天下。今竹刻博具亦曰—。骨刻者曰骨—。俗又名葉子曰紙—。

【⿰片奄】衣儉切音掩琰韻　屋檐耑版也。見〔集韻〕。〔按玉篇作屋—雀。〕

【⿰片咅】蒲來切音棓灰韻　版也。見〔玉篇〕。

【⿰片宛】於阮切音婉阮韻　船—木也。見〔廣韻〕。

【𤗚】平祕切音備寘韻
偏—也。見〔篇海〕。

【牗】同牖見〔字彙〕。

【牋】同箋見〔玉篇〕。

【𤗛】同牷見〔篇海〕。

【牌】同牌見〔篇海〕。

【牎】牕俗字見〔篇海〕。

【牒】牒俗字見〔篇海〕。

九畫

【牐】實洽切音煠洽韻
㊀下—閉城門也。見〔廣韻〕。〔按龍龕手鑑書作牐〕

㊁以板爲蔽也。見〔集韻〕。

【牒】達協切音叠葉韻
㊀札也。見〔說文〕〔段注〕厚者爲牘。薄者爲—

㊁譜也。〔史記太史公自序〕取之譜—。

㊂官簿也〔漢書匡衡傳〕但以無階朝廷。故隨—在遠方。

㊃官府公移也。〔唐書百官志〕凡京師諸司有符移關—下諸州者。

㊄簿書也。〔唐書裴遵慶傳〕遵慶性强敏。視簿—詳而不苛。

㊅訟狀也。〔宋史高宗紀〕置臨安府左右廂官分掌訟—。

㊆史編也。〔晉書辛謐傳〕皆顯史—。傳之無窮。

㊇牀版也。〔方言〕牀上板衛之北郊。趙魏之閒謂之—。

㊈小簡也。〔漢書路溫舒傳〕取澤中蒲。截以爲—。

㊉疊布也。〔後漢王符傳〕皆服文組綵—。

【牏】厨遇切音住朱戍切音注俞戍切音裕遇韻大透切音豆宥韻容朱切音于虞韻徒侯切音投尤韻
築牆短版也。从片。俞聲。讀若俞。一曰若紐。見〔說文〕〔段注〕木部栽下曰。築牆長版也。長版用於兩邊。短版用於兩耑。一縮一橫也。此—之本義。史漢萬石君傳。石建取親中帬廁—。身自浣滌。蘇林曰。—音投。賈逵解周官云。—、行清也。孟康曰。廁、行清。—、行清中受糞函者也。東南人謂鑿木空中如曹謂之—。依蘇孟說。則史漢之—卽窬之叚借字。穴部曰。窬空中也。徐廣謂讀—爲窬。是也。至若晉灼云。今世謂反閉小袖衫爲侯—。則尤爲叚借字。釋名曰。齊人謂如衫而小袖曰侯頭。猶言解瀆。辟廁通之言。是則其語本無正字。

【牔】田黎切音題齊韻
壁方丈也。見〔集韻〕。

【牐】弼力切音愎拍逼切音堛職韻
片也。見〔說文〕〔段注〕片、各本作判。今正。副者判也。—則判木也。

【牓】郎甸切音練霰韻
木解理也。見〔玉篇〕。

【牑】卑眠切音邊蒲眠切音駢先韻
牀版也。見〔說文〕。

【牑】婢典切音銑編韻
牀簀見〔集韻〕。

【牖】賂見切音麪霰韻
櫋或字〔集韻〕櫋屋櫋。或作—。

【牏】舉下切音賈馬韻
姓也。見〔字彙〕。〔按正字通云、䚽字。姓譜、姓苑並闕〕

【𤗺】闥各切音託藥韻
㯓或字〔集韻〕㯓判也。或作柝、—。

【牓】恥格切音趚陌韻
㡿或字〔韻集〕㡿開也。或从广。

【牕】同窗。見〔玉篇〕。〔正韻作牕。謂俗作—非。蓋篆从囪。隸从匆。故玉篇、廣韻、集韻皆作—。不作牕〕

十畫

【牓】補朗切音榜養韻
㊀牌也。見〔玉篇〕。
㊁木片也。本作榜。見〔類篇〕。

【牓】鋪郎切音滂陽韻
履編之模也。見〔類篇〕。

【牖】平祕切音備寘韻
㊀牖模也。見〔玉篇〕。
㊁牖也。見〔類篇〕。
㊂牀之横桄也。見〔類篇〕。

【牓】天黎切音梯齊韻
牌也。見〔集韻〕。

【牔】伯各切音博藥韻
屋端之板也。見〔集韻〕。

十一畫

【牖】以久切音酉有韻 ●一穿壁以木爲交窗也。見〔說文〕。〔段注〕在牆曰—。在屋曰窗。●二戶—地名。〔史記陳平世家〕陽武戶—鄉人也。〔讀史方輿紀要〕云。河南開封府蘭陽縣東北二十里有東昏城。故戶—鄉也。當今河南蘭封縣境。●三通誘。導也。〔詩板〕天之—民。●四通羑。—里殷獄名。〔漢書景十三王傳〕文王拘于—里。

【⿰片習】達協切音牒葉韻 治也。見〔集韻〕。

【⿰片率】朔律切音蟀質韻 板也。見〔類篇〕。

【⿰片离】鄰知切音離支韻 破木也。見〔集韻〕。

【⿰片婁】龍朱切音慺虞韻 牀—。遏水版也。見〔玉篇〕。

【⿰片虖】虛訝切音嚇禡韻 墉也。見〔集韻〕。

【⿰片崔】倉回切音崔灰韻 —牘屋破之皃。見〔玉篇〕。

【⿰片責】同牐。見〔正字通〕。〔案楊愼曰。—腴—堰在舒城縣。—閘並同。元史作牐〕

【⿰片賫】賫或字。見〔集韻〕。

【⿰片甫】牖俗字。見〔正字通〕。

十二畫

【⿰片發】補各切音搏藥韻 風版。見〔字彙〕。

【⿰片貴】徒回切音頹灰韻 牘—。詳牘字。

【⿰片菐】博木切音卜屋韻 牑板之大者。見〔類篇〕。

【⿰片黃】古黃切音光陽韻 牀橫木也。見〔類篇〕。

【⿰片粦】良愼切音震吝韻 柧—。見〔字彙〕。〔按正字通云。柧棱、从棱爲正。棱平聲〕。

【⿰片悤】同窗。見〔洪武正韻〕。

【⿰片貴】同穨。見〔集韻〕。

十三畫

【⿰片辟】博厄切音擘陌韻 豆之小而硬者。見〔廣韻〕。

【⿰片詹】昌豔切音襜豔韻 屋檐端板也。見〔類篇〕。

【⿰片業】業或字。見〔集韻〕。

十四畫

【⿰片臺】坦亥切音嚏賄韻 吳人謂逆剡木曰—。見〔集韻〕。

【⿰片壽】是酉切音受有韻 大到切音導號韻

【⿰片親】棺也。見〔集韻〕。

【⿲辛片辛】同辨。見〔正字通〕。〔按字見爾雅釋器。釋木訓半分也。阮元校勘記謂爲俗字。今書作辨〕。

十五畫

【牘】徒谷切音讀屋韻 ●一書版也。見〔說文〕。●二木簡也。〔漢書昌邑王傳〕持—趨謁。●三函信也。〔莊子列禦寇〕小夫之知。不離苞苴竿—。●四睦也。手執之以進見。所以爲恭睦也。見〔釋名釋書契〕。●五舂—樂器。以竹筒築地而發聲者。〔周禮笙師〕舂—應雅以教祴樂。

十六畫

【⿰片歷】狼狄切音歷錫韻 木障也。見〔類篇〕。

十七畫

【⿰片毚】仕懺切音饞陷韻 ●一版也。見〔玉篇〕。●二同欃。水門也。見〔廣韻〕。

※斤部※

【斤】舉欣切音筋文韻

(一)斫木斧也。見〔說文〕。〔段注〕此依小徐本。凡用斫物者皆曰斧。斫木之斧則謂之—。

(二)明也。〔漢書律曆志〕明於—。

(三)謹也。所以畔謹令平滅斧迹也。見〔釋名釋用器〕。

(四)衡名。十六兩爲—。〔考工記桃氏注〕重三—十二兩。〔疏〕—、十六兩。

(五)人名。〔魏書奚斤傳〕—機敏有識度。

(六)水名。〔水經注斤江水〕—江水出交趾龍編縣東北。至鬱林領方縣。東注于鬱。

(七)—竹嶺。地名也。〔王維序〕余別業在輞川山谷。其游止有華子岡、文杏館。—竹嶺等。〔又〕—竹澗。亦地名。謝靈運有從—竹澗越嶺溪行詩。見〔文選〕。

(八)黃—。葯之別名。〔本草別錄〕葯、—名黃—。

(九)姓也。〔魏書官氏志〕神元時餘部諸姓內入者。去—氏、後改爲艾氏。奇—氏、後改爲奇氏。六—氏、後改爲宿氏。

【斤】居欣切音靳問韻

—察也。〔詩執競〕—其明。〔傳〕明察也。

【斤】許斤切音欣文韻

—仁也。見〔集韻〕。

一畫

【斥】昌石切音尺陌韻

(一)逐也。〔漢書武帝紀〕無益於民者—。

(二)遠也。〔史記天官書〕—小疏弱。

(三)指也。〔後漢孔融傳〕擬—乘輿。

(四)見也。〔左襄三十一年傳〕寇盜充—。〔注〕充滿也。—、見也。言其多。

(五)卻也。〔文選張衡賦〕—西施而弗御。

(六)推也。〔素問調經論〕勿之深—。

(七)檢行之也。〔書禹貢傳〕—候而服事。

(八)廣也。〔史記司馬相如傳〕除邊關之益—。

(九)開也。〔漢書惠帝紀〕視作—土者。

(十)度也。〔史記李將軍傳〕廣亦遠—候。〔注〕索隱曰—、度也。候、望也。

(十一)厓也。見〔廣雅釋丘〕。

(十二)池也。見〔廣雅釋地〕。

(十三)山名。〔爾雅釋地〕東北之美者。有—山之文皮焉。

(十四)地味含鹹之所也。〔書禹貢〕海濱廣—。〔按左襄二十五年傳疏云〕東方謂之—。西方謂之鹵。

(十五)—蝬。屈蟲也。〔考工記弓人〕—蝬。

(十六)—鷃。鳥名。〔莊子逍遙游〕—鷃笑之曰。

(十七)姓也。見〔姓纂〕。

【斥】恥格切音拆陌韻

(一)同拆。〔集韻〕㡿、說文、裂也。亦作—。

(二)姓也。見〔姓纂〕。

【斥】闞各切音託藥韻

揮—。猶放縱也。〔莊子田子方〕揮—八極。

【斤】古斗字。見〔字彙補〕。

四畫

【所】魚斤切音垠文韻

(一)二斤也。見〔說文〕。〔段注〕二斤言形。而義在其中。

(二)砧也。見〔增韻〕。

【斧】匪父切音甫麌韻

(一)所以斫也。見〔說文〕。〔段注〕—之爲用廣矣。斤則不見於他用也。蓋其制有異矣。

(二)以—加物也。〔古詩〕—冰持作糜。

(三)威斷也。〔易巽〕喪其資—。〔注〕—、所以斷也。〔疏〕—能斬決。以喻威斷也。〔按今俗謂旅費曰資—〕。

(四)甫也。甫、始也。凡將制器始用—伐木。已乃制之也。見〔釋名釋用器〕。

(五)補也。見〔古微書春秋元命苞〕。

(六)赤—。仙名。〔文選左思賦〕赤—服而不朽。〔注〕言服丹砂不死也。

(七)—扆。畫屏也。〔儀禮覲禮〕天子設—扆於戶牖之間。〔注〕扆如今之綈素屏風也。有繡—文。所以示威也。—、謂之黼。

(八)—藻。猶刻桷丹楹之飾也。〔法言學行〕吾未見好—藻其德。若—藻其藻者也。

【斨】千羊切音瑲陽韻

(一)方銎斧也。詩曰。又缺我—。見〔說文〕。〔段注〕銎者、斤釜空也。毛詩傳曰。隋銎曰斧。方銎曰—。隋、讀如妥。謂不正方而長也。

(二)人名。〔書舜典〕讓于殳—暨伯與。〔傳〕殳、—二臣名。

【𣂑】古析字。見〔玉篇〕。

【祈】古斯字。見〔集韻〕。

五畫

【𣂓】口我切音可哿韻

(一)擊也。見〔集韻〕。(二)擊也。見〔類篇〕。

【斪】權俱切音劬、恭于切音拘虞韻、居候切音鉤尤韻

(一)—斸所以斫也。見〔說文〕。〔段注〕各本無—斸所以四字。今補。斤斧所以斫木。—斸所以斫地。

(二)鋤也。〔爾雅釋器〕—斸謂之定。〔注〕鋤屬。

【斫】職略切音灼藥韻

(一)擊也。見〔說文〕。

(二)無知也。〔方言〕揚越之郊。凡人相侮以爲無知、謂之聑。或謂之—。

(三)鹵—。大鋤也。〔方言〕關東謂大鋤曰鹵—。

(四)—衺。複姓。

【斫】尺約切音婥藥韻

猝—。不解悟皃。見〔集韻〕。〔又〕容止峭嶬也。見〔列子力命〕。

【𣂔】丑格切音策陌韻

開也。見〔篇海〕。

六畫

【𣂿】各額切音格陌韻

(一)捕也。見〔集韻〕。(二)鬪也。見〔集韻〕。

【𣂿】歷各切音洛藥韻

剫也。見〔集韻〕。

七畫

【斬】阻減切音蘄豏韻

(一)截也。从車斤。法車裂也。見〔說文車部〕。

(二)裁也。見〔廣雅釋詁〕。

(三)暫也。見〔釋名釋喪制〕。

(四)絕也。盡也。〔孟子離婁〕君子之澤。五世而—。

(五)伐也。〔國語齊語〕—孤竹。

(六)喪服謂縗之不緝者曰—。〔左襄十七年傳〕晏嬰麤縗—。

(七)——芒穎迸露貌。〔劉炎邇言〕——出鋒稜。

(八)—新。猶言極新也。〔杜甫詩〕—新花蕊未應飛。

【斬】莊陷切音蘸陷韻

斧也。見〔集韻〕。

【𣂪】朗可切音囉哿韻

柯擊也。从斤良聲。見〔說文〕。〔段注〕來可切。音恐誤。古音當讀如琅。

【𣃀】近本字。見〔說文長箋〕。

【𣃓】同虢。〔字彙補〕唐避虎字。改虢州爲—州。

【𣂺】折或字。見〔集韻〕。

【断】斷俗字。見〔玉篇〕。

八畫

【斮】側角切音捉、側略切音灼覺韻

(一)斬也。見〔說文〕。〔段注〕斬者截也。截者斷也。斫用衺。截用正。

(二)擊也。〔文選張衡賦〕—猛狂。

(三)削鱗也。〔爾雅釋器〕魚曰—之。

【斯】相支切音私支韻

(一)析也。〔詩〕曰。以斧—之。見〔說文〕。〔按今語猶呼離析物質曰—。俗譌作撕〕

(二)敗也。見〔廣雅釋詁〕。

(三)澌也。〔莊子齊物論注〕豁然確—也。〔釋文〕—、本作澌。

(四)賤也。〔後漢左雄傳〕郎官部吏職—祿薄。

(五)此也。〔禮記檀弓〕歌於—。哭於—。

(六)離也。〔列子黃帝〕不知—齊國幾千萬里。

(七)盡也。〔呂覽報更〕—食之。

(八)用於句上之引起辭也。如—禮也、—人也之類。

(九)用於句終煞尾辭也。如湛湛露—、菀彼柳—、弁彼舉—之類。

(十)用於句中之連屬辭也。如朋至—、鑿、大木—拔之類。

(十一)猶乃也。〔詩斯干〕乃安—寢。乃寢乃興。〔按、—亦乃也。互文耳〕

(十二)猶其也。〔詩思齊〕則百—男。

(十三)猶維也。〔詩采薇〕彼爾維何。維常之華。彼路—何。君子之車。

(十四)猶是也。〔詩公劉〕于豳—館。

(十五)猶然也。〔禮玉藻〕二爵而言言—。

(十六)猶卽也。〔論語公冶〕再—可矣。〔按此猶云再思卽可行也〕

(十七)鮮也。白也。〔詩瓠葉〕有兔—首。

(十八)—禁。禁之切地無足者。見〔儀禮鄉飲酒禮注〕。
(十九)—彌。蟲名。〔莊子至樂〕乾魚骨之沫爲—彌。
(二十)—須。俄頃也。〔禮記祭義〕禮樂不可—須去身。
(廿一)—波。國名。亞洲西南部回教國。英文 Persia。
(廿二)—栗。詭隨貌。〔楚辭卜居〕將哫訾栗—喔咿儒兒以事婦人乎。
(廿三)挾—。弊也。〔方言〕南楚謂人貧衣被醜弊曰挾—。器物弊亦謂之挾—。
(廿四)數—。鳥名。〔山海經西山經〕皋塗之山。有鳥狀如鴟而人足。名曰數—。食之已癭。
(廿五)竦—。鳥名。〔山海經北山經〕灌題之山。有鳥狀如雌雉而人面。見人則躍。名曰竦—。其鳴自呼。
(廿六)雞—。名馬也。〔六韜〕商王拘於羑里。太公得犬戎雞—之乘以獻。〔按禮記問喪雞—注。當爲笄纚。聲之誤也。是別爲一物。〕
(廿七)岡底—。山名。高二萬零三百二十尺。在後藏哈喇崑崙山脈與喜馬拉雅山脈聯接處。
(廿八)通古—。人種名。滿洲人屬於此種。通古即東胡二字之聲轉。
(廿九)—拉夫。亦人種名。俄羅斯人屬於此種。英文 Slave。
(三十)—巴達。古希臘國。拉哥尼亞州之首府。當時與雅典齊名。雅典尚文。—巴達尚武。英文 Sparta。
(卅一)姓也。〔吳志賀齊傳〕剡縣史—從。

【斯】斯義切音賜寘韻
盡也。〔詩皇矣〕王赫—怒。〔鄭讀若賜音〕

【[illegible]】悲朋切音崩烝韻
副也。見〔玉篇〕。

【[illegible]】他彫切音祧　千遙切音鍫　蕭韻
田器。見〔集韻〕。

【[illegible]】古斷字。見〔玉篇〕。

【[illegible]】同剞。見〔六書統〕。

【[illegible]】同刻。見〔六書統〕。

【[illegible]】同斸。見〔篇韻〕。

【[illegible]】同斵。見〔集韻〕。

【[illegible]】斲譌字。見〔正字通〕。

九畫

【新】斯人切音辛真韻
(一)取木也。見〔說文〕〔段注〕取木者—之本義。引申之爲凡始基之稱。
(二)田一歲曰菑。二歲曰—。見〔爾雅釋地〕。
(三)初也。〔書胤征〕咸與維—。
(四)—穀曰—。如云嘗—、食—。
(五)別於舊曰—。如—唐書、—五代史之類。
(六)繕其故曰—。如—延廄、作—南門之類。
(七)治擇之名。〔禮記內則〕棗曰—之。
(八)—鮮。清絜貌。〔太玄務〕—鮮自求珍。
(九)—雉。花名。辛夷也。〔文選揚雄賦〕列—雉於林薄。
(十)王莽簒漢自號曰—。當民國紀元前一千九百零四年至一千八百九十二年。
(十一)—疆。省名。清置。奄有天山南北諸路。簡稱之亦曰—省。
(十二)—羅。朝鮮國之一部分也。南北朝時。高麗、百濟、—羅。三分有其地。
(十三)—淦。縣名。三國吳置。今仍屬江西省。〔又〕唐宮女名。〔開元遺事〕宮妓永—者。善歌。最受明皇寵愛。
(十四)州名。唐置。屬嶺南道。宋隸廣南東路。當今廣東—興縣。
(十五)—加坡。馬來半島最南端之小島也。今屬英國。英文 Singapore。
(十六)姓也。〔國語晉語〕—穆子。〔又〕複姓。梁將—垣衎。

【[illegible]】當侯切音兜尤韻
斷—。偃鉏也。見〔集韻〕。

【[illegible]】都挺切音鼎迥韻
鐺也。三足兩耳。見〔篇韻〕。

【[illegible]】古誓字。見〔集韻〕。

【[illegible]】同斷。橋梁—絕。見〔韓爲楊君頌〕。

【[illegible]】同斫。見〔篇海〕。

十畫

【斲】竹角切音琢覺韻
(一)斫也。見〔說文〕。
(二)削也。見〔穀梁莊二十四年傳釋文〕。
(三)雕飾也。見〔禮記檀弓木不成—琢〕。
(四)通劚。〔廣雅釋言〕劚、斫也。〔按集韻、—或作斵〕。

⑤或作㙇。〔淮南本經〕不工不—。〔注〕—或作㙇不雕貫也。

【新】音瑑銑韻
斫也。見〔川篇〕。

【斱】古誓字。見〔集韻〕。

【斷】斷俗字。見〔篇海〕。

十一畫

【𣃆】烏侯切音謳尤韻
—斷。詳斷字。

【𣃆】墟侯切音摳尤韻
剾或字。〔集韻〕剾。剜也。或作—。

【斳】渠巾切音勤眞韻
生水中之芹菜即楚葵也。見〔集韻〕。

【斳】几隱切音謹吻韻
瓹也。見〔集韻〕。

【𣂪】章恕切音翥御韻
斫也。見〔廣韻〕。

【𣃁】胡伯切音獲陌韻
斫也。見〔篇韻〕。

【𣃊】音未詳
地名。〔穆天子傳〕天子至於滐澤之上。—多之洳。

十二畫

【𣃉】離珍切音鄰眞韻
水在石澗中㵲也。見〔篇海〕。

【斱】斱本字。見〔篇海〕。

【斷】同斵。見〔玉篇〕。

【斲】斲或字。見〔五經文字〕。

【斷】斷俗字。見〔篇海〕。

十三畫

【斱】張略切音灼藥韻
①破也。見〔玉篇〕。
②同鐯。鑁也。見〔廣韻〕。

【斸】權玉切音蠋沃韻
人名。〔國策齊策〕顔—。〔按漢書古今人表作歜史記田單傳作蠋。〕

【斸】同斸。見〔集韻〕。

【斵】斵俗字。見〔篇海〕。

十四畫

【斷】覩緩切音短杜管切音斷旱韻
①本作㫁。〔說文〕㫁截也从斤𢇍。𢇍、古文絕。〔段注〕今人—物讀上聲。物已—讀去聲。
②止也。〔陸贄奏議〕因噎而—食。
③絕也。〔書盤庚〕乃—棄汝。
④段也分爲異段也。見〔釋名釋言語〕。
⑤—蛇。劍名。見〔廣雅釋器〕。
⑥續—。藥名。見〔本草綱目〕。〔按今植物學家以之入唇形科。〕

【斷】都玩切音鍛徒玩切音段翰韻
①分也。〔易繫辭〕剛柔—矣。
②決也。〔易繫辭〕以—天下之疑。
③方也。〔莊子天下〕椎拍輐—。
④齊也。見〔廣雅釋詁〕。
⑤支節絕也。〔禮記王制〕瘖聾跛躃—者。
⑥是而行之謂之—。見〔淮南說林〕。
⑦——誠也。見〔廣雅釋訓〕。〔又〕專一之義。見〔史記魯周公世家〕—如也索隱。〔又〕守善之貌。〔書秦誓〕——猗無他技。
⑧獨—。書名。後漢蔡邕撰。

【斵】此芮切音脺霽韻初轄切音剎黠韻
斲也。見〔集韻〕。

【𣃏】同貸。春秋給—。見〔漢故民吳公碑〕。

十五畫

【斱】同擀。見〔集韻〕。

十八畫

【斸】權俱切音劬虞韻
斪或字。〔集韻〕斪。說文、研也。或作—。

二十一畫

【斸】株玉切音瘃沃韻之角切音斵覺韻
①斫也。見〔說文〕。
②誅也主以誅鉏根株也。見〔釋名釋用器〕。
③斸—。山名。見〔山海經中山經〕。
④同钃。見〔玉篇〕。

※戶部※

【戶】後五切音祜麌韻

(一) 護也。半門曰—。象形。見〔說文〕。〔按一切經音義云。一扇曰—。兩扇曰門。又在於堂室曰—。在於宅區域曰門〕。

(二) 蟲穴亦曰—。〔禮記月令〕蟄蟲壞—。

(三) 民居也。〔史記貨殖傳〕而況匹夫編—之民乎。

(四) 鳥巢通氣出入處亦曰—。〔詩鴟鴞〕綢繆牖—。

(五) 居民籍貫也。〔宋史食貨志〕單丁女—。並免差役。

(六) 止也。又守也。〔左宣十二年傳〕屈蕩—之。

(七) 猶誡也。〔禮記禮器〕未有入室而不—者。

(八) 飲酒之量也。〔白居易詩〕—大嫌甜酒。〔按日本語謂善飲曰上—。不善飲曰下—。即此遺意〕。

(九) 北—。南方之國也。〔爾雅釋地〕觚竹北—。

(十) 三—。地名。〔水經注丹水〕丹水又東南逕一故城南。名曰三—。〔按當今河南淅川縣西〕。〔又〕楚三大姓。昭、屈、景也。〔史記項羽紀〕楚雖三—。亡秦必楚。

(十一) —部。官府名。三國吳置。晉以後時有改設。宋至清、均立之。清末更析為民政度支兩部。民國又改度支為財政部。

(十二) 江—。日本東京之舊稱。〔又〕神—。日本通商海港名。為東海道鐵路與山陽道鐵路連接之處。我國駐有領事。

(十三) 通濩。湯樂名。〔揚雄賦〕—音六成。

(十四) 通昈。文采貌。〔揚雄賦〕—豹能賁。

(十五) 姓也。漢—賽。

【戶】翁姑切音烏虞韻

烏孫國亦作—孫。見〔淮南時則〕。

一畫

【戹】乙革切音厄陌韻

(一) 隘也。見〔說文〕。〔注〕戶小門也。

(二) 飢乏也。〔周禮鄉師〕賙萬民之囏—。

(三) 困也。〔史記季布傳〕兩賢豈相—哉。

(四) 會也。〔漢書谷永傳〕危亂漢朝。以成三—。〔注〕服虔曰、—會也。

(五) 烏蠋也。〔詩韓奕〕鞗革金—。

(六) 災難也。〔洛陽伽藍記〕今日有水—。

(七) 通阨。〔孟子公孫丑〕阨窮而不憫。

二畫

【戸】音護遇韻

戶也。見〔龍龕手鑑〕。

【戽】

戽俗字。見〔字彙〕。

三畫

【戺】鉏里切音士紙韻

(一) 持榍也。〔爾雅釋宮〕落時謂之—。

(二) 堂廉也。〔書顧命〕夾兩階—。

(三) 砌也。䃃也。〔文選張衡賦〕金—玉階。

【戻】他蓋切音太泰韻　他計切音替　大計切音弟霽韻

輴車旁推戶也。見〔說文〕。〔段注〕輴車者。衣車也。前後有蔽。旁有可開之戶。

【戼】卯本字。見〔說文戼部〕。

【[illegible]】同戺。見〔字彙〕。

【[illegible]】同[illegible]。見〔字彙〕。

四畫

【屋】屋譌字。見〔正字通〕。

【戾】郎計切音麗霽韻

(一) 曲也。从犬出戶下。—者、身曲—也。見〔說文犬部〕。

(二) 乖也。〔列子力命〕自以行無—也。

(三) 很也。見〔廣雅釋詁〕。

(四) 暴也。〔荀子儒效〕虛殷國而天下不稱—焉。

(五) 忿惡也。〔荀子脩身〕勇膽猛—。

(六) 貪也。〔國策秦策〕虎者—蟲。

(七) 罪也。〔左文四年傳〕其敵干大禮以自取—。

(八) 反也。〔淮南覽冥〕舉事—蒼天。

(九) 怒也。見〔廣雅釋詁〕。

(十) 待也。見〔爾雅釋詁〕。

(十一) 善也。見〔廣雅釋詁〕。

(十二) 破也。〔淮南主術〕曲得其宜。無所乖—。

(十三) 帥也。〔國語晉語〕夫以果—順行。

(十四) 乾燥也。〔禮記祭義〕風—而食之。

(十五) 惡氣也。〔漢書食貨志〕天降災—。

(十六) 勁疾貌。〔文選潘岳賦〕勁風—而吹帷。

(十七) 至也。〔詩旱麓〕鳶飛—天。

(十八)止也。〔詩采菽〕亦是―矣。

(十九)定也。〔詩桑柔〕民之未―。職盜爲寇。

(二十)轉也。〔文選潘岳賦〕―翳旋把。

(廿一)不悔前過曰―。見〔周書諡法〕。

(廿二)合得密周謂之調。反調爲―。見〔賈子道術〕。

(廿三)心兼愛人謂之仁。反仁爲―。〔賈子道術〕。

(廿四)狼―。猶狼籍也。〔孟子滕文公〕樂歲粒米狼―。〔按狼貪猛之獸。聚物不整。故稱狼籍。見爾雅翼〕。

(廿五)謁―。山名。〔水經沁水〕沁水出上黨沮縣謁―山。〔按卽今山西沁源縣綿山〕。

(廿六)水―。鳧葵也。〔詩泮水〕薄采其茆。〔釋文〕或云水―。

(廿七)伊―。春秋人名。〔左襄二十六年傳〕寺人惠牆伊―。〔注〕惠牆、氏。伊―、名。

(廿八)日本用作還義。關稅取―。卽還稅也。

【戾】力至切音利寘韻　力結切音奚屑韻

(一)乖也。見〔集韻〕。

(二)罪也。見〔集韻〕。

(十)俗謂扭轉曰―。

【房】符方切音防陽韻

(一)室在旁也。見〔說文〕。〔段注〕凡堂之內。中爲正室。左右爲―。所謂東―西―也。

(二)家屋住宅也。〔國語晉語〕乃能攝固。保其土―。

(三)祠堂也。〔後漢桓帝紀〕壞郡國諸―祀。

(四)巢窠也。〔淮南氾論〕蜂―不容鵠卵。

(五)閉藏也。〔呂覽仲冬〕是謂發天地之―。

(六)箭室也。〔左宣十二年傳〕納諸廚子之―。

(七)俎名。〔詩閟宮〕籩豆大―。〔注〕半體之俎。足下有跗如堂―也。

(八)二十八宿之一。今小滿節子正初刻三分之中星。

房宿圖

(九)德藝所聚曰―。〔急就篇〕閵偉―。秦妙―。〔注〕閵、秦、氏也。偉―、言其器大。衆藝所聚也。妙―謂德行高妙。德之所聚也。

(十)官吏辦事之處曰―。〔唐書百官志〕改政事堂號中書門下。列五―於其後。一曰吏―。二曰樞機―。三曰兵―。四曰戶―。五曰刑禮―。〔按近世官署分設科―殆昉於此〕。

(十一)子姓分列次序之名也。〔唐書宗室世系表〕武德四年。追封長子曰南陽伯。與姑臧、絳郡、武陽公、三―號四公子―。

(十二)州名。春秋時―渚。秦爲―陵郡。漢屬漢中郡。隋改―州。當今湖北―縣治。〔又〕縣名。漢置。屬遼東郡。當在今奉天廣寧縣東南。

(十三)―中。謂男女之交也。〔漢書藝文志〕―中者。情性之極。至道之際。〔按志稱―中八家百八十六卷。古云―中術、―室事。義皆指此〕。

(十四)前代鄉會試同考官稱―官。及第舉子各稱其薦卷―官爲―師。彙刻其試藝。稱爲―書、―墨。自明已然。

(十五)姓也。舜封堯子爲―邑侯。子陵。以父封爲氏。

【房】蒲光切音傍陽韻

(十六)阿―。秦宮名。見〔廣韻〕。

(十七)通防。漢武帝築宣―于瓠子河上。見〔史記河渠書〕。

【所】爽阻切音䟽語韻

(一)伐木聲也。詩曰伐木――。見〔說文斤部〕。〔段注〕伐木聲乃此字本義。小雅首章伐木丁丁。傳、伐木聲。次章伐木許許。傳、許許、柹皃。此許許作――者。聲相似。不用柹皃之說。用伐木聲之說者。蓋許以毛爲君。亦參用三家也。今按丁丁者斧斤聲。――則鋸聲也。

(二)猶地也。〔論語爲政〕居其―。

(三)處也。〔呂覽達鬱〕必於無人之―。

(四)是不定之辭。見〔禮記檀弓注高四尺―。疏〕。

(五)―猶是齊人語也。見〔公羊文十三年傳注〕。

(六)尻也。見〔廣雅釋詁〕。

(七)盡也。見〔廣雅釋詁〕。

(八)猶道也。〔禮記哀公問〕求德當欲。不以其―。

(九)言且也。見〔書牧誓爾―弗勗鄭注〕。

(十)猶許也。〔漢書張良傳〕父去里―。復還。〔按里―卽里許也〕。

⑪猶可也。〔史記淮陰侯傳〕非信無—與計事者。〔王引之云〕言無可與計事者也。漢書—作可。是其證也。〕

⑫猶若也。〔左宣十年傳〕—有玉帛之使者則告。不然則否。〔王引之云〕言若有玉帛之使也。〕

⑬猶或也。〔孟子離婁〕國之—存者幸也。〔王引之云〕言國之或存者幸也。〕

⑭語助也。〔禮記檀弓〕君無—辱命。〔鄭注〕無—辱命。辭不受也。則—乃語助。猶言君毋辱命耳。

⑮—病。猶瘀病也。〔史記扁鵲倉公傳〕㳄之—病。

⑯—者。指事之詞。若覩其—以覩其—由之屬是也。常語也。見〔經傳釋詞〕

⑰沙—。西北方澤名。〔淮南地形〕西北方曰一目曰沙—。〔注〕流沙—出也。一曰澤名。

⑱䵷—。樹名。〔庶物異名疏〕漢武帝游上林。見一好樹。問東方朔。對曰。名善哉。後歎歲。復問朔。朔曰。名爲䵷—。

⑲—居官。〔左昭二十年傳〕入復而—。、

⑳天子—在曰行在—。見〔獨斷〕。

㉑姓也。漢武帝時。諫議大夫—忠。

【戺】苦減切音㦓䉵韻

小戶也。見〔廣韻〕。

【戽】火五切音虎。後五切音戶。㦓韻荒故切謼去聲遇韻

—斗。舟中渫水器。見〔廣韻〕。〔按集韻火五切下云。舟中渫水器。不稱—斗。後五切下云。杼水器而俱以爲㴋之或字。荒故切下云—斗。杼水器。不謂爲㴋之或體。廣韻荒故切下又云。—斗。欲水器也。其參錯如此。因彙識之。以俟更考。〕

【扆】極入切音及緝韻

戶鍵也。見〔廣韻〕。

【戼】莫飽切音卯巧韻

闢戶也。見〔字彙補〕。

【戾】古戶字。見〔集韻〕。

五畫

【扁】補典切音區銑韻

●署也。从戶册。戶册者。署門戶之文也。見〔說文冊部〕

②不正圜之形也。〔後漢東夷傳〕辰韓生兒欲其頭—。押之以石。

③卑也。〔詩白華〕有—斯石。

④枯也。見〔御覽人事引書大傳〕。

⑤四里爲—。見〔鶡冠子王鈇〕。

⑥輪—。古大匠名也。〔莊子天道〕輪—斲輪于堂下。

⑦—豆。豆之一種。可充蔬食者也。

⑧同牑。〔文選何晏賦〕爰有禁楄。〔注〕楄與—同。

【扁】婢典切音辮銑韻。婢忍切音牝軫韻

①通辨。〔荀子脩身〕—善之度。〔注〕—讀爲辨。

②姓也。古有—鵲。見〔集韻〕。

【扁】符袁切音翻元韻

番也。〔莊子知北游〕—然而萬物自古以固存。

【扁】卑眠切音邊先韻

—諸。劍名。見〔集韻〕。

【扁】蒲眠切音蹁。紕延切音篇先韻

①圜皃。見〔集韻〕。

②小也。〔史記范蠡傳〕乘—舟。浮于江湖。

③通編。〔莊子盜跖〕—虎須。〔釋文〕—、本作編。

【扃】涓滎切音䌹青韻

①外閉之關也。見〔說文〕。〔段注〕關者。以木橫持門戶也。戶—。蓋以木橫著於戶。爲之機。令外可閉者。

②門戶也。〔孔稚珪文〕雖情投于魏闕。或假步于山—。

③鼎扛也。所以舉鼎也。〔儀禮士冠禮〕設—鼏。

④關也。謂建旗車上有關制之。令不動搖者。〔文選張衡賦〕旗不脫—。

⑤車上橫木。所以約兵器者。〔左宣十二年傳〕楚人惎之脫—。

⑥中欲不出謂之—。見〔呂覽君守〕。

⑦古人名。〔史記夏紀〕不降弟帝—。

⑧通鉉。〔儀禮士喪禮〕右人左執匕。抽—。〔注〕—、即鉉字。

【扃】犬迥切音褧迥韻

——。明察也。〔左襄五年傳〕我心——。

【扊】䔪合切音閤合韻。丘據切音去御韻

閉也。見〔說文〕。〔段注〕士喪禮注曰。徹帷—之。事畢則下之。穆記注曰。既出則施其—。鬼神尙幽闇也。

據此二注。—爲窔窔之義。疑閉當作開。一說、—在開閉之間。故兼此二義。

【⿸戶去】鞾臘切音盍合韻
姓也。見〔篆文〕。

【⿸戶主】北注切音閎遇韻
直開也。見〔集韻〕。

【扂】徒點切音簟琰韻徒念切音磹艷韻
戶牡也。〔韓愈解〕椳闑—楔。

【⿸戶予】音杼語韻
戶—。見〔五音篇海〕。

【⿸戶弔】詑約切音脚藥韻
—城。趙邑名。〔國策秦策〕秦子異人質于趙。處于—城。

【⿸戶且】古所字。見〔集韻〕。

【⿸戶电】俗⿸尸多字。見〔正字通〕。

【⿸戶豆】⿸尸豆譌字。見〔正字通〕。

【⿸戶冊】扁譌字。見〔正字通〕。

六畫

【扆】隱豈切音扆尾韻隱綺切音倚紙韻於希切音衣微韻

㊀戶牖之間也。見〔說文〕〔段注〕凡室戶東牖西。戶牖之中間是曰—。

㊁戶牖間畫斧之屏風也。〔禮記明堂位〕天子負斧—南鄉而立。

㊂奧內曰—。見〔一切經音義引通俗文〕。

㊃藏也。見〔廣雅釋詁〕。

㊄倚也。在後所依倚也。見〔釋名釋牀帳〕。

㊅通依。〔禮記曲禮〕天子當依而立。

【扇】式戰切音煽霰韻

㊀扉也。見〔說文〕〔段注〕月令。乃脩闔—。注。用木曰闔。用竹葦曰—。案析言如此。渾言之則不拘。

㊁古世儀仗中遮蔽之具也。〔宋史輿服志〕古者—翣。皆編次雉羽或尾爲之。

㊂箑也。〔方言〕自關而東謂之箑。自關而西謂之—。

㊃屏也。〔呂覽知接〕蓋以楊門之—。

㊄布也。形如手巾。〔文選潘岳賦〕候—舉而清叫。

㊅疾也。見〔廣雅釋詁〕。

㊆助也。見〔方言〕。

㊇吹揚也。〔唐書張蘊古傳〕—以淳風。

㊈蠅翅搖動也。〔爾雅釋蟲〕蠅醜—。〔注〕醜類也。蠅類好搖翅自—。

㊉車渠一名海—。見〔霏雪錄〕。

【⿸戶向】書掌切音賞養韻
戶耳也。見〔玉篇〕。

【⿸戶艮】下簡切音限潸韻
閾也。見〔集韻〕。

【扅】余支切音移支韻
扊—。戶扃也。〔史記百里奚傳〕烹伏雌。炊扊—。

【⿸戶呈】烏古切音隝麌韻
⿸尸比舍也。見〔篇韻〕。

【⿸戶吞】扈或字。見〔集韻〕。

【⿸戶平】屓譌字。見〔正字通〕。

七畫

【扈】後五切音祜麌韻

㊀國名。夏后同姓所封。戰於甘者。在鄠有—谷甘亭。見〔說文邑部〕。〔段注〕當作有戶谷戶亭甘亭七字。〔按當今陝西鄠縣地〕。

㊁大也。見〔文選司馬相如賦注引晉灼〕。

㊂養馬者也。〔公羊宣十二年傳〕廝役—養。

㊃被也。楚人名—爲—。〔離騷〕—江離與辟芷兮。

㊄止也。〔左昭十七年傳〕—民無淫者也。

㊅緱也。〔考工記弓人〕弓而羽䋤。〔注〕羽讀爲—。緱也。

㊆使也。見〔廣雅釋詁〕。

㊇山卑而大曰—。見〔爾雅釋山〕。

㊈春秋地名。〔左文七年傳〕會晉趙盾盟于—。〔注〕—、鄭地。滎陽卷縣西北有—亭。〔按當今河南滎陽縣境〕。

㊉百官從駕謂之—從。見〔封氏聞見記〕。

(十一)——廣大也。〔禮記檀弓〕爾毋——爾。〔又〕美貌。見〔詩節兮頑人釋文引韓詩〕。〔又〕光彩盛也。〔後漢馮衍傳〕光——而煬燿兮。

(十二)—蘺。並花葉貌。見〔後漢馬融傳注〕。

(十三)九—。官名。〔左昭十七年傳〕九—爲九農正。

(十四)桑—。鳥名。〔詩小宛〕交交桑—。〔又〕隱士也。〔楚辭涉江〕桑—裸行。

(十五)脫－。山名。〔山海經中山經〕脫－之山。有草焉。名曰植楮。

(十六)臣－。商臣名。〔書君奭〕在太戊時。則有若伊陟臣－。格于上帝。

(十七)跋－。強梁也。〔後漢質帝紀〕此跋－將軍也。

(十八)土爾－特。蒙古旗名。珠勒都斯土爾－特四旗。濟爾哈朗土爾－特二旗。和博克薩哩土爾－特三旗。在新疆。新土爾－特二旗。在科布多。

(十九)－倫。舊滿洲部落名。－倫有四部。曰烏拉。曰哈達。曰葉赫。曰輝發。皆在奉天東北松花江之東。瑚爾哈河之西。

(二十)通鄠、戶。〔書甘誓〕有－氏。〔漢書地理志作鄠。史記夏本紀正義作戶〕。

(廿一)通嵎。〔爾雅釋山釋文〕嵎、本作－。

(廿二)通蘆。〔淮南俶眞〕萑蘆炫煌。〔注〕蘆。讀曰－。

(廿三)姓也。趙－恆。

【⿸戶古】　古摹字。見〔玉篇〕。

八畫

【扉】　甫微切　音非　微韻

(一)戶扇也。見〔說文〕。〔段注〕釋宮曰。闔謂之－。門闔門扇也。然則門戶一也。

(二)黃－。謂宰相所居也。〔唐書郭承嘏傳〕承嘏久在黃－。

(三)閣－。閣士四所居也。〔文選王融序〕鞠茂草於閣－。

【扊】　以冉切　音琰　琰韻

－扅。戶牡所以止扉也。〔互詳扅字。〕

【⿸戶婁】　力計切　音利　霽韻

不正也。見〔字彙補〕。

【⿸戶皮】　補美切　音鄙　紙韻

毀也。見〔字林〕。

九畫

【⿸戶畐】　所甲切　音翣　洽韻

薄－也。見〔字彙〕。

十畫

【⿸戶盍】　克盍切　音榼　合韻

閉戶也。見〔集韻〕。

【⿸戶鳥】　古雞字。見〔字彙補〕。

十三畫

【⿸戶晨】　歡還切　音拴　刪韻

門關也。見〔字彙〕。

十七畫

【⿸戶麗】　丈陷切　音湛　陷韻

屋上也。見〔字彙〕。

※歹部※

【歹】　同歺。今誤讀爲等在切。爲好字之反。見〔說文長箋〕。

【歹】　多改切　戴上聲　賄韻

(一)好之反也。〔集要〕悖德逆行曰－。〔俗作歹誤〕。

(二)汝也。又我也。〔田汝成炎徼紀聞〕南蠻稱人曰－。自稱亦曰－。猶晉之言咱。楚之言儂也。

一畫

【⿰歹乚】　側八切　音札　黠韻

(一)同殀。夭死也。見〔集韻〕。

(二)同札。癘疾也。見〔正字通〕。

【歺】　牙葛切　音枿　才達切　音巀　曷韻

列骨之殘也。从半冎。見〔說文〕。〔段注〕冎、剔人肉置其骨也。半冎則骨殘矣。

【⿱卜冋】　居陵切　音兢　蒸韻

殑骨餘。見〔集韻〕。

【⿱卜歹】　同歺。見〔集韻〕。

二畫

【歺】盧栁切音朽有韻許救切音嗅宥韻
●腐也。从𣦵丂聲。見〔說文〕〔段注〕肉部曰。腐爛也。今字用朽而－廢矣。
(二)臭也。見〔廣雅釋器〕。
(三)－塗山名。〔山海經大荒南經〕大荒之中有山名－塗之山。

【死】想姊切斯上聲紙韻
(一)本作𣦵。〔說文〕𣦵。澌也。人所離也。从𣦵人。見〔說文死部〕〔段注〕形體與魂魄相離。故字从歺人。〔按通訓定聲〕𣦵。民之卒事也。从歺从人會意。列子天瑞。𣦵者人之終也。禮記曲禮。庶人曰𣦵。檀弓。小人曰𣦵。〕
(二)生氣散也。〔莊子知北遊〕氣聚則爲生。散則爲－。
(三)命盡之稱。〔周禮疾醫〕－終則各書其所以。〔注〕少者曰－。〔按曲禮庶人曰－。檀弓小人曰－。〕
(四)亡也。〔孟子告子〕而－於安樂也。
(五)盡也。〔荀子大略〕惡言－焉。
(六)窮也。見〔廣雅釋詁〕。
(七)命也。〔呂覽知分〕以敎民之－。
(八)尸也。〔漢書陳湯傳〕求谷吉等－。
(九)故也。〔莊子胠篋〕聖人已－。
(十)歸也。見〔淮南精神〕。
(十一)人身與志不相有曰－。見〔素問逆調論〕。
(十二)枯也。〔禮記月令〕靡草－。
(十三)月逢朔後復蘇生也。〔書武成〕惟一月壬辰旁－魄。
(十四)失感覺也。〔杜甫詩〕手脚凍皴皮肉－。
(十五)燈熄欲滅也。〔陸游詩〕破驛夢回燈欲－。
(十六)鼓聲不起也。〔李賀詩〕壞雲壓城鼓聲－。
(十七)－士。欲以－報恩者。〔史記吳世家〕越使－士挑戰。
(十八)－海。在巴力斯坦。亦名鹹湖。較尋常海水鹹八倍。人入之不沈。魚介不生。英文Dead Sea。

【𣦹】居月切音厥月韻　短也。見〔字彙〕。

【𣦸】同死。見〔正字通〕。

【𣦼】財干切音殘寒韻　殘穿也。見〔說文𣦼部〕。

【𣦺】徒典切殄上聲銑韻　古殄字。－稆也。〔齊民要術〕稆－稆。今年死。來年自生。

【𣦶】古夙字。見〔字彙補〕。

【𣧂】同𣦼。見〔字彙〕〔按國語〕三人爲眾。三女爲－。正字通云。國語本作𡚸。或省作㚸。譌作－。〕

【𣦷】同死。見〔字彙〕。

三畫

【𣦿】他計切音替霽韻
●極也。見〔集韻〕。
(二)喘也。見〔玉篇〕。
●－殀。極困。見〔玉篇〕。

【𣧃】許救切音嗅宥韻　臭也。見〔篇海〕。

【𣧁】逆乙切音耴質韻　水流皃。見〔集韻〕。

【𣧀】許劣切𩑈入聲屑韻　盡也。見〔篇海〕。

【𣦾】同死。見〔字彙補〕。

【𣦽】殫或字。見〔類篇〕〔按玉篇分爲二字〕。

【歼】殀譌字。見〔正字通〕。

【𣧄】殀譌字。見〔正字通〕。

四畫

【殁】莫勃切音沒月韻
●殟－。舒緩貌。〔文選傅毅賦〕縱弛殟－。
(二)同歾。見〔類篇〕。

【殀】於兆切音夭篠韻
(一)殁也。短折曰－。見〔玉篇〕。
(二)斷殺也。〔禮記王制〕不－夭。

【𣧑】涓惠切音桂霽韻
(一)極也。見〔類篇〕。
(二)殀－。困極也。見〔玉篇〕。
●－。殗殜也。死貌也。見〔廣韻〕。

【𣧐】昌兗切音喘銑韻
(一)殘也。見〔字彙〕。
(二)盡也。見〔字彙〕。
(三)對臥也。見〔字彙〕。
(四)古布字。〔六書略〕商貨布字作－。

【𣧒】之列切音折屑韻　夭死。見〔集韻〕。

【歾】莫勃切音沒月韻　終也。見〔說文〕。

【⿰歹勿】呼必切音[illegible]質韻
盡也。〔太玄䆓〕詘其節。執其術。共所—。

【⿰歹丑】女九切音紐有韻
殑—。欲死之皃。見〔集韻〕。

【⿰歹次】賚四切音恣寘韻
死而復生也。見〔篇海〕。

【⿰歹月】財干切音殘寒韻。才贊切音𢸤翰韻。五括切音刖月韻。北末切音撥曷韻
禽獸食餘也。从𣦵从月。見〔說文〕。〔段注〕月各本作肉。篆體作月。今正。禽獸所食不皆肉。𣦵者殘也。月者缺也。

【⿰歹内】奴骨切音訥月韻
殟—。心亂也。見〔玉篇〕。

【⿰歹扎】側八切音札黠韻
厲也。見〔字彙〕。〔疑即𣦸之譌。〕

【残】同𣦹。見〔篇海〕。

【⿰歹囟】同凶。見〔正字通〕。〔漢書藝文志〕天文家星事—悍。非湛密者弗能由也。

【⿰歹开】同殀。見〔五音篇海〕。

【⿰歹句】同殉。見〔五音篇海〕。

【⿰歹丩】同夗。見〔集韻〕。〔按玉篇書作夗。〕

【⿰歹殳】歿俗字。見〔正字通〕。

【⿰歹攴】苦浩切音考皓韻
俗作攷、打、栲字。見〔字彙〕。

五畫

【殄】徒典切填上聲銑韻
(一)盡也。見〔說文〕。〔書畢命〕商俗靡靡。餘風未—。是其義。
(二)絕也。〔左僖十年傳〕君祀無乃—乎。
(三)病也。〔周禮稻人〕凡稼澤夏以水—草而芟夷之。
(四)—沌。不分也。〔文選王褒賦〕混—沌兮。
(五)同腆。善也。〔詩新臺〕籧篨不—。〔箋〕—當作腆。腆善也。

【殆】蕩亥切駘上聲賄韻
(一)危也。見〔說文〕。〔段注〕危者在高而懼也。引伸之凡將然之詞皆曰—。
(二)近也。〔詩節南山〕無小人—。
(三)受害也。〔荀子議兵〕兵—於垂沙。
(四)旋也。〔莊子養生主〕以有涯隨無涯。—已。
(五)將也。〔易繫辭〕顏氏之子。其—庶幾乎。
(六)始也。〔詩七月〕—及公子同歸。
(七)志操不誠實也。〔賈子道術〕志操精果謂之誠。反誠爲—。
(八)壞也。見〔廣雅釋詁〕。
(九)幾也。〔禮記檀弓〕夫子—將病也。
(十)僅也。〔漢書趙充國傳〕此—空言。
(十一)猶必也。〔呂覽自知〕塵—尚在於門。
(十二)庶幾也。〔荀子彊國〕雖爲之築明堂於塞外而朝諸侯。—可矣。
(十三)猶畏也。〔淮南說林〕而—於蝍蛆。
(十四)通怠。〔老子〕周行而不—。〔釋文〕—怠也。

【殃】於良切音央陽韻
(一)凶也。見〔說文〕。〔段注〕各本作咎也。今依易釋文。
(二)罰也。〔書伊訓〕作不善。降之百—。
(三)敗也。見〔集韻〕。

【⿰歹民】彌兗切音緬銑韻。呼昆切音昏元韻。謨奔切音門元韻
(一)矜也。見〔集韻〕。
(二)通殙。〔莊子達生〕以黃金注者—。

【⿰歹古】空胡切音枯虞韻
枯也。見〔說文〕。

【⿰歹占】攻乎切音孤虞韻
古辜字。見〔集韻〕。

【殂】叢租切音徂虞韻
往死也。見〔說文〕。〔按爾雅釋詁〕死也。玉篇曰。今作徂。蓋命盡而徂去之義。

【⿰歹囚】徐由切音囚尤韻
殘也。見〔玉篇〕。

【⿰歹失】丑二切音屎寘韻。敕栗切音秩質韻
鬼魅也。見〔玉篇〕。〔按集韻云。〕厲鬼也。

【⿰歹戉】許月切音颰月韻
盡也。見〔玉篇〕。

【⿰歹立】逆及切音岌緝韻
危也。見〔玉篇〕。

【⿰歹立】落合切音拉合韻
朽折也。見〔類篇〕。

【⿰歹末】莫葛切音末曷韻

朽餘也。見〔類篇〕。

【⿰歹可】居何切音歌歌韻 死貌。見〔類篇〕。

【殅】師庚切音生庚韻 死而更生也。見〔類篇〕。

【⿰歹幼】於九切音懮有韻 —殂。欲死也。見〔類篇〕。

【⿰歹弔】吉了切音皎篠韻 天也。見〔字彙〕。

【⿰歹犮】蒲撥切音跋曷韻 瘣氣。見〔類篇〕。

【⿰歹冬】之戎切音終冬韻 —⿰歹卒。竟也。見〔廣雅釋詁〕。

【⿰歹皮】普靡切披上聲 部靡切音鄙 紙韻 折也。見〔集韻〕。

【⿰歹皮】攀糜切音披支韻 剖肉也。見〔類篇〕。

【⿰歹弗】古儩字。見〔玉篇〕。

【⿰歹出】同⿰歹屈。見〔字彙〕。

【⿰歹乍】同殂。見〔類篇〕。

【⿰歹丘】同⿰歹希。見〔字彙〕。

【⿰歹尔】殄俗字。見〔正字通〕。

【⿰歹弥】殄俗字。見〔正字通〕。

【⿰歹句】殉譌字。見〔正字通〕。

【⿰歹丙】殉譌字。見〔篇韻〕。

六畫

【殉】徐閏切音徇震韻 松倫切音旬眞韻 余絹切音緣霰韻

（一）以人從葬為—。〔左文六年傳〕以子車氏之三子奄息、仲行、鍼虎為—。

（二）營也。求也。〔書伊訓〕敢有—于貨色。

（三）從也。〔孟子盡心〕故驅其所愛子弟以—之。

（四）亡身從物曰—。〔史記屈原賈生傳〕貪夫—財。

（五）巡也。〔後漢李固傳〕—尸不肯去。

【殊】慵朱切音殳虞韻

（一）死也。見〔說文〕。

（二）—死。斬刑也。〔漢書高帝紀〕其赦天下—死以下。

（三）決也。〔漢書韓信傳〕軍皆—死戰。

（四）絕也。見〔廣雅釋詁〕。

（五）傷而未死也。〔史記蘇秦傳〕使人刺蘇秦。不死。—而走。

（六）別也。〔禮大傳〕—徽號。

（七）過也。〔後漢梁竦傳〕母氏年—七十。

（八）異也。見〔玉篇引蒼頡〕。

（九）猶大也。〔文選張衡賦〕超—榛。

（十）猶離也。〔管子入國〕—身而後止。

（十一）斷也。見〔廣雅釋詁〕。

（十二）猶甚也。〔呂覽貴己〕有—弗知慎者。

（十三）極甚之語辭。〔詩汾沮洳〕—異乎公路。

【⿰歹各】力各切音落藥韻 殂—。死也。見〔類篇〕。

【⿰歹米】母禮切音米薺韻 米牢壞也。見〔類篇〕。

【⿰歹血】呼臭切音洫陌韻 馨激切音闃錫韻 卵裂而不孵化也。〔禮記樂記〕卵生者不—。〔范宣讀若溢〕。

【⿰歹戍】相絕切音雪翾劣切音威屑韻 雪律切音卹質韻 盡也。見〔類篇〕。

【⿰歹发】部鄙切音痞紙韻 殍或字。〔集韻〕殍餓死。或作—。

【⿰歹殳】蒲候切音腤宥韻 荾或字。〔集韻〕荾落也。或从歹。

【⿰歹朶】都唾切音剁箇韻 殞也。見〔類篇〕。〔玉篇〕作貧殞。

【⿰歹先】色矜切音㮾蒸韻 色拯切音洗迥韻 殑—。欲死兒。見〔玉篇〕。

【⿰歹耳】仍吏切音餌寘韻 行春祭以除病也。見〔類篇〕。

【⿰歹冊】師姦切音删删韻 所晏切音訕諫韻 匈奴名。見〔集韻〕。

【⿰歹甾】奴到切音臑號韻 恨也。見〔玉篇〕。

【⿰歹艮】彌兗切音緬銑韻 矜也。見〔字彙〕。

【⿰歹列】力制切音例霽韻 病也。見〔類篇〕。

【⿰歹乱】力換切音亂翰韻 諸物臨死時、迷離沒亂貌。見〔字彙補。]

【𣧙】朔本字。見[正字通。]

【𣧹】殃本字。見[篇海。]

【𣨃】同殆。見[集韻。]

【殈】同欨。見[字彙補。]

【𣨐】同䶢。見[集韻。]

【殏】同殏。見[正字通。]

七畫

【殰】古祿切音谷徒谷切音牘屋韻轄覺切音學覺韻

●一—殰。歹也。見[廣雅釋詁。][王念孫云當訓死。]

【㱄】吐猥切音骰餒罪切音餒賄韻

●一死貌。見[玉篇。]

【殍】被表切音摽篠韻芳無切音敷虞韻

●一不平也。見[玉篇。]

●二殍弱也。見[類篇。]

【殑】巨典切音輦蒸韻其拯切音殑徑韻

餓死也。見[玉篇。]

—殑。孿縮也。見[玉篇。][又]欲死皃。見[集韻。]

【殑】居陵切音兢蒸韻

殘—。鬼出。見[集韻。]

【殑】其餕切音兢去聲徑韻

—伽。梵語天堂也。見[翻譯名義。][又]河名。見[西域記。][河在今西藏。]

【殍】昝會切音酹泰韻

【殌】居月切音決月韻渠京切音黥庚韻

病也。見[玉篇。]

【殎】眉教切音貌效韻

死也。見[字彙。]

【殑】盧庚切音亨庚韻

歹也。見[廣雅。]

彭—。胖也。見[類篇。][按集韻、本作脝。玉篇云殑、—也。]

【𣧾】恥格切音宅陌韻

裂也。見[字彙。]

【殈】魯堂切音郞陽韻

死物。見[字彙。]

【殎】苦甲切音恰洽韻

殎—也。見[玉篇。][按殆—、卽乾枯也。]

【殏】渠尤切音求尤韻

終也。見[爾雅釋詁。][按亦作求。]

【殐】蘇谷切音速屋韻

殐—。歹也。詳殐字。

【殐】色角切音朔覺韻

殐—。殭也。見[集韻。]

【殍】猗多切音磋歌韻

楊廉夫仙遊錄。日卜西。見[字彙補。]

【殑】眉教切音皃效韻

餓或字。[集韻]餓。飽滿也。或从歹。

【𣩅】殹或字。見[說文。]

【殂】古殂字。見[集韻。]

【殛】古殛字。見[玉篇。]

【殍】物或字。見[說文]

【殕】唁或字。見[集韻。]

【殭】殍俗字。見[正字通。]

【殲】殲譌字。見[康熙字典。]

八畫

【㱇】先的切音錫錫韻

殲—。極也。見[廣雅釋詁。][又]欲死貌。見[玉篇。][按類篇作殲。正字通云殲、俗字。字彙分—殲爲二、]

【殗】邕危切音逶支韻

●一病也。見[說文。][段注]艸部曰。菸、一曰—也。菸—、雙聲。廣韻曰。—、枯死也。萎、蔫也。按—、萎古今字。菸、蔫、古今字。

●二枯死。見[廣韻。]

【殗】於僞切音委寘韻

鹿—。[禮記內則注]益州有鹿—。謂取鹿。殺而埋地中。令其臭、乃出而食之。名鹿—。

【殔】羊至切音肆寘韻

●一瘞也。見[說文。][通訓定聲]字亦作肆。埋柩謂之—。坎謂之池。

●二假葬於道側也。見[釋名釋喪制。]

【殕】方九切音缶有韻

●一敗也。見[廣雅釋詁。]

●二腐也。見[玉篇。]

【殕】娶父切音撫麌韻

物腐敗而生白。見[集韻。]

【殖】鼻蠻切音銜職韻

●一脂也。見[玉篇。]

（二）偃也。見［集韻］。

【殖】丞職切音植職韻

（一）脂膏久—也。見［說文］。［注］脂膏久則浸潤。（二）種也。［書呂刑］農—嘉穀。（三）生也。［左襄三十年傳］子產—之。（四）長也。［左昭元年傳］其生不—。（五）立也。［國語周語］以—義方。（六）蕃息也。［國語晉語］同姓不婚。惡不—也。（七）積也。見［廣雅釋詁］。（八）—謂貨—。［列子楊朱］子貢—于衛。（九）舉—。培養舉修也。［左昭十八年傳］夫學—也。（十）——平正也。［詩斯干］——其庭。（十一）同植。［左襄二十三年］杞—。［古今注作植］。

【殖】仕吏切音事寘韻

植也。見［集韻］。

【殗】乙業切音浥葉韻

（一）病也。見［玉篇］。（二）微也。宋衛之間曰—。自關而西秦晉之間凡病而不甚者曰—殜。見［方言］。（三）重也。［文選左思賦］重葩—葉。

【殗】衣廉切音淹鹽韻

殁也。見［集韻］。

【殗】於瞻切音儉豔韻

魗或字。［集韻］魗。污濁也。或作—。

【殘】財干切音戔寒韻

（一）賊也。見［說文］。［段注］戈部曰。賊、敗也。攴部曰。—、穿也。今俗用爲殘餘字。按許意、—訓賊。㱚訓餘。今則—專行而㱚廢矣。（二）毀也。［文選陸機賦］夫何往而不—。（三）殺也。［周禮大司馬］放弒其君則—之。（四）滅也。［國策衛策］魏文侯欲—中山。（五）貪暴也。［後漢明帝紀］—吏放乎。（六）缺也。［劉歆書］專己守—。（七）餘也。［呂覽權勳］師其—卒。（八）害也。［呂覽權勳］大利之—也。（九）踐也。［書泰誓］—害于爾百姓。（十）惡也。［書泰誓］取彼凶—。（十一）五—。星名。［漢書藝文志］有五—雜變星二十一卷。（十二）辰韓名樂浪人爲阿—。見［魏志］。（十三）腀—。魚名。［皮日休詩］分明數得腀—魚。（十四）懶—。僧名。［高僧傳］明瓚禪師性懶而食—。號懶—。（十五）煮肉之異名也。［文選七命］髦—象白。（十六）通戔。［易賁］束帛戔戔。［注引子夏易作束帛——］。

【殙】呼昆切音昏元韻

（一）脊也。見［說文］。（二）矜也。見［類篇］。（三）病也。見［廣雅釋詁］。（四）未立名而死也。見［類篇］。

【殙】莫困切音悶願韻

氣絕也。見［類篇］。

【殀】於喬切音妖蕭韻

害物也。見［集韻］。

【⿰歹卒】即聿切音卒質韻

大夫死曰—。見［說文］。［按曲禮、白虎通、字皆作卒。段玉裁謂於說文爲假借］。

【⿰歹卒】蒼沒切音猝月韻

暴終也。見［類篇］。

【⿰歹奇】丘奇切音欹居宜切音羈支韻舉綺切音掎紙韻

棄也。俗語謂死曰大—。見［說文］。

【⿰歹夜】名夜切麻去聲禡韻

無也。見［字彙］。

【⿰歹欻】歟許切迂上聲語韻

殆也。見［集韻］。

【⿰歹奉】撫勇切音捧腫韻

死也。見［集韻］。

【⿰歹易】以豉切音易寘韻

芟夷草木也。見［集韻］。

【⿰歹忩】七鴆切音沁沁韻

草本萎死也。見［集韻］。

【⿰歹岳】五角切音岳覺韻

卒死也。見［字彙］。

【⿰歹屈】渠勿切音倔物韻

殭也。見［玉篇］。

【⿰歹或】忽域切音洫職韻

殘裂也。見［集韻］。

【⿰歹夌】閭承切音陵蒸韻

—殑。詳殑字。

【⿰歹夌】郎鄧切楞去聲證韻

—殑。殑困病皃。見［集韻］。

【⿰歹宛】委遠切音宛阮韻 人死貌。見【類篇】。

【⿰歹宛】烏括切音斡曷韻 臭氣。見【集韻】。

【⿰歹京】其亮切強去聲漾韻 通殭。屍一也。見【字彙】。

【⿰歹朋】蒲盲切庚韻 一殍也。見【玉篇】。【按集韻以為⿰歹彭或字而玉篇一⿰歹彭異訓】。

【⿰歹且】古殂字見【集韻】。

【⿰歹幾】古殲字見【類篇】。

【⿰歹定】同殮。【路史吳英氏】喪三日而一。

九畫

【⿱⿰歹攵女】⿰歹术或字見【集韻】。

【⿰歹束】殜俗字見【正字通】。

【殛】訖力切音棘職韻 ㊀殊也。从歺。从亟。聲。虞書曰。一鯀于羽山。見【說文】。㊁一、誅也。見【爾雅釋言】。【疏】謂誅責也。

【⿰歹亟】竭億切音極職韻 死也。見【集韻】。

【殜】直涉切音牒弋涉切音葉葉韻 ㊀病也。見【玉篇】。㊁殗一。病半臥半起也。見【方言注】。

【⿰歹彖】許穢切音喙隊韻 ㊀㱇一。極也。見【廣雅釋詁】。㊁一欷。倦也。見【方言】。【注】今江東呼極為一倦聲之轉也。㊂同猭。困極也。見【廣韻】。

【⿰歹畏】鄔賄切音猥賄韻 一⿰歹委。不知人也。見【廣韻】。【又】弱也。見【集韻】。

【⿰歹柬】郎旰切音爛翰韻 敗也。見【廣雅釋詁】。

【⿰歹度】徒故切音度遇韻 敗也。見【類篇】。

【⿰歹郎】胡降切音巷絳韻 死腐也。見【字彙】。

【⿰歹骨】音骨月韻 義未詳。見【字義總略】。

【⿰歹昬】殙本字。見【集韻】。

【⿰歹咼】同禍。見【玉篇】。

【⿰歹㐱】嗜或字。見【集韻】。

【⿰歹句】⿰歹句或字。見【集韻】。

【⿱𦵯歹】薨或字。見【集韻】。

【⿰歹叚】睱或字。見【集韻】。

【⿰歹某】渫或字。見【集韻】。

【⿰歹曷】⿰歹畜或字。見【類篇】。

十畫

【殞】羽敏切音隕軫韻羽粉切音抎吻韻 ㊀殁也。見【類篇】。㊁落也。【文選潘岳賦】槁葉夕一。

【殟】烏沒切音嗢月韻 ㊀暴無知也。見【說文】。【段注】各本作胎敗也。誤同殰解。㊁心悶。見【廣韻】。㊂烏一。欲死也。見【聲類】。㊃一殁。舒緩貌。【文選傅毅賦】縱弛一殁。

【殟】烏昆切音溫元韻 ㊀病也。見【廣韻】。㊁極也。見【廣雅釋詁】。㊂㱇一。病也。見【廣雅釋詁】。

【殠】尺救切音臭許救切音嗅宥韻許久切音朽有韻 ㊀腐臭也。見【說文】。【段注】廣韻曰。腐。臭也。按臭者、氣也。兼芳一言之。今字專用臭而一廢矣。儀禮釋文引孟子、飯一茹菜。楊敞傳。冒頓單于、得漢美食好物。謂之一惡。楊王孫傳。其穿下不亂泉。上不泄一。㊁臭也。見【集韻】。

【⿰歹益】於賜切音縊寘韻 ㊀物凋死。見【廣韻】。㊁腳手小病。見【廣韻】。

【⿰歹差】遭哥切音醝歌韻 ㊀小瘦病。見【廣韻】。㊁未婚而夭。見【類篇】。

【⿰歹豈】魚開切音皚柯開切音該灰韻 殺羊出其胎也。見【說文】。

【⿰歹鬼】戶賄切音匯賄韻 一殁。不平也。見【玉篇】。【又】不知皃。見【集韻】。

【⿰歹秦】緇詵切音臻真韻 盡也。見【玉篇】。

【⿰歹宰】子亥切音宰賄韻 滅也。見【集韻】。

【⿰歹高】苦浩切音考皓韻

胋—乾也。見〔廣雅釋詁〕。〔按集韻、類篇、皆引廣雅作㬥也。誤。王念孫云。各本乾下脫去也字。遂與下文合為一條。〕

【⿱壹死】古殪字。見〔說文〕。

【⿰歹盍】同殪。見〔類篇〕。

【⿰歹冥】同冥。見〔字彙〕。

【⿰歹腐】同腐。見〔字彙補〕。

十一畫

【殣】渠吝切音僅震韻

㊀本作殣。〔說文〕。殣。道中死人。人所覆也。从歹堇聲。詩曰。行有死人。尚或—之。〔段注〕今小雅小弁作墐。傳曰。墐。路冢也。按墐者假借字。—者正字也。

㊁餓死也。〔左昭三年傳〕道—相望。

㊂通覲。〔漢書禮樂志〕神裵回。若畱放。—冀親以肆章。

【⿱莫歺】末各切音莫陌韻

㊀死宋—也。見〔說文〕。

㊁同墓。靜也。見〔廣韻〕。

【殤】式陽切音商陽韻

㊀不成人也。年十九至十六死為長—。十五至十二死為中—。十一至八歲死為下—。見〔說文〕。〔段注〕見喪服傳。鄭曰。—者男女未冠笄而死。可傷者也。

㊁死於國事、無主之鬼曰國—。楚辭有國—篇。

㊂短折不成曰—。未家短折曰—。見〔周書謚法〕。

【⿰歹責】疾智切音漬寘韻

㊀病也。見〔玉篇〕。

㊁獸死也。見〔廣韻〕。

㊂骴或字。〔集韻〕殨。說文、鳥獸殘骨曰骴。亦作—。

【殢】他計切音替　呼計切音歒霽韻

極困也。見〔玉篇〕。

【⿰歹鹿】盧谷切音祿屋韻

—殘。蜀人埋鹿臭而食之。見〔集韻〕。

【⿰歹崔】推內切音啐隊韻

殘敗也。見〔集韻〕。

【⿰歹巢】子小切音剿篠韻

絕也。見〔字彙〕。

【⿰歹貫】古患切音慣諫韻

殫也。見〔類篇〕。

【⿰歹魚】素姑切音蘇虞韻

爛也。見〔篇海類篇〕。

【殥】翼眞切音寅眞韻

遠也。〔淮南地形〕九州之外。乃有八—。亦方千里。

【⿰歹曾】同僧。終也。見〔廣韻〕。

【⿰歹宿】同縮。見〔字彙〕。

【⿰歹衰】同衰。見〔字彙補〕。

【⿰歹翏】戮俗字。見〔正字通〕。

【⿰歹將】殍譌字。見〔字彙補〕。

十二畫

【⿰歹賁】方問切音糞問韻

㊀歺也。見〔廣雅釋詁〕。〔按王念孫云。當訓死。〕

㊁殨也。見〔廣韻〕。

【⿰歹斯】斯義切音賜寘韻

㊀死也。見〔玉篇〕。

㊁盡也。見〔玉篇〕。

【殪】壹計切音翳霽韻

㊀死也。見〔說文〕。

㊁壹發而死。〔詩吉月〕—此大兕。

㊂一發矢為—。見〔漢書司馬相如傳注引文穎〕。

㊃絕也。〔書康誥〕天乃大命文王—戎殷。

㊄盡也。〔左宣六年傳〕使疾其民以盈其貫。將可—也。

㊅仆也。〔後漢光武紀〕走者相騰踐。奔—百餘里閒。

㊆翳也。就隱翳也。見〔釋名釋喪制〕。

㊇殺也。〔文選張衡賦〕—野仲而殲游光。

㊈通翳。〔詩皇矣〕其菑其翳。〔釋文〕引韓詩作—。

㊉通瘞。〔儀禮覲儀〕祭地瘞。〔注〕古文瘞作—。

【殫】多寒切音單寒韻

㊀極盡也。見〔說文〕。〔段注〕窮極而盡之也。極、鉉本作殛。誤。

㊁斃也。見〔爾雅釋木釋文引字林〕。

㊂病也。〔淮南覽冥〕—盡大半。

㊃通作單。〔禮紀祭義〕歲既單矣。

【⿰歹彭】晡行切音紡庚韻

㊀死人時也。見〔玉篇〕。〔按別本引時作胕。此据澤存堂本。集韻以⿰歹朋為—或字。玉篇云。⿰歹朋、脝也。不言—

𣨗同廣韻。膨脝、脹皃。傚悙、自強。無—殈字〕。

㊁—殍胖也。見〔集韻〕。

【𣩐】子六切音蹙屋韻　作答切音帀合韻

終也。見〔玉篇〕。

【殧】疾僦切音就宥韻

殄也。見〔廣韻〕。

【殨】胡對切音潰隊韻

爛也。見〔說文〕〔段注〕今—爛字作潰、而—廢矣。

【𣩍】戶賄切音瘣賄韻　胡骨切音榾月韻

膿決也。見〔類篇〕。

【𣩟】唐亙切音鄧徑韻

殑—困病皃。見〔玉篇〕。

【𣩬】先外切音磕泰韻

瘦病也。見〔玉篇〕。

【𣩳】力弔切音燎嘯韻

敗也。見〔類篇〕。

【殩】七亂切音竄翰韻

—孝秦人云饋喪家食。見〔廣韻〕。

【𣩨】同殩。見〔字彙〕。

【𣩢】同殩。見〔字彙補〕。

【殜】同殜。見〔字彙〕。

【殨】痼或字。見〔集韻〕。

十三畫

【殫】必歷切音壁　蒲歷切音甓陌韻

㊀—殐歹也。見〔廣雅釋詁〕〔按王念孫云當訓死〕。

㊁極也。見〔廣雅釋詁〕。

㊂欲死皃。見〔廣韻〕。

【殭】居良切音薑陽韻　居亮切強去聲漾韻

㊀死不朽也。見〔玉篇〕。

㊁蠶白也。見〔字彙〕。

【殬】多故切音妒遇韻

敗也。見〔說文〕。

【𣩲】烏廢切音薉隊韻

殘—死物也。見〔類篇〕。

【𣩴】余業切音鄴葉韻

殗—病也。見〔類篇〕。

【殮】力驗切音斂豔韻

衣死也。見〔類篇〕〔按經史故籍。字均作斂。康熙字典引釋名字作—。未知所據何本〕。

【𣩵】莫突切音沒月韻

臨死之時曰—殌。見〔篇海類編〕。

【殨】同殨。病也。見〔廣雅釋詁〕。

【𣪁】同殫。見〔字彙〕。

【𣩗】殜俗字。見〔正字通〕。

十四畫

【殯】必刃切音儐震韻

㊀死在棺。將遷葬柩。賓遇之。从歺賓。賓亦聲。夏后—於阼階。殷人—於兩楹之間。周人—於賓階。見〔說文〕〔按段玉裁說當作屍在棺殯於西階〕。

㊁於西壁下塗之曰—。—、賓也。賓客遇之。言稍遠也。見〔釋名釋喪制〕。

㊂葬也。〔荀子禮論〕三月之—。

㊃猶埋也。〔孔稚圭文〕道帙長—。法筵久埋。

㊄送葬歌曰虞—。〔左哀十一年傳〕公孫夏命其徒歌虞—。

㊅同賓。〔禮記雜記注〕載柩將—。〔釋文〕—本作賓。

【𣩸】徒弔切音掉嘯韻

牛羊死也。見〔類篇〕。

【𣩽】於太切音藹泰韻

死也。見〔玉篇〕。

【𣩼】克盍切音榼合韻

奄忽也。見〔類篇〕。

【殭】巨兩切強上聲養韻

殭仆也。見〔集韻〕。

【𣪀】殰本字。見〔正字通〕。

【𣩻】同殗。見〔玉篇〕。

十五畫

【殰】徒谷切音牘屋韻

胎敗也。見〔說文〕〔段注〕樂記胎生者不—。注曰內敗曰—。管子羽卵者不段。毛胎者不腹。房曰腹謂胎敗潰也。集韻曰古作腹。

【𣪂】孫租切音蘇虞韻

爛也。見〔類篇〕。

十六畫

【𣪃】狼狄切音歷錫韻

㊀殫—也。見〔玉篇〕。

㊁—殐。欲死皃。見〔集韻〕。

【𣩮】凌如切音廬魚韻　皮—也。見〔字彙〕。

【㱮】胡怪切音壞怪韻　腐也。見〔集韻〕。

【𣩵】余六切音欲屋韻　屈短貌。見〔字彙補〕。

十七畫

【殲】思廉切音纖鹽韻
(一)微盡也。春秋傳曰齊人—于遂。見〔說文〕。
(二)殘殺也。〔左襄二十八年傳〕其將聚而—旃。

十八畫

【𣪃】殘或字。見〔集韻〕。

【𣪂】同薨。見〔玉篇〕。

十九畫

【𣪄】魯果切音裸哿韻　盧臥切螺去聲箇韻　郎外切音酹隊韻
(一)畜產疫病也。見〔說文〕。
(二)病也。見〔廣雅釋詁〕。

【𣪅】力箇切羅去聲箇韻　瘦病也。見〔玉篇〕。

【𣩫】丁天切音顛先韻　殞也。見〔字彙補〕。

※方部※

【方】分房切音芳陽韻
(一)併船也。象兩舟省總頭形。見〔說文〕。
(二)泭也。〔詩谷風〕—之舟之。〔案段玉裁云。泭者編木以為渡。併船為本義。編木為引伸之義。〕
(三)併也。〔文選班固答賓戲〕侯伯—軌。
(四)謂並行也。〔漢書揚雄傳〕雖—征僑與偓佺兮。
(五)宜也。〔左閔二年傳〕授—任能。
(六)四角形也。〔考工記輪人〕圜者中規。—者中矩。
(七)四邊同也。〔孟子梁惠王〕文王之囿—七十里。
(八)猶遂也。〔史記扁鵲倉公傳〕視見垣一—人。
(九)旁也。〔周書皐門〕乃—求論擇。
(十)祭名。〔詩甫田〕以社以—。〔傳〕迎四方氣於郊也。
(十一)地也。〔淮南本經〕戴圓履—。
(十二)邦國也。〔書湯誥〕誕告萬—。
(十三)常也。〔禮記檀弓〕左右就養無—。
(十四)謂物之—正有圭角鋒鋩也。〔禮記儒行〕毀—而瓦合。
(十五)法術也。〔左昭二十九年傳〕官修其—。
(十六)朔—近玁狁之國也。〔詩出車〕往城于—。
(十七)處所也。〔易繫辭〕故神無—而易無體。
(十八)東西南北之位也。〔禮記內則〕教之數與—名。
(十九)猶嚮也。〔詩皇矣〕萬邦之—下民之王。
(二十)謂—正也。〔漢書武帝紀〕故詳延天下—聞之士。
(廿一)猶等也。〔考工記梓人〕為侯廣與崇—。
(廿二)猶道也。〔禮記樂記〕樂行而民鄉—。
(廿三)猶文章也。〔禮記樂記〕變成—謂之音。
(廿四)猶事也。〔易復〕后不省—。
(廿五)商紂邑名。〔周書世俘〕呂他命伐越戲—。〔注〕越、戲、—紂三邑。
(廿六)所謂—者內外相應也言行相稱也。見〔韓非子解老〕。
(廿七)—伎之人也。〔史記扁鵲倉公傳〕問中庶子善—者。

(二十八) ｜士。有｜術之士也。見〔後漢桓譚傳注〕

(二十九) 謂醫藥也。〔史記扁鵲倉公傳〕乃悉取其禁｜書。盡與扁鵲。

(三十) 房也。謂孚甲始生而未合時也。〔詩生民〕實｜實苞。

(三十一) 齊等也。種生不雜也。〔詩大田〕既｜既皁。

(三十二) 版也。〔禮記中庸〕布在｜策。

(三十三) 猶橫也。〔國語齊語〕以｜行於天下。

(三十四) 當也。〔漢書文帝紀〕｜春和時。

(三十五) 放也。〔書堯典〕｜命圮族。〔按文選魏都賦注。｜命、放棄王命也〕

(三十六) 逆也。〔孟子梁惠王〕｜命虐民。

(三十七) 有也。〔詩鵲巢〕維鵲有巢。維鳩｜之。

(三十八) 比也。〔論語憲問〕子貢｜人。

(三十九) 別也。〔國語楚語〕不可｜物。

(四十) 今也。〔詩小戎〕｜何爲期。

(四十一) 未至之辭。見〔詩板疏〕。

(四十二) 將也。漸也。〔禮記樂記〕三步以見｜。〔注〕謂將舞必先三舉足。以見其舞之漸也。

(四十三) 且也。〔詩正月〕民今｜殆。

(四十四) 又也。〔詩大田〕來｜禋祀。〔箋〕成王之來。則又禋祀四方之神、祈報焉。

(四十五) 謂異道術也。〔管子任法〕皆私設立｜以教於國。

(四十六) 縛也。〔孫子九地〕是故｜馬埋輪。未足恃也。〔注〕曹公曰。｜、縛馬也。

(四十七) 大也。〔見廣雅釋詁〕。

(四十八) 義也。見〔廣雅釋詁〕。

(四十九) 類也。見〔廣雅釋詁〕。

(五十) 表也。見〔廣雅釋詁〕。

(五十一) 爲也。見〔廣雅釋詁〕。

(五十二) 始也。見〔廣雅釋詁〕。

(五十三) 禮法也。〔論語先進〕且知｜也。

(五十四) 行蟲也。〔禮記樂記〕｜以類聚。〔疏〕行蟲有性識道理故稱｜。

(五十五) 地名。〔詩六月〕侵鎬及｜。〔當今陝西寧夏等地〕。

(五十六) 姓也。周｜叔。〔又〕複姓。漢東｜朔。

(五十七) ｜相。猶言放想可畏怖之貌。見〔周禮｜相氏注〕。

(五十八) ｜空。紗薄如空也。〔後漢章帝紀〕詔齊相省冰紈｜空。

(五十九) ｜諸。陰燧大蛤也。〔淮南天文〕｜諸見月則津而爲水。

(六十) 畢｜。鳥名。〔山海經西山經〕章莪之山。有鳥。狀如鶴。一足。赤文青質而白喙。名曰畢｜。見則其邑有譌火。

(六十一) 天｜。國名。即今阿剌伯。回教亦稱天｜教。

(六十二) 鬼｜。國名。〔易既濟〕高宗伐鬼｜。〔今貴州省地〕。

(六十三) ｜皇。狀如蛇。兩首。五采文。見〔莊子達生釋文引司馬注〕。〔又〕｜皇。彷徨。觀名也。〔文選揚雄賦〕溶｜皇於西清。〔按荀子禮論。是其中焉｜皇周挾。注。｜皇、讀爲仿偟〕。

(六十四) ｜明者。上下四｜明神之象也。〔儀禮覲禮〕加｜明于其上。

(六十五) ｜程。古算法名。九章之一也。以御錯糅正負。〔又〕代數術謂兩代數式相等之式、亦曰｜程。或謂之｜程式。

(六十六) ｜田。古算法名。九章之一也。以御田疇界域。

(六十七) 數學以自乘之數謂之｜。亦曰平｜。又有帶縱｜。再乘之數謂之立｜。再乘以上之各方數。統稱之多乘｜。

(六十八) 俗謂不通時宜爲｜頭。見〔輟耕錄〕。

(六十九) ｜丈。詳丈字。

(七十) 謂寓宅也。日本語。如伊籐｜、大隈｜。猶我國書作某宅某寓也。

(七十一) 對人尊稱也。日本語。此｜、猶言此公。何｜、猶言那位。

(七十二) ｜針。日本語。謂所定辦事宗旨也。

(七十三) 通坊。〔文選何晏賦〕屯坊列署。

(七十四) 通謗。〔論語憲問〕子貢｜人。〔釋文〕｜、鄭本作謗。

(七十五) 通舫。見〔爾雅釋水釋文〕。

(七十六) 通放。見〔莊子天地釋文〕。

(七十七) 通旁。〔史記五帝紀〕共工旁聚布功。〔按旁、書堯典作｜〕。

(七十八) 通房。〔史記殷本紀〕過女鳩女房。〔按房、書序作｜〕。

(七十九) 通蝄。〔周禮方相氏〕毆｜良。〔注〕｜良、罔兩也。〔按說文作蛧蜽〕。

【方】符方切音房陽韻

｜與。縣名。〔漢書高帝紀〕沛公攻胡陵｜與。〔注〕音房預。屬山陽郡。〔當今山東魚臺縣北〕。

【方】甫兩切音倣養韻

效也。見〔集韻〕。

二畫

【㫃】隱幰切音偃阮韻
㊀旌旗之游。—蹇之貌。从屮曲而垂下。—相出入也。見〔說文㫃部〕。〔段注〕當作从屮曲而下垂者。游。从入。游相出入也。謂从風往復。如一出一入然。
㊁人名。〔漢書古今人表〕言—。〔按即言偃。〕

三畫

【㫅】丑展切音搌銑韻　陟陵切音徵蒸韻　傳江切音幢江韻
旌旗杠皃。見〔說文㫃部〕。〔段注〕以—象杠形。加㫃爲偏旁會意。

【㫄】古旁字。見〔玉篇〕。

四畫

【斺】下戒切音械卦韻
㊀補縢也。見〔玉篇〕。
㊁結也。見〔玉篇〕。

【斻】寒剛切音杭陽韻
㊀方舟也。見〔說文〕。〔通訓定聲〕字亦作航。〔氾論〕乃爲窬木方版以爲舟航。注。舟相連謂航也。
㊁自度也。〔後漢杜篤傳〕北—涇流。

【於】汪胡切音烏虞韻
㊀烏古文。見〔說文烏部〕。
㊁歎息聲也。〔書堯典〕僉曰。—。鯀哉。
㊂—戲。歎美詞。〔詩烈文〕—戲。前王不忘。
㊃—皇。歎詞。〔詩武〕—皇武王。
㊄—邑。短氣也。煩冤愁苦也。〔史記聶政傳〕—邑悲哀而死政之旁。
㊅—平。行仁恩之貌。見〔莊子天地〕—平以蓋衆。〔釋文〕。〔又〕夸誕貌。見〔莊子天地釋文引司馬注〕。
㊆—菟。虎也。〔左宣四年傳〕楚人謂乳曰穀。謂虎曰—菟。

【於】衣虛切音淤魚韻
㊀于也。見〔廣雅釋言〕。〔按士昏禮、大射儀注。竝云今文—爲于。〕
㊁代也。見〔爾雅釋詁〕。
㊂猶如也。〔國策燕策〕且非獨—此也。〔王引之云。言非獨如此也。故漢書韓長孺傳。匈奴至者投鞶高如城者數所。新序善謀篇如作—。〕
㊃猶爲也。〔孟子離婁〕寇退則反。殆—不可。〔王引之云。言殆爲不可也。〕
㊄猶之也。〔左昭四年傳〕以—不暇。又何能濟。〔王引之云。言以之不暇也。〕
㊅猶在也。〔呂覽期賢〕衛有士十人—吾所。
㊆猶爲去聲也。〔經傳釋詞〕老子曰。故貴以身爲天下。若可寄天下。愛以身爲天下。若可託天下。莊子在宥篇作故貴以身—天下。則可以託天下。愛以身—天下。則可以寄天下。—天下即爲天下也。
㊇歎言發聲也。見〔左宣八年傳疏〕〔按—越即越也。—者歎言發聲。〕
㊈語助辭。〔論語學而〕夫子至—是邦也。
㊉倒裝辭。〔左昭十九年傳〕諺所謂室—怒市—色者。楚之謂矣。〔王引之云。言怒—室而色—市也。〕
(十一)居也。見〔廣雅釋詁〕。
(十二)依也。〔曹植樂府〕心相—。
(十三)厚也。〔呂覽不侵〕而猶以人之—己也爲念。
(十四)商—。地名。〔史記楚世家〕商—之地。方六百里。
(十五)白—。山名。〔山海經西山經〕白—之山。上多松柏。〔按在今甘肅安化縣〕
(十六)林—。林園也。〔庾信詩〕防露動林—。
(十七)—是。承上之辭。常語也。又、猶言當是時也。見〔經傳釋詞〕。
(十八)姓也。黃帝臣—則。造履。

【㫋】旁本字。見〔說文上部〕。

五畫

【施】商支切音詩支韻
㊀旗旖—也。从㫃也聲。齊欒—字子旗。知—者旗也。見〔說文㫃部〕〔段注〕自叚—爲敀而—从㫃之意隱矣。故明之。
㊁設也。〔書益稷〕以五采彰—於五色。
㊂誇張也。〔論語公冶長〕無—勞。
㊃賦也。〔周禮內宰〕—其功事。
㊄用也。〔漢書西南夷傳〕智勇無所—。
㊅行也。〔論語爲政〕—於有政。
㊆延也。〔淮南脩務〕名—後世。
㊇著也。〔禮記祭統〕—於烝彝鼎。
㊈猶布也。〔文選潘岳賦〕陰謝陽—。
㊉猶展也。〔史記范雎蔡澤傳〕利—三川。

(十一)惠也。〔國語晉語〕夫齊侯好示務｜。
(十二)敎也。〔禮記學記〕不陵節而｜之之謂孫。
(十三)宜也。〔淮南氾論〕譬若斤斧椎鑿之各有所｜也。
(十四)舍也。〔楚辭天問〕天何三年不｜。〔注〕言棄放鯀於羽山。三年不舍其罪也。
(十五)猶劾也。〔左昭十四年傳〕乃｜邢侯。
(十六)有以爲生也。〔管子地員〕鳥獸安｜。
(十七)大尺之名也。〔管子地員〕夫管仲之匡天下也其｜七尺。
(十八)陳尸以示衆也。〔國語晉語〕秦人殺冀芮而｜之。
(十九)予也。見〔廣雅釋詁〕。
(二十)｜｜難進之貌。〔詩丘中有麻〕將其來｜｜。〔又〕猶扁扁喜悅之貌。〔孟子離婁〕｜｜從外來。
(廿一)發語聲。〔孟子公孫丑〕孟｜舍之所養勇也。〔朱注〕孟、姓。｜、發語聲。
(廿二)州名。唐置。屬江南道。當今湖北恩｜縣。
(廿三)西｜。古美女名。亦或簡稱爲｜。〔歐陽修詩〕有類異世誇嫱｜。〔謂王嬙西｜也。〕
(廿四)首｜。猶首鼠也。〔後漢鄧訓傳〕雖首｜兩端。漢亦時收其用。
(廿五)戚｜。不能仰者。詳戚字注。
(廿六)卷｜。草名。〔爾雅釋草〕卷｜草。拔心不死。
(廿七)姓也。魯大夫｜父之後。〔又〕少｜。複姓。

【施】施智切音翅寘韻
(一)惠與也。〔易乾〕德｜普也。
(二)功勞也。〔左僖二十四年傳〕｜者未厭。

【施】以豉切音易寘韻
(一)移也。〔詩葛覃〕｜於中谷。
(二)延也。〔詩皇矣〕｜於孫子。
(三)旁及也。〔儀禮喪服〕絕族無｜服。

【施】賞是切詩上聲紙韻
(一)不給役也。〔周禮少宰〕治其｜舍。
(二)易也。〔論語微子〕君子不｜其親。〔注〕不以他人之親易己之親。
(三)解也。〔後漢光武紀〕將衆部｜刑屯北邊。

【施】余支切音移支韻
(一)移也。〔史記衛綰傳〕劒人之所｜易。
(二)斜也。〔史記屈原賈生傳〕庚子日｜兮。

【斿】夷周切音由力求切音流尤韻
(一)旌旗之流也。本作游。見〔說文㫃部〕。
(二)貢名。〔周禮大宰〕八曰｜貢。〔司農謂貢羽毛。康成謂貢燕好珠璣琅玕。〕
(三)同旒。〔禮記明堂位〕旂十有二旒。〔釋文〕旒本又作｜。
(四)同游。〔漢書禮樂志〕泛泛滇滇從高｜。

【⿸㫃央】倚兩切音養養韻
旗｜也。見〔篇海〕。

【㫄】古旁字。見〔玉篇〕。

【肪】同房。〔漢隸釋〕城固縣壻鄉有唐公｜。得道昇仙。

六畫

【旁】蒲光切音螃陽韻
(一)本作㫄。〔說文上部〕㫄。溥也。从二。闕。方聲。〔按通訓定聲云。從古文二。勹、象｜達形。〕
(二)側也。〔漢書黃霸傳〕食於道｜。
(三)方也。見〔廣雅釋詁〕。
(四)大也。見〔廣雅釋詁〕。
(五)廣也。見〔廣雅釋詁〕。
(六)近也。〔書武成〕｜死魄。
(七)枝也。〔莊子人間世〕其可以爲舟者｜數十。
(八)輔也。〔楚辭惜誦〕曰有志極而無｜。
(九)猶妄也。〔禮記少儀〕不｜狎。
(十)猶面也。〔禮記喪大記〕士｜三揖。
(十一)偏頗也。〔荀子議兵〕｜辟曲私之屬。
(十二)方也。〔書說命〕｜求俊彥。
(十三)謂左右也。〔禮記中庸注〕想見其｜僾之貌。
(十四)歧路也。〔爾雅釋宮〕二達謂之歧｜。〔按釋名釋道云。二達曰歧｜。物兩爲歧。在邊曰｜。此道並通出似之也。〕
(十五)謂四十也。見〔周禮冢宰營國方九里疏〕。
(十六)｜者。四面之謂也。〔禮記聘義〕孚尹｜達。
(十七)｜鳴。蜩蜺之屬也。〔考工記梓人〕以｜鳴者。

(十八)—妻妾也。〔漢書元后傳〕王禁多取—妻。

(十九)欅—大木也。〔莊子人間世〕貴人富家求欅—者斬之。

(二十)—唐文石也。〔漢書司馬相如傳〕珉玉—唐。

(廿一)—皇猶徘徊也。〔史記禮書〕—皇周浹。〔又〕颷風也 見〔莊子天運注〕。

(廿二)—羅猶徧布也。〔史記五帝紀〕—羅日月星辰。

【旁】 晡橫切音繃庚韻

—盛也。見〔廣雅釋訓〕。〔又〕彊—也。〔詩清人〕駟介——。〔又〕——然不得已也。〔詩北山〕王事——。

【旁】 蒲浪切音傍漾韻

(一)一縱一橫爲—午。猶言交橫也。〔漢書霍光傳〕使者—午。〔按如淳云〕—午分布也。

(二)依也。〔莊子齊物論〕—日月。

(三)差在後也。〔周書王會〕—天子而立于堂上。

【旁】 鋪郎切音滂陽韻

—礴。混同也。〔莊子逍遙游〕將—礴萬物。

【旁】 蒲庚切音彭庚韻

—勃。白蒿也。兔食之壽八百歲。見〔集韻〕。

【旂】 渠希切音祈微韻

(一)旂有衆鈴以令衆也。見〔說文㫃部〕。〔按爾雅釋天云有鈴曰—〕。

(二)倚也。畫作兩龍相依倚也。見〔釋名釋兵〕。

(三)旌旗之總稱。〔廣雅釋器〕凡旗之名雖異。旌—爲之總稱。

(四)人名。孔子弟子榮—。

【旃】 諸延切音饘先韻

(一)旗曲柄也。所以—表士衆。周禮曰。通帛爲—。見〔說文㫃部〕。〔段注〕—表之。—當爲展。以疊韻爲訓。爾雅因章曰—。郭云。因絳帛之文章。不復畫之。

(二)之也。〔左桓十年傳〕虞公求—。

(三)焉也。〔詩采苓〕舍—舍—。

(四)戰也。戰戰恭己象無事也。見〔釋名釋兵〕。

(五)—蒙。歲陽也。〔爾雅釋天〕太歲在乙曰—蒙。〔按史記曆書作端蒙〕。

(六)同氈。毛織物。〔史記匈奴傳〕被—裘。

(七)戎—。軍帳也。〔齊書謝朓傳〕契闊戎—。

(八)優—。人名。見〔史記滑稽傳〕。

(九)—檀。香名。〔酉陽雜俎〕一木四香。根曰—檀。節曰沈香。花曰雞舌。膠曰薰陸。

【旄】 謨袍切音毛豪韻

(一)幢也。見〔說文㫃部〕。

(二)注牛尾於竿首。軍中持以指揮者。〔書牧誓〕右秉白—以麾。

(三)丘名。〔詩旄丘〕—丘之葛兮。〔傳〕前高後下曰—丘。

(四)—頭。星名。〔史記天官書〕昴曰—頭。〔又〕騎名。〔後漢光武紀〕賜東海王—頭。〔注〕秦文公時。梓樹化爲牛。以騎擊之不勝。或墮地。髺解被髮。牛畏之入水。因是置—頭騎。

(五)官名。〔周禮春官序官〕—人。

(六)—牛。獸名。見〔山海經北山經〕。

(七)木名。見〔爾雅釋木〕。

(八)通毛。〔孟子梁惠王〕見羽—之美。〔文選注作羽毛之美〕。

【旄】 莫報切音帽號韻

膽毛獵長也。〔爾雅釋獸〕麐。大麢。—毛狗足。

【旄】 同耄。〔孟子梁惠王〕反其—倪。

【旄】 曰遇切音務遇韻

嵍或字。〔集韻〕嵍。說文、山名。或作—。

【旆】 蒲蓋切音沛泰韻蒲撥切音跋曷韻

(一)繼旐之旗。沛然而垂者也。見〔說文㫃部〕。〔段注〕爾雅。繼旐曰—。注。帛續其邊之末爲燕尾者。

(二)旗幟之總稱。〔左僖二十八年傳〕狐毛設二—而退之。

(三)先驅車也。〔左哀二年傳〕以兵車—之。

(四)——。旒垂貌。〔詩出車〕胡不——。〔又〕長也。〔詩生民〕荏菽——。

(五)同茷。〔左定四年傳〕綪茷旃旌。〔禮記雜記注引作綪—〕。

(六)通末。〔儀禮士喪禮〕書銘於末曰某某氏之柩。〔注〕今文銘爲名。末爲—。

【旅】 兩擧切音呂語韻

(一)軍之五百人也。見〔說文㫃部〕。

(二)兵隊也。〔史記天官書〕主葆—事。

(三)衆也。〔左昭三年傳〕敢煩里—。

④子弟也。〔詩載芟〕侯亞侯—。⑤序也。〔儀禮鄉飲酒禮〕司正升相—曰某子受酬。⑥陳也。〔詩賓之初筵〕殽核維—。⑦長也。〔書旅獒〕西—底貢厥獒。〔傳〕西戎之長。⑧俱也。〔禮記樂記〕進—退—。⑨—樹道也。〔禮記郊特牲〕臺門而—樹。〔又〕門屏也。〔禮記雜記〕—樹而反坫。⑩謁也。〔周書大匡〕王乃—之以上東隅。⑪行也。〔儀禮燕禮記〕請—侍臣。⑫發也。見〔廣雅釋詁〕。⑬末也。見〔方言〕。⑭徵召也。〔周禮天官小宰〕掌官府之徵令四曰—。〔注〕辟下士也。⑮賈也。〔禮記月令〕來商—。⑯客也。〔左莊二十二年傳〕羈—之臣。⑰祭山曰—。〔書禹貢〕蔡蒙—平。〔又〕國有故而祭亦曰—。〔周禮天官掌次〕王大—上帝。⑱甲之札葉也。〔考工記函人〕權其上—與其下—。〔司農注〕上、謂署以上。下、謂署以下。—者以札眾多而言。⑲穀之不播種而生者也。〔後漢光武紀〕至是野穀—生。⑳卦名艮下離上。〔易旅〕山上有火。—。㉑古官名。〔周禮地官序官〕—師。㉒地名。〔詩皇矣〕以按徂—。㉓姓也。〔漢書功臣表〕昌平侯—卿。㉔亞—上大夫也。〔左文十五年傳〕請承命於亞—。㉕—距不從之貌。〔後漢馬援傳〕黠羌欲—距。㉖—順地名。屬奉天省在遼東半島南端。清光緒二十年為日本所占領。後由俄法德三國干涉歸還。二十四年更租借與俄約期二十五年。三十年俄敗於日。遂將租借地權利讓渡於日今為日本租借地。

【旅】陵如切音臚魚韻　陳也。見〔集韻〕。

【旃】於广切音埯琰韻　翳也。見〔廣韻〕。

【[illegible]】古旅字。見〔玉篇〕。

【[illegible]】同滂。見〔篇海類編〕。

【[illegible]】同旂。見〔字彙補〕。

【[illegible]】勿或字。見〔說文勿部〕。〔段注〕經傳多作物。蓋—之訛也。

【[illegible]】旆諦字。見〔五經文字〕。

七畫

【旇】攀縻切音披　攀悲切音丕支韻　①旇旗—靡也。見〔說文㫃部〕。〔段注〕披靡、當是指麾之誤。集韻類篇皆作靡。謂之—。②衣服貌。見〔埤蒼〕。

【旇】毋被切音靡紙韻　平義切音被寘韻　旇旗貌。見〔集韻〕。

【旋】旬宣切音璿先韻　①周—。旋旗之指麾也。見〔說文㫃部〕。〔段注〕旗有所鄉。必運轉其杠。是曰周—。引申為凡轉運之稱。②反也。〔易履〕其—元吉。③轉也。〔楚辭招魂〕—入雷淵。④速也。〔漢書董仲舒傳〕此皆可使還至而立有效者也。〔注〕師古曰。還讀曰—。—、速也。⑤圓也。〔莊子達生〕工倕—而蓋矩。〔釋文引司馬注〕—、圓也。⑥鏇縣也。〔考工記鳧氏〕鐘縣謂之—。⑦盤桓也。〔列子黃帝〕鯢—之潘為淵。⑧小便也。〔左定三年傳〕夷射姑—焉。⑨秦晉凡物樹稼早成熟謂之—。見〔方言〕。⑩俄頃之間也。〔元稹詩〕一朵紅酥—欲融。⑪—室。以—玉飾室也。〔淮南墬形〕傾宮—室。⑫—渦。川流中風浪盤結之處。〔袁桷詩〕撫俗水—渦。⑬—毛。鳥獸之圓斑毛羽也。〔埤雅〕—毛欲深。⑭—目。鳥名。〔文選司馬相如賦〕交精—目。⑮—風。颶風也。〔王安石詩〕掃敵如—風。⑯—覆花。藥名。金沸草別名。見〔本草綱目隰草〕。⑰同璇。〔漢書律歷志〕佐助—璣。⑱通還。〔禮記玉藻〕周還中規。折還中矩。〔釋文〕還、本亦作—。

【旋】隨戀切音淀霰韻

繞也。〔僧用晦詩〕東郊十里香塵｜。

【旌】咨盈切音精庚韻

(一)游車載｜。析羽注旄首所以精進士卒也。見〔說文㫃部〕。
(二)羽旄也。〔文選張衡賦〕蜺｜飄以飛颺。
(三)旗之總名也。〔儀禮鄉射禮記〕｜各以其物。
(四)旛也。〔史記孝文紀〕朝有進善之｜。
(五)析羽爲｜。、｜精也。有精光也。見〔釋名釋兵〕。
(六)｜旗也。有鈴爲｜。〔楚辭自悲〕載雌霓而爲｜。
(七)明也。〔文選張衡賦〕｜性行以製佩兮。
(八)理也。見〔文選任昉牋〕。
(九)識別也。〔書畢命〕｜別淑慝。
(十)表章也。〔國語晉語〕故爲車服旗章以｜之。
(十一)喪禮有明｜。〔禮記檀弓〕銘。明｜也。〔按周禮小祝云設熬置銘注。銘、今書或作名。鄭云銘、書死者名於旌。〕
(十二)｜節使者所擁節是也。〔周禮掌節〕道路用｜節。
(十三)｜夏大夏之樂也。〔左襄十年傳〕舞師題以｜夏。
(十四)三｜三公之位也。〔莊子讓王〕延之以三｜之位。
(十五)後｜猶云後乘也。〔文選陶潛詩〕伏思託後｜。

【族】昨木切音鏃屋韻

(一)矢鏠也。束之｜｜也。見〔說文㫃部〕〔段注〕今字用鏃。古字用｜。
(二)屬也。〔國語齊語〕工立三｜。｜｜聚貌。
(三)湊也。見〔廣雅釋詁〕。
(四)羣也。〔周書程典〕工不｜居。
(五)嗣也。〔國語晉語〕天祚將在武｜。
(六)聚也。〔莊子在宥〕雲氣不待｜而雨下。
(七)衆也。〔莊子養生主〕｜庖月更刀。
(八)家也。〔左襄八年傳〕謀之多｜。
(九)謂姓也。〔國策秦策〕有與曾子同名｜者。
(十)氏之合稱也。〔左隱八年傳注〕別而稱之謂之氏。合而言之則曰｜。
(十一)一｜一父子也。〔國語周語〕王御不參一｜。
(十二)三｜。父子孫也。〔周禮小宗伯〕掌三｜之別。〔又〕謂父昆弟、己昆弟、子昆弟也。〔儀禮士昏禮〕惟是三｜之不虞。〔又〕父、母、妻｜也。〔大戴記保傅〕三｜輔之。
(十三)九｜。上自高祖下至玄孫也。〔書堯典〕九｜既睦。〔又〕父｜四、母｜三、妻｜二也。〔書仲虺之誥〕九｜乃離。
(十四)同姓疏遠之親屬也。〔爾雅釋親〕｜父之子相謂爲｜昆弟。
(十五)叢也。〔爾雅釋木〕木｜生爲灌。
(十六)交錯聚結爲｜。〔莊子養生主〕庖丁解牛每至於｜。吾見其難爲。
(十七)百家也。〔周禮大司徒〕四閭爲｜。
(十八)｜誅曰｜。〔書泰誓〕罪人以｜。
(十九)種類也。近世所謂阿利安｜、條頓｜、斯拉夫｜。皆種類之義。
(二十)凡動物之種類亦可曰｜。如云羽｜、毛｜、鱗｜、介｜。

【族】千候切音湊宥韻

同蔟。〔漢書律歷志〕二曰太｜。

【族】則候切音奏宥韻

節｜。音樂之節奏也。〔漢書嚴安傳〕調五聲使有節｜。

【㼷】先奏切音漱宥韻

嗾省字。〔集韻〕嗾使犬聲。或省。

【旞】衣檢切音奄琰韻

覆車罔也。見〔集韻〕。

【旞】益涉切音魘葉韻乙業切音魘洽韻

手網也。見〔集韻〕。

【旊】妃罔切音倣養韻

搏埴之工也。〔考工記旊人〕｜人爲簋。

【旑】倚可切音閜哿韻

｜旎。旌旗也。見〔集韻〕。

【旎】乃倚切音柅紙韻女洟切音尼支韻乃可切音娜哿韻

旖｜。旌旗從風貌。〔史記司馬相如傳〕旖｜從風。〔又〕雲貌。〔漢書揚雄傳〕乘雲蜺之旖｜兮。〔又〕旖貌。〔楚辭九辯〕紛旖｜乎都房。

【㫚】古𢼸字。〔易說卦〕震爲｜。

【旃】同紳見〔石鼓文〕。

【旂】同旌。見〔廣韻〕。〔按後漢袁紹傳〕故復援｜擐甲是其義。

【旃】同陣。見〔六書索隱〕。

【旒】旒或字。見[集韻]。

【旃】旃省字。見[集韻]。

【旃】旃俗字。見[正字通]。

八畫

【旐】直紹切音肇篠韻
●龜蛇四游。以象營室。攸攸而長也。周禮曰。縣鄙建—。見[說文㫃部]。[段注]攸—音近。以疊韻釋之也。—何以著其長。以有繼—之旐故也。
㊁兆也。[釋名釋兵]龜知氣兆之吉凶。建之於後。察度事宜之形兆也。
㊂緇廣充幅長尋曰—。見[爾雅釋天]。
㊃喪車之旌也。[文選潘岳賦]飛—翩以啟路。

【㫊】乃可切音娜哿韻　旃—。旌旗貌。見[洪武正韻]。

【旛】於豔切音厭豔韻　比物之長短也。見[篇海]。

【㫷】同受。[東觀餘論]亞仲匜銘用盛諸—糕。

【施】同旐。[五經文字]旐、旐石經作—。

【旃】同旃。見[篇海]。

【旌】同旌。見[篇韻]。

九畫

【旒】力求切音劉尤韻
㊀旌旗下垂之旃也。[詩干旄箋]以緇紕旌旗之—縿。
㊁以絲繩貫玉垂冕前後者。[禮記玉藻]天子玉藻十有二—。

【旝】衣險切音奄琰韻　於業切音壓葉韻　掩光也。見[玉篇]。

【旒】夷周切音由尤韻　餘招切音遙蕭韻　旌旗之旒也。見[說文㫃部]。

【旐】伊鳥切音杳篠韻　旗皃。見[集韻]。

【旓】師交切音梢肴韻　旌旗之斿也。[漢書揚雄傳]建光耀之長—。

【旞】居万切音建願韻　揵也。見[廣韻]。

【旖】同旗。見[字彙補]。

【旜】旜俗字。見[正字通]。

十畫

【旗】渠之切音奇支韻
㊀熊—五游。以象伐星。士卒以為期也。周禮曰。率都建—。見[說文㫃部]。
㊁表識也。[左閔二年傳]佩衷之—也。
㊂覆也。[呂覽論大]昔舜欲—古今而不能。
㊃星名。[史記天官書]東北曲十二星曰—。
㊄同箕。[荀子富國]安於磐石。壽於—翼。[注]—讀為箕。箕翼二十八宿名也。
㊅—亭。市樓也。[文選張衡賦]—亭五重。
㊆清制。滿洲蒙古各分八—。以隸其眾。又置漢軍—。亦如其制。隸—籍者號為—人。
㊇姓也。齊卿子—之後。漢有九江太守—光。

【旉】拂縛切音膊藥韻　姓也。見[集韻]。

【旛】部本切坌上聲阮韻　舟遂也。見[韻會]。

【旚】呼廣切音慌養韻　同旐。酒家之望子也。見[篇海]。

【旖】於宜切音漪支韻　隱綺切音倚紙韻　於義切音陭寘韻　—施。旗皃。見[說文㫃部]。[段注]—施。疊韻。字在十七部。許於旗曰—施。於木曰檹施。於禾曰倚移。皆讀如阿那。檜風猗儺其枝。傳云。猗儺。柔順也。楚辭九辯、九歎。則皆作—旎。上林賦。—旎從風。張揖曰。—旎。猶阿那也。文選作猗狔。漢書作椅柅。攷工記注。則作倚移。與許書禾部合。知以旖為用製字日多。廣韻集韻曰婀娜。曰婍㛍。曰哀𡝤。曰檹檹。皆其俗體耳。本謂旌旗柔順之皃。引伸為凡柔順之皃。倚移與旖施同。許以从㫃从禾別之。

【旖】衣檢切音奄琰韻　旌旗皃。見[集韻]。

十一畫

【旚】吁韋切音煇微韻

●通徽以絳帛著於背之幟也。見〔集韻〕。

●通揮動也。見〔玉篇〕。

【㫎】古本切音袞阮韻　旗名。見〔集韻〕。

【㫏】伊鳥切音杳篠韻

㊀旗屬。見〔說文㫃部〕。

㊁旗貌。見〔類篇〕。

【㫖】旚俗字。見〔正字通〕。

十二畫

【㫯】於許切音㫋語韻　肩背也。見〔篇海〕。

【旟】呼廣切音恍養韻　酒家之望子也。見〔篇海〕。

【旘】同幟。見〔正字通〕。

【旞】同旞。見〔正字通〕。

十三畫

【旝】魚窆切音驗豔韻　旌也。見〔廣韻〕。

【旚】紕招切音漂蕭韻　旌旗—繇也。見〔說文㫃部〕。〔段注〕繇、今之搖字。—今字作飄。飄搖行而—繇廢矣。

十四畫

【旛】孚袁切音番符袁切音煩元韻

㊀—胡也。謂旗幅之下垂者。見〔說文㫃部〕。〔段注〕各本作幅胡也。今訂。—胡蓋古語。如甗甂之名甂甌。凡旗正幅謂之縿。亦謂之—胡。

㊁幡也。其貌—然也。見〔釋名釋兵〕。

㊂旌旗之總名。〔後漢禮儀志〕立青—。

㊃——飛揚貌。〔石鼓文〕左驂——。

【㠠】墳吾切音胡虞韻　山也。見〔篇海〕。

【㯱】卑遙切音猋蕭韻　旌旗飛揚皃。見〔說文㫃部〕。

【㡘】同幢。見〔轉注古音〕。

【旚】旚或字。見〔篇海〕。

【㡤】幟或字。見〔集韻〕。

十五畫

【旝】古外切音儈泰韻　旌旗也。从㫃會聲。詩曰。其—如林。春秋傳曰。—動而鼓。一曰建大木。置石其上。發機以槌敵也。見〔說文㫃部〕。

【旞】徐醉切音遂寘韻　導車所載。全羽以爲允。允進也。見〔說文㫃部〕。〔段注〕各本作所以載。今依御覽訂。允、古音如戈盾之盾。

【旜】諸延切音饘先韻　旃或字。見〔說文㫃部〕。〔段注〕周禮禮記皆如此作。

十六畫

【旟】羊諸切音俞魚韻

㊀錯革鳥其上。所以進士衆。——。衆也。从㫃與聲。見〔說文㫃部〕。〔段注〕當作从㫃从與。與與與與衆也。與亦聲。

㊁譽也。軍吏所建。急切趨事。則有稱譽也。見〔釋名釋兵〕。

㊂揚也。〔詩都人士〕匪伊卷之。髮則有—。

十七畫

【旚】旚或字。見〔集韻〕。

十八畫

【旞】徐醉切音遂寘韻夷佳切音惟支韻

㊀旞或字。見〔說文㫃部〕。〔段注〕釋名字如此作。轉寫譌爲旞。

㊁全羽爲—。—、猶滑也。順滑之貌也。見〔釋名釋兵〕。

㊂旌也。見〔集韻〕。

【旂】同旂。見〔鐘鼎款識〕。

十九畫

【㫻】居起切音几紙韻　失容也。見〔玉篇〕。

※无部※

【无】武夫切音無虞韻　—奇字無也。通於元者。虛—道也。王育說。天屈西北爲—。見〔說文亡部〕。〔段注〕今六經惟易用此字。元俗刻作—。今依宋本正。謂虛—之道。上通元氣寂寞也。玉篇。—、虛—也。奇字之—。與篆文之無義乃微別。許說其義。非僅說其形也。稱王育說。又—之別一義。

【无】莫胡切音模虞韻　南無。一作南—。見〔釋典〕。

【旡】居氣切音既未韻　飲食屰氣不得息也。—从反欠。見〔說文旡部〕。〔段注〕各本作氣逆。今依篇韻正。不得息者。咽中息不利。大雅桑柔曰。如彼遡風。亦孔之僾。傳。僾、唈也。箋。使人唈然如鄉疾風。不能息也。今覈許書。則知—乃正字。僾乃假借字。

三畫

【⿱旡口】炎二切音自寘韻　口小貌。見〔篇海〕。

六畫

【⿱旡圭】古詣切音計霽韻　璧也。見〔篇韻〕。

【⿸疒旡】公回切音傀灰韻　側一足也。見〔篇韻〕。

七畫

【既】居氣切音暨未韻

（一）小食也。从皀旡聲。論語曰。不使勝食—。見〔說文皀部〕。〔段注〕此引經說假借也。論語以—爲氣。如尙書以㢲爲好。詩以丙爲姑之類。今論語作氣。許偁、蓋古文論語也。

（二）巳也。〔易小畜〕—雨—處。

（三）盡也。〔春秋桓三年〕日有食之—。

（四）卒也。〔儀禮鄉飲酒禮〕不拜—爵。

（五）皆也。〔易旣濟注〕—濟者。以皆濟爲義也。

（六）失也。見〔廣雅釋詁〕。

（七）定也。見〔方言〕。

（八）亥—。珠名。〔瑯嬛記〕河伯宴禹于河上。獻亥—之珠。

（九）—而。俄頃也。〔論語憲問〕—而曰。

【旣】許旣切音欷未韻　同餼。鬻米也。稍食也。〔禮記中庸〕—廩稱事。

【旣】同漑。〔史記五帝紀〕帝嚳漑執中而徧天下。〔注〕徐廣曰。古—字作水旁。

【旣】既俗字。見〔正字通〕。

八畫

【⿰旡京】力讓切音亮漾韻呂張切音良陽韻

（一）事有不善言—也。爾雅。—、薄也。見〔說文旡部〕。〔段注〕按水部云。涼、薄也。當作薄酒也。—則爲事有不善之言。若亮則爲明也。諒則爲信也。爾雅二字。淺人所增耳。—薄也。許以足上文義有未盡之語。桑柔毛傳、杜注左傳、小爾雅、皆云。涼、薄也。涼即—字。

（二）悲酸也。見〔玉篇〕。

【⿰京旡】⿰旡京或字。見〔集韻〕。

九畫

【⿰旡咼】戶果切音夥哿韻　屰惡驚詞也。見〔說文旡部〕。

【⿰旡咼】古禍字。〔漢書五行志〕數其—禍。

【⿰京旡】同⿰旡京。見〔篇海〕。

【⿸疒⿰旡京】⿰旡京或字。見〔篇海〕。

氏部

【氏】上紙切音是紙韻

㊀巴蜀名山岸脅之自旁箸欲落墮者曰｜。｜崩聲聞數百里。象形。乀聲。揚雄賦。響若｜隤。見[說文]。[按漢書揚雄傳作阺隤。師古曰。阺、音｜。文選解嘲作坻隤。韋昭曰。坻。音若是理之是。段玉裁云。古經傳｜與是多通用。故知姓｜字本當作是。漢碑尙有云姓某是者。今乃專爲姓｜字。而｜之本義。惟許言之。淺人以爲新奇之說矣。朱駿聲云。許說此字非也。因小篆橫視似隸書山而傅會之耳。本訓當爲木本。汗簡引石經作𠂆。中一象地。綫曲於地下者象根。出於地上者象由桙。小篆象古文之形。艸之始爲屮。木之始爲｜。實卽氐字、氒字、柢字。亦卽坁字。轉注爲姓｜。蓋取水源木本之誼。字或以是爲之。漢張遷碑張是輔漢。儀禮覲禮大史是右。此假借也。其說與段氏絕異。然義特精審。附此存參。]

㊁｜者。所以別子孫之所出也。[風俗通]姓有九。或｜于號。或｜于諡。或｜于爵。或｜于國。或｜于官。或｜于字。或｜于居。或｜于事。或｜于職。[按古者同姓之別以｜。故姓與｜有別。後世宗族之法亂。乃直以｜爲姓。顧炎武日知錄云。姓｜之稱。自太史公始混而爲一。本紀於秦始皇則曰姓趙｜。於漢高祖則曰姓劉｜是也。]

㊂姓也。吳志有｜儀。

㊃猛｜。獸名。[文選司馬相如賦]鋋猛｜。

【氏】章移切音支支韻

㊀月｜。一作月支。漢葱嶺以西之國。[史記大宛傳]有大月｜、小月｜。

㊁烏｜。縣名。漢置。屬安定郡。後漢改曰烏文。今甘肅平涼縣西北有烏｜故城。

㊂閼｜。單于后名。[史記韓王信傳]上乃使人厚遺閼｜。

【氏】咨盈切音精庚韻

狋｜。縣名。漢置。屬代郡。在今山西廣靈縣西北。

一畫

【氐】典禮切音邸薺韻

㊀至也。本也。从氏下箸一。一。地也。見[說文氏部]。[通訓定聲]此字實即柢之古文。蔓根曰根。直根曰｜。]

㊁歸也。[漢書禮樂志]大｜皆因秦舊事焉。

㊂猶略也。[史記秦始皇紀]大｜盡畔秦吏。

㊃｜惆。猶懊憹也。[方言]江湘之閒。頓愍或謂之｜惆。南楚、飲毒藥懣。謂之｜惆。愁恚憒憒。毒而不發。謂之｜惆。[箋疏]｜惆雙聲字。蓋形容之詞。今吳俗謂小兒煩懣懊惱聲如跡遺。卽｜惆之轉也。注云｜惆猶懊憹者。懊憹轉言之卽懊惱矣。

㊄通抵。[漢書食貨志]天下大｜無慮皆鑄金錢。[注]師古曰。｜、讀曰抵。

㊅通邸。[詩節南山]維周之｜。[正義]毛讀從邸。若四圭爲邸。故爲本。言是根本之臣也。[按傳訓｜爲本。以此推知毛讀從邸也。鄭箋云。｜當作桎鎋之桎。與毛異義。]

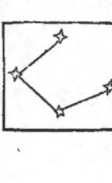

【氐】軫視切音旨紙韻

｜道。地名。在廣漢。見[集韻]。[按漢隴西郡有｜道縣。師古曰。｜、夷種名也。｜之所居。故曰｜道。｜、音丁奚反。與此異讀。地在今甘肅清水縣西南。存以備攷。]

【氐】張尼切音胝支韻

｜池。縣名。在今甘肅山丹縣西南。

【氐】都黎切音低齊韻

㊀西方夷狄國也。[詩殷武]自彼｜羌。

㊁賤也。[漢書食貨志]其價｜賤減平者。聽民自相與市。[注]師古曰。賤則爲｜。

㊂二十八宿之一。今立夏節子初三刻十一分之中星。

氐圖

㊃墨神曰回、｜。見[致虛閣雜俎]。

㊄同低。[漢書食貨志]封君皆｜首仰給焉。[注]師古曰。｜首、猶俯首也。

【氐】丁計切音帝霽韻

東方宿名。見[集韻]。

【民】彌鄰切音泯眞韻

❶衆萌也。見〔說文民部〕〔段注〕萌、古本皆不誤。毛本作氓。非。古謂—曰萌。漢人所用不可枚數。

❷氓也。見〔廣雅釋言〕〔按土著曰—。外來曰氓。—訓氓。渾言之也。〕

❸冥也。〔書呂刑〕苗—弗用靈。

❹瞑也。見〔春秋繁露深察名號〕

❺眞也。見〔書君陳疏〕〔按阮元校勘記云。宋板眞作冥存參。〕

❻百姓也。〔文選東京賦〕—忘其勞。

❼——衆貌。〔詩載芟〕——其麃。

❽先—。謂上古之君也。〔禮記坊記〕先—有言。

❾四—。謂士農工商也。〔穀梁成元年傳〕古者有四—。有士—。有商—。有農—。有工—。

❿司—。星名。謂軒轅角也。〔周禮小司寇〕孟冬祀司—。

⓫姓也。見〔姓苑〕

二畫

【氒】居月切音厥月韻

木本。从氏大於末。讀若厥。見〔說文〕〔按篆形作氒。段本於氏下增丁本二字注云。从氏下者氏猶是。謂此木之下下者木本也。存參。〕

【氒】古厥字。見〔廣韻〕

四畫

【氓】武庚切音盲讀庚切音萌庚韻

❶民也。見〔說文民部〕〔段注〕自他歸往之民則謂之—。故字从民亡。〔按詩氓毛傳、楊子方言、廣雅釋詁。訓與許同。字或作甿。亦作萌。〕

❷野人之稱。〔孟子滕文公〕願受一廛而爲—。

❸美貌。見〔詩氓釋文引韓詩〕

【[illegible]】氓俗字。見〔篇海類編〕

五畫

【[illegible]】市之切音時支韻

伺也。見〔字彙〕

【[illegible]】蒙貧切音民眞韻

平也。見〔字彙補〕

【[illegible]】美粉切音吻吻韻

米也。見〔字彙補〕〔按舊說此義不可解。當即[illegible]字之誤。〕

六畫

【[illegible]】徒結切音叠屑韻

觸也。从氏失聲。見〔說文氏部〕〔按朱駿聲云當从舐省。〕

【[illegible]】陟栗切音窒質韻

手拔物也。見〔廣韻〕

九畫

【[illegible]】古於字。見〔玉篇〕

十畫

【[illegible]】於進切音印震韻

臥也。見〔說文氏部〕

【[illegible]】陟利切音致寘韻

赴也。見〔廣韻〕〔按玉篇云仆也。〕

【[illegible]】煙奚切音鷖齊韻

仆也。見〔集韻〕

十二畫

【[illegible]】[illegible]或字。見〔集韻〕

十四畫

【[illegible]】後教切音效效韻

誤也。見〔廣雅釋詁〕

【[illegible]】下老切音皓皓韻

地名。見〔集韻〕

※比部※

【比】補履切音匕紙韻

(一)密也。二人爲从。反从爲比。見〔說文〕〔段注〕今韻平上去入四聲皆錄此字。要密義足以括之。其本義謂相親密也。

(二)校也。〔周禮大胥〕比樂官。〔按鄭大夫讀比爲庀與康成異〕

(三)類也。〔史記天官書〕太白白比狼。赤比心。黃比參。

(四)輩也。見〔廣雅釋詁〕。

(五)方也。〔呂覽貴公〕不比於人。

(六)放也。〔儀禮聘禮〕禽羞俶獻比。

(七)同也。〔禮記樂記〕比于慢矣。

(八)頻也。〔史記呂后紀〕又比殺三趙王。

(九)齊等也。〔荀子不苟〕天地比。

(十)暱狎也。〔荀子不苟〕交親而不比。

(十一)六詩之一。〔周禮大師〕敎六詩。曰風。曰賦。曰比。曰興。曰雅。曰頌。

(十二)則例也。〔漢書食貨志〕有腹非之法比。

(十三)謂比例。〔鬼谷子反應〕事有比。〔按算術有比例法。今世遂以比例爲通語矣。〕

(十四)案比也。〔周禮縣正〕各掌其縣之政令徵比。

(十五)擇善而從之曰比。見〔左昭二十八年傳〕

(十六)比部。官名。〔唐書百官志〕刑部尚書一人。侍郎一人。其屬有四。一曰刑部。二曰都官。三曰比部。四曰司門。

(十七)比丘。梵語以稱僧也。其義爲乞士。內以乞法資心。外以乞食資身。

(十八)物質溫度相等曰比熱。

(十九)比利時。亦稱白耳義。歐洲王國。與荷蘭毗鄰。英文 Belgium。

【比】普弭切音鄙紙韻

庀或字。〔集韻〕庀。治也。具也。或作比。

【比】毗義切音避寘韻

(一)卦名。坤下坎上。〔易比〕地上有水。比。

(二)輔也。見〔易比〕〔按爾雅釋詁云。比俌也。〕

(三)親也。〔周禮大司馬〕比小事大。

(四)樂也。見〔廣雅釋詁〕〔疏證〕言親比則樂也。

(五)和也。〔管子五輔〕比順以敬。

(六)合也。〔漢書劉歆傳〕比意同力。

(七)先也。〔禮記祭義〕比時具物。

(八)代也。見〔方言〕。〔按孟子願比死者一洒之。言欲代死者一雪此恨也。卽比訓代之證。〕

(九)次也。〔周禮世婦〕比其具。

(十)竝也。〔書牧誓〕比爾干。

(十一)近也。見〔廣雅釋詁〕

(十二)及也。〔漢書高帝紀〕自度比至皆亡之。

(十三)雜也。〔禮記樂記〕比物以飾節。

(十四)括也。〔考工記矢人〕夾其陰陽以設其比。夾其比以設其羽。

(十五)非一也。見〔後漢郎顗傳注〕

(十六)猶每也。〔禮記王制〕比年一小聘。

(十七)齊同也。〔詩六月〕比物四驪。

(十八)相比附也。〔漢書陳湯傳〕無比者先以聞。

(十九)阿黨爲比。〔論語爲政〕君子周而不比。

(二十)已行故事曰比。〔禮記王制〕必察小大之比以成之。

(二十一)五家爲比。五比爲閭。見〔周禮大司徒〕

(二十二)比比。猶頻頻也。〔漢書哀帝紀〕郡國比比地動。

(二十三)比余。櫛髮具。〔史記匈奴傳〕比余一。〔按漢書匈奴傳作比疏〕

【比】頻脂切音毗支韻

(一)和也。見〔廣韻〕

(二)竝也。見〔廣韻〕〔按杜甫詩。不敎鵝鴨惱比鄰。比鄰猶云竝鄰。讀平聲〕

(三)相次也。見〔集韻〕

(四)皋比。虎皮也。〔左莊十年傳〕蒙皋比而先犯之。〔按後世講學師儒多以虎皮蒙坐。故亦謂講席曰皋比。朱子橫渠贊勇撤皋比是其義也。〕

(五)師比。胡革帶鉤也。〔國策趙策〕遂賜周紹胡服衣冠具帶黃金師比。〔按史記匈奴傳作胥紕。漢書作犀毗。比與師音近義同。〕

(六)比蒲。地名。〔春秋昭十一年〕大蒐于比蒲。

【比】簿必切音邲質韻

(一)次也。〔張九齡賦〕皮龍鱗而駢比。

(二)比比。猶總總也。見〔增韻〕

(三)比竹。樂器。〔莊子齊物論〕人籟則比竹是已。〔按李軌讀扶必反〕

四畫

【⿱比犮】並杯切音裴灰韻
日本有甲—州。見〔平擴錄〕。

【⿱比比】古比字。見〔康熙字典〕。〔按字典云出玉篇。檢玉篇無此字。姑過存之。〕

【⿱比分】⿱比力譌字。見〔正字通〕。〔按此字蓋由⿱比力之草體轉寫而成。〕

五畫

【毖】兵媚切音祕寘韻
❶慎也。見〔說文〕。❷遠也。見〔廣雅釋詁〕。❸比也。見〔廣雅釋詁〕〔疏證〕比、密也。密與慎同義。❹勞也。〔書大誥〕無—于恤。❺疏也。見〔玉篇〕。❻泉流貌。〔詩泉水〕—彼泉水。

【毗】頻脂切音琵支韻
❶本作⿰囟比。〔說文囟部〕⿰囟比。人臍也。从囟。囟取氣通也。从比聲。〔按人臍上从段本增⿰囟比臍二字。〕❷輔也。〔詩節南山〕天子是—。❸助也。〔莊子在宥〕人大喜邪。—於陽。大怒邪。—於陰。〔按釋文云。并也。〕❹明也。見〔廣雅釋詁〕。❺厚也。見〔方言〕。❻懣也。見〔方言〕〔箋疏〕人臍可以通氣。謂之—。憤懣而氣不舒轉亦謂之—。以相反為義也。❼—劉。暴樂也。見〔爾雅釋詁〕〔疏〕木枝葉稀疏不均為暴樂。〔按暴樂猶言剝落。—劉暴樂即剝落也。〕❽夸—。體柔也。見〔爾雅釋訓〕。❾犀—。胡帶之鉤也。〔漢書匈奴傳〕黃金犀—一。〔按—或作比。亦作紕。詳比字。〕❿—貍。鼠名。〔澠水燕談〕契丹國產大鼠而足短。極肥。其國以為殊味。⓫—陵。縣名。漢置。屬會稽郡。今為江蘇武進縣治。⓬—邪。地名。〔維摩經〕爾時—耶大城中有長者名維摩詰。⓭—舍利。維邪離國也。見〔水經河水注〕〔按朱駿聲云。—利疊韻。舍者助語之詞。〕

【㲋】敕略切音逴藥韻
獸也。似兔。青色而大。象形。頭與兔同。足與鹿同。見〔說文㲋部〕。

【毘】同毗。見〔正字通〕。

六畫

【⿰囟比】毗本字。見〔說文〕。

【⿱比廾】古拜字。見〔集韻〕。〔按疑即𢍰之形譌。〕

【⿰囟比】毗或字。見〔集韻〕。

七畫

【⿰卷比】古次字。見〔集韻〕。

【⿰㲋巴】㲋俗字。見〔正字通〕。

九畫

【㲌】古穴切音玦屑韻
獸也。似狌狌。見〔說文㲋部〕。〔按玉篇廣韻皆云似貍。存參。〕

十畫

【⿱㲋㲋】生冀切音試寘韻
獸。似貍。見〔玉篇〕。

【⿱比毛】渠轉切音倦𧮂韻人余切音如魚韻
柔毛也。見〔字彙〕。〔按正字通云。毳字之譌。〕

【⿰比昆】掍或字。見〔集韻〕。

十二畫

【⿱㲋是】疏吏切音駛寘韻
江東呼貉為貄貄、或作—。見〔集韻〕。

十三畫

【⿱比拜】古拜字。見〔說文手部〕。

十四畫

【毚】鋤咸切音讒咸韻
❶狡兔也。兔之駿者。从㲋兔。見〔說文㲋部〕〔段注〕狡者、少壯之意。兔之大者、則為㲋之類。❷—檀。木名。〔史記孔子世家注〕皇覽曰。孔子冢去城一里。弟子各持其方樹來種之。其樹柞枌雒離女貞五味—檀之樹。〔按司馬相如傳作欃檀。〕

【⿱㲋毚】初銜切音咸攙韻
辰星別名。見〔集韻〕。

【⿱㲋害】洗野切音寫馬韻元具切音遇五故切音誤遇韻
獸名。見〔說文㲋部〕。

十五畫

【⿰齒比】同吡。見〔康熙字典〕。

十七畫

【⿰齒乍】如佳切音䋈支韻 拏扯也。見〔五音篇海〕。

二十三畫

【⿱兔⿰兔兔】匹陌切音拍陌韻 疾皃。見〔集韻〕。〔按說文从三兔。義同㕙。〕

※气部※

【气】丘既切音烝未韻

一雲—也。象形。見〔說文〕〔段注〕—氣古今文。自以氣爲雲—字。乃又作餼爲廩氣字矣。—本雲—。引伸爲凡—之稱。

二與人物也。見〔廣韻〕。〔按廣雅訓予。義同。漢書朱買臣傳。糧用乏。上計吏卒更—匄之。卽取給與之義。〕

【乞】欺訖切音乞物韻 求也。見〔廣雅釋詁〕。〔按—之本義爲雲—。假借爲—求字。省作乞。〕

二畫

【氖】同刉。見〔集韻〕。

四畫

【氛】符分切音汾。敷文切音芬文韻

一祥气也。見〔說文〕。〔段注〕謂吉凶先見之气。

二惡氣也。〔左昭十五年傳〕喪—也。

三天氣也。〔後漢張衡傳〕—旄溶以天旋兮。

四粉也。潤氣著草木。因寒凍凝。色白若粉之形也。見〔釋名釋天〕。

五霝—。古善占者。〔離騷〕命靈—爲余占之。

【⿹气中】職送切音衆送韻 心氣也。見〔字彙補〕。

【⿹气勻】古𣱛字。見〔玉篇〕。

【⿹气久】古氣字。見〔韻會〕。

【氞】陰俗字。見〔正字通〕。

【氜】陽俗字。見〔正字通〕。

【⿹气日】讀若H。空氣中所含之一種原質。無色味及臭。不能與他原質化合。字亦作氦。英文Helium。

【氝】讀若內。亦空氣中一種原質。無色味及臭。不能與他原質化合。英文Neon。

五畫

【⿹气凶】[illegible]字。見〔字彙補〕。

六畫

【氣】丘既切音气未韻

一饋客之芻米也。〔春秋傳〕曰。齊人來—諸侯。見〔說文米部〕。〔按今左傳作餼。自—假爲雲气字。而餼饋乃無作—者。〕

二愾也。愾然有聲而無形也。見〔釋名釋天〕。

三息也。見〔玉篇〕。

四候也。見〔玉篇〕。〔按素問六節藏象論云。三候謂之—。〕

五力也。〔呂覽審時〕其—章。

六質性也。〔列子湯問〕汝志彊而—弱。

七體之充也。見〔孟子告子〕。

八—謂噓吸出入者也。見〔禮記祭義注〕。

九鼻嗅也。〔禮記少儀〕洗盥執食飲者勿—。

十味爲—。見〔大戴記四代〕。

十一原質名。近譯原質名稱。如淡輕炭養等。均謂之—。

十二風之體也。空—包蒙大地。不知其極。生物呼吸之以爲存活。動則爲風。

十三精—。陰陽精靈之—也。〔易繫辭〕精—爲物。

十四五—。五方之—。〔史記五帝紀〕炎

帝脩德鎮兵治五—。

⑮六—。曰陰陽風雨晦明也。見〔左昭元年傳〕

⑯年有二十四—。見〔玉篇〕。〔按逸周書以雨水春分穀雨爲春三中。—小滿夏至大暑爲夏三中。—處暑秋分霜降爲秋三中—。小雪冬至大寒爲冬三中—。凡十二中—。漢書律歷志始有二十四—之說。蓋以立春驚蟄清明立夏芒種小暑立秋白露寒露立冬大雪小寒十二節—。合之十二中—。其數爲二十有四也。萬斯大學禮質疑云。漢造太初歷而二十四—之名始立。其說猶信。〕

【氠】相倫切音荀眞韻

氣逆也。見〔字彙補〕。

【氤】伊眞切音因眞韻

—氳。元氣。見〔玉篇〕。〔按集韻以—爲絪或字〕

【氥】讀若西。空氣中一種原質。無色臭味。不能與他原質化合。英文 Xenon。

【氦】讀若亥。義同氛。祥氛字。

七畫

【⿹气雰】雰或字。見〔集韻〕。

【氪】讀若克。空氣中一種原質。無色臭味。不能與他原質化合。英文 Krypton。

八畫

【氬】讀若亞。字亦作氩。空氣中一種原質。無色臭味。不能與他原質化合。英文 Argonium。

九畫

【⿹气盆】氛俗字。見〔玉篇〕。

十畫

【氳】於云切音熅文韻

㊀氛—。祥氣。見〔玉篇〕。

㊁氤—。元氣。見〔廣韻〕。

【⿹气消】同消。見〔字彙補〕。

十二畫

【⿹气𢽾】同氧。見〔字彙補〕。

十七畫

【⿹气纔】同綺。見〔字彙補〕。

中華大字典 辰集

※日 部※

【日】入質切音衵質韻

㊀實也。太陽之精不虧也。从○一。象形。見〔說文〕〔段注〕⊖象其輪廓。一象其中不虧。〔據天文學〕謂—爲恆星之一。極熱發光具吸力。八行星繞之。月受其光以爲明。地球與向背而爲晝夜。環行其周而成四時。—亦自轉。

㊁一晝夜也。〔書洪範疏〕從夜半以至明日夜半周十二辰爲一—。〔按周髀算經注〕以從旦至旦爲一—。今西人航海每—行程。又以今—午正至明—午正爲一—。

㊂官名。典厤數者。〔左桓十七年傳〕天子有—官。諸侯有—御。

㊃君道也。〔詩十月之交〕此—而微。

㊄巳往之—也。〔左文七年傳〕—衞不睦。

㊅卽也。見〔廣雅釋言〕。

㊆二也。見〔廣雅釋詁〕。

㊇德也。〔漢書天文志〕星傳曰。—者德也。

㊈一—猶一旦也。〔國策秦策〕一—山陵崩。

㊉十—。從甲至癸也。〔素問六節藏象論〕天有十—。

(十一)—下。荒遠之國也。〔爾雅釋地〕觚竹、北戶、西王母、—下、謂之四荒。〔又〕都城也。〔晉書陸雲傳〕—下荀鳴鶴。

(十二)—者。占卜之術也。〔史記日者傳注〕卜筮占候時—。通名—者。〔又〕往日也。〔漢書韓延壽傳〕—者燕王爲無道。

(十三)—南。地名。漢有—南郡。卽今之安南。

(十四)—逐。匈奴王號。見〔漢書宣帝紀〕。

(十五)—及。木槿別名也。〔陸機賦〕譬—及之在條。

(十六)—角。謂天庭中骨隆起也。〔後漢光武帝紀〕光武隆準—角。

(十七)—本。國名。古謂之倭。今俗又稱爲東洋。

(十八)—耳曼。種族之稱。卽德意志聯邦。英文 Germany。

(十九)—斯巴尼亞。國名。卽西班牙。英文 Spain。

一畫

【旦】得案切丹去聲翰韻

㊀明也。从日見一上。一。地也。見〔說文旦部〕。〔段注〕明當作朝。下文朝者—也。二字互訓。

㊁早也。見〔爾雅釋詁〕。

㊂——。猶怛怛也。〔詩氓〕信誓——。〔箋〕言其懇惻款誠也。〔又〕晏晏——悔爽忒也。見〔爾雅釋訓〕。〔又〕猶日日也。〔孟子告子〕——而伐之。

㊃—明。日質明也。〔儀禮少牢饋食禮〕—明行事。〔又〕日至于曲阿。是謂—明。見〔淮南天文〕。

㊄—城。起行治城者。四歲刑也。〔漢書惠帝紀〕當爲城—舂。

㊅戲劇腳色之一。扮演婦女者也。詳丑字。

㊆震—。佛氏稱中國之名。〔樓炭經〕葱河以東名震—。

㊇盍—。鳥名。一作鴠—。〔禮記坊記〕相彼盍—。〔注〕夜鳴求—之鳥。

【⿰日乙】竹角切音琢覺韻

涿奇字。見〔說文水部〕。

【⿱一日】古昏字。見〔字彙補〕。

二畫

【𣅃】伊鳥切音杳篠韻

望遠合也。見〔說文〕。〔段注〕合者。望遠則其形不分。其色不分。其小大高下不分是也。與杳字義略相近。

【早】子皓切遭上聲皓韻

㊀晨也。从日在甲上。見〔說文〕。〔段注〕晨者—昧爽也。二字互訓。甲象人頭。在其上則—之義也。

㊁速也。〔國策齊策〕—救之。

㊂先也。〔易坤〕由辨之不—辨也。

㊃夜半爲—。見〔左昭五年傳注〕。

㊄同蚤。〔儀禮士相見禮〕問日之蚤晏。〔注〕古文—作蚤。

㊅同皁。皁物柞栗之屬。〔周禮大司徒〕其植物宜—物。〔釋文〕—本作皁。

【旬】松倫切音紃須倫切音荀眞韻

㊀徧也。十日爲—。見〔說文勹部〕。

㊁時也。〔文選左思賦〕量寸—。

㊂均也。〔易豐〕雖—无咎。

㊃滿也。〔漢書翟方進傳〕—歲閒免

兩司隸。〔注〕一歲、猶滿歲也。
㈤治也。見〔小爾雅廣詁〕
㈥巡也。〔管子入國〕入國四一。
㈦猶徇也。〔太玄晃〕奚足一也。
㈧一始星名。〔史記天官書〕一始出於北斗旁。狀如雄雞。〔又〕皇天名也。〔楚辭遠遊〕造一始而觀清都。〔又〕妖氣也。〔文選張衡賦〕欃槍一始。
㈨波一魔王也。〔楞嚴經〕如我此說。名曰佛說。不如我此說。即波一說。
㈩由一梵語華言四十里也。〔庾信詩〕由一紫紺園。

【旬】規倫切音均眞韻
均也。〔周禮均人〕豐年則公一所三日焉。〔注〕讀如營營原隰之營。

【旭】吁玉切音勗沃韻　許元切音暄元韻　許皓切音好皓韻
㈠日旦出貌。一曰明也。見〔說文〕
㈡一一小人得志驕蹇之貌。〔爾雅釋訓〕一一蹻蹻憍也。〔又〕未明之間也。〔太玄從〕方出一一。〔又〕鼓勵之聲也。〔文選揚雄賦〕洶洶一一。
㈢一卉幽昧貌。〔文選揚雄賦〕杳一卉兮。〔又〕速疾也。見〔漢書揚雄傳注〕

【旫】他彫切音挑蕭韻
日晦也。見〔篇海〕

【旱】徒鼎切音挺迥韻
空也。見〔字彙補〕

【⿱日氏】古昏字。見〔集韻〕

【旪】同協。見〔漢書五行志〕

【⿰日力】同旨。見〔篇韻〕

【旮】同旭。見〔篇海〕

【⿱亡日】旨或字。見〔集韻〕

【⿰日卜】袋俗字。〔滇南新語〕雲南採寶石者以狗皮爲袋。一袋謂之一一。

三畫

【旰】居案切音幹　侯罕切音旱翰韻
㈠晚也。見〔說文〕
㈡盛貌。〔史記司馬相如傳〕采色澔一。

【旰】居寒切音干寒韻
日行也。見〔集韻〕

【旱】侯旰切音翰翰韻　下罕切音悍旱韻
㈠不雨也。見〔說文〕
㈡大火爲一。見〔禮記月令注〕
㈢二穀不收謂之一。見〔墨子七患〕
㈣悍也。見〔春秋考異郵〕
㈤山名。〔詩旱麓〕瞻彼一麓。
㈥水之對也。如俗稱一道、一煙之類。

【旴】匈于切音訏虞韻
㈠日始旦也。見〔集韻〕
㈡大也。〔漢書谷永傳〕故又廣一營表。

【⿱日廾】居容切音恭冬韻
㈠竦手也。見〔集韻〕
㈡扶也。見〔玉篇〕

【旲】徒來切音臺灰韻
日光也。見〔玉篇〕

【⿱日天】於丙切音影梗韻
大也。見〔篇海〕

【⿰日亡】謨郎切音芒陽韻
暑熱也。見〔集韻〕

【⿰日刃】而振切音刃震韻
眩瀎也。見〔篇海〕

【旳】丁歷切音的錫韻
明也。易曰爲一顙。見〔說文〕〔段注〕一者白之明也。故俗字作的。漢魯俊碑曰晚矣一一。

【旵】丑減切音讒豏韻
日光照也。見〔玉篇〕

【⿰日乞】奇計切音氣霽韻
日氣也。見〔正字通〕

【⿱千日】古旨字。見〔集韻〕〔按說文从千甘。日爲甘之隸變。故集韻不錄⿱千日。〕

【⿱丌日】古期字。見〔玉篇〕

【⿱夂日】古冬字。見〔玉篇〕

【⿳日丷一】古豆字。見〔玉篇〕

【⿱亞日】古晒字。見〔字彙補〕

【昌】昌籀文。見〔說文〕

【⿱日乙】同艮。見〔篇韻〕

【⿵冂日】方膺切烝蒸韻
義闕。〔字彙補〕出大宗地元文本論。

四畫

【旺】于放切王去聲漾韻

❶日暈也。見〔玉篇〕。
❷光美也。見〔集韻〕。
❸俗借作孤臚王相之王。如興—、盛—之類。
❹南—湖名。在山東汶上縣西南。爲運河南北之關鍵。

【旻】眉貧切音珉眞韻

❶秋天也。虞書說。仁覆閔下則稱—天。見〔說文〕〔段注〕。覆閔、各本作閔覆。誤。今依玉篇、廣韻、訂。秋氣或生或殺。故以閔下言之。
❷天空也。〔辟能詩〕和吹度穹—。

【昄】補綰切音版潸韻 披班切音攀刪韻 部滿切音伴旱韻 匹見切音片霰韻

❶大也。見〔說文〕。
❷—章。猶版圖也。〔詩卷阿〕爾土宇—章。〔朱傳〕或曰。—、當作版。版章、猶版圖也。

【昂】魚岡切音卬陽韻

❶舉也。見〔說文新附〕。
❷仰也。〔談藪〕黍熟頭低。麥熟頭—。
❸抗揚也。〔文選傅毅賦〕噴息激—。〔注〕激—、激厲抗揚之意。
❹高也。〔禮記曲禮注〕令左—右低。
❺貴也。〔唐書崔神基傳〕俄而物價踴—。
❻——馬行貌。〔楚辭卜居〕寧——若千里之駒乎。
❼日升也。一曰明也。見〔類篇〕。
❽同卬。見〔類篇〕。

【昻】魚向切音仰漾韻

君德也。〔爾雅釋訓〕顒顒——。君之德也。

【昆】公渾切音鯤元韻

❶同也。从日。从比。見〔說文〕〔段注〕从日者。明之義也。亦同之義也。从比者。同之義。
❷後也。〔書大禹謨〕—命于元龜。〔傳〕—、後也。
❸後—子孫後世也。〔書仲虺之誥〕垂裕後—。
❹—孫。來孫之子也。〔爾雅釋親〕來孫之子曰—孫。
❺兄也。〔詩葛藟〕謂他人—。
❻蟲也。見〔廣雅釋詁〕。
❼貫也。見〔釋名釋親屬〕。
❽山名。同崑。〔淮南詮言〕—山之玉。〔注〕—山、侖也。
❾蟲名。〔大戴記夏小正〕—小蟲抵蚳。〔傳〕—者、衆也。
❿獸名。〔漢書百官公卿表〕牧橐—蹏令丞。〔注〕師古曰。—、獸名。應劭曰。—蹏、好馬名。
⓫—彌。西域國名。〔後漢杜篤傳〕獲—彌。
⓬—吾。古諸侯名。〔詩長發〕—吾夏桀。〔傳〕—吾已姓。〔又〕邱名。〔山海經海內經〕有九邱曰—吾之邱。〔又〕龍劍也。〔列子湯問〕西戎獻—吾之劍。
⓭—明。池名。〔杜甫詩〕—明池水漢時功。〔在今陝西長安縣〕〔又〕滇池、一名—明池。在今雲南—明縣。
⓮—布。海中植物。可充蔬食。兼可入藥。俗謂之海帶。見〔本草綱目〕。
⓯姓也。戰國有賢者—辯。
⓰通混。〔詩采薇序〕西有—夷之患。〔文釋〕—、本又作混。古門反。

【昆】胡昆切音魂元韻 戶袞切阮韻

人名。漢有屬國公孫—邪。

【昆】同渾。〔太玄中〕—侖旁薄。〔注〕亦作渾淪。

【昇】書蒸切音陞蒸韻

❶日上也。古只用升。見〔說文新附〕。
❷遷官也。〔唐書馬周傳〕欲有擢—。宰相必先試以臨人。
❸登山也。〔韓愈詩〕嶺陞窮晨—。
❹州名。唐置。屬江南道。當今江蘇江寧縣。
❺—華。化學名詞也。加熱於固體。使變爲氣。而此氣體至冷處復凝爲固體者謂之—華。

【昈】後五切音戶麌韻

❶明也。見〔說文新附〕。
❷文彩貌。見〔方言〕。
❸——。赤文也。〔文選張衡賦〕赫——以弘敞。

【昉】甫兩切音仿養韻

❶明也。見〔說文新附〕。
❷適也。〔公羊隱二年傳〕始滅—於此乎。〔注〕—、適也。齊人語。
❸始也。〔列子黃帝〕衆—同疑。

【昊】下老切音皓皓韻

❶本作昦。〔說文夰部〕昦。春爲昦天。元氣昦昦也。〔段注〕春爲昦天。釋天文。元氣昦昦者。釋昦字之義。黍離毛傳曰。蒼天以體言之。元氣廣

大。則俌—天。仁覆閔下。則俌旻天。自上降臨。則俌上天。據遠視之蒼蒼然。則俌蒼天。

㊁夏亦曰—天。〔爾雅釋天〕夏為—天。〔注〕言氣皓旰。

㊂天之泛稱也。〔蘇軾詩〕忍饑未擬窮呼—。

㊃太—少—。古帝名。見〔漢書古今人表〕。

㊄通倝。〔詩蓼莪〕—天罔極。〔漢書鄭崇傳〕作倝天罔極。

【昌】　蚩良切音倡陽韻

㊀美言也。从日。从曰。一曰。日光也。詩曰。東方—矣。見〔說文〕。〔段注〕—之本義訓美言。引伸之為凡光盛之偁。則亦有訓為日光者。日光祇為餘義。

㊁當也。見〔爾雅釋詁〕。

㊂始也。見〔廣雅釋詁〕。

㊃盛也。〔書仲虺之誥〕邦乃其—。

㊄狄好貌。〔詩猗嗟〕猗嗟—兮。

㊅慶也。〔文選左思賦〕天帝運期而會—。

㊆物也。〔莊子在宥〕今夫百—皆生于土而反于土。

㊇謂各遂其生也。〔荀子禮論〕萬物以—。

㊈地事曰—。見〔大戴記虞戴德〕。

㊉丘名。〔爾雅釋丘〕途出其—丘。

(十一)州名。唐置。屬劍南道。當今四川大足縣。

(十二)—披。衣不帶貌。〔離騷〕何桀紂之—披兮。

(十三)文—星名。〔史記天官書〕斗魁戴匡六星、曰文—宮。

(十四)—歔。蒿蒲菹也。〔左僖三十五年傳〕。欒有—歔。

(十五)蒲—海名。〔水經河水注〕河出崑崙。重源潛發。淪于蒲—。〔即今之羅布淖爾〕。

(十六)高—國名。〔隋書西域傳〕西域凡為三道。中道從高—。〔即今新疆吐魯番縣〕。

【昌】　尺亮切音唱漾韻

同倡。見〔集韻〕。

【昍】　許元切音喧元韻

明也。見〔集韻〕。

【明】　眉兵切音鳴庚韻

㊀照也。見〔說文朙部〕。〔段注〕大雅皇矣傳曰。照臨四方曰—。〔按古文從日作—。說文通作朙。漢石經作明。今從古文作—〕。

㊁晝也。〔左昭元年傳〕—淫心疾。

㊂陽也。〔史記五帝紀〕幽—之占。

㊃顯也。〔國語晉語〕—賢良。

㊄智也。〔呂覽盡數〕因智而—之。

㊅尊也。〔禮記禮運〕故君者所—也。

㊆潔也。〔禮記中庸〕齊—盛服。

㊇稚也。〔國策齊策〕此不叛寡人—矣。

㊈白也。〔禮記曲禮〕稷曰—粢。

㊉備也。〔詩楚茨〕祀事孔—。

(十一)著也。〔國語晉語〕怨豈在—。

(十二)猶盛也。〔淮南說林〕長而愈—。

(十三)猶才也。〔易乾〕—辨晳也。

(十四)猶外也。〔史記樂書〕—則有禮樂。

(十五)類也。見〔廣雅釋詁〕。

(十六)發也。見〔廣雅釋詁〕。

(十七)通也。見〔廣雅釋詁〕。

(十八)理也。〔淮南時則〕天地乃—。

(十九)成也。見〔爾雅釋詁〕。

(二十)辨說是非也。〔禮記樂記〕述者之謂—。

(廿一)有光耀也。〔考工記函人〕舉之而豐則—也。

(廿二)日出也。〔詩雞鳴〕東方—矣。

(廿三)則之以示人也。〔禮記郊特牲〕郊所以—天道也。

(廿四)使民衣服有章也。〔禮記祭法〕黃帝正名百物。以—民共財。

(廿五)神靈也。〔禮記檀弓〕其曰—器神明之也。

(廿六)目精也。〔禮記檀弓〕子夏喪其子而喪其—。

(廿七)謂—酌也。〔禮記郊特牲〕猶—清與醆酒。

(廿八)朝代名。朱太祖代元有天下。國號—。起民國紀元前五百四十六年。訖二百七十八年。

(廿九)以陽燧取火于日、曰—火。以陰鑑取水于月、曰—水。〔周禮司烜〕以夫遂取—火於日。以鑒取—水於月。

(三十)州名。漢會稽郡地。唐置—州。明曰—州府。當今浙江鄞縣。

(卅一)譖訴不行曰—。見〔周書諡法〕。

(卅二)—察也。見〔爾雅釋訓〕。

(卅三)—年、—月。猶次年次月也。見〔左昭七年傳〕。—日猶次日也。見〔論語微子〕。

(卅四)大—。日也。〔禮記禮器〕大—生於東。

(卅五)啓—。星名。〔詩大東〕東有啓—。

(卅六)清—。節氣名。見〔後漢律曆志〕。

(卅七)—衣。齋時服也。〔論語鄉黨〕齊必有—衣布。

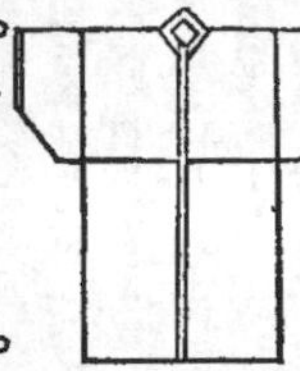

明衣圖

(卅八)—堂。古天子布政之宮也。〔孝經〕宗祀文王於—堂。

(卅九)決—。草名。〔廣雅釋草〕薂—羊角也。〔疏證〕神農本草決—子。陶隱居注云葉如茳芒子形似馬蹄。呼為馬蹄決—。又別有草決—是蔞蒿子。

決明圖

(四十)通萌。〔漢書地理志〕廣漢郡葭—。〔注〕—音萌。

(四一)同孟。〔周禮職方氏注〕望諸、—都也。〔釋文〕—都、禹貢作孟豬。

(四二)通盟。〔詩黃鳥〕不可與—。〔箋〕—、當為盟。

(四三)姓也。平原—普。晉荀晞從事—預。

【昏】 呼昆切音關元韻

(一)日冥也。从日氐省。氐者下也。見〔說文〕。〔段注〕冥者、窈也。窈者、深遠也。鄭目錄云。士娶妻之禮。以—為期。因以名焉。必以—者。陽往而陰來。日入三商為—。引伸為凡闇之偁。

(二)代也。見〔爾雅釋詁〕。〔注〕代、明也。〔疏〕—來則明往。故曰代明。

(三)損也。陽精損滅也。見〔釋名釋天〕。

(四)迷也。〔呂覽誣徒〕—於小利。

(五)沒也。〔書盤庚〕下民—墊。

(六)亂也。〔書牧誓〕—棄厥肆祀弗答。

(七)嫁娶也。〔詩谷風〕宴爾新—。

(八)妻父也。〔左昭二十五年傳〕—嫾姻亞。〔注〕妻父曰—。重—為嫾。

(九)彊也。〔書盤庚〕不—作勞。

(十)無心之謂也。〔莊子在宥〕遠我—乎。

(十一)人生未名而死曰—。〔左昭十九年〕札瘥夭—。〔又〕狂荒之疾也。〔國語晉語〕君子失心鮮不夭—。

(十二)已惡而掠美為—。見〔左昭十四年傳〕。

(十三)奄人也。〔詩召旻〕—椓靡共。〔箋〕—、椓皆奄人。

(十四)合—。花名。〔群芳譜〕合歡一名合—。至暮即合故名合—。

【昬】 呼困切音惛願韻

(一)暗也。見〔集韻〕。

(二)姓也。見〔集韻〕。

【昃】 札色切音側職韻

(一)本作厢。〔說文〕厢。日在西方時側也。从日。仄聲。易曰日厢之離。〔段注〕日在西方則景側也。日在上而干聲。則為不兩。日在旁而干聲。則為晚。然則厢訓為日在西方。豈容移日在上。

(二)昳也。見〔廣雅釋言〕。

(三)東西方之別稱也。〔淮南地形〕東西方曰—區。

【易】 夷益切音亦陌韻

(一)蜥—。蝘蜓守宮也。象形。祕書說曰。日月為—。象陰易也。見〔說文易部〕。〔段注〕上象首。下象四足。尾甚微。故不象。祕書。謂緯書。謂上从日象陽。下从月象陰。

(二)六經之一也。〔易繫辭〕—者象也。

(三)占—之官也。〔禮記祭義〕—抱龜南面。

(四)改變也。〔易乾文言〕不—乎世。

(五)互市也。〔易繫辭〕交—而退。

(六)回也。〔荀子成相〕紂卒—鄉。

(七)代也。〔漢書周昌傳〕無以—堯。

(八)亦也。〔素問骨空論〕—髓無空。

(九)始也。見〔方言〕。

(十)庵也。見〔廣雅釋室〕。

(十一)希為也。〔列子天瑞〕故曰—也。

(十二)轉生也。〔左哀十一年傳〕無俾—種于茲邑。

(十三)猶違也。〔呂覽禁塞〕古之道也不可—。

(十四)猶異也。〔國語晉語〕中外—矣。

(十五)猶反也。〔左哀元年傳〕子常—之。

(十六)猶交也。〔管子問〕審刑當罪。則人不—訟。

(十七)郊內謂之—。見〔周禮縣師而辨其夫家人民田萊之數注〕。

(十八)好更改舊曰—。見〔周書諡法〕。

(十九)辟—。開張舊處也。〔史記項羽紀〕赤泉侯人馬俱驚辟—數里。

(二十)水名。〔水經易水注〕出涿郡故安縣閻鄉西。〔在今直隸—縣〕。

(廿一)通場。〔管子富國〕觀國之治亂藏

否。至于軀—而端已見矣。

(廿二)姓也。—牙之後。

【易】以豉切音異寘韻

(一)難之反也。〔論語子路〕爲君難。爲臣不—。

(二)平也。見〔爾雅釋詁〕。

(三)備也。〔國語晉語〕不敢安—。

(四)治也。〔孟子盡心〕—其田疇。

(五)路也。〔易繫辭〕乾以—知。

(六)猶省也。〔公羊宣六年傳〕是子之—也。

(七)輕也。〔漢書王嘉傳〕吏民慢—之。

(八)坦途也。〔淮南兵略〕—則用車。

(九)和悅也。〔禮記郊特牲〕示—以敬也。

(十)如也。見〔廣雅釋言〕。

(十一)相親信無後患之辭。〔公羊莊十三年傳〕何以不日—也。

(十二)無守禦之備也。〔公羊僖三年傳〕其言取之何—也。

(十三)謂臣禮也。〔禮記檀弓〕—則—。于則于。

(十四)不—多難也。〔左襄三年傳〕以歲之不—。

【昔】思積切音惜陌韻

(一)乾肉也。从殘肉日以晞之見〔說文〕。〔段注〕—肉必經一夕。故古借—爲夕。

(二)上世也。〔易繫辭〕—者聖人之作易也。〔又〕—者昨日也。〔孟子公孫丑〕—者辭以疾。

(三)久也。〔周禮酒正〕二曰—酒。〔疏〕—酒者久釀乃熟。

(四)猶前也。〔禮記檀弓〕予疇—之夜。

(五)夜也。〔左哀十四年傳〕爲一—之期。

(六)始也。〔詩采薇〕—我往矣。

(七)終也。〔呂覽任地〕孟夏之—。

(八)舊也。〔史記田敬仲完世家〕弓膠—幹。

(九)—邪。烏韭也。在屋曰—邪。在牆曰垣衣。見〔廣雅釋艸〕。

(十)姓也。漢有烏傷令—登。

昔邪圖

【昔】倉各切音錯藥韻

牛角捔理錯也。〔考工記弓人〕老牛之角紾而—。〔注〕—讀爲交錯之錯。

【昕】許斤切音欣文韻　虛其切音僖支韻

(一)旦明也。見〔說文〕。〔段注〕小徐本作旦也。明也。韻會作旦明也。今正爲旦明。文王世子、大—。鄭云早昧爽也。是—即晨而未旦也。

(二)通軒。〔爾雅釋天疏〕四曰—天。讀曰軒。言天北高南下若車之軒。吳時姚信所說。

【昈】阮古切音五麌韻　五故切音誤遇韻

(一)明也。見〔玉篇〕。

(二)日當午而光盛也。見〔正韻牋〕。

【昋】涓惠切音桂霽韻　吠迴切音憬梗韻

姓也。〔後漢陳球碑〕城陽炅橫。漢末被誅。有四子。一守墳墓。姓炅。一子避難居徐州。姓—。〔餘詳炅字〕。

【映】古穴切音決屑韻

日食色也。見〔玉篇〕。

【㫚】他骨切呑入聲月韻

入水又出貌。見〔篇海〕。

【旼】眉貧切音珉眞韻

——。和也。〔史記司馬相如傳〕——穆穆。君子之能。

【旽】他昆切音燉元韻

同暾。日欲出也。見〔玉篇〕。

【旽】朱閏切音吶震韻

——。懇誠也。見〔集韻〕。

【昞】奴骨切音訥月韻

日入色也。見〔篇海〕。

【昀】俞倫切音勻眞韻

日光也。見〔玉篇〕。

【昁】博蓋切音貝泰韻

不明也。見〔集韻〕。

【昅】極業切音拗洽韻　極曄切音笈葉韻

㬎—。乾也。見〔集韻〕。

【𣅀】莫筆切音密質韻

不見也。从日否省聲。見〔說文〕。〔段注〕當爲不日也。从不日。王氏不日不月。大雅不日成之。今俗語謂不遠而不定何日。亦曰不日。即形即義。許書有此例。

【昐】方文切音分文韻　日光也。見〔玉篇〕。

【旽】丁含切音耽覃韻　日曉色也。見〔篇海〕。

【昳】附夫切音扶虞韻　日也。見〔玉篇〕。

【昑】邱甚切欽上聲寑韻　明也。見〔玉篇〕。

【曶】呼骨切音忽月韻文弗切音勿物韻　尙冥也。見〔說文〕。〔段注〕冥者窈也。幽也。自凵入至此。尙未凵出也。按漢人—、昧通用不分。

【昳】音爐魚韻

【眂】都奚切音低齊韻　凵始旦也。見〔篇韻〕。凵下也。見〔篇韻〕。

【㫁】㫁本字。見〔說文〕。

【旹】古時字。見〔說文〕。

【㫮】古春字。見〔集韻〕。

【㬵】古厥字。見〔集韻〕。

【昈】古㬎字。見〔集韻〕。

【昷】古豆字。見〔說文〕。

【昒】同曶。〔文選班固賦〕—昕寤而仰思兮。

【昨】同晤。見〔集韻〕。

【昔】同皆。見〔集韻〕。

【晬】晬譌字。見〔篇海〕。

【㫗】㫗譌字。見〔正字通〕。

五畫

【星】桑經切音腥靑韻

(一)本作曐。〔說文晶部〕曐萬物之精。上爲列—。〔按舊云五—二十八宿。新說則以金、木、水、火、土、地球、天王、海王、爲八大行—〕。

(二)二十八宿之一。今立春節子正初刻十四分之中—。

星宿圖

(三)散也。列位布散也。見〔釋名釋天〕。〔俗言零—、羅—、散。皆此義〕。

(四)晚也。見〔廣雅釋詁〕。

(五)陰也。〔淮南說山〕日出—不見。不能與之爭光也。

(六)晴也。〔詩定之方中〕—言夙駕。〔釋文引韓詩〕—晴也。

(七)白色點也。〔謝靈運詩〕——白髮垂。

(八)肉中如米者也。〔禮記內則〕豕望視而交睫。腥。〔注〕腥當爲—。聲之誤也、肉中如米者。

(九)—家。算家也。〔後漢郎顗傳〕父宗善風角—算。〔按今算命者稱—士本此〕。

(十)—流。言疾也。〔文選張衡賦〕煌火馳而—流。

(十一)—宿海。舊云黃河發源處也。〔宋史河渠志〕西番朵甘思南部、曰—宿海者。河源也。〔按近日地學家。實考河源出靑海巴顏哈喇山。東流三百里。始至鄂敦撻喇。鄂敦譯言—。撻喇譯言平川。卽古—宿海也〕。

(十二)—貨。雜貨也。〔貧暇錄〕—貨鋪、言其列貨叢雜。如—之繁。

(十三)—期。西人以虛、房、昴、四宿日爲休息日。謂之—期。

(十四)古婦女妝面上安花子、亦曰—。〔庾信賦〕靨上—稀。

(十五)姓也。南陽太守羊續娶濟北—重女。見〔羊氏家傳〕。

【映】於慶切英去聲敬韻

(一)明也。隱也。見〔說文新附〕。

(二)曬也。見〔小爾雅廣言〕。

(三)午後一二時也。〔纂要〕日在午曰亭。在未曰—。

(四)猶蔽也。〔文選顏延年詩〕金竄—松山。

(五)猶照也。〔文選陸機詩〕變情変㬪。〔注〕㬪猶照也。〔按㬪、同—〕。

【㬪】倚朗切音泱養韻　—𣊬。不明也。見〔玉篇〕。

【春】樞倫切蠢平聲眞韻

(一)本作萅。〔說文艸部〕萅推也。从艸。从日。艸、—時生也。屯聲。

(二)始也。〔公羊隱元年傳〕—者何、歲之始也。

(三)蠢也。〔禮記鄉飲酒義〕—之爲言蠢也。

(四)酒名。〔唐國史補〕酒有郢之富水—。烏程之若下—。滎陽之上窟—。富平之石凍—。劍南之燒—。〔按詩七月爲此—酒。傳。凍醪也。故酒多名—〕。

⑤花名。〔羣芳譜〕迎｜花。一名金腰帶。酴醿一名獨步｜。罌粟別種名麗｜。芍藥一名婪尾｜。牡丹有紹興｜、政和｜、玉樓｜、漢宮｜、壽｜紅、探｜、毬｜諸名。

⑥男女之情慾也。〔詩野有死麕〕有女懷｜。〔嚴粲詩說〕女之懷昏姻者謂之懷｜。按後世繪祕戲圖、曰｜畫。售房中方曰｜藥。蓋本此。

⑦小｜。陰曆十月也。〔事文類聚〕十月暖如｜。故謂之小｜。

⑧｜坊。淸代官名。屬詹事府。有左右｜坊庶子等官。

⑨禽卵也。粵人謂秦之卵曰｜。

⑩姓也。｜申君黃歇之後。

〔春〕　尺尹切音蠢軫韻

作也。出也。〔考工記梓人〕張皮侯而棲鵠。則｜以功。〔注〕｜、讀爲蠢。

〔昧〕　莫佩切音妹隊韻

①爽且明也。一曰闇也。見〔說文〕。〔段注〕各本且作旦。今正。且明者。將明未全明也。

②冥也。〔書堯典〕宅西曰｜谷。〔今具言闇｜〕。

③昏亂也。〔書仲虺之誥〕兼弱攻｜。〔今具言昏｜〕。

④貪冒也。〔左襄二十六年傳〕楚王是故｜于一來。〔今具言冒｜〕。

⑤剟也。〔公羊襄二十七年傳〕｜雉彼視。

⑥微物也。〔易屯〕天造草｜。

⑦蔽公者謂之｜。見〔荀子大略〕。

⑧目不別五色之章爲｜。見〔左僖二十四年傳〕。

⑨萬物衰老取晦｜之義也。見〔白虎通禮樂〕。

⑩樂名。〔禮記明堂位〕｜。東夷之樂也。

⑪通沬。星也。〔易豐〕日中見｜。〔釋文引字林作｜。云斗杓後星〕。

⑫｜｜。不明也。〔書秦誓〕｜｜我思之。〔又〕欲明而未也。〔淮南俶眞〕而知乃始｜｜咻咻。〔又〕純厚也。〔淮南俶眞〕其道｜｜芒芒然。

⑬｜莫。廣大貌。〔文選左思賦〕相與聊浪乎｜莫之垌。

⑭三｜。佛家喻言解脫也。〔翰林志〕三｜。言去纏縛而就解脫也。

〔昨〕　疾各切藏入聲藥韻　存故切音祚倉故切音措遇韻

①㬰日也。見〔說文〕。〔段注〕㬰者、增也。㬰日、謂重㬰其日也。〔按今訓｜爲隔。仍即累日之義〕。

②同酢。〔周禮司几筵〕祀先王｜席亦如之。〔注〕｜、讀曰酢。

③同祚。〔爾雅釋天〕夏曰復｜。〔釋文〕｜本作祚。

④姓也。〔又〕｜和。複姓。見〔廣韻〕。

〔昧〕　莫撥切音末曷韻

①日中不明也。見〔廣韻〕。

②星也。見〔廣韻〕。

〔昪〕　皮變切音卞霰韻

①喜樂貌。見〔說文〕。〔段注〕小雅弁彼鸒斯傳曰。弁、樂也。此｜之段借也。釋詁、詩序、皆云。般、樂也。般亦｜之段借也。

②日光也。見〔廣韻〕。

③明也。見〔玉篇〕。

〔旵〕　儻旱切音坦旱韻　徒案切音憚翰韻

明也。見〔集韻〕。

〔昫〕　句于切音訏虞韻　吁句切音煦遇韻　火羽切音詡麌韻

①日出溫也。見〔說文〕。〔段注〕溫、各本作溫。今正。

②同煦。溫恤也。〔淮南原道〕｜嫗覆育。

③縣名。〔後漢光武紀〕進圍董憲龐萌於｜。〔注〕｜、縣名。屬東海郡。〔在今江蘇東海縣南〕。

〔昫〕　翊拱切音洶腫韻

旦明五鼓也。〔司馬法〕鼓旦明五通爲發｜。

〔昭〕　之遙切音招蕭韻

①日明也。見〔說文〕。〔段注〕引申爲凡明之偁。自晉避司馬｜諱。不敢正讀。一切讀上饒反。而陸氏乃以入經典釋文。陋矣。又別製佋字。無識者又取以竄入說文人部中。其亂名改作有如此者。

②顯也。〔左定四年傳〕以｜周公之明德。

③光也。〔詩雲漢〕｜回于天。

④見也。〔詩時邁〕明｜有周。

⑤曉也。〔禮記樂記〕蟄蟲｜蘇。〔注〕蟄蟲以發生爲曉。更息爲蘇。

⑥宗廟之在左位次也。〔禮記祭統〕｜穆者。所以別父子遠近長幼親疏之序而無亂也。

⑦ —德有勞曰—。容儀恭美曰—。聖聞周達曰—。均見〔周書謚法〕。

⑧ 州名。唐置。屬嶺南道。當今廣西平樂縣。見〔清一統志〕。〔今仍在廣西平樂縣〕。

⑨ ——明顯貌。〔荀子非十二子〕——然。〔又〕挾小貌。〔禮記中庸〕斯——之多。〔又〕謂陽明之上也。〔素問陰陽類論〕上合——。

⑩ —陽歲陽名。〔爾雅釋天〕太歲在癸曰—陽。〔按史紀曆書作向章〕。

⑪ —餘祁澤名也。〔周禮職方氏〕正北爲幷州其澤藪曰—餘祁。〔在今山西祁縣東七里〕。

⑫ —儀漢後宮官名。〔文選張衡賦〕是時後宮嬖人—儀之倫。

⑬ —君王嬙也。後避晉司馬—諱改作明妃。

⑭ —華玉名。〔淮南泰族〕贈以—華之玉。

⑮ —烏達盟。內蒙古東四盟之一也。共八部十一旗。〔又〕伊克—盟。爲西二盟之一。一部七旗。

⑯ 姓也。—、屈、景、三姓皆楚之後。

【昭】之繞切音沼篠韻

其音——。見〔詩泮水〕。

【昭】照省文見〔韻集〕。

【昜】余章切音陽陽韻

① 開也。从日一勿。一曰飛揚。一曰長也。一曰彊者衆皃見〔說文勿部〕。〔段注〕此陰陽正字也。陰陽行而侌昜廢矣。从勿者、取開展意。

② 光也。見〔佩觿集〕。

【是】上紙切音移紙韻

① 直也。从日正。見〔說文是部〕。〔段注〕—从日正。會意。天下之物。莫正於日也。

② 非之反也。〔禮記曲禮〕明—非也。

③ 則也。見〔爾雅釋言〕。

④ 嗜也。人嗜樂之也。見〔釋名釋言語〕。

⑤ 理也。〔國語楚語〕王弗—。

⑥ 實也。〔國策西周策〕—攻用兵。

⑦ 此也。〔論語爲政〕—可忍也。

⑧ 猶執也。〔禮記喪大記〕大胥—斂。

⑨ 謂可其意也。〔荀子富國〕其所—焉誠美。

⑩ 實指人物之辭。〔孟子滕文公〕—焉得爲大丈夫乎。

⑪ 敍正也。〔後漢安帝紀〕詔五經博士—正文字。

⑫ 實也。〔詩閟宮〕—生后稷。〔王引之云〕此猶言實生后稷也。

⑬ 祇也。〔論語爲政〕今之孝者。—謂能養。〔王引之云〕此猶言祇謂能養也。

⑭ 夫也。〔禮記三年問〕今—大鳥獸。〔王引之云〕此猶言今夫大鳥獸也。

⑮ 猶於—也。〔書禹貢〕桑土既蠶。—降邱宅土。〔王引之云〕此猶云于—降邱宅土也。

⑯ 高—山名。〔山海經北山經〕高—之山。滋水出焉。〔在今山西靈邱縣西北〕。

⑰ 通事。〔新序雜事〕君臣不合。國—無由定矣。

⑱ 通氏。〔禮儀士昏禮〕惟—三族之不虞。〔白虎通宗族作氏〕。

⑲ 姓也。吳—儀。唐—光。

【是】田黎切音題齊韻

月邊也。〔公羊僖十六年傳〕—月者何。僅逮—月也。〔注〕—月邊也。魯人語也。〔釋文〕—如字。一音徒兮反。

【昵】尼質切音匿入質切音日質韻

① 暱或字。〔說文〕暱或从尼作—。〔段注〕古文叚尼爲—。尼、近也。

② 近己之人也。〔書說命〕官不及私—。

【昵】乃禮切音禰薺韻

考也。謂稱廟也。〔書高宗肜日〕典祀無豐于—。

【昵】質力切音職職韻

黏也。膠也。〔考工記弓人〕凡—之類不能方。〔司農注〕謂膠耆㬈或爲䵒䵒、黏也。

【昶】丑兩切音敞養韻

① 長也。从日永。會意。見〔說文新附〕。

② 通也。見〔廣雅釋詁〕。

③ 舒也。見〔廣韻〕。

【昶】丑亮切音悵漾韻

同暢。〔文選嵇康賦〕雅—唐堯。

【昳】徒結切音耋屑韻

① 日昃也。見〔說文新附〕。

② 日陰曰—。〔見文選七哀詩注引〕

通俗文〕。
㊉通逸。〔國策齊策〕身體一麗。

【眂】都黎切音低齊韻
日也。見〔玉篇〕。

【昡】熒絹切音縣霰韻
日光也。〔離騷〕世幽昧以一曜兮。

【昢】普沒切音䬃月韻普罪切音
琣賄韻
日月始出光未盛也。〔楚辭疾世〕
時一一兮旦旦。

【㫲】滂佩切音配隊韻
向晴也。見〔玉篇〕。

【昣】止忍切音畛軫韻
明也。見〔集韻〕。

【昤】郎丁切音靈青韻
一曨日光也。見〔廣韻〕。

【昜】才用切從去聲宋韻
功人也。見〔玉篇〕。

【昄】他刀切音絛豪韻
日色也。見〔集韻〕。

【㫰】於九切音黝有韻
一炰。欲乾也。見〔集韻〕。

【昵】古況切音誑漾韻
明也。見〔集韻〕。

【晛】許詠切韺去聲敬韻
日中風也。見〔玉篇〕。

【昛】臼許切音巨語韻
明也。見〔集韻〕。

【昖】以專切音沿先韻
日行也。見〔玉篇〕。

【昱】余六切音毓屋韻
日明也。見〔說文〕。〔段注〕日明各
本作明日。今依衆經音義及玉篇
訂。一之義。引申爲凡明之偁。

【昹】于蓋切音藹泰韻
星名。見〔金鏡〕。

【昷】烏昆切音溫元韻
本作𥁕。〔說文皿部〕𥁕。仁也。从皿
以食囚也。〔廣韻〕𥁕今作一。同。

【昺】古熒切音扃青韻
明也。見〔篇海〕。

【昿】楚革切音冊陌韻
告也。見〔篇海類編〕。

【晜】芳未切音費未韻茅微切音
霏微韻芳問切音忿問韻敷
勿切音拂物韻
曬乾物也。〔列子周穆王〕酒未清。
肴未一。

【昁】普活切音撥曷韻
光也。見〔集韻〕。

【昴】莫飽切音卯巧韻謨交切音
茅肴韻
白虎宿星也。見〔說文〕。〔按一爲
二十八宿之一。今立冬節子初三
刻三分之中星。〕

昴宿圖

【昝】子感切音揩感韻
姓也。出蜀郡。見〔廣韻〕。

【昝】䜞譌字。見〔說文曰部〕。

【昞】補永切音丙梗韻陂病切音
柄敬韻
同炳。亮也。見〔集韻〕。〔廣雅釋詁
云。明也。〕

【㫧】音未詳

一怯。水名其水濯之能腐手。見〔
字彙補引佛經〕。

【𣅂】早本字。見〔說文〕。

【昰】是本字。見〔說文昰部〕。

【昚】古慎字。見〔說文心部〕。

【昞】古昉字。見〔集韻〕。

【昰】古夏字。見〔集韻〕。

【昺】同昞。宋帝一。見〔宋史〕。

【昵】同晛。日映也。見〔玉篇〕。

【昷】同冬。見〔字彙補〕。

【昸】同冬。見〔篇韻〕。

【㫝】同昢。見〔篇海〕。

【昦】同昊。見〔集韻〕。

【昪】同昇。見〔字彙〕。

【昬】同昏。見〔正字通〕。

【㬏】同昶。見〔字彙補〕。

【㫬】瞀譌字。見〔篇韻〕。

六畫

【晁】馳遙切音潮蕭韻

●同鼂。[漢書景帝紀]御史大夫—錯。[本傳作鼂]。

●(二)古朝字。[文選司馬相如賦]—采琬琰。

【晁】直紹切音肇篠韻

—陽。縣名。在東陽。見[集韻]。

【時】市之切音蒔支韻

●(一)四—也。見[說文]。[段注]春夏秋冬之稱。

●(二)一晝夜之所分十二辰也。[宋史天文志]漏所以節—分定昏明。

●(三)期也。物之生死各應節期而止也。見[釋名釋天]。

●(四)寒溫也。[考工記總目]天有—。

●(五)亂極當治之氣運也。[孟子公孫丑]以其—考之則可矣。

●(六)天—。謂—日干支五行王相孤虛之屬也。[孟子公孫丑]天—不如地利。

●(七)剋限也。[禮記玉藻]出不易方復不過—。

●(八)年代也。[漢書司馬相如傳]朕獨不能與此人同—哉。

●(九)有常也。[荀子王制]政令—。

●(十)無常期也。[周禮大宗伯]—見曰會。

●(十一)當其可也。[孟子萬章]孔子聖之—者也。

●(十二)善也。[詩頍弁]爾殽既—。

●(十三)平推手也。[周禮司儀]—揖異姓。[注]—揖平手也。

●(十四)是也。[書堯典]黎民於變—雍。

●(十五)伺也。[論語陽貨]孔子—其亡也而往拜之。

●(十六)難也。[國語鄭語]—至而求用。

●(十七)薦陳之早晚也。[周禮大宗伯]告—于王。

●(十八)室中謂之—。見[爾雅釋宮]。

●(十九)不—。—也。[詩文王]帝命不—。

●(二十)水名。[周禮職方氏]其浸菑—。[按]—水源淺旱則涸故齊地有名乾—者。

●(二十一)—女。處女也。[莊子逍遙遊]猶—女也。

●(二十二)—英。梅之別名。見[爾雅釋木]。

●(二十三)—善。獸名。[爾雅釋獸]—善乘領。

●(二十四)同塒。[詩君子于役]雞棲于—。[釋文]—如字本亦作塒。

●(二十五)同司。[莊子齊物論]見卵而求—夜。[注]—夜司夜謂雞也。

●(二十六)姓也。—苗。良吏見[廣韻]。

●(二十七)—計。日本語稱鐘表也。

●(二十八)小—。俗謂一點鐘也。蓋即一—之半。

【晅】許元切音暄元韻　火遠切音晅阮韻

●(一)日氣也。見[集韻]。

●(二)乾也。[易繫辭]日以晅之。[本義]晅、與—同。

【晉】即刃切音縉震韻

●(一)本作𣈆。[說文]𣈆進也。日出而萬物進。

●(二)卦名。坤下離上。[易大象]明出地上—。

●(三)插也。[周禮典瑞]王—大圭。

●(四)抑也。[周禮田僕]凡田王提馬而走。諸侯—。大夫馳。

●(五)鼓名。長六尺六寸。[周禮鼓人]以—鼓鼓金奏。

●(六)矛戟下銅鐏也。[考工記廬人]凡為殳參分其圍去一以為—圍。

●(七)晝也。見[易雜卦傳]。

●(八)肅貌。[書大傳]見梓—然而實俯。

●(九)水名。在山西太原縣西南。源出縣甕山。分二流。皆注于汾水。

●(十)朝代名。司馬炎受魏禪。并吳蜀。有天下。國號—。時當民國紀元前一千六百四十七年。歷十五帝。凡一百五十四年。禪位於宋。[又]五代時。石敬塘稱後—。時當民國紀元前九百七十六年。歷二主。凡十一年。滅於遼。

●(十一)國名。周成王封母弟叔虞於堯之故墟。曰唐侯。南有—水。後改為—侯。地當今山西之陽曲太原臨汾新絳、直隸之永年大名等數十縣。世以—水在山西境內之故。通稱山西省曰—。

●(十二)州名。春秋時—地。明置—州。當今直隸—縣。

●(十三)姓也。唐叔虞之後。以國為氏。

●(十四)人名。周靈王太子—。唐欽中八仙錄—。

●(十五)福—。清制。親王正室世子正室郡王正室均封福—。

【晊】職日切音鑕質韻　脂利切音至寘韻

●(一)大也。見[爾雅釋詁]。[按郭讀為至]。

●(二)明也。見[類篇]。

【晌】始兩切音賞養韻

●—午也。見〔篇海〕。
●半—片時也。〔元人曲〕半—恰方言。
●東三省計田之數名。〔柳邊紀略〕東三省田以—計。—之地當弓地九畝。或又謂晝一日之所種曰—。

【晏】於諫切音嚥諫韻於旰切音按翰韻
●(一)天清也。見〔說文〕。
●(二)晚也。〔論語子路〕何—也。
●(三)陽也。見〔小爾雅廣言〕。
●(四)徵也。〔淮南時則〕以定—陰之所成。
●(五)日暮而蠶歸太陰也。〔國策秦策〕一日—駕。
●(六)安也。〔文選左思賦序〕玄—先生。
●(七)鮮盛貌。〔詩羔裘〕羔裘—兮。
●(八)寬容覆載謂之—。見〔後漢馮衍傳注〕。
●(九)——柔也。見〔爾雅釋訓〕。〔又〕悔爽忒也。見〔爾雅釋訓〕。
●(十)—衍。邪聲也。〔文選揚雄賦〕抑止絲竹—衍之樂。
●(十一)姓也。〔史記管晏傳〕—平仲嬰者。萊之夷維人也。

【晐】柯開切音該灰韻
●(一)兼—也。見〔說文〕〔注〕日光兼覆也。〔按段注此—備正字。今字則該賅行而—廢矣〕
●(二)咸也。包也。見〔廣雅釋言〕。
●(三)備也。〔國語吳語〕執箕帚以—姓於王宮。

【晠】況出切升入聲質韻 急速也。見〔五音集韻〕。

【晀】他了切挑上聲篠韻 明也。見〔篇韻〕。

【晃】戶廣切音晄養韻 明也。見〔說文〕。〔段注〕各本篆作晄。篇韻皆云—與晄同。今正。—者。動之明也。凡光必動。會意兼形聲字也。

【晄】古晃切音廣養韻 光貌。或作熿。見〔集韻〕。

【晆】苦回切音魁灰韻 別也。見〔篇海〕。

【晈】吉了切音皦篠韻吉弔切音叫嘯韻 明也。見〔廣雅釋詁〕〔又〕——明亮也。見〔廣雅釋訓〕。

【晇】枯瓜切音誇麻韻 人名。郲其叔術子—。見〔漢書古今人表〕。

【[illegible]】同旴。見〔集韻〕。

【晭】職救切音咒宥韻 光也。見〔玉篇〕。

【[illegible]】母迥切音茗迥韻 日暗也。見〔集韻〕。

【[illegible]】許驗切音現豔韻許嚴切音軒鹽韻 妨也。見〔玉篇〕。

【晥】虎晃切音慌養韻謨郎切音芒呼光切音荒陽韻呼浪切荒去聲漾韻 旱氣也。見〔類篇〕〔又〕日旱熱也。見〔集韻〕。

【[illegible]】他刀切音絛豪韻 日色也。見〔集韻〕。

【[illegible]】楚洽切音臿洽韻 日照也。見〔玉篇〕。

【[illegible]】色滓切音史紙韻 明也。見〔玉篇〕。

【晘】各汗切音幹翰韻 半乾也。見〔玉篇〕。

【晎】虎孔切音嗊董韻 ——日欲明也。見〔集韻〕。

【[illegible]】奴管切音煖旱韻 溫—也。見〔篇海類編〕。

【晑】香兩切音餉養韻 明也。見〔篇海〕。

【[illegible]】晉本字。〔六書精蘊〕—晉之極。

【[illegible]】古晚字。見〔古文奇字〕。

【[illegible]】古晡字。見〔正字通〕。

【[illegible]】古昧字。見〔集韻〕。

【昰】古是字。見〔玉篇〕。

【[illegible]】古鬼字。見〔篇韻〕。

【㬥】同暴。見〔篇海〕。

【晍】同曈。見〔集韻〕。

【晒】同曬。見〔字彙補〕。

【㬌】同侈。見〔六書統〕。

【晋】俗晉字。見〔正字通〕。

【昵】昵譌字。見〔篇海〕。

七畫

【晚】武遠切音挽阮韻

㈠莫也。見〔說文〕。〔段注〕莫者。日且冥也。引申爲凡後之稱。

㈡負也。見〔廣雅釋詁〕。

㈢徐也。〔國策齊策〕孰與—救之。

㈣—下。單履也。〔釋名釋衣服〕—下。如爲其下。—而危婦人短者著之。可以拜也。〔疏證〕當作鞔下。方言云自關而東謂之複履。其下單者。謂鞔下。—。當作宛宛。

㈤末時也。〔漢書郊祀志〕雖—周亦郊焉。

㈥衰老也。〔王維詩〕—年惟好靜。

㈦後輩對於前輩自稱曰—生。〔觚不觚錄〕翰林舊規。先登甲第七科者。投刺皆稱—生。餘不爾也。正德間。御史于巡撫投刺稱—生。〔近世稱—生、治—、姻—、皆本此〕。

㈧遲亦曰—。如粳稻之遲熟者曰—稻。

【晛】形甸切音見霰韻呼典切音顯銑韻

㈠日見也。見〔說文〕。

㈡日氣也。〔詩角弓〕見—曰消。

【晛】乃見切音撚霰韻〔或作㬗〕。

日光也。見〔集韻〕。

【晛】胡典切音峴銑韻

明也。見〔玉篇〕。

【晜】公渾切音昆元韻

㈠本作𥏳。〔說文弟部〕周人謂兄曰—。从弟眔。〔段注〕—弟字當作此。昆行而—廢矣。

㈡後也。〔爾雅釋親〕來孫之子爲—孫。〔注〕—。後也。

【晝】陟救切音咒宥韻

㈠日之出入與夜爲界也。見〔說文晝部〕。

㈡明也。見〔廣雅釋詁〕。

㈢姓也。—邑大夫之後。因氏焉。

㈣古地名。〔孟子公孫丑〕三宿而後出—。〔當今山東臨淄縣西北〕。

【晞】香依切音希微韻

㈠乾也。燥也。見〔說文〕。

㈡明之始升也。〔詩東方未明〕東方未—。

㈢暴也。〔方言〕暴五穀之類。東齊北燕海岱之郊謂之—。

㈣消也。〔楚辭疾世〕廉瀁漢兮未—。

【晟】時正切音盛敬韻時征切音成庚韻

㈠明也。見〔說文新附〕。

㈡日光充盛也。見〔正字通〕。

㈢大—。宋樂名。見〔正字通〕。

㈣李—。唐人名。

㈤通盛。〔楚辭思美人〕高辛之靈盛兮。〔注〕盛、一作—。

【晟】杏盈切音精庚韻

本作晶。精光也。或作—。見〔集韻〕。

【晠】時正切音盛敬韻

㈠古盛字。〔楚辭惜往日〕盛氣志而過之。〔注〕盛古作—。

㈡同盛。〔方言〕—。腯也。

【晎】古杏切音梗梗韻

㈠日光也。見〔集韻〕。

㈡日高也。見〔玉篇〕。

【晦】呼內切音誨隊韻

㈠月盡也。見〔說文〕。

㈡灰也。火死爲灰。月光盡似之也。見〔釋名釋天〕。

㈢昏也。〔詩風雨〕風雨如—。

㈣晏也。〔易隨〕君子以嚮—入宴息。

㈤微也。〔左成十四年傳〕志而—。

㈥昧也。〔詩酌〕遵養時—。

㈦彫傷也。〔江淹詩〕寂歷百草—。

㈧夜也。〔左昭元年傳〕—淫惑疾。

㈨霧也。〔爾雅釋天〕霧謂之—。

㈩亡幾也。〔漢書叙傳〕蠢生民之—在。

(十一)—盲。言人莫之識也。〔荀子賦〕闇乎天下之—盲也。

【晨】乘人切音神眞韻

㈠本作曟。〔說文晨部〕曟早昧爽也。从臼从辰。辰、時也。

㈡伸也。旦而日光復伸見也。見〔釋名釋天〕。

㈢脣也。見〔廣雅釋器〕。

㈣人名。〔幽明錄〕漢永平五年。剡縣劉—阮肇共入天台山。

㈤—風。鳥名。鸇也。〔詩晨風〕鴥彼—風。

㈥東南神州曰—土。見〔後漢張衡傳注〕。

【晨】慈鄰切音秦眞韻

早也。關中語。見〔集韻〕。

【晨】氶眞切音辰眞韻

曟或字。〔說文曟部〕曟星。爲民田時者。或省。

【晤】五故切音誤遇韻

明也。見〔說文〕〔段注〕一者。启之明也。心部之悟。㝲部之寤。皆訓覺。覺亦明也。同聲之義必相近。

遇也。〔詩東門之枌〕可與一歌。

對也。〔王羲之序〕夫人之相與一言一室。

【晥】戶版切音睅潸韻

明也。〔詩大東〕一彼牽牛。

節目平瑩也。〔禮記檀弓〕華而一。

大夫之簀與。

【晥】戶管切音浣旱韻

同皖。縣名。漢置。屬廬江郡。當今安徽潛山縣。

【晙】祖峻切音俊須閏切音峻震韻

明也。見〔說文新附〕。

早也。見〔爾雅釋詁〕。

【㬥】乃版切音赧潸韻

㬎溼也。見〔說文〕〔段注〕㬎。各本作濕。今正。溫而溼生。故其字从日。

【㬥】乃諫切音難諫韻

赤也。見〔玉篇〕。〔按類篇。一曰小赤也。段注說文。又謂溫溼生黴。亦有色赤者。〕

【晧】下老切音昊皓韻

日出貌。見〔說文〕〔段注〕謂光明之貌也。天下惟絜白者最光明。故引申爲凡白之偁。又改其字从白。作皓。

【晧】古老切音藁皓韻

光也。明也。〔文選曹植七啓〕戈殳一旰。

【㫰】郎宕切音浪漾韻

暴也。見〔集韻〕。

【㫰】里黨切音朗養韻

同朖。明也。見〔集韻〕。

【晢】之列切音折屑韻

昭一。明也。見〔說文〕〔段注〕昭一。皆从日。本謂日之光。引申之爲人之明晢。

【晢】征例切音制霽韻

星光也。〔詩東門之楊〕明星一一。

【晣】征例切音制霽韻

同晢。〔詩庭燎〕庭燎一一。

【㬅】失人切音申眞韻

引也。見〔廣韻〕。

【㝵】札色切音昃職韻

明也。見〔篇韻〕。

【㫲】蒲昧切音佩隊韻薄沒切音勃月韻

【晗】胡南切音含覃韻

晗也。〔文選左思賦〕旭日晗一。

【晘】戶版切音睅潸韻

欲明也。見〔玉篇〕。

【㫟】尸連切音羶先韻

日出貌。見〔集韻〕。

【𣆞】莫北切音墨職韻

更也。見〔廣雅釋詁〕。

【㫙】附夫切音敷虞韻

突前也。見〔篇海〕。

【晡】奔謨切音逋虞韻

日光也。見〔篇海〕。

申時也。見〔玉篇〕。〔按淮南天文訓。日至於悲谷。是謂一時。〕

【㬐】千尋切音侵侵韻

日光也。見〔玉篇〕。

【𣉒】音未詳。元順帝號所處曰一即兀該言事事無礙也。見〔元史哈麻傳〕。

【昻】昂本字。見〔說文〕。

【𣈅】晚本字。見〔六書正譌〕。

【𣆳】古胥字。見〔玉篇〕。

【𣅀】古冬字。見〔集韻〕。

【𣪏】敢籀文。見〔字彙〕。

【𣈊】同㫲。見〔篇韻〕。

【𣅱】同昏。見〔篇韻〕。

【晲】同晥。見〔篇韻〕。

【𣆇】同晨。見〔集韻〕。

【曡】同疊。見〔篇海〕。

【𣅜】同晁。見〔篇海〕。

八畫

【普】滂古切音浦麌韻

●一本作晉[說文]晉日無色也[注
日無光則遠近皆同。故从竝作晉。
[按段注。今借爲溥大字。]
●二博大也。偏也。[易乾]德施—也。[
按今所謂—通學。蓋取博義。所謂
—及教育。蓋取徧義。]
●三—淳。黍、稷也。[儀禮士虞禮記]—
淳。[注]、—大也。、淳和也。德能大和。
乃有黍稷。故以爲號云。
●四姓也。後漢十姓有之。見[姓氏急
就篇。]
●五州名。唐置。屬劍南道。當今四川安
岳縣北。
●六贊—。吐蕃王號。[唐書吐蕃傳]俗
謂強雄曰贊。丈夫曰—。故號君長
曰贊—。
●七—魯士。亦簡稱曰—。德意志國之
首州也。占德意志北部三分之二。
英文 Prussia。

【景】舉影切音警梗韻

●一日光也。見[說文。][段注]日字各
本無。依文選張孟陽七哀詩注訂。
日月皆外光。而光所在處。物皆有
陰。光如鏡。故謂之—。
●二竟也。明所照處有竟限也。見[釋
名釋天]
●三象也。[漢書梅福傳]此何—也。
●四明也。[詩車舝]—行行止。
●五大也。[詩小明]介爾—福。
●六照也。見[廣雅釋詁]。
●七—。—白也。見[廣雅釋訓]。
●八強也。見[古微書春秋考異郵]。
●九猶慕也。[後漢劉愷傳]今愷—化
前修。
●十風物也。[陳書孫瑒傳]每良辰美
—。
●十一衣名。嫁服也。[儀禮士昏禮]姆加
—。[注]—之制。蓋如明衣。加之、以
爲行道禦塵。令衣鮮明也。—亦明
也。
●十二鐘乳也。[考工記鳧氏]鐘帶謂之
篆。篆間謂之枚。枚謂之—。[注]枚、
鐘乳也。
●十三星名。德星也。[史記天官書]天晴
而見—星。[又]四氣和爲—星。見
[論衡指瑞]。
●十四風名。[史記律書]—風居南方。—
者。言陽氣道竟。[又]四時和謂之
—風。見[爾雅釋天]。
●十五姓也。楚之支姓。有昭屈—。
●十六山名。商所都也。[詩殷武]陟彼—
山
●十七耆意大慮曰—。布義行剛曰—。由
義而濟曰—。見[周書謚法]。
●十八宗教名。即波斯國拜火教。本名丙
教。因避唐諱。改爲—。唐大秦寺—
教碑。載其源流甚悉。
●十九春秋時齊晉二國之境。唐置—州。
當今直隸—縣。
●二十—天。蟲名。螢也。見[廣雅釋蟲]。

【景】於境切音影梗韻

同影。[周禮大司徒]以土圭之灋。
測土深。正日—。[釋文]、—本或作
影。

【晳】思積切音晰陌韻

●一明也。[易乾]明辨—也。
●二白色。見[正韻]。[按會點字。晳下
本从白。論孟史記譌从日。今不可
改。故收入。究之晳爲白色之晳。—
爲明辨之—。二字義各異。]

【晴】慈盈切音情庚韻

●一本作夝。[說文夕部。]夝。雨而夜除
星見也。[段注]古夝、暒、精。皆今之
—。
●二雨止也。精明也。無雲也。見[玉篇]。

●二十一[illegible]
令。張—爲縣丞。

【晶】咨盈切音精庚韻

●一精光也。从三日。見[說文晶部]。
●二—。—光也。[歐陽詹賦]——熒盈。
●三水—。寶石也。[晉書大秦傳]大秦
國以水—爲柱礎。[圖見總圖鑛
產類]。
●四通精。[諸書通]水精即水—。

【[illegible]】所去切音恕御韻

●一明也。見[廣韻]。
●二暖也。見[篇海]。

【晷】矩鮪切音軌紙韻

●一日景也。見[說文]。[案漢書天文
志。去極遠近難知。要以—景。—景
者。所以知日之南北也。其法望高
處爲體。立長短二竿爲用。以勾股
求之。寒暑短長。瞭然自見。若今之
日—。則愈簡便矣。]
●二規也。如規畫也。見[釋名釋天]。
●三月影亦謂之—。[謝莊賦]月—星
群。

【晹】夷益切音亦施隻切音釋陌
韻

●日覆雲暫見也。見〔說文〕。●日無光也。見〔廣韻〕。

【智】知義切音置寘韻 ㊀本作𥏼。〔說文白部〕𥏼。識詞也。〔按𥏼今作—。〕㊁知也。無所不知也。見〔釋名釋言語〕。㊂一事能變謂之—。見〔管子四時〕。㊃敬士愛民是謂—。見〔賈子大政〕。㊄躁佻反覆謂之—。見〔韓非子詭使〕。㊅謀略巧術也。〔史記項羽紀〕漢王笑謝曰。吾寧鬭—。不能鬭力。㊆姓也。晉有—伯。㊇—利。國名。在美州西南。本屬日斯巴尼亞。西歷千八百十年。革命軍起。苦戰八年。始得獨立。至千八百三十三年。定憲法。為民主國。英文Chili。

【晬】祖對切音粹隊韻 ㊀周年也。見〔說文新附〕。㊁—時者。周時也。見〔類篇〕。

【暀】羽兩切音往養韻 ㊀光美也。見〔說文〕。〔按爾雅釋詁。——皇皇美也。〕㊁德也。見〔廣韻〕。㊂是也。見〔廣韻〕。

【暀】具放切音誑于放切音汪漾韻 日光也。見〔集韻〕。

【晻】烏感切音黯感韻 ㊀不明也。見〔說文〕。㊁同暗。〔荀子不苟〕是姦人將以盜名於—世乎。㊂陰雨也。〔呂覽務本〕有—淒淒。㊃—藹。雲氣貌。〔漢書禮樂志〕晻—藹。

【晻】衣儉切音奄琰韻烏紺切音闇勘韻 ——。日無光也。〔楚辭惜賢〕日——而下頹。

【晵】遣禮切音啓薺韻去戰切音譴霰韻 雨而晝姓也。見〔說文〕。〔段注〕—之言開也。姓者。雨而夜除星見也。雨而晝除見日。則謂之—。今蘇州俗語曰。—晝不是好晴。正作此音。

【晵】輕甸切音俔霰韻 ㊀霽也。見〔集韻〕。㊁姓也。後漢有將軍—倫。

【⿰日侖】古鈍切昆去聲慁韻 日光也。見〔篇海〕。

【暃】符非切音肥微韻 離也。見〔廣雅釋詁〕。

【⿰日帚】止酉切音帚有韻 明也。見〔集韻〕。

【⿰日敝】必結切音鷩屑韻 暴乾也。見〔集韻〕。

【晪】他典切音腆銑韻 明也。見〔集韻〕。

【晫】竹角切音琢覺韻 明盛貌。見〔玉篇〕。

【晲】吾禮切音堄薺韻 日昳也。〔淮南要略〕有符曬—。

【⿰日垂】直韋切音垂微韻 地名。見〔玉篇〕。〔按正字通以—為譌字。〕

【⿰日彖】之夜切音柘禡韻 日赫也。見〔集韻〕。

【⿰日疌】七接切音妾即涉切音接葉韻 —曬。日欲沒也。見〔集韻〕。

【⿱亞日】衣禡切音亞禡韻 姓也。見〔集韻〕。

【⿰日制】征例切音制霽韻 同晣。昭晣也。〔文選張衡賦〕雖司命其不—。〔注〕—。昭晣也。

【晣】先的切音錫錫韻 明也。見〔集韻〕。

【晱】失冉切音閃琰韻弋照切音曜嘯韻 電也。見〔篇海〕。

【⿱其日】居其切音雞支韻 後也。見〔玉篇〕。

【⿰日果】鄔果切音婐哿韻 明也。見〔玉篇〕。

【⿰日穹】去仲切音焪送韻 日乾物也。見〔集韻〕。

【⿱日取】知領切貞上聲梗韻 日出貌。見〔集韻〕。

【⿰日彔】龍玉切音錄沃韻 日無光也。見〔集韻〕。

【晼】委遠切音宛阮韻

景昳也。〔楚辭哀時命〕白日—晚其將入兮。

【晽】力尋切音林侵韻 —。欲所知之貌。〔淮南俶真〕乃始晽晽——。

【晽】力尋切音林侵韻 國名。〔朱澤民異域苑〕宋景祐間。有佛—國來朝。〔按佛—一作拂菻。即今意大利。東漢爲大秦國。唐曰拂菻。〕

【晾】力讓切音亮漾韻 曬暴也。見〔字彙補〕。〔按今北京音猶謂曬爲—。〕

【𣇄】呼昆切音昏元韻 闇也。見〔篇韻〕。

【晿】川張切音昌陽韻 人名。顧—。蘇州人。見〔馮少墟集〕。

【昪】皮弁切音變霰韻 先也。見〔川篇〕。

【𣋁】他禮切音體薺韻 橫首杖名。見〔五音集韻〕。

【昗】音未詳

揚—。正德時人見〔字彙補〕。

【暅】晅本字。見〔正字通〕。

【㫺】昔本字。見〔說文〕。

【𣅝】古曜字。見〔集韻〕。

【𣅋】古莽字。見〔集韻〕。

【暘】同揚。見〔古音駢字〕。

【晭】同晭。日光也。見〔玉篇〕。

【晢】同晰。見〔篇海〕。

【𣈶】同明。見〔字彙補〕。

【𣆶】同暴。見〔篇韻〕。

【晋】晉或字。姓也。見〔集韻〕。

【𣈆】昒或字。見〔集韻〕。

【暕】曅省文。見〔集韻〕。

【曡】疊譌字。見〔正字通〕。

九畫

【暈】王問切音運問韻 ㊀日月氣也。見〔說文新附〕。㊁捲也。氣在外捲結之也。見〔釋名釋天〕。㊂燈火之外焰亦曰—。〔韓愈詩〕夢覺燈生—。㊃凡物於本質之外。有所加染。皆謂之—。如石—、苔—、及人面紅—、眉—之類。㊄眩也。〔陸龜蒙詩〕看花雖眼—。〔按俗謂昏厥曰—。即本眩義。〕

【暗】烏紺切音闇勘韻 烏感切音黯感韻 ㊀日無光也。見〔說文〕。〔段注〕眡祲掌十煇之灋。五曰闇。鄭司農云。闇、日月食也。—者正字。闇者叚借字也。㊁深也。見〔廣雅釋詁〕。㊂夜也。〔晉書職官志〕車駕逼—。乃還。㊃默也。見〔廣韻〕。㊄事體不明也。〔晉書周顗母李氏傳〕名重而識—。〔又〕幽隱。見〔後漢書揚雄傳注〕。㊅——。深空之貌。〔文選揚雄賦〕稍——而覻深。㊆—藹。衆盛貌。〔文選揚雄賦〕儐—藹兮降清壇。〔又〕神之形影也。見〔漢書揚雄傳注〕。

【暇】亥覆切音夏禡韻 ㊀閒也。見〔說文〕〔段注〕各本作閑。俗字也。今正。㊁息也。〔南史江子一傳〕朱異休—之日。㊂壯大之稱。〔方言〕凡物之壯大者而愛偉之、謂之夏。周鄭之間謂之—。㊃同假。〔文選王粲賦〕聊—日以銷憂。〔注〕—或作假。

【暆】余支切音移支韻 ㊀日行——也。見〔說文〕。〔段注〕——、迤邐徐行之意。㊁地名。〔漢書地理志〕樂浪郡東—。〔當今朝鮮京畿道國城西南。〕

【暑】賞呂切音鼠語韻 ㊀熱也。見〔說文〕。〔段注〕—與熱、渾言則一。故許以熱訓—。析言則二。—之義主謂溼。熱之義主謂燥。㊁煮也。熱如煮物也。見〔釋名釋天〕。㊂小—。大—。處—。皆節氣名。見〔漢書律曆志〕。

【暉】吁韋切音煇微韻 ●光也。見〔說文〕。〔段注〕按光也二字。當作日光氣也四字。日光氣謂日光捲結之氣。

馳｜日也。〔文選謝朓詩〕馳｜不可接。

｜如文德貌。〔太玄親〕厥德｜如。

㊃｜目鳩鳥也。〔淮南繆稱〕｜目如晏。

㊄｜夜螢火也。見〔古今注〕。

【㬰】戶管切音緩旱韻
明也。見〔玉篇〕。姓也。晉中郎將｜濟。宋朱子門人｜淵。

【暘】余章切音陽陽韻
日出也。虞書曰｜谷。見〔說文〕。日乾物也。〔書洪範〕曰雨曰｜。〔傳〕｜以乾物也。明也。〔論衡寒溫〕天晏｜者。星辰曉爛。㊁通陽。〔禮記祭義〕殷人祭其陽。〔按段玉裁云陽讀爲曰雨曰｜之｜〕。

【暄】許元切音煊元韻
春晚也。見〔玉篇〕。煖或字。〔集韻〕煖溫也。或作｜。

【暐】羽鬼切音韙尾韻

●日光也。見〔玉篇〕。㊁光盛貌。見〔集韻〕。

【暏】董五切音睹姥韻常恕切音署御韻
且明也。見〔說文〕〔段注〕各本作旦明。誤。今正作且明。｜與昧爽同義。許書有｜無曙。而文選魏都賦。謝康樂溪行詩。李注並引作曙。古今字形異耳。許本作｜。後乃變爲曙。曙亦者聲也。

【晅】火遠切音咺阮韻
乾燥也。見〔玉篇〕。

【暅】居鄧切音亙徑韻
縣也。見〔廣雅釋詁〕。

【暊】牟武切音府麌韻
明也。見〔玉篇〕。

【暋】美殞切音愍軫韻彌鄰切音民眞韻
強也。〔書康誥〕｜不畏死。

【暋】眉貧切音珉眞韻呼昆切音昏元韻
同忞。悶也。〔莊子外物〕慰｜沈屯。〔注〕慰鬱也。｜悶也。

【⿰日俞】通都切音瑹虞韻

【⿰日禺】元俱切音愚虞韻
日陰也。見〔集韻〕。人名。漢周｜。

【暌】去圭切音睽齊韻〔與睽从目者別〕。
違也。見〔玉篇〕。

【⿱日異】堂來切音臺灰韻
日出也。見〔篇海〕。

【暍】於歇切音謁月韻
傷暑也。見〔說文〕。

【暍】阿葛切音遏曷韻
熯也。見〔廣雅釋詁〕。

【暍】許葛切音喝曷韻
熱也。見〔集韻〕。

【⿱日展】丑諫切獮去聲諫韻
赤色也。見〔集韻〕。

【⿱日展】丑赧切音赧潸韻
｜｜。溫溼貌。見〔集韻〕。

【⿱敄日】莫候切音茂宥韻
眈明也。見〔玉篇〕。

【暔】那含切音南覃韻
國名。唐天寶中封其王爲懷寧王。見〔集韻〕。

【暕】賈限切音簡潸韻
陰且日明也。見〔集韻〕。

【暕】郞干切音闌寒韻
陰乾也。見〔集韻〕。

【⿰日昏】美殞切音愍軫韻
諡也。史記齊湣王或作｜王。見〔集韻〕。

【⿰日奐】呼玩切音喚翰韻
蛩｜。古國名。〔山海經海內東經〕埻端蛩｜在崑崙墟東南。

【暖】乃管切音煖旱韻
溫也。〔禮記月令〕行春令則｜風未至。

【暖】許元切音暄元韻火遠切音咺阮韻
柔貌。〔莊子徐無鬼〕有｜姝者。

【⿰日侯】何樓切音侯尤韻
月之交首尾曰羅｜。〔又〕人名。隋將周羅｜。封義寧郡公。見〔字彙補〕。

【暙】樞倫切音春眞韻

人名。元世祖至元十七年高麗王丨來朝。見〔字彙補〕。

【景】音境梗韻

日色也。見〔川篇〕。

【𣉢】居詀切音救宥韻

二百六十匹爲也。見〔集韻〕。

【晘】居案切同旰翰韻

同旰。晚也。見〔集韻〕。

【睢】眭本字。見〔說文〕。

【晷】古終字。日在甲上曰早。在癸上曰丨。見〔六書索隱〕。

【萅】古春字。見〔集韻〕。

【暓】古務字。見〔集韻〕。

【暎】同映。詳映字。

【𣈰】同暑。見〔篇海〕。

【𣈳】同䁤。見〔篇海〕。

【暖】同煖。見〔集韻〕。

【曾】同類。見〔韻會小補〕。

【𣊟】同瞘〔按集韻盄𥁊同〕。

【暒】晴或字。見〔集韻〕。

【𣆈】俗曼字。見〔正字通〕。

十畫

【暢】丑亮切音唱漾韻

㊀本作暘。〔說文田部〕暘不生也。〔段注〕今之丨蓋即此字之隸變。

㊁通也。〔史記樂書〕四丨交於中。

㊂充也。陰曆十一月也。〔禮記月令〕命之曰丨月。〔今具言充丨〕。

㊃長也。〔詩小戎〕文茵丨轂。

㊄申也。〔文選宋玉賦〕不可盡丨。

㊅舒也。〔禮記樂記〕感條丨之氣。

㊆說也。〔書序〕敷丨厥旨。

㊇琴曲也。〔風俗通聲音〕命其曲曰丨。者言其道之美丨。

㊈謂鬯酒也。〔孟子離婁〕祼將于京。〔注〕執祼鬯之禮。〔按廖本孔本韓本。鬯作丨、古鬯、丨通用〕。

㊉姓也。唐丨當。

【暚】餘招切音遙蕭韻

㊀日光也。見〔玉篇〕。

㊁明也。見〔集韻〕。

【暛】想可切娑上聲哿韻

㊀明也。見〔集韻〕。

㊁明朗也。見〔玉篇〕。

【暟】可亥切音愷賄韻

㊀照也。〔方言〕丨臨照也。

㊁美也。〔方言注〕丨丨美德也。

【暞】吉了切音皦篠韻

㊀明也。見〔玉篇〕。

㊁清別貌。見〔類篇〕。

【㬎】呼典切音顯銑韻

㊀衆微杪也。从日中視絲。古文以爲顯字。見〔說文〕。〔段注〕日中視絲。衆明察及微妙之義。顯爲頭明飾。丨爲日中見微妙。則經傳顯字皆當作丨。丨者本義。顯者叚借。載籍既皆作顯。乃謂古文作丨爲段借矣。故曰古文以爲顯字。

㊁姓也。見〔類篇〕。

㊂人名。宋瀛國公名丨。見〔宋史瀛國公紀〕。

【㬎】渠飲切音噤寑韻

衆口貌。讀若唫唫。見〔說文〕。〔段注〕唫唫當作讀若口唫之唫。轉寫譌奪耳。

【㬎】鄔合切音姶合韻

或以爲繭。繭者絮中往往有小繭也。見〔說文〕。〔段注〕此繭不同絲部訓蠶衣之繭。亦蠶衣之義之引伸也。按此蓋繰絲之餘滓。亦可裝衣。而中有類結。故云絮中歷歷有小繭。繭之言結也。

【𣊭】余章切音陽。徐羊切音詳陽韻

㊀焦也。見〔玉篇〕。

㊁明也。見〔集韻〕。

【暝】忙經切音冥青韻

㊀幽也。見〔集韻〕。

㊁廣也。見〔廣雅釋詁〕。

㊂姓也。見〔類篇〕。

【暝】莫定切音瞑徑韻

夜也。見〔玉篇〕。

【曤】忽郭切音霍藥韻

暫明也。見〔集韻〕。

【𣈭】乞及切音泣緝韻

縣也。見〔集韻〕。

【曓】蘇遭切音搔豪韻

日色也。見〔集韻〕。

【䐿】伯各切音博藥韻

曝也。見〔廣雅釋詁〕。

【暠】古老切音藁皓韻　明白貌。見〔集韻〕。

【暠】下老切音晧皓韻　同皓。白也。〔漢書司馬相如傳〕—然白首。

【⿰日喿】四浪切音操漾韻　眼—。暴熯也。見〔集韻〕。

【⿰日盎】於浪切音盎漾韻　—⿱能日。日無光也。見〔集韻〕。

【⿱能日】乃代切音耐隊韻　曩亥切音乃賄韻　乃帶切音柰泰韻　埃—。日無光也。見〔說文〕〔段注〕埃—猶靉靆也。通俗文雲覆日謂之靉靆。

【⿰日翁】鄔孔切翁上聲董韻　—曚。日未明也。見〔集韻〕。按玉篇。亦謂—曚為天氣不明。

【⿰日氣】丘既切音氣未韻　日氣也。見〔集韻〕。

【⿰𠦝合】居案切音幹翰韻　乾也。見〔類篇〕。

【⿰日鬲】猥狄切音歷錫韻　明也。見〔集韻〕。

【暤】胡老切號上聲皓韻　晧旰也。見〔說文〕〔段注〕晧旰、絜白光明之貌。

【⿰日晏】於諫切音晏諫韻　廣遠也。見〔集韻〕。

【⿰日昷】烏昆切音溫元韻　日出而溫也。見〔集韻〕。

【⿱日果】所葅切音疏魚韻　晒也。見〔篇韻〕。

【⿰日殺】音殺黠韻　明也。〔易乾鑿度〕燭龍行南時太—。

【暜】普本字。見〔說文〕。

【⿰日啚】同鄙。見〔六書索隱〕。

【⿰日恆】同晅。日氣也。見〔正韻〕。

【⿰昜犬】同唐。見〔扶風夫子廟碑〕。

十一畫

【暬】私列切音薛屑韻　偞叶切音捻葉韻

㊀日狎習相慢也。見〔說文〕〔段注〕—與褻同義。今則褻行而—廢矣。

㊁瞑晦也。見〔類篇〕。

㊂—御。侍御也。〔詩雨無正〕曾我—御。

【暮】莫故切音慕遇韻

㊀本作莫。〔說文茻部〕莫。日且冥也。从日在茻中。〔段注〕且冥者。將冥也。木部曰。杳者冥也。夕部曰。夕。—也。引伸之為有無之無。

㊁衰也。〔素問移精變氣論〕—世之治病也則不然。

㊂老也。〔陸機詩〕悲此年歲—。

㊃夜也。〔楚辭雲懷〕—去次而敢正。

㊄晚也。〔呂覽謹聽〕學德未—。

㊅死也。〔莊子至樂〕若果養乎。〔釋文引司馬注〕養本作—。云死也。

【暱】尼質切音匿入質切音日質韻

㊀日近也。見〔說文〕〔段注〕日謂日日也。皆日之引伸之義也。

㊁親也。〔左襄二十五年傳〕而知匿其—。

㊂亟也。見〔爾雅釋言〕。

㊃—嫌謂私怨也。〔列子湯問〕以—嫌殺邱郈章。

【暲】諸良切音章陽韻

㊀日光上進也。見〔集韻〕。

㊁同章。明也。見〔玉篇〕。

【暳】呼惠切音嘒霽韻

㊀眾星貌。見〔玉篇〕。

㊁小星也。見〔類篇〕。

【暴】薄報切音菢號韻

㊀虐亂也。〔淮南主術〕其次賞賢而罰—。

㊁殘害也。〔禮記王制〕田不以禮曰—天物。

㊂惡也。妄行也。〔孟子告子〕凶歲子弟多—。

㊃疾也。日出而風也。〔詩終風〕終風且—。

㊄徒搏也。〔詩大叔于田〕襢裼—虎。

㊅嚴急也。〔荀子強國〕有—察之威者。

㊆戲也。〔穀梁宣二年傳〕而—彈之。

㊇—客。盜賊也。〔易繫辭〕以待—客。

㊈猝也。〔史記項羽紀贊〕何興之—也。

(十)喪祭用不足曰—。見〔禮記王制〕。

(十一)言非禮義謂之自—。見〔孟子離婁〕。

(十二)人主輕下曰—。見〔韓非子八說〕。

(十三)下陵其上謂之—。〔呂覽至忠〕何其—而不敬也。

(十四)古官名。〔周禮秋官序官〕有禁—氏。

(十五)方六里之地。〔管子乘馬〕方六里命之曰—。

(十六)五十家也。〔管子乘馬〕五連而—。

(十七)地名。〔左文八年傳〕公子遂會雒戎盟于—。〔注〕鄭地。〔按〕—亦名—隧。周時圻內之邑也。地當在河南舊開封境內。

(十八)山名。〔山海經中山經〕—山。其木多櫻柟荊杞竹箭䉋箘。

(十九)姓也。漢—勝之。爲直指使者。

(二十)—室。漢世主中婦人疾病之署。〔漢書外戚傳〕廣漢投爲—室嗇夫。

【暴】步木切音僕屋韻

(一)本作㬥。〔說文〕晞也。从日出廾米。〔段注〕日出而竦手。舉米曬之。合四字會意。攷工記。晝—諸日。孟子。一日—之。引申爲表—露之義。大徐蒲報切。非也。

(二)乾也。〔荀子勸學〕雖有枯—。

(三)顯也。〔漢書西域傳〕因—兵威。

(四)露也。〔穀梁隱五年傳注〕—師經年。

(五)—布。白布也。〔管子乘馬〕—布百兩當一鎰。

【暴】北角切音剝覺韻　白各切音泊藥韻　蒲沃切音雹沃韻

(一)—樂。木枝葉稀疎不均也。〔爾雅釋詁〕毗劉—樂也。

(二)歊—。乾燒也。見〔集韻〕。

(三)同䵗。墳起也。〔考工記旊人〕髺墾辟—不入市。〔司農注〕讀爲剝。

【暵】許旱切音罕旱韻　呼旰切音漢翰韻

(一)乾也。耕暴田曰—。易曰。燥萬物者。莫—乎火。見〔說文〕。〔段注〕乾上當有日字。暴田曰—。因之耕暴田曰—。

(二)熱氣也。〔周禮舞師〕教皇舞帥而舞旱—之事。

(三)菸貌。〔詩中谷有蓷〕—其乾矣。

【暶】旬宣切音璿先韻

(一)明也。見〔集韻〕。

(二)美也。見〔玉篇〕。

【暩】古惠切音桂霽韻
光也。見〔篇海〕。

【⿰日莽】母朗切音莽養韻
曭—。日無光不明也。見〔玉篇〕。

【⿰日票】匹妙切音剽嘯韻　紕招切音縹蕭韻
曬乾物也。見〔方言〕。

【⿰日翏】胡刀切音豪豪韻
戾也。見〔篇海〕。

【暪】母本切門上聲阮韻
晤也。見〔玉篇〕。

【暫】昨濫切音鏨勘韻
不久也。見〔說文〕。〔段注〕今俗語云霎時間。卽此字也。

【暤】下老切音浩皓韻
皓旰也。〔莊子人間世〕—天不宜。

【⿰日區】於候切音漚宥韻
暖也。見〔集韻〕。

【⿰日曹】財勞切音曹豪韻
日光也。見〔集韻〕。

【暯】末各切音寞藥韻
冥也。見〔集韻〕。

【⿰日從】七恭切音樅冬韻
電光也。見〔玉篇〕。

【⿰日㐬】虎晃切音慌養韻
旱熱也。見〔集韻〕。

【⿱敖日】牛刀切音遨豪韻
日光也。見〔集韻〕。

【⿰日桑】息葬切音喪漾韻
眼—。戲也。見〔集韻〕。

【⿱知日】古智字。見〔正字通〕。

【⿰日斬】同暫。見〔說文長箋〕。

【⿱日卒】同暴。見〔字彙補〕。

【⿱曹日】同曹。見〔漢北海相碑〕。

【⿱彗日】同暳。見〔集韻〕。

【⿰日盍】俗⿰日蓋字。見〔正字通〕。

【⿰日禹】⿰日禹謅字。見〔正字通〕。

【⿰日羊】⿰日羊謅字。見〔正字通〕。

十二畫

【曆】狼狄切音櫟錫韻

(一)象也。見〔說文新附〕。〔按〕—象謂日月星辰。

(二)—數。算日月行道所歷。計氣朔早晚之數所以爲一歲之—。〔書洪範〕五曰—數。

(三)適也。見〔論衡譴告〕。

(四)術也。〔淮南本經〕星月之行。可以—推得也。

(五)運命也。〔文選陸機論〕—命應化而微。

(六)壽算也。〔劉禹錫表〕豈意遘茲短—。奄謝昌辰。

(七)年代也。〔漢書諸侯王表〕周過其—。秦不及期。

(八)日記也。〔蘇軾志林〕子宜置一卷—。晝之所爲夜必書之。〔按此卽今日記之類〕

【曇】　徒南切音覃覃韻

(一)雲布也。从日雲會意。見〔說文新附〕。

(二)瞿—。佛名。〔玉篇〕西國呼世尊曰瞿—。

(三)優—。花名。〔法華經〕如優—花。時一現爾。

(四)——。黑雲貌。見〔玉篇〕。

【曉】　馨鳥切謑上聲篠韻

(一)明也。見〔說文〕。〔段注〕此亦謂旦也。俗云天—是也。引申爲凡明之偁。

(二)說也。見〔廣雅釋詁〕。

(三)過也。見〔廣雅釋詁〕。

(四)知也。楚謂之黨。或曰—。見〔方言〕。

(五)喩也。〔史記西南夷傳〕指—南越。

(六)白也。〔漢書元后傳〕未—大將軍。

(七)慧也。〔南史韋鼎傳〕少通—博涉經史。

(八)快也。〔方言〕—快也。自關而東或曰—。

(九)羸也。見〔方言〕。

(十)蟄蟲以發出爲—。見〔禮記樂記蟄蟲昭蘇注〕。

【暨】　居氣切音旣其旣切音穊未韻

(一)日頗見也。从日。旣聲。見〔說文旦部〕。〔段注〕頗。頭偏也。頭偏則不能全見其面。故謂事之略然者曰頗。日頗見者見而不全也。暨、小食也。日不全見故取其意。

(二)與也。〔書堯典〕讓于稷契—皋陶。

(三)至也。〔國語周語〕上求不—。

(四)不及也。見〔爾雅釋訓〕。

(五)——。果毅貌。〔禮記玉藻〕戎容——。

(六)市—。市井處。〔杜甫詩〕市—瀼西巔。

(七)諸—。縣名。秦置。屬會稽郡。卽今浙江諸—縣治。

【曁】　居乙切音訖質韻

姓也。吳尙書—豔。

【暨】　戰乙切音疙質韻

己也。見〔集韻〕。

【⿰日然】　乃見切音燃霰韻

(一)同睍。日光也。見〔集韻〕。

(二)煥也。見〔廣雅釋詁〕。

【暹】　思廉切音銛鹽韻

(一)日光升也。見〔集韻〕。

(二)—羅。南洋之獨立王國也。—羅二字。意卽黑種。在北緯四度至二十一度。東經九十六度至一百零七度。英文Siam。

【⿰日肅】　蘇谷切音速屋韻

(一)燥也。見〔集韻〕。

(二)暴也。見〔篇海〕。

【暿】　虛其切音僖支韻

(一)炙也。見〔集韻〕。

(二)熾也。見〔集韻〕。

(三)—合子生三年也。〔大戴記本命〕三年—合。然後能言。

【暿】　許己切音喜紙韻

(一)盛貌。見〔玉篇〕。

(二)多熱也。見〔玉篇〕。

【曄】　域輒切音饁葉韻　域及切音煜緝韻

(一)本作曅。〔說文〕暴光也。

(二)明也。見〔廣雅釋詁〕。

(三)震電貌。〔後漢張衡傳〕列缺—其照夜。

(四)——。盛貌。〔漢書敍傳〕世祖——。

【曀】　壹計切音翳霽韻　乙冀切音懿寘韻　一結切音噎屑韻

天陰沈也。詩曰。終風且—。見〔說文〕。〔段注〕各本作陰而風也。今正。玫開元石經。引作天地陰沈也。太平御覽引作天陰沈也。釋名。—。翳也。言雲氣掩翳日光。使不明也。小爾雅。—。冥也。—。主謂不明。爾雅、毛傳皆云陰而風。曰—者。因詩句兼風言耳。故許易之。陰沈當作霠侵。

【暸】　憐蕭切音聊蕭韻

明也。見〔集韻〕。

【暺】徒案切音憚翰韻　同旦。—明也。見〔集韻〕。

【暻】俱永切音憬梗韻　明也。見〔集韻〕。

【暼】匹蔑切音瞥屑韻　—。日落勢也。見〔集韻〕。

【暽】離珍切音鄰眞韻　人名。漢有俞鄰侯—。見〔集韻〕。

【㬚】敕列切音徹屑韻　明也。見〔集韻〕。

【𣋡】迄及切音吸緝韻　日乾物也。見〔集韻〕。

【𣋑】許勿切音颮物韻　不明貌。見〔集韻〕。

【暾】他昆切音燉元韻　日始出也。〔楚辭東君〕—將出兮東方。

【𣊫】苦濫切音瞰闞韻　日出貌。見〔集韻〕。

【𣋓】蘇公切音鬆東韻

白貌。見〔五音集韻〕。

【曂】胡曠切音擴漾韻　—暀。明貌。見〔集韻〕。〔正字通云。晃、晄、兤通。〕

【曃】他代切音態徒戴切音代隊韻　曖曃。不明貌。〔楚辭遠游〕時曖—其曭莽兮。〔註〕日月晻黮無光也。

【𣊩】匹妙切音票嘯韻　本作暵。置物風日內令乾。見〔正字通〕。

【曈】他東切音通徒紅切音同東韻吐孔切音桶董韻　—曨。日欲明也。見〔說文新附〕。

【𣈬】他昆切音暾元韻　人名。見〔字彙補〕。

【𣋞】音朗養韻　出西江賦。見〔字彙補〕。

【曋】音未詳　日所次隅曰—。〔管子五行〕貨—神廬。

【𣈆】晉本字。見〔說文〕。

【𣇗】古冬字。見〔字彙補〕。

【𣊬】古曠字。見〔古老子〕。

【𣈣】同昔。見〔字彙補〕。

【𣋕】同晞。見〔集韻〕。

【𣊱】同寫。見〔字彙補〕。

【曌】同照。見〔唐書武后紀〕。

【𣋌】同普。見〔說文長箋〕。

【𣋮】同暽。日光也。見〔玉篇〕。

【𣌋】同春。見〔隸釋〕。

【𣋖】暴或字。見〔集韻〕。

十三畫

【曏】許兩切音響始兩切音賞養韻許亮切音向漾韻

(一)不久也。見〔說文〕。〔段注〕今人語曰。向年、向時、向者。即—字也。又曰。一晌、半晌。皆是—字之俗。

(二)往也。〔呂覽觀表〕—者右宰穀臣之觴吾子也。

(三)明也。〔莊子秋水〕證—今古。

【曒】吉了切音皦篠韻下老切音皓皓韻

(一)同皦。明也。見〔玉篇〕。

(二)玉石之白者。見〔五經文字〕。

【暴】薄報切音暴號韻

(一)疾有所趣也。从日出本廾之。見〔說文本部〕〔段注〕趣當作趨。引申爲凡疾之稱。按此與㬥二篆形義皆殊。而今隸不別。此篆主謂疾。故爲本之屬。㬥主謂日晞。故爲日之屬。

(二)耗也。見〔玉篇〕。

(三)弊也。見〔玉篇〕。

【曔】渠映切音競居慶切音敬敬韻

(一)明也。見〔玉篇〕。

(二)乾也。見〔類篇〕。

【曖】烏代切音愛隊韻

(一)猶翳也。〔後漢申屠蟠傳〕甘是堙—。

(二)——。昏昧貌。〔離騷〕時——其將罷兮。

(三)晻—。暗貌。見〔玉篇〕。

【𣋝】音未詳　南岳神名。〔大清金液神氣經〕南岳姓冢名—君。

【曎】夷益切音亦陌韻 同燡。光也。見〔集韻〕。

【曑】疏簪切音森侵韻 商星也。見〔說文晶部〕。〔按九經字樣。—隸省作曑。與參不同。今經典相承多用參。〕

【⿰日奧】乙六切音彧屋韻 燠也。見〔集韻〕。〔正字通云。與燠通。〕

【⿰日亶】蕩旱切音但旱韻 曝也。見〔集韻〕。

【曕】以贍切音豔豔韻 曬也。見〔玉篇〕。

【⿰日黽】以證切音暎徑韻 日暉也。見〔篇海〕。

【鼂】止遙切音招蕭韻 螶—。蟲名。見〔篇韻〕。

【曐】星本字。見〔說文晶部〕。

【⿰日粵】曄本字。見〔說文〕。

【曓】同暴。曬也。見〔楊氏術寶〕。

【⿰日雩】同曤。見〔篇海〕。

【曗】同曄。見〔篇海〕。

【⿱日著】同著。見〔字學指南〕。

【㬢】曦省字。見〔集韻〕。

【⿰日歛】俗曬字。見〔正字通〕。

十四畫

【曜】弋笑切音燿嘯韻
㊀日光也。〔詩羔裘〕日出有—。
㊁燿也。光明照燿也。見〔釋名釋天〕。
㊂示也。〔國語楚語〕而—之以大利。
㊃—威治兵也。〔文選張衡賦〕—威中原。
㊄靈—天也。〔文選蔡邕碑文〕苞靈—之純。
㊅—靈日之別名也。〔楚辭天問〕—靈安藏。
㊆七—日月五星也。〔素問天元紀大論〕七—周旋。
㊇日本人稱一周之日爲—。日—、月—、金—、木—、水—、火—、土—。

【⿰日縣】乞及切音泣緝韻
㊀曝也。見〔廣雅釋詁〕。
㊁欲乾也。見〔玉篇〕。

【⿰日蓋】於蓋切音藹泰韻
㊀日色也。見〔玉篇〕。
㊁人名。高郭節侯—見〔漢書王子侯表〕。

【曙】常恕切音署御韻
㊀曉也。見〔說文新附〕。
㊁明也。〔淮南天文〕日入于虞淵之汜。—於蒙谷之浦。
㊂明日也。〔呂覽重己〕一—失之。

【曛】許云切音熏文韻
㊀日入餘光也。〔李羣玉詩〕水木籠微—。
㊁黃昏時也。〔楚辭思美人〕與—黃以爲期。
㊂赤黃色也。〔素問六元正紀大論〕爲—。

【⿰日對】徒對切音隊隊韻 茂貌。〔文選宋玉賦〕—兮若松榯。〔正字通云同曃〕

【曘】日朱切音殊虞韻 日色也。見〔玉篇〕。

【⿰日麼】母果切音麼哿韻 —曞。日無光也。見〔集韻〕。

【曚】謨蓬切音蒙東韻莫孔切音蠓董韻 —曨。日未明也。見〔集韻〕。

【⿰日蒦】鬱縛切音矱藥韻 勇貌。〔東觀漢紀〕—哉是翁。〔按馬援傳本作矍鑠哉是翁。〕

【㬥】暴本字。見〔說文〕。

【⿰日疏】同昏。見〔字彙補〕。

十五畫

【曠】苦謗切音壙漾韻
㊀明也。見〔說文〕。〔段注〕廣大之明也。會意兼形聲字也。引伸爲虛空之偁。
㊁大也。〔左昭元年傳〕居於—林。
㊂廢也。〔呂覽無義〕則無—事矣。
㊃遠也。見〔廣雅釋詁〕。
㊄久也。見〔廣雅釋詁〕。
㊅隔也。〔家語六本〕庭不—山。
㊆用志寬廣也。〔家語辨樂〕—如望羊。
㊇空神位也。〔禮記曲禮〕祥車—左。
㊈猶疏薄也。〔禮記檀弓〕必多—於禮矣夫。
㊉—夫。男子壯而無妻者也。〔孟子

梁惠王」外無—夫。(十一)人名。晉師—。(十二)姓也。見〔廣韻〕。

【曡】達協切音牒葉韻

(一)楊雄說。以爲古理官決罪三日得其宜。乃行之。从晶宜。亡新以从三日大盛。改爲三田。見〔說文晶部〕。〔段注〕詩莫不震—。韓詩辟君傳曰。震動也。—應也。按—爲應。即得其宜乃行之之說也。毛詩傳曰。—懼也。今毛義行而韓義廢矣。多部曰。重夕爲多。重日爲—。此今人用—之之義也。〔按據段氏注文。則—不外三義。廣雅之訓應者古義也。若廣雅之訓懷、訓墮、訓詘。文選左思賦之—鼓出山。則皆从懼義。蒼頡之訓重、訓積、廣雅之訓厚。史記貨殖傳之白—布。則皆用重義。要之三義雖殊。其字形總當以从三日者爲本字。从三田爲後出字。〕

(二)州名。唐置。屬隴右道。當今甘肅臨潭縣邊外南。

【㬋】北角切音剝覺韻

犖也。見〔篇海〕。

【曥】力制切音厲霽韻

日光盛也。見〔集韻〕。

【𣌾】丘弓切音穹東韻

謹敬也。見〔集韻〕。

【㬥】音被紙韻

出〔阿難曇八犍度論〕。

【䜏】古㬥字。見〔說文〕。

【曟】晨本字。見〔說文晨部〕。

【𣋤】同曬。—如夏。見〔淮南兵略〕。

【㬪】同曑。見〔集韻〕。

【曣】同㬴。見〔玉篇〕。

【𣋡】同疃。見〔集韻〕。

【曝】俗㬥字。〔顏氏家訓書證〕㬥曬字與㬥疾字相似。惟下少異。後人輒加偏旁耳。

【曦】朧㬵字。見〔正字通〕。

十六畫

【𣌭】伊甸切音晏霰韻

(一)㬫也。見〔廣雅釋詁〕。

(十一)同𣊫。見〔正字通〕。(十二)通晏。〔史記封禪書〕至中山—嘔。〔漢書武帝紀〕作晏嘔。

【曥】力魚切音驢魚韻

(一)日色也。見〔篇海〕。(二)日照也。見〔篇海〕。

【曦】虛宜切音羲支韻

(一)日色也。〔張正見詩〕高闍映奔—。(二)人名。吳—。見〔宋史叛臣傳〕。

【𣊫】伊甸切音晏霰韻

星無雲也。見〔說文〕〔段注〕㬫、郎姓字。謂晴而無雲也。

【曤】呼郭切音擴藥韻

明也。見〔玉篇〕。

【曧】以中切音融東韻

日正也。見〔篇海類編〕。

【曨】盧東切音籠東韻魯孔切音朧董韻

曈—也。見〔說文新附〕。〔按類編謂曈—爲日出也。又江淹賦。日通—而上度。通—、曈—、音近相轉。〕

【𣌙】於容切音雍冬韻

十七畫

【㬢】同晉。見〔集韻〕。朗也。見〔字彙補〕。

【曩】乃朗切囊上聲養韻

(一)曏也。見〔說文〕。(二)久也。見〔爾雅釋詁〕。

【曝】伯各切音博藥韻

㬥也。見〔集韻〕。

十八畫

【曜】衢遇切音具遇韻

姓也。漢—丘。見〔集韻〕。

【曡】呢輒切音聶葉韻

同㬝。小煗也。見〔玉篇〕。

【𣌬】子肖切音醮嘯韻

人名。宋謝—。見〔集韻〕。

【曬】呼端切音懽寒韻

姓也。—唯。漢人。見〔奇姓通〕。

十九畫

【𣌯】盧丸切音鸞寒韻謨遐切音蠻刪韻郎甸切音棟霰韻

日且昏時也。見〔說文〕〔段注〕且、各本作旦今正昏訓冥冥訓且冥。則—卽莫也。—之言鬱也。鬱者文兒。日將入而色有異也。

【曪】朗可切音𥗼砢韻　曭—。詳曭字。

【曬】所寄切音灑寘韻所賣切音𥘌卦韻所嫁切音嗄禡韻　暴也。見〔說文〕〔今俗向日乾物曰—。作晒。非。〕

【曬】抽知切音摛支韻　舒也。見〔集韻〕。

【曩】乃旦切音難翰韻　安—。㬉也。見〔說文〕〔段注〕㬉、各本作溫今正。安—。猶溫存也。

【曩】尼餜切音嘫删韻乃曷切音捺曷韻　暍—。暖狀也。見〔集韻〕。

【曞】力刈切音列屑韻　日落也。見〔篇海〕。

【𣌭】同雝。見〔集韻〕。

二十畫

【曯】鬱縛切音矆藥韻　明也。見〔集韻〕。

【曭】坦朗切音儻養韻　日不明也。〔楚辭遠遊〕峕曖曭其—莽兮。

【曮】五犯切音儼豏韻　日行之躔度也。〔淮南要略〕所以使人不妄沒於勢利。不誘惑於事態。有符—晲。

二十一畫

【𣌍】曒本字。見〔正字通〕。

二十二畫

【曯】朱欲切音燭沃韻　照也。〔沈亞之書〕戎鏡包陽。當日而—之。則能延爍與火。

【𣌬】猥狄切音歷錫韻　星貌。見〔篇海〕。

二十三畫

【𣋡】古歷字。見〔玉篇〕。

二十四畫

【𣌭】同昕。見〔集韻〕。

※曰部※

【曰】王伐切音越月韻

(一)詞也。从口乚聲亦象口气出也。見〔說文〕。

(二)發端之辭也。〔書堯典〕粵若稽古帝堯。〔今文尚書作—〕。

(三)人言之辭也。〔詩角弓〕見晛—消。

(四)更端之辭也。〔書大誥〕—有大艱於西土。

(五)思謀之辭也。〔易困〕—動悔有悔。

(六)一人之言而自爲問答也。〔論語陽貨〕懷其寶而迷其邦。可謂仁乎。—不可。好從事而亟失時。可謂知乎。—不可。〔王引之云〕兩—不可皆陽貨言。

(七)述古語畢而別及今事也。〔呂覽驕恣〕—此霸王之所憂也。〔王引之云〕李悝述莊王之言畢。故加—字以別之。

(八)稱也。〔書舜典〕僉—。垂哉。

(九)於也。〔爾雅釋詁〕爰、—。于也。〔按于、於、古字通〕。

(十)猶爲也。〔穀梁桓四年傳〕一爲乾豆。二爲賓客。三爲充君之庖。〔公羊傳爲皆作—〕。

(十一)猶聿也。〔詩緜〕予—有奔奏。予—有禦侮。〔離騷注〕引作聿。

(十二)不—。猶不謂也。〔論語衛靈公〕不—如之何如之何者。

一畫

【甲】烏譴切音押洽韻　取物也。與甲字不同。見〔字學指南〕。

二畫

【曲】區玉切音鋦沃韻

(一)象器—受物之形也。或說。—、蠶薄也。見〔說文曲部〕〔段注〕、詳艸部薄下。其物以萑葦爲之。七月傳曰。豫畜萑葦。可以爲—也。其字俗作苗。又作笛。

(二)局也。見〔釋名釋言語〕。

(三)折也。〔禮記聞傳〕三—而偯。

(四)僻也。〔文選左思賦〕固亦—士之所歎也。

(五)邪回也。〔後漢王符傳〕亦有任決斷者而類多私—。

(六)委細也。〔禮記曲禮釋文〕—禮、委—說禮之事。

(七)一偏也。〔禮記中庸〕其次致—。〔

朱注〕一偏也。
❽樂歌音節也。〔文選宋玉對問〕是其—彌高。其和彌寡。
❾地形彎折處曰—。如山—水—之類是。
❿—道。棋局也。見〔方言〕。
⓫—綯。—綸。車紂也。見〔方言〕。
⓬—故。巧詐也。〔淮南修務〕而—故不得容者。
⓭—成。乘變以應物。不係一方也。〔易繫辭〕—成萬物而不遺。
⓮部—。軍隊行列也。〔史記李將軍傳〕廣行無部—行陳。
⓯鄉—。里黨也。〔史記平準書〕以武斷于鄉—。
⓰欵—。綢繆般勤也。〔後漢光武帝紀〕與人不欵—。
⓱—蟺。蟲名。蚯蚓也。〔古今注〕蚯蚓、一名—蟺。
⓲—者。日本語。意謂惡物、怪物。常以斥稱小竊及來歷不明之人。
⓳姓也。—宮。見〔史記蒙恬傳〕。

【曲】顆羽切音踽麌韻
—逆。縣名。〔史記陳丞相世家〕陳平爲—逆侯。〔按曹相國世家、亦作—遇。當今直隸完縣東南。〕

【曳】以制切音跇霽韻
❶臾—也。見〔說文申部〕。〔段注〕臾—猶牽引也。引之則長。故衣長曰—地。〔按許書上文臾字下云。束縛捽抴爲臾—。〕
❷著也。〔詩山樞〕子有衣裳。弗—弗婁。〔注〕—婁俱是著衣之事。
❸行也。〔史記屈原賈誼傳〕賢聖逆—兮。方正倒植。〔注〕逆—不得順而行也。
❹越也。〔文選王褒賦〕超騰踰—。
❺頓也。〔後漢馮衍傳〕年雖疲—。
❻—陘。水名。〔類篇〕西戎有河名—陘。〔在今新疆焉耆縣西。〕
❼—白。不能成文也。〔唐書苗晉卿傳〕張奭持紙終日。筆不下。人謂之—白。〔按近代又以謄寫考卷跳頁者爲—白。〕
❽—落河。古回紇語。謂健兒也。〔唐書房琯傳〕彼—落河雖多。能當我劉秩乎。

【史】俗曳字。見〔正字通〕。

三畫

【更】居行切音庚庚韻
❶本作㪅。〔說文攴部〕㪅。改也。
❷代也。〔禮記儒行〕乃留—僕。未可終也。
❸革也。〔呂覽似順〕必數—。
❹善也。〔考工記函人〕則材—也。
❺復也。〔公羊襄三十年傳〕而—宋之所喪。
❻謂筮遷都邑也。〔周禮簭人〕一曰巫—。
❼遞也。〔文選張衡賦〕祕舞—奏。
❽續也。〔國語晉語〕姓利相—。
❾迭也。徭戍之名。〔漢書昭帝紀〕三年以前逋—賦未入者皆勿收。〔注〕—有三品。古者正卒無常人。一月一—。是爲卒—。貧者欲得顧—錢者。次値者出錢顧之。是爲踐—。天下皆直戍邊三日。諸不行者。出錢三百入官以給戍者。是爲過—。
❿償也。〔史記平準書〕悉巴蜀租賦不足以—之。
⓫經歷也。〔史記大宛傳〕必—匈奴中。
⓬官名。〔漢書百官公卿表〕詹事屬官有太子率—。〔注〕掌知漏刻。〔又〕不—、左—、右—、中—。皆秦制。主領—卒部其役使者也。
⓭星名。〔隋書天文志〕婁東五星曰左—。婁西五星曰右—。
⓮督夜行鼓也。守夜者或打鼓或擊柝。巡行達旦。互相替代。因謂之—。〔文選張衡賦〕衛以嚴—之署。
⓯五—。老人知五行—代事者之稱。〔禮記樂記〕食三老五—於大學。
⓰—衣。易衣也。〔史記衛皇后傳〕既飲起—衣。〔又〕醫經謂溲便爲—衣。

【更】古孟切音亙敬韻
再也。〔王之渙詩〕—上一層樓。

【昙】香本字。見〔六書正譌〕。

【昱】古豆字。見〔玉篇〕。

四畫

【曶】呼骨切音忽月韻〔與日部曶字不同。〕
出氣詞也。从曰。象氣出形。見〔

說文。〕〔段注〕此與心部忽音同義異。若羽獵賦、鑾—如神。傅毅舞賦、雲轉飄—。漢樊敏碑、奄—滅形。皆出气之意。不當作忽。今則忽行而—廢矣。

【[illegible]】良本字。見〔正字通〕。

【旱】同爭。見〔漢韓勑碑〕。

五畫

【曷】何葛切音褐曷韻

(一)何也。見〔說文〕。

(二)盍也。見〔爾雅釋言〕。〔注〕何不也。〔按書湯誓時日—喪。詩有杕之杜。—飲食之。皆盍義。〕

(三)止也。見〔爾雅釋詁〕。

(四)彤—。國名。〔魏書顯祖紀〕曹利彤—國、各遣使朝獻。

(五)達—。水名。古波斯國都城所在也。〔附書西域傳〕波斯國都達—水之西。〔按達—水、一名恆—水。本波斯地。唐世爲大食國境。當在今阿拉伯地。〕

(六)烏那—。亦國名。〔附書西域傳〕烏那—國都烏滸水西。舊安息之地也。〔按烏那—、當卽吐火羅。在古安息東北。唐貞觀十五年。爲西突厥所滅。〕

(七)同害。〔書湯誓〕時日—喪。〔孟子梁惠王作時日害喪。〕

【曷】許葛切音歇曷韻

相恐怯也。見〔集韻〕。

【曷】阿葛切音遏曷韻

同遏。〔詩長發〕則莫我敢—。〔漢書刑法志〕引作遏。

【曷】同蝎。〔史記范雎蔡澤傳〕先生—鼻巨肩。〔注〕謂鼻如蝎蟲也。

【曷】同鶡。見〔集韻〕。

【[illegible]】測革切音冊陌韻

告也。見〔說文〕。〔段注〕簡牘曰冊。以簡告誡曰—。冊行而—廢矣。

【[illegible]】須倫切音荀真韻

勻也。見〔篇海〕。

【[illegible]】古語切音舉語韻

古人字。〔吳志孫權傳〕吳王第三子、名[illegible]字—。

六畫

【書】商居切音舒魚韻

(一)本作𦘠。〔說文聿部〕𦘠、著也。

(二)文字也。見〔書序釋文〕。

(三)五經六籍之總名也。見〔史記禮書注〕。

(四)經部之一種也。古稱尙—。今簡稱—。

(五)如也。見〔廣雅釋言〕。

(六)記也。見〔廣雅釋言〕。

(七)舒也。見〔古微書孝經援神契〕。

(八)庶也。紀庶物也。見〔釋名釋書契〕。

(九)寫錄也。〔周禮大司徒〕—其德行道藝。

(十)函信也。〔左昭六年傳〕晉叔向貽子產—。

(十一)計帳也。〔周禮天官序官〕司—。〔注〕主計會之簿—。

(十二)六—。象形、轉注、會意、指事、假借、諧聲也。〔周禮保氏〕五曰六—。

(十三)詔—。諭旨也。〔李密表〕詔—迫切。

(十四)簡—。戒命也。〔詩出車〕畏此簡—。

(十五)刑—。法律也。〔左昭六年傳〕鄭人鑄刑—。

(十六)羽—。卽羽檄也。〔文選虞羲詩〕羽—時斷絕。

(十七)尙—。官名。〔漢書成帝紀〕初置尙書員五人。〔百官公卿表〕中—謁者。〔按尙—、中—。古今官制尊卑不同。尙書初置時代。士人官者參用。品流甚爲猥雜。後乃以爲三省之領袖。六部之長官。是古卑而今尊也。唐中—舍人最貴。爲平章事之階梯。淸代不過一內閣秘—耳。是古尊而今卑也。〕

(十八)校—。本古官名。後世或以稱妓之解文字者。〔李商隱詩〕無限紅梨憶校—。

【曹】財勞切音漕豪韻

(一)本作𣍘。〔說文〕𣍘、獄兩—也。从棘。在廷東也。从曰。治事者也。〔段注〕兩曹、今俗所謂原告被告也。古文尙書兩造。具備。史記兩造。一作兩遭。兩遭、兩造、卽兩—。

(二)國名。周武王封弟叔振鐸於—。〔當今山東菏澤縣治。〕〔又〕—國。卽漢之康居支庶所分。曰安。曰曹。曰石。曰米。曰何。曰火尋。曰戊地。曰史。曰康。凡九姓。見〔唐書西域傳〕。

(三)羣也。〔國語周語〕民所—好。

(四)偶也。〔楚辭招魂〕分—並進。
(五)輩也。〔史記黥布傳〕率其—偶。〔按爾、我—皆輩偶之義。〕
(六)布名。〔淮南說林〕—氏之裂布蝀者貴之。〔注〕楚人名布爲—。今俗間以始織布繁署其旁謂之—布。」
(七)局室也。〔漢書薛宣傳〕坐—治事。〔按分職治事之官署曰—。〕
(八)地名。〔春秋桓十一年〕齊人、衛人、鄭人盟于惡—。〔注〕惡—地闕。
(九)人名。春秋時。衛卿—。宋景—。吳姑—。
(十)溪名。在今廣東仁化縣東南。爲佛家六祖說法處。〔蘇軾詩〕又試—溪一勺甘。
(十一)姓也。以國爲氏。
(十二)市—。闤闠也。〔星經〕今市—官之職。
(十三)—洞宗。禪宗之一派也。道玄禪師所創。見〔傳燈錄〕。
(十四)—達。化學鈉留。日本語譯爲—達。

【⿱亼⿱田日】古會字。見〔玉篇〕。

七畫

【曼】無販切音萬願韻
(一)引也。見〔說文又部〕。
(二)長也。廣也。〔詩閟宮〕孔—且碩。〔傳〕—、長也。〔箋〕脩也。廣也。
(三)蔓也。〔漢書王莽傳〕遂至延—連州。
(四)澤也。〔楚辭招魂〕蛾眉—睩。
(五)輕也。〔文選枚乘七發〕衣裳則雜遝—煖。
(六)美也。〔漢書司馬遷傳〕—辭以自解。
(七)突也。〔莊子馬蹄〕闉扼鷙—。
(八)無也。〔法言重黎〕病—之也。
(九)細理也。〔淮南脩務〕—頰皓齒。
(十)—羨。廣散也。〔文選司馬相如文〕沕潏—羨。
(十一)—延。獸名。〔文選張衡賦〕巨獸百尋。是爲—延。
(十二)—陀羅。花名也。〔法華經〕天雨—陀羅花。
(十三)日耳—。譯日字。
(十四)人名。春秋時。楚夫人鄧—。
(十五)姓也。—滿見〔漢書五行志〕。

【曼】謨官切音瞞寒韻
同漫。長也。〔離騷〕路——其修遠兮。

【曼】莫半切音幔翰韻
—衍。無極也。〔莊子寓言〕因以—衍。所以窮年。〔又〕猶聯延也。〔漢書敍傳〕—衍相屬。〔又〕分布也。〔文選揚雄賦〕駢交錯而—衍兮。

【曼】母伴切音滿旱韻謨還切音蠻刪韻
(一)—漶。無分別貌。〔漢書揚雄傳〕爲其泰—漶而不可知。
(二)同蠻。〔公羊昭十六年傳〕楚子誘戎—子殺之。

八畫

【曾】咨騰切音增蒸韻〔按經傳釋詞云。案玉篇。曾。子登切。則也。又才登切。經也。廣韻同。是訓爲則者。乃曾是、曾謂之曾。音子登切。訓爲經者。乃曾經之曾。音才登切。羣經音辨。曾。則也。作滕切。曾。嘗也。作滕切。嘗、即曾經之義。以上諸書皆音義判然。不相混雜。說文。曾。詞之舒也。此即曾是、曾謂之曾。當讀如增。而徐鉉音昨稜切。則誤讀如層矣。集韻。曾。徂稜切。引說文、詞之舒也。韻踵徐氏之誤。自是以後。遂以曾是、曾謂之曾。讀如層矣。當依玉篇、廣韻、及經典釋文。改正今從之。〕
(一)詞之舒也。見〔說文八部〕。
(二)乃也。則也。〔詩召旻〕—不知其玷。〔按詩、—不容刀。—不崇朝。—莫惠我師。禮、則是—鳥獸之不若也。吳語、越—足以爲大虞乎。公羊、—不興師徒以言而已矣。論語、—謂泰山。—由與求之間。皆音增。〕
(三)—是。乃是也。則是也。〔論語爲政〕—是以爲孝乎。〔按詩、—是不意。—是彊禦。—是掊克。—是在位。—是在服。—是莫聽。皆音增。〕
(四)何—。何乃也。何則也。〔孟子公孫丑〕爾何—比予於管仲。〔又〕何爲也。〔方言〕湘潭之原。荊之南鄙。謂何爲—。若中夏何爲也。
(五)舉也。〔楚辭東君〕翾飛兮翠—。
(六)累也。〔離騷〕—欷歔余鬱邑兮。
(七)重也。〔爾雅釋親〕王父之考爲—祖。孫之子爲—孫。〔注〕—、猶重也。
(八)—臣。猶末臣也。〔左襄十八年傳〕—臣彪將率諸侯以討焉。
(九)通增。〔孟子告子〕—益其所不能。〔孫奭音義〕—、當讀作增。

(十)同楷。[禮記禮運]夏則居楷巢。[釋文]楷、本又作—。

(十一)州名。唐置。治—縣。屬劍南道。當今雲南鄧川縣東。

(十二)姓也。

【曾】徂稜切音層蒸韻

(一)猶嘗也。[公羊閔元年傳]莊公存之時。樂—淫于宮中。

(二)通層。[後漢張衡傳]登閬風之—城兮。

【替】他計切音第霽韻

(一)本作替。[說文竝部]替。廢也。一偏下也。[段注]各本脫也字。不可讀。今補。廢者。卻屋也。言空屋人所不居。故替廢同義。相竝而一邊庳下。則其勢必至同下。所謂陵夷也。此又為一義。

(二)止也。見[爾雅釋詁—待也注]。

(三)去也。[國語晉語]薦可而—不。[按不即否字]。

(四)滅也。[國語晉語]君之冢嗣其—乎。

(五)施也。[太玄永]不—不爽。

(六)惰也。[漢書五行志]卑僭—也。

(七)代也。[蘇軾文]以山光水色。—其玉肌花貌。

(八)通—。如今抽—之謂也。[南史殷淑儀傳]淑儀薨。孝武常思見之。遂為通—棺。欲見輒引—見屍。

(九)—戾岡。羯語云出也。[晉書佛圖澄傳]秀支—戾岡。僕谷劬秃當。此羯語也。秀支。軍也。—戾岡、出也。僕谷、劉曜胡位。劬秃當、捉也。此言軍出捉得曜也。

【替】他結切音鐵屑韻

弛也。[文選潘岳賦]隨政隆—。

【最】祖外切音醉徂外切音菆取外切音襊泰韻

(一)犯而取也。見[說文冃部]。

(二)聚也。[公羊隱元年傳]會猶—也。

(三)叢也。又要也。見[小爾雅廣詁]。

(四)功第一也。[漢書樊噲傳]灌廢邱—。

(五)善也。[漢書敘傳]猶無益於殿—。[注]殿、負也。—、善也。

(六)都凡也。[史記絳侯周勃世家]—從高帝。

(七)極也。見[廣韻]。

(八)齊也。見[玉篇]。

(九)絕也。[管子水地]秦之水泔—而稽。

(十)木之—高長者。見[顏氏家訓書證]。

(十一)通撮。[莊子秋水]鵋鵂夜撮蚤。[釋文]撮、本作—。

【朁】七感切音慘感韻

(一)曾也。詩曰。—不畏明。見[說文]。[按今詩文作憯]。

(二)發語辭。見[玉篇]。[按詩節南山、—莫懲嗟。民勞—不畏明。雲漢、—不知其故。此皆發語辭之證。]

【朁】慈鹽切音潛鹽韻

於—。縣名。漢置。屬丹陽郡。唐僨潛州。當今浙江於潛縣治。

【朁】子念切音譖豔韻

同僭。假也。見[集韻]。

【曺】同曹。見[程浩扶風縣夫子廟碑]。

【壼】同竈。見[漢孔宙碑]。

九畫

【會】黃外切音繪泰韻

(一)合也。見[說文會部]。[段注]器之蓋曰—。為其上下相合也。凡曰—計者。皆合計之也。

(二)至也。見[廣雅釋詁]。

(三)對也。見[爾雅釋詁]。

(四)成也。[周禮食醫]凡—膳食之宜。

(五)甲也。[詩大明]—朝清明。

(六)與也。[公羊隱元年傳]—、及、曁、皆與也。

(七)猶期也。[禮記哀公問]不廢其—節。

(八)猶趨也。[禮記月令]以—天地之藏。

(九)節奏也。[文選嵇康賦]激清響以赴—。

(十)四達之道也。[文選鮑昭賦]指—規翔。

(十一)繪蓋也。[儀禮士喪禮]敎啟—。

(十二)日月交—一終也。[太玄玄圖]章—統元。[按皇極經世三十年為一世。十二世為一運。三十運為一—。十二—為一元。]

(十三)集也。[漢書周勃傳]—兵滎陽。[按古之九老、耆英、今之敎育—、商—等。皆集義。]

(十四)諸侯時見也。[詩車攻]—同有繹。

(十五)兵不與謀也。[左宣七年傳]凡師出、與謀曰及。不與謀曰—。

(十六)使之黨作黨學相勸帥也。〔周禮宮正〕—其什伍。
(十七)盟也。〔禮記檀弓〕周人作—而民始疑。
(十八)水逆流也。〔書禹貢〕—于渭汭。
(十九)市場也。〔王勃頌〕名都廣—。〔今謂省—、都—。皆含此義。〕
(二十)融洽也。〔梁昭明太子書〕觀汝諸文。殊與意—。
(廿一)鑑別也。〔任昉序〕李重之識—。
(廿二)猶能也。俗云能不能多稱—不—。
(廿三)節—也。〔文選嵇康賦〕激清響以赴—。
(廿四)際—。昏禮交接之—也。〔禮記大傳〕異姓主名治際—。〔又〕遇合也。〔杜甫詩〕君臣已與時際—。
(廿五)—意。六書之一也。〔周禮保氏注〕六書。象形、—意、指事、轉注、諧聲、假借。
(廿六)—飯。謂黍稷也。〔儀禮公食大夫禮〕賓卒食—飯。
(廿七)—社。日本語謂公司也。
(廿八)五—。謂百—、胸—、聽—、氣—、臑—。皆人身穴名。〔史記扁鵲傳〕厲鍼砥石。以取外三陽五—。
(廿九)科舉時代之考試名目。舉人就試於京師。曰—試。
(三十)囫體之別稱也。如云議—商—。

【會】古外切音儈泰韻
(一)通繪。畫也。〔書益稷〕日月星辰山龍華蟲作—。〔傳〕—、五采也。〔釋文〕馬鄭作繪。
(二)弁中之縫也。〔詩淇澳〕—弁如星。
(三)計算也。〔孟子萬章〕—計當而已矣。
(四)—稽。郡名。秦置。即今江蘇之蘇常松鎮揚州。及浙江全境。〔又〕縣名。隋置。屬揚州—稽郡。即今浙江紹興縣。〔又〕山名。在今浙江紹興東南十二里。
(五)—及。藥名。〔廣雅釋草〕—及。五味也。
(六)釋上緣謂之—。見〔禮記雜記疏〕。
(七)姓也。漢武陽令—栩。

【會】古活切音括曷韻
—撮。項椎也。〔莊子人間世〕—撮指天。〔釋文引崔注〕—撮。項椎也。〔按司馬注。髻也。向注。兩肩聳而上。—撮然也。〕

【⿰曰東】他東切音通東韻
鼓聲遠聞也。見〔集韻〕。

十畫

【朄】羊進切音引震韻
(一)擊小鼓引樂聲也。見〔說文申部〕。
(二)通田。〔詩有瞽〕應田縣鼓。〔箋〕田、當作—。

【朅】丘傑切音揭屑韻
(一)去也。見〔說文去部〕。
(二)去意也。〔漢書司馬相如傳〕—輕舉而遠游。

【朅】丘竭切音訖屑韻
武壯貌。〔詩碩人〕庶士有—。

【⿰曰東】同朄。見〔集韻〕。

十一畫

【⿱啓曰】甕丁切音寧青韻　女夷切音尼支韻
告也。見〔玉篇〕。

【⿺走最】局宇切音聚麌韻
⿺走取—。地名。詳⿺走取字注。

【曡】古疊字。見〔說文〕。

十二畫

【暜】替或字。見〔說文〕。

十三畫

【⿺走⿱曰差】尺䙼切音詫禡韻
—⿺走差。地名。在直隸行唐縣北。見〔篇韻〕。〔今直隸行唐縣東十五里。有—⿺走差村。〕

十四畫

【⿺走⿱曰益】他兼切音添鹽韻
益也。見〔篇海〕。

十五畫

【⿱曰脩】古修字。見〔玉篇〕。

【⿰曹東】則刀切音遭豪韻
日出東方也。見〔篇海〕。

十六畫

【⿱𣗥曰】曹本字。見〔說文〕。

【⿺走曹】同⿺走⿱曰益。益也。見〔篇海〕。

十七畫

【朇】頻彌切音陴支韻
益也。見〔說文會部〕。

二十四畫

【[illegible]】容廬切音譽魚韻　縣名。見〔篇韻〕。〔按〕縣今無考。

三十一畫

【[illegible]】同[illegible]。見〔字彙補〕。

※月部※

【月】魚厥切音軏月韻

(一)闕也。大侌之精。象形。見〔說文〕。〔段注〕一、闕。疊韻。釋名曰。一缺也。滿則闕也。象不滿之形。

(二)地球之衞星也。爲地心吸力所吸。故恆隨地球繞日。又每一自繞地球一周。本體無光。常受太陽之光而生光。其體受日光之面、正向地球時。則爲望。背地球時。則爲朔。斜對地球時。則有上弦下弦之別。是謂一之盈虛。

(三)凡諸大行星之衞星亦名一。如火星二。木星五。土星九。天王星四。海王星一。天文家名爲繞行星之一。一名价星。

(四)從朔至晦之稱也。月從朔至晦爲一一。一年凡十二一。大一三十日。小一二十九日。此陰曆之所謂一也。陽曆則大一三十一日。平一三十日。小一二十八日。又陰曆置閏於一。陽曆置閏於日。

(五)刑也。見〔鶡冠子夜行〕。

(六)妃后大臣諸侯之象也。見〔後漢李固傳注〕。

(七)一事。婦人姅變也。〔素問上古天眞論〕一事以時下。〔注〕平和之氣。常以三旬而一見也。〔按漢書郊祀志注。婦人姅變。不得侍祠。王建宮詞。密奏君王知入一。皆此義。〕

(八)一氏。外國名。〔漢書省去病傳〕遂臻小一氏。〔按一氏有二。漢書地理志。一氏縣屬安定郡者。當今新疆吐魯番縣。所謂小一氏也。又西域傳大一氏國治監氏城。去長安萬一千六百里。不屬都護者。當卽今阿富汗境。又一氏一作月氏。〕

(九)明一。珠名。〔文選班固賦〕隨侯明一。

(十)人名。明季南都市妓王一。字微波。見〔板橋雜記〕。

(十一)姓也。金一彥明。明洪武中一輝。文憲。

一畫

【𠆢】同舟。見〔蜀郡屬國碑〕。

二畫

【有】云九切音友有韻

(一)不宜一也。春秋傳曰。日月一食之。見〔說文〕。〔段注〕謂本是不當一而一之偁。引伸遂爲凡一之偁。凡春秋書一者。皆一之本義也。日下之月。衍字也。

(二)富也。〔列子說符〕羨施氏之一。

(三)土地貨財也。〔荀子王霸〕內不脩正其所一。

(四)已藏之稱也。〔詩芣苢〕薄言一之。

(五)相親也。〔左昭二十年傳〕是不一寡君也。

(六)猶專也。〔禮記坊記〕父母在。不敢一其身。

(七)猶保也。〔禮記哀公問〕不能一其身。

(八)猶往也。〔淮南俶眞〕物莫不生於一也。

(九)取也。見〔廣雅釋詁〕。

(十)質也。見〔廣雅釋詁〕。

(十一)多也。〔詩魚麗〕君子有酒。旨且一。

(十二)爲也。〔孟子滕文公〕人之一道也。〔猶云人之爲道也。〕

(十三)或也。〔詩載馳〕大夫君子。無我一尤。〔猶云無我或尤也。〕

(十四)語助也。一字不成辭。故加一字以配之。若一庾、一夏、一殷、一周之類是也。
(十五)狀物之辭也。〔詩桃夭〕—蕡其實。
(十六)人名。周辛—鄭伯。孔子弟子冉—。
(十七)—者非所—也。見〔爾雅翼引蔡邕月令章句〕。
(十八)不無—卽—也。〔管子地員〕不無—三分。
(十九)一—一亡曰—。見〔穀梁莊二十八年傳〕。
(二十)豐年曰—。〔詩有駜〕自今以始歲其—。
(廿一)希—珍貴罕見之名辭也。〔蔡邕碑〕元季方皆命世希—。
(廿二)何—言不難也。〔論語里仁〕能以禮讓爲國乎何—。
(廿三)萬—萬物也。〔顏延之詩〕萬—皆—同春。
(廿四)九—九州也。〔詩玄鳥〕奄有九—。
(廿五)大—卦名。乾下離上。〔易大象〕火在天上大—。
(廿六)烏—無之意也。〔文選司馬相如賦〕烏—先生。
(廿七)姓也。—子。孔子弟子名若。

【有】尤救切音宥宥韻

通又。〔書堯典〕朞三百—六旬—六日。

【肞】古服字。見〔說文舟部〕。

三畫

【肻】烏賄切音猥賄韻

吐也。見〔篇海〕。

【肎】古肯字。見〔集韻〕。

【肴】古莽字。見〔集韻〕。

【肵】同期。見〔正字通〕。

【朚】同望、塱。見〔六書故〕。

【𣍝】期或字。見〔集韻〕。

四畫

【朋】蒲登切音鵬蒸韻

(一)古文鳳。象形。鳳飛。羣鳥從以萬數。故以爲—黨字。見〔說文鳥部〕。〔段注〕此說段借也。本神鳥。以爲—黨字。韋本相背。以爲皮韋。烏本孝鳥。以爲烏呼。子本十一月陽氣動萬物滋也。人以爲偁。凡此四以爲。皆言六書段借也。
(二)羣也。〔書益稷〕—淫于家。
(三)類也。〔易損〕或益之十—之龜。
(四)猶翼也。〔山海經北山經〕羣居而—飛。
(五)比也。〔詩椒聊〕碩大無—。
(六)三卿也。〔詩閟宮〕三壽作—。〔箋〕作—、三卿也。
(七)羣臣也。〔詩假樂〕燕及—友。〔傳〕—友、羣臣也。
(八)三烏也。〔禽經〕一烏曰隹。二烏曰雔、三烏曰—。
(九)射棚也。〔北史長孫晟傳〕選善射者十二人。分爲兩—。
(十)同門曰—。〔易兌〕君子以—友講習。
(十一)五貝爲—。〔詩菁菁者莪〕錫我百—。〔又〕兩貝爲—。〔漢書食貨志〕爲大貝十—。
(十二)三鄰爲—。〔晉書地理志〕帝堯協和萬邦。制八家爲鄰。三鄰爲—。三—爲里。
(十三)兩尊曰—。〔詩七月〕—酒斯饗。
(十四)姓也。宋—水。—山。見〔奇姓通〕。

【服】房六切音伏屋韻

(一)用也。一曰。車右騑。所以舟旋。見〔說文舟部〕。〔段注〕許意謂渾言皆得名—馬也。獨言右騑者。謂將右旋。則必策最右之馬。先向右。左旋亦同。舉右以晐左也。舟當作周。馬之周旋。如舟之旋。故其字从舟。
(二)車也。〔詩六月〕共武之—。
(三)衣之總稱也。〔書舜典〕車—以庸。
(四)著衣亦曰—。〔周禮內司服注〕祭先王則—褘衣。祭先公則—褕翟。祭羣小祀則—闕翟。
(五)凡衣飾器用品物皆可曰—。如周禮大行人其貢—物。謂元纁絺纊也。周禮都宗人。正都禮與其—。謂宮室車旗也。他如禮記月令—赤玉。荀子大路大夫—芴。易繫辭—牛乘馬。是凡物品皆可云—。
(六)聽從也。〔書武成〕而萬姓悅—。
(七)伏罪也。〔書呂刑〕五罰不—。
(八)爲之任使也。〔荀子王制〕賢良—。
(九)行也。〔書說命〕旨哉說乃言惟—。
(十)褱也。〔詩關雎〕寤寐思—。
(十一)治也。〔詩葛覃〕—之無斁。
(十二)習也。〔漢書鼂錯傳〕—其水土。
(十三)職也。〔書旅獒〕無替厥—。〔按〕—田、—賈皆任職之義。
(十四)執也。〔國語吳語〕夜中乃令—兵擐甲。

⑮得也。〔老子〕是謂早—。

⑯慊也。〔國策秦策〕勝而不驕。故能—世。

⑰降也。〔呂覽論威〕敵已—矣。

⑱敗也。見〔周書謚法〕。

⑲刑也。〔周禮小司寇〕以施上—下—之刑。〔注〕上刑剕墨。下刑宮刑。

⑳邦畿方千里。其外每五百里謂之—。〔周禮職方氏〕乃辨九—之邦國。方千里曰王畿。其外方五百里曰侯—。又其外方五百里曰甸—。又其外方五百里曰男—。又其外方五百里曰采—。又其外方五百里曰衛—。又其外方五百里曰蠻—。又其外方五百里曰夷—。又其外方五百里曰鎭—。又其外方五百里曰藩—。〔按經典多言五—。書益稷弼成五—孔傳云侯甸綏要荒者。本禹貢。周禮大司馬九—皆言畿。〕

王畿

九服圖

㉑通箙。盛矢器。〔詩采薇〕象弭魚—。

㉒通鵩。鴞也。〔史記賈誼傳〕楚人命鴞曰—。

㉓喪制也。斬衰、齊衰、大功、小功、緦麻、爲五—。〔禮記樂記〕師無當于五—。

㉔飲藥也。〔禮記曲禮〕醫不三世。不—其藥。〔俗謂藥一劑通云一—〕。

㉕猶畏也。〔淮南說林〕烏力勝日而—於鵻禮。

㉖藳役也。〔書禹貢〕三百里納秸—。〔傳〕秸、藳也。—藳役。

㉗初—。初生也。〔離騷〕退將復修吾初—。

㉘—匿。如甖。小口。大腹。方底。用受酒酪之器名。〔漢書蘇武傳〕賜武馬畜—匿穹廬。

㉙—不氏。周時官名。掌訓猛獸。〔周禮夏官序官〕—不氏。〔注〕—不—之獸者。

㉚—翼。蝙蝠也。〔方言〕自關而東。謂之—翼。

㉛姓也。後漢—虔。字子愼。河南滎陽人。

【服】蒲角切音雹覺韻　嗃呼也。見〔集韻〕。

【服】扶缶切音負有韻　車較也。〔考工記車人〕牝—二柯。〔注〕牝—長八尺。謂較也。

【服】同匐。〔禮記檀弓〕扶—救之。〔釋文作匍匐〕。

【朊】麌遠切音阮阮韻　月光微也。見〔篇海〕。

【⿰月午】阮古切音午麌韻　明也。見〔篇海〕。

【肬】直遠切音篆阮韻　月落有明也。見〔篇海〕。

【朌】同班。〔禮記王制〕名山大澤不以—。〔注〕—、讀爲班。

【枂】同陰〔大內規制記〕左曰炅明闍。右曰—靈軒。

【肭】膃肭字。〔正字通〕正韻。膃从肉。舊从內。誤。據此說。內當作肉。且以聲求之。从肉爲正。

五畫

【朏】妃尾切音斐尾韻　滂佩切音配隊韻　普罪切音琣賄韻　普沒切音辭　普骨切音窟月韻

①月未盛之明也。从月出。會意。見〔說文〕。〔段注〕律曆志引古文月采篇曰。三日曰—。

②—明。將明也。〔淮南天文〕日登于扶桑。爰始將行。是爲—明。

③——。獸名。〔山海經中山經〕霍山有獸。狀如貍而白尾有鬣。名曰——。養之可以已憂。

【朐】其俱切音衢虞韻　〔與從月者不同。〕

①車軛也。〔左昭二十六傳〕繇—汰輈。〔釋文〕又作軥。

②縣名。漢屬東海郡。後周改—山縣。以—山在其南。今江蘇東海縣治。

【朎】郎丁切音靈青韻　—朧。月光也。見〔集韻〕。

【⿰月兄】坤狀切音況漾韻　水名。又山名。見〔篇海〕。〔按山水名今並無致。正字通以爲譌字。〕

【肮】居律切音穴屑韻　姓也。見〔韻譜〕。

【朙】古明字。見〔集韻〕。

【朌】同船。〔漢周府君碑〕—人歎於水湆。

六畫

【朒】女六切音衄屋韻

(一)朔而月見東方、謂之縮—。从月。肉聲。見〔說文〕〔段注〕尙書五行傳。朔而月見東方、謂之側匿。側匿與縮—、疊韻雙聲。各本篆作朒。解作內聲。今正。

(二)縮—不寬伸之貌。〔漢書五行志〕王侯縮—不任事。

(三)盈—古算法名。九章之一。—謂不足也。〔小學紺珠〕九數。方田、粟米、差分、少廣、商功、均輸、盈—、方程、句股。

【朓】土了切音眺篠韻他彫切音祧蕭韻他弔切音糶嘯韻

(一)晦而月見西方、謂之—。見〔說文〕〔段注〕尙書五行傳曰、晦而月見西方謂之—。注曰。—條也。條達行疾貌。

(二)行遲也。〔漢書孔光傳〕謂—側匿。〔注〕孟康曰、—行遲也。

(三)相覷也。日晦食爲—〔漢書五行志〕三月晦—魯衛分。

(四)人名。南齊謝—。

【朓】徒了切音窕篠韻

月側也。見〔集韻〕。

【朔】色角切音槊覺韻

(一)月一日始蘇也。見〔說文〕。

(二)凡事物之始也。〔禮記禮運〕皆從其—。

(三)北也。〔書堯典〕宅—方曰幽都。

(四)革也。見〔白虎通三正〕。

(五)盡也。北方萬物盡故言—也。見〔爾雅釋訓舍人注〕。

(六)生也。〔後漢馬融傳〕月—西陂。〔注〕—、生也。

(七)平旦也。雞鳴也。夜半也。〔白虎通三引書大傳〕夏以平旦爲—。殷以雞鳴爲—。周以夜半爲—。

(八)鼙在前曰—。見〔釋名釋樂器〕。

(九)應與朄及—皆小鼓也。見〔周禮小師下管擊應鼓徹歌注〕。

(十)州名。後魏置。當今山西—縣。

(十一)人名。春秋晉趙—。漢東方—。

(十二)度—山名。〔文選張衡賦〕度—作梗。〔注〕東海中有度—山。〔當在渤海潛島中〕。

(十三)撲—。足不前貌。〔木蘭歌〕雄兔腳撲—。

【朕】直稔切音眹寢韻

(一)我也。見〔說文舟部〕〔段注〕按—在舟部。其解當曰舟縫也。戴先生曰。舟之縫謂曰—。故札續之縫亦謂之—。所以補許書之佚文也。釋詁曰。—我也。此如卬、吾、台、余之爲我。皆取其音。不取其義。〔參觀後條引考工記函人義證則段說自明〕。

(二)古者貴賤皆自稱—。見〔爾雅釋詁注〕〔按如書禹謨曰—德罔克。離騷—皇考曰伯庸是其證〕。

(三)漢天子自稱曰—。見〔獨斷〕〔按史記秦始皇二十六年定爲至尊之稱。則非始于漢巳〕。

(四)兆—形怪也。〔淮南俶眞〕欲與物接而未成兆—。

(五)人名。〔蘇軾詩〕石室祠高—。〔注〕高—、漢末爲蜀郡守。興設學校。邦人立石室祠之。

【朕】丈忍切音紖軫韻

甲縫也。〔考工記函人〕眡其—欲其直也。

【⿰月共】虎孔切音嗊董韻

—。月不明也。見〔集韻〕。

【胶】古肴切音交肴韻

同交。日月之交道也。見〔韻會小補〕。

【⿰月屰】古朔字。見〔集韻〕。

【⿰月匝】同腯。見〔篇海〕。

七畫

【望】無放切音[illegible]漾韻

(一)出亡在外。—其還也。見〔說文亡部〕。

(二)惘也。覷遠惘惘也。又茫也。遠覷茫茫也。見〔釋名釋姿容〕。

(三)櫓或謂之—。言高可—也。見〔釋名釋宮室〕。

(四)怨也。〔漢書汲黯傳〕黯褊心不能無少—。

(五)慕也。〔後漢趙壹傳〕士大夫想—其風采。

(六)對也。〔地理通釋〕兩山相—如門。

(七)至也。見〔廣雅釋詁〕。

(八)覗也。見〔廣雅釋詁〕。

(九)爲人所仰曰—。〔詩卷阿〕令聞令—。

(十)祀其國中山川爲—。〔左哀六年傳〕祭不越—。

(十一)志願也。〔漢書黥布傳〕布大喜過—。

(十二)容貌也。〔北史崔鑒傳〕風—閑雅。

(十三)門族也。〔北史孫紹傳〕中正賢—于下里。

(十四)州府之階級也。〔通典〕開元中。定天下州府。爲六雄十—十緊及上中下之差。

(十五)酒帘也。〔廣韻〕靑帘、酒家—子。

(十六)草名。〔爾雅釋草〕—。椉車。

望草圖

(十七)無—。無界畔也。〔呂覽下賢〕神覆宇宙而無—。

(十八)—舒。月之別名。〔淮南天文〕月御曰—舒。

(十九)——失意之貌。〔禮記檀弓〕——焉如有從而勿及。〔又〕慚愧之貌。〔孟子公孫丑〕——然去之。

(二十)陰曆每月十五日也。取日與月相對之意。〔易小畜〕月幾—。

(廿一)—諸。澤名。〔周禮職方氏〕其澤藪曰—諸。〔注〕在睢陽。〔按周禮校勘記〕—諸、說文作孟諸。澤在今河南商邱縣東北接虞城縣界。

(廿二)白—。虛名也。〔晉書陳羣傳〕正以取才失所。先白—而後實事。〔又〕宮市也。〔唐書德宗紀〕嘗置數十百人閱物廛左。謂之白—。〔又〕狗名。〔西京雜記〕狗有白—。靑曹之名。

(廿三)脼—。蟲名。〔酉陽雜俎〕方士曰。此名脈—。蠹魚三食神仙字則化爲此。

(廿四)好—角。一名喜—峯。非洲西南端一海峽也。爲印度洋與大西洋之界。蘇彝士河未通時。歐亞交通必由之路。英文Cape of good hope。

【朗】里黨切郎上聲養韻

(一)本作朖。〔說文〕朖、明也。〔段注〕大雅。高—令終。傳曰、—、明也。

(二)清徹也。〔文選孫綽賦〕—詠長川。

(三)姓也。見〔姓苑〕。

(四)州名。唐置。屬山南道。當今湖南武陵縣。

【萠】呼光切音荒陽韻　翌也。見〔說文朙部〕。〔段注〕當作昱。昱、明也。

【朚】謨郎切音忙陽韻　遽也。見〔廣雅釋詁〕。〔按〕—、卽今之忙字。亦作茫。方言。茫、遽也。

【朊】音泉先韻　月也。見〔篇海類編〕。

【朘】子全切音鐫先韻　縮也。縮朒爲—。見〔篇海〕。〔按漢書董仲舒傳〕日削月朘。朘應從日月之月。不從肉旁之月。舊注肉部朘、月部—。下並引董仲舒傳。非。

【朖】朗本字。見〔說文〕。

【朙】古明字。見〔玉篇〕。〔按說文〕。—古文从日作明。段注云。古文作明。則—非古文也。蓋籀作—而小篆隸從之。

【[illegible]】同浩。見〔字彙〕。

【胳】同礐。〔漢隸碑〕利磨确—。

八畫

【朝】陟遙切音昭蕭韻

(一)本作𦩍。〔說文倝部〕𦩍、旦也。

(二)早也。見〔爾雅釋詁〕。

(三)自平旦至食時爲日之—。上旬爲月之—。自正月盡四月爲歲之—。見〔洪範五行傳〕。

(四)三—。歲首朔日也。〔文選班固賦〕春王三—。

(五)—事。謂淸—未食先進寒具也。〔周禮籩人〕—事之籩。〔又〕祭宗廟薦血腥之事也。見〔周禮籩人注〕。

(六)—陽。山之東也。〔詩卷阿〕于彼—陽。

(七)—鮮。國名。故箕子所封。見〔水經浿水注〕。

(八)—歌。地名。商紂所都也。後爲晉邑。〔國語晉語〕伐取—歌。〔當今河南洪縣東北〕。

(九)—離。古東夷之樂也。見〔白虎通禮樂〕。

(十)—菌。生暮死之蟲也。〔淮南道應〕—菌不知晦朔。

(十一)—生。木槿也。〔國策秦策〕而不壽於—生。

⑬姓也。蔡大夫｜吳之後。漢鼂錯。鼂一作｜。

【朝】馳遙切音潮蕭韻

①見也。見〔白虎通朝聘〕。
②召也〔楚辭遠游〕｜四靈于九濱。
③旦見君謂之｜。〔左成十二年傳〕｜而不夕。
④諸侯春見天子曰｜。見〔周禮太宗伯〕。
⑤諸侯自相見亦曰｜。〔春秋桓七年〕穀伯綏來｜。鄧侯吾離來｜。
⑥子見父母亦曰｜。〔禮記內則〕昧爽而｜。
⑦禮謁尊舊亦曰｜。〔史記張丞相傳〕常先｜王陵夫人上食。然後敢歸家。
⑧同輩過訪亦曰｜。〔史記司馬相如傳〕臨邛令繆為恭敬。日往｜相如。
⑨耆老聚會亦曰｜。〔禮記王制〕耆老皆｜于庠。
⑩陪位也。〔爾雅釋言〕陪｜也。〔注〕陪位為｜。
⑪拜日也。〔漢書郊祀志〕春朝｜日。
⑫水流注大水也。〔書禹貢〕江漢｜宗于海。
⑬出政之所也。如古世之外｜、治｜、內｜等是。
⑭易代之稱也。如歷世之漢｜、唐｜、南北｜等是。
⑮父母之國也。〔唐書憲宗紀〕張茂昭立功河朔。舉族歸｜。
⑯｜廷是君臣之總辭。〔詩東方未明序〕｜廷與居無節。
⑰郡守之屬率也。〔後漢劉寵傳〕山谷鄙生。未嘗識郡｜。
⑱東｜太后也。〔漢書灌夫傳〕東｜廷辯之。〔又〕太子宮也。〔文選顏延之詩〕君彼東｜。
⑲｜儛山名。〔孟子梁惠王〕吾欲觀於轉附｜儛。〔｜儛諸經未詳。按下文云遵海而南。放於瑯邪。瑯邪在今山東諸城縣。｜儛當在山東沿海邊地〕。
⑳兩｜。兩世也。〔杜甫詩〕兩｜開濟老臣心。
㉑宗教家崇拜之辭也。如釋教云｜山。道教云｜斗。

【朝】追輸切音株虞韻

｜那。縣名。漢屬安定郡。當今甘肅平涼縣東南。

【期】渠之切音其支韻

①會也。見〔說文〕。〔段注〕會者合也。｜者要約之意。所以為會合也。段借為｜年｜月字。其本字作稘。｜行而稘廢矣。
②必也。〔左哀十六年傳〕｜死非勇也。
③卒也。〔莊子庚桑楚〕志乎｜費。〔注〕｜卒也。費耗也。
④要也。〔漢書武帝紀〕非｜不同。所急異務也。
⑤度也。〔呂覽懷寵〕徵歛無｜。
⑥猶常也。〔史記萬石張叔傳〕｜為不絜清。
⑦從旦至暮也。〔左昭二十三年傳〕叔孫旦而立｜焉。
⑧竟也。〔詩南山有臺〕萬壽無｜。
⑨決也。〔周禮司市〕凡萬民之｜于市者。
⑩待也。〔莊子寓言〕無經緯本末以｜年耆者。是非先也。
⑪當也。〔書大禹謨〕｜于予治。〔傳〕｜當也。當于治體。
⑫約也。〔史記留侯世家〕與老人｜後何也。
⑬十月也。〔左僖十七年傳〕梁嬴孕過｜。
⑭知其時候也。〔荀子不苟〕四時不言。而百姓｜焉。
⑮運也。〔南史王茂傳〕非天人啟｜。豈得若斯之速乎。
⑯崇｜。四道交出也。〔爾雅釋宮〕八達謂之崇｜。
⑰｜頤。百年也。老也。〔書大禹謨〕耄｜倦于勤。
⑱｜｜。口吃也。〔史記周昌傳〕臣｜｜知其不可。
⑲｜門。漢官掌執兵者。〔後漢銚期傳注〕武帝將出。必與北地良家子｜於殿門。故曰｜門。
⑳｜命。辨說之用也。見〔荀子正名〕。
㉑執｜。地名。〔史記封禪書〕黃帝時為五城十二樓。以候神人于執｜。

【期】同朞。〔易繫辭〕凡三百有六十。當｜之日。〔按一年之喪稱期服。仿此。〕

【朞】居之切音姬支韻

周匝四時也。〔書堯典〕｜三百有六旬有六日。

【朜】他昆切音燉元韻
月光也。見〔集韻〕。

【⿰月悤】倉紅切音聰東韻
赤色。見〔篇海〕。

【朓】他凋切音挑蕭韻
祭名。見〔篇海〕。

【⿰月坐】普乃切音倍賄韻
月未盛明也。見〔字彙補〕。

【⿰月⿱覀冃】古霸字。見〔說文〕。

【⿰月兩】古朗字。見〔玉篇〕。

【⿰月恁】古飪字。見〔集韻〕。

九畫

【朡】祖叢切音嵕東韻
㊀絭也。〔呂覽開春〕晉誅羊舌虎。叔嚮爲之奴而—。〔按叔嚮卽叔向〕。
㊁三—。古國名。〔書序〕遂伐三—。
㊂同艐。船著不行也。見〔集韻〕。
㊃至也。見〔集韻〕。

【⿰月亙】居鄧切音亙徑韻
月出也。見〔篇海〕。

【朠】於京切音英庚韻
月色也。見〔玉篇〕。

【⿰月昜】呼官切音歡寒韻
—吺。四凶之名。見〔集韻〕。〔按—、一作鴅。今通作驩〕。

【⿰月并】同滕。見〔路史國名記〕。

十畫

【⿰月荒】虎晃切音慌養韻
朦—。月不明也。見〔集韻〕。

【朢】無放切音妄漾韻
月滿也。與日相朢。似朝君。壬、朝廷也。見〔說文壬部〕。〔段注〕此與望、各字。望、从—省聲。今則望專行而—廢矣。似、各本譌以。今正。

【⿰月夌】閭承切音陵蒸韻
本作⿰夌夊。〔說文夊部〕⿰夌夊、夊出也。〔段注〕夊出者、謂夊之出。水文棱棱然。

【⿰𠦝月】朝本字。見〔字彙〕。

十一畫

【⿰月旋】徐兗切音選銑韻。徐緣切音旋先韻
㊀短也。見〔篇海〕。
㊁便—。小貌。見〔篇海〕。

【⿰月晛】奴見切音晛霰韻
月出也。見〔篇韻〕。

【腹】奉木切音伏屋韻
有也。見〔字彙補〕。

【⿰月⿱龹谷】俗腟字。見〔正字通〕。

十二畫

【⿰月敦】他昆切音燉元韻
月光也。見〔玉篇〕。

【⿰月票】胡骨切魂入聲月韻
濁垢也。見〔篇海〕。

【朣】徒東切音同東韻
月初出也。〔文選潘岳賦〕月—朧以含光兮。〔注〕—朧、欲明也。

【⿰月矞】厥聿切音橘質韻
月在乙東北方也。見〔篇海〕。〔按爾雅釋天本作橘〕。

【⿰月尋】徐心切音尋侵韻
姓也。見〔玉篇〕。

【⿰月黽】古孕字。見〔集韻〕。

【⿰月朋】同朗。見〔西江賦〕。

十三畫

【⿰月睪】古肇字。見〔字彙補〕。

【⿰月敫】同皎。見〔字彙〕。

十四畫

【朦】謨蓬切音蒙東韻
㊀月—朧也。見〔說文新附〕。
㊁月將入也。見〔類篇〕。
㊂大貌。〔方言〕自關而西、秦晉之間。凡大貌謂之—。

【⿰月厭】於葉切音魘葉韻
月動貌。見〔篇海〕。

【⿰月畱】同農。〔道藏洞靈眞經〕今夫墮—信墜。實生百穀。

十六畫

【朧】盧東切音籠東韻
㊀朦—也。見〔說文新附〕。
㊁朣—。月初出也。詳朣字注。

【⿰月羲】虛宜切音僖支韻
月光也。見〔字彙〕。

十九畫

【⿰月嬳】於縛切音約藥韻
女也。見〔搜眞玉鏡〕。

二十畫

【⿰月黨】他莽切音儻養韻
月不明也。見〔篇海〕。

※毋部※

【毋】微夫切音無虞韻
㊀止之詞也。从女一。女有姦之者。一、禁止之令勿姦也。見〔說文〕。〔段注〕各本但有从女有姦之者六字。今補十字。—與乍同意。乍下云止也。从亡一。一、有所礙之也。然則—下亦當从女一。一有所礙之。其義可互證。
㊁猶無也。〔論語雍也〕—以與爾鄰里鄉黨乎。〔孔注〕祿、法所當受。無以讓也。
㊂猶不也。〔禮記郊特牲〕昆蟲—作。〔王引之云〕言不作也。
㊃將—。審度之辭。〔韓詩外傳〕入乎將—。公曰請入。坐乎將—。公曰請坐。
㊄—寧。寧也。〔左襄二十九年傳〕—寧夫人而焉用老臣。
㊅—聽。聽也。〔管子立政九敗〕人君惟—聽寢兵。則羣臣賓客莫敢言兵。〔按以上兩條皆發聲之辭。墨子尤多此例。如尚賢篇之—得、—以。尚同篇之—立。節葬篇之—法。天志篇之—明。非樂篇之—造。皆是。〕
㊆姓也。〔廣韻〕—丘或為—氏。〔又〕胡—。複姓。秦大史令胡—敬。漢博士胡—生。或誤作母。非。胡母別為一姓。

【毋】迷浮切音謀尤韻
—追。夏后氏緇布冠名。〔禮記郊特牲〕—追。夏后氏之道也。

【毌】古丸切音冠寒韻古玩切音貫翰韻
㊀穿物持之也。从一橫毌。毌、象寶貨之形。見〔說文毌部〕。〔段注〕各本毌作貫。今正。各本脫下毌字。今補。古貫穿用此字。今貫行而—廢矣。
㊁—丘。地名。〔史記田完世家〕宣公伐衛。取—丘。〔注〕索隱曰。—、音貫。古國名。〔當今山東曹縣南。〕

一畫

【母】莫後切音某有韻
㊀牧也。从女象懷子形。一曰象乳子也。見〔說文女部〕。〔段注〕牧者、養牛人也。以譬人之乳子。其中有兩點者。象人乳形。
㊁冒也。含生己也。見〔釋名釋親屬〕。
㊂生時之稱也。〔禮記曲禮〕生曰—。死曰妣。
㊃由—而上通稱曰—。如爾雅釋親、王—。曾祖王—。高祖王—之類。
㊄宗族之旁支亦稱—。如爾雅釋親、世—。叔—。從祖—。族祖—之類。
㊅—黨亦多稱—。如爾雅釋親、—之妣為外王—。—之王妣為外曾王—。—之姊妹為從—之類。
㊆乳—。亦曰—。〔國語越語〕生三人。公與之—。
㊇尊親之辭也。〔詩南山有臺〕民之父—。
㊈老婦之通稱也。〔史記淮陰侯傳〕信釣城下。諸—漂。
㊉地也。〔易說卦〕坤地也。故稱乎—。
⑪道也。〔老子〕而貴食—。
⑫本也。〔老子〕以為天下—。
⑬重也。〔漢書食貨志〕重為—。
⑭禽獸之牝者也。〔孟子盡心〕五—雞。二—彘。
⑮凡物有大小。小者皆曰子。大者皆曰—。如詩盧重環傳。重環、子—環也。易說卦坤為子—牛。又錢有子—。—錢本曰—。息曰子。一云重曰—。輕曰子。

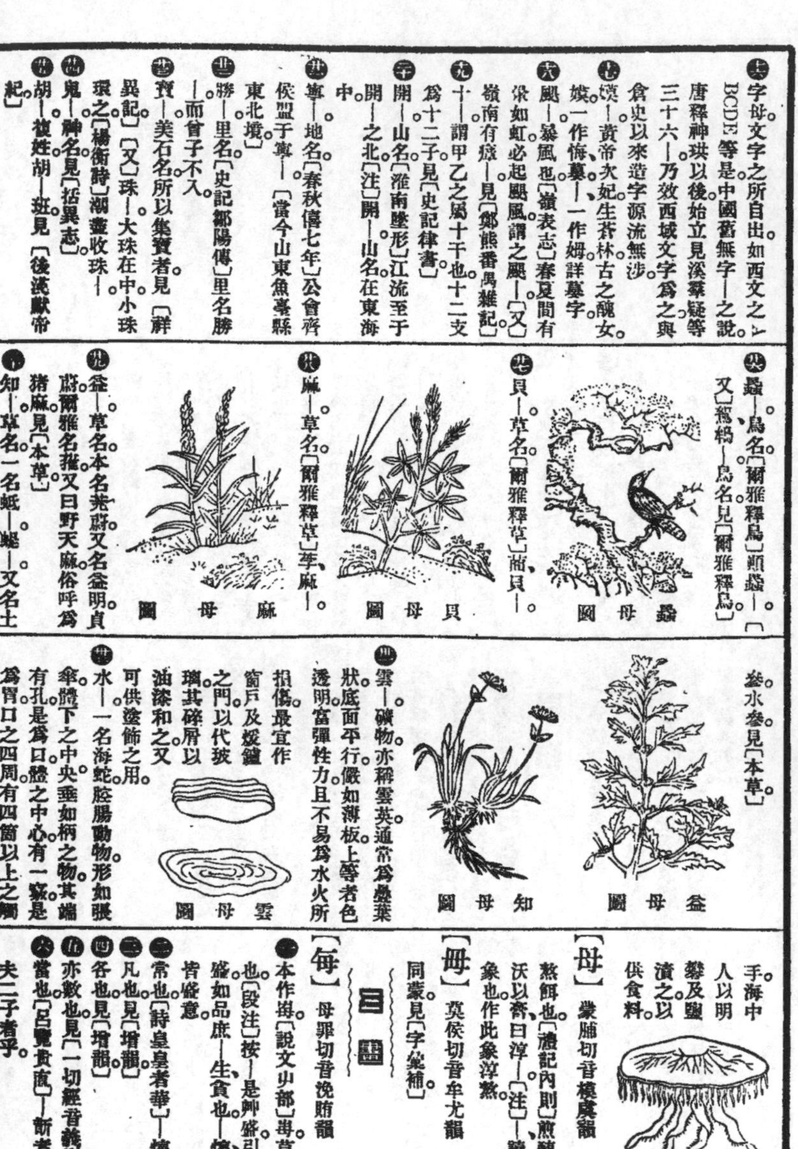

(十六)字—。文字之所自出。如西文之ABCDE等是。中國舊無字—之說。唐釋神珙以後。始立見溪羣疑等三十六—。乃效西域文字爲之。與倉史以來造字源流無涉。

(十七)嫫—。黃帝次妃。生蒼林。古之醜女。嫫。一作悔、摹。—、一作姆。詳摹字。

(十八)颶—。暴風也。〔嶺表志〕春夏間有暈如虹。必起颶風。謂之颶—。〔又〕嶺南有瘴—。見〔鄭熊番禺雜記〕。

(十九)十—。謂甲乙之屬十干也。十二支爲十二子。見〔史記律書〕。

(二十)開—。山名。〔淮南墬形〕江流至于開—之北。〔注〕開—。山名。在東海中。

(廿一)寗—。地名。〔春秋僖七年〕公會齊侯盟于寗—。〔當今山東魚臺縣東北境〕。

(廿二)勝—。里名。〔史記鄒陽傳〕里名勝—。而曾子不入。

(廿三)寶—。美石名。所以集寶者。見〔羣異記〕。〔又〕珠—。大珠在中。小珠環之。〔楊衡詩〕湖盡收珠—。

(廿四)鬼—。神名。見〔括異志〕。

(廿五)胡—。複姓。胡—班。見〔後漢獻帝紀〕。

(廿六)蟲—。鳥名。〔爾雅釋鳥〕鶨蟲—。〔又〕鴽鴾—。鳥名。見〔爾雅釋鳥〕。

蟲母圖

(廿七)貝—。草名。〔爾雅釋草〕莔、貝—。

貝母圖

(廿八)麻—。草名。〔爾雅釋草〕莩、麻—。

麻母圖

(廿九)益—。草名。本名茺蔚。又名益明。貞蔚。爾雅名萑。又曰野天麻。俗呼爲猪麻。見〔本草〕。

(卅)知—。草名。一名蚳—。蝭—。又名土蔘。水蔘。見〔本草〕。

益母圖

知母圖

(卅一)雲—。礦物。亦稱雲英。通常爲疊葉狀。底面平行。儼如薄板。上等者色透明。富彈性力。且不易爲水火所損傷。最宜作窗戶及煖鑪之門。以代玻璃。其碎屑以油漆和之。又可供塗飾之用。

雲母圖

(卅二)水—。一名海蛇。腔腸動物。形如張傘。體下之中央垂如柄之物。其端有孔。是爲口。體之中心有一竅。是爲胃。口之四周。有四箇以上之觸手。海中人以明礬及鹽漬之。以供食料。

水母圖

【母】蒙脯切音模虞韻

熬餌也。〔禮記內則〕煎醢加黍上。沃以膏。曰淳—。〔注〕—、讀曰模。模、象也。作此象淳熬。

【毋】莫侯切音牟尤韻

同蒙。見〔字彙補〕。

三畫

【每】母罪切音浼賄韻

(一)本作𣫭。〔說文屮部〕𣫭。草盛上出也。〔段注〕按—是艸盛。引伸爲凡盛。如品庶—生、貪也—懷、懷私也。皆盛意。

(二)常也。〔詩皇皇者華〕—懷靡及。

(三)凡也。見〔增韻〕。

(四)各也。見〔增韻〕。

(五)亦數也。見〔一切經音義引三蒼〕。

(六)當也。〔呂覽貴直〕—斮者以吾參夫二子者乎。

⑰雖也。〔詩常棣〕—有良朋。
⑱貪也。〔漢書賈誼傳〕衆庶—生。
⑲詞也。見〔廣雅釋詁〕。
⑳——猶昏昏也。〔莊子胠篋〕故天下——〔又〕不一端之詞。段玉裁說。
㉑—牛。牛之小者也。見〔周書王會〕。
㉒姓也。漢—當時。

【每】莫佩切音妹隊韻　謨杯切音枚灰韻

田美也。〔左僖二十八年傳〕原田——。

【毐】倚亥切音唉賄韻　於開切音哀灰韻

❶士之無行者。从士毋。賈侍中曰。秦始皇母與嫪—淫。坐誅。故世罵淫曰嫪—。見〔說文〕。〔段注〕士之無行者。故其字从士毋。古多叚毋爲有無字。毋卽無。—之本義如此。非爲嫪—造此字也。
❷古娭字。見〔玉篇〕。

【毎】俗每字。見〔正字通〕。

四畫

【毒】徒沃切音碡沃韻

❶本作𥁑。〔說文屮部〕毒。厚也。害人之草。往往而生。〔段注〕—、厚。疊韻。—兼善惡之辭。猶祥兼吉凶。臭兼香臭也。—與竺篤同音、異用。字義訓厚矣。字形何以从屮。蓋製字本意。因害人之艸。往往而生。往往、猶歷歷也。其生蕃多。則其害尤厚。故字从屮。引伸爲凡厚之義。
❷惡也。見〔廣雅釋詁〕。〔凡惡物皆稱—。如—蟲、—草。人生惡瘡亦曰—〕。
❸害也。〔禮記緇衣〕惟君子能好其正。小人—其正。
❹憎也。見〔廣雅釋言〕。
❺安也。見〔廣雅釋詁〕。
❻痛也。見〔廣雅釋詁〕。
❼苦也。〔後漢蘇章傳〕分骸斷首以—生者。
❽恨也。〔後漢袁紹傳〕令人憤—。
❾患也。〔楚辭靈懷〕哀僕夫之坎—兮。
❿病也。〔列子湯問〕仙聖—之。
⓫螫也。〔詩谷風〕比予于—。
⓬役也。〔易師〕以此—天下而民從之。
⓭暴也。〔國語吳語〕以與楚昭王—逐於中原柏舉。
⓮治也。〔莊子人閒世〕無門無—。
⓯太陽之熱氣也。見〔論衡言毒〕。
⓰以藥物療痛謂之—。如周禮醫師、聚—藥以共醫事。又瘍醫、凡療瘍以五—攻之。皆是。
⓱以藥物殺人物亦曰—。其殺人者。如左襄十四年傳秦人—涇上流。師人多死是。其殺物者。如山海經西山經、礜可以—鼠是。
⓲亭—。化育也。〔老子〕亭之—之。〔今作育〕。
⓳五—。慘酷之刑也。〔後漢陳寵傳〕及至笞掠無算。五—畢加。
⓴魚—。木名。〔爾雅釋木〕杬、魚—。〔圖入杬字〕。
㉑狗—。草名。〔爾雅釋草〕蘖、狗—。〔又〕繩—。亦草名。

狗毒圖

【毒】都毒切音篤屋韻

天—。一作身—。今印度也。〔山海經海內經〕天—、其人水居。〔按天竺、天—、身—、印度。皆聲之轉〕。

【毒】度耐切音代隊韻

同瑇。〔漢書地理志〕多犀象—冒。〔注〕師古曰。—音代。〔按集韻云瑇亦作—〕。

【毑】子我切音左哿韻

—婢。母也。見〔廣雅釋親〕。

【毑】古姐字。見〔集韻〕。〔按正字通云。羌人呼母爲—〕。

五畫

【⿰毋咅】古踣字。見〔字彙補〕。

【⿰母巴】蔣氏切音紫紙韻

母也。或作姐。見〔集韻〕。

六畫

【⿱圭毋】玄圭切音攜齊韻

蜀戓字。〔集韻〕蜀。姓也。一曰蜀䣝。梁四公子名。或作—。

七畫

【⿱大毒】音未詳

—畜。見〔歸藏易〕。〔按卽大畜卦〕。

【⿰缶毒】音未詳

—畜。見[歸藏易]。[按卽小畜卦]。

九畫

【毓】余六切音育屋韻

一 育或字。[說文 𠫓部]—、育或从每。[按周易蠱君子以振民育德。釋文云王肅作—。古育字]。

二 生也。[國語晉語]怨則—災。

三 養也。[文選班固賦]粵圖草以—獸。

四 長也。見[廣雅釋言]。

五 稚也。見[廣雅釋言]。

六 都—。盛多也。[文選左思賦]密房郁—被其阜。

十畫

【𣫭】同育。見[玉篇]。

十一畫

【婁】古婁字。見[字彙補]。

※父部※

【父】奉甫切音輔麌韻 [按—毋之父。古音在上聲。俗音讀若附。正韻始收入五暮韻防父切音附]

一 本作㕛。[說文又部]㕛。巨也。家長率敎者。从又舉杖。

二 甫也。始生己也。見[釋名釋親屬]。

三 始也。[老子]吾將以爲敎—。

四 —生時之稱也。[禮記曲禮]生曰—。死曰考。

五 由—而上皆通稱曰—。如爾雅釋親、王—、曾祖王—、高祖王—之類。

六 由—而旁推之亦可稱曰—。如爾雅釋親、世—、叔—之類。

七 母黨之稱—者。[爾雅釋親]母之考爲外王—。母之王考爲外曾王—。

八 諸—。謂同姓者。[詩伐木]以速諸—。[傳]天子謂同姓諸侯、諸侯謂同姓大夫、皆曰諸—。

九 —老。年老之敬稱。[史記馮唐傳]—老何自爲郎。

十 —母。生之謂也。[書泰誓]惟天地萬物—母。[又]萬物賦形之先也。[素問天元紀大論]變化之—母。

十一 —兄。長老也。[國語晉語]讓—兄也。[又]同姓羣臣也。[左隱十一年傳]寡人惟是一二—兄。

十二 —馬。馬之牡者也。[爾雅釋畜]牡曰騭。[注]今江東呼—馬爲騭。[釋文]—本作駁。

【父】匪父切音府麌韻 [段玉裁云。經傳亦借—爲甫]。

一 字也。[公羊桓二年傳]於是先攻孔—之家。[他如邾儀—、正考—]

二 男子之美稱也。[詩大明]維師尚—。[箋]尚—、呂望也。尊稱焉。[他如仲—、尼—、亞—之屬。義仿此]。

三 野老之通稱也。[左哀十三年傳]予與褐之—睨之。[注]微賤之人。[他如田—、漁—、樵—之屬。義仿此]。

四 祈—。官名。司馬主兵者也。[詩祈—]祈—予王之爪士。[他如農—、司徒、宏—、司空之屬。義仿此]。

五 武—。春秋地名。[春秋桓十二年]盟于武—。[注]鄭地。[當今河南蘭儀縣東北]。[他如雞—、黃—、城—之屬。皆地名]。

六 梁—。山名。[史記秦紀]禪梁—。[注]梁—、泰山下小山。[在今山東新泰縣西四十里。他如山海經之罷—、鬷—、杜—之屬。皆山名]。

七 麟—。獸名。[爾雅釋獸]麟—。麕足。[他如爾雅之貜—、山海經之舉—、那—之屬。皆獸名]。

麟父圖

八 蠑與—。蟲名。[爾雅釋蟲]蠑與—守瓜。[疏]黃甲小蟲。喜食瓜葉。因名守瓜。[圖入瓜字]。

九 宰—。主—。皇—。均複姓。

四畫

【爸】部可切婆上聲哿韻 必駕切巴上聲馬韻

父也。見[廣雅釋詁]。[按集韻。吳人呼父曰—。正字通謂夷語稱老者爲八八、或巴巴。後人因加父作—字。吳中今稱父爲阿爺。無—之稱。若北京語正呼父爲——]。

【㸗】同吁。見〔玉篇〕。

五畫

【㸘】七余切音趄虞韻
藏柔也。見〔字彙補〕。

六畫

【爹】屠可切音舵哿韻陟邪切雅平聲麻韻
㊀父也。見〔廣雅釋親〕。〔按漢戴良失父零丁。已有今日失阿—語。〕
㊁頌揚官長之稱。〔南史始興王憺傳〕詔徵還朝。人歌曰。始興王。民之—。〔按黃安濤潮州新樂府云。老—如不來。阿總亦可使。注。潮州人呼官爲老—。〕
㊂尊敬老者之稱。〔王明清揮青雜記〕徐七娘常呼項四郎爲阿—。因謂項曰。兒受阿—厚恩。〔按至今鄉村尙稱老人爲某—。〕

【㸙】徒紅切音同東韻
親之如父。即俗所謂義父。〔正字通〕从父从同。謂親之如父。與淮南假母義同。非生母故謂之假。非生父故謂之同。

七畫

【㸚】古爺字。見〔字彙補〕。

【㸛】古萬字。見〔玉篇〕。

【㸜】爸謡字。見〔篇海〕。

九畫

【㸝】之奢切音遮麻韻
㊀乳媼之夫也。〔唐書竇懷貞傳〕世謂媼壻爲阿—。懷貞每謁見奏請。輒自署皇后阿—。而人或謂爲國—。軒然不慙。
㊁吳人呼父也。見〔廣韻〕。〔按今蘇州語呼父爲阿—。〕

【爺】以遮切耶音麻韻
㊀父也。〔古木蘭詩〕軍書三十卷。卷卷有—名。
㊁尊稱之也重言之曰——。或言老—、太—。〔宋史宗澤傳〕威聲日著。北方常尊憚之。必曰宗——。

【㸞】古於字。見〔五音集韻〕。

十畫

【㸟】音灰灰韻
恣也。見〔字彙補〕。

十二畫

【㸠】充勢切霽韻
牽也。見〔五音篇海〕。

※爻部※

【爻】何交切音肴肴韻後敎切音效效韻
㊀交也。象易六—頭交也。見〔說文〕。
㊁效也。〔易繫辭〕—也者效此者也。
㊂變也。〔易繫辭〕—者言乎變者也。
㊃—閭。周時諸侯朝命止息之所也。〔周書王會〕外臺之四隅張赤帟爲諸侯欲息者皆息焉。命之曰—閭。

四畫

【㸚】離爾切音儷演爾切音邐紙韻
㊀二爻也。見〔說文㸚部〕。〔段注〕二爻者、交之廣也。以形爲義。
㊁分布明白皃。見〔集韻〕。

【㸚】郎計切音麗霽韻
㊀止也。見〔廣韻〕。
㊁系也。見〔廣韻〕。

【𣏟】何交切音爻肴韻
楯也。見〔集韻〕。

五畫

【⿰爻宁】丈呂切音宁語韻
進貌。見〔集韻〕。

【⿺疋爻】山於切音梳魚韻
(一)通也。見〔說文疋部〕。
(二)遠也。見〔集韻〕。
(三)刻鏤之象物當貫土而出也。〔禮記月令〕其器疏以達。〔玉篇引禮作—以達〕。
(四)姓也。見〔集韻〕。

六畫

【⿰爻寸】竹與切音拄語韻
(一)萬物扶—而上也。〔太玄玄首〕—。〔注〕范叔明曰。陽氣在內。陰氣在外。萬物扶—而出。故謂之—。
(二)進也。〔太玄玄錯〕—也進。
(三)來也。〔太玄玄衝〕—則來。

七畫

【爽】所兩切音塽養韻　師莊切音霜陽韻
(一)明也。从㸚大。見〔說文㸚部〕。〔段注〕其孔㸚㸚。明之露者盛也。
(二)貣也。見〔廣雅釋詁〕。
(三)滅也。見〔廣雅釋詁〕。
(四)猛也。見〔廣雅釋詁〕。〔按方言。齊晉謂猛曰—〕。
(五)過也。見〔廣雅釋詁〕。
(六)傷也。見〔周書謚法〕。
(七)差也。〔詩蓼蕭〕其德不—。
(八)貳也。〔國語周語〕言—曰反其信。
(九)亡也。〔老子〕五味令人口—。
(十)病無所別也。〔列子黃帝〕昏然五情—惑。
(十一)猶疏也。〔大戴記夏小正〕—死。〔傳〕—也者。猶疏也。
(十二)羹敗也。〔楚辭招魂〕露雞臛蠵。厲而不—些。〔注〕楚人謂羹敗曰—。
(十三)發聲也。〔書康誥〕—惟民迪吉康。
(十四)了悟也。〔史記屈原賈誼傳〕又—然自失矣。
(十五)水名。〔山海經中山經〕穀山—水出焉。而西北流注于穀水。〔在今河南澠池縣南〕。
(十六)細—。星名。〔史記天官書〕兔七命。曰小正、辰星、天攙、安周星、細—、能星、鉤星也。
(十七)昧—。早旦也。〔書牧誓〕時甲子昧—。
(十八)摻—。茂盛貌。〔馬融頌〕崟頟摻—。
(十九)—塏。高燥之地也。〔左昭三年傳〕請更諸—塏者。
(二十)—鳩。鷹也。史官名。〔左昭十七年傳〕—鳩氏。司寇也。
(二十一)通霜。〔左定三年傳〕唐成公如楚。有兩肅—馬。〔釋文〕—、或作霜。

八畫

【⿱爻女】同姣。見〔集韻〕。

【⿰爻黽】古黽字。見〔說文黽部〕。

九畫

【⿰爻疑】古疑字。見〔字彙補〕。

【爽】爽篆文。見〔說文㸚部〕。

十畫

【爾】忍氏切音邇紙韻
(一)本作尒。〔說文㸚部〕尒。麗—。猶靡麗也。从冂㸚。其孔㸚、从尒聲。此與爽同意。〔段注〕麗—、古語。靡麗、漢人語。以今語釋古語。故云猶。凡訓如此、訓此者。皆當作尒。—行而尒廢矣。㸚㸚猶歷歷也。爽之从大。猶—之从冂。惟爽不諧聲耳。
(二)汝也。〔詩氓〕—卜—筮。
(三)此也。〔公羊僖二十一年傳〕公與為—。奈何公與議—也。〔言公與為此。公與議此也〕。
(四)如此也。〔孟子告子〕非天之降才—殊也。〔言非天之降才如此其異也〕。
(五)猶矣也。〔詩噫嘻〕既昭假—。〔箋〕能成周王之功。其德已著至矣。
(六)猶焉也。〔孟子滕文公〕彼有取—也。〔言彼有取焉也〕。
(七)猶然也。〔考工記梓人〕則必頹—如委矣。〔言頹然也〕。
(八)猶而已也。〔論語鄉黨〕便便言。唯謹—。〔言但謹而已也〕。
(九)譬詞。〔焦仲卿詩〕諾諾復——。
(十)語助辭。〔禮記檀弓〕毋從從—。毋扈扈—。
(十一)貴者之稱。〔正字通〕古人臣稱君亦曰—。詩天保稱—者九。卷阿稱—者十三。
(十二)賤者之稱。〔孟子盡心〕人能充無受—汝之實。〔注〕—汝之實。德行可輕賤。人所—汝者也。
(十三)近也。〔漢書儒林傳〕文章—雅。〔注〕—雅、近正也。

(十四)華盛貌。〔詩采薇〕彼—維何。維常之華。
(十五)月—草名。似蕨可食。〔爾雅釋草〕綦、月—。
(十六)—是山名。〔山海經北山經〕—是之山。無草木無水。
(十七)同邇。〔爾雅序〕天—雅者。〔釋文〕—、本作邇。

綦草圖

【𤕨】乃禮切音禰薺韻
(一)滿也。見〔集韻〕。
(二)—眾貌。〔詩載驅〕垂轡——。〔釋文〕—本作濔。

十一畫

【㠭】尼庚切音獰庚韻〔按說文讀若禳。〕亂也。从爻工交吅。一曰窒—。見〔說文吅部〕。〔注〕二口、嚀沓也。爻、物相交質也。工、人所作也。己、象交構形。〔按段注。疑有譌脫。窒—、蓋充塞之意。周漢人語也。〕
【𠑹】爾本字。見〔說文㸚部〕。
【𤕰】㠭籀文。見〔說文吅部〕。

十三畫

【𤕭】附袁切音煩元韻 鶩不行也。見〔五音集韻〕。

※文部※

【文】無分切音紋文韻
(一)錯畫也。見〔說文〕。〔段注〕錯當作逪。逪畫者。这逪之畫也。考工記。青與赤謂之—。逪畫之之一耑也。
(二)修飾也。〔荀子儒效〕取是而—之也。
(三)條件也。〔荀子正名〕而禮義—理亡焉。
(四)節奏也。〔禮記樂記〕樂—同則上下和矣。
(五)威儀也。〔禮記禮器〕至敬無—。父黨無容。
(六)祀典也。〔書洛誥〕咸秩無—。
(七)卜也。〔詩大明〕—定厥祥。
(八)勉也。見〔廣雅釋詁〕。
(九)成也。〔論語憲問〕—之以禮樂。
(十)猶動也。〔禮記樂記〕禮自外作故—。
(十一)猶美也善也。〔禮記樂記〕禮減而進。以進爲—。樂盈而反以反爲—。
(十二)—字也。〔說文敘〕依類象形謂之—。其後形聲相益謂之字。
(十三)引典也。〔孟子萬章〕不以—害辭。
(十四)篇章也。〔漢書賈誼傳〕以能誦詩書屬—稱於郡中。
(十五)經緯天地曰—。道德博聞曰—。勤學好問曰—。慈惠愛民曰—。愍民惠禮曰—。錫民爵位曰—。見〔周書諡法〕。
(十六)尊卑之差制也。〔書大傳〕周人之教以—。
(十七)書冊之總名也。〔文選揚雄文〕古—畢發。
(十八)六藝之泛稱也。〔論語學而〕行有餘力則以學—。
(十九)兵事以外之職務也。〔後漢禮儀志〕齎東帛以賜—官。
(二十)法律条牘也。〔漢書酷吏傳〕司馬安之—法。
(廿一)—約。書要約也。〔後漢南蠻西南夷傳〕若乃—約之所沾漸。
(廿二)善於說辭也。〔左僖二十三年傳〕吾不如衰之—也。
(廿三)錢之枚數也。〔水經注漸江水注〕父老人持百錢出送。劉寵各受一—。
(廿四)——獸名。〔山海經中山經〕放臯之山。有獸焉。狀如蜂。枝尾反舌。善呼。其名曰——。
(廿五)凡植物—理密緻者皆曰—。如莊

子人間世」—木。文選左思賦、—樹。庾信賦、—梓。山海經海內西經、—玉樹之類。

(廿六)凡動物—采可觀者亦曰—。如山海經海外西經、—馬。山海經海外南經、—虎。山海經中山經、—魚。山海經大荒南經、—貝之類。

(廿七)掌紋也。〔左隱元年傳〕有—在其手。曰為魯夫人。

(廿八)剝肌也。〔禮記王制〕被髮—身。

(廿九)廣—唐官名。〔杜甫詩〕廣—先生官獨冷。〔按近世稱教官曰廣—〕

(三十)陽—古之美人名。〔淮南修務〕不待脂粉芳澤而性可悅者。西施陽—也。

(卅一)黃—黃芩也。見〔廣雅釋草〕

(卅二)—無。一名當歸也。見〔古今注〕

(卅三)—蛋。柚類也。〔羣芳譜〕又有名—蛋名仁崑者。亦柚類也。

(卅四)縣名。漢置。屬遼東郡。當在今奉天境。〔又〕州名。唐置。屬山南道。五代屬蜀。宋屬利州西路。元屬圖沙瑪路。明降為縣。屬階州。清因之。即今甘肅—縣治。〔又〕宋置。羈縻。屬廣南西路。領思陽等三縣。紹興四年廢。元為東蘭州。故城在今廣西東蘭縣西南。

(卅五)人名。〔史記孟嘗君傳〕孟嘗君名—。

(卅六)姓也。漢廬江—翕。—姓田氏。

【文】文運切音問韻

飾也。〔論語子張〕小人之過也必—。

【文】眉貧切音珉眞韻

飾也。〔禮記玉藻〕大夫以魚須—竹。〔劉昌宗讀〕

六畫

【斊】前西切音齊齊韻

(一)等也。見〔篇海〕

(二)中也。見〔篇海〕

(三)疾也。見〔篇海〕

【斘】逋閔切音𤩱𡰪韻

色不純也。見〔集韻〕

【敳】無非切音微微韻

眇也。見〔說文人部〕〔段注〕眇、各本作妙。今正。凡古言—眇者。即今之微妙字。眇者小也。微者隱行也。微行而—廢矣。

【斎】同齋。見〔篇海〕

【斍】同齋。見〔篇韻〕

七畫

【斌】府巾切音彬眞韻

文質相閒也。〔文選潘岳賦〕士女頒—而咸戾。〔注〕頒—、相雜之貌。

【斂】雪豫切音須去聲遇韻

次第也。見〔正字通〕〔按說文从攴。六書正譌改从文。非。詳敍字。〕

【斖】俗釁字。見〔篇海〕

八畫

【斐】妃尾切音菲尾韻

(一)分別文也。易曰。君子豹變。其文—也。見〔說文〕〔段注〕許云分別者。渾言之、則為文。析言之、則為分別之文。以字从非知之也。非、違也。〔按今本易革卦—作蔚〕

(二)文貌。〔論語公冶〕—然成章。

(三)萋—文章相錯也。〔詩巷伯〕萋兮—兮。

(四)—韡明貌。〔文選嵇康賦〕—韡奐爛。

(五)—輕貌。〔文選謝惠連詩〕——氣霧岫。

(六)地名。〔公羊文十三年傳〕鄭伯會公于—。〔又〕—林地名。〔公羊宣元年傳〕會晉師于—林伐鄭。

(七)同匪。〔詩淇澳〕有匪君子。〔禮記大學作—〕

(八)—利賓亦作非列賓。南洋中羣島。一千五百二十年。為西班牙人所探得。因取其王腓力第二之名以名之。今屬美。英文 Philippine。

【斐】匪微切音非微韻遁眉切音悲支韻

姓也。春秋時有—豹。

【斑】逋還切音班刪韻

(一)同辬。〔玉篇〕辬。駁文也。亦作—。

(二)雜色也。〔禮記檀弓〕貍首之—然。

(三)黑白相間也。〔禮記王制〕—白不提挈。

(四)虎文也。〔文選曹植七啟〕拉虎攓—。

(五)分也。見〔廣雅釋詁〕〔疏證〕—者。說文。班。分瑞玉。从玨刀。班、與—通。

(六)亂貌。〔離騷〕—陸離其上下。

(七)雉子—曲名。漢鼓吹曲有雉子—。〔嚴羽詩〕詞歌雉子—。

(七)鵲鳩—。香名。〔陸游詩〕古歷香蘄鵲鳩—。

(八)—蝥。藥名。見〔本草綱目〕。

(九)通頒。〔孟子梁惠王〕頒白者不負戴於道路矣。

九畫

【斒】逋閑切音斑删韻

斒—。色不純也。或从并亦作𪏐。見〔集韻〕。

【⿰奐文】呼玩切音喚翰韻

—斕。文彩也。見〔集韻〕。

【⿰彖文】他案切音炭翰韻　儻旱切𡉈坦旱韻

—斒。無文采皃。見〔集韻〕。

十一畫

【⿱𠩺文】里之切音釐支韻

微畫文也。見〔說文〕〔段注〕文、各本奪今補。謂微畫之文曰—也。凡豪釐當作此字。知爲微畫之文者。以从𠩺知之。𠩺者坼也。微之意也。

【⿰曼文】莫半切音幔翰韻

⿰曼文—。無采色也。見〔玉篇〕。

【⿰毛彡】同彩。見〔六書統〕。

【⿱敖文】⿱敖文譌字。見〔正字通〕。

十二畫

【⿱敝文】毗祭切音敝霽韻

獸名。似犬有文。見〔集韻〕。

【⿰文敝】同斕。見〔玉篇〕。

十五畫

【⿰金文】勇主切音庾麌韻　諸容切音鍾冬韻

量名。〔莊子田子方〕—斛不敢入於四境。〔釋文〕—斛。音庾。李云。六斛四斗曰—。司馬本作—斔云。—讀曰鍾。斔讀曰臾。〔按集韻鍾、或作—。通作鍾斔、或作斔。正字通同斔〕。

十七畫

【斕】離閑切音斕删韻　郎干切音闌寒韻

斒—。文也。見〔玉篇〕。

十九畫

【斖】亹或字。見〔集韻〕。

※欠部※

【欠】去劔切謙去聲豔韻　〔按廣韻集韻同去劔切。而廣韻入六十梵。依今韻當在陷韻。集韻入五十七驗。依今韻當在豔韻〕

(一)張口气悟也。象气从儿上出之形。見〔說文〕〔段注〕悟、覺也。引伸爲解散之意。今俗曰呵—。

(二)—伸。疲乏之貌。〔儀禮士相見禮〕君子—伸。〔注〕志倦則—。體倦則伸。

(三)欽也。開張其口脣欽欽然也。見〔釋名釋姿容〕。

(四)不足也。見〔集韻〕。

(五)少也。〔廣韻〕今借爲—少字。

二畫

【次】七四切音佽寘韻

(一)不帑不精也。見〔說文〕〔段注〕不帑不精皆居—之意也。

(二)篘也。〔楚辭思古〕宗鬼神之無—。

(三)副也。〔穆天子傳〕—車之乘。〔注〕—車、副車也。

(四)貳也。〔書顧命〕—輅在左塾之前。〔注〕—路、象路之貳。

(五)列也。〔呂覽季冬〕—諸侯之列。

(六)比也。〔文選張衡賦〕—和樹表。

(七)近也。見〔廣雅釋詁〕。

(八)行列也。〔國語晉語〕失—犯令。

(九)處也。〔國語晉語〕五刑三—。〔注〕三—、謂朝、野、市。

(十)居也。〔周禮大史〕祭之日。執書以—位常。〔疏〕謂執行祭禮之書各居所掌位—也。

(十一)舍也。〔左襄二十三年傳〕恪居官—。

(十二)在內爲—。〔周禮宮伯〕授八—八舍之職事。〔司農注〕庶子衛王官。在內爲—。在外爲舍。

(十三)幄也。〔周禮掌次〕朝日祀五帝。則張大—小—。〔注〕—、謂幄也。

(十四)門外更衣處也。〔儀禮士冠禮〕賓就—。〔注〕—、門外更衣處也。必帷幕簟席爲之。〔又〕尸所居更衣帳爲尸—。〔周禮掌次〕張尸—。〔司農注〕尸—。祭祀之尸所居更衣帳。

(十五)喪寢也。〔儀禮士喪禮〕主人入就—。〔注〕—、謂斬衰倚廬齊衰堊室。

(十六)市亭也。市中候樓也。〔周禮司市〕上旌于思—。〔注〕若今市亭。〔司農注〕市中候樓。

（十七）水旁曰—。〔左僖十九年傳注〕水—有妖神。

（十八）過信曰—。〔左莊三年傳〕凡師一宿爲舍再宿爲信過信爲—。

（十九）可以安行旅之地也。〔易旅〕旅卽—。

（二十）宿也。〔呂覽季冬〕日窮于—。〔按左昭十七年傳疏云天宿以右旋爲—。〕

（廿一）中也。〔莊子田子方〕喜怒哀樂不入於胷—。

（廿二）開也。〔孔稚珪文〕肩軒席—。

（廿三）止也。〔書泰誓〕王—于河朔。

（廿四）至也。〔史記杜周傳〕內深—骨。

（廿五）位置順序也。〔漢書高帝紀〕今欲差—列侯功定朝位。

（廿六）授也。〔宋史呂大臨傳〕待—之吏。歷歲不調。〔按近世謂候補官爲需—。義畧同。〕

（廿七）間隙也。〔史記黥布傳〕姬侍王從容語—。譽赫長者。

（廿八）首飾也。〔儀禮士昏禮〕女—純衣纁袡。〔注〕—首飾也。

（廿九）水名。〔水經若水注〕若水與石門水合。水有五源。東水導源高平縣八十里。西北流—水注之。〔按水當在固原縣境。〕

（三十）—席。桃枝席有—列成文也。〔周禮司几筵〕加—席黼純。〔又〕竹席也。見〔文選張衡賦〕—席紛純辥注〕。

（卅一）—浮。謂棺槨甎墓之外飾也。〔管子侈靡〕故有—浮也。

（卅二）造—。猶言草—。急遽貌。〔論語里仁〕造—必於是。

（卅三）—恣睢不安貌。〔太玄養〕—。

（卅四）復—。復又次第詳說也。〔金剛經〕復—。

（卅五）雞—。楚輿名。〔國策楚策〕蒙穀獻雞—之典而百官治。

（卅六）羭—。山名。〔山海經西山經〕羭—之山。漆水出焉。〔在今陝西咸寧縣南。〕〔又〕諸—。山名。〔山海經西山經〕諸—之山。諸—之水出焉。〔在今陝西榆林縣邊外。〕

（卅七）居—。匈奴女號若漢公主。〔漢書常惠傳〕獲單于父行及嫂居—。

（卅八）—蟗。鼅鼄。見〔爾雅釋蟲〕。

（卅九）—長。〔民國官名爲各部總長之貳者當於清制各部之侍郎〕。

（四十）姓也。〔呂覽知分〕荆有—非者。〔按漢書宣帝紀。注。如淳引作玆非。後漢馬融傳。注。引作佽飛〕。

〔次〕資四切音恣寘韻

榆—。縣名。漢置。屬太原郡。當今山西榆—縣西北。

〔次〕津私切音咨支韻

（一）—且。卻行不前也。〔易夬〕其行—且。〔釋文〕—本作趑。或作⿰⻊次。

（二）揩—。漢縣名。〔漢書地理志〕武威郡揩—。〔當今甘肅古浪縣北〕。

〔次〕才資切音慈支韻

通茨。具—。山名。〔莊子徐无鬼〕將見大隗于具茨之山。〔釋文〕一本作—。同。祀咨反。又音資。司馬本作茨。山名也。司馬云。在滎陽密縣東。今名泰隗山。〔當在今河南密縣境〕。

三畫

〔⿰巨欠〕呼來切音咍灰韻

笑不壞顏也。見〔玉篇〕。

〔⿰巨欠〕虛其切音僖支韻　呼來切音咍灰韻

⿰或欠或字。〔集韻〕⿰或欠⿰或欠戲笑聲。或作—。

〔⿰㠯欠〕余耳切音以紙韻

欸也。見〔玉篇〕。

〔阦〕聲夷切音咦支韻

呻吟也。見〔玉篇〕。〔按集韻。吚或作—、訮、脲、屎、欸、欭〕。

〔⿰亡欠〕呼甘切音憨覃韻

恐也。見〔類篇〕。按集韻二十三談。憨或作坎。从土不从亡。

〔⿰山欠〕充之切音嗤支韻

同⿰蚩欠。笑也。〔文選陸機賦〕或受⿰蚩欠於拙目。〔注〕—。笑也。與⿰蚩欠同。

〔⿸尸欠〕

同阦。見〔廣韻〕。

〔⿰今欠〕

同飲。〔按廣韻作—。說文玉篇集韻皆从气作⿰气欠〕。

〔⿰⻊欠〕

⿰⻊次省文。見〔集韻〕。

〔⿰糸欠〕

嫰省文。見〔集韻〕。

四畫

〔欣〕許斤切音訢文韻

（一）笑喜也。見〔說文〕。

（二）欽也。〔國語晉語〕是以民能—之。

（三）獸有力之名。〔爾雅釋獸〕兔絕有力—。〔又〕牛絕有力—犌。

(四)——喜貌。〔楚辭東皇太一〕君——兮樂康。〔又〕美也。〔詩鳧鷖〕旨酒——。〔箋〕——、美酒。(五)通訢。〔漢書賈山傳〕天下訢訢。〔注〕訢讀與——同。(六)通忻。〔史記管晏傳贊〕所忻慕焉。(七)姓也。見〔奇姓通〕。

【欥】允律切音聿質韻

●詮詞也。詩曰。——求厥寧。見〔說文〕。〔注〕詮、理也。理其事之詞也。一曰發聲。今詩假借聿字。〔按段注。——、其正字。聿、遹、曰、皆其假借字也。今大雅——作遹。〕

●由也。〔漢書班固敘傳〕——中龢爲庶幾兮。〔注〕師古曰。——、古聿字也。律由也。宋祁曰。由、當作曰字。

【欥】弋質切音逸質韻

喜也。見〔集韻〕。

【欯】居氣切音既未韻凡利切音冀寘韻居乙切音訖物韻

●脅也。一曰口不便言。見〔說文〕。〔按集韻去聲六至云。覬、或作欯、——。謂前一義也。玉篇云。亦作吃。集韻入聲九迄云。吃、或作——。謂後一義也。類篇以从乞作欯、屬去聲。从气作——、屬入聲。分爲二。非段玉裁曰。今字作冀。古音不同。〕

●飲食氣逆不得息也。見〔六書總要〕。

【𣢖】丘既切音氣未韻

气也。通作氣。見〔集韻〕。

【𣢟】居乙切音訖物韻

通气。予也。見〔廣雅釋詁〕。

【𣢚】吾瓜切音譊麻韻

歐——。猶歐娃也。見〔廣韻〕。

【欻】許勿切音欻物韻虛記切音戲寘韻

急怒聲也。見〔玉篇〕。

【欪】篇夷切音紕支韻

氣出聲。見〔集韻〕。

【㰤】磬奚切音醯齊韻

痛聲。見〔集韻〕。

【𣢪】馨夷切音咦虛其切音僖支韻

同吚。呻吟也。見〔玉篇〕。

【欣】悲巾切音彬眞韻

气分。見〔集韻〕。

【𣢍】虛郎切音炕陽韻

欺——。貪皃。見〔玉篇〕。

【炊】去斤切文韻口孕切徑韻

嗤也。見〔玉篇〕。

【欣】丘耕切音硜庚韻

欬也。見〔類篇〕。

【欪】虛其切音僖支韻

——。戲笑皃。見〔說文〕〔段注〕此今之嗤笑字也。廣韻書——、嗤、爲二。殊謬。〔按集韻七之云。或作唌、欪。說文長箋引易家人婦子嘻嘻作——。〕

【蚑】呼來切音咍灰韻

戲笑聲。見〔集韻〕。

【欦】丘嚴切音㪁鹽韻呼含切音哈覃韻虛咸切音𪙕丘凡切音欦咸韻口广切音顩琰韻

●含笑也。見〔說文〕。

●多智也。見〔集韻〕。

【欦】馨兼切音馦火占切音姭鹽韻

欲也。見〔廣雅釋詁〕。

【欦】口广切音㰸琰韻火斬切音㰝豏韻

欠崖也。一曰崖下也。見〔集韻〕。

【𣢜】羊朱切音逾虞韻

——。呼犬聲。見〔玉篇〕。

【欣】丘耕切音鏗庚韻

●欬也。見〔玉篇〕。

●欬——。見〔廣韻〕。

【𣢉】許計切音係去聲霽韻

氣越貌。見〔字彙補〕。

【欲】許介切音譮卦韻

急氣皃。見〔玉篇〕。

【欧】欣或字。見〔集韻〕。

【𣢋】歎或字。見〔集韻〕。

【炊】歆或字。見〔集韻〕。

五畫

【欨】丘駕切音髂禡韻

●息也。見〔廣雅釋詁〕。

●大張口笑也。見〔玉篇〕。

【𣢦】企夜切音[illegible]禡韻

張口息也。關中謂權臥爲——。一曰欧——不意。見〔集韻〕。

【𣢭】虎何切音訶歌韻許我切音

歌奇韻許箇切呵去聲箇韻 ——。笑也。見〔廣雅釋訓〕〔疏證〕——、——呵呵、猶嗬嗬也。方俗語有輕重耳。

【歌】虎何切音訶歌韻 呵或字。〔集韻〕呵气出。或从欠。

【欨】句于切音訏虞韻火羽切音詡麌韻 (一)吹也。一曰笑意。見〔說文〕。(二)欠也。見〔集韻〕。

【欨】呼句切音煦遇韻 呴或字。〔集韻〕呴。氣以溫之也。或作—、休、咻。

【[illegible]】癡宵切音超蕭韻 (一)健也。見〔廣韻〕。(二)—歊。氣上蒸也。見〔集韻〕。

【欪】閔吉切音欱敕律切音黜質韻許勿切音颮物韻呼八切音瞎黠韻 咄—。無慙。一曰無腸之意。見〔說文〕〔段注〕無腸、猶無心也。(二)訶也。見〔玉篇〕。(三)說也。見〔集韻〕。

【欪】敕栗切音扶質韻 咥或字。〔集韻〕咥笑也。或作—。

【欯】呼來切音咍灰韻 (一)歡也。見〔集韻〕。(二)同咍。見〔正字通〕。

【[illegible]】迄甲切音呷洽韻 ——。鼻息也。見〔集韻〕。

【[illegible]】疾智切音漬寘韻才支切音疵支韻 (一)歐也。見〔說文〕。(二)嗟歎也。見〔玉篇〕。

【[illegible]】將支切音貲支韻 倉頡篇。嚘—也。一曰歐也。或省。見〔集韻〕。

【[illegible]】乙革切音厄陌韻 —歎。笑語也。見〔類篇〕。

【[illegible]】許蒯切音聵霽韻 氣聲。見〔集韻〕。

【[illegible]】呼惠切音嘒霽韻 —歛。笑也。見〔集韻〕。

【[illegible]】丘據切音去御韻去伽切音佉麻韻 欠—。張口也。〔通俗文〕張口運氣。謂之欠—。〔按詩邶風終風傳疐劫也。釋文崔云、毛訓遒爲—。今俗人云。欠欠——是也。不作抾字。人體倦則伸志倦則—。集韻九御云。或作呿。〕

【[illegible]】於虯切音幽尤韻乙六切音郁屋韻 愁皃。見〔說文〕〔注〕鉉案口部呦字或作—。此重出。

【[illegible]】於虯切音幽尤韻 呦或字。見〔說文口部〕。

【[illegible]】馨正切音醒呼正切音敻敬韻 含笑貌。見〔玉篇〕。

【[illegible]】年支切音尼支韻 和悅也。見〔玉篇〕。

【[illegible]】虛宜切音犧支韻希佳切音𣢾佳韻 欸—。氣逆也。見〔集韻〕。

【[illegible]】胡甘切音酣覃韻 沅湘人言也。見〔玉篇〕〔按廣韻廿三談作邯。方言作𨛫。集韻廿三談云。𨛫或作—。詳水部𨛫字。〕

【[illegible]】簿必切音邲質韻 吹也。見〔集韻〕。

【欮】古月切音厥月韻詩爭切音生庚韻 撅也。見〔字彙補〕。

【[illegible]】同欶。見〔說文長箋〕。

【[illegible]】伸或字。見〔集韻〕。

【[illegible]】㰳或字。見〔集韻〕。

【[illegible]】俗欸、見〔正字通〕。

六畫

【欬】口溉切音慨隊韻去冀切音器寘韻 (一)屰气也。見〔說文〕〔段注〕周禮疾醫。冬時有嗽、上氣、疾注曰。嗽、—也。上氣、逆喘也。按嗽本亦作欶。欶者、含吸也。含吸之欲其下。而气乃逆上。是曰—。(二)大呼曰廣—。〔禮記曲禮〕上不廣—。〔疏〕廣、大也。—聲—也。(三)謦—。言笑也。〔莊子徐无鬼〕況乎昆弟親戚之謦—其側者乎。(四)人名。仲尼弟子曾欬—。

【欭】乙界切音餲卦韻 嚘或字。〔集韻〕嚘。飽食息也。或作—。通作餩。

【歅】乙冀切音懿寘韻伊眞切音因眞韻

㊀嚘也。見〔說文〕。〔段注〕口部曰。—者語未定皃。—、嚘、爲雙聲。王風。中心如噎。傳曰。噎、謂噎憂不能息也。噎憂、即—嚘之叚借字。〔正字通〕云。與咽同。或作啞。義通。

㊁喑—歅也。見〔廣韻〕。

【⿰獄欠】恥南切音參覃韻

㊀欣也。見〔玉篇〕。

㊁惏也。見〔玉篇〕。

【欮】居月切音厥月韻

㊀瘚或字。〔說文疒部〕瘚或省疒。〔內經作瘚。〕

㊁掘也。見〔玉篇〕。

㊂穿也。見〔廣雅釋詁〕。

【⿰卹欠】須倫切音荀眞韻

㊀信也。見〔玉篇〕。

㊁氣逆也。見〔廣韻〕。

㊂—欯喜皃。見〔集韻〕。

【⿰叔欠】子六切音蹙屋韻

㊀愁然也。孟子曰。曾西—然。見〔說文〕。〔段注〕此以疊韻爲訓。心部曰。愁。憂也。—然心口不安之皃也。〔按今本孟子作蹵〕。

㊁歘悲貌。見〔玉篇〕。

【欯】閒吉切音咭質韻

㊀喜也。見〔說文〕。

㊁笑也。見〔廣韻〕。

【⿰吉欠】口戒切音炌隊韻

聲也。見〔集韻〕。

【⿰魚欠】雪律切音卹質韻

㊀嗚也。見〔玉篇〕。

㊁凡物聲細者借用僁。見〔正字通〕。

【欱】呼合切音狢合韻

㊀歠也。見〔說文〕。〔段注〕—、與吸意相近。與歙爲反對。東都賦。—野歕山。

㊁翕也。〔文選張衡賦〕—灃吐鎬。

㊂歛受之意。〔文選張衡賦〕總括趨—。箭馳風疾。〔注〕言江海歛受諸水。故總括而趨之。

【⿰㕣欠】迄洽切音欻洽韻

嗇也。見〔集韻〕。

【⿰圭欠】於佳切音娃佳韻涓畦切音圭齊韻

㊀歎聲。見〔玉篇〕。

㊁邪貌。見〔集韻〕。

【⿰阝欠】丘凡切音㰤咸韻

多智慧也。見〔廣韻〕。

【⿰舌欠】古勿切音骨月韻

飲聲。見〔玉篇〕。

【⿰虫欠】呼來切音咍灰韻

笑聲。見〔字彙〕。

【⿰皃欠】輕歷切音喫錫韻

吹聲也。見〔字彙〕。

【⿰臥欠】古委切音詭紙韻

疲極也。見〔集韻〕。

【⿰臣欠】盈之切音飴支韻

廣臣也。一曰。長也。美也。見〔說文臣部。〕

【⿰夸欠】句于切音訏荒胡切音呼虞韻

㊀喜樂也。見〔玉篇〕。

㊁通盱。〔集韻引廣倉〕飲—樂。通作盱。

【⿰系欠】虛加切音蝦麻韻

息也。見〔廣雅釋詁〕。

【⿰豈欠】嫗往切音枉養韻

佞也。見〔集韻〕。

【欦】丘凡切音顩咸韻

多智也。見〔玉篇〕。〔按廣韻廿九凡作欦集韻廿六嚴廿九凡竝作欽。〕

【⿰叛欠】丁孕切音矴徑韻

餘聲也。見〔字彙補〕。

【⿰兼欠】丘庚切音坑庚韻

咳也。見〔字彙補〕。

【⿰東欠】同欶。見〔玉篇〕。〔按集韻云。欶或字。〕

【⿸厂欮】同厥。見〔正字通〕。

【⿸厂欠】歐或字。見〔集韻〕。

【⿰犾欠】⿰獄欠省字。見〔集韻〕。

七畫

【欲】俞玉切音浴沃韻俞戍切音裕遇韻

㊀貪—也。見〔說文〕。〔注〕—之言續也。貪而不已也。

㊁物—也。〔禮記樂記〕感于物而動性之—也。

㊂愛也。〔禮記曲禮〕不問其所—。

㊃七情之一也。〔禮記禮運〕何謂人情。喜、怒、哀、懼、愛、惡、—。七者不學而能。

㊄樂也。〔詩烝民箋〕謂喜怒哀樂好

惡也〔魏〕—、卽樂也。

(六)樂色也。〔素問上古天眞論〕以—竭其精。〔注〕樂色曰—。

(七)六—。生、死、耳、目、口、鼻也。〔呂覽貴生〕六—皆得其宜。

(八)邪淫也。〔禮記樂記〕小人樂得其—。〔注〕—、謂邪淫也。

(九)願也。〔文子微明〕心—小。志—大。

(十)勝也。〔淮南詮言〕不在於—。

(十一)將也。〔杜甫詩〕渾—不勝簪。

(十二)專寵也。〔國語楚語〕縣有—焉。

(十三)客裔也。〔易損〕君子以懲忿窒—。〔虞注〕坎陰客裔爲—。

(十四)通褯。婉順貌。〔禮記祭義〕其薦之也敬以—。〔注〕—、婉順貌。

(十五)通歔。愜也。〔禮記玉藻〕急趨順—發而手足毋移。〔注〕—、或爲歔。

(十六)同慾。〔詩文王有聲〕匪棘其—。〔注〕與慾同。

(十七)凡有所不足而企圖充足之、曰—望。

【𣢾】許候切音蔻宥韻　匹九切音紑有韻

(一)杏或字。〔說文、鄗〕音、或从豆欠。〔段注〕欠者口气也。豆者聲也。〔按杏字形隸變作音〕。

●歎—。小兒兇惡見〔廣韻〕。

【欳】苦怪切音蒯卦韻

太息也。見〔玉篇〕。〔按集韻十六怪喟或作—。又出—。引博雅斷也。今本廣雅釋詁从刀類篇無剫字。—無斷誼〕。

【欶】色角切音朔覺韻所六切音縮　蘇谷切音速屋韻

(一)吮也。見〔說文〕〔段注〕通俗文。含吸曰吮。

(二)著也。〔淮南修務〕淬霜鏠—。躋跌。

【欶】先奏切音嗽宥韻

同嗽。咳也。〔周禮疾醫〕冬時有嗽、上氣疾。〔釋文〕嗽本亦作—。

【欱】呼合切音欱合韻　迄洽切音韐洽韻

(一)息也。見〔廣雅釋詁〕。

(二)氣逆也。見〔玉篇〕。

(三)—欭。呻也。見〔集韻〕。

【[illegible]】呼帖切音㛍葉韻

喘息也。見〔集韻〕。

【[illegible]】詰叶切音篋葉韻

羨欲也。見〔集韻〕。

【欷】香衣切音希微韻　許既切音偯未韻

(一)歔也。見〔說文〕。〔注〕歔—者。悲泣氣咽而抽息也。

(二)泣餘聲。見〔玉篇〕。

(三)歔—。懼貌。〔離騷〕曾歔—余鬱邑兮。〔注〕歔—、懼貌也。

(四)通唏。〔史記諸侯年表〕紂爲象箸而箕子唏。〔注〕卽—歔之—。

【欸】於開切音哀灰韻　於其切音醫支韻　倚亥切哀上聲賄韻

(一)訾也。見〔說文〕。〔段注〕按訾者、呰之字誤。呰者、思稱意也。呰者、訶也。玉篇—者、呰也。可正訾字之誤。

(二)然也。〔方言〕南楚凡言然者、或曰—。或曰醫。

(三)歎也。〔楚辭涉江〕—秋冬之緒風。

(四)不然也。〔陳芳芸窗私志〕今人暴見事之不然者。必出聲曰—。

(五)—乃。湖中節歌聲。〔柳宗元詩〕—乃一聲山水綠。〔按—、本音哀。亦作上聲。後人因柳集中有注字云一本襖作靄。遂欲音—爲襖。音乃爲靄。不知彼注自謂別本作襖靄。非謂—乃當音襖靄也〕。

【欸】許介切音餘乙界切音餲卦韻

怒聲也。見〔集韻〕。

【欦】呼含切音蚶覃韻

(一)含笑也。見〔玉篇〕。

(二)貪欲也。見〔玉篇〕。

【[illegible]】是忍切音腎軫韻　時刃切音慎震韻

指而笑也。見〔說文〕。〔段注〕呂覽。舜爲天子。轉轉歐歐。莫不載悅。高注曰。歐歐、動而喜也。歐、蓋—字轉寫从久。

【[illegible]】疾力切音堲職韻

汁餔喉。見〔玉篇〕。

【[illegible]】盧當切音郎陽韻

—欴。貪兒。見〔玉篇〕。

【[illegible]】同厥。見〔字彙補〕。

【欵】俗款字。見〔正字通〕。

【[illegible]】俗歎字。見〔正字通〕。

【[illegible]】俗歃字。見〔正字通〕。

八畫

【欽】祛音切音衾侵韻

(一)欠兒。見〔說文〕。〔注〕凡气不足而後欠。—者、倦而張口之兒也。

㊁敬也。〔書大甲〕—厥止。
㊂尊稱也。〔正字通〕御音曰—敕。御使曰—命。俗曰—差。
㊃敬事節用謂之—。〔書堯典〕—明文思安安。
㊄威儀悉備曰—。見〔周書謚法〕。
㊅州名。隋置。當今廣東—縣。
㊆山名。〔山海經東山經〕—山多金玉而無石。師水出焉。
㊇——憂也。見〔爾雅釋訓〕。〔又〕舉也。見〔廣雅釋訓〕。〔又〕思望之意。〔詩晨風〕憂心——。〔傳〕思望之心中——然也。〔又〕言使人樂進也。見〔詩鼓鐘〕鼓鐘——〔傳〕。
㊈—頤曲頷也。〔後漢周燮傳〕燮生而—頤折頞。
㊉—崟。山貌。〔後漢張衡傳〕羲歷陵之—崟。
⑪—䲹。鳥名。〔山海經西山〕—䲹化為大鶚。其狀如鵰。
⑫—原。鳥名。〔山海經西山經〕昆侖之丘有鳥名曰—原。
⑬姓也。宋—德載。

【欽】丘禁切音撳沁韻
按也。〔王琚射經〕—身微曲。注目視的。

【欽】魚音切音唫侵韻
同吟。呻也。〔山海經東山經〕空桑之山有獸焉。其狀如牛而虎文。其音如—。其名曰軨軨。〔注〕—亦吟字假音。

【款】苦緩切音窾旱韻
㊀本作歀。〔說文〕歀。意有所欲也。〔注〕、—塞也。意有所欲而猶塞—然也。
㊁誠也。〔荀子修身〕愨—端慤。〔注〕誠—也。
㊂至也。〔文選張衡賦〕繞黃山而—牛首。
㊃留也。〔謝靈運詩〕斷絕雖殊念。俱為歸慮—。
㊄叩也。〔史記商君傳〕—關請見。
㊅刻也。〔漢書郊祀志〕鼎細小又有—識。〔注〕師古曰。—、刻也。〔按張世南游宦記聞云。—謂陰字。是凹入者。存參〕。
㊆闕也。〔爾雅釋器〕鼎—足者謂之鬲。〔釋文〕—、闕也。本或作𣤶。
㊇愛也。見〔廣雅釋詁〕。
㊈寬也。〔史記太史公自序〕重譯—塞。〔注〕如淳曰。—、寬也。
⑩絕語之歎辭也。〔法言淵騫〕始皇方獵六國而翦牙—。
⑪空也。〔莊子達生〕今休—、啟寡聞民也。
⑫緩也。〔後漢馬援傳〕御—段馬。〔注〕言形段遲緩也。
⑬水名。〔水經洛水注〕洛水又東合—水。—水有二源。並發兩川。逕引。謂之大—水也。合而東南入于洛。〔按合流處在河南宜陽縣境〕。
⑭招待也。俗云—待賓客。即招待之義。
⑮條目也。舊云列—。糾參。即列條目之謂。
⑯俗謂銀錢之成數曰—。如—項、—目、籌—、撥—之類。
⑰——忠實之貌。〔文選司馬遷書〕欲効其——之愚。〔又〕愛也。見〔廣雅釋訓〕。〔又〕獨樂貌。〔太玄樂〕獨樂——。
⑱—曲。猶委曲也。〔後漢光武紀〕與人不—曲。惟直柔耳。
⑲大—。顓頊師也。見〔漢書古今人表〕。
⑳—冬。草名。〔董仲舒答問〕—冬花於嚴冬。〔爾雅釋草菟奚顆凍疏云顆凍郭云—凍本草一名橐吾。一名顆東。一名虎鬚〕。

款冬圖

【欻】許勿切音𩗴物韻
㊀有所吹起也。見〔說文〕。
㊁忽也。〔文選張衡賦〕—從背見。
㊂—勤也。〔元包經〕勝仡仡。攫——。
㊃—吸。疾貌。一曰。猶翕忽也。〔文選江淹詩〕—吸蹈雞鳴。
㊄—奄。去來不定之意。〔文選左思賦〕慌罔奄—。
㊅歇—。幽邃貌。〔文選王延壽賦〕歇—幽藹。
㊆通惚。茫昧貌。〔韓愈詩〕指責變悅—。〔注〕當作恍惚。借用—字。

【歁】丘其切音僛支韻
㊀詐欺也。見〔說文〕。
㊁娸也。〔莊子應帝王〕是—德也。

(三)誤也。〔呂覽有意〕則不可—矣。
(四)惏也。〔方言〕晉魏河內之北謂惏曰殘。楚謂之貪。南楚江湘之間謂之—。〔注〕言—惏難厭也。
(五)見陵於人爲—。負見〔俗呼小錄〕。
(六)遙相語也。〔論語雍也〕可—也。
(七)自昧其心曰—。〔禮記大學〕毋自—也。
(八)緣不遂行茲謂—。見〔漢書天文志〕。
(九)仁義脩立謂之任。反任爲—。見〔賈子道術〕。
(十)詆—。漢法名。〔漢書哀帝紀〕除任子令及誹謗詆—法。
(十一)—魄。土人也。〔列子仲尼〕見南郭子。果然—魄焉。
(十二)通類。—猥。大首也。〔文選王延壽賦〕佹—猥以雕欣。

【㰯】普口切音剖有韻 匹候切音踣宥韻
(一)語不受。見〔玉篇〕。
(二)苦言也。見〔正字通〕。

【𣣏】乙六切音彧屋韻 之欲切音燭沃韻 忽麥切音儘陌韻
(一)吹氣也。見〔說文〕。
(二)嗾惡聲。見〔正字通〕。

【𣢾】忽域切音洫職韻
吹也。見〔集韻〕。

【㰥】他含切音貪 枯含切音龕覃韻 戶感切音頷感韻
(一)欲得也。見〔說文〕。
(二)貪惏曰—。見〔玉篇〕。

【欿】苦感切音坎感韻
(一)不自滿足意。〔孟子盡心〕如其自視—然。
(二)愁貌。〔楚辭哀時命〕—愁悴而委惰。
(三)坑也。見〔廣雅釋水〕。
(四)——。聲也。見〔廣雅釋訓〕。

【𣣞】閭承切音陵蒸韻
(一)欺—也。見〔廣韻〕。
(二)同倰。〔集韻〕倰偒尚也。亦作—。

【欹】於宜切音漪支韻
—欹。歎美辭。見〔玉篇〕。

【㰳】衣嫁切音亞禡韻 倚下切音啞馬韻
欭—。噦鳴。見〔玉篇〕。〔按集韻馬韻作欭—噦鳴也〕。

【𣣬】於加切音鴉麻韻
氣逆。見〔集韻〕。

【𣢼】丁練切音殿霰韻 都念切音店豔韻
呻也。見〔玉篇〕。〔按集韻以爲唸之或字〕。

【𣣈】許狄切音赥錫韻
出鼻涕。見〔玉篇〕。

【𣤃】將支切音貲支韻
呲—。無廉也。見〔集韻〕。

【𣤆】測紀切音剎紙韻
齧也。一曰齕也。見〔集韻〕。

【𣤊】楚快切音嘬卦韻
一舉盡臠也。見〔集韻〕。

【𣢜】即聿切音卒質韻
吮也。見〔玉篇〕。〔按集韻云。口飲謂之—〕。

【𣣤】於糾切音黝 巨九切音臼有韻
蹴鼻也。見〔說文〕。〔段注〕蹴鼻、即縮鼻也。

【𣣘】於口切音毆有韻 於候切音漚去聲宥韻 被表切音藨 巨夭切音蹻篠韻
歐或字。〔集韻〕歐吐也。或作—。

【𣤣】資四切音恣 七四切音次寘韻
戰見血曰傷。亂或爲惽。死而復生爲—。見〔說文死部〕〔段注〕。或、惑、古今字。謂之—者。次於死也。三言皆謂戰蓋出司馬法等書。

【𣤤】息利切音四寘韻
病也。見〔廣雅釋詁〕。

【𣣐】余六切音育屋韻
驚辭也。見〔玉篇〕。

【𣣑】呼昆切音昏元韻
——。不可知也。見〔集韻〕。

【𣣗】心子切音使紙韻
香美也。〔陸羽茶經〕香美曰—。

【㰸】口感切音坎感韻
動貌。〔太玄玄圖〕雷椎—窒。輿物旁震。

【𣣚】古欠字。見〔玉篇〕。

【𣣍】同欲。見〔漢郭君碑〕。

【𣣝】歑譌字。見〔正字通〕。

九畫

【歆】虛金切音廞侵韻
(一)神食氣也。見〔說文〕。
(二)動也。〔詩生民〕履帝武敏—。

㊂羨也。貪也。〔詩皇矣〕無然—羨。

㊃猶欣欣喜服也。〔國語周語〕民—而德之。

㊄人名。漢劉—。三國華—。

【歇】許竭切音蠍月韻虛乂切音鞢隊韻

㊀息也。一曰气越泄。見〔說文〕。

㊁涸也。見〔方言〕。

㊂竭也。〔老子〕神無以靈將恐—。

㊃盡也。〔左襄二十九年傳〕難未—也。

㊄—欻。幽邃貌。〔文選王延壽賦〕—欻幽藹。

㊅—前。無壁也。如今廳是也。見〔左宣十六年傳注〕謂屋歇前疏。

㊆人名。戰國楚春申君黃—。上海爲所封境。故稱—浦。又稱黃浦。亦稱申浦。

【歇】許曷切音喝曷韻

—驕。短喙犬也。〔詩駟驖〕載獫—驕。〔傳〕長喙曰獫。短喙曰—驕。

【歇】乙轄切音鷃黠韻

人名。〔史記高祖紀〕趙—爲王。〔索隱〕—徐廣音烏轄反。

【歈】容朱切音俞虞韻徒侯切音頭尤韻

㊀歌也。切韻云。巴—歌也。案史記渝水之人善歌舞。漢高祖采其聲。後人因加此字。見〔說文新附〕。

㊁吳歌亦曰—。〔楚辭招魂〕吳—蔡謳。秦大呂些。

㊂歋—。舞手相弄笑也。或作邪揄。〔後漢王霸傳〕舉手邪揄。〔注〕揄、音踰。或音由。

㊃通愉。〔劉伶詩〕陳醴發悴顏。色—暢真心。

【歃】色洽切音啗洽韻色輒切音箑葉韻

㊀歠也。見〔說文〕。〔段注〕歠者、歙也。凡盟者—血。

㊁挑謂之—。〔儀禮有司徹〕二手執—。

㊂通啑。〔穀梁桓三年傳〕不—血。〔釋文〕本又作啑。

㊃通唼。〔漢書王陵傳〕始與高帝唼血而盟。〔注〕唼、小歠也。〔按說文〕—歠也是唼與—通。

【歃】訖洽切音鞈洽韻

歃或字。〔集韻〕歃。嘗也。或作—。

【歐】於建切音堰願韻於殄切音蝘銑韻伊甸切音宴霰韻

大呼用力。見〔廣韻〕。

【歄】公蛙切音緺佳韻姑華切音瓜麻韻

㊀—欻。猶—妮也。見〔玉篇〕。

㊁竵皃。見〔集韻〕。

【歟】公弔切音叫嘯韻

㊀所歌也。見〔說文〕〔注〕楚歌也。楚歌促迅激切。故曰—。〔按段玉裁曰廣韻無所字。當作—楚歌也四字〕。

㊁今樂器壎篪之屬。有—子。俗稱叫號。見〔正字通〕。

【歅】伊眞切音因眞韻因蓮切音煙先韻煙奚切音鷖齊韻

㊀疑也。〔莊子天運〕唯循大變無所湮者。〔釋文〕司馬本作—。疑也。

㊁人名。〔莊子徐无鬼〕召九方—。〔注〕善相者。一曰善相馬。秦穆公時人。〔按淮南子作九方皋〕。

【歂】湻沿切音遄先韻

㊀口氣引也。見〔說文〕。

㊁姓也。左傳有—孫。史記有—師。

【歂】豎兗切音腨銑韻

喘或字。〔集韻〕喘。疾息也。或从欠。

【㰹】虛咸切音衿咸韻呼含切音蚶覃韻火占切音姿鹽韻

同欽。含笑也。貪欲也。見〔玉篇〕。

【㰹】虎咸切音䫡咸韻

气盛也。見〔集韻〕。

【㰹】許鑒切音𤺌陷韻

叫也。見〔集韻〕。

【㱇】五困切音諢願韻

氣逆也。見〔篇海〕。

【谺】丘加切音䶢麻韻

出氣也。見〔玉篇〕。

【㰺】何加切音遐麻韻

歔—。咽病。見〔集韻〕。

【㰳】亥黠切音暇禡韻

飲也。見〔集韻〕。

【歁】苦感切音坎感韻

食不滿也。見〔說文〕。

【歁】枯含切音龕覃韻丘咸切音嵁咸韻丘檢切音顩琰韻

意不滿也。見〔集韻〕。

【歁】渴合切音匌合韻

—歁。㦓皃。一曰不滿意。見〔集韻〕。

【歖】虛其切音僖支韻
卒喜也。見〔玉篇〕。

【歖】隱几切伊上聲羽己切音矣紙韻
—欸。嘯鳴。見〔廣韻〕。〔按集韻以爲歖或字。〕

【歍】許候切音詬宥韻
歑—。凶蟲也。見〔集韻〕。

【㱂】胡溝切音侯尤韻
—歐。氣出皃。見〔集韻〕。

【歃】色甲切音霎葉韻
傷欲也。一曰貪也。見〔集韻〕。

【歐】諸叶切音讋葉韻
吹氣也。見〔集韻〕。

【歋】弋支切音移支韻
笑也。同歋。見〔玉篇〕。

【歕】顯結切音肸屑韻
—。气皃。見〔集韻〕。

【歔】同歔。息也。見〔集韻〕。

【㱀】同欲。見〔玉篇〕。

【㰷】同歗。見〔集韻〕。

【歜】同歛。見〔集韻〕。

【歛】同欲。見〔六書故〕。

【欵】款或字。〔說文〕欵。或从柰。

【歆】歆或字。見〔集韻〕。

【歒】歒省文。見〔集韻〕。

十畫

【歌】居何切音柯歌韻
㊀詠也。見〔說文〕。
㊁曲合樂也。〔詩園有桃〕我—且謠。〔傳〕曲合樂曰—。徒—曰謠。
㊂歎聲也。〔素問陰陽應象大論〕在聲爲—。
㊃人聲曰—。—。柯也。所—之言。是其質也。以聲吟詠有上下。如草木之有柯葉也。故兗冀言—聲如柯也。見〔釋名釋樂器〕。
㊄作此詩也。〔詩墓門〕—以訊之。〔箋〕—、謂作此詩也。
㊅山名。〔廣輿記〕—山在廣西富川縣。
㊆朝—。紂所都地。當今河南淇縣東北。
㊇—女。蟲名。蜓蚓也。〔古今注〕蜓蚓、江東謂之—女。

【歍】汪胡切音烏虞韻
㊀心有所惡若吐也。一曰口相就也。見〔說文〕。〔注〕謂口與口相就也。
㊁通鳴歎聲也。〔伯牙水仙操〕—欽傷宮仙不返。

【歍】於良切音怏漾韻
—唈。失聲也。〔淮南覽冥〕雍門子撫心發聲。孟嘗君爲之增欷—唈。

【歊】虛嬌切音囂蕭韻呼酷切音熇沃韻黑各切音臛藥韻
㊀—。氣上出皃。見〔說文〕。〔又〕氣盛皃。〔漢書敘傳〕曲陽—。亦朱其堂。
㊁熱氣也。〔漢書揚雄傳〕浡淪雲而散—烝。
㊂囂也。見〔集韻〕。
㊃凌—。臺名。〔廣輿記〕在太平府黃山顛。劉宋建離宮於此。
㊄—霧。水霧之氣也。〔文選左思賦〕—霧漨浡。

【歉】苦簟切音嗛琰韻口減切音㦓豏韻口陷切音顑陷韻詰念切音傔豔韻
㊀—。食不滿也。見〔說文〕。〔段注〕—、疑當作嗛。謂口銜食不滿也。引伸爲凡未滿之偁。
㊁不足也。〔荀子仲尼〕主信愛之。則謹愼而—。
㊂恨不出也。見〔玉篇〕。
㊃貧也。見〔廣雅釋詁〕。
㊄少也。見〔廣雅釋詁〕。
㊅一穀不升曰—。見〔廣雅釋天〕。

【歙】迄業切音脅葉韻
翕氣也。見〔說文〕。〔段注〕翕、合也。

【䜪】餘招切音遙蕭韻以紹切音鷂篠韻
—。氣出皃。見〔說文〕。

【歜】達合切音沓合韻
歜—。聲也。見〔集韻〕。

【歝】馨奚切音醯齊韻
歎息也。見〔集韻〕。

【歚】許介切音譮卦韻
急氣皃。見〔集韻〕。

【歖】充之切音蚩支韻
同嗤。笑也。〔文選陸機賦〕雖濬發於巧心。或受—於拙目。

【歐】以久切音酉有韻
言意也。見〔說文〕。〔段注〕有所言之意也。意內言外之意。

【𣤎】呼合切音欱合韻
瘷也見〔集韻〕。

【𣣚】黑各切音蠚合韻
大嗽也見〔集韻〕。

【𣤣】初紀切音剢紙韻
同歘。謡也見〔廣韻〕。

【𣤟】思萃切音祟寘韻
問也。見〔玉篇〕。

【𣤡】款本字。見〔說文〕。

【𣤰】所嫁切沙去聲禡韻
嗄或字。〔集韻〕嗄。聲變也。或从欠。

【歋】余支切音移支韻余遮切音耶麻韻
人相笑相—。瘉也。見〔說文〕〔按後漢王霸傳。市人皆大笑舉手揶揄之—瘉與揶揄音義並近。〕

【𣤤】戶感切音頷感韻
欲得也。見〔集韻〕。

【𣤷】徒來切音台灰韻
欸—。喜也。見〔篇海〕。

【歜】朱欲切音燭沃韻
吹氣也。見〔類篇〕。

【𣤾】音奥號韻
—鵚。湖中歌聲。〔冷齋夜話〕洪駒父曰。柳子厚—鵚一聲山水綠。—音奥。俗鶩分爲二課。〔字書無—字。洪氏不知何據。〕

【𣢥】古欽字。見〔集韻〕。

【𣤧】同歀。見〔集韻〕。

【𣤝】同壓。見〔字彙補〕。

【𣤙】同歞。見〔字彙補〕。

【𣤓】同款。見〔字彙補〕。

【𣤈】同嗌。見〔正字通〕。

十一畫

【歎】他案切音炭翰韻他干切音攤寒韻
❶吟也。謂情有所悅。吟—而歌詠。見〔說文〕〔段注〕古—與嘆義別。—與喜樂爲類。嘆與怒哀爲類。
❷稱美曰—。〔禮記郊特牲〕孔子屢—之。
❸讚和曰—。謂歌尾曳聲以助也。〔禮記樂記〕壹倡而三—。
❹借爲嘆。太息也。〔禮記坊記〕戲而不—。〔注〕謂有憂戚之聲也。

【㱂】丘岡切音康陽韻
❶飢虛也。見〔說文〕〔段注〕飢者、餓也。漮者、水之虛。㝩者、屋之虛。—者、餓腹之虛。
❷四穀不升曰—。見〔廣雅釋天〕。
❸通漮。〔方言〕漮。空也。〔注〕漮。空窘貌。或作—。

【歐】於口切音毆有韻
❶吐也。見〔說文〕〔段注〕海外經。—絲之野。一女子跪據樹—絲。
❷通毆。捶擊也。〔史記留侯世家〕良愕然。欲—之。

【歐】烏侯切音鷗尤韻
❶同謳。氣出而歌也。見〔集韻〕。
❷——。聲也。〔魏繆襲尤射〕雞鳴——。明燈晢晢。
❸刀名。〔後漢虞詡傳〕寧伏—刀以示遠近。〔注〕—刀。刑人之刀也。
❹姓也。—冶子。古善鑄劍者。〔又〕—侯。—陽。俱複姓。
❺水名。〔山海經北山經〕神囷之山。滏水出焉而東流注于—水。〔按—水疑卽漳水〕。
❻—窶。窶揚田農之事也。見〔風俗通祀典〕。
❼通甌。—人。東越之人也。〔周書王會〕—人蟬蛇。〔今浙江永嘉等縣地〕。
❽洲名。—羅巴洲。五大洲之一也。亦畧稱曰—洲。英文Europe。

【𣤬】楚快切音嘬卦韻
❶齧也。見〔廣韻〕。
❷嘬或字。〔集韻〕嘬。一舉盡臠也。或作—。

【𣣂】姝悅切音啜屑韻
同歠。見〔集韻〕。

【𣤭】測紀切音剢紙韻
䶢或字。〔集韻〕䶢。齕也。或作—。

【𣤶】士革切音賾陌韻
欪—。語笑聲。見〔集韻〕。

【𣤹】落合切音拉合韻
—歃。不滿皃。見〔集韻〕。

【𣤺】渠吝切音僅震韻去靳切歏去聲問韻丘云切音歏文韻
欠也。見〔集韻〕。

【𣤸】荒胡切音呼虞韻
溫吹也。見〔說文〕。

【𣦀】郎豆切音漏宥韻

—欪。小兒凶惡也。見〔集韻〕。〔按今江淮閒方言猶謂與動物忤曰—欪。〕

【歒】他歷切音逖錫韻 —𣣪。小人喜笑皃。見〔集韻〕。

【邀】與糾切音有有韻 言意也。見〔字彙補〕。

【⿰繇欠】徒候切音頭尤韻 動。—歌也。見〔廣雅釋樂〕。

【⿰僉欠】古歛字。見〔字彙補〕。

【㱃】飲本字。見〔說文㱃部〕。

【⿰言欠】同歛。見〔玉篇〕。

【⿰虫欠】同歜。見〔字彙補〕。

【⿰豈欠】同歌。見〔藏經〕。

【⿰谷欠】同𣢏。見〔藏經〕。

【飮】飲或字。見〔集韻〕。

十二畫

【歙】迄及切音吸緝韻 失涉切音攝葉韻 ❶縮鼻也。見〔說文〕。〔段注〕糸部曰。縮者蹴也。—之言攝也。❷歙氣。〔老子〕將欲—之。必固張之。❸縣名。〔漢書地理志〕丹陽郡—縣。〔當今安徽—縣地〕。❹歙—林木鼓動之聲。〔文選司馬相如賦〕劉莅歙—。❺—赩。赤色盛貌。〔文選王延壽賦〕丹柱—赩以電烻。❻通潝。〔詩小旻〕潝潝訿訿。〔漢書劉向傳〕作——。❼通脅。〔張衡文〕干進苟容。我不忍以—肩。〔注〕—、亦脅也。

【欽】虛涉切音僷葉韻 懾貌。見〔集韻〕。

【歔】休居切音虛魚韻 ❶歔也。一曰出气也。見〔說文〕。〔按六書故云鼻出气爲—。口出气爲噓。〕❷懼貌。〔離騷〕曾—欷余鬱邑兮。❸唏貌。〔東方朔七諫〕泣—欷而霑衿。

【⿰黑欠】迄得切音黑職韻 咳也。一曰嘿聲。見〔集韻〕。

【⿰默欠】密北切音墨職韻 同嘿。靜也。見〔集韻〕。

【歖】虛其切音僖支韻 卒喜也。見〔說文〕。

【歖】古喜字。見〔玉篇〕。

【歗】穌弔切音嘯嘯韻 吟也。詩曰其—也歌。見〔說文〕。〔說文口部云嘯籀文吟一本作吹。今依大徐〕

【⿰斯欠】山宜切音釃支韻 喝聲。見〔集韻〕。

【⿰焱欠】欻本字。氣欻—如焱也。見〔六書故〕。

【⿰最欠】古最字。見〔字彙補〕。

【⿰壹欠】古懿字。見〔集韻〕。

【⿰齒欠】同歃。見〔集韻〕。

【⿰酬欠】同醻。見〔集韻〕。

十三畫

【歕】鋪魂切噴平聲元韻 普悶切噴去聲願韻 ❶吹氣也。見〔說文〕。❷口含物—散也。見〔玉篇〕。❸吐也。見〔廣雅釋詁〕。❹鼓也。見〔廣雅釋言〕。❺湧也。〔穆天子傳〕黃之池。其馬—沙。皇人威儀。黃之澤。其馬—玉。皇人受穀。

【歛】呼濫切蚶去聲勘韻 呼甘切音蚶覃韻 丘凡切音傾咸韻 〔與從攴之斂別〕❶欲也。見〔廣雅釋詁〕。❷予也。見〔廣雅釋詁〕。❸通賖。戲乞物也。見〔廣韻〕。

【⿰嗇欠】殺測切音色 迄力切音赩職韻 ❶悲意。見〔說文〕。❷小怖也。見〔通俗文〕。

【歜】樞玉切音觸沃韻 ❶盛氣怒也。見〔說文〕。〔段注〕引伸爲凡氣盛之偁。❷人名。春秋時有甘—。邴—。❸通蠋。〔史記田單傳〕王蠋。〔說苑〕作王—。❹通觸。〔漢書古今人表〕顏—。〔國策〕作顏觸。

【歜】徂感切音蠶上聲感韻 昌蒲菹也。〔左僖三十年傳〕王使周公閱來聘。享有昌—。

【⿰鬳欠】虛宜切音犧支韻

相笑也。見〔集韻〕。

【𣤍】繹激切音闃錫韻他計切音替霽韻天黎切音梯齊韻

本作𣤜。〔說文〕𣤜且唾聲。一曰小笑。〔段注〕且唾者聊唾也。

【𣤐】渠飲切音噤寑韻巨禁切音妗沁韻

人名。漢劉—。

【𣤎】古歎字。見〔集韻〕。

【𣤊】同嘆。見〔集韻〕。

【𣤁】同噦。見〔集韻〕。

【𣤓】同歘。見〔玉篇〕。

【𣤖】同歇。見〔篇海〕。

十四畫

【歟】羊諸切音余魚韻余呂切音與語韻羊茹切音豫御韻

一 安氣也。見〔說文〕。〔注〕氣緩而安也。〔按段注。趣、爲安行。鷽、爲馬行疾而徐。音同義相近也。今用爲語末之詞。亦取安舒之意。〕

二 通與。〔荀子王道〕衣與、繆與不女聊。〔注〕與讀爲—。

【𣤜】鄂合切音嗑合韻

歁—。癡皃。見〔集韻〕。

【𣤞】胡陌切音獲尾號切音擭陌韻

吐聲。見〔集韻〕。

【𣤠】丑歷切音惕停歷切音狄錫韻竹力切音陟職韻

痛也。見〔廣韻〕。

十五畫

【歠】姝悅切音啜屑韻

一 飲也。見〔說文歠部〕。

二 以酒飲人亦曰—。〔楚辭大招〕不—役只。〔注〕謂酒醇美不以飲賤役之人也。

三 羹湯也。〔國策燕策〕卽酒酣樂進熱—。

四 —粥也。〔禮記檀弓〕—主人、主婦、室老。爲其病也。君命食之也。

【𣤩】於求切音憂尤韻

歐—。慨也。一曰氣逆。見〔集韻〕。

【𣤪】乙革切音厄陌韻

同謚。氣逆聲。氣自㮆中出也。見〔六書統〕〔按㮆卽古嗌字。謂咽中也。〕

十六畫

【𣤬】鋤咸切音讒咸韻

笑也。見〔集韻〕。

【𣤮】同嗃。見〔廣韻〕。

【𣤭】同謌。見〔六書統〕。

十七畫

【𣤯】虛宜切音犧支韻

一 吹—。口聲。見〔廣韻〕。

二 戲或字。〔集韻〕戲相笑也。或作—。通作嚱。

【𣤶】子六切音蹙屋韻

一 歀—也。見〔說文〕。〔段注〕其義已在上文。故但云歀—。〔按許書上文歀字云歀—口相就也。〕

二 取氣皃。見〔集韻〕。

【𣤵】子荅切音帀合韻

—歎聲也。見〔集韻〕。

【𣥂】於郢切音癭梗韻

怒氣也。見〔集韻〕。

十八畫

【歡】呼官切音讙寒韻

一 喜樂也。見〔說文〕。〔注〕喜動聲氣。故從欠。

二 謂飲食也。〔禮記曲禮〕君子不盡人之—。

三 男女謂所暱愛者曰—。〔古樂府〕風吹窗簾動。疑是所—來。

四 合—。喬木名。莖高二三丈。葉至晚則合。翌晨復開。故又名合昏。見〔羣芳譜〕。〔又〕竹名。〔筍譜〕雙棯竹。出九疑山。筍長獨莖。及生枝葉。即分爲兩棯。謂之合—竹。〔又〕橘名。〔廣輿記〕荊州江陵有合—橘。〔又〕漢宮殿名。〔文選班固賦〕後宮則有合—增成。

五 —伯。酒也。〔易林〕酒爲—伯。

六 人名。北齊高—。

【𣦆】子肖切音醮嘯韻

盡酒也。見〔說文〕。〔段注〕此與酉部釂、音義皆同。

【𣦇】於業切音腌葉韻

取也。見〔玉篇〕。

【𣦈】尺涉切音謵葉韻

—。氣動皃。見〔集韻〕。

【𣦁】子答切音帀合韻

犛也。見〔字彙補〕。

【𣦂】同色。見〔說文長箋〕。

【𣤹】同歡。見〔字彙補〕。

十九畫

【𣦆】盧丸切音鸞寒韻古倦切音眷霰韻

●一欠皃。見〔說文〕。

●二心惑不悟皃。見〔集韻〕。

【𣦇】作答切音帀合韻

鳴也。見〔字彙補〕。

二十二畫

【𣦍】公渾切音昆元韻

—干。不可知也。見〔說文〕。〔段注〕—干。各本作昆干。今依篇韻正。古語讀如魂寒二音。不可知之意也。若云汗漫。

【𣦎】同歡。見〔集韻〕。

【𣦏】歐或字。見〔集韻〕。

二十三畫

【𣤿】歎籒文。見〔說文〕。

※支部※

【支】章移切音巵支韻

●一去竹之枝也。从手持半竹。見〔說文〕。〔桂注〕疑作去枝之竹。

●二庶也取—條之義。〔禮記曲禮〕—子不祭。

●三分也。〔荀子富國〕其候徼—繚。〔注〕—分繚繞。〔今族系言—派。亦分之意〕

●四持也。〔左定元年傳〕天之所壞。不可—也。〔今具言—持〕

●五載也。〔淮南齊俗〕金之性沈。託之於舟上則浮。勢有所—也。〔按—之言鼓閣也。爾雅。—𣂷也。廣雅。鼓、閣。𣂷也義同〕

●六拄也。〔國語周語〕天之所—。不可壞也。

●七堪也。〔國語越語〕皆知其貲材不足以—長久也。〔今言樂不可—。悲不可—。皆本此義〕

●八拒也。〔國策西周策〕魏不能—。

●九胡也即戟旁曲枝。〔後漢呂布傳〕舉弓射戟。正中小—。

●十計也。〔後漢竇憲傳〕士有悅服瑰以就熅爐者。亦何可—哉。〔注〕亦何可計言其多也。

●十一出也。〔宋史食貨志〕曰收—。〔按謂收入—出也。近世尚沿其名詞〕

●十二給予也。〔宋史兵志〕邊兵每歲寒食、端午、冬至有特—。

●十三久也、〔孫子地形〕我出而不利。彼出而不利。曰—。〔注〕久也。俱不便久相持也。

●十四舉也。〔中說事君〕大廈將顛。非一木所—也。

●十五芬也。〔魏書盧仝傳〕一—付勳人。一—付行臺。

●十六脈節之順者也。〔史記扁鵲倉公傳〕夫以陽入陰—闌藏者生。〔注〕素問云。—者順節。闌者橫節。

●十七十二—。辰名。〔史記天官書注〕歲陰者子丑寅卯辰巳午未申酉戌亥十二—是也。〔又〕地也。〔皇極經世〕干、—配天地之用也。

●十八—離。分散也。〔文選王延壽賦〕—離分赴。〔又〕偃者也。〔莊子德充符〕闉曲—離無脤。〔又〕山名。〔山海經中山經〕—離之山。濟水出焉。〔在今河南嵩縣〕

●十九辟—。猶華言獨也。辟—佛。即獨覺

之意。見〔釋典〕。

(二十)鮮—。絹也。見〔廣雅釋器〕。〔按漢書地理志顏注。縞鮮—也。〕

(廿一)荔—。果名。〔後漢和帝紀〕舊南海獻荔—。〔圖入荔字又作離—〕。

(廿二)燃—。香草。〔楚辭惜賢〕采燃—于中洲。

(廿三)焉—。山名。〔史記匈奴傳〕出隴西。過焉—山。〔注〕焉—山、一名删丹山。山在甘肅删丹縣東南五十里。〔按删丹縣今改爲山丹縣。焉—又作燕—〕。

(廿四)黃—。木名。實可染黃。見〔正字通〕。

(廿五)博—。湖名。〔明一統志〕廣陵郡有博—湖。與射陽湖通。〔按當爲今高郵寶應間三十六湖之一〕。

(廿六)燕—。鉚也。見〔廣雅釋器〕。〔又〕婦人面脂也。一作焉—。見〔古今注〕。

(廿七)瑱—。玉也。見〔廣雅釋器〕。

(廿八)令—。地名。在遼西。〔國語齊語〕刜令—。〔在今直隸遷安縣西〕。

(廿九)條—。月—。均古國名。條—即今波斯。月—即月氏。大月—、今阿富汗。小月—、今新疆吐魯番縣。

(三十)—那。外人稱中國也。〔宋史天竺國傳〕伏羅—那皇帝。〔今日本稱我猶云—那。英文 China。〕

(卅一)奚離—。猶中國兵部尚書稱中書令也。〔唐書高麗傳〕高麗蓋蘇文自爲莫離—。

(卅二)遂摩—。樂府舞曲名。〔唐溫庭筠集有遂摩—曲〕。

(卅三)通梔。〔漢書司馬相如傳〕鮮—黃礫。〔注〕師古曰。鮮—即今—子樹。〔按文選李注引張揖曰。皆香草也〕。

(卅四)通肢。〔易坤文言〕美在其中。而暢於四—。〔疏〕四—、猶人手足。

(卅五)通枝。〔詩芄蘭〕芄蘭之—。

(卅六)人名。春秋時有我子賜—。漢世西域人多以—名者。如漢書西域傳有車師左將尸泥—。輔國侯狐蘭—。後漢班超傳有焉耆左將北鞬—。

(卅七)姓也。〔唐書孝友傳〕有—叔才。〔按莊子—離益非姓。晉—遁乃釋音亦非姓。〕

【攴】 支義切音寘寘韻

擊也。〔方言〕謾讟。擊也。南楚或謂之—。

二畫

【⿰匕支】 去智切音企寘韻

(一)頃也。匕。頭頃也。詩曰。—彼織女。見〔說文匕部〕。〔段注〕頃者、頭不正也。小雅大東。跂彼織女。傳曰。跂。隅貌。按隅者、陬隅。不正而角。織女三星成三角。言不正也。許所據作—。今本乃改爲俗企字。音同而義不同矣。

(二)頍皃。見〔玉篇〕。

【攰】 或⿰缶支字。見〔集韻〕。

三畫

【斋】 古支字。見〔說文〕。

四畫

【⿰朩支】 同⿰赤支。見〔廣韻〕。

五畫

【攱】 過委切音詭紙韻

(一)戴也。見〔廣雅釋詁〕。〔按齊注云。閣藏食物。通俗文、及周成雜字、字林皆收—。義與庋、廋同。正字通云。廋—後人所增。从庋爲正。存參。〕

(二)椅也。見〔玉篇〕。

(三)枕也。見〔玉篇〕。

【攱】 居僞切音瑰寘韻

發物起也。見〔集韻〕。

【⿰耳支】 都禮切音底薺韻

隱也。見〔字彙〕。

六畫

【⿰缶支】 俱爲切音嬀支韻

器名。見〔集韻〕。

【⿰危支】 丘奇切音攲支韻

—隔也。見〔說文危部〕。〔段注〕廣韻。—隔、不正也。隔者、隔隅不安也。俗用崎嶇字。正此二字之隸變。今俗作敧。又譌欹。去之遠矣。

【⿰危支】 居僞切音瑰寘韻

瘦極也。見〔集韻〕。

【⿰危支】 古委切音詭紙韻

重累也。一曰依也。見〔集韻〕。

【⿰尗支】 是吏切音豉寘韻

配鹽幽尗也。見〔說文尗部〕。〔段注〕按齊民要術說作豉。必室中溫煖。所謂幽尗也。云食經作豉法。用鹽五升。所謂配鹽也。〔正字通

云。豆、一名尗。故从尗。支聲。俗作豉。集韻或作𧯛。並非〕

【𢻍】章移切音支支韻支義切音寘寘韻　多也。〔文選張衡賦〕炙炰夥。清酤—。

【𢻰】古辜字見〔字彙補〕。

【𢻱】㚒譌字見〔正字通〕。

七畫

【𢼂】渠羈切音奇支韻翹移切音祇支韻　橫首枝也。一曰。木別生也。見〔字林〕〔正字通〕云。俗不字。亦作枅。

【敼】敧譌字見〔正字通〕。

八畫

【𢼌】秩埀切音箠支韻　攲—。不齊也。見〔集韻〕。

【𢼋】渠羈切音奇支韻　埀也。見〔集韻〕。

【敧】去奇切音崎支韻居綺切音掎紙韻　㊀持去也。見〔說文〕。〔通訓定聲〕持去、疑持夾之誤。〔按通俗文以箸取物曰—。則朱說似不爲無見〕㊁不正也。〔荀子宥坐〕孔子觀於魯桓公之廟。有—器焉。

【𢼗】何對切音繪隊韻　食果也。見〔字彙補〕。

【𢼘】同𢼌。見〔集韻〕。

【𢼙】散譌字見〔正字通〕。

九畫

【𢼽】俱爲切音嬀支韻　舌也。見〔集韻〕。

【𢼾】敨譌字見〔正字通〕。〔按集韻乙減切、音黯。从攴。字彙从支、音剩。訓弄也。誤〕

十畫

【𢽟】巨支切音祇支韻　弓弨皃。見〔集韻〕。

十二畫

【𢾝】徐心切音尋侵韻　長也。〔後漢馬融傳〕踔—枝。〔注〕䦕長枝也。

十三畫

【𢾹】力地切音利寘韻　正也。見〔字彙〕。

【𢾺】古施字見〔篇韻〕。

【𢾻】𢼌譌字見〔正字通〕。

十六畫

【𢿮】丘奇切音崎支韻　—嶇。不正也。同崎嶇。見〔玉篇〕。

※攴部※

【攴】普木切音撲屋韻　小擊也。見〔說文〕〔段注〕手部曰。擊。—也。此云小擊也。同義而微有別。

【攵】匹角切音璞覺韻　楚也。見〔集韻〕。

【攵】同攴。〔正字通〕九經字樣作攴。今依石經作—。與文別。

二畫

【收】尸周切音蒐尤韻　〔五經文字作収。誤〕　㊀捕也。見〔說文〕。㊁取也。〔國語鄭語〕—以奔褒。㊂聚也。〔詩維天之命〕我其—之。㊃斂也。〔素問舉痛論〕氣不行。故氣—矣。㊄持也。〔禮記玉藻〕勤者有事則—之。㊅勳於地內也。〔禮記月令〕雷始—聲。㊆整齊也。〔禮記學記〕夏楚二物。—其威也。

(八)守也。〔呂覽論人〕不可—也。(九)還也。〔國語吳語〕王其無方—也。(十)糾也。〔史記商君傳〕而相—司連坐。(十一)掩也。〔左僖三十二年傳〕余—爾骨焉。(十二)復也。〔後漢光武紀〕反水不—。(十三)索也。〔國策齊策〕誰能爲文—責於薛者乎。(十四)登也。〔後漢明帝紀〕今玆蠶麥善—。〔按善—猶俗言好—成〕(十五)效也。〔文選嵇康論〕則功—相縣。(十六)錄也。〔史記張儀傳〕子不足—也。(十七)養也。〔淮南原道〕中能得之。則外能—之。(十八)搜集也。〔漢書藝文志〕大—篇籍。(十九)受也。〔後漢劉表傳〕劉表道不相越。而欲臥—天運。(二十)入也。〔禮記月令〕藏帝籍之—於神倉。(廿一)致也。〔宋史孝宗紀〕招—兩淮流散忠義人。(廿二)恤也。〔莊子山木〕以天屬者。迫窮禍患害相—也。(廿三)縮也。〔國語楚語〕土氣含—。〔注〕—縮萬物含藏也。

(廿四)容納也。〔左僖四年傳〕辱—寡君。(廿五)緩輯也。〔國策秦策〕內—百姓。循撫其心。(廿六)儲備也。〔韓愈解〕俱—並蓄。(廿七)取還也。〔左昭三年傳〕以家量貸。而以公量—之。(廿八)登用也。〔韓非說難〕說之以名高。則陽—其身而實疏之。(廿九)容留也。〔史記秦紀〕蹇叔—臣。〔按如俗言—留〕(卅)謂掠美者也。〔荀子議兵〕矜糾—繚之屬。(卅一)儲財物也。〔荀子議兵〕處舍—臧。欲周以固。(卅二)序以昭物也。〔禮記大傳〕敬宗故—族。(卅三)振也。〔禮記中庸〕振河海而不洩。〔注〕振。猶—也。(卅四)散也。〔王維曲〕倏雲—兮雨歇。(卅五)冠也。〔禮記王制〕夏后氏—而祭。(卅六)車軫也。〔詩小戎〕小戎俴—。(卅七)井幹也。見〔易井釋文引陸注〕。〔又〕汲也。見〔易井釋文引馬注〕。(卅八)謂租賦。〔漢書宣帝紀〕且無—事。(卅九)謂棺斂。〔史記扁鵲倉公傳〕至今日—乎。

(四十)猶息也。〔國策秦策〕秦可以少割而—害也。(四一)衰謝也。〔唐中宗詩〕彭澤菊初—。(四二)合也。如俗稱醫瘡完復者曰—口。(四三)接也。如俗稱穩婆爲—生婆。(四四)歛也。如俗云—工、—手、—場、—店之類皆是。(四五)買也。如俗云專—某貨。(四六)俗言—拾有取聚拘捕斂整等義。各隨詞旨而異。(四七)斗建十二值日之一。〔淮南天文〕亥爲—。〔詳建字〕(四八)蓐—。神名。〔禮記月令〕其神蓐—。(四九)沒—。詳沒字。

【收】舒救切音狩宥韻

(一)穫多也。〔禮記月令〕農事備—。〔釋文〕收如字。又守又反。(二)汲取也。〔易井〕井—勿幕。〔朱子本義〕一作詩救反。

【攷】苦浩切音栲皓韻

敂也。見〔說文〕。〔段注〕—引伸之義爲—課。周禮多作—。他經—擊。—皆作考。假借也。—、敂、疊韻。

三畫

【攸】夷周切音由尤韻

(一)行水也。从攴。从人。水省。見〔說文〕。〔段注〕唐本作水行—也。按當作行水——也。行水順其性。則安流——而入於海。(二)所也。〔詩蓼蕭〕萬福—同。(三)—。遠貌。〔漢書敘傳〕——外寓。(四)鬱—。火氣也。〔左哀三年傳〕鬱—從之。(五)通悠。長也。〔張表碑〕令德—兮。(六)通修。修也。〔婁壽碑〕不—廉隅。(七)通卣。笑貌也。〔漢書敘傳〕主人——爾而笑。(八)姓也。〔姓氏急就篇〕北燕有—邁。

【攸】以九切音酉有韻

懸危貌。〔左昭十二年傳〕湫乎—乎。

【改】己亥切音輆賄韻

(一)更也。見〔說文〕。(二)猶如也。見〔詩文王序疏引易乾鑿度注〕。(三)姓也。〔廣韻〕秦有大夫—產。(四)—居。謂自變動也。〔儀禮士相見禮〕—居則請退可也。

【⿰公支】苦骨切音窟月韻

●殿—。不穩也。見〔廣韻〕。

②—殿。不滑利也。見〔類篇〕。

【攻】沽紅切音公東韻古冬切音釭冬韻古送切音貢送韻

●擊也。見〔說文〕。

②伐也。〔書伊訓〕造—自鳴條。

③治也。〔書甘誓〕左不—于左。

④習也。〔論語爲政〕—乎異端。

⑤錯也。〔詩鶴鳴〕可以—玉。

⑥作也。〔詩靈臺〕庶民—之。

⑦堅也。〔詩車攻〕我車既—。

⑧摩也。〔易繫辭〕愛惡相—。

⑨伏也。見〔廣雅釋詁〕。

⑩誅責也。〔論語衞靈公〕小子鳴鼓而—之。

⑪巧也。〔國策西周策〕是—用兵。

⑫善也。見〔爾雅釋詁〕。

⑬祭名。〔周禮大祝〕五曰—。〔司農注〕祭名也。

⑭雉也。見〔廣雅釋獸〕。

⑮謂槎伐其林木也。〔山海經大荒南經〕禹—雲雨之山。

⑯謂穿窬而盜也。〔漢書郭解傳〕臧命作姦剽—。

⑰謂勢其計使不成也。〔周書大武〕四—者一—天時二—地宜三—人德四—行利。

⑱心爲物欲所侵曰—。〔唐書太宗紀〕一心—之者衆。

⑲摘人過失亦曰—。〔蜀志諸葛亮傳〕勤—吾闕。

⑳—駒。教之服車數舍之也。〔大戴記夏小正〕執陟—駒。

㉑姓也。漢—生單。

【攼】居寒切音干寒韻

●求也。見〔集韻〕。

②得也。見〔集韻〕。

③進也。見〔玉篇〕。

【攼】候旰切音翰翰韻

同毀。〔集韻〕毀止也古省。

【攱】商支切音施支韻

敷也。讀與施同。見〔說文〕〔段注〕今字作施。施行而—廢矣。

【攺】養里切音以象齒切音似紙韻

毅—。大剛卯以逐鬼魅也。見〔說文〕。〔按前漢輿服志、後漢王莽傳。供不得剛卯。又名毅—。蓋闕載也。徐鉉音古亥切。與改同音非是〕。

【⿰亡支】斐父切音撫麌韻微夫切音無虞韻

本作⿰亡攴。〔說文〕⿰亡攴撫也。讀與撫同。

【⿰卩支】子結切音節屑韻

治也。或作攸。見〔集韻〕。

【⿰于支】音于虞韻

進也。見〔篇海類編〕。

【⿰止支】

攴本字。見〔說文〕。

【⿰乂支】

鼓或字。又同支。並見〔集韻〕。

【⿱支子】

俗學字。見〔篇海〕。

四畫

【攽】逋還切音班刪韻悲巾切音彬眞韻

●分也。讀與彬同。見〔說文〕。

②減也。見〔廣雅釋詁〕。

【⿰屯支】都困切音頓願韻

●引也。見〔廣雅釋詁〕。

②摩也。見〔類篇〕。

【⿰今支】渠金切音琴侵韻

同鈙。持也。見〔廣韻〕。

【⿰今支】枯含切音龕覃韻丘凡切音[illegible]咸韻

●欿多也。見〔廣韻〕。

②—欿。不齊也。見〔集韻〕。

【⿰今支】去劍切音欠豔韻

●崖下也。見〔廣韻〕。

②屋間也。見〔類篇〕。

【⿰今支】口嚴切音㘖嚴韻其淹切音箝鹽韻

拈也。見〔集韻〕。

【放】甫妄切音舫漾韻

●逐也。見〔說文放部〕。

②宥之以遠曰—。〔左莊六年傳〕—公子黔牟於周。〔按古有待—之禮。—者黜—於外。後世遂以爲簡—差缺之稱。雖非遷貶亦曰—〕。

③縱也。〔左昭十六年傳〕獄之—紛。〔按如—恣、—鶴皆縱義〕。

④逸也。〔孟子盡心〕如追—豚。

⑤置也。〔論語微子〕隱居—言。〔注〕—置不復言世務。〔按俗言安—、擱—皆置義〕。

⑥寄也。〔淮南兵略〕—乎九天之上。

⑦遣也。〔白居易樂府〕怨女三千—

出宮。
⑧散也。〔宋史食貨志〕以爲水旱閼、一之備。〔按如後世倉廒。春一秋收。〕
⑨去也。〔禮記曲禮〕無一飯。〔注〕去其黏手餘飯於器中。
⑩息也。〔書武成〕一牛於桃林之野。〔漢書張良傳作息牛〕
⑪蕩也。〔文選嵇康書〕重增其一。
⑫失也。〔漢書敍傳〕厥事一紛。
⑬遠也。〔書大誥〕大一王命。
⑭妄也。見〔廣雅釋言〕。
⑮開也。〔李華文〕南北一門。豈有差別。〔按今言開一。即此義。〕
⑯發也。〔趙師秀詩〕花一林逋村。
⑰展也。〔范成大詩〕久坐蒲團焦葉一。〔按俗言寬一、鬆一、長一、大、婦女一足皆展義。〕
⑱豁免也。〔湘山野錄〕眞宗一切蠲一。吳俗始蘇。
⑲復其身也。〔梁書武帝紀〕詔諸州見在北人爲奴婢者。並及妻兒。悉可原一。〔按此略如林肯一奴。〕
⑳一射。謂動物分泌毒液以射人也。

【放】分兩切音昉養韻
①依也。〔論語里仁〕一於利而行。〔禮記檀弓〕則吾將安一。
②效也。〔書堯典〕曰一勳。〔疏〕能一效上世之功。
③至也。〔孟子梁惠王〕一於琅邪。
④悲猶髣髴也。〔漢書禮樂志〕相一悲。
⑤一齊人名。〔書堯典〕一齊曰。
⑥一皋山名。〔山海經中山經〕一皋之山。

【放】分房切音方陽韻
併船也。〔荀子子道〕不一舟。不避風。則不可涉也。

【政】之盛切音正敬韻
①正也。見〔說文〕。
②法制也。〔論語爲政〕道之以一。
③禁令也。〔大戴記盛德〕德不盛則飾一。
④猶職也。〔國語晉語〕棄一而役。
⑤敹也。〔詩臯夾〕其不一獲。
⑥君也。〔法言先知〕一吏駢惡。
⑦順言曰一。見〔周書常訓〕。
⑧著之竹帛名曰一。見〔獨斷〕。
⑨役也。〔禮記王制〕五十不從力一。
⑩處事之條理曰一。如家一。酒一之屬。
⑪五一。五常之一也。〔法言問道〕五一之所加。〔又〕天子公卿大夫也。〔大戴記盛德〕均五一。
⑫六一。謂道德仁聖禮義也。〔大戴記盛德〕亦有六一。
⑬七一。日月五星也。〔書舜典〕以齊七一。
⑭八一。謂食、貨、祀、司空、司徒、司寇、賓、師也。〔書洪範〕農用八一。
⑮助詞。〔庾信文〕一須東南一尉。立於比景之南。西北一候。置於交河之北。〔又〕一使、一爾義略同。
⑯一府。猶言朝廷也。〔宋史歐陽修傳〕其在一府。與韓琦同心輔一。〔案今政治學云一府者國家之統治機關〕。
⑰一黨。於一治上用同一主義結集之社團也。
⑱人名。秦始皇名一。一作正。見〔史記秦始皇紀注〕。
⑲姓也。見〔廣韻引姓苑〕。

【政】諸盈切音征庚韻
同征。賦稅也。〔周禮均人〕掌均地一。

【⿰忄攴】多感切音抌感韻
①擊也。見〔集韻〕。
②刺也。見〔集韻〕。

【⿰赤攴】博蓋切音貝泰韻
物衰弁也。見〔集韻〕。

【⿱今攴】卑緜切音鞭先韻
速也。見〔篇海〕。

【⿰巴攴】邦加切音巴麻韻
斂也。見〔集韻〕。

【⿰夂攴】規倫切音均眞韻
墾田也。見〔集韻〕。

【⿰凶攴】篇夷切音紕支韻
同紕。繒欲壞也。見〔集韻〕。

【⿰凶攴】普鄙切音嚭紙韻　匹寐切音媲寘韻
器破也。〔方言〕南楚之間器破而未離謂之一。

【⿰夫攴】古扶字。見〔玉篇〕。

【⿰木攴】古椒字。見〔集韻〕。

【⿰戶攴】同啟。開戶也。見〔六書故〕。

【⿰至攴】同䟗。見〔篇海〕。

〔敍〕同敍。見〔類篇〕。

五畫

〔敝〕符勿切音佛物韻
理也。見〔集韻〕。
破也。見〔玉篇〕。

〔敀〕博陌切音迫陌韻
迮也。見〔說文〕〔段注〕迮、起也。—者、起之也。與迫音義同。
強也。見〔玉篇〕。
附也。見〔篇海〕。
④打也。見〔廣韻〕。

〔故〕古暮切音顧遇韻
使為之也。見〔說文〕〔段注〕今俗云原—是也。凡為之必有使之者。使之而為之則成—事矣。
有意為之也。〔書大禹謨〕刑—無小。〔按今刑律分別—誤本此。〕
古也。〔楚辭招魂〕反—居些。
④舊也。〔孟子梁惠王〕所謂—國者。
⑤災也。〔左定十年傳〕齊魯之—。
⑥事也。〔公羊昭三十一年傳〕習乎邾婁之—。
⑦意也。〔淮南氾論〕勒問其—。
⑧法也。〔呂覽知度〕非晉國之—。〔按此與齊魯之—義似相同。但彼謂舊事此謂舊法。若今云法制然。〕
⑨巧僞也。〔淮南主術〕是以上多—則下多詐。
⑩殺也。〔穀梁文十八年傳〕子卒不日—也。
⑪猶本也。〔荀子性惡〕非—生於人之性也。
⑫猶端也。〔詩敍騶序〕無禮義—。
⑬猶怨也。〔漢書文帝紀〕朕與匈奴捐棄細—。
⑭猶難也。〔漢書張陳王周傳贊〕事多—矣。
⑮猶素也。〔列子黃帝〕而安于陵—也。
⑯猶先也。〔穀梁襄九年傳〕—宋也。
⑰非常也。〔周禮宮正〕國有大—則令宿。
⑱災患喪病也。〔禮記曲禮〕君子無—玉不去身。
⑲祭饗也。〔禮記王制〕諸侯無—不殺牛。
⑳指趣也。〔漢書劉歆傳〕學者傳訓—而已。
㉑今也。見〔爾雅釋詁〕。
㉒謀也。〔文選何晏賦〕省生事之—。
㉓承上起下之辭。〔禮記曲禮〕—君子戒愼不失色於人。
㉔本然之辭。〔左襄九年傳〕然—不可誣也。
㉕猶則也。〔左昭二十年傳〕夫火烈民望而畏之—鮮死焉。水懦弱民狎而翫之則多死焉。
㉖猶必也。〔國策秦策〕吳不亡越。越—亡吳。
㉗猶乃也。〔呂覽審己〕臣以王為已知之矣王—尙未之知耶。
㉘大—。惡逆也。〔論語微子〕故舊無大—。則不棄也。
㉙物—。死也。漢以來謂死為物—。言其諸物皆就朽—也。見〔釋名釋喪制〕。
㉚關名。在直隸井陘縣西三十五里。即娘子關。
㉛破—紙。藥名。見〔本草綱目〕。

〔敂〕許我切音歌哿韻口箇切音坷箇韻

〔敉〕子泥切齊韻
擊也。見〔廣雅釋詁〕。
覆射也。見〔玉篇〕。

〔敁〕丁兼切音佔鹽韻
—敠。稱量也。見〔廣韻〕。〔按集韻云。—掇以手稱物。義相近。〕

〔敂〕舉厚切音扣有韻
擊也。見〔說文〕〔段注〕自扣、叩、行而—廢矣。〔正字通云。扣、叩、敂通。〕

〔皰〕皮教切音抱效韻
手擊也。見〔類篇〕。

〔敃〕美殞切音愍軫韻
彊也。見〔說文〕〔段注〕釋詁。昏、暋。強也。按說文暋作敃。冒也。則許所據爾雅作—強也。

〔敃〕眉貧切音珉眞韻
勉也。見〔玉篇〕。

〔敃〕敷文切音芬文韻
亂皃。通作紛。見〔集韻〕。

〔敄〕亡遇切音務遇韻文甫切音武麌韻
彊也。見〔說文〕。

〔敄〕迷浮切音謀尤韻
勉彊也。〔復古編〕北燕之外。相勉

努力謂之—。

【𢼞】典禮切音底薺韻 隱也。見〔廣雅釋詁〕。

【𢼧】口我切音可哿韻 行難也。見〔篇韻〕。

【𢼂】溪光切音匡陽韻 圍之四方圍也。見〔字彙補〕。

【𢼗】更本字。見〔說文〕。

【𢼏】同作。見〔六書統〕。

【𢼐】同迻、扡、移。見〔集韻〕。

【𢼈】同拙。見〔六書統〕。

六畫

【攱】涓惠切音桂霽韻

(十一)放也。見〔集韻〕。

(十二)侵也。見〔集韻〕。

【效】後敎切音校效韻

(一)彖也。見〔說文〕。〔段注〕彖、當作像。人部曰。像似也。

(二)致也。〔左昭三十二年傳〕而—諸劉子。

(三)獻也。〔漢書元后傳〕天下輻湊自—。〔注〕—、獻也。獻其款誠。

(四)呈也。〔禮記曲禮〕—馬—羊者右牽之。

(五)授也。〔左昭二十六年傳〕宣王有志而後—官。

(六)効力也。〔漢書韓信傳〕願—愚忠。

(七)徵驗也。〔淮南修務〕哭者、悲之—也。

(八)功也。〔淮南修務〕—亦大矣。

(九)明也。〔荀子正篇〕由此—之也。

(十)白也。〔荀子儒效〕鄉也、—門室之辨。

(十一)見也。〔史記天官書〕其時宜—。

(十二)放也。猶傚也。〔荀子大路〕其行—其立—其坐—。

(十三)考也。〔禮記月令〕分繭稱絲—功。

(十四)數也。〔史記淮陰侯傳〕諸將—首虜。〔注〕晉灼曰。—、數也。〔按今本作効〕

(十五)具也。見〔廣雅釋詁〕。

(十六)文也。見〔方言〕。

(十七)勉也。見〔增韻〕。

【効】吉了切音皎篠韻 明也。〔方言〕—、炷明也。

【效】下巧切音傚巧韻 享露也。見〔集韻〕。

【敉】母婢切音弭紙韻普弭切音仳紙韻

(一)撫也。周書曰。亦未克—公功。見〔說文〕。

(二)通弭。安也。〔周禮男巫〕春招弭以除疾病。〔注〕弭、讀爲—。

(三)愛也。見〔類篇〕。

【敊】敕六切音蓄屋韻

(一)病兒。見〔集韻〕。

(二)—獥痛至貌。見〔類篇〕。

【𢽾】舒救切音狩宥韻 通收。獲也。見〔集韻〕。

【𢻱】是吏切音跂寘韻 鳥名。〔爾雅釋鳥〕鳺鴀—。

【敋】各額切音格鄂格切音額郭擭切音虢陌韻 擊也。見〔廣雅釋詁〕。

【敆】葛合切音閤合韻轄夾切音洽洽韻 合會也。見〔說文〕。〔段注〕今俗云—縫。

【敇】測革切音策陌韻 擊馬也。見〔說文〕。〔段注〕以策擊馬曰—。策專行而—廢矣。

【敒】先見切音霰霰韻 散也。〔通雅釋器〕兩絃之間。遠則有—。

【敁】丘八切音劼黠韻 擊也。見〔玉篇〕。

【𢻫】乎刮切音咶黠韻 盡也。見〔集韻〕。

【敌】去智切音企寘韻 行喘息也。同吱。見〔集韻〕。

【𢾖】虎孔切音嗊董韻 擊也。見〔集韻〕。

【𢼄】之刃切音震震韻 動也。見〔玉篇〕。

【𢽯】丘奇切音崎支韻 通攲。禮器也。見〔玉篇〕。

【𢽼】披庚切音烹庚韻 打板聲。見〔玉篇〕。〔按集韻曰擊聲。義亦相近〕。

【敎】古孝切音敎效韻

交炊木也。見〔五音集韻〕。

【㪋】古敦字。見〔字彙補〕。

【㪌】古養字。見〔集韻〕。

【㪎】古殺字。見〔集韻〕。

【㪏】古𢻸字。見〔集韻〕。

【㪐】同敍。見〔篇海〕。

【㪑】同剧。見〔篇海〕。

【㪒】赦或字。見〔說文〕。

七畫

【敍】所例切音試霽韻所賣切音晒卦韻

(一)害也。見〔篇海〕。

(二)降也。見〔篇海〕。

【敘】象女切音序語韻

(一)次弟也。見〔說文〕。

(二)得次序也。〔書舜典〕百揆時—。

(三)端緒也。見〔爾雅釋詁孫注〕。

(四)述也。〔國語晉語〕紀言以—之。

(五)更也。〔周禮小司寇〕以—進而問焉。

(六)杼也。杼泄其實宣見之也。見〔釋名釋典藝〕。

(七)比也。見〔匡謬正俗〕。

(八)雲有次序如山在日上也。見〔周禮眡祲八曰—司農注〕。

(九)議進官秩曰—。〔晉書張駿傳〕宜蒙銓—。

(十)凡書策舉其綱要列卷首爲—。或作序。見〔正字通〕。〔案正字通別作敍。从文。非。史記、漢書、法言、太玄、—皆殿於末。古賓書之例如此〕。

(十一)御—。律名。〔隋書律曆志〕夷則一部。二十七律。一曰御—。

(十二)州名。宋置。屬潼川府路。元爲—州路。明改爲府。清因之。今爲四川宜賓、慶符、富順、南溪、長寧、高、筠連、珙、興文、隆昌、屏山等十一縣。

(十三)俗謂宴會曰—。蓋本王羲之序暢—幽情之義。

【敎】居效切音較效韻居肴切音交肴韻〔作名詞者讀去聲。作動詞者多讀平聲〕

(一)上所施下所效也。見〔說文敎部〕。

(二)誨也。見〔一切經音義引三蒼〕。

(三)告也。〔呂覽貴公〕願仲父之—寡人也。

(四)令也。〔荀子大略〕以其—出畢行。

(五)習也。〔呂覽簡選〕欲其—也。

(六)大議也。見〔呂覽用眾〕。

(七)謂禮義也。〔禮記王制〕修其—。

(八)謂樂也。〔禮記樂記〕—者民之寒暑也。

(九)便事之謂—。見〔國策趙策〕。

(十)以善先人謂之—。見〔荀子修身〕。

(十一)諸侯言曰—。見〔獨斷〕。

(十二)徭制、學官也。如—授、學正、—諭、訓導、均稱—職。又國子監有助—。今設—育部。掌全國學校之事。

(十三)宗—。有所宗以爲—者也。如耶、佛、回、及道—等皆是。

(十四)名—。〔晉書樂廣傳〕名—中自有樂地。

(十五)—坊。唐時掌妓樂之官也。〔白居易詩〕名屬—坊第一部。

(十六)猶言使也。如悔—莫—之類。

(十七)山名。〔山海經北山經〕—山。其上多玉而無石。—水出焉。西流注于河。〔按在今山西垣曲縣〕。

【敏】美殞切音愍軫韻

(一)疾也。見〔說文〕。

(二)達也。〔論語顏淵〕回雖不—。

(三)審也。〔左傳三十三年傳〕禮成而加之以—。

(四)猶材也。〔國語齊語〕盡其四支之—。

(五)猶勉也。〔禮記中庸〕人道—政。

(六)閔也。汝潁言—如閔。見〔釋名釋言語〕。

(七)拇也。〔詩生民〕履帝武—歆。

(八)五音之別名。〔爾雅釋樂〕商謂之—。

【敐】丞眞切音辰眞韻

(一)習而勤皃。見〔廣韻〕。

(二)擊聲。見〔玉篇〕。

【救】居祐切音廐宥韻

(一)止也。見〔說文〕。

(二)助也。〔禮記檀弓〕扶服—之。

(三)猶禁也。以禮防禁人之過者也。見〔周禮序官司—注〕。〔按經典釋文云。—如字。劉音拘〕。

(四)護也。〔詩瞻卬〕式—爾後。

(五)治也。〔呂覽勸學〕是—病而飲之以堇也。

(六)㡌頭飾也。〔爾雅釋器〕絇謂之—。〔注〕—絲以爲絇。

(七)姓也。見〔風俗通〕。

【㪓】直刃切音陣震韻升人切音

申眞韻

理也。見〔說文〕。〔段注〕按直刃乃誤同險。晉耳東京賦、振天維。衍地絡。衍謂申布也。玉篇、余忍切。衍當是一之或體。

【侲】 癡鄰切音申眞韻辰陵切音承蒸韻

伸或字。〔集韻〕伸。申也。引戾也。或作一。

【敓】 徒活切音挩、曷韻

(一)彊取也。周書曰。一攘矯虔。見〔說文〕。〔段注〕此是奪一正字。後人叚奪爲一。奪行而一廢矣。

(二)姓也。見〔廣韻〕。

【敇】 蓄力切音勅職韻〔按玉篇云。今作勑。正字通云。左體因古篆譌从來。右體因草書譌从力。形近易溷。一之爲勑。猶粟之作桒。易一法作勑。安知非傳寫之譌。未可謂勑與一通。勑音賚。勅古則曰。一譌用勑。飭。非。今相承皆作勑〕

(一)誡也。一曰諎地曰一。見〔說文〕。〔段注〕諎地曰一。此別一義。凡植物地中謂之茦。或作俥、串、剌、鋒。臿者今之插字。漢人祗作臿。

(二)固也。〔詩楚茨〕既匡既一。

(三)整也。〔文選張衡賦〕催余身之未一。

(四)勞也。〔爾雅釋詁〕一、勞也。〔注〕一者。相約一也亦爲勞苦。

(五)書也。〔後漢光武紀注〕四曰誡一者。謂一刺史太守。〔按正字通云。明制。凡褒嘉責讓並用一。制誥散文。六品以下官贈封稱一命。始用四六。金石文字記云。一者自上命下之辭。漢時。官長行之掾屬、祖父行之子孫。皆曰一。至南北朝以下。則此字惟朝廷專之。〕

(六)責讓也。〔後漢馬防傳〕數加譴一。

(七)鞭撻也。〔唐書李景讓傳〕母鄭治家嚴。雖老、猶加箠一。

(八)符錄也。〔暇日記〕金陵人家門上書符。曰日山一。

(九)順也。見〔廣雅釋詁〕。

(十)語也。見〔廣雅釋詁〕。

(十一)謹也。見〔廣雅釋言〕。

(十二)正也。見〔小爾雅廣言〕。

(十三)備也。見〔方言〕。

(十四)理也。見〔廣雅釋詁〕。

(十五)順也。見〔小爾雅廣言〕。

(十六)進也。見〔廣雅釋詁〕。

(十七)猶著也。〔淮南修務〕一蹪跌。

(十八)一勒。國名。〔唐書回紇傳〕回紇。其先、匈奴也。元魏時號高車部。或曰一勒。訛爲鐵勒。

【敖】 牛刀切音遨豪韻

(一)本作敖。〔說文出部〕敖、出遊也。

(二)戲也。見〔廣雅釋詁〕。

(三)燕舞之位也。〔詩君子陽陽〕右招我由一。

(四)喧噪也。〔荀子彊國〕百姓讙一。

(五)不成君、無諡號者。楚皆謂之一。〔左昭十三年傳〕實訾一。

(六)熬也。〔荀子富國〕天下一然。若燒若焦。

(七)地名。〔詩車攻〕搏獸于一。〔箋〕一。鄭城。今近滎陽。〔按當今河南滎澤縣〕

(八)山名。〔國語晉語〕范獻子聘于魯。問具山一山。對曰。先君獻武之諱也。〔按一山在今山東蒙陰縣西北三十五里〕。

(九)一一。長貌。〔詩碩人〕碩人一一。〔箋〕一一。猶頎頎也。〔又〕傲也。〔爾雅釋訓義疏〕一一。猶謷謷。九思云。令尹兮謷謷。註云。謷謷。不聽話言而妄語也。

(十)胥一。國名。〔莊子齊物論〕昔者堯問于舜曰。我欲伐宗、膾、胥一。〔注〕宗、膾、胥一。三國名。

(十一)連一。官名。〔史記淮陰侯傳〕信爲連一。〔索隱〕李奇曰。楚官名。

(十二)同贅。〔荀子勸學〕蟹六跪而二一。

(十三)同遨。〔莊子列禦寇〕無所求食而一遊。

(十四)姓也。顓頊大一後。見〔廣韻〕。

【敖】 魚到切音傲號韻

(一)同傲。〔禮記曲禮〕一不可長。

(二)調弄也。〔史記天官書〕箕爲一客。

【敗】 簿邁切音湏卦韻

(一)毀也。見〔說文〕。

(二)破也。〔呂覽義賞〕一楚人於城濮。

(三)害也。〔國策秦策〕紛彊欲一之。

(四)滅也。〔呂覽情欲〕故每動爲亡一。

(五)廢也。〔穀梁成十六年傳〕四體偏斷曰一。

(六)猶沒也。〔淮南說林〕愈鑿愈一。

(七)傷也。〔呂覽君守〕深思慮之務一矣。

(八)未陳曰一某師。大崩曰一績。見〔左莊十一年傳〕

⑨氣欬盡而—壞也。〔素問診要經終論〕此十二經之所—也。⑩臭腐也。〔論語鄉黨〕魚餒而肉—。⑪禍敗也。〔禮記孔子閒居〕四方有—。⑫擬也。見〔爾雅釋言〕。⑬潰也。見〔釋名釋言語〕。⑭頹也。〔晉書王戎傳〕卿輩意、亦復易—。⑮凶年也。〔穀梁莊二十八年傳〕豐年補—。⑯零落也。〔歐陽修詩〕寂寞傷蘭—。⑰司—官名。〔左文十年傳注〕陳楚名司寇爲司—。⑱—醬。藥名。見〔本草綱目〕。

【敔】偶舉切音語語韻

禁也。一曰樂器。椌楬也。形如木虎。見〔說文〕。〔段注〕與圉禦音同。釋言。禦圉、禁也。說文禦訓祀。圉訓囹圉。所以拘罪人。則—爲禁禦本字。禦行而—廢矣。古假借作御、作圉。樂記椌楬注。謂柷—也。—取義於遏。遏楬爲遏之假借耳。—者所以止樂。故以—名。〔案段以一曰以下十一字爲後人妄增。茲不從。爾雅注。—如伏虎。背上有二十鉏鋙。以木長尺櫟之。〕

【攼】侯旰切音翰翰韻

止也。周書曰。—我于艱。見〔說文〕。〔段注〕—、扞古今字。扞行而—廢矣。毛詩傳曰。干。扞也。謂干爲扞之叚借。實則干爲—之叚借也。

【敤】許我切音破哿韻

同破。見〔集韻〕。

【敮】吐孔切音桶董韻

擊也。見〔廣雅釋詁〕。

【敮】扭動切音駷董韻

引也。見〔集韻〕。

【敷】滂模切音鋪虞韻

敞也。屋欲壞也。見〔玉篇〕。

【𢼂】彼五切音補麌韻

同補。數也。十垓曰—。見〔集韻〕。

【𢻱】嫗往切音枉養韻

放也。見〔說文〕。〔段注〕放部曰。逐也。廣韻曰。—曲侵。〔按說文大小徐及段玉裁桂馥朱駿聲諸本。皆作放也。惟王筠據李燾本作曲也。然段亦附及曲侵之義。桂本又引廣雅—曲侵也。以爲冤枉字云云。則放爲—字正義。而曲爲餘義可見。〕

【𢾅】似絕切音𧐖屑韻　租悅切音蕝屑韻

拈也。見〔玉篇〕。

【㪅】章忍切音軫軫韻

鞠䩐—。喜悅貌。見〔廣韻〕。

【敥】失冉切音閃琰韻

歛—。舉手貌。見〔集韻〕。

【敥】昵洽切音𦜞洽韻

盡也。見〔集韻〕。

【𢽽】魚當切音郎陽韻

甚也。見〔篇海〕。

【𢻹】展里切音徵紙韻

剋也。見〔集韻〕。

【𢼚】徒鼎切音綎迥韻

盡也。見〔廣雅釋詁〕。

【𢾈】火合切音㕎合韻

盡也。見〔玉篇〕。

【𢼌】師交切音梢肴韻

擊也。見〔集韻〕。

【敆】公答切音閤合韻　侯夾切音洽洽韻

會合也。併也。集也。見〔篇海〕。

【㪇】口敷切音𠜾卦韻

休息也。或从欠。見〔玉篇〕。

【㪉】赦本字。見〔說文〕。

【𢿊】古養字。見〔說文食部〕。

【𢼊】古殺字。見〔集韻〕。

【𢽨】古殺字。見〔玉篇〕。

【𢽏】同敢。見〔玉篇〕。

【𢿉】同𢿢。見〔集韻〕。

【𢽰】同勃。〔漢書司馬相如傳〕嫳媥—宲。

【𢿦】同寇。見〔說文長箋〕。

【𢽱】同妥。見〔集韻〕。

【𢼝】𢻠俗字。見〔正字通〕。

【𢾏】敎譌字。見〔說文長箋引石鼓文〕。

八畫

【𢾣】勒沒切音㪍月韻

①—敓。不穩也。見〔集韻〕。

(二)—敜。不洲也。見〔玉篇〕。

【敜】乃結切音涅屑韻

(一)按也。見〔集韻〕。

(二)閉也。見〔玉篇〕。

【敜】諾叶切音捻葉韻

塞也。見〔說文〕。〔段注〕士喪禮緜入涅廁注。涅。塞也。蓋—其本字。涅其假借字。

【敝】毘祭切音幣霽韻

(一)帗也。一曰敗衣也。見〔說文㡀部〕。

(二)衰也。〔左襄二十一年傳〕女—族也。

(三)敗也。〔左僖十年傳〕—于韓。

(四)壞也。〔易井〕甕—漏。

(五)罷也。〔左襄九年傳〕而疲師以—楚。

(六)棄也。〔禮記郊特牲〕冠而—之可也。

(七)盡也。〔素問上古天眞論〕故能壽—天地。

(八)凋殘也。〔禮記禮運〕刑肅而俗—。

(九)賦稅亟也。〔禮記少儀〕國家靡—。

(十)猶勞熱也。〔史記樂書〕土—則草木不長。〔按勞熱卽竭地力之意。〕

(十一)隱蔽也。見〔禮記緇衣必見其—釋文引庾注〕。

(十二)謙稱也。〔左隱四年傳〕—邑以賦與陳蔡從。

(十三)通蔽。〔考工記弓人〕長其畏而薄其—。〔注〕謂人所握持手蔽之處。

(十四)同弊。〔詩敝笱序釋文〕—本作弊。

(十五)姓也。齊有—無存。見〔廣韻〕。

【敝】部弭切音埤紙韻

—跬。用力貌。〔莊子駢拇〕而—跬譽無用之言。

【敝】蒲結切音蹩屑韻

同蹩。詩—笱徐邈讀爲蹩。

【敝】必弊切音彆屑韻

—膝。賤者之服。〔漢書東方朔傳〕主自執宰—膝。

【敞】齒兩切音廠養韻

(一)平治高土。可以遠望也。見〔說文〕。

(二)擴也。見〔一切經音義引三蒼〕。

(三)寬大貌。〔文選王褒賦〕又足樂乎其—閒也。

(四)—怳。耳不諦也。〔漢書司馬相如傳〕聽—怳而亡聞。

(五)—罔。失容也。〔史記司馬相如傳〕—罔靡徙。

【敞】恥孟切音牚敬韻

拒也。見〔集韻〕。

【敞】除庚切音棖庚韻

[illegible]光也。見〔玉篇〕。

【敠】都活切音掇曷韻

(一)敁—。知輕重也。見〔韻會〕。

(二)—敠食。不嗅而自來也。一曰食不速也。見〔類篇〕。

【敠】七絕切音蕝屑韻

斷也。見〔集韻〕。

【敥】於業切音浥葉韻

(一)相及也。見〔玉篇〕。

(二)—敥。相著也。見〔廣韻〕。

【敤】五計切音詣霽韻

(一)較也。見〔說文〕。〔義互詳較字注〕。

(二)較—。轢擊。見〔類篇〕。

【敤】研奚切音倪齊韻吾禮切音睨薺韻

較—。毀也。見〔集韻〕。

【㪔】以豉切音易寘韻

(一)侮也。見〔說文〕〔段注〕此與人部傷義略同。

(二)改也。見〔佩觿〕。

(三)說也。見〔篇海〕。

【敢】古覽切音管感韻

(一)本作叙。〔說文受部〕叙、進取也。

(二)果決也。〔荀子性惡〕天下有中—直其身。

(三)冒昧之辭。〔儀禮士虞禮〕—用絜牲剛鬣。

(四)怖懼用勢決之辭。〔儀禮燕禮〕臣—辭。

(五)忍爲也。見〔增韻〕。

(六)勇也。見〔廣雅釋詁〕。

(七)刞也。見〔廣雅釋詁〕。

(八)犯也。見〔廣雅釋詁〕。

(九)猶言不—也。〔儀禮聘禮〕非禮也—。

(十)貸—。山名。〔水經河水注〕樹頹水又西北右合一水。水自東山北。俗謂之貸—山。水因受名焉。

【敍】丈乖切音近豺佳韻

(一)𣪠—也。見〔篇海〕。

(二)邪也。見〔篇海〕。

【㪔】類旱切音傘旱韻

(一)分離也。从𣏟从攴。𣏟。分㪔之意也。見〔說文𣏟部〕。〔段注〕㪔潸字以爲聲。散行而㪔廢矣。

(二)剝𣏟也。見〔正字通〕。

【散】 穎旱切音傘旱韻　先旰切音繖翰韻

(一)本作㪔。〔說文肉部〕㪔。雜肉也。从肉㪔聲。〔段注〕从㪔者。會意也。㪔。分離也。引申凡㪔皆作散。散行而㪔廢矣。

(二)宣發也。〔易繫辭〕風以一之。

(三)亂也。〔淮南原道〕不與物一。

(四)疏也。〔後漢曹褒傳〕此制一略。

(五)布也。見〔廣雅釋詁〕。

(六)殺也。東齊曰一。見〔方言〕。

(七)失也。〔國語齊語〕其畜一無育。

(八)走也。〔呂覽貴當〕貍處堂[illegible]鼠一。

(九)逃也。〔易畧例〕投戈一地。

(十)分也。〔書武成〕一鹿臺之財。

(十一)猶放也。〔禮記樂記〕馬一之華山之陽。

(十二)猶雜也。〔太玄玄瑩〕晝夜一者。

(十三)放誕也。〔荀子脩身〕庸衆駑一。

(十四)冗也。〔韓愈文〕投閒置一。

(十五)不相從也。〔漢書天文志〕一者。不相從也。

(十六)不精明也。〔後漢黃瓊傳〕日闇月一。

(十七)不在可用之數也。〔莊子人間世〕一木也。

(十八)酒爵也。五升曰一。〔禮記禮器〕賤者飲以一。

(十九)屑藥爲一。〔後漢華陀傳〕陀投以漆葉青黏一。

(二十)琴曲名。〔晉書嵇康傳〕廣陵一。從茲絕矣。

(廿一)大一。關名。簡稱之亦曰一。〔陸游詩〕一關淸渭應如昨。〔按一關在陝西寶雞縣西南五十二里〕。

(廿二)一騎常侍。官名。簡稱之亦曰一。〔南史蔡凝傳〕黃一之職。〔按黃謂黃門侍郎〕

(廿三)一綏。副綏也。〔禮記少儀〕以一綏升。〔注〕副綏也。

(廿四)一馬。謂聒馬耳。毋令善驚也。〔周禮廋人〕一馬耳。

(廿五)一鹽。鹽之湅治者也。〔周禮鹽人〕祭祀共其苦鹽一鹽。〔司農注〕一鹽。湅治者。

(廿六)一樂。野人爲樂之善者也。〔周禮旄人〕掌教舞一樂。

(廿七)姓也。〔書君奭〕有若一宜生。

【散】 和干切音躝寒韻

同躝。〔史記平原君傳〕槃一行汲。

【敤】 苦果切音顆哿韻　苦臥切音課箇韻

(一)研治也。舜女弟名一首。見〔說文〕。

(二)擊也。見〔廣雅釋詁〕。

(三)椎也。見〔廣雅釋詁〕。

【𢿍】 盧谷切音祿屋韻

(一)剝聲。見〔廣韻〕。

(二)擊也。見〔類篇〕。

【𢿍】 力玉切音錄沃韻

撲聲。見〔類篇〕。

【敦】 都昆切音墩元韻

(一)本作𢾾。〔說文〕𢾾。怒也。詆也。一曰誰何也。〔段注〕皆責問之意。邶風王事一我。毛曰。一。厚也。按心部。惇。厚也。然則凡云一厚者。皆假一爲惇。此字本義訓責問。故從攴。

(二)大也。〔方言〕一。大也。陳鄭之間曰一。

(三)勉也。〔漢書揚雄傳〕一衆神使式道兮。

(四)貸也。〔禮記樂記〕樂者一和。〔注〕一和。樂貸同也。

(五)信也。〔素問上古天眞論〕長而一敏。

(六)勸也。〔後漢陳寔傳〕遣人一寶。

(七)迫也。〔後漢韋彪傳〕重以禮一勸。

(八)致也。〔淮南兵略〕一六博。投高壺。

(九)戒也。〔謝靈運賦〕寒燠順節。隨宜匪一。

(十)督也。精審躬親之謂。〔孟子公孫丑〕使虞一匠事。

(十一)一牂。脩壯也。〔淮南天文〕太陰在午。歲名曰一牂。

(十二)可賀一。古突厥國王妻名。〔唐書突厥傳〕可汗者。猶古之單于。妻號可賀一。猶古之閼氏也。

(十三)與一。遼世部落名也。〔遼史營衞志〕石烈二。曰嘲。曰與一。

(十四)樹一。吐谷渾巢穴也。〔唐書王子顏傳〕拔樹一城。

(十五)一圄。似虎而小。一曰仙人名。〔淮南俶眞〕騎蜚廉而從一圄。

(十六)姓也。〔廣韻〕治衞之醜人也。

(十七)安一。漢時大秦國王名。〔後漢大秦國傳〕至桓帝延熹九年。大秦王安一遣使自日南徼外獻象牙、

犀角、瑇瑁。始乃一通焉。〔按大秦即今意大利。〕
(十八) 州名。唐羈縻江南道。當今四川境。
(十九) 水名。〔山海經北山經〕少咸之山——水出焉。東流注于雁門之水。〔注〕水出雁門山間。〔案清一統志云。代州西北三十五里有雁門山。代州即今山西代縣。〕
(二十) 倫—。英國京城名。英文London。
(廿一) 通墩。〔爾雅釋丘〕丘一成爲—丘。〔注〕今江東呼地高堆者爲—。

【敦】徒渾切音屯元韻
(一) 同屯。陳也。〔詩常武〕鋪—淮濆。
(二) 殿也。〔周書武順〕一卒居後曰—。
(三) —煌。漢郡名。即今甘肅—煌縣治。

【敦】都回切音堆灰韻
(一) 獨處不移之貌。〔詩東山〕—彼獨宿。
(二) 治也。〔詩閟宮〕—商之旅。
(三) 斷也。〔莊子說劍〕今日試使士—劍。
(四) 丘也。〔爾雅釋丘〕如覆—者—丘。
(五) 通追。〔詩有客〕—琢其旅。〔朱傳〕音堆。〔按義與詩棫樸追琢其章之追同。〕

【敦】度官切音團寒韻
(一) 聚貌。〔詩行葦〕—彼行葦。
(二) 猶專專也。瓜蔓貌。〔詩東山〕有—瓜苦。〔傳〕—猶專專也。〔箋〕專專如瓜之繫綴焉。〔釋文〕徒丹反。

【敦】丁聊切音雕蕭韻
(一) 畫飾也。〔詩行葦〕—弓既堅。〔注〕—弓畫弓也。
(二) 雕也。〔詩有客〕—琢其旅。〔疏〕—雕古今字。

【敦】都內切音對隊韻
(一) 盛黍稷器。〔禮記明堂位〕有虞氏之兩—。
(二) 槃類。諸侯盟會所用者。〔周禮玉府〕若合諸侯則共珠槃玉—。

敦圖

【敦】大到切音道號韻杜皓切音稻皓韻陳留切音儔尤韻

覆也。〔周禮司几筵〕每—一几。〔注〕—讀曰燾。燾覆也。

【敦】杜本切音盾阮韻
渾—。不開通之貌。〔左文十八年傳〕天下之民謂之渾—。〔疏〕混沌與渾—古今字之異耳。

【敦】都困切音頓願韻
(一) 混沌也。〔爾雅釋天〕太歲在子曰困—。
(二) 頓邱也。〔漢書班固傳〕欲從埊—而度高乎泰山。〔注〕服虔曰。—頓邱也。
(三) 豎也。〔莊子列禦寇〕—杖蹙之乎頤。
(四) 冷—。春秋時許地。〔左成四年傳〕鄭伯伐許。取鉏任冷—之田。
(五) 闐—。匈奴地名。〔漢書匈奴傳〕車犂單于敗。西北走。屠耆單于即引西南。留闐—地。

【敦】主尹切音準軫韻
幅廣也。〔周禮內宰〕出其度量—制。〔注〕杜子春讀—爲純。純謂幅廣也。

【敦】他昆切音暾元韻
敯省文。〔集韻〕惽恨心不明也。或省。

【敯】眉殞切音閔軫韻
(一) 冒也。周書曰。—不畏死。見〔說文〕。
(二) 強也。見〔爾雅釋詁〕。
(三) 勉也。〔書盤庚〕不昏作勞。〔鄭注〕昏讀爲—。勉也。

【敟】多殄切音典銑韻
(一) 主也。見〔說文〕。〔段注〕凡典法典守皆當作—。經傳多作典。典行而—廢矣。
(二) 常也。見〔玉篇〕。

【豛】竹角切音琢覺韻
擊也。見〔說文〕。〔按與椓、毃同。朱駿聲謂椓、毃當訓所以擊之木。轉注爲擊。〕

【豛】都木切音豖屋韻
擊聲。見〔廣韻〕。

【𢾗】普米切音睥卜禮切音埤薺韻必計切音閉霽韻
毀也。見〔說文〕。

【𢼁】自曷切音雜曷韻
尿—也。見〔篇海〕。

【𢿆】士咸切音饞咸韻
鳥—物也。見【廣韻】。

【𢾝】莫報切音冒號韻
手扶之也。見【字彙】。

【𢾂】丘咸切音嵁咸韻
鳥啄物也。見【類篇】。

【𢼿】枯公切音空東韻
擊也。見【集韻】。

【𢾐】之由切音周尤韻
掣也。見【玉篇】。

【𢽺】呼骨切音忽月韻
擊也。見【篇海】。

【𢽹】普庚切音烹庚韻
擊也。見【篇海】。

【𢽶】子鴆切音浸沁韻
擊也。見【集韻】。

【𢽷】古壞切音怪卦韻
毀也。見【篇海】。

【𢽻】以贍切音豔豔韻
以手散物也。見【集韻】。

【𢾅】先了切音篠篠韻
撲也。見【集韻】。

【𢾈】尺約切音綽藥韻
奪取物也。見【集韻】。

【敨】他口切音鈄有韻
展也。見【集韻】。

【𢽴】居又切音救宥韻
强擊也。見【廣韻】。

【敧】居宜切音羈支韻
以箸取物也。見【廣韻】。

【𢽵】去倚切音綺紙韻
攲—不齊貌。見【集韻】。

【𢽲】古撻字。見【集韻】。

【𢽳】古徽字。見【篇海】。

【𢽱】古敢字。見【玉篇】。

【𢽰】古奏字。見【六書統】。

【𢽯】古婦字。見【秦詛楚文】。

【𢽭】同殺。孫叔敖爲賊寇所—。見【隸釋】。

【𢽬】同殺。見【隸釋】。

【𢽮】嗽或字。見【集韻】。

【𢽫】敕譌字。見【正字通】。

九畫

【𢾉】知林切音碪侵韻
①擣石也。見【玉篇】。
②擊也。見【集韻】。

【𢾊】陟甚切音枕寑韻
深擊也。一曰。搏也。楚謂搏曰—。見【集韻】。

【𢾋】楚委切音揣紙韻尺竟切音舛銑韻
①量也。見【廣韻】。
②試也。見【玉篇】。

【𢾌】丁果切音朶哿韻
同捶。捶物輕重也。見【廣韻】。

【𣀔】動五切音杜麌韻
①閉也。見【說文】。【段注】杜門字當作此。杜行而—廢矣。丹部引周書。惟其—丹臒。此假—爲塗也。
②判也。【爾雅釋器】木謂之—。

【𢾎】除蹩切音橙庚韻
①撞也。見【集韻】。
②觸也。見【集韻】。

【敬】居慶切音竟敬韻
①肅也。見【說文苟部】。
②愼也。【詩閔予小子】夙夜—止。
③宜也。【文選張衡賦】—愼威儀。
④警也。【詩常武】既—既戒。
⑤猶恭勤也。【史記五帝紀】—順昊天。
⑥夙興夜寐曰—。見【獨斷】。
⑦崇恪表迹爲—。見【孝經疏引沈宏】。
⑧主一無適之謂—。見【論語學而—事而信朱注】。
⑨軍事有死無犯爲—。見【左襄二年傳】。
⑩貌多心少爲恭。心多貌少爲—。【禮記曲禮】恭—撙節。
⑪肅肅悚悚是謂—。心拜伏𩑶跪是謂—迹。見【孝經疏引皇侃】。
⑫夙夜恭事曰—。夙夜警戒曰—。象方益平曰—。善合法典曰—。並見【周書謚法】。
⑬以物將意也。【後漢周燮傳】遣生送—。【注】送—、猶致謝也。【今俗喜—、節—殆本此】。
⑭姓也。陳—仲之後。漢揚州刺史—歆。五代—翔。

【敹】鄔甸切音煉霰韻
㊀搥打物也。見〔廣韻〕。
㊁擇也。見〔類篇〕。

【敽】尺尹切音蠢軫韻.
㊀亂也。見〔廣韻〕。
㊁勸也。見〔篇海〕。

【𢿙】山巧切音稍巧韻
㊀擊也。〔集韻〕。
㊁攪也。見〔廣韻〕。
㊂攪也。見〔玉篇〕。

【敺】莫報切音冒號韻
㊀抵也。見〔類篇〕。
㊁手扶之也。見〔篇海〕。

【𣀔】于非切音韋微韻
㊀戾也。見〔說文〕。〔段注〕王注離騷曰。緯繣、乖戾也。廣韻二十一麥曰。徽繣、乖違也。說文無繣。緯、徽皆一之叚借也。〔正字通云同違〕。
㊁衺也。見〔廣雅釋詁〕。

【𢿧】吁韋切音煇微韻
一𢿧。乖刺也。見〔廣雅釋訓〕。

【𣀊】弋灼切音藥藥韻吉了切音皎篠韻
光景流貌。見〔說文放部〕。

【敫】吉弔切音叫嘯韻
歌也。見〔廣韻〕。

【㪤】堅堯切音儌牽幺切音郻蕭韻
擊也。見〔集韻〕。

【𣀌】吉歷切音激錫韻
敬也。見〔集韻〕。

【㪇】多古切音堵㜹韻
伴也。見〔玉篇〕。

【𣀒】丑二切音屎寘韻
𥳑析也。〔正字通〕移𥳑就寬曰一。

【𢾾】賊干切音殘寒韻
殘也。見〔玉篇〕。

【𣀃】容朱切音俞虞韻
投也。見〔集韻〕。

【𢿤】丘皆切音揩佳韻
同揩。摩也。見〔玉篇〕。

【敼】拍偪切音逼職韻
同揊。一敂。擊聲。見〔集韻〕。〔正字通云與㪣義同〕。

【㪥】他案切音輪炭韻

無文采貌。見〔類篇〕。〔按即數譌字〕。

【敮】呼洽切音瞎洽韻
盡也。見〔廣韻〕。

【𣀂】俱爲切音僞寘韻
㔭也。見〔廣雅釋詁〕。

【𣀄】乙減切音黯豏韻
棄也。見〔集韻〕。

【𢿜】口外切音稽泰韻
鍛也。見〔篇海〕。

【𣀅】於決切音抉屑韻
一叜。目深貌。見〔五音集韻〕。

【𢿫】敖本字。見〔說文放部〕。

【𢿯】古揚字。見〔說文手部〕。

【𣀇】古穆字。見〔字彙補〕。

【𣀋】同敦。見〔字彙補〕。

【𢿻】同搖。見〔正字通〕。

【𢿵】同敢。見〔玉篇〕。〔正字通云〕。古文敢字之譌。說文、六書故、六書正譌、作㪎。

【𣀍】毀俗字。見〔字彙〕。

【𣀏】𢿙譌字。見〔正字通〕。

【𣀐】𢿹譌字。見〔正字通〕。

十畫

【𣀖】口陷切音臉陷韻
㊀貪也。見〔廣雅釋詁〕。
㊁物相値合也。見〔類篇〕。

【𣀗】丘咸切音𨢿咸韻
鷏或字。〔集韻〕鷏。鳥啄物或作一。

【𣀘】丘蓋切音磕泰韻
㊀辱也。見〔廣雅釋詁〕。
㊁伐也。擊也。見〔玉篇〕。

【𣀙】丘葛切音渴曷韻
敨也。見〔集韻〕。

【𣀚】魚開切音皚姑回切音傀灰韻
㊀有所治也。見〔說文〕。
㊁隤一。高陽氏八元之一。見〔左文十八年傳〕。

【𣀛】五亥切音顗賄韻
改理也。見〔集韻〕。

【𣀜】朱欲切音燭殊玉切音蜀沃韻
擊鼓也。見〔集韻〕。

【敲】口交切音骹肴韻口𢽺切音撽效韻
(一)橫擿也。見〔說文〕。〔注〕從旁橫擊也。〔按段注、擿今之擲字。橫擿、橫投之也〕。
(二)擊聲也。見〔左定二年傳釋文〕。
(三)—散相擊也。見〔一切經音義引三蒼〕。
(四)短杖也。〔文選賈誼論〕執—扑鞭笞天下。
(五)棄也。〔方言〕楚凡揮棄物或謂之—。
(六)俗謂強索人財曰—詐。

【敲】許昭切音梟蕭韻　地名。〔漢書王子侯表〕—陽侯延年。

【敧】巨支切音其支韻　弓硬皃。見〔篇海〕。

【𢿡】諸仍切音烝蒸韻　擊也。見〔集韻〕。

【𢿋】克盍切音溘合韻　敲也。見〔集韻〕。

【𣀏】渠宜切音其支韻　弓硬皃。見〔字彙〕。

【𢿨】展几切音黹紙韻　刺也。見〔說文〕。〔朱駿聲云。字亦作剬〕。

【𢿝】勒沒切音律月韻　不安也。見〔篇海〕。

【𢿛】徒冬切音彤多韻　擊空聲。見〔廣韻〕。〔正字通云。𢿛俗字。說文有鼓無—〕。

【𣀂】儒欲切音辱沃韻　鬎或字。〔集韻〕鬎戟其子謂之𣀂。或作—。

【𣀉】篇夷切音紕支韻　—𢿜屋欲壞也。見〔集韻〕。

【𣀍】呢角切音搦覺韻　持也。見〔集韻〕。〔正字通云同搦〕。

【𣀌】昵格切音䛏陌韻　按也。見〔集韻〕。

【𣀋】滂保切音𢽹皓韻　擊盧聲。見〔集韻〕。

【敺】非尾切音匪尾韻　人名。〔字彙補〕宋元嘉中趙—撰申宣元曆。曆宗通議作歎。北史及玉海作—。十六國春秋作𢿣。或从支。誤。

【𢿌】敷本字。〔說文〕㪔也。周書曰。用—遺遠人。〔按㪔、今字作施〕。

【𢿲】古徹字。見〔集韻〕。

【𢽈】古撻字。見〔六書統〕。

【𢿖】古徹字。見〔集韻〕。

【𢿾】古勝字。見〔玉篇〕。

【𢿼】同敹。見〔廣韻〕。

【𣀒】同𣀓。見〔訂正篇海〕。

【𣀀】同肇。〔後涼錄〕李離傳先破武—營。

【𢿥】同倏。見〔說文長箋〕。

【𢿙】榜俗字。〔正字通〕剝也。劃也。

十一畫

【𢿻】壁吉切音必質韻
(一)—畢也。見〔說文〕。〔段注〕畢舉之字當作此。畢行而—廢矣。畢、田网也。
(二)火皃。見〔類篇〕。

【𢿋】必至切音畀寘韻
(一)畢也。見〔集韻〕。
(二)召使疾行也。見〔集韻〕。

【𢿏】莊加切音樝麻韻
(一)指按也。見〔集韻〕。
(二)取也。見〔玉篇〕。

【敵】徒歷切音狄錫韻
(一)仇也。見〔說文〕。
(二)等也。〔國策秦策〕四國之兵—。〔注〕強弱等也。
(三)當也。〔左文四年傳〕諸侯—王所愾。
(四)猶對也。〔左文六年傳〕—惠—怨。
(五)拒抵也。〔北史呂司禮傳〕講書論易鋒難—。
(六)正也。見〔廣雅釋詁〕。
(七)主也。見〔廣雅釋詁〕。
(八)—體也。〔國語楚語〕且夫自—以下。

【敻】虛政切音詗敬韻翾縣切音絢霰韻
(一)營求也。商書曰。高宗夢傅說。使百工—求得之。見〔說文旻部〕。〔按書說命序今作營〕。
(二)疾遠皃。〔漢書司馬相如傳〕倏—遠去。
(三)長也。〔文選班固典引〕上哉—乎。

(四)｜｜。覼也。見〔廣雅釋訓〕。

【敶】直刃切音陣震韻　池鄰切音塵真韻

(一)列也。見〔說文〕。〔段注〕此本｜列字。後人假借陳爲之。陳行而｜廢矣。亦本軍｜字。後人別製無理字之陣字。陣行而｜又廢矣。

(二)布也。見〔廣雅釋詁〕。

【敷】芳無切音孚虞韻

(一)本作尃。〔說文〕尃。故也。

(二)布也。〔詩長發〕｜政優優。

(三)陳也。〔書舜典〕｜奏以言。

(四)分也。〔書禹貢〕禹｜土。〔馬注〕｜分也。

(五)徧也。〔詩賚〕｜時繹思。

(六)州名。後周時置。隋初因之。大業三年。改鄜城郡。唐改鄜州。當今陝西鄜縣地。

(七)｜與。言開舒也。〔漢書禮樂志〕｜與萬物。

(八)｜愉。和美也。〔古樂府隴西行〕好婦出迎客。顏色正｜愉。

(九)｜衍。傳播也。〔唐書代宗紀〕｜衍德音。〔按今人又謂額頂曰｜衍。〕

(十)水名。出陝西華縣東南｜水谷。東北流入渭。〔溫庭筠詩〕｜水小橋東。

(十一)｜淺原。卽廬山。〔書禹貢〕至于｜淺原。〔注〕以爲博陽山。〔蔡傳〕謂卽廬阜。

(十二)羅｜。古美女名。〔古樂府陌上桑〕秦氏有好女。自名爲羅｜。

(十三)足也。俗謂不足曰不｜。

(十四)同專。見〔一切經音義〕。

(十五)同傅。〔漢書宣帝紀〕傅奏其言。〔注〕師古曰。傅、讀曰｜。

【數】爽主切音籔麌韻

(一)計也。見〔說文〕。

(二)說也。〔禮記儒行〕遽｜之不能終其物。

(三)責也。〔國策秦策〕使韓倉｜之。

(四)閱也。〔荀子王霸〕不足｜於大君子之前。

【數】雙遇切音捒遇韻

(一)物事多少若一二三之類是也。〔後漢律曆志〕隸首作｜。

(二)六藝之一也。〔周禮大司徒〕禮樂射御書｜。

(三)運命也。〔劉峻文〕榮悴有定｜。

(四)情勢也。〔呂覽決勝〕知先後遠近縱舍之｜。

(五)技也。〔孟子盡心〕今夫奕之爲｜。

(六)權謀也。〔呂覽察賢〕任其｜而已矣。

(七)筮也。〔史記日者傳〕試之卜｜。

(八)理也。〔老子〕多言｜窮。

(九)猶禮也。〔文選晉武帝詩〕不常厥｜。

(十)學術也。〔荀子勸學〕其｜則始乎誦經。

【數】色角切音朔覺韻

(一)頻也。〔史記游俠傳〕每至踐更｜過。

(二)近也。〔家語賢君〕故夫不比於｜而比於疏。

(三)煩也。〔論語里仁〕事君｜。

(四)疾也。〔淮南說林〕｜之則弗中。

(五)｜｜。猶汲汲也。〔莊子逍遙遊〕未｜｜然也。

(六)脈象有浮、沈、遲、｜。｜者遲之對也。見〔王叔和脈經〕。

【數】蘇谷切音速屋韻

(一)迫也。〔禮記樂記〕衞音趨｜煩志。

(二)速也。〔史記屈原賈生傳〕淹｜之度兮。

【數】趨玉切音促屋韻

(一)細密也。〔孟子梁惠王〕｜罟不入洿池。

(二)｜節。草名。〔爾雅釋草〕莽、｜節。〔注〕竹類也。節間促。〔疏〕凡竹節間促｜者名莽。

【敹】憐蕭切音聊蕭韻

(一)擇也。見〔說文〕。

(二)穿徹也。〔書費誓〕善｜乃甲冑。〔疏〕謂甲繩有斷絕。當使｜理穿治之。〔按蔡傳、謂縫完之。勿使斷毀也。〕

【𢿿】羊進切音釼震韻

(一)擒也。見〔集韻〕。

(二)人名。高陽氏才子檮｜。見〔漢書古今人表〕。

【𢿨】盧谷切音鹿屋韻

獸皮有文皃。見〔集韻〕。

【𢿳】所斬切衫上聲豏韻

牽也。見〔字彙〕。

【𣀔】大可切駝上聲哿韻

擊也。見〔篇海〕。

【𣀏】匹交切音胞肴韻

同拋。棄也。見〔廣韻〕。

【𢿱】卑搖切音飆蕭韻 本作摽。擊也。見〔集韻〕。

【敳】雄皆切音諧佳韻 裁至也。見〔集韻〕。

【敺】古驅字。見〔說文馬部〕。〔段注〕引伸爲凡鷙馭追逐之偁。與殳部之毆義別。

【𢿿】古穆字。見〔玉篇〕。

【𣀔】古竊字。見〔字彙補〕。

【𣀆】古殺字。見〔集韻〕。

【𣀎】同敺。見〔集韻〕。

【𣀏】同貫。見〔六書統〕。

【𣀒】鰲省文。見〔洪武正韻〕。

【𣀓】整譌字。見〔正字通〕。

【𣀕】抍譌字。見〔正字通〕。

十二畫

【𢿢】盧玩切音縌翰韻 ㊀煩也。見〔說文〕。〔段注〕煩、熱頭痛也。引伸爲煩亂。按—與叉部𤔔、乙部亂。言部䜌。音義皆同。〔按說文長箋云同亂。〕㊁惰也。見〔玉篇〕。㊂亂也。見〔玉篇〕。

【敿】居夭切音矯蕭韻 繫連也。周書曰。—乃干。見〔說文〕。〔段注〕許云繫連者。謂繫而連之。凡字有專釋經者。敿、敽是也。

【敾】時戰切音繕霰韻 ㊀治也。見〔玉篇〕。㊁補也。見〔類篇〕。

【整】之郢切梗韻 ㊀齊也。从攴从束从正。正亦聲。見〔說文〕。〔注〕鍇曰。束之又小擊之使正。會意。〔段注云。齊者。禾麥吐采上平也。引申爲凡齊之偁。〕㊁理也。〔左莊十三年傳〕夫禮所以—民也。〔今云修理亦曰修—。清理亦曰—理。〕㊂正列也。〔禮記月令〕—設于屏外。㊃—數。算學家謂分數之對。可以除盡及無畸零之數也。㊄飭也。見〔增韻〕。㊅斜之對也。〔圖繪寶鑑〕——斜斜。曲盡其態。㊆破之對也。〔盧思道論〕器械完—。

【𣀔】息六切音夙屋韻 ㊀擊也。見〔集韻〕。㊁打擊也。見〔玉篇〕。

【敹】力小切音燎篠韻 小長貌。見〔玉篇〕。

【敼】於己切音喜紙韻 戲也。見〔篇海〕。

【𢿵】迄及切音吸緝韻 擊也。見〔集韻〕。

【𢿾】苦幺切音𠁎蕭韻 牛交切音聱肴韻 苦擊切音喫錫韻 𢿾田也。見〔說文〕。〔段注〕玄應書曰。三倉。敲、數。相擊也。又曰。敲。倉頡訓詁作數。同。下擊也。說文。橫擿也。擊頭也。據此則說文本無數字。後人增之。其訓蓋本作擎也。擎者旁擊也。一譌爲𢿾。再譌又衍田。莫能通矣。李仁甫本尙無田字。篇韻皆云數擊也。

【𣀗】唐亙切音鄧徑韻 擊也。見〔集韻〕。

【𣀘】除耕切音橙庚韻 同打𣀘。觸也。撞也。見〔集韻〕。

【𣀙】長耕切音根除庚切音橙庚韻 揬也。見〔廣韻〕。

【𣀚】蘇旱切音傘旱韻 蘇旰切音熯翰韻 雜肉也。見〔說文肉部〕。

【𣀛】敕角切音逴覺韻 擊也。見〔集韻〕。

【𣀜】側革切音尺陌韻 擊也。見〔廣雅釋詁〕。

【𣀝】𢿾本字。見〔說文〕。

【𣀞】古播字。見〔玉篇〕。

【𣀟】古敬字。見〔廣韻〕。

【𣀠】古穆字。見〔集韻〕。

【𣀡】同𣀠。見〔類篇〕。

【𣀢】同𢿾。見〔六書統〕。

十三畫

【斁】夷益切音亦陌韻 ㊀解也。詩曰。服之無—。—、厭也。一曰。終也。見〔說文〕。

(二)[illegible]也見〔小雅[illegible]〕。
(三)盛也〔詩那〕庸鼓有—。
(四)擇也〔詩思齊〕古之人無—。
(五)通射〔詩葛覃〕服之無—。〔禮記緇衣作無射。〕

【斁】都故切音妒遇韻
(一)同殬。敗也〔書洪範〕彝倫攸—。
(二)壞也〔漢書薛宣傳〕不得其人則大職墮—。

【斁】同都切音徒廣韻徒故切音度遇韻
塗也。周書—丹雘。見〔集韻〕〔按今書梓材。惟其塗墍茨。惟其塗丹雘。疏于二文皆云。—、即古塗字。然攷說文引書作斁。書古文訓亦作斁。蓋斁譌爲—也。〕

【斂】力冉切音鎌琰韻力驗切音殮豔韻
(一)收也。見〔說文〕。
(二)聚也〔書洪範〕—時五福。
(三)藏也〔周禮繕人〕既射則—之。
(四)賦也〔周禮司稼〕以年之上下出—灋。
(五)取也。見〔廣雅釋詁〕。
(六)縮也〔史記春申君傳〕秦楚合而爲一以臨韓。韓必—手。
(七)減也〔史記趙世家〕—三百里。
(八)約束也〔漢書陳咸傳〕皆令閉戶自—。不得踰法。
(九)猶還也〔周髀算經〕日道發—之所生也。
(十)衣尸曰小—。以尸入棺曰大—。棺之入坎爲—。並見〔禮記喪大記注〕〔俗作殮非〕。
(十一)數學自多漸少曰—。如—級數。謂級數逐項遞減也。
(十二)凝聚而不發散曰—。如藥性之酸—、澀—、是也。
(十三)州名。唐置。羈縻劍南道。當今四川茂縣地。本徼外—才羌地。故名。
(十四)無—。水名〔水經存水注〕周水又東逕牂牁郡之無—縣北而東南與無—水合矣。〔按當在今廣西懷遠縣境〕。
(十五)五—子。藥名。一名楊桃。見〔本草綱目〕。
(十六)拜稱—衽〔國策楚策〕一國之衆見君莫不—衽而拜。〔天香樓偶得云。今世女人拜—衽。衣之有衽。非女人所專也。男子亦稱—衽。〕
(十七)姓也。姚秦有輔國將軍—憲〔又攷—姓如春秋時有攷—處父〕

【斂】離鹽切音廉鹽韻
地名〔左僖二十八年傳〕晉侯齊侯盟于—盂〔注〕衛地。〔按今直隸開縣西南有—盂聚〕

【歊】火弔切音嬈嘯韻
悲意也。見〔廣韻〕〔按說文欠部。歊。悲意也。廣韻誤从攴〕。

【[illegible]】盧回切音雷灰韻
推也。見〔玉篇〕。

【[illegible]】職琰切音颭止染切音黶琰韻
—斂。舉手貌。見〔集韻〕。

【[illegible]】盧啟切音禮薺韻
數也。見〔玉篇〕。

【[illegible]】離鹽切音廉鹽韻
—鼓。鼓初打也。見〔集韻〕。

【斀】竹角切音琢覺韻都木切音啄屋韻
去陰之刑也。周書曰。刖劓—黥。見〔說文〕〔段注〕呂刑篇文。刖當作刵。尚書正義曰。夏馬鄭古文尚書作劓刵剠劅。大小夏侯歐陽尚書作臏宮劓割頭庶剠。—同劅、黥同剠。衛包因正義云。劅椓人陰。乃易爲[illegible]擊也。去陰不可云椓。

【[illegible]】朱欲切音燭殊玉切音蜀沃韻
擊也。見〔類篇〕〔按此亦承尚書正義之誤〕。

【[illegible]】衢云切音羣文韻
朋侵也。見〔說文〕〔段注〕羣、朋也。攴、侵也。

【[illegible]】宅耕切音根庚韻
擋也。見〔龍龕手鑑〕。

【[illegible]】
—蘖或字。見〔集韻〕。

十四畫

【[illegible]】敕角切音逴覺韻
(一)授也。見〔廣韻〕。
(二)刺也〔五燈會元〕昝把虛空一—破。
(三)—敊。痛也。見〔集韻〕。

【[illegible]】直角切音濁覺韻
(一)舂也。見〔集韻〕。
(二)築也。見〔集韻〕。

【斃】毗祭切音弊霽韻
(一)死也〔國語晉語〕予犬犬—。

㊂踣也。前覆也。〔左隱元年傳〕多行不義。必自—。
㊃通斃。〔禮記檀弓〕—一人。〔釋文〕本一作斃。

【𣀔】粗送切音銃送韻
𣀔—。不迎自來也。見〔集韻〕。

【𣀚】時流切音儔尤韻齒九切音醜有韻大到切音導號韻
本作𣀚。〔說文〕𣀚棄也。周書吕為討。詩曰無我—兮。

【𢿾】芓万切音娩願韻充芮切音毳霽韻
小舂也。見〔說文〕。〔段注〕此云小舂。謂稍舂之。—亦作䊐。

【𣀆】楚快切音杈卦韻
除𢿾芒也。見〔篇海〕。

【𢿧】古敬字。見〔集韻〕。

【𣀊】敗籀文。見〔說文〕。

【𣀉】敿俗字。見〔正字通〕。

【𣀋】敿俗字。見〔正字通〕。

十五畫

【𣀞】北角切音剝覺韻
擊也。見〔集韻〕。

【𣀠】盧對切音纇隊韻
推也。見〔集韻〕。

【𣀙】式灼切音鑠藥韻
𣀙—。不定貌。見〔集韻〕。

【𣀛】良據切音慮御韻
使也。見〔集韻〕。

【斄】陵之切音釐支韻郎才切音來灰韻
㊀強曲毛。可以箸起衣。从犛省。來聲。見〔說文犛部〕。
㊁通犛。〔周禮樂師注〕旄牛者犛之尾。〔釋文〕犛或作斄或作—。

【𣀤】湯來切音胎灰韻
同邰。〔漢書地理志〕右扶風—。周后稷所封。〔注〕師古曰。讀與胎同。〔當今陝西武功縣西南廿二里。〕

十六畫

【𣀥】古數字。見〔秦碑〕。

【𣀦】龍都切音盧虞韻
㊀斂也。見〔玉篇〕。
㊁𣀦—。𣀦也。見〔集韻〕。

【斅】後敎切音效效韻轄覺切音學覺韻
㊀覺悟也。見〔說文敎部〕。
㊁敎也。〔書盤庚〕盤庚—于民。〔傳〕斅敎也。
㊂同學。〔高彪碑〕為—者宗。

【𣀫】符勿切音佛物韻
理也。見〔玉篇〕。

【𣀬】古壞切音怪卦韻
毀也。見〔集韻〕。

【𣀭】猥狄切音歷錫韻
亂也。見〔集韻〕。

【𣀮】先旱切音散類旱切音饊旱韻
繖—也。一曰。飛散也。見〔說文隹部〕。〔段注〕繖—者。謂縷繫矰矢放散之加於飛鳥也。

【𣀯】敦本字。見〔說文〕。

【𣀰】敿或字。見〔集韻〕。

十七畫

【𣀱】郎丁切音靈青韻
㊀擊也。見〔集韻〕。
㊁打也。見〔玉篇〕。

【𣀲】蘇甘切音三覃韻
厭也。見〔篇海〕。

【𣀳】方問切音糞問韻
掃除也。見〔集韻〕。

十八畫

【𣀴】古壞字。見〔集韻〕。

【𣀵】呢輒切音聶葉韻
𣀵—。相及也。見〔集韻〕。

十九畫

【𣀶】祕戀切編去聲霰韻
變本字。〔說文〕—更也。

【𣀷】徂官切音鑽寒韻
姓也。漢—授。

【𣀸】里第切音禮薺韻
數也。見〔說文〕。〔段注〕大雅。其麗不億。毛曰。麗數也。方言作—。亦云數也。蓋—是正字。麗是叚借字。从麗者。麗兩也。兩兩而數之也。

【𣀹】郎計切音偈霽韻
布也。見〔廣雅釋詁〕。

【⿰麗殳】鄰知切音離支韻 通麗。魚麗。陣名。見〔集韻〕。

【⿰齒殳】⿰齒殳語字。〔按集韻云。同齗。攷字書有齗、齘。無齗。當爲同齘。齘亦作⿰齒殳。从攴者从皮之譌。〕

二十二畫

【⿰屬殳】殊玉切音蜀沃韻 擊也。見〔玉篇〕。

※殳 部※

【殳】慵朱切音殊虞韻

❶以杖殊人也。周禮。—以積竹。八觚。長丈二尺。建於兵車。旅賁以先驅。見〔說文〕〔段注〕殊、斷也。以杖殊人者。謂以杖隔遠之。以積竹者。用積竹爲之。漢書。昌邑王道買積竹杖。文穎曰。合竹作杖也。詩曰。伯也執—。爲王前驅。

❷木杖亦名—。〔淮南齊俗〕搢笏杖—。〔注〕—、木杖也。

❸戟柄也。〔方言〕三刃枝、南楚宛郢謂之匽戟。其柄自關而西謂之柲。或謂之—。

殳圖

❹書法八體之一也。〔漢書藝文志〕八體六技。〔注〕韋昭曰。八體。七曰—書。

❺人名。〔山海經海內經〕伯陵同吳權之妻。是生鼓、延、—。〔注〕鼓、延、—。三子名。〔又〕—斨。舜臣名。〔書舜典〕讓于—斨暨伯與。

❻山名。在桐鄉縣東南。見〔浙江通志〕。

❼欇—。打穀之架也。〔方言〕僉、宋衛之間。謂之欇—。〔注〕僉、今連架。所以打穀者。

❽姓也。漢—季寘。

三畫

【⿰亥殳】呼來切音咍灰韻 巳亥切音改賄韻

毅—。剛卯也。〔蠡耕錄〕剛卯、長三寸。廣一寸。四分。或用玉。或用金。或用桃。著佩之。當中央從穿作孔。以采絲茸其底。刻其上文。凡六十六字。毅—者。佩印也。以正月卯日作。故謂剛卯。又謂之大堅。以辟邪也。〔按說文从攴此从殳誤。〕

四畫

【⿰冘殳】陟甚切音黮寢韻 知鴆切音揕沁韻 下擊上也。見〔說文〕〔段注〕廣雅曰。—。禁也。謂禁止使不得下也。

【⿰今殳】渠金切音琴侵韻 都戲切音歆感韻

❶治也。見〔玉篇〕。

❷錭也。見〔玉篇〕。

❸禁也。見〔玉篇〕。

【⿰丹殳】補姦切音般刪韻

❶反也。〔漢書賈誼傳〕—紛紛其離此郵兮。〔注〕孟康曰。—音班。反也。師古曰。—孟音是也。字從丹青之丹。

❷同斑。〔漢書司馬相如傳〕——之獸。〔注〕謂騶虞也。—與斑同。

❸同班。〔漢書鄒陽傳〕使僕人殺子—、〔注〕—、與班同。

五畫

【段】徒玩切音緞翰韻

❶椎物也。見〔說文〕〔段注〕鍛、亦當作—。後人以鍛爲—字。以—爲分—字。自應作斷。蓋古今字之不同如此。

❷種類也。〔唐書陳叔達傳〕因賜物百—。

❸部分也。〔譜系雜說〕第一卷尾—。字行高低。正與淳化帖同。〔作文亦分—。或曰—落。土地亦分—。或曰地—。均部分之意。〕

❹款—。馬名。詳款字。

❺—谷。水名。〔通典〕姜維爲鄧艾破於此。秦州上邽縣有—谷水。〔在今甘肅天水縣西。東北流合籍水。〕

」

⑥阿一。撩獠之稱。〔北史獠國傳〕獠無名字。所生男女。惟以長幼次第呼之。其丈夫稱阿謩、阿一。〔按杜甫有示獠奴阿一詩〕

⑦猶次也。番也。如云一一姻緣。一一佳話。

⑧人名。鄭共叔一。印一。公孫一。

⑨通𣪊。卵未成也。〔管子五行〕然則羽卵者不一。

⑩同鍛。〔考工記段氏〕一氏爲鎛器。

⑪通腶。〔禮記昏義〕婦執笲棗栗一脩以見。

⑫日本度名。地積以三十坪爲畝。十畝爲一。當我國萬有四百十方尺之積。

⑬姓也。〔又〕一干。複姓。魏一干木。

【段】同殿。見〔字彙補〕。

【毀】同殺。見〔字彙補〕。

【投】同注。見〔字彙補〕。〔按呂覽去尤引莊子曰。以瓦一者翔。以鉤一者戰。以黃金一者殆。莊子達生原文作注。是字彙補所本。然淮南說林又作鉒。列子黃帝又作摳。是一、注、鉒、摳。四字。義並相通也。〕

六畫

【殼】克角切音確覺韻　空谷切音哭屋韻　乞約切音卻藥韻

①从上擊下也。一曰素也。見〔說文〕〔段注〕从上擊下。正中其物。確然有聲。素、謂物之質。如土坏也。俗作殼。

②物皮內空也。〔列子黃帝〕木葉幹一。

③卵中也。〔後漢仲長統傳〕飛鳥遺蹟。蟬蛻亡一。

【殷】於巾切音咽眞韻

①作樂之盛偁一。易曰。一、薦之上帝。見〔說文月部〕。〔段注〕此一之本義也。引申之爲凡盛之偁。

②中也。〔書禹貢〕九江孔一。〔正義〕言甚得地勢之中也。

③正也。〔書堯典〕以一仲春。〔傳〕一、正也。以正春秋之氣節。

④衆也。〔詩溱洧〕一其盈矣。

⑤富也。〔法言孝至〕務在一民阜財。

⑥深也。〔文選陸機賦〕在一憂而弗違。

⑦大也。〔禮記曾子問〕服除而後一祭。

⑧當也。〔史記天官書〕衡一中州河濟之間。〔注〕衡、北斗衡也。一、當也。

⑨聲也。〔史記封禪書〕其聲一云。〔注〕臣瓚曰。一、聲也。云、足句之辭。

⑩痛也。見〔廣雅釋詁〕。

⑪一一。憂貌。〔詩北門〕憂心一一。〔又讀隱〕

⑫朝代名。商盤庚遷都一墟。後號曰一。其地當今河南省商邱縣。〔又〕國名。秦楚之際。故趙將司馬卬稱一王。都朝歌。當今河南淇縣。

⑬州名。唐置。羈縻江南道。當今四川宜賓縣西北。〔又〕元置。屬遼陽省東寧路。當今朝鮮平壤東北一百餘里。

⑭通慇。〔爾雅釋訓〕慇慇惸惸。〔釋文〕慇本作一。

⑮通衣。〔禮記中庸〕壹戎衣而有天下。〔注〕衣、讀如一。齊人言一聲如衣。言壹用兵伐一也。

⑯姓也。武王克紂。子孫分散。以一爲氏。

【殷】於閑切音黰刪韻

赤黑色也。〔左成二年傳〕左輪朱一。

【殷】倚謹切音隱吻韻

①雷發聲。〔詩殷其靁〕一其靁。

②猶震也。〔文選司馬相如賦〕一天動地。

③一一。聲盛也。〔漢書禮樂志〕一一鐘石羽籥鳴。

【殷】於靳切音隱問韻

當也。中也。〔莊子外物〕其不一、非天之罪。

【𣪏】苦哀切音開灰韻

一吺。笑聲。又多也。見〔字彙〕。

【豛】柯開切音該　丘哀切音開灰韻　下改切音亥賄韻

一攺。大剛卯也。以逐精鬽。見〔說文〕〔段注〕鬽、各本作鬼。今正。一从殳者。謂其可擊鬼也。〔互詳攺、攺字〕

七畫

【殺】山戛切音煞黠韻

①戮也。見〔說文殺部〕。

②竄也。埋竄之使不復見也。見〔釋名釋喪制〕。

③克也。見〔爾雅釋詁〕。

(四)賊也。見〔廣雅釋詁〕。

(五)死也。〔孟子盡心〕凶年不能—。

(六)氣也。〔淮南天文〕地氣不藏。乃收其—。

(七)猶亡也。〔莊子大宗師〕—生者不死。〔釋文〕李軌云。—猶亡也。除其營生也。

(八)治也。見〔初學記引風俗通〕。

(九)殖也。〔禮記月令〕利以—草。

(十)草枯也。〔左桓五年傳〕始—而嘗。

(十一)用諸田獵之矢也。〔考工記冶氏〕爲—矢。

(十二)獲也。〔禮記王制〕天子—則下大綏。

(十三)以火炙簡也。〔後漢吳祐傳〕欲—青簡。

(十四)宗廟祭品也。〔孟子滕文公〕牲—器皿。

(十五)敗壞也。〔李商隱雜組〕有—風景諸條。

(十六)水名。〔山海經中山經〕大騩之山。—水出焉。東北流注于視水。〔在今河南泌陽縣界〕。

(十七)五—。五行也。〔淮南兵略〕善用兵者。持五—以應。故能全其勝。

(十八)波—。藥名。〔本草綱目〕蓬莪。一名蓬莪。黑色。二名茂。黃色。三名波—。味甘。有大毒。

(十九)幽—。陰乾也。〔本草綱目〕迷迭香草。收采幽—。摘去枝葉。入袋佩之。芳香甚烈。〔注〕幽—、卽陰乾之意。

(二十)詩家語助詞。按詩家用—字有二例。有用於句中者。如古詩。白楊多悲風。蕭蕭愁—人。萬楚詩。紅裙妒—石榴花、是也。有用於句尾者。如杜荀鶴詩。古樹藤纏—。楊萬里詩。窮州今日酸寒—、是也。

【殺】桑葛切音薩曷韻

(一)散貌。〔史記扁鵲倉公傳〕望之—然黃。

(二)末—。揩滅也。〔漢書谷永傳〕末—災異。〔今云抹摋〕。

(三)騷—。下垂貌。〔文選張衡賦〕飛流蘇之騷—。

【殺】私列切音薛屑韻

同躃。蹩躃。旋行貌。〔莊子馬蹄〕蹩躃爲仁。〔向崔本作弊—〕。

【殺】所界切音鎩。所賣切音曬卦韻。所例切音[illegible]霽韻

(一)減也。〔周禮廩人〕詔王—邦用。

(二)差也。〔禮記文王世子〕親親之—也。

(三)降等也。〔周禮象胥〕國新—禮。凶荒—禮。

(四)猶衰也。〔儀禮士冠禮〕德之—也。

(五)細小也。〔禮記樂記注〕聲之鴻—也。

(六)毛羽敝也。〔詩鴟鴞〕予羽譙譙〔傳〕譙譙—也。

(七)廠藥也。〔周禮瘍醫〕劀—之劑。〔注〕—、謂以藥食其惡肉也。

(八)害也。〔書咸有一德傳〕終始不衰—。

(九)猶杼也。〔禮記玉藻〕其—六分而去一。

(十)速也。〔禮記樂記〕其哀心感者。其聲噍以—。〔疏〕其聲踧急而速—也。

(十一)謂縫之也。〔論語鄉黨〕非帷裳必—之。

(十二)謂穀不熟也。〔禮記禮器〕、是故年雖大—。

(十三)韜屍下部之具也。〔儀禮士喪禮〕䞓—掩足。〔按古韜屍之具。上曰質。下曰—〕。

(十四)省也。〔公羊僖二十二年傳〕春秋詞繁而不—者。正也。

(十五)疾也。〔白居易詩〕東風莫—吹。

(十六)大也。〔容齋隨筆〕—有好處。

【殺】式吏切音試寘韻

同弒。〔漢書高帝紀〕、項羽放—其主。〔注〕—當作弒。

【殹】壹計切音翳霽韻。煙奚切音鷖齊韻

(一)擊中聲。見〔說文〕。〔長箋〕擊中聲者。聲相應也。

(二)惡姿也。見〔說文酉部醫下引王育說〕。

(三)病聲。見〔說文酉部醫下〕。

(四)語助詞。〔石鼓文〕汧—沔沔。〔郭注〕—、讀如緊。語助也。〔周秦人以—爲也字用〕。

(五)幕也。見〔方言〕。

【殶】徒侯切音頭尤韻。大透切音豆宥韻

繇擊也。古文投如此。見〔說文〕。〔段注〕繇、說文作繇。說文無遙字。此卽其遙字。繇擊者。謂遠而擊之也。

【殷】之人切音眞眞韻

擊也。見〔集韻〕。

【㲉】鋤臻切音榛丞眞切音辰眞韻○—勤而喜貌。見〔廣韻引呂覽注〕。〔按今本呂覽愼人作振振殷殷無—字〕。

【殸】口耕切音鏗庚韻　敲也。見〔廣韻〕。

【㱿】古㱿字。見〔集韻〕。

【殸】聲籀文。見〔說文石部〕。

【殶】市流切音讎尤韻

【㱿】口角切音覺韻　縣物—擊也。見〔說文〕〔段注〕此與手部搉音義同。搉手椎也。皮角也。見〔龍龕手鑑〕〔按㱿字有物皮卵甲之訓—字疑即㱿字之譌〕。

【殿】殿本字。見〔說文〕。

【𣪊】敢籀文。見〔說文受部〕〔按集韻云敢古文〕。

【𣪞】同敄。止也。禁也。見〔字彙〕。

【𣪌】穀譌字。見〔正字通〕。

八畫

【殽】何交切音爻肴韻　(一)相雜錯也。見〔說文〕。(二)同淆。亂也。〔漢書董仲舒傳〕賢不肖混—。(三)凡骨有肉曰—。〔儀禮特牲饋食禮〕若有公有司私臣皆—脅。(四)熟肉帶骨而臠曰—。〔禮記曲禮〕左—右胾。(五)凡非穀而食之曰—。〔詩賓之初筵〕—核維旅。

【𣪩】後敎切音效效韻　同效。〔禮記禮運〕夫禮必本於天。—於地。〔疏〕—效也。

【𣪏】枯公切音空東韻　(一)擊也。見〔集韻〕。(二)控也。見〔正字通〕。

【𣪘】之戎切音終東韻　螽殺也。見〔玉篇〕。

【𣪫】除耕切音橙庚韻　(一)推也。見〔集韻〕。(二)挾也。見〔集韻〕。

【𣪲】居又切音救宥韻尼猷切音倜祛尤切音丘尤韻　(一)揉屈也。見〔說文〕〔段注〕說文有煣無揉。煣、屈申木也。煣屈謂柔而屈之。(二)强擊也。見〔廣韻〕。〔按强擊正與柔屈相反姑備一義〕。

【㲋】黑角切音吒覺韻　同殼。歐貌。〔左哀二十五年傳〕君將殼之。

【殻】同殼。見〔集韻〕。

【𣪉】同殹。見〔字彙補〕。〔按即殹字之譌〕。

九畫

【殿】丁練切音唸霰韻　(一)本作殿。〔說文〕殿擊聲也。(二)軍之後隊也。〔左襄十六年傳〕晉人寘諸戎車之—。(三)塡也。見〔小爾雅廣言〕。(四)負也。見〔廣雅釋詁〕。(五)功績下等也。〔文選班固賓戲〕猶無益於—最也。(六)鎭也。〔詩采菽〕—天子之邦。(七)—屎呻吟之聲也。〔詩板〕民之方—屎。(八)呵—喝道之聲也。〔方回詩〕游騎呵—雄。

【殿】堂練切音電霰韻　(一)大堂也。見〔初學記引蒼頡〕。(二)有—鄂也。見〔釋名釋宮室〕。(三)天子所居曰—。〔史記秦始皇紀〕始作前—。(四)官署古通呼爲—。如漢書黃霸傳。有舉孝子者先上—。注。—丞相所居屋也。則丞相府得稱—。又後漢蔡茂傳。茂初在廣漢夢坐大—。則太守署亦得稱—。(五)佛寺亦稱—。〔何景明歌〕葉暗秋燈梵—深。(六)尊稱也。〔葉適石林燕語〕天王稱陛下。—下則諸侯皆得通稱。唐惟皇后太子爲—下。〔按日本以—爲普通尊稱書簡恆用之。至對於其王公貴族則言語亦用之。意義視用標較重〕。(七)抑—。春秋時齊之別都。〔左襄二十八年傳〕與晏子抑—。其鄙六十。(八)飛行—。輦名。〔王嘉拾遺記〕漢成帝好夕出遊造飛行—。方一丈如今之輦。

【毀】 虎委切音燬紙韻況僞切音隸寘韻〔毛氏曰。凡成敗之—上聲。非自壞而壞敗之則去聲〕

① 缺也。見〔說文土部〕〔段注〕缺者、器破也。因爲凡破之偁。
② 壞之也。〔春秋文十六年〕—泉臺。
③ 虧也。見〔廣雅釋言〕。
④ 破也。見〔孝經釋文引蒼頡〕。
⑤ 去也。〔禮記儒行〕—方而瓦合。〔注〕去己之大圭角。下與小人合也。
⑥ 敗也。〔國策秦策〕壹—魏氏之威。
⑦ 滅也。〔左莊三十年傳〕自—其家。
⑧ 折也。〔國策魏策〕王不搆趙。趙不以—搆矣。〔注〕搆、合其戰也。—、折也。言趙不能以—折之兵。獨與秦戰。
⑨ 徹也。〔禮記雜記〕至于廟門不—牆。
⑩ 訾也。〔論語衛靈公〕誰—誰譽。
⑪ 謗也。〔國策齊策〕每言、未嘗不—孟嘗君也。
⑫ 謂憔悴將滅性也。〔禮記檀弓〕—不危身。
⑬ —齒。小兒齒落更生也。〔白虎通嫁娶〕男八歲—齒。女七歲—齒。
⑭ —事。穰除殃咎之屬也。〔周禮牧人〕凡外祭—事用尨。
⑮ —廟。親過高祖之廟也。〔公羊文二年傳〕—廟之主。

【[illegible]】 息俊切音峻震韻
槃也。見〔字彙〕。

【㲘】 古候切音遘宥韻
取牛羊乳也。見〔篇海類編〕。

【[illegible]】 同毄。見〔廣韻〕〔按—與擊不同。擊、攴也。攴、小—也。與—義異。〕

【[illegible]】 斁或字。見〔集韻〕。

【[illegible]】 毅譌字。見〔集韻〕。

十畫

【毃】 克角切音推覺韻口交切音磽肴韻口教切磽去聲效韻
① 擊頭也。見〔說文〕。
② 橫擿也。〔左定二年傳〕奪之杖以—之。〔釋文〕橫擿也。

【[illegible]】 古詣切音計霽韻
① 擊也。見〔廣韻〕。
② 係也。見〔廣韻〕。
③ 繫也。見〔廣韻〕。

【㱿】 丘蓋切音磕泰韻
同欬。辱也。又擊也。見〔廣雅釋詁〕。

【毄】 吉歷切音激詰歷切音喫錫韻
① 相擊中也。如車相擊。故从殳从軎也。見〔說文〕。
② 拂也。〔考工記弓人〕弓人和弓—摩。
③ 勤苦用力也。見〔洪武正韻〕。
④ —兵。戈戟之屬也。〔考工記廬人〕廬人—兵同強。
⑤ —畜。貧養之畜也。〔漢書景帝紀〕郡國或磽陿無所農桑—畜。

【[illegible]】 子亥切音宰賄韻
殺也。見〔集韻〕。

【[illegible]】 徒多切音彤冬韻火宮切音烘東韻
擊空聲也。見〔說文〕。

【[illegible]】 古毀字。見〔玉篇〕。

【[illegible]】 同[illegible]。見〔集韻〕。

【[illegible]】 同殼。見〔集韻〕。

【[illegible]】 同鼓。見〔集韻〕。

【[illegible]】 [illegible]省文。見〔集韻〕。

十一畫

【毅】 魚既切音劓未韻
① 本作毅〔說文〕毅、妄怒也。一曰。—有決也。〔段注〕苞注論語曰。—強而能決斷也。
② 致果爲—。見〔左宣二年傳〕。
③ 勝也。見〔爾雅釋詁〕。
④ 困也。見〔廣雅釋言〕。
⑤ 棋死而結局曰—。見〔徐鉉圍棋義例〕。
⑥ —鳥。鶡之別名。〔張華禽經〕鶡鷄—鳥。謂其性敢於鬭也。
⑦ 州名。唐武州。領文德一縣。後唐長興元年改置—州。當今直隸宣化縣治。

【毆】 於口切音嘔有韻
① 捶擊物也。見〔說文〕〔段注〕謂用杖擊中人物也。按此字即經典之歐字。
② 鬭—。今云—傷。罪名也。唐律有鬭—條。今法條易名—傷。

【毆】 墟侯切音摳尤韻丘于切音驅虞韻
—蛇。春秋地名。〔公羊桓十二年

傳〕盟于—蛇。〔按〕—蛇。左傳作曲池。當今山東汶上縣北。〕

【毆】虧于切音區虞韻　同驅。見〔集韻〕。

【毿】所斬切音摻豏韻　擊也。見〔集韻〕。

【毃】同敲。見〔集韻〕。

【𣫂】穀或字。見〔集韻〕。

十二畫

【毇】虎委切音毀紙韻　卽各切音作藥韻　●糲米一斛舂為九斗也。見〔說文毇部〕〔段注〕九斗各本譌八斗。糳下八斗各本譌九斗。今皆正。●細也。〔淮南主術〕糳食不—。

【𣫌】將毒切音傶屋韻　穿也。見〔廣韻〕。

【毈】徒玩切音段翰韻　杜果切音惰哿韻　卵不孚也。見〔說文卵部〕〔段注〕不孚者、卵坼不成。

【𣫑】離呈切音伶庚韻　多聲也。見〔集韻〕。

【𣫏】時饒切音佋蕭韻　同韶。大—舜樂也。〔周禮大司樂〕奏姑洗。歌南呂。舞大—。以祀羣望。

【𣫜】徒刀切音陶豪韻　同鞀。鼓名。見〔集韻〕。

【𣫊】除庚切音根庚韻　揬也。見〔廣雅釋詁〕。

【㲉】古祿切音谷屋韻　土也。見〔字彙補〕。

【𣫍】同打。見〔集韻〕。

【𣫎】同㪣。見〔集韻〕。

【𣫋】同毆。見〔正字通〕。

【𣫒】同敽。見〔字彙補〕。

【𣫓】瑩俗字。見〔正字通〕。

十三畫

【𣫕】克角切音推覺韻　空谷切音哭屋韻　●卵已孚也。見〔集韻〕。●鳥卵也。〔韓愈聯句〕盤看餦餭—。●物之孚甲也。〔梵書羅阿含經〕鈍根無知在無明—。

【𣫗】同𣫕。見〔集韻〕。

十四畫

【𣫖】丘耕切音鏗庚韻　不可近也。見〔集韻〕。

【𣫘】空谷切音哭屋韻　㾓—也。見〔集韻〕。

【𣫙】公𦒿切音古覺韻　義未詳。〔帝京景物略〕小兒歌曰。禾場背了—來了。

【𣫚】㒳萬切音產願韻　同𣫝。小舂也。見〔集韻〕。

【𣫛】毅本字。見〔說文〕。

【𣫟】同㲄。見〔正字通〕。

【𣫠】㪘譌字。見〔舊字典〕。

十五畫

【毉】烟奚切音翳齊韻　同醫。〔韻會補〕松脂千年為茯苓。千年為琥珀。千年為—。

【毉】於計切音翳霽韻　同翳。〔古今注〕翳、或作—。翳木出交州。亦謂之鳥文木。

【𣫡】乙例切音懿霽韻　美也。見〔字彙補〕。

十六畫

【𣫢】古翻字。見〔集韻〕。

【𣫣】同㲋。見〔集韻〕。

十七畫

【𣫤】苦紺切音勘勘韻　苦濫切音闞咸韻　同韇。擊鼓也。見〔集韻〕。

十九畫

【𣫥】離鹽切音廉鹽韻　鑱匯也。見〔集韻〕。〔按說文竹部籢字。與—字同義。正字通謂為籢之譌字。是。〕

【𣫦】虛驕切音囂蕭韻　樂器。大磬也。〔爾雅釋樂〕大磬謂之—。〔孫注〕—、喬也。喬、高也。謂其聲高也。〔李注〕大磬聲淸燥。故曰—。—、燥也。

[illegible]圖

【[illegible]】力東切音隆東韻
[illegible]聲也。見〔玉篇〕。

【[illegible]】他登切音騰蒸韻
鼟或字。〔集韻〕鼟鼓聲也。或作—。

【[illegible]】同釐。人名。〔呂覽當染〕禽滑—學於墨子。許犯學於禽滑—。〔注〕梁仲子云。疑當作禽滑釐。列子湯問、莊子天下、說苑反質皆作釐字。

二十畫

【[illegible]】猥狄切音歷錫韻
刈也。見〔集韻〕。〔按字彙補書作[illegible]〕

【[illegible]】音輕庚韻
不可進貌。見〔龍龕手鑑〕。〔按[illegible]字集韻訓不可近。疑—爲[illegible]之譌。不可近、又譌作不可進。蓋—[illegible]、進近四字各因形聲相近而譌。〕

【[illegible]】系或字。見〔說文系部〕。

※戈部※

【戈】古禾切音鍋歌韻
(一)平頭戟也。見〔說文〕。〔注〕戟小支上向則爲戟。平則爲—。

戈圖

(二)—船。將軍官名也。〔漢書西南夷兩粵朝鮮傳〕故歸義粵侯二人爲—船下瀨將軍。
(三)國名。在宋鄭之間。〔左哀元年傳〕遂滅過—。
(四)玄—。天—。均星名。〔晉書天文志〕矛楯北一星曰玄—。〔又〕天—一星在招搖北。見〔宋史天文志〕。
(五)—腳。字體也。〔宣和書譜〕太宗以書師世南。然嘗患—腳不工。
(六)—什。前滿督撫提鎮之材官。滿洲語。本曰—什哈。
(七)—壁。瀚海也。蒙古語謂大沙漠曰兀勒列惕。西羌語曰居延。滿洲語曰—壁。
(八)—比。俄銅貨名。百戈比當一盧布。英文Copeck。
(九)—登。英吉利大將名。初平定印度克什米爾。後從中國淮軍勦戰有功。英文Gordon。
(十)姓也。宋—彥明—鎬。

一畫

【戉】王伐切音越魚厥切音月月韻
(一)斧也。司馬法曰。夏執玄—。殷執白戚。周𠂇杖黃—。又把白髦。見〔說文戉部〕、〔段注〕俗多金旁作鉞。

戉圖

(二)豁也。所向莫敢當前。豁然破散也。見〔釋名釋兵〕。
(三)星名。〔漢書天文志〕東井西曲星曰—。

【戊】莫候切音茂宥韻莫後切音牡有韻〔俗讀若務非〕。
(一)中宮也。象六甲五龍相拘絞也。見〔說文戊部〕〔段注〕六甲者。漢書日有六甲是也。五龍者。五行也。許謂—字之形像六甲五龍相拘絞也。
(二)十干之一。〔爾雅釋天〕太歲在—

曰著雍。月在—曰厲。

(三) 茂也。物皆茂盛也。見〔釋名釋天〕。

(四) 人名。商太—。矜魏—。

(五) —夜。夜寅時之稱。即今云午前四時也。

二畫

〔戌〕 辛律切音恤質韻

(一) 滅也。九月昜气微。萬物畢成。昜下入地也。五行土生於戊。盛於—。从戊一。見〔說文戌部〕〔段注〕火部曰。威。滅也。本毛詩傳。火死於—。陽氣至—而盡。故威从火—。此以威釋—之恉也。九月於卦爲剝。五陰方盛。一陽將盡。陽下入地。故其字从土中含一。戊者中宮亦土也。一者一陽也。戌中含一。會意也。

(二) 十二支之一。〔爾雅釋天〕太歲在—曰閹茂。

(三) 日辰名。黃昏爲—。即今云午後七小時八小時也。

(四) 恤也。物當收斂矜恤之也。見〔釋名釋天〕。

(五) 滅氣也。見〔風俗通祀典〕。

(六) 誠也。見〔玉篇〕。

(七) —爲成。見〔淮南天文〕。

(八) 鮮也。〔漢書司馬相如傳〕揚衪—削。〔注〕—、鮮也。削、見其降殺之美也。〔按史記司馬相如傳。眇閻易以—削。集解引徐廣說。言如刻畫作之。〕

(九) 方隅名。西北方也。〔宋史樂志〕伏於—方。

(十) 屈—。人家窗戶之環紐也。〔李商隱詩〕拔脫金屈—。

(十一) 人名。春秋時、宋向—。鄭皁—。衛公孫—。楚穿封—。沈尹—。

〔戍〕 舂遇切音輸遇韻

(一) 守邊也。从人持戈。見〔說文〕。

(二) 遏也。見〔爾雅釋言〕。

(三) 舍也。〔詩揚之水〕不與我—申。〔釋文引韓詩〕、—舍也。

(四) 名也。〔管子地數〕武王立重泉之—。

(五) 黃龍—。地名也。〔宋史馮跋傳〕馮跋治黃龍城。故謂之黃龍—。

〔戎〕 而融切音絨東韻

(一) 本作戎。〔說文〕戎。兵也。从戈甲。〔段注〕兵者械也。月令乃教於田獵以習五—。注。五—謂五兵。弓矢殳矛戈戟也。

(二) 兵車也。〔詩六月〕元—十乘。〔按大曰元—。小曰小—。詩、小—俴收。〕

(三) 戰爭也。〔書說命〕惟甲冑起—。

(四) 兵士也。〔文選潘岳誄〕賈總禁—。

(五) 大也。〔詩烈文〕念茲—功。

(六) 古西方夷之名。〔禮記王制〕西方曰—。

(七) 汝也。〔詩崧高〕—有良翰。〔按—、汝本雙聲。今江浙濱海之地猶謂汝爲—。〕

(八) 相助也。〔詩常棣〕烝也無—。

(九) 強惡也。見〔白虎通禮樂〕。

(十) 拔也。〔方言〕江淮南楚之間謂拔曰—。

元戎圖

(十一) ——。華形貌。〔詩何彼襛矣傳〕襛、猶——也。〔又〕稠多貌。〔文選張衡賦〕——繁霜。

(十二) —醜。犬獸也。見〔爾雅釋天—醜伋行注。〕

(十三) —路。白路也。〔呂覽孟秋〕乘—路。

(十四) —宜王尸。犬—之神名也。〔山海經大荒北經〕犬—有赤獸。名曰—宜王尸。

(十五) —菽。豆之一種。〔爾雅釋草〕—菽謂之荏叔。〔注〕即胡豆也。

戎菽圖

●十六—葵。花名。〔爾雅釋草〕蔨—葵。〔注〕今蜀葵也。
●十七西方曰—。見〔禮記王制〕。〔按風俗通。西方曰—者。斬伐殺生。不得其中。—者兜也。其類有六。一曰僥夷。二曰—夷。三曰老白。四曰耆光。五曰鼻息。六曰天剛〕。
●十八春秋國名。〔左隱二年傳〕公會—于濟。〔注〕陳留濟陽縣東南有—城。〔當今山東曹縣東南〕。
●十九州名。唐置。屬劍南道。當今四川宜賓縣治。〔又〕—州都督府。唐貞觀四年置。當在今雲南境。
●二十姓也。春秋—律。漢—賜。明—康。

【𢦓】如蒸切音仍蒸韻
扔或字。〔集韻〕扔因也。一曰引也。或作扨。亦省。

【𢦔】渠尤切音求尤韻
矛飾也。見〔玉篇〕。

【𢦐】同我。見〔正字通〕。

【戋】戔省文。見〔集韻〕。

三畫

【𢦏】將來切音栽灰韻
●一傷也。从戈才聲。見〔說文〕〔段注〕傷者刅也。此案與𢦏藋音同而義相近。謂受刅也。
●二同哉語詞。見〔六書正譌〕。

【成】時征切音城庚韻
●一就也。从戊丁聲。見〔說文戊部〕。
●二遂也。〔老子〕功—而不居。
●三終也。〔書益稷〕簫韶九—。
●四平也。〔周禮賈人〕掌—市之貨賄人民牛馬兵器珍異。
●五立也。〔國策秦策〕以—伯王之名。
●六畢也。〔儀禮士虞禮〕西面告利—。
●七備也。〔禮記喪大記〕五十不—喪。
●八所由起也。〔國語晉語〕黃帝以姬水—。炎帝以姜水—。
●九縣解之貌。〔莊子大宗師〕—然寐。
●十進也。〔周書命訓〕大命日—。
●十一脊也。〔荀子正名〕則從諸夏之—俗。
●十二定也。〔國語吳語〕吳晉爭長未—。
●十三盤也。〔詩猗嗟〕儀既—兮。
●十四生也。〔易繫辭〕幾事不密則害—。
●十五盛也。〔呂覽先己〕松柏—而塗之人已蔭矣。
●十六熟也。〔呂覽明理〕五種穀萎敗不—。
●十七併也。〔儀禮既夕〕如二以—。
●十八善也。〔禮記少儀〕毋誓衣服—器。
●十九治也。〔左桓二年傳〕以—宋亂。
●二十解怨結好也。〔周禮調人〕以民—之。
●廿一必也。〔國語吳語〕勝未可—。
●廿二重也。〔爾雅釋丘〕丘一—為敦丘。
●廿三品式也。〔周禮大宰〕八灋。五曰官—。〔注〕謂官府之—事品式也。
●廿四總計也。〔禮記王制〕司會以歲之—質於天子。
●廿五斗建十二値日之一。〔淮南天文〕戍為—。〔詳建字〕。
●廿六春秋地名。〔禮記檀弓〕聞子皋將為—宰。〔按此為孟孫氏之邑。在今山東寧陽縣東北九十里〕〔又〕西漢侯國名。屬涿郡。見〔漢書地理志〕。〔當今直隸清苑縣境〕〔又〕西魏州名。唐時屬山南道。即今甘肅—縣。〔又〕遼州名。屬上京道。當今奉天省義縣北。〔又〕晉世十六國之一。由李特傳子雄據蜀地。國號—。〔今四川—都之名蓋因之〕。
●廿七山名。〔史記封禪書〕—山斗入海。最居齊東北隅。〔按—山在今山東榮城縣境海中。航海者由—山直北則入遼東海灣。折而向西。則入直隸海灣〕。
●廿八—國大國也。〔左襄十四年傳〕—國不過半天子之軍。
●廿九通十為—。故方十里之地曰—。〔左哀元年傳〕有田一—。〔按今世俗折扣七—八—之類。皆以十為—數本此〕。
●三十—骨。骭骨上端也。〔素問刺腰痛論〕刺少陽—骨之端出血。
●卅一—均。國學也。〔周禮大司樂〕掌—均之灋。
●卅二不—。未冠也。〔左哀五年傳〕齊燕姬生子不—而死。
●卅三—吉思汗。即元太祖。元史稱鐵木眞。清世改譯作特穆津。
●卅四安民立政曰—。見〔周書謚法〕。

【我】語可切俄上聲哿韻
●一施身自謂也。或說。—頃頓也。手。古文垂字。一曰古殺字。見〔說文我部〕。〔段注〕施讀施捨之施。謂用己廁于衆中而自稱。則為—也。頃。頭不正也。頓下首也。故引伸為傾側之意。賓筵側弁之俄。箋云。俄。傾貌。然則古文以卜爲俄也。
(二)宰主之名也。〔易繫辭注〕造之非｜。
(三)爲也。〔太玄瑩〕會｜蒙昏。
(四)謂君也。〔後漢楊賜傳〕天齊乎人。假｜一日。〔注〕、謂君也天意欲整齊于人必假於君也。
(五)父母國之稱也。〔春秋隱八年〕｜入祊。
(六)親之之辭也。〔論語述而〕竊比於｜老彭。
(七)言｜者未絕於｜也。〔公羊宣十年傳〕齊人歸｜濟西田。齊已取之矣。其言｜何。言｜者未絕于｜也。
(八)私意也。〔論語子罕〕毋固毋｜。
(九)姓也。〔漢書藝文志〕｜子一篇。〔注〕爲墨子之學者。
(十)通餓。〔莊子山木〕吾無糧｜無食。〔釋文〕｜、一本作餓。

【戒】居拜切音介卦韻
(一)𢦏也。从廾持戈以｜不虞。見〔說文廾部〕。
(二)論也。〔書大禹謨〕｜之用休。
(三)告也。〔儀禮鄉飲酒禮〕主人｜賓。
(四)命也。〔儀禮聘禮〕｜上介亦如之。
(五)守也。〔周禮掌固〕夜三鼜以號｜。
(六)勑令也。〔左宣十二年傳〕軍政不｜而備。
(七)散齋也。〔禮記禮器〕七日｜。
(八)至也。〔詩烈祖〕既｜既平。
(九)具田器也。〔詩大田〕既種既｜。
(十)禁也。如禁酒曰｜酒。禁嚴曰｜嚴之類。
(十一)｜指。女子手飾也。一名約指。〔五經要義〕古者后妃羣妾御于君。以銀鐶進之。娠則以金鐶退之。進者著右手。退者著左手。即今之｜指也。
(十二)思惡勿道謂之｜。見〔賈子道術〕。
(十三)通誡。〔易繫辭〕小懲而大｜。
(十四)同界。〔唐書天文志〕江河爲南北兩｜。

【戓】各何切音哥歌韻
地名。見〔佩觿集〕。

【𢦐】古我字。見〔說文我部〕。

四畫

【㦰】將廉切音尖鹽韻
(一)絕也。从从持戈。一曰田器古文。讀若咸。讀若詩云。攕攕女手。見〔說文〕〔段注〕絕者刀斷絲也。一說謂田器字之古文如此作也。疑銛字近之。
(二)刺也。見〔廣韻〕。
(三)銳意也。見〔廣韻〕。

【𢦟】枯含切欽平聲覃韻
(一)殺也。商書曰。西伯既｜黎。見〔說文〕〔按書本作戡。蓋漢魏六朝人｜、戡、龕等字不甚區別〕。
(二)同堪。〔漢書五行志〕王心弗｜。〔注〕古堪字。

【戕】慈良切音牆陽韻　財干切音殘寒韻
(一)槍也。它國臣來弒君曰｜。見〔說文〕〔段注〕槍者歫也。歫、謂相抵爲害。
(二)卒暴之名。〔左宣十八年傳〕邾人｜鄫子于鄫。
(三)殘也。〔書梓材〕｜敗人宥。
(四)猶傷也。〔國語晉語〕可以小｜。
(五)｜囊猶搶攘也。〔莊子在宥〕乃始臠卷獊囊。〔釋文〕崔本作｜囊、囊猶搶攘。

【戕】資良切音將　玆郎切音臧陽韻
栰也。見〔廣雅釋宮〕〔按此通牂。牂牁。繫船杙也。見史記西南夷傳道西北牂牁崔注。〕

【戕】慈盈切音情庚韻
殺也。見〔集韻〕。

【或】越逼切音閾職韻
邦也。从口。戈以守其一。一。地也。見〔說文〕〔段注〕邑部曰。邦者國也。蓋｜國在周時爲古今字。古文祇有｜字。既乃復製國字。以凡人各有所守。皆得謂之｜。各守其守。不能不相疑。故｜又訓疑。而封建日廣。以爲凡人所守之｜字未足盡之。乃又加口而爲國。又加心爲惑焉。〔按後世又从或从土作域〕。

【或】穫北切音惑職韻
(一)不定之辭。〔易乾〕｜躍在淵。
(二)不盡也。〔墨子小取〕｜也者不盡也。
(三)不必之辭。〔易小過〕從｜戕之。
(四)外辭也。〔穀梁隱三年傳〕有內辭也。｜、外辭也。
(五)不知姓名之稱。〔左襄三十年傳〕絳縣人｜年長矣。

(六)猶又也。〔詩賓之初筵〕既立之監。—佐之史。
(七)猶有也。〔書大禹謨〕罔—干予正。
(八)語助也。〔詩天保〕如松柏之茂。無不爾—承。〔言無不爾承也。—字語助〕
(九)常也。〔老子〕—不盈。
(十)他人也。〔左昭二十八年傳〕—賜二小人酒。
(十一)賤者也。〔左定四年傳〕明日—旆以會。
(十二)通惑。〔孟子告子〕無—乎王之不智也。

【𢦤】戶瓦切音踝馬韻　繫踝也。見〔說文丮部〕。

【我】古獲切音蟈陌韻　截耳也。見〔玉篇〕。〔按集韻云。聝亦作—。〕

【戔】財干切音殘寒韻　旨善切音膳銑韻　賊也。周書曰。——巧言也。見〔說文〕〔段注〕與殘音義皆同。故殘用以會意。今則殘行而—廢矣。今書截截善諞言。此僞—。戔戔之異文。今文尙書也。劉向九歎曰。讒人諓諓。諓即—。許作—爲本字。

【戔】將先切音箋先韻　宗親切音津眞韻　—。淺小之意。〔易賁〕束帛——。

【戔】楚限切音剗　揣綰切音憸潸韻　擠傷也。見〔集韻〕。

【戔】子淺切音翦銑韻　少也。見〔集韻〕。

【戔】匹見切音片霰韻　在演切音踐銑韻　狹少也。〔周禮鮑人〕則是以博爲帴。〔注〕讀如羊豬—之—。

【㦰】古我字。見〔說文長箋〕。

【戚】古威字。見〔字彙補〕。

【戔】古弟字。見〔字彙補〕。

【戒】同戠。見〔集韻〕。

【戕】同戔。見〔字彙〕。

【罗】戔譌字。見〔字彙〕。

五畫

【哦】買我切音哿哿韻　繫舟杙也。見〔集韻〕。〔按玉篇音各何切。無訓。正字通云。𢧁譌字。〕

【戒】戎本字。見〔說文〕。

【戚】古戚字。見〔說文戊部〕。

【我】古矛字。見〔玉篇〕。

【滅】古戒字。見〔集韻〕。

【戕】同戚。見〔漢夏承碑〕。

【戒】勇或字。見〔說文力部〕。

【戎】戒俗字。見〔字彙〕。

六畫

【戚】徒弄切音洞送韻　(一)船板木。見〔玉篇〕。(二)橛也。見〔集韻〕〔廣韻云。船纜所繫。正字通云。㦗譌字。〕

【戔】宗沾切音尖鹽韻　(一)田器。見〔字彙補〕〔疑即戔譌字。〕(二)盡也。見〔字彙補〕。

【㦵】追輸切音誅虞韻　(一)殺也。見〔集韻引廣雅〕。(二)戈名。見〔集韻〕。

【㦸】各額切音格陌韻　鬭也。見〔玉篇〕。〔正字通云。挌、格、並通。集韻或作𢧢。〕

【戔】賊安切音殘寒韻　多也。見〔玉篇〕。

【戜】余隴切音勇腫韻　猛也。見〔字彙補〕。

【戚】古滅字。見〔篇韻〕。

【裁】截譌字。見〔篇海〕。

七畫

【戚】倉歷切音磩錫韻　(一)戉也。見〔說文戉部〕〔段注〕大雅云。干戈戚揚。傳、戚、斧也。揚、鉞也。依毛傳。—小於戉。揚乃得戉名。左傳。—鉞秬鬯。文公受之。—、鉞亦分二物。許則渾言之耳。(二)猶促也。〔家語曲禮子貢問〕周以—吾從殷。(三)猶惕也。〔國語吳語〕—然服士以司吾間。(四)一家之內外親族也。經史所言親—有四義。伍員謂親—爲戮。則指父兄言。蘇秦謂富貴則親—畏懼。則指妻嫂言。左傳所謂封建親—。

則指同姓之親—言。史記所謂事舜親—則指異姓之親—言。

(五)哀過禮也。〔論語八佾〕喪與其易也寧—。

(六)憂也。〔書金縢〕未可以—我先王。

(七)憤恚也。〔禮記檀弓〕慍斯—。

(八)近也。〔周書大戒〕惠—咸服。〔注〕惠、順也。—、近也。

(九)腠理也。見〔史記司馬相如傳注〕。

(十)——常發懼也。〔論語述而〕小人長——。〔又〕心有動也。〔孟子梁惠王〕於我心有——焉。〔又〕內相親也。〔詩行葦〕——兄弟。

(十一)—施。不能仰者。〔詩新臺〕得此—施。〔又〕面柔也。見〔爾雅釋訓〕。〔又〕蟾蜍也。見〔御覽引韓詩章句〕。

(十二)—醮。顑頷也。〔莊子盜跖〕滿心—醮。

(十三)地名。〔春秋文元年〕公孫敖會晉侯于—。〔注〕—、衞邑。〔按今直隸開縣北七里有古—城〕。〔又〕縣名。漢置。屬東海郡。當今山東滕縣南七十里。

(十四)姓也。漢臨轅侯—鰓。

【戚】趨玉切音趗沃韻

同促。疾也。〔考工記總敘〕不微至無以為—速也。〔注〕齊人有名疾為—者。

【戛】訖黠切音拮　丘八切音劼黠韻

(一)戟也。見〔說文〕。

(二)長矛也。〔文選張衡賦〕立戈迤—。

(三)轢之也。〔書益稷〕—擊鳴球。〔又〕敔也。〔後漢馬融傳〕故—擊鳴球。栽於虡謨。〔注〕—、敔也。櫟之所以止樂。

(四)槩也。〔文選木華賦〕—巖嶻。

(五)禮也。見〔爾雅釋言〕。

(六)常也。〔書康誥〕不率大—。

(七)齟齬貌。〔韓愈書〕—乎其難哉。

(八)通秸。〔漢書地理志〕三百里—服。〔今書禹貢作秸〕

【𢧀】侯旰切音翰翰韻　居寒切音干寒韻

盾也。見〔說文〕。〔段注〕干戈字本作—。干、犯也。—、盾也。俗多用干代—。干行而—廢矣。

【戜】徒結切音𦒿屑韻

利也。一曰剔也。見〔說文〕〔段注〕利者、銛也。剔、作鍘。

【𢧢】壯牘切音縮屋韻

姓也。〔姓氏急就章注〕梁四公子—黨。

【𢦽】古歲字。見〔篇海〕。

【𢧐】古朔字。見〔玉篇〕。〔按正字通書作𢧐。〕

八畫

【𢧖】竹角切音卓覺韻

(一)擊也。見〔集韻〕。

(二)推也。見〔集韻〕。

【戟】訖逆切音棘陌韻

(一)本作𢧢。〔說文〕𢧢、有枝兵也。从戈。榦省。周禮—長丈六尺。見〔說文〕〔段注〕兵者、械也。枝者、木別生條也。—為有枝之兵。則非若戈之平頭而亦非直刃。似木枝之衺出也。

戟圖

(二)格也。旁有枝格也。見〔釋名釋兵〕。

(三)—手。叉手罵詈也。〔左哀二十五年傳〕公—其手曰。必斷而足。

(四)—女。地名。〔國策秦策〕秦舉安邑而塞女—。〔注〕女—在太行西。〔按當在今山西安邑縣境。〕

(五)大—。藥名。見〔本草綱目〕。

(六)巴—。藥名。見〔本草綱目〕。

(七)通棘。〔禮記明堂位〕越棘大弓。〔注〕棘、—同。

【𢦿】透帝切音替霽韻

—氏。國名。見〔字彙補〕。

【𢧁】口含切覃韻

殺也。見〔餘文〕。

【𢧂】古斷字。見〔玉篇〕。

【𢧬】古國字。見〔集韻〕。

【𢧃】古蠢字。見〔字彙補〕。

【𢧄】同棨。見〔韻會〕。

【戞】俗戛字。見〔字彙〕。

九畫

【戠】式吏切音試　昌志切音熾寘韻

(一)闕。从戈从音。見〔說文〕〔段注〕大徐如此。小徐無从戈从音。有職从此。古職字古之職役皆執干戈十四字。非許語也。其義其音蓋皆闕矣。

㊁通㦸。聚會也。[易豫]朋盍㦸。[虞本作—云—聚會也。]
㊂通埴。黏土也。[書禹貢]厥土赤埴墳。[古文作赤—。]

【戡】 枯含切音堪覃韻
㊀刺也。見[說文]。[段注]刺者直傷也。平直皆得云刺。
㊁克也。殺也。[爾雅釋詁]、—克也。[注] 公羊傳曰克之者何。殺之也。
㊂人名。何—。唐之樂工。[劉禹錫詩]舊人惟有何—在。
㊃通堪。勝也。[文選李陵詩]意謂此時功難堪矣。[注]說文作—。、勝也。[按又通伐。]
㊄通龕。[法言重黎]劉龕南陽。[注]龕、同—。取也。

【戡】 張盛切音碪寢韻
㊀同揕。小斫也。見[廣韻]。
㊁剼也。見[韻會]。

【戢】 側立切音楫緝韻
㊀藏兵也。見[說文]。[段注]周頌時邁曰。載—干戈。傳。—聚也。聚、與藏義相成。聚而藏之也。以其字从戈。故曰藏兵。
㊁斂也。[詩鴛鴦]—其左翼。[又]捷也。搊也。見[詩鴛鴦釋文引韓詩]。
㊂止也。[左隱四年傳]夫兵猶火也。弗—、將自焚也。
㊃插也。見[廣雅釋詁]。
㊄不—也。[詩桑扈]不—不難。
㊅—孴。衆貌。[文選王延壽賦]芝栭攢羅以—孴。
㊆姓也。周—黎。明—如止。

【歲】 余章切音陽陽韻
㊀戈也。見[集韻]。
㊁通揚。戉也。見[韻會小補]。

【戣】 渠龜切音逵支韻
㊀周制。侍臣執—立於東垂。兵也。見[說文]。[段注]見書顧命。某氏傳曰。—、瞿皆戟屬。鄭云。—、瞿蓋今三鋒矛。王肅則曰皆平器之名。許不言何兵。略同子雍也。
㊁人名。[韓愈誌銘]孔子之後三十八世有孫曰—字君嚴。

【戣】 求位切音匱寘韻
兵也。見[字林]。

【戚】 房越切音伐月韻
盾也。見[廣韻]。

【戞】 陟鎋切音哳黠韻
—好。見[廣韻引證俗文]。

【戢】 精客切音側職韻
斂止衆也。見[字彙補]。

【𢧢】 子乃切音宰賄韻
楚人有以此命名者。如范元—、熊八—是也。見[字彙補]。

【𢨋】 渠蓋切音隑泰韻
以物相質也。見[字彙補]。[俗稱商業之影射者曰—]。

【𢧤】 讀如等
衡法。權小數之器也。俗稱曰—子。本作等。

【𢨒】 同𢧵。見[字彙]。

【𢨃】 同鍋。見[集韻]。

【𢦿】 歲俗字。見[字彙補]。

十畫

【戩】 子淺切音翦銑韻子賤切音箭霰韻
㊀滅也。詩曰。實始—商。見[說文]。[段注] 滅者。盡也。盡之義兼美惡。故滅之義亦兼美惡。凡盡皆得云滅、亦皆得云—也。天保曰。俾爾—穀。朱子曰。—、盡也。穀、善也。此注甚合古義。
㊁福也。見[爾雅釋詁]。
㊂丹—。蟲名。[本草綱目]丹—、一名飛龍。生蜀郡。狀如鼠婦。青股班赤。
㊃乍—。人名。[岡州見聞志]道士牛—。河內人。工書翎毛。多寫班鳩野鵲。

【截】 昨結切音捷屑韻
㊀本作𢧵。[說文]𢧵。斷也。
㊁齊壹也。[詩長發]九有有—。
㊂治也。[詩常武]—彼淮浦。
㊃旁出也。[國語晉語]不如—而行。
㊄直度也。[文選郭璞賦]趨漲—洞。
㊅猶阻也。[穆天子傳]—春山以北。
㊆通札。謂疫厲也。[周禮大宗伯]以荒禮哀凶札。[注]札、讀爲—。謂疫厲。
㊇——。盛也。見[廣雅釋訓]。[又]猶察察。言說辯給之貌。[書秦誓]惟——善諞言。
㊈茅—。蟲名。[爾雅釋蟲]蠽、茅蜩。[注] 江東呼爲茅—。似蟬而小。青色。
㊉—取。清代任外官之一法。如—取知府。—取同知。—取知縣。
⑪—句。詩之一體。有五言—句。七言

—句。

（十一）—上。—下。並八股文命題之一法。又謂之截—。

（十二）猶段也。如俗云上半—。下半—。

【𢨀】儲欲切音辱沃韻 戟也。見〔玉篇〕。

【戨】居何切音歌歌韻 杙也。見〔禮部韻畧〕。〔按韻會云。从戈誤。〕

【戫】越逼切音域職韻 疾貌。見〔集韻〕。

【𢧵】苦兼切音謙鹽韻 戈屬。見〔集韻〕。

【𢧰】何點切頷上聲琰韻 健也。見〔字彙補〕。

【𢧺】古得切音裓職韻 —緈—草生也。見〔五音集韻〕。

【𢨌】戟本字。見〔說文〕。

【𢧲】古創字。見〔玉篇〕。

【𢧸】同遊。見〔玉篇〕。

【𢨔】同豢。見〔正字通〕。

【𢧳】同盞。見〔篇海類編〕。

十一畫

【戮】力六切音陸屋韻 憐蕭切音聊蕭韻 力救切音溜宥韻

（一）殺也。見〔說文〕。

（二）病也。見〔爾雅釋詁〕。

（三）辠也。見〔廣雅釋詁〕。

（四）暴也。〔呂覽貴因〕讒慝勝良命曰—。

（五）陳尸也。〔國語晉語〕殺其生者而—其死者。〔此即後世—尸之刑。〕

（六）辱也。〔左文六年傳〕夷之蒐賈季—臾駢。

（七）通僇。〔書甘誓〕不用命—于社。〔史記夏紀作僇。〕

（八）通勠。〔書湯誥〕與之—力。

（九）通剹。〔列子力命〕子產執而—之。〔釋文作剹。〕

（十）通雡。野鵝也。〔揚雄賦〕—鴟初乳。

【𢧶】餘封切音容冬韻 —戣。兵器。見〔廣韻〕。

【𢧹】牛刀切音敖豪韻 戟鋒也。見〔廣韻〕。

【戭】以忍切音引軫韻 長槍也。見〔說文〕。〔段注〕槍者歫也。謂以長物相刺。按槍非古兵器。—亦非器名。取槍歫之義耳。

【𢨆】羊進切音胤震韻 矛屬。見〔集韻〕。

【𢨋】以久切音酉有韻 長盾也。見〔集韻〕。

【戭】以淺切音衍 杜兗切音篆銑韻 人名。〔左文十八年傳〕高陽氏才子檮—。

【𢧷】色絳切音淙絳韻 捍船木也。見〔廣韻〕。

【𢧐】截本字。見〔說文〕。

【𢧗】古穢字。見〔集韻〕。

【𢧘】古襲字。見〔玉篇〕。

【戯】同呼。見〔玉篇〕。

【𢨅】譌字。康熙字典引集韻與栽同。攷集韻栽下無此字。

【戳】擉俗字。見〔正字通〕。

十二畫

【戰】之膳切旃去聲霰韻

（一）鬥也。見〔說文〕。〔段注〕鬥者兩士相對。兵仗在後也。

（二）憚也。見〔廣雅釋言〕。

（三）凡於事物角勝負皆曰—。如酒—、商—。皆屬義之引伸也。

（五）懼也。〔法言吾子〕見豺而—。

（六）寒慄也。〔佛國記〕遇暴寒起。人皆噤—。

（七）怖而身體震動也。〔史記齊悼惠王世家〕因退立股—。

（八）植物感觸外界激刺之微音也。〔范成大詩〕蕭蕭林巒葉梨—。

（九）陰陽爭爲—。〔易坤文言〕陰疑于陽必—。

（十）—恐也。〔詩小旻〕——兢兢。〔又〕動也。〔爾雅釋詁〕——、蹌蹌。動也。

（十一）春秋後時代之稱。〔史記蘇秦傳〕凡天下—國七。

（十二）姓也。漢—兢。明—愼。

【𢧻】截本字。見〔正字通〕。

【𢨉】古域字。見〔集韻〕。

【𢨊】古戴字。見〔集韻〕。

【𢨍】古韶字。見〔字彙補〕。

【𢨒】詩籀文。見〔說文言部〕。

【𢧵】同獝。鳥驚飛貌。見〔集韻〕。

【戱】戲俗字。見〔正字通〕。

【戯】熷俗字。見〔正字通〕。

十三畫

【戲】香義切音嚱寘韻

(一)三軍之偏也。一曰兵也。見〔說文〕。〔段注〕偏、若先偏後伍。偏爲前拒之偏。謂軍所駐之一面也。一說謂兵械之名也。

(二)愁也。齊曰—。見〔方言〕。

(三)歍也。楚謂之—。見〔方言〕。

(四)施也。見〔廣雅釋詁〕。

(五)獻也。法也。見〔風俗通皇霸〕。

(六)言笑也。〔禮記坊記〕閨門之內。—而不歎。

(七)詼嘲也。〔詩淇澳〕善—謔兮。

(八)嬉遊也。〔詩板〕無敢—豫。

(九)不誠也。〔呂覽重言〕余一人與虞—也。

(十)角力也。〔國語晉語〕請與之—。

(十一)山名。〔國語魯語〕幽滅於—。〔注〕—山在西周。

(十二)紂邑名。〔周書世俘〕呂他命伐越、—、方。〔注〕越、—、方紂三邑。

(十三)演劇伎樂角觝賭博等技也。〔史記孔子世家〕優倡侏儒爲—而前。〔今專稱演劇曰—。稱角技之一種曰百—〕。

(十四)五禽—。醫術也。〔後漢華佗傳〕佗與吳普曰。吾有一術。名五禽之—。

(十五)祕—。御女也。〔史記周仁傳〕景帝入臥內。于後宮祕—。

(十六)泰—。山名。〔山海經北山經〕泰—之山。無草木。多金玉。〔按山在今山西繁峙縣東北百二十里。爲滹沱水所出〕。

(十七)伯—。人名。〔左昭三年傳〕箕伯、直柄、虞遂、伯—。

(十八)姓也。三國時。魏潁川—志才。

【戲】虛宜切音兮支韻

同羲。〔荀子成相〕文武之道同虙—。

【戲】呼爲切音麾支韻

同麾。旗屬。〔史記項羽紀〕諸侯罷—下。各就國。〔按引申之凡轅門幕府皆可曰—下。如史記韓信傳。可致—下。可證〕。

【戲】驅爲切音虧支韻

傾側也。〔周禮喪祝注〕執披備傾—。

【戲】於宜切音漪支韻

隋或字。〔集韻〕上黨隋氏阪。或作崎、—。通作猗。

【戲】荒胡切音虖虞韻

同呼。於—。歎辭。〔詩烈文〕於—前王不忘。

【戲】桑何切音娑歌韻

酒尊名。飾以翡翠。見〔周禮司尊彝司農注〕。

【戫】乙六切音郁屋韻

有文章也。見〔說文有部〕。〔段注〕—、古多叚彧字爲之。彧者戫之隸變。今本論語郁郁乎文哉。古多作彧彧。

【𩛩】亡范切音錽謙韻

刃也。見〔廣韻〕。

【𢨈】弑俗字。見〔正字通〕。

十四畫

【戳】敕角切音逴覺韻

(一)槍—也。見〔篇海〕。

(二)凡以尖銳之物相刺皆曰—。〔李東陽詠〕猶幸農家事脊—。

(三)俗稱圖記曰—記。

【戴】丁代切音黛隊韻

(一)分物得增益也。見〔說文異部〕。〔段注〕釋訓曰。蓁蓁、孼孼、—也。毛傳曰。蓁蓁至盛貌。孼孼盛飾。是皆謂加多也。

(二)頭上載物也。〔孟子梁惠王〕頒白者不負—於道路矣。

(三)奉也。〔書大禹謨〕衆非元后何—。

(四)感也。〔淮南繆稱〕凡行—情。〔今云感—〕。

(五)嗟也。〔淮南繆稱〕意而不—。

(六)覆也。見〔小爾雅廣詁〕。

(七)氣在日上也。〔孝經援神契〕日抱—。

(八)値也。〔爾雅釋地〕南—日爲丹穴。北—斗極爲空桐。

(九)棺束也。〔禮記喪大記〕士—前纁後緇。

(十)丘名。〔爾雅釋地〕途出其前—丘。

(十一)典禮無愆曰—。愛民好治曰—。益見〔周書謚法〕。

(十二)—陽。病危而面色轉赤也。〔素問至眞要大論〕—陽者死不治。

⑬丨眼。謂睛不轉而仰視也。〔素問診要經終論〕太陽之脈其終也丨眼反折瘛瘲。

⑭丨勝。鳥名。〔禮記月令〕丨勝降于桑。〔按方言鳲鳩自關而東謂之丨鵀。東齊海岱之間謂之丨南。或謂之丨鴰。或謂之丨勝。國入寫字。〕

⑮頂丨。請世官吏之加銜也。如頭品頂丨之類。〔按日本用爲懇請之意。〕

⑯通巀。〔爾雅釋山〕石丨土謂之崔嵬。土丨石爲砠。〔釋文〕丨本作巀。

⑰姓也。出濟北本宋丨穆公後。漢丨德號大丨。聖號小丨。由是禮有大小丨之學。

【戴】　作代切音再隊韻

春秋國名。〔春秋隱十年〕宋人蔡人衛人伐丨。〔按在今河南考城縣東南五里。〕

十五畫

【戱】　許羈切戲平聲支韻

相笑貌。見〔廣韻〕。

【戳】　同戳。〔集韻〕以戈擊豎故从

十六畫

【戲】　呼伊切音希支韻

兵名。見〔字彙補〕。

【戴】　同識。見〔韻會〕。

十七畫

【蠘】　五哥切音俄歌韻

蟲名。見〔字彙補〕。

十八畫

【戵】　權俱切音衢虞韻

㊀戟屬。古謂四出矛爲丨。見〔廣韻〕。

㊁通瞿。〔書顧命〕一人冕執瞿立于西垂。

中華大字典 巳集

※火部※

【火】 呼果切音貨上聲哿韻

㊀燬也。南方之行。炎而上。象形。見〔說文〕〔按舊義如此。今科學家則謂—為空中發氣與物質化合而為然燒之現象。〕

㊁—之言化也。陽氣用事。萬物變化也。見〔白虎通五行〕。

㊂—之言委隨也。言萬物布施。見〔白虎通五行〕。

㊃災也。〔左宣十六年傳〕人—曰—。天—曰災。

㊄丙丁為—。見〔素問藏氣法時其日丙丁注〕。

㊅禩曰—。見〔洪範五行傳注〕。

㊆離為—。見〔易說卦〕。

㊇—為口舌之象。見〔論衡言毒〕。

㊈—者司馬也。見〔春秋繁露五行相勝〕。

㊉日氣也。見〔論衡詰術〕。

(十一)心星也。〔左宣二年傳〕譬如—焉。

(十二)心藏神為君。—包絡為相。見〔本草綱目〕。

(十三)山名。〔水經濕水注〕—山。其山以—從地中出。故亦名熒臺。

(十四)—井。鹽井也。〔文選左思賦〕—井沈熒於幽泉。〔注〕—井在臨邛縣。欲出其—。先以家—投之。須臾隆隆如雷聲。焰出通天。光輝十里。以筒盛接。有光無灰。

(十五)—齊。玫瑰珠也。〔文選張衡賦〕翡翠—齊。

(十六)官名。〔左昭十七年傳〕炎帝時以—紀。故為—師而—名。

(十七)古兵制十人為—。共同—者有—伴之稱。〔司馬法〕人人正正。辭辭—。〔注〕一—與一—。猶人人殊之人人也。即俗謂—伴。

(十八)—星。太陽系第四位之行星。其對徑約當地球之半。形狀無異地球。惟四分陸地一分水耳。又其轉動亦有自轉公轉之別。自轉二十小時又三十分一周為一晝夜。公轉六百八十日繞太陽一周為一年。其衛星有二。英名Mars。

(十九)姓也。〔明紀事本末〕—濟從諸葛亮南征孟獲有功。封羅甸國王。

【灬】 卑遙切音標蕭韻

烈火也。見〔類篇〕〔按集韻。火或書作—。正字通曰。—即火字之變體。〕

一畫

【⿱火二】 古貨字。見〔說文長箋〕。

二畫

【灯】 當經切音丁青韻

㊀火也。見〔玉篇〕。

㊁烈火也。見〔類篇〕。

㊂俗燈字。見〔正字通〕。

【灰】 呼回切音虺灰韻

㊀本作烣。〔說文〕烣。死火餘㶳也。从火。从又。又。手也。火既滅。可以執持。〔按釋名釋天。火死為—。義同。〕

㊁死—。喻寂滅也。〔莊子庚桑楚〕身若槁木之枝。而心若死—。

㊂溼—。喻氣也。〔列子黃帝〕吾見怪焉。見溼—焉。〔注〕司馬曰。氣如溼—。

【⿵几火】 呼果切音火哿韻

火發色。見〔五音集韻〕。〔按玉篇。—字義闕。正字通曰。火古作𤆍。舊本因篆文近八。譌作—。存疑。〕

【灱】 虛交切音熇肴韻

乾也。暴也。熱也。見〔玉篇〕〔按集韻。或作熇。暴也。〕

【灱】 丑交切音䫏肴韻

熱也。見〔集韻〕。

【炗】 光本字。見〔說文〕。

【烣】 灰本字。見〔說文〕。

【𤆍】 古火字。見〔集韻〕。

【灻】 古赦字。見〔字彙補〕。

【⿱夕火】 同炙。見〔五音集韻〕。

【⿹勹火】 同輝。見〔字彙補〕。

【⿰火刂】 同灱。見〔海篇〕。

三畫

【灴】 胡公切音洪 呼公切音烘東韻

㊀火盛也。見〔玉篇〕。

㊁同烘。燎也。或从工。見〔集韻〕。

【灵】 郎丁切音靈青韻

㊀小熱貌。見〔廣韻引字類〕。

㊁俗靈字。見〔正字通〕。

【⿱干火】 持廉切音蚺鹽韻 徒甘切音談覃韻

㊀小熱也。从火。干聲。見〔說文〕〔按

各本从火干聲。段氏訂从羊聲。今从之。
(二)烊也。見〔玉篇〕。
(三)通惔。〔詩節南山〕憂心如惔。〔傳〕惔、燔也。〔釋文〕說文作—。

【⿱天火】爽斟切音淫侵韻
(一)爇也。見〔廣雅釋詁〕。
(二)昒也。見〔廣雅釋詁〕。

【灸】己有切音九有韻居宥切音救宥韻
(一)灼也。見〔說文〕。〔按素問治法方宜論其治宜—焫。注火艾燒灼謂之—焫是其義。〕
(二)猶柱也。〔考工記廬人〕—諸牆以眡其橈之均也。〔疏〕—之兩牆。觀其體之強弱均否。
(三)天—。白—。毛茛草之別名也。〔本草〕山人截瘧采茛葉挼貼寸口。一夜作泡如火燎故名。
(四)通久。塞也。〔儀禮士喪禮〕冪用疏布久之。〔注〕久、讀爲—。謂以蓋鬲口也。〔疏〕—塞義訓直用疏布蓋鬲口爲塞也。
(五)姓也。見〔姓苑〕。

【⿰火乇】陟駕切音吒禡韻
(一)火焱也。見〔玉篇〕。
(二)火聲。見〔廣韻〕。

【⿰火乇】乙六切音郁屋韻
同燠。熱也。見〔集韻〕。

【灼】職略切音酌藥韻
(一)炙也。見〔說文〕。〔按詩節南山箋。皆憂心如火—爛之矣。疏—炙燒也。義同。〕
(二)燔也。〔史記龜策傳〕徽絲—之。
(三)燃也。〔淮南氾論〕不可—也。
(四)爇也。見〔廣雅釋詁〕。
(五)炙也。〔楚辭怨世〕唐虞點—而毀議。〔按醫書以艾灸體謂之壯。壯者—之轉語。〕
(六)明也。見〔玉篇〕。
(七)驚也。見〔方言〕。
(八)盛貌。〔文選潘岳賦〕—繡頸而袞背。
(九)——。明也。見〔廣雅釋訓〕。〔又〕華之盛也。見〔詩桃夭灼灼其華傳〕。
(十)—爍。豔色也。〔文選左思賦〕暉麗—爍。
(十一)同焯。〔書立政〕焯見三有俊心。〔今本作—〕。
(十二)通灱。〔儀禮士喪禮注〕—龜。〔越絕書〕作炤龜。

【災】將來切音哉灰韻
(一)天火曰—。見〔左宣十六年傳〕。〔按公羊襄九年傳大者曰—。小者曰火。穀梁昭九年傳國曰—。邑曰火。說文天火曰烖。字本作烖。或作灾。古文作扶。籀文作災。—害之—。篆作𢦏。見川部。〕
(二)天反時爲—。見〔左宣十五年傳〕。
(三)水旱之類皆曰—。〔國語周語〕古者天降—戾。〔注〕—、謂水旱蟲螟之類。〔按古又謂日月晦食山崩地震曰—〕。
(四)傷也。〔春秋潛潭巴〕—之爲言傷也。隨事而誅。
(五)禍也。〔文選張衡賦〕祈褫禳—。
(六)害也。見〔書舜典眚—肆赦傳〕。
(七)害物曰—。見〔易復釋文引鄭注〕。
(八)天之譴也。見〔春秋繁露必仁且知〕。
(九)罪惡也。〔穀梁莊二十二年傳〕—紀。〔注〕—、謂罪惡。
(十)灺也。見〔廣雅釋詁〕。〔按釋名釋天。火所燒滅之餘曰烖。即此義。〕
(十一)或作菑。〔漢書揚雄傳注〕菑、古—字。
(十二)通菑。〔詩生民〕無菑無害。
(十三)通巛。〔冀州從事郭君碑〕降此殃巛。

【⿱龹土】土戀切音僎霰韻
火種。見〔五音集韻〕。〔按玉篇主倦切。義同。〕

【灺】似也切斜上聲馬韻待可切音舵哿韻
燭㶳也。見〔說文〕。

【灻】昌石切音尺陌韻
赤本字。〔說文赤部〕—、南方色也。从大火。

【⿰火亏】烏臥切音涴箇韻
煖也。見〔集韻〕。

【⿰火川】芻句切遇韻
火土也。見〔海篇〕。

【⿱尔火】陟利切音致寘韻
平也。見〔字彙補〕。

【⿱夂糸】同灸。見〔集韻〕。

【⿱夾火】同赤。見〔篇海〕。

【灾】災或字。見〔說文〕。

【灶】俗竈字。見〔五音集韻〕。

四畫

【炂】諸容切音鍾冬韻
㊀熱化也。見〔廣韻〕。
㊁暍仆也。見〔集韻〕。
㊂熱汁。見〔字彙〕。

【炅】畎迥切音熲迥韻
㊀見也。从火日。見〔說文〕。〔段注〕按此篆義不可知。从火日亦不可曉。
㊁光也。見〔廣韻〕。
㊂熱也。〔素問舉痛論〕得—則痛立止。
㊃——人身眞火也。〔正字通〕方書。——人身元陽。無形眞火也。有形則爲亢陽。少火生氣。壯火食氣。字从日从火。大明在上。火微不見其形。故取以況眞火。
㊄或作香。見〔集韻〕。

【炅】俱永切音憬梗韻
光也。或作耿。見〔集韻〕。

【炅】古惠切音桂未韻
㊀同炔。煙出貌。見〔玉篇〕。
㊁姓也。〔廣韻〕後漢太尉陳球碑有城陽—橫。漢末被誅。有四子。各姓一字。—、香、桂、炔。皆古惠切。〔按桂氏譜云。始皇坑儒。桂貞爲博士。改姓香。其孫改姓—。說與廣韻異。〕

【炅】於警切音影梗韻
煙出貌。見〔五音集韻〕。

【炊】姝爲切音吹支韻
㊀爨也。見〔說文〕。〔按方言。爨、齊謂之—。〕
㊁神名。〔史記封禪書〕先—之屬。〔注〕古—母之神也。
㊂—鼻。魯地名。〔左昭二十六年傳〕師及齊師戰于—鼻。〔在今山東寧陽縣境。〕
㊃同吹。〔荀子仲尼〕可—而僥也。〔注〕—、與吹同。

【炊】尺僞切吹去聲寘韻
—累。猶動升也。〔莊子在宥〕從容無爲而萬物—累焉。〔注〕—、去聲。或作吹。

【炎】于廉切音鹽鹽韻
㊀火光上也。見〔說文炎部〕。
㊁盛大之貌。〔太玄猶〕卉—于猶。
㊂盛貌。〔楚辭大招〕南有—火千里。
㊃—帝也。〔呂覽蕩兵〕黃—故用水火矣。
㊄——熱氣也。〔詩雲漢〕赫赫——。〔又〕熏也。見〔爾雅釋訓〕。〔又〕進貌。〔國語吳語〕日長——。〔又〕同是非也。〔莊子齊物論〕大言——。〔又〕火光也。〔漢書揚雄傳〕——者滅。
㊅南方曰—天。見〔呂覽有始〕。
㊆東北曰—風。見〔淮南天文〕。
㊇州名。唐置。羈縻劍南道。今四川汶縣境。

【炎】徒甘切音談覃韻
㊀美辯也。莊子、大言——。見〔集韻〕。〔按釋文出——。又音談。簡文云。美盛貌。〕
㊁—人。國名。〔列子湯問〕楚之南、有—人之國。〔注〕本或作啖。

【炎】以贍切音豔豔韻
同爓。〔集韻〕爓。火光。或作—。

【炕】口浪切音抗漾韻
㊀乾也。見〔說文〕。〔段注〕謂以火乾之也。
㊁曝也。見〔廣雅釋詁〕。
㊂旱甚也。〔韻會〕徐陽曰—旱。
㊃炙也。見〔玉篇〕。〔按詩瓠葉傳〕—火曰炙。疏謂以物貫之而舉於火上以炙之。
㊄北地煖牀曰—。〔馬祖常詩〕土房通火爲長—。
㊅絕也。〔漢書揚雄傳〕—其氣。
㊆—陽。枯涸之意。〔漢書五行志〕君—陽而暴虐。〔又〕張皇自大貌。見〔韻會〕。
㊇同抗。〔漢書揚雄傳〕—浮柱之飛榱兮。〔注〕—、與抗同。舉也。
㊈通亢。〔漢書王莽傳〕皆—龍絕氣。〔按卽易乾之亢龍。〕

【炕】虛郎切音故陽韻苦朗切音慷養韻
張也。〔爾雅釋木〕守宮槐。晝聶宵—。〔注〕晝日聶合而夜—布。

【炕】丘岡切音康陽韻
灼也。見〔集韻〕。

【炖】他昆切音暾元韻
㊀有風而火盛貌。見〔集韻〕。
㊁赤貌。見〔方言〕。〔按玉篇訓赤色。義略同。〕

【炖】徒渾切音屯元韻杜本切遯上聲阮韻

火㷔貌。見〔集韻〕。

【炘】許斤切音欣文韻

㊀同焮。炙也。又熱也。見〔玉篇〕。

㊁——。光㷔貌。〔漢書揚雄傳〕乘景炎之——。

【炘】許謹切音蠁吻韻

熱也。見〔廣雅釋詁〕。

【炙】之石切音隻陌韻之夜切音䗪禡韻〔與灸不同。〕

㊀—肉也。从肉在火上。見〔說文炙部〕。〔按詩楚茨疏。—者遠火之稱。禮記禮運以亨以—。注。—貫之火上。各本作炮肉。段玉裁依楚茨傳。改爲—肉。〕

㊁燒也。〔書泰誓〕焚—忠良。

㊂薰—也。〔孟子盡心〕而況於親—之者乎。〔注〕親近而薰—之也。

㊃熱也。見〔玉篇〕。

㊄—鼠。蠳蛄也。見〔廣雅釋蟲〕。

【炈】熒隻切音役陌韻

㊀陶竈窗。見〔玉篇〕。

㊁同殺、燹。冢塊竈。見〔廣韻〕。

【炜】匹絳切音胖絳韻

㊀火聲。見〔集韻〕。

㊁完物遇火張起也。見〔六書故〕。

【炒】楚絞切音吵巧韻

熬也。見〔集韻〕。〔按說文。本作䰷。徐鉉曰。今俗作𤉹。別作𤆦。非是。玉篇。本作𪹃。廣韻。本作煼。集韻。䰷或作𪹃、鬻。亦書作𤆽。類篇。䰷或作𪹃、爒、煼、—。正字通云。俗煼字。〕

【炁】丘既切未韻

同氣。〔關尹六七〕以一—生萬物。〔按今本作氣。〕

【炃】符分切音汾文韻

同焚。見〔集韻〕。

【炇】蒲悶切音坌願韻

火燌。或从賁。見〔集韻〕。

【炍】許刃切音㶸又音信震韻

焰餘也。見〔篇海〕。

【炄】女久切音紐有韻

炄—。欲乾。一曰半乾。見〔集韻〕。〔按字彙亦作[illegible]、[illegible]。〕

【炆】無分切音文文韻

爁也。見〔集韻〕。

【炦】匹覺切音璞覺韻普木切音樸屋韻

火烈也。見〔廣韻〕。

【炠】許勿切音欻物韻吁玉切音旭沃韻

火氣盛貌。見〔廣韻〕。

【炳】奴困切音嫩願韻

熱也。見〔玉篇〕。〔正字通云。俗炳字。〕

【炳】弩本切音嫩上聲阮韻

熯也。見〔廣雅釋詁〕。

【炋】敷悲切音丕支韻

火也。見〔篇海〕。

【炌】口介切開去聲卦韻

明火也。見〔玉篇〕。〔按集韻、訓爔也。與烗、烕同。〕

【炍】普半切音判翰韻

同叛。煥也。見〔集韻〕。

【炏】苦介切開去聲卦韻

爔火盛也。見〔篇海〕。〔正字通云。俗炎字。〕

【炑】莫卜切音木屋韻

火熾也。見〔五音集韻〕。

【炓】落蕭切音料嘯韻

火光貌。見〔玉篇〕。

【炔】涓惠切音桂霽韻

同炅。姓也。詳炅字。

【炔】劂劣切音趐屑韻

焱—。火始然也。見〔集韻〕。

【炔】古穴切音玦娟說切音抉屑韻

煙貌。或作焆。見〔集韻〕。

【炚】居尫切音光陽韻

明照也。見〔篇海〕。

【烾】息茲切音思支韻

—熄。爈也。見〔篇海〕。

【炗】古光字。見〔說文〕。

【災】烖籀文。見〔說文〕。

【𤆹】同炋。見〔篇海〕。

【炇】同炦。見〔字彙〕。

【炉】俗爐字。見〔篇海〕。

五畫

【炟】當割切音怛曷韻

㊀火起也。見〔廣韻〕。

㊁爆也。見〔玉篇〕。

㊂人名。漢章帝名—。〔按說文—、不立義解。不書篆。但注上諱兩字。〕

【炠】轄甲切音狎　呼甲切音呷　洽韻

㊀火貌。見〔廣韻〕。

㊁火乾也。見〔集韻〕。

【炢】直律切音术　質韻

㊀炢也。見〔玉篇〕。

㊁煙出。見〔廣韻〕。

【炤】之笑切音詔　嘯韻

㊀同照。明也。〔國語晉語〕明耀以—之。

㊁——。明見之貌。〔荀子儒效〕——兮其用知之明也。〔注〕——、與照同。

㊂即—。蟲名。螢火也。〔爾雅釋蟲〕螢火、即—。

【炤】之遙切音昭　蕭韻

㊀同昭。〔淮南俶眞〕是釋其——而道其冥冥也。

㊁姓也。見〔集韻〕。

【炤】正少切音沼　篠韻

光也。見〔集韻〕。

【炤】職略切音酌　藥韻

通灼。〔集韻〕明也。詩亦孔之—。通作灼。〔按今本作昭。〕

【炥】符勿切音佛　分物切音弗　敷勿切音拂　物韻　普活切音潑　曷韻　芳未切音沸　未韻

㊀火貌。見〔說文〕。

㊁火熢貌。見〔集韻〕。

㊂熱氣。見〔集韻〕。

【炪】朱劣切音拙　屑韻

火光也。商書曰。予亦—謀。〔見說文。〕〔段注〕類篇作火不光。集韻六術曰。—燧。熛貌。又九迄曰。—燧。熛也。熛燧則光微。〔按予亦—謀。乃盤庚上文。壁中古文假—爲拙也。今尚書作拙者。蓋孔安國以今字讀之也。〕

【炪】敕律切音黜　質韻

㊀爩也。見〔玉篇〕。

㊁火聲。見〔集韻〕。

【炫】熒絹切音眩　霰韻

㊀燗燿也。見〔說文〕。〔段注〕燗燿、謂光燗燿明也。

㊁耀光也。見〔玉篇〕。

㊂火光也。見〔廣韻〕。

㊃——。明也。見〔廣雅釋訓〕。

㊄通眩。〔楚辭惜賢〕揚精華以眩燿兮。〔注〕光貌。

㊅通衒。〔張仲方賦〕美價初—。微明內融。

【炬】臼許切音巨　語韻

㊀火—。見〔玉篇〕。

㊁束葦也。見〔集韻〕。〔按說文作苣。訓同。後漢皇甫嵩傳。束苣乘城是也。又集韻苣、或从竹作筥。〕

㊂燭亦曰—。〔李商隱詩〕蠟—成灰淚始乾。

【炭】他案切音歎　翰韻

㊀燒木餘也。見〔說文〕。〔按鍇本作燒木未灰。廣雅釋詁。—。炧也。釋名。火所燒餘木曰—。—亦炱也。〕

㊁墨也。〔孟子公孫丑〕坐於塗—。

㊂石—。礦物之一。蓋古代植物埋沒地下。分解而成者。俗稱煤。—有無煙—、黑—、褐—之別。無煙—、色澤如漆。燃之不發煙。勢力頗強。黑—、有黑色光澤。燃之則放焰。且發出一種臭氣及煤煙。褐—、黑色或褐色。質比黑—劣。燃之盛放煤煙與臭氣。

㊃化學非金類原質之一。加熱則與養氣之愛力甚大。故化分金礦須用—。蓋—能收其養氣。令成純金也。日本名—素。動植物體中皆含有—氣。英文Carbon。

㊄姓也。—糾。長安人。見〔西京雜記〕。

【炮】蒲交切音庖　肴韻

㊀毛炙肉也。見〔說文〕。〔段注〕謂肉不去毛炙之也。〔按廣韻謂合毛炙物。義同。〕

㊁裹燒亦曰—。〔禮記禮運〕以—以燔。〔注〕—、裹燒之也。〔段氏曰。匏葉傳曰。毛曰—。加火曰燔。閟宮傳曰。毛炰。豚也。周禮封人。毛炰之豚。鄭注。毛炰豚者。爓去其毛而—之。內則注曰。—者。以塗燒之爲名也。裹燒之。即內則之塗燒。鄭意詩禮言毛—者。毛謂燎毛。—謂裹燒。毛公則謂連毛燒之曰—。爲許所本。按經傳言—。兼合毛、去毛、二義。裹燒者去毛之—也。〕

㊂製藥品亦曰—。醫書有雷公—製藥性解。

㊃—祭。燔柴也。〔周禮大祝〕九祭。三曰—祭。

(五)同炰。〔詩瓠葉〕一之燔之。〔釋文〕一本作炰。
(六)或作㷭、炰。〔儀禮大射儀注〕或有一鼈膾鯉。〔釋文〕或作㷭、炰同。
(七)同庖。〔漢書律曆志〕一犧氏之王天下也。〔注〕一與庖同。

【炮】披教切音砲效韻
(一)灼也。〔齊民要術〕蒸炰法有胡一肉。〔注〕一、普教反。
(二)通礮。軍中火器也。〔詳礮字〕。
(三)通爆。俗用爆竹亦作一。

【烔】戶茗切音迥眣迥切音熲迥韻
(一)光也。見〔說文〕。
(二)火明貌。見〔廣韻〕。
(三)一一光也。見〔廣雅釋訓〕。〔又〕明察也。見〔玉篇〕。
(四)通耿。〔文選顏延之詩〕一介在明淑。〔注〕與耿同。

【炰】蒲交切音庖肴韻
(一)同炮。〔詩韓奕〕一鼈鮮魚。
(二)一烋自矜氣健之貌。〔詩蕩〕女一烋於中國。
(三)同咆。〔文選左思賦〕呑滅咆烋。〔劉注〕咆烋猶咆哮也。

【炰】俯九切音缶有韻
同炰。火熟也。或作一。亦書作炰。見〔集韻〕

【炱】堂來切音臺湯來切音胎灰韻
(一)灰一煤也。見〔說文〕。〔按通俗文〕積烟曰一煤。〔玉篇〕一煤。烟塵。
(二)黑色曰一。〔素問風論〕其色一。〔注〕一、黑色也。〔蓋一煤色黑。故謂黑色爲一。言其色如一之黑也。〕

【炳】補永切音丙百猛切音浜梗韻陂病切音柄徑韻
(一)明也。見〔說文〕。
(二)同昺。〔廣雅釋言〕昺明也。
(三)同昞。〔三蒼〕昞著明也。〔按玉篇〕明著也亦作昺。
(四)通秉。〔魏文帝與吳質書〕古人思一燭夜遊良有以也。〔注〕古詩曰。晝短苦夜長何不秉燭遊。秉、或作一。

【炵】他冬切音柊冬韻
(一)火焱也。見〔玉篇〕。
(二)火色。見〔廣韻〕。
(三)火盛貌。見〔集韻〕。

【炵】徒冬切音彤冬韻
火威貌。見〔廣韻〕。

【炷】朱戍切音注遇韻腫庾切音主麌韻
(一)燈一也。〔讀曲歌〕然燈不下一。有油那得明。
(二)香亦稱一。〔蘇軾詩〕晨興半一名香。
(三)本作主。〔說文〕主、鐙中火主也。〔按段氏曰〕主、主古今字。主、一亦古今字。〕

【炴】倚兩切音鞅養韻於郢切音癭梗韻
火光也。見〔玉篇〕。

【炴】倚朗切音坱養韻
氣貌。見〔集韻〕。

【炡】諸盈切音征庚韻
一。燴煠也。見〔集韻〕。

【⿰火宁】展呂切音貯語韻
燻也。見〔玉篇〕。

【炣】枯我切音可哿韻
火也。見〔集韻〕。

【炦】滿撥切音跋曷韻
火氣也。見〔說文〕。

【炦】蒲結切音蹩屑韻
氣上也。見〔玉篇〕。

【炑】莫葛切音末曷韻
火色。見〔類篇〕。

【炧】待可切音舵哿韻
同灺。燭餘。見〔集韻〕。

【炩】力正切音令敬韻
火也。見〔海篇〕。

【炬】延知切音夷支韻
火貌。見〔集韻〕。

【⿰火幼】於九切音優於糾切音黝有韻
一炪。欲乾也。或作㶶。見〔集韻〕。

【⿰火弁】仕卷切音饌霰韻
火種也。見〔篇海〕。

【炶】胡甘切音酣覃韻舒贍切音閃豔韻
火上行貌。亦作炶。見〔玉篇〕。〔按集韻。談韻本作炶。或作一。炶豔韻或作烱。〕

【⿰火卯】力救切音溜宥韻
火一也。見〔五音集韻〕。

【炶】胡男切音含覃韻火也。見〔篇海〕。〔按集韻談韻同鮎〕。

【烎】式招切音燒蕭韻同燒。太上作烎〔亳州老君碑〕。〔按舊注云字彙同燒。正字通同炳。不知音與燒同義有微別至云同炳則尤無據矣。〕

【烄】快本字。見〔正字通〕。

【炅】古囧字。姓也。〔奇姓通〕逐人四族有—姓。

【烾】古蓋字。見〔字彙補〕。

【炧】同炧。見〔五音集韻〕。

【炸】讀如詐火藥暴裂也。俗稱火藥之爆發性最烈者曰—藥。用以製—彈地雷水雷等物。

【炸】讀如札油煎食物也。如俗稱油—檜之類。

【秌】俗秋字。見〔字彙補〕。疑爲秌之譌。

【点】俗點字。

【焱】炎譌字。見〔正字通〕。〔按正字通。炎爲焱本字。而說文、玉篇、廣韻、集韻、類篇、篇海、海篇、諸書。均無炎字。正字通本部亦有焱無炎。蓋炎爲焱譌字。—又爲炎譌字也。〕

六畫

【烈】力蘖切音列屑韻

(一)火猛也。見〔說文〕。

(二)光也。見〔爾雅釋詁〕。

(三)明也。〔國語晉語〕君有—名。

(四)顯也。〔左哀二年傳〕—祖康叔。

(五)美也。見〔詩賓之初筵烝衎烈祖箋〕。

(六)功也。〔國語晉語〕君職泰而有—。

(七)業也。〔禮記祭法〕此皆有功—於民者也。

(八)有功安民曰—。見〔周書謚法〕。

(九)執德遵業曰—。見〔後漢光烈陰皇后紀〕。

(十)剛正曰—。見〔韻會〕。〔按剛正而有節操者。如傳紀所稱—士—女之類〕。

(十一)貫之加於火曰—。見〔詩生民載燔載—傳〕。

(十二)—之言爛也。見〔詩生民箋〕。

(十三)熾也。〔孟子滕文公〕益—山澤而焚之。

(十四)威也。〔國語周語〕觀武無—。

(十五)酷也。〔淮南齊俗〕若事嚴主—君。

(十六)酷—之氣也。〔漢書司馬相如傳〕揚芳吐—。

(十七)暴也。見〔方言〕。

(十八)慘也。見〔後漢馮衍傳注〕。

(十九)毒也。〔漢書公孫弘傳〕若湯之旱。則桀之餘—也。

(二十)列也。見〔詩大叔于田火烈具舉傳〕。

(廿一)餘也。晉衞之間曰—。見〔方言〕。

(廿二)兵隊五人爲—。〔通典兵制〕五人爲—。—有頭目。

(廿三)——威也。見〔爾雅釋訓〕。〔又〕威武貌。〔詩黍苗〕——征師。〔又〕憂貌。〔詩采薇〕憂心——。〔又〕——然至難也。見〔詩蓼莪南山烈烈傳〕。〔又〕猶栗栗也。見〔詩四月冬日——箋〕。〔又〕盛也。〔太玄將〕日失——。

(廿四)姓也。〔拾遺記〕—裔工畫。

(廿五)或作裂。〔廣雅釋詁〕裂焚也。〔又〕嗁也。

(廿六)通裂。〔漢書王莽傳〕軍人分—王莽支節。

(廿七)通颲。〔詩七月〕二之日栗—。〔按釋文云。說文作颲颲。又文選注引詩作冽。〕

(廿八)通厲。〔詩思齊〕—假不瑕。〔按集韻引作厲假不瑕。〕

【烈】力制切音例霽韻栗—。寒氣也。〔詩七月〕二之日栗—。〔按唐韻正古音例〕。

【烊】余章切音陽陽韻

(一)炙也。見〔玉篇〕。

(二)同煬。〔集韻〕煬鑠金也。或作—。

【烋】虛交切音虓肴韻炰—。詳炰字注。

【烋】虛尤切音休香幽切音[illegible]尤韻

(一)福祿也。慶善也。美也。見〔玉篇〕。

(二)和也。通作休。見〔集韻〕。

(三)傲也。見〔集韻〕。

(四)熏也。見〔正韻〕。

(五)同休。〔集韻〕休美也。通作—。

(六)或作烋。〔字彙補〕明樂平王沖烋。

【㶳】徐刃切音藎震韻

（一）火之餘木也。一曰薪也。見〔說文〕。〔段注〕各本作火餘也。今依唐初玄應本。

（二）燭餘也。見〔廣韻〕。

（三）亦作燼。〔詩桑柔〕具禍以燼。〔箋〕災餘曰燼。

（四）通藎。〔方言〕藎餘也。自關而西秦晉之間炊薪不盡曰—。

【烏】　汪胡切音污虞韻

（一）孝烏也。象形。孔子曰。—亐呼也。取其助气。故以爲—呼。見〔說文烏部〕。〔按小爾雅廣烏。純黑而反哺者、謂之—。小而腹下白不反哺者、謂之雅烏。白項而羣飛者、謂之燕—。燕—白脰烏也。雅—鵶也。—呼。小爾雅廣訓作—乎。書洪範作嗚呼。漢書五行志作—嘑。禮記大學作於戲。詩雲漢作於乎。漢書武帝紀作—虖。北海相景君碑作歍歔〕。

（二）黑色曰—。見〔韻會〕。

（三）安也。〔呂覽明理〕—聞至樂。

（四）猶焉也。見〔漢書司馬相如傳注〕。

（五）猶何也。見〔漢書賈誼傳注〕。

（六）——。歌呼聲。〔漢書楊惲傳〕仰天拊缶而呼——。〔注〕——。秦聲中舊有此曲。〔又〕歎其氣至也。〔素問寶命全形〕見其—。—。〔注〕——。歎其氣至。

（七）—江。水名。〔史記項羽紀〕項王欲東渡—江。〔注〕在牛渚。〔當今安徽和縣〕。

（八）—泥。江名。在廣西忻城土縣西。見〔清一統志〕。

（九）—尤。山名。在今江蘇嘉定縣九頂山左。啗名—牛。〔又〕—聊。山名。在今安徽歙縣城內。一名富山。〔又〕—充。山名。在今雲南阿迷縣東一十五里。〔又〕—瞻。山名。在今浙江長興縣。〔又〕—回。山名。在今浙江武康縣。〔又〕—帶。山名。在今浙江諸暨縣北。又名—笪。

（十）—桓。國名。見〔漢書何奴傳〕。〔按三國志桓、作丸。地在今山西直隸邊境〕。〔又〕—孫。國名。見〔漢書西域傳〕。〔按地在今伊犁河南特克斯河濱〕。〔又〕—荼。天竺地名。見〔唐書天竺國傳〕。

（十一）—滸。南夷別名也。〔文選左思賦〕—滸狼䝢。

（十二）—程。縣名。〔按文選張協七命。乃有荊南—程。豫北竹葉。注引荊州記曰。—程鄉有酒極甘美。是—程本以名鄉。縣以名酒。寰宇記云。古—程能醖酒。故以名縣。今隸浙江吳興〕。〔又〕—傷。縣名。〔又〕—氏。縣名。漢屬安定郡。當今甘肅平涼縣西北。〔又〕唐—州。羈縻關內道宜定府。當在甘肅舊慶陽府境。

（十三）—昝木齊。新疆地名。譯漢義爲好圍場。〔又〕—梁海。—里雅蘇臺。均蒙古要地。

（十四）—號。弓名。〔淮南原道〕扞—號之弓。〔注〕—號。桑柘也。其材堅勁。—峙其上。及其將飛。枝必橈下。勁能復巢。—隨之。不敢飛。號呼其上。伐其枝以爲弓。故名。

（十五）—蓬。花名。〔酉陽雜俎〕—蓬葉如烏翅。俗呼爲仙人花。

（十六）草名。〔本草綱目〕—韭。草一名鼠尾草。〔又〕—韭。草名。〔山海經西山經〕小華之山其草有萆荔。狀如—韭。〔注〕—韭在屋者曰昔邪。在牆者曰垣衣。〔又〕—足。草名。〔莊子至樂〕陵舄得鬱棲則爲—足。〔又〕—翣。射干也。—蠋。蠶也。見〔廣雅釋草〕。

（十七）木名。〔本草綱目〕—木出海南雲南南番。葉似棕櫚。其木漆黑。

（十八）—頭。藥名。〔本草綱目〕附子初生爲—頭。象—之頭也。附—頭而生者爲附。如子附母也。〔按癸辛雜識。一歲爲側子。二歲爲—喙。三歲爲附子。四歲爲—頭。五歲爲天雄〕。

（十九）貓一名—員。見〔酉陽雜俎〕。

（二十）—賊。魚類。俗稱爲墨魚。〔酉陽雜俎〕—賊遇大魚。輒放墨方數尺。以混其身。

（廿一）姓也。齊大夫—枝鳴。

【烏】　於加切音鴉麻韻

—秅。國名。見〔漢書西域傳〕。〔注〕—、一加反。〔又〕音晏。

【烓】　淵畦切音鼃齊韻犬穎切音頃梗韻口定切音綱徑韻口迥切音褧迥韻丘癸切音頍紙韻於避切音恚寘韻

（一）行竈也。見〔說文〕。〔按爾雅釋言。烘—也。注今之三隅竈。朱駿聲曰。如今火爐。非飲食之竈〕。

（二）明也。見〔方言〕。

【烓】　涓惠切音桂霽韻一決切音抉屑韻

明也。見〔集韻〕。〔並詳炅字〕。

【烢】 敞爾切音侈紙韻

盛火也。見〔說文〕。

盛也。見〔玉篇〕。

【烕】 休必切音矞質韻

狂也。齊人語。見〔集韻〕。

●二 怒也。見〔集韻〕。〔按正字通云。同烕。六書怒與狂皆釋烕義。非一義。存參〕。

【烗】 口戒切音欬卦韻丘哀切音開灰韻

熾也。見〔玉篇〕。

同烕。盛也。見〔廣韻〕。〔按集韻。一或作烕、炌〕。

【⿸戶火】 弋支切音移居之切音姬支韻

然也。見〔玉篇〕。

同熙。見〔正字通〕。

【烘】 呼公切音烘東韻居容切音恭渠容切音蛩冬韻

尞也。見〔說文〕。〔按詩白華卬一于煁注。一、燎也〕。

●二 藉火取暖也。〔楊萬里詩〕暖手竹爐一。

●三 日氣熏炙赤曰一。〔賀奎詩〕皎皎晚日一。

【烘】 胡貢切音閧呼貢切音戇送韻

●一 火貌。見〔廣韻〕。

●二 火乾物。見〔集韻〕。

【烙】 歷各切音洛古洛切音閣藥韻

●一 灼也。見〔說文新附〕。

●二 火鍼也。〔文同詩〕鍼一癭裏成瘢痂。

【烜】 火遠切音晅阮韻香元切音暄元韻

●一 乾也。〔易說卦〕日以一之。

●二 火盛貌。見〔玉篇〕。

●三 同晅。光明也。〔爾雅釋訓〕赫兮一兮。〔釋文〕一者。光明宣著。今並作晅。〔按詩衛風。本作晅。韓詩作宣。說文心部引詩。作愃。禮記中庸引詩、作喧〕。

【烠】 虎委切音毀紙韻

火也。讀如燬。見〔周禮司烜注〕。

【烝】 諸仍切音蒸蒸韻

●一 火氣上行也。見〔說文〕。

●二 進也。〔詩甫田〕一我髦士。

●三 升也。〔書多方〕不蠲一。

●四 升牲體於俎也。〔國語周語〕禘郊之事。則有全一。王公立飫。則有房一。親戚宴饗。則有殽一。〔全一者。全其牲體而升於俎也。房一者。半解其體而升於俎也。殽一者。體解節折而升於俎也〕。

●五 衆也。〔詩烝民〕天生一民。

●六 君也。〔詩文王有聲〕文王一哉。〔按韓詩傳。一、美也〕。

●七 久也。〔詩南有嘉魚〕一然罩罩。〔箋〕一、塵也。塵然、猶言久如也。

●八 冬祭曰一。見〔禮記祭統〕。〔按春秋繁露四祭。一者。十月進初稻也。朱駿聲曰。冬宜溫。故名〕。

●九 上淫曰一。〔左桓十六年傳〕衛宣公一于夷姜。〔按小爾雅廣義。上淫曰一。下淫曰報〕。

●十 一一。厚也。〔詩泮水〕一一皇皇。〔又〕作也。見〔爾雅釋訓〕。〔又〕孝也。見〔廣雅釋訓〕。

●十一 鬱一。鬱熱之氣也。〔杜甫詩〕炎天避鬱一。

【烝】 諸應切音證徑韻

熱也。見〔廣韻〕。

【烝】 支庱切蒸上聲迥韻

氣上達貌。見〔五音集韻〕。

【烝】 煮承切音蒸蒸韻

熱氣也。見〔篇海〕。

【烄】 古巧切音狡巧韻居號切音誥號韻

交木然也。見〔說文〕。〔按玉篇。交木然之以燎柴天也〕。

【烄】 魚敎切音樂效韻

煎也。見〔集韻〕。

【烅】 域忽切音洫職韻

火光也。見〔集韻〕。

【烆】 戶庚切音行庚韻

火炬也。見〔篇海〕。

【⿴衣火】 烏痕切音恩元韻

炮炙也。以微火溫肉。見〔說文〕。〔段注〕炮炙、異義。皆得曰一。微火溫肉。所謂煨也。今俗語或曰烏。或曰煨。或曰悶。皆此字之雙聲疊韻耳。〔按集韻。或作熅、爊。亦書作袄〕。

【⿳亠火衣】 於刀切音鏖豪韻

煨也。本作爊。見〔集韻〕。

【烇】七選切音縓𧶝韻 火貌。見〔玉篇〕。

【炦】房越切音伐月韻 火也。見〔篇海〕。

【𤆪】呼貫切音喚翰韻 火光明也。見〔篇海〕。〔按古文奇字云。煥、古作—。〕

【烋】虛尤切音休尤韻 吳俗謂灰曰—。見〔集韻〕。

【烍】蘇典切音銑銑韻 燹也。見〔集韻〕。

【炿】之由切音周尤韻 火行也。見〔玉篇〕。

【烑】餘昭切音遙蕭韻 光也。〔淮南要略〕挾日月而不—。

【烒】設職切音式職韻 火貌。見〔廣韻〕。

【烡】忍甚切音稔寑韻 同飪。或作飪、餁、肚。大熟也。見〔集韻〕。

【威】翾劣切音𥌜屑韻 滅也。从火戌。戌死於戌。陽氣至戌而盡。詩曰。赫赫宗周。褒姒—之。見〔說文〕。

【烕】莫列切音滅屑韻 火滅也。見〔集韻〕。〔按唐詩古音考。滅與—義同而字異。〕

【烚】轄甲切音洽洽韻 火貌。見〔集韻〕。

【烛】持中切音蟲東韻 同燭。通作蟲。旱灼也。見〔集韻〕。〔俗借作燭字。非。〕

【烞】匹角切音朴覺韻 —爆。竹火聲。見〔集韻〕。

【烟】因蓮切音燕先韻 同煙。〔說文〕煙。或从因。

【烟】伊眞切音因眞韻 —緼。氣也。〔易繫辭〕天地—緼。〔按—緼字亦作絪縕。又作氤氳。〕〔又〕——。元氣也。見〔廣雅釋訓〕。〔按文選典引。——緼緼。注。陰陽和一相扶貌也。〕

【烠】胡隈切音回 都回切音塠灰韻 光也。見〔集韻〕。

【烠】虎隈切音魁灰韻 火也。見〔類篇〕。

【烠】倚亥切音欸賄韻 爛也。見〔集韻〕。

【烠】胡對切音潰隊韻 火色也。見〔類篇〕。

【烔】徒東切音同東韻 熱貌。〔廣韻〕熱氣——。

【烔】徒弄切音洞送韻 火貌。見〔集韻〕。

【烡】古黃切音光陽韻 照也。見〔篇海〕。

【烢】直伯切音宅陌韻 裂也。見〔篇海〕。

【烤】口到切考去聲號韻 以火炙物謂之—。如俗云燒—是也。

【缹】芳九切音缶有韻 芳武切音府麌韻 烝—也。亦脯也。見〔篇海類編〕。

【烖】災本字。〔集韻〕說文天火曰—。

【焦】同炮、炰。〔按段氏曰。炰、—爲古今字。通俗文曰。燥煑曰—。燥煑謂不過濡也。褒燒曰炮。燥煑亦曰炮。漢人燥煑多用—字。缶聲包聲。古音同在三部。又陸游詩。自愛雲堂—粥香。—粥之—。當讀若缹。今俗亦有—粥—飯等語。又曰飯—粥。又曰湯—飯。〕

【灾】同害。見〔字彙〕。〔按正字通云。字彙亢倉子害字。焦竑略記。字始亢倉奇字。—音害。又𡨚、音衛。義均無所取。必爲後人所臆造。宜並削之。〕

【熘】同𤐫。見〔集韻〕。

【烎】同炙。見〔集韻〕。

【秋】同秌。見〔集韻〕。

【焐】同烋。見〔集韻〕。

【炛】同烋。見〔字彙補〕。

七畫

【烯】香依切音希微韻 ●火色也。見〔集韻〕。 ●同晞。見〔玉篇〕。

【烰】房尤切音浮尤韻

烝也。詩曰。烝之——。見〔說文〕。〔
按今詩作浮浮。爾雅釋訓。——、烝
也。注。氣出盛。疏。浮——、音義同〕。
——人。猶庖人也。〔呂覽本味〕其君
令——人養之。〔注〕——、猶庖也。

【烰】平幽切音瀌尤韻
火氣也。見〔集韻〕。

【焤】頗五切音普麌韻
把火行也。見〔玉篇〕。
火行貌。見〔廣韻〕。

【烴】古頂切音到迥韻
㊀溫也。見〔玉篇〕。
焦臭。見〔廣韻〕。
焦貌。見〔集韻〕。

【烴】五到切音睰梗韻
焦臭也。見〔五音集韻〕。

【灼】職畧切音酌藥韻
——爍。草木花色盛貌。見〔集韻〕。
通灼。〔玉篇〕灼灼。花盛貌。

【烼】許勿切音欻物韻
煴也。見〔玉篇〕。
乾也。見〔廣雅釋詁〕。〔按集韻引
博雅作縣也。今據廣雅疏證本訂

正〕。
㊂火煨起貌。見〔廣韻〕。
㊃或作煫。〔廣雅釋詁〕煫。煴也。〔按
集韻。——、或从豕〕。

【羨】側下切鮓上聲馬韻
㊀東炭也。从火。差省聲。見〔說文〕。
㊁或作羨。〔廣雅釋詁〕羨。乾也。〔按
集韻——下引博雅作縣也。廣雅疏
證本作羨。乾也。今從之〕。

【熢】敷容切音丰冬韻戶東切音
洪東韻
㊀——熢也。邊有警則舉火。夜曰——。晝
曰燧。〔史記司馬相如傳〕聞——舉
燧燔。〔說文作𤐫〕。
㊁冠首也。〔漢書五行志〕後章坐走
馬上林下。——馳逐。免官。〔注〕冠首
曰——。謂走曰逐。

【[illegible]】同烽。〔揚雄賦〕舉——烈火。

【烿】余中切音融東韻
㊀火氣也。見〔集韻〕。
㊁火色赤也。見〔正字通〕。

【烣】於開切音哀灰韻
㊀炫也。見〔玉篇〕。
㊁熱也。見〔玉篇〕。

㊂熱也。見〔廣雅釋詁〕。

【烪】虛其切音熙許羈切音犧支
韻
㊀火盛也。見〔廣韻〕。
㊁通熹。〔易林噬嗑之兌〕火起我後。
熹炙吾廬。
㊂通譆。〔左襄三十年傳〕譆譆出出。
〔按廣雅疏證曰。——、熹、譆、並通〕。

【焃】郝格切音嚇陌韻䨻激切音
闃錫韻
㊀赤也。見〔廣韻〕。
㊁火赤貌。一曰明也。見〔集韻〕。
㊂同赫。亦作爀、焃。見〔集韻〕。

【爀】霍虢切音隙陌韻
同焃。火光。見〔集韻〕。

【焄】許云切音薰文韻
㊀火上出也。亦作熏。見〔玉篇〕。
㊁熏灸也。〔史記楊僕傳〕舞文巧詆
下戶之猾。以——大豪。
㊂香臭也。〔禮記祭義〕——蒿悽愴。
㊃借作葷。辛菜也。〔家語五儀〕則志
不在於食——。

【焅】枯屋切音酷沃韻口到切音
靠號韻

㊁旱氣也。見〔說文〕〔段注〕與酷音
義畧同。
㊂熱氣也。見〔廣韻〕。

【㶿】薄沒切音勃月韻
㊀煙起貌。或作㶼。見〔集韻〕。
㊁毀——。烝熱也。見〔正韻〕。

【焆】一決切音抉古穴切音抉於
列切音唱屑韻
㊀——。煙貌。見〔說文〕〔桂注〕。箋海。
焕、與——同。

【焆】主懸切音涓先韻
㊀火光也。見〔玉篇〕。
㊁火始燃也。見〔類篇〕。

【焆】縈懸切音淵先韻
明也。見〔廣韻〕。

【焇】思邀切音宵蕭韻
火貌。見〔集韻〕。
㊀乾也。亦作銷。見〔玉篇〕。
㊁爍也。見〔廣韻〕。
㊂縣也。見〔集韻〕。

【焇】師交切音梢肴韻
乾也。見〔集韻〕。

【焉】於虔切音嫣尤虔切音嫣先
韻

(一)—鳥。黃色。出於江淮。象形。凡字朋者、羽蟲之長。烏者、日中之禽。舃者、知太歲之所在。燕者、請子之候。作巢避戊己。所貴者故皆象形。—亦是也。見〔說文烏部〕。

(二)語已之辭也。見〔玉篇〕。

(三)安也。〔論語子罕〕—知來者之不如今也。

(四)猶何也。〔論語子路〕—用稼。

(五)猶然也。〔詩小弁〕惄—如擣。〔按此爲狀事之辭也。又有比事之辭。亦與同義。大學引秦誓曰。其如有容—是也。〕

(六)猶於也。〔公羊宣六年傳〕勇士入其大門。則無人門—者。入其閨。則無人閨—者。

(七)猶乎也。〔禮記檀弓〕子何觀—。〔按左昭三十二年傳。遞迭衰序。於是—在。亦與乎同義。〕

(八)猶也也。〔左昭三十二年傳〕民之服—。不亦宜乎。

(九)猶是也。〔左昭九年傳〕使偪我諸姬。入我郊甸。則戎—取之。〔王引之云。言郊甸之地。戎是取之也。正義曰。—猶何也。失之。〕

(十)猶於是也。〔禮記月令〕天子—始乘舟。

(十一)猶則也。〔大戴禮曾子制言〕有知—謂之友。無知—謂之主。〔王引之云。言有知則謂之友。無知則謂之主也。〕

(十二)猶乃也。〔管子揆度〕民財足則君賦斂—不窮。〔王引之云。言賦斂乃不窮也。〕

(十三)—爾。猶於是也。〔公羊隱二年傳〕託始—爾。

(十四)—逢。歲陽也。〔史記曆書〕太初元年。歲名—逢。〔索隱〕—逢。甲也。〔按爾雅、漢書作閼逢。〕

(十五)—支。山名。〔史記匈奴傳〕過—支山。

(十六)—耆。國名。〔漢書西域傳〕—耆國治員渠城。〔按—耆、番名。哈喇沙爾。清光緒間。置—耆府。當今新疆—耆縣。〕

(十七)通則。〔荀子禮論〕三者偏亡。—無安人。〔按史記禮書、作則無安人。〕

(十八)通是。〔左隱六年傳〕我周之東遷。晉鄭—依。〔按國語周語、作晉鄭是依。〕

【焉】延知切支韻

通夷。〔周禮行夫〕—使則介之。〔注〕故書曰夷使。鄭司農曰。夷使。使於四夷。則行夫主爲之介。玄謂夷發聲。〔釋文〕—、劉音夷。〔按舊注曰。周禮本作—。而注直改作夷。是—、夷古通用。不獨音同也。正字通云。—字連上句讀。語助也。讀作夷。非。正字通之說。於文義極順。但二鄭作夷。必非無據。今仍之。〕

【焉】依言切音蔫元韻

(一)安也。一曰鳥。黃色。出江淮。見〔集韻〕。

(二)不言也。見〔廣韻〕。〔按廣韻作謁言切。〕

【焋】側亮切音壯漾韻

(一)火貌。見〔玉篇〕。

(二)資米於甑也。本作[illegible]。見〔集韻〕。

(三)蒸烝也。今炊粉餈謂之—糕。見〔字彙〕。

【焍】丁歷切音的。他歷切音逖。錫韻

望見火貌。見〔說文〕。〔段注〕依篇韻補見字。—然猶的然也。

【𤈦】詡鬼切音虺尾韻。虎委切音毀紙韻

火也。見〔說文〕。〔按—、燬實一字。毛詩汝墳、王室如燬。說文引詩作—。列女傳同。又方言云。煤。火也。楚轉語也。猶齊言—、火也。玉篇云。—。烈火也。同燬。〕

【烱】俱永切音憬梗韻

炎烝也。見〔集韻〕。

【焎】許列切音娎屑韻

火氣。見〔類篇〕。〔廣韻、作[illegible]。篇海、一作[illegible]。〕

【烢】敕列切音徹屑韻

火然也。見〔集韻〕。

【烶】待鼎切音挺迥韻

火貌。見〔集韻〕。

【烸】許亥切音海賄韻

燥也。見〔集韻〕。

【烹】披庚切音磅庚韻

煮也。〔左昭二十年傳〕以—魚肉。〔按說文作亯。經傳多作亨。周禮內饔。掌割亨煎和之事。注。亨、煮也。詩匏葉。采之亨之。箋。熟也。楚茨。或剝或亨。傳。飪之也。又作亯。方言。亨。熟也。廣韻。—、俗亨字。又唐韻正。古音普郎反。詩小雅。或剝或—。或肆或將。
墨子耕柱篇。鼎成三足而方。不炊而自—。不舉而自臧。不遷而自行。
史記越世家。蜚鳥盡。良弓藏。狡兎死。走狗—。

【烷】胡官切音完寒韻
火也。見〔集韻〕。

【烼】戶孔切音澒董韻
—。火貌。見〔集韻〕。

【熧】下革切音覈陌韻
燒麥也。見〔廣韻〕。

【焣】側洽切音牐洽韻
火乾也。見〔集韻〕。

【烺】里黨切音朗養韻
爣—。火貌。見〔集韻〕。

【㶭】他念切音栝豏韻胡甘切音含覃韻
火光也。見〔篇海〕。

【烻】尸連切音羶抽延切音鋋先韻
光也。見〔集韻〕。

【烻】延面切音衍獮韻
光盛起也。〔文選王延壽賦〕丹柱歙豔而電—。

【焀】胡谷切音斛呼木切音𦍒屋韻
火貌。見〔玉篇〕。

【焁】香支切音訑支韻香依切音𦒿微韻
—欿。貪者欲食貌。一曰乞人見食貌。見〔廣韻〕。

【焂】式竹切音菽屋韻，
光動貌。見〔集韻〕。

【焌】祖峻切音俊震韻祖寸切音捘恩韻祖悶切音鐏願韻祖管切音纂旱韻
然火也。周禮曰。遂籥其—。火在前。以焞灼龜。見〔說文〕。〔按周禮華氏。凡卜以明火爇燋。遂龡其—契。以授卜師。注。謂以契柱燋火而吹之也。杜子春云。—讀如英俊之俊。書亦或爲俊。集韻云。或作焞、燇、燉。〕

【焌】促律切音䘹質韻
火燒、亦火滅也。見〔廣韻〕。

【焍】大計切音第霽韻天黎切音梯田黎切音題齊韻
灼龜木也。〔史記龜筴傳〕持龜以卵周環之。祝曰。今日吉。謹以粱卵—黃。祓去玉靈之不祥。〔注〕索隱曰。—、龜木也。音次第之第。言燒荊枝更遞而灼。故有—名。一音梯。言灼之以漸。如有階梯也。正義音題。焦也。言以粱米鷄卵祓去龜之不祥。令灼之不焦不黃。若焦及黃。卜之不中也。

【焒】其呂切語韻
束薪爲火炬。見〔龍龕手鑑〕。

【𤊷】而列切屑韻
爇也。見〔龍龕手鑑〕。

【焎】許列切屑韻
火氣也。見〔川篇〕。

【𢦔】烖本字。見〔說文〕。

【烾】古赤字。見〔說文〕。

【熈】古熙字。見〔集韻〕。

【𤉣】古萬字。見〔集韻〕。

【烆】古衡字。見〔正字通〕。

【𤇷】古愼字。見〔集韻〕。

【庻】古庶字。〔石鼓文〕弓矢孔—。

【烕】同炌。見〔集韻〕。〔按廣雅。本作烗。〕

【覂】同㷉。見〔正字通〕。〔按玉篇。㷉、匹姚切。火飛也。㶾、同上。今亦作票。徧檢無—㷉二字。較㶾少一畫。又集韻。熛、或省作㶾。較—少一畫。類篇同。存疑。〕

【焊】許旱切罕上聲旱韻
同熯。火乾也。見〔廣韻〕。〔按集韻。本作暵。〕

【㷋】同燚。見〔字彙補〕。

【烴】同熿。見〔玉篇〕。

【㷕】同熨。見〔篇海〕。

八畫

【焚】符分切音汾文韻
(一)燒田也。見〔說文〕。〔按各本作燓。从火棥。棥亦聲。朱駿聲曰。段氏據玉篇廣韻有—無燓。許書棥篆下。—省。玄應書引說文。从火燒林。凡四見。訂从火从林會意。今按經傳所用有—無燓。當从段改。字亦作𤑔作燌。〕
(二)燒也。〔周禮掌戮〕凡殺其親—者

之。
(三)乾也。見〔廣雅釋訓〕。
(四)𤎩也。〔左襄二十四年傳〕象有齒以―其身。〔釋文〕扶云反。
(五)―輪。積風也。〔爾雅釋天〕―輪謂之穨。
(六)州名。宋置。屬夔州路紹慶府。今在四川秀山黔江彭水等縣境。

【焚】方問切音奮問韻
僨也。〔左襄二十四年傳〕象有齒以―其身。〔釋文〕服云、―讀曰僨。僨也。

【尉】於胃切音畏未韻
從上按下也。从尸又持火。所以申繒也。見〔說文〕。〔按通俗文〕火斗曰―。

【焜】戶袞切音混阮韻胡昆切音魂公渾切音昆元韻
(一)煌也。見〔說文〕。〔按方言〕、訓曉。玉篇訓光義同。
(二)火貌。見〔廣韻〕。
(三)―黃。色衰貌。〔文選長歌行〕―黃華葉衰。
(四)通昆。〔漢書揚雄傳〕樵蒸―上。配藜四施。〔注〕―、同也。〔按文選甘泉賦、作昆。〕

【焞】徒渾切音屯他昆切音暾元韻
(一)明也。見〔說文〕。〔段注〕―蓋亦取明火之意。
(二)灼龜火也。見〔集韻〕。
(三)――無光燿也。〔左僖五年傳〕天策――。〔按左傳注以為無光燿。國語晉語。天策―― 注曰。近日月之貌。蓋日月光大。星光自微。故天策近之似無光燿也。〕

【焞】通回切音推灰韻
――。盛也。〔詩采芑〕嘽嘽――。〔釋文〕―本又作啍。〔漢書韋元成傳引詩作推。〕

【焞】祖管切音纂旱韻徂悶切音鐏願韻祖寸切音撙問韻
灼龜也。或作焌。〔儀禮士喪禮〕楚―置于燋在龜東。〔注〕楚荆也。荆―所以鑽灼龜者。

【焞】殊倫切音純眞韻
(一)明也。見〔廣韻〕。
(二)火色也。見〔韻會〕。

【焟】思積切音昔陌韻
(一)曝也。見〔廣雅釋詁〕。
(二)乾也。與腊同。見〔玉篇〕。

【焠】取內切音倅隊韻
(一)堅刀刃也。見〔說文〕。〔段注〕王褒傳、清水―其鋒。郭璞三倉解詁曰。―作刀堅也。師古曰。―謂燒而內水中以堅之也。按火而堅之曰―。與水部淬義別。文選譌作淬。非也。
(二)灼也。〔荀子解蔽〕有子臥而―掌。可謂能自忍矣。
(三)染也。〔史記荊軻傳〕使工以藥―之。

【無】微夫切音巫虞韻
(一)亡也。見〔說文亡部〕。〔按說文林部。𣞤、豐也。从林𡘲。𡘲、或說規模字。从大卌。卌、數之積也。林者木之多也。𣞤與庶同意。商書曰。庶艸繁𣞤。段注曰。此蕃𣞤字也。隸變為―。遂借為有𣞤字。而蕃―乃借廡、或借蕪為之矣。亡部𣞤下注曰。凡所失者、所未有者、皆如逃亡然也。此有―字之正體。而俗作―。――乃𣞤之隸變。〕
(二)虛也。〔管子性術〕至不至―。
(三)不也。〔老子〕其―正。
(四)閒也。見〔爾雅釋詁〕。
(五)有而無益於治曰―。〔公羊莊四年傳〕上―天子。下―方伯。
(六)發聲詞。〔經傳釋詞〕孟康注漢書貨殖曰。―發聲助也。詩文王曰。―念爾祖。傳曰。―念、念也。抑曰。―競維人。執競曰。―競維烈。傳並曰。―競、競也。
(七)轉語詞。〔經傳釋詞〕―。轉語詞也。字或作亡。或作忘。或作妄。或言亡其。或言意亡。或言亡意。亦或言將妄。其義一也。
(八)猶否也。〔左襄九年傳〕君必速出。姜曰。亡。〔杜注〕亡、猶―也。
(九)猶非也。〔禮記禮器〕苟―忠信之人。則禮不虛道。
(十)猶未也。〔荀子正名〕志輕理而不重物。―之有也。
(十一)猶得―也。〔儀禮士喪禮〕兆基―有後艱。〔鄭注〕得―後將有艱難乎。
(十二)南―。梵語。猶云皈依也。讀若那謨。或讀若南摩。〔翻譯名義、眾善行法〕南―。此翻歸命。要律儀翻恭敬。善見論翻歸命覺。或翻信從。

—逢山名。[山海經西山經]河水南流東注於—逢。赤水出焉。[按山海經注赤水出山東北隅。據此則山亦當在其地。]

(十四) —終。古山戎國名。見[後漢吳漢傳注]。[清一統志。薊州有—終山。因取以名縣。後以—終穰玉得名。又曰玉田。卽今直隸玉田縣治。]

(十五) 會—。縣名。漢置。屬越巂郡。當今四川會理縣。

(十六) —夷。馮夷也。[穆天子傳]河伯—夷之所都。

(十七) —姑。姑榆也。[爾雅釋木]—姑。其實夷。

無姑圖

(十八) 文—。藥名。[古今注]相別贈之以文—。文—一名當歸。

文無圖

姓也。漢[illegible]鉤。俱複姓。出自楚。

(二十) 通亡。[書洛告]咸秩—文。[漢書翟方進傳作亡。按經傳—字多作亡。]

(廿一) 通无。[左襄二十七年傳]曰棠无咎。[釋文]无、本亦作—。[按易經—字皆作无。說文亡部。无、奇字—也。通於元者。虛无道也。王育說。天屈西北為无。段氏曰。屈猶傾也。]

(廿二) 通毋。[詩民勞]—縱詭隨。[左昭二十四年傳作毋。按史記微子世家引書洪範、—皆作毋。]

(廿三) 通毛。[後漢馮衍傳]飢者毛食。[按佩觿集云。河朔謂—曰毛。通雅云。江楚廣東呼—曰毛。是—固可稱毛也。]

(廿四) 通不。[書洪範]—偏—黨。[墨子兼愛引書作不。]

【焦】 兹消切音蕉蕭韻

(一) 本作䨌。[說文]䨌。火所傷也。从火。雥聲。或省作—。[按六書故作燋。訓曰、燔之近炭也。義同。]

(二) 燥也。[呂覽應言]少泊之。則—而不熟。

[illegible]令其味苦其臭—。]

(四) 黃黑色也。[吳語]心悲則面—。腦減則髮素。

(五) 煩也。[阮籍詩]誰知我心—。

(六) 國名。[左僖二十九年傳]虞、虢、—、滑、霍、楊、韓、魏。皆姬姓也。[注]—在陝縣。[當今河南陝縣城內。]

(七) 晉邑名。[左僖三十一年傳]許君—瑕。[注]—瑕、晉河外五城之二邑。[當今河南陝縣。]

(八) —穫。藪名。[爾雅釋地]十藪周有—穫。

(九) —僥。短人長三尺者。[荀子正論]—僥而載泰山也。[按—僥、國名。見山海經海外南經。]

(十) 三—。水穀之道路。氣所終始也。上—在心下胃上也、中—在胃中脘、不上不下也。下—在臍下當膀胱上也。[素問靈蘭祕典論]三—者、決瀆之官水道出焉。[按廣韻別作膲。]

(十一) —明。鳥名。[文選司馬相如賦]掩—明。[注]—明似鳳。[按廣雅釋鳥作鷦明。通雅動物類引郁離子作昭明。又樂稽耀嘉—明至為雨

[illegible]

(十二) 冒—。蟲名。[廣雅釋蟲]冒—。蟭蛸也。

冒焦圖

(十三) —冥。蟆也。[晏子外篇]東海有蟲、巢於蟁睫。命曰—冥。[按列子湯問篇作—螟。]

(十四) 姓也。神農後。以國為氏。出南安。見[廣韻]。

(十五) 通蕉。[廣雅釋器]蕉。黑也。

(十六) 通燋。[禮記內則]濡炙之舉—。[釋文]字又作燋。

(十七) 借作鐎。[周禮鬱人注]以羹之—中。[釋文]—、本又作鐎。

【焦】 慈焦切音樵蕭韻

(一) 地名。[左僖二十三年傳]楚伐陳。遂取—夷。[注]—、今譙縣也。[按—後改為譙。春秋時為陳國之譙也。漢時地屬沛郡。今為安徽亳縣治。]

(二) 通憔。[班固答賓戲]朝為榮華。夕

而─瘁。〔按─瘁、卽憔悴也。〕

【焦】將由切音啾尤韻

釜屬。見〔集韻〕。

【[illegible]】祜回切音魁灰韻

大也。見〔字彙〕。

多也。見〔字彙〕。

【焪】去仲切音穹去聲送韻

盡也。乾也。見〔玉篇〕。

火乾物也。見〔廣韻〕。

【焪】邱弓切音穹東韻

乾也。見〔廣韻〕。

燥也。燼也。或作焢。見〔集韻〕。

【焭】葵營切音瓊庚韻

同煢。獨也。一曰迴飛也。見〔廣韻〕。

同惸。〔集韻〕惸惸憂也。或作─、恂、惸。

通營。〔楚辭抽思〕覓識路之營營。〔注〕營、一作─。

㊃通揬博之投子也。〔顏氏家訓雜藝〕古爲大博則六箸小博則二─。〔按廣韻揬博楔子、一名投子。〕二─當卽二揬也。〕

【[illegible]】普斬切音[illegible]

欣文韻

㊀炃也。見〔玉篇〕。〔按左昭十七年傳司馬司寇列居火道行火所─。注、─炃也。〕

㊁焚也。見〔集韻〕。

㊂日炙物亦曰─。〔小爾雅廣詁〕─、晞、乾也。〔疏〕說文無─字。云昕旦也明也。徐鍇曰昕猶─也。日炙物之貌。據此則昕、─古今字也。

【[illegible]】敷勿切音拂物韻

火盛貌。見〔玉篇〕。〔按說文作𤆼。集韻亦作炥。〕

【[illegible]】分物切音紱物韻

㊀爆─火不時出而滅。見〔集韻〕。

㊁鬼火。見〔集韻〕。

㊂火盛貌。見〔集韻〕。

【焯】賊路切音酢藥韻都滂切音篤沃韻

㊀明也。周書曰─見三有俊心。見〔說文〕。〔段注〕立政文今尙書作灼。古義─灼不同。

㊁爇也。見〔廣雅釋詁〕。

㊂火氣也。見〔廣韻〕。

㊃─爍光貌。〔漢書揚雄傳〕─爍其[illegible]故。〔按字亦作[illegible]〕

賦。〕

㊄或作焰。見〔增韻〕。

㊅通暐。〔廣雅釋詁〕暐明也。

【焯】竹角切音琢覺韻

小熱也。見〔集韻〕。

【焯】尺約切音綽藥韻

人名。魯孟公─。通作綽。或省作卓。

【焱】以冉切音琰琰韻以贍切音豔豔韻

㊀火華也。从三火。見〔說文焱部〕。

㊁─悠猶游衍也。〔文選張衡賦〕紛─悠以容裔。

【焱】呼役切音砉夷益切音釋營隻切音役陌韻馨激切音闃錫韻

火焰也。見〔廣韻〕。

【焵】古浪切音摃漾韻

㊀刀也。見〔玉篇〕。

㊁堅刃也。凡兵器經燒則堅。故鐵工燒刃曰─。見〔字彙〕。

【然】如延切音[illegible]先韻

㊀燒也。見〔說文〕。

㊁明也。〔淮南覽冥〕葵之鄉日。雖有明智[illegible]也。〔注〕─、猶明也。

㊂宜也。〔淮南原道〕不易自─也。〔注〕─、猶宜也。

㊃成也。見〔廣雅釋詁〕。

㊄許也。〔漢書張耳陳餘傳〕此固趙國立名義不侵爲─諾者也。

㊅譽也。〔論語陽貨〕─。有是言也。

㊆比事之辭。〔禮記大學〕如見其肺肝─。

㊇狀事之辭。〔經傳釋詞〕若論語斐─、喟─、儼─之屬是也。

㊈辭之轉也。見〔經傳釋詞〕。

㊉─而亦辭之轉也。〔孟子公孫丑〕─而孟施舍守約也。

⑪如是也。〔經傳釋詞〕凡經稱─則、雖─、不─、無─、胡─、夫─者皆是也。

⑫猶如也。〔詩芄蘭〕宛─左辟。〔按說文人部引詩作宛如。〕

⑬猶而也。〔詩終風〕惠─肯來。〔經傳釋詞〕言惠而肯來也。

⑭猶乃也。〔莊子天地〕始也我以汝爲聖人邪今─君子也。

⑮猶則也。〔莊子外物〕吾得升斗之水─活耳。

⑯猶焉也。〔禮記檀弓〕穆公召縣子而問─。〔注〕─之言焉也。

⑰自—謂道也〔文選孫綽賦〕逕自—之妙有。
⑱速—縣名漢屬益州郡當今雲南安寧縣。
⑲燕—山名〔漢書匈奴傳〕至速邪烏燕—山〔在今內蒙烏剌忒四子部之間〕
⑳果—獸名〔周禮巾車〕—溟髹飾。〔注〕—、果—也〔疏〕獸名也。〔按果—一作猓𤡮〕

果然圖

㉑率—蛇名〔孫子九地〕率—者常山之蛇也擊其首則尾至擊其尾則首至擊其中則首尾皆至。
㉒人名〔史記貨殖傳〕計—。〔漢書敍傳作研越絕書作倪吳越春秋、作硯徐靈府文子注作鈃〕
㉓姓也楚—丹鄭—明。
㉔或作𤈦〔揚雄劇秦美新〕𤈦除仲尼之篇籍〔注〕𤈦古—字〔按說文—、或作𤈦段氏曰篆當作𤈦轉寫奪火耳〕

㉕通嘫〔說文口部〕嘫語聲也〔朱駿聲曰謂相應之聲經傳皆以—爲之〕

【焷】頻彌切音脾班糜切音碑支韻𣧑亦切音擗陌韻
❶焦也見〔玉篇〕。❷火熱也見〔集韻〕。

【焙】蒲昧切音佩隊韻
本作𤐣𤏙也見〔集韻〕。〔按六書故作烠蒲妹切烘也〕

【𤇥】署與切音墅語韻
明也見〔五音集韻〕。

【閃】良刃切音吝震韻
火貌。从火、㒨省聲見〔說文〕。〔按集韻—或作𤎔〕

【𤇫】丑水切音推紙韻
火久也見〔五音集韻〕。

【焜】虎煨切音賄賄韻古玩切音貫翰韻
火也。楚轉語也。猶齊言㶶火也見〔方言〕。

【焢】呼公切音烘東韻
火氣也見〔集韻〕。

【[illegible]】[illegible]
鍾洽韻
本作𤏳〔集韻〕說文𤏳煞也。〔按方言—火乾也凡以火而乾五穀之類、秦晉之間或謂之—。六書故云鬲中烙物也〕

【𤋳】慈與切音聚語韻
姓也見〔字彙〕。

【𤋳】同炒。見〔篇海〕。

【㷆】奉甫切音輔㷆韻
本作腐。爛也見〔集韻〕。

【焥】烏括切音斡曷韻於月切音䖃月韻
煙起貌見〔集韻〕。

【焥】於代切音愛泰韻
熪—。煙氣見〔集韻〕。

【焞】扶缶切音婦有韻
熾也見〔玉篇〕。

【熜】倉紅切音聰東韻
熅氣也見〔篇海〕。〔正字通曰。俗熜字〕

【焆】乎覵切音睊送韻
火氣也見〔篇海〕。

【[illegible]】必結切音鼈屑韻
灼物焦也。或作𤌣見〔集韻〕。

【㶳】皮冰切音憑蒸韻
火貌。見〔篇海〕。

【烈】婁酉切音九有韻
出罪也見〔字彙〕。

【焠】遏合切音姶合韻
藏火也。〔正字通〕今人謂藏火使復然、曰—。讀若遏。

【焫】如劣切音吶屑韻
燒也。〔禮記郊特牲〕既奠。然後—蕭合羶薌。〔按玉篇焫同爇。而悅切。多一畫當從—爲正〕

【焬】先的切音錫錫韻
乾也見〔集韻〕。

【焬】夷益切音繹陌韻
同烪。或作焲。火光也見〔集韻〕。

【焲】烏禾切音倭歌韻
煖貌見〔集韻〕。

【㸈】古巧切音狡巧韻
交灼木也見〔說文〕。〔按玉篇、廣韻、並同烄、說文烄、—析爲二〕

【燡】夷益切音繹陌韻弋灼切音藥藥韻 火光也。或作焱。亦作煬。見〔集韻〕。

【⿰火於】息良切音湘陽韻 火炕也。見〔海篇〕。

【煘】苦戒切音勸去聲卦韻 熾火盛貌。見〔篇海〕。〔按字彙與烗同。〕

【煛】公戶切音古慶韻 人名。出漢書。見〔廣韻〕。

【煚】火迥切音詗迥韻 火光。見〔集韻〕。

【⿰火燚】徒甘切音談覃韻 𤎼也。見〔篇海類編〕。

【⿰交攴】古巧切音巧巧韻 交木然也。見〔奚韻〕。

【膔】他袞切音疃旱韻 —肉也。見〔篇海類編〕。

【⿰火屏】詩兵切音升蒸韻 —點。鼓鑄也。見〔字彙補〕。

【⿱列火】烈本字。見〔說文〕。

【焅】熇本字。見〔六書故〕。

【⿳⺈罒灬】古象字。見〔玉篇〕。

【尉】古尉字。見〔集韻〕。〔按說文、作㷉。廣韻、俗作尉。〕

【⿱䒑黄】古光字。見〔集韻〕。

【⿱𠂊火】古魚字。見〔集韻〕。

【⿰火甾】同災。〔嶧山碑〕—害滅除。

【⿰火雋】熦或字。見〔集韻〕。

【⿰火青】煋或字。見〔玉篇〕。

【⿱罒焉】俗咒字。

【⿰火柬】俗煠字。見〔正字通〕。

九畫

【煆】虛訝切音嫭禡韻許下切音閜馬韻 ●一煦—。熱也乾也。吳越曰煦—。見〔方言〕 ●二爇也。見〔廣雅釋詁〕。 ●三赫也。見〔廣韻〕。

【煆】虛加切音呀 火氣。見〔廣韻〕。

【煇】吁韋切音揮微韻許元切音萱元韻 ●一光也。〔詩夜如何其〕庭燎有—。 ●二德—。顏色潤澤也。〔禮記樂記〕故德—動於內。 ●三或作輝。〔易繫辭〕剛健篤實輝光。〔唐石經作—〕 ●四或作燿。〔漢修堯廟碑〕表著燿銘。

【煇】許云切音熏文韻 ●一——。赤光著貌。〔文選張衡賦〕彤庭——。 ●二灼也。〔史記呂后傳〕去眼—耳。

【煇】胡昆切音寬元韻 赤色。見〔廣韻〕。

【煇】戶袞切音混阮韻 —煌。光也。〔漢書司馬相如傳〕煥炳—煌。

【煇】呼願切音楥願韻 治鼓工也。〔禮記祭統〕夫祭有畀—胞翟閽者惠下之道也。〔注〕—、周禮作韗。謂韗䩬皮革之工。

【煇】王問切音運問韻 ●一日光氣也。〔周禮眡祲〕掌十—之法。〔注〕—、日光炁也。 ●二通暈又通運。〔周禮保章氏注〕日有薄食暈珥。〔釋文〕暈本又作—。亦作運。

【煌】胡光切音皇陽韻 ●一——。煇也。見〔說文〕。 ●二——。盛貌。〔文選何晏賦〕丹彩——。〔又〕草木花光也。〔文選宋玉賦〕——熒熒。 ●三敦—。地名。漢敦—郡敦—縣。當今甘肅敦—縣治。 ●四通皇。〔詩采芑〕朱芾斯皇。〔傳〕皇、猶——也。 ●五通䡅。〔莊子駢拇〕青黃黼黻之——。〔釋文〕—向崔本作䡅。

【煌】胡曠切音愰漾韻 燿也。見〔集韻〕。

【煌】胡盲切音橫庚韻 火光也。見〔集韻〕。

【煌】戶廣切音晃養韻 本作晄。明也。見〔集韻〕。

【煋】桑經切音星青韻 ●一火熾也。見〔集韻〕。 ●二火烈也。見〔類篇〕。

【煎】子仙切音湔先韻 ●一熬也。見〔說文〕〔段注〕方言。熬、𤏑、

—、備、𤐶、火乾也。凡有汁而乾謂之—。〔集韻或作熇〕。

㈡燼也。見〔方言〕。

㈢爱心如沸曰爱—。〔高適詩〕無謂輒爱—。

【煎】子賤切音箭霰韻

㈠甲—香名。〔貞觀紀聞〕隋王每除夜焚沉香數車。光暗則以甲—沃之。香聞數里。

㈡果品之蜜漬者曰蜜—。見〔夢粱錄〕。〔今蜜—之、—多作餞〕

【煎】子淺切音剪銑韻

㈠滅也。見〔集韻〕。

㈡人名。〔漢書趙充國傳〕先令豪封—等、通使匈奴。〔注〕—、讀曰翦。

【煮】掌與切音渚語韻

㈠烹也。〔周禮亨人〕職外內饔之爨亨—。〔說文本作鬻〕

㈡木名。〔爾雅釋木〕—填棗。

㈢—棗地名。〔史記樊噲傳〕屠—棗宛朐。〔注〕在濟陰。〔在今山東荷澤縣西南〕

【煒】羽鬼切音偉尾韻

㈠盛明貌也。見〔說文〕。〔段注〕各本作盛赤也。今依玄應書正。

㈡赤貌。見〔詩靜女〕彤管有—。

㈢——盛也。見〔廣雅釋訓〕。

【煇】吁韋切音揮微韻

同煇。〔漢書王莽傳〕青—登平。〔注〕服虔曰。—音暉。青氣之光煇也。

【煓】他官切音湍寒韻

㈠火滅也。見〔玉篇〕。

㈡赫也。見〔字彙〕。

【煔】他念切音㮇以贍切音豔舒贍切音閃豔韻

㈠火行也。見〔說文炎部〕。〔按集韻〕—、或作𤈦𤎢。

㈡火光也。見〔玉篇〕。

【煔】胡甘切音酣覃韻

火上行。或作𤍠、𩞑。見〔集韻〕。

【煔】慈鹽切音潛鹽韻

爓也。〔楚辭大招〕炙鴰烝鳧。—鶉陳只。〔按集韻本作燅〕

【煔】師銜切音杉咸韻思廉切音銛鹽韻

木名。〔爾雅釋木〕被、—。〔注〕—似杉。生江南。可以為船。作柱埋之不腐。〔疏〕被、一名—。俗作杉。〔按集韻鹽韻—木名引郭璞說。銜韻本作檆。亦作杉〕

煔圖

【熙】虛其切音僖支韻

㈠燥也。見〔說文〕。〔桂注〕〔閒居賦〕—春寒往。李善引廣雅。—熾也。

㈡光也。見〔爾雅釋詁〕。

㈢廣也。〔書堯典〕庶績咸—。

㈣興也。〔詩酌〕時純—矣。

㈤歎笑也。見〔列子力命注引字林〕。

㈥歎辭。〔漢書翟義傳〕—念我孺子。

㈦——和樂聲。〔左襄二十九年傳〕廣哉——乎。〔又〕和盛也。〔周書太子晉〕萬物——。〔又〕淫放多情慾也。〔老子〕衆人——。

㈧緝—光明也。〔詩文王〕於緝—敬止。

㈨—州名。宋置。[illegible]道縣。後均因之。即今甘肅狄道縣治。

㈩同熹。〔陶潛歸去來辭〕恨晨光之熹微。〔注引聲類〕熹、亦—字也。

⑪通禧。〔漢書禮樂志〕—事備成。〔注〕禧—之事也。

⑫通嬉。戲也。〔文選宋玉賦〕出咸陽。—邯鄲。〔按淮南云。木—者非眇勁。注云木—、今之走高竿緣繩者。蓋木—、亦即木戲也〕

⑬通喜。〔書堯典〕庶績咸—。〔膠東令王君斷碑作庶績咸喜〕

【熙】盈之切音飴支韻

㈠鬱—長也。見〔方言〕。〔注〕謂壯大也。

㈡人名。鄭公子—。煬公—。

【煖】許元切音萱元韻

㈠溫也。見〔說文〕。〔按廣韻、本作暄。集韻、或作烜。段氏曰。說卦傳日以暄之。暄、亦作烜。即—字也〕

㈡人名。〔國策齊策〕齊人有馮—者。〔按鮑本作—。姚本作諼。史記、作驩。集解、復作—〕

【煖】乃管切音餪旱韻

(一)溫也。〔禮記王制〕七十非帛不—。
(二)柔也。見〔莊子徐無鬼有暖姝者釋文〕
(三)猶餪也。〔咫聞錄〕杭俗出殯前一夕。大家則唱戲宴客。謂之—喪。〔按在閩知新錄。宋宣仁太后上仙。忽有旨下。光祿供羊酒若干。爲太后妃皇后暖孝。亦非禮之甚者。集韻。女嫁後三日餉食爲餪女。又婚三日而宴謂之餪。—喪與餪女意同。惟用之於凶禮。尤不可爲訓。〕

【煙】因蓮切音燕先韻
(一)火气也。見〔說文〕〔段注〕陸機連珠曰。火壯則—微。〔集韻〕—或作烟、窒、竅、〔圖〕。
(二)明也。見〔蒼頡〕。
(三)迸火也。見〔一切經音義引三蒼〕。
(四)山水雲霧等氣亦曰—。如山—、水—、雲—、霧—之類。
(五)燥氣亦曰—。〔素問六元正紀大論〕草樹浮—。〔注〕浮—、燥氣也。
(六)土氣亦曰—。〔素問五常政大論〕—埃朦鬱。〔注〕—埃、土氣也。
(七)煤炱亦曰—。如松—、桐—之類。可用以製墨。
(八)—草。淡巴菰也。世或借作菸、蔫。俗因然而吸之出—。遂概稱爲—。如水—、旱—、紙—、雪茄—、鴉片—之類是。而鼻—亦貽稱之曰—。

【煙】於眞切音因眞韻
臭也。〔周禮大宗伯〕以禋祀祀昊天上帝。〔注〕禋之言—也。周人尙臭。—、氣之臭聞者。—字音因。

【煚】俱永切音憬梗韻
(一)火也。見〔廣韻〕。
(二)日光也。見〔集韻〕。
(三)人名。唐毋—。開元含象亭十八學士之一。見〔正字通〕。

【煜】余六切音育屋韻
(一)耀也。見〔說文〕。
(二)熾也。見〔廣雅釋詁〕。
(三)火焰也。見〔玉篇〕。
(四)曄—。聲之盛也。〔文選班固賦〕管絃曄—。
(五)—爚光貌。〔漢書敘傳〕—爚其間者。蓋不可勝載。
(六)熠—。殘燈貌。〔黃滔詩〕一炷殘燈何熠—。
(七)—螢火貌。〔熊鉌詩〕流螢—夜稍濟。

【煜】域及切音熠緝韻
耀也。見〔集韻〕。

【煝】明秘切音媚密二切音寐寘韻
(一)烌也。見〔玉篇〕。
(二)枯熱。見〔廣韻〕。
(三)旱氣也。見〔集韻〕。

【煞】山戛切音鎩黠韻所介切音徽所賣切音曬卦韻
(一)克也。〔白虎通五祀〕春木主—土。故以所勝祭之也。
(二)猶傷也。〔白虎通五行〕金味所以辛何。西方—傷成物。辛所以—傷之也。
(三)凶神曰—。〔齊東野語〕陰陽家有辨八—之說。
(四)人死之後其魂來復。謂之歸—。〔顏氏家訓〕偏旁之書。死有歸—。子孫逃竄。莫敢在家。畫瓦書符。作諸厭勝。
(五)極也。甚也。如云—費苦心。—費躊躇之類。
(六)俗謂結束曰—。如云收—、—尾。文法有所謂—筆。詞曲有所謂一—、二—之類。

【煞】所介切卦韻
同殺。疾也。削也。見〔集韻〕。

【煟】于貴切音胃未韻
(一)光貌。見〔玉篇〕。
(二)火光。見〔廣韻〕。
(三)—。宛明貌。見〔詩噦噦其冥箋〕。

【熜】麤叢切音聰東韻
(一)煴也。見〔集韻〕。
(二)同熜。〔廣雅釋器〕熜、炬也。

【煢】葵營切音瓊庚韻
(一)回疾也。見〔說文卂部〕〔段注〕回轉之疾飛也。引伸爲—獨。取裴回無依之意。
(二)單無兄弟也。〔書洪範〕無虐—獨。
(三)—。憂思也。〔左哀十六年傳〕——余在疚。〔又〕單也。〔魏文帝燕歌行〕賤妾——守空房。
(四)寡夫也。〔小爾雅廣義〕凡言無夫無妻、通謂之寡。寡夫曰—。寡婦曰嫠。
(五)通[illegible]。〔廣雅釋詁〕[illegible]、飛也。〔按釋訓。又作[illegible][illegible]飛也〕
(六)通惸。〔詩正月〕哀此惸獨。〔孟子梁惠王引詩作—〕。

㊆通嬛[詩閔予小子]——在疚[
釋文]嬛、崔作—。

㊇通惸。[方言]惸特也。[注]惸、古—字。

㊈通煢煢。孤特也。見[後漢清河孝王慶傳]

【煣】忍九切音蹂有韻　如又切音糅宥韻

㊀屈伸木也。見[說文]。[按屈伸猶曲直也。屈伸木、猶言曲其木。直其木。蓋直者以火曲之。曲者以火直之。皆謂之—。玉篇云以火屈木曲。其意但謂屈木使曲。蓋猶一偏之說也。]

㊁通揉。[易繫辭]揉木爲耒。[漢書食貨志作—木爲耒]

㊂通揉。[廣韻]揉屈木。—同。

【⿱苜火】莫結切音蔑屑韻　莫撥切音末曷韻

㊀火不明也。見[說文苜部]。[段注]按火當作目。

㊁通篾。[書顧命]敷重篾席。[按說文苜部引書作布重—席。通訓定聲云今本以篾爲之。衛包妄改爲篾。]

【煤】[illegible]

㊀炱—。灰集屋也。見[廣韻]。[按呂覽任數篇者—炱入甑中。注—炱、煙塵也。義同。]

㊁石炭曰—。詳炭字。

㊂煙—。可用以製墨者。如桐煙、松煙、之類。雖稱曰煙。實即—也。

【煥】呼玩切音喚翰韻

㊀火光也。見[說文新附]。

㊁明也。[論語泰伯]—乎其有文章。

㊂文章貌。見[後漢馮衍傳注]。

㊃通奐。[禮記曲禮]美哉—焉。[釋文]奐、本作—。

㊄通喚。[魯峻碑]喚奕的的。

【煦】吁句切虛去聲遇韻　火羽切音詡麌韻

㊀烝也。一曰赤貌。一曰溫潤也。見[說文]。

㊁暖也。[太玄釋]園—釋。

㊂天以氣養萬物曰—。[禮記樂記]天地訢合陰陽相得。—嫗覆育萬物。[注]氣曰—。體曰嫗。[疏]天以氣—之。

㊃睛轉也。[家語本命]及生三月而微—。然後有見。

㊄——仁也[韓愈文]——之謂仁

㊅通休。[考工記弓人]夫角之末蹙於剫而休於氣。[注]休讀爲—。[疏]言角之本近於剫。得和—之氣於剫。

㊆通嫗[詩巷伯傳]—、不逮門之女。[釋文]嫗本作—。

【煦】詡拱切音洶腫韻

同昫。日出溫也。見[集韻]。

【煦】句于切音訏虞韻

—、熅、熱也。乾也。吳越曰—熅。[見方言]

【煦】虛尤切音休尤韻

同咻。痛念聲。見[集韻]。

【照】之笑切音詔嘯韻

㊀本作炤。[說文]炤明也。

㊁知也。[楚辭思懷]指日月使延—兮。

㊂曉也。[淮南繆稱]—惑者以東爲西。

㊃猶察也。[晉書庾敳傳]値天高聰邈、未垂察—。[按察—猶俗言鑒—查—又公牘文有云—得—亦察意。]

㊄日光亦曰—[陸游詩]一陂[illegible]明晨—。

㊅以鏡自照亦曰—。[晉書王衍傳]在車中攬鏡自—。

㊆寫眞曰寫—[晉書顧愷之傳]於妙處傳神寫—。[今俗稱—相因其用鏡故曰—]

㊇文憑可驗曰—如執—、護—之類。

㊈以文書通告其事曰—會。

㊉猶依也如依樣爲之曰—樣。依例行之曰—例。

⑪猶顧也如俗稱—顧。關—亦曰關顧。又—應—亦顧義。

⑫縣名。宋置。屬廣潼川府路敍州。當今四川宜賓縣境。

⑬郎—蟲名。[爾雅釋蟲]螢火、郎—。[疏]螢火一名郎—。[今本螢火即炤]

⑭玉—草名。[福地記]抱犢有草名玉—。服之不飢。

⑮亦作炤。[荀子儒效]炤炤兮其用知之明也。[注]炤與—同。

⑯通灼。[詩大明箋]徵應—皙見於天。[釋文]—、本作灼。

【煨】烏回切音隈灰韻

㊀盆中火。見[說文][段注][玉篇作

盆中火熿。〔廣韻〕曰。熿者埋物火中令熱也。通俗文曰。熱灰謂之㷻—。

(二)人名。後漢中郞將段—。

【煨】紆勿切音鬱物韻

畜火也。見〔集韻〕。

【煪】字秋切音酋將由切音啾尤韻

(一)燿也。或作㷡。見〔玉篇〕。

(二)燥也。見〔集韻〕。

【煪】張流切音輈尤韻

燥也。見〔集韻〕。

【煪】以九切音有有韻

火也。見〔集韻〕。

【煩】符袁切音樊元韻

(一)熱頭痛也。見〔說文頁部〕。〔按頁者頭也。—字从頁从火。故爲熱頭痛。〕

(二)悶也。〔史記倉公傳〕病使人—懣。

(三)躁也。〔素問生氣通天論〕—則喘喝。〔注〕—、謂—躁。

(四)勞也。〔禮記樂記〕衛音趨數—志。

(五)劇也。〔周禮司隸〕則役其—辱之事。

(六)亂也。〔考工記弓人〕夏治筋則不—。

(七)多也。〔淮南主術〕法省而不—。

(八)辱也。〔淮南俶眞〕以物—其性命乎。

(九)數攪動也。〔史記樂書〕水—則魚鱉不大。

(十)忿爭也。〔左定二年傳〕嘖有—言。

(十一)干—也。〔左僖二十九年傳〕敢以—執事。

(十二)無益者歸之—見〔春秋繁露考功名〕。

(十三)樓—地名。漢置。屬雁門郡。在今山西崞縣東十五里。

(十四)—鶩鳥名。〔漢書司馬相如傳〕—鶩鷫鷞。〔注〕—鶩、一作番縢。〔按漢書音義云。—鶩、鳧也。郭璞云。—鶩、鴨屬。蒼鳧卽鴨屬。野曰鳧。家曰鴨也。〕

【煬】弋亮切音漾式亮切音餉漾韻

(一)炙燥也。見〔說文〕。〔按方言注。今江東呼火熾猛爲—。〕

(二)炊也。〔莊子寓言〕—者避竈。

(三)曝也。見〔廣雅釋詁〕。

(四)爕也。見〔廣雅釋詁〕。

(五)熱也。〔漢書揚雄傳〕南—丹崖。

(六)謚法。去禮遠衆曰—。見〔獨斷〕。

【煬】余章切音陽陽韻

爍金也。或作烊。見〔集韻〕。

【煬】尸羊切音商陽韻

謚也。晉有—公。徐邈說。見〔集韻〕。

【⿰酉火】自秋切音酋卽由切音啾尤韻

耳中聲也。見〔篇海〕。

【⿰火𡿺】乃老切音腦皓韻

熱貌。或作燺、𤏳。見〔集韻〕。

【煁】時任切音諶侵韻

烓也。見〔說文〕〔段注〕詩小雅白華曰。樵彼桑薪。卬烘于—。毛傳曰。—、烓竈也。行竈非爲飲食之竈。若今火爐僅可炤物。自古名之曰烓。亦名之曰—。

【焃】郝格切音赫陌韻

燒也。見〔玉篇〕。

【⿰火奎】犬桒切音畦紙韻

火貌。見〔玉篇〕。

【煄】之隴切音種腫韻

火亮起。見〔五音集韻〕。

【⿰火風】非鳳切音諷送韻

焚也。見〔五音集韻〕。

【⿰火曷】於歇切音謁月韻

中熱也。本作暍。亦作㵣。見〔廣韻〕。

【[illegible]】委勇切音𦡉腫韻

吳王孫休子字。見〔集韻〕。

【煉】郞甸切音練霰韻

鑠治金也。見〔說文〕〔段注〕治、毛本作冶。誤。金部曰。鍊冶金也。此加火。鑠者正爲字从火。

【煉】郞旰切音爛翰韻

借作爛。〔廣雅釋詁〕—、爇也。〔一切經音義引作爛〕。

【煊】許元切音萱元韻

溫也。本作煖。或作暄。見〔集韻〕。

【煍】子了切音剿篠韻慈糾切就上聲有韻

變色也。見〔集韻〕。

【⿰火若】褚鉼切音謫陌韻

火光也。或作焟。見〔集韻〕。

【煏】弼力切音愎職韻

火乾也。見〔玉篇〕。〔集韻本作𤆡〕。

【㷔】於驚切音英庚韻 人名。張—。見〔南史〕。

【𤎉】子悉切音卽質韻 本作爀熶也。見〔集韻〕。

【𤎨】郎達切音辣曷韻 火貌。或作爉。見〔集韻〕。

【⿰火背】蒲昧切音佩隊韻 煏也。或作焙。見〔集韻〕。

【⿰火咸】直廉切音[illegible]鹽韻 鉗也。見〔五音集韻〕。

【煗】乃管切音煖旱韻 昷也。見〔說文〕。〔段注〕昷各本作溫。今正。〔按說文—煖分爲二。訓同。〕

【⿰火勃】蒲沒切音孛月韻 本作⿰火孛。見〔集韻〕。

【⿰火禺】元俱切音虞虞韻 煮食也。見〔集韻〕。

【⿰火咠】孚詶切音秠尤韻 火乾也。見〔玉篇〕。

【煠】實涉切音牐洽韻弋涉切音葉敕涉切音鍤葉韻 爚也。見〔廣雅釋詁〕。〔按舊本廣雅作淪。今本作爚。爚淪通。集韻洽韻。爚、淪或作湁。篇海作煠。蘇軾十二時偈。百滾油湯裏。恣把心肝—。通俗編曰。今以食物納油及湯中一沸而出。謂之—。〕

【甛】胡甘切音酣覃韻 同炶。火上行。見〔集韻〕。

【⿰火建】許刃切音釁震韻 焰餘。見〔篇海〕。

【尞】力弔切音料嘯韻憐蕭切音聊蕭韻 柴祭天也。从火昚。昚。古文慎字。祭天所以慎也。見〔說文〕。〔按、—與柴同義。說文柴下云。燒柴—祭天也。蓋燒柴祭天謂之柴。亦謂之—。又或謂之禉。故說文禉下云。柴、祭天神。禮記—字多作燎。亦猶柴禉之作柴燎也。〕

【⿱尞貝】朗鳥切音了篠韻 本作燎。放火也。見〔集韻〕。

【⿰火乖】丑涉切音鍤葉韻 火燒殘也。見〔篇海〕。

【熐】火覓切音幎錫韻

同[illegible]爇貌。見〔篇海〕。

【[illegible]】莫割切音末曷韻 不明也。見〔玉篇〕。

【⿰火皆】古齎切音皆佳韻 煏也。見〔字彙補〕。

【⿰火臬】徒哀切音臺灰韻 —煤也。見〔篇海類編〕。

【⿰火品】果到切號韻 乾燥也。見〔五音篇海〕。

【燸】息六切音肅屋韻 火熾貌。見〔川篇〕。

【⿰火青】徒臥切音惰箇韻 火也。見〔搜真玉鏡〕。

【⿱昜火】余章切音陽陽韻 炙燥。見〔集韻〕。

【炤】照本字。見〔說文〕。

【⿱列火】古烈字。見〔字彙補〕。

【⿸厂戚】古盜字。見〔字彙補〕。

【⿱⿰貝氏灬】古視字。見〔字彙補〕。

【煆】同鍛。見〔正字通〕。

【煋】同熿。見〔字彙〕。

【[illegible]】同煙。見〔字彙〕。

【⿱渠火】同燼。見〔字彙〕。

【⿰火象】同⿰火豙。見〔集韻〕。

【⿰火象】同⿰火遂。見〔篇海〕。

【⿰火畓】同災。見〔六書統〕。

【⿱詹火】同燂。見〔玉篇〕。

【[illegible]】同冏。伯—。人名。見〔漢書古今人表〕。〔按卽伯冏也。〕

【熖】俗焰字。見〔篇海〕。

【⿰火舁】俗炕字。見〔龍龕手鑑〕。

【煲】廣東俗字。讀如保去聲。以緩火煮物也。或謂與[illegible]同。

【[illegible]】粦譌字。見〔字彙〕。〔按廣韻物韻。熚—、鬼火。說文作粦。或作燐。—、粦以形近而譌。〕

十畫

【粦】良刃切音吝震韻力仁切音鄰眞韻

❶兵死及牛馬之血爲—。—、鬼火也。見〔說文炎部〕。

❷或作燐。〔淮南氾論〕久血爲燐。

㊂亦作粦。〔博物志〕戰鬬死亡之所。有人馬血積年化爲粦。粦著地及草木。如霜露不可見。行人觸之。著體有光。拂拭卽分散無數。又細吒聲如鬻豆。靜坐良久尋滅。

㊃亦作鄰。〔列子天瑞〕馬血之爲轉鄰也。〔注〕說文作—。又作粦。皆鬼火也。〔按說文義證—下引列子注。說文作—。又作蟒。〕

【煻】徒郎切音唐陽韻

㊀—煨。熱灰火也。〔集韻〕熱灰謂之—煨。〔又〕池名。〔正字通〕—煨池在遼東北。有唐太宗烽火臺。五里間有火穴。名—煨池。夜明如晝。或有物去池三十步。無巨細。皆吸入其中。

㊁通唐。〔說文煨下段注〕今俗謂以火溫出冬閒花曰唐花。卽煻字。

【煽】式戰切音扇霰韻　尸連切音羶先韻

㊀熾盛也。見〔說文新附〕。〔按詩十月豔妻—方處。傳、—熾也。說文無—字。其傓下注引詩作傓。傓、卽—之本字也。又矜詩作扇。乃其借字耳。〕

㊁使火熾也。見〔字彙〕。

㊂以言惑人也。〔陸游詩〕日長論口—。〔猶云—惑人也。〕

【熀】爲輒切音聶葉韻

㊀爗—。火光盛貌。見〔篇海〕。

㊁爗—。寬明貌也。〔文選王延壽賦〕鴻爗—以燦爛。

【熁】迄業切音脅葉韻

㊀火氣—上。見〔廣韻〕。

㊁火迫也。見〔集韻〕。

【[illegible]】煮仍切音蒸蒸韻

㊀熱氣也。見〔篇海〕。

㊁冬祭也。見〔篇海〕。〔按—卽烝之異文。〕

【熄】悉卽切音息職韻

㊀畜火也。亦曰滅火。見〔說文〕。〔段注〕畜當从艸。積也。滅與蓄義似相反而實相成。止息卽滋息也。

㊁已也。〔孟子離婁〕王者之迹—而詩亡。

㊂滅也。〔呂覽本味〕名號必廢—。

㊃同息。〔孟子滕文公〕安居而天下—。〔按意林引作息。〕

【熅】於云切音氳文韻

㊀鬱煙也。見〔說文〕。

㊁欣熏可安謂之—。見〔賈子道術〕。

㊂煗也。見〔玉篇〕。

㊃——。元氣也。見〔廣雅釋訓〕。〔又〕陰陽和一相扶貌也。〔文選班固典引〕煙煙——。

㊄煙—。天地之蒸氣也。〔文選王延壽賦〕含元氣之煙—。

【熅】烏昆切音溫元韻

熚—。火微。或作熅。見〔集韻〕。

【熅】鄔本切音穩阮韻

—炳。熱也。見〔集韻〕。

【熅】紆問切音醞問韻

以火伸物。見〔集韻〕。

【熅】烏沒切音搵月韻

㊀煙貌。見〔集韻〕。

㊁熱貌。見〔集韻〕。

【熇】呼酷切音臛沃韻

㊀火熱也。見〔說文〕。

㊁——。熾盛也。〔詩板〕多將——。

【熇】黑各切音壑藥韻

同謞。〔爾雅釋訓〕謞謞。崇讒慝也。〔按疏引詩多將——。又云。謞—音義同。〕

【熇】虛嬌切音囂蕭韻

炎氣也。或作熇。見〔集韻〕。

【熇】虛交切音虓肴韻

㊀同灱。暴也。見〔集韻〕。

㊁通嗃。〔易家人〕家人嗃嗃。〔釋文〕嗃嗃、劉作——。

【熇】苦浩切音考皓韻

同燺。燥也。見〔集韻〕。

【熇】口到切音犒號韻

煏也。或作焅。見〔集韻〕。

【熊】胡弓切音雄東韻

㊀—獸。似豕。山居多蟄。見〔說文熊部〕。〔按—產寒帶之地。體大而蠢。行時足底平置於地。善升木。口端甚長。齒之咀嚼力勝於貓犬。所食多蟲蟻及蜂蜜等。然有數種。則以肉爲食。灰色熊卽其一。北方白熊亦肉食。〕

熊圖

(二)赤—。〔爾雅釋獸〕羆如小—。〔注〕今建平山中有此獸。俗呼爲赤—。
(三)—貓。獸名。似貓而善升木。

熊貓圖

(四)——。光氣炎盛相焜燿之貌。〔山海經西山經〕其光——。其氣魂魂。
(五)有—。黃帝有天下之號。〔白虎通號〕黃帝有天下。號曰有—。有—者。獨宏大道德也。
(六)—耳山名。〔書禹貢〕—耳外方桐柏。〔在今河南盧氏縣西南七十里〕。
(七)人名。〔書舜典〕讓於朱虎—羆。
(八)姓也。〔又〕複姓。春秋楚大夫—率且比。

【能】囊來切耐平聲灰韻

同能。三足鼈也。〔左昭七年傳〕夢黃—入於寢門。〔釋文〕—亦作能。如字。一音奴來反。三足鼈也。

【熏】許云切音薰文韻

(一)本作熏。〔說文屮部〕熏。火煙上出也。从屮从黑。屮黑—象。
(二)灼也。〔詩雲漢〕憂心如—。
(三)感動也。〔呂覽離謂〕衆口—天。
(四)—胥。相—蒸也。〔蔡邕釋誨〕下獲—胥之辜。〔注〕謂相蒸得罪也。
(五)——。和悅也。〔文選張衡賦〕具醉——。〔又〕坐不安之意。〔詩鳧鷖〕公尸來止——。
(六)東南曰—風。見〔呂覽有始〕。
(七)或作燻。〔爾雅釋訓〕炎炎—也。〔釋文〕本亦作燻。
(八)通薰。〔文選謝惠連賦〕燎薰爐兮炳明燭。〔注〕薰火煙上出也。字从黑。
(九)通曛。〔後漢趙壹傳〕陟遂與言談至—夕。極歡而去。〔—夕即曛夕也〕。
(十)通醺。〔詩鳧鷖〕公尸來止——。〔說文酉部〕作公尸來燕醺醺。
(十一)通纁。〔禮記禮器〕玄衣—裳。〔釋文〕—本作纁。
(十二)通釁。以香塗體也。〔國語齊語〕三釁三沐之。〔注〕釁或爲—。

【燫】勒兼切音鎌離鹽切音廉鹽韻

(一)火煣車网絕也。周禮曰。煣牙外不—。見〔說文〕。〔按今考工記作廉〕。注云。廉絕也。
(二)火不絕也。或作爈。見〔集韻〕。

【熑】苦兼切音謙鹽韻

燥鞹也。見〔集韻〕。

【熒】懸扃切音螢青韻

(一)屋下鐙燭之光也。从焱冂。見〔說文焱部〕。
(二)光也。明也。見〔廣韻〕。
(三)眩也。〔莊子人間世〕而目將—之。
(四)——。猶灼灼也。見〔玉篇〕。
(五)—惑。火星名。〔史記天官書〕察剛氣以處—惑。
(六)澤名。〔左宣十二年傳〕及—澤。見六膘。〔按—澤在今河南—陽縣。〕段玉裁云。—澤。—陽古無作滎者。淺人任意改易。以爲水名當作滎。不知泲水名—。自有本義。於絕小水之義無涉也。別詳滎字。
(七)藥草名。〔爾雅釋草〕—委萎。〔朱駿聲曰〕即委萎。亦曰玉竹。
(八)通螢。〔禮記月令〕腐草爲—。〔釋文〕—本又作螢。
(九)通熒。〔史記孔子世家〕匹夫而—惑諸侯者。〔注〕—惑謂經熒而惑亂也。

【熒】平萌切音宏維傾切音縈庚韻縈定切音瑩徑韻

火光。見〔集韻〕。

【熒】翾營切音眴庚韻

同滎。水名。見〔集韻〕。

【熒】烏絅切音鎣上聲迥韻

聽—。疑惑也。〔莊子齊物論〕是黃帝之所聽—也。〔釋文〕—本又作瑩。

【熒】胡鎣切音瀅徑韻

暫明貌。見〔集韻〕。

【𤎖】居候切音遘宥韻

舉火也。見〔廣韻〕。

【𤎼】通回切音推灰韻

以湯除毛。或作㷟。見〔集韻〕。

【煼】楚絞切音吵巧韻

熬也。或作鬻、𪌛、炒。見〔廣韻〕。

【䀿】古迥切君上聲迥韻

目驚貌。見〔篇海〕。

【[illegible]】又宜切音[illegible]支韻才和切音[illegible]歌韻徂下切音鮓馬韻疾智切音漬寘韻本作羨。〔說文〕羨束灰也。〔詳羨字〕

【[illegible]】思營切音騂庚韻赤也。見〔廣雅釋器〕。〔類篇作烊〕

【[illegible]】子亥切音宰賄韻烹也。見〔集韻〕。

【[illegible]】呼木切音𣪊屋韻同𣪊。日出赤貌。見〔廣韻〕。

【[illegible]】胡谷切音斛屋韻赤貌。見〔集韻〕。

【[illegible]】黑角切音吒覺韻火聲。見〔集韻〕。

【熂】許既切音氣未韻許竭切音歇月韻熂除旁草也。見〔玉篇〕。〔按詩皇矣篇柞棫之所以茂盛者乃人一熂其旁草養治之使無害也。釋文。芟草燒之曰一〕。

【[illegible]】武遇切音務遇韻主火也。見〔篇海〕。

【熩】胡沃切音鵠沃切音𩦚沃韻光鑊切音郭藥韻灼也。見〔說文〕。

【熆】轄臘切音盍合韻吹火也。見〔廣韻〕。

【熉】王分切音云文韻羽粉切音抎吻韻黃貌。〔漢書郊祀志〕照紫幄。珠一黃。〔注〕言光照紫幄。故其珠色一然而黃也。

【[illegible]】囊來切耐平聲灰韻熱也。見〔集韻〕。〔正字通云。同熊。俗書分二音二義誤存參〕

【[illegible]】里忍切音嶙軫韻燭熄火存謂之一。見〔集韻〕。

【熌】舒瞻切音閃豔韻同䀌。火行也。或作𤆘。見〔集韻〕。

【熍】丘弓切音穹東韻同熍。曝也。燼也。見〔集韻〕。

【熎】一笑切音要嘯韻燼也。見〔集韻〕。

【[illegible]】女閑切音𪉕刪韻語𤆉。見〔五音集韻〕。

【[illegible]】烏孔切翁上聲董韻一然。煙氣。見〔廣韻〕。

【熐】忙經切音冥青韻莫狄切音密錫韻一𤌎。匈奴聚落也。見〔集韻〕。

【[illegible]】戶感切音頷感韻灼爛也。見〔集韻〕。

【熓】烏沒切恩入聲月韻烏古切音鄔麌韻火熄也。見〔字彙補〕。

【煿】伯各切音博藥韻同爆。火乾也。見〔集韻〕。

【煼】初巧切音𪊓巧韻熬炒也。火乾物也。見〔五音篇海〕。〔按舊注云即煼字之譌〕。

【[illegible]】熛本字。見〔正字通〕。

【[illegible]】同𤑹。見〔字彙〕。

【[illegible]】同𤎻。見〔字彙〕。

【[illegible]】同熇。見〔廣韻〕。

【[illegible]】同閃。見〔集韻〕。

【[illegible]】同熐。見〔篇海〕。

【[illegible]】同烇。見〔集韻〕。

【[illegible]】[illegible]或字。見〔集韻〕。

【[illegible]】炎或字。見〔集韻〕。

【[illegible]】熣或字。見〔集韻〕。

【熈】俗熙字。見〔字彙〕。

【熔】俗鎔字。

十一畫

【熚】壁吉切音畢質韻①一㶳。火兒。見〔說文〕。〔段注〕一、㶳、疊韻字如水部之滭沸。②火聲。見〔玉篇〕。

【熛】卑遙切音標蕭韻①本作㶾〔說文〕㶾火飛也。从火。㶾與䙴同意。〔段注〕玄應引三倉云、迸火也。呂氏春秋云。突泄一一。焚宮燒積。②光也。見〔後漢班彪傳注〕。③赤色也。〔文選揚雄賦〕前一闕而後應門。〔注〕一闕赤色之闕也。④風疾也。〔史記禮書〕卒如一風。⑤通熛。〔太玄沈〕見熛如累明。〔注〕飛光也。⑥通㸌。〔文選班固答賓戲〕其餘㸌風埶附。〔注〕埶、與—古字通。

【熟】　市六切音淑屋韻

一 本作𦏧。〔說文丮部〕𦏧、食飪也。从丮𦎫。易曰𦏧飪。〔按說文作𦏧。隸變作孰。孰與誰雙聲。自借孰爲誰孰字。後人乃作—以爲生—字。其實古人生—之—亦作孰也。曹憲曰。玉篇始有—字。〕

二 成也。〔孟子告子〕苟爲不—。

三 甚也。〔荀子不苟〕—計之。

四 猶知也。〔呂覽重己〕此論不可不—。

五 純也。精也。詳也。〔禮記內則〕寧—諫。〔疏〕—諫、謂純—般勤而諫。〔按如察非偶察曰—察。視非略視曰—視。睡非暫睡曰—睡。思非一慮曰—思—慮。此類亦皆—諫之例也。〕

六 素所習者曰—。〔宋史徐清叟傳〕—習—見聞。〔按俗稱素所見者曰—人。素所行者曰—路。此類皆習—之意也。〕

七 熱也。〔素問疏五過〕五臟菀—。

八 長婦之稱。〔釋名釋親屬〕荊豫人謂長婦曰——。——、祝也。祝、始也。〔按姒、—音近義同。〕

九 進—。美語也。〔史記大宛傳〕率多進—。天子。〔注〕進—、美語。如成—者也。

【熠】　域及切音熤入席切音席緝韻

一 盛光也。見〔說文〕。

二 —燿。螢火光也。〔詩東山〕—燿宵行。〔傳〕—燿、燐也。燐、螢火也。〔正義〕—燿者、螢火之蟲飛而有火之貌。〔桂馥曰。毛傳未嘗言螢火之名。而本草云。螢火一名—燿。此誤讀毛傳而附會者。〕〔又〕羽鮮明也。見〔詩七月〕—燿其羽〔箋〕。

三 —熻。光明貌。〔文選潘岳賦〕爛—熻以放豔。

【熸】　藏曹切音遭豪韻

一 本作𤒆。〔說文〕𤒆、焦也。〔段注〕今俗語謂燒壞曰—。凡物壞亦曰—。〔按今北人凡言事物壞皆曰—。〕

二 灺也。見〔廣雅釋詁〕。

三 火餘木也。見〔廣韻〕。

四 炮也。見〔龍龕手鑑〕。

五 亦作[illegible]。見〔六書泝源〕。

【熧】　將容切音縱冬韻

一 火行。見〔玉篇〕。

二 火出穴中。見〔集韻〕。

【熨】　於胃切音慰未韻

以物—貼也。〔史記扁鵲傳〕案抗毒—。〔注〕毒—、謂毒病之處以藥物—貼也。

【熨】　紆物切音鬱物韻

一 火展帛也。見〔廣韻〕。

二 火斗曰—。見〔通俗文〕。

三 或作爩。見〔集韻〕。

【熬】　牛刀切音敖豪韻

一 乾煎也。見〔說文〕。〔段注〕方言。—、火乾也。凡以火而乾五穀之類。自山而東。齊楚以往。謂之—。

二 淳—。八珍之一。見〔禮記內則疏〕。

三 煎—。猶焦灼也。〔楚辭怨上〕我心兮煎—。

四 猶耐也。近世讞詞有云—刑、—審。謂耐刑審也。

五 通嗸。——。衆愁聲也。〔漢書陳湯傳〕衆庶——苦之。

【熮】　力久切音柳有韻　憐蕭切音聊蕭韻　力求切音留尤韻　力弔切音料嘯韻

一 火皃。从火翏聲。逸周書曰。味辛而不—。見〔說文〕。〔段注〕呂覽本味篇曰。辛而不烈。周書作不—。—字異義同。

二 燒也。爛也。見〔玉篇〕。

【熯】　忍善切然上聲銑韻

一 乾皃。見〔說文〕。〔段注〕與日部暵同音同義。从火。猶从日也。

二 火盛皃。見〔玉篇〕。

三 敬也。〔詩楚茨〕我孔—矣。

【熯】　許旱切音罕旱韻

一 同焊。乾也。見〔廣韻〕。

二 炙也。見〔洪武正韻〕。

【熯】　虛旰切音漢翰韻

火氣也。燥也。〔易說卦〕燥萬物者莫—乎火。〔王注〕—、火氣也。〔崔注〕亦燥也。〔說文日部引作暵。〕

【熰】　烏侯切音謳尤韻

一 炮—也。見〔玉篇〕。

二 熱甚也。〔管子侈靡〕古之祭有時而—。〔注〕—、熱甚也。謂—熱甚而祭。

【熰】　於候切謳去聲宥韻

煖也。或作嘔、[illegible]。見〔集韻〕。

【熱】而列切音茶屑韻
㊀本作爇。〔說文〕熱。溫也。〔按今物理家言—之生由於動蓋雜體之合點。恒動不止。增其顫動之速率。則趨於—反之則趨於冷。〕
㊁爇也。如火所燒爇也。見〔釋名釋天〕
㊂心之焦灼亦曰—。〔陶潛詩〕身沒名亦盡。念之五情—。
㊃情之懇摯亦曰—如言—心、—腸、—血之類。
㊄勢燄薰灼亦曰—。〔唐語林〕鄭楊段薛炙手可—。
㊅—者生之源。〔老子〕靜勝—。
㊆—中。心中恐懼也。〔孟子萬章〕不得於君則—中。〔又〕多飲數溲謂之—中。見〔素問腹中論注〕
㊇鬧—。猶煩擾也。〔白居易詩〕紅塵鬧—白雲冷。

【熲】古迥切音炯迥韻涓熒切音扃青韻
㊀火光也。見〔說文〕。〔按詩無將大車不出於—。傳云—光也。毛傳不言火但言光者蓋引伸之義。〕
㊁光也。見〔爾雅釋言〕

【熝】盧谷切音鹿屋韻
熝也。見〔集韻〕。

【熞】經天切音堅先韻
灼鐵淬之。見〔集韻〕。

【熨】桑挺切音醒迥韻
火乾出也。見〔集韻〕。

【熯】末各切音莫藥韻
火皃。或作莫。見〔集韻〕。

【爎】莊交切音遭肴韻
然也。或作爎。見〔集韻〕。

【熡】勒侯切音樓尤韻
火災也。見〔篇海〕。

【㷷】暑與切音墅語韻
野火也。見〔篇海〕。

【㷭】敷容切音峯冬韻
—燧。候表也。邊有警則舉火。从火逢聲。見〔說文〕。〔按—與燧爲二物。用之之時亦不同。張揖漢書注所謂晝舉—夜燔燧是也。互詳烽字。〕

【熢】蒲蒙切音蓬東韻
—㶿。煙鬱皃。見〔集韻〕。

【熢】蒲蠓切蓬上聲董韻
—㶿。火氣。見〔集韻〕。

【熰】余紐切音酉有韻
積木燎祭天。亦作槱。見〔篇海〕。

【熣】蘇回切音毸灰韻
—煤。煙塵。見〔集韻〕。

【燡】夷益切音亦陌韻
人名。後魏有張—。見〔集韻〕。

【熥】他東切音通東韻
以火煖物也。見〔集韻〕。

【焳】即約切音爵疾雀切音嚼藥韻
本作爝〔集韻〕爝、火炬。或作—。

【熩】後五切音戶火五切音虎麌韻
光也。見〔玉篇〕。

【熸】子廉切音尖鹽韻
火熄也。又盡也。見〔篇海〕。

【熪】余支切音移支韻
熪—火不絕皃。見〔廣韻〕。

【烽】蒲蠓切蓬上聲董韻
—㶿。煙塵雜起皃。見〔集韻〕。

【熭】于劌切音衞胡桂切音惠霽韻王伐切音越月韻
暴乾也。見〔說文〕。〔按廣雅釋詁—曬也。六韜云日中不—是謂失時。言日中時必須暴曬否則失其時也。〕

【燩】蒲沒切音勃月韻
煙起白也。見〔篇海〕。

【㷰】抽知切音痴支韻
火焱也。見〔玉篇〕。

【爡】鄰知切音離支韻
帷中火也。見〔廣韻〕。

【燦】倉旦切音粲翰韻
輝也。見〔五音篇海〕。

【熿】尸光切陽韻
明也。見〔五音篇海〕。

【𤉏】音亟職韻
疾也。急也。見〔奚韻〕。

【熜】熜本字。見〔說文〕。

【賨】古賨字。見〔字彙〕。〔按集韻賨古作賨、賨、賨、篇海火部亦作賨。此當是賨之譌存考。〕

【[illegible]】古萬字見〔集韻〕。

【燮】燮籀文。〔說文又部〕燮。和也。从言又炎。籀文—。从羊。羊。音飪。讀若溼。〔注〕臣鉉等案—字義大熟也。从炎从又。即孰物可持也。此燮蓋从—省。言語以和之也。二字義相出入故也。〔按集韻。燮、籀作—。王筠說文句讀云。小徐韻譜云十帖。以—爲燮之史文。下又出燮字。集韻則燮有籀文—。是知燮字之譌已久。故並出之而不敢改。二徐本說解皆曰。从又持炎辛。辛者。物熟味也。是宋以前久譌矣。然又部燮下。大徐所引初不誤。然不據以改本注。則爲譌篆所蔽也。〕

【[illegible]】同燧見〔集韻〕。

【[illegible]】同糵見〔字彙〕。

【熫】同炙。〔顏氏家訓〕吳人以火旁作庶爲炙字。

【[illegible]】同爇見〔廣韻〕。

【[illegible]】同焯見〔字彙補〕。

【[illegible]】俗燥字。〔按篇海音掃。義闕。〕方言注。熱則乾—。漢析里橋郙閣頌。從朝陽之平—。集韻咍韻燥下注。乾也。俗作—。〕

十二畫

【[illegible]】魚旰切音岸翰韻　魚澗切音雁諫韻

●一 火色也。見〔說文〕。

●二 通鴈。〔韓非說林〕齊伐魯。索讒鼎。魯以其鴈往。齊人曰。鴈也。魯人曰。真也。〔按段玉裁云。鴈、蓋即—之叚借字。如今之作僞古物曰燒贋貨是也。俗作真贋。〕

【熸】將廉切音尖　慈鹽切音潛鹽韻

●一 火滅也。〔左襄二十六年傳〕王夷師—。〔注〕吳楚之間謂火滅爲—。

●二 滅也。見〔小爾雅廣詁〕。

【熹】虛其切音僖支韻

●一 炙也。見〔說文〕。〔段注〕火炙肉也。此—之本義。引伸爲熱也。

●二 熾也。見〔廣雅釋詁〕。

●三 熱也。蒸也。見〔玉篇〕。

●四 美也。見〔廣雅釋詁〕。

●五 盛也。博也。見〔廣韻〕。

●六 微陽也。〔文選陶潛歸去來辭〕恨晨光之—微。

●七 諡法。有功安人曰—。見〔後漢和熹鄧后紀注〕。

●八 或作熺、〔管子侈靡〕有時而星—。〔注〕—、星之明。

●九 或作暿。見〔玉篇〕。

●十 通熙。〔唐扶頌〕治致雍—。〔按玉篇。—亦作熙、又文選歸去來辭注。—亦熙字。熙、光明也。〕

●十一 通訢。〔禮記樂記〕天地訢合。〔注〕訢、讀爲—。—、蒸也。

●十二 通嬉。〔漢[illegible]碑〕神龍所—。〔—借作嬉。〕

●十三 通熾。〔禮記月令〕湛熾必潔。〔淮南時則作湛熺必潔。〕

【熻】迄及切音吸緝韻

●一 爇也。見〔廣雅釋詁〕。

●二 熱也。見〔玉篇〕。

【熼】逸職切音弋職韻

●一 火光。見〔廣韻〕。

●二 火皃。見〔集韻〕。

【熽】先弔切音嘯嘯韻

●一 火皃。見〔玉篇〕。

●二 火熾也。見〔廣韻〕。

【熾】昌志切音幟寘韻

●一 盛也。見〔說文〕。〔按詩六月。玁狁孔—。傳—。盛也。〕

●二 炊也。〔考工記鍾氏〕三月而—之。

●三 或作[illegible]。見〔集韻〕。

●四 通饎。〔呂覽仲冬〕湛饎必潔。〔注〕饎、炊也。讀—火之—。〔按禮記月令作—。淮南時則訓作熺。〕

●五 通埴。〔書禹貢〕厥土赤埴墳。〔注〕埴、讀爲—。赤也。

●六 通俶。〔詩載芟〕俶載南畝。〔箋〕俶當作—菑。〔按方言云。入地曰—。反草爲菑。〕

【熿】胡光切音黃陽韻

●一 同煌。光明也。見〔玉篇〕。

●二 火皃。見〔類篇〕。

【爌】戶廣切音幌養韻

同晄。明也。見〔集韻〕。

【燀】蜀善切音闡旨善切鷓上聲銑韻

●一 炊也。春秋傳曰。—之以薪。見〔說文〕。

●二 然也。〔周書周祝〕火之—也固定上。

●三 炎起貌。〔國語周語〕火無炎—。

●四 熾也。〔漢書敍傳〕—耀威靈。

【燀】黨旱切音亶旱韻
厚燠也。〔呂覽重己〕衣不—熱。〔按六書故曰謂過熱如焚也。〕

【燀】稱延切音嘽先韻
㊀火起皃見〔玉篇〕。
㊁暑也。〔文選何晏賦〕冬不淒寒。夏不炎—。

【燀】昌善切獮韻
難也。〔方言〕寒、展難也。齊晉曰—。

【燁】域輒切音曄葉韻　域及切音煜緝韻
㊀火光皃見〔玉篇〕。
㊁火盛也見〔集韻〕。

【燂】慈鹽切音潛　徐廉切音燅鹽韻
㊀本作燖〔說文〕燂、火熱也。
㊁爓也見〔廣雅釋詁〕。
㊂溫也〔禮記內則〕五日則—湯請浴。
㊃炙爛也。〔考工記弓人〕撟角欲孰於火而無—。

【燂】徐心切音尋侵韻
火熱物也。或作𤎖燅。見〔集韻〕。

【燅】徐廉切音撏鹽韻
㊀於湯中瀹肉也見〔說文炎部〕。〔按集韻鹽韻—或作𩱼、𤏵、爓、𤒦、燖、燂粘。〕
㊁以湯去毛曰—見〔一切經音義〕。引通俗文。〔按朱駿聲云今蘇俗言猶然。〕
㊂溫也見〔玉篇〕。

【燅】徐心切音尋侵韻
溫也。〔儀禮有司徹〕乃—尸俎。〔注〕古文—皆作尋記或作燖。

【燇】祖寸切音捘願韻
㊀大也見〔玉篇〕。
㊁同焌。然火也見〔集韻〕。

【燈】都滕切音登蒸韻
㊀—火也見〔玉篇〕。
㊁釋氏喩法曰—。〔杜甫詩〕傳—無白日。〔按佛書以—喩法有傳—錄。〕
㊂金—花名。〔本草綱目〕金—花。一名鬼—檠。一名山慈姑。
㊃本作鐙。〔廣雅釋器〕錠謂之鐙。〔說文金部鐙錠也。徐鉉曰錠中置燭。故謂之鐙。今俗別作—。非是。〕

【燄】以冉切音琰　疾染切漸上聲琰韻
火行微——也。見〔說文炎部〕。〔按書洛誥無若火始——。廣韻—、—火初著也。以其火初著。故曰微—。〕

【燄】以贍切音豔豔韻
㊀火行皃。見〔玉篇〕。〔按六書故曰。火之勝起者爲—。〕
㊁同爓。火光見〔集韻〕。
㊂通炎。〔左莊十四年傳〕人之所忌。其氣—以取之。〔按漢書五行志作炎。〕

【燉】徒渾切音屯　他昆切音暾元韻
㊀火盛皃見〔玉篇〕。
㊁火色見〔集韻〕。
㊂—煌。地名。亦作敦煌。〔詳煌字。〕
㊃烹飪之名。俗謂隔湯熱物曰—。或讀去聲。

【燊】疏臻切音莘眞韻
㊀盛皃。从焱在木上。見〔說文焱部〕。
㊁熾也。見〔廣韻〕。
㊂炎盛和皃見〔玉篇〕。

【燊】胡瓜切音譁麻韻
熾也。見〔集韻〕。

【燊】蘇內切音碎隊韻
盛也。見〔五音集韻〕。

【燋】玆消切音椒蕭韻
㊀所以然持火也。見〔說文〕。
㊁通焦。〔禮記內則〕濡炙之舉焦。〔釋文〕焦字又作—。子消反。〔按今本仍作—。〕

【燋】側角切音捉覺韻
未爇燭也。〔禮記少儀〕主者執燭抱—。〔釋文〕—、側角反。又子約反。又音在遙反。〔按已爇而執之曰燭。未爇曰—。儀禮既夕注燭用蒸。疏—、即蒸。〕

【燋】慈焦切音樵蕭韻　子肖切音醮嘯韻　資昔切音積陌韻
㊀灼龜炬也。〔周禮菙氏〕掌供—契以待卜事。〔注〕杜子春云。—讀爲細目—之—。或曰如薪樵之樵。謂所爇灼龜之木也。故謂之樵。
㊁悴也。〔淮南氾論〕清之則—而不謳。

【爝】卽約切音爵　疾雀切音嚼藥韻
同熦。〔莊子逍遙遊〕日月出矣。而

爝火不息。〔釋文〕爝、本亦作—。

【燋】識畧切音勺藥韻
同灼。灸也。見〔集韻〕。

【燎】朗鳥切音了篠韻力照切音
療嘯韻
(一)本作尞。〔說文〕燎、放火也。〔按一切經音義引說文、—燒田也。廣雅釋言、—燒也。詩正月—之方揚箋。—火田曰—。義同。〕
(二)照也。一曰宵田。見〔廣韻〕。
(三)明也。〔詩月出〕佼人—兮。
(四)炙令燥也。〔漢書王莽傳〕疑以火自—。
(五)庭—地燭也。〔詩庭燎〕庭—之光。〔釋文〕力照反。徐又力燒反。大燭也。鄭云在地曰—。執之曰燭。又云樹之於門外曰大燭。于內曰庭—。皆是照衆爲明。
(六)通尞。〔後漢郊祀志〕尞禋有常用。〔注〕師古曰尞與—同。〔按說文字又作寮〕。
(七)通轑。〔漢書杜欽傳〕欲以熏轑天下。〔注〕轑讀曰—。假借用字。

【燫】憐蕭切音聊蕭韻
縱火焚也。見〔集韻〕。

【爎】離昭切音撩蕭韻
火在地曰—。見〔集韻〕。

【燏】允律切音聿質韻
(一)光皃。見〔玉篇〕。
(二)火皃。見〔廣韻〕。

【燐】良刃切音吝震韻力珍切音
鄰眞韻
(一)鬼火也。亦作粦。見〔玉篇〕。〔按說文作粦。詳粦字〕。
(二)化學原質之一。發惡臭、如蒜。人常吸其氣則毒及骨。無法療治。性易與他物化合。故少摩之。或少擊之。或遇熱。皆能發火。在暗中能發綠色光。得之礦中者爲—灰石。得於骨骼者爲—酸鈣。是謂黃—。入黃—於鐵器內。竭空氣而熱之。爲赤—。英文 Phosphorus

【燒】尸昭切少平聲蕭韻
(一)爇也。見〔說文〕。
(二)死於火者曰——。燋也。見〔釋名釋喪制〕。〔疏證〕史記項羽本紀。項王—殺紀信。又古有焚如之刑。不孝之刑也。周禮掌戮云。凡殺其親者焚之。
(三)俗稱病體發熱曰—。言如火之熏灼也。
(四)—燔。猶滅壞也。〔國策秦策〕則秦且—燔獲君之國。
(五)林—。州名。唐羈縻劍南道。當今四川雅安縣境。
(六)—當。羌名。〔後漢西羌傳〕至研十三世孫—當立。

【燒】失照切音少嘯韻
(一)獵而行火曰—。〔管子輕重〕齊之北澤—。火光照堂下。〔注〕式照切。
(二)野火曰—。〔白居易詩〕夕照紅於—。

【燔】符袁切音煩元韻
(一)爇也。見〔說文〕。〔按—義與焚略同。漢書東方朔傳—之於四通之衢。注、焚、燒也。〕
(二)乾也。見〔廣雅釋詁〕。
(三)炙肉也。〔儀禮特牲饋食禮〕兄弟長以—從。〔按許書燔與—別。燔、訓宗廟火炙肉也。然詩瓠葉傳、加火曰—。生民傳、傳火曰—。燔、皆作—。〕
(四)祭天曰—柴。見〔爾雅釋天〕。
(五)通膰。祭肉也。〔左襄二十二年傳〕與執—焉。〔釋文〕—、又作膰。

【燕】伊甸切音宴霰韻
(一)玄鳥也。籋口。布翅。枝尾。象形。見〔說文燕部〕。〔按—爲鳴禽類。喙闊扁而短。成三角形。翅長而銳。尾若叉形。背黑。腹白。足力弱。春分前後。自暖地來巢於人家屋梁。至秋分時。復還暖地。其飛翔之速率。每點鐘能達六十英里。〕

燕圖

(二)樂也。〔後漢鄭興傳〕昔張仲在周。—翼宣王。而詩人悅喜。
(三)安也。〔詩新臺〕—婉之求。〔按字又作嬿。後漢邊讓傳。展中情之嬿婉。注、嬿、安也。〕
(四)—禮也。〔左僖二十九年傳〕加—好。
(五)猶褻也。〔禮記樂記〕—朋逆其師。
(六)——。安息貌。〔詩北山〕或——居息。
(七)—衣。黑衣也。〔禮記王制〕夏后收而祭。—衣而養老。
(八)—戲。絕倒投俠者。〔列子說符〕又有—戲者。

⓽石—山名。〔水經湘水注〕其山有石紺而狀—。因以名山。其石或大或小。若母子焉。及其雷風相薄。則石—翠飛。頡頏如眞—矣。

⓾施—。縣名。唐羈縻州。劍南道。盈州。當在今四川宜賓縣境。

⓫—麥。草名。〔爾雅釋草〕蘥。雀麥。〔注〕即—麥也。〔按本草注。—麥生故墟野林下。苗似小麥而弱。實似穬麥而細。所在有之。〕

燕麥圖

⓬海—。棘皮動物。一名海盤車。生海中。狀如星。故又名星魚。體具五臂。皮粗而有芒刺。口居腹底正中。其臂頗軟。每臂之中。皆有一腸。與胃連貫。以軟體動物為食。尤嗜蠔類。

⓭亦作鷰。〔荀子禮論〕小者是—爵、。猶啁噍之頃焉。〔注〕—爵與鷰雀同。

⓮亦作[illegible]。見〔集韻〕。

⓯通讌。〔詩鹿鳴〕我有旨酒。嘉賓式—以敖。〔列女傳母儀作嘉賓式讌以樂〕

⓰通宴。〔詩六月〕吉甫—喜。〔漢書陳湯傳作吉甫宴喜〕

⓱通醼。〔廣韻〕醼飲。古無酉。今通用。

〔燕〕於顯切音掩銑韻

●安也。〔詩韓奕〕韓姞—譽。〔釋文〕—于遍反。又於顯反。

〔燕〕因蓮切音煙先韻

●國名。春秋時。有南—。姞姓也。當今河南延津縣北境。北—。姬姓也。召公奭之後。至戰國時強大。稱—王。是為七雄之一。當今直隸奉天及朝鮮北部之地。又東晉時國號—者凡五。慕容雋起遼東。進據直隸河南山東等地。是謂前—。立國於民國紀元前一千五百六十三年。凡二世。共二十二年。慕容垂據中山。有河南等地。是謂後—。立國於民國紀元前一千五百二十八年。凡五世。共二十五年。慕容沖據阿房。與慕容垂同時稱帝。後有陝西山西等地。是謂西—。立國於民國紀元前一千五百二十八年。凡五世。共十二年。慕容德據滑台。稱王。旋稱帝。是謂南—。立國於民國紀元前一千五百一十五年。凡二世。共十四年。馮跋據和龍。稱天王。是謂北—。立國於民國紀元前一千五百零二年。凡三世。共二十九年。

❷縣名。後漢置。屬兗州東郡。當今河南衛輝縣東。

❸姓也。春秋時—彶。漢—倉。

〔燖〕徐心切音尋侵韻

❶同燂。火熱物。見〔集韻〕。

❷同尋。〔左哀十二年傳〕若可尋也。亦可寒也。〔疏〕鄭玄曰。尋溫也。〔按儀禮有司徹乃㷋尸俎注引左傳作—。〕

〔燖〕徐廉切音撏鹽韻

同爓。於湯中爚肉。見〔集韻〕。

〔燖〕慈鹽切音潛鹽韻

沈肉於湯也。或作爓、𤌧。見〔集韻〕。

〔燗〕母罪切音浼賄韻　虎猥切音賄賄韻　呼回切音灰灰韻

●爇謂之—。見〔集韻〕。

❷——。爛也。見〔玉篇〕。

〔[illegible]〕力錦切音懍　式荏切音審寢韻

●侵火也。見〔說文炎部〕。〔按小徐本無火字〕。

❶火皃。見〔玉篇〕。

❷火舒。見〔廣韻〕。

〔[illegible]〕以荏切音廕上聲寢韻

火盛也。見〔集韻〕。

〔燙〕徒浪切音蕩漾韻　徒郎切音唐陽韻

❶濯盪也。見〔篇海〕。〔按—與盪通。今俗以水濯器猶謂之盪。盪者正字。—者其借字也。〕

❷俗謂以熱水溫物曰—。如—酒之類。音轉讀若湯去聲。

❸俗又謂炙手曰—。故謂火灼肌膚亦曰—。

〔燁〕域輒切音饁葉韻

❶本作爗。〔說文〕爗盛也。〔按集韻或作燁、㷸。〕

❷——。震雷貌。〔詩十月之交〕——震電。〔又〕光之盛也。〔漢書揚雄傳〕闟——之芳苓。

❸—煜。聲之盛也。〔文選班固賦〕管絃—煜。

〔[illegible]〕思積切音昔錫韻

●火乾也。見〔廣韻〕。

㊁驟也。見〔集韻〕。

【爆】取亂切音竄翰韻
同爨。〔集韻〕齊謂之炊爨。或作一。

【熷】咨滕切音增蒸陵切音層蒸韻
本作䰝。〔說文〕䰝䰝魚筩中炙也。〔段注〕筩斷竹也。置魚筩中而乾炙之。事與烝相類。

【燆】牽幺切巧平聲蕭韻
火行。見〔集韻〕。

【燆】虛嬌切音囂蕭韻
同熇。炎氣也。見〔集韻〕。

【䐶】胡紺切音憾勘韻
同䏭。食肉不厭也。見〔集韻〕。

【爆】莫北切音墨職韻
火也。見〔篇海〕。

【燧】遏合切音遏合韻
烹煮也。見〔集韻〕。

【僃】彌力切音愎職韻平祕切音備寘韻
凡以火而乾五穀之類。關西隴冀以往謂之一。見〔方言〕。〔按玉篇本作㷶。集韻本作㸂。亦審作僃、𤎨。

類篇𤎨平祕切。火乾也。㸂或作燏、僃彌力切。分僃𤎨爲二非。〕

【儦】鼻鼎切音搬職韻
趙魏謂煞曰一。見〔集韻〕。

【𤑔】郎刀切音勞豪韻
一𤑔。物未精。見〔集韻〕。

【燌】符分切音汾文韻
同焚。火灼物也。見〔集韻〕。

【䐶】處占切音襜鹽韻
衣動皃。或作袩、佔。通作襜。見〔集韻〕。

【䐶】吐敢切音菼感韻
同䑙。見〔廣韻〕。

【燍】相支切音斯支韻
火焦臭也。見〔廣韻〕。

【燍】先齊切音西齊韻銑挺切音醒迥韻
煙一。焦皃。見〔集韻〕。

【燓】符袁切音樊元韻
燒田也。見〔集韻引說文〕。〔詳焚字。〕

【燓】符分切音汾文韻

同焚。火灼物也。見〔集韻〕。

【燩】必結切音必屑韻
同熚。灼物焦也。見〔集韻〕。

【燧】徐醉切音遂寘韻
本作𤎨。〔說文𤎨部〕塞上亭守㷭火者也。篆文作一。〔詳燧字。〕

【燨】遐爲切音㚇支韻子兗切音雋銑韻
曬也。見〔集韻〕。〔按玉篇。、亦作臈燨同。〕

【燚】以日切音亦質韻
火貌。見〔五音篇海〕。

【燏】遐爲切音㚇支韻
同臈。曬也。見〔集韻〕。

【燏】子兗切音雋銑韻
火皃。見〔集韻〕。

【燇】直教切音棹效韻
火急煎皃。見〔廣韻〕。〔按集韻云。爨急也。或作燺。〕

【燇】所教切音稍效韻
熾火急然謂之一。見〔集韻〕。

【㷯】俱永切音憬梗韻
火名。一曰光。見〔類篇〕。

【㸌】許勿切音忽物韻
火煨也。見〔篇海〕。

【𤎥】乎韜切音陷陷韻
魚名。〔集韻引山海經〕匯水多一父之魚。其狀如鮒而彘身。〔按今本山海經北山經。東三百里曰陽山。匯水出焉。而南流注於河。其中有䱻父之魚。其狀如鮒魚。魚首而彘身。食之已嘔。注。音陷。阮曰。䱻杜父魚。見本草。字不作一。〕

【燑】徒東切音同東韻
同烔。〔集韻〕烔、爞熱也。或作爞、一。

【㸑】熱本字。見〔說文〕。

【㶴】熷本字。見〔說文〕。

【㸒】熷本字。見〔玉篇〕。

【㷋】古光字。見〔說文〕。

【𤑡】古熾字。見〔玉篇〕。

【𤏉】古鑄字。見〔集韻〕。

【𤑮】古業字。見〔集韻〕。

【𤑢】爇籀文。見〔說文〕。

【𤒃】同熹。見〔玉篇〕。

【燧】同𤏻。見〔集韻〕。

【燚】同𤍫。見〔字彙〕。

【𤑔】同煎。見〔說文長箋〕。

【𤒕】同煎。見〔篇海〕。

【𤒉】同𤐫。見〔篇海〕。

【燗】爤或字。見〔說文〕。

【𤒫】爔省字。見〔集韻〕。

【燜】讀若悶。俗以微火久羹食物不使洩氣者曰—。

【燃】俗然字。見〔廣韻〕。

【𤒢】俗㸏字。見〔龍龕手鑑〕。

【燻】俗熏字。見〔字彙〕。

【㷋】俗烄字。見〔正字通〕。

【燙】燙蕩字。見〔正字通〕。

【燮】燮爕字。見〔正字通〕。

十三畫

【營】余頃切音塋庚韻

●帀居也。从宮熒省聲。見〔說文宮部〕。〔段注〕帀居、謂圍繞而居。如市—曰闤。軍壘曰—。皆是也。

(二)衛也。鄁也。見〔一切經音義引三蒼〕。

(三)度也。見〔廣雅釋詁〕。

(四)治也。〔詩黍苗〕召伯—之。

(五)耕也。見〔廣雅釋地〕。

(六)典也。〔淮南主術〕執政—事。

(七)爲也。〔楚辭天問〕蓱蘊是—。

(八)得也。〔楚辭天問〕何往—班祿。

(九)繞也。〔漢書李尋傳〕爲妻妾役使所—。

(十)域所極也。〔太玄玄圖〕時監地—。

(十一)祠之兆域也。〔漢書郊祀志〕爲民祠魏脽后土—旁。

(十二)表也。〔詩靈臺〕經之—之。〔疏〕既度其處。乃經理之。—表之。

(十三)魂也。〔老子〕載—魄。〔注〕—魄、魂魄也。

(十四)平也。見〔爾雅釋地〕。

(十五)上也。見〔廣雅釋詁〕。

(十六)惑也。〔淮南原道〕不足以—其精神。

(十七)猶亂也。〔大戴禮文王官人〕煩亂之而志不—。

(十八)猶慮也。〔太玄玄圖〕極爲九—。

(十九)—主血陰氣也。〔素問調經論〕取血于—。〔按素問。—、榮通用。湯液醪醴論。榮衛不可復收。注。榮衛者、氣之主也。痺論。榮衛者、水穀之精氣也。刺熱論。榮未交。字皆作榮〕

(二十)—往來貌。〔詩青蠅〕—青蠅。〔又〕周旋貌。見〔漢書揚雄傳集注〕。

(二十一)周行爲—。〔文選左思賦〕延閣胤宇以經—。〔又〕南北爲—。〔楚辭離世〕經—原野杳冥冥兮。

(二十二)—窟。掘地而居也。〔家語問禮〕冬則居—窟。

(二十三)正—。惶恐不安之意也。〔漢書王莽傳〕人民正—。

(二十四)屏—。彷徨也。〔後漢清河王慶傳〕宿夜屏—。

(二十五)—室。星名。〔禮記月令〕孟春之月。日在—室。

(二十六)古州名。〔爾雅釋地〕齊曰—州。〔按舜分青州東北遼東之地爲—州。自奉天至朝鮮之地是其境〕

(二十七)漢侯國名。〔漢書王子侯表〕—侯位都國。〔又〕—陵。縣名。見〔漢書地理志〕〔又〕—丘。齊都名。見〔史記齊太公傳〕〔按清一統志。—亦名—丘。卽齊太公所都。漢—侯國地也。又漢書地理志注云。—陵或曰古—丘。應劭曰。師尙父封於—丘。陵亦丘也。春秋以—陵作緣陵。師古以臨淄—陵皆舊—丘地。據此則—、丘、—陵、皆一地也。他志分而爲三。誤矣。地在今山東臨淄縣西北二里〕

(二十八)鉤—地名。〔漢書李陵傳〕遮鉤—之道。〔當在今陝西西北邊境〕

(二十九)姓也。漢—郃。

(三十)同覺。〔一切經音義〕—、古文作覺。同。

(三十一)通縈。〔公羊莊二十五年傳〕朱絲—社。〔釋文〕本亦作縈。同。

(三十二)通蠅。〔詩青蠅〕—青蠅。〔說文言部引詩作謍〕

(三十三)通塋。〔禮記月令〕塋丘壟之大小高卑厚薄之度。〔呂覽仲冬作—〕

(三十四)通熒。〔荀子宥坐〕言談足以飾邪—衆。〔注〕—、讀爲熒。

【營】懸扃切音熒青韻

辯解也。〔莊子人閒世〕口將—之。〔注〕自救解不暇也。〔今具言—救亦此義〕

【燠】乙六切音郁屋韻於到切音奧號韻

●熱在中也。見〔說文〕。〔按集韻屋

韻。｜、或作燠。古作奷、㷧。〕

㈡暖也。〔詩無衣〕安且｜兮。

㈢煖以乾物。見〔書洪範曰｜。傳〕

㈣｜釜以水添釜。見〔廣韻〕。

㈤通奧。〔禮記內則〕問衣｜寒。〔注〕｜、本文作奧。〔按漢書李尋王莽傳〕｜、皆作奧。

㈥通隩。〔書堯典〕厥民隩。〔史記堯本紀作｜〕。

【燠】威遇切音嫗遇韻於求切音憂尤韻

｜休。痛念聲。〔左昭三年傳〕民人痛疾而或｜休之。〔釋文〕｜音憂。又於到反。又乙六反。〔按服注曰。若今小兒痛。父母以口就之曰｜休。代其痛也。賈注。｜、訓為厚〕

【燠】烏皓切音襖皓韻

甚熱也。見〔集韻〕。

【燡】夷益切音亦陌韻

㈠火甚之皃。見〔廣韻〕。

㈡同燡。光也。見〔集韻〕。

㈢｜｜光明貌。〔文選王延壽賦〕赫｜｜而燡坤。

【燥】先到切音桑號韻蘇老切音嫂皓韻

㈠乾也。見〔說文〕。

㈡焦也。見〔釋名釋言語〕。

㈢楚人名火曰｜。見〔詩汝墳王室如燬釋文〕。

㈣或作⿰火喿。見〔龍龕手鑑〕。

【燦】倉案切音粲翰韻

㈠｜爛。明淨皃。見〔說文新附〕。

㈡明皃。通作粲。見〔集韻〕。

【燧】徐醉切音遂寘韻

㈠以取火於日。亦作⿰火隊隧。同。見〔玉篇〕。〔按禮記內則小觿金｜。注。火鏡也。字本作鐆。說文金部。鐆。金鐆也。集韻。鐆、或作⿰金隊〕

㈡木｜。鑽火也。〔禮記內則〕大觿木｜。

㈢｜人。古皇名。〔史記三皇紀〕｜人氏。〔按禮含文嘉曰。｜人始鑽取火。炮生為熟。令人無腹疾。有異於禽獸。遂天之意。故曰｜人〕。

㈣同𨼆。〔集韻引說文〕塞上亭守𤏫者。𨼆、通作燧。〔按說文𨸏部本作𨼆。篆文省作⿰谷遂〕

㈤亦作𤏫。〔左文十年傳〕命夙駕載｜。〔釋文〕｜、本又作𤏫。

㈥亦作遂。〔周禮司烜〕掌以夫遂取明火于日。〔注〕夫遂。陽遂也。〔疏〕取火於日。故名陽遂。猶取火于木為木遂也。

㈦同焜。〔詩汝墳〕王室如｜。〔按說文焜字下引詩作焜。朱駿聲曰。焜、｜同字。其實皆火之或體。爾雅釋言孫注。方言有輕重。故謂火為｜也。周禮司烜氏疏。｜、火之別名也。又按集韻。｜、火也。或作焜、⿰火鬼。據此。｜、焜、⿰火鬼。竝同字也〕

【燩】克角切音確覺韻

㈠曝也。見〔廣雅釋詁〕。

㈡火乾物。見〔玉篇〕。

【燩】詰歷切音喫錫韻

乾燥也。見〔集韻〕。

【⿰火僉】盧儼切音斂琰韻

㈠火皃。見〔玉篇〕。

㈡熱也。見〔集韻引字林〕。

【⿰火葱】麤叢切音悤東韻

㈠炬也。見〔集韻引廣雅〕。〔按今本廣雅釋器作熜〕。

㈡熅也。見〔集韻〕。

【燬】虎委切音毀紙韻呼臥切音貨箇韻

㈠火也。春秋傳曰衛侯｜。見〔說文〕。

㈡烈火也。見〔玉篇〕。

㈢日中火也。見〔龍龕手鑑〕。

㈣樊之爇也。見〔六書故〕。

㈤火焚壞也。見〔字彙〕。

㈥齊人謂火曰｜。見〔詩汝墳王室如｜釋文〕。

【燭】朱欲切音囑沃韻

㈠庭燎大｜也。見〔說文〕。〔朱駿聲曰。按燋也。未爇曰燋。執之曰｜。大｜樹地曰庭燎。苣薪為之。小者麻蒸為之〕。

㈡蠟炬也。〔杜甫詩〕更深愛｜紅。

㈢照也。〔呂覽士容〕故火｜一隅。

㈣陰華也。〔淮南精神〕｜營指天。〔注〕｜營讀若括撮。

㈤星名。〔史記天官書〕｜星狀如太白。其出也不行。見則滅。

㈥｜｜光貌。〔蘇武詩〕｜｜晨明月。

㈦四時和謂之玉｜。見〔爾雅釋天〕。

㈧｜龍。神名。〔山海經大荒北經〕西北海之外有章尾山。有神人面蛇身而赤。是｜九陰。是謂｜龍。〔按字又作逴。楚辭大招。北有寒山。逴龍赩些〕。

(九)南—草名。〔正字通〕南天—藥名。赤者名文—葉似山樊。光滑味酸澁。結實如朴樹子。生青熟紫。卽今烏飯草。道家謂之青精飯。木而似草。故又名南—草。
(十)石—亦藥名。一名水肥。亦名石脂。又名石液。
(十一)宵—螢火名。〔古今注〕螢火、一名宵—。
(十二)作—州名。唐置。屬𪔂劍南道。當在今四川康定縣附近。
(十三)人名。〔吳越春秋〕越王元常使歐冶子造劒五枚以示薛—。
(十四)亦作爔。〔穆天子傳〕天子之瑤玉果璿珠—銀。〔注〕銀有精光如—。〔文選郭璞江賦注引作爔〕
(十五)姓也。〔左僖二十八年傳〕若使—之武見秦君師必退。

【燭】之戌切音炷遇韻
照也。〔漢書武帝紀〕見光集于靈臺。一夜三—。

【燮】悉協切音蝶葉韻
●和也。从言又。見〔說文又部〕。〔段注〕會意也。言與手皆所以和之。
●火熟也。見〔玉篇〕。
(三)通濕。〔左襄八年傳〕獲公子—。〔穀梁作公子濕〕
(四)姓也。宋御史—玄。

【燮】悉協切音蝶葉韻
大熟也。从又持辛。辛者物味熟也。見〔說文炎部〕。〔集韻或作燮。按燮爲籒文〕

【爊】於刀切音麀豪韻
埋物灰中令熟。見〔廣韻〕。〔按類篇。—煨也。集韻豪韻。爊煨也。或作爇。形異而音義竝同〕

【燢】轄覺切音學覺韻
燥也。見〔集韻〕。

【燣】廬感切音壈感韻
焦黃也。見〔集韻〕。

【爑】職略切音灼藥韻
火—也。見〔字彙〕。

【爄】他代切音貸隊韻他達切音闥曷韻
—燒。煙皃。見〔集韻〕。

【爄】力櫱切音列屑韻
火斷也。見〔類篇〕。〔按集韻薛韻力櫱切。爄。火斷也。無—字〕

【燺】極虐切音噱藥韻
火爔。見〔集韻〕。

【爔】許其切音熙支韻
火也。見〔篇海〕。

【熑】勒兼切音鬑鹽韻離鹽切音廉鹽韻
—爁。火不絕也。見〔玉篇〕。〔按集韻本作熑〕

【燁】思營切音騂庚韻
赤也。見〔類篇引博雅〕。〔按今本廣雅疏證作燁〕

【爕】亡結切音蔑屑韻
不明也。見〔玉篇〕。

【㷻】烏灰切音隈灰韻
煨火也。見〔篇海〕。

【爅】許勿切音欻物韻
火煨也。見〔篇海〕。

【燴】虛業切音脅洽韻
火氣也。見〔篇海類編〕。

【燱】於戲切音意寘韻
人名。〔高子遺書〕恭和王次子惟—。

【燺】羊嬴切音盈韻
火光也。見〔五音篇海〕。

【𤏸】熬本字。見〔說文〕。

【爨】爨籒文。見〔說文爨部〕。

【爕】同燧。見〔玉篇〕。

【𤓞】同𤎥。見〔類篇〕。

【餧】同飪。或作餁。見〔集韻〕。

【燡】同熚。見〔篇海〕。

【𤒦】同烽。見〔說文長箋〕。

【燽】爆或字。見〔集韻〕。

【𤐡】䐑或字。見〔集韻〕。

【燴】讀若儈
俗以調和食物稍煮卽熟者爲—。

【燆】熇俗字。見〔龍龕手鑑〕。

【𤓬】㷥俗字。見〔龍龕手鑑〕。

【爕】光俗字。見〔龍龕手鑑〕。

十四畫

【燹】蘇典切音銑銑韻
●火也。見〔說文〕。
●野火。見〔玉篇〕。〔按兵寇縱火焚

燒。與野火相類。故謂之兵—。

㈢逆燒也。見〔韻會引字林〕。

㈣或作爝。見〔廣韻〕。〔集韻、龍龕手鑑〕同。

【燹】妨正切音聘敬韻敷文切音芬文韻

火皃。見〔集韻〕。

【燥】苦浩切音考皓韻

㈠燥也。見〔玉篇〕。

㈡火乾也。或作熇。見〔集韻〕。

【爂】紕招切音漂宵韻卑遙切音猋蕭韻匹妙切音勡嘯韻

㈠火飛也。見〔說文〕。〔段注〕此與熛音義皆同。玉篇廣韻亦然。引伸為凡輕銳之稱。

㈡或作票。〔太玄沈〕見票如纍明。〔注〕飛光也。

㈢亦作熛。見〔玉篇〕。〔按集韻作熛。類篇同。龍龕手鑑又作熛〕。

【燽】陳留切音儔尤韻

㈠著也。見〔廣韻〕。

㈡幬或字。見〔集韻〕。

【燾】大到切音導號韻徒刀切音陶豪韻陳留切音儔尤韻

㈠溥覆照也。見〔說文〕〔段注〕—从火。故訓為溥覆照。

㈡亦作翿。見〔廣雅釋言〕翿載也。〔疏證〕載通作戴。

㈢通幬。〔禮記中庸〕無不覆幬。〔注〕幬亦覆也。幬、與—同。〔按集韻或作幬〕

㈣通纛。〔方言〕纛、燾覆也。

㈤通濤。〔公羊文十三年傳〕魯公—。〔釋文〕—本作濤。

㈥通敦。〔周禮司几筵〕每敦一几。〔注〕敦讀曰—。—、覆也。

【燿】弋笑切音曜嘯韻

㈠照也。見〔說文〕。

㈡爚也。見〔廣雅釋詁〕。

㈢明也。〔國語鄭語〕以淳—惇大。

㈣眩也。〔淮南脩務〕炫於辭者不可—以名。

㈤有也。〔淮南覽冥〕星—而玄運。〔注〕—有玄天也。

㈥熠—螢火光也。詳熠字。

㈦通耀。—靈日也。〔後漢張衡傳〕—靈忽其西藏。〔文選張衡賦作耀〕。

㈧同曜。〔穀梁序〕七—為之盈縮。〔釋文〕七—、日月五星。本又作曜。

【燿】所敎切音稍效韻

同哨。〔考工記梓人〕大胸—後。〔注〕—讀為哨。頎小也。〔釋文〕—、所敎反。劉李羊肖反。哨音稍。劉李音與耀同。沈蘇堯反。〔按五音集韻。本作䏥。凡物之殺銳曰䏥。亦或作䏥、哨〕

【燿】餘招切音遙蕭韻

昭也。見〔集韻〕。

【燿】式灼切音爍藥韻

鑠也。〔漢書藝文志〕後世—金為刃。〔注〕師古曰。—、讀與鑠同。

【燿】弋灼切音藥藥韻

同爍。烙也。見〔集韻〕。

【煏】弼力切音愎職韻

以火乾肉也。見〔說文〕。〔按方言。㷶。火乾也。凡以火而乾五穀之類。隴冀以往謂之㷶。初學記引方言。㷶作𤑔。集韻。—或作煏、熇、㷶。龍龕手鑑作𤑔。隸文作熇、熇、𤎅。或作𤐑。〕

【爁】盧瞰切音濫勘韻力驗切音斂豔韻盧甘切音藍覃韻

㈠火焱行。見〔玉篇〕。

㈡—焱。火延貌。〔淮南覽冥〕火—焱而不滅。

【爁】魯敢切音覽旱韻

火焚也。見〔集韻〕。

【燸】汝朱切音需虞韻

溫也。燒也。見〔集韻〕。

【𤒎】丘蓋切音磕泰韻

火也。見〔玉篇〕。

【燻】許云切音薰文韻

火氣盛貌。見〔龍龕手鑑〕。〔今俗以火燒物使有煙氣亦謂之—〕。

【爋】吁運切音訓問韻

煙氣上升也。〔庾肩吾詩〕柏—起廚文。

【爦】黃郭切音穫藥韻

熱也。見〔集韻〕。

【爄】力協切音列葉韻

火聲。見〔集韻〕。

【爆】七亂切音竄翰韻

灼—也。見〔篇海引類文〕。

【爂】卑遙切音猋蕭韻彌遙切音苗蕭韻匹妙切音票嘯韻毗召切

音蘢霧韻 輕脆也。[周禮草人]輕─用犬。[疏]─、脆聲相近。故知─即脆也。[釋文]─字照反。李音嬌堯反。

【燦】 子平切音榮庚韻 人名。明萬曆中營繕司郎外員朱日─。

【燹】 音未詳 字彙云。見周宣石鼓文。按舊注云。周宣王第一鼓趯趯燹燹本作燹。注。鄭云。今作贊。潘云燹作突。義皆未詳。或曰。燹。眾多也。字彙譌作─。非。

【癒】 音未詳 三續譜錄。金明七眞法字─。見[字彙補]。

【爄】 炙籀文。見[說文]。

【爈】 同燹。見[玉篇]。

【爾】 同爨。見[廣韻]。

【敹】 同烄。見[玉篇]。[按集韻、類篇本作數]。

【爑】 同齋。見[正字通]。

【爀】 赫或字。見[集韻]。

【爚】 爚省字。見[字彙]。

【燐】 燐俗字。見[正字通]。

【燹】 燹譌字。見[篇海]。

十五畫

【爆】 蒲木切音曝屋韻 灼也。見[說文]。[段注]謂火飛所炙也。

【爆】 北教切音豹效韻 ㊀火裂。見[廣韻]。㊁─竹。[荊楚歲時記]元日─竹於庭。以辟山臊。山臊、惡鬼也。[按─竹、古時燒竹爲之。後世以紙裹火藥、搓紮而成。亦名─竹。大者又曰火炮。小曰鞭炮。乾淳歲時記曰。禁中臘月三十日。─仗有爲果子人物等不一。而殿司所進屏風。外畫鍾馗捕鬼之類。而內藏藥綫。一爇連百餘不絕。攷乾淳爲宋理宗年號。則紙裹之─竹。宋時已有之。] ㊂妓呼假母曰─炭。見[北里志]。

【爆】 㺃角切音雹匹角切音璞覺韻 ㊀─落也。見[玉篇]。㊁灼也。見[玉篇]。㊂爇也。或作爆。見[集韻]。㊃通暴。[墨子親士]靈龜近灼。神蛇近暴。[廣雅疏證云]暴、與─通。

【爆】 北角切音剝覺韻 ㊀火裂。見[廣韻]。㊁爇也。一曰火聲。或作爆。見[集韻]。㊂─爍。猶剝落也。[爾雅釋詁]眦、劉、暴。落也。[舍人注]木葉稀疏不均爲─爍。[義疏]詩捋采其劉。毛傳。劉─爍而希也。釋文─本又作暴。同音剝。爍本又作樂。或作落。同音洛。然則─爍之爲言猶剝落也。

【爆】 伯各切音博藥韻 ㊀迫於火也。見[廣韻]。㊁火乾也。一曰熱也。或作煿。見[集韻]。

【爇】 如劣切音焫屑韻 如銳切音芮霽韻 ㊀本作爇。[說文]爇。燒也。㊁同焫。[國策秦策]則秦且燒焫滅君之國。[補注]焫、即─字。[按廣雅釋詁。焫─也。朱駿聲曰。以古字釋今字。廣韻。─、焫同。] ㊂通爇。[淮南說林]握火投人。反先之爇。[注]猶以火投人。反先自爇也。

【爈】 凌如切音閭魚韻 良據切音慮御韻 ㊀燒也。見[玉篇]。㊁火燒山界。見[廣韻]。[按集韻云。山火曰─。爔同。]

【爊】 於刀切音鏖豪韻 ㊀温也。見[玉篇]。㊁煨也。或作熝。見[集韻]。[按廣韻、類篇、韻會、別作爊。] ㊂通炰。毛炙肉。[漢書楊惲傳]烹羊炰羔。[注]師古曰。炰、毛炙肉也。即今所謂─也。─、一高反。

【爌】 苦謗切音壙漾韻 ㊀光明也。見[玉篇]。㊁本作曠。見[廣韻]。

【爌】 虎晃切音恍苦晃切音骯養韻 ㊀明皃。或作爣、爣。見[集韻]。㊁─朗。寬明也。見[廣韻]。[按文選左思賦。或爣朗而拓落。注。爣朗、光明之貌。]

【爙】 戶廣切音幌養韻

通眺。明也。〔漢書揚雄傳〕北—幽都。〔注〕—、古晃字。〔按集韻〕—、同眺。又作𤎅、𤑔、熀〕

【爍】式灼切音鑠藥韻

❶灼—。光也。見〔說文新附〕。

❷亦熱也。〔文選枚乘七發〕燀—熱暑。

❸消也。〔素問逆調論〕是人當肉—也。

❹鑠斷之也。〔莊子胠篋〕—絕竽瑟。

❺崩竭也。〔莊子胠篋〕下—山川之精。

❻同鑠。〔考工記總目〕—金以爲刃。〔釋文〕—本作鑠。

❼或作爍。見〔集韻〕。

【爍】歷各切音樂藥韻　力角切音犖覺韻

❶爍—木葉枝缺落皃。通作樂。見〔集韻〕。

❷通落。〔詩桑柔傳〕劉、爍—而希也。〔釋文〕本作樂。又作落。

【爍】弋灼切音藥藥韻

爚或字。〔集韻〕爚火飛也。一曰。爇也。或作—。

【爄】力制切音礪霽韻

止火也。見〔集韻〕。

【爄】力蘗切音列屑韻

火斷也。見〔集韻〕。

【⿰龠乞】以灼切音藥藥韻

火氣也。見〔篇海〕。

【爅】密北切音墨職韻

火皃。見〔玉篇〕。

【爉】力盍切音臘合韻

火皃。見〔集韻〕。

【爉】力涉切音獵葉韻

火聲。見〔類篇〕。

【⿰火節】子結切音節屑韻　節力切音即職韻

燭餘。見〔廣韻〕。〔按集韻云。爐謂之—。義同〕

【⿰火節】子悉切音堲質韻

炮也。見〔廣雅釋詁〕。〔按集韻。—。博雅、煨也。或省作⿰火即。通作堲。今據王念孫廣雅疏證本作炮也〕

【爋】許運切音訓問韻

火乾物也。見〔篇海〕。〔正字通云。俗熏字〕

【爒】力照切音療嘯韻　朗鳥切音了篠韻

炙也。見〔玉篇〕。

【⿰火巢】莊交切音巢肴韻

然也。見〔集韻〕。

【爜】麤叢切音悤東韻

炬也。見〔廣雅釋器〕。〔按集韻、類篇、竝作熜。無—字。今據王氏廣雅疏證本補〕

【⿱埶火】

爇本字。見〔說文〕。

【⿱豩夂】

古燹字。見〔正字通〕。

【燡】

同煇。〔漢孟郁修堯廟碑〕俵著—銘。

【爕】

同燮。見〔集韻〕。

十六畫

【爐】洛乎切音盧虞韻

❶火所居也。見〔類篇〕。

❷熏器。〔李商隱詩〕睡鴨香—換夕熏。

❸鑪或字。〔韻會舉要〕鑪。方鑪也。一曰火函。又火治也。或作—。

【爓】余廉切音鹽鹽韻

火門也。見〔說文〕。〔按各本作火門。文選蜀都賦注。引說文作火—也。集韻、類篇作火爓也。六書故、作火——也。段氏曰。今人云光燄者。作此爲正。古多作炎爲之。如左傳其氣炎以取之。司馬相如傳、末光絕炎。揚雄傳、景炎炘炘。皆是。又郊祀歌、長離前掞光耀明。晉灼曰。掞即光炎字。亦假借也。—、與燄篆義別〕

【爓】以贍切音豔豔韻

❶同焰。光也。見〔廣韻〕。

❷火光。或作焰、炎、燄、爁。見〔集韻〕。

【爓】徐廉切音撏鹽韻

❶沉肉於湯也。〔禮記禮器〕三獻—。〔廣韻〕—、同燅。

❷同膶。〔禮記郊特牲〕三獻—。一獻孰。〔釋文〕本又作膶。

【爓】徐心切音尋侵韻

湯肉曰—。見〔禮記祭義—祭注〕。

【爓】慈鹽切音潛鹽韻

燂或字。〔集韻〕燂。沈肉於湯也。或作—、煔。

【⿱癶炎】敷勿切音拂物韻

㊀爗—也。从火。㬎聲。𤎸、籀文爗。見〔說文〕。
㊁火盛皃。見〔玉篇〕。
㊂鬼火。見〔廣韻〕。
㊃火光也。見〔龍龕手鑑〕。〔字彙補〕作𤒀、

【爔】許其切音僖支韻
㊀火也。見〔玉篇〕。
㊁同曦。〔集韻〕赫曦。日光也。亦从火。

【爤】郞達切音辣曷韻
㊀埒也。見〔玉篇〕。
㊁同𤎖。火皃。見〔集韻〕。

【㸊】落蓋切音賴泰韻
火之猛皃。見〔廣韻〕。

【爗】筠輒切音饁弋涉切音葉葉韻
㊀本作爗。〔說文〕爗、盛也。从火。曅聲。詩曰。爗爗震電。
㊁—光盛也。〔漢書揚雄傳〕颺—之芳茶。
㊂燁—明盛也。亦作爗。見〔洪武正韻〕。
㊃或作爗。見〔玉篇〕。
㊄通曄。〔詩十月之交〕——震電。〔說文雨部引詩作𩃎。〕

【爗】域及切音熤緝韻
同曄。光也。見〔集韻〕。

【𤓠】附袁切音煩元韻
㊀宗廟火孰肉。天子所以饋同姓。从炙。番聲。春秋傳曰。天子有事—焉。見〔說文炙部〕。
㊁或作燔。〔左襄二十二年傳〕與執燔焉。〔釋文〕祭肉也。

【𤓮】先彫切音蕭蕭韻
熇也。見〔集韻〕。

【爏】郞狄切音歷錫韻
火皃。或作爄。見〔集韻〕。

【𤏲】徐廉切音燖鹽韻
以湯沃毛令脫也。見〔篇海〕。〔按龍龕手鑑。𤏲、古作燅。或作—、爓。今作燂。徐鹽反。以湯沃毛令脫也。與燂音義同。〕

【爝】疾雀切音嚼藥韻
爝或字。〔集韻〕爝、炬火。或作—。

【爓】乙業切音腌洽韻
火不明皃。見〔集韻〕。

【爦】盧敢切音覽感韻
火亂。見〔篇海〕。

【燡】夷益切音繹陌韻
炎也。見〔廣韻引字林〕。

【爒】力照切音療嘯韻朗鳥切音了篠韻
炙也。見〔說文炙部〕。〔桂注〕一切經音義十三、引作火炙之也。又卷七云。今江北謂炙手足為炙—。〔按說文、本作爒。集韻、或作膫。類篇、或作爎。〕

【𤓱】玆消切音焦蕭韻
同𤏤。〔集韻〕𤏤、火所傷也。亦作—、

【熐】莫狄切音覓錫韻
—蠡。乾酪也。〔漢書揚雄傳〕燒—蠡。

【𤓉】力展切音輦銑韻
小然火也。見〔廣韻〕。

【𤓷】以灼切音藥藥韻
仰也。見〔廣韻〕。

【𤓢】巴校切音豹效韻
同爆。火裂。見〔集韻〕。

【𤓾】泰來切音臺灰韻
烟𤒒也。〔字彙補〕石鼓文。𧁗𧁗—
—。

【爖】盧紅切音籠東韻
火也。見〔玉篇〕。

【𤓶】義未詳。太上老君碑有𤓶—二字。皆音樂。見〔字彙補〕。

【爙】㷵本字。見〔說文〕。

【𤒹】爗本字。見〔說文〕。

【𪹿】古業字。見〔集韻〕。

【𤒿】古曬字。見〔字彙補〕。

【𤏿】同燧。〔漢書韓安國傳〕置烽—。然後敢牧馬。〔注〕—、古燧字。

【𤓹】同爂、炒、焣。見〔集韻〕。

【𤓩】俗燮字。見〔字彙〕。

【𤏩】俗燮字。見〔字彙〕。

十七畫

【爚】弋灼切音藥式灼切音爍藥韻
㊀火光也。一曰爇也。見〔說文〕。
㊁光也。〔史記屈賈傳〕彌融—以隱處。

(三)消散也。〔莊子胠篋〕外立其德。而以—亂天下者也。〔釋文〕三蒼云。火光消也。崔云散也。
(四)—光明貌也。〔文選班固賦〕震震—雷奔電激。〔按段玉裁云。震震爚、謂雷—、謂電。〕
(五)爍—電光也。見〔文選班固賦注引字指〕。
(六)或作爍。見〔集韻〕。
(七)通燿。〔荀子致仕〕夫燿蟬者務在明其火振其樹而已。〔按燿、呂覽期賢作—〕。

【爤】郎旰切爛去聲翰韻
(一)本作爤。〔說文〕爤。火熟也。〔按集韻。爤、或作—、爛、煉。六書故。—別作爤、爤、爛。方言曰。—熟也。自河以北趙魏之間火熟曰—〕。
(二)爇也。見〔一切經音義引廣雅〕。〔按王念孫疏證本廣雅釋詁二。爤。爇也。疏證云。爤、爤爇—〕。
(三)腐也。〔淮南說文〕—灰生蠅。
(四)失飪也。〔呂覽本味〕熟而不—。
(五)火傷曰—。〔左定三年傳〕邾子自投於牀。廢于爐炭—遂卒。
(六)明也。〔文選班固賦〕翌降炤—。
(七)光貌。〔楚辭雲中君〕—昭昭兮未央。
(八)—爤然鮮明且衆多之貌。見〔詩韓奕—其盈門箋〕。
(九)—然章明之貌。〔漢書王莽傳〕功德—然。
(十)粲—鮮明貌。〔史記司馬相如傳〕皓齒粲—。
(十一)爤—盛明也。見〔後漢班彪傳注〕。
(十二)奐—衆多也。見〔禮記檀弓美哉奐也釋文〕。
(十三)煥—文章貌。見〔後漢延篤傳注〕。
(十四)—漫猶消散也。〔楚辭哀時命〕忽—漫而無成。
(十五)糜—謂血肉渙散也。〔孟子盡心〕糜—其民而戰之。〔朱注〕謂糜—其血肉也。
(十六)答—府名。唐置。羈縻。屬隴右道。當在今土谷番境。
(十七)亦作瀾。〔漢修堯廟碑〕瀾然成就。

【爛】離閑切音闌寒韻〔正韻、作—。集韻、類篇、作爛、爤。郎干切〕
(一)明貌。〔楚辭橘頌〕青黃雜糅。文章—兮。
(二)——。光貌。〔韓愈詩〕終宵處幽室。菲燭光—。

【爔】香義切音戲寘韻 燒也。見〔集韻〕。

【爙】汝兩切音攘養韻 火也。見〔玉篇〕。

【爊】虛敢切音覽感韻 黃焦也。見〔篇海〕。

【爖】力粦切銑韻 小然也。見〔玉篇〕。〔按廣韻集韻竝作爔〕。

【爕】力焰切音殮豔韻 火也。見〔玉篇〕。〔按集韻、類篇、又作爕字譌作爕〕。

【爓】以贍切音豔豔韻 同爛。見〔集韻〕。

【爁】力驗切音瀲豔韻 火也。見〔集韻〕。

【爕】力驗切音殮 火也。見〔字彙〕。〔按玉篇作爕。从攴不从欠。字彙誤〕。

【爒】燎本字。見〔說文炙部〕。

【爈】燒譌字。見〔正字通〕。

十八畫

【爝】即約切音爵疾雀切音嚼藥韻子肖切音醮嘯韻〔按集韻。—、或作燋、爑、爑。廣韻。—訓炬火。燋訓火未然。分—、燋爲二。與集韻異〕
(一)苣火祓也。見〔說文〕〔段注〕苣、束葦燒之也。祓、除惡之祭也。呂覽本味篇。湯得伊尹。祓之於廟。—以爟火。贊能篇。桓公迎管仲。祓以爟火。
(二)然燒之火也。〔莊子逍遙游〕日月出矣。而—火不息。〔釋文引向注〕—、人所然火也。

【爞】徒冬切音彤冬韻持中切音蟲東韻
(一)旱氣也。見〔說文新附〕。
(二)熏也。熱也。見〔玉篇〕。
(三)——熏也。見〔爾雅釋訓〕。
(四)通蟲。〔詩雲漢〕蘊隆蟲蟲。〔傳〕蟲蟲而熱。〔釋文〕爾雅作—。韓詩作烔。
(五)或作烛。見〔集韻〕。

【爖】徒冬切音同東韻 烔或字。〔集韻〕烔、爇也。或作—、熥。

【爟】古玩切音灌翰韻
●一舉火曰—。周禮曰司—掌行火之政令。見［說文］［王注］夏官敘官司—注云故書—爲燋。杜子春曰燋、當爲—。爲私火。案杜以爲私火者。司—職云季春出火。民咸從之。季秋內火。民亦如之。此官所掌者爲民火。故爲私。與司烜氏掌祭祀之火不同也。許云舉火者。—與爝、通也。呂覽本味篇湯得伊尹。爝以—火。高誘注—火所祓除其不祥。置火于桔槔燭以照之。—、讀若權衡之權。漢書郊祀志通權火。又曰。權火舉而祠。張晏曰。權火。熢火也。狀若井挈槔。其法類稱。故謂之權火。欲令其光明遠照達於祀所也。漢祀五時於雍。五里熢火。如淳曰。權、舉也。
●二先代出火之人亦曰—。［周禮司—］凡祭祀則祭—。［疏］謂祭先出火之人也。

【爜】徂聰切音叢東韻
火皃。見［集韻］。

【⿰火晉】既氣切音系霽韻
煨也。或作曬。見［玉篇］［按廣韻本作曬。小熯也。］

【⿰火闒】敵盍切音蹋合韻
爛也。又墮也。見［廣韻］。

【⿰火獻】古晃切音廣養韻
光貌。見［篇海］。

【⿰火藋】直教切音棹效韻
焠或字。［集韻］焠爨急也。或作—。

【爨】子芮切霽韻

【爆】火輕脆。見［五音篇海］。

【爆】爆本字。見［說文］。

【燠】㶿本字。見［說文］。

十九畫

【⿱靡火】忙皮切音糜支韻
●一爛也。从火。靡聲。見［說文］［段注］古多叚糜爲之。糜、訓糝。—、訓爛。義各有當。
●二熟也。見［廣雅釋詁］。
●三壞也。見［集韻］。
●四或作爢。見［韻會舉要］。
●五亦作糜。［孟子盡心］糜爛其民而戰之。

【爩】丑伐切音察月韻
——。燒起也。見［玉篇］。

【⿰火藘】刺列切音少屑韻　他達切音闥曷韻
—燒。煙皃。見［集韻］。

【⿱雔火】古然字。［陸倕石闕銘］刑碏—炭。

【⿱雝火】同㸎。［漢書陳湯傳］至—脂火夜作。

【⿱靡火】同爢。［漢書揚雄傳］精瓊—與秋菊兮。［注］—、屑也。

【⿰火嗇】同爆。見［集韻］。

【爍】爍或字。見［集韻］。

【爔】熺或字。見［龍龕手鑑］。

二十畫

【爣】坦朗切湯上聲養韻
—朗。火光寬明。見［廣韻］。

【⿰火朁】熸本字。見［說文］。

二十一畫

【爥】朱欲切音燭沃韻
●一同燭。照也。見［韻會舉要］。
●二通燭。［文選班固賦］散皇明以燭幽。［韻會舉要引作—］。

【爚】弋灼切音藥藥韻
●一礿或字。［集韻］礿、夏祭也。或作禴、爚。亦从火。
●二同爚。［摯虞賦］要華電之煜—。

【爔】香依切音希微韻
火也。見［海篇］。

【爤】郎旰切瀾去聲翰韻
爛本字。見［說文］。

【⿰火戠】熾本字。見［字彙補］。

【⿱𦥑火】爨籀文。見［說文］。

【⿱𦥑火】同煏。見［玉篇］。

二十二畫

【⿱𦥑火】麤尊切音村元韻
—。鼎欲沸皃。見［集韻］。

二十三畫

【⿰火纂】椿劣切音啜屑韻
竈中煙。見［集韻］。

二十四畫

【⿰火靈】郎丁切音靈青韻

火光也。或作爗見〔集韻〕。

【爕】燋本字見〔說文〕。

【𤏋】古燧字見〔集韻〕。

【𤓰】同焦見〔龍龕手鑑〕。

二十五畫

【爨】取亂切音竄翰韻七丸切音攛寒韻取絹切音縓霰韻

(一)齊謂炊—。𦥑象持甑。冂、爲竈口。廾、推林內火。見〔說文爨部〕〔段注〕齊謂炊—者。齊人謂炊曰—。林、柴也。內、同納。

(二)竈也。〔周禮亨人〕職外內饔之—亨煑。〔注〕今之竈主於其竈煑物。

(三)火上也。〔儀禮士昏禮〕大羹湆在—。

(四)銼也。銼䥶甘辛調和之處也。見〔釋名釋宮室〕。

(五)辰星謂之—星。見〔廣雅釋天〕〔朱豐芑曰。辰星水星也。〕

(六)—蠻古百濮之種。晉時爲東西兩—。今在雲南境。如玀玀亦其一種也。

(七)亦作㸑。〔說文〕㸑。籒文—省。

(八)姓也。〔華陽國志〕昌寧大姓有—習。

二十六畫

【爤】俗爛字見〔字彙〕。

二十八畫

【𤓶】燧本字見〔說文〕。

二十九畫

【爩】紆勿切音鬱物韻 煙出也。見〔玉篇〕〔按廣韻、訓煙氣。集韻、炪—。煙出。〕

【𤓽】同㸑見〔集韻〕。

※水部※

【水】數軌切稅上聲紙韻

(一)準也。北方之行。象眾—並流。中有微昜之气也。見〔說文〕。〔按舊義如此。今化學家謂—爲輕養化合之液體。無臭味。體通明。熱至攝氏表百度。則沸爲—蒸汽。冷至攝氏表零度。則凝爲冰。〕

(二)—之爲言濡也。見〔白虎通五行〕。

(三)陰也。見〔論衡順鼓〕。

(四)五行之一。〔春秋繁露五行之義〕—者五行之終也。〔按後漢桓帝紀注引張衡對策曰。—者五行之首。與春秋繁露義異。〕

(五)飲之一種。〔周禮漿人〕掌供王之六飲。—、漿、醴、涼、醫、酏。〔按禮記玉藻云。五飲上—、漿、酒、醴、酏。〕

(六)官名。〔左昭十七年傳〕共工氏以—紀。故爲—師而—名。〔按後漢張衡傳注。—衡官名。主—官也。〕

(七)五聲羽爲—。見〔漢書律曆志〕。

(八)坎爲—。見〔易說卦〕。

(九)—宿。謂北方七宿。斗、牛、女、虛、危、室、壁也。見〔後漢崔駰傳注〕。

(十)—星。太陽系第一位之行星。其對徑比地球得三分之一。常於日之出沒時見之。光有盈朒。如月狀。八十四日繞太陽一周。

(十一)薪—。〔梁昭明太子陶靖節傳〕潛送一力給其子曰。助爾薪—之勞。〔今稱俸給報酬曰薪—。義殆昉此。〕

(十二)三—。縣名。明置。屬廣州府。漢番禺四會二縣地也。今爲廣東三—縣治。清光緒十七年。依一千八百九十七年中英緬甸通商條約。開爲商埠。比英奧意等國駐有領事。

(十三)銀色謂之—。市肆調和銀色高低、曰申—。貼—。殆取水平之義。

(十四)雨—。節氣也。見〔後漢律曆志〕。

(十五)風—。陰陽家以山脈水流爲關係於墓廬之休咎。謂之風—。今人多闢之。

(十六)—準。今測量器。爲測高下之用。

(十七)—母。海蟲名。以蝦爲目。〔文選郭璞賦〕—母目蝦。〔圖入母字〕

(十八)—銀。卽銾也。詳銾字。

(十九)姓也。明鄞縣—甦民。

一畫

〔氶〕之庱切蒸上聲迥韻

人名。〔晉書譙王傳〕王名—。

縣名。見〔集韻〕。

〔氶〕辰陵切音丞蒸韻

承或字。〔集韻〕承。奉也。受也。或作—。

〔氶〕諸應切音證震韻

承鄉。漢侯國名。承。或作—。見〔集韻〕。

姓也。見〔集韻〕。

〔永〕于憬切音榡梗韻

水長也。象水巠理之長—也。見〔說文永部〕。

長也。見〔爾雅釋詁〕。

施於眾長謂之—。見〔方言〕。

(四)極長也。見〔太玄玄衡〕。

(五)久也。〔詩白駒〕以—今朝。

(六)遠也。見〔爾雅釋詁〕。

(七)遐也。見〔爾雅釋詁〕。

(八)深也。見〔漢書董仲舒傳注〕。

(九)引也。〔詩旣醉〕—錫祚胤。

(十)歌也。〔詩頌鼠〕誰之—號。

(十一)—巷後宮也。〔爾雅釋宮疏〕王肅曰。今後宮稱—巷是宮內道名也。

(十二)阿—諸蠻名也。〔元史世祖紀〕諸蠻呂告馬蒙阿—。有嚮化之心。

(十三)姓也。見〔廣韻〕。

〔永〕爲命切音詠敬韻

(一)通咏。〔書舜典〕歌—言。〔漢書禮樂志作歌咏言〕。

(二)同泳。〔六書故〕潛行水中謂之—。詩云。漢之廣矣不可—思。〔今本毛詩—作泳〕。

〔汔〕許泣切音吸緝韻

水涸也。見〔字彙補〕。

〔氹〕音泔覃韻

俗字。粵人以蓄水之地爲—。見〔瓠膭〕。

〔氷〕俗冰字。見〔正字通〕。

二畫

〔氵七〕貲悉切音唧質韻

(一)水濇也。見〔廣韻〕。

(二)澀也。見〔集韻〕。

〔㲻〕乃曆切音惄錫韻

(一)溺本字。〔說文〕—。沒也。从水人。〔段注〕此沉溺之本字也。今人多用溺。古今異字耳。

(二)姓也。見〔字彙〕。

〔氽〕土懇切吞上聲阮韻

(一)水推物也。見〔字彙〕。

(二)人在水上爲—。人在水下爲溺。見〔字林〕。

〔氾〕孚梵切音汎陷韻

(一)濫也。見〔說文〕。〔段注〕玄應引此下有謂普博也四字。

(二)搖動貌。〔楚辭招魂〕—崇蘭些。

(三)普也。〔史記司馬相如傳〕—尃護之。

(四)博也。〔楚辭思古〕且倘徉而—覾。

(五)眾也。〔淮南本經〕普—無私。

(六)遍也。〔家語郊問〕—掃清路。

(七)瀆也。見〔廣雅釋詁〕。

(八)洿也。見〔方言〕。

(九)污也。見〔廣雅釋詁〕。

(十)廣也。〔禮記郊特牲〕—掃反道。

(十一)—濫。猶沈浮也。〔楚辭憂苦〕折銳摧矜。凝—濫兮。

(十二)—濫。任波搖蕩之貌。〔文選馬融賦〕—濫溥漠。

(十三)—。—灑地也。見〔漢書王褒傳注〕。

(十四)〔又〕普愛眾也。〔楚辭卜居〕將—若水中之鳧乎。

(十五)—祭。遠散所祭。見〔左襄二十八年傳注〕。

(十六)—葉。國名。〔山海經海內經〕西海之水。流沙之西。有國名曰—葉。

(十七)—天。山名。赤水所窮也。見〔山海經西山經注〕。

(十八)水名。〔史記高祖本紀〕卽皐帝位—水之陽。〔正義〕張晏曰。—水在濟陰界。取其—愛弘大而潤下。〔在今山東曹縣北〕。

(十九)通汎。〔禮記王制〕—與眾共之。〔釋文〕—本又作汎。

(二十)同泛。見〔一切經音義〕。

〔氾〕符咸切音凡咸韻

(一)地名。〔左僖二十四年傳〕王出適鄭。處於—。〔疏〕正義曰。南—在襄城縣南。東—在滎陽中牟縣南。〔按南—、東—、各隨所近而言。—城故址。在今河南襄城縣南一里〕。

(二)姓也。漢—勝之。晉—毓。

〔氿〕矩鮪切音軌紙韻

(一)水厓枯土也。爾雅曰。水醮曰—。見〔說文〕。〔按今爾雅作厬。釋名疏證謂—、厬、互易。錯用。說文段注亦謂今爾雅不誤。然則此訓殆非。惟沿譌已久耳〕。

(二)側出之泉也。〔詩大東〕有洌丨泉。〔傳〕側出曰丨泉。
(三)軌也。流狹而長如車軌也。見〔釋名釋水〕

【氿】渠尤切音求尤韻
水厓也。見〔集韻〕

【汀】湯丁切音廳唐丁切音庭青韻
(一)平也。見〔說文〕〔段注〕水平謂之丨。因之州渚之平謂之丨。
(二)水際平也。見〔李善引文字集略〕
(三)水名。〔廣輿記〕丨水其源自北至丨州府境入海。天下之水皆東行。獨丨水南下。〔在今福建長丨縣〕
(四)地名。〔清一統志〕唐置丨州。旋改臨丨郡。因境有丨水故名。明曰丨州府。〔即今福建長丨縣〕

【汀】他定切音聽徑韻
丨瀅。小水也。見〔集韻〕

【汀】待鼎切音挺迥韻
丨濘。泥淖也。見〔集韻〕

【汁】質入切音執緝韻
(一)液也。見〔說文〕
(二)洎也。〔後漢邊讓傳〕函牛之鼎以烹雞。多丨則淡不可食。少丨則熬而不可熟。
(三)涚也。見〔釋名釋形體〕
(四)雨丨。水雪雜下也。〔禮記月令〕仲冬行秋令則天時雨丨。〔注〕雨丨者。水雪雜下也。
(五)啜丨。喻因人以邀功者也。〔史記魏世家〕彼勸太子戰攻欲啜丨者衆。
(六)木丨。可作酢。〔北史流求國傳〕以木槽中暴海水爲鹽。木丨爲酢。
(七)丨莎。〔禮記郊特牲〕丨獻涗于醆酒。〔注〕獻當讀爲莎。齊語聲之誤也。秬鬯者。中有煮鬱和以盎齊。摩莎泲之。出其香丨。因謂之丨莎。
(八)丨邡。國名。〔史記高祖功臣侯年表〕丨邡侯雍齒。高帝五年封。〔按丨邡、漢書地理志作什方。即今四川什邡縣〕

【汁】檄頰切音協葉韻
(一)協也。〔方言〕自關而東曰協。關西曰丨。
(二)猶叶也。〔文選左思賦〕皆與謠俗丨協。律呂相應。
(三)光紀。黑帝號。見〔集韻〕
(四)丨洽。歲名。〔史記曆書〕丨洽。〔注〕丨、一作協。言在未也。

【汁】實入切音十緝韻

【求】渠尤切音裘尤韻　〔按丨本古文裘。見說文裘部。段玉裁云。加衣爲裘。而丨專爲干請之用。亦猶加草爲蓑。而衰爲等衰之用也。參閱裘字〕
(一)貪也。〔論語子罕〕不忮不丨。
(二)責也。〔論語衛靈公〕君子丨諸己。
(三)猶務也。〔禮記曲禮〕君子行禮。不丨變俗。
(四)招來也。〔禮記學記〕丨善良。
(五)等也。〔書康誥〕用康乂民作丨。〔疏〕用安治民爲丨而等之。
(六)取也。〔孟子公孫丑〕勿丨於心。
(七)請也。見〔穀梁定元年傳〕
(八)猶得也。〔淮南說山〕若爲土龍以丨雨。芻狗待之而丨福。
(九)猶間也。〔呂覽貴公〕上志而下丨。
(十)終也。見〔爾雅釋詁〕
(十一)索也。見〔集韻〕
(十二)丨之爲言。得不得未可知之辭也。見〔穀梁隱三年傳〕
(十三)有丨。請球也。見〔書呂刑惟求釋文引馬注〕
(十四)要丨。猶要結也。〔楚辭哀時命〕下垂釣於谿谷兮。上要丨於僊者。〔按要丨今爲常用語。略與請丨同義〕
(十五)丨牛。〔周禮牛人注〕丨牛。禱於鬼神所丨福之牛也。
(十六)丨毗。竹類也。見〔管子地員注〕
(十七)流丨。國名。〔北史流求國傳〕流丨國居海島。當建安郡東。水行五日而至。〔按流丨今作琉球〕
(十八)山水名。〔山海經中山經〕歷石山東南一百里曰丨山。丨水出於其上。潛行其下。
(十九)姓也。漢丨仲。

【求】恭于切音拘虞韻
蛷省文。〔集韻〕肌蛷。蟲名。或省。

【汃】悲巾切音邠眞韻　普八切攀入聲黠韻
(一)西極之水也。爾雅曰。西至於丨國。謂之四極。見〔說文〕〔按今爾雅作邠國。釋文。邠、本或作豳。段玉裁云。丨之作豳。聲之誤也。作邠則更俗矣〕

(二)聲也。〔文選張衡賦〕砏—輣軋。〔按李善注—音八。引埤倉—大聲也〕。
(三)澎—湍聲也。〔孟郊詩〕獠江息澎—。
(四)——水光也。〔杜牧詩〕好鳥鳴丁丁。小溪光——。

【汉】魚刈切音乂隊韻
水名。見〔集韻〕。

【汎】苟起切音己紙韻
水涯也。見〔韻會〕。〔按龍龕手鑑。—爲氿之俗字。今從韻會〕

【氻】歷德切音勒職韻
水聲也。見〔集韻〕。

【汴】博木切音卜屋韻
水名。見〔集韻〕。

【厎】古貨字。見〔六書畧〕。

【夾】同休。見〔正字通〕。

【汄】汓省字。見〔集韻〕。

【汚】俗汙字。見〔廣韻〕。

三畫

【汊】楚嫁切音杈禡韻
(一)水歧流也。見〔集韻〕。
(二)厲—。地名。見〔韻會〕。
(三)三—。河名。在今奉天海城縣。
(四)市—。市名。在今江西南昌縣。

【汋】仕角切音促賓若切音杓覺韻
(一)激水聲也。見〔說文〕。
(二)澤也。有潤澤也。見〔釋名釋形體〕。
(三)取也。見〔莊子田子方〕夫水之於—也。〔釋文〕
(四)井一有水、一無水、爲瀱—。見〔爾雅釋水〕
(五)漏—。水名。〔玄中記〕貴州有漏—。一日百盈百竭。應漏刻。
(六)—約。好貌。〔楚辭哀郢〕外承歡之—約兮。〔莊子作淖約〕

【汋】職畧切音酌弋灼切音藥藥韻
(一)燂菜曰—。〔爾雅釋天注〕新菜可—。〔釋文〕余弱反燂菜也。
(二)—陂。地名。〔左成十六年傳〕敗諸—陂。〔在今河南寧陵縣東南〕。
(三)同勺。挹取也。見〔集韻〕〔又〕藥名。見〔集韻〕。
(四)通酌。猶刺探也。〔周禮士師〕一曰邦—。〔注〕鄭司農云。—讀如酌酒尊中之酌。國—者。斟—盜取國家密事。若今時刺探尙書事。

【汋】尺約切音綽藥韻
水聲。見〔集韻〕。

【汍】胡官切音桓寒韻
(一)泣淚貌。見〔說文新附〕。
(二)—瀾。泣貌。見〔集韻〕。
(三)同萑。見〔漢書息夫躬傳〕涕泣流兮萑蘭注。
(四)同藿。見〔文選歐陽堅詩〕揮筆涕—瀾注。
(五)同洹。見〔玉篇〕。

【汎】孚梵切音氾陷韻
(一)浮皃。見〔說文〕。
(二)流貌。見〔詩—彼柏舟傳〕。
(三)浮也。〔國語晉語〕—舟於河。
(四)博也。見〔廣雅釋詁〕。
(五)廣也。〔論語學而〕—愛衆。
(六)普也。〔漢書谷永傳〕永於經書。—爲疏達。
(七)—剽。輕也。見〔方言〕。
(八)——。迅疾而不礙也。〔詩二子乘舟〕——其流。〔按說文通訓定聲云。字本作汎灑之汎。毛詩借爲迅也〕。
(九)—齊。浮蛾在上。——然也。見〔釋名釋飲食〕。
(十)—濫。浮辭也。見〔史記老莊申韓傳〕。
(十一)—拚。—水而拚也。見〔管子弟子職注〕、
(十二)—淫。鳥在風波自縱漂貌也。〔文選司馬相如賦〕—淫氾濫。
(十三)水名。〔水經沔水注〕—水出梁州閬陽縣。〔當今湖北鄖縣境〕。
(十四)—鄉。地名。〔後漢卓茂傳〕子崇嗣。徙封—鄉侯。〔按—鄉屬不其城。今山東即墨縣西南〕。
(十五)同氾。〔詩文王有聲箋〕豐水亦氾濫爲害。〔釋文〕氾字亦作—。

【汎】符風切音馮東韻
(一)浮也。見〔洪武正韻〕。
(二)同渢。水聲。見〔玉篇〕。

【汎】扶法切音乏洽韻
—涉。聲微小皃。見〔集韻〕。〔又〕波急聲。〔文選王褒賦〕又似流波。泡溲—涉。

【汏】徒蓋切音太泰韻
(一)淅澗也。見〔說文〕。〔段注〕士喪禮。

祝浙米於堂。注。浙—也。釋詁曰。—堅也。—之則沙礫去矣。
(二)濫也。見〔廣雅釋詁〕。
(三)波也。見〔廣雅釋水〕。
(四)騷也。〔左昭三年傳〕伯石之—也。
(五)侈也。〔荀子仲尼〕般樂奢—。

【汏】他蓋切音太泰韻
太過也。一曰沙—。見〔集韻〕。

【汏】他達切音闥曷韻
過也。〔左宣四年傳〕伯棼射王汏輈。〔按釋文作—。盧文弨釋文攷證云。注疏本作汰。誤。〕

【汏】唐何切音駝歌韻
淅也。見〔集韻〕。

【汐】辭亦切音席陌韻
(一)海濤夕來曰—。〔文選郭璞賦注〕—潮夕來也。
(二)水名。出陽城山。見〔集韻〕。〔按陽城山在河南登封縣。—水亦當在其境。〕
(三)江湖之水歸之海謂之—。見〔東海漁翁海潮論〕。
(四)潮—池。海名也。見〔集韻〕。

【汒】模郎切音茫陽韻無放切音妄漾韻
同茫。有茫昧之義。見〔六書故〕。

【汒】武方切音亡陽韻
谷名。在盩厔。見〔集韻〕。〔按清一統志。陝西盩厔縣東南有芒谷。芒水出焉。芒水或作—。近是。又集韻模郎切。—谷名在京兆。攷盩厔即京兆屬縣之一。複舉特刪存其一。〕

【汒】母朗切音莽養韻
怠遠貌。〔莊子天地〕—若於夫子之言。

【汒】莫浪切茫去聲漾韻
同漭。漭浪。水大貌。見〔集韻〕。

【汔】許訖切音迄物韻
(一)水涸也。或曰泣下。詩曰。—可小康。見〔說文〕。
(二)盡也。見〔廣雅釋詁〕。
(三)危也。見〔詩民勞傳〕。
(四)幾（平聲）也。見〔易未濟釋文〕。
(五)近也。見〔詩民勞疏引孫炎〕。
(六)水名。〔山海經大荒南經〕—水出賈山。在大荒之中。

【汕】所晏切音訕諫韻所簡切音產潸韻師閒切音山刪韻
(一)魚游水貌。見〔說文〕。
(二)樔也。〔詩南有嘉魚〕烝然—。〔傳〕樔也。
(三)撩罟也。〔詩南有嘉魚〕烝然—。〔箋〕今之撩罟也。
(四)水名。〔史記朝鮮傳集解〕朝鮮有濕水、洌水、—水。
(五)—頭。商埠名。廣東據韓江之口。水陸均通。運輸極便。東有南澳島。形如筆架。與—頭相對峙。為軍事上重要地點。光緒二十九年。依一千八百五十八年中英天津條約。闢為商埠。英、法、德、日、美、奧、比、意、荷、哪、等國。均駐有領事。

【汗】侯旰切音翰翰韻
(一)人液也。見〔說文〕。〔按素問評熱病論。—者精氣也。又宣明五氣篇。五藏化液。心為—。今生理學謂—由膚中—腺出。所以泄膚中水氣及雜質也。〕
(二)濁也。見〔廣雅釋詁〕。
(三)浮也。出在於表。浮浮然也。見〔釋名釋形體〕。
(四)潸[illegible]〔[illegible]〕
(五)喻險阨也。〔易渙〕渙—其大號。〔疏〕渙—其大號者。人遇險阨。則—從體出。故以—喻險阨也。
(六)反—。喻不可反而反也。〔漢書劉向傳〕是反—也。
(七)滿—。符采映耀也。〔文選司馬相如賦〕采色滿—。
(八)泮—。謂直望無厓也。〔文選左思賦〕濆瀇泮—。
(九)瀾—。長貌。〔文選木華賦〕洪濤瀾—。
(十)——。廣大無際貌。〔文選郭璞賦〕——沺沺。
(十一)—青。謂簡牘也。〔後漢吳祐傳注〕殺青以火炙簡令—。取其青易書。
(十二)—衣。近身受垢之衣也。見〔釋名釋衣服〕。
(十三)—血。馬名。〔漢書武帝紀〕獲—血馬來。作西極天馬之歌。〔又〕勞力也。見〔後漢崔駰傳注〕。

【汗】河干切音寒寒韻
(一)—漫。不可知之也。〔淮南道應〕吾與—漫期於九垓之外。〔今云—漫遊本此〕

可—。突厥君長也。〔唐書太宗紀〕西北君長請上號爲天可—。

（[illegible]）番—。縣名。漢置。屬遼東郡。當今朝鮮京畿道國城西北。

【汗】居寒切音干寒韻

餘—。縣名。漢置。屬豫章郡。當今江西餘干縣治。

【汚】烏故切惡去聲遇韻

濊也。一曰小池曰—。一曰涂也。見〔說文〕〔按—卽洿之假借字。孟子梁惠王作洿。滕文公作—〕。

（三）涴泥著物也。〔書胤征〕舊染—俗。

煩撋也。〔詩葛覃〕薄—我私。

【汙】汪胡切音烏虞韻

停水也。見〔後漢李通傳注〕。

洿也。如洿泥也。見〔釋名釋言語〕。

窊也。〔大戴記少閒〕—池土察。

（四）下也。謂鄙陋也。〔荀子非相〕是以不免埤—傭俗。

（五）喩勞辱也。〔左昭元年傳〕處以辟—。〔正義〕辱之勞身若穢之—物。

（六）濫也。〔大戴記子張問入官〕羣臣服—矣。

（七）惡也。見〔漢書霍諝傳注〕。

（八）穢行也。〔荀子富國〕百姓曉然皆知其—漫暴亂而將危亡也。

（九）猶殺（去聲）也。〔禮記檀弓〕道—則從而—。

（十）—吏。貪吏也。〔孟子滕文公〕暴君—吏。

（十一）—邪。下地田也。見〔史記滑稽傳注〕。

（十二）洿或字。見〔集韻〕。

【汙】烏瓜切音窪麻韻

（一）—膺。陷胸也。〔淮南說山〕文王—膺。

（二）—尊。鑿地爲尊也。〔禮記禮運〕—尊杯飮。

【汙】雲俱切音于虞韻

（一）曲也。〔左成四年傳〕盡而不—。

（二）水名。在鄭西南。項羽擊秦軍—水上。見〔集韻〕。〔在今河南臨漳縣西〕。

【污】邕俱切音紆虞韻

深也。見〔集韻〕。〔按玉篇云。从亏者古文。从于者今文。據此汙、—、本一字。集韻分爲二字。似泥〕。

【汛】所蟹切音曬蟹韻思晉切音信震韻所賣切音曬卦韻先見切音霰霰韻

（一）灑也。見〔說文〕〔段注〕卂、疾飛也。水之散如飛。此以形聲包會意也。揚雄劇秦美新云。況—埽前聖數千載功業。—埽卽灑埽也。俗用爲潮汛字。

（二）水皃。見〔集韻〕。

【汛】思晉切音信震韻

通訊。〔通訓定聲〕—、段借爲訊。今所用—地字。蓋譏詰往來行人處也。

【汜】象齒切音似紙韻

（一）水別復入水也。詩曰。江有—。一曰。窮瀆也。見〔說文〕〔段注〕上水字衍文。召南傳曰。決復入水也。謂既決而復入之水也。釋名。—、巳也。如出有所爲畢已而復入也。釋丘曰。窮瀆—。郭云。水無所通者。漢書張良閒從容步游下邳—上。服虔讀爲圯。音頤。楚人謂橋曰圯。此漢人易字之例也。應劭曰。—水之上。此不易字。謂窮瀆無水之上也。

（二）厓也。見〔爾雅釋丘〕。

（三）水厓也。〔淮南道應〕而航在一—。

（四）水名。〔山海經中山經〕浮戲之山。—水出焉。北流注於河。〔在今河南—水縣〕〔又〕縣名。〔廣輿記〕—水縣。屬開封府。古東虢地。漢成皋。隋—水。〔卽今河南—水縣〕。

（五）洲名。〔水經沅水注〕龍陽縣—洲長二十里。吳丹陽太守李衡植柑於其上。〔在今湖南漢壽縣西〕。

（六）濛—。日入處也。〔楚辭天問〕出自湯谷。次于濛—。

（七）同洍。毛詩、江有—。三家詩、—作洍。

【汝】忍與切音茹語韻

（一）水名。〔說文〕—水出弘農盧氏。還歸山東入淮。〔水經—水注〕—水出河南梁縣勉鄉西天息山。今在河南臨—縣。

（二）州名。唐置。屬河南臨—郡。今爲河南臨—縣。

（三）—南。郡名。漢置。元改爲—寧府。今河南省—南、正陽、上蔡、新蔡、西平、遂平、確山、信陽、羅山等縣。是其舊地。

（四）通女。〔書舜典〕—陟帝位。〔史記五帝紀作女登帝位〕。

（五）通爾。〔書益稷〕安—止。〔史記夏本紀作安爾止〕。

㊅姓也。[後漢馮異傳]有賊—章據槐里自稱將軍。

【江】古雙切音杠江韻

㊀水名。[說文]—水出蜀湔氐徼外崏山入海。[段注]湔氐徼外崏山。卽禹貢岷山。封禪書謂之瀆山。李膺益州記謂之羊膊嶺。今四川龍安府松潘廳、卽松潘衞北二百三十里、大分水嶺是也。流經茂州、成都府、眉州、嘉定府、敘州府、瀘州、重慶府、忠州、夔州府。湖廣之宜昌府、荊州府、岳州府、武昌府、漢陽府、黃州府。江西之九江府。江南之安慶府、池州府、太平府、江寧府、鎭江府、常州府、諸境。至北岸通州、南岸蘇州府昭文縣境入海。此禹貢漢志所謂北江入海也。[按卽大江也。今通謂之長江。或曰揚子江。言昭文縣境入海者。昭文本屬蘇州舊常熟地。所屬有狼山福山。—由此東行至海門入海。]

㊁三—。[書禹貢]三—旣入。[鄭注]左合漢爲北—。右合彭蠡爲南—。岷—居其中。則爲中—。[通訓定聲]曰。三—實一—。三者據上流言之非獨然有三也按漢在今湖北漢陽縣漢口會彭蠡、在今江西湖口縣。自此而下南北合。謂之中—。卽大江也。]

㊂九—。[書禹貢]九—孔殷。[集傳]九—、卽今之洞庭也。水經言九—在長沙下雋西北。楚地記曰、巴陵瀟湘之淵。在九—之閒。今岳州巴陵縣。卽楚之巴陵。漢之下雋也。洞庭正在其西北。則洞庭之爲九—審矣。今沅水、漸水、元水、辰水、敘水、酉水、澧水、資水、湘水。皆合於洞庭。意以是名九—也。[又]郡名。[地理通釋]漢九—郡本在—北而今所謂九—者。實武昌郡之柴桑縣。後以—北之潯陽幷柴桑而立郡。又自—北徙治—南。以故—南得有潯陽之名。後又因潯陽而改爲九—。實非古九—地也。[按淸時九—府區域在江南。—北惟德化縣之封郭、桑落二鄉。同治元年。依一千八百五十八年中英天津條約。開爲商埠。英國駐有領事。今廢府。改德化縣爲九—縣。]

㊃公也。諸水流於其中所公共也。見[釋名釋水。]

㊄貢也。所出珍物可貢獻也。見[風俗通。]

㊅星名。[史記天官書]天潢旁、—星。

㊆帝—。神鳥名。[山海經西山經]天山有神鳥。六足四翼。渾敦無面目。是識歌舞。實惟帝—也。

㊇—離。香草名。[漢書司馬相如傳]—離蘼蕪。

㊈國名。[左僖二年傳]—人黃人。[當今河南光州息縣西南。]

㊉姓也。出陳留。本顓頊玄孫伯益後。

【池】陳知切音馳支韻

㊀停水曰—。見[廣韻。]

㊁穿地通水曰—。[禮記月令]毋漉陂—。

㊂—者緣飾之名。見[匡謬正俗。]

㊃殘坎謂之—。見[小爾雅廣名。]

㊄棺飾也。[禮記檀弓]—視重霤。[疏]柳車之—也。[按儀禮旣夕—注。—者象宮室之承霤以竹爲之。狀如小車笭衣以靑布。]

㊅差—。鳥飛貌。[詩燕燕]差—其羽。[箋]謂張舒其尾翼。[又]失足也。[左襄九年傳]而何敢差—。

㊆亢—。星名。[星經]亢—六星在亢北。主度送迎之事。

㊇咸—。樂名。[禮記樂記]咸—備矣。[注]黃帝所作樂名也。堯增修而用之。咸、皆也。—之言施也。[按漢書禮樂志云。咸—者、言包容浸潤也。][又]爲主五穀之星。見[史記天官書。]

㊈瑤—。仙境也。[神仙傳]崑崙閬風苑有玉樓十二層。左瑤—。右翠水。

㊉道家稱心爲中—。[黃庭經]中—有土衣赤衣。

⑪道家名腎中偃月爐爲玉—。[黃庭經]玉—淸水灌靈根。[又]裝潢家以卷縱鑲處爲玉—。[楊愼墐戶錄]古裝裱卷軸引首後以綾黏者曰贉。唐人謂之玉—。

⑫銅—。承霤也。[漢書宣帝紀]金芝九莖產於函德殿銅—中。

⑬鹽—。產鹽之地也。[漢書平當傳]勃海鹽—。可且勿禁。以救民急。

⑭通—。城壕也。[文選鮑昭賦]通—旣已夷。

⑮州名。[廣輿記]漢屬丹陽。三國吳爲石城侯邑。隋曰秋浦。曰—陽。唐宋曰—州。[今爲安徽貴—縣治。]

⑯姓也。漢—仲魚。中牟令—瑗。

【沱】唐何切音駝歌韻

●虖｜。水名。出鹵城。〔周禮職方氏〕其川虖｜。
●陂｜。讀如坡陀。猶言靡迤也。見〔匡謬正俗〕。

【池】直列切音徹屑韻
塡｜。即奠徹也。〔禮記檀弓〕主人既祖。塡｜。〔注〕塡｜、當讀爲奠徹。

【汓】徐由切音囚尤韻
浮行水上也。古文或曰｜爲沒字。見〔說文〕〔段注〕若今人能划水者也。

【汓】夷周切音由尤韻
遊古字。〔集韻〕遊旌旗之旒也。古作｜。

【沴】師炎切音襳鹽韻
涂｜。波皃。見〔集韻〕。

【汌】尺戀切音釧霰韻
水也。見〔玉篇〕。

【汘】倉先切音千先韻
｜水也。見〔說文〕。

【汷】之戎切音終東韻
本作泈。〔說文〕泈水也。〔按集韻亦作洺。水名。在襄陽。〕

【汑】闥各切音托藥韻
滑也。見〔集韻〕。

【汈】乃見切音覞霰韻尸羊切音商陽韻
｜水也。見〔說文〕。〔按集韻類篇引說文水也。出上黨。〕

【汈】爾軫切音忍軫韻
沴｜。濕相箸也。見〔集韻〕。

【汞】虎孔切音嗊董韻胡貢切音哄送韻
同澒。丹砂所化爲水銀也。見〔集韻〕。〔按｜爲化學原質之一。金屬。色白。天然｜常與硫化合而成辰砂礦石。須於此石中取出之。在尋常熱度時。係液體。冷至攝氏零下四十度。則凝爲固體。熱至六百六十度。則沸爲氣體。原子量二零零零。考得期上古。英文 Hydrargyrum〕。

【[illegible]】初委切音揣紙韻
北方也。見〔玉篇〕。

【[illegible]】古雨字。見〔字彙補〕。

【汽】同汔。見〔龍龕手鑑〕。

【沌】同沌。見〔字彙補〕。

【汍】同九。〔王楙登荊溪疏〕宜興城外有東西二｜。匯諸溪之流。〔注〕太湖流匯之藪。｜字書不載。當作九。土人以九里計程。故名。

【[illegible]】坻或字。見〔說文土部〕。

【𣎵】朩譌字。見〔正字通〕。〔按說文朩部。朩。分枲莖皮也。从屮八。象形。讀若髕。匹刃切。玉篇、作朩。匹刃切。說文曰。分枲莖皮也。今作朩。廣韻、作朩。集韻、作朩。音義竝同說文。字彙。｜分枲皮也。普夬切。音派。又匹刃切。匹去聲。音義同朩。特傳寫變形耳。〕

四畫

【汥】章移切音支鬿移切音奇支韻
㊀水都也。見〔說文〕〔段注〕水所聚也。
㊁水分流也。見〔集韻〕。

【汥】奇寄切音芰平義切音被寘韻
水戾也。見〔集韻〕。

【泜】陳尼切音墀支韻掌氏切音紙韻
㊀箸止也。見〔說文〕〔段注〕有所箸而止也。
㊁水名。〔左僖三十三年傳〕與晉軍夾｜而軍。〔注〕｜水出魯陽縣東。經襄城定陵入汝。
㊂｜｜。齊貌。見〔後漢蔡邕傳注〕。

【汨】古忽切音骨月韻于越切音颶質韻
〔按經傳从水曰聲之｜。與从水冥省聲之汨。字多通借。因之字書義解亦紊。今依說文通訓定聲訂正。〕
㊀治水也。从水。曰聲。見〔說文〕。
㊁治也。〔書序〕作｜作。〔注〕｜、治。作、興也。言治民之功興。故爲｜作之篇。〔按｜作亡書篇名〕。
㊂亂也。〔書洪範〕｜陳其五行。〔正義〕言五行陳列皆亂也。
㊃通也。〔國語周語〕決｜九川。
㊄流貌。〔楚辭懷沙〕分流｜兮。
㊅行貌。〔楚辭懷沙〕｜徂南土。
㊆疾也。〔文選左思賦〕｜乘流以砰宕。
㊇往意也。〔漢書揚雄傳〕｜低回而不能去兮。

(九)疾行也。〔方言〕—、遙疾行也。南楚之外曰—。或曰遙。
(十)浮貌。〔文選王延壽賦〕—磑磑以璀璨。
(十一)——。急流也。見〔方言注〕。
(十二)—湟。水流貌。〔文選馬融賦〕萩槊—湟。
(十三)—急轉貌。〔漢書司馬相如傳〕—潏漂疾。
(十四)—越。光明貌。〔文選何晏賦〕羅疏柱之—越。
(十五)—沒。浮沈之意。〔杜甫詩〕—沒一朝伸。
(十六)通淈。〔爾雅釋詁〕淈治也。〔注〕書敘作—。音同耳。

【汩】胡骨切音搰月韻
湧波也。〔莊子達生〕與齊俱入。與—偕出。

【汨】莫狄切音覓錫韻
長沙—羅淵也。从水冥省聲。屈原所沈水。見〔說文〕〔段注〕水經注湘水篇曰。湘水又北。—水注之。—水出豫章艾縣桓山。西南逕吳昌縣北。又西逕羅縣北。謂之羅水。又西逕玉笥山。又西為屈潭。即—羅淵也。按今湘陰縣北七十里—羅江是也。

【汩】古忽切音骨月韻
(一)沒也。見〔佩觿集〕。
(二)——。波浪聲也。〔文選木華賦〕汯汯—。〔又〕煩宂也。〔王安石書〕俗務—。

【汪】烏光切音尪陽韻
(一)本作洼。〔說文〕洼深廣也。一曰。洼、池也。〔段注〕謂深而又廣也。俗作—。通俗文曰。停水曰—。按今俗語謂小水聚曰—。
(二)大貌。〔國語晉語〕—是土也。
(三)—濊。深貌。〔文選司馬相如難蜀父老〕洪恩—濊。〔又〕饒多也。〔漢書禮樂志〕澤—濊。
(四)—然。平靜貌。〔淮南俶眞〕—然平靜。
(五)地名。〔左文三年傳〕伐秦取—及彭衙而還。
(六)姓也。—芒氏之胤。

【汪】烏曠切音醠漾韻
停水臭。一曰水皃。見〔集韻〕。

【汪】嫗往切音枉養韻于放切音旺漾韻
—陶。縣名。〔後漢郡國志〕—陶屬雁門郡。〔在今山西山陰縣東〕。

【汪】烏宏切音泓庚韻
水皃。見〔集韻〕。

【汭】儒稅切音芮霽韻
(一)水相入皃。見〔說文〕。
(二)內也。見〔左莊四年漢—注〕。
(三)水口也。〔方言〕荆吳淮—之間。
(四)水北也。〔書禹貢〕涇屬渭—。
(五)水之隈曲處也。〔書召誥〕攻位於洛—。
(六)水名。在豳地。〔周禮職方氏〕其州涇—。〔段玉裁云周禮職方氏之—即漢志右扶風汧縣之芮。按汧縣即今陝西汧陽縣。據此則—水當在陝西汧陽縣境。〕

【汭】如劣切音爇屑韻
水北也。春秋傳及滑—。見〔集韻〕。

【汭】他昆切音暾元韻
同涒。見〔集韻〕。

【汯】乎萌切音宏庚韻
(一)無舟涉水也。見〔玉篇〕。
(二)——。迅流也。見〔集韻〕。
(三)汯—。水勢迴旋貌。〔文選郭璞賦〕汯—洄潗。

【汰】他蓋切音泰泰韻
〔按說文泰字段注。汏即泰之隸省。隸變而與淅米之汏同形。作—者誤字。然字書皆別有—字。不言誤。通訓定聲云。字林。達、滑也。今作太。亦作—。疑泰、太、汏、—四形實同。故今仍取以—見者證之。〕
(一)驕也。〔左昭三年傳〕伯石之—也。
(二)自矜大。〔禮記檀弓〕—哉叔氏。
(三)反潔為—。見〔賈子道術〕。
(四)太過也。見〔集韻〕。
(五)水波也。〔楚辭涉江〕齊吳榜以擊—。〔按廣雅釋水。汏、波也。則字又作汏矣〕。
(六)洮—。潤也。〔荀子要略〕所以洮—蕩滌至意。〔又〕洗濯也。〔後漢陳元傳〕洮—學者之累惑。〔按亦作淘—。齊民要術作醬法。熱湯浸黃豆良久。淘—漉而蒸之。〕

【汰】徒蓋切音大泰韻
汏或字。〔集韻〕汏、淅灡也。或从太。古作㳕。

【汰】他計切音替以制切音曳霽

韻 沙—。擇也。見[集韻]。[按沙—、日本用作問訊或消息之意。]

[汰] 他達切音闥曷韻

汫—。見[正韻]。

[汱] 古泫切音眣 胡犬切音泫銑韻

㊀ 墜也。見[爾雅釋詁注]。

㊁ 伏水也。見[廣韻]。

㊂ 水名。見[佩觿集]。

[汲] 訖立切音急緝韻

㊀ 引水於井也。見[說文]、[段注]引伸之。凡擢引皆曰—。

㊁ 引而致於善事亦曰—。[穀梁襄十年傳]—鄭伯。[注]猶引也。鄭伯髡原爲臣所弒而不書弒。此引而致於善事。

㊂ 取也。見[廣雅釋詁]。

㊃ ——劇也。見[廣雅釋訓]。[又]欲速也。[漢書揚雄傳]不——於富貴。

㊄ 地名。[史記魏世家]河內共—必危。[按共、—河內二邑也。即今河南—縣。][又]縣名。漢置。屬河內郡。當今河南—縣西南。

㊅ 姓也。漢—黯。

[汲] 極入切音及緝韻

同伋。[莊子盜跖]狂狂——。詐巧虛僞事也。[釋文]——本作伋伋。音急。[按集韻伋伋。虛詐貌。或作——。]

[汴] 皮變切音卞霰韻 孚萬切音販願韻

㊀ 本作汳。水名。[說文]汳水受陳留、浚儀、陰溝至蒙爲雝水。東入於泗。[通訓定聲]水經注作至蒙爲雝水。字亦作—。水經汳水注。陰溝、即蒗蕩渠也。亦言汳。[按在今河南祥符縣。至商邱縣。一爲雝水。一爲獲水。獲水至江蘇徐縣碭山蕭縣間台泗以入淮。蓋今之大河。開封而下、徐州而上、皆爲—。]

㊁ 地名。[韻會]秦屬三州郡。東魏置梁州。後周改爲—州。宋爲京師。[按河南開封曰—城。故河南省亦簡稱—省。]

[汵] 古暗切音紺勘韻 姑南切音弇覃韻

同淦。[說文]淦。水入船中也。一曰泥也。淦或从今。[按集韻覃韻。水入舟隙謂之淦。一曰水名。或从今。从含。]

[汵] 鉏簪切音岑侵韻

㊀ 池也。見[集韻]。

㊁ 石也。[山海經西山經]又北百八十里曰號山。多—石。[注]—、或音金。未詳。

[汵] 胡南切音含覃韻

涵或字。[集韻]涵。水澤多也。或从今。

[汶] 文運切音問問韻 武粉切音吻吻韻 無分切音文文韻

水名。[說文]—水。出琅邪朱虛東泰山。東入濰。桑欽說、—水出泰山萊蕪西南入泲。[通訓定聲]漢志有二—。出今山東泰安府萊蕪縣馬耳山者。徑—上縣。分流南北。今運河全資—水。而入泲之故道已湮。此禹貢浮於—、爾雅—爲瀾、之—也。其出今青州府臨朐縣沂山至安邱縣合濰水者。水經注所謂東—水也。其實述征記泰山郡水皆名—。齊乘亦有三—。則以—名者不止二矣。[按漢書地理志。泰山郡萊蕪縣原山。—水出。西南入泲。是—水發源。當在山東萊蕪縣東北七十里原山之陽。]

[汶] 無分切音文文韻

黏唾也。見[廣韻]。

[汶] 眉貧切音珉眞韻

㊀ 通岷。[書禹貢]岷山導江。[史記夏本紀岷作—。]

㊁ —山。郡名。漢置。隋置—山縣。即今四川—川縣治。

[汶] 謨奔切音門元韻

——。猶昏暗不明也。[史記屈原傳]安能以身之察察受物之——乎。

[汄] 札色切音側職韻

㊀ 漍—。水勢。見[廣韻]。

㊁ 水流皃。或作氿。見[集韻]。

[決] 古穴切音玦屑韻[俗作决。]

㊀ 本作決。[說文]決。下流也。廬江有—水。出大別山。[段注]按漢志六安國安豐縣下曰。禹貢大別在西南。許云—水出大別山。即安豐之大別山也。漢安豐今爲固始及霍丘。[按禹貢大別山當漢水入江之處。在今湖北漢陽縣。安豐爲今河南商城縣治。東南九十里有牛

山無大別山據此——水出于安豐之牛山誤作大別山矣〕

(二)突也〔孟子告子〕——諸東方則東流。〔按通訓定聲曰水性趨下——之爲言突也掘地注之爲——〕

(三)人導而行之曰——〔書益稷〕予——九川距四海〔注〕導水也。

(四)水不循道而行亦曰——〔左成十五年傳〕則——雎澨〔注〕——壞也。

(五)溢也〔淮南天文〕賁星墜而渤海——。

(六)亦開也〔文選楊雄賦〕天閫——兮地垠開。

(七)傷也〔淮南說山〕故——指而身死。

(八)斷^去聲^也〔淮南時則〕審——獄。〔今云——讞、——心本此義〕

(九)猶斷也〔禮記曲禮〕濡肉齒——。

(十)判也〔禮記曲禮〕分爭辨訟非禮不——。

(十一)別也〔史記外戚世家〕與——於傳舍中。

(十二)必也〔國策秦策〕寡人——講矣。

(十三)理也〔太玄斷〕大腹——脫。

(十四)射韝也〔楚辭天問〕馮珧利——。

(十五)鉤弦也〔詩車攻〕——拾既佽。

(十六)——流也見〔廣雅釋訓〕〔又〕水名〔山海經北山經〕龍侯之山——之水出焉東流注於河。

(十七)——曹漢官名主罪法者〔後漢黃昌傳〕習文法仕郡爲——曹。

(十八)石——明介蟲類〔本草綱目〕時珍曰形長如小蚌而扁外皮甚粗細孔雜出內則光燿背側一行有孔如穿成者生於石崖之上海人泅水、乘其不意即易得之否則緊黏難脫也。

石決明圖

(十九)通夬、抉〔詩車攻〕夬拾既佽〔釋文〕本又作——或作抉。

【決】 呼決切音血屑韻

疾皃或作呹見〔集韻〕

【決】 翾劣切音叟屑韻

趹或字〔集韻〕小鳥飛皃或作——。

【決】 苦穴切音闋屑韻

同缺〔集韻〕缺破也亦作——。

【決】 涓惠切音桂霽韻

疾走不顧也〔莊子齊物論〕麋鹿見之而——驟〔釋文〕崔云疾走不顧爲——。徐、古惠反。

【決】 一決切音抉屑韻

噬也周禮銳喙——吻見〔集韻〕

【汻】 呼古切音父㲋韻

(一)水厓也見〔說文〕〔通訓定聲〕——、字亦作滸詩葛藟在河之滸爾雅釋丘岸上滸注岸上地。

(二)水聲也見〔龍龕手鑑〕

【汻】 許朗切音㬁虎晃切音怳養韻

姓也今涇州有之見〔廣韻〕

【汮】 規倫切音均俞倫切音匀眞韻九峻切音昀震韻

水名在沂縣見〔集韻〕〔當在山東蘭山縣境〕

【汮】 龍春切音倫俱倫切音麇眞韻

水名見〔集韻〕

【汸】 敷方切音芳府方切音房陽韻

水名〔山海經南山經〕箕尾之山——水出焉南流注於涓〔按類篇引作㳲〕

【汸】 分房切音方陽韻

(一)泉名見〔棟花磯隨筆〕〔詳㳲字〕

(二)方或字見〔說文方部〕

【汸】 普郎切音滂陽韻

——水盛貌〔荀子富國〕——如河海。

【⿰氵戈】 古臥切音過箇韻

水名見〔集韻〕

【汫】 棄挺切音謦迥韻

——涏小水皃也漂流也見〔玉篇〕

【汫】 徂醒切迥韻

——濴水皃見〔集韻〕

【⿰氵牛】 魚尤切音牛尤韻

水名見〔集韻〕

【⿰氵牛】 倪蛑切音尤尤韻

魚鳥之狀見〔類篇〕

【汽】 儗姞切音乙質韻

水涸也今謂去飯水爲——見〔集韻〕

【汽】 居氣切音既未韻

相摩近也見〔集韻〕

【汽】丘既切音氣未韻

水气也。見[集韻]。[今俗謂蒸溜水曰—水。本此義。又日本謂火車曰—車。輪船曰—船。則言其利用水蒸氣也。]

【汽】許訖切音迄物韻

通汔。[詩民勞]汔可小康。[爾雅釋詁]幾—也疏引詩作—。

【汽】居代切音溉隊韻

譌或字。見[集韻]。

【汾】符分切音濆文韻 符分切音文方文切音汾文韻

㊀水名。[說文]—水出大原晉陽山。西南入河。或曰出—陽北山。冀州浸。[段注]水經曰。—水出大原—陽縣北管涔山。至—陰縣北。西注於河。按許云出晉陽山。與水經不合者。水經舉其遠源。許舉其近源也。—出管涔山東南。過晉陽縣東。晉水從縣南東流注之。所謂晉陽山者。蓋卽縣甕山。在今大原縣西南十里。晉水所出也。[按管涔山在今山西靜樂縣東北一百六十里。]

㊁地名。[左襄十八年傳]楚子庚治兵于—。[按今河南襄城縣東北有—丘城。卽其地。]

㊂州名。[廣輿記]山西—州府。本漢大原郡。後魏曰—州。唐曰浩州。宋曰—陽。[當今山西—陽縣治。]

㊃大也。[詩韓奕]—王之甥。

㊄溫—水轉貌。[文選枚乘七發]所溫—者。

㊅—沄。眾盛貌。[文選揚雄賦]—沄沸渭。[注]—音紛。

【汾】步奔切音盆元韻

同湓。見[集韻]。

【沁】七鴆切音鈊所禁切音滲沁韻七稔切音寑斯荏切音槮所錦切音㾕寑韻思林切音心侵韻

㊀水名。[說文]—水出上黨穀遠羊頭山。東南入河。[段注]水經曰。—水出上黨湼縣謁戾山。南過穀遠縣。東至滎陽。北東入於河。按水經及注。皆云至滎陽入河。古水道與唐時水道不同耳。山海經水經舉湼謁戾山。班許舉穀遠羊頭山者。羊頭卽謁戾也。[按羊頭山在今—源縣東北。]

㊁州名。唐置。屬陽城郡。卽今山西—源縣。

㊂以物探水也。[韓愈詩]義泉雖至近。盜索不敢—。

㊃漬灌也。[通訓定聲]—段借爲浸。唐人詩用—脾字。此漬灌之意。

【沂】魚衣切音澄微韻

㊀水名。[說文]—水出東海費東。西入泗。一曰。—水出泰山蓋。青州浸。[段注]水經曰。—水出泰山蓋縣艾山。許云出東海費東。說乖異者。蓋—山卽東泰山。是山盤回數縣。今—水出—水縣之雕厓山。卽—山西峯也。[按雕厓山在—水縣西北一百七十里。接蒙陰縣北境。清一統志云。—水出蒙陰縣北。東南流經—水縣。據此—水出今山東蒙陰縣雕厓山。段云出—水縣之雕厓山。未當。清一統志又云。—水東流經蓋縣故城。似水經云出泰山蓋縣艾山。係因此而誤。]

㊁山名。四鎮之一。[周禮職方氏]其山鎮曰—山。[注]—水所出也。[在今山東—水縣北一百十里。]

㊂地名。[左定五年傳]大敗夫槩王于—。[注]楚地。

㊃州名。本秦瑯琊地。宋置北徐州。周改—州。見[廣輿記]。[卽今山東蘭山縣治。]

㊄姓也。明沐陽令—州。

【沂】魚巾切音銀眞韻

㊀大箎也。[爾雅釋樂]大箎謂之—。[孫注]箎聲悲。—悲也。[圖入箎字。]

㊁厓也。[漢書敍傳]研桑心計於無—。

㊂釿或字。[集韻]釿。器之釿鍔也。或作—。

【沃】烏酷切音鋈沃韻

㊀本作渓。[說文]渓。灌溉也。[段注]自上澆下曰—。

㊁盛貌。[詩氓]其葉—若。

㊂壯姣也。[詩隰有萇楚]夭之——。

㊃柔也。[詩隰桑]其葉有—。

㊄低也。見[廣雅釋詁]。

㊅澆也。見[廣雅釋詁]。

㊆沫也。[素問五常政大論]其動漂泄—涌。

㊇猶白也。[淮南墬形]西方白。故曰

—野。

(九)肥美之土地也。〔國語魯語〕—土之民不材。

(十)閩南人謂雨淋曰—。見〔鄭瑗井觀瑣言〕

(十一)謂澆手也。〔左僖二十三年傳〕奉匜—盥。〔疏〕正義曰。盥謂洗手。—、謂澆手。

(十二)水名。〔水經河水注〕中陵水又北分爲二水。一水東北流謂之—水。

(十三)曲—。晉邑名。〔詩揚之水〕從子於—。〔傳〕—、曲—也。〔卽今山西曲—縣〕

(十四)泉名。〔爾雅釋水〕—泉縣出。〔注〕從上溜下。

(十五)姓也。—丁之後。奐—焦著神仙傳。

【沃】鬱縛切音矱藥韻

茂皃。見〔集韻〕。〔按詩氓、其葉—若。釋文。徐於縛反〕

【沄】王分切音雲文韻胡昆切音渾元韻戶袞切音渾上聲阮韻

(一)轉流也。見〔說文〕〔段注〕回轉之流。—然也。

(二)沆也。見〔爾雅釋言〕〔注〕水流漭沆。漭沆、大水貌。

(三)——。沸流也。〔楚辭哀歲〕流水兮——。

(四)汾—。衆盛貌。〔文選揚雄賦〕汾—沸渭。

(五)泣—。沸貌。〔揚雄冀州箴〕泣—如湯。

【沅】愚袁切音元元韻五遠切音阮阮韻

(一)水名。〔說文〕—水出牂牁故且蘭。東北入江。〔段注〕水經曰。—水出牂柯故且蘭縣爲旁溝水。又東至鐔成縣爲—水。東過無陽縣。又東北過臨—縣南。又東至長沙下雋縣西北入于江。〔按且蘭縣卽今貴州平越縣治〕

(二)州名。宋置。屬潭陽郡。卽今湖南芷江縣。〔又〕—江縣名。隋置。本漢益陽縣地。卽今湖南—江縣。〔又〕鎭—府名。明置。本漢益州郡徼外地。卽今雲南鎭—縣。

【沆】戶朗切音骯養韻

(一)莽—。大水也。一曰。大澤皃。見〔說文〕〔段注〕風俗通山澤篇曰。傳曰。—者、莽也。言其平望莽莽無涯際也。—澤之無水斥鹵之類也。

(二)—瀁。水廣大貌。〔文選郭璞賦〕—瀁晶滸。

(三)—瀣。夕露也。〔文選張衡賦〕餐—瀣以爲粻。〔按漢書司馬相如傳。呼吸—瀣兮餐朝露。注。北方夜半氣也〕

(四)—茫。水草廣大貌。〔文選揚雄賦〕鴻濛—茫。

(五)—溉。徐流也。〔史記司馬相如傳〕滂濞—溉。

【沆】寒剛切音杭陽韻

水流皃。一曰。渡也。見〔集韻〕。

【沆】口浪切音亢漾韻

白氣之貌。〔漢書禮樂志〕西顥—碭。秋氣肅殺。

【沇】以轉切音兗銑韻庾準切音尹軫韻

(一)水名。〔說文〕—水出河東垣東王屋山。東爲泲。〔按山海經北山經云。王屋之山。聯水出焉。注云。聯、—聲相近。卽—水也。水經濟水注云。—水東南流。俗謂之衍水。卽—水也。衍、—聲相近。又書禹貢兗州。東南據濟。釋名釋州國云。兗州、取兗水以爲名也。又說文㕣古文—如此。而口部㕣字。段注漢隸—多作兗。然則㕣、—、兗本古今文異。而聯、衍、則爲聲轉。實則同一水耳。水出今山西垣曲縣東北一百里王屋山。卽濟水之上流也〕

(二)——。流行之貌。〔漢書禮樂志〕——四塞。

【沇】愈水切唯上聲紙韻

—溶。水流澗谷中也。〔文選司馬相如賦〕—溶淫鬻。〔又〕盛多貌。〔文選揚雄賦〕萃傱—溶。

【沈】持林切音霃侵韻

(一)陵上之滈水。一曰。濁黕也。見〔說文〕〔段注〕謂陵上雨積停潦也。黑部曰。黕、滓垢也。黕、—同音通用。〔今化學家稱—澱。與濁黕義同〕

(二)沒也。見〔小爾雅廣詁〕

(三)滯也。〔國語周語〕以揚—伏。

(四)溺也。〔法言寡見〕—而樂者。

(五)深也。〔莊子外物〕慰暋—屯。

(六)下也。〔素問至眞要大論〕太陰之至其脈—。

(七)湎也。〔書微子〕我用—酗於酒。

(八)伏也。〔國語周語〕水無—氣。

(九)止也。見[廣雅釋詁]。

(十)隱也。[太玄玄圖]陰陽—交。

(十一)濈也。濈然安著之言也。見[釋名釋言語]。

(十二)大也。見[方言]。

(十三)藪匽也。[史記酷吏傳]作—命法。

(十四)汚泥也。[莊子達生]有—有灝。

(十五)水田也。[漢書刑法志]除山川—斥。

(十六)雲之重也。[禮記月令]天多—陰。

(十七)祭川澤曰—。[周禮大宗伯]以貍—祭山林川澤。

(十八)以毒物—水也。[周禮雍氏]禁山之爲苑澤之—者。

(十九)水名。[水經梓潼水注]—水出廣漢縣。入涪水也。[當在今四川射洪縣東南]

(二十)九天之一。[太玄玄數]九天。八爲—天。

(廿一)——盛貌。[淮南俶真]茫茫——。[又]深貌。[文選司馬相如賦]——隱隱。

(廿二)平—。謂浮之水上。見[考工記輪人]平—必均司農注。

(廿三)實—。參星之神也。[左昭元年傳]參爲晉星。實—參神也。

(廿四)—齊。酒名。[周禮酒正]五曰—齊。[按釋名釋飲食云。—齊者、濁滓—下。汁清在上也。]

(廿五)綠—。設色之名。[野客叢書]物色之深者皆爲綠—。

(廿六)—香。珍木也。[異物志]—香出日南國。欲取當先斫樹壞著地積久。外朽爛其心堅者置水則—。名曰—香。

【沈】直禁切 音鴆 沁韻

(一)沒也。見[集韻]。

(二)投物於水中也。見[韻會]。

【沈】式荏切 音審 寢韻

(一)古國名。[左昭元年傳]—姒蓐黃。[注]四國臺駘之後。[廣韻]云。古作邥。按漢爲寢縣地。隋置—州。[當今河南—丘縣境]

(二)姓也。[廣韻]周文王第十子聃季、食采於—。子孫以國爲氏。

【沈】昌枕切 音瞫 寢韻

瀋或字。[集韻]瀋。汁也。或作—。

【沈】徒南切 音覃 覃韻

——。宮室深邃貌。[史記陳涉世家]涉之爲王——者。

【沈】于求切 音尤 尤韻

(一)水名。見[說文]。[按—水卽治水。亦卽左傳姑尤以西之尤水。今山東掖縣之小沽河也。]

(二)——。魚鼈顛倒貌。[文選枚乘七發]——湲湲。蒲伏漣延。

【沌】杜本切 音囤 阮韻

(一)水不通。見[集韻]。

(二)混—。元氣未判。見[集韻]。[又]無孔竅也。[莊子應帝王]中央之帝爲渾—。[又]獸名。[神異經西荒經]崑崙有惡獸。名曰渾—。

(三)同忳。[老子]我愚人之心也。——兮。[釋文]—本又作忳。徒損反。又徒門反。簡文音頓。

【沌】徒渾切 音屯 元韻

(一)小流皃。見[集韻]。

(二)——。愚也。見[集韻]。[又]轉也。見[廣雅釋訓]。[又]波相隨也。[文選枚乘七發]——混混。狀如奔馬。

(三)殄—。濁亂也。[文選王褒賦]蹐蹶連絕。漏殄—兮。

【沌】殊倫切 音純 眞韻

粹也。古作屯、黗。通作純。見[集韻]。

【沌】都困切 音頓 願韻

忳或字。[集韻]忳。悶皃。或作—。

【沌】柱兗切 音篆 銑韻

水名。在江夏。見[集韻]。[在今湖北漢陽縣西南三十里]

【沍】胡故切 音護 遇韻

閉塞也。見[玉篇]。[按左昭四年傳。固陰—寒。注。閉也。義同]

【沍】曷各切 音鶴 藥韻

涸或字。[集韻]涸。渴也。或作—。

【沍】轄格切 音格 陌韻

洛或字。[集韻]洛。堅凍也。或作—。

【沍】洪孤切 音胡 虞韻

漫—。水皃。見[集韻]。

【沏】千結切 音切 屑韻 測乙切 音鄒 質韻

(一)水聲。見[集韻]。

(二)水流疾皃。見[集韻]。[按文選木華賦。飛湧相磢。激勢相—。注。言飛風迅疾、而波浪相—也。又鬱—迭而隆頹。注。—迭、疾貌。]

【沐】莫卜切 音木 屋韻

(一)濯髮也。見[說文]。

(二)洒也。見〔廣雅釋詁〕。
(三)米潘也。〔史記外戚傳〕丐—我。
(四)治也。〔禮記檀弓〕夫子助之—郭。
(五)髮下垂也。〔釋名釋姿容〕—禿。—者髮下垂。禿者無髮。
(六)潤澤也。〔後漢明帝紀〕冬無宿雪。春不燠—。
(七)休—。即休假也。詳休字。
(八)湯—邑。諸侯於天子縣內所有之邑也。〔公羊隱八年傳〕諸侯皆有湯—之邑焉。〔注〕當—浴潔齊以致其敬。故謂之湯—邑也。
(九)—猴。獼猴也。〔詩角弓〕毋教猱升木。〔疏〕猱、獼猴也。楚人謂之—猴。
(十)溟—。密雨之象。〔太玄少〕密雨溟—。潤於枯瀆。
(十一)水名。在青州。見〔集韻〕。〔當在今山東益都縣境〕
(十二)姓也。漢陳郡太守—寵。

【沑】忍九切音蹂有韻

水吏也。又盈也。見〔說文〕。〔段注〕水吏、謂水駛也。駛、疾也。其字在說文作陝。不解者譌爲吏耳。一本作利。義同。

【沑】女九切音紐有韻

溼也。見〔集韻〕。

【沑】女六切音恧屋韻

(一)泥也。見〔集韻〕。
(二)蹴—。水文聚見〔廣韻〕。〔文選木華賦〕葩華蹴—。注蹴—。蹙聚也。按蹴、踧、同。

【沒】莫勃切音歿月韻

(一)本作㲻。〔說文〕㲻、沈也。
(二)滅也。見〔小爾雅廣詁〕。
(三)溺也。見〔漢書匈奴傳贊注〕。
(四)盡也。〔詩漸漸之石〕曷其—矣。
(五)無也。見〔小爾雅廣詁〕。
(六)竟也。〔禮記雜記〕如未—喪。
(七)終也。見〔小爾雅廣言〕。
(八)過也。〔禮記坊記〕君子不以美—禮。〔疏〕不以財物過於禮。
(九)貪也。〔國語晉語〕不—爲後也。
(十)水也。〔雞林類事〕高麗方言謂水爲—。井曰烏—。
(十一)水名。〔山海經中山經〕太山太水出于其陽而東南流注于—水。〔按—水、經訓堂本作役水。當在今河南中牟縣與中牟故城之間〕
(十二)乾—。謂無潤及之而取他人也。〔史記酷吏傳〕湯始爲小吏乾—。〔集解〕徐廣曰。隨勢沈浮也。如淳曰。得利爲乾。失利爲—。〔按通俗編曰。魏志傅嘏傳諸葛恪揚聲欲向青徐。嘏言恪豈輕根竭本。寄命洪流。以徼乾—乎。裴注有所徼射。不顧乾燥與沉—而爲之也。晉書潘岳傳。爾當知足。而乾—不已乎。張駿傳。蕭王不以喜怒興師。不以乾—取勝。魏書宋維傳。元乂寵勢日隆。便至乾—。北史甄琛傳。世俗貪競。乾—爲風。諸所云皆徼幸取利之義。而世俗又以掩人財物爲乾—。其言則自唐以後始〕
(十三)—藥。藥名。見〔本草〕。
(十四)—收。謂將犯罪或違反命令之手段物、或目的物。—入于官廳也。與古時籍—入官者似而不同。

【沒】莫佩切音妹隊韻

沈也。見〔集韻〕。

【沒】母果切音麼哿韻

不知而問曰拾—。見〔集韻〕。〔按亦作什麼。摭言。韓愈問牛僧孺。且道拍板爲什麼。又作甚麼。朱子語錄。說箇道理如此。看是甚麼人卜得。又作只麼。黃庭堅詩。烏喚花驚只麼回〕

【沓】達合切音踏合韻

(一)語多—也。遼東有—縣。見〔說文曰部〕。〔段注〕孟子毛傳釋詩皆曰。泄泄、猶—也。引伸爲凡重—字。叚借爲遝字。遝生卽—生。謂始生而如再生三生之易也。兩志皆作—氏縣。顏曰。凡言氏者皆謂因之而立名。〔—縣卽今奉天遼陽之—渚〕
(二)水沸溢也。〔文選枚乘七發〕發怒庢—。〔注〕埤蒼—釜沸出也。
(三)合也。〔文選揚雄賦〕天與地—。〔注〕言天地相連合也。
(四)黷也。〔國語鄭語〕其民—貪而忍。
(五)風病名。〔史記扁鵲倉公傳〕病若—風。
(六)—疾行也。〔漢書禮樂志〕騎—。
(七)姓也。—龍超。見〔北史孝義傳〕。

【沓】託合切音錔合韻

行擊鼓也。見〔集韻〕。

【沔】彌兗切音緬銑韻

(一)水名。〔說文〕—水出武都沮縣東

狼谷。東南入江。或曰入夏水。〔段注〕水經曰。一水出武都沮縣東狼谷中。酈注曰。一水一名沮水。引闞駰云。以其初出沮洳然。故曰沮水。一水與夏水合至漢陽府入江。或曰一口。或曰夏口。然則入夏水即入江也。〔按江、即今湖北漢口。武都沮縣、即今陝西略陽縣。〕

㊁州名。秦武德初置。即今湖北漢陽縣。〔又〕一陽州名。梁置。即今湖北一陽縣。

㊂水流滿也。〔詩沔水〕一彼流水。朝宗於海。

㊃通湎。〔史記樂書〕流一沉佚。

【沔】美隕切音閔軫韻

【汅】母婢切音弭紙韻

水名。見〔集韻〕。

【沕】美筆切音密質韻　莫佩切音妹隊韻

同濔。水盛兒。見〔集韻〕。

㊀潛藏也。〔史記屈賈傳〕一深潛以自珍。

㊁眽潏謂之一。見〔類篇〕。

【沕】文拂切音物物韻

一穆。深微兒。見〔集韻〕。

【沖】持中切音蟲東韻〔省作冲〕

㊀涌繇也。見〔說文〕〔段注〕繇、搖古今字。涌、上涌也。搖、旁搖也。

㊁虛也。〔淮南原道〕一而徐盈。〔尚書一人。亦空虛無所知之意〕

㊂中也。〔老子〕道一、而用之。〔本作盅〕

㊃和也。深也。見〔廣韻〕。

㊄至也。〔呂覽重言〕飛將一天。

㊅升也。〔素問解精微論〕挽則一陰。〔朱駿聲曰。當訓爲動〕

㊆幼少也。〔書盤庚〕肆予一人。〔又〕幼小在位曰一。見〔後漢一帝紀注〕

㊇一一。垂飾貌。〔詩蓼蕭〕鞗革一一。〔又〕鑿冰聲也。見〔詩七月〕鑿冰一一。

㊈一繩縣。本琉球地。大小凡三十六嶼。舊分山南山北中山三國。後幷爲一。稱中山國。我藩屬也。清光緒時。日本滅之。改爲一繩縣。

㊉通浺。〔文選木華賦〕浺瀜沆瀁。〔注〕深廣之貌。〔朱豐芑曰。一字亦作浺〕

(十一)通衶。〔荀子非十二子〕衶禫其辭。〔注〕當爲一澹。

(十二)姓也。明一敬。

【沖】杜孔切音動董韻

涌也。見〔集韻〕。

【沘】補履切音比紙韻　頻脂切音毗支韻

水名。在古灊縣。〔漢書地理志〕廬江灊縣一山。一水所出。〔按此一水今名淠水。在安徽霍山縣東。〕〔又〕有在古唐州者。〔後漢光武紀〕漢軍與甄阜梁丘賜戰於一水西。〔注〕一水、在今唐州一陽縣南。〔按此一水今名泌水。在河南泌陽縣〕

【沙】師加切音紗麻韻

㊀水散石。从水少。水少一見。楚東有一水。見〔說文〕〔段注〕石散碎謂之一。水經注渠水篇曰。渠水又東南流逕開封縣。睢、大二水出焉。右則新溝注之。即一水也。

㊁水旁地也。〔易需〕需于一。

㊂水田也。〔蘇軾詩〕時有一戶祈春蠶。〔注〕吳人謂水中可田者爲一。

㊃揀擇也。〔晉書孫綽傳〕一之汰之。瓦礫在後。〔一汰、猶今云淘汰〕

㊄生澀也。〔禮記內則〕鳥一鳴。

㊅小數名。〔謝察微算經〕十塵爲一。十一爲纖。

㊆水名。〔山海經東山經〕盧其之山。無草木多一石。一水出焉。南流注於涔水。〔又〕自潁溢出之小水名。〔爾雅釋水〕潁爲一。

㊇州名。〔水經河水注〕洮河西南一百七十里有黃一。周迴數百里。一州於是取號焉。〔當今福建延一縣〕

㊈一丘。邐長之丘也。〔爾雅釋丘〕邐一丘。〔又〕地名。〔秦始皇本紀〕始皇崩於一丘平臺。〔注〕一丘臺、在邢州平鄉縣東北二十里。〔即今直隸平鄉縣〕

㊉一衍。水中有石者。〔穆天子傳〕天子乃遂東征。南絕一衍。

(十一)長一。郡名。秦置。古三苗國地也。漢爲長一國。明清爲府。今廢。〔又〕縣名。隋置。唐以後均因之。即今湖南長一縣。〔又〕星名。在軫旁。主壽命。見〔史記天官書〕。

(十三)一市。鎮名。在今湖北江陵縣。地濱長江。據水陸之衝。于清光緒二十一年九月。依一千八百九十五年馬關條約。開爲商埠。英、德、日、三國。均駐有領事。

(十三)流―。西極之地也。〔書禹貢〕西被於流―。〔林之奇傳〕雍州之弱水旣西。弱水至于合黎。餘波入于流―。是雍州之界。〔按邊地圖。鳴―在―州。角山卽禹貢之流―。

(十四)―漠。無水草之地也。〔魏書源懷傳〕北方―漠。夏乏水草。〔按亞洲―漠、以蒙古爲最大。非洲―漠、以撒哈拉爲最大。〕

(十五)―陀。古突厥部族之名也。〔唐書沙陀傳〕―陀。西突厥別部處月種也。始突厥東西部。分治烏孫。與處月種密處雜居。其大磧名―陀。故號曰―陀突厥。〔按突厥今爲土耳其國。―陀當爲土耳其國原來之部族。〕

(十六)―門。僧也。〔翻譯名義〕―門或云桑門。此言功勞。修道有多勞也。什師云。凡出家者皆名―門。肇云。出家之都名也。秦言義訓勤行。

(十七)梵言―逋。或云宦樓。―華言丈夫。粗。―華言音。―彌。華言息慈。謂息世染之情。以慈濟羣生也。―彌尼。華言勤策女。道―。他華言齋日。並見〔翻譯名義〕。

(十八)豆名。〔古今注〕貍豆。一名貍―。一名獵―。虎豆。一名虎―。馬豆。一名馬―。

(十九)物熟過度之稱。凡食物成熟過度者。俗亦曰―。如西瓜則曰瓜瓤―。醉蟹則曰蟹黃―之類。

(二十)―木。杉屬。〔桂海草木志〕―木與杉同類。尤高大。葉尖成叢。穗少與杉異。

(廿一)―橘。果名。〔韓彥直橘錄〕―橘取其細而甘美。〔今云―果〕

(廿二)―噀。棘皮動物之一。卽海參也。其體可視爲由海膽伸長而成。上端有口。口之四周有觸手二十條。其皮膚雖柔輭。中有許多細微之骨片。係石灰質所成。多產於琉球及菲律賓。羣島製成各種之海參。輸入我國。以供食膳。

(廿三)―錢。小錢也。〔宋史孟皇后傳〕時虔州府庫皆空。衛軍所給。惟得―錢。〔俗又謂―皮子〕

(廿四)―參。藥名。見〔本草〕

(廿五)―魚。魚名。〔元史失剌拔都兒傳〕貢―魚皮雜帶及貂裘。

(廿六)吹―。魚名。〔詩魚麗〕魚麗于罶。鱨鯊。〔釋文〕鯊、亦作魦。今吹―。小魚也。體圓而有黑點文。

(廿七)麻―。板本之一也。〔老學庵筆記〕三舍法行。敎官出易義云。乾爲金。坤又爲金。何也。諸生請曰。先生恐是看了麻―本。若監本則坤爲釜也。〔按方輿勝覽。麻―崇化二坊之書。行於天下。麻―、本爲地名。特以書籍見稱於世耳。〕

(廿八)金―。江名。卽揚子江之上源。出青海。布壘楚河。流經四川西境。南流而入雲南西北境。再向北仍入四川宜賓縣境。合岷江水而下。

(廿九)借作紗。〔釋名釋采帛〕縠又謂之―。〔按字本作紗。漢書江充傳注。輕者爲紗。縐者爲縠。〕

(三十)姓也。宋勇將―世堅。

【沙】蘇和切音娑歌韻

(一)地名。〔春秋定七年〕齊侯衛侯盟于―。〔注〕今陽平元城縣東南有―亭。〔在今直隸元城縣〕

(二)通犧。鳳凰也。〔詩閟宮〕犧尊將將。〔傳〕有―飾也。〔釋文〕犧、鄭素何反。毛云有―飾。則宜同鄭。―蘇河反。〔按禮記明堂位尊用犧象注。犧尊以―羽爲畫飾。疏引鄭志。犧讀如―。―、鳳凰也。刻畫鳳凰之象於尊。其形婆娑然。〕

(三)通獻。酒名。〔儀禮大射儀〕兩壺獻酒。〔注〕獻、讀爲―。―酒。濁特泲之必摩―者也。

【沙】山宜切音釃支韻

水旁也。見〔集韻〕

【沙】所稼切音嗄禡韻

嘶也。〔周禮內饔〕鳥皫色而―鳴。貍。〔釋文〕―、音所嫁反。或蘇他反。

【沙】子悉切音堲質韻

(一)沙或字。〔說文〕譚長說。沙或从尐。

(二)賓也。見〔廣雅釋詁〕

【沚】諸市切音止紙韻

(一)小渚曰―。〔詩〕于沼于―。見〔說文〕〔段注〕召南傳曰。―、渚也。此渾言之。秦風傳、爾雅釋水曰。小渚曰―。此析言之也。

(二)止也。小可以止息其上也。見〔釋名釋水〕

(三)同沶。〔楚辭陶壅〕淹低佪兮京沶。〔注〕京沶、卽高洲也。與―同。

(四)同洔。〔爾雅釋水〕小渚曰―。〔釋

文〕丨、或作㳈。

(九)通止。〔詩谷風〕湜湜其丨。〔說文湜下引作止。〕

【沛】 普蓋切音霈泰韻

(一)水名。〔說文〕丨水出遼東番汗塞外。南入海。〔按番汗在今奉天東北。〕

(二)郡名。〔漢書地理志〕丨郡故秦泗水郡。高帝更名。〔卽今江蘇丨縣。〕

(三)澤名。〔左昭二十年傳〕齊侯田於丨。

(四)水所生曰丨。見〔禮記王制注釋文〕

(五)水草兼處曰丨。〔管子揆度〕焚丨澤。

(六)草木之蔽茂禽獸之所蔽匿也。見〔風俗通山澤〕

(七)滂丨也。見〔易豐釋文引姚注〕

(八)多貌。〔文選王褒賦〕丨焉競溢。

(九)行貌。〔楚辭湘君〕丨吾乘兮桂舟。

(十)水波流也。見〔一切經音義引三倉〕

(十一)雨貌。〔文選張衡賦〕凍雨丨其灑塗。

(十二)有餘貌。〔公羊十四年傳〕力丨若有餘。〔又〕怒有餘之貌。〔公羊宣十二年傳〕使君王丨焉。

(十三)幡幔所以禦盛光也。〔易豐〕豐其丨。〔按九家注。大暗謂之丨。又易畧例。小闇謂之丨。〕

(十四)所以蓄水而灌田者。〔三餘贅筆〕浙中少水。人家多於山上置閘蓄水。遇旱歲開以灌田。名之曰丨。

(十五)竹名。〔神異經〕南方荒中有丨竹。可以爲大船。

(十六)丨丨。流也。見〔廣雅釋訓〕〔又〕行貌。〔文選班固賦〕常丨丨以悠悠。

(十七)丨然。雨盛貌。見〔孟子梁惠王〕丨然下雨。〔又〕大貌。〔漢書五行志〕丨然自大。〔又〕感動之意。〔漢書司馬相如傳〕丨然改容。〔又〕自恣縱貌。〔後漢袁術傳〕丨然俱起。

(十八)丨艾。駿駿也。〔漢書司馬相如傳〕丨艾赳螑。佁以佁儗兮。

(十九)滯丨。奔揚貌。〔文選司馬相如賦〕奔揚滯丨。

(二十)滂丨。氣盛貌。〔文選陸機賦〕吐滂丨乎寸心。

(二十一)水從河出曰雍。丨在河岸暘內。時見雍出則丨然也。見〔釋名釋水〕

(二十二)同霈。〔孟子梁惠王〕丨然下雨。〔初學記、御覽、均引作霈〕

(二十三)假作勃。〔孟子梁惠王〕丨然莫之能禦。〔段玉裁云意蓋勃然之假借也〕

【沛】 博蓋切音貝泰韻

(一)疾貌。〔漢書禮樂志〕靈之來神哉丨。

(二)拔也。〔詩蕩〕顛丨之揭。〔按傳云如此疏云丨者怨遠離本之言〕

(三)顛丨。偃仆也。〔論語里仁〕顛丨必於是。〔段玉裁云今字爲顛跋之假借也〕

(四)同伂。〔廣韻〕顛丨、本亦作伂。

(五)郝或字。〔集韻〕說文。郝或作郝。

(六)姓也。見〔古今姓氏辨證〕

【沛】 蒲蓋切音旆泰韻

艸生水曰丨。見〔集韻〕

【沞】 作答切音帀合韻

(一)沸皃。見〔集韻〕

(二)㴸丨。繞濕。見〔廣韻〕

【沜】 普半切音判翰韻

水流也水厓也見〔集韻〕〔按玉篇同泮〕

【沝】 之壘切音捶紙韻

二水也。見〔說文林部〕〔按鄭志六書略闕人謂水曰丨。又鄭氏易玖爲水。水作丨。佩觿自敘云音義一而體別。水爲丨。火爲煋是則丨卽水字〕

【汿】 象呂切音敘語韻

溝也。見〔集韻〕

【沍】 胡故切音詎遇韻

水漫也。見〔集韻〕

【沎】 呼臥切音貨箇韻

水名。見〔集韻〕

【泐】 林直切音力職韻

水凝合貌。見〔廣韻〕

【杼】 象呂切音敘語韻

姓也。見〔集韻〕。〔按正字通云。同汿。从水與從氵、一也。舊注汎云姓也。誤。〕

【炢】 丁紺切音馱勘韻

丨丨。水聲也。見〔集韻〕

【汼】 他孔切音統董韻

丨鄉。地名。〔任昉述異記〕丨鄉西

津有玉女岡。天當雨。輒先涌五色氣於石間。俗謂玉女披衣。〔地名無考。〕

【沟】古侯切音勾尤韻　水聲。見〔篇韻〕。

【丹水】他甘切音甜覃韻　坍或字。〔集韻〕坍。水壞岸也。或作—。

【㳄】徐連切音涎先韻　慕欲口液也。見〔說文次部〕。〔按集韻。—或作㑆、涎、湫、漾。〕

【汳】汴本字。見〔說文〕。〔段注〕卞者弁之隸變也。變汳爲汴。未知起於何代。恐是魏晉都雒陽。惡其從反、而改之。舊音芳萬切。今則併其聲而改之。

【𣲽】古漿字。見〔說文〕。

【𣲑】古歠字。見〔集韻〕。

【𣲖】古流字。見〔玉篇〕。

【汬】古阱字。見〔說文井部〕。

【沉】同沈。見〔韻會〕。

【𣲜】同漆。與忝別。見〔字彙〕。

【汏】同泣。見〔說文長箋〕。

【汹】同洶。見〔集韻〕。

【泒】同沵。見〔字彙補〕。

【泘】同沍。見〔字彙〕。

【泋】淬俗字。見〔字彙〕。

【㳂】沿俗字。見〔正字通〕。

【汫】汧俗字。見〔正字通〕。

【汷】務謬字。〔王穉登荊溪疏〕蜀山折而南可二十里曰湖—。湖—山中大市也。宋時置務於此。榷採山之利。今作—。亦務字之謬。

五畫

【沫】莫葛切音末曷韻

●一 水名。〔說文〕—水出蜀西徼外。東南入江。〔按—水、古名涐水。涐亦作渽。今名大渡河。在今四川漢源縣南。自茂縣西南徼外發源。經打箭爐界流入。與越嶲廳分界。〕

●二 口中汁也。〔莊子至樂〕乾餘骨之—爲斯彌。

●三 水高低貌。〔文選宋玉賦〕—瀷潰而高厲。

●四 水泡也。〔文選郭璞賦〕拊拂瀑—。〔段玉裁云、—謂水泡。〕

●五 湯華也。〔茶經〕凡酌置諸盌。令—餑均。—餑、湯之華也。華之薄者曰—。

●六 巳也。〔離騷〕芬至今猶未—。

●七 —雨雨涼上覆也。〔淮南說山〕人莫鑑於—雨。

【沬】呼內切音誨隊韻

●一 洒面也。見〔說文〕。〔段注〕律曆志引顧命曰。王乃洮—水。師古曰。—、洗面也。

●二 亦作靧。〔禮記內則〕面垢燂湯請靧。〔釋文〕靧音悔。洗面。

●三 或作咪。〔禮記檀弓〕瓦不成味。〔鄭注〕味、當作—。〔按此—謂瓦器之釉。如洗面之光澤也。〕

【沬】莫佩切音妹隊韻

●一 衛邑名。〔詩桑中〕—之鄉矣。〔當今河南淇縣東北。卽殷朝歌城。〕

●二 微昧之明。〔易豐〕日中見—。〔按王注如是。蘇注。一曰斗之輔星。〕

●三 亦作妹。〔書酒誥〕明大命於妹邦。〔傳〕地名。紂所都朝歌以北是。

●四 同昧。〔易豐〕日中見—。〔釋文〕鄭作昧。

【沬】無沸切音未未韻　水名。見〔集韻〕。

【𣲥】胡戈切音禾歌韻

●一 水也。見〔玉篇〕。

●二 水名。見〔集韻〕。

【沮】子余切音苴魚韻

●一 水名。〔說文〕—水出漢中房陵。東入江。〔段注〕水經曰。—水出漢中房陵縣東山。東南過臨—縣界。又東南過枝江縣。其字正作—。左傳作睢。後譌爲柤。今襄陽—水左右皆曰—中。亦謂之柤中。〔按房陵卽今湖北房縣。水出房縣西南二百里景山。〕

●二 濕也。見〔廣雅釋詁〕。

【沮】臻魚切音菹魚韻

●一 姓也。〔廣韻〕—誦、蒼頡、作書。並黃帝時史官。

●二 長—。人名。〔論語微子〕長—桀溺耦而耕。〔按—亦作且。婁壽碑。桀且溺之耦耕。〕

【沮】子魚切音苴魚韻　—渠。複姓。〔廣韻〕—渠氏、其先世爲匈奴左—渠。遂以官爲氏。—渠蒙遜以後。魏天興四年。僭號於張掖。稱北涼。

【沮】在呂切音咀象呂切音敍語韻

(一) 止也。〔詩巧言〕亂庶遄—。

(二) 敗也。〔淮南脩務〕故力竭功—。

(三) 疑也。見〔小爾雅廣言〕。

(四) 毀也。〔史記秦本紀〕而子—吳吾軍。

(五) 壞也。〔詩小旻〕何日斯—。〔又〕壞也。〔淮南說山〕故—舍之下。不可以坐。

(六) 恐怖之也。〔禮記儒行〕—之以兵。

(七) 志不伸也。〔謝惠連詩〕傳長沙而志—。

(八) 丘名。〔爾雅釋丘〕水出其後、曰—丘。

(九) —泄。泄漏也。〔禮記月令〕地氣—泄。是謂發天地之房。

(十) 借爲俎。〔張納碑〕既脩—桓。〔按—桓即俎豆〕。

【沮】將預切音怚御韻

(一) 萊沛也。〔禮記王制〕山川—澤。〔注〕、—謂萊沛。〔釋文〕將慮反。

(二) —洳。潤澤之地。〔詩汾沮洳〕彼汾—洳。

【沮】壯所切音阻語韻

(一) 止也。見〔集韻〕。

(二) —陽。縣名。在上谷。見〔集韻〕。

【沮】將先切音箋先韻

涓—。小流。見〔集韻〕。

【沰】闥各切音託藥韻

(一) 落也。磓也。見〔玉篇〕。

(二) 赭也。見〔廣韻〕。

(三) 同渥。〔詩終南〕顏如渥丹。〔釋文〕韓詩作—。音撻各反。、—赭也。

【沰】當各切音矺藥韻

滴也。見〔集韻〕。

【沱】唐何切音駝歌韻

(一) 江別流也。出嶓山東。別爲—。見〔說文〕。〔段注〕毛傳曰、江之別者。按今說文衍流字。禹貢曰。岷山道江。東別爲—。按荊州、梁州、皆有—。道江之東別爲—。自當謂梁州者。〔按梁州之—。在今四川郫縣北。一名津江。至瀘州復入江。俗稱外江。荊江之—。在今湖北江陵縣。入漢。即夏水〕。

(二) 江水溢出爲—。見〔爾雅釋水〕。

(三) 涕垂貌。〔易離〕出涕—若。〔釋文〕荀作池。一本作沲。

(四) 滂—。大雨貌。〔詩漸漸之石〕俾滂—矣。〔按史記仲尼弟子列傳引作池〕。

(五) 虖—。水名。〔山海經北山經〕泰戲之山。虖—之水出焉。〔按本篇、亦作虖池。禮記禮器、作惡池。穆天子傳、作虖沲。後漢書光武紀、作呼—。在今直隸山西境〕。

【沲】待可切音柁哿韻

(一) 水皃。見〔集韻〕。

(二) 或作沲。灑沲。沙石隨水之貌。〔文選郭璞賦〕碧沙灑沲而往來。

(三) 或作沲。潭沲。隨波之貌。〔文選郭璞賦〕與波潭沲。

【沲】陳知切音馳支韻

同池。見〔集韻〕。

【河】寒哥切音何歌韻

(一) 水名。〔說文〕—水出敦煌塞外昆侖山。發原注海。〔按注海即今青海。昆侖山三派之一。爲巴顏哈喇山。水出青海巴顏哈喇山東麓。經甘肅、陝西、河南、山東、至江蘇之安東縣入海。共長八千八百餘里。即黃—也〕。

(二) 播也。播爲九流。出龍圖也。見〔風俗通山澤〕。

(三) 下也。隨地下處而通流也。見〔釋名釋水〕。

(四) 何也。〔詩玄鳥〕景員維—。〔箋〕—之言何也。〔釋文〕—、本又作何。

(五) 荷也。〔春秋說題辭〕—之言荷也。荷精分布。懷陰引度也。

(六) 流水之總名也。見〔後漢酈炎傳注〕。〔按莊子自濫—以東。釋文、—亦江也。北人名水皆曰—〕。

(七) 四瀆之精也。見〔古微書春秋考異郵〕。

(八) 水之伯。見〔古微書孝經援神契〕。

(九) 陰之精。見〔公羊僖十四年傳注〕。

(十) 諸侯之象。見〔水經—水注引襄楷疏〕。

(十一) 坎爲水。見〔易泰用馮—虞注〕。

(十二) 洲也。〔書說命〕入宅于—。

(十三) 天漢也。〔文選謝朓詩〕秋—曙耿耿。〔按俗云天—。即無數微星合成之光氣。非眞—也〕。

(十四) 州名。唐置。元改爲、—州路。清屬蘭州府。今屬甘肅。與太子寺分州合併。改爲導｜縣。

(十五) 九｜徒駭、大史、馬頰、覆鬴、胡蘇、簡、絜、鉤般、鬲津也。〔書禹貢〕九｜旣道。〔按徒駭｜酈云在成平縣。漢志成平虖池｜。名曰徒駭｜。今直隸交｜縣東有成平故城。是徒駭｜故道。當在今直隸交｜縣境今山東有徒駭河之名。自齊｜縣北八十里。東北流經臨邑。東流入海。非禹迹也。大史｜導｜書云。大史在德州安德縣東南經滄州臨津縣西。明一統志云。在南皮縣北。据此。大史｜故道。當在今直隸南皮縣境。馬頰｜。元和郡縣志云。德州安德縣馬頰｜。在縣南五十里。平昌縣馬頰｜。在縣南十里。故安德今爲山東陵縣。平昌今爲山東德平縣。馬頰｜當在其境。惟故道久湮。今山東有篤馬｜。卽馬頰之名。非禹迹之馬頰也。覆鬴｜。或作覆釜。導｜書云。在永靜軍阜城縣東。經東光縣西北。漢志。阜城屬渤海郡。故今阜城東光兩縣。均屬直隸。覆鬴｜故道。當在今直隸阜城東光兩縣之間。胡蘇｜。漢志渤海郡東光縣有胡蘇亭。故胡蘇亭在今直隸東光縣東南。胡蘇｜故道。當在此境。簡｜。史記正義云。簡在貝州歷城縣界。故歷城故城在今山東恩縣西四十里。絜｜。或作潔｜。史記地理志云。南皮有潔｜。明一統志云。在南皮城外十餘步。故南皮故城。在今直隸南皮縣東北。則絜｜故道。當在南皮縣境。鉤般｜。或作鉤槃｜。漢書袁紹傳。還屯槃｜。章懷注。槃、卽爾雅九｜之鉤槃｜也。其故道在德州平昌縣界。入滄州東陵縣。今名格槃｜。故平昌今爲山東德平縣。東陵亦屬山東。鬲津｜。元和志云。鬲津在安德縣南七十里。平昌縣亦有鬲津｜。故山東鬲縣。乃因鬲津而名。今爲山東德縣。則鬲津故道當在是。〕

(十六) ｜南省名。元置｜南江北行中書省、明改｜南等處布政司。清因之。爲｜南省。領地東抵曹隸。西阻函潼。南據武勝。北逾衛漳。今仍治開封。領一百八縣。

(十七) ｜東。郡名。漢置。今山西夏縣北有｜東故城。

(十八) ｜內。郡名。漢置。今｜南武涉縣西南。有｜內故城。

(十九) 河口。商埠名。在雲南。清光緒二十年。依于一千八百九十五年中法通商追加條約所開放。英法二國駐有領事。

(二十) ｜圖。八卦所從出也。〔書顧命〕天球｜圖。〔傳〕伏羲王天下。龍馬出｜。遂則其文以畫八卦。謂之｜圖。

(廿一) ｜鼓。星名。〔晉書天文志〕｜鼓三星、旗九星、在牽牛北。天鼓也。〔又〕梗｜。星名。〔星經〕梗｜三星。在大角帝座北。

(廿二) ｜伯。水神。〔史記河渠書〕｜伯許兮薪不屬。

(廿三) ｜目。上下匡平而長。〔家語困誓〕｜目隆顙。〔又〕縣名。漢置。屬五原郡。清屬奥喇忒西西北。當在陝西北境。

(廿四) 銀｜。酒器也。〔乾膜子〕裴鈞大宴有銀｜。受一斗。〔又〕目也。〔趙絢雞肋〕道家以目爲銀｜。〔又〕謂天漢也。〔白居易詩〕耿耿銀｜欲曙天。

(廿五) ｜柳。木名。〔詩皇矣〕其檉其椐。〔傳〕檉、｜柳也。

(廿六) ｜馬。獸名。產南非洲。屬有蹄類動物。長一丈二尺高四尺五寸。

(廿七) 淘｜。鳥名。見〔爾雅釋鳥注〕。

(廿八) 梗｜。星名。〔甘氏星經〕梗｜三星。在大角帝座北。

(廿九) 通菏。〔書禹貢〕達于｜。〔說文引書作菏〕。

(三十) 姓也。明｜清。

河馬圖

【沴】 郎計切音麗霽韻

(一) 水不利也。五行傳曰。若其｜作。見〔說文〕〔段注〕其、當作六。字之誤也。若六｜作。見洪範五行傳。

(二) 河岸之坻也。〔漢書揚雄傳〕碇魂負｜。〔按晉灼曰。｜渚也〕

(三) 惡氣也。〔漢書孔安國〕六｜之作。

(四) 害也。〔漢書五行志〕氣相傷謂之｜。｜猶臨莅不和意也。

(五) 殄也。〔漢書五行志〕惟金｜木。

(六) 通湮。〔莊子大宗師〕陰陽之氣有｜。〔釋文〕音麗。崔本作湮。云滿也。

【沴】 徒典切音殄銑韻　乃結切音涅屑韻

陵亂也。〔莊子大宗師〕陰陽之氣有～。〔釋文〕徐徒顯反郭奴結反。

【沶】陳尼切音墀支韻

—陵。漢侯邑名。〔漢書諸侯王表〕—陵康侯魏駟。

【沶】神至切音示直利切音緻寘韻

—鄉。縣名。〔左桓十三年傳疏〕鄖水出新城—鄉縣。〔在今湖北保康縣南。〕

【沶】登之切音飴支韻

水名。見〔集韻〕。

【汥】府發切音發月韻敷勿切音弗物韻

㊀寒也。見〔玉篇〕。〔按廣韻物韻月韻並从冫作汥。集韻同。〕

㊁渫也通流也。見〔正字通〕。

㊂灌也。〔文選木華賦〕決陂潰而相—。

【沸】敷勿切音拂物韻

㊀畢—。濫泉也。見〔說文〕。〔段注〕畢、一本从水作滭。詩小雅大雅皆有觱—檻泉之語。傳云。觱—、泉出皃。司馬彪上林賦曰。滭—、盛皃也。按畢、—、疊韻字。毛詩觱、檻、皆叚借字。今俗以—爲鬻字。

㊁水聲。〔文選司馬相如賦〕—乎暴怒。〔注〕郭璞曰。—、水聲也。

㊂同[illegible]。混也。見〔集韻〕。

【沸】方味切音芾未韻

㊀涫也。見〔集韻〕。

㊁涌出也。〔漢書劉向傳〕百川—騰。〔語云揚湯止—即涌出義。〕

㊂水名。〔拾遺記〕蓬萊山有—水。飲者千歲。

㊃——。流也。〔山海經西山經〕丹水是有玉膏。其源——湯湯。

㊄—渭。不安貌。〔文選王褒傳〕則若雷霆輷輘佚豫以—渭。〔注〕—、或爲潰。扶味切。

㊅—點。凡物熱至寒暑表之某度則—。遂以某度爲某物之—點。如水熱至攝氏寒暑表百度則—。故以百度爲水之—點是也。

㊆或作[illegible]。〔楚辭哀時命〕氣涫[illegible]其若波。〔注〕[illegible]、與—同。

㊇同潰。〔史記鄭世家〕鄭悼公—。〔索隱作—〕。

【沸】滂佩切音配隊韻

波涌貌。見〔洪武正韻〕。

【油】夷周切音由尤韻

㊀水名。〔說文〕—水出武陵孱陵西。東南入江。〔通訓定聲〕今湖北荆州府公安縣北。舊有—口。今雖湮沒。而虎渡口北、江之南岸、有支津。南通公安諸湖水。古—水當在其間也。〔按水經曰。—水出武陵孱陵縣西界。東過其縣北。又東北入于江。據此。許云東南入江。當作東北入江矣。今湖北公安縣西二十五里。有孱陵故城。〕

㊁山名。在今廣東南雄縣城東一百二十里。

㊂物體中膏液。製爲食品、或燃料者也。如植物中茶—、杏—、豆—、菜—、麻—、落花生—。動物中牛—、羊—、猪—、鯨魚—。礦物中煤—等。

㊃——。流貌。〔楚辭惜賢〕——湘江長流汩兮。〔又〕悅敬貌。〔禮記玉藻〕三爵而——以退。〔又〕物光悅貌。〔史記宋微子世家〕禾黍——。〔又〕雲行貌。〔史記司馬相如傳〕雲之——。〔又〕麻肥也。〔文選左思賦〕——麻紵。〔又〕浩浩之貌。〔孟子公孫丑〕故——然與之偕。

㊄—然。物始生好美貌。〔禮記祭義〕則易直子諒之心。—然生矣。〔又〕不進貌。〔家語五儀〕—然若將可越而終不可及者。〔又〕雲興貌。〔孟子梁惠王〕天—然作雲。

㊅—素。簡名也。〔文選任昉表〕人蓄—素。家懷鉛筆。

㊆—壁。車名也。〔齊書鄱陽王鏘傳〕制局監謝粲、說鏘及隨王子隆曰。殿下但乘—壁車入宮。

㊇—帽。西域婦人之帽也。〔宋史高昌國傳〕俗好騎射。婦人戴—帽。謂之蘇幕遮。

㊈—橘。橘之一種。〔韓彥直橘錄〕—橘皮似以—飾之。中堅而外黑。

㊉通由。〔大戴記文王官人〕喜色由然以生。〔注〕當爲—。—然、新生好貌。

【油】余救切音狖宥韻

㊀浩—。地名。〔公羊定四年〕公及諸侯盟於浩—。〔注〕—、一音羊又反。

㊁同釉。物有光也。〔蔡襄茶錄〕珍膏—其面。

〔沼〕止少切昭上聲篠韻之笑切音照嘯韻

❶池也。見〔說文〕。〔按眾經音義兩引作小池也。〕

❷曲曰—。見〔韻會〕。

❸—氣。有機化合物也。煤礦中產出最多。此氣與空氣混合。觸火、則炸甚烈。

〔沽〕攻乎切音孤虞韻

❶水名。〔說文〕—水出漁陽塞外。東入海。〔按—水有二。一卽直隸之白河。源出獨石口之獨石水。經通州天津。合衞河。由直—入海。一卽山東黃縣之大—河。源出招遠縣。經萊陽。合小—河。卽治水。又東南入於海。〕

❷賣也。〔論語子罕〕求善賈而—諸。〔又〕衒賣也。見〔後漢逸民傳注〕。

❸買也。〔論語鄉黨〕—酒市脯不食。

❹大—。海口。卽直隸白河之口。當北京天津之咽喉。為渤海登城之逕。形勢險要。清代建設礮臺於此。庚子因拳匪之亂。被八國聯軍破壞。嗣依和議條件。將礮臺拆毀。防衞遂失矣。地屬直隸天津縣。

❺一作夃。〔說文夂部〕秦人市買多得為夃。〔按玉篇夃、今作—。引論語求善價而夃諸。〕

〔沽〕古五切音古麌韻古慕切音顧遇韻

❶麤略也。〔禮記檀弓〕杜橋之母之喪。宮中無相。以為—也。〔注〕猶略也。〔疏〕謂其於禮為麤略。

❷麤惡也。〔周禮司兵〕掌五兵五盾。各辨其物與其等。〔注〕謂功—上下。〔疏〕功謂善者為上等。—謂麤惡者為下等也。

〔治〕澄之切音持支韻

❶水名。〔說文〕—水出東萊曲城陽丘山。南入海。〔按曲城、當作曲成。卽今山東掖縣。陽丘山、一名馬鞍山。在掖縣東南。此—水今名小沽河。與大沽水合流。逕卽墨至膠州之麻灣口入海。〕〔又〕入泗者亦曰—水。〔漢書地理志〕泰山郡南武陽冠石山。—水所出。南至下邳入泗。〔按此—水今名漯水。冠石山在今山東朔城縣。〕

❷理也。〔孟子離婁〕—人不治。〔韻會云孟子—人不治。上音持。下音值。〕

〔治〕盈之切音飴支韻湯來切音胎灰韻

水名。出雁門。〔漢書地理志〕雁門郡陰館累頭山。—水所出。〔按此—水、卽桑乾河。又名濕水。累頭山、今名洪濤山。在今山西山陰縣。〕

〔治〕直利切音稺寘韻

❶理也。〔國語齊語〕教不善則政不—。

❷整也。〔呂覽振亂〕欲民之—也。

❸飭也。〔呂覽貴當〕—者不於物於人。

❹故也。見〔爾雅釋詁〕。

❺甋也。見〔廣雅釋室〕。

❻主也。〔素問太陰陽明論〕脾者土也。—中央。

❼化也。〔素問五常政大論〕—而善下。

❽王去聲也。〔素問逆調論〕少水不能滅盛火而陽獨—。

❾功狀也。〔周禮小宰〕以敍進其—。

❿共辦也。〔周禮宰夫〕師執事而—之。〔注〕—謂共辦。〔疏〕謂當職合共者供辦之。〔釋文〕辦、蒲莧反。

⓫值也。物皆值其處也。見〔釋名釋言語〕。

⓬亂之先也。見〔說苑說叢〕。

⓭猶言才俊也。〔左莊九年傳〕鮑叔曰。管夷吾—于高傒。使相可也。〔注〕言管仲治理之才。多于敬仲。

⓮猶正也。〔禮記大傳〕上—祖禰。

⓯猶作也。〔淮南主術〕能多者無不—也。

⓰猶校也。〔國策趙策〕皆無敢與趙—。

⓱猶相也。〔國策秦策〕穰侯之—秦也。

⓲猶簡習也。〔周禮大宗伯〕—其大禮。

⓳當敵也。〔漢書韓安國傳〕公等足與—乎。

⓴謂有所求乞也。〔周禮旅師〕凡新甿之—者聽之。

㉑監督其事也。〔周禮鄉師〕用役則帥其民而至。遂—之。

㉒去瑕穢養精華也。〔禮記禮運〕以—人情。

㉓所都之地曰—。〔漢書高帝紀〕又—秦中。〔又〕郡縣所駐亦曰—。〔後漢郡國志〕武陵郡漢壽。故索。陽嘉三年。更名。刺史—。〔今云省

—、縣—。本此。〕

(廿四) 道家之宮觀亦曰—。〔雲笈七籤〕張天師二十四—。蹈云下八—。第一雲臺山—。

(廿五) 聽獄之成辭亦曰—。〔周禮方士〕凡都家之士所上—則主之。〔注〕所上—、謂訟獄之小事不附罪者也。

(廿六) 懲處也。如云—罪。

(廿七) —中。中州之佐吏也。〔通典職官典〕—中從事史一人。居中—事。主衆曹文書。漢制也。

(廿八) —下。猶言屬下也。〔漢書嚴延年傳〕延年敏捷於事。吏甚節者皆親鄉之。以是—下無隱情。〔俗云—下殆本此。〕

(廿九) —古。古之—世也。〔荀子正論〕—古無肉刑而有象刑。

(三十) —澼。浣衣也。〔莊子人間世〕挫鍼—澼。

【沾】 他兼切音添　知廉切音霑　鹽韻　都念切音店　豔韻

(一) 水名。〔說文〕—水出上黨壺關。東入淇。一曰。—、益也。〔段注〕今山西潞安府附郭長治縣。即漢壺關地。俗製添爲—益字。而—之本義廢矣。竊疑小雅既霑既足。古本當作—既—。既足言多也。

(二) 襌也。見〔廣雅釋詁〕〔按博雅音他縑反〕。

(三) 縣名。漢置。屬上黨郡。當今山西平定縣南八十里。

【沾】 之廉切音詹　鹽韻

(一) 溢也。見〔廣雅釋言〕。

(二) 濡也。〔史記優旃傳〕置酒而天雨。陛楯者皆—寒。

(三) 漬也。〔史記陳丞相世家〕汗出—背。

(四) 猶享受也。如云利益均—。

(五) ——。輕薄也。見〔集韻〕。

【沾】 處占切音襜　鹽韻　的協切音跕　葉韻

——。言自整頓也。〔史記魏其侯傳〕魏其者、——自喜耳。〔集解〕——、一作怗。又昌兼反。又當牒反。或曰。——、音幨也。〔索隱〕小顏云。——、音他兼反。

【沾】 癡廉切音覘　鹽韻

通覘。〔禮記檀弓〕國昭子曰。我喪也斯—。〔注〕—、讀爲覘。

【況】 許放切音貺　漾韻　〔同况。俗作況。〕

(一) 寒水也。見〔說文〕。

(二) 益也。〔國語晉語〕衆—厚之。

(三) 譬也。〔漢書高惠孝文功臣表〕以往—今。

(四) 比也。〔荀子非十二子〕成名—乎諸侯。

(五) 兄也。〔白虎通三綱六紀〕兄者—也。—、父法也。〔按通雅稱謂篇。今江南北猶呼兄爲—。又朱豐芑曰。今浙江杭州人評兄爲阿—。亦曰—老。〕

(六) 茲也。〔詩常棣〕—也永歎。〔箋〕來茲對之長歎而已。

(七) 猶矧也。〔孟子萬章〕則天子不召師。而—諸侯乎。

(八) 狀態也。〔許衡詩〕老—青燈外。〔今云近—、景—。均此意。〕

(九) 來—。臨訪也。〔文選司馬相如賦〕足下不遠千里。來—齊國。

(十) 修—。琴名。見〔廣韻〕。

(十一) 通貺。賜也。〔禮記聘義〕北面拜—。〔釋文作貺〕。

(十二) 通兄。〔詩桑柔〕倉兄塡兮。〔釋文作—〕。

(十三) 通皇。〔書無逸〕則皇自敬德。〔王肅本作—〕。

(十四) 姓也。見〔廣韻〕。

【沿】 余專切音鉛　先韻

(一) 緣水而下也。〔春秋傳〕曰。王—夏。見〔說文〕。〔按書禹貢〕—于江海。傳。順流而下曰—。〔鄭注〕順水行也。〔左昭十三年傳〕王—夏。〔注〕順流曰—。

(二) 猶因述也。〔禮記樂記〕故明王以相—也。

(三) 循也。如云—例。

(四) 水隈亦曰—。如京師西河—、東河—、潘家河—之類。

(五) 崖側亦曰—。如上海清和坊—之類。

(六) 或作鉛。〔荀子榮辱〕鉛之重之。〔注〕鉛、沿、同。循也。

【沿】 以轉切音兗　銑韻

古沇字。見〔說文〕。

【泂】 戶茗切音迥　迥韻

(一) 滄也。見〔說文〕。〔按說文。滄。寒也。廣雅釋詁。—。寒也。義同。〕

(二) 遠也。〔詩泂酌〕—酌彼行潦。〔按即迥之假借字。〕

(三) 深廣貌。〔文選郭璞賦〕鼓帆迅越。

趙濕載—。

④—野。山名。〔山海經大荒北經〕大荒之中。有—野之山。

【泂】畎迥切音顈迥韻

泂或字。〔集韻〕寒謂之泂。或从水。

【泂】頰頸切音穎梗韻

通詗。〔高士傳〕卞隨投—水而死。〔朱駿聲曰。詗、—古通。〕

【泂】玄扃切音熒青韻

—澤。地名。通作熒。見〔集韻〕。〔按今河南熒澤縣治南有古熒澤。即—澤。〕

【泂】涓熒切音扃欽熒切音坰青韻

大—。地名。一曰。水皃。見〔集韻〕。

【泄】以制切音曳霽韻

●水名。〔說文〕—水受九江博安洵波。北入氐。〔段注〕洵波、當作芍陂。氏當作比。水經曰。—水出博安縣北。過芍陂西。與沘水合。西北入於淮。〔按博安縣即漢志博鄉縣也。今爲安徽霍丘縣。—水在其東南。〕

②去也。〔詩民勞〕俾民憂—。〔又〕猶出也。發也。見〔詩民勞箋〕。

③——。鼓翼貌。〔詩雄雉〕——其羽。〔又〕多人之貌。〔詩十畝之間〕桑者——兮。〔又〕怠緩悅從之貌。〔孟子離婁〕——猶沓沓也。〔又〕和樂也。〔左隱元年傳〕其樂也——。〔按今本作洩。釋文作—。〕

④通呭、詍。〔詩板〕無然——。〔說文口部引詩作呭。言部引詩作詍。〕

【泄】私列切音薛屑韻

●洩也。見〔廣雅釋言〕。〔疏證〕洩、與溢通。衆經音義兩引廣雅。—溢也。

②漏也。〔左昭二十五年傳〕若—臣不獲死。

③滲—也。〔素問六元正紀大論〕金鬱—之。

④宣告也。〔國策趙策〕平原君曰。勝已—之矣。

⑤發也。〔莊子山木〕物之—也。

⑥散也。〔管子山權數〕而天下不吾—矣。

⑦猶出也。〔文選左思賦〕窮岫—雲。

⑧通也。〔淮南本經〕精—于目。

⑨利也。〔素問六元正紀大論〕爲脇痛嘔—。

⑩減也。〔左昭二十年傳〕濟其不及。以—不過。〔按今本作洩。釋文作—。〕

⑪失也。〔古微書春秋潛潭巴〕君—精。

⑫歇也。息也。〔方言〕歇、—。歇也。楚謂之戲—。奄息也。楚揚謂之—。

⑬離也。〔後漢杜詩傳〕頗—用之。

⑭狎也。〔孟子離婁〕武王不—邇。

⑮同渫。嫚也。〔荀子榮辱〕憍—者人之殃也。〔注〕—、與渫同。

⑯姓也。谷—柳。

【泃】居侯切音鉤尤韻

水聲。見〔集韻〕。

【泃】俱遇切音句遇韻其余切音朐虞韻

水名。〔水經鮑丘水注〕—水出右北平郡無終縣西白楊谷。西北流。逕平谷縣。〔順天府舊志云〕—河、一名廣漢川。發源薊州北、黃崖口。西南流經盤山之陰。入平谷縣界。按今直隸昌平縣西四十里、有白楊城。即水經之白楊谷也。薊縣北四十里有黃崖關。即順天舊志黃崖口也。水實發源于此。不在白楊城。」

【泆】弋質切音逸質韻

●水所蕩—也。見〔說文〕。〔段注〕蕩—者、動盪奔突而出。

②沸也。〔莊子天地〕數若—湯。〔李注〕疾速如湯沸—也。

③放恣也。〔左隱三年傳〕驕奢淫—。〔疏〕—、謂放恣無藝。

④——。鳥名。〔爾雅釋鳥〕寇雉——。

⑤—陽。獸名。一曰神名。〔莊子達生〕西北方之下者。則—陽處之。〔注〕司馬云。—陽、豹頭馬尾。一云神名也。

⑥通逸、佚。〔書酒誥〕淫—于非彝。〔釋文〕—又作逸。亦作佚。

⑦通溢、軼。〔書禹貢〕—爲滎。〔衛包作溢。漢書地理志作軼。〕

⑧通劮。〔廣雅釋詁〕劮、婬也。戲也。

⑨通佾。〔書多士〕大淫—有辭。〔釋文〕—又作佾。

【泆】徒結切音絰屑韻

蕩漾也。見〔集韻〕。

【泉】從緣切音全先韻

●水原也。象水流出成川形。見〔說

文泉部」〔段注〕同出而三歧。略似巛形。〔按集韻先韻云。或作𣶒、涁。一切經音義云。古文作涁。〕

(二) 同出異歸曰肥—。〔詩泉水〕我思肥—。

(三) 錢也。〔管子輕重〕今齊西之粟釜百—。〔按古者貨貝而寶龜。周太公立九府圜法。乃有—。至秦廢貝行錢。周禮—府疏。錢與—、古今異名。周禮外府注。貨—。徑一寸。重五銖。右文曰貨。左文曰—。直一也。大—、徑一寸二分。重十二銖。文曰大—。直十五貨—。其藏曰—。其行曰—。取名於水—。其流行無不徧也。」

(四) 天—。星名。〔甘氏星經〕天—十星在鼈東。

(五) 增—。天漢也。〔楚辭守志〕食時至兮增—。

(六) 立—。瀑布也。〔文選班固賦〕立—落落。

(七) 玉—。山名。在今直隸宛平縣西北二十五里。

(八) —府。官名。見〔周禮地官序官〕。

(九) 酒—。郡名。〔漢書地理志〕酒—郡武帝太初元年開。〔即今甘肅酒—縣。〕

(十) 龍—。劍名。即龍淵也。〔杜甫詩〕三尺獻龍—。〔又〕縣名。在浙江者。唐置。屬處州。在江西者。宋置。屬吉州。今改名遂川。

(十一) —蒸。澤名。〔春秋文十六年〕毀—蒸。〔又〕猶言—壖也。〔魏朴詩〕況是—蒸繞玉京。

(十二) 或作錢。〔周禮地官序官〕—府。〔司農注〕故書—、或作錢。

(十三) 或作湶。〔孫叔敖碑〕波障源湶。

(十四) 或作⿰虫泉。〔爾雅釋魚〕餘—黃白文。〔釋文〕—、本或作⿰虫泉。

(十五) 姓也。周書有—企傳。

【泉】疾谷切音餞霰韻

水原。見〔集韻〕。

【泊】白各切音薄藥韻

(一) 本作洦。〔說文〕洦。淺水也。〔段注〕說文作洦。隸作—。亦古今字也。

(二) 止舟也。見〔玉篇〕。

(三) 水貌。〔漢書禮樂志〕—如四海之池。

(四) 水名。〔六書故〕北人以止水爲—。有高雞—。白水—。楊柳—。

(五) 止也。〔陳子昂詩〕開君太平世。棲—鑑臺側。

(六) 定也。〔韓愈詩〕中流兮風—之。

(七) 安靜也。〔漢書揚雄傳〕—如也。〔今云澹—〕

(八) 飄—。流寓也。〔北史袁武傳〕雖羈旅飄—。而清貧守度。不失士節。

(九) 紛—。禽獸飛走之貌。〔文選張衡賦〕霍繹紛—。

(十) 同怕。〔文選司馬相如賦〕怕乎無爲。〔注〕怕、與—同。

(十一) 通薄。〔文選謝惠連詩〕曲汜薄停旅。〔注〕—與薄、古字通。〔按又借爲厚薄之薄。論衡率性篇。氣有厚—。故性有善惡。〕

【泊】匹陌切音拍陌韻

(一) —柏。小波也。〔文選木華賦〕泅—柏以迆颺。

(二) 同帕。竹密貌。〔文選王褒賦〕密漠—以獑猭。〔注〕與帕同。竹密貌。

【泋】許貴切音諱未韻

(一) 水波之紋。見〔廣韻〕。

(二) 灌—。水皃。見〔集韻〕〔又〕眾波之聲。〔文選木華賦〕灌—濩渭。蕩雲沃日。

【泋】許鬼切音虺尾韻

同虺。水流皃。見〔集韻〕。

【泌】兵媚切音祕寘韻

(一) 俠流也。見〔說文〕〔段注〕輕快之流。如俠士然。

(二) 泉水也。〔詩衡門〕—之洋洋。

(三) 水名。〔水經汝水注〕汝水又西南。有—水注之。水出肥成縣東。〔按肥成即今山東肥城縣〕

(四) —陽。縣名。梁置。—州。在泚水之北。當今河南—陽縣治。

(五) 分—。日本語。醫學家謂人身孔竅排洩而出者曰分—。如—尿。

(六) 同毖。〔文選左思賦〕溫泉毖涌而自浪。〔注〕說文曰。—、駛流也。—、與毖同。

【泌】壁吉切音必 薄必切音邲質韻

(一) 水皃。泉水皃。見〔集韻〕。

(二) —瀄。相楔也。〔文選司馬相如賦〕偪側—瀄。

(三) 借作毖。〔詩毖彼〕毖彼泉水。〔傳〕泉水始出毖然流也。〔段玉裁云〕毖卽—之假借字。

【泍】逋昆切音奔 鋪魂切音歕元韻

水急皃。〔集韻〕

【沐】部本切音獖阮韻 泉涌皃。見〔集韻〕。

【泏】竹律切音絀敕律切音黜質韻 水皃。見〔說文〕。〔段注〕廣韻曰。水出皃文子曰原流——冲而不盈。

【泏】苦骨切音窟月韻 (一)水定也。一曰瀉池。見〔集韻〕。(二)同涉。〔班固十八侯銘〕奉命全璧。身—項釁。

【泐】歷德切音勒六直切音力職韻 (一)水之理也。周禮曰。石有時而—。見〔說文〕〔段注〕各本水下有石字。今删。𠂤部。防地理也。从𠂤。木部。朸。木理也。从木。然則—訓水之理。从水。無疑矣。水理如地理木理可尋。其字皆从力。力者。人身之理也。石隨其理而解散。石之理猶水之理。故借用—字。(二)凝合也。見〔廣韻〕。(三)渾名。〔裴休詩〕—渾形勝地。(四)今人手書曰手—。蓋勒之叚借。勒、剡也。剡識之也。(五)同泐。泉聲也。見〔龍龕手鑑〕。

【泑】於糾切音黝有韻於虯切音幽尤韻 (一)澤名。〔說文〕—澤在昆侖虛下。〔段注〕北部曰。虛。大丘也。昆侖丘謂之昆侖虛。山海經西山經曰。不周之山東望—澤。河水所潛也。山海經之—澤。郭景純鄺善長皆云。即史漢之鹽澤。一名蒲昌海者也。—澤距于闐山漢武名之昆侖者不遠。故曰在昆侖虛下。〔按當在今新疆境內。〕(二)山名。〔山海經西山經〕—山神蓐收居之。(三)窯器色光滑者。俗謂之—。見〔正字通〕。〔今猶云然〕

【泑】於交切音坳肴韻 水名。〔山海經西山經〕長沙之山。泚水出焉。北流注於—水。〔注〕—水、水色黑也。

【泓】烏宏切音竑庚韻 (一)下深皃。見〔說文〕。〔段注〕下深謂其上似淺。然其下深廣也。〔按文選吳都賦注引說文。—、下深大也。(二)地名。〔左傳二十二年傳〕宋公及楚人戰於—。〔在今河南柘城縣北三十里。〕(三)龍—。水名。〔陝西通志〕龍—有二。一在飛龍峽。一在天井山。(四)——。深也。見〔廣雅釋訓〕。〔又〕水清皃。〔范成大湖州石林記〕清泉——。(五)—宏。聲大皃。〔文選潘岳賦〕—宏融裔。(六)陶—。謂硯也。〔韓愈文〕穎與絳人陳玄。弘農陶—。會稽褚先生友善。

【泔】沽三切音甘覃韻 (一)周謂潘曰—。見〔說文〕。〔按廣雅釋器。—。潘也。禮記內則燂潘請靧。鄭注。潘。米瀾也。一切經音義云。江北名—。江南名潘。朱豐芑曰。今蘇俗猶呼—腳水。〕(二)烹和也。〔荀子大略〕曾子食魚。有餘。曰。—之。門人曰。—之傷人。不若奧之。(三)水名。〔清一統志〕—河在山東長清縣南二十里。源出米山。北流至城南入孝婦河。

【泔】户感切音頷感韻 —淡。滿也。〔文選揚雄賦〕秬鬯—淡。〔又〕水皃。見〔集韻〕。

【法】弗乏切音妀洽韻 (一)本作灋。〔說文廌部〕灋。刑也。平之如水。从水。廌所以觸不直者去之。从廌去。—、今文省。金、古文。(二)常也。見〔爾雅釋詁〕。(三)合也。見〔廣雅釋詁〕。(四)逼也。人莫不欲從其志。逼正使有所限也。見〔釋名釋典藝〕。(五)制而用之謂之—。見〔易繫辭〕。(六)尺寸也。繩墨也。規矩也。衡石也。斗斛也。角量也。謂之—。見〔管子七法〕。(七)當故不改曰—。見〔管子正〕。(八)殺戮禁誅謂之—。見〔管子心術〕。(九)象也。〔呂覽情欲〕古之治身與天下者。必—天地也。(十)效也。〔荀子不苟〕畏—流俗。而不敢以其所獨甚。(十一)術也。〔傳燈錄〕時梵志聞言。不勝其怒。即以幻—化大山於尊者頂上。
⑫赤律也。見〔書大傳注〕。
⑬天下之至道也。見〔管子任法〕。
⑭妙事之迹也。〔莊子在宥〕麤而不可不陳者—也。
⑮天下之程式也。萬事之儀表也。見〔管子明法解〕。
⑯上所以一民使下也。見〔管子任法〕。
⑰所以興功懼暴也。見〔管子七臣七主〕。
⑱謂行—也。〔漢書王溫舒傳〕雖有百罪弗—。
⑲謂守—度也。〔荀子不苟〕懼則端慤而—。
⑳敎學謂乘者除者之敎曰—。
㉑五—。謂仁、義、禮、智、信。〔大戴盛德記〕。齊五—。
㉒執—。星名。〔史記天官書注〕端門東一星爲左執—。廷尉之象。西一星爲右執—。御史大夫之象。〔近有所謂執—處。專治軍人違—者。〕
㉓—言。謂禮—之言。〔孝經〕非先王之—言不敢言。
㉔—物。謂大駕鹵簿儀式也。見〔後漢光武紀注〕。〔又〕好物也。〔老子〕—物彰滋。
㉕骨—。骨骼也。〔南史呂僧珍傳〕一夜僧珍忽頭痛吐熱。及明而顙骨益大。其骨—蓋有異焉。
㉖—門。南門也。〔穀梁傳二十九年傳注〕—門。謂天子諸侯皆南面而治。令之所出入。故謂之—門。
㉗—庫門。商埠名。在奉天。光緒三十一年十一月依一千九百零四年中日協約所開放。德俄日美英法各國駐有領事。
㉘錢貨名。英錢貨、有音譯爲—尋者。四—尋當一片。英文 Farthing。法錢貨、有音譯爲—蘭克者。一—蘭克當百生丁。或別譯作佛郎。英文 Franc。
㉙國名。具言—蘭西。舊稱佛浪機。歐洲西部德國之西。與英國隔一海峽。英文 France。
㉚冠名。〔獨斷〕—冠。楚冠也。一曰柱後惠文冠。高五寸。以纚裹鐵柱卷。秦制。執—服之。今御史廷尉監平服之。謂之獬豸冠。
㉛姓也。漢—雄。齊襄王—章之後。

【泖】莫飽切音卯巧韻
①水名。在吳華亭縣。見〔廣韻〕。〔在今江蘇金山縣西北。按方輿紀要。—湖在松江府西三十五里。亦曰三—。晉陸機對武帝。三—之水。冬溫夏涼。亦曰華亭—。有上中下三名。圓—亦曰上—。大—亦曰下—。長—一名谷—。亦曰中—。〕
②水之渟滀不湍急者。〔陸龜蒙詩〕三—鯨波魚蹴動。

【泖】力九切音柳有韻
水皃。見〔集韻〕。

【泗】息利切音四寘韻
①水名。〔說文〕—水受泲水。東入淮。〔按—水出山東—水縣陪尾山。許不言水所出。但云受泲水。則又舉其源之至近者也。西南流至濟寧縣天井閘入運河。古道則至江蘇淸河縣入淮。明一統志引志云。金口之堰修而—盡入于漕。〕
②—水。郡名。〔漢書地理志〕—水國。故東海郡也。元鼎四年。別爲—水郡。郡有—陽縣。〔當今江蘇宿遷縣。〔又〕縣名。隋置。卽今山東—水縣〕〔又〕亭名。漢高祖微時爲亭長于此。在今江蘇沛縣東一百步。
③州名。唐置。屬河東道。淸爲直隸州。卽今安徽—縣。
④自鼻出之液也。〔詩澤陂〕涕—滂沱。

【泙】蒲兵切音平庚韻
①谷也。見〔說文〕。〔按玉篇曰谷名。〕
②水也。見〔集韻〕。〔按廣韻曰水名。〕

【泙】披庚切音磅庚韻
①同湃。水聲。見〔集韻〕。
②—。亦水聲。〔韓偓詩〕花低池小水——。
③瀕—。亦水聲。〔柳宗元晉問〕瀕—澗踏者彌數千里。

【泚】此禮切音玼薺韻　淺氏切音此紙韻
①淸也。見〔說文〕。
②汗也。見〔廣雅釋詁〕。〔疏證〕—、之言訾也。列子說符篇釋文引賈逵國語注云。訾、量也。
③鮮明貌。〔詩新臺〕新臺有—。
④汗出貌。〔孟子滕文公〕其顙有—。
⑤通玼。〔詩新臺〕新臺有—。〔說文玉部引作玼。〕

【泚】蔣氏切音紫紙韻

同㴒。水名。在長沙。見〔集韻〕。〔按山海經西山經。長沙之山。—水出焉。北流注于泑水。又、北山經。石者之山。—水出焉。西流注于海。又、東始之山。—水出焉。東北注于海。〕

【泛】孚梵切音汎陷韻

㊀浮也。見〔說文〕。

㊁流貌。見〔玉篇〕。

㊂—。平貌。〔素問脈要精微論〕——乎萬物有餘。

㊃—齊。酒名。〔周禮酒正〕辨五齊之名。一曰—齊。〔疏〕謂此齊醆時。滓浮在上。——然。

㊄同汎。見〔廣韻〕。

【泛】扶法切音乏洽韻

㊀水聲。見〔廣韻〕。

㊁—㳿。微小貌。見〔韻會〕。

【泛】方勇切音捧腫韻

覂或字。覆也。〔漢書武帝紀〕—駕之馬。

【泜】丁計切音帝霽韻蒸夷切音脂陳尼切音遲支韻

㊀水名。在常山。見〔說文〕。〔山海經北山經〕敦與之山。—水出於其陰。元和郡縣志。敦與在臨城縣西南。案敦與山在今直隸臨城縣。北連常山。此足以證許矣。惟—水源出元氏縣封龍山。東南流入臨城縣境。東入於沙河。世遂以謂北流南流。顧祖禹謂韓信斬成安君在臨城之—水上。〕

㊁—。齊貌。〔後漢蔡邕傳〕——庶類。

【泜】直几切音雉紙韻

同滍。見〔集韻〕。

【泝】蘇故切音訴遇韻

㊀本作𣵀。〔說文〕逆流而上曰𣵀洄。𣵀、向也。水欲下違之而上也。或从辵朔。

㊁順流而下曰—游。見〔爾雅釋水〕。

㊂行也。見〔一切經音義引三蒼〕。〔按方言。遡。行也。字亦作遡。〕

㊃—然。惡寒也。〔素問皮部論〕—然起毫毛。

㊄亦作𣲖。〔一切經音義〕—、古文作𣲖。

㊅泝愬。〔文選潘岳賦〕愬黃䨓以濟潼。〔注〕愬與遡、古字通。

【泞】丈呂切音宁語韻

㊀澄也。見〔集韻〕。

㊁瀅也。見〔增韻〕。

㊂瀅—。澄深也。〔文選木華賦〕泱漭瀅—。臏波赴勢。

【泟】癡貞切音檉庚韻

㊀浾或字。見〔說文赤部〕。

㊁赤也。亦作經。見〔玉篇〕。

【泠】郎丁切音靈青韻

㊀水名。〔說文〕—水出丹陽宛陵西北。入江。〔—水有四。一爲江南之—水。在安徽宣城縣西。有三源。一出旌德。一出太平。一出石埭。即說文所指者也。一爲關中之—水。水經渭水注、謂—水出肺浮山者也。一爲零陵之—水。水經資水注、謂—水出九疑山者也。一爲桂陽之—水。水經溱水注、謂出—君山者也。〕

㊁曉也。〔莊子山木〕舜之將死。眞—禹曰。汝戒之哉。〔釋文〕司馬云。—、曉也。謂以眞道曉語禹也。〔正字通云。眞—與丁寧同。〕

㊂猶了也。〔淮南修務〕精神曉—。

㊃零也。〔張公神碑〕天時和兮甘露—。

㊄邑名。〔左哀二十五年傳〕晉侯將適—。〔注〕—、近晉邑。

㊅姓也。〔左昭二十一年傳〕—州鳩。〔按通作伶。左成九年傳。晉侯見鍾儀。問其族。曰、—人也。注、—人。樂官。依字作伶。〕

㊆——。清涼貌。〔楚辭初放〕下——而來風。〔又〕聲音洋溢也。〔文選陸機賦〕音——以盈耳。〔又〕泉聲。〔湘中記〕衡山有懸泉。滴瀝嵒間。——如弦。

㊇—然。輕妙之貌。〔莊子齊物論〕列子御風而行。—然善也。〔又〕解悟之意。見〔一切經音義引淮南許注〕。

㊈—汰。猶聽放也。〔莊子天下〕—汰於物。以爲道理。〔案釋文云。猶沙汰也。〕

㊉丁—。水聲。〔賈島詩〕寒水長繩汲。丁—數滴翻。

(十一)—風。小風也。〔莊子齊物論〕—風則小和。〔又〕和風也。〔呂覽任地〕子能使子之野。盡爲—風乎。

(十二)中—。泉名。〔中朝故事〕李德裕居廟廊日。有親知奉使於京口。李曰、還日。金山下揚子江中—水。取一壺來。

⑬岔—。峽名。〔水經江水注〕江水自建平至東界謂之岔—峽。峽甚高峻。即宜都建平二郡界也。
⑭麊—。縣名。〔漢書地理志〕交趾郡麊—。

【泠】 朗鼎切音苓迥韻

水皃。見〔集韻〕。

【泠】 靈年切音蓮先韻

毛長總結也。〔周禮內饔〕羊—毛而毳。〔釋文〕音靈徐邈音朗年反。

【泡】 披交切音拋　蒲交切音庖　肴韻

●水名。〔說文〕—水出山陽平樂東北入泗。〔通訓定聲〕云今曰包河。自山東單縣流經江蘇豐縣沛縣。至泗亭驛合于泗。
●水上浮漚也。〔漢書藝文志〕雜山陵水—雲氣雨旱賦十六篇。
●盛也。江淮之間曰—。見〔方言〕。〔注〕—肥洪張貌。
④—溲。盛多貌。〔文選王褒賦〕—溲汎淒。
⑤——。流也。見〔廣雅釋訓〕。〔又〕水噴涌聲也。〔山海經西山經〕其源渾渾——。

【泡】 班交切音包肴韻

僬—。瘠也。見〔集韻〕。

【泡】 皮教切音鉋效韻

●水泉。見〔集韻〕。
●以湯沃物亦曰—。別作炮。見〔六書故〕。
●皮間有水物亦曰—。別作皰。見〔六書故〕。
④魚名。〔張師正倦游錄〕南海有—魚。大如斗。

【波】 逋禾切音皤歌韻

●水涌流也。見〔說文〕。
●流也。〔國語晉語〕其—及晉國者。君之餘也。
●華也。〔楚辭招魂〕目曾—些。
④跑也。〔李翊俗呼小錄〕跑謂之—。立謂之站。
⑤尊老者之敬稱也。〔范成大吳船錄〕蜀中稱尊老者爲—。有天—、日—、月—、雷—者。皆尊之之謂。此王—。蓋王老、或王翁也。
⑥高下貌。見〔莊子外物夫孰能不—釋文〕。
⑦語助辭。元人曲科白中常用—字爲助語助。如來—、去—之類。
⑧水名。通播。〔書禹貢〕滎—既豬。〔疏云馬鄭王本皆作播。謂此澤名滎播。又爾雅釋水。水自河出爲灉。洛爲—。義疏云。水經注洛水又東門水出焉。爾雅所謂洛別爲—也。職方鄭注—讀爲播。按禹貢滎—。正義引馬鄭皆作滎播。是播、—古字通。〕
⑨書法稱捺曰—。〔通雅器用〕右軍書衛夫人筆陣圖後曰。繇弟子宋翼言—三過折筆。又言擲筆安點。惟章艸及章程行押不作此勢。惟用擊石—而已。擊石—缺—也。八分有隼尾—。凡言—。今所謂捺。
⑩縣名。屬河內郡。見〔漢書地理志〕。
⑪寧—。郡名。〔廣輿記〕寧—府屬浙江。本越甬東地。隋曰越州。唐曰明州。明曰寧—府。〔餘詳寧字〕。
⑫——。水聲也。〔岑參詩〕終日獨——。
⑬—盪。搖動也。〔文選班固賦〕河渭爲之—盪。
⑭奔—。勞役也。〔韓愈表〕老少奔—。棄其業次。
⑮流—。目視貌。〔文選宋玉賦〕若流—之將瀾。〔又〕山名。〔山海經大荒東經〕東海中有流—山。入海七千里。
⑯橫—。目邪視。如水之橫流也。〔文選傅毅賦〕目流睇而橫—。
⑰—斯。國名。在亞洲西部之中央。英文 Persia。

【波】 班糜切音羆支韻

同陂。〔漢書江都易王傳〕後遊雷—。天大風。〔注〕—讀爲陂。

【波】 彼義切音賁寘韻

循水行也。〔漢書西域傳〕從鄯善傍南山北—河西行至莎車爲南道。〔按後漢班超傳注、—傍也。音詖。〕

【泣】 乞及切音湆緝韻

●無聲出涕曰—。見〔說文〕。〔注〕—。哭之細也。
●淚也。見〔廣雅釋言〕。
●聲淚俱下曰—。見〔六書故〕。〔按六書故曰。書、呱呱而—。詩、其—喤喤。—非無聲也。大約悲者—而哀者哭。哭—之聲有細大之差爾〕。

【泣】 力入切音立緝韻

●風疾貌。〔漢書揚雄傳〕猋—雷厲。

(一)血行不利也。〔素問五藏生成大論〕凝於脈者爲|。

(二)通澀。〔六書故〕內經。寒氣入經。稽遲|而不行。|乃澀也。

【泥】年題切音霓齊韻

(一)水名。〔說文〕水出北地郁郅北蠻中。〔按〕|水亦曰白馬水。一名東河。出今甘肅安化縣北沙漠。亦稱馬嶺水。又曰馬蓮河。此外一爲潘水之別名。在陝西西安境。東北流入渭。長安志所謂潘水今名|水者是也。一爲洣江之別名。在湖南茶陵西北。源出衡州府酃縣。西合於攸水。漢志茶陵有|水者是也。

(二)邇也。邇近也。以水沃土使相黏近也。見〔釋名釋宮室〕

(三)坤土得雨爲|。見〔易震〕震遂|〔虞注〕

(四)汚滯也。〔易井〕井|不食。〔疏〕|汚不堪食也。

(五)少才力也。〔爾雅釋獸〕威夷長脊而|。〔義疏〕釋文、奴細反。若依廣韻。好行水中。則|應讀如字。

(六)蟲名。〔五色線〕南海有蟲。無骨。名曰|。在水中則活。失水則醉。如一堆|然。

(七)|丘。頂上汚下者。〔爾雅釋丘〕水潦所止|丘。〔釋文〕|字作尼。又作坭。〔廣韻引作跜〕

(八)蜀謂糊窗曰|窗。〔花蘂夫人宮詞〕紅錦|窗遶四廊。

(九)|滑。滑滑鳥名。〔杜荀鶴詩〕春雨聞呼|滑滑。

(十)|中。衛邑。〔詩式微〕胡爲乎|中。

(十一)渤|。國名。〔宋史外國傳〕渤|國在西南大海中。

(十二)姓也。見〔廣韻引姓苑〕

(十三)通塈。〔集韻〕塈。塗也。通作|。

【泥】乃禮切音禰薺韻

||。沾濡也。〔詩蓼蕭〕零露||。〔又〕露也。見〔廣雅釋訓〕〔又〕葉初生貌。〔詩行葦〕維葉||。

【泥】乃計切音嬭霽韻

滯陷不通也。〔論語子張〕致遠恐|。

【泥】乃定切音甯徑韻

|母。地名。〔左僖七年傳注〕高平方與縣東有|母亭。〔按方與縣當今山東魚臺縣北〕

【泥】乃結切音湼屑韻

通湼。〔史記屈原傳〕皭然|而不滓。〔注〕|音湼。

【泦】居六切音匊屋韻

(一)水文也。見〔玉篇〕

(二)同㳂。水厓外也。見〔集韻〕

【泧】呼括切音豁桑葛切音薩曷韻

(一)|濊。拭滅貌。見〔集韻〕

(二)|。|。流也。見〔廣雅釋訓〕

【泧】王伐切音越許月切音颰月韻

(一)大水貌。見〔集韻〕

(二)|漷。水勢相激洶湧之貌。〔文選郭璞賦〕潰濩|漷。

【泩】師庚切音生庚韻

(一)水漲也。見〔玉篇〕

(二)水深廣貌。見〔類篇〕

【注】朱戍切音註遇韻

(一)灌也。見〔說文〕〔段注〕大雅曰。挹彼|茲。引伸爲傳|。|之云者。引之有所適也。故釋經以明其義曰|。|交互之而其義相輸曰轉|。釋言、釋訓、皆轉|也。

(二)瀉也。〔儀禮有司徹〕二手執挑匕枋以挹湇。|于疏匕。

(三)引也。〔漢書溝洫志〕|塡淤之水。

(四)聚也。〔周禮獸人〕及弊田令禽|於虞中。

(五)用也。〔老子〕百姓皆|其耳目。

(六)擊也。〔莊子達生〕以瓦|者巧。以黃金|者殙。

(七)媒也。見〔廣雅釋言〕

(八)意所向也。〔管子君臣〕君人者上|。〔注〕謂|意於上天。〔按今言|意、|重、本此義〕

(九)雨久下也。〔素問五運行大論〕其變動|。

(十)附著藥亦曰|。〔周禮瘍醫〕掌腫瘍潰瘍金瘍折瘍之祝藥劀殺之齊。〔注〕祝當爲|。謂附著藥。

(十一)屬也。〔國策秦策〕一舉衆而|地於楚。

(十二)博局出錢決勝負也。〔長編〕眞宗澶淵之役。王欽若譖曰。寇準以陛下爲孤|。

(十三)轉|。六書之一。〔說文解字敍〕轉|者。建類一首。同意相受。考老是

也。〔案轉—之說。古今無慮數十家。皆各以意爲之。莫能明定一是也〕

(十四) —流。水深貌。〔文選左思賦〕振盪—流。

(十五) —錯。猶措置也。〔荀子儒效〕—錯習俗。

(十六) 側—。冠名。〔獨斷〕高山冠。齊冠也。一曰側—。

(十七) 日—。茶名。〔歸田錄〕草茶盛於兩浙。兩浙之品。日—爲第一。

(十八) —筴。盛米穀器。〔方言〕所以—斛。自關而西謂之—筴。〔注〕盛米穀寫斛中者也。

(十九) 華不—。山名。〔左成二年傳〕逐之三周華不—。〔在今山東歷城縣北十五里〕

(二十) 同痓。〔釋名釋疾病〕—病。一人死。一人復得。氣相灇—也。〔太平御覽引作痓〕

(廿一) 同絓。〔荀子禮論〕絓纊聽息之時。〔注〕—纊即屬纊也。

(廿二) 屬矢於弦亦曰—。〔左襄二十三年傳〕樂射之不中。又—。

【注】 株遇切音駐遇韻

● 同駐。〔集韻〕駐。逗也。解也。或从水。〔按段玉裁曰。漢唐宋人經—之字。無有作註者。明人始改—爲註。大非古義也。古惟記註字从言。如左傳敍。諸所記註。韓愈文。市井貨錢註記之類。通俗文云。記物曰註。廣雅。註。識也。古起居註。用此字。與—釋字別。〕

● 著也。言爲之解說。使其義著明也。見〔詩鄭氏箋疏〕

【注】 陟救切音晝宥韻

● 柳星也。〔史記律書〕西至于—。〔注〕咮也。天官書云。柳爲鳥咮。則—、柳星也。

● 同噣。〔集韻〕噣。喙也。或作咮、—。〔按攷工記梓人以—鳴者。注。精列屬。疏。釋蟲云。蟋蟀蛬。注云、今促織也。亦名靑蛩。〕

【泫】 戶畎切音鉉銑韻

● 湝流也。見〔說文〕〔段注〕湝當作潛字之誤。

● 露光也。〔文選謝靈運詩〕花上露猶—。

● —然。流涕貌。〔禮記檀弓〕孔子—然流涕。

(四) ——。垂貌。〔謝靈運詩〕——露盈條。

(五) —沄。沸貌。〔文選左思賦〕水—沄而湧濤。

【泫】 胡涓切音懸胡千切音賢先韻

● 囦—。水深廣貌。〔文選郭璞賦〕濆淢囦—。

● —氏。縣名。漢置。屬上黨郡。當今山西高平縣。

【泫】 熒絹切音縣霰韻

● —潛。混合也。或省作玄。通作眩。見〔集韻〕

【泬】 古穴切音玦屑韻

● 水從孔穴疾出也。見〔說文〕

● 水名。〔水經渭水注〕渭水又東北逕渭城南。南有—水注之。〔按戴震曰。近刻—訛作沈。考鄭縣東別有沈水。此乃潏水也。〕

(三) 回—。邪僻也。〔文選潘岳賦〕事回—而好還。

(四) 通遹。〔詩少旻〕謀猷回遹。〔文選潘岳賦注引韓詩作—〕

【泬】 呼決切音血屑韻

—寥。曠蕩而虛靜也。一曰猶蕭條。無雲貌也。〔楚辭九辯〕—寥兮天高而氣淸。

【泭】 芳無切音敷馮無切音扶虞韻

● 編木以渡也。見〔說文〕〔按爾雅釋言。舫。—也。孫注。方木置水中爲—栰也。方言。—謂之䑿。蓋方木並木也。大曰筏。曰䑿。小曰—。廣雅釋水。𣺯。筏也。解。舟也。集韻。—或作紨、柎、𣺯。通作桴。〕

● 水上—漚。見〔廣韻〕。

【泮】 普半切音判翰韻

● 諸侯饗射之宮名。西南爲水。東北爲牆。見〔說文〕〔段注〕王制曰。諸侯曰頖宮。鄭云。頖之言班也。所以班政敎也。許書無頖字。蓋禮家製頖字。許不取也。

● 半也。半有水。半無水也。見〔詩—水釋文〕

(三) 散也。〔詩匏有苦葉〕迨冰未—。

(四) 河名。〔明一統志〕—河源出泰山分水嶺。合三溪水東南流入汶。〔案即水經注所謂北汶水。在今山東泰安縣境。〕

(五) 通畔。〔詩氓〕隰則有—。〔箋〕—讀爲畔。

【泯】彌盡切音眠軫韻彌鄰切音民眞韻

(一)滅也。見〔說文新坿〕。

(二)盡也。見〔爾雅釋詁〕。

(三)水貌。見〔集韻〕。

(四)澤名。〔山海經東山經〕空桑之山。西望—澤。〔按—一本作潛〕。

(五)——猶茫茫也。〔書呂刑〕——棼棼。〔又〕水清貌。〔杜甫詩〕春流—清。

(六)通惛。〔鈕氏新坿攷〕廣韻惛訓惛悗不明。又亂也。與—義合。詩柔桑釋文云—又音民。則音亦合。

(七)通湎。〔鈕氏新坿攷〕漢書敍傳。湎湎紛紛。即呂刑——棼棼。

【泯】眄見切音麪霰韻

(一)泫—。混合也。見〔集韻〕。

(二)眩—。目不明貌。〔文選司馬相如賦〕目眩—而亡見。

【泰】他蓋切音太泰韻

(一)滑也。見〔說文〕。〔段注〕—隸省作汱。譌作汰。古書作夳。從仌。取滑之意也。後世凡言大而以爲形容未盡則作太。又用—爲太。展轉貤誤。莫能諟正。

(二)通也。見〔易序卦〕。

(三)通而治也。見〔漢書劉向傳〕。

(四)大也。〔漢書禮樂志〕橫—河。

(五)大之極也。見〔書泰誓疏〕。

(六)甚也。〔詩巧言〕昊天—憮。

(七)侈也。〔國語晉語〕恃其寵以—於國。

(八)縱也。〔論語子路〕君子—而不驕。〔注〕君子自縱—。似驕而不驕。

(九)驕—也。〔論語子罕〕今拜乎上。—也。

(十)不吝嗇也。〔荀子議兵〕用財欲—。

(十一)太極也。〔太玄玄圖〕—柄雲行。

(十二)卦名。乾下坤上。〔易大象〕天地交—。

(十三)山名。〔詩閟宮〕—山巖巖。〔按—山爲五岳之一。亦名東岳。舜典岱宗。周禮職方岱山。皆—山別稱。秦漢以下。言封禪者必於—山。漢官儀云。—山盤道屈曲而上。凡五十餘盤。自下至古封禪處。凡四十里。—山在今山東—安縣北五里〕。

(十四)丘名。〔爾雅釋丘〕右陵—丘。

(十五)澤名。〔山海經北山經〕淚澤之水。東北流注於—澤。

(十六)州名。五代南唐置。宋爲—州軍。元還爲州。後均因之。即今江蘇—縣。

(十七)尊名。〔禮記明堂位〕—有虞氏之尊也。

(十八)—元。天也。〔漢書禮樂志〕惟—元尊。

(十九)—初。氣之始也。見〔莊子天地〕。

(二十)西風謂之—風。見〔爾雅釋天〕。

(二十一)五—。五帝也。〔荀子賦〕請占之五—。

(二十二)天子之宗社曰—社。見〔獨斷〕。

(二十三)—臺。高臺也。〔管子山權〕數之龜爲無貲而藏諸—臺。

(二十四)同太。〔漢書谷永傳〕飢而不損茲曰—。〔後漢樊準傳作太〕。

【泱】於良切音央於郎切音鴦陽韻

(一)滃也。滃雲氣起也。見〔說文〕。

(二)——。深廣也。見〔詩瞻彼洛矣〕維水——。〔傳〕〔又〕舒緩深遠。有大和之意。〔左襄二十九年傳〕美哉——乎大風也哉。

(三)—軋。不前也。〔漢書司馬相如傳〕滂濞—軋。

(四)—鬱。盛貌。〔漢書息夫躬傳〕玄雲—鬱。

【泱】倚朗切音坱養韻

(一)—漭。廣大貌。〔文選司馬相如賦〕過乎—漭之埜。

(二)—瀼。渟淤也。〔文選本華賦〕涓流—瀼。

(三)漻—。水漂疾貌。〔文選郭璞賦〕潘湟漻—。

【泱】於驚切音英庚韻

——。雲貌。〔文選潘岳賦〕天——以垂雲。〔注〕毛詩。英英白雲。—與英古字通。

【泱】於浪切音盎漾韻

水貌。見〔集韻〕。

【泲】子禮切音秭薺韻

(一)沇也。東入於海。見〔說文〕。〔按朱駿聲曰。此四瀆之水。發源入海者也。經傳皆以濟爲之。出今河南濟源縣王屋山。有東西二池。合流至溫縣東南入河。如禹貢云云。不可致。即所謂東流爲—。當王莽時。溫之故瀆已枯絕。已非禹迹之舊。今山東大清河小清河。非無—水在其間。而混淆不辨。與古絕殊也〕。

(二)地名。見〔詩泉水出宿於—〕。

(三)猶滲漉也。〔周禮酒正注〕清醴醍

之—者。

【⿰氵札】槎轄切音刜黠韻 —。—水流貌。見〔廣韻〕。水聲也。見〔正字通〕。

【⿱氵皿】居玩切音貫翰韻 同盥。〔龍龕手鑑〕盥淨也。亦澡手。盥洒也。或作—。人名。柴—見〔宋史宗室表〕。

【⿰氵囟】昵立切音晵緝韻 濕—。水貌。見〔類篇〕。浥—。淹濕狀。亦作湆見〔六書故〕。

【沺】亭年切音田先韻 大水也。見〔玉篇〕。—。—水勢廣大貌。〔文選郭璞賦〕溟漭渺瀰。汗汗——。

【泇】居牙切音嘉麻韻 水也。見〔玉篇〕。〔按—水有二。東—河出山東費縣。南流經沂州爲芙蓉湖。西—河出君山嶧縣北六十里抱犢山。東南流至三合村。會東—河及魚溝水。入江蘇邳州境。注於泗河。〕

【泩】子悉切音卽質韻 淖溺也。見〔集韻〕。

【沭】食律切音術。允律切音聿質韻 水名。出青州浸。見〔說文〕〔段注〕出下當補琅邪東莞南入泗七字。〔按出今山東沂水縣北沂山。流入江蘇—陽縣界。下流入海與故道異。〕

【⿰氵丘】祛尤切音丘尤韻 水也。見〔集韻〕。

【⿰氵叵】普火切音頗哿韻 水貌。見〔集韻〕。

【⿰氵丣】女九切音紐有韻 水名。在汝南。見〔集韻〕。

【⿰氵弁】皮變切音卞霰韻 導水使平也。見〔集韻〕。

【⿰氵布】博故切音布遇韻 地名。周世宗遣將破賊於東—州。見〔集韻〕。

【泎】實窄切音齰陌韻 濼—。水落貌。或作澘。見〔集韻〕。

【⿰氵史】疏吏切音駛寘韻 水名。在河南。或从吏。見〔集韻〕。〔按卽今史河。在固始縣境。〕

【泒】攻乎切音孤虞韻〔與派字異〕 水名。〔說文〕—水起雁門葰人戍夫山。東北入海。〔按通訓定聲曰。字亦作洦。卽虖沱河之上游。出山西繁峙縣。戍夫山亦名—阜山。有大—山小—山之別。〕

【泘】荒胡切音呼虞韻 同滹。滹池。水名。見〔集韻〕。〔按滹池卽滹沱。詳池字。〕

【⿰氵以】許里切音似紙韻 同洍。見〔廣韻〕。

【⿰氵宄】矩鮪切音軌紙韻 同厬。仄出泉也。見〔集韻〕。

【⿰氵宂】乳勇切音宂腫韻 —。—水貌。見〔集韻〕。

【泳】爲命切音詠敬韻 ㊀潛行水中也。見〔說文〕。㊁游也。見〔爾雅釋言〕。

【⿰氵囟】尼交切音鐃肴韻 —沙。藥石。或作洶。見〔集韻〕。

【⿰氵囟】女交切音鐃肴韻 —沙。藥名。見〔廣韻〕。〔按今作硇。〕

【⿰氵卆】質入切音執緝韻 湒聲。見〔集韻〕。

【泾】古壞切音怪泰韻 水也。見〔玉篇〕。

【泀】新兹切音思支韻 水名。見〔集韻〕。〔按玉篇音移。又音司。無訓。〕

【⿰氵只】掌氏切音紙紙韻 水名。〔山海經東山經〕栒狀之山。—水出焉。〔注〕沉曰。以聲求之。疑卽淄水。〔按廣韻、集韻、栒狀作枸扶。〕

【⿰氵朹】居六切音菊屋韻 水文也。見〔川篇〕。

【⿰氵甲】乙甲切音押洽韻 —㴙。下濕。見〔集韻〕。

【洰】臼許切音拒語韻 水中物鐰也。見〔類篇〕。

【泵】音聘敬韻 粵人稱水之礙激爲—。見〔[illegible]〕。

【浅】泱本字。見〔說文〕。

【沧】古滄字。見〔集韻〕。

【泵】古克字。見〔五音集韻〕。

【泹】同沱。見〔集韻〕。

【泝】同沴。見〔字彙〕。〔舊注〕又水名。引水經沔水注零水逕新城縣之—鄉謂之—水。案今聚珍本作泝。戴震曰。郡訛作縣。泝皆訛作—。今據以訂正。

【泴】同沸。見〔集韻〕。〔案此見物韻〕。

【泪】同淚。見〔字彙〕。

【洛】同汝。見〔集韻〕。

【泙】同坍。見〔集韻〕。〔按類篇作泋〕。

【泦】同滆。見〔集韻〕。

【泹】同涅。見〔篇海〕。

【泅】汓或字。見〔說文〕。

【泠】沴或字。見〔集韻〕。

【泟】溢省字。見〔集韻〕。

【㳙】㵨省字。見〔集韻〕。

【沿】沿俗字。

六畫

【浿】魚巾切音銀眞韻

(一)水名。〔水經浿水注〕—水出武陵鐔成縣北界沅水口。又東至南海番禺縣西。分爲二。其一南入於海。其一又東過縣東南入於海。

(二)水厓也。見〔玉篇〕。

(三)通埧。見〔集韻〕。

【洀】之由切音周尤韻

水文也。見〔集韻〕。

【洀】古盤字。〔管子小問〕意者君乘駮馬而—桓迎日而馳乎。

【洄】胡隈切音回灰韻

(一)㴒—也。見〔說文〕。〔按說文㴒下云。水欲下違之而上也。段注。此釋—字之義。〕—違疊韻。

(二)水轉也。〔後漢王景傳〕立一水門。令更相—注。

(三)—曲。地名。〔唐書裴度傳〕明日統—曲降卒萬八。持節徐進。撫定其人。

(四)湖名。〔水經沔水注〕蔡州東岸西有—湖。

(五)通𤅷。悟也。見〔爾雅釋訓〕—悟也。〔釋文〕

(六)同回。〔文選枚乘七發〕—闇悽愴焉。〔注〕—與回同。

(七)或作𢌞。見〔玉篇〕。

【洄】胡對切音潰隊韻

—湜。水清也。見〔集韻〕。

【洇】伊眞切音因眞韻

水也。見〔說文〕。〔段注〕此字。玉篇及小徐皆作湮。廣韻—湮、湮并收。集韻、類篇引說文互異。而今存宋本皆作—。〔按集韻引作水名。類篇同此本〕。

【洇】一結切音噎屑韻

水流貌。或作澄。見〔集韻〕。

【洊】才甸切音荐霰韻　徂悶切音鐏願韻　粗本切音鐏阮韻

本作瀳。〔說文〕瀳。水至也。〔段注〕至疑當作㳄。㳄大也。廣韻曰。水㳄曰—。者瀳之異文。周易曰。水—至。習坎—雷震。釋言。荐再也。荐、同—。〔按詩雲漢饑饉薦臻。春秋繁露郊祀作饑饉荐臻。是則薦亦可通—〕。

【洊】徂昆切音存元韻

同郁。〔集韻〕郁鄀。縣名。在犍爲。或从水。

【洋】徐羊切音詳陽韻

(一)水名。〔說文〕—水出齊臨朐高山。東北入鉅定。〔按—水。說文謂出齊臨朐高山者。在今山東臨朐縣沂山。亦名瀰水。水經謂巨洋水。東會—水者。在今陝西城固縣—縣之間。亦名馬源水。山海經西山經濛水所注之—水。卽籍水也。出上邽縣西北。在今甘肅天水縣南。〕

(二)州名。〔廣韻〕本漢成固縣。秦爲漢中郡。魏置—州。〔當今陝西—縣〕。

【洋】余章切音羊陽韻

(一)多也。見〔爾雅釋詁〕。

(二)水最大之區也。其區凡五。曰太平—。界亞美之間。曰大西—。界歐非美之間。曰印度—。在大—洲之西。非洲之東。曰南北冰—。環繞兩極。

(三)——。衆多也。見〔詩閟宮傳〕。〔又〕廣也。見〔詩大明傳〕。〔又〕盛大也。見〔詩碩人傳〕。〔按楚辭九歎注引作油油〕。〔又〕美善也。〔書伊訓〕聖謨——。〔按墨子非樂引作佯佯〕。〔又〕思也。見〔爾雅釋訓〕。〔又

〕流也。見〔廣雅釋訓〕。〔又〕舒緩搖尾貌。〔孟子萬章〕少則—焉。〔又〕無所歸也。〔楚辭哀郢〕焉—而爲客。
㊃俗稱外國曰—。如云—人、—貨、—鐵皆是。—鐵亦簡稱曰—。
㊄澇—饒廣也。〔漢書禮樂志〕滌澇—。
㊅同羊。〔莊子秋水〕眝—向若而歎。〔釋文〕眝—猶望羊仰視貌。

【洌】　力薛切音列屑韻方制切音例霽韻
水清也。易曰、井—寒泉食。見〔說文〕。〔段注〕許書有—冽二篆。毛詩有冽無—。冽。寒也。不從水。東京賦玄泉—清。薛曰、澄貌。井九五爻辭。經言—寒。故崇云既寒且潔。〔按段謂—冽不同也。詩下泉—彼下泉。傳訓寒也。相臺本作冽。七月二之日栗烈。傳訓寒氣。大東正義引作冽。大東有—氿泉。傳訓寒意。明監本毛詩改作冽。又、下泉及大東疏。閩本、明監本、毛本、均改作冽。詩經小學謂字俱從仌。阮元云、所改是也。是—冽不同之證甚明。佩觿條特舉二字相對以著其異。瞀注反引之爲—同冽之證。大誤。又下所引文選宋玉賦—風爲寒風。文選注本引字林冽字義爲訓。是—亦失攷。〕

【洌】　力薛切音列屑韻
●朝鮮水名。〔方言〕朝鮮—水之閒。〔按朝鮮有溼水、—水、汕水。三水合流爲—口。漢書地理志注。—水出分黎山。西至黏蟬入海。今朝鮮京畿道城東有呑冽城。卽—水入海之口。〕
●潎—。水相撇也。〔文選司馬相如賦〕轉騰潎—。

【洍】　象齒切音似紙韻登之切音飴支韻
●水也。詩曰江有—。見〔說文〕。〔段注〕此蓋三家詩。下文引江有汜。則毛詩也。云—水名而證以江有—。此言假借也。
●或作泤。見〔集韻〕。

【浺】　昌嵩切音充東韻
●山下泉也。見〔玉篇〕。
●—悰。水聲也。見〔類篇〕。

【洎】　巨至切音暨几利切音冀寘韻
●灌釜也。見〔說文〕。〔段注〕灌者、沃也。今江蘇俗云熯、廣韻云熯釜。以水添釜也。周禮士師—沃水注云。—謂增其沃汁。
●浸也。〔管子水地〕越之水重濁而—。
●及也。〔文選張衡賦〕澤—幽荒。
㊃肉汁也。見〔左襄二十八年傳〕去其肉而以其—饋〔釋文〕。
㊄水名。卽沁水也。見〔水經沁水注〕。〔聚珍本作湟〕
㊅通暨。與也。〔書無逸〕爰暨小人。〔鄭本作—〕。

【洏】　如之切音而支韻
●洝也。一曰煮熟也。見〔說文〕。〔按說文。洝、渜也。段注云。日部曰。安䁈、溫也。然則安渜猶安䁈。肉部曰。胹、爛也。然則—與胹同。〕
●漣—。流涕貌。〔陳子昂詩〕涕泣久漣—。

【洑】　房六切音伏屋韻
●洄流也。見〔廣韻〕。
●—溪。水名。〔明一統志〕—溪在常州府宜興縣東南五里。源出君山。北流入荊溪。取回—之義爲名。
●水泊名。〔吳船錄〕有魯家—、長風—。〔按今湖北黃梅縣南有太子—。卽宋書桂陽王傳所稱太—也。〕
㊃同澓。伏流也。見〔集韻〕。

【洒】　先禮切音洗薺韻
●滌也。古文以爲灑埽字。見〔說文〕。〔段注〕下文云、沬、—面也。浴、—身也。澡、—手也。洗、—足也。今人假洗爲—。非古字。灑本殊義。而雙聲。故相假借。
●—削。人有刀劍削、故惡者。主爲—刷之。〔漢書貨殖傳〕質氏以—削而鼎食。〔—灑也。削謂刀劍室也。〕
●同洗。〔孟子梁惠王〕願比死者一—之。〔集註〕—與洗同。言欲爲死者雪其恥也。

【洒】　蘇典切音銑銑韻
●肅敬貌。〔禮記玉藻〕受一爵而色—如也。
●水深也。〔爾雅釋丘〕望厓—而高岸夷。
●齊也。見〔廣雅釋詁〕。

【洒】　先見切音霰霰韻

散也〔禮記內則〕屑桂與薑以—諸上而鹽之。〔按釋文所買反。徐、西見反〕

【洒】 蘇很切阮韻

㊀驚貌。〔莊子庚桑楚〕吾—然異之。〔按釋文素殄反。又悉禮反。向蘇俱反。〕

㊁——寒貌。〔素問診要經終論〕令人——時寒。

㊂—淅。亦寒貌。〔素問調經論〕—淅起於毫毛。

【洒】 所蟹切音灑蟹韻沙下切馬韻所寄切音釃寘韻

同灑。見〔集韻〕〔按段玉裁云。汛與灑互訓。—則經典用爲灑之叚借。〕

【洒】 思晉切音信震韻

同汛。見〔集韻〕〔按段玉裁云。小顏注東方朔傳—埽云。—音信。此謂即汛也。〕

【洒】 取猥切音漼賄韻

高峻也。〔詩新臺〕新臺有—。〔釋文〕韓詩作漼。鮮貌。

【涑】 色責切音栜陌韻

小雨霝貌。見〔說文〕〔段注〕——亦雨聲。

【涑】 七迹切音磧陌韻

水名。在北地。見〔集韻〕。

【涑】 瀆古字。濕也。見〔集韻〕。

【洔】 渚市切音止丈里切音峙士止切音市紙韻

㊀水暫益且止未減也。見〔說文〕。〔段注〕蓋與待、偫、峙字義相近。

㊁同沚。〔穆天子傳〕飲於枝—之中。〔注〕小渚也。〔按爾雅小渚曰沚。釋文、本或作—。〕

【洗】 蘇典切音銑銑韻

㊀洒足也。見〔說文〕。

㊁潔也。〔書酒誥〕自—腆致用酒。

㊂鮮也。見〔白虎通五行〕。

㊃新也。見〔呂覽季春〕。

㊄大棗也。見〔爾雅釋木〕。

㊅姑—。十二律之一。屬於律辰之氣也。三月建焉而辰在大梁。〔禮記月令〕季春之月。其音角。律中姑—。〔注〕姑—者南呂之所生也。三分益一。律長七寸九分寸之一。季春氣至。則姑—之律應。周語曰。姑—所以脩絜百物考神納賓〔文〕鐘名。〔左定四年傳注〕大呂、姑—。皆鐘名也。其聲與此律相應。故以律名焉。

㊆—馬。官名。〔漢書汲黯傳〕孝景時爲太子—馬。〔按漢書百官公卿表。太子太傅少傅屬官有先馬。注。如淳曰、前驅也。先或作—。〕

㊇姓也。見〔字彙〕。

㊈同滓。〔儀禮既夕禮注〕湯沐所以—。〔釋文〕—本作滓。

㊉通先。〔易繫辭〕聖人以此—心。〔釋文〕京荀虞董張蜀本本作先。

【洗】 小禮切音姺薺韻

㊀承盥—者棄水器也。〔儀禮士冠禮〕設—。置於東榮。〔疏〕盥於洗爵之時。恐水穢地。以—承盥洗水而棄之。士用鐵。大夫用銅。諸侯用白銀。天子用黃金。

㊁石名。〔山海經西山經〕華山之首。曰錢來之山。其下多—石。

㊂—手。花名。〔楓窗小牘〕雞冠花。汴人謂之—手花。

㊃同洒。見〔集韻〕。

【洙】 慵朱切音殊虞韻

㊀—水出泰山蓋臨樂山。北入泗。見〔說文〕〔[illegible]〕在今山東兗州府曲阜縣北。不得其源。下流則入沂。與古入泗不同。左莊九。浚—。蓋其水易湮。今水特冒—名。未必古—也。

㊁姓也。見〔字彙〕。

【洚】 古巷切音絳絳韻胡公切音洪東韻徂賨切音宗平攻切音碚冬韻胡江切音降江韻胡貢切音哄送韻

㊀水不遵道。一曰下也。見〔說文〕。

㊁同降。〔書大禹謨〕降水警予。〔朱傳〕降水。洪水也。古文作—。

㊂同洪。〔六書故〕—洪實一字。孟子時已誤讀爲二字矣。

【洛】 力各切音落藥韻

㊀—水出左馮翊歸德北夷界中。東南入渭。見〔說文〕。〔通雅〕謂—有十一。其所稱未盡合也。山海經中山經。嶓山之首曰女几之山。—水出焉。畢沅云。經凡有三—水。一出白於山。今自甘肅安化至陝西同州入河之—雍州浸也。一出讙舉山。今自陝西商州至河南。入河之—豫州浸也。一即此—。在四川。入江。李冰之所導也。案安化即今慶

陽縣。同州卽今大荔等縣。商州卽今商縣。許所稱—卽出今甘肅白於山者也。舊注所引水經沂水注瑯琊臨—縣。有—水注之。戴震謂—爲治之譌。是則不可云—也。〕

（二）驛也。見〔廣雅釋水〕。

（三）竭也。〔楚辭憫上〕冰凍兮—澤。

（四）—之爲言釋也。釋其爛也。言水釋釋洗爛也。見〔春秋說題辭〕。

（五）—水流下貌。〔山海經西山經〕其清——。

（六）—誦。諸苞—無所不通也。〔莊子大宗師〕—誦之孫聞之瞻明。

（七）州郡名。北魏置。曰—州。—陽郡。隋改爲河南郡。宋復爲—陽郡。旋廢。其故城在今河南—陽縣東北三十里。〔又〕雒陽縣名。漢置。屬河南郡。三國魏改爲—陽。北魏入—州。旋改爲—陽郡治。隋移於河南郡。後均因之。卽今河南—陽縣。淸光緒三十三年。自行開爲商埠。

（八）梵言—義。華言十萬。見〔翻譯名義〕。

（九）—如。花名。〔雲仙雜記〕吳興山中有一樹。類竹而有實。似莢狀。鄉人見之。以問陸澄。澄曰、名—如花。

（十）通雒。〔集韻〕古書作夅。通作雒。〔按段玉裁云。魏不改雒爲—。而又妄言漢變—爲雒。以掩己紛更之咎。且自詭於復古。尙書有豫水、無雍水。而蔡邕石經殘碑多士作雒。鄭注周禮、引呂誥作雒。是今文古文尙書皆不作雒。自魏人書雒爲—。而人輒改魏以前書籍。故或致數行之內。雒—錯出。是則—雒通用。乃以爲譏耳。〕

（十一）或作路。〔穀梁閔元年傳〕盟於—姑。〔釋文〕—一本作路。

（十二）或作浴。〔山海經西山經〕泰冒之山。浴水出焉。〔注〕浴當爲—。蓋自白於山出而經此。

【洝】於旰切音按翰韻

渜水也。見〔說文〕。〔按儀禮士喪禮。渜濯棄於坎。疏。潘水既經溫煮名曰渜。〕

【洝】於諫切音晏諫韻

水名。見〔集韻〕。〔說文通訓定聲〕此字疑卽水經之濡水。今北方之灤河。

【洝】阿葛切音遏曷韻

泧—。濕潤也。見〔集韻〕。〔又〕卑曲不平也。〔文選馬融賦〕運憂泧—。

【洞】徒弄切音恫送韻

（一）疾流也。見〔說文〕。〔段注〕此與辵部迵、馬部駉、音義同。引伸爲—達。爲—壑。

（二）深也。〔文選顏延之詩〕識密鑒亦—。

（三）中空也。〔素問四氣調神大論〕心氣內—。

（四）通也。〔文選左思賦〕重關—出。

（五）貫也。〔南史蔡道恭傳〕道恭用四石烏弓射。所中皆—甲飲羽。

（六）蠻獠所在地也。〔唐書馮盎傳〕羅竇諸—獠叛。

（七）—簫。簫之無底者也。見〔初學記引三禮舊圖〕。

（八）—戶。謂戶相當也。〔後漢梁冀傳〕連房—戶。

（九）港—。相通貌。〔文選馬融賦〕港—坑谷。

（十）鴻—。相連貌。〔文選王褒賦〕風鴻—而不絕兮。〔按文選枚乘七發虹—兮蒼天。義同。〕

（十一）水名。〔水經沔水注〕—水又西南流注於沔水。〔又〕—水溪。在今湖南辰谿縣西五十里。源出大酉—。—在縣西二十里。

（十二）—過。水名。〔水經注〕洞過水出沾縣北山。〔縣當今山西平定縣南〕。

（十三）—庭。湖名。〔水經澧水注〕澧水流注於—庭。俗謂之曰澧江口。〔按在今湖南巴陵縣西南。宋儒以爲禹貢九江也。〕〔又〕山名。〔山海經中山經〕—庭之山。帝之二女居之。〔按名君山。在—庭湖心。〕

【洞】徒東切音同東韻

（一）洪—。縣名。隋置。屬臨汾郡。宋屬平陽府。後均因之。卽今山西洪—縣。

（二）涬—。水無厓貌。見〔集韻〕。

【洞】杜孔切音動董韻

（一）——。質愨之貌。見〔禮記禮器〕——乎其敬也。疏。〔又〕無形之貌。〔淮南天文〕——灟灟。〔又〕委順貌。〔淮南氾論〕——屬屬。〔又〕驚肅也。〔漢書谷永傳〕——屬屬。〔又〕孝敬心至也。見〔集韻〕。

（二）—然。恭敬之貌。見〔荀子非十二子注〕。

【洟】延知切音夷支韻土禮切音體薺韻他計切音剃霽韻

㊀鼻液也。見〔說文〕

㊁涺—。澤名。〔水經汾水注〕—水於大寧縣左迤爲鄔澤。呂氏春秋謂之大陸。又名之曰漚—之澤。俗曰鄔城泊。

㊂同涕。〔禮記內則〕不敢唾—。〔釋文〕涕本又作—。〔按段玉裁云。易萃鄭注。自目曰涕。自鼻曰—。古書弟夷二字多相亂。於是謂自鼻出者曰涕。漢魏所用已如此。〕

【洡】 魯猥切音磊賄韻

同𨛫。縣名。在桂陽。見〔集韻〕。〔按漢書地理志。桂陽郡。耒陽。注。在耒水之陽也。〕

【洡】 盧對切音類隊韻

相礦染也。見〔集韻〕。

【津】 資辛切音精眞韻

㊀本作𣴬。〔說文〕𣴬。水渡也。从水。𦘔聲。〔段注〕隸省作—。經傳多假借—爲潤字。

㊁自黃河泛舟而渡者皆爲—也。見〔水經河水注〕

㊂崖也。〔呂覽求人〕日出九—。

㊃天漢也。〔國語周語〕日在析木之—。

㊄潊也。見〔史記天官書索隱〕

㊅進也。汁進出也。見〔釋名釋形體〕

㊆潤也。〔周禮大司徒〕其民黑而—。〔釋文〕一本作潚。

㊇明潤貌。〔管子侈靡〕若旬虛期於月—。

㊈液汁也。見〔一切經音義引三蒼〕〔按素問湯液醪醴論—液充郭。義亦猶此。〕

㊉口液也。〔埤雅〕今人望梅生—。食芥墮淚。

⑪鄉里名也。見〔水經江水注〕

⑫因也。見〔廣雅釋水〕

⑬猶傳也。謂濟渡後學也。〔新論崇學〕道象之妙非言不—。言之妙非學不傳。

⑭——。惡貌。〔莊子庚桑楚〕然而其中——乎猶有惡也。〔釋文〕崔本作律律。

⑮漢—。箕斗之間也。見〔爾雅釋天〕

⑯楚地名。〔左莊十九年傳〕巴人伐楚。楚子大敗於—。

⑰河—。地名。〔辛氏三秦記〕河—一名龍門。魚不能上。上則爲龍。

⑱猳—。縣名。〔輿地廣記〕本趙地。漢爲縣。屬信都郡。

⑲峽名也。在鄴西四十里。見〔水經濁漳水注〕

⑳天—。星名。〔晉書天文志〕天—九星橫河中。〔又〕府縣名。〔清一統志〕明永樂初置天—左右三衛。爲河間府地。本朝雍正三年。改爲州。九年。陞爲府。以州境置天—縣。爲府治。〔按我國當清咸豐七年。英法陷大沽砲臺。清命桂良等至天—議和。訂遣使傳教通商及英法人游行內地之約。是爲天—條約。光緒十一年。日本與我開朝鮮交涉於此。亦名天—條約。於咸豐十年。依一千八百六十年北京條約開放爲商埠。英、法、德、丹、美、日、奧、意、典、荷、等國各派領事駐之。〕

㉑—姑。蟲名。〔廣雅釋蟲〕—姑。螻姑也。

【洦】 莫白切音陌陌韻

㊀淺水也。見〔說文〕〔段注〕說文作—。隸作泊。亦古今字也。

㊁古魄字。〔顏氏家訓勉學〕後讀城西門徐整碑云。—流東指。眾皆不識。吾按說文。此字古魄字也。〔案今說文無此解。段氏訂正顏書冕爲泊之譌。〕

【洧】 羽軌切音鮪紙韻

㊀水名。〔說文〕—水出潁川陽城山。東南入潁。〔按—水出今河南登封縣陽城山。經密縣。至新鄭縣。合溱水爲雙泊河。至西華縣入潁。清一統志云。—水本至西華入潁。宋時導之自扶溝入蔡。〕

㊁—盤。古水名。〔離騷〕朝濯髮乎—盤。

【洨】 何交切音爻肴韻 居肴切音交肴韻 後敎切音效效韻

㊀水出常山石邑井陘。東南入於泜。沛國有—縣。見〔說文〕〔通訓定聲〕出今直隸正定府獲鹿縣井陘山下。流至寧晉縣。入胡盧河上源。四泉交合。故曰—。別義。沛郡—縣。—水南入淮。〔井陘山在今直隸井陘縣東北。〕

㊁斯—。水名。〔漢書地理志注〕斯—水首受大白渠。東至鄡入河。

【汧】 輕煙切音牽先韻 輕甸切音俔霰韻 詰定切音罄徑韻

一水。出扶風一縣西北入渭。見〔說文。〕〔按水經注云。一水出一縣西山。世謂之小隴山。山在陝西隴縣西北。〕水泉瀋出便自停成汙池也。〔爾雅釋水〕一出不流。

㊂水泆入澤中者也。〔爾雅釋水〕水泆之澤爲一。

㊃潒也。見〔文選枚乘七發注引聲類〕。

㊄通嵃山名。〔書禹貢〕導嵃及岐。〔釋文〕字又作一。山名。一名吳岳。

〔汧〕倪堅切音妍先韻

淨也。見〔集韻〕。

〔㳚〕子末切音撥曷韻

水濺也。或作潵。見〔集韻〕。〔按舊注誤列七畫。舊作涉。今據集韻訂正。〕

〔洩〕以制切音曳霽韻

一一。制法則也。見〔爾雅釋訓〕。〔又〕飛翔貌。〔文選木華賦〕一一淫淫。同泄。見〔玉篇〕。〔案左隱元年傳。其樂也一一。阮元云考文提要作泄泄。唐石經避太宗諱改。宋以後本揩仍唐刻。〕

〔洩〕私列切音薛屑韻

㊀瀑布也。〔水經漸江水注〕諸暨縣一谿。凡有五一。下一懸三十餘丈。廣十丈。中三一不可得至。懸百餘丈。上一懸二百餘丈。望若垂雲。此是瀑布。土人號爲一也。

㊁同渫。去也。見〔集韻〕。

㊂姓也。鄭有一氏。見〔左僖七年傳〕。

〔洪〕胡公切音紅東韻

㊀洚水也。見〔說文〕。〔段注〕大壑曰谼。字亦作一。

㊁大也。〔書堯典〕湯湯一水方割。

㊂石阻河流爲一。見〔方言〕。

㊃代也。〔書康誥〕乃一大誥治。

㊄秀穎德行之謂一。見〔法言孝至〕。

㊅脈象也。〔脈經〕一脈極大在指下。

㊆發語詞。〔經傳釋詞〕一發聲也。書大誥。一惟我幼冲人。多士。一惟圖天之命。解者皆訓爲大。失之。

㊇水名。〔水經濟水注〕濟水故瀆又北。右合一水。水上承鉅野薛訓渚歷澤西北。自渚迄於北口。百二十里。名曰一水。

㊈州名。〔廣輿記〕南昌府。附唐曰一州。南唐遷都於此。曰南昌。明初置一都府。尋改南昌。

㊉一澤湖名。〔清一統志〕湖在江蘇淮安府山陽縣西南九十里。一澤鎮西。

(十一)姓也。〔廣韻〕共工氏之後。本姓共氏。後改爲一氏。

(十二)同洚。見〔六書故〕。

(十三)通鴻。〔書洪範〕天乃錫禹一範九疇。〔史記宋微子世家作鴻〕。

〔洪〕古巷切音絳絳韻

水名。見〔集韻〕。

〔洫〕忽域切音侐職韻

㊀十里爲成。成閒廣八尺深八尺謂之一。見〔說文〕。〔段注〕一亦作淢。毛詩傳曰。淢。成溝也。

㊁城下池也。〔文選左思賦〕邪阻城一。

㊂渠也。〔漢書鮑昱傳〕作方梁石一。〔注〕渠也。猶今之水門。

㊃虛也。〔管子小稱〕滿者一之。

㊄濫也。又壞敗也。見〔莊子則陽所行之備而不一釋文〕。

㊅水名。〔漢書地理志注〕一水出北蠻夷。

〔洫〕弋質切音逸質韻

通溢。〔莊子齊物論〕以言其老一也。〔釋文〕本亦作溢。〔按集韻引此云深意。〕

〔洬〕蘇篤切音[illegible]沃韻

一一。雨也。見〔廣雅釋訓〕。

〔洬〕色角切音朔覺韻

大風雨貌。見〔集韻〕。

〔⿰氵臾〕容朱切音俞虞韻

汚也。見〔集韻〕。

〔⿰氵臾〕夷周切音由尤韻

㊀卑也。見〔廣韻〕。

㊁治帛也。見〔集韻〕。

〔洮〕他刀切音叨徒刀切音桃豪韻

㊀水名。〔說文〕一水出隴西臨一。東北入河。〔段注〕今甘肅蘭州府狄道州。州西南有臨一城。漢縣也。今一河出一州衛西南邊外之西傾山。東流。東北流經狄道州。南至蘭州府西境入河。〔按一水一名巴爾西河。水經注云。一水出彊臺山。北流吐谷渾中。又東北流至陽曾縣北。又東逕洪和山。又東逕臨一

故城[illegible]山也在黃濱[illegible]漢津南當甘肅東境之臨潭縣西南三百三十餘里〕。

●二 盥手也。〔漢書律曆志〕王乃—沫水。作顧命。

●三 猶淅也。見〔爾雅釋訓注〕—米聲釋文〕。

●四 —頮也。見〔書顧命王乃—頮水釋文〕。

●五 —沫猶洗濯也。〔後漢陳玄傳〕—沫學者之累惑。

●六 曹地名。〔左僖八年傳〕盟於—。〔通訓定聲云今山東曹州府濮州西南。〕

【洮】餘招切音遙蕭韻

湖名。〔風土記〕陽羨縣西有—湖。〔按此湖在今溧陽縣。〕

【洮】杜皓切音道晧韻直沼切音趙篠韻

水名。〔史記高祖紀〕漢將別擊布軍—水南北。

【洯】詰結切音絜屑韻

水名。出雍州南山。見〔集韻〕。

【洯】吉屑切音結屑韻

[illegible]滑也。見〔集韻〕。

【洏】仍吏切音餌母婢切音弭寘韻

水名。〔水經淯水注〕—水又東南流注於淯水。世謂之肄水。地理志曰。熊耳之山出三水。—水其一焉。東南至舞陽入沔是也。

【洱】忍止切音耳母婢切音弭紙韻

水名。〔山海經西山經〕罷父之山。—水出焉。〔按清一統志。西—河在雲南太和縣東。即葉榆水。一曰—海。一曰西洱河。一曰—水。源出今雲南—源縣北罷谷山。〕

【㳜】虛尤切音休尤韻

●一 水貌。見〔集韻〕。

●二 水去貌。見〔字彙〕。

【洲】之由切音周尤韻

●一 水中可居者曰—。見〔爾雅釋水〕。〔按說文川部。水中可居者曰州。引毛詩在河之州。段注。俗作—。〕

●二 聚也。人及鳥獸所聚息之處也。見〔釋名釋水〕。

●[illegible] 天下有五大—。見〔[illegible]亞傳〕。〔按大陸以天然之界限而分為五大—。亞細亞—。歐羅巴—。阿非利加—。澳薩尼亞—。此四—屬於東半球。謂之舊世界。亞美利加—屬於西半球。謂之新世界。或以南北美為二—。故言六—也。〕

【洳】人余切音如魚韻

水名。在南郡。見〔集韻〕。

【洳】如倨切音茹御韻

同溼。漸溼也。見〔集韻〕。

【洵】須倫切音荀眞韻

●一 渦水出也。見〔說文〕。〔段注〕釋水曰。水自過出為—。大水溢出。別為小水之名也。

●二 遠也。〔詩擊鼓〕吁嗟—兮。

●三 同恂。信也。〔詩有女同車〕—美且都。〔釋文〕韓詩作恂。

●四 —涕無聲涕出也。見〔國語魯語注〕。

●五 水名。〔山海經西山經〕軒轅之邱。—水出焉。南流於黑水。〔注〕邱在上邽城東七十里。

[illegible]出焉。而南流注于闕之澤。

【洵】松倫切音巡眞韻

●一 均也。見〔爾雅釋言〕。

●二 龕也。見〔爾雅釋言〕。

●三 同旬。〔詩桑柔〕其下侯—。〔疏〕釋言云。旬均也。某氏引此詩。李巡曰。—均之徧也。則旬是均之義。

【洵】翾縣切音絢霰韻

遠也。見〔韻會〕。

【洶】許拱切音詾翁勇切音竦腫韻

●一 —。涌也。見〔說文〕。〔又〕鼓動之聲。亦勇貌。〔文選揚雄賦〕——旭旭。

●二 跳起貌。〔史記司馬相如傳〕—湧滂濞。

●三 —溶。水貌。見〔集韻〕。

●四 —湧。水聲。見〔集韻〕。

【洶】許容切音匈冬韻

——。水勢。見〔集韻〕。〔又〕水聲也。〔文選左思賦〕濞焉——。〔又〕讙聲也。一作匈。見〔楚辭逢紛注〕。

【涇】直質切音秩質韻　水也。見〔集韻〕。

【淫】陟利切音致寘韻　同澂。濕也。見〔集韻〕。

【洸】姑黃切音光陽韻　水涌光也。詩曰、有洸有潰。見〔說文〕。——。武貌。見〔詩江漢〕武夫——〔傳〕。洙水涵瀰。〔水經泗水〕泗水南過高平縣西。洸水從北西來注之。〔注〕所謂洸水者。洙水也。蓋洸洙相入。互受通稱矣。

【洸】烏光切音汪陽韻　水涌也。見〔集韻〕。水深廣貌。〔文選郭璞江賦〕澄瀅汪—。

【洸】戶廣切音幌養韻　同滉。——。水至之貌。〔荀子宥坐〕——乎不淈盡似道。〔注〕——讀爲滉滉。通荒。〔史記司馬相如傳〕西馳崑崙之軋沕—忽兮。〔漢書司馬相如傳作荒忽〕。

【洹】于元切音袁元韻胡官切音桓寒韻　水名。〔水經洹水〕—水出上黨泫氏縣。〔泫氏今爲山西高平縣治〕

【洹】。胡官切音桓寒韻　(一)——。流也。見〔廣雅釋訓〕〔又〕盛貌。見〔御覽引韓詩方——兮注〕。(二)—陀。唐南蠻國名。〔唐書南蠻傳〕—陀遣和羅自廣州行五月乃至其國。有二屬國。曰曇陵、陀—。一曰獮陀—。在環王西南海中。(三)祇—。佛精舍也。〔佛國記〕沙祇城南門千二百步道西。長者須達起精舍於此。即所謂祇—精舍也。(四)泥—。佛滅度也。〔水經河水注〕佛泥—後。天人以新白㲲裹佛。以香花供養。

【洺】彌并切音名庚韻　(一)水名。見〔說文新附〕。〔鈕氏新附攷〕隋氏地理志。武安郡—水。注云。舊斥漳。太平寰宇記。河北道漳水下引風土記云。南易水、本名漳水。出三門山。西自肥鄉縣界流入趙地。記云。六國時此水名易水。埤蒼及水經云。—水之目。不知誰改。俗謂山之下地名—。因經之故曰—水。據此疑俗以其地名名因加水爲—。古本無此名也。〔按清一統志直隸廣平府—河。源出山西遼州。自河南安武縣流入〕。(二)州名。北周置。屬廣平郡。隋改爲武安郡。唐復爲—州。屬河北道。後均因之。金始廢。今直隸永年、曲周、肥鄉、雞澤、廣平、邯鄲、成安、威等縣是其故地。

【活】戶栝切音括古括切音聒曷韻　(一)——。流也。見〔詩碩人傳〕。(二)汩—。水流疾貌。〔文選馬融賦〕汩—澎濞。(三)俠—。河名。〔水經聖水注〕俠河世謂之俠—河。〔按清一統志直隸順天府俠河。源出房山縣。東流逕涿州界。入琉璃河〕。(四)本作𣵀。〔集韻〕𣵀。隸作—。〔互詳𣵀字〕

【活】戶括切音話曷韻　(一)物之生也。〔詩載芟〕實函斯—。〔疏〕—者。生—。種之必生也。(二)生存也。〔孟子盡心〕民非水火不生—。(三)生動也。〔杜牧詩〕雨餘山態—。(四)圓靈不滯也。〔朱子語類〕人心—則周流無偏係。即—。(五)救死也。〔莊子外物〕君豈有斗升之水而—我哉。(六)生計也。〔魏書北海王詳傳〕但令母子相保。共汝掃市作—也。〔按女工。北人謂之—計。吳人謂之生—〕。(七)高麗方言謂弓曰—。見〔雞林類事〕。(八)——東。蝦蟆子也。〔爾雅釋魚〕科斗、—東。〔釋文〕如字。謝施音括。舍人本作顆東。〔按山海經東山經作—師〕。(九)—苑。離南也。〔爾雅釋草〕離南、—苑。〔疏〕山海經又名冠脫。生江南。高丈許。大葉似荷葉而莖中有瓤正白者是也。〔按下文云倚商—脫。注即離南也〕。(十)獨—。藥名。〔本草〕獨—。莖直上。不爲風搖。以羌中來者爲良。故有羌—、胡王使者諸名。實、一物二種也。

【洼】於加切音娃佳韻烏瓜切音窊麻韻　(一)深池也。見〔說文〕。

(二)污也。見〔廣雅釋詁〕。
(三)洿也。見〔方言〕。
(四)漥—水名。〔史記樂書〕嘗得神馬渥—水中。
(五)同窐、窊。見〔六書故〕。
(六)通洿、汚。見〔六書故〕。

【洼】於佳切音娃　烏乖切音崴　佳韻

曲也。〔莊子齊物論〕若—者。

【洼】烏蝸切音蛙　佳韻　涓畦切音圭　齊韻

深也。見〔集韻〕。

【洼】涓畦切音圭　齊韻

姓也。〔廣韻〕漢有大鴻臚—丹。又音畦。

【洽】轄夾切音柍　洽韻

(一)霑也。見〔說文〕。
(二)合也。〔詩正月〕—比其鄰。
(三)通也。〔管子國蓄〕故民愛可—於上也。
(四)歲名。〔爾雅釋天〕太歲在未曰協—。〔按史記曆書作協汁。漢堂子逢盛碑作協給。〕
(五)溥也。〔漢書終軍傳〕是澤南—而威北暢也。
(六)逼也。〔後漢杜林傳〕京師士大夫。咸推其博—。
(七)浹也。〔後漢班固傳〕重熙而累—。
(八)潤也。〔淮南要略〕內—五藏。
(九)漬也。見〔廣雅釋詁〕。
(十)通協。〔詩江漢〕—此四國。〔禮記孔子閒居作協。〕
(十一)通合。〔易略例卦略〕—乃疑亡也。〔釋文〕—本亦作合。

【洽】曷合切音閤　合韻

水名。〔詩大明〕在—之陽。〔按說文引此作郃。〕

【派】普卦切音𠂢　卦韻

(一)別水也。見〔說文〕。〔段注〕劉逵引字說曰。水別流為—。韻會曰。—本作𠂢。從反永。引錯云。今人又增水作—。據此則說文本有𠂢無—。
(二)水自汾出為—。見〔廣雅釋水〕。
(三)系統也。〔北戶錄〕呂居仁江西詩—圖。列陳無已等二十五人為法嗣。
(四)猶遣也。使也。如云—兵、—員之類。
(五)分別徵取亦曰—。如云攤—、輪—之類。

【派】卜卦切音[illegible]　卦韻

谷名。在安邑縣。見〔集韻〕。

【派】莫獲切音麥　陌韻

泉漕通也。見〔集韻〕。

【洿】汪胡切音烏　虞韻

(一)濁水不流也。一曰窊下也。見〔說文〕。
(二)聚也。見〔廣雅釋詁〕。
(三)深也。見〔廣雅釋詁〕。
(四)掘—之也。〔禮記檀弓〕—其宮而豬焉。〔疏〕謂掘—其宮使水之聚積焉。
(五)水流貌也。見〔龍龕手鑑〕。
(六)染也。〔漢書王莽傳〕以墨—色其周垣。
(七)漫也。〔文選成公綏賦〕大而不—。
(八)—水。猶潢水也。見〔淮南精神注〕。
(九)—沫。涕洟也。〔漢書外戚傳〕—沫悵兮。
(十)同污。〔爾雅釋丘注〕頂上污下者。〔釋文〕污本作—。
(十一)同汙。〔左文六年傳〕治舊—。〔釋文〕本又作汙。同。
(十二)通窪。見〔六書故〕。
(十三)通窊、窪。見〔正字通〕。

【洿】[illegible]

水深。見〔集韻〕。

【洿】荒故切譁去聲　遇韻

抒水也。見〔集韻〕。

【洿】烏故切音隝　遇韻

同汙。見〔集韻〕。

【流】力求切音留　尤韻

(一)𣲡篆文。見〔說文林部〕。〔按說文林。水行也。篆文从水。段注云。—為小篆。則𣲡為古文籀文可知。參閱十畫𣲡字。〕
(二)覃也。見〔爾雅釋言〕。
(三)化也。見〔廣雅釋詁〕。
(四)演也。見〔廣雅釋言〕。
(五)求也。〔詩關雎〕左右—之。
(六)行也。〔禮記郊特牲〕而—示之禽。
(七)灌也。〔國策秦策〕以—魏氏。
(八)釋也。〔淮南原道〕金火相守而—。
(九)下也。〔詩七月〕七月—火。
(十)放也。刑法之一種。〔書舜典〕—宥五刑。〔傳〕以—放之法寬五刑也。〔案後世以笞、杖、徒、—、死為五刑。—二千里至三千里。分為三等。清光緒三十三四年間。改命—罪人犯。入所習藝。不復發遣。—法遂廢。〕

〕

⑪荒服之地也。〔書禹貢〕二百里—。〔傳〕—。移也。言政教隨其俗。〔按禮記王制。千里之外曰采。曰—。疏云。殷則面別千五百里之外、二千五百里之內謂之爲—。周、三千五百里之外、五千里之內爲—〕。

⑫歸也。〔周書文傳〕四方—之。

⑬走也。〔國策楚策〕襄王—揜于城陽。〔注〕謂走而自匿。

⑭漫無節制也。〔禮記樂記〕樂勝則—。〔疏〕—漫無復尊卑之敬也。

⑮不端歸也。〔左成五年傳〕覩—而行速。

⑯大也。〔國語晉語〕—志而行。

⑰順也。〔太玄玄掜〕知陽者—。

⑱無根源之謂。〔荀子致士〕凡—言、—說、—事、—謀、—譽、—愬。

⑲邪侈也。〔荀子君子〕貴賤有等、則令行而不—。

⑳布也。〔易謙〕地道變盈而—謙。〔疏〕是改變盈者—布謙者也。

㉑蕩散也。〔管子宙合〕君失音則風律必—。

㉒轉也。〔禮記仲尼燕居〕使女以禮周—無不徧也。

㉓匯吐水口也。〔儀禮士虞禮〕匜水錯於槃中南—。〔按考工記玉人注。瓚如槃有—。又云鼻勺—也。凡—皆爲龍口也。是凡槃匜尊勺之屬。其吐水口皆曰—〕。

㉔朱提銀重八兩爲一—。見〔漢書食貨志〕。

㉕學派也。〔漢書敘傳〕九—以別。〔漢書藝文志稱儒家者—。道家者—。陰陽家者—。法家者—。名家者—。墨家者—。縱橫家者—。雜家者—。農家者—。是爲九—。小說家者—。不與數〕。

㉖齊顏色、均衆寡謂之—。見〔文選七命注〕。

㉗從流下而忘反、謂之—。見〔孟子梁惠王〕。

㉘等列也。〔漢書外戚傳〕託長信之末—。

㉙猶變也。見〔書古太誓注〕。

㉚猶偏也。見〔後漢班彪傳注〕。

㉛猶待也。見〔後漢馬援傳注〕。

㉜猶過也。失也。〔家語觀周〕夫說者—於辯。

㉝猶枝也。〔文選班固賦〕蓋以強幹弱—。〔注〕春秋漢含孳曰。強幹弱—。大之道。宋均曰。—、猶枝也。

㉞星也。星光迹相連者也。〔漢書天文志〕彗孛飛—。〔按—星發光之故。因其道經空氣界內。被摩擦而生大熱所致。星學家謂每年某夜中所見之—星。比平日爲多。是名曰—星雨。因其所自發之公點。而別爲獅座、英仙、仙女—星雨〕。

㉟—離。鳥名。〔詩旄丘〕—離之子。〔釋文〕—本又作鷅。—離。鳥名。少好而長醜。草木疏云。梟也。關西謂之—離。〔又〕放散也。〔文選司馬相如賦〕—離輕禽。〔按漢書司馬相如傳注。謂困苦之也〕。〔又〕謂亡其居處也。〔漢書劉向傳〕物故—離。〔又〕涕垂貌。〔文選司馬相如賦〕涕—離而縱橫。

㊱—澌。解冰也。〔楚辭河伯〕—澌紛兮將來下。

㊲—爛。布散也。〔漢書司馬相如傳〕曼衍—爛。

㊳—連。猶瀰漫失其職業也。〔淮南本經〕愚夫惷婦皆有—連之心。

㊴—品。官階也。〔南史王僧綽傳〕參掌大選究識—品。

㊵—官。對巒地土官而言也。〔方輿紀要〕雲州先是土官李氏世襲。萬曆二十五年改設—官。

㊶長—。職官也。〔顏氏家訓書證〕長—之職。漢魏捕賊掾耳。晉宋以來。始爲參軍。

㊷清代職官秩在從九品之下者曰未入—。

㊸黃—。酒名。〔詩旱麓〕黃—在中。〔箋〕黃—。秬鬯也。〔正義〕秬鬯者。釀秬爲酒。以鬱金之草和之。草名鬱金。則黃如金酒。酒在器—動。故謂之黃—。

㊹休—。樂名。見〔廣雅釋樂〕。

㊺—蘇。馬飾也。〔文選張衡賦〕飛—蘇之騷殺。〔薛注〕五采毛雜之以爲馬飾而垂之。〔又〕樓之綺綵也。〔文選左思賦〕構—蘇。〔劉注〕剪綺綵垂於彫文之樓也。

㊻—黃。土精也。〔文選左思賦〕紫貝—黃。〔按集韻字通作琉。魏書悅般國傳。南界有火山。山旁石皆焦鎔。—數十里乃凝堅。人取爲藥。即石—黃。今化學家亦云火山地自然之結晶。爲黃色半透明之斜方八面形。純粹者無味無臭〕。〔又〕綺羅之屬。〔古樂府〕中婦織—黃。〔

又〕山名。〔山海經南山經〕南次二經之首曰柜山。西臨─黃。〔又〕玉也。〔淮南本經〕─黃出而朱草生。

(四七)─求。國名。居海島。見〔北史流求國傳〕。〔按即琉球。明洪武以來。屬我國。清光緒五年日本取之。夷為沖繩縣。二次大戰後由美軍管理〕。

(四八)馬─。民族名也。〔水經溫水注〕馬文淵立兩銅柱於林邑北。有遺兵十餘家不反。悉姓馬。交州以其─寓。號曰馬─。〔即今南洋之馬來〕。

(四九)電─。異名電沿導棧而─動曰電─。其電─之方向、與其強弱。以電─計測之。

(五十)─產。日本語。謂小產也。

(五一)─體。日本語。液體與氣體之總稱也。

(五二)─石。日本語副詞。猶云無怪乎也。有名稱其實之義。

(五三)同晒。〔易繫辭〕旁行而不─。〔釋文〕─京作晒。

(五四)同旒。〔禮記樂記〕龍旂九─。〔釋文〕─本又作旒。

(五五)通浮。〔孟子盡心〕而何其血之─杵也。〔論衡語增作浮〕。

【泆】余日切音逸質韻
●涯也。見〔字彙補〕。
●俗洪字。見〔龍龕手鑑〕。

【洃】呼恢切音灰灰韻
漫粉也。見〔字彙〕。

【洅】作代切音再隊韻　子罪切摧上聲賄韻
雷震─也。見〔說文〕。

【洆】辰陵切音承蒸韻
沒也。見〔廣雅釋詁〕。

【洉】下遘切音候宥韻
沾、濡。見〔集韻〕。

【洷】楚懈切差去聲卦韻
水浦。見〔集韻〕。

【洐】何庚切音行庚韻
溝行水也。見〔說文〕。

【洫】休必切音畜質韻
水流皃。見〔集韻〕。

【洕】羊進切音胤震韻
小水也。見〔集韻〕。

【洘】苦浩切音考皓韻
水乾也。見〔集韻〕。

【洠】迷浮切音謀尤韻
匿也。見〔集韻引廣雅〕。〔按廣雅釋丘疏證云。影宋本洠字誤作─。集韻、類篇、有─字。引廣雅陴─、匿也。則所見已是誤本。說文、玉篇、廣韻俱無─字〕。

【洢】於夷切音伊支韻
水名。在河南陸渾山。入河。通作伊。見〔集韻〕。

【㳄】津私切音咨支韻
具─。山名。在滎陽。見〔集韻〕。

【洓】疏吏切音駛良志切音吏寘韻　爽士切音史紙韻
同涘。水名。在河南。見〔集韻〕。

【洭】曲王切音匡陽韻
水名。〔說文〕─水。出桂陽縣盧聚。南出─浦關為桂水。〔段注〕今─水出連山縣東南流經連州、英德縣、清遠縣。合湞水。經三水縣、至廣州府城西。入西江以入海。班所謂入鬱。今廣東之北江也。其出─浦關。在今清遠縣。酈氏曰。桂水者。─之別名也。又、亦曰湟水。史記、出桂陽下匯水湟者─之誤漢書作下湟水。是也。山海經云、潢水。潢者湟之聲誤。水經注引作郭浦。郭浦即─浦。音相近。〔按集韻本作滙。漢書作滙。一本作─〕。

【洦】戶式切音檄職韻
露光也。見〔玉篇〕。

【㳽】被表切音殍篠韻
水皃。見〔集韻〕。

【泍】補門切音奔元韻
水急也。見〔字彙補〕。

【洁】激質切音吉質韻
水名。見〔集韻〕。

【浧】陟陷切音站陷韻
江岸上地名。見〔廣韻〕。

【㳖】於希切音衣微韻
水名。見〔集韻〕。

【洈】虞為切音危支韻　古委切音詭紙韻
水名。〔說文〕─水。在南郡高城─山。東入繇。〔段注〕漢志、─入繇。繇入江。此在江北而南入。油水入江。在江南而北入。然則繇油同音、而絕不相涉。酈注油水篇、乃云—出高城縣—山。東逕其縣下。東至孱陵縣。入油水。殊爲襲志踳而繆誤。蓋江北之—水、䌛水不可攷。乃以江南之油水當之也。

【洇】思計切音細霽韻思晉切音信震韻

水名。〔說文〕—水出汝南新郪。入潁。〔段注〕汝南郡新郪。見前志。今安徽潁州府治阜陽縣。縣東八里有新郪城。

【洖】訛胡切音吾虞韻

羌人名。唐有饑利蘇𧌒—地蒙。見〔集韻〕。

【洣】莫禮切音米薺韻

水名。〔水經洣水注〕—水出茶陵縣上鄉。西北過其縣南。又西北過攸縣南。又西北過陰山縣南。又西北入於湘。

【泙】匹備切音譬寘韻

水名。見〔類篇〕。

【⿰氵囝】古偃切音蹇阮韻

竇也。見〔字彙補〕。〔按此疑即梘之異文。梘音繭。類篇訓通水器。王禎農書。若塘堰之水。必置—竇。以便通泄。音義正同。〕

【淜】皮冰切音凴蒸韻

無舟渡河。見〔字彙補〕。

【⿰氵任】音未詳

水名。〔水經漾水注〕漾水又西南。—水入焉。〔按今聚珍本作涯。戴震曰涯近刻訛作—。〕

【⿰氵㞷】汪本字。〔說文段注〕—。俗作汪。

【洤】古泉字。見〔玉篇〕。

【⿰氵丝】古滋字。見〔集韻〕。

【㳒】古法字。見〔龍龕手鑑〕。

【⿰氵吕】同治。見〔字彙補〕。

【⿰氵𠂤】同堆。見〔集韻〕。

【洂】液或字。見〔集韻〕。

【⿰氵佥】淦省字。見〔字彙補〕。

【⿰氵㓞】潔省字。見〔集韻〕。

【涓】涓俗字。見〔字彙〕。

【⿰氵㳄】涎俗字。見〔正字通〕。〔按舊注云。集韻涎或作㳄。逢韻作—。〕

【⿱覀水】洒俗字。見〔龍龕手鑑〕。

【汫】洴俗字。見〔正字通〕。

七畫

【浖】龍輟切音劣屑韻

●一 厓也。見〔廣雅釋丘〕。〔疏證〕—之言界埒也。亦通作埒。爾雅、水潦所還埒丘注云。邱邊有界埒。水還繞之。義與厓埒亦相近。

●二 山上水也。見〔玉篇〕。

【浘】武匪切音尾尾韻

●一 水流也。見〔廣韻〕。

●二 泉底也。見〔集韻〕。

●三 —⿰氵閭。海水洩處。見〔廣韻〕。〔按莊子秋水篇作尾閭。釋文司馬云、泄海水出外者也。崔云、海東川名。〕

●四 通浼。〔詩新臺〕河水浼浼。〔釋文〕韓詩作—。—盛貌。

【浙】之列切音折屑韻

●一 江名。〔說文〕江水東至會稽山陰爲—江。〔段注〕今俗皆謂錢塘江爲—江。不知錢塘江地理志水經注皆謂之漸江。江至會稽山陰古曰—江。後人乃以—名冒漸。蓋由二水相合。今則江故道不可攷矣。〔案山海經、禹治水至於—河。卽—江。顧祖禹謂—源有三。一曰新安江。或謂之徽港。一曰東陽江。或謂之婺港。一曰信安江。或謂之衢港。三源既合。東流桐廬。謂之桐江。東北入富陽。爲富春江。經錢塘。爲錢塘江。盧肇云。—者。折也。取潮水出海。屈折倒流也。〕

●二 —江。省名。明洪武元年置—江行省。處於杭州。九年、改爲—江等處承宣布政使司。領地、西界江南。界福建。北至太湖。東至海。清因之。爲—江省。今仍治杭縣。領縣七十五。

●三 —米也。見〔廣韻〕。〔按類篇一曰汏也。義同。〕

●四 或作漸。見〔集韻〕。

【浙】征例切音制霽韻

淛或字。〔集韻〕淛。淛江名。或作—。

【浚】須閏切音峻震韻

●一 抒也。見〔說文〕。〔段注〕抒者。挹也。取諸水中也。

●二 取也。〔左襄二十四年傳〕而謂子—我以生乎。

(三)濫也。見〔廣雅釋詁〕〔疏證〕說文。滑、莤沔也。一曰、─也。鄭興注周官甸師云、莤讀爲縮、束茅立之祭前。沃酒其上、酒滲下去、若神飲之、故謂之縮。縮、─也。滑、縮、─一聲之轉。皆謂浚取之也。

(四)深也。見〔易恆〕─〔疏〕。〔按玉篇。─、深也。濬同。〕

(五)深治也。〔漢書趙充國傳〕─溝渠。

(六)須也。待也。〔書皋陶謨〕夙夜─明有家。〔釋文〕─、須也。〔疏〕謂夜思之。明旦行之。須爲待之意。

(七)敬也。見〔方言〕。

(八)煎也。〔國語晉語〕─民之膏脂以實之。

(九)水名。〔詩地理攷〕─水出─儀。東遷都北入濟。〔水經渠水注〕陳留風俗傳曰、縣北有─水。像而儀之。故曰─儀。〔按─水在今河南開封縣北。其下有寒泉。〕

(十)邑名。〔詩凱風〕在─之下。〔注〕衞邑。〔按在今直隸人名縣。〕

(十一)通駿、〔詩噫嘻〕─發爾私。〔釋文〕─、本作駿。

【浚】祖峻切音俊震韻 ─稽。山名。在匈奴。見〔集韻〕。

【浚】七倫切音逡眞韻 通踆。伏也。〔劉歆賦〕鳥脇翼之──。

【浛】胡紺切音憾勘韻 水和泥也。見〔玉篇〕。

【浛】姑南切音弇覃韻 淦或字。〔集韻〕水入舟隙謂之淦。一曰水名。或从含。

【浛】胡南切音含覃韻

(一)沈也。見〔集韻〕。〔按六書故。涵、別作─。〕

(二)─洭。縣名。漢置。屬桂陽郡。洭水所出。當今廣東英德縣。漢書地理志及水經洭水注均作含。

【浜】晡橫切音垪庚韻

(一)溝納舟曰─。見〔集韻〕〔廣韻云。安船溝。〕

(二)絕潢斷港謂之─。見〔李翊俗呼小錄〕。

【浜】百猛切音䴭梗韻 浦名。見〔廣韻〕。

【浜】卑民切音賓眞韻 俗濱字。見〔正字通〕。

【浞】士角切音捉覺韻

(一)小濡皃也。見〔說文〕。〔段注〕濡者、露也。小雅曰。既霑既足。蓋足即─之假借也。

(二)漬也。見〔廣雅釋詁〕。

(三)足也。見〔龍龕手鑑〕。

(四)寒─。人名。〔左襄四年傳〕寒─、伯明氏之讒子弟也。〔按寒─。夏有窮后羿相。〕

【浟】夷周切音由尤韻

(一)──。水流皃。〔楚辭大招〕弱水──。

(二)─㵟。流行皃。〔文選木華賦〕─㵟瀲灩。

(三)同滺。流皃。〔詩竹竿〕淇水──。〔釋文〕─、本亦作滺。

【浟】亭歷切音狄錫韻 同逐。〔易頤〕其欲逐逐。〔按漢書敍傳作其欲──。注。──、欲利之貌也。音滌。〕

【浡】薄沒切音孛月韻

(一)作也。見〔爾雅釋詁〕。

(二)盛也。見〔廣雅釋詁〕。

(三)涌也。〔淮南原道〕原流泉─。

(四)渾也。又海別名也。見〔玉篇〕。〔按龍龕手鑑。渤澥、海名。─同渤。〕

(五)浡─。霧貌。〔文選左思賦〕歊霧浡─。

(六)─潏。沸涌貌。〔文選木華賦〕天綱─潏。

(七)滂─。憤鬱貌。〔馮衍賦〕氣滂─而雲披。

(八)─然。興起而茂也。〔孟子梁惠王〕則苗─然興之矣。

(九)同勃。〔漢書司馬相如傳〕浮勃澥。〔注〕勃澥、海別枝也。

(十)同渤。〔文選司馬相如賦〕浮渤澥。〔注〕渤澥、海別支也。

【浣】胡玩切音換翰韻 戶管切音緩旱韻

(一)本作澣。〔說文〕澣、濯衣垢也。今澣从─。〔段注〕儀禮古文假─爲盥。公羊傳亦有此字。

(二)去垢曰─。〔公羊莊三十一年傳〕臨民之所漱─也。

(三)水名。〔水經河水注〕辱水出烏山。俗謂之秀延水。東流得─水口。傍溪西轉。窮溪便即─水之源也。〔案秀延水在今陝西淸澗縣。則─水當亦在其境。〕

㊃江名。從雲南南寧縣北青龍潭流下。經縣南又東南會於婆兮江。見〔清一統志〕。〔按南寧今改名曲靖。〕〔又〕浦陽江亦名—江。詳浦字。

㊄—準。水望之平也。〔淮南齊俗〕覩高下不差尺寸。明主弗任而求之—準之平。

㊅古者十日一休沐。故謂十日曰—。如上—、中—、下—。猶言上旬、中旬、下旬也。

㊆亦作澣。〔詩葛覃〕薄澣我衣。〔箋〕謂濯之耳。

【浣】古緩切音管旱韻

澣也。史記身自—滌。劉伯莊讀。見〔集韻〕。

【浣】戶版切音睅潸韻

水名。在江夏。見〔集韻〕。

【浤】乎萌切音宏庚韻

●—。滎水騰湧貌。〔文選木華賦〕—汩汩。

●同泓。見〔集韻〕。

【浥】乙及切音邑緝韻又業切音腌葉韻

●溼也。見〔說文〕。

㊁潤也。見〔集韻〕。

㊂厭—。溼意也。見〔詩行露傳〕。〔釋文〕—本作挹。

㊃通裛。〔文選陶潛詩〕裛露掇其英。〔注〕裛坌衣香也。然露坌花亦謂之裛也。〔按朱駿聲曰。裛、叚借為—。〕—因掇露也。

【浥】乙俠切葉韻乙洽切音跲洽韻

窊陷也。〔漢書司馬相如傳〕踰波趨—。〔按文選上林賦注。趨—。騰于淵也。〕

【浥】乙甲切音押洽韻

水流下皃。見〔集韻〕。〔按文選郭璞江賦。乍—乍堆。注。烏甲反。〕

【浦】頗五切音普麌韻

●水瀕也。見〔說文〕。〔段注〕大雅、率彼淮—。傳曰。—、厓也。

㊁岸也。〔呂覽召類〕堯戰於丹水之—。

㊂大水有小口別通曰—。見〔廣韻〕。

㊃荒—。舒鳩地。〔左襄二十四年傳〕楚子師於荒—。

㊄—陽。江名。〔水經漸水注〕—陽江水。導源烏傷縣。〔按清一統志云。〕—陽源出浙江—江縣西深裊山東溪三十餘里。—江縣即漢烏傷縣也。又、禹貢三江。—陽居其一。詳江字。〕

㊅合—。郡名。漢置。故城在今廣東海康縣境。〔又〕東漢郡名。屬交州。故城在今廣東合—縣境。〔又〕縣名。漢置。屬合—郡。故城在今廣東合—縣東北七十五里。

㊆江—。縣名。明置。屬應天府。清屬江寧府。今因之。縣城在江寧縣西北四十里。所屬有—口。與江寧對岸。為津—鐵路南端。由此北達天津。

㊇—城。縣名。唐置。屬江南道建州。今為福建—城縣治。

㊈姓也。〔廣韻〕晉有起居注—選。

【浧】以井切音郢丑郢切音逞梗韻

泥也。見〔廣韻〕。

【浧】丈井切音徎梗韻

●—瀞。猶言滑瀞也。〔管子宙合〕此言聖人之動靜、開闔、詘信、—瀞、取與之必因於時也。

●同瀴。〔集韻〕瀴。通流也。或省。

【浧】於正切音纓敬韻

水名。一曰泥也。見〔集韻〕。

【浧】古澄字。見〔韻會〕。

【浩】下老切音晧晧韻

●澆也。見〔說文〕。〔通訓定聲〕—者。許以聲訓。字林。—、遠也。水大也。字亦作灝。〔按集韻。—或作滈。〕

●猶饒也。〔禮記王制〕喪祭有餘曰—。

●大也。〔楚辭東皇太一〕陳竽瑟兮—倡。

㊃簡傲也。〔家語三恕〕—倨者則不親。〔注〕—然簡略不恭。

㊄——。盛大。〔書堯典〕——滔天。〔又〕深廣之貌。〔文選七發〕——澄澄。

㊅—然。心——有遠志也。〔孟子公孫丑〕予然後—然有歸志。〔按集注云。—然、如水之流不可止也。〕

㊆—蕩。無思慮貌也。〔離騷〕怨靈脩之—蕩兮。〔又〕廣大也。見〔後漢張衡傳注〕。

㊇—汗。大水貌。見〔廣韻〕。〔按通雅釋詁。晧旰一作皓旰、皓涆、澔汗、—瀚。史河渠書、瓠子歌。晧晧旰旰兮閭殫為河。上林賦、采色澔汗。梁張纘南

征賦、觀百川之一浙。或作一汗、一瀚。〕

㊈州名。唐置。羈縻。屬劍南道。當今四川茂縣地。

㊉姓也。又複姓。〔廣韻〕漢青州刺史一賞。魯人一星公治穀梁。

【浩】古老切音杲晧韻

以水沛洒。見〔集韻〕。

【浩】葛合切音閤合韻居號切音誥號韻

一壐。水名。〔漢書地理志〕一壐縣一壐水、出西塞外。〔朱思本河源記〕云。一壐河源自删丹縣南删丹山東南流七百餘里。注湟水。案今甘肅碾伯縣東有一壐故城。漢置縣。屬金城郡。因水爲名。删丹卽今甘肅山丹縣。〕

【浪】盧當切音郎陽韻郎宕切音閬漾韻

滄一。水也。南入江。見〔說文〕。〔通訓定聲〕滄一水卽漢之下流。在今湖北襄陽府均州北。至漢陽府合江。禹貢又東爲滄一之水。鄭注。夏水卽漢河之別流也。

【浪】盧當切音郎陽韻

㊀一一。流也。見〔廣雅釋訓〕。〔又〕淚下貌。〔離騷〕霑余襟之一一。

㊁聊一。放蕩貌。〔文選揚雄賦〕聊一乎宇內。

㊂泮一。驚擾貌。〔文選張衡賦〕摎蓼泮一。

㊃淋一。水並下貌也。見〔六書故〕。

㊄滄一。水色也。〔文選陸機詩〕垂影滄一泉。

㊅蒼一。髮班也。〔韓愈詩〕鬢髮蒼一牙齒疎。

㊆汪一。隕淚貌。〔柳宗元賦〕淚汪一以隕軾。

㊇康一。水名。〔水經巨洋水注〕康一水。發劇縣西南娸山。北流注于巨洋水。

㊈博一。地名。〔史記留侯世家〕擊秦皇于博一沙中。〔按今河南陽武縣南有博一故城。史記始皇本紀、漢書地理志、俱作狼。音浪。〕

㊉莊一。縣名。明置。卽今甘肅莊一縣。

【浪】郎宕切音閬漾韻

㊀跳波也。見〔六書故〕。〔水動成一。今物理學、凡物因振動而爲凹凸起伏。因以順敍而傳其動者。皆名之爲一。如光一聲一之類是。〕

㊁意明也。見〔詩終風謔一笑傲疏〕。〔按阮元云。此當作萌。爲是。舍人意、一讀爲莕筤竹之筤。凡意蕊心花初生時似此。韓詩云、起也。正是意萌之訓。謂如波之起。〕

㊂猶放也。〔文選江淹詩〕一迹無蚩妍。

㊃猶濫也。〔孫樵文〕尸位一職。雖貴必黜。〔按楊萬里詩、賜金眞一我。義同。〕

㊄猶漫也。〔韓愈詩〕愼勿一信常兢兢。

㊅一放。無羈勒也。〔齊民要術〕唯著籠頭。一放不縶。

㊆一栧。鼓楫也。〔文選孔稚珪文〕一栧上京。

㊇一泊。安南地名。〔廣輿記〕一泊。一名西湖。卽馬援仰視飛鳶跕跕墮水處。

㊈一子。人名。〔宋史李邦彥傳〕生長閭閻。習鄙猥事。應對便捷。善謳謔。能蹴鞠。每綴街市俚語爲辭曲。人爭傳之。自號李一子。〔案近世於浮薄人。恒斥爲一子。日本亦稱游民爲一人。〕

㊉姓也。〔廣韻〕晉永嘉末。張平保青州。爲其下一逢所殺。

【浪】郎宕切音閬漾韻里黨切音朗養韻

孟一。較略之言。徐邈說。見〔集韻〕。〔按莊子齊物論、夫子以爲孟一之言。釋文、一如字。徐、力蕩反。向云、孟一音漫瀾。無所趣舍之謂。李云、猶較略也。崔云。不精要之貌。〕

【浫】許旱切音罕旱韻

㊀水名。見〔集韻〕。

㊁一湙。水瀠洄貌。見〔字彙〕。

【浬】陵之切音釐支韻

泥一。波斯舍長名。見〔集韻〕。

【浬】讀如里

海里。測算海中距離單位之名。凡言海里。皆與地球之實形。有密切之關係。由測算方法之不同。往往不能無差。最近求得之數。係以子午線全周三百六十度。卽二萬一千六百分。除其全周一億三千一百二十五萬九千五百五十三英尺。得數六千零七十六英尺又百分英尺之八十三。是爲每一平均海里。今世通用英國所定—數。依北緯四十八度推算。每—合六千零八十英尺。當一千八百五十三密達又十分密達之二。約六千零四華尺又三寸七分弱。此外英法所稱—數。與英小異。英言一—合六千零八十英尺又百分英尺之二十七。當一千八百五十三密達。又千分密達二百四十八。約六千零四華尺又五寸二分強。法言一—合一千八百五十一密達又十分密達之九。約六千華尺又一寸六分弱。英文 Sea Mile; Nautical Mile。

【浮】房尤切音罘尤韻

①汎也。見〔說文〕。

②漂也。游也。見〔廣雅釋言〕。

③投水也。〔楚辭逢紛〕惜師延之—渚兮。

④順流曰—。〔書禹貢〕—於濟漯。

⑤船獨流爲—。〔楚辭哀郢〕過夏首而西—兮。

⑥濟涉厲拖曰—。〔淮南說山〕百人抗—。〔注〕—、拖也。

⑦過也。〔書泰誓〕惟受罪—于桀。〔按禮記表記、恥名之—於行也注。〔在上曰—〕。

⑧高貌。〔文選揚雄賦〕—蠛蠓而撇天。

⑨輕也。〔國語楚語〕教之樂以疏其穢而鎮其—。

⑩行也。〔書盤庚〕鮮以不—于天時。

⑪罰也。〔淮南道應〕蹇重舉白而進之曰。請—君。

⑫孚也。孚甲在上稱也。見〔釋名釋言語〕。

⑬散施於人得報曰—。〔管子侈靡〕沈—。示輕財也。〔注〕其散施於人。不願其沈。所以示輕財也。不得其報曰沈。得報曰—。或曰祭川曰沈—也。

⑭脈象。〔素問陰陽應象大論〕觀—、沈、滑、濇、而知病所生以治。

⑮山名。〔山海經西山經〕竹山又西百二十里曰—山。〔畢注〕今在陝西臨潼縣南。

⑯水名。〔水經河水注〕—水故瀆。上承大河于頓丘縣而北出。東逕繁陽縣故城南。又東北入東武陽縣東。入河。〔案清一統志云〕—水一名繁水。今名繁汙。春秋襄二十年。盟于澶淵。通典內黃有繁河。即是瀆也。河在今河南內黃縣東二十六里。自直隸濮陽縣流經於此〕。

⑰州名。唐置。旋廢。州屬關內道。靜邊府。當今甘肅舊寧夏府境。

⑱石名。〔文選左思賦〕—石若桴。〔注〕—石、體虛輕。在海中。南海有之。

⑲竹名。〔竹譜〕—竹。長者六十尺。肉厚而虛軟。節闊而亞。生水次。彭蠡以南。大嶺以北。徧有之。

⑳—。猶瀌瀌也。〔詩角弓〕雨雪—。〔又〕衆彊貌。〔詩江漢〕江漢—。〔按三家詩作烰〕〔又〕行貌。〔楚辭抽思〕何回極之——。

㉑—揚。猶翱翔也。〔淮南俶眞〕—揚乎無畛崖之際。

㉒—騰。跳躍也。〔文選傅毅賦〕—騰累跪。

㉓—游。無職業也。〔漢書食貨志〕民—游無事。〔又〕周流也。〔後漢班固傳〕—游普覽。〔又〕人名。〔荀子解蔽〕—游作矢。〔注〕世本云。夷牟作矢。注云。黃帝臣也。或者—游夷牟之別名。

㉔天—。星名。〔甘氏星經〕西天—星在左旗南北列。主漏刻。

㉕—圖。水名。〔水經濡水注〕—圖水出夷輿縣、故城西南。注于滄水。〔又〕塔也。見〔翻譯名義〕。〔又〕—屠。佛也。〔後漢楚王英傳〕學爲—屠。〔按—圖、—屠亦通用〕。

㉖—羅。山名。〔羅浮山記〕羅羅山也。—山也。二山合體謂之羅—。在增城博羅二縣之境。

㉗—來。地名。〔春秋隱八年〕盟于—來。〔注〕紀邑。東莞縣北有邳鄉。邳鄉西有公來山。號曰邳來間。〔水經沂水注〕公來山亦曰—來山。〔案地當今山東莒縣〕。

㉘—筠。謂玉采色也。見〔禮記聘義〕孚尹旁達注。

㉙—子。釣具也。〔雞肋篇〕釣竿之牟。繫以荻梗謂之—子。

㉚閻—。洲名。〔翻譯名義〕閻—提。訛云剡—。此云勝金。大論曰。閻—樹大。其林茂盛。提名爲洲。此洲上有此樹林。林中有河。底有金沙。名閻—檀金。以閻—樹。故名閻—洲。此洲有五百洲圍繞。通名閻—提。

西域記云。南贍部洲。舊曰閻—提洲。又曰剡—洲。訛也。

(卅二)通匏。又通符。〔禮記投壺〕若是者—。〔注〕或作匏或作符。

(卅三)同呆。〔考工記匠人〕宮隅之制七雉。〔注〕宮隅、城隅。謂角—思也。〔疏〕漢時云東闕—思。災言災則—思者小樓也。〔釋文〕—思本或作罘罳同。

(卅四)同蜉。〔大戴記夏小正〕—游有般。〔注〕渠略也。〔按詩蜉蝣傳。渠路也疏。舍人曰。蜉蝣。梁宋之間曰渠略。〕

〔浮〕普溝切音桴尤韻

漂也。見〔集韻〕。

〔浯〕訛胡切音吾虞韻

(一)水名。〔說文〕—水出瑯琊靈門壺山東北入濰。〔段注〕今—水自莒州流入諸城縣界。東北逕安丘縣。東南入濰水。〔當在今山東莒縣境。〕

(二)蒼梧水名。〔淮南本經〕曲拂遭迴。以像湡—。〔注〕湡。番隅。—蒼梧。〔按補注錢別覶云。—靈門水名。湡。邢國水名。存參。〕

(三)江名。〔泉南雜志〕泉州有—江。〔清一統志云。—江亦曰蚶江。通名曰晉江。按在今福建晉江縣南。〕

(四)溪名。〔清一統志〕在湖南永州府祁陽縣西南五里。唐元結愛其勝異。遂家溪畔。命曰—溪。

〔浰〕郎甸切音楝霰韻力至切音利寘韻郎計切音麗霽韻

(一)水疾流貌。見〔廣韻〕。

(二)清—。疾貌。見〔玉篇〕。

(三)倩—。疾也。見〔類篇〕。

(四)淒—。疾貌。〔史記司馬相如傳〕儵眒淒—。

(五)水名。〔清一統志〕在廣東惠州府和平縣西北。一名和平水。其源有二。一出江西龍南縣之牛崗嵛。一出九連山。

(六)—頭山名。〔清一統志〕在和平縣西北。接江西龍南縣界。有上中下三—。近龍南為上—。在岑崗者為中—。最南者為下—。亦曰和平崗。

〔浲〕胡公切音洪東韻

(一)大水也。見〔說文〕。〔通訓定聲〕說文惟徐鍇本有此字。疑水名也。

(二)水道也。見〔龍龕手鑑〕。

〔浲〕符容切音逢冬韻

同逢。見〔集韻〕。

〔浲〕浲譌字。見〔正字通〕。

〔浴〕俞玉切音欲沃韻

(一)洒身也。見〔說文〕。〔按集韻。—、或作粲〕

(二)飛貌。〔大戴記夏小正〕黑鳥—。傳曰。—也者。飛乍高乍下也。〔注〕謂鳥飛迎風自潔其毛羽。

(三)以德自清曰—德。〔禮記儒行〕儒有澡身而—德。〔疏〕謂沐—於德。以德自清也。

(四)水名。〔山海經北山經〕錞于毋逢之山。—水出焉。〔注〕即黑水也。

(五)濁—。水名。〔山海經西山經〕陰山。濁—之水出焉。而南流注于蕃澤。

(六)同谷。〔老子〕谷神不死。〔釋文〕河上本作—。者、養也。

〔海〕許亥切音醢賄韻

(一)天池也。以納百川者。見〔說文〕。〔段注〕凡地大物博者皆得謂之—。〔按通訓定聲云。—勢圓。就地心也。—味鹹。濕熱之氣蒸也。—色綠。穹蒼之映。雲霧不能隔也。〕

(二)晦也。主承穢濁。其色黑而晦也。見〔釋名釋水〕。〔按古微書、尙書考靈曜。—之言昏晦無所睹也。義同。〕

(三)水之委也。〔禮記鄉飲酒義〕祖天地之左—也。

(四)物產饒富之地曰—。〔漢書東方朔傳〕所謂天下陸—之地。〔注〕關中物產饒富。是以謂之陸—也。

(五)人衆所聚亦曰—。如稱人—、宦—、之類。

(六)學術之淵藪亦曰—。如稱學—、文—。又書名篇—、玉—、之類。

(七)京師稱苑囿之池曰—。〔清一統志〕西華門之西為西苑。入苑門。即太液池。其上源自玉泉山。合西北諸水。至地安門水門流入。匯為大池。池上跨長橋。橋北稱北—。橋南稱中—。瀛臺以南稱南—。

(八)酒杯也。〔乾𦠆子〕有銀—。受一斗。以手捧飲。將—覆地。以足踏之。

(九)四—。猶四方也。〔周禮校人〕凡將事於四—山川。〔按爾雅釋地。九夷、八狄、七戎、六蠻。謂之四—。周禮調人注引爾雅作九夷八蠻六戎五狄謂之四—。〕

(十)天—。星名。〔甘氏星經〕天—十星。在壁西南。

⑪ —王。太陽系第八位之行星。有衛星一。每百六十八年九個月。繞太陽一周。英文 Neptune。

⑫ —若。神名。〔楚辭遠游〕令—若。舞馮夷。

⑬ 渤—。郡名。漢置。屬冀州。今直隸滄縣東南有渤—故城。〔又〕縣名。北魏置。屬東彭城郡。當今江蘇東—縣境。

⑭ 東—。郡名。漢置。屬徐州。故城在今山東郯城縣西南三十里。

⑮ 南—。郡名。漢置。屬交州。今為廣東南—縣治。

⑯ 北—。郡名。漢置。其故城在今山東昌樂縣南五十里。〔又〕港名。在廣東合浦縣。清光緒二年。依一千八百七十六年中英烟臺條約。開為商埠。

⑰ 西—。縣名。漢置。屬徐州瑯琊國。當今山東日照縣西。

⑱ 州名。唐置。屬河南道。後均因之。卽今江蘇東—縣治。清光緒三十年。自行開為商埠。

⑲ 上—。縣名。元置。屬松江府。漢海鹽、婁二縣地。明清因之。卽今江蘇上—縣治。據黃浦吳淞之口。又名申江。或曰滬江。為東亞第一商場。清道光二十二年。以鴉片之戰。依一千八百四十二年南京條約。開為商埠。

⑳ —拉爾。地名。屬黑龍江。又名呼倫貝爾。清設呼倫廳治於此。在—拉河左岸。故名。清光緒二十九年。依一千九百零四年中日協約。開為商埠。

㉑ —牙。外國地名。荷蘭國之首都也。萬國國際公會。恆開於其地。英文 Hague。

㉒ —市。—氣也。〔三齊略記〕—上蜃氣。時結樓臺。名—市。〔按光學家言。因—上空氣疏密相間。遂能將城市屈曲折光而映於人目。非眞市也。〕

㉓ —銀。謂眼也。〔蘇軾詩〕光搖銀—眩生花。

㉔ —月。江瑤柱也。〔文選謝靈運詩〕挂席拾—月。

㉕ —綿。下等動物也。其體具單獨之骨骼。羣生—中。謂之—綿動物。

㉖ 通晦。〔老子〕澹兮其若—。〔釋文〕、—本作晦。

㉗ 姓也。明—瑞。史有傳。

【浸】 子鴆切音祲沁韻

① —水也。出魏郡武安東北。入呼沱水。从水。籀文復聲。見〔說文〕。〔通訓定聲〕出今河南彰德府武安縣。入摩沱河。今隸作—。〔按他本說文均作濅〕

② 水也。〔莊子逍遙游〕大—稽天而不溺。

③ 可以為陂灌溉者。〔周禮職方氏〕其—五湖。

④ 沒也。〔史記趙世家〕城不—者三版。

⑤ 深也。〔呂覽本味〕—淵之草。〔注〕—淵。深淵也。

⑥ 漑也。〔文選張衡賦〕—石菌於重涯。

⑦ 灌也。見〔莊子天地〕一日—百畦。〔釋文〕

⑧ 漬也。〔淮南原道〕潤—北房。

⑨ 潤也。〔文選張衡賦〕澤—昆蟲。

⑩ 漸也。〔莊子大宗師〕—假而化予之左臂。

⑪ 近也。〔漢書薛宣傳〕上—之源。

⑫ 稍也。〔楚辭惜誓〕上—以惑。

⑬ 微視也。〔淮南兵略〕—想宵類。

⑭ 目病也。〔釋名釋疾病〕目生膚入眸子曰—。、侵也。言侵明也。亦曰—淫。轉大也。

⑮ 妖氣清也。見〔龍龕手鑑〕。

⑯ —潤。猶漸漬也。〔論語顏淵〕—潤之譖。

⑰ 或作㵪。〔廣雅釋詁〕㵪、漬也。

⑱ 或作寖。〔詩白華〕—彼稻田。〔釋文〕—、本作寖。

⑲ 或作濅。〔漢書地理志〕濅曰五湖。〔注〕濅、古—字也。

【浸】 千尋切音侵侵韻

① —淫。猶漸冉相親附之意也。〔文選王褒賦〕—淫叔子遠其類。〔又〕久雨貌也。見〔龍龕手鑑〕。

② —潭。廣衍也。〔淮南本經〕呼吸—潭。〔又〕猶漸冉也。〔史記司馬相如傳〕—潭促節。〔注〕漢書作—淫。〔又〕隨波之貌。〔文選左思賦〕綠菱泛濤而—潭。

③ —潯。猶漸—也。〔史記司馬相如傳〕—潯衍溢。

④ 通侵。〔列子湯問〕—減龍伯之國。〔釋文〕一本作侵。〔按通訓定聲引作—滅。訓為犯。〕

【浹】 卽協切音挾葉韻　訖洽切音

夾洽韻

(一)洽也。見〔說文新附〕。

(二)徹也。見〔爾雅釋言〕〔疏〕謂凋澤—洽相霑徹也。

(三)通也。〔淮南原道〕不—於骨髓。

(四)周也。〔荀子解蔽〕雖億萬已不足以—萬物之變。

(五)合也。〔文選顏延之詩〕溫澤—與肆。

【浹】作答切音帀合韻即協切音挾葉韻

(一)—辰。謂自子至亥。十二日也。〔左成九年傳〕—辰之間而楚其克三都。〔正義〕—爲周匝也。

(二)通帀。〔公羊哀十四年傳注〕人道—。〔釋文〕—、一本作帀。

(三)通挾。〔周禮太宰〕挾日而斂之。〔注〕從甲至甲、謂之挾日。〔釋文〕挾又作—。

【浹】轄夾切音洽洽韻

—渫。水勢謓也。〔文選郭璞賦〕長波—渫。

【浼】母罪切音每賄韻謨官切音瞞寒韻母半切音滿旱韻莫半切音縵翰韻

(一)汚也。見〔說文〕。

(二)或作醃。〔廣雅釋詁〕醃汚也。

【浼】母罪切音每賄韻美辨切音免銑韻

——。平地也。〔詩新臺〕河水——。〔釋文〕韓詩作浘。盛貌。〔又〕水皃。見〔集韻〕。

【浽】儒佳切音蕤宣佳切音綏支韻

(一)水名。〔山海經西山經〕䲭山。浽水出焉。〔注〕浽或作—。

(二)—微。小雨或作溭㲿。見〔集韻〕。

【浽】弩罪切音餒賄韻

濁也。見〔集韻〕。

【浿】普蓋切音霈博蓋切音貝泰韻佈拜切音湃薄邁切音敗卦韻

(一)水名。〔說文〕—水出樂浪鏤方東入海。一曰出—水縣。〔通訓定聲〕今東洋朝鮮國之大通江。在平壤城北。〔按水道提綱〕—水今曰大同江。即大通江也。

(二)丘名。〔史記楚世家〕夕發—丘。

〔注〕在青州臨淄縣西北二十五里。〔案史記又作沛。左傳作貝。地在今山東博興縣南。〕

【涀】形甸切音現輕甸切音俔霰韻戶禮切音睍薺韻

水名。〔山海經中山經〕雅山。澧水出焉。東流注于—水。〔注〕沅曰。舊本作視。水經注引此作—。今从之。

【涀】吉典切音繭銑韻

小溝也。見〔集韻〕。

【涂】同都切音徒虞韻

(一)水名。〔說文〕—水出益州牧靡南山。西北入繩。〔通訓定聲〕今出雲南臘谷。入金沙江。至四川入江。

(二)晉水名。〔水經洞過水注〕榆次縣故—水鄉。晉大夫智徐吾之邑也。洞過澤南。—水注之。水出陽邑東北大嵰山—谷。西南逕蘿磨亭。與蔣谷水合。

(三)道路也。〔漢書禮樂志〕大朱—廣。

(四)度也。人所由得通度也。見〔釋名釋道〕。

(五)飾牆壁也。〔說文木部〕杇所以—也。

(六)害也。見〔廣雅釋詁〕。

(七)石名。〔山海經中山經〕箕尾之山多—石。

(八)皋—。水名。〔山海經北山經〕灌戎之山。皋—之水出焉而東流注于溇液水。

(九)——。露厚貌。見〔玉篇〕。

(十)堂—。磚道也。〔考工記匠人〕堂—十有二分。〔注〕謂堦前若今令甓械也。〔疏〕漢時名堂—爲令甓械。令辟則今之磚也。械則磚道也。

(十一)五—。徑、畛、—、道、路也。〔周禮司險〕設國之五溝五—。〔按周禮遂人注〕徑畛—道路。皆所以通車徒於國都也。—容乘車一軌。

(十二)通蒤。〔爾雅釋草〕姚莖蒤薺。〔釋文〕蒤、本今作—。

(十三)同塗。〔論語陽貨〕遇諸塗。〔釋文〕、—本作塗。

(十四)同途。〔荀子儒效〕鄉也混然—之人也。〔注〕—、與途同。

(十五)姓也。〔姓氏族譜箋釋〕系出塗山氏。晉新昊侯—欽。渡江南至豫章。爲東南—氏之祖。

【涂】陳如切音除魚韻

(一)水名。在堂邑。見〔集韻〕。

㊁月名。〔爾雅釋天〕十二月爲—。〔義疏〕古本作荼。荼亦舒也。言陽雖微。氣漸舒也。

㊂同淤。〔魏志王淩傳〕吳賊塞—水。〔按通訓定聲曰。—字亦作淤。淤州即—中也。〕

【涂】直加切音秅麻韻

同涂。〔集韻〕涂、沮洳也。一曰飾也。或省。

【涂】余遮切音耶麻韻

㊀涂—。山名。在匈奴中。見〔集韻〕。

㊁—吾。水名。〔山海經北山經〕北鮮之山。是多馬。鮮水出焉。而西北流注於—吾之水。〔注〕漢元狩二年。馬出—吾水中也。沅曰。酈邵曰。在湖方北。見文選注。徐廣注史記曰。余一作斜。音邪。其水在今陝西懷遠縣北。河套外也。

【涅】乃結切音捏屑韻

㊀黑土在水中者也。見〔說文〕。

㊁沒也。見〔廣雅釋詁〕。

㊂休也。見〔方言〕。〔箋疏〕說文。休、沒水也。讀如溺。同。廣雅。—沒也。玉篇。沒。溺也。溺、與休通。

㊃染也。見〔玉篇〕。

㊄黑也。〔淮南說山〕譬猶以—拭素也。

㊅涤也。〔儀禮既夕〕隸人—廁。

㊆孵化也。〔方言〕—化也。燕朝鮮洌水之間曰—。或曰譁。雞伏卵而未孚。始化之時謂之—。〔箋疏〕—本訓爲黑。又有染化之義。伏雞亦如之。

㊇礬石也。〔山海經西山經〕女牀之山。其陰多石—。〔注〕楚人名爲——石。秦人名爲羽—。〔按集韻作碑。〕

㊈梵言—槃。華言解脫也。〔翻譯名義〕大經、—言不生。槃言不滅。不生不滅名大—槃。

㊉水名。〔水經濁漳水注〕—水西出覆甑山。又東逕—縣故城南。東與白雞水合。〔又〕—水出—陽縣西北岐棘山。東南逕—陽縣故城。見〔水經湍水注〕。

【湼】其兼切音健平聲鹽韻

鬼谷篇有飛鉗—闔。劉昌宗說。見〔集韻〕。

【涆】侯旰切音翰　居案切音旰　翰韻

㊀乾也。見〔玉篇〕。

㊁——。水流行聲勢也。〔文選左思賦〕滮滮——。〔又〕水迅流皃。見〔集韻〕。

㊂通汗。〔通雅釋詁〕——。猶汗汗也。左思賦、彪彪——。江賦、汗汗沺沺。汗汗爲——。猶彪彪作滮滮也。

【涇】堅靈切音經青韻

㊀—水也。出安定—陽幵頭山。東南入渭。雝州之水也。見〔說文〕。〔通訓定聲〕出今甘肅平涼府西南幵頭山。經陝西邠州。至西安府高陵縣、入渭。按幵頭山、一作笄頭山。一名崆峒山。周禮職方氏、其川—汭。詩谷風、—以渭濁。水溉田之利。自秦漢鄭國白公而後。世脩之曰白渠。〔案水出今甘肅平涼縣西〕〔又〕—水出蕪湖。見〔漢書地理志丹陽郡—縣注〕〔按漢—縣。當今安徽—縣治〕〔又〕—水出龍編縣高山。東南流入稽徐縣。注于中水。見〔水經葉榆河注〕。〔案龍編、當今安南國清化府境〕。

㊁滯濆也。〔通訓定聲〕今吾蘇滯濆多名—者。如采蓮—之類。

㊂通也。〔莊子秋水〕—流之大。

㊃大便也。〔素問調經論〕—溲不利。

㊄州名。後魏置。後周因之。隋廢。唐復置。屬關內道。宋以後均仍之。即今甘肅—川縣治。

【涇】棄挺切音謦迥韻

臬也。見〔集韻〕。

【涇】古定切音徑徑韻

㊀徑也。〔釋名釋水〕水直波曰—。—徑也。言如徑路也。〔按莊子秋水篇、—流之大。釋文。崔本作徑。云直度曰徑。義同。〕

㊁—挺。直流也。見〔集韻〕。

㊂同徑。〔爾雅釋水〕直波爲徑。〔注〕言徑侹。

【消】思邀切音宵蕭韻

㊀盡也。見〔說文〕。〔段注〕未盡而將盡也。

㊁滅也。〔文選枚乘七發〕—息陰陽。

㊂散也。〔文選張衡賦〕—雰埃於中宸。

㊃爍也。〔素問皮部論〕熱多則筋弛骨—。〔按朱駿聲云段借爲銷。〕

㊄不見也。〔文選張衡賦〕以須—啟明。攄朗霞。

⑥削也。言減削也。見〔釋名釋言語〕。

⑦弱也。如見割削。筋力弱也。見〔釋名釋疾病〕。

⑧地名。〔詩清人〕清人在—。〔傳〕河上地也。

⑨—渴。病名。〔釋名釋疾病〕—渴。渴也。腎氣不周於胸胃中。津潤—渴。故欲得水也。〔按漢書司馬相如傳〕作—渴。

⑩—石。藥名。〔本草綱目〕—石。諸鹵地皆產之。此物見水卽—。又能化諸物。故謂之—。俗有鹽—皮—之稱。煎鍊入盆。凝結在下。粗朴者為朴—。在上有芒者為芒—。有牙者為馬牙—。

⑪舍—。梁名。〔三秦記〕有大梁如五升瓶。名舍—梁。

⑫—極。日本名詞。退也。守也。靜也。又為陰。為負。為否定。與積極反對。

⑬取—。日本語。謂取其事—滅之。使不更生效力也。

⑭俗稱晚食曰—夜。〔武林舊事〕禁中歲除日。後苑修內司各進—夜果兒。以大合簇飣。凡百餘種。

⑮同逍。〔禮記檀弓〕—搖於門。〔釋文〕本又作逍遙。〔按後漢馮衍傳注。—搖、猶觀望也。文選上林賦。—搖乎襄羊。注引司彪曰。—搖、逍遙也〕。

⑯同痟。〔一切經音義〕—、古文痟同。

⑰同翛。〔詩鴟鴞〕予尾翛翛。〔疏〕定本、—作翛翛也。

【涉】實攝切音緤葉韻

①𣴣篆文。見〔說文林部〕。〔按說文𣴣、徒行濿水也。从林从步。爾雅釋訓、馮河、徒—也。李注。無舟而渡水曰徒—。釋水。繇膝以上為—。方言七。過渡謂之—〕。

②猶入也。〔漢書高帝紀贊〕—魏而東。遂為豐公。

③猶歷也。〔穀梁襄二十七年傳〕與之—公事矣。〔按文選七發。背秋—冬。亦有歷義〕。

④迍屆也。〔何承天表〕以新故相—。自然有毫髮之差。

⑤縣名。晉置。屬司州廣平郡。當今河南—縣西北二里。

⑥大—。水名。〔漢書地理志〕犍為郡。南廣縣。〔注〕有大—水。北至符。入江。〔按清一統志。南廣當今四川珙縣境〕。

⑦—然。深入之貌。〔荀子正名〕君子之言。—然而精。

⑧學不專精曰—獵。〔漢書賈山傳〕—獵書記。不能為醇儒。〔注〕言若—水獵獸。不專精也。

⑨干—。干預也。〔金史撒離喝傳〕陝西之事。撻不野固不敢干—。

⑩般—。樂譜名。〔小學紺珠〕中呂調。正平調。高平調。仙侶調。黃鐘調。般—調。高般—調。為七羽。

⑪—禽。水禽也。凡鷗鷺鳧鴨之屬。動物家謂之—禽類。

⑫姓也。〔古今姓氏辯證書〕晉大夫—佗。以邑為氏。

【涉】的協切音跕葉韻

同喋。〔文選丘遲書〕朱鮪—血於友于。〔注〕與喋同。

【涊】乃殄切音撚銑韻

①淟—。垢濁也。〔文選陸機賦〕謬玄黃之秩序。故淟—而不鮮。〔又〕惡醉貌。見〔玉篇〕。

②汗出貌。〔文選枚乘七發〕—然汗出。

【涊】爾軫切音忍軫韻

水名。在上黨。見〔集韻〕。

【涍】許教切音孝效韻

①水名。在河南。見〔集韻〕。

②泉名。見〔棟花磯隨筆〕〔詳涍字〕。

【涍】虛交切音虓爻韻

水名。在南郡。見〔集韻〕。

【涌】尹竦切音勇腫韻

①滕也。一曰—水。在楚國。見〔說文〕。〔段注〕滕。水超踊也。—水在今江陵縣東南。自監利縣流入夏水。夏水支流也。水經注。酈云。—水自夏水南通於江。謂之—口。

②溢也。〔素問五常政大論〕其動漂泄沃—。

③猶桶也。〔釋名釋山〕山旁隴間曰—。猶桶。桶狹而長也。

④吐嘔也。〔素問五常政大論〕其動瘍—。

⑤—裔。行貌。〔文選枚乘七發〕軋盤—裔。〔按朱駿聲曰。猶溶滴、容與也〕。

⑥—湍。危阻也。〔楚辭悲回風〕憚—湍之礚礚兮。

⑦—泉。正出之泉也。〔釋名釋水〕水上出曰—泉。〔又〕人身穴名。在足心下、踡指宛之中。〔素問陰陽離

合論〕少陰根起於—泉。

㊇或作澒。見〔集韻〕。

㊈通偪。〔方言〕偪、愊、滿也。凡以器盛而滿謂之偪。〔注〕言—出也。〔箋疏〕—與偪通。

【涎】徐連切音㳄先韻

㊀本作㳄。〔說文㳄部〕㳄、慕欲口液也。㳄或从侃𣵸。〔段注〕有所慕欲而口生液也。俗作—。郭注爾雅作唌。〔按朱駿聲云〕字亦作涏、作沮〕。

㊁小兒唾皃。見〔通訓定聲〕。

㊂物之黏液也。〔炮炙論〕煎之有—。

㊃迆—。邐迆相連也。〔文選木華賦〕迆—八裔。

㊄龍—。香名。〔本草綱目〕龍—香。焚之、則翠煙浮空。出西南海洋中。云是春間羣龍所吐—沫。浮出。番人採得貨之。〔按動物學家謂龍—生於有齒鯨類之眞甲鯨。係其腸及膀胱間所分泌之蠟質物。質輕。投水中則浮。試嚙之黏齒。乾焚之。煙作灰色。發異香。〕

【涎】延面切音衍霰韻

㊀沔—。水流皃。見〔集韻〕。

㊁——。光澤之貌也。〔漢書趙皇后傳〕燕燕尾——。張公子。時相見。

【涏】待鼎切音挺迥韻

㊀涇。寒也。見〔廣韻〕。

㊁泔—。小水。一曰波直皃。見〔集韻〕。

【涏】堂練切音電霰韻

㊀美好皃。見〔廣韻〕。

㊁——。光澤皃。見〔集韻〕。〔按韻會訓同。引五行志燕燕尾——。考今本漢書作涎。師古曰、涎涎。光澤貌也。音徒見反。趙皇后傳同。〕

【涑】光侯切音鉤尤韻須玉切音粟沃韻

澣也。見〔說文〕。〔通訓定聲〕去垢曰浣。用足無垢加功曰—。但用手斗擻。經傳皆以漱爲之。

【涑】所救切音瘦宥韻

㊀水有所敗。見〔集韻〕。

㊁盪口也。與漱同。見〔正韻〕。

【涑】蘇谷切音速屋韻須玉切音粟沃韻

水名。〔左成十三年傳〕伐我—川。〔朱駿聲曰〕—水出今山西絳州絳縣陳郞峪。西南入河。案陳郞峪。在今山西聞喜縣東南〕。

【涒】他昆切音暾元韻

㊀食已而復吐之。見〔說文〕。

㊁太歲在申曰—灘。見〔爾雅釋天〕。〔按呂覽序意篇注。—、大也。灘、循也。萬物皆大循其情性也。又云。—灘。誇人短舌不能言爲—灘也。淮南天文篇注。—、大。灘、修也。言萬物皆修其精氣也。史記曆書注。—灘、一作芮漢。漢孔廟禮器碑、作—歎。集韻。—、或作汭〕。

【涒】紆綸切音贇俱倫切音麕眞韻于云切音熅文韻

—鄰。水流回旋之貌。〔文選郭璞賦〕—鄰圜潾。

【涓】圭縣切音蠲先韻

㊀小流也。爾雅曰。汝爲—。見〔說文〕。〔按爾雅釋水、作汝爲濆。朱駿聲云。說文引爾雅爲—。據水經注。卽今大溵水也。在河南許州郾城縣。考今本水經汝水注、作大溵水。〕

㊁坑也。見〔廣雅釋水〕。〔按疏證本作阬〕。

㊂擇也。〔文選左思賦〕—吉日。陟中壇。

㊃除也。〔漢書禮樂志〕—選休成。〔注〕除惡、選取美成者也。

㊄水名。〔水經伊水注〕水出陸渾西山。其水有二源。俱導而東注虢路。

㊅——。流也。見〔廣雅釋訓〕。〔又〕清新之色。〔文選潘岳賦〕泉——而吐溜。〔又〕水名。〔水經泗水〕濟水又屈東南過湖陸縣南。——水從東北來流注之。〔注〕南梁水。自枝渠西南、逕番縣故城東。又屈逕城南。經無南梁之名。而有——之稱。疑卽是水也。

㊆—人。中—也。〔國語吳語〕乃見其—人疇。〔按漢官有中—。漢書曾參傳。參以中—從。注、—潔也。言在內主知潔淸灑埽之事。朱駿聲云。—段借爲捐。捐者、棄也。除也。所以致潔也。供潔埽庭除之役。故曰中—〕。

㊇龍—。水名。〔輿地紀勝〕在興道縣東二十九里。水出龍—谷。屈曲西南流十五里。入漢江。〔漢江府志〕云。今有大龍溪。在洋縣東北三十里。源出秦嶺。南流入溪。卽龍—水也。案在今陝西洋縣東〕。

㊈姓也。〔廣韻〕列仙傳、有齊人—子。

(十)人名。〔路史〕商周之際有呂―。字子牙。

【涓】縈絹切音睊霰韻

―濦。流兒。見〔集韻〕。

【涓】胡犬切音泫銑韻熒絹切音縣霰韻

泣貌。〔列子周穆王〕此若先人之廬。乃―然而泣。〔注〕―音泫。胡犬、胡絹、二反。

【涔】鋤簪切音岑徐心切音尋侵韻

(一)漬也。一曰。―陽渚在郢中。見〔說文〕。〔王注〕上文云久雨―漬也。則―自主積雨言。而漬―兩篆。分別兩處者。蓋漬主言雨水之多。―主言雨之漸漬。楚辭九歌。望―陽兮極浦。澧州志云。―水爲岷江別派。從公安入境。爲四水口。又東南流過焦圻一箭河。至隨口入澧。故稱―澧。

(二)多水也。〔淮南說林〕宮池―則溢。

(三)久而水潦也。〔淮南主術〕時有―旱災害之患。

(四)淚下貌。〔文選江淹詩〕―淚猶在目。

(五)――。雨多貌。〔杜甫詩〕―――寒雨繁。

(六)豬湲也。〔淮南覽冥〕―雲波水。〔按朱駿聲云。―段借爲湲。注。大潘水也。失之。〕

(七)管―。山名。〔山海經北山經〕管―之山。汾水出焉。〔注〕今在太原郡故汾陽縣北秀容山。―音岑。管音姦。沅曰。山在今山西靜樂縣北。太平寰宇記云。土人云。其山多菅。或以爲名。

(八)通跱。〔集韻〕跱。躊躇停水也。通作―。〔按淮南俶眞訓。牛蹄之―字作―。〕

【涔】蒸鹽切音潛鹽韻

(一)積柴水中以取魚也。〔爾雅釋器〕槮謂之―。〔注〕今之作槮者。聚積柴木於水中。魚得寒。入其裏藏隱。因以薄圍捕取之。

(二)涉水也。見〔類篇〕。

(三)水名。〔山海經西山經〕大時之山。―水出焉。北流注于渭。〔注〕音潛。沅曰。山、疑卽大白山也。在今陝西郿縣東南四十里。廣韻引此作秦時。水疑卽斜水。地理志、武功斜水。出衙嶺山北。至郿入渭。

(四)一作橬。〔集韻〕博雅。涔―。槮也。或作橬。〔按詩周頌潛有多魚釋文、引小爾雅云。魚之所息謂之橬。今本小爾雅作潛。〕

(五)通潛灊。〔書禹貢〕沱潛旣道。〔史記夏本紀作―。漢書地理志作灊。〕

【涔】仕濫切勘韻

漼也。見〔集韻〕。

【涔】仕懺切音鑱陷韻

水涯。見〔集韻〕。

【涕】土禮切音體待禮切音弟薺韻他計切音替霽韻

(一)泣也。見〔說文〕。〔通訓定聲〕易萃。齎咨―洟。虞注、自目曰―。按亦作淚。篆體夷弟偏傍。易於相亂。故別製淚以當之。廣雅釋言。―淚也。

(二)腸滲爲―。見〔素問解精微論〕。

(三)竹名。〔神異經〕南方荒中有―竹。可以爲船。

(四)通洟。〔禮記內則〕不敢唾洟。〔釋文〕―本又作洟。

【涕】夷益切音亦陌韻

同驛。卜兆名。〔史記宋微子世家〕乃命卜筮。曰雨。曰濟。曰―。〔注〕集解曰。尚書作圛。索隱曰。―音亦。尚書作驛。孔安國曰。氣絡繹下連續。今此文作―。是―泣亦相連之狀。

【涖】郎計切音麗霽韻力至切音利寘韻

(一)蒞也。見〔廣雅釋詁〕。

(二)汔也。見〔集韻〕。

(三)臨也。〔詩采芑〕方叔―止。

(四)視也。〔周禮大宗伯〕―玉鬯。

(五)――。聲也。〔漢書司馬相如傳〕――下瀨。〔按玉篇。――。水聲也。〕

(六)同莅。〔禮記曲禮〕―官行法。〔釋文〕本亦作莅。

(七)通位。〔周禮肆師〕凡師甸用牲於社宗則爲位。〔注〕故書位爲―。

【涗】此芮切音脆須銳切音歲霽韻相絕切音雪屑韻

(一)財溫水也。周禮曰。以―漚其絲。見〔說文〕。〔王注〕財者才之借字。說文又借材、裁。今借纔。財溫者。不大熱也。考工記、㡛氏。以―水漚其絲。注云。故書―作湄。鄭司農云。湄水、溫水也。段氏曰。湄、當作渜。集韻云。

溴、或作淵。是也。❷沸也。〔禮記郊特牲〕醆酒—于清。❸拭也。〔周禮司尊彝〕盎齊—酌。〔注〕鄭司農曰。—酌者。挩拭勺而酌酒也。〔按校勘記曰。余本、嘉靖本、作挩拭。當據正。釋文作挩。俙云本或作拭。〕

【洄】呼內切音誨隊韻
青黑色。見〔集韻〕。〔按玉篇作潤。注。呼淋切。青黑貌。又大清也。今作溍。廣韻隊韻作潤。注。大清。說文曰。青黑皃。今作溍。據此。字形互異。存參。〕

【洤】蒲悶切音坌願韻
水出皃。見〔集韻〕。

【浝】莫江切音尨江韻
水也。見〔說文〕。〔桂注〕—或作瀧。水在梁鄒縣。水經注謂即古之袁水。

【浢】大透切音豆宥韻
水名。〔水經河水注〕河之南畔夾側水濆有津。謂之—津。河北縣有—水。南入于河。故有—津之名。〔按河北縣。漢置。屬河東郡。當今山西芮城縣東北。〕

【涀】眉教切音貌效韻
大水皃。見〔集韻〕。

【沭】虛咸切音𪙀咸韻
瀐黎汁也。見〔廣韻引字林〕。

【浱】叱涉切音謵　日涉切音讘　敕涉切音鍤葉韻
漣—。纔有水也。見〔玉篇〕。〔又〕水出也。見〔集韻〕。

【活】古活切音括曷韻
水流聲也。見〔說文〕。〔王注〕詩碩人北流活活。傳云。活活。流也。長笛賦。汩活澎濞。〔按集韻。—或从聒作潛。隸作活、潘。〕

【㳭】居拜切音戒卦韻　下介切音械卦韻
水名。見〔集韻〕。

【浭】居行切音庚庚韻
水名。〔漢書地理志〕右北平郡無終。〔注〕故無終子國。—水西至雍奴入海。師古曰。下所云入庚者。同一水也。〔按地理志下文俊靡注。灅水南至無終入庚。水經鮑丘水注。庚水出徐無北塞中。至北平入鮑丘水。蓋即今薊州之沽河也。〕

【𣴓】側亮切音壯漾韻
實米於甑也。見〔集韻〕。

【淯】逸織切音弋職韻
肥澤也。見〔集韻〕。

【㳻】他甘切音𦊹覃韻
淊—。峻波皃。見〔集韻〕。〔按文選海賦、作淊澹。注。淊澹、峻波也。玉篇亦作澹。同淊。訓水名。廣韻作澹。訓同選注。字形各異。存考。〕

【浵】徒冬切音彤冬韻
汪—。水深。一曰水名。見〔集韻〕。

【浶】郎刀切音勞豪韻
—浪。驚擾貌。〔文選張衡賦〕㵳漻—浪。

【浺】敕中切音忡東韻
—瀜。水深廣貌。〔文選木華賦〕—瀜沆瀁。〔又〕水平遠之貌。見〔廣韻〕。

【𣴞】渠王切音狂陽韻
水皃。見〔集韻〕。

【浻】烏猛切音瞢梗韻
水勢回旋之貌。〔文選郭璞賦〕泓汯—憬。〔按集韻作泂。〕

【泂】俱永切音憬梗韻
水泂皃。見〔集韻〕。

【浾】擬真切音樫庚韻　貲辛切音津真韻　莊加切音樝麻韻
棠棗之汁也。見〔說文赤部〕。

【渗】所禁切音滲沁韻
漏也。與滲同。見〔篇海〕。

【涄】滂丁切音聘平聲青韻
水貌。見〔類篇〕。

【涕】毗意切音鼻寘韻
涕也。見〔玉篇〕。

【𣲾】匹計切音媲霽韻　普卦切音派卦韻
同派。見〔玉篇〕。〔按集韻霽韻。—。說文、水出汝南弋陽垂山東入淮。博雅、——。衆也。一曰。舟行皃。或作滭。又滭下注云。水名。在丹陽。又支韻。賓彌切、音卑。水名。在弋陽。又夳韻。普蓋切、音霈。勱也。詩、其旂——。〕

徐灝讀考說文。渒水在丹陽。淠水出汝南弋陽垂山東入淮。佩觿集曰、—匹賣翻。水出丹陽。淠、匹四翻。水出汝南。據此。从卑之—與从畀之淠。判然不同。集韻混合爲一。當由形近而譌。又所引博雅。亦與今本異。按廣雅釋訓。淠淠、茂也。疏證曰。小雅小弁篇。萑葦淠淠。傳曰。淠淠、眾也。各本譌作—。今訂正。又集韻—訓舟行貌。本於毛傳。詩棫樸篇。淠彼涇舟。傳曰。淠、舟行貌。校勘記曰。淠彼涇舟。唐石經小字本、相臺本同。毛本同閩監本、淠誤—。然則—淠二字。沿誤已久。舊注又踵集韻之誤。今正。

【漩】旬宜切音旋先韻　辭戀切音鏇霰韻
回泉也。見〔說文〕〔段注〕謂峽中回流。江賦所謂盤渦谷轉也。〔按朱駿聲曰字亦作漩。華嚴音義切韻。漩洄也。〕

【泆】他骨切音禿月韻
滑—也。見〔篇海〕。

【涐】牛何切音莪歌韻　語可切音我哿韻
水名。〔說文〕水出蜀汶江徼外。東南入江。〔桂注〕胡渭曰。大渡河卽—水。羊膊嶺卽汶江徼外之山。—水所出。水經江水東南過犍爲武陽縣。青衣沫水從西南來合而注之。此卽二水會—入江處也。以今輿地言之。—水自茂州徼外南流。經黎大所。西折而東。經所南。又經建昌衞越嶲營北。又東經峨眉縣南。又東至嘉定州南。合青衣沫水。又東入大江。此水之南。蓋卽經所謂和夷也。

【涘】牀史切音俟紙韻
水厓也。周書曰。王出—。見〔說文〕。〔通訓定聲〕古泰誓文。白魚入于王舟。王跪取出—以燎。鄭注。—、涯也。王出于岸上。燔魚以祭。變禮也。

【⿰氵沙】所加切音沙麻韻
挓—。開兒。見〔集韻〕。

【浗】渠尤切音求尤韻
水名。見〔集韻〕。

【⿰氵弄】盧貢切音弄送韻
水名。見〔集韻〕。

【⿰氵皁】在早切音皁皓韻
水也。見〔玉篇〕。

【涃】苦悶切音困願韻
水名。見〔集韻〕。

【⿰氵否】匹備切音淠寘韻
水名。見〔集韻〕。

【⿰氵㳄】似延切音涎先韻
同㳄。口液也。見〔篇海〕。

【涩】色入切音色緝韻
同澀。見〔字彙補〕。

【浿】何管切音緩旱韻
同澣。見〔字彙補〕。

【⿰氵犴】音犴寒韻
大水也。見〔川篇〕。

【洋】音未詳
硯神曰—妃。見〔談薈〕。

【⿰氵夾】音未詳
長—。地名。〔穆天子傳〕丙戌。至於長—。重䍃氏之西疆。

【溊】波本字。見〔正字通〕。

【⿰氵𠬛】沒本字。見〔說文〕。

【洿】古湇字。見〔集韻〕。

【沸】古滄字。見〔集韻〕。

【泩】古漆字。見〔玉篇〕。

【⿰木社】古社字。見〔字彙補〕。

【浇】同澆。〔龍龕手鑑〕舊藏作澆。

【浅】同濺。見〔集韻〕。

【⿰氵皀】同潷。見〔集韻〕。

【淬】同汙。見〔集韻〕。

【⿰氵辰】同澼。見〔集韻〕。

【⿰氵弦】同泓。見〔集韻〕。

【淋】同淑。見〔字彙〕。

【洋】同瀰。見〔玉篇〕。

【粲】同海。見〔玉篇〕。

【渆】同淵。見〔字彙補〕。

【⿰氵囦】同淵。見〔字彙補〕。

【⿰氵尿】同尿。見〔字彙補〕。

【洵】同洍。〔清一統志〕順天府七里海。其西北爲後海。後海之西爲鄗魚—。

【⿰氵戌】滅俗字。見〔字彙〕。

【⿰氵兆】洮俗字。見〔龍龕手鑑〕。

【湤】湤俗字。見〔龍龕手鑑〕。

【涅】涅俗字。見〔字鑑〕。

【沓】沓譌字。見〔字彙〕。

八畫

【涯】宜佳切音崖佳韻魚羈切音宜支韻宜加切音丫麻韻

㊀水邊也。見〔說文新附〕。

㊁極也。〔莊子養生主〕吾生也有—。〔注〕所稟之分各有極也。

㊂方也。見〔文選古詩注引廣雅〕。

㊃檢束也。〔沈約書〕約、少不自—。

㊄—垠。頋安之貌也。〔淮南天文〕氣有—垠。

㊅重—。池邊也。〔文選張衡賦〕浸石菌於重—。

㊆通厓。〔詩葛藟傳〕水—曰滸。〔釋文〕、—本作厓。

㊇通崖。〔詩北山傳〕濱—也。〔釋文〕、—本作崖。

【液】夷益切音繹陌韻

㊀盡也。見〔說文〕。〔通訓定聲〕一切經音義引說文。盡、潤也。素問調經論。人有精氣津—。滲於空竅。留而不行者、爲—也。

㊁汁也。〔文選張衡賦〕漱飛泉之瀝—兮。

㊂淫—。音連延而流—不絕之意。〔禮記樂記〕淫—之。

㊃渧—。渧水也。〔素問腹中論〕鼻出渧—。

㊄泰—。池名。〔漢書郊祀志〕北治大池漸臺高二十餘丈名曰泰—。〔按亦作太—。在漢建章故宮西。未央宮北亦謂之倉池。又今京師三海者。即濟西苑。亦稱太—池。〕

㊅湯—。湯樂也。〔史記扁鵲傳〕病不以湯—。

㊆十月雨謂之—雨。見〔荊楚歲時記〕。

㊇雲—。石名。〔本草〕雲母一名雲—。

㊈—女。水名。〔山水經北山經〕泰戲之山。—女之水出于其陽南流注于沁水。〔畢注〕山在今山西繁峙縣西。

㊉—體。物之流動者也。理科分世界物質爲氣體、—體、固體。

(十一)姓也。〔姓氏尋源辨證〕—碑本作掖。師古曰。—氏。上古道術之士。善於鍊化。能作—湧者。後嗣因以—爲姓。

(十二)同辭。〔考工記弓人〕凡爲弓。多析幹而春—角。〔司農注〕—讀爲辭。〔按朱駿聲曰、—解也。〕

(十三)同掖。〔漢書王莽傳〕—門。〔注〕—與掖同。

【液】施隻切音釋陌韻

㊀瀆也。見〔集韻〕。

㊁潤也。〔西京雜記〕滑—如新。

㊂解散也。〔文子上仁〕渙乎其若冰之—。

【涳】枯公切音空東韻枯江切音腔盧江切音肛濃江切音曨江韻苦貢切音控送韻

㊀直流也。見〔說文〕。

㊁—濛。細雨也。見〔集韻〕。

【涳】濃江切音曨江韻

姓也。〔廣韻〕姓出纂文。

【湤】待可切音拕哿韻

㊀涾—。水波重疊貌。〔文選木華賦〕長波涾—。

㊁灖—。沙石隨水往來貌。〔文選郭璞賦〕碧沙灖—而往來。

㊂湤或字。〔集韻〕湤。水貌。或从陁。

【涴】委遠切音宛阮韻

—演。水迴曲貌。〔文選郭璞賦〕洪瀾—演而雲迴。

【涴】紆願切音怨願韻於袁切音鴛元韻

水名。〔山海經西山經〕英鞮之山。—水出焉。〔注〕—或作涴。沅曰。玉篇、涴水出莫靴山。

【涴】烏臥切音堁箇韻

汙也。〔韓愈詩〕勿使泥塵—。〔按集韻—或作汙。〕

【涵】胡南切音含覃韻

㊀本作涵。〔說文〕涵。水澤多也。詩曰。譖始既涵。

㊁沈也。〔方言〕潛、—。沈也。楚郢以南曰—。或曰潛。〔箋疏〕眾經音義十六引作洽。洽與—同。

㊂容也。〔詩巧言〕譖始既—。〔按朱駿聲曰。謂從潤漸漬也。傳訓容。謂借爲含。箋訓同。謂借爲夵。似失之。〕

【涵】胡讒切音咸咸韻

同也。詩僭始既—。鄭康成讀。見〔集韻〕。

【涵】下啗切闞韻

沒也。見〔玉篇〕。

〔涵〕胡感切音頷感韻　㊀水入船。見〔廣韻〕。㊁同涽。〔廣韻〕涽、水和泥。或作｜。

〔涶〕土禾切音詑歌韻吐臥切音唾箇韻　河津也。在西河西。見〔說文〕。

〔涶〕吐臥切音唾箇韻　唾或字。〔集韻〕唾。口液也。或从水。

〔[氵乳]〕乃后切音穀宥韻　｜水也。見〔說文〕。

〔[氵乳]〕乘主切音乳麌韻　酒也。見〔廣雅釋器〕。〔疏證〕大雅行葦篇。酒醴維醹。毛傳云。醹。厚也。集韻云。醹或作｜。猶乳也。乳與酒古音相近而義同。北堂書鈔引春秋說題辭云。酒之言乳也。

〔涷〕都籠切音東東韻　㊀｜水出發鳩山。入河。見〔說文〕。〔通訓定聲〕即孤貢之濁漳。出今山西潞安府長子縣西發鳩山。山經河南彰德府涉縣。合清漳入直隸。至天津府西沽。東入海。㊁暴雨謂之｜。見〔爾雅釋天〕。〔注〕今江東呼夏月暴雨爲｜雨。〔釋文〕｜音東。

〔涷〕多貢切音凍送韻　㊀暴雨謂之｜。見〔集韻引爾雅〕。㊁通凍。〔張納功德碑敍〕郵瀋｜餒。㊂瀧｜。霑貌。見〔玉篇〕。〔又〕沾漬也。見〔類篇〕。㊃顆｜。藥草名。〔爾雅釋草〕菟奚、顆｜。〔注〕款｜也。紫赤華。生水中。〔疏〕本草。款｜一名橐吾。一名顆東。一名虎鬚。一名菟奚。陶注云。形如宿蓴未舒者。其腹裏有絲。其花乃似大菊花。〔圖入款字〕。

〔涹〕烏禾切音倭歌韻　㊀濁也。見〔廣雅釋詁〕。㊁漚也。〔考工記㡛人〕以涚水漚其絲。〔注〕楚人曰漚。齊人曰｜。㊂山名。〔山海經中山經〕蔥聾之山。又東十五里曰｜山。

〔涹〕於僞切音委寘韻　水所聚也。一曰漚也。見〔集韻〕。

〔涹〕弩罪切音餒賄韻　浽或字。〔集韻〕浽。博雅、濁也。或作｜。

〔淴〕呼骨切音忽月韻　㊀青黑貌。見〔說文〕。㊁合也。〔楞嚴經〕心綿愛｜。㊂同沕。〔六書故〕沕。水青黑攸闇也。又作｜。

〔淴〕呼內切音誨隊韻　同潿。〔集韻〕潿。青黑色。隷作｜。或作淴。

〔淴〕武粉切音吻吻韻　水絕貌。見〔集韻〕。

〔淴〕吐內切音退隊韻　漬去色曰｜。見〔集韻〕。

〔涭〕是酉切音受有韻　水貌。見〔玉篇〕。

〔涭〕濤俗字。見〔龍龕手鑑〕。

〔涮〕數患切音㵆諫韻數脊切音篡霰韻　㊀洗也。見〔集韻〕。㊁茶別名也。見〔龍龕手鑑〕。

〔涮〕所劣切音刷屑韻　水名。見〔集韻〕。

〔[氵邯]〕胡甘切音酣覃韻侯旰切音翰翰韻　或也。〔方言〕沅豐之間。凡言或如此者、曰｜如是。〔按今廣東語謂如此曰咁。當即｜字〕。

〔[氵邯]〕胡甘切音酣覃韻　｜湖。不定也。或作歁。見〔集韻〕。

〔淆〕何交切音爻肴韻　〔案與殽通〕。㊀混也。〔後漢黃憲傳〕｜之不濁。㊁亂也。見〔字彙〕。㊂水名。〔土地名〕河南陽城縣東北山｜水所出。〔陽城縣當今登封縣境〕。

〔淇〕渠之切音其支韻　㊀｜水在河內共北山東入河。或曰出隆慮西山。見〔說文〕。〔通訓定聲〕出今河南衛輝府輝縣蘇門山。入河。或曰出彰德府林縣隆慮山。即大號山。至衛輝府｜縣竟入衛河而入海。與今水道合。〔又〕褒陽水名。〔水經沔水注〕涂水與褒水亂流東出謂之｜水。㊁州名。元置。屬中書省衛輝路。當今河南—縣治。

(三)臨—縣名。北魏置。屬司州林慮郡。當今河南德林縣東南。

【洴】旁經切音瓶青韻

—澼。漂絮聲。見〔集韻〕。〔按莊子逍遙遊。宋人有善爲不龜手之藥者。世世以—澼絖爲事。注。其藥能令手不拘拆。故常漂絮於水上也。〕

【洴】披庚切音磅庚韻

水聲。或作泙、湃。見〔集韻〕。

【淈】古忽切音骨下扢切音訖月韻

(一)濁也。一曰滑泥。一曰水出皃也。見〔說文〕〔王注〕法言吾子篇。惡淫辭之—法度也。注云。—濁也。廣韻。—泥。廣雅。淈、淖也。楚辭漁父。何不—其泥而揚其波。史記樗里子傳。滑稽多智。正義云。滑讀爲—。水流自出。言其智計。宜吐如泉。流出無盡。

(二)亂也。〔後漢張衡傳〕涉多則—泥而潛蟠避害。

(三)—水微轉細涌之貌。〔史記司馬相如傳〕潏潏——〔又〕泱流也。見〔史記司馬相如傳注引廣雅〕〔又〕一國並亂也。〔楚辭怨上〕哀殺兮—。

(四)滑屈竭也。〔荀子宥坐〕其洸洸乎不—似道。〔注〕—讀爲屈。

【淈】胡骨切音搰月韻

滑汨。〔爾雅釋詁〕—治也。〔注〕—。書序作汨。

【淈】呼骨切音忽月韻

淴或字。〔集韻〕淴水貌。或从屈。

【淉】古火切音果哿韻

—水也。見〔說文〕。

【淉】古玩切音貫翰韻

祼或字。〔集韻〕祼。灌祭也。或从水。

【淊】戶感切音頷感韻於陷切音韽陷韻

泥水——也。一曰繰絲湯。見〔說文〕。

【淊】於咸切音猪咸韻於陷切音韽陷韻

沒也。見〔集韻〕。

【淊】以冉切音琰琰韻

灩或字。〔集韻〕瀲灩水滿貌。或从臽。亦作淡。

【淊】胡南切音含覃韻

淦或字。〔集韻〕淦、沈也。或作—。

【淋】犂針切音林侵韻

(一)以水沃也。一曰—山下水貌。見〔說文〕〔桂注〕玉篇。—、澆也。一曰——山下水貌者。徐鍇本作山水下也。韻會同。李善注七發洪——焉。引作山下水也。三蒼解詁。—漉水下也。

(二)淯也。見〔廣雅釋詁〕。

(三)—漓。渥貌。〔文選揚雄賦〕—漓廓落。

(四)—離。長貌。〔楚辭哀時命〕劍—離而縱橫。

(五)—灑。不絕貌。〔文選王褒賦〕被—灑其靡靡兮。

(六)—池。即太液池也。〔拾遺記〕昭帝元始元年。穿—池。廣千步。

(七)同㵋。〔一切經音義〕—古文㵋同。

(八)同霖。〔莊子大宗師〕霖雨十日。〔釋文〕本又作—。

(九)同痳。病名。詳痳字。

【淋】力鴆切音臨沁韻

以水沃也。見〔集韻〕。

【㳹】郞晃切音漭養韻

大水。一曰水名。在譙郡。見〔集韻〕。

【㳹】干放切音旺漾韻

大水貌。見〔集韻〕。

【㳹】烏曠切音醸漾韻

汪或字。〔集韻〕汪。停水臭。一曰水貌。或从枉。

【㳹】嫗往切音枉養韻

浧或字。〔集韻〕浧陶縣名。在鴻門。亦从枉。

【淑】殊六切音孰屋韻

(一)清湛也。見〔說文〕。

(二)善也。〔詩鳲鳩〕—人君子。

(三)—美也。〔荀子賦篇〕湣湣——。

(四)—詭。奇異也。〔莊子德充符〕彼且蘄以—詭幻怪之名聞。

(五)—人。命婦之封號。宋制。尚書以上命婦封—人。明制。三品封贈—人。

(六)—士。國名。〔山海經大荒西經〕有國名曰—士。

(七)姓也。〔古今姓氏書辯證〕前燕揚威將軍—虞。

(八)同叔。〔詩東門之池〕彼美叔姬。〔

釋文〕本亦作—。

(九)同俶。〔儀禮聘禮〕燕與羞俶獻無常數。〔注〕古文俶作—。

【淑】昌六切音俶屋韻

—洮。水流貌。見〔集韻〕。

【淒】千西切音妻齊韻千咨切音鄒支韻此禮切音泚薺韻

雨雲起也。詩、有渰——。見〔說文〕。〔王注〕雨雲者。將雨之雲也。小雅大田文。今作萋萋。傳曰。雲行貌。

【淒】千西切音妻齊韻

(一)寒風也。〔詩綠衣〕—其以風。

(二)雨气悽清也。見〔六書故〕。

(三)—涼風也。〔詩四月〕秋日——。〔又〕流貌。〔楚辭悲回風〕涕泣交而——兮。

(四)—滄。薄寒也。〔素問氣交變大論〕其德—滄。〔五常政大論〕滄數至。注。大涼也。義同。六書故曰。—滄亦作悽愴。亦作凄。

(五)—淚。寒涼之意也。〔漢書外戚傳〕秋氣潛以—淚兮。

(六)西南曰—風。見〔呂覽有始〕。

(七)水名。〔山海經西山經〕號山。—水出焉。西流注于海。〔注〕或作浽。

(八)通棲。〔詩四月〕秋日——。〔釋文〕—本作棲。

【淒】倉甸切音蒨霰韻

—浰。疾貌。或从倩作㵵。通作倩。見〔集韻〕。〔按史記司馬相如傳、儵胂—浰。漢書、文選、竝作倩。〕

【淔】蓄力切音敕丞職切音殖職韻

(一)—水也。見〔說文〕。〔按集韻曰。出溜川。朱駿聲曰。謂即灉水也。〕

(二)—灌。草名。〔爾雅釋草〕—灌、茵芝。〔義疏〕—灌一名茵芝。蓋—之言殖也。灌猶叢也。菌芝叢生而繁殖。因以爲名。〔按朱駿聲曰。茵者菌之壞字。灌者茲貫之借字。藿菌、滋蔓叢生。故以爲名。郭讀爲二物。又以芝爲瑞草。皆誤也。神農本草有藿菌。孫氏星衍謂即灌菌。菌芝一名—灌。則亦可名藿菌矣。〕

(三)泉名。見〔棟花磯隨筆〕。〔詳濾字〕。

【淕】力竹切音六屋韻

(一)凝雨澤也。見〔廣韻〕。

(二)泽名。見〔集韻〕。

【淖】女教切音橈直教切音棹效韻

(一)泥也。見〔說文〕。

(二)和泥曰—。見〔一切經音義引通俗文〕。

(三)濕也。見〔廣雅釋詁〕。

(四)濁也。見〔廣雅釋詁〕。

(五)和也。〔儀禮士虞禮〕嘉薦普—。

(六)弱也。見〔漢書文帝紀注〕。

【淖】直角切音濁覺韻

(一)濡甚也。見〔集韻〕。

(二)溺也。〔楚辭怨世〕世沈—而難論兮。

(三)同濁。〔山海經海內經〕韓流取—子曰阿女。〔畢注〕—即濁字。古用—也。

【淖】竹角切音斲覺韻

(一)——。衆也。見〔廣雅釋訓〕。〔疏證〕說文鮮字注云。烝然鮮鮮。罩鮮古字通用。罩罩汕汕。皆魚游水之貌。——與罩罩同。

(二)姓也。〔路史〕楚—國。先爲—氏。〔按古今姓氏書辯證曰。—音鬧。楚將—齒殺齊湣王。又漢江都易王美人—姬。集韻。人姓。音卓。未知孰是。考秦策—齒。史記作悼。呂覽作卓。潛夫論作踔。據此則—姓可作去入二聲讀。〕

【淖】殊玉切音屬沃韻

三—。水名。〔山海經大荒西經〕大荒之中有龍山。日月所入。有三澤。水名曰三—。〔畢注〕穆天子傳引此作有川名三—。其地即蜀也。古字蜀作—。

【淖】尺約切音綽藥韻

(一)綽或字。〔集韻〕綽。緩也。亦作—。

(二)通綽。〔荀子宥坐〕—約微達似察。〔注〕—約。柔弱也。—讀爲綽。〔按莊子逍遙游。—約若處子。釋文引司馬注。—約、好貌。大宗師、綽乎其殺也。釋文。綽、崔本作—〕。

【淘】徒刀切音陶豪韻

(一)淅米也。〔齊民要術〕冷水淨—。

(二)——。流也。見〔廣雅釋訓〕。

(三)—河。鳥名。〔爾雅釋鳥〕鵜、鴮鸅。〔注〕今之鵜鶘也。好羣飛。沈水食魚。故名洿澤。俗呼之曰—河。

(四)冷—。燕餅也。〔唐六典〕大官令夏

供槐葉冷—。
㊄俗謂相爭嘗曰—氣。又謂小兒憨頑曰—氣。
㊅—汰。盪滌也。〔孫楚賦〕飛湍塵以—汰。〔今天演學言〕—汰即此義。
㊆同淘。水名。〔清一統志〕淘水源出山西長治縣南六十里雄山。西北流、至長子縣界入漳水。一謂之—水。
㊇或作洮。〔後漢陳元傳〕洮汰學者之累惑。〔注〕猶洗濯也。〔按爾雅釋訓〕溞溞。淅也。疏。洮米聲。
㊈或作濤。〔詩生民〕釋之溲溲。〔傳〕釋、淅米也。〔釋文〕叟叟。濤米聲也。

【淙】徂宗切音賨冬韻　徂江切音樅江韻
㊀水聲也。〔說文〕。〔王注〕沈約詩。百丈注懸—。高適詩石泉——。
㊁飛流也。見〔六書故〕

【淙】仕巷切音㵶絳韻
㊀水聲。或作漴。見〔集韻〕。
㊁潰也。見〔廣雅釋詁〕。〔疏證〕郭璞江賦。—大壑與沃焦。—者、灌也。謂江水東流入海。灌大壑與沃焦也。李善注、以—為水聲。失之。〔按曹憲音—、士降反〕。
㊂水衝沃也。見〔六書故〕。
㊃通漴。〔集韻〕漴。水所衝也。通作—。

【淙】朔降切音㵶絳韻
水出貌。見〔集韻〕。

【淚】力遂切音類寘韻　劣戌切音律質韻
目液也。見〔集韻〕。〔按漢書西域傳。胡桐白草注。流俗語訛呼—為律。故—又音律〕。

【淚】郎計切音麗霽韻
㊀疾流貌。淮南子、水—破舟。見〔集韻〕。〔按今本淮南主術訓、作戾〕。
㊁淒—。寒涼貌。〔漢武帝賦〕秋氣憯以淒—。〔按淒—字亦作淒戾〕。

【淚】力結切戾入聲屑韻
滲—。水貌。見〔集韻〕。

【淛】征例切音制霽韻　之列切音折屑韻
㊀江名。或作浙。見〔集韻〕。〔辥浙字〕。
㊁山名。〔清一統志〕—山在福建政和縣西三十里。一名望—峯。

【淢】越逼切音域職韻
㊀疾流也。見〔說文〕。
㊁怒水也。〔淮南本經〕抑—怒瀨。
㊂潷—。水波鱗次貌。〔文選郭璞賦〕潷—濜溳。〔注〕參差相次也。
㊃同惐。〔文選潘岳賦〕惐愴惻—。〔注〕—、與惐同。
㊈又作戜。說文曰。水流疾戜戜也。見〔六書故〕。

【淢】乙六切音郁屋韻
潚—。水勢貌。〔淮南本經〕淌游瀷—。〔注〕—、讀郁郁乎文哉之郁。

【淢】越筆切音颶質韻
𣶒或字。〔集韻〕𣶒。水也。或作汩、—。

【淢】忽域切音洫職韻
同洫。〔詩文王有聲〕築城伊洫。〔傳〕成溝也。〔箋〕方十里曰成。—、其溝也。廣深各八尺。〔釋文〕字又作洫。

【淣】研西切音倪齊韻　研計切音詣霽韻
水際也。見〔集韻〕。

【淣】宜佳切音崖佳韻
同倪。極際也。〔莊子大宗師〕不知端倪。〔釋文〕倪本或作—。同音崖。徐音詣。

【淤】依據切音飫御韻
㊀澱滓濁泥也。見〔說文〕。
㊁洲也。〔方言〕水中可居者為洲。三輔謂之—。
㊂水中泥草。又濁也。見〔玉篇〕。
㊃淺也。〔文選司馬相如賦〕行乎洲—之浦。
㊄或作𡊱。〔集韻〕—、或从土。
㊅通閼。〔漢書溝洫志〕渠成而用溉注塡閼之水。〔注〕閼讀為—。音於據反。塡—。謂壅泥也。
㊆通飫。〔後漢馬融傳〕擺牲班禽。—賜犒功。〔注〕—與飫同。

【淤】衣虛切音於魚韻
—泥。見〔廣韻〕。

【淥】龍玉切音錄沃韻
㊀水清也。〔文選張衡賦〕—水澹澹。
㊁澤名。〔漢書禮樂志〕淫—澤。洼然歸。
㊂姓也。見〔集韻〕。
㊃同醽。水名。〔水經漉水注〕醽陵縣南臨—水。水東出安城縣翁陵山。漉—聲相近。後人藉便以—為稱。〔按集韻沃韻。水名在湘東〕。

㊄同淥。鴨—。水名。〔北史于仲文傳〕仲文率衆東過高麗出兵掩襲輜重。因縱大破之。至鴨—水。〔按卽鴨綠江也。水道提綱云。江源出長白山南麓。入於海。〕

㊅同醁。醽—。酒也。〔晉書簡文帝紀〕初薦醽—酒於太廟。〔按集韻沃韻。醽醁。酒名。〕

【淦】古暗切音紺勘韻

㊀水入船中也。一曰泥也。—、或从今。見〔說文〕〔段注〕—者。浸淫隨理之意。

㊁水名。〔漢書地理志〕豫章郡。新—縣。〔注〕—水所出。西入湖漢也。〔按水道提綱。湖漢水、卽贛水上流之貢水也。清一統志云。—水在江西清江縣東南三十里。源出縣東南離嶺。經紫—山。至清江鎭。會蛇溪水入贛江。漢新—縣以此名。孜清江鎭。今樟樹鎭也。〕

㊂通灨。〔集韻〕灨。水名。一曰邑名。在豫章。通作—。

【淦】姑南切音弇覃韻

水入舟隙謂之—。一曰水名。或从今、从含。見〔集韻〕。

【淦】胡南切音含覃韻

淦或子。〔集韻〕淦。沈也。或作—。

【淨】疾正切音瀞敬韻鋤耕切音崢庚韻緇詵切音蓁鋤臻切音榛眞韻

魯北城門池也。見〔說文〕。〔王注〕—蓋水名。因之爲池。顧亭林曰。—門卽以此水名。省文作爭。爾後人以瀞字省作—。音才性切。而梵書用之。自南北史以下。俱爲才性之—。而魯之—門不復知矣。字或作埩。廣韻。埩。魯城北門池也。

【淨】疾正切音瀞敬韻

㊀塵垢盡也。見〔六書故〕。

㊁冷貌。〔方言〕淬。寒也。濪。—也。〔注〕淬猶—也。皆冷貌也。〔按說文。瀙。冷寒也。朱駿聲曰。—又叚借爲靚。〕

㊂戲劇脚色之一。〔莊岳委談〕傳奇以戲爲稱。其名欲顚倒而無實也。故曲欲熟而命以生也。婦宜夜而命以旦也。開場始事而命以末也。塗汚不潔而命以—也。〔參看丑字注。〕

㊃灘名。〔水經沔水注〕漢水又東爲—灘。

㊄州名。金置。屬西京路。當今內蒙古四子部落西北與喀爾喀接界。

㊅淸—。不煩擾也。〔史記曹參世家〕蓋公爲言治道貴淸—而民自定。

㊆無煩惱垢生住處、名爲—土。見〔法華論〕。

㊇——。水名。〔水經獲水注〕獲水又東。——瀞水注之。水上承梧桐陂西北流。卽劉中書澄之所謂白瀞水也。又北入於獲。俗名之—瀞也。

㊈通瀞。〔集韻〕瀞。無垢穢也。通作—。

【淩】閭承切音陵蒸韻

㊀—水。在臨淮。見〔說文〕。〔段注〕今江蘇徐州府宿遷縣東南五十里有—城。〔按朱駿聲曰。—水當出其西。而東南流入淮。是曰—口。今無考。字亦變作庱。吳志。孫權將如吳。親乘馬射虎于庱亭。元和郡縣志。庱亭在丹陽縣東四十七里。當是以—水得名。〕

㊁乘也。〔楚辭哀郢〕—陽侯之汎濫。

㊂歷也。見〔廣韻〕。

㊃猶馳也。〔楚辭大招〕冥—浹行。

㊄犯也。見〔正字通〕。

㊅姓也。〔廣韻〕吳將有—統。

㊆同倰。〔爾雅釋言注〕—懅戰慄。〔釋文〕埤蒼云。倰。慄也。郭云。—懅戰慄。則—倰音義同。

㊇借作凌。〔爾雅釋言〕—。慄也。〔注〕—懅戰慄。〔義疏〕—者、凌之叚借也。〔按佩觿集。冰凌之凌从仌。侵—之—从水。〕

【涪】房尤切音浮尤韻

㊀本作涪。水名。〔說文〕涪—水。出廣漢剛邑道徼外。南入漢。〔按水道提綱。—江卽古—水。出四川松潘衛東稍北之小分水嶺。合諸水南流。至龍安府。始曰—江。至射洪縣。梓潼水來注之。〕

㊁州名。唐置。屬山南道。今爲四川—陵縣治。

㊂縣名。漢置。屬廣漢郡。今四川綿陽縣東北有—縣故城。

㊃南—。縣名。晉置。屬寧州永昌郡。當在今雲南境。

【涪】馮無切音扶虞韻

—陵。水名。〔水經延江水注〕—陵水。出—陵縣東、故巴郡之南鄙。北至枳縣入江。〔又〕縣名。漢置。屬巴郡。今爲四川彭水縣治。

[涪] 蒲侯切音抔尤韻

—瀝。水泡見[集韻]。

[涫] 古玩切音貫 胡玩切音換翰韻 又古丸切音官寒韻

㊀ 㵄也。酒泉有樂涫縣。見[說文]。[段注]周禮注曰。今燕俗名湯熱爲觀。觀即涫。今江蘇俗語沸水曰滾水。滾水即涫之轉也。樂涫在今甘肅肅州高臺縣西北鎮夷城西南。

㊁ —沸貌。[荀子解蔽]——紛紛。

㊂ 灅—水名。[水經灅水注]灅水逕陰館縣故城西。又東北流。左會桑乾水。縣西北上平。洪源七輪。謂之桑乾泉。即灅—水者也。

[涫] 古玩切音貫翰韻 古緩切音管旱韻

同盥。[列子黃帝]進—漱巾櫛。[注]莊子作盥。

[涬] 下頂切音婞迥韻

㊀ 引也。[文選張衡賦]無縣攀以—己兮。[注]言無牽制于俗。引愛于己。

㊁ —溟。自然氣也。[莊子在宥]大同乎—溟。

㊂ 溟—。自貴之謂也。[莊子天地]豈兄堯舜之教民。溟—然弟之哉。[又]大水混茫貌。見[韻會]。

㊃ 姓也。[正字通]五代有—寅遜。

[涼] 呂張切音良陽韻

㊀ 薄也。見[說文]。

㊁ 寒也。陰氣行也。見[白虎通八風]。

㊂ 微寒也。見[列子湯問注引字林]。

㊃ 淸也。肺之性也。[素問五運行大論]其性爲—。

㊄ 水气淸也。見[六書故]。

㊅ 愁也。[文選顏延年詩]原隰多悲—。

㊆ ——。有威儀而無所施之貌也。[孟子盡心]行何爲踽踽——。

㊇ 西南曰—風。見[淮南墜形]。

㊈ 州名。三國魏置。明改—州衞。清改爲府。屬甘肅省。今廢。甘肅之武威、永昌、鎭番、古浪、平番等縣。是其舊境。

㊉ 國名。東晉時—州刺史張軌。保據河西。五傳至曾孫重華。自稱—王。是爲前—。凡五主。併於苻秦。起民國紀元前一千五百六十四年。訖一千五百三十六年。[又]後—。呂光建國于東晉孝武帝時。凡四主。降於後秦。起民國紀元前一千五百二十五年。訖一千五百零九年。[又]北—。匈奴沮渠蒙遜建國於晉宋之際。凡二主。降於後魏。起民國紀元前一千五百一十四年。訖一千四百七十三年。[又]西—。李暠建國於晉宋之際。凡二主。爲北—所併。起民國紀元前一千五百一十二年。訖一千四百八十九年。[又]南—。鮮卑禿髮烏孤建國於東晉安帝時。凡三主。降於西秦。起民國紀元前一千五百一十五年。訖一千四百八十九年。

(十一) 姓也。[古今姓氏書辯證]魏志有昌邑太子太傅—茂。山陽人。

(十二) 同就。[廣雅釋詁]就。薄也。[疏證]說文就。引爾雅就薄也。大雅桑柔篇、職—善背。莊三十二年左傳、虢多—德。毛傳、杜注、並云—薄也。—與就同。經傳皆通作薄。

(十三) 同𩗬。[爾雅釋天]北風謂之—。[說文風部云北風謂之𩗬]。

(十四) 同䣼。[周禮漿人]水漿醴—醫酏。[注]今寒粥若糗飯雜水也。說文酉部䣼、雜味也。[按通訓定聲曰]即周禮漿人之—。

[涼] 力讓切音亮漾韻

㊀ 佐也。見[小爾雅廣言]。

㊁ 信也。見[詩桑柔職—善背箋]。

㊂ 同亮。[詩大明]—彼武王。[釋文]韓詩作亮云相也。

㊃ 同諒。[漢書五行志][illegible]—陰之哀。天下嚮之。[注]師古曰。—、信也。陰、默也。鄭曰諒。一說、—陰謂居喪之廬也。—音力羊反。

[涽] 呼昆切音昏元韻

—。——未定貌。見[集韻]。[又]思慮昏亂也。[荀子賦]——淑淑。[按今本作湣]。

[涽] 呼困切音惛願韻

——。濁水。見[集韻]。

[涾] 達合切音沓合韻

㊀ 涫溢也。今河朔方言謂沸溢爲—。見[說文]。

㊁ —沲。水波相重貌。[杜甫詩]—沲乎渙汗。

[涿] 都木切音豰 徒谷切音牘屋

韻竹角切音斲直角切音濁覺韻

㊀流下滴也。上谷有—鹿縣。奇字—。从日从乙作乢。見[說文]。[通訓定聲]俗字作沰。崔寔四民月令上火不落下火滴沰。周禮掌舍註作涑濼。今蘇俗語如篤。謂雨聲滴沰也。—鹿今直隸宣化府保安州。

㊁瀆也。見[廣雅釋詁]。[按方言瀧—謂之霑瀆。義同]

㊂擊也。[周禮秋官序官]壺—氏。[注]壺謂瓦鼓。—擊之也。故書—爲獨。鄭司農云。獨讀爲濁。音與—相近。書亦或爲濁。

㊃水名。[水經聖水注]聖水自—縣東與桃水合。又東逕—縣故城下。與—水合。世以爲—水。

㊄婁—。山名。[山海經中山經]婁—之山。瞻水出於其陽。而東流注于洛。[畢注]山當在今河南永寧縣。

㊅—光。山名。[山海經北山經]—光之山。囂水出焉。而西流注于河。

㊆郡縣名。漢置。屬幽州。郡治有縣。亦名—。三國魏改—郡爲范陽郡。縣亦屬焉。迄隋復置—郡。治—縣。唐郡縣並廢。改置—州。後均因之。今改爲縣。屬直隸。

㊇通獨。[左莊二十七年傳]顏—聚。[按漢書古今人表作燭雛。說苑正諫篇作燭趨。晏子春秋作燭鄒。即—聚也。]

㊈借作琢。[張公神碑]刊斲—摩。[按—摩即琢磨也。]

【涿】直角切音濁覺韻

地名。一曰澤名。或作涿。見[集韻]。

【淀】堂練切音電霰韻

㊀淺水也。見[玉篇]。[按文選吳都賦]掘鯉之—。[注]—如淵而淺。

㊁陂—。泊屬。見[廣韻]。[按水經汝水注]。—陂。陂水之異名也。

㊂巨—。縣名。[水經淄水注]淄水又東逕巨—縣故城南。[按漢書地理志作鉅定。屬齊郡。蓋縣東南有鉅—湖。因以名。地當今山東壽光縣西北八十里。]

【淁】七接切音妾 即涉切音接 葉韻

—水也。見[說文]。

【淁】即入切音[illegible]緝韻

濈或字。[集韻]濈。水滋也。一曰、拾濈。水微轉細通貌。或作—。

【淃】逵眷切音倦霰韻

㊀水名。見[廣韻]。

㊁水貌。見[字彙]。

【淄】莊持切音菑支韻

㊀水名。[水經淄水]—水出泰山萊蕪縣原山東北。過臨—縣東。又東過利縣東。又東北入于海。[按水道提綱]—水源出—川縣西南與萊蕪接界之原山。分水嶺東經臨—縣樂安縣入清水泊。由泊東北入海。漢書地理志云。萊蕪原山—水所出。山在今山東—川縣東南七十里。]

㊁州名。唐置。屬河南道。宋仍之。金改爲—川。即今山東—川縣治。

㊂臨—。縣名。漢置。屬齊郡。即今山東臨—縣治。

㊃黑也。[太玄更]化白于泥—。

㊄杭俗語人嘲我曰—牙。[游覽志餘]杭人有諱本語而巧爲俏語者。如語人嘲我曰—牙。胡說曰扯淡。有謀未成曰掃興。無言默坐曰出神。則自宋時梨園市語之遺。未之改也。

㊅—丘。複姓。[古今姓氏書辯證]—一作菑。其先以所食爲氏。英賢傳。齊勇士菑丘訢。

㊆通菑。[周禮職方氏]幽州。其浸菑。[注]菑出萊蕪。

㊇通甾。[書禹貢]濰—其道。[漢書地理志作惟甾其道。]

㊈或作菑。[武班碑]齊國臨菑。

【淅】先的切音錫錫韻

㊀汏米也。見[說文]。[按廣雅釋詁。]—、洒也。孟子接—而行。丁音漬米也。義同。

㊁—瀝。雨霰聲。[夏侯孝若賦]集洪霰之—瀝。[又]落葉聲。[喬知之詩]黃葉已—瀝。

㊂水名。[清一統志]—水源出陝州盧氏縣界。南流經內鄉縣南。經—川縣東南。與丹水合流。入均水。[案水經丹水注作析。]

【淜】符嵐切音馮東韻 悲陵切音冰蒸韻 皮咸切音[illegible]咸韻

無舟渡河也。見[說文]。[王注]主—河而言。故指言渡河。不言渡水也。嚴氏曰。眾經音義說文。[illegible]、涉渡水也。說文無[illegible]字。疑即—之異文。

【淜】皮冰切音憑蒸韻 或作淜。[爾雅釋訓]馮河。徒涉也。[釋文]字又作淜。皮冰反。依字當作—。

【淜】披冰切音砯蒸韻 —滂。水聲。見[集韻]。[又]風擊物聲。[文選宋玉賦]飄忽—滂。

【淞】思恭切音蚣冬韻

(一)江名。在吳郡。見[集韻]。[按正字通]曰今作松。詳松字。

(二)吳—。江名。[宋書河渠志]通直郎陳仲方議濬吳—江。自大通入海。[案吳—江。卽—江。入海處名吳—口。在江蘇上海縣東北三十餘里。其處有吳—鎮。淸光緒二十三年。自行闢爲商埠。]

【淟】他典切音腆銑韻

(一)濁也。見[廣雅釋詁]。

(二)—涊。垢濁也。見[廣雅釋訓]。[又]俗謂水漿不寒而溫爲—涊。[漢書揚雄傳]紛纍以其—涊兮。

(三)—汨。沒也。[洪邁泉志]諸國無所稽考。遂致—汨不傳耳。

【淠】必至切音畀匹備切音渒寘韻

(一)—水也。出汝南弋陽垂山。東入淮。从水。畀聲。見[說文]。[通訓定聲]出今河南光州南岳山。至固始縣。合春河入淮。今之白鷺河也。疑孟子封之有庳。或在其間。地以—水得名。

(二)舟行貌。[詩棫樸]—彼涇舟。

(三)——。動也。[詩采菽]其旂——。[又]衆也。[詩小弁]萑葦——。[又]茂也。見[廣雅釋訓]。

(四)同泚。[水經泚水]泚水出廬江灊縣西南霍山東北。[注]泚字或作—。

【淠】蒲蓋切音霈泰韻 ——。動也。[詩采菽]其旂——。[釋文]徐孚蓋反。[按集韻誤作洋。詳洋字注。]

【淍】文紡切音罔養韻 水名。在蜀。見[集韻]。

【淍】母朗切音莽養韻 漭或字。[集韻]漭沆。水大貌。或作—。

【淡】杜覽切音啖徒覽切音憺韻

(一)薄味也。見[說文]。[通訓定聲]與澹迴別。禮記中庸、—而不厭。注、其味似薄也。表記、君子—以成。注、無酸酢少味也。管子、水地—也者。五味之中也。漢書揚雄傳、大味必—。注、謂無主味也。

(二)鹹之反也。[宋史張根傳]根性至孝。父病蠱戒鹽。根爲食—。

(三)甘之反也。[禮記表記]君子—以成。小人甘以壞。

(四)濃之反也。[蘇軾詩]—裝濃抹總相宜。

(五)澹—。水波小文也。[文選宋玉賦]徙靡澹—。[又]隨風之貌也。[文選班固賦]澹—浮。[又]搖蕩之貌也。[文選枚乘七發]流流遡流。又澹—之。

(六)—淵。水名。[水經大遼水注]小遼水。又西南逕襄平縣爲—淵。

(七)杭俗謂人胡說曰扯—。見[游覽志餘]。[按翟晴江曰扯—當作哆誕。]

(八)羅—。唐羈縻縣。屬嶺南道西原州。當在今廣西扶南縣西南。

(九)—菜。貝類。[韓昌黎集]孔戣爲華州刺史。奏罷明州歲貢—菜。[按本草綱目—菜一名殼菜。一名海蜌。一名東海夫人。生東南海中。似珠母。一頭小。中啣少毛。味甘美。南人好食之。]

(十)姓也。[古今姓氏書辯證]姓苑云。臨川人。

(十一)化學原質之一。或譯育。或稱—氣。非金屬。無色無臭無味之氣體。空氣內—氣居五分之四。比空氣輕。性不能燃。純—氣中。火入卽滅。動物入則氣窒塞而死。故日本名爲窒素。最宜於作爆烈料。故昔亦譯稱硝母。原子量一四。考得期一千七百七十二年。英文 Nitrogenium

(十二)—巴菰。煙草也。出呂宋國。見[姚露旅書]。英文 tobacco

(十三)通啖。食無菜茹也。[史記叔孫通傳]呂后與陛下攻苦食啖。[注]啖一作—。

【淡】以冉切音琰琰韻

(一)——。安流平滿貌。[文選宋玉賦]瀲——而竝入。

(二)泔—。滿也。[漢書揚雄傳]秬鬯泔—

｜
㊂同灉。〔集韻〕灉。澂灉。水滿皃。亦作｜。

【淡】徒廿切音談覃韻
㊀水皃。〔集韻〕。
㊁通痰。〔文字集略〕｜胷中液也。

【淡】以贍切音豔豔韻
㊀水皃。〔集韻〕。
㊁｜物影之微茫也。〔列子湯問〕｜｜焉若有物存。莫識其狀。

【淪】龍春切音倫眞韻
㊀小波爲｜。詩曰。河水淸且｜猗。一曰。沒也。見〔說文〕〔王注〕淪、當作猗。語詞也。傳曰。小風水成文轉如輪也。書微子。今殷其｜喪。水經注。碣石｜沒於洪波。
㊁從流而風曰｜。文貌。見〔文選謝莊賦注引韓詩章句〕。
㊂倫也。〔釋名釋水〕水小波曰｜。｜、倫也。水文相次有倫理也。
㊃潰也。見〔廣雅釋詁〕。
㊄沈也。見〔華嚴經音義引廣雅〕。
㊅入也。〔淮南精神〕｜乎不測。
㊆用法之深刻也。見〔楚辭遠逝注〕。
㊇率也。〔詩雨無正〕無｜胥以鋪。〔
按爾雅釋言訓同義疏云率者當讀如律。凡言相類。或云齊律。或云一律。或云大率。〕
㊈渾｜。猶渾然也。〔列子天瑞〕太素者、質之始也。氣形質具而未相離。故曰渾｜。〔注〕離渾然一氣不相離散。而三才之道。實潛兆乎其中。｜、語之助也。
㊉鱗｜。相次貌。〔文選馬融賦〕波瀾鱗｜。
⑪濆｜。相糾貌。〔文選木華賦〕瀰濆｜而滀潔。
⑫涎｜。迴旋貌。〔文選郭璞賦〕涎｜濴潫。
⑬泠｜。羈縻州。唐置。屬隴右道。隸鳳府。今地當在土谷番境。
⑭通崙。〔周禮大宗伯〕以黃琮禮地。〔注〕禮地以夏至。謂神在混｜者也。〔釋文〕｜、本又作崙。
⑮同陯。詳陯字。

【淪】縷尹切音輪軫韻　盧困切音論願韻
沒也。倘書商其｜喪。徐邈讀。見〔集韻〕。

【淪】魯本切音惀阮韻
混｜。輪轉之貌。〔文選郭璞賦〕或混｜乎泥沙。〔注〕｜、力本切。

【淪】姑頑切音鰥刪韻
泠｜。複姓。〔集韻〕古有泠｜氏。〔按古今姓氏書辯證云黃帝樂官。泠｜氏之後氏焉。〕

【淁】即涉切音接葉韻
｜沺。水出皃。見〔集韻〕。

【淁】失涉切音攝葉韻
㊀栽有水也。見〔集韻〕。
㊁汎｜。微小貌。又云、波急之聲。〔文選王襃賦〕又似流波泡溲汎｜。

【淁】的協切音喋葉韻
水皃。見〔集韻〕。

【淫】夷針切音霪侵韻
㊀浸｜。隨理也。一曰。久雨爲｜。見〔說文〕。〔王注〕繫傳曰。隨其脈理而浸漬也。月令。｜雨蚤降。注云、｜霖也。雨三日以上爲霖。
㊁浸｜。不止也。〔書無逸〕嗣王則其無｜于觀于逸于遊于田。
㊂過也。〔書大禹謨〕罔｜於樂。〔疏〕逞度之意。
㊃過蕩也。〔左襄二十九年傳〕遷而不｜。
㊄過奢侈也。〔禮記王制〕齊八政以防｜。
㊅放也。〔禮記哀公問〕｜德不倦。
㊆濫也。〔國語周語〕聽｜日離其名。
㊇猶貪也。〔禮記坊記〕示不｜也。
㊈貪侈也。〔禮記緇衣〕以御民之｜。
㊉貪色爲｜。見〔左成二年傳〕。
⑪凡肆意於聲色之欲者皆曰｜。〔說苑反質〕好樂聲色者｜也。
⑫邪也。〔離騷〕謠諑謂余以善｜。
⑬傾邪也。〔禮記儒行〕其居處不｜。
⑭亂也。〔呂覽古樂〕有正有｜矣。
⑮亂雜也。〔管子小匡〕男女不｜。
⑯亂其心也。〔孟子滕文公〕富貴不能｜。
⑰不次也。〔素問四時刺逆從論〕反之則生亂氣相｜病焉。
⑱星紀失次也。〔左襄二十八年傳〕歲在星紀而｜於玄枵。
⑲惑也。〔呂覽直諫〕得丹之姬｜。
⑳猶僭也。〔國語吳語〕以｜名聞於天子。
㉑猶侵也。〔文選陸機演連珠〕貞於

期者、時累不能—。
（廿二）男女不以禮交謂之—。見〔小爾雅廣詁〕。
（廿三）謂流移也。見〔禮記曲禮毋—視疏〕。
（廿四）謂女功奢偽怪好物也。〔禮記月令〕毋得—。
（廿五）謂行所不勝己者也。〔素問至眞要大論〕上—于下。所勝平之。
（廿六）遊也。〔管子明法〕不—意於法之外。
（廿七）潤也。〔楚辭自悲〕施玉色而外—。
（廿八）汰也。〔大戴禮曾子立事〕居上位而不—。
（廿九）大也。〔詩有客〕既有—威。
（三十）沒也。見〔小爾雅廣詁〕。
（卅一）久也。〔國語晉語〕底著滯—。
（卅二）陳也。〔周禮大師〕帥瞽而廞、作匶謚。〔注〕廞、興也。興言王之行。謂諷誦其治功之詩。故書廞爲—。鄭司農云、—陳也。
（卅三）多貌也。〔楚辭沈江〕日浸—而合同。
（卅四）進貌也。〔管子內業〕則—然而自至。
（卅五）延生也。〔呂覽任地〕子能使雚夷毋—乎。
（卅六）薄粉之也。〔考工記㡛氏〕—之以蜃。〔注〕杜子春云、—當爲涅。書亦或爲湛。玄謂—、薄粉之令帛白。
（卅七）非其所祭而祭之名曰—祀。見〔禮記曲禮〕。
（卅八）不學正道爲—學。〔呂覽知度〕不好—學流說。
（卅九）平地出水爲—水。〔淮南覽冥〕女媧積蘆灰以止—水。
（四十）—增進貌。〔管子內業〕—乎與我俱生。〔又〕流貌也。〔楚辭哀郢〕涕—其若霰。〔又〕去遠貌。〔文選宋玉賦〕洪波—之溶潏。〔又〕往來貌。〔漢書揚雄傳〕——與與。
（四一）—氣謂氣之妄行者。〔素問痺論〕—氣喘息。
（四二）—巧、非常之巧也。〔淮南時則〕作爲—巧。
（四三）—液、歌遲之也。〔禮記樂記〕—液之。〔又〕飲酒時情態也。見〔詩賓之初筵序沈湎—液箋〕。
（四四）—裔屯貌。〔文選張衡賦〕弄狂電之—裔。
（四五）—曀。闇昧也。〔楚辭逢紛〕徑—曀而道壅。
（四六）—濯。謂過度而且大也。〔文選枚乘七發〕血脈—濯。
（四七）—慝。謂鈔掠百姓取囚俘也。〔左成二年傳〕禁—慝也。
（四八）—濼。謂似酸痛而無力也。〔素問骨空論〕—濼脛痠不能久立。
（四九）—鬻。游激淖衍貌。〔史記司馬相如傳〕沈溶—鬻。
（五十）泉名。〔拾遺記〕日南之南有—泉之浦。
（五一）樹名。〔採蘭雜志〕遞頓國有—樹。
（五二）魚名。〔淮南說山〕—魚出聽。〔注〕—魚長頭。身相半。長丈餘。正白。身正黑。口在頷下。似鬲獄魚而身無鱗。出江中。
（五三）同霪。〔淮南修務〕禹沐浴霪雨。〔按集韻云久雨爲霪通作—〕。
（五四）同婬。〔說文通訓定聲〕婬。叚借爲—。〔小爾雅廣義〕上—曰烝。下—曰報。旁—曰通。經傳皆以—爲之。
（五五）借作廞。〔考工記匠人〕善防者水—之。〔司農注〕—讀爲廞。謂水淤泥土留著助之爲厚。

【淫】以贍切音豔豔韻

巴東有—預堆。見〔集韻〕。

【淬】取內切音倅隊韻

（一）滅火器也。見〔說文〕〔通訓定聲〕—、貯水以焠刃之器。其實焠、—同字。刃出于火。故从火。入于水。故从水。
（二）火與水合爲—。見〔漢書天文志〕。
（三）寒也。見〔方言〕〔注〕、—猶淨也。〔按廣雅釋詁淬寒也。从冰不从水。疏證云淬與—通。〕
（四）染也。〔史記司馬相如傳〕脟割輪—。
（五）浴也。〔淮南脩務〕身—霜露。
（六）犯也。見〔廣韻〕。

【淬】即聿切音卒質韻

（一）—沒。水皃。見〔集韻〕。
（二）—空。水名。〔水經渭水注〕雍水又與東水合。北出河桃谷。南流。右會南源。逕岐州城東而南合雍水。州居二水之中。南則兩川之交會也。世亦名之爲—空水。

【淬】昨律切音崒質韻

流也。見〔集韻〕。

【渫】以制切音曳霽韻

烝葱也。本作渫。〔禮記曲禮〕葱—

□末〔□□記〕□不□□□□字
石經偏旁涉世者多改從去廣韻
愁渫字作渫。

【渫】私列切音薛屑韻
(一)渫或字。〔集韻〕渫。除去也。一曰漏。或作—。
(二)特牛也。見〔龍龕手鑑〕。
(三)渫—水凍相著也。見〔龍龕手鑑〕。〔按集韻三十二狎渫渫凍相箸。从仌不从水。〕
(四)姓也。見〔龍龕手鑑〕。

【淭】求於切音渠魚韻
宋魏之間謂杷爲—。見〔集韻〕。〔按方言作渠挐。〕

【淮】乎乖切音懷佳韻
(一)水名。〔說文〕—水也。出南陽平氏桐柏大復山。東南入海。〔通訓定聲〕出今河南南陽府桐柏縣桐柏山。經安徽潁河縣。合於河。經安東縣至雲梯關入海。
(二)均也。〔白虎通山澤〕—者均。均其務也。
(三)圍也。圍繞揚州北界東至海也。見〔釋名釋水〕。
(四)濼兩之名也。〔書大傳〕—雨。〔按

□□□□日□治之說乎〕
(五)郡名。北魏置。屬西—州。當今河南正陽縣東南。
(六)或作匯。〔史記南越傳〕及江—以南。〔注〕徐廣曰。—一作匯。
(七)姓也。見〔類篇〕。

【淲】披敎切音泡效韻
(一)瀆也。見〔集韻〕。〔按清波雜志。高宗自相州渡河。荒野中借半破瓷盂。溫淲—飯。卽此義。〕
(二)消也。見〔字彙〕。

【淰】乃玷切音嬋琰韻鄔感切音晻乃感切音湳感韻式荏切音審寑韻尼咸切音諵咸韻
(一)濁也。見〔說文〕。
(二)水流貌。見〔龍龕手鑑〕。

【淰】失冉切音閃琰韻式荏切音審寑韻
(一)閃也。〔禮記禮運〕故魚鮪不—。〔注〕—之言閃也。〔疏〕水中驚走也。
(二)—渺。水動也。見〔廣韻〕。
(三)—躍。踊逸也。見〔集韻〕。

【淰】女減切音囟奴檻切䞼韻
(一)水無淤也。見〔集韻〕。
(二)農具。取水底淤泥曰—。見〔正字通〕。
(三)——。凝滯也。〔杜甫詩〕山雲——寒。

【淰】乃默切音納合韻
江南謂石水不派爲—。見〔字彙〕。

【深】式針切音葠侵韻〔古文作㴱。〕
(一)水名。〔說文〕—水也。出桂陽南平。西入營道。〔通訓定聲〕出今廣東連州連山縣盧聚。與湟水同源。西北流至湖南永州府零陵縣入湘。〔按水經—水注。呂忱曰。—水一名邃水。盧聚山在南平縣之南。九疑山東也。〕
(二)遠也。見〔玉篇〕。
(三)邃也。〔文選嵇康賦〕則盤紆隱—。
(四)猶藏也。〔考工記梓人〕必—其爪。
(五)淺之對也。〔詩匏有苦葉〕—則厲。淺則揭。
(六)高也。〔左文十二年傳〕請—壘固軍。
(七)重也。〔國策秦策〕秦之—讎也。
(八)盛也。〔國策秦策〕三國之兵—矣。
(九)甚也。〔孟子滕文公〕面—墨。
(十)測也。見〔爾雅釋言〕。〔注〕測亦水—之別名。〔義疏〕說文測—所至也。淮南原道篇注。度—曰測。是測彙度—及—所至之名。
(十一)不可測也。〔老子〕—矣遠矣。
(十二)極未形之理則曰—。〔易繫辭〕惟—也。
(十三)浚治也。〔漢書溝洫志〕治水有決河—川。
(十四)室之也。〔考工記鳧氏〕以其一爲之—。
(十五)—爲九州之外也。見〔禮記禮運—而通疏。〕
(十六)謂潛在中央兩邊無也。〔考工記弓人〕其次筋角皆有潛而—。
(十七)州名。唐置。屬河北道。當今直隸—州北。
(十八)正南卬州曰—土。見〔後漢張衡傳注〕。
(十九)——。內息之貌。〔莊子大宗師〕其息——。
(二十)—淺。猶善惡也。〔文選嵇康箴〕未知—淺。
(廿一)—厚。謂山川也。〔禮記樂記〕窮高極遠而測—厚。

(十三)——蒲。蒲始生水中者。〔周禮醢人〕——蒲菹醢。〔按司農注。蒲蒻入水——故曰——蒲。攷廣韻侵韻溁訓蒲蒻。則字又作溁。〕

(十四)——衣者謂連衣裳而純之以采也。見〔禮記深衣釋文〕〔按禮記曾子問疏云。——衣謂衣裳相連。前後——邃。方言云。襜衣有裏者。趙魏之間謂之袏衣。無裏者謂之裎衣。古謂之——衣。〕

(十五)或作湥。〔大戴禮文王官人〕志殷如湥。〔注〕湥、蓋——字。

【深】式禁切音諗沁韻

度——曰——。見〔集韻〕〔按周禮大司徒。以土圭測土——。注。猶度也。鄭司農曰。測土——。謂南北東西之——也。釋文、——尺鴆反。〕

【淲】皮虬切音瀌尤韻

水流皃。从水。彪省聲。詩曰——池北流。見〔說文〕〔按今本白華篇作滮。〕

【淲】荒胡切音呼虞韻

滹或字。〔集韻〕滹池。水名。或作——。

【淲】淲俗字。見〔龍龕手鑑〕

【淳】朱倫切音諄眞韻

(一)本作𣽎。〔說文〕𣽎。淥也。〔王注〕段氏曰。內則、考工記注。皆曰。——沃也。按𧽶氏而沃之。卽上文之渥——其帛也。嚴氏曰。當作渫也。韻會引作渫也。卽渫字。

(二)漬也。見〔廣雅釋詁〕。

【淳】殊倫切音純眞韻

(一)濃也。見〔一切經音義引三蒼〕。

(二)厚也。〔文選張衡賦〕——化通於自然。

(三)不澆曰——。〔文選張衡賦〕何道眞之——粹兮。

(四)不雜爲——。〔漢書黃霸傳〕澆——散樸。

(五)大也。〔國語鄭語〕以——耀敦大。

(六)和也。〔素問五常政大論〕化——則鹹守。

(七)壹也。見〔漢書食貨志注〕。

(八)耦也。〔左襄十一年傳〕廣車軘車。——十五乘。

(九)瀉地也。〔左襄二十五年傳〕表——鹵。〔注〕——鹵埆薄之地。〔按桂未谷曰。鹵謂鹹地。——謂漏地。〕

(十)湖名。〔水經洞過水注〕洞過水又西南爲——湖。謂之洞過澤。

(十一)姓也。〔古今姓氏書辯證〕姓苑曰、吳人。〔又〕——于複姓。〔古今姓氏書辯證〕——于公子孫。以國氏。唐貞觀所定七姓。一曰——于。至憲宗避御名。改爲于氏。

(十二)——流動貌。〔莊子則陽〕䃂䃂——。

(十三)黃——水名。〔水經淸水注〕堵水參差。流結兩湖。合爲黃水。逕棘陽縣之黃——聚。又謂之黃——水者也。

(十四)——于。地名。〔左桓五年傳〕——于公如曹。〔注〕——于。州國所都城——于縣也。〔按西漢——于縣屬北海郡。當今山東安丘縣東北。〕

(十五)——鉤。古大鍛也。〔淮南覽冥〕區冶生而——鉤之成。

【淳】主尹切音準軫韻

布帛幅廣也。或作敦。通作純。見〔集韻〕〔按周禮質人壹其——制。注。杜子春云。——當爲純。純謂幅廣。制、謂匹長也。玄謂——讀——尸盟之——。釋文、——音準。〕

【淴】烏沒切音嗢月韻

(一)水出聲。見〔廣韻〕。

(二)——泆。水流漂疾之貌。〔文選郭璞賦〕㶑湟——泆。

(三)今江蘇人謂澡身曰——浴。

【淴】呼骨切音忽月韻

水皃。或作淈。見〔集韻〕。

【淴】呼內切音誨隊韻

潤或字。〔集韻〕潤。靑黑色。或作——。

【淵】營圓切音淵先韻

(一)回水也。从水。𣶒象形。左右岸也。中象水貌。𣶒或省水。囦古文。——从口水。見〔說文〕〔王注〕——者、𣶒之絫增字也。𣶒者、囦之變形也。

(二)深也。〔詩燕燕〕其心塞——。

(三)淵也。見〔論語泰伯如臨深——孔注〕。

(四)池也。〔國語晉語〕汾河涑澮以爲——。

(五)坎象也。見〔易乾或躍在——虞注〕。

(六)靜默之謂也。〔莊子應帝王〕鯢桓之審爲——。

(七)府也。〔書武成〕萃——藪。

(八)室也。〔楚辭招魂〕旋入雷——。

(九)淵名。〔水經伊水注〕伊水又東爲——淵。淵渾若沸。亦不測其深淺也。

(十)姓也。〔姓氏書辯證〕出自高陽氏

才子八人共一曰蒼舒謚—後以謚爲氏。

(十一)——深也。見〔廣雅釋訓〕。〔又〕靜深貌。見〔禮記中庸〕——其淵〔朱注〕。

(十二)虞—日所入也。〔楚辭遠逝〕因靈元於虞—。

(十三)—泉縣名。漢置。屬敦煌郡。當今甘肅安西州東一百六十里之東。

(十四)太歲在亥曰大—獻。見〔爾雅釋天〕〔李注〕藏也。

(十五)同刴。〔集韻〕—古作刴。

(十六)同彄。〔釋名釋兵〕簫弣之間曰—。—宛也。言宛曲也。〔疏證〕攷工記曰。夫角之中恒當弓之畏。畏也者。必橈。故書畏作威。杜子春云。當爲威。威謂弓—角之中央與—相當。鄭康成讀畏如秦師入隈之隈。則畏亦言隈曲。〔按集韻先韻〕彄弓隈也。通作—〕。

(十七)同鼘。〔詩那〕鼘鼓——。〔說文鼓部作鼘鼓鼘鼘〕。

(十八)同淵。〔詩六月〕伐鼓——。〔崔靈恩集注作鼘〕

【混】古本切音袞阮韻

(一)豐流也。見〔說文〕〔段注〕盛滿之流也。孟子曰。原泉——。古音讀如袞。

(二)滾或字。〔集韻〕滾。大水流貌。作或、—渾。

【混】戶袞切音俍阮韻

(一)合也。〔老子〕故—而爲一。

(二)同也。〔太玄元圖〕六合既—。

(三)大也。〔淮南本經〕猶在于—冥之中。

(四)雜也。〔法言脩身〕善惡—。

(五)猶溷濁也。〔文選班固典引〕五德初始。元—之中。

(六)—沌。陰陽未分也。見〔字彙〕。

(七)—芒。——芒芒未分時也。〔莊子繕性〕古之人在—芒之中。

(八)—元。天地之總名也。見〔後漢班彪傳注〕。

(九)大—。不散之貌。〔淮南精神〕契大—之樸。

(十)—然。無分別之貌。〔荀子非十二子〕使天下—然不知是非治亂之所存者有人矣。〔又〕無所知之貌。〔荀子儒效〕—然涂之人也。

(十一)—淪。輪轉之貌。〔文選郭璞賦〕或—淪乎泥沙。

(十二)——。流也。見〔廣雅釋訓〕〔又〕波浪之聲也。〔文選枚乘七發〕——庉庉。〔又〕濁也。〔楚辭傷時〕—兮澆饡。〔又〕元氣神著之貌也。〔史記太史公自序〕——冥冥。〔又〕難察之事也。〔太玄玄瑩〕散天下之——者。

(十三)—冥。大冥之中謂道也。〔淮南俶眞〕大通—冥。

(十四)—同。江名。〔遼史聖宗紀〕太平四年。詔改鴨子河曰—同江。〔按淸一統志〕江在吉林城東。今名松花江。源出長白山。北流會嫩江黑龍等江入海。即古粟末水也。〔又〕縣名。遼置。屬東京道寧江州。當今吉林烏喇城東北—同江東岸。

(十五)姓也。見〔正字通〕。

【混】公渾切音昆元韻

—夷。西戎名。見〔集韻〕。〔按周禮大宗伯注〕神在—淪。釋文。—淪、本又作昆崙。

【混】胡昆切音魂元韻

昆或字。〔集韻〕昆。人名。漢有屬國公孫昆邪。或作—。

【淸】親盈切音圊庚韻

(一)朖也。澂水之貌。見〔說文〕〔段注〕朖者明也。澂而後明。故曰澂水之貌。

(二)澄也。〔考工記㡛氏〕—其灰。

(三)凉也。見〔莊子人間世〕爨無欲—之人釋文〕。

(四)寒也。〔呂覽有度〕—有餘也。

(五)靜也。〔文選張衡賦〕懲淟涊而爲—。

(六)平也。〔呂覽序意〕蓋聞古之—世。

(七)急也。見〔方言〕。〔按急與激同義〕。

(八)遙也。見〔廣雅釋詁〕。

(九)純潔也。見〔論語微子〕身中—。〔馬注〕。

(十)光鮮也。〔山海經西山經〕丹木五歲五色乃—。

(十一)明也。〔文選王僧達祭文〕禮以仁—。

(十二)明審也。〔荀子解蔽〕中心不定。則外物不—。

(十三)和淨也。〔淮南原道〕聖人守—道而抱雌節。

(十四)靑也。去濁遠穢色如靑也。見〔釋名釋言語〕。

(十五)商也。〔呂覽執一〕耳不失其聽而聞—濁之聞。

(十六)金令也。〔素問五常政大論〕肝、其畏一。

(十七)勝氣也。〔素問六元正紀大論〕其運氣一熱。

(十八)謂冲和之氣。〔荀子解蔽〕養之以一。

(十九)謂虛白也。〔荀子解蔽〕一明內景。

(廿)行善決裏謂之一。見〔賈子道術〕。

(廿一)水治曰一。〔詩黍苗〕泉流既一。

(廿二)不求曰一。〔楚辭招魂〕朕幼一以廉潔兮。

(廿三)釀之沛者也。〔周禮酒正〕一曰一。〔按禮記少儀注酒謂一也。糟也。疏云沛者曰一。不沛者曰糟〕。

(廿四)厠也。〔釋名釋宮室〕厠或曰一。言至穢之處。宜常修治使絜一也。〔注〕一、今本作圂。

(廿五)水名。〔山海經西山經〕太時之山。一水出焉。〔畢注〕水疑即褒水也。今水出陝西郿縣。西南流。逕寶雞縣。又逕鳳縣褒城縣至南鄭縣。入漢水。〔又〕區水之別名。〔山海經西山經〕西次四經之首曰陰山。北百七十里曰申山。區水出焉。〔畢注〕水經注云。區水。世謂之一水。隋書地理志云。金明有一水。元和郡縣志云。膚施縣一水。俗名去斤水。北自金明縣界流入。太平寰宇志、謂之灌斤水。金史地理志、謂之灌巾川水。出今陝西安塞縣蘆關嶺南。逕膚施延長宜川三縣入河也。〔又〕河南水名。〔水經淸水〕一水出河內脩武縣之北黑山。東北過獲嘉縣北。又東過汲縣北。又東入于河。

(廿六)河名。奉天開原縣東三十里有大一河。縣南二十里有小一河。兩流既合。總名一河。一河在奉天蓋平縣南二里。

(廿七)衛邑名。〔春秋隱四年〕公及宋公遇于一。〔又〕鄭邑名。〔詩淸人〕一人在彭。〔當今河南中牟縣〕。

(廿八)唐羈縻州名。屬江南道。當今貴州思南府境。〔又〕宋州名。屬河北東路。當今直隸靑縣治。〔又〕遼州名。屬東京道賓州。當今盛京境。〔又〕縣名。漢置。屬東郡。當今山東堂邑縣東南四十里。

(廿九)朝代名。愛新覺羅氏起自滿洲。一太宗始建國號。世祖入關。當民國紀元前二百六十八年。凡歷十主。至宣統三年革命軍起。遜位。於是五族共建中華民國。

(卅)姓也。〔古今姓氏書辯證〕晉厲公嬖大夫一沸魋。始以邑爲氏。

(卅一)一一。涼之貌。〔文選宋玉賦〕一一泠泠。

(卅二)一明。察於事也。〔禮記玉藻〕視容一明。〔又〕謂人聲也。〔禮記樂記〕是故一明象天。〔又〕二十四氣之一。〔淮南天文〕春分後十五日斗指乙爲一明。〔又〕風之名。〔白虎通八風〕一明風至出幣帛使諸侯。〔又〕金神也。〔廣雅釋天〕金神謂之一明。〔按駢雅訓纂曰法苑珠林六道篇引王子云。金精爲一明。與廣雅合〕。

(卅三)一白。謂貞正也。見〔後漢安帝紀注〕。

(卅四)一揚。謂眉目之間。〔詩野有蔓草〕一揚婉兮。〔按君子偕老篇。子之一揚。疏云。目之上目之下皆曰一。〕

(卅五)太一。天也。〔文選左思賦〕迴曜靈于太一。

(卅六)大一。道也。〔管子內業〕鑑于大一。

(卅七)道家謂玉一、上一、太一、爲三一。〔茶香室叢鈔〕唐楊鉅翰林院舊規。道門靑詞例云。謹稽首上啟虛無自然元始天尊、太上道君、太上老君、三一眾聖。按道家之書。四人天外曰三一境。玉一、太一、上一。又云、登玉一眞。登上一仙。登太一。今道觀供奉三一本此。

(卅八)一廟。太廟也。〔文選司馬相如賦〕坐一廟。〔又〕樂章名。〔書大傳〕古者帝王升歌一廟。

(卅九)一道。謂蹕止行。〔文選張衡賦〕一道案列。

(四十)西一。西廂一淨地也。〔史記司馬相如傳〕象輿婉蟬于西一。

(四十一)一商。歌曲也。〔楚辭惜誓〕余因稱一商。〔又〕神怪之名。〔管子地員〕其下一商。不可得泉。

(四十二)一酒。祭祀之酒也。〔周禮酒正〕三曰一酒。

(四十三)水、漿、醴、涼、醫、酏、爲六一。〔周禮膳夫〕飲用六一。

(四十四)一泠。水名。〔文選張衡賦〕耕父於一泠。〔注〕在南陽西鄂山上。〔案西鄂漢縣。當今河南南陽縣治。〕

(四十五)一江。水名。〔廣輿記〕一江在江西臨江府城南。本贛水。經吉安至此

爲|江〔又〕夷水之別名〔水經夷水注〕夷水卽佷山|江也。水色|照十丈。分沙石。蜀人見其澄|。因名|江也〔又〕郡名。隋置。屬荊州。今湖北恩施縣東四十里有|江郡故城。〔又〕縣名。隋置。屬荊州|江郡。當今湖北恩施縣治。〔又〕宋置。屬江南西路。臨江軍。卽今江西|江縣。

(四六)|原。晉地。〔國語晉語〕蒐于|原。〔按當今山西徐溝縣。〕

(四七)|河。郡名。漢置。今直隸|河縣是其故地。〔又〕軍名。宋置。屬淮南東路。其故城在今江蘇|河縣東北十里。〔又〕鎭名。金置。屬山東東路。發都府。今在山東樂安縣西北六十里。

【淸】疾郢切音靜梗韻　潔也。見〔集韻〕。

【淸】七正切音婧敬韻　滑或字。〔集韻〕淸。寒也。或作|。

【淸】疾正切音淨敬韻　瀞或字。〔集韻〕瀞。無垢穢也。或作|。

【淹】衣廉切音醃鹽韻

(一)|水出越嶲徼外東入若水。見〔說文〕。〔通訓定聲〕字林。|水一曰復水也。出今四川寧遠府徼外。合金沙江入江。

(二)久也。〔左成二年傳〕無令輿師|于君地。

(三)留也。〔左宣十二年傳〕二三子無|久。

(四)遲也。〔文選賈誼賦〕|速之度兮語予其期。

(五)浸漬之也。〔禮記儒行〕|之以樂好。

(六)敗也。水敝爲|。見〔方言〕。

(七)|滯。有才德而未敍者。〔左昭十四年傳〕舉|滯。

(八)姓也。〔古今姓氏書辯證〕近世豫章人有此姓。

(九)通奄。〔漢書禮樂志〕神奄留。〔注〕奄讀曰|。

【淹】於嚴切音醃驗韻　久也。見〔集韻〕。

【淹】衣檢切音掩琰韻

(一)水涯也。見〔集韻〕。

(二)同掩。〔禮記祭義〕夫人繅三盆手。〔注〕三盆手者三|也。凡繅每|大掩而手振之以出緖也。〔釋文〕掩本亦作|。徐於驗反。又於斂反。

【淹】於贍切音㤿豔韻

(一)沒也。見〔集韻〕。

(二)同閹。〔爾雅釋天〕太歲在戌曰閹茂。〔史記曆書作|〕。

【淹】憶笈切音裛緝韻　漬也。見〔類篇〕。

【淯】余六切音育屋韻

(一)|水。出弘農盧氏山。東南入沔。或曰出酈山西。見〔說文〕。〔通訓定聲〕水出今河南河南府盧氏縣攻離山。逕南陽府。入沔。今名白河。至湖北襄陽府光化縣入漢。或說出今南陽府內鄉縣東北酈山。

(二)州名。唐置。屬瀘州都督府。旋廢。州因|井爲名。宋置|井監司、鹽。今爲四川長寧縣治。

(三)|陽。縣名。漢置。屬南陽郡。東晉改爲郡。旋復舊。孝武避簡文帝諱。改名云陽。故城在今河南南陽縣南六十里。〔又〕唐縣名。屬金州。地當今陝西洵陽縣東。

(四)同育。〔管子宙合〕天|陽。無計量。〔注〕|古育字。

【淺】此演切音踐銑韻

(一)不深也。見〔說文〕。〔通訓定聲〕|謂水少。

(二)薄也。〔淮南齊俗〕煩挐澆|。

(三)褊也。〔呂覽先己〕吾地不|。

(四)少聞曰|。見〔荀子修身〕。

(五)虎皮|毛也。〔詩韓奕〕鞹鞃|幭。

(六)凡獸之|毛者皆曰|。〔儀禮既夕禮〕鹿|幦。〔注〕鹿|。鹿夏毛也。

(七)|帶。博帶也。〔荀子儒效〕逢衣|帶。〔注〕言帶博則約束衣服者|。故曰|帶。

(八)或作濺。見〔集韻〕。

【淺】財千切音戔寒韻　水流皃。見〔集韻〕。

【淺】將先切音箋先韻　||。流疾皃。〔楚辭湘君〕石瀨兮||。〔按集韻先韻。濺濺、水疾流皃。或作|〕。

【淺】在演切音踐銑韻　滅也。書、餮|納日。馬融讀。通作餞。見〔集韻〕。

【淺】子賤切音餞霰韻

溦或字。〔儀禮士虞禮〕執槃西面。〔注〕槃以盛棄水。爲－汙人也。〔按集韻棧韻、溦水激也。或省作－。〕

【淺】則旰切音贊翰韻
濺或字。〔集韻〕濺、汙灑也。一曰水中人。或作－。

【添】他兼切音沾鹽韻
忝也。通作沾、酟。見〔集韻〕。

【添】他念切音栝豔韻
●和忝也。見〔集韻〕。
●呼下酒具爲－。見〔李翊俗呼小錄〕。

【澉】他甘切音甜覃韻
●同澉。澉水名。見〔玉篇〕。
●澉－。峻波也。〔文選木華賦〕澉－灤而爲魁。〔案集韻作澉云、澉澉。峻波皃。或作澉〕

【渃】日灼切音弱藥韻
●渃－。水大皃。見〔集韻〕。
●水名。〔方輿紀要〕－水在四川通江縣治西。源出陝西南鄭縣之南石關嶺眾山中。流入通江縣界。南流而東折。注於遂州之渠江。亦曰岩水。亦曰諾水。
●溪名。〔清一統志〕－溪在湖北枝江縣東三十里。水通大江。江行多避風於此。

【渃】人夜切音偌禡韻
城名。在彭州。見〔集韻〕。

【涸】曷各切音鶴藥韻
●渴也。顏若狐貉之貉。－亦從水、鹵舟。見〔說文〕。〔按爾雅釋詁－竭也。釋文竭、本或作渴。王筠曰竭乃近人借字〕。
●枯也。〔呂覽慎大〕商－旱。
●塞也。〔楚辭怨諫〕洮江河之可－。
四 漉也。〔淮南主術〕不－澤而漁。〔注〕－澤漉池也。
五 別作垎。見〔六書故〕。

【淌】尺亮切音唱漾韻
●大波。見〔玉篇〕。
●水貌。〔淮南本經〕－游瀷減。〔注〕皆文畫擬象水勢之貌。〔按俗又謂順流而下曰－。讀如湯上聲〕

【淓】蒲良切音房陽韻
入水皃。〔後漢馬融傳〕－薄汾撓。

【渀】逋昆切音奔元韻
同奔。見〔字彙補〕。

【浸】古汝字。〔說文先訓〕古志鉞州驛名－川。今省作汝。

【漫】同鯫。〔異魚圖贊〕洞庭之鮒出於江－。

【浴】所加切音沙麻韻
－石。漢地名。見〔字彙補〕。

【涑】雌卽切音七質韻
水名。又姓。見〔字彙補〕。

【沚】渚市切音止紙韻
水名。一曰原名。濟陵在其上。見〔集韻〕。

【洸】池六切音逐屋韻
水名。見〔玉篇〕。

【浙】古捘切音旰翰韻
浙浙－。水流疾皃。見〔廣韻〕。〔按文選吳都賦。浙浙浙浙。字不从目。舊字典謂－卽浙之譌字〕。

【淨】居悸切音季寘韻
水名。見〔集韻〕。

【洑】助亮切音狀漾韻
水濼㶁貌。或作脉。見〔集韻〕。

【洸】墟羊切音羌陽韻
水也。見〔玉篇〕。

【涰】株劣切音輟屑韻
泣也。通作啜。見〔集韻〕。

【浧】丈井切音徎梗韻
通也。見〔廣韻〕。

【滵】覓畢切音密質韻
－洼。泥淖。見〔集韻〕。

【溴】烏酷切音逹沃韻於到切音奧號韻
瀖溴也。見〔說文〕。〔段注〕隸作沃。

【涺】斤於切音居魚韻
水也。見〔說文〕。〔按集韻－或从屋作漄。或从尻作涺〕。

【洽】式夜切音舍禡韻
－水出北囂山。入邙澤。見〔說文〕。〔王注〕桂氏据小徐本作邙。段氏作卬。亦誤。廣韻引文字音義曰。－水出北囂山也。而北山經曰。北囂之山。湾水出焉。而東流注于邛澤。邛－邙琴也。又湾水亦曰涻邛澤。

〔按經訓堂本山海經作—水注云。舊本經字作浮誤也。按地理志榆次有涂水鄉。地形志太原陽邑有八表山。涂水。山疑即北嶲山。水疑即—水也。〕

【淂】丁力切音職韻
水皃。見〔廣韻〕。

【淂】的則切音德職韻
水皃。一曰水名。見〔集韻〕。

【[illegible]】呼瓜切音花麻韻
水也。見〔玉篇〕。

【淍】之由切音周尤韻
水名。一曰水匯。見〔集韻〕。

【淎】撫勇切音捧腫韻
水也。見〔集韻〕。

【淐】蚩良切音昌陽韻
水名。見〔集韻〕。

【淏】下老切音晧晧韻
清皃。見〔集韻〕。

【淓】敷方切音芳陽韻
水名。〔集韻〕山海經。箕尾之山。—水出焉。或从方。

【[illegible]】居[illegible]切音[illegible]韻
水文。見〔集韻〕。

【淝】符非切音肥微韻
水名。在廬江。本作肥。見〔廣韻〕。

【[illegible]】去仲切音焪送韻
水疾皃。見〔集韻〕。

【㴊】陟隆切音忠東韻
泉名。〔棟花磯隨筆〕元結銘序。有泉七穴。命其五曰。潓、—、涍、汸、淔。欲飲者有所感發。一曰漫泉自旋漫郎。一出山東。命曰東泉。〔按七泉在道州東。〕

【[illegible]】側格切音迮色責切音櫝思積切音背陌韻倉故切音措存故切音祚遇韻
所以盪水也。漢律曰。及其門首洒—。見〔說文〕〔段注〕廣雅曰。—、腹也。洒—。盆謂塞水於人家門前有妨害也。

【[illegible]】火五切音虎後五切音戶姥韻
舟中渫水器。見〔集韻〕。

【[illegible]】莫白切音陌陌韻
洦或字〔集韻〕洦淺水或从陌

【[illegible]】之夜切音柘禡韻
膗䐡。見〔集韻〕。

【淶】郎才切音來灰韻
水名。〔說文〕—水起北地廣昌東入河。并州浸。〔通訓定聲〕周禮職方氏。其浸—易。按一名巨馬河。源出今直隸易州廣昌縣。—山東南流至保定府定興縣。爲白溝河。與東入河故道異。

【淼】弭沼切音眇篠韻
大水也。見〔說文新附〕。

【[illegible]】甫凡切音芝咸韻
深也。見〔集韻〕。

【[illegible]】伊昔切陌韻
口中津液也。〔五音篇海〕太上作。張道忠添注。與溢雖同義異。此字从水、从天、从井。—者添也。滿也。是天井中水也。長滿不缺爲—也。此是人口中之津液名天井水也。故人口中有水即活。七日口中無水即死。若人能將津液常服嚥之。可得廣其心、實其腹。便是長生之基本也。

【[illegible]】[illegible]才切音[illegible]屋韻
雨聲也。見〔五音篇海〕。

【[illegible]】子御切音沮御韻
溼也。見〔玉篇〕。

【[illegible]】他酣切音舑覃韻
淊—。峽波也。見〔廣韻〕。〔按字亦作[illegible]。詳[illegible]字。〕

【[illegible]】音漆質韻
—原。朝鮮郡名。〔朝鮮國志〕慶尚道有—原郡。

【[illegible]】烏猛切音[illegible]梗韻
—瀯。水回旋皃。見〔集韻〕。

【[illegible]】倉宴切音粲霰韻
水清皃。見〔玉篇〕。

【[illegible]】魚靳切音憖問韻
滓濁之—。見〔釋典〕。

【[illegible]】火麥切音剨陌韻
水聲。見〔五音篇海〕。

【[illegible]】子鴆切音浸沁韻
扶—。漢侯國名。〔史記王子侯年表〕扶—。〔索隱〕漢志作挾術。在琅琊。

【⿰氵侌】於禽切音陰侵韻 水也。見〔字彙〕。

【滷】西古切麌韻 城土也。見〔字彙補〕。

【⿰氵非】匪微切音非微韻 水名。〔羅含湘中記〕營水、—水、皆注湘。

【⿰氵⿴囗各】透各切音橐藥韻 雨貌。〔田家占候〕上火不落。下火滴—。〔亦省作沰〕。

【⿰氵⿱巛王】音未詳 遲久也。呂氏春秋。得之同則遬爲上。勝之同則—爲下。見〔字彙補〕。

【⿰米彖】資良切音將陽韻 酢—也。見〔說文〕。〔案經傳通作漿〕。

【淖】馳遙切音朝蕭韻 水朝宗于海也。从水朝省。見〔說文〕〔段注〕隸不省。案說文無濤字。篆蓋濤卽—之異體。濤古音稠。—者輈聲卽舟聲。文選注引倉頡篇。濤、大波也。蓋—者古文。濤者秦字。枚乘七發、觀濤。卽觀—。

【洌】力蘗切音列屑韻 水清也。見〔說文〕。〔經傳作冽〕。

【⿰氵⿸厂⿱口王】涯本字。見〔字彙補〕。

【⿰氵亝】古済字。見〔玉篇〕。

【⿰氵咸】古漢字。見〔字彙補〕。

【⿱今氺】古飮字。見〔集韻〕。

【涂】古飮字。見〔集韻〕。

【⿰氵帛】古汩字。見〔字彙補〕。

【⿰氵仓】古滄字。見〔玉篇〕。

【⿱夵氺】古消字。見〔字義總略〕。

【⿲木水木】古涉字。見〔字彙補〕。

【⿰氵丽】古灑字。見〔集韻〕。

【⿰林欠】籀文㳄字。見〔說文㳄部〕。

【⿰氵⿱次皿】同溢。見〔集韻〕。

【⿰氵⿱尒氺】同淵。見〔字彙補〕。

【⿰氵旁】同澇。見〔字彙補〕。

【⿰氵専】同漙。見〔集韻〕。

【⿰氵浝】同瀧。見〔集韻〕。

【⿰氵亞】同洼。見〔集韻〕。

【⿰氵⿰氵兄】同涎。見〔玉篇〕。

【⿰氵屆】同涺。見〔集韻〕。

【⿰氵卤】同洒。見〔正字通〕。

【涱】漲或字。見〔集韻〕。

【⿰氵⿰次攵】汝或字。見〔集韻〕。

【⿰亻⿱巛氺】㳄或字。見〔集韻〕。

【⿰氵⿰次欠】㳄或字。見〔集韻〕。

【⿰氵⿱㳄儿】㳄或字。見〔集韻〕。

【⿱⿰氵先衣】灊省字。見〔集韻〕。

【⿰氵⿱宀兒】淘俗字。見〔正字通〕。

【⿰氵⿰山斤】浙俗字。見〔正字通〕。

【⿰氵⿸厂永】淚俗字。見〔玉篇〕。

【⿰氵⿰方子】游俗字。見〔正字通〕。

【⿰氵⿱止𠂇】涉譌字。見〔字彙補〕。

九畫

【渙】呼玩切音喚翰韻

㊀流散也。見〔說文〕〔通訓定聲〕詩訪落、繼猶泮—。傳、判分—散也。老子、—兮。注、—者解散。

㊁水盛皃。見〔玉篇〕。

㊂卦名。坎下巽上。〔易渙〕風行水上—。

㊃離也。見〔易序卦〕。〔注〕—者發暢而無所壅滯。

㊄乘理以散通也。〔易繫辭〕蓋取諸—。

㊅賢也。見〔呂覽召類〕。

㊆——盛也。〔詩溱洧〕方——兮。〔按韓詩作洹洹。漢書地理志作灌灌〕。

㊇—爛。文章貌。〔後漢延篤傳〕—爛兮其溢目也。

㊈—汗。喻詔命也。〔冊府元龜〕唐魏謩上疏曰。臣聞王者—汗之恩。凡罪寬宥。

㊉借作煥。〔劉熊碑〕—乎成功。

【渙】呼外切音濊泰韻

㊀水名。〔水經渠水注〕渠水又東南流。逕開封縣。睢—二水出焉。

㊁縣名。在亳。見〔集韻〕。

【渚】章與切音煑語韻

㊀—水出常山中邱逢山。東入湡。〔爾雅〕曰。小州曰—。見〔說文〕〔通訓定聲〕。出今直隸正定府逢山。東至張邑。入湡。〔按爾雅釋水、作小州曰陼〕。

[illegible]也。見〔廣雅釋水〕。

(三)遮也。[釋名釋水]小洲曰一。一遮也。體高能遮水使從旁回也。(四)島也。[山海經大荒東經]東海之一中。(五)水涯也。[楚辭湘君]夕弭節兮北一。(六)池決復入爲一。[淮南覽冥]避同蒙汜之一。(七)一溢一否曰一。見[詩江有汜]江有一。釋文引韓詩。

[減] 古斬切音鹼豏韻

(一)損也。見[說文]。[段注]古書多假減爲一。(二)少也。見[廣雅釋詁]。(三)盡也。見[管子宙合]。(四)輕也。[左昭十四年傳]不爲末一。(五)猶倦也。[禮記祭義]故禮主其一。(六)水名。[山海經東山經]番條之山。一水出焉北流注于海。(七)算術也。亦稱一法。(八)一陽。馬名。[爾雅釋畜]回毛在膺。宜乘。在肘後。一陽。[按義疏云]旋毛在肘後者。今之追風旋。](九)姓也。見[集韻]。[按姓氏書辯證]一音咸。漢有一宜。急就章有一罷軍。師古注漢志曰一姓也。音減省之減。宜爲中丞本字作咸。]

[減] 下斬切音豏豏韻

秏也。禮以一爲文。見[集韻]。

[減] 公陷切音鑑陷韻

(一)損去也。史記、一仲之產。見[集韻]。(二)姓也。亦省作咸。見[集韻]。

[渜] 乃管切音煗旱韻偄昆切音臡元韻

湯也。見[說文]。[按廣韻浴餘汁也。義同。]

[渜] 奴亂切音偄翰韻

(一)同湪。[儀禮士喪禮]一濯棄于坎。[注]沐浴餘潘水。古文作湪。荊沔之間語。[疏]潘水既經溫煮名之爲一。已將沐浴謂之爲濯。(二)濡或字。[集韻]一沐浴餘潘。或从需。

[渜] 乳兗切音耎銑韻

濡也。見[集韻]。

[渜] 奴官切寒韻努本切音涊阮韻

水名。在遼西肥如。南入海陽。或作濡見[集韻]。[按朱駿聲曰水經濡水從塞外來。一誤作渜。按即今北方灤河也。字又變作灤。]

[渝] 容朱切音俞虞韻

(一)變汙也。一曰。一水出遼西臨一。東出塞。見[說文]。[王注]玉篇、一、變也。汙也。易、成有一。詩、舍命不一。敬天之一。左傳、尃之一。凡傳、箋、杜預、王弼注。無不用釋言一變也者。許君特申之以汙爲其從水也。布帛受染則色汙矣。韓詩外傳、夫五色雖明。有時而一。後漢書班固傳、光明藻而不一。爾。地理志、遼西臨一。縣首受白狼。東入塞外。案入當依說文作出。其交黎縣下云。一水首受塞外。南入海。是其明證。[按臨一當今盛京承德縣西境。](二)易也。[文選張衡賦]漢載安而不一。(三)解也。[太玄格]裳格鞶鉤一。(四)發聲之詞。[易訟]一安貞。[鄭注]然也。[按朱駿聲曰與俞同。](五)州名。唐置。屬劍南道。當今四川巴縣治。(六)通輸。[左隱六年傳]鄭人來一平。[公羊穀梁皆作輸]

[渝] 俞戍切音裕遇韻

水名。在遼西。一曰白色染也。見[集韻]。

[渝] 大透切音豆宥韻

水名。見[類篇]。

[渟] 唐丁切音庭青韻

(一)水止也。[文選馬融賦]一滯障潰。(二)水滯也。見[一切經音義引字書]。(三)同停。[爾雅釋山注]有一泉。[釋文]一亦作停同。

[渟] 湯丁切音廳青韻

汀或字。[集韻]汀。平也。謂水際平地。或从亭。

[渠] 求於切音蕖魚韻

(一)水所居也。从水榘省聲。見[說文]。[王注]史記河一書。河者天生之。一者人鑿之。曰厮二一以引其河。仍是河道。又曰鄭國一。則後世溉田之一矣。(二)坑也。見[廣雅釋水]。(三)溝也。[呂覽上農]不敢一地而耕。(四)大也。[書胤征]殲厥一魁。[疏]一、大。魁、帥。史傳因此謂賊之首領爲

—帥。〔按史記吳王濞傳、膠西爲—率。率與帥同。朱駿聲曰。—假借爲鉦字。亦作𨪱。廣雅釋言。𨪱帥也。又衝子張閦是。—衝人穴而求利也。注。攻城之大車也。〕

(五)車轄也。〔考工記車人〕—三柯者三。〔注〕二丈七尺謂罔也。其徑九尺。〔按字亦作𨍏。廣雅釋器。𨍏、輞也。疏證云。—與𨍏通。〕

(六)漸也。一曰甲名。〔淮南氾論〕—幨以守。

(七)樂曲名。〔國語魯語〕伶奏肆夏繁遏—。〔注〕納夏一名—。此三夏曲也。

(八)官名。〔唐書百官志〕京畿有—長。斗門長。諸州堤堰刺史縣令以時檢行。而涖其決築。有埭則以下戶分涂。禁爭利者。

(九)水名。〔水經渠水〕—出滎陽北河。東南過中牟縣之北。又東至浚儀縣。〔案—水、一名浚蕩。〕即今河南省之汴河。〕

(十)州名。唐置。屬山南道。領—江流江溓江等三縣。按—州因—水而名。—水即古宕—水也。又名潛水。或曰渝水。今四川渠縣名。故又名曰—江。在四川—縣境。—州故城亦在于此。

(十一)指他人之稱。〔焦仲卿妻詩〕雖與府吏要。—會總無緣。〔按字亦作倈。集韻倈下注。吳人呼彼稱通作—。〕又—儂亦指他人之稱。通俗編。吳俗有稱我儂指他人亦曰—儂。古讀曲歌。冥就他儂宿。孟珠曲。莫持艷他儂。隋煬帝詩。箇儂無賴是橫波。他儂、箇儂、猶之云—儂也。元好問有大是—儂被眼謾句。〕

(十二)—挐。杷也。〔方言〕杷宋衛之間謂之—挐。或謂之—疏。〔按廣雅釋器。—挐謂之杷。疏證曰。釋名、齊魯謂四齒杷爲櫂。櫂與—挐、—疏。皆語之轉也。集韻作渠挐。或作椶。通作—。〕

(十三)——盛也。見〔廣雅釋訓〕〔又〕猶勤勤也。亦曰深廣貌。〔詩權輿〕於我乎夏屋——。

(十四)軒—。笑貌。〔後漢劉子訓傳〕軒—笑悅。〔按朱駿聲云。軒—、兩手高舉也。後儒用爲笑皃。失之。存參。〕

(十五)—股。髀脚也。〔山海經海內經〕韓流麟身—股。〔注〕—車輞。言髀脚也。

(十六)—豬。山名。又水名。〔山海經中山經〕—豬之山。—豬之水出焉。而南流注于河。〔畢注〕即—山也。括地志云。雷首山亦名—山。又云薄山。亦名豬山。經文說此去薄山方三十五里。蓋薄山之異名。

(十七)—蒢。地名。〔左定十五年傳〕齊侯衛侯次于—蒢。〔公羊傳作遽。穀梁傳作蘧〕。

(十八)—彊。裨海也。〔國語齊語〕—彊於有渚。

(十九)—私。北海也。見〔駢雅釋地〕〔訓纂〕初學記地部海第二。按北海大海之別有瀚海。瀚海之南則有渤鞮海。伊連海。私—海。注。後漢梁諷說北單于。單于喜。即將人衆與諷俱還到私—海。

(二十)—搜。古西戎國名。見〔書禹貢〕—搜傳〕〔按正義。—搜爲二國。穆天子傳作鄄溲〕〔又〕縣名。漢置。屬朔方郡。當今鄂爾多斯右翼後旗。黃河東岸之東。〔又〕北魏縣名。屬夏州代名郡。當今陝西境。

(廿一)—義。光種名。〔後漢西光傳〕是時義—大豨最強。築城數十。皆自稱王。

(廿二)—勒。西域國名。〔漢書西域傳〕—勒國王治鞬都城。去長安九千九百五十里。東與戎盧、西與婼羌、北與扜彌、接。

(廿三)—犂。西域國名。〔漢書西域傳〕—犂東北與尉犂、東南與且末、南與精絕接。西有河。至龜茲五百八十里。

(廿四)宛—。古國名。〔拾遺記〕宛—之民。乘螺舟而至。

(廿五)—眉。玉飾之溝瑑也。〔周禮典瑞〕駔圭璋璧琮琥璜之—眉。

(廿六)—門。旂名。〔管子小匡〕—門赤旂。

(廿七)犀—。楯名。〔文選左思賦〕戶有犀—。

(廿八)—荅。鐵蒺藜也。〔漢書鼂錯傳〕具藺石。布—荅。

(廿九)雝—。鳥名。〔爾雅釋鳥〕䳭鴒雝—。〔釋文〕—、本作鶏。

(三十)—母。藥名。〔庶物異名疏〕貫衆一名—母。

(卅一)夫—。荷名。〔詩澤陂傳〕荷。夫—也。〔釋文〕—、本作蕖。

(卅二)—黃。駿馬名。〔穆天子傳〕天子之駿。赤驥、盜驪、白義、踰輪、山子、—黃、華騮、綠耳。

㉓—路蟲名〔爾雅釋蟲〕蜉蝣—略〔釋文〕—、本作蟝。

㉔車—蛤屬。產海中〔本草綱目〕韻會云。車—大貝也。背上壟文如車輪之—。故名。大者長二三尺。闊尺許。厚二三寸。殼外溝壟如蚶殼而深大。皆縱文如瓦溝。無橫文也。殼內白皙如玉。番人以飾器物。謬言為玉石之類。楊愼丹鉛錄云。車—作盃。注酒滿過一分不溢。試之果然。〔按古人誤作玉石類。字亦从石。廣雅釋地。硨磲。石之次玉。魏文帝車—椀賦序云。車—玉屬也。多纖理縟文。生於西國。其俗寶之〕

㉕姓也。〔史記年表〕漢—復絫。〔又〕義—復姓。〔後漢西羌傳〕宣帝時遣光祿大夫義—安國。䛐行諸羌。〔注〕義—姓也。〔又〕沮—複姓。〔正字通〕沮—、匈奴官名。因以為姓。

【渠】臼許切音巨語韻

豈也。〔漢書孫寶傳〕掾部—有人乎。

【渠】其據切音遽御韻

㊀詎或字。〔集韻〕詎。未知詞也。或作——

㊁通遽。〔荀子修身〕有法而無志。其義——然。〔注〕——不寬泰之貌。—讀為遽。古字—遽通。〔按匡謬正俗。遽與—同〕

【渡】徒故切音度遇韻

㊀濟也。見〔說文〕。

㊁去也。過也。見〔廣雅釋詁〕。

㊂五—。水名。〔水經濡水注〕五—水北出安樂縣丁原山。南流逕其縣故城西。

㊃或作度。〔方言〕過度謂之涉濟。〔注〕猶今云濟度。

㊄或作⿰氵乇。見〔集韻〕。

【渢】扶風切音馮東韻

㊀水聲。見〔玉篇〕。

㊁大聲。見〔集韻〕。

㊂——浮貌也。〔漢書地理志〕美哉——乎。

【渢】孚梵切音泛陷韻符咸切音凡咸韻

——中庸之聲。〔左襄二十九年傳〕美哉——乎。〔釋文〕——、扶弓反。徐、敷劒反。韋昭音凡。

【渣】莊加切音樝麻韻助駕切音乍禡韻

㊀水名。見〔集韻〕。

㊁俗以為—滓字。見〔正字通〕。

㊂同溠。〔廣韻〕溠。水名。出義陽。又側駕切。

【渤】蒲沒切音孛月韻

㊀水皃。見〔集韻〕。

㊁海名。〔漢書武帝紀〕河水徙從頓丘東南流入—海。〔按—海。說文作郣。漢書地理志作勃。勃海郡注。師古曰。在勃海之濱。因以為名。集韻。—、或作潡〕攷—海又名北海。襟帶直隸山東奉天三省。以山東遼東二半島環抱而成。廟島海峽。其門戶也。出峽則為黃海。我國沿岸之深灣。無逾此者。自東北至西南。長處約三百五十英里。短處約二百英里。深度通常達三十四尋。左右為遼河白河黃河大淩河灤河馬頰徒駭河濰河之尾閭。分為二大灣。北曰遼東灣。南曰直隸灣。〔又〕國名。〔五代史四夷傳〕—海本名靺鞨。高麗之別種也。唐中宗時大乞乞祚榮封—海郡王。其後世遂號—海。

㊂州名。遼置。屬東京道。當在今盛京境。

㊃渤—。水聲也。〔文選郭璞賦〕鼓礚窟以渤—。

㊄滃—。霧出貌。〔文選郭璞賦〕氣滃—以霧杳。

㊅—鞮。北海也。見〔駢雅釋地〕〔訓纂〕初學記地部海第二。按北海大海之別有瀚海。瀚海之南。小水名海者則有—鞮海。注。漢書竇憲伐匈奴。至—鞮海。

【渥】乙角切音握覺韻

㊀霑也。見〔說文〕。

㊁厚也。見〔廣雅釋詁〕。

㊂厚漬也。〔詩簡兮〕赫如—赭。

㊃濁也。見〔廣雅釋詁〕。

㊄光潤也。見〔後漢班彪傳注〕。

㊅美也。〔太玄視〕兩其—須。

㊆同剭。大刑也。〔易鼎〕其刑—。〔九家注〕—者厚大言辠重也。〔釋文〕鄭作剭。

㊇通腛。厚也。〔考工記鮑人〕欲其柔滑而腛脂之則需。〔注〕鄭司農曰。腛讀如沾—之—。〔釋文〕腛、於角反。劉音屋。—、於角反。

【渥】烏谷切音屋屋韻
水㶓。見[集韻]。

【渥】於候切音嫗宥韻
同漚。[考工記㡛氏]—淳其帛。[釋文]—烏豆反。與漚同。

【渦】烏禾切音倭歌韻
(一)水坳也。見[集韻]。
(二)水旋流也。[文選郭璞賦]盤—谷轉。
(三)同過。[爾雅釋水]過辨回川。[注]旋流。[釋文]過、本作—。

【渦】古禾切音戈歌韻姑華切音瓜麻韻
(一)濄或字。[集韻]水名。[爾雅]濄爲洵。或省。亦姓。[按說文。濄水首受淮陽扶溝浪蕩渠。東入淮。詳濄字注。三輔決錄。有扶風太守—尙。]
(二)—陽。縣名。北魏置。爲譙州南譙郡。當今安徽渦城縣治。

【渧】丁計切音帝霽韻
泣皃。一曰滴水。見[集韻]。

【渧】丁歷切音滴錫韻
本作滴。[說文]滴。水注也。[段注]埤倉有—字。讀去聲。卽滴字也。[按正字通曰。—俗滴字。梵書省作—。水點也。地藏經。于佛法中所爲善事。一毛一—。一沙一塵。或毫髮許。我漸度脫。使獲大利。]

【渧】田黎切音題齊韻
啼或字。[集韻]啼。號也。或作—。

【渨】烏回切音隈灰韻
(一)沒也。見[說文]。[按廣雅釋詁訓同。]
(二)水澳曲也。見[玉篇]。
(三)或作隈。[爾雅釋丘]隩隈。[孫注]水曲中也。[釋文]隈、本作—。

【渨】羽鬼切音韙尾韻
—溾。水波涌起皃。[文選郭璞賦]—溾濆瀑。

【渨】烏賄切音猥賄韻
溾或字。[集韻]溾。濊也。或作—。

【沔】眠見切音麪霰韻
溟—。大水皃。見[玉篇]。[按文選吳都賦。溟—淼漫。注。山水闊遠無崖之狀。]

【湎】彌殄切音眄銑韻
湎—。水皃。見[集韻]。

【渫】私列切音薛屑韻
(一)除去也。見[說文]。[按集韻。—除去也。一曰瀉也。或作渫、泄、洩。]
(二)不停污之謂也。[易井]井—不食。
(三)治去污穢之名。見[易井疏]。
(四)散也。[漢書食貨志]農民有錢粟有所—。
(五)徹也。[漢書王莽傳]憤眊不—。
(六)歇也。[文選曹植七啟]爲歡未—。
(七)狎也。污也。[漢書王褒傳]去卑辱奧—而升本朝。
(八)姓也。[正字通]韓非子、古賢人—子。明鄧州知州—昇。
(九)或作緤。[漢書高惠高后文功臣表]成敬侯董—。[注]—字或作緤。

【渫】食列切音舌屑韻
治也。易井—不食。徐邈讀。見[集韻]。

【渫】直甲切音霅洽韻
除去也。一曰水皃。見[集韻]。

【渫】七接切音妾葉韻
去水也。見[集韻]。

【渫】達協切音牒洽韻
—。—波連皃。見[集韻]。

【渫】轄夾切音治洽韻
浹—。水皃。[文選郭璞賦]長波浹—。

【渫】以制切音曳霽韻
(一)泄或字。[集韻]泄。怗懘也。或作—。
(二)亦作泄。[禮記曲禮]懘泄處末。[注]—怗懘也。[釋文]—以制反。[詳泄字。]

【渫】賓洽切音霎洽韻
水名。在上黨。見[集韻]。

【渭】于貴切音胃未韻
(一)—水也。出隴西首陽—首亭南谷。東南入河。杜林說、夏書以爲出鳥鼠山。雍州浸也。見[說文]。[通訓定聲]—出今甘肅蘭州府—源縣首陽山。在鳥鼠山之西北。至陝西西安府華陰北入河。
(二)流行也。[廣雅釋水]—、𠊱也。[疏證]初學記引春秋說題辭。—之爲言—也。注云。——流行皃。—也之—之。疑皆衍字之譌。偶。行也。

言布也。(四)州名。唐置。屬關內道。當今甘肅平涼縣西三十五里。〔又〕州名。遼置。屬上京道。當今盛京廣寧縣東北二百五十里。(五)—陽。地名。〔詩渭陽〕我送舅氏。曰至—陽。〔注〕咸陽之地。〔按舅氏。秦康公之舅。晉公子重耳也。後世因之稱舅氏曰—陽。南史阮孝緒傳。篤—陽之情。蓋取斯義。地當在陝西咸陽縣。〕〔又〕縣名。唐置。屬江南道錦州。當今貴州銅仁縣南。(六)瀯—。眾波聲。〔文選木華賦〕灑浒灖—。(七)沸—。不安貌。〔文選王褒賦〕若雷霆輘輷。佚豫以沸—。(八)或作謂。〔詩谷風〕涇以—濁。〔釋文〕—清水也。一本—作謂。

【澒】胡公切音洪東韻

(一)水聲。見〔玉篇〕。(二)澒—水沸涌也。見〔廣韻〕。〔又〕直望無涯際也。〔文選左思賦〕澒—泮汗。

【澒】古送切音貢送韻

【渲】須絹切音選霰韻

(一)小水也。見〔玉篇〕。(二)畫法之一種。〔郭熙林泉高致〕擦以水墨。再三而淋之謂之—。

【測】察色切音惻職韻

(一)深所至也。見〔說文〕。〔王注〕深。動字。謂—之也。釋言。潛、深。—也。郭注。—亦水深之別名。似誤。玉篇。—、度也。廣深曰—。案當作度深曰—。且度高曰高。度長曰長。度深曰深。正一例。深所至者。謂深其深之幾何也。淮南說林訓。以篙—江。篙終而以水為—。惑矣。(二)盡極也。〔呂覽論人〕不可—也。(三)意度也。〔禮記少儀〕毋—未至。(四)知也。〔太玄玄測都序〕夜則—陰。(五)猶淸也。〔考工記弓人〕漆欲—。(六)——。刃利兒。〔詩良耜〕畟畟良耜。〔傳〕畟畟猶——也。〔疏〕以畟畟文連良耜。則是刃利之狀。故猶——以為利之意也。

【港】古巷切音講講韻

(一)本作港。〔說文新附〕港。水派也。〔鈕氏新附攷〕水經注穀水下、引

門。據此知古通作巷。(二)或作溝。〔集韻〕—。水分流也。或作溝。(三)或作衖。〔六書故〕衖水之經流。舟所道也。又作港。(四)香—。地名。詳香字。

【港】胡貢切音哄送韻

—洞。水兒。見〔集韻〕。〔又〕相通也。〔文選馬融賦〕—洞坑谷。

【港】胡降切音巷絳韻

水兒。見〔集韻〕。

【渳】母婢切音弭紙韻

(一)飲也。見〔說文〕。〔王注〕廣雅同。小徐作飲歃也。(二)水貌。見〔廣韻〕。(三)—海。水名。〔楊慎雲南山川志〕西洱河。古葉榆河也。一名—海。〔詳洱字。〕

【渳】母婢切音弭紙韻美隕切音閔軫韻彌兗切音緬銑韻

浴尸也。〔周禮小宗伯〕王崩。大肆。以秬鬯—。〔疏〕以死者人所惡。故以秬鬯浴尸。使之香也。〔釋文〕—、

【渴】巨列切音傑屑韻

(一)盡也。見〔說文〕。〔王注〕佩觿云。說文字林。—音其列翻。唐韻、苦葛切者、今音也。今以竭代—。以—代㵣。(二)水涸也。見〔字彙〕。(三)同竭。〔爾雅釋詁〕涸—也。〔釋文〕—音竭。本或作竭。(四)通㵣。〔方言〕㵣歇。涸也。〔箋疏〕歇通作—。周官草人。凡糞種。—澤用鹿。疏云。—故時停水。今乃—也。

【渴】丘葛切音磕曷韻

(一)頻飲也。見〔類篇〕。〔按說文。㵣。欲㵣歠。段氏曰。今用渴為水—字。用—為飢㵣字。〕(二)喩急也。〔公羊隱三年傳〕不及時而日。—葬也。〔按釋名釋喪制。日月未滿而葬曰—。言欲速葬。無恩也。〕(三)楚越方言。謂水之反流者為—。見〔柳宗元袁家渴記〕。(四)—睡。欲睡也。〔六一詩話〕—睡漢狀元及第矣。〔按集韻嗑下注。眼瞌欲睡兒。此—當為嗑之假借字。貫休詩云。瞌睡山童欲成夢。〕

㊄消—。病名。〔漢書司馬相如傳〕常有消—病。〔按釋名釋疾病消潵。消潵、—也腎氣不周於胷胷中津潤消—。故欲得水也。〕

㊅審家稱枯無墨者爲—筆。〔正字通〕唐徐浩書張九齡司徒告身多—筆。—者枯無墨也在審家爲難。

㊆—烏吸水器。〔後漢張讓傳〕又作翻車—烏施於橋西用灑南北郊路。〔注〕—烏爲曲筒以氣引水上也。

㊇姓也。〔廣韻〕虜複姓。後魏書、—侯氏後改爲緱氏。—畢氏後改爲畢氏。亦虜三字姓。後魏書、北方—獨渾氏後改爲朱氏。

【渴】丘蓋切音磕泰韻

愒或字。〔集韻〕愒。貪也。或从水。

【游】夷周切音由力求切音留尤韻

㊀旗旒之流也。从㫃汓聲。見〔說文㫃部〕〔通訓定聲〕說文有古文𣃢。今分爲正篆字。亦作斿、作旒、作旈。凡旗之正幅曰縿。亦曰旛。亦曰旈連綴兩旁者曰—。

㊁九—。星名。〔史記天官書〕九—九星在玉井西南。

㊂同流。〔漢書項籍傳〕古之王者。地方千里必居上—。〔注〕文穎曰。居水之上流也。—或作流。師古曰。—卽流也。

【游】夷周切音由尤韻

㊀行也。〔詩板〕及爾—衍。

㊁遊遨也。〔文選司馬相如文〕厥壞可—。

㊂出也。〔淮南原道〕鱗以之—。

㊃流也。〔漢書韋玄成傳〕德盛而—。

㊄樂也。〔呂覽貴直〕在人之—。

㊅亦豫也。〔孟子梁惠王〕吾王不—。

㊆放縱也。〔詩山有扶蘇〕隰有—龍。〔集傳〕—枝葉放縱也。龍紅草也。一名馬蓼。

㊇蠶化而出曰—。〔荀子賦〕冬伏而夏—食桑而吐絲。〔注〕—謂化而出也。

㊈離宮也。〔周禮天官序官閽人〕囿—亦如之。

㊉水名。〔水經淮水注〕淮水于淮浦縣枝分。北爲—水。—水又北逕東海利城縣故城東。又北歷羽山西。又左逕琅琊計斤縣故城之西。又東北逕紀鄣故城南東北入海。〔按淮浦今爲江蘇漣水縣。利城故城在今贛榆縣。西羽山在東海縣西北。計斤故城在今山東膠縣西南。膠縣東北。爲卽墨平度二縣。此水入海之處也。今—水止自江蘇東海縣南入海。則古今流異矣。濟一統志云。—水一名漣水。〕

⑪順流而下曰泝—。見〔爾雅釋水〕

⑫—兆。歲陽名。〔史記曆書〕—兆。〔索隱〕—兆丙也。〔按爾雅釋天作柔兆。〕

⑬—光。神名。〔廣雅釋天〕大神謂之—光。〔疏證〕東京賦殪野仲而殲—光。薛綜注云。野仲—光。惡鬼也。兄弟八人。常在人間作怪害。馬融廣成頌云。捎罔兩。拂—光。—或作遊。法苑珠林六道篇、引王子云。木精爲—光。諸說與廣雅異。

⑭先—。猶言先容也。〔漢書鄒陽傳〕有人先—。則枯木朽株。樹功而不忘。〔注〕—謂進納之也。

⑮—宗。古鄉官名。〔管子立政〕則里尉以譙於—宗。—宗以譙於什伍。

⑯—卒。未仕者也。〔禮記燕義〕國子存—卒。〔按周禮師氏。凡國之貴遊子弟學焉。疏云。言—者。以其未仕而在學。—暇習業。〕

⑰—塵。謂淫樂也。〔穀梁傳序〕鼓芳風以扇—塵。〔疏〕淫樂爲—塵。

⑱—食。猶言—手也。〔荀子成相〕臣下職莫—食。〔注〕謂不勤於事素餐—手也。

⑲—環。控具也。〔詩小戎〕—環脅驅。〔傳〕—環靷環也。在背上所以御出也。

⑳—儀。測算器。〔周髀算經〕卽以一—儀。—儀希望牽牛中央星。

㉑—冬。苦菜也。見〔廣雅釋草〕〔按顏氏家訓云。易統通卦驗元圖曰。苦菜生於寒秋。更冬歷春。得夏乃成。一名—冬。葉似苦苣而細。摘斷有白汁。花黃似菊。〕

㉒姓也。〔廣韻〕出馮翊廣平。前燕慕容廆以廣平—逵爲股肱。〔又〕—水複姓。〔漢書郊祀志〕—水發根。〔注〕師古曰。—水姓也。蓋因水爲姓也。

㉓同遊。〔廣韻〕—浮也。放也。遊同。

㉔同囮。〔文選潘岳賦〕恐吾—之晏起。〔徐注〕—雉媒名。江淮間謂之—。—者言可與—也。〔按字本作

囮。說文。囮、鳥媒也。玉篇又作圝。

㉗同蝣。〔詩蜉蝣〕蜉蝣之羽。〔夏小正作浮—〕〔詳浮字〕。

㉘同由。〔文選陳琳檄〕則將軍蘇—反爲內應。〔注〕—與由同。

㉙或作斿。〔禮記學記〕斿其志也。

【游】徐由切音囚尤韻

同汓。〔列子黃帝〕能—者可教也。〔釋文〕汓水曰—。〔按字本作汓。說文。汓、浮行水上也。或从囚作泅〕

【渹】呼宏切音轟庚韻

㊀水浪—聲。見〔玉篇〕。

㊁水石聲。又、大也。見〔廣韻〕。

㊂或作澋。見〔集韻〕。

【淘】楚慶切敬韻

㊀江東呼厭極爲—。見〔字彙〕。

㊁同瀞。〔集韻〕瀞冷也。亦作—。〔世說排調〕劉眞長見王道時彈棊。導以腹熨彈棊局曰。何乃—。注。吳人以冷爲—。按今吳語猶然。舊字典云猶言行。〔韻讀譌音誤〕。

【渻】所㬢切音眚梗韻

㊀少減也。一曰水門也。一曰水出丘前謂之—丘。見〔說文〕〔王注〕門似名之譌。蓋衍文也。玉篇云。水門名。廣韻集韻皆曰水名。釋丘、水出其前—丘。〔段注〕釋名作阯丘。阯基阯也。按阯丘疑本作桎丘。古楮桎字同。故—丘亦爲楮丘。

㉚姓也。〔姓氏書辯證〕左傳齊大夫—竈之後。

【渺】弭沼切音眇篠韻

㊀淼或字。〔說文新附〕淼。大水也。或作—。

㊁水長也。見〔玉篇〕。

㊂小數名。〔算經〕十漠爲—。十—爲埃。

㊃—漭。水皃。見〔集韻〕。

㊄——。微遠貌。〔管子內業〕—乎如窮無極。

㊅—瀰。曠遠貌。〔文選郭璞賦〕—瀰灦漫。

【渼】母鄙切音美紙韻

㊀水波文也。見〔類篇〕。

㊁—陂。地名。〔方輿紀要〕在鄠縣西五里。陂周十四里。產魚甚美。其水西北流入澇。

【湙】夷益切音繹陌韻

㊀水名。見〔玉篇〕。

㊁潎—。水流行貌。〔文選木華賦〕潎—瀲灩。

【⿰氵軌】矩鮪切音軌紙韻

㊀水貌。見〔玉篇〕。

㊁同厬。〔爾雅釋水〕水醮曰厬。〔釋文〕字又作—。

【渾】胡昆切音魂元韻

㊀混流聲也。一曰洿下皃。見〔說文〕。〔桂注〕—混聲相近。史記司馬相如傳。汩乎—流。文選作混流。七命。溟海—瀇。溷溷其後。李善引本書—溟海—瀇。溷溷其後。李善引本書流聲也。玉篇。—、水漬湧之聲也。

㊁濁也。〔蘇軾詩〕汲盡階前井水—。

㊂鶻䳸州名。唐置。屬關內道。當在陝西靖邊縣西。

㊃——。大也。見〔廣雅釋訓〕。〔曹憲音魂〕。

㊄脈—。玄黃未判貌。〔文選郭璞賦〕類脈—之未凝。〔注〕如脈胎之—然也。

㊅—天。古測天儀器也。〔益部耆舊傳〕漢武帝時。洛下閎明曉天文。於地中轉—天。定時節。

㊆—夕。山名。〔山海經北山經〕北嶽之山。又北八十里曰—夕之山。

㊇如—。水名。〔水經㶟水注〕如—水出涼城旋鴻縣西南五十餘里。東流逕故城南。北俗謂之獨谷孤城。水亦即名焉。〔按今山西大同縣東北四十里有如軍水。清一統志云。水自塞外南流入。又南至縣東入桑乾河。今名御河。〕

㊈陸—。地名。〔春秋宣三年〕楚子伐陸—之戎。〔集說〕杜預曰。允姓之戎居陸—。在秦晉西北。僖二十二年。秦晉遷之于伊川。遂從戎號。趙鼬曰。陸—在伊洛之間。逼近王城。〔按今河南嵩縣東北五十里有陸—故城。即春秋陸—之地。漢因之置縣。屬弘農郡〕

㊉鹿—。海名。〔魏書太祖紀〕帝西征次鹿—海。襲高車袁紇部。大破之。

⑪烏—。北狄國名。〔唐書烏羅渾傳〕烏羅—。或曰烏洛侯。直京師東北六千里。東靺鞨。西突厥。南契丹。北烏桓。大抵風俗皆靺鞨也。

⑫吐谷—。西羌部名。〔通典邊防〕吐谷—。本遼東鮮卑也。西晉時。會徒河涉歸有二子。長曰吐谷—。庶永

嘉之亂。始度隴西。止於枹罕。而後子孫據有甘松之南。洮水之西。南極於白蘭。在益州西北。至其孫葉延。以吐谷—爲氏。〔按所據地卽今青海〕

（十三）—不似。曲名。〔席上腐談〕王昭君琵琶壞。使人重造。而其形小。昭君笑曰。—不似。今此爲胡撥四。

（十四）姓也。〔古今姓氏書辯證〕出自姬姓。周宣王母弟鄭桓公友。友孫穆公之子偃。字子游。其孫爲游氏。游氏之孫羣子寬。又別爲—氏。河南—氏。出自匈奴—邪王。隨拓拔氏徙河南。因以爲氏。〔又〕屯—複姓。〔古今姓氏書辯證〕太昊之佐屯—氏。其後爲氏。〔又〕谷—複姓。〔古今姓氏書辯證〕後魏改姓—。

【渾】戶袞切 音混 阮韻

（一）陰也。見〔爾雅釋詁〕。〔注〕汱—皆水落貌。

（二）盛也。見〔方言〕。〔注〕們—肥滿也。〔箋疏〕們卽渾之俗字。們—猶渾—。亦盛滿之義耳。

（三）大也。〔文選班固賦〕—元運物。流不處兮。

（四）雜也。〔漢書董仲舒傳〕賢不肖—淆。

（五）齊也。〔文選孫綽賦〕—萬象以冥觀。

（六）——。水流貌。〔荀子富國〕——如泉源。〔又〕洪流也。〔法言問神〕——若川。〔又〕水濆涌之聲也。〔山海經西山經〕其源——泡泡。〔又〕脈氣濁也。〔素問脈要精微論〕——革至如涌泉。

（七）—脫。舞名。〔通鑑唐紀〕中宗宴近臣。令各效伎藝爲樂。將作大將宗晉卿、舞—脫。〔注〕長孫無忌以烏羊毛爲—脫氈帽。人多效之。謂之趙公—脫。因演以爲舞。

（八）俗呼婚曰—家。〔元典章〕萬戶千戶裡。有底—家孩兒也教依例當差。

（九）—敦。人名。卽驩兜也。〔左文十八年傳〕謂之—敦。〔注〕謂驩兜。—敦。不開通之貌。〔疏〕服虔用山海經。以爲驩兜人面馬喙。—敦亦爲獸名。〔又〕神名。〔莊子應帝王〕中央之地爲—沌。

（十）混或字。〔集韻〕混。豐流也。一曰雜流。或作—。

（十一）通倱。〔集韻〕倱。不慧也。通作—。

【渾】戶本切 音袞 阮韻

滾或字。〔集韻〕滾。大水流貌。或作—。

【渿】乃帶切 音柰 泰韻

（一）—沛也。見〔說文〕〔桂注〕〔玉篇〕。—沛。水波貌。司馬相如上林賦。奔揚滯沛。盖—譌作滯。〔按段玉裁謂—沛當係潒瀁之譌。存攷。〕

（二）河名。〔山東攷古錄〕嶽之西南。有水出谷中。爲西溪。自大峪至州城之西南流入于泮。曰—河。其水在高黑山之右。有橋跨之。曰—河橋。〔今俗巫覡言人死魂則過柰何橋。其修德者則過金橋、銀橋。攷清一統志。—河橋在山東新泰縣西一里。橋之西南有金銀橋。巫覡妄言附會。殆本於此。〕

【湃】步拜切 音憊 卦韻

（一）滂—。水勢也。見〔玉篇〕。

（二）彭—。波相戾也。〔文選司馬相如賦〕洶涌彭—。〔按集韻云。彭—。水聲。〕

（三）——。水聲。〔蘇軾詩〕空聰餘瀾鳴——。

【湃】怖拜切 音派 卦韻

滂—。水聲。或作澎。見〔集韻〕。

【湄】旻悲切 音眉 支韻

（一）本作𣸸〔說文〕𣸸。水草交爲𣸸。〔按訓本爾雅。李巡注曰。水中有草木交會曰—。釋文。—本或作䣛、𣸸、溦、瀓四字。間集韻—、或作𣸸、溦、溦、瀓。又、溦下注。通作—。王筠曰。字或作堳。廣雅。堳、𣸸、厓也。又借瀑字。詩巧言。居河之瀑。傳云。水草交謂之瀑。釋文。瀑、本又作—。錢坫案鐘鼎文多借瀑爲𣸸。則—作瀑者。猶之省形存聲也。〕

（二）水隒也。〔詩蒹葭〕在水之—。

（三）厓也。臨水如眉臨目也。水經川歸之處也。見〔釋名釋水〕。

（四）湖名。〔水經濟水注〕濟水右迤遏爲—湖。方四十餘里。濟水東北與—溝水合。上承—湖。北流注濟。〔按湖在山東長清縣西南五里。東西三十里。南北二十五里。元和郡縣志謂之清溝泊。〕

（五）—臺。孟諸澤也。〔太平寰宇記〕孟諸澤。今俗呼爲—臺。〔按禹貢錐指曰。虞城縣西北十里有孟諸臺。〕

郎—臺也、梁孝王築東苑方三百里。孟諸澤皆在其中。故㞐城縣、屬河南。〕

【湄】乃管切音煖旱韻

渜或字。〔集韻〕渜、湯也。或作卜。〔按攷工記㡛氏。湅絲以涚水漚其絲。注。故書涚作—。司農云。—水、溫水也。釋文。—、劉音眉。一昔奴短反。校勘記曰。漢讀考云。—、當作渜。士喪禮渜濯棄於坎。古文渜作㴸。㴸涚同字。按釋文當云一作渜。音奴短反。今本誤作渜二字。—無反奴短之理也。〕

【湅】郎甸切音練霰韻

㊀𣿅也。見〔說文〕〔王注〕段氏曰。郎㡛氏之—絲—帛。—之帛曰練。糸部練下云。—、繒也。是也。—之以去其瑕。如𣿅米之去㯮。故許以𣿅釋—。桂氏曰。或通作練。七發。湅練五藏。李注。練、猶汏也。

㊁煑絲絹熟也。見〔玉篇〕

㊂借作鍊。〔冀州從事郭君碑〕服䑨鍛—。

【㴔】城及切音熠緝韻

㊀急流貌。見〔集韻〕

㊁汩—。急轉貌也。〔史記司馬相如傳〕汩—漂疾。〔按文選作汩潝。司馬彪曰。水聲也。〕

【㴔】迄及切音吸緝韻

潝或字。〔集韻〕潝、水疾聲。或作—。

【湉】徒兼切音甜鹽韻

㊀澶—。安流貌。〔文選左思賦〕澶—漠而無涯。

㊁——。水平貌。〔杜牧詩〕微漣風定翠——。

【湋】于非切音韋微韻

㊀回也。見〔說文〕〔段注〕以疊韻爲訓。

㊁淵也。見〔廣雅釋水〕

㊂水名。見〔玉篇〕〔按漢書溝洫志。關中靈軹成國—渠引諸川。注—水出韋谷。〕

【湍】他官切音煓寒韻吐玩切音彖翰韻

㊀疾瀨也。見〔說文〕〔段注〕瀨水流沙上也。疾瀨、瀨之急者也。

㊁圜也。〔孟子告子〕性猶—水也。〔注〕—者、圜也。謂——縈水也。

【湍】朱遄切音專先韻

水名。〔水經湍水〕—水出酈縣北芬山。南流過其縣東。又南過冠軍縣東。又東過白牛邑南。又東南至斯野縣。東入于清。〔按清一統志。—水在河南內鄉縣。北界山中。南流經縣城東。又東南流經鄧州北。又東南流至新野縣西。合清水。今鄧州改縣。〕

【湊】千候切音輳宥韻

㊀水上人所會也。見〔說文〕〔王注〕字林同。〔按通訓定聲云。上人二字當爲辰字之形譌。〕

㊁會也。〔周書作洛〕以爲天下之大—。

㊂聚也。〔楚辭逢紛〕順波—而下降。

㊃趨也。〔淮南精神〕衰世—學。

㊄至也。〔太玄玄掜〕臘—羣辟。

㊅競進也。見〔玉篇〕

㊆觸也。〔禮記檀弓注〕以端題—也。

㊇威也。見〔方言〕〔箋疏〕—之訓威。與君之訓羣同義。

㊈遬也。見〔廣雅釋詁〕〔疏證〕昭三十一年公羊傳云。—公寢而弒之。燕策。士爭—燕。史記燕世家、—作趨。趨與趣同。王逸注大招云。遬、趣也。是趣—皆爲遬也。

㊉輻—。會集也。〔漢書賈誼傳〕輻—並進而歸天子。〔按亦作輳。東方朔答客難云。並進輻輳者不可勝數。〕

⑪—理。津液滲泄之所。〔文心雕龍養氣〕—理無滯。〔按亦作腠。素問擧痛論。寒則腠理閉。〕

⑫題—。棺外累木也。〔漢書霍光傳〕便房黃腸題—各一具。〔注〕以柏木黃心致累棺外。故曰黃腸。木頭皆向內。故曰題—。

【湎】彌兗切音緬銑韻

㊀湛於酒也。周書曰。罔敢—于酒。見〔說文〕

㊁沈也。〔荀子非十二子〕多少無法而流—然。雖辯、小人也。

㊂流也。〔漢書五行志〕君—于酒。

㊃溺而不反也。〔禮記樂記〕流—以忘本。

㊄飲酒齊其色曰—。見〔詩賓之初筵釋文〕

㊅飲酒閉門不出客曰—。見〔韓詩章句〕

㊆——。流移也。〔漢書敘傳〕——紛

紛。〔朱駿聲云猶泯泯棼棼〕。

(八)同灩。〔一切經音義〕、—古文醎同。

(九)通沔。〔史記樂書〕流沔沈佚。

(十)通緬。〔通雅釋詁〕淫緬即淫—。

【湏】 火外切泰韻

爛也。〔佩觿集〕—爛之—。火外翻。

【湏】 古沬字見〔說文〕〔按說文、沬酒面也。桂馥云案釋文引本書。類爲沬之古文。顏注漢書則以沬爲類之古字。孟康之音又不以沬類同文。而背不音—爲古文。玉篇。類爲正文。沬爲同文。—爲古文。廣韻。頮爲正文。類爲同文。諸說不同。未能審定。〕

【湏】 同澮。見〔集韻〕。

【湑】 寫與切音諝語韻

(一)茜酒也。一曰浚也。一曰露貌也。詩曰。有酒—我。又曰零露—兮。見〔說文〕。〔段注〕小雅伐木傳曰。以藪曰—。茜之也。是則毛傳—訓以藪茜之。藪謂草如祭之用茅也。故亦曰茜。—浚雙聲。〔按王注謂引伐木文。證前二義。參蕭文。證後一義。〕

(二)㵂貌。〔詩裳裳者華〕其葉—兮。

(三)樂也。〔文選左思賦〕酣—半劉。

(四)—枝葉不相比也。〔詩杕杜〕其葉——。

(五)同酾。〔詩伐木〕有酒—我。〔釋文〕本又作酾。

【湑】 新於切音胥魚韻

湑也。見〔集韻〕。

【湒】 即入切音㗱七入切音緝緝韻

(一)雨下也。一曰沸涌貌。見〔說文〕。〔玉注〕字林、—雨聲。——也。、—疾也。集韻—湁沸聲。

(二)丘名。〔鄒陽賦〕麴—丘之麥。

(三)—南也。見〔廣雅釋訓〕。

(四)同濈。見〔集韻〕。〔按史記司馬相如傳。湁濈鼎沸。此即說文湁—濈也之義。〕

(五)通緣。〔文選王褒賦〕嗜鐵咩唼。〔注〕—、衆聲疾貌。

【湗】 側立切音戢緝韻

濈省文。〔集韻〕濈。說文、和也。或省。

【湓】 步奔切音盆元韻

(一)水名。在潯陽。見〔集韻〕。〔按清一統志云。在江西德化縣西一里。源出瑞昌縣清—山。亦名—澗。東流會瀼溪。繞縣治南。俗呼南河。繞城而東。會諸小水。入德化縣界。東經府城下。又名—浦港。又北入大江。其入江處。即古之—口也。府志。城西一里有龍開河。長百五十里。發源瑞昌縣清—鄉。東流入大江。蓋即—水。〕

(二)—城。縣名。隋置。屬荊州九江郡。當今江西九江縣治。

【湓】 步奔切音盆元韻普悶切音噴蒲悶切音坌願韻芳問切音忿問韻

(一)水聲也。〔文選郭璞賦〕—流雷呴而電激。

(二)涌也。〔漢書溝洫志〕河水—溢。〔按通雅地輿云。—溢滿起貌。—又作溢。當與歕、濆、通。〕

(三)漬也。見〔廣雅釋詁〕。

【湔】 子仙切音煎側前切音箋先韻子賤切音箭霰韻

本作㴩。水名。〔說文〕㴩水出蜀郡緜虒玉壘山。東南入江。一曰手瀚之。〔王注〕地理志。蜀郡緜虒玉壘山。—水所出。東南至江陽入江。過郡三。行千八百九十里。手、水經注引字林譌作半。戰國策。君獨無意—祓臣也。按—水出今四川松潘廳。至瀘州入江。即緜水雒水也。

【湔】 子仙切音煎先韻

(一)洒也。見〔集韻〕。〔按廣雅釋詁。—。洒也。疏證。韓詩外傳云。汚辱難—洒。〕

(二)旁沾也。見〔集韻〕。〔按通俗文。水旁沾曰—。〕

(三)汙也。〔國策齊策〕以臣之血—其衽。〔即旁沾之引伸義。〕

【湔】 子賤切音箭霰韻

(一)水—也。見〔玉篇〕。〔按一切經音義云。山東言—音子見反。集韻云。濺水激也。通作—。〕

(二)—拔。翦拂也。〔國策楚策〕君獨無意—拔僕也。使得爲君高鳴屈於梁乎。〔按國策音薦。文選廣絕交論。翦拂使其長鳴。李善注。—拔、翦拂。音義同也。〕

【湔】 昨先切音前先韻

—胡。藥名。見〔廣韻〕。

【湔】則旰切音贊翰韻

灒或字。〔集韻〕灒。說文、汙灑也。或作—。〔按一切經音義十四出澆灒。子旦反說文、汙灑也。江南言灒。山東言—通俗文傍沾曰—也。〕

【湖】洪孤切音胡虞韻

(一)大陂也。揚州浸有五—。浸、川澤所仰以溉灌也。見〔說文〕。〔王注〕或謂揚州之—有五。或謂五—爲震澤。震澤卽具區。皆非也。虞翻川瀆記。太—、東通松江。南通霅溪。西通荊溪。北通滆—。東連韭溪。凡五道。謂之五—。韋昭曰。五—者。胥—、蠡—、洮—、滆—、就太—而五。實一—也。胡氏渭曰。揚州澤藪爲具區。其浸五—。浸卽後世所謂—也。澤藪水淺。或贏或縮。則渟蓄淵深。四時不改。今太—自包山以西。水極淵深。卽古之五—。而平望八赤震澤之間。水彌漫而甚淺。則古之具區也。澤浸之別以此。〔按太—在今江蘇境。〕

(二)言流瀆四面所猥也。見〔風俗通山澤〕。

(三)深水也。〔漢書元帝紀〕江海陂—園池。

(四)水名。又、縣名。〔水經河水注〕河水又東逕—縣故城北。昔范叔入關。遇穰侯于此矣。—水出桃林塞之夸父山。廣員三百仞。又北逕—縣東。而北流入于河。〔按縣當今河南閿鄉縣。縣東—水在焉。又、山海經東山經。葛山。—水出焉。東流流于食水。畢沅曰。疑卽地理志之巨淀。—水。無以定之。〕

(五)—廣。—南—北之總稱。元置行省。明洪武九年。改置—廣布政使司。正統三年。設—廣巡撫。崇禎間。設總督。清沿明制。康熙三年。始分爲兩省。惟—廣總督仍舊稱。

(六)—灌。山名。又、水名。〔山海經北山經〕姑灌之山。又北三百八十里。曰—灌之山。—灌之水出焉。而東流注于海。

(七)—馬。元路名。明改府。清仍之。當今四川屏山縣。

(八)州名。唐置。明改府。清仍之。當今浙江烏程等縣境。

(九)孰—。獸名。〔山海經西山經〕崦嵫之山。有獸焉。其狀馬身而鳥翼。人面蛇尾。是好舉人。名曰孰—。

【湗】芳用切音葑宋韻

(一)深泥也。見〔集韻〕。

(二)同葑。見〔篇海〕。

【湰】陀葛切音達曷韻

(一)水出貌。見〔集韻〕。

(二)同澾。見〔正字通〕。

【湘】思將切音襄　思莊切音霜陽韻

(一)—水。出零陵縣、陽海山。北入江。見〔說文〕。〔通訓定聲〕出今廣西桂林府興安縣海陽山。與漓水同源。經湖南長沙府—陰縣。至磊石山。分爲二派。又合入洞庭湖。曰—口。許云入江。未詳。〔按水道提綱云。—水自源至—口。行二千餘里。會桂林、永州、寶慶、衡州、長沙、五府。道郴、武岡、桂陽、諸州水。爲洞庭上源。〕

(二)烹也。〔詩采蘋〕于以—之。〔傳〕—、亨也。〔釋文〕亨本又作烹。煮也。〔朱駿聲云。假借爲鬺。〕

(三)江名。〔水道提綱〕—江出遵義府治遵義縣北境。桐梓縣南境之龍巖山。兩源。一東南流。一南流而合。曲曲東南。經府城東北。又東南有桃溪來會。又東流數十里。有洪江自北來會。又東南數十里。有鹿塘河。北自綏陽縣來會。又南流九十里。折東南流五十里。入烏江。〔按此—江、與沅—別。貴州遵義今廢府存縣。〕

(四)湖名。〔清一統志〕—湖在浙江蕭山縣西二里。周八十里。本民田。四面距山。山田皆低窪。山水四溢。蕩爲一壑。宋政和間。縣令楊時。因以爲湖。溉田千餘頃。

(五)山名。〔史記五帝紀〕南至于江。登熊—。〔正義〕—山一名編山。在岳州巴陵縣南十八里。〔按清一統志云。君山在巴陵縣西南洞庭湖中。一名—山。亦稱洞庭山。〕

(六)—君。舜之二妃也。〔列女傳〕二妃死於江—之間。俗謂之—君。〔按韓退之黃陵廟碑云。—旁有廟。曰黃陵。以祠堯之二女、舜二妃者。秦博士對始皇帝云。—君者。堯之二女、舜妃者也。劉向鄭玄亦皆以二妃爲—君。而離騷九歌。既有—君。又有—夫人。王逸以爲—君者。自其水神。而謂—夫人乃二妃也。山海經曰。洞庭之山。帝之二女居之。

郭璞以二女爲天帝之女。以余考之。璞與王逸俱失也。堯之長女娥皇爲舜正妃。故曰君。其二女女英。自宜降曰夫人也。〕

㈦州名。晉置。當今湖南長沙縣治。

㈧—潭縣名。唐置。屬潭州。卽今湖南—潭縣。淸光緖三十二年。自行闢爲商埠。

㈨—省。湖南省之別稱。

【湛】丈減切音儎豏韻

㈠沒也。一曰—水。豫州浸。見〔說文〕。〔段注〕古書浮沈字多作—。沈、—古今字。下文云。沒、—也二字轉注。州各本作章。今依地理志注集韻所引訂正。水經汝水篇注曰。—水出犨縣北魚齒山西北。東南流。歷魚齒山爲—浦。春秋傳、襄十六年。楚晉戰於—阪。蓋卽—水以名阪也。又東南逕蒲城北。又東入汝。按許意亦正謂斯水也。杜元凱云。昆陽縣北有—水。東入汝。今河南南陽府葉縣、北二十里有昆陽城。〕

㈡安也。見〔方言〕。〔注〕—然安貌。〔箋疏〕廣雅。、—安也。

㈢厚也。〔楚辭悲回風〕吸—露之浮涼兮。

㈣水不流也。〔文選謝混詩〕水木—淸華。

㈤——露茂盛貌。〔詩蓼蕭〕——露斯。〔又〕水貌。〔楚辭招魂〕——江水兮上有楓。〔又〕深貌。〔文選宋玉賦〕蓊—而弗止。〔又〕重厚貌。〔楚辭哀郢〕忠——而願進兮。

㈥—淡。迅疾貌。〔文選左思賦〕—淡羽儀。

㈦—盧。劍名。〔吳越春秋〕—盧之劍。〔按荀子性惡篇作辟閭。注云。辟閭卽—盧也。盧。黑色也。言—然如水而黑。〕

㈧姓也。見〔集韻〕。〔按正字通云。—勘韻、儀去聲。姓也。晉—方生。明嘉靖、—元明。存參。〕

【湛】持林切音沈侵韻〔按說文段注云。大徐、宅減切。未知古義古音也。凡—字引伸之義甚多。其音不一。要其古音。則同直林切而已。〕

㈠深也。〔史記司馬相如傳〕—恩汪濊。

㈡沒也。〔漢書鄒陽傳〕然則荊軻—七族。

㈢泥滓也。〔荀子解蔽〕則—濁在下。而淸明在上。

㈣水名。〔周禮職方氏〕其浸潁—。〔劉昌宗讀〕。

㈤——水流鼓怒之聲也。〔史記司馬相如傳〕——隱隱。

㈥—掩。掩沒也。〔漢書元帝紀〕正氣—掩。〔注〕師古曰。—掩者見掩而—沒也。

㈦沈或字。〔集韻〕沈。陵上滈水也。一曰濁黕也。一曰溺也。或作—。〔按—沈古今字。文選答賓戲注。—、古沈字。上吳王書注。—今沈字也。〕

【湛】都含切音耽覃韻

㈠淫也。〔國語周語〕虞于—樂。

㈡樂也。〔詩賓之初筵〕子孫其—。

㈢樂之久也。〔詩鹿鳴〕和樂且—。

㈣徐遲之貌。〔太玄玄告〕月遡而日—。

㈤通媅。〔集韻〕媅。樂也。亦作—。

㈥通諶。〔左襄二十九年傳〕禪—。〔釋文〕—、本作諶。

【湛】徒感切音禫感韻

水名。周禮。其浸潁—。李軌讀。見〔集韻〕。〔按周禮職方氏。荊州。其浸潁—。注。潁、—。潁屬豫州。在此非也。—、未聞。釋文。—、直減反。劉又音沈。李、唐感反。段玉裁云。職方氏、荊州。其浸潁—。豫州、其系波溠。許系溠於荊。系—於豫。蓋以正經文之互譌也。據此。則周禮所云荊州—。實許之豫州—也。〕

【湛】時任切音諶侵韻

㈠水名。在襄城。春秋傳。戰于—阪。見〔集韻〕。〔按此亦卽豫州浸也。左傳、—阪。釋文云。—、而林反。徐、又丈林反。一音直斬反。音讀各異。〕

㈡病名。〔方言〕瘨、瘦、病也。秦曰—。〔按一本作瘛。廣韻。瘛、腹內故病也。〕

【湛】將廉切音尖鹽韻　昌枕切音瀋寑韻

漬也。〔禮記月令〕—熾必絜。〔釋文〕—、子廉反。漬也。〔按呂覽仲冬。—饎必潔。注。—、漬也。讀瀋釜之瀋。淮南時則注同。但譌瀋爲審耳。集韻鹽韻、出—字。云通作漸。寑韻。瀋、或作沈。蓋沈—本同。周禮楡沈。假沈爲瀋。此假—爲瀋。一也。鹽韻

—通漸者。考工記鍾氏注—。讀漸車帷裳之漸。〕

【湛】將廉切音尖鹽韻直禁切音鴆子鴆切音浸知鴆切音揕沁韻

漬也。〔禮記內則〕—諸美酒。〔釋文〕—子潛反。又直陰反。又將鴆反。一音陟鴆反。

【湛】將廉切音尖鹽韻子鴆切音浸直禁切音鴆沁韻

漬也。〔考工記鍾氏〕染羽。以朱—丹秫。

【湛】持林切音霃侵韻都含切音耽覃韻

—沔。荒迷也。〔漢書翟光傳〕—沔於酒。〔注〕師古曰。—讀曰沈。又讀曰耽。

【湛】牒琰切琰韻

—、露也。見〔廣雅釋訓〕。〔按詩—露斯。傳—、露茂盛貌。曹憲音。—、直減牒琰二反。集韻五十琰亦收—字。〕

【湛】丑甚切音踸寑韻

—潭。水貌。見〔集韻〕。

【湛】丈陷切音賺陷韻

㊀澄也。見〔增韻〕。

㊁澹也。見〔增韻〕。

㊂露貌。見〔韻會〕。

【湛】夷針切音淫侵韻

霪或字。〔集韻〕霪久雨。爲霪。或作—。〔按莊子天下篇。沐甚雨。崔本作沐—雨。—、音淫。〕

【湛】以荏切音潭寑韻

潭或字。〔集韻〕潭。瀵瀿。水動也。或作—。

【湛】直禁切音鴆沁韻

沈或字。〔集韻〕沈。沒也。或作—。

【湛】子鴆切音浸沁韻

浸或字。〔集韻〕浸。漬也。或作—。

【湞】知盈切音貞除耕切音橙虛庚切音亨癡貞切音檉抽庚切音瞠庚韻

水名。〔說文〕—水出南海龍川。西入溱。〔通訓定聲〕據此出今廣東惠州府龍川縣。漢書武帝紀。下—水。音搶拄之撑。〔按淸一統志。—水在翁源縣南。發源惠州府龍川縣。經連平州。流入至縣南。又東流經英德縣東南。入溱水。〕

【湞】除耕切音橙庚韻

—陽。縣名。屬始興郡。見〔集韻〕。〔按縣。漢置。屬桂陽郡。三國吳。改屬始興郡。元至大初。併入英德州。當今廣東英德縣及翁源縣地。〕

【湞】抽庚切音瞠庚韻

水貌。見〔集韻〕。

【湟】胡光切音黃陽韻

㊀水名。〔說文〕—水出金城臨羌塞外。東入河。〔通訓定聲〕出今甘肅西寧府西北邊外厄爾特等地之東。古所謂—中地。北卽大通河。至蘭州府西境入河。〔在甘肅臯蘭縣西。〕〔又〕洭水別名也。〔山海經海內東經〕—水出桂陽西北山。東南注肄水。〔畢注〕沅曰。舊本作潰。據水經注引此作—水。出今湖南桂陽州西南。卽洭水也。亦曰桂水。〔參閱洭字〕〔又〕奉化水別名也。〔淸一統志〕奉化水一名—水。在廣東連州城北。

㊁城池也。〔文選枚乘七發〕—池紆曲。

㊂污下地也。〔大戴記夏小正〕—潦生苹。—、下處也。有—。然後有潦。

㊃潏—。水波漂疾貌。〔文選郭璞賦〕潏—淴泱。〔又〕神名。〔史記司馬相如傳〕前陵離而後潏—。〔按漢書—作皇。〕

㊄汩—。水流貌。〔文選馬融賦〕紛紛汩—。

㊅州名。〔韻會〕漢西平郡。唐置鄯州。宋改—州。又改樂府。〔按當今甘肅碾伯縣治。〕

【湟】況或字。〔集韻〕況。寒水也。一曰益也。或作—。

【湠】他案切音炭翰韻

㊀大水也。見〔玉篇〕。

㊁—漫。曠遠之貌。〔文選木華賦〕渺瀰—漫。〔按字林。—漫。水廣貌。〕

【湡】元俱切音虞虞韻吾蓊切董韻語口切音偶有韻

—水。出趙國襄國之西山。東北入濅。見〔說文〕。〔通訓定聲〕在今直隸順德府邢臺縣西山。一名百泉水。又名鴛鴦水。又名胡盧河。亦作縣。合濅水。卽澧水之上源也。

【湡】元俱切音虞虞韻

地名。〔淮南本經〕曲拂邅迴以像—湣。〔注〕—。番隅。

【湢】筆力切音逼職韻

（一）湢室也。〔禮記內則〕外內不共—浴。〔釋文〕本又作偪。

（二）湢肅貌。〔賈子容經〕軍旅之容。—然肅然固以猛。

（三）—泬。水驚涌貌。見〔玉篇〕。

（四）—測。相迫也。〔史記司馬相如傳〕—測泌瀄。〔按文選作偪側〕。

【湣】眉貧切音珉眞韻美隕切音愍軫韻

謚也。史記齊—王。見〔集韻〕。〔按荀子王霸篇、齊—。注。與閔同。春秋魯閔公。史記魯世家閔作—〕。

【涽】睧見切音絢霰韻

（一）泫—。混合也。見〔集韻〕。

（二）眩—。闇冥無光也。〔史記司馬相如傳〕紅杳渺以眩—兮。〔按漢書作玄—。注引晉灼曰。玄—混合也。〕

【涽】呼昆切音昏元韻

（一）滑—。未定也。〔莊子齊物論〕置其滑—。以隸相尊。〔釋文〕—。徐音昏。向云、汨涽。未定之謂。〔按類篇。滑涽、未定貌。〕

（二）—。—思慮昏亂也。〔荀子賦〕——淑淑。

【湤】商之切音施支韻

（一）水名。見〔集韻〕。〔按正字通謂—即水經施水。字本作施。据此則在今安徽合肥縣東。一名金斗河者、是也。〕

（二）水貌。〔王周峽船記〕峽水湍峻。激石怒發。咨謂之濆。湓洑而—者謂之臈。

【湩】多貢切音凍送韻覩鵠切音⿰石多膧韻竹用切音堹冬宋切宋韻

（一）乳汁也。見〔說文〕。〔段注〕見列子穆天子傳。或借重字爲之。漢書匈奴傳。重酪之便美。是也。〔按漢書注。重本作—。穆天子傳注。今江南人亦呼乳爲—〕。

（二）馬酪也。見〔埤蒼〕。

【湩】覩動切音董董韻展勇切音冢覩鵠切音⿰石多膧韻

水濁也。見〔集韻〕。

【湩】徒東切音同東韻

（一）—容。車幨帷也。見〔集韻〕。〔按周禮巾車注。—容。阮元曰。葉鈔釋文作—容云、本亦作潼。今通志堂本改作幢容。俗字。〕

（二）鼓聲也。〔管子輕重〕—然擊鼓士忿怒。〔按翟灝曰。—音若⿰忄東。又若同。諸狀鼓聲字。此爲最古。〕

【⿰氵臿】莊輒切音廢葉韻

下溼兒。見〔集韻〕。

【⿰氵臿】側洽切音眨洽韻

（一）泙—。下溼。見〔集韻〕。

（二）滴水。見〔集韻〕。

【⿰氵臿】實洽切音霅洽韻

爍或字。〔集韻〕爍。淪也。或作—。

【湫】子小切音剿子了切音湫篠韻慈焦切音樵蕭韻將由切音啾尤韻在九切音愀有韻

隘下也。一曰。有—水。在周地。春秋傳曰。晏子之宅—隘。安定朝那有—淵。見〔說文〕〔注〕臣鍇按史記封禪書云。祠—淵於朝那、〔通訓定聲云。—淵在今甘肅平涼府固原州西南。方四十里。冬夏不增減。傳而不流。按固原州今改縣。周地—水無考。惟錢氏斠詮云。或即大沈—。考廣川書跋。大沈故—。當漢安定郡。則仍朝那—也。〕

【湫】雌由切音秋尤韻在九切音愀有韻

（一）水池名。見〔廣韻〕。〔按有韻、—訓洩水。潏義同。〕

（二）涼貌。〔文選宋玉賦〕—兮如風。

（三）—者。愁悲之狀也。見〔春秋繁露陽尊陰卑〕。

（四）大—。猶大湊也。〔呂覽審分〕此之謂定性於大—。

（五）—戾。猶卷戾也。〔楚辭思古〕雲吸吸以—戾。〔注〕—、一作啾。

（六）—漻。清靜也。〔淮南原道〕—漻寂寞。

（七）鑿—。水名。〔清一統志〕鑿—在甘肅隆德縣東北四十里。周三里。其水四時常溢。

（八）—池。水名。〔清一統志〕—池在甘肅平涼縣東北五十里。其水亦四時常溢。

（九）縣瀑水曰龍—。〔隋書禮儀志〕龍—出於荆谷。

【湫】子小切音剿篠韻在九切音

愀有韻雌由切音秋尤韻

㊀集也。〔左昭元年傳〕勿使有所壅閉―底。〔疏〕―、謂氣聚。

㊁著也。見〔左昭元年釋文引服注〕。〔集韻有韻引〕、同。

㊂愁隘之貌。〔左昭十二年傳〕―乎攸乎。

【湫】子小切音剿篠韻

㊀下也。〔文選左思賦〕邦有―阨而踡跼。

㊁地名。〔左莊十九年傳〕楚子伐黃。還及―。

㊂人名。〔左閔元年傳〕齊仲孫―來省難。

【湫】茲消切音焦蕭韻

㊀夫―。地名。在吳。見〔集韻〕。

㊁通椒。〔左哀元年傳〕吳敗越于夫椒。〔史記伍子胥傳作夫―。集韻云。―、通作椒〕

【湫】茲消切音焦蕭韻宗蘇切音租虞韻子小切音剿子了切音迷篠韻

人名。晉有子服―。見〔集韻〕。〔按集韻、―焦、租、二音。釋文有子小、子鳥、二反。昭十二年子服―。卽昭三年之子服椒。春秋臣傳云子服惠伯名椒一名―。而釋文但云―又作椒。不云名。襄二十六年楚椒鳴。楚語作―鳴。蓋―椒古通。〕

【湫】卽由切音遒尤韻

盡也。見〔廣雅釋詁〕。〔疏證〕―讀爲遒。玉篇、廣韻、並云。遒、盡也。廣韻―、遒、並卽由切。楚辭九辯云。歲忽忽而遒盡兮。淮南椒眞訓云。精有―盡而神無窮極。並字異而義同。

【湭】字秋切音酋尤韻

㊀液也。見〔廣雅釋言〕。〔疏證〕衆經音義卷二、十、及集韻、類篇、並引廣雅―、潒、液也。玉篇、才周切。―液也。

㊁水名。在雍州。見〔集韻〕。

【湭】徐由切音囚尤韻

汓或字。〔集韻〕汓。說文。汓行水上也。或作―。

【湮】伊眞切音因眞韻

㊀本作湮。〔說文〕湮。沒也。〔按文選封禪文。―滅而不彰者。注云。―、沒也。〕

㊁水名。〔水經伊水注〕―水出東北―谷。西南流。逕武林亭東北。又屈逕其亭南。其水又西南逕―陽亭東。又東南流入于狂。

㊂塞也。〔左昭二十九年傳〕鬱―不育。〔按假借爲垔。說文土部、垔。塞也。引書鯀垔洪水。段玉裁曰。垔古書多作堙、作陻。〕

【湮】伊眞切音因眞韻因蓮切音煙先韻

㊀沒也。見〔集韻〕。

㊁塞也。〔莊子天下〕昔者禹之―洪水。〔釋文〕―音因。又音煙。塞也。沒也。

【湮】伊眞切音因眞韻因蓮切音煙先韻壹計切音医霽韻

落也。見〔爾雅釋詁〕。〔注〕―、沈、落也。

【湮】伊甸切音宴霰韻

沒水中也。見〔集韻〕。

【湮】一結切音噎屑韻

塞也。見〔集韻〕。

【湯】他郎切音鏜陽韻

㊀熱水也。見〔說文〕。〔桂注〕孟子、冬日則飲―。〔按釋名釋飲食。―熱――也。〕

㊁爚也。見〔廣雅釋詁〕。〔疏證〕沈肉於―謂之爚。故又謂爚爲―。鄭注祭義云。―肉曰爓。是也。

㊂廣大也。〔莊子逍遙遊〕―之問棘也是已。〔釋文〕簡文云。一曰。―、廣大也。

㊃猶滌蕩也。〔漢書天文志〕是謂大―。

㊄諡也。〔史記諡法解〕除殘去虐曰―。〔按商―。書堯典序疏引諡法。除虐去殘曰―。雲行雨施曰―。風俗通三王云。―者、攘也昌也。〕

㊅―官。宋官名。〔宋書百官志〕尚書郎入直。―官供餅餌及五熟果實之屬。

㊆州名。唐置。屬嶺南道。當今安南國交州府境。〔又〕遼―州。屬東京道。當今奉天遼陽縣西北。

㊇水名。〔山海經西山經〕上申之山。―水出焉。東流注於河。〔畢注〕水經注云。河水又南。諸次之水入焉。又南。―水注之。今有水出綏德州米脂縣桃花谷。行數十里至州南入河。志家以爲―水也。

㊈通蕩。水名。〔清一統志〕―水自河南―陰北。東流至內黃縣西南入衛河。本名蕩水。寰宇記。唐貞觀元

年。以水微溫。又改名—。〔按集韻他郎切。濃下云。水名。東平內黃澤。西山。通作—。〕

⑩—液。—藥也。〔唐書劉濃傳〕濃侍—液。未嘗離。

⑪—餅。餺飥也。〔歸田錄〕—餅。唐人謂之不托。今俗謂之餺飥矣。〔按—餅亦俗所謂長命麵者也。唐書玄宗皇后王氏傳。陛下獨不念阿忠脫紫半臂易斗麪。爲生日—餅耶。是矣。〕

⑫—沐。取其賦稅。以供—沐之具也。見〔後漢和熹鄧皇后紀注〕。

⑬—溪。水名。〔水經江水注〕—溪水。源出朐忍縣北六百餘里、上庸界。南流歷縣。翼帶鹽井一百所。巴川資以自給。水下與檀溪合。又南入于江。名曰—口。

⑭西—溪。水名。〔水經濁漳水注〕西—溪水。出涅縣西山—谷。五泉俱會。謂之五會之泉。交東南流。謂之西—水。又東南流注涅水。

⑮—谷。溫泉也。〔水經滍水注〕溫泉水。出北山阜。七源奇發。炎熱特甚。即南都賦所謂—谷湧其後者也。然宛縣有紫山。山東有一水。東西十五里。南北二百步。冬夏常溫。世亦謂之—谷也。

【湯】尸羊切音商陽韻

—。流貌。〔書堯典〕——洪水方割。〔又〕大貌。〔詩載驅〕汶水——。〔又〕疾貌。〔漢書溝洫志〕河——兮激潺湲。

【湯】他浪切音讜漾韻

①熱水灼也。見〔集韻〕。〔按山海經西山經。—其酒百樽。注云、溫酒令熱。〕

②盪也。見〔集韻〕。

③猥—。水名。〔漢書地理志陳留郡浚儀注〕睢水首受猥—水。東至取慮入泗。行千三百六十里。〔按水經注謂即蒗蕩渠。〕

【湯】他郎切音鏜陽韻他浪切音讜漾韻

蕩也。〔詩宛丘〕子之—兮。〔箋〕游蕩無所不爲。

【湯】余章切音陽陽韻

暘或字。〔集韻〕暘。日出也。或作—。通作陽。〔按山海經海東經外下。有—谷。畢沅曰。成晉宅嵎夷。曰暘谷。說文作崵谷。—、暘、崵、實一也。〕

【湱】霍虢切音砉陌韻

①水聲。見〔集韻〕。

②㶁—。大波相激之聲也。〔文選郭璞江賦〕㶁—潚潚。

③漍—。水名。出西溪。見〔廣韻〕。〔又〕水聲。見〔龍龕手鑑〕。

【湳】乃感切音喃感韻

①水名。〔說文〕西河美稷保、東北水。〔通訓定聲〕在今蒙古鄂爾多斯左翼中旗。東南流至前旗界。又東入河。

②—陵。山名。在廣東萬寧縣西南二十里。

③卑—。羌名。〔漢書西羌傳〕先零、卑—。並皆強富。

④姓也。〔水經河水注〕—水又東南流。羌人因水以氏之。漢沖帝時。羌—狐奴歸化。蓋其渠帥也。〔按潘岳關中詩。虛皛—德。李善注。—、羌號也。羌人因水爲姓。〕

【湴】薄鑒切音[illegible]陷韻

①深泥也。見〔字彙〕。

②水泛也。見〔字彙〕。

③[illegible]或字。〔集韻〕[illegible]。泥淖也。或作—。

【湴】皮咸切音[illegible]咸韻

①行淖中也。見〔集韻〕。

②星命家、祿後一辰爲—河。〔夢溪筆談〕—河謂陷運。如今之空亡也。

【湪】吐玩切音彖翰韻

水名。見〔集韻〕。

【湪】直角切音濁覺韻

涿或字。〔集韻〕涿。涿地名。一曰水名。或作—。

【湪】奴亂切音煗翰韻

古渜字。〔儀禮士喪禮〕渜濯。〔注〕古文渜作—。荆沔之間語。〔按今本作緣。阮元曰。釋文、集釋、俱作—。〕

【渘】而由切音柔尤韻

①水名。見〔集韻〕。

②通柔。〔北海相景君銘〕實—實剛。〔按古碑銘、柔多作—。魏元丕碑、既膺—德。督郵班碑、—遠而邇、皆是。〕

【渰】衣檢切音奄琰韻

①雨雲兒。見〔說文〕。〔段注〕各本作雲雨兒。今依初學記、太平御覽正。

毛傳曰。—、雲興貌。顏氏家訓定本集注作陰雲。恐許所據經作雨雲。通弇。〔詩大田釋文〕—、本作弇。

【溾】 詡鬼切音虺尾韻

流貌。見〔玉篇〕。

或作洈。見〔集韻〕。

【湆】 乞及切音泣緝韻

幽溼也。見〔說文〕。〔注〕今人多萺浥—也。

煮肉汁。見〔玉篇〕。〔按士昏禮、大羹—在爨。鄭注。煮肉汁。〕

【滏】 良中切音隆東韻

㊀高下水也。見〔集韻〕。

或作瀧。見〔集韻〕。

【湲】 于權切音員先韻 于元切音袁元韻 胡鰥切音睆刪韻

潺—。水聲。見〔說文新坿〕。〔又〕水流貌。〔楚辭湘夫人〕觀流水兮潺—。〔按一切經音義引字林。潺—、流貌也。〕

深淨也。〔楚辭招魂〕流潺—些。〔注〕其流急疾又絜淨也。〔鈕樹玉云。王注蓋潺訓急疾。—訓絜淨。〕

【湝】 居諧切音皆 雄皆切音諧佳韻

㊀水流—也。一曰。—、寒也。詩曰。風雨—。見〔說文〕。〔注〕眾流之貌。

㊁風雨不止。見〔廣韻〕。

【湭】 才周切音酋尤韻

水源也。〔黃香九宮賦〕坎熚拔以—煬。〔注〕—、水之源。煬、火之熾也。

【⿰氵𠬶】 子鴆切音浸沁韻

灌也。〔史記河渠書〕有餘則用溉—。〔按正字通謂通浸。〕

【渮】 居河切音歌 寒歌切音何歌韻 賈我切音哿哿韻

水名。〔說文〕—澤水在山陽湖陵南。禹貢浮于淮泗達于—。〔通訓定聲〕徐州之境。達濟以達—也。今本作河。誤。其水當在今山東兗州府魚臺縣。東流入泗。與豫州導—澤、及導沇水又東至于—。當在今曹州府—澤縣東南。及定陶縣界者、微別。而皆濟水下流也。史記字作荷。周禮職方疏作柯。〔按段本刪澤字。〕

【渶】 于驚切音英庚韻

水名。出青丘山。見〔廣韻〕。

【湀】 巨癸切音揆 頸誄切音癸紙韻 涓畦切音圭 傾畦切音睽齊韻 苦雪切音闋屑韻

—辟。流水處也。見〔說文〕。〔按流、鉉本作深。爾雅釋水。—闢流川。注曰、通流。疏引玉篇曰、通泉。〕

【湁】 敕立切音雴緝韻

—濈。鬻也。見〔說文〕。〔段注〕上林賦、—潗鼎沸。潗與濈同。言水之流、如爨沸鼎也。〔按郭璞曰。—、潗、皆水微轉而細涌貌。〕

【湇】 乞業切音怯葉韻 乞洽切音恰洽韻 乞及切音泣緝韻

羹汁。博雅、羹謂之脸。或作—。見〔集韻〕。〔按段玉裁云。五經文字云。—、從泣下月。大羹也。湆從泣下日。幽深也。—字不見於說文。則未知張說何本。儀禮音義引字林云。湇、羹汁也。玉篇廣韻同。然則本無異字。肉之精液、如幽溼生水也。廣雅、羹謂之脸。皆字之或體耳。〕

【潪】 子感切音昝感韻

地溼也。見〔集韻〕。

【湉】 古活切音括曷韻

水流貌。見〔字彙〕。〔按集韻。湉。說文、水流也。隸作—。〕

【⿰氵茈】 蔣氏切音紫紙韻

水名。在長沙。見〔集韻〕。

【⿰氵便】 毗面切音便霰韻

小便也。見〔篇海〕。

【湕】 紀偃切音鍵阮韻

水名。出南郡。見〔集韻〕。

【⿰氵要】 於虯切音幽尤韻

深也。見〔集韻〕。〔按字彙。一笑切、音要。訓同。〕

【湜】 丞職切音殖職韻

水清見底也。詩曰。——其止。見〔說文〕。〔段注〕各本作底見。依詩釋文正。邶風曰。涇以渭濁。——其止。按毛本作止。止者、水之歛定也。鄭易止爲沚。云、——。持正皃。是其訓—字。比傅是字之解爲之。〔按唐皇甫—字持正。〕

【湥】 他骨切音突 陁沒切音揬月韻

流皃。見〔集韻〕。

【涓】莫報切音帽號韻
水濕也。見〔集韻〕。

【湨】扃闃切音狊錫韻
水名。〔春秋襄十六年〕公會晉侯、宋公、衛侯、鄭伯、曹伯、莒子、邾子、薛伯、杞伯、小邾子于—梁。〔注〕—水出河內軹縣東南至溫入河。〔釋文〕—古闃反。徐、公壁反。〔按—本亦作湨。公羊釋文則作狊。爾雅釋地曰。梁莫大於—梁。校勘記云。—從狊是也。清一統志云。—水在河南濟源縣西南。經孟縣北。又東南入河。軹縣故城在濟源縣南十三里。〕

【瀫】呼怪切音咶卦韻
濊—。水相激聲。〔文選郭璞賦〕瀫濊濊—。

【濘】女加切音拏麻韻
滘—。沾溼也。見〔集韻〕。〔按正字通云。滘字之譌。存參。〕

【㵸】子末切音䠞曷韻
水激石皃。見〔集韻〕。

【潌】陟利切音致寘韻
溼也。見〔集韻〕。

【漽】田黎切音題齊韻
米瀾也。見〔集韻〕。

【漥】郞晃切音浫養韻
池不流也。見〔類篇〕。〔按字彙訓同。正字通非之。謂是俗濘字。今考濘音殊不類。惟汪篆作濘。訓停水皃。音義俱近。形亦似也。〕

【渵】謨交切音茅肴韻
大水皃。見〔集韻〕。

【㴓】所佳切音崽佳韻
漉米也。見〔集韻〕。

【濟】吐火切音妥哿韻
水名。見〔集韻〕。

【澚】逆各切音咢藥韻
水名。見〔集韻〕。

【濥】羊進切音胤震韻
水名。見〔字彙〕。

【湦】師庚切音生庚韻
人名。曹桓公終—。見〔集韻〕。〔按史記注—作生〕。

【湵】以久切音酉有韻
水名。見〔集韻〕。

【漦】俟淄切音詞支韻
涎也。又順流也。通作漦。見〔字彙補〕。〔按舊注云。當卽漦字之譌。〕

【洌】力蘖切音列屑韻
水清也。見〔類篇〕。〔按集韻作洌。與篆合。今作洌。互詳洌字。〕

【涻】崇斜切音蛇麻韻
水也。見〔字彙補〕。

【溨】將來切音哉牆來切音裁灰韻
水名。〔集韻〕禹貢嶓山溪大度水東南至南安入—。或作涐。〔按此卽涐水也。段氏曾據漢志及水經注、改說文之溨篆爲涐。徐承慶闢云。說文無涐字。地理志作—者。傳寫之誤。廣韻十六咍有—字。沿誤實始於唐。水經注新舊刊本絕無作—者。戴所校定義經順明。而說文之作溨不作涐。古本皆然。確乎可信矣。段氏乃云呂作—。許作涐。改書以就己說。其謬已甚。集韻十六咍、—。引水經。七歌、涐。引說文。覓似蜀有—涐二水。莫能是正。今攷桂氏引胡渭說。正謂—乃涐字之誤。又曰玉篇廣韻涐—並見。涐出說文。—出字林。而不知爲一也。據此則—涐非二水矣。並見者誤。改篆者亦非。〕

【澽】其居切音渠魚韻
潯也。見〔字彙補〕。

【湸】力㨮切音亮漾韻
大水也。見〔字彙補〕。

【洟】延脂切音夷支韻
水名。見〔字彙補〕。

【㳫】余支切音移支韻
水文也。見〔集韻〕。

【𣶏】叨甘切音貪覃韻
水也。見〔字彙補〕。

【𣹔】色角切音朔覺韻
—灂。潘也。見〔集韻〕。

【㴦】何盈切音行庚韻
深水之皃也。見〔字彙補〕。

【𣸣】謨杯切音枚灰韻
壞也。見〔集韻〕。

【□】□律切音卹質韻 —。水流貌。見[集韻]。

【淢】古泫切音吠銑韻 淖耕也。見[集韻]。

【湷】直追切音搥支韻 水深聲也。見[字彙補]。

【溂】於糺切音黝有韻 大澤也。見[字彙補]。

【𪶭】鄰溪切音犁齊韻 承也。見[篇海]。[按舊注云。當即黎字之譌。]

【滋】音未詳 水名。[水經濼水注]—水出東阜下。西北流。逕故城。俗謂合堆城。又北合敦水。亂流東北注鴈門水。

【津】津本字。見[說文]。

【游】泝本字。見[說文]。

【湲】溲本字。見[說文]。

【渠】古梁字。見[說文]。[段注]水潞者必木與木相接。一其際也。

【㴕】同濼。[石鼓文]迄湧盈—。[—注]今作濼。

【湫】同湫。見[字彙]。

【湥】同濟。[楚辭離世]—湘流而南極。[注]—。亦度也。一作濟。[按洪興祖補注曰。—集韻作湥。]

【湡】同濡。晉人草書多用之。見[—傳注古音]。

【淼】同漫。見[字彙補]。

【湪】同滐。見[字彙補]。

【溗】同涛。見[玉篇]。

【㵝】同水。見[篇海]。

【湶】同泉。[字隬引孫君碑]波鄣—溉。

【漏】同徧。見[字彙補]。

【涜】沈或字。見[集韻]。

【湌】餐或字。見[說文食部]。

【㵅】翁或字。見[集韻]。

【湘】洦或字。見[集韻]。

【㴎】艘或字。[集韻]艘。船著沙不能行也。或作—。[按字彙書作㵂。]

【溌】潑或字。見[集韻]。

【湧】涌或字。見[集韻]。

【溕】滚或字。見[集韻]。

【溎】滻省字。見[集韻]。

【渫】洴俗字。見[正字通]。

【溫】溫俗字。見[字彙]。

十畫

【源】愚袁切音元元韻

(一)本作䖒。[說文灥部]䖒。水泉本也。從灥出厂下。[注]會意。此水原字。原隰字、古作邍也。[按玉篇作水原本也。廣韻、水原曰—。禮記月令、為民祈祀山川百—。注云。衆水始所出為百—。說文重文原云。篆文䖒省。段玉裁云。後人以原代高平曰邍之邍。而別製—字為本原之原。積非成是久矣。]

(二)—水。水名。[水經沁水注]丹水出上黨高都縣故城東北阜下。俗謂之—水。[按清一統志。丹水出山東高平縣四十五里一名莞谷水。一名—澤水。一名——水。一名—漳水。俗名丹河。發—丹朱嶺。東南流入鳳臺縣界。西流合泫水。又南流合白水。又南流入河南懷慶府。又南入沁河。考鳳臺縣、今改晉城縣。懷慶府、今改沁陽縣。]

(三)—泉。水名。[水經易水注]—泉水發北溪。東南流注濡水。

(四)州名。遼置。屬東京道。今地不詳。當在奉天省境。

(五)姓也。[廣韻]禿髮傉檀之子賀。入後魏。魏太武謂之曰。與卿同—。可為—氏。

【溫】烏昆切音爊元韻

(一)—水。出犍為符。南入黔水。見[說文]。[段注]符、各本作涪。誤。今正。地理志。犍為郡、符下云。—水南至鱉、入黚水。黚水亦南至鱉入江。按黚黔音同。黔水即黚水。水經注、延江篇曰。—水一曰煖水。出犍為符縣。而南入黚水。黚水亦出符縣南與—水會。俱南入鱉水。犍為符縣。今四川瀘州合江縣其地也。[又]水名。[水經]—水出牂柯夜郎縣。又東至鬱林廣鬱縣、為鬱水。又東至領方縣東。與斤南水合。東北入于鬱。[按漢夜郎縣。即夜郎故國。當今貴州桐梓縣。桐梓縣志。桐梓縣有夜郎里。又曰。夜郎城在今縣東二十里。又按說文黚黔—下云。地理志、出符縣。水經、出夜郎。今考諸書。尋其脈絡。疑是二水。姑附於此。以俟參訂。〔又〕水名。〔山海經海內東經〕—水出崆峒山。在臨汾南。入河。〔畢注〕劉昭注郡國志陰盤、引此。崆峒山在今甘肅平涼府西。汾當爲涇字之誤也。地理志、臨涇安定縣。今平涼縣。

●和也。〔淮南時則〕純—以淪。

●顏色和也。〔詩燕燕〕終—且惠。

(四)善也。見〔廣雅釋詁〕〔疏證〕儒行云。—良者、仁之本也。〔玉篇廣韻竝同〕。

(五)良也。見〔廣韻〕。

(六)柔也。見〔廣韻〕〔按詩小宛、飲酒—克。釋文。王如字。柔也。〕

(七)厚也。〔漢書成帝紀〕—故知新。〔顏注〕—、厚也。謂厚積於故事也。

(八)潤也。〔論語子張〕卽之也—。

(九)和潤也。〔論語述而〕子—而厲。

(十)煖也。見〔廣雅釋詁〕〔按玉篇。渜熱也。廣韻、煖也。〕

(十一)尋也。〔論語爲政〕—故而知新。〔注〕—、尋也。〔皇疏〕—、是尋繹之義。

(十二)燖也。習也。〔禮記中庸〕—故而知新。〔按—。燖也。謂故學之熟。復時習之。集韻訓燖字。集訓習。義同。〕

(十三)猶足也。〔荀子榮辱〕其—厚矣。

(十四)猶言渾命也。〔禮記中庸〕—而理。〔朱駿聲說〕。

(十五)柔暢謂之—。〔論語季氏〕色思—。

(十六)性純粹曰—。〔詩小戎〕—其如玉。

(十七)地名。〔左隱三年傳〕取—之麥。〔卽今河南—縣〕。

(十八)州名。唐置。明爲—州府。當今浙江永嘉縣治。清光緒二年依西歷一千八百七十六年條約。開爲商埠。

(十九)病名。〔素問生氣通天論〕冬傷於寒。春必病—。

(二十)——柔也。見〔爾雅釋訓〕〔又〕和柔貌。〔詩小宛〕——恭人。〔又〕寬柔也。〔詩抑〕——恭人。〔又〕有潤澤之貌。〔荀子修身〕然後——然。

(廿一)—蠖。猶昏憒也。〔史記屈原傳〕而蒙世之—蠖乎。

(廿二)—汾。水轉貌。〔文選枚乘七發〕所—汾者。

(廿三)—淳。味厚也。〔文選枚乘七發〕飲食則—淳甘膬。

(廿四)—厚。言富足也。〔漢書張敞傳〕居皆—厚。

(廿五)—風。炎風也。〔禮記月令〕—風始至。

(廿六)—氣。陽氣也。〔素問調經論〕不寫則—氣去。

(廿七)—室。漢殿名。〔漢書孔光傳〕或問—室省中樹。〔按三輔黃圖。—室殿。武帝建。冬處之—暖。〕

(廿八)—宿。古國名。〔漢書西域傳〕—宿國。王治—宿城。去長安八千一百五十里。土地物類所有。與鄯善諸國同。

(廿九)—度。氣候之寒暖。立表記度、以爲驗者也。

(三十)—帶。地當黃道。處寒熱兩帶之間。

(卅一)姓也。〔廣韻〕唐叔虞之後。受封於河內—。因以命氏。又、郤至食采於—。亦號—季。因以爲族。出太原。〔又〕—伯、—稽、皆複姓。〔廣韻〕莊子有—伯雪子。姓苑有—稽氏。

【溫】紆問切音醞問韻

●藴藉也。〔詩小宛〕飲酒—克。〔釋文〕—、鄭於運反。藴藉也。

●通醞。〔集韻〕—。通作醞藉。

●通藴、慍。〔禮記內則〕柔色以—之。〔注〕—。藉也。〔釋文〕—。本又作藴。又作慍。同於運反。注同。

【溫】讀若盜

—驪。八駿之一。〔史記周本紀〕周繆王得驥—驪。〔索隱〕—。音盜。徐廣曰。—一作盜。盜、竊也。淺青色。〔按竊訓淺。見爾雅釋獸。廣雅釋言。—音盜。未聞。蓋形近而譌〕

【滇】多年切音顚先韻

●益州池也。見〔說文〕〔段注〕二志皆云。益州郡—池縣。前志、—池縣下。—池澤在西北。南中志曰。有澤水周迴二百里。所出深廣。下流淺狹。如倒流。故曰—池。今雲南雲南府附郭昆明縣附城南之—池、是也。城西南八十里、爲海口大河。卽—池導流之處也。下流至武定府。注於金沙江。〔按今稱雲南省爲—以此。—本西南夷。史記西南夷傳。西南夷君長以什數。夜郎最大。其西靡莫之屬以什數。—最大。〕

●—零。羌名。〔後漢安帝紀〕先零羌、—零稱天子於北地。

●—盾。盾也。一曰羌盾。〔釋名釋兵〕

…本出於蜀。蜀—所…或曰羌盾言出於羌也。㊃通顛。[史記司馬相如傳]文人顛歌。[索隱]顛、益州顛縣。其人能作西南夷歌。顛卽—字。[按王筠云。司馬相如在漢初。尙用顛字。則知—乃後起之專字。]

【滇】亭年切音田先韻 ㊀—污。大水皃。見[廣韻]。㊁——。盛貌。[漢書禮樂志]泛泛——從高斿。

【滇】之人切音眞眞韻之刃切音震震韻 ㊀水名。在汝南。或作愼。見[集韻]。[按清一統志。愼水在正陽縣南一里。流逕縣城東北。入汝。漢置—陽縣。以此水得名。]㊁—陽。縣名。在汝南。見[集韻]。[當今河南正陽縣。]㊂通眞。漢書地理志作眞陽。㊃通滇。續漢書作滇陽。㊄通愼。[集韻]漢永平五年。失印更刻。遂以水爲心。[按漢書愼陽注。師古曰。愼字本作—。音眞。]

【滇】他甸切音瑱霰韻 —㴐。大水。見[廣韻]。[按文選吳都賦。—㴐淼漫。李注。—㴐淼漫。山水闊遠無崖之狀。]

【滇】壹練切音電霰韻 入水皃。見[集韻]。

【溺】日灼切音弱藥韻 水名。[說文]—水。自張掖刪丹。西至酒泉合黎。餘波入于流沙。桑欽所說。[通訓定聲]今甘肅甘州府山丹縣城西有山丹河。是也。釋氏書謂之流沙河。出縣西南窮石山。正流、西至合黎山。與張掖河合。又東北至甘州府。北流至塞外。入居延澤。其餘波、溢入流沙。書禹貢、導弱水。以弱爲之。[按左傳襄公六年宋華弱來奔。公羊弱作—。蓋弱—古通。不獨水也。]

【溺】昵角切音搦覺韻乃歷切音惄錫韻 沒也。[莊子逍遙遊]大浸稽天而不—。

【溺】乃歷切音惄錫韻 ㊀沒也。本作休。[廣雅釋詁]—。沒也。[疏證]—與休通。[按集韻。休或作—。]㊁沒也。見[廣雅釋詁]。㊂弱也。[釋名釋疾病]死於水者曰—。—、弱也。不能自勝之言也。㊃沈湎也。[禮記樂記]—而不止。㊄—沒也。[文選宋玉賦]巨石——之瀺灂兮。㊅姓也。見[姓苑]。

【溺】奴弔切音尿嘯韻 ㊀溲也。[史記范雎傳]醉更—睢。[—本作㞙。說文。㞙、人小便也。廣雅釋言。㞙、溲也。]㊁或作𡳜。[一切經音義引字林]𡳜。小便也。㊂又作尿。[一切經音義引通俗文]出脬曰尿。[集韻]㞙或省作尿。]

【溠】側駕切音詐助駕切音乍禡韻倉何切音蹉歌韻莊加切音摣咨邪切音差麻韻叉宜切音差支韻 ㊀水名。[說文]—水。在漢南。荊州浸也。春秋傳曰。脩涂梁—。[通訓定聲]左莊四年傳。除道梁—。注。在義陽厥縣西南。入鄖水。按出今湖北德安府隨州西北栲栳山。至漢川縣、入漢。又周禮職方氏。其浸波—。在豫州。當別爲一水。[案隨州今改爲縣。]㊁—浙也。見[玉篇]。

【溠】鋤加切音查麻韻 水名。在北地。見[集韻]。

【溧】力質切音栗質韻 ㊀水名。[說文]—水。出丹陽—陽縣。[通訓定聲]當在今江蘇鎮江府—陽縣北。爲永陽江。古三江之中江也。今水道絕異。其源流亦不可考。㊁洲名。[丹陽記]江寧烈洲。吳舊津所也。亦曰—洲。[按吳越春秋。伍子胥奔吳、至—陽。卽其地。桂馥云。栗列聲相近。]

【溱】緇詵切音臻眞韻 ㊀水名。[說文]—水。出桂陽臨武。入匯。[王注]水經。—水出桂陽臨武縣南。繞城西北。屈東流。東至曲江縣安烝邑東。屈西南流、過湞陽縣。出洭浦關。與桂水合。南入於海。酈注云。—水導源縣西南。北流逕縣西而北。與武溪合。入匯者。地理志。

桂陽縣匯水。南至四會入鬱林。徐廣曰。湟水一名洭水。出桂陽通四會。亦曰匯水也。桂氏曰。桂洭之下流卽匯水。〔當今湖南臨武縣〕

㊁水名。〔詩褰裳〕褰裳涉—。〔說文通訓定聲云。鄭自有—水。說文及水經注則皆謂借爲洧。然古音洧—迥別。未敢信也。〔按在今河南密縣東北。〕

㊂州名。唐微。屬江南道。當今四川綦江縣南。〔又〕汝南郡附鵰泉。初廢改。—州。大業初改蔡州。尋復爲郡。

㊃—。衆也。〔詩無羊〕室家—。〔又〕盛貌。〔後漢班固傳〕百穀—。〔又〕郁也。〔太玄進〕物出—。

㊄通蓁。〔潛夫論夢列〕室家蓁蓁。〔按詩桃夭、其葉蓁蓁。齊詩及通典、竝作——。〕

㊅通臻。〔漢書王褒傳〕萬祥畢—。〔按—與臻同。漢書屢見。〕

【溳】 玉分切音雲。文韻。于倫切音筠。眞韻

水名。〔說文〕—水。出南陽蔡陽東。入夏水。〔通訓定聲〕出今湖北德安府隨州大洪山。至漢陽府漢川縣。按鄖國以—水得名。

【溳】 羽敏切音殞。軫韻

㊀—濆。水波皃。見〔集韻〕。〔按玉篇。濆—。水勢。郭璞江賦。浸減濆—。李善注云。參差相次也。〕

㊁通硍。〔集韻〕硍。落也。通作—。

【⿰氵虒】 相支切音斯。支韻

㊀水名。〔說文〕—水。出趙國襄國。東入湡。〔通訓定聲〕在今直隸順德府邢臺縣。至朝平、入湡水。

㊁涯也。見〔廣韻〕。〔按集韻云。水厓。〕

【⿰氵貨】 損果切音鎖。哿韻

㊀—水也。从水貨聲。讀若瑣。見〔說文。〕〔辯證〕左傳、瑣澤。

㊁或作漅。見〔集韻〕。

【溓】 離鹽切音廉。鹽韻。盧忝切音稴。琰韻。乎韽切音陷。陷韻

㊀薄冰也。一曰。中絕小水。從水。兼聲。見〔說文〕。〔王注〕桂氏曰。素問、夏五月之病。至陰不過十月。陰陽交。期在—水。馥按此言水始冰卽死也。玉篇廣韻皆曰。大水中絕小水出也。蓋謂大水中道而絕流有小水由之而進也。樓鑰、宋濂、皆引唐本或從廉。是今挩重文濂。

㊁淹也。見〔唐本說文〕。〔按段王本皆補入正文。段玉裁晁以道云。唐本有此四字。楊上善注素問云。—、水靜也。於此義相近。淹篆下無此義。於此補見。王筠依宋濂引唐本補。〕

㊂薄也。見〔玉篇〕。〔按廣韻、集韻、類篇韻會、竝引說文作薄水。考大徐本亦作薄水。朱駿聲從之。朱之言曰。水性有輕重。味亦有厚薄。淡言味。—言質也。〕

㊃或作濂。見〔玉篇〕。〔按段本說文增濂篆。云、或从廉。〕

【溓】 力冉切音斂。琰韻

㊀漬也。見〔廣雅釋詁〕。

㊁薄冰也。〔集韻〕冰其薄者—。

㊂水靜也。〔素問陰陽類論〕夏三月之病。至陰不過十日。陰陽交。期在—水。〔注〕病名曰陰陽交。二氣相持。故乃死於立秋之候也。新校正云。按全元起本云。—水者、七月也。建申。水生於申。陰陽逆也。楊上善云。—、廉儉反、水靜也。七月、水生時也。〔按桂王引此文。十日、竝譌作十月。玩注意則—爲水始生。桂氏解作水始冰者。誤也。〕

㊃雜也。〔易文言傳鄭本〕爲其慊于陽也。〔注〕慊讀如羣公—之—、雜也。〔按公羊文十三年傳。周公盛。魯公燾。羣公—。今本作廩。疏云。廩者、希少之名。是以鄭注云。廩讀如羣公—之—者、是也。此兩—字。今本亦作廩。段氏謂疏本作—。今作廩、誤。阮氏校勘記亦云。詩采薇正義、引鄭易注、作羣公—。—廩聲相近。此疏引鄭注云。廩讀如羣公廩之廩。當是後人改竄。又按此疏以—證廩之希少。合素問注觀之。益可見說文作薄水者。較薄冰爲長。是以諸書皆引作薄水。而薄冰義別出也。〕

㊄——。微波貌。〔文選潘岳賦〕水——以微凝。〔按李善注引說文。——、薄冰也。朱駿聲非之曰。食部鎌篆說解、讀若風——。按風——者。微波之貌。丁儀妻寡婦賦。水——而晨結。任嘏妻寡婦賦。水——以微凝。皆直言形況字。凝與結。乃言冰也。朱說良是。優於段氏風廉凌之說矣。〕

[illegible]琰韻
[illegible]見[集韻]。[按禮斗威儀云。君乘土而王其政太平則河—。宋書禮志。諸侯軌道。河—海夷。符瑞志文同。唐高宗太廟樂章。海—星暉。遠安還肅。皆此義。]

●二小水。見[集韻]。

【溓】力冉切音斂琰韻 尼占切音黏鹽韻

相著也。[考工記輪人]則雖有深泥。亦弗之—也。[司農注]—讀爲黏。謂泥不黏著輻也。[釋文]—依字、力簟反。依注、音黏。女廉反。[按集韻。黏、亦作—。]

【溓】乎監切音銜咸韻

漬水沾物。見[集韻]。

【溓】兩減切音臉豏韻

味薄。見[集韻]。

【溓】乎黯切音陷陷韻

沈物水中使冷。見[集韻]。

【溓】離鹽切音廉鹽韻

水名。見[韻會]。

【溓】犂針切音林侵韻

濂或字。[集韻]濂。[說文]谷也。一曰寒也。或从兼。

【溓】勒兼切音鬑鹽韻

濂省字。[集韻]濂、濂中絕小水。或省。

【準】主伊切音埻軫韻

●一平也。見[說文]。[段注]謂水之平也。天下莫平於水。水平謂之—。因之製平物之器亦謂之—。漢志。繩直生—。—者所以揆平取正是也。

●二擬也。倣也。[易繫辭]易與天地—。[疏]謂—擬天地。

●三中也。平也。見[易繫辭釋文引鄭注]。

●四等也。見[易繫辭釋文引京注]。

●五同也。見[易繫辭虞注]。[按蘇氏軾曰。—、符合也。]

●六均也。見[廣韻]。[按禮記月令、先定—直。疏云、—謂輕重平均。]

●七法也。[淮南本經]故謀於權衡—繩。

●八繩也。[後漢崔駰傳]協—矱之貞度兮。

●九度也。見[廣韻]。

●十平法也。[漢書東方朔傳]以仁義爲—。

●十一槷鍛令平正也。[考工記㮚氏]權之然後—之。

●十二擊也。[淮南覽冥]羣臣—上意而懷當。

●十三質也。[韓愈詩]錢帛縱空衣可—。[如抵折曰—折。]

●十四鼻也。[漢書高帝紀]隆—而龍顏。[注]李斐曰。—、鼻也。文穎曰。音—的之—。晉灼曰。李說、文音是也。[按史記始皇紀。秦王爲人蜂—。正義。—、章允反。]

●十五樂器名。漢京房作。[晉書律曆志]—之狀如瑟而長丈。十三絃。隱間九尺。以應黃鐘之律。

●十六—人。周官名。[書立政]—人。

●十七平—。平賦以和—也。史記有平—書。漢書百官公卿表。大司農屬官、有平—令丞。

●十八—斤。凡事也。[論語摘輔象]力墨受—斤。

●十九古作⿰禾隼。見[管子君臣注]。

●二十或作准。見[五經文字引字林]。[段玉裁云。古書多用准。蓋魏晉時、恐與淮字亂而別之耳。]

●廿一或作埻。[周禮司裘注]又方制之以埻。[釋文]埻、本亦作—。

●廿二埻或字。[集韻]埻射的。周禮或作—。

●廿三姓也。見[字彙]。

【準】數軌切音水紙韻

●一平也。見[集韻]。[按段玉裁云。—古音在十五部。考工記故書—作水。又水下云。此以疊韻爲訓。如戶護尾微之例。釋名曰。水、—也。—、平也。]

●二車轅脊不停水。見[集韻]。[按考工記輈人。輈注則利—。司農注謂轅脊上雨注令水去利也。釋文。—、音水。]

【準】朱劣切音拙屑韻

●一鼻也。漢書高祖隆—。服虔讀。見[集韻]。[按高帝紀注。服虔曰。—音拙。李斐曰。—、鼻也。]

●二頰權—也。見[廣韻引應劭]。[按顏師古注云。頰權顴字豈當借—爲之。服音、應說皆失之。]

【溜】力救切音霤宥韻 力求切音劉尤韻

本作澑。水名。[說文]澑水出鬱林郡。[段注]不言縣者有未審也。鬱林郡在今廣西。元和郡縣志曰。貞觀八年。改南昆州爲柳州。因柳江爲名。柳州即今柳州府。柳江出牂地。至今貴州古州永從縣、生苗界中。東南入廣西。至柳城縣。曰柳江。至象州。會於盤江。柳江卽古潭水。後人譌其字耳。〔按玉篇、廣韻、集韻、類篇、竝作—不作柳。集韻、類篇、彙收平聲。〕

【溜】力救切音霤宥韻

㊀水流貌。〔文選潘岳賦〕梟涓涓而吐—。〔按俗謂水急流曰—。如云船放—。又滑—。順—。又馬脫繮曰—。人忽逸去曰—。皆引伸義。〕

㊁水垂下也。見〔一切音義引倉頡〕。〔如云簷—。〕

㊂發也。〔管子宙合〕減—大成。

㊃屋霤也。〔左宣二年傳〕三進及—。

㊄陰陽相過曰—。見〔素問陰陽別論〕。

㊅猶游也。馬服轡後。乘使游行曰—。人閒遊曰—游。北方亦曰—達。

㊆鄉—。猶斂捷也。〔盧仝詩〕不唧—。

……曰記姓名。

……〕從上—下。〔

釋文、—作霤。〕

㊈通甾。〔文選左思賦〕林藪石甾而蕪穢。〔劉注〕甾、或作—。

【溜】力求切音劉尤韻

㊀通甾。〔國策韓策〕成皋石—之地也。〔注〕—、古作甾。

㊁通流。〔靈樞本輸〕—於魚際。〔注〕—、流、同。

【溝】居侯切音鉤尤韻

㊀水瀆。廣四尺。深四尺。見〔說文〕。〔桂注〕考工記匠人。九夫爲井。井閒廣四尺謂之—。地官遂人、十夫有—。注云。遂廣深各二尺。—倍之。

㊁搆也。〔釋名釋水〕水注谷曰—。田㽗之水亦曰—、搆也。縱橫相交搆也。〔疏證〕搆、當爲冓。冓象對交之形。

㊂坑也。見〔廣雅釋水〕。〔疏證〕爾雅。坑、虛也。阬與坑同。坑之言康也。皆空之轉聲也。考記工匠人爲—洫。對文則有畎遂—洫澮之異。散文則通謂之—洫。

㊃水分流也。見〔一切經音義引字略〕。

㊄壍也。〔左僖十九年傳〕乃—公宮。

㊅街衢之旁、通水者也。〔漢書劉屈氂傳〕血流入—中。

㊆穿地爲阻固也。〔周禮大司徒〕制其畿疆而—封之。

㊇開通也。〔左哀九年傳〕吳城邗—通江淮。〔按說文邗下段注。以—通江淮、爲句是也。今人每言—通。義本此。〕

㊈隔絕也。〔左定元年傳〕將—焉。〔按兩義皆引伸。以水則通。以地則隔也。〕

㊉數名。〔周髀算經〕黃帝爲數。法有十等。億、兆、京、秭、垓、壤、—、澗、正、載。〔按廣韻、集韻、竝作溝。云十秭曰溝。〕

⑪鴻—。渠名。〔史記高祖紀〕割鴻—以西者爲漢。〔注〕張華曰。大梁城在浚儀縣北。縣西北渠水。東經此城南。又北屈分爲二渠。其一渠東南流。始皇鑿引河水以灌大梁。謂之鴻—。楚漢會此處也。〔當今河南滎陽縣。〕

⑫盧—。河名。〔名勝志〕桑乾河、卽今之盧—河也。俗呼曰渾河。〔在今宛平縣西南三十里。京漢鐵路。舊名盧漢鐵路。言自漢口至盧—橋也。盧—曉月。爲燕京八景之一。〕

⑬陰—。水名。〔水經陰溝水〕出河南陽武縣、浪蕩渠。〔注〕陰—首受大河于卷縣。故瀆東南逕卷縣故城南。又東逕蒙城北。〔又〕女陰曰陰—。〔雜事祕辛〕陰—渥丹。

⑭羊—。卽古御—也。〔中華古今注〕長安御—。一曰羊—。謂羊喜觝觸。故爲—以隔之。〔按正字通云。古今注。御—。謂之楊—。植高楊於其上。或作陽—。別作羊—。非。竊謂羊、楊、陽、義各有取。今人則謂簷溜下明—爲陽—。其暗—爲陰—。〕

⑮汗—。馬中脊也。〔齊民要術〕相馬法。汗—欲其深。

⑯—牙。毒蟲類。以其牙有縫—。可流通毒液。故名。爲爬蟲類蛇類中之一類。如琉球諸島所產之飯匙倩。印度所產之科布爾。海洋所產之海蛇。皆是。

⑰大東—。商埠名。在奉天安東縣南。於清光緖三十年。依西曆一千九百零三年中美通商條約。開爲商埠。

⑱百草—。商埠名。在吉林汪清縣。於清光緖三十四年。依西曆一千九

…界約開爲
…｜商埠名。在吉林汪清縣。於清光緖三十四年。依西曆一千九百零八年中日圖們江界約開爲商埠。

【溝】古項切音講講韻

港或字。〔集韻〕港水分流也。或作｜。

【溝】苦候切音寇宥韻

愁也。〔荀子儒效〕其愁陋｜瞀。〔注〕｜、音寇。愁也。〔按他注多云。｜瞀無知也。廣韻作怐愁。愁、兒。集韻作瞉。瞉霿、鄙吝、心不明也。或作𣪘、區、怐。又別出怐。佝音嶇。怐愁。愁也。或从人。考非十二子篇。｜猶瞀儒。注云。｜讀爲怐。愁也。漢書五行志作區瞀。謝墉校本云。案怐愁、愁貌。楚辭九辯。直怐愁以自苦。五行志、又作傋瞀。許愼作𢿱瞀。皆一物也。段玉裁云。其字皆上音寇。下音茂。其義皆謂愁蒙也。朱駿聲云。皆疊韻連語。〕

【溢】弋質切音逸質韻

(一)器滿也。見〔說文〕。〔桂注〕一切經音義十六引字林。｜、滿也。廣雅｜滿也。釋詁。｜、盈也。

(二)出也。〔後漢陳寵傳〕｜於甫刑者除之。

(三)流出也。〔史記封禪書〕銀自山｜。

(四)過也。〔莊子人間世〕夫兩喜必多｜美之言。兩怒必多｜惡之言。

(五)沒也。〔小爾雅廣詁〕淫、｜、沈、滅、沒也。〔按｜亦沈溺之意〕

(六)奢泰也。〔孝經〕滿而不｜。

(七)盛也。見〔廣雅釋詁〕。〔按中庸云。聲名洋｜。蓋言盛也〕

(八)靜也。見〔爾雅釋詁〕。〔疏〕盈｜者宜靜。〔按｜與侐、恤、謐、謚、通。皆有靜義〕

(九)愼也。見〔爾雅釋詁〕。〔義疏〕詩假以｜我。傳。愼也。正義引舍人曰。｜、行之愼也。

(十)有餘也。〔漢書東方朔傳〕｜於文辭。

(十一)猶益也。〔文選揚雄賦〕｜以江河。

(十二)二十四分升之一也。見〔集韻〕。〔按禮記喪大記。朝一｜米。莫一｜米。注云。一｜、爲米一升二十四分升之一。朱駿聲云。古量二斗七升。當今五升四合。則一｜當今二合稍贏〕

(十三)二十兩曰｜。〔儀禮喪服〕朝一｜米。夕一｜米。〔按鄭注儀禮。禮記同。小爾雅王煦疏云。儀禮所言。乃既殯歠粥之米數也。原有二十兩之訓。但施之歠粥。則滿手之義爲長〕

(十四)二十四銖爲｜。〔鬼谷子本經陰符〕若以｜稱珠。〔按王煦云。此則約略乎滿手之數矣〕

(十五)滿手曰｜。見〔儀禮喪服傳釋文〕。〔按孔叢子雜訓。兩手曰掬。一手曰｜。〕

(十六)匹｜。聲四散也。〔文選王褒賦〕緜紛離其匹｜。

(十七)同泆。〔一切經音義〕｜、古文泆同。

(十八)同軼。〔書禹貢〕｜爲滎。〔史記夏本紀作泆爲滎。漢書地理志作軼爲滎〕

(十九)通鎰。〔荀子儒效〕屑然藏千｜之寶。〔按漢書食貨志黃金以｜爲名。史記平準書作鎰〕

(二十)通佾。〔漢書禮樂志〕千童羅舞成八｜。〔注〕｜、與佾同。列也。

(廿一)通謐、恤。〔詩維天之命〕假以｜我。〔說文言部作誐以謐我。左襄二十七年傳作何以恤我〕

(廿二)省作溢。見〔集韻〕。

【溢】食質切音實質韻

米二十四分升之一也。一曰。滿手爲｜。儀禮一｜米。劉昌宗說。見〔集韻〕。

【溢】神至切音示寘韻

愼也。詩、假以｜我。徐邈讀。見〔集韻〕。

【溥】頗五切音普麌韻

(一)大也。見〔說文〕。〔王注〕釋詁文。詩北山。｜天之下。

(二)廣也。〔詩公劉〕瞻彼｜原。

(三)徧也。〔禮記中庸〕｜博淵泉。

(四)布也。〔禮記祭義〕｜之而橫乎四海。〔疏〕｜、布也。

(五)水崖也。〔漢書揚雄傳〕儲與乎大｜。〔朱駿聲云假借爲浦〕

(六)通普。〔詩北山〕｜天之下。〔左傳孟子韓詩外傳荀韓諸子國策史漢竝作普〕

【溥】伴姥切音簿麌韻

塗也。見〔集韻〕。

【溥】伯各切音博藥韻

水名。見〔集韻〕。

【溥】匹各切音粕藥韻

—濞。水皃。見〔集韻〕。〔又〕以翻撫—濞。水之貌。〔文選馬融賦〕氾濫—濞。浩浩洋洋。〔注〕謂飛鴻之狀也。

【溥】芳無切音敷虞韻

㊀溥或字。〔集韻〕溥布也。或作—。

㊁通敷。〔書禹貢〕禹敷土。〔荀子成相篇〕作禹—土。

【洳】如倨切音茹御韻

漸—。漸溼也。見〔說文〕。〔王注〕〔玉篇〕。—與洳同。許君以漸說—。為漸字廣一義也。沮洳者、疊韻連語。三蒼。沮、漸也。與此—漸正同。沮洳二字。分之合之。皆可釋以漸。申之以溼者。指其實也。詩魏風彼汾沮洳傳云。沮洳、其漸洳者。則漸洳亦為連語。〔按集韻以洳為—或字。〕

【溦】無非切音微微韻

小雨也。見〔說文〕。〔段注〕今人槩作微。廣韻、集韻、皆曰溦、小雨。

[illegible]切音眉支韻

[illegible]谷者—。

㊀通黴。〔通俗文〕凡物傷溼曰—。

【溟】忙經切音冥青韻

㊀小雨—也。見〔說文〕。〔王注〕太玄、少上九。密雨—沐。潤於枯瀆。〔按太玄—奧秘音脈范望注。雨之細者稱—沐。宋惟幹注。—沐、猶霢沐也。〕

㊁廣大窕冥也。〔莊子逍遙遊〕北—有魚。〔李洪範注〕廣大窕冥。故以—為名。〔郭慶注〕取其—漠無涯也。

㊂水黑色也。〔列子湯問〕有—海者。〔按十洲記。水黑色謂之—。〕

㊃重—。謂海也。〔文選孫綽賦〕或倒景於重—。

㊄四—。四海也。〔文選張景陽詩〕雨足灑四—。

㊅—漲。海波曠遠也。〔文選謝靈運詩〕—漲無端倪。

㊆—島。海嶼也。〔沈佺期詩〕三霜弄—島。

㊇—碣。海岳也。〔趙勵賦〕牢落天地。蒼茫—碣。

㊈杳—。言水勢渺深微邈也。〔文選郭璞賦〕黿往杳—。

㊉—濛。小雨也。見〔玉篇〕。

⑪通冥。〔莊子逍遙遊〕北—。〔釋文〕作冥。云本亦作—。

【溟】母迥切音茗迥韻

㊀—涬。水皃。見〔集韻〕。〔按玉篇涬字注。—涬、水盛皃。〔又〕自貴之謂也。〔莊子天地〕豈兄堯舜之教民。—涬然弟之哉。〔又〕自然氣也。見〔集韻涬字注〕〔按論衡談天。—涬。濛澒氣未分之貌也。〕

㊁涬—。自然氣也。〔莊子在宥〕大同乎涬—。〔按李白古詩。浩然與—涬同科。即莊子語意。又杜甫詩。精微穿—涬。集韻亦作—涬。蓋—涬、澒濛、濛澒。皆疊韻連語。並通用。〕

㊂—漻。猶絕遠杳冥也。〔文選木華賦〕經途—漻。

㊃—嵥。山氣暗昧之狀。〔文選左思賦〕—嵥鬱岪。

㊄—漭。廣大無際之貌。〔文選郭璞賦〕—漭渺湎。

㊅——。猶冥冥。神不可度之意。〔晉書樂志〕祗之來。遡光泧。昭若存。終——。

【溟】莫狄切音覓錫韻

—。雨小皃。見〔集韻〕。

【溷】胡困切音慁願韻戶袞切音混阮韻

㊀亂也。一曰。水濁皃。見〔說文〕。〔段注〕、離騷。世—濁而不分也。王曰。—、亂也。水濁別一義。今人不分。

㊁雜也。〔易噬嗑注〕不—乃明。〔釋文〕—、雜也。

㊂濁也。〔漢書賈誼傳〕謂隨夷—兮。

㊃污也。〔漢書翼奉傳〕天氣—濁。

㊄辱也。〔漢書陸賈傳〕毋久—女為也。

㊅廁也。〔晉書左思傳〕門庭藩—。皆著紙筆。〔按急就篇、淮南說山、並作—。釋名釋宮室。廁或曰—。言—濁也。一切經音義引作圂。廣雅釋宮亦作圂。〕

㊆人名。〔左襄九年傳〕子姑使—代子。〔注〕—、樂祁字也。

㊇—肴。雜亂也。〔漢書五行志〕—肴亡別。

㊈天—。星名。〔宋史天文志〕天—七星。在外屏南。

㊉—休。戎狄地名。〔史記趙世家〕至

釋水注〕眾水—滀。〔釋文〕、—本或作渾同。

【溷】胡昆切音魂元韻

燉—。鬱熱皃。見〔集韻〕。〔按宋玉風賦。憞—鬱邑。李善注。憞—、煩濁之貌。引字林。—、亂也。集韻、類篇、憞作燉。—音魂。未知是一是二。錄以俟攷。〕

【溷】胡慣切音患諫韻

濁也。見〔集韻〕。〔按禮記少儀。圂腴亦作—。餘。釋文。圂、豢、同。朱駿聲云。豢、圂、雙聲。〕

【溲】所九切音醜有韻

❶本作浚。〔說文〕浚。浚汰也。〔段注〕浚汰各本作浸沃。今依國語補音宋刊本訂。沃汰者、澆沃而汰洒之。若今人言—麪是也。〔按王筠本同。注云。浚者、比象其形也。汰者、其實也。凡洮米皆自上瀋下。其狀如沃也。知浸字誤者。洮汰、取其去塵沙。浸之時甚少也。〕

❷水調粉麪也、〔禮記內則〕糔—之以爲酏。

【溲】疎鳩切音搜尤韻

❶浸沃也。見〔韻會引說文〕。〔按儀禮士虞禮。明齊—酒。注、明齊。新水也。言以新水—釀此酒也。釋文。—、所求反。韻會尤、有、二韻。竝引說文。蓋以此。段氏亦引經及注。謂即沃汰之義。〕

❷小便也。〔後漢張湛傳〕遺矢—便。

❸水名。〔水經比水注〕—水出湖陽北山。西流北屈。逕平氏城西而北。入澧水。〔按湖陽縣即今河南泌源縣。舊爲唐縣。今改。〕

❹泡—。盛多貌。〔文選王褒賦〕泡—汎㴔。

❺通醙。〔儀禮士虞禮〕明齊—酒。〔注〕今文—爲醙。

❻通廋。〔莊子則陽〕內熱—膏。〔釋文〕—、本或作廋。

❼通叟。〔集韻〕叟叟。叟淅米聲。通作—。

【溲】蘇遭切音騷豪韻

便也。國語、少—於豕牢。見〔集韻〕。〔按晉語、少—於豕牢而得文王。韋注。少—、小便也。宋庠補音。—音騷。〕

【溶】餘封切音容冬韻尹竦切音甬腫韻

水盛也。見〔說文〕。〔王注〕字林。—、水盛貌。甘泉賦。—方皇於西清。注云。—、盛貌。

【溶】餘封切音容冬韻

❶安流也。見〔集韻〕。

❷水名。見〔集韻〕。

❸閒暇貌。〔漢書楊雄傳〕—方皇於西清。〔注〕—然閒暇貌也。

❹俗謂物質化於水曰—。凡物質有爲水所能—者。有不能—者。

❺——。波貌。〔楚辭逢紛〕體——而東回。〔又〕廣大貌。〔楚辭愍命〕心——其不可量兮。

❻—潏。猶湯動也。〔文選宋玉賦〕洪波淫淫之—潏。

❼沇—。水流谿谷閒也。〔文選司馬相如賦〕沇—淫鬻。

【溶】尹竦切音甬腫韻

❶盛貌。〔文選張衡賦〕氛旄—以天旋兮。

❷廣大貌。〔後漢張衡傳〕氛旄—以天旋兮。

❸鴻—。竦踊貌。〔漢書相司馬如傳〕紛鴻—而上厲。

❹—溢。猶汎濫也。〔楚辭遠逝〕順—溢而滔蕩。

❺洶—。猶洶涌也。〔韓愈詩〕時論方洶—。

【溼】失入切音隰緝韻

❶幽—也。从一。覆也。覆土而有水。故—也。㬎省聲。見〔說文〕。〔段注〕凡—之所從生。多生於上有覆而下不灖。故从一土水會意。〔通訓定聲〕作从水。一、所以覆也。云會意兼指事。按今字作濕。與濕水字無別。誤。〕

❷水霑也。見〔廣韻〕。〔按玉篇云。水流就—也。〕

❸土氣也。〔素問五常政大論〕腎其畏—。

❹猶生也。〔考工記弓人〕必因角幹之—以爲之柔。

❺猶乾也。〔詩中谷有蓷〕暵其—矣。〔朱駿聲說〕。

❻失意潛沮之名。〔方言〕—。憂也。宋衛謂之愼。陳楚或曰—。秦晉之閒。凡志而不得。欲而不獲。高而有墜。得而中亡。謂之—。

(七)——。水光開合之貌。〔文選木華賦〕瀇滉——。
(八)溫——病名。〔後漢宋均傳〕軍士多溫——疾。〔今釋——溫〕
(九)或作濕。見〔集韻〕。〔按玉篇、廣韻、並云。濕同——。徐楚金曰。今人不知有此字。以濕爲此字。濕、它而反。水名。非此也。〕

【溽】儒欲切音辱沃韻

(一)溼暑也。見〔說文〕。〔注〕月令曰。土潤——暑。
(二)溼也。見〔廣雅釋詁〕。〔疏證〕——之言濡溼也。〔按郭璞江賦。林無不——。李善注引廣雅、——溼也。〕
(三)溼也。〔素問五常政大論〕其候——蒸。
(四)濃厚也。〔禮記儒行〕其飲食不——。〔注〕恣滋味爲——。——之言欲也。〔疏〕言飲食尙質不濃厚也。
(五)潤——謂浸溼也。見〔禮記月令注〕。
(六)水名。〔穆天子傳〕天子飲于——水之上。〔按郭璞注音溽。〕
(七)同辱。〔禮記月令〕土潤——暑。〔釋[illegible]字。本或作——。
[illegible]

(一)雲氣起也。見〔說文〕。〔段注〕易林。滃——蔚薈。扶首來會。謂雲起也。
(二)川谷吐氣皃。見〔玉篇〕。
(三)大水皃。見〔廣韻〕。
(四)湖名。〔岳陽風土記〕滃湖在州南。水經謂之——湖。
(五)——渤。霧出貌。〔文選郭璞江賦〕氣——渤以霧杳。
(六)通翁。〔釋名釋飲食〕盎。齊盎。——也。——然濁色也。〔疏證〕鄭注周禮酒正云。盎猶翁也。成而翁翁然蔥白色。
(七)通蓊。〔文選張衡賦〕香蓊——鬱。〔一作蓊鬱。〕

【滂】鋪郎切音霶陽韻

(一)沛也。見〔說文〕。〔注〕水廣及貌。
(二)注也。水多流貌。見〔一切經音義引三蒼〕。
(三)水名。〔山海經南山經〕虖勺之山。——水出焉。而東流注于海。
(四)——流也。見〔廣雅釋訓〕。〔疏證〕重言之則曰——。易林。未濟之鼎云。流潦——。〔又〕流蕩貌。〔列子力命〕若何——去此國而死乎。
(五)——沱。大雨貌。〔詩漸漸之石〕俾——沱矣。〔按澤陂篇又云。涕泗——沱。亦多流貌。本借水多流以喩雨。又借雨喩涕泗也。〕
(六)——濞。水流聲也。〔史記司馬相如傳〕——濞沆溉。〔又〕衆皤貌。〔漢書司馬相如傳〕——濞泱軋。〔又〕雨水多也。〔漢書司馬相如傳〕涉豐隆之——濞。
(七)——浩。廣大也。〔楚辭大招〕姱修——浩。
(八)——洋。饒廣也。〔漢書禮樂志〕礚——洋。
(九)——人。掌池澤官也。〔淮南時則〕令——人入材葦。
(十)通汸。〔荀子富國〕——如河海。〔注〕汸讀爲——、水多貌也。
(十一)通霶。〔詩漸漸之石〕俾——沱矣。〔白帖一作俾霶沱矣。〕

【滂】蒲光切音旁陽韻

水流聲。漢書、——濞沆溉。郭璞讀。見〔集韻〕。

【滂】披庚切音磅庚韻

(一)泙或字。〔集韻〕泙。水聲。或作——。
(二)澎或字。〔集韻〕澎。澎濞。水皃。或作——。〔按史記司馬相如傳。洶湧——濞。集解。——音蒲橫反。索隱引司馬彪。澎濞、波相擬也。澎或作——。〕

【滄】千剛切音倉陽韻

(一)寒也。見〔說文〕。〔段注〕周書周祝解曰。天地之間有——熱。
(二)水名。〔水經濟水注〕濟水。又東南、左會濟夷水。亦謂之——河也。水出長亭南。〔在今直隸懷來縣境。詳見清一統志宣化府桑乾河注。〕
(三)湖名。〔元和志〕——湖周迴三十五里。南通瀧水。〔在今廣東樂昌縣東南十里。〕
(四)溪名。〔明一統志〕——溪在彰德府林縣西北四十里。經磻陽城西北入漳水。〔按即水經注之倉石水。淸一統志作倉石水。在今河南林縣、〕
(五)州名。〔廣韻〕後魏所置。蓋取——海爲名。〔即今直隸——縣。舊屬天津府。〕
(六)——。寒貌。〔列子湯問〕日初出。——涼涼。
(七)——浪。水名。〔書禹貢〕又東爲——浪之水。〔傳〕別流在荊州。〔馬注〕——浪、夏水。即漢河之別流也。〔錐指〕

[illegible]自[illegible]州[illegible]—浪之水。〔按集韻〕一曰水名。應卽指—浪言。朱駿聲云。此字與滄略同。疑當以水名爲本訓。乃與浪篆說解合。〕〔又〕水色也。〔文選陸機樂府〕垂影—浪泉。

(八)通蒼。〔史記夏本紀〕又東爲蒼浪之水。

(七)通倉。〔文選揚雄賦〕東燭倉海。

【滄】楚亮切音創漾韻

滄或字。〔集韻〕滄。寒也。或从水。

【滅】莫列切音搣屑韻

(一)盡也。見〔說文〕。〔段注〕此舉形聲包會意。〔按爾雅釋詁〕—盡也。一切經音義引聲類。—盡也。〕

(二)絕也。見〔爾雅釋詁〕。

(三)沒也。〔國策西周策〕前功盡—。

(四)消也。〔楚辭初放〕賢者—息。

(五)除也。〔國語晉語〕—其前惡。

(六)熄也。〔書盤庚〕其猶可撲—。

(七)亡也。〔呂覽愼勢〕以小畜大—。

(八)掩也。〔荀子臣道〕闇主妒賢畏能、而—其功。

(九)不見也。〔莊子應帝王〕已—矣。

(十)取其國曰—。〔公羊莊十年傳〕—不言入。

(十一)用大師曰—。見〔左襄十三年傳。〕

(十二)國雖存君死曰—。〔春秋昭二十三年〕胡子髡、沈子逞—。〔按左穀經注同。公羊傳曰。君死于位曰—。生得曰獲。〕

(十三)令求不出謂之—。見〔管子明法〕。

(十四)—裂。末路也。〔莊子則陽〕治民焉勿—裂。〔又〕斷其草也。〔莊子則陽〕芸而—裂之。〔又〕謂不熟也。〔莊子則陽〕其實亦—裂而報予。

(十五)—度。梵語猶聞寂也。〔酉陽雜俎〕一行和尙—度矣。

(十六)賓—。猶擯—也。〔史記周本紀〕亦不賓—。

(十七)去—。樂律名。〔後漢律曆志〕中呂、上生執始。執始、下生去—。

(十八)通威。〔詩正月〕褒姒威之。〔釋文〕威本亦作—。

【滈】下老切音晧晧韻

(一)久雨也。見〔說文〕。

(二)水名。在鄠。見〔集韻〕。〔按史記秦始皇本紀。爲吾遺—池君。集解引孟康云。長安西南有—池。檢長安舊志。水源亦出南山谷中。北流經故長安城西南。志昆明池。又北爲鎬池。又北入於灃水。自唐堰入昆明。而灃鎬之流絕。新志、則謂—水卽石鼈谷水。考石鼈谷水道、與—不同。疑新志有誤。—水在今陝西長安縣西北。原自鄠縣入長安縣。故廣韻云在京兆。集韻直云在鄠也。鄠今仍爲鄠縣。〕

(三)——水白光貌。〔史記司馬相如傳〕翯乎——。

(四)—汗。水貌。〔文選郭璞賦〕—汗六州之域。

(五)通鎬。〔荀子議兵〕古者湯以薄。武王以—。〔注〕—、與鎬同。

(六)通鄗。〔水經渭水注〕鄗水上承鄗池於昆明池北。

【滈】呼酷切音熇沃韻

大雨。見〔集韻〕。

【滈】黑角切音嗃覺韻

(一)水貌。見〔廣韻〕。

(二)—瀑。水沸涌貌。見〔集韻〕。

(三)同瀥。水激聲。見〔玉篇〕。〔按集韻。—或作瀥〕

【滈】黑各切音臛光鑊切音郭藥韻

久雨。見〔集韻〕。

【滋】津之切音茲支韻

(一)益也。一曰—水。出牛歙山白陘谷。東入呼沱。見〔說文〕。〔段注〕艸部茲下曰。艸木多益也。此字从水茲。爲水益也。凡經傳增益之義。多用此字。—水者。一統志曰。—河源出山西五臺縣界。東南流、逕正定府、靈壽縣北。行唐縣南。又東歷正定欒城二縣北。無極縣南。又東北入定州深澤縣界。古與滹沱合流。今折而東北。與滋沙二水合。不入滹沱矣。〔按靈壽、行唐、正定、欒城、無極、深澤、六縣。皆屬直隸省正定府正定縣。今裁府置縣。深澤隸定州。今定州亦改縣。〕

(二)霸水舊名。〔水經渭水注〕霸者。水上地名也。古曰—水。秦穆公霸世。更名—水爲霸水。〔按酈說本漢書地理志。彼作茲。志云。出藍田谷。北入渭。考隋書、開皇五年。復改霸水爲—水。唐以後地志仍稱霸水。亦作㴽。在今陝西藍田縣東南二十里〕。

(三) 長也。〔國語齊語〕滋｜民。

(四) 多也。〔左傳十五年傳〕衆而後有｜。｜而後有數。

(五) 蕃也。見〔廣韻〕。〔按後漢張衡傳〕｜令德於正中兮。注。茂也。又文選注。繁也〕。

(六) 蒔也。〔離騷〕余旣｜蘭之九畹兮。

(七) 潤也。見〔華嚴經音義引韻圃〕。

(八) 液也。〔禮記檀弓〕必有草木之｜焉。

(九) 旨也。〔禮記月令〕滋｜味。

(十) 濁也。〔左哀八年傳〕何故使吾水｜。

(十一) 黑也。見〔左傳釋文引字林〕。

(十二) ｜熙。潤悅貌。〔文選王褒賦〕吸至精之｜熙兮。

(十三) 古作孖。〔一切經音義〕｜。辨類作孖同。

(十四) 古作䊻。〔一切經音義〕｜。古文孖䊻二形同。

(十五) 通搴。〔堯廟碑〕｜｜汲汲。

[illegible]。〔左傳哀八年釋文〕｜本作

(一) 洒也。見〔說文〕。〔段注〕皿部曰。盪。｜器也。引伸爲凡淸滌之詞。〔按玉篇廣韻作洗也同〕。

(二) 漑也。〔儀禮大射儀〕射人宿視｜。

(三) 蕩也。〔後漢隗囂傳〕｜地無類。

(四) 除也。〔後漢班固傳〕因造化之盪｜。

(五) 帶也。〔詩七月〕十月｜場。

(六) 放盪也。〔史記樂書〕狄成｜濫之音作。

(七) 搜除也。〔禮記郊特牲〕帝牛必在｜三月。〔注〕牢中所搜除處也。

(八) 往來疾貌。〔禮記樂記〕狄成｜濫之音作。

(九) 宮名。〔公羊宣三年傳〕帝牲在于｜三月。〔注〕｜宮名。養帝牲三牢處也。謂之｜者。取其蕩｜潔淸。

(十) 猶變也。〔大戴記夏小正〕寒日｜。〔注〕｜也者變也。變而煖也。

(十一) 浩酒曰｜。〔周禮司尊彝〕凡酒脩酌。〔注〕脩讀如｜。酌以水和而泲之。今齊人謂浩酒曰｜。

(十二) ｜｜旱氣也。〔詩雲漢〕｜｜山川。

(十三) 〔又〕熯風也。〔歲華紀麗〕風惟｜｜木漸欣欣。

(十四) [illegible]水[illegible]也。〔[illegible]釋水〕。〔按禮記曲禮。水曰淸｜〕。

(十五) ｜蕩。猶搖動也。〔禮記郊特牲〕｜蕩其聲。

(十六) 古作潟。〔一切經音義〕｜。古文潟同。

(十七) 通蓧。〔詩雲漢〕｜｜山川。〔說文艸部作蓧蓧山川〕。

【滌】 徒弔切音調嘯韻

養牲室。見〔集韻〕。〔按禮記郊特牲釋文。范音迪。徐徒嘯反〕。

【漼】 克角切音確覺韻　公沃切音梏沃韻　光鑊切音郭　忽郭切音藿藥韻

(一) 灌也。見〔說文〕。〔王注〕灌乃浸灌滋潤之謂。與浂灌也不同。〔按說文｜口角切。又公沃切。玉篇、口角公渥二切。廣韻以下皆闕公沃一音。集韻、光鑊切。蓋由公沃切改〕。

(二) [illegible]也。見〔玉篇〕。

【漄】 訖岳切音覺覺韻

漬也。見〔集韻〕。

【漄】 胡沃切音鵠沃韻

水聲。見〔集韻〕。

【[illegible]】 [illegible]

(一) ｜滜。絕小水也。從水。㷭省聲。見〔說文〕。〔王注〕依段氏補｜滜字。字林。滜、絕小水也。蓋亦挩滜字。韓詩外傳。｜滜之水。無呑舟之魚。字或作㴺。集韻。㴺、絕小水也。

(二) 澤名。〔書禹貢〕｜波旣豬。〔疏〕沇水入河而溢爲｜。是澤名。洪水之時。此澤水大。動成波浪。鄭云。今塞爲平地。｜陽民猶謂其處爲｜澤。在其縣東。〔錐指〕渭按地理志。沇水出河東垣縣王屋山東南。至武德入河。軼出｜陽北地中。蓋卽｜澤。經所謂溢爲｜也。今河南開封府｜澤縣本漢｜陽縣地。隋分置｜澤縣。澤在其縣南。而班云出縣北。鄭云在縣東者。蓋｜陽故城在今縣西南。班鄭據以爲言。澤起縣北。歷其東也。自東漢時已塞爲平地。故周徑里數。志家莫能言之。〔按｜澤｜陽。今仍爲二縣。屬河南。又分｜澤縣爲河陰縣〕。

(三) 州名。北齊置。當今河南汜水縣治。

(四) 山名。又水名。〔山海經大荒南經〕南海之外有｜山。｜水出焉。大荒之中有不庭之山。｜水窮焉。

(五) [illegible]小水貌。見〔[illegible]〕。〔[illegible]

…兮。顏注瀠…段玉裁云甘泉賦之瀠瀅即許之—字。—爲熒省。—不省也。又後漢杜篤傳。洛邑之渟瀯。注引楊雄賦作瀠瀯。訓小貌。朱駿聲云。—字亦作瀅、作瀯、作瀯、作瀠。〔〕

【滎】娟營切音縈庚韻

—瀯。波浪涌起貌。〔文選郭璞賦〕瀯瀠—瀯。

【滎】烏迥切音瀅迥韻

㊀絕小水也。見〔玉篇〕。

㊁濙或字。〔集韻〕濙。洴濙、小水貌。或作—。

【滎】縈定切音鎣徑韻

瀅或字。〔集韻〕瀅。汀瀅、小水。或作—。

【滑】戶八切音猾黠韻

㊀利也。見〔說文〕。〔桂注〕周禮食醫、調以—甘。疏云。—者通利往來。

㊁澤也。〔廣雅釋言〕脩—澤也。〔按禮記內則。滫瀡以—之。脂膏以膏之。皆潤澤之也。〕

㊂美也。見〔廣雅釋詁〕。〔疏證〕內則云旨甘柔—是—爲美也。〔按謝靈運石門新營詩。李善注引埤蒼。—、美貌也。〕

㊃澾也。〔杜甫詩〕霜濃木石—。

㊄黠惡也。〔左昭二十六年傳〕無助狡—。〔按今本多作猾。釋文云。—、本亦作猾。〕

㊅脈象也。〔素問六節藏象論〕夫脈之小大—濇浮沈。〔注〕—者往來流利。〔俗云—口—手。皆流利之意。又聲流利亦曰—。如白詩、閒關鶯語花底—。〕

㊆柔澁柔—者之稱。〔儀禮公食大夫禮〕皆有—。〔注〕—、堇荁之屬。〔按周禮瘍醫云。以—養竅。注謂凡諸—物。義同。〕

㊇椙口木也。〔莊子齊物論〕置其—涽。〔釋文〕—。崔、戶八反。云、椙口木也。涽、崔本作緡。云、繩也。

㊈水名。〔左宣八年傳〕及—汭。〔注〕—、水名。〔說文通訓定聲云。當在今安徽廬州府東境。康熙字典引山海經、求如之山。—水出焉。考北山經、畢沅新校正云。藏經本作滑水。又引廣輿記、河經—縣北而東。—最大。自洛以西。百水皆會於—。考廣輿記乃據唐沈亞之魏—分河錄。疑即爲古黃河。記所稱經行地。爲古河三道之一。大河南徙。—州故城。巳淪河中。久無復—河名稱矣。〕

㊉姬姓國名。〔春秋莊十六年〕—伯。〔注〕—國。河南緱氏縣。〔在今河南偃師縣。縣南二十里、有緱氏故城。又—縣治西北、有周—伯墓。〕

⑪地名。〔春秋莊三年〕公次于—。〔注〕—。鄭地。在陳留襄邑縣西北。〔按後漢書郡國志。襄邑有—亭。清一統志。歸德府古蹟。—亭在睢州西北。歸德府今廢睢州。改縣。〕

⑫州名。〔廣韻〕春秋時爲衛國。秦爲東郡。周改爲—州。因—臺以爲名。〔按慕容德始都—臺。—臺故城。即今—縣治。〕

⑬顫—。謂錯亂也。〔莊子徐无鬼〕顫—有實。

⑭流—。猶—澾也。〔韓愈詩〕流—隨仄步。

⑮泥——。即竹雞也。〔本草綱目〕蜀人呼爲雞頭鶻。南人呼爲泥——。因其聲也。

⑯—石。藥名。本草經列上品。

⑰—涽。未定也。〔莊子齊物論〕置其—涽。—涽。

⑱—車。重學器具之一種。圓板之中心。貫以軸。周邊作凹溝。繞以繩而轆轤上下者。謂之—車。有動—車。定—車。有動定合成之—車。如圖爲—車之一種。

滑車圖

⑲通滑。〔史記酷吏傳〕—賊任威。〔漢書作滑。〕

⑳姓也。漢—伯堪。

【滑】古忽切音骨月韻

㊀亂也。〔國語晉語〕則不如泯不仁以—其中。

㊁治也。〔莊子繕性〕—欲于俗。

㊂泥也。〔後漢周燮傳〕斯固以—泥揚波。

㊃坱亂之名。〔荀子正名〕—鈹輕重。

㊄—稽。猾稽俳諧也。見〔史記滑稽傳〕索隱引姚察。〔又〕酒器名。〔史記樗里子甘茂傳〕—稽多智。〔索隱〕—稽、酒器。可轉注。吐酒不已。〔又〕人名。黃帝臣也。〔莊子齊物論〕

—稽後車。

(六)—泉湧貌。〔淮南原道〕混混——。

(七)—滑未定貌。〔莊子齊物論〕置其—滑。

(八)汩—昏惑也。〔盧照鄰文〕鬱弗汩—兮中脊亂。

(九)大—。流星名。〔晉書天文志〕飛星化爲雲流下名曰大—。

(十)同汩。〔荀子成相〕吏謹將之無披—。〔注〕—與汩同。

(十一)通淈。〔史記樗里子甘茂傳正義〕—讀爲淈。

(十二)通骨。〔墨子公輸〕禽—釐。〔列子楊朱作禽骨釐〕

(十三)或作抇。見〔集韻〕〔按呂覽本生。物者抇之。注云抇亂也〕

【滑】胡骨切音搰月韻

—亂也。見〔廣韻〕〔按集韻云。亂也。淮南俶眞訓。不足以—其和。注云。—、亂也〕

【滓】莊仕切音第紙韻

(一)澱也。見〔說文〕〔段注〕釋名曰。緇[illegible]黑者曰—。此色然也。廣

(二)濁也。見〔字彙〕。〔按周禮酒正。二曰醍齊。五曰沈齊。注云。醍、猶體也。成而汁—相將。如今恬酒矣。沈者。成而滓沈。如今造清矣。自醍以上尤濁。釋名釋飲食。沈齊。濁—沈下。汁清在上也〕

(三)—方。器名。〔陸羽茶經〕—方、以集諸—器。

【滓】莊持切音緇支韻

(一)黑也。〔史記屈原傳〕皭然泥而不—者也。〔索隱〕泥音涅。—音緇。〔按太玄更化。白于泥—。注。—、黑也〕

(二)通緇。〔論語陽貨〕涅而不緇。〔段玉裁云。古亦假—爲緇〕

【滔】他刀切音饕豪韻

(一)水漫漫大皃。見〔說文〕〔段注〕堯典。浩浩—天。按漫漫當作曼曼。許書無漫字。〔按小徐作水漫漫天貌〕

(二)蕩也。〔淮南本經〕共工振—洪水。

(三)大也。〔淮南地形〕西南戎州曰—土。

(四)慢也。〔詩蕩〕天降—德。

(五)謂充也。〔管子君臣〕心道進退而刑道—赶。

(六)曼長也。〔淮南詮言〕自死而天下無窮爾—矣。

(七)——大水貌。〔詩四月〕——江漢。〔又〕廣大貌。〔詩江漢〕武夫——。〔又〕行貌。〔楚辭謬諫〕年——而日遠兮。〔又〕亂貌。〔漢書敘傳〕——而不蔽兮。

(八)—蕩。廣大貌也。〔楚辭怨思〕鴻溶溢而—蕩。

(九)—窕。不滿密也。〔淮南本經〕則—窕而不親。

(十)—風。東風也。〔呂覽有始〕東方曰—風。〔注〕—風。震氣所生。

(十一)通謟。〔文選張衡賦〕天命不—。〔注〕—與謟、音義同。

【滔】徒刀切音匋豪韻

聚也。〔莊子田子方〕—乎前而不知所以然。

【滕】徒登切音騰蒸韻

(一)水超涌也。見〔說文〕〔王注〕玉篇引詩、百川沸—。今詩用借字作騰。

(二)達也。〔易咸〕—口說也。

(三)虛也。見〔爾雅釋詁〕〔義疏〕—者、水之虛也。易釋文、—九家作乘。然則口以—說爲虛。水以—涌爲虛。其義正同矣。

(四)姬姓國名。〔春秋隱十一年〕—侯薛侯來朝。〔文王子叔繡之後。國在今山東—縣〕

(五)—宏。胡麻也。見〔廣雅釋草〕〔朱駿聲云。—宏、一名巨勝。今謂之脂麻。字亦作藤。按廣韻作藤苰。集韻作苰藤〕

(六)姓也。—侯之後。以國爲氏。見〔廣韻〕

【溍】即刃切音晉震韻

(一)水也。見〔玉篇〕〔正字通云。水貌〕

(二)水名。見〔集韻〕

【⿰氵峭】七肖切音陗嘯韻

(一)峻波也。見〔廣韻〕

(二)或作⿰氵⿰氵肖。見〔集韻〕

【⿰氵⿰氵肖】七肖切音陗嘯韻

浚波也。見〔玉篇〕。〔按廣韻、韻會、字彙、並作⿰氵峭。訓浚波。無—字。集韻⿰氵峭訓浚波。或作⿰氵峭。無—字。正字通。—訓浚波。本作⿰氵峭。⿰氵峭、訓浚波。引木華海賦。謂文選从口作哨。誤。竊謂當以⿰氵峭爲正字。而—⿰氵峭皆或字。義訓則當以浚波爲正〕

……泩也〔文選木華賦〕—泩潒而爲魁。

滃或字。〔集韻〕滃。浚波也。或作—。

【溏】徒郎切音唐陽韻

池也。見〔玉篇〕。

淖也。見〔廣雅釋言〕。〔疏證〕一切經音義十一、引通俗文云。和—曰淖。

—洩。餌也。〔釋名釋飲食〕餌。而也。相黏而也。兗豫曰—洩。就形名之也。〔按俗謂煮雞蛋令勿熟曰—心。亦此義。又腹瀉而不甚曰—泄。傷寒論有先鞭後—語。〕

【溒】于元切音袁元韻

水流皃。見〔玉篇〕。

姓也。見〔纂文〕。

【溔】以紹切音鷕篠韻

浩—。大水皃。見〔廣韻〕。〔按玉篇。浩—。滉瀁。水無際。義蓋本文選注。上林賦云。然後灝—潢漾。注引郭璞曰。皆水無涯際貌也。灝—。字書韻書竝作浩—。浩、灝同。〕

皛—。水色深白貌。〔文選郭璞賦〕沆瀁皛—。

【溗】神陵切音繩蒸韻

㊀水不流。見〔玉篇〕。

㊁波前後相淩也。見〔廣韻〕。

㊂水名。見〔集韻〕。

㊃淩—。疊波也。見〔集韻〕。

【溘】克盍切音榼合韻

㊀奄忽也。見〔說文新附〕。〔鈕氏新附攷〕—疑古作盍。離騷。寧—死以流亡兮。王注。—、猶奄也。〔按說文盍、奄竝訓覆。以—訓奄。故疑古作盍。〕

㊁水也。見〔玉篇〕。

㊂至也。見〔廣韻〕。

㊃依也。見〔廣韻〕。〔按一切經音義卷十九引廣雅。—、依也。—各本多譌作溘。〕

㊄或作殟。見〔集韻〕。〔按廣韻殟下云。殟死。見楚辭。本作—。〕

【溙】他蓋切音泰泰韻

㊀水皃。見〔集韻〕。

㊁通作汰。見〔集韻〕。

【溳】古送切音貢送韻

㊀水名。出豫章。見〔廣韻〕。〔按集韻同。水經云。水出豫章南野縣西。北過贛縣。東又西北過廬陵縣西。又東北過石陽縣西。又東北過漢平縣南。又東北過新淦縣西。又北過南昌縣西。又北過彭澤縣西。北入於江。注云。山海經曰。贛水出聶都山。東北流注於江。入彭澤西也。班固稱南野縣、彭水所發。東入湖漢。水地理志曰。豫章水出贛縣西南。而北入江。江雖稱謂有殊。言歸一水矣。大江南。贛水總納洪流。東西四十里。考南野縣。當今崇義縣地。聶都山在縣西南九十里。贛水俗曰章水。地圖多沿俗稱。石陽縣即今吉水縣。漢平縣即今峽江縣。峽江在漢時亦新淦縣地。後漢中平中。又置漢平縣。〕

㊁通作贛。見〔集韻〕。

【溛】烏瓜切音窊麻韻

㊀—[illegible]。水不平貌。〔文選郭璞賦〕沍淪—瀤。

㊁同窊。見〔集韻〕窊。汙衺下也。或从水。

【溰】陳尼切音墀支韻

㊀坻或字。〔說文土部〕坻。或从水耆。〔段注〕耆聲。〔按說文坻、水渚也。〕

㊁至也。見〔廣雅釋水〕。

【⿰氵息】悉即切音息職韻

㊀水也。見〔廣韻〕。

㊁水皃。見〔集韻〕。

【溩】於五切音塢麌韻

㊀水—。見〔廣韻〕。

㊁水名。一曰水大皃。見〔集韻〕。

【溪】牽奚切音谿齊韻

㊀谿或字。〔集韻〕谿。山瀆無所通也。或从水。

㊁水注川曰—。見〔公羊僖三年傳注〕。

【溭】實測切音崱察色切音測職韻

㊀波也。見〔玉篇〕。

㊁—淢。參差相次也。〔文選郭璞賦〕—淢濜溳。〔又〕奔湍。見〔集韻〕。

【⿰氵謝】詞夜切音謝寅謝切音夜禡韻

㊀水名。〔山海經中山經〕瞻諸之山。—水出焉。

㊁通謝。〔水經洛水注〕惠水出白石山之陽。東南流。與瞻水合。又東南。

謝水北出瞻諸之山。東南流。

【溯】蘇故切音素遇韻 溯或字。【集韻】溯、逆流而上曰溯洄。溯、向也。水欲下、逆而上之也。或作遡—。同泝。【左哀四年傳】吳將泝淮入郢。【注】逆流曰泝。

【溯】色角切音朔覺韻 ㊀水也。見【玉篇】。㊁溯或字。【集韻】溯瀫、濇也。或从朔。

【溰】魚衣切音沂微韻 —。—高白之貌也。【文選枚乘七發】浩溰——如素車白馬帷蓋之張。溰或字。【集韻】溰。博雅。溰溰、霜雪也。或从白、从水。【按王念孫廣雅本作濉溰。霜雪也。疏證。濉與濉同。皚與溰同。合言之則曰濉溰。】

【溴】尺救切音臭宥韻 ㊀水氣也。見【字彙】。化學原質之一。非金屬。爲紅褐色之液體。有刺激性之惡臭。冷至零度余。結成晶塊。英文 Bromi

【溹】昔各切音索藥韻 ㊀水名。【山海經北山經】敦與之山。—水出于其陽。【畢注】山在今直隸臨城縣西南。太平寰宇記引此作槐山。【又】水名。在滎陽。見【廣韻】。㊁水皃。見【集韻】。

【溹】山責切音瀒陌韻 ——雨下皃。見【廣韻】。

【溹】色窄切音索陌韻 雨皃。一曰水名。在滎陽。一曰水出開滎縣。見【集韻】。

【溾】於回切音隈灰韻 ㊀—浽也。見【玉篇】。㊁同渨。見【集韻】。㊂水名。【水經溳水注】溳水又東。與力口合。有—水出竟陵郡新陽縣西南池河山。東流經新陽縣南。又東南流注宵城縣南大湖。又南入於溳水。㊃—浽。濁也。見【廣雅釋訓】。

【滀】敕六切音蓄屋韻 ㊀水聚。見【廣韻】。㊁滯也。見【集韻】。㊂結聚也。【莊子達生】夫忿—之氣。散而不反則爲不足。㊃喻急也。【後漢公孫瓚傳】—水陵高。㊄色憤起貌。【莊子太宗師】—乎進我色也。【釋文】—本又作傗。司馬云。色憤起貌。王云。富有德充也。簡文云。聚也。㊅—漯。攢聚貌。【文選木華賦】瀰瀆淪而—漯。

【滁】陳如切音除魚韻 ㊀水名。見【說文新附】。【按韻會云。—水出籠箕山。入海。鈕氏說文新附攷云。—通作涂。集韻。—、陳如切。音除。水名。與—同。引晉書宣帝紀、王淩詐言吳人塞涂水。涂水即—水。又困學紀聞亦云。—州即涂中。】㊂州名。唐置。屬淮南道。五代因之。宋屬淮南東路。元屬河南省揚州路。明屬南京省。清屬安徽省。

【淠】匹計切音媲霽韻 ㊀水聲。見【廣韻】。㊁水出汝南弋陽垂山。東入淮。見【類篇】。㊂淠或字。【集韻】淠。或作—。㊃通濞。【集韻】濞。水聲。通作—。

【滉】戶廣切音幌養韻 ㊀水深廣皃。或作潢。見【集韻】。【按文選郭璞江賦。潢—困泫。注。皆水深廣之貌。則分潢—爲二字。】㊁同潢。【荀子王霸】潢然兼覆之。【注】潢與—同。大水貌也。㊂通洸。【荀子宥坐】其洸洸乎不淈盡。似道。【注】洸讀爲—。—水至之貌。

【湛】都含切音耽覃韻 ㊀溼也。見【集韻】。㊁潘也。見【集韻】。

【滐】巨列切音傑屑韻 ㊀水激回旋也。見【集韻】。㊁同傑。【文選木華賦】浦滐—而爲魁。【注】毛萇詩傳曰。傑、特立也。—與傑同。

【漽】田黎切音題齊韻 ㊀研米槌也。漽同。見【廣韻】。㊁漽或字。【玉篇】漽。研米槌亦作—。㊂漽或字。【集韻】漽。米瀾也。或从犀。

【㴸】失冉切音閃琰韻 ㊀水動皃。見【廣韻】。

…木華賦〕—泊柏而迆

【⿰氵冤】於袁切音鴛元韻
水名。〔集韻引山海經〕英鞮之山。—水出焉。〔按山海經西山經。涴水出焉。注。涴或作—。畢沅曰。玉篇、—水出莫靴山。作—考字彙、正字通、並作莫靴。蓋形近而譌。〕

【滍】直几切音雉丈里切音峙紙韻直利切音緻寘韻
水名。〔說文〕—水出南陽舞陽堯山。東北入汝。〔王注〕水經同。地理志舞陽下。曰舞山。—水所出。東北至定陵入汝。集韻、—泜同字。引說文。左僖三十三年傳。楚子上與晉師夾泜而軍。杜注。泜水出舞陽縣東。經襄城定陵入汝。襄十六年傳。涉於魚齒之下。杜注。魚齒之下有—水。故曰涉。水經注汝水云。又東南、逕定陵縣故城北。水右、則—水左入焉。

【⿰氵⿱尨土】莫江切音尨江韻蒙弄切音幪送韻
涂也。从水。从土。尨聲。讀若隴。見〔說文〕—〔段注〕謂涂即塗也。通俗文曰。泥塗謂之—澒。〔按隴字誤。尨聲不得讀如隴也。澒又見土部。玉篇亦在土部。引說文木貢切。玄應、—澒上莫董切。下胡動切。大徐、亡江切。澒之言蒙。不得讀若隴。蓋水部本無此字。淺人增之。妄增此讀若也。〕

【⿰氵⿱尨土】母總切音蠓董韻
—澒。無知也。見〔篇海〕。

【滒】居何切音歌歌韻
多汁也。見〔說文〕。〔段注〕淮南原道訓曰。甚淖而—。高云。—亦淖也。饘粥多瀋者曰—。讀歌謳之歌。按今江蘇俗語謂之稠也。〔按兵略訓又云。道之浸洽。—淖纖微。無所不在。又廣雅釋言。—淖也。疏證引說文。濡。—泥也。又引士虞禮鄭注。淖和也。據此則淖與多汁、仍有微別。—泥猶言和泥。甚淖而—。猶言甚和而稠。和者稠之所由來。和者不必稠。而稠則無不和。故許專訓多汁。高謂—亦淖也。玉篇有工雅切。廣韻集韻無。〕

【溎】涓惠切音桂霽韻
水名。見〔集韻〕。

【溎】伊甸切音宴霰韻
水大也。見〔玉篇〕。〔按廣韻集韻並云。大水貌。〕

【⿰氵冡】蒙弄切音幪送韻
微雨也。見〔集韻〕。〔按正字通云、濛本字。〕

【⿰氵冢】展勇切音冢腫韻
假水也。見〔集韻〕。

【⿰氵宮】居雄切音弓東韻
縣名。在酒泉。見〔廣韻〕。〔按玉篇但云縣名。不言何郡。集韻字彙正字通並同。廣韻酒泉當今甘肅酒泉縣。原名肅州。直隸州。〕

【溚】德合切音答合韻
溼也。見〔集韻〕。

【溚】他合切音塔合韻
水名。在平原。見〔篇海〕。

【溞】蘇遭切音騷豪韻疏鳩切音搜尤韻
——。淅也。見〔爾雅釋訓〕。〔注〕——。洮米聲。〔按洮即俗淘字。詩生民、釋之叟叟。毛傳。釋。淅米也。爾雅…韻尤韻叟下云。——。淅米聲。或作—。通作溲。〕

【溡】市之切音時支韻
水名。在齊。通作時。見〔集韻〕。〔按左昭十二年傳。有酒如澠。注。澠水出齊國臨淄縣。北入時水。釋文。時本或作—。〕

【溣】盧困切音論願韻
水中曳船曰—。見〔廣韻〕。

【溤】莫把切音馬馬韻
水也。見〔玉篇〕。

【溤】
溤俗字。見〔干祿字書〕。

【⿰氵肰】直稔切音朕寑韻
水流皃。見〔集韻〕。

【⿰氵倩】倉甸切音倩霰韻
淒或字。〔集韻〕淒。淒洌。疾皃。或从倩。

【溨】咋哉切音裁灰韻
水名。見〔廣韻〕。

【⿰氵邕】紆用切宋韻
同灉。〔玉篇〕爾雅水自河出爲灉。

又音雌。—澨同。

【㴪】俔結切音齧屑韻 水名。見〔集韻〕。

【𣽊】古困切音論願韻 具運切音郡問韻 水名。一曰大水。見〔集韻〕。

【㴽】牛加切音牙麻韻 縣名。在溳陽。見〔集韻〕。

【溮】霜夷切音師支韻 水名。〔水經溮水注〕溮水又東得—口水。源南出大潰山。東北流。翼帶三川。亂流北注—水。〔按佩觿集曰。—則申州川名。孜申州唐置。屬淮南道。當今河南信陽縣南。〕

【𣿲】疾各切音昨藥韻 水也。見〔玉篇〕。

【𣿲】側駕切音詐禡韻 溼也。見〔集韻〕。

【溵】於斤切音殷文韻 濦或字。〔集韻〕濦。說文、水出潁川陽城少室山。東入潁。或从殷。

[illegible]業切音脅葉韻 」。

【瀌】謨袍切音毛豪韻 水名。出諸與山。見〔廣韻〕。

【溸】蘇故切音訴遇韻 與泝同。又舟中抒水之具。見〔字彙〕。〔按正字通云。俗泝字。〕

【溔】伊鳥切音杳篠韻 ——。深不淵。見〔集韻〕。

【溻】託盍切音榻合韻 溼也。見〔集韻〕。

【𣸍】先結切音屑屑韻 漇或字。〔集韻〕漬漇。水皃。或从屑。

【㴯】蒸夷切音脂支韻 水皃。一曰水名。見〔集韻〕。

【𣷚】普半切音畔翰韻 水涯也。見〔字彙〕。

【𣵼】奴登切音能蒸韻 水名。見〔集韻〕。

【滆】下革切音覈 各核切音鬲陌韻 湖名。在陽羨。〔水經沔水注〕南江東注於具區。謂之五湖口。五湖謂長蕩湖、太湖、射湖、貴湖、—湖也。〔虞翻曰。湖有五道。故曰五湖。韋昭曰。五湖今太湖也。〔按清一統志。—湖在江蘇武進縣西南三十五里。通志。一名西—。又名沙子湖。東西三十五里。南北百里。中與宜興分界。東連太湖。西通荆蒲港。〕

【濬】須閏切音峻震韻 水名。在昝。見〔集韻〕。

【滊】許既切音欷未韻 水也。見〔集韻〕。

【瀥】許竭切音歇月韻 鹽池。一曰以甘水和鹹水為鹽曰—。見〔集韻引字林〕。

【㵤】迄洽切音歃洽韻 —濈。湍流。見〔集韻〕。

【㴵】覓畢切音密質韻 —溢。水皃。或作濫。亦省作滥。見〔集韻〕。

【滏】奉甫切音釜麌韻 水名。〔山海經北山經〕神囷之山。—水出焉。而東流注於歐水。〔畢注〕—當為釜。淮南子地形訓。釜出景。高誘注云。景山在邯鄲西南。釜水所出。南流入漳。其原浪沸湧。正勢如釜中湯。故曰釜。今謂之釜口。太平寰宇記云。—陽縣。—水源出縣西北鼓山南岩。〔按水經濁漳水注。漳水又北。—水入焉。又太平御覽引水經注曰。—水發源石鼓山南巖下。泉奮湧。湲湲如湯。其水多溫。夏冷。崖上有魏世所立銘。水上有祠。能興雲雨。—水又東流注于漳。又謂之合河。今本水經注無此文。但云漳水。畢沅曰。據經云注于歐水。豈漳水有歐水之名歟。〕〔又〕沅水支流亦有—水。〔水經沅水注〕沅水又東。—水注之。水南出扶陽之山。北流會于沅。

【㳅】力求切音留尤韻 流本字。〔說文沝部〕—水行也。从沝、㐬。㐬、突忽也。流。篆文从水。〔段注〕㐬之本義謂不順忽出也。引申為突忽。故流从之。

【渻】所景切音省梗韻 水名。見〔廣韻〕。

【瀇】曬法切音霎洽韻 濇—。水皃。見〔廣韻〕。

〔集韻〕

【滕】徒登切音騰蒸韻 滕或字。〔集韻〕滕。水超涌也。又國名。亦姓。或書作｜。

【滾】宣隹切音綏支韻 浽或字。〔集韻〕浽溦小雨。或作｜。𣯦。

【淜】他甘切音醰覃韻 湖或字。〔集韻〕淊湖。峻波皃。或作｜。

【滗】逼密切音筆質韻 潷或字。〔集韻〕潷。博雅。溢也。一曰去滓。或从筆。

【濴】丈井切音徑梗韻 通流也。或省作瀅。見〔集韻〕。

【溷】罔古切音侮麌韻 淸也。見〔字彙補〕。

【滅】何月切音穴月韻 滅也。見〔字彙補〕。

【涵】涵本字。見〔說文〕。

【淛】淛本字。〔六書正譌〕俗作淛。

非然今俱作淵矣。

【淡】古深字。見〔集韻〕。

【湛】湛古文。見〔說文〕。〔按朱謀瑋謂｜爲古文淡。从乚以匙挹淡水和味也。存攷。〕

【浦】古梁字。見〔玉篇〕。

【㓕】古滅字。〔集韻〕滅古作｜。

【浸】同浸。見〔正字通〕。〔按浸古作浸。亦作寖。寖字已載宀部。此蓋寖之譌字也。〕

【淋】同流。〔石鼓文〕靈雨曰｜。〔按流篆文作𣹛。｜卽𣹛之異文。〕

【浸】同浸。見〔正字通〕。

【淥】同涎。見〔韻會〕。

【臮】同泉。見〔類篇〕。

【渟】同淳。見〔字彙補〕。

【滂】同滂。見〔字彙補〕。

【浄】同淨。見〔字彙補〕。

【㵝】㳢或字。見〔集韻〕。〔按舊字典誤入十一畫。今正。〕

【瀔】瀔或字。見〔集韻〕。

【溼】溼俗字。見〔正字通〕。

【浇】澆俗字。見〔字彙〕。

【滘】音叫嘯韻 地名。〔茶香室三鈔〕英吉利入城始末所載地名有大黃｜。雞鴨｜。注云。音叫。粵之俗字。云水邊車輪聲。

【滹】澌譌字。見〔字彙〕。

十二畫

【滫】思留切音脩疎鳩切音搜尤韻 息有切音醙有韻 息救切音秀宥韻

①久泔也。見〔說文〕。〔按玉篇云。米泔也。六書故云。泔久則酢。故今人謂飲食之酢氣爲｜。〕

②溲麪。見〔廣韻〕。

③淅米汁也。〔史記三王世家〕漸之｜中。〔按王筠說文句讀云。因而涗汰亦謂之｜。髙部鬷。一曰｜米器也。〕

④溲也。〔禮記內則〕｜瀡以滑之。〔注〕秦人溲曰｜。〔疏〕相和｜瀡之。令柔滑也。〔按段玉裁說文注云。此是湯液之類。與久泔異實同名。秦人方言也〕

⑤臭汁也。〔淮南人閒〕及漸之於｜。

⑥溺也。〔荀子勸學〕其漸之｜。〔注〕溺也。〔按桂馥說文義證云。溺當爲溲。以溲爲小便。故變爲溺耳。〕

【滬】後五切音戶麌韻

①水名。〔淸一統志〕續文獻通考。｜瀆在上海縣北二十里。范成大吳郡志曰。松江東瀉海曰｜海。亦曰｜瀆。｜瀆。水名也。凡水發源而注海曰瀆。〔今稱上海曰｜。〕

②玄｜。水名。〔廣韻〕靈龜負書出玄｜水。〔按水經洛水注云。玄扈之水。出于玄扈之山。淸一統志。陝西玄扈山在雒南縣西。〕

③海濱籪也。〔陸龜蒙序〕網罟之流。列竹於海澨曰｜。〔注〕吳人今謂之籪。〔按輿地志曰。扈業者。濱海漁捕之名。插竹列於海中。以繩編之。向岸張兩翼。潮上即沒。潮落即出。魚隨潮礙竹不得去。名之曰扈。〕

【滭】壁吉切音必質韻

①泉水出皃。見〔玉篇〕。

②泉沸也。見〔集韻〕。

（三）一沸。浲貌。〔史記司馬相如傳〕一浡滵汩。〔按漢書文選俱作一沸宓汩。〕（四）閒觱。〔詩采菽〕觱沸檻泉。〔按廣韻云。亦作觱見詩。〕

【滮】平幽切音瀌　皮虬切音淲　尤韻

（一）流貌。〔詩白華〕一池北流。〔按說文引詩作淲。〕（二）水名。〔水經渭水注〕一池水出鄗池西而北流入于鄗。毛詩云。一、流浪也。而世傳以爲水名矣。鄭玄曰。豐鄗之間。水北流也。〔按清一統志。陝西一池水在長安縣西北。十道志云。亦名聖水泉。〕

【滯】直例切音彘霽韻

（一）凝也。見〔說文〕。（二）淹也。〔左成十八年傳〕振廢一。（三）廢也。〔國語晉語〕底著一淫。（四）止也。〔淮南時則〕流而不一。（五）久也。〔國語魯語〕敢告一積以紓執事。（六）[illegible]也。〔國語周語〕氣不沈一。〔楚辭涉江〕淹回水而凝一。〔孟子公孫丑〕是何濡一也。（九）未達也。〔後漢謝該傳〕條左氏疑一數十事。（十）蟄蟲也。〔國語周語〕震雷出一。（十一）一穗也。〔詩大田〕此有一穗。〔疏〕此處有一穗之禾穗不暇取。（十二）沈一也。〔周禮廛人〕凡珍異之有一者。〔疏〕謂沈一不售者。

【滯】丑例切音踶霽韻

水激散貌。〔史記司馬相如傳〕犇揚一沛。

【滯】尺制切音掣霽韻

音敗不和也。見〔集韻〕。

【⿰氵梟】堅堯切音驍蕭韻

（一）薄也。見〔集韻〕。（二）通澆。〔莊子繕性〕一淳散朴。〔釋文〕一、本亦作澆。

【滲】所禁切音槮沁韻

（一）下漉也。見〔說文〕。（二）盡也。見〔廣雅釋詁〕。（三）潤澤下究也。〔漢書司馬相如傳〕滋液一漉。（四）沁入也。〔南史梁豫章王綜傳〕聞俗說以生者血瀝死者骨。一即爲父子。（五）一灕。流貌。〔漢書揚雄傳〕上澤一灕而下降。（六）一漉。滲泄漏也。〔文選謝莊誄〕六所綴一。（七）一泄。小便也。〔素問至眞要大論〕淡味一泄爲陽。（八）澤名。〔穆天子傳〕甲辰。天子獵于一澤。

【滲】疏簪切音森侵韻

淋一。羽毛始生貌。〔文選木華賦〕鶴子淋一。

【滲】千尋切音侵侵韻

（一）一淫。小水津液也。〔文選木華賦〕瀝滴一淫。（二）浸或字。〔集韻〕浸淫、漸漬。或作一。

【⿰氵殺】所八切音殺黠韻

（一）水也。見〔廣韻〕。（二）寒也。見〔集韻〕。

【滳】尸羊切音商陽韻

（一）水名。見〔集韻〕。（二）一一。流蕩貌。〔列子力命〕蓊蓊芊芊。若何一一。

【滴】丁歷切音的錫韻

（一）水注也。見〔說文〕。（二）瀝下也。見〔增韻〕。（三）涓一。水點。見〔增韻〕。（四）水一。貯水供研墨之具也。〔玉堂雜記〕御前列金器。如硯匣、壓尺、筆格、糊板、水一之屬。

【滵】莫筆切音密質韻

（一）水流疾貌。見〔集韻〕。（二）汩一。水流貌。見〔廣韻〕。（三）一溢。流貌。〔文選張衡賦〕玉膏一溢流其隅。

【滷】籠五切音魯麌韻

（一）鹹水。見〔玉篇〕。（二）苦也。見〔爾雅釋言〕〔注〕一苦地也。〔疏〕謂斥一可煮鹽者。（三）以鹹汁調治諸肉曰一。如俗稱一食之類。又凡汁茶湯濃厚者亦稱一子。

【滷】昌石切音尺陌韻

苦也。見〔集韻〕。

【滷】亭歷切音狄錫韻

鹹地。見〔集韻〕。

【滸】火五切音虎麌韻　喜語切音許語韻

汻〔說文〕汻水厓也。〔王注〕經典皆作—。〔按詩北山傳云。—濱涯滸皆水畔之地同物而異名也。〕

㊁岸上地也。〔爾雅釋丘〕岸上—。〔疏〕岸上平地去水稍遠者名—。

㊂淮水之別出者。〔爾雅釋水〕淮爲—。〔注〕大水溢出別爲小水之名。

㊃烏—南夷別名也。見〔文選左思賦注引異物志〕

㊄通許。〔詩伐木〕伐木許許。〔校勘記〕唐石經初刻、—。後漢書朱穆傳、顏氏家訓書證、引作—。

【滻】所簡切音產潸韻

㊀—水。出京兆藍田谷。入霸。見〔說文〕〔段注〕霸。宋本汲古閣初印皆同。霸灞古今正俗字。許書無灞。史漢皆作霸水。京兆尹藍田二志同。故城在今陝西西安府藍田縣縣治西十一里。前志京兆尹南陵下曰。文帝七年置。沂水出藍田谷。北至霸陵入霸水。霸水亦出藍田谷。北入渭。師古曰。沂、先歷反。按此乃大謬。沂者。—字之誤。水經注引志可證。張揖注上林賦亦曰。霸出藍田西北而入渭。—亦出藍田谷。北至霸陵入霸水。經曰。渭水又東過長安縣北。又東過霸陵縣北。霸水從縣西北流注之。注云。霸者。水上地名也。古曰滋水。秦穆公霸世。更名滋水爲霸水。以顯霸功。水出藍田縣藍田谷。逕藍田縣東。又左合—水。又北長水注之。又北會兩川。又北左納漕渠。又東逕新豐縣右會故渠。故渠、即經所謂東過霸陵縣。霸水從縣西北流注之者也。今無水。又北逕秦虎圈東。又北入於渭水。水道提綱曰。灞水上源。即藍水也。出藍田縣藍關之西南山秦嶺。經西安府境東而北。有—水。西南自太乙山、東南之西王谷嶺、及秦嶺、三源合而北流。又東北流來會。既合—水。東北至高陵縣南境入渭。曰灞口。〔按霸陵當今咸寧縣。新豐當今臨潼縣。〕

㊁—口。水名。〔水經沔水注〕沔水又東得—口。其水承大—、馬骨諸湖。水周三四百里。及其夏水來同。渺若滄海。洪潭巨浪。縈連江沔。故郭景純江賦云。其旁則有朱—、丹漅是也。〔按—口水在今湖北沔陽縣西北。〕

㊂出涕貌。見〔玉篇〕。

㊃——。狀也。見〔廣雅釋訓〕。

㊄通產。〔漢書郊祀志〕霸產豐澇。涇渭長水。皆不在大山川數。〔注〕師古曰。霸產出藍田。

【滽】徐封切音容冬韻

㊀——。水名。〔山海經中山經〕盤山。——之水出焉。而南流注于伊水。〔畢注〕沅曰。水經云。伊水東北過陸渾縣南。注引此經云云。今水出陸渾縣之西南王母澗。澗北山上有王母祠。故世因以名谿。東流注于伊水。即——之水也。又案—字說文所無。見玉篇。〔案陸渾縣當今河南嵩縣。〕

㊁通庸。亦水名。〔山海經中山經〕宜蘇之山。庸庸之水出焉。而北流注于河。〔畢注〕沅曰。山在今河南孟津縣界。水經注云。庸庸水出河南垣縣宜蘇山。俗謂之長泉水。伊洛門也。其水北流。分爲二水。一水北入河。一水又東北流注于河。太平寰宇記云。河清縣。—水在縣西南六十里。案垣當爲東垣。太平寰宇記云。河清縣。宋東垣縣。在縣西南二十五里。今爲孟津縣也。〔按清一統志云。庸庸水。源出新安縣北。東入孟津縣界。新安縣志長泉在縣北六十四里。有長泉村。孟津縣志。今有橫水在縣西。源出洛陽新安二縣界二嶺中。分北流三里許相合。又北流五里許入河。橫水鎮以此爲名。〕

【滾】古本切音袞阮韻古困切音睔願韻

㊀大水流皃。見〔集韻〕。

㊁俗謂湯沸曰—。

㊂俗謂旋轉曰—。

【滿】母伴切音滿旱韻

㊀盈溢也。見〔說文〕。

㊁充也。見〔廣雅釋詁〕。

㊂足也。見〔增韻〕。

㊃數從一至萬爲—。見〔左閔元年傳萬盈數也注〕

㊄成也。〔呂覽審時〕多粃而不—。

㊅盈實也。〔書大禹謨〕不自—假。

㊆圓—也。〔史記日者傳〕日中必移。月—必虧。

㊇驕—也。〔國語魯語〕笑吾子之太

—也。

(九)及限期也。〔南史虞寄傳〕前後所居官未嘗至秩—。

(十)引弓盡箭鏑為—。〔漢書司馬相如傳〕—白羽。

(十一)人眾而不理命曰人—。見〔管子霸言〕〔注〕謂人多而政少。

(十二)斗建十二值日之一。〔淮南天文〕辰為—。〔詳建字注〕。

(十三)小—。節氣名。見〔後漢律曆志〕。

(十四)賓—。三軍之精也。〔太平御覽妖異〕白澤圖曰。三軍所戰精名曰賓—。狀如人頭無身赤目。見人則轉。以其名呼之即去。

(十五)病名。〔史記扁鵲倉公傳〕風蹶胸—。

(十六)脈氣—實也。〔素問大奇論〕肝—腎—肺—皆實即為腫。

(十七)—讕。欺罔也。〔漢書谷永傳〕—讕誣天。

(十八)以物質錢。過期而沒其物曰—。如俗稱押—當—之類。

(十九)撲—。蓄錢之器也。詳撲字。

(二十)—洲。地名。其疆域北隔黑龍江而界於西伯利亞。西鄰西伯利亞蒙古直隸省。南面渤海黃海一部。隔直隸海峽與山東省相對。東連朝鮮及俄領沿海州。分為奉天、吉林、黑龍江、三省。故亦稱東三省。—族之故地也。

(廿一)種族名。為民國五大民族之一。因地名而著此稱。前清帝室即出於此。

(廿二)姓也。—寵。見〔魏志〕。

〔滿〕莫困切音悶願韻

懣省字。〔集韻〕懣。說文、煩也。或省。

〔漁〕牛居切音魚魚韻　牛據切音御御韻

(一)本作𩺰。〔說文𩺰部〕𩺰。捕魚也。—。篆文𩺰从魚。

(二)侵奪也。〔漢書何並傳〕以氣力—食閭里。〔注〕—者謂侵奪取之若—獵之為也。

(三)飾詐釣利也。〔管子法禁〕—利蘇功。〔注〕飾詐以釣君利謂之—利。

(四)水名。〔水經沽水注〕沽水又南。—水注之。水出縣東南平地泉流。西逕—陽縣故城南。應劭曰。在—水之陽也。—水又西南入沽水。〔當今直隸密雲縣南〕。

(五)—師。掌魚官也。〔呂覽季夏〕命—師伐蛟。

(六)—色。內取無所擇也。〔禮記坊記〕諸侯不下—色。〔疏〕諸侯當外取。不得下漁國中取卿大夫士之女。若下漁內取國中。似—人之求魚。無所擇。故云不下—色。

(七)姓也。〔古今姓氏書辨證〕燕大夫受封—陽。以地為氏。漢有少府—陽鴻。

(八)同魰。〔周禮魰人〕。掌以時魰。

(九)通魚。〔左隱五年傳〕公將如棠觀魚者。〔釋文〕魚、亦作—。

〔漂〕紕招切音飄蕭韻

(一)浮也。見〔說文〕。

(二)動也。〔漢書中山靖王勝傳〕夫眾煦—山。

(三)流也。〔文選陸機賦〕辭浮—而不歸。

(四)輕貌。〔文選王延壽賦〕—嶢峴而枝柱。

(五)土白曰—。輕飛散也。見〔釋名釋地〕。

(六)—。高飛貌。〔賈誼賦〕鳳—其高逝。

(七)—淩。謂—蕩淩亂也。〔文選馬融賦〕—淩絲簧。

(八)通飄。猶吹也。〔詩蘀兮〕風其—女。〔釋文〕—、本亦作飄。

(九)通浮。〔論衡語增〕血流浮杵。〔按書武成作—杵〕。

〔漂〕卑遙切音猋蕭韻

(一)搖蕩之也。〔文選揚雄賦〕—崑崙。

(二)—然。高遠意。〔漢書楊惲傳〕—然皆有節槩。

(三)—槩。謂摩近之也。〔後漢杜篤傳〕—槩朱崖。

(四)—疽。謂病狀腫出也。見〔莊子則陽釋文〕。〔按此為瘭或字〕。

〔漂〕匹紹切音縹篠韻

(一)水中擊絮也。〔史記淮陰侯傳〕諸母—。〔俗謂滌治布帛使白曰—。義本此〕。

(二)水名。〔山海經大荒南經〕隗山又南有山。—水出焉。

(三)俗以水澄藥材顏料皆曰—。如—朱、—砂之類。

〔漂〕匹妙切音勡嘯韻

(一)疾也。〔文選王褒賦〕迅—巧兮。

(二)—瀲。餘擊少騰相擊之貌。〔文選

王褒賦〕吟氣遺響。聯緜｜撖。生微風兮。

【漃】前歷切音寂錫韻

(一)｜漻。水淨之處。〔文選枚乘七發〕｜漻薵蓼。

(二)寂或字。見〔集韻〕。

【漆】戚悉切音七質韻

(一)水出右扶風杜陽岐山。東入渭。一曰入洛。一曰｜城池也。見〔說文〕。〔王注〕水經。｜水出扶風杜陽縣俞山。東北入於渭。注云。山海經曰。羭次之山。｜水出焉。北流注于渭。蓋自北而南矣。偁書禹貢、太史公禹本紀云。導渭水東北至涇。又東過｜沮。入于河。孔安國曰。｜沮、二水名矣。亦曰洛水也。出馮翊北。周太王去邠。度｜。踰梁山。止岐下。故詩云。民之初生。自土沮｜。又曰率西水滸。至于岐下。是符禹貢本紀之說。詩地理考引段氏曰。沮有二。皆出雍州。東入于渭。特有上流下流之別。詩｜沮、入於渭之上流。書｜沮、入於渭之下流。入洛、合洛入渭也。雍錄。｜在沮東。洛在｜沮東。｜至華原而西合沮。｜沮又東南至同州白水縣。乃合乎洛。而南流合渭。三水雖分。而白水縣洄爲一流。故孔安國班固皆指懷德入渭之水爲洛水。而曰洛卽｜沮也。〔按通訓定聲云。今｜水出陝西西安府同官縣北高山。至耀州合沮水。同入渭。古水道則出今邠州至鳳翔府入渭也。一曰入洛。禹貢導渭。又東過｜沮。傳。二水名。亦曰洛水。此入洛之｜沮。在涇東。與涇西者別。又按杜陽、今陝西麟遊縣。馮翊、今大荔縣。耀州、邠州、直隸州。今皆改縣。鳳翔府今裁府留縣。〕

(二)山名。又、谷名。〔水經河水注〕湄水又東逕東亭北。東出｜峽。山峽也。東流。右則｜谷常溪注之。

(三)古邑名。〔春秋襄二十一年〕邾庶其以｜閭丘來奔。〔注〕在高平南平陽縣東北有｜鄉。〔當今山東鄒縣境〕

(四)縣名。〔漢書地理志〕右扶風｜縣。〔當今陝西邠縣〕

(五)木名。〔本草綱目〕許慎說文云。｜本作桼。木汁可以髹物。其字象水滴而下之形也。｜樹人多種之。春分前移栽易成。有利。其身如柿。其葉如椿。以金州者爲佳。故世稱金｜。人多以物亂之。保升曰。｜樹高二三丈餘。皮白。葉似椿。花似槐。其子似牛李子。木心黃。六月七月刻取滋汁。上等清｜色黑如瑿。若玉石者好。黃嫩若蜂窠者不佳。宗奭曰。凡驗｜。惟稀者以物醮起。細而不斷。斷而急收。更有塗於乾竹上蔭之。速乾者並佳。

(六)黑色也。〔周禮巾車〕｜車藩蔽。〔注〕黑車也。

(七)｜灘。地名。〔水經沔水注〕沔水又東爲｜灘。新野郡山都縣、與順陽筑陽分界于斯灘矣。〔按山都、今湖北襄陽縣。順陽、今河南淅川縣。筑陽、今湖北穀城縣〕

(八)石｜。水肥也。〔水經河水注〕博物志稱酒泉延壽縣南山出泉。水大如筥。注池爲溝。水有肥如肉汁。取著器中。始黃後黑。如凝膏。然極明。與膏無異。膏車及水碓缸甚佳。彼方人謂之石｜。

(九)膠｜。喻交誼之堅也。〔史記蔡澤傳〕與有道之士爲膠｜。

(十)姓也。〔古今姓氏書辯證〕出自古諸侯汪芒氏之君。｜姓。〔校勘記〕古有｜沈爲魯相。〔又〕｜雕。複姓。孔子弟子｜雕開。

【漆】千結切音切屑韻

｜｜。容也。自反也。見〔禮記祭義〕。〔注〕｜｜讀如朋友切切。自反猶言自修整也。

【漆】七四切音次寘韻

桼或字。〔集韻〕桼以｜漆器。或作｜。

【漇】所綺切音躧紙韻

(一)潤也。見〔集韻〕。

(二)流貌。見〔韻會〕。

(三)｜｜。衣毛若濡也。〔楚辭招隱士〕淒淒兮｜｜。

【漈】子例切音祭霽韻

(一)水涯。見〔集韻〕。

(二)海水低陷處也。〔元史瑠求傳〕水至彭湖漸低。近瑠求則謂之落｜。｜者。水趨下而不回也。凡西岸漁舟到彭湖已下。遇颶風發作。漂流落｜。回者百一。

【漉】盧谷切音祿屋韻

(一)浚也。一曰水下皃也。見〔說文〕。

(二)洲也。見〔玉篇〕。

㊂竭也。〔禮記月令〕毋—陂池。

㊃極也。見〔方言〕。〔注〕滲—竭盡也。

㊄水名。〔水經〕—水出醴陵縣東—山。西過其縣南。屈從縣西西北流。至—浦。注入于湘。〔按淸一統志〕作淥。湖南長沙府淥江。在醴陵縣南。源出江西袁州府萍鄉縣。西流入縣界。又西流入湘潭縣東南入湘水。一名—水。又名淥水。縣志。淥江東出萍鄉縣安陵山。其水淸—。流至縣東二十里。會瀏陽水。曰雙江口。又西至縣西三十里合攸縣水。又西至縣西九十里。名—口。其下爲小石潙。有灘深綠如墨。又西十里爲大石潙。與湘水合流。舊志。淥江發源有二。一接萍鄉縣麻山水。西北至醴陵縣東五十里名萍水。一出瀏陽縣界白沙溪。西南至雙江口。會流經醴陵縣南學前淥水池。名淥江。又西流合姜嶺水。由淥口入湘。〕

㊅—汗大出也。〔素問瘧論〕無刺——之汗。

【漊】隴主切音縷麌韻　龍珠切音樓虞韻

—也。一曰汝南人謂飲酒習之不醉曰—。見〔說文〕。〔段注〕—猶縷縷也。不絕之貌。不善飲者。每日飲少許。久久習之。漸能不醉。其方言曰—。

【漊】郎侯切音婁尤韻

●水名。〔淸一統志〕湖南澧州—水在慈利縣西北。源出湖北鶴峰州界。東南流逕永定縣。至慈利縣西入澧水。古名婁水。今名九溪河。〔按澧州今改爲縣。鶴峰州舊改直隸廳。今改爲縣。〕

●—中。縣名。三國吳置。當今河南臨澧縣。

●滯—者。句麗名臣也。見〔魏志高句麗傳〕。

【漊】朗口切音塿有韻

滯也。見〔集韻〕。

【漌】凡隱切音謹吻韻

㊀淸也。見〔廣韻〕。

㊁漬也。見〔字彙〕。

【濎】都挺切音頂迥韻

●—濘。佛貌。〔文選木華賦〕—濘濙瀯。

●濎或字。〔集韻〕濎濘。水貌。或作—。

【漏】郎豆切音陋宥韻

㊀—以銅受水刻節。晝夜百刻。見〔說文〕。〔周禮閽人注〕時—盡。〔疏〕云。—盡者。謂若夏至、晝則日見之—六十刻。夜則四十刻。冬至、晝則日見之—四十刻。夜則六十刻。〕

㊁泄也。〔公羊文六年傳〕君—言也。〔注〕自上言泄下曰—。

㊂滲也。〔文選左思賦〕隰壤瀸—而沮洳。

㊃穿也。〔淮南泰族〕朱弦—越。

㊄穴也。〔淮南脩務〕禹耳參—。

㊅補空也。〔淮南道應〕則不能—理其形也。

㊆德澤下霑也。〔漢書吾丘壽王傳〕天下—泉。〔注〕言潤澤下霑如屋之—。

㊇溢也。〔後漢陳忠傳〕淫雨—河。

㊈病名。如腦—、痔—、及婦人崩—之類。

㊉水名。〔水經渭水注〕東有—水。出南山赤谷。

(十一)—井。所以受水潦。見〔周禮宮人爲其井匽注〕。

(十二)—屋。弊屋—雨者也。〔荀子儒效〕窮閻—屋。

(十三)—江。江名。又縣名。〔水經葉榆河注〕又東逕—江縣。伏流山下。復出蝮口。謂之—江。〔按—江縣漢屬牂牁郡。當雲南澂江府河陽縣地。今裁府改河陽爲澂江縣。〕

(十四)室西北隅謂之屋—。〔詩抑〕尚不愧于屋—。〔箋〕—、隱也。

(十五)易忘曰—。見〔荀子脩身〕。

(十六)脫—也。〔素問解精微論〕有毚愢仆—之間。

(十七)同屚。〔漢書地理志〕交趾郡句屚。〔注〕屚、與—同。

(十八)通竇。神名。〔莊子達生〕有沈有—。

【漏】盧侯切音樓尤韻

通螻。臭也。〔禮記內則〕馬黑脊而般臂—。〔注〕—當爲螻。如螻蛄臭也。

【漐】直立切音蟄緝韻

㊀汗出貌。見〔集韻〕。

㊁——。小雨不輟。見〔正字通〕。

【溉】居代切音槩隊韻

●水名。〔說文〕—水出東海桑瀆覆甑山。東北入海。一曰灌注也。〔段注〕東當作北。瀆當作櫝。皆字之誤也。北海郡桑櫝見前志。今山東萊州府濰縣有桑犢故城。水經注之桑犢亭也。前志桑犢下云。覆甑山。—水所出。東北至都昌入海。今濰縣東南四十里—源山即覆甑山也。水經注亦謂之塔山。寰宇記曰。天寶六載勅改爲—源山。今—水自—源山北流至昌邑縣境入海。即東𣶒河也。亦曰東丹河。

㊂灌也。〔漢書溝洫志〕此渠皆可行舟。有餘則用—。

㊃滌也。〔禮記曲禮〕器之—者不寫。

㊃清也。〔詩泂酌〕可以濯—。

㊄通溉。〔詩匪風〕—之釜鬵。〔釋文〕—本作溉。

㊅通㮣。〔文選馬融賦〕—盥汗濊。

【漑】居氣切音既未韻

㊀灌也。見〔集韻〕。

㊁古既字。〔史記五帝紀〕帝嚳—執中而徧天下。〔集解〕徐廣曰。古既字作水旁。〔正義〕—音既。言帝嚳治民若水之—。溉平等而執中正。徧於天下也。

【漑】戶代切音瀣隊韻

溢或字。〔集韻〕沆瀣。瀣氣。一曰水見。或作—。

【漒】渠梁切音彊陽韻

㊀水名。在河南。見〔集韻〕。

㊁沙—。〔通雅地輿〕沙—洮彊之漢也。吐谷渾復與沙—皆附之。洮水出彊臺山東北。逕吐谷渾中。自洮彊南北三百里中。地草皆是龍鬚。而無樵柴。謂之彊川。與—通。

【漓】鄰知切音離支韻

㊀滲也。〔司馬光賦〕薄—而歸厚。

㊁灕或字。〔集韻〕灕或省作—。〔詳灕字。〕

【演】以淺切音衍銑韻

㊀長流也。一曰水名。見〔說文〕。

㊁引也。見〔文選班固賦開侯—成注引蒼頡篇〕。

㊂延也。言蔓延而廣也。見〔釋名釋言語〕。

㊃廣也。〔漢書五行志〕文王—周易。〔按左昭三年傳疏云。史傳讖緯皆言文王—易。—謂爲其辭以—說之。今世所謂—說本此。〕

㊄遠也。見〔小爾雅廣言〕。

㊅長也。見〔玉篇〕。

㊆潤也。〔國語周語〕夫水土—而民用也。〔注〕水土氣通爲—。—猶潤也。〔按漢書五行志注應劭曰。—。引也。所以引出土氣者也。〕

㊇豫習也。如云操—、樂—之類。

㊈納舞也。清刑例有唱—夜戲、—洴拳棒之禁。

㊉水潛行也。〔文選左思賦〕—以潛沫。

⑪州名。〔唐書地理志〕嶺南道—州。〔當今安南國交州府地。〕

⑫—繹。亦謂之外籀。論理學中推理法之一種。以凡物之原理或事實爲本。由此推知其他事理之法也。英文 Deduction。

⑬沇—。迴曲貌。〔文選郭璞賦〕洪瀾沇—而雲迴。

⑭同衍。〔易繫辭〕大衍之數五十。〔注〕王弼曰。—天地之數。所賴者五十也。

【演】以忍切音引軫韻

水名。見〔集韻〕。

【演】延面切衍去聲霰韻

淺流。見〔集韻〕。

【漕】在到切嘈去聲號韻　徂侯切音鰌尤韻

㊀水轉穀也。一曰人之所乘及船也。見〔說文〕。〔通訓定聲〕按車運穀曰轉。水運穀曰—。〔史記平準書〕—轉山東粟。〔蕭相國世家〕轉—給軍。漢書武帝紀。穿—渠通渭。食貨志。—渠通。以—關東穀。周書文傳解。以—四方。按—運。自元濬會通河。明導汶水北合漳衛而東之。—道以通。本朝南繫桃宿之道。開中—河。以避黃河之險。於是糧艘由淮浦渡河。徑趨山東。達于通州。〔按清季以—米累民。改征米價名曰—折。〕

㊁渠名。〔水經渭水注〕又東合洪水。亦曰—渠。〔按水經沙水注。沙水又南與廣—渠合。廣—亦渠名。〕

㊂地名。〔水經淇水注〕白溝又東北。漳水注之。謂之利—口。

㊃姓也。〔漢書游俠傳〕西河—中叔。〔注〕—姓也。音才到反。

【漕】財勞切音曹豪韻

衛邑名。〔詩擊鼓〕土國城—。〔通訓定聲〕在今河南衛輝府滑縣南白馬城是也。〔按衛輝府今裁。置首縣汲縣。〕

【漚】於候切謳去聲宥韻

㊀久漬也。見〔說文〕。

漸也。〔考工記㡛氏〕湅絲以涚水——其絲。〔注〕——漸也。楚人曰——。齊人曰涹。

柔也。〔詩東門之池〕可以——麻。

㊃——鬱鮮明貌也。〔史記司馬相如傳〕芬香——鬱。

㊄通漚。〔考工記㡛氏〕漚湅其帛。〔釋文〕漚、與——同。

【漚】烏侯切音謳尤韻

水泡也。〔楞嚴經〕空生大覺中。如海一——發。

——夷水名。〔水經〕漚水出代郡靈邱縣高氏山。〔注〕即——夷之水也。〔按——夷、周禮作嘔夷。靈丘、屬山西省。〕

通鷗。〔列子黃帝〕海上之人。有好——鳥者。

【⿰氵埜】以者切音野馬韻

㊀泥水貌。見〔玉篇〕。

泥淖也。見〔集韻〕。

【潪】寔入切音十　席入切音習　緝韻

影也。見〔玉篇〕。

潝——水貌。見〔集韻〕。

【[illegible]】莫狄切音覓錫韻

㊀石名。可為硯。〔米芾硯史〕通遠軍——石硯。

㊁汨或字。見〔集韻〕。

【漠】末各切音莫藥韻

㊀北方流沙也。一曰清也。見〔說文〕。

㊁靜也。〔漢書賈誼傳〕眞人恬——。獨與道息。

㊂定也。〔淮南俶眞〕時既者其神——。

㊃寂也。〔文選張華詩〕大猷玄——。〔注〕——寂也。廣雅曰。——泊也。說文曰。——、無為也。

㊄施也。見〔廣韻〕。

㊅茂也。見〔廣韻〕。

㊆無聲也。〔漢書馮奉世傳〕元成等——然。

㊇病也。見〔史記扁鵲傳爪幕索隱〕。

㊈度名。十模糊為——。十——為渺。

㊉——合也。〔楚辭疾世〕塵——兮未晞。〔又〕無聲也。〔荀子解蔽〕聽——而以為哅哅。〔又〕布列貌。〔陸機詩〕街巷紛————。

⑪——䏶。猶鈍䏶不知足貌。〔淮南原道〕——䏶於勢利。

⑫——陽。江名。〔清一統志〕廣東肇慶府——陽江。一名雲浮水。源出陽春縣西北雲浮山。經縣西。東南流入陽江縣。又南入于海。〔按肇慶府今裁。與省縣高要縣。〕

⑬沙——。蒙古區域以沙——南北分內外。——南為內蒙古。——北為外蒙古。

⑭通莫。〔爾雅釋詁〕——謀也。〔疏〕小雅小弁云。聖人莫之。——、莫音義同。

⑮通寞。〔楚辭遠遊〕野寂——其無人。〔注〕——、一作寞。

⑯通幕。〔史記匈奴傳〕從北絕幕。〔集解〕應劭曰。幕沙幕。瓚曰。沙土曰幕。〔正字通引宋程大昌北邊備對曰。幕者——也。言沙磧廣漠。望之——然也。〕

【⿰氵莫】莫白切音陌陌韻

⿰山莫或字。〔集韻〕⿰山莫帕、密貌。或从水。

【⿰氵蛇】時遮切音闍麻韻

㊀水也。見〔玉篇〕。

㊁水名。見〔集韻〕。

【漢】虛旰切音熯翰韻

㊀漾也。東為滄浪水。㵄古文——如此。見〔說文〕。〔王注〕禹貢嶓冢導漾。東流為——。又東為滄浪之水。某氏傳曰。泉始出山為漾水。東南流為沔水。至——中東流為——水。〔按朱駿聲曰。出今陝西寧羌州北嶓冢山為漾。至南鄭縣西為——。今名東——水。東流至湖北襄陽府均州名滄浪之水。又東南流至——陽府——陽縣——口合江。〕

㊁天河也。〔詩大東〕維天有——。〔按朱駿聲曰。及小正。——案戶。——、天——也。左昭十七年傳。——、水祥也。按天——亦眾微星合而成光。西人以遠鏡測之可見。俗傳遇七夕而隱者。秋多月躔。適經天——之間。七日後月色漸明。其光為月所奪。及月離距遠。則如常也。〕

㊂怒也。見〔方言〕。〔箋疏〕說文。暵、乾也。引易曰燥萬物者莫暵乎火。怒氣如火之暵。故謂之暵。——、借字也。

㊃外族對於中國之稱。〔詞綴錄〕——武征匈奴二十餘年。馬畜孕重墮殰。疲極。聞——兵莫不畏者。稱為——兒。又曰好——。〔按好——又為奇男子之稱。通俗編曰。舊唐書狄仁傑傳。欲要一好——任使。有乎。蘇詩。人間一好——。誰似張長史。用其事。新唐書易為奇男子。通鑑易為佳士。〕

㊄賤惡人之稱。〔北齊書魏蘭根傳〕

顯德怒云。何物—子。我與官不肯就。〔按北史邢劭傳。宣武以劭言告崔暹道。此—不可親信。與顯德所謂—子。同一嫚罵語氣。老學庵筆記。今謂賤丈夫曰—子。蓋始於十六國時。其說是也。—又爲鄙夷人之稱。北史齊文宣紀。李集強諫不屈。帝笑曰。天下有如此癡—。玉泉子。劉蕡試策直言。中官仇士良曰。奈何放此風—。及第。五代史司空挺傳。張彥之詬王正言曰。鈍—辱我。〕

⑥高麗方言謂白曰—。見〔雞林類事。〕

⑦州名。唐置。屬劍南道。宋屬成都府路。元屬四川省。明清因之。今改名廣—縣。

⑧朝代名。高祖劉邦。初從項梁起兵滅秦。爲—王。後誅項籍。即帝位。都長安。後世稱爲西—。凡十二主。起民國紀元前二千一百一十七年。訖民國紀元前一千九百零四年。〔又〕光武帝劉秀。爲高祖九世孫。起兵興復—室。都洛陽。後世稱爲東—。凡十三主。起民國紀元前一千八百八十七年。訖民國紀元前一千七百一十六年。〔又〕蜀—昭烈帝劉備。建國於蜀。與魏吳並稱三國。凡二主。滅於魏。起民國紀元前一千六百九十一年。訖民國紀元前一千六百四十九年。〔又〕西晉時劉淵據山西。稱王。尋稱帝。國號—。至劉曜改稱爲趙。凡四主。起民國紀元前一千六百零八年。訖民國紀元前一千五百九十四年。〔又〕西晉時李特據成都。國號成。傳至李壽。改國號爲—。再傳至李勢。降於晉。起民國紀元前一千五百七十四年。訖民國紀元前一千五百六十三年。〔又〕五代時劉隱據南海。弟龑嗣位稱帝。國號大越。又更號曰—。史稱南—。凡四主。降於宋。起民國紀元前九百九十五年。訖民國紀元前九百四十三年。〔又〕五代時劉暠繼石晉稱帝。自言爲東—明帝之後。因建號曰—。凡二主。爲郭周所滅。起民國紀元前九百六十五年。訖民國紀元前九百六十二年。〔又〕五代時劉旻。劉暠母弟也。—亡。旻據晉陽稱帝。凡四主。降於宋。史稱東—。亦曰北—。起民國紀元前九百六十一年。訖民國紀元前九百三十三年。

⑨羅—。釋子之稱號。〔翻譯名義〕淨名疏云。羅—若得超越。名摩訶那伽。〔按翻譯名義又云。阿羅—名含三義。無明解脫。後世生中不受生死果報。故云不生。九十八使煩惱盡。故名殺賊。具智斷功德。堪爲人天福田。故言應供。〕〔又〕水名。〔水經渭水注〕瓦亭水又東南合安夷口水。源東出胡谷。西北流歷夷水川。又西得何宕川水。又西得羅—水。並自東北西南注夷水。又西逕顯親縣南。西注瓦亭水。〔按顯親縣當今甘肅秦安縣西北。〕〔又〕山名。〔清一統志〕在湖南城步縣東十里。有十八峯相連。故名。〔又〕人名。〔北史呂羅漢傳〕羅—仁厚篤愼。弱冠以武幹知名。〔又〕羅—松。繁葉。長潤如竹而團。實如羅—形。故名。見〔植物名實圖考〕。

⑩俗稱身軀長大者曰大—。〔輟耕錄〕國朝鎭殿將軍。募選身軀長大異常者充。凡有襦給。名曰大—衣糧。〔按俗語云好—、英雄—。則爲讚美之稱。〕

⑪—漫。懣也。朝鮮洌水之間。煩懣謂之—漫。見〔方言〕。

⑫—中。郡名。秦置。漢初爲—國。後仍爲郡。明改爲府。其故城在今陝西南鄭縣東。

⑬—陽。郡名。東漢置。屬涼州。當今甘肅伏羌縣治。〔又〕北魏郡名。屬秦州。當今甘肅天水縣西南。〔又〕隋郡名。屬梁州。當今甘肅成縣西北。〔又〕元府名。屬湖廣省。明因之。清屬湖北省。當今湖北—陽縣治。〔又〕西漢縣名。屬犍爲郡。東漢屬益州犍爲屬國。晉屬益州朱提郡。當今四川慶符縣南。〔又〕附縣名。屬荊州沔陽郡。唐、宋、元、明、清皆因之。唐屬江南道鄂州。宋屬湖北路—陽軍。元明屬湖廣省—陽府。清屬湖北省—陽府。今裁府留縣。

⑭—陰。縣名。北魏置。屬梁州—中郡。當今陝西南鄭縣南。〔又〕縣名。唐屬山南近金州。宋屬京西南路金州。明屬陝西省興安州。清屬興安府。改爲廳。今爲陝西—陰縣治。

⑮—口。商埠名。或稱—鎭。亦曰—皋。今湖北夏口縣地。爲內地交通樞紐。扼九省咽喉。四大鎭之一也。清

同治元年依一千八百五十八年中英天津條約闢爲商埠。英法德俄比日西瑞荷意奧等各國、均駐有領事。

(十一)廣—郡名。唐置。當今四川廣—縣治。

(十二)揷—內蒙古部落名。〔淸一統志〕察哈爾明時曰揷—。本元裔小王子後。嘉靖間布希駐牧察哈爾之地。因以名部。〔按察哈爾地。編制八旗。袤延千餘里。其鑲黃、正黃、正紅、鑲紅四旗。駐張家口外。正白、鑲白、正藍三旗。駐獨石口外。鑲藍一旗。駐殺虎口外〕

【漢】他干切音攤寒韻

太歲在申曰涒—。通作灘。見〔集韻〕〔按呂覽、淮南、爾雅作涒灘〕

【漣】郎干切音闌寒韻

●瀾或字。見〔說文〕〔按說文、瀾。大波也。詩漸漸之石釋文。涉入水之波—矣。釋文—一本作瀾〕

●同瀾。〔爾雅釋水〕〔注〕河水淸且瀾兮。〔按詩瀾本作—〕

【漣】陵延切音連先韻

●風行水成文曰—。〔詩伐檀〕河水淸且—猗。

●水名。〔水經漣水〕—水出連道縣西。〔注〕水出邵陽縣界。逕連道縣。控引眾流。合成一溪。東入衡陽湘鄉縣。〔按漢連道縣。當今湖南湘鄉縣西境。淸一統志曰。—水在邵陽縣東北。流入長沙府湘陰縣界。一名—河。一名湘縣河〕〔又〕桂水之支流。〔水經湟水注〕湟水又東南入陽山縣。右合—口水源。—水東南流注于湟。〔按淸一統志。—廣東連州桂陽山。屬漢桂陽郡地。—水、一名滑水。一名黃連水。亦名同官水。在連山縣南。源出縣界山溪。流經陽山縣西北。又經州南。至同官峽入湟。致連山縣屬漢桂陽縣地〕〔又〕洑水俗名—水。見〔郡縣志〕

●——。泣貌。〔詩氓〕泣涕——。〔又〕泝垂之貌。〔太玄減〕瀏——。

(四)或作漣。〔易屯〕泣血—如。〔通訓定聲〕瀾下注。亦作漣。後出字。

【漤】盧感切音壈感韻

(一)鹽漬果。見〔廣韻〕。

(二)汁也。見〔集韻〕。

(三)如水滿下也。見〔龜經〕。

(四)同濫。〔六書故〕濫。水淹滯也。亦作—。

【淰】他含切音貪覃韻

●水也。見〔玉篇〕。

(二)沒也。見〔集韻〕。

【湌】他紺切音僋勘韻

湌或字。〔集韻〕湌。浮皃。或从食。

【濘】以井切音郢庚頃切音穎梗韻

罷烏瓜切音窊麻韻

淸水也。从水蛮聲。一曰窊也。見〔說文〕

【漥】烏瓜切音窊麻韻

●下也。見〔廣雅釋詁〕。

●洿也。見〔老子〕—則盈釋文。〔按范應元注。當作窊。凹也。汙下也。地之窊下者。水趨之必盈〕

(三)牛蹄跡也。亦窊字。洼同。見〔玉篇〕。

【漥】於佳切音娃佳韻

洼或字。〔集韻〕洼。說文、深池也。或作—。

【漨】符容切音逢冬韻

(一)水名。〔山海經北山經〕單狐之山。—水出焉。而西流注于泑水。〔畢注〕說文云泑澤在昆侖下。漢書西域傳云鹽澤。

(二)池名。〔集韻〕漢—池在開封縣。〔按漢開封縣。即今之河南祥符縣地。—、一本作逢。淸一統志曰。古逢澤在祥符縣南。漢書地理志。開封縣逢池或曰宋之逢澤也。水經注。新溝水出逢池。池上承役水於苑陵縣。別爲魯溝水。東南流逕開封縣故城北。東南入百尸陂。即古之逢澤也〕

【漨】蒲蒙切音蓬東韻

—浡。煩鬱也。〔文選左思賦〕歊霧—浡。

【漨】蒲蠓切音蓬董韻

—溶。水滃皃。見〔集韻〕。

【漩】旬宣切音旋先韻　隨戀切音縼霰韻

●洄也。見〔華嚴音義引切韻〕。〔按文選郭璞江賦。—澴縈瀯。注。皆波浪回旋之貌。今具云—渦。蓋本字〕

●漩或字。〔集韻〕漩。說文、回泉也。或不省。

【漪】於宜切音猗支韻

(一)水波。見[集韻]。[按初學記、水波如錦文曰—]。

(二)語辭[文選左思賦]刷盪漪—。[注]—、蓋語辭也。

(三)同猗[爾雅釋水]河水清且瀾—。[釋文]—、本作猗。

【漫】莫半切音縵翰韻

(一)水敗物也。[方言]瀓澈爲—。

(二)敗也。見[廣雅釋詁]。

(三)散也。見[列子黃帝—言曰釋文]。

(四)放也。[漢書藝文志]—羨而無所歸心。

(五)汙也。[呂覽離俗]不—於利。

(六)欺誑也。[荀子儒效]行不免於汙—。

(七)徧也。[公羊定十五年傳]郊牛死。不言其所食。—也。

(八)大水皃。見[集韻]。

(九)水名。[後漢郡國志]成皋有—水。

(十)—澗。水名。[水經河水注]滎水出滎山。北流出谷。謂之—澗矣。與安陽溪水合。東合—澗水。

(十一)——。平也。見[廣雅釋訓]。[又]長遠貌。[文選左思賦]廓成庭之——。[又]無厓際之貌也。[文選揚雄賦]指東西之——。[又]縱逸也。見[後漢仲長統傳注]。

(十二)—衍。流溢貌。見[廣韻引字林]。

(十三)漢—。瀁也。見[方言]。

(十四)澶—。淫衍也。[莊子馬蹄]澶—爲樂。[又]猶縱逸也。[後漢仲長統傳]澶—彌流。

(十五)瀾—。分散也。[文選王褒賦]樸恅瀾—。

(十六)淡—。水廣皃。見[廣韻引字林]。

(十七)同嫚、慢。[詩蕩傳]慆—也。[釋文]—、本作嫚。又作慢。

(十八)通曼。[文選班彪賦]遵長城之——。[注]楚辭曰。路曼曼其修遠。—與曼古字通。

【漫】謨官切音瞞寒韻

(一)水廣大皃。見[集韻]。

(二)沒也。[沈周詩]夾雨榜瀟瀧半—。

(三)滿也。[蘇軾詩]桃李—山總粗俗。

(四)遍也。[皮日休詩]雲—便當紗。

(五)——。夜長貌。[甯戚歌]長夜——何時旦。[又]水長遠貌。[劉長卿詩]青山無限水——。

(六)同慢。[莊子徐无鬼]郢人堊慢其鼻端。[釋文]慢、本亦作—。郭、莫干反。徐、莫但反。李云、猶塗也。

【漫】莫晏切音嫚諫韻

慢或字。[集韻]慢。說文、惰也。一曰慢不畏也。或作—、僈。

【漬】疾智切音胔寘韻

(一)本作漬。[說文]漬、漚也。[段注]謂浸—也。古多假爲骴字。公羊傳。大瘠。禮記注引作大—。公羊傳。瀸者何。—也。衆殺成者也。周禮蜡氏掌除骴。故書骴作脊。鄭司農曰。脊讀爲—。謂死人骨也。漢志、國亡捐瘠。孟康曰。肉腐爲瘠。按骴、—、脊、瘠、四字古同音通用。當是骴爲正字也。

(二)淹也。見[詩楚茨箋]剝削淹—以爲菹[釋文]。

(三)納染也。[考工記鍾氏]淳而—之。

(四)亦病也。[呂覽順民]以親老弱孤寡之—病。

(五)獸死之異名。[禮記曲禮]四足曰—。[疏]牛馬之屬也。若一箇死。則餘者更相染—而死。

【漮】丘岡切音康陽韻

(一)水虛也。見[說文]。[王注]爾雅音義引作水之空也。釋詁。—、虛也。師古亦引作空也。淮南天文訓。十二歲一康。高注。康、空也。顏注急就篇。轗之言空也。然詩賓之初筵。酌彼康爵。箋云。康、虛也。穀梁二十四年傳。四穀不升謂之康。注云。康、虛。欠部歉、飢虛也。是知空虛同義。姑盍存之。又康者穅之古字。穀皮無米則中空。

(二)水名。在伊闕。見[集韻]。

【漯】託合切音錔合韻

(一)水名。[書禹貢]浮于濟—。[疏]地理志云。—水出東郡東武陽。至樂安千乘縣入海。過郡三。行千二十里。[按]—水、說文作濕水。字彙曰。或省作漯。後以濕爲乾溼之溼。而漯又轉爲—字。清一統志曰。武水在山東朝城縣北。即古—水。朝城即漢之東武陽也。

(二)—陰。縣名。漢置。屬平原郡。當今山東臨邑縣西十里。

(三)—沃。縣名。漢稱溼沃。屬千乘郡。晉改爲—。屬冀州樂陵國。當今山東蒲臺縣北。

(四)潝—。攢聚貌。[文選木華賦]濆濆

淪而湑━。

【漯】魯水切音壘紙韻

水名。出鴈門。或作㶟、灅。見〔集韻〕。〔按說文。㶟水出鴈門陰館累頭山。東入海。字當從說文爲正。〕

【淜】披朋切音堋蒸韻

㊀水擊有聲也。見〔集韻〕。

㊁━口。地名。在彭川。〔杜甫詩〕━口江如練。

㊂通堋。〔寰宇志〕蜀人謂堰爲堋。

【漰】披耕切音怦庚韻

━浡。水聲。見〔集韻〕。

【漰】蒲萌切音彭庚韻

水激聲。〔文選郭璞賦〕━湱澩灂。〔注〕皆大波相激之聲也。

【漱】所救切音瘦 先奏切音嗽宥韻

㊀盪口也。見〔說文〕。〔玉注〕漱、思元賦注引作潄。借字也。音隱云。━、飯畢盪口也。

㊁湯也。〔文選張協詩〕沈液━陳根。

㊂澣也。〔禮記曲禮〕諸母不━裳。

㊃猶齧也。〔考工記匠人〕善溝者水━之。

㊄無垢加功曰━。〔公羊莊三十一年傳〕臨民之所浣━也。

【漱】先侯切音鎪尤韻

涑或字。〔集韻〕涑。說文澣也。或作━。

【漲】知亮切音帳漾韻

㊀水大貌。〔焦氏易林〕水━無船。

㊁沙始起將成嶼也。見〔文選丘遲詩注〕。

㊂布塞也。〔南史陳武帝紀〕縱火燒柵。烟塵━天。

㊃湧起貌。〔杜牧詩〕血━滹沱浪。〔按今俗云物價湧起曰━價。〕

㊄南海名。〔謝承後漢書〕皆從━海入。

【漲】展兩切音長養韻

大水。見〔集韻〕。

【漲】中良切音張陽韻

水深廣貌。〔文選郭璞賦〕趨━截洞。〔注〕音張。━、洞、皆深廣之貌。

【漳】諸良切音章陽韻

㊀水名。〔說文〕濁━出上黨長子鹿谷山。東入清━水。〔通訓定聲〕〔按出今山西潞安府長子縣西發鳩山。周禮職方氏冀州其川━是也。清━出沾山大要谷北入河。按出今山西太原府樂平縣西南少山大黽谷。至河南彰德府涉縣交━口。與濁━合。東北流至天津府入海。禹貢至於衡━是也。又有南━。出南郡臨沮。按出今湖北鄖陽府房縣景山。至保康縣合沮水。左宣四年傳師於━澨是也。〕

㊁州名。唐置。屬江南道。宋屬福建路。元屬江浙省。明屬福建省。清因之。當今福建龍溪縣治。

【漴】鉏弓切音崇東韻

水聲。見〔玉篇〕。

【漴】鉏江切音淙江韻 仕莊切音牀陽韻 助亮切音狀漾韻

雨急謂之━。見〔集韻〕。

【漴】仕巷切淙去聲絳韻

水所衝也。見〔集韻〕。

【漵】象呂切音敘語韻

㊀水名。〔清一統志〕湖南辰州府━水在━浦縣南。古名序水。序、亦作敘。亦名序溪。又名雙龍江。亦曰━川。源出縣東南頓家山。西北流入辰溪縣南。水經注云。序溪水出義陵郡義陵縣鄜梁山。西北流義陵縣。又西北入於沅。府志。━水發源處名龍潭溪。至━浦縣東。合龍潭溪。西流至縣南二里之龍堆。又西徑大━山。入辰溪縣南界江口入

㊁浦也。見〔玉篇〕。

【漶】戶管切音緩旱韻 胡玩切音換翰韻 呼玩切音喚翰韻

漫━。不可知也。見〔玉篇〕。〔按漢書揚雄傳。爲其泰曼━而不可知。注云。猶言鴻濛也。據此漫━、曼━、一也。〕〔又〕難測也。見〔集韻〕。

【漷】闊鑊切音廓 光鑊切音郭藥韻 霍虢切音謋 廓獲切音虢 郭獲切音號陌韻

水名。〔說文〕━水在魯。〔按清一統志。山東兗州府━水在滕縣南十五里。即南沙河也。源出縣東北一百里逃山西南麓。西流會黃約山諸泉水。逕縣南。又西會南梁河入運河。〕左傳襄公十九年。取邾田自━水。注。━水出東海合鄉縣。西南流經魯國。至高平湖陸縣入泗。

水經注。｜水出東海合鄉縣。西南流入鄒。又逕魯國鄒山東南。又西南逕蕃縣故城南。又西逕薛縣故城北。又西逕仲虺城北。又西逕湖陸縣。入於泗。故京相璠曰。薛相縣｜水。首受蕃縣。西至山陽湖陸是也。經言瑕邱東。誤耳。按合鄉當今滕縣。湖陸當今魚臺縣。〕

【漷】忽郭切音霍藥韻

泧｜。水勢相激貌。〔文選郭璞賦〕潰濩泧｜。

【漸】疾染切音[illegible]琰韻

❶｜水。出丹陽黟南蠻中。東入海。見〔說文〕〔段注〕丹陽郡黟二志同。今安徽徽州府黟縣是其地。云｜水出黟南之蠻夷中。則今錢塘江之北源南源皆見矣。南志黟下曰。｜江水出南蠻夷中。東入海。水經曰。｜江水出三天子都。北過餘杭。東入於海。按班許水經皆曰｜江水。酈氏注則曰浙江。蓋水經以後無稱｜江者。其前則山海經吳越春秋史記皆曰浙江。山海經有出於漢人者。漢人之書地理志說文爲讎嚴。據許立文曰江至會稽山陰爲浙江。謂嶠江也。曰｜江水出丹陽黟南蠻中。謂今錢塘江也。分別甚然。蓋浙江者嶠江之委。｜江者錢唐江源流之總偁。二水古於山陰相合。故可統名之曰浙江。後世水道絕不相通。而錢塘江猶冒浙江之名。失其本號耳。水道提綱曰。浙江水有南北二源。北曰徽港。即新安江。出歙縣黟縣績溪休寧諸山。南源有二。一曰衢港。即信安江。出開化江山二縣山。一曰婺港。即東陽江。出東陽縣山。南北二港在嚴州府治建德縣合流而北經桐廬縣富陽縣。至蕭山縣。西南合浦陽江。經杭州府城東南。至龕赭二山之間入海。班許云。黟南蠻中。今之北源南源皆包舉矣。〔按嚴州府今裁。留附郭建德縣。杭州府裁。併仁和錢塘二縣爲杭縣。〕

❷卦名。艮下巽上。〔易漸〕山上有木。｜。

❸進也。見〔玉篇〕。

❹漬也。〔荀子勸學〕其｜之滫。

❺稍也。見〔廣韻〕。

❻劇也。〔列子力命〕七日大｜。

❼漸積也。〔易坤文言〕其所由來者｜矣。

❽徐動之名。見〔易漸疏〕。

❾物事之端先見之辭。〔公羊隱元年傳〕｜進也。

❿引進通導之意也。〔史記越世家〕｜九川。

⓫習也。〔淮南繆稱〕良工｜乎矩鑿之中。

⓬水也。〔淮南泰族〕雖有腐髊流｜。

⓭｜次也。見〔廣韻〕。

⓮禪宗有頓｜二義。

⓯同蔪。〔書禹貢〕草木｜包。

【漸】將廉切音尖鹽韻

❶流入也。〔書禹貢〕東｜於海。

❷漬也。〔詩氓〕｜車帷裳。

❸浸潤之也。〔漢書董仲舒傳〕｜民以仁。

❹沒也。〔文選韋孟詩〕享國｜世。

❺深害也。〔莊子胠篋〕知詐｜毒。

❻浸也。〔史記武帝紀〕治大池｜臺。

❼星名。〔星經〕｜臺四星屬織女東足。

❽｜｜。麥芒之狀。〔史記微子世家〕麥秀｜｜兮。〔又〕含秀之貌。〔文選潘岳賦〕麥｜｜以擢芒。

【漸】鋤銜切音鑱咸韻

山石高峻。〔詩漸漸之石〕｜｜之石。維其高矣。

【漸】側銜切音攙咸韻

流皃。楚辭、涕｜｜兮。見〔集韻〕。

【漸】慈鹽切音灊鹽韻

灊或字。〔集韻〕潛。說文、涉水也。或作｜。

【漸】子鹽切音殲鹽韻

｜洳。｜溼貌。〔漢書東方朔傳〕塗者｜洳徑也。

【漸】之列切音折屑韻

本作浙。〔集韻〕浙。說文、江水東至會稽山陰爲浙江。或作｜。

【漺】楚兩切音磢所兩切音爽養韻

❶淨也。見〔玉篇〕。

❷冷也。見〔玉篇〕。

❸浮也。見〔集韻〕。

❹同磢。磢錯也。〔文選木華賦〕飛澇相磢。〔注〕郭璞方言注曰、｜、錯也。｜與磢同。

【漻】憐蕭切音聊蕭韻

●一清深也。見〔說文〕。
●二澴—高遠也。〔漢書禮樂志〕澴—上天知厥時。
●三水名。〔水經澴水〕—水出江夏平春縣南。過安陸入于溳。〔按江夏郡平春縣。當今河南信陽州。近改縣。安樂縣屬湖北。〕
●四—流。〔呂覽古樂〕降通—水以導河。
●五—澥。小水別名。〔文選張衡賦〕揣—澥。

【漻】力求切 音留 尤韻　力救切 音溜 宥韻

水清貌。〔韓詩溱洧〕—其清矣。

【漻】下巧切 音攪 巧韻

●一清也。見〔廣雅釋詁〕。
●二水中絕也。見〔集韻〕。
●三深也。見〔集韻〕。

【漻】郎狄切 音歷 錫韻

變化貌。〔莊子知北遊〕油然—然。

【漻】朗鳥切 音了 篠韻

漻省字。〔集韻〕漻洌。水清。或省。

【漼】取猥切 音璀 賄韻

●一深也。詩曰。有—者淵。見〔說文〕。
●二鮮也。〔詩新臺〕新臺有洒。〔釋文〕洒。韓詩作—。鮮貌。
●三涕垂貌。〔文選陸機文〕指季豹而—焉。
●四壞貌。〔文選潘岳賦〕名節—以隳落。
●五摧落也。〔後漢崔駰傳〕王綱—以陵遲。
●六折貌。〔文選傅毅賦〕—以摧折。
●七水名。〔水經鍾水〕鍾水又北過鍾亭。與—水合。〔注〕—水。即桂水也。出桂陽縣北界山。北逕南平縣而東北流。屆鍾亭右。會鍾水。通爲桂水也。〔按桂陽縣當今廣東連州治。近改爲縣。南平縣當今湖南藍山縣。〕

【漼】昨回切 音摧 灰韻

—漼。雪霜積聚皃。見〔集韻〕。

【漾】弋亮切 音樣 漾韻

水名。〔說文〕—水出隴西豲道。東至武都爲漢。〔通訓定聲〕水經注引說文隴西豲道。漢書地理志言氐道。書禹貢、嶓冢導—。東流爲漢。出今陝西漢中府寧羌縣北沔縣南嶓冢山。至南鄭縣。爲今之東漢水也。別有西漢水。出今甘肅秦州嶓冢山。其下流爲嘉陵江。非此。

【瀁】以兩切 音養 養韻

●一水波搖動也。〔文選謝惠連詩〕漣漪繁波—。
●二長也。〔文選王粲賦〕川既—而濟深。
●三——。深流也。〔幻影傳〕一葉——。遶舊路。復至青龍寺。
●四漾或字。〔集韻〕瀁。漾。漾水皃。或从羕。

【漿】資良切 音將 陽韻

●一本作漿。〔說文〕漿。酢漿。从水。將省聲。
●二飲也。見〔玉篇〕。
●三將也。飲之寒溫多少。與體相將順也。見〔釋名釋飲食〕。
●四—水。見〔廣韻〕。〔字彙〕云。米汁相將也。案水調麪粉。俗亦稱—。
●五口下曰承—。承水—也。見〔釋名釋形體〕。
●六—人。官名。見〔周禮天官〕。
●七黎—。水名。〔水經肥水〕北入芍陂。〔注〕又分二水。一水東注黎—水。
●八寒—。草名。〔爾雅釋草〕葴、寒—。〔疏〕郭云。今酸—草。江東呼曰苦葴。案本草酸—一名醋—。陶注云。處處人家多有。葉亦可食。子作房。房中有子如梅李大。皆黃赤色。
●九蚌名。〔爾雅釋魚〕蚌含—。〔疏〕一名蚌。一名含—。周禮謂之貍物。

【漹】於虔切 音焉 先韻　於閑切 音黫 刪韻

水名。〔說文〕—水出西河中陽北沙南入河。〔通訓定聲〕當在今山西汾州府寧鄉縣境入河。今不可攷。水經汾水注。—水俗亦曰盧水。蓋以鄔澤當之。殆非也。

【漹】於建切 音堰 願韻

水名。在襄陽。見〔集韻〕。〔按清一統志。湖北襄陽府。鄢水在宜城縣西南。源出南漳縣西康狼山。東流入宜城縣。南入漢。鄢一作—。亦名夷水。又名蠻水。今名蠻河。〕

【滯】咨盈切 音精 庚韻

水名。在南郡。見〔集韻〕。〔當今湖北江陵縣治。〕

【滺】夷周切 音由 尤韻

流貌。〔詩竹竿〕淇水——。

【漒】巨兩切 音強 養韻

浚乾漬米也。孟子曰。孔子去齊。—淅而行。見[說文]。[段注]自其方漏未淅言之、曰漬米。不及淅。抒而起之、曰—。孟子萬章篇文。今—作接。當是字之誤。

【澆】渠映切音競敬韻
瀅也。見[廣雅釋詁]。

【滱】丘候切音寇宥韻
水名。[說文]—水起北地靈丘。東入河。—水卽漚夷水。幷州川也。[段注]北地當作代郡。水經曰。—水出代郡靈丘縣高氏山。注於易。今直隸唐河卽古—水也。出大同府渾源州南。今翠屛山卽古高氏山。東南流入靈丘縣。又東南流入直隸易州廣昌縣界。由倒馬關流入逕完縣西北。唐縣西南界。又東南過定州入慶都縣南界。又逕祁州南。會沙滋二水。又東北逕博野蠡二縣南。又東北逕高陽縣東。又北逕安州東入白洋淀。一統志曰。據水經注。—水故道本由今淸苑縣東南與瀦博諸水合流注易。後徙而東。不入縣境。[按渾源州今改爲縣。與靈丘縣皆屬山西。易州以下十二州縣皆屬直隸。今易定二州改縣。廣昌改淶源。慶都改望都。祁州改安國。安州改安新。皆爲縣。]

【⿰氵虒】⿰女虒侯切音彌尤韻
水名。在常山。見[集韻]。[按宋常山。當今直隸正定縣地。]

【⿰氵虘】側加切音樝麻韻　七余切音疽魚韻
水名。[說文]—水出北地直路西。東入洛。[王注]癸書作沮。地理志北地郡直路縣沮水出東西入洛。水經注引作出西東入洛。水經沮水出北地直路縣。東過馮翊祋祤縣北。東入於洛。酈注濁水與沮水合。分爲二水。一水東南出。卽濁水也。至白渠與澤泉合。俗謂之漆水。又謂之爲漆沮水。入於渭水。其一水東出。卽沮水也。東逕粟邑縣故城北。又東北流注於洛水。[按集韻。莊加切。與說文音同。玉篇且於切。與廣韻音同。北地郡當今甘肅環縣境。馮翊郡當今陝西高陵縣境。直路縣當今陝西中部縣地。祋祤縣當耀州。今改爲縣。粟邑縣當今白水縣。餘互詳沮下—水。]

【⿰氵肃】息六切音肅　初六切音琡屋韻
涇也。見[玉篇]。

【滶】牛刀切音敖豪韻
水名。[說文]—水出南陽舞陽。入父城。[段注]南陽郡舞陽二志同。今河南汝州舞山縣有舞陽故城。是也。父城。大徐作城父。誤。潁川郡父城。二志同。今河南汝州郟縣西四十里有父城故城是也。城父縣、前志屬沛郡。後志屬汝南郡。今安徽潁州府亳州東南七十里有城父故城是也。左傳昭十九年。楚大城城父。太子建居之。哀十六年。太子建自城父奔宋。服注、及呂覽愼行篇高注、闞駰十三州志、史記楚世家正義、皆說此事作城父。杜注及酈氏汝水篇注、裴駰注、伍子胥傳、李吉甫元和郡縣志、說此事皆作父城。未審當何從。而此條—入父城。與水經注所引合。則斷非城父也。汝水篇注曰。汝水又經郟縣故城南。—水注之。水出舞陽縣之將孤山。至父城。與出舞陽北山之桓水會。亂流。東北至郟入汝。按汝水由嵩縣天息山。東經伊陽縣汝州寶豐縣郟縣襄城縣、而沙河來會。尙與古水道不殊。—水入汝。亦必同古水道也。[按汝州直隸州。今改爲臨汝縣。與舞山郟嵩伊陽寶豐襄城。皆屬河南潁州府。今裁。圍阜陽首縣。亳州今改縣。皆屬安徽。]

【滹】荒胡切音呼虞韻
—沱。水名。[水道提綱]—沱河源出山西繁峙縣東北泰戲山。曰靑龍泉。西流稍南。經縣城南。又西經代州城東南。又西南經崞縣城東。又南爲忻州北境之忻口。折而東南。流經定襄縣城西北。又東經五臺縣南。又東南經盂縣東北。又東入長城黑山關東南入直隸界。自發源至此。由東而西、而南、而東、而東南。迴環九百里。入直隸界東五十里。又東南三十里。出山。始行平地。經平山縣城北。又東南流。經靈壽縣南獲鹿縣北境眞定府城南。又東南經藁城縣城北。又東南經晉州南。又東南至東鹿縣東南冀州北。東北流經衡水縣城西北。又東北經武邑縣北武強縣南。又東北經交河縣西境。至獻縣南。而水分爲二派。一派東流經獻縣南。又北行百三十里。至滄州西境杜林鎮南。與南來之滹河合。又北至靑縣城東南。與運河會。北至靜海縣西。又北至天津。會白河桑乾諸水東入海。一派北流。經獻縣城西北。折東北流經河閒府東境狀河鎮北。又東北經靑縣西境大城縣東境。又北經子牙汎。俗曰子牙河。又北經靜海縣西境。與西北來之滹水河合。東流至西沽。北與白河桑乾會。又東南與運河會。二派復合也。〔自注〕自平山以下。自昔遷徙分合不常。今記其見在者。旣入直隸。由西而東南。折而東北。又東入海。行一千二百餘里。—沱卽爲貫衞水。〔按淸一統志云。—沱、禮記作惡池。周禮作虖池。史記作嘑沱。戰國策作呼沱。山海經作虖沱。秦詛楚文作亞駝。韓非子作呼沱。曾學佺名勝志、謂—沱古本作濡池。虖沱乃後人所改。傳聞互異。並存備考。又集韻、—或作滹、浮。山西代折二直隸州。今皆改縣。直隸眞定府、前改正定。今與天津河閒二府、及冀州直隸州晉滄二州。皆改爲縣。〕

【滹】火五切音虎麌韻
許或字。〔集韻〕許。說文、水厓也。或作—。〔按說文作汻。集韻引作許。誤。〕

【⿰氵悉】先結切音屑屑韻
滅—。水流也。見〔玉篇〕〔又〕水皃。見〔集韻〕。

【⿰氵梵】符諫切音梵諫韻
浮皃。見〔字彙〕。

【漀】棄挺切音磬迥韻牽盈切音輕庚韻苦丁切音聲靑韻
側出泉也。見〔說文〕。〔段注〕側出者、旁出如醉出然。〔按王筠云。泉當作酒。玉篇。—出酒也。然側字亦當有。—之爲言磬也。側出之所以磬之也。釋名、—猶傾也。側器傾水漿也。〕

【滼】眉波切音摩歌韻
水—也。見〔字彙〕。〔正字通云。俗字。〕

【漅】鋤交切音巢肴韻子了切音湫子小切音勦篠韻
湖名。〔後漢明帝紀〕—湖出黃金。〔按淸一統志作巢湖。安徽廬州府巢湖在合肥縣東南六十里。廬江縣北七十里。舒城縣東北一百三十里。巢縣西十里。週迴四百餘里。港汊大小三百六十。納諸水以注大江。爲淮西巨浸。一名—湖。亦曰焦湖。〕

【漅】損果切音鎖哿韻
溑或字。〔集韻〕溑。說文、水也。或作—。

【澆】奴候切音耨宥韻
水溺—。見〔玉篇〕。

【漍】古獲切音馘陌韻
水也。見〔集韻〕。

【漎】徂聰切音叢東韻
淙或字。〔集韻〕淙。說文、小水入大水曰淙。詩傳曰。水會也。或从—。

【漎】鉏江切音淙江韻色講切講韻
水聲。〔杜甫賦〕中——以迴復。

【漎】筍勇切音竦腫韻所蓊切音桶董韻
——。疾皃。〔文選揚雄賦〕颯——而扶轄分。

【潲】色角切音朔覺韻
潚—。水聲。見〔集韻〕。

【⿰氵術】食律切音術質韻
水名。〔玉篇〕水在琅邪。任給釣魚處。

【湷】株江切音樁江韻
深水立—。見〔廣韻〕。〔正字通云。按在水在土不同。其爲樁一也。入水者必作—。則入土者宜作樁。義雖通。六書無—。〕

【漖】居效切音敎效韻
水也。見〔玉篇〕。

【漗】倉紅切音怱東韻
汲也。見〔字彙〕。

【漘】船倫切音脣眞韻
水厓也。詩曰。寘河之—。見〔說文〕。〔按爾雅釋丘注云。厓上平坦而下水深者爲—。〕

【漙】徒官切音團寒韻堅兗切音腨銑韻

緜皃。見〔說文新附〕。〔按詩野有蔓草傳。｜｜然甚多也。〕

【漙】朱遄切音專先韻　湍或字。〔集韻〕湍水名。出酈縣。或作｜。〔詳湍字〕

【⿰氵族】昨木切音族屋韻　水皃。見〔字彙〕。

【⿰氵桼】徒登切音縢蒸韻　波浪也。見〔字彙〕。

【⿰氵戚】茲郎切音贓陽韻　水也。見〔字彙〕。

【⿰氵庶】商署切音恕御韻　水名。見〔集韻〕。

【⿰氵斜】徐嗟切音邪麻韻　水名。見〔玉篇〕。

【⿰氵堂】徒郎切音唐陽韻　溪也。見〔玉篇〕。

【漡】尸羊切音商陽韻　水流皃。見〔玉篇〕。〔按集韻本作湯湯。湯水流皃。或作｜。〕

【⿰氵貰】郎宕切音浪漾韻　〔按此字。玉篇字彙從水傍貰。訓水名。廣韻集韻雖从艸下㳄。然皆訓渠名。並無別義。乃舊字典收集韻陽韻同蕩一義於此。殊形屬雜。而艸部又列｜字。不以藥草為訓。專收｜蕩渠名。尤嫌錯亂。今於此刪水名之｜。刪同蕩之｜。移入艸部。庶形訓不背。義有指歸。〕｜蕩渠名。〔水經河水〕又東過滎陽縣北。｜蕩渠出焉。〔清一統志〕云。河南開封府汴河故道。自懷慶府原武縣流入。東南流經中牟縣北。又東南流經府城南。又東逕陳畱縣北。又東至杞縣北。入歸德府界。即古｜蕩渠也。按開封府今改縣。懷慶府今裁。並改河內首縣為沁陽縣。歸德今裁。畱首縣商邱。〕

【⿰氵通】他東切音通東韻　水聲。見〔集韻〕。

【漦】俟菑切音标申之切音眹充之切音蚩超之切音癡陵之切音齋魚其切音疑支韻　順流也。一曰水名。見〔說文〕。〔段注〕釋言曰。｜、盡也。盡同澌。酒之流。國語、史記。龍｜。韋昭曰。｜、龍所吐沫。按龍沫必徐徐漉下。故亦謂之｜。

【⿱𢽈水】郎才切音來灰韻　地名。在扶風美陽。通作斄、臺。見〔集韻〕。〔按史記樊噲傳從攻雍｜城。字作｜。漢書地理志作斄。屬右扶風郡。當今陝西武功縣西南。〕

【⿱𠩺水】湯來切音胎灰韻　邰或字。〔集韻〕邰。或作斄、臺｜。

【⿱厂漦】棧山切刪韻　魚龍身濡滑者。或說、蛟將齧人。先以｜被之。齧死者身｜厚尺許。以鐵刮之。乃散。夏后所藏龍｜是也。見〔集韻〕。

【漧】居寒切音干寒韻　古乾字。猶燥也。見〔玉篇〕。

【潁】庾頃切音穎梗韻　水名。〔說文〕｜水出｜川陽城乾山。東入淮。豫州浸。〔通訓定聲〕出今河南府登封縣北嵩山西南之少室山。至安徽｜州府太和縣。與沙河合。經｜上縣。與淮合。曰｜口。周禮職方氏。其浸｜湛。屬荊州。與溠互譌也。〔按河南｜州二府。今裁。畱首縣。〕

【⿰氵目】防無切音扶虞韻　水名。其中有神。見〔廣韻〕。

【⿰氵鄉】直格切音宅陌韻　土得水也。見〔字彙補〕。

【⿰氵敕】時六切音熟屋韻　清淳也。見〔五音篇海〕。

【⿰氵𣍭】皮冰切音凭蒸韻　無舟渡河也。見〔龍龕手鑑〕。

【澯】青散切音燦翰韻　清皃。見〔字彙補〕。

【[illegible]】五刮切音刖黠韻　屈也。見〔字彙補〕。

【[illegible]】詳遵切音巡眞韻　｜者去衣而汗晞也。見〔史記倉公傳〕。

【𣻔】涉本字。見〔說文〕。

【𣸣】淶本字。見〔正字通〕。

【𣹟】古漢字。見〔說文〕。

【𣻢】古洪字。見〔字彙補〕。

【潙】同潒。見〔正字通〕。

【㵞】同潔。見〔集韻〕。

【漽】同浘。見〔玉篇〕。

【𣹢】同流。見〔字彙〕。

【㵒】同尿。見〔字彙補〕。

【澔】同晧。見〔字彙補〕。

【𤀉】同謐。見〔字彙補〕。

【淳】同漘。見〔字彙補〕。

【漄】涯或字。見〔集韻〕。

【潡】渤或字。見〔集韻〕。

【滲】㳊或字。見〔集韻〕。

【㵗】溓或字。見〔集韻〕。

【澏】淺或字。見〔集韻〕。

【㵍】洔或字。見〔集韻〕。

【澮】浍或字。見〔集韻〕。

【㶀】涂或字。見〔集韻〕。

【㵵】濈省文。見〔集韻〕。

【澹】㴽俗字。見〔集韻〕。

【潍】雎𣽕字。〔康熙字典引字彙補云。音未詳。水名。水經注。泡水上承—水於下邑縣界。攷聚珍本作睢。案云。睢、近刻譌作—〕。

【澧】澧譌字。〔字彙補音畫。水名。康熙字典引水經注云。水出時水東。所謂—中也。攷聚珍本水經注無此文〕。

十二畫

【潏】古穴切音玦屑韻

●水涌出也。一曰水中坻。人所爲爲—。一曰水名。在京兆杜陵。見〔說文〕〔通訓定聲〕與泬略同。漢書司馬相如傳。酆鎬潦—。注。水涌出聲也。又、—漏瀑。水微轉細涌之皃。爾雅釋水釋文。人亦於水作洲而小不可止住者名—。水中地也。—水出今陝西西安府長安縣南山西。西北流入渭。亦名沈水。或作沇水。水經汾水注。—水即巢山之水也。又、山海經中山經。勞水西流注於—水。大荒東經有—水。

●潏—疾流之皃。〔文選張衡賦〕沒滑潏—。

【潘】食律切音術質韻

術也。〔釋名釋水〕人所爲之曰—。—、術也。偃水使鬱術也。魚梁水碓之謂也。

【潏】允律切音聿質韻

水流皃。見〔集韻〕。

【潐】子肖切音醮嘯韻

●盡也。見〔說文〕〔王注〕釋水。水醮曰曆注。謂水醮盡。釋文。醮字或作—同。〔按今江蘇高郵猶謂水盡爲—〕。

●—明察之貌。〔荀子不苟〕其誰能以己之——受人之掝掝哉。

【潐】子小切音勦篠韻

灂或字。〔集韻〕灂。說文。釃酒也。或作—。

【潐】慈焦切音樵蕭韻

水名。〔山海經中山經〕常烝之山。—水出焉。〔畢注〕亦焦水也。水經注云。河水東合—水。水導源常烝之山。其川二源雙導。同注一壑。而西北流注于河。括地志云。焦城在陝城內百步。因焦水爲名。周同姓所封。見史記正義。案經字亦作譙云。

【潑】普活切音鏺曷韻

●水漏也。見〔玉篇〕。

●弃水也。見〔集韻〕。

●灑也。〔猬斷〕酒酣之後。先以墨—絹。腳踏手抹。隨其形象爲山爲水。爲石爲樹。

四四散注也。〔孔武仲詩〕巨浪倒—東南天。

五雨一番一起爲一—。見〔俗呼小錄〕。

六俗呼狂悍惡少爲—皮。〔元典章〕有新附軍人結連惡少—皮爲害尤甚。〔按俗謂悍婦爲—婦義同〕。

七高髗方言謂足爲—。見〔雞林類事〕。

八活——。言無滯相也。〔朱子語錄〕惟說鳶飛魚躍則活——地。〔按釋家語云。無爲無相活鱍鱍。平常自在此心體。又云頂門之竅露堂堂。腳跟之機活鱍鱍。字皆从魚。義同〕。

【潑】諧若派
蘇州以醜惡曰｜穎。｜音如派。見〔餘冬序錄〕。〔按江西亦有此語。｜穎猶言悍也。〕

【潒】待朗切音蕩養韻
㊀水｜潒也。讀若蕩。見〔說文〕。〔王注〕淮南覽冥訓作瀇潒。吳都賦海賦作沆潒。吳志薛綜賦作滉瀁。皆與｜瀁同意。潒今作蕩。潒即瀁之篆文。
㊁洒也。見〔廣雅釋詁〕。
㊂｜流也。見〔廣雅釋訓〕。
㊃廣｜。寬大也。〔文選張衡賦〕彌望廣｜。

【潒】以兩切音養養韻
瀁或字。〔集韻〕滉瀁。水皃。或从象。

【潒】似兩切音象養韻
潒｜水急皃。見〔集韻〕。

【灄】昵狎切音囡洽韻
㊀影動。見〔玉篇〕。
㊁水動皃。見〔集韻〕。

【潕】罔甫切音武麌韻
㊀本作潕。〔說文〕潕水出南陽舞陰。東入汝〔王注〕水經曰。水出舞[illegible]陰縣西北扶予山。東過其縣南。又東過西平縣鄢縣定穎縣。東入于汝。酈注山海經云。朝歌之山。｜水出焉。東南流注于滎。扶予其山之異名乎。滎水於舞陰縣北左會｜水。水道稍西。不出其縣南。且邑號｜陰。出南則爲陽也。又注汝水云。又東南流逕郾城西。又東南流。｜水注之。前志潁州郡舞陽縣下。應劭曰。舞水出南。則水與縣皆作舞。水經則皆作｜。方輿紀要引舊志云。｜水出泌陽縣北。自平地湧出。如飛舞然。案謂字爲會意。似涉附會。而集韻亦曰｜或作潕。蓋古字之僅存者矣。〔按漢舞陰縣地。在今河南泌陽縣西北六十里。〕
㊁｜溪。水名。〔後漢馬援傳注〕酈道元注水經云。武陵有五溪。謂雄溪、樠溪、酉溪、｜溪、辰溪。土俗｜作武。在今辰州界。〔按淸一統志。武溪在瀘溪縣西。源出武山。合小河。徑縣城南。合沅水。一名武水。一名盧水。〕

【潔】吉屑切音結屑韻
㊀瀞也。見〔說文新附〕。〔鈕氏新附考〕[illegible]云。俗絜字。廣韻十六屑｜注云。｜、淸也。經典通用絜。按隸釋載漢碑通作絜。唯祀睦後碑躬｜冰雪作｜。則漢時已有此字。〕
㊁白也。見〔廣雅釋器〕。
㊂確也。確然不羣貌也。見〔釋名釋言語〕。
㊃飭也。〔詩谷風傳〕屑｜也。
㊄不汚曰｜。〔楚辭招魂〕朕幼淸以廉｜兮。
㊅厚志隱行謂之｜。見〔賈子道術〕。

【潗】即入切音噍緝韻
㊀泉出。見〔廣韻〕。
㊁水潗也。見〔集韻〕。
㊂湁｜。水微轉細涌之貌。〔史記司馬相如傳〕湁｜鼎沸。

【潗】七入切音緝緝韻
㊀｜潗沸聲。〔文選木華賦〕澒濘｜潗。
㊁湁｜。水沸皃。見〔集韻〕。

【潘】鋪官切音拌寒韻
㊀淅米汁也。一曰｜水。在河南滎陽。見〔說文〕。〔王注〕士喪禮。祝淅米于堂。南面用盆。管人盡階不升堂。受｜。煑於壂用重鬲。左哀十四年[illegible]可以浴頭。〔按朱駿聲曰。滎陽在今河南開封府滎澤縣。此水無考。據此則禹貢滎播既豬。周禮其浸波溠。皆是二水。以播波字爲之也。爾雅洛爲波。即此｜字。〕
㊁山名。〔方輿紀要〕廣東高州府東一里。亦名東山。晉永嘉中。道士｜茂名得仙於此。因名。
㊂州名。唐置。屬嶺南道。五代因之。當今廣東茂名縣治。
㊃松｜。地名。明置衞。屬四川省。當今四川松｜廳治。
㊄姓也。〔廣韻〕周文王畢公之子季孫。食采於｜。因氏焉。出廣宗河南二望。〔按桂馥曰。地因水名。水在河南。故望出河南。〕

【潘】蒲官切音盤元韻
洄流也。〔列子黃帝〕鯢旋之｜爲淵。〔注〕音盤。本作蟠。蟠、洄流也。此言大魚盤桓。其水蟠洄而成深泉。南華眞經作審。梁簡文云。蟠、聚也。

【潘】孚袁切音翻元韻
㊀米瀾也。見〔集韻〕。
㊁溢也。〔管子五輔〕決｜渚。〔注〕渚

—浴者。疏決之令通。—音翻。

㊀亦作瀿。〔一切經音義引考聲〕—作瀿。同。敷緣反。消也。

【潘】蒲禾切音波歌韻

—旍。縣名。在臨淮。見〔集韻〕。〔按—旍當作—旌。亦作播旌。漢書地理志、臨淮郡有播旌縣。後漢郡國志、—旌屬徐州下邳國。集韻當本於此。—旌縣今地無攷。臨淮郡當今安徽盱眙縣治。〕

【潘】普半切音判翰韻

縣名。漢置。屬上谷郡。晉屬幽州廣寧郡。元改稱保安州。淸因之。屬宣化府。當今直隸涿鹿縣西南七十里。

【潚】子六切音蹙屋韻

深淸也。見〔說文〕〔段注〕謂深而淸也。

【潚】息六切音肅屋韻

㊀淸也。見〔廣雅釋詁〕。

㊁疾貌。〔文選張衡賦〕迅—其勝我兮。

㊂—率。吸嘬之貌。〔文選揚雄賦〕吸嘬—率。〔按漢書注云聚歛也〕

㊃—箾。罕形也。〔文選張衡賦〕飛罕—箾。〔注〕罕、網也。—音肅。

㊄姓也。〔奇姓通〕漢鴈門太守—河。〔按姓氏譜校勘記云。漢有護羌校尉—河。與奇姓通稍異。復注誤作—何。〕

【瀟】先彫切音蕭蕭韻

瀟或字。〔集韻〕瀟瀟。風雨暴疾兒。一曰水名。或作—。〔按山海經中山經。澧沅之風。交—湘之淵。注。—音消。巢注。—湘、一水名。猶云淸湘。說文。—、水淸深也。水經云。湘水北過羅縣西。注云。瀟者、水淸深也。據此。瀟—二字通用。而集韻訓水名則誤。朱駿聲曰。自酈道元注山海經、誤認瀟湘爲二水。貽謬至今。然則集韻之沿誤。有由然矣。〕

【潚】同溲。淅米也。見〔康熙字典〕。

【潝】迄及切音吸緝韻

㊀水流疾聲也。見〔說文〕〔王注〕集韻。—或作滊。上林賦。汩滊漂疾。

㊁——。不善之貌。見〔詩小旻〕——訿訿。釋文引韓詩。〕〔按爾雅釋訓。翕翕訿訿。莫供職也。字作翕。荀子修身篇作噏。漢書劉向傳作歙。皆同。〕

【潝】乙洽切音腌洽韻

浥或字。〔集韻〕浥。水宂陷也。或从翕。

【潞】魯故切音路遇韻

㊀水名。〔說文〕冀州浸也。上黨有—縣。〔通訓定聲〕今山西—安府—城縣。即古—子國。蓋以水得名。其源流今不可考。周禮職方氏。其浸汾—。注以出歸德之洛水當之。非也。水經濁漳水注。—水、即漳水也。亦非。又濕水注。笱瀆—水之別名也。

㊁江名。〔廣輿記〕在雲南永昌軍民府城北。舊名怒江。蒙氏封爲四瀆之一。〔按今仍稱怒江。源出前藏。流入南海。〕

㊂齊邑名。〔左哀十七年傳〕齊人伐衞。執般師以歸。舍諸—。

㊃州名。唐置。屬上黨郡。五代因之。宋改稱隆德府。金復故名。屬河東南路。元屬平陽路。明升爲府。隸山西。改名—安。淸因之。今廢府。改名長治縣。

㊄羸也。〔呂覽不屈〕士民疲—。

【潟】思積切音昔陌韻七約切音碏藥韻

㊀鹵也。〔周禮草人〕凡糞種鹹—用貆。〔釋文〕—音昔。一音鵲。

㊁亦作舄。〔六書故〕潟、鹵水滲漉也。周禮鹹—用貆。漢書亦單作舄。

【潟】亭歷切音狄錫韻

鹹地。見〔集韻〕。

【潟】昌石切音尺陌韻

潟或字。〔集韻〕潟滷地。或从舄。通作㡿斥。

【潠】蘇困切音巽願韻須絹切音選霰韻

㊀含噴水也。見〔說文新附〕。〔鈕氏新附考〕後漢書郭憲傳。建武七年。從駕南郊。憲在位。忽面向東北。含酒三—。注引埤蒼曰。—、噴也。〔按集韻去聲二十七恨。—、噴水也。或作㗲。又三十三綫。選、噴也。或省作—。〕

㊁水溢曰—。見〔一切經音義引通俗文〕。

㊂或作噀。見〔韻會〕。〔按後漢欒巴傳注。巴爲尙書。正朝大會。巴獨後到。又飮酒。西南噀之。噀與—音義

並同〕

㈣或作潠。〔六書故〕潠、餅悶切。又須絹所晏二切。刷洗也。一別作潠、潠、灂。

【潢】胡光切音黃陽韻

㈠積水池也。見〔說文〕〔通訓定聲〕。左隱三年傳。一汙行潦之水。服注。蓄小水謂之一。周語。猶塞川原而爲一污也。注。大曰一。小曰污。

㈡水名。〔淸一統志〕遼河。其西一源。卽錫穆楞河。源出古北口五百餘里。克什克騰界內之伯爾克和爾果。東流經口外諸蒙古駐牧地。北受哈喇穆楞河。南合羅哈河。又東南至開原西北邊外。會克爾素河。入邊。爲遼河。錫喇穆楞。卽古一水也。〔按水道提綱。遼河有大小二源。自東北者古曰小遼水。自西北者古曰大遼水。亦曰一水。又曰古稱饒樂水、濫眞水、托紇臣水、吐護眞水。皆卽此河。今蒙古稱曰西喇木倫。猶漢言黃河也。源出古北口外克西克騰部界內山左麓。據此、西喇木倫。卽淸一統志之錫喇穆楞也。〕

河名。〔廣輿記〕一河出南陽分水嶺。

㈣一瀁。浩瀁也。見〔廣雅釋訓〕。〔博雅音〕一、乎光反。又音晃。〔疏證〕一瀁。讀爲一洋。楚辭九辯。然一洋而不可帶。王逸注云。一洋。猶浩蕩也。蕩、與瀁通。

㈤天一。星名。〔史記天官書〕王良旁有八星絕漢曰天一。〔注〕元命包曰。一主河渠所以度神通四方。宋均云。天一。天津也。津湊也。主計度也。〔又〕皇族之稱。〔張昱輦下曲〕州橋拜伏兩珉龍。向下天一一派通。

㈥臨一。府名。遼置。屬上京道。〔又〕縣名。屬臨一府。當今巴林東北一百四十里。

【潢】姑黃切音光陽韻

洸或字。〔集韻〕洸。水涌光也。或作一。〔按詩江漢篇。武夫洸洸。鹽鐵論繇役篇作武夫一一。〕

【潢】戶廣切音晄養韻

㈠滉或字。〔集韻〕滉。水深廣皃。或作一。、一一。一曰染紙也。〔按荀子富國篇。然象覆之注。一與滉同。一然水大至之貌也〕

㈠一瀁。水無涯際貌也。〔文選司馬相如賦〕灝溔一瀁。

㈡一一。大貌。〔楚辭逢紛〕揚流波之一一兮。

【潢】胡曠切音曠漾韻

染書也。見〔廣韻引釋名〕。〔按通雅器用篇。一治者裝一也。岐王範傳。圖書湮放。募訪稍出。長安初。張易之奏。治乃使幕背縷其眞藏於家。歐陽修言祕閣初爲太宗藏書之府。并以黃綾裝一。謂之太淸本。一猶池也。外加緣則內爲池。裝成卷冊謂之裝一。、卽表背也。能改齋漫錄。俗以羅列於前謂之裝一子。自唐已有此語。唐六典。崇文館有裝一匠五人。祕書省有裝一匠十人。王氏談錄。言公好永禪師書。手自褾褙。卽裝一也。今曰褾褙。元美引賈思勰裝一法。浸蘗汁入一。其紙滅白便是呼褾褙爲裝一。蓋爲馬大年所誤。然相沿久矣。〕

【潦】魯皓切音老皓韻

㈠雨水大皃。見〔說文〕〔通訓定聲〕。禮記曲禮。水一降。釋文。雨水謂之一。詩泂酌。行一。流一也。

㈡一車。蓋車也。〔考工記輪人注〕蓋者主爲雨設也。乘車無蓋。禮所謂一車。謂蓋車。歟〔疏〕既夕禮云。蓋車載簑笠。注云。今文蓋爲一。此注云所謂一車者。指儀禮今文而言也。

【潦】郎到切音勞號韻

積水。見〔集韻〕。

【潦】郎刀切音勞豪韻

㈠水名。〔文選司馬相如賦〕酆鎬一潏。〔注〕一。卽澇水也。說文曰。澇水出鄠縣。北入渭。〔按方輿紀要。澇水源出鄠縣澇谷。亦曰一水。集韻。澇、或作一。〕

㈡一倒。蘊藉貌。〔北史崔瞻傳〕自太保以後。重吏事。謂容止醞藉者爲一倒。〔又〕頹落貌。〔杜甫詩〕一倒新停濁酒杯。

【潦】憐蕭切音聊蕭韻

㈠水名。〔山海經海內東經〕一水出衛皐東。東南注勃海。入一陽。〔注〕出塞外衛皐山。元菟高句驪縣有一山。小一水所出。西河注大一。一陽縣。屬一東。〔畢注〕淮南子墬形

訓。滏出砥石高誘注云。山名在塞外。滏水所出東入海。〔按漢書地理志字作滏。滏陽縣屬滏東郡。今隸奉天省仍舊名。〕

㊁|草忙亂也。〔袁中道詩〕|草支塵事閒僧不用滋。〔按通雅釋詁。樺桦、一作嗶嚉。今人作|草。據此當作上舉嚉存參。〕

【澗】居晏切音澗諫韻

㊀山夾水也。一曰|水。出宏農新安東南入洛。見〔說文〕〔按清一統志云。|水在澠池縣北。孔安國書傳。|出澠池山。漢書地理志。新安縣禹貢|水在東南入雒。今|水、即孔安國所謂出澠池山者。漢新安縣本在澠池之東。地理亦合。〕

㊁閒也。言在兩山之閒也。見〔釋名釋水〕

㊂通僴。〔文選郭璞賦〕幽僴積阻。〔注〕僴與|同。

㊃通礀。〔正字通礀下注〕礀與|通。

㊄通干。〔詩考槃〕考槃在|。〔釋文〕|、韓詩作干。〔按段玉裁云。小雅秩秩斯干。毛云。干、|也。此謂詩假借干爲|也。〕

【澗】居閑切音閒删韻

山夾水曰|。見〔集韻〕

【潨】徂聰切音叢東韻徂宗切音賨將容切音縱冬韻

㊀小水入大水曰|。詩曰。鳧鷖在|。見〔說文〕〔按詩鳧鷖傳。|、水會也。玉篇曰。此申毛傳之意。謂眾水相入交會之處也。〕

㊁水外之高者。見〔詩鳧鷖箋〕〔按疏云。|者、地高之貌。〕

㊂同灇。〔文選謝靈運詩〕仰聆大壑灇。〔注〕灇、潨與|同。

【潀】之戎切音終東韻

厓也。見〔廣雅釋丘〕

【漴】仕巷切音淙絳韻

淙或字〔集韻〕淙水聲或作|。

【漭】母朗切音莽養韻

㊀平也。廣也。野也。見〔玉篇〕

㊁|水廣遠貌。〔文選宋玉賦〕涉|。|馳苹苹。

㊂|瀁、廣大之貌。〔家語致思〕賜願使齊楚合戰於|瀁之野。

㊃|泱、廣大也。〔文選木華賦〕泱|瀇汻。〔又〕不明之貌。〔文選謝朓詩〕晨光復泱|。

【漭】莫浪切音茫漾韻

|浪、水大貌。見〔集韻〕

【㵐】丘月切音闕月韻

㊀水名。〔水經淯水注〕淯水又東南。|水入焉。|出桐栢山之陽。東南逕|西縣西。又東南注于淯。〔按|西縣晉置。屬義陽郡。當今湖北隨縣西北。清一統志。|水一名魯城河。〕

㊁國名。見〔玉篇〕

【潬】蕩旱切音但旱韻

㊀水中積沙上出者爲|。〔爾雅釋水〕|、沙出。〔注〕今江東呼水中沙堆爲|。

㊁商賈泛海取捷、謂之登|。見〔爾雅義疏〕

㊂中|。地名。韻〔集〕今河陽縣有南中|城。

【潬】上演切音善銑韻

㊀宛|、展轉也。〔文選司馬相如賦〕宛|膠盭。

㊁涴|、水相薄也。見〔集韻〕

【潬】他干切音灘寒韻

水中沙出。通作灘。見〔集韻〕〔按金石文秦蜀守李冰官堰石。深淘|。淺包隱。注。|、古灘字。〕

【潭】徒南切音覃覃韻

㊀水名。〔說文〕|水出武陵鐔成玉山。東入鬱水。〔通訓定聲〕今名福祿江。出苗地。流至貴州黎平府爲古州江。經永從縣南合彩江爲福祿江。入廣西界至柳城縣爲柳江。又經象州至潯州府曰潯江。此廣西之右江也。合廣西左江至嶺外入盤江。盤江、即古鬱水也。唐置潭州。今潯江潯陽字皆以潭爲之。〔按漢鐔成縣。當在今湖南黔陽縣地。〕

㊁淵也。〔楚辭抽思〕泝江|兮。〔注〕楚人名淵曰|。

㊂深也。〔管子侈靡〕|根之毋伐。

㊃水邊也。〔漢書揚雄傳〕因江|而淮記兮。

㊄州名。唐置。屬江南道。宋屬荆湖南路。當今湖南長沙縣治。

㊅深|、回流也。〔淮南原道〕以曲隈深|、相予。〔注〕深|、回流饒魚之

貌。

(七)—漪。隨波之貌。〔文選郭璞賦〕與波—漪。〔按朱駿聲曰。—漪、猶淡淹也。〕

(八)—柘山名。〔明一統志〕山在順天府西八十里。山磅礴連擁三峰。

(九)—溪。水名。〔水經淮水注〕淮水又東北流。與—溪水合。水發—谷。東北流。右會柴水。

(十)通沈。〔韻會〕沈沈。深邃貌。〔史記陳勝傳〕夥頤涉之爲王沈沈者。注。宮室深邃之貌。集韻通作黕。亦通作—。韓文詩—府中居。〔按後世稱人府第曰—府、—第。義本此。〕

(十一)通譚。〔淮南墬形〕介—生先龍。〔注〕—讀譚國之譚。

【潭】夷針切音淫侵韻

水名。在武陵。見〔集韻〕。

【潭】徐心切音尋侵韻

潯或字。〔集韻〕潯說文、旁深也。或作—。

【潭】以荏切音棯寢韻

潭或字。〔集韻〕潭濼。水動也。或作—。

【潭】丞甚切音[illegible]寢韻

水動也。見〔集韻〕。

【潭】徒紺切醰去聲勘韻

攀水聲。見〔集韻〕。

【潛】慈鹽切音潛鹽韻

(一)涉水也。一曰藏也。一曰漢爲—。見〔說文〕。〔王注〕漢爲—者。水自漢出爲—也。故水經注引洛別爲波。汝別爲闐。乃自加別字以箸之也。

(二)深也。測也。見〔爾雅釋言〕。

(三)沈也。游也。亡也。見〔方言〕。

(四)沒也。見〔廣雅釋詁〕。

(五)隱也。〔易乾〕—龍勿用。

(六)伏也。〔書洪範〕沈—剛克。

(七)嘿也。〔國語吳語〕越王仍令其中軍銜枚—涉。

(八)私也。〔國策秦策〕於是—行而出。〔注〕—行。私行也。

(九)槮也。〔詩潛〕—有多魚。〔傳〕—。糝也。

(十)地名。〔春秋隱二年〕公會戎于—。

(十一)山名。〔太平寰宇記〕山在安徽懷寧縣西北二十里。高三千六百丈。周二百五十里。山有三峯。一曰天柱山。一曰—山。一曰皖山。〔又〕—山縣名。元置屬河南省安慶路。明屬南京省安慶府。淸屬安徽省安慶府。今屬安慶道。

(十二)縣名。漢置。屬廬江郡。當今安徽潛山縣東北。

(十三)—江。縣名。宋置。屬湖北路江陵府。元屬安陸府。明淸因之。今屬襄陽道。

(十四)於—。縣名。漢置。屬丹陽郡。明屬浙江省杭州府。淸代因之。今屬錢塘道。

(十五)—邱。地名。〔爾雅釋丘〕晉有—邱。〔按在今山西陽曲縣。〕

(十六)—服。若褻甲者。〔周禮閽人〕—服賊器不入宮。

(十七)—師。密發也。〔左哀六年傳〕—師閉塗。

(十八)或作灊。〔書禹貢〕浮于江沱—漢。〔漢書地理志作灊〕。

(十九)或作涔。〔書禹貢〕沱—既道。〔史記夏本紀作沱—已道〕。

(二十)或作漸。〔列子黃帝〕至人—行不空。〔釋文〕—、或作漸。

(廿一)姓也。宋安撫使—說友。

【潛】慈豔切音曆豔韻

藏也。一曰伏流。見〔集韻〕。

【潰】古對切音繢隊韻

(一)漏也。見〔說文〕。〔通訓定聲〕鍇本亦決也。蒼頡篇。—、旁決也。水經河水注。水注不遵其道曰洚。亦曰—。

(二)散也。見〔集韻〕。

(三)壞散也。〔管子議兵〕當之者—。

(四)亂也。〔詩召旻〕無不—止。

(五)亂流也。〔文選木華賦〕沸—渝溢。

(六)水相交過也。〔文選宋玉賦〕—淡而並入。

(七)爛也。〔素問五常政大論〕分—癰腫。〔按—爛之—當作殨。說文。殨、爛也。〕

(八)爛泥也。〔素問氣交變大論〕其災霖—。

(九)土崩—也。〔素問五運行大論〕其眚淫—。

(十)遂也。〔詩小旻〕是用不—于成。

(十一)怒也。〔詩谷風〕有洸有—。

(十二)凡民逃其上曰—。見〔左文三年傳〕。〔注〕—衆散流移。若積水之—自壞之象也。

(十三)下叛上也。國曰—。邑曰叛。見〔公羊僖四年傳〕。

(十四)—濩。水勢相激貌。〔文選郭璞賦〕—濩泧漷。

(十)—沍。謂直望無涯也。〔文選左思賦〕—沍泮汗。

【潰】戶代切音咳隊韻

瀣或字。〔集韻〕沆瀣露氣。一曰水皃或作—。

【潰】胡骨切音搰月韻

泱也。見〔集韻〕。

【潤】儒順切音閏震韻

●(一)水曰—下。見〔說文〕。

●(二)益也。溼也。漬也。飾也。見〔廣雅釋詁〕。

●(三)滜也。〔易繫辭〕—之以風雨。

(四)雨滜也。〔後漢鍾離意傳〕比日密雲。遂無大—。

(五)賦也。〔文選左思賦〕林木爲之—黷。

(六)水名。〔水經淮水注〕淮水又東北左會—水。水還汝陰縣東。逕荊亭北而東入淮。〔按漢汝陰縣。當今安徽阜陽縣境〕。〔又〕河水之支流。〔水經河水注〕—水出令居縣西。〔按漢令居縣。當今甘肅平番縣西北〕。

(七)州名。唐置。屬丹陽郡。當今江蘇丹徒縣治。

(八)—色。謂光飾之。〔漢書終軍傳〕必待明聖—色。

(九)黃—。布名。〔文選左思賦〕黃—比筒。籝金所過。〔注〕筒中細布也。

【潮】馳遙切音晁蕭韻

●本作淖。〔說文〕淖水朝宗於海也。〔按禹貢、江漢朝宗於海。鄭注江漢合爲一。共赴海。猶諸侯之同心尊天子而朝事之。詩、沔彼流水。朝宗於海。箋云。水流而入海。小就大也。通訓定聲曰。—本於月。凡日行地底。所過處其水甚熱。月升而冷。氣相激而爲—。又、月在天。其對射之處。氣冷與月同。故再激再漲而爲汐。今天文學說。海水之爲—由於日月之吸力而起。地球每晝夜向日月而自轉一周。故—之起落二次〕。

●(二)河名。〔淸一統志〕—河源出口外。自古北口流入密雲縣界。西南流至縣東南合白河。

(三)州名。唐置。屬嶺南道。當今廣東海陽縣治。

(四)暈也。〔陸游詩〕酒—玉頰見微顴。

(五)伺—。雞名。〔梁元帝詩〕鼓逐伺—雞。〔按述異記。伺—雞。—水上則鳴〕。

【潯】徐心切音尋侵韻

●(一)旁深也。見〔說文〕。〔段注〕今人用此字。取義於旁而已。

●(二)厓也。見〔廣雅釋丘〕。

●(三)水涯也。〔文選枚乘七發〕弭節乎江—。

(四)水名。〔水經泳水注〕—水出于巨公之山。又西南流入泳。

(五)江名。〔淸一統志〕黔江自柳州府象州流入。經宣武縣西。名曰—江。又東南經府城東北。至城東。與鬱江合爲—江。卽古—水也。

(六)州名。唐置。屬—江郡。當今廣西桂平縣治。

(七)—陽。縣名。唐置。屬江南道江州。當今江西九江縣治。

(八)——。遂往之意也。〔史記司馬相如傳〕媄——而高縱兮。

【潯】夷針切音淫侵韻

濅—。漸也。見〔集韻〕。〔按濅—與浸淫、浸潭、𣸈尋字並同〕。

【潯】徒南切音覃覃韻

厓也。〔淮南原道〕故雖游於江—海裔。〔注〕讀葛覃之覃。

【潲】所教切音稍效韻

●(一)臭汁也。潘也。見〔玉篇〕。

●(二)水激也。見〔集韻〕。

【潲】山巧切音稍巧韻

瀟也。見〔廣雅釋器〕。

【潺】鋤山切音孱刪韻 鋤閑切音棧刪韻

●(一)水聲。見〔說文新附〕。

●(二)流貌。見〔一切經音義引字林〕。

●(三)水名。〔水經涪水注〕涪縣有—水。出—山。歷—亭而下注涪水。〔按涪縣。當今四川綿陽縣治〕。

(四)—湲。水流聲。〔文選謝靈運詩〕乘月弄—湲。〔又〕涕流貌。〔楚辭湘君〕橫流涕兮—湲。

【潺】鋤連切音潺先韻

水流皃。一曰水聲。見〔集韻〕。

【潼】徒東切音同東韻

●—水也。出廣漢梓—北界。南入墊江。見〔說文〕。〔通訓定聲〕漢書地理志謂之馳水。出今四川保寧府劍縣五子山之西大山。南流入涪江。今謂之—江、射江、黚江。〔安梓一舊隸綿州今屬西川道劍縣清州。今改劍閣縣。屬嘉陵道。〔又〕水名〔水經滇水注〕一水出江夏郡之曲陵縣西北。一山東南流。逕其縣南東入安陸注於溳水。〔按曲陵縣今湖北應城縣東南〕㊁關名。〔清一統志〕一關東薄東山。南接河南閿鄉。北渡河接山西蒲州府。歷代皆爲要地。〔又〕一關縣名。唐名一津縣。屬同州馮翊郡。宋稱鎮一軍。明稱潼關衞。屬西安府。清改爲廳。今稱縣。㊂海名。〔拾遺記〕北極之外。有一海之水。㊃一高貌。〔文選宋玉賦〕沫一一而高厲。㊄臨一郡名。北魏置。屬睢州。當今安徽靈璧縣治。〔又〕縣名。元置。屬陝西省奉元路。明屬西安府。清因之。今屬關中道。

【潼】他東切音通東韻　水名。見〔集韻〕。

【灃】昌容切音衝冬韻　㊀水名。一曰。水壞道也。見〔集韻〕。㊁一容。車裳也。見〔周禮巾車注〕

【潼】諸容切音鍾冬韻　瀧一。溼皃。見〔集韻〕。

【潾】離珍切音鄰眞韻　㊀水清皃。見〔玉篇〕。㊁金一。地名。在交趾。〔張籍詩〕行人幾日到金一。㊂通粼。〔詩揚之水〕白石粼粼。〔傳〕粼粼清澈也。

【潾】離閑切音斕刪韻　圞一。水皃。見〔集韻〕。

【潾】良刃切音吝震韻　出山石閒水曰一。見〔初學記〕。

【澀】色入切音澁緝韻　㊀澀或字。〔集韻〕澀。說文、不滑也。或作一。㊁同澁。〔一切經音義〕澁、古文一。㊂味惡也。〔杜甫詩〕酸一如棠梨。㊃竹名。〔桂海草木志〕一竹膚鱗一如砂紙。㊄一浪。壘石作水文也。〔溫庭筠詩〕一浪浮瓊砌。

【澂】持陵切音懲蒸韻　㊀清也。見〔說文〕。〔按集韻。或作澂。亦作澄〕㊁一江。府名。明置。屬雲南省。古滇國地也。清因之。今改爲縣。㊂同徵。〔易損釋文〕徵、劉作一。蜀才作澄。

【澄】持陵切音徵蒸韻除庚切音棖庚韻　㊀止水也。〔淮南說山〕人莫鑑於沫雨而鑑於一水者。㊁湛也。〔文選左思賦〕泓一瀞瀠。㊂水靜而清也。〔謝靈運詩〕秋水共一鮮。㊃酒名。謂沈齊也。〔禮記禮運〕一酒在下。

【澄】除庚切音棖庚韻　水清定也。見〔集韻〕。

【澄】直拯切迥韻　水清不流。見〔集韻〕。

【澄】澄應切音瞪徑韻　清皃。見〔集韻〕。

【澆】堅堯切音驍蕭韻　㊀茯也。見〔說文〕。〔按茯。今作沃。說文茯下云。溉灌也。段玉裁云。自上一下曰沃〕㊁漬也。見〔廣雅釋詁〕㊂薄也。〔淮南齊俗〕一天下之淳。㊃或作澆。〔莊子繕性〕澆淳散樸。〔釋文〕澆、本作一。㊄姓也。明總兵、一戩。

【澆】力交切音聊肴韻　水洞洑皃。見〔集韻〕。

【澆】倪弔切音顡嘯韻魚到切音傲號韻　人名。寒浞子。見〔集韻〕。

【澇】郎刀切音勞豪韻魯晧切音老晧韻　㊀水名。〔說文〕一水出扶風鄠北入渭。〔通訓定聲〕出今陝西西安府鄠縣南山一谷。至長安縣入渭。上林賦、酆鎬潦潏。以潦爲之。㊁大波也。〔文選木華賦〕飛一相磢。㊂洒也。見〔廣雅釋詁〕。㊃灘名。〔水經沔水注〕漢水又東。謂之一灘。

【澇】郎到切勞去聲號韻　㊀水名。在扶風。見〔集韻〕。㊁淹也。見〔字彙〕。

【澈】直列切音轍屑韻

水澄也。[關尹子九藥]論道者或曰澄—。

水盡也。[易坤鑿度]地道距水—。[注]地道以水盡爲—。

洞—了解也。[皮日休詩]爽覺心源—。

同徹。[詩揚之水傳]粼粼清—也。[釋文]—、本作徹。

【澉】古覽切音敢感韻

—[illegible]。無味。見[廣韻]。

—[illegible]。味淡。見[集韻]。

滌—猶洗滌也。[文選枚乘七發]澹—手足。

㊃浦名。[浙一統志]—浦。在浙江海鹽縣南三十六里。縣西南境之水。由此入海。

【澉】吐濫切音賧勘韻

味薄也。見[集韻]。

【滐】胡猛切音擴呼猛切梗韻

水名。[水經江水注]蒲圻縣蒲圻洲上有白面洲。—南又有—口。〔按晉蒲圻當今湖北嘉魚縣西南。〕

【澋】供永切音憬梗韻

[illegible]或字。[集韻]澒。水洞皃。或作—。

【澍】殊遇切音樹遇韻

時雨也。所以樹生萬物也。見[說文]。[段注]依魏都賦注後漢明帝紀注補五字。樹舊譌—。今正。

【澍】朱戍切音注遇韻

●霔或字。[集韻]霔。時雨霔生萬物。或作—。

●通注。[文選王褒賦]聲磕磕而—淵。[注]注灌也。—與注古通。

【澎】披庚切音砰庚韻

●—湃。波相戾也。[史記司馬相如傳]洶湧—湃。

●—濞。水皃。或作[illegible]滂。見[集韻]。

●—湖。海島名。[清一統志]在福建臺灣縣西大海中。西與泉州金門所相望。[今爲臺灣省之一縣]。

㊃或作彭。[轂阮君神祠碑]彭湃湧溢。

【澎】蒲庚切音彭庚韻

●地名。又擊水勢。見[廣韻]。

●水皃。見[集韻]。

韻戶講切音項講韻胡貢切音哄送韻

丹砂所化爲水銀也。見[說文]。[通訓定聲]字亦作汞。廣雅釋器、水銀謂之汞。淮南墬形、黃埃五百歲生黃—。白礜九百歲生白—。赤丹七百歲生赤—。按後世則燒煅粗次朱砂爲之。

【澒】戶孔切音烘董韻

㊀—濛。氣也。[楚辭遠逝]貫—濛以東揭兮。

㊁同鴻。[集韻]濛鴻。大水。通作—。

【澒】戶講切音項講韻

—濛。未成形氣也。[淮南精神]—濛鴻洞。[注]—讀項羽之項。

【澓】房六切音伏屋韻

㊀水洄流也。[文選郭璞賦]迅—增澆。

㊀伏流也。見[集韻]。

㊁姓也。見[集韻]。

【澓】方六切音福屋韻

姓也。[字彙]漢有東海—中翁。

【澔】下老切音皓皓韻

司馬相如賦]采色—汗。

㊁浩或字。[集韻]浩。說文澆也。或从皓。

【[illegible]】皮冰切音凭披冰切音淜蒸韻

●水聲。見[玉篇]。

●—[illegible]。水皃。見[集韻]。

【[illegible]】蒲萌切音彭庚韻

—[illegible]。水勢相激皃。見[集韻]。

【澌】相咨切音斯山宜切音釃支韻

●水索也。見[說文]。[王注]方言。—、索也。注云、盡也。蒼頡解詁、索、盡也。北征記有索水。水易索盡。因名—水。亦省作斯。檀弓、我喪也斯沾。注。斯、盡也。

●盡也。見[方言]。

【澌】先齊切音西齊韻

𤺊或字。[集韻]𤺊。說文、散聲。或作—。

【澌】斯義切音賜寘韻

●水索也。見[集韻]。

●猶消盡也。見[荀子大略注]。

●同潸〔禮記曲禮注〕死之言—也〔釋文〕—本作澌。

【潎】匹曳切音渒紙韻
於水中擊絮也。見〔說文〕〔桂注〕莊子曰。洴澼絖。玉篇無澼字。洴下云。水澼也。澼即—之異文。

【潎】補履切音比紙韻
以水澈物。見〔集韻〕

【潎】匹妙切音剽嘯韻
清也。見〔集韻引廣雅〕〔按今本廣雅釋言作漂—也。〕

【潎】匹滅切音瞥屑韻
●—洌。流輕疾也。〔史記司馬相如傳〕轉騰—洌。
●—遊貌也。〔文選潘岳賦〕玩遊儵之—。

【潓】胡桂切音慧霽韻
水名。〔說文〕水出廬江。入淮。〔桂注〕玉篇集韻並引作廬江。洪亮吉曰。漢志廬江之決水。疑即說文之—水。以音近而淆。馥案徐鍇讀決爲古惠反。則與—聲近矣。入淮者當爲入灌。此沿漢志之誤。漢志云決水北至蓼入淮〔通訓定聲〕云—水當在今安徽廬江府。南至安慶府境。〕

【⿰氵買】母蟹切音買蟹韻
水名。〔說文〕—水出豫章艾縣西。入湘。〔通訓定聲〕—水出今江西寧都州。經湖南長沙府湘陰縣爲汨羅江。入湘。字亦作汨。〔按漢之艾縣。爲今之修水縣。昔稱寧州。亦稱義寧州。段注曰、今江西寧都州西百里有艾城。攷艾縣故城。在寧州西。段氏誤作寧都州。朱駿聲蓋沿段之失。茲特辨正。〕

【⿰氵覓】莫狄切音覓錫韻
同汨。〔廣韻〕汨羅。水名。在豫章。屈原所沈之處。—與汨同。

【[illegible]】遲褰切音攣霰韻
[illegible]也。見〔廣雅釋詁〕

【澘】師姦切音刪删韻　數版切音潸潸韻　所晏切音訕諫韻
涕流皃从水。㪚省聲。詩曰。—焉出涕。見〔說文〕〔按詩大東傳云。—、涕下皃。集韻或作潸。〕

【⿰氵聒】戶括切音活曷韻
活或字。〔集韻〕活。水流皃。或从聒。

【⿰氵循】松倫切音旬真韻
流皃。見〔集韻〕

【潖】蒲巴切音琶麻韻
水名。〔清一統志〕在廣東清遠縣東南。源出觀音山。西流至—江口入湞。

【⿰氵筑】柠六切音逐屋韻
筑或字。〔集韻〕筑。水名。漢有筑陽縣。在南陽。或从水。〔按清一統志。筑水在湖北穀城縣南。自鄖陽府保康縣流入。至縣東南入漢。今名南河。筑陽當今湖北穀城縣東四里。〕

【潙】于媯切音爲支韻
水名。在新陽。見〔廣韻〕〔按新陽、爲漢登陽縣地。孫吳稱新陽。宋改稱寧鄉。今仍之。〕

【潙】[illegible]爲切音媯支韻
水名。見〔集韻〕〔按韻會。通作嬀。引說文云。水名。出河東虞鄉縣歷山西。西流至蒲阪。今本無此文。存攷。〕

【⿰氵菆】徂聰切音叢東韻
潨或字。〔集韻〕說文小水入大水曰潨。或作—。

【[illegible]】汝朱切音儒虞韻　如戌切音孺遇韻
濡溼也。〔莊子大宗師〕相—以沫。〔釋文〕—本又作濡。音儒。或一音如戌反。

【澉】苦感切音坎感韻
濁也。見〔集韻〕

【潡】杜本切音囤阮韻
大水也。見〔玉篇〕

【⿰氵悶】母本切音懣阮韻
水盈皃。見〔集韻〕

【潣】美隕切音閔軫韻
水浼浼皃。見〔說文〕〔通訓定聲〕字亦作泯、作湣、作涽。

【[illegible]】虎猥切音賄賄韻

水皃。或作澒。見〔集韻〕。

【潣】母罪切音每賄韻美辨切音免銑韻　浼或字。見〔集韻〕。

【潧】側詵切音臻真韻　一水出鄭國。詩曰、與洧方渙渙兮。見〔說文〕〔通訓定聲〕。水經、一水出鄭縣西北平地。注。一水出鄶城北。逕鄶城西。謂之柳泉水。又南注於洧。世所謂鄶水也。鄶城在今河南開封府密縣。下流合洧水為雙泊河。而洧盛而一涸矣。詩鄭風溱洧字皆以溱為之。〔按集韻。一通作溱、淨〕

【潧】咨騰切音增蒸韻　水名。見〔集韻〕。

【⿰氵臮】渠至切音暨寘韻　水也。見〔說文〕。

【滜】姑勞切音高肴韻　同皋。澤也。見〔洪武正韻〕。

【滜】胡刀切音號豪韻　通嗥。嗥鳴也。〔史記歷書〕秭鳺先一。〔索隱〕秭鳺先一鳺子鳺鳥、春氣[illegible]

發動。則先出野澤而鳴也。

【滜】直格切音澤陌韻　通澤。〔史記天官書〕其色大圜黃一。

【潩】逸職切音弋叱力切音瀷職韻羊吏切音異寘韻　水名。〔說文〕一水出河南密縣大隗山。南入潁。〔通訓定聲〕俗謂之勅水。出今河南開封府新鄭縣西南具茨山。至許州臨潁縣合潁。一名魯固河。又名清流河。〔按一即溭之或體。各本說文一溭字竝收。王氏說文句讀本删一存溭。〕

【潪】竹益切音[illegible]治革切音蹢直炙切音擲陌韻　本作澫。〔說文〕澫。土得水沮也。〔王注〕沮似即沮洳之謂。謂水土相和而成泥也。

【潪】知義切音智寘韻　水名。見〔集韻〕。

【潫】烏關切音彎刪韻縈緣切音娟紆權切音蜎先韻　奫一。水深廣。見〔集韻〕。〔又〕迴復之皃。〔文選左思吳都賦〕泓澄奫一。

【⿰氵貰】私列切音薛屑韻　注也。見〔集韻〕。

【⿰氵費】方味切音沸未韻　泉湧出也。見〔集韻〕。〔按通訓定聲沸下注。涌出之皃字亦作一。〕

【⿰氵費】父沸切音狒未韻　一渭。水溢皃。見〔集韻〕。〔按文選洞簫賦。佚豫以沸渭。注。沸或為一。〕

【⿰氵費】兵媚切音祕寘韻　人名。〔史記鄭世家〕悼公一。〔注〕一、鄭生本一作沸。一作弗。

【⿰氵拜】佈拜切音湃卦韻　湃或字。〔集韻〕滂湃。水聲。或作一。

【⿰氵壹】一結切音噎屑韻　洇或字。〔集韻〕洇。水流皃。或作一。

【澿】於候切音漚宥韻　罧也。積草水中以取魚。見〔集韻〕。

【潳】同都切音徒虞韻　山名。〔後漢南蠻傳〕南郡一山蠻雷遷等始反叛。〔[illegible]〕[illegible]

一濘。沾溼也。見〔集韻〕。

【潵】先旰切音繖翰韻　水散也。見〔集韻〕。

【⿰氵奢】齒者切音哆馬韻　哆一。不絜也。吳俗語。見〔集韻〕。

【⿰氵戠】賞力切音識職韻　昵或字。〔集韻〕昵。黏也。周禮、凡昵之類不能方。或作一。

【⿰氵答】竹洽切音劄洽韻　溼也。見〔玉篇〕。

【⿰氵鉃】辭夜切音謝禡韻食亦切音鉃陌韻　水名。出瞻諸山。見〔集韻〕。〔按即⿰氵射字之或體。詳⿰氵射字。〕

【渢】虎孔切音嗊董韻　水風也。見〔玉篇〕。

【潿】于非切音韋微韻　不流濁也。見〔說文〕〔通訓定聲〕止水圍守。少所宣洩之謂。

【澅】胡卦切音畫卦韻　水名。〔水經瓠子河注〕臨淄惟有[illegible]

畫卦韻
漢侯國名〔漢書功臣表〕—清侯參。〔顏注〕—音獲。又音胡卦反。

【⿰氵須】居詠切敬韻
清也。見〔玉篇〕。

【⿰氵絮】尼據切女去聲御韻
溼也。見〔集韻〕。

【⿰氵欵】苦緩切音欵旱韻
水名。一曰流皃。見〔集韻〕。

【⿰氵咎】矩鮪切音軌紙韻
厬或字。〔集韻〕厬。說文、仄出泉也。或作—。

【⿰氵博】伯各切音博陌韻
—濼。水皃。見〔集韻〕。

【澐】玉分切音雲文韻
江水大波謂之—。見〔說文〕。〔通訓定聲〕實與沄同字。

【⿰氵栜】色責切音栜陌韻
涑或字。〔集韻〕涑。說文、小雨零皃。或作—。

【⿰氵頑】魚旰切音岸翰韻

【⿰氵寑】子朕切音寖寢韻
溼也。漸也。見〔集韻〕。

【⿰氵縢】徒能切音滕蒸韻
水也。見〔篇海〕。

【澕】胡戈切音和麻韻
水深皃。見〔集韻〕。

【⿰氵蔥】先公切音松東韻
水聲。見〔字彙補〕。

【澖】何山切音閑刪韻
無根虛之貌。〔淮南俶眞〕甘暝於溷—之城。

【⿰氵盟】名鄧切音孟徑韻
—津。河也。見〔篇海〕。

【⿰氵淫】余針切音淫侵韻
久雨也。與淫、霪同。見〔篇海〕。

【⿰氵胹】而宣切音擩先韻
溓也。見〔字彙補〕。

【㵳】于貴切音謂未韻
亂皃。〔文選木華賦〕—濆淪而滀漯。

【⿰氵䝙】通甘切音貪覃韻

【⿰氵舌】何末切音括曷韻
流也。見〔字彙補〕。

【⿰氵森】謨官切音漫寒韻　乃了切音裊篠韻
大水也。見〔字彙補〕。

【潥】蘇谷切音粟沃韻
水名。見〔字彙〕。

【⿰氵賀】何佐切音賀箇韻
水名。見〔集韻〕。

【⿰氵寔】丞職切音寔職韻
湜或字。〔集韻〕湜。說文、水清底見也。或从寔。

【潶】呼北切音黑職韻
水名。在雍州。見〔廣韻〕。

【⿰氵箋】將先切音箋先韻
濺或字。〔集韻〕濺。濺水疾流皃。或作—。

【⿰氵黍】尸煮切音黍語韻
水名。見〔玉篇〕。

【潽】頗五切音普變韻
水也。見〔集韻〕。

水名。見〔集韻〕。

【⿰氵尊】徂昆切音存元韻
水皃。見〔集韻〕。

【⿰氵音】胡南切音含覃韻
浛或字。〔集韻〕浛。方言、沈也。或作—。

【⿰氵戚】戶驗切音檻豏韻
濫或字。〔集韻〕濫。爾雅、濫泉正出。或作—。

【⿰氵眉】旻悲切音眉支韻
湄或字。〔集韻〕說文、水草交爲湄。或作—。

【⿰氵齊】音未詳
芒—。滅也。見〔康熙字典引方言〕。〔按今本方言十三。芒濟、滅也。—、卽濟之異文。〕

【⿰氵肇】音未詳
人名。〔敘交記〕安南黎—。

【⿰氵齋】濸本字。見〔說文〕。

【⿰氵胥】淵本字。見〔說文〕。

【⿰氵亶】溼本字。見〔說文〕。

【⿰氵㯃】漆本字。見〔集韻〕。

【澝】湆本字見〔六書故〕。

【澘】古潸字見〔玉篇〕。

【㵄】同塞見〔字彙補〕。

【澹】同滄見〔正字通〕。

【㵎】同瀾見〔正字通〕。

【㵍】同濡見〔字彙〕。

【潨】同湊見〔字彙補〕。

【潧】同滙見〔字彙補〕。

【㵶】同漥見〔玉篇〕。

【澁】同澀見〔玉篇〕。

【澑】同溜見〔正字通〕。

【㴂】污俗字見〔正字通〕。

【㵟】滈俗字見〔正字通〕。

【㵎】濫俗字見〔正字通〕。

【㵆】澡俗字見〔正字通〕。

【㵿】淼俗字見〔正字通〕。

【㵫】滾俗字見〔正字通〕。

【㵸】滲俗字見〔正字通〕。

【㶕】澔訛字見〔字彙〕。

【[illegible]】[illegible]俗字見〔正字通〕。

十三畫

【濂】力鹽切音廉鹽韻

●㊀濂淸也見〔集韻〕。

●㊁寒也見〔玉篇〕。

【澠】神陵切音繩蒸韻

●㊀水名。〔左昭十三年傳〕有酒如—。〔注〕—水出齊國臨淄縣北入時水。〔淸一統志云〕—水自臨淄縣西北古齊城外西北流逕樂安縣西南又西北至博興縣東南入時水。孜古齊城在今山東臨淄縣北八里。

●㊁通繩。〔山海經海內經〕有巴遂山。繩水出焉。

【澠】弭盡切音泯軫韻彌兗切音緬銑韻

—池。縣名。漢置。屬宏農郡。以縣在崤—間故名。見〔讀史方輿紀要〕。〔即今河南—池縣〕〔又〕水名。〔水經洛水注〕熊耳山際有池池水東南流。水側有一池世謂之—池。〔按熊耳山在河南宜陽、盧氏、陝州三縣境。〕

【[illegible]】[illegible]切音[illegible]

●㊀洒手也見〔說文〕。

●㊁治也見〔玉篇〕。

●㊂洗滌也。〔東觀漢記〕以手飲水—類。

●㊃修潔也。〔禮記儒行〕儒有—身而浴德。

●㊄澤名。〔穆天子傳〕鄘伯絜觴天子於—澤之上。

●㊅同藻。〔禮記喪服小記〕帝—麻。〔釋文〕—、本作藻。

●㊆璪或字。〔集韻〕璪虞書、璪火粉米。或从水。

【澡】倉刀切音操豪韻

—、—。欲沸見〔集韻〕。

【澣】戶管切音緩旱韻

●㊀濯衣垢也。〔詩芣苢〕薄—我衣。

●㊁俗以上—中—下—爲上旬中旬下旬。蓋本唐官制十日一休沐。見〔古今詩話〕。

【澣】侯旰切音翰翰韻

瀚或字。〔集韻〕瀚北海名。或从幹。

【澥】下買切音蟹蟹韻

●㊀勃—。海之別也。一說。郎—谷也。見勃—屬於海而非大海。猶沱屬於江而非大江也。〔漢書子虛賦〕音義曰。勃—。海別枝也。〔律曆志〕曰。黃帝自大夏之西。崑崙之陰。取竹之解谷。孟康曰。解、脫也。谷、竹溝也。取竹之脫無溝節者也。一說。崑崙之北谷名也。按漢書解谷。說文作—。廣韻作嶰。

●㊁斷水曰—。〔史記司馬相如傳〕浮勃—。〔索隱〕案齊都賦云海旁曰勃。斷水曰—也。

●㊂澥—。小水別名。〔文選張衡賦〕揖澥—。

【㵞】鋤尤切音愁字秋切音酋尤韻子小切音勦子了切音湫篠韻

●㊀㵞中有水气也見〔說文〕。

●㊁愁貌。〔賈子新書容經〕㵞然—然愛以湫。

【澦】羊茹切音豫御韻

灩—。水名。見〔集韻〕。〔在今四川奉節縣東八里瞿唐峽口。爲楚蜀門戶。〕

【澧】里弟切音禮薺韻

東入汝〔段注〕今河南南陽府北八十里有故雉城漢縣也馬融廣成頌曰面據衡陰在雉縣界故世謂之雉衡山〔按漢雉縣當今河南南陽縣北八十里則此衡山非南岳—水非入洞庭之—水〕

(二)—波弊也〔楚辭靈懷〕波——而揚澆兮

(三)州名隋置漢爲武陵郡當今湖南—縣

(四)同醴〔列子殷湯〕甘露降—泉涌

【澨】時制切音誓以制切音曳霽韻

(一)埤增水邊土人所止者夏書曰過三—〔見說文〕〔段注〕土部曰埤增也增益也鄭書長曰左傳文十六年楚軍次於句—定四年左司馬戍敗吳師於雍—昭二十三年司馬薳越縊於薳—服虔或謂之邑又謂之地京相璠杜預亦云水際及邊地名也今南陽淯陽二縣之間淯水之濱有南—北—矣水經曰三—地在南郡邔縣北沱鄭注云地與許合〔按漢淯陽縣當今河南南陽縣南六十里邔縣當今湖北宜城縣東北〕

(三)水名〔清一統志〕—水源出湖北京山縣西南流入天門縣又東流入漢

(四)水涯也〔楚辭湘夫人〕夕濟兮西—

【澩】仕角切音浞轄覺切音學覺韻呼酷切音熇沃韻

(一)夏有水冬無水曰—見〔說文〕〔段注〕釋山曰山上有水埒夏有水冬無水—謂山上又有停潦冬則乾也

(二)水自渭出爲—見〔廣雅釋水〕

(三)大波相激之聲也〔文選郭璞賦〕溺渚—灂

【澩】下巧切音獿巧韻

(一)水聲見〔集韻〕

(二)—獿眾相交錯之貌〔文選左思賦〕儷森—獿

【⿰氵雹】弼角切音雹覺韻

水激見〔玉篇〕

【澬】津私切音咨才資切音茨支韻

久雨涔涔也一曰水名見〔說文〕〔王注〕淮南主術訓時有涔旱災

害之忠高注涔久雨水潦也水經—水出零陵都梁縣路山〔按水經資水出零陵都梁縣路山又東與沅水合於湖中東北入于江鄭注資水出武陵即無陽縣界湖即洞庭湖也清一統志—水源出湖南寶慶府武岡州西南唐糾山東北流入邵陽縣經長沙府安化縣又東北至常德府沅江縣界入洞庭湖漢都梁縣當今湖南武岡縣無陽縣當今湖南芷江縣〕

【澉】丘葛切音渴曷韻

(一)欲欲歠見〔說文欠部〕〔段注〕渴者水盡也音同竭水渴則欲水人—則欲飲其意一也今則用竭爲水渴字用渴爲飢—字而—廢矣渴之本義廢矣

(二)通愒〔國語晉語〕今玩日而—歲

【澮】古外切音儈泰韻古邁切音夬卦韻

(一)水名〔說文〕水出霍山西南入汾〔通訓定聲〕出今山西霍州霍山即禹貢之太岳也至絳州入汾〔霍州當今霍縣絳州當今新絳縣〕

(二)注瀆曰—見〔爾雅釋水〕〔按釋名釋水曰注瀆曰——會也小瀆之所聚會也〕

(三)小瀆也〔荀子解蔽〕醉者越百步之溝以爲蹞步之—也

(四)所以道水于川也〔書益稷〕濬畎—距川

(五)田尾去水大溝〔周禮稻人〕以—寫田

(六)深平之貌〔文選馬融賦〕嶰嵺—峴

(七)涓—小流也〔文選郭璞賦〕商攉涓—

【澮】戶八切音滑黠韻

兩水合也見〔集韻〕

【澮】烏外切音薈泰韻

濊或字見〔集韻〕

【澯】蒼案切音粲翰韻

(一)清也見〔玉篇〕

(二)淦也見〔玉篇〕

(三)—濶水皃見〔集韻〕

【澰】力驗切音斂豔韻

清也見〔廣雅釋詁〕

【淦】盧感切音壈感韻
㊀渹也。見〔廣雅釋詁〕。
㊁濆也。見〔廣雅釋詁〕。

【潋】力冉切音斂琰韻
潋或字。見〔集韻〕。

【澱】堂練切音電霰韻
㊀滓垽也。見〔說文〕。〔段注〕釋器曰。—謂之垽。土部曰。垽、—也。黑部曰。黳謂之—。按黳與—異字而音義同。實則一字也。
㊁藥蓋也。〔夢溪筆談〕汴渠有二十年不浚。歲歲堙—。
㊂石殿也。〔本草綱目〕藍—。、石殿也。其滓澄殿在下也。古作淀。俗作靛。南人掘地作坑。以藍浸水一宿。入石灰。攪至千下。澄去水則青黑色。亦可乾收。用染青碧。其浮沫掠出陰乾。謂之靛花。即青黛也。
㊃湖淀之淺淡者曰—。見〔通雅地輿〕。
㊄山名。〔清一統志〕—山在江蘇松江府青浦縣西北三十五里。薛—湖小。
㊅湖名。〔方輿紀要〕—湖在江蘇青浦縣西南三十里。〔又〕—山。—湖名。〔清一統志〕—山湖。一名薛—湖。其源自吳淞江來。瀦為湖。周迴幾二百里。洩於松江。
㊆如淵而淺也。〔文選郭璞賦〕溶—為灣。
㊇湊—。水名。見〔佩文韻府〕。〔按水經木作淀。詳淀字〕。
㊈巨—。縣名。見〔佩文韻府〕。〔詳淀字〕。
㊉沈—。化學、液體中生固體而下沈者謂之沈—。又地學、溶解於水中之諸物質。經水流之機械作用而化為岩質者謂之沈—岩。

【澳】乙六切音郁屋韻
㊀隈厓也。其內曰—。其外曰隈。見〔說文〕。〔王注〕阜部隩下云。水隈厓也。以字從阜。故言水隩也。隈也。皆厓之別名也。〔按中鑒時事。若亂之際於—也。注。—、崖內近水之處。〕
㊁水名。〔水經洪水注〕詩曰、我思肥泉。爾雅曰、歸異出同曰肥。博物志、謂之—水。
㊂濁也。見〔廣雅釋詁〕。

【澳】於到切音奧號韻
㊀深也。見〔集韻〕。
㊁洲名。具言—大利亞。為地球五大洲之一。英文Australia。
㊂—門。港名。在廣東香山縣境。明嘉靖間。都指黃慶受葡人賄。以此地與葡人通商。每年收地租二萬金。崇禎元年。葡始設官。清光緒十三年。始與立約。許其永遠管理。但不得讓與他國。其地有阿媽神像。故外人有稱為阿媽港者。英文Macao。
㊃三都—。港名。在福建東北三沙灣內。屬寧德縣。眾山環繞。港口寬僅十餘丈。港內水深可容最大軍艦。清光緒二十五年。自行開為商埠。

【澴】胡關切音還刪韻　隨緣切音[illegible]先韻
㊀波浪回旋濆涌而起之貌。〔文選郭璞賦〕瀍—縈瀠。
㊁水名。在湖北孝感縣北。一名—河。自河南信陽縣流入。東會瑪溪河入江。

【濙】縈絹切音縣縣切音絢霰　絹切音椽霰韻
癸流也。見〔集韻〕。

【澤】直格切音宅陌韻
㊀光潤也。見〔說文〕。
㊁水停曰—。見〔玉篇〕。
㊂水所鍾曰—。〔周禮大司徒〕辨其山林川—丘陵墳衍原隰之名。
㊃水艸交厝。名之為—。—者言其潤—萬物。以阜民用也。見〔風俗通山澤〕。
㊄下而有水曰—。言潤—也。見〔釋名釋地〕。
㊅水也。〔孟子滕文公〕園囿汙池沛—多。
㊆川壅為—。見〔左宣十二年傳〕。
㊇池也。見〔廣雅釋地〕。
㊈河邊溢漫處。見〔山海經海內北山經注〕。
㊉卦象也。〔易說卦〕兌為—。
⑪恩德也。〔書畢命〕—潤生民。
⑫習禮之處。〔禮記郊特牲〕王立于—。
⑬雨露也。〔漢書揚雄傳〕—滲灕而下降。
⑭祿也。〔孟子公孫丑〕則是干—也。
⑮謂玩弄也。〔禮記少儀〕運笏—劍首。
⑯[illegible]也。〔禮記曲禮〕[illegible]

手。

(廿七)褻衣也。〔詩無衣〕與子同—。

(廿八)龜名。〔爾雅釋魚〕八曰—龜。

(廿九)—者。脈也。〔素問疏五過論〕介—不息。

(三十)—者。鑑也。見〔賈子道德〕。

(卅一)尺—。肺脈氣也。〔素問至真要大論〕尺—絕。

(卅二)漸洳曰—。〔公羊僖四年傳〕大陷于沛—之中。

(卅三)—烏蕵。見〔爾雅釋草〕。〔疏〕即土蕵生於水—者。然形未詳。

(卅四)州名。唐置。屬河東道。淸爲—州府。當今山西晉城縣治。〔又〕州名。遼置。屬中京道大定府。今直隸遷安縣西北一百七十里。喜峯口外有—州故城。

(卅五)—器。謂滑—之器。見〔考工記注〕。

(卅六)—國。水鄉也。〔杜甫詩〕—國聽迴旋。

(卅七)—宮。古習射之地。〔禮記射義〕必先射于—。

(卅八)—門。宋之城門也。〔左襄十七年傳〕—門之皙。

(卅九)—蘭也。〔儀禮既夕記〕實綏—焉。

(四十)—瀉。水草也。〔本草綱目〕春生苗在淺水中。秋時開白花。

(四一)—蒢。蒋草也。見〔本草綱目〕。

(四二)—虞。主水—官。〔文選張衡賦〕—虞是濫。〔又〕鳥名。婟—也。〔爾雅釋鳥〕鶭—虞。〔注〕今婟—鳥。似水鴞。蒼黑色。常在—中。見人輒鳴喚不去。有象主守之官。因名云。俗呼爲護田鳥。

【澤】達各切音鐸藥韻

(一)格—。星名。〔史記天官書〕格—星如炎火之狀。〔按格—音鶴鐸〕〔又〕妖气。見〔類篇〕。

(二)—索。張掖縣名。見〔集韻〕。〔按地理韻篇張掖、今甘肅張掖武威二縣境〕。

【澤】施隻切音適陌韻

釋或字。〔集韻〕釋說文、解也。或作—。

【澤】夷益切音睪陌韻

醳或字。〔集韻〕醳。苦酒。一曰醇酒也。或作—。

【澶】時連切音鋋　澄延切音纏先韻

(一)—淵。水也。在宋。見〔說文〕〔段注〕。春秋經襄二十年盟于—淵。三十年會于—淵。宋災故。杜曰。—淵在頓丘縣南。今名繁汙。此衛地。又近戚田。按頓丘今直隸大名府淸豐縣西南二十五里頓丘故城是也。—淵即繁水。在河南彰德府內黃縣東二十六里。史記廉頗拔魏繁陽。漢置縣。屬魏郡。應劭曰。在繁水之陽也。繁陽故城在今內黃縣東北二十七里。實衛地。而云在宋者。蓋以春秋書宋災故而云然。未爲宋也。又按—淵。高氏士奇春秋地名攷爲詳。〔按淸一統志〕河南彰德府內黃縣有繁水。以爲春秋襄公二十年盟于—淵。即是水也。又直隸大名府開州有—水。即古繁水故瀆也。開州現改爲濮陽縣。

(二)—水皃。見〔集韻〕。

(三)—湉。安流貌。〔文選左思賦〕—湉漠而無涯。

(四)—漫。靡迤陵原之形也。見〔文選張衡西京賦注〕。

(五)州名。唐置。當今直隸淸豐縣西南。

【澶】張連切音邅先韻

水靜皃。見〔集韻〕。

【澶】徒案切音憚　他案切音炭翰韻

(一)漫也。見〔集韻〕。

(二)—漫。猶縱逸也。一云牽行也。〔莊子馬蹄〕—漫爲樂。〔按舊字典訓—漫遠也。引司馬相如子虛賦案衍—漫句爲証。攷史記漢書司馬相如傳、文選子虛賦、字均从土作壇漫。漢書訓寬廣之貌。史記文選皆訓平博也。無遠義〕。

【澹】徒甘切音談覃韻　徒濫切音憺勘韻

(一)——。水貌也。見〔說文〕〔段注〕。東京賦曰。淡水——。俗借爲淡泊字。係當作澹。〔按文選宋玉高唐賦〕水——而盤紆兮。注。說文。——。水搖也。

(二)水名。〔水經澧水注〕澧水又東。—水出焉。逕作唐縣北。又東注于澧。〔作唐縣。當今湖南澧縣北〕。〔又〕沅水又東入龍陽縣。有—水。出漢壽縣西楊山。南注沅。見〔水經沅水注〕〔漢壽縣。當今湖南武陵縣東北〕。

(三)動也。〔漢書禮樂志〕相放悲震—心。

(四)安也。見〔廣雅釋詁〕。

(五)靜也。見〔廣雅釋詁〕。
(六)恬靜也。〔莊子逍遙遊注〕㵰—然而不待坐忘行志、〔釋文〕—恬靜也。
(七)—淡。水波水文也。〔文選宋玉賦〕徙靡—淡。〔又〕馬任風波自縱漂兒。〔文選司馬相如賦〕隨風—淡。〔又〕搖蕩之貌。〔文選枚乘七發〕滛流遡波。又—淡之。
(八)—臺複姓也。孔子弟子—臺滅明。

〔澹〕都甘切音儋覃韻
濷或字。〔史記馮唐傳〕破東胡。滅—林。〔集解〕徐廣曰、—一作濷。

〔澹〕時髓切音贍豔韻
同贍。〔集韻〕贍、賙也。亦作—。

〔[illegible]〕居[illegible]切音[illegible]韻
(一)水名。見〔集韻〕。
(二)漻—廣深之貌。〔文選木華賦〕漻—浩汗。

〔[illegible]〕於例切音[illegible]韻
(一)清也。見〔玉篇〕。
(二)盡也。見〔集韻〕。

〔濄〕古禾切音戈歌韻　烏禾切音倭歌韻
(一)水名。〔說文〕—水受淮陽扶溝浪陽渠東入淮。〔通訓定聲〕在今河南開封府扶溝縣至安徽鳳陽府懷遠縣入淮。〔扶溝縣清時已改隸陳州府今裁府扶溝縣仍舊。〕
(二)水回也。見〔廣韻〕。
(三)姓也。見〔集韻〕。
(四)通渦。〔爾雅釋水〕—爲洵。〔義疏〕漢志作渦。

〔濆〕符分切音汾文韻
(一)水厓也。詩曰、敦彼淮—。見〔說文〕、〔段注〕詩大雅、鋪敦淮—。傳曰、—、厓也。周南遵彼汝墳傳曰、墳、大防也。非然分別。敦彼當是鋪敦之誤。
(二)水名。〔爾雅釋水〕汝爲—。〔義疏〕水經注云、汝水東南逕奇洛城西北。—水出焉。世亦謂之大灄水。按灄今變爲溵。大溵水在今郾城縣。即汝水別流也。〔郾城縣屬河南省〕。
(三)—淪相糾貌。〔文選木華賦〕瀾—淪而滀潔。

〔濆〕父吻切音憤吻韻
涌也。〔公羊昭五年傳〕—泉者何。直泉也。直泉者何。涌泉也。

〔濆〕鋪魂切音歕元韻
潠水也。通作噴。見〔集韻〕。

〔激〕吉歷切音擊錫韻
(一)水礙衺疾波也。一曰半遮也。見〔說文〕。〔通訓定聲〕謂水礙而邪行。其波疾急。半遮即所謂礙也。
(二)揚也。〔後漢班彪傳〕不—詭。不抑抗。〔注〕—、揚也。
(三)發也。〔呂覽恃君〕所以—君人者之行。
(四)急動也。〔漢書王莽傳〕敢爲—發之行。
(五)感也。〔文選張衡賦〕誼方—而遐騖。
(六)感發也。〔漢書高五王傳贊〕—秦孤立亡藩輔。
(七)清也。見〔方言〕。
(八)明也。〔莊子盜跖〕脣如—丹。
(九)石名。〔水經沔水注〕沔水北岸數里有大石名五女—。
(十)清聲也。〔楚辭招魂〕發—楚些。〔又〕—楚急風也。見〔史記司馬相如傳索隱〕。〔又〕—楚曲名。見〔後漢邊讓傳注〕。
(十一)—噭清淚貌。〔文選成公綏賦〕嘯—噭而清厲。〔淚、通訓定聲作戾〕。
(十二)—切言論過直也。〔後漢陳寵傳〕言事者必多—切。
(十三)—詭違俗立異也。〔後漢范冉傳〕冉好違時絕俗爲—詭之行。
(十四)—卬怒也。〔文選揚雄解嘲〕—卬萬乘之主。〔按南史范雲傳雲性頗—厲。少威重。有所是非。形於造次。蘇軾詩夢想至人空—烈。是—厲—烈俱有怒意。〕
(十五)八—。隄名。〔水經河水注〕漢安帝於石門東積石八所。皆爲小山。以捍衝波。謂之八—隄。〔隄在今河南原武縣西〕。
(十六)—矛。截也。可以—截敵陳之矛也。見〔釋名釋兵〕。〔—、截通訓定聲作笮截〕。
(十七)姓也。漢—章。
(十八)通憿。〔童子逢盛碑〕感憿三成。
(十九)通儌。〔樊安碑〕慷慨儌憤。

〔激〕詰弔切音竅嘯韻
風聲。〔莊子齊物論〕—者謞者。〔李軌說〕

〔激〕吉弔切音叫嘯韻
瀄流貌。見〔集韻〕。

【激】竪堯切音驍蕭韻

憿或字。通作僥、徼。見〔集韻〕。

【濁】直角切音濁覺韻

●一 水名。〔說文〕—水出齊郡厲嬀山。東北入鉅定。〔通訓定聲〕今曰北陽水。出山東青州府益都縣九迴山。即古爲山。北流入青水泊。水經濟水注、一曰澠水。〔段注〕厲當作廣。嬀當作爲。皆字之誤。齊郡廣見前志。後志作齊國廣。今山東青州府益都縣縣西南四里有廣縣故城、是也。〔按府、今裁。水經注凡稱—水者。一屬沮水。謂之—谷水。在今陝西耀縣西。一合漆水。在今陝西略陽縣西北。一合清水。俗謂之—滻水。在今湖北襄陽縣北。一注贛水。在今江西萬載縣北。一曰—漳水。在今山西長子縣西。〕

●二 河名。〔水經河水注〕黄河彙—河之名。

●三 澤名。〔水經濦水注〕臯陂即古長社縣之—澤也。〔—澤在今河南臨潁縣西北。〕

●四 不清也。見〔玉篇〕。〔段玉裁云。—者、清之反也。〕

●五 亂也。〔呂覽振亂〕當今之世。—甚矣。

●六 貪也。〔離騷〕世溷—而不分兮。

●七 清、—謂陰陽也。〔大戴記少閒〕先清而後—者。天地也。

●八 —謂黄鐘至中呂。〔禮記樂記〕倡和清—。

●九 猶汙也。〔後漢齊武王縯傳〕—乎大倫。

●十 —濆也。汁滓濆—也。見〔釋名釋言語〕。

●十一 —謂混迹。〔荀子解蔽〕—明外景。清明內景。

●十二 —謂潤厚。〔山海經西山經〕—澤而有光。

●十三 —者、不昭然也。〔老子〕渾兮其若—。

●十四 —氣。穀氣也。〔素問脈別論〕—氣歸心。

●十五 —者。觸也。見〔史記律書〕。

●十六 星名。〔爾雅釋天〕—謂之畢。〔注〕掩兔之畢。或呼爲—。因星形以名。

●十七 病名。〔醫宗金鑑〕—病亦多屬熱。亦有日久精竭陽虛不及化白者。多屬寒。亦有敗精溼熱釀成腐化變白而屬熱者。

●十八 姓也。〔史記貨殖傳〕—氏連騎。

●十九 通噣。〔莊子天地〕—口、使口厲爽。〔釋文〕—本又作噣。

【濁】竹角切音斲覺韻

人名。〔史記孔子世家〕主于子路妻兄顏—鄒家。

【濇】殺測切音色職韻色入切音澀緝韻〔按類篇濇或作澀、澁。〕

●一 本作濇。〔說文〕濇。不滑也。

●二 往來不利。是謂—也。〔素問至真要大論〕短而—。

【[illegible]】昵立切音濈緝韻

濼—。沸聲。〔文選木華賦〕濆淖濼—。

【濉】宣隹切音綏支韻

睢或字。〔集韻〕睢。水名。在梁郡。受汴入泗。或从水。

【濈】測立切音戢緝韻

●一 和也。見〔說文〕。〔段注〕小雅、爾羊來思。其角—。傳曰。聚其角而息—然也。按毛意言角之多。蓋言聚而和也。

●二 汗出也。見〔玉篇〕。

●三 水行出也。〔文選張衡賦〕流湍投—。

●四 疾貌。〔文選曹植七啟〕—然鳧沒。

【濈】實洽切音雜洽韻

湁—。湍流也。見〔集韻〕。

【濊】呼外切音讖泰韻

水多皃。見〔說文〕。

【濊】烏外切音薈泰韻

●一 汪—。深廣也。見〔集韻〕。〔又〕饒多也。〔漢書禮樂志〕澤汪—。輯萬國。

●二 水名。〔水經濁漳水注〕清漳逕章武縣故城西。故—邑也。枝瀆出焉。謂之—水。〔章武縣。今大城、滄、二縣境。〕

●三 —貊。東夷號也。〔後漢杜篤傳〕蹂轔—貊。

●四 通穢。〔漢書李尋傳〕盪滌濁—。

【濊】烏廢切音薉隊韻

濁也。見〔廣雅釋詁〕。

【濊】呼括切音豁曷韻

濊或字。〔集韻〕濊。或作—。

【潰】之暑切語韻

●一 沚也。見〔字彙補〕。

●二 遮也。見〔字彙補〕。

【澪】郎丁切音靈青韻
●水名。見〔洪武正韻〕。
●瀶或字。〔集韻〕瀶水曲。或从零。

【濞】普卦切音派卦韻匹計切音媲霽韻
●水名。〔說文〕—水在丹陽。〔段注〕未聞。
●穢也。見〔廣雅釋地〕。

【灊】都勁切音蒞蒞韻
物㳻水聲。見〔集韻〕。

【䨊】訖合切音鏍合韻
積厚也。見〔集韻〕。

【㵪】馮無切音扶虞韻
水名。〔方言〕沉涌—幽之語。〔注〕—水今在桂陽。

【澰】式荏切音瀋寑韻
—瀋。水動皃見〔集韻〕。

【㵹】元俱切音虞虞韻
陵間有水者。〔爾雅釋山〕陵夾水—。

【滴】以制切音曳霽韻
溶—。水激動也。〔文選宋玉賦〕洪波淫淫之溶—。

【滓】蘇骨切音窣月韻
沒也。見〔玉篇〕。

【澦】羊茹切音豫御韻
灩—。水名。見〔玉篇〕。〔在今四川奉節縣東八里瞿唐峽口爲楚蜀之門戶〕

【澔】研計切音詣霽韻
燒松枝取汁曰—。見〔集韻〕。

【漱】郎甸切音練霰韻
辟—。餓也。从攴湅。見〔說文攴部〕。〔段注〕从攴者。取段意。湅者、瀾也。從湅取簡擇之意。漱亦聲。

【澝】苦骨切音窟月韻
水深皃。見〔玉篇〕。

【濰】委勇切音擁腫韻
水聚。見〔集韻〕。

【灉】於容切音邕冬韻於用切音雍送韻
水名。〔呂覽察今〕荊人欲襲宋。使人先表—水。〔水詳灉字〕。

【澀】色洽切音歃洽韻
澀也。見〔玉篇〕。

【㶂】逆怯切音業葉韻

【澸】横水大版。見〔廣韻〕。
都感切音歁感韻
水窪。見〔廣韻〕。

【灄】乙力切音億職韻
本作濦。〔說文〕濦水出汝南上蔡黑閭澗入汝。〔段注〕篆文各作—。此云意聲。集韻類篇皆云說文作濦。隸作—。〔按讀史方輿紀要。河南上蔡縣西南蔡城。漢置上蔡縣。屬汝南郡。—水在上蔡縣東。逕新蔡北。又東注於汝。〕

【澬】思累切音髓寘韻
滑也。見〔集韻〕。

【澱】昨代切音在隊韻疾則切音賊職韻
澗也。見〔玉篇〕。

【濛】徐醉切音遂寘韻
田間小溝也。見〔集韻〕。

【澼】匹歷切音霹錫韻匹歷切音喫錫韻
漂也。〔莊子逍遙遊〕世世以洴—絖爲業。〔注〕漂絮者。

【澼】匹辟切音僻陌韻

【澼】腸間水。見〔集韻〕。

【𤃨】匹智切音譬卑切音臂寘韻
水中洲也。見〔集韻〕。

【𤄊】傅厄切音辟陌韻
水分流也。見〔集韻〕。

【澤】取猥切音漼賄韻
新也。見〔說文〕。〔段注〕謂水色新也。如玉色鮮曰泚。廣韻曰。新水狀也。

【澤】取猥切音漼賄韻
泚—。清也。通作漼。見〔集韻〕。

【濾】曰許切音巨語韻其據切音遽御韻
噬也。見〔廣雅釋詁〕。

【濼】求於切音渠魚韻
乾也。見〔廣雅釋詁〕。

【澾】他達切音闥曷韻
泄也。見〔玉篇〕。

【澿】渠金切音琴侵韻
水名。見〔廣韻〕。

【濼】以制切音曳霽韻
汞瀣。見〔集韻〕。

【⿰氵羨】延面切音衍䥴韻 水溢皃。見[集韻]。

【⿰氵羨】徐連切音涎先韻 次或字。[集韻]次。說文。慕欲口液也。或作—。

【濂】力鹽切音廉鹽韻 濂或字。見[說文]。

【濂】燮玷切音㡘琰韻 —涑。輕薄皃。見[集韻]。

【濂】勒兼切音鬑鹽韻 中絕小水。或省作濂。見[集韻]。

【濃】尼容切音醲冬韻 本作濃。[說文]濃。露多也。詩曰。零露——。[段注]小雅蓼蕭傳曰。——。厚皃。按酉部曰。醲。厚酒也。衣部曰。襛。衣厚皃。凡農聲字皆訓厚。[按集韻。襛、奴冬切。音農。或作—。引博雅露多也。玉篇—乃東女容二切。露多也。亦作⿱雨農。]

【⿰氵楊】待朗切音盪養韻 蕩或字。[集韻]蕩或从楊。[按蕩。說文从水𦺇聲。隸書作蕩。隸水部。龍龕手鑑、字彙、正字通、康熙字典、都書作蕩。从艸从潒。隸草部。通行既久。今仍之。]

【濋】捌所切音楚語韻 水名。[爾雅釋水]濟爲—。[注]大水溢出別爲小水之名。

【⿰氵葱】蘇叢切音檧東韻 水聲。見[集韻]。

【濎】都挺切音頂迥韻 —濘。水皃。見[集韻]。

【濎】他頂切音珽迥韻他定切音聽徑韻 —瀅。小水貌。[文選揚雄賦]梁弱水之—瀅。

【⿰氵葑】芳送切音賵送韻 泥—也。見[字彙補]。

【⿰氵盈】怡成切音盈庚韻 人名。魯有大夫—。見[集韻]。

【滱】苦候切音寇宥韻 水名。見[字彙補]。

【漊】余朽切音酉有韻 水名。見[字彙補]。

【⿰氵孛】荒胡切音呼虞韻 滹或字。[集韻]滹池。水名。或作—。

【㵢】盧回切音雷灰韻 灅名。見[集韻]。

【⿰氵裏】力几切音里紙韻 —瀼。驛名。在曲江縣。見[字彙補]。

【澩】下巧切音鼂篠韻 混也。見[字彙補]。

【澢】都郎切音當陽韻 水也。見[集韻]。

【⿰氵暑】之署切語韻 水涯也。見[字彙補]。

【⿰氵章】當倫切音純眞韻 淳水也。見[字彙補]。

【⿰氵廌】將先切音箋先韻 瀳或字。[集韻]瀳。水名。一曰水至也。或作—。

【澕】音未詳 布名。[洞冥記]武帝求海肺之脊。以爲燈也。取靈—布爲纏。

【⿰氵盞】音未詳 水名。[水經濟水注]魚水北與—水合。[——水今莫能詳。按水經濟水注。濟水右合黃水。水發源京縣黃堆山。世謂之京水。又屈而北注魚水。魚水既亦莫詳。京縣則今河南滎陽縣也。]

【⿰氵⿱艹巷】港本字。[說文新附]水派也。[鈕氏新附攷]玉篇。港。古項切。水派也。按水經注穀水下、引晉惠帝造石梁文云。改治石巷水門。據此則古通作巷。文選長笛賦。港洞坑谷。李注。—洞。相通也。據注亦當是巷。蓋後人涉洞并加水旁。

【⿱艹泛】泛本字。見[說文]。

【⿱艹瀆】瀆本字。見[說文]。

【⿱艹激】激本字。見[說文]。

【⿱艹漂】漂本字。見[正字通]。

【⿰氵萬】同漫。[石鼓文]——又鯊。[鄭注]—、即漫字。

【⿰氵⿱𩵋又】同漁。見[字彙補]。[按說文長箋曰。石鼓文、君子—之。从魚、从水。从又三體會意。亦象形也。]

【⿱艹溢】同溢。見[說文長箋]。

【⿱艹澀】同澀。見[字彙補]。

【⿱艹潛】同潛。見[字彙]。

【⿱艹漨】同漨。見[字彙]。

【澳】同澳。見〔龍龕手鑑〕。

【濫】濫或字。見〔集韻〕。

【瀓】澂或字。見〔集韻〕。

【瀓】澂或字。見〔集韻〕。

【濭】盇或字。見〔集韻〕。

【濳】潛或字。見〔說文〕。

【瀏】漂或字。見〔集韻〕。

【湧】沒俗字。見〔正字通〕。

【漸】灖譌字。見〔正字通〕。

【濊】濊譌字。見〔正字通〕。

十四畫

【瀰】乃禮切音禰薺韻

㊀水滿也。見〔說文〕〔段注〕依詩釋文補水字。〔按朱駿聲云。轉注爲凡盈益之稱。經傳皆以彌爲之。〕

㊁—衆也。〔詩載驅〕垂轡——。〔按釋文出爾爾。云本亦作—。六書故云。詩言四驪濟濟。不過一乘之轡。安得爲衆。—、流之舒長也。轡之柔如之。故以狀轡。存攷。〕

【瀰】毋婢切音彌紙韻

㊀相迷漸平之皃也。〔文選鮑昭賦〕—池平原。

㊁瀰或字。〔集韻〕瀰。水盛皃。或作—。

【濗】莫狄切音覓錫韻 水淺貌。〔水經濁漳水注〕漳津故瀆水斷。故溪東北出。涓流—注而已。

【濕】託合切音錔合韻

㊀本作濕。水名。〔說文〕濕水。出東郡東武陽。入海。桑欽云。出平原高唐。〔通訓定聲〕按字亦誤作漯。水經河水。東武陽縣東。有漯水出焉。注。戴延之謂之武水也。又河水東北過高唐縣界。注河水於縣。漯水注之。此水當在今山東曹州府朝城縣東。東南受河水。曲折而北而東。至濟南府禹城縣。又入河。又東北逕濱至武定府濱州利津縣、霑化縣、海豐縣間。爲馬常坑。亂河枝流而入海。〔按濱州今改縣。海豐今改無棣縣。〕

㊁—餘。水名。〔水經濕餘水〕—餘水出上谷居庸關東。東流過軍都縣南。又東流過薊縣北。又北屈東南至狐奴縣西。入於沽河。〔按戴震謂漢書地理志上谷郡軍都溫餘水。即此之形訛。且並爲說文漯之誤字。今攷清一統志仍沿作溫餘河。水自居庸關南流。經京兆昌平。西又東南經直隸順義西南。又東南至通縣北。入白河。〕

【濕】鄂合切音嗋合韻 —陰。漢侯國名。見〔集韻〕。

【濕】叱入切音蟄緝韻 ——。牛呞動耳貌。〔詩無羊〕其耳——。〔傳〕呞而動其耳——然。

【濕】席入切音習緝韻 隰或字。〔集韻〕隰。說文、坂下溼也。亦姓。或作—。

【濕】失入切音隰緝韻〔按本作溼。互詳溼注。〕

㊀猶生也。〔考工記弓人〕必因角幹之溼以爲之柔。

㊁太陰爲—。〔素問天元紀大論〕寒暑燥—風火。

㊂謂地—氣也。〔素問生氣通天論〕秋傷於—。

㊃謂雨露。〔呂覽重已〕足以辟燥—而已矣。

【濕】悉協切音燮葉韻 人名。〔穀梁襄八年傳〕獲蔡公子—。〔釋文〕—本又作隰。左氏作燮。

【濘】乃定切音甯徑韻

㊀滎—也。見〔說文〕。〔通訓定聲〕滎—、疊韻連語。小水之皃。

㊁泥也。〔左傳十五傳〕戎馬還—而止。

㊂滴也。見〔廣雅釋詁〕。

【濘】囊丁切音寧青韻

㊀濎—。沸貌。〔文選木華賦〕濎—潗滀。

㊁汀—。小水。〔文選張協七命〕何異促鱗之游汀—。

【濘】乃梃切音𩋆迥韻 水皃。淟謂之濘、一曰淖也。見〔集韻〕。

【濘】乃計切音泥霽韻 滳也。見〔集韻〕。

【濙】玄扃切音熒青韻 胡鎣切音熒徑韻 濎—。小水貌也。〔文選揚雄賦〕梁弱水之濎—兮。

【濙】烏迥切音蓊迥韻

㊀洴－。小水兒。見〔集韻〕。

㊁濴－。水回旋貌。〔杜甫詩〕洪波左濴－。

【濛】謨蓬切音蒙東韻　毋揔切音蠓董韻

微雨兒。見〔說文〕。〔段注〕微、各本作濛。今正。兒、各本作也。今依玉篇正。微溟－三字。一聲之轉。廣雅作霿霿。俗字也。

【濛】謨蓬切音蒙東韻

㊀水名。〔水經渭水注〕－水出上邽縣西北邽山。翼帶衆流。積以成溪。東流南屈逕上邽縣故城西。側城南出。又南注耤水。〔按清一統志云。來峪水在甘肅秦州西南。即古－水也。秦州今改天水縣〕。〔又〕水名。〔山海經海內東經〕－水出漢陽西入江。〔畢注〕水經注云。江水又逕南安縣西。縣南有峨眉山。有－水。即大渡水也。水發蒙谿。東南流與涐水合。南至南安。入大渡水。大渡水又東入江。引此經文也。漢南安縣今四川犍爲、夾江、峨眉、三縣地。

㊁－汜。日所入也。〔文選左思賦〕沛若－汜之湧渡。

㊂濛－。水名。〔清一統志〕濛－水在廣東陽江縣西三十里。源出羅琴山。南流至縣西南四十里灃頭港。入海。

㊃冥－。景色不明貌。〔毛伯溫詩〕南望乜疑烟冥－。

㊄空－。猶朦朧也。〔杜甫詩〕空－辨漁艇。

㊅亦作蒙。〔詩東山〕零雨其－。〔楚辭章句作濛〕。

【濛】毋揔切音蠓董韻

－鴻。元氣未分兒。〔春秋命曆序〕－鴻萌兆。〔又〕大水。一曰小溝。見〔集韻〕。

【濟】子禮切音泲薺韻

㊀本作泲。水名。〔說文〕泲水出常山房子贊皇。東入泜。〔段注〕按此水名與四瀆之泲字各不同。而經傳皆作－。風俗通遂誤以常山房子之水列入四瀆。贊皇山在今贊皇縣西南。今字以爲－渡字。〔按贊皇縣屬直隸〕。

㊁－者。濟濟其度量也。見〔風俗通山澤引詩大傳〕。

㊂入也。〔呂覽離俗〕君子－人於患。

㊃－－。難也。〔詩載芟〕載穫－－。〔又〕盛也。〔見漢書劉向傳集注〕。〔又〕衆多也。〔詩旱麓〕榛楛－－。〔又〕止也。見〔爾雅釋訓〕。〔按孫注曰。多士之容止也〕。〔又〕容也。遊也。見〔禮記祭義注〕。〔又〕有威儀也。〔詩文王〕－－多士。〔又〕莊敬貌也。〔禮記玉藻〕朝廷－－翔翔。〔又〕美貌。〔詩載驅〕四驪－－。

㊄亦作齊。〔莊子逍遙游注〕其－一也。〔釋文〕－本作齊。

【濟】子計切音霽霽韻

㊀渡也。〔詩匏有苦葉〕－有深涉。

㊁止也。〔詩載馳〕不能旋－。

㊂成也。〔禮記樂記〕事蚤－也。

㊃益也。〔左桓十一年傳〕盍請－師于王。

㊄利用也。〔易繫辭〕萬民以－。

㊅遂也。〔周書皇門〕乃而予于－。

㊆度也。〔國語晉語〕雖－其罪可也。

㊇通也。〔淮南原道〕强－天下。

㊈監也。見〔後漢陳寵傳注〕。

㊉發也。陳楚或曰溼。或曰－。見〔方言〕。

⑪滅也。見〔方言〕。

⑫知人曰－。見〔管子白心〕。

⑬匡－。經綸也。〔易屯釋文〕黃穎云。詩論匡－也。本亦作綸。〔按後世稱用世之學爲經－。即此義〕。

⑭經－學。日本用以譯英文之 Political economy。我國又譯爲理財學。或計學。

⑮既－。卦名。離下坎上。〔易象〕水在火上。既－。

⑯未－。卦名。坎下離上。〔易象〕火在水上。未－。

⑰臨－。禪家宗派也。臨－義玄所傳之佛學。是爲臨－宗。

⑱百－。古三韓間國名。〔三國魏志〕作伯－。今朝鮮之全羅道也。

⑲廣－。河名。〔清一統志〕在河南－源縣北。東南流經河內縣。又東經溫縣北。又東南入黃河。本沁水支流。其在－源河內者。即古朱溝水。其至溫縣入河者。即古沙溝水。

⑳－南。郡名。漢置。後均因之。迄隋始廢。唐復置。屬河南道。齊州。宋改爲府。金元以來均因之。今裁府留縣。即今山東省會歷城縣治。清光緒

二十九年。自行開爲商埠。

(廿八)通際。〔易謙〕天道下—而光明。〔程傳〕—當爲際。下際、謂下交也。

(廿九)通擠。〔國語吳語〕二帝用師以相—也。〔注〕—、當爲擠。

(三十)猶乾也。日本語謂審查乾、曰審查—。債務償乾、曰辨—。

【濟】前西切音齊齊韻

—。祭祀名。見〔集韻〕。

【濟】在禮切音薺薺韻

濟或字。〔書洪範〕曰濟。〔鄭注作—〕。

【濠】乎刀切音豪豪韻

●水名。〔水經淮水注〕—水出莫邪山東北溪。溪水西北引瀆逕禹墟北。又西流注于淮。〔按清一統志云。源出安徽鳳陽縣南利山。西北流經懷遠南塗山之瀆。北入淮。俗曰天河水。元和郡縣志謂之西—水〕

(二)州名。隋置。當今安徽鳳陽縣治。

(三)通壕。〔集韻〕壕。城下池。通作—。

【濡】汝朱切音儒虞韻

●水名。〔說文〕—水出涿郡故安東入漆涑。〔通訓定聲〕戴氏震校當入淶、是也。與溴字別。水出今直隸易州窮獨山。名北易水。東南入保定府定興縣界爲沙河。一曰東南流入容城縣境。〔按是爲北—。易州今改縣〕〔又〕水名。〔水經濡水注〕—水出蒲陰縣西昌安郭南。其水源東逕其縣故城南。枉渚迴湍。率多曲復。亦謂之爲曲逆水也。又東與蘇水合。又東得蒲水口。又東北逕樂城南。又東入博水。〔按清一統志謂即方順河也。自直隸完縣發源曰祁水。東南流逕滿城縣界爲方順河。又東南至清苑縣南爲石橋河。與清苑河合。所謂南—者是也〕〔又〕水名。〔水經灕水注〕—水出永豐縣西北—山。東南逕其縣西。又東南流入荔浦縣。注於瀨溪。又注於灕水。〔按清一統志曰。山月江在廣西荔浦縣北。即古—水也〕

(二)—須。水名。〔清一統志〕—須水在安徽巢縣南。源出巢湖。東南流經無爲州。東入河。一名柵口水。

【濡】人之切音而支韻詢趨切音須虞韻

水名。〔左昭七年傳〕公與齊侯燕盟於—上。〔注〕—水出高陽。東北至河間鄚縣入易水。〔按鄚縣當今直隸任丘縣境。水經濡水注曰。—水又東入博水。自下博水亦兼—水通稱。下引春秋及杜注云云。據是。則—即博水兼稱也〕

【濡】奴官切寒韻

水名。〔水經濡水〕—水從塞外來。東南過遼西令支縣北。又東南過海陽縣西北。入於海。〔按集韻以此爲灤或字。說文段注。今謂之灤河。蓋本作濡。譌而爲—〕

【濡】汝朱切音儒虞韻儒遇切音孺遇韻

(一)漬也。〔詩匏有苦葉〕濟盈不—軌。

(二)潤也。〔詩羔裘〕羔裘—如。

(三)鮮澤兒。〔詩皇皇者華〕六轡如—。〔箋〕如—、言鮮澤也。

(四)溺也。〔史記扁鵲倉公傳〕今客腎—。

(五)謂水利也。〔素問至眞要大論〕寒入下焦。傳爲—寫。

(六)—滯。猶稽也。〔孟子公孫丑〕是何—滯也。

(七)—忍。安忍也。〔史記刺客傳〕無—忍之志。〔索隱〕—、潤也。言人性濡潤則能安忍。故云—忍。

【濡】人之切音而支韻

謂亨之以汁和也。〔禮記內則〕—豚包苦實蓼。

【濡】人余切音如魚韻

安也。〔莊子徐无鬼〕有—需者。〔釋文〕安也。

【濡】而由切音柔尤韻

柔忍也。或作[illegible]。見〔集韻〕。

【濡】奴臥切音愞箇韻

水兒。見〔集韻〕。

【濡】乳兗切音輭銑韻

輭或字。〔管子版法〕藏濕—。〔按集韻。輭。柔也。或从欠。或作—〕

【濡】奴亂切音煗翰韻

渜或字。〔集韻〕渜。沐浴餘潘。或从—。

【濤】徒刀切音匋豪韻

●大波也。見〔說文新附〕。〔按高誘注淮南說林訓云。波者湧起。還者爲—」。

(二)松聲也。〔歐陽原功詩〕下簾危坐聽松—。

【濤】陳留切音儔尤韻

潮也。見〔集韻〕。

【濤】是酉切音受有韻

鄯或字〔集韻〕鄯。水名在蜀。或从水。

【⿰氵燾】大到切音導號韻

燾或字。〔集韻〕燾。說文、溥覆照也。或从—。

【濥】羊晉切音胤震韻

(一)水脈行地中——也。見〔說文〕。〔段注〕——動皃。寅下曰。正月陽氣動。泉欲上出。髕寅於下也。淮南天文訓曰。指寅則萬物螾。注。螾、動生皃。皆其義也。」

(二)通演。〔文選左思賦〕演以潛沫。〔劉注〕水潛行曰演。

【濥】以忍切音引軫韻

水門。又、引水也。見〔廣韻〕。

【濧】徒對切音隊都內切音對隊韻

(一)濆也。見〔廣雅釋詁〕。

(二)澹—。猶瀲灩也。〔杜甫詩〕倒影垂澹—。〔按一作瀨〕。

【濧】都內切音對隊韻

濡也。見〔集韻〕。

【濩】黃郭切音穫藥韻

(一)雨流霤下皃。見〔說文〕〔段注〕皃。宋本無。非。霤、屋水流下也。今俗語呼殘水溜下曰滴—。乃古語也。

(二)淪也。〔詩葛覃〕是刈是—。

(三)汚也。見〔廣雅釋詁〕。

(四)—渃。水大貌。〔楚辭疾世〕望江漢兮—渃。

(五)蠖—。言屋中之深廣也。〔漢書揚雄傳〕蝴蜎蠖—之中。

(六)潰—。水勢相激洶湧之貌。〔文選郭璞賦〕潰—泧漷。

(七)瀖—。采色衆多眩曜不定也。〔文選王延壽賦〕瀖—燐亂。

(八)水名。〔水經河水注〕—水出松果之山。北流逕通谷。世亦謂之通谷水。東北注於河。述征記所謂—谷水者也。〔按清一統志云在陝西潼關廳西。廳今改縣〕

(九)借作鑊。〔爾雅釋訓〕是刈是鑊。鑊煑之也。〔義疏〕鑊者、詩作—。段借字也。

【濩】胡故胡切音護遇韻黃郭切音穫藥韻

大—。湯樂也。見〔左襄二十九年傳〕見舞韶—者。〔疏〕。〔按風俗通聲音—言救民也。廣雅釋詁作頀。〕

【濩】胡故切音護遇韻

(一)布—。猶散被也。〔文選張衡賦〕聲敎布—。

(二)—水名。〔山海經北山經〕石山——之水出焉。

【濩】胡陌切音獲屋虢切音獲陌韻

—澤。縣名。在澤州。見〔集韻〕。〔按當今山西陽城縣西。〕

【濫】盧瞰切音艦勘韻

(一)氾也。一曰。濡上及下也。詩曰。觱沸—泉。一曰。淸也。見〔說文〕〔王注〕濡上及下者。—泉之義。此先釋之而後引詩以證也。詩小雅采菽、大雅瞻卬、皆曰觱沸檻泉。借檻字者。謂如有檻逼束之。故濆薄而上涌也。箋云。所由者深。言其所濆者高、由於深也。是以濡上及下矣。濡非濡濆之濡。乃易濡其尾之濡。謂沾濡也。所濆者高。則先濡其上、而後及其下也。〔按女部爁下云。過差也。段玉裁云。凡不得其當曰過差。亦曰爁。今字多以—爲之。—行而爁廢矣〕

(二)溢也。〔左哀五年傳〕不僭不—。

(三)失也。〔左昭八年傳〕民聽—也。

(四)過也。〔周書程典〕不—其度。

(五)竊也。見〔論語衞靈公〕小人窮斯—矣鄭注〕。

(六)僭差也。〔禮記樂記〕狄成滌—之音作。

(七)—竊姦聲也。〔禮記樂記〕鄭音好—淫志。

(八)謂泛—小流貌。〔家語〕其源可以—觴。

(九)以諸和水也。〔禮記內則〕漿水醷—。〔按釋文曰。乾桃乾梅皆曰諸。釋名釋飲食曰。桃—水漬而藏之。其味——然酢也〕

(十)漬也。〔國語魯語〕宣公夏—於泗淵。

(十一)觀也。〔淮南俶眞〕美者不能—也。

(十二)—漿。謂泛冰於水以求寒也。〔管

子禁臧〕夫冬日之不一。非愛冰也。

●(十三) 勸有文體謂之𤁉。反轡爲一。見〔賈子道術〕

●(十四) 貪也。〔呂覽權勳〕虞公一於寶與馬。

●(十五) 施羅罔也。〔文選張衡賦〕澤虞是一。〔薛注〕施羅罔也。〔按朱駿聲以此爲檻之借字。謂施柴水中。以聚魚。圍而捕之。如檻之四面設闌。所謂渴澤而漁者。〕

●(十六) 浮辭也。〔文選陸機賦〕每除煩而去一。

●(十七) 一脇。音不和。〔淮南俶務〕而不期於一脇號鐘。

●(十八) 水名。〔水經濁漳水注〕絳水西出穀遠縣東發鳩之谷。謂之爲一水也。東逕屯留縣故城南。東北流入於漳。〔按清一統志云。𤁉水源出山西屯留縣西南九十里。盤秀山之陽。東流逕長子縣北二十五里。又東至長治縣西二十里入漳。酈道元以爲絳水。又曰。水經注有絳水而無𤁉水。其絳水所行之道。皆今𤁉水也。據是知一𤁉音轉耳。〕

【濫】 盧甘切音藍覃韻 盧瞰切音濫勘韻

邑名。〔左昭三十一年傳〕黑肱以一來奔。〔注〕一東海昌慮縣。〔按當今山東沂水縣。〕

【濫】 杜覽切音噉感韻

猶聚也。言竹聲擥然有積聚之意也。見〔禮記樂記竹聲一疏〕

【濫】 戶黤切音檻豏韻

● 一泉。正出。正出涌出也。見〔爾雅釋水〕〔疏〕詩言檻泉者。正直上出之泉也。一、檻音義同。〔按釋名釋水。水正出曰一泉。一、銜也。如人口有所銜。口闓則見也。〕

● 水名。〔水經河水注〕隴水。卽山海經所謂一水也。水出鳥鼠山西北高城嶺。西逕隴坻。又西北逕武街城南。又西北逕狄道故城東。又西北流注于洮水。〔按山海經西山經。一水、郭音檻。清一統志曰。在甘肅狄道州東。源出渭源縣西北。流入州境。注于洮水。狄道州今改縣。〕

【濫】 胡暫切音鑑勘韻

● 鑑或字。〔集韻〕鑑。陶器。如甀大口。以盛冰。周禮、春治鑑。或从水。

●(二) 浛濫也。〔莊子則陽〕同一而浴。

【濫】 盧敢切音覽感韻

濫或字。〔集韻〕濫。濱果也。一曰染也。或从一。

【濬】 須閏切音峻震韻

●(一) 古濬字。〔說文谷部〕濬。深通川也。一。古文濬。

●(二) 深也。〔書舜典〕一哲文明。

●(三) 州名。宋置。屬河北西路。今河南一縣東南有故一州城。

●(四) 同浚。〔書益稷〕一畎澮距川。〔史記夏本紀作浚。〕

●(五) 通徇。〔史記五帝紀〕幼而徇齊。〔索隱〕舊本亦有作一齊。蓋古字假借爲一。

【濮】 博木切音卜屋韻

●(一) 水名。〔說文〕一水出東郡一陽南。入鉅野。〔通訓定聲〕今曰一河。自河南衛輝府封邱縣。流經直隸大名府開州東南。合洪河入山東一州界。俗謂之普河。語之轉也。〔按開州今改一陽縣。一州今改縣。〕

●(二) 竹名。〔後漢書西南夷傳〕其竹節相去一尺。名曰一竹。

●(三) 高麗方言、鄙鼓曰一。見〔雞林類事〕

●(四) 州名。唐置。屬河南道。今山東一縣東二十里。

●(五) 姓也。見〔廣韻〕

●(六) 百一。夷也。〔左文十六年傳〕麇人率百一。聚於選。〔按文選張衡賦。爲百一所充。注曰。一、夷也。傳曰。麇人率百一。今巴中七姓有一也。朱駿聲說、則以左傳之百一、爲在江漢之間。楚之西北境。當今湖南石首縣南。文選之百一、爲百一之散處者。存攷。〕

【濯】 直角切音濁覺韻

●(一) 滌也。見〔說文〕〔按詩泂酌疏曰。一滌是洗浣之名。〕

●(二) 濯溉也。〔儀禮士喪禮〕新盆槃瓶廢敦重鬲皆一。

●(三) 大也。〔詩常武〕一征徐國。〔按方言曰。一、大也。荆吳楊甌之郊曰一。〕

●(四) 美也。〔詩文王有聲〕王公伊一。〔釋文〕美也。

●(五) 猶飲也。〔禮記少儀疏〕將飲之而跪之曰賜一。一猶飲也。

(六)已將沐浴謂之爲｜。〔儀禮士喪禮〕渜｜棄於坎。〔按禮記喪大記疏引皇氏曰、｜謂不淨之汁也。〕

(七)洮頮爲｜。見〔三國吳志虞翻傳注引翻別傳〕

(八)｜｜。姣遊也。〔詩靈臺〕麀鹿｜｜。〔又〕無草木之貌。〔孟子告子〕是以若彼｜｜也。〔又〕肥也。見〔廣雅釋訓〕

(九)｜龍。園名也。見〔後漢明德馬皇后紀注〕

(十)湖名。〔廣輿記〕在江西瑞州府新昌縣。〔新昌今改宜豐縣〕

(十一)通祧。〔周禮守祧〕掌守先王先公之廟祧。〔注〕故書祧作｜。鄭司農讀｜爲祧。

(十二)通珧。〔爾雅釋魚〕蜃小者珧。〔釋文〕珧、衆家本皆作｜。

【濯】式灼切音爍藥韻

水皃。見〔集韻〕

【濯】直敎切音棹效韻

(一)滫也。見〔廣雅釋器〕〔疏證〕案滫、謂久泔也。

(二)通櫂。〔漢書鄧通傳〕以｜船爲黃頭郞。〔注〕師古曰。｜船、能持｜行船也。

【濯】直角切音濁仕角切音浞覺韻

｜｜。光明也。〔詩崧高〕鉤膺｜｜。

【濰】夷佳切音惟支韻

(一)水名。〔說文〕｜水出瑯邪箕屋山。東入海。徐州浸。夏書曰。｜淄其道。〔通訓定聲〕出今山東莒州箕屋山。卽覆舟山。至萊州府昌邑縣東北境入海。曰濰河。濰、｜、本同聲也。〔按地理志述禹貢作維。蓋班从今文尙書作維。許从古文尙書作｜。今山東土語與淮同音。故遂作淮字。莒州今改縣。〕

(二)州名。隋置。旋廢。唐復置。亦隨廢。宋再置。屬山東東路。明改爲縣。迄今因之。卽山東｜縣治。清光緒二十八年。自行開爲商埠。

【瀕】卑民切音賓眞韻〔按韻會舉要曰。頻。毗賓切。說文。頻、水厓也。引詩率土之頻。又云。俗作｜。者、誤。今文水厓之字皆作｜。又音賓。〕

(一)涯也。〔書禹貢〕海｜廣斥。

(二)近也。〔國語齊語〕是以｜於死。

(三)州名。五代周置。今山東｜縣治。

(四)｜江。廳名。清置。屬吉林省。今改爲縣。在松花江之沿岸。故名。一名哈爾｜。清光緒三十一年。依一千九百零四年中日協約。開爲商埠。貿易暢旺。爲我國東北各商埠冠。

(五)同瀕。〔漢書賈山傳〕瀕海之觀。〔注〕張揖曰。古｜字。

(六)或作濱。〔詩北山〕率土之｜。〔白虎通喪服作濱。〕

【瀠】維頃切音營庚韻

(一)水泉皃。見〔玉篇〕

(二)瀯或字。〔集韻〕瀯環水。水回皃。或从｜。

【[illegible]】莫白切音陌陌韻

(一)波也。見〔玉篇〕

(二)嗼或字。〔集韻〕嗼。嗼帕。寂皃。亦作｜。

【濞】匹備切音淠平祕切音備寘韻匹計切音媲霽韻

(一)水暴至聲。見〔說文〕

(二)滂｜。水聲。〔文選司馬相如賦〕滂｜沆溉。

(三)懿｜。寂寞之形也。〔文選王延壽賦〕屛纍[illegible]以懿｜。

(四)彭｜。瀘積皃也。〔淮南俶眞〕譬若周雲之蘢蓯彭｜而爲雨。〔按一作澎｜。此爲雙聲。澎與滂同。〕

(五)水名。〔唐書吐蕃傳〕虜以鐵絙梁漾｜二水。通西洱。築城戍之。〔按通典作漾鼻。今訛稱漾備江。清一統志曰。江首受雲南劍川州之東劍海。西南流經浪穹州西。又南經煉鐵街。西南稍屈而東南經太和縣。西繞點翠山西麓。又東南經漾備街南。又南經合江鋪西。與西洱河合。劍川州今改縣。浪穹今改洱源縣。〕

(六)同鼻。〔漢書高帝紀〕沛侯｜重厚。

【淠】匹計切音媲霽韻匹備切音渒寘韻

同渒。〔六書故〕渒。波流演漾之貌。又作｜。〔按集韻曰。通作渒、淠一字也。〕

【瀱】符風切音馮東韻

水聲。見〔集韻〕

【濜】徐刃切音燼震韻

水名。〔水經沔水注〕｜水北發武都氐中。南逕張𡌛城東。又南逕張魯治。東南流入沔。〔按淸一統志曰。—本在陝西漢中府沔縣西。府志。有龍門灘。在縣北一里東南爲臥龍山。西爲蜂燧山。其中如門。故名。又云白馬河在縣西三十步。出龍門灘。南入漢水。卽—水也。〔又〕—水出於襄鄉縣東北陽中山。西逕襄鄉縣之故城北。又西逕蔡陽縣故城東。西南流注於白水。見〔水經沔水注〕〔按濟一統志曰。—水在湖北襄陽府棗陽縣西南。西流入於白水。今名沙河。府志。源出鹿頭店西。流入滾河。〕

【濜】子忍切音檵鉏引切軫韻

—湏。參差相次也。〔文選郭璞賦〕濜減—湏。〔按集韻曰。湏—。水波皃。〕

【濜】阻引切音臻軫韻

—鄰。水流皃。見〔集韻〕。

【濜】在忍切音藎軫韻

水急流皃。見〔集韻〕。

【濜】將鄰切音津眞韻

氣之液也。見〔廣韻〕。

【濝】渠之切音其支韻

水名。山海經。汎泐之山。—水出焉。

見〔集韻〕。〔按今山海經本作洪。據畢沅說。卽說文所稱淇也。〕〔又〕—水出垣縣王屋山西。—溪夾山。東南流。逕故城東。卽—關也。西屈逕關城南。歷軹關南。逕苟亭西。又東流注于河。見〔水經河水注〕。〔按濟一統志。—水在河南懷慶府濟源縣西。〕

【濩】火管切旱韻

弄水也。見〔集韻〕。

【澍】西沼切音繰篠韻

水皃。見〔集韻〕。

【溵】許尤切音休尤韻

汗面。見〔廣韻〕。〔按此字蔣字典承正字通之譌作溵。今依廣韻从月。〕

【澒】須絹切音選霰韻先活切音劉曷韻色洽切音歃洽韻

飲歃也。一曰吮也。見〔說文〕。〔桂注〕玉篇作[illegible]。

【渭】此芮切音脃霽韻

飲也。見〔集韻〕。

【潸】所晏切音汕諫韻

洗馬。見〔集韻〕。

【濞】山芮切音啐霽韻

淬或字。〔集韻〕淬。博雅。醬也。或作—。

【潕】罔甫切音武麌韻

潕或字。〔集韻〕潕。說文水出南陽舞陰東入潁。或从舞。

【濢】祖誄切音脺紙韻七醉切音翠寘韻

小溼也。見〔說文〕〔段注〕小蓋下之誤。篇韻皆云下溼。從古本也。〔按集韻六至。一曰物之小沾溼。然則下溼本義。小溼別義也。篇韻遵誄切者、訓汁漬。亦小溼義。〕

【濣】烏括切音斡曷韻

取水也。見〔集韻〕。

【濦】倚謹切音隱吻韻於斤切音殷文韻

水名。〔說文〕—水出潁川陽城少室山。東入潁。〔通訓定聲〕字亦作𤅩、作濦。出今河南河南府登封縣少室山。東流合於潁水。

【濦】於靳切音隱問韻

𤅩省字。〔集韻〕𤅩。水名。或省。

【㴔】迄及切音吸緝韻

汨—。水聲也。〔文選司馬相如賦〕汩—。漂疾。〔按集韻作潝。潝爲潝之或字。〕

【漻】連條切音聊蕭韻

水清也。見〔字彙〕。

【瀐】慈郎切音藏陽韻

沒也。見〔集韻〕。

【濨】牆之切音慈支韻

水名。在定州。旱則竭。見〔集韻〕。〔按定州今四川珙縣。〕

【澩】鉏救切音驟宥韻

水流疾也。見〔集韻〕。

【潨】慈與切音聚語韻

水聲。見〔字彙〕。

【瀞】千定切音靘徑韻

冷寒也。見〔集韻〕引說文。〔按今本說文作瀞。存攷。〕

【瀆】大透切音豆宥韻

瀆或字。〔集韻〕瀆水也。或作—。

【㬹】胡懺切音豏居懺切音鑑陷韻

沈物水中使冷也。見〔集韻〕。

【⿰氵頗】滂禾切音頗歌韻 水皃。見〔集韻〕。

【濭】於蓋切音藹泰韻 晻—。雲氣之貌。〔漢書禮樂志〕霧夜零。蓋晻—。〔又〕翳陰也。見〔集韻〕。

【濭】丘蓋切音磕泰韻 船着沙。見〔集韻〕。

【⿲辛氵辛】婢典切音辮銑韻 旋流。見〔集韻〕。

【⿲辛氵辛】玭眄切霰韻 急流也。見〔集韻〕。

【⿰氵辡】邦免切音辮銑韻 水皃。見〔集韻〕。

【滈】黑角切音吒覺韻 滈或字。〔集韻〕—。瀑水沸湧皃。或作—。

【瀫】古祿切音穀屋韻 水名。〔顏延之詩〕伊—絕津濟。〔按卽中山經所云瀫水。畢沅曰在河南永寧縣北七十里。〕

【⿲辛氵辛】皮戀切霰韻 水波也。見〔玉篇〕。

【潒】古堯切音澆蕭韻 同澆。見〔字彙補〕。

【㵎】烏絹切音淵先韻 深也。見〔字彙補〕。

【⿰氵與】象呂切音敍語韻 潊或字。〔集韻〕潊。水名。或从與。

【⿰氵喇】郎達切音剌曷韻 瀨名。見〔集韻〕。

【瀐】資昔切音積陌韻 水出貌。見〔集韻〕。

【瀐】宗括切音緵曷韻 滿也。見〔集韻〕。

【瀘】荒胡切音呼虞韻 滹或字。〔集韻〕滹沱水名。或作—。

【⿰氵𧶠】以醉切音遺寘韻 —津。濊侯國名。一曰藥草名。見〔集韻〕。

【⿰氵達】澾本字。見〔正字通〕。

【⿰氵尋】同漁。〔石鼓文〕君子—之。

【⿰氵喿】同澡。見〔玉篇〕。

【⿰氵森】同滋。〔石鼓文注〕—。鄭云、今作滋。鄭云、溼也。

【潤】同澗。見〔字彙補〕。

【淪】瀹省字。見〔正字通〕。

【⿰氵静】瀞俗字。見〔字彙〕。

【⿰氵㲋】瀺俗字。見〔字彙〕。

【⿰氵隼】洴譌字。〔正字通〕—。說文本作準。从隼。舊本沿集成本作—。非。

【瀵】瀵譌字。〔正字通〕舊注同瀵。按六書本作瀵。篆作瀵。譌作—。

【瀆】瀆譌字。見〔正字通〕。

【潛】潛譌字。按正字通如此作。今考說文潛篆从朁。此非。

十五畫

【濺】將先切音箋先韻 ——。水疾流貌。〔沈約詩〕出浦水——。

【濺】子賤切音箭才線切音賤霰韻 水激也。見〔集韻〕。

【濺】則旰切音賛翰韻 ㊀濺或字。〔集韻〕濺。說文、汙灑也。一曰水中人。或作—。〔按今俗猶謂污水灑衣曰—〕。㊁注射也。〔史記藺相如傳〕相如請得以頸血—大王矣。

【⿰氵靚】千定切音靘徑韻 差梗切音淨梗韻 ㊀冷寒也。見〔說文〕。〔集韻〕。楚人謂冷曰—。㊁古淨字。見〔廣韻〕。㊂邑北城門地也。見〔正字通〕。㊃同淘。〔世說新語〕王丞相以腹熨彈棋局曰。何乃淘。〔御覽引作—〕。

【瀐】子末切音繓曷韻 ㊀水濺頭起也。見〔廣韻〕。㊁小水出也。見〔集韻〕。㊂滿也。見〔字彙〕。

【瀐】子列切音蠽屑韻 灑也。見〔集韻〕。

【瀐】資昔切音積陌韻 小水。見〔廣韻〕。

【⿰氵皛】胡了切音皛篠韻 ㊀渺—。水遠也。見〔集韻〕。㊁—淼。水深白皃。見〔集韻〕。

〔濼〕普木切音朴盧谷切音祿屋韻盧督切音碌沃韻力角切音犖覺韻歷各切音洛藥韻

㊀齊魯閒水也。春秋傳曰。公會齊侯于—。見〔說文〕。〔段注〕春秋桓十八年公會齊侯于—。三經三傳皆同。杜曰。—水在濟南歷城縣西北入濟。水經注濟水篇曰。濟水又逕盧縣故城北。又逕什城北。又東北右會玉水。又東北—水入焉。水出歷城縣故城西南。春秋桓公十八年公會齊侯于—是也。俗謂之娥英水。合大明湖歷水北流入於濟。齊乘曰。小清河之在歷城者。卽古—水。按今山東濟南府歷城縣小清河。源出縣西東經章邱鄒平長山新城入青州府高苑縣。至博興。合時水入海。而章邱以下淤塞。—水東北入大清河。〔按濟南青州二府今裁。新城縣改耏水縣。〕

㊁淫—。似酸痛而無力也。〔素問骨空論〕淫—脛痠不能久立。

〔濼〕匹各切音粕藥韻

㊀陂澤。見〔集韻〕。〔按玄應曰。凡陂池山東名為—。匹博反。鄒東有鵠鵲—是也。幽州呼為淀。音殿。段玉裁云。—、泊古今字。如梁山—、是也。〕

㊁古國名。見〔集韻〕。

〔濼〕郎狄切音歷錫韻弋灼切音爍藥韻

㊀藥草也。〔爾雅釋草〕—、貫衆。〔注〕葉圓銳。莖毛黑。布地。冬不死。一名貫渠。廣雅云貫節。

〔濾〕良據切音慮御韻

㊀—水也。見〔玉篇〕。〔正字通〕云。唐人白行簡以—水羅賦著稱。注。羅、—水具。用輕紗粗葛布為之。滓在上。水在下。則水潔淨也。

㊁澄也。見〔集韻〕。

〔瀀〕于求切音優尤韻

㊀澤多也。詩曰。既—既渥。見〔說文〕。〔段注〕小雅信南山文。今詩作優。毛傳曰。優渥也。優卽—之假借矣。

㊁渥也。見〔玉篇〕。

㊂寬也。見〔玉篇〕。

㊃漬也。見〔廣雅釋詁〕。

㊄栫也。〔廣雅釋器〕—、滲栫也。〔通訓定聲〕云。柴木壅水謂之栫。亦謂之滲。韓詩滲有多魚是也。雨水漸漬謂之—。亦謂之滲。故亦謂之栫。說文滲漬也是也。

〔瀁〕以兩切音養養韻

㊀古漾字。見〔說文〕。〔書禹貢〕嶓冢導漾。史記夏本紀作嶓冢導—。

㊁滉—。水貌。見〔集韻〕。

㊂——。無厓際也。見〔玉篇〕。

㊃沆—。廣大之皃。〔文選左思賦〕澒溶沆—。

〔瀃〕斯義切音賜寘韻

㊀泄水門也。一說停水曰—。南史有石—。見〔集韻〕。

㊁障水也。見〔增韻〕。

〔⿰氵頢〕呼刮切音頢黠韻

㊀不淨也。見〔玉篇〕。

㊁言不了也。見〔集韻〕。

〔瀄〕側瑟切音櫛質韻

㊀—汨。水聲。見〔廣韻〕。〔又〕水流貌。見〔集韻〕。〔又〕去疾貌。〔文選稽康賦〕—汨澎湃。

㊁相撇也。〔史記司馬相如傳〕湢測泌—。

〔⿰氵翏〕居肴切音交肴韻

㊀水名。見〔玉篇〕。

㊁—滈。水廣貌。〔文選木華賦〕—滈浩汗。

〔㶁〕郭擭切音虢陌韻

㊀水裂去也。見〔說文〕。〔段注〕謂水分裂而去也。

㊁激水也。見〔方言〕。

〔瀥〕綌虢切音隙陌韻

同濤。水聲。〔韓愈記〕水—循除鳴。

〔瀆〕徒谷切音犢屋韻

㊀溝也。一曰邑中溝。見〔說文〕。〔段注〕謂井閒廣四尺深四尺者也。〔通訓定聲〕云。易說卦傳坎為溝—。或曰田閒曰溝。邑中曰—。

㊁山水名。〔水經江水注〕岷山則—山也。水曰—水矣。

㊂江河淮濟為四—。見〔爾雅釋水〕。〔按水經河水注云。自河入濟。自濟入淮。自淮達江。水經周通。故有四—之名也。〕

㊃垢濁也。〔白虎通巡狩〕—者、濁也。中國垢濁發源。東注海。其功著大。故稱—也。

㊄小渠也。〔史記屈原賈生傳〕彼尋

常之汚—兮。
（六）亂也。〔易蒙〕再三—。—則不告。
（七）侵也。〔左昭二十六年傳〕國有外援。不可—也。
（八）褻也。〔禮記表記〕夏道未—辭。
（九）易也。〔左昭二十六年傳〕貫—鬼神。
（十）數也。〔左昭十三年傳〕—貨無厭。
（十一）敗也。〔太玄難〕凍冰—。
（十二）恩也。見〔字彙〕。
（十三）重複也。見〔正字通〕。
（十四）水竇也。〔荀子脩身〕開其—。

【瀆】 大透切音豆宥韻
（一）句—。地名也。〔左桓十二年傳〕公及宋公盟於句—之丘。
（二）同竇。〔左襄三十年傳〕伯有自墓門之—入。

【瀈】 呼韋切音暉微韻
（一）竭也。見〔廣韻〕。
（二）通作揮。振去水也。見〔集韻〕。

【瀉】 洗野切音寫馬韻
（一）傾也。見〔玉篇〕。
（二）去水也。見〔集韻〕。
（三）急瀉也。〔謝靈運詩〕石磴—紅泉。
（四）鹽形也。見〔集韻〕。
（五）通寫。〔周禮稻人〕以澮寫水。

【潟】 四夜切音卸禡韻
（一）鹵也。〔論衡書解〕地無毛則為—土。
（二）吐—也。故揚豫以東。謂—為吐也。
（三）泄也。〔方言〕泄—。為注下之疾。見〔釋名釋疾病〕。

【瀊】 蒲官切音盤寒韻
（一）洄也。見〔玉篇〕。
（二）通盤。〔韓愈詩〕流水盤迴三百轉。
（三）通潘。〔列子黃帝〕鯢旋之潘為淵。〔注〕潘音盤。水之盤迴。

【瀰】 莫比切音美紙韻
（一）水流皃。見〔玉篇〕。
（二）同瀰。見〔字彙〕。

【瀋】 昌枕切音沈寢韻
（一）汁也。春秋傳曰。猶拾—也。見〔說文〕〔段注〕左傳哀三年曰。無備而官辦者猶拾—也。杜云。—汁也。陸德明云。北土呼汁為—。按禮記檀弓為榆沈。假沈為—。
（二）水名。〔淸一統志〕盛京奉天府。—水在承德縣南四里。俗名五里河。自東關觀音關發源至縣子關南入運河舊名小—河遼金—州元—陽路明—陽中衛。並以此水為名。〔按奉天今改省。承德縣今改—陽縣〕

【瀋】 鶂禁切沁韻
置水於器。見〔集韻〕。

【瀌】 悲嬌切音鑣蕭韻
韶皮虯切音滮尤韻
麃妙切嘯
（一）雨雪—。見〔釋文〕。〔按詩角弓釋文云。—雪盛貌。〕
（二）——雨也。見〔廣雅釋訓〕。
（三）通麃。〔韓詩外傳〕雨雪麃麃。

【漻】 朗鳥切音了篠韻
（一）—瀨。小水別名也。見〔玉篇〕。
（二）—瀏。水清。見〔集韻〕。

【瀾】 忽麥切音劃陌韻
（一）流也。見〔玉篇〕。
（二）水皃。見〔廣韻〕。

【瀎】 莫萬切音末曷韻
（一）滅—。拭滅皃。見〔說文〕。〔按方言。淨巾謂之—布。今猶有此稱。字俗作抹。〕
（二）抹。誤。
（三）塗拭。見〔廣韻〕。
（四）—潏。疾流貌。〔文選張衡賦〕沒滑—潏。

【瀎】 莫結切音蔑屑韻
（一）塗飾也。見〔集韻〕。
（二）—泧。水皃。見〔集韻〕。

【瀏】 力求切音留尤韻力九切音柳有韻
（一）流清皃。詩曰。—其清矣。見〔說文〕。
（二）水名。〔水經瀏水〕—水出臨湘縣東南。—陽縣西北。過其縣東與澇水合。西入於湘。〔按淸一統志。湖南長沙府—水。在—陽縣南。源出大圍山西北。流入長沙縣界入湘。〕
名—陽水。又名—川河。
（三）深皃也。見〔玉篇〕。
（四）流也。〔太玄減〕—漣漣。
（五）清也。〔文選揚雄賦〕正—溢以弘愉兮。〔注〕—溢。猶清靜而泛溢也。
（六）風疾也。〔楚辭逢紛〕秋風—以蕭蕭。
（七）林木鼓動聲。〔史記司馬相如傳〕—莅歘吸。
（八）—亮。清明之稱。〔文選陸機賦〕賦體物而—亮。
（九）—睨。目清貌也。〔文選潘岳賦〕—

晥㮶以抗憤。

(十)—溧清涼貌。〔文選馬融賦〕正—溧以飂冽。

(十一)颮—颮聲也。〔文選左思賦〕颮—颼飀。

【瀑】蒲報切音暴號韻

本作瀑。〔說文〕瀑。疾雨也。詩曰。終風且瀑。一曰。沫也。一曰。—、賁也。〔段注〕詩邶風文。按毛詩終風且瀑傳曰。瀑、疾也。即指風言。許所據蓋三家詩。雨部曰。賁、雨也。齊人謂靁爲賁。

【瀑】步木切音僕屋韻

(一)飛泉縣水也。〔文選孫綽賦〕—布飛流以界道。

(二)水名。〔清一統志〕湖南永州府。—帶水在永明縣南。源出神光嶺山。其自高注下長丈餘。如曳素練者爲—水。

【瀑】弼角切音雹覺韻

(一)瀑—。水沸聲。〔文選左思賦〕龍池瀑—。

(二)濆—。波浪涌起貌。〔文選郭璞賦〕溭淢濆—。

【瀨】郎外切音酹泰韻力活切曷韻

(一)以酒祭地也。見〔玉篇〕。

(二)酹或字。〔集韻〕酹。餟祭也。或作—。

【灅】魯水切音壘紙韻

灅—。水波涌起貌。〔文選郭璞賦〕溭—濆瀑。

【灅】𤜵猥切音磊賄韻

灅省字。〔集韻〕灅。水名。漢書在北平南至無終。東入浭。或省。〔詳灅字〕。

【潭】徒紺切澹去聲勘韻

沈水底沒—。見〔廣韻〕。

【𤅊】力展切音輦銑韻

水也。見〔玉篇〕。

【濿】力制切音例霽韻

以衣渡水。由膝以上爲—。亦作厲。詩曰。深則厲。淺則揭。說文又作砅。履石渡水也。見〔廣韻〕。

【灦】戶醆切音檻豏韻

縣水皃。見〔集韻〕。

【瀒】色入切音澀緝韻

韃夷會長名。唐有渤達國王摩俱—思。見〔集韻〕。

【瀕】丑刮切音頒黠韻

湏—。不淨也。見〔集韻〕。

【瀘】於候切漚去聲宥韻

飲水也。見〔集韻〕。

【瀱】力涉切音獵葉韻

水聲。〔庾闡賦〕山水潾—而鱗布。

【瀞】治革切音蹢竹益切音躑直炙切音擿陌韻亭歷切音狄錫韻

土得水沮也。見〔說文〕〔段注〕今俗謂水稍稍侵物入其內曰—。當作此字。

【瀅】縈定切音鎣徑韻

汀—。小水也。見〔集韻〕。〔又〕水瀅也。〔韓愈詩〕曲江汀—水平杯。

【瀠】涓熒切音扃青韻

水名。在襄陽。見〔集韻〕。

【瀅】烏迥切音罃迥韻

濴或字。〔集韻〕汀濴。小水貌。或作—。

【瀅】吉成切頸平聲庚韻

絕小水也。見〔集韻〕。

【澈】直裂切音徹屑韻

清貌。見〔字彙〕。

【𤅃】直甲切音霅洽韻

水名。見〔集韻〕。

【瀇】鄔晃切音汪養韻

水深廣貌。〔淮南覽冥〕—瀁極望。

【瀇】烏曠切音醞漾韻

汪或字。〔集韻〕汪。停水臭。一曰水貌。或从廣。

【瀂】凌如切音閭魚韻

浘—。泄海水出外者。通作閭。見〔集韻〕。

【瀍】澄延切音纏先韻

水名。〔水經瀍水〕—水出河南穀城縣北山。東與千金渠合。又東過洛陽縣南。又東過偃師縣。又東入於洛。〔當今孟津縣境〕。

【瀴】烏猛切音礦梗韻

水淨皃。見〔集韻〕。

【瀢】羊水切音偉紙韻

流皃。見〔玉篇〕。

【滭】兵匹切音泌質韻　行不止也。見〔字彙補〕。

【瀾】同逆切音佰陌韻　落也。見〔字彙補〕。

【瀿】七蓋切音蔡泰韻　水名。見〔集韻〕。

【瀏】居御切音遽御韻　澽或字。〔集韻〕澽。乾也。或作—。

【瀞】古獲切音馘職韻　水名。見〔字彙補〕。

【㵒】疋閑切音湲刪韻　水潰散也。見〔字彙補〕。

【瀅】淫本字。見〔說文〕。

【濟】濟本字。見〔說文〕。

【滴】同滴。見〔玉篇〕。

【瀫】同濼。見〔字彙〕。

【瀲】同灕。見〔字彙〕。

【瀏】同瀏。〔字彙補〕見漢三老袁君碑。

【瀧】同瀧。見〔字彙補〕。

【濨】同滋。見〔字彙補〕。

【瀞】同靜。〔字彙補〕石鼓文。避水既—。

【瀫】同激。見〔玉篇〕。

【瀂】鹵或字。見〔集韻〕。

【瀆】瀆或字。見〔集韻〕。

【濤】淺省文。見〔集韻〕。

【灒】濽俗字。見〔字彙〕。

【瀸】濺俗字。見〔字彙〕。

【瀳】灊訛字。見〔正字通〕。

【濵】濱訛字。見〔正字通〕。

十六畫

【瀕】卑民切音賓眦賓切音頻眞韻

㈠本作顮。〔說文顮部〕顮。水厓。人所賓附也。顮戚不前而止。从頁从涉。〔段注〕厓。今之涯字。—今字作濱。召旻傳云、—厓也。采蘋北山傳皆曰濱、厓也。

㈡猶邊也。〔漢書地理志〕下南山。

【㶇】忽郭切音霍藥韻

㈠濆也。見〔廣雅釋詁〕。

㈡—瀞。衆波聲也。〔文選木華賦〕—溿灒滑。

㈢—濩。彩色眩燿不定之貌。〔文選王延壽賦〕—濩燐亂。

【瀶】余廉切音鹽徐廉切音燗鹽韻以冉切音琰琰韻

㈠海岱之間謂相汙曰—。見〔說文〕。

㈡水進也。見〔集韻〕。

【瀘】龍都切音盧虞韻

㈠水名。見〔說文新附〕。〔按水經。若水、又東北至犍爲朱提縣西爲—江水。注—水源出曲羅嶲下三百里。又下合諸水而總其目焉。故有—江之名矣。攷漢朱提縣。在今四川宜賓縣西南。〕

㈡州名。唐置。屬劍南道。宋屬潼川路。元屬四川省重慶路。明屬四川省。清因之。今稱—縣。

【瀚】侯旰切音翰翰韻

㈠北海名。見〔集韻〕。〔按—海屬蒙古地。史記漢書霍去病傳並作翰海。唐置—海都督府。當今喀爾喀地。蒙古語謂之戈壁。〕

㈡混—。水貌。〔文選郭璞賦〕混—灦渙。

㈢—廣大皃。〔淮南俶眞〕浩浩——。

【瀛】怡成切音盈庚韻

㈠水也。見〔說文新附〕。

㈡池中也。楚人名池澤中曰—。〔楚辭招魂〕倚沼畦—兮遙望博。

㈢海也。〔史記孟子荀卿傳〕乃有大—海環其外。

㈣山名。〔清一統志〕在四川巴縣南。元和志以其高峻象海中蓬—故名。

㈤州名。唐置。屬河北道。當今直隸河間縣治。

㈥—洲。神山也。〔史記秦始皇紀〕海中有三神山。名曰蓬萊、方丈、—洲。

㈦—臺。在禁城西苑太液池中。臺三面臨水。有天然林壑之致。見〔清一統志〕。

㈧俗稱人之家屬曰—眷。猶言仙眷也。

【瀝】狼狄切音歷錫韻

㈠漉也。一曰。水下滴—也。見〔說文〕。〔段注〕文選魯靈光殿賦李注、引水下滴—之也。—、漉皆訓自下而上之灡—則爲自上而下之。

㊁流也。〔文選張衡賦〕漱飛泉之—液。

㊂酒也。見〔廣雅釋器〕。

㊃湖名。在廣東高要縣北五里。見〔清一統志〕。

㊄——風聲也。〔逸士傳〕風—有聲。〔又〕水聲也。〔于武陵詩〕入戶風泉聲—。

㊅淅—。雨聲。〔文選謝惠連賦〕霰淅—而先集。

㊆竹—。藥名。〔本草綱目〕截竹二尺長。劈開。以火炙出其—。以盤承取。

【瀟】先彫切音蕭蕭韻

㊀水深清也。見〔水經湘水注〕。〔按〕—亦作潚。〔詳潚字注〕。

㊁水名。〔清一統志〕—水在湖南道州北。源出—山。水源有三。一出—山。東流繞宜山。從州東北入沲水。一曰小—水。一出九疑山。下流俱入湘。〔按道州今改爲縣〕。

㊂——驟疾也。〔詩風雨〕風雨——。

㊃—碧。竹也。〔孟郊詩〕—碧遠輸委。

【瀶】郎計切音麗霽韻

㊀滴也。見〔玉篇〕。

●溮—。泣也。一曰漉也。見〔集韻〕。

【瀧】盧東切音籠東韻

㊀雨—兒。見〔說文〕。

㊁漬也。見〔廣雅釋詁〕。

【瀧】力鍾切音龍冬韻

水名。見〔集韻〕。

【瀧】疏江切音雙江韻

㊀水名。在嶺南。見〔集韻〕。〔按—水有二。清一統志曰。—水古名虎溪。又名武陽溪。李紳詩注。南人謂水爲—。自郴南至韶北有八—。皆急險不可入。南中輕舟迅疾可入。此水者名曰—船。善游者爲—夫。此由湖南衡郴至韶之—水也。又廣東之—水。源出羅定州西寧縣西南。溪曲江西寧今改稱鬱南〕。

㊁州名。唐置。屬嶺南道。今廣東羅定縣東。有廢—州故城。

㊂—岡。山名。在江西永豐縣沙溪。歐陽修有—岡阡表。

【瀧】閭江切音龍江韻

奔湍。見〔集韻〕。

【瀧】盧貢切音弄送韻

—涷。瀝也。見〔集韻〕。

【瀨】落蓋切音賴泰韻

㊀水流沙上也。見〔說文〕。〔段注〕—之言渫也。水在沙上。湍渫而下滲也。

㊁石而淺水曰—。〔漢書司馬相如傳〕北揭石—。

㊂急流也。〔淮南本經〕抑減怒—。

㊃水名。〔水經灘水注〕—水出蒼梧荔浦縣西北魯山之東。逕其縣西。與灕水合。又東南流入荔浦。注于—溪。〔按荔浦屬廣西。今仍舊名〕。〔又〕水名。〔越絕書〕見一女子擊絮於—水之中。〔按水在今江蘇溧陽縣西北。清一統志。溧水一名—水。東流爲永陽江。江上有渚曰—渚。即子胥乞食投金處。故又名投金—。東流爲—溪。入長蕩湖〕。

㊄通厲。〔漢書武帝紀〕甲爲下—將軍。〔史記南越傳作下厲將軍〕。

【瀔】胡谷切音穀屋韻

㊀水聲。見〔集韻〕。

㊁水名。〔清一統志〕衢江、自衢州府龍游縣流入。經湯溪縣。又北入蘭溪縣界。又至蘭陰山下。與婺港合。統名曰蘭溪。又名—水。以水紋類羅縠。故名。

【瀦】張如切音豬魚韻　東徒切音都虞韻

㊀水所亭也。見〔說文新附〕。

㊁同豬。〔左襄二十五年傳〕規偃豬。〔疏〕豬者停水之名。

【⿰氵毳】息面切選去聲霰韻　此芮切音毳霽韻

飲也。歠也。吮也。見〔玉篇〕。

【⿰氵滕】徒登切音滕蒸韻

水超涌也。與滕同。見〔字彙〕。

【⿰氵閼】阿葛切音遏曷韻

金—。水名。〔宋周煇北轅錄〕金宴宋使。所餉酒猶醇厚。名金—。宮用金—水釀酒也。

【⿰氵諸】寄於切音諸魚韻

水名。在北岳。見〔集韻〕。

【⿰氵諸】陳於切音除魚韻

水名。在堂邑。見〔集韻〕。

【瀙】七刃切音寴　初覲切音櫬震韻　雌人切音親　緇詵切音臻眞韻

水名。〔說文〕—水出南陽舞陽中陽山。入潁。〔通訓定聲〕出今河南南陽府淯陽縣中陰山即蔵山今水道與古異。水經—水注。山海經謂之視水也。[按中陽山漢志作中陰山。]

【濻】戶孟切音脝敬韻　小津也。一曰。以船渡也。見[說文]。[王注]音非舟車所湊也。或借潢字。天官書旁有八星絕漢曰天潢。亦省作橫。六韜軍用篇天橫一名天船。方言。方舟謂之—。郭注。揚州人呼渡津舫爲—。荊州人呼航音橫。

【濻】胡盲切音横庚韻　筏也。見[廣雅釋水]。[按集韻庚韻—或从舟作艎。]

【瀜】余中切音融東韻　沖—。水深廣皃。[文選木華賦]沖—沆瀁。

【瀞】疾正切音淨敬韻　無垢薉也。見[說文]。[王注]或借淨字爲之。亦省作靜。東京賦。洗滌靜嘉。薛綜注。靜、潔也。周語。靜其巾冪。韋注。靜、潔也。

【瀠】烏迴切迴韻　—

【濙】維傾切音營庚韻　濙或字。見[集韻]。

【潭】以荏切音桐寢韻　—潭。水動也。見[集韻]。

【瀿】符袁切音煩元韻　泉名。在魏郡。見[集韻]。

【瀩】杜潰切音隊隊韻　水帶沙往來之貌。[夏侯湛寒苦謠]水塘—於井榦。[按—廣韻作瀩。集韻作瀩。竝同。]

【潯】徐心切音尋侵韻　旁深也。見[集韻]。

【潠】須絹切音選霰韻　口含水噴也。見[集韻]。

【瀡】選委切音髓紙韻　思累切音髓寘韻　隨隨切支韻　滑也。[禮記曲禮]滫—以滑之。[注]齊人謂滑曰—。

【瀢】愈水切音唯紙韻　—。魚行相隨皃。一曰。魚盛謂之—。一曰。水流皃。一曰膏液見[集韻。]

……役泰韻　—沲。水汎沙動皃。見[集韻]。[按文選江賦。碧沙—沲而往來。—沲作—沲。]

【瀣】下介切音械卦韻　沆—。气也。見[說文新附]。[按集韻卦韻沆—。海氣。]

【瀣】胡對切音潰隊韻　沆—。露氣。一曰。北方夜半氣。見[集韻。]

【瀣】戶代切音劾隊韻　沆—。露氣。一曰。水皃。見[集韻]。[按史記司馬相如傳。澎濞沆—。文選上林賦作沆溉。]

【瀤】戶乖切音懷佳韻　北方水也。見[說文]。[按山海經北山經。獄法之山。—澤之水出焉。而東北流注于泰澤。]

【瀤】烏乖切音崴佳韻　淥—。水不平皃。[文選郭璞賦]溛淪淥—。

【[illegible]】孚袁切音翻元韻　大波也。見[集韻]。

十七畫

水名。見[集韻]。

【瀗】許建切音獻願韻　水名。見[集韻]。

【濊】呼括切音豁曷韻　同濊。水聲。見[廣韻]。

【濕】濕本字。見[集韻]。

【[illegible]】古淳字。見[集韻]。

【澦】同瀕。見[玉篇]。

【[illegible]】同涇。見[正字通]。

【瀅】同濙。見[集韻]。

【[illegible]】同渠。[穆天子傳]爰有—溲。[郭注]今西有渠搜國。疑—爲渠字。

【瀥】滈或字。見[集韻]。

【澩】澩或字。見[說文]。

【灚】潩俗字。見[正字通]。

【瀐】瀐俗字。見[正字通]。

【瀨】瀨譌字。見[字彙補]。

【瀯】繼傾切音縈庚韻
渟—。小水也。〔後漢杜篤傳〕去洛邑之渟—。
瀠—。水回皃。見〔集韻〕。
—。水聲也。〔白居易記〕—之聲與耳謀。

【瀰】民卑切音彌支韻
渺—。水曠遠皃。〔文選木華賦〕渺—湠漫。
通瀰。〔詩新臺〕河水——。〔白帖〕作河水瀰瀰。

【瀰】母婢切音弭紙韻
——。水盛也。〔詩新臺〕河水——。
深水也。〔詩匏有苦葉〕有—濟盈。

【濔】乃禮切音禰薺韻
水流也。見〔集韻〕。

【瀰】母禮切音米薺韻
濔或字。〔集韻〕濔濔。水流皃。或作—。

【瀱】居例切音罽 許罽切音憩霽韻
井一有水一無水謂之—汋。見〔說文〕。
● 竭也。見〔釋名釋宮室〕。

【瀲】力冉切音斂琰韻
●一 —灩。相連之皃。〔文選木華賦〕瀲淡—灩。
●二 —。水溢皃。見〔集韻〕。

【瀲】力驗切音殮豔韻
●一 泛也。水波上及也。見〔文選郭璞賦注引字書〕。
●二 波際也。〔文選潘岳賦〕青蕃蔚乎翠—。

【瀵】芳問切音湓 方問切音奮問韻 普悶切音噴慁韻
●一 水漫也。爾雅凵。大出尾下。見〔說文〕。〔段注〕瀵、各本作浸。今依集韻訂。〔按爾雅郭注〕尾、猶底也。今河東汾陽縣有水口。如車輪濆沸湧出。其深無限。名之曰—。郃陽縣復有—。亦如之。攷汾陽當今山西榮河縣。郃陽當今陝西洽陽縣西南。又今山東歷城縣有趵突泉。亦—也。公羊昭五年傳。濆泉者何。直泉也。直泉也。詩、滭沸檻泉。爾雅濫泉正出。正出、涌出也。皆—之類。
●二 山頂之泉曰—。〔列子湯問〕名曰神—。
●三 異出同流爲—。見〔水經河水注引字林〕。

【瀶】犁鍼切音林侵韻
●一 谷也。一曰寒也。見〔說文〕。〔通訓定聲〕凡泉出通川爲谷也。
●二 ——。雨也。見〔廣雅釋訓〕。

【瀌】子小切音勦篠韻
●一 釃酒也。一曰浚也。从网水焦聲。見〔說文〕。〔王注〕詩伐木傳云。以筐曰釃。廣雅。—、盪也。网水者、猶云以巾漉酒也。
●二 盡也。見〔類篇〕。

【瀷】逸職切音弋 昌力切音𥢶職韻
●一 水名。〔說文〕—水。出河南密縣東。入潁。〔通訓定聲〕即潩之或體。潩水俗謂之敕水。出今河南開封府新鄭縣西南具茨山。至許州臨潁縣合。〔參看潩字注〕。
●二 湊漏之流也。〔文選郭璞賦〕碨之以瀷—。
●三 雨濆疾流者。〔淮南覽冥〕澤受—而無源者。

【瀷】蓄力切音敕職韻
水皃。〔淮南本經〕淌游—減。

【澴】胡關切音還刪韻
●一 水也。見〔玉篇〕。
●二 澴或字。〔集韻〕澴。水名。亦曰漩澴。水漩起皃。或从還。

【瀸】將廉切音尖鹽韻
●一 漬也。見〔說文〕。〔通訓定聲〕誼與滲略同。通俗文。淹漬謂之—。洳字亦作瀸。廣雅釋詁。瀸、漬也。
●二 泉一見一否爲—。見〔爾雅釋水〕。〔注〕—、纔有皃。
●三 洽也。〔呂覽圜道〕—於民心。
●四 通漸。〔漢書郊祀志〕漸臺高二十餘丈。〔注〕—、亦浸耳。
●五 通殲。〔春秋莊十七年〕齊人殲于遂。〔公羊作—〕。

【瀹】弋灼切音藥藥韻
●一 漬也。見〔說文〕。〔桂注〕士喪禮。筲三其實皆—。注云。皆湛之湯。馥謂猶內則湛諸美酒。
●二 煮也。〔漢書郊祀志〕不如西鄰之—祭。〔注〕謂—煮新菜以祭。
●三 滌也。〔莊子知北游〕疏—而心。澡雪而精神。
●四 治也。〔孟子滕文公〕禹疏九河。—濟漯。
水流聲疾皃。〔文選郭璞賦〕—[illegible]汭瀾—。

(六)潭—動搖之貌。〔文選木華賦〕枝岐潭—渤蕩成汜。

【瀟】弋笑切音燿嘯韻
水清見。〔集韻〕。

【瀺】鋤咸切音讒咸韻
(一)手足液也。〔史記扁鵲倉公傳〕出及—水。
(二)水注聲。〔文選馬融賦〕碓投—穴。
(三)—灂。水落兒。見〔集韻〕。

【瀺】士減切音斬豏韻
—灂。水聲。〔文選司馬相如賦〕—灂霣墜。

【瀺】士冉切音嶘琰韻
出沒兒。〔文選潘岳賦〕游鱗—灂。

【瀼】如陽切音穰陽韻
(一)露濃兒。見〔說文新附〕。
(二)同瀼。〔廣雅釋訓〕瀼瀼、露也。

【瀼】思將切音襄陽韻
(一)水兒。通作瀼。見〔集韻〕。
(二)——。開合之兒。〔文選木華賦〕——瀅瀅。

【瀼】人㨾切音讓漾韻
(一)水名在蜀見〔集韻〕〔按入蜀記〕山間之流通江者土人多謂之—。考蜀中—水有西—水、自太平縣東千頃池發源經奉節縣流入大江。又東—水、在奉節縣東十里。又泗—水、在巫山縣西四十里。一名錯開峽。
(二)溪名。〔清一統志〕—溪在江西九江府瑞昌縣南源出縣西北大小—山下流入湓水。

【瀼】乃朗切音曩養韻
(一)水流兒。或作灢。見〔集韻〕。
(二)泱—。停淤也。〔文選木華賦〕涓流泱—。

【瀼】奴當切音囊陽韻
露盛兒。詩、零露——。徐邈讀。或从雨。見〔集韻〕。

【瀼】汝兩切音壤養韻
水淤也。〔漢書溝洫志〕有填淤反—之害。〔按集韻〕、或作灢。

【澄】他登切音鼟登韻 都騰切音登蒸韻 台隥切音蹬徑韻
(一)小水相添益兒。見〔集韻〕。
(二)同磴。〔文選郭璞賦〕磴之以濙瀯。〔注〕磴、猶益也。

同堰。〔文選左思賦〕堰流十二同源異口。

【瀾】郎干切音闌寒韻
(一)大波爲—。見〔說文〕。〔王注〕釋水文。釋文作瀾。假借下文瀾、潘也。毛傳風行水成文曰漣。釋文、風吹水波曰—。—、連也。波體泛流相連及也。詩、漸漸之石箋云與衆豕涉入水之波漣。釋文漣一本作—。〔按說文—或从連〕。
(二)起也。〔文選宋玉賦〕若流波之將—。
(三)——。淚下貌。〔元稹詩〕烏啼啄啄淚——。
(四)汍—。泣涕貌。〔文選陸機弔文〕涕承睫而汍—。
(五)—滄江名。〔清一統志〕—滄江在西藏匝坐里岡城東一百里。番名拉楚河。二源。一源發於匝楚河。一源發於鄂穆楚河。俱東南流。折而南。至叉木多廟前。二流合流。名拉楚河。又南流至雲南入麗江府界。爲—滄江。又流經永昌順寧蒙化景東。歷阿瓦國老撾地入交阯界。注於南海。
(六)通闌。〔侯成碑〕泣涕汍瀾。

【瀾】郎旰切音爛翰韻
(一)—汗。長貌。〔文選木華賦〕洪濤—汗。
(二)—漫。分散也。〔文選王襃賦〕愺恅—漫。
(三)—潘。米汁也。〔周禮槀人注〕潘—。戔餘不可褻也。

【灆】郎紺切音濫勘韻
—灆。浮兒也。見〔集韻〕。

【濡】郎丁切音靈青韻
水曲。見〔集韻〕。

【瀳】力甸切音薦霰韻 租昆切音尊元韻 才先切音前先韻
水至也。見〔說文〕。〔通訓定聲〕—字亦作洊。易坎、水洊至。陸注、再也。劉注、仍也。京作瀳。干作薦。按薦爲本字。—者後出字。易洊雷震豈宜作瀳乎。

【瀳】將先切音前先韻
水名。一曰水至也。見〔集韻〕。

【瀳】徂悶切音鐏願韻
水出兒。見〔集韻〕。

【瀴】烟頂切音㬪迥韻

—涬。水皃。見〔集韻〕。

【瀴】伊盈切音嬰庚韻莫迥切音茗迥韻
—溟。猶絕遠杳冥。〔文選木華賦〕經途—溟。

【瀴】於孟切音攖敬韻
—瀞。冷也。見〔集韻〕。

【⿰氵鮮】息剪切音獮銑韻
水也。見〔集韻〕。

【⿰氵戲】虛宜切音犧支韻
水名。在新豐。見〔集韻〕。〔按新豐當今陝西臨潼縣。—水在臨潼縣東三十里。源出驪山溪公谷東北。下流入渭水。〕

【灦】呼弘切音薨蒸韻
水相激聲。〔文選郭璞賦〕澋渙—瀫。

【瀿】孚袁切音翻元韻
大波也。見〔說文〕。〔通訓定聲〕—字亦作瀿。江賦注。楚人謂水暴溢爲瀿。

【⿰氵歙】虛立切音歙緝韻
—。小雨也。見〔集韻〕。

【⿰氵薉】呼括切音豁曷韻
礙流也。詩曰施罛——。見〔說文〕。〔按毛詩作濊。〕

【濊】於月切音噦月韻烏廢切音濊隊韻
濁也。見〔集韻〕。

【⿰氵戴】丁代切音戴隊韻
酒不清也。見〔集韻〕。

【⿰氵闞】鄔感切音腌感韻烏紺切音暗勘韻於錦切音飲寑韻
水大至也。見〔說文〕。

【⿰氵樊】符袁切音煩元韻
水暴溢也。〔淮南俶眞〕樹木者、灌以—水。

【⿰氵斲】竹角切音斲覺韻
水名。在臨湖。見〔集韻〕。

【⿰氵蹇】吉典切音蹇銑韻
水也。見〔字彙〕。

【灀】色壯切霜去聲漾韻
殺物也。見〔字彙〕。

【灁】烏涓切音淵先韻
深也。見〔字彙補〕。

【⿰氵臧】則郎切音臧陽韻
水也。見〔字彙補〕。

【⿰氵雟】呼委切音悔賄韻
水名。見〔字彙補〕。

【⿰氵辮】⿰氵辡本字。見〔說文〕。

【⿰氵藥】涓或字。見〔集韻〕。

【⿰氵譚】濼或字。見〔集韻〕。

【⿰氵磨】灖或字。見〔集韻〕。

【⿰氵⿰鹵舟】涸或字。見〔說文〕。〔按六書統曰。从水从鹵从舟。水乾則鹵生。舟在鹵旁故也。〕

【⿰氵穩】濦或字。見〔集韻〕。

【⿰氵叡】濬或字。見〔集韻〕。

【⿰氵盨】⿰女盨譌字。按佩觿作—。字彙補作篕。入竹部。訓⿰女盨字之譌。攷說文⿰女盨下从女盨聲。則此字當从水盨聲。字彙補說是。其字形蓋緣佩觿而譌。

十八畫

【灂】仕角切音浞覺韻
●本作灂。〔說文〕灂水小聲。
●大波相激之聲。〔文選郭璞賦〕溺瀺—。
●瀺—水之小聲。〔史記司馬相如傳〕瀺—賨墜。〔按文選上林賦注云。小水聲也。〕〔又〕石在水中出沒貌。〔文選宋玉賦〕巨石溺溺之瀺—。〔又〕游魚出沒貌。〔文選潘岳賦〕游鱗瀺—。

【⿰氵齚】實窄切音齰陌韻
泎或字。〔集韻〕泎。濩泎。水落皃。或作—。

【灂】子肖切音醮嘯韻
●車轑塗漆也。〔考工記輈人〕良輈環—。
●通瞧。〔山海經北山經〕小侯之山。有鳥焉名曰鴣鸐。食之不—。〔注〕不瞧目也。

【⿰氵闃】馨激切音闃錫韻郝格切音赫陌韻
●—沭。惶遽也。〔方言〕—沭、征伀。遑遽也。江湘之間。凡窘猝怖遽。謂之—沭。或謂之征伀。
●通⿰忄赫。〔集韻〕心不自安謂之⿰忄赫。

【⿰氵闖】式荏切音審寑韻桑感切音糝感韻
—瀹。水流漯疾貌。〔文選郭璞賦〕

〕瀹洪—洽

【灡】他紺切音倓勘韻

—汎。水浮皃。見〔廣韻〕。

【[illegible]】賞敢切音撒感韻

①水皃。〔集韻〕。

②果決勇也。見〔廣韻〕。

【[illegible]】失冉切音閃琰韻

[illegible]或字。〔集韻〕[illegible]。流皃。或作—。

【灄】失涉切音攝日涉切音聶葉韻

水名。〔水經溳水注〕溳水又南分為二水。東通—水。〔按清一統志。湖北漢陽府。—水在黃陂縣西南。水經注、江水東合—口水。上承溳水於安陸縣。而東逕—陽縣北。東南注於江。—口鎮。今京漢鐵路通過之。〕

【灄】昵立切音聻緝韻

①澀—。雨露皃。見〔集韻〕。

②桴栰之類。〔春秋繁露山川頌〕小者可以為舟輿浮—。

【灈】權俱切音衢虞韻

①水名。〔說文〕—水出汝南吳房。入瀙。〔段注〕今河南汝寧府遂平縣治。故吳房城也。水經曰。—水出汝南吳房縣西北奧山。東過其縣北。入於汝。酈云。—水東逕—陽故城西。東流入瀙水。逕其縣南。又東入於汝。今遂平縣縣西七十里奧來山。蓋水經之奧山也。

②—陽。國名。〔後漢吳漢傳〕二十八年。分漢封為三國。成子旦為—陽侯。

【灉】於容切音邕冬韻　於用切雍去聲宋韻

①河—。水也。在宋。見〔說文〕。〔通訓定聲〕爾雅釋水。—反入。又、水自河出為—。書禹貢。兗州、—沮會同。據許書、汳水至蒙為—水。當在今河南歸德府商邱縣東北。汳水、水經作濉水。又水經瓠子河注。即禹貢爾雅說文之—。此在今直隸大名府開州。駮按爾雅云—反入。是瓠子故瀆古名—。東流還入河。至商邱復出。仍曰—。而汴水合之也。故許云在宋。〔按歸德府今裁縣仍舊。〕

②通維。〔周禮職方氏〕兗州、其浸盧維。〔釋文〕維、於恭切。

【灊】[illegible]

尋斟切音岑侵韻

①水名。〔說文〕—水出巴郡宕渠西南入江。〔通訓定聲〕當今四川順慶府渠縣。入嘉陵江。至重慶府合州入江。未詳今何水。

②縣名。〔漢書地理志〕廬江郡—縣。〔當今安徽霍山縣地。〕

③山名。〔九域志〕—山。漢之南岳也。〔按—山或以為即皖山。辨詳清一統志。〕

【[illegible]】七盍切音囃　昨合切音雜合韻

①沸皃。見〔玉篇〕。

②緦皃。見〔集韻〕。

【灌】古玩切音貫翰韻

①水名。〔說文〕—水出廬江雩婁北。入淮。〔水經決水注〕—水導源廬江金蘭縣西北、東陵鄉大蘇山。即淮水也。許慎曰。出雩婁縣。俗謂之澮水。清一統志。河南光州大蘇山。在商城縣南五十里。—水自商城縣流入固始縣界。名石槽河。北流入史河。

②江名。〔清一統志〕廣西桂林府。—江在—陽縣東。自湖廣恭城縣界流入。又北入全州合湘水。即古灌水也。

③注也。〔莊子秋水〕百川—河。

④溉也。〔莊子逍遙遊〕時水降矣。而猶浸—。

⑤漬也。見〔廣雅釋詁〕。

⑥聚也。見〔廣雅釋詁〕。

⑦澆也。見〔廣韻〕。

⑧木叢生也。〔詩皐矣〕其—其栵。

⑨約鬱鬯以獻也。〔禮記明堂位〕—用玉瓚大圭。

⑩飲也。〔禮記投壺〕奉觴曰賜—。

⑪鑄也。〔文選張協七命〕萬辟千—。

⑫—口。山名。在—縣西北。見〔清一統志〕。

⑬——。猶款款也。〔詩板〕老夫——。〔又〕——。慅慅憂無告也。見〔爾雅釋訓〕。〔又〕水流盛也。〔漢書地理志〕方——兮。〔又〕鳥名。〔山海經南山經〕青邱之山有鳥焉。其狀如鳩。其音若呵。名曰——。〔又〕獸名。〔駢雅釋獸〕——。九尾狐也。

⑭通祼。酹酒於地以祭神也。〔禮記禮器〕—用鬱鬯。

⑮縣名。元置。屬成都路。即今四川—縣。

㊆姓也。漢—嬰。—夫。

【瀿】戶工切音洪東韻 大波也。見〔玉篇〕。

【灃】敷馮切音豐東韻 水名。在陝西。本作豐。又作酆。見〔清一統志〕。

【灅】魯水切音壘紙韻 郄猥切音磊賄韻 水名。〔說文〕—水出右北平俊靡縣。東南入庚。〔段注〕今直隸順天府遵化州西北有俊靡故城是。水經注鮑丘水篇曰。—水出右北平俊靡縣。東南流與溫泉水合。又東南逕石門峽。又東南流謂之北黃水。又屈而南謂南黃水。又西南逕無終山。[illegible]水注之。又西南入於庚水。〔按順天府今改京兆。遵化直隸州今改爲縣。〕

【瀻】徂郎切音藏陽韻 沒也。見〔字彙〕。

【灆】盧甘切音藍覃韻 〔按舊字典並收瓜菹也一義。考說文艸部藍下訓瓜菹也。不从藍聲。桂注藍聲者。當爲濫聲。篆文脫水旁。因誤爲藍也。集韻勘韻盧瞰切下作灆。不誤。蓋訓瓜菹者應从艸下濫。玉篇水部、集韻覃韻盧甘切、勘韻呼濫切、均作水旁藍則誤矣。今删正。移歸草部藍下。〕

【灇】徂聰切音叢東韻 水潀也。見〔玉篇〕。潀或字。〔集韻〕。〔說文〕小水入大水曰潀。或作—。

【[illegible]】孚萬切音娩願韻 水名。在睢陽。見〔集韻〕。

【[illegible]】步拜切音憊卦韻 水勢相激洶湧之貌。〔文選郭璞江賦〕[illegible]—[illegible]。

【[illegible]】旁卦切音稗卦韻 水名。見〔集韻〕。

【[illegible]】古限切音簡潸韻 淅也。見〔說文〕。

【[illegible]】徂紅切音叢東韻 水聲。見〔玉篇〕。

【[illegible]】式竹切音叔屋韻 水波也。〔文選郭璞江賦〕—淵瀾淪。

【[illegible]】才達切音嘖曷韻 雨聲。見〔集韻〕。

【[illegible]】符萬切音飯 孚萬切音娩願韻 泉水也。見〔說文泉部〕。〔段注〕泉。水名。泉出之水也。淮南書云。[illegible]於流瀿而聯于潨水。許注云。楚人謂水暴溢爲瀿。瀿即—字。泉水暴溢曰—也。

【灋】弗泛切音姈洽韻 刑也。平之如水。从水。廌所以觸不直者。去之。从去。法。今文省。金。古文。見〔說文廌部〕。〔詳法字〕。

【[illegible]】芳問切音湓問韻 普悶切音噴願韻 [illegible]本字。見〔說文〕。

【灌】胡玩切音換翰韻 水流盛貌。詩方——兮。顏師古說。見〔集韻〕。

【灌】古緩切音管旱韻 盥或字。〔集韻〕盥。澡手。一曰。—、祭也。或作—。

【[illegible]】徒點切音簟琰韻 —灂。水滿也。見〔集韻〕。

【灘】徒對切音隊隊韻 沱也。見〔玉篇〕。

【[illegible]】孚袁切音翻元韻 米汁。見〔廣韻〕。

【瀟】思焦切音消蕭韻 水名。見〔玉篇〕。

【[illegible]】澡本字。見〔字彙〕。

【[illegible]】[illegible]本字。見〔說文〕。

【[illegible]】古幽字。見〔玉篇〕。〔正字通云。按六書統、水中深隱處也。與幽義別。〕

【[illegible]】同瀏。見〔字彙〕。

【[illegible]】同瀕。見〔字彙〕。

【[illegible]】同灋。見〔字彙補〕。

【[illegible]】[illegible]或字。見〔集韻〕。

十九畫

【灑】所下切沙上聲馬韻 所綺切音躧紙韻 所寄切音襹寘韻 所賣切音曬卦韻

● 汛也。見〔說文〕。〔按汛下云。—也。洒下云。古文以爲—掃字。段玉裁

云灑|本殊義而雙聲故相假借。毛詩洒埽四見。傳云。洒、|也。鄭注周禮隸僕。韋注國語。皆同。皆釋假借之例。若先鄭云。洒當爲|。則以其義別而正之。以漢時所用字正古文也。

(十) 落也。見〔集韻〕。

【灑】所蟹切音洒蟹韻

(一) 分也。〔漢書司馬相如傳〕|沈澹災。

(二) 揮也。〔梁書武帝紀〕涕淚所|。松草變色。

(三) 猶汎也。〔文選陸機演連珠〕時風夕|。

(四) 洗滌也。〔孫綽疏〕清|舊京。

(五) 無塵垢貌。〔南史漁父傳〕神韻蕭|。

(六) 投也。〔文選潘岳賦〕|釣投網。〔按今人猶謂以物投地曰|。〕

(七) 釣名。〔文選郭璞賦〕筩|金鋒。

(八) 大瑟謂之|。見〔爾雅釋樂〕。

(九) 今鹺務商販沿途私授曰|。賣亦碎散之義。

(十) 俗謂己田應納錢糧。派入別戶。謂之飛|。

[illegible]數百言。|可聽。

【灑】同洗。〔法言問明〕巢父|耳。

【欒】盧丸切音鑾寒韻 龍眷切音戀霰韻

(一) 漏流也。見〔說文〕〔段注〕宋姚安曰。戰國策。王季歷葬於楚山之尾。|水齧其墓。謂墓爲山尾漏流所沮敗也。孔衍春秋後語、改爲欒水。注云、宜都縣有欒水。誤甚。王季葬鄠南。

(二) 漬也。見〔廣雅釋詁〕。

【灓】盧玩切音亂翰韻

沙丘絕水橫流也。一曰正絕流渡曰|。見〔集韻〕。

【灤】戈灼切音藥藥韻

(一) 水名。〔水經比水注〕澳水出茈丘山。東流屈而南轉。又南入于比水。按山海經云。澳水又北入視不注比水。余按呂忱字林及難字爾雅。並言|水在比陽。脈其川流所會。診其水土津注。宜是|水。音藥也。〔按比陽當今河南泌陽縣。〕

(二) 水動貌。〔文選木華賦〕趵踔湁|。〔注〕波前卻之貌。

(一) 同濼。熱貌也。〔後漢張衡傳〕心灼藥其如湯。〔按灼藥文選作勺|。〕

(二) 濼或字。〔集韻〕濼艸名。爾雅。濼、貫眾。或从藥。

【灕】鄰之切音離支韻

(一) 水名。〔漢書地理志〕白石縣、|水出西塞外。東至枹罕入河。〔按清一統志。甘肅蘭州府、|水在河州南。自番界流入。蘭州府今裁。河州今改導河縣。〕〔又〕零陵有|水。東南至廣信入鬱林。見〔漢書地理志〕。〔按清一統志。廣西桂林府、|江源出興安縣陽海山。至漢潭。與眾流匯。乃分湘|二流。南流爲|水。由靈渠經靈川縣東北。會衆水。南注府城。繞城東北流。又南經陽朔縣東入平樂府界。零陵當廣西全州。今改縣。鬱林當潯州府桂平縣。今與平樂府皆裁府留縣。〕

(二) 山名。〔寰宇記〕在臨桂縣南二里、|水之陽。因名。一名沈水山。〔按臨桂縣屬廣西。〕

(三) 水滲入地也。見〔玉篇〕。

(四) 車飾貌也。〔漢書揚雄傳〕|虖襂[illegible]輪下垂之貌也。〕

(五) 滲|流貌也。〔漢書揚雄傳〕澤滲|而下降。

(六) 淋|秋雨也。見〔廣韻〕。〔又〕形容之辭。如云痛快淋|、淋|盡致之類。

【灖】母被切音靡紙韻

(一) 流也。見〔玉篇〕。

(二) 灖|。雪霜之貌。〔淮南原道〕雪霜灖|。

【灒】則旰切音贊翰韻

汙灑也。一曰水中人也。見〔說文〕。〔段注〕謂用水汙揮灑也。釋玄應曰。江南言|。子旦反。山東言湔。子見反。史記廉藺傳作濺。楊泉物理論作㳻。皆音子旦反。中去聲。此與上文無二義。而別之者。此彙指不汙者言也。上俱云灑。則不中人。

【灒】徂丸切音欑寒韻

水集貌。見〔集韻〕。

【灒】財仙切音錢先韻

汎也。見〔集韻〕。

【灒】子末切音發曷韻

涉或字。〔集韻〕涉。水濺也。或从贊。

【𤅫】 良河切音羅歌韻
汨—。水名。見〔玉篇〕。〔集韻〕云。在長沙羅縣。蓋即汨羅也。

【灘】 他干切音攤寒韻 許旱切音罕旱韻
本作灘。〔說文〕灘。水濡而乾也。詩曰。灘其乾矣。俗灘从隹。〔通訓定聲〕云。按後世用爲沙—字。蓋隊地之意。水盈涸無常也。字亦作潬。〔爾雅釋水〕潬沙出。注。水中沙堆。

【灘】 乃旦切難去聲翰韻 他丹切音攤寒韻
水奔流貌。見〔集韻〕。

【灘】 他含切音貪覃韻 他案切音炭翰韻
歲名。〔爾雅釋天〕太歲在申曰涒灘。注。涒—。〔按呂覽序意歲在涒—注。猶也。淮南天文涒—之歲注。修也。〕

【𤅮】 卑眠切音邊先韻〔省作邊〕
水名。出番侯山。見〔廣韻〕。〔按山海經北山經。番侯之山。邊水出焉。畢沅注。邊、廣韻作—。非。〕

【灑】 郎計切音麗霽韻
灑也。〔莊子大宗師〕陰陽之氣有沴。〔釋文〕崔本作—。云。灑也。

【灗】 上演切音善銑韻
蜿—。展轉也。〔史記司馬相如傳〕蜿—膠戾。〔漢書作宛潬膠盭。注。憤懣相摎也。〕

【濜】 慈忍切音盡軫韻
水名。見〔玉篇〕。

【灉】 同灉。見〔字彙〕。

【瀸】 同淺。見〔金石韻府〕。

【瀌】 漂俗字。見〔字彙〕。

【瀕】 頻譌字。〔字彙〕揚子雲交州牧箴。泉竭中虛。池竭一乾。注。泉、水之源。中虛則竭。池、水之瀕。外乾則竭。交州猶池之—也。以論衰敗之萌。各有其證。音闕。〔正字通云。按箴本引詩大雅池之竭矣。不云自頻。泉之竭矣。不云自中。傳云。厓、頻也。池、水之鍾也。泉、水之發也。池竭由外不入。泉竭由內不出。言禍亂有所從起。而今不云肰也。頻本作頻。與濱同。俗作瀕。詩頻省作頻。交州箴本作瀕。舊注不考經傳。譌作—。非。〕

二十畫

【灙】 底朗切音黨養韻 坦朗切音曭養韻
●水名。〔水經沔水注〕洛谷水。北出洛谷。谷北通長安。其水南流。右則—水注之。水發西溪。東南流。合爲一水。亂流南出際其城西。南注漢水。〔淸一統志陝西漢中府、—水在洋縣東。明一統志、—水出洋縣北石砫山。流入漢水。按漢中府今裁。〕

【𤅰】 羊諸切音余魚韻
●滸—。水貌。見〔集韻〕。
●水名。見〔說文〕。
●水搖蕩貌。見〔正字通〕。

【𤂄】 吉巧切音絞巧韻
攪水聲。見〔集韻〕。

【灛】 齒善切音闡銑韻
大水溢出別爲小水之名也。〔爾雅釋水〕汝爲—。

【𤅊】 魚列切音孽屑韻
議罪也。與讞同。見〔說文〕。

【𤅤】 大透切音豆宥韻
水也。見〔玉篇〕。

【𤅴】 莫半切音縵翰韻
—濆。水貌。見〔字彙補〕。

【𤅥】 汝兩切音壤養韻
瀼或字。〔集韻〕瀼水。汸也。或从土。

【𤅹】 淸贊切參去聲翰韻
息絕也。〔易乾坤鑿度〕天地之道不—。

【𤅵】 音未詳
——。水聲也。〔周必大吳郡諸山錄〕碧霜峯下有泉出石中。流入寺。—有聲。

【灖】 瀰本字。見〔說文〕。

【𤀹】 濬本字。見〔說文〕。

【𤅷】 同灕。見〔字彙補〕。

【灢】 同淵。見〔字彙補〕。

二十一畫

【灝】 下老切音皓古老切音杲皓韻 古禫切音感感韻
●豆汁也。見〔說文〕。〔長箋〕禮用豆汁沐髮。故特制字。釋氏以—浴身。故四月八日用豆浴佛。
●——。廣遠大也。〔法言問神〕商書——爾。〔又〕爽曠也。見〔集韻〕。
●—溔。水無涯際也。〔史記司馬相

如傑〕｜浴[illegible]

【灠】盧瞰切音纜勘韻 ①涌泉也。見〔玉篇〕。②濫或字〔集韻〕濫、說文、氾也。或作｜。

【灠】魯敢切音覽感韻 ①漬果也。見〔集韻〕。②染也。見〔集韻〕。

【灗】謨奔切音門元韻 ①山絕水也。見〔集韻〕。②同亹〔廣韻〕｜同亹。浩亹。地名。出漢書地理志。〔當今甘肅碾伯縣東〕。

【灡】郎干切音闌寒韻魯旱切音嬾旱韻郎旰切音爛翰韻 潘也。見〔說文〕〔段注〕此字以從闌與大波之瀾別。而古書通用。

【灢】乃朗切音曩養韻 水流皃。見〔集韻〕。

【灝】下老切音皓皓韻 博灝、大也。見〔集韻〕。〔按廣雅疏證本作顥顥。王念孫云。各本顥顥作｜｜。此因與渾渾汪汪連文而誤。集韻類篇引廣雅｜｜大也。則宋時廣雅本已然。考說文玉篇廣韻俱無｜字。玉篇顥、公老切。廣大皃。正與曹憲音相合。今據以訂正。〕

【灞】必駕切音霸禡韻 通霸、水名。〔漢書地理志〕南陵縣、霸水出藍田谷北入渭。古曰茲水。秦穆公更名以章霸功視子孫。〔清一統志〕陝西西安府、霸水在咸寧縣東。源出今藍田縣谷中。經縣東南流至咸寧縣界。又北入渭。按西安府今裁。〕

【灟】朱欲切音燭沃韻 ｜｜。無形之貌。〔淮南天文〕洞洞｜｜。〔又〕博雅。｜｜、恭也。見〔集韻〕。〔按廣雅釋訓作屬屬。敬也。〕

【灟】珠玉切音瘃沃韻 目汁。見〔集韻〕。

【灅】倫追切音纍支韻魯水切音壘紙韻 水名。〔說文〕｜水出雁門陰館纍頭山東入海。亦曰治水也。〔通訓定聲〕今之永定河。其源出山西朔州馬邑縣洪濤山。至直隸天津府大沽河北入海。〔按朔州今改縣。天津府裁〕

【[illegible]】所患切音涮諫韻 洗物也。見〔字彙〕。

【[illegible]】武移切音彌支韻 大水也。見〔說文新附〕。〔鈕氏新附攷〕即瀰之俗字。玉篇廣韻並無。說文濔訓滿。五經文字云。濔、民爾反。又寧爾反。見詩風。今詩新臺作河水瀰瀰。亦後人改矣。

【[illegible]】淪或字。見〔集韻〕。

二十二畫

【灣】烏關切音彎刪韻 ①水曲也。見〔廣韻〕。②台｜。島名。舊為府。屬福建省。今為中華民國行省之一。③銀｜。天河也。〔李賀詩〕銀｜曉轉流天東。

【灢】乃浪切音儾漾韻乃朗切音曩養韻 決｜。濁也。見〔廣韻〕。〔又海賦作決瀼。注。停淤也〕

【[illegible]】灕本字。見〔說文〕。

【[illegible]】濳本字。見〔說文〕。

【[illegible]】同雩。見〔字彙補〕

二十三畫

【灩】以贍切音豔豔韻以冉切音琰琰韻 ①瀲｜。相連之貌。〔文選木華賦〕瀲淡瀲｜〔按廣韻云。水波動皃。集韻云。水滿皃。〕②｜澦堆。蜀江中灘名也。詳澦字。

【灤】盧丸切音鸞寒韻 ①灓或字〔集韻〕灓、說文。漏流也。或从欒。②水名。〔清一統志〕直隸遵化州、｜河在京東七十里。源出獨石口外。自潘家口流入州境。逕永平府遷安縣西。又東南逕盧龍縣西。又南逕｜州東。又南逕樂亭縣西。又南入海。即古濡水也。〔按清高宗有御製｜河濡水源攷證。遵化州、獨石口廳、｜州今皆改縣。永平府今裁。〕

【灥】松倫切音旬諄韻昌緣切音穿先韻 ①三泉也。見〔說文灥部〕。②眾流也。見〔集韻〕。

【灥】從緣切音全先韻 泉或字。〔集韻〕泉說文、水也。或作—。〔按今本說文灥訓三泉。泉訓水原。各自爲部。〕

【灦】呼典切音顯銑韻 馨甸切音韅霰韻
(一)水也。見〔玉篇〕。
(二)—渙。水貌。〔文選郭璞賦〕混瀚—渙。〔注〕水勢濟深。

【[氵蠱]】果五切音古麌韻 水—。蠱名。見〔集韻〕。〔又〕病也。〔字彙〕水—。蠱病。〔正字通〕云—與說文濈訓腹有水氣義同。通作蠱。

【[氵闢]】爽益切音闢陌韻 水流皃。見〔玉篇〕。

【灓】數患切音孿諫韻 洗馬也。見〔集韻〕。

【[氵蘥]】弋灼切音藥藥韻 疏—。見〔字彙〕。〔按舊字典引廣韻同瀹。又水名。在洮陽。亦作瀹。致廣韻字从艸下龠非从竹。〕

【[氵鼈]】壁吉切音必質韻 泉沸也。見〔集韻〕。

【[氵顯]】與地同。出道藏。見〔字彙補〕。

【灔】灩俗字。見〔正字通〕。

二十四畫

【[氵鹽]】余廉切音鹽鹽韻
(一)進也。見〔玉篇〕。
(二)瀶或字。〔集韻〕瀶。說文、海岱之閒。謂相汙爲瀶。一曰水進。或作—。

【灩】以贍切音豔豔韻 同灩。以鹽醃也。見〔廣韻〕。

【[氵燊]】平祕切音備寘韻 水皃。見〔集韻〕。

【灨】古禫切音感感韻 古暗切音紺勘韻 古送切音貢送韻 水名。出南康。或作贛、—。見〔集韻〕。〔按清一統志。江西南安府、章江在府城南門外。源出聶都山。東流過府東。又東經南康縣南。折東北入贛縣界。即古贛水。亦即豫章水。贛州府章水在贛縣西。一名西江。自南康縣界流入。至府城西。環城而北。合于貢水。貢水在贛縣東。源出福建汀州界。西流經瑞金會昌雩都三縣。又西入贛縣界。與章水合。贛水在贛縣北。章貢二水於此合流。又北入萬安縣界。〔按南安贛州二府今裁。〕

【[氵靈]】灑或字。見〔集韻〕。

【灧】灩俗字。見〔正字通〕。

二十六畫

【[氵鸛]】同灘。見〔玉篇〕。

二十八畫

【[氵豔]】以贍切音豔豔韻 以冉切音琰琰韻
(一)瀲—。相連之貌。〔文選木華賦〕瀲淡—。〔按廣韻云水波動貌。集韻云水滿皃。〕
(二)—澦。堆。蜀江中灘名也。詳澦字。

二十九畫

【灪】紆物切音鬱物韻
(一)—滃。大水皃。見〔集韻〕。
(二)—嶵。高峻貌。〔文選木華賦〕澎濞—嶵。

三十畫

【[氵驫]】必幽切音彪尤韻 水皃也。見〔玉篇〕。

※木部※

【木】莫卜切音沐屋韻
(一)冒也。冒地而生。東方之行。从屮。下象其根。見〔說文〕。
(二)植物體堅緻而有木質者。通稱曰—。高大而主幹甚長者曰喬—。低小而主幹甚矮者曰灌—。
(三)觸也。〔白虎通五行〕—之爲言觸。陽氣動躍觸地而出也。
(四)牧也。〔白虎通性情〕—之爲言牧也。
(五)仁爲—。見〔易文言傳何晏注〕。
(六)陽類也。見〔論衡論蕃〕。
(七)五行之一。〔書洪範〕一曰水。二曰火。三曰—。四曰金。五曰土。
(八)火母也。見〔左昭十八年傳是謂融風注〕。
(九)金妻也。〔周禮大司徒測土深疏〕—爲金妻。
(十)春生之性。農之本也。見〔春秋繁露五行逆順〕。
(十一)八音之一。〔周禮大師〕金石土革絲—匏竹。
(十二)榛材也。〔禮記檀弓〕原壤登—曰。久矣予之不托於音也。

（十三）質樸也〔論語子路〕剛毅—訥近仁。

（十四）不柔和貌〔史記絳侯周勃世家〕勃爲人—彊敦厚。

（十五）—星太陽系第五位之行星。其對徑九倍於地球。其光頗大。惟不及金星之明。有衛星五。歷四千三百三十三日繞太陽一周。英文 Jupiter。

（十六）析—。星次也〔爾雅釋天〕析—謂之津〔又〕縣名。遼置。屬遼陽府。當今奉天海城縣東南。

（十七）司—。山虞也〔禮記曲禮〕天子之六府。曰司土。司—。司水。司草。司器。司貨。

（十八）三—。刑具也〔漢書司馬遷傳〕關三—〔注〕三—、在頸及手足。

（十九）—難。碧色珠也〔文選曹植詩〕珊瑚間—難。

（二十）—鷸。鳥冠也〔淮南道應〕乃去其鷸而載之—〔注〕知天文者冠鷸。

（廿一）—粟。草名。見〔爾雅翼〕〔按即本草苜蓿。圖入蓿字〕

（廿二）—香。藥草名〔本草綱目〕李時珍曰。—香、草類也。本名蜜香。昔人謂之青—香。後人因呼馬兜鈴根爲青—香。乃呼此爲南—香。廣—香以別之。

（廿三）—通。藥草名〔本草綱目〕通草有細孔。兩頭皆通。即今所謂—通。有紫白二色。紫者皮厚味辛。白者皮薄味淡。

（廿四）—賊。藥草名〔本草綱目〕—賊出秦隴華成諸郡近水地。苗長尺許。每根一幹。無花葉。寸寸有節。淩冬不彫。

木賊圖

（廿五）—蘭。香—名〔本草綱目〕—蘭、又名—蓮。李時珍曰。其香如蘭。其花如蓮。其—心黃。故曰黃心。

木蘭圖

（廿六）—稷。高粱之別名〔廣雅釋草〕藋粱、—稷也〔疏證〕王楨農書云。蜀黍、一名高粱。一名—稷。一名荻粱。

（廿七）—竹。筍名〔筍譜〕—竹筍今靈隱山中亦出。中堅。亦通小脈節內若通草中也。筍堅可食。

（廿八）啄—。鳥名。攀木類。喙最堅。其端或成鑿形。或成夬形。要皆宜於啄—之用。舌長而有逆鉤。能伸入穴底以探取幼蟲。足四趾兩兩作反對勢。尾毛羽極堅。其外極銳。可用以支其身體。能啄食害蟲。有功農圃。

（廿九）—蝱。蟲名〔本草綱目〕揚浙以南江嶺間有—蝱。長大綠色。始如蜩。

木蝱圖

（三十）—禾。縣名。漢置。屬上郡。當在今陝西境〔又〕藥草名〔廣雅釋草〕飛廉、漏蘆、伏豬、—禾也。

（卅一）塔里—。水名。在天山南路。合鄂根河、阿克蘇河、喀什噶爾河、葉汝羌河、和闐河、五大水。相集而爲塔里—河。

（卅二）柴達—。水名。距青海八百里。源出篇期湖。西北流瀦爲達布遜淖爾。及哈喇淖爾。又有布隆吉爾河及巴特罕圖河瀦入之。是爲柴達—河。

（卅三）—魯烏蘇。即金沙江。詳沙字。

（卅四）哲里—。古蒙古東四盟之一。共四部十旗。

（卅五）姓也。漢—仁。晉—華〔又〕端—。門。—易。均複姓。

【朩】匹刃切音米震韻

分枲莖皮也。从屮八、象枲皮。見〔說文朩部〕〔按廣韻訓麻片。義同〕

【不】牙葛切音嶭曷韻

古文櫱。从木無頭。見〔說文〕〔段注〕謂木禿其上而僅餘根株也。

【不】牛代切音礙隊韻

木曲頭不出也。見〔集韻〕

【不】都昆切音墩元韻

粵人以截木作墊爲—。見〔觚賸〕

【𣎳】普活切音潑曷韻 補昧切隊韻 普卦切音派卦韻

草木盛——然。象形。八聲。讀若輩。見〔說文米部〕〔段注〕——者、枝葉茂盛因風舒散之皃。

一畫

【未】 無沸切音味未韻

(一)味也。六月滋味也。五行木老於｜。象木重枝葉也。見[說文未部]。[按史記律書。｜者、言萬物皆成有滋味也。許說與史記同]。

(二)昧也。日中則昃向幽昧也。見[釋名釋天]。

(三)暢茂也。見[六書故]。

(四)十二辰之一。[爾雅釋天]太歲在｜曰協洽。

(五)日昳曰｜。見[書無逸]。[卽午後一小時二小時也]。

(六)縱也。見[方言]。

(七)无也。[國策秦策]而｜能復戰也。

(八)將來也。[荀子正論]凡刑人之本。禁暴惡惡且懲其｜也。

(九)猶不也。[儀禮鄉射禮]眾賓｜拾取矢。

(十)姓也。[李淳風乙巳占]漢｜央知天文。

【末】 莫葛切音秣曷韻

(一)木上曰｜。从木从丄。見[說文]。[按他本从木、一在其上。六書故曰。｜、木之窮也。故因之爲｜殺｜滅｜略、｜蔑、莫聲相通。故又與蔑莫同義]。

(二)端也。[淮南墬形]｜有十日。其華照下地。

(三)緒也。隨也。見[方言]。

(四)遂也。見[廣雅釋詁]。

(五)垂也。衰也。見[廣雅釋言]。

(六)遠也。[楚辭離世]退伏於｜庭。

(七)老也。[禮記中庸]武王｜受命。

(八)終也。[書立政]我則｜惟成德之彥。

(九)淺也。[公羊桓十五年傳]｜言爾。

(十)薄也。[左昭十四年傳]不爲｜減。

(十一)小也。[呂覽辯論]淺智之所爭則｜矣。

(十二)不經根本也。[文選張衡賦]｜學膚受。

(十三)無也。[論語子罕]雖欲從之。｜由也已。

(十四)猶忽也。[禮記文王世子]命膳宰曰｜有原。

(十五)猶未也。[禮記檀弓]｜之卜也。[王引之云｜猶未也]。

(十六)元首曰｜。見[周書武順]。

(十七)四肢也。[左昭元年傳]風淫｜疾。

(十八)杪也。[禮記曲禮]獻杖者執｜。

(十九)商賈也。[史記秦本紀]上農除｜。

(二十)戲劇腳色之一。參閱丑字。

(廿一)今米粉麪勃之類曰｜。見[說文通訓定聲]。

(廿二)大｜。縣名。漢置。屬會稽郡。今爲浙江龍游縣治。

(廿三)且｜。國名。[漢書西域傳]且｜國王、治且｜城。[當今新疆省哈密地]。

(廿四)姓也。[古今姓氏書辯證]本姓秣。避難去禾爲｜氏。

【末】 莫狄切音覓錫韻

同幦。[荀子禮論]絲｜。[注]與幦同。

【本】 補衮音畚阮韻

(一)木下曰｜。从木从丅。見[說文]。[段注]｜、末皆於形得義。其形一从木丄、一从木丅、而意卽在是。[按他本从木、一在其下]。

(二)幹也。見[廣雅釋木]。

(三)猶初也。[禮記樂記]其｜在人心之感於物也。

(四)原也。[呂覽無義]萬利之｜也。

(五)舊也。[周禮大司徒]以｜俗六安萬民。

(六)基也。[論語學而]君子務｜。

(七)謂心也。[禮記禮器]反｜修古。

(八)謂孝也。[孝經]其所因者｜也。

(九)謂農桑也。[荀子天論]彊｜而節用。

(十)母金也。[韓愈文]子｜相侔。則沒爲奴婢。

(十一)草木記數之名。[蘇軾詩]稚形戢戢三千｜。

(十二)文字圖畫形貌之模範也。[書斷]搨兩｜進。

(十三)奏議文書也。[西溪叢語]一人持｜。一人對讀。

(十四)｜朝。國朝也。[淮南氾論]立之於｜朝之上。

(十五)｜紀。帝王歷史也。[史記太史公自序]作五帝｜紀第一。

(十六)｜草。醫家集載藥物之書。如神農本草經。及李時珍｜草綱目之類。

(十七)韭曰豐｜。見[禮記曲禮]。

(十八)昌｜。昌蒲根。[周禮醢人]昌｜麋臡。

(十九)姓也。明｜高。

(二十)日｜。國名。詳日字。

【本】逋昆切音奔元韻

同奔。〔詩緜〕予曰有—奏。〔注〕喻德宣譽曰奔奏。〔釋文〕—音奔。本亦作奔。〔按段玉裁云以—奏爲奔走假借也。〕

【札】側八切音紮黠韻

❶牒也。見〔說文〕。〔段注〕長大者曰槧。薄小者曰—。曰牒。司馬相如傳、上令尚書給筆—。師古曰。—木簡之薄小者也。

❷櫛也。編之如櫛齒相比也。見〔釋名釋書契〕。

❸後世上官行下屬之公文曰—。

❹私人往來信函亦曰—。〔杜甫詩〕幾回書—待潛夫。

❺甲葉也。〔左成十六年傳〕蹲甲而射之。徹七—焉。

❻夭死曰—。〔左昭四年傳〕民不夭—。

❼大疫病也。〔周禮大司徒〕大荒大—。

❽折也。〔莊子人間世〕名也者相—也。

❾拔也。〔家語觀周〕毫末不—。

❿櫂也。〔釋名釋船〕櫂又謂之—。形似—也。

⓫蟲名。〔大戴禮夏小正鳴札傳〕—者寧縣也。鳴而後知之。故先鳴而後—。〔注〕爾雅曰。蚻蜻蜻。郭注曰。如蟬而小。

⓬—薩克。蒙古酋長名號。外蒙古喀爾喀西路有—薩克圖汗部。

【札】一黠切音軋黠韻

❶軋或字。〔集韻〕軋。說文、報也。或作—。

❷搌或字。〔集韻〕搌。說文、拔也。或作—。

【札】側瑟切音櫛質韻

甲葉也。春秋傳、蹲甲而射之。徹七—。徐邈讀。見〔集韻〕。

【朮】直律切音茮質韻

山薊也。〔爾雅釋草〕—、山薊。〔注〕本草云。—一名山薊。今—似薊而生山中。〔疏〕陶注云。—有兩種。白—葉大有毛。甜而少膏。赤—葉細小。苦而多膏。〔按集韻本作茮。或作—。〕

【朮】食律切音術質韻

秫省字。〔集韻〕秫。說文、稷之黏者。或省。

二畫

【朱】鐘榆切音珠虞韻

❶赤心木。松柏屬。从木、一在其中。見〔說文〕。〔段注〕赤心不可像。故以一識之。

❷幹也。見〔六書故〕。

❸正色也。〔論語陽貨〕惡紫之奪—也。〔按說文系部絑。純赤也。是其本字。此爲借字。〕

❹深纁也。〔詩七月〕我—孔陽。〔按禮記月令乘—路疏。色淺曰赤。深曰—。〕

❺—紱也。〔後漢宦者傳〕紆—懷金。

❻西南曰—天。見〔呂覽有始〕。〔按淮南天文—天注、—陽也。西南爲少陽。故曰—天。〕

❼—明。夏也。〔爾雅釋天〕夏爲—明。〔又〕日也。見〔廣雅釋天〕。

❽—垠。南方也。〔文選班固賦〕南燿—垠。

❾—儒。短人也。〔左襄四年傳〕我君子小人—儒是使。〔又〕梁上短柱亦謂之—儒。〔淮南主術〕短者以—儒枅櫨。〔注〕梁上戴蹲跪人也。〔按—亦作侏。廣雅釋詁。侏儒短也。釋訓。侏儒、疾也。〕

❿—離。西方樂名。〔後漢陳禪傳〕昧任—離。〔注〕周禮鞮鞻掌四夷之樂。注西方曰—離。〔按周禮注今作株離。〕

⓫——。呼雞聲。〔初學記引風俗通〕呼雞曰——。俗說雞本公化而爲之。今呼雞皆——也。〔按一作喌喌。一作祝祝。皆聲之轉也。〕

⓬同絑。〔書益稷〕無若丹—傲。〔說文夰部作丹絑奡。〕

⓭同邾。〔漢書古今人表〕—庶其。〔春秋作邾庶其。〕

⓮同珠。〔列子湯問〕離—。〔文選寧賦注引愼子作離珠。〕〔按卽離婁。〕

⓯姓也。〔統譜〕顓頊之後封邾。後爲楚滅。子孫去邑爲—。

【朱】傭朱切音殊虞韻

—提。山名。見〔水經若水注〕。〔又〕縣名。〔漢書食貨志〕—提銀重八兩爲一流。〔注〕—提、縣名。屬犍爲。出善銀。〔互詳提字。〕

【杊】而鄰切音人眞韻

●屋上閒也。見〔玉篇〕。

●屋閒木入。見〔集韻引字林〕。

【朴】匹角切音璞覺韻　匹候切音踣宥韻

(一)木皮也。見〔說文〕〔段注〕洞簫賦。秋蜩不食抱｜以長吟。按此樹以皮厚得名。

(二)猝也。㦟也。見〔廣雅釋詁〕〔疏證〕方言。㦟、猝也。郭注云。謂急速也。案今俗語狀聲響之急速者曰㦟｜。說文、柿削木札｜也。亦離之義也。

(三)大也。〔楚辭天問〕焉得乎｜牛。

(四)質也。〔荀子性惡〕生而離其｜。〔按此借｜爲樸也。〕

(五)周人謂鼠未腊者曰｜。見〔國策秦策〕。

(六)木名。榆科。爲落葉喬木。自生山地。葉形橢圓。其端甚銳。花瓣細碎。結實略如冬青子。作黃赤色。八九月采之。味甘美。李時珍誤爲厚｜。實非一種。〔又〕厚｜。木名。木蘭科。高四五丈。葉厚花大。幹皮入藥。皮質頗厚。故名。出四川者良。

(七)通樸。〔文選王襃賦〕秋蜩不食。抱樸而長吟兮。〔注〕抱音附。｜、木皮也。

【朴】普木切音扑屋韻

本也。見〔玉篇〕。

【朴】披尤切音緱尤韻

姓也。〔魏志武帝紀〕巴七姓夷王｜胡賨邑侯杜濩、舉巴夷賨民來附。〔按朝鮮多此姓。〕

【朵】都果切音埵哿韻

(一)樹木垂｜｜也。从木。象形。見〔說文〕。〔段注〕凡枝葉華實之垂者。皆曰｜｜。今人但以一華爲一｜。

(二)動也。〔易頤〕觀我｜頤。〔疏〕｜頤、謂｜動之頤以嚼物。〔按李鼎祚曰。｜頤、垂下動之皃也。〕

(三)以手提物謂之｜。以手引小兒亦謂之｜。見〔雞筋編〕。

(五)殿名。〔宋史儀衛志〕東西曰｜殿。〔按說文垜字段注。謂之垜者何也。｜者木下垂。門堂伸出於門之前後。略取其意。後代有｜殿之稱。據此。｜殿、猶垜也。垜即門側之堂。〕

(六)骨｜。鹵簿所用。〔宋書儀衛志〕衛龍骨｜子直二百二十人。〔按正字通云。宋鹵簿用骨｜。即長柄手撾之類。〕

(七)耳｜。耳殼也。〔五燈會元〕僧問和尚如何。曰。風吹耳｜。

(八)｜顏。明衛戍地。〔明史外國傳〕洪武二十二年置泰寧、｜顏、福餘三衛。自大寧前抵喜峯口。近宣府曰｜顏。

【杒】如蒸切音仍蒸韻

｜木也。見〔說文〕。

【杒】如證切音認徑韻

(一)木名。一曰。止車木。見〔集韻〕。

(二)上車也。見〔洪武正韻〕。

【杒】人之切音而支韻

木名。見〔集韻〕。

【朷】都勞切音刀豪韻

(一)木名。見〔玉篇〕。

(二)木心曰｜。見〔集韻〕。

【朷】田聊切音迢蕭韻

枝落也。見〔集韻〕。

【朷】莫卜切音木屋韻

刀治桑也。見〔集韻〕。

【朸】六直切音力歷德切音勒職韻

(一)木之理也。平原有｜縣。見〔說文〕。〔桂注〕阮元曰。考工記以其圜之防捎其藪。案防當依說文作｜。〔按防下曰地理。泐下曰水理。｜下曰木理。皆從力。力者筋也。人身之理也。〕

(二)阞也。〔韓詩斯干〕如矢斯｜。〔按段玉裁云。如矢之直。則得其理。而廉隅整飭矣。〕

(三)屋隅。見〔集韻〕。

(四)姓也。見〔集韻〕。

【朸】竭憶切音極職韻

漢侯國名。見〔集韻〕。

【机】居履切音几紙韻〔俗爲機字用。非。〕

(一)｜木也。見〔說文〕〔段注〕郭云。｜木似榆。可燒以糞稻田。按蓋即榿木也。揚雄蜀都賦。春｜楊柳。｜、榿、古今字。

(二)承物者也。〔易渙〕渙奔其｜。

(三)谷名。〔山海經中山經〕首山其陰有谷曰｜谷。

(四)通几。〔左昭元年傳〕圍布几筵。〔釋文〕本亦作｜。

【机】居稀切音饑支韻

木名。見〔集韻〕。

【朻】、渠尤切音蟉居蚪切音糾尤韻吉酉切音九有韻
㊀高木也。从木丩聲。見〔說文〕。〔按段本改爲高木下曲也。从木丩丩亦聲。注云。丩者相糾繚也。凡高木下句垂枝必相糾繚。故从木丩丩亦聲。是則以－與樛同字。許訓高木。則謂與喬同字。段說似非許意。〕
㊁下句曰－。見〔爾雅釋木〕。〔詩樛木傳〕木下曲曰樛。按樛卽－也。〕
㊂通糾。〔文選宋玉賦〕糾枝還會。〔注〕糾枝、枝曲下垂也。

【杒】吉了切音皎篠韻
木也。〔爾雅釋木〕－者聊。〔義疏〕－卽梂也。梂、卽椒樧茱萸之茮。〔按阮元云。此釋唐風椒聊也。〕

【朼】補履切音比紙韻
㊀以出牲體而受於俎也。〔儀禮士喪禮〕乃－載。
㊁同枇。〔禮記雜記〕枇以桑。〔釋文〕本亦作－。

【朽】許久切音嫐有韻
㊀歺或字。見〔說文歺部〕。〔按說文、殀。腐也。論語－木不可彫也。訓同。〕
㊁氣若有若無爲－。〔禮記月令〕其臭－。
㊂衰－也。〔晉書張忠傳〕年－齒落。
㊃借作殠。〔列子仲尼〕鼻將窒者先覺焦－。

【朾】除耕切音橙庚韻唐丁切音庭當經切音丁青韻除更切音鋥敬韻
㊀撞也。見〔說文〕。〔通訓定聲〕通俗文、撜出曰－。謂以此物撞彼物使出也。按卽丁字之轉注。字亦作揨。俗又作打。
㊁楔也。見〔類篇〕。
㊂－蟶。赤駁蚍蜉也。〔爾雅釋蟲〕蠪、－蟶。〔按字亦作虰。又作丁。說文虫部、蠪。丁蟶也。〕

【朾】癡貞切音檉庚韻湯丁切音汀青韻
虒－。宋地名。〔左成十八年傳〕孟獻子會於虒－。

【朾】都冷切音打梗韻
擊也。見〔五音集韻〕。〔按王筠曰。眾經音義引說文、打、以杖擊之也。〕

【朾】都挺切音頂迥韻
揗也。見〔類篇〕。

【朾】中莖切音爭庚韻
伐木聲。見〔集韻〕。

【杍】盧皎切音了篠韻
次窮也。見〔篇海〕。

【朳】必列切音鼈屑韻
無齒杷也。見〔玉篇〕。

【朳】布拔切音八黠韻
䢪具。見〔類篇〕。

【朹】渠尤切音求尤韻
木名。〔爾雅釋木〕－、檕梅。〔注〕－樹狀如梅。子如指頭。色赤似小柰。可食。〔按卽本草綱目山樝。其果實亦稱棠－子。吳人取熟者塗敷餳糖。呼棠－。以其和糖也。亦作糖－。〕

【朹】巨救切音舊宥韻
仇也。見〔方言〕。〔注〕謂怨仇也。

【朹】古簋字。見〔說文竹部〕。

【杒】于憬切音永梗韻
木也。子可食。見〔川篇〕。

【朿】七賜切音刺寘韻
木芒也。見〔說文朿部〕。〔段注〕芒者草耑也。引伸爲凡鐵銳之偁。今俗用鋒鋩字。古祇作芒。－今字作刺。

【朶】同朵。見〔玉篇〕。

【杋】枓俗字。見〔正字通〕。

三畫

【杇】汪胡切音烏洪孤切音乎虞韻烏故切音鴮遇韻
㊀所㠯涂也。秦謂之－。關東謂之槾。見〔說文〕。〔段注〕涂、塗、古今字。此器今江浙以鐵爲之。－、槾、古字也。鏝、槾、今字也。
㊁或作圬。〔論語公冶長〕糞土之牆。不可圬也。〔釋文〕圬、本作－。〔按今本仍作－。〕
㊂或作杅。〔國策趙策〕執問塗者。則豫讓也。刃其杅。〔按段玉裁云。杅、謂塗廁之杅。今本皆作扞。侯旰切。繆甚。〕

【杅】雲俱切音于虞韻王遇切音

芋遇韻

浴器。[禮記玉藻]浴用二巾。上絺下綌。出—履蒯席。

(二)盛湯漿器。[儀禮既夕禮]兩敦兩—一盤匜。

(三)飲水器。[公羊宣十二年傳]—不穿。皮不蠹則不出於四方。

(四)碗屬也。亦作盂。見[後漢呂強傳注]。

(五)因—。匈奴地名。[漢書武帝紀]遣因—。將軍公孫敖築受降城。

(六)大—。山名。[山海經西山經]崑崙之丘。氾水出焉。西流於大—。

(七)—猶于于。自足貌。[荀子儒效]—富人豈不貧而富哉。

【杅】一孤切音烏虞韻

塗墍也。[史記張儀傳]、秦得燒掇焚—君之國。[索隱]焚—謂焚蹂而塗墍也。

【杆】居案切音幹翰韻

檀木。見[玉篇]。

(二)柘也。見[類篇]。

【杆】居寒切音干寒韻

(一)僵木。見[集韻]。

(二)臂衣也。[漢書尹賞傳]披鎧—持刀兵者悉籍記之。

(三)木挺也。見[正字通]。

(四)闌干、俗作欄—。

【杈】初加切音叉麻韻。楚佳切音釵佳韻。楚懈切音瘥卦韻

(一)—枝也。見[說文][段注]枝如手指相錯之形。故从叉。

(二)捕魚具。[周禮鼈人]以時簎魚鼈龜蜃。[司農注]謂以—刺泥中搏取之。

(三)—枒。參差之貌。[文選王延壽賦]枝牚—枒而斜據。

(四)通叉。[廣雅釋木]叉。股枝也。

【杈】楚懈切音瘥卦韻

—杷。田器。見[廣韻]。

【杈】楚嫁切音汊禡韻

(一)行馬也。[通雅宮室]行馬、宮府門設之。古賜第亦門施行馬。宮闕用朱。官寺用黑。宋以來謂之—。東京夢華錄。官司於御廊安立黑漆—。路心安朱漆—。[鬮入互字]。

(二)收草具。見[集韻]。

【杉】師銜切音衫咸韻

(一)喬木名。生山中。或植之原野。葉硬微扁。似針而稍曲。經冬不彫。但微作紅褐色。入春復綠。實紫。紫如小毬。木材堅良。堪一切建築製造之用。

杉圖

(二)同煔。[爾雅釋木]被煔。[釋文]煔字或作—。所咸反。

(三)同檆。[集韻]檆說文、木也。亦作—。

【杌】五忽切音兀月韻

(一)木無枝也。見[玉篇]。

(二)木短出皃。見[集韻]。

(三)—隉。不安貌。[書秦誓]邦之—隉。[按說文𨸏部引作阢]。

(四)檮—。人名。[左文十年傳]謂之檮—。[注]凶頑無匹儔之貌。[又]獸名。[左文十八年傳服注引神異經]檮—、狀似虎。豪長二尺。人面虎足豬牙。尾長丈八尺。能鬭不退。[又]楚史名。[孟子離婁]楚之檮—。[注]檮—者、嚚凶之類。興於記惡之戒。因以為名。

(五)通扤。[方言]僞謂之扤。扤、不安也。

(六)同卼。[易困]臲卼。[釋文]卼、本或作—。

【杌】魚屈切音𡴯物韻。魚厥切音月月韻

刊餘木。見[集韻]。

【杌】讀如物

坐具也。[宋史丁謂傳]更以—進。[按事物紺珠云。—小坐器。又錢氏私志云。賢穆有荊雍大長公主金撮角紅藤下馬—子。又清朝通志器服略。馬—柳質髹朱。高一尺五寸。方一尺八寸。據此。—、一名馬—。即今之無交手無倚背之方形坐具也。]

【李】兩耳切音里紙韻

(一)—果也。見[說文]。[按—為果木之屬。樹高丈許。春季著花。與桃同時。色白形小。承以長花梗。每三花一簇。花落始生葉。結核果。品種甚多。有嘉慶—。赤—。接慮—等。並可食。]

(二)驛也。見〔廣雅釋詁〕。

(三)徵也。〔漢書王莽傳〕王況謂—篤曰。君姓—者徵。徵、火也。當爲漢輔。

(四)獄官也。〔管子大匡〕國子爲—。

(五)星名。〔史記天官書〕房南衆星曰騎官。左角—。右角將。〔注〕—、卽理法官也。故元命包云左角理物以起。右角將率而動。

(六)行—使人也。〔左僖三十年傳〕行—之往來。〔按〕—、理同音通用。行—亦作行理。本謂行人之官。今人謂行裝亦襲稱行—。

(七)檇—。地名。春秋屬吳。後屬越。今爲浙江秀水縣治。

(八)—父—耳。虎也。〔方言〕虎。陳魏宋楚之間謂之—父。江淮南楚之間謂之—耳。

(九)通里。〔左閔二年傳〕里克、〔呂覽〕先己注作—克。

李圖

(十)姓也。

【杏】下梗切音荇梗韻

(一)—果也。从木。向省聲。見〔說文〕。〔按〕—爲果木屬。春際開花五瓣。色淡紅。或微白。花後始生葉。果實形圓。似梅而大。味甘酸。可食。乾貯蜜煎之。可作—脯。仁可入藥。

杏圖

(二)銀—。果名。〔廣羣芳譜〕銀—、一名白果。一名鴨腳子。樹高二三丈。或至連抱。可作梁棟。葉薄縱理。一枝結子百十。狀如小杏。

銀杏圖

(三)山名。在奉天省錦縣西南四十里。舊有—山驛。

(四)北—。地名。〔春秋莊十三年〕齊侯會于北—。〔注〕齊地。

【材】牆來切音才灰韻

(一)木梃也。見〔說文〕。〔段注〕梃、一枚也。

(二)木實也。〔周禮委人〕掌斂疏—。〔疏〕—是木之實。榛栗之屬。

(三)橫木也。〔國語晉語〕飄而乘—。

(四)本也。〔史記五帝紀〕節用水火—物。

(五)裁也。〔國語鄭語〕—兆物。

(六)用也。〔呂覽異用〕故聖人之於物也。無不—。〔謂可用也〕

(七)身也。〔文選曹植七啓〕輕祿傲貴。〔注〕莊子曰。夫輕爵祿者。人之所托—。司馬彪曰。—、身也。

(八)道也。〔禮記學記〕敎人不盡其—。

(九)猶旁也。〔管子地員〕山之—。

(十)才德也。〔易繫辭〕彖者—也。

(十一)伎能也。〔文選張衡賦〕侲僮程—。

(十二)質性也。〔禮記中庸〕必因其—而篤焉。

(十三)謂當其分。〔荀子解蔽〕經緯天地而—官萬物。

(十四)—料也。〔左隱五年傳〕其—足以備器用。〔注〕謂皮革齒牙骨角毛羽也。

(十五)—幹也。〔素問上古天眞論〕人力而無子者。—力盡邪。將天數然也。〔注〕—、謂—幹。所以立身者。

(十六)條直爲—。〔楚辭懷沙〕—朴委積兮。

(十七)明器之—也。〔儀禮士喪禮〕獻—於殯門外。西面北上。

(十八)八—。謂珠象玉石木金革羽也。〔周禮太宰〕飭化八—。

(十九)五—。金木水火土也。〔左襄七年傳〕天生五—。

(二十)同裁。〔國語晉語〕官師之所—也。〔注〕—、古裁字。

(廿一)同哉。〔論語公冶長〕無所取—。〔皇疏〕古作—字。與哉字同。

(廿二)通才。〔論語子路〕擧賢才。〔漢書平帝紀引作—〕。

(廿三)通財。〔文選左思賦〕財以工化。〔注〕財與—、古字通。

【村】麤尊切音邨元韻

(一)墅也。見〔廣韻〕。

(二)揆也。聚也。見〔集韻〕。〔按字彙云〕經史無—字。復古編。邨从邑从屯。俗作—。非。

(三)俗稱人品鄙野曰—氣。〔新唐書嘉話〕薛萬徹尚丹陽公主太宗嘗謂人曰薛駙馬—氣主羞之不與同席。
(四)周—商埠名。在山東即墨縣境。於清光緒二十九年自行開爲商埠。民國三年日德膠澳之役日入進攻以此地爲第一火線。

【杒】而振切音刃震韻
桎—也。見〔說文〕〔桂注〕玉篇—、木名。本草別錄丹桎木皮主爤瘍風。按桎—、制車木本當軔。礙車也。玉篇軔、或作—。

【枊】人之切音而支韻
小車欒。見〔集韻〕。

【杓】卑遙切音標蕭韻
(一)枓柄也。見〔說文〕〔段注〕枓柄者、勺柄也。勺謂之枓。勺柄謂之—。
(二)末也。見〔廣雅釋詁〕。
(三)引也。〔淮南道應〕孔子勁—國門之關。而不以力聞。
(四)所擊也。〔淮南兵略〕爲人—者死。
(五)星名。〔淮南天文〕斗—爲小歲。〔注〕斗第五至第七爲—。

【杓】紕招切音漂蕭韻
北斗柄。星名。見〔集韻〕。

【杓】丁歷切音嫡錫韻多嘯切音弔嘯韻
標的也。〔莊子庚桑楚〕我其—之人耶。〔釋文〕郭音的。又匹幺反。又音弔。

【杓】實若切音勺藥韻
(一)挹酌器。見〔集韻〕。〔按今稱舀水器亦曰—〕。
(二)橫木橋。見〔篇海〕。

【杓】時酌切藥韻丁了切篠韻
引也。〔史記天官書〕—雲如繩。

【杕】大計切音第霽韻
(一)樹皃。詩曰有—之杜。見〔說文〕〔段注〕樹當作特字之誤也。唐風有—之杜。毛曰—、特皃。許所本也。
(二)木盛皃。見〔玉篇〕。

【杝】待可切音沱哿韻
舟尾。〔淮南說林〕心所說毀舟爲—。〔按集韻—爲柁或字。正船木。〕

【杖】雉兩切音丈養韻
(一)持也。見〔說文〕〔段注〕凡可持、及人持之皆曰—。
(二)木梃也。〔家語六本〕舜事瞽瞍。小箠則待過。大—則逃走。
(三)矜謂之—。見〔方言〕〔注〕矛戟穳即—也。〔按字亦作仗。風俗通云仗、刀戟之總名也。段玉裁云兵—字俗作仗。非。〕
(四)喪制所用。〔禮記喪服四制〕—者何也。爵也。三日授子—。五日授大夫—。七日授士—。或曰擔主。或曰輔病。
(五)五刑之一。自隋開皇新律。始定笞、—、徒、流、死、五種。—者謂人犯罪。用大荊—決打。自六十至一百爲五等。亦每一十爲一等加減。迄清猶沿而未改。
(六)虎—。草名。蓼類之大者。有大小二種。小者莖高三四尺。大者達丈餘。圍及寸許。花紅白色。葉似卵形而尖。根可入藥。苗可供蔬用。
(七)通丈。〔禮記曲禮〕席間函丈。〔注〕丈、或爲—。

【杖】直亮切音仗漾韻
(一)持也。〔書牧誓〕左—黃鉞。
(二)柱之也。〔漢書婁敬傳〕—馬箠。
(三)倚任也。〔漢書李尋傳〕近臣已不足—矣。

【杙】逸職切音弋職韻
(一)劉劉、—。見〔說文〕〔按當讀劉劉爲句。劉即榴也。爾雅釋木注。劉子生山中。實如梨。酢甜。核堅。桂未谷曰。今人食酸劉劉。〕
(二)橜也。〔爾雅釋宮〕樴謂之—。〔按樴—之—。字本作弋。說文。弋。橜也。爾雅釋宮。雞棲於弋爲榤。李注。橜也。朱駿聲曰。凡銳耑之木皆得謂之—。周禮牛人注。樴謂之—。可以繫牛。尙書大傳。椓—者有數。注。—者繫牲者也。詩兔罝傳。丁丁、椓—聲。莊子人間世。求狙猴之—者。又左襄十七年傳。以—抉其傷。皆以—爲之。〕

【杚】古忽切音骨月韻
(一)本作杚。〔說文〕杚平也。〔段注〕杚者平物之謂。
(二)摩也。見〔廣雅釋詁〕。〔按吳都賦注引廣雅作扢。段玉裁云從手者從木之誤。平之必摩之。故廣韻曰摩也。〕

【杚】柯愛切隊韻

同槩。平斗木。見〔玉篇〕。〔段玉裁云。槩與｜古字通。〕

【杜】動五切音敱麌韻

㈠甘棠也。見〔說文〕。〔按即｜棃。有赤白二種。赤者味酢。白者味甘。大葉。橢圓。深裂爲三。花色白。結實作橢圓形。小如金鈴子。經霜可食。亦稱棠棃。蓋棠、｜、一聲之轉耳。〕

㈡蹬也。見〔方言〕。〔注〕今俗語通言蹬如｜。棃子蹬。因名之。

㈢塞也。〔周禮大司馬〕犯令陵政則｜之。〔注〕｜塞使不得與鄰國交通。

㈣閉也。〔莊子應帝王〕是殆見吾｜德機也。〔注〕德機不發曰｜。

㈤絕也。見〔正字通〕。

㈥閉也。〔書費誓〕｜乃擭。

㈦猶衡也。〔管子度地〕｜曲則擣毀。

㈧國名。〔路史國名紀〕｜伯國、今永與長安縣南十五有｜伯冢廟。記云。｜伯所築。漢之｜陵。今萬年唐｜二國也。

㈨｜榮。草名。〔爾雅釋草〕蒬、｜榮。〔注〕似茅。皮可以爲索。〔又〕｜衡。芳草名。〔楚辭湘夫人〕繚之兮｜衡。〔按衡亦作蘅。此草累年生存。葉有長柄。作心臟形者曰｜蘅。作腎臟形者曰馬蹏香。同類也。〕

杜榮圖

㈩｜仲。藥名。〔廣雅釋木〕｜仲。蔓榆也。〔按｜仲多生秦蜀諸省。爲喬木。高數丈。葉類柿。又似辛夷。幹皮色紫而潤。狀如厚朴而更厚。劓之多白絲相連如綿。採供藥用。〕

杜仲圖

(十一)｜鵑。花名。常綠灌木。高三尺許。葉小多毛。花色不一。〔又〕鳥名。體色灰黑。短喙而銳。尾羽如鷹。拙於營巢。每產卵地上。啣之他鳥巢中。俟其化孵。〔詳入鵑字〕

(十二)｜狗。蟲名。〔方言〕螻螲謂之螻蛄。或謂｜狗。〔又〕｜伯。蟲名。〔爾雅釋蟲〕｜伯、蠍也。〔又〕天｜。蟲名。〔廣雅釋蟲〕天｜、蟅蟓也。

(十三)俗稱假造事實曰｜撰。〔野客叢談〕｜默爲詩。多不合律。故言事不合格者爲｜撰。然又觀俗｜田園之說。之云者。猶言假耳。如言自釀薄酒曰｜酒。此正與｜撰之說同。

(十四)同敱。〔漢書王陵傳〕陵怒。謝病免。｜門竟不朝請。〔注〕｜、本作敱。

(十五)通土。〔詩鴟鴞〕徹彼桑土。〔傳〕桑土、桑根也。韓詩作｜。〔按方言｜、根也。東齊曰｜。〕

(十六)姓也。

【杜】盧五切音覩麌韻

姓也。楚有｜敖。劉伯莊讀。見〔集韻〕。

【杜】同都切音徒虞韻

姓也。晉有｜蒯。劉昌宗讀。見〔類篇〕。〔按禮記檀弓｜蕢注。或作屠蒯。〕

【杝】丈爾切音豸紙韻　陳知切音馳支韻

㈠落也。見〔說文〕。〔段注〕玄應書謂｜、欐、籬三字同。引通俗文。柴垣曰｜。落、廣雅作落。廣韻引音譜作㯝。〔按今云籬落。〕

㈡隨其理也。〔詩小弁〕析薪｜矣。〔傳〕析薪者必隨其理。〔按謂隨木理之迆衺而析之也。此借｜爲迆。〕

㈢謂施大之也。〔太玄玄圖〕地｜其緒。

【杝】鄰知切音離支韻

籬或字。〔集韻〕籬。藩也。或作｜。

【杝】弋之切音移支韻

木名。〔大戴記夏小正〕梅杏｜桃則華。〔傳〕｜桃。山桃也。〔注〕爾雅作褫。曰褫桃、山桃。郭注云。實如桃不解核。

【杝】他佐切音佗箇韻

車名。見〔集韻〕。

【杞】口己切音起紙韻

㈠枸｜也。見〔說文〕。〔按爾雅釋木〕｜、枸檵。廣雅釋木。枸｜乳、苦｜也。又地筋、枸｜也。亦作苟｜、何｜、枸忌、枸己、狗｜。爲落葉灌木。高二三尺。

莖多刺。嫩苗可食。夏開淡紫色花。結實鮮紅。可入藥。〕

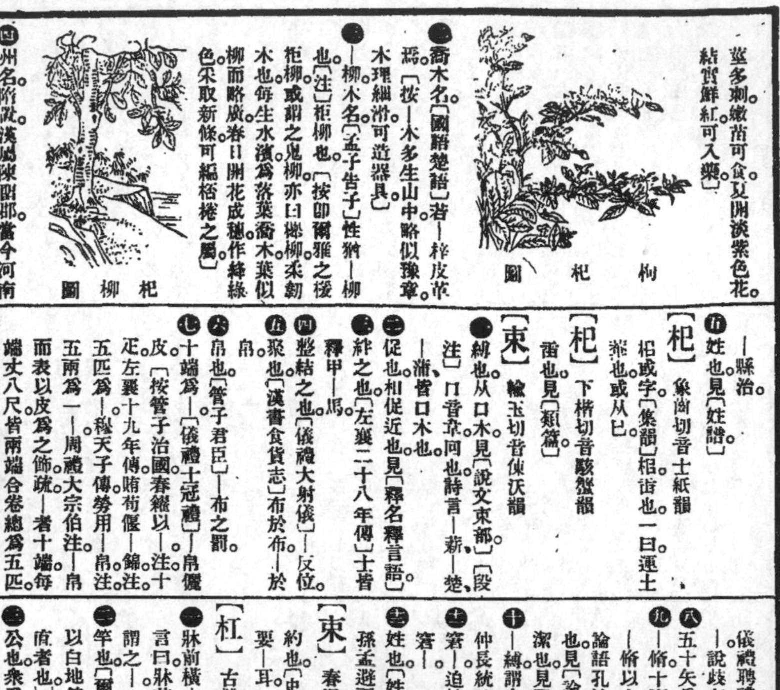

枸杞圖

㊁喬木名。〔國語楚語〕若｜梓皮革焉。〔按｜木多生山中。略似豫章。木理細滑。可造器具。〕

㊂｜柳。木名。〔孟子告子〕性猶｜柳也。〔注〕｜柳。柜柳也。〔按即爾雅之楥柜柳。或謂之鬼柳。亦曰櫸柳。柔韌木也。每生水濱。爲落葉喬木。葉似柳而略廣。春日開花成穗。作絳綠色。采取新條可編栲栳之屬。〕

杞柳圖

㊃州名。附說。漢屬陳留郡。當今河南｜縣治。

㊄姓也。見〔姓譜〕。

【杞】象齒切音士紙韻

枱或字。〔集韻〕枱。甾也。一曰。運土器也。或从巳。

【杞】下楷切音駭蟹韻

西也。見〔類篇〕。

【束】輸玉切音倲沃韻

㊀縛也。从口木。見〔說文束部〕。〔段注〕口音韋。回也。詩言｜薪、｜楚、｜蒲、皆口木也。

㊁促也。相促近也。見〔釋名釋言語〕。

㊂縛之也。〔左襄二十八年傳〕士皆釋甲｜馬。

㊃整結之也。〔儀禮大射儀〕｜反位。

㊄聚也。〔漢書食貨志〕布於布｜於帛。

㊅帛也。〔管子君臣〕｜布之罰。

㊆十端爲｜。〔儀禮士冠禮〕｜帛儷皮。〔按管子治國。春糴以｜。注。十疋。左襄十九年傳。賄荀偃｜錦。注。五匹爲｜。穆天子傳。勞用｜帛。注。五兩爲一｜。周禮大宗伯注。｜帛而表以皮爲之飾。疏。｜者十端。每端丈八尺。皆兩端合卷。總爲五匹。儀禮聘禮疏。幣帛錦十卷者皆名｜。說姑存參。〕

㊇五十矢爲｜。〔詩泮水〕｜矢其搜。

㊈｜脩。十脡脯也。〔論語述而〕自行｜脩以上。〔又〕｜帶脩飾也。見〔論語孔注〕。〔又〕謂年十五以上也。見〔論語鄭注〕。〔又〕謂謹飭脩潔也。見〔後漢劉般傳注〕。

㊉｜縛。謂自潔清如拘執也。〔後漢仲長統傳〕樂放逸而赴｜縛。

⑪窘｜。迫縮也。〔謝枋得詩〕筆端不窘｜。

⑫姓也。〔姓氏書校勘記〕漢疏廣曾孫孟避王莽難。去疏之足爲｜氏。

【束】春遇切音戍遇韻

約也。〔史記高帝紀〕待諸侯至定要｜耳。

【杠】古雙切音江江韻

㊀牀前橫木也。見〔說文〕。〔段注〕方言曰。牀其｜。自關而西秦晉之間謂之｜。

㊁竿也。〔爾雅釋天〕素錦綢｜。〔注〕以白地錦韜旗之竿。〔按此則謂旗者也。〕

㊂公也。衆叉所公共也。見〔釋名釋車〕。

㊃銘旌也。〔儀禮士喪禮〕竹長｜三尺。

㊄方橋也。〔孟子離婁〕徒｜成。〔按謂橫木以渡。後世以石爲之。〕

㊅星名。〔晉書天文志〕大帝上九星曰華蓋。下九星曰｜。華蓋之柄也。

㊆草名。蓼類。莖有刺。葉作三角形。夏開紅白色花。

【杠】沽紅切音公東韻

｜里。地名。〔漢書曹參傳〕攻｜里。

【杘】丑二切音呬寘韻

㊀篗柄也。見〔說文〕。〔段注〕篗即絡車也。所以轉絡車者即｜也。〔參閱榍柅二字。〕

㊁㞙｜。狗也。見〔方言〕。〔又〕欺也。見〔廣雅釋詁〕。〔又〕人名。見〔列子力命〕。〔韻會云。人名寓言也。〕

【杄】親然切音遷先韻

樬或字。〔集韻〕樬。榍樬。木名。子如馬乳。或作｜。

【杪】子了切音剿私兆切音小七小切音悄篠韻

梢也。見〔說文〕。〔段注〕梢。各本作

相高二字。今正。玉篇曰。—。木忽高也。以梢字之解解之。是—訓梢也。—者言其杪末之高。

【杊】松倫切音荀眞韻
梢或字。〔集韻〕梢。大木爲鉏柄。或作—。

【杍】亂似切音子紙韻
治木器曰—。見〔集韻〕。

【杍】古李字。見〔說文〕。

【杒】測人切音瞋眞韻鉏臻切音蓁眞韻息晉切音信震韻
木名。見〔玉篇〕。

【杔】闥各切音託藥韻
—櫨。木名。見〔集韻〕。

【杔】沙格切音磔陌韻
—櫨。溢酒具。一曰杜上栿。見〔集韻〕。

【杗】武方切音亡。謨郎切音茫陽韻眉茫切音盲庚韻
棟也。見〔說文〕〔通訓定聲〕爾雅釋宮。—廇謂之梁。注。屋大梁也。按大木東西者曰棟。南北者曰梁。爾雅蓋謂所以定—廇之中庭者謂之梁。非以—爲梁也。

【杛】居雄切音弓東韻
木名。見〔集韻〕。

【⿰木了】子了切篠韻
木忽高也。見〔龍龕手鑑〕〔按疑爲杪字之譌〕。

【杋】符咸切音凡咸韻
木名。此木皮曰木桴。見〔集韻〕〔按玉篇云。俗呼爲水浮木也〕。

【呆】古某字。見〔字彙〕〔按說文梅或作楳、玉篇作某。古文槑从甘不从口。而本草云。梅、杏類。倒杏爲—。俗以謂癡獃之獃。誤〕。

【⿰木厶】古綱字。見〔集韻〕。

【朿】古支字。見〔集韻〕。

【来】同根。見〔六書統〕。

【杀】同殺。見〔正字通〕。

【条】俗條字。

【杪】杓譌字。見〔龍龕手鑑〕。

四畫

【杪】彌沼切音麨篠韻楚敎切音鈔效韻
❶木標末也。見〔說文〕〔通訓定聲〕高遠之木枝曰標曰—。纖銳之禾曰秒。
❷樹銘曰—。見〔一切經音義引通俗文〕。
❸小也。〔方言〕杪、小也。木細枝謂之—。〔注〕—言梢也。
❹猶表也。見〔文選張衡賦—木末注〕〔按朱駿聲曰遙取也以聲訓失之〕。
❺一歲之末亦曰—。〔禮記王制〕冢宰制國用。必於歲之—。

【杭】寒剛切音航陽韻
❶渡也。〔詩河廣〕一葦—之。
❷州名。春秋爲越國之西境。漢屬會稽郡。隋置—州。元改爲—州路。明爲—州府。淸因之。今爲浙江—縣治。於淸光緒二十一年。依一千八百九十五年中日馬關條約。闢爲商埠。
❸天—。天漢也。〔太玄劇〕薇於天—。
❹—愛山。在外蒙古。其脈西接阿爾泰山。東走爲肯特山。
❺抗或字。〔集韻〕抗。方舟也。或作航。
作—。
❻姓也。〔姓苑〕漢有長沙太守—徐。

【杭】居郎切音剛陽韻
葬器也。〔韻會〕禮記禮器注引士喪禮。器曰—木。葬者—木在上。茵在下。

【杮】芳廢切音肺隊韻無未切音費未韻
❶本作柹。〔說文〕柹。削木札朴也。〔通訓定聲〕三蒼。—、札也。今江南謂斫削木片爲—。關中謂之札。或曰—札。與从朿之柹果字迥別。晉書。王濬造船。木—蔽江而下。此字本訓木皮之削成片者。札牘亦曰薄木片。故謂—爲札。
❷通肺。〔漢書田蚡傳〕蚡以肺附爲相。〔注〕一說。肺、斫木札也。喻其輕薄附著大材也。

【杮】普蓋切音沛泰韻
木盛皃。見〔集韻〕。

【杮】蒲蓋切音旆泰韻
拔或字。〔集韻〕木生柯葉貌。詩。柞棫拔矣。或作—。

【東】都籠切音蝀東韻

㊀動也。从木。官溥說。从日在木中。見〔說文東部〕〔通訓定聲〕白虎通五行。丨方者動方也。萬物始動生也。皆相近則意相通亦訓詁之一道。淮南天文訓。丨方木也。按日所出也。从日在木中。會意。

㊁日之初也。〔素問五運行大論〕丨方生風。〔注〕丨者日之初。

㊂謂主人也。古時主位在丨。賓位在西。故世稱主人曰丨。如丨人、丨家、丨房、丨股。皆引伸之義。左傳。若舍鄭以爲丨道主。謂丨方之主人也。非此義所本。

㊃丨君。日也。〔史記封禪書〕晉巫祠五帝、丨君、雲中司命之屬。

㊄丨皇。司春神。〔尚書緯〕春爲丨皇。

㊅丨宮。世子也。〔呂覽審應〕寡人之在丨宮之時。

㊆丨郊。畿郊也。〔呂覽仲春〕命田舍丨郊。

㊇世謂女壻曰丨牀。〔杜甫詩〕蔡樹去丨牀。〔按晉書王羲之傳。郗鑒使門生求壻於導。導令徧觀子弟。門生歸謂鑒曰。王氏諸少並佳。然聞信至。咸自矜持。惟一人在丨牀坦腹食。鑒曰。此正佳壻耶。後世稱壻爲丨牀本此〕

㊈丨籠。沾濡貌。〔荀子議兵〕仁人之兵。觸之者角摧。案角鹿埵隴種丨籠而退耳。

㊉丨丁。泉聲。〔老學菴筆記〕漢嘉城西北山麓有一洞。泉出其間。時聞洞中泉滴聲。黃魯直題詩曰。古人題作丨丁水。自古丨丁直到今。〔又〕佩聲。〔吳文英詞〕紅香溝玉佩丨丁。

⑪丁丨。水名。〔雲笈七籤〕葛瓌化宮西。有丁丨水。〔又〕環聲。〔韓偓詩〕玉堂西畔響丁丨。

⑫活丨。蟲名。〔爾雅釋蟲〕科斗活丨。〔注〕蝦蟆子。

⑬郡名。〔漢書地理志〕秦滅濮陽置丨郡。〔當今直隸開縣〕

⑭俗稱物事曰丨西。〔通雅稱謂〕稱男子曰南北。猶稱物曰丨西也。道旂瑣言曰。世稱好男子窮者、咤曰。好南北。無丨西。〔按浪跡續談。齊書豫章王嶷傳。上謂嶷曰。百年亦何可得。止得丨西一百。於事亦得。似當時已謂物爲丨西。物產四方而約舉丨西。正猶史記四時、而約言春秋耳。〕

⑮安丨。縣名。清置。屬奉天省。今仍之。清光緒三十年。依一千九百零三年中美通商條約及中日通商航海條約。開爲商埠。

⑯亞丨。地名。一名芽屯。在西藏藏州。爲春丕山峽南方之門戶。清光緒二十三年。依一千八百九十三年藏印條約補遺條款。開爲商埠。同時國家設亞丨稅關於此。〔又〕歐美謂亞細亞洲。亦曰亞丨。或曰遠丨。

⑰姓也。〔廣韻〕舜七友。有丨不訾。〔又〕丨郭。丨里。丨宮。丨門。丨陵。丨關。丨方。丨閭。丨鄉。丨陽。丨丹。丨野。丨萊。均複姓。見〔古今姓氏書辯證〕。

【杲】古老切音槁　下老切音皓　皓韻

㊀明也。从日在木上。見〔說文〕。〔按丨从日在木上。東从日在木中。段氏曰。日在木中、昒也。日在木上、旦也。〕

㊁丨丨。白也。見〔廣雅釋訓〕。〔疏證〕漢書司馬相如傳云。暠然白首。暠與丨同。

【杳】伊鳥切音窅　篠韻

㊀冥也。从日在木下。見〔說文〕。〔桂注〕本書。丨、篠也。徐鍇曰。淮南子、日拂於扶桑。是謂晨明。故東字日在木中。登於扶桑。是謂朏明。故杲字日在木上。史記天官書。日晡則反景上照於桑榆間。故丨字日在木下。管子內業篇。杲乎如登於天。丨乎如入於淵。

㊁深遠也。〔文選揚雄賦〕丨旭卉兮。

㊂丨丨。深冥貌。〔楚辭懷沙〕眴兮丨丨。

㊃丨眇。覛遠貌。〔漢書司馬相如傳〕猶丨眇而無見。

【杴】虛嚴切音薟　鹽韻

㊀鍬屬。見〔玉篇〕。

㊁青齊呼意所好曰丨。見〔方言〕。

㊂火丨。卽豨薟也。莖有直稜形稍方。秋開小黃花。外有長苞茸毛黏人。

【杴】丘廉切音謙　鹽韻

泄水器也。見〔集韻〕。

【杵】敞呂切音處　語韻

㊀舂丨也。見〔說文〕。〔段注〕舂擣粟也。其器曰丨。

㊁兵器名。〔宋史呼延贊傳〕及作破陣刀。降魔丨。鐵折上巾。兩旁有刃。皆重數十斤。

㊂凡毀碎物者皆曰—。〔管子任法〕然故諶—習士。聞識博學之人。不能亂也。〔注〕—所以毀碎於物者也。

㊃擣衣具曰砧—。〔班婕妤賦〕於是投香—。叩玫砧。

㊄彗星曰天—。見〔漢書天文志〕。

【杶】 敕倫切音椿眞韻

㊀木也。見〔說文〕。〔按徐鍇引字書。—木似樗。中車轅。實不堪食。桂馥曰。樗當作櫄。玉篇。—木似櫄。〕

㊁或作櫄。〔書禹貢〕—幹栝柏。〔釋文〕—。乂作櫄。〔按集韻。櫄、櫄、杻、櫄同。—乂通作椿。〕

【杷】 蒲巴切音爬麻韻

㊀收麥器。見〔說文〕。〔按方言。—。宋魏之間謂之渠拏。注。有齒曰—。無齒曰扒。箋疏云。急就篇注。無齒曰捌。有齒曰—。皆所以推引聚禾穀也。〕

㊁手搯之也。〔漢書賈禹傳〕捽屮—土。手足胼胝。

㊂枇—。果木名。葉如馬耳。䕺冬不枯。花梗有細毛。白色。夏半實熟。色淺黃。味美可食。〔又〕樂器名。〔釋名釋樂器〕枇—本出於胡中。馬上所鼓也。推手前曰枇。引手卻曰—。〔按風俗通曰。琵琶以手批把。因以爲名。通雅。枇—或作鼙靶、欂靶。〕

枇杷果圖

【杷】 旁卦切音稗　薄邁切音敗卦韻

㊀田器。見〔集韻〕。

㊁播也。所以播除物也。見〔釋名釋用器〕。

【杷】 必駕切音霸禡韻

同欛。柄也。〔晉書王濬傳〕濬卒。劉倓以犀—麈尾置棺中。

【杼】 丈呂切音佇語韻

㊀機之持緯者。見〔說文〕。

㊁薄也。〔考工記輪人〕凡爲輪。行澤者欲—。故泥不附。〔注〕謂削薄其踐地者。

㊂䌰也。〔考工記玉人〕大圭長三尺。—上終葵首。

㊃長也。〔方言〕豐人—首。—首、長首也。

㊄織也。〔書大傳〕諸侯疏—。

㊅—柚也。土作謂之—。木作謂之柚。見〔方言〕。

㊆人名。〔左襄四年傳〕后—。〔史記作予。槩子非儒作佇。世本作輿。系本作佇。〕

【杼】 常恕切音署御韻

㊀泄水槽也。見〔集韻〕。

㊁排泄之也。〔管子禁藏〕鑽燧易火。—井易水。所以去茲毒也。

【杼】 上與切音墅　展呂切音貯　丈呂切音宁語韻　莫侯切音茂有韻

木名。栩也。見〔集韻〕。〔按說文作柔。詳柔字。〕

【柔】 展呂切音貯　上與切音墅　象呂切音敘語韻

栩也。从木予聲。讀若杼。見〔說文〕。〔段注〕莊子、狙公賦芧。司馬云。芧、橡子也。芧卽—字。橡卽樣字。—本樹名。因用爲實名也。〔按卽柞櫟也。〕

【松】 思恭切音淞冬韻

㊀—木也。見〔說文〕。〔按—。喬木屬。高數丈。幹皮龜坼如鱗。葉作針狀。終歲蒼綠。春際開花。色黃微紅。花粉極多。人多采集。塗粉鬧食。謂之—花。—花粉。結實爲球果。經年成熟。種子可食。俗稱—子。幹含樹脂甚富。取而聚之。卽爲—脂。俗稱—香。木材堅實耐用。種類甚多。兩葉一叢者爲赤—。黑—。赤—皮褐芽赤。黑—皮黑芽白。五葉一叢者爲五鬣—。海—。五鬣—葉短果小。海—葉長果大。〕

㊁猶容也。見〔公羊文二年傳練主用栗注〕。

㊂竦動也。〔白虎通宗廟〕夏后氏以—。—者、所以自竦動。

㊃山名。在盛京錦縣南十八里。見〔清一統志〕。

㊄江名。〔清一統志〕源出蘇州府之太湖。自崑山縣東南流。經青浦縣北。北與太倉州嘉定縣接界。又東經上海縣北。南與黃浦江合。又東入海。曰吳淞海口。〔又〕—花江。一名混同江。〔清一統志〕源出長白

山北流會嫩江黑龍江入海。

(六) 州名。有二。一唐置。屬劍南道。當今四川—潘縣治。一元置。屬中書省上都路。當今喀喇沁右翼。

(七) —蘿。地衣類。卽女蘿也。全體灰綠色。作綫狀。多懸垂老幹枯木上。〔又〕茶葉之一種。產徽州。

(八) —露。菌類。一名麥蕈。產松林下砂中。其形如球。大不逾寸。作深褐色。可采以爲食。

(九) 甘—。香草名。細葉引蔓。叢生山野。根極繁密。一名心菜。能治風。

(十) —醪。酒名。〔戎昱詩〕—醪能醉客。

(十一) —雞。雞類。體大於鳩。足被白羽毛。白質黑章。入冬全變白色。

(十二) —鼠。鼠類。一名栗鼠。體較鼠大。長尾多毛。蹤茸可愛。能以後肢蹲踞樹枝。食松子栗實。故名。

【板】補綰切音版潸韻

(一) 片木也。與版同。見〔玉篇〕。

(二) 昄也。昄昄平廣也。見〔釋名釋書契〕。

(三) 詔書也。〔後漢楊賜傳〕制用—之恩。〔按文選謝平原內史表。遺黎丞張含齎—詔書印璽。注。凡王封拜謂之—官〕。

(四) 書版也。〔南史謝靈運傳〕發兵自防。露—上言。

(五) 笮屬也。〔管子弟子職〕坐—排之。

(六) 一丈爲—。見〔詩鴻雁百堵皆作傳〕。〔按公羊定十二年傳。五—而堵。八尺曰—。禮記檀弓。今一日而三斷—。注。—蓋廣二尺。長六尺。解釋歧異。存參。〕

(七) ——。反也。〔詩板〕上帝——。〔又〕僻也。見〔禮記緇衣上帝——注〕。〔又〕猶言拘定不活動也。〔通俗編〕——六十四。見豹隱紀談。按凡鼓鑄錢。每一—六十四文。乃定例也。或私增其一。卽屬僞鑄。

(八) —楯。西南蠻之號。見〔後漢桓帝紀注〕。

(九) —桐。山名。〔楚辭哀時命〕開閶風之—桐。

(十) —浦。地名。近海州。兩淮鹽務最盛之區。

(十一) 負—。悲哀貌。〔儀禮喪服注〕孝子前有衰。後負—。〔疏〕謂負其悲哀於背也。

(十二) 拍—。樂器。〔文獻通考〕拍—長闊如手。大者九—。小者六—。以韋編之。以爲樂節。蓋以代抃也。

(十三) 手—。笏也。〔文獻通考〕晉宋以來。謂之手—。

(十四) —輿。安車也。〔文選潘岳賦〕太夫人乃御—輿。

(十五) 俗稱錢曰—兒。〔通俗編〕董穀碧里雜存。國初至宏治。皆用好錢。正德時。京師交易者稱爲—兒。所使皆低惡之錢。以二折一。但取如數。而不覩善否。既而南方亦行—兒。好錢遂閣不行。按今京師猶有以二折一之例。但呼小錢。其好錢乃謂之老官—兒。

(十六) 俗稱偏執與呆滯。竝曰—。

【板】爾限切音阪潸韻

籍也。見〔集韻〕。

【𣎵】胡瓜切音華麻韻

(一) 兩刃臿也。从木个。象形。宋魏曰—也。見〔說文〕。〔按許君又謂或从金亏作釫。〕

(二) 亦作鏵。〔方言〕臿宋魏之間謂之鏵。〔按釋名釋用器。鏵。刳也。刳地爲坎也。〕

(三) 又作鋘。〔後漢戴就傳〕又燒鋘斧。使就挾於肘腋。〔注〕張揖字詁云。臿刃也。音華。

【枂】五活切音抈曷韻

(一) 去樹皮。見〔廣韻〕。

(二) 柮—。柱端木。見〔集韻〕。

【枂】魚厥切音月月韻

殺兀。見〔集韻〕。

【枆】莫袍切音毛豪韻

(一) 同楙。〔說文〕楙。冬桃。

(二) 木名。冬桃。見〔集韻〕。

(三) 亦作旄。〔爾雅釋木〕旄。冬桃。〔注〕子冬熟。〔義疏〕桂海虞衡云。冬桃狀如棗。軟爛甘酸。冬月熟。按今冬桃有十一月熟者。形如常桃。青若臉。

【枉】嫗往切音汪養韻

(一) 本作桂。〔說文〕桂。衺曲也。从木㞷聲。〔段注〕本謂木衺曲。因以爲凡衺曲之稱。

(二) 人之衺曲亦曰—。〔論語爲政〕舉直錯諸—。〔皇疏〕—。委曲邪佞之人也。

(三) 曲也。〔楚辭涉江〕朝發—陼兮。

(四) 屈也。〔楚辭遠遊〕—玉衡於炎火兮。

㊄詘也。見〔廣雅釋詁〕。
㊅—謂違法曲斷。〔禮記月令〕毋或—撓。
㊆無罪而殺之曰—。見〔呂覽壅塞因怒而詘殺之注〕。
㊇淩弱爲—。〔呂覽仲秋〕無或—撓。
㊈—攘亂貌。〔楚辭哀時命〕摡塵垢之—攘兮。
㊉—矢。兵矢也。〔周禮司弓矢〕—矢絜矢。〔注〕—矢者。取名變星、飛行有光。今之飛矛是也。或謂之兵矢。〔按—矢有爲救日之用者。周禮庭氏。與—矢射之。注。—矢。救日之矢與。又、禮記投壺。主人曰。某有—矢哨壺。請以樂賓。疏。—謂曲而不直。哨謂哨峻不正。是主人謙遜之辭。〕〔又〕流星也。〔釋名釋天〕齊魯謂光景爲—矢。言其光行若射矢之所至也。亦言其氣—暴有災害也。〔疏證〕光景疑流星之譌。史記天官書。—矢類大流星。蛇行而蒼黑。望之如有毛羽然。又恆星有弧矢。象張弓注矢之形。其矢三星微曲。亦名—矢。正射天狼星。所謂弧矢射天狼也。其星在輿鬼之南。是有定位不流移者。非此所謂—矢。

【枊】魚浪切卬音䣐漾韻魚剛切音昂陽韻

㊀馬柱。一曰豎也。見〔說文〕。〔桂注〕蜀先主解綬縛督郵馬—。晉王隱縛宋武帝於馬—。華陽國志雍闓反。繫馬—杙。生成林。
㊁欂—也。〔文選何晏賦〕飛—鳥踊。〔注〕今人名屋四阿栱曰欂—。

【枋】分房切音方陽韻

㊀木名。〔說文〕木可作車。〔桂注〕釋木枇郭注。材中車輞。一名大檮。徐鍇引字書。—、檀也。莊子逍遙遊。我決起而飛搶榆—。釋文。李云。—檀也。〔又〕蘇—。木名。〔廣羣芳譜〕南方草木狀。蘇—出九眞。南人以染絳。漬以大庾之水。則色愈深。本草。一名蘇木。樹似菴羅。葉若榆葉而不澀。抽條長丈許。花黃。子生青熟黑。
㊁蜀人以木偃魚曰—。見〔集韻〕。
㊂—頭。地名。〔晉書苻堅傳〕太和四年。晉大司馬桓溫伐慕容暐。次於—頭。〔按在今河南濬縣西南八十里〕

【枋】甫妄切音訪漾韻

同舫。〔後漢岑彭傳〕乘—箄。下江關。〔注〕—箄、以竹木爲之。浮於水上。—即舫字。古通用耳。

【枋】陂病切音柄敬韻

同柄。〔周禮內史〕掌王之八柄之灋。以詔王治。〔釋文〕柄、本又作—。〔按儀禮士冠禮加柶面—注。今文—爲柄。〕

【枌】符分切音焚文韻

㊀—榆也。見〔說文〕。〔段注〕—榆者。榆之一種。漢時有—榆社是也。〔按詩東門之—傳。—白榆也。爾雅釋木。榆、白—。注。—榆先生葉。卻著莢。皮色白。〕
㊁通棼。〔文選張協七命〕—橑嶕嶢。〔注〕說文曰。棼、複屋棟也。棼與—古字通。

【枎】馮無切音扶虞韻

㊀—疏。四布也。見〔說文〕。〔又〕槃跚貌。〔淮南脩務〕援豐條。舞—疏。〔又〕盛也。見〔廣韻〕。
㊁旁也。〔淮南人閒〕夫鵲去高木而巢—枝。
㊂木名。〔管子地員〕五沃之土。桐柞—櫄。
㊃或作秩。〔李仲璇脩孔廟碑〕若水嘉祥。秩疏於季葉。
㊄通扶。〔韓非揚榷〕爲人君者。數披其木。毋使木枝扶疏。

【枎】芳無切音敷虞韻

椨或字。〔集韻〕椨菲箏也。或作—。

【扶】馮無切音扶虞韻

椨或字。〔集韻〕草木房爲椨。或作—。

【析】先的切音錫錫韻

㊀破木也。一曰折也。見〔說文〕。
㊁分也。〔漢書揚雄傳〕—人之珪。
㊂解也。〔淮南俶眞〕—才士之脛。
㊃分異也。〔荀子王制〕—愿禁悍。
㊄異居也。〔書堯典〕厥民—。〔注〕言其民老壯分—。
㊅竝也。見〔文選左思賦注引說文〕。〔按桂馥曰。禮運月以爲量。正義云。量、猶分限也。〕
㊆地名。〔左傳二十五年傳〕秦人過—隈。〔注〕—、楚邑。一名白羽。〔按在今河南內鄉縣西北〕
㊇姓也。齊大夫—歸父。

（九）—木。星次名。〔爾雅釋天〕—木之津。漢津也。〔按義疏引國語韋昭注云。津。天漢也。—木次名。從尾十度至南斗十一度爲—木。其間爲漢津。〕

（十）—城。山名。〔禹貢〕底柱—城。〔按一名—津山。在今山西陽城縣西。〕

（十一）—支。地名。〔禹貢〕—支渠搜。〔按疏〕王肅云。—支在河關西。〔按當今青海境。〕

（十二）脾—。牛百葉也。〔周禮醢人〕脾—蠯醢。

（十三）同柝。〔左僖二十五年傳〕秦人過—隈。〔釋文〕—本作柝。

（十四）通晳。〔左僖十五年傳〕蛾—、謂慶鄭曰。盍行乎。〔注〕蛾—。晉大夫。〔釋文〕—本或作晳。

【析】相支切音斯支韻

同菥。〔集韻〕菥。蔱菥。草名。似蘼麥。或作—。

【枑】胡故切音護遇韻

（一）行馬也。周禮門設梐—再重。見〔說文〕〔以漢名釋古名也。韻會引繫傳曰。—者交互其木以爲遮欄也。閽人互字。並詳梐字。〕

（二）亦作互。〔周禮脩閭氏〕掌比國中宿互梐者。〔注〕鄭司農曰。互爲行馬。所以障互禁止人也。

（三）或作柜。〔皇甫誕碑〕橫劍梐柜。

【枒】牛加切音牙。余遮切音耶。麻韻。吾駕切音迓。魚駕切音訝。禡韻

（一）木名。—日車輞會也。見〔說文〕〔通訓定聲〕俗字作椰、其木葉在顛。略似椶櫚。實大如瓠。繫在顛。若挂物然。今俗所用椰瓢是也。〔按文選蜀都賦。椶—楔樅。注云。椶—。出蜀。其皮可作繩履。〕

（二）杈—。參差之貌。〔文選王延壽賦〕枝掌杈—而斜據。

（三）迦—。木相拒也。見〔集韻〕。

（四）或作椰。〔文選左思賦〕椰葉無陰。〔注〕椰樹似檳榔。無枝條。高十餘尋。葉在末。如束蒲。實大如瓠。繫在樹頭。如挂物也。實外有皮。如胡桃。核裏有膚。膚白如雪。厚半寸。如豬膚。味美如胡桃。膚裏有汁升餘。清如水。甘如蜜。飲之可以愈渴。核作飲器也。

（五）同邪。〔文選司馬相如賦〕留落胥邪。〔注〕胥邪似并閭。皮可爲索。〔按史記司馬相如傳作胥餘。張衡南都賦作楈—。〕

（六）同牙。〔考工記輪人〕牙也者。以爲固抱也。〔注〕鄭司農曰。牙讀如跛者訝跛者之訝。謂輪輮也。世間或謂之罔。

【枓】之庾切音主麌韻

（一）勺也。見〔說文〕〔王注〕漢禮器制度注。勺五升。徑六寸。長三尺。少牢饋食禮司官設罍水於洗東。有—。注。—、㪺水器也。

（二）同斗。〔詩行葦〕酌以大斗。〔釋文〕斗字又作—。徐音主。

【枓】當口切音斗有韻

—栱。一曰勺也。見〔集韻〕〔按—栱亦作斗栱、禮記禮器山節。疏。山節謂刻柱頭爲斗栱。形如山也。〕

【枕】章荏切音煩寢韻　職任切音鍼沁韻

（一）臥所薦首也。見〔說文〕〔按急就篇顏注、—所以支頭也。〕

（二）檢也。所以檢項也。見〔釋名釋牀帳〕。

（三）止也。見〔易坎險且—虞注〕。

（四）安也。見〔易坎險且—干注〕。

（五）臨也。〔漢書嚴助傳〕北—大江。

（六）閑礙險害之貌。見〔易坎釋文引陸注〕。

（七）車後橫木也。〔方言〕軫謂之—。〔按釋名釋車。—、橫也。橫在前如臥牀之有—也。今鐵路承軌之橫木、曰—木。亦引申之義。〕

（八）—骨。頭上之橫骨也。〔素問骨空論〕頭橫骨爲—。

（九）魚頭骨亦曰—。〔爾雅釋魚〕魚—謂之丁。〔注〕—在魚頭骨中。形如篆書丁字。可作印。

【枕】持林切音沈侵韻

（一）繫牛杙也。見〔集韻〕。

（二）木名。釣樟也。〔本草綱目〕時珍曰。相如賦云。楩柟豫章。顏師古注云。豫即—木。章即樟木。二木生至七年。乃可分別。根似烏藥香。故又名烏樟。藏曰。—生南海山谷。作舡船。次于樟木。〔按釣樟落葉灌木。高七八尺。幹平滑。葉作橢圓形而細長。葉尖甚銳。質柔薄。春季先葉開花。五瓣淡黃色。三五簇生。結實似南燭子。熟則黑色。〕

【𣏟】普卦切音派普拜切音湃卦韻

(一)萉之總名也。—之言微也。微纖爲功。象形。見〔說文林部〕。〔段注〕各本萉作葩字之誤也。今正。萉本爲麻實。因以爲苴麻之名。此句疑尙有奪字。當云治萉枲之總名。〔通訓定聲〕云萉枲之名也。治枲皮細析之。

(二)麻紵也。見〔廣韻〕。

【林】黎針切音臨侵韻

(一)平土有叢木曰—。从二木。見〔說文林部〕。

(二)竹木也。〔周禮職方氏〕其利、—漆絲枲。

(三)森也。〔釋名釋山〕山中叢木曰—。—、森也。森森然也。

(四)聚也。見〔廣雅釋詁〕。

(五)衆也。〔白虎通五行〕—者、衆也。萬物成熟。種類衆多也。

(六)君也。〔詩賓之初筵〕有壬有—。

(七)山木曰—。〔詩擊鼓〕于—之下。

(八)野外謂之—。見〔爾雅釋地〕。

(九)事理之淵藪亦曰—。〔史記高祖功臣年表贊〕觀所以得尊寵及所以廢辱。亦當世得失之—也。

(十)西夷之樂曰—離。見〔古微書孝經鉤命訣〕。

(十一)—離。摻攦也。〔漢書司馬相如傳〕麗以—離。

(十二)—氏。山名。〔文選張衡賦〕闚—氏之騶虞。

(十三)綠—。荆州山名。〔後漢劉玄傳〕諸亡命集於綠—。〔按後世目盜爲綠—本此〕

(十四)—檎。果名。俗名沙果。亦名來禽。生渤海間。以柰樹傳接。三月開粉紅花。子如柰小而差圓。六七月熟。色淡紅可愛。有甜酸兩種。有金紅水蜜黑五色。甜者早熟而味脆。酸者熟差晚。須爛方可食。黑者色如紫柰。有冬月再實者。見〔廣羣芳譜〕。〔按日本謂蘋果爲—檎〕

(十五)—肯。美國第十六代大統領也。以解放黑奴著名。英文 lincoln。

(十六)—鐘。十二律之一。詳鐘字。

(十七)吉—。省名。漢挹婁地。清初發迹之地。設將軍。光緒八年始設爲省。其領地東界俄境。西接黑龍江。南連奉天。北接俄境。今領縣三十七。首縣亦曰吉—。光緒三十一年依一千九百零四年中日協約。就省城開爲商埠。

(十八)羽—。星名。〔史記天官書〕旗危。其南有衆星曰羽—天軍。〔注〕正義曰羽—三十五星。三三而聚散在壘壁南。天軍也。〔又〕官名。〔漢書百官公卿表〕郎中令掌公殿掖門戶。又期門羽—皆屬也。〔注〕師古曰羽—、亦宿衛之官。言其如羽之疾。如—之多也。

(十九)州名。唐羈縻州。屬關內道。芳池府。當今甘肅省慶陽府境。〔又〕元州名。屬中書省彰德路。當今河南—縣治。

(二十)姓也。〔姓譜〕殷比干後。避難長—山。因氏。又平王世子—開之後。望出南安。

【枘】儒稅切音芮霽韻

(一)刻木端所以入鑿也。〔莊子天下〕鑿不圍—。

(二)通內。〔莊子在宥〕仁義之不爲桎梏鑿—也。〔釋文〕—、向本作內。

【枘】如困切音嫩願韻

草木始生也。見〔集韻〕。

【枚】謨杯切音梅灰韻

(一)枚幹也。見〔說文〕。

(二)馬檛也。〔左襄十八年傳〕以—數闔。〔按文選長笛賦裁以當簻便易持。注纖者曰檛。細者曰—。〕

(三)凡也。見〔方言〕。〔疏證〕—之言每也。非一端之辭也。

(四)猶歷也。〔書大禹謨〕—卜功臣。〔傳〕謂歷卜之。〔今云—舉亦此義。〕

(五)籌之名。〔左昭十二年傳〕南蒯—筮之。〔疏〕今人數物曰一—兩—。—是籌之名也。

(六)箇也。見〔玉篇〕。

(七)十分寸之一謂之—。見〔考工記輪人〕。

(八)長也。見〔廣雅釋詁〕。

(九)鐘乳也。〔周禮鳧氏〕鐘帶謂之篆。篆間謂之—。

(十)微也。〔詩東山〕勿士行—。〔傳〕—微也。〔按朱駿聲曰微者、徵之誤字。行軍、將帥以下。衣皆有題識。今無事制此行間衣也。〕

(十一)收也。見〔廣雅釋詁〕。〔按王懷祖曰—當爲救字之誤。〕

(十二)銜—。周官名。〔周禮秋官序官〕銜—氏。〔疏〕銜—止言語囂讙也。—

狀如斧。橫衘之。爲之繩結於項。〔又〕水無涔也。〔文選枚乘七發〕衘—櫝桓。

(十)雙—屋內重橑也。〔文選何晏賦〕雙—既修。

(十一)—鬱密也。〔詩閟宮〕逓逓——。〔又〕閑暇無人之貌也。見〔詩閟宮釋文引韓詩〕

(十二)姓也。剛—被漢—乘。

【果】古火切音𣏾哿韻

(一)木實也。从木。象—形在木之上。見〔說文〕。〔按易說卦傳。爲—蓏。注。木實爲—。草實爲蓏。周禮場人注。—桑李之屬。蓏、瓜瓠之屬。疏引張晏曰。有核曰—。無核曰蓏。又臣瓚曰。在地曰蓏。在樹曰—。植物學家謂—實雌蕊之子房發育而成。其一凡爲植物所結之實。統以—實稱之。一則專指—實之可生啖而多汁者。如桃梅杏李瓜等皆是。〕

(二)信也。見〔廣雅釋詁〕。

(三)定也。見〔廣韻〕。

(四)誠也。〔淮南道應〕令不—往。

(五)成也。〔論語子路〕行必—。

(六)能也。〔孟子梁惠王〕君是以不—來也。

(七)克也。〔國語晉語〕是以不—奉。

(八)終也。〔呂覽忠廉〕—伏劍而死。

(九)美也。〔國語鄭語〕味一無—。

(十)決也。〔禮記檀弓〕於是弗—用。

(十一)勇決也。〔國語吳語〕莫如此志行不—。

(十二)必行也。〔國語晉語〕若是道也—。

(十三)敢行其志也。〔國語晉語〕其身—而辭順。

(十四)殺敵爲—。見〔左宣二年傳〕。

(十五)猶濟也。〔老子〕善有—而已。

(十六)猶遂也。〔文選謝靈運詩〕始—遠遊諾。

(十七)猶竟也。〔國語晉語〕—喪其田。

(十八)州名。〔韻會〕古巴子國。隋隆州。唐置—州。

(十九)—然。謂事之驗也。〔史記汲黯傳〕刀筆吏不可爲公卿。—然。

(二十)—敢。謂不虞不懼也。〔大戴禮文王官人〕廉潔而—敢者也。

(廿一)玉—。石名。〔穆天子傳〕玉—。〔注〕玉—石似美玉所謂大—者也。

(廿二)—贏。草名。〔詩東山〕—贏之實。〔傳〕栝樓也。

(廿三)—負。藥名。〔太平御覽〕吳氏本草曰。烏頭一名—負。

(廿四)—贏。工雀也。見〔廣雅釋鳥〕。〔按方言。桑飛。自關而東謂之工爵。或謂之—贏。又作過。〕

(廿五)—下。馬名。〔後漢東夷傳〕濊有—下馬。〔注〕高三尺。乘之可於—樹下行。〔又〕羆牛一名—下牛。見〔爾雅釋畜注〕。

(廿六)剛—。國名。亦作孔哥。詳孔字。

(廿七)同倮。〔爾雅釋詁〕倮、勝也。〔釋文〕倮、本作—。

(廿八)同婐。女侍也。〔孟子盡心〕二女—。〔說文女部引作婐〕。

(廿九)同倮。〔韻會〕蝨倮。陝隘也。文選左思魏都賦。風俗以蝨倮爲嬗。通作—。荀子。蝨—其冠。

(三十)通蜾。〔爾雅釋蟲〕—贏蒲盧。〔說文虫部作蜾贏〕。

(卅一)通猓。〔文選左思賦〕狖鼯猓然。〔注〕猿狖之屬。〔按御覽獸部。山海經曰。—然。獸似獼猴。以名自呼。色蒼黑。羣行。老者在前。少者在後。得—食。輒與老者。似有親焉。变趾諸山有之。廣韻先韻。猓獵。獸名。朱謀㙔曰。—與猓通。然與㸐通。〕

【果】古玩切音貫翰韻

—酌獻也。〔周禮大宗伯〕大賓客則攝而載—。〔注〕—讀爲祼。

【果】苦果切音顆哿韻

—然。飽貌。〔莊子逍遙遊〕三餐而腹猶—然。

【果】魯火切音贏哿韻

龜名。〔周禮龜人〕東龜曰—屬。〔注〕前弇、—。杜子春讀—爲贏。〔疏〕此龜前甲長後甲短。龜出邊爲贏。〔按爾雅釋魚前弇諸—義疏云。—諸家作裹。惟郭作此字。然則裹有斂藏之意。弇在前。故曰裹。露在後。故曰贏。贏、與裸同。〕

【枝】章移切音支支韻

(一)木別生條也。見〔說文〕。〔段注〕榦與莖爲草木之主。而別生條謂之—。—必歧出也。故古—歧通用。〔按植物學謂芽之自莖旁出而長伸者謂之—。—上或著葉。或生花。其不長伸者。或變爲棘。別有如游絲旋卷爲纏繞空際者。名卷鬚。除爲葉所變之外。亦爲—所變者。又有匍—。自地上之莖分出一—。匍行地面。著土生根。長新葉。斷其匍—。亦能獨立成新植物也。〕

㊁莖也。〔素問移精變氣論〕草荄之—。

㊂分散也。〔易繫辭傳〕中心疑者其辭—。〔疏〕中心於疑事惑則其心不定。其辭分散。若閒—也。

㊃水之別出者亦曰—。〔管子度地〕水別於他水入於大水及海者。命曰—水。

㊄支子也。〔荀子儒效〕以—代主。〔注〕—子也。〔按支—通用〕。

㊅寅卯爲—。者月之靈也。見〔廣雅釋天。〕〔按續漢書律曆志注引月令章句。大撓探五行之情。占斗剛所建。於是始作甲乙以名日。謂之幹。作子丑以名日。謂之—。周禮卿士注作支幹。俗作支干。〕

㊆柱也。〔莊子齊物論〕師曠之—策也。

㊇猶擬也。〔史記魯仲連傳〕曾子以一餉之任。—桓公之心於壇坫之上。

㊈—梧。猶—捂也。〔史記項羽紀〕諸將皆慴服。莫敢—梧。

㊉—柱。言無根據而依立也。〔文選王延壽賦〕漂饒峴而—柱。

⑪折—。按摩肢體也。〔孟子梁惠王〕爲長者折—。〔注〕按摩折骨節解罷—也。〔按文獻通考戴陸筠解爲磬折腰枝。猶今云拜揖也。存參。〕

⑫—指。手有六指也。〔莊子駢拇〕駢拇—指。〔釋文〕如字。三蒼云。手有六指也。崔云。音岐。謂指有岐也。

⑬—江。縣名。漢置。屬南郡。當今湖北—江縣東。

⑭烏—。縣名。東漢置。屬涼州安定郡。當今甘肅平涼縣西北。

【枝】翹移切音祇支韻

跂或字。〔集韻〕跂。說文、足多指也。或作—。歧。

【枝】渠羈切音奇支韻

敧或字。〔集韻〕字林。敧、橫首—也。一曰木別生。或作—。

【枝】居僞切音鵙寘韻

祭山名。通作庋。庪。見〔集韻〕。

【杫】斯義切音賜寘韻

肉机也。〔方言〕俎几。蜀漢之間曰—。

【杫】想氏切音蓰紙韻

木名。可以爲器。見〔集韻〕。

【杫】渚市切音止紙韻

板施於礎上柱下者。見〔集韻〕。

【杬】遇袁切音元元韻

木名。〔爾雅釋木〕—、魚毒。〔注〕—。大木。子似栗。生南方。皮厚汁赤。中藏卵果。〔按字又通作芫。說文、芫。魚毒也。本草。芫花、一名毒魚。時珍曰。芫或作—。玉篇云。芫—出豫章。煎汁藏果及卵不壞。〕

杬木圖

【杬】五玩切音玩諫韻

摩按而玩弄身體使調也。〔史記扁鵲傳〕鑱石撟引。案—毒熨。

【杬】虞怨切音願願韻。五官切音岏寒韻

椹也。見〔集韻〕。

【杯】晡枚切音胚灰韻

匲匬之屬。〔禮記玉藻〕—圈不能飲焉。〔按說文本作桮。古文作匠。通訓定聲云。古盛羹若注酒之器。通名曰—。〕

【杰】渠烈切音桀屑韻

人名。〔玉篇〕梁四公子。其一譙—。〔按正字通云。今人以爲豪傑之傑。誤。〕

【杭】兪絹切音院霰韻

木名。見〔集韻〕。

【杭】兪芮切音睿霽韻

動也。見〔集韻引廣雅〕。〔按今本廣雅作抗。〕

【杸】慵朱切音殊虞韻

軍士所持殳也。司馬法曰。執羽從—。見〔說文殳部〕。〔段注〕軍中士所持殳。不必皆用積竹。故字从木。

【杸】都外切音祋泰韻

木名。見〔集韻〕。

【[木夬]】古穴切音玦屑韻扃縣切霰韻

椀也。小盂也。見〔廣韻〕。

【杹】火跨切音化禡韻

—木。一名木芙蓉。高五六尺。花葉俱大。其花有單瓣重瓣兩種。尋常作淡紅色。莖皮可爲索。

【杺】思林切音心侵韻 木名。其心黃。一曰車鉤心木。見〔集韻〕

【杒】丈忍切音紉軫韻 木也。灰可以染。見〔集韻〕。

【杻】汝九切音紐忍九切音蹂有韻 木名。〔爾雅釋木〕—檍。〔注〕似棣細葉。葉新生可飼牛。材中車輞。關西呼—子。一名土橿。〔按詩隰有—疏。陸璣云。葉似杏而尖。白色。皮正赤。爲木多曲少直〕

【杻】敕九切音丑有韻 械也。〔後漢蔡邕傳〕緡伯喈抱鉗—徙幽裔。〔按此爲杽或字〕

【杽】敕九切音丑有韻 械也。从木手。手亦聲。見〔說文〕。〔段注〕械、當作梏从木手、則爲手械無疑。廣雅曰。—謂之梏。—、杻古今字。廣韻曰。—杻古文。

【极】極葉切音笈葉韻 驢上負也。見〔說文〕〔段注〕當云驢上所以負也。廣韻云。驢上負版。蓋若今馱鞍。或云負笈字當用此。非也。笈者書箱。人所負以徒步者。不得合爲一也。

【极】巨業切音跲洽韻 —栖。見〔廣韻〕。

【枃】卽刃切音晉羊進切音胤震韻羽粉切音抎吻韻筠均切音匀眞韻王問切音運問韻 絲械也。〔埤蒼〕凡織先經以—梳經使不亂。

【构】居侯切音遘宥韻 同構。構木也。見〔篇海〕。

【枇】頻脂切音皮支韻駢迷切音鼙齊韻蒲蜜切音弼質韻 —杷木也。見〔說文〕。〔互詳杷字〕。

【枇】卑履切音匕紙韻 同朼。〔禮記雜記〕—以桑。〔注〕—所以載牲體者。〔釋文〕本亦作朼。

【枇】毗至切音俾寘韻 櫛髴。一曰次也。見〔集韻〕。〔按—或作篦。又作比〕。

【枇】篇迷切音批齊韻 榔木。見〔集韻〕。

【枈】兵媚切音祕寘韻 地名。見〔集韻〕。

【枈】篇迷切音批齊韻 同枇。〔集韻〕枇榔木。或書作—。

【柢】是支切音時支韻 碓衡。見〔廣韻〕。

【枍】壹計切音翳霽韻 —棤。宮名。〔三輔黃圖〕—棤宮。—棤、木名。宮中美木茂盛也。

【枏】那含切音南覃韻如占切音髯鹽韻而琰切音冉琰韻 梅也。見〔說文〕。〔按字亦作柟。廣羣芳譜云。柟生南方。故又作楠。黔蜀諸山尤多。其樹童童若幢蓋。枝葉森秀。不相礙。故又名交讓木。爾雅釋木梅—注。—似杏實酢。誤以梅爲楳。詩正義引孫炎曰。荊州曰梅。楊州曰—〕。

【枔】徐心切音尋侵韻才淫切音鬵侵韻 木葉也。見〔集韻〕。

【枕】于求切音尤尤韻 木名。見〔玉篇〕。〔御覽交州志云。—赤色。堪作船作牀。游名山記曰。樓石山多章—。皆爲三五四圍〕

【枖】於喬切音妖蕭韻 木少盛貌。詩曰。桃之—。—見〔說文〕〔按說文女部引詩作媄。今本作夭〕。

【枖】於兆切音夭篠韻 ●木名。見〔集韻〕。●木華茂也。見〔玉篇〕。

【枙】吾禾切音訛歌韻於革切音厄陌韻 木節曰—。或作厄。見〔集韻〕。〔按說文卩部。科厄。木節也。賈侍中說以爲厄、裹也。一曰厄、蓋也。五果切。通訓定聲云。厂象木皮裹蓋之形。竹曰節。木曰厄。科厄者。突起之貌〕

【枛】阻敎切音笊效韻 木刺也。見〔玉篇〕。

【枂】先的切音錫錫韻 同析。〔論衡數知〕—木爲板。

【棒】部項切音棒講韻

杕也。見〔玉篇〕。

【枆】迷浮切音矛尤韻 器名。見〔集韻〕。

【校】何交切音爻肴韻 楇也。見〔集韻〕。

【杙】子息切音積職韻 ｜橘也。見〔篇海〕。

【𣏕】柿本字。見〔說文〕。

【𣏌】杚本字。見〔說文〕。〔按正字通曰。杚、｜、槩、概、並同。〕

【枈】古困字。見〔說文口部〕。〔集韻〕苦本切。同梱。門橜也。或作閫。

【枀】同松。見〔字彙〕。

【椒】同楸。見〔字彙〕。

【枒】同椏。見〔字彙〕。

【枅】栟俗字。見〔字彙〕。

五畫

【枯】空胡切音刳虞韻

(一)槁也。見〔說文〕。〔漢書禮樂志〕｜槀復產。〔注〕謂草經冬零落者也。

(二)燥也。〔荀子勸學〕淵生珠而崖不｜。

(三)虛也。〔太玄差〕過其｜城。

(四)弃市暴屍也。〔荀子正論〕斬斷｜磔。

(五)骨無肉曰｜。〔呂覽異用〕澤及髊骨。〔注〕骨有肉曰髊。無肉曰｜。

(六)山澤無水曰｜。見〔周禮司馬注萯｜不稅疏〕。

(七)｜旱。謂其水慘澀而無光也。〔管子水地〕齊晉之水。｜旱而運。

(八)挫｜。棄不用也。〔楚辭怨上〕芳藹兮挫｜。

(九)通姑。〔廣雅釋詁〕姑。乾也。〔疏證〕說文。｜。槀也。｜與姑通。〔按莊子外物〕早索我於｜魚之肆。注。｜魚。猶乾魚也。〕

(十)通櫨。〔周禮壺涿氏〕則以牡櫨午貫象齒而沈之。〔注〕杜子春云。櫨讀爲｜。｜。榆木名。書或爲樗。〔釋文〕杜讀爲｜。案如杜義則山榆也。

【枯】攻乎切音孤虞韻

(一)無姑。山榆也。〔易大過〕｜楊生稊。〔釋文〕鄭音姑。

(二)茶也。見〔集韻〕。

【枯】後五切音戶廣韻 竹名。通作楛。見〔集韻〕。〔按書禹貢惟箘簵楛說文引書作｜。〕

【枰】蒲兵切音平庚韻 皮命切音病敬韻

(一)平也。見〔說文〕。

(二)榻也。謂獨坐板牀也。見〔一切經音義引埤蒼〕。

(三)棊｜也。〔方言〕所以投簙謂之｜。

(四)木名。〔文選司馬相如賦〕華楓｜櫨。〔注〕郭璞曰。｜、平仲木也。〔按文選吳都賦平仲桾櫏注。劉成曰。平仲之木。實白如銀。〕

【枲】想止切音葸紙韻

(一)麻也。見〔說文朩部〕。〔段注〕鍇本作麻子也。非。玉篇有子曰萁。無子曰｜。廣韻互易之。誤也。〔按周禮典｜疏。牡麻者。｜麻也。本草綱目。雄者爲｜。雌者爲萁。與玉篇合。〕

(二)｜耳。草名。〔廣雅釋草〕苓耳、葹、常｜、胡｜、｜耳也。〔按蒼頡篇。｜耳也。一名蒼耳。列子楊朱篇。甘｜莖。釋文。胡｜也。本草綱目作藁｜。又名豬耳、耳璫、羊負來、道人頭、進賢菜、喝起草、野茄、縑絲草。朱駿聲曰。葉清白色。似胡荾。白華細莖。蔓生。四月中生子。如婦人耳中璫。卽詩之卷耳。爾雅之苓耳。離騷之葹。說文之薋。陸璣詩疏之璫草爵耳。淮南覽冥注之檡菜。本草之地葵。名醫別錄之常思。崔寔四民月令之葸耳。字亦作葈。〕

【枳】諸氏切音紙紙韻 頸爾切音㲻紙韻

(一)｜木似橘。見〔說文〕。〔按本草綱目〕｜木如橘而小。高五七尺。葉如橙。多刺。春生白花。至秋成實。七八月采者爲實。九月十月采者爲殼。今醫家以皮厚而小者爲｜實。完大者爲｜殼。

枳圖

(二)衛也。禦也。〔周書小開〕何禦非翼。維有共｜。

(三)率過以小謂之｜。見〔孔叢子形論〕。

(四)害也。見〔小爾雅廣言〕。

㊄縣名。漢置。屬巴郡。今四川涪陵縣西有—縣故城。

㊅—巳。西戎之別名。〔周書王會〕正西崑崙、狗國、鬼親、—巳。

㊆同軹。〔集韻〕軹、地名。通作—。

【枳】章移切音支翹移切音歧支韻　諸氏切音紙頸爾切音只紙韻

●—首。蛇名。〔爾雅釋地〕中有—首蛇焉。〔注〕歧頭蛇也。〔義疏〕宋雪窗本作枳。叚借字也。釋文云本或作枝。

●枝也。見〔廣雅釋木〕。〔疏證〕—與枝同聲。爾雅云、中有—首蛇焉。孫炎音支云、蛇有枝首。郭璞巨宜反。云歧頭蛇也。歧與枝聲亦相近。歧生葉旁。故謂之枝。

【枳】舉綺切音巳紙韻

—椇。果名。〔本草綱目〕—椇高三四丈。葉圓大如桑柘。夏月開花。枝頭結實如雞爪形。長寸許。紐曲開作二三歧。儼若雞之足距。嫩時靑色。經霜乃黃。嚼之味甘如蜜。每開歧盡處。結一二小子。狀春蔓荊子。內有扁核。赤色如酸棗仁形。

枳椇圖

【枵】虛嬌切音囂蕭韻

●木貌。春秋傳曰。歲在玄—。—虛也。見〔說文〕。〔段注〕大徐本作木根。非也。—木大貌。莊子所云呺然大也。木大則多孔穴。傳曰。玄—。虛中也。—秏名也。爾雅曰。玄—。虛也。孫炎云。—之言秏。秏。虛之意也。玄—以虛得名。如天駟以房得名。天根以氐得名。

●凡物虛秏曰—。入飢曰—腹。見〔正字通〕。

●—然。大貌。見〔文選謝靈運詩注〕引莊子司馬注。〔按莊子逍遙遊作呺。李善注作—。釋文呺、本作号。崔作詨。〕

【架】居迓切音駕禡韻

●棚也。〔齊民要術〕葡萄蔓延。性緣。不能自舉。作—以承之。葉密陰厚。可以避熱。

㊁庋物之器具曰—。〔致虛雜俎〕羲之有巧石筆—。

㊂屋宇也。〔儀禮少牢饋食注〕大夫士廟皆兩下五—。

㊃構造也。〔詩鵲巢箋〕鵲作巢。多至—之。至春乃成。

㊄跨越也。〔鍾嶸詩品〕奪相淩—。

㊅——。鳥聲也。〔荊楚歲時記〕有鳥如烏。先雞而鳴。——格格。

㊆禁—。禁術也。〔後漢徐登傳〕徐登善巫術。趙炳師事之。但行禁—。所療皆除。

㊇閒—。稅名。〔文獻通考〕德宗時乃稅閒—。其法屋二—爲閒。上閒錢二千。中閒錢一千。下閒錢五百。〔按今之房捐本此〕。

㊈根或字。〔集韻〕根、杙也。或作椽、—。亦書作枷。

㊉借作袈。〔夫于亭雜錄〕唐李群玉惱僧自澄詩云。莫遣春風裏。紅芳點—裟。字从木作去聲。

【枷】居牙切音加麻韻　永迦切音伽歌韻

㊀拂也。淮南謂之柍。見〔說文〕。〔按釋名釋用器。—加也。加杖於柄頭。以撾穗而出其穀也。或曰羅—。三杖而用之也。或曰了了。以杖轉於頭。故以名之也。亦稱連—。玉篇連—。打穀具。集韻麻韻、或作枷〕。

●項械也。〔馬融廣成頌〕—天狗。紲墳羊。

【枷】居迓切音駕禡韻

椸—。置衣具。〔禮記內則〕男女不同椸、—。

【枸】果羽切音矩麌韻

●木也。可爲醬。出蜀。見〔說文〕。〔按史記西南夷傳。使番陽令唐蒙風指曉南越。南越食蒙蜀—醬。字亦作蒟。文選蜀都賦。蒟醬流味於番禺之鄉。南方草木狀。蒟醬。蓽茇也。生於番國者大而紫。謂之蓽茇。生於番禺者小而靑。謂之蒟焉。可以調食。故謂之醬。本草綱目。蘇恭曰。蒟醬蔓生。葉似王瓜而厚大光澤。味辛香。實似桑椹。而皮黑肉白。其子長大。苗名浮留藤〕。

●—櫞。果名。〔本草綱目〕—櫞產閩廣間。木似朱欒而葉尖長。枝間有刺。其實狀如人手。有指。俗呼爲佛手柑。有長一尺五寸者。皮似橙柚而厚。皺而光澤。〔又〕茶名。

枳—果名。〔詩南山有臺〕南山有—。〔注〕—。枳—。〔按即枳椇。詳枳字。〕

【枸】古后切音苟有韻

(一)—檵。灌木名。〔爾雅釋木〕杞。—檵。〔注〕今—杞也。〔義疏〕廣雅。枸乳。苦杞也。又云。地筋。—杞也。—檵同。又作苟。南山經云。虖勺之山。其下多杞。郭注。杞。苟杞也。又作句。左昭十二年傳云。我有圃生之杞乎。正義引舍人曰。句杞也。禮表記。豐水有芑。注。芑。—檵也。正義引孫炎云。即今—芑。本草一名—忌。御覽引吳普。一名—巳。詩釋文。—本作苟。左傳釋文。—又作狗。按今人通呼狗繼子。狗、苟、句、忌、巳、芑。俱聲同。段借字也。大觀本草引陸璣疏云。一名苦杞。一名地骨。春生作羹茹微苦。其莖似莓子。秋熟正赤。〔圖入杞字。〕

(二)—骨。灌木名。〔本草綱目〕藏器曰。此木肌白。如狗之骨。時珍曰。—骨樹如女貞。肌理甚白。葉長二三寸。青翠而厚硬。有五刺角。四時不凋。五月開細白花。結實如女貞及菝葜子。九月熟時赭紅色。皮薄味甘。核有四瓣。〔又〕衛矛亦名—骨。見〔本草綱目〕。

【枸】居侯切音鉤尤韻

(一)曲也。〔荀子性惡〕夫—木必待檃栝烝矯然後直。〔注〕—讀爲鉤。〔按舊字典枸下誤引荀子今正。〕

(二)—橘。灌木名。一名臭橘。〔本草綱目〕—橘樹葉並與橘同。但幹多刺。二月開白花。青蕊不香。大如彈丸。形似枳實而殼薄。

(三)橄或字。〔集韻〕木曲枝曰橄。一曰木名。或省。

【枸】恭于切音拘虞韻

—簍。車弓也。〔方言〕自關而西謂之—簍。〔箋疏〕王念孫曰。—簍者。蓋中高而四下之貌。

【枸】權俱切音劬虞韻

(一)根盤錯也。〔山海經海內經〕鹽長之國有木名曰建木。下有九—。

(二)立木也。〔莊子〕若橛株—。見〔集韻〕。〔按今本莊子作拘。从手存參。〕

【枿】魚列切音蘖屑韻牙葛切音辥曷韻

(一)餘也。見〔爾雅釋詁〕。〔按集韻曷韻欁櫱不梓—並同〕

(二)已斷而復生。〔書盤庚〕若顛木之有甹櫱。〔馬注〕顛木而肄生曰—。

(三)或作櫱。〔國語魯語〕山不槎櫱。〔注〕以株生曰櫱。

【柀】補靡切音彼普靡切音皴紙韻

(一)檆也。一曰折也。見〔說文〕。〔按折、段本改作析。是別一義。本訓木名。爾雅釋木。—。煔。釋文。煔字或作杉。羣芳譜曰。榧、一名—子。本草經有彼子。唐本草云。彼、當从木作—。一名玉山果。生永昌。以信州玉山爲佳。本地人呼爲野杉。木大者連抱。高數仞。其木有雌雄。雄者花而雌者實。木形如柏。木理似松。葉似杉。冬月開黃圓花。結實如棗。爾雅翼曰。—實去皮殼可生食。〕

(二)木名。爲落葉喬木。高二三丈。葉形如心臟。秋開小黃花。花軸生自葉狀苞之中央。採取榦之纖維。可以織布撚繩造紙。

【柄】陂病切音秉敬韻

(一)柯也。見〔說文〕。〔段注〕—之本義。專訓斧柯。引伸爲凡—之稱。

(二)本也。〔易繫辭〕德之—也。

(三)所秉執以起事者也。〔周禮太宰〕以八—詔王馭羣臣。

(四)殺生之制也。見〔韓非八說〕。

(五)謂斗—所指也。〔太玄玄圖〕泰—雲行。

(六)山名。〔山海經中山經〕—山。其上多玉。其下多銅。〔畢注〕案其道里。當在宜陽永寧盧氏之境。

(七)亦作秉。〔左哀十七年傳〕國子實執齊秉。

(八)或作枋。〔儀禮士昏禮〕皆南枋。〔注〕今文枋作—。

(九)或作棅。〔管子山權數〕此謂君棅。〔注〕與—同。

(十)姓也。〔古今姓氏書辨證〕泰山下邑名。居者因以爲氏。

【柄】補永切音丙梗韻

抦或字。〔集韻〕抦。持也。或从木。

【柅】女履切音檷乃倚切音你紙韻女夷切音尼支韻

(一)木也。實如梨。見〔說文〕。

(二)察也。〔唐書王彥威傳〕撓—姦冒。

(三)——茂盛貌。〔文選左思賦〕——萋萋。

四 椅—。木弱皃。見〔廣韻〕。
五 通泥。〔詩行葦〕維葉泥泥。〔文選左思賦注引作—〕。

【柅】女履切音檷乃倚切音伱紙韻尼質切音暱質韻女夷切音尼支韻

止車輪木。〔易姤〕繫于金—。〔注〕—者制動之主。〔疏〕—之爲物。眾說不同。王肅之徒。皆爲織績之器。馬云。—者在車之下。所以止輪令不動者也。〔按說文檷下注引作檷。訓絡絲柎。子夏傳作鑈。蜀才本作尼。王肅本作抳〕。

【柅】丑二切音眲寘韻

屎或字。見〔說文〕。〔按—字說文兩見。此檷絡—與訓木者義異。段注云。昔人檷欐—同字。依許則—者今時籰車之柄。欐者今時籰絲於上之架子。以受絲者也。集韻屎通作—〕。

【𣏗】胡戈切音和歌韻

一 脒或字。〔集韻〕博雅。棺當謂之脒。或从木。〔按廣雅疏證。當、謂棺前後蔽也。車前後蔽謂之藩。義與棺當同〕。
二 通和。〔呂覽開春論〕欒水齧其墓。見棺之前和。〔注〕棺題曰和。

【柊】之戎切音終東韻

一 木名。見〔廣韻〕。〔按—即枸骨。詳枸字〕。
二 —楑。椎也。見〔廣雅釋器〕。〔疏證〕說文、椎、擊也。齊謂之終葵。終葵與柊楑同。

【柎】芳無切音敷虞韻

一 闌足也。見〔說文〕。〔通訓定聲〕謂鐘鼓虡之足。凡器物之足皆得曰—。
二 泭或字。〔集韻〕泭。編木以渡。或作—。

【柎】風無切音膚馮無切音扶虞韻

一 花萼之房也。〔山海經西山經〕崇丘之山。有木焉。圓葉而白—。〔按集韻。草木房爲—。一曰花下萼。或作楄、不、扶。—即植物學所稱之距。內貯蜜液者〕。
二 通跗。〔管子地員〕朱跗黃實。〔注〕跗、花足也。〔按束晳補亡詩白華絳趺。字又作跌。義同〕。

【柎】斐父切音撫麌韻

一 樂器也。實以糠。一曰搏—。棺中方木。見〔集韻〕。
二 角弓之側骨也。〔考工記弓人〕有—焉故剽。〔疏〕—謂角弓把處。兩畔有側骨。
三 通弣。弓把中也。見〔集韻〕。
四 同拊。〔禮記明堂位〕拊搏。〔注〕以韋爲之。充之以糠。形如小鼓。

【柎】符遇切音附遇韻

一 注也。〔儀禮士冠禮〕素積白屨。以魁—之。
二 楄—。藉尸木。〔左昭二十五年傳〕楄—所以藉幹者。〔注〕棺中笭牀也。
三 檢—。落葉喬木。幹高丈許。大葉短柄。片片如羽。扇亦名羽扇木。夏初著花。叢簇細碎。作黃綠色。結實扁平。樹皮可采以織布。

【柏】博陌切音百陌韻

一 鞠也。見〔說文〕。〔段注〕釋木曰。—椈。雜記。暢臼以椈。鄭曰。椈者、鞠之俗字。〔按六書精蘊。—、陰木也。木皆屬陽。而—向陰。指西。蓋木之有貞德者。故字从白。白、西方正色也。又按—有多種。側—、爲小木。本能作盆栽品。高者六七尺至丈餘。低者僅二三尺而已。小葉如鱗。界似扁—。而爲平面側立形。無葉面、葉背之分。春日開花。結實如毬。扁—、爲喬木。山中到處有之。其鱗狀之小葉。與莖密接。全不舒放。及際開花。結毬果。花—、自生山野。爲喬木。形似扁—。惟鱗葉較大。葉端舒放爲異。此外尚有𥱼—、竹—、羅漢—、瓔珞—各種〕。

柏圖

二 伯也。大也。見〔釋名釋車〕。
三 迫也。〔白虎通宗廟〕—者所以自迫促。
四 鬼之廷也。見〔漢書東方朔傳〕。
五 山名。〔水經洛水注〕洛水出洛陽縣讙山。山亦言出梓澤縣—山。
六 水名。〔水經汝水注〕濆水東入父城縣。與—水會。—水出魯陽北山。

〔按汾陽卽今河南魯山縣—水當出縣境〕。

⑦國名。〔路史國名紀〕—皇後。皐帝臣—高。春秋之—子國。楚城之今蔡之西平有—亭。寰宇九城云。古—國。〔當今河南西平縣西境〕。

⑧桐—。縣名。隋置。屬淮安郡。後均因之。今隸河南省。〔又〕山名。〔書禹貢〕導淮自桐—。〔注〕在南陽之東。〔山在今河南桐—縣西南三十里〕。

⑨—人。地名。〔左哀四年傳〕納荀寅於—人。〔按史記張耳傳—人者。廹於人也。不宿而去。地卽春秋晉邑。當今直隸唐山縣西〕。

⑩—林。堡名。宋置。屬陝西永興路綏德軍。當在陝西綏德縣境。〔又〕德意志國之都名。英文Berlin。

⑪—臺。御史臺也。〔蘇軾詩〕—臺霜氣夜淒淒。〔按漢書朱博傳。御史府中列—樹。常有野烏數千。棲宿其上。晨去暮來。號朝夕烏。故世稱御史臺曰—臺、烏臺。或曰—府、烏府〕。

⑫卷—。草名。〔本草綱目〕卷—。宿根。紫色多鬚。春生苗似—葉而細。卷攣如雞足。高三五寸。無花子。多生石上。

卷柏圖

⑬玉—。草名。〔本草綱目〕生石上。如松。高五六寸。紫花。此卽石松之小者。人皆采置盆中。養數年不死。呼為千年—。萬年松。

玉柏圖

⑭—拉圖。人名。希臘哲學家。耶穌紀元前四百二十九年生於雅典。為棱格拉底弟子。著有共和政治論。教育與國家密切之關係。英文Platon。

⑮通廹。〔漢書溝洫志〕魚弗鬱兮—冬日。〔注〕—、與廹同。

⑯通伯。〔書舜典〕伯與。〔漢書古今人表作—譽〕。

⑰或作栢。〔詩柏舟序釋文〕—字又作栢。

⑱姓也。〔姓氏書校勘記〕—皐氏之後。—亮父為顓頊師。—招為帝嚳師。—景為周太僕正。漢有—直、—始昌。〔又〕—侯。複姓。〔姓氏書校勘記〕—成子高。堯時諸侯。因氏焉。漢有尙書郞—侯儁。

【某】莫後切音母有韻

①名也。〔禮記曲禮〕使者自稱曰—。

②不知名者曰—。〔公羊宣六年傳〕使勇士—者。〔注〕—者、本有姓氏。記傳者失之。

③臣諱君亦曰—。〔書金縢〕惟爾玄孫—。

④泛言事物亦曰—。〔禮記少儀〕問品味。曰子食於—乎。問道藝。曰子習於—乎。子善於—乎。

⑤—甫。字也。〔儀禮士虞禮〕適爾皇祖—甫。〔注〕—甫、皇祖字也。若言尼甫。

⑥或作厶。〔穀梁桓二年傳注〕鄧厶地。〔釋文〕厶、本作—。〔按通訓定聲曰凡口不能擧者偁—可也。手不能筆者書厶可也〕。

⑦或作謀。〔儀禮士冠禮〕—有子—。〔注〕古文—為謀。

【某】梅本字。見〔說文〕。

【柑】古三切音甘覃韻

①果木名。〔廣羣芳譜〕樹似橘。少刺。實亦似橘而圓大。霜後始熟。味甘甜。惟乳—、山—。皮可入藥。乳—出溫州。泥山為最。其味似乳酪。故名。海紅—。樹小而實極大。今獅頭—亦其類。洞庭—。皮細味美。其色如丹。甜—。類洞庭而大。又有饅頭—、生枝—、平蔕—、朱—、木—、白—、沙—之類。

②亦作甘。〔宋書彭城王義康傳〕上嘗冬月噉甘。歎其形味並劣。義康在坐。曰今年甘殊有佳者。遣人還東府取甘。大供御者三寸。

【柑】其淹切音箝鹽韻

以木銜馬口也。〔公羊宣十五年傳〕—馬而秣之。

【柒】戚悉切音七質韻

①木名。〔山海經西山經〕剛山多—木。〔畢注〕當為桼。

● 㴲或字。〔集韻〕㴲水出右扶風杜陵岐山。東入渭。或作—。

● 俗借用爲七字。

【染】而琰切音冉琰韻　而豔切音染豔韻

● 以繒爲色也。从水。杂聲。見〔說文水部〕。〔通訓定聲〕杂、古文䊸字。非聲。當从水。从木。从九。會意。褻光遠謂木者櫨茜橡斗之屬。所以—也。—之數究於九。故从九。〔按俗从丸作染。非。〕

● 污也。見〔廣雅釋詁〕。

● 播也。〔史記司馬相如傳〕劉鮮—輪。

(四) 豉醬也。〔呂覽當務〕子肉也。我肉也。尚胡革求肉而爲。於是具—而已。因抽刀而相啖。

(五) 習—也。〔呂覽當染〕舜—于許由伯陽。禹—於皐陶伯益。

(六) 傳—也。〔晉書庾袞傳〕異哉此子。始疑疫癘不相—也。

(七) 荏—。柔也。〔詩巧言〕荏—柔木。

(八) 揮—。猶言揮灑也。〔唐書懷素傳〕無紙可書。種芭蕉供揮—。

(九) 厭—。水名。〔水經洛水注〕洛水又與[illegible]—之水合。水出桑北[illegible]山。自陵北流。屈而東南注。世謂之五延水。

(十) 姓也。晉—閔。五代—于。

【柔】而尤切音蝚尤韻

● 木曲直也。見〔說文〕。〔段注〕凡木曲者可直、直者可曲。曰—。考工記多言揉。許作煣。云曲伸木也。必木有可曲可直之性。而後以火屈之申之。此—與煣之分別次第也。

● 順也。〔公羊昭二十五年傳〕且夫牛馬維婁委己者也。而—焉。

● 和也。〔管子四時〕然則—風甘兩乃至。

(四) 弱也。〔文選曹植賦〕—情綽態。

(五) 仁也。〔國語晉語〕—惠小物。

(六) 安也。〔書舜典〕—遠能邇。

(七) 德也。見〔後漢臧宮傳〕。

(八) 稚也。〔詩七月〕爰求—桑。〔箋〕—桑、稚桑也。

(九) 始生也。〔詩采薇〕薇亦—止。

(十) 輭也。〔禮記樂記〕其聲和以—。

(十一) 肥也。〔國語周語〕無亦擇其—嘉。

(十二) 潤也。〔國語鄭語〕以生—嘉材者也。

(十三) 濡也。〔淮南說山〕厲利劍者必以—砥。

(十四) 猶潘溞也。〔詩烝民〕—則茹之。

(十五) 太歲在丙曰—兆。見〔爾雅釋天〕。〔按一切經音義引孫注。—兆萬物—婉有條兆也。史記曆書作游兆。〕

(十六) —日。陰日也。〔儀禮士虞禮〕始虞用—日。〔注〕—日陰。陰取其靜。

(十七) 國名。西漢侯國。屬瑯琊郡。當在山東省沂州府境。

(十八) 廣—。縣名。漢置。屬蜀郡。今四川汶川縣西北有廣—故城。

(十九) 懷—。縣名。唐置。羈縻。屬河北道歸順州。當今京兆懷—縣治。

(二十) —利。國名。〔山海經海外北經〕—利國在一目東。爲人一手一足反膝曲。足居上。〔注〕淮南墬形訓有—利民。在無腸民之東。大荒經有牛黎國。人無骨。卽此。

(廿一) —然。北方古國名。〔通典〕蠕蠕姓郁久閭。托跋在北荒部落。主力微末。掠騎有得一奴。字之曰木骨閭。至其子車鹿會。雄健始有部眾。自號—然。後魏太武改其號曰蠕蠕。

(廿二) —佛。地名。在馬來半島南部。英文 Johnson

(廿三) 通渘。〔北海相景君碑〕實—實剛。

(廿四) 通䐷。〔爾雅釋畜〕青驪繁鬣䐷。〔釋文〕本又作—。

(廿五) 通揉。〔詩民勞〕—遠能邇。〔釋文〕—、本亦作揉。

(廿六) 通蹂。〔正字通〕土剛者稜而—之。謂之—田。別作踩。

【柖】時饒切音韶　之遙切音昭蕭韻

● 樹搖皃。見〔說文〕。〔段注〕各本作搖。今正。—之言招也。樹高大則如能招風者然。漢志郊祀歌體招搖。若永望。注。招搖申動之皃。此招搖與—搖同。師古招音韶。猶玉篇—時昭切也。

● 射的也。見〔廣韻〕。

【柖】市沼切音紹篠韻

浴牀謂之—。見〔廣雅釋器〕。

【柘】之夜切音蔗禡韻

● —桑也。見〔說文〕。〔段注〕各本無—字。今補。〔按王筠曰。木理枝葉。皆不相似。以蠶生而桑未生。先濟之以—。故彼以桑名。[illegible]

之林。高注。淮南烏號。亦曰—桑。然則—桑者。漢人語也。本草綱目。—暠叢生。幹疎而直。葉豐而厚。團而有尖。其葉飼蠶。取絲作琴瑟。清響勝常。其實狀如桑子。而圓粒如椒。名隹子。」

柘圖

(二) 奴—。木名。〔本草綱目〕此樹似—而小。有刺。葉亦如柞葉而小。可飼蠶。

(三) 諸—。甘蔗也。〔文選司馬相如賦〕諸—巴苴。〔按張衡南都賦作藷蔗。注甘—。左思蜀都賦作甘蔗。齊民要術云。書傳或作竿蔗、干蔗、邯睹、都蔗。所在不同。詳蔗字。〕

(四) —楡。梗楡也。見〔廣雅釋木〕。〔按朱駿聲曰。即刺楡。其針刺如—。其葉如楡。

(五) —黃。黃赤色。〔本草綱目〕其木染黃赤色。謂之—黃。天子所服。〔又〕—耳亦名—黃。見〔本草綱目〕。

(六) 山名。〔山海經北山經〕—山。其陽有金玉。其陰有鐵。

(七) 姓也。春秋—稱。漢—溫舒。

【柙】 轄甲切音洽洽韻

(一) 檻也。以藏虎兕。見〔說文〕。

(二) 四拘罪人亦曰—。〔管子小匡〕逐生束縛而—以予齊。

(三) 匱也。〔漢書平帝紀〕義陵寢神衣在—中。

(四) 木名。〔文選左思賦〕木則楓—豫章。〔注〕楓、—。皆香木名。

(五) 檢—。猶隱括也。〔法言君子〕蓋迪檢—。

(六) 同匣。〔列子湯問〕—而藏之。〔釋文〕—、與匣同。

【柚】 余救切音狖 伊謬切音幼宥韻 羊受切有韻 夷周切音由尤韻

(一) 條也。似橙而酢。見〔說文〕。〔按羣芳譜。—、一名條。實大而粗。橘中下品也。三月開花。奇大香甚。馥郁。實亦如橘。有汁有酸。皮厚而臭。樹葉皆類橙。實有大小二種。小者如柑如橙。大者如升如瓜。南人種其核。云長成以接柑橘甚良。又有名文蛋、名仁鼠者。亦—類也。〕

柚圖

(二) 亦作櫾。〔列子湯問〕吳楚之國有大木焉。其名曰櫾。〔釋文〕似橘而大。皮厚味酸。

【柚】 夷周切音由尤韻

—梧。竹名。見〔集韻〕。

【柚】 佇六切音逐屋韻

(一) 作也。〔方言〕杼—。作也。東齊土作謂之杼。木作謂之—。

(二) 同軸。〔詩大東〕杼—其空。〔釋文〕—、本又作軸。〔按韻會杼—。織具也。杼受經。—受緯。〕

【柜】 苟許切音舉 臼許切音巨語韻

(一) —木也。見〔說文〕。〔按爾雅釋木。櫰。—柳。義疏云。釋文。—、郭音舉。然則—柳即櫸柳也。本草陶注。櫸樹多皮似檀槐。葉似櫟槲。今按櫸樹生溪間水側。其葉方柳爲短。比槐差長。其材擁腫。不中器用。或謂之鬼柳。鬼—聲相轉也。又轉爲杞柳。趙岐孟子注。杞柳—柳也。〕

(二) 縣名。漢置。屬琅琊郡。當今山東膠縣西南。

【柜】 果羽切音矩麌韻

(一) 山名。〔山海經南山經〕南次二經之首曰—山。

(二) 受溜水器。〔周禮掌舍〕設梐枑再重。〔注〕故書枑爲—。鄭司農云。—、受居溜水涑橐者也。

(三) —格。木名。〔山海經大荒西經〕有方山者。上有青樹。名曰—格之松。〔畢注〕此槼字省文。

【枱】 詳里切象齒切音似紙韻

(一) 臿也。一曰。徙土輂。齊人語也。見〔說文〕。

(二) 齒也。似齒斷物也。見〔釋名釋用器〕。〔按今本作耜。說文義證引作—。〕

(三) 或作耜。〔詩七月〕三之日于耜。〔

按朱駿聲曰。短言曰相。長言曰茲其。孟子作鎡基〕

㊃或作梩。〔方言〕臿。東齊謂之｜。〔按集韻｜或作梩。又作耜、杞、鈶。〕

【柌】祥之切音祠支韻

船中抒水器。〔廣雅釋器〕淨斗謂之｜。〔按疏證本作柶。集韻｜或作柶。通作枱。〕

【柝】闥各切音託藥韻

㊀本作㯹。〔說文〕㯹判也。〔段注〕土裂曰㽷。木判曰㯹。今人從手作拆。甚無謂也。

㊁開也。〔淮南原道〕廓四方。｜八極。

㊂用以警夜者。〔易繫辭〕重門擊｜。〔按說文㯹下引作㯹。欜下又引作欜。玉篇云。㯹。擊木也。爾雅木謂之㯹。今江東斫木爲㯹。亦作｜。〕

【柞】疾各切音昨。卽各切音作藥韻

㊀｜木也。見〔說文〕。〔按本草綱目。藏器曰。｜木生南方。細葉。今之作梳者是也。時珍曰。此木堅韌。可爲鑿柄。故俗名鑿子木。高者丈餘。葉小而有細齒。光滑而韌。其木及葉丫皆有針刺。經冬不彫。五月開碎白花。不結子。其木心理皆白色。〕

柞圖

㊁櫟之別名。〔詩晨風〕山有苞櫟。〔陸璣疏〕秦人謂｜爲櫟。〔按本草綱目。橡實一名櫟梂。一名｜子。時珍曰。櫟。｜木也。實名橡斗。皁斗。謂其斗刓剸象斗。可以染皁也。南人呼皁如｜。音相近也。〕

㊂國名。〔路史國名紀〕｜。卜邑。

㊃諾｜。唐置羈縻州。屬劍南道。宋改稱諾笮。在四川舊雅州府境。

【柞】側格切音窄陌韻

㊀除木也。〔詩載芟〕載芟載｜。

㊁狹也。〔考工記輪人〕轂小而長則｜。〔注〕鄭司農云。｜讀爲迫唶之唶。謂輻間｜狹也。

㊂大聲也。〔考工記鳧氏〕鐘侈則｜。〔注〕｜讀爲咋咋然之咋。聲大外也。

【柞】實窄切音齰陌韻

除木曰｜。見〔集韻〕。

【柞】助伯切陌韻

捕獸檻中機也。見〔集韻〕。

【柞】仕下切音乍馬韻

同槎。衺斫木也。〔文選張衡賦〕｜木翦草。〔注〕｜與槎同。

【枹】風無切音膚虞韻扶鳩切尤韻

㊀擊鼓杖也。見〔說文〕。〔按段本改杖作柄〕

㊁通桴。〔左成二年傳〕援｜而鼓。〔釋文〕｜鼓槌也。〔按段懋堂曰。玄應云。衛宏詔定古文官書。｜桴二字同體。音扶鳩切。〕

【枹】芳無切音敷虞韻房尤切音浮尤韻

草名。〔爾雅釋草〕楊｜薊。〔按本草綱目。朮一名天薊。因其葉似薊。揚州之域多種白朮。其狀如｜。故有揚｜及｜薊之名。古方二朮通用。後人始有蒼白之分。又云。白朮。｜薊也。人多取根栽蒔。一年卽稠。嫩苗可茹。葉稍大而有毛。根如指大。狀如鼓槌。亦有大如拳者。〕

【枹】風無切音膚偶無切音扶虞韻他結切音鐵屑韻

｜罕。縣名。漢置。屬金城郡。當今甘肅臯蘭縣西。

【枹】班交切音包肴韻

木叢生曰｜。〔爾雅釋木〕樸｜者。〔注〕樸屬叢生者爲｜。詩所謂棫樸｜櫟。〔義疏〕｜卽苞也。苞稹相叢緻也。詩山有苞櫟。郭引作｜櫟。苞與｜古字通。〔按本草綱目。槲一名樸樕。一名大葉櫟。時珍曰。槲有二種。一種叢生者名｜。音孚。見爾雅。一種高者名大葉櫟。據此則｜又木名。〕

【枺】莫葛切音末曷韻

㊀木名。〔廣雅釋木〕｜。榕也。〔按集韻｜入曷韻。博雅音｜武蓋反。王引之云。各本譌作㮎。今訂正。據此｜當入泰韻。未詳孰是。並詳榕字。〕

㊁欄｜。柱也。〔淮南本經〕欄｜欂櫨以相支持。

【枻】以制切音曳霽韻

㊀楫也。〔楚辭漁父〕鼓｜而去。

栻也見〔集韻〕

通栰〔漢書司馬相如傳〕浮文鷁。揚旌—。〔按文選司馬相如賦作栰史記作揚桂—〕。

【枻】細列切音屑屑韻

櫱—。正弓弩之器。見〔韻會〕。〔按荀子非相。接人則用抴。注。抴、牽引也。或曰。抴當爲—。—、櫱也。以世反。韓侍郎云。—者、櫱也。正弓弩之器也。此韻會所本。然作去聲。詘。存攷〕。

【柢】典禮切音邸薺韻

(一)木根也。見〔說文〕。〔按韓非解老。樹木有曼根。有直根。根者、書之所謂—也。—也者、木之所以建生也。曼根者、木之所以持生也。段氏曰。直者曰直根。橫者曰曼根〕

(二)同氐。〔六書故〕凡木命根爲氐。旁根爲根。通曰本。故二十八宿氐謂之本。又謂之天根。

(三)通胝。〔儀禮士喪禮〕載猶進—。〔注〕—、本也。今文—爲胝。

(四)通邸。〔爾雅釋器〕邸謂之—。〔注〕根—、皆物之邸。邸即底。通語也。〔義疏〕典瑞云。四圭有邸。弁師云。象邸。玉人云。圭五寸有邸。皆以邸爲—。故鄭於典瑞注引爾雅曰。邸謂之—。有邸。僢共本也。俱本爾雅爲訓也。邸本也。弁師注。邸、下—也。玉人注。

【柢】丁計切音帝霽韻

(一)根也。或作楴。見〔集韻〕。

(二)山名。〔山海經南山經〕—山多水。無草木。〔注〕—、音蔕。

【柢】都黎切音低齊韻

木根。見〔集韻〕。

【柢】常支切音匙支韻

碓衡。一曰桃也。見〔集韻〕。

【柣】直質切音秩大一切質韻

閾也。〔爾雅釋宮〕—謂之閾。

【柣】千結切音切屑韻

(一)同切。〔廣雅釋宮〕—、砌也。〔疏證〕—、砌、古通作切。漢書外戚傳。切皆銅沓黃金塗。顏師古注云。切、門限也。音千結反。—亦切字也。爾雅—謂之閾。孫炎注云。門限也。郭璞音切。

(二)或作榍。〔集韻〕爾雅—謂之閾。或从屑。

【柣】徒結切音耋屑韻

(一)桔—。門名。〔左莊二十八年傳〕入于桔—之門。

(二)或作⿵門失。〔集韻〕桔—。鄭門名。或从門。

【柤】莊加切音樝麻韻

(一)木闌也。見〔說文〕。〔注〕—之言阻也。〔按廣雅釋室〕—、距也。義同。

(二)地名。〔春秋襄十年〕會吳于—。〔注〕—、楚地。

(三)樝或字。〔廣韻〕樝似梨而酸。或作—。又煎藥滓。

【柤】臻於切音菹魚韻

以木爲闌。見〔集韻〕。

【柤】鉏加切音槎麻韻

(一)限也。見〔廣雅釋室〕。〔疏證〕限之言假也。—之言阻遏也。木闌謂之—。水假謂之—。義相近也。

(二)刈餘曰—。見〔一切經音義引通俗文〕。

【柤】坐五切音徂麌韻

同粗。〔文選陸機論〕天人之分既定。百度之缺—修。〔注〕—、古粗字。韋昭漢書注曰。粗、略也。才古切。

【柤】壯所切音阻語韻

閘組。〔韓勑碑〕爵鹿—梪。

【查】莊加切音樝麻韻

(一)考察也。見〔正字通〕。〔按今義如此。—訓爲察者。察一聲之轉。北人讀入如平。故可假—爲察〕。

(二)近代流俗。呼丈夫婦人縱放不拘禮度者爲—。又有百數十種語自相通解。謂之—談。見〔封氏聞見記〕。

(三)—下。地名。見〔集韻〕。

(四)鄉—。小語聲。〔南渡錄〕言語鄉—。不可辨辨。〔俗作嘰喳〕。

(五)嶽—。嶽州名。唐置屬劍南道。在今四川省雅州府境。

(六)姓也。〔統譜〕望出齊郡。

(七)同樝。〔爾雅釋木〕樝、李曰鑽之。〔釋文〕樝字亦作—。

【查】鋤加切音槎麻韻

(一)浮木也。〔拾遺記〕堯時巨—浮海。西上。十二年一周天。謂之貫月—。〔按字亦作楂。集韻楂訓水中浮木〕。

(二)磋或字。〔集韻〕磋。斜斫木也。或作槎—。

【查】七瑕切音柴佳韻 —郷。見[廣韻]。

【柤】莊革切音但革韻 木器如櫪無足。見[類篇]。

【柧】攻乎切音孤虞韻。姑華切音瓜麻韻 (一)棱也。—棱。殿堂最高處也。見[說文][段注]。通俗文曰。木四方為棱。八棱為—。(二)或作觚。[文選班固賦]上觚稜而棲金爵。

【栓】其月切音橛月韻 木入土也。見[篇海]。

【柂】五寡切音瓦馬韻 鼓蘿謂之—。見[廣雅釋器]。[疏證]蘿、音類。字或作蘸。眾經音義引埤蒼云。蘿。鼓—也。又今江南名鼓匡為蘿。案蘿者、中空之義。

【柨】滂模切音鋪虞韻。博故切音布遇韻 蔽—。木名。其汁可食。見[集韻]。

【柩】巨救切音舊宥韻。巨九切音臼有韻 (一)棺也。見[說文匚部]。[按段本作匛。棺也。—。匛或从木。注云。殷人用木以後乃有此字。存參]。(二)—之為言究也。久也。不復變也。見[白虎通崩薨]。(三)求也。見[廣雅釋詁]。(三)有屍謂之—。見[小爾雅廣名]。

【柪】於交切音坳肴韻。於教切音拗效韻 曲木也。見[集韻]。

【㭕】丘於切音墟魚韻 板也。見[說文]。[段注]廣韻曰。板笈牘上負物。[按鍇本作极也。集韻引同。]

【柫】分物切音拂物韻。薄密切音弼質韻 擊禾連枷也。見[說文]。[段注]方言曰。僉。自關而西謂之攝。或謂之—。齊語。耒耜枷芟。韋云。枷。—也。

【柬】賈限切音簡潸韻 (一)分別簡之也。从束八。八、分別也。見[說文束部]。[段注]釋詁曰。流、差、柬、擇也。凡言簡練簡擇簡少者。皆借簡為—也。—訓分別。故其字从八。[按字亦作揀。今用為—帖字]。(二)—埔寨。古名眞臘。在暹羅國之南。安南之西。

【柭】北末切音撥曷韻。敷勿切音拂物韻。布拔切音八黠韻 (一)棓也。見[說文]。(二)榜或字。[集韻]榜。擊禾連枷也。或从犮。

【柭】蒲撥切音跋曷韻 矢末。見[集韻]。

【柭】蒲昧切音佩隊韻。蒲蓋切音派泰韻 木生柯葉也。見[篇海]。

【柭】必列切音鼈屑韻 梧也。見[集韻]。

【柮】女滑切音貀黠韻。女律切音吶質韻 斷也。讀若爾雅貀無前足之貀。見[說文]。[按段本作榾—也。注云。今人謂木頭為骨—]。

【柮】當沒切音咄月韻 榾—。木頭。見[廣韻]。

【柮】擭活切音掇曷韻 —枴。柱端木。見[集韻]。

【柮】五忽切音兀月韻 杌或字。[集韻]杌。樹無枝也。或作—。

【柯】居何切音歌歌韻 (一)斧柄也。見[說文]。[按考工記。一欘有半謂之—。注云。伐木之—。柄長三尺]。(二)枝也。見[詩湛露箋疏]。(三)喬木。自生山中。葉常綠。形狹長而質薄硬。花生葉間。色淡黃。果實外包粗皮。可供食用。(四)莖也。見[廣雅釋木]。(五)法也。見[爾雅釋詁]。(六)盂謂之—。見[方言]。(七)祝—。地名。[春秋襄十九年]諸侯盟于祝—。[按今山東長清縣東北有祝—故城]。(八)姓也。[韻會]吳公子—盧之後。

【柰】乃帶切音奈泰韻 (一)—果也。見[說文]。[按—果似林檎而大。俗稱蘋果。即蘋婆之轉。味甘美。多產北方。經典相沿假為—何字。俗作奈非]。

柰圖

㊁那也。見［廣雅釋言］。［按左宣二年傳。棄甲則那。言棄甲則—何也。王維詩。強欲從君無那老。無那。卽無—也。］

㊂—何者。疾時主傷痛之辭。［老子］—何萬乘之主。

㊃—端。人名。英國之有名物理學家。精數。發明微積。地心吸力之理。英文 Newton。

【柱】重主切音笙麌韻

㊀楹也。見［說文］［段注］。—之言主也。屋之主也。引伸爲支—、—塞。不計縱橫也。凡經注皆用—。俗乃別造從手。

㊁住也。見［釋名釋宮室］。

㊂國都也。［國策齊策］安邑者。魏之—國也。

㊃猶高起也。［山海經大荒東經］上有扶木—三百里。

㊄—國。楚官。猶柰之相國也。見［後漢崔駰傳注］。

㊅—工主箏瑟之—者。［漢書禮樂志］—工員二人。

㊆底—。山名。［書禹貢］東至于底—。

【柱】株遇切音駐遇韻

㊀牚也。樹也。見［集韻］。

㊁支持也。［韓愈王適墓銘］鼎也不可以—車。

㊂塞也。［莊子徐无鬼］藜藋—乎鼪鼬之逕。

㊃距也。見［廣雅釋器］。

【柱】冢庾切音主麌韻

—夫。艸名。［爾雅釋草］—夫搖車。

【柲】兵媚切音祕寘韻　薄必切音邲質韻　蒲結切音蹩屑韻

㊀欑也。見［說文］［段注］。欑各本誤从手。今正。

㊁弓檠。弛則縛之於弓裏。備損傷。以竹爲之。［儀禮既夕］有—。

㊂欑柄也。［考工記廬人］戈—六尺有六寸。

㊃蜊也。見［方言］。

㊄偶也。見［類篇］。

㊅丘名。［廣雅釋丘］丘上有木曰—丘。

【柳】力九切音綹有韻

㊀本作桺。［說文］桺。小楊也。从木。丣聲。丣古文酉。［按段本小作少。注云。依孟子正義。蓋古本也。楊之細莖小葉者曰柳。古多假桺爲酉。如鄭印癸字子桺。桺卽丣。名癸字酉也。］

柳圖

㊁聚也。齊人語。［書大傳］秋祀—穀華山。

㊂廣轞車也。［史記季布傳］置廣—車中。［集解］服虔曰。東郡謂廣轞車爲—。

㊃星名。二十八宿之一。今立春節子初一刻八分之中星。

㊄樂名。［爾雅釋樂］羽謂之—。

㊅—谷。日入處。見［集韻］。

㊆—江。水名。在廣西馬平縣城南。

㊇姓也。［又］—下。複姓。

㊈人名。［孟子告子］子思子—爲臣。

【㭰】蔣氏切音紫紙韻　子禮切音泚薺韻

木名。見［集韻］。

【㭰】才支切音疵支韻

樜或字。［集韻］樜。木名。郭璞曰。楩屬。似豫章。或作樜—。通作疵。［按爾雅釋木。棆無疵。釋文云。疵、本又作樜。］

【柴】鉏佳切音柴佳韻　鋤加切音査麻韻

㊀小木散材。見［說文］［段注］。［月令］乃命四監收秩薪—。以供郊廟及百祀之薪燎。注云。大者可析謂之薪。小者合束謂之—。薪施炊爨。—以給燎。毛詩車攻。假—爲積字。

㊁枯枝爲—。［楚辭愍命］樹枳棘與薪—。

㊂老木爲—。［太玄勤］—不卻。

㊃祭名。時積—加牲其上而燔之也。［書舜典］—望秩于山川。

㊄塞也。［莊子外物］—生乎守。

㊅護也。［淮南道應］—箕子之門。［注］紂死。箕子亡之朝鮮。舊居空。

故—謹之也。〔按莊逵吉云。—謹之者。設軍士謹之也。〕、郇俗秦字。
（七）獵籬也。〔曹植詩〕燕雀戲藩—。
（八）—車。軒車之車也。見〔後漢趙壹傳注〕
（九）—桑。縣名。漢置。屬豫章郡。今江西九江縣西南有—桑故城。
（十）—胡。藥名。〔本草綱目〕時珍曰。—胡生山中。嫩則可茹。老則采而爲—。故苗有芸蒿山菜茹草之名。而根名—胡也。〔按集韻作茈葫。〕

柴胡圖

（十一）日本謂燐質引火之物曰火—。俗呼洋火。亦曰自來火。
（十二）人名。〔左哀十五年傳注〕衛大夫高—。孔子弟子。
（十三）同紫。〔禮記王制釋文〕—、本作紫。
（十四）姓也。〔姓譜〕望出平陽。齊文公子高之後。

【柴】又宜切音崖支韻
—池。—池參差也。〔史記司馬相如傳〕—池茈虒。

【柴】子智切音積寘韻
掌或字。〔集韻〕掌。積也。或作—。

【柴】仕懈切音砦士邁切音寨卦韻
潞落也。見〔集韻〕。

【柵】測革切音策陌韻
（一）編樹木也。見〔說文〕〔按段本作編豎木也。注云。依篇韻正。豎部曰。豎。豎立也。通俗文曰。木垣曰—。〕
（二）蹟也。以木作之。上平蹟然也。見〔釋名釋宮室〕
（一）杙也。見〔廣雅釋室〕

【柵】測戟切陌韻
村—。見〔廣韻〕。

【柵】數眷切音籔霰韻
籬也。見〔集韻〕。

【柵】所晏切音訕諫韻
編竹木爲落也。見〔集韻〕。

【柶】息利切音四寘韻
禮有—。—。匕也。見〔說文〕〔段注〕士冠禮注。—狀如匕。以角爲之者。

【柷】昌六切音俶之六切音祝屋韻
（一）樂木椌也。所以止音爲節。見〔說文〕〔段注〕椌、各本作空。誤。周頌毛傳曰。—。木椌也。許所本。椌之言空也。自其如桼桶言之也。—之言觸也。自其椎柄之撞言之也。爾雅郭注云。—如桼桶。方二尺四寸。深一尺八寸。中有椎柄。連底挏之。令左右擊。止者。其椎名。劉熙云。—、祝也。故訓祝爲始。以作樂也。

柷圖

（二）木名。〔爾雅釋木〕—州木。髦柔英。〔注〕未詳。〔亦本作柷。此依釋文。〕

【杭】烏皎切篠韻
—抰物也。見〔集韻〕。

【柕】莫候切音茂宥韻
果名。見〔類篇〕。

【柸】拋表切音坯灰韻
楚人謂恨不得爲—治。〔淮南道應〕止鷄—治。

【柂】延知切音夷支韻
船名。見〔集韻〕。

【柶】女減切音囡豏韻
木名。見〔集韻〕。

【柺】荒故切音護遇韻
栗茶拆也。見〔集韻〕。〔按康熙字典作柺。入六畫。誤。今正。〕

【柾】同柩。見〔字彙補〕。

【柾】日本謂冬青樹曰—。讀如馬沙。

【栖】栖省字。見〔集韻〕。

【栦】欄或字。見〔集韻〕。

六畫

【栒】須倫切音荀眞韻
（一）木名。椽也。〔山海經北山經〕繡山其木多—。
（二）—邑。縣名。漢置。即今陝西—邑縣治。

【栒】鏷允切音荀軫韻
䇠或字。［集韻］䇠所以縣鍾磬。横曰䇠。直曰簴。或作—。

【栓】逡緣切音詮先韻
(一)盂也。見［廣雅釋器］。
(二)釘也。見［廣雅釋器］。
(三)俗呼瓶塞曰—。
(四)木—案植物細胞內含有之一種物質。

【栓】所員切音欄先韻
—櫪金也。見［集韻引廣雅］。［按金即釘之誤］

【栓】所還切音橺刪韻
貫物也。見［集韻］。

【栓】所眷切音篡霰韻
槊也。見［集韻］。

【栔】詰計切音契霽韻詰結切音挈屑韻
(一)刻也。見［說文㓞部］。［段注］古經多作契。假借字也。［按朱駿聲曰］實與㓞同字。字亦作契。
(二)缺也。見［廣雅釋言］。
(三)—憂也。見［廣雅釋訓］。
(四)同契。絕也。［爾雅釋詁］契滅殄絕也。［義疏］契者—之假借也。

【栖】先齊切音西齊韻思計切音細霽韻
(一)鳥宿也。［禽經］陸鳥曰—。水鳥曰宿。獨鳥曰上。眾鳥曰集。
(二)凡物止息皆曰—。［陶潛詩］聊得從君—。
(三)棲或字。［集韻］棲爲棲或从西。［按字本作卥。說文。卥鳥在巢上也。象形。日在卥方而鳥卥。故因目爲東卥之卥。或从木作—。亦作棲。詳棲字］

【栗】力質切音慄質韻
(一)本作㮚。［說文卤部］㮚—木也。从卤木。其實下垂。故从卤。［按—木高三四丈。葉作披鍼形。周生鋸齒。夏日開花。黃白色。成長穗者爲雄花。雌花二三。生於穗本。實有房。包生多刺如蝟。大者若拳。容實三四。小者若桃李。實唯一二。霜降乃熟。種類頗多。］

栗圖

(二)肅也。［禮記曲禮］椇榛脯修棗—。
(三)越也。［儀禮聘禮］—階升。［按—謂越等也。朱駿聲因之訓越］。
(四)堅貌。［禮記聘義］縝密以—。
(五)謹敬貌。［公羊文二年傳］練主用—。
(六)成就也。［詩生民］實穎實—。
(七)竦縮也。［漢書楊惲傳］不寒而—。
(八)所以自戰慄也。見［白虎通宗廟］。
(九)秦俗以枇髮爲—。見［荀子禮論不沐則濡櫛三律而止注］。
(十)縣名。漢置。屬沛郡。當今河南夏邑縣。［又］潭—縣。唐置。在今廣西興業縣東。
(十一)—眾也。見［爾雅釋訓］。
(十二)表道樹曰行—。［左襄九年傳］魏絳斬行—。［疏］周語云。列樹以表道。知此行—是表道之樹。［按詩東門之—傳云。行上—也。即此義。］
(十三)—廣野名。［山海經大荒西經］女媧之腸化爲神。處—廣之野。
(十四)蛆—。蛆床也。見［廣雅釋草］。
(十五)水—。菱別名。［武陵記］兩角曰菱。三角四角曰芰。通謂之水—。
(十六)地—。烏芋也。即荸臍。見［本草綱目］。
(十七)鉤—。即甜櫧子。見［本草綱目］。
(十八)必—。羌胡樂器名。見［一切經音義引纂文］。
(十九)姓也。燕將—腹。

【栗】力蘖切音裂屑韻
謂以鋸副析幹。［考工記弓人］蓺—不迆。［疏］亦取破之義。

【栘】余之切音移支韻成雟切玄圭切音攜齊韻逝來切灰韻演爾切音酏紙韻
(一)棠棣也。見［說文］。［按棠棣、經典通作唐棣。與常棣爲二種。爾雅釋木。唐棣。—。注。似白楊。江東呼爲夫—。埤雅。其花反而後合。古今注。—楊圓葉弱蔕。微風大搖。爾雅翼云。義疏云。其樹高七八尺。華葉俱似常棣。但其樹皮色紫赤。不似白楊耳。據此—爲楊類。雖因唐棣而得棣名。實非棣也。爾雅疏引陸璣云。唐棣。奧李也。朱子論語注遂作郁李也。段玉裁云。花赤者爲唐棣。花白者爲棣。皆即今郁李之類。是皆以—與棣混矣。互詳棣字。］

廐名。[漢書昭帝紀]—中廐蘇武。[注]蘇林曰。—廐名也。應劭曰。—、地名。監其官也。

播—木名。[林邑記]柯葉發根下。廬巾森羅翳之如懸鼓。

【栛】郎計切音戾霽韻

栗似枇杷子。見[玉篇]。

小槤也。見[廣韻]。

【𣏊】兩舉切音呂語韻

木名。中箭笴。見[玉篇]。

—松。松之別種。[南史孝義傳]庾沙彌母亡。晝夜號痛。墓忽生—松。枝葉鬱茂。有異常松。

【𣏒】卜卦切音庍音卦切音派卦韻

㯓屬。蜀人以之織布。見[廣韻引埤蒼]。

木皮也。見[集韻]。

【𣐊】必覓切音鸊錫韻

—謂之樕。見[集韻引廣雅]。

【栜】色責切音摵陌韻　速尾韻麤秋切音息錫韻

棟也。見[說文新附]。[按鈕氏新附攷曰。卽棟之譌字。蓋以郭注爾雅中爲車輞。說文木棟可爲大車輮。輮、車輞也。棟棟音近可通。玉篇。棟丑足七足二切。短椽。亦木名。廣韻入聲一屋。棟訓赤棟木名。桑谷切。集韻棟、蘇谷切。赤棟。木名。可爲車輞。皆與郭說合。故云。攷玉篇棟、—木切。引說文訓短椽。其他之見於尾。訓赤棟木名。燭、訓棟㯓木名。麥、訓木名。類篇亦無—。而棟凡兩見。—木。廣韻無—。而棟凡四見。惟千固如鈕引。然別有—字。山革切。赤斬。凡六切。一作色窄、色責、丑亦、桑狄。凡四切。訓則互爲異同。集韻—棟共十一見。惟色責切訓木名。巾車輞。丑亦切訓椽。七賜切訓㮯屬者作—。餘皆作棟。古書混淆。本難諟正。如鈕氏說。斷爲一字。毋乃過於專輒。玉篇—棟。顯分二字。類篇兩棟字。當有一爲—之譌。意前棟字下所引切皆從朿聲則爲棟。後棟字下所引切皆從朿聲則爲—平。今姑從此分爲二字。其訓詁多本集韻。有無譌舛。未能遽斷。悉仍舊說。惟集韻蘇谷切棟、訓赤棟木名。可爲車輞。顯與—義合。故欄入—字。凡字从朿从朿者。古書多互譌。本書足部踈下。辨之綦詳。可參證。]

【栜】色窄切音索陌韻

木枝上生也。見[集韻]。

【栜】丑亦切音彳陌韻

椽也。見[集韻]。

【栜】七賜切音刺寘韻

㮯屬。見[集韻]。

【栝】他念切音㮇豔韻他點切音忝琰韻

●炊竈木。見[說文]。[段注]今俗云竈㮇是也。

●木杖也。見[集韻]。

【栝】古活切音括曷韻

●本作𣐿。[說文]𣐿。隱也。一曰。矢𣐿。隱弦處。[段注]釋名曰。矢末曰—。—、會也。與弦會也。云隱弦處者。弦可隱其間也。此亦隱—之一耑耳。而別言之者。俗但知—爲矢—字。嫌義不備。故著之也。矢—字經傳多用括。他書亦用筈。

【栝】古外切音儈泰韻

●—子松。松之一種。其葉似鍼。三鬣一叢。

●檜或字。[集韻]檜柏葉松身。或作—。

【栠】忍甚切音荏寑韻如鴆切音妊沁韻

●弱皃。見[說文]。[注]詩曰。荏苒柔木。又今人謂根長行曰竹爲—。—音近拈字上聲。是—者橈弱之意也。

●—。—弱也。見[廣雅釋訓]。

【校】居效切音教效韻

●木囚也。見[說文]。[注]—者、連木也。易曰。何—滅耳。此桎也。屨—滅趾。梏也。

●營壘之稱。[漢書衛青傳]常護軍傳—獲王。

●木欄以遮禽獸者曰—。[漢書司馬相如傳]天子—獵。[注]以木相貫穿。總爲欄—。遮止禽獸而獵取之。

(四)六牀成一。見〔周禮校人〕

(五)數也。〔史記平準書〕貫朽而不一。

(六)度也。見〔廣雅釋詁〕。

(七)計也。見〔漢書嚴助傳注〕。

(八)效也。〔管子牧民〕不敬宗廟。則民乃上一。

(九)考也。〔文選楊雄賦〕一武粟禽。

(十)號也。將帥號令之所在也。見〔釋名釋兵〕。

(十一)交也。見〔小爾雅廣言〕。

(十二)報也。〔論語泰伯〕犯而不一。

(十三)猶亢也。〔國策秦策〕足以一於秦矣。

(十四)考舍也。〔國語齊語〕比一民之有道者。

(十五)訂書曰一。讎一正錯誤也。〔漢書劉向傳〕詔劉向一中五經祕書。〔今謂一對。一勘均此義。〕

(十六)一人。馬官之長。〔周禮校人〕一人掌王馬之政。

(十七)一尉。官名。〔漢書百官公卿表〕司隸一尉。周官。〔按今之武職。分三等九級。一爲中級官。〕

【校】後敎切音效效韻

(一)官也。見〔廣雅釋宮〕。〔疏證〕謂官舍也。孟子滕文公篇云設爲庠序學一以敎之。〔按今之學一。義本此。〕

(二)一者敎也。見〔孟子滕文公〕。

(三)姓也。唐一傑。天寶中士曹。

【校】吉巧切音絞巧韻

(一)疾也。〔周禮廬人〕細則一。

(二)一也者。若綠色然。婦人未嫁者衣之。見〔大戴記夏小正傳〕。

(三)柴也。見〔集韻〕。

【校】何交切音肴肴韻

(一)枋也。見〔集韻〕。

(二)豆中央直者爲一。〔禮記祭統〕夫人薦豆執一。

(三)柄也。見〔禮記祭統釋文〕。

(四)謂槃香之氣也。〔管子地員〕五臭所一。

【校】下巧切音傚巧韻丘交切音敲肴韻

(一)几足也。〔儀禮士昏禮〕主人拂几受一。

(二)脛也。〔儀禮既夕禮〕一在南。

【株】追輸切音郰虞韻

(一)木根也。見〔說文〕。〔注〕入土曰根。在土上者曰一。〔按段玉裁曰今俗語云椿。〕

(二)根也。見〔廣雅釋草〕。

(三)楉也。見〔漢書食貨志注〕。

(四)凡鬪雞勝者爲一。〔史記平準書〕命曰一送徒。

(五)一駒。枯樹本也。〔列子黃帝〕若厥一駒。

(六)東夷之樂曰一離。見〔公羊昭二十五年傳注〕。〔按詩鼓鐘以籥不僭傳。作西夷。後漢書班彪傳注。西方曰一離。說歧並存。〕

(七)一林。邑名。〔詩株林〕胡爲乎一林。〔傳〕夏氏邑也。

(八)一連。刑獄牽累也。

(九)一式。日本語譯爲股分。彼云一主。即股東。一金。即股本。一劵。即股票。

【株】鐘輸切音朱虞韻

一檽。短柱。通作侏。見〔集韻〕。

【株】傭朱切音殊虞韻

一槐。木名。可爲車輞。見〔集韻〕。

【栫】徂悶切音鐏願韻才甸切音荐霰韻

以柴木壅也。見〔說文〕。〔按玉篇、廣韻皆曰。柴木壅水。段玉裁曰。此不獨施於水。無水爲長也。〕

【栫】才甸切音荐霰韻

(一)雕也。見〔廣雅釋宮〕。

(二)栀也。見〔廣雅釋器〕。

(三)擁也。〔左哀八年傳〕一之以棘。

(四)圍也。見〔廣韻〕。

【梵】渠尤切音求尤韻

亭名。在新市。見〔類篇〕。〔按玉篇、廣韻並云荆一亭名。〕

【梵】烏候切音漚宥韻

婺或字。〔集韻〕婺地名。在竟陵。或省。

【栭】人之切音而支韻

(一)屋枅上標。爾雅曰。一謂之楶。見〔說文〕。

(二)斗也。〔文選張衡賦〕櫼一雲楣。

(三)栗屬。〔爾雅釋木〕栵一。〔注〕樹似槲樕而庳小。子如細栗可食。今江東亦呼爲一栗。〔按陸璣曰葉如榆也。木理堅韌而赤。可爲車輻。〕

(四)芝屬。〔禮記內則〕芝一蔆椇。〔疏〕無華葉而生者曰芝一。〔按菌類也。生山林朽木上。質如瓊脂。秋日發生。〕

㊄橛衺也。見〔禮記內則疏引賀氏〕。

【核】 柯開切音陔灰韻居諧切音皆佳韻

蠻夷以木皮爲篋。狀如籢尊之形也。見〔說文〕〔注〕籢卽鏡匣也。今俗作匧。

【核】 下革切音覈陌韻胡德切音劾職韻胡骨切音搰月韻

●子中有—人。〔爾雅釋木〕桃李醜、—。〔按人亦作仁〕

㊁小堅者。〔素問五常政大論〕其實濡—。

㊂研—也。〔史記律書〕—其華道者。

㊃究其實也。〔漢書刑法志〕其審—之。

㊄堅實也。〔漢書司馬遷傳贊〕其文直而其事—。

㊅加籩也。〔詩賓之初筵〕殽—維旅。

㊆—物。桃李之屬。〔周禮大司徒〕其植物宜—物。

㊇生物細胞內之小體曰—。其用在增殖細胞。

㊈通覈。〔文選馬融賦序〕精—數術。〔注〕—與覈古字通。

【核】 口漑切音慨戶代切音漑隊韻

檢也。見〔集韻〕。

【𣝂】 戶感切音菡感韻胡南切音含覃韻

草木𠂹孛實也。見〔說文𣝂部〕。〔按字从木马。马、嘾也。草木之華未發函然。象形。惟趙鈔宋本作从木㕣。㕣亦聲。今从马者。當卽㕣之㳂譌〕

【根】 古痕切音跟元韻

●本作柢。〔說文〕柢木株也。〔按今植物學謂—深入土中。蔓延四出。藉以吸收養液、立定葉莖。就質之剛柔言。可分爲木質—、草質—。就生存之久暫言。可分爲一年—、二年—、多年—。就—之形狀言。可分爲纖維—、鬚—、圓柱—、圓錐—、球—。就—之所在言。可分爲氣—、水—、地—、寄生—。就—之變態言。可分爲塊—、附著—、呼吸—等。〕

㊁本也。〔列子天瑞〕烏足之—爲蠐螬。

㊂元也。〔老子〕是謂天地—。

㊃始也。見〔廣雅釋詁〕。

㊄—者書之所謂柢也。見〔韓非解老。〕

㊅螙也。〔後漢西羌傳〕攻之不—。

㊆—性也。〔傳燈錄〕吾戒定慧勅上—上智人。

㊇—生寄生也。〔文選張衡賦〕桑末寄夫—生兮。

㊈—瘤。菽類—部之小球體也。其內寄生—瘤細菌。

㊉門之鋪首銅鐶曰倉琅—。〔漢書五行志〕木名倉琅—。

⑪天—氐亢之間也。〔國語周語〕天—見而水涸。

⑫竹—杯名。〔庾信詩〕山杯捧竹—。

⑬金—車名。〔後漢輿服志〕天子車金—。

⑭數學謂自乘而生乘方之原數曰—。亦曰方—。平方之原數曰平方—。立方之原數曰立方—。〔又〕借—方算法名。

⑮姓也。〔姓苑〕周人—牟子。善著書。

【格】 各額切音隔陌韻

㊀木長皃。見〔說文〕。

㊁至也。〔書堯典〕—于上下。

㊂來也。〔書舜典〕帝曰。—汝舜。

㊃登也。〔書呂刑〕庶有—命。

㊄感通也。〔書說命〕—于皇天。

㊅正也。〔論語爲政〕有恥且—。

㊆陞也。見〔爾雅釋詁〕。

㊇止也。〔漢書梁孝王傳〕太后議—。

㊈攱也。〔淮南時則〕夏行冬令—。

㊉量度也。見〔文選鮑照賦注引蒼頡〕。

⑪牴牾不相容曰—。〔國語周語韋昭注〕三水—。

⑫鬪相拒捍者。〔荀子議兵〕—者不舍。

⑬殺也。〔詩泮水〕在泮獻馘。〔箋〕馘、所—者之左耳。

⑭敵也。〔史記張儀傳〕驅羣羊攻猛虎。不—明矣。

⑮擊也。〔後漢陳寵傳〕斷獄者急於篣—酷烈之痛。

⑯鬭也。〔周書武稱〕窮寇不—。

⑰拒也。〔素問氣交變大論〕陰厥且—。

⑱拘執也。見〔後漢鍾離意傳注〕。

⑲搒楚也。〔淮南覽冥〕身枕—而死。

⑳相拒而殺之曰—。〔後漢劉盆子傳注〕〔按舊律—殺勿論。義本此。〕

㉑強扞也。〔史記李斯傳〕而嚴家無

|廚者。

(廿二)舊法也。〔禮記緇衣〕言有物而行有|也。

(廿三)標準也。〔後漢傳樊傳〕朝廷重其方|。

(廿四)絡謂之|。見〔方言〕。〔按朱駿聲曰。絡絲具蘇謂之篗頭。〕

(廿五)庋架也。〔周禮牛人注〕若今屠家縣肉|。

(廿六)椸架也。見〔一切經音義引蒼頡〕。

(廿七)射之槸質也。〔淮南兵略〕夫射儀度不得。則|的不中。

(廿八)歲名。〔爾雅釋天〕太歲在寅曰攝提|。

(廿九)||舉也。見〔爾雅釋訓〕。〔又〕鳥聲。〔荊楚歲時記〕有鳥如烏。先雞而鳴。架架||。〔又〕滿洲貴族女子之稱。位在公主之下。宗女之上。〔清會典〕||之等五。曰郡主。曰縣主。曰郡君。曰縣君。曰鄉君。

(三十)任用人材而以資考限之曰資|。〔唐書裴光庭傳〕乃爲循資|。無賢不肖。一據資考配擬。

(卅一)|加藩木名。一作古柯。產南美祕魯國。樹高六尺餘。葉形橢圓而尖銳。脈絡顯明。夏開小花。色黃綠。葉中含有|加素。取之以供外科手術上麻醉之用。

(卅二)|致學。今曰理科。綜括物理化學數學博物生理各科。

(卅三)姓也。漢|班。

(卅四)英國古幣名。具言|洛稀。當今四辨士。英文 Groat。

(卅五)|蘭姆。法國衡名。亦作克蘭姆。詳克字。

【格】剛鶴切音各藥韻

(一)樹枝也。〔文選司馬相如賦〕天矯枝|。

(二)緇束轎版。詩約之||。見〔集韻〕。〔按今詩作閣閣〕。

(三)|五。簺也。〔漢書吾丘壽王傳〕以善|五。召待詔。〔按後漢梁冀傳注。簺有四采。塞白乘五。是也。至五即|不得行。故謂之|五〕。

【格】歷各切音洛藥韻

(一)籬落也。見〔集韻〕。

(二)通落。〔史記楊僕傳〕置伯|長。〔集解〕徐廣曰。一作落。古村落字亦作|。

【格】曷各切音鶴藥韻

|澤。星名。一曰。妖氣自地屬天。見〔集韻〕。

【格】轄格切音垎陌韻

捍|。不入也。見〔集韻〕。

【栽】昨代切音在作代切音再隊韻

築牆長板也。从木。𢦔聲。春秋傳曰。楚圍蔡。里而|。見〔說文〕。

【栽】將來切音哉灰韻

(一)植也。〔禮記中庸〕故|者培之。

(二)蒔草謂之|。〔文選潘岳詩〕稻|肅芊芊。

(三)生殖也。見〔集韻〕。

(四)出土爲|櫱。見〔論衡骨相〕。

(五)閣也。見〔廣雅釋宮〕。

(六)通載。〔禮記中庸〕上天之載。〔注〕載、讀曰|。謂生物也。

【桀】巨列切音傑屑韻

(一)磔也。从舛在木上也。見〔說文桀部〕。〔注〕周禮謂磔爲疈辜。古人言|黠者。謂其凶暴若磔也。

(二)擔也。〔左成二年傳〕齊高固|石以投人。

(三)健也。見〔詩碩人釋文引韓詩〕。

(四)堅也。見〔漢書趙充國傳注〕。

(五)去也。見〔廣雅釋詁〕。

(六)雞棲杙也。〔詩君子于役〕雞棲于|。

(七)||。猶驕驕也。〔詩甫田〕維莠||。

(八)桔|。形皃。〔文選張衡賦〕囊槖桔|。

(九)通傑。〔辨名記〕千人曰英。萬人曰|。

(十)姓也。漢|龍。

【桁】何庚切音衡庚韻

(一)屋|也。見〔玉篇〕。〔按文選景福殿賦。|梧複疊。注。|、梁上所施也。〕

(二)葬具。所以庪苞屑甕甒也。〔儀禮既夕禮〕皆木|。久之。

【桁】寒剛切音杭陽韻

(一)大械也。〔莊子在宥〕|楊相推。刑戮相望。〔釋文〕械夾頸及脛者皆曰|。

(二)通航。浮橋也。〔晉書溫嶠傳〕嶠討王敦。燒朱雀|。以挫其鋒。

【桁】下浪切音吭漾韻

衣|。〔古樂府〕還視|上無懸衣。

【桂】涓惠切音貴霽韻

●江南木。百藥之長見〔說文〕。〔按—有三種。菌—葉作長橢圓形。堅厚如革。有大脈三。花有黃有白。微帶紫色。即肉—是也。樹皮稱—皮。供藥用。牡—葉大有毛。周生鋸齒。花白色。樹皮多脂。即木—是也。嫩枝之皮。謂之—枝。亦入藥。二種並產廣西。故廣西省曰—省。巖—即木犀。葉光厚如梔子。而葉脈不顯。爲異。秋開小花。其香甚烈。色有深黃淺黃二種。故俗有金木犀銀木犀之稱。〕

巖桂圖

肉桂圖

●—支。瓜屬。見〔廣雅釋草〕。

●—竹。—竹今—陽縣出筆竹。又交趾有䉫竹。亦此類也。〔山海經中山經〕—山有—竹。

四山名。〔山海經大荒西經〕西北海外有—山。〔注〕此山多—。因名云耳。

五—林。郡名。秦置。漢初屬趙佗。郡廢。三國吳復置。晉以後均因之。然治地各殊。至隋仍廢。唐復置—州。屬嶺南道。五代因之。宋升爲靜江府。元爲路。明改爲—林府。清因之。今廢爲縣。即廣西省治。西曆一千八百八十九年六月。依一千八百八十七年中法通商追加條約。闢爲商埠。〔又〕山名。在廣西—林縣東北。

六姓也。〔姓苑〕漢末城陽炅橫四子避難。一居幽州。姓—。

【栵】盧刑切音聆青韻

机也。見〔篇海〕。

【桃】徒刀切音陶豪韻

●果也。見〔說文〕。〔按李時珍曰。—性早花。易植而子繁。故字从木兆。品甚多。生長甚速。老死亦速。其壽鮮有至十年者。春末開花。色白或緋。果實秋初始熟。體圓而頂微尖。仁可入藥。別有夾竹—。花似—。葉似竹。故名。〕

桃圖

夾竹桃圖

●金果也。〔素問五常政大論〕其果栗—。

●所以逃凶也。〔左昭四年傳〕—弧棘矢。

四中國亦呼杠爲—牀。見〔方言注〕。

五—枝。竹屬。〔爾雅釋草〕—枝四寸有節。

六—氏。攻金之工。〔考工記輈人〕—氏爲刃。

七—蟲。鷦也。〔詩小毖〕肇允彼—蟲。〔按鳥名。一曰巧婦。〕

八—林。地名。在華山東。〔書武成〕放牛於—林之野。

九姓也。孟子弟子—應。

【桃】他彫切音祧蕭韻

長枋。可以抒物於器中者。見〔集韻〕。

【桃】上與切音墅語韻

抒物之器。見〔集韻〕。

【桃】迮紹切音趙篠韻

版也。見〔類篇〕。

【桄】古曠切音曠漾韻

●充也。見〔說文〕。〔注〕取木充滿之義。今言牀—是也。〔按爾雅釋言。—熲充也。〕義同。書光被四表。僞孔傳訓光爲充。光即—之假借字。段玉裁曰。所以充拓之圻堮也。必外有—而後內可充拓之令滿。故曰—充也。

●織機—。見〔廣韻〕。〔按機上橫木。〕

【桄】姑黃切音光陽韻

●—榔。木名。見〔廣韻〕。〔按—榔。高五六丈。拱直無旁枝。有節似巨竹。幹頂有葉數十片。每葉以多數小葉合成。開花作穗。其色綠。結實如胥珠。幹心多粉。亦黃色。可作餌。木材堅緻如鐵。可爲器具。

桄榔圖

●舟前木也。見〔集韻〕。

【桅】古委切音詭紙韻。

(一)黃木可染者也。从木危聲。見〔說文〕。〔注〕鍇按史記貨殖傳卮、茜也。又書記多言鮮支梔此。〔按朱駿聲曰。此字當依韻會从卮聲。傳寫譌耳。〕

(二)通桅。短矛。見〔廣韻〕。

【桅】吾回切音鮠灰韻

舟上帆干。見〔類篇〕。

【框】曲王切音匡陽韻

(一)梱門。見〔廣韻〕。〔按集韻云。斥門謂之一。〕

(二)同檣。〔正字通〕門檣、古借用一。〔按所以裝設門窗者。〕

【架】人余切音如魚韻

木名。見〔集韻〕。

【案】於旰切音按翰韻

(一)几屬。見〔說文〕。〔通訓定聲〕凡桉禁之類。上有四周、下有足者、亦曰一。

(二)食器也。見〔玉篇〕。

(三)盂也。見〔廣雅釋器〕。

(四)盌也。〔鹽鐵論取下〕垂拱持一而食。

(五)牀也。〔周禮掌次〕則張氈一。

(六)界也。〔國語齊語〕參國起一以爲三官。

(七)次第也。〔史記高帝記〕吏民皆一堵如故。

(八)考也。〔漢書賈誼傳〕一之當今之務。

(九)撫也。〔史記孟嘗君傳〕一劍以前。

(十)頓也。〔史記司馬相如傳〕一節未舒。

(十一)視也。〔淮南時則〕一程度。

(十二)察之也。見〔後漢鍾離意傳注〕。

(十三)依也。見〔漢書司馬相如傳注〕。

(十四)據也。〔荀子不苟〕非一亂而治之之罰也。

(十五)診也。〔漢書王嘉傳〕內侍一脈。

(十六)尋也。見〔漢書衛青傳注〕。

(十七)凡官府文書成例及獄訟論定者皆曰一。

(十八)著者發端明義之辭通稱曰一。

(十九)語詞。猶云於是也。〔荀子榮辱〕故先王一爲之制禮義以分之。〔王引之曰。言於是制禮義也。〕

(二十)發聲詞。〔荀子王制〕一謹募選閱材伎之士。

(二十一)木名。一名有加里樹。原產澳洲。今移植滇省甚合土宜。爲常綠喬木。高者達三十餘丈。爲世界第一高樹。葉作披鍼形。面布小點。夏日開花。色黴綠白。樹身生長甚速。土中水分吸收甚多。故下溼之地。植者可以乾燥。能辟瘴。木材堅緻。可備枕木之需。英文Eucalyptus

(二十二)一戶。直戶也。〔大戴記夏小正〕漢一戶。

(二十三)一衍。不平貌。〔文選嵇康賦〕一衍陰離。〔又〕獄下也。〔史記司馬相如傳〕一衍擅曼。

(二十四)重一。牀重席也。〔周禮掌次〕設重帟重一。

【桉】案或字。見〔集韻〕。〔按康熙字典分案一爲二。非。〕

【桍】空胡切音枯虞韻

(一)木名。見〔集韻〕。

(二)空也。見〔集韻〕。

【桎】職日切音質質韻

(一)足械也。見〔說文〕。〔注〕一之言躓也。躓礙之也。

(二)閡也。〔莊子達生〕其靈臺一而不一。

(三)實也。言其垂下至地。然後吐情首實。見〔太平御覽引風俗通〕。

(四)鋕之別名。見〔詩節南山箋氏當作一鋕之一疏〕。

【桯】展几切音禰紙韻

礙也。見〔集韻〕。〔按詩節南山釋文作丁禮反訓同。〕

【桐】徒東切音同東韻

(一)榮也。見〔說文〕。〔按榮下云。桐木也。〕一有數種。一曰白一。或單稱一。樹高數丈。葉大徑尺。作掌狀。葉周每有五尖。花如紫蕨。其色淺紫。材輕色白而有綺文。爲器不蠹。二曰紫一。不如白一易長。其葉三角而圓。大如白一。色青多毛。不光且硬。微赤。先花後葉。花色紫。結圓實稍子可搾油。卽爲—油。故亦稱油—。本草拾遺謂之罌子—。文理細而體性堅。可造器物。三曰赬—。小灌木。高祇數尺。葉圓而尖。似—。周生鋸齒。大者徑尺。蕊梢著花。五萼五瓣。俱作紅色。頗美觀。有長蕊出花外。多盆栽以供玩賞。吳俗呼象牙紅。四曰刺—。枝幹多刺。如鼃甲。葉大如掌。作三尖。布葉繁密。春夏開花。附幹而生。形若金鳳。花色深紅。多生海嶠。故亦稱海—。五曰梧—。落葉喬木。幹直而滑。每呈綠色。葉有長柄。大葉三裂。夏日開小黃花。簇生作圓錐形。果實未熟卽裂。故俗有結實葉上之說。爾雅之櫬卽此。六曰櫬—。葉似梧—。有楹。樹皮可漚以爲麻。七曰雞—。葉亦與桐相類。生嶺南。

桐圖

(十一)痛也。見〔廣雅釋詁〕。

(十二)陰也。見〔白虎通喪服〕。

(十四)欒木也。〔穆天子傳〕乃樹之—。

(十五)地名。〔書序〕伊尹放諸—。〔傳〕湯葬地。

(十六)楚附庸國名。漢屬廬江郡。在今安徽—城縣北。

(十七)空—。北荒地名。〔爾雅釋地〕北戴斗極爲空—。

(十八)板—。山名。〔楚辭哀時命〕望閬風之板—。

(十九)姓也。〔姓苑〕—君著藥錄。

【桐】他東切音通東韻

(一)輕脫貌。〔漢書廣陵王胥傳〕無—好逸。

(二)通通。〔漢史晨後碑〕—車馬於瀆上。

【桐】杜孔切音動董韻

(一)洞也。〔法言學行〕—子之命也。

(二)水名也。〔莊子讓王〕自投—水。

【桑】蘇郎切音顙陽韻

(一)蠶所食葉木。从叒木。見〔說文叒部〕。〔按李時珍曰〕—有數種。白—葉大如掌而厚。雞—葉細而薄。子—先椹後葉。皮可爲紙。實曰椹。可食。

桑圖

(二)中央之木也。見〔賈子胎敎〕。

(三)採—也。〔漢書元后傳〕率皇后列侯夫人—。

(四)相逢接之道也。見〔白虎通姓名〕。

(五)猶喪也。〔公羊文二年傳〕虞主用—。

(六)—者。上玄下黃。以象乾坤也。〔易否〕繫于包—。

(七)衆木之本。〔禮記內則〕射人以—弧蓬矢六。射天地四方。

(八)—飛。工雀也。見〔廣雅釋鳥〕。〔按方言曰。自關而東謂之鶝鴀。自關而西謂之—飛。〕

(九)—扈。靑雀也。一名竊脂。〔淮南說林〕—扈不啄粟。

(十)—蠶。蟲名。〔爾雅釋蟲〕蠰。—蠶。〔注〕似天牛。角長。體有白點。喜齧—樹。作孔入其中。

(十一)—螵蛸。卽蟷蜋。見〔本草〕。〔集解〕螵蛸在處有之。螳蜋卵也。多在小—樹上。

(十二)—林。樂名。〔左襄十年傳〕請以—林。〔又〕地名。〔淮南本經〕擒封豨於—林。〔注〕湯所禱旱—山之林。

(十三)空—。山名。〔楚辭遠逝〕考玄冥于空—。

(十四)—乾泉。卽溹涫水。見〔水經濕水注〕。

(十五)—台。地名。啟所生處。〔楚辭天問〕焉得嵞山氏女而通之于台—。

(十六)扶—。木名。〔山海經海外東經〕湯谷上有扶—。十日所浴。

(十七)—蔬。野物也。見〔說苑敬愼〕。〔按草之屬也。多產荒田—圃中。莖高尺許。葉似—。下承長柄。夏日開花。生於葉腋。作黃綠色。顆細碎。〕

(十八)—梓。猶言鄉里也。〔詩小弁〕維—與梓。必恭敬止。〔按毛傳曰。父之所樹。己尚不敢不恭敬。今俗引伸之以爲鄉里之稱。〕

(十九)—床。—者也。〔穆天子傳〕天子命—床。

(二十)—門。卽沙門。佛之別稱。〔後漢楚王英傳〕以助伊蒲塞—門之盛饌。

(廿) 地名。—港。即舊金山。在北美合衆國西岸。爲東洋各國歐澳諸洲連絡之要港。英文San Francisco。

(廿一) 姓也。〔姓苑〕秦大夫子—之後。漢有—弘羊。〔又〕複姓。庚—、—丘。

【桓】 胡官切音丸寒韻

(一) 本作𣏴。〔說文〕𣏴亭郵表也。〔注〕亭郵立木爲表。交木於其端。則謂之華表。言若華也。古者十里一長亭。五里一短亭。郵過也。所以止過客也。表雙立爲—。周禮云。執—圭。鄭玄以爲若宮室象。則謂若雙立之柱也。—又作瓛。瓛則馬口吻旁雙鐵。此珪文亦似雙鐵也。〔按史記孝文紀索隱陳楚俗—聲近和。—亦謂之和表。即華表也。〕

(二) 四植謂之—。〔禮記檀弓〕三家視—楹。

(三) 圭名。以—爲瑑飾。長九寸。〔周禮大宗伯〕公執—圭。

(四) 講武類禡也。見〔詩桓序〕。

(五) 武志也。見〔詩桓序〕〔釋文〕本或以此句爲注。

(六) 大也。〔詩長發〕玄王—撥。

(七) 憂也。見〔方言〕。

(八) 盤—也。〔莊子應帝王〕鯢—之審爲淵。

(九) 服遠辟土曰—。克敬勤民曰—。見〔周書諡法〕。

(十) 木名。葉似柳。皮黃白色。見〔玉篇〕。〔按西陽雜俎無患木一名—〕

(十一) 水名。〔書禹貢〕西傾因—是來。〔按—水一名白水。出强臺山。即西傾山。今甘肅岷縣東南分水嶺。至四川昭化縣東入潛水。〕

(十二) 隴坂名。其道盤—旋曲而上。故名—。見〔書禹貢鄭注〕。

(十三) ——。威武貌。〔詩泮水〕——于征。

(十四) 盤—。難進貌。〔易屯〕盤—利居貞。〔又〕髻名。〔古今注〕長安婦人好爲盤—髻。

(十五) 姓也。〔姓苑〕望出譙郡。漢有—榮。

(十六) 通狟。〔書牧誓〕尙——。〔說文犬部引作狟〕

【桔】 吉屑切音結屑韻

(一) —梗。藥名。一曰直木。見〔說文〕。〔注〕鍇按本草。—梗主胸脅痛。補血氣。除寒熱。一莖直上。三四葉相對。似人參。故曰直木。〔按—梗多產山嶺向陽地。葉色深綠。質厚。有鋸齒。作披針形。夏秋開紫碧花。鐘狀而上向。四裂或五裂。美麗可愛。莖有乳汁。其根甚大。結實而梗直。用以入藥。〕

桔梗圖

(一) —槔。井上轆轤也。〔莊子天運〕且子獨不見夫—槔者乎。引之則俯。舍之則仰。

(二) —柣。鄭遠郊名。〔左莊二十八年傳〕入於—柣之門。

【栩】 丑呂切音楮語韻　火羽切音詡王矩切音羽麌韻

(一) 柔也。其實皁。一曰樣。見〔說文〕。〔注〕鍇案爾雅—杼。注曰柞樹也。皁、一曰皁斗。俗謂之橡。可染皁。故曰皁。杼亦栗之屬。

(二) ——。喜皃。〔莊子齊物論〕——然胡蝶也。

【栩】 王矩切音羽麌韻

—陽。地名。見〔集韻〕。

【㭘】 轄夾切音洽　訖洽切音夾洽韻　極曄切音极　極業切音跲　訖業切音劫業韻　葛合切音閤合韻

緘柙也。見〔說文〕〔注〕柙、匣字也。亦謂之鋏。

【㭘】 曷閤切音合合韻

—榙。木名。朔舒暮卷。見〔集韻〕。〔按即合昏。一名合歡。吳俗稱烏絨樹。小葉繁密。重疊平鋪。夏日發花。作絳色。秋結莢。子扁小。〕

【栕】 之人切音眞眞韻

桭或字。〔集韻〕桭。屋梠也。兩楹間謂之—。或从臣。

【𣐈】 盈之切音飴支韻

相或字。〔集韻〕相。博雅。洱斗謂之相。所以抒水。或从匝。

【栙】 湖江切音降江韻

—雙也。見〔說文〕。〔按廣韻云。—雙。帆未張也。〕

【栚】 直稔切音朕寑韻

本作榺。〔說文〕榺。槌之橫者也。關西謂之㯺。〔按正字通引六書故曰。山磐也。舊字典沿之。攷六書故木部無—字。張說未知所本。〕

【𣐈】古貫切音栩盌韻古瓦切音寡馬韻 杖也。見〔集韻〕。

【𣏾】陟革切音摘陌韻 槌也。見〔說文〕。〔按方言云。槌。其橫、㯍。宋魏陳楚江淮之閒謂之㮳。齊部謂之—。〕

【栞】丘寒切音看寒韻稽延切音甄先韻 本作栞〔說文〕栞。槎識也。夏書曰。隨山—木。篆文从幵。〔段注〕槎。衺斫也。槎識者。衺斫以為表志也。斫之以為表識。如孫臏斫大樹白而書之。是其意也。壁中古文作栞。今文尙書作—。則未知何時改為刊也。刀部。刊。剟也。剟。刊也。刊者。除去之意。與栞訓槎識不同。據正義已作刊。則非衛包所改。〔徐鉉亦曰。字應从㹜。㹜、蓋其所斫木低折狀。指非。今作刊。誤。〕

【枅】堅奚切音雞齊韻經天切音堅。輕煙切音牽先韻 屋櫨也。見〔說文〕。〔注〕斗上橫木承棟者。橫之似笄也。

【棶】浦應切音棶徑韻 脈—。析木聲。見〔集韻〕。

【栥】津之切音茲支韻 欂櫨也。見〔集韻〕。〔按說文、楶。欂櫨。集韻云。或書作楶。正字通云。—、俗字。楶之譌省。〕

【栦】時流切音讎尤韻 木名。見〔玉篇〕。〔按—蔓生。葉橢圓。夏開白花。涂山中多產之。〕

【栧】以制切音曳霽韻 枻或字。〔集韻〕枻。楫謂之枻。一曰柂也。或从曳。

【㭜】而融切音戎東韻 木名。似懷。見〔集韻〕。

【栨】子結切音節屑韻 橫楹也。見〔康熙字典〕。〔按未知所本。攷說文、格。欂櫨也。正字通云。—、格之譌省。或因此更譌欂櫨為橫楹。〕

【栨】七四切音次寘韻 棢—。見〔字彙〕。〔按字彙亦作栜。攷集韻、栜、棢屬。應作七賜切音刺。〕

【栬】祖茵切音錐脂韻 小杙也。見〔類篇〕。

【栮】忍止切音耳紙韻 木耎。見〔集韻〕。〔按字彙曰。木耎。形如人耳。故名。俗加木。贅。正字通曰。生枯木上。蓋即今之木耳也。〕

【栯】乙六切音郁屋韻 —李。見〔廣韻〕。〔按即郁李。本草郁李。時珍曰。山海經作—。〕

【栯】云九切音有有韻尤救切音宥宥韻乙六切音郁屋韻 木名。〔山海經中山經〕泰室之山。有木焉。葉狀如梨而赤理。其名曰—木。服者不妒。

【𣐍】力輟切音劣屑韻 惡木也。見〔篇海〕。

【栰】房越切音伐月韻 海中大船。見〔類篇〕。〔按爾雅疏。桴—。編木為之。大曰—。小曰桴。〕

【栱】古勇切音拱腫韻渠容切音蛩冬韻 大杙也。〔爾雅釋宮〕杙大者謂之—。

【𣏽】古勇切音鞏腫韻居六切音匊屋韻 華或字。〔集韻〕華。說文。兩手同械也。或作—。

【栲】苦浩切音考古老切音杲晧韻丘刀切音尻豪韻 山樗。見〔爾雅釋木〕。〔按說文作柷。〕

【栳】魯皓切音老晧韻 栲—。桮器。見〔集韻〕。

【栴】諸延切音旃先韻 —檀。香木名。見〔集韻〕。〔按古今注曰。—檀木出扶南。色紫。亦謂之紫檀。〕

【𣏌】蘇典切音銑銑韻 木名。〔集韻〕爾雅。—。大棗。出河東猗氏縣。子如雞卵。〔按爾雅作洗大棗。〕

【栵】力辥切音列屑韻力制切音例霽韻 本作栵。〔說文〕栵。栭也。詩曰。其灌其—。〔段注〕大雅。其灌其—。毛曰。—、栭也。栭與灌為類。非木名。謂小木叢生者。許云。—栭也者。字之本義。曲枅加於柱。枅加於曲枅。栭又

加於枅。以次而小。故名之楣。毛取小木之義。故亦曰—楣也。許說爲本義。毛傳爲引伸假借之義。〕

【栖】思計切音細霽韻
—陽山名。見〔集韻〕。

【柄】思晉切音信震韻
箷也。經絲具。見〔集韻〕。

【栶】伊眞切音因眞韻
木名。見〔集韻〕。

【桙】徐章切音陽徐羊切音祥玆郎切音臧陽韻
槌也。見〔廣雅釋器〕。〔按方言。槌。齊謂之—。注云縣蠶薄柱也。〕

【枲】下猗切音限濟韻
閾也。見〔類篇〕。〔按集韻以爲閾或字。〕

【栺】軫視切音旨紙韻眞而切音之支韻
木名。見〔集韻〕。

【栺】蒸夷切音脂支韻
—楣謂之杜。見〔集韻〕。

【栺】研計切音詣霽韻

【栻】蓄力切音敕設職切音式職韻
桮—。宮也。〔文選班固賦〕洞桮—與天梁。〔又〕木名。見〔集韻〕。
楇也。見〔廣雅釋器〕。〔按楇、通作局。方言。所以行棊謂之局。史記日者傳。旋式正棊。式即—也。漢書王莽傳天文郎按—於前。顏注。—所以占時日。正同此義。〕

【栿】房六切音伏屋韻
梁也。見〔集韻〕。〔按正字通云。今人以小木附大木上曰—。〕

【桊】古倦切音眷霰韻
木作桊。〔說文〕桊。牛鼻中環。从木。类聲。〔注〕以柔木爲環。以穿牛鼻也。

【桊】驅圓切音拳先韻
屈木盂也。見〔集韻〕。

【桋】延知切音夷支韻
赤楝也。詩曰。隰有杞—。見〔說文〕。〔按爾雅注。赤楝樹葉細而岐銳。皮理錯戾好叢生山中。中爲車輞。〕

【桋】田黎切音題齊韻

【桑】女桑也。〔爾雅釋木〕女桑、—桑。〔注〕今俗呼桑樹小而條長者爲女桑樹。

【栘】渠容切音蛩冬韻
棲椐木也。見〔說文〕。〔注〕爾雅棲柜—。注曰。未詳。或曰。似柳皮可煮飮。〔按棲、類篇作欅。廣韻曰。柜柳。〕

【栵】盧刑切音翁靑韻
机也。見〔篇海〕。

【柏】巨九切音舅有韻
榕俗字。見〔正字通〕。〔按說文榕桂注。即烏臼。函史物性志作—。此木自生山野。幹不甚高。而枝葉繁密。異於常樹。葉作斜方形。無角。葉端頗尖銳。經秋則紅。花淺綠。結圓實。作赤褐色。熟則自裂。顯露白子。可取以榨油。製燭。坊間之柏油燭。即此。一名鵶舅。亦名桂。〕

【椂】都唾切音剁箇韻都戈切音朶歌韻
木本也。見〔廣韻〕。〔按玉篇。都和切。木株也。按株當爲株之譌。集韻戈韻。株也。說文。株、木根也。康熙字典分平去聲爲二義。誤。〕

【檔】呼決切音血屑韻
木名。赤若血。見〔集韻〕。〔按一名赤水木。格古要論曰。此木色赤。紋理細。性稍堅且脆。極滑淨。〕

【栨】於希切音衣微韻
欅—。木名。可爲箭笴。一曰箭箙。見〔集韻〕。

【桙】雲俱切音于虞韻
杅或字。〔集韻〕杅。杅器也。春秋傳。杅不穿。一曰因杅。匈奴地名。漢有因杅將軍。或作—。

【楔】汪胡切音烏虞韻
杇或字。〔集韻〕杇。說文、所以塗也。或作—。

【梳】充中切音銃送韻
木檯也。見〔集韻〕。

【㮚】音檲東韻
林也。見〔川篇〕。

【㮛】竹瓦切音馬韻
手把物也。見〔篇海〕。

【樛】音未詳
人名。〔字彙補〕宋時賜隴—姓名

曰趙懷恩。見宋史新編王厚傳。〔按正字通樛下曰。指刑俗呼—子。穿小木。以繩繫十指間束縛之。韻若㬅、撈即—之譌。存參。〕

【桊】古棺字。見〔集韻〕。

【春】古㞳字。見〔字彙補〕。

【桌】古卓字。見〔廣韻〕。〔按字彙訓高。正字通云。俗呼几案曰—。〕

【柾】同集。見〔正字通〕。

【栐】同嫲。見〔廣韻〕。

【栜】同椒。見〔玉篇〕。

【栂】同枭。見〔集韻〕。

【栟】栟俗字。見〔正字通〕。

【栖】括俗字。見〔正字通〕。

【栢】柏俗字。見〔正字通〕。〔按玉篇作—。引詩汎彼—舟。〕

【栾】欒俗字。見〔正字通〕。

【柏】槌俗字。見〔廣韻〕。

【桒】桑俗字。見〔正字通〕。

【梹】檳譌字。見〔正字通〕。

七畫

【桫】桑何切音梭歌韻

●桫名。隊花羊齒類。生山野煖地。高數丈。出無數細莖。褐黑色。葉叢生。微頳。嫩可碎以作盆盛土培植他植物。則收長甚速。

●—欏。木名。出峴崘山。見〔廣韻〕。〔按—欏又作娑羅。似桄榔。生峨嵋山中。類枇杷。數葩合房。春開。葉在表。花在中。其材堅實。可爲建築用。〕

【桭】之人切音眞植鄰切音辰眞韻

●兩楹間也。見〔廣韻〕。

●梜—屋端也。見〔類篇〕。〔按漢書揚雄傳。日月纔經於梜—。注引服虔曰。—屋梠也。義同。〕

【桭】之刃切音震震韻

整也。見〔集韻〕。

【桮】晡枚切音杯灰韻

●𠤪也。見〔說文〕〔桂注〕廣雅。𠤪、—也。急就篇。橢杅槃案—閜盌。顏注。—、酒器也。一名𠤪。〔按集韻。—或作䀀、杯、盃、㮎、柸。〕

●—落。盛—器籠也。〔方言〕陳楚宋衞之間謂之—落。又謂之豆筥。自關東西謂之—䈂。

【桯】湯丁切音汀青韻

●牀前几。見〔說文〕〔段注〕方言曰。榻前几。江沔之間曰—。趙魏之間謂之椸。按古者坐於牀而隱於几。孟子。隱几而臥。內則。少者執牀與坐。御者舉几是也。此牀前之几。與席前之几不同。謂之—者。言其平也。

●蓋杠也。〔考工記輪人〕—圍倍之。

●夷牀橫木也。〔儀禮既夕注〕輁狀如長牀。穿—前後而關軸焉。

四 碓—也。見〔廣韻〕。

【桯】乎經切音刑青韻

牀前長几也。見〔廣韻〕。

【桯】怡成切音盈庚韻

楹或字。〔集韻〕楹、柱也。或作檼、—。

【梛】余遮切音邪麻韻

椰或字。〔集韻〕椰、木名。出交趾。高數十丈。葉在其末。或从邪。〔按今俗多作椰。木似棢。產熱地。大者三四圍。高五六丈。無枝。葉在木頂。二月開花。實穗數枚。長七八寸至尺餘。徑五六寸。懸於樹端。六七月成實。內有核。圓而黑。堅殼內有白肉瓤。如凝雪。味甘美如牛乳。瓤肉空處有漿。數合。清美如酒。齊東野語云。—子花亦可釀酒。〕

椰圖

【栝】古活切音括曷韻

●檃也。一曰矢—檃弦處。見〔說文〕。〔段注〕釋名曰。矢末曰栝。栝、會也。與弦會也。云檃弦處者。弦可檃其間也。此亦檃—之一端耳。矢栝字經傳多用括。他書亦用筈。〔按—者所以檃制邪曲之器。揉曲者曰檃。正方者曰—。〕

●木名。詳栝字。

【桱】堅靈切音經青韻

桯也。東方謂之𥳑。見〔說文〕。〔段注〕𥳑集韻類篇皆从竹作𥳑。—、𥳑皆牀前几之殊語也。而方言不載。

【桱】古定切音徑徑韻

㊀經絲具也。見〔類篇〕。

㊁一木似杉而硬。見〔廣韻〕。

【桲】蒲沒切音勃月韻

㊀今連枷所以打穀也。見〔玉篇〕。〔按方言。僉齊楚江淮之間。或謂之一。注亦以連枷打穀釋之。與玉篇同。〕

㊁杖也。見〔廣雅釋器〕。

㊂澀也。見〔廣雅釋詁〕。

㊃榅一。果名。似樝。見〔廣韻〕。〔按洛陽花木記。棃之別種二十七。榅一其一也。〕

【棒】部本切音笨阮韻

㊀車弓也。見〔字彙〕。

㊁榆或字。〔集韻〕榆舟淺也。或作一。

【桴】房尤切音浮尤韻

㊀屋棟名。見〔說文〕〔王注〕。名、當作也。繫傳曰。爾雅。棟謂之一。注曰。屋檼。按謂屋前後檐橫棟也。齊楽今人謂之檐櫋。

㊁同枹。擊鼓杖也。〔禮記禮運〕蕢一而土鼓。〔按一切經音義引韶定古文官書云。枹一二字同體。〕

㊂聚土之器也。〔詩緜〕捄之陾陾。〔箋〕捄、一也。築牆者一聚壤土。

㊃浮炭也。炭投水中而浮者。今人謂之一炭。〔白居易詩〕日暮半爐一炭火。

㊄一思。屏也。〔禮記明堂位注〕屏謂之樹。今一思也。〔通作罘思、浮思。〕

㊅一苡。卽芣苢也。〔廣韻引周書王會〕康民以一苡。

【桴】芳無切音敷虞韻

㊀編竹木以代舟也。大曰筏。小曰一。〔論語公冶長〕乘一浮于海。

㊁孵伏也。〔大戴記夏小正〕雞一粥。

【桴】符遇切音附遇韻

通附。〔詩角弓〕如塗塗附。〔箋〕附、木一也。〔疏〕一謂木表之麤皮也。

【木寽】龍輟切音劣屑韻　盧活切音捋曷韻

㊀木也。見〔說文〕。〔按廣韻。一、木名。〕可染繒。

㊁舟樀也。見〔類篇〕。

【桶】吐孔切音侗董韻　杜孔切音動董韻

㊀木方受六斗。見〔說文〕。〔段注〕疑當作方斛受六斗。廣雅曰。方斛謂之一。月令角斗甬。注曰。甬、今斛也。甬卽一。今斛者。今時之斛。凡鄭言今者。皆謂漢時。秦漢有此六斗斛。與古十斗斛異。

㊁受泰者曰一。見〔一切經音義引通俗文〕。

㊂今人謂圓器曰桶。如水一、飯一之類。

【桶】尹竦切音勇腫韻

㊀斛也。〔史記商君傳〕平斗一。

㊁一檧。小籠也。〔方言〕箸筩自關而西謂之一檧。

【桷】訖岳切音角覺韻

㊀榱也。椽方曰一。春秋傳曰。刻桓公之一。見〔說文〕。〔段注〕榱也者。渾言之。釋宮云。一謂之榱是也。下文椽方曰一。遂析言之。椽方曰一。則知一圓曰椽矣。

㊁确也。其形細而疏确也。見〔釋名釋宮室〕。

㊂觕考也。〔風俗通〕獄者、一功考德。黜陟幽明也。

㊃平柯也。〔易漸〕鴻漸于木。或得其一。

㊄槌也。見〔廣雅釋器〕。

㊅木名。〔南州記〕都一子生廣南山谷。二月開花。實大如雞卵。

【桸】虛宜切音犧支韻

㊀朽也。見〔廣韻〕。

㊁勺也。見〔集韻〕。〔按集韻。一、或作巇。類篇。一、通作巇。〕

【桸】香衣切音希微韻

木名。汁可食。見〔廣韻〕。

【桹】盧當切音郎陽韻

㊀高木也。見〔說文〕。〔段注〕此泛言高木謂之一。非謂桄一、及檳榔也。

㊁桄一。木名。〔集韻〕桄一。屑之如麵可食。〔按後漢夜郎傳。牂柯句町縣有桄一木。可爲麵。〕

㊂枸一。木名。出廣州。〔文選左思賦〕栟櫚枸一。〔注〕其用與栟櫚同。

㊃鳴一。所以驚魚者也。〔文選潘岳賦〕鳴一厲響。

㊄一木相擊聲。〔元結詩〕枻一一兮可屈。

【桿】侯幹切音汗翰韻

㊀木也。見〔篇海〕。

㊁木梃也。俗杆字。見〔正字通〕。

㊂英度名。十六尺半爲一。一當我丈

六尺三寸弱。英文 pole。

【梁】呂張切音良陽韻

(一) 水橋也。从木水。刅聲。見〔說文〕〔段注〕—之字用木跨水。則今之橋也。孟子。十一月輿—成。國語引夏令曰。十月成—。大雅。造舟爲—。皆今之橋制。見於經傳者。言—不言橋也。

(二) 石絕水爲—。〔詩有狐〕在彼淇—。

(三) 隄防也。〔爾雅釋宮〕隄謂之—。〔按水經濟水注。—、水隄也。〕

(四) 水堰也。堰水爲關。承之以笱。以捕魚者。〔詩何人斯〕胡逝我—。

(五) 倌也。見〔白虎通封禪〕。

(六) 車—也。〔詩甫田〕如茨如—。

(七) 爽高馮也。見〔水經弃水注〕。

(八) 宗廇謂之—。見〔爾雅釋宮〕〔注〕屋大—也。〔按釋宮又云楣謂之—。注門戶上橫—。與宗廇義異。江永曰。釋宮宗廇謂之—。其上楹謂之梲。前楣之—。橫—也。宗廇之—。當是南北縱列。東西各一。今人謂之進深—。此—之中。各設侏儒短柱。以承棟。棟乃得高起。若前楣之—。不得有侏儒柱。互詳棟字。〕

(九) 冠上橫脊也。〔漢書輿服志〕大宮令冠兩—。

(十) 州名。〔書禹貢〕華陽黑水惟—州。〔今分屬四川湖北陝西甘肅〕

(十一) 山名。〔詩韓奕〕奕奕—山。〔在今京兆尹通縣之西固安縣之東北。與春秋成五年—山崩之—山異地。春秋—山在今陝西郃陽韓城二縣界。〕

(十二) 國名。周平王封少子康於—陽。是爲—伯。

(十三) 朝代名。蕭衍受齊禪爲帝。國號—。距民國紀元前一千四百十年。歷四主。凡五十五年。禪位於陳。〔又〕五代時朱溫受唐禪。國號後—。距民國紀元前一千零五年。歷二主。凡十六年。滅於後唐。

(十四) 强—。多力也。〔後漢蘇竟傳〕强—不能與天爭。〔又〕剛暴也。〔家語觀周〕强—者不得其死。〔又〕神名。能食鬼。見〔後漢禮儀志〕。

(十五) 陸—。亂走皃。〔文選揚雄賦〕飛蒙茸而走陸—。

(十六) 跳—。奔逸不受羈靮之狀也。〔莊子逍遙遊〕東西跳—。

(十七) —倚。相著也。〔史記司馬相如傳〕怵奐以—倚。

(十八) —麗。屋棟也。〔莊子秋水〕—麗可以衝城。〔按釋文又引崔云。小船也。〕

(十九) —輈。輈上句衡。形如屋—。〔詩小戎〕五楘—輈。

(二十) 浮—。聯舟而爲橋也。〔方言〕艁舟謂之浮—。

(廿一) 梯—謂之雲—。〔唐書渾瑊傳〕治攻具。造雲—。

(廿二) 大—。星名。〔爾雅釋天〕大—。昴也。〔又〕地名。〔國語晉語〕魏惠王徙都大—。

(廿三) 天—。宮名。見〔後漢班彪傳注〕。

(廿四) 都—。香草名。〔荊州記〕都—山下生蘭草。因以爲名。

(廿五) 銅—。山名。〔文選左思賦〕外負銅—於宕渠。

(廿六) —父。—一作甫。在太山下。見〔後漢光武帝紀注〕。

(廿七) 呂—。水名。〔莊子達生〕孔子觀於呂—。

(廿八) 通—。〔素問通評虛實論〕肥貴人則高—之疾也。〔注〕—、粱字也。

(廿九) 通掠。〔書大傳〕故爾—遠。〔注〕—、讀爲掠。

(三十) 姓也。周—鱣。漢—鴻。〔又〕—丘。—由。均複姓。

【梂】渠尤切音求尤韻　拘玉切音局沃韻　居六切音匊屋韻

(一) 櫟實也。一曰鑿首。見〔說文〕〔王注〕釋木。櫟其實—。故許君以—系之櫟。鑿首者。鑿之首也。用豳風韓詩之說。非用其詞。韓詩解破斧曰。鑿屬曰銶。許君所據本蓋作又缺我—。故金部不收銶也。

(二) 山樝也。一名羊—子。見〔唐本草〕。〔按蘇頌圖經又曰棠—子。〕

(三) 栱也。見〔廣雅釋器〕。

【梃】徒鼎切音挺迥韻

(一) 一枚也。見〔說文〕〔段注〕一枚、疑當作木枚。竹部曰。箇、竹枚。則—當云木枚也。方言曰。箇、枚也。鄭注禮經云。个、猶枚也。今俗或名枚曰個。音相近。

(二) 杖也。〔孟子梁惠王〕可使制—。

(三) 矛也。〔呂覽簡選〕鋤耰白—。

(四) 條直者皆曰—。〔魏書李孝伯傳〕武陵王駿獻酒二器。甘蔗百—。

(五) —木。旋樹也。〔山海經海內西經〕—木牙交。〔注〕—木、淮南作旋樹。

旋玉類也。

【梃】唐丁切音庭青韻

縣名。漢置。屬膠東國。山東萊陽縣南有—城。

【梅】模杯切音枚灰韻

㊀柟也。可食。見〔說文〕。〔段注〕釋木曰。—、柟也。毛詩秦風陳風傳皆曰。—、柟也。與爾雅同。毛公於召南摽有—。曹風其子在—。小雅四月侯栗侯—。無傳。而秦陳乃訓爲柟。此以見召南等之—。與秦陳之—。判然二物。召南之—。今之酸果也。秦陳之—。今之柟樹也。柟樹、見於爾雅者也。酸果之—、不見於爾雅者也。後世取—爲酸果之名。而—之本義廢矣。許以柟—二篆廁諸果之間。又云可食。此淺人所改竄也。

㊁酸果名。〔書說命〕若作和羹。爾惟鹽—。〔按〕—花有紅白二色。花後始生葉。實似杏。小而酢。可以和羹。古字—作某。說文某篆解曰。酸果也。从木从甘。段氏云。以許書律經。則凡酸果之字作—。皆假借也。凡某人之字作某。亦皆假借也。假借行而本義廢。固不可勝數矣。

梅圖

㊂節候名。初夏—熟。東南卑下地爲融風所吹。水澤土源蒸鬱成雨。俗稱其時爲—。其雨爲—雨。〔埤雅〕江南三月爲迎—雨。五月爲送—雨。〔按歲時纂要〕閩人以立夏後逢庚入—。芒種後逢壬出—。月令廣義。謂芒種後逢丙入—。小暑後逢未出—。各地氣候不同。故有出入。

㊃州名。宋置。屬廣南東路。元改爲路。尋復爲州。屬廣東道。明廢。即今廣東—縣治。

㊄——猶昧昧。居喪之容也。〔禮記玉藻〕視容瞿瞿——。

㊅檕—。朹也。〔爾雅釋木〕朹、檕—。〔注〕朹樹狀如—。子如指頭。赤色。似小柰。可食。〔疏〕朹、一名檕—。

㊆英—。雀—也。〔爾雅釋木〕時、英—。〔注〕雀—。〔疏〕時、一名英—。郭云。雀—、似—而小者也。

㊇楊—。果名。〔越郡志〕會稽楊—。爲天下之奇。

㊈姓也。出汝南。漢有—福、—鋗。

【梅】母罪切音浼賄韻

姓也。見〔集韻〕。

【梆】卑江切音邦江韻

㊀木名。見〔集韻〕。㊁器名。〔正字通〕斲木三尺許。背上穿直孔。今官衙設之。爲號召之節。或以竹截作筩。兩頭留竹節。旁鑿小孔。擊之有聲。似古之用柝。六書故因字從邦。謂擊邦邦然。〔按今巡更之擊柝。俗亦謂之敲—〕。㊂—子。今世戲劇曲調之一種。原出陝西。即古所謂秦聲。山西河南直隸均演其派。

【梇】盧貢切音弄送韻

㊀木也。見〔說文〕。㊁—棟。縣名。漢置。屬益州郡。今爲雲南姚安縣治。

【梋】火圓切音鋗先韻

椀屬。見〔廣韻〕。〔按廣雅釋器。—、盂也。方言。椀謂之—。快〕

【梋】詢緣切音旋先韻

㊀閑也。見〔廣雅釋詁〕。㊁規模曰—。見〔一切經音義引通俗文〕。

【梋】玄圭切音攜齊韻

枍—。燒麥具也。見〔集韻〕。

【梋】余專切音沿先韻　隨戀切音鏇霰韻

車環謂之—。見〔集韻〕。

【梌】同都切音徒虞韻

㊀木名。楸也。見〔類篇〕。㊁北方人謂楓曰—。見〔畿輔通志〕。

【梌】他胡切音塗虞韻

銳也。見〔廣韻〕。

【梌】直加切音茶麻韻　容朱切音俞虞韻

吳人謂刺木曰—。見〔方言〕。

【梍】在早切音皁皓韻

㊀莢實也。見〔集韻〕。㊁櫟實也。見〔字彙〕。

【梎】於交切音𩮲肴韻

—桐。鎌柄。見〔廣韻〕。〔按類篇訓

木柯。字形小異。〕

【梎】余救切音宥宥韻

木名。見〔集韻〕。

【梏】姑沃切音鵠沃韻

㊀手械也。見〔說文〕。〔按周禮掌囚。中罪桎—。禮記月令。去桎—。注並云。在手曰—。易蒙。用說桎—。釋文亦同。〕

㊁猶縶紲也。〔山海經海內西經〕帝乃—之疏屬之山。

㊂梱也。見〔廣雅釋器〕〔按說文。梱、角械也。〕

㊃亂也。〔孟子告子〕—亡之矣。〔按音義引丁音。—謂梏亂利害也。〕

【梏】訖岳切音覺覺韻

㊀直也。見〔爾雅釋詁〕。〔按禮記射義。棲皮曰鵠。注云。鵠之言—。—、直也。言人正直乃得中也。義同。〕

㊁大也。〔禮記緇衣〕有—德行。

【梐】部禮切音陛薺韻 邊兮切音鎞齊韻

㊀—枑也。見〔說文〕。〔段注〕周禮掌舍。設—枑再重。注曰。故書枑爲拒。杜子春讀爲—枑。—枑謂行馬。玄謂行馬再重者。以周衛有外內列。

㊁牢也。見〔廣雅釋室〕。〔按王肅注家語云。周、—牢獄也。〕

【梓】祖似切音籽紙韻

㊀楸也。見〔說文〕。〔按陸璣詩疏。楸之疏理白色而生子者爲—。埤雅。—爲百木長。故呼—爲木王。羅願云。屋室有此木。則餘材皆不震。〕

梓圖

㊁漆也。見〔禮記曲禮疏引何允〕。

㊂滋生也。〔淮南本經〕林無柘—。

㊃杯杅之屬。〔禮記曲禮注〕瓶謂陶—之器。〔疏〕—是杯杅之屬。

㊄鏤刻文字於板。俗稱爲—。

㊅—人。官名。司空之屬。能正方圜者。〔儀禮大射儀〕工人士與—人升自北階。〔按考工記有—人之工。書梓材。若作—材。馬注云。治木器曰—。〕

㊆—宮。棺也。謂—爲之者。〔後漢明帝紀注〕—宮以—木爲棺。

㊇—澤。地名。見〔水經濕水注〕。

㊈橋—。喻父子也。〔文選任昉序〕孝友之性。豈伊橋—。〔注引書大傳〕橋者、父道也。—者、子道也。

㊉桑—。辟桑字。

⑪姓也。春秋時有—愼。

【梔】章移切音支支韻

㊀本作梔〔說文新附〕梔木實可染。〔按—之花葉差大者曰林蘭。又名鮮支。廣雅釋木。—子。樀桃也。唐本草。一名木丹。一名越桃。圖經。生南陽川谷。今南方及西蜀州郡皆有之。木高七八尺。葉似李而堅硬。二三月生白花。夏秋結實。生青熟黃。中仁深紅。〕

㊁桑樹一半有葚半無葚爲—。〔爾雅釋木〕桑辨有葚—。

【梗】古杏切音鯁梗韻

㊀山枌榆。有束。莢可爲蕪荑也。見〔說文〕。〔段注〕山枌榆又枌榆之一種也。有束。故名—榆。卽齊民要術所謂刺榆者也。荑、當作夷。爾雅急就篇皆不从艸。釋木。無姑。其實夷。郭云。無姑。姑榆也。生山中。莢圓而厚。剝取皮。合漬之。其味辛香。所謂蕪夷。按山枌榆、卽爾雅無姑。

㊁凡草木刺人。自關而東或謂之—。見〔方言〕。

㊂病也。〔詩桑柔〕至今爲—。

㊃禦災也。〔周禮女祝〕掌以時招—襘禳之事。

㊄塞也。〔管子四時〕謹禁繫—。

㊅直也。見〔爾雅釋詁〕。

㊆箴也。見〔廣雅釋詁〕。

㊇猛也。見〔廣雅釋詁〕。〔按方言。—、猛也。韓趙之間曰—。今云頑—。亦本此義。〕

㊈偶也。〔國策齊策〕有土偶人與桃—相與語。土偶曰。今子東國之桃—也。刻削子以爲人。〔按莊子田子方。吾所學者直土—耳。釋文。土—。土人也。義相近。〕

㊉—者更也。歲終更始。受介祉也。見〔風俗通祀典〕。

⑪強也。〔楚辭橘頌〕—其有理兮。

⑫覺也。見〔方言〕。

⑬略也。見〔方言〕。

⑭枝也。〔圖繪寶鑑〕惠洪覺範能畫梅竹。筆力於枝—極遒健。

⑮—概。粗言也。〔文選左思賦〕略舉

其—槪。〔按文選張衡賦。故粗爲賓言其—槪如此注云。—槪。不纖密。亦粗言之義。又後漢杜篤傳注。—槪猶粗略也。義亦同。〕

⑮桔—藥名。詳桔字。

⑯姓也。〔又〕—陽複姓。周有—陽巫皋。漢—陽眞。

【梱】布拔切音捌黠韻

●木名。見〔廣韻〕。

●桊具。見〔類篇〕。

●梲也。見〔集韻〕。

【梻】兵廢切音肺隊韻

券契也。見〔類篇〕。

【梜】古協切音頰葉韻

①檢柙也。見〔說文〕。〔段注〕檢柙皆函物之偁。然則—亦謂函物之器也。

②筴也。〔禮記曲禮〕羹之有菜者用—。其無菜者不用—。〔注〕—猶箸也。今人或謂箸爲—提。

【梜】古狎切音甲洽韻

木理亂也。見〔廣韻〕。

【條】田聊切音迢蕭韻

①小枝也。見〔說文〕。〔段注〕毛傳曰。枝曰—。渾言之也。—爲枝之小者。析言之也。

②長也。〔書禹貢〕厥木惟—。

③遠也。〔太玄玄圖〕—暢乎四方。

④達也。〔漢書禮樂志〕聲氣遠—。

⑤暢也。見〔漢書禮樂志注〕。

⑥生也。見〔白虎通八風〕。

⑦直也。〔素問五常政大論〕其令—舒。

⑧理也。〔書盤庚〕若網在綱。有—而不紊。

⑨書也。見〔廣雅釋詁〕。

⑩分—之也。〔漢書外戚傳〕其—刺使大長秋來白之。〔按元帝紀〕—奏毋有所諱。今云—陳、—例、—約。皆取分—之意。

⑪疏錄之也。〔漢書丙吉傳〕分—中都官。

⑫繩也。〔禮記雜記〕喪冠—屬。

⑬教—也。〔史記酷吏傳〕以興化—。

⑭法令也。〔國策秦策〕科—既備。民多僞態。

⑮嘯貌。〔詩中谷有蓷〕—其歗矣。

⑯計物之狹長者曰—。如云一—二—。

⑰國名。漢周勃封—侯。見〔漢書周勃傳〕。

⑱柚也。〔埤雅、〕柚似橙而大于橘。一名—。

⑲槄也。〔詩終南〕有—有梅。〔按爾雅釋木槄山榎注云。今之山楸。疏云。山楸一名—。〕

⑳—智也。見〔爾雅釋訓〕。〔又〕亂也。見〔廣雅釋訓〕。

㉑—風。八風之一。震氣所生也。一曰明庶風。〔易緯通卦驗〕東北曰—風。

㉒鳴—。地名。〔書序〕湯伐桀。升自陑。戰於鳴—之野。〔按今山西安邑縣北有鳴條岡。即其地。〕

㉓姓也。晉冉閔司空—枚。

㉔通絛。〔周禮巾車〕—纓五就。〔注〕—、讀爲絛。

【條】他彫切音祧蕭韻

采桑也。〔詩七月〕蠶月—桑。〔箋〕—桑。枝落采其葉也。〔疏〕—其桑而采之。謂斬—於地。就地采之也。

【條】徒歷切音滌錫韻

滌除也。〔周禮秋官序官〕—狼氏。〔注〕杜子春云。—當爲滌器之滌。玄謂滌除也。

【梞】渠記切音忌寘韻

①—柎也。見〔廣韻〕。

②—跌定綆紐之物。見〔集韻〕。

【梟】堅堯切音驍蕭韻

①不孝鳥也。故日至捕—磔之。見〔說文〕。〔段注〕漢儀。夏至賜百官—羹。漢書音義。孟康曰。—、鳥名。食母。破鏡。獸名。食父。黃帝欲絕其類。使百吏祠皆用之。如淳曰。漢使東郡送—。五月五日作—羹以賜百官。以其惡鳥。故食之也。〔按說—爲流離。或曰即鵂鶹。鴟類。亦名服鳥。又名巧婦。〕

②懸也。古極刑名。殺人斬其首而懸於木上也。一曰—首。〔漢書高帝紀〕—故塞王欣頭櫟陽市。

③健也。〔漢書高帝紀〕北貉燕人來致—騎助漢。

④顚也。山巓曰—。〔管子地員〕其山之—。多枯符楡。

⑤雄也。〔淮南原道〕爲天下—。

⑥猶勝也。〔後漢張衡傳〕咸以得人爲—。

⑦摴蒱采名。〔潛確類書〕博局戲以

五木爲子有—盧雉犢。爲勝負之采。〔按晉謝艾曰—遊也六博得遊者勝或曰幺爲—。六爲盧。皆以擊爲訓〕

（八）—瞯深目貌。〔王褒論〕燋閩—瞯。

（九）—桃。桃之經冬不落者也。見〔本草別錄〕

（十）蹴—。糾歟販逃私鹽者之稱。

（十一）—楊。一作—陽山神名。即狒狒。〔楚辭哀時命〕使—楊先導兮。

（十二）同撓。〔荀子非十二子〕以—亂天下。〔注〕—、與撓同。

（十三）姓也。〔姓譜〕附煬帝誅楊玄感。改其姓爲—氏。

【梠】兩舉切音呂語韻

●楣也。見〔說文〕〔王注〕士喪禮注。字、—也。方言屋—謂之櫺。郭注。雀—、即屋檐也亦呼爲連緜。

●旅也。連旅旅也。或謂之欞。見〔釋名釋宮室〕

【梡】戶袞切音混阮韻

棞木薪也。見〔說文〕〔段注〕—之言完也。〔按說文棞下云。—木未析也〕

【梡】苦緩切音欵戶管切音緩旱韻

●虞俎名。—形四足如案。〔禮記明堂位〕俎用—嶡。

●斷木也。見〔韻會〕

●薪蒸束也。見〔韻會〕

【梡】胡官切音桓寒韻

木名。子可食。出蒼梧。見〔類篇〕

【梡】胡慣切音患諫韻

木名。似訶棃。見〔集韻〕

【梡】胡昆切音魂元韻奴玩切音鍛翰韻

枝也。見〔廣雅釋木〕

【梢】師交切音筲肴韻

●—木也。見〔說文〕〔按爾雅釋木。—、—櫂。注。謂木無枝柯—櫂長而殺者。疏。—、一名—櫂。又韻會引說文云。—木枝末。存參〕

●蠶也。見〔方言〕

●蹤而去之也。〔文選揚雄賦〕—夔魖而抶獝狂。

（四）尾之垂者。〔文選顏延年賦〕垂—植髮。〔按凡言尾者通謂之—。如眉—、春—、收—、後—之類〕

（五）小柴也。〔淮南兵略〕曳—肆柴。

（六）樂者所執之竿也。〔漢書禮樂志〕飾玉—以舞歌。

（七）船柁尾曰—。今人謂篙師爲—子。見〔字彙〕〔按—或作艄〕

（八）——小也。見〔廣雅釋訓〕〔又〕風擊也。〔文選鮑照賦〕風——而過樹。

（九）犂—。犂之一事也。〔耒耜經〕犂轅之後末如柄而喬者曰—。斲木爲之。脩四尺五寸。中在手。所以執耕者也。轅至—中間掩四尺。

（十）—雲。山名。〔文選左思賦〕—雲無以踰。

（十一）閗旝。旌旗之旒也。〔漢書揚雄傳〕被雲—。

（十二）吳語謂詐取強索曰拆—。

【梢】思邀切音宵蕭韻

水潄齧之溝也。〔考工記匠人〕—溝三十里而廣倍。

【梢】山巧切音稍巧韻

長木皃。見〔集韻〕

【梢】所教切音哨效韻色角切音朔覺韻

削木上殺也。見〔集韻〕

【梧】訛胡切音吾虞韻

●—桐木。一曰櫬。見〔說文〕〔段注〕—桐。釋木曰。櫬—。賈思勰曰。注云。今—桐皮青者曰—桐。今人以其皮青號曰青桐也。玉裁謂此今人所植—桐樹也。賈氏云、青桐。九月收子。炒食甚美。如菱芡是也。一曰猶一名也。本爾雅。〔按爾雅櫬—疏云。櫬、一名—〕

梧圖

●支持也。〔史記項羽紀〕莫敢枝—。〔注〕小柱爲枝。斜柱爲—。〔按枝—亦作支吾〕

●悟也。〔釋名釋宮室〕—、在梁上兩頭相觸悟也。〔疏證〕—下當有悟也二字。

（四）—丘。丘名。言與人相當忤也。〔爾雅釋丘〕當途—丘。

（五）蒼—。地名。〔禮記檀弓〕舜葬於蒼—之野。〔按蒼—禹貢荊州徼外地。秦屬桂林郡。唐改—州。當今廣

西莽—縣治。〕
⑥—州。郡名。唐置。明改府。淸仍之。光緖二十三年。依光緖二十二年緬甸中英通商追加條約。闢爲商埠。
⑦橋—。琴瑟也。〔莊子德充符〕惠子倚橋—而瞑。
⑧海—。木名。出林邑。〔南方草木狀〕海—樹與中國松同。但結實絕大。肥甘有香味。
⑨—鼠。鼫鼠之譌。〔荀子勸學〕—鼠五技而窮。〔注〕—鼠。當爲鼫鼠。蓋本誤爲鼫字。傳寫又誤爲—耳。

【梧】偶舉切音圉語韻
①彊—。歲陽也。詳彊字。
②同敔。樂器。椌楬也。見〔集韻〕。

【梧】五故切音誤遇韻
①支也。〔後漢徐登傳〕—鼎而爨。
②柱也。〔文選何晏賦〕桁—複疊。
③魁—。壯大之意。又警悟也。〔史記留侯世家〕魁—奇偉。
④抵—。相支柱不安也。〔漢書司馬遷傳贊〕或有抵—。
⑤通迕。相觸迕也。〔漢書司馬遷傳贊注引如淳〕—讀曰迕。

【梩】莊皆切音齋 都皆切音諧佳韻
木名。見〔類篇〕。

【梩】陵之切音釐支韻 詳里切音枲紙韻
相或字。〔說文〕相。臿也。一曰徙土輂。—。或从里。

【梩】口巳切音杞紙韻
杞或字。〔集韻〕杞。木名。說文。枸杞也。一曰國名。亦姓。或作—。

【梪】大透切音豆宥韻
①木豆謂之—。薦羞葅醢也。見〔玉篇〕。〔按義與豆同。廣韻云籩豆或作—。〕古食肉器也。
②四升曰—。〔廣雅釋器〕合十曰升。升四曰—。
③獨—。木名。〔酉陽雜俎〕獨—樹。頓丘南應足山有之。高十餘丈。皮靑滑似流碧。枝幹上聳。子如五綵囊。葉如亡子錢。

【梭】須閏切音浚震韻
①木也。見〔說文〕。
②木茂也。見〔集韻〕。

【梭】蘇禾切音莎歌韻
①織具。所以行緯者。〔晉書陶侃傳〕侃少漁雷澤。網得一織—。〔按廣雅釋器作梭。集韻以—爲梭或字。〕
②—格拉底。人名。希臘大哲學家。西曆紀元前四百六十九年。生於雅典。適當孔子生後九年。終身盡瘁於敎育弟子。成就甚衆。英文 Sokrates。

【梭】且泉切音悛先韻
木名。見〔玉篇〕。

【梭】松倫切音旬眞韻
木名。見〔集韻〕。

【梭】逡緣切先韻
木如餘甘。見〔類篇〕。

【梯】天黎切音緹齊韻
①木階也。見〔說文〕。〔段注〕孟子、捐階。趙曰。階、—也。階以木爲之。便於登高。〔按虎韜兵略。覘城中則有雲—。飛樓。孫武九地。如登樓而去—。階義同。〕
②凭也。〔山海經海內北經〕西王母—几而戴勝杖。
③蠻人謂筋曰—。見〔廣東新語〕。
④[illegible]—無隅角者也。〔楚辭卜居〕將突—滑稽。如脂如韋。以潔楹乎。

【梯】杜兮切音題齊韻
木稚也。見〔洪武正韻〕。

【梛】囊何切音那歌韻
①木名。見〔集韻〕。
②枸—。花名。〔桂海虞衡志〕枸—花葉瘦長。略似楊柳。又開淡紅花。一朶數十蕚。秋深猶有之。

【柴】遵誅切音娵虞韻 祖委切音觜紙韻
①識也。一曰藏也。見〔說文此部〕。
②口也。見〔玉篇〕。
③鳥喙也。見〔玉篇〕。

【柴】遵爲切音劑支韻
石鍼謂之—。見〔廣雅釋器〕。

【械】胡介切音邂卦韻
①桎梏也。一曰器之總名。一曰持也。一曰有盛曰器。無盛曰—。見〔說文〕。〔按漢書婁敬傳。—繫欹廣武。與本義合。別義器之總名。亦合稱之曰器。禮記王制。器—異制是也。其訓—爲持者。朱駿聲以爲丮之假借字。求之於聲。最爲相近。有盛無盛。段玉裁依詩車攻釋文。改

為有所盛無所盛。六書故引唐本說文曰。或說內盛為器外盛為｜。王筠云。內盛者有容受也。盛盎之屬。外盛者可庋閣也。几案之屬。〕

● 戒也。所以警戒使為善也。見〔太平御覽引風俗通〕。

● 術之巧者曰｜。〔孟子盡心〕為機變之巧者。〔朱注〕為機｜變詐之巧者。〔按今俗謂有機之器曰機｜。〕

㊃ 世謂悍民聚衆持兵｜相鬬者曰｜鬬。

【梱】 苦本切音閫阮韻

● 門橛也。見〔說文〕。〔段注〕橛下云。一曰門｜也。門部曰。閫。門｜也。然則門｜、門橛、閫。一物三名矣。謂當門中設木也。釋宮橛謂之闑。廣雅。橛、機、闑、朱也。朱同｜。

● 歀也。〔韻會〕｜、猶歀也。歀、扣也。人物出入多扣觸之也。

● 就也。見〔方言〕。〔注〕成就貌。

㊃ 屠也。見〔廣雅釋詁〕。

㊄ 叩稼也。〔淮南脩務〕｜纂組。

【梱】 苦悶切音困願韻

● 齊等之也。〔儀禮大射儀〕既拾取矢｜之。

● ｜復。矢出復反也。〔儀禮大射儀〕｜復。〔注〕｜復、謂矢至侯不著而還復也。

【梱】 牛昆切音僤元韻

髡｜。見〔爾雅釋木〕。〔按爾雅釋文。｜五門切。廣韻。｜、牛昆切。〕

【棁】 他括切音脫徒活切音奪曷韻他骨切音突月韻

● 木杖也。見〔說文〕。〔王注〕字林同。一作大杖。非也。顏注急就篇。｜、小杖也。今俗呼為袖｜。言可藏於懷袖之中也。漢書禰衡傳。手持三尺｜。｜杖。經典用｜。為梁上短柱之棳。

● 通脫。〔荀子禮論〕凡禮始乎｜。成乎文。終乎悅。〔按史記作始乎脫。〕

【棁】 朱劣切音拙屑韻

同棳。梁上楹也。見〔玉篇〕。〔按爾雅釋宮。杗廇謂之梁。其上楹謂之｜。注云。侏儒柱也。疏云。其梁上短柱名｜。一名侏儒柱。以其短小故也。〕

【棁】 俞芮切音睿霽韻

芒也。見〔集韻〕。〔按集韻。本作銳。或作｜。〕

【梳】 山於切音疏魚韻

● 所以理髮也。見〔說文〕。〔段注〕所以二字。今補。器曰｜。用之理髮、因亦曰｜。凡字之體用同偁如此。漢書亦作疏。〔按廣韻。｜、櫛也。釋名。釋首飾。｜、言其齒疏也。唐書吳兢傳。朝有諷諫。猶髮之有｜。文選揚雄賦。頭蓬不暇｜。此類乃體用同稱之證也。〕

● 導也。〔韓愈文〕蜂屯蟻雜。不可爬｜。

● 牙｜。嶂名。〔廣志〕牙｜嶂在江西廣昌縣南。

【梀】 設竹切音束屋韻

妝｜也。〔劉禹錫詩〕容顏本南國。妝｜學西京。

【梴】 抽延切音脠尸連切音羶陵延切音連先韻丑展切音蕆銑韻

● 長木也。詩曰。松桷有｜。見〔說文〕。〔按詩殷武傳云。｜、長貌。〕

● 碓機也。〔方言〕碓機。陳魏宋楚自關而東謂之｜。

【梵】 扶泛切音帆陷韻

● 出自西域釋書。見〔說文林部新附〕。〔按韻會云。西域種號。此云清靜。正言寂靜也。佛書稱色天為｜天。即離欲垢之義。淨行為｜行。即離妄作之義。〕

● ｜書。亦畧稱｜。印度佛典之古文也。以自｜王手造。故名。〔悉曇瑜伽鈔〕世界造書者三人。｜王造左行｜書。伽婁仙人造右行伽書。蒼頡造下行篆書。印度古佛教文字皆宗｜書。今則多易以巴利語矣。

● ｜唄。光戒吟聲。見〔韻會〕。

【梵】 扶風切音馮東韻房尤切音浮尤韻

● ｜｜。盛貌。〔漢都鄉正街彈碑〕｜｜黍稷。〔按鈕樹玉云。據此知｜即芃之俗體。〕

● 檒或字。〔集韻〕檒。風行木上曰檒。或作｜。

【梥】 師加切音沙麻韻

｜棠。木名。出崐崘山。見〔廣韻〕。〔按玉篇。｜棠。花赤實味如李無核。食之令人不溺。可衛水。〕

【桵】 如追切音蕤支韻

白—。械也。見〔說文〕〔段注〕大雅。芃芃棫樸。釋木毛傳皆云。棫。白—也。陸機曰。其材理全白無赤心者爲白—。直理易破。可爲犢車軸。又可爲矛戟矜。

【桶】芳無切音敷虞韻
木欂也。見〔篇海〕。

【梇】敷容切音丰冬韻
木末也。見〔廣雅釋詁〕。

【桼】戚悉切音七質韻
木汁。可以鬆物。从木。象形。—如水滴而下也。見〔說文桼部〕〔段注〕木汁名—。因名其木曰—。今字作漆而—廢矣。漆、水名也。非木汁也。

漆樹圖

【桗】祖何切音矬歌韻
木名。李類。〔爾雅釋木〕痤椄慮李。〔注〕今之麥李。〔疏〕與麥同熟。因名云。〔按廣韻。痤、或從木作—。正字通—、或譌作痤。〕

【梐】徂丸切音欑寒韻
積木以殯也。見〔集韻〕。

【㮝】於本切音穩阮韻
隱也。見〔字彙〕。

【梱】拘雲切音君文韻俱運切音攈問韻
—櫃木。出交趾。子如雞子。見〔玉篇〕。〔按文選吳都賦。平仲—櫃、劉成曰。—櫃之樹。子如瓠形。—櫃一作君遷。梯屬也。正字通謂—櫃卽楈。康熙字典已辨正之矣。〕

【梌】張如切音豬魚韻
木立死也。見〔集韻〕。

【梀】千木切音瘯丑六切音觸屋韻趨玉切音促沃韻
短椽也。見〔說文〕。〔注〕今大屋重橑下。四隅多爲短椽。卽此也。

【梀】丑玉切音瑑沃韻桑谷切音速屋韻
赤—。木名。可爲車輞。見〔集韻〕。

【梀】輸玉切音束沃韻
木名。見〔集韻〕。

【梀】於斳切音偃問韻
東也。見〔集韻〕。

【梈】披庚切音烹庚韻
木弩也。見〔集韻〕。

【梉】側羊切音莊陽韻
木名。似豫章。其小似桃。見〔集韻〕。

【梊】都計切音帝霽韻徒結切音迭屑韻
撮取也。見〔廣韻〕。

【梊】大計切音悌霽韻
兩手急持人也。見〔集韻〕。

【梑】徒歷切音荻錫韻
木名。見〔類篇〕。〔按爾雅釋木。狄臧槔。貫蓁。狄卽—也。〕

【梒】胡南切音含覃韻
—桃。禮亦作含。見〔廣韻〕。〔按禮記月令。仲夏之月。羞以含桃。注云。含桃。櫻桃也。淮南時則。文同月令。注云。含桃。鶯所含食。故言含桃。〕

【梕】而振切音認震韻
杒或字。〔集韻〕杒。說文。桎杒也。或从忍。

【梖】博蓋切音貝泰韻
—多。木名。出交趾及西域。葉可書。見〔集韻〕。〔按字亦作貝。廣州記。嵩寺忽有思惟樹。卽貝多也。有人坐貝多樹下思惟。因以名焉。本出梵語。名—多羅。印度產此。其葉甚厚。彼土佛經。多用此葉寫成。故亦名曰—葉經。酉陽雜俎。—多木出摩伽陀國。長六七丈。經冬不彫。餘詳貝字。〕

【梍】子末切音㩣曷韻
箬也。見〔集韻〕。

【梎】子感切音昝感韻
指刑也。梎字之譌。見〔正字通〕。

【梏】陟涉切音輒葉韻
木小葉也。見〔廣韻〕。

【梐】的協切音聑葉韻
—欇。葷也。見〔集韻〕。

【梘】經電切音見霰韻
栓也。見〔集韻〕。

【梚】刑甸切音莧霰韻
檢也。見〔集韻〕。

【梘】古典切音繭銑韻 通水器。見〔類篇〕。

【梘】居莧切音覵諫韻 棺衣。見〔集韻〕。

【梚】武遠切音晩阮韻 木名。見〔集韻〕。

【梛】徒念切音簟豔韻 門梛。見〔篇海〕。

【椴】刑狄切音檄錫韻、營隻切音役、胡革切音覈陌韻 䄷樓也。一曰燒麥柃—也。見〔說文〕。〔段注〕䄷者、今之種字。樓者、今之樓字。廣韻曰。樓、種具也。今北方謂所以耕者曰樓。耕者、種也。燒、猶熱也。柃—、若熱麥器名。〔按王注云。六書故。—下種具也。齊民要術。樓有三腳、不有兩腳者。兩腳者不如一腳者之為得也。〕

【梣】济林切音駸昨淫切音蠶侵韻 青皮木。見〔說文〕。〔王注〕槃傳引淮南子曰。—木色青。治目翳之藥也。高注。—木、苦歷木也。本草所謂秦皮也。陶隱居謂之樊槻皮。淮南萬畢術謂之樊雞木皮。〔按本草。一名岑皮。「名石檀。」〕

梣圖

【梣】鉏箳切音岑侵韻 梣也。見〔類篇〕。

【梤】符分切音汾撫文切音芬文韻 香木也。見〔說文〕。〔段注〕芬為艸香。故—為香木。按隸字多作棻。蓋由篆體本作棻。象香气上出也。〔按集韻。—或作橤、棻。〕

【⿰木些】思嗟切音些麻韻 木名。見〔集韻〕。

【梫】初簪切音參七林切音侵侵韻子鴆切音浸沁韻七稔切音寑寑韻 桂也。見〔說文〕。〔王注〕釋木。—、木桂。劉逵注蜀都賦曰。—桂、木桂也。本草謂之牡桂。一名肉桂。〔按本草綱目。爾雅謂之—者。能侵害他木也。故呂氏春秋云。桂枝之下無雜木。〕

【梬】以井切音郢丑郢切音逞梗韻 —棗也。似柹。見〔說文〕。〔段注〕—棗。棗名。非今俗所食棗也。南都賦曰。—棗若甌。李善引說文亦云。—棗似柹。按—、即釋木之遵羊棗也。郭云。實小而圓。紫黑色。今俗呼之為羊矢棗。引孟子羊棗。何氏焯曰。羊棗非棗也。乃柹之小者。初生色黃。熟則黑。似羊矢。其樹再樓。即成柹矣。亦呼牛嫋柹。亦呼模棗。古今注曰。模棗實似柹而小。味亦甘美。師古曰。—棗即今之模棗也。

【梮】拘玉切音挙沃韻 輿食器也。見〔集韻〕。〔參閱梮字。〕

【梮】居六切音掬屋韻 行山具。以鐵為錐頭。施之履下。所以防蹉跌也。〔漢書溝洫志〕禹治水。山行則—。

【梮】衢六切音局沃韻 栻也。〔廣雅釋器〕栻。—也。〔參閱栻字。〕

【梒】直刃切音診震韻 槇或字。〔集韻〕槇。木名。汁可為酒。或作—。〔按南史劉杳傳。杳在任昉坐。人餽昉—酒。字作槇。昉問此字是否。杳曰。非也。葛洪字苑作木旁耆。〕

【梓】緇詵切音臻真韻將先切音箋先韻 實如小栗。春秋傳曰。女摯不過—栗。見〔說文〕。〔注〕䟽按今五經皆作榛也。〔按說文從木辛。康熙字典誤入六畫。〕

【梥】阻引切音縝軫韻 草木齊曰—。見〔集韻〕。

【梎】苦角切音殼覺韻 枳—。藥名。見〔篇海〕。〔按枳—有實如柚。方書作煅。俗作—。〕

【梶】武斐切音尾尾韻 木杪也。見〔集韻〕。

【梀】他谷切音禿屋韻 杖擢。見〔玉篇〕。

【桬】從性切音淨敬韻 潔也。見〔字彙補〕。

【[illegible]】承呪切音受宥韻　久年也。見〔篇海類編〕。

【[illegible]】胡感切感韻　草木垂實。見〔奚韻〕。

【[illegible]】丘況切漾韻　門框也。見〔五音篇海〕。

【[illegible]】音娑歌韻　木也。見〔篇海類編〕。

【桺】柳本字。見〔說文〕。

【[illegible]】[illegible]本字。見〔說文〕。

【梥】古松字。見〔集韻〕。

【[illegible]】古杠字。見〔字彙補〕。

【[illegible]】古桁字。見〔集韻〕。

【[illegible]】同枹。見〔字彙〕。

【[illegible]】同匝。見〔字彙補〕。

【梄】同槱。見〔字彙〕。

【[illegible]】同黎。見〔字彙〕。

【[illegible]】同棃。見〔字彙補〕。

【[illegible]】同李。見〔五音集韻〕。

【[illegible]】同條。見〔字彙補引石鼓文〕。

【[illegible]】同栝見〔字彙補引光遠集綴〕。

【[illegible]】同梅。見〔篇海類編〕。

【[illegible]】同檜。見〔龍龕手鑑〕。

【椗】[illegible]省文。見〔集韻〕。

【梦】夢俗字。見〔字彙〕。

【梹】檳俗字。見〔字彙補〕。

【梻】[illegible]俗字。見〔集韻〕。

八畫

【梨】良脂切音犂支韻憐題切音黎齊韻

㊀｜果也。見〔說文〕〔段注〕釋木｜山樆。謂｜之山生者曰｜也。樆、本亦作離。子虛賦。騠離朱楊。裴駰引漢書音義云。離、山｜也。〔按｜葉形尖。花白如雪。六出。果實、外皮色褐。內皮色白。以雪｜鵝｜二種爲最佳〕

㊁老也。燕代之北鄙曰｜。見〔方言〕。

㊂謂面如凍｜之色也〔荀子堯問〕顏色｜黑而不失其所。

㊃剺也。〔荀子五輔〕是故博帶｜〔按剺、剺也。｜、剺古通用〕

㊄比也。見〔方言〕……

㊅蛤｜海蚌也〔淮南道應〕盧敖倦龜殼而受蛤｜。

㊆胡｜。蟲名〔古今注〕蜊蛤之小而黃者、曰胡｜。

㊇｜園。樂部別名。〔唐舊禮樂志〕明皇既知音律。又酷愛法曲。選坐部伎子弟三百。教於｜園。聲有誤者。帝必覺而正之。號皇帝｜園弟子。

【棄】詰致切音器寘韻

㊀本作棄〔說文𠦒部〕棄、捐也。从廾推𠦒也。从㐬。㐬、逆子也〔段注〕手部曰。捐、棄也。从廾推𠦒而捐之也。既以廾𠦒會意。又加㐬以箸之。㐬者、不孝子。人所｜也。

㊁去也〔離騷〕不撫壯而｜穢兮。

㊂忘也。見〔爾雅釋言〕。

㊃廢也〔左昭二十九年傳〕水官｜矣。

㊄不得埋曰｜。謂｜之於野也。見〔釋名釋喪制〕。

㊅市死曰｜市。市眾所聚。與眾人共｜之也。見〔釋名釋喪制〕〔又〕漢律被刑爲｜市〔史記高祖紀〕偶語者｜市。

㊆同……文〕本亦作古弄字

【棉】彌延切音綿先韻

㊀木名。出交阯。可爲布。見〔集韻〕〔按廣韻。木｜。樹名。吳錄云。其實如酒杯。中有綿如蠶綿。可作布。又名曰緤。羅浮山記曰。正月花如芙蓉。結子方生葉。子內綿至蠶成卽熟。廣州記云。枝似桐子。葉如胡桃而稍大也。按｜有草本木本二種。草本者、藤類。產西域及南番。原名古終。宋始入江南。莖高四五尺。秋開黃花。實如桃。中有白｜。熟則綻裂。可供紡紗織布。子可以榨油。羅浮山記所載、屬此種。木本者產印度。今粵廣亦有之。原名古貝。俗作吉貝。樹大如抱。高七八丈。廣州記所載屬此種〕

㊁屋聯｜。見〔廣韻〕。

【棊】渠之切音其支韻

㊀簙｜。見〔說文〕〔段注〕竹部曰。簙、局戲也。六箸十二｜。

㊁｜者旗之狀〔史記日者傳〕旋式正｜。

㊂美術所出地名也〔淮南原道〕[illegible]

—衞之衞。

【棋】居之切音姬支韻

根柢也。見〔集韻〕。

【棋】渠之切音其支韻

同棊。〔集韻〕棊博棊。通作—。

【棌】此宰切音采賄韻倉代切音菜隊韻

㊀樹也。見〔玉篇〕。

㊁櫟也。唐虞—椽。見〔集韻〕。

【棍】戶袞切音混阮韻

㊀大束也。〔漢書揚雄傳〕—申椒與菌桂兮。〔按集韻類篇引作束木也〕。

㊁同也。〔漢書揚雄傳〕不可—於世俗之目。

㊂—成。言自然也。見〔文選揚雄賦注引服虔〕。

㊃俗稱鄉曲無賴曰光—。亦謂之地—、痞—。

㊄同混。〔文選揚雄賦〕紛蒙籠以—成。〔注〕—、與混同。

【棎】時占切音蟾鹽韻

果名。似柰而酢。見〔集韻〕。

【棐】妃尾切音斐府尾切音匪尾韻

㊀輔也。見〔說文〕。〔段注〕蓋弓檠之類。〔按通訓定聲云。夾車之木。於輔也義亦合〕。

㊁薄也。見〔漢書燕刺王旦傳集注引服虔〕。

㊂竹器也。所以盛。〔漢書食貨志〕賦、入貢—。

㊃地名。〔春秋文十三年〕鄭伯會公于、—林。

㊄同匪。〔漢書敍傳〕實—諶而相順。〔注〕—讀與匪同。

㊅同篚。〔漢書地理志〕厥—纖文。〔注〕—、與篚同。

㊆同斐。〔左襄三十一年傳〕印段廷勞于—林。〔釋文〕—、本作斐。

【棐】符非切音肥微韻

裴或字。〔集韻〕裴。漢侯國。在魏郡。或从木。

【棑】蒲皆切音排佳韻

㊀—筏也。見〔玉篇〕。

㊁盾也。一曰桴也。見〔集韻〕。

【棑】步拜切音憊卦韻

㊀木名。見〔集韻〕。

㊁船後—木也。見〔玉篇〕。

【棑】蒲蓋切音旆泰韻蒲昧切音佩隊韻

舟前木。見〔集韻〕。

【棒】部項切音蚌講韻

㊀棓杖也。見〔廣雅釋器〕。

㊁同棓。〔集韻〕棓。棓梲也。亦从奉。

【棓】部項切音蚌講韻房尤切音浮尤韻

㊀梲也。見〔說文〕。〔段注〕—、棒、正俗字。天官書紫宮右五星曰天—。淮南書、寒浞殺羿於桃—。

㊁大杖也。〔淮南詮言〕羿死於桃—。

㊂食也。〔方言〕食自關而西謂之—。〔按即連枷打穀具也〕。

㊃根也。見〔廣雅釋草〕。

【棓】蒲侯切音抔尤韻普后切音剖有韻

㊀凡無高下有絕加躡板曰—。〔公羊成二年傳〕踊於—而窺客。

㊁木名。依樹生枝如網。見〔類篇〕。

【棓】蒲來切音培蒲枚切音裴晡枚切音桮灰韻

姓也。漢有—生。鬱林嶺。見〔集韻〕。

【棖】除庚切音傖庚韻

㊀杖也。一曰。法也。見〔說文〕。〔桂注〕杖、當爲枝。謂堂持也。倚約—門柱戶。魯靈光殿賦。枝掌杈枒而斜據。張注。穿、或作—。方言。—、法也。注云救傾之法。

㊁門楔也。〔爾雅釋宮〕—謂之楔。〔李注〕謂楔上兩旁木。〔按鄭箋、—門楔上木〕。

㊂南人以物觸物爲—也。〔文選謝靈運文〕以物—撥之。〔今云—觸〕

㊃隨也。見〔方言〕。

㊄果名。橙也。〔金城記〕欲以—子臣櫻桃。但恨不同時耳。

【棖】直良切音長陽韻

申—。魯人。見〔論語公冶長注〕。〔疏〕孔子弟子。史記云申棠。家語云申續。〔按唐韻古音讀如長〕。

【棗】子晧切音早晧韻

㊀羊—也。从重朿。見〔說文朿部〕。〔段注〕羊、蓋衍文。羊—、即木部之梬。爾雅諸—中之一。與常—絕殊。不得專取以爲訓。蓋此書云—木也。—樹隨地有之。赤心而外朿。非羊—也。釋木曰。槐棘醜喬。棘即—

析言則分—棘紋言則曰棘〔按—葉楕圓。花白而微帶黃色。實有楕圓、尖長二形。產於浙江金華者曰南—。產於直隸山東者曰北—。味尤甘美。〕

㊁早也。見〔禮記曲禮疏〕。

㊂饋食之籩。〔儀禮有司徹〕執—糗坐設之。

㊃棘—酸—也。〔淮南兵畧〕伐棘—而爲矜。〔又〕地名。屬陳留郡。見〔漢書地理志〕。〔按當今河南延津縣北。〕

㊄—驪赤馬也。〔穆天子傳注〕今名馬驃赤者爲—驪。—驪、赤也。

㊅姓也。晉幽州刺史王浚壻—嵩。人呼爲—郎。見〔古今姓氏書辯證〕。

【棘】訖力切音殛職韻

㊀小棗叢生者。从並束。見〔說文束部〕。〔段注〕小棗樹叢生。未成則爲—而不實。已成則爲棗。—庳於棗而束尤多。故从並束會意。

㊁急也。〔詩出車〕維其—矣。

㊂羸瘠也。〔呂覽任地〕—者欲肥。肥者欲—。

㊃陳也。見〔廣雅釋詁〕。

㊄箴也。見〔廣雅釋詁〕。

㊅廉也。〔太玄玄掜〕—木爲杅。

㊆戟也。〔左隱十一年傳〕子都拔—以逐之。

㊇亟也。長言曰亟。短言曰—。〔詩素冠〕—人欒欒兮。

㊈越—。天子之戎器也。見〔禮記明堂位〕。

㊉偪也。〔禮記王制〕西方曰—。

(十一)矢材也。〔文選張衡賦〕桃弧—矢。

(十二)棱廉也。〔詩斯干〕如矢斯—。

(十三)狹小也。〔莊子逍遙遊〕湯之問—也是已。

(十四)垂—。春秋晉地。出美玉。〔左傳〕垂—之璧。

(十五)水名。〔水經淯水注〕—水自新野東南流入淯水。謂之力口。—、力聲相近。當爲—口也。〔今河南方城縣西南有赭水。赭水西南流逕新野縣東爲—水。〕

(十六)、爲叢—。〔易坎〕寘于叢—。〔虞注〕坎多心。故叢—。

(十七)—扈。官名。〔獨斷〕—扈氏農正。掌人百果。

(十八)—蘭。蟲名。見〔爾雅釋蟲〕。

(十九)—鬣魚。魚有堅鰭者。在背鰭腹鰭臀鰭內俱有刺。—故本體色鮮艷。黑質綠章。腹部白色。鮮作楙形。味甘美。可供食用。一名過臘魚。

(二十)天—。藥名。〔本草〕天門冬、一名天—。

(廿一)九—。樹—以爲位者。取其赤心而外刺。象以赤心三刺也。〔周禮朝士〕左九—、孤卿大夫位焉。右九—、公侯伯子男位焉。

(廿二)俗謂事之難辦、曰—手。又新遭大故者自稱—人。

(廿三)—闌。詳闌字。

(廿四)通戟。〔詩斯干〕如矢斯—。〔箋〕—、戟也。〔疏〕古者謂—爲戟。

(廿五)姓也。—子成。見〔論語〕。

【棙】郎計切音麗霽韻

㊀琵琶。其撥曰—。見〔集韻〕。

㊁機—。關—也。〔羅隱妖亂志〕張守一刻木鶴。中記機—。〔如輪軸之類〕。

【棙】力結切音捩屑韻

㊀木名。善破血。見〔集韻〕。〔按—葉卵形。背多細毛。花白而圓。垂垂如鈴。幹之新者作赤色。高則多綟。正字通云。本草作球。陳藏器曰。木文側戾。故曰綟木。〕

㊁紾也。〔韓愈文〕—手覆羹。

【槏】口減切音歉豏韻

槏或字。〔集韻〕槏戶也。一曰牖邊柱。或作—。

【棚】蒲庚切音彭蒲萌切音弸庚韻蒲登切音朋蒸韻

㊀棧也。見〔說文〕。〔段注〕通俗文曰。板閣曰棧。連閣曰—。析言之也。許云。—棧也。渾言之也。今人謂架上以蔽下者曰—。

㊁閣也。見〔廣雅釋室〕。〔按倉頡云。樓閣也。〕

㊂矢藏也。見〔廣雅釋器〕。

㊃攱也。見〔廣雅釋詁〕。

㊄朋黨曰—。〔封氏聞見記〕在館諸生。更相造詣。互結朋黨。以相漁奪。號之爲—。

㊅戰—。邊城守具名。以長木抗于女牆之上。大體類敵樓。可以離合。設之頃刻而就。見〔墨客揮犀錄〕。〔按清時陸軍編制。兵十四人爲一—。〕

【棜】於據切音飫御韻

㊀几屬。見〔玉篇〕。

●承樽器。如案無足。體有—禁。見〔集韻〕〔按禮記玉藻、大夫側尊用—士側尊用禁。注—斯禁也。無足有似於—是以言—〕。

●今之轝也。〔儀禮既夕〕設—於東堂下。

【棟】多貢切音凍送韻

●極也。見〔說文〕。〔段注〕極者、謂屋至高之處。繫辭曰。上—下宇。五架之屋。正中曰—。釋名曰。—中也。居屋之中。〔按阮元棟梁考云屋材之大者曰—曰梁。—者、五架屋由東至西最高中脊下橫木之名。今俗名中梁。梁者屋中四柱。由北至南縱架柱上之木名也。今俗名駝梁。是以—宜三而梁宜二。梁上受短柱以戴—。參閱梁字〕。

●屋檐。〔爾雅釋宮〕—謂之桴。

●星名。〔廣雅釋天〕大角謂之—星。

【棠】徒郎切音唐陽韻

●牡曰—。牝曰杜。見〔說文〕。〔段注〕草木有牡者。謂不實者也。小雅云。有杕之杜。有睆其實。此牝者曰杜之證也。陸璣詩疏曰。赤—與白—同耳。但子有赤白美惡。子白色、為白—甘—。少酢滑美。赤—子澀而酢無味。俗語云澀如杜是也。依陸說、是—杜皆有子。然種類甚多。今之海—皆華而不實。蓋所謂牡者曰—也。〔爾雅釋木〕杜赤—白者—。樊注。白者為—。赤者為杜。按白—即甘—也。似梨而小。木堅韌。葉圓有鋸齒。春開白花。實微酸而甘美可口。海—、一名海—紅。有草本木本兩種。花色淺紅。實如櫻桃〕。

棠圖

●橖也。在車兩旁。橖蹤使不得進郤也。見〔釋名釋車〕。

●棃也。〔山海經西山經〕崑崙之丘有木焉。其狀如—。名曰沙—。

(四)—谿利劒也。〔楚辭離世〕執—谿以剸蓬。

(五)—棃野菜也。樹如棃而小。葉似蒼朮。亦有圓者。三叉者。味微苦。嫩時煠熟可食。或蒸曬代茶。二月開白花。可煠食。或曬乾磨作餅食。

(六)地名。〔春秋隱五年〕公觀魚于—。〔杜注〕高平方與縣北有武唐亭。即魯侯觀魚臺。〔按武唐亭在今山東魚台縣北十二里〕。

(七)姓也。春秋齊大夫—無咎。

【棣】大計切音第他計切音剃霽韻徒二切音地寘韻徒對切音隊待戴切音代隊韻

●白—也。見〔說文〕。〔按白—、即常—。爾雅釋木。常—。—。注。今山中有—樹。子如櫻桃可食。羣芳譜云。—一名郁李。山野處處有之。花及子並似木李。惟子小如櫻桃。熟赤色。五月成實可食。又可入藥。爾雅義疏云。小於櫻桃而多毛。味酢不美。閒居賦云。梅杏郁—之屬。李善注。—、山櫻桃也。據此。—與移、顯為二種。而段玉裁云。常與唐同字。渾言之。則白—亦評唐棣。是混—與移為一物也。參閱移字〕。

棣圖

(二)車下木。見〔廣韻〕。

●—。—。威儀。見〔集韻〕。

(四)無—。地名。〔左僖四年傳〕北至于無—。〔集韻云陳留酸棗縣西南有—城。按當今山東海封縣治〕。

(五)州名。唐置。屬河南道。當今山東惠民縣治。

(六)姓也。王莽司馬—並。見〔廣韻〕。

【棣】徒對切音隊隊韻

移也。見〔集韻引字林〕。

【棣】他計切音剃霽韻

謂通意也。〔漢書律曆志〕萬物—通。

【棣】待戴切音代徒對切音隊隊韻

●—。—。富而閑習也。〔詩柏舟〕威儀—。—。

●通逮。〔詩柏舟釋文〕—、本作逮。

【棥】符袁切音煩元韻

藩也。从爻林。詩曰。營營青蠅。止于—。見〔說文爻部〕。〔段注〕艸部曰。藩、屏也。按齊風折柳樊圃。毛曰。樊、藩也。樊者—之假借。藩、今人謂之籬笆。

【棧】仕限切音碊潸韻士免切音

僾鉄韻士諫切音[illegible]諫韻

(一)棚也。竹木之車曰—。見〔說文〕。〔段注〕許云竹木之車者。謂以竹若木散材、編之爲箱。如棚然。是曰—車。—者上下四旁皆併焉。

(二)淺也。見〔爾雅釋樂注〕。

(三)馬所立木也。〔管子小問〕傳馬—最難。

(四)小橋曰—。見〔韻會〕。

(五)鐘小者謂之—。見〔爾雅釋樂〕。

(六)閣版曰—。見〔通俗文〕。

(七)—車。謂柩車也。〔儀禮既夕〕賓奠幣于—。

(八)—道。飛閣複道相連。〔淮南本經〕延樓—道。

(九)—木。獼木也。江東呼木鮥。〔爾雅釋木〕—木、干木。

(十)—巖。高峻貌。〔文選張衡賦〕—巖巉嶮。

(十一)俗稱逆旅曰客—。商貨屯積處、曰—房。

(十二)通轅。〔儀禮既夕注〕今文—作轅。

(十三)姓也。見〔集韻〕。

【棨】遣禮切音啟薺韻

(一)傳信也。見〔說文〕〔段注〕若今之文書也。漢考文[illegible]關無用傳。李奇曰。傳、—也。師古曰。古者或用—。或用繒帛。—者刻木爲合符也。按用繒帛謂之繻。用木謂之—。此云傳信、是也。

(二)形如戟。有幡書之。吏執爲信。見〔集韻〕。

(三)有衣之戟曰—。見〔後漢郭躬傳注〕。

(四)兵闌也。見〔玉篇〕。

(五)條也。見〔廣雅釋木〕。

【棫】越逼切音域職韻　乙六切音彧屋韻

(一)白桵也。見〔說文〕。〔按爾雅釋木。—、白桵。郭曰。小木叢生有刺。實如耳璫。紫赤可啖〕

(二)—陽。漢宮名。〔漢書郊祀志〕氣蒼若飛鳥集—陽宮南。

【森】疎簪切音參侵韻

(一)木多皃。从林从木。見〔說文林部〕。〔段注〕鍇韻皆云、長木皃。疑鍇韻所據爲長。從林從木。正謂有木出乎林之上也。

(二)森貌。〔文選潘岳賦〕—峯璋以階列。

[illegible]也〔文選[illegible]〕[illegible]備從兮。

(四)—衰。垂貌。〔文選郭璞賦〕蝹蜦—衰以垂翹。

(五)幽暗貌。〔溫庭筠詩〕畫壁陰—九子堂。

【棱】盧登切音崚蒸韻

(一)柧也。見〔說文〕。〔按木四方爲—。又、四隅曰—。八隅曰柧〕。

(二)菱也。〔書大傳〕大夫達—。

(三)剛嚴也。〔後漢王允傳〕剛—疾惡。

(四)神靈之威曰—。見〔漢書李廣傳集注〕。

(五)模—。持兩端也。〔唐書蘇味道傳〕世號模—手。

(六)——。霜氣嚴冬之貌。〔文選鮑照賦〕——霜氣。

【棱】丑升切音僜蒸韻

奚人謂酢柚爲—。見〔集韻〕。

【棲】先齊切音西　千西切音妻齊韻　思計切音細霽韻

(一)匽或字。〔說文西部〕匽或从木妻。〔段注〕蓋从木妻聲也。从妻爲聲。蓋製此篆之時。己分別匽爲東匽。—爲鳥在巢。而其音則近妻矣。詩

可以[illegible]遲[illegible]作[illegible]西遲[illegible]然則雞—于塒。雞—于桀。古本亦必作雞西。論語爲是—。古本亦必作西西。

(二)舉也。見〔詩賓之初筵箋疏〕。

(三)牀也。〔孟子萬章〕二嫂使治朕—。

(四)著也。見〔詩賓之初筵傳釋文〕。

(五)歧也。見〔廣雅釋詁〕。

(六)—遲。游息也。〔詩衡門〕可以—遲。

(七)——。簡閱貌。〔詩六月〕六月——。〔又〕不安居之意也。〔文選班固答賓戲〕——遑遑。

(八)水中浮草曰—苴。〔詩召旻〕如彼—苴。

(九)山處曰—。〔國語越語〕越王句踐—於會稽之上。

【棷】甾尤切音鄒尤韻

木薪也。見〔說文〕〔段注〕按禮運假—爲藪字。

【棷】將侯切音諏尤韻　蘇后切音叟　楚九切音𣃁　此苟切音趣　仕口切音鯫有韻

戚謂之—。見〔集韻〕。

【棷】倉苟切音趣有韻　側溝切尤韻

染也。見[廣韻]。

[棷] 側九切音掫有韻 夜戒守有所擊也。見[集韻]。

[樶] 祖外切音最泰韻 浮也。艐艐皆在郊—。徐邈讀。見[集韻]。

[棸] 甾尤切音鄒。陳留切音儔。尤韻。文九切音紂。士九切音穊。有韻

● 木名。見[集韻]。

● 姓也。晉有—鄒。晉陽令。見[正字通]。

[棹] 直角切音卓覺韻

● 倚卓也。見[正字通]。[按楊億談苑。咸平景德中。主家造檀香倚卓。是即今之椅—也。字或作桌。]

● 木名。[南方草木狀]—樹、緣葉俱似椿。其葉搗汁漬果。呼為—汁。出高涼郡。

[棹] 直教切音櫂效韻 櫂或字。[類篇]。櫂行舟也。或作—。

[棺] 古丸切音官寒韻

● 關也。所以掩屍也。見[說文]。[段注]以疊韻為訓。釋名曰。—、關也。關閉也。[按南史齊宗室傳。弁命辦數十具—材。通俗編云。—材本謂中為—之材木。而世以呼已成之—。]

● 周尸為—。周—為槨。[孝經]。為之—槨衣衾而舉之。

● 完也。[白虎通崩薨]。—之為言完。所以藏尸令完全也。

四 —者榫也。[公羊昭二十年傳注]。持—絮從。

[棺] 古玩切音貫翰韻 古患切音慣諫韻 以—殮也。見[集韻]。

[棼] 符分切音汾文韻

● 複屋棟也。見[說文林部]。[段注]複屋、考工記謂之重屋。木部曰。檼、—也。是曰檼曰—者。複屋之棟也。曰橑者。複屋之椽也。竹部曰。笮者。在瓦之下、—上者也。考工記重屋。鄭以複笮釋之。而他書所稱曰重檐。曰重橑。曰重軒。曰重棟。曰重—。各舉其一為言耳。

● 閣也。見[廣雅釋室]。

● 棟也。見[後漢班彪傳注]。

四 麻布也。[周禮巾車]素車—蔽。

五 亂也。[左隱四年傳]猶治絲而—之也。

[棼] 文吻切音憤吻韻 人名。楚有伯—。見[集韻]。

[椀] 烏管切音盌旱韻

● 小盂也。見[類篇]。

二 盌或字。[集韻]。

[椁] 光鑊切音郭藥韻

● 葬有木𩫏也。見[說文]。[段注]木𩫏者、以木為之。周於棺。如城之有𩫏也。檀弓曰。殷人棺—。注。—大也。言郭大於棺也。

二 廓也。槨之為言廓。所以開廓辟土。無令迫棺也。見[白虎通崩薨]。

三 木名。見[廣韻]。

四 度也。[考工記輪人]。—其漆內而中詘之。[司農注]。—者度兩漆之內相距之尺寸也。

五 —席。藏中神坐之席也。見[周禮司几筵注]。

[椄] 即涉切音接 七接切音妾葉韻

● 續木也。見[說文]。[段注]今栽花植果者。以彼枝移—此樹。而華果同彼樹矣。—之言接也。今接行而—廢。

● 木名。見[類篇]。[按即—慮李類。今麥李是也。樹小而多刺。葉圓長。面青背白。實細小有溝道。生紫熟赤。與麥同熟。山中有之。]

[椄] 疾葉切音捷 悉協切音燮葉韻 —槢。梁也。見[集韻]。

[椅] 於宜切音猗支韻 於義切音意寘韻

梓也。見[說文]。[段注]釋木曰。—、梓。渾言之也。衛風傳曰。—、梓屬。析言之也。—與梓有別。故詩言—桐梓漆。其分別甚微也。故爾雅說文渾言之。[按—即檥也。類楸。梓實桐皮。疏理白色。有美文。可作琴。]

椅圖

【椅】隱綺切音倚紙韻

(一)—柅。木弱皃。見〔集韻〕。

(二)坐具。後有倚者。見〔正字通〕。〔按通雅云。倚卓之名。見於唐宋。而小說中有—桌字。但當用倚卓。然致朱子家禮載用器具有卓子交—。亦以—爲之。是不得斥爲俗也。〕

【椆】之由切音周陳畱切音儔尤韻丁聊切音貂蕭韻巳幼切音救宥韻

(一)—木也。見〔說文〕。〔按類篇云。寒而不彫者。〕

(二)水名。〔莊子讓王〕卞隨自投於—水。

【梮】職救切音呪宥韻

木—。船篙木也。見〔廣韻〕。

【椇】果羽切音矩麌韻

(一)枳—也。見〔玉篇〕。〔按正字通云。本作枸。石經改作—。一名石李。一名雞距子。一名木屈櫟。梵書謂之木蜜。〕

(二)俎足曲而下。見〔類篇〕。

【棸】拘玉切音挶沃韻〔與蕪、椇、不同。〕

(一)所以舉食者。見〔說文〕〔段注〕〔按—、梮、二字同。—、四圍有周無足。置食物其中。人舁以進。別於案者。案、一人扛之。—、二人對舉之也。〕

(二)輂也。見〔廣雅釋器〕。〔按漢書溝洫志韋昭注。梮、木器。如今輂牀。人輂以行也。左襄九年傳杜注。梮、土輂也。段玉裁云。梮同—。人輂、土輂、與食輂。形制則一。而朱駿聲云。疑輂人與土之梮。即輂字。非—字也。廣雅失之存參。〕

【椊】昨沒切音捽月韻

(一)柱頭枘也。見〔集韻引字林〕。

(二)—杌。以柄內孔。見〔廣韻〕。

【椊】秦醉切音萃寘韻

木朽。見〔集韻〕。〔正字通云。與檗字同。〕

【椌】枯江切音腔江韻

柷樂也。見〔說文〕〔段注〕謂之—者。其中空也。〔按—形如漆桶。方二尺四寸。深尺有八寸。沒椎其中。左右擊之以節樂。其椎名止。謂止衆音而始樂也。互詳柷字。〕

【椌】姑公切音空東韻

(一)器朴。見〔集韻〕。

(二)虛也。見〔洪武正韻〕。

【植】丞職切音寔逐力切音直職韻時吏切音侍竹吏切音置直吏切音樴寘韻

(一)戶—也。見〔說文〕〔段注〕釋宮曰。—謂之傳。郭曰。持戶鎖—也。—當爲直立之木。徐鍇以爲橫鍵。非也。按今豎直木而以鐵了鳥關之。可以加鎖。故曰持鎖—。

(二)樹也。〔周禮田僕〕令獲者—旌。

(三)建也。見〔漢書賈誼傳集注〕。

(四)立也。見〔方言〕。

(五)長也。〔淮南主術〕五穀蕃—。

(六)多也。見〔廣雅釋詁〕。

(七)猶種也。〔文選班固賦〕—華平於春囿。

(八)志也。〔楚辭招魂〕弱顏固—。

(九)倚也。〔論語微子〕—其杖而芸。

(十)置也。〔書金縢〕—璧秉珪。

(十一)稜也。〔周禮大宗伯注〕雙—謂之桓。〔疏〕—、即稜也。

(十二)槌也。〔方言〕槌宋魏陳楚江淮之間謂之—。

(十三)柱也。〔考工記匠人注〕於四角立—而縣。〔疏〕—、即柱也。

(十四)謂材也。〔淮南覽冥〕幷—坐梓而不容毀。

(十五)築城楨也。〔周禮大司馬〕屬其—。

(十六)謂部曲將吏。見〔周禮大司馬司農注〕。

(十七)謂剛而尊己。〔禮記檀弓〕行幷—於晉國。

(十八)醮界頭、造屋山以待諫者也。〔莊子田子方〕則列士壞—。

(十九)—耳。竦耳而聽也。〔淮南人間〕諸侯必—耳。

(二十)—物。根生之屬。〔周禮大司徒〕其—物、宜阜物。

(廿一)—蟲。凡動物之具有—物形態者。如海百合鐵樹等。統稱—蟲。

【椎】傳追切音追支韻

(一)所以擊也。齊謂之終葵。見〔說文〕。〔段注〕器曰—。用之亦曰—。方言曰。㧚、抌、—也。考工記。大圭長三尺。杼上終葵首。注曰。終葵、—也。爲—於其杼上。明無所屈也。按考工記。終古、終葵、禪、皆用齊語。

(二)推也。見〔釋名釋用器〕。

(三)打也。見〔三蒼〕。

(四)謂訥鈍也。見〔漢書周勃傳注〕。

(五)謂棵鈍也。〔史記絳侯周勃世家〕其—少文如此。〔漢書注〕棵鈍如—也。〕
(六)拙語謂—。見〔漢書周勃傳集注引應劭〕
(七)脊節謂之—。〔素問刺熱〕三—下間主胃中熱。〔按人體以脊柱爲中軸。凡有三十三枚之短骨。此各短骨曰—骨。因其所在之位置。有頸—、胸—、腰—、薦骨—、尾骶骨—等諸名。〕
(八)俗謂髮落頭禿爲—。見〔匡謬正俗〕
(九)—髻。獨髻也。〔後漢度尙傳〕—髻鳥語之人。
(十)通鏈。〔晉帝命驗〕握石—〔注〕—讀曰鏈。
(十一)同槌。〔爾雅釋訓注〕—、謂胃也。〔釋文〕—本作槌。
(十二)日本語謂排字曰—。誤排曰誤—。

【椎】朱惟切音隹支韻

木名。似栗而小。見〔集韻〕

【椐】斤於切音居丘於切音墟魚韻居御切音據御韻苟許切音舉語韻

(一)樻也。見〔說文〕〔段注〕大雅其檉其—。釋木毛傳皆云。—、樻也。陸璣云。節中腫似扶老。卽今靈壽是也。今人以爲馬鞭及杖。
(二)疎籬也。〔釋名釋用器〕疎籬。靑徐曰—。—、居也。居于中也。
(三)—、相隨之貌。〔文選枚乘七發〕——彊彊。

【椑】駢迷切音鼙邊迷切音髀齊韻

(一)閤榼也。見〔說文〕〔段注〕漢書曰。美酒一—。按考工記廬人句兵—。注云。—、隋圜也。
(二)齊人謂柯斧爲—。見〔玉篇〕

【椑】賓彌切音卑支韻

木名。實似柹而靑。見〔集韻〕〔按—實大如杏。擣汁爲漆。可染罾扇諸物。今製雨繖者多用之。故一名漆柹。或曰—柹。〕

【椑】毗亦切音闢陌韻蒲歷切音甓錫韻

棺也。見〔集韻〕

【椑】頻彌切音裨支韻

縣名。屬琅琊郡。見〔漢書地理志〕

【榜】蒲庚切音彭晡橫切音絣庚韻

(一)所㠯輔弓弩也。見〔說文〕〔段注〕經傳未見此義。竹部曰。䉶、—也。假借之義也。辭章家用—人。則舟部之舫人也。〔按今隸作榜。玉篇引說文爲訓。〕
(二)輔也。見〔廣雅釋詁〕
(三)投也。見〔廣雅釋詁〕
(四)擊也。見〔漢書東方朔傳集注〕

【榜】補朗切音榜養韻補曠切音謗漾韻

(一)木片也。見〔集韻〕
(二)表列取士次第之狀曰—。〔杜牧詩〕平明放—未花開。
(三)船也。見〔爾雅釋水〕
(四)笞也。〔後漢陳寵傳集注〕搒、卽榜也。古字通用。聲類曰。笞也。
(五)相譽曰標—。〔後漢李膺傳〕海內希風之流。遂共相標—。

【椒】玆消切音焦蕭韻子肖切音醮嘯韻

(一)本作茮。〔說文艸部〕茮。茮莍也。从艸。尗聲。〔段注〕此三字句。猶詩之—聊也。單呼曰茮。絫呼曰茮莍。茮聊。唐風—聊之實。〔毛〕曰。—聊。—也。釋木曰。—樧醜莍。樧大—。神農本草經有蜀—。又有秦—。爾雅、本草、陸疏、皆入木類。今驗實木也。而說文从艸。此沿自古籀者。凡析言有草木之分。統言則草亦木也。故造字有不拘耳。〔按—有木本草本二種。木本者、俗名花—。落葉灌木。幹作灰黑色。多小疣。葉堅滑茂密。色深綠。柄下有刺。春開小花。色黃綠。實似食茱萸。至秋開綻。子黑色。味辛氣郁。葉與果實。其香尤烈。大者名欓。產秦地。亦曰秦—。小者名蔱藙。產蜀地。亦曰蜀—。文名川—。草本者、俗名辣—。茄類。卽番—也。實甚辣。又有胡—者。其苗蔓生。葉如扁豆。正月開黃白花。實如梧桐子。纍纍緣藤上。味辛辣。俗多用以調食。〕
(二)香物所以降神也。〔離騷〕懷—糈而要之。
(三)猶飶也。〔詩載芟〕有—其馨。
(四)—酒。—酒中也。見〔後漢邊讓傳注〕
(五)—房。皇后所居。以—泥塗也。見〔後漢李固傳注〕
(六)山—。山頂也。〔文選謝莊賦〕菊散芳於山—。

⑦夫一山名。卽包山。當今江蘇吳縣西洞庭山。

⑧土高四墮曰一丘。〔離騷〕馳一丘且焉至息。

⑨姓也。春秋時一舉。

【椓】竹角切音斲覺韻

①擊也。見〔說文〕。〔段注〕此與攴部敎音義皆同。詩云一之丁丁。

②謂擢土也。〔詩斯干〕一之橐橐。

③謂一毀陰也。〔詩召旻〕昏一靡共。〔箋〕一、毀陰者也。〔按集韻引字林作斀。去陰刑。〕

④椎也。見〔廣雅釋詁〕。

⑤訴也。〔左哀十七年傳〕太子又使一之。

【梚】同都切音徒虞韻

①木名。楸也。見〔集韻〕。

②木枝四布。見〔玉篇〕。

【椋】呂張切音良陽韻

卽來也。見〔說文〕。〔段注〕釋木曰。一、卽椋。釋文曰。一、字林作來。唐本草謂之一子木。

【⿰木委】儒隹切音蕤支韻

桵或字。〔集韻〕桵。木名。說文、白桵棫。或从委。

【⿰木委】邕危切音逶支韻

田器。見〔集韻〕。

【椏】於加切音鴉麻韻

木一杈。見〔玉篇〕。〔按集韻引方言。江東謂樹歧曰杈一。〕

【椏】倚可切音閜哿韻　阿个切音痾箇韻

椏一。樹衺。見〔集韻〕。

【梎】余救切音狖宥韻

木名。見〔類篇〕。

【奞】職追切音錐支韻

木名。似桂。見〔廣韻〕。

【棐】莫背切音瞀隊韻

木也。見〔篇海〕。

【棥】卑巾切音彬眞韻

木分也。見〔集韻〕。

【棅】陂病切音柄敬韻

柄或字。見〔說文〕。〔段注〕莊子天道篇。天下奮一而不與之偕。管子山權數篇。此謂君一。按古文又以秉爲柄。如左傳國子實執齊秉。前五行志殺生之秉終矣。

【棅】丙永切音丙梗韻

柄或字。〔集韻〕柄。持也。或作柄、一。

【棆】株倫切音屯　龍春切音倫眞韻

母杶也。讀若易卦屯之屯。見〔說文〕。〔段注〕母杶、當作毋杶。釋木。一、無疵。古毋、無通用。玉篇。一、木名也。杶、無杶木也。蓋謂一物也。廣韻云。無杶木、一名一是也。

【楤】麤叢切音怱東韻　千弄切音謥送韻

楤兩頭銳者。見〔集韻〕。

【楤】損動切音總董韻

木名。見〔集韻〕。

【棈】倉甸切音蒨霰韻　親盈切音清庚韻

木名。見〔玉篇〕。

【槯】所還切音刪刪韻

連栟木也。見〔川篇〕。

【椑】平移切音皮支韻

囷蓋。見〔奚韻〕。

【樾】渠勿切音倔物韻

堀土也。見〔字彙補引釋典〕。

【椈】音菊屋韻

枸子也。見〔川篇〕。

【⿰木被】音彼紙韻

木也。見〔川篇〕。

【椇】音菊屋韻

山行乘之。見〔海篇〕。〔按卽檋字之譌。〕

【桼】桼本字。見〔說文〕。

【柬】古直字。見〔集韻〕。

【桺】古柳字。見〔字彙補〕。

【棢】古網字。見〔廣韻〕。

【[illegible]】古榗字。見〔集韻〕。〔按舊字典誤入十畫。今移此。〕

【寴】古親字。見〔集韻〕。

【⿰木奉】菶籀文。見〔字彙補〕。

【棚】同槊。見〔川篇〕。

【⿰木茸】同槲。見〔篇海類編〕。

【栔】同契。見〔五音集韻〕。

【椊】同椊。見〔龍龕手鑑〕。

【桬】同栥。見〔篇海〕。

【榊】同楠。見〔川篇〕。

【橈】同橈。見〔集韻〕。

【楙】同疏。見〔廣韻〕。

【栿】㕘俗字。見〔正字通〕。

【桊】桊譌字。見〔正字通〕。

【橊】榴譌字。見〔正字通〕。

【槖】橐譌字。見〔正字通〕。

【桪】桲譌字。見〔正字通〕。

九畫

【椯】都果切音朵。哿韻。楚委切音揣。紙韻

●箠也。一曰度也。一曰剟也。見〔說文〕。〔按〕訓度者。與揣音義略同。又訓剟者。—剟雙聲。義亦相通也。

●𣏌也。〔太玄經〕狂馬—木。〔按—、一本作揣。〕

【椯】淳沿切音遄。先韻

木名。見〔集韻〕。

【椯】徒官切音團。寒韻

器名。〔急就篇〕—槌棰。〔注〕—、碑本作揣。

【椴】徒玩切音段。都玩切音鍛。翰韻

●木名。〔爾雅釋木〕—、柂。〔注〕白—也。樹似白楊。〔義疏〕今—木皮白者爲白—。葉大如白楊皮赤者爲赤—。葉如水楊。

椴圖

●木槿也。〔爾雅釋草〕—、木菫。〔詳槿字〕。

●榻杙也。江東呼都。〔方言〕橛燕之東北朝鮮洌水之閒謂之—。

【椵】舉下切音檟。馬韻

木名。可作牀几。見〔說文〕。〔通訓定聲〕爾雅。椵、—。注柚屬也。子大如盂。皮厚二三寸。中似枳。食之少味。按—葉似檲甚大。陰廣。其下常蔭。人祓。高麗人作人祓贊曰。三椏五葉。背陽向陰。欲來求我。—樹相尋。說文繫傳。—、梓屬非。〔按羣芳譜〕—木葉最大。有類團扇。其皮可以當麻。取爲魚網之綱。牢固勝常。〕〔又〕木名。松杉類。產寒地。似樅而葉長。葉背有二白條。毬果圓錐形。其色灰綠。爲異材中建築。

椵圖

【椵】居迓切音駕。禡韻

杙也。〔集注〕博雅。杙也。所以舉物。或作椵、架。亦畜作枷。〔按王念孫廣雅疏證本作椵杙也。引方言爲證。又爲之說曰。椵之言段也。今人言木一段兩段是也。椵各本作—。今訂正。〕

【椵】何加切音遐。麻韻

四械也。見〔集韻〕。〔按舊注誤入椵字下。今正。〕

【椵】居牙切音加。麻韻

●繫犬具也。〔周禮封人注〕衡設於鼻。如—狀也。〔疏〕僨於犬上謂之—。

●通枷。〔集韻〕—、四械也。通作枷。

【椶】祖叢切音騣。東韻

●栟櫚也。可作萆。見〔說文〕。〔按—木高丈餘。聳直無枝。幹杪叢生大葉。分裂如破扇。葉柄甚長。柄下有鞣。裹於幹周。各鞣相重。遂成層節。花黃白色。春夏之交。孕葉叢中。黃苞被之。花細如魚子。故稱—魚。亦曰—筍。可蜜漬而食。結實纍纍如豆。其材赤黑色。宜爲鐘杵。亦可旋器。鞣有韌絲如鬃毛。可織雨衣。產川廣者良。今江南多有之。〕

椶圖

●—竹。亦—櫚類。高丈許。幹無旁枝。全形極似—櫚而小。其葉又似竹。故名。

●㯶—。草名。狀似—。有葉無花。見〔本草圖經〕。

【椷】居咸切音緘。咸韻

匧也。見〔說文〕。栝。趙魏之間曰—。見〔方言〕。

【椷】胡南切音函覃韻

函也。藏也。容也。〔漢書天文志〕辰星過太白間可—劍。〔按今謂封信曰—本此。〕

【椹】知林切音碪侵韻

㈠斫木櫍也。以鐵爲之。〔爾雅釋宮〕—謂之榩。

㈡射正也。〔周禮司弓矢〕王弓弧弓。以授射甲革—質者。〔注〕樹—以爲射正。試弓習武也。

㈢—質古刑具。〔史記范雎傳〕今臣之胷不足以當—質。〔注〕—者莝—也。質、剉刃也。謂腰斬者爲—質也。

【椹】食荏切音葚寢韻

桑實也。見〔集韻〕。

木上菌也。〔博物志〕江南諸山大樹斷倒者。經春夏生菌。謂之—。

蕈—黃蕈別名。見〔本草〕。

㈣同葚。〔詩氓〕無食桑葚。〔釋文〕葚、本作—。

㈤通黮。〔詩泮水〕食我桑黮。〔白帖作—〕。

【椽】直緣切音傳先韻

㈠榱也。見〔說文〕。〔按左桓十四年傳以大宮之—歸爲盧門之—。釋文。圜曰—。方曰桷。〕

㈡傳也。相傳次而布列也。見〔釋名釋宮室〕。

㈢猶梯也。〔管子侈靡〕椽能踰則—于踰。

【楁】轄格切音垎陌韻

㈠鞍—。見〔廣韻〕。

㈡椸架也。見〔集韻〕。

【楂】鋤加切音查麻韻

㈠水中浮木。一曰柴門。見〔集韻〕。

㈡——。鵲聲。〔韓愈詩〕鵲鳴聲——。

㈢同樝。果名。〔劉禹錫詩〕傖父饋酸—。

㈣通槎。亦作查。〔韻會〕歐陽氏曰。張騫乘槎。乃此—字。亦作查。博物志。仙查犯牛斗。杜詩查上見張騫。

【⿰木侯】胡溝切音侯尤韻

㈠—桃。果名。見〔集韻〕。

㈡—楡。灌木名。杉之變種。枝條細長。狀如猿猴之伸手。

㈢—櫟木名。見〔篇海〕。

【楅】筆力切音逼職韻 方六切音福屋韻

㈠以木有所逼束也。詩曰。夏而—衡。見〔說文〕。〔按詩閟宮傳。—衡、設牛角以—之也。周禮封人設其—衡。注。—設于角。衡設于鼻。如椵狀也。〕

㈡糗也。〔周禮鼈人注〕鮑者于—室中糗乾之。

【楅】拍逼切音偪職韻

承矢器。〔儀禮鄉射禮〕命弟子設—。〔注〕—、猶幅也。所以承笴矢者。〔疏〕若布帛有邊幅齊整之義。

【楆】伊消切音腰蕭韻

㈠棗名。子細腰。見〔集韻〕。

㈡同要。〔爾雅釋木〕邊要棗。〔注〕子細腰。今名鹿盧棗。

【楊】余章切音陽陽韻

㈠—木也。見〔說文〕。〔按—木有數種。水—一名青—。爾雅謂之蒲柳。有青皮白皮二類。葉圓闊而尖。枝短勁。可充箭材。花與柳同。白—木高大。葉圓似梨而肥大有尖。面青背白。有鋸齒。嫩葉可救荒。老葉可作酒麴。材細白而堅。用爲梁栱。終不撓曲。移—即唐棣。見移下注。松—即椋子木。高二三丈。徑圍達三尺。樹皮紫黑色。葉似柿。質厚有毛。夏開小白花。結實細圓。生青熟黑。其木堅重。煮汁色赤。中車輞材。赤—較松—尤高。葉作長橢圓形。周生淺鋸齒。早春先葉開花。紫褐色。結實橢圓。以小鱗密疊而成。又檉柳亦名赤—。與此名同物異。黃—爲小灌木。矮者盈尺。高不逾丈。枝條繁茂。葉小而光。質厚如革。有似初生槐葉。四時不凋。春夏之交。葉腋綴小花。作淡黃綠色。木材堅緻難長。可作梳櫛。刻印最良。埤雅曰。黃—歲長一寸。閏年倒長一寸。又—櫨。木名。一名空疏。所在皆有。生籬垣間。其子爲莢。見唐本草。〕

楊圖

㊁水名。〔山海經中山經〕陽華之山。—水出焉而西南流注于洛水。
㊂山名。〔酉陽雜俎〕公有—山之稱。南海之粗。
㊃縣名。漢置。屬河東郡。當今山西洪洞縣東南。
㊄姓也。〔姓苑〕—姓出弘農天水二望。
㊅白—刀也。見〔廣雅釋器〕。
㊆—桐草名。〔茶譜〕湘人以四月四日採—桐草。搗其汁拌米而蒸。猶糕糜之類。
㊇—梅果名。〔本草綱目〕—梅葉如龍眼及紫瑞香。冬月不凋。二月開花結實。形如楮實子。五月熟。有紅白紫三種。紅勝於白。紫勝於紅。顆大而核細。鹽藏蜜漬糖收皆佳。其形如水—子而味似梅。故名。

楊梅圖

【楺】陀沒切音突月韻
㊀戶之持樞者。見〔埤蒼〕。
㊁楯也。傳也。見〔廣韻〕。

【楰】同楺。見〔韻會〕。

【楎】胡昆切音渾元韻古本切音衮阮韻
六叉犁也。一曰犁上曲木犁轅也。見〔說文〕〔通訓定聲〕每犂三叉。二牛耦耕。共用三人。其上爲樓。貯穀下種。亦名三腳樓。今陝甘農家用之。〔按段本改六叉爲六叉。存參〕

【楎】吁韋切音暉微韻居云切音君文韻
㊀㮶也。〔爾雅釋宮〕杙在牆者謂之—。
㊁縣衣具亦曰—。〔禮記曲禮〕不敢縣于夫之—椸。〔注〕杙也。〔郭注〕直曰—。橫曰椸。同類之物。

【楑】求癸切音揆紙韻
㊀—木也。一曰度也。見〔說文〕。
㊁同揆。〔易睽辭〕初率其辭而揆其方。〔注〕揆、度也。

【楑】渠惟切音葵支韻
柊—。椎也。見〔廣雅釋器〕。〔按周禮考工記作終葵。義同〕。

【楆】乳兗切音耎銑韻
㊀紅藍。見〔玉篇〕。
㊁木名。樗棗也。似柹而小。見〔集韻〕。

【楆】人之切音而支韻
檽或字。〔集韻〕檽。木名。一曰木耳。或从耎。

【楔】先結切音屑吉屑切音結屑韻
㊀櫼也。見〔說文〕。〔按說文櫼篆。段注曰。木工於鑿柄相入處有不固。則斫木札—入固之。〕
㊁柱也。〔禮記喪大記〕小臣—齒用角柶。
㊂棖謂之—。見〔爾雅釋宮〕。〔注〕門兩旁木。
㊃鼓也。〔楚辭招魂〕—梓瑟些。
㊄木名。似松有刺。〔文選左思賦〕楔杵—樅。
㊅果名。〔爾雅釋木〕—、荆桃。〔注〕今櫻桃。
㊆曲本發端處。別爲一節。名曰—子。

【楔】訖黠切音戛黠韻
門兩旁木。見〔集韻〕。

【楕】他果切音妥哿韻
㊀橢、—脫也。見〔方言〕。〔按錢氏箋疏本作撱撱脫也。與廣雅釋詁撱墮脫也。辨義相應。存參〕。
㊁盛觛器也。見〔急就篇〕。〔按一切經音義十一引倉頡。橢、盛觛物也。正字通曰。—同橢省。又字彙訓作木器。義畧同〕。

【楖】子悉切音唧質韻
—栗。木名。可爲杖。〔范成大詩〕病憐—栗隨身慣。

【楖】側瑟切音節屑韻
㊀同櫛。〔考工記總敘〕刮摩之工。玉、—、雕、矢、磬。〔注〕—讀如巾櫛之櫛。
㊁同枇。〔莊子庚桑楚〕簡髮而枇。〔釋文〕枇、又作櫛。亦作—。

【楗】渠建切音健願韻巨展切音鍵銑韻
㊀距門也。見〔說文〕。〔王注〕杜篤論都賦。樞閤門之反。距司馬遷傳。去—莢。服虔曰。門戶—牡也。又名劍移。或作𨵦。〔按朱駿聲曰。今蘇俗謂之木鏡。北牝爲管爲閉。其牡爲—〕。

㊁或作鍵。〔禮記月令〕修鍵閉。〔蔡邕章句〕鍵關牡也。
㊂亦作揵。〔老子〕善閉者無關揵。〔釋文〕揵距門也。

【⿰木健】渠建切音健願韻
剛木。見〔集韻〕。

【楗】九輦切音蹇銑韻　遼脅切音券霰韻　紀偃切音湕阮韻
馬行不利也。〔考工記輈人〕終日馳騁。左不—。〔注〕—讀爲蹇。

【楘】莫卜切音木屋韻
㊀車歷錄束交也。詩曰。五—梁輈。見〔說文〕。〔按詩小戎傳。五五束也。—歷錄也。一輈五束。束有歷錄。疏。恐易折。以皮束之。因以爲飾。釋文作鞪。〕
㊁複也。重複非一之言也。見〔釋名釋車〕。

【楙】莫候切音茂宥韻
㊀木盛也。見〔說文林部〕。〔王注〕漢書律曆志。君主種物。使長大—盛也。
㊁果木名。〔爾雅釋木〕—。木瓜。〔注〕實如小瓜。酢可食。〔按—木高二三丈。其幹皮剝落如鱗。葉作卵形而尖。背多微毛。春日開花。五瓣。色鮮紅可愛。實似梨而長。多凹凸不正。秋末黃熟。嗅之香烈。味澀不可食。〕

【楚】瘀所切音礎語韻
㊀叢木。一曰荊也。見〔說文〕。〔王注〕—是一木之名。故必先云叢木。以見字之從林也。荊本叢物。徐鍇引謝脁詩。平楚正蒼然是也。
㊁扑撻之具。〔禮記學記〕夏—二物。收其威也。〔按後漢王允傳。以允素高。不欲更以—辱。注。—訓苦。痛。〕蓋本—木之—。引申爲痛—之—。
㊂痛也。〔文選陸機詩〕慷慨含辛—。
㊃辛也。其地蠻多而性急。數有戰爭。辛—之禍也。見〔釋名釋州國〕。
㊄陳列貌。〔詩賓之初筵〕籩豆有—。
㊅南方之稱。〔文選史岑頌〕朔風變—。
㊆國名。周成王封熊繹於—。居丹陽。歷世強盛。至王負芻。滅於秦。〔又〕五代時馬殷據湖南。併取嶺南諸州。傳至希萼。稱—王。後其地爲南唐所取。
㊇州名。唐置。屬淮南道。當今江蘇淮安縣治。〔又〕梁州名。屬巴郡。當今四川巴縣地。
㊈—服。鮮服也。〔國策秦策〕不韋使—服而見。
㊉——。叢生貌。〔詩楚茨〕——者茨。〔又〕鮮明貌。〔詩蜉蝣〕衣裳——。〔按說文引作髗髗。〕
⑪翹—。秀異也。〔春秋序〕實爲翹—。〔按正字通曰。—木中獨高起者曰翹—。人之出類者亦曰翹—。〕
⑫茇—。草名。羊桃也。見〔詩隰有萇楚傳〕。
⑬鸝黃。自關而西或謂之—雀。見〔方言〕。
⑭姓也。春秋有—隆。趙襄子家臣。

【楚】瘡據切音儊御韻
—利。見〔廣韻〕。〔韻會云。心利也。〕

【楛】後五切音戶　康五切音苦韻
㊀—木也。詩曰。榛—濟濟。見〔說文〕。〔按陸璣詩疏曰。—形似荊而赤。莖似蓍。上黨人織以爲牛筥箱器。又屈以爲釵。〕
㊁矢材也。〔國語魯語〕武王時。肅慎貢—矢石砮。
㊂惡也。〔荀子勸學〕問—者勿告也。告—者勿問也。說—者勿聽也。
㊃不堅固也。〔荀子富國〕芒軔僈—。

【楝】郎甸切音鍊霰韻
㊀—木也。見〔說文〕。〔按—爲落葉喬木。高二三丈。幹有光澤。散生小白點。其葉繁密如槐。初夏開淡紫花。結實似棗而小。生青熟黃。垂垂如鈴。故名金鈴子。可入藥。又苦—。亦木名。爾雅翼以爲—之別稱。非是。樹小於—。夏開淡綠小花。幹葉俱有苦味。結實如豌豆大。名苦—子。〕

楝圖

或作欄。〔考工記㡛氏〕湅帛以欄爲灰。〔注〕以欄木之灰漸釋其帛也。〔釋文〕欄、音練。李又來殿反。或音蘭。

【楞】盧登切音棱蒸韻

｜伽。佛國名。釋氏因以名經。〔翻譯名義〕佛住南海濱。入｜伽國。摩羅耶山而說此經。梵語｜伽。此云不可往。唯神通人方能到也。或翻無上。謂此經法是無上寶。梵音首｜嚴。華言一切畢竟堅固也。見〔翻譯名義〕。棱或字。見〔集韻〕。

【楟】徒丁切音亭靑韻

棃也。見〔廣雅釋木〕。〔按本草綱目曰。楊慎丹鉛錄。言尹伯奇采｜花以濟飢。注者言｜卽山棃。乃今棠棃也。未知是否。〕劃也。見〔廣雅釋詁〕。〔按今本作挬。从手。一切詩經義八。｜、古文敕敦挬三形。今作挬。〔同〕。

【楡】容朱切音俞虞韻

木名。〔說文〕｜、白枌。〔按陸璣草木疏。｜有十種。葉皆相似。皮及木理異。爾雅釋｜者三。一曰藲荎。郭注。今之刺｜。疏。詩唐風山有樞是也。一曰無姑。其實夷。郭注。無姑姑｜也。生山中。葉圓而厚。所謂蕪荑是也。一曰｜、白枌。疏。詩陳風東門之枌是也。又本草綱目。榔｜生山中。狀如｜。其皮有滑汁。秋生莢如大｜。又曰。大｜二月生莢。榔｜八月生莢。可分別。〕

楡圖

❶山名。〔山海經大荒北經〕大荒之中有｜山。
❷州名。遼置。屬中京道大定府。當今內蒙古喀喇沁右翼南一百之東南。
❹姓也。後漢有｜棘。
❺白｜。星也。〔古樂府〕天上何所有。歷歷種白｜。
❻桑｜。晚景也。〔史記孟嘗君傳〕年歲有說。桑｜行盜。〔注〕日將夕。在桑｜間。言晚暮也。
❼藥｜。澤名。〔漢書西南夷傳〕其外西自桐師以東北至藥｜。〔注〕因澤名立號。後爲縣。屬益州郡。〔當今雲南太和縣東北〕。
❽｜中。縣名。漢設。屬金城郡。當今甘肅金縣治。
❾地｜。草名。〔正字通〕地｜初生布地。獨莖直上。葉似｜。稍狹細。花紫黑色。根外黑裏紅。似柳根。葉可代茶。解熱。根可釀酒。
❿通俞。〔周禮疾醫注〕岐伯｜柎。〔釋文〕｜、本作俞。
⓫借作輸。〔太玄瑩〕｜漏率剡。〔注〕｜、猶寫也。
⓬借作搖。〔素問骨空論〕折使｜臂齊肘。

【楣】旻悲切音眉支韻

❶本作㮐。〔說文〕㮐。屋邊聯也。齊謂之檐。楚謂之梠。秦謂之㮐。〔通訓定聲〕亦曰㢘。廣雅釋室。㮐、梠也。
❷眉也。近前若面之有眉也。見〔釋名釋宮室〕。
❸屋上梁衡亦曰｜。〔儀禮鄉射禮〕堂則物當｜。〔注〕是制五架之屋也。正中曰棟。次曰｜。前曰庪。
❹｜謂之梁。見〔爾雅釋宮〕。〔注〕門戶上橫梁。

【楦】呼縣切音絢霰韻

❶履法也。見〔說文〕。〔通訓定聲〕字亦作楦。蘇俗謂椷頭削木如屨形。置屨中。使屨成如式。平直不皺。
❷凡物之模形亦曰｜。〔朝野僉載〕唐楊炯每呼朝士爲麒麟｜。曰。今弄假麒麟者。必修飾其形。覆之驢背。及去皮。還是驢。

【楥】於容切音邕冬韻

❶木名。〔爾雅釋木〕｜、柜桏。
❷雝也。見〔集韻〕。

【楥】于元切音袁元韻

木名。一曰欄也。見〔集韻〕。

【楥】于權切音員先韻

❶離落也。見〔六書故〕。
❷紛緩。見〔洪武正韻〕。

【⿱削木】所敎切音稍效韻

❶剡木殺上也。見〔類篇〕。
❷梢或字。〔廣韻〕梢木上小。或作｜。

【楨】知盈切音貞庚韻

(一)剛木也。見〔說文〕。〔按山海經中山經。太山之上多—木。注。女—也。〕

(二)築牆所立之木。〔書費誓〕峙乃—榦。〔植于兩端者曰—。植于兩邊者曰榦。〕

(三)正也。見〔爾雅釋詁〕—榦也。舍人注。〕

【楪】弋涉切音葉葉韻

(一)牖也。〔見玉篇〕。

(二)—楡。縣名。本名葉楡。後漢改葉爲—。屬益州永昌郡。後均因之。至梁始廢。今雲南大理縣東北。有—楡故城。

【楪】達協切音牒葉韻

牀簀也。見〔類篇〕。

【楪】悉協切音燮葉韻

牒—。小楔。見〔集韻〕。

【楫】即涉切音接葉韻

(一)舟、擢也。見〔說文〕。〔通訓定聲〕字亦作檝。一名櫂。亦曰棹。皆掉之俗字。詩竹竿、檜—松舟。傳。所以擢舟也。

(二)捷也。擢水使舟捷疾也。見〔釋名釋船〕。

(三)林木貌。〔呂覽明理〕有若山之—。

(四)或作楫。〔漢書百官公卿表〕楫濯丞。〔注〕楫濯、船官也。〔按元后傳。楫濯越歌。注。楫爲櫂之短者也。今吳越之人呼爲橈。〕

【楫】即入切音蕺緝入切音集緝韻

檝或字。見〔集韻〕。

【楫】側立切音戢緝韻

聚也。〔漢書兒寬傳〕躬發聖德。統—黎元。〔注〕臣瓚曰。—、當作輯。

【楬】其謁切音揭月韻渠列切音傑屑韻

(一)—櫫也。春秋傳曰。—而書之。見〔說文〕、〔段注〕職金—而璽之注曰。—、言書其數量以著其物也。今時之書有所表識。謂之—櫫。漢酷吏傳曰。瘞寺門桓東。—著其姓名。著櫫同字。

(二)杙也。〔周禮蜡氏〕若有死於道路者。則令埋而置—焉。〔按顏師古注曰。—、杙也。椓杙于葬處而書死者姓名也。正字通曰。後世碑碣以石爲之。通作碣。〕

【楬】丘瞎切音稿黠韻

(一)止樂器。〔禮記樂記〕椌鼓椌—壎篪。〔注〕敔也。〔字亦作稿。〕

(二)—豆。祭器。〔禮記明堂位〕夏后氏以—豆。〔注〕—、無異物之飾也。齊人無髮爲禿—。〔按儀禮士喪禮作毼豆。注。毼、白也。〕

【楬】乞洽切音恰洽韻

—戾。山名。在上黨。〔淮南墜形〕清漳出—戾。濁漳出發包。〔注〕—戾山在上黨治。

【業】逆怯切音鄴洽韻

(一)大版也。所以覆縣鐘鼓之栒。捷—如鋸齒。以白畫之。从丵。象其鉏鋙相承。从巾。象板。䤬。古文—。見〔說文丵部〕。〔通訓定聲〕此字从丵从巾。皆象形。非會意。

(二)書冊之版也。〔禮記曲禮〕請—則起。〔注〕謂篇卷也。

(三)捷也。事捷乃有功—也。見〔釋名釋言語〕

(四)敘也。見〔爾雅釋詁〕。〔義疏〕—者、大版。又篇卷也。版作鋸齒。捷—相承。篇有部居。先後相次。皆有敘義。

(五)緒也。見〔爾雅釋詁〕。〔疏〕史記張蒼傳云。緒正律曆。文穎曰。緒、—也。是緒—互相爲訓。〔義疏〕緒者、與—聲義同。說文云。緒、絲耑也。蓋有耑緒可以次—。故—又訓緒也。緒—古通用。莊子山木篇云。食不敢先嘗。必取其緒。釋文。緒、次緒也。次緒即次—。是其字通矣。

(六)大也。見〔爾雅釋詁〕〔義疏〕四牡—。毛云。—然壯也。又—然高大也。高壯亦皆爲大矣。

(七)高也。〔後漢班固傳〕增槃—峩。

(八)危也。〔詩長發〕有震且—。

(九)事也。〔國語楚語〕民神異—。

(十)事成謂之—。〔易乾〕發於事—。

(十一)已然曰—。〔史記吳王濞傳〕高祖召濞相之。謂曰。若狀有反相。心獨悔。—已拜。

(十二)已爲而未成者曰—。〔孟子盡心〕有—屨於牖上。

(十三)凡所攻治者皆曰—。〔禮記曲禮〕所習必有—。

(十四)基—也。〔孟子梁惠王〕創—垂統。

(十五)學—也。〔史記自序〕講—齊魯之都。觀孔子之遺風。

(十六)產一也。[漢書蕭望之傳]家世以田爲一。
(十七)本也。[史記司馬相如傳]相如欲諫。一已建之不果。
(十八)世也。[左昭元年傳]臺駘能一其官。
(十九)生計也。[史記酈食其傳]家貧落魄。無以爲衣食一。
(二十)乘道德仁義而施之謂一。見[太玄攡]。
(廿一)猶創也。[國語齊語]擇其善者而一用之。
(廿二)猶起也。[史記自序]項梁一之。
(廿三)猶次也。[國語晉語]則民從事有一。
(廿四)佛說因緣。行之能得果者曰一。譬樹種子。因也。地水火風。空時及栽培緣也。樹成果也。由種子以至栽培皆名曰一。由是而後得果。引伸之爲一報、一際。
(廿五)一一。危也。[詩雲漢]兢兢一一。[又]動也。[詩常武]赫赫一一。[又]壯也。見[廣雅釋訓]。
(廿六)建一。地名。[方輿紀要]始皇改金陵爲秣陵。漢因之。建安十四年。權自京口徙秣陵。改爲建一。
(廿七)業作[illegible]。[爾雅釋宮]大版謂之[illegible]。[釋文][illegible]、本作一。
(廿八)姓也。見[姓苑]。

【楮】丑呂切音褚語韻
㊀穀也。見[說文]。[按陸璣詩疏曰。構、幽州謂之穀桑。或曰一桑。荊楊交廣謂之穀。中州人謂之一。本草綱目曰。一辨雌雄。雄者皮斑而葉無椏叉。三月開花成長穗。狀如柳花。不結實。雌者皮白而葉有椏叉。亦開碎花。結實如楊梅。半熟。葉多澀毛。南人取皮造紙。亦緝練爲布。不堅易朽。]
㊁紙也。[真德秀詩]敗一遺墨人爭寶。[按紙錢亦稱一錢。法苑珠林。一錢出於殷長史。王璵用以祠祭。]
㊂山名。[山海經中山經]一山多寓木。

【楮】董五切音堵麌韻
木名。見[集韻]。

【[illegible]】
楮或字。見[集韻]。

【楯】豎尹切音盾軫韻殊閏切音順震韻松倫切音旬眞韻
㊀闌檻也。見[說文]。[通訓定聲]上林賦。宛虹拖于一軒。漢書注。軒之闌板也。史記鼂錯傳索隱。宮殿四面欄。縱者云檻。橫者云一。按亦曰旁排。
㊁亦作楯。[堯廟碑]階陛欄楯。

【楯】食閏切音順震韻
拔也。[淮南俶眞]引一萬物。

【楯】辭允切軫韻
樂器。[禮記明堂位疏]干、一也。戚、斧也。舞者左手執一。右手執斧。謂之武舞。

【楯】敕準切音蠢軫韻
案也。[莊子達生]死於腞一之上。

【楯】敕倫切音椿眞韻
㊀木名。見[廣韻]。
㊁輴或字。見[集韻]。

【楲】於非切音威微韻
㊀一窬。褻器也。見[說文]。[通訓定聲]史記萬石傳集解。一、虎子也。按受屎之器曰一。受溺之具曰窬。曰廁。亦曰行清。
㊁決塘木也。見[玉篇]。[按類篇云。通[illegible]窬義同。]

【楴】他計切音涕霽韻
㊀一枝。髮敍也。見[廣韻]。
㊁或作揥。[詩君子偕老]象之揥也。[傳]揥、所以摘髮也。

【楴】大計切音第霽韻
笄屬。見[集韻]。

【楴】徒二切音地寘韻
笄屬。見[集韻]。

【楴】丁計切音帝霽韻
柢或字。見[集韻]。

【楴】式志切音世寘韻
木名。見[篇海]。

【極】渴億切音殛職韻
㊀棟也。見[說文]。[通訓定聲]按在屋之正中至高處。至者下之一。一者高之至也。漢書天文志。萬載宮一。注。屋梁也。三輔閒名爲一。莊子則陽。有夫妻臣妾登一。司馬注。屋棟也。[按後世稱皇帝即位曰登一。蓋引伸之義。]
㊁高也。見[廣雅釋詁]。
㊂遠也。[楚辭湘君]望涔陽兮一浦。
㊃中也。[詩思文]莫匪爾一。

(五)正也。〔漢書兒寬傳〕惟天子建中和之—。
(六)竟也。〔楚辭謬諫〕又何路之能—。
(七)盡也。〔禮記大學〕是故君子無所不用其—。
(八)終也。〔呂覽制樂〕衆人焉知其—。
(九)窮也。〔呂覽論人〕不可—也。
(十)急也。〔淮南精神〕隨其天資安之而不—。
(十一)致也。〔文選張衡賦〕是鄭是—。
(十二)至也。〔詩崧高〕駿—於天。
(十三)已也。〔詩鴇羽〕曷其有—。
(十四)出也。〔太玄玄圖〕催—萬物。
(十五)藏也。見〔春秋元命苞〕。
(十六)屋也。見〔文選劉峻辯命論注〕。
(十七)本也。〔荀子正名〕辭足以見—。
(十八)放也。〔儀禮大射儀〕贊設決、朱—三。〔注〕—猶放也所以韜指利放弦也。
(十九)病困也。〔世說〕顧和謂王導導小—。對之疲睡。
(二十)懸而困之也。〔孟子離婁〕又—之於其所往。
(廿一)吃也。楚語也。見〔方言〕。
(廿二)北辰星也。〔楚辭怨思〕引日月以指—兮。
(廿三)月在癸曰—。見〔爾雅釋天〕。
(廿四)國名。〔春秋隱二年〕無駭帥師入—。〔注〕—附庸小國。〔按地當今山東魚臺縣西南〕。
(廿五)三—。三才也。〔易繫辭〕三—之道也。〔又〕三統也。見〔易繫辭釋文〕。
(廿六)上下四方曰六—。〔莊子天運〕天有六—。
(廿七)東至於泰遠。西至於邠國。南至於濮鈆。北至於祝栗。謂之四—。見〔爾雅釋地〕。
(廿八)八—。方隅之—也。見〔韻會〕。
(廿九)太—。天也。見〔易繫辭易有太—釋文〕。
(三十)南—。星名。〔漢書天文志〕老人星曰南—。
(卅一)天球地球之軸端也。地軸之南端爲南—。北端爲北—。天球亦然。
(卅二)積—。進也。改也。動也。又爲陽。爲正。爲肯定。
(卅三)消—。退也。守也。靜也。又爲陰。爲負。爲否定。

【極】訖逆切音戟陌韻

同亟。〔荀子賦篇〕出入甚—。〔注〕—、讀爲亟。

【極】訖力切音棘職韻

殛或字。見〔集韻〕。

【榍】先結切音屑屑韻

(一)限也。見〔說文〕。〔通訓定聲〕字亦作柣。爾雅釋宮柣謂之閾。今蘇俗謂之門檻。蓋限之聲轉。〔按今隸作榍。玉篇、廣韻並與說文同訓。〕
(二)木名。見〔玉篇〕。
(三)同楔。〔本草〕陳士良云。栗三顆一毬。其中者栗—也。

【楷】苦駭切音鍇蟹韻居鍇切音皆佳韻

(一)—木也。孔子冢蓋樹之者。見〔說文〕〔王注〕玉篇作孔子冢蓋之樹。廣韻十四皆引孔子冢蓋樹也。冢蓋者、蔭冢之上如繖蓋也。水東日記。吳澄問吳正道曰。模—二字。假借乎。吳舉淮南王安草木譜以對曰。昔模樹生周公冢上。其葉春青夏赤秋白冬黑。以色得其正也。—木生孔子冢上。其餘枝疏而不屈。以質得其直也。若正與直可爲法則。況在周公孔子冢乎。〔按舊注作淮南草木訓。非是。又按酉陽雜俎。蜀中有木類柞。衆木榮時枯楷。隆冬方萌芽布陰。蜀人呼爲—木。〕
(二)法式也。〔禮記儒行〕今世行之。後世以爲—。
(三)直也。〔人物志〕強—堅勁。
(四)文字之一體。自隸書轉變而成。亦曰今隸。又曰眞書。〔晉書衛恆傳〕上谷王次仲始作—法。

【楹】怡成切音盈庚韻

(一)柱也。春秋傳曰。丹桓宮—。見〔說文〕。
(二)亭也。亭亭然孤立旁無所依也。齊魯讀曰輕。輕、勝也。孤立獨處能勝任上重也。見〔釋名釋宮室〕。
(三)絜—。順滑澤也。〔楚辭卜居〕將突梯滑稽如脂如韋以絜—乎。〔按文選作絜。五臣云。絜—、謂同諂諛也。〕
(四)或作桯。〔考工記輪人〕桯圍倍之。〔司農注〕蓋杠也。〔按集韻—、或作欞。亦作桯。〕

【楸】雌由切音秋尤韻

(一)梓也。見〔說文〕〔王注〕—字見於爾雅。其名見左襄十八年傳。而字作萩。山海經作櫄。知春秋末年乃有是名。兩棊之間乃有是字。故不見於他經也。〔按本草綱目―有行列。莖幹直聳可愛。至上垂條如線。謂之―線。其木淫時脆。燥則堅。故謂之良材。宜作琵琶。即梓之赤者也。〕

●奕―。謂棋枰也。〔段成式詩〕閒對奕―傾一壺。

【棗】涉兗切音轉銑韻

●乘―也。見〔集韻〕。

●兜―。篼也。見〔類篇〕。

【椱】扶富切音復宥韻　房六切音復屋韻

●一本作復。〔說文〕復。機持繒者。〔段注〕繒字不可通。玉篇作綸。按當作佮。佮者經與緯之合也。緯與經合。慮其不緊則有―入經之間以緊之。〔按異名爲椱。俗稱爲扣。〕

●二鳥也。〔方言〕屋中有木者謂之―。鳥自關而東謂之―。

【樹】何交切音肴肴韻

醬樹也。關中呼長枚曰―條。見〔集韻〕。〔按集韻四十七寢。棪、或作楪。或疑―即楪字。存攷。〕

【椶】蘇遭切音騷豪韻

船總名。見〔說文〕。〔按字亦作艘。〕

【椶】疏鳩切音蒐尤韻

木名。似白楊。見〔集韻〕。

【樋】戶茗切音迥迥韻

枰牀也。見〔集韻〕。

【椰】以遮切音耶麻韻

―子。果名。〔本草綱目〕―子生安南。樹如椶櫚。子中有漿。飲之得醉。〔按集韻本作枒。或作梛。〕

【椲】羽鬼切音偉尾韻　于非切音韋微韻

―木也。可屈爲杅者。見〔說文〕。〔段注〕杅、當作盂。飲器也。玉篇曰。―木皮如韋。可屈以爲盂。

【椲】吁韋切音暉微韻

楎或字。見〔集韻〕。

【椔】莊持切音錙支韻　側吏切音胾寘韻

木斃頓也。〔爾雅釋木〕木自斃、神。立死、―。〔義疏〕詩皇矣篇作菑。傳本木立死曰菑。正義引李巡曰。以當死害生曰菑。今按菑者、植也。鄭眾輪人注云。泰山平原所樹立物爲菑。聲如胾。博立梟棊亦爲菑。然則菑有植立之義。故木立死爲菑也。字林作―。今從宋本。

【椳】烏回切音隈灰韻　烏賄切音猥賄韻

門樞臼也。見〔說文〕。〔通訓定聲〕淵中以居樞。蘇俗謂之門臼子。

【椸】余之切音移支韻

衣架也。見〔說文新附〕。〔按禮記曲禮。不同―枷。注。―可以枷衣者。內則注。竿謂之―。一切經音義十三引蒼頡。―格也。義並同。字作箷。爾雅釋宮釋文引字林。箷、竿也。又作提箷。一切經音義十二。古文提箷二形。今作―。〕

【椸】以豉切音偽寘韻

榻前几。趙魏之閒謂之―。見〔方言〕。

【椺】戶狄切音錫錫韻

鑃―。見〔玉篇〕。

【椻】於建切音堰願韻

積木爲障。見〔集韻〕。

【椼】以淺切音演銑韻

木名。見〔集韻〕。

【椿】敕倫切音杶橁倫切音春眞韻

木名。〔羣芳譜〕香者名―。臭者名樗。二木形幹相類。―木實而葉香。樗木疏而葉臭。無花。―集韻作櫄。夏書作杶。左傳作橁。今俗名香―。本草陳藏器云。俗呼爲豬―。易長而有壽。其幹端直。紋理細膩。肌色赤。皮有縱紋。易起葉。自發芽及嫩時皆香甘。生熟鹽醃皆可茹。〔按莊子逍遙遊。上古有大―者。釋文引司馬注。―木一名橁。〕

椿圖

【楀】王矩切音羽　果羽切音矩麌韻

―木也。見〔說文〕。

【楀】果羽切音矩麌韻

姓也。〔詩十月之交〕―維師氏。〔按漢書古今人表作萬。五行志作搋。集韻又作榹。」

【楈】新於切音胥魚韻　師銜切音釤咸韻　寫與切音湑語韻　木也。讀若芟刈之芟。見〔說文〕。〔王注〕上林賦有胥邪。南都作—枒。邪注。胥邪似并閭。皮可作索。

【楈】新於切音胥魚韻　𤜵也。見〔類篇〕。

【楈】息據切音絮御韻　木可爲𤜵柄。見〔集韻〕。

【楉】日灼切音若藥韻　—榴。石榴也。見〔廣雅釋木〕。〔按—字本作若。文選南都賦。樗棗若榴。本草綱目曰。若木乃扶桑之名。榴花丹頳似之。故亦有丹若之稱。〕

【椢】居鄧切音亙嶝韻　本作𣓌。〔說文〕𣓌。竟也。〔王注〕弓人注曰。恆讀爲—。—、竟也。大雅。恆之秬秠。傳。恆、徧也。或借緪爲之。答賓戲。緪以年歲。如淳曰。緪、音亙。竟之亙。方言曰。緪、竟也。〔按今字多用亙。亙詳亙字。〕

【𣙙】他各切音託藥韻　木葉陊也。讀若薄。見〔說文〕。〔王注〕玉篇。—、落也。與蘀同。

【𣙙】鋤銜切音巉咸韻　欃省字。〔集韻〕欃。爾雅。彗星爲欃槍。一曰木名。或省。

【楃】乙角切音渥覺韻　木帳也。見〔說文〕。〔通訓定聲〕—以帛衣版爲之。字亦作幄。周禮幕人。掌帷幕幄帟綬之事。注。四合象宮室。巾車翟車有握。以握爲之。釋名。幄、屋也。以帛依板施之。形如屋也。

【楄】蒲眠切音楩　卑眠切音邊先韻　—部。方木也。春秋傳曰。—部薦榦。見〔說文〕。〔王注〕—部。李善注景福殿作—附。云陽馬之短椽也。部附字通用。又作偏柎。晏子。因問偏柎何所在。中山經。堵上有木。名曰天—。方莖而葵狀。是知生成之方木。亦以—名矣。左昭二十五年傳注。—柎、棺中笭牀也。案杜注簡而不明。—柎本方木之名。用爲笭牀。仍襲此名耳。非—部即笭牀之別名也。

【㮈】乃計切泥去聲霽韻　木立死也。見〔集韻〕。

【㮈】乃曷切音捺曷韻　棒生皃。見〔集韻〕。

【㮈】俗柰字。見〔字彙〕。

【[illegible]】所景切音省梗韻　居迓切音駕禡韻　木參交以枝炊籅者也。見〔說文〕。〔王注〕枝、即支也。籅、漉米籔也。交木以支籅。使水下也。

【楮】息井切音箵梗韻　俎几。見〔集韻〕。

【楮】斯義切音賜寘韻　杫或字。〔集韻〕杫。方言。俎机。西南蜀漢之交曰杫。亦作—。

【梄】以荏切音蕈寢韻　鄉名。在濟北。見〔集韻〕。

【㮤】測入切音扱緝韻　—梩。林木皃。見〔集韻〕。

【㮤】側洽切音插洽韻　木折聲。見〔類篇〕。

【𣘀】莫報切音帽號韻　謨沃切音瑁沃韻　門樞之橫梁。見〔說文〕。〔通訓定聲〕門上爲橫木。鑿孔以貫樞者。在門下即門限。榍也。上下之臼皆曰椵。

【楇】古臥切音過箇韻　胡臥切音和箇韻　盛膏器。見〔說文〕。〔通訓定聲〕今御者系小瓶於車旁。盛油以脂轂。此其具也。字亦作輠、作鍋、作鐹。方言九。車釭謂之鍋。廣雅釋器。鍋、釭也。

【楇】古禾切音戈歌韻　紡車。見〔集韻〕。

【楇】苦瓦切音髁馬韻　橫欚杖。見〔類篇〕。

【楌】牛姦切音顏刪韻　木名。似檀。見〔集韻〕。

【楏】傾畦切音睽齊韻　鐁楏。見〔集韻〕。

【桬】其季切音悸寘韻　木下垂皃。見〔類篇〕。

【⿰木重】凡用切音惷宋韻　木梳也。見〔集韻〕。

【⿰木⿱亠重】徒東切音同東韻　同橦。見〔正字通〕。

【楒】新茲切音思支韻　相—木也。見〔廣韻〕。〔按相—本作相思。文選吳都賦。相思之樹。注。相思大樹也。材理堅。斫之有文。可作器。其實如珊瑚。歷年不變。東冶有之。本草綱目云。相思子。生嶺南。樹高丈餘。白色。其葉似槐。其花似皂莢。其莢似扁豆。其子大如小豆。半截紅色。半截黑色。彼人以嵌首飾。蓋即此也。又云。此與韓憑塚上相思樹不同。彼乃連理梓木也。〕

【楓】方馮切音風東韻　悲廉切音砭鹽韻　—木也。見〔說文〕。〔按—樹枝弱善搖。故字从風。爾雅謂—為欇欇。其木枝餘修聳。大者數圍。其材甚堅。有赤有白。白者愈細膩。實球形。似鴨卵。上有柔刺。葉經霜後。紅色可愛。其脂甚香。入藥名曰白膠香。梵書謂之薩闍羅婆香。流入地中。千年化為虎魄。〕

楓圖

【楓】市凡切音芝咸韻　杋或字。〔集韻〕杋。木名。或从—。

【⿰木㒸】徐醉切音遂寘韻　羅也。見〔說文〕。〔通訓定聲〕字亦作檖。爾雅。檖、羅。注。今楊檖也。實似梨而小酢。詩晨風。隰有樹檖。傳。赤羅也。按如小梨。圓而赤。山東濟南有之。

【⿰木莘】訖黠切音戛黠韻　鼓也。見〔類篇〕。

【⿱矜木】渠巾切音菫眞韻　矛柄。又鉏耰也。見〔集韻〕。〔按正字通云。史傳作矜。俗作—。非。舊字典云。賈誼過秦論。鉏耰棘矜。作矜。詩。二矛重弓。鄭箋。戈柄謂之矜。又作—。則矜—通用。〕

【棸】胡讖切音豏戶韽切音陷陷韻　檼也。見〔集韻〕。〔按廣韻作檃。詳檃字。〕

【⿱奚木】煙奚切音鷖研奚切音倪齊韻　—⿰木斯。鴑楔木也。見〔玉篇〕。

【⿰木敄】莫袍切音髦豪韻　莫候切音茂宥韻　冬桃。从木。敄聲。讀若髦。見〔說文〕。〔段注〕釋木曰。旄。冬桃。郭云。子冬熟。按作旄者。字之假借。釋文曰。字林作—。今本譌為字林作楙。〔按爾雅義疏曰。桂海虞衡志云。冬桃狀如棗。軟爛甘酸。冬月熟。按今冬桃有十一月熟者。形如常桃。青若膽。〕

【橙】唐亙切音鄧徑韻　負擔也。見〔類篇〕。〔按舊字典引博雅。—擔也。今本作撜。〕

【⿰木禺】牛具切音遇遇韻　像人。見〔類篇〕。〔按正字通曰。偶類也。本作禺。木禺。即木偶。劉表傳。欲臥收天運。擬蹤三分。猶木禺之於人也。注。言如刻木為人。無所知也。郊祀志作寓。俗加木作—。〕

【⿰木扃】古熒切音扃青韻　木名。見〔類篇〕。

【⿰木奄】匹貌切音鉋效韻　俗謂四十斤為—。見〔字彙〕。〔按正字通曰。俗謂魚以三十斤為一—。焦竑俗用雜字作⿰木奄。說歧。存攷。〕

【楜】洪孤切音呼虞韻　俗作胡椒字。見〔正字通〕。

【楢】夷周切音由將由切音揫尤韻　齒紹切音䪐篠韻　柔木也。工官以為耎輪。見〔說文〕。〔按—木、一名枹。高四五丈。幹作灰黑色。有細紋縱裂。散布幹上。葉面深綠。葉背粉白色。有絹絲狀之柔毛。春日開花。果實之殼斗有細鱗片。木材質柔。祗宜供薪炭用。與說文異。其為別一種歟。〕

【楢】雌由切音秋尤韻　木名。〔山海經中山經〕崌山。其木多—。

【楢】夷周切音由尤韻　溪名。〔文選孫綽賦〕濟—溪而直

進。〔按顧愷之啟蒙記注曰。之天台次經油溪。據此。—溪字亦作油。〕

【[illegible]】將由切音揫尤韻　聚也。見〔集韻〕。

【楢】以九切音酉有韻　槱或字。〔集韻〕槱、積木燎之也。或作—。

【㮙】逆各切音愕藥韻　鄂也。見〔玉篇〕。

【楀】俱羽切音矩麌韻　—乳。苦杞也。見〔廣雅釋草〕。〔按—即枸字。〕

【楩】毗連切便平聲先韻　婢善切音辨銑韻　毗面切音便霰韻　木名。〔漢書司馬相如傳〕—柟豫章。〔注〕今黃—木也。

【⿰木是】常支切音鍉支韻　匙或字。〔集韻〕匙、匕也。或从木。

【⿰木是】余支切音移支韻　椸或字。〔集韻〕椸、方言。榻前几。趙魏之閒謂之椸。或作—。

【楰】容朱切音俞虞韻　勇主切音庾麌韻　鼠梓木。見〔說文〕。〔按詩南山有臺篇。北山有—。陸璣疏曰。—、楸屬。其樹木理如楸。山楸之異者。今人謂之苦楸。溼時脆。燥時堅。〕

【楱】千候切音輳宥韻　小橘也。出武陵。〔漢書司馬相如傳〕黃甘橙—。〔按廣雅釋木作榛。疏證云。各本譌作榛。今訂正。〕

【楱】才奏切鄹去聲　側候切音奏宥韻　鍋—。鐵齒杷名。見〔廣韻〕。

【[illegible]】子郎切音臧陽韻　木版盛物也。見〔字彙〕。

【楶】子結切音節屑韻　本作楶〔說文〕楶、欂櫨也。〔通訓定聲〕爾雅釋宮。栭謂之—。字亦作槉。釋宮又曰。閞謂之槉。注。柱上欂也。論語。山節藻梲。以節為之。

【⿰木剌】郎達切音剌曷韻　—木也。見〔說文〕。〔按正字通云。同欄。存參。〕

【[illegible]】居侯切音鉤尤韻　木曲枝曰—。一曰木名。見〔集韻〕。

【罧】疎簪切音森　力金切音林侵韻　斯荏切音伈寑韻　所禁切音滲沁韻　本作罧〔說文网部〕罧、積柴水中以聚魚也。

【楺】人九切音蹂有韻　屈木也。與揉通。見〔玉篇〕。

【⿰木致】陟利切音緻寘韻　刺也。見〔集韻〕。

【[illegible]】陟里切音止紙韻　杍—也。見〔篇海〕。

【[illegible]】盧檢切音險琰韻　嘲—。陰也。見〔集韻〕。

【楻】胡萌切音衡庚韻　—畢。橦樅也。見〔集韻〕。

【[illegible]】尼展切音碾銑韻　—磨。見〔字彙補〕。

【[illegible]】郎才切音來灰韻　至也。勤也。見〔五音集韻〕。

【[illegible]】析本字。見〔說文〕。

【㮚】古栗字。見〔玉篇〕。

【[illegible]】古箴字。見〔玉篇〕。

【[illegible]】古桑字。見〔集韻〕。

【[illegible]】古楚字。見〔字彙補〕。

【[illegible]】古樹字。見〔字彙補〕。

【[illegible]】古子字。見〔字彙補〕。

【[illegible]】古本字。見〔說文〕。

【桻】古栟字。見〔字彙〕。

【[illegible]】同楕。見〔字彙〕。

【[illegible]】同棲。見〔字彙〕。

【[illegible]】同枸。見〔廣韻〕。

【[illegible]】同杯。見〔字彙〕。

【[illegible]】同竿。見〔篇海〕。

【[illegible]】同楤。見〔字彙〕。

【[illegible]】括或字。見〔集韻〕。

【楳】梅或字。見〔說文〕。

【[illegible]】棧或字。見〔集韻〕。

【[illegible]】[illegible]或字。見〔集韻〕。

【[illegible]】[illegible]或字。見〔集韻〕。

【[illegible]】[illegible]或字。見〔集韻〕。

【楦】楥或字。見〔集韻〕。

【椬】樴或字。見〔集韻〕。

【槫】槫俗字。見〔龍龕手鑑〕。

【楹】楹俗字。見〔玉篇〕。

【楠】枏俗字。見〔廣韻〕。

【榋】粤譌字。見〔字彙〕。

【楧】快譌字。見〔正字通〕。

十畫

【榘】求於切音渠魚韻

㊀一欅。欅名。見〔集韻〕。

㊁渠譌字。見〔正字通〕。

【榔】盧當切音郎陽韻

㊀檳一。木名。〔本草圖經〕檳一生南海及嶺外州郡。大如桄一。高五六丈。正直無枝。葉生木巔。似栟櫚頭。又似芭蕉。皮似靑桐。節如桂竹。實作房自葉中出。一房數百。狀如雞子。尖長而有紫文者曰檳。圓而矮者曰一。

㊁桄一。木名。〔文選左思賦〕麪有桄一。〔注〕木中有屑如麪可食。〔按後漢袉郎傳作桄榔。詳榔字〕

【榔】盧黨切音朗養韻

木名。見〔廣韻〕。

【穀】古祿切音谷屋韻居候切音搆宥韻〔與穀別〕。

㊀楮也。見〔說文〕〔段注〕小雅傳曰。一、惡木也。陸璣疏曰。江南以其皮擣爲紙。謂之一皮紙。絜白光輝。

穀圖

㊁迷一。木名。〔山海經南山經〕招搖之山有木焉。其名曰迷一。佩之不迷。

【棆】部本切音笨父遠切音笄阮韻

㊀舟篷也。見〔集韻〕。

㊁傘車也。見〔玉篇〕。

㊂拘欒車弓也。見〔玉篇〕。〔按廣韻訓同。字形从手作掄。〕

㊃車上篷也。見〔類篇〕。

【榛】緇詵切音臻眞韻將先切音箋先韻

㊀木也。一曰叢木也。見〔說文〕〔段注〕各本作一曰蕺也。今依玄應書所引爲長倉頡篇、淮南高注、漢書服注、廣雅皆云木叢生曰一。

榛圖

㊁榛穢貌。〔漢書揚雄傳〕枳棘之一一。

㊂聚木曰一。〔淮南原道〕木處一巢。水居窟穴。

㊃同亲。果名。〔禮記曲禮〕椇一、脯脩、棗栗。〔注〕一古作亲。〔按說文一栗之一作亲〕。

㊄通㯂。〔文選左思賦〕㯂栗罅發。〔注〕一、㯂同。

【榡】所戟切音色陌韻

白一。木名。見〔廣韻〕。

【榡】色窄切音索陌韻

木枝上生也。見〔集韻〕。

【㯂】霜狄切音棟錫韻

㊅索也。〔太玄玄數〕參珍睟精。三以一數。〔按一本作以探數。字從手。無三字〕。

●一榁可用爲棺之木也。見〔正字通引松漠紀聞〕。

●楝或字。〔集韻〕楝、楝木名。或作一。

【榡】昔各切音索藥韻

木榡也。見〔集韻〕。

【槝】汪胡切音烏虞韻

㊀一樜木、中箭笴。見〔玉篇〕。

㊁一椑靑柿也。見〔廣韻〕。

【槝】烏沒切音膃月韻

榲或字。〔集韻〕榲。榲桲果名。或作一。

【榣】餘招切音遙蕭韻

●樹動也。見〔說文〕〔段注〕一之言搖也。今俗語謂煽惑人爲招搖。當用此从木二字。謂能招致而搖動之也。〔按說文招下云。搖樹貌。段意謂招搖當作招榣。〕

●大木也。〔國語晉語〕一木不生危。〔注〕一木、大木也。〔按山海經西山經。槐江之山。其陰多一木。注亦以大木爲訓。〕

【榥】戶廣切音晃養韻

㊀讀書牀也。見〔玉篇〕。
㊁以帛明窗也。見〔文選七命注引文字集略〕。
㊂通幰。〔文選左思賦〕房櫳對幰。〔注〕門窻之廡通名幰。幰與一音義同。

【榦】居案切音幹翰韻
㊀築牆耑木也。見〔說文〕。〔段注〕耑、謂兩頭也。假令版長丈。則牆長丈。其兩頭所植木曰一。〔按段本又依文選注增一曰本也四字。存以備攷。餘詳幹字〕。
㊁枝一也。〔淮南主術〕枝不得大於一。〔按樹之旁生者曰枝。挺生者曰一〕。
㊂柘木也。〔書禹貢〕杶一栝柏。
㊃正也。〔詩韓奕〕一不庭方。〔韓詩章句〕一、正也。
㊄強也。〔淮南兵略〕此彊為充一者也。
㊅柄也。見〔玉篇〕。
㊆矢。其體曰一。言梃一也。見〔釋名釋兵〕。

【榦】胡安切音韓寒韻
井欄也。〔莊子秋水〕跳梁於井一之上。〔按一、古作韓。說文韓、井垣也〕。

【榦】侯旰切音翰翰韻
體也。見〔類篇〕。

【榨】側嫁切音詐禡韻　側賣切音債卦韻
㊀打油具也。出證俗文。見〔廣韻〕。
㊁酒盞也。見〔類篇〕。

【榩】渠焉切音虔先韻　渠言切音犍元韻
㊀榩謂之一。見〔爾雅釋宮〕。〔注〕斫木櫍也。〔疏〕榩者、斫木所用以藉者之木名也。一名一。孫炎云。斷木質也。又名櫍。
㊁構木為屋也。見〔集韻〕。

【榪】莫駕切音罵禡韻
㊀牀頭橫木也。見〔玉篇〕。
㊁俗謂木片關定器物曰一子。見〔正字通〕。

【𣙩】渠容切音蛩冬韻
㊀小舟也。見〔玉篇〕。〔按方言。南楚江湘凡艇之小而深者謂之一〕。
㊁一松。可憎之貌。見〔廣韻〕。

【榬】于元切音袁元韻　于嬀切音為支韻
㊀所以絡絲者也。〔方言〕䈀、一也。兗豫河濟之間謂之一。〔箋疏〕一之言爰也。爰、引也。
㊁懸鐘磬之具。〔管子霸形〕懸鐘磬之一。陳歌舞竽笙之樂。
㊂姓也。漢一溫舒。一終古。

【榭】詞夜切音謝禡韻
㊀臺有屋也。見〔說文新附〕。〔按爾雅釋宮有木者謂之一。注云。臺上起屋〕。
㊁藏器之所。〔漢書五行志〕一者所以藏樂器。
㊂講武堂也。〔左成十七年傳〕三郤將謀於一。
㊃無室之廟。〔公羊宣十六年傳〕廟有室曰寢。無室曰一。
㊄通謝。〔書泰誓〕惟宮室臺一。〔釋文〕本又作謝。

【榮】于平切音營庚韻
㊀桐木也。一曰。屋梠之兩頭起者為一。見〔說文〕。〔按爾雅釋木。一、桐木。注云。即梧桐。疏云。桐木一名一。此本義之證。別義之見經傳者。禮記喪大記。升自東一。降自西北一。注。一、屋翼也。考工記注。周制。卿大夫以下。但為夏屋兩下。兩下則唯南北有霤而東西有一。然則榮之東西起者曰一。謂之一者。為屋之一。稱喪大記降自西北一。是屋有四一也〕。
㊁草謂之一。見〔爾雅釋草〕。〔疏〕木則名華。月令季春桐始華。草則名一。月令仲夏木槿一。此對文爾。散文則草亦名華。鄭風云。隰有荷華。是也。
㊃秀也。〔國語晉語〕黍稷無成。不能為一。
㊄盛也。〔荀子大略〕宮室一與。
㊅顯也。〔呂覽務大〕其名無不一者。
㊆一、猶熒也。熒熒、照明貌也。見〔釋名釋言語〕。
㊇飾也。〔素問刺熱論〕太陽之脈色一顴骨熱病也。
㊈舉也。〔呂覽節喪〕侈靡者以為一。
㊉樂也。〔國語晉語〕非以翟為一。
⑪稱也。〔淮南脩務〕生有一名。
⑫棄也。〔列子周穆王〕一汝之糧。
⑬光明也。〔呂覽振亂〕且辱者也而一。
⑭美色也。〔素問六節藏象論〕此五藏所生之外一也。

(十五)寵祿光大曰—。見[周書諡法]。

(十六)—衞。氣之主也。[素問湯液醪醴論]—衞不可復收。[按人以血爲—以氣爲衞]。

(十七)—觀。宮觀也。[老子]雖有—觀。燕處超然。

(十八)杜—。蒸草也。[爾雅釋草]蒸、杜—。[注]今蒸草似茅皮可以爲繩索履屩也。[疏]蒸草、一名杜—。

(十九)—桐。桐也。[詳桐字]。

(二十)國名。[書序]王俾—伯。[馬注]—伯。周同姓。

(廿一)州名。唐置。屬劍南道。明改爲縣。清因之。即今四川—縣治。

(廿二)姓也。孔子弟子—旂。

[榯] 市之切音時支韻

(一)樹木立也。見[玉篇]。[按文選高唐賦。北始出也晰兮若松—。注云。直聳貌。]

(二)落—。持門樴。見[類篇]。

[榰] 章移切音支支韻

(一)柱氐也。古用木。今以石。易曰。—恆凶。見[說文]。[段注]氐、各本作砥。今正。柱氐、今之礎子也。釋言曰。搘柱也。即—柱之譌。易恆釋文曰。振恆。張璠作震。今易皆同張。許偁蓋孟易也。

(二)通枝。[漢書項羽傳]莫敢枝梧。[枝梧、一作—梧。]

[榲] 烏沒切音膃月韻

(一)—桲。果似樝也。見[集韻]。[按—桲。高七八尺。枝椏叢生。葉作卵形。背多毛茸。春自枝端開花。淡紅色。五瓣。果實似樝。外皮有毛。多凹凸。甘酸可食。]

[榲] 紆問切音醞問韻

(一)杜也。見[洪武正韻]。[按正字通云。俗呼杜棃。]

[榲] 烏昆切音溫元韻

(一)柱也。見[集韻]。

(二)杉也。見[集韻]。

(三)根也。見[集韻]。

[榲] 委隕切音惲軫韻

(一)木盛皃。見[集韻]。

[榶] 徒郎切音唐陽韻

(一)木名。棣也。通作唐。見[集韻]。[按廣韻。—棣。木名。引爾雅曰。唐棣、移。不從木。]

(二)椀也。[荀子正論]魯人以—。[注]盌謂之—。

[榷] 訖岳切音覺覺韻居效切音教效韻

(一)水上橫木。所以渡者。見[說文]。[注]此即今之所謂水彴橋也。[段注]孝武紀曰。—酒酤。韋曰。以木渡水曰—。謂禁民酤釀。獨官開置。如道路設木爲—。獨取利也。[按今鹽由官專賣專運。稱爲—運。]

(二)—酤。征稅也。[韻會]—酤是征稅之法。

[榷] 克角切音確覺韻

(一)木名。枳也。有實如柚。見[集韻]。

[榸] 椿皆切音齋佳韻

(一)枯木根也。見[集韻]。

(二)通樁。[六書故]樁、俗又曰—。聲之轉也。[按正字通云。—樁音別義同。]

[榹] 相支切音思七支切音雌支韻

(一)槃也。見[說文]。[段注]急就篇。槫榼椑—。—當與許訓同。[按方言。承槃曰—。]

(二)山桃也。[爾雅釋木]—桃、山桃。[注]實如桃而小。不解核。[疏]生山中者名—桃。

[榻] 託盍切音塌合韻

(一)牀也。見[說文新附]。[按初學記引通俗文。牀三尺五曰—。釋名釋牀帳。人所坐臥曰牀。牀、裝也。所以自裝載也。長狹而卑曰—。言其—然近地也。據此則牀與—似微有別。]

(二)枰也。見[廣雅釋器]。[按一切經音義引埤倉。枰、—也。初學記引通俗文。版獨坐曰枰。釋名釋牀帳。枰、平也。以板作之。其體平正也。]

(三)布名。[史記貨殖傳]—布皮革千石。[漢書音義]—布、白疊也。

(四)—登。施之承大牀前。小—上。登以上牀也。見[釋名釋牀帳]。[按一切經音義引作毾㲪、毾㲪、亦說文新附字。]

[⿰木芻] 初尤切音搊尤韻窗兪切音芻虞韻

(一)牛桊也。見[玉篇]。[按類篇云。牛鼻繫繩具。]

(三)板本不正也。見〔廣韻〕。

【榼】克盍切音磕合韻

(一)酒器也。見〔說文〕、〔段注〕師古注急就篇曰。—、盛酒之器。其形——然也。孔叢子曰。子路嗑嗑。當飲十—。〔按左成十六年傳。行人執—承飲。造於子重〕

(二)貯水器也。〔淮南氾論〕霤水足以溢壺—。而江河不能實漏卮。

(三)藤名。〔本草拾遺〕—藤如通草。其實三年方熟。若雞卵殼。貯丹藥經年不壞。

【榽】弦雞切音兮齊韻胡計切音係霽韻

(一)—櫨。木名。〔爾雅釋木〕魄、—櫨。〔注〕魄、大木細葉。如檀。齊人諺曰。上山斫檀。—櫨先殫。〔疏〕魄、一名—櫨。

(二)山—也。見〔玉篇〕。

【榽】戶佳切音條佳韻

—樓也。見〔廣韻〕。

【榾】古忽切音骨月韻

(一)枸—。木中箭笴。見〔玉篇〕。〔按本草岡經作狗骨。木體白似骨。故名。南人取以作合器甚佳。

(二)木頭也。〔元稹詩〕古墓深林盡株—。

【槀】苦浩切音考皓韻口到切音靠號韻

(一)木枯也。見〔說文〕〔段注〕枯—禾稾字。古皆高在上。今字高在右。非也。

(二)木葉落也。見〔詩蘀兮箋〕。

(三)乾魚也。〔禮記曲禮〕—魚曰商祭。

(四)就也。〔考工記輪人爲輪注〕揉、謂以火—之。〔疏〕—、就也。

(五)—項。羸瘦貌。〔莊子列禦寇〕—項黃馘者。

(六)—骨、只也。〔荀子禮論〕唅以—骨。

【槀】古老切音縞皓韻

(一)稭也。〔左哀三年傳〕於是乎去表之—。道還公宮。

(二)—本。藥名。〔荀子大略〕蘭茝—本。

(三)通簳。〔文選馬融賦〕持箭—而蹩立。〔注〕箭、—二竹名。

【槃】蒲官切音盤寒韻

(一)承—也。見〔說文〕〔段注〕承槃者、承水器也。內則。少者奉—。長者奉水。請沃盥。左傳曰。奉匜沃盥。古之盥手者。以匜沃水。以—承之。故曰承—。內則注曰、—承盥水者。大學湯之盤銘。正謂刻戒於盥手之承—。故云日日新也。

(二)樂也。〔詩考槃〕考—在澗。

(三)犁—。犁之一事也。〔耒耜經〕橫于轅之前末曰—。言可轉也。斲木爲之。

(四)—停。不進也。〔宋書吳喜傳〕西賊既殄。便應還朝而解故—停。托云捍蜀。

(五)珠—。禮器名。〔周禮掌舍〕若合諸侯。則共珠—玉敦。

(六)夷—。禮器名。大喪用之。〔周禮凌人〕大喪。共夷—冰。

(七)—夷。創傷也。〔莊子駢拇注〕或以—夷之事。

【槇】多年切音巔先韻

木頂也。一曰仆木也。見〔說文〕〔段注〕人頂曰顛。木頂曰—。人仆曰顛。木仆曰—。今顛行而—廢矣。

【槇】止忍切音軫軫韻

(一)木密也。見〔廣韻〕。

(二)木名。即羅漢松。常綠喬木。高數丈。葉作綫形。幅廣而扁。葉面綠。葉背青白。夏開小花。秋末結實如豌豆。大半爲肉質。熟時呈紅色。其狀如羅漢披袈裟。故名。此字古無以訓木名者。今惟日本用之。

【槇】之人切音眞眞韻堂練切音甸霰韻亭年切音田先韻

木根相迫迮也。見〔集韻〕。

【槊】色角切音朔覺韻

(一)矛也。見〔說文新附〕。〔按集韻。本作矟。或作—。亦作鎙。釋名釋兵。矛長丈八尺曰矟。馬上所持。言其矟矟便殺也〕

(二)握—。博簺也。一曰棋局也。〔韓愈詩〕酒食能無事。棊—以自娛。

【構】居候切音遘宥韻

(一)蓋也。杜林以爲椽桷字。見〔說文〕。〔段注〕此與冓音同義近。冓、交積材也。凡覆蓋必交積材。杜意—造字用冓。椽桷字用—。蓋倉頡訓纂一篇及倉頡故一篇中語。

(二)逆也。〔國策秦策〕秦楚之兵。—而不離。

(三)結也。見〔漢書平帝紀注〕。

(四)成也。〔詩四月〕我日—禍。

(五)謀也。〔淮南說林〕文王與諸侯—之。

(六)合也。〔易繫辭〕男女—精。
(七)亂也。見〔詩齊風釋文引韓詩〕。
(八)結也。〔漢書陳勝傳〕夜—火。
(九)會其惡也。〔左桓十六年傳〕宜姜與公子朔—急子。
(十)間隙也。〔後漢隗囂傳〕勿用勞人解—之言。
(十一)木名。楮類。〔物類相感志〕—膠可以塗丹沙。〔按—爲落葉喬木。高二三丈。嫩枝多剛毛。葉作如意形。擦之粗澀。葉柄與葉承接之處較楮略異。春夏開花。結實如球。熟則赤色。微類楊梅。幹皮可以製紙。〕

【構】古慕切音故遇韻
結也。〔荀子勸學〕怨之所—。

【構】訖岳切音覺覺韻
榷或字。〔集韻〕榷。說文。榷也。或作—。

【㯫】何格切音覈各額切音貉陌韻
〔按字從木郤聲作郤非。康熙字典入九畫今正。〕
●角械也。一曰。木下白也。見〔說文〕。〔王注〕廣雅。格、衡、楅—也。周禮封人。設其楅衡。注。楅設於角。衡設於鼻。案設於角。故曰角械。

●木名。見〔廣韻〕。
●案足。見〔類篇〕。

【槌】馳僞切音縋寘韻
關東謂之—。關西謂之持。見〔說文〕。〔段注〕方言。—、宋魏陳楚江淮之間謂之植。自關而西謂之梯。郭云。—、縣蠶薄柱也。梼與植蓋一字。依方言當作關西謂之梯。關東謂之梼。容許所據不同耳。〔按集韻平聲亦載此義。〕

【槌】傳追切音椎支韻
●擊也。見〔集韻〕。
●棒—。擊物之具也。〔魏書李崇傳〕鍾—亂擊。

【槌】都回切音堆灰韻
擲也。〔法言問道〕—提仁義。

【槍】千羊切音鏘陽韻
●歫也。一曰。—攘也。見〔說文〕。〔段注〕止部曰。歫、止也。一曰—也。—有相迎鬭爭之意。—攘也三字句。—攘各本从木。今正。晉灼注漢書曰。搶攘、亂貌也。按許無从手之搶。凡—攘。上从木。下从手。
●木兩頭銳也。見〔玉篇〕。〔按通俗文曰。剡木傷盜曰—。〕
(三)兵器也。〔五代史王彥章傳〕彥章爲人驍勇。持一鐵—。
(四)刈草器也。〔管子小匡〕挾其—刈。耨鎛。
(五)抵也。〔漢書路溫舒傳〕見獄吏則頭—地。
(六)天—。星名。〔漢書天文志〕紫宮左三星曰天—。
(七)旗—。茶名。〔茶錄〕茶牙如鷹爪雀舌爲上。一旗一—次之。〔按陸游煎茶詩。紅絲小磑破旗—。〕
(八)姓也。〔姓苑〕漢—傅。

【槍】楚耕切音崢庚韻
彗星爲欃—。見〔爾雅釋天〕。

【槏】口減切音歉豏韻
(一)戶也。見〔說文〕。〔按集韻。—、戶也。或作㡘、㡘。通俗文。小戶曰㡘。〕
(二)牖牓柱也。見〔廣韻〕。

【槏】離鹽切音廉鹽韻
古廉字。〔集韻〕廉。說文。仄也。一曰自檢也。又姓。亦州名。古作—。

【槏】賢兼切音嫌鹽韻
稻名。見〔集韻〕。

【槏】胡犯切音豏豏韻
盂也。見〔集韻〕。

【槐】乎乖切音懷佳韻
●—木也。見〔說文〕。〔王注〕春秋說題辭。—木者、虛星之精也。〔按—乃喬木名。高二三丈。低者丈餘。葉脊綠。嫩葉有白毛。初夏開花。色白而微黃。其形象蝶。結莢如連珠。材質堅而文理美。可製器具。〕

槐圖

(一)櫰—。木名。〔爾雅釋木〕櫰—大葉而黑。〔注〕—樹葉大色黑者名爲櫰。〔按櫰—乃—類。幹高於—。葉較—大而色近青黑。秋日開花。抽自葉腋。莢作扁平線形。長二寸許。〕
(二)守宮—。亦—類也。〔爾雅釋木〕守宮—。葉晝聶宵炕。〔疏〕聶、合也。炕、張也。言其葉晝合夜開者。別名守宮—。

(四)—葉蘋。水草名。生池沼中。浮游水面。葉有二種。一似—。平鋪水上。—似根。下垂水中。

(五)懷也。〔周禮朝士〕面三—。三公位焉。〔注〕—之言懷也。

(六)水名。〔山海經北山經〕敦與之山。—水出焉。

(七)—里。地名。〔漢書地理志〕—里屬右扶風。

(八)—江。山名。〔山海經西山經〕—江之山。邱時之水出焉。〔注〕据張掖記說。卽甘州張掖縣北雞山也。

(九)孟—。獸名。〔山海經北山經〕譙明之山。有獸焉。其狀如貆而赤豪。其音如榴榴。名曰孟—。

(十)姓也。唐—承榮。—公儉。

【槐】胡隈切音回灰韻

(一)歸也。〔春秋元命苞〕樹—聽訟其下。〔注〕—之言歸也。情見歸實也。

(二)桃—。西域國名。見〔韻會〕。

(三)橫以扛物者也。斷竹木爲之。扛之者名爲—夫。見〔淸會典〕。

(四)桿之屬。一曰—桿。木製或鐵製。用以起重。見〔重學圖說〕。

【槓】讀如扛去聲

(三)以筆直斥文字。俗稱爲—。

(四)俗謂相持不下者曰拚—。

【榐】知輦切音展銑韻

盞也。〔顏氏家訓書證〕吳人呼盞爲竹簡反。故木傍作展。以代盞字。

【㮟】丑展切音蕆銑韻

㮟—。樹長皃。見〔類篇〕。

【𣘶】尼展切音𡰥銑韻女箭切音輾霰韻

鞢物器。見〔集韻〕。

【樨】直忍切音朕軫韻

木名。汁可爲酒。見〔集韻〕。

【機】丈忍切音紖軫韻

木名。可染。見〔集韻〕。

【榑】馮無切音扶虞韻

—桑。神木。日所出也。見〔說文〕。〔段注〕—桑。卽叒木也。東下云。从日在木上。皆謂—木也。淮南高注。亦曰—桑。日所出也。〔按—桑、十洲記作扶桑。〕

【榑】符遇切音附遇韻

木名。見〔集韻〕。

【榓】覓筆切音密質韻

香木。見〔字林〕。〔按類篇云。—似槐。〕

【槎】側下切音厏馬韻

衺斫也。春秋傳曰。山不—。見〔說文〕〔段注〕許書亦有謂國語爲春秋傳者。魯語里革曰。山不—蘖。李善注西京賦引賈逵解詁曰。—、邪斫也。韋曰。—斫也。周頌曰。載芟載柞。毛云。除木曰柞。柞卽—字。異部假借也。

【槎】鋤加切音查麻韻

桴也。〔博物志〕有浮—去來。

【榕】餘封切音容冬韻

木名。見〔玉篇〕。〔按—樹。常綠喬木。生南方。樹多氣根。自枝梢下垂。條條入地。多至數十百。葉作橢圓形。下承長葉柄。蔭廣數畝。花及果實之構造。頗似無花果。材質足供器用。—城隨筆云。閩中多—樹。卽此木也。〕

【榖】克角切音殼覺韻

直杖也。見〔集韻〕。

【㮲】訖岳切音覺覺韻

木名。關中謂楮爲—。見〔集韻〕。

【榗】子賤切音箭霰韻將先切音箋先韻

木也。書曰。竹箭如—。見〔說文〕。〔王注〕書無此語。段氏曰。疑當作周禮曰。竹—。讀如晉。職方氏。其利金錫竹箭。故書箭爲晉。蓋許所見故書作—。—本木名。故書借爲竹箭名也。嚴氏曰。當作讀若書曰竹箭。竹箭蓋古文說。許君往往以經說爲經也。

【榗】卽刃切音晉震韻

鼓名。見〔類篇〕。

【橛】其月切音掘月韻

—株。山名。見〔集韻〕。

【榙】託合切音鎝合韻侯閤切音合合韻

—㮩。果似李。見〔說文〕。〔段注〕史記上林賦。—㮩字同許。漢書文選皆作荅遝。假借字也。

【槢】直立切音蟄緝韻

插—。林木貌。見〔集韻〕。

【榚】以沼切音鷕篠韻

木長貌。見〔集韻〕。

【⿰木盎】於浪切音盎漾韻 —椿。木名。見〔集韻〕。

【榞】愚袁切音元元韻 木皮可食。實似甘蕉。見〔玉篇〕。〔按類篇云。實似甘蔗。皮核皆可食。〕

【榠】忙經切音螟青韻 —樝。果也。見〔玉篇〕。〔按—為藨木。高六七尺。葉皆叢生。春日先葉開花。其色不一。有紅有白。有紅白相間者。頗豔美。果實橢圓。長二三寸。供藥用。〕

【榠】母迥切音茗迥韻 茶晚取者。見〔集韻〕。

【榌】蒲麋切音毘支韻 木名。見〔字彙〕。

【榡】蘇故切音素遇韻 器未飾也。見〔類篇〕。〔按—與素通。〕

【樶】組回切音嗺灰韻 木節也。見〔玉篇〕。

【⿰木畟】子力切音卽職韻 細理木也。見〔說文〕〔段注〕—見西山經、南都賦。郭曰。—似松。有刺。細理。劉淵林注蜀都賦曰。楔似松。有刺。按蜀都楔字蓋—之譌。

【榤】渠列切音傑屑韻 杙也。見〔玉篇〕。〔按爾雅釋宮。雞棲于杙為—。今毛詩—作桀。〕

【⿰木息】悉卽切音息職韻 木也。見〔說文〕。

【榧】府尾切音匪尾韻 木名。見〔集韻〕。〔按—為常綠喬木。生山中。高數丈。葉狀如鍼而扁平。色深綠。雌花與雄花各異其株。故有雌本雄本之別。結實如核果。而無果皮。材中建築。種子可食。或榨油。或入藥。〕

【⿰木害】何葛切音曷曷韻 所以輔木轉也。見〔玉篇〕。

【⿰木害】下瞎切音轄黠韻 木所以正弓也。見〔集韻〕。

【⿰木害】五瞎切音楬黠韻 稿或字。〔集韻〕稿。敔也。以止樂。或作—。

【榫】之允切音準筍尹切音筍軫韻 剡木入竅也。見〔集韻〕。〔按周圻名義考引程顥語錄云。—卯方則方。—卯圜則圜。今俗云門筍合縫。筍字當作—。〕

【⿰木翁】烏公切音翁東韻 水—子。果名。出南州。見〔廣韻〕。

【⿰木座】徂禾切音矬歌韻 木名。櫨李也。見〔類篇〕。

【⿰木脊】資昔切音積陌韻 屋欂木也。見〔集韻〕。

【⿰木弟】田黎切音題齊韻 研米槌也。見〔集韻〕。

【榱】所追切音衰支韻 椽也。秦名屋椽也。周謂之椽。齊魯謂之桷。見〔說文〕。〔按此依段氏訂正本。段云。謂屋椽秦名之曰—。周曰椽。齊魯曰桷也。各本妄改。大誤。〕

【⿰木函】居咸切音緘咸韻 同椷。見〔正字通〕。

【⿰木函】胡南切音含覃韻 通水具也。見〔洪武正韻〕。

【榳】唐丁切音亭青韻 楟—。長木皃。見〔集韻〕。

【⿰木茸】如容切音茸冬韻 木名。似檀。見〔廣韻〕。

【⿰木挈】吉屑切音結屑韻 —橰。所以汲水。見〔玉篇〕。〔按集韻。—、或作楔。〕

【⿰木挐】女居切音袽魚韻 桊—。杷也。見〔玉篇〕。〔按方言。杷、宋魏之間謂之渠挐。或謂之渠疏。〕

【⿰木國】胡昆切音魂元韻 梡木未析也。見〔說文〕〔段注〕此梡當作完。全也。通俗文曰。合心曰—。纂文曰。未判為—。

【⿰木圂】胡本切音梡阮韻 同梡。見〔玉篇〕。

【⿰木鬼】頻脂切音皮支韻 邊迷切音鞞齊韻 梠也。見〔說文〕。〔按說文梠下云。

榍也。文選西京賦。鏤檻文—。注引聲類曰。—屋連綿也。〕

【榺】詩證切音勝徑韻　機持經者。見〔說文〕。〔段注〕三倉曰。經所居機—也。謂之—者。勝其任也。

【桄】色矜切音升蒸韻　草木盛貌。見〔集韻〕。

【榿】丘奇切音欹支韻　苦駭切音楷蟹韻　五來切音獃灰韻　木名。〔益部方物記〕民家樹—。不三年。材可倍常。疾種移取。里人以爲利。〔按杜甫詩云。飽聞—樹三年大。爲致溪邊千畝陰。可證。〕

【槂】蘇昆切音孫元韻　公—。木名。見〔集韻〕。〔按即公孫樹。銀杏也。〕

【榼】許亥切音海賄韻　酒—也。見〔玉篇〕。〔按正字通云。—、酒器。以木爲之。〕

【槄】他刀切音叨豪韻　土晧切音討晧韻　山榎也。〔爾雅釋木〕—、山榎。〔疏〕李巡云。山榎、一名—。郭云。今之山楸。詩秦風云。有條有梅。陸機疏云。—、今山楸也。亦如下田楸耳。〔按詩終南傳曰。條、—。疏引孫炎爾雅注。亦曰條—也。〕

【槅】各覈切音革陌韻　大車枙也。見〔說文〕。〔段注〕枙、當作軶。隸省作軛。車部曰。軶、轅前也。—、攷工記作鬲。大鄭云。鬲、謂轅端厭牛領者。大車者。鄭云平地任載之車也。大車之軶曰—。

【槅】下革切音覈陌韻　果中核也。見〔集韻〕。〔按集韻本作核、或作—。文選蜀都賦。肴—四陳。—、即核也。〕

【樳】松倫切音巡　須倫切音荀眞韻

【橁】相倫切音荀　船倫切音脣眞韻　大木可爲鉏柄。見〔說文〕。杶木別名。見〔廣韻〕。

【𣗳】平祕切音備寘韻　木名。出蜀中。八月中吐穗。如鹽狀。可食。味酸美。見〔玉篇〕。〔按山海經。橐山多—木。管子地員。高陵土山。命曰縣泉。其地不乾。其木乃—。〕

【槈】乃豆切音耨宥韻　薅器也。見〔說文〕。〔段注〕蓐部曰。薅、披去田艸也。—者、所以披去之器也。—刀廣六寸。柄長六尺。〔按管子小匡。挾其槍刈—鎛。〕

【槔】居勞切音高豪韻　桔—。汲水器也。見〔說文新附〕。〔按集韻从自互。詳槹字。〕

【棫】敵得切音特職韻　杙也。見〔類篇〕。

【槉】昨悉切音疾質韻　屋枅也。見〔集韻〕。〔按爾雅釋宮。閞謂之—。注。柱上欂也。亦名枅。又曰楶。〕

【棱】楞本字。見〔說文〕。

【𣏽】古本字。見〔玉篇〕。

【槑】古某字。見〔說文〕。〔段注〕从口者、甘之省。兩之者、皃其酢醶。

【㮨】古直字。見〔玉篇〕。〔按說文。古文直作㮨。〕

【尌】樹籀文。見〔說文〕。

【榍】同榍。詳榍字。

【榎】同檟。見〔字彙〕。

【榏】同艗。見〔廣韻〕。〔按玉篇。—、舟也。晉書王濬造船。畫鷁鳥于船首。故名。〕

【㮴】同栧。見〔字彙〕。

【𣙼】同送。見〔集韻〕。

【楙】同楚。出漢袁君碑。見〔字彙補。〕

【樀】同樀。見〔字彙補〕。

【躲】同榦。見〔六書本義〕。

【𣗓】同機。又同穖。見〔篇海類編〕。

【樫】同剛。見〔龍龕手鑑〕。

【㮚】同栗。見〔龍龕手鑑〕。

【榘】同矩。見〔集韻〕。〔按離騷。求—矱之所同。—、即矩也。〕

【㮄】同榜。見〔字彙〕。

【𣒓】同桃。見〔字彙〕。

【𣗼】同旅。見〔正字通〕。

【槁】同稾。見〔正字通〕。

【𣙙】同栿。見〔正字通〕。

【㮤】松或字。見〔說文〕。

【梓】梓或字。見〔說文〕。

【椽】俗架字。見〔正字通〕。

【榛】桌俗字。

【槖】橐俗字。見〔字彙補〕。

【[illegible]】粲俗字。見〔正字通〕。

【榴】榴俗字。見〔正字通〕。

【槐】森俗字。見〔正字通〕。

【樬】樬鴿字。見〔正字通〕。

十一畫

【槢】達協切音牒葉韻　席入切音習緝韻

●梁也。見〔集韻〕。

●（二）柃中栓也。見〔集韻〕。

●（三）檻下橫木。見〔集韻〕。

●（四）凡楔皆謂之—。〔文選何晏賦〕—似瓊英。

●（五）椄—械楔也。〔莊子在宥〕聖知之不爲桁楊椄—也。

【槢】席入切音習緝韻　木也。見〔說文〕〔注〕鍇按字書—、堅木也。

【槤】陵延切音連先韻

●簃也。見〔玉篇〕。〔按爾雅連謂之簃。疏云簃、樓閣邊相連小屋〕。

●橫關木。見〔玉篇〕、〔按類篇門持關謂之—〕。

●木名。〔文選郭璞賦〕楈—森嶺而羅峯。

【槤】力展切音輦銑韻　瑚—也。見〔說文〕〔通訓定聲〕字亦作璉。〔禮記明堂位〕夏后氏之四璉。殷之六瑚。周之八簋。〔三禮圖〕謂瑚璉。按以木爲之。四璉盛黍稷稻粱。〔參閱璉字〕。

【槦】餘封切音庸冬韻

●楊—。木名。材中箭笴。見〔集韻〕。

●兵架謂之—。見〔集韻〕。

【槦】吐孔切音侗董韻　鴻—。木名。可爲矢。見〔集韻〕。

【槩】居代切音溉古對切音憒隊韻　許既切音餼未韻

●杚斗斛。見〔說文〕〔王注〕—者、平斗斛之器也。故月令鄭注曰。—平斗斛者。乃管子曰釜鼓滿則人—之。是以靜字爲動字也。故蒼頡篇曰。平斗斛曰—。許君獨言杚斗斛者。所以關兩義也。〔按繫傳作杚斗斛。鍇曰杚、夏摩之也。段本改作所以杚斗斛也。—字亦省作概〕。

●（二）量也。〔禮記曲禮〕食饗不爲—。

●（三）平也。〔史記范雎傳〕而不—于王心邪。

●（四）度量也。〔漢書楊惲傳〕漂然皆有節—。

●（五）猶操也。〔文選范曄論〕或垢俗以勤其—。

●（六）志節也。〔文選江淹詩〕常慕先達—。

●（七）梗—也。見〔玉篇〕。

●（八）屑也。見〔後漢馮衍傳注〕。

●（九）一—。一端也。〔詩載馳傳〕進取一—之義。

●（十）退—。幽深不明也。〔文選何晏賦〕旁騑退—。

●（十一）通慨。〔史記季布傳〕婢妾賤人感—而自殺非能勇也。

【槩】古忽切音骨月韻　哀亂貌。〔莊子至樂〕我獨何能無—然。〔按司馬曰感貌〕。

【樧】山戛切音殺黠韻山列切屑韻

●似茱萸出淮南。見〔說文〕〔段注〕釋木。茱—醜萊。郭云。萊茱萸子聚生成房皃。—似茱萸而小赤色。

●茱萸也。見〔廣雅釋木〕。

【樧】私列切音薛屑韻　楔或字。〔集韻〕楔。說文、擻也。蜀人从殺。

【槭】子六切音蹙屋韻甾尤切音鄒尤韻

●木名。〔說文〕—木可作大車輮。〔段注〕未詳今何木。大車、牛車也。輮、車輞。〔按—木似楓而非楓屬。樹高不盈丈。葉不甚大。裂作掌狀。因種類之不同。而有五尖者。有七尖者。有九尖者。承以長葉柄。初生稚葉。及秋後經霜者。俱呈鮮麗之紅色。花小而褐。結實有翅。材之木理頗美〕。

●至也。見〔廣雅釋詁〕。

【槭】率摑切音摵陌韻

●枝空之貌。〔文選潘岳賦〕庭樹—以灑落。

●彫柯貌也。〔文選潘岳賦〕陳柯—以改舊。

【槮】蘇簪切音森侵韻蘇遭切音

騷豪韻師銜切音衫咸韻

●木長皃。詩曰。—差荇菜。見〔說文〕。〔王注〕此引詩說假借謂長木之—。可用爲不齊之皃。

●槮—。草木盛皃。〔文選張衡賦〕槮爽槮—。

【槮】所錦切音痒寢韻

木實。見〔玉篇〕。

【槮】所錦切音痒斯荏切音佡式荏切音審寢韻桑感切音糝感韻所禁切音滲沁韻

積柴水中以取魚。見〔集韻〕。〔按玉篇云。爾雅曰。—謂之涔。注云。今之作罧者。聚積柴木於水中。魚得寒。入其裏藏隱。因以簿圍捕取之。〕

【槱】以九切音酉有韻夷周切音猶尤韻

●積木燎之也。詩曰。薪之—之。周禮以—燎祠司中司命。見〔說文〕。〔段注〕按毛說則—謂積薪而已。許不但云積木而兼云燎之者。爲其字之从火也。不云寮之而云燎之者。燎、放火也。寮、柴祭天也。

●—之言聚也。〔文選張衡賦〕颺—燎之炎煬。

【槿】疏臻切音莘所巾切音眞韻

●牀杠。東齊海岱之間謂之—。見〔方言〕。

●簀版也。見〔類篇〕。

【榟】緇詵切音臻眞韻

桌或字。〔集韻〕桌。說文、果實如小栗。亦作—。

【槲】胡谷切音斛屋韻

●—樕。木名。見〔玉篇〕。〔按—落葉喬木。葉長四五寸。本狹末廣。周有鋸齒如波狀。葉背多褐毛。春夏之交。開花成穗。結實有殼斗。可以救荒。此樹類櫟。故俗呼大葉櫟。〕

槲圖

●—寄生。寓木名。多寄生於櫸栗之枝。高者三四尺。其幹黏柔。黃綠色。每距三四寸。必有一節。節凡二歧。或三歧。歧節之端。對生兩葉。早春開花。細小作淡黃色。旋結半透明之果實。

【棓】扶來切音焙灰韻

(一)板也。見〔唐韻〕。

(二)姓也。見〔廣韻引姓苑〕。

【槽】財勞切音曹豪韻

(一)本作䊏。〔說文〕䊏。畜獸之食器。〔段注〕畜、六畜也。馬櫪曰—。

(二)柔木。〔淮南氾論〕—矛無擊。

(三)絃器中空而於兩面張革者。〔開元遺事〕賀懷智善琵琶。以石爲—。

(四)釀酒之器。〔文選劉伶頌〕捧罌承—。

(五)盛水器也。今化學器具中有水—一種。

(六)茶碓也。〔范成大詩〕茶—藥臼杵聲中。

(七)枸—子。果名。〔齊民要術〕枸—子大如指。正赤。其味甘。

【槽】臧曹切音糟豪韻

果木實相半也。見〔集韻〕。

【槿】渠巾切音勤眞韻

(一)柄也。見〔玉篇〕。

(二)木名。見〔集韻〕。

【槿】几隱切音謹吻韻

舜也。見〔集韻〕。〔按即木—。小灌木名。高丈餘。低者祇數尺。葉作楔形。略分三裂。夏秋開花。其實不一。又有單瓣重瓣之分。人家多種之爲籓籬。〕

槿圖

【樀】丁歷切音的錫韻

本作楠。〔說文〕楠。戶—也。爾雅楠謂之—。朝門。讀與滴同。〔段注〕按戶—、謂門檐也。

【樀】亭歷切音狄錫韻

(一)屋梠。見〔玉篇〕。

(二)卷絲具。見〔集韻〕。

【樀】直炙切音擲陌韻

磨牀。見〔集韻〕。

【樀】陟革切音摘陌韻

杼或字。〔集韻〕杼。說文、槌也。或作—。

【樂】逆角切音岳覺韻

(一)五聲八音總名。象鼓鞞木虡也。見〔說文〕〔段注〕鞞當作鼗、象鼓鼗。謂𢇛也鼓大鼗小中象鼓兩旁象鼗也。器多矣獨像此者鼓者春分之音。易曰。雷出地奮豫。先王以作—崇德。是其意也。況鐘鼓之榭也。
(二)樂也。見〔禮記樂記〕。
(三)音之所由生也。見〔禮記樂記〕。
(四)樂生之具。〔莊子大宗師〕回忘禮—。
(五)生也。〔淮南本經〕地載以—。
(六)先王之所以飾喜也。見〔禮記樂記〕。
(七)天地之和。見〔禮記樂記〕。
(八)陽氣也。見〔禮記郊特牲〕。
(九)施也。見〔禮記樂記〕。
(十)節也。見〔禮記仲尼燕居〕。
(十一)德之華也。見〔禮記樂記〕。
(十二)六—。雲門、大咸、大韶、大夏、大濩、大武也。〔周禮保氏〕二曰六—。
(十三)—正。官之長。〔禮記王制〕—正崇四術。
(十四)—池。即元池也。〔穆天子傳〕天子南葬盛姬於—池之南。
(十五)—府。漢時之一體也。
(十六)姓也。出南陽宋戴公四世孫—莒。為大司寇。

【樂】歷各切音洛藥韻
(一)喜也。見〔一切經音義引蒼頡〕。
(二)欣也。〔莊子至樂〕天下有至—無有哉。
(三)安也。〔史記樂書〕而民康—。
(四)謂適心也。〔書大禹謨〕罔淫于—。
(五)願也。〔呂覽務大〕然後皆得其所—。
(六)和也。〔左文十八年傳注〕愷—也。
(七)自外曰—。〔論語學而〕不亦—乎。
(八)無患曰—。見〔大戴記小辨〕。
(九)聲色也。〔國語越語〕今吳王淫于—而忘其百姓。
(十)無藏者也。見〔鶡冠子學問〕。
(十一)適會也。〔易繫辭〕所—而玩。
(十二)—歲。豐年也。〔孟子滕文公〕—歲粒米狼戾。
(十三)—易。詩所謂愷悌也。見〔荀子榮辱注〕。

【樂】魚敎切音礉效韻
(一)好也。〔禮記禮運〕玩其所—。
(二)懽也。〔論語雍也〕知者—水。
(三)貪—之稱也。見〔論語雍也皇疏〕。
(四)欲也。見〔集韻〕。

【樂】力照切音尞嘯韻
爍省字。〔集韻〕爍說文、治也。亦省。〔按詩衡門、可以—飢〕。

【樂】力角切音犖覺韻
爍省字。〔集韻〕爍爆爍藥疎皃。或省。

【榥】當侯切音兜尤韻
(一)木名。見〔集韻〕。
(二)木根入地無枝橖曰—。見〔正字通〕。

【樅】七恭切音瑽將容切音從冬韻
(一)木名。〔說文〕松葉柏身。〔按—常綠喬木。高十餘丈。徑圍亦有盈丈者。密葉深綠。為扁平之鍼狀。似杉而小。爾雅稱—為松葉柏身者。實當稱為杉葉柏身也。毬果甚大。熟則鱗片自落〕。
(二)崇牙也。〔詩靈臺〕虡業維—。〔釋文〕又音衝。
(三)撞也。〔漢書司馬相如傳〕—金鼓。
(四)姓也。〔史記高帝紀〕漢王令—公守滎陽。

【樇】思流切音脩尤韻
(一)木名。見〔玉篇〕。
(二)木長也。見〔正字通〕。

【檜】胡南切音含覃韻
頷或字。〔集韻〕頷說文、治槀幹。或作—。

【樉】所兩切音爽養韻
(一)木名。見〔廣韻〕。
(二)木茂皃。見〔集韻〕。

【樊】符袁切音煩元韻
(一)鷙不行也。見〔說文𠬝部〕〔段注〕鷙、馬重皃。鷙不行、沈滯不行也。
(二)所以籠雉也。〔莊子養生主〕澤雉十步一啄。百步一飲。不期畜於—中。
(三)滯也。見〔爾雅釋言〕。
(四)藩也。〔文選左思賦〕—以菹圃。
(五)邊也。見〔廣雅釋言〕。
(六)傍也。〔莊子則陽〕鳥則休乎山—。
(七)崇也。〔淮南精神〕游于天地之—。
(八)陰也。見〔莊子則陽釋文〕。
(九)馬大帶。〔周禮巾車〕—纓。〔按即馬腹帶〕。
(十)地名。〔左隱十一年傳〕溫原絺—。

〔按當今河南濟源縣東南本仲山甫采邑其後以邑爲氏〕〔又〕—城鎭名在襄陽縣北。

【樊】扶萬切音飯願韻

—桐山名。〔淮南墜形〕—桐在崑崙閶闔之中。

【樊】方煩切音繙元韻

同藩。〔集韻〕藩說文、屏也亦作—。

【樎】所六切音縮屋韻

(一)櫪也。〔方言〕櫪梁宋齊楚北燕之間謂之—。

(二)同縮。〔孔子家語〕縮屋繼之。〔注〕縮、又作—。

【樏】魯水切音壘紙韻

(一)扁榼謂之—。見〔玉篇〕〔按廣韻云似盤中有隔也〕

(二)木實。見〔集韻〕

【樏】魯水切音壘紙韻倫追切音纍支韻

山行所乘者。見〔玉篇〕

【樓】郎侯切音婁尤韻

(一)重屋也。見〔說文〕〔段注〕重屋與複屋不同複屋不可居重屋可居。考工記之重屋謂複屋也。

(二)陝而修曲曰—。見〔爾雅釋宮〕

(三)言牖戶諸射孔婁婁然也見〔釋名釋宮室〕

(四)—車車上望櫓。〔左宣十五年傳〕登諸—車。〔按疏曰所以窺望敵軍兵法所謂雲梯也〕

(五)—櫓者。露上無覆屋也見〔後漢袁紹傳注〕

(六)—船船有—也。〔文選左思賦〕—船舉颿而過肆。

(七)栝—果蓏實也。〔爾雅釋草〕果蓏之實、栝—。〔按本草一名地—〕

(八)岑—山顚也。〔孟子告子〕可使高於岑—。

(九)離—衆木交加之貌。〔文選王延壽賦〕嶔崟離—。

(十)—蘭國名。見〔漢書昭帝紀〕

(十一)姓也。夏少康之裔周封爲東—公。子孫因氏焉。見〔廣韻〕〔又〕葺—賀—均複姓。

【樆】讀若柯

(一)樹枝交連曰—。見〔正字通〕

(二)紛揚搔—言竹枝相磨戛也。見〔正字通引揚雄賦〕

【樗】胡化切音畫禡韻抽居切音攄魚韻通都切音摴虞韻

(一)—木也。見〔說文〕〔段注〕小雅毛傳皆曰—、惡木也今之臭椿樹是也有一種葉香者可食。

樗木圖

(二)—里。地名。見〔史記樗里子傳〕〔按當在今陝西渭南縣境〕

(三)—鳩—雞也。見〔廣雅釋蟲〕〔按—雞卽紅娘體作半球形其翅文采。體側能分泌黃色臭液以避危難故得—名。言其臭如—也。雞、象其文采。非言其鳴。蓋此蟲非能鳴者。郭璞以爲卽莎雞誤矣〕

【標】卑遙切音猋蕭韻方小切音褾篠韻

(一)本作標。〔說文〕標、木杪末也。从木票聲。〔段注〕杪末、謂末之細者也。古謂本末曰本—、在最上。故引伸之義爲—舉。

(二)立也。〔文選任昉序〕黃琬之早—聰察。

(三)猶表識也。〔文選郭璞賦〕—之以翠翳。〔按近世營業之商—學堂之—本皆有表識之義〕

(四)謂上首也。〔素問天元紀大論〕少陰所謂—也。

(五)—者病之始。〔素問六微旨大論〕本—不同。

(六)轝也。見〔廣雅釋詁〕

(七)—株柱類。〔淮南本經〕—株欂櫨。

(八)—榜猶相稱揚也。見〔後漢黨錮傳注〕

(九)星名。〔淮南俶眞〕擬於衡—之氣。〔注〕—、北斗柄第七星。

【樛】居尤切音鳩尤韻

(一)下句曰—。見〔說文〕〔按此依二徐本。分—、朻爲二篆。段本祗存朻篆云、—卽朻也。通訓定聲、系—篆於朻下。云、卽朻之或體。互詳朻字〕

(二)求也。〔文選張衡賦〕—天道其焉如。

(三)絞也。〔儀禮喪服傳〕不—垂。〔注〕不—垂者。不絞其帶之垂者。

(四)—流。猶周流也。〔漢書揚雄傳〕留

崑崙以—流。〔又〕曲折貌。〔文選班彪賦〕遶紆回以—流。

【樛】亡幽切音鷚尤韻憐蕭切音聊蕭韻

木名。見〔集韻〕。

【櫨】莊加切音渣麻韻

㊀—果似棃而酢。見〔說文〕〔段注〕內則柤棃注曰。柤棃之不臧者。爾雅郭注、山海經郭傳皆云—似棃而酢澀。按卽今棃之肉粗味酸者也。〔按桂注。字又作查。宋書張邵傳、敷小名查。父邵小名棃。文帝戲之曰。查何如棃。又作樝。褒字記有樝棃山〕。

㊁榠—果也。見〔玉篇〕。〔按爾雅圖經云。榠—、木葉花實酷類木瓜。看蒂間別有重蒂如孔者爲木瓜。無此者爲榠—也〕。

【樞】春朱切音姝虞韻

㊀戶—也。見〔說文〕〔段注〕戶所以轉動開閉之機也。釋宮曰。—謂之椳。

㊁門臼。見〔易繫辭釋文〕。

㊂艮爲門。故曰—。〔易繫傳〕君子之—機。

㊃主運轉者也。〔管子水地〕其—在水。

㊄樞也。要髀股動搖如—也。見〔釋名釋形體〕。

㊅要也。〔莊子齊物論〕謂之道—。

㊆—要大要總名也。〔荀子正名〕制名之—要。不可不察也。

㊇—機近要之官也。見〔後漢明德馬皇后紀注〕。〔按宋官制—密及日本之—密院。並此義〕〔又〕謂言行也。〔易繫辭〕言行、君子之—機。—機之發榮辱之主也。

㊈北斗七星第一、名天—。見〔後漢崔駰傳注〕。

【模】莫胡切音謨虞韻蒙晡切音摹虞韻

㊀法也。讀若嫫母之嫫。見〔說文〕。〔段注〕以木曰—。以金曰鎔。以土曰型。以竹曰範。皆法也。漢書亦作摹。

㊁象也。見〔禮記內則淳母注〕。

㊂所模章之範〔書大傳〕模乎其猶—繡也。

㊃—狀猶規矩。見〔公羊四年傳注〕。

㊄—堇。木名。〔穆天子傳〕事皇天子之山—堇。

㊅酸—草名。自生於水邊或山麓。葉細小而味酸。至秋則葉變紅色。或紫色。其花雖以綠色爲主。亦間有紫紅色者。

【槷】倪結切音齧屑韻

臬或字。〔集韻〕臬。說文、射準的也。或作—。

【槷】私列切音薛屑韻

楔或字。〔集韻〕楔。說文、櫼也。周禮从執。

【槷】魚列切音孽屑韻

㊀闑或字。〔集韻〕闑。說文、門梱也。或作—。

㊁隉或字。〔集韻〕隉。杌隉。不安也。或作—。

【槷】乃結切音涅屑韻

木楔也。見〔類篇〕。〔按集韻書作槷〕。

【樣】似兩切音象養韻

栩實也。見〔說文〕〔段注〕—、橡正俗字。今人用—爲式—字。像之假借也。唐人式—字从手作㨾。〔按爾雅舊注。柔實爲橡子。橡爲落葉喬木。與今橡樹之橡異。互詳橡字〕。

【樣】弋亮切音漾漾韻

㊀法也。見〔韻會〕〔廣韻作㨾〕。

㊁式也。俗謂一式不一式、曰一—不一—。或曰同—不同—。又謂物之式子、曰—子。

㊂日本以爲敬稱。繫於人之姓名下。語言通用之。

㊃花—。綾紗織紋。〔國史補〕親添花—綾紗。〔又〕清世捐納保舉各班輪用次序。俗謂之花—。

【樤】田聊切音迢蕭韻

㊀柚—也。亦作條。見〔集韻〕。

㊁小枝也。見〔類篇〕。

【樟】諸良切音章陽韻

㊀豫—。大木也。見〔廣韻〕。

㊁木名。爲常綠喬木。亦曰香木。多產南方諸省。形似肉桂。有高達十餘丈。徑圍達數丈者。葉爲革質。有光澤。夏開黃白小花。秋末結實如豆。此樹可製—腦及油。

【⿰木寄】居宜切音羈支韻

以箸取物。見〔類篇〕。

【椅】俱爲切音嬀支韻

戴也見〔集韻〕

【[illegible]】宜寄切音羨以智切音異寘韻　周穆王駿馬名。見〔集韻〕。〔按列子。周穆王右驂赤驥而左白—。注。史記曰。造父爲穆王得驊騮赤驥白犧之馬。釋文云。—古犧字。康熙字典作[illegible]誤。〕

【槥】旋芮切音彗于歲切音衛須銳切音歲霽韻　棺櫝也。見〔說文〕。〔段注〕櫝、匱也。棺之小者。故謂之棺櫝。高帝紀令士卒從軍死者爲—。應劭曰。小棺也。

【[illegible]】胡桂切音慧霽韻　櫘或字。〔集韻〕櫘。木也。或从替。

【槧】疾染切音漸琰韻在敢切音覽感韻千廉切音籤鹽韻　牘樸也。見〔說文〕。〔段注〕樸、素也。猶坯也。牘、書版也。—、謂書版之素未書者也。

【[illegible]】壁吉切音必質韻　—木也。見〔說文〕。

【概】古外切音儈泰韻　杙也。見〔玉篇〕。

【槪】居代切音漑隊韻　同槩。〔集韻〕槩。說文、杚斗斛。亦書作—。

【概】巨列切音揭屑韻　杙也。見〔類篇〕。

【[illegible]】居言切音犍經天切音堅先韻　—子。樗蒲彩。見〔玉篇〕。

【槫】徒官切音團寒韻豎兗切音腨銑韻　柩車。見〔集韻〕。

【槫】淳緣切音遄先韻　同輇。〔集韻〕輇。說文、蕃車下庳輪也。亦作—。

【[illegible]】同都切音徒虞韻　荼或字。〔集韻〕荼。說文、苦荼也。或作—。

【[illegible]】直加切音秺麻韻　茶或字。〔集韻〕茶。茗也。一曰葭茶。或从木。

【槬】胡化切音樺禡韻　轋橫大也。〔左昭二十一年傳〕今鐘—矣。

【槯】倉回切音崔昨回切音摧灰韻　木名。見〔集韻〕。〔按正字通云。木堪作杖。〕

【槯】狙猥切音[illegible]賄韻　木蘊積也。見〔集韻〕。

【[illegible]】尼質切音暱質韻　木名。見〔類篇〕。〔按神異經。南方大荒之中有樹焉。名—。〕

【[illegible]】甞貢切音送送韻　草木盛貌。見〔字彙〕。〔按音訓同樅。〕

【[illegible]】隨戀切音旋霰韻　縻犬紲所繫。見〔集韻〕。

【槳】子兩切音蔣養韻　檝屬。見〔廣韻〕。〔按正字通云。長大曰櫓。短小曰—。縱曰櫓。橫曰—。方言作槳。〕

【槳】資良切音將陽韻　同[illegible]。〔集韻〕[illegible]柯也。或書作—。

【槴】後五切音戶姥韻　藉書具。一曰取魚具。見〔集韻〕。

【槵】胡慣切音患諫韻　木名。無—也。見〔集韻〕。〔按—、落葉喬木。幹高二丈許。枝葉如椿。爲羽狀複葉。五六月頃開白綠花。結實如球。生青熟黃。老則皺縮。中藏一種子。堅黑正圓。以果皮煎汁。去垢同於肥皂。用洗眞珠甚妙。釋家穿之爲念珠。名無—子。一作無患子。〕

【槶】古對切音憒隊韻姑回切音瑰灰韻　筐當也。見〔說文〕。〔注〕當者、底也。今俗猶有匡當之言。蜀史記諸葛亮與晉宣帝對壘。亮欲挑戰。遺之巾—。以激辱之。然則—、妝匳筐篋之屬也。〔今誤作幗。〕

【槸】倪祭切音藝霽韻　木相磨。見〔說文〕。〔注〕鍇按爾雅、木相磨曰—。注曰。謂樹皮相切磨也。〔按集韻、亦書作槷。通訓定聲、凡槷義皆入—下。是以槷、—爲一字。〕

【⿰木部】部項切音棒講韻　棓或字。〔集韻〕棓。說文、棁也。謂木杖。或作—。

【槺】丘岡切音康陽韻　虛也。〔文選司馬相如賦〕委參差以—梁。

【⿰木率】朔律切音率質韻　木名。見〔集韻〕。

【槻】均窺切音規支韻　木名。任作弓。一曰。樊—木皮。水漬和墨。書色不脫。見〔集韻〕。

【⿰木帶】當蓋切音帶泰韻　槌也。〔方言〕槌。宋魏陳楚江淮之間謂之—。

【槾】謨官切音瞞寒韻　杇也。見〔說文〕。〔段注〕釋宮曰。鏝謂之杇。釋文云。鏝、本或作—。按孟子作墁。

【樠】莫半切音縵翰韻模元切音璊元韻　木名。一曰木脂。見〔集韻〕。

【槾】無販切音萬願韻　—荆。木名。見〔集韻〕。

【槾】莫半切音縵翰韻　貪也。見〔集韻引廣雅〕。

【㯃】戚悉切音七質韻　桼或字。〔集韻〕桼。說文、木可以髹物。或作—。

【樁】株江切音椿江韻　橛杙也。見〔說文新附〕。

【樁】書容切音舂冬韻　擣也。〔晉書宣帝紀〕搤其喉而—其心。

【㮾】里黨切音朗養韻　木名。見〔集韻〕。

【樄】池鄰切音陳眞韻　—⿰木疌。經營馳逐也。〔王延壽賦〕扶嶔崟以—⿰木疌。〔注〕—⿰木疌、一作陳椽。〔按史記貨殖傳〕故楊平陳椽。其間得所欲。索隱云。陳椽、猶經營馳逐也。

【樆】鄰知切音離支韻　山梨也。〔爾雅釋木〕梨山—。〔疏〕在山曰—。人植曰梨。

【樆】抽知切音摛支韻　布木也。見〔集韻〕。

【樈】渠京切音擎庚韻　鑿柄。見〔集韻〕。

【⿰亻⿱罒木】乞加切麻韻　木名。見〔字彙〕。

【⿱艹⿰木邑】章移切音支支韻　木盛也。見〔玉篇〕。

【⿰木苟】古旱切音笴旱韻　柄也。見〔集韻〕。

【樋】他東切音通東韻　木名。見〔集韻〕。

【樌】古玩切音貫翰韻　木叢生也。今作灌。見〔玉篇〕。

【⿰木莎】蘇禾切音莎歌韻　木名。見〔集韻〕。

【⿰木庳】蒲糜切音皮賓彌切音卑頻彌切音陴支韻　下支謂之—、⿰木斯。見〔廣雅釋木〕。〔疏證〕支與枝同。玉篇云。—、⿰木斯木下枝也。凡木枝多向上。故於其向下者別爲之名也。亦單謂之—。廣韻云。—、木枝下也。—之言卑也。以其卑下也。

【⿰木庳】邊迷切音螕駢迷切音鼙齊韻　—⿰木斯。小樹。見〔集韻〕。

【⿱敖木】牛刀切音敖豪韻　⿱敖舟或字。〔集韻〕⿱敖舟。舟接首謂之⿱敖舟。或从木。

【樍】則歷切音績錫韻側革切音責陌韻　檿木別名。見〔玉篇〕。

【⿰木產】所簡切音產潸韻　木名。見〔玉篇〕。〔按徐表南州記曰。—出九眞交阯。子如桃實。長寸餘。二月開花。子五月熟。色黃味酢。似梅〕。

【⿰木産】所晏切音訕諫韻　牀蓐。見〔集韻〕。

【⿰木脣】船倫切音脣眞韻　木名。見〔玉篇〕。

【檫】初八切音察黠韻　木名。見〔廣韻〕。

【⿰木際】桑葛切音薩曷韻　草木動聲。見〔集韻〕。

【樐】力古切姥韻

彭排也。見〔玉篇〕。

【樐】籠五切音魯麌韻
櫓或字。見〔說文〕。〔按說文、櫓。大盾也。段注天子出行鹵簿。鹵、大楯也。据此。—又可通鹵矣〕。

【樠】謨奔切音門元韻母官切音瞞寒韻里黨切音朗養韻
松心木。見〔說文〕。〔段注〕當作松心也。一曰—木也。廣韻二十二元注曰。松心。又木名也。松心微赤。故與樠同音。又松心有脂。莊子所謂液—。一曰—木也者。別有木名—。如左傳卒於—木之下。

【樑】呂張切音梁陽韻
梁也。〔淮南主術〕以爲舟航柱—。

【樒】莫筆切音密覓畢切音蜜質韻
香木。見〔集韻〕。

【𣙖】蒲計切音薜霽韻
木名。見〔廣韻〕。

【榑】芳無切音敷風無切音腐虞韻
華跗。見〔集韻〕。

【榑】蕪無切音扶風無切音腐庚韻
江東人呼草木子房爲—。見〔玉篇〕。〔按集韻作草木花房〕。

【𣗥】烟奚切音鷖齊韻
黟或字。〔集韻〕黟。說文、黑木也。丹陽有黟縣。或作—。

【樔】鋤交切音巢肴韻
澤中守草樓。見〔說文〕。〔段注〕謂澤中守望之草樓也。

【樔】莊交切音瞧肴韻
巢或字。〔集韻〕巢。捺罟也。或作—。

【樔】子小切音剿篠韻
絕也。〔漢書外戚傳〕命—絕而不長。

【樕】蘇谷切音速屋韻
樸—。小木也。見〔說文〕。〔段注〕召南。林有樸—。毛曰。樸—、小木也。釋木云。樸—、心。樸—即詩之樸—。俗書立心多同小文隸書心似小。說文毛傳當本作心木。譌爲小木耳。

【榱】倚可切音閜哿韻
—橠。木盛皃。見〔玉篇〕。

【榱】於何切音阿歌韻
—榱。樹枝長弱皃。見〔集韻〕。

【樘】丑庚切音撐庚韻
柱也。見〔說文〕。〔段注〕—、或作牚。或作撐。皆俗字耳。—可借堂距。猶柱可借爲支柱。

【樚】盧谷切音六屋韻
—櫨。井上汲水木。見〔類篇〕。

【樚】徒谷切音櫝屋韻
同櫝。見〔玉篇〕。

【槬】乎化切音樺禡韻
—木也。以其皮裹松脂。讀若華。見〔說文〕〔段注〕小雅。是薪是穫。箋云。穫、落木名也。陸云。依鄭則字宜木旁。—、穫古今字也。司馬上林賦字作華。師古曰。華、即今之樺、皮貼弓者。莊子、華冠。亦謂樺皮爲冠也。樺者、俗字也。

【橑】魯刀切音勞豪韻憐蕭切音聊蕭韻
木名。見〔廣韻〕。

【𣝤】乎刀切音豪豪韻
—木也。見〔說文〕。

【𣛻】戶恩切音痕元韻
平量木也。見〔洪武正韻〕。

【𣚋】莫卜切音木屋韻
鳥木。見〔集韻〕。

【樢】同蔦。見〔集韻〕。

【蓧】陵之切音釐支韻
木名。條可爲大索。見〔類篇〕。

【頴】畎迥切音頴迥韻騂穎切音擷梗韻
足几也。一曰篋也。見〔類篇〕。

【頴】舉影切音景庚頃切音潁梗韻
木名。一曰錐柄。一曰刀鐶。一曰警枕。見〔集韻〕。

【樥】蒲蒙切音蓬東韻
梁上楣也。見〔類篇〕。

【樦】重主切音柱麌韻
欒也。所以[illegible]見〔類篇〕。

【𣝗】匹曳切音弊霽韻
標也。見〔集韻〕。

【𣛛】同忒切音特職韻
木也。見〔字彙補〕。

【槀】姑橫切音觥庚韻
罔滿也。見〔集韻〕。

【樨】所臻切眞韻　多也。見〔字彙補〕。

【樁】古怯切音結屑韻　細枝。見〔字彙補〕。

【樜】之夜切音蔗禡韻　─木。出發鳩山。見〔說文〕〔段注〕北山經曰。發鳩之山。其上多柘。許所據、柘作─也。許不言柘同─。而廣韻謂一字。非許意也。

【槨】陟革切音摘陌韻　鑿柱也。見〔篇海類編〕。

【樲】音纖廣韻　酒器。見〔五音篇海〕。

【樾】音未詳　㮇─。詳㮇字。

【樋】亙本字。見〔說文〕〔詳二部亙字。〕

【樍】與委蛇之蛇同。見〔字彙補〕。

【榗】同管。見〔篇海〕。

【樫】同極。見〔玉篇〕。

【樮】同杫。見〔集韻〕。

【樟】同柳。見〔集韻〕。

【樇】同槳。見〔集韻〕。

【樕】同梳。見〔五音篇海〕。

【樂】同橢。〔字彙補引楚辭〕南北順─。其衍幾何。

【槃】椾或字。見〔集韻〕。

【樠】檮或字。見〔集韻〕。

【槨】椁或字。見〔集韻〕。

【槼】規或字。見〔集韻〕。

【樕】檄俗字。見〔正字通〕。

【樥】樓譌字。見〔正字通〕。

十二畫

【樴】質力切音職　逸織切音弋職韻

❶弋也。見〔說文〕〔段注〕─謂之杙。弋、杙、古今字。─、周禮作職。牛人曰。祭祀共其享牛求牛以授職人而芻之。注云。職讀爲─。─謂之杙。可以繫牛。〔按釋宮郭注云。橜也。〕

❷猶榳也。〔儀禮鄉飲酒〕薦脯用籩五膱。〔注〕膱、猶榳也。〔按阮元曰。此膱乃─之誤。段玉裁曰。凡物一枚曰─。鄉射禮記。薦脯五─。注云。─猶榳也。今本儀禮─譌膱。榳譌榳及脡。〕

【樴】敗德切音特職韻　職或字。〔集韻〕職、杙也。周官有職人。或褒讀。或从木。

【樵】慈焦切音譙蕭韻

❶散木也。見〔說文〕〔通訓定聲〕字亦作蕉、作樵。〔廣雅釋木〕蕉、薪也。

❷取薪也。〔史記淮陰侯傳〕─蘇後爨。

❸─之。焚之也。〔公羊桓七年傳〕─之者何。以火攻之也。〔注〕以─焚之。故因謂之─。之─、之齊人語。

❹同譙。〔漢書趙充國傳〕爲塹壘木─。〔注〕─、與譙同。謂爲高樓以望敵也。

【樸】匹角切音璞覺韻

❶木素也。見〔說文〕〔段注〕素猶質也。以木爲質。未彫飾。如瓦器之坯然。引伸爲凡物之稱。如石部之磺。銅鐵─是也。作璞者。俗字也。

❷未成器也。見〔書梓材〕既勤─斲〔馬注〕。

❸猶質也。〔淮南精神〕契大渾之─。

❹眞也。見〔老子〕─散則爲器注。

❺慤願貌。〔家語王言〕民敦而俗─。

❻采也。〔淮南精神〕而堯─桷不斲。

❼本也。〔呂覽論人〕故知知一而復歸於─。

❽─馬。未調習之馬。〔荀子臣道〕若馭─馬。

❾亦作朴。〔史記屈原傳〕材─委積兮。〔楚辭懷沙作朴〕。

【樸】博木切音卜屋韻

❶枹木也。〔詩棫樸〕芃芃棫─。〔箋〕白桵相─屬而生者。枝條芃芃然。

❷─屬。猶附著堅固貌也。〔考工記總序〕欲其─屬而微至。

【樸】步木切音僕屋韻　樸省字。〔集韻〕樸、木密也。一曰樸樕小木。或省。

【樸】蓬逋切音蒲虞韻　─劉。縣名。漢置。屬武威郡。今甘肅古浪縣東。

【樹】殊遇切音豎遇韻

❶木生植之總名也。見〔說文〕〔段注〕植、立也。假借爲對豎字。

❷本也。見〔廣雅釋詁〕。

❸稼也。〔呂覽尊師〕務種─。

(四)屏謂之—。見〔爾雅釋宮〕〔注〕小牆當門中。(五)牀也。〔方言〕牀。其杠。北燕朝鮮之間謂之—。(六)皮—獸名。〔儀禮鄉射禮〕則皮—中。(七)—懶。獸名。似猿。指趾有鉤爪。棲息樹上。以嫩芽木葉果實爲食。常以鉤爪懸其體於枝下。以背向地。徐徐運動。故得懶名。(八)姓也。洛于氏後改爲—氏。見〔後魏百官志〕

【樹】上主切音豎麌韻

(一)蹈殖草木也。〔禮記中庸〕地道敏—。(二)種五穀亦曰—。〔孟子滕文公〕—藝五穀。(三)植立也。燕之外郊。朝鮮洌水之間。凡言置立者謂之—植。見〔方言〕。〔箋疏〕左氏傳—德而濟。何休杜預並云、—立也。屈原有哲篇崇牙—羽。傳。—羽。置羽也。說文。豎、豎立也。豎豎義並同。(四)—子。嫡子。〔穀梁傳九年傳〕毋易—子。

【樺】胡瓜切音華麻韻

(一)樺木名〔本草綱目〕—木生遼東及臨洮河州西北諸地。其木色黃。有小斑點。紅色能收肥膩。其皮厚而輕虛軟柔。皮匠家用襯鞾裏及爲刀靶之類。謂之暖皮。胡人尤重之。以皮卷蠟。可作燭照。(二)庫頁南部一名—太郎臻哈連島。詳庫字。(三)亦作華〔漢書司馬相如傳〕華楓枰櫨。〔注〕師古曰。華即今—皮貼弓者。

【樺】胡化切音華禡韻

樺或字。〔集韻〕樺。說文、木也。以其皮可裹松脂。或从華。〔[illegible]注〕。

【樺】訖黠切音戛黠韻

鼓也。見〔集韻〕。

【樾】王伐切音越月韻

(一)—下。眾樹之蔭也。〔淮南人間〕武王蔭暍人於—下。〔按玉篇曰。楚謂兩樹交陰之下曰—〕。(二)道—。道上樹也。〔唐書太平公主傳〕設橑相屬道—爲枯。

【㯕】相支切音斯支韻　先齊切音西齊韻

(一)欅—也。見〔說文〕〔通訓定聲〕按押指也。如今之樓指。(二)榫—謂木枝向下者也。〔廣雅釋木〕下支謂之榫—〔疏證〕支與枝同。木枝多向上。故於其向下者、別爲之名也。

【橈】女教切音鬧效韻　女巧切音撓巧韻　爾紹切音擾篠韻

曲木也。見〔說文〕〔段注〕引伸爲凡曲之稱。見周易、考工記、月令、左傳。古本無從手撓字。後人肊造之以別於—。非也。

【橈】尼交切音鐃肴韻　女巧切音撓巧韻　女教切音鬧效韻

(一)曲也。見〔廣雅釋詁〕。(二)屈弱也。見〔史記韓長孺傳〕廷尉當恢逗—、當斬。〔按漢書注、應劭曰。—、顧望也。軍法語也〕。(三)𨓈曲也。〔漢書司馬相如傳〕柔—嬛嬛。(四)折也。見〔後漢儒林傳注〕。(五)亂也。見〔詩長發箋〕師徒—敗。〔釋文〕。(六)散也。〔易說卦〕—萬物者莫疾乎風。〔疏〕—散萬物者莫疾乎巽。巽象風也。(七)逢殃爲—。〔呂覽仲秋〕無或枉—。(八)謂有理不申。應重乃輕。應輕更重。〔禮記月令〕毋或枉—。(九)自關而西凡物小謂之纖—。見〔方言〕。(十)曾—。屋飾也。〔淮南本經〕天矯曾—。

【橈】如招切音饒蕭韻

(一)楫謂之—。見〔方言〕。(二)時榮也。〔法言重黎〕芬蕪妄之—。(三)—足。甲殼動物類之一種也。如蝦魚等腹部之腳是。

【橉】里忍切音嶙軫韻　良忍切音吝震韻

(一)木名。〔文選郭璞賦〕—杞稹於潯涘。〔按本草綱目此木最硬。梓人謂之筋木是也。木入染絳用。葉亦可釀酒〕。(二)閾也。〔淮南氾論〕枕戶—而臥者。鬼神蹠其首。(三)木皮曰—。見〔集韻〕。(四)砌也。見〔集韻〕。

【橊】力求切音留尤韻

(一)果木名。五月開花。有紅黃白三色。單葉者結實。千葉者不結實。或結亦無子也。實有甜、酸、苦、三種。抱朴子書苦者出積石山。或云卽山石｜也。又南小有四季｜。四時開花。秋月結實。實方綻。隨復安花。有火石｜。赤色如火。有白石｜。高一二尺。結實皆異種也。見〔本草綱目〕。

石榴花圖

●｜。榴音。〔山海經西山經〕陰山有獸焉。其狀如貍而白首。名曰天狗。其音如｜｜。

【橋】渠嬌切音喬蕭韻

㊀水梁也。見〔說文〕。〔段注〕水梁者、水中之梁也。凡獨木曰杠。駢木曰橋。大而爲陂陀者曰｜。

㊁高也。〔大戴記衛將軍文子〕其｜大人也。

㊂所以服笄。〔儀禮士昏禮〕加于｜。

㊃爲檮重其前輕其後命曰｜。見〔說苑文質〕。

㊄｜者父道也。見〔說苑建本〕。

㊅絙｜。縣度也。〔水經河水注〕罽賓之境。絙｜相引。

㊆姓也。〔統譜〕黃帝葬｜山。子孫守冢。因爲氏。

㊇同喬。〔詩山有扶蘇〕山有｜松。〔釋文〕｜、本亦作喬。

【橋】渠廟切音蟜嘯韻

㊀井上桔槔。〔禮記曲禮〕奉席如｜衡。〔按此取高舉之義。淮南主術篇注曰。｜、桔皋上衡也〕。

㊁牛貫夯木。見〔集韻〕。

㊂屈｜。壯健貌。〔揚雄賦〕萬騎屈｜。

【橋】丘袄切音蹺蕭韻

橇或字。〔集韻〕橇泥行所乘。或作橇。亦从木。〔按史記河渠書曰。泥行蹈毳。山行卽｜。索隱。毳亦作橇。橇、｜、並見。且有泥行山行之別。疑非一字。朱駿聲曰。｜字亦變作䡟。然則｜卽漢書之梮。韋昭注漢書曰。梮、今輿牀。人舉以行。是也。集韻所據或異。姑存俟攷〕。

【橋】居勞切音高豪韻

高勁也。〔莊子則陽〕欲惡去就。於是｜起。

【橋】舉夭切音矯篠韻

㊀戾也。〔呂覽離謂〕聽言而意不可知。其與｜言無擇。

㊁｜泄者人之殃也。見〔荀子榮辱〕。〔按謝墉曰。元刻作憍。此蓋借字〕。

㊂人名。秦有嶠｜。見〔集韻〕。

㊃同矯。〔荀子儒效〕｜飾其性情。〔注〕｜與矯同。

【⿰木粵】王伐切音越月韻

樾或字。〔集韻〕樾字林、樹陰也。或作｜。

【樿】上演切音善旨善切音膳銑韻時戰切音繕霰韻

｜木也。可以爲櫛。見〔說文〕。〔段注〕中山經曰。風雨之山。其木多樿。郭曰。｜木、白理中櫛。〔按亦以作杓。禮記禮器有｜杓〕。

【⿱毳木】此芮切音毳霽韻

㊀重擣也。見〔廣韻〕。

㊁謝也。見〔廣雅釋詁〕。〔按今疏證本改訂爲毳是〕。

【橇】丘袄切音蹺蕭韻祖芮切音蕝屑韻充芮切音毳霽韻祖悅切音蕝屑韻

泥行所乘。見〔集韻〕。〔按史記漢書皆作毳。孟康曰。毳形如箕。擿行泥上〕。

【⿰木善】旨善切音膳銑韻

㊀木名。見〔集韻〕。

㊁木樹。見〔集韻〕。

㊂死木也。〔廣雅釋木〕橏、椋也。〔疏證〕集韻云。椋、木立死也。橏與｜同。木病謂之｜。因而死木亦謂之｜。｜之言殄也〕。

【⿰木善】九件切音謇銑韻

｜樹。長皃。見〔集韻〕。

【橐】他各切音拓藥韻

㊀囊也。从橐省。石聲。見〔說文橐部〕。〔段注〕許云。｜、囊也。囊、｜也。渾言之也。大雅毛傳曰。小曰｜。大曰囊。高誘注戰國策曰。無底曰囊。有底曰｜。皆析言之也。囊者言實其中如瓜瓤也。｜者言虛其中以待如木樸也。玄應引蒼頡篇云。｜、囊之無底者。則與高注互異。許多用毛傳。疑當云｜、小囊也。囊、｜也。則同異皆見。

㊁冶鑪排｜也。〔淮南本經〕鼓｜吹埵。以消銅鐵。〔按文選陸機文賦注云、冶鑄者用以吹火使炎熾。是俗所謂風箱也〕。

●所以盛書也。〔漢書趙充國傳〕安世本持—簪筆。
㊃盛土器也。〔莊子天下〕禹親自操橐耜。〔釋文〕橐、舊古考反。崔郭音託。則字應作—。司馬云盛土器也。
㊄—用力也。〔詩斯干〕椓之—。〔釋文〕—本或作柝。〔按今通韻革屬擊曰——〕。
㊅—土。謂其土多窾穴。若—多窾。〔管子地圓〕—土蟲易全處。
㊆—駝。畜名。〔史記匈奴傳〕其奇畜則—駝。〔注〕—駝背肉似—。故云—也。

【橐】都故切音妒遇韻
邑名。見〔集韻〕。

【槖】之夜切音柘禡韻他各切音拓藥韻
—皐。地名。〔春秋哀十二年〕公會吳於—皐。〔注〕—皐在淮南逡遒縣東南。〔按即浚遒在今安徽合肥縣東北四十五里〕。

【橑】憐蕭切音聊蕭韻郎到切音勞號韻魯皓切音老皓韻
●椽也。見〔說文〕。〔段注〕九歌曰。桂棟兮蘭—。王云以木蘭為榱也。按兩都賦列棼—以布翼。下又云。裁金璧以飾當。西京賦結棼—以相接。下又云。飾華榱與璧當。—必與棼連言。而別於榱桷。則榱桷為屋椽。—為複屋之椽可知。
●薪也。〔管子侈靡〕雕—然後爨之。
●—子。車蓋弓也。〔考工記輪人疏〕釋曰。云弓蓋—也者。漢世名蓋弓為—子也。〔按說文車部作轑〕。

【⿰木款】苦緩切音款旱韻
●⿰木款或字。〔集韻〕⿰木款斷木也。或从款。
●俎名。形有足如案。見〔字彙〕。

【[illegible]】奴玩切音鍛翰韻
杵聲齊也。見〔集韻〕。

【檽】如之切音而支韻
●木耳別名。見〔字彙〕。〔按集韻作檽栭〕。
㊁同檽。見〔廣韻〕。

【檽】而兗切音輭銑韻
同榠。見〔字彙〕。〔按玉篇曰。榠而兗切。紅藍。一曰棗似柹也。此殆其別體〕。

【櫢】疏鳩切音搜尤韻山巧切音稍巧韻
●長木皃。見〔說文〕。
●草木盛貌。〔張衡賦〕—爽—槮。

【橚】雌由切音秋尤韻
楸或字。〔集韻〕楸木名。說文、梓也。或作—。

【橚】先彫切音蕭蕭韻
橚或字。〔集韻〕橚、橚槮、草木盛皃。或从肅。

【橚】息六切音肅屋韻
木名。一曰木茂皃。見〔集韻〕。

【橚】所六切音縮屋韻
—矗。竹長直貌。〔文選左思賦〕—矗森萃。

【橛】其月切音橜居月切音厥月韻〔亦書作橜〕。
●門闑。〔爾雅釋宮〕—謂之闑。〔義疏〕—是豎木。設於門中。知橜為豎木者。莊子達生篇云。吾處身也。若厥株拘。釋文引李云。厥、豎也。厥、即—之省文。知—為豎木矣。
●几也。見〔廣雅釋器〕。
●鑣也。〔莊子馬蹄〕前有—飾之患。〔按司馬注銜也〕。
㊃車鉤心也。〔漢書王吉傳〕其樂豈徒銜—之間哉。
㊄猶擊也。〔山海經大荒東經〕—以雷獸之骨。

【橛】姑衛切音劌霽韻
夏俎名。見〔集韻〕。

【橜】居月切音厥其月切音厥月韻
●弋也。一曰門梱也。見〔說文〕。〔段注〕—、或借厥。衛卿曰。和之璧。井里之厥也。
●豎也。〔列子黃帝〕吾處也若—株駒。
●銜逆者謂之—。〔史記司馬相如傳〕猶時有銜—之變。

【橜】姑衛切音劌霽韻
盛肉几。亦姓。見〔集韻〕。

【橘】訣律切音矞質韻
㊀—果。出江南。見〔說文〕。〔按本草綱目引事類合璧云。—樹高丈許。枝多生刺。其葉兩頭尖。綠色光面。大寸餘。長二寸許。四月著小白花。甚香。結實至冬黃熟。大者如盃。包中有瓣。瓣中有核〕。
●月在乙曰—。見〔爾雅釋天〕。〔義疏〕—本或作⿰月喬。唐韻云。⿰月喬、月在

乙也。丨之言議。以錐穿物之名。月在甲乙。鯊息在木。象萌芽穿地而出也。

【橦】傳江切音幢江韻　(一)幰柱也。見〔說文〕。(二)百尺也。〔文選木華賦〕決帆摧丨。(三)旗之竿也。見〔後漢馬融傳注〕。(四)俗謂房屋一所曰一丨。

【橦】徒東切音同東韻　視動切音蓋董韻　木名。華可作布。見〔集韻〕。〔按文選蜀都賦。布有丨華。注。其柔毳可績爲布〕。

【橦】諸容切音鍾冬韻　木一檔也。唐式。柴方三尺五寸曰一丨。見〔集韻〕。

【橦】昌容切音衝冬韻　幢或字。〔集韻〕幢。陷陳車也。或作丨。

【橩】葵營切音瓊庚韻　(一)木名。見〔玉篇〕。(二)博子。〔太平御覽〕操丨弄棊。〔按太平御覽引紫欽成傲、篋作丨。集韻作樈〕。

【橫】胡盲切音衡庚韻　(一)闌木也。見〔說文〕。〔段注〕闌門遮也。引伸爲凡遮之偁。凡以木闌之皆謂之丨也。古多以衡爲丨。陳風傳曰。衡門。丨木爲門。考工記衡四寸注曰。衡、古文丨。假借字也。(二)蹄也。〔山海經大荒西經〕丨道而處。(三)廣爲丨。見〔史記周本紀正義〕。(四)絕流渡也。〔後漢杜篤傳〕東丨乎大河。(五)東西爲丨。南北爲縱。秦地形東西丨長。故張儀相秦爲秦連丨。見〔史記蘇秦張儀列傳索隱〕。(六)丨度也。〔漢書揚雄傳〕上迺率羣臣丨大河。(七)謂紀察之官、得入人罪者。〔管子君臣〕下有五丨。以揆其官。(八)擧也。〔後漢鮑昱傳〕修起丨舍。〔注〕字又作黌。(九)佩也。〔鮑照詩〕丨劍別妻子。(十)縴曰丨。〔楚辭沈江〕不別丨之與縱。(十一)東西耕曰丨。〔詩南山〕縱丨其畝。(十二)以威勢相脅曰丨。見〔史記周本紀〕〔猶今云丨蠻〕。(十三)丨弓。南路弓也。〔儀禮鄉射禮〕坐丨弓。(十四)丨通。旁通也。〔管子八觀〕里域不可以丨通。(十五)丨潰。決貌。〔文選王褒賦〕時丨潰以陽遂。(十六)丨行。東行也。〔國策西周策〕則令不丨行於周矣。(十七)丨生。萬物也。〔周書文傳〕諸丨生盡以養從生。(十八)丨厲。謂氣盛而陵於天也。〔後漢崔駰傳〕氛霓鬱以丨厲兮。(十九)丨徂。行也。〔後漢竇憲傳〕四校丨徂。(二十)商丨。艾歲陽也。〔史記索隱〕商丨、庚也。艾、壬也。〔按爾雅、商丨作上章。丨艾作玄黓〕。(廿一)丨吹。胡樂。見〔後漢班超傳注〕。(廿二)天丨。星名。〔漢書天文志〕王梁之旁有八星。絕漢曰天丨。(廿三)縣名。漢置。屬琅琊郡。當今山東諸城縣東南。〔又〕唐丨州。屬嶺南道。當今廣西丨縣治。(廿四)姓也。韓子成號丨陽居。其後以爲氏。(廿五)丨濱。日本通商之名港。吾國駐有領事。

【橫】姑黃切音光陽韻　(一)光也。〔淮南墜形〕玉丨維其西北之隅。(二)通光。〔書堯典〕光被四表。〔按古作丨〕。(三)漢門名。〔雍州圖〕丨門在長安北。

【橫】戶孟切音橫敬韻　(一)放縱也。〔列子黃帝〕丨心之所念。(二)恣也。見〔漢書田蚡傳注〕。(三)不順理也。〔荀子修身〕丨行天下。(四)猶枉也。〔後漢酷吏傳〕重文丨入。(五)暴也。〔孟子離婁〕其待我以丨逆。

【橫】古曠切音桄漾韻　(一)光也。〔禮記樂記〕號以立丨。(二)俎跗丨木。見〔集韻〕。

【橫】戶廣切音晃養韻　櫎省字。〔集韻〕櫎。所以几器也。一曰所以榰屏風之屬。一曰兵欄。或省。

【橫】胡光切音黃陽韻　[illegible]或字。〔集韻〕[illegible]。艸名。爾雅、傅。丨目。或从木。

【機】居希切音幾微韻

(一)主發謂之—。見〔說文〕〔段注〕—之用主於發故凡主發者皆謂之—。—蹵楈之辭。
(二)弩牙也。〔書太甲〕若虞—張。
(三)織具。見〔集韻〕。
(四)發動所由也。〔禮記大學〕其—如此。〔疏〕—謂—關、。
(五)要也。〔國策秦策〕聽者存亡之—。
(六)捕獸—檻也。見〔後漢趙壹傳注〕。
(七)雲梯之屬。〔國策宋策〕公輸般爲楚設—。
(八)輿尸之牀也。〔禮記曾子問〕遂與—而往。〔疏〕—者以木爲之狀如牀。無腳及輁䡔也。
(九)俠髖爲—。見〔素問骨空論〕。
(十)—者動之微。〔素問離合眞邪論〕知—道者不可挂以髮。
(十一)—者羣有之始動之所宗。〔列子天瑞〕皆出於—。
(十二)巧也。〔列子仲尼〕大夫不聞齊魯之多—乎。
(十三)會也。見〔集韻〕。
(十四)理也。〔淮南主術〕治亂之—。〔按佛家玄理亦稱佛—〕。
(十五)謹疾也。〔淮南精神〕名實不入。—發於踵。
(十六)密也。見〔韻會〕。〔今具言—密〕。
(十七)危也。〔淮南原道〕處高而不—。
(十八)天—。自然也。見〔文選陸機賦注引莊子注〕。
(十九)—械。巧詐也。〔淮南原道〕故—械之心藏於胸中。
(二十)天文也。〔洪範五行傳〕六事之—。以縣示我。
(二十一)星名。〔後漢郎顗傳注〕北斗魁星第三爲—。
(二十二)渾天儀可轉旋故曰—。〔書舜典〕在璇—玉衡。
(二十三)—官。生物體以數種組織相集。以營一定之作用者。是謂—官。一作器官。例如耳爲司聽之—官。胃腸爲司消化食物之—官是。
(二十四)同機。〔書孔安國序〕撮其—要。〔釋文〕—、本作機。
(二十五)同璣。〔堯廟碑〕據旋—之政。

【橢】杜果切音惰　吐火切音妥哿韻　徒禾切音牠歌韻

(一)車笭中—器也。見〔說文〕〔段注〕—、當作隋隋。史記索隱引三蒼云。—、盛鹽豉器。師古注急就篇云。—、小橢也。所以盛鹽豉。
(二)木圜而長曰—。見〔集韻〕。
(三)器之狹長。見〔廣韻〕。
(四)堛敱器名。見〔集韻〕。

【橡】似兩切音象養韻

(一)樣或字。〔集韻〕樣栩實也。或作—。
(二)喬木名。產於溫帶熱帶尤多。木材堅良。實可供食用。西人取橡樹汁。熬煉製皮。通呼爲—皮。

橡圖

【樽】租昆切音尊元韻

(一)林木儉皃。見〔集韻〕。
(二)酒器也。〔易坎〕—酒簋貳用缶。〔按說文酋部、尊。酒器也。段玉裁云。自專用爲尊卑字。而別製罇、樽。爲酒尊字矣〕。
(三)止也。〔淮南要略〕—流遁之觀。〔按韻會云。通作撙是也〕。

【橧】咨騰切音增蒸韻

(一)聚薪柴居其上。〔禮記禮運〕夏則居—巢。
(二)巢也。見〔廣雅釋宮〕。
(三)北地高樓無屋者。見〔韻會〕。

【橧】慈陵切音繒　徂棱切音層蒸韻

豕蓐也。〔爾雅釋獸〕豕所寢、—。〔疏〕郭云。其所臥蓐。方言云。其檻及蓐曰—。舍人曰。豕所寢草名爲—。某氏曰。臨淮人謂野豬所寢爲—。〔按廣雅云。圈也。疏證曰。圈、牢也。今人通呼豕牢爲圈〕。

【樲】而至切音二寘韻

酸棗也。見〔說文〕。〔段注〕孟子曰。舍其梧檟。養其—棗。趙曰。—棗、小棗。所謂酸棗也。孟子本作—棗。今本改作—棘。非是。—之言副貳也。爲棗之副貳。故曰—棗。〔按本草綱目引蘇頌曰。似棗木而皮細。其木心赤色。莖葉俱靑。花似棗。結實紫紅。似棗而圓小。味酸〕。

【樲】直利切音緻寘韻

以木柜輪也。見〔集韻〕。

【樳】徐心切音尋侵韻

大木名。〔文選左思賦〕亦猶棘林螢燿而與夫—木龍燭也。〔按亦

作尋。山海經海外北經曰。尋木長千里。在拘纓南生河上。唐韻曰。似槐。集韻曰。以爲炭鍊生鐵。一烹乃熟。〕

【𣡹】諸尤切音鄒尤韻
草木子聚生。見〔集韻〕。

【藂】徂聰切音叢東韻
叢或字。〔集韻〕叢草叢生皃。或作|。

【𣠠】枱籀文。見〔說文〕。〔按說文、枱耒耑也。段注。從木。辝聲也。辝者、籀文辭。〕

【𣝃】詳茲切音詞支韻
柌或字。〔集韻〕柌。柄也。或作|。

【樻】求位切音匱寘韻　苦軌切音跪紙韻
本作樻。〔說文〕樻。椐也。〔通訓定聲〕詩皇矣傳。椐、|也。草木疏。|節中腫似扶老。即今靈壽是也。

【橁】須倫切音荀眞韻
杶也。見〔說文〕。〔段注〕此杶木別名。非即杶字也。左傳、孟莊子斬雍門之|。以爲公琴。〔按字亦作枸。〕可爲策與杖。〕

【櫄】勑倫切音椿眞韻
杶或字。〔集韻〕杶。木也。亦作|。

【橀】馨奚切音醯齊韻　呼改切音海賄韻
木名。〔爾雅釋木〕魄、榽|。

【橂】堂練切音電霰韻
木理堅密。見〔集韻〕。

【橃】房越切音伐月韻
海中大舩。見〔說文〕。〔段注〕廣韻|下曰木|。說文云、海中大船。謂說文所說者古義。今義則同筏也。漢人注經。固云大者曰筏。小者曰桴。是漢人自用筏字。後人以|代筏。非漢人意也。

【橃】放吠切音廢隊韻

【𣠮】北末切音撥曷韻
屋棟頭。見〔集韻〕。
撥或字。〔集韻〕撥。海中大船。或从木。

【橨】芳未切音費　父沸切音屝未韻
木也。見〔說文〕。

【櫅】將支切音貲支韻
櫅或字。〔集韻〕櫅。櫅橪。木名。實可食。或从齊。

【橄】古覽切音敢感韻　口減切音慊豏韻
|欖。果木名。〔三輔黃圖〕漢武帝破南越得|欖百餘本。〔按|欖。果木名。其實熟而尙青。故亦名青果。有二種。一曰綠欖。或曰白欖。葉柄與小葉柄淡黃色。核果卵形無柄。一曰烏欖。或曰青欖。梗似紡錘形而微見三稜。|欖核剖之有三室。各懷細長之仁。故種之每核三苗也。歐人稱之爲 Chinese olive。蓋謂惟我國產之。然近漸移植於琉球及日本長崎與薩摩島等處。〕

【橄】戶黤切音檻豏韻
姓也。出河內。見〔集韻〕。

【橅】蒙晡切音模虞韻
模或字。〔集韻〕橅。說文、法也。亦作|。

【𣡚】色入切音澀緝韻
木茂皃。見〔集韻〕。

【㯕】展几切音黹紙韻
木枝。見〔集韻〕。

【橭】攻乎切音孤　空胡切音枯虞韻　後五切音戶麌韻
杜|。木名。山榆也。一曰|梡。木枝四布。通作桔。見〔集韻〕。

【䰕】披教切音奅效韻
桼垸已復桼之。見〔說文桼部〕。〔段注〕垸者、以桼和灰垸而髤也。既垸之復桼之。以光其外也。

【䰕】蒲交切音庖肴韻
赤黑桼。見〔集韻〕。

【䰉】邊迷切音篦齊韻
椑也。見〔集韻〕。

【橯】郎到切音澇號韻
摩田器。見〔集韻〕。

【樋】柱戀切音傳霰韻
木名。見〔集韻〕。

【𣞻】何到切音號號韻
木也。見〔字彙補〕。

【㯳】林直切音力職韻
江南山東名野棗酸者曰|子。見

〔字彙補〕。

【樸】直稔切音朕䆃韻　同栚。〔集韻〕栚槌之橫也。關西謂之—。〔按說文。栚槌之橫者也。關西謂之㯓。段注云。方言、槌。其橫、關西曰㯓。齊海岱之間謂之絲。栚㯓朕三同。關西謂之㯓。西當作東。㯓當同篗。廣之篗。橫者曰篗。方言作㯓。亦同音也。〕

【㯥】臧曹切音糟豪韻　二東也。曹從此。闕。見〔說文、東部〕。〔王注〕玉篇引此說。廣韻則不收—。說文韻譜云。日出明。集韻同。繫傳曰。說文舊本無音。今字書音曹。

【蘗】丑寄切音㒄寘韻　分蠶也。見〔類篇〕。

【橽】音鈍願韻　木垂也。見〔字彙補〕。

【橠】乃可切音娜。郎可切音𥗞。哿韻　裿—。木盛貌。見〔集韻〕。

【橠】囊何切音那歌韻　枝弱貌。見〔集韻〕。

【檋】恭于切音拘。句于切音訏。虞韻　茉臿也。見〔說文〕。〔按茉兩刃臿也。〕

【樍】將支切音貲支韻　—櫅。木名。實可食。見〔集韻〕。

【橣】乃挺切音𩔍迥韻　木名。見〔集韻〕。

【樢】汝朱切音儒虞韻　檽或字。〔集韻〕檽。梁上短木。或作—。

【橤】乳捶切音蘂紙韻　繠或字。〔集韻〕繠。垂也。或从木。

【櫓】魯故切音路遇韻　桐也。見〔玉篇〕。

【檶】蒲巴切音琶麻韻　桊也。見〔篇海〕。

【𣛛】規椽切音絹霰韻　木名。皮似絹。可以為衣。見〔玉篇〕。

【㰃】乳棰切音蘂紙韻　木名。見〔集韻〕。

【㰃】同橤。見〔五音篇海〕。

【樶】子回切灰韻　同棳。〔玉篇〕棳。節木。亦作—。

【㯉】音胡虞韻　棗名。見〔五音篇海〕。

【橒】玉分切音雲文韻　木名。見〔集韻〕。〔按玉篇云。木文。〕

【㯙】直列切音轍屑韻　楊—。棗木名。見〔集韻〕。

【橓】舒閏切音舜震韻　蕣或字。〔集韻〕蕣。木堇。朝華暮落者。引詩顏如蕣華。或作—。

【橔】徒回切音頹。都回切音堆。灰韻　敦或字。〔集韻〕敦。棺覆也。或从木。

【橔】都昆切音敦元韻　枯也。見〔集韻〕。

【橕】抽庚切音瞠庚韻　樘或字。〔集韻〕樘。衺柱也。或作—。

【樘】恥孟切音牚敬韻　柱也。見〔集韻〕。

【橕】抽庚切音瞠庚韻　樘或字。〔集韻〕樘。衺柱也。或作—。

【橖】徒郎切音棠陽韻　車木。見〔集韻〕。

【槴】洪孤切音胡虞韻　棗大而銳上為—。通作壺。見〔集韻〕。〔按釋木作瓠。義疏曰。壺與瓠古通用。今棗形長有似瓠者。俗呼馬棗。或曰唐棗—。〕

【檫】秦醉切音瘁寘韻　椊或字。〔集韻〕木朽也。或从萃。

【橗】謨耕切音甍庚韻　木名。見〔集韻〕。〔按玉篇云。木心。〕

【櫛】途遮切音耶麻韻　木名。皮可為蕭。見〔字彙〕。〔按正字通曰。椰、—並俗椰字。舊本誤分為二。存參。〕

【𣝑】都歷切音滴錫韻　樀本字。〔說文〕—。戶樀也。从木啻聲。爾雅曰。檐謂之樀。樀、朝門。讀與滴同。

【㰅】施至切音翅寘韻　木名。見〔集韻〕。

【橝】徒南切音覃。覃韻。直稔切音

睒感韻徒點切音簟琰韻

屋梠前也。一曰蠶槌。見〔說文〕。〔段注〕梠與簷之閒曰一。

【橝】徒南切音覃覃韻

木名。〔楚辭哀時命〕擥瑤木之一枝兮。〔按集韻云灰可染。正字通云橝木別名。〕

【樳】徐心切音尋侵韻

屆上竿。見〔集韻〕。

【樏】倫追切音纍支韻

木實也。見〔說文〕。〔段注〕纍者今之纍積字。从纍。言其多也。假借則屬檯謂之樏。似盤中有隔也。

【櫘】胡桂切音慧霽韻

一木也。見〔說文〕。

【橞】陟革切音擿陌韻

持或字。〔集韻〕持，槌也。或作一。

【橙】除耕切音棖庚韻 持陵切音澄蒸韻

橘屬。見〔說文〕。〔按一有香臭二種。香一如柑而大。皮作紅黃色。其瓤酸甘。嗜酸者食之。臭一渾圓。皮薄而瓤合於瓣。不堪食。雖以臭名。實亦小有香。特不若香一之烈耳。結實樹上。初青後黃。越年再青。故名回青一。〕

【橙】丁鄧切音鄧徑韻

凳或字。〔集韻〕凳，牀屬。或从木。

【⿰木舄】思積切音昔陌韻

木履也。見〔集韻〕。

【櫶】悉涉切音躞葉韻

木葉動皃。見〔集韻〕。

【⿰木奄】烏含切音諳覃韻

木名。見〔集韻〕。

【⿰木𡴘】輕甸切音俔霰韻

橫一木也。見〔廣韻〕。〔按集韻訓橫木。〕

【櫼】將先切音箋先韻

趙魏之間謂梁之小者曰一。見〔集韻〕。

【櫼】子賤切音箭霰韻

山梅也。見〔類篇〕。〔按集韻作櫼。〕

【橨】符分切音汾文韻

枰仲木別名。見〔廣韻〕引埤蒼。

【橨】父尾切音膹尾韻

船邊木也。見〔廣韻〕。

【橨】父吻切音忿吻韻

柑也。見〔廣雅釋器〕。

【橪】忍善切音然銑韻

酸小棗。一曰染也。見〔說文〕。〔段注〕染小徐作柔。皆未詳。

【橪】因蓮切音煙先韻

一支香草。見〔廣韻〕。

【樬】息中切音嵩東韻

小籠。見〔字彙〕。〔按舊字典引類篇及方言。攷類篇方言皆作檧。廣韻。悤、俗怱。然則一檧爲一字。〕

【⿰木畏】烏果切音婐哿韻

枝垂也。見〔篇海〕。

【橬】時任切音諶侵韻時占切音棎鹽韻

積柴水中以取魚也。見〔集韻〕。

【橬】才淫切音鬵鋤簪切音岑侵韻

梣或字。見〔集韻〕。

【橬】慈鹽切音潛鹽韻

涔或字。〔集韻〕涔，梣也。或作一。通作潛。

【橆】罔甫切音武麌韻

本作𣞣。〔說文林部〕𣞣，豐也。从林𣞣。𣞣、或說規𣞣字。从大卌。卌、數之積也。林者、木之多也。𣞣與庶同意。商書曰。庶艸繁𣞣。〔段注〕今尚書作蕃廡。晉語黍不爲黍不能蕃廡。亦同。

【橆】微夫切音毋虞韻

無或字。〔集韻〕無，說文、亡也。或作一。〔按段注說文林部𣞣下曰。此蕃𣞣字也。隸變爲無。遂借爲有無字。〕

【⿰木閑】何閒切音閑刪韻

木名。見〔集韻〕。

【橍】儒順切音閏震韻

木名。見〔集韻〕。

【橌】賢限切音僩潸韻

大木皃。見〔說文〕。〔段注〕未見其證。小徐說以左傳一然授兵登陴。今左傳自唐石經而下皆從手。〔按通訓定聲謂轉注爲大。以爾雅釋詁僩大也。僩爲此借字。存參。〕

【⿰木龜】敕倫切音椿真韻

禹治水所乘者。通作橇。見〔集韻〕。〔按史記河渠書漢書溝洫志作

[illegible]〕。

【櫪】狼狄切音秝錫韻 養馬器。通作櫪。見〔集韻〕。

【橎】符袁切音煩方煩切音樊元韻 —木也。見〔說文〕。〔按集韻。一曰剛木。不華而實〕。

【槔】居勞切音高豪韻 (一)桔—也。〔莊子天地〕其名爲—。〔按字應作橰。說文新附桔橰。汲水器也。集韻作—〕。(二)木名。見〔集韻〕。

【櫜】巨到切音摽號韻 戔張大皃。見〔集韻〕。

【檍】檍本字。見〔說文〕。

【橋】橋本字。見〔說文〕。

【膝】膝本字。見〔說文〕。

【[illegible]】古麓字。見〔說文林部〕。

【尌】古樹字。見〔類篇〕。

【橆】古無字。見〔玉篇〕。

【櫃】同柳。〔周禮輿桌〕衣翣柳之材。〔注〕翣柳。一作接—。

【櫶】同檍。見〔正字通〕。

【檫】同樛。見〔字彙〕。

【𣛖】同耕。見〔呂覽注〕。

【檣】同檣。見〔類篇〕。

【𣞤】同弶。見〔集韻〕。

【櫀】同棊。見〔篇海類編〕。

【檕】同檕。見〔正字通〕。

【𣛻】同榙。見〔正字通〕。

【𣝡】同橄。見〔正字通〕。

【𣛭】同槮。見〔字彙〕。

【樼】同榛。見〔字彙〕。

【檤】同楊。見〔字彙〕。

【樝】虞戲字。見〔集韻〕。

【櫊】梱俗字。見〔正字通〕。

【𣞐】築俗字。見〔正字通〕。

【櫥】廚俗字。

十三畫

【㯫】求於切音渠魚韻 (一)潞落。籬。見〔玉篇〕。(二)枯落。籬名。見〔廣韻〕。

【橿】居良切音薑陽韻 (一)枋也。一曰。鉏柄也。見〔說文〕。〔段注〕謂一木二名。釋名曰。鋤。齊人謂其柄曰—。然正直也。(二)—盛也。〔太玄彊〕左右—。(三)—谷。山名。〔山海經中山經〕—谷之山多赤銅。

【檀】唐干切音壇寒韻 (一)—木也。見〔說文〕。〔段注〕鄭氏傳曰。—。彊刃之木。刃。今韌字。(二)坦也。廢之使坦然平也。見〔釋名釋用器〕。(三)—車。兵車也。〔詩杕杜〕—車幝幝。(四)旃—。香木也。紫—、白—。總謂之旃—。見〔本草綱目香木類〕。(五)—桓。黃蘗根名。見〔本草綱目喬木類〕。(六)—那。梵語。華言施也。〔法苑珠林〕所有衣服。悉用—那。〔按日本妻稱夫、僕役稱主、俱曰—那〕。(七)—越。梵語華言施主也。〔王維詩〕—越施金錢。(八)—郎。夫壻之美稱。〔李商隱詩〕今朝歌管屬—郎。〔按箋注〕—奴潘安仁小字。後人因號曰—郎。(九)—州。名。唐置。屬河北道。本漢漁陽郡白—縣地。當今直隸密雲縣治。(十)臺名。〔大戴記保傅〕簡公以弒于—。(十一)—溪。水名。在今湖北襄陽縣西六里。(十二)—香山。一名哈瓦連。又作夏威夷。凡八嶼。占波里內西亞極北之部。今屬美國。英文Hawaii。(十三)姓也。〔萬姓統譜〕齊公族有食邑—城。因以爲氏。

【檀】時戰切音善霰韻 人名。春秋時婁人—。見〔集韻〕。

【檃】倚謹切音隱吻韻。於靳切音傿問韻 (一)栝也。見〔說文〕。〔段注〕—與括互訓。亦作櫽。〔按荀子性惡篇〕枸木必將待—括烝矯然後直。〔注〕—括。正曲木之木也。又非相篇。府然若渠匽—括之於己也。〔注〕—括。所以制木。又大略篇。示諸—括。〔注〕—括。矯煣木之器也。均足徵—括連文之意義。互詳栝字。(二)同隱。〔書盤庚〕尙皆隱哉。〔傳〕言當庶幾相隱括共爲善政。〔按後漢鄧訓傳亦云孜量隱括〕。

【檄】刑狄切音覡錫韻胡敎切音效效韻

(一)尺二書。見〔說文〕〔段注〕各本作二尺書。小徐繫傳已佚。見韻會者作尺二書。蓋古本也。

(二)徵兵之書也。〔漢書高帝紀〕吾以羽—徵天下兵。〔注〕以木簡爲書。長尺二寸。〔按魏武帝奏事曰。若有急則插雞羽。謂之羽—。言如羽之疾也。〕

(三)徵召之文書也。〔漢書申屠嘉傳〕爲—召通。

(四)陳彼之惡。說此之德。曉慰百姓之書。見〔韻會〕。

(五)皎也。明書此使令皎然而識也。司馬相如有喻巴蜀—。見〔韻會〕。

(六)長也。見〔廣雅釋詁〕。

(七)激也。下官所以激迎其上之書文也。見〔釋名釋書契〕。

(八)謂木無枝。—椒直上長而殺者也。〔爾雅釋木〕無枝爲—。

(九)—纚疾貌。〔文選潘岳賦〕[illegible]—纚以奔遯。

(十)長—。段牃也。〔後漢安帝紀〕若欲歸本郡。在所爲封長—。

【檈】似宣切音旋先韻須倫切音荀眞韻

圜案也。見〔說文〕〔段注〕—、圜、疊韻。〔按廣韻云承食之案〕

【檈】隨戀切旋去聲線韻

(一)緪轉軸也。見〔集韻〕。

(二)栽木爲器也。見〔類篇〕。

【⿰木贛】古送切音貢送韻

(一)顩或字。〔說文匚部〕顩或从木。贛省聲。〔按說文。顩小桮也。門部云。大栢名閣。〕

(二)格木也。見〔集韻〕。

【⿰木贛】都感切音黕感韻

篋類。見〔類篇〕。

【⿰木窶】郡羽切音窶麌韻

—鏹負戴器。見〔類篇〕。

【檉】癡貞切音赬庚韻

(一)河柳也。見〔說文〕〔段注〕生水旁。皮正赤如絳。葉細如絲。天將雨。—先起氣迎之。故一名雨師。—之言赬也。赤莖故曰—。

(二)地名。〔春秋僖元年〕公會齊侯宋公鄭伯曹伯邾人于—。〔注〕—、宋地。陳國陳縣西北有—城。〔當今河南淮寧縣境〕。

【檛】張瓜切音撾麻韻莊華切音髽麻韻

(一)馬杖也。〔左文十三年傳注〕策馬—也。〔疏〕—、杖也。

(二)箠也。〔文選潘岳賦〕修—內辟。〔注〕修—、長箠也。

(三)箠也。見〔洪武正韻〕。

【橝】徒感切音禫感韻

木名。見〔集韻〕。

【⿰木覽】魯敢切音覽感韻

欖或字。〔集韻〕欖、橄欖、果名。或从窞。

【檐】余廉切音鹽鹽韻

(一)梍也。見〔說文〕〔按廣雅。楣—櫺梠也。說文。梍梠也。梠、楣也。段注。楣、—、秦名屋櫋聯。齊謂之—。楚謂之梠。郝氏爾雅義疏云。楣櫋櫋聯皆—也。隨所在而異名耳〕。

(二)屋垂也。見〔淮南本經。橑—榱題注〕〔後世稱帽垂者曰帽—。傘垂者曰傘—。蓋引伸之義〕。

(三)屋外邊墻也。〔國語吳語〕王背—而坐。

(四)接也。接屋前後也。見〔釋名釋宮室〕。

(五)同櫚。見〔一切經音義引字書〕。

(六)同簷。見〔國語吳語注〕。

【檐】都濫切音擔勘韻

同擔。〔管子七法〕不明於則而欲出號令。猶—竿而欲定其末。〔按爾雅釋天河鼓謂之牽牛注。荊楚人呼牽牛星爲—鼓。—者荷也。是亦—擔相通之證〕。

【檑】盧回切音雷灰韻

(一)木名。見〔集韻〕。

(二)推石自高而下也。見〔埤蒼〕。

【⿰木遄】淳沿切音遄先韻

—木也。見〔說文〕。

【⿰木遄】楚委切音揣紙韻

(一)箠也。見〔類篇〕。

(二)剟也。見〔類篇〕。

【⿱艹楓】方戎切音楓房戎切音馮東韻

(一)風行木上曰—。見〔類篇〕。

(二)梵聲。見〔廣韻〕。

(三)古楓字。見〔玉篇〕〔康熙字典云。同楓〕。

【檔】都郎切音當陽韻

(一)木牀。見〔玉篇〕。

(二)木名。見〔集韻〕。

【檔】登浪切當去聲下浪切音礑

漾韻

橫木框―也。見〔類篇〕。〔今案牘曰―案。以度案卷於―得名。〕

【檕】古詣切音係霽韻 堅奚切音雞齊韻 牽奚切音谿齊韻

㊀本作繫。〔說文〕繫。繘耑木也。〔段注〕繘、汲井綆也。綆耑木者。下耑有繫。上耑有木以爲硾。―之言系也。〔按康熙字典云。―當爲桔槔上橫木所以轉機。〕

㊁―梅。木名。〔爾雅釋木〕朹、―梅。〔互詳朹字。〕

㊂―迷。似檄之木。一名梭櫨。見〔爾雅正義〕。〔按―迷、即荚蒾。落葉灌木。高丈許。葉作橢圓形。周生尖齒。初夏開小花。白色微褐。後結紅色肉果。皮堪爲索。〕

【檖】徐醉切音遂寘韻

㊀本作檖。〔說文〕檖。羅也。〔段注〕釋木、檖、蘿。秦風毛傳曰。―、赤羅也。陸璣郭璞皆云。今之楊―也。實似梨而小。酢可食。〔按―一名鹿梨。又名小梨。大如杏。〕

㊁順也。〔淮南齊俗〕披斷撥―。

㊂遂也。見〔廣雅釋詁〕。

㊃通邃。〔荀子禮論〕疏房―䫉。

【㯱】符霄切音瓢蕭韻 普袍切音麃豪韻 叵到切音驃號韻

㊀囊張大皃。見〔說文㯻部〕。

㊁猶苞也。〔石鼓文〕其魚隹可。隹鱮與鯉。可以―之。隹楊與柳。

【檜】古外切音膾泰韻 古活切音括曷韻

檜圖

㊀柏葉松身。見〔說文〕。〔段注〕釋木、衛風毛傳皆曰。―、柏葉松身。禹貢作栝。〔按―喬木名。生山中。幹類松。葉形不一。舊說謂柏葉松身。其實或似松。或似柏。又或似杉。果實爲毬果。木材亦供一切製造。以造鉛筆尤良。〕

㊁棺飾也。〔左成二年傳〕棺有翰―。〔鄭注〕翰、兩旁飾。―、棺上飾。

㊂通旝。〔左桓五年傳〕旝動而鼓。〔釋文〕旝、說文作―。建大木。置石其上。發機以磓敵。

㊃通鄶。國名。〔詩檜風序釋文〕―、本作鄶。

㊄人名。宋秦―。

【檟】舉下切音賈馬韻

㊀楸也。春秋傳曰。樹六―於蒲圃。見〔說文〕。〔段注〕釋木。槐小葉曰榎。郭云。槐、當爲楸。楸細葉者爲榎。按榎者―之或字。左傳孟子作―。爾雅別言之。許渾言之。〔按曰―、曰榎、曰楸。實爲一物。梓屬。左襄四年傳疏。―是爲櫬之木。〕

㊁茶木也。〔爾雅釋木〕―、苦茶。〔按茶經云。其名有五。一茶、二―、三蔎、四茗、五荈。而以―爲最古。今人通稱爲茶。蓋形近乎茶。而聲近乎―。〕

【檠】渠京切音擎庚韻 舉影切音景梗韻

㊀本作𣞾。〔說文〕𣞾。榜也。〔段注〕禮謂之柲。詩謂之閉。周禮注謂之䩛。禮古文作毖。四字一也。皆所謂―也。〔按―所以正弓。攷工記弓人。內之―中。淮南修務。弓必得―而後能調。〕

㊁燈架也。〔唐彥謙詩〕燈―昏魚目。

【檠】渠敬切音競敬韻

有腳之木器、隔子也。〔漢書地理志〕朝鮮民飲食以籩豆。〔注〕以竹曰籩。以木曰豆。今之―也。

【檡】直格切音宅夷益切音奕陌韻 達各切音鐸藥韻

木理堅韌。可作射決者。〔周禮繕人注〕決用正王棘若―棘。

【檡】施隻切音釋陌韻

㊀聘聚也。見〔廣韻〕。

㊁射決也。見〔集韻〕。

【檡】同都切音徒虞韻

同菟。〔漢書敘傳〕謂虎於―。〔注〕師古曰。―、或作菟。並音塗。

【檢】居奄切音兼上聲琰韻

㊀書署也。見〔說文〕。〔段注〕書署、謂表署書函也。廣韻曰。書―者、印窠封題也。則通謂印封爲―矣。公孫瓚傳曰。袁紹矯刻金玉以爲印璽、每有所下。輒皁囊施―。章懷曰。―、今俗謂之排。排、如今言標籤耳。〔按今作籤、簽。〕

●同也。見〔爾雅釋言〕。〔注〕模範同等。
●括也。見〔一切經音義引廣雅〕。
(四)束也。〔荀子儒效〕禮者所以爲羣臣尺寸尋丈—式也。
(五)局也。〔漢書王莽傳〕德亡省者夜不—。
(六)禁也。禁閉諸物使不得開露。見〔釋名釋書契〕。
(七)甲也。見〔廣雅釋詁〕。〔按甲與柙通〕。
(八)制也。〔孟子梁惠王〕狗彘食人食而不知—。
(九)斂也。〔書伊訓〕—身若不及。〔疏〕—謂自攝斂也。
(十)驗也。〔漢書食貨志〕均官有以考—厥實。
(十一)狎察也。〔後漢周黃徐姜申屠傳敘〕驟騎執法以—下。
(十二)防閑也。〔晉書戴逵傳論〕又有越—之行。
(十三)手械也。〔易坎〕—且枕。〔鄭注〕木在手曰—。〔按今本—作險〕。
(十四)法度也。〔文選陸機演連珠〕臣聞動循定—。
(十五)猶節也。〔晉書懷愍帝紀論〕談者以虛蕩爲辯而賤名—。
(十六)尋求也。〔後漢張衡傳〕收—遺書。
(十七)猶比也。〔管子山權數〕此—數百里之地也。
(十八)考核也。〔宋史食貨志〕遣官覆—。
(十九)草案也。〔稱謂〕俗謂文書藁曰—子。
(二十)知其足剩謂之—。見〔周禮職幣注〕振者拼也—也〔疏〕。
(廿一)—柙。猶隱括也。〔漢書揚雄傳〕蠢迪—柙。〔又〕規矩也。〔後漢仲長統傳〕是婦女之—柙。
(廿二)清—濁—。並水名。〔後漢郡國志注〕巴漢志曰。縣有度水。水有二原。一曰清—。一曰濁—。
(廿三)姓也。〔姓苑〕漢句章尉—其明。

【檥】魚羈切音宜　延知切音夷　支韻

餘也。見〔說文〕。〔段注〕釋詁曰。楨、翰、儀、榦也。許所據爾雅作—。人儀表曰榦。木所立表亦爲榦。其義一也。

【檥】魚倚切音蟻　紙韻　牛何切音莪　歌韻

●附船著岸也。〔史記項羽紀〕烏江亭長—船待。

(二)正也。〔文選左思賦〕—輕舟。〔劉注〕南方俗謂正船迴濟處爲—。

【⿰木制】方小切音表　篠韻

(一)表也。〔北魏書禮志〕爲方陳鹵簿列步騎內外四重列—建旌。
(二)—株。柱類。〔淮南本經〕—株欂櫨。以相支持。
(三)人名。〔後魏李訢傳〕趙郡范—。

【檧】蘇公切音鬆　東韻　損動切音敵　董韻

(一)小籠也。見〔廣韻〕。
(二)箸筩也。〔方言〕箸筩、自關而西謂之桶—。

【⿳亡口⿲月木凡】盧戈切音螺　歌韻

(一)木名。中箭笴。見〔玉篇〕。
(二)同欏。見〔類篇〕。

【⿰木臿】則𨹒切音榨　禡韻

木名。見〔類篇〕。

【⿰木敨】他候切音透　宥韻

地名。在高陵。見〔集韻〕。〔按當今陝西高陵縣境〕。

【檣】慈良切音牆　陽韻

帆柱也。見〔文選郭璞賦注引埤蒼〕。〔按一切經音義引字林。—、颿柱也〕。

【⿰木道】大到切音導　號韻

木名。見〔集韻〕。

【⿰木萑】式支切音施　支韻

柂也。見〔類篇〕。

【⿰木垂】私盍切音靸　合韻

枯—也。見〔紫雲韻〕。

【橽】他達切音撻　曷韻

所以洩水也。見〔類篇〕。

【橾】山芻切音毹　舂朱切音樞　虞韻　蘇后切音瞍　有韻

車轂中空也。从木。喿聲。讀若藪。見〔說文〕。〔段注〕攷工記以轂圍之仞捎其藪。鄭司農曰。捎、讀如桑蠨蛸之蛸。藪、讀如蜂藪之藪。謂轂空壺中也。〔按記文葢本作捎其—〕。大鄭乃易爲藪。故云讀爲。後人直用大鄭說改記文耳。程氏瑤田曰。先鄭言蜂藪。後鄭言眾輻所趨。則藪之名義。當起於輻。繫先後鄭說直以轂空壺中與眾輻之孔相接。而未知輻孔不通壺中。壺中以受軸。—以受輻。劃然二事。鄭不若程氏之精塙也。許字作—。从喿。喿、鳥群鳴也。亦與眾趨之義合。其云車轂中空也。亦未該。又大鄭云。讀爲

數者。易—爲數也。注經之法也。許云讀若數者。擬其音也。字書之體也。〕

【櫵】千遙切音鍫蕭韻　鍪也。見〔集韻〕。

【橾】蘇曹切音騷豪韻　同䅵。槮—長貌。見〔洪武正韻〕。

【檎】渠今切音琴侵韻　林—果木名。一本作禽。詳林字。

【檁】力錦切音凛寢韻　屋上橫木。見〔集韻〕。

【⿰木農】泥容切音濃冬韻　木名。見〔集韻〕。

【⿰木感】虎感切音顑感韻　木裂文。見〔集韻〕。

【橵】七約切音鵲七各切音錯藥韻　木皮理歷也。見〔集韻〕。

【⿱艹⿰木斂】良冉切音斂琰韻　功勤也。見〔廣韻〕。

【檅】須銳切音歲霽韻　小棺也。見〔玉篇〕。

【檇】遵綏切音嶲支韻將遂切音醉寘韻　以木有所擣也。春秋傳曰。越敗吳於—李。見〔說文〕。〔按許書—字先言以木有所擣。後舉—李以證之。蓋本一說。非有兩義。攷嘉興府城南產佳李。名爲—李。一作醉李。又作就李。果皮有痕。如手搯然。管子度地注。擣、觸也。廣雅釋詁云。擣、剌也。木有所擣。猶云—李之果如有所剌觸也。—李古城在今浙江嘉興縣西南七十里。〕

【⿰木蜀】殊玉切音蜀沃韻　木名。似柳。大葉而赤。見〔玉篇〕。

【⿰木盞】阻限切音醆潸韻　木名。見〔類篇〕。

【槭】疾則切音賊職韻　木名。見〔類篇〕。

【⿰木幹】居案切音幹翰韻　木名。栭也。一曰檀也。見〔集韻〕。

【檋】拘玉切音匊沃韻　山行所乘。以鐵如錐、施之履下。見〔集韻〕。〔按—同梮。漢書溝洫志注。如淳曰。梮、謂以鐵爲錐頭。長半寸。施之履下。以上山不蹉跌。亦通橋。史記河渠書山行乘橋。注。橋、作—。直轅車。〕

【檌】徂賄切音罪賄韻　倒損也。見〔方言〕。

【檍】乙力切音億職韻于記切音意寘韻　本作檍。〔說文〕檍。梓屬。大者可爲棺槨。小者可爲弓材。〔段注〕按檍、—古今字。心部啻。今作意。艸部蕃。今作蕙。水部澺。今作澺。人部億。今作億。然則經典—字。卽說文之檍。何疑。攷工記、取榦之道七。柘爲上。—次之。此卽所謂小者可爲弓材也。唐風。隰有杻。釋木、毛傳皆曰。杻、—也。許無杻字。豈其字正作紐。俗作杻與。大鄭云。—讀如億萬之億。陸璣云。今官園種之。正名曰萬歲。取名於億萬。共汲山下人或謂之牛筋。或謂之—材。可爲弓弩榦也。今各本椋檍二篆之閒有—篆云。杶也。从木意聲。蓋淺人謂不當闕—字而增之。本云—。杻也。後又譌杻爲杶。杶不可通。攷韻會云。說文作檍。今文作—。則黄氏所据鍇本未誤也。今刪—篆。

【檓】許委切音毀紙韻　椒樹叢生實大者。〔爾雅釋木〕—、大椒。

【⿰木厀】戚悉切音七悉七切音悉質韻　—木。可爲杖。見〔說文〕。〔注〕今櫛栗之屬。

【檗】博陌切音伯陌韻　黄木也。見〔說文〕。〔段注〕本艸經之—木也。—名檀桓。俗加艸作蘗。〔按—爲落葉喬木。樹皮灰白。內皮深黄。羽狀複葉。頗繁密。花細碎黄綠。結黑實如豆大。此樹之內皮可爲染料。木材造器具。亦可入藥。俗作柏。〕

【檗】蒲歷切音甓錫韻　櫱也。見〔類篇〕。

【⿰木鼎】都挺切音鼎迥韻　棓也。見〔廣雅釋器〕。

【⿰木牒】達協切音牒葉韻　屋牮板也。見〔集韻〕。

【⿰木禁】居蔭切音禁沁韻　格也。見〔方言〕。〔按類篇云。今竹木格。所以扞門也。〕

【樬】創祖切音趱㩇韻
樬—也。見〔篇海〕。〔正字通云。俗楚字。〕

【檞】佳買切音解 下買切音蟹韻
松樠也。與樠椰艾蒳皆可合香。見〔廣韻〕。〔按溫庭筠詩。—樂落山路。則木類自有所謂—。日本人每以檞為—。殆因字形相似而誤。〕

【檐】之務切音朦韻
木名。見〔廣雅釋木〕。

【樍】子歟切音即錫韻
𣚍—也。見〔廣雅釋木〕。

【𣛙】他計切音替霽韻
䶵易曲也。見〔字彙補〕。

【䙅】晉文文韻
木咸也。見〔川篇〕。

【樣】饋若除
果名。〔清一統志〕有香—木—肉—三種。〔按即芒果。產熱帶地。今閩廣多有之。形如豬腰。夏熟。〕

【檆】杉本字。見〔說文〕。

【檄】棨本字。見〔說文〕。

【𥢑】古秦字。見〔韻會〕。

【蘗】同櫱。見〔集韻〕。〔按類篇。—、木葉陊也。〕

【檝】同楫。見〔類篇〕。〔按管子兵法。不須舟—。淮南主術。舟—所通。楫皆作—。〕

【橰】同松。見〔集韻〕。

【檄】同椵。見〔集韻〕。

【樹】同杓。見〔類篇〕。

【樸】同栿。見〔字彙〕。

【檳】同㯷。見〔類篇〕。

【橀】同檝、樣。見〔類篇〕。

【樾】同樾。見〔字彙〕。

【橀】同欒。見〔正字通〕。〔按正字通又以為平仲木別名。讀若璧。〕

【檘】同枰。見〔集韻〕。

【𣟚】同檖。見〔玉篇〕。

【櫎】同槍。見〔類篇〕。

【[illegible]】植或字。見〔說文〕。〔按漢石經論語。置其杖而耘。商頌。置我鞉鼓。皆以置為植。〕

【樗】桴譌字。見〔正字通〕。

十四畫

【檫】初戛切音察黠韻
(一)木名。梓屬。見〔集韻〕。(二)檫—子。果名。見〔桂海虞衡志〕。

【檬】謨蓬切音蒙東韻
(一)黃槐也。見〔類篇〕。(二)檸—。果名。詳檸字。

【櫋】魚巾切音銀真韻
(一)木名。見〔玉篇〕。(二)木白色。見〔廣韻〕。

【檮】徒刀切音濤豪韻 覩老切音倒皓韻
(一)本作檮。〔說文〕檮柮。斷木。春秋傳曰檮柮。〔段注〕謂斷木之榦楓頭可惜者。左傳無—柮。惟有—杌。(二)—杌。惡獸名。楚謂春秋為—杌者。在記惡而興善也。〔孟子離婁〕楚之—杌。〔又〕凶頑無匹儔之貌。〔左文十八年傳〕謂之—杌。〔服注〕引神異經。狀似虎。毫長三尺。人面獸足。豬牙。尾長丈八尺。能鬭不退。〔又〕鯀也。〔國語周語〕商之興也。—杌次於丕山。(三)—昧。猶蔽翳也。〔爾雅序〕不揆—昧。

【𣞿】陳留切音稠尤韻
(一)剛木也。見〔集韻〕。(二)—蓍。瑞草名。〔史記龜策傳〕上有—蓍。下有伏龜。〔索隱〕—蓍即藂蓍。—、古稠字。(三)—余。山名。見〔漢書霍去病傳〕。

【檮】大到切音道號韻
棺也。見〔集韻引博雅〕。

【檯】堂來切音臺灰韻
(一)木名。見〔玉篇〕。(二)今俗謂桌曰—。

【檏】博木切音卜 普木切音朴屋韻
(一)叢也。見〔說文〕。(二)堅也。見〔集韻〕。〔按—、樸古今字。考工記。欲其樸屬而微至。注。猶附著堅固貌。朱駿聲云。如木皮之附木。〕(三)苞也。見〔集韻〕。〔按爾雅釋木。樸抱者。注。叢生為抱。朱駿聲云。抱、苞也。〕(四)叢也。見〔集韻〕。〔按本郭注叢生爲袍之義。]
㊄ 通撲。盡也。[方言]南楚、凡物盡生爲—生。[按說文段注引方言、撲作—。]

【檏】 四角切覺韻
小木也。見[類篇]。[按詩傳、樸樕。小木也。段玉裁云。詩爾雅之樸。皆當作—。]

【檳】 卑民音賓眞韻
㊀ —榔。木名。無枝。實從心生。見[集韻]。[按本草。—榔、大腹皮子也。陶隱居曰。尖長而有紫紋者曰—。圓而矮者曰榔。此就—榔子而言。互詳榔字。]
㊁ —榔嶼。馬尼剌海峽之一小島。距馬來半島西五哩二哩之間。爲英領殖民地。富於農產物。中國明時商人所交通。英文 Pinang。

【⿰木奩】 丘廉切音㯺鹽韻
㊀ 杴或字。[集韻]杴。泄水器。或从奩。
㊁ 俗匳字。見[正字通]。

【櫨】 虛嚴切音險鹽韻
杴或字。[集韻]杴。鍫屬。或作—。

【檸】 拏梗切檸梗韻 尼庚切音獰庚韻
㊀ 木名。皮可爲藥。見[集韻]。
㊁ 俗謂木梓曰—頭。見[類篇]。
㊂ —檬。果木名。高達三丈餘。葉互生。形橢圓而尖。有鋸齒。終年著花。白色五瓣。類柑。果實橢圓形。黃赤色。甚芳香。取其皮製油。飲料及食物中多用之。

檸檬果圖

【檹】 於離切音猗支韻 隱綺切音倚紙韻
㊀ 木旖施也。賈侍中說—卽椅也。可作琴。見[說文]。[段注]今曾風猗儺。毛曰。猗儺。柔順也。猗儺卽旖施。上林賦。旖旎從風。張揖云。旖旎猶阿那。漢書文選皆作猗柅。韻書紙韻作猗狔、椅柅、旖旎。哿韻作旑㫊、檹橠。其實皆同字也。
㊁ —椸。長皃。一曰不正皃。見[玉篇]。

【檻】 戶黤切音艦豏韻
㊀ 櫳也。一曰圈。見[說文]。[按一切經音義云。檻所以盛禽獸。段玉裁云。圈者、養畜之閑。]
㊁ 猶閑也。[漢書谷永傳]—塞大異。
㊂ 謂捕獸之機也。[後漢法雄傳]常募設—穽。
㊃ 牢也。見[廣雅釋室]。[今俗語謂養獸之牢曰—]
㊄ 闌也。[文選張衡賦]鏤—文㯳。
㊅ 楯也。[楚辭東君]照吾—兮扶桑。
㊆ 軒前闌版也。[漢書翟方進傳]柱—皆衣素。
㊇ 井欄也。[山海經海內西經]面有九井。以玉爲—。
㊈ —車。亦四禁罪人之車也。見[釋名釋車]。
㊉ ——車行聲。[詩大車]大車——。[按——一作轞]
(十一) 船上下四方施版者曰—。[釋名釋船]上下重版曰—。四方施版以禦矢石。其內如牢—也。
(十二) —泉。正出也。[詩采菽]觱沸—泉。[按—亦作濫]
(十三) 屋脊也。見[廣韻]。

【檼】 於靳切音㥯問韻 衣刃切音印震韻
㊀ 棼也。見[說文]。[段注]林部曰。棼。複屋棟也。
㊁ 隱也。所以隱桷也。見[釋名釋宮室]。[按此假爲㥯]

【檾】 犬穎切音頃梗韻 口迥切音褧迥韻
㊀ 枲屬。詩曰。衣錦—衣。見[說文林部]。[爾雅翼云。—高四五尺或六七尺。葉似苧而薄。實如大麻子。今人績爲布。詩丰今作衣錦褧衣。褧衣者。以—所績爲之也。]

【櫂】 直敎切音棹效韻
㊀ 所以進船也。見[說文新附]。[通作棹。]
㊁ 楫也。[方言]楫、或謂之—。

【櫂】 直角切音濁覺韻 直格切音宅陌韻 亭歷切音狄錫韻
㊀ 樹枝直上皃。見[集韻]。
㊁ 盌謂之—。見[方言]。

【櫜】 戶衮切音混阮韻 古倦切音眷霰韻
㊀ 橐也。从束圂聲。見[說文橐部]。
㊁ 大束也。見[廣韻]。

【欂】 蒲街切音牌佳韻
筏也。[方言]—謂之筏。[按集韻作䈶。大桴。]

【椑】 布眉切音卑支韻

木似桸見〔字彙〕。

【檅】胡昆切音魂元韻　木名。生南海。見〔類篇〕。

【𣟴】旨善切音膳銑韻　木名。見〔字彙補引廣雅〕。

【𣝣】徒困切音鈍願韻　𣝣—。見〔字彙補〕。

【櫟】色角切音朔覺韻　—廧。縣名。〔漢書地理志〕臨淮郡。厹陵。〔注〕孳曰—廧。〔按當今安徽盱眙縣東北。亦作—函。〕

【檽】人之切音洏支韻　木名。一曰木耳。見〔集韻〕。

【檽】乳兗切音耎銑韻　耎或字。〔集韻〕耎。木耳也。

【檽】尼主切音擩麌韻　木名。可染。見〔集韻〕。

【檽】汝朱切音儒虞韻　梁上短木。見〔集韻〕。

【槈】乃豆切音槈宥韻乃后切音穀有韻　槈—。木名。皮可染紫。見〔集韻〕。

【㯬】離鹽切音廉鹽韻　草木疏皃。見〔集韻〕。

【㯚】都內切音對隊韻　車箱立曰—。見〔廣韻〕。

【櫋】彌連切音綿先韻　木名。即杜仲也。〔本草圖經〕杜仲葉類柘。其皮折之白絲相連。江南謂之—。

【𣟫】徒合切音沓合韻　榙—。木也。見〔說文〕。〔互詳榙字〕。

【𣟳】頸忍切音緊軫韻　木文理密緻也。見〔正字通〕。

【𣟶】子忍切音濜軫韻資辛切音津真韻　盡也。見〔集韻〕。

【欂】毗亦切音擗陌韻　柱也。見〔集韻〕。

【檲】徒官切音團寒韻　大木。見〔集韻〕。

【𣞀】以冉切音琰琰韻　籃—。粗篝也。〔方言〕篝之粗者、自關而西謂之籃篠。自關而東謂之籃棪。〔按棪與—通。廣雅。籃—、謂之籠篠。說文。籃篠、粗竹席也。〕

【檺】居號切音告號韻　苦木。見〔廣韻〕。

【檴】胡郭切音鑊藥韻　—落。木名。見〔廣韻〕。〔按爾雅釋木。—、落。注云、可以為杯器素。疏云、—一名落。某氏曰、可作杯圈。據此。—落木名。可分合稱也。〕

【檴】胡化切音華禡韻　樺或字。見〔說文〕。

【櫜】皮招切音瓢蕭韻　櫜也。見〔字彙〕。〔正字通云櫜字之譌。〕

【櫸】羊洳切音豫御韻　舁食者。見〔廣韻〕。

【櫸】羊諸切音余魚韻　箯輿。以竹為之。見〔字彙〕。

【樜】常者切音社馬韻　宜—。薔蘼神。見〔字彙引仙經〕。

【檷】乃倚切音柅母婢切音彌女履切音柅紙韻　絡絲柎也。見〔說文〕〔段注〕絡絲柎者。若今絡絲架子。〔參閱柅字〕。

【檷】民卑切音彌支韻　山名。見〔類篇〕。

【檗】虎覽切音喊感韻戶䫜切音檻豏韻　堅土。見〔集韻〕。

【㰁】胡懺切音豏陷韻　櫝也。見〔集韻〕。

【檿】於琰切音黶琰韻　山桑也。詩曰。其—其柘。見〔說文〕。

【𣞁】古老切音槁皓韻　木也。見〔字彙〕。

【𣟾】將先切音牋先韻　香木名。見〔廣韻〕。

【櫃】具位切音匱寘韻　同匱。篋也。見〔洪武正韻〕。

【櫅】牋西切音齎齊韻　—木。可以為大車軸。見〔說文〕。〔段注〕許不云白棗與爾雅異。

【櫅】前西切音齊齊韻　木名。白棗也。見〔集韻〕。〔按爾雅釋木。—、白棗。郝氏義疏云。凡棗熟時赤。此獨白熟為異。〕

【櫅】才詣切音劑霽韻　斷木也。見〔類篇〕。

【櫒】緇詵切音蓁真韻　木名。見〔集韻〕。

【樥】菩貢切音蓬送韻 草木叢皃。見〔集韻〕。

【櫆】苦回切音魁灰韻 ─師。一曰北斗星。見〔字彙補〕。〔
俗作魁星。〕

【藥】力協切音獵葉韻 木疎貌。見〔字彙補〕。

【編】婢免切音卞銑韻 緶謂之─。見〔廣雅釋器〕〔疏證〕〔玉篇云、履底─也。〕

【檕】心促切音速沃韻 穀─。動物也。見〔字彙補〕。

【櫇】平波切音婆歌韻 頗─。果名。見〔字彙補〕。〔按本草綱目作頗婆。卽柰也。〕

【櫵】卽消切音焦蕭韻 蒜束也。見〔字彙補〕。

【檵】吉詣切音計霽韻 枸─杞也。一曰堅木也。見〔說文〕。〔段注〕四牡、四月傳皆曰。杞、枸─也。

【銖】古株字。見〔玉篇〕。

【[illegible]】古核字。見〔字彙補〕。

【蘽】同櫑。見〔篇海類編〕。

【[illegible]】同麓。見〔五音篇海〕。

【[illegible]】同礙。見〔集韻〕。

【[illegible]】同擬。見〔正字通〕。

【[illegible]】同檿。見〔正字通〕。

【櫰】同槐。見〔集韻〕。

【櫨】同虡。見〔字彙補〕。

【櫀】同棋。見〔韻會〕。

【㯿】杺或字。見〔說文〕。〔按亦作櫏。因隸篆本從小從黑會意。〕

【㯿】杺或字。詳標注。

【櫈】凳或字。見〔集韻〕。

【樫】坙俗字。見〔正字通〕。〔字彙
同坙。按集韻、坙、𡍐或從手。〕

【櫆】傀俗字。見〔正字通〕。

【樶】檯俗字。見〔字彙補〕。

【橀】樒俗字。見〔正字通〕。

【檏】棊俗字。見〔正字通〕。

【櫥】㭗鵠字。見〔正字通〕。

十五畫

【櫌】於求切音憂尤韻 ㊀摩田器也。从木。憂聲。論語、─而不輟。見〔說文〕。〔段注〕漢石經論語、─而不輟。經典及釋文皆作耰。鄭曰。耰、覆種也。與許合。許以物言。鄭以人用物言。〔按集韻─或从耒。〕㊁鉏柄也。〔史記秦始皇紀〕鉏─白梃。〔按徐廣說田器。〕㊂椎也。見〔廣雅釋器〕。

【櫍】職日切音質質韻 ㊀柎也。見〔說文新附〕。㊁椹也。見〔廣韻〕。

【櫍】丁結切音蛭屑韻 斫木具也。見〔類篇〕。

【櫎】戶廣切音晃養韻 ㊀所以几器。一曰、帷屏風屬。見〔說文〕。〔段注〕謂所以庋閣物之器也。几可庋物。故凡庋曰几。各本屏下有風之二字。今依李善吳都賦注正。㊁門衛之廡通名。─〔文選左思賦〕房櫎對─。㊂兵欄也。見〔廣韻〕。

【櫎】古曠切音廣漾韻 光鑊切音郭藥韻 組踏─橫木。見〔集韻〕。〔字亦作橫。〕

【[illegible]】作叢切音遭豪韻 ㊀木名。見〔玉篇〕。㊁同槽。果木叢實相半也。見〔類篇〕。

【櫏】親然切音遷先韻 ㊀楮─。木名。樺栖字。㊁同櫏。見〔類篇〕。

【櫐】魯水切音壘紙韻 魯猥切音磊賄韻 ㊀山─。藟也。〔爾雅釋木〕諸慮山─。〔按朱駿聲云山─卽櫐與今之山蒲桃也。〕㊁虎─。虎豆也。〔爾雅釋木〕欇虎─。〔按朱駿聲云虎─卽招豆籐。今之芝籐花也。〕㊂同蘽。見〔類篇〕。

栗圖

【櫓】籠五切音魯麌韻 ㊀大盾也。見〔說文〕。〔段注〕釋名曰。盾大而平者曰吳魁。隆者曰須盾。〔按吳須皆與─聲近。〕─或假杵爲之。尙書流血漂杵是也。又或假鹵爲之。始皇本紀、天子出行鹵簿。鹵、大楯也。

(二)大楯也。〔家語儒行〕禮義以爲干—。

(三)城上守禦望樓也見〔玉篇〕。〔按文選上林賦、泰山爲—郭注義同。〕

(四)露也。露上無屋覆也見〔釋名釋宮室〕。

(五)同艣、進船具。〔釋名釋船〕在旁曰—。—旅也用旅力然後舟行也。

(六)戰陣高巢車亦爲—。〔太公六韜〕陷堅陣敗強敵。武翼大—提翼小—。

(七)—署子。果名。〔桂海虞衡志〕大如梳。數十房攢聚成毬。食之微甘。

【櫼】弋涉切音葉力渠切音獵方涉切音[illegible]葉韻

(一)楣端木也見〔集韻〕。

(二)—櫨。藟木名即虎豆也。〔爾雅釋木注〕今虎豆纏蔓林樹而生莢有毛刺。江東呼爲—櫨。

【櫴】落答切音拉合韻

木—。木名。〔函史〕樹可放蠟。煎汁爲油可作燭。今江南北放蠟者謂之木—樹。北樹似女貞而異。

【櫖】凌如切音閭抽居切音攄魚韻 良據切音慮御韻

(一)山櫐也。似葛而粗大。見〔韻會〕。〔按爾雅諸慮山櫐作慮。詳櫐字。〕

(二)林—。山林也。見〔廣韻〕。

【櫙】烏侯切音歐尤韻

(一)木名。〔爾雅釋木〕—荎。〔注〕今之刺榆。

(二)棟也。見〔廣雅釋木〕。〔按廣雅疏證引集韻云、棟木立死也。白虎通云。—之言邱也。孟康注漢書楚元王傳云。西方謂亡女壻爲邱壻。皆死之義。〕

【櫚】凌如切音閭魚韻

(一)栟—。木名。椶也。或作栟閭。詳椶字。

(二)花—。木名。〔本草拾遺〕—木出安南。性堅。紫紅色。有花文者謂之花—。

【櫛】側瑟切音節質韻

(一)梳比之總名也。見〔說文〕。〔段注〕比讀若毗。疏者爲梳。密者爲比。〔按此今俗作篦〕。

(二)理髮也。〔禮記曲禮〕父母有疾。冠者不—。〔按—本實字。而往往虛用。如儀禮之乃沐—。莊子之簡髮而—。皆是。〕

(三)剔除也。〔韓愈文〕—垢爬痒。民獲蘇醒。

(四)喻言稍之密也。〔詩良耜〕其比如—。〔集傳〕—言密也。

(五)燭盡也。〔管子弟子職〕—之遠近。乃成厥火。

(六)—笄。榛笄也。〔儀禮喪服傳〕惡笄者、—笄也。

(七)通節。〔儀禮士冠禮〕贊者奠纚笄—於筵南端。〔注〕古文—爲節。

(八)通楖。〔考工記總序〕玉楖雕矢磬。〔司農注〕楖讀如巾—之—。

【櫜】居勞切音高豪韻居號切音告號韻

(一)車上大櫜。見〔說文櫜部〕。

(二)弓衣也。〔左昭元年傳〕請垂—而入。

(三)甲衣也。〔禮記檀弓〕赴車不載—韔。

(四)矢房也。〔國語晉語〕右屬—鞬。

(五)韜也。〔詩彤弓〕受言—之。

(六)通睾。〔左莊十年傳〕蒙皋比而先犯之。〔注〕包干戈以虎皮曰建—。

【櫝】徒谷切音獨屋韻

(一)匱也。一曰。木名。又曰、—木枕也。見〔說文〕。〔段注〕此與匚部匵音義皆同。匵、匣也。論語。韞匵而藏諸、作匵。龜玉毀於—中、作—。木枕。謂以圜木爲枕。少儀所謂頲也。

(二)大棺也。〔國老談苑〕漢文帝命大官每具兩擣—謂之—食。〔按大徐本說文本作—大槐。朱駿聲曰。槐、舉食之案也。而段玉裁謂爲木枕字之誤。今並著之於此。〕

(三)函也。〔儀禮聘禮〕西向坐啟—。〔按此爲圭函也。若禮記少儀、劍則啟—蓋襲之。則爲劍函。國語魯語、使求得之金—。則爲矢函。是凡物之函皆可稱—。〕

(四)小棺也。〔漢書成帝紀〕令郡國給槥—葬埋。〔注〕師古曰。槥—、謂小棺也。〔按廣雅釋器。—、棺也。左昭二十九年傳。公將爲之—。釋文。—、棺也。是凡棺皆可稱—。不必小者。〕

(五)—櫨。鹿盧也。〔一切經音義引倉頡〕—櫨三輔舉水具也。

(六)松—。兵器。〔釋名釋兵〕松—長三尺。—、速—也。前刺之言也。

(七)通欃。木名。詳欃字。

(八)通韣。〔文選揚雄文〕布濩流衍而不韞韣。〔注〕—與韣、古字通。

【櫟】郎狄切音歷錫韻歷各切音洛藥韻

一 —木也。見〔說文〕〔段注〕秦風、山有苞—。陸璣曰。苞—秦人謂柞—為—。河內人謂木蓼為—。椒椒之屬。其子房生為梂。木蓼子亦房生。故璣以為此秦詩也。當從其方土之言。柞—是也。

二 不生火之木也。〔淮南時則〕官獄。其樹—。〔注〕木不生火。惟—為然。

三 采木也。〔漢書司馬相如傳〕沙棠—櫧。〔注〕應劭曰。—采木也。

四 梢也。〔漢書司馬相如傳〕—蜚遽。〔注〕張揖曰。—梢也。飛遽。天上神獸也。鹿頭而龍身。

五 擊搏也。〔文選潘岳賦〕—雌妒異。

六 蹈超踰之也。〔史記萬石張叔傳〕注—機轄。

七 欄也。〔史記滑稽傳〕建章宮後閣重—中有物出焉。〔注〕重—欄楯之下有重欄處也。

八 地名。〔春秋桓十五年〕鄭伯突入于—。〔注〕—鄭別都也。今河南陽翟縣。〔按當今河南禹縣治〕

九 澤名。〔山海經北山經〕潘侯之山。邊水出焉。而南流注于—澤。

十 鳥名。〔山海經西山經〕天帝之山。有鳥焉。其狀如鶉。黑文而赤翁。名曰—。

十一 撈—分別節制貌。〔文選馬融賦〕撈—銚鍦。

十二 丁—牛名。〔藝文類聚引桓譚新論〕牛與郭料丁—。〔按廣雅作丁犖。疏證、—與犖通。〕

十三 通櫟。〔詩有[illegible]柷圉疏〕敔如伏虎。背上有二十七鉏鋙。刻以木。長尺。—之。

十四 通躒。〔左昭十五年傳〕晉荀—如周。〔釋文〕—本作躒。

【櫟】郎刀切音勞豪韻

—謂以杓櫟釜使為聲。〔史記楚元王世家〕嫂佯為羹盡—釜。〔按漢書作櫟釜〕

【櫟】弋灼切音藥藥韻

—陽。縣名。在雍。或从樂。見〔集韻〕。

【櫟】式灼切音爍藥韻

地名。在晉。見〔集韻〕。

【櫡】陟略切音灼藥韻

一 斫謂之—。見〔說文〕〔段注〕見釋器。—一作櫡。俗字也。凡斫木之斤。斫地之欘。皆謂之—。—之言箸也。箸、直略反。

二 钁也。見〔廣雅釋器〕。

【櫡】直慮切音箸御韻

同箸。〔史記絳侯世家〕景帝召亞夫食不置—。〔漢書作箸〕

【[illegible]】洗野切音寫馬韻

案之別名。〔方言〕案陳楚宋魏之間謂之—。

【櫋】民堅切音眠先韻

本作櫋。〔說文〕屋—聯也。〔段注〕梠或謂之—。—、綿也。縣連榱頭使齊平也。〔按朱駿聲曰。—亦曰楯、曰槐、曰樬。〕

【樚】盧谷切音鹿屋韻

—心。栜名。見〔類篇〕。〔按本艸綱目作鹿心〕。

【櫑】盧回切音雷灰韻

龜目酒尊。刻木作雲雷象。象施不窮也。見〔說文〕〔段注〕所以刻為雲雷者。以雲雷施澤不窮。櫑者。靁之省。〔韓詩說〕金罍大器也。天子以玉。諸侯大夫以金。士以梓。按此字所以从木。又或作罍、盤。

【欙】力猥切音磊賄韻盧對切音擂隊韻

—具劍。木標首之劍也。〔漢書雋不疑傳〕帶—具劍。〔按注引晉灼說。古長劍首以玉作井鹿盧形。上刻木作山形。如蓮花初生未敷時。〕

【[illegible]】他旦切音歎翰韻

木也。見〔篇海〕。

【櫔】力側切音例霽韻

木名。〔山海經中山經〕歷兒之山。其上多—木。是木也。方莖而員葉。黃華而毛。其實如楝。食之不忘。〔注〕楝。木名。子如指頭。可以浣衣也。〔按玉篇云。實如栗。〕

【櫲】憐題切音黎齊韻

木名。見〔集韻〕。

【櫼】先結切音屑屑韻

木索也。見〔玉篇〕。

【櫗】彌徹切音袂霽韻

—楔。細小貌。見〔類篇〕。

【[illegible]】良冉切音斂琰韻

善美之名。見〔廣韻〕。

【櫑】來可切音砢哿韻郎佐切音邏箇韻
●|樶。樹斜貌。見〔類篇〕。
●樶|。樹衰。見〔集韻〕、

【[illegible]】式荏切音沈寢韻
木名。見〔廣韻〕。〔按類篇或从念作棯〕

【櫋】眠見切音面霰韻
屋瓷。見〔集韻〕。

【[illegible]】同櫋。見〔字彙〕。〔按類篇。|彌延切。木名。有子似栗。亦與玉篇櫋、音義皆同〕

【檄】芳無切音敷虞韻
|檄。木名。葉如柿。生巴蜀山谷中。上有鹽如霜。見〔類篇〕。

【[illegible]】力求切音劉尤韻
木名。見〔集韻〕。〔按爾雅釋木。劉。劉杙。|當即劉俗字〕

【[illegible]】蘇朗切音顙養韻
鼓匡木。見〔廣韻〕。〔按玉篇訓爲鼓材〕

【櫞】余專切音緣先韻
果名。枸類。有二種。一曰枸|。即佛手柑。幹高數尺。乃至丈餘。葉作橢圓形。長三四寸。葉腋多鍼。初夏開花。結實似手。其香甚烈。一曰香|。即柚。幹高紘丈。葉作長卵形。柄有翅。開花之期。同於枸|。結實。其色黃。外皮有光。香烈而味酸。溫俗呼香|。花爲藏藏花。且以入藥。

【櫠】放吠切音廢隊韻
柚屬。實大如盂。〔爾雅釋木〕|椵。

【[illegible]】七候切音湊宥韻
木名。見〔字彙補〕。

【[illegible]】旃光切音莊陽韻
掘也。見〔字彙補〕。

【櫢】蘇偶切音藪有韻
|樎。木茂盛也。〔黃香賦〕即蹴縮以|樎。

【[illegible]】昌異切音熾異韻
纏也。見〔集韻〕。

【[illegible]】檉本字。見〔正字通〕。

【[illegible]】古秋字。見〔類篇〕。〔正字通云。俗字〕

【[illegible]】古蔡字。見〔玉篇〕。

【[illegible]】同[illegible]。見〔集韻〕。

【[illegible]】同[illegible]。見〔字彙〕。

【[illegible]】同[illegible]。見〔字彙〕。〔正字通云。俗字〕

【[illegible]】同[illegible]。見〔類篇〕。

【[illegible]】同[illegible]。見〔類篇〕。〔正字通云。俗字〕

【[illegible]】同[illegible]。見〔正字通〕。

【[illegible]】同[illegible]。見〔字彙補〕。〔按石鼓文。其扱|榕〕

【[illegible]】同朴。見〔字彙補〕。〔按石鼓文。逝騷其|。楊氏曰。讀作僕〕

【[illegible]】[illegible]或字。見〔說文〕。

【機】[illegible]俗字。見〔正字通〕。

十六畫

【櫩】移廉切音檐鹽韻
●櫩或字。〔集韻〕櫩說文、梠也。或作|、欄。
●砌也。〔楚辭大招〕曲屋步|。〔按步|一作步壛〕
●步|。步廊也。〔文選司馬相如賦〕步|周流。

【櫩】以冉切音琰琰韻
續折木也。〔方言〕秦晉續折木謂之|。

【櫪】郎狄切音歷錫韻
●|撕。柙指也。見〔說文〕。〔段注〕柙、各本作椑。今正。柙指如今之拶指。莊子曰。罪人交臂歷指。歷指謂以|撕柙其指也。通俗文曰。考具謂之|撕。考、俗作拷。
●馬|也。見〔廣韻〕。〔按晉桓溫詩。老驥伏|。志在千里。漢書梅福傳。伏歷千駟。歷、即|也〕
●蠶薄曰|。見〔洪武正韻〕。
●木名。同櫟。〔文選張衡賦〕楓柙櫨|。〔注〕|、與櫟同。
●鵝兒|。木名。自生山中之落葉喬木。幹高五丈。皮作淡灰綠色。枝條微褐。上多白斑點。嫩枝有毛。夏時開花成穗。其色黃綠。秋末實熟。堅果也。

【櫫】張如切音豬魚韻
●杙也。見〔廣雅釋宮〕。
●楬|。有所表識也。見〔廣韻〕。

【[illegible]】連條切音聊蕭韻
●柏木也。見〔篇海〕。

㊁俗榇字。見〔正字通〕。

【櫬】初覲切音襯震韻

㊀棺也。春秋傳曰。士輿—。見〔說文〕。〔按左襄二年傳注〕—、棺也。疏云。—、親身棺也。以親近其身。故以—為名也。小爾雅廣名云。空棺謂之—。

㊂木槿也。〔爾雅釋草〕椵木槿。—木槿。〔疏〕其樹如李。其華朝生暮落。與草同氣。故在草中。詩鄭風云。顏如舜華。陸璣疏云。舜一名木槿。一名—。一名椵。齊魯之間謂之王蒸。今朝生暮落者是也。郭云。可食。亦呼日及。五月始華。故月令仲夏云。木菫榮。

㊂梧桐也。〔爾雅釋木〕—梧。〔注〕今梧桐。〔疏〕—一名梧。詩大雅云。梧桐生矣。于彼朝陽。是也。〔按說文梧下云。梧、桐木。一名—。〕

㊃樵薪也。〔爾雅釋木〕謂—采薪。采薪卽薪。〔注〕指解今樵薪。〔疏〕一名—。一名采薪。一名卽薪。

【櫬】雌人切音親眞韻

木名。王蒸也。見〔集韻〕。

【櫬】古玩切音貫翰韻

汲器。見〔類篇〕。

【櫇】毗賓切音頻眞韻

㊀—木也。見〔說文〕。〔朱駿聲曰〕字亦作檳。今檳榔樹也。

㊁—櫇。柰也。本草綱目作頻婆。互詳櫇字。

【櫰】乎乖切音槐佳韻 戶賄切音瘣賄韻

㊀槐類也。〔爾雅釋木〕槐—大葉而黑。〔朱駿聲曰〕槐皆細葉。其大葉者別其字為—。

【櫰】姑回切音傀灰韻

㊀木名。〔山海經西山經〕中曲之山有木焉。其狀如棠而圓葉赤實。實大如木瓜。名曰—木。食之多力。

㊁—香。香木名。〔本草綱目〕—香。江淮湖嶺山中有之。葉青而長。其根如枸杞而大。煨之甚香。〔按楞嚴經云。壇前安一小爐。以兜婁婆香煎水沐浴。卽此—香也。〕

【櫱】魚列切音孼屑韻 五葛切岸入聲曷韻

㊀巘或字。見〔說文〕。〔按巘。伐木餘也。〕

㊁絕也。〔詩長發〕苞有三—。〔釋文引韓詩〕—、絕也。

㊂発斬之也。見〔漢書貨殖傳注〕。〔按古文不字从木無頭。尤合発斬之義。〕

㊃以株生曰—。見〔國語魯語注〕。〔按卽詩白華疏樹木斬而復生之義。〕

㊄始也。見〔廣雅釋詁〕。〔疏證〕—與萌芽同義。盤庚云。若顛木之有由—。芽米謂之糱。災始生謂之孼。義並與—同。

㊅皁也。見〔廣雅釋詁〕。

㊆蒼也。見〔廣雅釋言〕。

㊇姓也。〔姓苑〕東莞人本姓薛。避仇改為—。

㊈通糵。〔呂覽過理〕宋王築為—帝。〔注〕—、當作糵。

【櫔】郎計切音麗霽韻

㊀木也。見〔說文〕。

㊁簦柄也。〔廣雅釋器〕簦其柅謂之—。〔按古本作綠。今作—。說文柅簦柄也。徐鍇云。簦卽今絡絲簦也。〕

【櫔】力智切音詈寘韻

木名。見〔集韻〕。

【櫳】盧東切音籠東韻

㊀檻也。見〔說文〕。〔段注〕字有偏傍稍移而為二字者。柔栩也、杼、機持緯者也、櫱、房室之疏也。—、檻也。是也。稱有疑焉。櫱與—、皆言橫直為窗櫺通明。不嫌同偁。如檻亦為闌檻。許於楯下云。闌檻是也。左木右龍之字。恐淺人所增。

㊁養獸所。見〔廣韻〕。

㊂疏也。見〔一切經音義引蒼頡〕。

㊃舍也。見〔廣雅釋宮〕。

【櫳】盧紅切音籠東韻

㊀房室之疏也。見〔說文〕。〔段注〕疏、當作䟽。疏者通也。䟽者、門戶疏窗也。房室之窗牖曰—。謂刻畫玲瓏也。

㊁牢也。見〔廣雅釋宮〕。

㊂疏檻也。〔漢書外戚傳〕房—虛兮風泠泠。

㊃古龍字。見〔玉篇〕。

【櫨】龍都切音盧虞韻

柱上柎也。从木。盧聲。伊尹曰。果之美者。箕山之東。青鳧之所。有—橘焉。夏孰也。一曰宅—木。出宏農山也。見〔說文〕。〔按一切經音義引三蒼云。—構柱上方木也。山東江南皆曰枅。自陝以西則曰楮。伊尹說。見呂覽本味。—木。詳本草綱目。〕

【櫧】章魚切音諸魚韻
木名。見〔廣韻〕。〔按—乃喬木名。生山野。葉常綠。有血—、鉤—二種。血—葉形橢圓而厚。有粗鋸齒。春開黃白花。實小而圓。色紫黑。赤與血色相類。故名。熟則變黃褐色。味苦不可食。鉤—葉形狹小而有鋸齒。花與血—相似。實微苦。可食。以其可製作粉食。故有鉤名。木色微白。而其質甚堅。中舟車棟梁之用。〕

【欜】他各切音託藥韻
行夜所擊木。易曰。重門擊—。見〔說文〕。〔段注〕行夜各本譌夜行。木作者。今正。行、去聲。巡也。从橐者。蓋虛其中則易響。今之木梆是也。周禮修閭氏比國中宿互—者。先鄭云。—謂行夜擊—。又宮正夕擊柝而比之。九家易柝者。兩木相擊。以行夜也。〔按柝析並與—同。〕

【[illegible]】下巧切音效巧韻
器名。見〔集韻〕。

【[illegible]】巨列切音傑屑韻其例切音偈霽韻
釘也。見〔廣雅釋器〕。

【櫭】巨到切音嶠號韻巨至切寘韻
車木鑣。見〔類篇〕。〔按集韻引廣雅但曰、鑣也。〕

【櫮】逆各切音鄂藥韻
華崔貌。見〔集韻〕。

【[illegible]】忽稅切音𤶝霽韻
草名。見〔字彙〕。〔按正字通以爲蘮字之譌。〕

【[illegible]】徐鹽切音燖鹽韻

【櫘】火怪切音𥊰卦韻
木細葉也。見〔集韻〕。

【[illegible]】乃了切音嫋篠韻
木名。皮可染船。見〔廣韻〕。

【[illegible]】
木長弱貌。見〔集韻〕。

【櫯】孫租切音蘇虞韻
—枋木。可染緋。見〔玉篇〕。

【櫰】邱虔切音𥿑先韻
木名。見〔集韻〕。

【櫲】羊茹切音預御韻
—樟。木名。或作櫴。見〔集韻〕。

【[illegible]】苦角切音推覺韻
枳木。有實如柚。見〔玉篇〕。

【橋】居勞切音高豪韻居號切音誥號韻
所以刺船謂之—。見〔方言〕。

【[illegible]】徒禾切音牠歌韻
孟鳳。〔急就篇〕—杅槃案杯問椀。〔注〕顏本作櫛。

【[illegible]】所騶切音山刪韻
木實。見〔字彙補〕。

【櫴】落蓋切音賴泰韻
毀裂也。〔太玄度〕小度差差。大—之階。〔司馬光注〕—毀裂也。

【[illegible]】普毛切音拋豪韻
長大也。見〔字彙補〕。

【櫂】徒彫切音銚蕭韻
木名。見〔字彙補〕。

【[illegible]】力求切音留尤韻
木名。見〔字彙補〕。

【[illegible]】
古無字。見〔玉篇〕。

【[illegible]】
同那。見〔字彙補〕。

【[illegible]】
同槺。見〔字彙〕。

【欈】
檇或字。〔集韻〕檇。說文。以木有所擣。引春秋傳。越敗吳於檇李。或作欈。

【[illegible]】
棣俗字。見〔正字通〕。

【[illegible]】
橊俗字。見〔正字通〕。

十七畫

【櫹】先彫切音蕭蕭韻
●大木也。〔文選左思賦〕杞—椅桐。
●—槮。草木盛貌。〔文選張衡賦〕櫹爽—槮。〔又〕樹長貌。〔楚辭九辨〕蕭—槮之可哀兮。

【櫺】郎丁切音靈青韻
●楯閒子也。見〔說文〕。〔段注〕闌楯爲方格。又於其橫直交處爲圜子。如綺文瓏玲。故曰—。左傳車曰怨靈。亦其意也。文選注作窗閒子。
●梠也。見〔廣雅釋室〕。
●窗閒孔也。〔文選江淹詩〕曲—激鮮飆。

㊃疏門曰—見〔一切經音義引通俗文〕

㊄橐上闌也。〔文選張衡賦〕伏—檻而俯聽。

【櫻】於莖切音嚶伊盈切音嬰庚韻

㊀果也。見〔說文新附〕〔鈕氏新附攷〕—通作嬰。〔玉篇〕—於耕切。含桃。引上林賦云—桃也。釋木。楔、荊桃。郭注云今—桃。廣雅云—桃、含桃也。禮記月令。羞以含桃。鄭注云。含今之—桃。按高誘注呂覽月令云。含桃以鶯鳥所含故曰含桃。又名鸎桃。又注淮南時則訓云含桃、鶯桃。據此。知古通作鶯。說文無鸎。集韻鶯、或作鸎。

櫻桃圖

㊁草名。大葉塲地作橢圓形。春夏之交。凡葉叢抽花軸。長七八寸。杪著美花。紅紫色。頗似—花。故名。

㊂花名。出日本國。其花美豔。最著名。無實。

櫻花圖

【櫼】將廉切音笺鹽韻

楔也。見〔說文〕〔通訓定聲〕凡木工於鑿枘相入處有不固。則斫木札—入固之。今音如砧。

【櫼】思廉切音銛鹽韻

枊也。〔文選何晏賦〕—櫨各落以相承。〔按文選景福殿賦。上文有云。飛枊鳥踊。注。飛枊之形。類鳥之飛。又有雙轅任承欂以荷衆材。今人名屋四阿栱曰—、—枊也。〕

【櫼】師銜切音攕咸韻

木名。見〔集韻〕。

【櫼】所咸切音椷咸韻

同椷。木名。似松。見〔廣韻〕。

【櫼】杏林切音祲侵韻

礹或字。〔集韻〕礹。楔也。或从木。

【櫘】數還切音栓刪韻

㊀閉門機也。見〔集韻〕。

㊁木—也。見〔玉篇〕。

【櫾】夷周切音由尤韻

崐崘河隅之長木也。見〔說文〕。〔王注〕說文無崐崘。當作昆侖。案列子殷湯篇。吳楚有大木。其名爲—。則知他處亦有不必昆侖。

【櫾】余救切音褎宥韻

柚或字。〔集韻〕柚。說文、條也。似橙而酢。引夏書厥包橘柚。或作—。

【櫰】思將切音襄陽韻寫兩切音想養韻

木名。〔文選左思賦〕文—楨橿。〔注〕—木。樹皮中有如白米屑者。乾擣之。以水淋之。可作餅。似麪。交趾盧亭有之。〔按本草拾遺名莎木。生嶺南山谷。大者木皮內出麪數斛。色黃白。〕

【欀】入樣切音讓漾韻

遇上木也。見〔玉篇〕。

【欂】伯各切音博白各切音泊藥韻博陌切音百薄革切音檗平碧切音辟錫韻〔按說文大小徐皆作欂無—。廣韻有—、無欂。玉篇分見。集韻或分或合。今從類篇立音。從集韻二十一麥薄革切。以—爲欂或字。〕

㊀欂或字。〔集韻〕欂。欂櫨。壁柱。或作薄、—。〔按韻會云。西京謂之壁帶。今人謂之破閒柱。一曰椽也。〕

㊁枅也。見〔玉篇〕。

㊂木名。見〔廣韻〕。

【欃】初銜切音攙鋤銜切音巉咸韻

㊀星名。〔爾雅釋天〕彗星爲—槍。〔注〕亦謂之孛。言其形孛孛似掃彗。

㊁鋭也。見〔玉篇〕。

㊂木名。見〔集韻〕。

【欃】仕懺切音鑱陷韻

水門也。見〔集韻引字林〕。

【欃】士咸切音讒咸韻

檀木別名。〔文選司馬相如賦〕—檀木蘭。

【欄】郎干切音闌寒韻

㊀牢也。見〔廣雅釋室〕。〔按牢謂養牛馬圈。晏子春秋。牛馬老於—牢。〕

」
㊁木—也。見〔玉篇〕。〔按廣雅釋木。木—、桂—也。〕
㊂句—。階除木句—也。〔段谷沙州記〕吐谷渾於河上作橋。句—甚嚴飾。句—之名始此。〔按卽俗所謂—干也。字或作闌干。〕〔又〕宋時教坊名。
㊃通闌。〔漢書王莽傳〕與牛馬同闌。
㊄通欄。〔樊毅碑〕階陛欄楯。

【欗】來圝切寒韻
木名。見〔類篇〕。

【[illegible]】郎甸切音楝霰韻
楝或字。〔集韻〕楝。說文、木也。或作—。

【[illegible]】將由切音揫字秋切音酋尤韻

【[illegible]】千遙切音𥛚蕭韻
束臬也。見〔集韻〕。

【欅】苟許切音舉語韻
麻苦兩生壞也。見〔集韻〕。

【[illegible]】
木名。卽爾雅之柜柳。落葉喬木。幹之高者十餘丈。互生卵形葉。葉周生鋸齒。春日開花。與新葉共生。結實扁平。其材中箱案之用。〔通作櫸。〕

【⿰木鮮】息淺切音獮銑韻
木名。見〔集韻〕。

【⿰木斂】力驗切音斂豔韻
棯—。木也。葉可爲飲。見〔集韻〕。

【⿰木還】旬宜切音旋先韻縈絹切音鏇霰韻
—味、稔棗也。見〔說文〕。〔段注〕釋木。還味、稔棗。釋文云。還、字林作—。不言出說文。疑或取字林增此。

【⿰木燮】悉協切音燮葉韻
楓—。草名。見〔集韻〕。

【櫼】旅宜切音纖支韻
杓也。蠡爲—也。見〔玉篇〕。〔方言〕云。蠡、陳楚宋魏之閒或謂之簞。或謂之櫼。按集韻櫼、—或字。

【橯】郎到切音勞號韻
梟大者曰—。見〔集韻〕。

【櫿】維頃切音營庚韻

【⿰木麋】旻悲切音眉支韻
木名。見〔集韻〕。
水中萎也。爾雅。萎蕨、—。見〔集韻〕。〔按爾雅本作欇。〕

【⿱囊木】符消切音劉蕭韻公混切元韻
橐也。見〔字彙補〕。〔按說文、𣝍、橐也。从束圂聲。是此字爲𣝍之或體。〕

【櫶】櫶本字。見〔說文〕。

【⿱繇木】同櫾。見〔字彙補〕。

【⿱艹樵】同樵。見〔正字通〕。

【⿰木遷】同櫏。見〔字彙〕。

【⿱與木】同舉。見〔正字通〕。

【⿱闌木】欄或字。見〔集韻〕。〔按正字通云。同欄。〕

【⿰木曑】槮或字。見〔集韻〕。

【⿰木儀】檥或字。見〔集韻〕。

【⿰木農】農俗字。見〔正字通〕。

【⿰木毚】欃俗字。見〔正字通〕。

十八畫

【⿱集木】昨合切音雜合韻
㊀—縣。海鳥爰居也。見〔集韻〕。〔按爾雅作雜。〕
㊁雜也。〔元包經〕水火既納。陰陽不—。

【欆】疎江切音雙江韻
㊀梓船羽。見〔玉篇〕。〔按疑卽欆也。〕
㊁梓—。木張帆。見〔集韻〕。

【⿱聶木】質涉切音懾葉韻
㊀木葉搖白也。見〔說文〕。〔段注〕搖、樹動也。凡木葉面青背白。爲風所掀則獵獵然背白飜飜。故曰搖白。楓厚葉弱枝善搖。一名—、—是也。釋木又有—、虎欇。則未得其解。〔按集韻云。或省作欇。〕

【欇】失涉切音攝質攝切音涉尺涉切音讘葉韻
㊀木名。似白楊。見〔集韻〕。
㊁楓也。〔爾雅釋木〕楓、—、—。〔疏〕釋曰。說文云。楓木厚葉弱枝善搖。一名—、—。郭云。楓樹似白楊。葉員而岐。有脂而香。今之楓香是也。
㊂虎欇也。〔爾雅釋木〕—、虎欇。〔疏〕釋曰。—、一名虎欇。郭云。今虎豆。纏蔓林樹而生。莢有毛刺。今江東呼爲欇。或曰䕯蘽。

(二)杖也。見〔廣雅釋器〕。

【權】連員切音拳先韻

(一)黃華木也。一曰反常。見〔說文〕。〔爾雅釋草〕曰、—黃華。郭注以牛芸草當之。釋木、—黃英。郭云。未詳。許君合二條爲一。而以木也定之。謂卽是一物兩篇重出耳。廣雅。—、變也。反常合道。

(二)稱錘也。〔莊子胠篋〕爲之—衡以稱之。

(三)稱也。〔國語周語〕—輕重以振救民。

(四)平也。〔考工記弓人〕角與幹—。

(五)重也。見〔廣雅釋詁〕。

(六)勢也。〔國策齊策〕恐田忌欲以楚—復於齊。

(七)勢重也。〔周書大戒〕—先申之。

(八)反經而善者也。〔孟子離婁〕嫂溺。援之以手者、—也。〔按後漢書渴衍傳注。於正道雖違逆而事有成功者謂之—。似卽此義。世俗亦云通—達變。〕

(九)謀也。〔淮南主術〕任輕者易—。

(十)詭也。見〔春秋繁露玉英〕。

(十一)生機也。〔莊子應帝王〕吾見其杜—矣。

(十二)乘也。〔文選陸機論〕是以經始—其多福。

(十三)冬爲—。者所以—萬物也。見〔淮南時則〕。

(十四)舉也。〔史記封禪書〕上宿郊見。通—火。〔集解〕張晏曰。—火、烽火也。狀若井絜臯也。其法類稱。故謂之—。如淳曰、—、舉也。

(十五)攝官曰—。〔鼠璞〕—字唐始用之。韓愈—知國子博士三歲爲眞。

(十六)猶苟且也。〔文選左思賦〕—假日以餘榮。

(十七)方便也。〔文選王巾碑文〕導亡機之—。

(十八)—輿。始也。見〔爾雅釋詁〕。

(十九)—時。謂不依禮也。〔後漢書梁商傳〕雖云禮制。亦有—時。

(二十)—柄。喻嘗—者似有柄可操也。

(廿一)國名。〔左昭十八年傳〕楚武王克—。〔當今湖北鍾祥縣西南〕。

(廿二)水名。〔水經沔水注〕—水出章山東南流逕—城北。古之—國也。

(廿三)通顴。兩頰也。〔文選曹植賦〕靨輔承—。〔按易注。面顴也。釋文、顴字作—。〕

(廿四)通虇。〔說文通訓定聲〕大戴誥志。百草—輿。太玄玄圖。百卉—輿。卽爾雅釋草之其萌虇蘿。

(廿五)姓也。〔韻會〕楚鬬緡尹—。後因爲氏。

【櫕】古玩切音貫翰韻

橨或字。〔集韻〕橨木叢生。或作—。

【欋】權俱切音劬虞韻

(一)齊魯謂四齒杷曰—。見〔集韻〕。

(二)木根盤錯貌。〔淮南說林〕木大則根—。

(三)—疏。附離也。〔太玄進〕進以—疏。

【㯛】椿俱切音貙虞韻

欋或字。〔集韻〕欋。耜也。或从木。

【櫾】力求切音留尤韻

扶—。藤名。緣木生。其味辛可食。其花實似蒟醬。見〔廣韻〕。〔按本草作扶留。〕

【欆】直敎切音櫂效韻

燔木餘。見〔集韻〕。

【欌】豬几切音止紙韻

木枝。見〔字彙〕。〔按舊注篇海作欌。攷集韻五旨展几切有欌從欌。亦訓木枝。是欌爲欌之譌字。〕

【櫭】鋤簪切音岑侵韻

青皮木。見〔集韻〕。

【欈】才淫切音鬵侵韻

梣或字。〔集韻〕梣。青皮木。一曰。江南樊雞木也。其皮入水。添色可解膠益墨。或作櫭、—、樳。

【欐】匀規切音隋支韻

橢—。木名。實可食。見〔集韻〕。

【欑】遵爲切音䠌支韻

檇或字。〔集韻〕檇。說文、以木有所擣。引春秋傳越敗吳於檇李。或作—。

【欓】租送切音糉送韻

江東謂草木叢生。見〔集韻〕。

【欔】魯猥切音壘賄韻

魁—。本喪家樂。漢末用之嘉會。見〔字彙〕。〔按顏氏家訓作傀儡。〕

【欗】延知切音夷支韻

—木也。从木。彝聲。見〔說文〕。〔按

說文糸部、𢍜廾持之。段注。廾、竦手也。𢍜下亦曰廾以奉之。是廾字兩橫應斷。今竝相沿作廾。莫能是正矣。茲故仍之。

【櫀】㯿本字。見【說文】。

【櫾】柚本字。見【正字通】。

【櫶】櫶俗字。見【正字通】。

十九畫

【欏】良何切音羅歌韻 郎佐切音邏箇韻

● 桫欏木也。見【玉篇】。

● 桫─。木名。常綠喬木。一幹直上。端出大葉無花。

● ─落。籬也。見【集韻引博雅】。

【欐】來可切音欏哿韻

裂也。見【廣韻】。

【欐】里弟切音禮薺韻

梁也。見【集韻】。

【欐】郎計切音麗霽韻 山宜切音釃 鄰知切音離支韻

● 小船。見【集韻】。

● 棟名。【列子湯問】韓娥鬻歌。餘音遶梁─。三日不絕。

● 木名。見【集韻】。

【欚】輦介切音邐紙韻

─俺。支柱也。一曰重累。見【集韻】。

【欑】徂丸切音攢寒韻

● 積竹杖。一曰穿也。一曰叢木。見【說文】【段注】鄭注考工記曰。矛戟柄竹─柲。

● 聚也。見【文選顏延之詩注引廣雅】。

● 地名。【左隱十一年傳】王與鄭伯─茅之田。【注】在修武縣。

【欑】祖算切音纘翰韻

銳也。一曰小矟。見【集韻】。

【欑】在坦切音瓚旱韻

祭─。祭處。見【集韻】。

【欒】盧官切音鸞寒韻

● ─木。似欄。禮。天子樹松。諸侯柏。大夫─。士楊。見【說文】【段注】欄、今之楝字。【按山海經海內南經】弱水中有木。其實如─。注。─木名。生雲雨山。唐本草注。─荊。莖葉都似石南。本草別錄。─華。葉似木槿而薄細。花黃似槐而稍長大。

● 曲枅謂之─。見【廣雅釋室】。

(三) 𢫬也。其體上曲𢫬拳然也。見【釋名釋宮室】。

(四) 柱上曲木兩頭受櫨者。【文選張衡賦】結重─以相承。

(五) 鐘口兩角也。【考工記鳧氏】兩─謂之銑。

(六) ──。瘠貌。【詩素冠】棘人──兮。

(七) 蟲名。【爾雅釋蟲】─、蘭。

(八) 同鑾。【考工記鳧氏釋文】─木本作鑾。

(九) 通臠。【詩素冠】棘人──兮。【說文肉部引作臠臠】。

(十) 姓也。晉─書之後。

【櫟】弋灼切音藥藥韻

木名。見【類篇】【按字彙與櫟同】。

【欄】盧皓切音老皓韻

木名。見【廣韻】。

【欙】盧戈切音螺歌韻

木名。見【集韻】。

【欙】盧臥切音摞箇韻

木可為箭笴。見【集韻】。

【欆】音未詳

草名。─菜舍。見【字彙補引爾雅】。

【𣡡】奴何切音那歌韻

𣡡𣡡。枝弱皃。見【集韻】。【正字通】云。𣡡𣡡、毛詩作猗儺。俗作─。

【欃】七接切音妾葉韻

飯臬也。見【集韻】。

【欐】鄰知切音離支韻

籬或字。見【集韻】。籬落也。或作─。

【欗】古典切音繭銑韻

棧也。見【集韻】。

【欄】所員切音栓先韻

木杙。見【集韻】。

【欄】姑還切音關删韻

手相關付也。太玄。─神明而定摹。見【集韻】。

【欉】徂活切音蕞 宗括切音繓曷韻

木雝。見【玉篇】。

【欑】同櫕。見【廣韻】。

【欄】欄譌字。見【正字通】。

【欒】欒譌字。見【正字通】。

二十畫

【欓】底朗切音黨養韻

㊀茱萸類見〔玉篇〕。㊁木名。越林也。見〔類篇〕。

【欓】坦朗切音曭養韻

木篇。見〔集韻〕。

【欔】厥縛切音钁藥韻

㊀木名。見〔集韻〕。㊁鏺屬。與钁同類見〔正字通〕。

【檷】乃里切音伱紙韻

絡柎也。見〔字彙〕。〔正字通云。檷譌字。〕

【𣡌】魚㓹切音詣霽韻

—者木相摩也。見〔字彙補〕。〔按即槸字之譌。〕

【欃】士金切音岑侵韻

荒也。見〔字彙補〕。

【𣡡】蘖本字見〔說文〕。

【𣡽】同棘見〔集韻〕。

二十一畫

【欘】株玉切音斸沃韻

㊀斫也。齊謂之茲箕。一曰斤柄。性自曲者。見〔說文〕。〔段注〕各本作鎡錤。㊁木名。枝上曲。見〔集韻〕。

【𣠊】直角切音濯覺韻

鋤也。見〔類篇〕。〔按爾雅釋器。斪斸謂之定。釋文。斸本或作—。〕

【欚】里弟切音禮薺韻

㊀江中大船也。見〔說文〕。〔段注〕越絕書。欚溪城者、闔廬所置船宮也。欐與—、古通用。㊁小舟也。東南丹陽會稽之間、謂艖為—。見〔方言〕。㊂罫罯兔罟也。其罫謂之—。見〔廣雅釋器〕。

【欖】魯敢切音覽盧瞰切音濫感韻

橄—。果名。見〔集韻〕〔互詳橄字〕。

【櫩】余廉切音鹽鹽韻

步—。長廊。見〔字彙〕。〔正字通云。檐、櫚、並同。〕

【欗】郎干切音闌寒韻

木名。桂類。見〔類篇〕。

【𣡶】逹協切音疊葉韻

木名。有綿可為布。見〔集韻〕。〔按南史高昌國傳。有草。實如繭。繭中絲如細纑名曰白疊子本草綱目以為指似草之木綿。又曰。吳錄所謂交州永昌木綿。樹高過屋。實大如杯。花中綿軟白可為縕絮、及毛布者。指似木之木綿也。据是。綿有草木二種。—乃後人因白疊名而製形為木本綿字。舊字典此下本南史渾云非木類也。疏。〕

【欙】倫追切音纍支韻

山行所乘者。見〔說文〕。〔通訓定聲〕亦謂之橋。亦謂之梮。亦謂之檋。〔按梮本作桊。〕

【𣠳】魯果切音蠃哿韻

木名。實有皮無殼。見〔集韻〕。

【欛】必駕切音霸禡韻

杷或字。〔集韻〕杷。枋也。或从霸。

【櫋】彌延切音綿先韻

木密兒。見〔集韻〕。

二十二畫

【𣡲】烏關切音彎刪韻

曲木。見〔集韻〕。

【欀】奴當切音囊陽韻

㊀木名。見〔集韻〕。㊁盛物器。見〔六書故〕。

【欝】

㊀—壘。神名。〔風俗通〕黃帝時、有神荼—壘兄弟二人。在度索山桃樹下。簡閱百鬼。㊁俗鬱字。見〔廣韻〕。

【囊】奴郎切音囊陽韻

橐也。从㯻省。𤅩聲。見〔說文㯻部〕。

【𣞤】爵古字。見〔集韻〕。

二十四畫

【𣡗】余廉切音鹽鹽韻

木名。膠可作香。見〔玉篇〕。

【欞】郎丁切音靈青韻

㊀長木也。見〔玉篇〕。㊁同櫺。見〔韻會〕。

【𣡽】古栗字。見〔廣韻〕。

二十六畫

【𣡳】魯水切音壘紙韻

蘽、籀文。見〔說文〕。

二十七畫

【𣡝】栗古文。見〔說文卤部〕。

※斗部※

【斗】當口切音陡有韻

(一)十升也。象形有柄。見[說文]。[段注]上象—形。下象其柄也。—有柄者。蓋象北—。許說俗字人持十爲—。魏晉以後作升。似升非升。似斤非斤。所謂人持十也。[按人持十爲—。蓋俗字作㪷。漢書律曆志云。—者聚升之量。其容積爲三百十六方寸。有二種。一爲方形。一爲圓筩形。又民國三年三月公布權度條例。營造尺庫平制容量。十升爲一—。萬國權度通制容量十新升爲一新—]。

(二)酒器也。[詩行葦]酌以大—。[疏]大—、長三尺。謂其柄也。

(三)星名。二十八宿之一。今小暑節子初五分之中星。

斗宿圖

(四)欒兩頭也。[釋名釋宮室]—在欒兩頭如—也。—負上員檽也。[按論語公冶長、山節藻梲朱注。節、柱頭—栱也。文選張衡賦。欒柱上曲木兩頭承櫨者]。

(五)小帳也。[釋名釋床帳]小帳曰—。帳形如覆—也。

(六)絕也。[史記封禪書]成山—入海。[注]—、絕曲入海也。

(七)忽也。[韓愈詩]—覺霜毛一半加。

(八)主也。[書帝命驗]黃曰神—。

(九)刀—。銅鐎。俾刀字。

(十)科—。蟲名。[爾雅釋蟲]科—活東。[注]蝦蟆子也。[疏]頭圓大而尾細。古文字形似之。[按晉書束皙傳云。得漆書數十車。皆科—字。]

(十一)染—。橡木子也。可以染黑。[周禮地官序官掌染草注]染草藍蒨象—之屬。

(十二)熨—。製衣所用器也。[晉書韓伯傳]年數歲。大寒。母爲作襦。令伯捉熨—。

(十三)筋—。小兒戲也。[教坊記]漢武帝時。於天津橋設帳殿。酺三日。教坊一小兒筋—、絕倫。

(十四)戚—。厭勝品也。[漢書王莽傳]鑄作戚—。欲以厭勝衆兵。

(十五)—食。祿秩之卑者也。[漢書百官公卿表]有—食佐史之秩。

(十六)—撇。數也。江南言—撇。北人言數數。見[一切經音義]。

(十七)—陗。峻絕也。見[後漢書竇融傳注]。

【斗】膧庚切音主覺韻

勺也。[周禮鬯人]大喪之大渳設—。[注]所以沃尸也。[按集韻云。料、或省作—]。

三畫

【㪹】斗本字。見[篇海]。

【㪺】識蒸切音升蒸韻

登也。見[篇韻]。

四畫

【斜】訖黠切音戛黠韻

量也。見[篇海]。

五畫

【㪼】博幔切音半翰韻

(一)量物分半也。从斗半。半亦聲。見[說文]。[段注]量之而分其半。故字从斗。漢書士卒食半菽。孟康曰。半、五斗器名也。今按半即—也。

(二)五升。見[廣韻]。[按集韻云。升五十謂之—。當有誤]。

【斛】同㪴。見[篇韻]。

六畫

【料】憐蕭切音聊蕭韻力弔切音嫽嘯韻

(一)量也。从米在斗中。見[說文]。[段注]稱其輕重曰量。稱其多少曰—。其義一也。知多少斯知其輕重矣。

(二)數也。[國語周語]乃—民於太原。[按猶今之清查戶口]。

(三)理也。見[廣雅釋詁]。

(四)度也。[史記李斯傳]君侯自—。能孰與蒙恬。

(五)審處也。[晉書王徽之傳]嘗相—理。[按俗稱營辦事物曰—理。日本人謂烹饌曰—理。皆有審處之意]。

(六)捋也。[莊子盜跖]—虎頭。編虎鬚。

(七)小餟也。[爾雅釋樂]大餟謂之麻。小者謂之—。[注]聲清而不亂。

(八)石磔也。[釋名釋山]小石曰磔。磔、—也。小石相技拄其間。—然出內氣也。

(九)人物材質也〔杜甫詩〕山色供詩—。〔按近世言飲—、燃—、養—、原—及俗稱衣—、木—等本此〕。
(十)官俸也〔唐書食貨志〕乾元元年。給外官半—。
(十一)牛馬所食芻豆也。〔唐書李林甫傳〕立仗馬食三品—。一鳴輒斥去。
(十二)—戾聲小而徹也。〔文選潘岳賦〕哀—戾以徹鬱。
(十三)—峭。寒貌。〔蘇軾詩〕漸覺東風—峭寒。
(十四)都—匠。木工也。〔柳宗元傳〕梓人蓋古之審曲面勢者。今謂之都—匠云。
(十五)—貨。中國舊制玻瓈質類。用以僞造珠玉者也。
(十六)猶費用也。日本名。如經理費、曰手數—。保險費、曰保險—。使用公共物所納之報酬費、曰使用—。犯行政規則之罰、曰過—。

【⿰舌斗】烏括切音斡　呼括切音濊曷韻
抒也。見〔集韻〕。

【⿰舌斗】烏八切音嗗黠韻
斗取物也。見〔集韻〕。

【⿰合斗】乞洽切音恰洽韻
入也。見〔集韻〕。

【⿰斗斗】當口切音斗有韻
用以斟酌。見〔篇韻〕。

【⿰兆斗】同斛。見〔篇海類編〕。

【⿰酉斗】斛或字。見〔集韻〕。

【斚】斝俗字。見〔正字通〕。

七畫

【斛】胡谷切音穀屋韻
(一)十斗也。見〔說文〕。〔按正字通云。今制五斗曰—。十斗曰石。其制起於宋賈似道。口狹底廣。若是—之制亦歷更矣〕。
(二)角也。見〔御覽引風俗通〕。〔按漢書律曆志云。量者躍於龠。合於合。登於升。聚於斗。角於—〕。
(三)量也。〔太玄玄掜〕日月相—。
(四)石—。木—。草名。〔本草〕石—。細若小草。長三四寸。折之而肉而實。今時多以木—混之。木—中虛如木。
(五)漆—。謂浴室也。〔蘇軾詩〕杉槽漆—江海傾。〔注〕杉槽漆—。謂浴室也。

【斜】徐嗟切音邪麻韻
(一)抒也。見〔說文〕〔段注〕抒者挹也。凡以斗挹出之謂之—。故字从斗。音轉義移。乃用爲衺。俗人乃以人之衺正作邪。物之衺正作—。
(二)不正也。〔南史江泌傳〕夜讀書隨月光。光—則握卷升屋。
(三)天—。女態也。〔白居易詩〕錢塘蘇小小。人道最天—。
(四)狹—。妓家也。〔古樂府〕長安有狹—。
(五)陳濤—。地名。〔唐書房琯傳〕遇賊於咸陽縣之陳濤—。接戰。官軍敗績。〔在今陝西咸陽縣境〕。
(六)玉鉤—。隋宮人葬處。〔廣陵志〕府治西北有玉鉤—。隋煬帝葬宮人處。一名宮人—。〔在今江蘇江都縣境〕。

【斜】余遮切音耶麻韻
谷名。〔文選班固賦〕右界褒—。隴首之險。〔注〕梁州記曰。萬石城泝漢上七里有褒谷。南口曰褒。北口曰—。長四百七十里。〔按在今陝西褒城縣東北〕。

【斜】時遮切音闍　直加切音秅麻韻
伊雅—。單于名。見〔集韻〕。

【⿰斗寸】力輟切音劣屑韻
埒也。見〔篇海〕。

【㪷】同斗。〔漢書平帝紀〕民捕蝗詣吏。以石—受錢。〔按玉篇云。俗斗字。非是〕。

八畫

【斝】舉下切音賈馬韻
(一)玉爵也。夏曰醆。殷曰—。周曰爵。或說、—受六升。見〔說文〕。〔段注〕爵、—、祀周公。皆用玉瓚仍雕。周禮祭統皆云玉爵。然則三代皆飾玉可知。故許統云玉爵也。明堂位注曰。—畫禾稼也。〔按正字通云。斝、斝、斝也。兩柱交似禾稼。故曰—〕。
(二)天子之爵也。〔禮記郊特牲〕舉—角。〔疏〕—、角、爵名。天子曰—。諸侯曰角。

【⿰旁斗】鋪郎切音滂　蒲光切音旁陽

[illegible]陽蒲庚切音彭庚韻

本作斛。〔說文〕斛、量溢也。〔段注〕大徐無旁。非。旁者溥也。形聲包會意。〔按通訓定聲作量溢。云、量米匊溢。〕

【[illegible]】斛本字。見〔說文〕。

【[illegible]】同斛。見〔篇海類編〕。

九畫

【斟】諸深切音針侵韻

㊀勺也。見〔說文〕。〔段注〕勺、玉篇廣韻作酌。則勺、酌古通也。勺之謂之丨。引伸之盛於勺者亦謂之丨。

㊁取也。〔國語周語〕而後王丨酌焉。

㊂益也。凡相益而少謂之不丨。〔呂覽任數〕桑榖不丨。〔又〕病少愈而益劇亦謂之不丨。〔呂居仁詩〕記我今年病不丨。〔言雖少損而無益也。或謂之何丨〕。

㊃汁也。〔方言〕北燕朝鮮洌水之間謂汁曰丨。

㊄行觴也。〔孫拭詩〕且邀明月伴孤丨。

㊅丨酌。飲也。〔文選班固文〕丨酌道德之淵源。〔又〕取也。〔國語周語〕而後王丨酌焉。〔又〕處分也。〔說文段注〕凡處分曰丨勺。今多用丨酌。

㊆丨湛。猶遲疑也。〔後漢馮衍傳〕意丨湛而不澹。

㊇丨灌。丨尋。並國名。〔左襄四年傳〕滅丨灌及丨尋氏。〔按丨灌城在今山東壽光縣東北四十里。丨尋城在濰縣西南五十里〕。

㊈姓也。漢侍中丨侑。

【斞】勇主切音庾麌韻

量也。周禮曰。黍三丨。見〔說文〕。〔段注〕考工記工人文。鄭注。丨、輕重未聞。許亦但云量也。一弓之膠甚少。與論語攷工記之庾絕異。〔按小爾雅廣量疏云。逾也。斔也。庾也。丨也。皆十六斗之異名。又廣雅釋器。鍾十曰丨。則為六十四斛矣。此或為別義。或為譌誤。不足據也。〕

【[illegible]】他彫切音桃蕭韻

斛旁有庣也。一曰突也。一曰丨、利也。爾雅曰。丨謂之疀。古田器也。見〔說文〕。〔按漢書律曆志同銅方尺而圜其外。旁有丨焉。鄭曰。過也。算方一尺所受一斛。過九氂五豪。然後成斛。據此。斛旁有丨。即謂方尺之斛中。又寬九氂五毫之處也。突也。即鄭氏過也之義。丨者、金部銚之假借字。銚者田器也。〕

【[illegible]】音鍋歌韻

溫器。見〔篇海類編〕。

【[illegible]】斞或字。見〔集韻〕。

十畫

【斡】烏括切音晼曷韻

蠡柄也。揚雄杜林說皆以為軺車輪丨也。見〔說文〕。〔段注〕此蠡非蟲齧木中。乃本無其字。依聲叚借之字。方言則从瓜作𤬛。揚雄曰。瓢也。郭曰。瓢勺也。判瓠為瓢以為勺。必執其柄而後可以挹物。執其柄則運旋在我。故謂之丨。軺車、小車也。小車之輪曰丨。亦取善轉運之意。

【斡】古緩切音管旱韻

㊀主領也。〔漢書食貨志〕欲擅丨山海之貨。

㊁轉也。〔漢書賈誼傳〕丨流而遷。〔注〕丨音管。

十一畫

【斠】古岳切音覺覺韻、居效切音教效韻

平斗斛量也。見〔說文〕。〔段注〕月令。角斗甬。正權槩。鄭注。角、正、皆謂平之也。角即丨叚借字。今俗謂之校。

【[illegible]】朗口切音塿有韻

[illegible]丨。兵豺人物也。見〔新字林〕。

【[illegible]】丁歷切音的錫韻

量也。見〔廣雅釋詁〕。

【[illegible]】同駁。見〔篇海〕。

十二畫

【斢】他口切音妵有韻

丨斣。斣詳斣字。

十三畫

【斣】昌六切音祝屋韻丁候切音鬭宥韻樞玉切音觸沃韻

㊀相易物俱等為丨。見〔說文〕。〔段注〕今南俗有此語。

㊁競走角力也。見〔玉篇〕。

㊂斢也。見〔類篇〕。

【⿰句斗】恭于切音拘虞韻

㊀挹也。見〔說文〕〔段注〕挹、亦抒也。詩箋禮注皆用｜。皆謂挹酒於尊中也。

㊁通仇。〔詩賓之初筵〕賓載手仇。〔箋注〕仇讀曰｜。

【⿰蜀斗】同斛。見〔篇海〕。

十九畫

【⿱䜌斗】方願切音販願韻　抒扁也。見〔說文〕〔段注〕謂抒而扁之有所注也。元和汪元亮曰。今賣酒家汲酒於甕中之器。名曰酒端。傾入於扁範而注於酒餅。是其物也。通俗文曰。汲取曰｜。

【⿱䜌斗】孚萬切音娩願韻　量也。見〔集韻〕。

【⿱䜌斗】居願切音絭願韻　旣物也。見〔廣韻〕。

※牛部※

【牛】魚尤切紐平疑尤韻

㊀事也。理也。像角頭三。封尾之形也。見〔說文〕〔段注〕事也者。謂能事其事也。｜任耕。理也者。謂其文理可分析也。庖丁解｜。依乎天理。｜事理三字同在古音第一部。此與羊祥也。馬怒也。武也。一例。角頭三者。謂上三歧象兩角與頭為三也。封者。謂中畫象肩甲墳起之處。字亦作犎。尾者。謂直畫下垂象尾也。羊、牛、馬、象、皆像其四足。牛略之者。可思而得也。

牛圖

㊁冒也。見〔史記律書〕。

㊂星名。二十八宿之一。今大暑節子正初刻八分之中星。

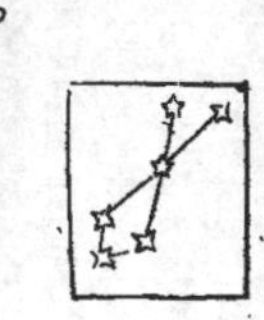
牛宿圖

㊃山名。〔孟子告子〕｜山之木嘗美矣。〔在今山東臨淄縣南十里〕。

㊄官名。〔周禮牛人〕掌養國之公｜。以待國之政令。

㊅金｜。湖名。卽西湖。〔水經漸江水注〕、錢塘縣側有明聖湖。父老傳言湖有金｜。

㊆黃｜。峽名。〔古樂府〕三朝三暮。黃｜如故。〔在今湖北宜昌縣西〕。

㊇襄｜。地名。〔左僖二十八年傳〕衞侯出居於襄｜。〔注〕衞地。〔按金史地理志襄邑注云古襄｜。地當今在河南睢縣西一里〕。

㊈蝸｜。蟲名。〔續博物志〕蝸｜。小螺也。又名附蝸。〔又〕天｜。黑角蟲。〔遯齋閒覽〕皁角木五六月多大黑甲蟲。俗呼為天｜。

㊉犀｜。獸名。〔漢書平帝紀〕黃支國獻犀｜。

⑪仇｜。越嶲旁夷名。〔漢書王莽傳〕自越嶲遂久仇｜同亭邪豆之屬反畔以來。

⑫土｜。摶土作｜。〔禮記月令〕出土｜以送寒氣。

⑬木｜。機械也。〔蜀志諸葛亮傳〕亮復出祁山。以木｜運。

⑭｜膝。藥名。〔本草綱目〕別錄曰。｜膝生河內川谷及臨朐。二月八月十月採根陰乾。時珍曰。本經又名百倍。言其滋補之功。如｜之多力也。其葉似莧。其節對生。故俗有山莧對節之稱。〔按字或作䒜〕。

牛膝圖

⑮牽｜。花名。〔蘇軾詩〕碧花蔓牽｜。〔按本草注云。此藥始出田野人牽｜謝藥。故名之。花為黑白二種。黑者名黑丑。白者名白丑。蓋以丑屬｜也〕。

牽牛花圖

（十六）—莊。地名。在奉天。爲沿遼河之一巨埠。船舶出入者甚多。商業極盛。與營口竝稱。

（十七）人名。舜祖橋—。孔子弟子司馬—。

（十八）姓也。漢—崇。

一畫

【㸦】胡故切音護遇韻

與也。見〔篇海類編〕。

二畫

【牝】婢忍切音髕軫韻婢善切音辯銑韻補履切音匕竝履切音牝眞韻

（一）畜母也。易曰。畜—牛吉。見〔說文〕。〔段注〕離卦辭也。—爲凡畜母之偁。而—牛取吉。故其字从牛也。按鍇本無—家。

（二）陰也。〔素問水熱穴論〕腎者—藏也。

（三）典—。官名。〔通典職官〕後周有典牡、典—、上士、中士。

（四）虛—。谿谷也。〔大戴記易本命〕谿谷爲—。

（九）—服。謂車較也。〔考工記車人注〕—服八尺。〔疏〕—服、車較。今人謂之平鬲。

【牟】迷浮切音謀尤韻

（一）牛鳴也。从牛。厶象其聲气从口出。見〔說文〕。〔段注〕韓愈詩云。推肥牛呼—。柳宗元賦云。—然而鳴。〔按桂注本書、犨、羊鳴也。象聲气上出。與—同意。〕

（二）食苗根蟲也。〔漢書景帝紀〕侵—萬民。〔注〕—食苗根蟲也。侵—食民。比之蛑賊也。

（三）取也。〔漢書食貨志〕如此富商大賈亡所—大利。

（四）倍也。〔楚辭招魂〕成梟而—呼五白些。〔注〕倍勝爲—。

（五）大也。〔呂覽謹聽〕—而難知。

（六）愛也。〔方言〕愛、宋魯之間曰—。

（七）進也。見〔廣雅釋訓〕。

（八）等也。〔漢書司馬相如傳〕德—往初。

（九）多也。〔淮南時則〕毋或侵—。

（十）過也。見〔一切經音義引廣雅〕。

（十一）麥也。〔詩臣工〕貽我來—。〔按孟子告子今夫麰麥注。麰、大麥也。—、麰、字通。〕

（十二）土釜也。〔禮記內則敦牟釋文〕齊人呼土釜爲—。

（十三）國名。〔春秋桓十五年〕邾人—人葛人來朝。〔當今山東蓬萊縣東南〕

（十四）縣名。漢置。屬泰山郡。當今山東萊蕪縣境。

（十五）彌—。禦止塗抹也。〔後漢禮儀志〕仲夏以朱索連葷菜彌—撲蟲。

（十六）盧—。籠絡也。〔淮南原道〕盧—六合。

（十七）—首。閣道有室者也。〔文選左思賦〕長塗—首。〔又〕池名。〔漢書霍光傳〕輦道—首。〔注〕臣瓚曰。池名。

（十八）—追。冠名。〔釋名釋首飾〕—追。—、冒也。言其形冒髮追追然也。

（十九）人名。春秋渠—、黔—、王子—。

（二十）釋迦—尼。華言能仁也。

（廿一）通髦。〔左昭十二年傳〕王孫—。〔杜預春秋世族譜作髦〕。

（廿二）通鍪。〔後漢禰衡傳〕著岑—、單絞之服。〔注〕岑—、鼓角士胄也。

（廿三）通眸。〔荀子非相〕堯舜參—子。〔注〕—、與眸同。謂有二瞳之相參也。

（廿四）姓也。後漢—融。〔又〕複姓。賓—、彌—、曾—。

【牟】莫候切音茂宥韻

務或字。〔集韻〕務、昏也。或作—。〔按荀子成相舉—光。注。—與務同。〕

【牞】居求切音鳩尤韻

牛大力也。見〔玉篇〕。〔按廣韻、牞。居求切。亦訓大力。當即—字之誤。〕

【㸨】居尤切音鳩尤韻

大牡謂之—。見〔類篇〕。〔按類篇作斜。非。〕

三畫

【牡】莫后切音母有韻

（一）畜父也。見〔說文〕。〔桂注〕論語敢用玄—。文十二年公羊傳周公用白—。

（二）陽類也。〔老子〕牝常以靜勝—。

（三）剛也。〔史記孝武紀〕以—荆畫旛。

（四）邱陵也。〔大戴記易本命〕邱陵爲—。

(五)所以下閉門戶之具以鐵爲之。〔漢書五行志〕長安章城門門—自亡。
(六)鞠之不華者。〔周禮蟈氏〕焚—蘜。
(七)—麻枲麻也。見〔儀禮喪服傳〕。
(八)—蠣貝名。可以入藥。見〔本草綱目〕。
(九)—丹花名。詳丹字。
(十)山名。〔山海經中山經〕—山其上多文石。

【牢】郎刀切音勞豪韻

(一)閑也。養牛馬圈也。从牛。冬省。取其四周帀。見〔說文〕。〔段注〕充人注曰。—、閑也。冬、取完固之義。亦取四周象形。
(二)豕室也。〔莊子達生〕玄端以臨—筴。
(三)狴犴也。〔史記太史公自敍〕畫地爲—勢不入。
(四)廩食也。〔史記平準書〕因官器作煮鹽官與—盆。〔一云—乃盆名〕。
(五)價直也。〔後漢西羌傳〕諸將多盜—稟。
(六)牲品也。〔禮記王制〕天子社稷皆太—。諸侯社稷皆少—。〔按周禮大行人注。三牲備爲一—。國語晉語注。凡牲一爲特。二爲—〕。
(七)殯饔也。〔周禮牛人〕共其—禮積膳之牛。
(八)籠絡也。〔荀子王霸〕皋—天下而制之。〔注〕皋、猶—。籠也。
(九)堅固也。〔史記外戚世家〕欲連固根本—甚。
(十)聊也。〔漢書揚雄傳〕名曰畔—愁。〔注〕畔、離也。—、聊也。〔按今云—騷。即—愁也〕。
(十一)漉也。〔後漢董卓傳〕謂之搜—。
(十二)天—星名。〔晉書天文志〕天—七星在北斗魁下。
(十三)—剌。—落乖剌也。〔文選馬融賦〕—剌拂戾。
(十四)—落。猶遼落也。〔文選司馬相如賦〕—落陸離。
(十五)將—猶言把穩也。〔晉書姚萇載記〕陛下將—太過耳。
(十六)虎—地名。〔左莊二十一年傳〕自虎—以東。〔在今河南鄭縣西〕。
(十七)哀—國名。〔後漢南蠻哀牢夷傳〕哀—夷者其先有婦人名沙壹居於—山。〔當今雲南保山縣境〕。
(十八)犛—獸名。〔文選班固賦注〕海中有大魚曰鯨。又有獸名蒲—。蒲—素畏鯨。凡鐘欲令聲大者。作蒲—於上。所以撞之者爲鯨魚。
(十九)—九。犗餅也。〔蘇軾詩〕豈惟—九薦古味。
(二十)通勞。〔後漢應劭傳〕多其—賞。〔注〕—、或作勞。
(廿一)姓也。孔子弟子琴—。

【牢】郎侯切音樓尤韻

削約也。〔儀禮士喪禮〕—中旁寸。〔注〕削約握之中央以安手也。〔疏〕云削約者。謂削之使約少也。

【牢】力救切留去聲宥韻

籠絡也。〔淮南本經〕—籠天地。〔注〕—讀屋霤之霤。楚人謂—爲霤。

【牢】郎到切音澇號韻

搜—。謂搜取之也。〔後漢董卓傳〕縱放兵士。突其廬舍。淫略婦女。剽虜資物。謂之搜—。

【牣】而振切音刃震韻

(一)滿也。詩曰。於—魚躍。見〔說文〕。
(二)益也。見〔玉篇〕。
(三)塞也。見〔小爾雅廣詁〕。
(四)韌也。〔呂覽別類〕白所以爲堅也。黃所以爲—也。〔注〕—、與韌通。
(五)通仞。〔史記司馬相如傳〕處宮館而勿仞。〔注〕仞、亦滿也。

【犴】俄干切音紆寒韻

止牛也。見〔集韻〕。〔按正字通云。止牛當用扞。不必別出—字〕。

【㸪】松倫切音巡　船倫切音脣眞韻　似訓切音選問韻

牛行遲也。見〔玉篇〕。

【㸨】去厚切音口有韻

牛名。見〔集韻〕。

【牠】同牠。見〔字彙〕。

〔四畫〕

【犻】博蓋切音貝泰韻

(一)二歲牛也。見〔說文〕。
(二)身長之牛。一曰。牛足長大者。〔爾雅釋畜〕體長犻。〔按犻同—。古今文小異耳〕。

【牧】莫六切音目屋韻

(一)養牛人也。詩曰。—人乃夢。見〔說文支部〕。
(二)放—之地也。〔書禹貢〕萊夷作—。

㊂掌—之官也。〔周禮牧人〕掌—六畜而阜蕃其物。以供祭祀之牲牷。

㊃田官亦曰—。〔詩靜女〕自—歸荑。

㊄主舟之官亦曰—。〔禮記月令〕命—覆舟。

㊅郊外也。〔爾雅釋地〕郊外謂之—。

㊆州長也。〔禮記曲禮〕九州之長入於天子之國曰—。〔按後世相沿稱州—本此。〕〔又〕九—猶九州也。〔文選孔融賦〕九—之人所共稱歎。

㊇養也。〔易謙〕卑以自—也。

㊈司也。見〔方言〕。

㊉察也。見〔方言〕。

(十一)臣也。見〔廣雅釋詁〕。

(十二)臨也。見〔小爾雅廣言〕。

(十三)治也。〔荀子成相〕請—基賢者思。

(十四)事也。〔左昭三十一年傳〕此二—者。

(十五)誦法也。〔周禮周祝〕爲天下者用—。

(十六)使也。見〔廣韻〕。

(十七)九夫之田也。〔周禮小司徒〕乃經土地而井—其田野。〔注〕隰皋之地九夫爲—。二—而當一井。

(十八)腹黑之牛也。〔爾雅釋畜〕黑腹—。

(十九)地名。〔左隱五年傳〕鄭人侵衛—。〔注〕衛邑。〔又〕縣名。唐置屬劍南道。當今四川宜賓縣境。

(二十)草名。〔楚辭天問〕中央共—何怒。

(二十一)人名。唐杜—。

(二十二)通埸。〔詩大明箋〕坶野乃誓。〔釋文〕坶本又作—。

(二十三)—師。耶穌新教主教者也。主天主舊教者曰神甫。主新教者曰—師。

(二十四)姓也。—仲見〔孟子〕。

【牨】居郎切音岡陽韻

㊀水牛也。見〔玉篇〕。

㊁特牛也。見〔集韻〕。

【物】文拂切音勿物韻

㊀萬—也。牛爲大—。天地之數。起於牽牛。故从牛勿聲。見〔說文〕。〔段注〕牛爲—之大者。故—从牛。與半同意。蘇先生原象曰。周人以斗牽牛爲紀首。許說—从牛之故。又廣其義如此。

㊁事也。〔周禮大司徒〕以鄉三—教萬民而賓興之。

㊂色也。〔周禮保章氏〕以五雲之—。〔按今具言—色本此意而引伸之爲選擇之意。〕

㊃職也。〔左哀元年傳〕不失舊—。

㊄類也。〔左桓六年傳〕是其生也。與吾同—。

㊅名也。〔國語楚語〕不可方—。

㊆財也。〔周禮酒正〕辨三酒之—。〔疏〕—者財也。豫給財令作之也。

㊇器也。〔呂覽孟冬〕—勒功名。

㊈數也。〔國語周語〕神之見也。不過其—。

㊉禮也。〔禮記祭統〕夫祭之爲—大矣。

(十一)相也。〔左昭三十二年傳〕—土方。

(十二)識也。〔左定十年傳〕叔孫氏之甲有—。

(十三)權勢也。〔左昭七年傳〕用—精多。

(十四)鬼神也。〔漢書郊祀志〕有—曰蛇。

(十五)外境也。〔史記樂書〕—使之然也。

(十六)自定也。〔史記晉世家〕名自命也。—自定也。

(十七)半鼎之實也。〔周禮膳夫〕鼎十有二。—皆有俎。

(十八)衰絰之制也。〔禮記檀弓〕有以故興—者。

(十九)雜帛之旗也。〔周禮司常〕雜帛爲—。

(二十)謂地所有也。〔周禮縣師〕辨其—。

(二十一)謂殖生者也。〔禮記樂記〕—以羣分。

(二十二)謂射時所立處也。〔儀禮鄉射禮記〕—長如笴。〔按鄉射大射之儀。其射—在序之楹間。若丹若墨而午畫之。從者長三尺。橫者曰距隨。長尺二寸。〕

(二十三)衣服兵器也。〔周禮司隸〕辨其—而掌其政令。

(二十四)魚鹽橘柚也。〔周禮太宰〕九曰—貢。

(二十五)—故。死也。〔漢書司馬相如傳〕士卒多—故。〔史記張丞相傳注〕—、無也。故、事也。皆無復所能於事。按—化亦謂死也。謂化爲異—。

(二十六)人—。謂人材也。〔唐書李揆傳〕卿門第人—文學皆當世第一。

(二十七)濟—浦。即仁川。朝鮮商埠之一。向曾與日本結濟—浦條約。

(二十八)法律上謂人類以外爲權利標的而有形體者曰—。

(二十九)—理學。研究動植礦三種—理之學也。

【牛冘】持林切音滛侵韻

㊀水牛也。見〔玉篇〕。

㊁吳牛謂之—。見〔集韻〕。

【牥】分房切音方陽韻
牛名。如橐駝。〔穆天子傳〕用—牛二百以行流沙。

【⿰牛尤】羽求切音由尤韻
不動也。見〔字彙〕

【⿰牛丹】義何切音那歌韻
似牛之獸。百尾者也。見〔廣韻〕

【牦】謨袍切音毛豪韻
牛名。今所謂犏牛者。師古說。見〔集韻〕〔按—牛狀如水牛。尾長大。古以爲旌旄。後以爲纓帽。出甘肅及西藏。山海經潘侯之山有牛四足節生毛。卽此牛也。或作旄。亦作犛。又作氂。犏牛之說殆非。〕

【⿰牛巴】邦加切音巴麻韻
牛角相背。見〔集韻〕

【⿱分牛】方問切音奮問韻
跳躑也。〔山海經中山經〕依軲之山有獸焉。其狀如犬。虎爪有甲。其名曰獜。善駚—。〔注〕駚—、跳躍自撲也。

【⿰牛分】符分切音汾文韻
牡牛。見〔集韻〕

【⿰牛那】奴多切音那歌韻
似牛之獸。見〔玉篇〕

【⿰牛天】他甸切音瑱霰韻
餧牛草。見〔玉篇〕

【⿰牛今】巨禁切音噤沁韻
牛舌之病也。見〔說文〕〔段注〕廣韻作牛舌下病。舌病則噤閉不成聲。亦作矜。

【⿰牛斗】苦禾切音科歌韻
郫—。牛屬。〔廣雅釋獸〕郫—、丁犪。〔按今廣雅疏證本作犐云譌作—。集韻亦云从丩爲正。〕

【⿰牛丩】居尤切音鳩尤韻
大牡牛。見〔類篇〕

【⿰牛不】符悲切音邳支韻
使牛聲。見〔篇海〕

【⿱比牛】匹智切音譬寘韻
牛具。見〔玉篇〕

【⿰牛介】居拜切音介卦韻
四歲牛也。見〔字彙〕〔按說文、牭。四歲牛也。正字通引本草綱目。牛五歲曰—。疑—卽牭之譌字。〕

【⿰牛开】魚變切音彥霰韻
牛件也。見〔玉篇〕

【⿱圭牛】古委切音宄紙韻
牛也。見〔篇海類編〕

【⿰牛戈】古珂切音歌歌韻
畢角也。見〔字彙補〕〔按篇海類編云伐之譌字。〕

【⿰牛分】音分文韻
牛四歲也。見〔川篇〕〔疑牭譌爲⿰牛介。—又爲⿰牛介之譌字。〕

【⿰牛斤】同犍。見〔篇海類編〕〔按字彙云。同犗。〕

五畫

【牭】息利切音四寘韻
㊀四歲牛。从牛四。四亦聲。見〔說文〕
㊁很也。見〔廣雅釋詁〕

【⿱代牛】作甸切音薦霰韻
㊀屋斜用—。見〔字彙〕〔按今俗語猶云曳正屋字傾斜曰—。俗作嶌。非。〕

【⿰牛句】許后切音吼舉后切音苟有
㊀以土石遮水亦曰—。見〔字彙〕

韻
㊀牛鳴。見〔玉篇〕
㊁犢也。〔爾雅釋畜注〕今青州呼犢爲—。

【牯】果五切音古麌韻
㊀牝牛。見〔玉篇〕
㊁俗謂牡牛之去勢者曰—牛。

【牲】師庚切音生庚韻
㊀牛完全也。見〔說文〕〔段注〕引伸爲凡畜之偁。周禮庖人注。始養之曰畜。將用之曰—。
㊁牛卜日曰—。見〔左僖三十一年傳〕〔按後漢魯恭傳注亦云—得吉曰—。〕
㊂三—。牛羊豕也。〔書微子〕今殷民乃攘竊神祇之犧牷—。〔傳〕牛羊豕曰—。
㊃五—。牛羊豕犬雞也。〔大戴記曾子天圓〕序五—之先後貴賤。〔又〕麋鹿麏狼兔也。見〔後漢班彪傳注〕〔又〕麏鹿熊狼野豕也。見〔左昭二十五年傳服注〕
㊄六—。馬牛羊豕犬雞也。〔周禮膳夫〕膳用六—。

【牴】典禮切音邸薺韻

●一觸也。見〔說文〕〔段注〕角部曰。觸、—也。
●二會也。〔方言〕—、會也。雍梁之閒曰—。秦晉亦曰—。
●三至也。〔易夬注〕—猥雜移之物。
●四通抵。略也。大—。言大略也。見〔玉篇〕。
●五通觝。角—。雜技樂也。見〔玉篇〕。〔按文選張衡西京賦作角觝。〕

【牴】 都黎切音氐齊韻
通羝。羊也。見〔集韻〕。

【⿰牛解】 椿皆切音[illegible]佳韻
⿰牛解—。獸名。性忠直。見〔集韻〕。〔按⿰牛解—即獬豸。〕

【牠】 徒和切音堶 苦禾切音科 唐何切音駝歌韻
牛無角也。見〔廣韻〕。

【⿰牛攸】 他刀切音滔豪韻
牛徐行也。見〔說文〕〔段注〕俗謂舒遲曰—。

【⿰牛乍】 卽各切音作 疾各切音昨藥韻
牛腦。〔山海經西山經〕小華之山。其獸多—牛。

【⿰牛丕】 符悲切音邳支韻
使牛聲。見〔玉篇〕。〔按此與⿰牛不字音義皆同。五音集韻云當从不作—。〕

【犺】 乳勇切音宂腫韻
吳牛名。見〔集韻〕。

【⿰牛平】 普耕切音怦庚韻
牛駁如星。見〔說文〕〔段注〕駁文似星點。

【牰】 余救切音狖 似救切音袖 疾僦切音就宥韻
牛眼黑也。〔爾雅釋畜〕黑眥—。

【牱】 剛可切音哥歌韻
地名。〔史記司馬相如傳〕南至牂—為徼。〔按牂牁、牂牱、牂—音義通。〕

【⿰牛令】 郎丁切音靈青韻
牛名。見〔玉篇〕。

【⿰牛冈】 而隴切音宂腫韻
水中牛也。見〔玉篇〕。

【牳】 莫後切音母有韻
牛名。見〔集韻〕。

【⿱去牛】 丘踞切音去御韻
牛行皃。見〔篇海類編〕。

【⿰牛穷】 古⿰牛干字。見〔字彙補〕。

【⿱北牛】 同⿱米牛。見〔集韻〕。

【⿰牛施】 同牠。見〔篇海〕。

【⿰牛毋】 牣鬪字。見〔字彙〕。

六畫

【牷】 從緣切音全先韻
●一牛純色。見〔說文〕〔段注〕牧人注。鄭司農曰。—、純也。為許所本。按凡時事之牲用—物。凡外祭毀事用尨。以尨與—對舉。則—為純色可知。
●二體全具也。〔書微子傳〕體完曰—。

【⿰牛吉】 居洧切音宄紙韻
●一牛聲也。見〔五音集韻〕。
●二同牢。見〔玉篇〕。

【㸷】 示勢切音逝霽韻
●一牛一角仰也。見〔玉篇〕。
●二同觢、掣。〔易睽〕其牛掣。〔釋文〕鄭作—。義同。說文作觢。

【牸】 疾置切音字 疾二切音自寘韻
●一牝牛也。〔孔叢子陳士義〕子欲速富。當畜五—。
●二牝馬也。〔史記封禪書〕天下亭亭有畜—馬。歲課息。

【特】 敵得切音犆職韻
●一—牛也。見〔說文〕〔段注〕鉉本曰。朴—。牛父也。按天問。焉得夫朴牛。洪氏引說文。—牛。牛父也。言其朴—。皆與鍇本異。蓋言其朴—。乃注說文者語。鉉本改竄上移耳。
●二牡馬也。〔周禮校人〕凡馬—居四之一。〔注〕三牝一牡。
●三豕生一曰—。〔爾雅釋獸〕豕生三豵。二師。一—。
●四獸三歲曰—。〔詩伐檀〕胡瞻爾庭。有縣—兮。〔按廣雅釋獸又云獸四歲為—。〕
●五獨也。〔國策秦策〕我—以三國城從之。
●六一也。〔國語晉語〕子其為我具—羊之饗。
●七物無偶曰—。見〔方言〕。
●八匹也。〔詩柏舟〕實惟我—。
●九雄俊也。〔詩黃鳥〕百夫之—。〔箋〕百夫之中最雄俊也。
●十茂也。〔詩正月〕有菀其—。

(十一)殊也。〔荀子大略〕天下之人。惟各特意哉。〔按今云—別。亦殊義。又俗語亦有—意。猶言專爲之耳。〕

(十二)—其爲不變之也。〔禮記服問〕輕者包重者—。

(十三)但也。〔呂覽君守〕夫國豈—爲車哉。注、—但也。

(十四)直也。〔呂覽分職〕豈—宮室哉。〔注〕、—猶直也。

(十五)語辭也。〔莊子齊物論〕而—不得其朕。〔釋文引崔注〕、—辭也。

(十六)—揖。謂一一揖之也。〔周禮司士〕孤卿—揖。

(十七)—舟。單船也。〔爾雅釋水〕士—舟。

(十八)新—。外昏也。〔詩我行其野〕求爾新—。

(十九)攻—。謂騬之也。見〔周禮校人司農注〕。

(二十)通犆。〔禮記少儀〕不—弔。〔釋文〕、—本作犆。

(二十一)通得。〔史記宋世家〕宋公子—自立。〔索隱〕、—一作得。

(二十二)姓也。春秋時晉大夫—宮。

【⿰牛各】 居訝切音駕禡韻

—車也。見〔玉篇〕。〔按集韻云。犗文貑字。〕

【⿱分牛】 區願切音券願韻

牛繩鼻謂之—。見〔集韻〕。

【⿰牛劦】 檄頰切音叶葉韻

牛健也。見〔玉篇〕。

【⿰牛囷】 於閑切音嚥刪韻

牛尾色謂之—。見〔集韻〕。

【⿰牛后】 於口切音嘔有韻

特牛也。見〔廣韻〕。

【⿰牛后】 去厚切音口有韻

同⿰牛知。牛名。見〔廣韻〕。

【⿰牛后】 許后切音吼有韻

同⿰牛句。見〔篇韻〕。

【⿱犮牛】 尸周切音收尤韻

牛名。見〔玉篇〕。

【⿰牛兆】 直紹切音兆篠韻

人姓。見〔玉篇〕。

【⿰牛虫】 呼乖切音虺佳韻

獸名。見〔玉篇〕。

【⿰牛弱】 古方字。見〔字彙補〕。

【⿰牛同】 同犝。見〔集韻〕。

【⿰牛并】 同⿰牛并。見〔玉篇〕。

七畫

【⿰牛夆】 敷容切音峰方容切音封冬韻

(一)牛也。見〔玉篇〕。

(二)野牛也。見〔集韻〕。

【牼】 丘耕切音鏗庚韻丘閑切音慳刪韻古定切音徑徑韻

(一)牛膝下骨也。見〔說文〕〔段注〕牛脛也。

(二)人名。春秋時邾子—。戰國時宋—。

【牽】 輕烟切音研先韻

(一)引而前也。从牛。冖、象引牛之縻也。玄聲。見〔說文〕。

(二)牲牢也。〔左僖三十三年傳〕惟是脯資餼—竭矣。〔釋文〕牲生曰—。

(三)挽也。見〔廣雅釋言〕。

(四)連也。見〔廣雅釋詁〕。

(五)猶繫也。〔文選張衡賦〕此—乎天者也。

(六)弦也。使弦急也。見〔釋名釋姿容〕。

(七)速也。〔禮記學記〕君子之教喻也。道而勿—。〔疏〕謂不偪急令速曉也。

(八)拘也。〔史記六國表〕學者—於所聞。

(九)堅掔也。見〔文選揚雄賦掔象犀注引韋昭〕。〔按掔、—古字通。〕

(十)令出不行也。〔管子法法〕令出而不行謂之—。

(十一)—挺。機踊也。〔列子湯問〕以目承—挺。

(十二)—擿。牽扇擿也。〔文選沈約詩〕—擿謬東記。

(十三)—牛。星名。〔禮記月令〕旦—牛中。〔餘詳牛字〕。

(十四)地名。〔春秋定十四年〕公會齊侯衛侯于—。〔注〕魏郡黎陽縣東北有—城。〔當今河南濬縣東北〕。

(十五)人名。〔左成十七年傳〕鮑—見之。

(十六)姓也。〔後漢皇甫規傳〕實穀兗州刺史—顥之濟猛。

【⿱率牛】 輕甸切音俔霰韻

挽舟索。一名百丈—。見〔增韻〕。〔俗作縴。〕

【⿰牛余】 同都切音徒虞韻

黃牛虎文。見〔說文〕。

【⿰牛寽】 龍輟切音埒屑韻

牛白脊也。見〔說文〕〔段注〕牛惟

犴白。亦是駁犅。
【犄】郎括切音捋曷韻
駁—。見〔廣韻〕。
【𤘸】師加切音沙麻韻
牛名。見〔集韻〕。
【㹀】牀史切音俟紙韻
牛一歲謂之—。見〔集韻〕。
【犨】莫江切音尨江韻
白黑雜毛牛。見〔說文〕。〔段注〕古謂襍色不純為尨。亦作駹。古文叚借作尨。亦作厖。—訓為白黑雜毛。然則凡為雜色不純。亦可用—字。
【犉】所教切音稍效韻
犉或字。〔集韻〕犉。角銳上。或从牛。
【𤙴】力讓切音良陽韻
牻也。見〔篇海〕。〔正字通云。牻譌字。〕
【牸】部禮切音陛薺韻
犗—。牛馬行。見〔集韻〕。
【牿】姑沃切音梏沃韻
牛馬牢也。周書曰。今惟—牛馬。見〔說文〕。〔通訓定聲〕叚按此字當作牛角木也。牛觸人角著橫木。易大畜童牛之—。侯注。楅也。虞注。—

謂以木楅其角。〔按書費誓。今惟淫舍—牛馬。鄭注讀為—。借為牢失之。〕
【㸿】楚居切音初魚韻
牛角。見〔玉篇〕。
【𤙭】渠幽切音虯尤韻
角兒。見〔玉篇〕。
【㸲】則郎切音臧陽韻
牝羊。見〔廣韻〕。
【㸮】縛尤切音浮尤韻 芳無切音
夫虞韻
黑脊牛。見〔玉篇〕。
【犕】音備霽韻
牛肉乾也。見〔篇海〕。
【犌】同怫。見〔集韻〕。
【㹂】同㸯。見〔集韻〕。
【犍】同騂。見〔集韻〕。
【㸷】同犂。見〔洪武正韻〕。
【牾】同啎。見〔正字通〕。〔按—即啎譌字。漢書王莽傳亡所—意。後漢桓典傳以—宦官。其善本原作啎可證。〕

【㸭】同牸。見〔玉篇〕。
【犉】牸譌字。

八畫

【犆】敵得切音㥁職韻
㊀牛也。見〔玉篇〕。
㊁鈍也。見〔廣韻〕。
【恰】式夜切音舍禡韻
㊀馬名。見〔玉篇〕。
㊁雌也。〔廣雅釋獸〕—、特、牝、雌也。
【犁】憐題切音黎齊韻 良脂切音棃支韻
㊀本作㸺。〔說文〕㸺。耕也。〔段注〕山海經曰。后稷之孫曰叔均。是始作牛耕。郭傳曰。始用牛—也。耒部耕、訓—。是—、耕二字互訓。蓋其始人耕者謂之耕。牛耕者謂之—。其後互名之。〔按耒耜經曰。耒耜、農之言也。民之習通謂之—。冶金而為之者曰—鑱。本作鑱。曰—壁。斲木而為之曰—底。曰壓鑱。曰策額。曰—箭。曰—轅。曰—梢。曰—評。曰—建。曰—槃。木與金凡十有一事。〕

㊁利也。利發上絕艸根也。見〔釋名釋用器〕。
㊂牛雜文者也。〔論語雍也〕—牛之子。〔乂〕牛似虎文者。〔山海經東山經〕其狀如—牛。
㊃老人面色如浮垢也。〔書泰誓〕播棄—老。
㊄比也。〔史記呂后紀〕—明。〔注〕徐廣曰。—、猶比也。將明之時。
㊅結也。〔史記南越傳〕—旦。〔注〕呂靜云。—、結也。結猶連及逮至也。
㊆遲也。〔史記齊太公世家〕—明至國。
㊇祝—。歲陽也。〔史記曆書〕祝—。〔索隱〕祝—、巳也。〔按爾雅作著雍。釋文。著本或作祝。雍、又作雍。本或作黎。〕
㊈撑—。天也。〔漢書匈奴傳〕匈奴謂天為撑—。謂子為孤塗。
㊉娥—。北狄別名。〔周書王會〕正北娥—。〔按史記匈奴傳云。薪—之國。薪—聲近。或即一地。〕
(十一)犛—。國名。〔漢書西域傳〕犛—國王治犛—國。〔當今新疆莎車境之塞爾勒克。〕
(十二)圞—。飯匕也。〔漢書匈奴傳〕單于以徑路刀金留—撓酒。〔注〕留—、飯匕也撓和也。⑬泥—地獄也〔翻譯名義〕地獄梵稱泥—。⑭伊—舊府名在新疆省西北卽今綏定縣境與俄接界爲中俄通商巨埠。⑮草名如桔梗見〔廣雅釋草〕。⑯人名〔左昭二十九年傳〕顓頊氏有子曰—爲祝融。⑰地名〔左哀十年傳〕取—及轅。〔注〕—一名隰濟南有隰陰縣。〔按〕亦曰—邱隰陰一作漯陰當今山東臨邑縣西。⑱通黎〔左莊五年傳〕郳—來來朝。〔公、穀梁傳均作黎〕。⑲通離〔禮記少儀〕—而不提心。〔釋文〕—本作離。

【犂】力求切音罶尤韻

—然堅確之意〔莊子山木〕—然有當於人心。

【犃】薄口切音瓿有韻

①雄也見〔玉篇〕。②牛短首謂之—見〔集韻〕。③—恆偏高見〔廣韻〕。

【犄】於宜切音漪丘奇切音攲支韻

①牿也見〔廣韻〕。②牛名見〔集韻〕。③長也見〔廣韻〕。④倚也見〔廣韻〕。⑤施也見〔廣韻〕。

【犅】居郎切音岡陽韻

①特牛也見〔說文〕。〔按段本依詩正義訂作特也〕。②牛之赤脊者〔公羊文十三年傳〕魯公用—。〔注〕騂—赤脊。〔按〕說文岡訓山脊與何休謂騂—爲赤脊義相應。③通剛〔禮記明堂位〕周騂剛。〔按正字通云魯頌白牡騂剛〕剛與—通。

【犆】逐力切音直敵德切音螣職韻

①犊—。牛也見、〔廣韻〕。②緣也〔禮記玉藻〕君羔幦虎—。③獨也〔禮記少儀〕喪俟事不—弔。〔注〕謂不非時而獨弔也。④猶一也〔禮記王制〕天子—礿。⑤—縣縣于東方或於階間也見〔周禮小胥注〕。⑥—言別言也〔穀梁隱十一年傳〕—言同時也。

【犀】先齊切音西齊韻

①南徼外牛一角在鼻一角在頂似豕見〔說文〕。〔按〕—產印度者一角非洲產者二角角堅緻可製器。中國並入藥品其皮亦極堅厚古世用以製甲。

犀　圖

②以—飾亦曰—。〔法言孝至〕幣我金—。〔注〕—、劍飾。③緦也見〔廣雅釋言〕。④堅利也〔漢書馮奉世傳〕器不—利。⑤瓠瓣也〔詩碩人〕齒如瓠—。⑥—渠楯也〔文選左思賦〕戶有—渠。⑦—首官名〔莊子則陽〕—首聞而恥之。〔魏公孫衍嘗爲此官卽號—首〕。⑧角—謂頂角有伏—。賢明之相也〔國語鄭語〕惡角—豐盈。⑨木—桂花別名〔白居易詩〕我愛木中—不是凡花數。⑩石—李冰所作以厭制蜀中江水者唐杜甫有石—行。⑪骨咄—大蛇之角也〔輟耕錄〕骨咄—解蟲毒如—角。⑫人名〔左宣十四年傳〕見—而行。〔注〕—、申舟之子。

【犇】博昆切音賁元韻

①牛驚見〔廣韻〕。②同奔見〔集韻〕。

【犉】濡純切音眴眞韻而宣切音輭先韻

①本作犉〔說文〕犉黃牛黑脣也詩曰九十其—。〔段注〕釋畜曰黑脣—、爾雅不言黃牛者牛以黃爲正色凡不言何色皆謂黃牛也。②牛七尺者〔爾雅釋畜〕牛七尺爲—。

【⿱非牛】非尾切音匪尾韻方未切音沸未韻

兩壁耕也一曰覆耕種也見〔說

文。〕〔段注〕壁、當作肆。肆是旁側之語。莊二十年左傳。鄭伯享王于闕西肆。服虔云。西肆、西偏也。兩肆、耕。謂一田中兩牛耕。一从東往。一从西來也。此耕字自人牛言之。與木部六叉犂自器言之不同。

【⿱非牛】補妹切音背隊韻 亦耕也。見〔廣雅釋詁〕。

【⿱臤牛】去演切音繾下餡切音限銑韻 奚結切音纈屑韻 輕甸切音縴霰韻 行憐切音弦先韻 牛很不從牽也。从牛从臤。臤亦聲。一曰。大皃。見〔說文〕〔段注〕臤者堅也。故从牛臤會意。

【⿱制牛】時制切音誓霽韻 掣或字。〔集韻〕掣一角仰也。一曰牛角立謂之掣。或作—挈。

【⿰牛備】平祕切音備寘韻 牛見齒也。見〔篇海〕。〔正字通〕云。俗犕字。

【⿰牛卓】丑交切音弨肴韻 勑教切音踔效韻 角挑也。見〔集韻〕。

【⿰牛京】呂張切音良陽韻 力仗切音諒漾韻 牻牛也。春秋傳曰。牻—。見〔說文〕。〔段注〕閔二年傳本作尨涼。蓋許引之假此二字。所以從尨從京也。京者涼之省也。牻—同義。如尨涼一理相似。〔按說文牻白黑雜毛牛。許引春秋牻—亦是借字。〕

【⿰牛隹】川隹切音推灰韻 牛名。見〔玉篇〕。

【犈】逵員切音權先韻 黑腳牛也。〔爾雅釋畜〕黑腳—。〔疏〕牛之黑腳者名曰—。

【⿰牛叟】他刀切音叨豪韻 牛行遲也。見〔龍龕手鑑〕。

【⿱坚牛】音須虞韻 牛很也。見〔篇海類編〕。〔按說文、𤛓牛很不從牽也。疑—即𤛓之譌。〕

【⿰牛枼】音牒葉韻 牛也。見〔篇海類編〕。

九畫

【犍】居言切音鞬渠言切音揵元韻 紀偃切音湕阮韻 ❶犗牛也。見〔說文新附〕。〔按犗牛、謂去勢之牛也。〕❷獸名。〔山海經北山經〕單張之山有獸焉。狀如豹而長尾。人首而牛耳。一目。名曰諸—。❸—爲。郡名。漢置。當今四川瀘縣境。隋置—爲縣。當今四川—爲縣治。

【㹆】吁韋切音輝微韻 ❶犂牛頭也。見〔玉篇〕。❷牛名。見〔集韻〕。

【犎】方容切音封冬韻 ❶野牛也。領上肉隆起如橐駝者。〔爾雅釋畜注〕犦牛即—牛。

犎牛圖

❷通封。〔漢書西域傳注〕師古曰。封牛項上隆起者也。❸通峯。〔後漢順帝紀注〕封牛項上肉隆起。即今之峯牛。

【⿰牛蕆】丑展切音蕆銑韻 牛緩也。見〔集韻〕。

【⿰牛俞】容朱切音俞虞韻 黑牛。見〔玉篇〕。

【犌】居牙切音加麻韻 何加切音遐麻韻 牛有力也。〔爾雅釋畜〕絕有力欣—。

【⿰牛垂】持用切音重送韻 牛孕也。見〔篇海〕。

【⿰牛苗】莫包切音毛肴韻 犛牛也。〔漢書司馬相如傳〕庸旄貘犛。〔注〕犛牛、即今之貓牛也。〔按貓、—古字通。〕

【⿰牛嫠】力支切音黎支韻 牛文。見〔篇海〕。〔按廣韻作犛。里之切。犛徵也。音義並近。疑—即犛之譌字。〕

【⿰牛婁】疎鳩切音搜尤韻 三歲牛。見〔集韻〕。〔按說文、犙。三歲牛也。疑—即犙之譌字。〕

【犏】匹羈切音偏先韻 異種牛也。〔水東日記〕牦牛與封牛合。則生—牛。狀類牦牛。偏氣使然。故謂之—。

【犐】苦禾切音科歌韻 無角牛。見〔玉篇〕。

【犑】古闃切音郹錫韻 牛屬。〔爾雅釋畜〕一牛。

【⿰牛飛】方韋切微韻 獸似牛。一目。見〔玉篇〕。

【⿰牛憂】照新切音眞眞韻 一優古。見〔石鼓文〕。

【⿰牛京】同惊。見〔篇海〕。

【⿰牛巠】同犅。見〔集韻〕。

【⿰牛曷】犍或字。見〔集韻〕。

【⿰牛婁】犙或字。見〔集韻〕。

十畫

【犒】口到切音𥰭號韻 ㊀餉軍也。〔左僖二十六年傳〕公使展喜一師。〔今凡屬賞勞通曰一〕。㊁牛羊曰一。共其枯槁也。〔淮南氾論〕一以十二牛。

【⿰牛氣】許既切音欷未韻 ㊀牛病。見〔玉篇〕。㊁牛犍謂之一。一曰牛餉。見〔集韻〕。

【犕】平祕切音備寘韻房六切音伏屋韻 ㊀本作犕。〔說文〕犕。易曰。一牛乘馬。〔段注〕此與革部之鞁同義。鞁鞴今作服。以車駕馬之字當作一。作服者假借耳。㊁八歲牛。見〔玉篇〕。㊂牛具齒者。見〔廣韻〕。

【犖】力角切音犖覺韻 ㊀駁牛也。从牛。勞省聲。見〔說文〕。〔段注〕馬色不純曰駁。駁、一同部疊韻。㊁一一分明也。〔史記天官書〕此其大者。〔按謂寥寥甚少者也〕。㊂卓一。超絕也。〔文選班固典引〕卓一乎方州。㊃人名。〔左莊三十二年傳〕圉人一。

【⿰牛修】心秋切音修尤韻 ㊀牛無尾也。見〔字彙補〕。㊁犐一。醜牛狀。〔淮南說山〕髡屯犁牛。既犐以一。

【犗】居拜切音戒卦韻 ㊀騬牛也。見〔說文〕〔通訓定聲〕廣雅釋獸。犍也。今謂之騸。以刀去其陰。〔按曰、一曰騬、曰犍。均謂去牛馬之陰也〕。㊁騰也。見〔玉篇〕。㊂畜類強健之通稱。見〔增韻〕。

【⿰牛秦】慈鄰切音秦眞韻 牛名。見〔玉篇〕。〔按本草云。北牛曰一。小於水牛〕。

【⿰牛倉】千剛切音倉陽韻 牛名。見〔玉篇〕。

【⿰牛原】愚袁切音元元韻 獸似牛三足者。〔集韻引山海經〕乾山有獸。狀如牛而三足。名曰一。〔按今本山海經作獂。似以從牛爲是〕。

【⿰牛源】吾官切音岏元韻 野牛也。角可爲弩材。見〔集韻〕。

【⿰牛隺】逆角切音嶽覺韻胡沃切音鵠吾沃切音熩沃韻吾郭切音矱藥韻 白牛也。見〔說文〕〔段注〕白部曰。㿥、鳥之白也。此同聲同義。

【犓】窗俞切音芻虞韻 以芻莝養牛也。見〔說文〕。〔按經傳一豢字今皆作芻豢〕。

【⿰牛臭】許救切音齅宥韻 獸名。似熊。見〔篇海〕。

【⿰牛旁】市旁切音常陽韻 特牛。見〔集韻〕。

【⿰牛骨】古忽切音骨月韻 牛也。見〔玉篇〕。

【⿰⿱⿱士冖牛殳】居候切音遘宥韻 取牛羊乳也。見〔廣韻〕。〔按玉篇但云、取牛乳〕。

【犃】裴古切音部麌韻 雄也。見〔廣雅釋詁〕。

【⿰牛畟】子力切音稷職韻 牛名。見〔廣韻〕。〔按集韻云。⿰牛畿也。參閱⿰牛畿字〕。

【⿰牛鬼】匹計切音媲霽韻 牛名。見〔玉篇〕。

【⿰牛䍃】餘招切音遙蕭韻 牛名。見〔集韻〕。

【⿰牟鳥】古鳥字。見〔字彙補〕。

【⿰牛馬】同牡。見〔集韻〕。

【⿰牛虔】同犍。見〔玉篇〕。〔按集韻以爲⿰牛曷或字〕。

【犉】同犉。見〔篇海〕。〔正字通〕云。犉譌字。

十一畫

【犙】穌含切音毿倉含切音參覃韻疎鳩切音搜山幽切音羞尤韻
三歲牛。見〔說文〕。
牛車之副也。見〔正字通〕。

【㹕】几隱切音謹吻韻
蕃也。見〔玉篇〕。
牛馴也。見〔廣韻〕。

【㹎】倫追切音纍支韻魯偉切尾韻
特牛也。〔淮南時則〕乃合—牛騰馬。

【𤛮】常容切音鱅冬韻
求子牛。見〔玉篇〕。
䌴或字。〔集韻〕䌴引船泝水中。或作—。

【犞】於口切音嘔有韻區遇切音去遇韻烏侯切音謳尤韻
革乾也。見〔通俗文〕。
特牛。見〔玉篇〕。

●牛名。見〔集韻〕。

【𤛹】落合切音拉合韻
牛觝。見〔玉篇〕。〔按集韻作㸺拉。訓牛抵。未知孰是。〕

【𤜟】所簡切音產潸韻
畜—。畜牲也。見〔說文〕〔段注〕依廣韻手鑑訂左傳內則皆云名子不以畜牲。

【㸿】所迸切音生庚韻
特牛。見〔五音集韻〕。

【𤜀】亭麗切音荻錫韻
特牛。見〔玉篇〕。

【犘】謨加切音麻麻韻
牛名。重千斤。出巴蜀。見〔廣韻〕。〔按即犤牛。〕

【犚】紆胃切音尉未韻
牛名。〔爾雅釋畜〕黑耳—。

【㹆】昨回切音摧灰韻
白色牛。見〔集韻〕。〔正字通云。㹆譌字。〕

【𤛐】美隕切音敏軫韻母鄙切音美紙韻
獸似牛。蒼黑色。〔山海經西山經〕黃山有獸狀如牛。蒼黑大目。其名曰—。〔畢沅云。—當為犛。犛與周書王會每牛同。廣韻—字音切同美。是也。〕

【犆】采五切麌韻
使牛也。見〔字彙〕。

【𤛾】餘封切音容冬韻
牛名。領有隨肉者。見〔集韻〕。〔按司馬相如上林賦—旄貘犛注。—牛領有肉堆。即今犎牛。〕

【犛】莫交切音茅肴韻郎才切音來灰韻陵之切音釐支韻謨袍切音毛豪韻
西南夷長髦牛也。見〔說文犛部〕。〔按—牛狀似牛而黑色。出西南徼外。背膝胡尾皆有長毛。今西藏地最多此牛。〕

犛牛圖

【𤛿】犥本字。見〔說文〕。

【㸬】犕本字。見〔說文〕。

【𤜥】同犝。見〔集韻〕。〔按正字通引廣志云。—牛色青黃。角如玉。可以為器。〕

【𤜎】同犚。見〔集韻〕。

十二畫

【㸣】匹角切音璞覺韻
●特牛。見〔玉篇〕。
●牛未劇者。見〔廣韻〕。〔按劇、集韻音犍。劇也。又音皮。削也。皆騬犗之義。〕

【𤜍】魚小切音䎳篠韻
●獸名。見〔玉篇〕。
●牛馬騰躍也。見〔集韻〕。趙魏謂牛馬騰躍曰—。

【𤜞】慈陵切音繒蒸韻
牛名。見〔玉篇〕。

【𤜷】歃盍切音蹋合韻
抵也。見〔集韻〕。

【𤜱】都昆切音敦元韻

牛也。見〔玉篇〕。

【⿰牛黃】胡光切音黃陽韻
牛名。見〔集韻〕。

【⿰牛厥】居月切音厥月韻
牛名。見〔五音集韻〕。

【犝】徒東切音同東韻
無角牛也。見〔說文新附〕。〔按爾雅釋畜注—牛、無角牛。易曰童牛之牿是也。〕

【⿰牛喬】音未詳
乾也。〔淮南泰族〕以奉宗廟鮮—之具。〔按—同薧。鮮爲新物。—爲乾物。周禮庖人之鱻薧。禮記內則之兎薧。義皆訓乾。且鱻即古鮮字。正與乾對文。鱻薧、鮮—、稿謂形異詁同。〕

【⿰牛貳】
牭籀文。見〔說文〕。〔按段注犙下云。犙純从參、爲三歲牛。牭字从四、爲四歲牛。則—字从貳、當爲二歲牛。而謂—爲籀文牭字。當由轉寫脫繆。〕

【⿰牛⿱厽桼】同⿰牛桼。見〔集韻〕。

【⿰牛⿱彡桼】犙俗字。見〔正字通〕。

十三畫

【⿰牛畺】居良切音薑陽韻
㊀牛長脊。見〔說文〕。㊁白脊牛也。見〔廣韻〕。〔按玉篇但渾言白牛。〕

【⿰牛翠】火頑切轄平聲刪韻
劣也。見〔篇海〕。

【⿰牛鬼】羽鬼切音韙尾韻
牛也。見〔玉篇〕。

【⿰牛嵬】語韋切音巍微韻
⿱魏牛或字。〔集韻〕⿱魏牛牛名。或作—。

【⿰牛萬】力勢切音厲霽韻　力大切音賴泰韻
白脊牛。見〔玉篇〕。

【⿰牛舉】直質切音秩質韻
牸也。見〔玉篇〕。

【⿰牛解】下買切音蟹蟹韻
獬或字。〔集韻〕獬獬豸獸名。或作—。

【⿰牛蒿】犒本字。見〔說文〕。

【⿰牛蜀】犢或字。見〔集韻〕。

【⿰牛睪】同⿰牛翠。見〔篇海〕。

【⿰牛豢】同豢。見〔字彙〕。

【⿰牛嬰】⿰牛嬰譌字。〔爾雅釋畜注〕犤牛、庳小。今之—牛也。校勘記注疏本。犤譌—。

十四畫

【⿰牛需】儒遇切音孺遇韻
㊀牛蹇也。見〔廣韻〕。㊁牛名。見〔集韻〕。

【⿰牛壽】徒刀切音陶　他刀切音叨豪韻　嵩招切音怊蕭韻　呂來切音騋灰韻　去久切音糗有韻
本作㹛。〔說文〕㹛牛羊無子也。讀若白粘之糗。

【⿰牛翟】吾沃切音燿沃韻　逆角切音岳覺韻
白牛。見〔玉篇〕。

十五畫

【犡】力制切音例霽韻　落蓋切音賴泰韻
㊀牛白脊也。見〔說文〕。㊁牛名。見〔篇海〕。㊂牛病也。見〔正字通〕。

【犢】徒谷切音牘屋韻
㊀牛子也。見〔說文〕。㊁桑—。地名。漢屬北海郡。當今山東濰縣東。㊂—鼻褌。袴無跨者也。〔史記司馬相如傳〕相如身自著—鼻褌。〔按方言。無祠袴謂之襣。注。袴無跨者。即今—鼻褌也。乃史記集解引韋昭曰。今三尺布作。形如—鼻。未免望文生義。失之。〕

【⿰牛曾】烏猛切音䁅梗韻
㊀呼牛聲。見〔玉篇〕。㊁牛鳴。見〔集韻〕。㊂吳人謂犢曰—。見〔類篇〕。

【犣】力涉切音獵葉韻
旄牛也。〔爾雅釋畜〕—牛。〔注〕旄牛也。髀膝尾皆有長毛。

【犤】班糜切音陂　蒲糜切音皮支韻　蒲街切音牌佳韻
⿰牛嬰牛也。〔爾雅釋畜〕—牛。〔注〕—牛、庳小。今之⿰牛嬰牛也。又呼果下牛。出廣州高涼郡。〔參閱⿰牛嬰字〕。

【犤】部買切音罷蟹韻
牛短足。見〔集韻〕。

【犥】批招切音漂蕭韻　普刀切音

麃豪韻被表切音莩篠韻滂保切音褓皓韻　牛黃白色。見〔說文〕〔段注〕黃馬發白色曰驃。票、麃、同聲。然則—者黃牛發白色也。〔按五音集韻作牛白蒼色。玉篇作牛色不美澤。〕

【犥】巨到切音㿋號韻　牛名。見〔集韻〕。

【犦】蒲角切音雹覺韻　逋沃切音襮沃韻　伯各切音博藥韻　巴校切音豹效韻　犎牛也。〔韻會引綽略〕此獸抵觸百獸。無敢當者。故命名—牛於郊首。

【𤛲】良脂切音黎支韻　犂或字。〔集韻〕犂牛駁文。一曰耕也。或作—。

【𥞓】犂本字。見〔說文〕。

【犠】同犧。見〔字彙〕。

【犪】同犪。見〔玉篇〕。

十六畫

【犧】許宜切音羲支韻　(一)宗廟之牲也。見〔說文〕。〔按易繫辭包—氏。鄭注。鳥獸全具曰—。禮記曲禮。—賦爲次。注。—賦。以稅出牲。淮南說山。生子而—。注。—者牲也。晉與許合。今人謂拋棄權利曰—牲。〕(二)純毛也。〔禮記曲禮〕天子以—牛。(三)緊也。〔左昭二十二年傳〕自憚其—也。〔疏〕—者。緊養之名耳。(四)稀也。〔韋昭辨釋名〕純毛者少。故名—。—、稀也。(五)刻牛形之尊也。〔禮記禮器〕羃—尊疏布。(六)通羲。〔書孔安國序〕庖—氏之有天下也。〔釋文〕—、本作羲。(七)通戲。〔莊子人間世〕伏戲九遫之所行終。〔釋文〕戲亦作—。

【犧】桑何切音娑歌韻　酒尊名。飾以翡翠者。〔詩閟宮〕—尊將將。〔按詩毛傳云。—尊、有沙飾也。沙、莎、古通。故音近娑。又鄭注禮器—尊云。畫尊若鳳羽婆娑然。故謂娑尊。〕

【犨】蚩周切音犫尤韻　(一)牛息聲。一曰牛名。見〔說文〕。〔段注〕心部曰。息、喘也。廣韻手鑑皆云白色牛。(二)猶出也。〔呂覽召類〕南家之牆—於前而不直。(三)縣名。漢置。屬南陽郡。當今河南魯山縣東南。(四)姓也。晉大夫郤—之後。

【𤛫】於劌切音衛姑衛切音劌霽韻　牛蹏—也。見〔說文〕〔段注〕廣韻曰。蹏—。牛展足。按展足二字。乃蹷字之誤。蹷同蹷。足部曰。蹷者僵也。—與蹷互訓。蹷—、猶蹷蹶也。

【𤛫】逵穢切音蹶巨內切音櫃隊韻　牛觸人也。見〔廣韻〕。

【𤜵】作郎切音臧陽韻　善也。見〔篇海〕。

【𤜶】乎乖切音懷佳韻　獸似牛。四角人目。見〔玉篇〕。

【𤛯】五沃切音屋沃韻　白牛也。見〔篇海〕。

【𤛮】犉本字。見〔說文〕。

十七畫

【𤛿】烏猛切營上聲梗韻　(一)犢也。見〔五音集韻〕。(二)牛鳴。見〔五音集韻〕。(三)喚牛子聲。見〔篇海〕。

【𤜗】仕懺切音鑱陷韻　牛角皃。見〔集韻〕。

【𤜡】伊盈切音嬰庚韻　牛也。見〔玉篇〕。

【𤜢】音會泰韻　獸名。見〔字彙補〕。

【犢】同犢。見〔篇海〕。

十八畫

【犪】爾紹切音擾篠韻　如招切音饒蕭韻　(一)牛柔謹也。从牛夒聲。見〔說文〕。〔段注〕玉篇曰。尙書。—而毅。字如此。按凡馴擾字當作此。隸作犪。此以貪獸之夒爲聲。爾雅注。犪牛。以有角之夔爲聲。陸德明爲一字。(二)善也。見〔廣雅釋詁〕。(三)安也。見〔廣雅釋詁〕。

【犩】語韋切音巍微韻　虞貴切音魏未韻　犪牛也。〔爾雅釋畜〕—牛。〔注〕如牛而大。肉數千觔。出蜀中。山海經云。岷山多犪牛。

[犦] 蒲角切音雹覺韻巴校切音豹效韻 豹牛也。[爾雅釋畜]—牛。[注]卽犎牛也。領上肉—然起。高二尺許。狀如橐駝。肉鞍一邊。健行者日三百餘里。今交州合浦徐聞縣出此牛。

[𤜂] 巨班切音邅删韻 牛角。見[集韻]。

十九畫

[犤] 班糜切音陂支韻 犤或字。[集韻]犤。爾雅、犤牛。今犤牛也。或从熊。

[𤛶] 落蓋切音賴泰韻 犡或字。[集韻]犡。說文、牛脊白也。或从蠆。

二十畫

[犪] 渠龜切音逵支韻 牛名。出岷山。見[廣韻]。[按爾雅釋畜疏引山海經。岷山。其獸多—牛。注。今蜀中有大牛重數千斤。名—牛。晉太興元年此牛出上庸郡。人弩射殺之。得三十擔肉。卽爾雅所謂犩牛是也。今本山海經作夔。]

二十一畫

[犫] 巨六切音鞠屋韻 牛也。見[玉篇]。

[𤜆] 音藏陽韻 牛善也。見[字彙補]。

二十二畫

[𤛓] 倫追切音纍支韻 ㊀求子牛。見[廣韻]。[按犪、犪、—字音義均同。皆本於月令之纍牛。] ㊁騰猴也。見[集韻]。

二十三畫

[𤜅] 同犨。見[玉篇]。[正字通]云。俗字。

二十四畫

[𤜇] 郎丁切音靈青韻 牛名。見[集韻]。

犬部

[犬] 苦泫切音畎銑韻 ㊀狗之有縣蹏者也。象形。孔子曰。視犬之字。如畫狗也。見[說文]。[王注]廣志。狗有懸蹄短尾之號。[按本草綱目云。狗類甚多。其用有三。田—長喙善獵。吠—短喙善守。食—體肥供饌。禮記曲禮。效—者左牽之。疏云。通而言之。狗、—通名。若分而言之。則大者爲—。小者爲狗。] ㊁陽畜。[國語越語]生丈夫。二壺酒。一—。[按今人謙稱其男子曰—子。或曰小—。殆取陽義。] ㊂人名。[史記司馬相如傳]其親名之曰—子。 ㊃—丘。地名。[左隱八年傳]遇於—丘。[當今陝西興平縣東南。] ㊄—封。國名。[山海經海內北經]西王母其東有—封國。 ㊅—曰羹獻。見[禮記曲禮]。 ㊆通畎。[集韻]畎戎。西戎之種。通作—。

一畫

[犮] 蒲撥切音跋曷韻 ㊀犬走皃。从犬而丿之。曳其足則剌—也。見[說文]。[段注]丿、余制切。犮、抴也。抴引也。剌—、行皃。 ㊁赤—氏。官名。見[周禮秋官序官]。[注]赤—猶言捇拔也。主除蟲豸自埋者。

二畫

[犯] 父鋄切音范豏韻 ㊀侵也。見[說文]。[段注]本謂犬。叚借之爲人。 ㊁勝也。見[爾雅釋詁]。 ㊂突也。見[小爾雅廣言]。 ㊃觝也。見[廣雅釋詁]。 ㊄遠也。[周禮大司馬]—令陵政則杜之。 ㊅干也。[禮記文王世子]不以—有司。 ㊆僭也。[禮記坊記]民猶—齒。 ㊇觸也。[淮南脩務]—津關。 ㊈害也。[國語周語]水火之所—。 ㊉逆也。[國語晉語]是—也。 (十一)敗也。[國語楚語]潰而所—必大矣。

⑫遭也。〔淮南主術〕—患難之危。

⑬躐也。〔禮記檀弓〕—人之禾。

⑭陵也。〔國語周語〕其語—。〔注〕陵—人也。

⑮作也。〔禮記檀弓〕事親有隱而無—。

⑯自下觸之曰—。〔史記天官書〕其入守—太微。〔按星辰逆亂行次亦曰—。蘇軾云月—少微。又後漢順帝紀熒惑—南斗注。謂七寸光芒相及。〕

⑰有罪之人曰—。或曰—人。或曰罪—。

⑱斜曲移換宮商曰—。如周邦彥吉了—奏、變淒涼—之類。

【⿰犭力】六直切音力職韻 犬乍見。見〔玉篇〕。

【⿰犭几】舉履切音几紙韻 似兔。見〔玉篇〕。〔正字通云。犱字之譌。〕

【犰】渠尤切音裘尤韻 —狳。獸名。〔山海經東山經〕餘峨之山有獸焉。其狀如兔而鳥喙。鴟目蛇尾。見人則眠。名曰—狳。其鳴自訆。見則螽蝗為敗。〔按廣韻五旨犰下云。獸名。如兔。喙蛇尾。見則有蝗災。十八尤—下云。—狳。獸名。似魚。蛇尾。豕目。見人則佯死。集韻類篇亦犰—分見。玉篇有犰無—。畢沅云。作—非。〕

犰狳圖

【⿰犭㔾】同犯。見〔正字通〕。

三畫

【⿰犭阝】戶恢切音回灰韻 鄉名。在睢陽。見〔字彙〕。

【⿰犭卂】思晉切音信震韻 小獸。有臭。居澤。色黃。食鼠。見〔集韻〕。〔正字通云。貍屬。似貓貍而小。有臭氣。黃斑色。居澤中。食蟲鼠及艸根。〕

【⿰犭也】上紙切音是紙韻 時遮切音闍麻韻 獸如狐。白尾。〔山海經中山經〕蛇山有獸焉。其狀如狐而白尾長耳。名—狼。〔按集韻云。狼屬。駢雅釋獸云。狐屬也。〕

【犳】職略切音灼藥韻 獸名。〔山海經西山經〕虖陽之山。其獸多犀兕虎—牛。〔玉篇云。獸豹文。集韻十八藥云。獸名。出隄山。狀如豹而無文。正字通云。犳即豹字。豹之省作—。猶豺之省作犲。按此說是也。〕

【犴】魚旰切音岸 侯旰切音翰翰韻 河干切音寒 居寒切音干 俄干切音豻寒韻 丘顏切音豣 牛姦切音顏刪韻 魚澗切音雁諫韻 豻或字。〔說文豸部〕豻或从犬。詩曰。宜—宜獄。〔按詩小雅小宛作宜岸宜獄。釋文云。韓詩作—。音同。云、鄉亭之繫曰—。朝廷曰獄。荀子宥坐篇。獄犴不治。不可刑也。注。—亦獄也。獄字从二犬。象所以守者。—、胡地野犬。亦善守。故獄謂之—也。〕

【犴】居莧切音襉諫韻 逐虎犬。見〔集韻〕。

【犵】去逸切音詰質韻 —狫。蠻也。〔炎徼紀聞〕—狫。一曰—獠。種有五。蓬頭赤腳。輕命死黨。以布一幅橫圍腰間。旁無襞積。謂之桶裙。男女同製。花布者為花—狫。紅布者為紅—狫。各有族屬。不通婚姻。又打牙—狫。慓悍尤甚。父母死則子婦各折二齒投棺中。云以贈永訣。又翦頭—狫。男女蓄髮寸許。人死則積薪焚之。又豬屎—狫。不潔。與犬豕同牢。得獸即咋食如狼。

【⿰犭叉】讀若叉 —獠。蠻也。〔說鈴〕—獠。閩潮流人也。自東莞七都抵惠陽。多有之。

【⿰犭乇】同馲。〔廣韻〕⿰犭百。—⿰犭百。獷父牛母。亦作馲⿰馬百。

【犲】同豺。〔左昭二十八年傳〕是豺狼之聲也。〔釋文〕豺、本又作—。

【⿰犭丸】犰或字。見〔集韻〕。

四畫

【犺】口浪切音抗漾韻

❶獷也。見〔玉篇〕。

❷健犬也。見〔集韻〕。〔按玉篇云。健也。〕

❸猰—。不順。見〔篇韻〕。

【犺】搴朗切音吭養韻
—猿。獸名。見〔集韻〕。〔按正字通云。出暹邏之峨隴。知小精悍。目閃睛黃。木食如猿猱。古樾家畜者。率數十巢山居。奚獠畜之備驅使。受役至死不避。稍近烟火。淚日而死。峒猺織志作犺。以爲人類而說同。參閱狁字。〕

【犻】蒲沒切音勃月韻
過弗取也。見〔說文〕。〔段注〕此有誤字。玉篇但云犬過。廣韻但云拂取。疑當合之曰犬過拂取。

【犻】蒲昧切音佩隊韻
㊀犬過。見〔玉篇〕。㊁犬怒兒。見〔玉篇〕。

【犻】房廢切音筏隊韻
吠或字。〔集韻〕吠。犬鳴也。或作—。

【⿰巿犬】博蓋切音貝泰韻
犬張斷兒。見〔集韻〕。

【⿰巿犬】蒲昧切音佩隊韻
同犻。〔集韻〕犻。犬過也。一曰犬怒兒。或書作—。

【犽】魚覊切音訝禡韻牛加切音牙麻韻
㊀獸名。似貛長尾。見〔集韻〕。㊁犍也。俗與㺄猺相似。性良馴。

【犾】魚斤切音齗文韻
㊀兩犬相齧也。見〔說文犾部〕。㊁犬相吠也。見〔廣韻〕。

【犿】呼官切音歡刪韻
㊀同獾。牡猨。見〔玉篇〕。㊁連—。相從兒。見〔集韻〕。

【犿】方煩切音潘元韻逋遶切音反阮韻
連—。宛轉兒。〔莊子天下〕其書雖瓌瑋而連—不傷也。

【狀】助亮切音湫漾韻
㊀犬形也。見〔說文〕。㊁貌也。〔國策秦策〕王后悅其—。㊂畫也。〔荀子禮論〕—乎無形彩然而成文。㊃形容之也。陳也。〔莊子德充符〕自—其過以不當者衆。〔按世謂行—、訴—。義蓋本此。〕㊄扎也。見〔增韻〕。㊅牒也。見〔洪武正韻〕。〔日本謂官牒多曰—。如云句留—。〕㊆體也。見〔正字通〕。㊇無—。猶無顏面可見人也。見〔正字通〕。㊈門—。猶名刺也。〔事物紀原〕李德裕貴盛。百官以舊刺禮輕。至是留具銜候起居之—。至今貴賤通用。謂之門—。

【狁】庾準切音尹軫韻
㊀玁—。匈奴別號。〔詩六月〕玁—孔熾。㊁省作允。〔詩采薇〕玁狁之故。〔漢書匈奴傳作獫允。〕

【⿰犭夬】古穴切音決屑韻
㊀獸名。見〔類篇〕。㊁獸走也。見〔集韻〕。

【⿰犭夬】古邁切音夬卦韻
獪或字。〔集韻〕獪。擾也。一曰。狡也。或作—。

【狂】渠王切音軖陽韻
㊀本作㹶。〔說文〕㹶。狾犬也。从犬㞷聲。〔按狾犬、即瘈犬也。〕㊁心不能審得失之地。則謂之—。見〔韓非解老〕。㊂倨慢也。〔書洪範〕曰—恆雨若。㊃亂也。〔淮南主術〕聰—而操利劍。㊄遽也。〔楚辭抽思〕—顧南行。㊅癡也。〔莊子逍遙遊〕以是—而不信也。㊆竝也。〔楚辭招魂〕竽瑟—會。㊇妄抵觸人也。〔論語陽貨〕其蔽也—。㊈無常也。〔左昭二十三年傳〕幼而—。㊉躁也。見〔集韻〕。⑪醜惡也。〔詩山有扶蘇〕不見子都、乃見—且。〔疏〕都是美好、—是醜惡。⑫鵙屬。〔爾雅釋鳥〕—、茅鴟。〔按廣韻云。鶩、鴟屬。〕⑬鳥名。〔爾雅釋鳥〕—、鷜鳥。〔疏〕大荒西經云。栗廣之野。有五采之鳥。有冠。名曰—鳥。是也。〔按集韻云。鵟、鳥名。五色有冠。通作—。〕

【狂】具放切音睚漾韻
—猦也。見〔集韻〕。

【狂】古況切音誑漾韻
惑也。見〔集韻〕。

【狂】局縛切音矍藥韻
——。犬走兒。見〔集韻〕。

【狃】女九切音紐有韻

犬性忕也。見〔說文〕〔段注〕忕、習也。—本謂犬性之忕。引伸假借爲凡忕習之偁。復也。見〔爾雅釋言〕。惑也。見〔爾雅釋言〕。（四）貪也。〔國語晉語〕不足—也。（五）正也。〔國語晉語〕使臣—中軍之司馬。（六）貫也。〔左桓十三年傳〕莫敖—於蒲騷之役。（七）狎也。見〔玉篇〕。（八）就也。見〔玉篇〕。（九）狐狸等獸迹也。見〔玉篇〕。（十）指也。〔爾雅釋獸〕闕泄多—。（十一）通忸。〔荀子議兵〕忸之以慶賞。〔注〕忸與—同。

【狃】女救切音糅宥韻

習也。見〔廣韻〕。就也。見〔廣韻〕。

【狃】女六切音朒屋韻

狐狸也。見〔廣韻〕。獸名。見〔集韻〕。

【狄】亭歷切音敵錫韻

北—也。本犬種。—之爲言淫辟也。从犬亦省聲。見〔說文〕〔段注〕此與孔子曰貉之言貉貉惡也、一例。惡與貉。與辟。皆疊韻爲訓。風俗通云。—父子嫂叔同穴無別。—者辟也。其行邪辟也。其類有五。〔按〕北、—與赤—不同。赤—乃錯居中北—之一種。—與貉皆在北者。故言北—。其類有五。即月支、穢貊、匈奴、單于、白屋。（二）赤犬也。見〔初學記引說文〕。（三）辟也。見〔廣雅釋言〕。（四）敝也。見〔廣雅釋詁〕。（五）遂也。見〔詩泮水釋文引王注〕。（六）驛也。見〔廣雅釋詁〕。（七）羽也。〔禮記樂記〕干戚旄—以舞之。（八）往來疾速也。〔禮記樂記〕—成滌濫之音作。〔疏〕詩云踧踧周道。字雖異與此—同。（九）下士。〔書顧命〕—設黼扆綴衣。（十）鹿名。〔爾雅釋獸〕絕有力、—。〔疏〕絕異壯大有力者名—。（十一）通易。〔王充論衡〕—牙之調味也。〔經史俱作易牙〕。（十二）通翟。〔周禮內司服〕揄—闕—。〔注〕—讀爲翟。（十三）通趯。〔荀子非十二子〕——然。〔注〕—讀爲趯。（十四）通逖。〔詩瞻卬〕舍爾介—。〔說文辵部引作舍爾介逖〕。（十五）通狄。〔詩泮水〕—彼東南。〔釋文〕—、韓詩作狄。（十六）姓也。春秋時—國之後。

【⿰犭日】音日質韻

（一）狩也。見〔篇海類編〕。（二）獸也。見〔字彙補〕。

【⿰犭及】涮洽切音插洽韻

犬食也。見〔玉篇〕。

【犹】尤救切音宥宥韻

獸名。見〔集韻〕。〔正字通云〕與猷、猶通。

【犹】音尤尤韻

犬吠聲。見〔龍龕手鑑〕。

【⿰犭帀】霜移切音師支韻

獅省字。〔集韻〕獅、犬生二子。或省作—。

【犹】余救切音柚宥韻

貁或字。〔集韻〕貁、鼠屬。善旋。一曰禺屬。或作—。

【⿰犭互】瑚故切音護遇韻

獸名。似貍。尾長。見〔集韻〕。

【犼】許后切音吼有韻

獸名。似犬。食人。見〔集韻〕。

【⿰犭欠】容朱切音俞虞韻

—。呼犬子也。見〔廣韻〕。

【狆】讀如仲

本作仲。蠻也。〔說蠻〕—家以帛束首。蹬履。好樓居。婦多纖好。而勤於織。青布蒙髻若帕。絮裙褶多者二十餘幅。拖腰以綵布二幅。若綬。以青布襲之。短僅及腰。蹯履、姓氏、衣飾、多與漢同。不盡用苗飾也。—本作仲。〔苗俗記云〕—家凡三種。一曰補籠。一曰青仲。一曰卡尤。皆五代楚王馬殷自邕管遷來者也。〕

【⿰犭木】讀若木

—狫。蠻也。〔炎徼紀聞〕—狫俗、與犵狫同。掘地爲爐。厝火環臥。以牛衣藉之。不施被席。死則男女聚冢。倪死而瘞之。云爲死者避壓也。〔按字亦作木。說蠻云木老性狡悍。善製刀。〕

【⿰犭比】並履切音蚍紙韻

獸名。似豕。見〔集韻〕。

【⿰犭比】頻脂切音毗支韻 同貔。〔集韻〕貔。豹屬。出貉國。亦从犬。

【⿰犭氐】承紙切音視紙韻 獸名。如狐。出則有兵。見〔字彙〕。

【⿰犭厄】乙革切音戹陌韻 豕也。見〔玉篇〕。〔按爾雅釋獸釋畜並作从豕从戹。廣韻二十一麥。有豟無—字。韻訓豕則从犬者譌也。〕

【⿰犭斤】魚斤切音垠文韻 魚巾切音銀眞韻 犬吠聲。見〔說文〕。〔段注〕九辯。猛犬狺狺而迎吠。狺卽—字。

【⿰犭斤】宜佳切音厓佳韻 啀或字。〔集韻〕啀。犬欲齧。或作—。

【⿰犭斤】擬引切音釿軫韻 齗或字。〔集韻〕齗。犬爭謂之—。或从犬。

【⿰犭玄】柴玄切音[illegible] 胡涓切音玄先韻 獸似豹而少文。見〔廣韻〕。

【⿰犭屯】徒渾切音屯元韻 同豚。豕子。見〔廣韻〕。〔集韻〕豚。或作豘、䐁。通作腞。按字義訓豕子。則从犬非。

【狂】其廷切青韻 人名。〔春秋哀十四年〕莒子—卒。

【⿰犭化】同⿰犭屯。見〔奚韻〕。

【⿰犭开】同⿰犭幵。俗省。見〔正字通〕。

【⿰犭犬】同狀。見〔玉篇〕。

【⿰犭内】同豽。見〔篇海〕。〔按玉篇、豽。同貀。正字通云。豽卽貀俗字。又譌从才作—。〕

【⿰犭风】同⿰犭風。見〔廣韻〕。

【⿰犭元】蚖或字。見〔集韻〕。

【⿰犭瓜】獏或字。見〔集韻〕。

【⿰犭巴】豝或字。見〔集韻〕。

【⿰犭廷】狿省字。見〔字彙〕。

五畫

【狉】攀悲切音丕 貧悲切音邳支韻 ㊀羣走貌。〔柳宗元文〕鹿豕—。㊁豾或字。〔爾雅釋獸〕貍子隸。〔注〕今或呼為豾貍。〔釋文〕字或作—。房悲切。一音丕。

【狊】扃闃切音郹 呼昊切音殈錫韻 ㊀犬視皃。从犬目。見〔說文〕。㊁張兩翅也。〔爾雅釋獸〕鳥曰—。〔疏〕張兩翅—然搖動。㊂獸名。蝯屬。脣厚而碧色。見〔廣韻〕。

【狋】牛肌切音猗支韻 魚巾切音銀眞韻 ㊀犬怒皃。一曰犬難附。代郡有—氏縣。見〔說文〕。〔段注〕附猶近也。㊁兩犬爭也。〔漢書東方朔傳〕—呼牙。

【狋】遵綏切音崔支韻 犬怒。見〔集韻〕。

【狋】俟甾切音漦支韻 —[illegible]。獸角皃。一曰不平皃。見〔集韻〕。

【狋】遠員切音權先韻 —氏。縣名。屬代郡。見〔集韻〕。

【狑】郎丁切音零青韻 ㊀犬名。見〔玉篇〕。〔按集韻云。良犬也。秦有—。〕㊁⿰糹登也。〔峒谿纖志〕—人生廣西谷中。狀如猩狒。不室而處。飢食橡薯。

【狎】轄甲切音匣洽韻 ㊀犬可習也。見〔說文〕。〔注〕鍇曰。獸之可習者。惟犬甚也。㊁習也。〔禮記曲禮〕賢者—而敬之。㊂近也。〔書太甲〕予弗—於弗順。㊃慣忽也。〔論語季氏〕—大人。㊄戲也。〔荀子正論〕今俳佅優儒。—徒詈侮而不鬭者。㊅輕也。〔穀梁莊十七年傳〕此為—歒也。㊆易也。〔家語正論〕民—而翫之。㊇更也。〔左襄二十七年傳〕且晉楚—主天下之盟也久矣。㊈多而相排也。〔文選傅毅賦〕車騎相—。㊉—獵飾皃。〔文選左思賦〕琢琱—獵。〔又〕重接皃。〔文選張衡賦〕披紅葩之—獵。⑪亦作狹。〔四分律音義〕—。古文㽘、狹二形同。〔按玉篇狹同—。今為闊狹。〕

【狘】救列切音獸質韻

獸名。見[廣韻]。䟣或字。[山海經大荒經]流沙之東有獸曰䟣踢。[注]屛蓬兩首獸也。

【狓】攀縻切音披支韻
一猖皃。見[廣韻]。[按謂猖狂也。]一猖。飛揚也。見[集韻]。

【狔】乃倚切音柅紙韻
猗一。物從風皃。見[廣韻]。弱皃。見[集韻]。

【狘】許月切音颰月韻
獸走也。見[說文新附]。驚走也。[禮記禮運]麟以爲畜。故獸不一。懇皃。見[集韻引字林]。(四)獸名。見[廣韻]。

【狗】舉后切音茍有韻
家畜。以吠守。[說文]孔子曰。一、叩也。叩气吠以守。[段注]吠以當作以吠。叩气者出其气也。犬之小者曰一、[爾雅釋畜]未成毫、一。[注]一子未生𣰽毛者。一脊。藥名。[本草綱目]恭曰。此藥苗似貫衆。根長多歧。狀如一之脊骨。而肉作青綠色。故以名之。[按貫衆亦名黑一脊。]

狗脊圖

(四)一舌。藥名。[本草綱目]恭曰。一舌生渠塹溼地。葉似車前無文理。抽莖開花黃白色。

狗舌圖

(五)一骨。杞也。[詩南山]南山有杞。[釋文]杞音起。艸木疏云。其樹如樗。一名一骨。(六)一尾。莠也。[本草綱目]時珍曰。莠草。穗形象一尾。故俗名一尾。原野垣墻多生之。苗葉似粟而小。其穗亦似粟。黃白色而無實。惡莠之亂苗。卽此也。(七)一蝨。胡麻。[本草綱目]胡麻、一名巨勝。一名方莖。一名一蝨。一名油麻。一名脂麻。時珍曰。一蝨、以形名。(八)一軹。蠻也。[爾雅釋地]六蠻[疏]蠻、其類有八。李巡云。一曰天竺。二曰咳首。三曰僬僥。四曰跂踵。五曰穿胸。六曰儋耳。七曰一軹。八曰旁脊。(九)一毒。艸名。[爾雅釋草]䓷、一毒。(十)一忌。枸杞也。[史子玉賦]匪藻匪芹。強名曰杞。或云羊乳。亦云一忌。(十一)一天。鳥名。[爾雅釋鳥]鳭、天一。[又]星名。[史記天官書]天一將如大奔星。[又]獸名。[山海經中山經]陰山有獸焉。其狀如貍而白首。名曰天一。其音如榴榴。可以禦凶。[按本草綱目云。貓、蜀人呼爲天一。](十二)一水。鳥名。[爾雅釋鳥注]鵜、小鳥也。食魚。江東呼爲水一。[又]獸名。[本草綱目]水獺、一名水一。(十三)一魚。鳥名。[本草綱目]魚一、爾雅名鴗。藏器曰。此卽翠鳥也。穴土爲窠。大者名翠。小者名魚一。(十四)一木。獸名。[裴越集]木一、生廣東左右江山中。形如黑一。能登木。(十五)一毛。猥也。[本草綱目]猥、南人呼爲毛一。(十六)一杜。螻蛄也。[方言]蛄諸、謂之杜蛒。螻螲、謂之螻蛄。或謂之蟓蛒。南楚謂之杜一。或謂之蛞螻。(十七)溪一。蟲名。[本草綱目]藏器曰。溪一、生南方溪澗中。狀似蝦蟇。尾長三四寸。(十八)一國。國名。[周書王會]正西崑崙一國。[按五代史載一國人身一首。長毛不衣。諳爲犬嗥。其妻皆人。生男爲一。生女爲人。自相婚嫁。穴居食生。](十九)人名。衛大夫史一。見[左傳]。(二十)姓也。漢一未央。見[印藪]。

【狗】許候切音詬宥韻
熊虎子也。[爾雅釋獸]熊虎醜。其子一。

【狒】父沸切音屝未韻
●禺或字。見[說文甶部]。●通費。[周書王會]州靡費費。其形人身。踵。自笑。笑上脣翕其目。食人。北方謂之吐嘍。●通髴。[山海經海內南經]周書曰。州靡髴髴者。人身反踵。自笑。笑則上脣掩其面。爾雅云一一。

【狐】洪孤切音胡虞韻

❶獸名。[說文]䄏獸也。鬼所乘之。有三德。其色中和。小前豐後。死則丘首。从犬瓜聲。[按玉篇云、媚獸也。埤雅云、—孤也。从孤省。—性疑。疑則不可以合類。故其字从孤。六書故云、—獸似狗。尤尾如彗。腋毛聚白宜爲裘。能竊雞。食血而不食肉。名醫別錄。江東無—。出北方及益州。形似貍而黃。善爲魅。唐本艸、—今江南時有之。汳洛尤多。形似小黃狗。鼻尖尾大。全不似貍。本艸綱目云、—南北皆有。北方最多。有黃黑白三種。白色者尤稀。尾有白錢文者佳。日伏穴。夜出竊食。聲如嬰兒。氣極臊烈。正字通云、—性淫。]

狐圖

❷—疑。猶豫也。[漢書文帝紀]方大臣誅諸呂迎朕。朕—疑。[注]師古曰。—之爲獸。其性多疑。每渡冰河。且聽且渡。故言疑者而稱—疑。

❸白—。獸名。[爾雅釋獸]貔、白—。

❹獥—。犬也。見[五音篇海]。

❺訓—。鳥名。[唐書五行志]鵂鶹、一名訓—。

❻短—。蜮也。[詩何人斯]爲鬼爲蜮。[傳]蜮、短—也。

❼蠅—。蟲名。[古今注]蠅虎、蠅—。形似蜘蛛而色灰白。善捕蠅。

❽令—。地名。[左僖二十三年傳]濟河圍令—。[又]複姓。唐令—絢。

❾通瓠。[漢書功臣表]瓠讘侯杆者。[注]瓠讀與—同。

❿姓也。晉有—氏。代爲卿大夫。

【狙】七慮切音覷莊助切音詛御韻千余切音疽子余切音苴魚韻

❶猨屬。—犬也。暫齧人者。一曰。犬不齧人也。見[說文]。

❷獼猴。[莊子齊物論]—公賦芧。朝三而暮四。[釋文]、—七餘反。又緇慮反。廣雅云、—獼猴。

❸伺也。[史記留侯世家]良與客—擊秦皇帝博浪沙中。[集解]應劭曰。狙、伺也。一曰伏伺也。—之伺物。必伏而候之。故今云—候也。

❹取也。[方言]掩、索、取也。自關而東曰—。自關而西曰索。或曰—。

❺—如。獸名。[山海經中山經]倚帝之山有獸。如鼣。白耳白喙。名曰—如。[傳]音即蛆反。

❻猲—。獸名。[山海經東山經]北號之山有獸焉。其狀如狼。赤首而鼠目。其音如豚。名曰猲—。[傳]猲、苴、二音。

❼猵—。獸名。似猨。[莊子齊物論]猨猵—以爲雌。[釋文]、—七餘反。司馬云、—一名獦牂。似猨而狗頭。喜與雌猨交也。崔云、猵—、一名獦牂。其雄憙與猨雌爲牝牡。向云、猵—、似猨爲雌也。

【狚】黨旱切音亶旱韻得案切音旦翰韻當割切音怛月韻

❶獦—。獸名。[集韻引山海經]北號山有獸。如狼。赤首鼠目。名曰獦—。[按山海經東次四經作獦狙。音苴。字从且虘之且。不从旦暮之旦。玉篇、廣韻、竝作獦—。韻會入聲引山海經與集韻同。上聲—、獦獸也。獸名。莊子猨猵—以爲雌。司馬氏崔氏皆曰。猵—、一名獦牂。似猨而狗頭。一曰似狼而赤。即獦—。俗本作狙。陸音七餘切。皆誤。攷莊子齊物論。猵狙字从且虘之且。釋文及御覽引竝作狙。不作—。存參。]

❷蠻也。廣西懷遠有—。蠻性愚弱。

【犭只】側買切音豸蟹韻

豹文。見[字彙]。

【犭冬】之戎切音終東韻

犬名。見[集韻]。

【犭田】亭年切音田先韻

畋或字。[集韻]畋。平田也。或从犬。

【犭去】乞業切音胠葉韻

多畏也。見[說文]。[按經典皆用怯。]

【犭主】朱戍切音注遇韻他口切音黈有韻

黃犬黑頭。見[說文]。

【狌】師庚切音生庚韻桑經切音星青韻

同猩。[禮記曲禮]猩猩能言。不離禽獸。[釋文]、—本又作猩。音生。[按阮元爾雅校勘記云、猩當作—。

而畢沅山海經校正云。、一皆爲狸。未能肌斷闕人猩字。〕

【狌】息正切音性敬韻 鼠屬。〔莊子秋水〕騏驥驊騮一日而馳千里。捕鼠不如狸一。〔释文〕一音姓。向又音生。

【狉】洪孤切音乎虞韻 犬吠聲。見〔玉篇〕。

【犭召】丁聊切音貂蕭韻 犬之短尾者。見〔集韻〕。〔正字通云。貂俗字。〕

【狍】薄交切音庖肴韻 獸名。〔山海經北山經〕鉤吾之山有獸焉。其狀如羊。身人面。其目在腋下。虎齒人爪。其音如嬰兒。名曰一鴞。是食人。〔注〕左傳所謂饕餮是也。

【犿】皮變切音卞霰韻 犬爭兒。見〔玉篇〕。〔按廣韻無一有猈炎韻以一爲猈或字。〕

【犭号】後到切音號號韻 犬聲。見〔集韻〕。

【犭占】託協切音帖葉韻 犭枼或字。〔集韻〕犭枼。犬小舐。或作一。〔按說文。狧訓犬食。玉篇。犭枼、狧同。廣韻有狧無一。正字通云。狧譌字。是也。〕

【犭付】方遇切音付遇韻 猼或字。〔集韻〕猼。獸名。似羊。四耳無尾。目附于背。或作一。

【犭玄】胡涓切音玄先韻 性急也。見〔集韻〕。〔正字通云。狷俗字。〕

【犭母】莫厚切音母有韻 犭風一。獸名。〔玉篇〕犭風一獸有尾。小打即死。因風更生。

【犭申】癡鄰切音伸眞韻 狂也。見〔玉篇〕。

【狏】唐何切音駝歌韻 獸名。見〔集韻〕。

【犭施】余支切音移支韻 犭移或字。〔集韻〕犭移。獸名。似犬。赤喙白首。見則荒。或作犭移、一。

【犭㐌】唐何切音駝歌韻 狏或字。〔集韻〕狏。獸名。或作一。

【犭匊】居六切音匊屋韻 犬兒。見〔玉篇〕。

【狕】於絞切音拗巧韻 於霄切音幺蕭韻 獸名。〔山海經北山經〕隄山有獸焉。其狀如豹而文首。名曰一。

【犭穴】余救切音柚宥韻 黑猿也。見〔玉篇〕。〔按廣韻四十九宥。一、同狖。余救切。獸名。似猿。集韻四十九宥。狖。鼠屬。善旋。一曰禺屬。或作一。同韻會去聲二十六。一獸似猨。卬鼻長尾。本作𧱏、貁。諸說一即狖矣。致廣雅釋獸。貜狖也。王念孫疏證云。一乃貜屬。非蜼也。猨一之一也。猿一之一自侶獼猴。不侶貜。从豸从犬。所以爲別也。其說是也。〕

【狛】匹各切音粕 伯各切音博藥韻 步化切音杷禡韻 筆戟切音碧陌韻 獸名。似狼。善驅羊。讀若蘖。甯嚴讀之若淺泊。見〔說文〕。

【犭氐】音抵薺韻 犬名。見〔篇海類編〕。

【犭氏】口紙切、豕紙切紙韻 獸名。似狐。出則有兵也。見〔龍龕手鑑〕。

【犭冰】讀若冰 獠也。猍別種。性耐寒。廣西有之。

【犭古】讀若古 一猔。本作古宗。西藏種族也。先爲吐蕃部落。漸流入滇。

【犭乙】古犯字。見〔玉篇〕。

【狒】古獨字。見〔玉篇〕。

【犭欠】同狛。見〔玉篇〕。

【犭夹】同狹。見〔廣韻〕。

【犭巨】駏或字。見〔集韻〕。

【犭犮】犮或字。見〔集韻〕。

【狳】貐或字。見〔集韻〕。

【犭加】猳或字。見〔龍龕手鑑〕。

【犭出】貀俗字。見〔正字通〕。

六畫

【狟】胡官切音桓寒韻 ●本作貆。〔說文〕貆。犬行也。周書曰。尚貆貆。〔按牧誓今作桓桓。段玉裁云。然則——者、桓桓之叚借字。」
㊁大犬也。見〔廣韻〕。
㊂武也。見〔玉篇〕。
㊃威也。見〔玉篇〕。
㊄同貆。〔詩伐檀〕胡瞻爾庭有縣貆兮。〔釋文〕貆、本亦作—。

【狟】許元切音喧元韻
狟或字。〔集韻〕狟、貉類。或从犬。

【狠】吾還切音鰥刪韻魚巾切音銀眞韻
犬鬥聲。見〔說文〕。〔段注〕今俗用—爲很。許書很—義別。

【狠】牛閑切音訮刪韻
㊀獸名。見〔集韻〕。
㊁同獮。〔廣韻〕獮、犬鬬聲也。〔按集韻云。犬爭曰獮。通作—。〕

【狠】口很切音懇阮韻
㊀狠或字。〔集韻〕狠、豰也。謂豕齧物。或从犬。
㊁很俗字。〔廣韻〕很、很戾也。俗作—。

【狦】所晏切音訕諫韻師姦切音刪刪韻
㊀惡健犬也。从犬。刪省聲。見〔說文〕。
㊁狠也。見〔廣雅釋獸〕。〔按廣韻云。獸名。似狠。〕

【狦】相干切音珊寒韻
人名。〔漢書宣帝紀〕匈奴呼韓邪單于稽侯—來朝。

【狨】而融切音戎東韻
㊀獸名。禺屬。其毛柔長可藉。通作戎。見〔集韻〕。〔本草綱目云。—、一名猱。藏器曰。生南山谷中。似猴而大。毛長。黃赤色。時珍曰。—毛柔長如絨。可以藉。可緝。故謂之—。楊億談苑曰。—出川峽深山中。其狀大小類猿。長尾作金色。俗曰金線—。輕捷善緣木。〕
㊁細布。見〔廣韻〕。〔因—毛可爲布。故曰細布。〕

【狛】莫百切音陌陌韻
㊀獸名。〔山海經中山經崍山傳〕—似熊、而黑白駁。亦食銅鐵也。
㊁貊或字。〔集韻〕貊、獸名。或作—。

【狪】他東切音通徒東切音同東韻
㊀狪或字。〔集韻〕狪、野彘。或从犬。
㊁蠻也。〔峒谿纖志〕峒人以苗爲姓。好爭喜殺。在石阡朗溪司者、多類漢人。粵西有—人。彈胡琴。吹六管。女善漢音楚歌。〔按字本作峒。以其居峒谿而名也。〕

【犺】畢朕切音吭漾韻
㊀猰也。見〔篇海〕。〔正字通云。犺譌字。〕
㊁蠻也。〔峒谿纖志〕—人生嵷巃中。形如猨猱。語咿嚶不可辨。性忠慤。蠻獠役之。採片腦、鶴頂、犀角、象齒以輸主。遇人奪之。死亦勿與。長近煙火。遇煙火淚目至死。滇黔粵蜀皆有之。〔按黃衷海語作抗。〕

【狩】舒九切音獸宥韻始九切音首有韻
㊀火田也。易曰。明夷于南—。見〔說文〕。〔按爾雅釋天。冬獵爲—。又云。火田爲—。疏云。—、圍守也。冬物畢成。獲則取之。無所擇也。火田爲—者。郭云。放火燒艸獵。故爲—。言與冬獵同名。段玉裁云。許不係冬獵而釋火田者。火田必於冬。故言火以該冬也。〕
㊁守也。〔說苑脩文〕—者守圉之。
㊂牧也。〔白虎通巡狩〕—者牧也。爲天下循行守牧民也。
㊃猶獸也。見〔公羊桓四年傳注〕。
㊄通守。〔書舜典〕東巡守。〔釋文〕守、本亦作—。

【狧】吐盍切音榻曷韻他合切音錔合韻
㊀犬食也。从犬从舌。讀若比目魚鰈之鰈。見〔說文〕。〔段注〕犬食主舌。他物主喉也。漢吳王濞傳曰。—糠及米。
㊁——。貪欲之意也。〔太玄狩〕羨狩——。
㊂犬不吠而齧人謂之冷—。見〔正字通〕。

【狤】甚尒切音舓紙韻
犬以舌取物。見〔集韻〕。

【狡】吉巧切音絞巧韻
㊀少犬也。匈奴地有—犬。巨口而黑身。見〔說文〕。〔按周書王會解。匈奴—犬。—犬者、巨身四尺果。〕
㊁獪也。〔呂覽尊師〕東方之鉅—也。
㊂猾也。〔史記淮陰侯傳〕—兔死。走狗烹。
㊃疾也。見〔後漢班彪傳注〕。
㊄急也。〔文選王襃賦〕時奏—弄。

⑥猈也。〔管子形勢〕烏鳥之—。雖善不親。

⑦僆也。見〔廣雅釋詁〕。

⑧戾也。〔左僖十五年傳〕亂氣—僨。

⑨寄也。〔大戴記子張問〕入官量之。無—民之辭。

⑩交也。與物交錯也。見〔釋名釋言語〕。

⑪狂也。見〔廣韻〕。

⑫好也。〔詩山有扶蘇〕不見子充。乃見—童。〔箋〕—童、有貌而無實。〔疏〕—童、謂—好之童。

⑬獸名。〔山海經西山經〕玉山有獸焉。其狀如犬而豹文。其角如牛。其名曰—。其音如吠犬。見則其國大穰。

【狡】下巧切音佼巧韻 犬吠。見〔集韻〕。

【⿰犭犮】蒲我切研韻 獿—。傴行也。〔樹提伽經音義〕嬰婆、蹣僂躃背而行也。經文作獿—。非也。

【⿰犭合】德合切音答合韻 犬食也。見〔廣韻〕。

【狣】直紹切音兆篠韻馳遙切音潮蕭韻杜皓切音道皓韻 犬有力也。〔爾雅釋畜〕犬絕有力、—。

【㹱】一結切音噎屑韻因蓮切音煙先韻 獒—。獸名。〔山海經西山經〕三危之山有獸焉。其狀如牛。白身四角。其豪如披蓑。其名曰獒—。是食人。

【⿰犭夅】胡江切音降江韻 獶—。犬不服牽也。見〔集韻〕。

【⿰犭以】養里切音以紙韻 猍姓。見〔玉篇〕。

【狤】激質切音吉極乙切音姞質韻 狂也。見〔玉篇〕。

【狤】激質切音吉質韻吉屑切音結屑韻 —⿰犭屈。獸名。出西域。噉薰陸香。身無毛。見〔集韻〕。

【狤】古邁切音夬卦韻 獪或字。〔集韻〕獪。獪擾也。一曰。狡也。或作—。

【⿰犭吏】爽士切音使紙韻 獸名。似犬。見〔集韻〕。

【⿰犭朱】鍾輸切音朱虞韻 —獳。獸名。〔集韻引山海經〕耿山有獸。狀如狐而魚鱗。有翼。名曰—獳。〔按今本山海經東次二經作朱獳〕

【狫】魯皓切音老皓韻 犵—。蠻也。〔苗俗記〕犵—、種有五。曰花、曰紅、曰剪頭、曰打牙、曰豬屎。

【⿰犭米】邊迷切音鎞齊韻 —⿰犭幵。獸名。見〔集韻〕。

【⿰犭米】讀若米 蠻也。〔說蠻〕—人亦猴類。嗜殺過於猿。

【⿰犭夷】延知切音夷支韻 獸名。見〔集韻〕。

【⿰犭風】訖逆切音戟陌韻 獸名。⿰犭窮玃也。見〔類篇〕。

【⿰犭幵】倪甸切音硯霰韻輕煙切音牽先韻魚諫切音鴈居莧切音襇眼莧切諫韻 獍犬也。一曰逐虎犬。見〔說文〕。〔按集韻字亦作干、犴。廣韻曰。逐獸犬。蓋唐人避諱改。〕

【⿰犭多】余支切音移支韻 獸名。〔山海經中山經〕鮮山有獸焉。其狀如膜犬。赤喙赤目白尾。見則其邑有火。名曰—。

【狌】狂本字。見〔說文〕。

【狛】古猏字。見〔玉篇〕。

【狢】同貉。見〔廣韻〕。

【犾】同狌。見〔集韻〕。

【⿰犭屁】同狔。見〔篇海〕。

【猫】同貓。見〔字彙〕。

【⿰犭壬】同任。〔元覽〕龍—九頭。〔山海經作任〕

【⿰犭聿】貄或字。見〔集韻〕。

【⿰犭矣】⿰豸矣或字。見〔集韻〕。

【⿰犭曳】⿰豸曳或字。見〔集韻〕。

【狿】⿰豸延或字。見〔集韻〕。

【狥】徇俗字。見〔字彙〕。

【⿰犭并】[illegible][illegible]字。見〔正字通〕。

七畫

【狴】邊迷切音鎞齊韻

(一)—犴。獸也。見〔廣韻〕。(二)陛或字。〔集韻〕陛陛牢謂之獄。或作—。

【狴】部禮切音陛薺韻

—犴。獄名。見〔集韻〕。

【犭足】七約切音鵲藥韻　趨玉切音促沃韻

(一)宋良犬。見〔玉篇〕。〔集韻〕云。或作猎。(二)通鵲。〔孔叢子執節〕申叔問曰。犬馬之名。皆因其形色而名焉。惟韓盧宋鵲獨否何也。

【㹴】古行切音庚庚韻

(一)獸名。見〔字彙〕。(二)犬也。見〔字彙〕。

【狼】盧當切音郎陽韻

(一)似犬。銳頭白頰。高前廣後。見〔說文〕。〔按爾雅釋獸云〕—。牡貛。牝—。其子獥。絕有力迅。疏。舍人曰。—。牡名貛。牝名—。其子名獥。絕有力者名迅。陸璣詩疏云。其鳴能小能大。善爲小兒啼聲。其膏可煎和。其皮可爲裘。本草綱目云。—。豺屬也。處處有之。北方尤多。南人呼爲毛狗。其居有穴。其色雜黃黑。亦有蒼灰色者。其糞爲烽烟。直上不斜。其性善顧。

狼圖

(二)很也。見〔廣雅釋詁〕。(三)荒也。〔淮南要略〕秦國之俗貪—。(四)蠻也。〔峒谿纖志〕—人多在南丹三州。矜悍天下稱最。(五)—戾。乖背也。〔文選馬融賦〕乍時跳以—戾。〔又〕猶交橫也。〔淮南覽冥〕—戾不可止。〔又〕言多也。〔孟子滕文公〕樂歲粒米—戾。〔又〕暴戾不仁也。〔漢書嚴助傳〕閩越王—戾不仁。殺其骨肉。(六)—藉。聚物不整之意。〔爾雅翼〕—。貪猛之獸。聚物而不整。故稱—藉。(七)—牙。筩名。〔宋史兵志〕大定中始造筩曰—牙。〔又〕毒藥也。〔周禮醫師聚毒藥疏〕藥中有毒者。謂巴豆—牙之類。(八)—尾。草名。〔爾雅釋草〕孟。—尾。〔疏〕草似茅。今人亦以覆屋。〔又〕灘名。〔水經江水注〕江水又東經—尾灘。(九)—杷。草名。〔爾雅釋草〕擢。烏階。〔疏〕今俗謂之—杷是也。(十)—壼。投壼之名。〔顏氏家訓雜藝〕投壼之技。近世愈精。乃有倚竿帶劍。—壼。豹尾。龍首之名。(十一)—居胥。山名。〔漢書霍去病傳〕封—居胥山。(十二)—牙修。國名。〔南史西南蠻傳〕—牙修國在南海中。(十三)皐—。縣名。漢屬西河郡。當今山西永寧縣西北。(十四)寥—。攀援也。〔杜篤賦〕寥—卬徛。(十五)條—氏。官名。見〔周禮秋官序官〕。(十六)星名。〔史記天官書〕東有大星曰—。下有四星曰弧。直—。(十七)山名。一在甘肅寧夏城東南二百九十里。一在江蘇南通縣南八十里。五代吳拒梁戰於此。(十八)白—。水名。〔水經遼水注〕遼水又右會白—水。水出右北平白—縣。〔按〕白—水。當今大淩河。白—縣。當今奉天承德縣。(十九)姓也。〔左文二年傳〕—瞫取戈以斬囚。

【狼】里黨切音朗養韻

—犺。獸名。似猴。見〔集韻〕。

【狼】郎宕切音浪漾韻

同浪。博—。地名。〔漢書張良傳〕秦始皇帝遊至博—沙中。〔按史記作博浪〕。

【狽】博蓋切音貝泰韻

(一)狼屬也。生子或欠一足二足者。相附而行。離則顚。故猝遽謂之狼—。見〔集韻〕。(二)狼—。猶狼跋也。見〔文選西征賦注引文字集略〕。

【狾】征例切音制　吉詣切音計　尺制切音瘈霽韻

狾犬也。春秋傳曰。—犬入華臣氏之門。見〔說文〕。〔今本左傳作瘈〕。

【狹】轄夾切音洽洽韻

(一)小也。〔書咸有一德〕無自廣以—人。(二)陝或字。〔集韻〕陝。隘也。或作—。(三)同陿。〔詩葛覃序〕魏地陿隘。〔釋文〕陿本作—。(四)同脥。〔爾雅釋蟲注〕身脥而長。〔

釋文〕脥本今作—。

【狹】轄甲切音匣洽韻
同狎。今爲闊—。見〔玉篇〕。

【狺】魚斤切音垠文韻魚巾切音銀眞韻
同狋。犬聲。見〔玉篇〕。

【狺】疑引切音听軫韻語斤切音垠文韻
犬爭。見〔廣韻〕。

【狷】厲縣切音縣規掾切音絹霰韻圭玄切音涓胡涓切音玄臨緣切音㶿先韻古泫切音琄銑韻
㊀褊急也。見〔說文新附〕。
㊁急也。〔漢書劉輔傳〕不邪狂—之言。
㊂疾也。〔後漢陰興傳〕公主嬌妬疊亦—急。
㊃介也。〔漢書楊胡朱梅云傳贊〕不得中行則思狂—。
㊄同獧。〔論語子路〕—者有所不爲也。〔鈕樹玉云〕—卽獧之別體。玉篇獧、跳也。急也。重文作狷。論說狂—。孟子作狂獧。故玉篇以狷爲獧之重文。

【㹱】音胡廣韻音和歌韻
—狗。小犬也。見〔續龍手鑑〕。〔按狗、篇海作狢。正字通作犳。〕

【狳】羊諸切音余魚韻
犰—。獸名。詳犰字。

【㹳】許教切音孝效韻
豞或字。〔集韻〕豬。豕走皃。或从犬。

【狵】茫江切音尨江韻
犬多毛。亦作尨。見〔廣韻〕。〔按毛氏曰尨已从犬。俗加犭非。〕

【㺩】竹角切音琢覺韻
豥或字。〔集韻〕豥。龍尾。一曰東方星名。或从犬。

【𤟤】訛胡切音吾虞韻
蝯屬。見〔廣韻〕。〔集韻云獸名。如蝯善啼。〕

【𤞚】五故切音誤遇韻
蝯類。犬而有額。色黃。見〔集韻〕。

【㹷】思邀切音宵蕭韻
狂也。見〔廣韻引文字集略〕。

【㹼】舖杯切音坏灰韻
狸子也。見〔篇海〕。〔正字通以爲俗猛字是。〕

【狟】大透切音豆宥韻
大吠聲。見〔玉篇〕。

【𤟴】初轄切音刹黠韻
水獸名。見〔集韻〕。

【㹸】五郢切音脛梗韻
狩也。見〔篇海〕。

【𤟹】徐嗟切音邪麻韻
猞—。獸也。見〔玉篇〕。

【狿】抽延切音䢓夷然切音延先韻丑延面切音衍獮韻
獸名。〔漢書揚雄傳〕斬巨—。〔按文選西京賦圈巨—、薛注—、獸也。怒走者爲—。廣韻三十三線云獌—、大獸名。長八尺。集韻三十三綫云獌—、獸名。似貍而長。或作蜒。〕

【𤞟】唐丁切音庭青韻
猱—。蝯屬。見〔廣韻〕。

【𤟥】移良切音楊陽韻
—獖犬也。見〔正字通〕。

【𤟥】讀若羊
—獳。獶也。〔說文〕—獳、一曰楬貴。

其種亦多居萬山中。判壁四立而不塗。門戶不扃。出則泥封之。

【狻】蘇官切音酸寒韻
—麑。如虦苗食虎豹者。見〔說文〕。〔段注〕虦苗謂淺毛也。釋獸曰虎竊毛謂之虦苗。—麑如虦苗食虎豹。許所本也。〔按釋獸郭注—麑、師子也。郝懿行曰—麑合聲爲師。—、玉篇亦作䝜。集韻或作㹝。〕

【㺊】須閏切音浚震韻
犬急也。見〔集韻〕。

【𤞼】俞玉切音欲沃韻古祿切音穀屋韻
獨—。獸也。見〔說文〕。〔按山海經北山經云北囂之山有獸焉。其狀如虎而白身。犬首。馬尾。彘鬣。名曰獨—。廣韻一屋云獸如赤豹五尾。〕

【奘】徂朗切在朗切音駔養韻慈良切音牆側羊切音莊陽韻側亮切音壯漾韻
妄彊犬也。从犬从壯。壯亦聲。見〔說文〕。

【𤟈】音阜皓韻
黑犬。見〔海篇〕。

【猀】讀如沙 蠻也。廣西有之。

【猍】讀如來 蠻也。在雲南瀾滄江大雪山外。

【猁】讀如利 猞—猻。獸名。詳猞字。

【[illegible]】同猻。見〔海篇〕。

【猊】同貌。見〔篇海類編〕。

【[illegible]】同犴。〔漢外黃令高君碑〕獄—生屮。

【狶】豨或字。見〔集韻〕。〔舊與从豕之豨分爲二。非。宜从豕爲正〕。

【[illegible]】豙俗字。見〔玉篇〕。

【狸】貍俗字。見〔廣韻〕。

【猂】悍俗字。

八畫

【猇】于包切音倄 何交切音爻 虛交切音哮 肴韻 于嬌切音鴞 蕭韻 撲知切音馳 支韻 夷周切音由 尤韻

㊀虎欲齧人聲。見〔玉篇〕。

㊁犬聲。見〔集韻〕。

㊂縣名。〔漢書地理志〕汝南郡—。〔當今山東章丘縣北〕。

㊃—亭。地名。〔蜀志先主傳〕陸遜大破先主軍於—亭。〔按清一統志。湖北—亭在宜都縣北三十里大江北岸。今名虎腦背市〕。

【猈】蒲皆切音排 佳韻 部買切音罷 蟹韻

㊀短脛狗。見〔說文〕。〔段注〕—之言卑也。言矮矬也。

㊁桊下狗。見〔廣韻〕。

【猈】蒲糜切音皮 頻彌切音陴 支韻 蒲街切音牌 佳韻 蒲瞻切音杴 鹽韻

人名。〔左昭十三年傳〕蔡公使須務牟與史—先入。〔注〕史—。楚大夫。

【猋】卑遙切音標 毗招切音漂 蕭韻

㊀犬走皃。从三犬。見〔說文〕〔段注〕此與驫、贔、羴同意。

㊁暴風從下上。〔爾雅釋天〕扶搖謂之—。

㊂去疾貌。〔楚辭雲中君〕—遠舉兮雲中。

㊃逝遠也。〔文選司馬相如文〕武節—逝。

㊄草名。〔爾雅釋草〕—、藨、芀。〔注〕皆芀茶之別名。〔疏〕即苕也。

【[illegible]】楚綰切音鏟 濳韻 楚限切音剗 仕限切音棧 潸韻

㊀犬齧也。見〔說文〕。

㊁犬食也。見〔玉篇〕。

【猑】公渾切音昆 元韻

㊀獸名。見〔廣韻〕。

㊁大犬。〔集韻〕。

㊂—騠。野馬也。〔馬融頌〕羈—騠。

【猒】於鹽切音懕 鹽韻 於豔切音懕 豔韻

㊀飽也。見〔說文甘部〕。

㊁足也。〔國語周語〕豈敢—縱其耳目心腹以亂百度。

㊂厭也。〔淮南主術〕是以君臣彌久而不相—。

㊃安也。見〔方言〕。

【猒】益涉切音壓 葉韻

㊀塞也。〔漢書高帝紀〕於是東游以—當之。

㊁厭或字。〔集韻〕厭。說文、笮也。一曰伏也。合也。或作—。

【猓】古火切音果 哿韻

㊀—然。獸名。似猴。通作果。見〔集韻〕。〔一作—然。鬭入然字〕。

㊁—玀。苗蠻也。本作盧鹿。亦作烏蠻。又作羅羅。有黑白二種。〔清一統志〕貴州大定府黑羅羅。府境及平遠黔西威寧皆有之。亦名烏蠻。俗尙鬼。故又曰羅鬼。白羅羅在永寧州慕役司。亦名白蠻。與黑羅羅同而爲下姓。居普定者爲阿和。俗同白羅羅。〔按大定府今改縣。永寧州、今改關嶺縣〕。

【猔】子宋切音綜 宋韻

㊀犬生一子。見〔玉篇〕。

㊁狜—。西藏種族。〔詳狜字〕。

【猖】蚩良切音昌 陽韻

㊀狂駭。見〔玉篇〕。

㊁—狂。〔莊子山木〕—狂妄行。乃蹈乎大方。〔注〕各恣其本步。

㊂—披。衣不帶之貌。〔離騷〕何桀紂之—披兮。

【[illegible]】直角切音濁 覺韻

猛犬。見〔玉篇〕。犬猛噬也。見〔集韻〕。

【猼】陟教切音罩效韻

狩也。見〔玉篇〕。獸名。見〔集韻〕。

【猗】於宜切音漪支韻

犗犬也。見〔說文〕。〔段注〕犬曰－。如馬曰騬。牛曰犗。羊曰羠。言之不妨通互耳。

犍也。見〔廣雅釋獸〕。

美也。〔漢書武帝紀〕－與偉與。

(四)歎美之辭。〔詩潛〕－與漆沮。

(五)長也。〔詩節南山〕有實其－。

(六)施也。見〔廣韻〕。

(七)委移至順之貌。〔列子黃帝〕吾與之虛而－移。

(八)－－。美盛貌。〔詩淇澳〕綠竹－－。〔又〕敷盛貌。〔文選嵇康賦〕旖旎－－。

(九)－氏。縣名。〔史記貨殖傳〕－頓用盬鹽起。〔集解〕以興富於－氏。故曰－頓。〔今屬山西省〕。

(十)通漪。〔詩伐檀〕河水清且漣－。〔爾雅釋水、文選左思賦、並作漪〕。

(十一)通兮。語助詞。〔書秦誓〕斷斷－無他伎。〔禮記大學作斷斷兮〕。

(十二)通依。〔漢書孔光傳〕－違者連歲。〔注〕－違。猶依違耳。

【猗】隱綺切音倚紙韻

(一)加也。〔詩巷伯〕－于畝丘。

(二)依也。〔詩淇澳〕寬兮綽兮。－重較兮。〔按今本作倚〕。

(三)角而束之也。〔詩七月〕－彼女桑。

(四)－狔。相隨也。〔漢書司馬相如傳〕扶輿－狔。〔注〕師古曰。今人猶呼相攜持掩容貌為－狔。〔又〕隨風之貌。〔文選成公綏賦〕藉高蘭之－狔。

【猗】倚可切音婀哿韻

－儺。柔順也。〔詩隰有萇楚〕－儺其枝。

【猗】於義切音倚寘韻

相附著也。〔詩車攻〕兩驂不－。

【猛】母梗切音蜢梗韻

(一)健犬也。見〔說文〕。

(二)怒也。〔文選張衡賦〕－虡趪趪。

(三)嚴也。〔左昭二十年傳〕其次莫如－。

(四)健也。見〔廣雅釋詁〕。

(五)害也。見〔廣雅釋詁〕。

(六)惡也。見〔玉篇〕。

(七)威－也。〔禮記郊特牲〕虎豹之皮。示服－也。

(八)－奮。發揚也。〔漢書禮樂志〕奮厲－奮之音作。

(九)武－也。〔禮記樂記〕粗厲－起。

(十)虎－。縣名。漢屬西河郡。今蒙古鄂爾多斯左翼前旗。

(十一)－氏。獸名。〔史記司馬相如傳〕蜒－氏。〔注〕蜀中有獸。狀如熊而小。毛淺有光澤。名－氏。

(十二)山名。〔淮南地形〕汝出－山。〔注〕－山。一名高陵山。在汝南定陵縣。〔當今河南舞陽縣北〕。

(十三)姓也。晉大夫－獲之後。

【猜】倉才切音偲灰韻

(一)恨賊也。見〔說文〕。

(二)疑也。〔左僖九年傳〕耦俱無－。〔注〕兩無疑恨。

(三)很也。〔史記吳起傳〕－忍人也。

(四)懼也。見〔廣雅釋詁〕。

(五)嫌也。〔後漢張衡傳〕於心有－。

(六)測也。見〔字彙〕。

【猝】蒼沒切音紨月韻

(一)犬從草暴出逐人也。見〔說文〕。〔段注〕假借為凡－乍之偁。古多假卒字為之。

(二)突也。見〔玉篇〕。

(三)䩍朴－也。見〔方言〕。〔注〕謂急速也。〔箋疏〕案今俗語狀聲之急遽者曰劈朴。是其義也。

(四)－嗟。猶咄嗟也。〔漢書韓信傳〕項王意烏－嗟。〔注〕晉灼曰。－嗟、形發動也。

(五)倉－。暴疾也。見〔玉篇〕。

【猍】郎才切音來灰韻陵之切音釐支韻

(一)貍也。見〔玉篇〕。〔按集韻支韻、貍。說文、伏獸似貙。或作貍、猍、－。灰韻、猍。獸名。方言。貔。陳楚江淮之間謂之猍。或从犬。孜方言。貔關西謂之貍。注。此通名耳。〕

(二)猍族。廣西泗城府西隆州有之。見〔清一統志〕。〔按泗城府今裁。西隆州今改縣。〕

【猄】九卿切音荊庚韻

獸名。見〔字彙〕。

【猅】蒲皆切音排佳韻

犬短首謂之－。見〔集韻〕。

【猆】甫微切音飛微韻 姓也。左傳有—豹見[廣韻]。[正字通云。姓譜有非、猆無—。]

【⿰犭庚】居行切音庚庚韻 狓—。犬名。見[集韻]。

【⿰犭沓】託合切音錔合韻 犬食。見[玉篇]。

【⿰犭疌】所甲切音霎洽韻 豕母。見[玉篇]。

【猉】渠之切音其支韻 汝南謂犬子爲—。見[集韻]。[按說文。隴西謂犬子爲猶。]

【⿰犭委】烏禾切音倭歌韻 小犬。見[集韻]。

【⿰犭委】邕危切音逶支韻 —猗。犬屬。見[集韻]。

【⿰犭匊】居六切音菊屋韻 石—。獸名。食猴。見[廣韻]。[集韻云。黃狗也。]

【⿰犭臽】乎韽切音陷陷韻 犬聲。見[集韻]。

【猊】研奚切音倪齊韻 狻—。見[玉篇]。[按狻—、本作狻麑。詳狻字。]

【猌】魚僅切音憖震韻 犬張齗怒也。讀又若銀。見[說文]。

【猎】秦昔切音籍陌韻 獸名。形似熊。[山海經大荒北經]先民之山。有黑蟲如熊狀。名曰——。

【猎】七約切音碏藥韻 ⿰犭足或字。[集韻]⿰犭足。宋良犬名。或作—。

【⿰犭將】子兩切音獎養韻 嗾犬厲之也。見[說文]。

【⿰犭易】陟革切音摘陌韻 犬張耳皃。見[說文]。

【⿰犭屈】九勿切音屈物韻 猪—。西域獸名。食香。無尾。但自舁。有毛廣寸。至尾。繞刺不能傷。見[集韻]。[正字通云。風母別名。方書。此獸嗅乳香。斫刺不死。以杖擊皮不傷。骨碎乃死。]

【⿰犭者】被表切音受巨天切音蟜俾小切音瞟篠韻 猾也。見[玉篇]。

【⿰犭吝】巨小切音蟜篠韻 健也。見[集韻]。

【猙】甾莖切音爭庚韻疾郢切音靜梗韻 獸名。[山海經西山經]章莪之山。有獸焉。其狀如赤豹。五尾一角。其音如擊石。其名曰—。[又]獸如狐。有翼。見[廣韻]。[集韻云。飛狐。]

【猙】中莖切音朾庚韻 —獰。犬毛。見[集韻]。[又]惡貌。[廣異記]容貌—獰。

【猘】征例切音制吉詣切音計居例切音猘霽韻 同狾。狂犬也。[淮南氾論]—狗之驚。以殺子陽。

【猚】魚其切音疑支韻宜佳切音厓佳韻 鳥也。雎陽有—水。見[說文佳部]。

【猚】侌水切音壘紙韻余救切音狖宥韻 獸名。似狖。卬鼻長尾。見[集韻]。[玉篇云。似猵猴。]

【⿰犭戾】郎計切音戾霽韻 獸名。[山海經中山經]欒馬之山。有獸焉。其狀如彙。赤如丹火。其名曰—。

【⿰犭制】昌止切音齒紙韻 獸名。見[字彙]。[正字通云。按獮、俗作猘。復譌爲—。从刹。讀若齒。非。]

【猏】經天切音堅先韻 同狦。[呂覽知化]擢虎而刺—。

【⿰犭炎】以冉切音琰琰韻 女和月母之國。有人名曰鳧。北方曰鳧。來之風曰—。見[山海經大荒東經]。

【⿰犭舍】讀如舍 —猁猻。獸名。產烏拉諸山。猿與狐交所生。狀如貓而大。體輕。善升木。其皮可爲裘。極珍貴。

【⿰犭光】同洸。見[廣韻]。

【⿰犭幵】同豻。見[字彙]。

【⿱炎犬】同倏。[正字通]同文備考。从犬立類。叔聲。爲凡倏忽字。小篆上从攸。乃叔之誤。俗書下从火。乃犬之誤也。舊本倏載人部。說文有倏無—。倏、倏義同。

【[illegible]】同猘。見〔正字通〕。〔康熙字典〕云。集韻猘字有征例居例二切。並同瘈从疒不从厂。並無—字。正字通从厂非是。

【[illegible]】腔或字。見〔集韻〕。

【[illegible]】[illegible]或字。見〔集韻〕。

【猕】獼或字。見〔集韻〕。

【[illegible]】狘俗字。見〔正字通〕。

【[illegible]】悵俗字。婦人以悵作—。見〔狐賦〕。

【[illegible]】狖譌字。見〔正字通〕。

九畫

【猢】洪孤切音胡虞韻

(一)獑—。獸名。似猨。見〔廣韻〕。

(二)猢—。見〔字彙〕。

【猥】烏賄切音腲賄韻

(一)犬吠聲。見〔說文〕。

(二)多也。〔漢書溝洫志〕以爲水—。盛則放溢。

(三)并雜也。〔左隱五年傳皁隸注〕取此雜—之物。

(四)曲也。〔蜀志諸葛亮傳〕—自枉屈。

(五)盛也。〔漢書賈山傳〕雖有惡種。無不—大。

(六)積也。〔漢書五行志〕衆受其—。

(七)鄙也。〔洞冥記〕黃安自云卑—。

(八)衆也。〔管子八觀〕以人—計其野。

(九)苟也。〔漢書劉歆傳〕—以不誦絕之。

(十)厚也。〔漢書王莽傳〕今—被以大罪。

(十一)濫也。〔後漢隗囂傳〕而—託賓客之上。

(十二)凡也。〔文選潘岳詩〕—荷公叔舉。〔注〕許慎淮南子注曰。—凡也。

(十三)頓也。見〔廣雅釋言〕。〔說文通訓定聲〕云。蘇俗言氣弱不任運動、曰委頓。蓋猥鈍字。廣雅與甚、勵、逗文。正謂此也。

(十四)遐也。見〔增韻〕。

(十五)犬生三子。見〔玉篇〕。

【猥】烏潰切音煨隊韻
犬衆吠。見〔集韻〕。

【猩】桑經切音星青韻
—。犬吠聲。見〔說文〕。〔段注〕按禮記、爾雅皆有——。記曰。——能言。——亦作狌狌。許不錄狌字。—字下亦不言獸名。豈以形乍如犬。因之得名故與。

【猩】師庚切音生庚韻

(一)——。獸名。〔爾雅釋獸〕——小而善啼。〔按禮記〕——能言。本草綱目云。——能言知來。猶惺惺也。近世博物學家云。有三種。一、爲大——。在非洲西岸克僕猥河邊之深林內生活。其長達六尺。猛烈無比。見人輒襲擊。二、爲黑——。產於非洲西岸之幾內亞。生活於深林中。其長殆與人同。三、爲——。體色赤褐。產於婆羅洲及蘇門塔拉島之深林中。此三種面部無毛。能直立而步行。

猩猩圖

(二)赤色也。〔韓偓詩〕—色屏風畫折枝。

【[illegible]】古禫切音感感韻
犬名。見〔集韻〕。

【[illegible]】魚咸切音嵒咸韻

(一)羊有力。見〔廣韻〕。

(二)牝羊也。〔集韻〕羊牝謂之—。

【猫】眉鑣切音苗蕭韻

(一)食鼠。見〔玉篇〕。

(二)夏田。見〔玉篇〕。〔今經傳通作苗〕。

【[illegible]】椿全切音剶　丑緣切音椽　余專切音沿先韻

(一)獸走貌。見〔集韻〕。

(二)獜—。兔走。見〔玉篇〕。〔集韻作—獜。兔奔〕。

【[illegible]】尸連切音羶　抽延切音脠先韻
獸名。似兔。見〔集韻〕。

【猯】他官切音湍寒韻

(一)野豬。見〔玉篇〕。

(二)貒或字。〔集韻〕貒。說文、獸也。似豕而肥。或从犬。

【猰】乙黠切音軋黠韻　烟奚切音鷖齊韻　壹計切音翳霽韻
—貐。獸名。見〔說文新附〕。〔鈕氏新附攷〕云。通作猰。按釋獸猰貐、類貙。虎爪食人。迅走。釋文猰貐、或作窫窳。又據山海經淮南子及漢書揚雄傳。並作猰貐。說文有窫無猰。蓋後人涉窳並改从穴。

【猰】訖黠切音戛轄戛切音鞨黠韻
(一)犬也。見〔集韻〕。
(二)雜也。見〔集韻〕。
(三)雜犬。見〔玉篇〕。

【猰】詰結切音挈一結切音噎屑韻
(一)獸名。見〔集韻〕。
(二)—狁。不仁。見〔廣韻〕。

【猲】許竭切音歇月韻許葛切音曷曷韻
短喙犬也。詩曰。載獫—獢。爾雅曰。短喙犬謂之—獢。見〔說文〕。〔通訓定聲〕毛本以歇驕爲之。傳田犬也。長喙曰獫。短喙曰歇驕。

【猲】乞法切音姂洽韻
(一)喘息恐懼。〔國策齊策〕恫疑虛—。
(二)以威力脅人也。〔漢書王子侯表〕恐—受賕。

【猲】居曷切音曷葛韻
—狙。巨狼。見〔集韻〕。

【猲】盧艾切音鈦泰韻
犬臭也。見〔集韻〕。

【猴】呼溝切音侯尤韻
(一)玃也。見〔說文〕。〔通訓定聲〕一名爲。一名母—。聲轉曰沐—。曰獮—。其大者曰玃。其愚者曰禺。其靜者曰蝯。亦作猨作猿。〔本草綱目按〕白虎通云。—候也。見人設食伏機。則憑高四望。善候者也。—好拭面如沐。故謂之沐。而後人誤沐爲母。又誤母爲獮。愈譌愈失矣。—處處深山有之。狀如人。眼如愁胡。而頰陷有嗛。嗛音歉。藏食處也。腹無脾。以行消食。尻無毛而尾短。手足如人。亦能豎行。聲嗝嗝若欬。孕五月而生。生子多浴於澗。其性躁動害物。抱朴子云。八百歲變爲猨〕

猴圖

(二)山名。〔明一統志〕—嶺山在河南懷慶府濟源縣西北五十里。
(三)果名。〔西京雜記〕查有三種。內有—查。梅有七種。內有—梅。
(四)草名。〔本草綱目〕麗角菜。一名—葵。骨碎補。一名—薑。毛茛。一名—蒜。南燭。一名—菽草。

【猶】夷周切音由尤韻
(一)玃屬。一曰。隴西謂犬子曰—。見〔說文〕。〔通訓定聲〕爾雅釋獸。—如麂。善登木。釋文引尸子。五尺大犬也。顏氏家訓書證。—、獸名也。既聞人聲。乃豫緣木。如此上下。故稱—豫。水經江水注云。—猢似猴而短足。好游巖樹。一騰百步。乘空若飛。是—之爲獸。健登類猴。而足短於猴。五尺之犬。類麂。麂足如犬也。殆與爾雅之蜼。廣雅之狖。吳都賦之猓然同類。而形較大耳。〔按集韻宥韻余救切音狖。居又切音救。義同〕

猶圖

(二)尙也。〔禮記檀弓〕期而—哭。
(三)如也。〔呂覽愼行〕且自以爲—宋也。
(四)若也。〔詩小星〕寔命不—。
(五)可也。〔詩陟岵〕—來無止。
(六)道也。〔詩小旻〕匪大—是經。
(七)謀也。〔詩采芑〕克壯其—。
(八)圖也。〔詩小旻〕不我告—。
(九)欺也。見〔廣雅釋詁〕。
(十)如故也。〔穀梁僖二年傳〕璧則—是也。
(十一)俱當也。〔論語堯曰〕—之與人也。
(十二)守故之辭也。〔儀禮大射儀〕—挾一个。
(十三)可止之辭也。〔春秋僖三十一年〕—三望。
(十四)蓋—。山名。見〔山海經大荒南經〕。
(十五)厹—。縣名。〔漢書地理志〕臨淮郡厹—。〔當今江蘇宿遷縣東南境〕
(十六)——。舒疾得中貌。〔禮記檀弓〕君子蓋——爾。
(十七)—然。舒遲之貌。〔荀子哀公〕故—然如將可及者君子也。〔又〕笑貌。〔莊子逍遙遊〕宋榮子—然笑之。
(十八)夷—。猶豫也。〔楚辭湘君〕君不行兮夷—。
(十九)下土曰五—。五—之狀如糞。見〔管子地員〕。
(二十)通瘉。〔詩斯干〕無相—矣。〔箋〕—、當作瘉。瘉、病也。
(廿一)通田。〔孟子公孫丑〕然而文王—方百里起。
(廿二)姓也。宋—道明。〔又〕沈—。複姓。

—太亞洲古國名。今東土耳其斂利亞也。英文 Judea.

【猶】餘照切音遙蕭韻　通搖。〔禮記檀弓〕咏斯—。〔注〕—、當為搖聲之誤也。搖、謂身動搖也。古䚻字。〔集韻〕引說文、徒歌。或作—。

【猷】夷周切音由尤韻　道也。〔詩巧言〕秩秩大—。謀也。見〔爾雅釋詁〕。圖也。見〔爾雅釋言〕。四若也。見〔爾雅釋言〕。五可也。見〔爾雅釋言〕。六已也。見〔爾雅釋詁〕。七言也。見〔爾雅釋詁〕。八詐也。見〔方言〕。〔注〕猷者言故為詐。九順大道也。〔書大誥〕—大誥爾多邦。

【㚖】勅略切音辵藥韻　閭㚖。獸名。〔山海經北山經〕綸山其獸多閭麋—。〔注〕—、似兔而鹿腳青色。孱弱也。〔顏延之表〕恧—庸微。過宰近邑。

●怵—。奔走也。〔漢書司馬相如傳〕怵—以梁倚。四人名。鄭石—。見〔字彙〕。

【猣】祖叢切音嵏東韻祖動切音總董韻　犬生三、—。見〔爾雅釋畜〕。〔疏〕犬生三子則曰—。

【⿰犭𡿺】乃老切音腦皓韻　雖狢。見〔廣韻〕。〔集韻〕作雖貊、貊即狢也。

【猤】其季切音悸寘韻渠惟切音葵支韻　壯勇貌。〔文選左思賦〕狂趭獷—。

【⿰犭癸】丘癸切音揆紙韻　獡悍。見〔集韻〕。

【⿰谷犬】後敎切音效效韻　—。犬吠。見〔集韻〕。

【⿰犭音】於咸切音淊咸韻於陷切音韽陷韻　竇中犬聲。見〔說文〕。〔廣韻〕云。犬吠聲也。

【猦】方馮切音風東韻　—母。獸名。〔廣韻〕狀如猿。逢人則叩頭。小打便死。得風還活。出異物志。〔正字通〕云。本作風。酉陽雜俎、一名狤獵。

【⿰犭胥】新於切音胥魚韻　猨屬。見〔玉篇〕。

【猧】烏禾切音倭歌韻　犬名。〔元稹詩〕嬌—睡猶怒。

【猨】于元切音袁元韻　似獼猴而大。能嘯。見〔玉篇〕。〔按〕埤雅云。—、猴屬。長臂善嘯。便攀援。故其字从援省。或曰。—性靜緩。故从爰。爰、緩也。

猨圖

【⿰享犬】徒困切音遁願韻　犬也。見〔集韻〕。〔玉篇〕云。道犬也。

【⿰犭盈】怡成切音盈庚韻　獸名。似狐。見〔玉篇〕。〔廣韻〕云。似狐色黃。〔集韻〕云。黃狐也。

【⿰犭軍】吁韋切音暉微韻胡昆切音魂元韻　獸名。見〔說文新附〕。〔山海經北山經〕云。獄法之山有獸焉。其狀如犬而人面。善投。見人則笑。其名曰—。其行如風。

【⿰犭軍】許云切音薰文韻　獯或字。〔集韻〕獯。獯鬻。匈奴別號。或作—。

【猬】于貴切音胃未韻　毛刺。見〔玉篇〕。〔按〕爾雅作彙毛刺。

【⿰犭是】田黎切音提齊韻　犬也。見〔玉篇〕。

【⿰犭夾】奴侯切音獳尤韻　犬怒貌。見〔集韻〕。

【猱】奴刀切音峱豪韻而由切音柔尤韻女救切音糅乃豆切音耨宥韻　猨屬。〔詩角弓〕毋敎—升木。〔疏〕—、則猨之類屬。非猨也。陸璣云。—、獼猴也。楚人謂之沐猴。老者為玃。長臂者為猨。猨之白腰者為獑胡。獑胡猨駿捷於獼猴。然則—、猨其類大同。

【⿰犭思】想止切音枲寘韻

不安皃。見〔廣韻〕。

【猵】卑眠切音邊先韻 婢忍切音牝軫韻 毗賓切音頻眞韻

獺屬。見〔說文〕〔通訓定聲〕如小狗。故从犬。

【猵】鋪畏切音慣未韻 匹羨切音騗霰韻

—狙。獸名。猨類。似猿狗頭。一曰。非類爲牝牡也。見〔集韻〕。

【猰】陁沒切音突月韻

獸名。見〔集韻〕。

【猸】旻悲切音眉支韻

獸名。見〔集韻〕。

【𤡔】火嫁切音罅禡韻

猶聲也。見〔篇海〕。

【𤞤】古客切音革陌韻

人名。見〔字彙〕。

【𤟹】猴本字。見〔說文〕。

【𤡬】搜本字。見〔說文〕。

【𤞞】古獸字。見〔集韻〕。

【𤟻】古邋字。見〔搜眞玉鏡〕。

【𤢐】同貘。類篇作—。廣韻集韻作貘。

【獻】同獻。石鼓文作—。薛作獻。

【猗】同狗。見〔字彙〕。

【𤟇】同貐。見〔字彙〕〔又〕同猏。見〔篇海〕。

【𤞽】同獋。見〔五音篇海〕。

【𤞣】同𤞞。見〔龍龕手鑑〕。

【𤢊】同犛。見〔字彙補〕。

【𤞹】獚或字。見〔集韻〕。

【𤢓】猎或字。見〔集韻〕。

【猳】猳俗字。〔管子戒〕欲貂我—。

【𤟤】猨俗字。見〔字彙〕。

【猪】豬俗字。見〔廣韻〕。

【献】獻俗字。見〔字彙〕。

【獀】獀譌字。見〔字彙補〕。

十畫

【猺】徐招切音遙蕭韻

㊀獸名。見〔廣韻〕。

㊁蠻也。〔峒谿纖志〕—一名猺客。其種有八。曰天竺、嘹首、僬僥、跛踵、穿胸、儋耳、狗軹、旁脊。是謂八蠻。又有飛頭、鑿齒、鼻飲、花面、白衫、赤裩之類。嶺表海外有之。〔按〕—種今湖南兩廣雲南皆有之。佔地數百里。分隸各縣。設—目以治理之。說蠻云。蠻始五溪。出自盤瓠。蔓延楚粵。稱—。當日以有功。免其徭。曰莫徭。後譌爲—。—獞傳云。—介巴楚粵間。綿亘數千里。有數種。有生—、有熟—、白—、黑—。生—在窮谷中。不與漢通。熟—與漢民錯處。或通婚姻。白—、大類熟—。黑—大類生—。至於—婦。亦有二種。有板—者。婦人黃蠟泥髮。以木板爲髻形。似今之扇面。平置頂上。覆以繡帕。有箭—者。婦人橫箭於頂。黃蠟泥髮。分作數綹。左右盤結。箭上亦以繡帕覆之。

【𤠯】蒲官切音盤寒韻

㊀—狐。短尾犬。見〔玉篇〕。

㊁同盤。種名。〔正字通〕桂海虞衡志有盤瓠蠻。今辰州地。卽五溪蠻也。風俗通載。高辛之犬盤瓠。討滅犬戎。高辛以少女妻之。封盤瓠氏。世稱狗封氏。一作槃瓠。

【𤢖】力求切音留尤韻

㊀執—。狗名。言善執—禽獸也。見〔集韻〕。

㊁騮俗字。見〔正字通〕。

【猼】伯各切音博藥韻

㊀犬名。見〔廣韻〕。

㊁—訑。獸名。似人有翼。〔山海經南山經〕基山有獸。狀如羊。九尾四耳。目在背。名曰—訑。佩之不畏。

【猼】匹各切音粕 匹沃切音轐沃韻

—且。蘘荷也。〔史記司馬相如傳〕諸蔗—且。〔按漢書〕—且作巴且。張揖注曰。蓴且、蓴音普及反。與史記索隱—音相同。

【猽】忙經切音冥青韻

㊀小豕。見〔玉篇〕。

㊁𧲸或字。〔集韻〕𧲸。小豚也。或从犬。

【猿】于元切音袁元韻

㊀獸名。〔山海經南山經〕堂庭之山多白—。注。—似獼猴而大。臂腳長。便捷。色有黑有黃。鳴。其聲哀。〔玉篇〕云。—猨俗字。按猴有猿蝚。有臂犺。且有短尾。—類皆無之。—類人。

猴類犬。—狹之別以此。」
獲俗字。見〔正字通〕。

【猾】 戶八切音滑黠韻
海獸名。〔正字通〕—無骨、入虎口。虎不能噬。處虎腹中。自內齧之。—褢、獸名。〔山海經南山經〕堯光之山有獸焉。狀如人而彘鬣。穴居冬蟄。名—褢。音如斲木。
(四)擾也。見〔廣雅釋詁〕。
(五)黠也。見〔玉篇〕。
(六)弄也。〔國語晉語〕齒牙爲—。
(七)小兒多詐也。〔方言〕凡小兒多詐而獪、或謂之—。〔猶今云狡—〕。

【獀】 疏鳩切音蒐尤韻
●本作獀。〔說文〕獀、南越名犬獿—也。〔段注〕獿獀、疊韻。南越人名犬如是。今江浙尚有此語。
●秋獵也。見〔玉篇〕。
●擇也。〔呂覽季秋〕—馬。

【獀】 所九切音溲有韻
春獵名。〔國語齊語〕春以—振旅。〔注〕春田曰—。

【⿰犭蚩】 充之切音蚩支韻
●狩也。見〔玉篇〕。
●獿—犬也。見〔集韻〕。

【獂】 愚袁切音元元韻胡官切音桓寒韻
●豕屬。見〔玉篇〕。
●獸名。〔山海經北山經〕乾山有獸。狀如牛而三足。名曰—。
●戎王名。〔史記秦本紀〕秦孝公西斬戎之—王。

【獃】 魚開切音皚灰韻
●—獃。象犬小時未有分別也。見〔廣韻〕。〔今通謂不明事理者曰—。〕
●⿰犭益—。失志皃。見〔集韻〕。

【⿰犭恙】 弋亮切音漾漾韻
(一)似獅之猛獸也。〔廣韻〕—獸如獅子。食虎豹及人。〔按神異經云。北方大荒中有獸。咋人則疾。名曰—。—、恙也。黃帝殺之。人無憂疾。謂之無恙。〕
●似猨。猊食熊羆。見〔集韻〕。

【獄】 虞欲切音玉沃韻
●确也。从㹜。从言。二犬所以守也。見〔說文㹜部〕。〔段注〕召南傳曰、—、埆也。埆同确。堅剛相持之意。〔按釋名釋宮室云。—、埆也。确、實人之情僞也。廣韻云、—、皋陶所造。獨斷云。唐虞曰士官。夏曰均臺。周曰囹圄。漢曰—。〕
(二)犴也。見〔廣雅釋室〕。
(三)訟也。〔國語魯語〕夫君臣無—。
(四)罪也。〔國語周語〕褒人有—。〔又〕爭罪曰—。〔周禮大司徒〕而有—訟者。
(五)星名。〔史記天官書〕—漢星出正北。北方之野星。去地可六丈。大而赤。

【獅】 霜夷切音師支韻
(一)猛獸也。見〔玉篇〕。〔按—、古作師。爾雅釋獸狻麑注。即—子也。漢順帝時。疏勒王來獻犎牛及師子。正字通云。—狀如虎而小。黃色。頭大尾長。亦有青色者。弭耳卬鼻。聲吼如雷。牡者有髦鬣。尾大如斗。怒則威在齒。喜則威在尾。每一吼百獸辟易。多產於今非洲及南美之合衆國。〕

獅圖

(二)犬生二字也。見〔廣韻〕。〔按爾雅釋畜云。犬生二、師。〕
(三)國名。〔唐書西域師子傳〕師子居西南海中。延袤二千餘里。能馴養師子。因以名國。

【猻】 蘇昆切音孫元韻
猢—也。見〔玉篇〕。

【獶】 乃老切音腦皓韻
同獿。見〔類篇〕。〔按—本作獿。或作獶、獿。〕

【⿰犭𦐇】 敵盍切音蹋合韻
獸走皃。見〔集韻〕。

【⿲犭𦣞犬】 新茲切音思支韻相利切音笥寘韻
司空也。某復說獄司空。見〔說文㹜部〕。〔段注〕空字衍。司者今之伺字。許書無伺字。以司爲之。玉篇—注云。察也。今作伺、覗。其字从犬。蓋用兩犬相守之意。某復者、姓名也。此句上有奪字。別一義也。漢時有郭司空。有獄司空。皆主罪人。皆有治獄之責。

【猰】弦雞切音奚齊韻
東北夷名。見〔集韻〕。

【獂】蘇遭切音騷豪韻
獸名。見〔集韻〕。

【獨】居牙切音嘉麻韻
猰也。見〔玉篇〕。

【獇】呼光切音荒陽韻
狠屬。見〔集韻〕。

【獞】唐丁切音庭青韻
猱也。見〔玉篇〕。

【獈】七何切音蹉歌韻
犬狂也。見〔字彙〕。

【㺝】呼木切音𣪊屋韻居候切音遘宥韻
犬屬。腰以上黃。腰以下、黑。食母猴之獸也。或曰。似羖羊。出蜀北囂山中。犬首而馬尾。見〔說文〕。〔按正字通云。—爲猨屬。張衡南都賦。—獮猱挺戲其顛。據此說。—雖似犬。非犬類也。〕

【㺞】黑角切音吒覺韻
獸名。見〔集韻〕。

【猹】託盍切音榻合韻
犬食。見〔玉篇〕。

【獡】烏公切音翁東韻
豬也。見〔玉篇〕。

【㺒】雙隹切音衰支韻
犬名。見〔玉篇〕。

【獑】胡黯切音艦豏韻午陷切音檻陷韻下忝切音鼸琰韻
犬吠不止也。一曰。兩犬爭也。見〔說文〕。

【㹻】節力切音卽職韻
犬生三子也。見〔玉篇〕。〔按爾雅釋畜。㹻。犬生三子。未知孰是。〕

【獉】蘇故切音素遇韻
獸也。見〔玉篇〕。

【獁】莫𧙐切音鳳禡韻
獸名。見〔集韻〕。

【㺜】讀如栗
—蘇。蠻族之一。見〔峒谿纖志〕。〔按—蘇一作力些。一稱——。或作獜者。疑誤。〕

【獄】同㺒。見〔篇海〕。

【獵】同貔。見〔篇海〕。

【猛】同猹。見〔字彙〕。

【㺅】嗥或字。〔說文口部〕—。譚長說。嗥从犬。

【獥】熊或字。見〔集韻〕。

【獝】畜或字。見〔集韻〕。

【獖】㹻或字。見〔集韻〕。

【獉】榛或字。見〔正字通〕。

【獱】猿俗字。見〔字彙〕。

十一畫

【獌】無販切音萬願韻莫半切音縵翰韻謨官切音瞞元韻
㊀狼屬。爾雅云。貙—。似貍。見〔說文〕。〔段注〕釋獸曰。貙似貍。郭云。今貙虎也。大如狗。文似貍。釋獸又云。貙獌似貍。郭云。今山民呼貙虎之大者爲貙犴。按郭語則二條一物也。故許貙下、—下皆稱貙—似貍。㊁—獑。獸名。長百尋。見〔廣韻〕。

【㺑】山檻切音摻豏韻師銜切音衫咸韻疏簪切音森侵韻
㊀犬容頭進也。一曰。賊疾也。見〔說文〕。〔段注〕也、當作皃。漢書曰。容頭過身。〔按桂注。頭進、增韻作顛進。一曰賊疾也者。廣雅、—賊也。〕㊁濫—。犬聲。見〔廣韻〕。

【㺑】仕檻切音巉豏韻
犬齧皃。見〔集韻〕。

【獶】蘇遭切音騷豪韻
似人之獸。〔神異經〕西方深山有人長尺餘。祖身捕蝦蟇食。名山—。

【獿】所𩋉切音䍐陷韻
犬毛。見〔集韻〕。

【獿】虛交切音㬵力交切音顟何交切音爻肴韻
㊀犬獿獿咳吠也。見〔說文〕。㊁獪也。見〔集韻〕。

【獿】丘交切音敲肴韻
㊀擾也。見〔廣雅釋詁〕。㊁—恅。多詐。訥澀貌。〔列子力命〕—

伢、情露、謇極、凌誶、四人相與遊於世。［按四人名皆寓言］。

●獊也。［方言］獊沅湘之間或謂之｜。

【獒】牛刀切音敖豪韻

●犬知人心可使者。春秋傳曰。公嗾夫｜。見［說文］。［按宣二年傳云。｜、猛犬也。］

獒圖

●狗四尺爲｜。見［爾雅釋畜］。

【獏】莫敦切音模虞韻

●獸名。見［廣韻］。

獏圖

●｜貊。種族名。今廣東合浦縣山中有之。一作狊。貊互詳貊字。

【獿】下巧切音梟女巧切音獿巧韻

●犬擾駭。見［玉篇］。

●摩露也。見［廣韻］。

●猥也。見［方言］。

●擾也。見［集韻］。

【犭帶】尺制切音掣霽韻

狂犬。見［玉篇］。

【犭啇】亭歷切音敵錫韻

雄也。見［集韻］。

【犭戚】子六切音蹙屋韻

勁也。見［集韻］。

【獍】居慶切音敬敬韻

獸名。［述異記］｜之爲獸。狀如虎豹而小。始生還食其母。故名梟｜。［按顏師古云。｜通鏡。漢書郊祀志云。梟、鳥名。食母。破鏡、獸名。食父。］

【犭庸】徐封切音容冬韻

同犭龍。猛獸。見［玉篇］。

【犭累】魯水切音壘紙韻

犭畾或字。［集韻］犭畾鼠形。飛走且乳之鳥也。或作｜。

【犭累】力追切音雷支韻

獸名。似貍。見［篇海］。

【犭婁】龍珠切音婁容朱切音俞虞韻

求子豬。見［玉篇］。［按｜、亦作婁。左定十二年傳云。既定爾婁豬。注。婁豬、求子豬也。］

【犭欶】蘇谷切音速屋韻

｜𧒂。山名。［山海經東山經］東山之首、曰｜𧒂之山。

【獛】側絞切音爪巧韻魯皓切音老皓韻

西南夷種。見［集韻］。［按皓韻。西南夷謂之獠。或从犬亦作｜。一曰土人自謂獠｜別種。］

【犭敶】丑人切音瞋眞韻

｜猭。連延貌。［文選王褒賦］嶔漠泊以｜猭。［注］竹相連貌。

【猭】所檻切豏韻

犬吠聲。見［篇海］。

【犭從】子宋切音縱宋韻

犬生一子。見［玉篇］。

【犭縱】同犭從。見［集韻］。

【犭畢】壁吉切音必質韻

獸名。見［集韻］。

【獐】諸良切音章陽韻

麃屬。見［集韻］。

【獑】鋤咸切音讒咸韻

｜猢、獸名。似猿。見［集韻］。

【犭堅】丘閑切音慳先韻

獸名。見［集韻］。

【犭羕】弋亮切音漾漾韻

本作犭恙。［集韻］犭恙獸名。或作｜。

【獓】牛刀切音敖豪韻

｜㹚。獸名。見［玉篇］。

【獆】呼刀切音蒿豪韻

獸名。［正字通］貉類。色白。尾小。如狗。北人謂之皮狐子。亦曰｜子。

【奬】同獎。見［玉篇］。

【犭㒼】獌或字。見［集韻］。

【犭虛】獹俗字。見［正字通］。

【殼犬】穀譌字。見［字彙］。

十二畫

【獘】毗祭切音幣霽韻蒲結切音蹩便滅切音鱉屑韻

●頓仆也。春秋傳曰。與犬犬｜。見［說文］。［段注］本因犬仆製字。叚借爲凡仆之稱。俗又引伸爲利弊字。

●三困也。惡也。見〔廣韻〕。
●四同斃〔爾雅釋木〕木自一、神〔注〕。一、踣也〔釋文〕一本作斃。
五通斃〔國語晉語〕信反必斃〔注〕斃、踣也。

【獝】休必切音矞質韻
●一狂也。見〔玉篇〕。
●二同矞〔禮記禮運〕鳳以爲畜。故鳥不矞。〔疏〕一、驚飛貌。〔釋文〕矞、字又作一。

【獝】允律切音聿質韻
獸走皃。見〔集韻〕。

【獝】暌律切音繘質韻
一狂。惡鬼也。〔漢書揚雄傳〕梢夔魖而抶一狂。

【獞】徒東切音童東韻
●一犬名。見〔集韻〕。
●二蠻族名〔峒谿纖志〕一人居五嶺之南。多緝鵝木毛葉爲衣。能用毒矢。中之者肌骨立盡。雖猺人亦且畏之。〔按猺獞傳云一有生一熟一。與生熟猺相類云〕

【獡】式灼切音爍藥韻
●一犬一一。不附人也。南楚謂相驚曰一。讀若愬。見〔說文〕〔通訓定聲〕宋本作不附人也。按一、良犬也。字亦作猎。作捉。字林。捉、宋良犬也。〔按集韻一或作𤟹。〕
●二虎也。見〔廣雅釋言〕。

【獡】思積切音昔陌韻
猎或字〔集韻〕山海經、先民之山有黑虫。狀如熊。名曰猎猎。或从舄。

【獡】七約切音鵲藥韻
捉或字。〔集韻〕捉。宋良犬名。或作猎、一。

【⿰犭虘】休居切音虛魚韻
獹或字。〔集韻〕獹。貙獹。獸名。或从犬。

【獳】奴刀切音猱豪韻
獿或字。〔集韻〕獿。說文、惡毛也。或作一。

【獗】居月切音決月韻
猖一。狂肆也。〔字彙〕賊勢猖一。

【獙】毗祭切音敝霽韻
一一。獸名。〔山海經東山經〕姑逢之山有獸焉。其狀如狐而有翼。其音如鴻雁。名曰一一。〔畢注〕卽獙字異文。玉篇云、獙、獸名。卽此。

【⿰犭間】五閑切音訮刪韻
犬爭曰一。見〔集韻〕。

【⿰犭間】下赧切音僩潸韻
猛也。見〔集韻〕。

【獚】胡光切音黃陽韻
楚一。犬屬。見〔集韻〕。〔按廣雅釋獸作楚黃。〕

【⿰犭班】逋還切音斑刪韻
獸名。見〔集韻〕。

【⿰犭雁】牛姦切音顏刪韻
犬也。見〔五音篇海〕。

【[illegible]】睢氏切音此紙韻　秦醉切音萃寘韻　下介切音械　才察切音察卦韻
雉務也。見〔玉篇〕。

【獛】博木切音卜屋韻
一鉛。南極之夷。尾長數寸。巢居山林。出山海經。見〔廣韻〕。〔按今山海經無此文。一字亦作濮。爾雅釋地。南至於濮鉛。義疏云。逸周書王會篇。伊尹四方令曰。正南曰濮、鉛。亦可單言濮也。〕

【獜】離珍切音鄰眞韻　里忍切音嶙軫韻
健也。詩曰。盧一一。見〔說文〕〔段注〕廣韻引犬健也。今本奪犬字。一一、毛詩作令令。

【獜】良刃切音吝震韻
獸名。〔山海經中山經〕依軲之山有獸焉。其狀如犬。虎爪有甲。其名曰一。善駚坌。食者不風。

【獜】郎丁切音靈青韻
犬聲。見〔集韻〕。

【⿰犭爲】吁爲切音麾支韻
獛一。西荒人種。〔神異經〕西荒之中有人焉。短長如人。著敗衣。手虎爪。名獛一。

【⿰犭爲】呼艾切音餀泰韻
獸名。見〔廣韻〕。

【⿰犭隋】選委切音髓紙韻

豬豚。或作貔。見〔集韻〕。〔按廣韻。隨婢切。以―爲貔或字。謂同。〕

【⿰犭靑】尹捶切音委紙韻
同貔。〔集韻〕貔。說文、豬也。亦作―。

【⿰犭番】符袁切音煩元韻
犬鬥聲。見〔說文〕。

【⿰犭番】皮變切音卞霰韻
犬爭謂之―。見〔集韻〕。

【獟】倪弔切音嶢嘯韻
㹞犬也。見〔說文〕。

【獟】火弔切嘯韻
狂也。見〔集韻〕。

【獟】魚敎切音樂效韻
狂犬。見〔集韻〕。

【獟】丘召切音趬嘯韻
健行輕貌也。〔漢書霍去病傳〕誅―駻。〔按史記作趬。注。行疾貌。〕

【獟】馨幺切音嘵丘妖切音蹺蕭韻
獢也。見〔集韻〕。

【獥】虎檻切音闞乙減切音黯豏韻下瞰切音憨勘韻虎覽切音㘓敢韻許鑑切音懺陷韻

小犬吠也。南陽新亭有―鄉。見〔說文〕。〔通訓定聲〕新亭、當作新野。嚴可均曰。當作新都。

【⿰犭彭】蒲橫切音彭庚韻
犬也。見〔集韻〕。

【獠】力照切音燎嘯韻
本作獠。〔說文〕獠、獵也。

【獠】憐蕭切音聊蕭韻
宵田爲―。見〔集韻引爾雅〕。

【獠】竹絞切巧韻
蠻族名。〔峒谿纖志〕―人亦名山子。處於嶺表海外。射生爲活。呑噬昆蟲。

【獠】魯皓切音老皓韻
獠或字。〔集韻〕西南夷謂之獠。或从犬。一曰。土人自謂―。獠別種。

【⿰犭然】如延切音燃先韻
獛―。獸名。見〔廣韻〕。〔互詳獛字。然字。〕

【獋】胡刀切音豪豪韻
犬呼也。嗚也。咆也。見〔玉篇〕。〔按―、廣韻作嘷。集韻作𤞑。〕

【獔】居勞切音高豪韻

夷―。人名。〔公羊宣二年傳〕晉靈公夷―。〔按―、二傳作皋。〕

【⿰犭單】充山切刪韻於權切音儃先韻
犬噬。見〔集韻〕。

【獢】虛嬌切音囂蕭韻
猲―也。見〔說文〕。〔通訓定聲〕―、短喙田犬。長喙者獫。詩驅輶載獫歇驕。以驕爲之。漢書地理志正作―。

【⿰犭貴】古惠切音桂霽韻
獴―。獸之小者。善捕鼠。捷似貓。本作蒙貴。〔爾雅釋獸〕蒙頌猱狀。〔注〕即蒙貴也。

【⿰犭歎】癡鄰切音獜真韻
―猭。連延皃。見〔集韻〕。〔按文選洞簫賦。澔漾泊以⿰犭歎猭。注。相連延貌。字从犬从歎。〕

【⿰犭焦】莊陷切音蘸陷韻
獸名。見〔集韻〕。

【⿰犭開】丘哀切音開灰韻
獸也。見〔集韻〕。

【⿰犭犬】徒谷切音犢屋韻
―狳。獸名。如虎而豕鬣。通作獨。見〔集韻〕。

【⿰犭奉】許忽切音颮月韻
獸名。見〔集韻〕。

【獻】古戾字。見〔集韻〕。

【⿰犭舄】同猾。見〔字彙補〕。

【⿰犭蜀】獨或字。見〔集韻〕。

【⿰犭獄】獄或字。見〔集韻〕。

【⿰犭麻】[illegible]或字。見〔集韻〕。

【⿰犭壹】殪或字。見〔集韻〕。

【⿰犭絲】[illegible]字。見〔正字通〕。

十三畫

【獖】父吻切音憤吻韻
●羊名。見〔玉篇〕。
●狂―。犬屬。見〔廣韻〕。

【獖】部本切音笨阮韻
守犬。見〔廣韻〕。

【獖】符分切音汾文韻
豶或字。〔集韻〕豶。說文、羠豕也。或从犬。

【⿰犭屬】朱戍切 音注遇韻
❶鄉名。在河南。見〔集韻〕。
❷亭名。見〔玉篇〕。

【⿰犭農】奴刀切 音猱豪韻 奴冬切 音農尼容切 音醲冬韻 女江切 音淰江韻
❶本作獿。〔說文〕獿、犬惡毛也。〔通訓定聲〕字林。|、多毛犬也。爾雅釋獸注。尨毛|髳。
❷苗民之一種。見〔苗俗記〕。

【⿰犭農】尼交切 音鐃肴韻
犬名。見〔集韻〕。

【獨】徒谷切 音犢屋韻
❶犬相得而鬥也。羊為羣。犬為|。一曰。北囂山有|狢獸。如虎。白身。豕鬣。尾如馬。見〔說文〕〔段注〕鬥、各本作鬭。今正。凡爭鬥字許作鬥。鬭者、遇也。其義各殊。犬好鬥。好鬥則|而不羣。引伸段借之為專壹之偁。
❷獸名。〔本草綱目〕|似猨而大。其性|。一鳴而止。能食猨猴。故諺曰。|一鳴而猨散。|夫蓋取諸此。或云即黃腰也。
❸單也。〔詩正月〕哀此惸|。
❹少也。〔禮記禮器〕君子慎其|也。
❺與人異也。又自專也。〔莊子人間世〕其行|也。
❻不與民同欲也。〔莊子人間世〕回聞衛君、其年壯。其行|。
❼鹿也。鹿鹿無所依也。見〔禮記王制疏引釋名〕。
❽猶將也。〔孟子滕文公〕一薛居州。|如宋王何。
❾猶孰也。〔呂覽必己〕|如嚮之人解馬而與之。
❿猶寧也。豈也。〔禮記樂記〕且汝|未聞牧野之語乎。
⓫無輔相輔佐足任者謂之|。見〔荀子臣道〕。
⓬山之孤者曰|。〔爾雅釋山〕|者、蜀。〔疏〕蟲之孤|者名蜀。是以山之孤|者、亦曰蜀也。
⓭一足曰|。〔莊子養生主〕天之生是使|也。
⓮無夫曰|。見〔後漢劉翊傳注〕。
⓯無子孫曰|。見〔周禮大司寇注〕。
⓰老而無子曰|。見〔孟子梁惠王〕。
⓱牀小者曰|坐。主人無二。|所坐也。見〔釋名釋牀帳〕〔又〕|坐言驕貴無偶也。〔後漢單超傳〕單|坐。
⓲大|、小|。山名。〔水經浙江水注〕上虞縣之東郭外有魚浦湖。中有大|、小|二山。〔上虞縣屬浙江〕
⓳黃|。草名。〔杜甫歌〕黃|無苗山雲偺。〔銳銓〕黃|、狀如芋子。肉白皮黃。梁漢人爭食之。江東人謂之土芋。
⓴|鹿。劍名。〔荀子成相〕到而|鹿棄之江。〔注〕屬鏤同。
㉑|活。藥名。〔本草綱目〕弘景曰。一莖直上。不為風搖。故名|活。〔互詳活字〕
㉒|舂。鳥名。〔方言〕鶡鴠、或謂之|舂。
㉓|逸。歐洲國名。我國譯稱德意志。日本譯作此。
㉔或作獸。〔鄭固碑〕獸曷敢沒。
㉕姓也。〔正字通〕明|立善。〔又〕|孤。複姓。唐|孤及。

【獪】古外切 音澮泰韻
❶狡|也。見〔說文〕〔通訓定聲〕本訓當為犬黠。移以言人。與狂默等字皆同。所謂轉注也。
❷狡|。兒戲也。見〔集韻〕。

【⿰犭賣】古賣切 音夬卦韻
❶擾也。見〔廣雅釋詁〕。
❷狡也。見〔集韻〕。

【⿰犭齊】戶八切 音滑黠韻
猾或字。〔集韻〕猾。亂也。或作|。

【獫】虛檢切 音險 力冉切 音斂琰韻 離鹽切 音廉鹽韻
❶長喙犬也。一曰。黃頭黑犬。見〔說文〕。
❷通玁。〔詩采薇〕玁狁之故。〔漢書匈奴傳〕引作|允之故。史記匈奴傳索隱引晉灼云。堯時曰葷粥。周曰|狁。秦曰匈奴。

【⿰犭路】魯故切 音路遇韻
❶子|。熊也。見〔廣雅釋獸〕。
❷|⿰犭魯。蠻種名。亦名玀魯。居四川西昌縣。性馴良。以耕種為業。

【⿰犭离】抽知切 音摛支韻
獸。見〔集韻〕〔按類篇作⿰犭离〕。

【⿰犭遀】隨婢切 音[illegible]紙韻
豨豚。見〔廣韻〕。

【獥】刑狄切音檄吉歷切音激錫韻堅堯切音驍蕭韻 狼子也。〔爾雅釋獸〕狼牡獾、牝狼。其子─。

【獥】吉弔切音叫嘯韻 獸名。爾雅、狼其子─。一曰牝狼。見〔集韻〕。

【獦】居曷切音葛曷韻 ─狚。獸名。見〔玉篇〕。〔按集韻曰。猲子、巨狼。或作─。〕

【獦】力直切音獵葉韻 戎姓。見〔廣韻〕。

【獦】許葛切音喝曷韻 歇或字。〔集韻〕歇。短喙犬。或作⿰犭歇、猲、─。

【獧】扃縣切音䀏霰韻 疾跳也。一曰急也。見〔說文〕。

【獧】古泫切音畎銑韻 狷或字。〔集韻〕狷有所不爲也。或作─。

【獧】胡涓切音縣先韻 犬疾躍也。見〔集韻〕。

【⿰犭雍】於江切音胦江韻 ─猝。犬不服也。見〔集韻〕。

【獩】烏廢切音穢隊韻 ─貊。東夷國名。通作薉、濊、穢。見〔集韻〕。

【獡】都買切蟹韻 豕強皃。後魏時語、莫─獬。見〔集韻〕。

【獬】下買切音蟹舉蟹切音解蟹韻 ─豸。獸名。〔神異經〕東北荒中有獸。如牛。毛青四足。似熊。見人鬬則觸不直。聞人論則咋不正。名曰─豸。一名任法獸。〔按廣韻云。字林、字樣、俱作解廌。廣雅作貈貑。陸作─豸也。集韻─豸、或作懈觟。〕

【獬】舉蟹切音解蟹韻 獡─。豕強皃。見〔集韻〕。

【⿰犭喿】先雕切音宵蕭韻 山─。山鬼也。〔正字通〕神異經、西方深山有人。長丈餘。袒身捕蝦蟹。就人火炙食之。名山─。其名自呼。別作魈。

【⿰睪犬】徒故切音度遇韻夷益切音亦陌韻 敗也。見〔篇海類編〕。

【⿰犭畾】郎才切音來灰韻 物怪也。〔貴耳集〕宮禁中有物曰─。塊然一物。無頭眼手足。毛如漆。夜有聲如雷。禁中人皆曰─來。或云朱温之屬所化。

【⿰犭當】都郎切音當陽韻 獸名。見〔篇海〕。

【⿰犭亶】黨旱切音亶旱韻 獸名。見〔字彙〕。

【⿰犭歇】許竭切音歇曷韻气法切音怯洽韻 猲或字。〔集韻〕猲。短喙犬。一曰恐遏也。或从歇。

【⿰犭歇】許葛切音喝曷韻 歇或字。〔集韻〕歇。短喙犬。或作─、猲、獦。

【⿰犭桑】桑故切音素遇韻 牲白也。見〔廣韻〕。

【⿰犭賓】獠本字。見〔說文〕。

【⿰犭粦】同獜。見〔正字通〕。

【獻】同獻。見〔字彙補〕。

【⿰犭虡】虡或字。見〔集韻〕。

【⿰犭捷】⿰犭頻或字。見〔集韻〕。

十四畫

【⿰犭監】戶黤切音檻豏韻 ●虎聲。見〔玉篇〕。●惡犬吠不止也。見〔廣韻〕。●犬猘謂之─。見〔集韻〕。

【⿰犭與】羊諸切音余魚韻 ●歎聲。見〔玉篇〕。●豬兒聲。見〔玉篇〕。●獸名。見〔廣韻〕。同 猗─。犬子也。見〔集韻〕。

【⿰犭翟】直角切音濁覺韻 ●似獼猴而黃。見〔玉篇〕。●似鹿白尾。見〔集韻〕。

【獲】胡陌切音穫陌韻胡故切音護遇韻胡化切音話禡韻 ●獵所─也。見〔說文〕。〔王注〕夏官大司馬。─者取左耳。鄭注、─得也。得禽獸者取左耳。當以計功。案此─之本義也。●得也。〔論語雍也〕仁者先難而後─。●爭取也。〔禮記曲禮〕毋固─。〔疏〕專取曰固。爭取曰─。

(四)辱也。見〔廣雅釋詁〕。
(五)誤也。〔淮南兵略〕八風屈伸。不—五度。
(六)婢也。見〔廣雅釋詁〕。〔疏證〕方言。荆淮海岱雜齊之間。罵奴曰臧。罵婢曰—。齊之北鄙。燕之北郊。凡民男而壻婢謂之臧。女而婦奴謂之—。亡奴謂之臧。亡婢謂之—。
(七)射著正鵠亦曰—。見〔儀禮鄉射禮注〕。
(八)餘—餘算也。〔儀禮鄉射禮〕釋—者。遂以所釋餘—升自西階。〔疏〕以算爲—。以其唱—則釋算故名算爲—。
(九)蓋—門名。〔左昭二十年傳〕公孟有事于蓋—之門外。〔注〕蓋—衞郭門。
(十)回—縣名。漢置。屬北地郡。當今甘肅境內。
(十一)獸名。見〔集韻〕。
(十二)通嚄。〔文選宋玉賦〕台䶗嗽—。
(十三)姓也。宋大夫尹—之後。

【獲】黃郭切音穫藥韻
隕—。困迫失志皃。見〔集韻〕。

【獲】忽郭切音霍藥韻
恢廓皃。見〔集韻〕。

【獳】乃豆切音槈宥韻奴侯切音獳尤韻
(一)怒犬皃。讀若槈。見〔說文〕。〔按玉篇云。犬怒也〕
(二)人名。〔左成十年傳〕晉景公—。
(三)通䍲。〔山海經中山經〕雜山有獸焉。名曰獳。其狀如—犬。〔注〕沅曰。李善注文選引此作䍲。

【獳】汝朱切音儒虞韻
朱—。獸名。〔山海經東山經〕耿山有獸。狀如狐而魚翼。名曰朱—。

【獯】許云切音熏文韻
—鬻。北方胡名。〔廣韻〕夏曰—鬻。周曰獫狁。漢曰匈奴。

【獮】息淺切音癬銑韻
本作𤠾。〔說文〕𤠾。秋田也。〔段注〕釋天曰。秋獵爲—。鄭君、韋昭、薛綜、杜預皆曰殺也。

【獴】於靳切音傿問韻
山驢也。形如羖羊。見〔集韻〕。

【獡】書藥切音爍藥韻
犬驚貌。見〔篇海〕。〔字彙云。—同獡。按當爲獡之譌〕

【獱】毗賓切音頻真韻卑民切音賓眞韻卑眠切音邊先韻
獱或字。見〔說文〕。〔按說文、獱。獺屬。揚雄蜀都賦作獱。羽獵賦江賦作—。郭璞三倉解詁云。—似狐。青色。居水中食魚〕

【獰】尼耕切音儜庚韻
獰—。犬毛。一曰惡也。見〔集韻〕。

【獢】呼高切音蒿豪韻
豕名。見〔集韻〕。

【獴】謨蓬切音蒙東韻
—猈。獸名。〔正字通〕—猈。蛛之小者。紫黑色。能捕鼠。本作蒙貴。一名蒙頌。〔參閱猈字〕

【獜】獜本字。見〔說文〕。

【獟】豴或字。見〔集韻〕。

【獵】獵俗字。見〔字彙〕。

十五畫

【獵】力涉切音擸葉韻
(一)放—。逐禽也。見〔說文〕。〔按放—、二字逗。以逐禽釋之。集韻類篇引作效—。類篇引作校—〕。毛詩云。不狩不—。箋云。冬—曰狩。宵田曰—。此分別言之也。
(二)捕也。〔太玄毅〕吏所—也。
(三)虐也。見〔爾雅釋言〕。
(四)䂍也。〔國語吳語〕與其衆庶。以犯—吳國之師徒。
(五)攬也。〔史記日者傳〕—纓正襟危坐。
(六)䋶—。相差次也。〔文選揚雄賦〕鴻絧䋶—。〔注〕䋶—。相差次也。
(七)歷也。〔文選宋玉賦〕—蕙草。
(八)擊也。〔文選王褒賦〕—若枚折。
(九)䗶名。〔爾雅釋魚〕䗶後弇諸—。
(十)軨—。小車也。〔漢書宣帝紀〕太僕以軨—車奉迎皇孫。
(十一)同躐。〔荀子議兵〕不—禾稼。〔注〕—、與躐同。

【獶】女巧切音撓巧韻
犬驚皃。見〔玉篇〕。〔按廣韻集韻並作𤡬〕

【獶】奴刀切音猱豪韻
(一)獶或字。〔集韻〕獶。貪獸也。一曰母猴。或从犬从夒。一曰—、善塗堅者。〔按漢書揚雄傳作獶。注。服虔曰。獶、古之善塗堅者〕
(二)獼猴也。〔禮記樂記〕—雜子女。〔

注】—、獮猴也。—、或作優。釋文。—、乃刀反。獮猴也。依字亦作猱。【按六書故引作獶。韻會十一尤云。猱、本作夒。亦作獿。又作蝚。】

【⿰犭夒】於求切音憂　奴侯切音羺　尤韻

—狻。—犬名。見【廣韻】。【按集韻云。南越謂犬爲—狻。說文狻下云。南越名犬⿰犭夒狻。】

【獷】古猛切音礦　梗韻　俱往切音迋　養韻　古勇切音拱　腫韻

①犬—不可附也。漁陽有—平縣。見【說文】。【段注】廣雅犬屬有楚黃。廣韻作楚獷。經典釋文作楚—。實一字也。【按—又通廣。今京兆宛平縣西有廣平故城。】

②猛貌也。見【後漢光武紀】又驅諸猛獸。【注】

③惡貌也。【後漢段熲傳】招降—敵。

④——。麤惡之貌。【漢書敘傳】——亡秦。滅我聖文。

⑤覺悟之貌。【韓詩泮水】—彼淮夷。【按毛詩作憬。釋文云。說文作憼。說文穬下引詩作穬。憬下引詩作憬。】

【獷】俱永切音冏　梗韻　惡兒。見【集韻】。

【獸】舒救切音狩　宥韻

①守備者。見【說文嘼部】。【注】錯曰。—、守山也。【按爾雅釋鳥曰。二足而羽、謂之禽。四足而毛、謂之—。釋獸釋文云。—、是毛蟲總號。書序疏云。在野自生爲—。曲禮不離禽—疏云。禽—者、凡語有通別。別而言之。羽則曰禽。毛則曰—。所以然者。禽者擒也。言鳥力小可擒而捉取之。—者守也。言其力多。不易可擒。先須圍守。然後可獲。故曰—也。通而爲說。鳥不可曰—。—亦可曰禽。】

②臘也。【儀禮特牲饋食禮】實—于其上。

③通狩。【詩車攻】搏—于敖。【後漢安帝紀注作薄狩于敖。】

【⿰犭樂】式灼切音爍　藥韻　獡或字。【集韻】獡。說文、犬獡獡不附人也。或从樂。

【⿰犭櫟】狼狄切音秝　錫韻　⿰犭櫟或字。【集韻】⿰犭櫟。獸名。或作—。

【⿰犭厲】落蓋切音賴　泰韻　狂也。見【玉篇】。

【⿰犭窮】渠弓切音窮　東韻　獸名。似虎。見【集韻】。【正字通云。獸屬名窮奇。本作窮。俗加犬。】

【⿰犭頡】奚結切音纈　屑韻　獸名。【山海經中山經】蔥山有獸焉。名曰—。狀如獳犬而有鱗。其毛如彘鬣。

【⿰犭魯】讀如魯　玀—。四川夷族。詳玀字。

【⿰犭窾】同狖。見【玉篇】。

【⿰犭寮】獠或字。見【集韻】。

【⿰犭畾】⿰犭畾或字。見【集韻】。

【⿰犭戠】獵俗字。見【字彙】。

十六畫

【獻】許建切音憲　願韻

①宗廟犬、名羹—。犬肥者以—之。見【說文】。【段注】此說从犬之意也。—本祭祀奉犬牲之偁。

②凡進物曰—。【儀禮鄉射禮】西北而—賓。

③上也。【呂覽異寶】願—之丈人。

④賢也。【國語楚語】公貨足以賓—。

⑤奏也。【詩瓠葉】酌言—之。

⑥進也。【國語吳語】大夫種乃—謀。

⑦致也。【呂覽季冬】無不咸—其力。

⑧進酒於客曰—。【詩行葦】或—或酢。

⑨奉上之詞。【周禮玉府】凡王之—金玉。【注】古者致物於人、尊之曰—。通行曰饋。

⑩呈見旌表之也。【左僖三十年傳】以—其功。

⑪迎也。【淮南天文】大淵—之歲。

⑫近也。見【爾雅釋天李注】。

⑬聖也。見【爾雅釋言】。

⑭猶賢也。【論語八佾】文—不足故也。

⑮善也。【莊子大宗師】—笑不及排。

⑯猶言也。【禮記內則】其一—之州史。

⑰—體。解衣也。【左昭二十七年傳】—體改服於門外。

⑱聰明叡哲曰—。知質有聖曰—。竝見【周書謚法】。

⑲歲名。【爾雅釋天】太歲在亥曰大淵—。

⑳縣名。漢置。屬河間國。金改爲州。明

復爲縣。卽今沇隸－縣治。
(十)姓也。秦大夫－則。見〔風俗通〕。

【獻】桑何切音娑歌韻
(一)疏刻之。〔禮記明堂位〕周－豆。〔疏〕正義曰。－音娑。娑是希疏之義。故爲疏刻之。〔釋文〕－、素何反。
(二)酒尊名。〔周禮司尊彝〕其朝踐用兩－尊。〔注〕鄭司農云。－讀爲犧。犧尊飾以翡翠。

【獻】魚羈切音宜支韻
儀也。〔周禮司尊彝〕鬱齊－酌。〔注〕鄭司農云。－讀爲儀。儀、酌有威儀也。玄謂－讀爲摩莎之莎。齊語之誤也。煮鬱和鬯以醆酒摩莎泲之。出其香汁也。〔釋文〕－酌、素何反。司農音儀。

【獻】盧宜切音籬支韻
斗魁及杓末、如勺之形也。〔漢書王莽傳〕建華蓋立斗－。〔注〕－音羲。謂斗魁及杓末、如勺之形也。

【犭聯】癡鄰切音瞋眞韻　抽延切音脠　澄延切音纏　陵延切音連先韻　丑刃切音疢震韻
－𨓈。獸走皃。見〔廣韻〕。〔按韻書或言兔走皃。或言犬走皃。或言犬走艸狀。或言獸走皃。各系一音。今因義近。併其音義於此〕〔又〕猨緣木皃。見〔集韻〕。

【獻】苦角切音确覺韻
至也。高也。見〔篇海〕。

【獹】龍都切音盧虞韻
駿犬也。〔廣雅釋獸〕韓－宋浞。〔按正字通作盧。詳浞字〕

【獺】他達切音闥曷韻　逖轄切音呾黠韻
如小狗也。水居食魚。見〔說文〕。〔本艸衍義云〕－四足俱短。頭與身尾皆褊。毛色若故紫帛。大者身與尾長三尺餘。食魚。居水中。出水亦不死。能休於大木上。世謂之水－。〔本草綱目云〕－狀似青狐而小。毛色青黑。似狗。膚如伏翼。今川沔漁舟往往馴畜。使之捕魚甚捷。亦有白色者。按別有山－。海－。二種。李時珍曰。山－出廣之宜州嵠峒、及南丹州。土人號爲插翹。性淫。陳藏器曰。海－生海中。似－而大如犬。腳有皮如胼拇。毛著水不濡。

水獺圖

海獺圖

【犭戠】昌志切音熾寘韻
狂犬別名。見〔篇海類編〕。

【獻】同獮。見〔搜眞玉鏡〕。

【獹】同狢。見〔龍龕手鑑〕。

【犭歷】𤢣或字。見〔集韻〕。

【獽】如陽切音穰陽韻
(一)狨猲。見〔集韻〕。
(二)種族名。〔天下郡國利病書〕簡州有－人。言語與夏不同。嫁娶不同。遭喪以竿懸布置門庭。殯於別所。其骨骸燥以木函盛置山穴中。

【獼】民卑切音彌支韻
母猴也。〔通雅動物〕漢西域傳注。沐猴、卽－猴也。轉注略音沐爲－。智按－猴、卽母猴也。母音轉爲馬。又轉爲彌。方言呼母曰孁。此其證也。獸以雌強。今－猴亦謂大者。猶凡物之大者曰馬藍馬薊之類。

【犭韱】思廉切音銛鹽韻
獸名。見〔集韻〕。

【犭毚】初銜切音攙咸韻
犬聲。見〔集韻〕。

【犭毚】鋤咸切音讒咸韻
毚或字。〔集韻〕毚、說文。狡兔也。或从犬。

【犭窅】伊鳥切音窅篠韻
－如。獸名。〔正字通引山海經〕皋塗之山有獸焉。其狀如鹿而白尾。馬足人手而四角。名曰－如。〔按今本山海經西山經皋塗之山有獸。名曰玃如。郭注。舊本經文譌作－如。今改正〕

【犭戠】戠或字。見〔集韻〕。

【獳】狑或字。見〔集韻〕。

十八畫

【玃】恭于切音拘虞韻　搏也。見[集韻]。

【玃】厥縛切音矍藥韻　玃或字。[集韻]玃獸名。說文、母猴也。或省。

【獾】呼官切音歡寒韻　迷員切音權先韻　貛或字。[集韻]貛。說文、野豕也。爾雅、貛牝貛。亦作—、貆、貒。

【獾】迷員切音權先韻　狋或字。[集韻]狋狋氏。縣名。屬代郡。或从雚。

【獶】尼交切音呶肴韻　—猱也。見[說文]。[王注]當云—猱。犬駭吠也。

【獶】爾紹切音擾篠韻　女巧切音撓巧韻　犬驚也。見[集韻]。

【獶】奴刀切音夒豪韻　獿或字。[集韻]獿貪獸也。一曰母猴。或作—。

【獿】奴回切音挼灰韻　古之善塗塈者。一曰。—、技拭也。見[集韻]。[按漢書揚雄傳—人亡則匠石輟斤注師古曰塈、即今之仰泥也。—技拭也故謂塗者為—人。]

【犭巂】懸圭切音攜齊韻　獸名。見[玉篇]。

【犭璽】獮本字。見[說文]。

【獵】獵或字。見[集韻]。

十九畫

【玀】良何切音羅歌韻　—。蠻也。有白—、黑—、撒—、獮—、撒完—、狢犀—、乾—、—妙—之別。又有號玀猓者與四川建昌諸—同類。在順州者。又稱為—落。並見[天下郡國利病書]。

● —狱。謂傀儡而行也。見[龍龕手鑑]。

【犭霝】郎丁切音靈青韻　猪糞曰—。見[通俗文]。

【犭嚴】、同偃。見[字義總略]。

二十畫

【玁】虛檢切音險琰韻　—狁。北方胡名。詳狁字。

【玂】渠希切音祈微韻　犬生一子也。[爾雅釋畜]犬生三、猣。二、師。一、—。[疏]犬生三子則曰猣。二曰師。一曰—。

【玃】厥縛切音矍藥韻　大母猴也。善攫持人好顧盼。爾雅曰—父善顧見[說文][段注]釋獸曰。—父善顧郭云貑—也。似獮猴而大。色蒼黑。能攫持人。善顧盼。[按張揖注上林賦曰、—似獮猴而大。]

玃圖

【攫】俱碧切音攫陌韻　攫或字。[集韻]攫搏也。或从犬。

【犭農】獿本字。見[說文]。

【犭璽】同獮。見[篇海類編]。

【犭齋】狄或字。見[集韻]。

二十一畫

【犭覓】呼咸切音覽咸韻　狌猪之屬。見[正字通]。

【犭囂】虛嬌切音囂蕭韻　犬黃白色。見[廣韻]。

二十二畫

【犭嚻】許嵒切巖韻　犬黃色也。見[玉篇]。[按字形及音義與二十一畫之獢似即一字。然獢、廣韻集韻均訓犬黃白色。玉篇則專訓犬黃色。攷康熙字典口部嚻注嚻為嚣字重文。惟廣韻作嚻字。書皆作嚣。今將經傳作嚻者列此。餘作嚣字。是音義相同而形微不同者。尚分列此則从頁从貢。勢難合併故仍分見。]

二十四畫

【犭讙】同狳。見[玉篇]。

止部

【止】諸市切音阯紙韻

(一)下基也。象艸木出有阯。故以—爲足。見〔說文〕。〔段注〕此引伸假借之法。以—爲人足之偁。與以子爲人之偁正同。許書無趾字。—即趾也。

(二)容也。〔詩相鼠〕人而無—。

(三)禮也。〔詩小旻〕國雖靡—。〔箋〕—、禮也。

(四)休也。〔呂覽下賢〕亦可以—矣。

(五)至也。〔詩泮水〕魯侯戾—。

(六)謂爲所—託也。〔詩緜蠻〕緜蠻黃鳥。—于丘阿。

(七)謂行所安—也。〔書太甲〕欽厥—。

(八)猶居也。〔詩烈祖〕惟民所—。

(九)猶殺也。〔周禮倉人〕若穀不足。則—餘灋用。

(十)猶還也。〔國策齊策〕孟嘗君乃—。

(十一)猶自處也。〔禮記大學〕在—于至善。

(十二)猶禁也。〔淮南時則〕—獄訟。

(十三)靜而不動也。〔莊子德充符〕人莫鑑于流水而鑑于—水。

(十四)阻而不進也。〔左傳十五年傳〕晉戎馬還濟而—。

(十五)待也。見〔爾雅釋詁〕。

(十六)逼也。見〔廣雅釋詁〕。

(十七)滅也。見〔廣雅釋詁〕。

(十八)闔也。〔論語微子〕—子路宿。

(十九)戰而被獲也。〔左隱十一年傳〕公與鄭人戰於狐壤。—焉。〔注〕內諱獲。故言—。

(二十)除也。〔呂覽制樂〕疾乃—。

(廿一)治也。〔山海經北山經〕梁渠之山有鳥焉。名曰囂。可以—衞。〔注〕—衞。治洞下也。

(廿二)觸也。〔呂覽知士〕靖郭君不能—。

(廿三)不放縱也。〔荀子不苟〕見由則恭而—。

(廿四)己也。〔文選張衡賦〕神與辭—。〔辭注〕—已也。

(廿五)樂器名。〔爾雅釋樂〕所以鼓柷謂之—。〔注〕—者其椎名也。按柷狀如漆桶。中有椎。奏時以椎投其中而撞之。〔又〕所以—鼓亦謂之—。見〔晉益稷合—柷敔鄭注〕。

(廿六)語助辭。〔詩良耜〕百室盈—。婦子寧—。

(廿七)僅也。〔莊子天運〕仁義先王之蘧廬也。—可以一宿而不可久處。

(廿八)舉—。動作也。〔後漢馮異傳〕觀其言語舉—。非庸人也。

(廿九)行—。德行也。〔外史檮杌〕鄭奕教子文選。其兄曰。莫學沈謝嘲風弄月。汙人行—。

(三十)首—。衞地名。〔春秋僖五年〕齊侯會王世子於首—。〔按當今河南睢縣東南。〕

(卅一)三—。三禮也。〔文選班固賦〕委本支乎三—。〔注〕謂齊之先伯夷、典三禮也。

(卅二)—蟲。昆蟲也。〔莊子在宥〕禍及—蟲。

【少】他達切音撻曷韻

蹈也。从反止。見〔說文〕。〔玉篇作㞢〕

一畫

【正】之盛切音政敬韻

(一)是也。从一。一以止。見〔說文正部〕。

(二)猶止也。〔詩終風序〕見侮慢不能—也。

(三)—者、所以止過而不及也。見〔管子法法〕。

(四)—者、禀五常之性也。見〔論衡命義〕。

(五)政也。〔漢書陸賈傳〕夫秦失其—。〔按故書—多爲政。說見周禮注〕。

(六)質也。〔離騷〕指九天以爲—。〔注〕謂質—其是非也。

(七)中也。〔文選張衡賦〕晨祥晨—。

(八)雅也。〔呂覽古樂〕有—有淫矣。

(九)要也。見〔廣雅釋詁〕。

(十)君也。見〔廣雅釋詁〕。

(十一)謂矜莊也。〔禮記曲禮〕—爾容。

(十二)問事是非也。〔論語學而〕就有道而—焉。

(十三)行無傾邪也。〔周禮小宰〕四曰廉—。

(十四)方直不曲謂之—。見〔賈子道術〕、〔按禮記玉藻士前後—。疏云。—、謂不衺也。直而不衺謂之—。方而不衺亦謂之—。〕

(十五)主也。〔呂覽君守〕可以爲天下—。

(十六)猶聽也。〔周禮夏官序官〕家司馬各使其臣以—於公司馬。

(十七)常也。〔孟子滕文公〕以順爲—者。妾婦之道也。

(十八)定也。〔周禮宰夫〕歲終則令群吏—歲會。

(十九)平也。〔離騷〕名余曰—則兮。

(二十)平之也。〔禮記月令〕—權概。

(廿一)決也。〔詩文王有聲〕維龜—之。

(廿二)治也。〔呂覽順民〕湯克夏而—天下。

(廿三)執而治其罪也。〔周禮大司馬〕賊殺其親則—之。

(廿四)蘄辨也。〔論語子路〕必也—名乎。

(廿五)難致之謂—。見〔韓非詭使〕。

(廿六)危言不干德曰—。見〔周書武順〕。

(廿七)以物爲憑曰—。〔儀禮士昏禮〕父戒女。必有—焉。若衣若笄。

(廿八)三右一長曰—。見〔周書武順〕。

(廿九)長也。〔左隱六年傳〕翼九宗五—。〔注〕五—、五官之長。

(三十)亭長也。見〔莊子知北遊〕—獲之問于監市釋文引李注〕。

(卅一)嫡也。〔穀梁隱四年傳〕諸侯與—而不與賢也。〔後世謂嫡妻曰—室。即此義〕。

(卅二)猶善也。〔儀禮士喪禮〕決用—。

(卅三)斗建也。〔素問六節藏象論〕表—於中。

(卅四)始也。〔後漢陳寵傳〕天以爲—。周以爲春。

(卅五)王也。〔淮南天文〕故五月火—而水漓。十一月水—而陰勝。

(卅六)誠也。〔論語述而〕—唯弟子不能學也。〔鄭注〕魯讀—爲誠。

(卅七)猶恰也。〔賈島詩〕三月—當三十日。

(卅八)預期也。〔孟子公孫丑〕必有事焉而勿—。

(卅九)枕栽也。〔周禮諸子〕大祭祀—六牲之體。〔注〕—、謂載朼之朼。亦作匕。

(四十)官名。〔左成十八年傳〕師不陵—。〔注〕—、軍將命卿也。〔按此官之倅者。禮記王制。史以獄成告于—。注。用禮鄉師之屬。此官之卑者〕。

(四一)丘名。〔爾雅釋丘〕水出其右—丘。

(四二)內外賓服曰—。見〔周書謚法〕。

(四三)朝覲曰朝—。〔左文三年傳〕昔諸侯朝—于王。〔注〕謂朝而受其政教也。

(四四)四時和爲通—。見〔爾雅釋天〕。

(四五)日中爲—陽。見〔莊子逍遙遊釋文引李注〕。

(四六)先—先賢也。〔書說命〕昔先—保衡。〔又〕先臣也。〔書文侯之命〕亦惟先—。

(四七)宗—星名。〔甘氏星經〕在帝座東南。主宗—卿大夫。〔又〕官名。前代有宗人府宗—。

(四八)立—今世軍人所行禮式也。

(四九)姓也。宋上卿—考父之後。漢有—錦。後魏有—帛。〔又〕複姓。漢有—令官。

【正】諸盈切音征庚韻

(一)歲之首月也。夏以孟春月爲—。殷以季冬月爲—。周以仲冬月爲—。見〔白虎通三正〕。

(二)室之向明處也。〔詩斯干〕噲噲其—。

(三)射侯之中也。〔禮記射義〕發而不失—鵠者。〔按—有數說。射義注云。畫布曰—。詩猗嗟不出—兮。釋文。畫五采曰—。則—之質地不同。周禮司裘。設其鵠。司農注。二尺曰—。周禮射人。九節五—。注。四尺曰—。則—之尺寸亦不同〕。

(四)鳥名。齊魯之間名題肩爲—。—、鵠。皆鳥之捷黠者。見〔儀禮大射儀注〕。

(五)—月亦稱一月。〔書武成〕惟一月壬辰。

(六)通征。〔周禮諸子〕以均法治之。弗—。〔疏〕—音征。爲賦稅也。

【乢】魚幻切音諫諫韻古太切音蓋泰韻

行貌。見〔字彙補〕。

【五】乏之本字。見〔玉篇〕。

二畫

【此】淺氏切音佌紙韻

(一)止也。从止、从匕。匕、相比次也。見〔說文此部〕。〔注〕匕、近也。近在—也。

(二)彼之對也。〔詩振鷺〕在彼無惡。在—無斁。

(三)今也。〔老子〕吾何以知衆甫之狀哉。以—。

(四)猶身也。〔荀子儒效〕必將誠—。然後就也。

(五)猶斯也。〔禮記大學〕—謂知本。

(六)—若。猶若—也。〔管子山國軌〕—若言何謂也。

【正】古正字。見〔說文正部〕。

【正】古定字。見〔集韻〕。

【𣥃】同此。見〔字彙補〕。〔按舊說謂卽此之變體。譌作兩字〕。

三畫

【步】蒲故切音捕遇韻
（一）行也。从止㐅相背。見〔說文步部〕。〔段注〕人之—趨也。止㐅相竝者。上登之象。止㐅相隨者。行—之象。相背、猶相隨也。
（二）運也。如國運曰國—。天運曰天—。
（三）稚也。見〔文選陸機演連珠注〕。
（四）猶蹲也。見〔後漢郅鄆傳注〕。
（五）六十日餘八十七刻半也。〔素問至眞要大論〕間氣者紀—也。
（六）度名。倍跬謂之—。見〔小爾雅度〕。〔按禮六尺爲—。今世以五尺爲—〕。
（七）徐行曰—。捕也。如有所司捕。務安詳也。見〔釋名釋姿容〕。
（八）徒行曰—。〔楚辭招魂〕—騎羅些。〔注〕乘馬爲騎。徒行爲—。
（九）輦行亦曰—。〔韻會〕世稱輦車曰—輦。謂人荷而行。不駕馬也。
（十）閒行曰—。〔莊子田子方〕—亦—。趨亦趨。
（十一）車緩行亦曰—。〔荀子正論〕—中武象。
（十二）再舉足謂之—。〔禮記祭義〕跬—而不敢忘孝也。
（十三）堂下謂之—。〔書召誥〕王朝—自周。〔鄭注〕堂下謂之—。
（十四）水際謂之—。〔任昉述異記〕上虞縣有石駞—。吳中有瓜—。吳江中有魚—。龜—。湘中有靈妃—。
（十五）江之滸。凡舟可縻而上下者曰—。〔韓愈墓誌〕蕃舶至泊。有下碇之稅。〔按今作埠〕。
（十六）徒鼓瑟謂之—。見〔爾雅釋樂〕。〔疏〕凡八音備作曰樂。一音獨作。不得以樂名也。
（十七）馬神稱—。〔周禮校人〕冬祭馬—。〔注〕馬—神爲災害馬者。〔疏〕謂若玄冥之—。人鬼之—之類。
（十八）狹而長者曰—盾。—兵所持與刀相配者也。見〔釋名釋兵〕。
（十九）人才特出曰獨—。〔晉書王坦之傳〕江東獨—王文度。
（二十）陟大位曰改—。〔國語周語〕改玉改—。
（廿一）行爵曰—爵。〔禮記少儀〕未—爵。不嘗羞。
（廿二）行師曰—師。〔左僖三十三年傳〕寡君聞吾子將—師出于敝邑。
（廿三）習馬曰—馬。〔左襄二十六年傳〕左師見夫人之—馬者。
（廿四）五星曰五—。見〔漢制考〕。
（廿五）—搖。婦人首飾也。〔晉書輿服志〕皇后首飾則假髻—搖。俗謂之珠松是也。
（廿六）—障。幕也。〔晉書石崇傳〕愷作紫絲布—障四十里。崇作錦—障五十里以敵之。
（廿七）—光。劍名。〔吳越春秋〕句踐伐吳。帶—光之劍。
（廿八）—屈。蟲名。〔方言〕蠖就謂之蚇蠖。〔注〕蠖就、又呼—屈。
（廿九）姓也。春秋晉有—揚。三國吳有—騭。

【⿰止凡】思晉切音信震韻
待也。見〔集韻〕。

【⿰止出】武放切音㝠漾韻
谷在京也。見〔玉篇〕。〔按爾雅釋丘丘絕高曰京〕。

【⿱丘止】方武切音甫麌韻
煮也。見〔字彙補〕。

【⿱止土】胡慣切音幻諫韻
義闕。見〔釋典辨正論〕。

【⿱止巾】古會字。見〔集韻〕。

【阯】同咫。見〔字彙〕。

四畫

【武】罔甫切音舞麌韻
（一）楚莊王曰。夫—定功戢兵。故止戈爲—。見〔說文戈部〕。
（二）勇也。見〔廣雅釋詁〕。
（三）健也。見〔廣雅釋詁〕。
（四）舞也。征伐動行。如物鼓舞也。見〔釋名釋言語〕。
（五）善於兵事也。〔史記匈奴傳〕以高帝賢—。然尙困於平城。
（六）戰鬥之方術也。〔禮記月令〕乃命將帥講—。習射御。
（七）謂金也。〔禮記樂記〕始奏以文。復亂以—。〔注〕文謂鼓。—謂金。
（八）尙先陵人也。〔老子〕善爲士者不—。
（九）士也。江淮間謂士爲—。〔淮南覽冥〕勇—一人爲三軍雄。
（十）跡也。〔詩下武〕繩其祖—。〔按禮記曲禮〕接—。步—。本謂足迹。引申之。凡迹皆曰—。
（十一）繼也。〔詩下武〕下—惟周。
（十二）冠卷也。〔禮記玉藻〕縞冠玄—。
（十三）水名。〔元和志〕—河在朝城縣東

十步。〔按朝城縣舊志云。—河源出縣北八里。入聊城縣界。水經河水注。漯河即此水也。今水在山東朝城縣北〕〔又〕—溪水名。〔水經溪水注〕—溪水出臨—縣西北桐柏山。〔按—溪水亦名—水。桐柏山在今湖南臨—縣西二十里〕

⑫關名。〔左哀四年傳〕將通于少習以聽命。〔注〕少習。—關也。〔在今陝西商縣東北八十里〕

⑬臺名。〔漢書天文志〕北宮玄—。

⑭周樂名。〔漢書禮樂志〕—王作—。—言以功定天下也。

⑮州名。唐置。屬關內道。當今甘肅固原縣北。〔又〕唐—州。屬河東道。當今山西神池縣東北。

⑯戎昭果毅以聽之之謂—。見〔後漢書蓋勳傳注〕。

⑰半步為—。〔國語周語〕不過步—尺寸之間。

⑱三尺曰—。見〔華嚴經音義引何承天纂要〕。

⑲剛彊直理曰—。威彊叡德曰—。克定禍亂曰—。刑民克昭曰—。夸志多窮曰—。並見〔周書謚法〕。

⑳廣—。山名。〔漢書項籍傳〕羽與漢王臨廣—間而語。〔在今河南滎陽縣〕

㉑—夫。通球石似玉者。〔史記司馬相如傳〕瑉石—夫。

㉒姓也。漢有〻—臣。

【歧】翹移切音祁支韻

●物兩為—。見〔釋名釋道〕。

●—路也。二達謂之—旁。見〔爾雅釋宮〕。

●翠管也。〔文選潘岳賦〕光—儀其階列。

④〻—。飛行貌。〔文選潘岳賦〕翾翾〻—。〔又〕將行貌。見〔文選潘岳賦引漢書音義〕。

⑤—嶷。謂有識知也。〔文選左思賦〕—嶷嶷。

⑥—舌。國名。見〔山海經海外南經〕。

⑦同跂。見〔集韻〕。

【𣥺】具支切音岐支韻 跂路也。見〔字彙補〕。

【𣦂】古廉切音岡陽韻 缺—。無頰也。見〔廣雅釋訓〕。

【𣥠】躍本字。〔六書正譌〕兩足相距不行也。从兩止上下會意。

【𣥚】古近字。見〔集韻〕。

【𣥝】古戰字。見〔玉篇〕。

【𣥞】古旅字。見〔說文㫃部〕。

【𣥟】古正字。見〔玉篇〕。

【𣥛】古月字。見〔玉篇〕。

【𣥢】同㫃。〔廣川書跋〕古篆旅字。同文。劉炫謂有文在手為旅。疑不得若此。其後得古文—字。傳模既失。又改為米字。李陽冰以文當如鹵。蓋為旅也。

【𣥡】同少。蹈也。見〔談薈〕。

【𣥣】同步。見〔字彙補〕。

【𣥤】旅譌字。見〔正字通〕。

【𣥥】走譌字。見〔康熙字典〕。

【𣥦】歬譌字。正字通云。前本字。孜說文前作歬。不作—。故訂為譌字。

五畫

【歫】臼許切音巨語韻

●止也。一曰槍也。一曰超—。見〔說文〕。〔段注〕許無拒字。—即拒也。此與彼相抵為拒。相抵則止矣。木部曰。槍—也。兩字互訓。槍者謂柢觸也。史記。投石超距。超一作拔。劉逵曰。拔距謂兩人以手相按能拔引之也。

④違也。戾也。至也。見〔玉篇〕。

⑤同距。〔文選揚雄賦〕騰空虛—連卷。〔注〕師古曰。—即距字。

【歪】烏𤦹切音崴佳韻 不正也。見〔字彙〕。〔按說文。𡚁。不正也。俗合不正二字為—〕。

【㱏】被義切音祕寘韻 被也。見〔篇海〕。

【𣦃】古阿字。見〔集韻〕。

【𣦄】些譌字。見〔正字通〕。

六畫

【歭】陳知切音馳支韻 䠊也。見〔說文〕。〔段注〕足部曰。䠊。—也。䠊不前也。—䠊為雙聲字。此以䠊釋—者。雙聲互訓也。心部曰。篤箸。足部曰。䠊躅。毛詩曰。踟躕。廣雅曰。躊躇。路跦。皆雙聲疊韻而同義。

【歭】丈里切音峙紙韻

通峙。供具也。〔書費誓〕峙乃糗糧。〔按段玉裁云。峙卽—。變止爲山。如岐作歧。變山爲止。非眞有从山之峙。从止之歧也。〕

【⿱止支】津私切音訾支韻　形狀乖劣也。〔文選王延壽賦〕旣瞜矐而跋—。

【歬】前本字。見〔說文〕。

【⿱止而】古箸字。見〔集韻〕。〔按奇字韻云。吳人謂盛物於器曰—。〕

【⿱止并】古戰字。見〔集韻〕。

【⿱止斤】同近。見〔字彙補〕。

【⿱步少】同涉。見〔正字通〕。

【⿰止艮】跟或字。見〔說文足部〕。

七畫

【⿱余止】同都切音涂虞韻　止也。見〔集韻〕。

【⿱止凶】古齒字。見〔集韻〕。

八畫

【⿰止卒】秦醉切音萃寘韻　●一待也。見〔廣雅釋詁〕。●二止也。見〔廣雅釋詁〕。

【⿱尚止】抽庚切音撑庚韻　齒兩切音敞養韻　●一歫也。見〔說文〕〔段注〕歫距、卽—歫之變體。〔按通訓定聲云。以足相距也。今字亦作牚、作撐。〕●二蹋也。見〔集韻〕。

【⿱尚止】式亮切音餉漾韻　正也。〔考工記弓人〕維角—之。

【⿰止夌】丑拯切音庱迥韻　止也。見〔集韻〕。

【⿱止⿴凵米】陟慮切音箸御韻　吳俗謂盛物於器曰—。見〔集韻〕。〔正字通云。⿱止而字之譌。按⿱止而卽古箸字。於盛物於器之義。似不可通。〕

【⿰止沓】達合切音沓合韻　足趾重也。見〔集韻〕。

【⿰止叔】昌六切音俶屋韻　至也。見〔說文〕。

【⿰歬刀】剪本字。見〔說文〕。

【⿱步少】古涉字。見〔集韻〕。

【⿱歨皿】古盧字。見〔集韻〕。

【㱕】歸籀文。見〔說文〕。

【⿰止壽】同躊。見〔玉篇〕。

【⿰止疌】同澀。〔漢騶爲揚君頌〕蘊路—難。

【⿰止朱】同諸。見〔字彙補〕。

【⿱刃止】同初。見〔字彙補〕。

九畫

【歲】須銳切音稅霽韻　●一木星也。越歷二十八宿。宣徧陰陽。十二月一次。見〔說文步部〕。〔按木星卽歲星。十二年繞日一周。亦曰太一。又近世天文學家。謂地球環繞太陽爲一—。〕●二年之別稱也。〔爾雅釋天〕唐虞曰載。夏曰—。商曰祀。周曰年。●三穀成熟也。〔左哀十六年傳〕國人望君。如望—焉。●四人之年齡也。〔北史柳遐傳〕髫—便有成人之量。●五遂也。見〔廣雅釋言〕。●六任官年限也。〔漢書韓延壽傳〕滿—稱職爲眞。●七正—。謂夏之正月。得四時之正也。見〔周禮小宰〕。〔又〕夏正月朔日也。見〔周禮大司徒〕。●八萬—。祝頌詞。〔漢書陸賈傳〕左右皆稱萬—。〔又〕臣民稱君。〔五代史劉延朗傳〕擁高祖呼萬—。●九—貢。前代五貢之一。合恩貢、副貢、拔貢、優貢曰五貢。

【⿰止重】主勇切音踵腫韻　跟也。見〔說文〕〔段注〕足部曰跟。足—也。跟、—。雙聲。釋名曰。足後曰跟。或曰跟、踵。鍾也。上體之所鍾聚也。按劉熙作踵。許踵、—、義別。

【⿰止复】符逼切音愎職韻　止也。見〔玉篇〕。

【⿱止沓】古洽切音甲洽韻　止也。見〔字彙補〕。

【⿰止者】躇省文。見〔字彙補〕。

十畫

【⿰止習】色入切音澁緝韻　●一不滑也。从四止。見〔說文〕。●二難轉也。見〔玉篇〕。●三吃也。語—難也。〔方言〕讓、極、吃也。

楚踣也。或謂之軋。或謂之—。

(四) 水涸行艱也。〔鄭谷詩〕凍河孤棹—。

(五) 味苦也。〔李咸用詩〕秋果楲梨—。

【⿰止翣】 色甲切音翣葉韻

同翣。棺羽飾也。〔周禮縫人〕衣翣柳之材。〔注〕翣柳一作接檟。鄭司農云、接讀爲—。檟讀爲柳。皆棺飾。

【⿰止臭】 香幽切音休尤韻

愚也。見〔玉篇〕。

十一畫

【⿰止責】 助革切音賾陌韻

(一) 齊也。見〔玉篇〕。

(二) 好也。見〔玉篇〕。

(三) 正也。見〔玉篇〕。

【整】 同整。見〔字彙補〕。

【⿰止歲】 同歲。見〔字彙補〕。

【⿰止齒】 同齒。見〔字彙補〕。

【⿰止斷】 同斷。見〔字彙補〕。〔按舊無斷字。斷、古文作㫁。㫁、疑斷之譌。〕

十二畫

【歷】 狼狄切音靂錫韻

(一) 過也。傳也。見〔說文〕〔段注〕引伸爲治曆明時之曆。

(二) 行也。〔國策秦策〕橫—天下。

(三) 越也。〔孟子離婁〕不—位而相與言。

(四) 涉也。〔後漢杜篤傳〕—載三百。

(五) 逢也。〔離騷〕委厥美而—茲。

(六) 猶次也。〔禮記月令〕命宰—卿大夫至於庶民土田之數。

(七) 試也。〔文選左思賦〕優賢著於揚—。

(八) 徧也。〔書盤庚〕—告爾百姓于朕志。

(九) 錯也。〔莊子天地〕交臂—指。

(十) 亂也。〔大戴記子張問入官〕—者獄之所由生也。

(十一) 疎也。〔文選宋玉賦〕齞脣—齒。

(十二) 適也。見〔論衡譴告〕。

(十三) 久也。見〔小爾雅廣詁〕。

(十四) 傳也。見〔爾雅釋詁〕。

(十五) 相也。見〔方言〕。

(十六) 選也。〔文選司馬相如賦〕—吉日以齋戒。

(十七) 干也。〔文選揚雄賦〕立—天之旂。

(十八) 釜鬲也。〔史記滑稽傳〕銅—爲棺。

(十九) 山名。〔孟子盡心〕舜耕于—山之中。〔按水經河水注引周處風土記云、舜所耕田于山下多柞樹。吳越之間名柞爲櫪。故曰—山。攷—山有二。一在山東濮縣。近雷首澤。一卽中條山。在今山西永濟縣。〕

(二十) 縣名。漢置。屬信都國。當今直隸故城縣北。

(廿一) 經—官名。前代內而通政司、鑾儀衛、都察院。外而布政、按察、鹽運等司。及各府知府。皆設經—官。

(廿二) ——分明貌。〔古樂府〕——種白榆。

(廿三) —鹿。繩車也。〔廣雅釋器〕繩車謂之—鹿。〔按方書作轣轆。〕

(廿四) —履。自序族系與行事也。本稱腳色。

(廿五) —史。經過之事實也。一國一人一物一事。皆有—史可言。

(廿六) —寂。猶寂寞也。〔張說詩〕空山寂—道心生。

(廿七) —爰。書名。〔漢書藝文志注〕—爰六章。中車府令趙高作。

(廿八) 上通下達之謂—。見〔論衡超奇〕。

(廿九) —腦。腦從耳鼻中出——然也。見〔釋名釋疾病〕。

(三十) 同曆。〔漢書律曆志〕黃帝造—。

(卅一) 同靂。〔漢書天文志〕霹—夜明。

(卅二) 同櫪。〔漢書梅福傳〕伏—千駟。

(卅三) 同藶。〔爾雅釋草〕蕇葶—。〔釋文〕—本作藶。

【⿰止喬】 同蹻。見〔字彙〕。

【⿰止尊】、同蹲。見〔玉篇〕。

【⿰止憂】 擾俗字。見〔廣韻〕。

十三畫

【⿰止辟】 必益切音璧陌韻

人不能行也。見〔說文〕〔段注〕王制、瘖聾跛躃。說文作—。有足而不能行者。

【⿰止豈】 音未詳。西嶽姓華名—。君見〔金液神氣經〕。

【⿰止者】 赭或字。見〔集韻〕。

十四畫

【歸】 居韋切音騩微韻

(一) 女嫁也。見〔說文〕〔段注〕公羊傳、毛傳皆云。婦人謂嫁曰—。此非婦人假—名。乃凡還家者假婦嫁之

名也。〔按婦人內夫家故以嫁爲
一又婦人被出曰大一〕。
㊁人還也〔詩采薇〕薄言旋一。
㊂物還亦曰一〔書武成〕一馬于華
山之陽。
㊃還所取之物亦曰一。〔春秋定十
年〕齊人來一鄆讙龜陰田。
㊄饋也〔論語陽貨〕一孔子豚。
㊅終也〔左宣十一年傳〕以討召諸
侯而以貪一之。
㊆委任也〔後漢順帝紀〕令刺史二
千石之選一任三司。
㊇依也〔詩蜉蝣〕于我一處。
㊈附也〔詩泂酌〕民之攸一。
㊉謝也〔後漢桓榮傳〕讓使掾臣汜、
再拜一道。
⑪合也〔禮記緇衣〕私惠不一德。
⑫愧也〔國策秦策〕狀有一色。
⑬指趣也〔易繫辭〕殊途而同一。
⑭不反之辭〔春秋隱元年〕一惠公
仲子之賵。
⑮自首也〔漢書申屠嘉傳〕謹錯恐。
自一景帝。
⑯去其國而諸侯納之也。〔左成十
八年傳〕凡去其國。國逆而立之
曰入。復其位曰復。一諸侯納之曰
一。
⑰往也。見〔廣雅釋詁〕。
⑱就也。見〔廣雅釋詁〕。
⑲與也。許也。〔論語顏淵〕天下一仁
焉。
⑳藏也。〔易說卦傳〕萬物之所一也。
㉑算術一位法數之除法也。今通名
除。
㉒山名。〔山海經北山經〕北次三經
之首曰太行之山。其首曰一山。〔
按在今河南泌陽縣〕。
㉓州名。周夔子國地。漢屬南郡。唐置
一州。當今湖北秭一縣治。
㉔女子謂姪之子爲一孫。見〔爾雅
釋親〕。
㉕一寧。女反母家問安也。〔詩葛覃〕
一寧父母。
㉖一納。論理法之一。聚會散見之事
而通之爲一也。一名內籀。英文〔In
duction〕。
㉗一妹。卦名。震上兌下。〔易大象〕澤
上有雷一妹。
㉘一邪。星氣名。〔漢書天文志〕如星
非星。如雲非雲。名曰一邪。一邪出必有
一國者。
㉙一藏。黃帝易名。〔周禮大卜〕掌三
易之法。二曰一藏。
㉚三一。臺名。〔論語八佾〕管氏有三
一。
㉛古者謂死人爲一人。見〔列子天
瑞〕。
㉜催一。鳥名。〔韓愈詩〕催一日未西。
〔注〕催一子規也。
㉝當一。藥草。自生山中。葉細長。夏時
開小白花。根頗肥大。見〔本草綱
目山草〕。
㉞姓也。明一有光。

【歸】具位切音匱寘韻
同饋。〔論語先進〕詠而一。〔鄭本
作饋〕。

【[illegible]】居胃切音貴未韻
傷也。見〔字彙補〕。

【[illegible]】之芮切音贅隊韻
山名。見〔字彙補〕。

【[illegible]】同歸。見〔字彙補〕。

【[illegible]】同[illegible]。見〔集韻〕。

十八畫

【[illegible]】郎狄切音歷錫韻
秝也。見〔集韻〕。

十九畫

【[illegible]】同[illegible]。見〔字彙補〕。

二十畫

【[illegible]】同叡。見〔字彙補〕。

※内部※

【内】人九切音蹂女九切音鈕有韻

同禸。說文曰。獸足蹂地也。見〔玉篇〕〔按字亦書作厹、厹。惟玉篇滅—。禸字書因形便用爲部首。茲仍之。辨詳厹字。禸本誤列五畫。今移正。〕

四畫

【禹】王矩切音羽麌韻

●一蟲也。象形。見〔說文〕〔按此—字本義。廣韻引字林。—、蟲名也。玉篇。蠁—蟲也。洪武正韻。蠁—蟲知聲者。〕

●二夏王號也。〔史記夏本紀〕夏—名文命。〔注〕受禪成功曰—。〔按顏師古云。—湯皆字。三王去唐虞之文。從高古之質。故夏商之王。皆以名爲號。〕

●三淵源流通曰—。見〔書堯典正義引謚法〕

●四輔也。見〔風俗通義皇霸引書大傳〕

●五舒也。見〔廣雅釋詁〕

●六州名。漢置。古夏—國。金改鈞州。明萬曆避御諱改—州。當今河南—縣。

●七姓也。〔王僧孺百家譜〕蘭陵蕭道游娶—氏。

【禺】牛具切音遇遇韻

母猴屬。頭似鬼。見〔說文由部〕〔段注〕郭氏山海經傳云。—似獼猴而大。赤目長尾。今江南山中多有之。

【禺】遇俱切音虞虞韻魚容切音顒冬韻

●一區也。〔管子侈靡〕是爲十—。〔注〕每—爲一—。

●二串端初見也。〔管子侈靡〕將合可以—。

●三山名。〔史記孔子世家〕汪罔氏之君守封—之山。〔注〕封、封山。—、—山。在吳郡永安縣。

●四—彊神名。〔山海經大荒北經〕儋耳之山。有神人面鳥身。名—彊。

●五——魚名。〔文選司馬相如賦〕——魼鰨。〔注〕郭璞曰。——魚皮有毛。黃地黑文。

●六番—縣名。漢置。屬南海郡。見〔漢書地理志〕〔今廣東番—縣〕〔又〕—州。唐置。屬嶺南道。見〔唐書地理志〕〔當今廣西北流縣東南。〕

●七通虞。〔山海經大荒北經〕夸父追日。逮之於—谷。〔注〕—谷。—淵。日所入也。今作虞。

●八通偶。〔史記天官書〕木—龍欒車—、駟。〔注〕—音偶。謂偶其形於木。—馬亦然。

●九通寓。〔爾雅釋獸〕寓鼠曰嗛。〔六書故曰。寓即說文之—。〕

●十通務。〔左襄十一年傳〕公叔務人。〔禮記檀弓作—人〕

【禹】古禹字。見〔說文〕

六畫

【离】抽知切音摛支韻

山神也。獸形。歐陽喬說。—、猛獸也。見〔說文〕〔段注〕左傳螭魅罔兩。杜注。螭、山神。獸形。今作魑魅。乃俗寫之譌。西都賦。拖熊螭。李注。引歐陽尚書說曰。螭猛獸也。許作—。李善作螭者。俗亂之也。周禮正義引服氏左傳注。螭、山神。獸形。或曰如虎而嗍虎。二說並列。正同許氏。

【离】鄰知切音離支韻

同離。卦名。麗也。見〔韻會〕〔又〕散也。逸也。〔晉書載帝紀〕司馬公尸居餘氣。形神已—。不足慮矣。

七畫

【禼】同禼。見〔集韻〕

【禼】先結切音薛屑韻

●一蟲也。象形。讀與偰同。見〔說文〕

●二殷祖也。〔漢書百官表〕—作司徒。〔按廣韻。—、殷祖也。或作偰。又通契。漢記竇武上書此誡陛下稷—、伊呂之佐。注云。—、古契字。蓋古本作—。俗改用偰契耳〕。

【𤝞】同狒。〔文選左思賦〕猩猩啼而就擒。——笑而被格。

八畫

【禽】巨今切音琴侵韻

●一走獸總名。見〔說文〕〔段注〕釋鳥曰。二足而羽謂之—。四足而毛謂之獸。許說不同者。其字从厹。厹爲獸迹。鳥迹不云厹也。然則倉頡造字之本意。謂—爲四足而走者明矣。以名毛屬者名羽屬。此乃稱謂之轉移假借。及其久也。遂爲羽屬之定名矣。爾雅自其轉移者言之。許指造字之本言之耳。

❷㓞也。〔白虎通田獵〕一者何。鳥獸之總名。明爲人所一㓞也。

❸鳥獸未孕曰一。〔周禮庖人〕六一辨其名物。

❹戰勝執獲曰一。〔左僖十三年傳〕外僕髡屯一之以獻。〔亦通作擒。〕

❺姓也。魯大夫一鄭。

【禼】　古禽字。見〔說文〕。

九畫

【萬】　禺或字。見〔集韻〕。

十三畫

【𥝉】　扶未切音費未韻

本作閿。〔說文〕閿。周成王時。州靡國獻閿。閿人身反踵。自笑。笑即上脣揜其目。食人。北方謂之土螻。爾雅云。一一如人。被髮。一名梟羊。〔按正字通云。山海經曰。狀如人面。長脣黑身有毛。反踵。見人則笑。大者長丈許。今交廣山中有之。俗本爾雅作狒狒。逸周書作費費。俗呼山都。北方謂之土螻。或作吐螻。又名梟陽。或作梟羊。或謂之贛巨人。隨地異名。非爲一一也。吳都賦譌作禺。王延壽夢賦批𥞤𥞤。欒卽一一〕。

二十畫

【禺】　禺本字。見〔說文〕。

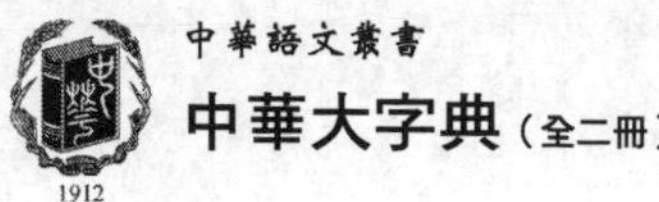

作　　者／本局編輯部　編
主　　編／劉郁君
美術編輯／中華書局編輯部

出 版 者／中華書局
發 行 人／張敏君
行銷經理／王新君
地　　址／11494 台北市內湖區舊宗路二段181巷8號5樓
客服專線／02-8797-8396　　　傳　　真／02-8797-8909
網　　址／www.chunghwabook.com.tw
匯款帳號／兆豐國際商業銀行　東內湖分行
　　　　　067-09-036932　中華書局股份有限公司

法律顧問／安侯法律事務所
印刷公司／維中科技有限公司
出版日期／2015年11月台七版
版本備註／據1915年初版復刻重製
定　　價／NTD 4,900（精裝：一套）

國家圖書館出版品預行編目（CIP）資料

中華大字典 / 中華書局編輯部編著.—臺七版.
—臺北市 : 中華書局, 2015.11
冊 ; 公分. — (中華語文叢書)
ISBN 978-957-43-2915-1(全套 : 精裝)

1.漢語詞典

802.3　　　　　104021034

NO.H0003Q
ISBN 978-957-2915-1（精裝：一套）